LA BIBBIA

nuovissima versione dai testi originali

SAN PAOLO

Ottava edizione 2005

Imprimatur
Mons. Carlo Meconi, vic. gen.
Frascati, 29.6.1989

© EDIZIONI SAN PAOLO s.r.l., 1997
   Piazza Soncino, 5 - 20092 Cinisello Balsamo (Milano)
   www.edizionisanpaolo.it
   Distribuzione: Diffusione San Paolo s.r.l.
   Corso Regina Margherita, 2 - 10153 Torino

PRESENTAZIONE

«E Dio disse...»: *Dio entra in scena con la sua parola, non solo nell'opera creatrice, ma anche e soprattutto nel rapporto che intende stabilire con l'uomo: una parola pronunciata per essere ascoltata e che è sempre in attesa di risposta.*

La parola che Dio ha fatto pervenire all'uomo lungo i secoli di storia è stata affidata allo scritto perché rimanesse fissata per sempre e divenisse facilmente accessibile a tutti.

Per coloro che si avvicinano alla Bibbia per la prima volta, è opportuno averne una semplice nella veste editoriale e fornita degli elementi indispensabili per conoscerla anzitutto «materialmente», per sapere cioè che cosa contiene, senza lasciarsi distrarre da spiegazioni dettagliate.

Ma anche a chi possiede una Bibbia di più ampie dimensioni, ricca di commenti e apparati, conviene disporre di un'edizione economica pronta all'uso, che non metta soggezione, che si possa portare con sé e consultare facilmente.

Questi criteri di praticità e di economicità hanno ispirato le Edizioni San Paolo ad offrire la Bibbia nella presente veste editoriale. Eccone brevemente le caratteristiche:

* il testo è quello della «Nuovissima versione della Bibbia», preparata da un gruppo di esperti e apprezzata dagli studiosi;

* brevi introduzioni a tutta la Bibbia, all'Antico e al Nuovo Testamento e ai singoli libri danno le informazioni di base per inquadrare la lettura;

* sobrie note spiegano parole, espressioni, allusioni altrimenti difficilmente comprensibili;

* alcuni sussidi aiutano il lettore a orientarsi:

• un indice tematico facilita la ricerca dei principali argomenti della Bibbia;

• una tavola cronologica mostra in sintesi le varie epoche in cui si sono sviluppate la rivelazione e la storia biblica;

• alcune cartine geografiche riproducono le regioni in cui si sono svolte le vicende narrate nella Bibbia.

L'auspicio è che la presente edizione renda disponibile la parola di Dio a una cerchia sempre più vasta di lettori.

LE EDIZIONI SAN PAOLO

COLLABORATORI

Per le versioni:

BERNINI Giuseppe sj: *Proverbi, Daniele, Osea, Gioele, Abdia, Giona, Michea, Naum, Abacuc, Sofonia, Aggeo, Zaccaria, Malachia.*

BOCCALI Giovanni ofm: *Libri di Samuele.*

BOSCHI Bernardo op: *Esodo, Numeri.*

CAVALLETTI Sofia: *Levitico, Rut, Ester.*

CIPRIANI Settimio: *Lettere a Timoteo e a Tito.*

COLOMBO Dalmazio ofm: *Cantico dei Cantici, Lamentazioni.*

CONTI Martino ofm: *Sapienza.*

CORTESE Enzo: *Ezechiele.*

DANIELI Giuseppe csj: *Esdra - Neemia.*

GHIDELLI Carlo: *Luca.*

LACONI Mauro op: *Deuteronomio.*

LANCELLOTTI Angelo ofm: *Salmi, Matteo, Apocalisse.*

LOMBARDI Luigi: *Geremia, Baruc.*

LOSS Nicolò M. sdb: *Amos.*

MARTINI card. Carlo M.: *Atti degli Apostoli.*

MINISSALE Antonino: *Siracide.*

ORTENSIO da Spinetoli ofm: *Lettere ai Tessalonicesi.*

PERETTO Elio osm: *Lettere agli Efesini, Colossesi, Filippesi, Filemone.*

PRETE Benedetto op: *Lettere di Giovanni.*

ROLLA Armando: *Libri dei Re.*

ROSSANO Pietro: *Lettere ai Corinzi.*

SACCHI Paolo: *Giudici, Qohèlet.*

SEGALLA Giuseppe: *Giovanni.*

SISTI Adalberto ofm: *Libri dei Maccabei, Marco.*

STELLINI Angelo ofm: *Giosuè.*

TESTA Emanuele ofm: *Genesi.*

VANNI Ugo sj: *Lettere ai Romani e ai Galati, Lettere di Giacomo, di Pietro e di Giuda.*

VIRGULIN Stefano: *Isaia, Libri delle Cronache, Tobia, Giuditta, Giobbe.*

ZEDDA Silverio sj: *Lettera agli Ebrei.*

Hanno rivisto: l'Antico Testamento: *Gianfranco Ravasi*
il Nuovo Testamento: *Pietro Rossano*

Introduzioni e note a cura di *Antonio Girlanda.*

ABBREVIAZIONI

Libri della Bibbia

Ab	Abacuc	pag.	984
Abd	Abdia	»	970
Ag	Aggeo	»	991
Am	Amos	»	961
Ap	Apocalisse	»	1257
At	Atti degli Apostoli	»	1118
Bar	Baruc	»	875
Col	Colossesi	»	1203
1Cor	1 Corinzi	»	1167
2Cor	2 Corinzi	»	1180
1Cr	1 Cronache	»	363
2Cr	2 Cronache	»	388
Ct	Cantico dei Cantici	»	672
Dn	Daniele	»	927
Dt	Deuteronomio	»	164
Eb	Ebrei	»	1225
Ef	Efesini	»	1194
Es	Esodo	»	63
Esd	Esdra	»	419
Est	Ester	»	468
Ez	Ezechiele	»	882
Fil	Filippesi	»	1199
Fm	Filemone	»	1223
Gal	Galati	»	1188
Gb	Giobbe	»	533
Gc	Giacomo	»	1238
Gd	Giuda	»	1249
Gdc	Giudici	»	222
Gdt	Giuditta	»	454
Ger	Geremia	»	833
Gio	Giona	»	972
Gl	Gioele	»	957
Gn	Genesi	»	15
Gs	Giosuè	»	200
Gv	Giovanni	»	1094
1Gv	1 Giovanni	»	1251
2Gv	2 Giovanni	»	1255
3Gv	3 Giovanni	»	1256
Is	Isaia	»	746
Lam	Lamentazioni	»	867
Lc	Luca	»	1061
Lv	Levitico	»	100
1Mac	1 Maccabei	»	479
2Mac	2 Maccabei	»	509
Mc	Marco	»	1041
Mic	Michea	»	975
Ml	Malachia	»	1002
Mt	Matteo	»	1009
Na	Naum	»	981
Ne	Neemia	»	429

Nm	Numeri	pag.	128
Os	Osea	»	947
Pro	Proverbi	»	637
1Pt	1 Pietro	»	1242
2Pt	2 Pietro	»	1246
Qo	Qohèlet	»	663
1Re	1 Re	»	307
2Re	2 Re	»	336
Rm	Romani	»	1152
Rt	Rut	»	247
Sal	Salmi	»	564
1Sam	1 Samuele	»	251
2Sam	2 Samuele	»	282
Sap	Sapienza	»	679
Sir	Siracide	»	699
Sof	Sofonia	»	987
Tb	Tobia	»	442
1Tm	1 Timoteo	»	1212
2Tm	2 Timoteo	»	1217
1Ts	1 Tessalonicesi	»	1207
2Ts	2 Tessalonicesi	»	1210
Tt	Tito	»	1221
Zc	Zaccaria	»	993

Documenti del Concilio Vaticano II

CD	Christus Dominus
DV	Dei Verbum
GS	Gaudium et spes
LG	Lumen gentium
OE	Orientalium Ecclesiarum
PO	Presbyterorum Ordinis
SC	Sacrosanctum Concilium

Altre abbreviazioni

a.C.	avanti Cristo
AT	Antico Testamento
c. cc.	capitolo/i
ca.	circa
cfr.	confronta
d.C.	dopo Cristo
ebr.	ebraico
gr.	greco
lett.	letteralmente
ms mss	manoscritto/i
NT	Nuovo Testamento
p par.	parallelo/i
s.	santo
sec. secc.	secolo/i
v. vv.	versetto/i

IL LIBRO DI DIO PER L'UOMO
INTRODUZIONE GENERALE ALLA BIBBIA

Il termine *Bibbia* deriva dal greco e originariamente significa *i libri*. Con tale appellativo, a cominciare dal III secolo d.c., autori cristiani come Clemente Alessandrino e Origene presero a indicare i libri sacri degli Ebrei e dei cristiani. Successivamente il termine si latinizzò, dando origine nel Medioevo al sostantivo femminile *la Bibbia*, come dire il libro per eccellenza. Tale appellativo però non ricorre mai nelle pagine della stessa Bibbia, dove invece si trovano espressioni come *sacre Scritture, Antico e Nuovo Testamento,* termini che pure sono diventati abituali e correnti per designare l'insieme della Bibbia. Si tratta infatti non di un libro solo, ma di una raccolta di libri, la quale enumera 46 libri scritti prima di Cristo, detti *Antico Testamento,* e 27 scritti dopo Cristo, chiamati *Nuovo Testamento.* La loro composizione si estende dal XIII secolo a.C. al I d.C.

L'elenco ufficiale di questi libri sacri è il cosiddetto *cànone* (dal greco *kanón,* norma): i libri che formano la Bibbia sono «canonici» in quanto sono contenuti nel canone, ma soprattutto perché sono normativi, in armonia con il magistero vivo della chiesa, per la fede e il comportamento morale dei cristiani.

Il Concilio di Trento, che definì solennemente il canone con il celebre *Decreto sui Libri sacri,* non fece che ratificare la tradizione più antica e autorevole della chiesa.

La divisione in *capitoli* e *versetti* è stata fatta nel Medioevo e serve praticamente per la consultazione e l'indicazione esatta dei passi nelle citazioni (per esempio, Gn 20,15 significa: libro della Genesi, capitolo 20, versetto 15).

Di che cosa parla la Bibbia

Se gli scritti della Bibbia sono molteplici e diversi, il tema, l'oggetto di cui trattano e a cui si riferiscono, è unitario ed è il disegno di Dio verso gli uomini, il dono della salvezza messianica, la storia in cui questa salvezza viene resa sensibile e manifesta.

Dopo aver delineato come in una grande tela di fondo l'evento della creazione e la situazione dell'umanità davanti a Dio (i primi 11 capitoli della Genesi), l'attenzione della Bibbia si concentra sulla chiamata di Abramo (verso il 1850 a.C.) e sulla promessa-benedizione-alleanza preannunciata alla sua discendenza, il popolo d'Israele, e attuata in Gesù Cristo morto e risorto agli inizi della nostra èra. In Gesù sono vinti il peccato e la morte e, grazie alla fede in lui suggellata dal battesimo, sorge una nuova comunità soprannazionale, la chiesa, chiamata a essere segno e strumento di unione intima dell'uomo con Dio e dell'unità di tutto il genere umano.— Tale è il filo d'oro che attraversa tutta la Bibbia e ne costituisce l'unità e la ragione d'essere.

In ogni pagina della Bibbia il grande protagonista è Dio.

In un momento fondamentale della storia d'Israele questo Dio rivela il suo nome a Mosè dicendo: «*Io sono*». Di conseguenza Mosè dirà al popolo: «*Io sono* [cioè *Colui-che-è,* in ebraico *JHWH* = Jahwèh] mi ha inviato a voi» (Es 3,14-15). Il tempo di questa rivelazione a Mosè, quello cioè in cui Dio sta entrando in azione per liberare il suo popolo dalla schiavitù, dimostra che il misterioso «IO SONO» ha il valore di «IO SONO presente attivamente nella storia e nella vita d'Israele, e di ogni uomo, per il bene, per la vita, per la liberazione».

Il Dio indicibile, inafferrabile dall'intelletto umano, è anche il Dio vicino all'uomo. Gesù compirà la rivelazione di questo Dio: egli infatti sarà l'Emmanuele, il Dio-con-noi.

Di fronte a Dio nella Bibbia sta l'uomo, creatura di Dio e in dialogo con lui. Insieme a Dio la Bibbia parla quindi costantemente dell'uomo; parla con realismo, senza veli né falsi pudori, della sua grandezza e della miseria insita nella proclività al male che lo segna fin dalle origini. La Bibbia non lo nasconde, ma mostra che Dio è vicino a tutte le sue creature (cfr. At 17,27) con le quali cerca l'incontro.

Questo incontro è la grazia che salva perché rende figli di Dio, e di essa Gesù di Nazaret, il Messia, è mediatore: tutti ne hanno bisogno e a tutti è offerta. «Quando giunse la pienezza del tempo — dice san Paolo — Dio inviò il Figlio suo, nato da una donna... affinché ricevessimo l'adozione a figli» (Gal 4,4-5).

Come parla la Bibbia

Per comprendere gli autori biblici è necessario conoscere il mondo in cui ogni autore vive, cioè il contesto in cui è inserito. C'è anzitutto un contesto culturale, per cui, parlando delle origini e della struttura fisica del mondo, della storia e della geografia, ciascun autore si esprime secondo le conoscenze della sua epoca.

C'è poi un contesto morale e religioso: ogni età ha un suo livello morale. C'è nella storia, anche e soprattutto dell'Antico Testamento, un'elevazione lenta e progressiva della coscienza.

C'è inoltre il contesto letterario, che è semitico e sotto molti aspetti differenziato rispetto alla mentalità occidentale. Il semita ama proporre le idee a mezzo di suggestioni e di immagini, senza curarsi della loro coerenza, accumulando tratti e simboli significativi, usa procedimenti e modi di scrivere a noi estranei, usa le fonti senza darne indicazione al lettore.

C'è soprattutto da tener presente il genere letterario che incide sul significato di un testo. Nella Bibbia vi sono prosa e poesia, testi storici e saghe, raccolte di leggi e canti liturgici, visioni e discorsi, e così via. E in uno stesso genere letterario vi sono ancora differenze.

È quindi evidente che per comprendere un libro o un brano della Bibbia si deve sapere davanti a quale genere letterario ci si trova e in quale contesto storico sono stati scritti; diversamente si corre il rischio di non comprenderli e anche di scandalizzarsi inutilmente.

La Bibbia, parola di Dio all'uomo

Tutta l'importanza della Bibbia sta nel fatto che essa contiene la rivelazione e la parola di Dio agli uomini. *Rivelazione* significa lo svelamento del «mistero» divino che consiste nella sua «volontà di chiamare gli uomini a sé e di renderli partecipi della sua natura divina per mezzo di Gesù Cristo, Verbo fatto carne, nello Spirito Santo» (DV 2). Questa rivelazione si è effettuata «con eventi e parole intimamente connessi, in modo che le opere compiute da Dio nella storia della salvezza manifestano e rafforzano la dottrina e la realtà significate dalle parole, e le parole dichiarano le opere e il mistero in esse contenuto. Questa rivelazione risplende a noi in Cristo il quale è insieme il mediatore e la pienezza di tutta la rivelazione...» (DV 2).

Per fissare in scritto questa rivelazione gli autori dei libri sacri scrissero sotto una speciale direzione e guida dello Spirito Santo, detta *ispirazione*, pur conservando intatta la loro libertà, coscienza e doti umane.

Questi libri «scritti per ispirazione dello Spirito Santo, hanno Dio per autore e come tali sono stati consegnati alla chiesa... Poiché dunque tutto ciò che gli autori ispirati o agiografi asseriscono è da ritenersi asserito dallo Spirito Santo, è da ritenersi anche, per conseguenza, che i libri della Scrittura insegnano con certezza, fedelmente e senza errore la verità che Dio, in ordine alla nostra salvezza, volle fosse consegnata nelle sacre Lettere» (DV 11).

C'è quindi una inerranza nella Bibbia, ma essa si riferisce alle verità che riguardano la nostra salvezza.

Questa solenne dichiarazione del Concilio Vaticano II significa praticamente che la Bibbia è portatrice di un messaggio che sta al di là delle concezioni scientifiche, dei modelli culturali, del modo di scrivere la storia che seguivano gli antichi. Il suo insegnamento, anche se impartito attraverso uomini di un determinato tempo che furono assunti a essere strumenti di Dio, trascende ogni condizionamento storico e risuona attuale per ogni uomo, in ordine alla sua salvezza.

Poiché la Bibbia non è un catechismo o un trattato di religione, ma un libro che riflette la vita di un popolo per circa tredici secoli, l'interpretazione valida e impegnativa per i credenti su ciò che riguarda le verità da credere e il comportamento morale è quella che viene data dalla chiesa e nella chiesa mediante il servizio del suo magistero, sia quello solenne dei concili e del papa con i vescovi, sia quello ordinario dell'insegnamento.

ANTICO TESTAMENTO

La parola viva di Dio, che Israele riceveva attraverso i suoi uomini carismatici, si è in seguito cristallizzata in un testo scritto che ancor oggi sta davanti al lettore credente o no. È uno scritto che la tradizione ha definito «Antico Testamento» o «antica alleanza». È uno scritto che si articola in una collezione di 46 «libri santi» (1Mac 12,9) fissati dal *canone* della chiesa.

La parola divina dell'Antico Testamento è stata tradizionalmente distribuita in ambito cristiano su una struttura tripartita comprendente libri storici, libri didattico-sapienziali e libri profetici.

I 46 «libri santi»

Libri storici. Si aprono con la *Tôrah*, cioè la «Legge». È il Pentateuco, letteralmente «i cinque astucci» contenenti i rotoli della Genesi, dell'Esodo, del Levitico, dei Numeri e del Deuteronomio, i libri più cari alla tradizione biblica e giudaica, posti ancor oggi al centro della liturgia sinagogale. Seguono poi le opere che abbracciano l'intero orizzonte storico di Israele dal 1200 al II secolo a.C.: Giosuè, Giudici, Rut, 1 e 2 Samuele, 1 e 2 Re, 1 e 2 Cronache, Esdra, Neemia, Tobia, Giuditta ed Ester (questi ultimi tre potrebbero essere definiti «romanzi storici» esemplari) e, infine, 1 e 2 Maccabei che esaltano l'epopea maccabaica del II secolo a.C.

Libri didattico-sapienziali. Accanto al Pentateuco storico la tradizione della Bibbia greca e cattolica ha accostato quello che potremmo definire «il Pentateuco sapienziale» composto da Giobbe, Proverbi, Qohèlet (o Ecclesiaste), Sapienza, Siracide (o Ecclesiastico), espressione spesso irraggiungibile dello svelarsi di Dio anche nei segreti dell'esistenza e nei suoi drammi più laceranti. I Salmi e il Cantico dei Cantici sono collegati a quest'area e, pur conservando una loro funzione e una loro autonomia, costituiscono coi precedenti volumi il settenario sapienziale perfetto.

Libri profetici. Essi sono l'espressione più viva della parola di Dio: se la terminologia *debar-Jhwh*, «parola del Signore», ricorre nell'Antico Testamento 241 volte, essa risuona per 221 volte proprio in collegamento a un profeta. Quattro sono i cosiddetti «grandi profeti»: Isaia il cui rotolo raccoglie la voce di tre profeti, il classico Isaia dell'VIII secolo a.C. e due profeti anonimi del VI secolo a.C. convenzionalmente indicati come Secondo e Terzo Isaia; il «romantico» Geremia con i due allegati delle Lamentazioni e di Baruc, quest'ultimo in realtà un'antologia di testi disparati; Ezechiele, profeta barocco, e Daniele che, strettamente parlando, è uno scritto apocalittico. Segue una collezione di dodici profeti cosiddetti «minori», di epoche diverse (dall'VIII al III secolo a.C.) e di differente qualità letteraria: Osea, Gioele, Amos, Abdia, Giona, Michea, Naum, Abacuc, Sofonia, Aggeo, Zaccaria e Malachia.

La parola di Dio nella storia del suo popolo

Poiché l'Antico Testamento rispecchia la storia e la vita del popolo ebreo dalle sue origini al II secolo a.C., la conoscenza almeno a grandi linee della sua storia è indispensabile per orientarsi.

Cinque grandi fasi storiche. Proponiamo qui una sintesi essenziale della storia biblica. In essa sono distinguibili cinque grandi fasce di differente qualità storiografica.

La prima raccoglie l'oscuro e arcaico *periodo patriarcale* (1850-1700 a.C.: Gn 12-50). Di esso la Bibbia offre narrazioni e saghe familiari con personaggi tribali spesso emblematici (vedi Giacobbe-Israele). L'archeologia ha confermato i dati generali della vita seminomade di quel periodo, i costumi, i nomi descritti nel libro della Genesi e li ha trovati corrispondenti al modello sociologico dell'Oriente agli inizi del II millennio a.c., così come ci è noto a livello generale.

La seconda fase è quella dell'*esodo dall'Egitto* e la permanenza nel deserto che culmina nell'evento dell'alleanza al Sinai (secolo XIII a.C.). In quell'evento e in quel periodo Israele sembra aver percepito la presenza in assoluto più alta del suo Dio e allora ha cominciato a coagularsi come popolo. L'esodo è stato un avvenimento politicamente complesso comprendente probabilmente un esodo-fuga e un esodo-espulsione. Durante questa fase Israele appare citato per la prima volta in un documento profano, la stele del faraone Mernephtah, scoperta nel 1896 a Tebe e databile tra il 1230 e il 1219 a.c.: «Devastato è Israele, esso è senza seme».

Con la *conquista della Palestina*, attraverso una lenta infiltrazione, oltre che con qualche *blitz* fulmineo, raccontato nel libro di Giosuè, si apre la terza fase contrassegnata a livello politico forse da una struttura federativa cultuale delle varie tribù con centro cultuale a Sichem (secoli XII-XI a.C.). Il governo è affidato ai cosiddetti «giudici»: alcuni sono uomini «carismatici» e «salvatori della patria» (equivalenti al «dittatore» romano), in carica per periodi limitati e di crisi, dotati di poteri eccezionali non solo sulla loro tribù ma anche su coalizioni di tribù, come Debora, Gedeone, Iefte.

La quarta fase storica è rappresentata dal *periodo monarchico*, che si estende dal 1020 circa al 586 a.c. L'esordio di questa importante fascia storica della Bibbia è presentato secondo due versioni: una antimonarchica (1Sam 8,1-22; 10,18-25; 12; 15), l'altra filomonarchica (1Sam 9,1 - 10,16; 11,1-15; 13-14). È la nascita dello stato nazionale ebraico in senso stretto. Esso diviene realtà soprattutto con Davide e Salomone. Si tratta però di un'unità politica fragile e per certi versi artificiosa. Dopo due sole generazioni lo stato unitario si sfascia nella scissione di Sichem (931 a.C.) tra regno d'Israele (dieci tribù settentrionali, con capitale Sichem, poi Samaria) e regno di Giuda (due tribù meridionali con capitale Gerusalemme). Il primo regno sarà spazzato via dalla potenza assira nel 721 a.C.; il secondo si chiuderà con la distruzione di Gerusalemme operata dalle armate babilonesi di Nabucodònosor nel 586 a.C.

Si apre così la quinta fase, l'epoca cosiddetta *giudaica*, che con alterne vicende vede Israele, dopo l'esilio babilonese (586-538 a.C.), ridotto a una provincia dei vari imperi che si succedono sulla scena politica orientale (Persia, ellenismo siro, Romani). Il potere è gestito da un governo interno di tipo teocratico, organizzato da Esdra e Neemia. Un bagliore di novità sarà la famosa rivolta partigiana maccabaica contro l'oppressione di Antioco IV Epifane (175-164 a.C.) che darà origine a una scialba e inetta monarchia (gli Asmonei). Essa verrà liquidata da un ebreo-idumeo, Erode il Grande (37-4 a.C.). Ma la potenza mondiale è ormai Roma che nel 70 d.C. stronca la rivolta ed elimina definitivamente lo stato ebraico dalla carta politica del Medio Oriente.

PENTATEUCO

La «Tôrah» d'Israele. - La prima grande collezione di libri biblici è chiamata dagli Ebrei la *Tôrah*, parola che significa «legge», ma più ancora «insegnamento» di Dio per eccellenza, e dalla tradizione greca e cristiana è chiamata *Pentateuco*, cioè i «cinque rotoli» (letteralmente: i cinque astucci, contenenti i rotoli), cuore di ogni sinagoga.

I cinque libri del Pentateuco per gli Ebrei non avevano alcun titolo e vengono indicati a tutt'oggi solo con le prime parole del loro testo (*In principio, Questi sono i nomi, Chiamò, Nel deserto, Le parole*). La versione greca detta dei Settanta (III-II secolo a.C.) li ha chiamati *Genesi* (origine), *Esodo* (uscita), *Levitico* (libro della tribù sacerdotale di Levi), *Numeri* (censimenti) e *Deuteronomio* (seconda legge). I cinque libri sono la testimonianza della parola-evento di Dio.

La Genesi, dopo il grande affresco universale della creazione, degli splendori e delle miserie dell'umanità, traccia in tre grandi cicli (Abramo-Isacco, Giacobbe, Giuseppe) gli inizi stessi del popolo di Dio e della rivelazione divina a Israele.

L'Esodo è centrato sulle due grandi manifestazioni della liberazione dalla schiavitù faraonica e dell'incontro con Dio nella solitudine del Sinai, dove si stabilisce l'alleanza tra Dio e Israele.

Il Levitico è una collezione legislativa rigorosamente strutturata su una serie di codici concernenti soprattutto il rituale ebraico.

Il tema della marcia nel deserto fa da sfondo all'intero libro dei Numeri che, in un'abile miscela di racconti e di leggi, descrive l'itinerario d'Israele dal Sinai alle soglie della terra promessa.

Il Deuteronomio, infine, è costituito da un grande codice centrale (cc. 12-26) inquadrato da una serie di omelie messe in bocca a Mosè che si rivelano anche un'intensa proposta di vita per Israele ormai stanziato in Palestina.

Il Pentateuco appare come lo sviluppo di quello che viene chiamato il «piccolo credo» d'Israele.

Ricordiamo la scena che chiude il libro di Giosuè. Israele ha ormai varcato i confini della terra tanto sospirata: a Sichem, futura capitale religiosa della confederazione delle tribù giunte in Palestina, sotto l'ombra verdeggiante del monte Garizim, simbolo della benedizione, e sotto quella del monte roccioso Ebal, simbolo della maledizione, si leva la voce di Giosuè, la guida della conquista della Palestina, il profeta di Dio.

Egli infatti pronuncia a nome di Dio un discorso che è la narrazione storico-religiosa degli interventi compiuti da Dio per Israele, a partire dalla chiamata di Abramo: «Io trassi il vostro padre Abramo di là dal fiume e lo feci andare per tutta la terra di Canaan, moltiplicai la sua discendenza... I suoi figli discesero in Egitto. Mandai quindi Mosè ed Aronne e colpii l'Egitto con quello che feci in esso; poi ve ne feci uscire... Gli Egiziani inseguirono i vostri padri con carri e cavalieri fino al Mar Rosso... e feci scorrere su di loro il mare, che li sommerse... Voi avete dimorato molto tempo nel deserto... poi avete attraversato il Giordano e siete pervenuti a Gerico... Vi ho dato una terra che voi non avete coltivato e città che non avete costruito, eppure vi abitate e mangiate i frutti delle vigne e degli oliveti che non avete piantati» (Gs 24,3-13).

Questo crede Israele del suo Dio, questa è la sua professione di fede messa in bocca a Giosuè, e può essere quasi la sintesi essenziale dell'intero Pentateuco articolato attorno a tre eventi centrali: la vocazione alla fede dei patriarchi, il grande dono della libertà nell'epopea dell'esodo, il meraviglioso segno della terra promessa in cui Israele vivrà la sua storia. Questi eventi, commentati, narrati e meditati dai libri della *Tôrah*, costituiscono la trama fondamentale della storia della salvezza, sono la grande rivelazione vivente di Dio.

Il Sal 136 esprime nella preghiera di lode questa storia di salvezza: elenca infatti gli eventi principali della creazione e della storia d'Israele, ripetendo a ogni versetto: «poiché per sempre è la sua misericordia». È il cosiddetto grande *Hallel*, la grande lode che concludeva la cena pasquale e che hanno cantato anche Gesù e i suoi discepoli dopo l'ultima cena (Mt 26,30)

Preghiera e professione di fede di ogni pio ebreo sono legate a una sintesi essenziale dell'intero Pentateuco, la grande storia della salvezza, vissuta dai padri.

Il Pentateuco frutto e alimento della fede. - Il Pentateuco è opera corale di un popolo illuminato da Dio e guidato dalla figura di Mosè che, oltre ad aver tracciato la via della libertà a Israele schiavo, è stato anche il primo a meditare sulla presenza di Dio nella storia. La Bibbia infatti, più che all'analisi di Dio colto nella sua essenza e nella sua sconfinata entità, è protesa alla ricerca della sua manifestazione concreta, della sua rivelazione nella storia umana. Per il Pentateuco, perciò, l'arco delle vicende storiche è appunto il luogo privilegiato in cui Dio svela il suo volto. Per questo il credo d'Israele, an-

ziché essere un'elencazione intellettualistica delle qualifiche astratte di Jhwh, è il *memoriale* delle sue gesta salvifiche che punteggiano il passato d'Israele e si riattualizzano nel presente (Dt 26,5-11).

Il Pentateuco, dopo aver alimentato la fede d'Israele, è ora anche nel cuore del messaggio cristiano. Cristo, infatti, col suo nuovo «pentateuco» costituito dai cinque discorsi che reggono il vangelo di Matteo, non ha voluto abolire l'antica *Tôrah* ma portarla a compimento e a pienezza: «Non crediate che io sia venuto ad abrogare la legge o i profeti; non sono venuto ad abrogare, ma a compiere. In verità vi dico: finché non passino il cielo e la terra, non uno jota, non un apice cadrà dalla legge, prima che tutto accada» (Mt 5,17-18). E sarà su due testi del Pentateuco che Gesù traccerà la sintesi dell'intero impegno religioso: «Uno di loro, dottore della legge, lo interrogò per metterlo alla prova: "Maestro, qual è il precetto più grande della legge?". Egli rispose: "*Amerai il Signore Dio con tutto il tuo cuore, con tutta la tua anima, con tutta la tua mente* (Dt 6,5). Questo è il più grande e il primo dei precetti. Ma il secondo è simile ad esso: *Amerai il prossimo tuo come te stesso* (Lv 19,18). Da questi due precetti dipende tutta la legge e i profeti"» (Mt 22,35-40). Così «la legge è divenuta per noi come un pedagogo che ci ha condotti a Cristo, perché fossimo giustificati dalla fede» (Gal 3,24).

GENESI

Con la parola Bere'shît (In principio) *gli ebrei intitolano il primo libro della Bibbia, che noi chiamiamo Genesi. Principio della Bibbia, e in particolare del Pentateuco o* Tôrah, *cioè della prima grande rivelazione di Dio; principio dell'essere nella creazione; principio del dialogo tra Dio e uomo, cioè di quella catena ininterrotta di eventi e di parole che è la storia della salvezza; principio che avrà la sua riedizione definitiva nell'*In principio era il Verbo *del vangelo di Giovanni (1,1). Tutto questo fa intuire l'importanza di questo libro.*

Esso è costituito sostanzialmente da due tavole di uno stesso dittico. La prima tavola occupa i cc. 1-11 e ha per protagonista l'Adamo o l'Uomo, quello di tutti i tempi e di tutte le regioni della terra. Dopo il duplice racconto della creazione (cc. 1-2), le narrazioni sono impostate sullo schema delitto-castigo: Adamo ed Eva (c. 3), Caino (c. 4), diluvio (cc. 6-8), figli di Noè (9,20-27), Babele (c. 11). La seconda tavola, che comprende i cc. 12-50, ha per soggetto Abramo (sec. XIX a.C.) e la sua discendenza: la scelta da parte di Dio di quest'uomo e la sua risposta di fede sono la radice da cui si è sviluppato Israele. Delitto e castigo non sono destino eterno dell'umanità; ad esso si contrappone la salvezza offerta da Dio che chiede l'adesione dell'uomo per realizzarla.

TRADIZIONI DELLA STORIA PRIMITIVA

1 **Creazione.** - [1]In principio Dio creò il cielo e la terra. [2]Ma la terra era deserta e disadorna e v'era tenebra sulla superficie dell'oceano e lo spirito di Dio era sulla superficie delle acque.

[3]Dio allora ordinò: «Vi sia luce». E vi fu luce. [4]E Dio vide che la luce era buona e separò la luce dalla tenebra. [5]E Dio chiamò la luce giorno e la tenebra notte. Poi venne sera, poi venne mattina: un giorno.

[6]Dio disse ancora: «Vi sia un firmamento in mezzo alle acque che tenga separate le acque dalle acque». E avvenne così. [7]Dio fece il firmamento e separò le acque che sono sotto il firmamento dalle acque che sono sopra il firmamento. [8]E Dio chiamò il firmamento cielo. Di nuovo venne sera, poi mattina: secondo giorno.

[9]E Dio ordinò: «Le acque che sono sotto il cielo si accumulino in una sola massa e appaia l'asciutto». E avvenne così. [10]Dio poi chiamò l'asciutto terra e alla massa delle acque diede il nome di mari. E Dio vide che questo era buono.

[11]Dio comandò ancora: «La terra faccia germogliare la verdura, le graminacee produttrici di semenza e gli alberi da frutto, che producano sulla terra un frutto contenente il proprio seme, ciascuno secondo la propria specie». E così avvenne. [12]La terra produsse verdura, graminacee che facevano semenza secondo la propria specie e alberi che portavano frutto contenente il proprio seme, ciascuno secondo la propria specie. Poi Dio vide che questo era buono. [13]Così venne sera, poi venne mattina: terzo giorno.

[14]Di nuovo Dio ordinò: «Vi siano delle lampade nel firmamento del cielo, per se-

---

1. - 3. Dopo aver accennato alla creazione della materia primordiale, l'autore sacro, in forma logico-poetica, descrive la creazione delle singole cose, compendiando tutto in una settimana, che termina con il riposo del sabato.

11. La narrazione della creazione è divisa in due parti: l'organizzazione del caos primitivo, opera dei primi tre giorni, vv. 3-13; ornamentazione del creato già organizzato, opera degli altri tre giorni, vv. 14-31. Nel terzo giorno, però, è già posta la creazione delle erbe e delle piante perché, aderendo esse al suolo, erano considerate dagli antichi come parte di esso, senza vita propria.

parare il giorno dalla notte; siano segni per feste, per giorni e per anni, [15]e facciano da lampade nel firmamento del cielo, per illuminare la terra». E avvenne così. [16]Dio fece le due lampade maggiori, la lampada grande per il governo del giorno, e la lampada piccola per il governo della notte, e le stelle. [17]Poi Dio le pose nel firmamento del cielo per illuminare la terra, [18]per governare il giorno e la notte e per la separazione tra la luce e la tenebra. E Dio vide che era buono. [19]E venne sera, poi mattina: quarto giorno.

[20]E Dio disse: «Brulichino le acque d'un brulichio d'esseri viventi, e volatili volino sopra la terra, sullo sfondo del firmamento del cielo». E così avvenne; [21]Dio creò i grandi cetacei e tutti gli esseri viventi guizzanti, di cui brulicano le acque, secondo le loro specie, e tutti i volatili alati, secondo la loro specie. E Dio vide che era buono. [22]Allora Dio li benedisse dicendo: «Siate fecondi, moltiplicatevi e riempite le acque dei mari; e i volatili si moltiplichino sulla terra». [23]E venne sera, poi mattina: quinto giorno.

[24]Di nuovo Dio ordinò: «La terra produca esseri viventi, secondo la loro specie: bestiame e rettili e fiere della terra, secondo la loro specie». E avvenne così. [25]Dio fece le fiere della terra, secondo la loro specie e il bestiame, secondo la propria specie e tutti i rettili del suolo secondo la loro specie. E Dio vide che era buono.

Creazione dell'uomo. - [26]Finalmente Dio disse: «Facciamo l'uomo secondo la nostra immagine, come nostra somiglianza, affinché possa dominare sui pesci del mare e sui volatili del cielo, sul bestiame e sulle fiere della terra e su tutti i rettili che strisciano sulla terra».

[27] Dio creò gli uomini secondo la sua immagine;
a immagine di Dio li creò;
maschio e femmina li creò.

[28] Quindi Dio li benedisse e disse loro:
«Siate fecondi e moltiplicatevi, riempite la terra e soggiogatela,
e abbiate dominio sui pesci del mare, sui volatili del cielo,
sul bestiame e su ogni essere vivente che striscia sulla terra».

[29]Poi Dio disse: «Ecco, io vi do ogni sorta di graminacee produttrici di semenza, che sono sulla superficie di tutta la terra, e anche ogni sorta di alberi in cui vi sono frutti portatori di seme: essi costituiranno il vostro nutrimento. [30]Ma a tutte le fiere della terra, a tutti i volatili del cielo e a tutti gli esseri striscianti sulla terra e nei quali vi è l'alito di vita, io do come nutrimento l'erba verde». E così avvenne.

[31]Dio vide tutto quello che aveva fatto, ed ecco che era molto buono. E venne sera, poi mattina: sesto giorno.

2 Origine del sabato. - [1]Così furono ultimati i cieli e la terra e tutto il loro ornamento.

[2]Allora Dio, nel giorno settimo, volle conclusa l'opera che aveva fatto e si astenne, nel giorno settimo, da ogni opera che aveva fatto. [3]Quindi Dio benedisse il giorno settimo e lo consacrò, perché in esso aveva cessato da ogni lavoro servile che operando aveva creato.

Il paradiso dell'Eden. - [4]Queste sono le origini dei cieli e della terra quando Dio li creò. Quando il Signore Dio fece la terra e il cielo, [5]ancora nessun cespuglio della steppa vi era sulla terra, né alcuna erba della steppa vi era spuntata, perché il Signore Dio non aveva fatto piovere sulla terra e non vi era l'uomo che lavorasse il terreno; [6]e facesse sgorgare dalla terra un canale e facesse irrigare tutta la superficie del terreno; [7]allora il Signore Dio modellò l'uomo con la polvere del terreno e soffiò nelle sue narici un alito di vita; così l'uomo divenne un essere vivente.

[8]Poi il Signore Dio piantò un giardino in Eden, a oriente, e vi collocò l'uomo che aveva modellato. [9]Il Signore Dio fece spun-

---

26. *Facciamo* l'uomo, oggetto di cura speciale da parte di Dio, creato «a immagine di Dio, è capace di conoscere e amare il suo Creatore, e fu costituito da lui sopra tutte le creature terrene, quale signore di esse» (GS 12).

27. «Dio non creò l'uomo lasciandolo solo: fin da principio *uomo e donna li creò*, e la loro unione costituisce la prima forma di comunione di persone» (GS 12), e insieme, come coppia che nell'amore dona la vita, sono l'immagine più perfetta di Dio.

2. - 7. *Modellò l'uomo...*: qui non si tratta di un insegnamento scientifico sull'origine del corpo umano; si vuole soltanto dire che l'uomo, come tale, è opera di Dio e che la sua anima viene direttamente da lui.

tare dal terreno ogni sorta d'alberi, attraenti per la vista e buoni da mangiare, e l'albero della vita nella parte più interna del giardino, insieme all'albero della conoscenza del bene e del male. [10]Un fiume usciva da Eden per irrigare il giardino; poi di lì si divideva e diventava quattro corsi. [11]Il nome del primo è Pison: esso delimita il confine di tutta la regione di Avila, dove c'è l'oro: [12]l'oro di quella terra è fine; ivi c'è il bdellio e la pietra d'onice. [13]E il nome del secondo fiume è Ghicon: esso delimita il confine di tutta la regione di Etiopia. [14]E il nome del terzo fiume è Tigri: esso scorre a oriente di Assur. E il quarto fiume è l'Eufrate.

[15]Poi il Signore Dio prese l'uomo e lo pose nel giardino di Eden perché lo lavorasse e lo custodisse.

[16]Il Signore Dio diede questo comando all'uomo: «Di tutti gli alberi del giardino tu puoi mangiare; [17]ma dell'albero della conoscenza del bene e del male non devi mangiarne, perché, nel giorno in cui tu te ne cibassi, dovrai certamente morire».

Creazione della donna. Il matrimonio. - [18]Poi il Signore Dio disse: «Non è bene che l'uomo sia solo: gli voglio fare un aiuto a lui corrispondente». [19]Allora il Signore Dio modellò dal terreno tutte le fiere della steppa e tutti i volatili del cielo e li condusse all'uomo, per vedere come li avrebbe chiamati: in qualunque modo l'uomo avesse chiamato gli esseri viventi, quello doveva essere il loro nome. [20]E così l'uomo impose dei nomi a tutto il bestiame, a tutti i vo-

latili del cielo e a tutte le fiere della steppa; ma, per l'uomo, non fu trovato un aiuto a lui corrispondente. [21]Allora il Signore Dio fece cadere un sonno profondo sull'uomo, che si addormentò, poi gli tolse una delle costole e richiuse la carne al suo posto. [22]Il Signore Dio costruì la costola, che aveva tolto all'uomo, formandone una donna. Poi la condusse all'uomo.

[23]Allora l'uomo disse: «Questa volta è osso delle mie ossa e carne della mia carne! Costei si chiamerà donna perché dall'uomo fu tratta».

[24]Per questo l'uomo abbandona suo padre e sua madre e si attacca alla sua donna e i due diventano una sola carne. [25]Or ambedue erano nudi, l'uomo e la sua donna, ma non sentivano mutua vergogna.

3 **Il peccato dell'uomo.** - [1]Il serpente era la più astuta di tutte le fiere della steppa che il Signore Dio aveva fatto, e disse alla donna: «È vero che Dio ha detto: "Non dovete mangiare di nessun albero del giardino"?». [2]La donna rispose al serpente: «Dei frutti degli alberi del giardino noi possiamo mangiare; [3]ma del frutto dell'albero che sta nella parte interna del giardino Dio ha detto: "Non ne dovete mangiare e non lo dovete toccare, per non morirne"». [4]Ma il serpente disse alla donna: «Voi non morirete affatto! [5]Anzi! Dio sa che nel giorno in cui voi ne mangerete, si apriranno i vostri occhi e diventerete come Dio, conoscitori del bene e del male». [6]Allora la donna vide che l'albero era buono da mangiare, seducente per gli occhi e attraente per avere successo; perciò prese del suo frutto e ne mangiò, poi ne diede anche a suo marito, che era con lei, ed egli ne mangiò.

[7]Si aprirono allora gli occhi di ambedue e conobbero che erano nudi; perciò cucirono delle foglie di fico e se ne fecero delle cinture.

[8]Poi udirono il rumore dei passi del Signore Dio allorché passeggiava nel giardino alla brezza del giorno, e l'uomo fuggì con la moglie dalla presenza del Signore Dio, in mezzo agli alberi del giardino. [9]Allora il Signore Dio chiamò l'uomo e gli domandò: «Dove sei?». [10]Rispose: «Ho udito il tuo passo nel giardino, e ho avuto paura, perché io sono nudo, e mi sono nascosto». [11]Riprese: «Chi ti ha indicato che eri nudo? Hai dunque mangiato dell'albero del quale ti avevo comandato di non mangiare?». [12]Rispose l'uomo: «La donna che tu hai

---

[17]. *Albero della conoscenza del bene e del male...*: non si tratta di un albero o di un frutto, ma di una prova a cui fu sottoposto l'uomo, per sollecitare un atto di riconoscimento dell'autorità di Dio, della dipendenza da lui e della fiducia in lui.

3. - [1-5]. Sotto le sembianze del serpente si nasconde lo spirito nemico di Dio e dell'uomo, Satana, il quale si presenta all'uomo per indurlo a ribellarsi a Dio.

[7]. È il primo risveglio della concupiscenza, manifestazione del disordine introdotto dal peccato. L'equilibrio tra senso e spirito fu distrutto.

[15]. La profezia, ancora indeterminata, è il primo raggio di luce, il *protoevangelo*, con cui Dio risollevò gli uomini alla speranza della salvezza. La tradizione cristiana posteriore vedrà nella discendenza della donna il Messia, Gesù Cristo, e nella donna Maria santissima, l'unica creatura che per privilegio speciale di Dio è rimasta immune dal peccato, «immacolata», perché doveva essere la madre del Messia redentore, Figlio di Dio incarnato, perciò «madre di Dio».

messo vicino a me mi ha dato dell'albero, e io ho mangiato». [13]Il Signore Dio disse alla donna: «Come hai fatto questo?». Rispose la donna: «Il serpente mi ha ingannata e io ho mangiato».

[14]Allora il Signore Dio disse al serpente:

«Perché hai fatto questo,
maledetto sii tu fra tutto il bestiame
e tra tutti gli animali della campagna:
sul tuo ventre dovrai camminare
e polvere dovrai mangiare
per tutti i giorni della tua vita.
[15] Ed io porrò un'ostilità tra te e la donna
e tra la tua stirpe e la sua stirpe:
essa ti schiaccerà la testa
e tu la assalirai al tallone».

[16]Alla donna disse:

«Moltiplicherò
le tue sofferenze e le tue gravidanze,
con doglie dovrai partorire figlioli.
Verso tuo marito ti spingerà la tua passione,
ma egli vorrà dominare su te».

[17]E all'uomo disse: «Perché hai ascoltato la voce di tua moglie e hai mangiato dell'albero, per il quale t'avevo comandato: "Non ne devi mangiare":

Maledetto sia il suolo per causa tua!
Con affanno ne trarrai il nutrimento,
per tutti i giorni della tua vita.
[18] Spine e cardi farà spuntare per te,
mentre tu dovrai mangiare
le erbe della campagna.
[19] Con il sudore della tua faccia mangerai pane,
finché tornerai alla terra,
perché da essa sei stato tratto,
perché polvere sei e in polvere devi tornare!».

[20]L'uomo diede a sua moglie il nome di Eva, perché essa fu la madre di tutti i viventi.
[21]E il Signore Dio fece all'uomo e a sua moglie delle tuniche di pelli e li vestì.
[22]Il Signore Dio disse allora: «Ecco che l'uomo è diventato come uno di noi, conoscendo il bene e il male! E ora facciamo sì ch'egli non stenda la sua mano e non prenda anche l'albero della vita, così che ne mangi e viva in eterno!».

[23]E il Signore Dio lo mandò via dal giardino di Eden, per lavorare il suolo donde era stato tratto. [24]Scacciò l'uomo, e dinanzi al giardino di Eden pose i cherubini e la fiamma della spada folgorante per custodire l'accesso all'albero della vita.

4 Caino e Abele. - [1]Or Adamo si unì a Eva, sua moglie, la quale concepì e partorì Caino, dicendo: «Ho formato un uomo con il favore del Signore». [2]Quindi aggiunse al nato un fratello, Abele. Abele divenne pastore di greggi e Caino coltivatore del suolo.

[3]Or, dopo un certo tempo, Caino offrì dei frutti del suolo in sacrificio al Signore; [4]e anche Abele offrì dei primogeniti del suo gregge e del loro grasso. Il Signore gradì Abele e la sua offerta, [5]ma non gradì Caino e l'offerta di lui. Perciò Caino ne fu molto irritato e il suo viso fu abbattuto.

[6]Il Signore disse allora a Caino: «Perché tu sei acceso d'ira e perché è abbattuto il tuo volto? [7]Non è forse vero che se agisci bene puoi tenere alta la testa, mentre se non agisci bene, è alla porta il Maligno, come un *Robes*? Esso si sforza di conquistare te, ma sei tu che lo devi dominare!».

[8]Poi Caino ebbe da dire con suo fratello Abele. E com'essi furono nei campi, Caino si scagliò contro suo fratello Abele e lo uccise.

[9]Il Signore disse a Caino: «Dov'è Abele, tuo fratello?». Egli rispose: «Non lo so. Sono forse io custode di mio fratello?». [10]Il Signore riprese: «Che hai tu fatto? Sento il fiotto di sangue di tuo fratello che grida a me dal suolo! [11]E ora tu sei maledetto dalla terra che per mano tua ha spalancato la bocca per ricevere il fiotto di sangue di tuo fratello. [12]Quando lavorerai il suolo, esso non ti darà più i suoi frutti; errante e vagabondo sarai per la terra».

[13]Caino disse al Signore: «È troppo grande la mia colpa, così da non meritare perdono! [14]Ecco, tu mi scacci oggi dalla faccia di questo suolo, e lungi dalla tua presenza io mi dovrò nascondere; io sarò ramingo e fuggiasco per la terra, per cui avverrà che

---

23. Dio scaccia Adamo ed Eva dal paradiso terrestre per indicare che essi perdettero con il peccato la familiarità divina cui si accenna nel v. 8.
4. - 8. Frutto della ribellione dell'uomo contro Dio è la lotta dell'uomo contro l'uomo, in un progressivo allontanamento dell'umanità da Dio.

chiunque mi troverà m'ucciderà». [15]Ma il Signore gli disse: «Non così! Chiunque ucciderà Caino sarà punito sette volte!». E il Signore pose su Caino un segno, cosicché chiunque l'avesse incontrato non l'avrebbe ucciso!
[16]E Caino partì dalla presenza del Signore e abitò nel paese di Nod, di fronte a Eden.

I discendenti di Caino. - [17]Or Caino si unì a sua moglie che concepì e partorì Enoch. Egli divenne costruttore di una città, che chiamò Enoch, dal nome del figlio suo. [18]E a Enoch nacque Irad; e Irad generò Mecuiael e Mecuiael generò Matusael e Matusael generò Lamech. [19]Lamech si prese due mogli: una di nome Ada e l'altra di nome Zilla. [20]Ada partorì Iabal; questi fu il padre di quanti abitano sotto le tende, presso il bestiame. [21]Il nome di suo fratello fu Iubal; questi fu il padre di tutti i suonatori di lira e flauto. [22]Zilla partorì, essa pure, Tubalkain, istruttore di ogni aguzzatore del rame e del ferro. Sorella di Tubalkain fu Noema.
[23]Lamech disse alle mogli:

«Ada e Zilla, udite la mia voce;
mogli di Lamech, ascoltate il mio dire:
Ho ucciso un uomo per una mia ferita
e un giovane per una mia
     ammaccatura:
[24] Caino sarà vendicato sette volte,
ma Lamech settantasette».

Il culto del Signore. - [25]Adamo si unì di nuovo a sua moglie, che partorì un figlio e lo chiamò Set, dicendo: «Dio mi ha dato un altro discendente al posto di Abele, poiché Caino l'ha ucciso». [26]Anche a Set nacque un figlio, e lo chiamò Enos. Allora si cominciò ad invocare il nome del Signore (Jhwh).

[15.] Dio fu sempre rigorosamente contro chiunque spargesse sangue umano (cfr. Es 21,12-17).
[23.] *Lamech*, discendente di Caino, fu il primo a violare l'unità del matrimonio stabilita da Dio in principio. Il selvaggio canto di questo cainita forse è solo riferito per indicare il crescere della violenza nel mondo.
[25-26.] Adamo ebbe certamente altri figli: qui viene ricordato solamente Set, perché capostipite di una discendenza che l'autore pare voler opporre a quella di Caino.
5. - [2.] *Uomo*, in ebraico «Adamo», significa fatto di terra, *adamah*.

5 **I patriarchi antidiluviani.** - [1]Questo è il libro della genealogia di Adamo. Nel giorno in cui Dio creò Adamo, lo fece a somiglianza di Dio. [2]Maschio e femmina li creò, li benedisse e li denominò «uomo», nel giorno in cui furono creati. [3]Quando Adamo ebbe centotrent'anni generò un figlio a sua somiglianza, conforme all'immagine sua, e lo chiamò Set. [4]E dopo aver generato Set, i giorni di Adamo furono ancora ottocento anni, e generò altri figli e figlie. [5]L'intera vita di Adamo fu di novecentotrent'anni, poi morì. [6]Quando Set ebbe centocinque anni generò Enos; [7]e dopo aver generato Enos, Set visse ancora ottocentosette anni e generò figli e figlie. [8]L'intera vita di Set fu di novecentododici anni, poi morì.

[9]Quando Enos ebbe novant'anni generò Kenan; [10]ed Enos, dopo aver generato Kenan, visse ancora ottocentoquindici anni e generò figli e figlie. [11]L'intera vita di Enos fu di novecentocinque anni, poi morì.

[12]Quando Kenan ebbe settant'anni generò Malaleel; [13]e Kenan, dopo aver generato Malaleel, visse ancora ottocentoquarant'anni e generò figli e figlie. [14]L'intera vita di Kenan fu di novecentodieci anni, poi morì.

[15]Quando Malaleel ebbe sessantacinque anni generò Iared; [16]e Malaleel, dopo aver generato Iared, visse ancora ottocentotrent'anni e generò figli e figlie. [17]L'intera vita di Malaleel fu di ottocentonovantacinque anni, poi morì.

[18]Quando Iared ebbe centosessantadue anni generò Enoch; [19]e Iared, dopo aver generato Enoch, visse ancora ottocento anni e generò figli e figlie. [20]L'intera vita di Iared fu di novecentosessantadue anni, poi morì.

[21]Quando Enoch ebbe sessantacinque anni generò Matusalemme; [22]Enoch camminò con Dio. Enoch, dopo aver generato Matusalemme, visse ancora trecento anni e generò figli e figlie. [23]L'intera vita di Enoch fu di trecentosessantacinque anni. [24]Enoch camminò con Dio e non ci fu più, poiché Dio lo rapì.

[25]Quando Matusalemme ebbe centottantasette anni generò Lamech; [26]e Matusalemme, dopo aver generato Lamech, visse ancora settecentottantadue anni e generò figli e figlie. [27]L'intera vita di Matusalemme fu di novecentosessantanove anni, poi morì. [28]Quando Lamech ebbe centottantadue an-

ni generò un figlio, ²⁹e lo chiamò Noè dicendo: «Costui ci consolerà del nostro lavoro e della sofferenza delle nostre mani, a causa del suolo che il Signore ha maledetto». ³⁰E Lamech, dopo aver generato Noè, visse ancora cinquecentonovantacinque anni e generò figli e figlie. ³¹L'intera vita di Lamech fu di settecentosettantasette anni, poi morì.

³²Noè raggiunse l'età di cinquecento anni, quindi generò Sem, Cam e Iafet.

6 **La corruzione umana.** - ¹Quando gli uomini cominciarono a moltiplicarsi sopra la faccia della terra e nacquero loro delle figliole, ²avvenne che i figli di Dio videro che le figliole degli uomini erano piacevoli e se ne presero per mogli tra tutte quelle che più loro piacquero. ³Allora il Signore disse: «Il mio spirito non durerà per sempre nell'uomo, perché egli non è che carne, e i suoi giorni saranno di centovent'anni».

⁴C'erano i giganti sulla terra a quei tempi, e anche dopo, quando i figli di Dio s'accostarono alle figliole dell'uomo e queste partorirono loro dei figli. Sono questi i famosi eroi dell'antichità.

⁵Allora il Signore vide che la malvagità dell'uomo era grande sulla terra e che ogni progetto concepito dal suo cuore non era rivolto ad altro che al male tutto il giorno: ⁶di conseguenza il Signore fu dispiaciuto di aver fatto l'uomo sulla terra e se ne addolorò in cuor suo. ⁷Sicché il Signore disse: «Io voglio cancellare dalla faccia della terra l'uomo che ho creato: uomo e bestiame e rettili e uccelli del cielo, poiché mi dispiace d'averli fatti». ⁸Tuttavia Noè trovò grazia agli occhi del Signore.

Il diluvio. - ⁹Questa è la storia di Noè. Noè era un uomo giusto, integro tra i suoi contemporanei, e camminava con Dio. ¹⁰Noè generò tre figli: Sem, Cam e Iafet. ¹¹Or la terra era corrotta al cospetto di Dio e piena di violenza.

¹²Dio mirò la terra ed ecco: era corrotta; poiché ogni uomo aveva corrotto la propria condotta sopra la terra.

¹³Allora Dio disse a Noè: «Mi son deciso: la fine di tutti gli uomini è arrivata, poiché la terra, per causa loro, è piena di violenza; ecco, io li distruggerò insieme con la terra. ¹⁴Fatti un'arca di legno resinoso. Farai tale arca a celle e la spalmerai di bitume dentro e fuori. ¹⁵Ed ecco come la farai: l'arca avrà

trecento cubiti di lunghezza, cinquanta di larghezza e trenta di altezza. ¹⁶Farai all'arca un tetto e un cubito più su la terminerai; di fianco le metterai la porta. La farai a ripiani: inferiore, medio e superiore. ¹⁷Ed ecco io manderò il diluvio delle acque sulla terra, per distruggere ogni carne in cui è alito di vita sotto il cielo; tutto quanto è sulla terra dovrà perire. ¹⁸Con te però stabilirò la mia alleanza: entrerai nell'arca tu e i tuoi figli, tua moglie e le mogli dei figli tuoi con te. ¹⁹E di tutto ciò che vive, di ogni carne, fanne entrare nell'arca due di ogni specie per farli sopravvivere con te; siano un maschio e una femmina: ²⁰dei volatili, secondo la loro specie, del bestiame, secondo la loro specie, e di tutti i rettili della terra, secondo la loro specie; due tra tutti verranno con te per sopravvivere. ²¹Tu poi prenditi ogni sorta di cibo da mangiare, e radunalo presso di te, e sarà nutrimento per te e per loro». ²²E Noè fece tutto come Dio gli aveva comandato.

7 ¹Il Signore disse a Noè: «Entra nell'arca tu e tutta la tua famiglia, poiché ti ho visto giusto dinanzi a me, in questa generazione. ²D'ogni animale puro prendine sette coppie, maschio e femmina; invece dell'animale impuro una coppia: maschio e femmina; ³anche degli uccelli del cielo sette coppie, maschio e femmina, sicché la razza sopravviva sulla faccia di tutta la terra; ⁴perché fra sette giorni io farò piovere sulla terra per quaranta giorni e quaranta notti e sterminerò dalla superficie della terra ogni creatura che ho fatto». ⁵Noè fece tutto come il Signore aveva ordinato.

⁶Noè aveva seicento anni, quando avvenne il diluvio delle acque sulla terra. ⁷Entrò

5-32. I numeri usati nella Bibbia, come questi indicanti la longevità straordinaria attribuita ai patriarchi anteriori al diluvio, non sono da prendere nel loro valore reale.

6. - 2. *Figli di Dio* sono i discendenti di Set; *figliole degli uomini* sono le discendenti di Caino; tale, almeno, è l'interpretazione che hanno dato i padri della chiesa a questo testo difficile.

13. La storia del diluvio si basa su un fatto storico, ricordato anche da numerose narrazioni babilonesi: forse si tratta di una delle varie inondazioni della valle del Tigri e dell'Eufrate, che la tradizione ingrandì sino a farne un cataclisma universale.

15. *L'arca* aveva la forma di un enorme cassone rettangolare, perché doveva soltanto galleggiare, non navigare.

dunque Noè e i suoi figli, sua moglie e le mogli dei suoi figli nell'arca per sottrarsi alle acque del diluvio. [8]Degli animali puri e degli animali impuri, dei volatili e di tutti gli esseri che strisciano sul suolo [9]vennero, a due a due, da Noè nell'arca, maschio e femmina, come Dio aveva comandato a Noè.

[10]E avvenne, al settimo giorno, che le acque del diluvio furono sopra la terra; [11]nell'anno seicentesimo della vita di Noè, nel secondo mese, nel diciassettesimo giorno del mese, proprio in quel giorno, eruppero tutte le sorgenti del grande oceano e le cateratte del cielo si aprirono. [12]E la pioggia cadde sulla terra per quaranta giorni e quaranta notti. [13]In quello stesso giorno entrarono nell'arca Noè e Sem, Cam e Iafet, figli di Noè, e la moglie di Noè e le tre mogli dei suoi tre figli; [14]essi insieme a tutte le fiere, secondo la loro specie, e tutto il bestiame, secondo la sua specie, e tutti i rettili che strisciano sulla terra, secondo la loro specie, e tutti i volatili, secondo la loro specie, uccelli tutti alati. [15]Vennero dunque a Noè nell'arca, a due a due, di ogni carne in cui è il soffio di vita. [16]E quelli che venivano, maschio e femmina d'ogni carne, entrarono come Dio gli aveva comandato; poi il Signore chiuse la porta dietro di lui. [17]Il diluvio venne sopra la terra per quaranta giorni: le acque ingrossarono e sollevarono l'arca che si alzò sopra la terra; [18]e le acque divennero poderose e ingrossarono assai sopra la terra e l'arca galleggiava sulla superficie delle acque. [19]E le acque aumentarono sempre più sopra la terra e coprirono tutti i più alti monti che sono sotto tutto il cielo. [20]Di quindici cubiti di altezza le acque superarono e copersero i monti. [21]E perì ogni carne strisciante sulla terra: volatili, bestiame e fiere e tutti gli esseri brulicanti sulla terra e tutti gli uomini, [22]ogni essere che ha un alito, uno spirito di vita nelle sue narici, fra tutto ciò che è sulla terra asciutta, morì. [23]Così fu sterminata ogni creatura esistente sulla faccia del suolo, dagli uomini agli animali domestici, ai rettili e agli uccelli del cielo: essi furono sterminati dalla terra e rimase solo Noè e chi stava con lui nell'arca. [24]Le acque si mantennero sopra la terra per centocinquanta giorni.

8 [1]Poi Dio si ricordò di Noè, di tutte le fiere e di tutto il bestiame ch'erano con lui nell'arca; Dio fece allora passare un vento sulla terra e le acque cessarono. [2]Le fonti dell'abisso e le cateratte del cielo furono chiuse, e la pioggia cessò di cadere dal cielo; [3]le acque andarono gradatamente ritirandosi dalla terra e cessarono le acque in capo a centocinquanta giorni. [4]Nel settimo mese, il diciassette del mese, l'arca si fermò sui monti dell'Ararat. [5]Le acque andarono via via diminuendo fino al decimo mese. Nel decimo mese, il primo giorno del mese, apparirono le vette dei monti.

[6]In capo a quaranta giorni Noè aprì la finestra che aveva fatto nell'arca e rilasciò il corvo. [7]Esso uscì, andando e tornando, finché si prosciugarono le acque sulla terra. [8]Allora Noè rilasciò la colomba, per vedere se le acque fossero scemate sulla superficie del suolo; [9]ma la colomba non trovò dove posare la pianta del piede e tornò a lui nell'arca, perché c'erano acque sulla superficie di tutta la terra. Ed egli stese la mano, la prese e la portò con sé dentro l'arca. [10]Attese ancora altri sette giorni e di nuovo rilasciò la colomba fuori dell'arca, [11]e la colomba tornò a lui sul far della sera; ed ecco, essa aveva una foglia di ulivo, che aveva strappata con il suo becco; così Noè comprese che le acque erano scemate sopra la terra. [12]Aspettò tuttavia ancora sette giorni, poi rilasciò la colomba; ma essa non ritornò più da lui.

[13]Fu nell'anno seicentouno della vita di Noè, nel primo mese, nel primo giorno del mese, che le acque s'erano prosciugate sopra la terra: Noè scoperchiò l'arca, ed ecco che la superficie del suolo era prosciugata. [14]Ma fu nel secondo mese, nel ventisettesimo giorno del mese, che la terra fu secca. [15]Allora Dio disse a Noè: [16]«Esci dall'arca tu e tua moglie, i tuoi figlioli e le mogli dei tuoi figlioli con te. [17]Fa' uscire con te tutti gli animali che sono con te, d'ogni carne, volatili, bestiame e tutti i rettili che strisciano sulla terra, perché possano brulicare sulla terra, siano fecondi e si moltiplichino sulla terra». [18]Uscì dunque Noè e insieme a lui i suoi figlioli, con sua mo-

---

7. - [11.] *Le sorgenti del grande oceano...*: probabilmente il diluvio fu dovuto a due cause simultanee: un cataclisma terrestre e piogge torrenziali.

[22.23.] Sull'estensione del diluvio è opinione comune che furono distrutti tutti gli uomini, eccetto quelli che erano nell'arca, ma non tutte le bestie; né si estese a tutto il mondo, bensì solo alla terra allora abitata.

8. - [4.] *Ararat* è il nome d'una regione montagnosa, identica a quella chiamata Urartu nei documenti assiri e situata nell'Armenia.

glie e con le mogli dei suoi figlioli. [19]E tutte le fiere, tutti i rettili, tutti i volatili, tutto ciò che striscia sulla terra, secondo le loro specie, uscirono dall'arca.

[20]Allora Noè edificò un altare al Signore, prese ogni sorta di animali puri e ogni sorta di volatili puri e offrì olocausti sull'altare. [21]Il Signore ne odorò la soave fragranza e disse in cuor suo: «Io non tornerò più a maledire il suolo per cagione dell'uomo, perché i progetti del cuore umano sono malvagi fin dall'adolescenza: e non tornerò più a colpire ogni essere vivente come ho fatto. [22]Finché la terra durerà, semina e raccolta, freddo e caldo, estate e inverno, giorno e notte non cesseranno mai».

9 **Noè nuovo Adamo.** - [1]Poi Dio benedisse Noè e i suoi figlioli, e disse loro: «Siate fecondi e moltiplicatevi e riempite la terra. [2]Il timore di voi e il terrore di voi sia in tutte le fiere della terra, in tutti i volatili del cielo. Tutto ciò che striscia sul suolo e tutti i pesci del mare sono dati in vostro potere. [3]Ogni essere che si muove e ha vita sarà vostro cibo; tutto questo vi do, come già l'erba verde. [4]Soltanto non mangerete la carne che ha in sé il suo sangue. [5]Certamente del sangue vostro, ossia della vita vostra, io domanderò conto: ne domanderò conto ad ogni animale; della vita dell'uomo io domanderò conto alla mano dell'uomo, alla mano d'ogni suo fratello!

[6] Chi sparge il sangue di un uomo,
   per mezzo di un uomo il suo sangue sarà
      sparso;
   perché quale immagine di Dio
   ha Egli fatto l'uomo.
[7] Quanto a voi, siate fecondi e
      moltiplicatevi;
   brulicate sulla terra e soggiogatela».

[8]Poi Dio disse a Noè e ai suoi figlioli: [9]«Quanto a me, ecco che io stabilisco la mia alleanza con voi e con la vostra progenie dopo di voi, [10]e con ogni essere vivente che è con voi: con i volatili, con il bestiame e con tutte le fiere della terra che sono con voi, da tutti gli animali che sono usciti dall'arca a tutte le fiere della terra. [11]Io stabilisco la mia alleanza con voi, che non sarà più distrutta alcuna carne a causa delle acque del diluvio, né più verrà il diluvio a sconvolgere la terra». [12]Poi Dio disse: «Questo è il segno dell'alleanza che io pongo tra me e voi e ogni essere vivente che è con voi, per tutte le generazioni future: [13]io pongo il mio arco nelle nubi, ed esso sarà un segno di alleanza fra me e la terra. [14]E quando io accumulerò le nubi sopra la terra e apparirà l'arco nelle nubi, [15]allora mi ricorderò della mia alleanza, la quale sussiste tra me e voi e ogni anima vivente in qualsiasi carne e le acque non diverranno mai più un diluvio per distruggere ogni carne. [16]L'arco apparirà nelle nubi e io lo guarderò per ricordare l'alleanza eterna tra Dio e ogni anima vivente in ogni carne che vi è sulla terra». [17]Poi Dio disse a Noè: «Questo è il segno dell'alleanza che io ho stabilito tra me e ogni carne che vi è sulla terra».

[18]I figli di Noè che uscirono dall'arca furono: Sem, Cam e Iafet; e Cam è il padre di Canaan. [19]Questi tre sono i figlioli di Noè, e da questi fu popolata tutta la terra.

La benedizione di Noè. - [20]Or Noè incominciò a far l'agricoltore e piantò una vigna. [21]Bevuto del vino, si inebriò e si scoprì in mezzo alla sua tenda. [22]Or Cam, padre di Canaan, vide la nudità del padre suo e uscì a dirlo ai suoi due fratelli. [23]Allora Sem e Iafet presero il mantello, se lo misero ambedue sulle spalle e, camminando a ritroso, coprirono la nudità del loro padre: e siccome avevano le loro facce rivolte dalla parte opposta, non videro la nudità del loro padre.

[24]Quando Noè, risvegliatosi dalla sua ebbrezza, seppe quanto gli aveva fatto il suo figliolo minore, [25]disse:

«Sia maledetto Canaan!
Sia schiavo infimo dei fratelli suoi».

[26]Disse poi:
«Benedetto sia il Signore, Dio di Sem!
Ma sia Canaan suo schiavo!
[27] Dio dilati Iafet e dimori nelle tende di
      Sem!
Ma sia Canaan suo schiavo!».

[28]Noè visse, dopo il diluvio, trecentocinquant'anni. [29]E l'intera vita di Noè fu di novecentocinquant'anni, poi morì.

---

[20]. *Olocausto* era il sacrificio di adorazione, in cui la vittima veniva completamente distrutta, ordinariamente per mezzo del fuoco.

9. - [1]. Noè diventa il nuovo capo dell'umanità che ricomincia, e il Signore rinnova a lui le stesse benedizioni date al capostipite Adamo.

10 La tavola delle nazioni. - [1]Questa è la discendenza dei figli di Noè: Sem, Cam e Iafet, ai quali nacquero dei figli, dopo il diluvio. [2]I figli di Iafet: Gomer, Magog, Madai, Iavan, Tubal, Mesech e Tiras. [3]I figli di Gomer: Askenaz, Rifat e Togarma. [4]I figli di Iavan: Elisa, Tarsis, quelli di Cipro e quelli di Rodi. [5]Da costoro si suddivisero le popolazioni delle isole delle genti. Questi furono i figli di Iafet nei loro territori, ciascuno secondo la sua lingua, secondo le loro famiglie, nelle loro diverse nazioni. [6]I figli di Cam: Etiopia, Egitto, Put e Canaan. [7]I figli di Etiopia: Seba, Avila, Sabta, Raama e Sàbteca. I figli di Raama: Saba e Dedan. [8]Ora Etiopia generò Nimrod: costui fu il primo a divenire potente nella regione. [9]Egli era un valente cacciatore al cospetto del Signore, perciò si suol dire: «Come Nimrod, valente cacciatore al cospetto del Signore». [10]Il nucleo del suo regno fu Babele, Uruch, Accad e Calne nella terra di Sennaar. [11]Di lì uscì in Assur e costruì Ninive, le piazze della città, Calach [12]e Resen, tra Ninive e Calach; quella è la grande città. [13]Egitto generò quelli di Lud, Anam, Laab, Naftuch; [14]Patros, Casluch e Caftor, donde uscirono i Filistei. [15]Canaan generò Sidone, suo primogenito, e Chet [16]e il Gebuseo, l'Amorreo, il Gergeseo, [17]l'Eveo, l'Archita, il Sineo, [18]l'Arvadita, il Semarita e l'Amatita. In seguito le famiglie dei Cananei si dispersero. [19]Cosicché il confine dei Cananei fu da Sidone fino a Gerara e Gaza, poi fino a Sòdoma, Gomorra, Adma e Zeboim, fino a Lesa. [20]Questi furono i figli di Cam secondo le loro famiglie e le loro lingue, nei loro territori e nelle loro diverse nazioni.

[21]Anche a Sem, l'antenato di tutti i figli di Eber, fratello maggiore di Iafet, nacque una discendenza. [22]Figli di Sem: Elam, Assur, Arpacsàd, Lud, Aram. [23]Figli di Aram: Uz, Cul, Gheter e Mas. [24]Arpacsàd generò Selach e Selach generò Eber. [25]A Eber nacquero due figli: uno fu chiamato Peleg, perché ai suoi tempi fu divisa la terra, e suo fratello fu chiamato Ioktan. [26]Ioktan generò Almodàd, Self, Asarmàvet, Ierach, [27]Adòram, Uzal, Dikla, [28]Obal, Abimaèl, Seba, [29]Ofir, Avila e Iobab. Tutti questi furono figli di Ioktan. [30]La loro abitazione fu da Mesa fin verso Sefar, monte dell'oriente. [31]Questi furono i figli di Sem secondo le loro famiglie e le loro lingue, nei loro territori, secondo le loro nazioni. [32]Queste furono le famiglie dei figli di Noè, secondo la loro genealogia nelle loro nazioni. Da esse si dispersero le nazioni sulla terra, dopo il diluvio.

11 La torre di Babele. - [1]Or tutta la terra era di un labbro solo e di uguali parole. [2]E avvenne, nel loro vagare dalla parte di oriente, che gli uomini trovarono una pianura nel paese di Sennaar, vi si stabilirono [3]e si dissero l'un l'altro: «Orsù, facciamoci dei mattoni, e cuociamoli al fuoco». Il mattone servì loro invece della pietra e il bitume invece della malta. [4]Poi essi dissero: «Orsù, costruiamoci una città con una torre, la cui cima sia nei cieli, e facciamoci un nome, per non esser dispersi sulla superficie di tutta la terra». [5]Ma il Signore discese per vedere la città con la torre che stavano costruendo i figli dell'uomo. [6]E il Signore disse: «Ecco ch'essi sono un sol popolo e un labbro solo è per tutti loro; questo è il loro inizio nelle imprese; ormai tutto ciò che hanno meditato di fare non sarà loro impossibile. [7]Orsù, discendiamo e confondiamo laggiù la loro lingua, cosicché essi non comprendano più la lingua l'uno dell'altro». [8]Il Signore di disperse di là sulla superficie di tutta la terra ed essi cessarono di costruire la città. [9]Per questo il suo nome fu detto Babele, perché colà il Signore mescolò il labbro di tutta la terra e di là il Signore li disperse sulla superficie di tutta la terra.

La posterità benedetta di Sem. - [10]Questa è la discendenza di Sem: Sem aveva l'età di

---

10. - Questo breve capitolo ci dà, in forma di tavola genealogica, una breve storia dei popoli che poi saranno lasciati da parte, per concentrare l'attenzione in un solo semita, Abramo, con cui comincia la vera storia biblica, che è storia del popolo eletto. Queste genealogie, redatte in forma popolare, contengono nomi che sono più geografici che personali.

11. - 4. *Torre, la cui cima sia nei cieli*: significa torre altissima. Fa pensare alle famose ziggurat della regione di Sennaar, che sono alte torri a gradini, sulla cima delle quali vi era il tempietto del dio della città.

5. Con linguaggio antropomorfico vivacissimo, la Bibbia presenta il castigo di Dio all'orgoglio umano, sempre portato a mirare alla grandezza propria, dimenticando i disegni di Dio.

7. Il vero significato della confusione delle lingue è dato dal Sal 55,10: «Disperdili, o Signore, confondi le loro lingue, poiché violenza vedo e rissa nella città».

9. *Babele*: per sé significa «porta del dio»; ma, per assonanza con una parola ebraica, viene interpretata popolarmente come «confusione».

cent'anni quando generò Arpacsàd, due anni dopo il diluvio; ¹¹Sem, dopo aver generato Arpacsàd, visse cinquecento anni e generò figli e figlie. ¹²Arpacsàd visse trentacinque anni e generò Selach; ¹³Arpacsàd, dopo aver generato Selach, visse quattrocentotré anni e generò figli e figlie. ¹⁴Selach visse trent'anni e generò Eber; ¹⁵Selach, dopo aver generato Eber, visse quattrocentotré anni e generò figli e figlie.

¹⁶Eber visse trentaquattro anni e generò Peleg; ¹⁷Eber, dopo aver generato Peleg, visse quattrocentotrent'anni e generò figli e figlie. ¹⁸Peleg visse trent'anni e generò Reu; ¹⁹Peleg, dopo aver generato Reu, visse duecentonove anni e generò figli e figlie.

²⁰Reu visse trentadue anni e generò Serug; ²¹Reu, dopo aver generato Serug, visse duecentosette anni e generò figli e figlie.

²²Serug visse trent'anni e generò Nacor; ²³Serug, dopo aver generato Nacor, visse duecento anni e generò figli e figlie.

²⁴Nacor visse ventinove anni e generò Terach; ²⁵Nacor, dopo aver generato Terach, visse centodiciannove anni e generò figli e figlie.

²⁶Terach visse settanta anni e generò Abram, Nacor e Aran.

I Terachiti. - ²⁷Questa è la genealogia di Terach: Terach generò Abram, Nacor e Aran. Aran generò Lot. ²⁸Aran poi morì, durante la vita di suo padre Terach, nella sua terra nativa, in Ur dei Caldei. ²⁹Abram e Nacor si presero delle mogli; il nome della moglie di Abram era Sarai e il nome della moglie di Nacor era Milca, figlia di Aran, padre di Milca e di Isca. ³⁰Sarai era sterile, non aveva figlioli.

³¹Poi Terach prese Abram, suo figlio, e Lot figlio di Aran, suo nipote, e Sarai sua nuora, moglie di suo figlio Abram, e li fece uscire da Ur dei Caldei, per andare nella terra di Canaan. Ma arrivati a Carran, vi si stabilirono. ³²Il tempo che Terach visse fu di duecentocinque anni, poi morì in Carran.

STORIA DEI PATRIARCHI

12Vocazione di Abramo. - ¹Il Signore disse ad Abram:

«Vattene dalla tua terra, dalla tua parentela

e dalla casa di tuo padre, verso la terra che io ti mostrerò,
² cosicché faccia di te una grande nazione e ti benedica e faccia grande il tuo nome, e tu possa essere una benedizione.
³ Benedirò coloro che ti benediranno e maledirò chi ti maledirà, e in te acquisteranno benedizione tutte le tribù della terra».

⁴Allora Abram partì, come gli aveva detto il Signore, e con lui partì Lot. Abram aveva settantacinque anni quando lasciò Carran. ⁵Abram prese Sarai, sua moglie, e Lot, figlio di suo fratello, e tutti i loro beni che avevano acquistato e le persone che avevano comprate in Carran, e s'incamminarono verso la terra di Canaan. ⁶Abram attraversò il paese fino al santuario di Sichem, presso la Quercia di More. Allora nel paese si trovavano i Cananei.

⁷Il Signore apparve ad Abram e gli disse: «Alla tua discendenza io darò questa terra». Sicché egli costruì colà un altare al Signore che gli era apparso. ⁸Poi di là andò verso la montagna, ad oriente di Betel, e rizzò la sua tenda, avendo Betel a occidente ed Ai a oriente. Ivi costruì un altare al Signore e invocò il nome del Signore. ⁹Poi Abram, levando tappa per tappa l'accampamento, si diresse verso il Negheb.

Tentazioni d'Egitto. - ¹⁰Or venne una carestia nel paese, e Abram discese in Egitto per soggiornarvi, perché la carestia gravava sul paese. ¹¹Quando fu sul punto di entrare in Egitto, egli disse a Sarai, sua moglie: «Certo, tu sai che sei una donna di aspetto avvenente. ¹²Quando gli Egiziani ti vedranno, diranno: "Costei è sua moglie!" e uccideranno me, ma lasceranno te in vita. ¹³Di', dunque, te ne prego, che sei mia sorella, affinché mi facciano del bene per causa tua e la mia vita sia salva in grazia tua».

---

^{29.} *Sarai*, che poi si chiamerà Sara (17,15), era figlia di Terach e sorella di Abramo per via di padre, ma non di madre: per questo Abramo la potrà presentare come sua sorella (20,12).

12. - ^{3.} Abramo è il capostipite di un popolo nuovo, destinato a una missione spirituale. La promessa fatta ad Abramo è orientata essenzialmente verso il futuro e suppone un piano di salvezza, per ora ancora nascosto nella mente di Dio. Ma Abramo crede e si affida a Dio, e diventerà padre non solo di un popolo, ma di tutti i credenti.

¹⁴Difatti, quando Abram arrivò in Egitto, gli Egiziani videro che la donna era molto avvenente. ¹⁵La osservarono gli ufficiali del faraone e ne fecero le lodi al faraone, e così la donna fu presa e condotta nella casa del faraone. ¹⁶Intanto Abram fu trattato bene per causa di lei; e gli furono dati greggi, armenti e asini, schiavi e schiave, asine e cammelli.

¹⁷Ma il Signore colpì il faraone e la sua casa con grandi piaghe, per il fatto di Sarai, moglie di Abram. ¹⁸Allora il faraone chiamò Abram e gli disse: «Che cosa mi hai fatto? Perché non mi hai indicato ch'era tua moglie? ¹⁹Perché hai detto: "Essa è mia sorella!" in modo che io me la son presa per moglie? Ora eccoti tua moglie; prendila e vattene!». ²⁰Il faraone diede ordine a suo riguardo ad alcuni uomini, i quali lo accomiatarono con la moglie e tutto il suo avere.

13 ¹Dall'Egitto Abram risalì verso il Negheb con la moglie e tutto il suo avere. Lot era con lui.

Separazione tra Abramo e Lot. - ²Abram era molto ricco di bestiame, di argento e di oro. ³Dal Negheb ritornò a tappe fino a Betel, fino al luogo dov'era già prima la sua tenda, tra Betel e Ai, ⁴al luogo dell'altare che egli aveva eretto prima; ivi Abram invocò il nome del Signore. ⁵Anche Lot, che viaggiava con Abram, possedeva greggi, armenti e attendamenti, ⁶e il territorio non bastava a una loro abitazione comune, perché avevano beni troppo grandi per poter abitare insieme. ⁷Nacque perciò una lite tra i pastori del bestiame di Abram e i pastori del bestiame di Lot, mentre i Cananei e i Perizziti abitavano nel paese. ⁸Abram disse allora a Lot: «Deh, non ci sia discordia tra me e te, tra i miei pastori e i tuoi, perché noi siamo fratelli! ⁹Non sta forse davanti a te tutto il paese? Separàti da me. Se tu vai a sinistra, io andrò verso destra, ma se vai a destra, me ne andrò verso sinistra». ¹⁰Allora Lot alzò gli occhi e osservò tutta la valle del Giordano, perché era tutta irrigata — prima che il Signore distruggesse

Sòdoma e Gomorra — come il giardino del Signore, come il paese d'Egitto, fin verso Zoar. ¹¹E Lot scelse per sé tutta la valle del Giordano e trasportò le tende verso oriente. Così si separarono l'uno dall'altro. ¹²Abram risiedette nel paese di Canaan e Lot risiedette nelle città della valle e acquistò il diritto di pascolare vicino a Sòdoma, ¹³nonostante che la gente di Sòdoma fosse molto cattiva e peccatrice.

Promesse ad Abramo. - ¹⁴Il Signore disse ad Abram, dopo che Lot si fu separato da lui: «Alza gli occhi, e dal luogo dove stai, spingi lo sguardo verso settentrione e mezzogiorno, verso oriente e occidente. ¹⁵Tutto il paese che tu vedi, io lo darò a te e alla tua discendenza, per sempre. ¹⁶Renderò la tua discendenza come la polvere della terra; se qualcuno può contare il pulviscolo della terra, anche i tuoi discendenti potrà contare! ¹⁷Alzati, percorri il paese in lungo e in largo, perché io lo darò a te!».

¹⁸Poi Abram acquistò il diritto di pascolare e di andarsi a stabilire alla Quercia di Mamre, che è ad Ebron, e vi costruì un altare al Signore.

14 **La campagna di Chedorlàomer.** - ¹Quando Amrafel, re di Sennaar, Arioch, re di Ellasar, Chedorlàomer, re dell'Elam, e Tideal, re di Goim, ²fecero guerra contro Bera, re di Sòdoma, Birse, re di Gomorra, Sinab, re di Adma, Seméber, re di Zeboìm e contro il re di Bela, chiamata Zoar, ³tutti questi si coalizzarono nella valle di Siddim, che è il Mar Morto.

⁴Per dodici anni essi erano stati sottomessi a Chedorlàomer, ma il tredicesimo anno si erano ribellati. ⁵Nell'anno quattordicesimo venne Chedorlàomer insieme ai re che erano con lui, e sconfissero i Refaim ad Astaròt-Karnaìm, gli Zuzìm ad Am, gli Emìm a Save-Kiriatàim ⁶e gli Hurriti nelle loro montagne di Seir fino a El Paran, che è presso il deserto. ⁷Poi ritornarono indietro e vennero a En Mispàt, che è Kades, e devastarono tutto il territorio degli Amaleciti e anche degli Amorrei che abitavano in Cazazòn-Tamar. ⁸Allora il re di Sòdoma, il re di Gomorra, il re di Adma, il re di Zeboìm e il re di Bela, chiamata anche Zoar, uscirono e si schierarono in ordine di battaglia contro di loro, nella valle di Siddim, ⁹e cioè contro Chedorlàomer,

---

13. - ⁸· *Fratelli*: termine generico per indicare i parenti. Lot era nipote di Abramo.
   15· *Tutto il paese...*: è la seconda parte della promessa divina ad Abramo: prima, una discendenza numerosa, 12,2; poi una terra in possesso.

re dell'Elam, Tideal, re di Goim, Amrafèl, re di Sennaar, e Arioch, re di Ellasar: quattro re contro cinque.

[10]Or la valle di Siddim era piena di pozzi di bitume; messi in fuga, il re di Sòdoma e il re di Gomorra vi caddero dentro e i restanti fuggirono sulla montagna. [11]I nemici presero tutte le possessioni di Sòdoma e di Gomorra e tutti i loro viveri e se ne andarono. [12]Andandosene presero anche Lot, figlio del fratello di Abram, e i suoi beni. Egli risiedeva appunto in Sòdoma. [13]Ma un fuggitivo venne ad avvertire Abram, l'ebreo, mentre egli era attendato sotto le Querce di Mamre, l'amorreo, fratello di Escol e fratello di Aner; questi erano alleati di Abram.

[14]Quando Abram seppe che suo fratello era stato condotto via prigioniero, mobilitò i suoi mercenari, servi nati nella sua casa, in numero di trecentodiciotto, e intraprese l'inseguimento fino a Dan; [15]poi, divise le schiere contro di essi, di notte, lui con i suoi servi li sbaragliò e proseguì l'inseguimento fino a Coba, a settentrione di Damasco: [16]ricuperò così tutta la roba e anche Lot, suo fratello, e i suoi beni, con le donne e il rimanente personale.

[17]Il re di Sòdoma gli uscì incontro, dopo il suo ritorno dalla sconfitta di Chedorlàomer e dei re che erano con lui, nella valle di Save, detta pure la valle del re.

[18]Intanto Melchisedek, re di Salem, fece portare pane e vino. Era sacerdote di Dio altissimo, e [19]benedisse Abram dicendo:

«Sia benedetto Abram dal Dio altissimo,
    Creatore del cielo e della terra!
[20] E benedetto sia il Dio altissimo,
    che ti ha dato nelle mani i tuoi nemici!».

Abram gli diede la decima di tutto.

[21]Poi il re di Sòdoma disse ad Abram: «Dammi le persone, e prendi pure per te i beni». [22]Ma Abram disse al re di Sòdoma: «Ho alzato la mano davanti al Signore, Dio altissimo, creatore del cielo e della terra: [23]né un filo o un legaccio di calzare, né alcunché di ciò che è tuo io prenderò; sicché tu non possa dire: "Sono io che ho arricchito Abram!". [24]Io non c'entro! Soltanto quello che i soldati hanno consumato e la parte spettante agli uomini che sono venuti con me, Escol, Aner e Mamre... Essi, sì, riceveranno la loro parte».

15 L'alleanza con Dio. - [1]In seguito a questi fatti, la parola del Signore fu rivolta ad Abram in visione, in questi termini:

«Non temere, Abram! Io sono il tuo scudo;
    la tua ricompensa sarà grande assai».

[2]Rispose Abram: «Mio Signore Dio, che cosa mi donerai, mentre io me ne vado spogliato e l'erede della mia casa è Eliezer di Damasco?». [3]Soggiunse Abram: «Vedi che a me non hai dato discendenza e che un mio domestico sarà mio erede?». [4]Ed ecco gli fu rivolto un oracolo del Signore in questi termini: «Non costui sarà il tuo erede, ma colui che uscirà dalle tue viscere, lui sarà il tuo erede». [5]Poi lo fece uscir fuori e gli disse: «Guarda in cielo e conta le stelle, se le puoi contare»; e soggiunse: «Tale sarà la tua discendenza». [6]Egli credette al Signore che glielo accreditò a giustizia. [7]E gli disse: «Io sono il Signore che ti ho fatto uscire da Ur dei Caldei, per darti questo paese in possesso». [8]Rispose: «Signore mio Dio, come potrò conoscere che ne avrò il possesso?». [9]Gli disse: «Prendi una giovenca di tre anni, una capra di tre anni, un ariete di tre anni, una tortora e un pulcino di uccello». [10]Andò a prendere tutti questi animali, spaccandoli in pezzi, e ne pose un pezzo dinanzi all'altro; non divise però gli uccelli. [11]Subito l'uccello rapace calò sui pezzi, ma Abram lo scacciò.

[12]Quando il sole stava per tramontare, un sonno profondo cadde su Abram ed ecco che un terrore e una grande tenebra l'assalì. [13]Allora il Signore disse ad Abram: «Devi sapere che la tua discendenza dimorerà come forestiera in una terra non sua; là lavoreranno e li opprimeranno per quattrocento anni. [14]Ma io giudicherò la nazione ch'essi avranno servito! Dopo di che essi usciranno con grandi beni. [15]Quanto a te, te ne andrai in pace presso i tuoi padri; sarai sepolto dopo una felice vecchiaia. [16]Alla

---

14. - [18]. *Melchisedek* era re *di Salem* e *sacerdote di Dio*. La parola «Melchisedek» in ebraico significa «re di giustizia» (cfr. Sal 110,4); Salem è il nome di Gerusalemme abbreviato e significa «pace» (cfr. Eb 7,2).

15. - [6]. *Credette*: la fede di Abramo è un atto di confidenza e abbandono alle parole di Dio che prometteva una cosa umanamente irrealizzabile.

quarta generazione torneranno qui, perché non è ancora arrivata al colmo l'iniquità degli Amorrei».

[17]Quando il sole fu tramontato ci fu un buio fitto, poi ecco un forno fumante e una fiaccola infuocata passare in mezzo a quelle parti divise. [18]In quel giorno il Signore tagliò il patto con Abram in questi termini: «Alla tua razza io do questo paese, dal torrente d'Egitto fino al fiume grande, il fiume Eufrate: [19]i Keniti, i Kenizziti, i Kadmoniti, [20]gli Hittiti, i Perizziti, i Refaim, [21]gli Amorrei, i Cananei, i Gergesei e i Gebusei».

16
Sarai e Agar. - [1]Sarai, la moglie di Abram, non gli aveva dato figli, ma aveva una schiava egiziana, di nome Agar. [2]Sarai disse ad Abram: «Ecco, il Signore mi ha impedito di partorire; deh, accostati alla mia schiava; forse da lei potrò avere figli». E Abram ascoltò la voce di Sarai. [3]Così, Sarai, moglie di Abram, prese l'egiziana Agar, sua schiava, al termine di dieci anni dal suo soggiorno nella terra di Canaan, e la diede in moglie ad Abram, suo marito. [4]Egli si accostò ad Agar, che restò incinta. Ma quando essa si accorse di essere incinta, la sua padrona non contò più nulla per lei. [5]Allora Sarai disse ad Abram: «Il mio torto è a tuo carico! Sono stata io a metterti in grembo la mia schiava, ma da quando si è accorta di essere incinta, io non conto più niente per lei. Il Signore sia giudice tra me e te!». [6]Abram disse a Sarai: «Ecco, la tua schiava è in tuo potere; falle quello che ti par bene». Sarai allora la maltrattò, sì che quella fuggì dalla sua presenza. [7]La trovò l'angelo del Signore presso una sorgente d'acqua, nel deserto, sulla strada di Sur, [8]e le disse: «Agar, schiava di Sarai, da dove vieni e dove vai?». Rispose: «Fuggo dalla presenza della mia padrona Sarai». [9]Le disse l'angelo del Signore: «Ritorna dalla tua padrona e sottomettiti al suo potere». [10]Le disse ancora l'angelo del Signore: «Moltiplicherò assai la tua discendenza e non la si potrà contare a causa della sua moltitudine». [11]Soggiunse poi ancora l'angelo del Signore:

«Eccoti incinta: partorirai un figlio e lo chiamerai Ismaele, perché il Signore ha ascoltato la tua afflizione.
[12] Costui sarà come un onagro della steppa; la sua mano sarà contro tutti e la mano di tutti contro di lui; e abiterà di fronte a tutti i suoi fratelli».

[13]Allora Agar diede questo nome al Signore che le aveva parlato: «Tu sei il Dio della visione», perché diceva: «Qui dunque ho ancora visto, dopo la mia visione?». [14]Per questo quel pozzo si chiamò: Pozzo di Lacai-Roi; è appunto quello che si trova tra Kades e Bered. [15]Poi Agar partorì ad Abram un figlio, e Abram chiamò Ismaele il figlio partoritogli da Agar. [16]Abram aveva ottantasei anni quando Agar gli partorì Ismaele.

17
L'alleanza e la circoncisione. - [1]Abram aveva novantanove anni quando il Signore gli apparve e gli disse: «Io sono Dio onnipotente: cammina nella mia presenza e sii integro. [2]Stabilirò la mia alleanza tra me e te, e ti moltiplicherò grandemente». [3]Subito Abram si prostrò col viso a terra, e Dio gli disse: [4]«Ecco la mia alleanza con te: tu diventerai padre di una moltitudine di nazioni; [5]e non ti chiamerai più Abram, ma il tuo nome sarà Abramo, perché io ti farò padre di una moltitudine di nazioni. [6]E ti renderò fecondo assai assai, e ti farò delle nazioni e dei re usciranno da te. [7]Farò sussistere la mia alleanza con te e con la tua discendenza dopo di te, di generazione in generazione, quale alleanza perenne, per essere il Dio tuo e della tua discendenza dopo di te. [8]E darò a te e alla tua discendenza dopo di te la terra dove soggiorni come straniero, tutta la terra di Canaan, quale possesso perenne; e così diverrò vostro Dio».

[9]Inoltre Dio disse ad Abramo: «Da parte tua, tu devi osservare la mia alleanza, tu e la tua discendenza dopo di te, di generazione in generazione. [10]Questa è la mia alleanza che dovete osservare, alleanza tra me e voi e la tua discendenza dopo di te: sarà circonciso ogni vostro maschio. [11]Vi farete

---

17. Il fuoco che passa in mezzo alle parti delle vittime indica il passaggio di Dio per confermare la promessa fatta.

16. - 1-3. Questi versetti ricordano norme del diritto vigente in Mesopotamia. Esso suppone la poligamia, permessa da Dio sino al ritorno del matrimonio alla sua primitiva primitiva per opera di Gesù Cristo (cfr. Mt 19,1-12 par.).

17. - 1. Dio insegna ad Abramo la bellissima regola di camminare alla sua presenza, una delle regole più importanti del comportamento umano in ogni tempo.

cioè recidere la carne del vostro prepuzio. E ciò sarà il segno dell'alleanza tra me e voi. ¹²Quando avrà otto giorni sarà circonciso ogni vostro maschio, di generazione in generazione, tanto quello nato in casa, come quello comprato con danaro da qualunque straniero che non sia della tua stirpe. ¹³Deve essere assolutamente circonciso colui che è nato in casa e colui che viene comprato con danaro; così la mia alleanza sussisterà nella vostra carne quale alleanza perenne. ¹⁴Un incirconciso, un maschio cioè di cui non sia stata recisa la carne del prepuzio, sia eliminato dal suo popolo, perché ha violato la mia alleanza». ¹⁵Poi Dio disse ad Abramo: «Quanto a Sarai, tua moglie, non la chiamerai più Sarai, ma Sara è il suo nome. ¹⁶Io la benedirò e pure un figlio ti darò da lei, e lo benedirò, sicché diventerà nazioni; e re di popoli nasceranno da lui».

¹⁷Allora Abramo si prostrò col viso a terra e rise, dicendo in cuor suo: «Ad uno di cento anni nascerà un figlio? E Sara, all'età di novant'anni, potrà partorire?». ¹⁸Poi Abramo disse a Dio: «Che almeno Ismaele viva sotto il tuo sguardo!». ¹⁹Ma Dio rispose: «No, Sara tua moglie ti partorirà un figlio, e lo chiamerai Isacco. Io farò sussistere la mia alleanza con lui quale alleanza perenne, per essere il Dio per lui e per la sua discendenza dopo di lui. ²⁰Anche riguardo ad Ismaele ti ho esaudito; ecco che io lo renderò fecondo e lo benedirò grandemente: dodici capi egli genererà e di lui farò una grande nazione. ²¹Ma farò sussistere la mia alleanza con Isacco, che Sara ti partorirà in questo tempo, l'anno venturo». ²²Dio terminò così di parlare con lui e salì in alto, lasciando Abramo.

²³Allora Abramo prese Ismaele suo figlio e tutti i nati nella sua casa e tutti quelli comprati col suo danaro, ogni maschio tra gli uomini della casa di Abramo e circoncise la carne del loro prepuzio, in quello stesso giorno, come Dio gli aveva detto. ²⁴Or Abramo aveva novantanove anni quando si fece circoncidere la carne del prepuzio. ²⁵E Ismaele, suo figlio, aveva tredici anni quando gli si circoncise la carne del prepuzio. ²⁶In quello stesso giorno ricevettero la circoncisione Abramo e Ismaele suo figlio; ²⁷e tutti gli uomini della sua casa, i nati in casa e i comprati con danaro dagli stranieri, ricevettero con lui la circoncisione.

18 **La visita a Mamre e a Sòdoma.** - ¹Poi il Signore apparve a lui alle Querce di Mamre, mentr'egli sedeva all'ingresso della tenda, nell'ora più calda del giorno. ²Egli alzò gli occhi ed ecco: tre uomini stavano in piedi presso di lui. Appena li vide, corse loro incontro dall'ingresso della tenda e si prostrò fino a terra, ³dicendo: «Mio signore, ti prego, se ho trovato grazia ai tuoi occhi, non passar oltre senza fermarti dal tuo servo. ⁴Lasciate che vi faccia portare un po' d'acqua per lavarvi i piedi e stendetevi sotto l'albero. ⁵Permettete che vada a prendere un boccone di pane e ristoratevi il cuore, e dopo potrete proseguire, perché è per questo che voi siete passati dal vostro servo». Quelli risposero: «Fa' pure così come hai detto». ⁶Allora Abramo si affrettò nella tenda, da Sara, e disse: «Presto, prendi tre staia di fior di farina, impastala e fanne delle focacce!». ⁷All'armento corse egli stesso, Abramo, prese un vitello, tenero e gustoso, lo diede al servo, il quale si affrettò a prepararlo. ⁸Prese una bevanda di latte acido e latte fresco, insieme col vitello che aveva preparato, e li depose davanti a loro; e così, mentr'egli stava in piedi presso di loro, sotto l'albero, quelli mangiarono. ⁹Poi gli dissero: «Dov'è Sara, tua moglie?». Rispose: «Eccola, nella tenda!». ¹⁰Riprese: «Tornerò di sicuro da te, fra un anno, e Sara, tua moglie, avrà un figliolo». Intanto Sara stava ad ascoltare all'ingresso della tenda, rimanendo dietro di essa. (¹¹Or Abramo e Sara erano vecchi, avanzati negli anni; era cessato di avvenire a Sara ciò che avviene regolarmente alle donne). ¹²Allora Sara rise dentro di sé, dicendo: «Proprio adesso che son vecchia, dovrò provar piacere; anche il mio signore è vecchio!». ¹³Ma il Signore disse ad Abramo: «Perché mai ha riso Sara dicendo: "Davvero dovrò partorire, vecchia come sono?". ¹⁴C'è forse qualche cosa che sia impossibile per il Signore? Al tempo fissato, ritornerò da te, fra un anno, e Sara avrà un figlio!». ¹⁵Allora Sara negò dicendo:

10-12. La circoncisione era già praticata prima di Abramo, ma Dio la sceglie e la impone al patriarca quale segno sacro, che ricorderà a Dio l'alleanza stabilita. Essa è figura del battesimo, nuovo rito-sacramento, con cui si entra a far parte del nuovo popolo di Dio.

18. - 2. *Tre uomini*: emblema antropomorfico di Dio. I padri della chiesa vi hanno visto adombrato il mistero trinitario.

«Non ho riso!», perché ebbe paura; ma
quello rispose: «Hai proprio riso!».
¹⁶Poi quegli uomini si alzarono di là e andarono a contemplare dall'alto il panorama
di Sòdoma, mentre Abramo si accompagnava con loro per accomiatarli. ¹⁷Il Signore rifletteva: «Forse io celerò ad Abramo quello
che sto per fare, ¹⁸mentre Abramo diventerà
certamente una nazione grande e potente, e
in lui si diranno benedette tutte le nazioni
della terra? ¹⁹Infatti l'ho scelto, perché comandi ai suoi figli e al suo casato dopo di lui
di osservare la via del Signore, operando ciò
che è giustizia e diritto, in modo che il Signore possa attuare su Abramo quanto gli ha
promesso». ²⁰Disse allora il Signore: «C'è il
grido di Sòdoma e Gomorra che è troppo
grande, e c'è il loro peccato che è molto grave! ²¹Voglio scendere a vedere se proprio
hanno fatto il male di cui mi è giunto il grido, oppure no; lo voglio sapere!».
²²Poi quegli uomini partirono di lì e andarono verso Sòdoma, ma il Signore stava tuttora davanti ad Abramo. ²³Allora Abramo gli
si avvicinò e gli disse: «Davvero stai per
sopprimere il giusto con l'empio? ²⁴Forse vi
sono cinquanta giusti entro la città; davvero
li vuoi sopprimere e non perdonerai a quel
luogo in grazia dei cinquanta giusti che vi si
trovano in mezzo? ²⁵Lungi da te il fare tale
cosa! Far morire il giusto con l'empio, cosicché il giusto e l'empio abbiano la stessa sorte; lungi da te! Forse che il giudice di tutta
la terra non farà giustizia?». ²⁶Rispose il Signore: «Se a Sòdoma, in mezzo alla città, io
trovo cinquanta giusti, perdonerò a tutta la
regione per causa loro!».
²⁷Riprese Abramo e disse: «Ecco che rico-
mincio a parlare al mio Signore io che sono
polvere e cenere... ²⁸Forse ai cinquanta giusti ne mancheranno cinque. In rapporto di
questi cinque distruggerai tutta la città?».
Rispose: «Non la distruggerò, se ve ne trovo
quarantacinque». ²⁹Ancora l'altro riprese a
parlare a lui e disse: «Forse là se ne troveranno quaranta...». Rispose: «Non lo farò,
per causa di quei quaranta». ³⁰Riprese: «Di
grazia, che il mio Signore non voglia irritar-
si e io parlerò ancora: forse là se ne troveranno trenta...». Rispose: «Non lo farò, se
ve ne troverò trenta». ³¹Riprese: «Vedi co-

me ardisco parlare al mio Signore! Forse là
se ne troveranno venti...». Rispose: «Non la
distruggerò, per causa di quei venti». ³²Ri-
prese: «Non si adiri, di grazia, il mio Signore, e lascia ch'io parli ancora una volta sola;
forse là se ne troveranno dieci». Rispose:
«Non la distruggerò per causa di quei dieci». ³³Poi il Signore, com'ebbe finito di parlare con Abramo, se ne andò, e Abramo ritornò alla sua residenza.

19 Distruzione di Sòdoma. - ¹Quei due
angeli arrivarono a Sòdoma sul far
della sera, mentre Lot stava ancora seduto
alla porta di Sòdoma. Non appena li ebbe visti, Lot andò loro incontro, si prostrò con la
faccia a terra ²e disse: «Ascoltate, vi prego,
miei signori, venite in casa del vostro servo;
vi passerete la notte, vi laverete i piedi e
poi, domattina per tempo, ve ne andrete per
la vostra via». Quelli risposero: «No, ma
passeremo la notte sulla piazza». ³Allora egli
insistette tanto presso di essi, che andarono
da lui ed entrarono nella sua casa. Egli fece
per loro un convito, cosse dei pani senza lievito e così mangiarono. ⁴Prima che andassero a dormire, ecco che gli uomini della città
di Sòdoma s'affollarono intorno alla casa,
giovani e vecchi, tutto il popolo al completo,
⁵chiamarono Lot e gli dissero: «Dove sono
quegli uomini che sono entrati da te questa
notte? Portaceli fuori, perché vogliamo abusare di loro!». ⁶Allora Lot uscì verso di loro
sulla porta e, dopo aver chiuso il battente
dietro di sé, ⁷disse: «No, fratelli miei, non fate del male! ⁸Sentite, io ho due figlie che
non hanno ancora conosciuto uomo; lasciate che ve le porti fuori e fate loro quel che vi
pare, purché a questi uomini voi non facciate niente, perché sono entrati all'ombra del
mio tetto». ⁹Ma quelli risposero: «Tirati
via!». E aggiunsero: «Costui è venuto qui
come straniero e vuol fare da arbitro! Ora faremo a te peggio che a loro!». E spingendosi
violentemente contro quell'uomo, cioè contro Lot, si avvicinarono per sfondare il battente. ¹⁰Allora, dall'interno, gli uomini spor-
sero le mani, trassero in casa Lot e chiusero
il battente; ¹¹e quanto agli uomini che erano
alla porta della casa, li percossero abbaglian-
doli, dal più piccolo al più grande, cosicché
non riuscirono a trovar la porta. ¹²Poi gli uomini dissero a Lot: «Chi hai ancora qui? Il
genero, i tuoi figli e le tue figlie e tutti quelli
che hai nella città, falli uscire da questo luo-

23-33. Il commovente dialogo-preghiera di Abramo
col Signore è un esempio luminoso del valore che
hanno presso Dio le preghiere dei buoni e dei santi.

go, ¹³perché noi stiamo per distruggere questo luogo. È grande il grido al cospetto del Signore, e il Signore ci ha mandati per distruggerli». ¹⁴Lot uscì a parlare ai suoi generi, fidanzati alle sue figliole, e disse: «Alzatevi, uscite da questo luogo, perché il Signore sta per distruggere la città!». Ma parve ai suoi generi ch'egli scherzasse.

¹⁵Quando apparve l'alba, gli angeli fecero premura a Lot, dicendo: «Su, prendi tua moglie e le tue due figliole qui presenti ed esci per non essere travolto nel castigo della città». ¹⁶Lot indugiava, onde gli uomini presero per mano lui, sua moglie e le sue due figlie, per un atto di misericordia del Signore verso di lui, lo fecero uscire e lo condussero fuori della città. ¹⁷Ora, quando li ebbero fatti uscire fuori, uno di essi disse: «Fuggi! Si tratta della tua vita! Non guardare indietro e non fermarti nell'ambito della valle; fuggi sulla montagna, per non essere travolto!». ¹⁸Ma Lot gli disse: «No, mio Signore! ¹⁹Vedi, il tuo servo ha trovato grazia ai tuoi occhi e tu hai fatto ben grande la tua misericordia verso di me salvandomi la vita, ma io non riuscirò a fuggire sul monte, senza che la sciagura mi raggiunga e muoia. ²⁰Vedi questa città, è abbastanza vicina per potermi rifugiare colà, ed è una piccolezza! Lascia ch'io fugga colà — non è una piccolezza? — e così la mia vita sarà salva!». ²¹Gli rispose: «Ecco, io ti favorisco anche in questa cosa di non rovesciare la città della quale mi hai parlato. ²²Presto, fuggi colà, perché io non posso far nulla finché tu non vi sia arrivato». Perciò il nome di quella città si chiamò Zoar.

²³Al momento in cui il sole sorgeva sulla terra, Lot arrivò a Zoar. ²⁴Allora il Signore fece piovere sopra Sòdoma e sopra Gomorra zolfo e fuoco, proveniente dal Signore, dal cielo. ²⁵Distrusse queste città e tutta la valle con tutti gli abitanti della città e la vegetazione del suolo. ²⁶Ora la moglie di Lot guardò indietro e divenne una colonna di sale.

²⁷Abramo andò di mattino presto dove si era fermato davanti al Signore, ²⁸per guardare dall'alto il panorama di Sòdoma e Gomorra e di tutta la terra del circondario e vide che saliva un fumo dal paese, come il fumo della fornace. ²⁹Così avvenne che quando Dio distrusse le città della valle, si ricordò di Abramo e fece fuggire Lot di mezzo alla catastrofe, quando distrusse le città nelle quali Lot abitava.

Moabiti e Ammoniti. - ³⁰Poi Lot salì da Zoar e andò ad abitare sulla montagna, insieme con le due sue figlie, perché aveva timore di restare a Zoar, e si stabilì in una caverna, lui e le due sue figlie. ³¹Or la maggiore disse alla minore: «Il nostro padre è vecchio e non c'è alcun uomo di questo territorio per unirsi a noi, secondo l'uso di tutta la terra. ³²Vieni, facciamo bere del vino a nostro padre e poi corichiamoci con lui, e così faremo sussistere una discendenza da nostro padre». ³³Quella notte fecero bere del vino al loro padre, e la maggiore venne a coricarsi con suo padre; ma egli non se ne accorse né quando essa si coricò né quando essa si alzò. ³⁴All'indomani la maggiore disse alla minore: «Ecco che ieri mi coricai con nostro padre. Facciamogli bere del vino anche questa notte e va' tu a coricarti con lui, e così faremo sussistere una discendenza da nostro padre». ³⁵Anche quella notte fecero bere del vino al loro padre e la minore andò a coricarsi con lui; ma egli non se ne accorse né quando essa si coricò né quando essa si alzò. ³⁶Così le due figliole di Lot concepirono dal padre loro. ³⁷La maggiore partorì un figliolo e gli pose nome Moab dicendo: «È da mio padre». Costui è il padre dei Moabiti d'oggigiorno. ³⁸La minore partorì anch'essa un figlio e gli pose nome «Figlio del mio popolo». Costui è il padre degli Ammoniti d'oggigiorno.

20 **Abramo e Sara a Gerar.** - ¹Abramo levò le tende di là, dirigendosi verso la terra del Negheb; e dimorò tra Kades e Sur, poi prese residenza come straniero a Gerar. ²Ora Abramo disse di Sara, sua moglie: «È mia sorella!», onde Abimèlech, re di Gerar, mandò a prendere Sara. ³Ma Dio venne ad Abimèlech, nel sogno della notte, e gli disse: «Ecco che stai per morire, a causa della donna che hai preso, mentr'ella è sottoposta a un marito». ⁴Abimèlech non si era ancora accostato a lei. Disse: «Mio Signore, vuoi far morire gente che è giusta? ⁵Non fu forse lui a dirmi: "È mia sorella"? E lei stessa ha detto: "È mio fratello!". Con la semplicità del mio cuore e con l'innocenza delle mie mani ho fatto questo!». ⁶Gli rispose Dio nel sogno: «Anch'io so che con la semplicità del tuo cuore hai fatto questo e fui ancora io a preservarti dal peccato contro di me; perciò non ho permesso che tu la toccassi. ⁷Ora restituisci la moglie di quest'uomo: egli è un profeta e pregherà per te, sicché tu conservi la vita. Ma se tu non la vuoi restituire, sappi che dovrai certamente morire con tutti i tuoi». [8]Allora Abimèlech si alzò di mattina presto e chiamò tutti i suoi servi, davanti ai quali riferì tutte queste cose, e quegli uomini si impaurirono assai. [9]Poi chiamò Abramo e gli disse: «Che cosa ci hai fatto? Che colpa ho io commesso contro di te, perché tu abbia attirato su di me e sul mio regno un peccato tanto grande? Cose che non si devono fare tu hai fatto a mio riguardo!». [10]Poi Abimèlech disse ad Abramo: «Che cosa pensavi di fare agendo in tal modo?». [11]Rispose Abramo: «Io mi sono detto: forse non c'è timore di Dio in questo luogo, sicché mi uccideranno per causa di mia moglie. [12]Inoltre essa è veramente mia sorella, figlia di mio padre ma non figlia di mia madre, ed è divenuta mia moglie. [13]Or avvenne che, quando Dio mi fece errare lungi dalla casa di mio padre, io le dissi: Questo è il favore che tu mi farai: in ogni luogo dove noi arriveremo devi dire di me: È mio fratello!». [14]Allora Abimèlech prese greggi e armenti, schiavi e schiave e li diede ad Abramo e gli restituì la moglie Sara. [15]Poi Abimèlech disse: «Ecco davanti a te il mio territorio: dimora dove ti piace!». [16]E a Sara disse: «Ecco, io do mille pezzi d'argento a tuo fratello; questo sarà per te come risarcimento agli occhi di tutti quelli che sono con te... Così tu sei in tutto riabilitata». [17]Abramo pregò Dio, ed egli guarì Abimèlech, sua moglie e le sue ancelle, sì che poterono ancora generare. [18]Poiché il Signore aveva reso del tutto sterile ogni matrimonio della casa di Abimèlech, per il fatto di Sara, moglie di Abramo.

21

La nascita di Isacco. - [1]Poi il Signore visitò Sara, come aveva detto, e fece a Sara come aveva promesso. [2]Sara concepì e partorì ad Abramo un figlio nella sua vecchiaia, al tempo che Dio gli aveva detto. [3]Abramo pose nome Isacco al figlio che gli era nato, che gli aveva partorito Sara. [4]Poi Abramo circoncise suo figlio Isacco quando questi ebbe otto giorni, secondo quanto Dio gli aveva comandato. [5]Abramo aveva cento anni, quando gli nacque il figlio Isacco. [6]Allora Sara disse: «Un sorriso ha fatto Dio per me! Quanti lo sapranno rideranno di me!». [7]Poi disse: «Chi avrebbe mai detto ad Abramo: "Sara allatterà dei bimbi?". Perché ho partorito un figlio alla sua vecchiaia».

La cacciata di Agar. - [8]Il bambino crebbe e fu slattato e Abramo fece un grande convivio il giorno in cui Isacco fu divezzato. [9]Ma Sara vide che il figlio di Agar l'egiziana, quello che essa aveva partorito ad Abramo, derideva suo figlio Isacco. [10]Disse allora ad Abramo: «Scaccia questa serva e il figlio di lei, perché il figlio di questa serva non deve essere erede con mio figlio Isacco». [11]La cosa dispiacque assai ad Abramo, per causa del figlio suo. [12]Ma Dio disse ad Abramo: «Non dispiaccia agli occhi tuoi per riguardo al fanciullo e alla tua serva; ascolta la voce di Sara in tutto quanto ti dice, perché è attraverso Isacco che tu darai nome a una discendenza. [13]Ma io farò diventare una grande nazione anche il figlio della serva, perché è tua discendenza». [14]Allora Abramo si levò di mattina presto, prese pane, un otre di acqua e li diede ad Agar, la quale mise tutto sopra le sue spalle; le consegnò pure il ragazzo e la cacciò via. Essa partì, sviandosi per il deserto di Bersabea, [15]finché fu esaurita l'acqua dell'otre. Allora essa abbandonò il ragazzo sotto un arbusto [16]e andò a sedersi dirimpetto, alla distanza di un tiro d'arco, perché diceva: «Non voglio vedere quando il ragazzo morrà!». E quand'essa si fu seduta dirimpetto, tenendosi lontana, egli alzò la sua voce e pianse.

[17]Ma Dio udì la voce del ragazzo e un angelo di Dio chiamò Agar dal cielo e le disse: «Che hai tu, Agar? Non temere, perché Dio ha ascoltato la voce del ragazzo là dove si trova. [18]Alzati! Solleva il ragazzo e stringi con la tua mano la sua, perché io ne farò una grande nazione!». [19]Dio le aprì gli occhi ed essa vide un pozzo d'acqua. Allora andò a riempire d'acqua l'otre e fece bere il ragazzo. [20]Dio fu col ragazzo che crebbe, abitò nel deserto e divenne un arciere. [21]Egli abitò nel deserto di Paran e sua madre gli prese una moglie del paese d'Egitto.

Il patto di Abimèlech. - [22]In quel tempo Abimèlech con Picol, capo del suo esercito,

---

21. - [3.] *Isacco* significa «colui che ride». È il figlio prodigioso della promessa, finalmente compiuta, il quale riempie di gioia Abramo e Sara.

disse ad Abramo: «Dio è con te in tutto quello che fai. ²³Ebbene, giurami ora per Dio che tu non ingannerai né me né la mia prole e la mia discendenza; come io ho agito amichevolmente con te, così tu agirai con me e col mio paese, nel quale hai soggiornato da forestiero». ²⁴Rispose Abramo: «Io giuro!».

²⁵Però, ogni volta che Abramo rimproverava Abimèlech per la questione di un pozzo d'acqua che i servi di Abimèlech avevano usurpato, ²⁶Abimèlech rispondeva: «Io non so chi abbia fatto questa cosa, né tu me ne hai informato né io ne ho sentito parlare se non oggi».

²⁷Allora Abramo prese pecore e buoi e li diede ad Abimèlech; e i due stipularono un'alleanza. ²⁸Abramo mise poi da parte sette agnelle del gregge, ²⁹ed Abimèlech gli domandò: «Che ci stanno a fare queste sette agnelle che hai messo da parte?». ³⁰Rispose: «Tu accetterai queste sette agnelle dalla mia mano, perché ciò mi valga da testimonianza che io ho scavato questo pozzo». ³¹Per questo quel luogo si chiamò Bersabea, perché ivi fecero giuramento ambedue. ³²E dopo che ebbero stipulata l'alleanza a Bersabea, Abimèlech si levò con Picol, capo del suo esercito, e ritornarono nel paese dei Filistei.

³³Poi Abramo piantò una tamerice in Bersabea, ivi invocò il nome del Signore, Dio eterno, ³⁴e soggiornò come forestiero nel paese dei Filistei, per molto tempo.

22 La tentazione di Abramo. - ¹Dopo queste cose, Dio tentò Abramo dicendogli: «Abramo, Abramo!». Rispose: «Eccomi!». ²Riprese: «Su, prendi tuo figlio, il tuo diletto che tu ami, Isacco, e va' nel territorio di Moria, e offrilo ivi in olocausto su di un monte che io ti dirò!». ³Abramo si alzò di mattino per tempo, sellò il suo asino, prese con sé due suoi servi e Isacco suo figlio, spaccò la legna per l'olocausto e si mise in viaggio verso il luogo che Dio gli aveva detto. ⁴Al terzo giorno Abramo, alzando gli occhi, vide da lontano il luogo. ⁵Allora disse ai suoi due servi: «Sedetevi e dimorate qui, con l'asino; io e il ragazzo andremo fin là, faremo adorazione e poi ritorneremo da voi». ⁶Abramo prese la legna dell'olocausto e la caricò su Isacco, suo figlio; egli prese in mano il fuoco e il coltello e s'incamminarono tutt'e due insieme.

⁷Isacco si rivolse a suo padre Abramo e disse: «Padre mio!». Rispose: «Eccomi, figlio mio!». Riprese: «Ecco qui il fuoco e la legna, ma dov'è l'agnello per l'olocausto?». ⁸Rispose Abramo: «Dio si provvederà da sé l'agnello per l'olocausto, figlio mio!». E proseguirono tutt'e due insieme. ⁹Così arrivarono al luogo che Dio gli aveva detto e ivi Abramo edificò l'altare, vi depose la legna, legò Isacco suo figlio e lo depose sull'altare sopra la legna. ¹⁰Poi Abramo stese la mano e prese il coltello per scannare il suo figliolo. ¹¹Ma l'angelo del Signore lo chiamò dal cielo e gli disse: «Abramo, Abramo!». Rispose: «Eccomi!». ¹²Riprese: «Non stendere la mano contro il ragazzo e non fargli alcun male! Ora so che rispetti Dio e non mi hai risparmiato il tuo figliolo, l'unico tuo!». ¹³Allora Abramo alzò gli occhi e guardò; ed ecco: un ariete ardente, ghermito dal fuoco, impigliato con le corna in un cespuglio. Abramo andò a prendere l'ariete e l'offrì in olocausto al posto del suo figliolo. ¹⁴Abramo chiamò il nome del santuario «il Signore provvede», onde oggi si dice: «Sul monte il Signore provvede». ¹⁵Poi l'angelo del Signore chiamò dal cielo Abramo per la seconda volta ¹⁶e disse: «Giuro per me stesso, oracolo del Signore: perché tu hai fatto questo e non hai risparmiato il tuo figliolo, l'unico tuo, ¹⁷io ti benedirò con ogni benedizione e moltiplicherò assai la tua discendenza, come le stelle del cielo e come la sabbia ch'è sul lido del mare; la tua discendenza s'impadronirà della porta dei suoi nemici ¹⁸e si diranno benedette per la tua discendenza tutte le nazioni della terra, in compenso del fatto che tu hai ubbidito alla mia voce». ¹⁹Poi Abramo tornò dai suoi servi, e insieme si misero in cammino verso Bersabea; e Abramo abitò a Bersabea.

Rapporto sui Nacoriti. - ²⁰Dopo queste cose, ad Abramo fu portato un rapporto in questi termini: «Ecco, Milca ha partorito anch'essa dei figli a Nacor tuo fratello: ²¹il primogenito Uz, suo fratello Buz, Kemuèl, il padre di Aram, ²²Chèsed, Azo, Pildas, Idlaf e Betuèl. ²³Betuèl generò Rebecca. Questi

---

22. - 2. Il comando dato ad Abramo si fonda sul dominio riservato a Dio sui primogeniti; però l'episodio vuole insegnare, oltre la gran fede mostrata da Abramo in quella circostanza, che Dio ripudia i sacrifici umani e vuole che i primogeniti dell'uomo siano riscattati (Es 13,11ss), non sacrificati.

otto partorì Milca a Nacor, fratello di Abramo. [24]La concubina ch'egli aveva, di nome Reuma, anch'essa partorì dei figli: Tebach, Gacam, Tacas e Maaca».

23 La tomba di Macpela. -

[1]Gli anni della vita di Sara furono centoventisette: questi furono gli anni della vita di Sara. [2]Sara morì a Kiriat-Arba, che è Ebron, nella terra di Canaan, e Abramo entrò per far lutto per Sara e per piangerla. [3]Poi Abramo si alzò dalla presenza del suo morto e disse agli Hittiti: [4]«Io sono forestiero e residente tra voi. Datemi la proprietà di un sepolcro, sotto la vostra autorità, sicché io possa portar via il mio morto e seppellirlo». [5]Gli Hittiti risposero ad Abramo: «Prego! [6]Ascolta noi, o signore! Tu sei un principe eccelso in mezzo a noi! Nel migliore dei nostri sepolcri seppellisci il tuo morto. Nessuno di noi ti proibirà di seppellire il tuo morto nel proprio sepolcro». [7]Ma Abramo si alzò, s'inchinò davanti al popolo del paese, davanti agli Hittiti, e disse loro: [8]«Se è proprio conforme al vostro intimo che io porti via il mio morto e lo seppellisca, ascoltatemi e interponetevi per me presso Efron figlio di Zocar, [9]perché mi venda la sua caverna di Macpela, che è all'estremità del suo campo. Per il suo pieno valore in argento, me la venda come proprietà sepolcrale in mezzo a voi». [10]Or Efron era presente in mezzo agli Hittiti. Rispose dunque Efron l'hittita ad Abramo, mentre lo udivano gli Hittiti, tutti coloro che entravano per la porta della sua città, e disse: «Prego, [11]signor mio, ascolta me: ti vendo il campo; e anche la caverna che è in esso, te la vendo; in presenza dei figli del mio popolo te la vendo. Seppellisci il tuo morto». [12]Allora Abramo s'inchinò davanti a lui alla presenza del popolo del paese, [13]e parlò a Efron, mentre lo udiva il popolo del paese, e disse: «Se proprio tu, di grazia, mi ascolti, io ti do il prezzo del campo; accettalo da me, così io

seppellirò il mio morto». [14]Efron rispose ad Abramo, dicendo: «Di grazia, [15]ascoltami, signor mio; una terra di quattrocento sicli d'argento che cosa è mai tra me e te? Seppellisci dunque il tuo morto». [16]Allora Abramo accedette alla richiesta di Efron e pesò ad Efron il prezzo che egli aveva detto, mentre lo udivano gli Hittiti, cioè quattrocento sicli d'argento, di moneta corrente tra chi gira. [17]Così il campo di Efron, che si trovava in Macpela, a oriente di Mamre, sia il campo sia la caverna che vi si trovava e tutti gli alberi che vi erano dentro il campo e sul suo limite tutt'intorno, [18]passarono in proprietà di Abramo, alla presenza degli Hittiti, di tutti quelli che entravano nella porta della loro città. [19]Dopo di che Abramo seppellì Sara, sua moglie, nella caverna del campo di Macpela, a oriente di Mamre, che è Ebron, nel paese di Canaan. [20]Fu così che il campo e la caverna che vi si trovava furono trasferiti dagli Hittiti ad Abramo, come proprietà per sepolture.

24 Matrimonio di Isacco. -

[1]Abramo era vecchio, avanzato negli anni, e il Signore lo aveva benedetto in ogni cosa. [2]Allora Abramo disse al suo servo, il più anziano della sua casa, che amministrava tutti i suoi beni: «Metti la tua mano sotto il femore mio, [3]e io ti farò giurare per il Signore, Dio del cielo e della terra, che tu non prenderai per mio figlio una moglie tra le figlie dei Cananei, in mezzo ai quali io abito, [4]ma che andrai al mio paese e alla mia parentela a prendere una moglie per il figlio mio Isacco». [5]Gli disse il servo: «Può darsi che quella donna non si senta di seguirmi in questo paese; dovrò forse ricondurre tuo figlio alla terra donde sei tu uscito?». [6]Gli rispose Abramo: «Guardati dal ricondurre colà il mio figliolo! [7]Il Signore, Dio del cielo e della terra, che mi ha tolto dalla casa di mio padre e dalla terra dei miei padri, colui che mi ha parlato e mi ha giurato dicendo: «Alla tua discendenza darò questo paese», egli stesso manderà il suo angelo davanti a te, cosicché tu possa prendere di là una moglie per il mio figliolo. [8]Che se la donna non si sentirà di seguirti, allora sarai libero dal giuramento fatto a mio favore; soltanto non devi ricondurre colà il mio figliolo». [9]Allora il servo mise la mano sotto la coscia di Abramo, suo padrone, e gli prestò giuramento riguardo a questo affare.

---

23. - [3ss.] La scena, interessantissima per conoscere gli usi orientali di quel tempo, si svolge alle porte della città, dove si radunava la gente, per trattare gli affari pubblici e privati, come pure per giudicare.

24. - [2ss.] Modo per rendere inviolabile un giuramento attraverso il contatto con le parti vitali. Ogni benedizione era stata data ad Abramo in vista di una discendenza che doveva svilupparsi all'interno della sua famiglia.

[10]Poi il servo prese dieci cammelli del suo padrone e, provvisto di ogni sorta di cose preziose del suo padrone, si mise in viaggio e andò nel paese dei due fiumi, alla città di Nacor. [11]Fece inginocchiare i cammelli fuori della città, presso il pozzo d'acqua, nell'ora della sera, l'ora in cui sogliono uscire le donne ad attingere.

[12]Poi disse: «Signore, Dio del mio signore Abramo, dammi fortuna quest'oggi, te ne prego, e usa benevolenza verso il mio signore Abramo! [13]Ecco, io mi metto ritto presso la fonte dell'acqua, mentre le figlie degli uomini della città escono per attingere acqua. [14]Ebbene, la giovinetta alla quale dirò: "Abbassa, per favore, la tua anfora e lasciami bere" e quella dirà: "Bevi, e anche ai tuoi cammelli darò da bere", sarà quella che tu hai destinato al tuo servo, a Isacco; e da questo conoscerò che tu hai usato benevolenza al mio signore».

[15]Ora egli non aveva ancora finito di parlare, quand'ecco Rebecca, che era nata a Betuèl, figlio di Milca, moglie di Nacor, fratello di Abramo, usciva con l'anfora sulla sua spalla. [16]La giovinetta era assai avvenente d'aspetto, era vergine e non aveva conosciuto alcun uomo. Essa scese alla sorgente, riempì l'anfora e risalì. [17]Il servo allora le corse incontro e disse: «Fammi sorbire, per favore, un po' d'acqua dalla tua anfora!». [18]Rispose: «Bevi, signor mio!». Si affrettò a calare la sua anfora sulla mano e lo fece bere. [19]Dopo che ella finì di farlo bere, disse: «Anche per i tuoi cammelli attingerò, finché abbiano bevuto abbastanza». [20]E presto vuotò l'anfora nell'abbeveratoio, poi corse di nuovo ad attingere al pozzo, e attinse per tutti i cammelli di lui. [21]Intanto quell'uomo la contemplava in silenzio, in attesa di conoscere se il Signore avesse o no fatto riuscire il suo viaggio. [22]Quando i cammelli ebbero finito di bere, quell'uomo prese un anello d'oro, del peso di mezzo siclo, e lo pose alle sue narici e due braccialetti alle braccia, del peso di dieci sicli d'oro; [23]poi disse: «Di chi sei figlia? Dimmelo, per favore. C'è posto per noi in casa di tuo padre, per passarvi la notte?». [24]Gli rispose: «Io sono figlia di Betuèl, il figlio di Milca, ch'essa partorì a Nacor». [25]Soggiunse: «C'è strame e paglia in quantità da noi, e anche posto per passare la notte». [26]Allora quell'uomo si prostrò, adorò il Signore [27]e disse: «Sia benedetto il Signore, Dio del mio padrone Abramo, che non ha cessato di usare

benevolenza e fedeltà verso il mio signore! Quanto a me, il Signore mi ha guidato per via, fino alla casa dei fratelli del mio signore!».

[28]La giovinetta corse a raccontare alla casa di sua madre tutte queste cose. [29]Or Rebecca aveva un fratello di nome Làbano. Anche Làbano corse fuori da quell'uomo alla sorgente. [30]Quando infatti ebbe visto il pendente e i braccialetti sulle braccia di sua sorella e quand'ebbe udito le parole di Rebecca, sua sorella, che diceva: «Così mi ha parlato quell'uomo», venne da quell'uomo, ed eccolo che se ne stava in piedi, presso i cammelli vicino alla sorgente. [31]Gli disse: «Vieni, o benedetto dal Signore! Perché te ne stai fermo, fuori, mentre io ho preparato la casa e il posto per i cammelli?». [32]Allora l'uomo entrò in casa e quello tolse il basto ai cammelli, fornì strame e foraggio ai cammelli e acqua per lavare i piedi di lui e i piedi degli uomini ch'erano con lui.

[33]Poi gli fu posto davanti da mangiare, ma egli disse: «Non mangerò, finché non avrò detto le parole che io ho da dire!». Gli risposero: «Di' pure!». [34]Disse allora: «Io sono servo di Abramo. [35]Il Signore ha molto benedetto il mio padrone, che è diventato potente; gli ha dato greggi e armenti, argento e oro, schiavi e schiave, cammelli e asini. [36]Poi Sara, la moglie del mio padrone, ha partorito un figlio al mio signore, quando ormai era vecchio, ed egli ha dato a lui tutti i suoi beni. [37]Il mio signore mi ha fatto giurare in questi termini: "Non devi prendere per mio figlio una moglie tra le figlie dei Cananei, in mezzo ai quali abito; [38]ma andrai alla casa di mio padre, alla mia famiglia, a prendere una moglie per il figlio mio". [39]Io dissi al mio padrone: "Può darsi che la donna non mi segua". [40]Mi rispose: "Il Signore, alla cui presenza io cammino continuamente, manderà teco il suo angelo e farà riuscire il tuo viaggio, cosicché tu possa prendere una moglie per il mio figliolo dalla mia famiglia e dalla casa di mio padre. [41]Solo allora sarai esente dalla mia maledizione, quando sarai andato alla mia famiglia; anche se non te la daranno, sarai esente dalla mia maledizione". [42]Così oggi sono arrivato alla fonte e ho detto: "Signore, Dio del mio padrone Abramo, di grazia, se tu stai per far riuscire il viaggio che sto facendo, [43]ecco, io mi metto ritto presso la fonte d'acqua; ebbene, la giovane che uscirà ad attingere, alla quale io dirò: 'Fam-

mi bere, per favore, un po' d'acqua dalla tua anfora', ⁴⁴e che mi dirà: 'Bevi tu e anche per i tuoi cammelli io attingerò', sarà quella la moglie che il Signore ha destinato al figliolo del mio padrone". ⁴⁵Io non avevo ancora finito di parlare, quand'ecco Rebecca uscire con l'anfora sulla sua spalla; discese alla fonte, attinse e io le dissi: "Fammi bere, per favore!". ⁴⁶Subito essa calò giù la sua anfora e disse: "Bevi; e anche ai tuoi cammelli darò da bere!". Così io bevvi ed essa diede da bere anche ai cammelli. ⁴⁷Allora io la interrogai e le dissi: "Di chi sei figlia?". Mi rispose: "Sono figlia di Betuèl, figlio di Nacor, che Milca gli partorì". Allora io le ho posto il pendente alle narici e i braccialetti alle braccia. ⁴⁸Poi mi prostrai, adorai e benedissi il Signore Dio del mio padrone Abramo, il quale mi ha guidato per la via giusta a prendere per suo figlio la figlia del fratello del mio signore. ⁴⁹Ed ora, se intendete usare benevolenza e fedeltà verso il mio signore, fatemelo sapere; e se no, fatemelo pure sapere, perché io mi rivolga a destra o a sinistra».

⁵⁰Allora Làbano e Betuèl risposero e dissero: «È dal Signore che la cosa procede; non possiamo parlarti né in male né in bene. ⁵¹Ecco Rebecca davanti a te; prendila e va', e sia la moglie del figlio del tuo signore, così come ha parlato il Signore». ⁵²Quando il servo di Abramo ebbe udito le loro parole, si prostrò a terra, adorando il Signore. ⁵³Poi il servo tirò fuori oggetti di argento e oggetti d'oro e vesti e li diede a Rebecca; cose preziose donò pure al fratello e alla madre di lei. ⁵⁴Poi mangiarono e bevvero egli e gli uomini che erano con lui, e passarono la notte. Alzatisi alla mattina, egli disse: «Lasciatemi andare dal mio signore!».

⁵⁵Ma il fratello di lei e la madre dissero: «Rimanga la giovinetta con noi qualche giorno o una diecina di giorni, dopo te ne andrai». ⁵⁶Rispose loro: «Non trattenetemi, perché il Signore ha fatto riuscire il mio viaggio. Lasciatemi partire, affinché io possa andare dal mio signore!». ⁵⁷Dissero allora: «Chiamiamo la giovinetta per chiedere la sua opinione». ⁵⁸Chiamarono Rebecca e le dissero: «Vuoi forse partire con quest'uomo?». Essa rispose: «Partirò!». ⁵⁹Allora essi lasciarono partire Rebecca con la sua balia, insieme col servo di Abramo e i suoi uomini. ⁶⁰Benedissero Rebecca e le dissero:

«O tu, sorella nostra, diventa migliaia di
    miriadi,
e la tua stirpe conquisti la porta dei tuoi
    nemici!»

⁶¹Così Rebecca e le sue ancelle si levarono, montarono sui cammelli e seguirono quell'uomo. E il servo prese con sé Rebecca e partì.

⁶²Intanto Isacco era venuto nel deserto di Lacai-Roi; abitava infatti nel territorio del Negheb. ⁶³Isacco uscì, sul far della sera, per divagarsi, quand'ecco, alzando gli occhi, vide venire dei cammelli. ⁶⁴Alzò gli occhi anche Rebecca e vide Isacco e subito scivolò giù dal cammello. ⁶⁵Domandò al servo: «Chi è quell'uomo che viene attraverso la steppa, incontro a noi?». Il servo rispose: «È il mio signore!». Allora essa prese il velo e si coprì. ⁶⁶Poi il servo raccontò ad Isacco tutte le cose che aveva fatto. ⁶⁷E Isacco introdusse Rebecca nella tenda ch'era stata di Sara sua madre; poi si prese Rebecca in moglie e l'amò. Così Isacco si consolò dopo la morte della madre sua.

25 **I figli di Chetura.** - ¹Abramo prese un'altra moglie: essa aveva nome Chetura. ²Essa gli partorì Zimran, Ioksan, Medan, Madian, Isbak e Suach. ³Ioksan generò Saba e Dedan e i figli di Dedan furono gli Asurim, i Letusim e i Leummim. ⁴I figli di Madian furono Efa, Efer, Enoch, Abida ed Eldaa. Tutti questi sono i figli di Chetura.

⁵Abramo diede tutti i suoi beni a Isacco. ⁶Quanto ai figli che Abramo aveva avuto dalle concubine, diede loro doni e, mentre era ancora in vita, li licenziò mandandoli lontano da Isacco suo figlio, verso oriente, nella terra d'oriente.

Morte di Abramo. - ⁷Questa è la durata della vita di Abramo: centosettantacinque anni. ⁸Poi Abramo spirò e morì dopo una felice vecchiaia, vecchio e sazio di giorni e fu riunito ai suoi antenati. ⁹Lo seppellirono i suoi figli Isacco e Ismaele nella caverna di Macpela, nel campo di Efron figlio di Socar, l'hittita, di fronte a Mamre. ¹⁰È appunto il campo che Abramo aveva comprato dagli Hittiti. Ivi furono sepolti Abramo e Sara sua moglie. ¹¹Dopo la morte di Abramo, Dio benedisse il figlio di lui Isacco; e Isacco abitò presso il pozzo di Lacai-Roi.

I discendenti d'Ismaele. - [12]Questi sono i discendenti di Ismaele, figlio di Abramo, che Agar l'egiziana, schiava di Sara, gli aveva partorito. [13]Questi sono i nomi dei figli di Ismaele, con i loro nomi in ordine di generazione: il primogenito di Ismaele è Nebaiòt, poi Kedar, Adbeèl, Mibsam, [14]Misma, Duma, Massa, [15]Adad, Tema, Ietur, Nafis, Kedma. [16]Questi sono i figli di Ismaele e questi sono i nomi loro e dei loro attendamenti e accampamenti. Sono i dodici prìncipi delle relative genti. [17]E questi sono gli anni di vita di Ismaele: centotrentasette anni; poi spirò e morì e fu riunito ai suoi antenati. [18]Egli abitò da Avila fino a Sur, che è lungo il confine dell'Egitto, in direzione di Assur. Egli si era accampato di fronte a tutti i propri fratelli.

Esaù e Giacobbe. - [19]Questa è la storia della discendenza di Isacco, figlio di Abramo. Abramo aveva generato Isacco. [20]Isacco aveva quarant'anni quando prese per sé Rebecca, figlia di Betuèl, l'arameo di Paddan-Aram e sorella di Làbano l'arameo.

[21]Isacco supplicò il Signore per sua moglie, perché essa era sterile, e il Signore lo esaudì, cosicché Rebecca sua moglie divenne incinta. [22]Se non che i figli si pressavano l'un l'altro dentro di lei, ond'ella disse: «Se è così, perché questo?...». E andò a consultare il Signore. [23]Il Signore rispose:

«Due clan nel tuo ventre
    e due popoli dalle tue viscere
        si separeranno.
Un popolo prevarrà sull'altro popolo
    e il maggiore servirà il minore».

[24]Quando poi si fu compiuto per lei il tempo in cui doveva partorire, ecco che due gemelli le stavano nel ventre. [25]Il primo uscì rossiccio, come un peloso mantello, e lo chiamarono Esaù. [26]Subito dopo uscì suo fratello nell'atto di tenere con la mano il calcagno di Esaù, e lo si chiamò Giacobbe.

Isacco aveva sessant'anni, alla loro nascita.

Acquisto della primogenitura. - [27]I fanciulli crebbero. Esaù divenne un uomo assuefatto alla caccia, un uomo della steppa, mentre Giacobbe era un uomo tranquillo, che dimorava sotto le tende. [28]Isacco prese ad amare Esaù, perché la cacciagione era di suo gusto, mentre Rebecca amava Giacobbe.

[29]Una volta che Giacobbe aveva fatto cuocere una minestra, arrivò Esaù dalla steppa tutto trafelato. [30]Allora Esaù disse a Giacobbe: «Fammi trangugiare, per carità, un po' di questa minestra rossa, perché io sono sfinito!». Per questo fu chiamato il suo nome Edom. [31]Giacobbe rispose: «Anzitutto vendi la tua primogenitura a me». [32]Di rimando Esaù: «Eccomi sul punto di morire, e a che cosa mi vale una primogenitura?». [33]Giacobbe allora disse: «Giuramelo immediatamente!». E quello glielo giurò e vendette la sua primogenitura a Giacobbe. [34]Giacobbe diede allora a Esaù pane e minestra di lenticchie. Quello mangiò, bevve, poi si levò andandosene. Tanto poco stimò Esaù la primogenitura!

26 **Le promesse del Signore.** - [1]Or ci fu una carestia nel paese, oltre la carestia precedente, che era avvenuta ai tempi di Abramo, onde Isacco andò da Abimèlech, re dei Filistei, a Gerar. [2]Gli apparve allora il Signore e gli disse: «Non scendere in Egitto: accampati nella regione che io ti dirò. [3]Sii ospite in questo paese e io sarò con te e ti benedirò, perché a te e alla tua discendenza io darò tutti questi paesi e farò così sussistere il giuramento che ho fatto ad Abramo tuo padre. [4]Moltiplicherò la tua discendenza come le stelle del cielo e darò alla tua discendenza tutti questi paesi e tutte le nazioni della terra si diranno benedette per la tua discendenza; [5]in ricompensa del fatto che Abramo ubbidì alla mia voce e osservò ciò che io gli avevo dato da osservare: i miei comandamenti, le mie istituzioni e le mie leggi». [6]Così Isacco dimorò a Gerar.

Rebecca e Abimèlech. - [7]Gli uomini del luogo lo interrogarono intorno a sua moglie ed egli disse: «È mia sorella!», infatti aveva timore di dire «mia moglie», pensando che gli uomini del luogo lo uccidessero, per causa di Rebecca, perché essa era avvenente di aspetto. [8]Quando erano già passati lunghi giorni colà, Abimèlech, re dei Filistei, si affacciò alla finestra e vide che Isacco stava accarezzando la pro-

---

25. - [30-33]. Grandi erano i diritti del primogenito: tra gli altri, doppia parte di eredità e direzione della tribù o del clan. Tra gli Ebrei vi era una promessa ancora maggiore: quella di essere antenato del Messia.

pria moglie Rebecca. [9]Allora Abimèlech chiamò Isacco e disse: «Non c'è dubbio che costei sia tua moglie; e come mai tu hai detto: "È mia sorella"?». Gli rispose Isacco: «Perché mi son detto: "Che non abbia a morire per causa di lei!"». [10]Riprese Abimèlech: «Che cosa mai è questo che tu hai fatto? Poco ci mancava che qualcuno del popolo giacesse con tua moglie e tu attirassi così su di noi una colpa!». [11]Allora Abimèlech diede ordine a tutto il popolo in questi termini: «Colui che tocca quest'uomo o la sua moglie sarà senz'altro messo a morte!».

Prosperità di Isacco. - [12]Poi Isacco fece una semina in quel paese, e raccolse quell'anno una misura centuplicata. Il Signore lo benedisse tanto, [13]che quest'uomo diventò grande e continuò a crescere finché fu grande assai, [14]e venne a possedere greggi di pecore e armenti di buoi e numerosa servitù, onde i Filistei cominciarono a invidiarlo. [15]Intanto tutti i pozzi che avevano scavato i servi di suo padre, ai tempi di Abramo, suo padre, i Filistei li avevano turati e li avevano riempiti di terra. [16]Allora Abimèlech disse ad Isacco: «Vattene via da noi, perché tu sei troppo più potente di noi!». [17]Isacco andò via di là, si accampò nel torrente di Gerar e vi si stabilì.

I pozzi del torrente Gerar. - [18]Isacco riscavò i pozzi d'acqua che avevano scavato ai giorni di Abramo suo padre, e che i Filistei avevano turato dopo la morte di Abramo, e li denominò con gli stessi nomi con cui li aveva chiamati suo padre. [19]I servi di Isacco scavarono poi nella valle e vi trovarono un pozzo di acqua viva. [20]Ma i pastori di Gerar vennero a contesa con i pastori di Isacco, dicendo: «L'acqua è nostra!». Ond'egli chiamò il pozzo Esech, perché quelli avevano litigato con lui. [21]Scavarono un altro pozzo, ma quelli vennero a contesa anche per questo, ond'egli lo chiamò Sitna. [22]Allora si mosse di là e scavò un altro pozzo, per il quale non vennero a contesa, ond'egli lo chiamò Recobot e disse: «Ormai il Signore ci ha dato spazio libero, sicché noi possiamo prosperare nel paese».

Ancora promesse. - [23]Poi di là egli salì a Bersabea, [24]e durante quella notte gli apparve il Signore e disse:

«Io sono il Dio di Abramo, tuo padre: non temere, perché io sono con te. Ti benedirò e moltiplicherò la tua discendenza in grazia di Abramo, mio servo».

[25]Allora egli costruì colà un altare e invocò il nome del Signore. Ivi rizzò la sua tenda, mentre i suoi servi stavano scavando un pozzo.

Patto con Abimèlech. - [26]Nel frattempo Abimèlech da Gerar era andato da lui, insieme con Acuzzat, suo amico, e Picol, capo del suo esercito. [27]Isacco disse loro: «Come mai siete venuti da me, mentre voi mi odiate e mi avete cacciato da voi?». [28]Gli risposero: «Abbiamo proprio visto che il Signore è con te e abbiamo detto: Vi sia un giuramento tra di noi: tra noi da una parte e te dall'altra parte, e lascia che concludiamo un patto con te; [29]che tu non ci farai del male, a quel modo che noi non ti abbiamo toccato e a quel modo che noi non ti abbiamo fatto se non il bene e ti abbiamo mandato via in pace. Tu ora sei un uomo benedetto dal Signore». [30]Egli fece allora un convito per loro e mangiarono e bevvero. [31]Alzatisi alla mattina presto fecero giuramento l'uno all'altro, poi Isacco li licenziò e quelli partirono da lui in pace. [32]Or proprio quel giorno arrivarono i servi di Isacco e l'informarono a proposito del pozzo che avevano scavato e gli dissero: «Abbiamo trovato l'acqua!». [33]Allora egli lo chiamò Sibea. Per questo il nome della città fu Bersabea, fino al giorno d'oggi.

Le mogli di Esaù. - [34]Quando Esaù ebbe quarant'anni, prese in moglie Giudit, figlia di Beeri l'hittita, e Basemat, figlia di Elon l'hittita. [35]Esse divennero l'intimo rammarico per Isacco e per Rebecca.

27 **La benedizione di Giacobbe.** - [1]Quando Isacco era diventato vecchio e gli occhi gli si erano indeboliti in modo che non vedeva più, chiamò il figlio maggiore Esaù e gli disse: «Figlio mio!». Gli rispose: «Eccomi!». [2]Riprese: «Vedi che io sono vecchio; non so il giorno della mia morte. [3]Ora prendi le tue armi, la tua faretra e il tuo arco, esci nella steppa e prendi per me della selvaggina. [4]Poi preparami un piatto gustoso che io amo e portamelo perché io ne mangi, affinché l'anima mia ti benedica prima che io muoia».

⁵Or Rebecca ascoltava, mentre Isacco parlava al suo figlio Esaù. Andò, dunque, Esaù nella steppa a cacciar selvaggina. ⁶Intanto Rebecca disse a Giacobbe suo figlio: «Bada, ho sentito tuo padre che parlava a tuo fratello Esaù in questi termini: ⁷"Portami della selvaggina e preparami un piatto da mangiare, poi ti benedirò, con l'approvazione del Signore, prima della mia morte". ⁸Orbene, figlio mio, obbedisci alla mia voce in ciò che ti comando: ⁹va' al gregge e prendimi due bei capretti, affinché io ne faccia un piatto gustoso per tuo padre, come lui ama; ¹⁰così tu lo porterai a tuo padre da mangiare in modo che ti benedica prima della sua morte». ¹¹Rispose Giacobbe a Rebecca, sua madre: «Bada che mio fratello Esaù è un uomo peloso, mentre io sono di pelle liscia. ¹²Forse mio padre mi tasterà e io farò la figura di uno che si prende gioco di lui e attirerò sopra di me una maledizione invece che una benedizione!». ¹³Ma sua madre gli rispose: «Sia sopra di me la maledizione, figlio mio! Tu obbedisci soltanto e vammi a prendere quanto ho detto».

¹⁴Allora egli andò a prenderli e li portò a sua madre; così la madre sua ne fece un piatto gustoso, come amava suo padre. ¹⁵Poi Rebecca prese i vestiti preziosi di Esaù, suo figlio maggiore, che erano in casa presso di lei e ne vestì Giacobbe, suo figlio minore, ¹⁶mentre con le pelli dei capretti aveva rivestito le braccia di lui e la parte liscia del collo suo. ¹⁷Poi mise in mano al suo figlio Giacobbe il piatto gustoso e il pane che aveva preparato.

¹⁸Così egli venne da suo padre e disse: «Padre mio!». Rispose: «Eccomi; chi sei tu, figlio mio?». ¹⁹E Giacobbe rispose a suo padre: «Io sono Esaù, il tuo primogenito. Ho fatto come tu hai detto. Alzati, dunque, siediti e mangia la mia cacciagione, perché poi mi benedica l'anima tua». ²⁰Ma Isacco obiettò a suo figlio: «Come, dunque, hai fatto così presto a trovarla, figlio mio?». Rispose: «Il Signore me l'ha fatta capitare davanti». ²¹Isacco disse a Giacobbe: «Avvicinati e lascia che ti tasti, figlio mio, per sapere se tu sei proprio mio figlio Esaù, o no». ²²Giacobbe si avvicinò ad Isacco suo padre, il quale lo tastò e disse: «La voce è la voce di Giacobbe, ma le braccia sono le braccia di Esaù». ²³Così non lo smascherò, perché le braccia di lui erano pelose come le braccia di suo fratello Esaù, e si accinse a benedirlo. ²⁴Gli disse, dunque: «Sei proprio tu il

mio figlio Esaù?». Rispose: «Lo sono». ²⁵Allora disse: «Porgimi da mangiare della cacciagione del mio figlio, perché l'anima mia ti benedica». Quello gliene porse ed egli mangiò e gli recò del vino ed egli bevve. ²⁶Poi suo padre Isacco gli disse: «Vieni qui vicino e baciami, figlio mio!». ²⁷Gli si avvicinò e lo baciò.

Allora Isacco aspirò l'odore degli abiti di lui e lo benedisse dicendo:

«Ecco: l'odore del figlio mio
come l'odore d'un campo
che il Signore ha benedetto.
²⁸ Dio ti dia la rugiada dei cieli,
i pingui succhi della terra
e abbondanza di frumento e di mosto.
²⁹ Ti servano i popoli e si prostrino davanti
      a te le genti.
Sii padrone dei tuoi fratelli
e si prostrino davanti a te i figli di tua
      madre.
Chi ti maledice, sia maledetto,
e chi ti benedice, sia benedetto!».

³⁰Quando Isacco ebbe finito di benedire Giacobbe e questi era appena uscito dalla presenza di suo padre Isacco, ecco che Esaù, suo fratello, rientrò dalla caccia. ³¹Anche lui preparò un piatto gustoso, poi lo recò a suo padre e gli disse: «Si alzi il mio padre e mangi della cacciagione del suo figlio, perché l'anima tua mi benedica». ³²Gli disse suo padre Isacco: «Chi sei tu?». Rispose: «Io sono il tuo figlio primogenito Esaù». ³³Allora Isacco fu scosso da un tremito grande assai e disse: «Chi è, dunque, colui che ha preso la cacciagione e me l'ha recata? Io ho mangiato tutto, prima che tu arrivassi, e l'ho benedetto. Anzi benedetto resterà!». ³⁴Quando Esaù sentì le parole di suo padre, scoppiò in un grido di dolore grande e amaro assai. Poi disse a suo padre: «Benedicimi... anche me, padre mio!». ³⁵Rispose: «È venuto tuo fratello con inganno e si è presa la tua benedizione». ³⁶Rispose: «Certo, a ragione si chiama Giacobbe, perché m'ha soppiantato già due volte! Già si è presa la primogenitura ed ecco ora si è preso la mia benedizione!». Poi soggiunse: «Non hai forse conservato una benedizione

---

27. - ¹³· Rebecca si ritiene certa che non verrà maledetta; e quanto alla simulazione non pensa neppure che per lei costituisca una colpa.

per me?». ³⁷Isacco rispose e disse ad Esaù: «Ecco, io l'ho costituito tuo padrone e gli ho dato come servi tutti i suoi fratelli; l'ho sostenuto con frumento e mosto; e per te che cosa mai potrò fare, figlio mio?». ³⁸Esaù disse a suo padre: «Hai dunque una sola benedizione, padre mio? Benedicimi... anche me, padre mio!». Poi Esaù alzò la sua voce e pianse. ³⁹Allora Isacco suo padre prese la parola e disse a lui:

«Ecco, senza pingui succhi della terra
    sarà la tua sede,
e senza la rugiada dei cieli dall'alto!
⁴⁰ Sulla tua spada vivrai, ma tuo fratello
        servirai;
    ma quando ti ribellerai,
    spezzerai il suo giogo dal tuo collo».

⁴¹Esaù prese allora ad osteggiare Giacobbe per la benedizione che suo padre gli aveva dato, e disse nel suo cuore: «Si avvicinano i giorni del lutto per mio padre e allora ucciderò mio fratello Giacobbe». ⁴²Furono riferite a Rebecca le parole di Esaù, suo figlio maggiore, ed essa mandò a chiamare Giacobbe, suo figlio minore, e gli disse: «Bada che Esaù, tuo fratello, vuol vendicarsi di te, uccidendoti. ⁴³Or dunque, figlio mio, ubbidisci alla mia voce: fuggi verso Carran, da mio fratello Làbano. ⁴⁴Abiterai con lui qualche tempo, finché l'irritazione di tuo fratello si sarà calmata. ⁴⁵Quando si sarà stornata da te la collera di tuo fratello e si sarà dimenticato di quello che gli hai fatto, allora io manderò a prenderti di là. Perché dovrei venir privata di voi due in un sol giorno?».
⁴⁶Allora Rebecca disse ad Isacco: «Mi viene a noia la vita a causa di queste donne hittite; se Giacobbe prende in moglie qualche donna hittita come queste, tra le figlie del paese, a che cosa mi serve la vita?».

28 Isacco manda Giacobbe da Làbano. ¹Allora Isacco chiamò Giacobbe, gli diede gli addii, dopo avergli dato questo comando: «Tu non devi prender moglie tra le figlie di Canaan. ²Va' in Paddan-Aram, nella casa di Betuèl, padre di tua madre, e prenditi di là in moglie qualcuna delle figlie di Làbano, fratello di tua madre. ³Ti benedica

Dio onnipotente, ti renda fecondo e ti moltiplichi, sì che tu diventi un'assemblea di popoli. ⁴Conceda la benedizione di Abramo a te e alla tua discendenza con te, perché tu possegga la terra dove hai soggiornato come forestiero, quella che Dio ha dato ad Abramo».
⁵Così Isacco fece partire Giacobbe, che andò in Paddan-Aram presso Làbano figlio di Betuèl, l'arameo, fratello di Rebecca, madre di Giacobbe e di Esaù.

Altro matrimonio di Esaù. - ⁶Esaù vide che Isacco aveva benedetto Giacobbe, l'aveva mandato in Paddan-Aram per prendersi una moglie di là e gli aveva dato un comando in questi termini: «Non prender moglie tra le figlie di Canaan»; ⁷e Giacobbe aveva obbedito a suo padre e a sua madre ed era partito per Paddan-Aram. ⁸Così Esaù comprese che le figlie di Canaan erano malviste da Isacco, suo padre. ⁹Allora si recò da Ismaele e si prese in moglie Macalat figlia di Ismaele, figlio di Abramo, sorella di Nebaiot, oltre le mogli che aveva.

Il voto di Betel. - ¹⁰Giacobbe partì da Bersabea e si diresse verso Carran. ¹¹Capitò allora in un certo luogo, dove si fermò per pernottare, perché il sole era tramontato; prese una pietra, se la pose come cuscino del suo capo e si coricò in quel luogo.
¹²E sognò di vedere una scala che poggiava sulla terra, mentre la sua cima raggiungeva il cielo; ed ecco: gli angeli di Dio salivano e scendevano per essa. ¹³Ed ecco: il Signore gli stava davanti e disse: «Io sono il Signore, il Dio di Abramo, tuo padre, e il Dio d'Isacco. La terra sulla quale tu sei coricato la darò a te e al tuo seme. ¹⁴La tua discendenza sarà come la polvere della terra e ti estenderai a occidente e a oriente, a settentrione e a mezzogiorno. Saranno benedette in te e nella tua discendenza tutte le famiglie della terra. ¹⁵Ed ecco che io sono con te e ti custodirò dovunque andrai e poi ti farò ritornare in questo paese, perché non ti abbandonerò se prima non avrò fatto tutto quello che ti ho detto».
¹⁶Allora Giacobbe si svegliò dal suo sonno e disse: «Veramente c'è il Signore in questo luogo e io non lo sapevo!». ¹⁷Ebbe paura e disse: «Com'è terribile questo luogo! Questa è nientemeno che la casa di Dio e la porta del cielo».

---

28. - ¹³⁻¹⁵. È la prima promessa divina a Giacobbe, dalla discendenza del quale nascerà il popolo eletto.

[18]Si alzò Giacobbe alla mattina, prese la pietra che si era posta come cuscino del suo capo e la rizzò come stele sacra e versò olio sulla sua sommità. [19]E chiamò quel luogo Betel, mentre prima il nome della città era Luz.

[20]Giacobbe fece questo voto: «Se Dio sarà con me e mi custodirà in questo viaggio che sto facendo e mi darà pane per mangiare e vesti per vestire, [21]e se ritornerò in pace alla casa di mio padre, allora il Signore sarà il mio Dio. [22]E questa pietra che io ho eretto come una stele sacra sarà una casa di Dio e di tutto quello che mi darai io ti offrirò la decima».

29 Lia e Rachele. - [1]Poi Giacobbe si mise in cammino e andò nel paese degli Orientali. [2]Guardò, ed ecco un pozzo nella steppa e vi erano là tre greggi di pecore accovacciate vicino ad esso, perché a quel pozzo solevano abbeverarsi le greggi; ma la pietra sulla bocca del pozzo era molto grande. [3]Si solevano radunare là tutte le greggi e allora i pastori rotolavano via la pietra dalla bocca del pozzo e abbeveravano le pecore; poi riponevano la pietra al suo posto, sulla bocca del pozzo.

[4]Giacobbe disse loro: «Fratelli miei, di dove siete?». Risposero: «Siamo di Carran». [5]Disse loro: «Conoscete Làbano, figlio di Nacor?». Risposero: «Lo conosciamo». [6]Disse loro: «Sta bene?». Risposero: «Bene; ed ecco sua figlia Rachele che viene con le pecore». [7]Riprese: «Eccoci ancora in pieno giorno; non è tempo di radunare il bestiame. Abbeverate le pecore e andate a pascolare!». [8]Risposero: «Non possiamo, finché non siano radunati tutti i pastori; allora essi rotoleranno via la pietra dalla bocca del pozzo e noi faremo bere le pecore».

[9]Egli stava ancora a parlare con loro, quando arrivò Rachele con il gregge di suo padre, perché era una pastorella. [10]Giacobbe subito vide Rachele figlia di Làbano, fratello di sua madre; quindi Giacobbe si avvicinò, rotolò via la pietra dalla bocca del pozzo e abbeverò le pecore di Làbano, fratello di sua madre. [11]Poi Giacobbe baciò Rachele, alzò la voce e pianse. [12]Giacobbe rivelò a Rachele che egli era fratello di suo padre e che era figlio di Rebecca. Allora essa corse a riferirlo a suo padre. [13]Quando Làbano udì la notizia di Giacobbe, figlio di sua sorella, gli corse incontro, l'abbracciò, lo baciò e lo condusse in casa sua. Ed egli raccontò a Làbano tutte queste vicende.

[14]Allora Làbano gli disse: «Davvero tu sei mio osso e mia carne!». Ed egli dimorò presso di lui per la durata di un mese. [15]Poi Làbano disse a Giacobbe: «Forse perché tu sei mio fratello, mi dovrai servire gratuitamente? Indicami quale deve essere il tuo salario».

[16]Or Làbano aveva due figlie. Il nome della maggiore era Lia e il nome della minore era Rachele. [17]Ma Lia aveva gli occhi smorti, mentre Rachele era bella di forma e bella di aspetto, [18]onde Giacobbe amava Rachele. Disse dunque: «Io ti servirò sette anni per Rachele, tua figlia minore». [19]Rispose Làbano: «È meglio che la dia a te, piuttosto che darla a un altro uomo. Rimani con me». [20]Così Giacobbe servì sette anni per Rachele, e gli sembrarono pochi giorni, per il suo amore verso di lei.

[21]Poi Giacobbe disse a Làbano: «Dammi mia moglie, perché il mio tempo è scaduto, e lascia che io mi accosti a lei». [22]Allora Làbano radunò tutti gli uomini del luogo e fece un convito. [23]Ma quando fu sera egli prese sua figlia Lia e la condusse da lui ed egli si accostò a lei. [24]Làbano diede inoltre la propria schiava Zilpa alla sua figliola Lia, quale schiava. [25]E quando fu mattina... ecco che era Lia. Allora Giacobbe disse a Làbano: «Che cosa dunque hai fatto? Non è forse per Rachele che sono stato a tuo servizio? Perché m'hai tu ingannato?». [26]Rispose Làbano: «Non si usa far così nel nostro paese, che si dia la minore prima della maggiore. [27]Finisci la settimana nuziale di costei, poi ti darò anche quest'altra, per il servizio che tu presterai, ancora presso di me, per altri sette anni». [28]Giacobbe fece così: terminò la settimana nuziale e allora Làbano gli diede in moglie la sua figlia Rachele. [29]Inoltre Làbano diede a sua figlia Rachele la propria schiava Bila quale schiava di lei. [30]Egli si accostò anche a Rachele e amò Rachele più di Lia; e fu ancora a servizio di lui per altri sette anni.

Nascita dei figli di Giacobbe. - [31]Or il Signore vide che Lia era trascurata e aprì il suo grembo, mentre Rachele fu sterile. [32]Così Lia concepì e partorì un figlio e

---

29. - [1.] *Paese degli Orientali* qui significa la pianura di Paddan-Aram, nella Mesopotamia superiore.

chiamò il suo nome Ruben, perché disse: «Il Signore ha guardato la mia afflizione; ora il mio marito mi amerà». [33]Poi concepì ancora un figlio e disse: «Il Signore ha udito che io ero trascurata e mi ha dato anche questo». E lo chiamò Simeone. [34]Poi concepì ancora e partorì un figlio e disse: «Questa volta il mio marito mi si affezionerà, perché gli ho partorito tre figli». Per questo lo chiamò Levi. [35]Concepì ancora e partorì un figlio e disse: «Questa volta celebrerò il Signore». Per questo lo chiamò Giuda. Poi cessò di partorire.

30 [1]Rachele vide che non poteva partorire figlioli a Giacobbe. Allora Rachele diventò gelosa della sorella e disse a Giacobbe: «Dammi dei figli, se no muoio!». [2]Giacobbe si irritò contro Rachele e disse: «Son forse io al posto di Dio, il quale ti ha negato il frutto del ventre?».

[3]Allora essa disse: «Ecco la mia serva Bila; accostati a lei, così ch'essa partorisca sulle mie ginocchia e anch'io abbia una figliolanza per mezzo di essa». [4]Così gli diede come moglie la propria schiava Bila e Giacobbe si accostò a lei. [5]Bila concepì e partorì a Giacobbe un figlio. [6]E Rachele disse: «Dio ha giudicato in mio favore e ha pure ascoltato la mia voce, dandomi un figlio». Per questo lo chiamò Dan. [7]Poi Bila, la schiava di Rachele, concepì ancora e partorì a Giacobbe un secondo figlio. [8]E Rachele disse: «Ho combattuto contro mia sorella le lotte di Dio e ho pure vinto!». Onde lo chiamò Nèftali.

[9]Allora Lia, vedendo che aveva cessato di partorire, prese Zilpa, la propria schiava, e la diede in moglie a Giacobbe. [10]Giacobbe si accostò a lei ed essa concepì. Zilpa, la schiava di Lia, partorì a Giacobbe un figlio. [11]E Lia disse: «Per fortuna!». Onde lo chiamò Gad. [12]Poi Zilpa, la schiava di Lia, partorì un secondo figlio a Giacobbe. [13]Lia disse: «Per mia felicità! Perché le figlie mi han proclamata felice!». Onde lo chiamò Aser.

[14]Al tempo della mietitura del grano, Ruben uscì e trovò nella campagna delle mandragole che portò a Lia, sua madre. Allora Rachele disse a Lia: «Dammi, di grazia, un po' delle mandragole del figlio tuo». [15]Ma Lia rispose: «È forse poco che tu porti via mio marito, che vuoi portar via anche le mandragole di mio figlio?». Rispose Rachele: «Ebbene, si corichi pure, questa notte, con te, in compenso delle mandragole del figlio tuo».

[16]Alla sera Giacobbe arrivò dalla campagna e Lia gli uscì incontro e gli disse: «È da me che devi venire, perché io ho pagato il diritto di averti con le mandragole di mio figlio». Così egli, quella notte, si coricò con essa. [17]Allora il Signore esaudì Lia, la quale concepì e partorì a Giacobbe un quinto figlio. [18]E Lia disse: «Dio mi ha dato la mia mercede, per aver dato la schiava mia a mio marito». Perciò lo chiamò Issacar. [19]Poi Lia concepì ancora e partorì un sesto figlio a Giacobbe, [20]e disse: «Dio mi ha dotato di una buona dote; questa volta mio marito abiterà con me, perché gli ho partorito sei figli». Perciò lo chiamò Zabulon. [21]Partorì anche una figlia e la chiamò Dina.

[22]Poi Dio si ricordò anche di Rachele, la esaudì e la rese feconda. [23]Essa concepì e partorì un figlio e disse: «Dio ha tolto il mio disonore». [24]E lo chiamò Giuseppe, dicendo: «Il Signore mi aggiunga un altro figlio!».

Il tranello di Giacobbe. - [25]Dopo che Rachele ebbe partorito Giuseppe, Giacobbe disse a Làbano: «Lasciami partire, sicché me ne vada a casa mia, nel mio paese. [26]Dammi le mie mogli, per le quali ti ho servito, e i miei bambini, in modo che io possa partire; perché tu stesso sai il servizio che ti ho prestato».

[27]Gli rispose Làbano: «Se ho trovato grazia agli occhi tuoi... Io ho prosperato e il Signore mi ha benedetto per causa tua». [28]Poi aggiunse: «Fissami il tuo salario e te lo darò». [29]Gli rispose: «Tu stesso sai come ti ho servito e come sono diventati i tuoi beni per opera mia. [30]Perché il poco che avevi, prima della mia venuta, è cresciuto in quantità strabocchevole e il Signore ti ha benedetto alla mia venuta. Ma ora, quando lavorerò anch'io per la mia casa?». [31]Rispose: «Che cosa ti devo dare?».

Giacobbe rispose: «Non mi devi dare nulla; se tu farai per me quanto ti dico, ritornerò ancora a pascolare il tuo gregge. [32]Io passerò quest'oggi in mezzo a tutto il tuo gregge; togli da esso ogni animale punteggiato e pezzato e ogni animale nero tra le pecore e ogni capo punteggiato e macchiato tra le capre: sarà il mio salario. [33]E d'ora innanzi, la mia onestà risponderà dinanzi a te per me; quando tu verrai a verificare il mio salario, ogni capo che non sarà punteggiato o pezzato tra le capre e di colore nero tra le pecore, se si troverà presso di me, sarà come rubato». ³⁴Làbano disse: «Bene, sia come tu hai detto!».

³⁵In quel giorno tolse fuori i becchi striati e pezzati e tutte le capre punteggiate e pezzate, ogni capo in cui v'era del bianco e ogni capo nero tra le pecore. Li affidò ai suoi figli ³⁶e interpose la distanza di tre giorni di cammino tra sé e Giacobbe, mentre Giacobbe pascolava il rimanente gregge bianco.

³⁷Ma Giacobbe prese delle verghe fresche di pioppo, di mandorlo e di platano e vi fece delle scortecciature bianche, scoprendo il bianco delle verghe. ³⁸Poi mise le verghe che aveva scortecciate nei trogoli e negli abbeveratoi dell'acqua, dove veniva a bere il gregge, proprio in vista delle bestie, le quali si accoppiavano quando venivano a bere. ³⁹Così le bestie si accoppiarono davanti a quelle verghe e figliarono animali striati, punteggiati e pezzati. ⁴⁰Quanto alle pecore, Giacobbe le separò e pose il gruppo delle bestie davanti agli animali striati e a tutti quelli di colore nero che vi erano nel gregge di Làbano. E i branchi che si era così costituito per conto suo, non li mise insieme al gregge di Làbano.

⁴¹Ogni qualvolta entravano in calore le bestie robuste, Giacobbe metteva le verghe nei trogoli in vista delle bestie, per farle concepire vicino alle verghe. ⁴²Invece, per le bestie più deboli, non le metteva. Così i capi di bestiame deboli diventavano di Làbano e quelli robusti di Giacobbe.

⁴³Così egli si arricchì in modo straordinario e possedette un gregge numeroso, schiave e schiavi, cammelli e asini.

31 Ritorno di Giacobbe in Canaan. -

¹Sennonché egli sentì parlare i figli di Làbano in questi termini: «Giacobbe si è preso tutto quello che era di nostro padre e ha messo insieme tutta questa ricchezza con quanto era di nostro padre». ²Giacobbe osservò pure il volto di Làbano; si accorse che non era più come prima verso di lui. ³Inoltre il Signore disse a Giacobbe: «Torna alla terra dei tuoi padri e al tuo parentado e io sarò con te».

⁴Allora Giacobbe mandò a chiamare Rachele e Lia, perché venissero nella campagna, presso il suo gregge, ⁵e disse loro: «Io vedo che il volto di vostro padre non è più come prima verso di me; ma il Dio del padre mio è stato con me. ⁶Voi stesse sapete che io ho servito vostro padre con tutte le mie forze, ⁷mentre vostro padre mi ha ingannato e ha cambiato dieci volte il mio salario; ma Dio non gli ha permesso di farmi del male. ⁸Se egli diceva: "Le bestie punteggiate saranno il tuo salario", tutto il gregge figliava delle bestie punteggiate; ma se diceva: "Le bestie striate saranno il tuo salario", allora tutto il gregge figliava delle bestie striate. ⁹Così Dio ha sottratto il bestiame di vostro padre e lo ha dato a me. ¹⁰Una volta, al tempo in cui il gregge entrava in calore, io alzai gli occhi in sogno e vidi che i becchi in procinto di montare le bestie erano striati, punteggiati e chiazzati. ¹¹E l'angelo di Dio mi disse in sogno: "Giacobbe!". Risposi: "Eccomi!". ¹²Riprese: "Alza gli occhi e guarda: tutti i becchi che montano le bestie sono striati, punteggiati e chiazzati, perché ho visto quello che ti fa Làbano. ¹³Io sono il Dio di Betel! Tu ungesti là una stele sacra e mi facesti un voto. Ora, lévati; parti da questo paese e ritorna al tuo paese natale!"».

¹⁴Rachele e Lia gli risposero e dissero: «Abbiamo forse ancora una parte o una eredità nella casa di nostro padre? ¹⁵Forse non siamo state tenute da lui in conto di straniere, dal momento che ci ha vendute e in più si è mangiato il nostro prezzo? ¹⁶Tutta la ricchezza che Dio ha sottratto a nostro padre è nostra e dei nostri figli. Ed ora fa' pure quanto Dio ti ha detto!».

¹⁷Allora Giacobbe si levò, caricò i suoi figli e le sue mogli sui cammelli ¹⁸e menò via tutto il suo bestiame e tutto il suo avere che si era acquistato in Paddan-Aram, per andare da Isacco, suo padre, nella terra di Canaan. ¹⁹Intanto Làbano era andato a tosare le sue greggi e Rachele rubò gl'idoli che appartenevano a suo padre. ²⁰Giacobbe riuscì a eludere la perspicacia di Làbano, l'arameo, senza lasciargli capire che stava per fuggire, ²¹e così poté fuggire lui con tutto il suo avere. Si levò, dunque, passò il fiume, e si diresse verso la montagna di Gàlaad. ²²Al terzo giorno fu riferito a Làbano che Giacobbe era fuggito; ²³allora egli prese con sé i suoi fratelli, lo inseguì per sette giorni di cammino e lo raggiunse sulla montagna di Gàlaad.

²⁴Ma Dio venne da Làbano, l'arameo, in sogno notturno e gli disse: «Bada di non litigare con Giacobbe, né in bene né in male!». ²⁵Làbano andò dunque a raggiungere Giacobbe, che aveva piantato la sua tenda

sulla montagna. Làbano aveva pure piantato la sua tenda sulla montagna di Gàlaad. 26Disse allora Làbano a Giacobbe: «Che cosa hai fatto? Hai rubato il mio cuore e hai condotto via le mie figlie come prigioniere di guerra! 27Perché sei fuggito di nascosto, ti sei sottratto da me né mi avvertisti, in modo che io ti avessi potuto accomiatare con festa e con canti, a suon di tamburelli e di cetre? 28E non mi hai permesso di baciare i miei figli e le mie figlie! Il tuo modo di fare è stato da folle! 29Sarebbe il mio parere di farvi del male, ma il Dio di tuo padre mi parlò la notte scorsa dicendo: "Bada di non litigare con Giacobbe né in bene né in male!". 30Certo, tu te ne sei andato perché avevi una grande nostalgia della casa di tuo padre, ma perché mi hai rubato i miei dèi?».

31Giacobbe rispose a Làbano: «Io avevo paura e pensavo che tu mi avresti tolto con la forza le tue figlie. 32Ma chiunque sia colui presso il quale avrai trovato i tuoi dèi, egli dovrà morire! Alla presenza dei nostri fratelli riscontra quanto vi può essere di tuo presso di me e prenditelo!». Giacobbe non sapeva infatti che li aveva rubati Rachele. 33Allora Làbano entrò nella tenda di Giacobbe, poi nella tenda di Lia e nella tenda delle due serve, ma non trovò nulla. Poi uscì dalla tenda di Lia ed entrò nella tenda di Rachele. 34Ora Rachele aveva preso gli dèi e li aveva messi nella sella del cammello, poi s'era seduta sopra di essi, così Làbano frugò in tutta la tenda ma non li trovò. 35Ella disse a suo padre: «Non si offenda il mio signore se io non posso alzarmi davanti a te, perché ho ciò che avviene regolarmente alle donne». Così Làbano cercò in tutta la tenda e non trovò gli dèi.

36Allora a Giacobbe scoppiò l'ira, litigò contro Làbano e prese a dirgli: «Qual è la legge che ho violato e qual è la mia offesa perché tu ti sia precipitato a inseguirmi? 37Tu hai frugato tutta la mia roba; che hai trovato di tutti gli arnesi di casa tua? Mettilo qui davanti ai fratelli miei e ai fratelli tuoi e facciano da arbitri tra noi due. 38Vent'anni sono stato con te! Le tue pecore e le tue capre non hanno abortito e gli abbacchi del tuo gregge non li ho mai mangiati. 39Giammai ti riportai una bestia sbranata; lo stesso di tasca mia ne riparavo il danno; e tu reclamavi da me ciò che veniva rubato di giorno e ciò che veniva rubato di notte. 40Di giorno mi divorava il caldo e di

notte il freddo, il sonno svaniva dai miei occhi. 41Vent'anni ho trascorso a casa tua! T'ho servito quattordici anni per le tue due figlie e sei anni per il tuo gregge e tu hai cambiato il mio salario dieci volte. 42Se non fosse stato con me il Dio di mio padre, il Dio di Abramo, il Terrore d'Isacco, tu ora mi avresti mandato via a mani vuote; ma Dio ha veduto la mia afflizione e la fatica delle mie mani e la scorsa notte egli ha sentenziato!». 43Làbano allora rispose e disse a Giacobbe: «Queste figlie sono mie figlie, questi figli sono miei figli, queste pecore sono pecore mie e tutto quello che vedi è mio. E che posso io fare oggi a queste mie figlie e ai loro figlioli che esse hanno partorito? 44Vieni, stringiamo un patto io e te; il Signore sia testimonio tra me e te».

Accordi politici e familiari. - 45Giacobbe prese una pietra e la eresse come stele. 46Poi disse ai suoi fratelli: «Raccogliete pietre!». Quelli presero pietre e ne fecero un mucchio, poi mangiarono su quel mucchio. 47Làbano lo chiamò Iegar-Saaduta, mentre Giacobbe lo chiamò Gal-Ed.

48Làbano disse: «Questo mucchio sia oggi un testimonio tra me e te». Per questo fu chiamato Gal-Ed 49e anche Mizpa, perché disse: «Il Signore starà come vedetta tra me e te, quando noi non ci vedremo più l'un l'altro. 50Se tu maltratterai le mie figlie o se prenderai altre mogli oltre le mie figlie, non un uomo sarà con noi, ma Dio sarà testimonio tra me e te».

51Soggiunse Làbano a Giacobbe: «Ecco questo mucchio ed ecco questa stele sacra che io ho eretto tra me e te; 52questo mucchio è testimone e questa stele sacra è testimone che io giuro di non oltrepassare questo mucchio dalla tua parte e che tu giuri di non oltrepassare questo mucchio e questa stele dalla mia parte, per fare del male. 53Il Dio di Abramo e il Dio di Nacor giudichino tra noi». Giacobbe giurò per il Terrore di suo padre Isacco. 54Poi Giacobbe offrì un sacrificio sulla montagna e invitò i suoi fratelli a prender cibo. Essi mangiarono e passarono la notte sulla montagna.

32 **Visione di Macanaim.** - 1Alla mattina per tempo Làbano si levò, baciò i suoi figli e le sue figlie e li benedisse. Poi Làbano partì e ritornò a casa sua. 2Mentre Giacobbe continuava il suo cammino, gli si opposero gli angeli di Dio. ³Giacobbe, al vederli, esclamò: «Questo è l'accampamento di Dio!» e chiamò quel luogo Macanaim.

Giacobbe ha paura di Esaù. - ⁴Poi Giacobbe mandò dinanzi a sé alcuni messaggeri al fratello Esaù, verso il paese di Seir, la campagna di Edom.

⁵Diede loro questo comando: «Così direte al mio signore Esaù: "Ho soggiornato come forestiero presso Làbano e mi ci sono fermato finora; ⁶posseggo buoi, asini e greggi, e schiavi e schiave. Ho mandato a informare il mio signore, per trovar grazia ai suoi occhi"».

⁷I messaggeri tornarono da Giacobbe, e dissero: «Siamo stati da tuo fratello Esaù, e certamente egli marcia contro di te, avendo con sé quattrocento uomini».

⁸Giacobbe si spaventò assai e fu nell'angustia; poi divise in due accampamenti la gente che era con lui, le greggi, gli armenti e i cammelli. ⁹Pensò infatti: «Se Esaù viene contro una delle schiere e l'abbatte, il restante accampamento si salverà».

¹⁰Poi Giacobbe disse: «O Dio di mio padre Abramo, Dio di mio padre Isacco, Signore che mi hai detto: "Ritorna al tuo paese e alla tua parentela e io ti farò del bene", ¹¹io sono indegno di tutta la benevolenza e di tutta la fedeltà che hai usato col servo tuo. Col mio solo bastone io ho passato questo fiume, ma ora sono divenuto due accampamenti. ¹²Salvami, ti prego, dalla mano del mio fratello Esaù, perché io ho paura di lui e temo che venga e mi dia addosso non risparmiando né madri né figlioli. ¹³Eppure tu hai detto: "Ti farò del bene e renderò la tua discendenza come la rena del mare, che non si può contare tanto è numerosa"».

¹⁴Giacobbe passò colà quella notte. Poi, di quello che gli capitava tra mano, prese di che fare un dono a suo fratello Esaù: ¹⁵duecento capre e venti becchi, duecento pecore e venti montoni, ¹⁶trenta cammelle allattanti coi loro piccoli, quaranta giovenche e dieci torelli, venti asine e dieci asinelli.

¹⁷Egli affidò ai suoi servi i singoli greggi separatamente e disse ai suoi servi: «Attraversate davanti a me e interponete un certo spazio fra gregge e gregge». ¹⁸E ordinò al primo: «Quando t'incontrerà Esaù mio fratello e ti domanderà: "Di chi sei tu e dove vai? A chi appartiene questo gregge che va

dinanzi a te?", ¹⁹tu risponderai: "Al tuo servo Giacobbe; è un dono inviato al mio signore Esaù; ed ecco egli stesso viene dietro di noi"». ²⁰Lo stesso ordine diede anche al secondo e al terzo e a tutti quelli che camminavano dietro le greggi, dicendo: «Queste parole voi rivolgerete a Esaù, quando lo troverete, ²¹e gli direte: "Anche il tuo servo Giacobbe sta venendo dietro di noi"». Pensava infatti: «Renderò lucente la sua faccia col dono che mi precede e in seguito vedrò il suo volto; forse mi accoglierà benevolmente».

²²Così il dono partì prima di lui, mentre egli trascorse quella notte nell'accampamento.

Lotta di Giacobbe. - ²³Durante quella notte egli si alzò, prese le sue due mogli, le sue due serve, i suoi undici figlioli e attraversò il guado dello Iabbok. ²⁴Li prese e fece loro attraversare il torrente e fece passare anche tutto il suo avere. ²⁵Giacobbe rimase solo, e un uomo lottò contro di lui fino allo spuntar dell'aurora. ²⁶Vedendo che non riusciva a vincerlo, lo percosse nel cavo del femore; e il cavo del femore di Giacobbe si lussò, mentr'egli si abbracciava con lui. ²⁷Quegli disse: «Lasciami andare, ché spunta l'aurora». Rispose: «Non ti lascerò partire se non mi avrai benedetto».

²⁸Gli domandò: «Qual è il tuo nome?». Rispose: «Giacobbe». ²⁹Riprese: «Non più Giacobbe sarà il tuo nome, ma Israele, perché hai combattuto con Dio e con gli uomini e hai vinto».

³⁰Giacobbe allora gli chiese: «Dimmi il tuo nome, ti prego!». Gli rispose: «Perché chiedi il mio nome?». E ivi lo benedì.

³¹Allora Giacobbe chiamò quel luogo Penuel, «perché — disse — ho visto Dio faccia a faccia eppure la mia vita è rimasta salva». ³²Il sole spuntò quando egli ebbe passato Penuel e Giacobbe zoppicava dell'anca. ³³Per questo i figli d'Israele, fino al giorno d'oggi, non mangiano il nervo sciatico, che si trova nel cavo del femore, perché quello aveva lussato il cavo del femore di Giacobbe sul nervo sciatico.

---

32. - ²⁹· *Israele* significa «Dio è forte». Il cambio del nome significa che *Giacobbe*, uomo, dovrà essere il padre di *Israele*, popolo di Dio. In una prospettiva profetica, questo esempio suggerisce la continuità della benedizione e protezione divina a favore del popolo eletto.

33 **Incontro con Esaù.** - ¹Poi Giacobbe alzò gli occhi, e vide arrivare Esaù che aveva con sé quattrocento uomini. Allora divise i figlioli fra Lia, Rachele e le due serve; ²e mise in testa le serve con i loro figlioli, poi Lia con i suoi figlioli e ultimi Rachele con Giuseppe.

³Intanto egli stesso passò dinanzi a loro, si prostrò sette volte fino a terra, mentre andava avvicinandosi a suo fratello. ⁴Ma Esaù gli corse incontro, lo abbracciò, gli gettò le braccia al collo e lo baciò. E piansero. ⁵Poi alzò gli occhi e vide le donne e i fanciulli e disse: «Chi sono questi con te?». Rispose: «Sono i figlioli che Dio s'è compiaciuto di dare al servo tuo». ⁶Allora si fecero avanti le serve con i loro figlioli e si prostrarono; ⁷poi si fecero avanti anche Lia e i suoi figlioli e si prostrarono e infine si fecero avanti Rachele e Giuseppe e si prostrarono.

⁸Domandò ancora: «Che ti serve tutta quella schiera che ho incontrato?». Rispose: «Per trovar grazia agli occhi del mio signore!». ⁹Esaù riprese: «Ce n'ho abbastanza, fratello mio; tieni per te quello ch'è tuo». ¹⁰Ma Giacobbe insistette: «No, ti prego, se ho trovato grazia agli occhi tuoi, accetterai dalla mia mano il dono mio, perché è appunto per questo che io sono venuto alla tua presenza, come si viene alla presenza di Dio, e tu mi hai accolto bene. ¹¹Accetta, ti prego, il mio dono che ti è stato presentato, perché Dio mi ha favorito e io ho di tutto». E insisté tanto che accettò.

¹²Poi quello disse: «Leviamo le tende e marciamo; io camminerò davanti a te». ¹³Gli rispose: «Il mio signore sa che i fanciulli sono di tenera età e che ho a mio carico le greggi e le vacche che allattano; se si strapazzano anche un giorno solo, tutte le bestie moriranno. ¹⁴Che il mio signore favorisca precedere il suo servo, mentre io me ne verrò pian piano, secondo il passo di questo bestiame che va davanti e secondo il passo dei fanciulli, finché arriverò presso il mio signore a Seir».

¹⁵Aggiunse allora Esaù: «Permetti almeno che io lasci con te un po' della gente che ho con me». Rispose: «Ma perché? Basta che io trovi grazia agli occhi del mio signore!».

¹⁶Così, in quel giorno stesso, Esaù rifece il suo cammino verso Seir. ¹⁷Giacobbe, invece, levò le tende alla volta di Succot, dove costruì una casa per sé e per il suo gregge fece delle capanne. È per questo che il nome di quel luogo fu chiamato Succot.

Acquisto del campo di Sichem. - ¹⁸Poi Giacobbe arrivò sano e salvo alla città di Sichem, nel paese di Canaan, quando tornò da Paddan-Aram, e piantò le tende dirimpetto alla città. ¹⁹In seguito comprò dai figli di Camor, padre di Sichem, per cento pezzi d'argento, quella porzione di campagna dove aveva rizzato la sua tenda. ²⁰Ivi eresse un altare e lo chiamò El, Dio d'Israele.

34 **Strage di Sichem.** - ¹Dina, la figlia che Lia aveva partorito a Giacobbe, uscì per andare a vedere le ragazze del paese. ²Sichem, figlio di Camor l'eveo, principe di quella regione, la vide e la rapì, giacque con lei e la violentò. ³E subito l'anima sua si legò a Dina, figlia di Giacobbe; amò quella giovinetta e parlò al cuore di lei. ⁴Poi disse a Camor suo padre: «Prendimi in moglie questa ragazza!». ⁵Intanto Giacobbe aveva sentito che quello aveva disonorato Dina, sua figlia, ma i suoi figlioli erano nella steppa col bestiame, onde Giacobbe tacque fino al loro arrivo. ⁶Venne dunque Camor, padre di Sichem, da Giacobbe per parlar con lui. ⁷Frattanto i figli di Giacobbe erano tornati dalla steppa, e, sentito l'accaduto, ne furono addolorati e s'indignarono assai, perché colui aveva commesso un'infamia in Israele, giacendo con la figlia di Giacobbe: così non si doveva fare!

⁸Camor disse loro: «Sichem, mio figlio, è innamorato della vostra figliola: deh, vogliate dargliela in moglie! ⁹Anzi, imparentatevi con noi: voi ci darete le vostre figlie e vi prenderete le nostre figlie. ¹⁰Abiterete con noi e la regione sarà a vostra disposizione; risiedetevi, trafficatevi e acquistate in essa delle proprietà». ¹¹Poi parlò Sichem al padre e ai fratelli di lei: «Possa io trovare grazia agli occhi vostri, e vi darò quel che mi direte. ¹²Aumentate pure assai a mio carico il prezzo nuziale e il valore del dono, e vi darò quanto mi direte; ma datemi la giovane in moglie!».

¹³Allora i figli di Giacobbe risposero a Sichem e a suo padre Camor, ma parlarono con astuzia perché egli aveva disonorato Dina, loro sorella. ¹⁴Dissero loro: «Non possiamo fare questa cosa, dare la nostra sorel-

---

33. - ¹⁻⁷. Avvicinandosi Esaù, Giacobbe mette al sicuro le persone più amate: Rachele e Giuseppe; poi va a ricevere il fratello e fa atto di sottomissione per cattivarsene la benevolenza.

la a un uomo non circonciso, perché ciò sarebbe un disonore per noi. [15]Solo a questa condizione acconsentiremo a voi, se cioè voi diventerete come noi, circoncidendo ogni maschio tra voi. [16]Allora noi vi daremo le nostre figlie e ci prenderemo le vostre, abiteremo con voi e diventeremo un sol popolo. [17]Ma se voi non ci ascoltate quanto al farvi circoncidere, allora prenderemo la nostra figliola e ce ne andremo».

[18]Le loro parole piacquero a Camor e a Sichem, suo figlio. [19]Il giovane non indugiò a fare la cosa, perché amava la figlia di Giacobbe, e d'altra parte era il più influente di tutto il casato di suo padre. [20]Vennero dunque Camor e suo figlio Sichem alla porta della loro città e dissero agli uomini della loro città: [21]«Questi uomini sono gente pacifica con noi: abitino pure nella regione e vi trafichino; tanto, il paese si stende spazioso a loro disposizione; noi potremo prendere per mogli le loro figlie e potremo dare a loro le figlie nostre. [22]Ma questa gente ci mette una sola condizione per abitare con noi e diventare un sol popolo: se cioè ogni nostro maschio tra noi si farà circoncidere come essi stessi sono circoncisi. [23]I loro armenti, la loro ricchezza, e tutto il loro bestiame non saranno forse nostri? Accontentiamoli dunque perché possano abitare con noi!». [24]Allora tutti quelli che uscivano dalla porta della città ascoltarono Camor e Sichem suo figlio, e tutti i maschi, tutti quelli che uscivano dalla porta della propria città, si fecero circoncidere. [25]Or avvenne che al terzo giorno, quand'essi erano sofferenti, i due figli di Giacobbe, Simeone e Levi, fratelli di Dina, presero ciascuno la propria spada, assalirono la città, che si teneva sicura, e uccisero tutti i maschi. [26]Passarono così a fil di spada Camor e suo figlio Sichem, portarono via Dina dalla casa di Sichem e uscirono. [27]I figli di Giacobbe si buttarono sugli uccisi e saccheggiarono la città, perché quelli avevano disonorato la loro sorella. [28]Presero così i loro greggi, i loro armenti, i loro asini e tutto quello che vi era nella città e nella campagna. [29]Portarono via come bottino tutte le loro proprietà, tutti i loro piccoli e le loro donne e saccheggiarono tutto quanto v'era nelle case. [30]Allora Giacobbe disse a Simeone e a Levi: «Voi mi avete messo in affanno, rendendomi odioso agli abitanti della regione, ai Cananei e ai Perizziti, mentre io ho pochi uomini; essi si raduneranno contro di me, mi vinceranno e

sarò annientato io e la mia famiglia». [31]Risposero: «Si doveva trattare la nostra sorella come una meretrice?».

35 Scioglimento del voto. - [1]Dio disse a Giacobbe: «Lèvati, sali a Betel e ivi risiedi: fa' colà un altare al Dio che ti è apparso quando fuggivi dalla presenza di Esaù, tuo fratello». [2]Allora Giacobbe disse alla sua famiglia e a tutti quelli ch'erano con lui: «Togliete di mezzo gli dèi stranieri che stanno fra voi, purificatevi e cambiate le vostre vesti. [3]Poi leviamoci e saliamo a Betel, dove io voglio fare un altare al Dio che mi ha esaudito al tempo della mia angoscia ed è stato con me nel viaggio che ho fatto». [4]Essi consegnarono a Giacobbe tutti gli dèi stranieri che possedevano e i pendenti che avevano agli orecchi e Giacobbe li sotterrò sotto la quercia che è presso Sichem. [5]Poi levarono l'accampamento e un terrore molto forte assalì le città che stavano attorno a loro, così che non inseguirono i figli di Giacobbe. [6]Così Giacobbe giunse a Luz, cioè a Betel, che è nella terra di Canaan, con tutto il popolo che era con lui. [7]Ivi egli costruì un altare e chiamò quel luogo El-Betel, perché là Dio si era rivelato a lui quando fuggiva dalla presenza di suo fratello. [8]Allora morì Debora, la nutrice di Rebecca, e fu sepolta al di sotto di Betel, ai piedi della quercia, che perciò fu chiamata «Quercia del pianto».

Apparizioni di Betel. - [9]Un'altra volta Dio apparve a Giacobbe quando veniva da Paddan-Aram, e lo benedisse. [10]Dio gli disse: «Il tuo nome è Giacobbe; non sarai più chiamato Giacobbe, bensì Israele sarà il nome tuo».

Così lo si chiamò Israele. [11]E Dio gli disse: «Io sono Dio onnipotente: sii fecondo e moltiplicati: una nazione, anzi un'accolta di nazioni procederà da te, e dei re usciranno dai tuoi fianchi. [12]E darò a te la terra che ho

---

34. - [30.] L'eccidio compiuto dai due figli di Giacobbe non ha nessuna attenuante. La riprensione del padre, com'è a questo punto, può sembrare troppo blanda: ma egli si esprimerà con tutta la sua autorità in altra occasione solenne (Gn 49,5-7), quando benedirà i suoi figli.

35. - [2.] La famiglia di Giacobbe non era ancora monoteista, ma il comando del patriarca costituisce un atto di fede nel Dio unico, che gli era apparso a Betel.

dato ad Abramo e a Isacco; e alla tua discendenza dopo di te io darò quella terra». [13]Poi Dio risalì allontanandosi da lui, nel luogo dove gli aveva parlato. [14]Allora Giacobbe eresse una stele sacra, nel luogo dove gli aveva parlato, una stele di pietra, sulla quale fece una libagione, versando olio sopra di essa. [15]Giacobbe chiamò quel luogo, dove Dio gli aveva parlato, Betel.

Beniamino. - [16]Poi levarono l'accampamento da Betel. Quando mancava ancora un tratto di cammino per arrivare ad Efrata, Rachele partorì, ed ebbe un parto difficile. [17]Mentre soffriva per la difficoltà del parto, la levatrice le disse: «Non temere: anche questa volta hai un figlio!». [18]Or mentre le sfuggiva l'anima, perché stava morendo, ella lo chiamò Ben-Oni, ma suo padre lo chiamò Beniamino. [19]Così morì Rachele e fu sepolta lungo la strada verso Efrata, cioè Betlemme. [20]Giacobbe eresse sulla sua sepoltura una stele. È la stele della tomba di Rachele che esiste ancora oggi.

Ruben e Bila. - [21]Poi Israele levò l'accampamento e rizzò la sua tenda al di là di Migdal-Eder. [22]E avvenne che, mentre Israele abitava in quella regione, Ruben andò a giacere con Bila, concubina di suo padre, e Israele lo venne a sapere.

I dodici patriarchi. - I figli di Giacobbe furono dodici. [23]I figli di Lia: Ruben il primogenito, poi Simeone, Levi, Giuda, Issacar e Zabulon. [24]I figli di Rachele: Giuseppe e Beniamino. [25]I figli di Bila, schiava di Rachele: Dan e Neftali. [26]I figli di Zilpa, schiava di Lia: Gad e Aser. Questi sono i figli di Giacobbe che gli nacquero in Paddan-Aram.

Morte di Isacco. - [27]Poi Giacobbe venne da Isacco, suo padre, a Mamre, a Kiriat-Arba, cioè Ebron, dove Abramo e Isacco avevano soggiornato. [28]Isacco raggiunse l'età di centottant'anni. [29]Poi Isacco spirò, morì e fu riunito al popolo suo, vecchio e sazio di

giorni. Lo seppellirono i suoi figli Esaù e Giacobbe.

36 **Posterità di Esaù.** - [1]Questa è la posterità di Esaù, che è Edom. [2]Esaù prese le sue mogli tra le figlie dei Cananei: Ada, figlia di Elon, l'hittita; Oolibama, figlia di Ana, figlio di Zibeon, l'hurrita; [3]e Basemat, figlia di Ismaele, sorella di Nebaiot. [4]Ada partorì ad Esaù Elifaz, Basemat partorì Reuel, [5]e Oolibama partorì Ieus, Iaalam e Core. Questi sono i figli di Esaù, che gli nacquero nella terra di Canaan.

[6]Poi Esaù prese le sue mogli e i suoi figli e le sue figlie e tutte le persone della sua casa, i suoi greggi e tutto il suo bestiame e tutti i suoi beni che aveva acquistato nella terra di Canaan, e se ne andò in un paese lontano da suo fratello Giacobbe. [7]Infatti i loro possedimenti erano troppo grandi perché essi potessero abitare insieme, e il territorio, dov'essi soggiornavano, non era loro sufficiente a motivo del loro bestiame. [8]Così Esaù abitò sulla montagna di Seir. Or Esaù è Edom.

[9]Questa è la posterità di Esaù, padre degli Edomiti, nella montagna di Seir. [10]Questi sono i nomi dei figli di Esaù: Elifaz, figlio di Ada, moglie di Esaù; Reuel, figlio di Basemat, moglie di Esaù. [11]I figli di Elifaz furono: Teman, Omar, Zefo, Gatam, Kenaz. [12]Elifaz, figlio di Esaù, aveva per concubina Timna, la quale ad Elifaz partorì Amalek. Questi sono i figli di Ada, moglie di Esaù. [13]Questi sono i figli di Reuel: Naat e Zerach, Samma e Mizza. Questi furono i figli di Basemat, moglie di Esaù. [14]Questi furono i figli di Oolibama, moglie di Esaù, figlia di Ana, figlio di Zibeon; essa partorì a Esaù Ieus, Iaalam e Core.

[15]Questi sono i capi dei figli di Esaù. I figli di Elifaz primogenito di Esaù: il capo di Teman, il capo di Omar, il capo di Zefo, il capo di Kenaz, [16]il capo di Core, il capo di Gatam, il capo di Amalek. Questi sono i capi di Elifaz nel paese di Edom: questi sono i figli di Ada. [17]Questi i figli di Reuel, figlio di Esaù: il capo di Naat, il capo di Zerach, il capo di Samma, il capo di Mizza. Questi sono i capi di Reuel nel paese di Edom; questi sono i figli di Basemat, moglie di Esaù. [18]Questi sono i figli di Oolibama, moglie di Esaù: il capo di Ieus, il capo di Iaalam, il capo di Core. Questi sono i capi di Ooliba-

---

[15]. Le teofanie stanno in stretta relazione con la promessa. Con queste manifestazioni divine Dio prende possesso anticipato della terra che ha promesso al popolo che sarà «suo» e la consacrazione dei grandi santuari mediante queste apparizioni divine mostra la continuità della storia salvifica.

36. - [8]. *Montagna di Seir*: si trova a sud del Mar Morto e forma la regione montagnosa che dal nome «Edom», dato a Esaù a causa del suo pelo rossiccio, si chiamerà in seguito «Idumea».

ma, figlia di Ana, la moglie di Esaù. ¹⁹Questi sono i figli e questi sono i loro capi. Egli è Edom.

²⁰Questi sono i figli di Seir, l'hurrita, che abitano il paese: Lotan, Sobal, Zibeon, Ana, ²¹Dison, Eser e Disan. Questi sono i capi degli Hurriti, figli di Seir, nel paese di Edom. ²²I figli di Lotan furono Ori e Emam e la sorella di Lotan era Timna. ²³I figli di Sobal sono Alvan, Manacat, Ebal, Sefo e Onam. ²⁴I figli di Zibeon sono Aia e Ana; questo è l'Ana che trovò le sorgenti calde nel deserto, mentre pascolava gli asini del padre Zibeon. ²⁵I figli di Ana sono Dison e Oolibama, figlia di Ana. ²⁶I figli di Dison sono Emdam, Esban, Itran e Cheran. ²⁷I figli di Eser sono Bilan, Zaavan e Akan. ²⁸I figli di Disan sono Uz e Aran.

²⁹Questi sono i capi degli Hurriti: il capo di Lotan, il capo di Sobal, il capo di Zibeon, il capo di Ana, ³⁰il capo di Dison, il capo di Eser, il capo di Disan. Questi sono i capi degli Hurriti, secondo le loro tribù nel paese di Seir.

³¹Questi sono i re che regnarono nel paese di Edom, prima che regnasse un re degli Israeliti. ³²Regnò dunque in Edom Bela, figlio di Beor, e la sua città si chiama Dinaba. ³³Bela morì e regnò al suo posto Iobab, figlio di Zerach, da Bozra. ³⁴Iobab morì e regnò al suo posto Usam, del territorio dei Temaniti. ³⁵Usam morì e regnò al suo posto Adad, figlio di Bedad, colui che vinse i Madianiti nelle steppe di Moab; la sua città si chiama Avit. ³⁶Adad morì e regnò al suo posto Samla da Masreka. ³⁷Samla morì e regnò al suo posto Saul di Recobot-Naar. ³⁸Saul morì e regnò al suo posto Baal-Canan, figlio di Acbor. ³⁹Baal-Canan, figlio di Acbor, morì e regnò al suo posto Adar: la sua città si chiama Pau e la moglie si chiamava Meetabel, figlia di Matred, da Me-Zaab.

⁴⁰Questi sono i nomi dei capi di Esaù, secondo le loro famiglie, le loro località, con i loro nomi: il capo di Timna, il capo di Alva, il capo di Ietet, ⁴¹il capo di Oolibama, il capo di Ela, il capo di Pinon, ⁴²il capo di Kenaz, il capo di Teman, il capo di Mibsar, ⁴³il capo di Magdiel, il capo di Iram. Questi sono i capi di Edom secondo le loro sedi, nel territorio del loro possesso. È appunto questo Esaù il padre degli Edomiti.

37 ¹Giacobbe si stabilì nella terra dove suo padre aveva soggiornato.

Giuseppe il sognatore. - ²Questa è la storia della discendenza di Giacobbe. Giuseppe, all'età di diciassette anni, pascolava il gregge con i suoi fratelli. Siccome era giovinetto, stava con i figli di Bila e i figli di Zilpa, mogli di suo padre. Giuseppe riportò al loro padre la mala fama che circolava sul loro conto. ³Israele amava Giuseppe più che tutti i suoi figli, perché era il figlio della sua vecchiaia, e gli fece una tunica con le maniche lunghe. ⁴Ma i suoi fratelli videro che il loro padre amava lui più che tutti i suoi figli, e presero a odiarlo e non potevano parlargli amichevolmente. ⁵Or Giuseppe fece un sogno e lo raccontò ai fratelli, ond'essi lo odiarono ancor di più. ⁶Disse dunque a loro: «Ascoltate questo sogno che ho fatto. ⁷Ecco, noi stavamo legando dei covoni in mezzo alla campagna, quand'ecco il mio covone si rizzò e restò diritto, e i vostri covoni stettero tutt'attorno e si prostrarono davanti al mio covone». ⁸Gli dissero i suoi fratelli: «Dovrai tu per caso regnare su di noi o dominare?». E continuarono a odiarlo più che mai, a causa dei suoi sogni e delle sue parole.

⁹Poi fece un altro sogno ancora, lo raccontò ai suoi fratelli, e disse: «Ecco, ho fatto ancora un sogno, sentite: il sole, la luna e undici stelle si prostravano davanti a me». ¹⁰Lo narrò a suo padre e ai suoi fratelli, e suo padre lo rimproverò e gli disse: «Che sogno è questo che hai sognato! Dovremo, forse, io e tua madre e i tuoi fratelli venir a prostrarci fino a terra davanti a te?». ¹¹I suoi fratelli furono dunque invidiosi di lui, ma suo padre conservò in mente la cosa.

¹²Una volta i suoi fratelli andarono a pascolare il gregge di loro padre a Sichem. ¹³Israele disse a Giuseppe: «I tuoi fratelli non stanno forse alla pastura a Sichem? Vieni, ti devo mandare da loro!». Gli rispose: «Eccomi!». ¹⁴Gli disse: «Va', per favore, a vedere se i tuoi fratelli stanno bene e se va bene il gregge, e poi torna a riferirmi la cosa». Così lo fece partire dalla valle di Ebron, ed egli arrivò a Sichem.

---

37. - ². L'autore sacro accenna qui alla *storia di Giacobbe*, ma in realtà comincia con questo capitolo la storia di Giuseppe: storia commovente e delicata nella sua narrazione e importante per l'economia della salvezza. Infatti attraverso il racconto si manifesta chiaramente l'azione della Provvidenza divina, la quale si serve degli uomini e dirige anche i loro perversi disegni verso il fine da essa previsto e al loro stesso bene.

¹⁵Mentr'egli andava errando per la campagna, lo trovò un uomo che gli domandò: «Che cosa cerchi?». ¹⁶Rispose: «Cerco i miei fratelli. Indicami, per favore, dove siano a pascolare». ¹⁷Quell'uomo disse: «Hanno tolto le tende di qui, perché ho sentito dire: "Andiamo a Dotan!"». Allora Giuseppe andò sulle tracce dei suoi fratelli e li trovò a Dotan.

¹⁸Essi lo videro da lontano e, prima che fosse arrivato vicino a loro, macchinarono contro di lui per farlo morire. ¹⁹Si dissero l'un l'altro: «Ecco che arriva l'interprete dei sogni! ²⁰E adesso, su, uccidiamolo e gettiamolo in qualche cisterna! Poi diremo: "Una bestia feroce l'ha divorato!". Così vedremo che ne sarà dei suoi sogni!». ²¹Ma Ruben ascoltò e lo volle liberare dalle loro mani; perciò disse: «Non togliamogli la vita!». ²²Poi aggiunse: «Non versate del sangue, gettatelo in questa cisterna che è nel deserto, ma non colpitelo di vostra mano», per liberarlo dalle loro mani e ricondurlo a suo padre. ²³Quando Giuseppe fu arrivato presso i suoi fratelli, essi lo spogliarono della sua tunica, quella tunica dalle maniche lunghe ch'egli aveva indosso; ²⁴poi lo afferrarono e lo gettarono nella cisterna: era una cisterna vuota, senz'acqua dentro. ²⁵Poi si sedettero per mangiar pane; quand'ecco, alzando gli occhi, videro una carovana di Ismaeliti proveniente da Galaad, e i loro cammelli erano carichi di gomma, di balsamo e di resina, che andavano a scaricare in Egitto. ²⁶Allora Giuda disse ai suoi fratelli: «Che vantaggio c'è che noi uccidiamo nostro fratello e ne nascondiamo il sangue? ²⁷Su, vendiamolo agli Ismaeliti, e non sia la nostra mano a colpirlo, perché è nostro fratello e carne nostra». I suoi fratelli lo ascoltarono.

²⁸Frattanto vennero a passare alcuni mercanti Madianiti. Allora essi tirarono su ed estrassero Giuseppe dalla cisterna e per venti sicli d'argento lo vendettero agl'Ismaeliti. Così fecero pervenire Giuseppe in Egitto.

²⁹Quando Ruben ritornò alla cisterna, non trovò più Giuseppe nella cisterna! Allora egli si stracciò le vesti, ³⁰ritornò dai suoi fratelli e disse: «Il ragazzo non c'è più, e io, dove andrò io?». ³¹Presero allora la tunica di Giuseppe, scannarono un capro e intinsero la tunica nel sangue. ³²Poi mandarono la tunica dalle maniche lunghe facendola pervenire al loro padre con queste parole: «L'abbiamo trovata; vedi tu se sia la tunica di tuo figlio o no». ³³Egli la riconobbe e disse: «La tunica di mio figlio! Una mala bestia l'ha divorato... Giuseppe è stato sbranato!». ³⁴Giacobbe si stracciò le vesti, si pose un cilicio attorno alle reni e fece lutto sul suo figliolo per molti giorni. ³⁵Allora tutti i suoi figli e le sue figlie vennero a consolarlo, ma egli ricusò d'essere consolato e disse: «No, io voglio scendere in lutto dal figlio mio nella tomba». E il padre suo lo pianse.

³⁶Intanto i Madianiti lo vendettero in Egitto a Potifar, eunuco del faraone, capo dei cuochi.

38 Giuda e Tamar. - ¹In quel tempo, Giuda si separò dai suoi fratelli e rizzò la sua tenda presso un uomo di Adullam, di nome Chira. ²Qui Giuda vide la figlia di un uomo Cananeo, il quale si chiamava Sua; se la prese in moglie e si unì a lei. ³Essa concepì e partorì un figlio, che egli chiamò Er. ⁴Poi concepì ancora e partorì un figlio, che chiamò Onan. ⁵Ancora un'altra volta partorì un figlio, che chiamò Sela. Essa si trovava in Chezib, quando lo partorì.

⁶Giuda prese una moglie per il suo primogenito Er, la quale si chiamava Tamar. ⁷Ma Er, il primogenito di Giuda, era perverso agli occhi del Signore, e il Signore lo fece morire. ⁸Allora Giuda disse a Onan: «Accostati alla moglie di tuo fratello, fa' il dovere di cognato nei suoi riguardi e fa' sussistere così una posterità per tuo fratello». ⁹Ma Onan, sapendo che la prole non sarebbe stata sua, ogni volta che si univa alla moglie di suo fratello, disperdeva per terra, per non dare una posterità a suo fratello. ¹⁰Ciò ch'egli faceva dispiacque agli occhi del Signore, che fece morire anche lui. ¹¹Allora Giuda disse alla nuora Tamar: «Ritorna a casa di tuo padre come vedova, fin quando mio figlio Sela diverrà grande». Perché temeva che anche questi morisse come gli altri fratelli! Così Tamar se ne andò e ritornò alla casa di suo padre. ¹²Passarono molti giorni e morì la figlia di

---

38. - ⁸· Per impedire l'estinzione delle famiglie, presso gli Ebrei era costume, e poi divenne legge, che, quando un ammogliato moriva senza figli, il suo più prossimo parente ne sposasse la vedova. Il primo figlio nato da questo secondo matrimonio era considerato come primogenito del defunto e suo erede. Si chiama la legge del «levirato».

⁹⁻¹⁰ Onan voleva per sé la successione del fratello Er; perciò rendeva impossibile che dal suo matrimonio con Tamar nascessero figli.

Sua, la moglie di Giuda. Quando Giuda ebbe finito il lutto, salì da quelli che tosavano il suo gregge a Timna, e con lui vi era Chira, il suo amico di Adullam. [13]Ne fu informata Tamar con questi termini: «Ecco che il tuo suocero sale a Timna per la tosatura del suo gregge». [14]Allora Tamar svestì i suoi abiti vedovili, si coprì con un velo, si profumò, poi si pose seduta alla porta di Enaim, che è sulla strada verso Timna. Aveva visto infatti che Sela era ormai diventato adulto, ma lei non gli era stata data in moglie. [15]Giuda la vide e la credette una meretrice, perché essa si era coperta la faccia. [16]Egli deviò il cammino verso di lei e disse: «Suvvia, permetti che io mi accosti a te!». Non sapeva infatti che quella fosse la sua nuora. Essa disse: «Che cosa mi darai per accostarti a me?». [17]Rispose: «Io ti manderò un capretto del gregge». Essa riprese: «Se tu mi dai un pegno fin quando me lo manderai...». [18]Egli disse: «Qual è il pegno che ti devo dare?». Rispose: «Il tuo sigillo, il tuo cordone e il bastone che hai in mano». Giuda glieli diede, le si accostò, ed essa concepì da lui. [19]Poi essa si levò e se ne andò; si tolse di dosso il velo e si rivestì dei suoi abiti vedovili. [20]Giuda poi mandò il capretto per mezzo del suo amico di Adullam, per riprendere il pegno dalle mani di quella donna, ma quello non lo trovò. [21]Domandò agli uomini di quel luogo: «Dov'è quella prostituta che stava in Enaim sulla strada?». Essi risposero: «Non c'è stata qui nessuna prostituta». [22]Così tornò da Giuda e disse: «Non l'ho trovata, e anche gli uomini del luogo dicevano: "Non c'è stata qui nessuna prostituta"». [23]Allora Giuda disse: «Si tenga per sé il pegno e noi non si sia nel disprezzo. Vedi bene che le ho mandato questo capretto, ma tu non l'hai trovata». [24]Or avvenne, circa tre mesi dopo, che fu portata a Giuda una notizia in questi termini: «Si è prostituita tua nuora Tamar, ed anzi è incinta in conseguenza della sua prostituzione». Giuda rispose: «Conducetela fuori e sia bruciata!». [25]Mentre la si faceva uscire, essa mandò a dire al suocero: «L'uomo, a cui appartengono questi oggetti, mi ha reso incinta». E aggiunse: «Riscontra, di grazia, di chi siano questo sigillo, questi cordoni e questo bastone». [26]Allora Giuda li riconobbe e disse: «Essa è più giusta di me. Infatti è perché io non l'ho data al mio figlio Sela». E non ebbe più rapporti con lei.

[27]Quando essa fu giunta al momento di partorire, ecco che aveva nel ventre due gemelli. [28]Durante il parto uno di loro mise fuori una mano e la levatrice prese un filo scarlatto e lo legò attorno a quella mano, dicendo: «È questo che è uscito per primo». [29]Ma quando questo ritirò la sua mano, ecco che uscì suo fratello. Allora essa disse: «Come ti sei aperta una breccia?» e lo si chiamò Perez. [30]Poi uscì suo fratello, che aveva il filo scarlatto attorno alla mano e lo si chiamò Zerach.

39 Giuseppe in Egitto. - [1]Giuseppe fu condotto in Egitto, e Potifar, eunuco del faraone e capo-cuoco, un egiziano, lo comperò da quegli Ismaeliti che l'avevano fatto scendere laggiù. [2]Il Signore fu con Giuseppe, così che questi divenne un uomo a cui tutto riusciva, e rimase nella casa dell'egiziano, suo padrone. [3]Il suo padrone si accorse che il Signore era con lui e che tutto quello ch'egli faceva, il Signore lo faceva prosperare nelle sue mani. [4]Onde Giuseppe trovò grazia agli occhi di lui e divenne suo servitore personale; anzi egli lo nominò soprintendente della sua casa e gli diede in mano tutto il suo avere. [5]E da quando l'ebbe fatto soprintendente della sua casa e di tutto il suo avere, il Signore benedisse la casa dell'egiziano per causa di Giuseppe e la benedizione del Signore fu su tutto quello che aveva, in casa e nella campagna. [6]Così egli lasciò tutto il suo avere nelle mani di Giuseppe e non gli chiedeva conto di nulla, se non del cibo che mangiava. Or Giuseppe era bello di forma e bello di aspetto.

[7]Dopo queste cose, avvenne che la moglie del suo padrone mise gli occhi su Giuseppe e gli disse: «Giaci con me!». [8]Ma egli si rifiutò e disse alla moglie del suo padrone: «Vedi, il mio signore non mi chiede conto di quanto vi sia nella sua casa e tutto il suo avere me lo ha dato in mano. [9]Egli stesso non è più grande di me in questa casa; e non mi ha proibito nulla, se non te, per il fatto che tu sei sua moglie. E come potrei fare questo grande male e peccare contro Dio?». [10]E benché ogni giorno essa ne parlasse a Giuseppe, egli non acconsentì a giacere accanto a lei, a darsi a lei.

[11]Or un certo giorno egli entrò in casa per fare il suo lavoro, mentre non vi era in casa nessuno dei domestici. [12]Essa lo afferrò per la veste, dicendo: «Giaci con me!». Ma egli

le abbandonò tra le mani la sua veste, fuggì e uscì fuori. [13]Allora essa, vedendo che egli le aveva lasciato tra le mani la sua veste ed era fuggito fuori, [14]chiamò i suoi domestici e disse loro: «Guardate, ci ha condotto in casa un ebreo, per scherzare con noi! È venuto da me per giacere con me, ma io ho chiamato a gran voce. [15]Allora lui, appena ha sentito che alzavo la voce e chiamavo, ha abbandonato la sua veste presso di me ed è fuggito fuori».

[16]Poi essa tenne accanto a sé la veste di lui, finché il suo signore non fu tornato a casa. [17]Allora gli disse le stesse cose in questi termini: «È venuto da me quel servo ebreo, che tu ci hai condotto in casa, per scherzare con me; [18]ma come io ho alzato la voce e ho gridato, ha abbandonato la sua veste presso di me ed è fuggito fuori». [19]Quando il padrone udì le parole di sua moglie che gli parlava in questi termini: «È proprio così che mi ha fatto il tuo servo!», si accese d'ira. [20]E il padrone di Giuseppe lo prese e lo mise in prigione nel luogo dove il re detiene i carcerati. Così egli rimase là in prigione.

[21]Ma il Signore fu con Giuseppe, e diffuse su lui la misericordia, facendogli trovare grazia agli occhi del direttore del carcere. [22]Così il direttore del carcere affidò a Giuseppe tutti i detenuti che erano nella prigione, e tutto quello che si faceva là dentro, lo faceva lui. [23]Il direttore del carcere non badava più a nulla di quanto era affidato a lui, perché il Signore era con lui e quello ch'egli faceva, il Signore glielo faceva prosperare.

40 I sogni dei ministri. · [1]Dopo queste cose, il coppiere del re d'Egitto e il panettiere offesero il loro padrone, il re di Egitto. [2]Il faraone si adirò contro i suoi due eunuchi, contro il capo-coppiere e contro il capo-panettiere, [3]e li fece mettere in residenza forzata nella casa del capo-cuoco, nella stessa prigione dove Giuseppe era detenuto. [4]E il capo-cuoco incaricò di loro Giuseppe, perché li servisse. Così essi restarono nella residenza forzata per un certo tempo.

[5]Ora in una medesima notte il coppiere e il panettiere del re di Egitto, ch'erano detenuti nella prigione, ebbero ambedue un sogno, ciascuno il suo sogno, e ciascun sogno aveva il suo significato particolare. [6]Alla mattina, Giuseppe venne da loro e li trovò conturbati. [7]Allora interrogò gli eunuchi del faraone che erano con lui nella residenza forzata della casa del suo padrone, e disse: «Come mai quest'oggi avete un volto così brutto?». [8]Gli risposero: «Abbiamo fatto un sogno e non c'è chi lo interpreti». Giuseppe disse loro: «Non è forse Dio che ha in suo potere le interpretazioni? Raccontatemi, vi prego».

[9]Allora il capo-coppiere raccontò il suo sogno a Giuseppe e disse: «Nel mio sogno, ecco che mi stava davanti una vite, [10]e in quella vite vi erano tre tralci, e non appena essa incominciò a germogliare, subito apparvero i fiori, e i suoi grappoli portarono a maturazione gli acini. [11]Io avevo in mano la coppa del faraone; presi gli acini, li spremetti nel calice del faraone e diedi il calice in mano al faraone». [12]Giuseppe gli disse: «Questa è la sua interpretazione: i tre tralci sono tre giorni. [13]Dopo tre giorni il faraone solleverà la tua testa e ti restituirà nella tua carica, e tu porgerai la coppa in mano del faraone, secondo la consuetudine di prima, quando eri il suo coppiere. [14]Ma tu ti vorrai ricordare di me quando sarai felice? Fammi, ti prego, questo atto di benevolenza, ricordami al faraone e fammi uscire da questa casa. [15]Perché io sono stato portato via furtivamente dal paese degli Ebrei, e anche qui non ho fatto nulla perché mi mettessero in questa fossa».

[16]Allora il capo-panettiere, vedendo che aveva interpretato in senso favorevole, disse a Giuseppe: «Quanto a me, nel mio sogno, ecco che mi stavano sulla testa tre canestri di pan bianco, [17]e nel canestro che stava di sopra vi era per il faraone ogni sorta di cibi, quali si preparano dai panettieri. Ma gli uccelli li mangiavano dal canestro che avevo sulla testa». [18]Giuseppe rispose e disse: «Questa è la sua interpretazione: i tre canestri sono tre giorni. [19]Dopo tre giorni il faraone spiccherà la tua testa dalle tue spalle, poi ti impiccherà a un palo, e gli uccelli ti mangeranno le carni addosso».

[20]Effettivamente il terzo giorno, giorno natalizio del faraone, egli fece un convito a tutti i suoi ministri, e allora sollevò la testa del capo-coppiere e la testa del capo-panettiere in mezzo ai suoi ministri. [21]Ristabilì il capo-coppiere nel suo ufficio di coppiere, perché desse il calice in mano al faraone, [22]e invece impiccò il capo-panettiere, conforme all'interpretazione che Giuseppe aveva loro dato. [23]Ma il capo-coppiere non si ricordò di Giuseppe e lo dimenticò.

41 **I sogni del faraone.** - [1]Al termine di due anni, anche il faraone sognò di trovarsi presso il Nilo. [2]Ed ecco salire dal Nilo sette vacche, belle di aspetto e grasse di carne, e mettersi a pascolare nella macchia di papiro. [3]Dopo quelle, ecco altre sette vacche salire dal Nilo, brutte di aspetto e magre di carne, e fermarsi accanto alle prime vacche, sulla riva del Nilo. [4]Ma le vacche brutte di aspetto e magre di carne divorarono le sette vacche belle di aspetto e grasse. E il faraone si svegliò.

[5]Poi si riaddormentò e sognò una seconda volta: ecco sette spighe venir su da un unico stelo, grosse e belle. [6]Ma ecco sette spighe, sottili e arse dal vento orientale, germogliare dopo di quelle. [7]E le spighe sottili inghiottirono le sette spighe grosse e piene. Poi il faraone si svegliò: era un sogno!

[8]Alla mattina il suo spirito era conturbato, perciò mandò a chiamare tutti gli indovini e tutti i sapienti dell'Egitto. Il faraone raccontò loro il suo sogno, ma non vi fu nessuno che lo interpretasse al faraone.

[9]Allora il capo-coppiere parlò col faraone in questi termini: «Io devo ricordare oggi le mie colpe. [10]Il faraone si era adirato contro i suoi ministri e mi aveva messo in residenza forzata nella casa del capo-cuoco, me e il capo-panettiere. [11]Poi noi facemmo un sogno nella stessa notte, io e lui; ma sognammo ciascuno un sogno con un significato particolare. [12]Ora vi era là con noi un giovane ebreo, schiavo del capo-cuoco; noi gli raccontammo i nostri sogni e lui ce li interpretò, dando a ciascuno l'interpretazione del suo sogno. [13]E proprio come ci aveva interpretato, così avvenne; me il faraone ha restituito nella mia carica e lui ha impiccato». [14]Allora il faraone mandò a chiamare Giuseppe; fu tratto subito fuori dalla fossa ed egli si rase, si cambiò gli abiti e venne dal faraone. [15]Il faraone disse a Giuseppe: «Ho fatto un sogno, e non c'è alcuno che lo interpreti; ora io ho sentito dire di te che ti basta ascoltare un sogno, per subito interpretarlo».

[16]Giuseppe rispose al faraone in questi termini: «Io non c'entro: è Dio che darà la risposta per la salute del faraone!». [17]Allora il faraone disse a Giuseppe: «Nel mio sogno io stavo sulla riva del Nilo. [18]Ed ecco salire dal Nilo sette vacche, grasse di carne e belle di forma, e pascolare nella macchia di papiro. [19]Ed ecco sette altre vacche salire dopo quelle, deboli, bruttissime di forma e

magre di carne: non ne vidi mai di così brutte in tutta la terra d'Egitto. [20]Poi le vacche magre e brutte divorarono le prime sette vacche, quelle grasse. [21]Ed entrarono bensì queste nell'interno di quelle, ma non si capiva che vi fossero entrate, perché il loro aspetto era brutto come prima. E mi svegliai. [22]Poi vidi nel mio sogno sette spighe venire su da un solo stelo, piene e belle. [23]Ma ecco sette spighe secche, sottili ed arse dal vento orientale, che germogliavano dopo di quelle. [24]E le spighe sottili inghiottirono le sette spighe belle. Ora io l'ho detto agli indovini, ma non c'è nessuno che mi dia un'indicazione».

[25]Allora Giuseppe disse al faraone: «Il sogno del faraone è uno solo: quello che Dio sta per fare, egli lo ha indicato al faraone. [26]Le sette vacche belle sono sette anni; e le sette spighe belle sono sette anni: è un solo sogno. [27]E le sette vacche magre e brutte, che salgono dopo di quelle, sono sette anni; e le sette spighe sottili, arse dal vento orientale, sono sette anni: vi saranno sette anni di carestia. [28]È appunto la cosa che ho detto al faraone: quello che Dio sta per fare, l'ha fatto vedere al faraone. [29]Ecco che stanno per venire sette anni, in cui vi sarà grande abbondanza in tutta la terra d'Egitto. [30]Poi a questi succederanno sette anni di carestia, e si dimenticherà tutta quell'abbondanza nella terra d'Egitto, e la carestia consumerà il paese. [31]E non si conoscerà più che vi sia stata l'abbondanza nel paese a causa della carestia venuta in seguito, perché sarà dura assai. [32]E quanto al fatto che il sogno del faraone si è ripetuto due volte, gli è che la cosa è decisa di Dio e che Dio si affretta ad eseguirla».

Elezione di Giuseppe. - [33]«Ora il faraone si provveda di un uomo intelligente e sapiente e lo stabilisca sulla terra d'Egitto. [34]Il faraone inoltre costituisca funzionari sul paese per prelevare il quinto sui prodotti della terra d'Egitto, durante i sette anni di abbondanza. [35]Essi radunino tutti i viveri di queste annate buone che stanno per venire, ammassino il grano sotto l'autorità del faraone e tengano in custodia i viveri nelle città. [36]Questi viveri serviranno al paese di riserva per i sette anni di carestia che verranno nella terra d'Egitto, e così il paese non sarà distrutto dalla carestia».

[37]La cosa piacque al faraone e a tutti i suoi ministri. [38]E il faraone disse ai suoi ministri:

«Potremo trovare un uomo come questo, in cui sia lo spirito di Dio?». ³⁹Poi il faraone disse a Giuseppe: «Dal momento che Dio ti ha fatto conoscere tutto ciò, non c'è nessuno che sia intelligente e sapiente come te. ⁴⁰Tu stesso sarai l'amministratore della mia casa, e ai tuoi ordini l'intero mio popolo obbedirà; per il trono soltanto, io sarò più grande di te». ⁴¹Il faraone disse a Giuseppe: «Guarda, io ti stabilisco sopra tutto il paese d'Egitto». ⁴²Il faraone si tolse di mano il proprio anello e lo pose sulla mano di Giuseppe; lo fece rivestire di abiti di lino fine e gli mise al collo la collana d'oro. ⁴³Poi lo fece montare sul suo secondo carro e davanti a lui si gridava: «Abrek!». E così lo si stabilì su tutta la terra di Egitto. ⁴⁴Poi il faraone disse a Giuseppe: «Sono io il faraone, ma senza di te nessuno potrà alzare la mano o il piede in tutta la terra d'Egitto». ⁴⁵E il faraone chiamò Giuseppe col nome di Zafnat-Paneach e gli diede in moglie Asenat, figlia di Potifera, sacerdote di On. Poi Giuseppe partì per visitare tutta la terra d'Egitto. ⁴⁶Giuseppe aveva trent'anni quando si presentò al faraone, re d'Egitto.

Poi Giuseppe uscì dalla presenza del faraone e percorse tutta la terra d'Egitto. ⁴⁷Durante i sette anni di abbondanza la terra produsse a profusione. ⁴⁸Egli raccolse tutti i viveri dei sette anni nei quali vi fu l'abbondanza nella terra d'Egitto, e ripose i viveri nelle città e cioè in ogni città ripose i viveri della campagna che aveva intorno. ⁴⁹Giuseppe ammassò il grano come la sabbia del mare, in quantità grande assai, così da dover cessare di farne il computo, perché era incalcolabile.

⁵⁰Intanto nacquero a Giuseppe due figli, prima che venisse l'anno della carestia; glieli partorì Asenat, figlia di Potifera, sacerdote di On. ⁵¹E Giuseppe chiamò il primogenito Manasse, «perché — disse — Dio mi ha fatto dimenticare ogni mio affanno e tutta la casa di mio padre». ⁵²E il secondo lo chiamò Efraim, «perché — disse — Dio mi ha reso fecondo nella terra della mia afflizione».

⁵³Poi finirono i sette anni dell'abbondanza che vi era stata nella terra d'Egitto ⁵⁴e incominciarono a venire i sette anni di carestia, come aveva predetto Giuseppe. Ci fu carestia in tutti i paesi, ma in tutta la terra d'Egitto vi era del pane. ⁵⁵Poi tutta la terra d'Egitto incominciò a sentire la fame, e il popolo gridò al faraone per il pane. Allora il faraone disse a tutti gli Egiziani: «Andate da Giuseppe, fate quello che vi dirà». ⁵⁶La carestia dominava su tutta la superficie della terra. Allora Giuseppe aprì tutti i depositi in cui vi era del grano, e vendette il grano agli Egiziani. Ma la carestia s'inasprì nella terra d'Egitto. ⁵⁷E tutti i paesi venivano in Egitto per comperare grano da Giuseppe, perché la carestia infieriva in tutta la terra.

42 Giuseppe e i fratelli. ¹Or Giacobbe seppe che in Egitto vi era del grano; perciò disse ai suoi figli: «Perché rimanete a guardarvi l'un l'altro?». ²E continuò: «Ecco: ho sentito dire che vi è grano in Egitto. Andate laggiù e comperate di là grano, affinché noi si possa vivere e non si debba morire». ³Allora i dieci fratelli di Giuseppe scesero in Egitto per comperare grano. ⁴Ma quanto a Beniamino, fratello di Giuseppe, Giacobbe non lo mandò con i fratelli, perché diceva: «Che non gli succeda qualche disgrazia!». ⁵Arrivarono dunque i figli di Israele per comperare il grano, in mezzo agli altri arrivati, perché nella terra di Canaan vi era la carestia. ⁶Or Giuseppe era il governatore del paese ed era lui che vendeva il grano a tutto il popolo del paese. Perciò i fratelli di Giuseppe vennero da lui e si prostrarono davanti a lui con la faccia per terra. ⁷Giuseppe vide i suoi fratelli e li riconobbe, ma fece lo straniero con loro, anzi disse loro parole dure. Domandò loro: «Da dove siete venuti?». Risposero: «Dalla terra di Canaan, per comperare viveri». ⁸Giuseppe riconobbe dunque i suoi fratelli, mentre essi non lo riconobbero. ⁹Allora Giuseppe ricordò i sogni che aveva avuto a loro riguardo e disse loro: «Voi siete spie! Siete venuti per vedere i punti deboli del paese». ¹⁰Gli risposero: «No, signore; ma i tuoi servi sono venuti per comperar viveri. ¹¹Noi siamo tutti figli di un unico uomo. Noi sia-

---

41. - ⁴¹⁻⁴⁵· Tutta la storia riguardante Giuseppe come primo ministro è descritta in pieno accordo con i costumi egiziani, come li conosciamo dai monumenti.

⁴⁵. Il faraone cambia il nome a Giuseppe, dandogliene uno egiziano che significa: «Dio dice: egli vive!». Potifera, di cui si parla qui, è persona diversa da Potifer di 39,1; era sacerdote della città di On, dove si adorava il sole.

mo sinceri. I tuoi servi non sono spie!». ¹²Ma egli disse loro: «No; sono i punti deboli del paese che siete venuti a vedere!». ¹³Allora essi dissero: «Dodici sono i tuoi servi, siamo fratelli, figli di un unico uomo, nella terra di Canaan; ecco, il più piccolo è adesso presso nostro padre, e uno non c'è più!». ¹⁴Giuseppe disse loro: «La cosa sta come vi ho detto: voi siete spie. ¹⁵Perciò sarete messi alla prova: com'è vero che vive il faraone, non uscirete di qui se non quando sarà venuto qui il vostro fratello più piccolo. ¹⁶Mandate uno di voi a prendere vostro fratello; quanto a voi, rimarrete prigionieri. Siano così messe alla prova le vostre parole, se la verità è dalla vostra parte. Se no, com'è vero che vive il faraone, voi siete spie!». ¹⁷Poi li mise tutti insieme in residenza forzata per tre giorni.

¹⁸Al terzo giorno Giuseppe disse loro: «Fate così, e sarete salvi: anch'io temo Dio! ¹⁹Se voi siete sinceri, uno di voi fratelli resti prigioniero nella vostra residenza forzata e voialtri andate a portare il grano necessario alle vostre case. ²⁰Poi mi condurrete qui il vostro fratello più piccolo, affinché le vostre parole siano verificate e non moriate». Essi fecero così. ²¹Allora si dissero l'un l'altro: «Certo su di noi grava la colpa nei riguardi di nostro fratello, perché noi vedemmo l'angoscia dell'anima sua quando ci supplicava, non lo ascoltammo. È per questo che ci è venuta addosso quest'angoscia». ²²Ruben prese a dir loro: «Non ve lo dissi io: non peccate contro il ragazzo? Ma non mi deste ascolto. Ed ecco che ora ci si domanda conto del suo sangue». ²³Essi non sapevano che Giuseppe li capiva, perché tra lui e loro vi era l'interprete. ²⁴Allora egli si allontanò da loro e pianse. Poi tornò presso di loro e riprese a parlare con loro. Scelse tra loro Simeone e lo fece incatenare sotto i loro occhi.

²⁵Poi Giuseppe comandò di riempire di grano i loro sacchi e di rimettere i pezzi d'argento di ognuno nel proprio sacco e di dare loro provvigioni per il viaggio. E così venne fatto.

²⁶Essi caricarono il loro grano sui propri asini e partirono di là. ²⁷Ora, nell'albergo, uno di loro aprì il suo sacco per dare del foraggio al suo asino, e vide il proprio denaro che stava alla bocca del sacco. ²⁸E disse ai suoi fratelli: «Mi è stato restituito il mio danaro: eccolo qui nel mio sacco!». Allora si sentirono mancare il cuore e tremarono, dicendosi l'un l'altro: «Che è mai questo che Dio ci ha fatto?».

²⁹Poi arrivarono da Giacobbe, loro padre, nella terra di Canaan e gli riferirono tutto quello ch'era loro capitato: ³⁰«Quell'uomo che è signore dell'Egitto ci ha detto parole dure e ci ha trattato come spie del paese. ³¹Allora gli dicemmo: "Noi siamo sinceri; non siamo spie! ³²Noi siamo in dodici fratelli, figli di nostro padre: uno non c'è più e il più piccolo è adesso presso nostro padre nella terra di Canaan". ³³Ma l'uomo, signore del paese, ci disse: "È così che io conoscerò se voi siete sinceri: lasciate qui con me uno di voi fratelli, prendete il grano per le vostre case e andate. ³⁴Poi conducetemi il vostro fratello più piccolo, affinché sappia che non siete spie, ma che siete sinceri; io vi renderò vostro fratello e voi potrete percorrere il paese in lungo e in largo"».

³⁵Or mentre vuotavano i loro sacchi, ecco che la borsa del denaro di ciascuno stava nel proprio sacco. Quando videro, essi e il loro padre, le loro borse di denaro, furono presi dal timore. ³⁶E il loro padre Giacobbe disse loro: «Voi mi avete privato dei figli! Giuseppe non c'è più; Simeone non c'è più e Beniamino me lo volete prendere. È su di me che tutto questo ricade!». ³⁷Allora Ruben disse a suo padre: «Tu potrai far morire i miei due figli, se non te lo ricondurrò. Affidalo a me, e io te lo restituirò». ³⁸Ma egli rispose: «Il mio figliolo non scenderà laggiù con voi, perché il suo fratello è morto ed egli è rimasto solo. Se gli capitasse una disgrazia durante il viaggio che volete fare, voi fareste discendere i miei bianchi capelli con cordoglio nell'oltretomba».

43 **Beniamino in Egitto.** - ¹Or la carestia gravava sul paese. ²Quando ebbero finito di mangiare il grano che avevano portato dall'Egitto, il loro padre disse loro: «Ritornate a comperarci un po' di viveri». ³Ma Giuda gli disse: «Quell'uomo ci ha formalmente dichiarato: "Non verrete alla mia presenza a meno che il vostro fratello non sia con voi!". ⁴Se tu sei disposto a lasciar partire con noi nostro fratello, scenderemo laggiù per comprarti grano; ⁵ma se tu non lo vuoi lasciar partire, noi non scenderemo, perché quell'uomo ci ha detto: "Non verrete alla mia presenza a meno che il vostro fratello non sia con voi!"».

[6]E Israele disse: «Perché mi avete dato questo dispiacere di far conoscere a quell'uomo che avevate ancora un fratello?». [7]Risposero: «Quell'uomo ci interrogò con insistenza intorno a noi e alla nostra parentela, dicendo: "È ancora vivo vostro padre? Avete qualche fratello?", e noi rispondemmo secondo queste domande. Potevamo noi sapere che egli avrebbe detto: "Conducete qui vostro fratello"?».

[8]E Giuda disse a Israele, suo padre: «Lascia venire il ragazzo con me, e poi leviamoci e andiamo, per poter vivere e non morire, sia noi che tu e i nostri bambini. [9]Io mi rendo garante di lui: dalle mie mani lo reclamerai. Se non te lo avrò condotto, se non te lo avrò posto davanti, io sarò colpevole contro di te per tutta la vita. [10]Che se non avessimo indugiato, ora saremmo già di ritorno per la seconda volta». [11]Allora Israele, loro padre, disse: «Se è così, fate pure: prendete nei vostri bagagli i prodotti scelti del paese e portateli in dono a quell'uomo: un po' di balsamo, un po' di miele, di gomma e resina, dei pistacchi e delle mandorle. [12]E riporterete con voi doppio danaro, il danaro cioè che fu rimesso nella bocca dei vostri sacchi lo riporterete indietro: forse si tratta di uno sbaglio. [13]Prendete pure vostro fratello, e partite, ritornate da quell'uomo. [14]Dio onnipotente vi faccia trovare misericordia presso quell'uomo, così che vi rilasci l'altro fratello e Beniamino. Quanto a me, una volta che dovrò esser privato dei miei figli, che ne sia privato».

[15]Gli uomini presero dunque questo dono, il doppio del denaro e anche Beniamino, e partirono, discesero in Egitto e si presentarono davanti a Giuseppe.

[16]Quando Giuseppe ebbe visto con loro Beniamino, disse a colui ch'era a capo della sua casa: «Conduci questi uomini in casa, macella quello che c'è da macellare e prepara, perché questi uomini mangeranno con me a mezzogiorno». [17]Quel personaggio fece come Giuseppe aveva detto e introdusse gli uomini nella casa di Giuseppe. [18]Ma i nostri uomini si spaventarono, perché venivano condotti in casa di Giuseppe, e dissero: «È per causa del denaro, rimesso nei nostri sacchi l'altra volta, che noi siamo condotti là: per poterci assalire, piombarci addosso e prenderci come schiavi con i nostri asini!».

[19]Allora si avvicinarono all'uomo che era a capo della casa di Giuseppe e parlarono con lui alla porta di casa. [20]Gli dissero: «Scusa, mio signore, noi venimmo qui già un'altra volta per comperare dei viveri. [21]Quando fummo all'albergo, aprimmo i nostri sacchi ed ecco che il denaro di ciascuno si trovava alla bocca del suo sacco: proprio il nostro denaro col suo peso esatto. E allora noi l'abbiamo portato indietro, [22]e per comperare dei viveri abbiamo portato con noi altro denaro. Non sappiamo chi sia stato a metterci nei sacchi il nostro denaro!». [23]Ma quello disse: «State in pace, non temete! È il vostro Dio e il Dio dei padri vostri che vi ha messo un tesoro nei sacchi; il vostro denaro è già pervenuto a me». E condusse loro Simeone.

[24]Poi quell'uomo fece entrare gli uomini nella casa di Giuseppe, diede loro dell'acqua perché si lavassero i piedi, e diede del foraggio ai loro asini. [25]Essi prepararono il dono nell'attesa che Giuseppe arrivasse a mezzogiorno, perché avevano sentito dire che avrebbe mangiato con loro in quel luogo. [26]Quando Giuseppe arrivò a casa, essi gli presentarono il dono che avevano con sé, e si prostrarono davanti a lui con la faccia a terra. [27]Allora egli li salutò e disse: «Sta bene il vostro vecchio padre, di cui mi parlaste? Vive ancora?». [28]Risposero: «Il tuo servo, nostro padre, sta bene, è ancora vivo», e s'inginocchiarono e fecero una prostrazione. [29]Poi egli alzò gli occhi e vide Beniamino, suo fratello, il figlio di sua madre, e disse: «È questo il vostro fratello più giovane, di cui mi parlaste?» e aggiunse: «Dio ti dia grazia, figlio mio!». [30]E Giuseppe se affrettò ad uscire, perché si era commosso nell'intimo alla presenza di suo fratello, e sentiva il bisogno di piangere; entrò nella sua camera e lì pianse. [31]Poi si lavò la faccia, uscì e, facendosi forza, ordinò: «Servite il pasto». [32]Fu servito per lui a parte, per loro a parte e per gli Egiziani, che mangiavano con loro, a parte, perché gli Egiziani non possono prender cibo con gli Ebrei: ciò sarebbe un abominio per gli Egiziani. [33]E si misero a sedere davanti a lui: il primogenito secondo la sua primogenitura e il più giovane secondo i suoi anni giovanili; e gli uomini si guardavano l'un l'altro con meraviglia. [34]Egli fece portare loro delle porzioni prese dalla propria mensa, ma la porzione di Beniamino era cinque volte più grossa di quella di tutti gli altri. E con lui bevvero fino all'allegria.

44 La coppa di Giuseppe.

- [1]Poi egli ordinò a colui che era a capo della sua casa: «Riempi i sacchi di quegli uomini di tanti viveri quanti ne possono contenere, e metti il danaro di ciascuno alla bocca del proprio sacco; [2]e metti la mia coppa, la coppa d'argento, alla bocca del sacco del più piccolo, col denaro del suo grano». Quello fece conforme a quanto aveva detto Giuseppe. [3]Quando si schiarì la mattina, gli uomini furono fatti partire con i loro asini. [4]Ma erano appena usciti dalla città e ancora non erano lontani, quando Giuseppe disse a colui che era a capo della sua casa: «Lèvati, insegui quegli uomini, raggiungili e dirai loro: "Perché avete reso male per bene? [5]Non è forse quella la coppa in cui beve il mio signore e della quale si serve per indovinare? Avete fatto male a fare così!"». [6]Quello li raggiunse e ripeté loro queste parole. [7]Allora quelli gli dissero: «Perché il mio signore dice queste cose? Lungi dai tuoi servi il fare una tale cosa! [8]Ecco, il denaro che abbiamo trovato alla bocca dei nostri sacchi te lo abbiamo riportato dalla terra di Canaan, e come potremmo rubare argento e oro dalla casa del tuo padrone? [9]Quello dei tuoi servi presso il quale si troverà, sarà messo a morte; e noi pure, noi diventeremo schiavi del mio signore». [10]Quello disse: «Ebbene, come avete detto, così sarà: colui presso il quale si troverà, sarà mio schiavo, e voi sarete innocenti». [11]Si affrettarono dunque a scaricare a terra ciascuno il suo sacco e ciascuno aprì il suo sacco. [12]E quello li frugò, cominciando dal maggiore e terminando col minore, e la coppa fu trovata nel sacco di Beniamino. [13]Allora essi si stracciarono le vesti, ricaricarono ciascuno il suo asino e ritornarono nella città. [14]Giuda e i suoi fratelli vennero nella casa di Giuseppe, che si trovava ancora là, e si gettarono in terra davanti a lui. [15]Giuseppe disse loro: «Che azione è questa che avete commesso! Non sapete che un uomo come me è capace d'indovinare?». [16]Giuda disse: «Che cosa diremo al mio signore? Come parlare? Come giustificarci? Dio ha ritrovato la colpa dei tuoi servi... Eccoci schiavi del mio signore, tanto noi quanto colui in possesso del quale fu trovata la coppa». [17]Ma egli rispose: «Dio me ne guardi di far questo! L'uomo in possesso del quale fu trovata la coppa, lui sarà mio schiavo; quanto a voi, ritornate in pace da vostro padre».

[18]Allora Giuda gli si fece innanzi e disse: «Mi scusi il mio signore! Sia permesso al tuo servo di far sentire una parola agli orecchi del mio signore; e non si accenda la tua ira contro il tuo servo, perché tu e il faraone siete tutt'uno! [19]Il mio signore aveva interrogato i suoi servi in questi termini: "Avete un padre o un fratello?". [20]E noi rispondemmo al mio signore: "Abbiamo un padre vecchio, e un figliolo ancor piccolo, natogli in vecchiaia; suo fratello è morto ed egli è rimasto il solo dei figli di sua madre, e il padre suo lo ama". [21]E tu dicesti ai tuoi servi: "Conducetelo qui da me, che lo possa vedere con i miei occhi". [22]Noi rispondemmo al mio signore: "Il giovinetto non può abbandonare suo padre; se lascerà suo padre, questi ne morrà". [23]Ma tu dicesti ai tuoi servi: "Se il vostro fratello minore non verrà qui con voi, non potrete più venire alla mia presenza". [24]Quando dunque fummo risaliti dal tuo servo, mio padre, gli riferimmo le parole del mio signore. [25]Poi nostro padre disse: "Tornate a comperare un po' di viveri". [26]E noi rispondemmo: "Non possiamo scendere laggiù; se c'è con noi il nostro fratello minore, andremo laggiù, altrimenti non possiamo essere ammessi alla presenza di quell'uomo senza avere con noi il nostro fratello minore". [27]Allora il tuo servo, mio padre, ci disse: "Voi sapete che due erano quelli che mi aveva partorito mia moglie. [28]Uno partì da me, e dissi: senza nessun dubbio è stato sbranato!, e da allora non l'ho più visto. [29]Ora mi porterete via anche questo e gli capitasse una disgrazia, voi fareste scendere i miei bianchi capelli con cordoglio nell'oltretomba!". [30]E adesso, quando io arriverò dal tuo servo, mio padre, e il giovinetto non sarà con noi, mentre la vita dell'uno è legata alla vita dell'altro, [31]avverrà che, appena egli avrà visto che il giovinetto non è con noi, morirà, e i tuoi servi avranno fatto scendere i bianchi capelli del tuo servo, nostro padre, con cordoglio nell'oltretomba. [32]Siccome il tuo servo si è reso garante del giovinetto presso mio padre, dicendo: "Se non te lo ricondurrò, sarò colpevole verso mio padre per tutta la vita", [33]lascia, di grazia, che rimanga il tuo servo invece del giovinetto come schiavo del mio signore, e il giovinetto ritorni lassù con i suoi fratelli! [34]Perché,

---

44. - [7-34]. I fratelli mostrano di amare Beniamino, perché dal dolore si stracciano le vesti e tornano a chiedere misericordia. Anzi Giuda, con atto eroico che commuove il viceré fin nel più intimo, si offre come schiavo in luogo di Beniamino.

come potrei ritornare da mio padre, mentre il ragazzo non è con me? Che io non veda il dolore che opprimerebbe mio padre!».

45 Giuseppe si fa conoscere. - [1]Allora Giuseppe non poté più contenersi davanti a tutte le persone che lo assistevano, e gridò: «Fate uscire tutti dalla mia presenza!». E così non restò nessuno presso di lui, mentre Giuseppe si faceva conoscere ai suoi fratelli, [2]ma egli alzò la sua voce piangendo in modo che tutti gli Egiziani lo sentirono e la cosa fu risaputa nella corte del faraone. [3]Giuseppe disse ai suoi fratelli: «Io sono Giuseppe! Vive ancora mio padre?». Ma i suoi fratelli non potevano rispondergli, perché erano sbigottiti alla sua presenza. [4]Allora Giuseppe disse ai suoi fratelli: «Per favore, avvicinatevi a me!». E si avvicinarono. Egli riprese: «Io sono Giuseppe vostro fratello, che voi avete venduto per l'Egitto. [5]Ma ora non vi addolorate né dispiaccia ai vostri occhi di avermi venduto quaggiù, perché fu per conservarvi in vita che Dio mi ha mandato avanti a voi. [6]Perché già da due anni vi è la carestia nel paese, e ancora per cinque anni non vi sarà né aratura né mietitura. [7]Ma Dio mi ha mandato avanti a voi, perché sia conservato per voi un resto sulla terra e salvarvi la vita con una grande liberazione. [8]Dunque non siete stati voi a mandarmi qui, ma Dio, ed egli mi ha stabilito quale padre per il faraone, e come signore su tutta la sua corte e governatore di tutta la terra d'Egitto. [9]Affrettatevi a risalire da mio padre per dirgli: "Così dice il tuo figlio Giuseppe: Dio mi ha stabilito come signore di tutto l'Egitto. Scendi quaggiù presso di me, e non tardare. [10]Abiterai nella terra di Gosen e starai vicino a me, tu, i tuoi figli e i figli dei tuoi figli, i tuoi greggi, i tuoi armenti e tutto il tuo avere. [11]Là io ti darò il sostentamento, dal momento che la carestia durerà ancora cinque anni, perché non debba cadere nell'indigenza tu, la tua famiglia e tutto il tuo avere". [12]Ed ecco, i vostri occhi lo vedono e gli occhi di mio fratello Beniamino: è la mia bocca che vi parla! [13]Riferite a mio padre tutta la gloria che io ho in Egitto e tutto quello che avete visto, e affrettatevi a condurre quaggiù mio padre». [14]Allora egli si gettò al collo di Beniamino e pianse. E pure Beniamino piangeva stretto al suo collo. [15]Poi baciò tutti i suoi fratelli e pianse stringendoli a sé. Dopo di che i suoi fratelli si misero a discorrere con lui.

[16]Intanto nella corte del faraone si diffuse la voce: «Sono arrivati i fratelli di Giuseppe!». Questo fece piacere al faraone e ai suoi ministri. [17]Allora il faraone disse a Giuseppe: «Di' ai tuoi fratelli: "Fate questo: caricate i vostri giumenti e partite e arrivate nella terra di Canaan. [18]Poi prendete vostro padre e le vostre famiglie e venite da me, che voglio darvi il meglio della terra d'Egitto e mangerete il fior fiore del paese". [19]Ma tu comanda loro: "Fate questo: prendete con voi dalla terra d'Egitto dei carri da carico per i vostri bambini e le vostre donne, mettete su vostro padre e venite. [20]Non abbiate rincrescimento per la vostra roba, perché il meglio di tutta la terra d'Egitto sarà vostro"».

[21]Così fecero i figli di Israele. Giuseppe diede loro alcuni carri da carico secondo l'ordine del faraone e diede loro una provvista per il viaggio. [22]A tutti egli diede una muta di abiti per ciascuno, ma a Beniamino diede trecento sicli d'argento e cinque mute di abiti. [23]Allo stesso modo mandò a suo padre dieci asini carichi dei migliori prodotti dell'Egitto e dieci asine cariche di grano, di pane e di vettovaglie per il viaggio di suo padre. [24]Poi congedò i suoi fratelli, e mentre partivano disse loro: «Non litigate durante il viaggio!».

[25]Così essi risalirono dall'Egitto e arrivarono nella terra di Canaan dal loro padre Giacobbe. [26]E subito gli riferirono: «Giuseppe è ancora vivo, anzi è governatore di tutta la terra d'Egitto!». Ma il suo cuore rimase intorpidito, perché non credeva loro. [27]Quando però essi gli ebbero riferito tutte le parole che Giuseppe aveva detto loro, ed egli vide i carri da carico che Giuseppe gli aveva mandato per trasportarlo, allora lo spirito del loro padre Giacobbe si rianimò. [28]Israele disse: «Basta! Giuseppe, il mio figliolo, è vivo. Io voglio andare a vederlo prima di morire!».

---

45. - [5.] Riconosce e fa riconoscere dai fratelli la mano di Dio in tutto ciò che è avvenuto e come Dio fa servire anche il male a maggior bene dei suoi eletti.

[10.] La terra di Gosen si trovava nella parte orientale del delta del Nilo, non lontano dalla frontiera. Era regione fertilissima e quanto mai favorevole alla pastorizia.

46 Giacobbe-Israele scende in Egitto. [1]Israele dunque levò le tende con tutto il suo avere e arrivò a Bersabea, dove offrì sacrifici al Dio di suo padre Isacco. [2]Dio disse a Israele in una visione notturna:

«Giacobbe, Giacobbe!». Rispose: «Eccomi!». ³Riprese: «Io sono Dio, il Dio di tuo padre. Non temere di scendere in Egitto, perché laggiù io farò di te un grande popolo. ⁴Io scenderò con te in Egitto e io te ne farò anche risalire. E sarà Giuseppe che ti chiuderà gli occhi».

⁵Poi Giacobbe si levò da Bersabea e i figli di Israele fecero montare il loro padre Giacobbe, i loro bambini e le loro donne sui carri che il faraone aveva mandato per trasportarlo. ⁶Essi presero il loro bestiame e tutti i beni che avevano acquistato nella terra di Canaan e vennero in Egitto; Giacobbe cioè e con lui tutti i suoi discendenti; ⁷i suoi figli e i figli dei suoi figli, le sue figlie e le figlie dei suoi figli, tutti i suoi discendenti egli condusse con sé in Egitto.

⁸Questi sono i nomi dei figli d'Israele che entrarono in Egitto: Giacobbe e i suoi figli, il primogenito di Giacobbe, Ruben. ⁹I figli di Ruben: Enoch, Pallu, Chezron e Carmi. ¹⁰I figli di Simeone: Iemuel, Iamin, Oad, Iachin, Socar e Saul, figlio della Cananea. ¹¹I figli di Levi: Gherson, Keat e Merari. ¹²I figli di Giuda: Er, Onan, Sela, Perez e Zerach; ma Er e Onan morirono nel paese di Canaan. Furono figli di Perez: Chezron e Amul. ¹³I figli di Issacar: Tola, Puva, Giobbe e Simron. ¹⁴I figli di Zabulon: Sered, Elon e Iacleel. ¹⁵Questi sono i figli che Lia partorì a Giacobbe in Paddan-Aram insieme con la figlia Dina; tutti i suoi figli e le sue figlie erano trentatré persone.

¹⁶I figli di Gad: Zifion, Agghi, Suni, Esbon, Eri, Arodi e Areli. ¹⁷I figli di Aser: Imma, Isva, Isvi, Beria e la loro sorella Serach. I figli di Beria: Eber e Malchiel. ¹⁸Questi sono i figli di Zilpa, che Làbano aveva dato alla figlia Lia; essa li partorì a Giacobbe: sono sedici persone.

¹⁹I figli di Rachele, moglie di Giacobbe: Giuseppe e Beniamino. ²⁰A Giuseppe nacquero in Egitto Efraim e Manasse, che gli partorì Asenat, figlia di Potifera, sacerdote di On. ²¹I figli di Beniamino: Bela, Becher e Asbel, Ghera, Naaman, Echi, Ros, Muppim, Uppim e Arde. ²²Questi sono i figli che Rachele partorì a Giacobbe; in tutto sono quattordici persone.

²³I figli di Dan: Usim. ²⁴I figli di Neftali: Iacseel, Guni, Ieser e Sillem. ²⁵Questi sono i figli di Bila, che Làbano diede alla figlia Rachele, che essa partorì a Giacobbe; in tutto sette persone. ²⁶Tutte le persone appartenenti a Giacobbe, uscite dai suoi fianchi, che

entrarono in Egitto, senza contare le mogli dei figli di Giacobbe, sono sessantasei. ²⁷I figli di Giuseppe, che gli nacquero in Egitto, sono due persone. Tutte le persone della famiglia di Giacobbe, che entrarono in Egitto, sono settanta.

²⁸Ora egli aveva mandato Giuda avanti a sé da Giuseppe, perché lo introducesse nel paese di Gosen. Poi raggiunsero essi la terra di Gosen. ²⁹Allora Giuseppe fece attaccare il suo carro da parata e salì in Gosen incontro a Israele, suo padre. Appena se lo vide davanti, gli si gettò al collo e pianse a lungo stretto al suo collo. ³⁰E Israele disse a Giuseppe: «Che io muoia pure, stavolta, dopo aver visto la tua faccia, e che sei ancora vivo!». ³¹Allora Giuseppe disse ai suoi fratelli e alla famiglia di suo padre: «Vado a informare il faraone in questi termini: "I miei fratelli e la famiglia di mio padre, che erano nella terra di Canaan, sono venuti da me. ³²Ora questi uomini sono pastori di gregge perché sono sempre stati gente dedita al bestiame, e hanno condotto i loro greggi, i loro armenti e tutto il loro avere". ³³Quando dunque il faraone vi chiamerà e vi domanderà: "Qual è il vostro mestiere?", voi rispondete: ³⁴"Gente dedita al bestiame sono stati i tuoi servi, dalla nostra fanciullezza fino ad ora, sia noi che i nostri padri". Questo allo scopo di poter risiedere nella terra di Gosen». Perché tutti i pastori di greggi sono un abominio per gli Egiziani.

47 **Gli Ebrei nel paese di Ramses.** ¹Giuseppe andò quindi a informare il faraone dicendo: «Mio padre e i miei fratelli, con i loro greggi e armenti e con tutto il loro avere, sono venuti dalla terra di Canaan; ed eccoli nella terra di Gosen». ²Intanto dal gruppo dei suoi fratelli egli aveva preso con sé cinque uomini e li presentò al faraone. ³Il faraone disse ai suoi fratelli: «Qual è il vostro mestiere?». Essi risposero al faraone: «Pastori di greggi sono i tuoi servi, sia noi che i nostri padri». ⁴Poi dissero al faraone: «È per soggiornare come forestieri nel paese che noi siamo venuti, perché non c'è più pastura per il gregge dei tuoi servi; infatti è grave la carestia nella terra di Ca-

---

46. - ⁴. *Scenderò con te*: Dio stesso si presenta già come condottiero del popolo, come sarà poi durante l'esodo.

naan. Deh, permetti che i tuoi servi risiedano nella terra di Gosen!». [5]Allora il faraone disse a Giuseppe: «Tuo padre e i tuoi fratelli sono dunque venuti da te. [6]Ebbene, la terra d'Egitto è a tua disposizione: fa' risiedere tuo padre e i tuoi fratelli nella parte migliore del paese. Risiedano pure nella terra di Gosen. E se tu riconosci che vi siano tra loro degli uomini capaci, costituiscili sopra i miei averi come capi dei greggi». [7]Poi Giuseppe introdusse Giacobbe, suo padre, e lo presentò al faraone, e Giacobbe benedisse il faraone. [8]Il faraone domandò a Giacobbe: «Quanti sono gli anni della tua vita?». [9]Giacobbe rispose al faraone: «Gli anni della mia vita errante sono centotrenta; pochi e tristi sono stati gli anni della mia vita e non hanno raggiunto il numero degli anni dei miei padri, al tempo della loro vita errante». [10]Poi Giacobbe benedisse il faraone e uscì dalla presenza del faraone. [11]Giuseppe fece risiedere suo padre e i suoi fratelli e diede loro una proprietà nella regione d'Egitto, nella parte migliore del paese, nel territorio di Ramses, come aveva comandato il faraone. [12]Giuseppe diede il sostentamento a suo padre, ai suoi fratelli e a tutta la famiglia di suo padre, fornendo pane fino all'ultimo pezzetto.

Amministrazione di Giuseppe. - [13]Ora non c'era pane in tutto il paese, perché la carestia era grave assai: la terra d'Egitto e la terra di Canaan languivano per causa della carestia. [14]Così Giuseppe ammassò tutto il denaro che si trovava nella terra d'Egitto e nella terra di Canaan come prezzo del grano ch'essi compravano. Giuseppe consegnò questo denaro all'erario del faraone. [15]Quando fu esaurito il denaro della terra d'Egitto e della terra di Canaan tutti gli Egiziani vennero da Giuseppe dicendo: «Dacci pane! Perché dovremo morire sotto i tuoi occhi? Infatti non c'è più denaro». [16]Rispose Giuseppe: «Cedete il vostro bestiame, e io vi darò pane in cambio del vostro bestiame, se è finito il denaro». [17]Allora condussero a Giuseppe il loro bestiame, e Giuseppe diede a loro pane in cambio dei cavalli e del piccolo bestiame, del grosso bestiame e degli asini; così in quell'anno li nutrì con pane in cambio di tutto il loro bestiame. [18]Passato quell'anno, vennero a lui nell'anno seguente e gli dissero: «Non nascondiamo al mio signore che si è esaurito il denaro, e anche il possesso del bestiame è

passato al mio signore, non rimane più a disposizione del mio signore se non il nostro corpo e il nostro terreno. [19]Perché dovremmo perire sotto i tuoi occhi, sia noi che la nostra terra? Acquista noi e la nostra terra in cambio di pane, e diventeremo schiavi del faraone noi con la nostra terra; ma dacci di che seminare, così che possiamo vivere e non morire, e il suolo non diventi un deserto!». [20]Allora Giuseppe acquistò per il faraone tutto il terreno dell'Egitto, perché gli Egiziani vendettero ciascuno il proprio campo, tanto infieriva su di loro la carestia. Così la terra divenne proprietà del faraone. [21]Quanto al popolo, egli lo deportò nelle città da un capo all'altro della frontiera egiziana. [22]Soltanto il terreno dei sacerdoti egli non acquistò, perché i sacerdoti avevano un'assegnazione fissa da parte del faraone, e si nutrivano dell'assegnazione che il faraone passava loro; per questo non vendettero il loro terreno.

[23]Poi Giuseppe disse al popolo: «Vedete che io ho acquistato oggi per il faraone voi e il vostro terreno. Eccovi della semente: seminate il terreno. [24]Ma quando vi sarà il raccolto, voi ne darete un quinto al faraone, e quattro parti saranno vostre, per la semina dei campi, per nutrimento vostro e di quelli di casa vostra e per il nutrimento dei vostri bambini». [25]Gli risposero: «Ci hai salvato la vita! Ci sia solo concesso di trovar grazia agli occhi del nostro signore, e saremo servi del faraone!». [26]Così Giuseppe fece di questo una legge, che vige fino al giorno d'oggi sui terreni d'Egitto, per la quale si deve dare la quinta parte al faraone. Soltanto i terreni dei sacerdoti non divennero del faraone.

[27]Intanto Israele si stabilì nella terra d'Egitto, nel territorio di Gosen; ebbero dei possedimenti e furono fecondi e si moltiplicarono assai.

Giuramento di Giuseppe. - [28]Giacobbe visse nella terra d'Egitto diciassette anni, e i giorni di Giacobbe, gli anni della sua vita, furono centoquarantasette. [29]Quando fu vicino il tempo della sua morte, Israele chiamò suo figlio Giuseppe e gli disse: «Se ho trovato grazia agli occhi tuoi, metti la tua mano sotto la mia coscia e usa con me bontà e fedeltà: di grazia, non seppellirmi in Egitto! [30]Quando io mi sarò coricato con i miei padri, portami via dall'Egitto e seppelliscimi nel loro sepolcro!». Rispose: «Io farò secondo le tue parole». [31]Riprese:

«Giuramelo!». Egli glielo giurò; allora Israele si prostrò sul capezzale del letto.

48 **Efraim e Manasse.** - ¹Dopo queste cose fu detto a Giuseppe: «Vedi, tuo padre è ammalato!». Allora egli condusse con sé i suoi due figli Efraim e Manasse. ²Lo riferirono a Giacobbe e gli dissero: «Ecco, tuo figlio Giuseppe è venuto da te». Allora Israele raccolse le forze e si pose seduto sul letto. ³Giacobbe disse a Giuseppe: «Dio onnipotente mi apparve a Luz, nella terra di Canaan e mi benedisse; ⁴e mi disse: "Ecco, io ti farò fruttare e ti moltiplicherò e ti renderò un'accolta di popoli, e darò questa terra alla tua discendenza, dopo di te, quale possesso perpetuo". ⁵Sicché ora i tuoi due figli che ti sono nati nella terra d'Egitto, prima che io arrivassi da te in Egitto, sono miei: Efraim e Manasse saranno miei come Ruben e Simeone. ⁶Invece quelli che tu hai generato dopo di loro, saranno tuoi, col nome dei loro fratelli saranno chiamati nella loro eredità. ⁷Quanto a me, mentre io arrivavo da Paddan, Rachele mi morì nella terra di Canaan, durante il viaggio, quando mancava ancora un tratto di strada per arrivare ad Efrata, e l'ho sepolta là, lungo la strada di Efrata, che è Betlemme».

⁸Poi Israele vide i figli di Giuseppe e disse: «Chi sono questi?». ⁹Giuseppe rispose a suo padre: «Sono i miei figli che Dio mi ha dato qui». Riprese: «Portameli, di grazia, che io li metta sulle ginocchia». ¹⁰Ora gli occhi di Israele erano offuscati dalla vecchiaia: non poteva più distinguere. Egli allora li fece avvicinare a lui, che li baciò e li abbracciò. ¹¹Israele disse a Giuseppe: «Io non pensavo di vedere più la tua faccia, ed ecco, Dio mi ha dato di vedere anche la tua figliolanza!». ¹²Allora Giuseppe li ritirò dalle sue ginocchia e si prostrò con la faccia a terra. ¹³Poi Giuseppe prese ambedue, Efraim con la sua destra, alla sinistra di Israele, e Manasse con la sua sinistra, alla destra di Israele, e li avvicinò a lui. ¹⁴Ma Israele stese la sua mano destra e la pose sul capo di Efraim, che pure era il più giovane, e la sua sinistra sul capo di Manasse, incrociando le braccia, benché Manasse fosse il primogenito. ¹⁵E così benedisse i figli di Giuseppe e disse:

«Dio, davanti al quale camminarono
   i miei padri Abramo e Isacco,
Dio che fu il mio pastore dacché esisto
   fino a questo dì,
¹⁶ l'Angelo che mi ha liberato da ogni
   male, benedica questi fanciulli!
Sopravviva in essi il mio nome e il nome
   dei padri miei Abramo e Isacco
e si moltiplichino in gran numero
   in mezzo alla terra!».

¹⁷Giuseppe vide che suo padre aveva posato la sua destra sul capo di Efraim, e ciò gli spiacque. Prese perciò la mano di suo padre per levarla dal capo di Efraim e posarla sul capo di Manasse, ¹⁸e disse a suo padre: «Non così, padre mio: è questo il primogenito: posa la tua destra sul suo capo!». ¹⁹Ma suo padre ricusò e disse: «Lo so, figlio mio, lo so: anche lui diventerà un popolo, anche lui sarà grande, e tuttavia il suo fratello minore sarà più grande di lui e la sua discendenza diventerà una moltitudine di nazioni». ²⁰E li benedisse in quel giorno, in questi termini:

«Per te Israele benedirà dicendo:
   Dio ti renda come Efraim e come
   Manasse!».

E così pose Efraim prima di Manasse.

²¹Poi Israele disse a Giuseppe: «Ecco, io sto per morire, ma Dio sarà con voi e vi farà ritornare alla terra dei vostri padri. ²²Quanto a me, io do a te, in più che ai tuoi fratelli, un dorso di monte, che io tolsi dalle mani degli Amorrei, con la mia spada e il mio arco».

49 **Le benedizioni di Giacobbe.** - ¹Poi Giacobbe chiamò i suoi figli e disse: «Radunatevi, affinché io vi annunzi ciò che avverrà nei giorni futuri.
² Adunatevi e ascoltate, o figli di Giacobbe,
   date ascolto a Israele, vostro padre!
³ Ruben, primogenito mio sei tu,
   mio vigore e primizia della mia virilità,
   esuberante di fierezza ed esuberante di
   forza!

---

48. - ⁵⁻⁶· Giacobbe adotta i due figli di Giuseppe, Efraim e Manasse. Nella futura divisione della terra promessa essi avranno ciascuno la propria parte, come figli di Giacobbe.

49. - ¹· Giacobbe profetizza quanto avverrà alle tribù, rappresentate qui dai suoi figli. Gli oracoli di Giacobbe, che nella loro presente stesura possono risalire alla monarchia unita, annunziano la preminenza di Giuda con un complesso di idee che ricordano la promessa dinastica fatta a Davide da Natan, 2Sam 7,8-16.

4 Bollente come acqua, non avrai
   preminenza,
perché salisti sul letto di tuo padre;
allora tu profanasti il giaciglio della
   consorte.
5 Simeone e Levi sono fratelli,
strumenti di violenza sono i loro coltelli.
6 Nel loro conciliabolo non entri l'anima
   mia
alla loro congrega non si fissi la mia
   gloria.
Perché nella loro collera uccisero
   uomini
e nella loro arroganza mutilarono tori.
7 Maledetta la loro collera, perché
   violenta,
e il loro furore, perché crudele!
Io li dividerò in Giacobbe
e li disperderò in Israele.
8 Giuda, te loderanno i tuoi fratelli;
la tua mano sarà sulla cervice dei tuoi
   nemici;
a te si prostreranno i figli di tuo padre.
9 Un giovane leone è Giuda:
dalla preda, figlio mio, tu risali:
si rannicchia, si accovaccia come un leone
e come una leonessa; chi lo può
   disturbare?
10 Non sarà tolto lo scettro da Giuda
né il bastone di comando di tra i suoi
   piedi,
finché sia portato il tributo a lui
e sua sia l'obbedienza dei popoli.
11 Egli che lega alla vite il suo asinello
e a scelta vite il figlio dell'asina sua;
egli che lava nel vino la sua veste
e nel sangue dell'uva il suo manto;
12 egli che ha gli occhi lucidi per il vino
e bianchi i denti per il latte.
13 Zabulon dimora sul lido dei mari;
egli è sul lido delle navi,
mentre ha il suo fianco sopra Sidone.
14 Issacar è un asino robusto,
sdraiato fra i tramezzi del recinto.

15 Vide che il riposo è buono,
e che il paese era ameno,
ha piegato il suo dorso per portar soma,
è divenuto uno schiavo da fatica.
16 Dan giudica il suo popolo
come una delle tribù d'Israele.
17 Dan sarà un serpente sulla strada
una vipera cornuta sul sentiero
che morde i talloni del cavallo,
sì che il suo cavaliere cade all'indietro.
18 Da te spero la salvezza, o Signore!
19 Gad, predoni lo assalteranno,
ma anch'egli li assalirà alle calcagna.
20 Da Aser verrà un pingue pane,
egli darà delizie reali.
21 Neftali è una cerva liberata;
egli pronuncia graziosi discorsi.
22 Giuseppe è un torello,
un torello, figlio della fonte;
tra i pascoli saltella il figlio della vacca.
23 L'hanno provocato e colpito,
l'hanno osteggiato i signori della saetta.
24 Rimase saldo per l'Onnipotente il suo
   arco,
furon rinforzate le sue braccia e le sue
   mani,
dalle mani del Potente di Giacobbe,
dal nome del Pastore, Pietra d'Israele.
25 Dal Dio di tuo padre — ch'Egli ti aiuti!
Da Dio onnipotente — ch'Egli
   ti benedica:
benedizioni del cielo, sopra;
benedizioni dell'abisso che giace sotto;
benedizioni delle mammelle e
   del grembo.
26 Benedizioni di tuo padre e di tua madre
superiori alle benedizioni
   dei Progenitori del `Ad,
dell'abitazione dei colli eterni.
Siano sul capo di Giuseppe
sulla testa del principe dei suoi fratelli.
27 Beniamino è un lupo rapace
la mattina divora la preda
e la sera spartisce le spoglie».

28Tutti questi formano le dodici tribù d'Israele, questo è ciò che disse loro il loro padre, quando li benedisse: ciascuno egli benedisse con una benedizione particolare.

Morte di Giacobbe. - 29Poi comandò loro: «Io sto per essere riunito al mio popolo: seppellitemi presso i miei padri, nella spelonca che è nel campo di Efron, l'hittita, 30nella spelonca che si trova nel campo di Macpela di fronte a Mamre nella terra di

---

8. *Giuda*, ossia la sua tribù, ebbe due primati: civile e religioso. Benché il culto fosse riservato ai leviti, da quando il centro religioso, sotto il re Davide, si stabilì a Gerusalemme e Salomone vi costruì il tempio, i discendenti di Giuda esercitarono su quello il loro alto potere, e la capitale religiosa fu sempre nel regno di Giuda.
10. Profezia messianica: per la prima volta viene precisato che il Messia nascerà nella tribù di Giuda.
13. Le tribù rimanenti sono elencate seguendo il territorio in cui si fissarono.
27. *Mattino* e *sera*, cioè sempre.

Canaan, quella che Abramo comperò col campo da Efron, l'hittita, come sepolcro di sua proprietà. [31]Là seppellirono Abramo e Sara, sua moglie, là seppellirono Isacco e Rebecca, sua moglie, e là seppellii Lia. [32]Il campo e la spelonca che si trova in esso sono un possesso acquistato dagli Hittiti».

[33]Quando Giacobbe ebbe finito di comandare ai suoi figli, ritirò i suoi piedi nel letto e spirò, e fu riunito al popolo suo.

50 Sepoltura di Giacobbe. - [1]Allora Giuseppe si gettò sulla faccia di suo padre e pianse su di lui e lo baciò. [2]Poi Giuseppe ordinò ai medici ch'erano a suo servizio di imbalsamare suo padre. I medici imbalsamarono Israele, [3]e ci vollero quaranta giorni, perché tanti se ne richiedono per l'imbalsamazione. Gli Egiziani lo piansero settanta giorni. [4]Passati i giorni del suo lutto, Giuseppe parlò alla corte del faraone: «Deh, se ho trovato grazia ai vostri occhi, vogliate riferire agli orecchi del faraone queste parole: [5]Mio padre mi ha fatto giurare, dicendo: "Ecco, io sto per morire: tu devi seppellirmi nel mio sepolcro che mi sono scavato nella terra di Canaan". Permettimi dunque di salire ora a seppellire mio padre, poi ritornerò». [6]Il faraone rispose: «Sali e seppellisci tuo padre com'egli ti ha fatto giurare». [7]Allora Giuseppe salì a seppellire suo padre e con lui salirono tutti i ministri del faraone, gli anziani della sua casa, tutti gli anziani della terra di Egitto, [8]tutta la casa di Giuseppe e i suoi fratelli e la casa di suo padre: lasciarono nella terra di Gosen soltanto i loro bambini e i loro greggi e i loro armenti. [9]Con lui salirono pure i carri da guerra e la cavalleria, così da formare un corteggio imponente assai. [10]Giunti all'Aia di Atad, che è al di là del Giordano vi fecero grandi e profondissimi lamenti e Giuseppe celebrò per suo padre un lutto di sette giorni. [11]I Cananei che abitavano il paese videro il lutto all'Aia di Atad e dissero: «È un lutto grave questo per gli Egiziani». Per questo la si chiamò Abel-Mizraim, che si trova al di là del Giordano. [12]Poi i suoi figli fecero per lui quello che egli aveva ordinato loro, [13]lo trasportarono nella terra di Canaan e lo seppellirono nella caverna del campo di Macpela, che Abramo aveva comperato col campo da Efron l'hittita come proprietà sepolcrale, e che si trova in faccia

a Mamre. [14]Poi, dopo aver sepolto suo padre, Giuseppe tornò in Egitto insieme con i suoi fratelli e con tutti quelli che erano saliti con lui a seppellire suo padre.

Missione di Giuseppe. - [15]Ma i fratelli di Giuseppe incominciarono ad aver paura, dato che il loro padre era morto, e dissero: «Chissà se Giuseppe non ci tratterà da nemici e non ci renderà tutto il male che noi gli facemmo?». [16]Allora mandarono a dire a Giuseppe: «Tuo padre, prima della sua morte ha dato quest'ordine: [17]"Così direte a Giuseppe: Deh, perdona il delitto dei tuoi fratelli e il loro peccato, perché ti hanno fatto del male!". Or dunque, perdona il delitto dei servi del Dio di tuo padre!». Giuseppe pianse quando gli si parlò così. [18]Poi andarono i suoi fratelli stessi e si gettarono a terra davanti a lui e dissero: «Eccoci tuoi schiavi!». [19]Ma Giuseppe disse loro: «Non temete! Sono io forse al posto di Dio? [20]Se voi avevate ordito del male contro di me, Dio ha pensato di farlo servire a un bene, per compiere quello che oggi si avvera: salvare la vita a un popolo numeroso. [21]Or dunque non temete, io provvederò al sostentamento per voi e per i vostri bambini». Così li consolò e fece loro coraggio.

[22]Ora Giuseppe con la famiglia di suo padre abitò in Egitto; e Giuseppe visse centodieci anni. [23]Così Giuseppe vide i figlioli di Efraim fino alla terza generazione, e anche i figli di Machir, figlio di Manasse, nacquero sulle ginocchia di Giuseppe. [24]Poi Giuseppe disse ai suoi fratelli: «Io sto per morire, ma Dio verrà certamente a visitarvi e vi farà salire da questa terra alla terra ch'egli ha promesso con giuramento ad Abramo, a Isacco e a Giacobbe». [25]Giuseppe fece giurare i figli di Israele in questi termini: «Dio verrà certamente a visitarvi, e allora voi porterete via di qui le mie ossa».

[26]Poi Giuseppe morì all'età di centodieci anni; lo imbalsamarono e fu posto in un sarcofago in Egitto.

---

50. - [25]. La Genesi termina con la ferma speranza dell'esodo, a cui pensano Giacobbe e Giuseppe. Con esso il popolo ebreo tornerà in Palestina e prenderà possesso di quella terra ripetutamente promessa da Dio ai patriarchi. Così termina la storia religiosa dei patriarchi, amici intimi di Dio. Per tale amicizia essi divennero depositari dei disegni di Dio ed esempio di fede per i loro posteri.

ESODO

Il titolo Esodo di questo celebre libro biblico definisce il cuore dell'opera che ruota attorno a un uscire, a un grande evento di liberazione da un'opprimente schiavitù e di speranza dipinto come un'epopea cosmica e religiosa. L'esodo dall'Egitto avvenne probabilmente nel XIII secolo a.C. sotto Ramesse II, il faraone dell'oppressione, e Mernephtah, il faraone della fuga.

Questa vicenda storica è stata un evento fondamentale per la nazione ebraica: all'intervento del Dio dei padri Israele deve la sua stessa esistenza e la sua coscienza di popolo unito e libero.

Dopo l'epopea della liberazione e la marcia nel deserto, al Sinai avviene l'altro grande evento: l'alleanza tra Dio e il suo popolo. Sulla base dello schema orientale di alleanza diplomatico-militare tra un gran re e il suo vassallo si cerca di descrivere il nesso profondo che intercorre tra il popolo e Dio. Esso è limpidamente riassunto dalla formula, frequente nel Pentateuco, che sorge proprio qui al Sinai: «Io sono il vostro Dio e voi siete il mio popolo» (cfr. Es 6,7). Al dono della libertà offerto e tutelato da Dio si associa l'impegno-risposta d'Israele espresso attraverso il Decalogo (c. 20) e i vari codici che sono collezionati come contenuto della rivelazione di Dio al Sinai (cc. 21-23; 25-31; 35-40).

Essi in realtà sono prevalentemente il sistema socio-giuridico e religioso che reggeva Israele già stanziato nella terra promessa; tuttavia essi vengono riportati al Sinai proprio perché l'intera esistenza dell'Israele libero fosse una risposta d'amore al Dio liberatore.

LIBERAZIONE DALL'EGITTO

1 [1]Questi sono i nomi dei figli d'Israele che entrarono in Egitto con Giacobbe, ognuno con la propria famiglia: [2]Ruben, Simeone, Levi, Giuda, [3]Issacar, Zàbulon, Beniamino, [4]Dan, Nèftali, Gad e Aser. [5]La somma di tutti coloro che erano stati generati da Giacobbe era di settanta. Giuseppe era già in Egitto.

[6]Giuseppe morì, con tutti i suoi fratelli e tutta quella generazione. [7]I figli d'Israele prolificarono e pullularono, si moltiplicarono e divennero molto, molto forti, tanto che il paese si riempì di loro.

Oppressione degli Ebrei. - [8]Ma sorse sull'Egitto un nuovo re che non aveva conosciuto Giuseppe, [9]e disse al suo popolo: «Ecco, il popolo dei figli d'Israele è più grande e più forte di noi: [10]su, comportiamoci saggiamente con lui, perché non si moltiplichi; e se ci sarà una guerra non si aggiunga anch'esso a chi ci odia e combatta contro di noi e poi se ne vada dal paese». [11]Gl'imposero perciò dei sovrintendenti ai lavori forzati per opprimerlo con i loro pesi, e costruì città-magazzino per il faraone: Pitom e Ramses. [12]Ma più lo opprimevano, più si moltiplicava e stripava: ed ebbero paura dei figli di Israele.

[13]Allora l'Egitto sottopose i figli d'Israele a un lavoro massacrante: [14]amareggiarono la loro vita con un duro lavoro, con l'argilla e i mattoni, con ogni genere di lavoro nei campi: ogni specie di lavoro massacrante con cui li fecero lavorare. [15]Il re d'Egitto disse alle levatrici ebree, delle quali una si chiamava Sifra e la seconda Pua: [16]«Quando

---

1. - Questo capitolo forma come un'introduzione a tutto il libro. In esso l'autore sacro conserva solo quanto interessa la storia religiosa ch'egli intende scrivere: l'aumento dei discendenti di Giacobbe e l'oppressione da parte degli Egiziani, preludio dell'intervento di Dio che libererà il suo popolo.

8. - Il *nuovo re*, di cui qui si parla e di cui non si dà il nome, pare corrispondere al faraone Ramesse II.

farete partorire le donne ebree, mirate al sedile per il parto: se è un figlio, uccidetelo; se è una figlia, lasciatela in vita». [17]Ma le levatrici ebbero timor di Dio e non fecero come aveva detto loro il re d'Egitto, e lasciarono in vita i figli. [18]Il re d'Egitto chiamò allora le levatrici e disse loro: «Perché avete fatto questo e avete lasciato in vita i figli?». [19]Le levatrici dissero al faraone: «Perché le donne ebree non sono come le egiziane: sono piene di vita. Prima che arrivino da loro le levatrici hanno già partorito». [20]Dio fece del bene alle levatrici, mentre il popolo si moltiplicò e diventò molto forte. [21]E poiché le levatrici avevano temuto Dio, egli fece loro avere una famiglia. [22]Ma il faraone ordinò così a tutto il suo popolo: «Ogni figlio che nascerà, gettatelo nel fiume: lasciate vivere invece le figlie».

2 **Nascita di Mosè.** - [1]Un uomo della casa di Levi andò a prendersi in moglie una figlia di Levi. [2]La donna concepì e partorì un figlio: vide che era bello e lo nascose per tre mesi. [3]Ma non potendolo più tenere nascosto, prese una cesta di papiro, la cosparse di bitume e pece, vi mise il bambino, e lo pose nel canneto sulla riva del fiume. [4]La sorella del bambino si appostò a distanza per sapere che cosa gli sarebbe successo.

[5]La figlia del faraone scese per prendere un bagno al fiume, mentre le sue ancelle se ne andavano lungo la sponda del fiume: vide la cesta in mezzo al canneto e mandò la sua serva a prenderla. [6]Aprì e vide dentro il bambino: era un fanciullo che piangeva. Ne ebbe compassione e disse: «Costui è un bambino ebreo». [7]La sorella del bambino disse alla figlia del faraone: «Vado a chiamarti una donna che allatti tra le ebree: allatterà per te il bambino». [8]Le disse la figlia del faraone: «Va'». La giovane andò a chiamare la mamma del bambino. [9]La figlia del faraone le disse: «Prendi questo bambino e allattalo per me: ti darò il tuo salario». La donna prese il bambino e lo allattò. [10]Quando il bambino fu cresciuto, lo portò alla figlia del faraone. Fu per lei come un figlio, e lo chiamò Mosè, dicendo: «Io l'ho tirato fuori dall'acqua».

Fuga di Mosè in Madian. - [11]In quei giorni Mosè, cresciuto in età, uscì verso i suoi fratelli. Vide il loro peso; vide pure un uomo egiziano colpire un uomo ebreo, uno dei suoi fratelli. [12]Si voltò in qua e in là, vide che non c'era nessuno, e colpì l'egiziano, nascondendolo poi nella sabbia. [13]Uscì il secondo giorno, ed ecco che vide due uomini ebrei che litigavano. Disse al cattivo: «Perché colpisci tuo fratello?». [14]Disse: «Chi ti ha posto come capo e giudice su di noi? Vuoi forse uccidermi come hai ucciso l'egiziano?». Mosè ebbe paura e disse tra sé: «Certamente la cosa è risaputa». [15]Il faraone sentì parlare di questa faccenda e cercò di uccidere Mosè, ma Mosè fuggì via dal faraone, si stabilì nel paese di Madian, e sedette presso un pozzo.

[16]Un sacerdote di Madian aveva sette figlie: vennero ad attingere acqua e a riempire gli abbeveratoi per far bere il gregge paterno. [17]Ma sopraggiunsero dei pastori e le scacciarono: allora sorse Mosè e le salvò, facendo bere il loro gregge. [18]Esse vennero da Reuel, loro padre, che disse: «Perché tornate così presto oggi?». [19]Dissero: «Un egiziano ci ha liberato dalla mano dei pastori, ha preso l'acqua per noi e ha dato da bere al gregge». [20]Disse alle sue figlie: «Dov'è? Perché avete abbandonato quest'uomo? Chiamatelo, e venga a mangiare». [21]Mosè accettò di abitare con quell'uomo, che gli diede in moglie Zippora, sua figlia. [22]Costei partorì un figlio che Mosè chiamò Gherson, perché disse: «Sono stato ospite in un paese straniero».

Vocazione di Mosè. - [23]Frattanto, in quei lunghi giorni il re d'Egitto morì. I figli d'Israele gemevano per la schiavitù: gridarono, e la loro invocazione di aiuto dalla schiavitù salì fino a Dio. [24]Dio udì il loro lamento, si ricordò della sua alleanza con Abramo, con Isacco e con Giacobbe. [25]Dio vide i figli d'Israele e se ne prese cura.

3 [1]Mosè era pastore del gregge di Ietro, suo suocero, sacerdote di Madian: portò il gregge oltre il deserto e arrivò al monte di Dio, l'Oreb. [2]Gli apparve l'angelo del Signore in una fiamma di fuoco, dal mezzo di un roveto. Mosè guardò: ecco che il roveto bruciava nel fuoco, ma il roveto non era divorato. [3]Egli disse: «Ora mi sposto per ve-

---

3. - [1.] *Oreb* è il nome del Sinai, gruppo di picchi elevati, nel sud della penisola che ne prende il nome. È detto qui *monte di Dio* per anticipazione.

dere questo spettacolo grandioso: perché mai il roveto non si brucia». [4]Il Signore vide che si era spostato per vedere, e lo chiamò dal mezzo del roveto e disse: «Mosè, Mosè!». Disse: «Eccomi!». [5]Disse: «Non avvicinarti: togliti i sandali dai tuoi piedi, perché il luogo sul quale stai è suolo santo». [6]E disse: «Io sono il Dio di tuo padre, Dio di Abramo, Dio di Isacco, Dio di Giacobbe». Mosè si coprì allora il volto perché temeva di guardare Dio.

Missione di Mosè. - [7]Il Signore disse: «Ho visto l'oppressione del mio popolo che è in Egitto, ho udito il suo grido di fronte ai suoi oppressori, poiché conosco le sue angosce. [8]Voglio scendere a liberarlo dalla mano dell'Egitto e farlo salire da quella terra a una terra buona e vasta, a una terra dove scorre latte e miele, nel luogo del Cananeo, dell'Hittita, dell'Amorreo, del Perizzita, dell'Eveo e del Gebuseo. [9]E ora, ecco, il grido dei figli d'Israele è giunto fino a me, e ho visto pure l'oppressione con cui l'Egitto li opprime. [10]E ora va': ti invio dal faraone per fare uscire il mio popolo, i figli d'Israele, dall'Egitto». [11]Mosè disse a Dio: «Chi sono io, perché vada dal faraone e faccia uscire i figli d'Israele dall'Egitto?». [12]Rispose: «Io sarò con te, e questo è il segno che io ti ho inviato: quando avrai fatto uscire il popolo dall'Egitto, servirete Dio su questo monte».

[13]Mosè disse a Dio: «Ecco, io vado dai figli d'Israele e dico a loro: "Il Dio dei vostri padri mi ha inviato a voi". Mi diranno: "Qual è il suo nome?". Che cosa risponderò loro?». [14]Dio disse a Mosè: «Io sono colui che sono». E aggiunse: «Così dirai ai figli d'Israele: "Io-sono mi ha inviato da voi"». [15]Dio disse ancora a Mosè: «Così dirai ai figli d'Israele: "Il Signore (Jhwh), Dio dei vostri padri, Dio di Abramo, Dio di Isacco e Dio di Giacobbe mi ha inviato a voi: questo

è il mio nome per sempre, e questo il mio ricordo di generazione in generazione". [16]Va', riunisci gli anziani d'Israele e di' loro: "È apparso il Signore, Dio dei vostri padri, Dio di Abramo, Isacco e Giacobbe, dicendo: Io vi ho visitato e ho visto quello che vi è stato fatto in Egitto, [17]e ho detto: vi faccio salire dall'oppressione dell'Egitto alla terra del Cananeo, dell'Hittita, dell'Amorreo, del Perizzita, dell'Eveo, del Gebuseo, alla terra dove scorre latte e miele". [18]Ascolteranno la tua voce, e tu con gli anziani d'Israele andrai dal re d'Egitto e gli direte: "Il Signore, Dio degli Ebrei, ci è venuto incontro; e ora lasciaci andare per il cammino di tre giorni nel deserto, e sacrificheremo al Signore, nostro Dio". [19]Io so che il re d'Egitto non vi farà andare, se non costretto da mano forte. [20]Allora stenderò la mia mano e colpirò l'Egitto con ogni prodigio che farò in mezzo ad esso: dopo di che vi manderà via. [21]Concederò grazia a questo popolo agli occhi dell'Egitto, e quando ve ne andrete, non ve ne andrete vuoti. [22]La donna chiederà alla sua vicina e a chi abita nella sua casa oggetti d'argento, oggetti d'oro e vesti: ne ricoprirete i vostri figli e le vostre figlie e spoglierete l'Egitto».

4 Mosè con il potere dei segni. - [1]Mosè rispose: «E se non mi credono e non ascoltano la mia voce dicendo: "Non ti è apparso il Signore"?». [2]Il Signore gli disse: «Che cos'hai in mano?». Disse: «Un bastone». [3]Disse: «Gettalo a terra». Lo gettò a terra e diventò un serpente, davanti a cui Mosè fuggì. [4]Il Signore disse a Mosè: «Stendi la tua mano e prendilo per la coda». Stese la sua mano e lo tenne stretto, e nella sua palma diventò un bastone. [5]«Questo perché credano che ti è apparso il Signore, Dio dei loro padri, Dio di Abramo, Dio di Isacco e Dio di Giacobbe».

[6]Il Signore gli disse ancora: «Metti la tua mano nel tuo seno». Mise la mano nel suo seno: la ritrasse, ed ecco che la sua mano era ricoperta di lebbra, bianca come neve. [7]E disse: «Riponi la tua mano nel tuo seno». Rimise la sua mano nel suo seno: la ritrasse, ed ecco che era tornata come la sua carne. [8]«E se non ti crederanno e non ascolteranno la voce del primo segno, crederanno alla voce del secondo. [9]E se non crederanno neanche a questi due segni e non ascolteranno la tua voce, prenderai dell'acqua del

---

[6]. Dopo un lungo, apparente silenzio, durante l'oppressione in Egitto, Dio si presenta come il Dio dei padri, cioè come lo stesso Dio della promessa. È lui che conduce la storia verso un fine particolare, che si va rischiarando progressivamente.

[14]. *Io sono colui che sono*: come se dicesse: Sono colui che sempre fu, sempre è e sempre sarà, al di fuori e al di sopra del tempo; ma soprattutto colui che è attivamente presente nella storia del suo popolo in ogni tempo.

4. - [2-9]. I prodigi, che Dio opera attraverso Mosè, erano necessari affinché il popolo potesse credere all'origine divina della sua missione.

fiume e la verserai sull'asciutto: e l'acqua che avrai preso dal fiume diventerà sangue sull'asciutto».

[10]Mosè disse al Signore: «Quanto a me, Signore, io non sono un parlatore: né da ieri, né da ieri l'altro, né da quando parli al tuo servo, poiché io sono pesante di bocca e di lingua». [11]Il Signore gli disse: «Chi ha dato la bocca all'uomo, o chi lo rende muto o sordo, veggente o cieco? Non sono forse io, il Signore? [12]E ora va', io sarò con la tua bocca, ti istruirò su quello che dovrai dire».

[13]Mosè disse: «Ti prego, Signore, manda chiunque tu voglia mandare». [14]L'ira del Signore si infiammò contro Mosè e disse: «Non c'è forse Aronne, tuo fratello, il levita? So che è buon parlatore: egli parlerà. Ed ecco, anzi sta venendo incontro a te: ti vedrà e gioirà in cuor suo. [15]Gli parlerai e metterai le parole nella sua bocca, e io sarò con la tua bocca e con la sua bocca, e vi istruirò su quello che dovrete fare. [16]Sarà lui a parlare per te al popolo: egli sarà per te la bocca e tu sarai per lui un dio. [17]E quanto a questo bastone, prendilo nella tua mano: con quello farai prodigi».

Mosè in Madian. - [18]Mosè se ne andò, tornò da Ietro, suo suocero, e gli disse: «Lasciami andare e tornare dai miei fratelli che sono in Egitto, per vedere se sono ancora vivi». Ietro disse a Mosè: «Va' in pace».

[19]Il Signore disse a Mosè in Madian: «Va', torna in Egitto, perché sono morti tutti gli uomini che cercavano la tua vita». [20]Mosè prese sua moglie e i suoi figli, li fece sedere su un asino e tornò in terra d'Egitto. E Mosè prese il bastone di Dio in mano sua. [21]Il Signore disse a Mosè: «Nel ritornare in Egitto, vedi tutti i prodigi che ho messo in mano tua: li farai davanti al faraone, ma io renderò duro il suo cuore e non manderà via il popolo. [22]E dirai al faraone: "Così ha detto il Signore: Israele è il mio figlio primogenito. [23]Ti avevo detto: Manda mio figlio, perché mi serva, e non hai voluto mandarlo via. Ecco, io faccio morire il tuo figlio primogenito"».

[24]E avvenne che nel cammino, durante la sosta notturna, il Signore lo raggiunse e cercò di farlo morire. [25]Zippora prese un silice e tagliò il prepuzio di suo figlio, toccò i suoi piedi e disse: «Mio sposo di sangue sei per me». [26]E si ritirò da lui. Di qui il detto «sposo di sangue» per le circoncisioni.

[27]Il Signore disse ad Aronne: «Va' incontro a Mosè nel deserto». Andò e lo raggiunse al monte di Dio e lo baciò. [28]Mosè informò Aronne su tutte le parole del Signore, che lo aveva inviato, e su tutti i segni che gli aveva ordinato.

[29]Mosè e Aronne partirono e riunirono tutti gli anziani dei figli d'Israele. [30]Aronne disse tutte le parole che il Signore aveva detto a Mosè e compì i segni agli occhi del popolo. [31]Il popolo credette, e comprese che il Signore aveva visitato i figli d'Israele e aveva visto la loro miseria. E si inginocchiarono e adorarono.

5 **Mosè e Aronne dal faraone.** - [1]Dopo questo, Mosè e Aronne vennero a dire al faraone: «Così ha detto il Signore, Dio di Israele: "Lascia andare il mio popolo a celebrare una festa per me nel deserto"». [2]Il faraone disse: «Chi è il Signore, perché io ascolti la sua voce e lasci andare Israele? Non conosco il Signore, né lascio partire Israele». [3]Dissero: «Il Dio degli Ebrei ci è venuto incontro: lasciaci andare dunque per il cammino di tre giorni nel deserto per sacrificare al Signore, nostro Dio, perché non ci colpisca con la peste o la spada». [4]Il re d'Egitto disse loro: «Perché, Mosè ed Aronne, volete distogliere il popolo dalle sue opere? Tornate alle vostre fatiche». [5]Il faraone aggiunse: «Ecco, ora il popolo del paese è numeroso, e voi volete farlo cessare dalle sue fatiche?».

[6]In quel giorno, il faraone ordinò ai sorveglianti del popolo e agli scribi dicendo: [7]«Non date più paglia al popolo per modellare mattoni, come ieri e l'altro ieri: vadano essi a raccogliere la paglia; [8]ma imporrete loro la stessa quantità di mattoni che facevano ieri e l'altro ieri, senza diminuirla, poiché sono fannulloni. Per questo gridano dicendo: "Andiamo a sacrificare al nostro Dio". [9]Si aggravi dunque il lavoro su questi uomini e lo facciano senza dar retta a parole d'inganno».

[10]I sorveglianti del popolo e gli scribi uscirono e dissero al popolo: «Così ha detto il faraone: "Non vi diamo più paglia". [11]Voi stessi andate, prendetevi la paglia dove la

---

21. *Io renderò duro il suo cuore:* ossia non impedirò che si indurisca. È un modo comune e corrente di esprimersi degli Ebrei, i quali attribuiscono a Dio, «causa prima», ciò che era da lui permesso nell'azione dell'uomo, «causa seconda».

troverete, poiché non vi sarà nessuna riduzione del vostro lavoro». [12]Allora il popolo si sparse in tutto il paese d'Egitto per raccogliere stoppia per la paglia. [13]E i sorveglianti li molestavano dicendo: «Finite il vostro lavoro di ogni giorno come quando avevate la paglia». [14]E furono colpiti gli scribi dei figli di Israele, posti su di loro dai sorveglianti del faraone, che dicevano: «Perché non avete terminato ieri e oggi quanto vi è prescritto, di fare mattoni come l'altro ieri?». [15]Gli scribi dei figli d'Israele vennero a protestare dal faraone dicendo: «Perché fai così ai tuoi servi? [16]Non si dà più paglia ai tuoi servi e si dice: "Fateci dei mattoni". Ed ecco, i tuoi servi sono percossi, la colpa è del tuo popolo». [17]Rispose: «Fannulloni siete; fannulloni! Per questo dite: "Andiamo a sacrificare al Signore". [18]E ora andate a lavorare: non vi sarà data paglia, ma consegnerete la stessa quantità di mattoni».

[19]Gli scribi dei figli d'Israele si videro messi male quando fu loro detto: «Non diminuirete per nulla la produzione giornaliera di mattoni». [20]E quando uscirono dal faraone, si incontrarono con Mosè ed Aronne che stavano ad attenderli[21] e dissero loro: «Il Signore vi veda e giudichi: voi ci avete resi odiosi agli occhi del faraone e agli occhi dei suoi servi, nel dare in mano a loro la spada per ucciderci».

[22]Mosè tornò dal Signore e disse: «Signore, perché fai del male a questo popolo? Perché dunque mi hai inviato? [23]Da quando sono venuto dal faraone a parlare in tuo nome, egli ha fatto del male a questo popolo, e tu non liberi il tuo popolo».

6[1]Il Signore disse a Mosè: «Ora vedrai che cosa farò al faraone, poiché grazie a una mano forte li lascerà andare, grazie a una mano forte li caccerà dalla sua terra».

Altro racconto della vocazione di Mosè. [2]Dio disse a Mosè: «Io sono il Signore: [3]sono apparso ad Abramo, a Isacco e a Giacobbe come Dio onnipotente, ma il mio nome di Signore (Jhwh) non l'ho fatto loro conoscere. [4]Ho anche stabilito la mia alleanza con loro, per dare ad essi la terra di Canaan, la terra delle loro migrazioni, dove emigrarono. [5]Anch'io ho udito il lamento dei figli d'Israele che gli Egiziani hanno resi schiavi e mi sono ricordato della mia alleanza. [6]Perciò di' ai figli d'Israele: "Io sono il Signore, vi farò uscire dalle fatiche dell'Egitto, vi libererò dalla loro servitù e vi riscatterò con braccio teso e con grandi castighi. [7]Vi prenderò per me come popolo e sarò per voi Dio, e saprete che io sono il Signore, vostro Dio, che vi ha fatto uscire dalle fatiche d'Egitto. [8]E vi condurrò alla terra per la quale ho alzato la mia mano giurando di darla ad Abramo, Isacco e Giacobbe, e ve la darò in eredità: io, il Signore"».

[9]Così Mosè parlò ai figli d'Israele, ma essi non lo ascoltarono, perché ridotti all'estremo per il duro lavoro.

[10]Il Signore disse a Mosè: [11]«Va' a dire al faraone, re d'Egitto, che mandi via i figli d'Israele dal suo paese». [12]Mosè disse davanti al Signore: «Ecco, i figli d'Israele non mi hanno ascoltato: come mi ascolterà il faraone, io che sono impacciato a parlare?».

[13]Il Signore parlò a Mosè e Aronne, e li mandò dai figli d'Israele e dal faraone, re d'Egitto, perché facesse uscire i figli d'Israele dalla terra d'Egitto.

Genealogia di Mosè e Aronne. - [14]Questi sono i capi dei loro casati. Figli di Ruben, primogenito d'Israele: Enoch, Pallu, Chezron e Carmi; queste sono le famiglie di Ruben. [15]Figli di Simeone: Iemuel, Iamin, Oad, Iachin, Socar e Saul, figlio della Cananea; queste sono le famiglie di Simeone. [16]Questi sono i nomi dei figli di Levi, secondo le loro generazioni: Gherson, Keat e Merari. Gli anni della vita di Levi: centotrentasette. [17]Figli di Gherson: Libni e Simei, secondo le loro famiglie. [18]Figli di Keat: Amram, Isear, Ebron e Uzziel. Gli anni della vita di Keat: centotrentatré. [19]Figli di Merari: Macli e Musi. Queste sono le famiglie di Levi, secondo le loro generazioni. [20]Amram si prese in moglie Iochebed, sua zia, che gli partorì Aronne e Mosè. Gli anni della vita di Amram: centotrentasette. [21]Figli di Isear: Core, Nefeg e Zicri. [22]Figli di Uzziel: Misael, Elsafan e Sitri. [23]Aronne si prese in moglie Elisabetta, figlia di Amminadab, sorella di Nacason, e gli partorì Nadab, Abiu, Eleazaro e Itamar. [24]Figli di Core: Assir, Elana e Abiasaf. Queste sono le famiglie dei Coreiti. [25]Eleazaro, figlio di Aronne, si prese in moglie una delle figlie di Putiel, e gli partorì Finees. Questi sono i capi dei casati dei Leviti, secondo le loro famiglie. [26]Proprio ad Aronne e a Mosè il Signore disse di far uscire i figli d'Israele dalla terra d'Egitto, secondo le loro schiere. [27]Furono essi a parlare al faraone, re d'Egitto, per far uscire i figli d'Israele dall'Egitto: sono Mosè ed Aronne.

Riprende il racconto della vocazione di Mosè. - [28]Il giorno in cui il Signore parlò a Mosè in terra d'Egitto, [29]il Signore disse a Mosè: «Io sono il Signore: di' al faraone, re d'Egitto, tutto quello che io ti dico». [30]Mosè disse davanti al Signore: «Ecco, io sono di parola impacciata, e come mi potrebbe ascoltare il faraone?».

7 [1]Il Signore disse a Mosè: «Vedi, faccio di te come un dio per il faraone, e Aronne, tuo fratello, sarà il tuo profeta. [2]Tu dirai tutto quello che ti ordinerò e Aronne, tuo fratello, parlerà al faraone, perché lasci andare via i figli d'Israele dalla sua terra. [3]Ma io indurirò il cuore del faraone e moltiplicherò i miei segni e i miei prodigi in terra di Egitto. [4]Il faraone non vi ascolterà, e porterò la mia mano contro l'Egitto e farò uscire le mie schiere, il mio popolo, i figli d'Israele, dalla terra d'Egitto con grandi castighi. [5]L'Egitto saprà allora che io sono il Signore, quando stenderò la mia mano sull'Egitto e farò uscire i figli d'Israele di mezzo a loro».

[6]Mosè e Aronne fecero come aveva ordinato loro il Signore: così fecero. [7]Quando parlarono al faraone, Mosè aveva ottant'anni e Aronne ottantatré.

[8]Il Signore disse a Mosè e ad Aronne: [9]«Se il faraone vi parla dicendo: "Fate un prodigio", dirai ad Aronne: "Prendi il tuo bastone e gettalo davanti al faraone: diventerà un drago"». [10]Mosè e Aronne vennero dal faraone e fecero come aveva ordinato il Signore; Aronne gettò il suo bastone davanti al faraone e davanti ai suoi servi, e diventò un drago. [11]Ma anche il faraone chiamò sapienti e incantatori, e anche i maghi d'Egitto coi loro sortilegi fecero così. [12]Ognuno gettò il proprio bastone, che diventò drago, ma il bastone di Aronne ingoiò i loro bastoni. [13]Tuttavia il cuore del faraone restò duro e non li ascoltò, come aveva detto il Signore.

Prima piaga: l'acqua cambiata in sangue. - [14]Il Signore disse a Mosè: «Il cuore del faraone si è indurito rifiutando di lasciare andare il popolo. [15]Va' dal faraone di mattina, proprio quando esce verso l'acqua: mettiti in modo da incontrarlo ai margini del fiu-

me, e terrai in mano il bastone che si è cambiato in serpente. [16]Gli dirai: "Il Signore, Dio degli Ebrei, mi ha mandato da te dicendo: manda via il mio popolo, perché mi serva nel deserto; ecco, finora tu non hai ascoltato. [17]Così dice il Signore: con questo saprai che io sono il Signore: ecco, con il bastone che ho in mano, io colpirò l'acqua che è nel fiume, e si cambierà in sangue. [18]I pesci che sono nel fiume moriranno, il fiume puzzerà e l'Egitto non potrà più bere l'acqua del fiume"».

[19]Il Signore disse a Mosè: «Di' ad Aronne: "Prendi il tuo bastone e stendi la tua mano sulle acque dell'Egitto, sui suoi fiumi, sui suoi canali, sui suoi stagni e su tutti i loro depositi d'acqua, e diventerà sangue; ci sarà sangue in tutto il paese d'Egitto, nei recipienti di legno e di pietra"». [20]Così fecero Mosè e Aronne, come aveva ordinato il Signore: alzò il suo bastone e colpì l'acqua che era nel fiume davanti agli occhi del faraone e agli occhi dei suoi servi, e tutta l'acqua che era nel fiume si cambiò in sangue. [21]I pesci che erano nel fiume morirono, il fiume puzzò, e gli Egiziani non poterono berne le acque. Vi fu sangue in tutto il paese d'Egitto.

[22]Lo stesso fecero i maghi d'Egitto con i loro sortilegi; e il cuore del faraone si indurì e non li ascoltò, come aveva detto il Signore. [23]Il faraone si voltò e andò alla sua casa, e non fece caso neppure a ciò. [24]Tutti gli Egiziani scavarono nei dintorni del fiume per avere acqua potabile, perché non potevano bere dell'acqua del fiume. [25]Sette giorni trascorsero, da quando il Signore aveva colpito il fiume.

Seconda piaga: le rane. - [26]Il Signore disse a Mosè: «Entra dal faraone e digli: "Così ha detto il Signore: manda via il mio popolo perché mi serva. [27]E se tu rifiuti di mandar-

---

7. - [1.] *Faccio di te come un dio:* cioè ti do il potere che io ho sopra il faraone: tu non dovrai temere la sua potenza, perché sarà lui che si piegherà dinanzi a te.

[14.] Le prime nove piaghe sono simili a fenomeni caratteristici dell'Egitto o connessi con l'annuale inondazione del Nilo; ma il tempo, il modo, la celerità e il loro rapido succedersi con un crescendo di potenza impressionante manifestano chiaramente l'intervento del potere divino, che Jhwh aveva comunicato a Mosè nei riguardi del faraone. L'ultima, poi, spiega e caratterizza tutte le altre nove.

lo via, ecco io colpisco tutti i tuoi confini con delle rane. [28]Il fiume pullulerà di rane: saliranno e verranno nella tua casa, nella camera dove riposi e sul tuo letto, nella casa dei tuoi servi e tra il tuo popolo, nei tuoi forni e nelle tue madie. [29]Contro di te, contro il tuo popolo e contro tutti i tuoi servi saliranno le rane"».

8 [1]Il Signore disse a Mosè: «Di' ad Aronne: "Stendi la tua mano con il tuo bastone sui fiumi, sui canali e sugli stagni, e fa' salire le rane sul paese d'Egitto"». [2]Aronne stese la sua mano sull'acqua d'Egitto: le rane salirono e coprirono il paese d'Egitto. [3]E lo stesso fecero i maghi con i loro sortilegi: fecero salire le rane sul paese d'Egitto.

[4]Il faraone chiamò Mosè e Aronne e disse: «Pregate il Signore, perché allontani le rane da noi e dal mio popolo, e io manderò il popolo a sacrificare al Signore». [5]Mosè disse al faraone: «Fammi l'onore di comunicarmi quando potrò pregare per te, per i tuoi servi, per il tuo popolo, per far scomparire le rane da te e dalle tue case, e ne restino solo nel fiume». [6]Rispose: «Domani». Rispose: «Secondo la tua parola, perché tu sappia che non c'è nessuno come il Signore, nostro Dio. [7]Le rane si allontaneranno da te, dalle tue case, dai tuoi servi, dal tuo popolo: ne resteranno solo nel fiume».

[8]Uscì, Mosè con Aronne, dal faraone, e Mosè gridò al Signore riguardo alle rane, che aveva mandate al faraone. [9]Il Signore fece secondo la parola di Mosè: le rane morirono nelle case, nei cortili e nei campi. [10]Le raccolsero in mucchi, e il paese puzzava. [11]Il faraone vide che c'era sollievo, indurì il suo cuore e non li ascoltò, come aveva detto il Signore.

Terza piaga: le zanzare. - [12]Il Signore disse a Mosè: «Di' ad Aronne: "Stendi il tuo bastone e batti la polvere del suolo: ci saranno zanzare in tutto il paese d'Egitto"». [13]Essi fecero così; Aronne stese la sua mano con il suo bastone e colpì la polvere del suolo, e ci furono zanzare sugli uomini e sulle bestie: tutta la polvere del suolo diventò zanzare, in tutto il paese d'Egitto.

[14]Allo stesso modo fecero i maghi con i loro sortilegi per far uscire le zanzare, ma non poterono: e ci furono zanzare su uomini e bestie. [15]I maghi dissero al faraone: «Dito di un Dio è quello». Ma il cuore del

faraone si indurì e non li ascoltò, come aveva detto il Signore.

Quarta piaga: i mosconi. - [16]Il Signore disse a Mosè: «Alzati di buon mattino e mettiti davanti al faraone, proprio quando esce verso l'acqua, e digli: "Così ha detto il Signore: manda via il mio popolo perché mi serva. [17]Poiché, se tu non mandi via il mio popolo, ecco manderò su di te, sui tuoi servi, sul tuo popolo e nelle tue case dei mosconi: i mosconi riempiranno le case d'Egitto e anche il suolo su cui stanno. [18]Ma preserverò in quel giorno la terra di Gosen, dove sta il mio popolo, perché non vi siano mosconi, in modo che tu sappia che io sono il Signore in mezzo al paese. [19]Porrò uno scampo tra il mio popolo e il tuo popolo: questo segno avverrà domani"». [20]Il Signore fece così; vennero in massa i mosconi nella casa del faraone, nella casa dei suoi servi e in tutta la terra d'Egitto: il paese fu devastato dai mosconi. [21]Il faraone chiamò Mosè e Aronne e disse: «Andate a sacrificare al vostro Dio nel paese». [22]Mosè disse: «Non possiamo certo fare così, poiché quello che noi sacrifichiamo al Signore, nostro Dio, è un abominio per gli Egiziani. Ecco, sacrificando ciò che è un abominio per gli Egiziani davanti ai loro occhi, non ci lapideranno forse? [23]Per un cammino di tre giorni andremo nel deserto a sacrificare al Signore, nostro Dio, come ci aveva detto». [24]Il faraone disse: «Io vi manderò a sacrificare al Signore, vostro Dio, nel deserto: solo, non andate lontano. Pregate per me». [25]Mosè disse: «Ecco, io esco da te e pregherò il Signore: domani si allontaneranno i mosconi dal faraone, dai suoi servi, dal suo popolo. Solo che il faraone non ci prenda più in giro non lasciando partire il popolo, perché possa sacrificare al Signore». [26]Mosè uscì dal faraone e pregò il Signore. [27]Il Signore fece secondo la parola di Mosè e allontanò i mosconi dal faraone, dai suoi servi e dal suo popolo: non ne restò uno. [28]Ma il faraone indurì il suo cuore anche questa volta e non mandò via il popolo.

9 **Quinta piaga: morte del bestiame.** - [1]Il Signore disse a Mosè: «Va' dal faraone e digli: "Così ha detto il Signore, Dio degli Ebrei: manda via il mio popolo perché mi serva: [2]ché, se tu rifiuti di mandarlo via e lo trattieni ancora, [3]ecco, la mano del Signore sarà sul bestiame che tu possiedi in campa-

gna, su cavalli, asini, cammelli, sulle mandrie e il gregge: una peste molto pesante.
[4]Il Signore farà una distinzione tra il bestiame che possiede Israele e il bestiame degli
Egiziani: niente morirà di quanto appartiene ai figli d'Israele"». [5]Il Signore fissò il
tempo, dicendo: «Domani il Signore farà
questo nel paese». [6]E il Signore fece questo
il giorno seguente: tutto il bestiame posseduto dagli Egiziani morì, mentre delle bestie dei figli d'Israele non ne morì una. [7]Il
faraone mandò a vedere: ed ecco, del bestiame d'Israele non era morto neppure un
capo. Ma il cuore del faraone si indurì e
non mandò via il popolo.

Sesta piaga: l'ulcera. - [8]Il Signore disse a
Mosè e ad Aronne: «Prendete per voi a piene mani della fuliggine di fornace, e Mosè la
getti verso il cielo agli occhi del faraone: [9]di-
venterà polvere su tutto il paese d'Egitto, e
produrrà sugli uomini e sugli animali delle
ulcere con eruzioni di pustole in tutto il paese d'Egitto». [10]Presero dunque della fuliggine di fornace, si tennero davanti al faraone:
Mosè la gettò verso il cielo e diventò ulcera
pustolosa con eruzione su uomini e animali.
[11]I maghi non poterono stare davanti al faraone per le ulcere: perché c'erano ulcere
sui maghi e su tutti gli Egiziani. [12]Ma il Signore indurì il cuore del faraone e non li
ascoltò, come il Signore aveva detto a Mosè.

Settima piaga: la grandine. - [13]Il Signore
disse a Mosè: «Alzati di buon mattino e
mettiti davanti al faraone e digli: "Così ha
detto il Signore, Dio degli Ebrei: manda via
il mio popolo perché mi serva. [14]Poiché
questa volta io manderò tutti i miei flagelli
contro di te, i tuoi servi, il tuo popolo, perché tu sappia che non c'è un altro come me
in tutta la terra; [15]ché, se ti avessi steso la
mia mano e avessi colpito te e il tuo popolo
con la peste, saresti stato cancellato dalla
terra; [16]e invece, proprio per questo, ti ho
tenuto in piedi, per mostrarti la mia forza e
perché si parli del mio nome su tutta la terra. [17]E ancora tu ti ergi contro il mio popolo
per non mandarlo via: [18]ecco, domani a
quest'ora farò cadere della grandine molto
pesante, quale non ci fu mai in Egitto dal
giorno della sua fondazione fino ad ora. [19]E
adesso manda al sicuro il bestiame che possiedi e tutto ciò che hai nella campagna: su
tutti gli uomini e le bestie che si troveranno
nella campagna e non saranno stati raccolti

in casa, cadrà la grandine e moriranno"».
[20]Chi tra i servi del faraone temeva la parola del Signore fece scampare in gran fretta
nelle case i propri servi e il proprio bestiame; [21]chi non diede retta alla parola del Signore lasciò nella campagna i propri servi e
il proprio bestiame.

[22]Il Signore disse a Mosè: «Stendi la tua
mano verso il cielo: ci sarà grandine in tutto il paese d'Egitto, sugli uomini, sugli animali e su tutta l'erba della campagna nel
paese d'Egitto». [23]Mosè stese il suo bastone
verso il cielo e il Signore diede tuoni e
grandine, con fuoco che guizzò sulla terra,
e il Signore fece cadere grandine sul paese
d'Egitto. [24]Vi furono grandine e lampi tra la
grandine molto pesante, quale non c'era
stata in tutto il paese d'Egitto da quando era
diventato nazione. [25]La grandine colpì in
tutto il paese d'Egitto tutto quello che c'era
nella campagna, dall'uomo all'animale; la
grandine colpì tutta l'erba del campo e
spezzò tutti gli alberi della campagna. [26]So-
lo nella terra di Gosen, dove c'erano i figli
d'Israele, non ci fu grandine.

[27]Il faraone mandò a chiamare Mosè e
Aronne e disse loro: «Questa volta ho peccato: il Signore è giusto, io e il mio popolo
siamo colpevoli. [28]Pregate il Signore, ci sono stati troppi tuoni di Dio e grandine! Vi
manderò via e non resterete più». [29]Gli disse Mosè: «Quando uscirò dalla città, stenderò la mia mano verso il Signore: i tuoni
cesseranno e non ci sarà più grandine, perché sappia che del Signore è la terra. [30]Ma
io so che tu e i tuoi servi non temerete ancora il Signore Dio». [31]Il lino e l'orzo furono colpiti perché l'orzo aveva la spiga e il lino era in fiore; [32]il grano e la spelta non furono colpiti perché sono tardivi.

[33]Mosè uscì dal faraone e dalla città, stese
le sue palme verso il Signore, e cessarono i
tuoni e la grandine e la pioggia non cadde
più sulla terra. [34]Il faraone vide che era cessata la pioggia, la grandine e i tuoni, e continuò a peccare: indurì il suo cuore, lui e i
suoi servi. [35]Il cuore del faraone si indurì e
non mandò via i figli d'Israele, come il Signore aveva detto per mezzo di Mosè.

10 Ottava piaga: le cavallette. - [1]Il Signore disse a Mosè: «Va' dal faraone,
perché sono io che ho appesantito il suo
cuore e il cuore dei suoi servi, perché io
possa compiere questi miei segni in mezzo

a lui, [2]e tu possa raccontare a tuo figlio e al figlio di tuo figlio come io ho preso in giro l'Egitto, con i miei segni che ho fatto in mezzo a loro, e sappiate che io sono il Signore».

[3]Mosè, con Aronne, andò dal faraone e gli dissero: «Così ha detto il Signore, Dio degli Ebrei: "Fino a quando ti rifiuterai di umiliarti davanti a me? Manda via il mio popolo perché mi serva. [4]Poiché se non vuoi mandar via il mio popolo, ecco io farò venire domani delle cavallette nel tuo territorio: [5]copriranno la faccia della terra e non si potrà più vedere la terra; mangeranno il resto di quello che è scampato, rimasto a voi dopo la grandine, mangeranno ogni albero che cresce nella campagna; [6]riempiranno le tue case, le case dei tuoi servi e le case di tutto l'Egitto: ciò che non videro i tuoi padri e i padri dei tuoi padri dal giorno in cui furono su questo suolo fino a questo giorno"». Poi si voltò, e uscì dal faraone.

[7]I servi del faraone gli dissero: «Fino a quando costui sarà per noi una trappola? Manda via questa gente: che servano il Signore, loro Dio; non sai ancora che l'Egitto è perduto?».

[8]Si fece venire Mosè, con Aronne, dal faraone. Disse loro: «Andate a servire il Signore, vostro Dio: ma chi sono quelli che se ne vanno?». [9]Mosè disse: «Andremo con i nostri giovani e i nostri anziani, andremo con i nostri figli e le nostre figlie, con il nostro gregge e il nostro armento, perché è per noi una festa del Signore». [10]Disse loro: «Che il Signore sia con voi, come è vero che io voglio mandar via voi e i vostri piccoli: badate, però, che voi avete in mente un progetto malvagio. [11]No: andate voi, uomini, a servire il Signore, poiché è quello che chiedete». E li cacciarono via dalla presenza del faraone.

[12]Il Signore disse a Mosè: «Stendi la tua mano sul paese d'Egitto per le cavallette: salgano sul paese d'Egitto e mangino ogni erba della terra, tutto quello che ha lasciato la grandine». [13]Mosè stese il suo bastone sul paese d'Egitto, e il Signore diresse un vento dell'est sul paese tutto quel giorno e tutta la notte. Venne il mattino, e il vento dell'est aveva portato le cavallette. [14]Le cavallette salirono su tutto il paese d'Egitto e si posarono su tutto il territorio d'Egitto in gran quantità, così che prima non c'erano state tante cavallette, come dopo non ci saranno più. [15]Coprirono la superficie di tutto

il paese e oscurarono la terra: mangiarono tutta l'erba della terra, ogni frutto dell'albero lasciato dalla grandine; niente di verde restò sugli alberi e dell'erba del campo in tutto il paese d'Egitto.

[16]Il faraone si affrettò a chiamare Mosè e Aronne e disse: «Ho peccato contro il Signore, vostro Dio, e contro di voi. [17]Ma ora, ti prego, perdona il mio peccato almeno questa volta, e pregate il Signore, vostro Dio, che soltanto allontani da me questa morte». [18]Egli uscì dal faraone e pregò il Signore. [19]Il Signore cambiò la direzione del vento e lo fece soffiare dal mare, molto forte: esso portò via le cavallette e le trascinò verso il Mar Rosso: non restò una cavalletta in tutto il territorio d'Egitto. [20]Ma il Signore indurì il cuore del faraone, e non mandò via i figli d'Israele.

Nona piaga: il buio. - [21]Il Signore disse a Mosè: «Stendi la tua mano verso il cielo: ci sarà il buio sul paese d'Egitto, un buio da poterlo palpare». [22]Mosè stese la sua mano verso il cielo e ci fu buio cupo in tutto il paese d'Egitto per tre giorni. [23]Nessuno vide il proprio fratello e nessuno si alzò in piedi per tre giorni, ma tutti i figli d'Israele avevano luce dove risiedevano.

[24]Il faraone chiamò Mosè e disse: «Andate a servire il Signore: solo restino il vostro gregge e il vostro armento. Anche i vostri piccoli possono andare con voi». [25]Mosè disse: «Anche tu ci darai in mano sacrifici e olocausti per offrirli al Signore, nostro Dio. [26]Anche i nostri greggi partiranno con noi: non ne resterà un'unghia, perché da quello prenderemo le vittime per servire il Signore, nostro Dio, e noi non sappiamo con che cosa servire il Signore finché non arriveremo laggiù».

[27]Il Signore indurì il cuore del faraone e non volle mandarli via. [28]Il faraone gli disse: «Va' via da me: sta' attento a non vedere più il mio volto, perché il giorno in cui vedrai il mio volto morirai». [29]Mosè disse: «Hai detto bene: non vedrò più il tuo volto».

11 Predizione della morte dei primogeniti. - [1]Il Signore disse a Mosè: «Ancora una piaga farò venire sul faraone e sull'Egitto: dopo di che vi manderà via di qui, e quando vi manderà via vi caccerà definitivamente di qui. [2]Di' dunque agli orecchi del popolo: ogni uomo al suo vicino, e ogni donna alla sua vicina, chieda oggetti d'argento e oggetti d'oro».

³Il Signore concesse grazia al popolo agli occhi degli Egiziani: anche Mosè era un uomo molto grande in terra d'Egitto, agli occhi dei servi del faraone e del popolo.

⁴Mosè disse: «Così ha detto il Signore: "A metà della notte io uscirò in mezzo all'Egitto, ⁵e morirà ogni primogenito in terra d'Egitto, dal primogenito del faraone che siede sul suo trono fino al primogenito della serva che sta dietro alla mola, e ogni primogenito del bestiame. ⁶Ci sarà un grande grido in tutto il paese d'Egitto, come non c'era mai stato e come non ci sarà. ⁷Ma contro i figli d'Israele neppure un cane aguzzerà la sua lingua, dall'uomo alla bestia, perché sappiate che il Signore fa distinzione tra Egitto e Israele. ⁸E allora tutti quei tuoi servi scenderanno da me, mi adoreranno dicendo: "Esci, tu e tutto il popolo che ti segue". Allora uscirò». E uscì dal faraone, infiammato di collera.

⁹Il Signore aveva infatti detto a Mosè: «Il faraone non vi ascolterà, affinché i miei prodigi siano numerosi in terra d'Egitto». ¹⁰Mosè e Aronne fecero tutti quei prodigi davanti al faraone, ma il Signore indurì il cuore del faraone, che non mandò via i figli d'Israele dal suo paese.

12 La Pasqua. - ¹Il Signore disse a Mosè e Aronne nel paese d'Egitto: ²«Questo mese, per voi, sarà in testa ai mesi, per voi sarà il primo tra i mesi dell'anno. ³Parlate a tutta la comunità d'Israele dicendo: "Il dieci di questo mese ognuno prenda per sé un agnello per famiglia, un agnello per casa. ⁴Se la famiglia è poco numerosa per consumare un agnello, si prenderà chi abita più vicino alla propria casa, secondo il numero delle persone: calcolerete la quantità di agnello che ognuno può mangiare. ⁵Sarà un agnello integro, maschio, di un anno, e lo prenderete dalle pecore o dalle capre. ⁶Lo conserverete presso di voi fino al quattordicesimo giorno di questo mese, e tutta l'assemblea della comunità d'Israele lo sgozzerà tra le due sere. ⁷Prenderà poi del sangue e lo metterà sui due stipiti e sull'architrave di quelle case dove lo si mangerà. ⁸In quella notte mangerà la carne arrostita al fuoco, mangerà azzimi con erbe amare. ⁹Non mangiatene però cruda o cotta nell'acqua, ma solo arrostita al fuoco, con la testa, le zampe e gli intestini. ¹⁰Non ne farete

avanzare per il mattino, e quello che sarà rimasto al mattino lo brucerete nel fuoco. ¹¹Così lo mangerete: con i vostri fianchi cinti, i sandali ai piedi, il bastone in mano. Lo mangerete in fretta. È la Pasqua del Signore.

¹²In quella notte attraverserò il paese d'Egitto e colpirò ogni primogenito in terra d'Egitto, dall'uomo alla bestia, e farò giustizia di tutti gli dèi d'Egitto: io, il Signore. ¹³E il sangue sarà per voi un segno sulle case nelle quali siete: vedrò il sangue e vi oltrepasserò e non ci sarà per voi un flagello del distruttore, quando colpirò il paese d'Egitto. ¹⁴Quel giorno sarà per voi un memoriale, e lo festeggerete come festa del Signore: nelle vostre generazioni lo festeggerete come prescrizione perenne"».

La festa degli Azzimi. - ¹⁵"Per sette giorni mangerete azzimi. Nel primo giorno farete sparire il lievito dalle vostre case, perché chiunque mangerà del lievitato, dal primo al settimo giorno, quella persona sarà recisa da Israele.

¹⁶Nel primo giorno avrete una convocazione sacra, e anche nel settimo giorno avrete una convocazione sacra. Non si farà nessun lavoro: solo quello che si dovrà mangiare da ognuno, quello solo sarà fatto.

¹⁷Osserverete gli Azzimi, perché proprio in questo giorno ho fatto uscire le vostre schiere dal paese d'Egitto: osserverete questo giorno come prescrizione perenne per le vostre generazioni.

¹⁸Nel primo mese, il quattordicesimo giorno del mese, alla sera, mangerete azzimi fino al ventunesimo giorno del mese, alla sera. ¹⁹Per sette giorni non si troverà lievito nelle vostre case, perché chiunque mangerà del lievitato, quella persona sarà recisa dalla comunità d'Israele, immigrato o nativo del paese. ²⁰Non mangerete nessun genere di lievitato; ovunque abiterete, mangerete azzimi"».

Prescrizioni sulla Pasqua. - ²¹Mosè chiamò tutti gli anziani d'Israele e disse loro: «Tirate fuori e prendete un animale del gregge

---

12. - ¹¹ss. *La Pasqua del Signore*: «Pasqua» significa «passaggio»: passaggio di Dio vendicatore in Egitto, causa del passaggio felice degli Ebrei attraverso il Mar Rosso verso la libertà e la terra promessa. La festa della Pasqua rimarrà la principale festa ebraica, e dagli Ebrei passerà ai cristiani che celebreranno in essa l'immolazione di Cristo, Agnello di Dio, e la sua gloriosa risurrezione per la redenzione dell'umanità.

per le vostre famiglie, e immolate la Pasqua. [22]Poi prenderete un mazzo d'issopo, lo intingerete nel sangue che è nel catino e spruzzerete l'architrave e i due stipiti con il sangue che è nel catino, e nessuno di voi uscirà dalla porta di casa fino al mattino. [23]Il Signore passerà per colpire l'Egitto, vedrà il sangue che è sull'architrave e sui due stipiti, passerà oltre la porta e non farà entrare il distruttore nelle vostre case per colpire. [24]Osserverete questo come una prescrizione, per te e i tuoi figli, per sempre. [25]Quando entrerete nella terra che il Signore vi darà, come ho detto, osserverete questo rito. [26]E quando i vostri figli vi diranno: "Che cos'è questo rito?", [27]direte: "È il sacrificio della Pasqua del Signore, che passò oltre le case dei figli d'Israele in Egitto, quando colpì l'Egitto e risparmiò le nostre case"». Il popolo si inginocchiò e adorò. [28]I figli d'Israele se ne andarono e fecero come il Signore aveva ordinato a Mosè e ad Aronne. Così fecero.

Decima piaga: morte dei primogeniti. - [29]A metà della notte il Signore colpì tutti i primogeniti nel paese d'Egitto, dal primogenito del faraone, che siede sul suo trono, fino al primogenito del prigioniero che è in carcere, e tutti i primogeniti degli animali. [30]Il faraone si alzò di notte, lui, tutti i suoi servi e tutto l'Egitto, e ci fu un grande grido nell'Egitto, perché non c'era casa dove non ci fosse un morto. [31]E chiamò Mosè e Aronne di notte e disse: «Alzatevi e uscite dal mezzo del mio popolo, voi e i figli d'Israele, e andate a servire il Signore, secondo quanto avete detto. [32]Prendete anche il vostro gregge e il vostro armento, come avete detto, andate e benedite anche me». [33]Gli Egiziani fecero forza sul popolo per mandarli via in fretta dal paese, perché dicevano: «Moriamo tutti quanti». [34]Il popolo portò via la sua pasta prima che lievitasse, con la loro madia avvolta nelle loro vesti sulle loro spalle.

Spogliamento degli Egiziani. - [35]I figli d'Israele fecero come aveva detto Mosè e chiesero agli Egiziani oggetti d'argento, oggetti d'oro e vestiti. [36]Il Signore fece trovare grazia al popolo agli occhi degli Egiziani, che accolsero le loro domande. E spogliarono gli Egiziani.

Partenza degli Israeliti. - [37]I figli d'Israele partirono da Ramses verso Succot in seicentomila a piedi, solo uomini, senza contare i figli. [38]Anche una gran folla salì con loro, greggi e armenti, una gran quantità di bestiame. [39]E fecero cuocere la pasta, che avevano portato via dall'Egitto, schiacciate azzime, poiché non avevano lievito: li avevano infatti scacciati dall'Egitto e non avevano potuto attardarsi; non si erano fatte neppure le provviste di viaggio. [40]Il soggiorno dei figli d'Israele in Egitto fu di quattrocentotrent'anni. [41]Alla fine dei quattrocentotrent'anni, proprio in quel giorno, tutte le schiere del Signore uscirono dalla terra d'Egitto. [42]Una notte di veglia fu per il Signore, quando li fece uscire dalla terra d'Egitto: questa deve essere una notte di veglia in onore del Signore per tutti i figli d'Israele nelle loro generazioni.

Prescrizioni sul rito pasquale. - [43]Il Signore disse a Mosè e ad Aronne: «Questa è la prescrizione della Pasqua: nessuno straniero ne mangerà. [44]Ma ogni schiavo acquistato con denaro, dopo averlo circonciso, potrà mangiarne. [45]L'avventizio e il mercenario non ne mangeranno. [46]Si mangerà in una sola casa: non si porterà la carne fuori di casa. Non gli si spezzerà nessun osso. [47]Tutta la comunità d'Israele la celebrerà. [48]Se un forestiero dimorante presso di te vuole celebrare la Pasqua del Signore, si circoncida ogni suo maschio, e allora si avvicini per celebrarla, e sarà come un nativo del paese: ma nessun incirconciso ne potrà mangiare. [49]Ci sarà una sola legge per il nativo e per lo straniero che risiede in mezzo a voi». [50]I figli d'Israele fecero come il Signore aveva ordinato a Mosè e ad Aronne. Fecero così. [51]Proprio in quel giorno il Signore fece uscire i figli d'Israele dalla terra d'Egitto, secondo le loro schiere.

13 I primogeniti. - [1]Il Signore parlò a Mosè dicendo: [2]«Consacrami ogni primogenito che apre il grembo tra i figli d'Israele: uomo e animale sono miei».

---

41. *Le schiere del Signore* sono i figli d'Israele, divisi a schiere e guidati da Dio stesso, che perciò fu poi detto sovente «Dio delle schiere» o «degli eserciti».

13. - 2. Il Signore, avendo salvato in Egitto i primogeniti degli uomini e degli animali degli Ebrei, aveva su di loro uno speciale diritto. Sicuramente questa legge era più antica: qui le si dà un significato di ricordo storico. In se stessa significa il riconoscimento di Dio come autore e signore della vita.

Gli Azzimi. - ³Mosè disse al popolo: «Ricordati di questo giorno, nel quale siete usciti dall'Egitto, da una casa di schiavitù, perché con mano forte il Signore vi ha fatto uscire di là: non si mangerà del lievitato. ⁴Oggi voi uscite, nel mese di Abib. ⁵Quando il Signore ti avrà condotto nella terra del Cananeo, dell'Hittita, dell'Amorreo, dell'Eveo e del Gebuseo, che ha giurato ai tuoi padri di darti, terra dove scorre latte e miele, farai tale rito in questo mese. ⁶Per sette giorni mangerai azzimi, e nel settimo giorno ci sarà una festa per il Signore. ⁷Azzimi si mangerà per sette giorni, e non si vedrà presso di te del lievitato, né si vedrà presso di te del lievito, in tutto il tuo territorio. ⁸In quel giorno ti esprimerai così con tuo figlio: "È per quello che il Signore mi ha fatto quando uscii dall'Egitto". ⁹E sarà per te un segno sulla tua mano e un ricordo tra i tuoi occhi, perché la legge del Signore sia nella tua bocca, poiché con mano forte il Signore ti ha fatto uscire d'Egitto. ¹⁰Osserverai questa prescrizione nel tempo stabilito, di anno in anno».

I primogeniti. - ¹¹«Quando il Signore ti avrà condotto nel paese del Cananeo, come t'ha giurato a te e ai tuoi padri, e te l'avrà dato, ¹²riserverai per il Signore ogni essere che apre il grembo e ogni parto dell'animale che avrai: i maschi sono del Signore. ¹³Ogni primo nato d'asino lo riscatterai con un animale del gregge, e se non lo potrai riscattare, gli spezzerai la nuca. Ogni primogenito d'uomo, tra i tuoi figli, lo riscatterai. ¹⁴E se tuo figlio domani ti domanderà: "Che cos'è questo?", gli dirai: "Con mano forte il Signore ci ha fatto uscire dall'Egitto, dalla casa di schiavitù. ¹⁵E poiché il faraone si ostinava a non mandarci via, il Signore fece morire tutti i primogeniti in terra d'Egitto, dal primogenito dell'uomo al primogenito dell'animale: per questo sacrifico al Signore ogni maschio che apre il grembo, e riscatto ogni primogenito dei miei figli". ¹⁶E sarà come segno nella tua mano e come pendaglio tra i tuoi occhi, poiché con mano forte il Signore ci ha fatto uscire dalla terra d'Egitto».

Per la strada del deserto. - ¹⁷Quando il faraone mandò via il popolo, Dio non fu contento che prendessero la strada della terra dei Filistei, benché fosse la più breve, poiché Dio disse: «Perché il popolo non si penta quando vedrà la guerra e ritornino in Egitto». ¹⁸Dio fece girare il popolo per la strada del deserto verso il Mar Rosso: ben equipaggiati, i figli d'Israele uscirono dalla terra d'Egitto.

¹⁹Mosè prese le ossa di Giuseppe con sé, perché quegli aveva fatto giurare i figli d'Israele così: «Dio vi visiterà; farete allora salire le mie ossa di qui con voi».

²⁰Partirono da Succot e si accamparono a Etam, ai margini del deserto.

²¹Il Signore andava davanti a loro di giorno con una colonna di nube per condurli nella strada, e di notte con una colonna di fuoco per illuminarli, perché potessero andare di giorno e di notte. ²²Né la colonna di nube di giorno né la colonna di fuoco la notte si ritirava dalla vista del popolo.

14 **Verso il mare.** - ¹Il Signore disse a Mosè: ²«Di' ai figli d'Israele di ritornare e di accamparsi di fronte a Pi-Achirot, tra Migdol e il mare, di fronte a Baal-Zefon: vi accamperete davanti a quel luogo, ai bordi del mare. ³Il faraone penserà dei figli d'Israele: "Vagano qua e là nel paese; il deserto si è chiuso su di loro". ⁴E indurirò il cuore del faraone e li inseguirà, e io prenderò gloria del faraone e da tutto il suo esercito, e l'Egitto saprà che io sono il Signore». Essi fecero così.

⁵Fu annunciato al re d'Egitto che il popolo era fuggito, e il cuore del faraone e dei suoi servi si rivoltò verso il popolo e dissero: «Perché abbiamo fatto questo: mandar via Israele dal nostro servizio?». ⁶Fece preparare il suo carro e prese con sé il suo popolo. ⁷Prese seicento carri scelti e tutti i carri d'Egitto, con il terzo uomo su ognuno di quelli.

⁸Il Signore indurì il cuore del faraone, re d'Egitto, e questi inseguì i figli d'Israele; i figli d'Israele uscirono con mano alta. ⁹Gli Egiziani li inseguirono e li raggiunsero quando erano accampati presso il mare, a Pi-Achirot, davanti a Baal-Zefon: tutti i cavalli, i carri del faraone, i suoi cavalieri e il suo esercito.

¹⁰Il faraone si avvicinava: i figli d'Israele alzarono gli occhi, ed ecco gli Egiziani si muovevano dietro a loro! I figli d'Israele ebbero molta paura e gridarono al Signore. ¹¹Dissero a Mosè: «Eravamo forse senza tombe in Egitto, per portarci a morire nel deserto? Perché hai fatto questo, di farci uscire dall'Egitto? ¹²Non era forse questo

che ti dicevamo in Egitto: lasciaci stare a lavorare in Egitto, perché è meglio per noi lavorare in Egitto che morire nel deserto?».
[13]Mosè disse al popolo: «Non temete: siate
saldi e vedrete la salvezza che il Signore
opera per voi oggi: poiché gli Egiziani che
vedete oggi non li vedrete mai più. [14]Il Signore combatterà per voi e voi sarete tranquilli».

Passaggio del mare. - [15]Il Signore disse a
Mosè: «Perché gridi verso di me? Di' ai figli
d'Israele di partire. [16]Tu alza il tuo bastone e
stendi la tua mano sopra il mare e si separi,
e i figli d'Israele passino in mezzo al mare
all'asciutto. [17]Ecco: io indurisco il cuore degli Egiziani: li seguiranno e io trarrò gloria
dal faraone, da tutto il suo esercito, i suoi
carri e i suoi cavalieri, [18]e l'Egitto saprà che
io sono il Signore, quando trarrò gloria dal
faraone, dai suoi carri e cavalieri».

[19]L'angelo di Dio, che precedeva l'accampamento d'Israele, si mosse e andò dietro a
loro, e anche la colonna di nube si mosse
dal davanti e passò dietro: [20]venne così tra
l'accampamento degli Egiziani e l'accampamento d'Israele. La nube era oscura per gli
uni, mentre per gli altri illuminava la notte:
e tutta la notte non ci si avvicinò l'uno al-
l'altro.
[21]Mosè stese la sua mano sopra il mare e
il Signore sospinse il mare con un forte vento dell'est tutta la notte e mise a secco il
mare. Il mare si divise. [22]I figli d'Israele
vennero in mezzo al mare all'asciutto e l'acqua era per loro un muro a destra e a sinistra. [23]Gli Egiziani inseguirono, e tutti i cavalli del faraone, i suoi carri, i suoi cavalieri
giunsero dietro a loro in mezzo al mare.
[24]Nella veglia del mattino il Signore guardò
l'accampamento egiziano attraverso la colonna di fuoco e la nube, e mise la confusione
nell'accampamento egiziano. [25]Frenò le ruote dei loro carri, per cui guidavano a fatica.

Gli Egiziani dissero: «Fuggiamo davanti a
Israele, perché il Signore combatte per loro
contro l'Egitto».
[26]Il Signore disse a Mosè: «Stendi la tua
mano sopra il mare e l'acqua torni sugli Egiziani, sui loro carri e sui loro cavalieri». [27]Mo-
sè stese la sua mano sul mare: verso il mattino, il mare tornò al suo posto consueto, gli
Egiziani fuggirono di fronte ad esso e il Signore travolse gli Egiziani nel mezzo del mare.
[28]L'acqua ritornò e coprì i carri, i cavalieri e
tutto l'esercito del faraone che veniva dietro
a loro nel mare: di loro non ne restò neppure
uno. [29]Invece i figli d'Israele avevano camminato all'asciutto in mezzo al mare e l'acqua fu
per loro un muro a destra e a sinistra.
[30]Quel giorno il Signore salvò Israele dalla mano dell'Egitto e Israele vide gli Egiziani morti ai bordi del mare. [31]Israele vide la
grande potenza che il Signore aveva usato
contro l'Egitto e il popolo temette il Signore
e credette a lui e a Mosè, suo servo.

15 Canto di vittoria. - [1]Allora Mosè e i
figli d'Israele intonarono questo canto
al Signore e dissero:

Canto al Signore,
perché si è mostrato grande:
cavallo e cavaliere
ha gettato in mare.
[2] Mia forza e mio canto è il Signore:
è stato la mia salvezza.
Questo è il mio Dio
lo voglio onorare;
il Dio di mio padre,
lo voglio esaltare.
[3] Il Signore è un guerriero,
si chiama Signore.
[4] I carri del faraone, con il suo esercito,
ha gettato in mare;
i suoi capi scelti
sono stati inghiottiti nel Mar Rosso.
[5] Gli abissi li ricoprono,
sono scesi nelle profondità come
una pietra.
[6] La tua destra, Signore,
si illustra di forza,
la tua destra, Signore,
fa a pezzi il nemico.
[7] Con la tua sublime grandezza
rovesci chi ti sta di fronte:
mandi la tua collera,
li divori come paglia.
[8] Con l'alito delle tue narici

---

14. - [15-31.] In questa narrazione del passaggio del
Mar Rosso è difficile stabilire ciò che vi sia di strettamente storico e ciò che è frutto di rielaborazione epi-
ca. Così pure non è possibile indicare il punto preciso dove avvenne il passaggio stesso. Certo vi è stato
un intervento di Dio il quale, pur servendosi di fenomeni naturali, ha favorito la fuga degli Ebrei, mettendoli al riparo dall'inseguimento degli Egiziani. In tutto l'AT il passaggio del Mar Rosso è considerato come
l'evento tipico di ogni liberazione di Dio, e nel NT è
considerato ancora come figura della salvezza ottenuta mediante il battesimo.

l'acqua si è accumulata,
le onde si sono erette come un argine,
gli abissi si sono rappresi nel cuore del
    mare.
⁹ Il nemico aveva detto:
«Lo inseguo, lo raggiungo,
ne riempio la mia anima:
sguaino la mia spada,
la mia mano li conquista».
¹⁰ Con il tuo alito hai soffiato,
il mare li ricopre,
sono sprofondati come piombo
nell'acqua possente.
¹¹ Chi è come te, tra gli dèi, Signore,
chi come te, magnifico in santità,
terribile in imprese,
che fa meraviglie?
¹² Hai steso la tua destra,
la terra l'ha inghiottito.
¹³ Con il tuo favore hai guidato
questo popolo che hai riscattato.
Con la tua forza l'hai condotto
verso il tuo pascolo santo.
¹⁴ I popoli hanno udito e tremato,
spasimo ha afferrato gli abitanti della
    Filistea.
¹⁵ Già sono sconvolti i capi di Edom,
i potenti di Moab sono presi da fremito,
si squagliano tutti gli abitanti di Canaan.
¹⁶ Su di loro cade paura e spavento,
per la grandezza del tuo braccio restano
    immobili come pietra,
finché passi il tuo popolo, Signore,
finché passi questo popolo che tu hai
    acquistato.
¹⁷ Lo condurrai e pianterai
nel monte della tua eredità,
luogo che hai fatto tua dimora, Signore,
santuario, Signore, che le tue mani
    hanno preparato.
¹⁸ Il Signore regnerà in perpetuo
e per sempre.

¹⁹Quando, infatti, il cavallo del faraone con
il suo carro e i suoi cavalieri entrarono nel
mare, il Signore fece tornare su di loro l'acqua del mare, mentre i figli d'Israele avevano camminato all'asciutto in mezzo al mare.
²⁰Maria, la profetessa, sorella di Aronne,
prese in mano un tamburello, e dietro di lei
uscirono tutte le donne con tamburelli e in
cortei danzanti. ²¹Maria intonò per loro:

«Cantate al Signore, poiché si è fatto
    grande:
cavallo e cavaliere ha gettato in mare».

ATTRAVERSO IL DESERTO

Mara. - ²²Mosè fece partire Israele dal Mar
Rosso e s'incamminarono verso il deserto
di Sur: andarono per tre giorni nel deserto
e non trovarono acqua. ²³Giunsero a Mara
e non poterono bere l'acqua di Mara, perché amara: perciò fu chiamata Mara. ²⁴Il
popolo mormorò contro Mosè: «Che cosa
beviamo?». ²⁵Egli gridò al Signore, che gli
mostrò un legno: lo gettò nell'acqua e l'acqua diventò dolce. Là il Signore gli impose
un decreto e un giudizio, là lo mise alla prova ²⁶e disse: «Se ascolterai la voce del Signore, tuo Dio, e agirai rettamente ai suoi
occhi, se presterai orecchio ai suoi ordini e
osserverai tutti i suoi decreti, non ti inflig-
gerò nessuno dei flagelli che ho inflitto al-
l'Egitto, perché io sono il Signore che ti cura».
²⁷Giunsero a Elim, dove ci sono dodici
sorgenti d'acqua e settanta palme: vi si accamparono presso l'acqua.

16 **Manna e quaglie.** - ¹Partirono da
Elim e tutta la comunità dei figli d'I-
sraele arrivò nel deserto di Sin, che è tra
Elim e il Sinai, il quindicesimo giorno del
secondo mese da quando erano usciti dal
paese d'Egitto. ²Tutta la comunità dei figli
d'Israele mormorò contro Mosè e Aronne
nel deserto. ³I figli d'Israele dissero loro:
«Perché non siamo morti per mano del Signore nel paese d'Egitto, quando stavamo
presso la pentola di carne e mangiavamo a
sazietà? Perché ci avete fatto uscire in questo deserto per far morire di fame tutta questa moltitudine?».
⁴Il Signore disse a Mosè: «Ecco, faccio
piovere su di voi dal cielo del pane: il popolo uscirà e raccoglierà ogni giorno la razione del giorno. Voglio infatti provarlo, se
cammina o no nella mia legge. ⁵E il sesto
giorno, quando prepareranno quello che
avranno portato, ci sarà il doppio di quanto
avevano raccolto giorno per giorno».
⁶Mosè e Aronne dissero a tutti i figli d'I-
sraele: «Alla sera saprete che è il Signore

---

15. - ²³. Tutto il viaggio del popolo ebreo attraverso
il deserto sarà costellato di mormorazioni e ribellioni.
Dimentico degli interventi divini precedenti, il popolo, invece di raccomandarsi e supplicare, mormora e
si ribella. Abitudine umana che sovente si ripete nelle relazioni con Dio.

che vi ha fatto uscire dal paese d'Egitto, [7]e al mattino vedrete la gloria del Signore, poiché ha sentito le vostre mormorazioni contro di lui: noi che cosa siamo perché mormoriate contro di noi?». [8]Mosè disse: «Il Signore vi darà alla sera carne da mangiare e al mattino pane a sazietà, poiché il Signore ha ascoltato le vostre mormorazioni contro di lui. Noi infatti che cosa siamo? Non contro di noi sono le vostre mormorazioni, ma contro il Signore».

[9]Mosè disse ad Aronne: «Di' a tutta la comunità dei figli d'Israele: "Avvicinatevi davanti al Signore, poiché ha udito le vostre mormorazioni"». [10]E mentre Aronne parlava a tutta la comunità dei figli d'Israele, si voltarono verso il deserto, ed ecco che la gloria del Signore apparve nella nube.

[11]Il Signore disse a Mosè: [12]«Ho udito le mormorazioni dei figli d'Israele. Parla loro così: "Tra le due mangerete carne e al mattino vi sazierete di pane; saprete che io sono il Signore, vostro Dio"». [13]Alla sera salirono le quaglie e coprirono l'accampamento e al mattino ci fu uno strato di rugiada intorno all'accampamento. [14]Lo strato di rugiada se ne andò, ed ecco sulla superficie del deserto qualcosa di fine, granuloso, minuto come la brina sulla terra. [15]I figli d'Israele videro e si dissero l'un l'altro: «Cos'è quello?», perché non sapevano che cosa era. Mosè disse loro: «Quello è il pane che il Signore vi ha dato da mangiare. [16]Ecco quello che il Signore vi ordina: "Raccoglietene ognuno per quanto ne mangia, un omer a testa, prendetene secondo il numero di quanti siete, ognuno nella propria tenda"».

[17]I figli d'Israele fecero così, e raccolsero chi molto, chi poco. [18]Misuravano a omer, e non ne aveva troppo chi aveva raccolto molto e non ne mancava a chi aveva raccolto poco: ognuno aveva raccolto secondo quanto mangiava.

[19]Mosè disse loro: «Nessuno ne avanzi per domani». [20]Essi non ascoltarono Mosè e alcuni ne presero di più per l'indomani: sorsero dei vermi e si corruppe. Mosè si adirò contro di loro.

[21]Ne raccoglievano ogni mattina, ognuno secondo quanto ne mangiava: quando il sole scaldava, si scioglieva.

[22]Il sesto giorno raccolsero il doppio di quel pane, due omer ognuno, e tutti i capi della comunità lo dissero a Mosè. [23]Egli disse loro: «È quello che ha detto il Signore: domani è giorno di riposo, un sabato santo per il Signore: quello che dovete cuocere, cuocetelo, e quello che dovete bollire, bollitelo, e quello che resta in più riponetelo, per conservarlo fino a domani». [24]Lo riposero fino all'indomani, come aveva ordinato Mosè, e non si corruppe e non ci furono vermi. [25]Mosè disse: «Mangiatelo oggi, perché oggi è sabato per il Signore: oggi non ne troverete all'aperto. [26]Per sei giorni ne raccoglierete, nel settimo giorno, sabato, non ce ne sarà». [27]Alcuni del popolo uscirono il settimo giorno per raccogliere, ma non ne trovarono.

[28]Il Signore disse a Mosè: «Fino a quando rifiuterete di osservare i miei precetti e le mie leggi? [29]Vedete: il Signore vi ha dato il sabato, perciò vi dà al sesto giorno il pane per due giorni. Ognuno dimori a casa sua e nessuno esca dal suo luogo al settimo giorno». [30]Il popolo riposò nel settimo giorno.

[31]La casa d'Israele lo chiamò manna: era come seme di coriandolo, bianco, con il gusto di focaccia di miele.

[32]Mosè disse: «Ecco quello che ha ordinato il Signore: "Riempitene un omer da conservare per le vostre generazioni, perché vedano il pane che vi ho fatto mangiare nel deserto, quando vi ho fatto uscire dalla terra d'Egitto"».

[33]Mosè disse ad Aronne: «Prendi un vaso, riempilo di un omer di manna e riponilo davanti al Signore, per conservarlo per le vostre generazioni». [34]Come il Signore aveva ordinato a Mosè, Aronne lo pose davanti alla «testimonianza» per la conservazione. [35]I figli d'Israele mangiarono la manna quarant'anni, fino a quando giunsero alla terra abitata: mangiarono la manna fino a quando giunsero al confine della terra di Canaan. [36]L'omer è un decimo dell'efa.

17 L'acqua sgorga dalla roccia. - [1]Tutta la comunità dei figli d'Israele partì dal deserto di Sin per le loro tappe, secondo la parola del Signore, e si accamparono a Refidim: ma non c'era acqua da bere per il popolo.

[2]Il popolo protestò con Mosè e disse: «Dacci dell'acqua, perché possiamo bere». Mosè disse loro: «Perché discutete con me? Perché tentate il Signore?». [3]Là il popolo era assetato d'acqua. Il popolo mormorò contro Mosè e disse: «Perché ci hai fatto salire dall'Egitto, per far morire me, i miei figli e il mio bestiame di sete?».

[4]Mosè gridò al Signore, dicendo: «Che cosa farò a questo popolo? Ancora un po' e mi lapiderà». [5]Il Signore disse a Mosè: «Passa davanti al popolo e prendi con te degli anziani d'Israele: prendi nella tua mano il tuo bastone con il quale hai colpito il fiume, e va'. [6]Ecco, io sto davanti a te, là sulla roccia, sull'Oreb: colpirai la roccia e ne uscirà acqua. Il popolo berrà». Così fece Mosè agli occhi degli anziani d'Israele. [7]Chiamò quel luogo Massa e Meriba, per la contesa dei figli d'Israele e perché tentarono il Signore dicendo: «Il Signore è in mezzo a noi o no?».

Battaglia contro Amalek. - [8]Venne Amalek e combatté contro Israele a Refidim. [9]Mosè disse a Giosuè: «Scegli per noi degli uomini ed esci a combattere Amalek. Domani io mi terrò ritto in cima alla collina, con in mano il bastone di Dio».
[10]Giosuè fece come Mosè gli aveva detto per combattere Amalek. Mosè, Aronne e Cur salirono in cima alla collina. [11]E quando Mosè alzava la sua mano, Israele era più forte, e quando abbassava la sua mano, era più forte Amalek. [12]Ma le mani di Mosè pesavano: allora presero una pietra e la misero sotto di lui. Vi si sedette sopra, mentre Aronne e Cur sostenevano le sue mani, uno da una parte e l'altro dall'altra. E le sue mani rimasero ferme fino al tramonto del sole. [13]Giosuè finì Amalek e il suo popolo a fil di spada. [14]Il Signore disse a Mosè: «Scrivi questo su un libro come ricordo e dichiara alle orecchie di Giosuè che io cancellerò il ricordo di Amalek da sotto il sole». [15]Allora Mosè costruì un altare, lo chiamò «Il Signore è il mio segnale», [16]e disse:

«Mano al vessillo del Signore!
Guerra per il Signore contro Amalek
di generazione in generazione!».

18 Incontro di Ietro con Mosè. - [1]Ietro, sacerdote di Madian, suocero di Mosè, intese tutto quello che Dio aveva fatto a Mosè e ad Israele, suo popolo: come il Signore aveva fatto uscire Israele dall'Egitto. [2]Allora Ietro prese Zippora, moglie di Mosè, che prima egli aveva rinviata, [3]con i suoi due figli; il nome di uno era Gherson, poiché aveva detto: «Sono stato ospite in terra straniera», [4]e il nome dell'altro Eliezer, perché: «Il Dio di mio padre è venuto in mio aiuto, e mi ha liberato dalla spada del faraone».
[5]Ietro, suocero di Mosè, venne da Mosè, con la moglie e i figli di lui, nel deserto dove era accampato, al monte di Dio. [6]E fece dire a Mosè: «Sono io, Ietro, tuo suocero, che vengo a te con tua moglie, e i tuoi due figli». [7]Mosè uscì incontro a suo suocero, si prosternò e lo baciò. Si interrogarono vicendevolmente sulla salute ed entrarono nella tenda. [8]Mosè raccontò a suo suocero tutto quello che il Signore aveva fatto al faraone e all'Egitto per causa d'Israele, tutte le tribolazioni che avevano trovato nel cammino; dalle quali il Signore li aveva salvati.
[9]Ietro si rallegrò per tutto il bene che il Signore aveva fatto a Israele, per averlo salvato dalla mano dell'Egitto. [10]Ietro disse: «Benedetto sia il Signore, che vi ha salvato dalla mano dell'Egitto e dalla mano del faraone: egli ha salvato il popolo dalla mano dell'Egitto. [11]Ora so che il Signore è il più grande di tutti gli dèi, per quanto ha fatto agli Egiziani che si comportarono con arroganza contro gli Ebrei». [12]Poi Ietro, suocero di Mosè, offrì un olocausto e un sacrificio di comunione in onore di Dio, e venne Aronne con tutti gli anziani d'Israele a mangiare il cibo con il suocero di Mosè davanti a Dio.

Istituzione dei giudici. - [13]Il giorno dopo Mosè si sedette per giudicare il popolo, e il popolo stette con Mosè dal mattino alla sera. [14]Il suocero di Mosè vide tutto quello che egli faceva al popolo e disse: «Che cosa è quello che fai al popolo? Perché siedi tu solo, e tutto il popolo sta con te dal mattino alla sera?». [15]Mosè disse al suo suocero: «Il popolo viene da me per consultare Dio. [16]Quando c'è qualcosa tra di loro vengono da me, e io giudico tra l'uno e l'altro: faccio conoscere i decreti di Dio e le sue leggi».
[17]Il suocero di Mosè gli disse: «Non è bene quello che fai. [18]Ti esaurirai, sia tu che questo popolo che è con te, perché è troppo pesante per te: non puoi farlo da solo. [19]Ora ascoltami: ti consiglio e Dio sia con te! Tu starai al posto del popolo davanti a Dio e porta tu a Dio le loro questioni. [20]Informali dei decreti e delle leggi e fa' loro conoscere il cammino da percorrere e quello che dovranno fare. [21]Invece prenderai tra tutto il popolo uomini di virtù che temono Dio, uomini veritieri che odiano il guadagno, e li porrai su di loro come capi di migliaia, capi di centinaia, capi di cinquantine e capi di

decine. [22]Giudicheranno il popolo per tutto il tempo: ogni questione importante la porteranno a te, ma giudicheranno essi ogni questione piccola. Così alleggerisci te ed essi ti sollevano. [23]Se farai questo, e che Dio te lo ordini, potrai durarla, e anche tutto questo popolo rientrerà presso di sé in pace».

[24]Mosè ascoltò la voce del suo suocero e fece quello che aveva detto: [25]Mosè scelse uomini di virtù da tutto Israele e li costituì come capi sul popolo, capi di migliaia, capi di centinaia, capi di cinquantine e capi di decine. [26]Essi giudicavano il popolo per tutto il tempo: le questioni importanti le portavano a Mosè, mentre essi stessi giudicavano tutte le questioni piccole.

[27]Poi Mosè congedò suo suocero, che se ne andò nella sua terra.

L'ALLEANZA AL SINAI

19 **Arrivo al Sinai.** - [1]Il terzo mese dall'uscita dei figli d'Israele dalla terra d'Egitto, in quel giorno, arrivarono al deserto del Sinai.

[2]Partirono da Refidim e arrivarono al deserto del Sinai, dove si accamparono. Israele si accampò di fronte al monte.

Promessa dell'alleanza. - [3]Mosè salì verso Dio. Il Signore lo chiamò dalla montagna, dicendo: «Così parlerai alla casa di Giacobbe e annuncerai ai figli d'Israele: [4]"Voi avete visto quello che ho fatto all'Egitto: vi ho portato su ali di aquile e vi ho condotto da me. [5]E ora, se ascoltate la mia voce e osservate la mia alleanza, sarete mia proprietà fra tutti i popoli, perché mia è tutta la terra. [6]Voi sarete per me un regno di sacerdoti, una nazione santa. Queste sono le cose che dirai ai figli d'Israele».

[7]Mosè andò a convocare gli anziani del popolo ed espose loro tutte quelle cose che il Signore gli aveva ordinato. [8]Tutto il popo-

lo, insieme, rispose dicendo: «Tutto quello che il Signore ha detto, noi lo faremo». Mosè riportò le parole del popolo al Signore.

Preparazione dell'alleanza. - [9]Il Signore disse a Mosè: «Ecco, io vengo da te nella densità della nube, perché il popolo oda quando io ti parlerò e creda per sempre anche a te». Mosè riferì le parole del popolo al Signore.

[10]Il Signore disse a Mosè: «Va' dal popolo e falli santificare oggi e domani; lavino i loro vestiti [11]e siano pronti per il terzo giorno, perché nel terzo giorno il Signore scenderà agli occhi di tutto il popolo sul monte Sinai. [12]Fissa i confini tutt'intorno per il popolo dicendo: "Guardatevi dal salire la montagna e dal toccarne le estremità: chiunque toccherà la montagna morirà. [13]Nessuna mano lo toccherà: ma sarà lapidato o trafitto, sia animale che uomo; non vivrà. Quando suonerà il corno, allora saliranno sulla montagna"».

[14]Mosè scese dalla montagna verso il popolo: santificò il popolo ed essi lavarono i loro vestiti. [15]Poi disse al popolo: «Siate pronti per il terzo giorno: non avvicinatevi a donna».

Teofania al Sinai. - [16]Il terzo giorno, al mattino, ci furono tuoni, lampi, una nube densa sulla montagna e un suono molto potente di tromba: tutto il popolo che era nell'accampamento si spaventò.

[17]Mosè fece uscire il popolo dall'accampamento incontro a Dio, e si tennero ai piedi della montagna. [18]Il monte Sinai era tutto fumante, perché il Signore era sceso su di esso nel fuoco: il suo fumo saliva come il fumo di un forno e tutto il monte tremava molto. [19]Il suono del corno andava sempre più rafforzandosi. Mosè parlava e Dio gli rispondeva nel tuono.

[20]Il Signore scese sul monte Sinai, sulla cima del monte e chiamò Mosè sulla cima del monte. Mosè salì. [21]Il Signore disse a Mosè: «Scendi ad avvertire il popolo che non irrompa in direzione del Signore per vederlo: molti di loro cadrebbero. [22]Anche i sacerdoti che si avvicinano al Signore si santifichino, perché il Signore non si scateni contro di loro».

[23]Mosè disse al Signore: «Il popolo non può salire sulla montagna del Sinai, perché tu ci hai avvertito, dicendo: "Metti dei confini alla montagna e rendila sacra"». [24]Il Si-

---

19. - [6]. Il popolo ebraico viene qui chiamato *regno di sacerdoti, nazione santa*, in quanto era in modo speciale consacrato a Dio e addetto al suo culto. Il Concilio Vaticano II, sulla scia di 1Pt 2,9, ha attribuito questi titoli al popolo cristiano che rende «la gloria» a Dio, è suo testimone di fronte a tutti gli uomini e in unione con Cristo sacerdote offre a Dio il vero e unico sacrificio. Ciò non esclude, anzi suppone, il sacerdozio di ordine, per il quale i «sacerdoti» sono rappresentanti di Cristo in mezzo ai fedeli.

gnore gli disse: «Va', scendi: poi sali tu e Aronne con te; ma i sacerdoti e il popolo non irrompano per salire verso il Signore, perché non si scateni contro di loro».

²⁵Mosè scese dal popolo e parlò.

20 Il Decalogo. - ¹Dio pronunciò tutte queste parole: ²«Io sono il Signore, tuo Dio, che ti ho fatto uscire dalla terra d'Egitto, da una casa di schiavitù.

³Non avrai altri dèi davanti a me.

⁴Non ti farai scultura e alcuna immagine né di quello che è su in cielo, né di quello che è quaggiù sulla terra, né di quello che è in acqua, sotto terra. ⁵Non ti prostrerai davanti a loro e non li servirai, perché io, il Signore, tuo Dio, sono un Dio geloso che punisce la colpa dei padri sui figli, fino alla terza e quarta generazione, per quelli che mi odiano, ⁶ma che fa grazia a migliaia per quelli che mi amano e osservano i miei comandamenti.

⁷Non pronuncerai inutilmente il nome del Signore, tuo Dio, perché egli non lascia impunito chi pronuncia il suo nome inutilmente.

⁸Ricordati del giorno di sabato per santificarlo: ⁹sei giorni lavorerai e farai ogni tuo lavoro, ¹⁰ma il settimo giorno è sabato in onore del Signore, tuo Dio. Non farai alcun lavoro, tu, tuo figlio e tua figlia, il tuo servo e la tua serva, il tuo bestiame, il forestiero che sta dentro alle tue porte, ¹¹perché in sei giorni il Signore fece il cielo, la terra, il mare e tutto quello che è in essi, ma il settimo giorno si riposò: perciò il Signore ha benedetto il giorno di sabato e l'ha santificato.

¹²Onora tuo padre e tua madre, perché i tuoi giorni siano lunghi sulla terra che il Signore, tuo Dio, ti dà.

¹³Non ucciderai.

¹⁴Non farai adulterio.

¹⁵Non ruberai.

¹⁶Non deporrai falsa testimonianza contro il tuo prossimo.

¹⁷Non desidererai la casa del tuo prossimo; non desidererai la moglie del tuo prossimo, il suo servo, la sua serva, il suo bue, il suo asino, e tutto quello che è del tuo prossimo».

¹⁸Tutto il popolo vedeva i tuoni, i lampi, il suono di tromba e il monte fumante: il popolo ebbe paura e si tenne a distanza. ¹⁹Dissero a Mosè: «Parla tu con noi e ti ascolteremo, ma non ci parli Dio, per non morire». ²⁰Mosè disse al popolo: «Non temete, perché è per provarvi che Dio è venuto, e perché il suo timore sia sempre presente e non pecchiate».

²¹Il popolo si tenne lontano e Mosè si avvicinò alla nuvola oscura, dove c'era Dio.

Legge sull'altare. - ²²Il Signore disse a Mosè: «Così dirai ai figli di Israele: Voi avete visto che ho parlato con voi dal cielo. ²³Non farete accanto a me dèi d'argento e dèi d'oro: non ne farete per voi. ²⁴Farai per me un altare di terra e vi sacrificherai sopra i tuoi olocausti, i tuoi sacrifici di comunione, il tuo gregge e i tuoi armenti: in ogni luogo in cui ricorderò il mio nome, verrò da te e ti benedirò. ²⁵Se farai per me un altare di pietra, non lo costruirai di pietra tagliata, perché colpendolo con la tua lama lo profaneresti. ²⁶E non salirai al mio altare per mezzo di gradini, perché là non si mostri la tua nudità.

21 Leggi sugli schiavi. - ¹Queste sono le leggi che esporrai davanti a loro. ²Quando acquisterai uno schiavo ebreo, ti servirà per sei anni e al settimo sarà messo in libertà, senza riscatto. ³Se è venuto solo, solo uscirà; se era sposato, uscirà con la propria moglie. ⁴Se il suo padrone gli ha dato una moglie che gli abbia generato figli e figlie, la moglie e i figli saranno del padrone, e lui uscirà solo. ⁵Ma se lo schiavo dice: "Amo il mio padrone, mia moglie e i miei figli: non uscirò libero"; ⁶allora il suo padrone lo farà avvicinare a Dio, lo farà avvicinare al battente o allo stipite della porta, e gli forerà l'orecchio con un punteruolo e sarà suo schiavo per sempre.

⁷Se uno vende la propria figlia come ser-

---

20. - ¹· Incomincia qui l'esposizione dei termini dell'alleanza che Dio conclude con il popolo eletto. I cc. 20-24, che li contengono, sono tra i più importanti dell'AT. I fatti qui riferiti, che hanno nella storia precedente il loro preannuncio e la preparazione, segnano un momento capitale e decisivo nella vita del popolo d'Israele e in quella dell'umanità stessa per le loro conseguenze morali e religiose.

³· I dieci comandamenti sono leggi di natura, scritte da Dio creatore nel cuore dell'uomo prima ancora che fossero proclamate sul Sinai e incise su tavole di pietra. I comandamenti contengono solo precetti d'indole religiosa e morale, e perciò hanno valore universale. Formano il cuore della legge antica e Gesù Cristo li ricorda e li ritiene impegnativi.

va, essa non se ne andrà come se ne vanno gli schiavi: [8]se non piace agli occhi del suo padrone, che non la destina per sé come concubina, la lasci riscattare; non è padrone di venderla a un popolo straniero e tradirla. [9]Se la destina a suo figlio, agirà con lei secondo l'usanza delle figlie. [10]Se per sé ne prenderà un'altra, non diminuirà il suo cibo, il suo vestiario e la sua coabitazione: [11]se non farà con lei queste tre cose, ella se ne potrà andare senza versare il denaro del riscatto.

Omicidio. - [12]Chi colpisce un uomo a morte, sarà messo a morte. [13]Per chi non è stato in agguato, ma è Dio che glielo ha fatto capitare in mano, ti assegnerò un luogo dove possa fuggire. [14]Ma se uno infierisce contro il proprio prossimo per ucciderlo con inganno, lo potrai strappare anche dal mio altare perché sia messo a morte.

[15]Chi colpisce suo padre o sua madre sarà messo a morte.

[16]Chi sequestra un uomo e lo vende o si trova in mano sua, sarà messo a morte.

[17]Chi maledice suo padre o sua madre sarà messo a morte.

Reati contro le persone. - [18]Se due uomini entrano in contesa e uno colpisce il suo prossimo con una pietra o un pugno, senza farlo morire, ma che si debba mettere a letto: [19]se poi si alza e se ne va fuori con il suo bastone, chi lo ha colpito sarà ritenuto innocente; non avrà che da retribuire il suo riposo e curarlo.

[20]Se uno colpisce il suo schiavo o la sua schiava con un bastone e muore sotto la sua mano, si devono vendicare: [21]se tuttavia reggono un giorno o due, non saranno vendicati, perché sono suo denaro.

[22]Se due uomini litigano o urtano una donna incinta così da farla abortire, ma non ci sia danno, ci sarà un risarcimento, come lo imporrà il marito della donna, e si darà attraverso i giudici. [23]Ma se ci sarà danno, le darai vita per vita, [24]occhio per occhio, dente per dente, mano per mano, piede per piede, [25]bruciatura per bruciatura, ferita per ferita, piaga per piaga.

[26]Se uno colpisce l'occhio del suo schiavo o l'occhio della sua schiava e lo rovina, lo manderà in libertà per il suo occhio; [27]e se fa cadere un dente del suo schiavo o un dente della sua schiava, lo manderà in libertà per il suo dente.

[28]Se un bue cozza a morte con le corna un uomo o una donna, il bue sarà lapidato: la sua carne non si mangerà e il padrone del bue sarà ritenuto innocente. [29]Ma se quel bue cozzava già prima con le corna e si era avvertito il suo padrone senza che lo sorvegliasse, e fa morire un uomo o una donna: il bue sarà lapidato, ma anche il suo padrone dovrà morire. [30]Se gli è imposto un risarcimento, in riscatto della sua vita dovrà dare tutto quello che gli è imposto. [31]Se il bue cozza con le corna un figlio o una figlia, si procederà secondo questa stessa legge. [32]Se il bue cozza con le corna uno schiavo o una schiava, si darà al padrone trenta sicli in denaro e il bue sarà lapidato.

Reati contro la proprietà. - [33]Se uno apre una cisterna o scava un pozzo e non lo copre, e vi cade un bue o un asino, [34]il padrone del pozzo pagherà l'indennizzo al suo padrone, e l'animale morto sarà suo.

[35]Se il bue di uno ferisce il bue del suo prossimo a morte, venderanno il bue vivo e faranno a metà del suo denaro; anche del morto faranno a metà. [36]Ma se è noto che quel bue cozzava già da tempo con le corna e il suo padrone non l'ha sorvegliato, dovrà pagare bue per bue e il bue morto sarà suo.

[37]Se uno ruba un bue o un agnello, lo ammazza o lo vende, pagherà con cinque bovini per un bue, e con quattro ovini per un agnello.

22 [1]Se il ladro è trovato mentre sta facendo una breccia nel muro ed è colpito a morte, non ci sarà per lui vendetta di sangue; [2]se il sole si era già alzato su di lui, ci sarà per lui la vendetta di sangue. Il ladro dovrà pagare, e se non ha di che pagare, lo si venderà per il suo furto. [3]Se si troverà in sua mano il furto, sia di un bue che di un asino o di un agnello ancora vivi, pagherà il doppio.

[4]Se uno fa pascolare in un campo o in una vigna e manda il suo bestiame a pascolare in un campo altrui, pagherà con il meglio

---

21. - [10.] La legislazione matrimoniale degli Ebrei, a motivo della «durezza di cuore» (Mt 19,8), è ben lontana dal grado di delicatezza e di perfezione a cui la riportò Gesù.

[23-25.] La dura legge del taglione, che animò quasi tutte le legislazioni antiche, venne abrogata da Cristo (Mt 5,38).

del suo campo e con il meglio della sua vigna.

⁵Se esce del fuoco da cespugli spinosi e sono bruciati covoni o spighe o campo, chi ha procurato l'incendio deve pagare ciò che è stato bruciato.

Danni particolari. - ⁶Se uno dà al suo prossimo denaro od oggetti da custodire e sono rubati dalla casa di quel tale, se si trova il ladro, pagherà il doppio; ⁷se non si trova il ladro, il padrone della casa si avvicinerà a Dio attestando che non ha messo la sua mano sui beni del suo prossimo.

⁸Per qualsiasi reato, di bue, di asino, di agnello, di vestito, di ogni cosa smarrita di cui si possa dire: "È quello", la causa delle due parti andrà fino a Dio: quello che Dio avrà dichiarato reo dovrà pagare il doppio al suo prossimo.

⁹Se uno dà al suo prossimo un asino o un bue o un agnello o qualsiasi animale da custodire e questo muore, o si rompe qualcosa o è rapito senza che nessuno veda, ¹⁰ci sarà un giuramento del Signore tra le due parti, per dichiarare che il depositario non ha steso la sua mano sui beni del suo prossimo: il padrone accetterà e l'altro non pagherà. ¹¹Ma se la bestia è stata rubata presso di lui, pagherà al padrone: ¹²se la bestia è stata sbranata, gli porterà la testimonianza della bestia sbranata: non pagherà.

¹³Se uno richiede al suo prossimo un animale e questo si ferisce o muore e il suo padrone non è con lui, dovrà pagare. ¹⁴Se il suo padrone è con lui, non paga; se era dato a nolo, gli viene dato il prezzo per il nolo.

¹⁵Se uno seduce una vergine che non sia fidanzata e dorme con lei, verserà il prezzo perché diventi sua moglie. ¹⁶Se il padre di lei rifiuta di dargliela, egli pagherà in denaro secondo il prezzo nuziale delle vergini.

¹⁷Non lascerai vivere la maga.

¹⁸Chiunque si accoppia con una bestia sarà messo a morte.

¹⁹Chi sacrifica agli dèi, oltre al solo Signore, sarà votato all'anatema.

²⁰Non molesterai lo straniero né l'opprimerai, perché foste stranieri nella terra d'Egitto.

²¹Non maltratterai una vedova né un orfano. ²²Se lo maltratti e grida verso di me, ascolterò il suo grido: ²³la mia ira si infiammerà e vi ucciderò di spada e le vostre mogli saranno vedove e i vostri figli orfani.

²⁴Se tu presti denaro al mio popolo, al povero che è con te, non ti comporterai come un creditore: non gli imporrete interesse.

²⁵Se prendi in pegno un mantello del tuo prossimo, glielo restituirai al tramonto del sole, ²⁶perché quello è la sua sola coperta, è il mantello per la sua pelle, con il quale dormirà: altrimenti, quando griderà a me, lo ascolterò, perché io sono misericordioso.

²⁷Non bestemmierai Dio né maledirai un capo del tuo popolo.

²⁸Non tarderai a fare l'offerta di ciò che riempie il tuo granaio e di ciò che cola dal tuo frantoio. Mi darai il primogenito dei tuoi figli. ²⁹Così farai del tuo bue e della tua pecora: sette giorni sarà con sua madre e all'ottavo giorno lo darai a me.

³⁰Sarete per me uomini santi: non mangerete carne sbranata alla campagna, la getterete al cane.

23 **Doveri di giustizia.** - ¹Non solleverai falsi rumori; non metterai la tua mano con il cattivo, per essere un testimone perverso. ²Non seguirai i molti nel male e non deporrai in una contesa giudiziaria deviando per pendere verso i molti, ³non favorirai il debole nel suo processo.

⁴Se incontrerai un bue del tuo nemico o un suo asino disperso, glielo riporterai. ⁵Se vedrai un asino di chi ti odia giacere sotto il suo peso, astieniti dall'abbandonarlo: lo slegherai con lui.

⁶Non farai deviare il giudizio del tuo povero nel suo processo.

⁷Starai lontano da parola falsa.

Non ucciderai l'innocente e il giusto, perché non dichiaro giusto il colpevole.

⁸Non prenderai regali, perché il regalo acceca chi vede chiaro e perverte le parole dei giusti.

⁹Non opprimerai lo straniero: voi conoscete la vita dello straniero, perché foste stranieri in terra d'Egitto.

Anno sabbatico e sabato. - ¹⁰Per sei anni seminerai la tua terra e raccoglierai il suo prodotto, ¹¹ma al settimo non la coltiverai e la lascerai riposare: mangeranno i poveri del tuo popolo e le bestie selvatiche mangeranno ciò che resta; così farai alla tua vigna e al tuo olivo.

---

23. - ⁴⁻⁵. Precetti di delicata carità, che si avvicina a quella evangelica.

¹²Per sei giorni farai il tuo lavoro, ma il settimo giorno smetterai, perché riposi il tuo bue e il tuo asino, e prenda fiato il figlio della tua serva e lo straniero.

¹³Osserverete tutto quello che vi ho detto. Non farete menzione del nome di altri dèi: non si senta sulla tua bocca.

Feste annuali. - ¹⁴Per tre volte all'anno mi festeggerai.

¹⁵Osserverai la festa degli Azzimi: per sette giorni mangerai azzimi, come ti ho ordinato, nella data fissata del mese di Abib, perché in quello sei uscito dall'Egitto. Nessuno si presenti davanti a me a mani vuote. ¹⁶Osserverai la festa della mietitura, le primizie dei tuoi lavori, di quello che semini nel campo; la festa del raccolto, al termine dell'anno, quando raccoglierai i frutti dei tuoi lavori dal campo.

¹⁷Tre volte all'anno ogni tuo maschio si presenterà al Signore Dio.

¹⁸Non sacrificherai sangue del mio sacrificio sul lievitato, e il grasso della vittima per la mia festa non passerà la notte fino al mattino.

¹⁹Porterai alla casa del Signore, tuo Dio, il meglio delle primizie del tuo suolo. Non cuocerai un capretto nel latte di sua madre.

Promessa della terra di Canaan. - ²⁰Ecco, io mando un angelo davanti a te, per vegliare su di te nel cammino e farti entrare nel luogo che ho preparato. ²¹Sii attento davanti a lui, ascolta la sua voce, non ribellarti a lui, perché non sopporterà la vostra trasgressione, poiché il mio nome è in lui. ²²Se tu ascolti la sua voce e farai tutto quello che dirò, sarò nemico dei tuoi nemici e avversario dei tuoi avversari: ²³poiché il mio angelo andrà davanti a te e ti porterà dall'Amorreo, dall'Hittita, dal Perizzita, dal Cananeo, dall'Eveo, dal Gebuseo, e lo sterminerò. ²⁴Non ti prostrerai ai loro dèi, non li servirai e non farai secondo le loro opere, ma demolirai e spezzerai le loro stele.

²⁵Servirete il Signore, vostro Dio: egli benedirà il tuo pane e la tua acqua e allontanerà la malattia da te. ²⁶Non ci sarà nella tua terra donna che abortisce o sterile. Colmerò il numero dei tuoi giorni.

²⁷Manderò il mio terrore davanti a te e metterò alla deriva tutti i popoli presso i quali andrai e ti consegnerò il dorso di tutti i tuoi nemici. ²⁸Manderò davanti a te il calabrone, e caccerà l'Eveo, il Cananeo, l'Hittita davanti a te. ²⁹Non lo caccerò davanti a te in un anno solo, perché la terra non diventi desolata e si moltiplichino contro di te le bestie selvagge; ³⁰a poco a poco li caccerò davanti a te, fino a quando tu abbia fruttificato ed ereditato la terra. ³¹Fisserò i tuoi confini dal Mar Rosso fino al mare dei Filistei, e dal deserto al fiume, perché darò nelle tue mani gli abitanti della terra e li caccerai dalla tua faccia. ³²Non farai alleanza con loro e con i loro dèi, ³³non abiteranno nella tua terra, perché non ti facciano peccare contro di me, se servissi ai loro dèi: poiché sarebbe per te una trappola».

24 Rito dell'alleanza. - ¹E disse a Mosè: «Sali dal Signore, tu, Aronne, Nadab, Abiu e settanta tra gli anziani d'Israele e vi prostrerete da lontano. ²Mosè si avvicini da solo al Signore, ma essi non si avvicinino; il popolo non salirà con lui».

³Mosè venne e raccontò al popolo tutte le parole del Signore e tutte le leggi, e tutto il popolo rispose a una sola voce: «Faremo tutte le cose che il Signore ha detto».

⁴Mosè scrisse tutte le parole del Signore. Si alzò al mattino e costruì un altare sotto il monte, con dodici stele per le dodici tribù d'Israele. ⁵Poi mandò alcuni giovani tra i figli d'Israele e offrirono olocausti e immolarono dei torelli come sacrifici di comunione in onore del Signore. ⁶Mosè prese la metà del sangue e la mise in bacini e metà del sangue la versò sull'altare. ⁷Prese il libro dell'alleanza e lo lesse agli orecchi del popolo e dissero: «Faremo e ascolteremo tutto quello che il Signore ha detto». ⁸Mosè prese il sangue e lo versò sul popolo e disse: «Ecco il sangue dell'alleanza, che il Signore ha contratto con voi con tutte queste parole».

⁹Mosè salì, con Aronne, Nadab, Abiu e i settanta anziani d'Israele. ¹⁰Videro il Dio d'Israele: sotto i suoi piedi c'era come un pavimento in piastre di zaffiro, della purez-

---

24. - ⁸· Siamo qui alla conclusione del patto di alleanza: esso obbligava gli Ebrei a osservare le leggi di Dio e insieme impegnava Dio a dar loro la terra di Canaan e a proteggerli. Evidentemente non è patto tra eguali: Dio prometteva per sua pura bontà, e il popolo si obbligava solamente a quanto già per natura doveva a Dio. Il patto viene ratificato col sangue del sacrificio.

za dello stesso cielo. [11]Non stese la sua mano contro i privilegiati dei figli d'Israele: guardarono il Signore, poi mangiarono e bevvero.

[12]Il Signore disse a Mosè: «Sali da me sul monte e tieniti là: ti darò delle tavole di pietra, la legge e i comandamenti che ho scritto per istruirli». [13]Mosè si alzò, con Giosuè suo servo, e salì sul monte di Dio. [14]Agli anziani disse: «Restate qui fino a quando ritorneremo da voi. Ecco Aronne e Cur con voi: chi avrà qualcosa si avvicinerà a loro».

[15]Mosè salì sul monte e la nube coprì il monte. [16]La gloria del Signore dimorò sul monte Sinai e la nube lo coprì per sei giorni: al settimo giorno il Signore chiamò Mosè dal mezzo della nube. [17]Al vederla, la gloria del Signore era come fuoco divorante in cima al monte, agli occhi dei figli d'Israele. [18]Mosè entrò nel mezzo della nube, salì sul monte e rimase sul monte quaranta giorni e quaranta notti.

25 Contributi per il santuario. - [1]Il Signore disse a Mosè: [2]«Ordina ai figli d'Israele che prendano per me un'offerta: da ogni uomo, che sarà spinto dal proprio cuore, prenderete un'offerta per me. [3]Questa è l'offerta che prenderete da loro: oro, argento e bronzo; [4]porpora viola e porpora rossa, scarlatto, bisso e tessuto di peli di capra; [5]pelli di montone tinte di rosso, pelli conciate e legni d'acacia; [6]olio per illuminazione, balsami per l'olio d'unzione e per l'incenso aromatico; [7]pietre d'onice e pietre da incastonare nell'efod e nel pettorale. [8]Mi faranno un santuario e abiterò in mezzo a loro. [9]In base a tutto il progetto della dimora che io ti mostrerò e al progetto di tutti i suoi oggetti, così voi farete.

La tenda-dimora e il suo arredamento. - L'arca. [10]Faranno un'arca di legno d'acacia, lunga due cubiti e mezzo, larga un cubito e mezzo e alta un cubito e mezzo. [11]La ricoprirai d'oro puro, la ricoprirai dentro e fuori: farai sopra di essa un bordo d'oro, d'intorno. [12]Fonderai per essa quattro anelli d'oro e li porrai ai suoi quattro piedi: due anelli su un lato e due anelli sul suo secondo lato. [13]Farai delle stanghe di legno d'acacia e le ricoprirai d'oro; [14]introdurrai le stanghe negli anelli ai lati dell'arca per trasportare l'arca. [15]Le stanghe saranno negli anelli dell'arca: non vi saranno tolte. [16]Por-

rai nell'arca la testimonianza che io ti darò. [17]Farai un propiziatorio d'oro puro, lungo due cubiti e mezzo e largo un cubito e mezzo. [18]Poi farai due cherubini d'oro massiccio: li farai alle due estremità del propiziatorio. [19]Farai un cherubino da una parte e l'altro cherubino dall'altra parte del propiziatorio: farete i cherubini sulle sue due estremità. [20]I cherubini stenderanno le ali verso l'alto, proteggendo con le loro ali il propiziatorio: saranno rivolti l'uno verso l'altro e le facce dei cherubini saranno verso il propiziatorio. [21]Porrai il propiziatorio sopra l'arca e nell'arca porrai la testimonianza che ti darò. [22]È là che ti incontrerò, e da sopra il propiziatorio, tra i due cherubini che sono sull'arca della testimonianza, ti dirò tutto quello che ti ordino riguardo ai figli d'Israele.

Tavola della presentazione dei pani. [23]Farai una tavola in legno d'acacia, lunga due cubiti, larga un cubito, alta un cubito e mezzo. [24]La ricoprirai d'oro puro e le farai intorno un bordo d'oro. [25]Le farai intorno dei traversini di un palmo e farai un bordo d'oro intorno ai suoi traversini. [26]Le farai quattro anelli d'oro e porrai gli anelli ai quattro angoli che sono ai suoi quattro piedi. [27]Accanto ai traversini saranno gli anelli per contenere le stanghe per sollevare la tavola. [28]Farai le stanghe in legno d'acacia e le ricoprirai d'oro: con quelle si solleverà la tavola. [29]Farai i suoi piatti, le sue coppe, le sue anfore e le sue tazze con le quali si fanno le libazioni: li farai d'oro puro. [30]Porrai sulla tavola pane di presentazione, davanti a me, in continuazione.

Il candelabro. [31]Farai un candelabro d'oro puro: farai d'oro massiccio il candelabro con il suo tronco e i suoi rami; avrà i suoi calici, le sue corolle e i suoi fiori. [32]Sei rami usciranno dai suoi lati: tre rami del candelabro da un lato e tre rami del candelabro dal se-

---

25. - [16s.] *La testimonianza* sono le due tavole della legge, che esprimono la volontà di Dio e sono il documento dell'alleanza di Jhwh col suo popolo. *Il propiziatorio* era il coperchio dell'arca: esso forma come il trono di Dio, da cui egli ascoltava le preghiere del suo popolo e manifestava il suo volere.

[30.] Il *pane di presentazione*, detto anche *di proposizione*, erano dodici pani, uno per tribù, e stavano davanti al Signore una settimana. Al sabato i sacerdoti li sostituivano con altri e li mangiavano nel santuario stesso. Sono figura dell'eucaristia.

condo lato. [33]Tre calici in forma di mandorlo su un ramo, con corolla e fiore, e tre calici in forma di mandorlo sull'altro ramo, con corolla e fiore. Così per i sei rami che escono dal candelabro. [34]Il candelabro avrà nel tronco quattro calici in forma di mandorlo, con le sue corolle e i suoi fiori: [35]una corolla sotto i primi due rami uscenti da esso, una corolla sotto gli altri due rami uscenti da esso e una corolla sotto gli ultimi due rami uscenti da esso: così per i sei rami che escono dal candelabro. [36]Le sue corolle e i suoi rami formeranno un tutt'uno massiccio d'oro puro.

[37]Farai le sue sette lampade: si porranno sopra di esso, in modo da illuminare lo spazio davanti ad esso. [38]I suoi smoccolatoi e i suoi portacenere saranno d'oro puro. [39]Si farà con un talento d'oro puro, con tutti quegli oggetti. [40]Guarda e fa' secondo il loro progetto che hai osservato sul monte.

26 *La dimora e le suppellettili.* [1]La dimora la farai di dieci teli di bisso ritorto, porpora viola, porpora rossa e scarlatto: li farai ornati con un'opera artistica di cherubini. [2]La lunghezza di un telo: ventotto cubiti; la larghezza: quattro cubiti per telo; una misura unica per tutti i teli. [3]Cinque teli saranno uniti l'uno all'altro e gli altri cinque teli saranno uniti l'uno all'altro.

[4]Farai dei cordoni di porpora viola sull'orlo del primo telo, all'estremità delle giunzioni, e così farai all'orlo del telo che è all'estremità della seconda giunzione. [5]Farai cinquanta cordoni al primo telo e farai cinquanta cordoni all'estremità del telo che è nella seconda giunzione, mentre i cordoni corrisponderanno l'uno all'altro.

[6]Farai cinquanta fibbie d'oro e unirai i teli l'uno all'altro con le fibbie. La dimora sarà un tutt'uno.

[7]Farai dei teli in pelo di capra per la tenda sopra la dimora: ne farai undici. [8]La lunghezza di un telo: trenta cubiti; la larghezza: quattro cubiti per telo; una misura unica per gli undici teli. [9]Unirai cinque teli da una parte e sei teli dall'altra e ripiegherai il sesto telo sulla parte anteriore della tenda.

[10]Farai cinquanta cordoni sull'orlo del primo telo, che è all'estremità della giunzione, e cinquanta cordoni sull'orlo del telo della seconda giunzione.

[11]Farai cinquanta fibbie di bronzo e introdurrai le fibbie nei cordoni e unirai la tenda: sarà un tutt'uno. [12]La parte pendente che avanza dei teli della tenda, cioè la metà del telo che avanza, penderà sulla parte posteriore della dimora. [13]Sia il cubito da una parte che il cubito dall'altra che avanza della lunghezza dei teli della tenda, saranno pendenti ai lati della dimora, per coprirla da una parte e dall'altra.

[14]Farai una copertura alla tenda di pelli di montone tinte di rosso e una copertura di pelli conciate al di sopra.

Armatura della tenda. [15]Farai per la dimora le assi in legno d'acacia, che restino in piedi: [16]la lunghezza di un'asse sarà di dieci cubiti e la larghezza di un'asse di un cubito e mezzo. [17]Ogni asse avrà due sostegni appaiati uno all'altro: così farai per tutte le assi della dimora. [18]Farai le assi per la dimora: venti assi verso sud, a mezzogiorno. [19]Farai quaranta basi d'argento sotto le venti assi: due basi sotto un'asse per i suoi due sostegni e due basi sotto l'altra asse per i suoi due sostegni. [20]Per il secondo lato della dimora, verso nord, venti assi; [21]e anche per loro quaranta basi d'argento, due basi sotto un'asse e due basi sotto l'altra asse.

[22]Per la parte posteriore della dimora, verso ovest, farai sei assi. [23]Farai due assi per gli angoli della dimora nella parte posteriore. [24]Saranno appaiate perfettamente in basso e saranno perfettamente insieme in cima, al primo anello. Così sarà per ambedue: saranno ai due angoli.

[25]Ci saranno otto assi e le loro basi d'argento saranno sedici: due basi sotto un'asse e due basi sotto un'altra asse.

[26]Farai delle traverse in legno d'acacia: cinque per le assi di un lato della dimora; [27]cinque traverse per le assi del secondo lato della dimora, e cinque traverse per le assi del lato posteriore della dimora, verso occidente. [28]La traversa di centro, in mezzo alle assi, attraverserà da un'estremità all'altra. [29]Ricoprirai d'oro le assi e farai d'oro i loro anelli che riceveranno le traverse, e ricoprirai d'oro le traverse.

---

26. - [33.] La parte anteriore della tenda della testimonianza (o dimora o santuario o tabernacolo) era detta *il santo*, quella posteriore, divisa dalla prima da una prezioso *velo, il santo dei santi* o *santissimo*. Nella prima parte, verso il velo, da un lato stava la mensa con i dodici pani di presentazione, dall'altro vi era il candelabro a sette bracci e, in mezzo, il piccolo altare dei profumi su cui si bruciava l'incenso al mattino e alla sera di ogni giorno.

³⁰Innalzerai la dimora secondo il modo che ti è stato mostrato sul monte.

Il velo. ³¹Farai un velo di porpora viola, di porpora rossa, di scarlatto e di bisso ritorto: sarà ornato artisticamente di cherubini. ³²Lo porrai su quattro colonne d'acacia ricoperte d'oro, con gli uncini d'oro alle quattro basi d'argento. ³³Porrai il velo sotto le fibbie e là, all'interno del velo, introdurrai l'arca della testimonianza: il velo sarà per voi la separazione tra il santo e il santo dei santi. ³⁴Porrai il propiziatorio sull'arca della testimonianza nel santo dei santi. ³⁵Porrai la tavola fuori del velo e il candelabro in faccia alla tavola, sul lato della dimora, a meridione; porrai la tavola sul lato settentrionale.

³⁶Farai all'ingresso della tenda una cortina di porpora viola, porpora rossa, scarlatto e bisso ritorto, con lavoro di ricamatore. ³⁷Farai per la cortina cinque colonne d'acacia, le rivestirai d'oro: i loro uncini saranno d'oro e fonderai per esse cinque basi di bronzo.

27 *L'altare degli olocausti.* ¹Farai l'altare in legno d'acacia, lungo cinque cubiti e largo cinque cubiti: l'altare sarà quadrato e sarà alto tre cubiti. ²Farai i suoi corni, ai suoi quattro angoli, e faranno un tutt'uno con esso: lo ricoprirai di bronzo. ³Farai i suoi recipienti per la cenere, le sue palette, i suoi catini, le sue forcelle e i suoi bracieri: farai tutti gli oggetti in bronzo.

⁴Gli farai una graticola di bronzo, fatta come una rete, e sulla rete farai quattro anelli di bronzo alle sue quattro estremità. ⁵La porrai sotto la cornice dell'altare, in basso, e la rete arriverà fino alla metà dell'altare. ⁶Farai delle stanghe in legno d'acacia per l'altare e le ricoprirai di bronzo. ⁷Le sue stanghe si introdurranno negli anelli e le stanghe saranno ai due lati dell'altare per sollevarlo. ⁸Lo farai vuoto all'interno, di tavole: come ti è stato mostrato sul monte.

Il recinto. ⁹Farai il recinto della dimora. Nella direzione sud, a meridione, il recinto avrà tendaggi di bisso ritorto, della lunghezza di cento cubiti su un lato. ¹⁰Ci saranno venti colonne e le loro venti basi di bronzo: gli uncini delle colonne e le loro aste trasversali saranno d'argento. ¹¹Così per il lato settentrionale: tendaggi di cento cubiti di lunghezza, le sue venti colonne con le sue venti basi di bronzo, gli uncini delle colonne e le aste trasversali d'argento. ¹²La larghezza del recinto verso occidente avrà cinquanta cubiti di tendaggi, con le sue dieci colonne e le sue dieci basi. ¹³La larghezza del recinto verso est, a oriente, cinquanta cubiti. ¹⁴Quindici cubiti di tendaggi con le sue tre colonne e le sue tre basi ¹⁵alla prima ala; seconda ala quindici cubiti di tendaggi con le sue tre colonne e le sue tre basi. ¹⁶La porta del recinto avrà una cortina di venti cubiti, di porpora viola, porpora rossa, scarlatto e bisso ritorto: lavoro di ricamo con le sue quattro colonne e le sue quattro basi.

¹⁷Tutte le colonne intorno al recinto avranno aste trasversali d'argento: i loro uncini saranno d'argento e le loro basi di bronzo. ¹⁸La lunghezza del recinto sarà di cento cubiti, la larghezza di cinquanta, l'altezza di cinque cubiti; di bisso ritorto e le loro basi di bronzo. ¹⁹Tutti gli oggetti della dimora, per tutti i suoi servizi, tutti i suoi picchetti e tutti i picchetti del recinto saranno di bronzo.

²⁰Tu ordinerai ai figli d'Israele di procurarti dell'olio puro di olive schiacciate per l'illuminazione, per tenere viva la lampada in continuazione. ²¹Aronne e i suoi figli la prepareranno nella tenda del convegno, al di fuori del velo che sta davanti alla testimonianza, perché sia davanti al Signore da sera a mattina: statuto perenne per i figli d'Israele, secondo le loro generazioni.

28 *Le vesti dei sacerdoti.* - ¹Tu fa' avvicinare tuo fratello Aronne e i suoi figli con lui dal mezzo dei figli d'Israele, perché sia mio sacerdote: Aronne, Nadab, Abiu, Eleazaro, Itamar, figli di Aronne. ²Farai vesti sacre per tuo fratello Aronne, in gloria e decoro. ³Tu parlerai a tutti i saggi di cuore, a cui ho riempito di spirito di saggezza, e faranno le vesti di Aronne per consacrarlo e perché sia un sacerdote. ⁴Ecco le vesti che faranno: pettorale, efod, mantello, tunica incastonata, turbante e cintura. Faranno vesti sacre per tuo fratello Aronne, e per i suoi figli, perché sia mio

---

27. - ¹· *L'altare* per i sacrifici non era nella tenda, ma fuori all'aperto, nel mezzo dell'atrio o cortile. I quattro corni di bronzo, ai suoi angoli, erano una decorazione molto comune nei templi orientali e stavano a significare la forza e la maestà di Dio.

sacerdote. [5]Essi useranno oro, porpora viola, porpora rossa, scarlatto e bisso.

L'efod. [6]Faranno l'efod d'oro, di porpora viola, di porpora rossa, di scarlatto e bisso ritorto, in lavoro artistico. [7]Avrà due spalline attaccate: sarà attaccato alle sue due estremità.

[8]La cintura che è sopra all'efod sarà dello stesso suo lavoro: oro, porpora viola, porpora rossa, scarlatto e bisso ritorto.

[9]Prenderai due pietre d'onice e inciderai su di esse i nomi dei figli d'Israele: [10]sei dei loro nomi sulla prima pietra e i nomi dei sei che restano sulla seconda pietra, secondo la loro nascita. [11]Secondo il lavoro dell'intagliatore di pietra che incide un sigillo, inciderai le due pietre con i nomi dei figli d'Israele: li farai inserire in castoni d'oro. [12]Metterai le due pietre sulle spalline dell'efod, pietre-memoriale per i figli d'Israele: Aronne porterà i loro nomi davanti al Signore sulle sue due spalle in memoriale. [13]Farai i castoni d'oro [14]e farai ad essi due catene d'oro puro, in cordoni, lavoro d'intreccio: metterai le catene a intreccio sui castoni.

Il pettorale. [15]Farai il pettorale del giudizio in lavoro artistico. Lo farai come il lavoro dell'efod: lo farai d'oro, porpora viola, porpora rossa, scarlatto e bisso ritorto. [16]Sarà quadrato, doppio, lungo una spanna e largo una spanna. [17]Lo coprirai di pietre, in quattro file. Prima fila: cornalina, topazio, smeraldo. [18]Seconda fila: turchese, zaffiro, diamante. [19]Terza fila: giacinto, agata, ametista. [20]Quarta fila: crisolito, onice, diaspro. Saranno inserite mediante castoni d'oro. [21]Le pietre corrisponderanno ai nomi dei figli d'Israele: dodici, secondo i loro nomi; saranno incise come sigilli, ciascuna con il nome corrispondente, secondo le dodici tribù.

[22]Farai sul pettorale catene a cordone, lavoro d'intreccio d'oro puro. [23]Farai sul pettorale due anelli d'oro e metterai i due anelli sulle due estremità del pettorale. [24]Metterai le due catene d'oro sui due anelli, alle estremità del pettorale. [25]Le due estremità delle due catene le porrai sui due castoni e le metterai sulle spalline dell'efod, nella parte anteriore. [26]Farai due anelli d'oro e li metterai sulle estremità del pettorale, sul suo orlo che è sull'altra parte dell'efod, all'interno. [27]Farai due anelli d'oro e li porrai sulle due spalline dell'efod, in basso, sul suo lato anteriore, vicino al suo attacco, al di sopra della cintura dell'efod. [28]Si legherà il pettorale con i suoi anelli agli anelli dell'efod con un filo di porpora viola perché sia sopra la cintura dell'efod e il pettorale non si possa muovere da sopra l'efod.

[29]Aronne porterà i nomi dei figli d'Israele sul pettorale del giudizio, sul suo cuore, quando entrerà nel santo, in memoriale perpetuo davanti al Signore.

[30]Porrai nel pettorale del giudizio gli urim e i tummim: saranno sopra il cuore di Aronne, quando entrerà davanti al Signore, e Aronne porterà il giudizio dei figli d'Israele sul suo cuore davanti al Signore in perpetuo.

[31]Farai il mantello dell'efod completamente di porpora viola. [32]Nel suo mezzo ci sarà un'apertura per la testa: intorno all'apertura ci sarà un orlo, lavorato in tessitura; sarà come l'apertura di una corazza, che non si lacera.

[33]Farai sul suo lembo melagrane di porpora viola, porpora rossa e scarlatto, intorno al suo lembo, e in mezzo ad esso, all'intorno, campanelli d'oro: [34]un campanello d'oro e una melagrana, un campanello d'oro e una melagrana intorno al lembo del mantello. [35]Aronne lo userà nell'officiare e il suo rumore si sentirà quando entrerà nel santo, davanti al Signore e quando ne uscirà; così non morirà.

[36]Farai una lamina d'oro puro e vi inciderai, come su di un sigillo: "Consacrato al Signore". [37]L'attaccherai con un cordone di porpora viola al turbante, sulla parte anteriore. [38]Sarà sulla fronte di Aronne, e Aronne porterà la colpa che potranno commettere i figli d'Israele, in occasione delle offerte sacre da loro presentate. E sarà sulla sua fronte per sempre, in loro favore davanti al Signore.

[39]Tesserai la tunica di bisso; farai un tur-

---

28. - [6-7.] *L'efod* era il vero distintivo del sommo sacerdote: aveva forse la forma di uno scapolare fatto di due pezzi di stoffa: uno scendeva dietro, tra le spalle, e l'altro davanti, sul petto, riuniti ai lati da due bende.
[15-16.] *Il pettorale* era una borsa quadrata, fatta di due pezzi sovrapposti. È detto *del giudizio* perché il sommo sacerdote di là traeva le risposte per decidere le questioni di maggior importanza mediante due pietre chiamate *urim* e *tummim* (v. 30). Su di esso erano incastonate 12 pietre preziose con i nomi delle 12 tribù d'Israele.

bante di bisso; farai una cintura, in lavoro di ricamatore.

[40]Per i figli d'Aronne farai tuniche e cinture, e farai loro anche dei copricapo a gloria e decoro. [41]Ne rivestirai tuo fratello Aronne insieme ai suoi figli: li ungerai, li investirai, li consacrerai e saranno miei sacerdoti. [42]Farai loro dei calzoni di lino per coprire la carne nuda: saranno dai reni alle cosce. [43]Aronne e i suoi figli li indosseranno quando entreranno nella tenda del convegno e quando si avvicineranno all'altare per officiare nel santo: così non porteranno colpa e non morìranno. Statuto perenne per lui e per i suoi discendenti.

29 Consacrazione di Aronne e dei suoi figli. - [1]Ecco quello che farai per consacrarli come miei sacerdoti. Prendi un torello ancora giovane e due arieti integri; [2]pane non lievitato, focacce non lievitate intrise con olio, schiacciate non lievitate unte d'olio: le farai con fiore di farina di grano. [3]Le porrai in un cesto e le offrirai nel cesto insieme con il torello e i due arieti. [4]Farai avvicinare Aronne e i suoi figli all'ingresso della tenda del convegno e li laverai con acqua. [5]Prenderai le vesti e rivestirai Aronne della tunica, del mantello dell'efod, dell'efod, del pettorale e lo cingerai con la cintura dell'efod. [6]Metterai il turbante sulla sua testa e porrai il diadema sacro sul turbante. [7]Prenderai l'olio dell'unzione, lo verserai sul suo capo e lo ungerai. [8]Farai avvicinare i suoi figli e li rivestirai della tunica. [9]Li cingerai con la cintura e annoderai loro il copricapo. Avranno il sacerdozio in statuto perenne. Così avrai investito Aronne e i suoi figli.

[10]Farai avvicinare il torello davanti alla tenda del convegno: Aronne e i suoi figli poseranno le loro mani sulla testa del torello. [11]Immolerai il torello davanti al Signore, all'ingresso della tenda del convegno. [12]Prenderai del sangue del torello e lo porrai con il tuo dito sui corni dell'altare e verserai il resto del sangue alla base dell'altare. [13]Prenderai tutto il grasso che ricopre gli intestini, quello che eccede nel fegato, i due reni con il grasso che vi è sopra e li farai fumare sull'altare. [14]La carne del torello, la sua pelle e i suoi escrementi li brucerai con il fuoco fuori dell'accampamento: è un sacrificio per il peccato.

[15]Prenderai un ariete: Aronne e i suoi figli poseranno le loro mani sul capo dell'ariete. [16]Immolerai l'ariete, prenderai il suo sangue e lo aspergerai intorno all'altare. [17]Farai a pezzi l'ariete, laverai i suoi intestini, le sue zampe e li porrai sui suoi pezzi e sulla sua testa. [18]Farai fumare tutto l'ariete sull'altare. È un olocausto in onore del Signore, un odore gradevole, un sacrificio di fuoco in onore del Signore.

[19]Prenderai il secondo ariete: Aronne e i suoi figli poseranno le loro mani sul capo dell'ariete. [20]Immolerai l'ariete: prenderai del suo sangue e ne porrai sul lobo dell'orecchio destro di Aronne e sul lobo dell'orecchio destro dei suoi figli, sul pollice della loro mano destra e sull'alluce del loro piede destro e aspergerai il sangue intorno all'altare. [21]Prenderai del sangue dall'altare e dell'olio d'unzione e ne aspergerai Aronne e le sue vesti, i suoi figli e le loro vesti. Così sarà consacrato lui e le sue vesti, i suoi figli e le loro vesti.

[22]Dell'ariete prenderai il grasso e la coda, il grasso che ricopre l'intestino e quello che eccede nel fegato, i due reni e il grasso che vi è sopra e la coscia destra: poiché è l'ariete dell'investitura. [23]Poi prenderai un pane rotondo, una focaccia all'olio, una schiacciata dal cesto degli azzimi che è davanti al Signore, [24]metterai tutto sulle palme di Aronne e sulle palme dei suoi figli e li presenterai con gesto di agitazione davanti al Signore. [25]Li prenderai dalle loro mani e li farai fumare all'altare, sopra l'olocausto, in odore gradevole davanti al Signore. È un sacrificio con il fuoco in onore del Signore.

[26]Prenderai il petto dell'ariete dell'investitura di Aronne e ne farai il gesto di agitazione davanti al Signore: sarà la tua porzione. [27]Consacrerai il petto dell'agitazione e la coscia dell'elevazione, prelevati dall'ariete d'investitura: saranno la porzione per Aronne e per i suoi figli. [28]Sarà per Aronne e i suoi figli uno statuto perenne da parte dei figli di Israele: perché è un prelievo e sarà un prelievo da parte dei figli d'Israele sui loro sacrifici di comunione, il loro prelievo in onore del Signore.

[29]Le vesti sacre di Aronne passeranno ai suoi figli dopo di lui, per la loro unzione e per la loro investitura. [30]Per sette giorni le rivestirà il sacerdote dopo di lui, colui che tra i suoi figli entrerà nella tenda del convegno per offrire nel santo.

[31]Prenderai l'ariete dell'investitura e cuo-

cerai la sua carne in un luogo santo. [32]Aronne e i suoi figli mangeranno la carne dell'ariete e il pane che è nel cesto all'ingresso della tenda del convegno. [33]Mangeranno di quello che è stato sacrificato per loro espiazione, per la loro investitura e la loro consacrazione. Un profano non ne mangerà, perché sono cose sacre. [34]Se al mattino resta della carne dell'investitura e del pane, brucerai quello che resta nel fuoco: non si mangerà, perché è sacro. [35]Farai così per Aronne e i suoi figli, secondo tutto quello che ti ho ordinato. Per sette giorni farai l'investitura.

Consacrazione dell'altare degli olocausti. - [36]Farai un sacrificio per il peccato di un torello al giorno, in espiazione; toglierai il peccato dall'altare, facendo per esso il sacrificio espiatorio, poi lo ungerai per consacrarlo. [37]Per sette giorni farai l'espiazione per l'altare e lo consacrerai: l'altare sarà santissimo e sarà santo tutto quello che toccherà l'altare.

[38]Ecco quello che offrirai sull'altare: due agnelli di un anno ogni giorno, per sempre. [39]Un agnello lo offrirai al mattino e il secondo agnello l'offrirai tra le due sere. [40]Con il primo agnello: un decimo di fior di farina impastata in un quarto di hin di olio di olive schiacciate e una libazione di un quarto di hin di vino. [41]Il secondo agnello lo farai tra le due sere con una oblazione e una libazione come quella del mattino, in odore gradevole: sacrificio di fuoco in onore al Signore. [42]È l'olocausto perenne per le vostre generazioni, all'ingresso della tenda del convegno, davanti al Signore, dove vi incontrerò per parlarti.

[43]È là che incontrerò i figli d'Israele, e sarà consacrato per la mia gloria. [44]Consacrerò la tenda del convegno e l'altare; consacrerò Aronne e i suoi figli come miei sacerdoti. [45]Abiterò in mezzo ai figli d'Israele e sarò loro Dio. [46]Sapranno che io sono il Signore, loro Dio, che li ho fatti uscire dalla terra d'Egitto per abitare in mezzo a loro: io, il Signore, loro Dio.

30 **Altare dei profumi.** - [1]Farai un altare per far fumare l'incenso: lo farai in legno d'acacia. [2]Sarà lungo un cubito e largo un cubito: sarà quadrato, alto due cubiti, munito dei suoi corni. [3]Ricoprirai d'oro puro il suo ripiano superiore, i suoi lati intorno e i suoi corni: gli farai intorno una bordatura d'oro. [4]Gli farai due anelli d'oro sotto la bordatura, sui suoi due fianchi: li farai sulle sue due parti e serviranno per introdurvi le stanghe con le quali portarlo. [5]Farai le stanghe in legno d'acacia e le ricoprirai d'oro. [6]Lo porrai davanti al velo che nasconde l'arca della testimonianza, davanti al propiziatorio che è sopra la testimonianza, dove ti incontro. [7]Sopra di esso Aronne farà fumare l'incenso profumato: lo farà fumare ogni mattina, quando metterà in ordine le lampade, [8]e lo farà fumare tra le due sere, quando Aronne riempirà le lampade: incenso perenne davanti al Signore per le vostre generazioni. [9]Non vi offrirete incenso profano né olocausto od oblazione né vi verserete sopra una libazione. [10]Aronne farà l'espiazione sui suoi corni una volta all'anno: con il sangue del sacrificio per il peccato, nel Giorno dell'espiazione, una volta all'anno farà l'espiazione su di esso per le vostre generazioni. È cosa santissima in onore del Signore».

Imposta per il santuario. - [11]Il Signore disse a Mosè: [12]«Quando farai la rassegna dei figli d'Israele per il censimento, ognuno pagherà il riscatto per la propria vita al Signore nell'atto del censimento, e non avranno flagelli, quando saranno passati in rassegna. [13]Chiunque sarà recensito pagherà un mezzo siclo, del siclo del santuario, venti ghera per siclo. Un mezzo siclo è prelievo per il Signore. [14]Ogni recensito, da vent'anni in su, darà l'imposta per il Signore. [15]Il ricco non darà di più né il povero di meno di mezzo siclo per soddisfare l'imposta del Signore, in espiazione delle vostre vite. [16]Prenderai il denaro dell'espiazione dai figli d'Israele e lo darai per il servizio della tenda del convegno: per i figli d'Israele sarà un memoriale davanti al Signore, per l'espiazione delle vostre vite».

La vasca di bronzo. - [17]Il Signore disse a Mosè: [18]«Farai una vasca di bronzo per lavarsi, con il suo supporto di bronzo, e la porrai tra la tenda del convegno e l'altare e ci metterai acqua. [19]Aronne e i suoi figli si laveranno le mani e i piedi. [20]Quando entreranno nella tenda del convegno si laveranno con l'acqua e non moriranno; e quando si avvicineranno all'altare per il servizio, per far fumare un sacrificio di fuoco in onore del Signore, [21]laveranno le loro mani e i loro piedi e non moriranno. Sarà per loro uno statuto perenne, per lui e per i suoi discendenti nelle loro generazioni».

L'olio d'unzione. - ²²Il Signore disse a Mosè: ²³«Procùrati balsami di prima qualità: cinquecento sicli di mirra fluida; duecentocinquanta, cioè la metà, di cinnamomo odoroso; duecentocinquanta di cannella odorosa; ²⁴cinquecento sicli, del siclo del santuario, di cassia, e un hin di olio di oliva: ²⁵ne farai olio d'unzione santa, un profumo eccezionale, opera di profumiere: sarà l'olio d'unzione santa. ²⁶Ungerai con quello la tenda del convegno e l'arca della testimonianza, ²⁷la tavola e tutti i suoi oggetti, il candelabro e i suoi oggetti, l'altare dell'incenso, ²⁸l'altare dell'olocausto e tutti i suoi oggetti, la vasca e il suo supporto. ²⁹Li santificherai e saranno santissimi: chiunque li toccherà sarà santo. ³⁰Ungerai e consacrerai come sacerdoti Aronne e i suoi figli. ³¹Ai figli d'Israele dirai: "Questo sarà per me olio d'unzione santa per le vostre generazioni. ³²Non si verserà su carne umana e non ne farete della stessa composizione: è santo e santo sarà per voi. ³³Chi farà un profumo simile e ne porrà su un estraneo sarà eliminato dal mio popolo"».

I profumi da bruciare. - ³⁴Il Signore disse a Mosè: «Procùrati dei balsami: storace, onice, galbano e incenso puro: saranno in parti eguali. ³⁵Ne farai incenso profumato, opera di profumiere, salato, puro e santo. ³⁶Lo pesterai in polvere e ne porrai davanti alla testimonianza, nella tenda del convegno, dove ti incontro: sarà per voi cosa santissima. ³⁷Dell'incenso che farai, non ne farete per voi della stessa composizione: sarà per te cosa sacra al Signore. ³⁸Chiunque ne farà di simile per aspirarlo, sarà eliminato dal mio popolo».

31 **Gli artefici del santuario.** - ¹Il Signore disse a Mosè: ²«Vedi, ho chiamato per nome Besaleel, figlio di Uri, figlio di Cur, della tribù di Giuda. ³L'ho riempito dello spirito di Dio, di sapienza, intelligenza, scienza per ogni opera, ⁴per far progetti ed eseguirli in oro, argento e bronzo, ⁵per scolpire la pietra da incastonare, intagliare il legno e fare ogni opera. ⁶Ecco, io gli ho dato Ooliab, figlio di Akisamac, della tribù di Dan. Nel cuore di ogni abile artigiano ho dato la sapienza, e faranno tutto ciò che ti

ho ordinato: ⁷la tenda del convegno, l'arca della testimonianza e il propiziatorio che vi è sopra, e tutti gli oggetti della tenda, ⁸la tavola e i suoi oggetti, il candelabro d'oro puro e tutti i suoi oggetti, l'altare dell'incenso, ⁹l'altare dell'olocausto e tutti i suoi oggetti, la vasca e il suo supporto, ¹⁰le vesti da cerimonia e le vesti sante per il sacerdote Aronne e le vesti dei suoi figli per il sacerdozio; ¹¹l'olio d'unzione e l'incenso aromatico per il santuario. Faranno secondo tutto quello che ti ho ordinato».

Riposo sabbatico. - ¹²Il Signore disse a Mosè: ¹³«Riferisci ai figli d'Israele: Dovrete osservare i miei sabati, perché è un segno tra me e voi per le vostre generazioni, perché sappiate che sono io, il Signore, a santificarvi. ¹⁴Osserverete il sabato, perché è santo per voi: chi lo profanerà sarà messo a morte, perché chiunque vi farà un lavoro sarà eliminato dal mezzo del suo popolo. ¹⁵Per sei giorni lavorerete, e il settimo giorno è riposo assoluto, sacro al Signore: chiunque farà un lavoro nel settimo giorno sarà messo a morte. ¹⁶I figli d'Israele osserveranno il sabato, praticando il sabato nelle loro generazioni. Alleanza perenne. ¹⁷Tra me e i figli d'Israele è un segno perenne, perché in sei giorni il Signore fece il cielo e la terra e nel settimo giorno cessò e respirò».

¹⁸Quando ebbe finito di parlare con lui sul monte Sinai, diede a Mosè due tavole della testimonianza, tavole in pietra, scritte con il dito di Dio.

32 **Il vitello d'oro.** - ¹Il popolo, vedendo che Mosè indugiava nello scendere dal monte, si radunò intorno ad Aronne e gli disse: «Facci un dio che vada davanti a noi, perché di questo Mosè, l'uomo che ci ha fatto uscire dalla terra d'Egitto, non sappiamo che cosa ne sia».

²Aronne disse loro: «Staccate gli anelli d'oro pendenti dalle orecchie delle vostre donne, dei vostri figli, delle vostre figlie e portatemeli». ³Tutto il popolo staccò gli anelli d'oro che pendevano ai loro orecchi e li portarono ad Aronne. ⁴Egli li prese dalle

---

31. - ^{12.} È la terza volta che troviamo la legge del sabato (cfr. Es 16,26; 20,8): prova evidente dell'importanza che vi annnetta il Signore. Qui si aggiunge che il sabato è il distintivo dell'alleanza tra Dio e Israele e che il profanatore sarà ucciso.

loro mani, li fece fondere in una forma e ne ricavò un vitello di metallo fuso. Allora dissero: «Ecco il tuo Dio, Israele, che ti ha fatto uscire dalla terra d'Egitto». [5]Aronne vide e costruì un altare davanti ad esso ed esclamò: «Domani è festa per il Signore».

[6]L'indomani si alzarono e offrirono olocausti e presentarono sacrifici di comunione: il popolo si sedette a mangiare e bere; poi si alzarono per divertirsi.

[7]Il Signore disse a Mosè: «Va', scendi, perché il tuo popolo, che hai fatto uscire dalla terra d'Egitto, si è pervertito. [8]Si sono allontanati presto dal cammino che avevo loro ordinato, si sono fatti un vitello fuso, si sono prostrati davanti ad esso, gli hanno sacrificato e hanno detto: "Ecco il tuo Dio, Israele, che ti ha fatto uscire dalla terra d'Egitto"». [9]Il Signore disse a Mosè: «Ho visto questo popolo, ed ecco è un popolo duro di nuca. [10]Ora lasciami fare: la mia ira si accende contro di loro e li divora, mentre di te farò una grande nazione».

[11]Mosè addolcì il volto del Signore, suo Dio e disse: «Perché, Signore, la tua ira si accende contro il tuo popolo che hai fatto uscire dalla terra d'Egitto con grande potenza e con mano forte? [12]Perché gli Egiziani dovrebbero dire: li ha fatti uscire per cattiveria, per ucciderli sui monti e per sterminarli dalla faccia della terra? Recedi dall'ardore della tua ira e risparmia il male al tuo popolo. [13]Ricordati dei tuoi servi Abramo, Isacco e Israele, ai quali hai giurato per te stesso e ai quali hai detto: "Moltiplicherò il vostro seme come le stelle del cielo e darò tutta questa terra, di cui ti ho parlato, ai tuoi discendenti che la erediteranno per sempre"». [14]Il Signore abbandonò il proposito di fare del male al suo popolo.

[15]Mosè si volse e scese dal monte: aveva nella sua mano le due tavole della testimonianza, tavole scritte su due lati, da una parte e dall'altra. [16]Le tavole erano opera di Dio, la scrittura era scrittura di Dio, incisa sulle tavole.

[17]Giosuè udì la voce del popolo che faceva baccano e disse a Mosè: «C'è rumore di guerra nell'accampamento». [18]Mosè rispose:

«Non voce di canti di vittoria,
né voce di canti di sconfitta:
voci di canti alternati io sento».

[19]Quando si avvicinò all'accampamento, vide il vitello e le danze: l'ira di Mosè si accese; egli scagliò dalla mano le tavole e le ruppe ai piedi del monte. [20]Prese il vitello che avevano fatto, lo bruciò nel fuoco, lo frantumò fino a farlo diventare polvere, la sparse sulla superficie dell'acqua e la fece bere ai figli d'Israele.

[21]Mosè disse ad Aronne: «Che cosa ti ha fatto questo popolo, per averlo indotto in un grande peccato?». [22]Aronne disse: «Non si accenda l'ira del mio signore: tu sai come il popolo è inclinato al male. [23]Essi mi dissero: "Facci un dio che vada davanti a noi, perché di quel Mosè, l'uomo che ci ha fatto uscire dalla terra d'Egitto, non sappiamo che cosa ne sia". [24]E dissi a loro: "Chi ha dell'oro se lo strappi". Me lo diedero e lo gettai nel fuoco. Ne uscì questo vitello».

[25]Mosè vide che il popolo era sfrenato, poiché Aronne l'aveva lasciato sfrenare, tanto da essere poca cosa per i loro avversari. [26]Mosè si tenne sulla porta dell'accampamento e disse: «Chi è per il Signore, a me!». Vicino a lui si radunarono tutti i figli di Levi. [27]Disse loro: «Così dice il Signore, Dio d'Israele: "Metta ognuno la propria spada al fianco, passate e ripassate da porta a porta nell'accampamento e uccidete a chi suo fratello, a chi il suo amico, a chi il suo vicino"». [28]I figli di Levi fecero come aveva detto Mosè e del popolo caddero in quel giorno circa tremila uomini. [29]Mosè disse: «Ricevete oggi l'investitura del Signore, perché ognuno fu contro suo figlio e contro suo fratello, affinché oggi vi dia benedizione».

[30]Il giorno dopo Mosè disse al popolo: «Voi avete commesso un grande peccato, ma ora salirò dal Signore: forse otterrò ancora il perdono del vostro peccato?» [31]Mosè ritornò dal Signore e disse: «Ah, questo popolo ha commesso un grande peccato, e si sono fatti per sé un dio d'oro: [32]e ora, se tu sopportassi il loro peccato! Se no, cancellami dal tuo libro che hai scritto». [33]Il Signore disse a Mosè: «Chi ha peccato contro di me, quello cancellerò dal mio libro. [34]E ora va', conduci il popolo dove ti ho detto. Ecco, il mio angelo andrà davanti a te; ma nel giorno della mia visita li punirò del loro peccato». [35]Il Signore colpì il popolo, perché avevano fatto il vitello, fuso da Aronne.

33 Minacce di Dio. Partenza. - [1]Il Signore disse a Mosè: «Va', parti di qui, tu e il popolo che hai fatto uscire dalla terra d'Egitto, verso la terra che ho giurato

ad Abramo, Isacco e Giacobbe dicendo: "La darò al tuo seme. [2]Manderò davanti a te un angelo e caccerò via il Cananeo, l'Amorreo, l'Hittita, il Perizzita, l'Eveo e il Gebuseo". [3]Va' verso la terra dove scorre latte e miele; non sarò certo io a salire in mezzo a te, perché sei un popolo duro di nuca e non ti finisca lungo il cammino". [4]Il popolo udì quella parola cattiva: si rattristarono e nessuno si mise addosso un ornamento.

[5]Il Signore disse a Mosè: «Di' ai figli d'Israele: "Voi siete un popolo duro di cervice. Se per un solo istante io venissi in mezzo a voi, vi sterminerei. Ora togliti i tuoi ornamenti, poi saprò quello che dovrò farti"». [6]I figli d'Israele si spogliarono dei loro ornamenti dal monte Oreb.

La tenda. - [7]Mosè ad ogni tappa prendeva la tenda e la piantava fuori dell'accampamento, lontano dall'accampamento, e l'aveva chiamata tenda del convegno. Chiunque ricercava il Signore usciva verso la tenda del convegno, che era fuori dell'accampamento. [8]Quando Mosè usciva verso la tenda, tutto il popolo si alzava e ognuno stava all'entrata della propria tenda e seguiva Mosè con lo sguardo finché entrava nella tenda. [9]Quando Mosè entrava nella tenda, la colonna di nube scendeva e stava all'ingresso della tenda; ed Egli parlava a Mosè. [10]Tutto il popolo vedeva la colonna di nube che stava all'entrata della tenda: tutto il popolo si alzava e ognuno si prostrava all'ingresso della propria tenda. [11]Il Signore parlava con Mosè faccia a faccia, come un uomo parla con il suo vicino: poi tornava all'accampamento. Il suo servo Giosuè, giovane figlio di Nun, non si allontanava dall'interno della tenda.

Preghiera di Mosè. - [12]Mosè disse al Signore: «Vedi, tu mi dici: "Fa' salire questo popolo", ma non mi fai sapere chi manderai con me. Ma tu mi hai detto: "Ti conosco per nome e hai anche trovato grazia ai miei occhi". [13]Allora, se ho trovato grazia ai tuoi occhi, fammi conoscere la tua via, così che io ti conosca e trovi grazia ai tuoi occhi. Vedi: questa nazione è tuo popolo». [14]Rispose: «Il mio volto camminerà con voi e ti farò riposare». [15]Gli disse: «Se non è il tuo volto a camminare con noi, non farci salire di qui. [16]In che cosa si saprebbe qui che ho trovato grazia ai tuoi occhi, io e il tuo popolo? Non è forse perché tu camminerai con noi e ci

distingueremo, io e il tuo popolo, da tutti i popoli che sono sulla faccia della terra?». [17]Il Signore disse a Mosè: «Anche questa cosa che mi hai detto farò, perché hai trovato grazia ai miei occhi e ti conosco per nome». [18]Gli disse: «Fammi dunque vedere la tua gloria». [19]Rispose: «Io farò passare tutto il mio splendore davanti a te e pronuncerò davanti a te il nome del Signore. Farò grazia a chi farò grazia e avrò pietà di chi avrò pietà». [20]E aggiunse: «Non puoi vedere il mio volto, perché l'uomo non può vedermi e vivere». [21]Il Signore disse: «Ecco un luogo vicino a me: ti terrai sulla roccia. [22]Quando passerà la mia gloria, ti metterò nella fenditura della roccia e ti coprirò con la mia palma fino a quando sarò passato; [23]poi ritirerò la mia palma e mi vedrai di spalla; ma il mio volto non si vedrà».

34 Rinnovazione dell'alleanza. Tavole della legge. - [1]Il Signore disse a Mosè: «Scolpisciti due tavole di pietra, come le prime: scriverò sulle tavole le parole che erano sulle prime tavole che hai rotto. [2]Sii pronto al mattino: sali, al mattino, sul monte Sinai e starai lì per me, sulla cima del monte. [3]Nessuno salirà con te, neppure uno si veda in tutto il monte: né greggi né armenti pascolino intorno a questo monte».

[4]Mosè tagliò due tavole di pietra, come le prime, poi si alzò di buon mattino e salì sul monte Sinai, come gli aveva ordinato il Signore, e prese nella sua mano le due tavole di pietra. [5]Il Signore scese nella nuvola e si tenne là presso di lui ed egli invocò il nome del Signore. [6]Il Signore passò davanti a lui e gridò: «Il Signore, il Signore, Dio di pietà e misericordia, lento all'ira e ricco di grazia e verità, [7]che conserva grazia per mille generazioni, sopporta colpa, trasgressione e peccato, ma senza ritenerli innocenti, che visita la colpa dei padri sui figli e sui figli dei figli fino alla terza e fino alla quarta generazione». [8]Mosè si chinò a terra e si prostrò. [9]Poi disse: «Se ho trovato grazia ai tuoi occhi, mio Signore, venga il mio Signore in mezzo a noi, perché quello è un popolo duro di cervice; perdona la nostra colpa e il nostro peccato e prendici in eredità».

---

33. - [11]. Dio comunica con Mosè come un uomo col suo vicino, cioè con la stessa familiarità e la stessa facilità di comprendersi.

¹⁰Il Signore disse: «Ecco, io contraggo un'alleanza di fronte a tutto il tuo popolo: compirò prodigi che non sono mai stati compiuti in tutta la terra e tra tutte le nazioni; tutto il popolo, in mezzo al quale tu sei, vedrà come è terribile l'opera del Signore, che io farò con te. ¹¹Osserva quello che io ti ordino oggi: ecco, caccio davanti a te l'Amorreo, il Cananeo, l'Hittita, il Perizzita, l'Eveo e il Gebuseo. ¹²Guàrdati dal contrarre alleanza con l'abitante del paese nel quale stai andando, perché non sia una trappola in mezzo a te: ¹³rovescerete i loro altari, spezzerete le loro stele, taglierete i loro pali sacri, ¹⁴perché non ti prostrerai a un altro dio, poiché il Signore è un Dio geloso.

¹⁵Non contrarre alleanza con l'abitante del paese: altrimenti, quando si prostituiscono ai loro dèi e sacrificano ai loro dèi, ti chiamerà e mangerai del suo sacrificio. ¹⁶Non prenderai delle sue figlie per i tuoi figli: altrimenti quando esse si prostituiranno ai loro dèi, faranno prostituire i tuoi figli ai loro dèi.

¹⁷Non ti farai un dio di metallo fuso.

¹⁸Osserverai la festa degli Azzimi: per sette giorni mangerai azzimi, come ti ho ordinato, per il tempo stabilito del mese di Abib, perché nel mese di Abib sei uscito dall'Egitto.

¹⁹Chiunque apre il grembo è mio, ogni primogenito maschio, bovino e ovino. ²⁰Riscatterai il primo nato di un asino con un ovino e se non potrai riscattarlo gli spaccherai la nuca. Riscatterai ogni primogenito dei tuoi figli. Non ti presenterai davanti a me a mani vuote.

²¹Lavorerai per sei giorni, ma al settimo giorno riposerai: durante l'aratura e la mietitura riposerai.

²²Celebrerai la festa delle settimane, primizia della mietitura del grano, e la festa del raccolto, al volgere dell'anno.

²³Tre volte all'anno ogni tuo maschio si presenterà davanti al Signore, Dio d'Israele, ²⁴perché ti farò entrare in possesso di nazioni davanti a te e allargherò i tuoi confini: nessuno bramerà la tua terra, quando salirai a vedere il volto del Signore, tuo Dio, tre volte all'anno.

²⁵Non immolerai sul pane lievitato il mio sacrificio di sangue e il sacrificio della festa di Pasqua non dovrà durare tutta la notte fino al mattino.

²⁶Porterai alla casa del Signore, tuo Dio, il meglio delle primizie del tuo suolo.

Non farai cuocere un capretto nel latte di sua madre».

²⁷Il Signore disse a Mosè: «Scrivi queste parole, perché secondo queste parole ho contratto alleanza con te e con Israele».

²⁸Mosè stette con il Signore quaranta giorni e quaranta notti: non mangiò pane né bevve acqua. Scrisse sulle tavole le parole dell'alleanza, le dieci parole.

²⁹Quando Mosè scese dal monte Sinai, le due tavole della testimonianza erano in mano sua, mentre scendeva dal monte, e Mosè non sapeva che la pelle del suo viso era raggiante, per avere parlato con lui. ³⁰Aronne e tutti i figli d'Israele videro Mosè, ed ecco, la pelle del suo viso era raggiante; ebbero paura di avvicinarsi a lui. ³¹Mosè li chiamò e Aronne con tutti i capi della comunità andò da lui. Mosè parlò con loro. ³²Dopo di che, tutti i figli d'Israele si avvicinarono e ordinò loro tutto quello che il Signore gli aveva detto sul monte Sinai. ³³Quando Mosè ebbe finito di parlare con loro, si mise un velo sul volto. ³⁴Quando Mosè entrava davanti al Signore per parlare con lui, toglieva il velo fino alla sua uscita: poi usciva e diceva ai figli d'Israele quello che gli era stato ordinato. ³⁵I figli d'Israele, guardando il volto di Mosè, vedevano che la pelle del suo volto era raggiante. Poi Mosè rimetteva il velo sul suo volto, fino a quando entrava a parlare con lui.

35 Riposo sabbatico. - ¹Mosè radunò tutta la comunità dei figli d'Israele e disse loro: «Queste sono le cose che il Signore ha ordinato di fare: ²per sei giorni lavorerete, ma il settimo giorno sarà santo per voi: è riposo assoluto in onore del Signore; chiunque vi farà un lavoro sarà messo a morte. ³Non accenderete il fuoco in nessuna vostra dimora nel giorno di sabato».

Colletta. - ⁴Mosè disse a tutta la comunità dei figli d'Israele: «Ecco che cosa ha ordinato il Signore: ⁵"Prendete tra voi un'offerta per il Signore: chiunque è spinto dal proprio cuore porterà al Signore un'offerta in

---

34. - ¹⁵⁻¹⁶. Spesso l'AT chiama l'idolatria col nome di prostituzione, fornicazione, adulterio, poiché essa significa l'abbandono del vero Dio, con cui Israele ha stretto alleanza.

oro, argento e bronzo; [6]porpora viola, porpora rossa, scarlatto, bisso e tessuto di peli di capra; [7]pelli di montone tinte di rosso, pelli conciate e legni di acacia; [8]olio per illuminazione, balsami per l'olio d'unzione e per l'incenso aromatico; [9]pietre d'onice e pietre da incastonare nell'efod e nel pettorale. [10]Ogni sapiente di cuore tra voi verrà e farà tutto quello che il Signore ha ordinato: [11]la dimora e la sua tenda, la sua copertura, le sue fibbie, le sue assi, le sue traverse, le sue colonne e le sue basi; [12]l'arca e le sue stanghe, il propiziatorio e il velo delle cortine di copertura; [13]la tavola, le sue stanghe, tutti i suoi oggetti e il pane di presentazione; [14]il candelabro dell'illuminazione, tutti i suoi oggetti, le sue lampade e l'olio dell'illuminazione; [15]l'altare dell'incenso, le sue stanghe, l'olio dell'unzione, l'incenso aromatico, la cortina d'ingresso all'entrata della dimora; [16]l'altare dell'olocausto con la sua graticola di bronzo, le sue sbarre e tutti i suoi oggetti, la vasca e il suo supporto, [17]i tendaggi del recinto, le sue colonne, le sue basi, e la cortina della porta del recinto; [18]i picchetti della dimora, i picchetti del recinto e le loro corde; [19]le vesti da cerimonia per il servizio del santuario, le vesti sacre per il sacerdote Aronne e le vesti dei suoi figli per il sacerdozio"».

[20]Tutta la comunità dei figli d'Israele uscì dalla presenza di Mosè. [21]Poi vennero, ognuno portato dal proprio cuore, ognuno spinto dal proprio spirito, e portarono l'offerta del Signore per l'opera della tenda del convegno, per tutto il suo servizio e per le vesti sacre. [22]Vennero gli uomini con le donne, chiunque era spinto dal cuore, e portarono fermagli, pendenti, anelli, collane, ogni oggetto d'oro: tutti quelli che volevano fare un'offerta di oro al Signore. [23]E tutti quelli che possedevano porpora viola, porpora rossa, scarlatto, bisso, tessuto di peli di capra, pelli di montone tinte di rosso, pelli conciate, li portarono. [24]Chiunque poteva offrire un dono d'argento e di bronzo, portò l'offerta del Signore, e tutti quelli che si trovarono legno d'acacia per ogni opera da eseguire, lo portarono; [25]ogni donna saggia di cuore con le proprie mani filò e portarono del filato, porpora viola, porpora rossa, scarlatto e bisso; [26]tutte le donne portate dal proprio cuore con saggezza filarono i peli di capra; [27]i capi portarono pietre d'onice e pietre da incastonare nell'efod e nel pettorale, [28]balsamo, olio per l'illumi-

nazione, olio d'unzione e incenso aromatico.

[29]Ogni uomo e donna, spinti dal proprio cuore a portare qualcosa per l'opera che il Signore aveva ordinato di fare per mezzo di Mosè, i figli d'Israele portarono volontariamente al Signore.

Gli artigiani sacri. - [30]Mosè disse ai figli d'Israele: «Vedete, il Signore ha chiamato per nome Besaleel, figlio di Uri, figlio di Cur, della tribù di Giuda. [31]Lo spirito di Dio lo ha riempito di sapienza, intelligenza, scienza per ogni opera, [32]per progettare artisticamente ed eseguire in oro, argento e bronzo; [33]per scolpire la pietra da incastonare, per intagliare il legno, per fare ogni opera ad arte. [34]Ha posto nel suo cuore la facoltà di insegnare, in lui e in Ooliab, figlio di Akisamac, della tribù di Dan. [35]Li ha riempiti della sapienza del cuore per fare ogni opera di intagliatore, disegnatore, ricamatore con porpora viola, porpora rossa, scarlatto, bisso e di tessitore: capaci di compiere ogni opera e progettarla artisticamente».

36 **La colletta sospesa.** - [1]Besaleel, Ooliab e ogni uomo saggio di cuore, a cui il Signore ha dato sapienza, intelligenza per saper fare ogni opera di servizio nel santuario, fecero secondo tutto quello che aveva ordinato il Signore.

[2]Mosè chiamò Besaleel, Ooliab e ogni saggio di cuore a cui il Signore aveva dato sapienza nel proprio cuore, chiunque era portato dal proprio cuore ad affrontare l'opera per eseguirla. [3]Presero dalla presenza di Mosè ogni offerta che avevano portato i figli d'Israele per l'opera del servizio del santuario per eseguirla. Gl'Israeliti continuavano a portare loro ogni mattina offerte volontarie. [4]Allora vennero tutti i saggi che facevano opera del santuario, ognuno dalla propria opera che stavano facendo, [5]e dissero a Mosè: «Il popolo porta più del necessario per l'opera che il Signore ha ordinato di eseguire». [6]Mosè allora fece proclamare nell'accampamento: «Uomo e donna non facciano più lavoro per la colletta del santuario». E il popolo cessò di portare. [7]Il materiale era sufficiente per tutta l'opera da eseguire e ne avanzava.

La dimora. - [8]Ogni saggio di cuore tra quelli che lavoravano fece la dimora. Besaleel la fece con dieci teli di bisso ritorto, porpora viola, porpora rossa, scarlatto; fece pure dei cherubini, lavorati artisticamente. [9]La lunghezza di un telo: ventotto cubiti; la larghezza: quattro cubiti per un telo; una misura unica per tutti i teli. [10]Si unirono cinque teli l'uno all'altro e cinque altri teli si unirono l'uno all'altro.

[11]Fece cordoni di porpora viola sull'orlo del primo telo, all'estremità delle giunzioni: così fece all'orlo del telo che è all'estremità della seconda giunzione. [12]Fece cinquanta cordoni al primo telo e cinquanta cordoni all'estremità del telo che è nella seconda giunzione, mentre i cordoni corrispondevano l'uno all'altro. [13]Fece cinquanta fibbie d'oro e unì i teli l'uno all'altro con le fibbie. E la dimora fu un tutt'uno.

[14]Fece dei teli in pelo di capra per la tenda sopra la dimora: ne fece undici. [15]Lunghezza di un telo: trenta cubiti; quattro cubiti la larghezza di un telo; una misura unica per gli undici teli. [16]Si unirono cinque teli da una parte e sei teli dall'altra, [17]e fece cinquanta cordoni sull'orlo del telo all'estremità nelle giunzioni e cinquanta cordoni sull'orlo del telo della seconda giunzione. [18]Fece cinquanta fibbie di bronzo per unire la tenda, perché fosse un tutt'uno. [19]Fece una copertura alla tenda di pelli di montone tinte di rosso e una copertura di pelli conciate al di sopra.

Armatura della tenda. - [20]Fece per la dimora le assi in legno d'acacia, verticali: [21]la lunghezza di un'asse dieci cubiti e la larghezza un cubito e mezzo. [22]Ogni asse aveva due sostegni appaiati l'uno all'altro: così fece per tutte le assi della dimora.

[23]Fece le assi per la dimora: venti assi verso sud, a mezzogiorno. [24]Fece quaranta basi d'argento sotto le venti assi: due basi sotto un'asse per i suoi due sostegni e due basi sotto l'altra asse per i suoi due sostegni. [25]Per il secondo lato della dimora, verso nord, fece venti assi, [26]con i loro quaranta basi d'argento due basi sotto un'asse e due basi sotto l'altra asse. [27]Per la parte posteriore della dimora verso ovest, fece sei assi. [28]E fece due assi per gli angoli della dimora nella parte posteriore: [29]furono appaiate perfettamente in basso e furono perfettamente insieme in cima, al primo anello. Così fece per ambedue, per formare i due angoli. [30]Vi erano otto assi con le loro basi d'argento: sedici

basi: due basi sotto un'asse e due basi sotto un'altra asse.

[31]Fece delle traverse in legno d'acacia: cinque per le assi di un lato della dimora: [32]cinque traverse per le assi del secondo lato della dimora, e cinque traverse per le assi del lato posteriore della dimora, verso occidente. [33]Fece la traversa di centro, che passava in mezzo alle assi da un'estremità all'altra. [34]Ricoprì d'oro le assi e fece anelli d'oro per inserirvi le traverse e ricoprì d'oro le traverse.

Il velo. - [35]Fece un velo di porpora viola, porpora rossa, di scarlatto e bisso ritorto: lo fece artisticamente con cherubini. [36]Gli fece quattro colonne d'acacia, le ricoprì d'oro, con i loro uncini d'oro, e fuse per esse quattro basi d'argento.

[37]All'ingresso della tenda fece una cortina di porpora viola, porpora rossa, scarlatto e bisso ritorto, con lavoro di ricamatore, [38]e cinque colonne con i loro uncini, e ricoprì d'oro la loro cima e le loro aste trasversali, e fece le loro cinque basi di bronzo.

37 **L'arca.** - [1]Besaleel fece l'arca di legno d'acacia, lunga due cubiti e mezzo, larga un cubito e mezzo e alta un cubito e mezzo. [2]La ricoprì d'oro puro, dentro e fuori, e le fece intorno un bordo d'oro. [3]Fuse per essa quattro anelli d'oro ai suoi quattro piedi: due anelli su un lato e due anelli sul suo secondo lato. [4]Fece delle stanghe di legno d'acacia, le ricoprì d'oro [5]e introdusse le stanghe negli anelli ai lati dell'arca per trasportare l'arca.

[6]Fece un propiziatorio d'oro puro, lungo due cubiti e mezzo e largo un cubito e mezzo. [7]Fece due cherubini d'oro massiccio: li fece alle due estremità del propiziatorio. [8]Fece un cherubino da una parte e l'altro cherubino dall'altra parte del propiziatorio: fece i cherubini sulle sue due estremità. [9]I cherubini stendevano le ali verso l'alto, proteggendo con le loro ali il propiziatorio: erano rivolti l'uno verso l'altro e le facce dei cherubini erano rivolte verso il propiziatorio.

Tavola della presentazione dei pani. - [10]Fece una tavola in legno d'acacia, lunga due cubiti, larga un cubito e alta un cubito e mezzo. [11]La ricoprì d'oro puro e le fece intorno un bordo d'oro. [12]Le fece intorno dei traversini di un palmo e fece un bordo d'oro intorno ai suoi traversini. [13]Fuse per essa quattro anelli d'oro e pose gli anelli ai quattro angoli che sono ai suoi quattro piedi. [14]Accanto ai traversini erano gli anelli per contenere le stanghe per sollevare la tavola. [15]Fece le stanghe in legno d'acacia e le ricoprì d'oro per sollevare la tavola. [16]Fece gli oggetti che erano sulla tavola d'oro puro: i suoi piatti, le sue coppe, le sue anfore e le sue tazze, con cui si fanno le libazioni.

Il candelabro. - [17]Fece il candelabro d'oro puro: lo fece d'oro massiccio, con il suo tronco e i suoi rami; aveva i suoi calici, le sue corolle e i suoi fiori. [18]Sei rami uscivano dai suoi lati: tre rami da un lato del candelabro e tre rami dall'altro lato. [19]Tre calici in forma di mandorlo su un ramo, con corolla e fiore, e tre calici in forma di mandorlo sull'altro ramo, con corolla e fiore. Così per i sei rami che uscivano dal candelabro. [20]Il candelabro aveva quattro calici in forma di mandorlo, con le loro corolle e i loro fiori: [21]una corolla sotto due rami uscenti da esso, una corolla sotto gli altri due rami uscenti da esso e una corolla sotto gli ultimi due rami uscenti da esso: così per i sei rami che uscivano dal candelabro. [22]Le sue corolle e i suoi rami formavano un tutt'uno massiccio d'oro puro. [23]Fece le sue sette lampade, i suoi smoccolatoi e i suoi portacenere d'oro puro. [24]Impiegò un talento d'oro puro per esso e per tutti i suoi oggetti.

Altare dei profumi. Olio d'unzione e profumi. - [25]Fece un altare per far fumare l'incenso in legno d'acacia, lungo un cubito, largo un cubito, quadrato, alto due cubiti, munito dei suoi corni. [26]Ricoprì d'oro puro il suo ripiano superiore, i suoi lati intorno e i suoi corni; e gli fece intorno una bordatura d'oro. [27]Gli fece due anelli d'oro sotto la sua bordatura, sui due fianchi, cioè sui due lati opposti per introdurvi le stanghe con le quali portarlo. [28]Fece le stanghe in legno d'acacia e le ricoprì d'oro.

[29]Fece l'olio dell'unzione santa e l'incenso profumato, puro, opera di profumiere.

38 **L'altare degli olocausti.** - [1]Fece l'altare degli olocausti in legno d'acacia, lungo cinque cubiti, largo cinque cubiti, quadrato, alto tre cubiti. [2]Fece i suoi corni ai suoi quattro angoli, e i suoi corni erano un tutt'uno con esso. Lo ricoprì di bronzo.

[3]Fece tutti gli oggetti dell'altare: i recipienti, le palette, i catini, le forcelle, i bracieri; tutti i suoi oggetti li fece di bronzo. [4]All'altare fece una graticola lavorata a forma di rete, di bronzo, sotto la cornice dell'altare, verso il basso, così da giungere sino a metà altezza dell'altare. [5]Fuse quattro anelli alle quattro estremità della graticola di bronzo per inserirvi le stanghe. [6]Fece le stanghe in legno d'acacia e le ricoprì di bronzo. [7]Fece introdurre le stanghe negli anelli ai lati dell'altare per sollevarlo con esse. Lo fece di tavole, vuoto all'interno.

La vasca. - [8]Fece una vasca di bronzo, con il suo supporto di bronzo, usando gli specchi delle donne che prestavano servizio all'ingresso della tenda del convegno.

Il recinto. - [9]Fece il recinto. Sul lato sud, a meridione, i tendaggi del recinto erano cento cubiti di bisso ritorto; [10]le sue colonne venti, con venti basi di bronzo; gli uncini delle colonne e le loro aste trasversali erano d'argento. [11]Sul lato settentrionale cento cubiti di tendaggi, con le sue venti colonne e le sue venti basi di bronzo; gli uncini delle colonne e le loro aste trasversali d'argento. [12]Sul lato occidentale, cinquanta cubiti di tendaggi, con le sue dieci colonne e le sue dieci basi; gli uncini delle colonne e le aste trasversali d'argento. [13]Sul lato est, a oriente, cinquanta cubiti. [14]Quindici cubiti di tendaggi, le sue tre colonne e le sue basi per la prima ala; [15]per la seconda ala, quindici cubiti di tendaggi, con le sue tre colonne e le sue tre basi; le due ali erano da una parte e dall'altra della porta d'entrata. [16]Tutti i tendaggi intorno al recinto erano di bisso ritorto, [17]le basi delle colonne di bronzo, gli uncini delle colonne e le sue aste trasversali d'argento, il rivestimento della loro cima d'argento e tutte le colonne del recinto avevano aste trasversali d'argento.

[18]Il velo della porta del recinto era opera di ricamatore, di porpora viola, porpora rossa, scarlatto e bisso ritorto, lungo venti cubiti, alto cinque nel senso della larghezza, come i tendaggi del recinto. [19]Le relative quattro colonne e le loro quattro basi erano di bronzo, i loro uncini d'argento, il rivestimento della loro cima e le aste trasversali d'argento. [20]Tutti i picchetti intorno alla dimora e al recinto erano di bronzo.

Computo dei metalli. - [21]Questo è il computo della dimora, della dimora della testimonianza, redatto per ordine di Mosè dai leviti, sotto la direzione di Itamar, figlio del sacerdote Aronne. [22]Besaleel, figlio di Uri, figlio di Cur, della tribù di Giuda, fece tutto quello che il Signore aveva ordinato a Mosè, [23]e con lui Ooliab, figlio di Akisamac, della tribù di Dan, intagliatore, disegnatore e ricamatore di porpora viola, porpora rossa, scarlatto e bisso. [24]Tutto l'oro impiegato per il lavoro, in tutta la costruzione del santuario, oro presentato in offerta, fu di ventinove talenti e settecentotrenta sicli, del siclo del santuario. [25]L'argento raccolto in occasione del censimento della comunità fu di cento talenti e millesettecentosettantacinque sicli, del siclo del santuario: [26]un beqa a testa, cioè un mezzo siclo, del siclo del santuario, per tutti coloro che furono sottoposti a censimento, dai vent'anni in su. Erano seicentotremilacinquecentocinquanta. [27]Cento talenti d'argento servirono per fondere le basi del santuario e le basi del velo: cento basi per cento talenti, un talento per base. [28]Con i millesettecentosettantacinque sicli fece gli uncini alle colonne, ricoprì le loro cime e fece le loro aste trasversali. [29]Il bronzo presentato in offerta era di settanta talenti e duemilaquattrocento sicli. [30]Con esso fece le basi dell'ingresso della tenda del convegno, l'altare di bronzo, la sua graticola di bronzo e tutti gli oggetti dell'altare, [31]le basi intorno al recinto, le basi della porta del recinto, tutti i picchetti della dimora e tutti i picchetti intorno al recinto.

39 **Le vesti del sommo sacerdote.** - [1]Con porpora viola, porpora rossa e scarlatto fecero le vesti d'ufficio per il servizio del santuario: fecero le vesti sacre per Aronne, come il Signore aveva ordinato a Mosè.

L'efod. - [2]Fecero l'efod d'oro, di porpora viola, porpora rossa, scarlatto e bisso ritorto. [3]Batterono placche d'oro, le tagliarono in strisce per intrecciarle con la porpora viola, la porpora rossa, lo scarlatto e il bisso ritorto, con opera di disegnatore. [4]Gli fecero due spalline, che furono attaccate alle due estremità. [5]La cintura che era sopra al suo efod era dello stesso suo lavoro: oro, porpora viola, porpora rossa, scarlatto e bisso ritorto, come il Signore aveva ordinato a Mosè.

[6]Lavorarono le pietre d'onice, inserite in castoni d'oro, incastonati d'oro, incise con i nomi dei figli d'Israele, secondo l'arte di incidere i sigilli. [7]Le posero sulle spalline dell'efod, pietre in memoriale per i figli d'Israele, come il Signore aveva ordinato a Mosè.

Il pettorale. - [8]Fecero il pettorale in lavoro artistico, come il lavoro dell'efod: oro, porpora viola, porpora rossa, scarlatto e bisso ritorto. [9]Era quadrato e lo fecero doppio, lungo una spanna e largo una spanna. [10]Lo coprirono con quattro file di pietre. Prima fila: cornalina, topazio, smeraldo. [11]Seconda fila: turchese, zaffiro, diamante. [12]Terza fila: giacinto, agata, ametista. [13]Quarta fila: crisolito, onice, diaspro. Erano inserite nell'oro mediante i loro castoni. [14]Le pietre si riferivano ai nomi dei figli d'Israele: erano dodici, secondo i loro nomi incisi come i sigilli, ognuna con il nome corrispondente, secondo le dodici tribù.

[15]Fecero sul pettorale catene per legare, opera d'intreccio d'oro puro. [16]Fecero due castoni d'oro e due anelli d'oro e misero i due anelli alle due estremità del pettorale. [17]Misero le due catene d'oro sui due anelli, alle estremità del pettorale. [18]Misero le due estremità delle due catene sui due castoni e le posero sulle spalline dell'efod, nella parte anteriore.

[19]Fecero due anelli d'oro e li posero alle due estremità del pettorale, sul suo orlo che è sull'altra parte dell'efod, all'interno. [20]Fecero due anelli d'oro e li posero sulle due spalline dell'efod, in basso, sul suo lato anteriore, vicino al suo attacco, al di sopra della cintura dell'efod. [21]Legarono il pettorale con i suoi anelli agli anelli dell'efod, in modo che il pettorale non si possa muovere da sopra l'efod, come il Signore aveva ordinato a Mosè.

[22]Fecero il mantello dell'efod, con lavoro di tessitore, completamente di porpora viola. [23]L'apertura del mantello, nel suo mezzo, era come l'apertura di una corazza; intorno all'apertura c'era un orlo, perché non si lacerasse. [24]Fecero sui lembi del mantello melagrane in porpora viola, porpora rossa, scarlatto e bisso ritorto. [25]Fecero campanelli d'oro puro e misero i campanelli in mez-

zo alle melagrane, intorno ai lembi del mantello: ²⁶un campanello e una melagrana, un campanello e una melagrana intorno ai lembi del mantello, per il servizio, come il Signore aveva ordinato a Mosè.

²⁷Fecero le tuniche di bisso, opera di tessitore, per Aronne e i suoi figli; ²⁸il turbante di bisso, gli ornamenti dei copricapo di bisso, i calzoni di lino di bisso ritorto, ²⁹la cintura di bisso ritorto, di porpora viola, porpora rossa e scarlatto, con opera di ricamatore, come il Signore aveva ordinato a Mosè.

Segno di consacrazione. - ³⁰Fecero una lamina, diadema di santità, in oro puro e vi scrissero sopra come su di un sigillo: «Consacrato al Signore». ³¹Vi fissarono una striscia di porpora per metterlo sopra il turbante, come il Signore aveva ordinato a Mosè. ³²Così fu terminato tutto il lavoro della dimora e della tenda del convegno. I figli d'Israele fecero secondo tutto quello che il Signore aveva ordinato a Mosè.
Fecero proprio così.

Consegna a Mosè delle opere eseguite. - ³³Portarono a Mosè la dimora, la tenda e tutti i suoi oggetti: le sue fibbie, le sue assi, le sue traverse, le sue colonne, le sue basi; ³⁴la copertura di pelli di montone tinte di rosso, la copertura di pelli conciate, il velo della cortina; ³⁵l'arca della testimonianza, le sue stanghe, il propiziatorio; ³⁶la tavola e tutti i suoi oggetti, il pane della presentazione; ³⁷il candelabro puro, le sue lampade, lampade in ordine, e tutti i suoi oggetti, con l'olio dell'illuminazione; ³⁸l'altare d'oro, l'olio d'unzione, l'incenso profumato, la cortina d'ingresso della tenda; ³⁹l'altare di bronzo, con la sua graticola di bronzo, le sue stanghe e tutti i suoi oggetti; la vasca e il suo supporto; ⁴⁰i tendaggi del recinto, le sue colonne, le sue basi, la cortina per la porta del recinto, i suoi cordoni, i suoi picchetti e tutti gli oggetti del servizio della dimora, per la tenda della riunione; ⁴¹le vesti d'ufficio per servire nel santuario, le vesti sacre per il sacerdote Aronne e le vesti dei suoi figli per il sacerdozio.

⁴²Secondo tutto quello che il Signore aveva ordinato a Mosè, così i figli d'Israele eseguirono ogni lavoro. ⁴³Mosè vide tutta l'opera e riscontrò che era fatta come aveva ordinato il Signore. E Mosè li benedisse.

40 **Erezione e consacrazione del santuario.** - ¹Il Signore disse a Mosè: ²«Il primo giorno del primo mese erigerai la dimora, la tenda del convegno. ³Vi metterai l'arca della testimonianza e coprirai l'arca con il velo. ⁴Porterai la tavola e ne farai la disposizione, porterai il candelabro e vi porrai sopra le sue lampade. ⁵Metterai l'altare d'oro per l'incenso davanti all'arca della testimonianza e porrai la cortina dell'ingresso della dimora. ⁶Metterai l'altare dell'olocausto davanti all'ingresso della dimora della tenda del convegno. ⁷Porrai la vasca tra la tenda del convegno e l'altare e vi metterai l'acqua. ⁸Porrai intorno il recinto e metterai la cortina della porta del recinto.

⁹Prenderai l'olio dell'unzione e ungerai la dimora e tutto quello che vi si trova, la consacrerai con tutti i suoi oggetti: e sarà santa. ¹⁰Ungerai l'altare dell'olocausto e tutti i suoi oggetti: consacrerai l'altare e sarà l'altare santissimo. ¹¹Ungerai la vasca e il suo supporto: la consacrerai. ¹²Farai avvicinare Aronne e i suoi figli all'ingresso della tenda del convegno e li laverai con acqua. ¹³Rivestirai Aronne con le vesti sacre, lo ungerai, lo consacrerai e sarà mio sacerdote. ¹⁴Farai avvicinare i suoi figli e li rivestirai con tuniche. ¹⁵Li ungerai come hai unto il loro padre e saranno miei sacerdoti: la loro unzione sarà per essi come un sacerdozio perenne, per le loro generazioni».

Esecuzione degli ordini divini. - ¹⁶Mosè fece secondo tutto quello che il Signore gli aveva ordinato.

¹⁷Il primo mese del secondo anno, il primo del mese, fu eretta la dimora. ¹⁸Mosè eresse la dimora, pose le sue basi, mise le sue assi, pose le sue traverse, innalzò le sue colonne; ¹⁹distese la tenda sopra la dimora e vi pose sopra la copertura, in alto, come il Signore aveva ordinato a Mosè.

²⁰Prese e pose la testimonianza nell'arca, mise le stanghe all'arca, pose il coperchio sull'arca; ²¹portò l'arca nella dimora, mise il velo della cortina e coprì l'arca della testimonianza, come il Signore aveva ordinato a Mosè.

²²Mise la tavola nella tenda del convegno, sul fianco della dimora, a settentrione, all'esterno del velo; ²³dispose su di essa il pane, in focacce sovrapposte, davanti al Signore, com'egli aveva ordinato a Mosè.

²⁴Pose il candelabro nella tenda del convegno, di fronte alla tavola, sul fianco della dimo-

ra, a sud; [25]vi collocò sopra le lampade di fronte al Signore, com'egli aveva ordinato a Mosè.

[26]Mise l'altare d'oro nella tenda del convegno davanti al velo, [27]e vi fece fumare sopra l'incenso profumato, come il Signore aveva ordinato a Mosè.

[28]Mise la cortina all'ingresso della dimora, [29]pose l'altare dell'olocausto all'ingresso della dimora della tenda del convegno e offrì su di esso l'olocausto e l'oblazione, come il Signore aveva ordinato a Mosè.

[30]Pose la vasca tra la tenda del convegno e l'altare e vi mise l'acqua per l'abluzione: [31]con quest'acqua Mosè, Aronne e i suoi figli si lavavano le mani e i piedi; [32]quando entravano nella tenda del convegno e si avvicinavano all'altare si lavavano, come il Signore aveva ordinato a Mosè.

[33]Innalzò il recinto intorno alla dimora e all'altare e mise la cortina alla porta del recinto. Così Mosè terminò il lavoro.

La nube. - [34]La nube coprì la tenda del convegno e la gloria del Signore riempì la dimora. [35]Mosè non poté entrare nella tenda del convegno perché la nube vi dimorava sopra e la gloria del Signore riempiva la dimora.

[36]Quando la nube si alzava al di sopra della dimora, i figli d'Israele si spostavano in tutte le loro tappe; [37]e se la nube non si alzava, non si spostavano finché non si fosse alzata. [38]Perché di giorno la nube del Signore era sopra la dimora e di notte vi era sopra un fuoco, agli occhi di tutta la casa d'Israele in tutte le sue tappe.

---

40. - [36.] La colonna di nube e di fuoco, che aveva accompagnato gli Ebrei, si posò sulla tenda, come segno della presenza divina. Essa fu sempre guida del popolo eletto fino alla terra promessa, poi scomparve. La tenda invece, seguì gli Israeliti anche nella Palestina, ed ebbe varie sedi, finché, sotto Salomone, fu sostituita dal tempio di Gerusalemme.

LEVITICO

Il titolo Levitico *indica che questo libro è in modo particolare il libro dei leviti, cioè dei preti.*

A parte la breve appendice finale del c. 27, il Levitico si articola in quattro grandi leggi: 1) La legge dei sacrifici (cc. 1-7): la vasta gamma dei riti sacrificali è unita a un ritratto del sacerdote nelle sue funzioni essenziali. 2) La legge dei sacerdoti (cc. 8-10): la consacrazione e l'investitura del sacerdote ne prepara la funzione sacrificale nella celebrazione della liturgia. 3) La legge di purità (cc. 11-16): un grandioso affresco della purità richiesta a chi vive nell'interno di una comunità consacrata come è Israele. Capitoli fondamentali di purità sono quelli concernenti la sessualità, la lebbra, secondo prospettive tipiche del mondo semitico arcaico. La sezione è conclusa dalla presentazione della celebre solennità del Kippur, il Giorno dell'espiazione e del perdono. 4) La legge di santità (cc. 17-26): la santità che, come dice il termine ebraico qadôsh, *indica innanzi tutto separazione, è attributo primario di Dio, ma dev'essere acquisita e vissuta anche dal popolo da lui eletto che deve così separarsi da ciò che è profano o impuro. Si affrontano in particolare tre tipi di santità: quella sociale (cc. 18-20), quella cultuale (cc. 21-22) e quella temporale (cc. 23-25).*

La pratica delle osservanze che il Levitico prescrive alla comunità e ai sacerdoti ha uno scopo: disporre Israele all'incontro con un Dio puro, santo. Ma è importante leggere questo libro tenendo continuamente presente la parola di Osea: «Io voglio l'amore e non i sacrifici, la conoscenza di Dio non gli olocausti» (Os 6,6).

LEGGE DEI SACRIFICI

1 Olocausti. - ¹Il Signore chiamò Mosè e gli parlò dalla tenda del convegno, dicendo: ²«Parla ai figli di Israele e di' loro: Quando uno di voi presenterà un'offerta al Signore, potrà farlo di bovini o di ovini.

³Se la sua offerta è un olocausto di bovini, l'offra maschio senza difetto; l'offra all'ingresso della tenda del convegno, perché sia gradito alla presenza del Signore. ⁴Imponga la mano sulla testa dell'olocausto e sarà gradito a suo beneficio, per fare espiazione per lui; ⁵poi immoli l'animale alla presenza del Signore, e i sacerdoti, figli di Aronne, offrano il sangue e lo spargano intorno all'altare che sta all'ingresso della tenda del convegno; ⁶scuoi l'olocausto e lo tagli a pezzi. ⁷I sacerdoti, figli di Aronne, mettano il fuoco sull'altare e dispongano la legna sul fuoco, ⁸dispongano i pezzi, compresi testa e grasso, sulla legna posta sul fuoco che si trova sull'altare; ⁹lavi nell'acqua intestini e zampe e il sacerdote faccia salire il fumo di tutto ciò sull'altare. È un olocausto, un dono offerto come odore gradito al Signore.

¹⁰Se la sua offerta è presa dal bestiame minuto, pecore o capre per l'olocausto, l'offra maschio senza difetti; ¹¹lo immoli al lato nord dell'altare, alla presenza del Signore, e i sacerdoti, figli di Aronne, ne spargano il sangue intorno all'altare; ¹²lo tagli a pezzi e il sacerdote li disponga, con la testa e il grasso, sulla legna posta sul fuoco che si trova sull'altare; ¹³lavi nell'acqua intestini e zampe e il sacerdote offra il tutto e ne faccia salire il fumo all'altare. È un olocausto, dono offerto come odore gradito al Signore.

¹⁴Se la sua offerta al Signore consiste in

---

1. - ⁹· Nei sacrifici chiamati *olocausti*, la vittima era interamente bruciata, e nulla veniva riservato né al sacerdote né all'offerente. Era il più solenne dei sacrifici cruenti.

un olocausto di uccelli, faccia la sua offerta di tortore o di colombi. [15]Il sacerdote l'offra all'altare, ne rompa la testa, ne faccia salire il fumo all'altare e il sangue sia scolato lungo la parete dell'altare; [16]ne stacchi il gozzo con le piume e lo getti accanto all'altare a oriente, nel luogo della cenere. [17]Lo squarti, prendendolo per le ali, senza dividerlo in due, e il sacerdote ne faccia salire il fumo all'altare sulla legna posta sul fuoco. È un olocausto, dono offerto come odore gradito al Signore.

2 **Oblazioni.** - [1]Se qualcuno offre un'oblazione al Signore, la sua offerta sia di fior di farina; vi versi sopra olio e vi metta sopra incenso. [2]La porti ai sacerdoti, figli di Aronne; il sacerdote prenda da essa una manciata di farina e olio oltre all'incenso e ne faccia salire il fumo sull'altare, come memoriale. È un dono offerto come odore gradito al Signore. [3]Quello che resta dell'oblazione appartiene ad Aronne e ai suoi figli; è sacrosanto fra i doni del Signore.

[4]Se offrirai un'oblazione di pasta cotta al forno, il fior di farina sia preparato in focacce azzime intrise d'olio e in schiacciate azzime unte d'olio;
[5]se la tua oblazione è un'offerta cotta alla piastra, il fior di farina intriso d'olio sia azzimo; [6]la taglierai in pezzi e vi spargerai sopra dell'olio: è un'oblazione;
[7]se la tua offerta è un'oblazione cotta in pentola, il fior di farina lo preparerai con olio.

[8]Porterai l'oblazione preparata in tal modo al Signore; la si presenterà al sacerdote ed egli l'avvicinerà all'altare. [9]Il sacerdote preleverà dall'oblazione il suo memoriale e ne farà salire il fumo sull'altare: è un dono offerto come odore gradito al Signore. [10]Quello che resta dell'oblazione appartiene ad Aronne e ai suoi figli; è sacrosanto fra i doni del Signore.

[11]Nessuna oblazione che offrite al Signore sia preparata con fermento. Né dal lievito né dal miele farete salire il fumo come dono al Signore; [12]li offrirete al Signore come un'offerta di primizie, ma non saliranno sull'altare come profumo gradito.

[13]Ogni tua offerta di oblazione la salerai con il sale e non farai mancare il sale del patto del tuo Dio nella tua oblazione; in ogni tua offerta offrirai sale.

[14]Se offrirai un'oblazione di primizie al Signore, offrirai l'oblazione delle tue primizie di spighe tostate al fuoco, di pane d'orzo mondato; [15]aggiungerai dell'olio e vi porrai sopra dell'incenso: è un'oblazione. [16]Il sacerdote ne farà fumare una parte, come memoriale, presa dall'orzo mondato e dall'olio, oltre tutto l'incenso, come dono al Signore.

3 **Sacrifici di comunione.** - [1]Se la sua offerta è un sacrificio di comunione: se offre bovini, maschio o femmina, li offra senza difetto alla presenza del Signore; [2]imponga la mano sulla testa della sua offerta e la immoli all'ingresso della tenda del convegno; i sacerdoti, figli di Aronne, spargano il sangue intorno all'altare.

[3]Del sacrificio di comunione offra come dono al Signore il grasso che copre gl'intestini e ogni grasso che sta intorno agl'intestini, [4]i due reni e il grasso che sta sopra ad essi intorno ai lombi, ma toglierà la massa grassa del fegato sopra ai reni. [5]I figli di Aronne faranno fumare tutto questo sull'altare, sopra l'olocausto, sulla legna che sta sul fuoco: dono offerto come odore gradito al Signore.

[6]Se la sua offerta per il sacrificio di comunione al Signore è di ovini, li offra maschio o femmina senza difetti.

[7]Se l'offerta che egli fa è di un agnello, l'offra alla presenza del Signore; [8]imponga la mano sulla testa della sua offerta e la immoli davanti alla tenda del convegno, e i figli d'Aronne ne spargano il sangue intorno all'altare. [9]Del sacrificio di comunione offra come dono al Signore il grasso, la coda intera, staccandola vicino all'osso sacro, e il grasso che ricopre gli intestini e tutto il grasso che sta intorno agl'intestini, [10]i due reni con il loro grasso e il grasso intorno ai lombi e al lobo del fegato che staccherà al di sopra dei reni. [11]Il sacerdote farà fumare tutto questo sull'altare, come cibo, dono offerto al Signore.

---

2. - [3.] Si tratta qui di una classe di sacrifici incruenti, detti *oblazioni*: la parte della vittima che non veniva bruciata spettava al sacerdote, che doveva consumarla nel recinto della tenda, e non darla ad altri: essendo stata offerta al Signore, era sacra.

3. - [3.] Nei sacrifici detti di *comunione* o pacifici, altra classe di sacrifici cruenti, come l'olocausto, la vittima veniva offerta in ringraziamento o implorazione di grazie o anche in adempimento di un voto. Loro scopo era di conservare e confermare la pace o comunione dell'offerente con Dio.

¹²Se la sua offerta è una capra, la offra alla presenza del Signore, ¹³imponga la mano sulla sua testa e la immoli davanti alla tenda del convegno, e i figli d'Aronne ne spargano il sangue intorno all'altare. ¹⁴Di essa offrirà come dono al Signore 'il grasso, che avvolge gl'intestini e tutto il grasso che sta intorno ad essi, ¹⁵i due reni con il loro grasso e il grasso intorno ai lombi, ma taglierà al di sopra dei reni la massa grassa che sta intorno al fegato. ¹⁶Il sacerdote farà fumare tutto questo all'altare come cibo, dono offerto come odore gradito.

Ogni parte grassa appartiene al Signore; ¹⁷legge eterna per tutte le vostre generazioni, ovunque voi abitiate: non mangerete né grasso né sangue!».

4 Sacrifici espiatori. - ¹Il Signore disse a Mosè: ²«Ordina ai figli d'Israele: Se qualcuno pecca per inavvertenza contro una qualsiasi norma del Signore, facendo qualcosa di proibito:

Per il sacerdote. ³Se è il sacerdote consacrato che ha peccato, mettendo il popolo in stato di colpa, offra al Signore per il peccato che ha commesso un giovenco senza difetto, come sacrificio espiatorio. ⁴Porti il giovenco all'ingresso della tenda del convegno, alla presenza del Signore, imponga la mano sulla testa del giovenco e immoli il giovenco alla presenza del Signore. ⁵Il sacerdote consacrato prenda il sangue del giovenco e lo porti nella tenda del convegno; ⁶intinga un dito nel sangue e con esso faccia sette aspersioni alla presenza del Signore, di fronte al velo del santuario; ⁷metta il sacerdote un po' del sangue sui corni dell'altare dei profumi, che sta davanti al Signore, nella tenda del convegno, e il resto del sangue del giovenco lo sparga alla base dell'altare degli olocausti, che sta all'ingresso della tenda del convegno. ⁸Di tutto il grasso del giovenco del sacrificio espiatorio prelevi: il grasso che copre gl'intestini e tutto il grasso che sta intorno ad essi, ⁹i due reni con il loro grasso e il grasso che sta intorno ai lombi, e toglierà sopra ai reni la massa grassa che sta intorno al fegato, ¹⁰come si preleva dal toro del sacrificio di comunione; il sacerdote li faccia fumare sull'altare degli olocausti. ¹¹La pelle del giovenco e tutta la sua carne, compresa la testa, le gambe, gl'intestini e gli escrementi,

¹²tutto il giovenco, lo farà portare fuori del campo, in un luogo puro, nel deposito delle ceneri, e lo brucerà sulla legna: sia bruciato sul deposito delle ceneri.

Per l'assemblea. ¹³Se è tutta l'assemblea d'Israele che ha peccato per inavvertenza, e la cosa è rimasta nascosta agli occhi della comunità, benché abbiano trasgredito una delle norme del Signore, facendo qualcosa di proibito, si trovano in stato di colpevolezza. ¹⁴Quando il peccato commesso sarà conosciuto, la comunità offra in sacrificio espiatorio un giovenco, un capo di bestiame grosso senza difetto e lo porti alla tenda del convegno; ¹⁵gli anziani dell'assemblea impongano le mani sulla testa del giovenco, alla presenza del Signore, e immolino il giovenco alla presenza del Signore. ¹⁶Il sacerdote consacrato porti un po' del sangue del giovenco nella tenda del convegno, ¹⁷intinga il dito nel sangue e asperga il velo per sette volte, alla presenza del Signore; ¹⁸metta del sangue sui corni dell'altare che sta davanti al Signore nella tenda del convegno, e sparga il resto del sangue alla base dell'altare degli olocausti, che sta all'ingresso della tenda del convegno. ¹⁹Prelevi tutto il grasso dall'animale e lo faccia fumare all'altare. ²⁰Tratti questo giovenco come si tratta il giovenco del sacrificio espiatorio, tutto allo stesso modo. Il sacerdote faccia il rito espiatorio per i membri dell'assemblea e sarà loro perdonato. ²¹Faccia poi portare il giovenco fuori del campo e lo bruci come ha bruciato il primo giovenco: è un sacrificio espiatorio della comunità.

Per il capo. ²²Se è un capo che ha peccato per inavvertenza e ha trasgredito una delle norme del Signore suo Dio, facendo qualcosa di proibito, si trova in stato di colpevolezza; ²³quando gli sarà noto il peccato in cui ha mancato, porti come sua offerta un capro, maschio, senza difetto. ²⁴Imponga la mano sulla testa del capro e lo immoli nel luogo in cui si immola l'olocausto, alla presenza del Signore: è un sacrificio espiatorio. ²⁵Il sacerdote prenda un po' del sangue della vittima espiatoria con il dito e lo metta

---

4. - 7. *L'altare dei profumi* era posto nel santo, davanti alla cortina che divideva questo dalla parte più interna del santuario detto santo dei santi; *l'altare degli olocausti* era fuori del santuario, davanti all'entrata.

sulle corna dell'altare degli olocausti e versi il resto del sangue dell'animale alla base dell'altare degli olocausti. [26]Tutto il grasso dell'animale lo faccia fumare sull'altare, come il grasso del sacrificio di comunione e il sacerdote faccia per lui il rito espiatorio, per liberarlo dal suo peccato, e gli sarà perdonato.

Per uno fra il popolo. [27]Se è uno fra il popolo che ha peccato per inavvertenza, trasgredendo una delle norme del Signore, facendo qualcosa di proibito, si trova in stato di colpevolezza; [28]quando gli sarà noto il peccato in cui ha mancato, porti come sua offerta una capra senza difetto, femmina, per il peccato che ha commesso. [29]Imponga la sua mano sulla testa della vittima espiatoria e immoli il sacrificio espiatorio nel luogo dell'olocausto. [30]Il sacerdote prenda un po' del sangue con un dito e lo metta sui corni dell'altare degli olocausti e sparga tutto il sangue alla base dell'altare. [31]Tolga tutto il grasso dell'animale, come è stato tolto il grasso dal sacrificio di comunione, e il sacerdote lo faccia fumare all'altare, come profumo gradito al Signore. Il sacerdote compia per lui il rito espiatorio e gli sarà perdonato.

[32]Se porta una pecora come sua offerta per l'espiazione, la porti femmina, senza difetto; [33]imponga la mano sulla testa della vittima espiatoria e la immoli per l'espiazione nel luogo in cui si immola l'olocausto. [34]Il sacerdote prenda un po' del sangue della vittima espiatoria con un dito e lo metta sui corni dell'altare degli olocausti e sparga il resto del sangue alla base dell'altare; [35]ne tolga tutto il grasso come si toglie il grasso dell'agnello del sacrificio di comunione, e il sacerdote lo faccia bruciare sull'altare in onore del Signore. Il sacerdote faccia per lui il rito espiatorio per il peccato commesso e gli sarà perdonato.

5 *Casi particolari.* [1]Se qualcuno ha peccato in una di queste cose: se è testimone perché ha visto o saputo qualcosa e non lo riferisce, nonostante che abbia sentito la formula di scongiuro, porti il peso del suo peccato;

[2]o se qualcuno ha toccato una qualsiasi cosa impura, come il cadavere di una bestia o di un animale domestico o di un rettile, e non se ne è accorto, è impuro e in stato di colpevolezza;

[3]o se ha toccato un'impurità umana, una qualsiasi cosa con cui ci si può rendere impuri, e non se ne è accorto, quando lo sa, viene a trovarsi in stato di colpevolezza;

[4]o se qualcuno fa un giuramento sconsiderato, sia in bene che in male, in qualsiasi cosa che possa essere oggetto di giuramento sconsiderato, e non se ne rende conto, quando se ne avvede, viene a trovarsi in stato di colpevolezza;

[5]avverrà che, quando si troverà in stato di colpevolezza per una di queste cose, confesserà la cosa in cui ha peccato, [6]e come vittima di riparazione al Signore per il peccato che ha commesso porterà una femmina del gregge, pecora o capra, in sacrificio espiatorio; il sacerdote compirà il rito espiatorio per lui e lo libererà dal suo peccato.

[7]Se non ha i mezzi per offrire un animale del gregge, porti per il peccato che ha commesso due tortore o due piccioni per il Signore, uno per il sacrificio espiatorio e uno per l'olocausto; [8]li porti al sacerdote che offrirà per primo quello per il sacrificio espiatorio. Gli romperà la testa dalla parte della nuca senza staccarla; [9]aspergerà con un po' di sangue della vittima espiatoria la parete dell'altare, e quanto resta del sangue sarà spremuto alla base dell'altare: è un sacrificio espiatorio. [10]L'altro uccello l'offrirà come olocausto, secondo le regole. Il sacerdote compirà il rito espiatorio, liberandolo dal peccato che ha commesso e gli sarà perdonato.

[11]Se non ha i mezzi per offrire le due tortore o i due piccioni, porti come sua offerta per il peccato commesso un decimo di efa di fior di farina; non vi aggiunga olio né vi metta sopra incenso, perché è un sacrificio espiatorio. [12]La porti al sacerdote che ne prenderà una manciata, come memoriale, e la farà fumare sull'altare in onore del Signore: è un sacrificio espiatorio. [13]Il sacerdote compia per lui il rito espiatorio per il peccato che ha commesso in una di queste cose e gli sarà perdonato. I diritti del sacerdote saranno come nell'oblazione».

Sacrifici di riparazione. - [14]Il Signore disse a Mosè: [15]«Se qualcuno commette una frode e pecca per inavvertenza, detraendo qualcosa dalle cose sacre che spettano al Signore, porti come sacrificio di riparazione al Signore un capro del gregge, senza difetto, da valutare in sicli d'argento, al tasso del siclo del santuario, per il sacrificio di riparazione. [16]Quello che ha detratto da ciò che è sacro lo paghi, aggiungendovi un quinto, e lo dia al sacerdote; il sacerdote compia per lui il rito espiatorio con il capro del sacrificio di riparazione e gli sarà perdonato.

[17]Se qualcuno pecca, facendo qualcosa vietata dal Signore, e non se ne accorge, si trova in stato di colpevolezza e porta il peso del suo peccato. [18]Porti al sacerdote come sacrificio di riparazione un montone del gregge, senza difetto, da valutare; il sacerdote compia per lui il rito di espiazione per la mancanza involontaria che ha commesso e gli sarà perdonato: [19]è un sacrificio di riparazione; ha compiuto un sacrificio di riparazione al Signore».

[20]Il Signore disse a Mosè: [21]«Se qualcuno pecca e commette una frode contro il Signore ingannando un suo compatriota in materia di depositi, pegni o refurtiva, o se sfrutta il suo compatriota, [22]o ha trovato un oggetto perduto e mente riguardo ad esso e giura il falso, a proposito di qualsiasi cosa del genere in cui l'uomo può peccare, [23]avverrà che quando avrà peccato e si troverà in stato di colpevolezza, restituirà la refurtiva che ha rubato o quanto ha defraudato o il deposito che gli è stato consegnato o l'oggetto perduto che ha trovato, [24]o ogni oggetto riguardo al quale ha giurato il falso; di tutto ciò rimborserà il capitale, aggiungendovi un quinto; lo darà al proprietario il giorno in cui compirà il sacrificio di riparazione. [25]Porterà come sacrificio di riparazione al Signore un montone del gregge, senza difetto, da valutare, come sacrificio di riparazione.

[26]Il sacerdote faccia per lui il rito espiatorio, alla presenza del Signore, e gli sarà perdonata qualsiasi mancanza di cui si sia reso colpevole».

6 I sacrifici e i sacerdoti: l'olocausto. - [1]Il Signore disse a Mosè: [2]«Ordina ad Aronne e ai suoi figli: Questo è il rituale dell'olocausto; l'olocausto rimarrà sul braciere dell'altare tutta la notte fino al mattino; e il fuoco dell'altare sarà tenuto acceso. [3]Il sacerdote rivesta la sua tunica di lino e indossi i calzoni di lino; prelevi le ceneri dell'olocausto che il fuoco ha consumato e le metta accanto all'altare; [4]svesta i suoi abiti e rivesta abiti diversi e porti le ceneri fuori del campo in un luogo puro. [5]Il fuoco dell'altare che consuma l'olocausto non si spenga; il sacerdote

vi aggiunga legna ogni mattina, vi disponga l'olocausto e vi faccia fumare il grasso dei sacrifici di comunione. [6]Un fuoco perenne arda sull'altare; non si lasci spegnere.

L'oblazione. - [7]Questo è il rituale dell'oblazione: i figli d'Aronne lo offrano alla presenza del Signore, sull'altare; [8]se ne prelevi una manciata di fior di farina con il suo olio e con tutto l'incenso che sta sull'oblazione, e lo si faccia fumare all'altare come profumo gradevole, memoriale dell'oblazione al Signore. [9]Quanto resta di essa, preparato come pane azzimo, lo mangino Aronne e i suoi figli in luogo sacro, nel cortile della tenda del convegno. [10]Non si cuocia con fermento la parte che ho dato a loro fra i miei doni; è sacrosanta, come il sacrificio espiatorio e come il sacrificio di riparazione. [11]La mangi ogni maschio tra i figli di Aronne. Legge eterna per tutte le vostre generazioni! Chiunque la tocca viene a trovarsi in stato di consacrazione».

Offerta del sacerdote. - [12]Il Signore disse a Mosè: [13]«Questa è l'offerta che Aronne e i suoi figli offriranno al Signore il giorno della loro unzione: un decimo di efa di fior di farina come oblazione perpetua, metà la mattina e metà la sera. [14]Sia cotta alla piastra con olio; la porterai impastata; la pasta dell'oblazione la offrirai tagliata a pezzi, profumo gradevole al Signore. [15]Anche il sacerdote fra i suoi figli che avrà ricevuto l'unzione per succedergli, farà quest'offerta: è legge eterna! Per il Signore la farai fumare completamente. [16]Ogni offerta fatta dal sacerdote sarà un sacrificio totale; non se ne potrà mangiare».

Il sacrificio espiatorio. - [17]Il Signore disse a Mosè: [18]«Parla ad Aronne e ai suoi figli e di' loro: Ecco il rituale del sacrificio espiatorio: nel luogo in cui s'immola l'olocausto, s'immoli il sacrificio espiatorio, alla presenza del Signore; è cosa sacrosanta! [19]Lo mangi il sacerdote che compie il sacrificio espiatorio; in luogo sacro sia mangiato, nel cortile della tenda del convegno. [20]Qualsiasi cosa ne tocca la carne viene a trovarsi in stato di consacrazione, e se si spruzza un po' del

---

6. - [1ss]. Mentre fin qui si è trattato dei sacrifici dal punto di vista della materia, nei cc. 6-7 se ne tratta dal punto di vista delle *funzioni* e dei *diritti* dei sacerdoti.

suo sangue su un vestito, quello su cui è stato spruzzato sia lavato in luogo sacro. ²¹Il recipiente di coccio in cui è stato cotto sia rotto, e se è stato cotto in un recipiente di bronzo, questo sia sfregato e lavato nell'acqua. ²²Ogni maschio fra i sacerdoti lo mangi: è cosa sacrosanta! ²³Però nessuna vittima espiatoria, di cui una parte del sangue è portata nella tenda del convegno per fare espiazione in luogo sacro, sia mangiata; sia bruciata col fuoco.

7 **Il sacrificio di riparazione.** - ¹Questo è il rituale del sacrificio di riparazione: è cosa sacrosanta! ²Nel luogo in cui si immola l'olocausto, s'immoli il sacrificio di riparazione e il suo sangue sia sparso intorno all'altare. ³Ne sarà offerto tutto il grasso, la coda e il grasso che copre gli intestini, ⁴i due reni e il grasso che sta sopra di essi sopra ai lombi e la massa grassa sul fegato che si staccherà sopra i reni. ⁵Il sacerdote la faccia fumare all'altare come dono al Signore. È un sacrificio di riparazione. ⁶Ogni maschio fra i sacerdoti lo mangi; in luogo sacro sia mangiato: è cosa sacrosanta!

Diritti dei sacerdoti. - ⁷Come per il sacrificio espiatorio così si faccia per il sacrificio di riparazione; la norma è unica per essi: la vittima con cui il sacerdote ha fatto l'espiazione spetta a lui. ⁸Se il sacerdote ha offerto l'olocausto di qualcuno, la pelle dell'olocausto che ha offerto spetta a lui.

⁹Ogni oblazione che è cotta al forno e ogni cosa preparata in pentola e alla piastra spetta al sacerdote che l'ha offerta. ¹⁰Ogni offerta con olio o senza spetta a tutti i figli di Aronne, indistintamente.

I sacrifici di comunione. - ¹¹Questo è il rituale del sacrificio di comunione che si offre al Signore: ¹²se lo si offre come ringraziamento, si offrano, oltre al sacrificio di comunione, pani azzimi intrisi d'olio e gallette azzime unte d'olio e fior di farina mista con olio. ¹³Si aggiungeranno all'offerta le focacce di pane fermentato, insieme con il sacrificio di ringraziamento. ¹⁴Di ognuna di queste cose una parte si presenterà come

prelevamento per il Signore; apparterrà al sacerdote che avrà sparso il sangue del sacrificio di comunione; ¹⁵la carne del sacrificio di ringraziamento, che fa parte del sacrificio di comunione, sia mangiata nel giorno stesso in cui è offerta; non se ne lasci fino al mattino seguente.

¹⁶Se il sacrificio che si offre è per un voto o per un'offerta spontanea, sia mangiato nel giorno in cui è offerto il sacrificio e l'indomani; ¹⁷ma quanto resta della carne della vittima sia bruciato col fuoco il terzo giorno. ¹⁸Se si mangia carne del sacrificio di comunione il terzo giorno, l'offerente non sarà gradito; non se ne terrà conto a suo vantaggio; è carne avariata e chiunque ne mangi porterà il peso del suo peccato.

Norme varie. - ¹⁹La carne che avrà toccato una qualsiasi cosa impura non sia mangiata; sia bruciata con il fuoco. ²⁰Chiunque è puro può mangiare la carne del sacrificio di comunione, ma chi è in stato d'impurità e mangia la carne del sacrificio di comunione offerto al Signore, sia eliminato dal suo popolo. ²¹Chiunque tocca una qualsiasi cosa impura, sia impurità di uomo o di animale o di qualsiasi rettile, e mangia della carne del sacrificio di comunione che appartiene al Signore, sia eliminato dal suo popolo».

Il grasso e il sangue. - ²²Il Signore disse a Mosè: ²³«Parla ai figli d'Israele e di' loro: Il grasso del toro, del montone e della capra non mangiatelo; ²⁴del grasso di un animale morto o sbranato se ne faccia qualsiasi uso, ma non si mangi; ²⁵chiunque mangia il grasso di un animale che si può offrire in dono al Signore, come sacrificio consumato col fuoco, sarà eliminato dal suo popolo. ²⁶Non mangerete sangue, ovunque voi abitiate, né di volatili né di animali. ²⁷Chiunque mangerà sangue, sarà eliminato di mezzo al suo popolo».

Diritti dei sacerdoti. - ²⁸Il Signore disse a Mosè: ²⁹«Ordina ai figli d'Israele: Chi offre un sacrificio di comunione al Signore porterà una parte del suo sacrificio di comunione come offerta al Signore; ³⁰con le sue proprie mani porterà i doni del Signore: porterà il grasso assieme al petto, il petto per agitarlo nel gesto di presentazione al Signore; ³¹Il sacerdote faccia fumare il grasso sull'altare e il petto appartenga ad Aronne e ai suoi figli; ³²la coscia destra delle vittime dei sacri-

---

7. - ^{11.} I sacrifici di comunione erano di tre specie: sacrificio di lode o di ringraziamento; sacrificio votivo, a cui uno si era obbligato per voto; sacrificio che si offriva spontaneamente per un motivo qualsiasi.

fici di comunione la darete come tributo al sacerdote. ³³Colui tra i figli di Aronne che offre il sangue dei sacrifici di comunione, riceverà la coscia destra come parte sua. ³⁴Infatti il petto del rito della presentazione e la coscia dell'offerta li ho presi dai figli d'Israele fra i loro sacrifici di comunione e li do ad Aronne sacerdote e ai suoi figli. Legge eterna per i figli d'Israele! ³⁵Questa è la parte spettante ad Aronne e la parte spettante ai suoi figli tra i doni offerti al Signore, dal giorno in cui li offrì per essere sacerdote del Signore. ³⁶È quello che il Signore ha comandato di dar loro il giorno in cui li ha consacrati tra i figli d'Israele. Legge eterna per tutte le vostre generazioni!

Conclusione. - ³⁷Questo è il rituale dell'olocausto, dell'oblazione, del sacrificio espiatorio e del sacrificio di riparazione e d'investitura e del sacrificio di comunione, ³⁸rituale che ha comandato il Signore a Mosè sul monte Sinai, il giorno in cui Egli ha comandato ai figli d'Israele di offrire le loro offerte al Signore, nel deserto del Sinai».

LEGGE DEI SACERDOTI

8 La consacrazione sacerdotale. - ¹Il Signore disse a Mosè: ²«Prendi Aronne insieme ai suoi figli, le vesti, l'olio dell'unzione, il giovenco del sacrificio espiatorio, i due capri, il cesto dei pani azzimi, ³e raduna tutta la comunità all'ingresso della tenda del convegno».

⁴Mosè fece come gli aveva comandato il Signore e tutta la comunità fu radunata all'ingresso della tenda del convegno. ⁵Mosè disse alla comunità: «Questo è ciò che il Signore ha comandato di fare».

⁶Mosè fece avvicinare Aronne e i suoi figli e li lavò con l'acqua. ⁷Rivestì Aronne con la tunica, gli cinse la cintura e gli fece indossare il mantello, gli mise l'efod, gli cinse i legacci dell'efod e glielo strinse con essi. ⁸Gli mise il pettorale e sul pettorale pose gli *urim* e i *tummim*; ⁹mise il turbante sulla sua testa e sul davanti del turbante mise la lamina d'oro, corona sacra, come aveva comandato il Signore a Mosè.

¹⁰Mosè prese l'olio dell'unzione e unse la dimora e tutti gli oggetti che c'erano in essa e li consacrò: ¹¹asperse sette volte l'altare con l'olio e unse l'altare e tutti i suoi arredi, la conca e la sua base, per consacrarli. ¹²Versò l'olio dell'unzione sulla testa di Aronne e lo unse per consacrarlo. ¹³Mosè fece poi avvicinare i figli d'Aronne, li rivestì delle tuniche, li cinse con la cintura e avvolse loro il copricapo, come aveva comandato il Signore a Mosè.

¹⁴Fece poi avvicinare il giovenco del sacrificio espiatorio; Aronne e i suoi figli imposero le mani sulla testa del giovenco del sacrificio espiatorio, ¹⁵e Mosè fece l'immolazione. Prese il sangue e lo mise con il dito sui corni intorno all'altare e purificò l'altare; versò il sangue alla base dell'altare e lo consacrò, compiendo il rito espiatorio su di esso. ¹⁶Prese tutto il grasso degl'intestini e il lobo del fegato, i due reni e il loro grasso e fece fumare tutto ciò all'altare. ¹⁷Il giovenco, la sua pelle, la sua carne e i suoi escrementi li bruciò con il fuoco fuori del campo, come aveva comandato il Signore a Mosè.

¹⁸Fece avvicinare il montone dell'olocausto e Aronne e i suoi figli imposero le mani sulla testa del montone. ¹⁹Mosè fece l'immolazione e sparse il sangue intorno all'altare; ²⁰poi tagliò a pezzi il montone e fece fumare la testa e i pezzi e il grasso; ²¹gli intestini e le zampe li lavò nell'acqua. Mosè fece fumare tutto il montone sull'altare: era un olocausto di profumo gradito, un dono al Signore, come aveva comandato il Signore a Mosè.

²²Fece avvicinare il secondo montone, il montone della consacrazione; Aronne e i suoi figli imposero le mani sul montone. ²³Mosè fece l'immolazione e prese un po' del suo sangue e ne mise sul lobo dell'orecchio destro di Aronne e sul pollice della sua mano destra e sull'alluce del suo piede destro. ²⁴Fece avvicinare i figli d'Aronne e mise un po' del sangue sul lobo del loro orecchio destro e sul pollice della loro mano destra e sull'alluce del loro piede destro. Poi sparse il resto del sangue intorno all'altare. ²⁵Prese il grasso, la coda, tutto il grasso che sta sugli intestini, il lobo del fegato, i due reni con tutto il loro grasso e la coscia destra; ²⁶dal cesto dei pani azzimi, che sta alla presenza del Signore, prese una focaccia azzima e una focaccia di pane all'olio e una sfoglia e le unì alle parti grasse e alla coscia destra. ²⁷Mise tutto ciò nelle mani di Aronne e nelle mani dei suoi figli e lo agitò nel gesto di presentazione alla presenza del Signore. ²⁸Mosè poi riprese ciò dalle loro mani e lo fece fumare all'altare, insieme all'olocausto. Era il sacrificio di

consacrazione, di profumo gradevole, dono al Signore. [29]Mosè prese il petto e lo agitò nel gesto della presentazione alla presenza del Signore. La parte spettante a Mosè fu presa dal montone della consacrazione, come aveva comandato il Signore a Mosè.

[30]Mosè prese un po' dell'olio dell'unzione e del sangue che stava sull'altare e lo spruzzò su Aronne e sulle sue vesti, sui suoi figli e sulle vesti dei suoi figli, e consacrò Aronne e le sue vesti, i suoi figli e le vesti dei suoi figli insieme con lui.

[31]Mosè disse ad Aronne e ai suoi figli: «Cuocete la carne all'ingresso della tenda del convegno e lì mangiatela con il pane che sta nel canestro del sacrificio di consacrazione, come mi è stato comandato, dicendo: "Aronne e i suoi figli lo mangino". [32]Quanto resta della carne e del pane bruciatelo con il fuoco. [33]Durante sette giorni non uscirete dalla porta della tenda del convegno, fino a che si compia il tempo della vostra consacrazione; infatti ci vorranno sette giorni per compiere la vostra consacrazione. [34]Come si è fatto in questo giorno, così il Signore comandò di fare per compiere per voi il rito espiatorio. [35]All'ingresso della tenda del convegno siederete giorno e notte, per sette giorni, e osserverete la norma del Signore e non morrete, perché così mi è stato comandato».

[36]Aronne e i suoi figli fecero tutto quello che aveva comandato il Signore per mezzo di Mosè.

9 Le prime celebrazioni sacerdotali. - [1]L'ottavo giorno Mosè chiamò Aronne, i suoi figli e gli anziani d'Israele [2]e disse ad Aronne: «Prenditi un vitello per il sacrificio espiatorio e un montone per l'olocausto, senza difetti, e offrili davanti al Signore. [3]Parlerai ai figli di Israele dicendo: "Prendete un capro per il sacrificio espiatorio, un vitello e un agnello, nati nell'anno, senza difetti, per l'olocausto, [4]un toro e un montone per il sacrificio di comunione, da immolare alla presenza del Signore, e un'oblazione intrisa d'olio. Oggi infatti il Signore si manifesterà a voi"».

[5]Portarono dunque ciò che Mosè aveva ordinato davanti alla tenda del convegno, e tutta l'assemblea si avvicinò e stette alla presenza del Signore. [6]Mosè disse: «Questo è ciò che il Signore ha comandato che voi facciate. La gloria del Signore si manifesterà a voi».

[7]Poi Mosè disse ad Aronne: «Avvicinati all'altare e compi il tuo sacrificio espiatorio e il tuo olocausto; compi il rito espiatorio per te e per la tua casa; fa' l'offerta del popolo e compi per loro il rito espiatorio, come ha comandato il Signore». [8]Aronne si avvicinò all'altare e immolò il vitello del suo sacrificio espiatorio; [9]i figli d'Aronne gli presentarono il sangue, egli intinse il dito nel sangue e lo mise sui corni dell'altare e versò il resto del sangue alla base dell'altare; [10]il grasso, i reni e il lobo del fegato della vittima espiatoria li fece fumare all'altare, come aveva comandato il Signore a Mosè. [11]La carne e la pelle le bruciò col fuoco, fuori del campo.

[12]Poi immolò l'olocausto e i figli d'Aronne gli porsero il sangue ed egli lo sparse intorno all'altare; [13]gli porsero l'olocausto tagliato a pezzi insieme alla testa ed egli lo fece fumare sull'altare. [14]Lavò gli intestini e le gambe e li fece fumare, oltre all'olocausto, sull'altare.

[15]Fece poi l'offerta del popolo: prese il capro del sacrificio espiatorio del popolo, lo immolò e compì con esso il sacrificio espiatorio come con il primo. [16]Offrì l'olocausto e compì il rito secondo le regole; [17]offrì l'oblazione, ne prese una manciata piena e la fece fumare sull'altare, assieme all'olocausto del mattino. [18]Immolò il toro e il montone del sacrificio di comunione del popolo; i figli d'Aronne gli porsero il sangue ed egli lo sparse intorno all'altare; [19]gli porsero le parti grasse del toro e del montone, la coda e il grasso che ricopre i reni e il lobo del fegato, [20]ed egli mise tutte queste parti grasse sopra ai petti e le fece fumare sull'altare. [21]I petti e la coscia destra Aronne li agitò nel gesto della presentazione, alla presenza del Signore, come aveva comandato Mosè.

[22]Aronne alzò le mani verso il popolo e lo benedisse, poi discese, avendo compiuto il sacrificio espiatorio, l'olocausto e il sacrificio di comunione. [23]Mosè e Aronne entrarono nella tenda del convegno, poi uscirono e benedissero il popolo: e si manifestò la gloria del Signore a tutto il popolo. [24]Un fuoco uscì dalla presenza del Signore e divorò l'olocausto e le parti grasse. Tutto il popolo vide, eruppe in canti e cadde con la faccia a terra.

10 Narrazione di un caso esemplare. - [1]I figli di Aronne, Nadab e Abiu, presero ognuno il proprio braciere e vi misero il fuoco, vi posero sopra l'incenso e presentarono al Signore un fuoco profano, che non era stato loro prescritto. [2]Un fuoco uscì allora dalla presenza del Signore e li divorò, ed essi morirono alla presenza del Signore.

[3]Mosè disse ad Aronne: «Questo è ciò che mi aveva detto il Signore con le parole: "In coloro che mi stanno vicino manifesto la mia santità; di fronte a tutto il popolo dimostro la mia gloria"». Aronne tacque.

[4]Mosè chiamò Misael ed Elsafan, figli di Uziel, zio di Aronne e disse loro: «Avvicinatevi e portate i vostri fratelli lontano dal santuario, fuori del campo». [5]Essi si avvicinarono e li sollevarono nelle loro tuniche, come aveva detto Mosè. [6]Mosè disse ad Aronne, a Eleazaro e a Itamar, suoi figli: «Non scompigliatevi i capelli e non stracciatevi le vesti, per non morire. È contro tutta la comunità d'Israele che Egli è adirato; i vostri fratelli, tutta la casa d'Israele, piangano per quanto il Signore ha arso. [7]Non uscite dalla porta della tenda del convegno, affinché non abbiate a morire, perché l'olio dell'unzione del Signore è su di voi». Essi fecero come aveva detto Mosè.

Norme cultuali. - [8]Il Signore disse ad Aronne: [9]«Quando venite alla tenda del convegno non bevete, né tu né i tuoi figli, vino o bevanda inebriante e così non morrete. Legge eterna per le vostre generazioni. [10]Dovete distinguere il sacro dal profano e l'impuro dal puro, [11]e insegnare ai figli d'Israele tutte le leggi che il Signore ha detto a voi per mezzo di Mosè».

Tariffa sacerdotale. - [12]Mosè disse ad Aronne e ai suoi figli superstiti Eleazaro e Itamar: «Prendete fra i doni del Signore quanto resta dell'oblazione e mangiatelo senza lievito accanto all'altare perché è cosa sacrosanta. [13]Mangiatela in luogo sacro, perché è la tua parte e la parte dei tuoi figli tra i doni del Signore; infatti così mi è stato comandato. [14]Il petto del rito della presentazione e la coscia del prelevamento li mangerete in luogo puro tu, i tuoi figli e le tue figlie con te, perché è la tua parte e la parte dei tuoi figli, che vi è data fra le vittime dei sacrifici di comunione dei figli d'Israele. [15]La coscia dell'offerta e il petto che accompagnano i doni delle parti grasse consumate, dopo essere state offerte con il rito della presentazione davanti al Signore, apparten-

gono a te e ai tuoi figli come legge eterna, secondo quanto ha comandato il Signore».

Conclusione della narrazione. - [16]Mosè s'informò accuratamente del capro del sacrificio espiatorio, ed ecco che lo avevano bruciato! Egli si adirò contro Eleazaro e Itamar, figli superstiti di Aronne, e disse: [17]«Perché non avete mangiato la vittima espiatoria in luogo sacro? Infatti è cosa sacrosanta, ed è stata data a voi per togliere l'iniquità della comunità e compiere per voi il rito espiatorio alla presenza del Signore. [18]Poiché il sangue di essa non è stato portato all'interno del santuario, dovevate mangiarla nel santuario, come avevo comandato». [19]Aronne disse a Mosè: «Ecco che oggi avevano offerto il loro sacrificio espiatorio e il loro olocausto alla presenza del Signore, e mi sono capitate simili cose! Se avessi mangiato la vittima espiatoria oggi, sarebbe piaciuto al Signore?».

[20]Mosè ascoltò e gli sembrò giusto.

LEGGE DI PURITÀ

11 **Animali terrestri.** - [1]Il Signore disse a Mosè e ad Aronne: [2]«Parlate ai figli d'Israele: Questi sono gli animali che mangerete fra tutti quelli che sono sopra la terra: [3]ogni ruminante che ha lo zoccolo spaccato e l'unghia divisa. [4]Soltanto questi non mangerete fra i ruminanti e fra gli animali dallo zoccolo spaccato: il cammello, perché è ruminante, ma non ha lo zoccolo spaccato, è impuro per voi; [5]l'irace, perché è ruminante, ma non ha lo zoccolo spaccato, è impuro per voi; [6]la lepre, perché è ruminante, ma non ha lo zoccolo spaccato, è impura per voi; [7]il maiale, perché ha lo zoccolo spaccato e l'unghia divisa ma non è un ruminante, è impuro per voi. [8]Non mangerete la loro carne e non toccherete i loro cadaveri; sono impuri per voi.

Animali acquatici. - [9]Fra tutti gli animali che si trovano nell'acqua questi mangerete: tutti quelli che hanno pinne e squame, nelle acque dei mari e dei fiumi; [10]tutti quelli che non hanno pinne e squame, nei mari e nei fiumi, ogni biscia d'acqua e tutti gli esseri viventi che si trovano nell'acqua sono abominevoli per voi. [11]Essi sono abominevoli e non mangerete della loro carne e terrete in abominio i loro cadaveri. [12]Tutti gli animali acquatici che non hanno pinne e squame sono un abominio per voi.

Animali alati. - [13]Questi considererete abominevoli fra gli uccelli e non mangerete perché sono un abominio: l'aquila, l'ossifraga e la strige, [14]il nibbio e le varie specie di rapaci; [15]le varie specie di corvi; [16]lo struzzo, la civetta, il gabbiano e le varie specie di sparvieri; [17]il gufo, il martin pescatore e l'ibis; [18]il cigno e il pellicano e la fòlaga; [19]la cicogna, le varie specie di aironi, l'upupa e il pipistrello.

[20]Ogni insetto alato che cammina su quattro zampe è un abominio per voi. [21]Soltanto questi mangerete fra tutti gli insetti alati che camminano su quattro zampe: quelli che hanno due zampe sopra i piedi per saltare sopra la terra; [22]fra di essi potrete mangiare: ogni specie di locuste, ogni specie di cavallette, ogni specie di grilli e ogni specie di acridi. [23]Ogni altro insetto alato che ha quattro zampe è un abominio per voi.

Norme generali. - [24]Da questi animali contrarrete impurità; chiunque toccherà i loro cadaveri sarà impuro fino a sera; [25]chiunque solleva il loro cadavere lavi le sue vesti; resta impuro fino a sera.

[26]Tutti gli animali che hanno lo zoccolo spaccato, ma la cui unghia non è divisa e non sono ruminanti, sono impuri per voi; chiunque li tocca contrae impurità.

[27]Fra i quadrupedi, qualsiasi animale che cammina sulla pianta dei piedi è impuro per voi; chiunque ne tocca il cadavere resta impuro fino a sera; [28]chi ne solleva il cadavere lavi le sue vesti; resta impuro fino a sera. Sono animali impuri per voi.

[29]Fra gli animali che strisciano sopra la terra sono impuri per voi: la talpa, il topo e ogni specie di lucertola; [30]il geco, il toporagno, il ramarro, la tartaruga e il camaleonte. [31]Questi sono impuri per voi fra gli animali striscianti; chiunque li tocca, quando sono morti, resta impuro fino a sera.

[32]Qualsiasi cosa su cui cadessero quando sono morti è impura; qualsiasi utensile di legno o vestito o pelle o sacco, qualsiasi utensile con cui si lavora sia messo nell'acqua; resta impuro fino a sera e poi è considerato puro.

[33]Qualsiasi recipiente di argilla entro cui cada uno di questi animali: tutto ciò che c'è dentro è impuro e il recipiente lo romperete.

[34]Qualsiasi commestibile su cui cada quell'acqua è impuro, e ogni bevanda in qualsiasi recipiente si trovi, è impura.

[35]Qualsiasi cosa su cui cada un loro cadavere è impura: forno e fornello siano distrutti: sono impuri e impuri siano considerati da voi. [36]Però le fonti, i pozzi e i bacini d'acqua saranno puri. Chi tocca i loro cadaveri diventa impuro. [37]Se un loro cadavere cade su una qualsiasi specie di semente da seminare, la semente resta pura; [38]se è stata versata dell'acqua sulla semente e cade su di essa un loro cadavere, la semente è impura per voi.

[39]Se muore un animale di cui vi potete cibare, chi tocca il cadavere è impuro fino a sera. [40]Chi mangia di questo cadavere lavi le sue vesti; resta impuro fino a sera; chi trasporta tale cadavere lavi le sue vesti; resta impuro fino a sera.

[41]Ogni animale che striscia sopra la terra è un abominio: non mangiatelo. [42]Tutti animali che camminano sul ventre, che camminano su quattro o più zampe o che strisciano sopra la terra non mangiateli, ché sono cosa abominevole. [43]Non rendetevi abominevoli con un qualsiasi animale strisciante e non contaminatevi con essi così da diventare impuri.

Conclusione. - [44]Io infatti sono il Signore Dio vostro! Santificatevi e siate santi, perché io sono santo. Non contaminatevi con qualsiasi animale strisciante sopra la terra. [45]Sì; io sono il Signore che vi ha fatto uscire dalla terra d'Egitto per essere vostro Dio. Siate santi perché io sono santo!».

[46]Questa è la legge relativa alle bestie terrestri, agli uccelli e a ogni animale che si muove nell'acqua e a ogni animale che striscia sopra la terra. [47]Ciò ha lo scopo di separare l'impuro dal puro, gli animali che si possono mangiare da quelli che non è lecito mangiare.

---

11. - I cc. 11-15 contengono norme sul «puro» e l'«impuro», le quali indicano ciò che, secondo la mentalità ambientale, rende impura una persona (o una cosa) e perciò indegna di stare alla presenza di Dio, specie nelle celebrazioni cultuali, finché non sia purificata. Tale indegnità non è causata da colpe morali di per sé.

12 Norme per la puerpera. - [1]Il Signore disse a Mosè: «Parla ai figli d'Israele e di' loro: [2]Se una donna è stata fecondata e partorisce un maschio, è impura per sette giorni, come al tempo delle sue regole. [3]L'ottavo giorno si circoncida la carne del membro del bambino; [4]ed ella continuerà a purificarsi dal sangue per trentatré giorni; non toccherà alcunché di sacro e non andrà al santuario fino a che siano compiuti i giorni della sua purificazione. [5]Se ha partorito una femmina, è impura per due settimane, come nel tempo delle sue regole, e per sessantasei giorni resterà a purificarsi dal sangue.

[6]Quando saranno compiuti i giorni della sua purificazione, sia che si tratti di un figlio o di una figlia, porti un agnello per l'olocausto e un colombo o una tortora per il sacrificio espiatorio, al sacerdote, all'ingresso della tenda del convegno; [7]egli offra ciò alla presenza del Signore e faccia per lei il sacrificio espiatorio ed ella sarà purificata dal flusso del suo sangue. Questa è la legge per la donna che partorisce un maschio o una femmina. [8]Se non ha mezzi sufficienti per offrire un ovino, prenda due tortore o due colombi, uno per l'olocausto e uno per il sacrificio espiatorio; il sacerdote faccia per lei il sacrificio espiatorio, ed ella sarà purificata».

13 Lebbra: gonfiori ed eczemi. - [1]Il Signore disse ancora a Mosè e ad Aronne: [2]«Un uomo sulla cui pelle si formi un gonfiore o un eczema o una macchia e si preveda un caso di lebbra, sia portato da Aronne sacerdote o da uno dei suoi figli sacerdoti; [3]il sacerdote esamini la piaga sulla sua pelle: se sulla piaga il pelo è diventato bianco e la piaga appare incavata nella pelle, è un caso di lebbra. Veduto ciò, il sacerdote lo dichiari impuro. [4]Se la macchia sulla pelle è bianca, ma non appare incavata nella pelle e il pelo su di essa non è diventato bianco, il sacerdote isolerà l'uomo colpito dalla piaga per sette giorni. [5]Il sacerdote lo esamini il settimo giorno: se la piaga gli appare stazionaria e non si è diffusa sulla pelle, il sacerdote isoli l'uomo colpito dalla piaga per altri sette giorni. [6]Il settimo giorno lo riesamini; se la piaga è diminuita, non si è diffusa sulla pelle, il sacerdote dichiarerà tale uomo puro: è un eczema. Egli lavi le sue vesti ed è puro. [7]Se l'eczema si è diffuso sulla pelle dopo che il malato è stato esaminato dal sacerdote e dichiarato puro, si presenti di nuovo al sacerdote. [8]Il sacerdote lo

esamini; se l'eczema si è diffuso sulla pelle, il sacerdote lo dichiari impuro; è lebbra.

[9]Quando appaia su un uomo una macchia di lebbra, sia portato dal sacerdote. [10]Il sacerdote lo esamini; se c'è un gonfiore biancastro sulla pelle e il pelo è diventato bianco e c'è una zona di carne viva sul gonfiore: [11]è lebbra inveterata sulla pelle; il sacerdote lo dichiari impuro. Lo isoli, perché è impuro.

[12]Se la lebbra si diffonde sulla pelle e copre tutta la pelle dell'uomo, dalla testa ai piedi, dovunque il sacerdote osservi, [13]questi esamini il paziente; se la lebbra ha coperto tutta la sua carne, allora dichiari puro l'uomo colpito dalla piaga; è diventato tutto bianco; è puro.

[14]Nel giorno in cui ricomparisse in lui un'ulcera è impuro; [15]il sacerdote esamini l'ulcera e lo dichiari impuro; l'ulcera è cosa impura, è lebbra.

[16]Se invece l'ulcera si restringe e diventa bianca, vada dal sacerdote; [17]il sacerdote lo esamini; se la piaga è diventata bianca, il sacerdote dichiari puro l'uomo colpito dalla piaga; è puro.

Ascessi. - [18]Quando si è prodotto sulla pelle di qualcuno un ascesso ed è guarito, [19]e al posto dell'ascesso c'è un gonfiore biancastro o una macchia bianco-rossastra, il malato sia esaminato dal sacerdote. [20]Il sacerdote lo esamini; se c'è un incavo visibile sulla pelle e il pelo è diventato bianco, il sacerdote lo dichiari impuro: è una piaga di lebbra che si diffonde sull'ascesso.

[21]Se il sacerdote esamina l'ascesso, e non vede in esso il pelo bianco, se non è più incavato nella pelle e si è attenuato, il sacerdote isoli il malato per sette giorni. [22]Se il male si diffonde chiaramente sulla pelle, il sacerdote dichiari il malato impuro: è lebbra. [23]Se la macchia è rimasta stazionaria senza diffondersi, è la cicatrice di un ascesso, il sacerdote lo dichiari puro.

Ustioni. - [24]Se sulla pelle di qualcuno c'è un'ustione e la piaga dell'ustione è una macchia bianco-rossastra o biancastra, [25]il sacerdote la esamini; se il pelo è diventato bianco sulla macchia ed essa appare incavata nella pelle, è lebbra che si diffonde nella bruciatura. Il sacerdote dichiari il malato impuro: è un caso di lebbra. [26]Se il sacerdote lo esamina, e sulla macchia il pelo non è bianco e non c'è incavo nella pelle e la mac-

111

LEVITICO 13,58

chia si attenua, il sacerdote isoli il malato per sette giorni. ²⁷Il sacerdote lo esamini il settimo giorno: se la macchia si è diffusa sulla pelle, il sacerdote dichiari il malato impuro: è un caso di lebbra; ²⁸se la macchia resta stazionaria senza diffondersi sulla pelle e si attenua, è un gonfiore dovuto alla bruciatura; il sacerdote dichiari quell'uomo puro, perché è la cicatrice della bruciatura.

Piaghe della testa e del mento. - ²⁹Se un uomo o una donna hanno una piaga sulla testa o sul mento, ³⁰il sacerdote esamini la piaga; se appare incavata nella pelle e in essa il pelo è giallastro e fine, il sacerdote lo dichiari impuro: è tigna, cioè la lebbra della testa e del mento.

³¹Quando il sacerdote esamina la piaga della tigna, e non appare incavata nella pelle e il pelo in essa non è giallastro, il sacerdote isoli per sette giorni la persona colpita da piaga di tigna. ³²Il sacerdote esamini la piaga il settimo giorno; se la tigna non si è diffusa e non c'è in essa pelo giallastro e la parte colpita dalla tigna non appare incavata nella pelle, ³³il malato si raserà, ma non raserà la parte colpita dalla tigna: il sacerdote isolerà il tignoso ancora per sette giorni. ³⁴Il sacerdote esamini la tigna il settimo giorno; se la tigna non si è diffusa sulla pelle e la parte colpita non appare incavata nella pelle, il sacerdote lo dichiari puro; il malato lavi le sue vesti ed è puro. ³⁵Se la tigna si è diffusa sulla pelle dopo che il malato è stato dichiarato puro, ³⁶il sacerdote lo esamini; se la tigna si è diffusa sulla pelle, il malato è impuro; il sacerdote non stia a osservare se il pelo è giallastro. ³⁷Se la tigna gli appare stazionaria ed è spuntato in essa un pelo scuro, il tignoso è guarito: è puro, e puro lo dichiari il sacerdote.

Esantema. - ³⁸Se sulla pelle di un uomo o di una donna si producono delle macchie biancastre, ³⁹il sacerdote l'esamini; se sulla pelle ci sono delle macchie chiare, biancastre, è un esantema che si è diffuso sulla pelle; il malato è puro.

Calvizie. - ⁴⁰Se un uomo perde i capelli del cranio: è calvizie dell'occipite; è puro. ⁴¹Se perde i capelli dalla parte frontale della testa: è calvizie frontale; è puro. ⁴²Se sulla calvizie dell'occipite o della fronte si produce una piaga bianco-rossastra, è lebbra che si diffonde sul suo occipite o sulla sua fron-

te. ⁴³Il sacerdote lo esamini; se nella calvizie dell'occipite o della fronte c'è un gonfiore bianco-rossastro dello stesso aspetto della lebbra della pelle, ⁴⁴è lebbroso; è impuro. Il sacerdote lo dichiari impuro. La sua è lebbra della testa.

Norme per il lebbroso. - ⁴⁵Il lebbroso colpito dal male porti i vestiti laceri e i capelli scarmigliati, si copra il labbro superiore e gridi: "Impuro, impuro". ⁴⁶Per tutto il tempo in cui durerà in lui la piaga, sarà impuro; essendo impuro, vivrà isolato, fuori del campo sarà la sua dimora.

Macchie su tessuti e cuoio. - ⁴⁷Se su un vestito ci sarà una macchia di lebbra, che si tratti di vestito di lana o di lino, ⁴⁸o manufatto di lino o di lana, o sul cuoio o su qualsiasi oggetto di cuoio, ⁴⁹se la macchia è verdastra o biancastra sul vestito o sul cuoio o sul tessuto o sul manufatto o su qualsiasi oggetto di cuoio, è una macchia di lebbra e va mostrata al sacerdote. ⁵⁰Il sacerdote esamini la macchia e sequestri per sette giorni l'oggetto colpito dalla macchia. ⁵¹Il settimo giorno esamini la macchia; se essa si è diffusa sul vestito o sul tessuto o sul manufatto o sul cuoio, qualunque sia l'oggetto confezionato con cuoio, è lebbra contagiosa; sia bruciato col fuoco. ⁵²Bruci il vestito o il tessuto o il manufatto di lana o di lino o qualsiasi oggetto di cuoio in cui si trovi la macchia, perché è lebbra contagiosa: sia bruciato col fuoco.

⁵³Se il sacerdote esamina la macchia ed essa non si è diffusa sul vestito o sul tessuto o sul manufatto o su qualsiasi oggetto di cuoio, ⁵⁴il sacerdote comandi che si lavino gli oggetti su cui si trova la macchia e li sequestri di nuovo per sette giorni. ⁵⁵Il sacerdote esamini la macchia dopo che è stata lavata: se non ha cambiato aspetto, anche se non si è diffusa, è cosa impura: sia bruciata col fuoco. È corrosa al rovescio e al dritto.

⁵⁶Se il sacerdote esamina la macchia ed essa si è attenuata dopo che è stata lavata, tagli il pezzo dal vestito o dal cuoio o dal manufatto o dal tessuto; ⁵⁷se la macchia riappare sul vestito o sul manufatto o sul tessuto o su qualsiasi oggetto di cuoio, è un male che si sviluppa; sia bruciato col fuoco l'oggetto su cui si trova la macchia. ⁵⁸Il vestito o il tessuto o il manufatto o qualsiasi oggetto di cuoio da cui è sparita la

macchia dopo la lavatura, sia lavato una seconda volta e dichiarato puro.

⁵⁹Questa è la legge per la macchia di lebbra di un vestito di lana o di lino o di un tessuto o di un manufatto o di qualsiasi oggetto di cuoio, quando si tratti di dichiararlo puro o impuro».

14 Purificazione del lebbroso. - ¹Il Signore disse poi a Mosè: ²«Questo è il rituale per il lebbroso nel giorno della sua purificazione: lo si conduca dal sacerdote ³e il sacerdote esca fuori dal campo e osservi: se la piaga di lebbra è guarita nel lebbroso, ⁴il sacerdote ordini che si prendano per l'uomo da purificare due uccelli vivi e puri, legno di cedro, del colore scarlatto e issopo. ⁵Il sacerdote ordini che uno degli uccelli sia immolato su un vaso d'argilla con acqua corrente; ⁶prenda l'uccello vivo, il legno di cedro, il colore scarlatto e l'issopo e l'immerga, con l'uccello vivo, nel sangue dell'uccello immolato sull'acqua corrente. ⁷Faccia per sette volte l'aspersione su colui che deve essere purificato dalla lebbra e lo dichiari puro; poi lasci libero nella campagna l'uccello vivo. ⁸Colui che si deve purificare lavi le sue vesti, tagli tutto il suo pelo e si lavi nell'acqua e sarà puro; dopo di ciò rientrerà nel campo, restando per sette giorni fuori della sua tenda. ⁹Il settimo giorno tagli il pelo della sua testa, del mento e delle sopracciglia, tutto il suo pelo, si lavi nell'acqua corrente e sarà puro.

¹⁰L'ottavo giorno prenda due agnelli senza difetti e un'agnella di un anno senza difetti; tre decimi di efa di fior di farina intrisa d'olio, come oblazione, e un *log* d'olio. ¹¹Il sacerdote che compie la purificazione faccia mettere l'uomo che deve essere purificato e tutto ciò alla presenza del Signore, all'ingresso della tenda del convegno. ¹²Il sacerdote prenda uno degli agnelli e il *log* d'olio, li offra come sacrificio di riparazione e faccia con essi il gesto della presentazione alla presenza del Signore. ¹³Immoli l'agnello nel luogo in cui immola il sacrificio espiatorio e l'olocausto, in luogo sacro, perché, come il sacrificio espiatorio, il sacrificio di riparazione appartiene al sacerdote: sono sacrosanti. ¹⁴Il sacerdote prenda un po' del sangue del sacrificio di riparazione e lo metta sul lobo dell'orecchio destro di colui che deve essere purificato, sul pollice della sua mano

destra e sull'alluce del piede destro. ¹⁵Il sacerdote prenda un po' del *log* di olio e lo versi nel cavo della sua mano sinistra; ¹⁶intinga il dito della mano destra nell'olio che sta nel cavo della sua mano sinistra e con il dito asperga un po' dell'olio per sette volte alla presenza del Signore. ¹⁷Quanto resta dell'olio che sta nel cavo della sua mano il sacerdote lo metterà sul lobo dell'orecchio destro di colui che deve essere purificato, sul pollice della sua mano destra e sull'alluce del suo piede destro, oltre il sangue del sacrificio di riparazione. ¹⁸Quanto gli resta dell'olio che sta nel cavo della mano lo metterà sulla testa di colui che deve essere purificato. Il sacerdote avrà così compiuto per lui il rito espiatorio alla presenza del Signore. ¹⁹Il sacerdote farà il sacrificio espiatorio e compirà l'espiazione per colui che deve essere purificato dalla sua impurità. Dopo di ciò immolerà l'olocausto: ²⁰il sacerdote offrirà l'olocausto e l'oblazione all'altare; compirà il rito espiatorio e il malato sarà puro.

²¹Se il malato è povero e non ha mezzi sufficienti, prenda un agnello come sacrificio di riparazione per fare il gesto della presentazione e compiere sul malato il rito espiatorio, un decimo di efa di fior di farina intrisa nell'olio come oblazione, un *log* di olio ²²e due tortore o due colombi, secondo i suoi mezzi, uno sia destinato al sacrificio di riparazione e l'altro all'olocausto. ²³L'ottavo giorno li porti per la sua purificazione al sacerdote, all'ingresso della tenda del convegno, alla presenza del Signore.

²⁴Il sacerdote prenda l'agnello del sacrificio di riparazione e il *log* di olio e compia con essi il gesto della presentazione alla presenza del Signore. ²⁵Immoli l'agnello del sacrificio di riparazione e prenda un po' del sangue del sacrificio di riparazione e lo metta sul lobo dell'orecchio destro di colui che deve essere purificato, sul pollice della sua mano destra e sull'alluce del suo piede destro. ²⁶Il sacerdote versi un po' d'olio nel cavo della sua mano sinistra ²⁷e con il dito della sua mano destra asperga un po' dell'olio, che sta nel cavo della mano sinistra, sette volte alla presenza del Signore. ²⁸Il sacerdote metta un po' dell'olio che sta nel cavo della sua mano sul lobo dell'orecchio destro di colui che deve essere purificato, sul pollice della sua mano destra e sull'alluce del suo piede destro, nel punto in cui ha messo il sangue del sacrificio di riparazione.

[29]Quanto gli resta dell'olio nel cavo della mano, lo metta sulla testa di colui che deve essere purificato, per compiere per lui il rito espiatorio alla presenza del Signore. [30]Con una delle tortore e con uno dei colombi che ha potuto procurarsi [31]farà il sacrificio espiatorio e con l'altro l'olocausto, unito all'oblazione. Il sacerdote avrà compiuto così il rito espiatorio per colui che deve essere purificato».

[32]Questo è il rituale per colui che è affetto da piaga di lebbra e che non ha mezzi per la sua purificazione.

La lebbra delle case. - [33]Il Signore disse a Mosè e ad Aronne: [34]«Quando arriverete nella terra di Canaan che io vi do in possesso, se io colpirò con una piaga di lebbra una casa della terra che voi possedete, [35]il proprietario della casa vada e informi il sacerdote dicendo: "Una specie di piaga è apparsa nella mia casa". [36]Il sacerdote dia disposizione perché vuotino la casa prima che egli venga a esaminare la macchia, perché non diventi impuro nulla di ciò che c'è in casa; dopo di ciò il sacerdote entri a esaminare la casa. [37]Esamini la macchia; se la macchia sulle pareti della casa ha l'aspetto di cavità verdastre o biancastre che formano un incavo nella parete, [38]il sacerdote esca dalla casa verso l'ingresso e la faccia chiudere per sette giorni.

[39]Il settimo giorno il sacerdote torni ed esamini; se la macchia si è diffusa sulle pareti della casa, [40]il sacerdote ordini che si tolgano le pietre su cui si trova la macchia e che le gettino fuori della città in un luogo impuro; [41]poi farà raschiare la casa tutt'intorno e getteranno la polvere che hanno raschiato fuori della città in un luogo impuro. [42]Prenderanno altre pietre e le metteranno al posto delle prime e prenderanno altro intonaco per intonacare la casa.

[43]Se la macchia torna e si diffonde nella casa dopo che sono state tolte le pietre e dopo che la casa è stata raschiata e reintonacata, [44]venga il sacerdote ed esamini; se la piaga si è diffusa nella casa, è lebbra pericolosa nella casa; è impura. [45]La casa venga demolita; le pietre, il legname e l'intonaco della casa siano portati fuori della città in un luogo impuro.

[46]Chiunque entri nella casa durante i giorni in cui è chiusa, diventa impuro fino alla sera; [47]chi dorme nella casa, lavi le sue vesti; chi mangia nella casa, lavi le sue vesti.

[48]Se il sacerdote viene ed esamina, e la macchia non si è diffusa nella casa dopo che è stata reintonacata, il sacerdote dichiari la casa pura, perché la macchia è guarita.

Rito purificatorio. - [49]Per compiere il sacrificio espiatorio per la casa si prendano due uccelli, legno di cedro, rosso scarlatto e issopo; [50]si immoli uno degli uccelli su un vaso di argilla con acqua corrente; [51]si prenda il legno di cedro e l'issopo e il rosso scarlatto e l'uccello vivo e lo si immerga nel sangue dell'uccello immolato in acqua corrente e si faccia sette volte l'aspersione della casa. [52]Si purifica così la casa con il sangue dell'uccello, con l'acqua corrente, con l'uccello vivo, con il legno di cedro, con l'issopo e con il rosso scarlatto. [53]Allora si lasci libero l'uccello vivo fuori della città, in campagna. Avrà compiuto così il sacrificio espiatorio per la casa, ed essa è pura».

[54]Questo è il rituale per ogni macchia di lebbra e di tigna, [55]per ogni caso di lebbra delle vesti e delle case, [56]per gonfiori e infezioni e macchie biancastre; [57]esso indica i tempi dell'impurità e i tempi della purità. Questo è il rituale per la lebbra.

15 **Impurità sessuali.** - *Primo caso.* [1]Il Signore disse a Mosè e ad Aronne: [2]«Parlate ai figli d'Israele e dite loro: Chi abbia uno scolo che esca dal suo corpo, tale scolo è impuro. [3]Ecco in che consiste la sua impurità: mentre dura lo scolo, sia che il suo corpo lasci uscire lo scolo sia che lo trattenga, è impuro; [4]ogni letto su cui si coricherà chi ha lo scolo è impuro e qualsiasi mobile su cui si siede è impuro; [5]chiunque tocca il suo giaciglio, sciacqui i suoi vestiti, si lavi con acqua e resterà impuro fino a sera; [6]chi si siede su un mobile su cui si è seduto chi ha lo scolo, sciacqui le sue vesti, si lavi con acqua e resterà impuro fino a sera; [7]chi tocca la carne di colui che ha lo scolo, sciacqui le sue vesti, si lavi con acqua e resterà impuro fino a sera; [8]se chi ha lo scolo sputa su una persona pura, questi sciacqui le sue vesti, si lavi con acqua e resterà impuro fino a sera; [9]ogni sella su cui sia montato chi ha lo scolo è impura; [10]chiunque tocchi qualsiasi cosa che si sia trovata sotto di lui, è impuro fino a sera; chiunque trasporterà tale cosa sciacqui le sue vesti, si lavi in acqua e resterà impuro fino a sera; [11]chiunque toccherà chi ha lo scolo senza sciacquarsi le mani, sciacqui le sue vesti, si lavi con acqua e resterà impuro fino a sera; [12]un vaso di argilla che sia stato toccato da chi ha lo scolo sia rotto, e ogni oggetto di legno sia sciacquato nell'acqua.

Rito purificatorio. [13]Quando chi ha sofferto di scolo ne sarà guarito, conterà sette giorni per la sua purificazione, poi sciacquerà le sue vesti, laverà il suo corpo con acqua corrente e sarà puro. [14]L'ottavo giorno prenderà due tortore o due colombi e verrà alla presenza del Signore all'ingresso della tenda del convegno e li darà al sacerdote. [15]Il sacerdote farà con uno un sacrificio espiatorio e con l'altro un olocausto; compirà così per lui alla presenza del Signore il sacrificio espiatorio per il suo scolo.

Altri casi. [16]Un uomo da cui esca un'emissione seminale, lavi con acqua tutto il suo corpo e sia impuro fino a sera. [17]Ogni veste e ogni cuoio su cui avvenga un'emissione seminale sia lavato con acqua e resterà impuro fino a sera.

[18]La donna e l'uomo che abbiano avuto rapporti intimi, si lavino ambedue con acqua e resteranno impuri fino a sera.

[19]Una donna che ha flusso di sangue, cioè il flusso nel suo corpo, resterà sette giorni nell'impurità delle sue regole; chiunque la tocca è impuro fino a sera; [20]qualunque cosa su cui si sdrai durante le sue regole è impura e qualunque cosa su cui si sieda è impura; [21]chiunque tocca il suo giaciglio, sciacqui le sue vesti, si lavi con acqua e resterà impuro fino a sera; [22]chiunque tocca un qualsiasi mobile su cui essa si sia seduta, sciacqui le sue vesti, si lavi con acqua e resterà impuro fino a sera; [23]se un oggetto si trova sul giaciglio o sul mobile su cui si è seduta, toccandolo si diventa impuro fino a sera; [24]se un uomo giace con lei, contrae l'impurità delle sue regole e sarà impuro per sette giorni. Ogni giaciglio su cui si stende diventa impuro.

[25]Una donna che abbia un flusso di sangue di diversi giorni, fuori del tempo delle sue regole, o se le sue regole si prolungano, durante tutto il tempo del suo flusso la sua impurità è uguale a quella del tempo delle sue regole. [26]Ogni giaciglio su cui si sdraierà durante tutto il tempo del suo flusso sarà per lei come il giaciglio del tempo delle sue regole; e ogni mobile su cui siederà è impuro della stessa impurità delle re-

gole. [27]Chiunque li tocca è impuro, sciacqui le sue vesti, si lavi con acqua e resterà impuro fino a sera.

Rito purificatorio. [28]Se è guarita dal suo flusso, conti sette giorni e dopo è pura. [29]L'ottavo giorno prenda due tortore o due colombi e li porti al sacerdote all'ingresso della tenda del convegno; [30]il sacerdote faccia con uno un sacrificio espiatorio e con l'altro un olocausto. Il sacerdote compie così per lei il sacrificio espiatorio, alla presenza del Signore, purificandola dal flusso che la rende impura.

Conclusione. [31]Ammonirete i figli d'Israele sulle loro impurità, affinché non muoiano per le loro impurità, rendendo impura la mia dimora, che sta in mezzo a loro».

[32]Questa è la legge per chi ha uno scolo o un'emissione seminale che lo rende impuro, [33]e per la donna che si trovi nell'impurità delle sue regole; e cioè per chi abbia uno scolo, maschio o femmina, e per l'uomo che ha giaciuto con una donna impura.

16 Il Giorno dell'espiazione. - [1]Il Signore parlò a Mosè dopo che i due figli di Aronne erano morti mentre presentavano la loro offerta alla presenza del Signore. [2]Il Signore disse a Mosè: «Parla ad Aronne tuo fratello e digli di non venire in qualsiasi momento nel santuario, dietro il velo, davanti al propiziatorio che sta sull'arca, affinché non muoia, perché nella nuvola mi manifesterò sul propiziatorio. [3]Ecco come verrà nel santuario: con un giovenco per il sacrificio espiatorio e un montone per l'olocausto; [4]rivestirà una tunica di lino consacrata e metterà aderenti alla pelle i calzoni di lino, si cingerà una cintura di lino e si avvolgerà un turbante di lino. Sono le vesti sacre che indosserà dopo essersi lavato con acqua.

[5]Dalla comunità d'Israele prenderà due capri per il sacrificio espiatorio e un montone per l'olocausto. [6]Aronne offrirà il gio-

---

16. - [1ss.] Questo capitolo tratta del Giorno dell'espiazione in cui, con un solenne sacrificio comune, si cancellavano tutti i peccati e le irregolarità del popolo. Il rituale di questo giorno preannunciava l'espiazione definitiva dei peccati di tutta l'umanità per mezzo del sacrificio di Cristo. Ne fa un bel paragone-contrasto Eb 9,6-12.

venco del suo sacrificio espiatorio e compirà il rito espiatorio per se stesso e per la sua casa. [7]Prenderà i due capri e li porrà alla presenza del Signore, all'ingresso della tenda del convegno [8]e tirerà a sorte i due capri, destinandone uno per il Signore e uno per Azazel. [9]Aronne offrirà il capro su cui è caduta la sorte "per il Signore" e con esso farà il sacrificio espiatorio. [10]Il capro su cui è caduta la sorte "per Azazel" lo porrà vivo alla presenza del Signore, per fare su di esso il rito espiatorio, e lo manderà ad Azazel nel deserto.

[11]Aronne offrirà il giovenco del suo sacrificio espiatorio e compirà il rito espiatorio per se stesso e per la sua casa, e immolerà il giovenco del suo sacrificio espiatorio. [12]Riempirà un incensiere di carboni accesi presi dall'altare, dalla presenza del Signore, e due manciate piene d'incenso in polvere e porterà tutto dietro il velo; [13]metterà l'incenso sul fuoco, alla presenza del Signore, la nuvola d'incenso coprirà il propiziatorio che sta sulla testimonianza e non morrà. [14]Prenderà un po' del sangue del giovenco e con il dito farà l'aspersione sopra il propiziatorio, verso oriente, e davanti al propiziatorio farà con il dito, per sette volte, l'aspersione col sangue.

[15]Immolerà il capro del sacrificio espiatorio per il popolo e ne porterà il sangue dietro il velo e farà del suo sangue quello che ha fatto del sangue del giovenco: lo aspergerà sul propiziatorio e davanti al propiziatorio. [16]Compirà così il rito espiatorio per il santuario, purificandolo dalle impurità dei figli d'Israele e dalle trasgressioni di ogni loro peccato, e lo stesso farà per la tenda del convegno, che dimora con loro in mezzo alle loro impurità. [17]Nessuno si trovi nella tenda del convegno da quando egli entra per compiere il rito espiatorio nel santuario fino a quando ne esce.

Quando avrà compiuto il rito espiatorio per se stesso e per la sua casa e per tutta la comunità d'Israele, [18]esca verso l'altare che

sta davanti al Signore e faccia su di esso il rito espiatorio; prenda un po' del sangue del giovenco e un po' del sangue del capro e lo metta sui corni intorno all'altare; [19]con il dito faccia su di esso l'aspersione sette volte; così lo avrà purificato e consacrato, togliendo le impurità dei figli d'Israele.

[20]Quando avrà finito di compiere il rito espiatorio per il santuario e per la tenda del convegno e per l'altare, faccia avvicinare il capro vivo. [21]Aronne imponga tutte e due le mani sulla testa del capro vivo e confessi su di esso tutte le iniquità dei figli d'Israele e tutte le trasgressioni di ogni loro peccato; la metta sulla testa del capro e lo mandi nel deserto, per mezzo di un uomo che è a disposizione. [22]Il capro prenderà su di sé tutte le loro iniquità, portandole verso una regione arida. Quando avrà mandato il capro nel deserto, [23]Aronne vada nella tenda del convegno, si tolga le vesti di lino che ha rivestito entrando nel santuario e le lasci lì; [24]si lavi con acqua in luogo sacro e rimetta le sue vesti. Esca e offra l'olocausto suo e l'olocausto del popolo, e compia il rito espiatorio per se stesso e per il popolo; [25]il grasso del sacrificio espiatorio lo faccia fumare sull'altare. [26]Colui che ha condotto il capro ad Azazel sciacqui le sue vesti e si lavi con acqua e dopo di ciò torni al campo.

[27]Il giovenco del sacrificio espiatorio e il capro del sacrificio espiatorio, di cui ha portato il sangue nel santuario per compiere il rito espiatorio, li porti fuori del campo, e la loro pelle, la loro carne e i loro escrementi siano bruciati col fuoco. [28]Colui che li brucia sciacqui le sue vesti e si lavi con acqua e dopo torni al campo. [29]Sia questa per voi legge eterna.

Il digiuno. - Nel mese settimo, il dieci del mese, digiunate e non fate nessun lavoro, né il cittadino né il residente che abita in mezzo a voi; [30]infatti in questo giorno si compie su di voi il rito espiatorio per rendervi puri; di tutti i vostri peccati sarete purificati alla presenza del Signore. [31]Riposo completo sia per voi, e digiunate. È legge eterna.

[32]Il sacerdote che è stato consacrato e le cui mani sono state riempite per compiere il servizio sacerdotale al posto di suo padre, compia il rito espiatorio e indossi le vesti di lino, vesti sacre. [33]Compia il rito espiatorio per il santuario consacrato e per la tenda del convegno e per l'altare, e compia il rito espiatorio per i sacerdoti e per tutto il popolo della comunità. [34]Sia questa per voi legge

---

8. *Azazel* è ritenuto il nome comune di un demonio abitante nel deserto. A lui veniva spedito il capro espiatorio di cui qui si parla.

21. Il capro da mandare nel deserto al diavolo Azazel, carico simbolicamente dei peccati d'Israele, appartiene al folclore popolare. Il vero sacrificio che ristabilisce l'alleanza è quello della vittima offerta a Dio. Solo questa vittima può essere considerata una figura di Cristo, non il cosiddetto capro espiatorio.

eterna: compiere una volta l'anno il rito espiatorio per i figli d'Israele, togliendo tutti i loro peccati».

E si fece come aveva comandato il Signore a Mosè.

LEGGE DI SANTITÀ

17 Sacrifici e immolazioni al Dio vivente. - [1]Il Signore disse a Mosè: [2]«Parla ad Aronne, ai suoi figli e a tutti i figli d'Israele e di' loro: Questo ha prescritto il Signore: [3]chiunque della casa d'Israele uccida nel campo un toro o un agnello o un capro o chi lo uccida fuori del campo [4]e non lo porti all'ingresso della tenda del convegno per farne un'offerta al Signore davanti alla dimora del Signore, quell'uomo sarà considerato reo di sangue: ha sparso sangue e sarà eliminato dal suo popolo.

[5]Perciò i figli d'Israele, invece di offrire i loro sacrifici in campagna, li porteranno al Signore all'ingresso della tenda del convegno, al sacerdote, e ne faranno dei sacrifici di comunione al Signore. [6]Il sacerdote spargerà il sangue sull'altare del Signore, che sta all'ingresso della tenda del convegno, e brucerà il grasso come odore gradito al Signore. [7]Non faranno più i loro sacrifici ai satiri, ai quali essi si prostituiscono. Legge eterna sarà questa per loro e le loro generazioni!

[8]Dirai loro: Chiunque della casa d'Israele o fra i residenti in mezzo a loro offra un olocausto o un sacrificio [9]e non lo porti all'ingresso della tenda del convegno per offrirlo al Signore, sia eliminato di mezzo al suo popolo. [10]Chiunque della casa d'Israele o fra i residenti in mezzo a loro mangi del sangue, mi volgerò contro colui che mangia il sangue e lo toglierò via di mezzo al suo popolo. [11]Infatti la vita dell'essere vivente è nel sangue e io lo do a voi per espiare all'altare per le vostre vite; il sangue infatti, in quanto vita, espia. [12]Per questo ho detto ai figli d'Israele: nessuno fra voi mangi sangue e neanche il residente in mezzo a voi mangi sangue.

[13]Chiunque tra i figli d'Israele o residente in mezzo a voi prenderà a caccia un animale o un uccello che è lecito mangiare, ne sparga il sangue e lo ricopra di terra. [14]Infatti la vita di ogni vivente è il suo sangue, in quanto esso è vita; e io ho detto ai figli d'Israele: non mangerete il sangue di nessun vivente, perché la vita di ogni vivente è il suo sangue e chiunque ne mangia sia eliminato.

[15]Chiunque, oriundo del paese o residente, mangi di un animale morto e sbranato, sciacqui le sue vesti e si lavi con acqua; sarà impuro fino alla sera e poi sarà puro. [16]Se non sciacquerà le vesti e non si laverà, porterà il peso del suo peccato».

18 Norme per le relazioni sessuali. - [1]Il Signore disse a Mosè: [2]«Parla ai figli d'Israele e di' loro: Io sono il Signore Dio vostro!

[3]Non agite secondo il costume del paese d'Egitto, dove avete abitato, e non agite secondo il costume della terra di Canaan, dove vi conduco, e non comportatevi secondo le loro leggi. [4]Praticate i miei precetti e osservate le mie leggi, per comportarvi in base ad essi. Io sono il Signore Dio vostro!

[5]Osservate le mie leggi e i miei precetti, mediante i quali l'uomo che li pratica trova la vita. Io sono il Signore.

[6]Nessuno si avvicini a una parente prossima, per scoprirne la nudità. Io sono il Signore.

[7]La nudità di tuo padre e la nudità di tua madre non la scoprirai. È tua madre! Non scoprirai la sua nudità.

[8]Non scoprirai la nudità della moglie di tuo padre. È la nudità di tuo padre. [9]Non scoprirai la nudità di tua sorella, figlia di tuo padre e di tua madre, nata a casa o fuori. [10]Non scoprirai la nudità della figlia di tuo figlio e della figlia di tua figlia, poiché è la stessa tua nudità. [11]Non scoprirai la nudità della figlia della moglie di tuo padre, generata da tuo padre: è tua sorella. [12]Non scoprirai la nudità della sorella di tuo padre: è carne di tuo padre. [13]Non scoprirai la nudità della sorella di tua madre: è carne di tua madre. [14]Non scoprirai la nudità del fratello di tuo padre; non ti avvicinerai a sua moglie: è tua zia. [15]Non scoprirai la nudità di tua nuora: è la moglie di tuo figlio. [16]Non scoprirai la nudità della moglie di tuo fratello: è la nudità di tuo fratello. [17]Non scoprirai la nudità di una donna e di sua figlia insieme. Non prenderai la figlia del figlio di tale donna e la figlia di sua figlia per scoprirne la nudità: sono la tua stessa carne. È incesto.

[18]Non prenderai una donna insieme con sua sorella, per rinchiuderla nell'harem,

scoprendo la sua nudità, mentre la sorella è ancora viva. [19]Non ti avvicinerai a una donna durante la sua impurità mestruale, per scoprire la sua nudità.

[20]Non darai il tuo letto coniugale alla moglie del tuo compatriota, ti renderesti impuro con lei.

[21]Non permetterai che nessuno della tua discendenza adori Moloch e non profanerai il nome del tuo Dio. Io sono il Signore.

[22]Con un uomo non giacerai come si giace con una donna: è un abominio!

[23]A nessun animale darai il tuo giaciglio, rendendoti impuro con esso; né una donna si presenterà a un animale per l'accoppiamento: è una oscenità!

[24]Non contaminatevi con tutte queste cose; con tutte queste cose si contaminano le genti che io sto scacciando davanti a voi. [25]Se ne è contaminata la terra: io punisco in essa il suo peccato e la terra vomita i suoi abitanti. [26]Voi osserverete le mie leggi e i miei precetti e non compirete nessuna di queste abominazioni, né l'oriundo del paese né il residente che abita in mezzo a voi, [27]perché le popolazioni della terra che sta davanti a voi hanno compiuto tutte queste abominazioni e la terra è stata contaminata. [28]La terra non vomiterà forse voi, se la contaminate, come ha vomitato le genti che stanno davanti a voi? [29]Infatti chiunque compirà qualcuna di queste abominazioni, le persone che le compiono saranno eliminate di mezzo al loro popolo. [30]Osservate quanto vi comando di osservare, senza mettere in pratica alcuna delle leggi abominevoli che sono state praticate prima di voi e non contaminatevi con esse. Io sono il Signore Dio vostro».

19 Norme cultuali e morali. - [1]Il Signore disse ancora a Mosè: [2]«Parla a tutta la comunità dei figli d'Israele e di' loro: Siate santi, perché santo sono io, il Signore Dio vostro.

[3]Ognuno di voi abbia riverenza per sua madre e suo padre e osservate i miei sabati. Io sono il Signore Dio vostro.

[4]Non volgetevi verso gl'idoli e non fatevi degli dèi di metallo fuso. Io sono il Signore Dio vostro.

[5]Quando offrirete sacrifici di comunione al Signore, offriteli in modo da essere graditi: [6]siano consumati nel giorno in cui li offrite o l'indomani; quanto resta sia consumato col fuoco il terzo giorno. [7]Se fosse mangiato il terzo giorno, è cibo corrotto e non sarà gradito. [8]Chi ne mangia porterà il peso del suo peccato, perché ha profanato quanto è sacro al Signore. Quella persona sia eliminata dal suo popolo.

[9]Quando farete la mietitura della vostra terra, non finirai di mietere i confini del campo e non spigolerai la spigolatura del tuo raccolto. [10]Non racimolerai la tua vigna e non raccoglierai i grappoli caduti della tua vigna. Li lascerai al povero e al forestiero. Io sono il Signore Dio vostro.

[11]Non rubate, non ingannate, non mentitevi l'un l'altro. [12]Non giurate il falso nel mio nome. Profaneresti il nome del tuo Dio. Io sono il Signore.

[13]Non opprimere il tuo prossimo e non derubarlo. Non resti presso di te la paga dell'operaio fino al mattino seguente. [14]Non maledire il sordo. Davanti al cieco non porre inciampo e temi il tuo Dio. Io sono il Signore.

[15]Non commettere ingiustizia in giudizio; non aver riguardi per il povero e non fare onore al potente. Con giustizia giudicherai il tuo compatriota. [16]Non sparlerai in mezzo al tuo popolo e non ti presenterai al giudice chiedendo la testa del tuo prossimo. Io sono il Signore.

[17]Non odiare il tuo fratello nel tuo cuore; correggi francamente il tuo compatriota e non gravarti di un peccato a causa sua. [18]Non vendicarti e non serbare rancore ai figli del tuo popolo. Ama il tuo prossimo come te stesso. Io sono il Signore.

[19]Osservate le mie leggi. Le tue bestie non le accoppierai tra specie diverse; nel tuo campo non seminerai specie diverse, né indosserai una veste di tessuti diversi.

[20]Se un uomo giace con una donna schiava, promessa ad un uomo, prima che sia riscattata e che le sia data la libertà, darà un risarcimento, ma non moriranno perché la donna non è libera. [21]Porterà un sacrificio di riparazione al Signore all'ingresso della tenda del convegno: un capro di riparazione. [22]Il sacerdote farà per lui il rito espiatorio con il capro di riparazione davanti al Si-

---

19. - [17.] Sono qui vietati l'odio e la vendetta. Gli Ebrei applicarono tale divieto solo all'interno del loro popolo; Gesù lo estenderà a tutti (Mt 5,43-48).

gnore, per il peccato che ha compiuto e il peccato che ha compiuto gli sarà perdonato.

²³Quando arriverete nella terra, qualsiasi albero fruttifero piantiate, ne considererete il frutto come il suo prepuzio: per tre anni saranno per voi come incirconcisi; non ne mangerete. ²⁴Il quarto anno ogni suo frutto sarà sacro; farete una festa di lode al Signore. ²⁵Il quinto anno ne mangerete il frutto; vi è concesso raccoglierne il prodotto. Io sono il Signore Dio vostro.

²⁶Non mangiate sui monti; non praticate divinazione né incantesimi. ²⁷Non tagliatevi in tondo l'orlo della vostra capigliatura e non rasare l'orlo della tua barba. ²⁸Non vi farete incisioni sulla carne per un morto e non vi farete tatuaggi. Io sono il Signore.

²⁹Non profanare tua figlia, prostituendola, perché non si prostituisca la terra e non si riempia di oscenità. ³⁰Osservate i miei sabati e abbiate riverenza per il mio santuario. Io sono il Signore.

³¹Non rivolgetevi agli spettri e agli indovini; non interrogateli, rendendovi impuri con essi. Io sono il Signore Dio vostro. ³²Àlzati davanti a una testa canuta, onora la presenza dell'anziano e temi il tuo Dio. Io sono il Signore.

³³Se verrà a stabilirsi presso di voi un immigrante, non molestatelo. ³⁴Come uno nato tra di voi sarà colui che viene a stabilirsi presso di voi. Lo amerai come te stesso, perché voi siete stati immigranti nella terra d'Egitto. Io sono il Signore Dio vostro.

³⁵Non commettete iniquità in giudizio, nelle misure di lunghezza, di peso e di capacità. ³⁶Abbiate una bilancia giusta, pesi giusti, un'efa giusta, un hin giusto. Io sono il Signore Dio vostro che vi ha fatto uscire dalla terra d'Egitto. ³⁷Osservate tutte le mie leggi e tutti i miei precetti e metteteli in pratica. Io sono il Signore».

20 Norme cultuali e sanzioni. - ¹Il Signore disse poi a Mosè: «Dirai ai figli d'Israele: ²Chiunque tra i figli d'Israele e i residenti in Israele dia un suo figlio a Moloch, sia messo a morte; la gente del paese lo lapidi. ³Io mi volgerò contro quest'uomo e lo eliminerò di mezzo al suo popolo, perché ha dato uno dei suoi figli a Moloch, per rendere impuro il mio santuario e profanare il mio santo nome. ⁴Se la gente del paese chiuderà gli occhi davanti a quest'uomo,

mentre dà un suo figlio a Moloch, senza metterlo a morte, ⁵sarò io a volgermi contro quell'uomo e contro la sua famiglia ed eliminerò lui di mezzo al suo popolo e tutti quelli che si prostituiscono, seguendo lui nel prostituirsi a Moloch.

⁶Se uno si volgerà agli spettri e agli indovini, prostituendosi dietro di essi, io mi volgerò contro quest'uomo e lo eliminerò di mezzo al suo popolo.

⁷Santificatevi e siate santi, perché io sono il Signore Dio vostro.

Norme morali e sanzioni. - ⁸Osservate le mie leggi e mettetele in pratica. Io sono il Signore che vi santifica.

⁹Chiunque maledirà suo padre e sua madre sia messo a morte: ha maledetto suo padre e sua madre; il suo sangue ricada sopra di lui.

¹⁰Chiunque commetta adulterio con una donna sposata, chiunque commetta adulterio con una donna del suo prossimo, siano messi a morte l'adultero e l'adultera.

¹¹Chiunque abbia giaciuto con la moglie di suo padre, ha scoperto la nudità di suo padre; siano messi a morte ambedue. Il loro sangue ricada su di essi.

¹²Chiunque abbia giaciuto con la nuora, siano messi a morte ambedue: hanno compiuto un'oscenità. Il loro sangue ricada su di essi.

¹³Chiunque abbia giaciuto con un uomo come si giace con una donna, hanno compiuto tutti e due un'abominazione; siano messi a morte. Il loro sangue ricada su di essi.

¹⁴Chiunque prenda per moglie una donna insieme a sua madre: è un incesto. Si bruceranno lui e loro, affinché non ci sia tra di voi tale incesto.

¹⁵Chiunque abbia dato il suo giaciglio a un animale, sia messo a morte, e l'animale l'ucciderete.

¹⁶Se una donna si avvicina a un animale per accoppiarsi con esso, ucciderai la donna e l'animale; ambedue siano messi a morte. Il loro sangue ricada su di essi.

¹⁷Se un uomo prende in moglie sua sorella, figlia di suo padre o figlia di sua madre, ne vede la nudità ed ella vede la nudità di

---

26-27. Si proibiscono diversi usi e riti superstiziosi. Divieti apparentemente strani, che ci lasciano capire come gli Israeliti, figli del loro tempo e del loro ambiente, indulgessero a pratiche superstiziose.

lui: è un'ignominia; siano eliminati alla presenza dei figli del loro popolo. Ha scoperto la nudità di sua sorella: porti le conseguenze del suo peccato.

¹⁸Se un uomo ha giaciuto con una donna durante le sue regole, e ne ha scoperto la nudità, ha messo a nudo la fonte del suo sangue ed essa ha scoperto la fonte del suo sangue: siano eliminati ambedue di mezzo al loro popolo.

¹⁹Non scoprirai la nudità della sorella di tua madre o della sorella di tuo padre, perché scopriresti la sua stessa carne: ambedue porteranno il peso del loro peccato.

²⁰Un uomo che abbia giaciuto con la propria zia ha scoperto la nudità di suo zio; portino il peso del loro peccato: muoiano senza figli.

²¹Se uno sposa la moglie di suo fratello, è una impurità: ha scoperto la nudità di suo fratello; non abbiano figli.

Conclusione. - ²²Osservate tutte le mie leggi e tutti i miei precetti e metteteli in pratica, e la terra in cui vi conduco per abitarla non vi vomiterà. ²³Non comportatevi secondo le leggi dei popoli che scaccio davanti a voi, perché essi hanno fatto tutte queste cose e io mi sono disgustato di loro. ²⁴Ma a voi dico: voi prenderete possesso della loro terra e io ve la darò in possesso, una terra che stilla latte e miele! Io sono il Signore Dio vostro che vi ha separato di mezzo ai popoli. ²⁵Separate gli animali puri da quelli impuri, e gl'impuri dai puri fra gli uccelli e non contaminatevi con gli animali e con gli uccelli e con qualsiasi bestia che striscia sul suolo, che io ho separato per voi come impuri. ²⁶Siate santi per me, perché santo sono io il Signore, e vi separo dai popoli per essere miei. ²⁷Un uomo o una donna fra voi che sia negromante o indovino sia messo a morte: li lapiderete. Il loro sangue ricada su di loro».

21 **Norme per i sacerdoti.** - ¹Il Signore disse a Mosè: «Parla ai sacerdoti, figli di Aronne e comunica loro: Nessuno si renda impuro per un morto della sua parentela ²se non per un parente prossimo: la madre, il padre, il figlio, la figlia, il fratello. ³Per la sorella vergine, che resta sua parente prossima, perché non ha appartenuto ad alcun uomo, può rendersi impuro. ⁴Un marito non si renda impuro per i suoi, profanandosi.

⁵Non si facciano tonsura sulla testa e non si radano l'orlo della barba e nelle loro carne non si facciano incisioni. ⁶Saranno santi per il loro Dio e non profaneranno il nome del loro Dio, perché essi offrono i doni del Signore, il cibo del loro Dio; siano quindi in stato di consacrazione.

⁷Non prendano in moglie una prostituta né una disonorata o una donna scacciata da suo marito; perché il sacerdote è consacrato al suo Dio. ⁸Tu lo considererai santo, perché egli offre il nutrimento al tuo Dio. Sia per te un essere santo, perché santo sono io, il Signore che vi santifica.

⁹Se la figlia di un sacerdote si disonora prostituendosi, disonora suo padre. Sia bruciata.

¹⁰Il sacerdote, quello che è il sommo tra i suoi fratelli, sul cui capo è stato versato l'olio dell'unzione e ha ricevuto l'investitura indossando i paramenti, non si tolga il copricapo, non si stracci le vesti ¹¹e non si avvicini a nessun morto; non si renda impuro neanche per suo padre e per sua madre. ¹²Non esca dal santuario e non profani il santuario del suo Dio: ha su di sé la consacrazione dell'olio dell'unzione del suo Dio. Io sono il Signore.

¹³Sceglierà la moglie fra le vergini. ¹⁴Non prenderà in moglie una vedova né una ripudiata, né una prostituta, ma prenderà in moglie solo una vergine della sua gente ¹⁵e non profanerà la sua discendenza nella sua parentela, perché io sono il Signore che lo santifico».

Impedimenti al sacerdozio. - ¹⁶Il Signore disse a Mosè: ¹⁷«Parla ad Aronne e digli: Nessuno della tua discendenza, in eterno, che sia difettoso, offra il nutrimento al suo Dio. ¹⁸Poiché nessun uomo che abbia un difetto deve fare l'offerta: né un cieco né uno zoppo né uno che abbia mutilazione o deformità, ¹⁹né un uomo che abbia un difetto ai piedi o alle mani, ²⁰né un gobbo né un nano né uno affetto da malattia agli occhi o da scabbia o da piaghe purulenti o uno che abbia i testicoli difettosi. ²¹Nessun uomo della discendenza di Aronne sacerdote che abbia un difetto si avvicini per offrire il nutrimento del Signore; ha un difetto, non si avvicini per offrire il cibo del suo Dio. ²²Potrà mangiare il nutrimento del suo Dio, sia delle cose sacrosante che delle cose sante, ²³ma non si rechi al velo e non si avvicini all'altare, perché ha un difetto, e non profani i miei luoghi santi, perché io sono il Signore che li santifico».

²⁴Mosè parlò così ad Aronne, ai suoi figli e a tutti i figli di Israele.

22 I cibi sacri. - ¹Il Signore disse a Mosè: ²«Ordina ad Aronne e ai suoi figli che si astengano dalle cose sante dei figli d'Israele e non profanino il mio santo nome in quelle cose che essi mi consacrano. Io sono il Signore. ³Di' loro: Per tutte le vostre generazioni, chiunque fra la vostra discendenza si avvicini in stato d'impurità alle cose sacre che i figli d'Israele consacrano al Signore, sia eliminato dalla mia presenza. Io sono il Signore.

⁴Nessuno della discendenza di Aronne, affetto da lebbra o da scolo, mangi delle cose sante fino a che non sia puro. Chi tocca qualsiasi cosa diventata impura a causa di un morto o di un uomo da cui sia uscito seme, ⁵o abbia toccato un animale strisciante che lo rende impuro, o un uomo che gli comunichi un'impurità, di qualsiasi specie, ⁶chiunque abbia avuto tali contatti è impuro fino a sera e non mangerà le cose sacre se non dopo essersi lavato il corpo con acqua. ⁷Quando il sole sarà tramontato, sarà puro e potrà mangiare le cose sante, perché sono il suo cibo. ⁸Il sacerdote non mangerà bestie morte o sbranate, contraendone impurità. Io sono il Signore.

⁹I sacerdoti osservino tutte le mie disposizioni, così non porteranno il peso del peccato e non morranno per aver profanato le cose sante. Io sono il Signore che li santifica.

¹⁰Nessun profano mangi quanto è sacro; né l'ospite del sacerdote né il salariato mangino quanto è sacro. ¹¹Ma se il sacerdote acquista una persona con il suo denaro, questi ne potrà mangiare e anche colui che è nato in casa; essi mangiano del suo stesso cibo.

¹²Se la figlia del sacerdote sposa un estraneo, non mangi delle offerte delle cose sante; ¹³ma se la figlia del sacerdote è vedova o ripudiata senza figli, e torna alla casa di suo padre, come nella sua fanciullezza, mangi il cibo di suo padre. Nessun profano ne mangi.

¹⁴Chi per inavvertenza abbia mangiato di quanto è sacro, aggiunga un quinto e restituisca al sacerdote la cosa sacra. ¹⁵Non profanino le cose sante dei figli d'Israele, ciò che essi hanno prelevato per il Signore; ¹⁶si

caricherebbero di un peccato che richiede riparazione. Io infatti sono il Signore che li santifica».

Gli animali per i sacrifici. - ¹⁷Il Signore disse a Mosè: ¹⁸«Parla ad Aronne e ai suoi figli e a tutti i figli d'Israele e di' loro: Chiunque nella casa d'Israele o fra i residenti porti la sua offerta, sia voto o offerta spontanea da offrire al Signore in olocausto, ¹⁹lo faccia in modo che essa sia gradita: senza difetto, maschio, bovino, ovino o capro. ²⁰Non offrano nulla che abbia un difetto, perché non sarebbe gradito.

²¹Un uomo che offra un sacrificio di comunione al Signore per adempiere un voto o come offerta spontanea sia bovino che ovino, per essere gradito sia perfetta: non abbia alcun difetto. ²²Non offrite al Signore animali ciechi, storpi, mutilati, ulcerati, scabbiosi o purulenti, e nulla di essi deporrete sull'altare per il Signore come dono. ²³Di un bue o di una pecora nana o deforme potrai fare un'offerta volontaria, ma come voto non sarà accettata. ²⁴Non offrite al Signore animali i cui testicoli siano rientrati, schiacciati, strappati o tagliati. Non fatelo nella vostra terra, ²⁵né prendete dalla mano di uno straniero nessun animale di tal genere, per offrirlo come cibo al vostro Dio; perché, se deformi o difettosi, non sarebbero accettati per il vostro bene».

²⁶Il Signore disse a Mosè: ²⁷«Quando viene partorito un vitello o un agnello o un capretto, per sette giorni resterà accanto alla madre e a partire dal giorno ottavo sarà accettato come offerta in dono al Signore. ²⁸Non immolerete mucca o pecora con il suo piccolo nello stesso giorno.

²⁹Quando offrirete un'immolazione di ringraziamento, immolatela in modo che sia gradita: ³⁰sia mangiata lo stesso giorno, non ne lasciate nulla fino al mattino seguente. Io sono il Signore.

³¹Osservate tutti i miei precetti e metteteli in pratica. Io sono il Signore. ³²Non profanate il mio santo nome, affinché io sia proclamato santo in mezzo ai figli d'Israele. Io sono il Signore che vi santifica, ³³colui che vi ha fatto uscire dalla terra d'Egitto, per essere per voi Dio. Io sono il Signore».

23 Il calendario liturgico. - ¹Il Signore disse a Mosè: ²«Parla ai figli d'Israele e comunica loro: Ecco le feste del Signore che chiamerete convocazioni sacre: sono le mie feste.

Il sabato. - [3]Per sei giorni lavorerai e nel giorno settimo sarà completo riposo e convocazione sacra; non farete alcun lavoro. Ii sabato è per il Signore, dovunque voi abitiate.

La Pasqua e gli Azzimi. - [4]Queste sono le feste del Signore, che voi proclamerete nel tempo stabilito: [5]nel primo mese, il quattordicesimo giorno del mese, fra i due crepuscoli, è la Pasqua del Signore. [6]Il quindicesimo giorno di questo stesso mese è la festa degli Azzimi per il Signore: per sette giorni mangerete azzimi. [7]Il primo giorno ci sarà per voi convocazione sacra; non farete alcuna opera servile. [8]Offrirete l'oblazione al Signore per sette giorni; il giorno settimo ci sarà convocazione sacra, non farete alcuna opera servile».

Il primo covone. - [9]Il Signore disse ancora a Mosè: [10]«Parla ai figli d'Israele e ordina loro: Quando verrete nella terra che vi do, farete il raccolto e porterete il covone, primizia del vostro raccolto, al sacerdote. [11]Egli presenterà il covone davanti al Signore, affinché voi siate graditi; il sacerdote lo presenterà l'indomani del sabato. [12]Nel giorno in cui presenterete il covone, immolerete un agnello senza difetto, nato nell'anno, come olocausto al Signore; [13]l'offerta che l'accompagna sarà di due decimi di efa di fior di farina intrisa d'olio, dono per il Signore, profumo gradevole; la libazione di vino che l'accompagna sarà di un quarto di hin. [14]Non mangerete pane, grano arrostito o spighe fresche fino a questo stesso giorno, fino a che non abbiate portato l'offerta al vostro Dio. Legge eterna per tutte le vostre generazioni, ovunque voi abitiate!

La festa delle Settimane. - [15]Dal giorno dopo il sabato, a partire dal giorno in cui avrete portato il covone della presentazione, conterete sette settimane complete. [16]Fino all'indomani del settimo sabato conterete cinquanta giorni, e farete una nuova offerta

al Signore: [17]dalle vostre case porterete due pani di presentazione, che siano del peso di due decimi di efa di fior di farina; cuoceteli con lievito, quali primizie per il Signore. [18]Offrirete con il pane sette agnelli senza difetto, di un anno, un giovenco e due montoni. Saranno un olocausto per il Signore. L'offerta e la libazione che li accompagna saranno dono dal profumo gradevole per il Signore. [19]Immolerete un capro come sacrificio espiatorio e due agnelli nati nell'anno per il sacrificio di comunione. [20]Il sacerdote li presenterà, con il pane delle primizie e due agnelli, davanti al Signore. Saranno sacri al Signore e apparterranno al sacerdote. [21]In quello stesso giorno proclamerete una convocazione sacra e non fate alcuna opera servile. Legge eterna ovunque voi abitiate, per tutte le vostre generazioni! [22]Quando farete la mietitura della vostra terra, non mieterai fino al limite del tuo campo e non spigolerai la spigolatura della tua mietitura. Le lascerai per il povero e per l'immigrato. Io sono il Signore Dio vostro».

Novilunio del settimo mese. - [23]Il Signore disse a Mosè: [24]«Ordina ai figli d'Israele: Nel mese settimo, il primo del mese sarà per voi riposo completo, memoriale proclamato a suono di corno, convocazione sacra. [25]Non farete nessuna opera servile e offrirete doni al Signore».

Il Giorno dell'espiazione. - [26]Il Signore disse ancora a Mosè: [27]«Il dieci dello stesso settimo mese è il Giorno di espiazione; ci sarà per voi convocazione sacra; farete digiuno e offrirete l'offerta al Signore. [28]Non farete in tal giorno alcun lavoro, perché è il giorno di espiazione, per espiare per voi alla presenza del Signore vostro Dio. [29]Chiunque non digiuni in tal giorno sarà eliminato di mezzo al suo popolo. [30]Chiunque faccia un qualsiasi lavoro in tal giorno, io lo sterminerò di mezzo al suo popolo. [31]Non farete alcun lavoro; legge eterna per tutte le vostre generazioni, ovunque voi abitiate! [32]Sia riposo completo per voi e digiunate; il nove del mese, dalla sera alla sera seguente, osserverete un riposo completo».

La festa delle Capanne. - [33]Il Signore disse poi a Mosè: [34]«Parla ai figli d'Israele, riferisci loro: Il quindici dello stesso mese settimo è la festa delle Capanne; sette giorni de-

---

23. - [5-14]. Prima solennità è la Pasqua, che ricordava la liberazione dall'Egitto e insieme costituiva la solennità delle primizie, perché in essa venivano offerte al Signore le primizie della nuova messe.

dicàti al Signore. ³⁵Nel primo giorno ci sarà convocazione sacra, non farete alcuna opera servile; ³⁶per sette giorni offrirete i doni al Signore; nell'ottavo giorno ci sarà convocazione sacra e offrirete i doni al Signore. È giorno di riunione; non farete alcuna opera servile.

³⁷Queste sono le feste del Signore nelle quali proclamerete convocazioni sacre, per offrire i doni al Signore: olocausti, offerte, sacrifici, libazioni, secondo il rituale di ciascun giorno, ³⁸oltre i sabati del Signore e oltre le vostre donazioni, le vostre offerte votive e le vostre offerte spontanee che offrirete al Signore.

³⁹Il quindici del settimo mese, quando raccogliete i prodotti della terra, festeggerete la festa del Signore per sette giorni: il primo giorno sarà riposo e così l'ottavo giorno. ⁴⁰Il primo giorno prenderete i frutti migliori, rami di palma e fronde di alberi folti e di salici d'acqua e li porrete davanti al Signore vostro Dio per sette giorni. ⁴¹Celebrerete questa festa per il Signore per sette giorni, ogni anno: legge eterna per tutte le vostre generazioni. La festeggerete nel mese settimo. ⁴²Abiterete in capanne per sette giorni; ogni cittadino in Israele abiterà in capanne, ⁴³affinché i vostri discendenti sappiano che ho fatto abitare in capanne i figli d'Israele, quando li ho fatti uscire dalla terra d'Egitto. Io sono il Signore Dio».

⁴⁴Mosè comunicò ai figli d'Israele le disposizioni per le feste del Signore.

24 **Il candelabro.** - ¹Il Signore disse a Mosè: ²«Ordina ai figli d'Israele che ti portino olio puro di olive macinate per la lampada, per farne salire una fiamma permanente. ³Aronne la disponga nella tenda del convegno, fuori del velo della testimonianza; sarà sempre davanti al Signore, dalla sera fino al mattino: legge eterna per tutte le vostre generazioni. ⁴Disporrà le lampade sopra il candelabro d'oro puro: siano davanti al Signore sempre.

I pani dell'offerta. - ⁵Prenderai del fior di farina e cuocerai dodici focacce di due decimi di efa ciascuna. ⁶Le metterai in due pile, sei per ogni pila, sul tavolo d'oro puro davanti al Signore. ⁷Su ciascuna pila metterai incenso puro e sarà sul pane come un memoriale, dono per il Signore. ⁸Ogni giorno di sabato lo si disporrà davanti al Signore,

sempre. Sarà offerto dai figli d'Israele come patto eterno. ⁹Apparterrà ad Aronne e ai suoi figli, che lo mangeranno in luogo sacro, perché è cosa sacrosanta per lui fra i doni offerti al Signore. Legge eterna!».

Intermezzo storico. - ¹⁰Il figlio di una donna israelita e di un egiziano uscì in mezzo ai figli d'Israele, e il figlio della donna israelita e un uomo israelita vennero a diverbio nell'accampamento. ¹¹Il figlio della donna israelita bestemmiò il Nome e lo maledisse. Allora lo portarono davanti a Mosè. Il nome della madre era Selòmit, figlia di Dibri della tribù di Dan. ¹²Lo misero sotto custodia, per decidere secondo l'oracolo del Signore. ¹³Il Signore ordinò a Mosè: ¹⁴«Fa' uscire il bestemmiatore fuori del campo; coloro che lo hanno udito mettano le loro mani sulla sua testa e tutta la comunità lo lapidi. ¹⁵Ai figli d'Israele dirai: "Chiunque maledice il suo Dio porterà il peso del suo peccato. ¹⁶Chi bestemmia il nome del Signore sia messo a morte; lo lapidi tutta la comunità. Sia straniero che nativo, se maledirà il Nome, sarà messo a morte".

La legge del taglione. - ¹⁷Se un uomo colpisce a morte un essere umano sia messo a morte. ¹⁸Chi colpisce un animale ne darà un risarcimento: vita per vita. ¹⁹Se un uomo ha inflitto una mutilazione a un suo compatriota, come ha fatto così gli venga fatto: ²⁰frattura per frattura, occhio per occhio, dente per dente; come egli ha inflitto una mutilazione a qualcuno, così si infligga a lui. ²¹Chi colpisce un animale, ne darà un risarcimento, e chi colpisce un uomo sarà messo a morte. ²²La sentenza sarà unica presso di voi, sia che si tratti di uno straniero o di un nativo. Io sono il Signore Dio vostro».

²³Mosè parlò ai figli d'Israele ed essi fecero uscire il bestemmiatore fuori del campo e lo lapidarono. I figli d'Israele fecero come aveva comandato il Signore a Mosè.

25 **L'anno sabbatico.** - ¹Il Signore disse a Mosè sul monte Sinai: ²«Ordina ai figli d'Israele: Quando entrerete nel paese che vi do, la terra osserverà un tempo di riposo per il Signore: ³per sei anni seminerai il tuo campo e per sei anni poterai la tua vigna e ne raccoglierai i prodotti; ⁴nel settimo anno sarà un riposo completo per la terra,

un riposo per il Signore. Non seminerai il tuo campo e non poterai la tua vigna, [5]non mieterai il prodotto spontaneo al tempo del tuo raccolto, e non vendemmierai i grappoli della tua vite non potata. Sia un anno di riposo completo per la terra. [6]Il prodotto della terra in riposo vi servirà di cibo, a te, al tuo servo e alla tua serva e all'operaio preso a giornata e al tuo ospite, cioè a coloro che risiedono presso di te. [7]Tutto quanto essa produrrà servirà di cibo al tuo bestiame e a ogni animale che si trova nel paese.

L'anno giubilare: norme per l'agricoltura. - [8]Tu conterai sette settimane di anni, sette volte sette anni; il periodo di sette settimane di anni è quarantanove anni. [9]Farai risuonare il corno dell'acclamazione nel settimo mese, il dieci del mese; nel giorno di espiazione farai risuonare il corno in tutta la vostra terra. [10]Dichiarerete sacro il cinquantesimo anno e proclamerete nel paese la libertà per ogni suo abitante. Sarà per voi un giubileo; ognuno tornerà nei suoi possessi, ognuno tornerà nella sua famiglia. [11]Sarà un giubileo, il cinquantesimo anno, per voi; non seminerete e non raccoglierete i prodotti della terra non seminata e non vendemmierete la vite non potata. [12]Il giubileo sarà infatti sacro per voi; potrete mangiare di quanto il campo produce spontaneamente.

Norme per le compravendite. - [13]In tale anno giubilare ognuno torni nei suoi possessi. [14]Se venderai qualcosa a un tuo compatriota o se comprerai qualcosa da un tuo compatriota, non danneggiatevi l'un l'altro. [15]Secondo il numero degli anni trascorsi dopo il giubileo stabilirai il prezzo d'acquisto da parte del tuo compatriota, ed egli secondo il numero degli anni di rendita ti stabilirà il prezzo di vendita; [16]più grande è il numero degli anni da trascorrere prima del giubileo e più aumenterai il prezzo; più piccolo è il numero degli anni e più ridurrai il prezzo, perché è un certo numero di raccolti che egli ti vende. [17]Non danneggiatevi l'un l'altro e temi il tuo Dio. Io sono il Signore Dio tuo.

[18]Mettete in pratica le mie leggi e osservate i miei precetti, praticateli e risiederete tranquilli nel paese. [19]La terra darà i suoi frutti e voi mangerete a sazietà e risiederete tranquillamente in essa.

Intermezzo omiletico. - [20]Se direte: "Che cosa mangeremo nell'anno settimo, se non abbiamo seminato né raccolto le nostre messi?", [21]io ho comandato che la mia benedizione sia sopra di voi nell'anno sesto, ed essa produrrà messi per tre anni. [22]Nell'ottavo anno seminerete e mangerete del vecchio raccolto fino all'anno nono; fino a che venga il raccolto di tale anno, mangerete il vecchio raccolto.

Norme per il riscatto. - [23]La terra non sarà venduta perdendone ogni diritto, perché mia è la terra e voi siete residenti e ospiti presso di me. [24]Per ogni terreno in vostro possesso lascerete una possibilità di riscatto del terreno. [25]Se un tuo fratello si trova in difficoltà e vende una parte dei suoi possedimenti, venga il suo parente più prossimo a esercitare il diritto di riscatto su quanto vende il suo fratello. [26]Chi non ha un parente prossimo, quando sarà arrivato a trovare i mezzi necessari per il suo riscatto, [27]calcoli gli anni della sua cessione e restituisca il denaro che è ancora dovuto all'uomo a cui ha venduto e rientri nel suo possesso. [28]Se non riuscirà ad avere mezzi sufficienti per la restituzione, il bene venduto resti nelle mani di chi l'ha comprato fino all'anno del giubileo; questi ne uscirà nell'anno del giubileo e l'altro rientrerà nel suo possesso.

[29]Se qualcuno vende una casa d'abitazione in una città cinta di mura, avrà diritto di riscatto fino allo spirare dell'anno in cui ha venduto; il suo diritto al riscatto sarà limitato. [30]Se il riscatto non ha avuto luogo prima dello spirare dell'intero anno, la casa, che si trova in una città cinta di mura, passi in possesso perpetuo di chi l'ha comprata e dei suoi discendenti; non dovrà uscirne nell'anno giubilare. [31]Ma le case dei villaggi non cinti di mura saranno considerate come fondi rustici, ci sarà per esse diritto di riscatto, e nell'anno giubilare l'acquirente ne uscirà.

[32]Città dei leviti: per le case delle città che sono loro possesso, il diritto di riscatto sarà eterno per i leviti. [33]Se colui che ha esercitato il riscatto appartiene ai leviti, la-

---

25. - [14.] Come si vedrà meglio ai vv. 23-24, gli Israeliti dovevano considerarsi soltanto beneficiari della terra promessa: il vero proprietario era il Signore, il quale l'aveva data al suo popolo per puro favore, per mantenere la promessa fatta.

sci, nell'anno giubilare, la casa venduta in una delle città di loro proprietà, perché le case delle città levitiche sono loro possesso in mezzo ai figli d'Israele. [34]I pascoli intorno alle loro città non siano venduti, perché sono un loro possesso perpetuo.

Condotta verso l'indigente. - [35]Se il tuo fratello si trova in difficoltà ed è inadempiente con te, tu lo sostenterai come ospite e residente e vivrà presso di te. [36]Non prenderai da lui denaro per interesse o profitto. Temerai il tuo Dio e il tuo fratello vivrà presso di te. [37]Non gli darai il tuo denaro per ricavarne interesse, né per ricavarne profitto gli darai il tuo cibo. [38]Io sono il Signore Dio vostro, che vi ha fatto uscire dalla terra d'Egitto, per darvi la terra di Canaan, per essere vostro Dio.

[39]Se il tuo fratello si trova in difficoltà nei tuoi riguardi e si vende a te, non gli farai fare un lavoro da schiavo; [40]vivrà presso di te come un salariato o un ospite. Fino all'anno del giubileo lavorerà con te; [41]poi ti lascerà, lui e i suoi figli con lui, e tornerà alla sua famiglia, e riprenderà quanto possedevano i suoi padri. [42]Perché sono miei servi, che ho fatto uscire dalla terra d'Egitto; non possono essere venduti come schiavi. [43]Non dominerai su di lui con durezza e temi il tuo Dio.

Regole relative agli schiavi. - [44]Lo schiavo e la schiava di tua proprietà vi verranno dai popoli che abitano intorno a voi; da loro prenderete schiavi e schiave. [45]Anche tra i figli degli ospiti che abitano presso di voi potrete prenderli e dalle loro famiglie che si trovano presso di voi e che hanno generato nella vostra terra; essi saranno vostro possesso. [46]Li lascerete in eredità ai vostri figli dopo di voi, perché li assumano in possesso eterno; presso di loro prenderete gli schiavi. Ma tra i vostri fratelli, i figli d'Israele, nessuno domini duramente sull'altro.

[47]Se un ospite o un residente presso di te raggiunge l'agiatezza e un fratello si trova in difficoltà nei suoi riguardi e si vende schiavo a tale ospite o residente presso di te o a un membro della famiglia dell'ospite, [48]dopo che si è venduto avrà possibilità di riscatto; uno tra i suoi fratelli lo può riscattare, [49]o suo zio o suo cugino o qualche altro membro della sua famiglia lo può riscattare; o se ne avrà i mezzi, si può riscattare da sé. [50]Insieme con il suo compratore cal-

colerà il tempo a partire dall'anno in cui si è venduto fino all'anno giubilare, e l'ammontare del prezzo della vendita dipenderà dal numero degli anni, calcolando in base alla giornata di un salariato. [51]Se gli anni sono ancora molti, in base al numero di essi rimborserà come suo riscatto una parte della somma con cui è stato acquistato. [52]Se gli anni che rimangono fino all'anno giubilare sono pochi, faccia il calcolo e secondo il numero degli anni rimborsi la somma per il suo riscatto. [53]Stia presso il compratore come un salariato preso a servizio anno per anno, e questi non lo domini con durezza sotto i tuoi occhi. [54]Se non sarà stato riscattato nei modi predetti, sia libero nell'anno giubilare, lui e i suoi figli con lui. [55]A me infatti appartengono i figli d'Israele come servi; essi sono i miei servi che ho fatto uscire dalla terra d'Egitto. Io sono il Signore Dio loro.

26 **Aggiunta conclusiva.** - [1]Non fatevi idoli, non erigetevi statue o stele; non ponete nella vostra terra pietre lavorate per prostrarvi davanti ad esse. Io infatti sono il Signore Dio vostro.

[2]Osservate i miei sabati e venerate il mio santuario. Io sono il Signore.

Benedizioni. - [3]Se vi comporterete secondo le mie leggi, se osserverete i miei precetti e li metterete in pratica, [4]io vi darò le piogge al loro tempo e la terra darà i suoi prodotti e gli alberi della campagna daranno il loro frutto; [5]la trebbiatura durerà fino alla vendemmia e la vendemmia durerà fino alla semina; mangerete il vostro pane a sazietà e abiterete tranquillamente nella vostra terra. [6]Io darò pace alla terra; voi potrete coricarvi senza che nulla vi spaventi. Farò scomparire ogni bestia feroce dalla terra e la spada non passerà nella vostra terra. [7]Voi inseguirete i vostri nemici ed essi cadranno davanti a voi sotto la spada; [8]cinque di voi ne inseguiranno cento e cento di voi ne inseguiranno diecimila e i vostri nemici cadranno davanti a voi sotto la spada.

[9]Io mi volgerò verso di voi, vi farò crescere e moltiplicare e farò sussistere il mio patto con voi. [10]Mangerete il raccolto vecchio che durerà così a lungo, che dovrete sgombrare il vecchio raccolto per far posto al nuovo. [11]Io porrò la mia dimora in mezzo a voi e non vi prenderò in disgusto. [12]Cam-

minerò in mezzo a voi e sarò per voi Dio e voi sarete per me il popolo. [13]Io sono il Signore Dio vostro, che vi ha fatto uscire dalla terra d'Egitto, affinché non foste più loro schiavi; ho spezzato le sbarre del vostro giogo e vi ho fatto camminare a testa alta.

Maledizioni. - [14]Ma se non mi ascolterete e non metterete in pratica tutte queste norme, [15]se prenderete in disgusto le mie leggi e rigetterete i miei precetti, senza mettere in pratica tutte le mie norme, rendendo vano il mio patto, [16]anch'io farò questo a voi: vi punirò con il tremore, la consunzione e la febbre che consumano gli occhi e tolgono il respiro. Seminerete invano la vostra semente e i vostri nemici la mangeranno. [17]Mi volgerò contro di voi e sarete battuti di fronte ai vostri nemici; i vostri avversari domineranno sopra di voi. Voi fuggirete quando nessuno vi insegue.

[18]Se con tutto ciò non mi ascolterete, continuerò a punirvi al settuplo per i vostri peccati. [19]Spezzerò l'orgogliosa vostra forza; i vostri cieli diventeranno come ferro e la vostra terra come bronzo. [20]Si consumerà invano la vostra forza; la terra non darà più i suoi prodotti e gli alberi della campagna non daranno più i loro frutti.

[21]Se vi comporterete ostinatamente verso di me e non vorrete ascoltarmi, continuerò a colpirvi al settuplo in proporzione ai vostri peccati. [22]Manderò contro di voi bestie feroci della campagna che vi porteranno via i vostri figli, annienteranno il vostro bestiame, vi decimeranno e le vostre strade saranno desolate.

[23]Se anche con tutto ciò non vi lascerete correggere volgendovi verso di me e continuerete a comportarvi ostinatamente verso di me, [24]anch'io sarò ostinato con voi e vi colpirò anch'io al settuplo per i vostri peccati; [25]farò venire su di voi la spada che farà vendetta dell'alleanza. Vi radunerete nelle vostre città e io manderò in mezzo a voi la peste e sarete dati in mano al nemico. [26]Quando spezzerò il sostentamento del pane, dieci donne cuoceranno il loro

pane in un solo forno e vi consegneranno il pane così misurato che mangerete e non vi sazierete.

[27]Se malgrado ciò non mi ascolterete e continuerete a comportarvi ostinatamente verso di me, [28]anch'io mi comporterò verso di voi con furibonda ostinazione e vi punirò sette volte di più, per i vostri peccati. [29]Mangerete la carne dei vostri figli e la carne delle vostre figlie. [30]Distruggerò i vostri luoghi alti e annienterò le vostre stele solari; porrò i vostri cadaveri sopra i cadaveri dei vostri idoli e vi prenderò in disgusto. [31]Renderò le vostre città una rovina e devasterò i vostri luoghi sacri e non aspirerò più l'odore dei vostri profumi. [32]Devasterò io stesso la terra e se ne stupiranno i vostri nemici installatisi in essa. [33]Disperderò voi in mezzo ai popoli e snuderò contro di voi la spada; la vostra terra sarà desolata e le vostre città diventeranno una rovina.

[34]Allora, per tutto il tempo della desolazione, la terra godrà i suoi sabati e voi starete nella terra dei vostri nemici; allora si riposerà la terra e godrà i suoi sabati. [35]Per tutto il tempo della desolazione godrà di quel riposo che non ha goduto durante i vostri sabati, quando abitavate in essa.

[36]Quanto a quelli fra voi che scamperanno, metterò nel loro cuore il terrore, mentre si trovano nella terra dei loro nemici; il fruscìo di una foglia agitata li metterà in fuga ed essi fuggiranno come si fugge davanti alla spada; cadranno quando nessuno li insegue. [37]Inciamperanno l'uno nell'altro come se si trovassero davanti alla spada, senza che nessuno li insegua! Né potrete rialzarvi davanti ai vostri nemici; [38]andrete dispersi tra i popoli e vi divorerà la terra dei vostri nemici. [39]Quelli fra voi che scamperanno saranno annientati a causa dei loro peccati nelle terre dei vostri nemici, e periranno anche per i peccati dei loro padri.

La conversione. - [40]Confesseranno il loro peccato e il peccato dei loro padri, insieme alle frodi che hanno compiuto contro di me. Come si sono comportati ostinatamente contro di me, [41]così anch'io mi comporterò ostinatamente contro di loro e li condurrò nella terra dei loro nemici. Forse allora si umilierà il loro cuore incirconciso ed espieranno il loro peccato. [42]Io ricorderò il mio patto con Giacobbe, il mio patto con Isacco e il mio patto con Abramo, e mi ricorderò del paese.

---

26. - [3-43.] L'enumerazione delle benedizioni e delle maledizioni aveva gran parte in tutti gli antichi trattati. Spesso rappresentava la parte più estesa dei trattati stessi. Dato il valore efficace attribuito ai due termini sul piano religioso, è facile immaginare l'impressione che la lettura di questi vv. poteva produrre nel popolo.

⁴³La terra, abbandonata da loro, allora godrà i suoi sabati, mentre è deserta per colpa loro. Essi espieranno il loro peccato, proprio perché hanno disprezzato i miei precetti e hanno preso in disgusto le mie leggi. ⁴⁴Malgrado ciò, mentre essi saranno nella terra dei loro nemici, non li disprezzerò e non li prenderò in disgusto fino al punto di distruggerli, rendendo vano il mio patto con loro, perché io sono il Signore Dio vostro. ⁴⁵Mi ricorderò a loro favore del patto con gli antenati, che feci uscire dalla terra d'Egitto sotto gli occhi dei popoli, perché io fossi Dio per loro. Io sono il Signore».

⁴⁶Queste sono le leggi, i precetti e gli insegnamenti che il Signore stabilì fra sé e i figli d'Israele, sul monte Sinai, per mano di Mosè.

APPENDICE

27 Tariffe relative al riscatto. - *Persone*. ¹Il Signore disse a Mosè: ²«Parla ai figli d'Israele e di' loro: Se un uomo vuole sciogliere un voto del valore di una vita davanti il Signore, ³il valore di un maschio sarà: dai trent'anni ai sessant'anni, cinquanta sicli d'argento, calcolato secondo il siclo del santuario; ⁴se si tratta di una donna, il valore sarà di trenta sicli; ⁵se si tratta di una persona dai cinque ai trent'anni, il valore del maschio sarà di venti sicli e della femmina di dieci sicli; ⁶se si tratta di un bambino da un mese a cinque anni, il valore del maschio sarà di cinque sicli d'argento e della femmina di tre sicli d'argento; ⁷se si tratta di persona da sessant'anni in su, se è maschio il suo valore sarà di quindici sicli, e per la donna sarà di dieci sicli.

⁸Se colui che ha fatto il voto non arriva a pagare il valore stabilito, presenti la persona al sacerdote; il sacerdote la valuta secondo le possibilità di colui che ha fatto il voto.

Bestiame. ⁹Se si tratta di bestiame che si può offrire al Signore, ogni animale offerto al Signore sarà sacro. ¹⁰Non si potrà cambiarlo o permutare uno buono con uno cattivo, o uno cattivo con uno buono. Se si permuta un animale con un altro, l'animale e il suo sostituto saranno considerati sacri. ¹¹Se si tratta di animale impuro, che non si può offrire al Signore, colui che ha fatto il voto presenti l'animale al sacerdote; ¹²il sacerdote lo valuti; buona o cattiva che sia, la valutazione del sacerdote sia accettata. ¹³Se l'animale viene riscattato, si aggiunga un quinto alla valutazione.

Case. ¹⁴Quando un uomo consacra al Signore la sua casa, il sacerdote la valuti; buona o cattiva che sia la valutazione, si starà alla valutazione del sacerdote. ¹⁵Se il consacrante vuole riscattare la sua casa, aggiunga un quinto della somma valutata e la casa sia sua.

Campi. ¹⁶Se un uomo consacra al Signore una parte dei campi del suo patrimonio, la valutazione sarà secondo quanto vi è stato seminato; la semente contenuta in un comer d'orzo è valutata cinquanta sicli d'argento. ¹⁷Se egli consacra il suo campo a partire dall'anno giubilare, la valutazione resta la stessa; ¹⁸ma se consacra il suo campo dopo il giubileo, il sacerdote gli calcoli la somma in base agli anni che restano fino all'anno giubilare, diminuendo la valutazione.

¹⁹Se chi ha consacrato il campo lo vuole riscattare, aggiunga un quinto della somma valutata e il campo vada a lui. ²⁰Se non riscatta il suo campo e lo vende a un altro uomo, non potrà riscattarlo più; ²¹e quando, al giubileo, dovrà essere lasciato dal compratore, il campo sarà sacro al Signore come un campo votato con anatema; sarà possesso del sacerdote.

²²Se consacra al Signore un campo che ha acquistato e non un campo del suo patrimonio, ²³il sacerdote calcoli la somma del valore fino all'anno del giubileo ed egli versi il valore il giorno stesso come cosa sacra al Signore. ²⁴Nell'anno giubilare il campo ritorni in possesso della persona da cui l'ha comprato, a cui appartiene la terra.

²⁵Ogni valutazione sia fatta in sicli del santuario, ogni siclo venti ghere.

I primogeniti. - ²⁶Nessuno consacri un primogenito di animali, che, in quanto tale, appartiene già al Signore; sia bestiame grosso che minuto, appartiene al Signore. ²⁷Nel caso di bestiame impuro, lo si può riscattare al suo valore, aggiungendovi un quinto; e

----

27. - ²⁸ *Anatema* è un termine che apparteneva alla guerra santa. Ciò che era votato a Dio doveva essergli totalmente sacrificato.

se non è riscattato sarà venduto al prezzo di stima.

L'anatema. - [28]Ogni cosa di cui un uomo ha fatto voto con anatema al Signore fra quanto gli appartiene, persone o animali o campi del suo patrimonio, non sia venduta e non sia riscattata; ogni cosa votata con anatema sia considerata sacra al Signore. [29]Nessuna persona votata con anatema può essere riscattata; sia messa a morte.

Le decime. - [30]Ogni decima della terra, sia dei prodotti del suolo che dei frutti delle piante, appartiene al Signore; è sacra al Signore. [31]Se un uomo riscatta una parte delle sue decime, vi aggiunga un quinto. [32]Ogni decima del bestiame grosso o minuto, e cioè il decimo capo di quanto passa sotto la verga del pastore, sia considerato sacro al Signore. [33]Non si scelga tra il buono e il cattivo, non si facciano permute; se una permuta sarà stata fatta, l'animale e il suo sostituto saranno ritenuti sacri; non potranno essere riscattati».

[34]Queste sono le norme che il Signore comandò a Mosè per i figli d'Israele sul monte Sinai.

NUMERI

A causa del censimento delle tribù accampate ai piedi del Sinai, che occupa i primi quattro capitoli, questo libro è stato chiamato col titolo di Numeri. In realtà l'opera risulta un insieme di leggi e narrazioni spesso vivaci e intense anche teologicamente. Il Sinai è quasi il grande sfondo costante dei primi dieci capitoli: esso è lo spartiacque che divide i due grandi versanti dell'itinerario nel deserto verso la terra della libertà: dalla schiavitù d'Egitto all'intimità con Dio al Sinai, dal Sinai all'orizzonte tanto atteso della terra promessa. I cc. 1-10 rappresentano, perciò, la vigilia della partenza per la seconda tappa lungo le piste che dal Sinai conducono alle rive del Giordano.

Dopo che si è celebrata la grande Pasqua del deserto, il libro disegna la marcia con una sequenza di scene legate alle località attraversate (il deserto di Paran: cc. 11-12; la ricognizione del territorio di Canaan: cc. 13-14; la via tra Kades e Moab: cc. 20-21) e definite narrativamente da eventi e da norme legislative abilmente mescolate coi racconti.

Alle soglie della terra tanto attesa e sperata, cioè nelle steppe di Moab, si ambienta, invece, l'ultimo grande quadro del libro. Si incontrano qui gli ultimi ostacoli, soprattutto interiori, all'ingresso nella terra della libertà (la tentazione dei culti della fertilità proposti dai Madianiti: c. 31), si dispiega nell'antichissima e deliziosa narrazione di Balaam (cc. 22-24) la celebrazione dell'Israele benedetto da Dio e alla fine si traccia un quadro legislativo della futura nazione ebraica che si stanzierà nella terra della promessa (cc. 26-30; 32-36).

PRESCRIZIONI DEL SIGNORE AL SINAI

1 **Censimento.** - [1]Il Signore parlò a Mosè nel deserto del Sinai, nella tenda del convegno, il primo del secondo mese, nel secondo anno dalla loro uscita dalla terra d'Egitto, e disse: [2]«Fate il censimento di tutta la comunità dei figli d'Israele, per famiglie e case paterne, contando i nomi di tutti i maschi, secondo le loro teste, [3]da vent'anni in su, chiunque può essere schierato nell'esercito in Israele: li passerete in rassegna per schiere, tu e Aronne. [4]Sarà con voi un uomo per tribù, un uomo che sia a capo della sua casa paterna. [5]Questi sono i nomi degli uomini che vi assisteranno:

per Ruben: Elisur, figlio di Sedeur;
[6] per Simeone: Selumiel, figlio di Surisaddai;
[7] per Giuda: Nacason, figlio di Amminadab;

[8] per Issacar: Natanael, figlio di Suar;
[9] per Zabulon: Eliab, figlio di Chelon;
[10] per i figli di Giuseppe: per Efraim, Elisama, figlio di Ammiud; per Manasse, Gamliel, figlio di Pedasur;
[11] per Beniamino: Abidan, figlio di Ghideoni;
[12] per Dan: Achiezer, figlio di Ammisaddai;
[13] per Aser: Paghiel, figlio di Ocran;
[14] per Gad: Eliasaf, figlio di Deuel;
[15] per Neftali: Achira, figlio di Enan.

[16]Questi sono i chiamati della comunità, capi delle tribù dei loro padri, alla testa dei gruppi d'Israele».

[17]Mosè e Aronne presero quegli uomini

---

1. - [1.] Mosè crede finalmente arrivato il tempo di partire per andare verso la mèta, promessa da Dio, e perciò fa il censimento del popolo e stabilisce l'ordine di marcia.

che erano stati designati per nome, [18]radunarono tutta la comunità il primo del secondo mese, e si registrarono per parentela in base alle loro famiglie, le loro case paterne, contando i nomi da vent'anni in su, secondo le loro teste. [19]Come il Signore aveva ordinato a Mosè, li passarono in rassegna nel deserto del Sinai.

[20]I figli di Ruben, primogenito d'Israele, i loro discendenti, per famiglie e case paterne, contando tutti i maschi uno per uno, da vent'anni in su, di chi poteva essere schierato nell'esercito: [21]i recensiti della tribù di Ruben furono 46.500. [22]I figli di Simeone, i loro discendenti, recensiti per famiglie e case paterne, contando tutti i maschi uno per uno, da vent'anni in su di chi poteva essere schierato nell'esercito: [23]i recensiti della tribù di Simeone furono 59.300. [24]I figli di Gad, i loro discendenti, per famiglie e case paterne, contando i nomi da vent'anni in su, di chi poteva essere schierato nell'esercito: [25]i recensiti della tribù di Gad furono 45.650. [26]I figli di Giuda, i loro discendenti, per famiglie e case paterne, contando i nomi da vent'anni in su di chi poteva essere schierato nell'esercito: [27]i recensiti della tribù di Giuda furono 74.600. [28]I figli di Issacar, i loro discendenti, per famiglie e case paterne, contando i nomi da vent'anni in su di chi poteva essere schierato nell'esercito: [29]i recensiti della tribù di Issacar furono 54.400. [30]I figli di Zabulon, i loro discendenti, per famiglie e case paterne, contando i nomi da vent'anni in su di chi poteva essere schierato nell'esercito: [31]i recensiti della tribù di Zabulon furono 57.400. [32]I figli di Giuseppe: i figli di Efraim, i loro discendenti, per famiglie e case paterne, contando i nomi da vent'anni in su di chi poteva essere schierato nell'esercito: [33]i recensiti della tribù di Efraim furono 40.500; [34]i figli di Manasse, i loro discendenti, per famiglie e case paterne, contando i nomi da vent'anni in su di chi poteva essere schierato nell'esercito: [35]i recensiti della tribù di Manasse furono 32.200. [36]I figli di Beniamino, i loro discendenti, per famiglie e case paterne, contando i nomi da vent'anni in su di chi poteva essere schierato nell'esercito: [37]i recensiti della tribù di Beniamino furono 35.400. [38]I figli di Dan, i loro discendenti, per famiglie e case paterne, contando i nomi da vent'anni in su di chi poteva essere schierato nell'esercito: [39]i recensiti della tribù di Dan furono 62.700. [40]I figli di Aser,

i loro discendenti, per famiglie e case paterne, contando i nomi da vent'anni in su di chi poteva essere schierato nell'esercito: [41]i recensiti della tribù di Aser furono 41.500. [42]I figli di Neftali, i loro discendenti, per famiglie e case paterne, contando i nomi da vent'anni in su di chi poteva essere schierato nell'esercito: [43]i recensiti della tribù di Neftali furono 53.400.

[44]Questi furono i recensiti da Mosè, con Aronne e i dodici capi d'Israele, uno per ogni casa paterna. [45]Tutti i figli d'Israele, recensiti per casa paterna, da vent'anni in su, che potevano essere schierati nell'esercito: [46]in totale furono 603.550. [47]Ma tra loro non furono recensiti i leviti, secondo la tribù dei loro padri.

[48]Il Signore aveva detto a Mosè: [49]«Solo la tribù di Levi non passerai in rassegna e non li recensirai tra i figli d'Israele. [50]Ma disponi che i leviti si prendano cura della dimora della testimonianza, di tutti i suoi arredi e di tutto quello che ha: trasporteranno la dimora e tutti i suoi arredi, faranno il servizio e si accamperanno intorno alla dimora. [51]Quando la dimora dovrà spostarsi, i leviti la smonteranno, e quando la dimora si accamperà i leviti la erigeranno. Ogni estraneo che si avvicinerà sarà messo a morte. [52]I figli d'Israele si accamperanno ognuno nel proprio accampamento, ognuno presso la propria insegna, secondo le loro schiere. [53]I leviti si accamperanno intorno alla dimora della testimonianza, in modo che non ci sia indignazione contro la comunità dei figli d'Israele. I leviti custodiranno il servizio della dimora della testimonianza».

[54]I figli d'Israele si conformarono a tutto quello che il Signore aveva ordinato a Mosè, e così fecero.

2 Disposizione delle tribù nell'accampamento. - [1]Il Signore disse a Mosè e ad Aronne: [2]«I figli d'Israele si accamperanno ognuno presso la propria insegna, vicino all'emblema della loro casa paterna: si accamperanno intorno, rivolti verso la tenda del convegno.

[3]Si accamperà di fronte, a oriente, l'insegna del campo di Giuda, secondo le loro schiere; il capo dei figli di Giuda è Nacason, figlio di Amminadab. [4]La sua schiera e i suoi recensiti: 74.600. [5]Si accamperanno presso di lui: la tribù di Issacar; il capo dei figli di Issacar è Nata-

nael, figlio di Suar. [6]La sua schiera e i suoi recensiti: 54.400. [7]La tribù di Zabulon: il capo dei figli di Zabulon è Eliab, figlio di Chelon. [8]La sua schiera e i suoi recensiti: 57.400. [9]Tutti i recensiti del campo di Giuda: 186.400, secondo le loro schiere. Toglieranno le tende per primi.

[10]A sud ci sarà l'insegna del campo di Ruben, secondo le sue schiere, il capo dei figli di Ruben Elisur, figlio di Sedeur. [11]La sua schiera e i suoi recensiti: 46.500.

[12]Si accamperanno presso di lui: la tribù di Simeone: il capo dei figli di Simeone è Selumiel, figlio di Surisaddai. [13]La sua schiera e i loro recensiti: 59.300. [14]La tribù di Gad: il capo dei figli di Gad è Eliasaf, figlio di Deuel. [15]La sua schiera e i loro recensiti: 45.650. [16]Tutti i recensiti del campo di Ruben: 151.450, secondo le loro schiere. Toglieranno le tende come secondi.

[17]Poi partirà la tenda del convegno. Il campo dei leviti sarà in mezzo agli accampamenti. Come erano accampati, così partiranno: ognuno alla propria mano, secondo le loro insegne.

[18]A ovest ci sarà l'insegna del campo di Efraim, secondo le loro schiere, con il capo dei figli di Efraim Elisama, figlio di Ammiud. [19]La sua schiera e i suoi recensiti: 40.500.

[20]Vicino a lui la tribù di Manasse: il capo dei figli di Manasse è Gamliel, figlio di Pedasur. [21]La sua schiera e i suoi recensiti: 32.200. [22]La tribù di Beniamino: il capo dei figli di Beniamino è Abidan, figlio di Ghideoni. [23]La sua schiera e i suoi recensiti: 35.400. [24]Tutti i recensiti del campo di Efraim: 108.100, secondo le loro schiere. Toglieranno le tende al terzo posto.

[25]A nord ci sarà l'insegna del campo di Dan, secondo le loro schiere, con il capo dei figli di Dan Achiezer, figlio di Ammisaddai. [26]La sua schiera e i suoi recensiti: 62.700.

[27]Vicino a lui si accamperà la tribù di Aser: il capo dei figli di Aser è Paghiel, figlio di Aczar. [28]La sua schiera e i suoi recensiti: 41.500. [29]La tribù di Neftali: il capo dei figli di Neftali è Achira, figlio di Enan. [30]La sua schiera e i suoi recensiti: 53.400. [31]Tutti i recensiti del campo di Dan: 157.600. Toglieranno le tende per ultimi, secondo le loro insegne».

[32]Questi sono i recensiti dei figli d'Israele, secondo le loro case paterne. Tutti i recensiti degli accampamenti, secondo le loro schiere: 603.550.

[33]I leviti, però, non furono recensiti tra i figli d'Israele, come il Signore aveva ordinato a Mosè. [34]I figli d'Israele fecero secondo tutto quello che il Signore aveva ordinato a Mosè. In questo modo si accamparono secondo le loro insegne, e così tolsero le tende, ognuno secondo le proprie famiglie, con le case paterne.

3 I sacerdoti. - [1]Queste sono le generazioni di Aronne e Mosè, nel giorno in cui il Signore parlò a Mosè sul monte Sinai. [2]Questi sono i nomi dei figli di Aronne: Nadab, il primogenito, Abiu, Eleazaro e Itamar. [3]Questi sono i nomi dei figli di Aronne, unti sacerdoti, le cui mani erano state riempite per il sacerdozio. [4]Nadab e Abiu morirono alla presenza del Signore, mentre offrivano fuoco profano davanti al Signore nel deserto del Sinai: non ebbero figli, e furono sacerdoti Eleazaro e Itamar, alla presenza di Aronne, loro padre.

I leviti: funzioni. - [5]Il Signore disse a Mosè: [6]«Fa' avvicinare la tribù di Levi: la farai stare davanti ad Aronne, sacerdote, perché lo serva. [7]Custodiranno il suo servizio e il servizio di tutta la comunità davanti alla tenda del convegno, per fare il lavoro della dimora. [8]Custodiranno tutti gli arredi della tenda del convegno e il servizio dei figli d'Israele per fare il lavoro della dimora. [9]Darai i leviti ad Aronne e ai suoi figli come "donati": essi saranno per lui "donati" da parte dei figli d'Israele. [10]Designerai poi Aronne e i suoi figli, perché custodiscano il proprio sacerdozio: ogni estraneo che si avvicinerà sarà messo a morte».

Elezione. - [11]Il Signore disse a Mosè: [12]«Ecco, io ho preso i leviti tra i figli d'Israele al

---

2. - [1-31]. L'accampamento degli Israeliti formava un quadrilatero. In mezzo stava la tenda: a ognuno dei quattro lati si accampavano tre delle dodici tribù, formando un quartiere distinto, capeggiato dalla tribù di mezzo. Immediatamente attorno alla tenda, come guardia d'onore, stava la tribù di Levi.

3. - [12ss]. In Es 13 il Signore aveva detto di riservare a sé, senza eccezione, tutti i maschi primogeniti in Israele, sia degli uomini che degli animali. Ora fa sapere che, in cambio dei primogeniti, prenderà al suo servizio i maschi della tribù di Levi. Per questo ne ordina il censimento.

posto di ogni primogenito, che apre il grembo tra i figli d'Israele, e saranno leviti per me: ¹³perché mio è ogni primogenito. Nel giorno in cui colpii tutti i primogeniti nella terra d'Egitto, feci santificare per me ogni primogenito in Israele: dall'uomo all'animale; sono miei. Io sono il Signore».

Censimento. - ¹⁴Il Signore ordinò a Mosè nel deserto del Sinai: ¹⁵«Passa in rassegna i figli di Levi, secondo le loro case paterne, le loro famiglie: registrerai ogni maschio da un mese in su». ¹⁶Mosè li registrò secondo la parola del Signore, come aveva ordinato. ¹⁷Questi furono i figli di Levi secondo i loro nomi: Gherson, Keat e Merari. ¹⁸Questi sono i nomi dei figli di Gherson: Libni e Simei. ¹⁹I figli di Keat, secondo le loro famiglie: Amram, Isear, Ebron e Uzziel. ²⁰I figli di Merari, secondo le loro famiglie: Macli e Musi. Queste sono le famiglie di Levi, secondo le loro case paterne.

²¹Di Gherson è la famiglia di Libni e la famiglia di Simei: questo il nome delle famiglie di Gherson. ²²I loro recensiti, contando tutti i maschi da un mese in su: 7.500. ²³Le famiglie di Gherson si accamperanno dietro la dimora, a occidente. ²⁴Il capo della casa paterna di Gherson era Eliasaf, figlio di Lael. ²⁵La cura dei figli di Gherson nella tenda del convegno era la dimora, la tenda, la sua copertura, il drappo nell'apertura d'ingresso della tenda del convegno, ²⁶i tendoni del cortile e il drappo nell'apertura d'ingresso del cortile che circonda la dimora e l'altare, e le sue corde per il suo impiego.

²⁷Di Keat è la famiglia di Amram, la famiglia di Isear, la famiglia di Ebron e la famiglia di Uzziel: queste sono le famiglie di Keat. ²⁸Il numero di tutti i maschi da un mese in su era di 8.600. Essi avevano la cura del santuario. ²⁹Le famiglie dei figli di Keat si accamperanno nel fianco a sud della dimora. ³⁰Il capo della casa paterna, secondo le famiglie di Keat, è Elisafan, figlio di Uzziel. ³¹Loro cura è l'arca, la mensa, il candelabro, gli altari, gli arredi del santuario, di cui si servono, il velo e tutto il suo materiale. ³²Il capo supremo dei leviti è Eleazaro, figlio del sacerdote Aronne, con il controllo degli addetti alla cura del santuario.

³³Di Merari è la famiglia di Macli e la famiglia di Musi: questo il nome delle famiglie di Merari. ³⁴I loro recensiti, contando tutti i maschi da un mese in su: 6.200. ³⁵Il capo della casa paterna, secondo le famiglie di Merari, è Suriel, figlio di Abicail: si accamperanno nella parte a nord della dimora. ³⁶Compito dei figli di Merari era curare le assi della dimora, le sue stanghe, le sue colonne, i suoi basamenti, tutti i suoi arredi e tutto il loro mantenimento; ³⁷e anche le colonne intorno al cortile, i loro basamenti, i loro pioli e le loro corde. ³⁸Accampati davanti alla dimora, a est, davanti alla tenda del convegno, a oriente, saranno Mosè, Aronne e i loro figli, che avranno la cura del santuario, per incarico dei figli d'Israele. Ogni estraneo che si avvicinerà sarà messo a morte. ³⁹Tutti i recensiti dei leviti, che Mosè e Aronne recensirono sulla parola del Signore, secondo le loro famiglie, ogni maschio da un mese in su: 22.000.

Riscatto dei primogeniti. - ⁴⁰Il Signore disse a Mosè: «Fa' il censimento di tutti i primogeniti maschi tra i figli d'Israele, da un mese in su, e preleva il numero dei loro nomi: ⁴¹prenderai i leviti per me — io sono il Signore — al posto di ogni maschio dei figli d'Israele e il bestiame dei leviti al posto di ogni primogenito del bestiame dei figli d'Israele». ⁴²Mosè fece il censimento, come gli aveva ordinato il Signore, di ogni primogenito dei figli d'Israele. ⁴³Ogni primogenito maschio, contando i nomi da un mese in su, secondo il loro censimento: 22.273.

⁴⁴Il Signore ordinò a Mosè: ⁴⁵«Prendi i leviti al posto di ogni primogenito dei figli d'Israele e il bestiame dei leviti al posto del loro bestiame: miei saranno i leviti — io sono il Signore. — ⁴⁶Come prezzo di riscatto dei 273 che eccedono i leviti tra i primogeniti dei figli d'Israele, ⁴⁷prenderai cinque sicli a testa: prenderai del siclo del santuario, di venti ghere per siclo. ⁴⁸Darai il denaro ad Aronne e ai suoi figli come prezzo del riscatto di quelli che eccedono tra loro». ⁴⁹Mosè prese il denaro del prezzo del riscatto per quelli che eccedevano il numero di riscatto dei leviti: ⁵⁰dai primogeniti dei figli d'Israele prese in denaro 1.365 sicli del santuario. ⁵¹Mosè diede il denaro del prezzo del riscatto ad Aronne e ai suoi figli, come il Signore gli aveva ordinato.

4 **Famiglie dei leviti. I Keatiti.** - ¹Il Signore disse a Mosè e ad Aronne: ²«Fa' il conto dei figli di Keat tra i figli di Levi, secondo le loro famiglie, le loro case paterne, [3]da trent'anni in su fino a cinquanta, chiunque può essere schierato nell'esercito, per fare il lavoro nella tenda del convegno. [4]Questo è il servizio dei figli di Keat nella tenda della riunione: le cose santissime.

[5]Quando si toglierà il campo, verranno Aronne e i suoi figli, smonteranno il velo di protezione e copriranno con esso l'arca della testimonianza. [6]Vi porranno sopra una coperta di pelle conciata, stenderanno sopra un drappo completamente purpureo e porranno le stanghe. [7]Sulla tavola della presentazione stenderanno un drappo purpureo e vi porranno i piatti, i cucchiai, le tazze, le coppe per bere: ci sarà anche il pane perenne. [8]Stenderanno sopra quelli un drappo purpureo e lo avvolgeranno con una coperta di pelle conciata e vi porranno le stanghe. [9]Prenderanno un drappo purpureo e copriranno il candelabro della luce, le sue lampade, le sue molle, i suoi smoccolatoi e tutti i vasi a olio destinati al suo servizio. [10]Porranno quello e tutti i suoi oggetti su una coperta di pelle conciata e li porranno sulla portantina. [11]Sull'altare d'oro stenderanno un drappo purpureo e lo copriranno con una coperta di pelle conciata e vi porranno le sue stanghe. [12]Prenderanno tutti gli oggetti del servizio che avevano usato nel santuario, li porranno su un drappo purpureo, li copriranno con una coperta di pelle conciata e li porranno sulla portantina. [13]Purgheranno poi l'altare dalla cenere e vi stenderanno un drappo scarlatto: [14]vi porranno tutti gli oggetti che servono al suo servizio, i bracieri, le forcelle, le palette, i catini, tutti gli oggetti dell'altare, vi stenderanno una coperta di pelle conciata e vi porranno le loro stanghe.

[15]Dopo che Aronne e i suoi figli avranno terminato di coprire il santuario e tutti gli oggetti del santuario, nel togliere il campo, verranno i figli di Keat per portarli, e non toccheranno le cose sante per non morire. Questo è l'incarico dei figli di Keat nella tenda della riunione.

[16]Compito di Eleazaro, figlio del sacerdote Aronne, è l'olio per l'illuminazione, l'incenso aromatico, l'oblazione perpetua e l'olio dell'unzione, la cura di tutta la dimora e di tutto quello che c'è, del santuario e degli arredi».

[17]Il Signore disse a Mosè e ad Aronne: [18]«Non tagliate via la tribù delle famiglie di Keat dal mezzo dei leviti, [19]ma fate loro co-

sì, perché vivano e non muoiano: quando si accosteranno al santo dei santi, entreranno Aronne e i suoi figli e assegneranno ad ognuno il proprio lavoro e incarico. [20]E non arriveranno a vedere, neppure per un istante, le cose sante, perché morirebbero».

I Ghersoniti. - [21]Il Signore disse a Mosè: [22]«Fa' il conto anche dei figli di Gherson, secondo le loro case paterne, le loro famiglie: [23]da trent'anni in su fino a cinquanta li recensirai, chiunque può essere schierato nell'esercito, per compiere l'opera nella tenda del convegno. [24]Questo è il compito delle famiglie di Gherson circa l'opera e il trasporto: [25]porteranno i tendoni della dimora e la tenda del convegno, la copertura, la coperta di concia che sta sopra e il drappo all'ingresso della tenda del convegno; [26]i tendoni del cortile e il drappo all'ingresso del cortile, i tendaggi attorno alla dimora e all'altare, le loro corde, tutti gli oggetti necessari al loro impianto: tutto quello che dovranno fare lo compiranno. [27]Ogni lavoro dei figli di Gherson, tutto quello che devono trasportare e fare sarà secondo gli ordini di Aronne e dei suoi figli: la loro cura sarà nel custodire tutto quello che devono portare. [28]Questo è il lavoro delle famiglie dei figli di Gherson nella tenda del convegno; la loro sorveglianza sarà affidata ad Itamar, figlio del sacerdote Aronne».

I Merariti. - [29]«Recensirai i figli di Merari, secondo le loro famiglie, le loro case paterne: [30]da trent'anni in su fino a cinquanta, chiunque può essere schierato nell'esercito, per compiere l'opera nella tenda del convegno.

[31]Questa è la cura del loro trasporto per tutto il loro lavoro nella tenda del convegno: le assi della dimora, le sue stanghe, le sue colonne e i suoi basamenti; [32]le colonne che circondano il cortile, i loro basamenti, i pioli, le corde e tutti i loro arredi per il servizio. Per nome elencherete gli oggetti del servizio del loro trasporto. [33]Questo è il lavoro delle famiglie dei figli di Merari per tutti i loro lavori nella tenda del convegno, agli ordini di Itamar, figlio del sacerdote Aronne».

Censimento dei leviti. - [34]Mosè, Aronne e i capi della comunità passarono in rassegna i figli di Keat, secondo le loro famiglie e le loro case paterne, [35]da trent'anni in su fino a cinquanta, chiunque poteva essere schierato nell'esercito, per il lavoro nella tenda del convegno. ³⁶I loro recensiti, secondo le loro famiglie, furono 2.750. ³⁷Questi sono i recensiti delle famiglie di Keat, di ognuno che lavora nella tenda del convegno, recensito da Mosè e Aronne, sulla parola del Signore, da parte di Mosè. ³⁸I recensiti dei figli di Gherson, per famiglie e case paterne, ³⁹da trent'anni in su fino a cinquanta, chiunque poteva essere schierato nell'esercito, per il lavoro nella tenda del convegno: ⁴⁰i loro recensiti, per famiglie e case paterne, furono 2.630. ⁴¹Questi sono i recensiti delle famiglie dei figli di Gherson, tutti quelli che lavorano nella tenda del convegno, recensiti da Mosè e Aronne, sulla parola del Signore. ⁴²I recensiti delle famiglie dei figli di Merari, per famiglie e case paterne, ⁴³da trent'anni in su fino a cinquanta, chiunque poteva essere schierato nell'esercito, per il lavoro nella tenda del convegno: ⁴⁴i loro recensiti, per famiglie, furono 3.200. ⁴⁵Questi sono i recensiti delle famiglie dei figli di Merari, recensiti da Mosè e Aronne, sulla parola del Signore, da parte di Mosè.

⁴⁶Tutti i leviti che Mosè, Aronne e i capi d'Israele recensirono, per famiglie e case paterne, ⁴⁷da trent'anni in su fino a cinquanta, chiunque poteva essere schierato per il lavoro nella tenda del convegno: ⁴⁸i recensiti furono 8.580. ⁴⁹Sulla parola del Signore il loro censimento fu fatto per mezzo di Mosè, ognuno per il suo lavoro e per il suo trasporto. Il loro censimento è quello che il Signore aveva ordinato a Mosè.

5 **Leggi varie. Espulsione degli impuri.** - ¹Il Signore disse a Mosè: ²«Ordina ai figli d'Israele di mandar via dall'accampamento qualunque lebbroso, chi ha emissione di seme, chi è impuro per un cadavere; ³manderete fuori dell'accampamento maschi e femmine: li allontanerete affinché non contaminino il loro accampamento, in mezzo al quale io abito».

⁴Così fecero i figli d'Israele e li mandarono fuori dell'accampamento. Come aveva detto il Signore a Mosè, così fecero i figli d'Israele.

Restituzione. - ⁵Il Signore ordinò a Mosè: ⁶«Di' ai figli d'Israele: un uomo o una donna che abbiano commesso qualsiasi peccato contro qualcuno, prevaricando dal Signore, quell'individuo è colpevole. ⁷Confesserà il peccato commesso, restituirà l'oggetto della sua colpa per intero, vi aggiungerà il quinto e lo darà a colui verso il quale si è reso colpevole. ⁸Se poi non ci sarà nessun parente stretto a cui restituire l'oggetto della propria colpa, esso si restituirà al Signore, cioè al sacerdote, oltre al montone espiatorio con il quale si farà espiazione per lui.

⁹Ogni offerta di tutte le cose sante che i figli d'Israele presenteranno al sacerdote apparterrà a lui. ¹⁰Le cose sante che uno consacrerà sono sue; ciò che uno dà al sacerdote, a questi apparterrà».

Offerta di gelosia. - ¹¹Il Signore ordinò a Mosè: ¹²«Parla ai figli d'Israele e di' loro: Un uomo la cui moglie avesse deviato e avesse commesso una trasgressione contro di lui, ¹³e uno avesse dormito con lei con effusione di seme, e la cosa fosse rimasta nascosta agli occhi di suo marito, ed essa si fosse resa impura senza che ci fossero testimoni contro di lei e non fosse stata presa sul fatto, ¹⁴e nel marito fosse passato uno spirito di gelosia da essere geloso di sua moglie, e lei fosse impura; o fosse passato in lui uno spirito di gelosia e fosse geloso di sua moglie e lei non fosse impura: ¹⁵l'uomo condurrà sua moglie dal sacerdote e porterà la sua offerta per lei, un decimo di efa di farina d'orzo; non ci verserà olio e non ci metterà incenso, perché è un'offerta di gelosia, è un'offerta commemorativa che ricorda una colpa. ¹⁶Il sacerdote la farà avvicinare e stare davanti al Signore. ¹⁷Il sacerdote prenderà acqua santa in un vaso d'argilla, poi prenderà polvere dal suolo della dimora e la metterà nell'acqua. ¹⁸Il sacerdote farà stare la donna davanti al Signore, scoprirà la testa della donna, metterà nelle sue mani l'offerta commemorativa, cioè l'offerta della gelosia, mentre in mano al sacerdote saranno le acque amare della maledizione. ¹⁹Poi il sacerdote la farà giurare e dirà alla donna: "Se un uomo non ha dormito con te e se non hai deviato in modo impuro con qualcuno al posto di tuo marito, sii immune da queste acque amare della maledizione. ²⁰E se hai deviato con chi non è tuo marito e ti sei resa impura e un uomo, che non è tuo marito, ti ha dato il suo letto...". ²¹Il sacerdote farà pronunciare alla donna questo giuramento; il sacerdote dirà alla donna: "Il Signore ti faccia oggetto d'imprecazione e di maledizione in mezzo al tuo popolo, dandoti un fianco avvizzito e un ventre gonfio. ²²Entrino queste acque di maledizione nelle tue viscere per gonfiare il ventre e farti avvizzire il fianco". La donna dirà: "Amen, amen".

²³Il sacerdote scriverà queste imprecazioni in un foglio e le farà scomparire nelle acque amare; ²⁴farà bere alla donna le acque amare della maledizione e le acque maledette entreranno in lei per sua amarezza. ²⁵Il sacerdote prenderà dalla mano della donna l'offerta della gelosia, presenterà l'offerta al Signore e l'avvicinerà all'altare. ²⁶Il sacerdote prenderà una manciata dall'offerta come memoriale e la farà fumare sull'altare; poi farà bere l'acqua alla donna. ²⁷Dopo che le avrà fatto bere l'acqua, se sarà impura e avrà tradito il proprio marito, le acque amare della maledizione entreranno in lei, gonfieranno il suo ventre, renderanno avvizzito il suo fianco e la donna sarà maledetta in mezzo al suo popolo. ²⁸Se la donna non sarà impura, ma pura, sarà riconosciuta innocente e sarà feconda.

²⁹Questa è la legge della gelosia, quando una donna avrà tradito il proprio marito e si sarà resa impura, ³⁰o un uomo sarà affetto da spirito di gelosia, geloso di sua moglie: costui farà stare la moglie davanti al Signore e il sacerdote attuerà per lei tutta questa legge. ³¹L'uomo sarà innocente da colpa e quella donna porterà la propria colpa».

6 Nazireato. - ¹Il Signore disse a Mosè: ²«Parla ai figli d'Israele e di' loro: Se un uomo o una donna farà un voto speciale, il voto di nazireato, per consacrarsi al Signore, ³si asterrà dal vino e dalle bevande inebrianti, non berrà aceto fatto di vino o di bevande inebrianti, non berrà nessun succo di uva, non mangerà uva, né secca né fresca. ⁴Per tutti i giorni del suo nazireato non mangerà di tutto quello che fa la vite, dagli acini alla buccia. ⁵Per tutti i giorni di voto del suo nazireato non passerà rasoio sul suo capo: fino a quando non si compiranno i giorni che ha consacrato al Signore, sarà santo; farà crescere le chiome dei capelli del suo capo. ⁶Per tutti i giorni del suo nazireato in onore del Signore non andrà presso un cadavere, ⁷sia del padre che della madre, del fratello e della sorella; non si contaminerà per la loro morte, perché c'è la consacrazione di Dio sul suo capo. ⁸Per

tutti i giorni del suo nazireato sarà santo per il Signore. ⁹Se qualcuno muore presso di lui improvvisamente e la testa del suo nazireato è resa impura, si raserà la testa nel giorno della sua purificazione: la raserà nel settimo giorno. ¹⁰Nell'ottavo giorno porterà due tortore o due piccioni al sacerdote, all'ingresso della tenda del convegno. ¹¹Il sacerdote con uno farà un sacrificio per il peccato, con l'altro un olocausto ed espierà per lui perché ha peccato per un cadavere: santificherà la sua testa in quel giorno. ¹²Consacrerà al Signore i giorni del suo nazireato e porterà un agnello di un anno per il sacrificio della colpa: i giorni precedenti cadono, perché ha reso impuro il suo nazireato.

¹³Questa è la legge del nazireato: quando si compiono i giorni del suo nazireato si deve portare all'ingresso della tenda del convegno, ¹⁴presenterà al Signore la sua offerta: un agnello di un anno, integro, per l'olocausto; un'agnella di un anno, integra, per il sacrificio del peccato, e un montone, integro, per il sacrificio di pace; ¹⁵poi una cesta di pani azzimi fatti con fior di farina, di focacce intrise nell'olio, di schiacciate croccanti senza lievito, unte nell'olio, con le loro offerte e le loro libagioni. ¹⁶Il sacerdote presenterà quelle cose al Signore e offrirà il suo sacrificio per il peccato e l'olocausto. ¹⁷Insieme al montone farà un sacrificio di pace al Signore con il cesto degli azzimi; poi il sacerdote farà la sua offerta e la sua libazione.

¹⁸Il nazireo si raserà la testa del suo nazireato all'ingresso della tenda del convegno: prenderà la chioma del capo del suo nazireato e la metterà nel fuoco che è sotto al sacrificio di pace. ¹⁹Poi il sacerdote prenderà la spalla cotta del montone, una focaccia senza lievito dal cesto e una schiacciata croccante e la metterà nelle palme del nazireo dopo che si sarà raso il capo consacrato: ²⁰il sacerdote li presenterà con atto di agitazione davanti al Signore. È cosa santa per il sacerdote, oltre al

---

6. - 2ss. I più ferventi degli Israeliti, oltre alle obbligazioni della legge, se ne imponevano volontariamente delle altre, con voto più o meno durevole, talora anche perpetuo. Si chiamavano nazirei, e nazireato la loro condizione: era una specie di consacrazione a Dio. Essi non dovevano radersi i capelli, non potevano bere nulla di fermentato né accostarsi a un cadavere. Troviamo questa pratica in uso anche ai tempi del NT.

petto dell'agitazione e la coscia dell'elevazione. Dopo, il nazireo potrà bere vino.

²¹Questa è la legge del nazireato che consacra la sua offerta al Signore per il suo nazireato, oltre a quello che può offrire in più. Egli si comporterà secondo la parola del voto che ha fatto, in base alla legge del suo nazireato».

²²Il Signore disse a Mosè: ²³«Parla ad Aronne e ai suoi figli e ordina loro: Così benedirete i figli d'Israele: dite loro:
²⁴"Il Signore ti benedica e custodisca,
²⁵il Signore faccia risplendere il suo volto su di te e ti faccia grazia,
²⁶il Signore elevi il suo volto su di te e ti conceda pace".
²⁷Così metteranno il mio nome sui figli d'Israele, e io li benedirò».

7 Offerte e consacrazione dei leviti. Offerta dei carri. - ¹Nel giorno in cui Mosè terminò di erigere la dimora, ungerla e santificarla con tutti i suoi arredi, l'altare e tutti i suoi arredi, ²si avvicinarono i capi d'Israele, che sono alla testa delle loro case paterne, capi delle tribù che avevano presieduto ai censimenti, ³e portarono le loro offerte davanti al Signore: sei carri coperti e dodici buoi, un carro per due capi e un bue per uno. Li presentarono davanti alla dimora.

⁴Il Signore disse a Mosè: ⁵«Prendili e siano per il servizio della tenda del convegno: li darai ai leviti, ognuno secondo il suo lavoro». ⁶Mosè prese i carri e i buoi e li diede ai leviti: ⁷due carri e quattro buoi li diede ai figli di Gherson secondo il loro lavoro; ⁸quattro carri e otto buoi li diede ai figli di Merari secondo il loro lavoro, sotto la direzione di Itamar, figlio del sacerdote Aronne; ⁹ai figli di Keat non diede niente, perché hanno il servizio degli oggetti sacri, da portare in spalla.

¹⁰I capi fecero l'offerta per la dedicazione dell'altare, nel giorno in cui fu consacrato; i capi offrirono i loro doni davanti all'altare. ¹¹Il Signore disse a Mosè: «Un capo un giorno, un capo un altro giorno offriranno i loro doni per la dedicazione dell'altare».

¹²Chi offrì nel primo giorno il proprio dono fu Nacason, figlio di Amminadab, della tribù di Giuda. ¹³Il suo dono: un piatto d'argento di centotrenta sicli di peso, un vaso d'argento di settanta sicli del siclo del santuario; ambedue pieni di fior di farina intri-

sa nell'olio per l'offerta; ¹⁴una coppa di dieci sicli d'oro, piena d'incenso; ¹⁵un vitello, un montone e un agnello di un anno per l'olocausto; ¹⁶un capretto per il sacrificio del peccato; ¹⁷per il sacrificio di pace due buoi, cinque montoni, cinque capri e cinque agnelli di un anno. Questo è il dono di Nacason, figlio di Amminadab.

¹⁸Nel secondo giorno offrì Natanael, figlio di Suar, capo di Issacar. ¹⁹Il suo dono: un piatto d'argento di centotrenta sicli di peso, un vaso d'argento di settanta sicli, del siclo del santuario; ambedue pieni di fior di farina intrisa nell'olio per l'offerta; ²⁰una coppa di dieci sicli d'oro, piena d'incenso; ²¹un vitello, un montone e un agnello di un anno per l'olocausto; ²²un capretto per il sacrificio del peccato; ²³per il sacrificio di pace due buoi, cinque montoni, cinque capri e cinque agnelli di un anno. Questo è il dono di Natanael, figlio di Suar.

²⁴Nel terzo giorno il capo dei figli di Zabulon, Eliab, figlio di Chelon. ²⁵Il suo dono: un piatto d'argento di centotrenta sicli di peso, un vaso d'argento di settanta sicli, del siclo del santuario; ambedue pieni di fior di farina intrisa in olio per l'offerta; ²⁶una coppa di dieci sicli d'oro, piena d'incenso; ²⁷un vitello, un montone e un agnello di un anno per l'olocausto; ²⁸un capretto per il sacrificio del peccato; ²⁹per il sacrificio di pace due buoi, cinque montoni, cinque capri e cinque agnelli di un anno. Questo è il dono di Eliab, figlio di Chelon.

³⁰Nel quarto giorno il capo dei figli di Ruben, Elisur, figlio di Sedeur. ³¹Il suo dono: un piatto d'argento di centotrenta sicli di peso, un vaso d'argento di settanta sicli, del siclo del santuario, ambedue pieni di fior di farina intrisa in olio per l'offerta; ³²una coppa di dieci sicli d'oro, piena d'incenso; ³³un vitello, un montone e un agnello di un anno per l'olocausto; ³⁴un capretto per il sacrificio del peccato; ³⁵per il sacrificio di pace due buoi, cinque montoni, cinque capri e cinque agnelli. Questo è il dono di Elisur, figlio di Sedeur.

³⁶Nel quinto giorno il capo dei figli di Simeone, Selumiel, figlio di Surisaddai. ³⁷Il suo dono: un piatto d'argento di centotrenta sicli di peso, un vaso d'argento di settanta sicli, del siclo del santuario, ambedue pieni di fior di farina intrisa in olio per l'offerta; ³⁸una coppa di dieci sicli d'oro, piena d'incenso; ³⁹un vitello, un montone e un agnello di un anno per l'olocausto; ⁴⁰un ca-

pretto per il sacrificio del peccato; ⁴¹per il sacrificio di comunione due buoi, cinque montoni, cinque capri e cinque agnelli di un anno. Questo è il dono di Selumiel, figlio di Surisaddai.

⁴²Nel sesto giorno il capo dei figli di Gad, Eliasaf, figlio di Deuel. ⁴³Il suo dono: un piatto d'argento di centotrenta sicli di peso, un vaso d'argento di settanta sicli, del siclo del santuario, ambedue pieni di fior di farina intrisa in olio per l'offerta; ⁴⁴una coppa di dieci sicli d'oro, piena d'incenso; ⁴⁵un vitello, un montone e un agnello di un anno per l'olocausto; ⁴⁶un capretto per il sacrificio del peccato; ⁴⁷per il sacrificio di pace due buoi, cinque montoni, cinque capri e cinque agnelli di un anno. Questo è il dono di Eliasaf, figlio di Deuel.

⁴⁸Nel settimo giorno il capo dei figli di Efraim, Elisama, figlio di Ammiud. ⁴⁹Il suo dono: un piatto d'argento di centotrenta sicli di peso, un vaso d'argento di settanta sicli, del siclo del santuario, ambedue pieni di fior di farina intrisa in olio per l'offerta; ⁵⁰una coppa di dieci sicli d'oro, piena d'incenso; ⁵¹un vitello, un montone e un agnello di un anno per l'olocausto; ⁵²un capretto per il sacrificio del peccato; ⁵³per il sacrificio di pace due buoi, cinque montoni, cinque capri e cinque agnelli di un anno. Questo è il dono di Elisama, figlio di Ammiud.

⁵⁴Nell'ottavo giorno il capo dei figli di Manasse, Gamliel, figlio di Pedasur. ⁵⁵Il suo dono: un piatto d'argento di centotrenta sicli di peso, un vaso d'argento di settanta sicli, del siclo del santuario, ambedue pieni di fior di farina intrisa in olio per l'offerta; ⁵⁶una coppa di dieci sicli d'oro, piena d'incenso; ⁵⁷un vitello, un montone e un agnello di un anno per l'olocausto; ⁵⁸un capretto per il sacrificio del peccato; ⁵⁹per il sacrificio di pace due buoi, cinque montoni, cinque capri e cinque agnelli di un anno. Questo è il dono di Gamliel, figlio di Pedasur.

⁶⁰Nel nono giorno il capo dei figli di Beniamino, Abidan, figlio di Ghideoni. ⁶¹Il suo dono: un piatto d'argento di centotrenta sicli di peso, un vaso d'argento di settanta sicli, del siclo del santuario, ambedue pieni di fior di farina intrisa in olio per l'offerta; ⁶²una coppa di dieci sicli d'oro, piena d'incenso; ⁶³un vitello, un montone e un agnello di un anno per l'olocausto; ⁶⁴un capretto per il sacrificio del peccato; ⁶⁵per il sacrificio di pace due buoi, cinque montoni, cinque capri e cinque agnelli di un anno.

Questo è il dono di Abidan, figlio di Ghideoni.

⁶⁶Nel decimo giorno il capo dei figli di Dan, Achiezer, figlio di Ammisaddai. ⁶⁷Il suo dono: un piatto d'argento di centotrenta sicli di peso, un vaso d'argento di settanta sicli, del siclo del santuario, ambedue pieni di fior di farina intrisa in olio per l'offerta; ⁶⁸una coppa di dieci sicli d'oro, piena d'incenso; ⁶⁹un vitello, un montone e un agnello di un anno per l'olocausto; ⁷⁰un capretto per il sacrificio del peccato; ⁷¹per il sacrificio di pace due buoi, cinque montoni, cinque capri, cinque agnelli di un anno. Questo è il dono di Achiezer, figlio di Ammisaddai.

⁷²Nell'undicesimo giorno il capo dei figli di Aser, Paghiel, figlio di Acran. ⁷³Il suo dono: un piatto d'argento di centotrenta sicli di peso e un vaso d'argento di settanta sicli, del siclo del santuario, ambedue pieni di fior di farina intrisa in olio per l'offerta; ⁷⁴una coppa di dieci sicli d'oro, piena d'incenso; ⁷⁵un vitello, un montone e un agnello di un anno per l'olocausto; ⁷⁶un capretto per il sacrificio del peccato; ⁷⁷per il sacrificio di pace due buoi, cinque montoni, cinque capri e cinque agnelli di un anno. Questo è il dono di Paghiel, figlio di Acran.

⁷⁸Nel dodicesimo giorno il capo dei figli di Neftali, Achira, figlio di Enan. ⁷⁹Il suo dono: un piatto d'argento di centotrenta sicli di peso e un vaso d'argento di settanta sicli, del siclo del santuario, ambedue pieni di fior di farina intrisa in olio per l'offerta; ⁸⁰una coppa di dieci sicli d'oro, piena d'incenso; ⁸¹un vitello, un montone e un agnello di un anno per l'olocausto; ⁸²un capretto per il sacrificio del peccato; ⁸³per il sacrificio di pace due buoi, cinque montoni, cinque capri e cinque agnelli di un anno. Questo è il dono di Achira, figlio di Enan.

⁸⁴Questi furono i doni per la dedicazione dell'altare, da parte dei capi d'Israele, nel giorno in cui fu unto: dodici piatti d'argento, dodici vasi d'argento, dodici coppe d'oro; ⁸⁵ogni piatto d'argento era di centotrenta sicli, e ogni vaso di settanta. Tutti gli oggetti d'argento erano 2.400 sicli, in siclo del santuario. ⁸⁶Dodici coppe d'oro, piene d'incenso, e ogni coppa era di dieci sicli, in siclo del santuario. Tutto l'oro delle coppe era centoventi sicli. ⁸⁷Tutto il bestiame per l'olocausto: dodici tori, dodici montoni, dodici agnelli di un anno con le loro offerte, dodici capretti per il sacrificio del peccato.

⁸⁸Tutto il bestiame per il sacrificio di pace: ventiquattro tori, sessanta montoni, sessanta capri, sessanta agnelli di un anno. Questi furono i doni per la dedicazione dell'altare, dopo che fu unto.

⁸⁹Quando Mosè entrava nella tenda del convegno per parlare con il Signore, udiva la voce che gli parlava dal propiziatorio, sopra all'arca della testimonianza, tra i due cherubini; il Signore gli parlava.

8 Lampade del candelabro. - ¹Il Signore disse a Mosè: ²«Parla ad Aronne e digli: Quando collocherai le lampade, le sette lampade proiettino la luce dinanzi al candelabro». ³Così fece Aronne: collocò le lampade così che illuminassero di fronte al candelabro, come il Signore aveva ordinato a Mosè.

⁴Il candelabro era fatto d'oro massiccio; dal suo fusto ai suoi bracci era massiccio. Secondo la visione che il Signore aveva mostrato a Mosè, così era stato fatto il candelabro.

Consacrazione dei leviti. - ⁵Il Signore disse a Mosè: ⁶«Prendi i leviti tra i figli d'Israele e purificali. ⁷Così farai per la loro purificazione: spargi su di loro l'acqua dell'espiazione, poi si raseranno in tutto il corpo, si laveranno i vestiti e saranno puri. ⁸Prenderanno un toro giovane e la propria offerta di fior di farina intrisa d'olio, mentre tu prenderai un secondo toro giovane per il peccato. ⁹Farai avvicinare i leviti davanti alla tenda del convegno e farai radunare tutta la comunità dei figli d'Israele. ¹⁰Presenterai i leviti al Signore e i figli d'Israele poseranno le loro mani sui leviti. ¹¹Aronne presenterà i leviti come offerta da farsi con il rito di agitazione davanti al Signore, da parte dei figli d'Israele, ed essi faranno il servizio del Signore. ¹²Poi i leviti poseranno le loro mani sulla testa dei tori: con uno farai il sacrificio del peccato, con l'altro l'olocausto al Signore, per l'espiazione dei leviti. ¹³Farai stare i leviti davanti ad Aronne e ai suoi figli e li presenterai come offerta da farsi con il rito di agitazione davanti al Signore. ¹⁴Separerai i leviti dai figli d'Israele ed essi saranno miei. ¹⁵Dopo di che i leviti verranno a lavorare nella tenda del convegno: li purificherai e li presenterai come un'offerta fatta con il rito dell'agitazione, ¹⁶perché sono "donati", miei "donati", tra i figli d'Israele; me li sono presi al posto di tutti quelli che apro-

no il grembo, al posto di tutti i primogeniti tra i figli d'Israele. ¹⁷Perché mio è ogni primogenito dei figli d'Israele, uomo e bestia: nel giorno in cui colpii tutti i primogeniti nella terra d'Egitto li santificai per me, ¹⁸e presi i leviti al posto di tutti i primogeniti dei figli d'Israele ¹⁹e diedi i leviti come "donati" ad Aronne e ai suoi figli, dal mezzo dei figli d'Israele, per fare il servizio dei figli d'Israele nella tenda del convegno e per espiare per i figli d'Israele, in modo che non ci sia un flagello se i figli di Israele si avvicinano al santuario».

²⁰Mosè, Aronne e tutta la comunità dei figli d'Israele fecero ai leviti quanto il Signore aveva ordinato a Mosè riguardo a loro.

²¹I leviti si purificarono, lavarono i loro vestiti, poi Aronne li dispose davanti al Signore; Aronne espiò per loro, per purificarli. ²²Dopo di che i leviti vennero a fare il servizio nella tenda del convegno davanti ad Aronne e ai suoi figli. Come il Signore aveva ordinato a Mosè per i leviti, così essi fecero.

²³Il Signore disse a Mosè: ²⁴«Questo riguarda i leviti: da venticinque anni in su verranno a schierarsi in servizio per il lavoro nella tenda del convegno, ²⁵e da cinquanta anni in poi si ritireranno dall'esercizio del lavoro e non lavoreranno più. ²⁶Serviranno i loro fratelli nella tenda del convegno per conservare le osservanze e il lavoro. Non lavoreranno. Così farai ai leviti, riguardo ai loro uffici».

PASQUA E PARTENZA DAL SINAI

9 Celebrazione della Pasqua. - ¹Il Signore parlò a Mosè nel deserto del Sinai, nel secondo anno dalla loro uscita dalla terra d'Egitto, nel primo mese, e gli disse: ²«I figli d'Israele facciano la Pasqua a suo tempo; ³il 14 di questo mese, tra le due sere, la farete nel suo tempo: la farete con tutte le prescrizioni e usanze».

⁴Mosè ordinò ai figli d'Israele di celebrare la Pasqua. ⁵Essi fecero la Pasqua nel primo mese, il 14 del mese, tra le due sere, nel deserto del Sinai. Secondo quanto il Signore aveva ordinato a Mosè, così fecero i figli d'Israele.

⁶Or alcuni uomini resi impuri da cadavere, che non poterono fare la Pasqua in quel giorno, si presentarono in quel giorno a Mosè e ad Aronne ⁷e dissero loro: «Siamo

impuri per un cadavere: perché ci è proibito di presentare il dono al Signore nel suo tempo in mezzo ai figli d'Israele?». [8]Mosè rispose: «Restate: voglio sentire che cosa ordinerà il Signore in proposito».

[9]Il Signore rispose a Mosè: [10]«Parla ai figli d'Israele dicendo: Chiunque tra voi o i vostri parenti, impuro da cadavere o in un viaggio lontano, celebrerà la Pasqua per il Signore: [11]la celebrerà nel secondo mese, il 14, tra le due sere, e mangerà azzimi ed erbe amare. [12]Non ne avanzerà fino al mattino, né romperà alcun osso: la farà secondo tutte le prescrizioni della Pasqua. [13]Ma chi era puro, non era in cammino e mancò di fare la Pasqua, quell'individuo sarà eliminato dal suo popolo; perché non presentò il dono del Signore a suo tempo: egli porterà il suo peccato.

[14]Se uno straniero abiterà con voi e celebrerà la Pasqua del Signore, seguirà la prescrizione della Pasqua e la sua usanza: ci sia per voi una prescrizione unica, per l'ospite e l'indigeno del paese».

La nuvola. - [15]Nel giorno in cui si eresse la dimora, una nuvola coprì la dimora, cioè la tenda della testimonianza, mentre alla sera c'era sulla dimora come un'apparizione di fuoco fino al mattino. [16]Così era sempre: la nuvola copriva la dimora e di notte aveva l'aspetto di fuoco. [17]Quando la nuvola si alzava dalla tenda, i figli d'Israele partivano, e nel luogo dove si posava la nuvola i figli d'Israele si fermavano. [18]All'ordine del Signore i figli d'Israele partivano, all'ordine del Signore si fermavano: e rimanevano accampati finché la nuvola restava sulla dimora. [19]Se la nuvola si attardava per molti giorni sulla dimora, i figli d'Israele mantenevano l'osservanza del Signore e non partivano. [20]Se la nuvola rimaneva pochi giorni sulla dimora, secondo la parola del Signore si fermavano e secondo la parola del Signore partivano. [21]Se c'era la nuvola dalla sera al mattino e al mattino si alzava, allora partivano; o se si alzava dopo un giorno e una notte, allora partivano. [22]Se per due giorni, un mese o un anno la nuvola prolungava la sua permanenza sulla dimora, i figli d'Israele restavano e non partivano. [23]Si fermavano secondo la parola del Signore e secondo la parola di lui partivano. Osservavano le prescrizioni del Signore, secondo quanto egli aveva ordinato per mezzo di Mosè.

10 **Le trombe.** - [1]Il Signore disse a Mosè: [2]«Fatti due trombe d'argento: le farai massicce e serviranno per la convocazione della comunità e la partenza dagli accampamenti: [3]con quelle si suonerà e si radunerà presso di te tutta la comunità all'ingresso della tenda del convegno. [4]Al suono di una sola, converranno presso di te i capi, alla testa delle migliaia d'Israele. [5]Quando suonerete con clamore, gli accampati a est partiranno. [6]Suonerete con clamore una seconda volta e partiranno quelli accampati a sud: si suoneranno con clamore quando si dovranno muovere. [7]Quando radunerete l'assemblea suonerete, ma non con clamore. [8]Suoneranno le trombe i figli di Aronne, i sacerdoti: sarà per voi una prescrizione perenne per le vostre generazioni.

[9]Se entrerete in guerra nella vostra terra contro un oppressore che vi attacca, farete clamore con le trombe, vi ricorderete del Signore, vostro Dio, e sarete salvati contro i vostri nemici.

[10]Nel giorno della vostra gioia, nelle vostre feste, agli inizi dei vostri mesi suonerete le trombe per i vostri olocausti, per i vostri sacrifici di pace e per voi saranno un ricordo davanti al vostro Dio. Io sono il Signore, vostro Dio».

Partenza. - [11]Nel secondo anno, nel secondo mese, il 20 del mese, la nuvola si alzò dalla dimora della testimonianza. [12]I figli d'Israele partirono secondo l'ordine di marcia per il deserto del Sinai e la nuvola andò a fermarsi nel deserto di Paran. [13]Per la prima volta si mosse l'accampamento per ordine del Signore, dato da Mosè.

[14]Per prima partì l'insegna del campo di Giuda, secondo le loro schiere: sopra le loro schiere era Nacason, figlio di Amminadab. [15]Sopra la schiera della tribù dei figli di Issacar era Natanael, figlio di Suar. [16]Sopra la schiera della tribù dei figli di Zabulon era Eliab, figlio di Chelon.

[17]Poi la dimora fu smontata e partirono i figli di Gherson e i figli di Merari, che la portavano.

[18]Partì quindi l'insegna del campo di Ruben, secondo le loro schiere: sopra la loro schiera era Elisur, figlio di Sedeur. [19]Sopra

---

10. - [11.] *Nel secondo anno,* prendendo come punto di riferimento l'uscita dall'Egitto. Il popolo si mosse secondo l'ordine esposto nel c. 2 e qui nei vv. 5-6.

la schiera della tribù dei figli di Simeone era Selumiel, figlio di Surisaddai. [20]Sopra la schiera della tribù dei figli di Gad era Eliasaf, figlio di Deuel.

[21]Poi partirono i Keatiti, portando gli oggetti sacri; gli altri dovevano erigere la dimora prima che questi arrivassero.

[22]Partì quindi l'insegna del campo dei figli di Efraim, secondo le loro schiere: sopra la sua schiera era Elisama, figlio di Ammiud. [23]Sopra la schiera della tribù dei figli di Manasse era Gamliel, figlio di Pedasur. [24]Sopra la schiera della tribù dei figli di Beniamino era Abidan, figlio di Ghideoni.

[25]Partì infine l'insegna del campo dei figli di Dan, a conclusione di tutti i campi, secondo le loro schiere: sulla sua schiera era Achiezer, figlio di Ammisaddai. [26]Sopra la schiera della tribù dei figli di Aser era Paghiel, figlio di Ocran. [27]Sopra la schiera della tribù dei figli di Neftali era Achira, figlio di Enan.

[28]Questo era l'ordine di marcia dei figli d'Israele, secondo le loro schiere. E partirono.

[29]Mosè disse a Obab, figlio di Reuel, madianita, suocero di Mosè: «Stiamo partendo verso il luogo del quale il Signore ha detto "Ve lo darò": vieni con noi e ti faremo del bene, perché il Signore ha promesso di fare del bene a Israele». [30]Gli rispose: «Non andrò, ma tornerò alla mia terra, presso i miei parenti». [31]Mosè disse: «Non abbandonarci, perché tu sai dove possiamo accampare nel deserto e sarai per noi come gli occhi. [32]Se verrai con noi, quel bene che il Signore farà a noi, lo faremo a te».

[33]Partirono allora dalla montagna del Signore e fecero tre giorni di cammino, mentre l'arca dell'alleanza del Signore li precedeva per un cammino di tre giorni, per cercare un luogo di riposo per loro. [34]La nuvola del Signore era su di loro durante il giorno, da quando erano partiti dal campo.

[35]Quando partiva l'arca, Mosè diceva:

«Sorgi, Signore,
siano dispersi i tuoi nemici,
fuggano davanti a te quelli che ti
    odiano»;

[36]e quando si fermava, diceva:

«Ritorna, o Signore,
alla moltitudine delle migliaia d'Israele».

TAPPE ED EPISODI NEL DESERTO

11 Tabera. - [1]Ora il popolo mormorava male agli orecchi del Signore. Il Signore sentì e la sua ira divampò: il fuoco del Signore si accese contro di loro e divorò l'estremità dell'accampamento. [2]Il popolo gridò a Mosè; Mosè intercedette presso il Signore e il fuoco si spense. [3]Il nome di quel luogo si chiamò Tabera, perché il fuoco del Signore si era acceso contro di loro.

Lamenti del popolo. - [4]La gente raccogliticcia che stava in mezzo a loro ebbe un grande appetito, e anche i figli d'Israele ripresero a piangere e dicevano: «Chi ci darà carne da mangiare? [5]Ci viene in mente il pesce che mangiavamo in Egitto per niente, i cocomeri, i meloni, la verdura, cipolle e agli; [6]ora stiamo languendo: non c'è che manna davanti ai nostri occhi». [7]La manna era come un seme di coriandolo, esteriormente simile al bdellio. [8]Il popolo andava in giro a cercare, la raccoglieva, la tritava nelle macine o la pestava nel mortaio, la cuoceva in pentola e ne faceva focacce: il suo gusto era come gusto di pane all'olio. [9]Quando la rugiada scendeva sull'accampamento di notte, anche la manna vi scendeva.

[10]Mosè sentì il popolo che piangeva, in tutte le loro famiglie, ognuno all'entrata della propria tenda; l'ira del Signore divampò e Mosè ne ebbe male. [11]Mosè disse al Signore: «Perché hai fatto del male al tuo servo e perché non ho trovato grazia ai tuoi occhi, a porre il peso di tutto questo popolo su di me? [12]Sono forse io che ho concepito tutto questo popolo o io che l'ho generato, da dirmi: "Portalo nel tuo seno", come la balia porta il lattante, fino al paese che

---

11. - [1.] Subito alle prime marce il popolo soffre per i disagi inevitabili e, insofferente, prende pretesto per lagnarsi. Tutto il viaggio dal Sinai a Kades è punteggiato di mormorazioni del popolo contro Dio e i suoi rappresentanti: 11,1; 12,1; 13,32; 14,2.27; 16,1; 17,6; 20,2-13; 21,5; Dt 1,26. Il motivo è sempre la mancanza di fede o di fiducia: il più offensivo degli atteggiamenti d'Israele verso il suo Dio, di cui aveva conosciuto e ammirato i prodigi e di cui stava godendo i benefici. Per di più esso aveva promesso fedeltà assoluta a Dio, suo salvatore. In tutta la Bibbia le infedeltà d'Israele rimarranno sempre il suo grande peccato, il simbolo della negazione dell'amore.

hai promesso con giuramento ai loro padri? [13]Da dove avrei carne da dare a tutto questo popolo? Giacché piange verso di me dicendo: "Dacci carne da mangiare!". [14]Non posso da solo portare tutto questo popolo, perché è troppo pesante per me. [15]Se mi devi trattare così, piuttosto fammi morire, se ho trovato grazia ai tuoi occhi, e non veda più il mio male».

[16]Il Signore disse a Mosè: «Radunami settanta uomini tra gli anziani d'Israele, che tu sai essere anziani del popolo e suoi scribi: li condurrai alla tenda del convegno e vi staranno con te. [17]Io scenderò e là parlerò con te: trarrò dello spirito che è su di te e lo porrò su di loro. Porteranno così con te il peso del popolo e non lo porterai da solo. [18]Al popolo dirai: "Santificatevi per domani e mangerete carne, perché avete pianto alle orecchie del Signore, dicendo: chi ci darà carne da mangiare? In Egitto stavamo bene!". Il Signore vi darà carne e mangerete. [19]Non un giorno solo ne mangerete, né due giorni né cinque giorni né dieci giorni né venti giorni, [20]ma fino a un mese, fino a quando vi esca dalle narici e vi sia di nausea: per il fatto che avete rigettato il Signore che è in mezzo a voi e avete pianto davanti a me dicendo: "Perché siamo usciti dall'Egitto?"». [21]Mosè disse: «Il popolo conta 600.000 adulti e tu dici: "Darò loro carne e mangeranno per un mese"! [22]Si ammazzerà per loro del piccolo e grosso armento o si raduneranno per loro tutti i pesci del mare affinché ne abbiano abbastanza?». [23]Il Signore rispose a Mosè: «È forse corta la mano del Signore? Ora vedrai se la mia parola si compirà o no».

[24]Mosè uscì e disse al popolo le parole del Signore. Radunò settanta uomini tra gli anziani del popolo e li fece stare intorno alla tenda. [25]Il Signore scese nella nuvola e gli parlò: trasse dello spirito che era su di lui e lo diede a settanta uomini anziani. Quando lo spirito si posò su di loro cominciarono a profetare, ma non continuarono. [26]Ma due uomini erano rimasti nell'accampamento: uno si chiamava Eldad, il secondo Medad. Lo spirito si posò su di loro: erano tra gli iscritti, ma non erano usciti per andare alla tenda; e cominciarono a profetare nell'accampamento. [27]Un ragazzo corse e lo annunciò a Mosè e disse: «Eldad e Medad stanno profetando nell'accampamento». [28]Giosuè, figlio di Nun, aiutante di Mosè dalla sua adolescenza, disse: «Mosè, signor

mio, impedisciglielo». [29]Mosè gli disse: «Sei forse geloso per me? Chi può dare dei profeti a tutto il popolo del Signore? È il Signore che dà a loro il suo spirito». [30]Mosè si ritirò nell'accampamento, con gli anziani d'Israele.

Le quaglie. - [31]Si alzò un vento per ordine del Signore, portò quaglie dal mare e le fece cadere presso l'accampamento, per il cammino di un giorno da una parte, e il cammino di un giorno dall'altra, intorno all'accampamento, ad un'altezza di due cubiti sulla superficie del suolo. [32]Il popolo fu in piedi tutto quel giorno, tutta la notte e tutto il giorno seguente raccolsero le quaglie. Chi ne raccolse meno, ne raccolse dieci comer: le stesero intorno all'accampamento. [33]La carne era ancora tra i loro denti, prima di essere masticata, che l'ira del Signore divampò sul popolo, e il Signore colpì il popolo con una gravissima piaga. [34]Quel luogo si chiamò Kibrot-Taavà, perché là seppellirono il popolo che s'era lasciato dominare dall'ingordigia.

[35]Da Kibrot-Taavà il popolo partì per Cazerot. E sostò in Cazerot.

12 **Protesta di Maria e Aronne.** - [1]Maria e Aronne parlarono contro Mosè a causa della donna etiope che aveva preso, poiché aveva sposato una donna etiope. [2]Dissero: «Solo con Mosè ha dunque parlato il Signore? Non ha forse parlato anche con noi?». Il Signore sentì. [3]Or Mosè era l'uomo più umile di tutti gli uomini che sono sulla faccia della terra.

[4]Il Signore disse subito a Mosè, Aronne e Maria: «Uscite tutti e tre verso la tenda del convegno». Uscirono tutti e tre. [5]Il Signore scese sulla colonna di nuvola e si tenne all'ingresso della tenda e chiamò Aronne e Maria: ambedue si fecero avanti. [6]Il Signore disse: «Ascoltate bene la mia parola: se avete un profeta del Signore, mi farei conosce-

---

23. *È forse corta...*: persino Mosè pare dubitare della potenza e misericordia di Dio, il quale invece, in risposta a tutte le mancanze di fede e di fiducia del popolo, risponderà con nuovi e strepitosi prodigi, finché avrà compiuto tutte le promesse.

25. L'investitura avvenne in pubblico, in modo che il popolo sapesse da chi doveva dipendere direttamente. *Profetare* significa, qui, dar segno d'essere investito dallo spirito del Signore.

re a lui in visione, parlerei a lui in sogno. [7]Ma non così con il mio servo Mosè: in tutta la mia casa, egli è il più fedele. [8]Parlo a lui a faccia a faccia, in visione e non in enigmi: egli contempla l'immagine del Signore. Perché dunque non avete temuto di parlare contro il mio servo Mosè?». [9]L'ira del Signore divampò contro di loro ed egli se ne andò. [10]La nuvola si allontanò dalla tenda, ed ecco: Maria era diventata lebbrosa, bianca come la neve. Aronne si voltò verso Maria: ed ecco era lebbrosa. [11]Aronne disse a Mosè: «Ahimè, mio signore, non porre su di noi la pena del peccato che abbiamo insensatamente commesso: [12]essa non sia come un morto all'uscita dal grembo di sua madre, per metà divorato nella sua carne». [13]Mosè gridò verso il Signore: «O Dio, te ne prego, guariscila!». [14]Il Signore disse a Mosè: «Se suo padre le sputasse in viso, non sarebbe forse nella vergogna per sette giorni? Sia isolata sette giorni fuori dell'accampamento, e dopo sia accolta». [15]Maria fu isolata fuori dell'accampamento sette giorni, e il popolo non partì fino a quando Maria non fu accolta. [16]Dopo di che il popolo partì da Cazerot e posero l'accampamento nel deserto di Paran.

13 Esplorazione in Canaan. - [1]Il Signore disse a Mosè: [2]«Manda uomini a esplorare la terra di Canaan, che io voglio dare ai figli d'Israele; ne invierete uno per ogni tribù dei loro padri, tutti dei loro capi». [3]Mosè li inviò dal deserto di Paran, secondo le parole del Signore: erano tutti capi dei figli d'Israele.

[4]Questi sono i loro nomi: per la tribù di Ruben Sammua, figlio di Zaccur; [5]per la tribù di Simeone Safat, figlio di Cori; [6]per la tribù di Giuda Caleb, figlio di Iefunne; [7]per la tribù di Issacar Igheal, figlio di Giuseppe; [8]per la tribù di Efraim Osea, figlio di Nun; [9]per la tribù di Beniamino Palti, figlio di Rafu; [10]per la tribù di Zàbulon Gaddiel, figlio di Sodi; [11]per la tribù di Giuseppe, cioè per la tribù di Manasse, Gaddi, figlio di Susi; [12]per la tribù di Dan Ammiel, figlio di Ghemalli; [13]per la tribù di Aser Setur, figlio di Michele; [14]per la tribù di Neftali Nacbi, fi-

glio di Vofsi; [15]per la tribù di Gad Gheuel, figlio di Machi. [16]Questi sono i nomi degli uomini che Mosè inviò a esplorare la terra. Mosè diede ad Osea, figlio di Nun, il nome di Giosuè.

[17]Mosè li inviò ad esplorare la terra di Canaan e disse loro: «Salite per il Negheb, e salite sulla montagna, [18]per vedere la terra com'è e il popolo che vi abita, se forte o debole, poco o molto; [19]com'è la terra che abita, se buona o cattiva, come sono le città in cui abita, se siano accampamenti o fortificazioni; [20]com'è la terra grassa o magra, se ci sono alberi o no. Siate forti e portate dei frutti della terra». Quei giorni erano i giorni delle prime uve. [21]Quelli salirono ad esplorare la terra dal deserto del Zin fino a Recob, sulla via di Camat. [22]Salirono nel Negheb e arrivarono fino ad Ebron: là c'era Achiman, Sesai e Talmai, figli di Anak. Ebron era stata costruita sette anni prima di Tanis in Egitto. [23]Poi vennero fino alla valle di Escol e vi tagliarono un tralcio con un grappolo d'uva, che portarono con una stanga in due, con melagrane e fichi. [24]Quel luogo si chiamò torrente Escol, a causa del grappolo che i figli d'Israele vi avevano tagliato. [25]Tornarono dall'esplorazione della terra alla fine di quaranta giorni.

[26]Si presentarono a Mosè, Aronne a tutta la comunità dei figli d'Israele, nel deserto di Paran, a Kades: riferirono l'accaduto a loro e a tutta la comunità e mostrarono il frutto della terra. [27]Raccontarono: «Siamo arrivati nella terra dove ci avevi inviato ed effettivamente vi scorre latte e miele; questi sono i frutti. [28]Solo che il popolo che abita nella terra è forte e le città sono fortezze grandissime: vi vedemmo anche gli Anakiti. [29]Gli Amaleciti abitano nella terra del Negheb, gli Hittiti, i Gebusei e gli Amorrei abitano sulla montagna, i Cananei abitano lungo il mare e lungo le rive del Giordano». [30]Solo Caleb fece tacere il popolo che mormorava contro Mosè e disse: «Saliamo e conquistiamola, perché lo possiamo». [31]Ma gli uomini che erano saliti con lui dissero: «Non possiamo salire contro quel popolo, perché è più forte di noi». [32]E screditarono davanti agl'Israeliti la terra che avevano esplorato dicendo: «La terra dove siamo passati per esplorarla è una terra che divora chi la abita, e tutto il popolo che vi abbiamo visto è di uomini di taglia. [33]Là abbiamo visto i giganti, figli di Anak, della razza dei giganti, e ai nostri occhi eravamo co-

---

13. - [8.] *Osea*, che significa «salvezza», sarà poi chiamato Giosuè, che vuol dire «Jhwh salva». A lui, dopo la morte di Mosè, verrà affidato il compito d'introdurre il popolo nella terra promessa.

me delle cavallette, così come lo eravamo ai loro occhi».

14

Sommossa. - [1]Tutta la comunità si sollevò e fece sentire la propria voce: il popolo pianse quella notte. [2]Tutti i figli d'Israele mormorarono contro Mosè ed Aronne e tutta la comunità disse loro: «Fossimo morti in terra d'Egitto o fossimo morti in questo deserto! [3]Perché il Signore ci conduce in questa terra a cadere di spada? Le nostre donne e i nostri bambini saranno un bottino: non è forse bene per noi tornare in Egitto?». [4]E ognuno diceva al proprio fratello: «Diamoci un capo e torniamo in Egitto». [5]Mosè e Aronne si prostrarono di fronte a tutta l'assemblea della comunità dei figli d'Israele. [6]Giosuè, figlio di Nun, e Caleb, figlio di Iefunne, di quelli che avevano esplorato la terra, strapparono i propri vestiti [7]e dissero a tutta la comunità dei figli d'Israele: «La terra in cui siamo passati per esplorarla è una terra buonissima. [8]Se il Signore ci è propizio, ci condurrà a questa terra e ce la darà: è una terra dove scorre latte e miele. [9]Solo, non ribellatevi al Signore e non temete il popolo della terra, perché è pane per noi: la loro difesa si è allontanata da loro, mentre il Signore è con noi. Non abbiate paura di loro».

[10]Tutta la comunità disse di lapidarli, quando la gloria del Signore apparve sulla tenda del convegno a tutti i figli d'Israele. [11]Il Signore disse a Mosè: «Fino a quando questo popolo mi disprezzerà, fino a quando non mi crederanno dopo tutti i segni che ho fatto in mezzo a loro? [12]Lo colpirò di peste, lo distruggerò e di te farò una nazione più grande e potente di lui».

[13]Mosè disse al Signore: «Gli Egiziani hanno sentito che con la tua forza hai fatto uscire questo popolo di mezzo a loro [14]e lo hanno detto all'abitante di questa terra. Hanno udito che tu, Signore, sei in mezzo a questo popolo, che ti mostri loro faccia a faccia, che la tua nuvola sta sopra di loro, che con una colonna di nuvola cammini davanti a loro di giorno e con una colonna di fuoco di notte. [15]Farai forse morire questo popolo come un sol uomo? Le nazioni che hanno sentito parlare della tua fama diranno: [16]il Signore non ha potuto far venire questo popolo nella terra che gli aveva promesso con giuramento e li ha massacrati nel deserto. [17]Ora sia magnificata la poten-

za del mio Signore secondo quanto hai detto con le parole: [18]"Il Signore è lento all'ira e largo in misericordia, perdona la colpa e la trasgressione, ma non lascia impunito; castiga la colpa dei padri nei figli, fino alla terza e quarta generazione". [19]Perdona dunque la colpa di questo popolo nella grandezza della tua misericordia, come hai perdonato a questo popolo dall'Egitto fin qui». [20]Il Signore disse: «Gli perdono secondo la tua parola. [21]Ma come io sono vivo e la gloria del Signore riempie tutta la terra, [22]tutti gli uomini che hanno visto la mia gloria e i miei segni che ho fatto in Egitto e nel deserto e mi hanno tentato qui dieci volte e non hanno ascoltato la mia voce, [23]non vedranno la terra che ho promesso con giuramento ai loro padri, e non la vedranno tutti quelli che mi disprezzano. [24]Il mio servo Caleb, poiché un altro spirito fu in lui e mi seguì completamente, lo farò venire nella terra nella quale era andato e il suo seme la possederà. [25]Gli Amaleciti e i Cananei abitano nella valle. Domani voltatevi e partite verso il deserto, per la via del Mar Rosso».

[26]Il Signore disse a Mosè e ad Aronne: [27]«Fino a quando ci sarà questa comunità cattiva che mormora contro di me? Ho sentito le mormorazioni dei figli d'Israele contro di me. [28]Di' loro: Sulla mia vita, dice il Signore, vi farò come avete detto voi stessi. [29]I vostri cadaveri cadranno in questo deserto e nessuno dei vostri recensiti, da vent'anni in su, voi che avete mormorato contro di me, [30]potrà entrare nella terra per cui ho alzato la mia mano per farvi abitare, se non solo Caleb, figlio di Iefunne, e Giosuè, figlio di Nun. [31]Condurrò in essa i vostri figli, dei quali diceste che saranno un bottino e farò conoscere a loro la terra che avete disprezzato. [32]I vostri cadaveri cadranno in questo deserto. [33]I vostri figli saranno pastori nel deserto per quarant'anni e porteranno la vostra infedeltà finché i vostri cadaveri siano tutti nel deserto. [34]Secondo il numero dei giorni impiegati ad esplorare la terra, quaranta giorni, ogni giorno per un anno, porterete le vostre colpe per quarant'anni e conoscerete la mia ostilità. [35]Io, il Signore, ho parlato: così farò a tutta questa comunità cattiva che si è riunita contro di me. In questo deserto finiranno e vi moriranno».

[36]Gli uomini che Mosè aveva inviato ad esplorare la terra, erano tornati e avevano

mormorato contro di lui con tutta la comunità, diffondendo il discredito sul paese; [37]tali uomini, che avevano gettato il discredito sul paese, morirono di un flagello di fronte a Dio. [38]Tra quegli uomini che erano andati ad esplorare la terra rimasero in vita Giosuè, figlio di Nun, e Caleb, figlio di Iefunne.
[39]Mosè disse queste cose a tutti i figli d'Israele e il popolo se ne rattristò molto. [40]Si alzarono di buon mattino e salirono sopra la montagna dicendo: «Eccoci, siamo saliti nel luogo per il quale il Signore ha detto che abbiamo peccato». [41]Ma Mosè disse: «Perché trasgredite l'ordine del Signore? Questo non riuscirà. [42]Non salite, perché non c'è il Signore in mezzo a voi, non fatevi battere di fronte ai vostri nemici, [43]perché l'Amalecita e il Cananeo sono là davanti a voi e cadrete di spada, perché vi siete voltati dal seguire il Signore, e il Signore non sarà con voi». [44]Ma si ostinarono a salire sopra la montagna: l'arca dell'alleanza del Signore e Mosè non si mossero dal mezzo dell'accampamento. [45]L'Amalecita e il Cananeo, che abitavano in quella montagna, scesero, li colpirono e li fecero a pezzi fino a Corma.

SACRIFICI, SACERDOTI E LEVITI

15 Offerte, libazioni e sacrifici. - [1]Il Signore disse a Mosè: [2]«Parla ai figli d'Israele e di' loro: Quando entrerete nella terra della vostra dimora che io voglio darvi [3]e farete un sacrificio di fuoco al Signore, olocausto o sacrificio, per compiere un voto, o spontaneamente o nelle vostre feste, per fare odore gradevole al Signore, del grosso o piccolo bestiame, [4]chi presenterà, offrirà come suo dono al Signore un'offerta di un decimo di fior di farina intrisa in un quarto di *hin* di olio, [5]un quarto di *hin* di vino per la libazione: la aggiungerai all'olocausto e al sacrificio per un agnello. [6]Per un montone farai un'offerta in fior di farina di due decimi, intrisa in un terzo di *hin* di olio, [7]e offrirai come profumo gradevole al Signore un terzo di *hin* di vino per la libazione. [8]Se farai un olocausto o un sacrificio

di un vitello per compiere un voto o un sacrificio di pace al Signore, [9]offrirai, oltre al vitello, un'offerta di tre decimi di efa di fior di farina, intrisa in un mezzo *hin* di olio, [10]e offrirai un mezzo *hin* di vino in libazione: è un sacrificio di fuoco, di profumo gradevole al Signore. [11]Così si farà per un toro o per un montone o per un capo di pecora o capra. [12]Secondo il numero degli animali che offrirete, così farete per ciascun sacrificio. [13]Ogni indigeno farà così quelle cose, quando offrirà un sacrificio di fuoco in profumo gradevole al Signore. [14]Se uno straniero abiterà con voi o chi sarà in mezzo a voi per generazioni farà un sacrificio di fuoco in profumo gradevole al Signore, farà come farete voi. [15]L'assemblea avrà una prescrizione unica per voi e per lo straniero che vi dimora, una prescrizione perenne per le vostre generazioni: come voi, così sarà lo straniero davanti al Signore. [16]Una legge unica e un'unica usanza avrete voi e lo straniero che dimora con voi».

[17]Il Signore disse a Mosè: [18]«Parla ai figli d'Israele e di' loro: Quando entrerete nella terra dove io vi conduco, [19]e mangerete il pane della terra, farete un'offerta al Signore. [20]Come primizia della vostra pasta, eleverete secondo il rito una focaccia: la eleverete come si fa per l'elevazione dell'offerta dell'aia. [21]Darete le primizie della vostra pasta al Signore, in offerta per le vostre generazioni.

[22]Se inavvertitamente non compirete tutti quei precetti che il Signore ha detto a Mosè, [23]tutto quello che il Signore vi ha ordinato per Mosè dal giorno in cui il Signore vi ha dato i suoi ordini e in seguito, per le vostre generazioni, [24]se inavvertitamente fu commesso da parte della comunità, tutta la comunità farà un olocausto come profumo gradevole al Signore, con il proprio dono e libazione secondo l'uso, e un capretto come sacrificio per il peccato. [25]Il sacerdote espierà per tutta la comunità dei figli d'Israele, e sarà loro perdonato, perché era per inavvertenza, ed essi hanno portato come loro offerta un sacrificio di fuoco al Signore e il loro sacrificio per il peccato davanti al Signore per il loro errore. [26]Sarà perdonato a tutta la comunità dei figli d'Israele e allo straniero che dimora in mezzo a loro, perché tutto il popolo fu inavvertitamente in colpa.

[27]Se un individuo avrà peccato per inavvertenza, offrirà una capra di un anno come

---

15. - [22ss.] Si ripete una legge già data in Lv 4. Ma è alquanto più severa, aggravandosi e diventando sempre meno scusabile l'ignoranza e la durezza di cuore del popolo.

sacrificio per il peccato. [28]Il sacerdote espierà per l'individuo in errore, per il peccato d'inavvertenza davanti al Signore, in modo che si espii per lui e gli sia perdonato. [29]Avrete una legge unica per chi agisce inavvertitamente, indigeno tra i figli d'Israele e straniero che dimora in mezzo a loro. [30]L'individuo che agisce con mano alzata, sia indigeno che straniero, oltraggia il Signore: quell'individuo sarà eliminato dal suo popolo, [31]perché ha disprezzato la parola del Signore e infranto il suo precetto. Quell'individuo sia eliminato: la sua colpa è in lui».

[32]Mentre i figli d'Israele erano nel deserto, trovarono un uomo che raccoglieva legna in giorno di sabato. [33]Quelli che lo trovarono a raccogliere legna lo presentarono a Mosè, ad Aronne e a tutta la comunità: [34]lo misero sotto sorveglianza, perché non era stabilito che cosa fargli. [35]Il Signore disse a Mosè: «L'uomo morirà: lo lapiderà tutta la comunità fuori dell'accampamento». [36]E tutta la comunità lo fece uscire fuori dell'accampamento, lo lapidarono e morì, come il Signore aveva ordinato a Mosè.

[37]Il Signore disse ancora a Mosè: [38]«Parla ai figli d'Israele e di' loro che si facciano delle frange alle estremità dei loro vestiti nelle loro generazioni e mettano alle frange dell'estremità un filo di porpora. [39]Sarà la vostra frangia: la vedrete e vi ricorderete di tutti i precetti del Signore: li compirete, senza vagare dietro ai vostri cuori e ai vostri occhi, seguendo i quali vi prostituite. [40]Così vi ricorderete e praticherete tutti i miei precetti, e sarete santi per il vostro Dio. [41]Io sono il Signore, vostro Dio, che vi ho fatto uscire dalla terra d'Egitto per essere il vostro Dio. Io, il Signore, sono il vostro Dio».

16 Sommossa di Core, Datan e Abiram. - [1]Core, figlio di Izear, figlio di Keat, figlio di Levi, con Datan e Abiram, figli di Eliab, e On, figlio di Pelet, figli di Ruben, [2]si alzarono contro Mosè con duecentocinquanta uomini tra i figli d'Israele, capi della comunità, membri del consiglio, uomini ragguardevoli.

[3]Si radunarono presso Mosè e Aronne e dissero a loro: «È troppo: se tutta la comunità è santa e in mezzo a loro è il Signore, perché vi innalzate sull'assemblea del Signore?». [4]Udito questo, Mosè si prostrò sino a terra [5]e disse a Core e a tutta la sua gente: «Domani il Signore farà conoscere chi gli appartiene, chi è santo, e lo farà avvicinare a sé: farà avvicinare a sé il suo eletto. [6]Fate questo: prendete i turiboli di Core e di tutta la sua gente, [7]mettetevi il fuoco e, domani, ponetevi l'incenso davanti al Signore. L'uomo che il Signore avrà scelto, quello sarà santo. Vi può bastare, figli di Levi!».

[8]Mosè disse a Core: «Ascoltate, figli di Levi: [9]vi pare forse poco che il Dio d'Israele vi abbia separato dalla comunità d'Israele per farvi avvicinare a sé, affinché possiate compiere il servizio della dimora del Signore e stare davanti alla comunità per essere suoi ministri? [10]Ti ha avvicinato con tutti i tuoi fratelli: e richiedete anche il sacerdozio? [11]È per questo che tu e tutta la tua comunità vi radunate contro il Signore. E Aronne chi è, perché mormoriate contro di lui?».

[12]Mosè mandò a chiamare Datan e Abiram, figli di Eliab. Dissero: «Non veniamo. [13]È poco l'averci fatto uscire da una terra dove scorre latte e miele per farci morire in un deserto, perché tu voglia essere anche principe su noi? [14]Certo, non è ad una terra dove scorre latte e miele che ci hai portato, e non ci hai dato in eredità campo e vigna. Vuoi forse cavare gli occhi a questi uomini? Non veniamo». [15]Mosè si arrabbiò molto e disse al Signore: «Non voltarti alla loro offerta: io non ho tolto neppure un asino a loro e non ho fatto del male a nessuno di essi».

[16]Mosè disse a Core: «Tu e tutta la tua gente starete domani davanti al Signore: vi sarà anche Aronne. [17]Ognuno prenda il proprio incensiere, mettetevi sopra incenso e presentatelo al Signore: duecentocinquanta incensieri; anche tu e Aronne, ognuno il proprio incensiere».

[18]Ognuno prese il proprio incensiere, lo

30-31. Per i peccati commessi coscientemente, per spirito di orgoglio e di ribellione, è minacciata la pena più grave: la morte civile, cioè l'esclusione dal popolo, e talora anche la pena capitale (vv. 32-36).

16. - [1ss.] La data e il luogo di questo fatto sono sconosciuti. È una ribellione religiosa e politica: a capo della ribellione religiosa vi è Core, cugino di Mosè, che voleva il sacerdozio per tutti i discendenti di Levi, non soltanto per Aronne e i suoi figli; a capo della ribellione politica vi sono Datan e Abiram che volevano rivendicare alla loro tribù di Ruben, primogenito di Giacobbe, la supremazia del governo, considerando Mosè come ingannatore del popolo.

riempirono di fuoco, vi posero incenso e stettero all'ingresso della tenda del convegno, con Mosè e Aronne. [19]Quando Core ebbe radunato presso di loro tutta la sua gente all'ingresso della tenda del convegno, apparve la gloria del Signore a tutta la comunità. [20]Il Signore disse a Mosè e ad Aronne: [21]«Separatevi dal mezzo di questa comunità: li divorerò all'istante». [22]Ma essi si prostrarono e dissero: «O Dio, Dio degli spiriti che sono in ogni carne, se uno solo pecca puoi tu irritarti contro tutta la comunità?». [23]Il Signore rispose a Mosè: [24]«Ordina alla comunità: "Andatevene dai dintorni della dimora di Core, Datan e Abiram"». [25]Mosè si alzò e andò da Datan e Abiram; lo seguirono gli anziani d'Israele. [26]Parlò alla comunità dicendo: «Allontanatevi dalle tende di questi uomini cattivi e non toccate nulla di quello che loro appartiene, per non perire a causa di tutti i loro peccati». [27]Se ne andarono dai dintorni della dimora di Core, Datan e Abiram. Datan e Abiram uscirono e si fermarono all'ingresso delle tende, con donne, figli e bambini. [28]Mosè disse: «Con questo saprete che il Signore mi ha mandato a fare tutte queste cose, e non è di testa mia: [29]se quelli muoiono della morte di ogni uomo e capita a loro quello che capita ad ogni uomo, il Signore non mi ha mandato; [30]ma se il Signore opera qualcosa, e il suolo spalanca la sua bocca inghiottendo loro e tutto ciò che hanno, e scendono vivi negli inferi, saprete che questi uomini hanno disprezzato il Signore». [31]Quando ebbe finito di dire tutte queste parole, il suolo che era sotto di loro si spaccò, [32]la terra aprì la sua bocca e inghiottì loro, le loro tende, tutti gli uomini di Core e tutte le sostanze. [33]Essi, con tutto quello che avevano scesero vivi negli inferi, la terra li ricoprì e scomparvero dal mezzo dell'assemblea. [34]Tutto Israele, che era intorno a loro, fuggì alle loro grida, perché dicevano: «Che la terra non ci inghiottisca!». [35]Un fuoco uscì dal Signore e divorò i duecentocinquanta uomini che presentavano l'incenso.

17 Gli incensieri. - [1]Il Signore disse a Mosè: [2]«Di' a Eleazaro, figlio del sacerdote Aronne, che levi gli incensieri dalle fiamme e sparga via il fuoco, perché sono santificati: [3]gli incensieri di costoro che hanno peccato a prezzo della loro vita siano fatti lamine battute per ricoprire l'altare, perché li hanno presentati al Signore e li hanno santificati; siano un segno per i figli d'Israele».

[4]Il sacerdote Eleazaro prese gli incensieri di bronzo che erano stati bruciati e li ridusse in lamine per ricoprire l'altare, [5]per ricordo ai figli d'Israele, perché non si avvicini nessuno estraneo che non sia del seme di Aronne, per offrire incenso davanti al Signore, e non sia come Core e la sua gente, come il Signore gli aveva ordinato per mezzo di Mosè.

Mormorazione del popolo e intercessione di Aronne. - [6]Il giorno dopo tutta la comunità dei figli d'Israele mormorò contro Mosè e Aronne dicendo: «Voi avete fatto morire il popolo del Signore». [7]E mentre la comunità si riuniva contro Mosè e Aronne, si volsero verso la tenda del convegno, ed ecco, la nuvola la ricopriva e apparve la gloria del Signore. [8]Mosè e Aronne vennero davanti alla tenda del convegno. [9]Il Signore disse a Mosè: [10]«Toglietevi dal mezzo di questa comunità e io la divorerò all'istante». Ma essi si prostrarono. [11]Mosè disse ad Aronne: «Prendi l'incensiere e mettici fuoco preso dall'altare: poni l'incenso e va' subito dalla comunità ed espia per loro, perché è divampata l'ira del Signore, il flagello è cominciato». [12]Aronne prese l'incensiere come Mosè aveva detto e corse in mezzo all'assemblea: ed ecco il flagello era cominciato sul popolo. Mise l'incenso ed espiò per il popolo. [13]Stette tra i morti e i vivi e il flagello si arrestò. [14]I morti per il flagello furono 14.700, senza i morti per il fatto di Core. [15]Aronne tornò da Mosè all'ingresso della tenda del convegno, e il flagello si arrestò.

[16]Il Signore disse a Mosè: [17]«Parla ai figli d'Israele e prendi da loro una verga per ogni casa paterna, da ciascuno dei loro capi per case paterne: dodici verghe. Scriverai il nome di ognuno sulla propria verga. [18]Il nome di Aronne lo scriverai sulla verga di Levi, perché ci sarà una verga per ogni capo della loro casa paterna. [19]Le poserai nella tenda del convegno, davanti alla testimonianza, dove io vi faccio convenire. [20]Fio-

---

30.33. *Inferi* (lett. *sceòl*) nell'AT indica il soggiorno dei morti. Ma nell'AT si parla in modo assai vago di tale soggiorno, non essendo ancora completa la rivelazione, che, anche a tale riguardo, sarà piena soltanto con Cristo e gli apostoli.

rirà la verga di chi io sceglierò e così metterò a tacere le mormorazioni dei figli d'Israele che hanno mormorato contro di voi».

²¹Mosè parlò ai figli d'Israele e tutti i loro capi gli diedero una verga, una verga per ciascuno, secondo le loro case paterne, dodici verghe; la verga di Aronne era in mezzo alle loro verghe. ²²Mosè posò le verghe davanti al Signore nella tenda della testimonianza. ²³Il giorno dopo, quando Mosè entrò nella tenda della testimonianza, ecco che la verga di Aronne, della casa di Levi, era fiorita, era uscita la gemma, germogliato il fiore, maturate le mandorle. ²⁴Mosè fece portare tutte le verghe dalla presenza del Signore davanti a tutti i figli d'Israele: videro e ognuno prese la propria verga.

²⁵Il Signore disse a Mosè: «Riporta la verga di Aronne davanti alla testimonianza per conservarla come monito per i ribelli e fa' cessare le loro mormorazioni contro di me e non muoiano». ²⁶Mosè fece come il Signore gli aveva ordinato.

²⁷Poi i figli d'Israele dissero a Mosè: «Ecco, moriamo, siamo perduti, siamo tutti perduti. ²⁸Chiunque si avvicina alla dimora del Signore muore: dobbiamo forse morire tutti?».

18 **Doveri e diritti dei leviti e sacerdoti.** - ¹Il Signore disse ad Aronne: «Tu, i tuoi figli e la tua casa paterna con te porterete la colpa commessa nel santuario; tu e i tuoi figli porterete la colpa commessa nell'esercizio del vostro sacerdozio. ²Fa' avvicinare con te anche i tuoi fratelli, la tribù di Levi, ramo di tuo padre: si uniscano a te e ti servano quando tu e i tuoi figli con te sarete davanti alla tenda della testimonianza. ³Manterranno il tuo servizio e il servizio di tutta la tenda: ma non si avvicinino agli oggetti del santuario e all'altare, e non muoiano né essi né voi. ⁴Si uniranno a te e manterranno il servizio della tenda del convegno per tutto il lavoro della tenda. L'estraneo non si avvicini a voi. ⁵Manterrete il servizio del santuario, il servizio dell'altare, e non ci sarà più sdegno per i figli d'Israele. ⁶Ecco, io ho preso i vostri fratelli, i leviti, dal mezzo dei figli d'Israele: sono un dono per voi, "donati" al Signore, per fare il lavoro della tenda del convegno. ⁷Tu e i tuoi figli con te eserciterete il vostro sacerdozio per tutto quello che riguarda l'altare e l'abi-

tazione del velo e compirete il ministero: io vi do il sacerdozio come dono. L'estraneo che si avvicinerà sarà messo a morte».

⁸Il Signore disse ad Aronne: «Io, ecco, ti ho dato il diritto su quello che si eleva per me, cioè tutte le cose sante offerte dai figli d'Israele: le ho date a te e ai tuoi figli per diritto della tua unzione, per legge perenne. ⁹Questo sarà tuo, tra le cose santissime, destinate al fuoco: tutte le loro offerte, secondo tutti i loro doni, i loro sacrifici per il peccato, i loro sacrifici di riparazione che mi riporteranno; cose santissime sono per te e i tuoi figli. ¹⁰Le mangerete nel luogo più santo, ne mangerà ogni maschio: sarà cosa santa per te. ¹¹Questo ancora sarà per te: un prelievo sui loro doni, secondo tutte le cose elevate dei figli d'Israele. Le ho date a te, ai tuoi figli e alle tue figlie con te in decreto perenne: qualsiasi puro nella tua casa ne mangerà. ¹²Tutto il meglio dell'olio, del mosto e del frumento, le loro primizie che hanno dato al Signore, le darò a te. ¹³Le primizie di tutto ciò ch'è nelle loro terre e che porteranno al Signore, saranno tue: ogni puro nella tua casa le mangerà. ¹⁴Ogni cosa votata allo sterminio in Israele sarà tua. ¹⁵Qualunque primogenito di ogni essere vivente, offerto al Signore, uomo o bestia, sarà tuo: però farai riscattare il primogenito dell'uomo e il primogenito dell'animale impuro. ¹⁶Riceverai il loro riscatto da un mese di età, secondo la tua stima in denaro, di cinque sicli del siclo del santuario, che è di venti ghera. ¹⁷Ma non riscatterai il primogenito della vacca o il primogenito della pecora o il primogenito della capra: sono santi. Spanderai il loro sangue sull'altare e farai fumare il loro grasso: sacrificio di fuoco in odore gradevole al Signore. ¹⁸La loro carne sarà per te, come per te sarà il petto dell'elevazione e la coscia destra. ¹⁹Ho dato a te, ai tuoi figli e alle tue figlie con te in decreto perenne tutte le offerte delle cose sante che i figli d'Israele prelevano per il Signore: è un'alleanza inviolabile davanti al Signore per te e il tuo seme con te».

²⁰Il Signore disse ad Aronne: «Non erediterai nella loro terra e non avrai parte in mezzo a loro: io sono la tua parte e la tua eredità in mezzo ai figli d'Israele. ²¹Ai figli di Levi, ecco, ho dato tutte le decime in Israele come eredità, in cambio del lavoro che fanno, il lavoro della tenda del convegno: ²²così i figli d'Israele non si avvicineranno più alla tenda del convegno per assumersi un pecca-

to che porta alla morte; 23sarà Levi a fare il lavoro della tenda del convegno, egli porterà il loro peccato. È un decreto perenne per le vostre generazioni. Ma non erediteranno in mezzo ai figli d'Israele, 24perché la decima dei figli d'Israele che prelevano per il Signore l'ho data ai leviti in eredità. Per questo ho detto di loro: non erediteranno in mezzo ai figli d'Israele».

25Il Signore disse a Mosè: 26«Parlerai ai leviti e dirai a loro: Quando prenderete dai figli d'Israele la decima che vi ho dato da parte loro in vostra eredità, farete di quella un'offerta per il Signore, una decima della decima. 27La vostra offerta vi sarà contata come il frumento dell'aia e il mosto che esce dal torchio. 28Così avrete anche voi un'offerta per il Signore di tutte le vostre decime che avrete preso dai figli d'Israele, e di quelle darete ciò che avete prelevato per il Signore al sacerdote Aronne. 29Da tutto quanto vi si darà detrarrete l'offerta per il Signore; di quanto vi sarà di meglio preleverete quello che dovete consacrare. 30Dirai a loro: Quando ne preleverete il meglio, il resto ai leviti sarà contato come prodotto dell'aia e come prodotto del torchio. 31Ne mangerete in ogni luogo, voi e la vostra casa, perché è un salario per voi, in cambio del vostro lavoro nella tenda del convegno. 32Non porterete perciò peccato perché avrete prelevato la parte migliore; non profanerete le cose sante dei figli d'Israele e non morirete».

19 Acqua lustrale e rito di purificazione. - 1Il Signore disse a Mosè e ad Aronne: 2«Questa è una prescrizione della legge che il Signore ha ordinato. Di' ai figli d'Israele che ti procurino una vacca rossa, integra, senza tara, sulla quale non è salito il giogo. 3La darete al sacerdote Eleazaro: la farà uscire fuori dell'accampamento e la immolerà davanti a sé. 4Il sacerdote Eleazaro prenderà poi del suo sangue con il proprio dito e con il suo sangue spruzzerà la parte anteriore della tenda del convegno, per sette volte. 5Brucerà quindi la vacca davanti ai suoi occhi: la sua pelle, la sua carne, il suo sangue col suo magone saranno bruciati. 6Il sacerdote prenderà allora del legno di cedro, dell'issopo e dello scarlatto e li getterà in mezzo al fuoco della vacca. 7Poi il sacerdote laverà i suoi vestiti, laverà il suo corpo con l'acqua e dopo rientrerà nell'accampa-

mento: il sacerdote sarà impuro fino a sera. 8Chi l'ha bruciata, laverà i propri vestiti con l'acqua, laverà il proprio corpo con l'acqua e sarà impuro fino a sera. 9Un uomo puro raccoglierà la cenere della vacca e la porrà fuori dell'accampamento, in un luogo puro: per la comunità dei figli d'Israele sarà conservata come acqua lustrale. È per il peccato. 10Chi avrà raccolto la cenere della vacca laverà i propri vestiti e sarà impuro fino a sera: sarà una prescrizione perenne per i figli d'Israele e per chi dimora in mezzo a voi.

11Chi tocca un cadavere umano sarà impuro per sette giorni. 12Si purificherà il terzo giorno, e il settimo giorno sarà puro: ma se non si purificherà nel terzo giorno, nel settimo giorno non sarà puro. 13Chiunque tocchi un cadavere umano e non si purifichi, contamina la dimora del Signore; quell'individuo sia eliminato da Israele; poiché non si è sparsa su di lui l'acqua lustrale, è impuro, in lui resta la sua impurità.

14Questa è la legge per quando un umano muore nella tenda: chiunque entra nella tenda e chiunque è nella tenda è impuro per sette giorni; 15ogni vaso aperto, su cui non è fissato un coperchio, è impuro. 16Chiunque ha toccato in aperta campagna un colpito di spada o un morto per morte naturale, ossa d'uomo o un sepolcro, sarà impuro per sette giorni.

17Per l'impuro prenderanno la cenere della vittima bruciata per il peccato, e vi si verserà sopra acqua viva in un vaso; 18un uomo puro prenderà dell'issopo, lo immergerà nell'acqua e l'aspergerà sulla tenda, su tutti i vasi, sulle persone che ci sono, su chi ha toccato ossa o ucciso o morto o sepolcro. 19Il puro aspergerà l'impuro nel terzo e nel settimo giorno; lo purificherà nel settimo giorno: laverà i propri vestiti, si laverà con acqua e alla sera sarà puro. 20L'uomo impuro che non si purificherà sarà eliminato dal mezzo dell'assemblea, perché ha contaminato il santuario del Signore: non ha sparso l'acqua lustrale su di sé, è impuro. 21Sarà per loro una prescrizione perenne. Chi farà l'aspersione dell'acqua lustrale laverà le proprie vesti e chi toccherà l'acqua lustrale sarà impuro fino a sera. 22Tutto ciò che l'impuro toccherà sarà impuro e l'individuo che lo toccherà sarà impuro fino a sera».

DA KADES A MOAB

20 L'acqua di Meriba. - [1]Tutta la comunità dei figli d'Israele arrivò al deserto di Zin nel primo mese e il popolo si stabilì a Kades: là morì Maria e vi fu sepolta.

[2]Non c'era acqua per la comunità, e si riunirono contro Mosè e Aronne. [3]Il popolo contese con Mosè e disse: «Fossimo morti quando morirono i nostri fratelli davanti al Signore! [4]Perché avete condotto l'assemblea del Signore in questo deserto a morirvi, noi e il nostro bestiame? [5]E perché ci avete fatto uscire dall'Egitto per condurci in questo brutto luogo dove non c'è seme, fico, uva, melograno e non c'è acqua da bere?».

[6]Mosè e Aronne vennero dall'assemblea all'ingresso della tenda del convegno e si prostrarono per terra; allora apparve loro la gloria del Signore. [7]Il Signore disse a Mosè: [8]«Prendi la verga e raduna la comunità, tu e Aronne tuo fratello, e davanti ai loro occhi dirai alla roccia di dare la sua acqua: farai uscire per loro l'acqua dalla roccia e disseterai la comunità e il suo bestiame». [9]Mosè prese la verga che era dinanzi al Signore, come gli aveva ordinato. [10]Poi Mosè e Aronne radunarono l'assemblea davanti alla roccia e Mosè disse loro: «Ascoltatemi, dunque, ribelli: da questa roccia si può forse far uscire per voi dell'acqua?». [11]Mosè alzò la sua mano, colpì due volte la roccia con la sua verga, e uscì molta acqua: si dissetò la comunità e il suo bestiame.

[12]Il Signore disse a Mosè e ad Aronne: «Poiché non avete creduto in me, glorificandomi agli occhi dei figli d'Israele, non condurrete quest'assemblea nella terra che ho dato a loro». [13]Questa è l'acqua di Meriba, dove i figli d'Israele contesero con il Signore ed egli si dimostrò santo con loro.

Edom rifiuta il passaggio. - [14]Mosè inviò messaggeri da Kades al re di Edom a dirgli: «Così dice tuo fratello Israele: tu conosci tutte le difficoltà che abbiamo trovato. [15]I nostri padri scesero in Egitto e abitammo in Egitto molti giorni: l'Egitto fece del male a noi e ai nostri padri. [16]Gridammo al Signore ed egli ascoltò la nostra voce: inviò un messaggero e ci fece uscire dall'Egitto. Ed eccoci a Kades, città all'estremità del tuo confine. [17]Lasciaci dunque passare nella tua terra: non passeremo per il campo e la vigna, non berremo l'acqua del pozzo,

andremo per la strada reale, non piegheremo a destra né a sinistra, finché non avremo passato il tuo confine».

[18]Edom gli disse: «Non passare da me, se non vuoi che esca contro te con la spada». [19]I figli d'Israele gli dissero: «Saliremo per la strada battuta e se io e il mio bestiame berremo della tua acqua darò il suo prezzo: basta soltanto che tu mi lasci passare a piedi». [20]Disse: «Non passerai». Edom uscì incontro a lui con un popolo considerevole e con mano forte. [21]Edom rifiutò di dare un passaggio a Israele nel suo confine; e Israele ripiegò da lui.

Morte di Aronne. - [22]Tolte le tende da Kades, tutta la comunità dei figli d'Israele arrivò al monte Or. [23]Il Signore disse a Mosè e ad Aronne al monte Or, sul confine della terra di Edom: [24]«Aronne sta per riunirsi al suo popolo, poiché non entrerà nella terra che ho dato ai figli d'Israele, per il fatto che vi siete ribellati ai miei ordini all'acqua di Meriba. [25]Prendi Aronne ed Eleazaro, suo figlio, e falli salire sul monte Or. [26]Fa' togliere i vestiti ad Aronne e fa' vestire con quelli Eleazaro, figlio suo: è lì che Aronne si riunirà e morirà».

[27]Mosè fece come il Signore aveva ordinato, e salirono sul monte Or davanti agli occhi di tutta la comunità. [28]Mosè fece togliere i vestiti ad Aronne e li fece vestire ad Eleazaro, figlio suo. Aronne morì là, in cima al monte, e Mosè ed Eleazaro scesero dal monte. [29]Tutta la comunità vide che Aronne era morto e tutta la casa d'Israele pianse Aronne per trenta giorni.

21 Presa di Corma. - [1]Il cananeo re di Arad, che risiede nel Negheb, sentì che Israele era arrivato per il cammino di Atarim, e combatté contro Israele facendone dei prigionieri. [2]Israele fece un voto al Signore e disse: «Se darai in mano mia

---

20. - [1.] Non vien detto quasi nulla dei 38 anni di vita nel deserto; ma siamo portati senz'altro al primo mese del quarantesimo anno dopo l'uscita dall'Egitto. In questo tempo è molto probabile che almeno una parte del popolo si sia dispersa per il deserto circostante, pascolando i loro greggi e conducendo vita seminomade.

[12.] In qual modo Mosè e Aronne peccarono di diffidenza non è facile precisarlo. Forse nell'aver ripetuto il tocco della rupe con la verga, segno di iniziale sfiducia nella bontà di Dio.

questo popolo, voterò allo sterminio le loro città». [3]Il Signore ascoltò la voce d'Israele e gli mise nelle mani i Cananei; Israele votò allo sterminio loro e le loro città, e quel luogo fu chiamato Corma.

Il serpente di bronzo. - [4]Tolsero le tende dal monte Or, dirigendosi verso il Mar Rosso, per aggirare la terra di Edom: e l'animo del popolo si rattristò nel cammino. [5]Il popolo parlò contro Dio e contro Mosè: «Perché ci hai fatti uscire dall'Egitto per morire nel deserto? Qui non c'è né pane né acqua e siamo nauseati di un cibo così inconsistente». [6]Il Signore allora inviò al popolo i serpenti che bruciano: morsero il popolo e molta gente d'Israele morì. [7]Il popolo venne da Mosè e disse: «Abbiamo peccato, perché abbiamo parlato contro il Signore e contro te. Intercedi presso il Signore e allontana da noi il serpente». Mosè intercedette per il popolo. [8]Il Signore disse a Mosè: «Fatti un serpente e mettilo sopra un'asta: chiunque sarà morso e lo guarderà, vivrà». [9]Mosè fece un serpente di bronzo e lo mise su un'asta; se un serpente mordeva un uomo e costui guardava il serpente di bronzo, viveva.

Verso la Transgiordania. - [10]I figli d'Israele tolsero le tende e si accamparono in Obot. [11]Partirono da Obot e si accamparono a Iie-Abarim, nel deserto che è di fronte a Moab, dal lato dove sorge il sole. [12]Partirono di là e si accamparono presso il torrente Zered. [13]Di là partirono e posero il campo oltre l'Arnon, che scorre nel deserto e proviene dal confine degli Amorrei, perché l'Arnon è il confine di Moab, tra Moab e gli Amorrei. [14]Per questo è detto nel libro delle guerre del Signore:

«...Vaeb in Sufa e le sponde dell'Arnon,
[15] il pendio delle sponde
che piega verso l'abitato di Ar
e si appoggia al confine di Moab».

[16]Di là andarono fino a Beer: è quel pozzo di cui il Signore aveva detto a Mosè: «Radu-

na il popolo e darò loro dell'acqua». [17]Allora Israele compose questa canzone:

«Sgorga, o pozzo: cantatelo;
[18] pozzo che i prìncipi hanno scavato,
che i nobili del popolo hanno forato
con lo scettro, con il loro bastone».

E dal deserto andarono a Mattana, [19]da Mattana a Nacaliel, da Nacaliel a Bamot, [20]e da Bamot alla valle che è nei campi di Moab: la cima del Pisga domina di fronte al deserto.

Vittoria sugli Amorrei della Transgiordania. - [21]Israele inviò messaggeri a Sicon, re amorreo, a dire: [22]«Lasciami passare nella tua terra: non piegheremo nel campo e nella vigna, non berremo acqua di pozzo: andremo per la strada reale, finché passeremo il tuo confine». [23]Ma Sicon non fece passare Israele per il suo confine. Sicon riunì il suo popolo e uscì incontro a Israele nel deserto. Arrivò a Iaaz e combatté contro Israele. [24]Israele lo colpì a fil di spada e conquistò la sua terra dall'Arnon fino allo Iabbok, fino ai confini degli Ammoniti, perché forte era il confine degli Ammoniti. [25]Israele prese tutte quelle città e dimorò in tutte le città amorree, in Chesbon e in tutte le sue dipendenze, [26]perché Chesbon è una città di Sicon, re amorreo: egli aveva combattuto contro il precedente re di Moab e gli aveva preso di mano tutta la sua terra fino all'Arnon. [27]Per questo i poeti dicono:

«Venite a Chesbon,
si edifichi e stabilisca la città di Sicon,
[28] perché fuoco è uscito da Chesbon,
fiamma dalla città di Sicon:
ha divorato Ar di Moab,
i padroni delle alture dell'Arnon.
[29] Guai a te, Moab,
sei perduto, popolo di Camos:
ha dato i suoi figli alla fuga,
le sue figlie allo schiavitù,
a Sicon, re amorreo.
[30] Li abbiamo colpiti con frecce,
è perduto da Chesbon fino a Dibon,
abbiamo devastato fino a Nofach,
che è presso Madaba».

[31]Israele dimorò nella terra dell'Amorreo. [32]Poi Mosè mandò a esplorare Iazer: presero le sue dipendenze e scacciarono gli Amorrei che vi si trovavano.

---

21. - [8-9]. Il *serpente di bronzo* fu conservato a Gerusalemme fino al tempo del re Ezechia (716-687 a.C.), che lo distrusse, perché divenuto oggetto di culto idolatrico (2Re 18,4). Gesù medesimo ne ha spiegato il significato simbolico (Gv 3,14-15).

³³Poi cambiarono direzione e salirono per la strada di Basan. Uscì Og, re di Basan, con tutto il suo popolo contro di loro per far guerra in Edrei. ³⁴Il Signore disse a Mosè: «Non aver paura di lui, perché te l'ho dato in mano, lui e tutto il suo popolo con la sua terra: farai a lui come hai fatto a Sicon, re amorreo che sta in Chesbon». ³⁵E colpirono lui, i suoi figli e tutto il suo popolo, finché restò un superstite, e presero possesso della sua terra.

22 ¹I figli d'Israele partirono e si accamparono nelle steppe di Moab, al di là del Giordano di Gerico.

Il re Balak e Balaam, il divinatore. - ²Balak, figlio di Zippor, vide tutto quello che Israele aveva fatto agli Amorrei. ³Moab ebbe una gran paura per il popolo, perché era numeroso, e Moab tremò davanti ai figli d'Israele. ⁴Moab disse agli anziani di Madian: «Ora questa ciurma farà un pasto di tutti quelli che ci sono intorno, come il bue mangia l'erba del campo». Balak, figlio di Zippor, era re di Moab in quel tempo.

⁵Mandò perciò messaggeri a Balaam, figlio di Beor, a Petor, che è presso il fiume, terra dei figli di Amau, per chiamarlo e dirgli: «Ecco, un popolo è uscito dall'Egitto; ha coperto la superficie della terra e sta in faccia a me. ⁶Orsù, muoviti; maledicimi questo popolo, perché è più potente di me; forse potrò colpirlo e cacciarlo dalla terra, perché so che chi benedici è benedetto e chi maledici è maledetto».

⁷Gli anziani di Moab e gli anziani di Madian andarono, con i doni per gli indovini nelle loro mani, arrivarono da Balaam e gli riferirono le parole di Balak. ⁸Egli disse loro: «Alloggiate qui questa notte, poi vi riferirò la parola che il Signore mi dirà». I prìncipi di Moab stettero con Balaam. ⁹Dio venne da Balaam e disse: «Chi sono quegli uomini che stanno presso di te?». ¹⁰Balaam rispose a Dio: «Me li ha inviati Balak, figlio di Zippor, re di Moab, a dirmi: ¹¹"Ecco, un popolo uscito dall'Egitto ricopre la superficie del paese. Orsù, vieni, maledicimelo: forse potrò combatterlo e cacciarlo"». ¹²Dio disse a Balaam: «Non andare con loro, non maledire quel popolo, perché è benedetto». ¹³Balaam si alzò di buon mattino e disse ai capi di Balak: «Andate nella vostra terra, perché il Signore non mi ha

permesso di venire con voi». ¹⁴I capi di Moab si alzarono, vennero da Balak e dissero: «Balaam non è voluto venire con noi».

¹⁵Balak mandò altri capi, più numerosi e importanti di quelli. ¹⁶Vennero da Balaam e gli dissero: «Così ha detto Balak, figlio di Zippor: "Non rinunciare a venire da me, ¹⁷perché voglio onorarti molto e tutto quello che mi dirai lo farò. Orsù, vieni, maledicimi questo popolo"». ¹⁸Balaam rispose e disse ai servi di Balak: «Se Balak mi desse la sua casa piena di argento e oro, non potrei trasgredire l'ordine del Signore, mio Dio, per fare cosa piccola o grande. ¹⁹E ora state qui anche voi questa notte e vi farò sapere che cosa il Signore mi dirà ancora». ²⁰Dio venne da Balaam di notte e gli disse: «Se gli uomini sono venuti per chiamarti, àlzati, va' con loro, ma fa' solo quello che ti dirò».

L'asina di Balaam. - ²¹Balaam si alzò di buon mattino, sellò la sua asina e andò con i capi di Moab. ²²Ma lo sdegno di Dio s'infiammò perché se n'era andato e l'angelo del Signore si pose sul cammino per ostacolarlo. Egli cavalcava la sua asina e con lui c'erano due servi. ²³L'asina vide l'angelo del Signore che se ne stava sulla strada con la spada sguainata nella sua mano, e ripiegò dalla strada e andò nel campo. Balaam percosse l'asina per farla ritornare sulla strada. ²⁴L'angelo del Signore si pose in un viottolo tra le vigne con un muro da una parte e un muro dall'altra. ²⁵L'asina vide l'angelo del Signore: si strinse contro il muro e premette il piede di Balaam contro il muro. Egli la percosse ancora. ²⁶L'angelo del Signore passò ancora e si pose in un luogo stretto, dove non c'era strada per piegare a destra e a sinistra. ²⁷L'asina vide l'angelo del Signore e si accasciò sotto Balaam: lo sdegno di Balaam divampò e percosse l'asina con il bastone. ²⁸Il Signore aprì la bocca dell'asina, che disse a Balaam: «Che cosa ti ho fatto per percuotermi in questo modo per tre volte?». ²⁹Balaam disse all'asina: «Perché ti sei burlata di me: avessi una spada in mano, ti ammazzerei ora». ³⁰L'asina disse a Balaam: «Non sono io forse la tua asina sulla quale hai sempre cavalcato fino a oggi? Mi sono comportata di solito così con te?». Disse: «No». ³¹Il Signore aprì gli occhi di Balaam ed egli vide l'angelo del Signore che stava sulla strada, con la spada sguainata in mano: si chinò e si prosternò davanti a sé. ³²L'angelo del Si-

gnore gli disse: «Perché hai percosso la tua
asina in questo modo per tre volte? Ecco,
io sono uscito per ostacolarti, perché la
strada scende a precipizio davanti a me.
³³L'asina mi ha visto e ha ripiegato per tre
volte davanti a me: per fortuna, ha ripiegato davanti a me, perché altrimenti avrei ucciso te e avrei lasciato in vita lei». ³⁴Ba-
laam disse all'angelo del Signore: «Ho peccato, perché non sapevo che tu stavi davanti a me sulla strada; e ora, se è male ai
tuoi occhi, ritornerò indietro». ³⁵L'angelo
del Signore rispose a Balaam: «Va' con gli
uomini: ma dirai soltanto la parola che ti
dirò». Balaam andò con i capi di Balak.

Balaam e Balak. - ³⁶Balak sentì che Balaam
arrivava e uscì incontro a lui ad Ir-Moab,
che è sul confine dell'Arnon, all'estremità
del confine. ³⁷Balak disse a Balaam: «Non
avevo forse mandato a chiamarti? Perché
non sei venuto da me? Non posso io veramente onorarti?». ³⁸Balaam disse a Balak:
«Ecco, sono' venuto da te. Posso io dire
qualcosa? Dirò quello che Dio mi metterà
in bocca di dire». ³⁹Balaam andò con Balak
e arrivarono a Kiriat-Cuzot. ⁴⁰Balak immolò
buoi e pecore e li mandò a Balaam e ai capi
che erano con lui. ⁴¹Al mattino Balak prese
Balaam, salirono a Bamot-Baal e di là gli
mostrò la parte estrema del popolo.

23 ¹Balaam disse a Balak: «Costruiscimi qui sette altari e preparami sette tori e sette montoni». ²Balak fece come
aveva ordinato Balaam, e Balak e Balaam
immolarono un toro e un montone su ciascun altare. ³Balaam disse a Balak: «Tieniti
presso il tuo olocausto, e io me ne andrò.
Forse mi capiterà di incontrare il Signore e
ti indicherò la parola che mi mostrerà». E
se ne andò in un luogo deserto.
⁴Dio si fece incontro a Balaam, che gli
disse: «Ho preparato sette altari e ho sacrificato buoi e pecore sull'altare». ⁵Il Signore
mise la parola nella bocca di Balaam e disse:
«Ritorna da Balak e così parlerai». ⁶Ritornò
da lui, ed ecco che se ne stava ritto presso il
suo olocausto, lui e tutti i capi di Moab.
⁷Pronunciò il suo poema e disse:

«Dall'Aram mi fa venire Balak,
dai monti d'Oriente il re di Moab:
"Vieni, maledicimi Giacobbe,
vieni, impreca contro Israele".

⁸ Che cosa maledirò? Dio non maledice;
che cosa imprecherò? Il Signore non
impreca.
⁹ Perché dalla cima delle rocce lo vedo,
dalle colline io lo guardo:
ecco un popolo che dimora a parte
e non si può contare tra le nazioni.
¹⁰ Chi può calcolare la polvere di Giacobbe,
contare la sabbia d'Israele?
Muoia la mia anima della morte dei
giusti,
la mia fine sia come la loro».

¹¹Balak disse a Balaam: «Che cosa hai
fatto? Ti ho preso per maledire i miei nemici, e tu li benedici». ¹²Rispose e disse:
«Non devo forse conservare e dire quello
che il Signore ha messo nella mia bocca?».
¹³Balak gli disse: «Vieni con me in un altro
luogo, donde tu possa vederlo: di qui non
vedi altro che la sua estremità e tutto non
lo vedi: di là me lo maledirai». ¹⁴Lo condusse al campo di Zofim, sulla cima del Pisga: costruì sette altari, sacrificò un bue e
una pecora su ogni altare. ¹⁵Balaam disse a
Balak: «Sta' qui, presso il tuo olocausto: io
andrò incontro al Signore». ¹⁶Il Signore si
fece incontro a Balaam, mise la parola sulla sua bocca e disse: «Torna da Balak e dirai così». ¹⁷Egli venne da lui, ed ecco che
stava presso il suo olocausto assieme ai capi di Moab. Balak gli domandò: «Che cosa
ti ha detto il Signore?». ¹⁸Balaam pronunciò il suo poema e disse:

«Alzati, Balak, e ascolta,
poni l'orecchio a me, figlio di Zippor.
¹⁹ Dio non è un uomo che mente,
né un figlio d'uomo che si pente:
è lui, forse, che dice e non fa,
parla e non esegue?
²⁰ Ecco, ho preso (incarico di) benedire,
e non ritrarrò la benedizione.
²¹ Non si è osservata iniquità in Giacobbe,
non si è visto male in Israele.
Il Signore, suo Dio, è con lui.
Il grido di guerra del re è con lui.
²² Il Dio che l'ha fatto uscire dall'Egitto
è per lui come corna di bufalo.
²³ Perché non c'è magia in Giacobbe,
non c'è divinazione in Israele:
a suo tempo lo si dirà a Giacobbe,
a Israele che cosa Dio opera.
²⁴ Ecco un popolo che sorge come una
leonessa,
si alza come un leone;

non si mette a dormire
finché non ha divorato la preda,
bevuto il sangue dei trafitti».

²⁵Balak disse a Balaam: «Se proprio non lo vuoi maledire, almeno non lo benedire!». ²⁶Balaam rispose e disse a Balak: «Non ti ho forse detto che tutto quello che il Signore mi avrebbe ordinato, io l'avrei detto?». ²⁷Balak disse a Balaam: «Vieni, ti condurrò in un altro luogo: forse sarà giusto agli occhi di Dio che me lo maledica di là». ²⁸Balak condusse Balaam sulla cima di Peor, che sovrasta il deserto. ²⁹Balaam disse a Balak: «Costruiscimi qui sette altari e preparami qui sette tori e sette montoni». ³⁰Balak fece come aveva detto Balaam, e sacrificò un toro e un montone su ogni altare.

24 ¹Balaam vide che era buono agli occhi del Signore benedire Israele, non andò come altre volte incontro a presagi e girò la sua faccia verso la piana deserta. ²Balaam alzò i suoi occhi, vide Israele disposto per tribù e su di lui fu lo spirito di Dio. ³Pronunciò il suo poema e disse:

«Oracolo di Balaam, figlio di Beor,
oracolo dell'uomo con l'occhio aperto,
⁴ oracolo di chi ascolta parole di Dio
e conosce la scienza dell'Altissimo,
di chi vede la visione dell'Onnipotente,
cade e i suoi occhi si aprono.
⁵ Come sono belle le tue tende, Giacobbe,
le tue dimore, Israele.
⁶ Si distendono come torrenti,
come orti presso un fiume,
come aloe che ha piantato il Signore,
come cedri presso l'acqua.
⁷ Scorre l'acqua dai suoi pozzi sorgivi,
il suo seme è in acque abbondanti:
si eleva più di Agag il suo re,
s'innalza il suo regno.
⁸ Dio l'ha fatto uscire dall'Egitto,
come corna di bufalo è per lui:
divora le nazioni che l'avversano,
consuma le loro ossa,
spezza le sue frecce.
⁹ Si china, giace come un leone,
come una leonessa: chi lo farà alzare?
Sia benedetto chi ti benedice,
maledetto chi ti maledice».

¹⁰Lo sdegno di Balak divampò contro Balaam; batté le mani e disse a Balaam: «Ti ho chiamato per maledire i miei nemici, ed ecco che li hai benedetti per tre volte! ¹¹Ora fuggi a casa tua. Ti avevo detto di onorarti, ma ecco che il Signore non ha voluto onorarti». ¹²Balaam disse a Balak: «Anche ai messaggeri che mi inviasti, non parlai forse dicendo: ¹³"Se Balak mi desse la sua casa piena di argento e oro, non potrei trasgredire l'ordine del Signore per fare bene o male, senza dire quello che il Signore mi ha detto"? ¹⁴Ora ecco ritorno al mio popolo: vieni, voglio informarti di quello che questo popolo farà al tuo popolo in avvenire». ¹⁵Pronunciò il suo poema e disse:

«Oracolo di Balaam, figlio di Beor,
oracolo dell'uomo aperto d'occhio,
¹⁶ oracolo di chi ascolta parole di Dio,
e conosce la scienza dell'Altissimo;
vede quello che l'Onnipotente gli fa
vedere,
cade e gli occhi si aprono.
¹⁷ Lo vedo, ma non ora,
lo guardo, ma non da vicino:
una stella si muove da Giacobbe,
si alza uno scettro da Israele,
spezza i fianchi di Moab,
il cranio di tutti i figli di Set.
¹⁸ Suo possesso sarà Edom,
suo possesso Seir, suo nemico:
Israele agirà con potenza;
¹⁹ Giacobbe dominerà i suoi nemici,
farà perire lo scampato da Ar».

²⁰Vide Amalek, pronunciò il suo poema e disse:

«Primizia delle nazioni è Amalek,
ma il suo avvenire si perde per sempre».

²¹Vide i Keniti, pronunciò il suo poema e disse:

«Stabile è la tua dimora, o Caino,
posto sulla roccia il tuo nido;
²² eppure sarà dato alla distruzione
fino a quando Assur ti farà prigioniero».

---

24. - ⁹· Chiara allusione alla profezia d'Isacco su Giacobbe, contenuta in Gn 27,29.
¹⁷⁻¹⁹. Balaam, in un lampo di visione profetica, vede e saluta da lontano un discendente di Giacobbe che splenderà come una stella. Qui è detto, in senso metaforico, della grandezza e delle vittorie del re Davide, di Salomone e discendenti. Cristo, «il discendente» (cfr. Gal 3,16), vero sole di giustizia, sarà preceduto da una stella (Mt 2,2).

²³Pronunciò poi ancora il suo poema e disse:

«Guai: chi vivrà se lo prende Dio.
²⁴ Navi da parte di Cipro:
opprimono Assur, opprimono Eber;
anch'egli si perde per sempre».

²⁵Poi Balaam si alzò, se ne andò e ritornò alla sua regione. Anche Balak se ne andò per la sua strada.

25 Israele a Peor. - ¹Israele si stabilì a Sittim, e il popolo cominciò a trescare con le figlie di Moab. ²Esse chiamavano il popolo ai sacrifici dei loro dèi e il popolo mangiava e adorava i loro dèi. ³Israele si attaccò a Baal-Peor, e la collera del Signore divampò contro Israele.

⁴Il Signore disse a Mosè: «Prendi tutti i capi del popolo ed esponili appesi per il Signore contro il sole: la collera del Signore si ritirerà da Israele». ⁵Mosè disse ai giudici d'Israele: «Ognuno uccida i propri uomini che si sono attaccati a Baal-Peor».

⁶Ed ecco venire uno dei figli d'Israele e presentare ai propri fratelli una donna madianita, sotto gli occhi di Mosè e di tutta la comunità dei figli d'Israele che stavano piangendo all'ingresso della tenda del convegno. ⁷Finees, figlio di Eleazaro, figlio del sacerdote Aronne, lo vide e si alzò dal mezzo della comunità e prese nella sua mano una lancia. ⁸Seguì l'israelita nell'alcova e trafisse ambedue, l'israelita e la donna, nel basso ventre. E il flagello cessò tra i figli d'Israele. ⁹I morti per il flagello furono 24.000.

¹⁰Il Signore disse a Mosè: ¹¹«Finees, figlio di Eleazaro, figlio del sacerdote Aronne, ha fatto ritirare la mia ira dai figli d'Israele, perché è stato animato della stessa mia gelosia in mezzo a loro, e non ho sterminato i figli d'Israele nella mia gelosia. ¹²Perciò di': "Ecco, io gli do la mia alleanza di pace. ¹³Per lui e il suo seme dopo di lui sarà un'alleanza di sacerdozio perenne, perché ha avuto zelo per il suo Dio e ha espiato per i figli d'Israele"».

¹⁴Il nome dell'israelita colpito e ucciso con la madianita era Zimri, figlio di Salu, principe di una casa paterna di Simeone. ¹⁵Il nome della donna madianita colpita era Cozbi, figlia di Zur, capo di clan di un casato in Madian.

¹⁶Il Signore ordinò a Mosè: ¹⁷«Assali i Madianiti e colpiscili, ¹⁸perché sono stati loro ad assalirvi con i loro artifici, orditi contro di voi, per l'affare di Peor e l'affare di Cozbi, figlia di un capo di Madian, loro sorella, colpita nel giorno del flagello per l'affare di Peor».

ALTRE PRESCRIZIONI

26 Censimento. - ¹Il Signore parlò a Mosè e ad Eleazaro, figlio del sacerdote Aronne, e disse: ²«Fate il censimento di tutta la comunità dei figli d'Israele, da vent'anni in su, secondo la casa dei loro padri, chiunque può essere schierato nell'esercito in Israele».

³Mosè e il sacerdote Eleazaro parlarono a loro nelle steppe di Moab, presso il Giordano di Gerico, dicendo: ⁴«Si faccia il censimento dall'età di vent'anni in su, come il Signore aveva ordinato a Mosè e agl'Israeliti quando uscirono dal paese d'Egitto».

⁵Ruben, primogenito d'Israele; figli di Ruben: da Enoch, la famiglia enochita; da Pallu, la famiglia di Pallu; ⁶da Chezron, la famiglia di Chezron; da Carmi, la famiglia di Carmi. ⁷Queste sono le famiglie di Ruben. I loro recensiti furono 43.730.

⁸Figli di Pallu: Eliab. ⁹Figli di Eliab: Nemuel, Datan e Abiram. Furono Datan e Abiram, uomini considerati nella comunità, a insorgere contro Mosè e Aronne nella lega di Core, quando insorsero contro il Signore; ¹⁰con Core, nella morte della fazione, quando il fuoco divorò duecentocinquanta uomini: e furono un segno. ¹¹I figli di Core non morirono.

¹²Figli di Simeone, secondo le loro famiglie: di Nemuel, la famiglia dei Nemueliti; di Iamin, la famiglia degli Iaminiti; di Iachin, la famiglia degli Iachiniti; ¹³di Zocar, la famiglia degli Zocariti; di Saul, la famiglia dei Sauliti. ¹⁴Queste sono le famiglie dei Simeoniti: furono registrati 22.200.

---

25. - ³. *Israele si attaccò*: si tratta della prima vera apostasia dal vero Dio. Gli Israeliti non seppero resistere agli inviti delle donne moabite, parteciparono ai loro riti in onore dei loro dèi, mangiarono le carni delle vittime immolate nei sacrifici, stabilendo così un vincolo con le divinità pagane, e praticarono su larga scala la prostituzione sacra. Di qui il terribile castigo di Dio.

¹⁵Figli di Gad, secondo le loro famiglie: per Sefon, la famiglia dei Sefoniti; per Agghi, la famiglia agghita; per Suni, la famiglia sunita; ¹⁶per Ozni, la famiglia oznita; per Eri, la famiglia erita; ¹⁷per Arod, la famiglia arodita; per Areli, la famiglia arelita. ¹⁸Queste sono le famiglie dei figli di Gad, secondo i loro recensiti, che furono 40.500.

¹⁹Figli di Giuda: Er e Onan. Er e Onan morirono nella terra di Canaan. ²⁰I figli di Giuda secondo le loro famiglie: per Sela, la famiglia selanita; per Perez, la famiglia perezita; per Zerac, la famiglia zerachita. ²¹I figli di Perez furono: per Chezron, la famiglia chezronita; per Amul, la famiglia amulita. ²²Queste sono le famiglie di Giuda, secondo i loro recensiti, che furono 76.500.

²³Figli di Issacar, secondo le loro famiglie: per Tola, la famiglia dei Tolaiti; per Puva, la famiglia dei Puviti; ²⁴per Iasub, la famiglia dei Iasubiti; per Simron, la famiglia dei Simroniti. ²⁵Queste sono le famiglie di Issacar, secondo i loro recensiti, che furono 64.300.

²⁶Figli di Zabulon secondo le loro famiglie: per Sered, la famiglia seredita; per Elon, la famiglia elonita; per Iacleel, la famiglia iacleelita. ²⁷Queste sono le famiglie di Zabulon, secondo i loro recensiti, che furono 66.500.

²⁸Figli di Giuseppe, secondo le loro famiglie: Manasse ed Efraim.

²⁹Figli di Manasse: per Machir, la famiglia machirita. Machir generò Galaad, e per Galaad la famiglia galaadita. ³⁰Questi sono i figli di Galaad: per Iezer, la famiglia iezerita; per Elek, la famiglia elekita; ³¹per Asriel, la famiglia asrielita; per Sichem, la famiglia sichemita; ³²per Semida, la famiglia semidaita; per Efer, la famiglia efrita. ³³Zelofcad, figlio di Efer, non ebbe figli, ma solo figlie. Il nome delle figlie di Zelofcad: Macla, Noa, Ogla, Milca e Tirza. ³⁴Queste sono le famiglie di Manasse e i loro recensiti, in numero di 52.700.

³⁵Questi sono i figli di Efraim, secondo le loro famiglie: per Sutelach, la famiglia sutalchita; per Beker, la famiglia bekerita; per Tacan, la famiglia tacanita. ³⁶Questi sono i figli di Sutelach: per Eran, la famiglia degli Eraniti. ³⁷Queste sono le famiglie dei figli di Efraim, secondo i loro recensiti, in numero di 32.500.

Questi sono i figli di Giuseppe, secondo le loro famiglie.

³⁸Figli di Beniamino, secondo le loro famiglie: per Bela, la famiglia belaita; per Asbel, la famiglia asbelita; per Airam, la famiglia airamita; ³⁹per Sufam, la famiglia sufamita; per Ufam, la famiglia ufamita. ⁴⁰I figli di Bela furono: Ard e Naaman. Per Ard, la famiglia ardita; per Naaman, la famiglia naamanita. ⁴¹Questi sono i figli di Beniamino, secondo le loro famiglie e i loro recensiti, in numero di 45.600.

⁴²Questi sono i figli di Dan, secondo le loro famiglie: per Suam, la famiglia suamita. Queste sono le famiglie di Dan, secondo le loro famiglie. ⁴³Totale famiglie suamite, secondo i loro recensiti: 64.400.

⁴⁴Figli di Aser, secondo le loro famiglie: per Imna, la famiglia imnita; per Isvi, la famiglia isvita; per Beria, la famiglia beriaita. ⁴⁵I figli di Beria: per Eber, la famiglia eberita; per Malchiel, la famiglia malchielita. ⁴⁶La figlia di Aser si chiamava Sera. ⁴⁷Queste sono le famiglie dei figli di Aser, secondo i loro recensiti, in numero di 53.400.

⁴⁸Figli di Neftali, secondo le loro famiglie: per Iacseel, la famiglia iacseelita; per Guni, la famiglia gunita; ⁴⁹per Ieser, la famiglia ieserita; per Sillem, la famiglia sillemita. ⁵⁰Queste sono le famiglie di Neftali, secondo le loro famiglie e i loro recensiti, in numero di 45.400.

⁵¹Questi sono i recensiti dei figli d'Israele: 601.730.

⁵²Il Signore disse a Mosè: ⁵³«A questi ripartirai la terra in eredità, secondo il numero delle persone. ⁵⁴A chi è grande aumenterai la sua eredità e a chi è piccolo diminuirai la sua eredità: secondo i loro recensiti, darai a ognuno la sua eredità. ⁵⁵Solo per sorte si ripartirà la terra: erediteranno secondo i nomi delle loro tribù paterne. ⁵⁶Secondo la sorte ripartirai la propria eredità, tra il grande e il piccolo».

Censimento di Levi. - ⁵⁷Questi sono i recensiti di Levi, secondo le loro famiglie: per Gherson, la famiglia ghersonita; per Keat, la famiglia keatita; per Merari, la famiglia merarita.

⁵⁸Queste sono le famiglie di Levi: la famiglia libnita, la famiglia ebronita, la famiglia maclita, la famiglia musita, la famiglia coraita. Keat poi generò Amram: ⁵⁹il nome della moglie di Amram era Iochebed, figlia di Levi, ed era nata a Levi in Egitto; partorì ad Amram Aronne, Mosè e Maria, loro sorella. ⁶⁰Ad Aronne nacquero Nadab, Abiu, Eleazaro e Itamar. ⁶¹Nadab e Abiu morirono nel presentare un fuoco profano davanti al Si-

155   NUMERI 28,6

gnore. ⁶²I recensiti furono 23.000, tutti maschi da un mese in su. Essi non furono recensiti in mezzo ai figli d'Israele, perché non fu dato a loro eredità in mezzo ai figli d'Israele.

⁶³Questi sono i recensiti da Mosè e dal sacerdote Eleazaro, che recensirono i figli d'Israele nelle steppe di Moab, presso il Giordano di Gerico. ⁶⁴Tra questi non c'era nessuno dei figli d'Israele che Mosè e il sacerdote Aronne recensirono nel deserto del Sinai, ⁶⁵perché il Signore aveva detto di loro: «Essi moriranno nel deserto e non resterà nessuno, se non Caleb, figlio di Iefunne, e Giosuè, figlio di Nun».

27 **Eredità delle donne.** - ¹Si avvicinarono le figlie di Zelofcad, figlio di Efer, figlio di Galaad, figlio di Machir, figlio di Manasse, delle famiglie di Manasse, figlio di Giuseppe, che si chiamavano: Macla, Noa, Ogla, Milca, Tirza. ²Stettero davanti a Mosè, davanti al sacerdote Eleazaro, davanti ai capi e a tutta la comunità, all'ingresso della tenda del convegno e dissero: ³«Nostro padre è morto nel deserto: egli non apparteneva alla lega che si radunò contro il Signore nella comunità di Core, perché morì nel suo peccato e non ebbe figli. ⁴Perché sarebbe sottratto il nome di nostro padre dal mezzo della sua famiglia, per non aver figli? Dateci una proprietà in mezzo ai fratelli di nostro padre».

⁵Mosè presentò la loro causa davanti al Signore. ⁶Il Signore disse a Mosè: ⁷«Le figlie di Zelofcad hanno parlato bene: da' loro una proprietà in eredità in mezzo ai fratelli di loro padre e farai passare l'eredità di loro padre a loro. ⁸E dirai così ai figli d'Israele: "Se morirà un uomo e non avrà figli, farete passare la sua eredità a sua figlia. ⁹Se non avrà figlia, darete la sua eredità ai suoi fratelli. ¹⁰Se non avrà fratelli, darete la sua eredità ai fratelli di suo padre. ¹¹Se suo padre non avrà fratelli, darete la sua eredità a chi gli resta più vicino della sua famiglia e ne entrerà in possesso". Per i figli d'Israele sarà una norma di diritto, come il Signore ha ordinato a Mosè».

Elezione di Giosuè a capo della comunità. ¹²Il Signore disse a Mosè: «Sali su questo monte degli Abarim per vedere la terra che ho dato ai figli d'Israele. ¹³La vedrai e poi ti riunirai al tuo popolo anche tu, come si è riunito Aronne, tuo fratello, ¹⁴perché trasgrediste l'ordine datovi nel deserto di Zin, nella ribellione della comunità, quando dovevate santificarmi con l'acqua ai loro occhi». È l'acqua di Meriba di Kades, del deserto di Zin.

¹⁵Mosè disse al Signore: ¹⁶«Il Signore, Dio degli spiriti di ogni carne, ponga a capo di questa comunità un uomo ¹⁷che esca davanti a loro ed entri davanti a loro, li faccia uscire e li faccia entrare, in modo che la comunità del Signore non sia come un gregge che non ha pastore».

¹⁸Il Signore disse a Mosè: «Prendi Giosuè, figlio di Nun, uomo che ha lo spirito, e imponi la tua mano su di lui. ¹⁹Poi lo farai stare davanti al sacerdote Eleazaro e davanti a tutta la comunità e ai loro occhi gli darai gli ordini. ²⁰Gli comunicherai la tua dignità, perché lo ascolti tutta la comunità dei figli d'Israele. ²¹Starà davanti al sacerdote Eleazaro, che consulterà per lui il giudizio degli urim davanti al Signore. Per ordine suo usciranno e per ordine suo entreranno, con lui, tutti i figli d'Israele e tutta la comunità».

²²Mosè fece come il Signore gli aveva ordinato: prese Giosuè e lo fece stare davanti al sacerdote Eleazaro e a tutta la comunità; ²³impose le sue mani su di lui e gli diede ordini, come il Signore aveva comandato per mezzo di Mosè.

28 **Sacrifici e feste liturgiche.** - ¹Il Signore disse a Mosè: ²«Ordina ai figli d'Israele e di' loro: Avrete cura di presentarmi a suo tempo la mia offerta, il mio cibo, sotto forma di sacrificio da consumare con il fuoco, in odore gradevole che mi placa.

Sacrifici quotidiani. - ³Dirai loro: Questo è il sacrificio da consumarsi con il fuoco che offrirete al Signore: agnelli di un anno, integri, due per giorno, olocausto perenne. ⁴Un agnello l'offrirai al mattino e il secondo l'offrirai tra le due sere; ⁵come offerta, un decimo di efa di fior di farina, intrisa in un quarto di hin di olio vergine. ⁶È un olocausto perenne offerto sul monte Sinai, in odore che placa, sacrificio con fuoco al Signore.

27. - ²⁰·²¹· Giosuè non ereditò tutta la gloria e la dignità di Mosè; Dio non gli farà conoscere la propria volontà direttamente, ma per mezzo del sacerdote Eleazaro .

⁷La sua libazione sarà di un quarto di hin per il primo agnello: si farà nel santuario la libazione di bevanda inebriante al Signore. ⁸Il secondo agnello l'offrirai tra le due sere: farai come per l'offerta del mattino e come la sua libazione. È un sacrificio con il fuoco, in odore che placa il Signore.

Sabato. - ⁹Nel giorno del sabato offrirete due agnelli di un anno, integri, e in oblazione due decimi di fior di farina, intrisa con olio, con la sua libazione. ¹⁰È l'olocausto del sabato, di ogni sabato, oltre l'olocausto perenne e la sua libazione.

Inizio del mese. - ¹¹Agl'inizi dei vostri mesi presenterete in olocausto al Signore due tori giovani, un montone, sette agnelli di un anno, integri; ¹²tre decimi di fior di farina intrisa con olio, in oblazione per ogni toro, e due decimi di fior di farina intrisa in olio, in oblazione per un montone; ¹³ogni volta un decimo di fior di farina intrisa con olio, in oblazione per un agnello: olocausto in odore che placa, sacrificio col fuoco al Signore. ¹⁴Le loro libazioni saranno di una metà di hin per toro, di un terzo di hin per montone e di un quarto di hin per agnello: questo sarà l'olocausto del mese, per tutti i mesi dell'anno. ¹⁵Oltre all'olocausto perenne offrirete anche un capretto, in sacrificio per il peccato, al Signore, con la sua libazione.

Pasqua. Gli Azzimi. - ¹⁶Nel primo mese, nel giorno quattordici, è la Pasqua del Signore. ¹⁷Il quindici di questo mese è festa: per sette giorni si mangeranno gli azzimi. ¹⁸Nel primo giorno ci sarà una convocazione sacra: non farete nessun lavoro servile, ¹⁹ma presenterete un sacrificio col fuoco in olocausto al Signore: due tori giovani, un montone e sette agnelli di un anno, integri; ²⁰con la loro offerta di fior di farina intrisa in olio: la farete di tre decimi per toro, due decimi per montone, ²¹un decimo per ciascuno dei sette agnelli, ²²e offrirai un capro in sacrificio espiatorio. ²³Farete questo oltre all'olocausto del mattino, che è un olocausto perenne. ²⁴Così farete ogni giorno per sette giorni: è un cibo, un sacrificio col fuoco in odore che placa al Signore; si farà in aggiunta all'olocausto perenne e alla sua libazione. ²⁵Nel settimo giorno avrete una convocazione sacra: non farete nessun lavoro servile.

Le Settimane. - ²⁶Nel giorno delle primizie, nel presentare la vostra nuova offerta al Signore, nelle vostre settimane, avrete una convocazione sacra: non farete nessun lavoro servile. ²⁷Presenterete al Signore un olocausto in odore che placa: due tori giovani, un montone, sette agnelli di un anno, ²⁸con la loro offerta di fior di farina intrisa in olio: tre decimi per toro, due decimi per un montone, ²⁹un decimo per ognuno degli sette agnelli; ³⁰un capro per il vostro sacrificio di espiazione. ³¹Lo farete oltre all'olocausto perenne e alla sua libazione: saranno integri, con le loro libazioni.

29 **Le acclamazioni.** - ¹Nel settimo mese, nel primo del mese, avrete una convocazione sacra: non farete nessun lavoro servile. Sarà per voi il giorno dell'acclamazione. ²Offrirete al Signore un olocausto di odore che placa: un toro giovane, un montone, sette agnelli di un anno, integri, ³con la loro offerta di fior di farina, intrisa in olio: tre decimi per toro, due decimi per montone, ⁴un decimo per ognuno dei sette agnelli, ⁵e un capro in sacrificio espiatorio per il rito espiatorio per voi; ⁶oltre all'olocausto mensile e alla sua offerta, all'olocausto perenne, alla sua offerta e alle loro libazioni, secondo l'usanza: sacrificio col fuoco al Signore, in odore che placa.

Il Giorno dell'espiazione. - ⁷Il dieci di questo settimo mese avrete una convocazione sacra: vi mortificherete e non farete nessun lavoro servile. ⁸Presenterete al Signore, in olocausto di odore che placa, un toro giovane, un montone, sette agnelli di un anno, integri; ⁹la loro offerta in fior di farina, intrisa in olio, sarà di tre decimi per toro, due decimi per montone, ¹⁰un decimo per ognuno dei sette agnelli, ¹¹un capro in sacrificio di peccato, oltre al sacrificio espiatorio proprio del rito dell'espiazione, all'olocausto perenne, la sua offerta e le loro libazioni.

Festa delle Capanne. - ¹²Il giorno quindici del settimo mese avrete un'assemblea sacra: non farete nessun lavoro servile e farete la festa al Signore per sette giorni.

¹³Presenterete in olocausto al Signore un sacrificio col fuoco di odore che placa: tredici tori giovani, due montoni, quattordici agnelli di un anno, integri. ¹⁴La loro offerta

in fior di farina intrisa in olio, sarà di tre decimi per ciascuno dei tredici tori, due decimi per ciascun montone, [15]un decimo per ognuno dei quattordici agnelli, [16]un capro per il sacrificio espiatorio, oltre al sacrificio perenne, alla sua offerta e alla sua libazione. [17]Il secondo giorno, dodici tori giovani, due montoni, quattordici agnelli di un anno, integri; [18]la loro offerta e le loro libazioni per tori, montoni e agnelli, secondo il numero e l'usanza; [19]un capro per il sacrificio espiatorio, oltre all'olocausto perenne, la sua offerta e le loro libazioni. [20]Il terzo giorno, undici tori, due montoni, quattordici agnelli di un anno, integri; [21]la loro offerta e le loro libazioni per tori, montoni e agnelli, secondo il numero e l'uso; [22]un capro per il sacrificio espiatorio, oltre all'olocausto perenne, la sua offerta e la sua libazione. [23]Il quarto giorno, dieci tori, due montoni, quattordici agnelli, integri; [24]la loro offerta, le loro libazioni per tori, montoni e agnelli, secondo il numero e l'uso; [25]un capro per il sacrificio espiatorio, oltre all'olocausto perenne, la sua offerta e la sua libazione. [26]Nel quinto giorno, nove tori, due montoni, quattordici agnelli, integri; [27]la loro offerta e le loro libazioni per tori, montoni e agnelli, secondo il numero e l'uso; [28]un capro per il sacrificio espiatorio, oltre all'olocausto perenne, la sua offerta e la sua libazione. [29]Nel sesto giorno, otto tori, due montoni, quattordici agnelli, integri; [30]la loro offerta e la loro libazione per tori, montoni e agnelli, secondo il numero e l'uso; [31]un capro per il sacrificio espiatorio, oltre all'olocausto perenne, la sua offerta e la sua libazione. [32]Nel settimo giorno, sette tori, due montoni, quattordici agnelli, integri; [33]la loro offerta e la loro libazione per tori, montoni e agnelli, secondo il numero e l'uso; [34]un capro per il sacrificio espiatorio, oltre all'olocausto perenne, la sua offerta e la sua libazione. [35]Nell'ottavo giorno avrete una riunione: non farete nessun lavoro servile. [36]Presenterete al Signore in olocausto un sacrificio di fuoco, di odore che placa: un toro, un montone, sette agnelli di un anno, integri; [37]la loro offerta e le loro libazioni per toro, montone e agnelli, secondo il numero e l'uso; [38]un capro per il sacrificio espiatorio, oltre all'olocausto perenne, la sua offerta e la sua libazione.

[39]Questo farete al Signore nelle vostre ricorrenze, oltre ai vostri voti, offerte volon-

tarie, olocausti, offerte, libazioni, sacrifici di pace».

30 I voti. - [1]Mosè riferì ai figli d'Israele tutto quello che il Signore gli aveva ordinato.

[2]Mosè disse ai capi tribù dei figli d'Israele: «Questo è quanto il Signore ha ordinato: [3]se un uomo fa un voto al Signore o si lega con un giuramento, non violi la sua parola: faccia secondo tutto quello che è uscito dalla sua bocca.

[4]Se una donna fa un voto al Signore e si lega nella sua casa paterna, nella sua adolescenza, [5]e se suo padre sente del suo voto e del legame che si è preso e tace con lei, tutti i suoi voti hanno valore e valgono tutti i legami che si è presa. [6]Ma se suo padre glielo proibisse il giorno in cui sente di tutti i suoi voti e dei legami che si è presa, essi non sono validi: il Signore le perdonerà, perché suo padre glielo ha proibito.

[7]Se la donna apparterrà a un uomo, e ha su di sé i voti o si è legata a una promessa sconsiderata delle proprie labbra, [8]e suo marito sente, ma nel giorno in cui sente tace con lei, i suoi voti hanno valore, e validi sono i legami che si è presa. [9]Ma se nel giorno in cui suo marito sente glielo vieta, rompe il proprio voto e la promessa sconsiderata delle proprie labbra a cui è legata: il Signore le perdonerà.

[10]Il voto di una vedova o di una ripudiata, tutto quello a cui è legata, ha valore per lei. [11]Se è nella casa di suo marito che ha fatto il voto o si è legata con giuramento, [12]e suo marito sente e tace con lei, non glielo vieta, tutti i suoi voti hanno valore, e validi sono tutti i legami che si è presa. [13]Ma se suo marito li rompe, nel giorno in cui sente tutto quello che le sue labbra hanno pronunziato, niente è valido dei suoi voti e dei suoi legami: suo marito li ha rotti e il Signore le perdonerà. [14]Il marito rende valido e il marito rompe ogni voto e ogni giuramento per il quale essa si sia obbligata a mortificarsi. [15]Ma se il marito, giorno dopo giorno, non dice nulla, rende validi tutti i voti e tutti i legami che ha su di sé: li rende validi perché ha taciuto con lei il giorno in cui l'ha sentito. [16]Ma se li ha rotti dopo che ha sentito, porterà la colpa di lei».

[17]Queste sono le prescrizioni che il Signore diede a Mosè riguardo al marito e alla moglie, al padre e alla figlia nell'adolescen-

za di lei, quando è ancora nella casa paterna.

VERSO LA CONQUISTA DI CANAAN

31 Guerra santa contro i Madianiti e bottino. - [1]Il Signore disse a Mosè: [2]«Vendica i figli d'Israele dai Madianiti, poi ti riunirai al tuo popolo».

[3]Mosè ordinò al popolo: «Si armino tra voi uomini per l'esercito: marcino contro Madian per eseguire la vendetta del Signore contro Madian. [4]Invierete nell'esercito mille uomini per ogni tribù, di tutte le tribù d'Israele».

[5]Così, tra le migliaia d'Israele, furono forniti mille uomini per tribù, 12.000 uomini equipaggiati per la guerra. [6]Mosè li mandò in guerra, mille per tribù, e con loro Finees, figlio del sacerdote Eleazaro, con in mano gli oggetti sacri e le trombe per l'acclamazione.

[7]Mossero contro Madian, come il Signore aveva ordinato a Mosè, e uccisero tutti i maschi. [8]Oltre ai loro caduti, uccisero i cinque re di Madian: Evi, Rekem, Sur, Ur, Reba, e uccisero con la spada Balaam, figlio di Beor. [9]Poi i figli d'Israele fecero schiave le donne di Madian, i loro bambini, fecero razzia dei loro animali, dei loro greggi e di ogni loro bene. [10]Incendiarono le città dove abitavano e i loro recinti; [11]presero tutto il bottino e la preda, gente e animali, [12]e condussero i prigionieri, la preda e il bottino a Mosè, al sacerdote Eleazaro e alla comunità dei figli d'Israele, accampati nelle steppe di Moab, presso il Giordano di Gerico.

[13]Mosè, il sacerdote Eleazaro e tutti i capi della comunità uscirono incontro a loro, fuori dell'accampamento. [14]Mosè si arrabbiò contro i comandanti dell'esercito, capi delle migliaia e capi delle centinaia, che tornavano da quella spedizione di guerra. [15]Mosè disse loro: «Avete lasciato in vita tutte le femmine? [16]Furono esse, per suggerimento di Balaam, a stornare dal Signore i figli d'Israele nel fatto di Peor e ad attirare il flagello sulla comunità del Signore. [17]Ora uccidete ogni maschio tra i bambini e ogni donna che sia unita con un uomo. [18]Tutte le ragazze che non si sono unite con un uomo le lascerete vivere per voi. [19]Voi fermatevi fuori dell'accampamento per sette giorni; chi ha ucciso qualcuno e chiunque ha toccato un ucciso si purifichi nel terzo gior-

no e nel settimo giorno; questo per voi e per i vostri prigionieri. [20]Purificherete anche i vestiti, tutti gli oggetti di pelle, tutti i lavori di pelo di capra e tutti gli oggetti di legno».

[21]Il sacerdote Eleazaro disse ai soldati che erano andati in guerra: «Questa è la prescrizione della legge che il Signore ha ordinato a Mosè: [22]l'oro, l'argento, il rame, il ferro, lo stagno e il piombo, [23]tutte le cose che sopportano il fuoco, le farete passare nel fuoco e saranno pure; siano poi purificate anche nell'acqua lustrale. Tutto quello che non può sopportare il fuoco, lo farete passare nell'acqua. [24]Laverete i vostri vestiti nel settimo giorno e sarete puri: poi rientrerete nell'accampamento».

[25]Il Signore ordinò a Mosè: [26]«Tu, il sacerdote Eleazaro e i capi dei casati della comunità fate il computo della preda che è stata fatta, in persone o animali: [27]dividerai a metà la preda tra chi ha preso parte alla guerra e tutta la comunità. [28]Preleverai come contributo per il Signore l'uno per cinquecento delle persone, buoi, asini e pecore della parte spettante ai soldati che sono andati in guerra: [29]ne prenderete della loro metà e la darete al sacerdote Eleazaro, come prelievo per il Signore. [30]Sulla metà dei figli d'Israele prenderai l'uno per cinquanta delle persone, buoi, asini, pecore e li darai ai leviti che hanno in custodia la dimora del Signore».

[31]Mosè e il sacerdote Eleazaro fecero come il Signore aveva ordinato a Mosè. [32]Or il bottino della razzia che avevano fatto i soldati dell'esercito era di 675.000 pecore, [33]72.000 buoi, [34]61.000 asini [35]e 32.000 persone, cioè donne che non si erano unite con uomo.

[36]La metà, cioè la parte di quelli andati in guerra, fu di 337.500 pecore, [37]e il tributo per il Signore fu di seicentosettantacinque pecore; [38]per i buoi, 36.000, di cui settantadue in tributo al Signore; [39]30.500 asini, di cui trentuno in tributo al Signore; [40]16.000 persone, di cui trentadue in tributo al Signore.

[41]Mosè diede il tributo di prelievo del Si-

31. - [8.] Così fu castigato Balaam per lo scellerato consiglio dato ai Madianiti: cfr. v. 16. In questo capitolo e nel seguente, il legislatore prende occasione da alcuni fatti concreti per stabilire principi riguardanti la guerra santa, la spartizione del bottino e la divisione della terra promessa.

gnore al sacerdote Eleazaro, come il Signore aveva ordinato a Mosè. 42Quanto alla metà dei figli d'Israele, che Mosè aveva diviso dagli uomini dell'esercito, 43la metà per la comunità fu di 337.500 pecore, 4436.000 buoi, 4530.500 asini, 4616.000 persone. 47Mosè, dalla metà spettante ai figli d'Israele, prese l'uno per cinquanta delle persone e degli animali e li diede ai leviti, che hanno in custodia la dimora del Signore, com'egli aveva ordinato a Mosè.

48I preposti alle migliaia dell'esercito, capi di migliaia e capi di centinaia, si avvicinarono a Mosè, 49e gli dissero: «I tuoi servi hanno fatto il censimento degli uomini di guerra che erano ai nostri ordini, e non ne manca nessuno. 50Vogliamo presentare in dono al Signore quello che ciascuno di noi ha trovato di oggetti d'oro: catenelle, braccialetti, anelli, orecchini, collane, per fare il rito di espiazione per noi davanti al Signore». 51Mosè e il sacerdote Eleazaro presero da essi l'oro, tutti gli oggetti lavorati. 52Tutto l'oro dell'offerta che i capi di migliaia e i capi di centinaia fecero per il Signore fu di 16.750 sicli. 53Gli uomini dell'esercito tennero ognuno per sé quanto avevano razziato. 54Mosè e il sacerdote Eleazaro presero l'oro dei capi di migliaia e di centinaia e lo portarono alla tenda del convegno, in ricordo ai figli d'Israele, davanti al Signore.

32 Ripartizione della Transgiordania. 1I figli di Ruben e i figli di Gad avevano una quantità grande di bestiame: quando videro che la terra di Iazer e la terra di Galaad era un posto da bestiame, 2i figli di Gad e i figli di Ruben vennero a dire a Mosè, al sacerdote Eleazaro e ai capi della comunità: 3«Atarot, Dibon, Iazer, Nimra, Chesbon, Eleale, Sebam, Nebo e Beon, 4terre che il Signore ha colpito davanti alla comunità d'Israele, sono terre per bestiame, e i tuoi servi hanno molto bestiame». 5Soggiunsero: «Se abbiamo trovato grazia ai tuoi occhi, sia data questa terra ai tuoi servi in possesso: non farci passare il Giordano».

6Mosè disse ai figli di Gad e ai figli di Ruben: «I vostri fratelli andrebbero forse in guerra e voi stareste qui? 7Perché distogliete il cuore dei figli d'Israele dal passare alla terra che il Signore vi ha dato? 8Così fecero i vostri padri, quando li mandai da Kades-

Barnea a vedere la terra: 9salirono fino alla valle di Escol, videro la terra e distolsero il cuore dei figli d'Israele dall'entrare nella terra che il Signore aveva dato a loro. 10In quel giorno lo sdegno del Signore divampò e giurò dicendo: 11"Gli uomini che sono saliti dall'Egitto, dai vent'anni in su, non vedranno mai il suolo che ho giurato ad Abramo, Isacco e Giacobbe, poiché non mi hanno seguito completamente, 12eccetto Caleb, figlio di Iefunne, kenezita, e Giosuè, figlio di Nun, che seguirono il Signore completamente". 13Lo sdegno del Signore divampò contro Israele e li fece errare nel deserto per quarant'anni, fino all'estinzione di tutta la generazione che aveva fatto il male agli occhi del Signore. 14Ed ecco che insorgete al posto dei vostri padri, genìa di uomini peccatori, per aumentare ancora lo sdegno del Signore contro Israele: 15perché, se vi distogliete da lui, lo farà ancora stare nel deserto e porterete alla perdizione tutto questo popolo».

16Quelli si avvicinarono a lui e dissero: «Per il nostro bestiame costruiremo qui recinti e città per i nostri fanciulli, 17ma noi ci terremo armati di fronte ai figli d'Israele, finché non li avremo portati al loro luogo: i nostri figli staranno nelle città fortificate, separati dagli abitanti del paese. 18Non torneremo alle nostre città finché i figli d'Israele non avranno ricevuto la loro eredità, 19perché non erediteremo con loro al di là del Giordano e oltre: poiché la nostra eredità ci è toccata da questa parte del Giordano, a oriente».

20Mosè disse loro: «Se farete queste cose: vi armerete davanti al Signore per la guerra, 21ogni armato tra voi passerà il Giordano davanti al Signore, finché avrà scacciato i suoi nemici davanti a lui 22e la terra sarà stata soggiogata davanti al Signore, e poi tornerete, sarete innocenti davanti al Signore e a Israele e avrete questa terra, come vostro possesso davanti al Signore. 23Se voi non farete così, peccherete contro il Signore, e sappiate che i vostri peccati vi raggiungeranno. 24Costruite dunque città per i vostri figli e recinti per le vostre pecore, ma fate quello che la vostra bocca ha promesso».

25I figli di Gad e i figli di Ruben dissero a Mosè: «I tuoi servi faranno come ordina il mio signore. 26I nostri figli, le nostre donne, i nostri armenti e tutto il nostro bestiame rimarranno nelle città di Galaad, 27e i tuoi servi, ogni armato dell'esercito, passerà davanti al Signore in guerra, come dice il mio signore».

[28]Mosè diede ordini per loro al sacerdote Eleazaro, a Giosuè, figlio di Nun e ai capifamiglia delle tribù dei figli d'Israele. [29]Mosè disse loro: «Se i figli di Gad e i figli di Ruben, tutti gli armati per la guerra, passeranno con voi il Giordano davanti al Signore, e la terra sarà soggiogata davanti a voi, darete loro il paese di Galaad in possesso. [30]Ma se non passeranno armati con voi, si prenderanno il possesso in mezzo a voi nella terra di Canaan». [31]I figli di Gad e i figli di Ruben risposero: «Quello che il Signore ha detto ai tuoi servi noi lo faremo: [32]passeremo armati davanti al Signore nella terra di Canaan, ma la proprietà della nostra eredità resti per noi oltre il Giordano».

[33]Mosè diede ai figli di Gad, ai figli di Ruben e a metà tribù di Manasse, figlio di Giuseppe, il regno di Sicon, re amorreo, e il regno di Og, re di Basan, la terra con le sue città comprese entro i confini, le città della terra che si stendeva intorno. [34]I figli di Gad costruirono Dibon, Atarot, Aroer, [35]Aterot-Sofan, Iazer, Iogbea, [36]Bet-Nimra, Bet-Aran, città fortificate e recinti per pecore. [37]I figli di Ruben costruirono Chesbon, Eleale, Kiriataim, [38]Nebo, Baal-Meon, i cui nomi furono cambiati, e Sibma: e diedero il nome alle città che costruirono. [39]I figli di Machir, figlio di Manasse, andarono nel Galaad, lo presero scacciando l'Amorrita che vi si trovava. [40]Mosè diede il Galaad a Machir, figlio di Manasse, che vi abitò. [41]Iair, figlio di Manasse, andò, prese i loro villaggi, e li chiamò villaggi di Iair. [42]Poi Nobach andò e prese Kenat e le sue dipendenze e la chiamò Nobach.

33 Retrospettiva sulle tappe dell'esodo. - [1]Queste sono le tappe dei figli d'Israele che uscirono dalla terra d'Egitto, secondo le loro schiere, sotto la guida di Mosè e Aronne. [2]Mosè scrisse i loro punti di partenza, secondo le loro tappe, per ordine del Signore: queste sono le loro tappe, secondo i loro punti di partenza.

[3]Partirono da Ramses nel primo mese, il 15 del mese del primo mese. Il giorno dopo la Pasqua, i figli d'Israele uscirono con mano alzata, sotto gli occhi di tutti gli Egiziani, [4]mentre gli Egiziani seppellivano quelli che il Signore aveva colpito tra loro, tutti i primogeniti. Anche dei loro dèi il Signore aveva fatto giustizia.

[5]I figli d'Israele partirono da Ramses e si accamparono a Succot. [6]Partirono da Succot e si accamparono a Etam, che è all'estremità del deserto. [7]Partirono da Etam e ripiegarono su Pi-Achirot, che è di fronte a Baal-Zefon: e si accamparono di fronte a Migdol. [8]Partirono da Pi-Achirot, passarono in mezzo al mare verso il deserto e per un cammino di tre giorni andarono nel deserto di Etam, accampandosi a Mara. [9]Partirono da Mara e arrivarono a Elim: a Elim ci sono dodici sorgenti d'acqua e settanta palme. Si accamparono là. [10]Partirono da Elim e si accamparono presso il Mar Rosso. [11]Partirono dal Mar Rosso e si accamparono nel deserto di Sin. [12]Partirono dal deserto di Sin e si accamparono in Dofka. [13]Partirono da Dofka e si accamparono ad Alus. [14]Partirono da Alus e si accamparono a Refidim: là non c'era acqua da bere per il popolo. [15]Partirono da Refidim e si accamparono nel deserto del Sinai.

[16]Partirono dal deserto del Sinai e si accamparono a Kibrot-Taava. [17]Partirono da Kibrot-Taava e si accamparono a Cazerot. [18]Partirono da Cazerot e si accamparono a Ritma. [19]Partirono da Ritma e si accamparono a Rimmon-Perez. [20]Partirono da Rimmon-Perez e si accamparono a Libna. [21]Partirono da Libna e si accamparono a Rissa. [22]Partirono da Rissa e si accamparono a Keelata. [23]Partirono da Keelata e si accamparono al monte Sefer. [24]Partirono dal monte Sefer e si accamparono a Carada. [25]Partirono da Carada e si accamparono a Makelot. [26]Partirono da Makelot e si accamparono a Tacat. [27]Partirono da Tacat e si accamparono a Terach. [28]Partirono da Terach e si accamparono a Mitka. [29]Partirono da Mitka e si accamparono a Casmona. [30]Partirono da Casmona e si accamparono a Moserot. [31]Partirono da Moserot e si accamparono a Bene-Iaakan. [32]Partirono da Bene-Iaakan e si accamparono a Or-Ghidgad. [33]Partirono da Or-Ghidgad e si accamparono a Iotbata. [34]Partirono da Iotbata e si accamparono ad Abrona. [35]Partirono da Abrona e si accamparono a Ezion-Gheber. [36]Partirono da Ezion-Gheber e si accamparono nel deserto di Zin, che è Kades.

[37]Partirono da Kades e si accamparono al monte Or, all'estremità della terra di Edom. [38]Il sacerdote Aronne salì sul monte Or per ordine del Signore e vi morì nell'anno quaranta dall'uscita dei figli d'Israele dalla terra d'Egitto, nel mese quinto, nel primo del

mese. [39]Aronne aveva centoventitré anni, quando morì sul monte Or. [40]Il cananeo re di Arad, che risiede nel Negheb, nella terra di Canaan, sentì dell'arrivo dei figli d'Israele. [41]Partirono dal monte Or e si accamparono a Zalmona. [42]Partirono da Zalmona e si accamparono a Punon. [43]Partirono da Punon e si accamparono a Obot. [44]Partirono da Obot e si accamparono a Iie-Abarim, al confine di Moab. [45]Partirono da Iie-Abarim e si accamparono a Dibon-Gad. [46]Partirono da Dibon-Gad e si accamparono in Almon-Diblataim. [47]Partirono da Almon-Diblataim e si accamparono ai monti Abarim, di fronte al Nebo. [48]Partirono dai monti Abarim e si accamparono nella steppa di Moab, presso il Giordano di Gerico.

[49]Si accamparono presso il Giordano, da Bet-Iesimot ad Abel-Sittim, nella steppa di Moab.

[50]Il Signore disse a Mosè nella steppa di Moab, presso il Giordano di Gerico: [51]«Parla ai figli d'Israele e di' loro: Poiché state per passare il Giordano verso la terra di Canaan, [52]dovrete scacciare tutti gli abitanti della terra davanti a voi, distruggerete tutte le loro raffigurazioni, distruggerete tutte le loro statue fuse, annienterete tutti i loro luoghi alti. [53]Entrerete in possesso della terra e dei suoi abitanti, perché a voi l'ho data in eredità. [54]Vi spartirete la terra a sorte, secondo le vostre famiglie: a chi è grande moltiplicherete la propria eredità, a chi è piccolo diminuirete la propria eredità; e avrà quello su cui uscirà per lui la sorte. Vi spartirete secondo le tribù dei vostri padri. [55]Se non scaccerete gli abitanti del paese davanti a voi, quelli che resteranno di loro saranno spine per i vostri occhi e rovi per i vostri fianchi e vi premeranno nella terra in cui abiterete. [56]Quello che mi ero prefisso di fare a loro, lo farò a voi».

34 Il Signore preordina i confini e la ripartizione di Canaan. - [1]Il Signore disse a Mosè: [2]«Ordina ai figli d'Israele e di' loro: Poiché state per entrare nella terra di Canaan, questa sarà la terra che otterrete come eredità: la terra di Canaan. [3]Il vostro confine meridionale sarà dal deserto di Zin, a fianco di Edom, e il vostro confine meridionale sarà l'estremità del Mar Morto, a est. [4]Poi il vostro confine meridionale girerà verso la salita di

Akrabbim, passerà per Zin, e i suoi sbocchi saranno a sud di Kades-Barnea; uscirà a Cazar-Addar e passerà per Azmon. [5]Da Azmon il confine girerà verso il torrente d'Egitto e finirà al mare.

[6]Il vostro confine a occidente sarà il Mar Mediterraneo: questo sarà per voi il confine occidentale.

[7]Questo sarà il vostro confine settentrionale: dal Mar Mediterraneo vi traccerete una linea fino al monte Or, [8]dal monte Or traccerete una linea fino all'ingresso di Camat, e lo sbocco del confine sarà a Zedad; [9]il confine uscirà poi a Zifron e il suo sbocco sarà a Cazar-Enan. Questo sarà il vostro confine settentrionale.

[10]Per il confine orientale, vi traccerete una linea da Cazar-Enan a Sefam. [11]Il confine scenderà da Sefam a Ribla, a est di Ain; il confine scenderà e lambirà il fianco del lago di Genezaret, a est. [12]Il confine scenderà al Giordano, e il suo sbocco sarà al Mar Morto.

Questa sarà per voi la terra, secondo i propri confini all'intorno».

[13]Mosè ordinò ai figli d'Israele: «Questa è la terra che vi spartirete in sorte, che il Signore ordinò di dare alle nove tribù e mezzo, [14]poiché la tribù dei figli di Ruben, secondo la casa dei loro padri, e la tribù dei figli di Gad, secondo la casa dei loro padri, e la metà tribù di Manasse hanno già preso il loro eredità: [15]le due tribù e mezzo presero la loro eredità al di là del Giordano di Gerico, a oriente».

[16]Il Signore disse a Mosè: [17]«Questi sono i nomi degli uomini che spartiranno tra voi il paese: il sacerdote Eleazaro e Giosuè, figlio di Nun; [18]prenderete anche un capo per ogni tribù, per fare la spartizione della terra. [19]Questi sono i nomi degli uomini. Per la tribù di Giuda, Caleb, figlio di Iefunne; [20]per la tribù dei figli di Simeone, Samuele, figlio di Ammiud; [21]per la tribù di Beniamino, Elidad, figlio di Chislon; [22]per la tribù dei figli di Dan, il capo Bukki, figlio di Iogli; [23]per i figli di Giuseppe: per la tribù dei figli di Manasse, il capo Anniel, figlio di Efod, [24]e per la tribù dei figli di Efraim, il capo Kemuel, figlio di Siptan; [25]per la tribù dei figli di Zabulon, il capo Elisafan, figlio di Parnac; [26]per la tribù dei figli di Issacar, il capo Paltiel, figlio di Azzan; [27]per la tribù dei figli di Aser, il capo Achiud, figlio di Selomi; [28]per la tribù dei figli di Neftali, il ca-

po Pedael, figlio di Ammiud». ²⁹A questi il Signore ordinò di dividere tra i figli d'Israele la terra di Canaan.

35 Eredità dei leviti.

- ¹Il Signore disse ancora a Mosè nella steppa di Moab, presso il Giordano di Gerico: ²«Ordina ai figli d'Israele che diano ai leviti, come parte del loro possesso, città da abitare e anche i pascoli intorno alle città. ³Avranno le città per abitare, i pascoli per le loro bestie, i loro beni, i loro animali. ⁴I pascoli delle città che darete ai leviti, dalle mura della città all'esterno, gireranno intorno per mille cubiti. ⁵Misurerete all'esterno della città, nel lato orientale, duemila cubiti, nel lato meridionale duemila cubiti, nel lato occidentale duemila cubiti, nel lato settentrionale duemila cubiti, e la città sarà in mezzo: questi saranno per loro i pascoli della città.

⁶Le città date da voi ai leviti sono le sei città di rifugio che darete perché vi fugga l'omicida e, oltre a quelle, quarantadue città. ⁷Tutte le città che darete ai leviti saranno quarantotto, quelle e i loro pascoli. ⁸Le città che darete proverranno dalla proprietà dei figli d'Israele: dal grande prenderete molto, dal piccolo poco. Ognuno, in base alla sua parte che ha ereditato, darà delle sue città ai leviti».

Città di rifugio.

- ⁹Il Signore disse a Mosè: ¹⁰«Parla ai figli d'Israele e di' loro: Poiché passate il Giordano verso la terra di Canaan, ¹¹designerete delle città che saranno per voi città di rifugio, dove fuggirà l'omicida che ha colpito qualcuno per inavvertenza. ¹²Le città saranno per voi un rifugio dal vendicatore e l'omicida non morirà finché non sarà stato davanti alla comunità in giudizio. ¹³Le città che darete saranno per voi sei città di rifugio. ¹⁴Darete tre città al di là del Giordano e tre città nella terra di Canaan: saranno città di rifugio. ¹⁵Per i figli d'Israele, per l'ospite e per chi risiede in mezzo a loro, quelle saranno sei città di rifugio, perché vi fugga chiunque ha colpito qualcuno per inavvertenza.

¹⁶Ma se uno ha colpito un altro con un oggetto di ferro e quello muore, è un omicida e l'omicida sarà messo a morte. ¹⁷Se l'ha colpito con una pietra che aveva in mano, atta a dare la morte, e il colpito è morto, è un omicida e l'omicida sarà messo a morte.

¹⁸Se l'ha colpito con un oggetto di legno che aveva in mano, atto a causare la morte ed è morto, è un omicida e l'omicida sarà messo a morte. ¹⁹È il vendicatore del sangue che farà morire l'omicida: quando lo incontrerà, lo farà morire.

²⁰Se uno per odio urta un altro o gli scaglia contro qualcosa con premeditazione e quello muore, ²¹o per ostilità lo colpisce con la propria mano e lo fa morire, chi colpisce sarà messo a morte, è un omicida; il vendicatore del sangue farà morire l'omicida quando l'incontrerà.

²²Ma se per caso e non per ostilità lo ha urtato o gli ha scagliato qualcosa contro senza pensarci, ²³o se gli ha fatto cadere sopra una pietra con la quale poteva morire, senza vedere, ed è morto, e lui non gli era nemico e non cercava il suo male, ²⁴la comunità giudicherà tra chi ha colpito e il vendicatore del sangue secondo queste regole: ²⁵la comunità salverà l'omicida dalla mano del vendicatore del sangue e lo farà ritornare nella città di rifugio, nella quale era fuggito, e vi risiederà fino alla morte del grande sacerdote, unto con l'olio santo. ²⁶Ma se l'omicida uscirà dal confine della città del suo rifugio, nella quale era fuggito, ²⁷e il vendicatore del sangue lo troverà al di fuori del confine della città del suo rifugio e ucciderà l'omicida, non c'è sangue su di lui, ²⁸perché quello doveva risiedere nella città del suo rifugio fino alla morte del gran sacerdote; e dopo la morte del gran sacerdote l'omicida tornerà alla terra che possiede.

²⁹Queste saranno per voi le prescrizioni giuridiche, secondo le vostre generazioni, in tutte le vostre residenze. ³⁰Per chiunque colpisce una persona, è secondo i testimoni che si ucciderà l'omicida, ma un solo testimone non può deporre contro uno per farlo morire. ³¹Non prenderete riscatto per la vita di un omicida che ha colpa per morire, perché sarà messo a morte. ³²Non prenderete riscatto per chi fugge dalla città del suo rifugio, per farlo tornare a risiedere nella terra fino alla morte del sacerdote.

³³Non contaminerete la terra nella quale siete, perché il sangue contamina la terra, e per la terra non si può espiare per il sangue che vi fu versato se non con il sangue di chi lo ha versato. ³⁴Non renderai impura la terra nella quale abitate, quella nella quale io abito, perché io, il Signore, abito in mezzo ai figli d'Israele».

36 Eredità delle donne sposate.

- [1]Si avvicinarono i capi delle case paterne, delle famiglie dei figli di Galaad, figlio di Machir, figlio di Manasse, delle famiglie dei figli di Giuseppe, e parlarono davanti a Mosè e davanti ai prìncipi, capi delle case dei figli d'Israele. [2]Dissero: «Il Signore ha ordinato al mio signore di dare la terra in eredità per sorte ai figli d'Israele, e il mio signore ha ricevuto ordine dal Signore di dare l'eredità di Zelofcad, nostro fratello, alle sue figlie. [3]Se andranno spose a uno dei figli delle altre tribù dei figli d'Israele, la loro eredità sarà sottratta dall'eredità dei nostri padri e sarà aggiunta all'eredità della tribù nella quale saranno entrate, e quello che abbiamo ereditato per sorte ci sarà sottratto. [4]Quando ci sarà il giubileo per i figli d'Israele, la loro eredità sarà aggiunta all'eredità della tribù nella quale saranno entra-

te, e la loro eredità sarà sottratta dall'eredità della tribù dei nostri padri».

[5]Mosè comunicò ai figli d'Israele quest'ordine ricevuto dal Signore: «I figli di Giuseppe parlano bene. [6]Questo ha ordinato il Signore alle figlie di Zelofcad: "Esse saranno le mogli di chi va bene ai loro occhi: solo, saranno mogli nelle famiglie della tribù dei loro padri. [7]L'eredità dei figli d'Israele non girerà da tribù a tribù, perché tra i figli d'Israele ognuno sarà attaccato all'eredità della tribù dei suoi padri. [8]Ogni figlia che erediterà dalla tribù dei figli d'Israele sarà moglie in una delle famiglie della tribù di suo padre, in modo che ognuno dei figli d'Israele entri in possesso dell'eredità dei propri padri, [9]e l'eredità non giri da tribù a tribù, perché le tribù dei figli d'Israele saranno attaccate, ognuna, alla propria eredità"».

[10]Le figlie di Zelofcad fecero come il Signore aveva ordinato a Mosè: [11]Macla, Tirza, Ogla, Milca, Noa, figlie di Zelofcad, sposarono i figli dei loro zii. [12]Si maritarono nelle famiglie dei figli di Manasse, figlio di Giuseppe, e la loro eredità fu della tribù della famiglia dei loro padri.

[13]Questi sono gli ordini e le disposizioni che il Signore diede per mezzo di Mosè ai figli d'Israele nella steppa di Moab, presso il Giordano di Gerico.

---

36. - [1-12]. Si completa qui quanto detto in 27,1-11: le figlie di Zelofcad, ereditando, se si sposavano con chiunque, potevano diminuire i beni della loro tribù perché portavano in dote il loro possesso. Ma ciò non doveva accadere; Mosè, per il quale era un principio giuridico la conservazione del patrimonio in ciascuna tribù, ordina, quindi, da parte di Dio, che le figlie che ereditano non si sposino fuori della loro tribù.

DEUTERONOMIO

Il titolo Deuteronomio significa «seconda legge»; ma più che un codice di leggi o un manuale giuridico, il Deuteronomio si presenta come una collezione di omelie centrate sull'amore per la legge divina, sulla passione per la scelta religiosa e sul ringraziamento per il dono della terra promessa, la patria della libertà. Si tratta di legge predicata, così da spingere l'ascoltatore a rinnovare la sua adesione all'alleanza che lo lega al suo Dio.

La struttura generale del Deuteronomio ricalca il modello dei trattati di alleanza tra il gran signore e il suo vassallo. L'avvio è segnato appunto da un prologo storico che rievoca teologicamente i benefici passati offerti dal Signore al suo fedele (cc. 1-11); segue poi il codice dei doveri del suddito per ottenere la continua protezione del Signore (cc. 12-26; il cosiddetto Codice deuteronomico); infine le benedizioni e le maledizioni in caso di fedeltà o infedeltà sigillano il patto (cc. 27-30). L'opera è accompagnata da un'appendice narrativa che comprende la nomina di Giosuè alla guida d'Israele, un cantico di Mosè e la sua benedizione alle dodici tribù e infine la scomparsa di Mosè (cc. 31-34).

La predicazione, posta idealmente sulle labbra di Mosè, interpella direttamente Israele rivolgendoglisi ora col tu ora col voi, proprio perché tutti e ciascuno si sentano coinvolti. Trascinato dall'entusiasmo e dalla passione, l'autore, pur sulla base di una lingua madre povera, crea uno stile ricco e originale, realizzando un'opera piena di vita e di forza persuasiva in cui ricorrono, specie nei primi 11 capitoli, gli inviti pressanti: «Ascolta Israele... Ricorda Israele... Osserva Israele...».

PRIMO DISCORSO DI MOSÈ

1 **Introduzione.** - ¹Queste sono le parole che Mosè rivolse a tutti i figli d'Israele al di là del Giordano, nel deserto, nell'Araba di fronte a Suf, tra Paran, Tofel, Laban, Cazerot e Di-Zaab. ²Ci sono undici giorni di cammino per la via del monte di Seir dall'Oreb a Kades-Barnea.

³Nel quarantesimo anno, nel mese undecimo, nel primo del mese, Mosè disse ai figli di Israele quanto il Signore gli aveva ordinato. ⁴Dopo aver sconfitto Sicon, re degli Amorrei, che abitava a Chesbon, e Og, re di Basan, che dimorava ad Astarot e a Edrei, ⁵al di là del Giordano, nella terra di Moab, Mosè iniziò ad esporre questa legge:

Ordine di partire dall'Oreb. - ⁶«Il Signore nostro Dio ci ha parlato sull'Oreb: "Avete abitato abbastanza presso questa montagna. ⁷Muovetevi, partite e andate verso la mon-

tagna degli Amorrei e presso tutti i loro vicini, nell'Araba, sulla montagna, nella Sefela, nel Negheb e sulla costa del mare, terra dei Cananei, e al Libano, fino al grande fiume, l'Eufrate. ⁸Vedi, ho posto davanti a voi la terra: andate a prendere possesso della terra che il Signore ha giurato ai vostri padri, ad Abramo, a Isacco e a Giacobbe, di dar loro e alla loro discendenza dopo di loro".

I giudici del popolo. - ⁹In quel tempo vi ho detto: "Da solo non posso più portare il peso di tutti voi. ¹⁰Il Signore vostro Dio vi ha moltiplicato ed eccovi oggi numerosi come le stelle del cielo. ¹¹Il Signore Dio dei vostri padri vi renda mille volte più numerosi ancora e vi benedica come vi ha detto! ¹²Ma come porterò io da solo il vostro carico, il vostro peso, le vostre liti? ¹³Prendete in ognuna delle vostre tribù uomini saggi, perspicaci, conosciuti, affinché io li ponga alla vostra testa". [14]Voi mi avete risposto: "Ciò che proponi di fare è bene". [15]Ho preso quindi i capi delle vostre tribù, uomini saggi e conosciuti, e li ho costituiti vostri capi: capi di mille, capi di cento, capi di cinquanta, capi di dieci, e scribi per le vostre tribù. [16]In quel tempo ho ordinato ai vostri giudici: "Ascoltate i vostri fratelli e giudicate con giustizia fra un uomo e il suo fratello o il forestiero. [17]Nel giudizio non fate preferenza di persona, ascoltate il piccolo e il grande, non abbiate timore di nessuno, poiché il giudizio è di Dio! Un caso per voi troppo difficile, riferitelo a me e io lo ascolterò". [18]Vi ho ordinato in quel tempo tutte le cose che dovevate compiere.

Kades. Esploratori in Canaan. - [19]Siamo partiti dall'Oreb e abbiamo percorso tutto quel grande e terribile deserto che voi avete visto, per la via della montagna degli Amorrei, come ci aveva ordinato il Signore nostro Dio e siamo giunti a Kades-Barnea. [20]Io vi ho detto: "Siete giunti sulla montagna degli Amorrei che il Signore nostro Dio ci dona. [21]Ecco, il Signore ha messo la terra davanti a te: sali, conquistala come ti ha detto il Signore, Dio dei tuoi padri; non aver paura e non scoraggiarti". [22]Ma voi tutti vi siete avvicinati a me, dicendo: "Mandiamo innanzi a noi uomini che esplorino la terra: ci indicheranno il cammino per salirvi e le città in cui potremo andare". [23]La proposta è parsa buona ai miei occhi, ho scelto quindi dodici uomini tra di voi, uno per ogni tribù. [24]Essi sono partiti, sono saliti sulla montagna, sono giunti fino alla valle di Escol e hanno perlustrato la terra. [25]Hanno preso con sé alcuni frutti della terra, li hanno portati a noi e ci hanno riferito: "Buona è la terra che il Signore nostro Dio ci dà".

Rivolta. - [26]Ma voi non avete voluto salire e vi siete rivoltati all'ordine del Signore vostro Dio [27]e, nelle vostre tende, avete mormorato dicendo: "Per odio contro di noi il Signore ci ha fatto uscire dalla terra d'Egitto, per metterci in mano agli Amorrei e così

distruggerci. [28]Dove dobbiamo salire? I nostri fratelli hanno scoraggiato il nostro cuore dicendo: È un popolo più grande e alto di noi, le città sono grandi e fortificate fino al cielo. Vi abbiamo visto perfino gli Anakiti". [29]Vi ho detto: "Non spaventatevi, non abbiate paura di loro. [30]Il Signore vostro Dio che cammina innanzi a voi, egli stesso combatterà per voi come ha fatto in Egitto, sotto i vostri occhi, [31]e nel deserto, dove tu hai visto come il Signore tuo Dio ti ha portato come un uomo porta il figlio, per tutto il cammino che voi avete percorso, fino al tuo arrivo in questo luogo. [32]Eppure in quella occasione non avete avuto fiducia nel Signore vostro Dio [33]che andava innanzi a voi sul cammino per cercarvi un luogo dove drizzare l'accampamento: nel fuoco di notte, per illuminare il cammino che dovevate percorrere, nella nube di giorno".

Giudizio di Dio: esclusi da Canaan. - [34]Il Signore ha udito il suono delle vostre parole, si è adirato e ha giurato: [35]"Certo, fra questi uomini, questa perversa generazione, nessuno vedrà la buona terra che io ho giurato di dare ai vostri padri, [36]eccetto Caleb figlio di Iefunne: egli la vedrà; a lui e ai suoi figli darò la terra su cui ha camminato, poiché egli ha seguito pienamente il Signore". [37]Anche contro di me il Signore si è adirato per causa vostra e ha detto: "Nemmeno tu entrerai là. [38]Giosuè, figlio di Nun, colui che ti sta innanzi, è lui che entrerà là; fortificalo. Egli infatti metterà Israele in possesso della terra. [39]I vostri bambini, dei quali avete detto che sarebbero divenuti una preda, i vostri figli che oggi non distinguono il bene dal male, essi entreranno là: a loro la darò ed essi la possederanno. [40]Quanto a voi: muovetevi, partite verso il deserto sul cammino del Mar Rosso".

Sconfitta di Corma. - [41]Allora voi mi avete risposto: "Abbiamo peccato contro il Signore nostro Dio. Saliremo e combatteremo come ci ha ordinato il Signore nostro Dio". Ognuno si è cinto le armi e vi siete messi sconsideratamente a salire la montagna. [42]Il Signore mi ha detto: "Di' loro: non salite e non combattete, perché io non sono in mezzo a voi; che non dobbiate soccombere innanzi ai vostri nemici". [43]Io ve l'ho detto, ma non mi avete ascoltato: vi siete rivoltati all'ordine del Signore, salendo pre-

---

1. - [21.] Questi passaggi dal plurale al singolare e viceversa sono molto frequenti nel Deuteronomio. Con l'uso del singolare l'autore cerca di coinvolgere più intensamente gli ascoltatori.

suntuosamente verso la montagna. ⁴⁴L'A-
morreo, che abita quella montagna, è uscito
contro di voi, vi ha inseguito come fanno le
api e vi ha battuto da Seir fino a Corma.

⁴⁵Siete tornati e avete pianto innanzi al
Signore, ma il Signore non ha ascoltato la
vostra voce, non vi ha prestato orecchio.
⁴⁶A Kades avete dimorato lunghi giorni, se-
condo il computo del tempo in cui avete dimorato là.

2 Passaggio per Edom. - ¹Ci siamo mossi
e siamo partiti verso il deserto, sul cammino del Mar Rosso, come mi aveva ordinato il Signore, e per lunghi giorni abbiamo
girato intorno alla montagna di Seir. ²Il Signore disse: ³"Basta con il vostro girare intorno a questa montagna. Voltatevi verso
settentrione. ⁴Ordina al popolo: State per
attraversare il territorio dei vostri fratelli, i
figli di Esaù, che abitano in Seir; essi avranno paura di voi, ma badate bene, ⁵non pro-
vocateli. Della loro terra infatti non vi darò
nulla, neppure quanto ne calca la pianta di
un piede, poiché a Esaù ho dato in possesso
la montagna di Seir. ⁶Con denaro vi com-
prerete da loro il cibo da mangiare; con denaro acquisterete da loro anche l'acqua da
bere. ⁷Il Signore tuo Dio ti ha infatti benedetto in ogni opera delle tue mani; ha vegliato sul tuo viaggio in questo grande deserto. Da quarant'anni il Signore tuo Dio è
con te, e non ti è mancato nulla".

⁸Abbiamo oltrepassato i nostri fratelli, i fi-
gli di Esaù, che abitano in Seir, per il cammino dell'Araba, per Elat e per Ezion-Gheber,
quindi abbiamo piegato e abbiamo preso il
cammino del deserto di Moab.

Passaggio per Moab. - ⁹Il Signore mi ha
detto: "Non essere ostile verso Moab e non
provocarli a battaglia; non ti metterò in possesso della sua terra, poiché ho già dato Ar
in possesso ai figli di Lot".

¹⁰Prima vi abitavano gli Emim, popolo
grande, numeroso e di alta statura come gli
Anakiti. ¹¹Anch'essi, come gli Anakiti, erano considerati Refaim; ma i Moabiti li chiamarono Emim. ¹²In Seir, poi, prima abitavano gli Hurriti che i figli di Esaù hanno cacciato e sterminato, e si sono stabiliti al loro
posto, come ha fatto Israele per la terra del
proprio possesso che il Signore gli ha dato.

¹³"Ora levatevi e attraversate il torrente
Zered". Abbiamo attraversato il torrente

Zered. ¹⁴Il tempo in cui abbiamo peregrinato da Kades-Barnea fino a quando abbiamo
attraversato il torrente Zered fu di trentotto
anni, cioè finché dall'accampamento non è
scomparsa tutta la generazione degli uomini di guerra, come il Signore aveva loro giurato. ¹⁵Anche la mano del Signore è stata
contro di loro per disperderli dall'accampamento fino ad annientarli.

Passaggio per Ammon. - ¹⁶Quando tutti gli
uomini di guerra scomparvero per morte
dal popolo, ¹⁷il Signore mi ha parlato:
¹⁸"Stai oggi per attraversare Ar, territorio di
Moab, ¹⁹e ti avvicinerai davanti ai figli di
Ammon. Non essere ostile con loro e non
provocarli: non ti darò il possesso della terra dei figli di Ammon, poiché è stata data in
possesso ai figli di Lot".

²⁰Essa era pure considerata terra dei Re-
faim. Prima vi abitavano i Refaim che gli
Ammoniti chiamano Zamzummim. ²¹Popo-
lo grande, numeroso e di alta statura come
gli Anakiti, ma il Signore li sterminò innanzi agli Ammoniti che li spossessarono e si
stabilirono al loro posto. ²²Come aveva fatto
per i figli di Esaù, che abitano in Seir, quando sterminò gli Hurriti innanzi a loro: essi li
cacciarono e si stabilirono al loro posto fino
ad oggi. ²³Così gli Avviti, che abitavano in
villaggi fino a Gaza, furono sterminati dai
Kaftoriti, venuti da Kaftor, che si stabilirono
al loro posto.

Vittoria su Sicon: il Galaad. - ²⁴"Levatevi e
partite, attraversate il torrente Arnon. Vedi,
metto nella tua mano Sicon, l'Amorreo, re
di Chesbon, e la sua terra; incomincia a
conquistarla, attaccalo in battaglia. ²⁵Da oggi comincio a spargere il terrore e la paura
di te sui popoli sotto tutti i cieli. Quando
sentiranno di te tremeranno e saranno in
angoscia davanti alla tua faccia".

²⁶Dal deserto di Kedemot ho inviato mes-
saggeri a Sicon, re di Chesbon, con parole di
pace: ²⁷"Lasciami attraversare la tua terra;
andrò per la mia strada senza deviare né a
destra né a sinistra. ²⁸Per denaro mi venderai cibo da mangiare e per denaro mi darai
acqua da bere; lascia soltanto che io passi a
piedi, ²⁹come mi hanno permesso i figli di
Esaù che abitano in Seir e i Moabiti che abitano in Ar, finché io abbia passato il Giordano verso la terra che il Signore nostro Dio
ci dona".

³⁰Ma Sicon, re di Chesbon, ha rifiutato di

lasciarci passare nel suo territorio, perché il Signore tuo Dio aveva irrigidito il suo spirito e indurito il suo cuore per metterlo nelle tue mani, come è oggi. [31]Il Signore mi ha detto: "Vedi, ho cominciato col porre davanti a te Sicon e la sua terra: incomincia la conquista per impadronirti della sua terra". [32]Sicon è uscito contro di noi con tutto il suo popolo in battaglia a Iaaz. [33]Ma il Signore nostro Dio ce lo ha messo nelle mani, e abbiamo battuto lui con i figli e tutto il popolo. [34]Ci siamo allora impadroniti di tutte le sue città, abbiamo votato all'anatema ogni città abitata, le donne e i fanciulli; non abbiamo lasciato alcun superstite. [35]Solo del bestiame abbiamo fatto nostro bottino, con le spoglie delle città conquistate.

[36]Da Aroer che è sul bordo del torrente Arnon e dalla città che è situata nella valle fino in Galaad nessuna città è stata per noi inaccessibile. Il Signore nostro Dio ce le ha messe tutte nelle mani.

[37]Solo non ti sei avvicinato alla terra dei figli di Ammon, a tutta la regione del torrente Iabbok e alle città della montagna. Tutto come il Signore nostro Dio vi aveva ordinato.

3 **Vittoria su Og.** - [1]Siamo partiti, risalendo per la strada di Basan. E Og, re di Basan, è uscito con tutto il suo popolo contro di noi in battaglia a Edrei.

[2]E il Signore mi ha detto: "Non temerlo; io infatti ho messo in tuo potere lui, tutto il suo popolo e la sua terra. Lo tratterai come hai trattato Sicon, re degli Amorrei, che abitava in Chesbon".

[3]Il Signore nostro Dio ha messo nelle nostre mani anche Og, re di Basan, con tutto il suo popolo; lo abbiamo battuto fino a non lasciargli nessun superstite. [4]Ci siamo impadroniti di tutte le sue città; non ci fu una città che non togliessimo loro. Sessanta città, tutta la zona di Argob, la capitale di Og, in Basan, [5]tutte città fortificate da alte mura, da porte e sbarre; oltre le numerosissime città dei Perizziti. [6]Le abbiamo votate all'anatema come avevamo fatto per Sicon, re di Chesbon, colpendo di anatema ogni città abitata, le donne e i fanciulli, [7]ma tut-

to il bestiame e il bottino della città l'abbiamo catturato per noi. [8]Così in quel tempo abbiamo preso la terra dalla mano dei due re degli Amorrei al di là del Giordano, dal torrente Arnon fino al monte Ermon. [9]I Sidoni dànno all'Ermon il nome di Sirion, gli Amorrei lo chiamano Senir. [10]Tutte le città dell'altipiano, tutto Galaad e tutto Basan fino a Salca e a Edrei, città del regno di Og in Basan. [11]Perché soltanto Og, re di Basan, sopravviveva dei Refaim; ecco, il suo letto, un letto di ferro, si trova a Rabbat dei figli di Ammon: ha nove cubiti di lunghezza, quattro cubiti di larghezza, in cubiti ordinari. [12]In quel tempo dunque ci siamo impadroniti di questa terra da Aroer sul torrente Arnon.

Tribù transgiordaniche. - Ho assegnato a Ruben e a Gad metà della montagna di Galaad con le città, [13]il resto di Galaad e tutto Basan, regno di Og, l'ho dato a metà della tribù di Manasse. Tutta la zona dell'Argob e tutto Basan, si chiamava terra dei Refaim. [14]Iair, figlio di Manasse, ha preso tutta la zona dell'Argob fino alla frontiera dei Ghesuriti e dei Maacatiti e, dal suo nome, quei luoghi ancora oggi sono chiamati a Basan villaggi di Iair. [15]A Machir ho assegnato Galaad. [16]Ai Rubeniti e ai Gaditi ho assegnato da Galaad al torrente Arnon, a metà del fiume col territorio fino al torrente Iabbok, frontiera dei figli di Ammon, [17]inoltre l'Araba con il Giordano, col suo territorio da Genèsaret fino al Mare dell'Araba, Mar Morto, sotto i contrafforti del Pisga, a oriente.

[18]In quel tempo vi ho ordinato: "Il Signore vostro Dio vi ha dato in possesso questa terra. In armi precederete i vostri fratelli, i figli d'Israele, tutti voi uomini di guerra; [19]soltanto le vostre donne, i vostri fanciulli e i vostri greggi — so che avete proprietà numerose — resteranno nelle città che vi ho assegnate, [20]finché il Signore non abbia installato i vostri fratelli, come ha fatto per voi, e anch'essi entrino in possesso della terra che il Signore vostro Dio dà loro al di là del Giordano; allora ritornerete ognuno al possesso che vi ho assegnato".

[21]Allora ho ordinato a Giosuè: "I tuoi occhi vedono quanto il Signore vostro Dio ha fatto a quei due re: così il Signore farà a tutti i regni in cui tu stai per passare. [22]Non abbiate paura di loro, poiché lo stesso Signore vostro Dio combatte per voi".

---

2. - [34-35]. L'*anatema* era l'offerta a Dio, il vero vincitore, di tutto il bottino di guerra mediante la distruzione.

Mosè escluso da Canaan. - ²³In quel tempo ho chiesto grazia al Signore, dicendo: ²⁴"Mio Signore Dio, tu hai incominciato a mostrare al tuo servo la tua grandezza e la tua mano potente; perché, quale Dio in cielo e in terra eguaglia le tue opere e le tue gesta? ²⁵Concedimi di attraversare, per vedere la terra buona che è al di là del Giordano, quella buona montagna e il Libano!".

²⁶Ma il Signore si è irritato contro di me a causa vostra, e non mi ha ascoltato. Mi ha detto: "Basta! Non aggiungere più parola con me su questo argomento. ²⁷Sali sulla vetta del Pisga, alza gli occhi a occidente, a settentrione, a mezzodì, a oriente, e contempla coi tuoi occhi: poiché tu non attraverserai questo Giordano! ²⁸Da' ordini a Giosuè, fortificalo, rendilo fermo. Egli attraverserà dinanzi a questo popolo e lo metterà in possesso della terra che tu contemplerai".

²⁹Siamo quindi rimasti nella valle di fronte a Bet-Peor.

4 **Fedeltà al Signore: l'esempio di Baal-Peor.** - ¹Ascolta ora, Israele, le prescrizioni e i decreti che vi insegno, affinché li mettiate in pratica: perché viviate ed entriate a prendere possesso della terra che il Signore, Dio dei vostri padri, vi dona. ²Non aggiungerete nulla a quanto vi ordino e non toglierete nulla, osservando i precetti del Signore vostro Dio, che io vi ordino. ³I vostri occhi videro quanto ha fatto il Signore vostro Dio a Baal-Peor: chiunque ha seguito Baal-Peor, il Signore tuo Dio lo ha sterminato da te. ⁴Ma voi che avete aderito al Signore vostro Dio, oggi siete tutti vivi. ⁵Vedi, vi ho insegnato prescrizioni e decreti come mi ha ordinato il Signore mio Dio, affinché li mettiate in pratica nella terra di cui andate a prendere possesso. ⁶Osservateli e praticateli, perché così sarete saggi e assennati agli occhi dei popoli. Quando udranno tutte queste prescrizioni, diranno: "Questa grande nazione è il solo popolo saggio e assennato". ⁷Difatti qual è quella grande nazione che abbia gli dèi così vicini, come il Signore nostro Dio è vicino a noi quando lo invochiamo? ⁸Qual è quella grande nazione che abbia prescrizioni e decreti così giusti come tutta questa legge che oggi io vi presento?

La rivelazione trascendente dell'Oreb. - ⁹Solo, bada a te, guardati bene dal dimenti-

care ciò che i tuoi occhi hanno visto, che non esca dal tuo cuore per tutti i giorni della tua vita; insegnalo ai tuoi figli e ai figli dei tuoi figli. ¹⁰Il giorno in cui sei stato alla presenza del Signore tuo Dio all'Oreb, quando il Signore mi ha detto: "Radunami il popolo e farò sentire loro le mie parole, affinché imparino a temermi per tutti i giorni della loro vita sulla terra e le insegnino ai loro figli", ¹¹voi vi siete avvicinati e siete rimasti ai piedi della montagna; il monte bruciava nel fuoco che s'innalzava in mezzo al cielo: tenebre, nuvole e nembi. ¹²Vi ha parlato il Signore in mezzo al fuoco; udivate il suono delle parole senza vedere nessuna figura: soltanto una voce. ¹³Vi ha rivelato la sua alleanza, ordinandovi di praticarla: le dieci parole, e le ha scritte su due tavole di pietra. ¹⁴In quel tempo mi ha ordinato di insegnarvi prescrizioni e decreti perché li pratichiate nella terra dove state per passare a prenderne possesso. ¹⁵Badate bene a voi stessi: non vedeste nessuna figura nel giorno in cui il Signore vi ha parlato all'Oreb in mezzo al fuoco; ¹⁶non prevaricate facendovi una figura scolpita di qualsiasi simulacro, immagine di maschio o di femmina, ¹⁷immagine di qualsiasi animale terrestre, immagine di qualsiasi uccello che vola nel cielo, ¹⁸immagine di qualsiasi rettile che striscia sul suolo, immagine di qualsiasi pesce che si trova nell'acqua, sotto la terra. ¹⁹Quando alzi gli occhi verso il cielo e vedi il sole, la luna, le stelle, tutto l'esercito del cielo, non lasciarti trascinare a prostrarti innanzi ad essi e a servirli, perché il Signore tuo Dio li ha dati in sorte a tutti i popoli che sono sotto il cielo. ²⁰Ma voi, il Signore vi ha presi e vi ha fatti uscire dal crogiolo di ferro, dall'Egitto, affinché diventiate popolo di sua eredità, come siete oggi.

---

4. - ¹· *Ascolta ora, Israele...*: introduzione solenne a una nuova celebrazione dell'alleanza. Dopo aver ricordato le vittorie ottenute con l'aiuto di Dio contro Sicon e Og, 2,24 - 3,11, ora si invita a osservare la legge che Dio dà, quella trasmessa per opera di Mosè. In realtà tutto il Deuteronomio è ritmato sullo schema dell'alleanza: nella prima parte si ricordano i benefici di Dio a favore d'Israele, invitando alla fedeltà, cc. 1-11, segue l'esposizione della legge, cc. 12,1 - 26,15, una conclusione parenetica, 26,16-19, e il catalogo delle benedizioni e maledizioni, cc. 27-28. L'alleanza del Sinai è il centro d'interesse. La fedeltà ad essa, mediante l'amore al Dio d'Israele, è la condizione assoluta per poter entrare nella terra promessa.

Fedeltà al Signore in Canaan. - [21]Il Signore si è irritato contro di me per causa vostra; ha giurato che io non passerò il Giordano né andrò nella buona terra che egli, tuo Dio, ti dona in eredità. [22]Io morirò in questa terra, non passerò il Giordano. Voi invece passerete e occuperete quella buona terra.

[23]Guardatevi dal dimenticare l'alleanza che il Signore vostro Dio ha stretto con voi, e dal farvi una figura scolpita di qualsiasi genere, come ti ha ordinato il Signore tuo Dio.

Futura infedeltà: esilio, ritorno. - [24]Infatti il Signore tuo Dio è un fuoco divoratore, un Dio geloso. [25]Quando avrete avuto figli e figli dei figli, e sarete invecchiati sulla terra e avrete prevaricato facendovi una figura scolpita di qualsiasi genere, operando ciò ch'è male agli occhi del Signore tuo Dio per provocarne la collera, [26]oggi prendo cielo e terra a testimoni contro di voi: scomparirete presto dalla terra di cui voi andate a prendere possesso attraversando il Giordano. Non avrete lunghi giorni su di essa, sarete completamente annientati. [27]Il Signore vi disperderà tra i popoli; di voi non resterà che un piccolo numero in mezzo a quelle nazioni tra le quali il Signore vi avrà condotto. [28]Là servirete dèi di legno e di pietra, opera di mani umane, che non vedono, non odono, non mangiano, non odorano.

[29]Di là tu cercherai il Signore tuo Dio e lo troverai; purché ti rivolga a lui con tutto il cuore e con tutta l'anima. [30]Nella tua miseria ti ricorderai di tutte queste parole, e negli ultimi giorni tornerai al Signore tuo Dio e ascolterai la sua voce. [31]Poiché il Signore tuo Dio è un Dio misericordioso, non ti abbandonerà, non ti distruggerà né dimenticherà l'alleanza che ha giurato ai tuoi padri.

Dio ha parlato a Israele suo popolo. - [32]Interroga infatti i tempi antichi che furono prima di te, dal giorno in cui Dio creò l'uomo sulla terra; da un'estremità del cielo all'altra è mai avvenuta una cosa grande come questa? Si è sentito mai qualcosa di simile? [33]C'è forse un popolo che abbia udito la voce del Dio vivo che parla di mezzo al fuoco, come hai udito tu, e sia rimasto in vita? [34]Ha mai provato un Dio a venire a prendersi una nazione in mezzo a un'altra nazione, con prove, segni, portenti, lotte,

con mano forte, braccio teso e grandi terrori, tutte cose che il Signore vostro Dio ha compiuto per voi in Egitto innanzi ai tuoi occhi? [35]A te questo fu mostrato affinché tu sappia che il Signore è Dio; all'infuori di lui non ce n'è altri. [36]Dal cielo ti ha fatto sentire la sua voce per istruirti; sulla terra ti ha mostrato il suo grande fuoco e hai udito le sue parole di mezzo al fuoco.

[37]Perché ha amato i tuoi padri, ha scelto dopo di essi la loro posterità; ti ha fatto uscire con la sua presenza e il suo grande potere dall'Egitto, [38]per spodestare innanzi a te nazioni più grandi e potenti di te, per farti entrare e donarti la loro terra in eredità, come è appunto oggi.

[39]Sappi dunque oggi e medita in cuor tuo che il Signore è Dio nei cieli in alto e in basso sulla terra; lui e nessun altro.

[40]Osserva le sue prescrizioni e i suoi comandi che io oggi ti impongo, affinché abbia bene tu e i tuoi figli dopo di te e prolunghi i tuoi giorni sul suolo che il Signore tuo Dio ti concede per sempre».

SECONDO DISCORSO DI MOSÈ
PARTE PRIMA

Introduzione: città di rifugio. - [41]In quel tempo Mosè scelse tre città al di là del Giordano, a oriente, [42]perché vi si rifugiasse l'omicida che avesse ucciso il suo prossimo involontariamente, senza che prima avesse avuto odio contro di lui, di modo che rifugiandosi in una di queste città potesse salvare la vita: [43]Beser, nel deserto, nella regione dell'altipiano, per i Rubeniti; Ramot di Galaad per i Gaditi; Golan in Basan, per i Manassiti.

[44]Questa è la legge che Mosè propose ai figli d'Israele. [45]Queste le istruzioni, le prescrizioni e i decreti che Mosè espose ai figli d'Israele quando uscirono dall'Egitto, [46]al di là del Giordano, nella valle in faccia a Bet-Peor, nella terra di Sicon re degli Amorrei, che abitava a Chesbon e che Mosè e i figli d'Israele avevano battuto quando uscirono dall'Egitto. [47]Conquistarono la sua terra e la terra di Og, re di Basan, i due re degli Amorrei che erano al di là del Giordano a oriente, [48]da Aroer, sul bordo superiore del torrente Arnon, fino al monte Sirion, cioè l'Ermon, [49]e tutta l'Araba al di là del Giordano, a oriente, fino al mare dell'Araba sotto i contrafforti del Pisga.

5 **Il Decalogo.** - [1]Mosè convocò tutto Israele e disse loro: «Ascolta, Israele, le prescrizioni e i decreti che io oggi pronuncio alle tue orecchie. Imparateli e osservateli, mettendoli in pratica.

[2]Il Signore nostro Dio strinse con noi un'alleanza all'Oreb. [3]Non con i nostri padri il Signore strinse quest'alleanza, ma con noi che oggi siamo qui tutti vivi. [4]Il Signore parlò con voi sulla montagna in mezzo al fuoco faccia a faccia; [5]io stavo tra il Signore e voi in quel tempo per riferirvi le parole del Signore. Perché voi aveste paura del fuoco e non saliste sulla montagna. Egli disse: [6]"Io sono il Signore tuo Dio, che ti ho fatto uscire dalla terra d'Egitto, dalla casa di schiavitù. [7]Non avrai altri dèi davanti a me. [8]Non ti farai nessuna figura scolpita di qualsiasi genere: di ciò ch'è in alto nei cieli, di ciò ch'è in basso sulla terra e di ciò che è nelle acque sotto la terra. [9]Non li adorerai e non li servirai. Perché io, il Signore tuo Dio, sono un Dio geloso, che punisce l'iniquità dei padri sui figli, sulla terza e quarta generazione di coloro che mi odiano, [10]ma fa grazia fino alla millesima generazione di coloro che mi amano e osservano i miei precetti.

[11]Non ti servirai del nome del Signore tuo Dio per la menzogna, poiché il Signore non lascia impunito chi si serve del suo nome per la menzogna.

[12]Osserva il giorno del sabato per santificarlo, come ti ha ordinato il Signore tuo Dio. [13]Per sei giorni lavorerai e farai tutte le tue opere, [14]ma il settimo giorno è il sabato per il Signore tuo Dio; non farai alcun lavoro, né tu né tuo figlio né tua figlia né il tuo servo né la tua serva né il tuo bue né il tuo asino né alcuna delle tue bestie né il forestiero che si trova entro le tue porte affinché si riposi il tuo servo e la tua serva come te. [15]Ricorda che sei stato servo nella terra d'Egitto e che il Signore tuo Dio ti ha fatto uscire di là con mano forte e braccio steso; perciò il Signore tuo Dio ti ha ordinato di celebrare il giorno del sabato.

[16]Onora tuo padre e tua madre come ti ha ordinato il Signore tuo Dio, affinché prolunghi i tuoi giorni e sii felice sul suolo che il Signore tuo Dio ti dona.

[17]Non ucciderai.

[18]Non commetterai adulterio.

[19]Non ruberai.

[20]Non renderai una testimonianza falsa contro il tuo prossimo.

[21]Non desidererai la moglie del tuo prossimo; non bramerai la casa del tuo prossimo né il suo campo né il suo servo né la sua serva né il suo bue né il suo asino e nulla di quanto è del tuo prossimo".

[22]Queste parole disse il Signore a tutta la vostra assemblea sul monte, in mezzo al fuoco, alle nubi e ai nembi: voce grande! Non aggiunse altro; le scrisse su due tavole di pietra e le diede a me.

Mosè mediatore. - [23]Quando voi udiste la voce di mezzo alle tenebre, mentre il monte era in fiamme, si avvicinarono a me tutti i vostri capitribù e anziani [24]e mi dissero: "Il Signore nostro Dio ci ha mostrato la sua gloria e la sua grandezza, e abbiamo udito la sua voce di mezzo al fuoco: oggi abbiamo visto che Dio può parlare all'uomo e questi rimanere vivo. [25]Ma ora perché dovremmo morire? Questo gran fuoco, infatti, ci divorerà. Se noi continuiamo a udire la voce del Signore nostro Dio, moriremo. [26]Perché chi è fra tutti i mortali che, come noi, abbia udito la voce del Dio vivo che parla in mezzo al fuoco e sia rimasto vivo? [27]Accostati tu e ascolta tutto ciò che dirà il Signore nostro Dio; tu ripeterai a noi tutto ciò che ti avrà detto il Signore nostro Dio e noi ascolteremo ed eseguiremo".

[28]Il Signore udì il suono delle vostre parole mentre voi mi parlavate e mi disse: "Ho udito il suono delle parole di questo popolo, che ti hanno rivolto. Hanno parlato bene in tutto. [29]Potesse il loro cuore essere sempre così nel temere me e nell'osservare tutti i miei precetti, perché fossero felici loro e i loro figli! [30]Va' e di' loro: Ritornate alle vostre tende. [31]Tu invece resta qui presso di me. Io ti indicherò tutti i precetti, le prescrizioni e i decreti che dovrai insegnare loro, perché li mettano in pratica nella terra che do loro in possesso".

[32]Guardate dunque di fare come vi ha ordinato il Signore vostro Dio. Non devierete né a destra né a sinistra. [33]Seguirete tutta la strada che vi ha ordinato il Signore vostro

_____

5. - [6-21]. *Io sono il Signore tuo Dio*: «Soltanto la fede in un Dio personale può salvaguardare l'ordine morale, determinato dai dieci comandamenti del Decalogo, e mantenere vigorosa in tutta la sua dignità la vita dei singoli individui e della comunità. Senza i legami e la guida dei comandamenti di Dio la libera volontà dell'uomo è più pericolosa e audace che il naturale istinto degli animali selvatici o feroci» (Pio XII).

Dio, perché viviate, siate felici, e prolunghiate i vostri giorni sulla terra che occuperete.

6 Fedeltà e amore a Dio. - [1]Questi sono gli ordini, le prescrizioni e i decreti che il Signore vostro Dio ha ordinato di comunicarvi affinché li mettiate in pratica nella terra dove passate per conquistarla. [2]Perché tema il Signore tuo Dio, osservando le prescrizioni e i precetti che oggi ti prescrivo, per tutti i giorni della tua vita, tu, tuo figlio e il figlio di tuo figlio e si prolunghino i tuoi giorni.

[3]Tu ascolterai, Israele, e praticherai quello che ti procurerà il bene e ti moltiplicherà molto nella terra dove scorre latte e miele, come ha detto il Signore, Dio dei tuoi padri.

[4]Ascolta, o Israele: il Signore è il nostro Dio, il Signore è uno solo. [5]Amerai il Signore tuo Dio con tutto il cuore, con tutta l'anima, con tutta la forza. [6]Le parole che oggi ti ordino, siano nel tuo cuore. [7]Le inculcherai ai tuoi figli, ne parlerai quando sei seduto in casa, quando cammini per strada, quando sei coricato e quando sei in piedi. [8]Le legherai come un segno sulla tua mano, saranno come un pendaglio tra i tuoi occhi. [9]Le scriverai sugli stipiti della tua casa e sulle tue porte.

[10]Quando il Signore tuo Dio ti avrà introdotto nella terra che ha giurato ad Abramo, a Isacco e a Giacobbe, tuoi padri, di darti, nelle grandi e belle città che non hai edificato, [11]nelle case piene di ogni bene che non hai riempito, presso pozzi scavati, che non hai scavato tu, presso vigne e oliveti che non hai piantato; quando dunque avrai mangiato e ti sarai saziato, [12]guardati dal dimenticare il Signore, che ti ha fatto uscire dalla terra d'Egitto, dalla casa di schiavitù. [13]Temerai il Signore tuo Dio, lo servirai, nel suo nome giurerai.

[14]Non seguirete altri dèi tra le divinità dei popoli che vi circondano, [15]perché il Signore tuo Dio, che sta in mezzo a te, è un Dio geloso; che non si accenda l'ira del Signore tuo Dio e ti faccia scomparire dalla faccia della terra.

[16]Non tentate il Signore vostro Dio, come lo avete tentato a Massa. [17]Osserverete attentamente i precetti del Signore vostro Dio, le sue istruzioni e le prescrizioni che ti ha ordinato. [18]Farai ciò ch'è retto e buono agli occhi del Signore, perché tu abbia bene e vada a conquistare quella terra buona che il Signore ha giurato ai tuoi padri di darti, [19]dopo aver cacciati tutti i tuoi nemici dinanzi a te, come il Signore ha promesso.

Catechesi familiare. - [20]Quando in avvenire tuo figlio ti domanderà: "Che cosa sono queste istruzioni, queste prescrizioni e questi decreti che vi ha ordinato il Signore nostro Dio?", [21]tu risponderai a tuo figlio: "Noi eravamo schiavi del faraone in Egitto, e il Signore ci ha fatto uscire dall'Egitto con mano potente. [22]Il Signore ha compiuto segni e prodigi grandi e funesti per l'Egitto, per il faraone e per tutta la sua casa sotto i nostri occhi; [23]invece ha fatto uscire noi di là per condurci e darci la terra che aveva giurato ai nostri padri. [24]Il Signore ci ha ordinato di mettere in pratica tutte queste prescrizioni, perché temiamo il Signore nostro Dio per il nostro bene, tutti i giorni, e per conservarci in vita, come è avvenuto oggi. [25]La nostra giustizia è osservare e praticare interamente questi comandi davanti al Signore nostro Dio, come ci ha prescritto".

7 Israele, popolo eletto per amore. - [1]Quando il Signore tuo Dio ti avrà introdotto nella terra dove vai, per conquistarla, cadranno innanzi a te molte nazioni: gli Hittiti, i Gergesei, gli Amorrei, i Cananei, i Perizziti, gli Evei, i Gebusei, sette nazioni più numerose e più forti di te. [2]Il Signore te le metterà davanti; tu le batterai e le voterai all'anatema. Non stringerai nessun patto con esse, né avrai misericordia di loro. [3]Con esse non contrarrai matrimonio: non darai tua figlia a un loro figlio, né prenderai una loro figlia per tuo figlio. [4]Poiché tuo figlio si allontanerebbe da me e servirebbero altri dèi, e l'ira del Signore si accenderebbe contro di voi e vi sterminerebbe presto.

[5]Voi invece agirete così: demolirete i loro altari, spezzerete le loro stele, taglierete i loro pali sacri e brucerete i loro idoli nel fuoco. [6]Perché tu sei un popolo santo per il Signore tuo Dio; il Signore tuo Dio ti ha scelto affinché sia un popolo particolarmente suo tra tutti i popoli che sono sulla faccia

---

6. - [1.] In questo capitolo è spiegato il primo comandamento e inculcato l'amore verso Dio.
[4-7.] Due princìpi basilari della religione: unicità di Dio e dovere di amarlo con tutto l'essere. Questi vv. formano l'inizio della principale preghiera d'Israele.

della terra. [7]Non perché siete più numerosi di tutti gli altri popoli il Signore si è unito a voi e vi ha scelto; ché anzi voi siete il più piccolo di tutti i popoli. [8]Ma perché il Signore vi ama e per mantenere il giuramento fatto ai vostri padri, il Signore vi ha fatto uscire con mano potente e vi ha liberato dalla casa di servitù, dalla mano del faraone, re d'Egitto. [9]Tu sai che il Signore tuo Dio, lui è Dio: il Dio fedele che mantiene l'alleanza e la benevolenza verso coloro che lo amano e osservano i suoi precetti, per mille generazioni, [10]e ripaga nella sua persona colui che lo odia, fino a farlo perire; non tarda, ma lo ripaga nella sua persona.

[11]Osserverai i precetti, le prescrizioni e i decreti che oggi ti ordino di mettere in pratica. [12]Per il fatto che avrete ascoltato questi decreti, li avrete osservati e praticati, il Signore tuo Dio manterrà l'alleanza in tuo favore e la benevolenza che ha giurato ai tuoi padri. [13]Ti amerà, ti benedirà, ti moltiplicherà; benedirà il frutto del tuo seno, il frutto del tuo suolo, il tuo frumento, il tuo mosto, il tuo olio, i parti delle tue vacche, i nati del tuo gregge sul suolo che ha giurato ai tuoi padri di donarti. [14]Sarai benedetto più di tutti i popoli; presso di te non sarà sterile né l'uomo né la donna, nemmeno il tuo bestiame. [15]Il Signore allontanerà da te ogni infermità; non ti metterà addosso alcuno dei malanni funesti dell'Egitto, che tu conosci, e li darà a tutti quelli che ti odiano.

[16]Tu sterminerai tutti i popoli che il Signore tuo Dio ti dona: il tuo occhio non avrà misericordia di loro e non servirai i loro dèi. Ciò sarebbe per te un laccio.

Divino soccorso. - [17]Che se dirai in cuor tuo: "Quelle nazioni sono più numerose di me: come potrò cacciarle?". [18]Non temerle: ricorda bene quanto ha fatto il Signore tuo Dio al faraone e a tutto l'Egitto, [19]le grandi prove che videro i tuoi occhi, i segni e i prodigi, la mano potente e il braccio teso con cui il Signore tuo Dio ti ha fatto uscire. Così farà il Signore a tutte le nazioni che tu temi. [20]Inoltre, il Signore tuo Dio manderà contro di essi i calabroni, fino ad annientare coloro che erano rimasti e si erano nascosti al tuo sguardo. [21]Non spaventarti innanzi a loro, poiché il Signore tuo Dio è in mezzo a te: un Dio grande e terribile. [22]Il Signore tuo Dio caccerà dinanzi a te quelle nazioni, ma a poco a poco: tu non le potrai sterminare subito, affinché le bestie

selvagge non si moltiplichino a tuo danno; [23]ma il Signore te le metterà dinanzi, esse saranno in preda a grande agitazione, finché non saranno distrutte. [24]Metterà il loro re in mano tua, cancellerai il loro nome di sotto il cielo e nessuno potrà resistere contro di te, finché non le abbia distrutte. [25]Darai alle fiamme i simulacri dei loro dèi. Non desiderare l'argento e l'oro che li ricopre e non trattenerlo per te, affinché per esso tu non sia preso in un laccio, poiché è un abominio per il Signore tuo Dio. [26]Non introdurrai quest'abominio nella tua casa, perché tu diventeresti anatema come esso. Devi detestarlo e averlo in abominio poiché è anatema.

8 **Protezione nel deserto.** - [1]Baderete di praticare tutti gli ordinamenti che oggi ti prescrivo, perché viviate, vi moltiplichiate, e andiate a conquistare la terra che il Signore ha promesso con giuramento ai vostri padri.

[2]Ricorda tutto il cammino che ti ha fatto compiere il Signore tuo Dio in questi quarant'anni nel deserto, per umiliarti, per provarti, per conoscere ciò ch'è nel tuo cuore, se tu avessi osservato i suoi precetti o no. [3]Ti ha umiliato, ti ha fatto provare la fame, ti ha fatto mangiare la manna che tu non conoscevi né conoscevano i tuoi padri, per insegnarti che non di solo pane vive l'uomo, ma di tutto ciò che esce dalla bocca di Dio vive l'uomo. [4]Il tuo mantello non si è logorato e non si sono gonfiati i tuoi piedi in questi quarant'anni. [5]Riconosci dunque nel tuo cuore che, come un padre corregge il figlio, così il Signore tuo Dio ti corregge; [6]e osserva il comandamento del Signore tuo Dio seguendo la sua via e temendolo.

Tentazioni della sedentarizzazione. - [7]Poiché il Signore tuo Dio sta per introdurti in

---

7. - [6-8]. Insieme a 14,2, questo testo è uno dei più densi e commoventi circa l'elezione d'Israele come popolo di Dio. Dio lo *ha scelto* unicamente perché lo ha amato più degli altri. «Egli per primo ci ha amati» (1Gv 4,10). Tutta la storia della salvezza è una continua manifestazione dell'amore di Dio.

8. - [3]. Il senso primo e immediato di queste parole, che Gesù opporrà al demonio tentatore (Mt 4,4), è il seguente: quand'anche mancasse all'uomo il pane naturale, Dio sa come sostenere la vita, che è sua. Tuttavia Gesù gli darà un senso più elevato e spirituale: l'uomo ha anche la vita dello spirito che solo la parola di Dio può alimentare.

una terra buona, terra di torrenti, fonti e abissi che sgorgano nelle valli e nella montagna, [8]terra di frumento, orzo, viti, fichi e melograni, terra di oliveti e miele, [9]terra dove non mangerai il pane nella miseria e dove non ti mancherà nulla, terra le cui pietre sono di ferro e dalle cui montagne estrarrai il rame. [10]Mangerai, sarai sazio e benedirai il Signore tuo Dio per la buona terra che ti ha donato.

[11]Guardati dal dimenticare il Signore tuo Dio, non osservando i suoi precetti, decreti e prescrizioni che oggi io ti ordino; [12]quando mangerai e sarai sazio, costruirai belle case e vi abiterai, [13]si moltiplicherà il tuo bestiame grosso e quello minuto, ti si moltiplicherà l'argento e l'oro e si moltiplicheranno tutti i tuoi beni, [14]il tuo cuore non si inorgoglisca così da dimenticare il Signore tuo Dio che ti ha fatto uscire dalla terra d'Egitto, dalla casa di schiavitù, [15]che ti ha condotto attraverso il deserto grande e terribile di serpenti brucianti e scorpioni, luogo di sete e senz'acqua; che ha fatto scaturire per te acqua dalla pietra di silice; [16]che ti ha dato da mangiare la manna nel deserto, che non conoscevano i tuoi padri, per umiliarti, per provarti e affinché tu fossi felice in avvenire.

[17]Non dire nel tuo cuore: "La mia forza e la robustezza della mia mano mi ha procurato questa potenza". [18]Ricordati del Signore tuo Dio, poiché lui ti ha dato la forza di procurarti questa potenza, per mantenere l'alleanza che ha giurato ai tuoi padri, come è ancora oggi.

[19]Se dimenticherai completamente il Signore tuo Dio, seguirai altri dèi e li servirai prostrandoti innanzi a loro, oggi io testimonio contro di voi: certo perirete. [20]Come le nazioni che il Signore sta per far perire innanzi a voi, così anche voi perirete, perché non avete ascoltato la voce del Signore vostro Dio.

9 Puro dono di misericordia. - [1]Ascolta Israele: oggi tu stai per passare il Giordano per andare a conquistare nazioni più grandi e più forti di te, città grandi e fortificate fino al cielo; [2]un popolo potente e alto, i figli degli Anakiti che tu conosci e dei quali hai sentito dire: "Chi può resistere ai figli di Anak?". [3]Oggi sappi che il Signore tuo Dio, è lui che passerà davanti a te come un fuoco divoratore: è lui che li sterminerà ed è lui che te li sottometterà; tu li conquiste-

rai e li distruggerai rapidamente, come ti ha detto il Signore.

[4]Non dire nel tuo cuore, quando il Signore tuo Dio li caccerà dinanzi a te: "Per la mia giustizia il Signore mi ha condotto a conquistare questa terra". Ma per la perversità di quelle nazioni il Signore tuo Dio le spossessa davanti a te. [5]Non per la tua giustizia né per la rettitudine del tuo cuore tu vai a conquistare la loro terra, ma per la perversità di quelle nazioni il Signore le spossessa davanti a te, per mantenere la parola che ha giurato ai tuoi padri, ad Abramo, ad Isacco e a Giacobbe. [6]Sappi che non per la tua giustizia il Signore tuo Dio ti dona in possesso questa terra buona; perché sei un popolo di dura cervice.

Al Sinai: prevaricazione, intercessione di Mosè. - [7]Ricorda e non dimenticare che hai irritato il Signore tuo Dio nel deserto; da quando siete usciti dalla terra d'Egitto fino al vostro arrivo in questo luogo siete stati ribelli verso il Signore. [8]All'Oreb avete irritato il Signore ed egli si è così adirato contro di voi che voleva distruggervi, [9]quando io ero salito sul monte per prendere le tavole di pietra, tavole dell'alleanza che il Signore aveva stretto con voi ed ero restato sul monte quaranta giorni e quaranta notti senza mangiare pane e senza bere acqua; [10]il Signore mi aveva dato le due tavole di pietra, scritte dal dito di Dio, sulle quali erano tutte le parole che il Signore vi aveva detto sul monte, in mezzo al fuoco, nel giorno dell'assemblea.

[11]Al termine dei quaranta giorni e delle quaranta notti il Signore mi diede le due tavole di pietra, le tavole dell'alleanza, [12]e mi disse il Signore: "Alzati, discendi in fretta di qui, perché il tuo popolo, che tu hai fatto uscire dall'Egitto, ha prevaricato. Hanno deviato presto dalla via che avevo loro prescritto e si sono fatti un idolo di metallo fuso". [13]Il Signore mi disse: "Io ho visto questo popolo; ecco, è un popolo di dura cervice. [14]Lasciami che li distrugga e cancelli il loro nome di sotto il cielo, e farò di te una nazione più forte e numerosa di quello". [15]Mi voltai e scesi dal monte e il monte bruciava nel fuoco; le due tavole dell'alleanza erano nelle mie mani. [16]Guardai, ed ecco, avevate peccato contro il Signore vostro Dio e vi eravate fatti un vitello di metallo fuso: avevate deviato presto dalla via che il Signore vi aveva prescritto. [17]Afferrai le

due tavole, le scagliai dalle mani, le spezzai sotto i vostri occhi [18]e mi gettai al cospetto del Signore: come la prima volta, per quaranta giorni e quaranta notti non mangiai pane e non bevvi acqua, a causa di tutti i peccati che avevate commesso facendo il male agli occhi del Signore per irritarlo. [19]Perché io ero atterrito davanti alla collera e all'indignazione di cui il Signore era adirato contro di voi, così da volervi distruggere. Il Signore mi ascoltò anche questa volta.

[20]Anche contro Aronne il Signore si era tanto irritato che lo voleva distruggere; e intercedetti anche per Aronne in quel tempo. [21]L'oggetto del peccato che voi avevate commesso, cioè il vitello, lo presi e lo bruciai nel fuoco, lo spezzai, lo ridussi interamente in polvere minuta e ne gettai la polvere nel torrente che scende dal monte.

Infedeltà nel deserto. - [22]Anche a Tabera, a Massa e a Kibrot-Taava avete irritato il Signore; [23]e quando egli vi ha mandato da Kades-Barnea dicendo: "Salite a conquistare la terra che vi ho dato", vi siete ribellati contro la parola del Signore vostro Dio, non gli avete creduto, né avete ascoltato la sua voce. [24]Voi foste ribelli al Signore dal giorno in cui vi ha conosciuto.

[25]Mi gettai dunque al cospetto del Signore quaranta giorni e quaranta notti; mi sono prostrato, perché il Signore parlò di distruggervi. [26]Intercedetti presso il Signore e dissi: "Signore Dio, non distruggere il tuo popolo, la tua eredità che hai redento con la tua grandezza, che hai fatto uscire dall'Egitto con mano potente. [27]Ricorda i tuoi servi, Abramo, Isacco, Giacobbe, e non guardare l'ostinazione di questo popolo, la sua perversità e il suo peccato, [28]affinché non dicano nella terra donde ci hai fatto uscire: Il Signore non ha potuto introdurli nella terra che aveva loro detto e per odio contro di loro li ha fatti uscire per farli morire nel deserto. [29]Essi sono il tuo popolo e la tua eredità, che tu hai fatto uscire con la tua grande forza e con il tuo braccio steso".

10 Nuove tavole: l'arca dell'alleanza e i leviti. - [1]In quel tempo il Signore mi disse: "Taglia due tavole di pietra come le prime e sali da me sul monte; costruisci anche un'arca di legno. [2]Scriverò sulle tavole le parole che si trovavano sulle prime tavole che tu hai spezzato e tu le metterai nell'arca".

[3]Feci dunque un'arca di legno di acacia, tagliai le due tavole di pietra come le prime e salii sul monte con le due tavole in mano. [4]Il Signore scrisse sulle tavole com'era scritto prima, le dieci parole che vi aveva detto sul monte, in mezzo al fuoco, nel giorno dell'assemblea, e me le consegnò. [5]Io mi voltai, discesi dal monte e collocai le tavole nell'arca che avevo fatto: qui esse restarono come mi aveva ordinato il Signore.

[6]I figli di Israele partirono dai pozzi dei figli di Iaakan per Mosera; qui Aronne morì e fu sepolto; divenne sacerdote Eleazaro suo figlio al suo posto. [7]Di là partirono per Gudgoda, e da Gudgoda per Iotbata, terra dai torrenti d'acqua.

[8]In quel tempo il Signore destinò la tribù di Levi a portare l'arca dell'alleanza del Signore, a stare dinanzi a lui, a servirlo e a benedire nel suo nome, com'è ancora oggi. [9]Perciò Levi non ha parte né eredità con i fratelli: il Signore è la sua eredità, come gli aveva detto il Signore tuo Dio.

[10]Io rimasi sul monte come la prima volta quaranta giorni e quaranta notti. Il Signore mi ascoltò anche questa volta e non ti distrusse. [11]Il Signore mi disse: "Alzati, va' a metterti alla testa di questo popolo, perché vadano a conquistare la terra che ho giurato ai loro padri di dare loro".

Fedeltà e amore. - [12]Ora, o Israele, che cosa chiede a te il Signore tuo Dio se non di temere il Signore tuo Dio, di seguire tutte le sue vie, di amarlo, di servire il Signore tuo Dio con tutto il tuo cuore e con tutta la tua anima, [13]di osservare i precetti del Signore e le prescrizioni che oggi ti ordino per il tuo bene? [14]Ecco, il cielo e i cieli dei cieli, la terra e quanto è in essa appartengono al Signore tuo Dio; [15]tuttavia il Signore si è unito ai tuoi padri per amor loro e ha scelto fra tutti i popoli la loro discendenza dopo di loro, cioè voi, com'è ancora oggi. [16]Circoncidete il vostro cuore e non gonfiate più il vostro collo, [17]perché il Signore vostro Dio, lui è il Dio degli dèi, il Signore dei signori, il Dio grande, forte e terribile che non fa preferenza di persona né prende regali, [18]che fa giustizia all'orfano e alla vedova, ama il forestiero e gli dà pane e vestito. [19]Amate dunque il forestiero, perché anche voi siete stati forestieri nella terra d'Egitto. [20]Temerai il Signore tuo Dio, lui servirai, ti legherai a lui e nel suo nome giurerai. [21]Egli è la tua lode, egli è il tuo Dio, che ha compiuto con te quelle cose grandi e terribili che videro i tuoi occhi. [22]In settanta persone sono discesi i tuoi padri in Egitto, e ora il Signore tuo Dio ti ha reso numeroso come le stelle del cielo.

11 Lezione del passato, promesse per l'avvenire.

- [1]Amerai il Signore tuo Dio e custodirai le sue leggi, le sue prescrizioni, i suoi decreti e i suoi precetti ogni giorno. [2]Oggi voi conoscete, e non i vostri figli, che non hanno conosciuto e visto le lezioni del Signore vostro Dio, la sua grandezza, la sua mano forte e il suo braccio teso: [3]i segni e le opere che ha compiuto in mezzo all'Egitto contro il faraone, re d'Egitto, e contro tutta la sua terra, [4]ciò che ha fatto all'esercito d'Egitto, ai suoi cavalli e ai suoi carri, facendo rifluire su di essi le acque del Mar Rosso mentre vi stavano inseguendo, e li ha annientati fino ad oggi; [5]quanto fece per voi nel deserto fino al vostro arrivo in questo luogo, [6]ciò che fece a Datan e Abiram, figli di Eliab, figlio di Ruben, quando la terra aprì la sua bocca e li inghiottì con le famiglie, le tende e ciò che apparteneva ad essi, in mezzo a tutto Israele; [7]i vostri occhi hanno visto tutte le grandi opere che il Signore ha compiuto.

[8]Osserverete tutto l'ordinamento che oggi vi prescrivo, perché siate forti e andiate a conquistare la terra in cui passate per conquistarla, [9]affinché prolunghiate i vostri giorni sul suolo che il Signore ha giurato ai vostri padri di dare loro e alla loro discendenza, terra dove scorre latte e miele.

[10]Poiché la terra che tu vai a conquistare non è come la terra d'Egitto, donde siete usciti, dove seminavi la tua semente e poi la irrigavi con il piede come un giardino da erbaggi. [11]Invece la terra che andate a conquistare è una terra di montagne e di valli, che si disseta di acqua con la pioggia del cielo; [12]una terra di cui il Signore tuo Dio ha cura: continuamente sono su di essa gli occhi del Signore tuo Dio, dall'inizio dell'anno fino al suo termine.

[13]Se veramente ascolterete i precetti che oggi vi prescrivo, amando il Signore vostro Dio e servendolo con tutto il vostro cuore e con tutta la vostra anima, [14]darò la pioggia alla vostra terra al suo tempo, la prima pioggia e l'ultima, così raccoglierai il tuo frumento, il tuo mosto e il tuo olio, [15]e darò erba al tuo campo per il tuo bestiame: tu mangerai e ti sazierai.

[16]Badate a voi, che non sia sedotto il vostro cuore, deviando, servendo altri dèi e prostrandovi innanzi a loro: [17]si accenderebbe l'ira del Signore contro di voi, chiuderebbe il cielo, non vi sarebbe più pioggia, il suolo non darebbe più i suoi prodotti e perireste presto dalla buona terra che il Signore vi dona.

Conclusione: la scelta. - [18]Porrete queste mie parole sul vostro cuore e sulla vostra anima, le legherete come segno sulle vostre mani e saranno come un pendaglio tra i vostri occhi. [19]Le insegnerete ai vostri figli, parlandone quando ti trovi in casa, quando cammini per strada, quando sei coricato e quando sei in piedi; [20]le scriverai sugli stipiti della tua casa e sulle tue porte: [21]perché si prolunghino i vostri giorni e i giorni dei vostri figli come i giorni del cielo sopra la terra, sul suolo che il Signore ha giurato ai vostri padri di dar loro.

[22]Poiché se veramente osserverete tutti questi ordini che vi prescrivo di praticare, amando il Signore vostro Dio, camminando in tutte le sue vie e aderendo a lui, [23]il Signore spossesserà tutte quelle nazioni innanzi a voi e voi conquisterete nazioni più grandi e forti di voi. [24]Vostro sarà ogni luogo che la pianta dei vostri piedi calcherà; i vostri confini si estenderanno dal deserto al Libano, dal fiume, il fiume Eufrate, al Mare Mediterraneo. [25]Non resisterà alcuno dinanzi a te; il Signore vostro Dio getterà il terrore e lo spavento di voi su tutta la faccia della terra che voi calcherete, come vi ha detto.

[26]Vedi, io pongo oggi innanzi a voi benedizione e maledizione: [27]benedizione se obbedirete ai precetti del Signore vostro Dio, che vi prescrivo oggi; [28]maledizione se non obbedirete ai precetti del Signore vostro Dio e devierete dal cammino che vi prescrivo oggi, seguendo altri dèi che non avete conosciuto.

[29]Quando il Signore tuo Dio ti avrà condotto nella terra che vai a conquistare, tu porrai la benedizione sul monte Garizim e la maledizione sul monte Ebal. [30]Essi non si trovano forse al di là del Giordano, dietro il cammino del tramonto del sole, nella terra del Cananeo che abita l'Araba, di fronte a Gàlgala presso le Querce di More?

³¹Voi infatti state per attraversare il Giordano per andare a conquistare la terra che il Signore vostro Dio vi dona: voi la conquisterete e dimorerete in essa, ³²e baderete di eseguire tutte le prescrizioni e i decreti che oggi vi espongo.

CODICE DEUTERONOMICO

12 **Il luogo di culto.** - ¹Queste sono le prescrizioni e i decreti che baderete di praticare nella terra che il Signore, Dio dei tuoi padri, ti ha dato da conquistare, per tutti i giorni della vostra vita su quel suolo. ²Distruggerete interamente tutti i luoghi nei quali le nazioni che voi state per conquistare hanno servito i loro dèi: sugli alti monti, sulle colline e sotto ogni albero frondoso. ³Demolirete i loro altari, frantumerete le loro stele, i loro pali sacri li brucerete nel fuoco, spezzerete le statue dei loro dèi e farete perire il loro nome da quei luoghi. ⁴Non farete così con il Signore vostro Dio, ⁵ma lo cercherete nella sua dimora, nel luogo che il Signore vostro Dio sceglierà tra tutte le tribù di mettere il suo nome, e qui verrai. ⁶Porterete qui i vostri olocausti, i vostri sacrifici, le vostre decime e il dono delle vostre mani, i vostri voti, le vostre offerte spontanee e i primogeniti del vostro bestiame grosso e del vostro bestiame minuto; ⁷mangerete qui, dinanzi al Signore vostro Dio, e gioirete voi e le vostre famiglie per ogni impresa delle vostre mani in cui il Signore tuo Dio ti avrà benedetto. ⁸Non farete, come facciamo qui oggi, ciascuno ciò ch'è giusto ai propri occhi, ⁹poiché ancora non siete entrati nel riposo e nell'eredità che il Signore vostro Dio vi dona. ¹⁰Voi attraverserete il Giordano e abiterete nella terra che il Signore vostro Dio vi assegna in eredità; vi darà tranquillità da tutti i nemici che vi circondano e abiterete in sicurezza. ¹¹Nel luogo che il Signore vostro Dio sceglierà per far dimorare il suo nome, ivi porterete tutto ciò che io oggi vi prescrivo: i vostri olocausti, i vostri sacrifici, le vostre decime, il dono delle vostre mani e tutte le cose scelte che avete promesso in voto al Signore; ¹²gioirete al cospetto del Signore vostro Dio, voi, i vostri figli e le vostre figlie, i vostri servi e le vostre serve, il levita che si trova entro le vostre porte, poiché questi non ha né parte né eredità con voi.

Sacrifici e macellazione. - ¹³Guàrdati dall'offrire i tuoi olocausti in ogni luogo che vedi; ¹⁴solo nel luogo che il Signore sceglierà in una delle tue tribù, là offrirai i tuoi olocausti e là eseguirai quanto ti prescrivo.

¹⁵Tuttavia ogni volta che tu lo desideri potrai immolare e mangiare carne in ciascuna delle tue città, secondo che la benedizione del Signore ti avrà concesso. Ne potranno mangiare chi è impuro e chi è puro, come se fosse gazzella e cervo. ¹⁶Però non mangerete il sangue; lo spanderete sulla terra come l'acqua.

¹⁷Non potrai mangiare nelle tue città la decima del tuo frumento, del tuo mosto e del tuo olio, i primogeniti del tuo bestiame grosso e del tuo bestiame minuto, niente di ciò che hai promesso in voto, né le tue offerte spontanee né il dono delle tue mani; ¹⁸ma le mangerai al cospetto del Signore tuo Dio nel luogo che il Signore tuo Dio sceglierà: tu, tuo figlio e tua figlia, il tuo servo e la tua serva, il levita che si trova entro le tue porte, e gioirai al cospetto del Signore tuo Dio per ogni opera delle tue mani. ¹⁹Guàrdati dal trascurare il levita per tutti i giorni in cui vivrai sul tuo suolo.

²⁰Quando il Signore tuo Dio avrà ampliato i tuoi confini, come ti ha detto, e tu dirai: "Mangerò carne", poiché la tua gola desidera mangiare carne, secondo il desiderio della tua gola mangerai carne. ²¹Se il luogo dove il Signore tuo Dio ha scelto di porre il suo nome è distante da te, immolerai del tuo bestiame grosso e del tuo bestiame minuto che il Signore ti avrà dato nel modo che ti ho prescritto; ne mangerai tra le tue porte secondo ogni desiderio della tua gola; ²²però come si mangia la gazzella e il cervo ne mangerai; ne mangeranno ugualmente chi è impuro e chi è puro. ²³Però sii fermo, non mangiare il sangue, poiché il sangue è la vita, e non mangerai la vita con la carne. ²⁴Non lo mangerai, lo spanderai sulla terra come l'acqua. ²⁵Non lo mangerai, perché sia felice tu e i tuoi figli dopo di te, perché hai compiuto quanto è giusto agli occhi del Signore.

---

12. - ⁵⁻⁶. Giunto Israele nella terra promessa, il Signore si sarebbe scelto il luogo per il culto, e da allora in poi soltanto in quello si sarebbe dovuto offrirgli i sacrifici. L'unicità del luogo di culto non si osservava ai tempi dei giudici né di Salomone. Fu la riforma di Giosia (2Re 23) a ispirarsi ampiamente a questo principio.

²⁶Tuttavia prenderai le tue cose sacre e i tuoi voti e li porterai nel luogo che il Signore sceglierà, ²⁷e farai i tuoi olocausti della carne e del sangue sull'altare del Signore tuo Dio: il sangue dei tuoi sacrifici sarà sparso sull'altare del Signore tuo Dio e ne mangerai la carne.

²⁸Osserva e pratica tutte queste cose che ti prescrivo, perché siate felici tu e i tuoi figli dopo di te per sempre, perché hai compiuto quanto è bene e giusto agli occhi del Signore tuo Dio.

Guardarsi dai culti pagani. - ²⁹Quando il Signore tuo Dio avrà fatto scomparire le nazioni presso le quali tu vai, spossessandole davanti a te, e le avrai conquistate e abiterai nella loro terra, ³⁰guàrdati dal lasciarti ingannare seguendo il loro esempio, dopo che furono annientate dinanzi a te; non ricercare i loro dèi dicendo: "Come servivano queste nazioni i loro dèi? Anch'io farò così". ³¹Non agirai così verso il Signore tuo Dio, perché essi hanno fatto per i loro dèi quanto è in abominio e in odio al Signore: hanno bruciato nel fuoco perfino i loro figli e le loro figlie, in onore dei loro dèi.

13 **Contro le tentazioni all'idolatria.** ¹Osserverete e praticherete tutto ciò che vi ordino: non vi aggiungerai e non ne detrarrai nulla.

²Se sorge in mezzo a te un profeta o un sognatore che ti proponga un segno o un prodigio ³e, avveratosi il segno o il prodigio di cui ti aveva parlato, ti dica: "Seguiamo altri dèi, che tu non hai conosciuto, e serviamoli", ⁴non ascoltare le parole di questo profeta o sognatore; perché il Signore vostro Dio vi mette alla prova per conoscere se veramente amate il Signore vostro Dio con tutto il vostro cuore e con tutta la vostra anima.

⁵Seguirete il Signore vostro Dio, lui temerete, osserverete i suoi precetti, ascolterete la sua voce, servirete e aderirete a lui. ⁶Questo profeta o sognatore morirà perché ha proposto una defezione dal Signore vostro Dio, che vi ha fatto uscire dalla terra d'Egitto e ti ha liberato dalla casa di schiavitù, per trascinarti fuori dal cammino sul quale il Signore tuo Dio ti ha prescritto di camminare. Così distruggerai il male in mezzo a te.

⁷Se tuo fratello, figlio di tuo padre o figlio di tua madre, tuo figlio, tua figlia, la moglie che riposa sul tuo petto, l'amico che è come la tua anima, ti incita in segreto dicendo: "Andiamo a servire altri dèi", che non hai conosciuto né tu né i tuoi padri, ⁸tra le divinità dei popoli che vi circondano, vicini o lontani, da un capo all'altro della terra; ⁹tu non acconsentirai, non gli darai ascolto, il tuo occhio non avrà misericordia di lui, non lo risparmierai né coprirai la sua colpa. ¹⁰Tu dovrai ucciderlo, la tua mano sarà la prima contro di lui per metterlo a morte, quindi la mano di tutto il popolo; ¹¹lo lapiderai e morirà, perché ha cercato di allontanarti dal Signore tuo Dio che ti ha fatto uscire dalla terra d'Egitto, dalla casa di schiavitù. ¹²Tutto Israele sentirà, avrà paura e non commetterà più un'azione cattiva come questa in mezzo a te.

¹³Se senti che in una delle città che il Signore tuo Dio ti concede per abitarvi, ¹⁴sono usciti da te uomini perversi e hanno sedotto gli abitanti delle loro città dicendo: "Andiamo a servire altri dèi" che non avete conosciuto; ¹⁵tu indagherai, esaminerai e interrogherai con cura. Se la cosa è certa e un tale abominio è stato davvero compiuto in mezzo a te, ¹⁶devi passare gli abitanti di quella città a fil di spada, votare all'anatema essa e quanto è in essa, e passare a fil di spada anche il suo bestiame; ¹⁷ammasserai tutto il bottino in mezzo alla piazza e brucerai nel fuoco la città con tutto il bottino, tutta intera, per il Signore tuo Dio. Diverrà una rovina eterna e non sarà più ricostruita.

¹⁸Non resti attaccato alla tua mano nulla dell'anatema, affinché il Signore desista dalla sua ira ardente e ti conceda misericordia; abbia di te misericordia e ti moltiplichi come ha giurato ai tuoi padri, ¹⁹poiché tu hai ascoltato la voce del Signore tuo Dio, osservando tutti i suoi precetti che oggi ti prescrivo e facendo quanto è retto agli occhi del Signore tuo Dio.

---

13. - ²·³· *I prodigi* non sempre sono miracoli nel senso teologico, ma fatti che destano stupore, perché insoliti e straordinari o perché non se ne conosca la causa. In ogni caso nessun prodigio può essere una ragione per abbandonare Dio e la fede in lui.

14 **Superstizioni.** - ¹Voi siete figli per il Signore vostro Dio. Non vi farete incisioni, né vi raderete tra gli occhi per un

morto. ²Perché tu sei un popolo santo per il
Signore tuo Dio, il quale ti ha scelto fra tutti i popoli che sono sulla faccia della terra,
affinché sia un popolo particolarmente suo.

Animali puri e impuri. - ³Non mangerete
nessuna abominazione. ⁴Questi sono gli
animali che mangerete: bue, pecora, capra,
⁵cervo, gazzella, daino, stambecco, antilope, bufalo, camoscio; ⁶mangerete ogni animale che ha lo zoccolo spaccato e diviso in
due unghie, e che rumina. ⁷Ma fra i ruminanti e tra quelli che hanno lo zoccolo spaccato e diviso, non mangerete il cammello,
la lepre e l'irace, perché ruminano ma non
hanno lo zoccolo spaccato. Per voi essi sono
animali impuri. ⁸Anche il porco che, sebbene abbia lo zoccolo spaccato, non rumina,
per voi è impuro. Non mangerete le loro
carni e non toccherete i loro cadaveri.

⁹Tra tutti gli esseri che sono nell'acqua,
mangerete di tutti quelli che hanno pinne e
squame; ¹⁰ma non mangerete nessuno di
quelli che non hanno pinne né squame. Per
voi essi sono impuri.

¹¹Mangerete di ogni specie di uccelli puri, ¹²ma non mangerete di queste specie:
l'aquila, l'ossifraga, la strige, ¹³il nibbio e
ogni specie di astori; ¹⁴ogni specie di corvi;
¹⁵lo struzzo, la civetta, il gabbiano, tutti gli
sparvieri, ¹⁶il gufo, l'ibis, il cigno, ¹⁷il pellicano, il martin pescatore, la folaga, ¹⁸la cicogna, le varie specie di aironi, l'upupa, il
pipistrello. ¹⁹Considererete immondi gli insetti alati: non ne mangerete. ²⁰Mangerete
ogni volatile puro.

²¹Non mangerete di alcun animale che
sia morto di morte naturale: lo darai al forestiero che è tra le tue porte ed egli lo mangerà, o lo venderai a uno straniero, perché
tu sei un popolo santo per il Signore tuo
Dio.

Non farai cuocere un capretto nel latte di
sua madre.

Le decime. - ²²Prenderai la decima di ogni
prodotto della tua semente che cresce nei
campi, ogni anno, ²³e la mangerai al cospetto del Signore tuo Dio nel luogo nel quale
sceglierà di far dimorare il suo nome: la decima del tuo frumento, del tuo mosto, del
tuo olio, i primogeniti del tuo bestiame
grosso e minuto, affinché tu impari a temere il Signore tuo Dio ogni giorno.

²⁴Se troppo lungo è per te il cammino e
tu non puoi trasportare la decima, perché è

troppo distante da te il luogo dove il Signore tuo Dio ha scelto di porre il suo nome,
perché il Signore tuo Dio ti avrà benedetto,
²⁵la cambierai in denaro, stringerai il denaro nella mano e andrai al luogo scelto dal Signore tuo Dio ²⁶e là cambierai il denaro in
tutto ciò che tu desideri: in bestiame grosso
o minuto, in vino, in bevanda inebriante e
in quanto richiede la tua gola, lo mangerai
là al cospetto del Signore tuo Dio e ti rallegrerai tu e la tua casa. ²⁷Il levita che è fra le
tue porte non lo trascurare, perché non ha
né parte né eredità con te.

²⁸Al termine di tre anni porterai ogni decima dei tuoi prodotti e la deporrai alle porte della tua città: ²⁹verranno il levita, che
non ha né parte né eredità con te, il forestiero, l'orfano e la vedova che si trovano
entro le tue porte, ne mangeranno e si sazieranno. Perché il Signore tuo Dio ti benedica in ogni opera delle tue mani, che tu farai.

15 **L'anno sabbatico.** - ¹Al termine di
sette anni farai il condono. ²In questo consiste il condono: chiunque detiene
un pegno, condonerà ciò per cui ha ottenuto il pegno dal suo prossimo; non avrà pretese sul suo prossimo né sul suo fratello,
poiché è stato proclamato il condono davanti al Signore. ³Avanzerai pretese sullo straniero, ma al fratello condonerai quanto di
suo avrai presso di te.

⁴Del resto non ci sarà presso di te alcun
povero, poiché il Signore certo ti benedirà
nella terra che il Signore tuo Dio ti dona in
eredità perché tu la possieda, ⁵se però
ascolterai attentamente la voce del Signore
tuo Dio, osservando e praticando tutti gli
ordini che oggi ti prescrivo.

⁶Quando il Signore tuo Dio ti benedirà,
come ti ha detto, farai prestito a molte nazioni, ma tu non chiederai prestiti; dominerai molte nazioni, ma su di te esse non domineranno.

⁷Se vi sarà presso di te un povero, uno
dei tuoi fratelli in una delle tue città, nella
terra che il Signore tuo Dio ti dona, non in-
durirai il tuo cuore e non chiuderai la tua
mano al tuo fratello povero, ⁸ma gli aprirai
la mano, gli presterai generosamente quanto gli manca, per il bisogno in cui si trova.

⁹Bada a te, che non ci sia nel tuo cuore
questo cattivo disegno: "È vicino il settimo
anno, l'anno del condono", e il tuo occhio

non sia cattivo verso il tuo fratello povero e tu non gli dia nulla; egli griderebbe al Signore contro di te e ci sarebbe su di te peccato. [10]Da' generosamente a lui e il tuo cuore non sia cattivo mentre doni; infatti il Signore tuo Dio per questo ti benedirà in ogni tua opera e in ogni impresa delle tue mani. [11]Poiché non mancheranno mai i poveri del paese, io ti prescrivo: "Apri generosamente la mano a tuo fratello, all'afflitto e al povero nella tua terra".

Gli schiavi. - [12]Se si vende a te un tuo fratello, ebreo o ebrea, ti servirà per sei anni; ma al settimo anno lo manderai via libero da te; [13]e quando lo manderai via libero da te, non rimandarlo a mani vuote, [14]ma caricalo di doni del tuo gregge, della tua aia e del tuo torchio; nella misura in cui il Signore tuo Dio ti ha benedetto, darai a lui. [15]Ricordati che tu fosti schiavo nella terra d'Egitto e che il Signore tuo Dio ti ha liberato; perciò oggi ti prescrivo questo. [16]Ma se ti dice: "Non andrò via da te", perché ama te, la tua casa e perché si trova bene con te, [17]allora prenderai un punteruolo e gli forerai l'orecchio contro la porta; così ti sarà schiavo per sempre. Anche verso la tua serva farai così. [18]Non ti rincresca di mandarlo via libero da te, perché per un valore doppio del salario di uno stipendiato ti ha servito per sei anni. Il Signore ti benedirà in ogni cosa che farai.

I primogeniti degli animali. - [19]Ogni primogenito maschio che nascerà dal tuo bestiame grosso e dal tuo bestiame minuto lo consacrerai al Signore tuo Dio. Non farai lavorare il primogenito del tuo bestiame grosso né toserai il primogenito del tuo bestiame minuto: [20]lo mangerai, tu e la tua casa, al cospetto del Signore tuo Dio anno per anno, nel luogo che il Signore sceglierà. [21]Ma se ha qualche difetto, se è zoppo, cieco, o se ha qualche altra imperfezione, non lo sacrificherai al Signore tuo Dio: [22]lo mangerai dentro le tue porte, l'impuro e il puro assieme, come se fosse una gazzella o un cervo; [23]soltanto il sangue non mangerai, lo verserai a terra come l'acqua.

16 **Feste: Pasqua e Azzimi.** - [1]Osserva il mese di Abib e celebra la Pasqua per il Signore tuo Dio, perché nel mese di Abib il Signore tuo Dio ti ha fatto uscire dall'Egitto, durante la notte. [2]Immolerai la Pasqua al Signore tuo Dio: un sacrificio di piccolo e di grosso bestiame, nel luogo che egli sceglierà per farvi dimorare il suo nome. [3]Non mangerai con essa pasta lievitata; per sette giorni mangerai con essa gli azzimi, un pane di miseria, poiché con trepidazione sei uscito dalla terra d'Egitto; così ti ricorderai del giorno della tua uscita dalla terra d'Egitto per tutti i giorni della tua vita. [4]Non si vedrà presso di te lievito in tutto il tuo territorio per sette giorni, né dovrà rimanere per tutta la notte fino al mattino alcunché della carne che tu hai sacrificato la sera del primo giorno. [5]Non potrai immolare la Pasqua dentro una delle tue città che il Signore tuo Dio ti dona, [6]ma la immolerai nel luogo che egli sceglierà per farvi dimorare il suo nome; la immolerai alla sera, al tramonto del sole, nell'ora in cui sei uscito dall'Egitto. [7]La farai cuocere e la mangerai nel luogo che il Signore tuo Dio sceglierà. Al mattino dopo tornerai e andrai nelle tue tende. [8]Per sei giorni mangerai azzimi; nel settimo giorno si terrà un'adunanza in onore del Signore tuo Dio; non farai alcun lavoro.

Feste: Settimane e Capanne. - [9]Conterai sette settimane. Quando la falce avrà cominciato a mietere il frumento, comincerai a contare sette settimane, [10]e celebrerai la festa delle Settimane in onore del Signore tuo Dio, offrendo nella misura della generosità della tua mano, secondo che il Signore tuo Dio ti avrà benedetto. [11]Ti rallegrerai al cospetto del Signore tuo Dio, tu, tuo figlio, tua figlia, il tuo servo, la tua serva, il levita che è nella tua città, il forestiero, l'orfano e la vedova che si trovano in mezzo a te, nel luogo che il Signore tuo Dio sceglierà per farvi abitare il suo nome. [12]Ricordati che sei stato schiavo in Egitto: osserva e pratica questi ordinamenti.

[13]Celebrerai la festa delle Capanne per sette giorni quando raccoglierai il prodotto della tua aia e del tuo torchio, [14]e ti rallegrerai nella tua festa, tu, tuo figlio, tua figlia, il tuo servo, la tua serva, il levita, il forestiero, l'orfano e la vedova che si trovano nella tua città. [15]Per sette giorni celebrerai la festa in onore del Signore tuo Dio nel luogo che egli sceglierà; perché il Signore tuo Dio ti benedirà in ogni tuo raccolto e in ogni opera delle tue mani e sarai pienamente contento.

[16]Tre volte all'anno compariranno tutti i tuoi maschi al cospetto del Signore tuo Dio nel luogo che sceglierà: nella festa degli Azzimi, nella festa delle Settimane, nella festa delle Capanne. Non compariranno al cospetto del Signore a mani vuote, [17]ma ognuno presenterà il dono della sua mano secondo quanto la benedizione del Signore tuo Dio ti avrà dato.

I giudici locali. - [18]Costituirai giudici e scribi per ognuna delle tue tribù in tutte le città che il Signore tuo Dio ti dona, e giudicheranno il popolo con sentenze giuste. [19]Non torcerai il diritto, non farai preferenza di persona, non prenderai regali, perché il regalo acceca gli occhi dei saggi e perverte le parole dei giusti. [20]Seguirai solamente la giustizia, perché tu viva, e possieda la terra che il Signore tuo Dio ti dona.

Deviazioni nel culto. - [21]Non pianterai un palo sacro di qualsiasi legno accanto all'altare del Signore tuo Dio che ti sarai costruito; [22]né erigerai una stele, che è in odio al Signore tuo Dio.

17 [1]Non sacrificherai al Signore tuo Dio un capo di bestiame grosso o minuto che abbia un difetto o una qualsiasi tara, perché questo è abominio per il Signore tuo Dio.

[2]Se si troverà in mezzo a te, in una delle tue città che il Signore tuo Dio ti dona, un uomo o una donna che faccia quanto è male agli occhi del Signore tuo Dio, trasgredendo la sua alleanza, [3]che vada a servire altri dèi e a prostrarsi innanzi a loro, al sole, alla luna o a tutto l'esercito del cielo, cosa che io non ho ordinato; [4]se ti è stato riferito e tu ne hai sentito parlare, hai indagato e accertato che la cosa è vera, che cioè questo abominio è stato compiuto in Israele, [5]farai uscire alle porte della tua città quell'uomo o quella donna che hanno compiuto tale azione malvagia, e lapiderai quell'uomo o quella donna, così che muoiano.

[6]Un condannato sarà messo a morte sulla parola di due o di tre testimoni; non sarà messo a morte sulla parola di un testimone solo. [7]La mano dei testimoni sarà la prima contro di lui per ucciderlo, poi la mano di tutto il popolo. Estirperai il male in mezzo a te.

I giudici leviti. - [8]Se è troppo difficile per un caso di giudizio tra sangue e sangue, tra diritto e diritto, tra percossa e percossa, questione di litigi nella tua città, allora ti leverai e salirai al luogo che il Signore tuo Dio sceglierà [9]e andrai dai sacerdoti leviti e dal giudice che sarà in funzione in quei giorni. Essi indagheranno e ti indicheranno i termini della sentenza. [10]Allora agirai secondo i termini che ti avranno indicato nel luogo che il Signore sceglierà; baderai di agire secondo le loro istruzioni. [11]Tu agirai secondo le istruzioni che ti impartiranno e la sentenza che pronunceranno, senza deviare né a destra né a sinistra dalla sentenza che essi ti indicheranno. [12]L'uomo che agirà con presunzione e senza ascoltare il sacerdote che sta là per servire il Signore tuo Dio, o il giudice, quest'uomo morirà. Estirperai il male da Israele. [13]Tutto il popolo ne sentirà parlare, ne avrà paura e non agirà più con presunzione.

Il re. - [14]Quando arriverai nella terra che il Signore tuo Dio ti dona, ne avrai preso possesso e dimorerai in essa, se dirai: "Sopra di me voglio mettere un re, come tutte le nazioni che mi circondano", [15]porrai sopra di te il re che il Signore tuo Dio sceglierà; costituirai re sopra di te uno preso fra i tuoi fratelli; non potrai mettere sopra di te uno straniero, uno che non è tuo fratello. [16]Egli però non moltiplicherà i suoi cavalli e non farà tornare il popolo in Egitto allo scopo di aumentare la sua cavalleria; il Signore vi ha detto: "Non tornerete mai più su questo cammino". [17]Non moltiplicherà le sue donne e il suo cuore non devierà, né moltiplicherà troppo il suo argento e il suo oro.

[18]Quando siederà sul trono del suo regno, trascriverà per sé su un libro una copia di questa legge, secondo l'esemplare che è presso i sacerdoti leviti: [19]essa sarà con lui, la leggerà tutti i giorni della sua vita, affinché impari a temere il Signore suo Dio, a osservare tutte le parole di questa legge e questi ordinamenti, per metterli in pratica, [20]sicché non si esalti il suo cuore al di sopra dei suoi fratelli e non devii da questi ordini né a destra né a sinistra. Così prolungherà i suoi giorni nel suo regno, lui e i suoi figli, in mezzo a Israele.

18 **I sacerdoti leviti.** - [1]I sacerdoti leviti, tutta la tribù di Levi, non avranno parte né eredità con Israele: mangeranno i sacrifici del Signore e la sua eredità. ²Non avrà eredità in mezzo ai suoi fratelli; il Signore è la sua eredità, come gli ha detto.

³Questi sono i diritti dei sacerdoti sul popolo, su coloro che offrono un sacrificio di bestiame grosso o minuto: si darà al sacerdote la spalla, le mascelle e il ventricolo. ⁴Gli darai le primizie del tuo frumento, del tuo mosto, del tuo olio e le primizie della tosatura del tuo bestiame minuto. ⁵Perché il Signore tuo Dio l'ha scelto fra tutte le tue tribù per stare al servizio nel nome del Signore, lui e i suoi figli per sempre.

⁶Se un levita, partendo da una delle tue città in Israele, dove soggiornava, spinto dal suo desiderio andrà al luogo che il Signore sceglierà ⁷e vi presterà servizio in nome del Signore tuo Dio come tutti i suoi fratelli leviti che stanno là al cospetto del Signore, ⁸riceverà per il suo sostentamento una parte uguale a quella degli altri leviti, oltre il ricavato dalla vendita del patrimonio.

Il profeta. - ⁹Quando arriverai nella terra che il Signore tuo Dio ti dona, non imparerai a commettere gli abomini di quelle nazioni. ¹⁰Non si troverà presso di te chi faccia passare il proprio figlio o la propria figlia per il fuoco, chi pratichi la divinazione, il sortilegio, l'augurio, la magia, ¹¹chi pratichi incantesimi, chi consulti gli spettri o l'indovino, chi interroghi i morti. ¹²Perché è in abominio al Signore chi compie queste cose; a causa di tali abomini il Signore tuo Dio le caccia davanti a te. ¹³Tu sarai irreprensibile verso il Signore tuo Dio. ¹⁴Perché le nazioni che tu stai per cacciare ascoltano gli incantatori e gli indovini; ma non è così che ti ha offerto i suoi doni il Signore tuo Dio.

¹⁵Il Signore tuo Dio susciterà per te, fra i tuoi fratelli, in mezzo a te, un profeta come me: lui ascolterete. ¹⁶Come tu hai chiesto al Signore tuo Dio all'Oreb, nel giorno dell'assemblea, dicendo: "Non voglio più

ascoltare la voce del Signore mio Dio, e non voglio più vedere questo grande fuoco, per non morire". ¹⁷Il Signore mi disse: "Hanno parlato bene. ¹⁸Susciterò per loro, in mezzo ai loro fratelli, un profeta come te, porrò le mie parole sulla sua bocca, ed egli dirà loro tutto ciò che gli ordinerò. ¹⁹Se qualcuno non ascolterà le parole che egli dice in mio nome, io stesso gliene chiederò conto. ²⁰Ma il profeta che presume di dire in mio nome una parola che io non gli ho ordinato di dire e colui che parlerà a nome di altri dèi, quel profeta morirà".

²¹Se dici nel tuo cuore: "Come riconosceremo la parola che il Signore non ha detto?". ²²Quando il profeta parla in nome del Signore, ma la parola non si compie, quella è una parola che il Signore non ha pronunziato. Il profeta ha parlato per presunzione: non temerlo.

19 **Omicidio e città di rifugio.** - ¹Quando il Signore tuo Dio avrà eliminato le nazioni delle quali il Signore tuo Dio ti donerà la terra, quando tu le avrai cacciate e abiterai nelle loro città e nelle loro case, ²ti sceglierai tre città in mezzo alla terra che il Signore tuo Dio ti dà in possesso; ³ne sistemerai l'accesso e dividerai in tre parti il territorio del paese che il Signore tuo Dio ti darà in eredità: affinché ivi si possa rifugiare chiunque ha ucciso. ⁴Questo è il caso di un omicida che vi si rifugia per aver salva la propria vita: quando colpisce il suo compagno inavvertitamente, senza aver avuto prima odio contro di lui. ⁵Colui che va con il suo compagno nel bosco a tagliar legna, e, mentre la mano brandisce l'accetta per tagliare un albero, il ferro sfugge dal manico e colpisce il suo compagno, che muore: quegli si rifugerà in una di quelle città e salverà la propria vita. ⁶Il vendicatore del sangue, con il cuore infuriato, non insegua l'omicida e non lo raggiunga, se il cammino è lungo, per colpirlo a morte; non è passibile di morte, perché prima non aveva odio contro di lui. ⁷Per questo ti ordino: "Scégliti tre città".

⁸Se il Signore tuo Dio amplierà i tuoi confini, come ha giurato ai tuoi padri, e ti concederà tutta la terra che ha promesso di dare ai tuoi padri, ⁹qualora tu abbia osservato, mettendoli in pratica, tutti questi precetti che oggi ti prescrivo, amando il Signore tuo Dio e camminando per le sue vie ogni gior-

---

18. - ⁶⁻⁸. Soppressi i santuari e gli altari regionali (Es 20,24), i leviti che vi ufficiavano sono invitati a recarsi presso l'unico santuario centrale, dove troveranno lo stesso trattamento di quelli che già vi dimorano.

¹⁵. Questo vaticinio si riferisce propriamente a una serie di profeti, nel senso che Dio non lascerà mai mancare nel suo popolo chi parli in suo nome. Questa serie culminerà nel Profeta per antonomasia, il Messia, Gesù Cristo, a cui questo testo viene appunto applicato nel NT (At 3,22; 7,37).

no, allora aggiungerai altre tre città a quelle tre. [10]E non si spargerà sangue innocente in mezzo alla terra che il Signore tuo Dio ti dona in eredità; ci sarebbe sangue sopra di te.

[11]Ma se c'è un uomo che odia il suo compagno e gli tende un'insidia, si leva contro di lui, lo colpisce e quegli muore, ed egli poi si rifugia in una di quelle città, [12]gli anziani della sua città manderanno a prenderlo di là e lo consegneranno in mano al vendicatore del sangue e morirà. [13]Il tuo occhio non avrà misericordia di lui; ma sradicherai ogni attentato contro il sangue innocente da Israele e sarai felice.

I confini. - [14]Non sposterai i confini del tuo vicino, posti dai tuoi antenati, nella proprietà che erediterai nella terra che il Signore tuo Dio ti dona in possesso.

I testimoni. - [15]Non si leverà un testimonio solo contro un uomo per una qualsiasi colpa e per un qualsiasi peccato; qualsiasi peccato uno abbia commesso, il fatto sarà stabilito sulla parola di due o di tre testimoni. [16]Se si leva un testimonio ingiusto contro un uomo per accusarlo di ribellione, [17]i due uomini fra cui vi è contesa compariranno al cospetto del Signore, davanti ai sacerdoti e ai giudici che saranno in funzione in quei giorni. [18]I giudici indagheranno con cura, e se il testimone è menzognero e ha accusato falsamente il fratello, [19]farete a lui quanto meditava di fare al fratello. Estirperai il male in mezzo a te. [20]Gli altri ne sentiranno parlare, ne avranno paura e non commetteranno di nuovo un'azione malvagia come questa in mezzo a te.

Legge del taglione. - [21]Il tuo occhio non avrà misericordia: persona per persona, occhio per occhio, dente per dente, mano per mano, piede per piede.

20 **La guerra.** - [1]Quando andrai in guerra contro i tuoi nemici e vedrai cavalli, carri e un popolo più numeroso di te, non ne avere paura: perché il Signore tuo Dio è con te, lui che ti ha fatto uscire dalla terra d'Egitto. [2]Quando sarete vicini alla battaglia, si accosterà il sacerdote, parlerà al popolo [3]e dirà loro: "Ascolta, Israele, voi che state oggi per combattere contro i vostri nemici: non venga meno il vostro cuo-

re, non abbiate paura, non spaventatevi e non tremate davanti a loro! [4]Perché il Signore vostro Dio avanza con voi per combattere contro i vostri nemici, per salvarvi".

[5]I capi diranno al popolo: "Chi è l'uomo che ha costruito una casa nuova e non l'ha inaugurata? Vada e ritorni a casa sua, perché non muoia in battaglia e un altro la inauguri. [6]Chi è l'uomo che ha piantato una vigna e non ne ha colto i primi frutti? Vada e ritorni a casa sua, perché non muoia in battaglia e un altro ne colga i primi frutti. [7]Chi è l'uomo che si è fidanzato con una donna e non l'ha ancora presa con sé? Vada e ritorni a casa sua, perché non muoia in battaglia e un altro la prenda". [8]I capi diranno ancora al popolo: "Chi è l'uomo che ha paura e il suo cuore viene meno? Vada e ritorni a casa sua, perché non indebolisca il cuore dei suoi fratelli come il suo cuore". [9]Quando i capi avranno finito di parlare al popolo, si costituiranno sul popolo i comandanti delle schiere.

[10]Quando ti avvicinerai a una città per attaccarla, le proporrai la pace. [11]Se accetta la pace e ti aprirà le porte, allora tutto il popolo che vi si trova lavorerà per te e ti servirà. [12]Se invece non accetta la pace con te e ti farà guerra, la stringerai d'assedio, [13]e il Signore tuo Dio la metterà nelle tue mani. Passerai tutti i maschi a fil di spada, [14]mentre le donne, i bambini, il bestiame e quanto ci sarà nella città, tutte le sue spoglie, lo catturerai. Mangerai le spoglie dei tuoi nemici che il Signore tuo Dio ti avrà concesso. [15]Così farai a tutte le città molto lontane da te, quelle che non sono tra le città di queste nazioni.

[16]Invece nelle città di questi popoli che il Signore tuo Dio ti dona in eredità non lascerai viva anima alcuna, [17]ma voterai allo sterminio Hittiti, Amorrei, Cananei, Perizziti, Evei e Gebusei, come ti ha ordinato il Signore tuo Dio, [18]affinché non vi insegnino ad imitare tutti gli abomìni che compiono per i loro dèi, e pecchiate contro il Signore vostro Dio.

[19]Quando stringerai d'assedio una città per combatterla ed espugnarla, non rovinerai i suoi alberi brandendo contro di essi

---

20. - [10-18]. Leggi di guerra severe. Ma se si pensa alle atrocità che accompagnavano le guerre presso altri popoli, esse rappresentano un progresso considerevole e appaiono più umane.

l'accetta; ne mangerai, ma non dovrai reciderli. Sono forse uomini gli alberi della campagna perché debbano sottostare al tuo assedio? [20]Potrai soltanto rovinare o distruggere gli alberi che sai non essere da frutta, per costruire opere d'assedio contro la città che ti fa guerra, finché sia caduta.

21 L'assassino sconosciuto. - [1]Se si trova un uomo ucciso nella terra che il Signore tuo Dio ti dona in eredità, giacente nella campagna e non si sa chi lo abbia colpito, [2]usciranno i tuoi anziani e i tuoi giudici e misureranno la distanza tra le città dei dintorni e l'ucciso. [3]La città più vicina all'ucciso, cioè gli anziani di questa città, prenderanno una vitella che non abbia ancora lavorato né portato il giogo. [4]Gli anziani di quella città faranno scendere la vitella presso un corso d'acqua corrente, dove non si lavori né si semini, e quivi spezzeranno la nuca della vitella sul corso d'acqua. [5]Si avvicineranno poi i sacerdoti, figli di Levi, poiché loro ha scelto il Signore tuo Dio per il suo servizio e per benedire nel nome del Signore; con la loro parola si decide su ogni contesa e su ogni lesione corporale. [6]Tutti gli anziani di quella città che è la più vicina all'ucciso si laveranno le mani sulla vitella a cui hanno spezzato la nuca sul corso d'acqua [7]e dichiareranno: "Le nostre mani non hanno versato questo sangue, e i nostri occhi non hanno visto. [8]Perdona, Signore, il tuo popolo Israele che tu hai liberato, non permettere che sangue innocente resti in mezzo al tuo popolo Israele". E sarà loro perdonato per quel sangue. [9]Così sradicherai ogni effusione di sangue innocente in mezzo a te e farai quanto è retto agli occhi del Signore.

La prigioniera. - [10]Quando uscirai in guerra contro i tuoi nemici, il Signore tuo Dio lo metterà in tuo potere e farai dei prigionieri, [11]se vedi tra i prigionieri una donna di avvenente figura e sei preso d'amore verso di lei, te la prenderai in moglie [12]e la condurrai in casa tua. Essa si raderà il capo, si ta-

glierà le unghie, [13]deporrà la veste di prigioniera, abiterà nella tua casa e piangerà suo padre e sua madre per un mese; dopo entrerai da lei, sarai suo marito e lei sarà tua moglie.

[14]Se poi non provi più amore a suo riguardo, la lascerai andare per suo conto; non potrai venderla per denaro e non potrai trattarla con prepotenza perché tu l'hai umiliata.

Diritto di primogenitura. - [15]Quando un uomo ha due mogli, una amata e l'altra odiata, e gli generano figli l'amata e l'odiata, se il figlio primogenito è dell'odiata, [16]nel giorno in cui distribuisce i suoi beni in eredità ai figli non gli sarà lecito assegnare la primogenitura al figlio dell'amata anziché al figlio dell'odiata, che è il primogenito; [17]ma riconoscerà come primogenito il figlio dell'odiata dandogli una parte doppia su quanto possiede: è la primizia del suo vigore, perciò ha diritto alla primogenitura.

Il figlio ribelle. - [18]Quando un uomo ha un figlio caparbio e ribelle che non ascolta né la voce del padre né la voce della madre e anche castigato non dà loro ascolto, [19]il padre e la madre lo prenderanno e lo condurranno dagli anziani della loro città, alla porta del luogo dove abita, [20]e diranno agli anziani della città: "Questo nostro figlio è caparbio e ribelle e non ascolta la nostra voce; è vizioso e bevitore". [21]Allora lo lapideranno tutti gli uomini della sua città e morirà. Sradicherai il male in mezzo a te; tutto Israele ne sentirà parlare e ne avrà timore.

Prescrizioni varie. - [22]Quando un uomo ha commesso un peccato che merita la pena capitale, è stato messo a morte e tu l'hai appeso a un albero, [23]il suo cadavere non passi la notte sull'albero; lo devi seppellire in quello stesso giorno, perché un impiccato è una maledizione di Dio e tu non devi contaminare il suolo che il Signore tuo Dio ti dona in eredità.

22 [1]Se vedi un capo di bestiame minuto o di bestiame grosso di un tuo fratello che si erano smarriti, non tirarti indietro: riportali al tuo fratello. [2]Se tuo fratello non è tuo vicino e tu non lo conosci, raccogli l'animale in casa tua; starà con te finché tuo

---

21. - [18-21]. Legge severa, ma ben lontana dal diritto insindacabile di vita e di morte che numerose legislazioni dell'antichità attribuivano al padre di famiglia. Tutti dovevano intervenire a lapidare il *figlio caparbio*, perché tutti avevano interesse a eliminare il male.

fratello non lo cerchi; allora glielo renderai. ³Così farai per il suo asino, così farai per il suo mantello, così farai per ogni oggetto smarrito da tuo fratello e che tu hai ritrovato; non puoi disinteressartene. ⁴Se vedi che l'asino o il bue di tuo fratello sono caduti sulla strada, non disinteressartene; assieme con lui cercherai di rialzarli.

⁵Una donna non porterà indumento da uomo, né un uomo indosserà una veste da donna, perché chiunque fa queste cose è in abominio al Signore tuo Dio.

⁶Se trovi un nido d'uccello davanti a te, per via, su un albero o per terra, con gli uccellini o con le uova, mentre la madre giace sugli uccellini o sulle uova, non prenderai la madre coi figli. ⁷Lascia andar via la madre e prenditi i figli, affinché tu sia felice e prolunghi i tuoi giorni.

⁸Quando edificherai una casa nuova, farai un parapetto alla terrazza, così non porrai sangue sulla tua casa, se qualcuno cadrà giù.

⁹Non seminerai nella tua vigna semi di due specie, affinché non diventi sacra tutta la produzione, la semente che tu hai seminato e il prodotto della vigna. ¹⁰Non arerai con un bue e un asino insieme. ¹¹Non indosserai un tessuto composito, di lana e di lino insieme.

¹²Ti farai delle frange ai quattro angoli del mantello con cui ti copri.

L'accusa di adulterio. - ¹³Se un uomo sposa una donna, va da lei e poi la prende in odio, ¹⁴l'accusa di colpe e le fa una cattiva fama dicendo: "Ho sposato questa donna, mi sono avvicinato a lei, ma non le ho trovato i segni della verginità", ¹⁵il padre e la madre della giovane prenderanno i segni della verginità della giovane, li porteranno agli anziani alla porta della città, ¹⁶e il padre della giovane dirà agli anziani: "Ho dato mia figlia in sposa a quest'uomo, ma egli l'ha odiata, ¹⁷ed ecco l'accusa di colpe dicendo: 'Non ho trovato in tua figlia i segni della verginità'. Questi sono i segni della verginità di mia figlia", e stenderanno l'indumento davanti agli anziani della città. ¹⁸Gli anziani di quella città prenderanno l'uomo, lo castigheranno, ¹⁹lo multeranno di cento sicli d'argento e li daranno al padre della giovane, perché quegli ha fatto una fama cattiva a una vergine d'Israele. Rimarrà sua moglie e non potrà ripudiarla mai più. ²⁰Ma se quel fatto è vero e i segni di ver-

ginità della giovane non si trovano, ²¹condurranno la giovane alla porta della casa di suo padre, e gli uomini della sua città la lapideranno e morirà, perché ha commesso un'infamia in Israele, profanando la casa di suo padre. Estirperai il male in mezzo a te.

Adulterio, fornicazione. - ²²Se un uomo viene trovato mentre giace con una donna sposata, moriranno tutti e due, l'uomo che giace con la donna e la donna. Estirperai il male da Israele.

²³Se una giovane vergine è fidanzata a un uomo, e un altro uomo la trova in città e giace con lei, ²⁴li condurrete fuori tutti e due alla porta di quella città e li lapiderete; moriranno, la giovane perché non ha gridato nella città, l'uomo perché ha umiliato la donna del suo prossimo. Estirperai il male in mezzo a te.

²⁵Ma se l'uomo trova la giovane fidanzata in campagna, le fa violenza e giace con lei, morirà l'uomo che è giaciuto con lei, ²⁶mentre non farai nulla alla giovane; per la giovane non c'è peccato meritevole di morte; è come quando un uomo sorge contro il suo prossimo e lo uccide, così in questo caso: ²⁷la giovane fidanzata, essendo stata trovata in campagna magari ha gridato, ma nessuno l'ha sentita.

²⁸Se un uomo trova una giovane vergine non fidanzata, la prende, giace con lei e sono trovati in flagrante, ²⁹l'uomo che è giaciuto con lei darà al padre della giovane cinquanta sicli d'argento ed essa sarà sua moglie; poiché l'ha umiliata, non gli sarà mai lecito ripudiarla.

23 **Esclusi dal culto.** - ¹Un uomo non sposerà una moglie di suo padre e non scoprirà il lembo del mantello di suo padre.

²Chi ha i testicoli contusi e il membro virile mutilato non entrerà nell'adunanza del Signore. ³Il bastardo non entrerà nell'adunanza del Signore; neppure alla decima generazione entrerà nell'adunanza del Signore. ⁴L'Ammonita e il Moabita non entreranno nell'adunanza del Signore; neppure alla

---

22. - ²³⁻²⁴· Il fidanzamento presso gli Ebrei aveva forza di contratto matrimoniale e rendeva veri sposi, con tutte le conseguenze legali.

23. - ³· I bastardi erano israeliti nati da unioni proibite dalla legge e non godevano di tutti i diritti civili.

decima generazione sarà ammesso nell'adunanza del Signore, [5]perché non vi sono venuti incontro col pane e con l'acqua sulla via, quando siete usciti dall'Egitto, e perché contro di te ha pagato Balaam, figlio di Beor, da Petor nel paese dei due fiumi, affinché ti maledicesse. [6]Ma il Signore tuo Dio non ha voluto ascoltare Balaam, e il Signore tuo Dio ha mutato la maledizione in benedizione, perché il Signore tuo Dio ti ama. [7]Non cercherai la loro prosperità né il loro benessere per tutti i giorni della tua vita, mai.

[8]Non avrai in abominio l'Idumeo, perché è tuo fratello. Non avrai in abominio l'Egiziano, perché sei stato forestiero nella sua terra. [9]I figli che nasceranno da loro, alla terza generazione potranno essere ammessi nell'adunanza del Signore.

Purezza dell'accampamento. - [10]Quando uscirai in campo contro i tuoi nemici, ti guarderai da ogni cosa cattiva. [11]Se c'è presso di te un uomo che non è puro per un accidente notturno, uscirà dall'accampamento e non rientrerà nell'accampamento; [12]ma verso sera si laverà con l'acqua e al tramonto del sole rientrerà nell'accampamento. [13]Avrai un luogo fuori dell'accampamento e uscirai là fuori. [14]Avrai un piolo nel tuo bagaglio e con esso scaverai quando ti accovaccerai fuori, quindi ti volgerai a ricoprire i tuoi escrementi. [15]Poiché il Signore tuo Dio si muove in mezzo al tuo accampamento per proteggerti e per mettere i tuoi nemici in tuo potere, il tuo accampamento sarà santo, ed egli non deve vedere presso di te alcuna indecenza; si allontanerebbe da te.

Prescrizioni varie. - [16]Non consegnerai al padrone un servo che, dopo essere fuggito da lui, si sia rifugiato presso di te. [17]Abiterà con te, in mezzo ai tuoi, nel luogo che avrà scelto, in una delle tue città dove si troverà bene; non l'opprimerai.

[18]Non ci sarà prostituta sacra tra le figlie d'Israele e non ci sarà prostituto sacro tra i figli d'Israele. [19]Non porterai la mercede di una prostituta o il prezzo di un "cane" alla

casa del Signore tuo Dio, per qualsiasi voto, perché sono un abominio per il Signore tuo Dio l'uno e l'altro.

[20]Non esigerai interesse da tuo fratello: interesse per denaro, interesse per viveri, interesse per qualsiasi cosa per cui si può esigere un interesse. [21]Dallo straniero potrai esigere un interesse, ma da tuo fratello non lo esigerai, affinché ti benedica il Signore tuo Dio in ogni impresa delle tue mani, sulla terra che tu vai a conquistare.

[22]Quando fai un voto al Signore tuo Dio, non tardare a compierlo; perché di certo il Signore tuo Dio te lo reclamerà e in te ci sarebbe peccato. [23]Se ti astieni dal fare un voto, in te non c'è peccato. [24]Quanto esce dalle tue labbra mantienilo ed esegui il voto che hai fatto spontaneamente al Signore tuo Dio, come hai pronunciato con la tua bocca.

[25]Quando entrerai nella vigna del tuo prossimo, mangerai uva secondo il tuo appetito, a sazietà; ma non ne metterai nel tuo paniere. [26]Quando entrerai nelle messi del tuo prossimo, coglierai spighe con la tua mano, ma non metterai la falce nelle messi del tuo prossimo.

24

Il divorzio. - [1]Se un uomo prende una donna e la sposa, e questa non trova più favore ai suoi occhi perché egli ha trovato in essa qualcosa di sconveniente, le scriverà un atto di divorzio, glielo consegnerà in mano e la rinvierà da casa sua; [2]se poi lei, uscita dalla sua casa, andrà e sarà di un altro uomo [3]e anche questo secondo la odierà, le scriverà un atto di divorzio, glielo consegnerà in mano e la rinvierà da casa sua, oppure se questo secondo uomo che l'aveva sposata morirà, [4]il primo marito che l'aveva mandata via non potrà riprenderla per moglie dopo che è stata contaminata. Ciò è un abominio al cospetto del Signore, e tu non macchierai di peccato la terra che il Signore tuo Dio ti dona in eredità.

Misure di protezione. - [5]Se un uomo si è appena sposato, non andrà nell'esercito, né gli si imporrà alcun servizio; per un anno rimarrà libero a casa sua e allieterà la moglie che ha preso.

[6]Non si prenderanno in pegno le due mole o la mola superiore; sarebbe prendere in pegno la vita.

[7]Se si sorprende un uomo che rapisce

---

24. - [1-4.] La permissione del divorzio era tollerata come minor male (cfr. Mt 19,7-8), tuttavia veniva circondata da diverse cautele. Non per qualsiasi causa era permesso il ripudio, ma solo in casi specifici.

uno dei suoi fratelli tra i figli d'Israele, se lo assoggetta o lo vende, quel rapitore morirà. Estirperai il male in mezzo a te.

⁸In caso di lebbra guarda di osservare bene e di fare tutto ciò che vi indicheranno i sacerdoti leviti: avrete cura di fare secondo ciò che io ho loro ordinato.

⁹Ricorda ciò che ha fatto il Signore tuo Dio a Maria, sul cammino, quando usciste dall'Egitto.

¹⁰Se fai un prestito qualsiasi al tuo prossimo, non entrerai in casa sua per prenderti il suo pegno; ¹¹rimarrai fuori e l'uomo al quale hai fatto il prestito ti porterà fuori il pegno. ¹²Ma se è un uomo povero, non dormirai col suo pegno: ¹³devi restituirgli il pegno al tramonto del sole; dormirà nel suo mantello e ti benedirà e ciò sarà per te una giustizia al cospetto del Signore tuo Dio.

¹⁴Non opprimerai il salariato povero e indigente né tra i tuoi fratelli né tra i forestieri che si trovano nella tua terra, entro le tue città. ¹⁵Ogni giorno gli darai la sua mercede; su di essa non tramonterà il sole, perché egli è povero e ad essa leva il suo desiderio; che non gridi contro di te al Signore e in te non ci sia peccato.

¹⁶Non saranno messi a morte i padri a causa dei figli né i figli saranno messi a morte a causa dei padri; ognuno sarà messo a morte per il proprio peccato.

¹⁷Non lederai il diritto del forestiero e dell'orfano e non prenderai in pegno la veste della vedova. ¹⁸Ricordati che sei stato schiavo in Egitto e te ne ha liberato il Signore tuo Dio; perciò ti prescrivo di fare questo.

¹⁹Quando raccogli la messe nel campo e dimentichi nel campo un covone, non tornare a prenderlo; sarà per il forestiero, per l'orfano e per la vedova, affinché ti benedica il Signore tuo Dio in ogni opera delle tue mani. ²⁰Quando abbacchi il tuo olivo, non ripassare ciò che resta indietro: sarà per il forestiero, per l'orfano e per la vedova. ²¹Quando vendemmi la tua vigna, non tornare indietro a racimolare; sarà per il forestiero, per l'orfano e per la vedova. ²²Ricordati che sei stato schiavo in Egitto; perciò ti prescrivo di fare questo.

25 **Protezione del cittadino.** - ¹Quando ci sarà una contesa fra uomini, essi si presenteranno al tribunale e saranno giudicati; verrà assolto l'innocente e condannato

il colpevole. ²Se il colpevole meriterà d'essere battuto, il giudice lo farà stendere giù e lo farà battere in sua presenza con un numero di colpi in proporzione al suo torto. ³Quaranta battiture potrà fargli dare, non di più, perché, oltrepassando questo numero di battiture, la punizione non sia esagerata e il tuo fratello resti infamato ai tuoi occhi.

⁴Non metterai la museruola al bue che trebbia.

La legge del levirato. - ⁵Se i fratelli abitano assieme e uno di loro muore senza figli, la moglie del defunto non sposerà uno di fuori, un estraneo; suo cognato andrà da lei e la sposerà, compiendo verso di lei il dovere di cognato; ⁶il primogenito che genererà andrà col nome del fratello defunto: così il suo nome non sarà cancellato da Israele.

⁷Ma se a quell'uomo non piace prendere la cognata, costei salirà alla porta, dagli anziani e dirà: "Mio cognato ha rifiutato di suscitare il nome di suo fratello in Israele; non acconsente a compiere verso di me il dovere di cognato". ⁸Lo chiameranno gli anziani della sua città e parleranno con lui. Egli comparirà e dirà: "Non ho piacere di prenderla". ⁹Allora sua cognata gli si avvicinerà sotto gli occhi degli anziani, gli toglierà il sandalo dal piede, gli sputerà in faccia e proclamerà: "Così si fa all'uomo che non edifica la casa del fratello". ¹⁰E in Israele il suo nome sarà chiamato: "la famiglia dello scalzo".

Leggi varie. - ¹¹Se due uomini si azzuffano fra loro e la moglie di uno di essi si avvicina per liberare il marito dalle mani di chi lo percuote, stende la mano e afferra costui alle parti vergognose, ¹²le taglierai la mano. Il tuo occhio non avrà pietà.

¹³Non avrai nel tuo sacco due pesi, uno grande e uno piccolo. ¹⁴Non avrai nella tua casa due efa, una grande e una piccola. ¹⁵Avrai un peso esatto e giusto, avrai un'efa esatta e giusta, affinché tu prolunghi i tuoi giorni sulla terra che il Signore tuo Dio ti dona. ¹⁶Perché chiunque commette ingiustizia è in abominio al Signore.

Gli Amaleciti. - ¹⁷Ricorda quanto ti ha fatto Amalek sul cammino, mentre uscivate dal-

---

25. - ⁵⁻⁶. La presente legge è chiamata del «levirato», dalla parola latina *levir*, che vuol dire «cognato» Suo scopo era di mantenere l'integrità delle famiglie e la proporzione dei beni.

l'Egitto, [18]come ti è venuto contro sul cammino e ha attaccato alle tue spalle tutti gli spossati, mentre tu eri stanco e affaticato; non ha temuto Dio! [19]Quando il Signore tuo Dio ti avrà concesso quiete da tutti i nemici che ti circondano, nella terra che il Signore tuo Dio ti dona in eredità, tu cancellerai il ricordo di Amalek sotto il cielo. Non dimenticare!

26 L'offerta delle primizie. - [1]Quando arriverai alla terra che il Signore tuo Dio ti dona in eredità, quando l'avrai conquistata e vi abiterai, [2]prenderai le primizie di tutti i frutti del suolo che avrai ricavato dalla terra che il Signore tuo Dio ti dona, le metterai in un cesto e ti recherai al luogo che il Signore tuo Dio sceglierà per farvi dimorare il suo nome. [3]Andrai dal sacerdote che sarà in funzione in quei giorni e gli dirai: "Dichiaro oggi al Signore mio Dio di essere arrivato alla terra che il Signore ha giurato ai nostri padri di darci". [4]Il sacerdote prenderà il cesto dalla tua mano e lo deporrà davanti all'altare del Signore tuo Dio; [5]allora pronuncerai queste parole al cospetto del Signore tuo Dio: "Mio padre era un arameo errante, discese in Egitto, vi abitò da forestiero con poca gente e vi divenne una nazione grande, forte e numerosa. [6]Gli Egiziani ci maltrattarono, ci oppressero, ci imposero una dura schiavitù. [7]Allora gridammo al Signore Dio dei nostri padri, ed egli ascoltò la nostra voce, vide la nostra miseria e la nostra oppressione [8]e ci fece uscire dall'Egitto con mano forte, con braccio teso, con terrore grande, con segni e prodigi; [9]ci condusse in questo luogo e ci diede questa terra, dove scorre latte e miele. [10]Ora, ecco, ho portato le primizie dei frutti del suolo che tu, Signore, mi hai concesso". Le deporrai al cospetto del Signore tuo Dio e ti prostrerai al cospetto del Signore tuo Dio. [11]E per tutto il bene che il Signore tuo Dio ha donato a te e alla tua casa, gioirai tu, il levita e il forestiero che si trova in mezzo a te.

La decima triennale. - [12]Il terzo anno, l'anno della decima, quando avrai terminato di offrire tutta la decima dei tuoi prodotti e l'avrai data al levita, al forestiero, all'orfano e alla vedova, ed essi l'avranno mangiata nella tua città e se ne saranno saziati, [13]allora dirai al cospetto del Signore tuo Dio: "Ho tolto ciò

ch'è sacro dalla mia casa, e ne ho dato al levita, al forestiero, all'orfano e alla vedova, secondo tutti i precetti che mi hai ordinato; non ho trasgredito nessuno dei tuoi precetti e non li ho dimenticati. [14]Non ne ho mangiato nel mio lutto, non ne ho consumato in stato impuro, non ne ho dato a un morto. Ho ascoltato la voce del Signore mio Dio, ho agito secondo quanto mi hai ordinato. [15]Affacciati dalla tua santa dimora, dal cielo, benedici il tuo popolo Israele e il suolo che ci hai donato, come avevi giurato ai nostri padri, terra dove scorre latte e miele".

Esortazione conclusiva. - [16]Oggi il Signore tuo Dio ti comanda di mettere in pratica questi ordini e decreti: osservali e mettili in pratica con tutto il tuo cuore e con tutta la tua anima. [17]Oggi hai ottenuto che il Signore dichiarasse di essere il tuo Dio, se tu cammini per le sue vie, osservi i suoi comandamenti, precetti e decreti, e ascolti la sua voce; [18]e il Signore oggi ti ha fatto dichiarare di essere un popolo di sua proprietà, come ti ha detto, osservando tutti i suoi precetti; [19]perché ti renda superiore a tutte le nazioni che ha fatto per lode, fama e gloria e tu sia un popolo santo al Signore tuo Dio, come egli ha detto».

SECONDO DISCORSO DI MOSÈ
PARTE SECONDA

27 Proclamazione della legge. - [1]Mosè e gli anziani d'Israele ordinarono al popolo: «Osservate tutti i comandamenti che oggi vi prescrivo. [2]Il giorno in cui attraverserete il Giordano verso la terra che il Signore tuo Dio ti dona, drizzerai delle grandi pietre e le spalmerai di calce; [3]vi scriverai sopra tutte le parole di questa legge, quando sarai passato per entrare nella terra che il Signore tuo Dio ti dona, terra dove scorre latte e miele, come ti ha detto il Signore, Dio dei tuoi padri. [4]Quando avrete attraversato il Giordano, drizzerete queste pietre sul monte Ebal, come oggi vi ordino e le spalmerai di calce. [5]Edificherai quivi un altare al Signore tuo Dio; un altare di pietre su cui non hai passato il ferro; [6]con pietre intatte edificherai l'altare al Signore tuo Dio e vi offrirai sopra olocausti al Signore tuo Dio, [7]immolerai sacrifici pacifici, ivi ne mangerai e ti rallegrerai al cospetto del Signore tuo Dio. [8]Scriverai sulle pie-

tre tutte le parole di questa legge; incidile bene».

⁹Mosè e i sacerdoti leviti parlarono a tutto Israele: «Taci e ascolta, Israele. Oggi sei divenuto un popolo per il Signore tuo Dio. ¹⁰Ascolterai la voce del Signore tuo Dio e metterai in pratica i suoi precetti e le sue prescrizioni che oggi ti ordino».

¹¹In quel giorno Mosè ordinò al popolo: ¹²«Quando avrete attraversato il Giordano, ecco quelli che staranno sul monte Garizim per benedire: Simeone, Levi, Giuda, Issacar, Giuseppe e Beniamino; ¹³ed ecco quelli che staranno sul monte Ebal per la maledizione: Ruben, Gad, Aser, Zabulon, Dan e Neftali. ¹⁴I leviti intoneranno e diranno a voce alta a tutti gli Israeliti:

¹⁵"Maledetto colui che fa un idolo scolpito e fuso, abominio per il Signore, opera delle mani di un artigiano, e lo pone in luogo segreto". Tutto il popolo risponderà: "Amen".

¹⁶"Maledetto colui che disonora suo padre e sua madre". Tutto il popolo dirà: "Amen".

¹⁷"Maledetto colui che sposta i confini del suo prossimo". Tutto il popolo dirà: "Amen".

¹⁸"Maledetto colui che fa smarrire un cieco sul cammino". Tutto il popolo dirà: "Amen".

¹⁹"Maledetto colui che calpesta il diritto del forestiero, dell'orfano e della vedova". Tutto il popolo dirà: "Amen".

²⁰"Maledetto colui che giace con la moglie di suo padre, poiché scopre il lembo del mantello di suo padre". Tutto il popolo dirà: "Amen".

²¹"Maledetto colui che giace con una qualsiasi bestia". Tutto il popolo dirà: "Amen".

²²"Maledetto colui che giace con la sorella, figlia di suo padre o figlia di sua madre". Tutto il popolo dirà: "Amen".

²³"Maledetto colui che giace con la suocera". Tutto il popolo dirà: "Amen".

²⁴"Maledetto colui che colpisce il suo prossimo di nascosto". Tutto il popolo dirà: "Amen".

²⁵"Maledetto colui che accetta un regalo per colpire a morte il sangue innocente". Tutto il popolo dirà: "Amen".

²⁶"Maledetto colui che non si attiene a tutte le parole di questa legge per metterle in pratica". Tutto il popolo dirà: "Amen".

28 Le benedizioni promesse. - ¹Se ascolterai attentamente la voce del Signore tuo Dio osservando e mettendo in pratica tutti i suoi precetti che oggi ti ordino, il Signore tuo Dio ti renderà superiore a tutte le nazioni della terra, ²verranno su di te queste benedizioni e ti raggiungeranno, poiché hai ascoltato la voce del Signore tuo Dio.

³Benedetto tu nella città, benedetto tu nella campagna. ⁴Benedetto il frutto del tuo seno, il frutto della tua terra, il frutto del tuo bestiame, i parti delle tue vacche e i nati del tuo gregge. ⁵Benedetto il tuo cesto e la tua madia.

⁶Benedetto tu quando entri, benedetto tu quando esci. ⁷I nemici che insorgeranno contro di te, il Signore li metterà, vinti, in tuo potere; per una via ti usciranno contro, ma per sette vie fuggiranno davanti a te. ⁸Il Signore ordinerà che la benedizione sia con te, nei tuoi granai e in ogni impresa delle tue mani; ti benedirà sulla terra che il Signore tuo Dio ti dona. ⁹Se osservi i precetti del Signore tuo Dio e cammini per le sue vie, il Signore ti costituirà popolo a lui santo, come ti ha giurato. ¹⁰Tutti i popoli della terra vedranno che il nome del Signore è invocato su di te e ti temeranno. ¹¹Il Signore ti farà abbondare di beni nel frutto del tuo seno, nel frutto del tuo bestiame e nel frutto della tua terra, sulla terra che ha giurato ai tuoi padri di darti.

¹²Il Signore ti aprirà il suo buon tesoro, il cielo, per dare la pioggia alla tua terra a tempo opportuno e per benedire ogni opera delle tue mani; tu presterai a molte nazioni, ma non prenderai prestiti. ¹³Il Signore ti metterà in testa e non in coda; ti eleverai e non ti abbasserai se ascolti i precetti del Signore tuo Dio che io oggi ti ordino affinché tu li osservi e li metta in pratica, ¹⁴non devierai da nessuna delle parole che ti prescrivo né a destra né a sinistra, per seguire altri dèi e servirli.

Le maledizioni comminate. - ¹⁵Ma se non ascolti la voce del Signore tuo Dio, osservando e mettendo in pratica tutti i suoi precetti e le sue prescrizioni che oggi ti ordino,

---

28. - ¹· Le benedizioni comprendono i vv. 1-14, le maledizioni invece i vv. 15-68. Le une e le altre sono di ordine terreno e vengono rivolte alla nazione come tale.

verranno su di te e ti colpiranno tutte queste maledizioni. [16]Maledetto tu nella città, maledetto nel campo. [17]Maledetto il tuo cesto e la tua madia. [18]Maledetto il frutto del tuo seno e il frutto della tua terra, i parti delle tue vacche e i nati del tuo gregge. [19]Maledetto quando entri, maledetto quando esci. [20]Il Signore manderà contro di te la maledizione, la costernazione e l'imprecazione in ogni impresa della tua mano, in ciò che farai, finché tu non sia distrutto e perisca rapidamente a causa della malvagità delle tue azioni, per cui mi hai abbandonato. [21]Il Signore ti attaccherà la peste, finché ti consumi sulla terra alla quale tu vai per conquistarla. [22]Il Signore ti colpirà con la consunzione, con la febbre, con l'infiammazione, con l'arsura, con la siccità, con la ruggine, con il pallore; esse ti perseguiteranno fino alla tua rovina. [23]Il cielo sul tuo capo sarà di bronzo, la terra sotto di te sarà di ferro. [24]Il Signore ti darà sabbia e polvere come pioggia per la tua terra: scenderà dal cielo su di te finché tu non sia distrutto. [25]Il Signore ti farà soccombere dinanzi ai tuoi nemici: per una via gli uscirai contro, per sette vie fuggirai dinanzi a lui. Sarai oggetto di orrore per tutti i regni della terra; [26]il tuo cadavere sarà cibo a tutti gli uccelli del cielo e alle bestie della terra; nessuno le caccerà.

[27]Il Signore ti colpirà con le ulcere d'Egitto, con tumori, scabbia, rogna, da cui non potrai guarire. [28]Il Signore ti colpirà di pazzia, di accecamento e di smarrimento di cuore; [29]andrai a tastoni in pieno meriggio come il cieco va a tastoni nelle tenebre. Non avrai successo per le tue vie, sarai solo oppresso e spogliato ogni giorno, senza nessuno che ti difenda. [30]Sposerai una donna e un altro la possederà; edificherai una casa, ma non l'abiterai; pianterai una vigna, ma non ne coglierai i frutti. [31]Il tuo bue sarà sgozzato sotto i tuoi occhi e non ne mangerai; il tuo asino ti sarà tolto dinanzi e non ritornerà da te; il tuo gregge sarà dato ai tuoi nemici, senza nessuno che ti difenda. [32]I tuoi figli e le tue figlie saranno dati a un altro popolo; i tuoi occhi guarderanno e si struggeranno per loro, ma la tua mano non potrà far nulla. [33]Un popolo che tu non conosci mangerà il frutto della tua terra e di tutta la tua fatica; sarai oppresso e schiacciato ogni giorno. [34]Diverrai pazzo davanti allo spettacolo che vedranno i tuoi occhi.

[35]Il Signore ti colpirà con foruncoli maligni sulle ginocchia e sulle cosce, da cui non potrai guarire: dalla pianta dei piedi alla cima del capo. [36]Il Signore condurrà te e il re che avrai costituito sopra di te in una nazione che né tu né i tuoi padri avete conosciuto; là servirai altri dèi, di legno, di pietra. [37]Sarai oggetto di stupore, di proverbio e di scherno per tutti i popoli fra i quali il Signore ti condurrà.

[38]Getterai nel campo molto seme ma raccoglierai poco, perché lo consumerà la locusta; [39]pianterai vigne e le lavorerai, ma non berrai vino e non vendemmierai, perché le divoreranno i vermi; [40]avrai olivi in tutto il tuo territorio ma non ti ungerai di olio, perché le olive cadranno. [41]Genererai figli e figlie ma non ti apparterranno, perché andranno in prigionia. [42]Tutti i tuoi alberi e i frutti della tua terra saranno preda degli insetti. [43]Il forestiero che è in mezzo a te salirà sempre più in alto contro di te, mentre tu scenderai sempre più in basso; [44]egli presterà a te, ma tu non presterai a lui; egli sarà in testa e tu sarai in coda.

[45]Verranno su di te tutte queste maledizioni, ti inseguiranno e ti raggiungeranno, finché tu non sia distrutto, perché non avrai ascoltato la voce del Signore tuo Dio, osservando i precetti e le prescrizioni che ti ha ordinato. [46]Saranno un segno e un prodigio per te e per la tua discendenza, per sempre.

Il popolo infedele in esilio. - [47]Poiché non hai servito il Signore tuo Dio con gioia e allegrezza di cuore a causa dell'abbondanza di ogni cosa, [48]servirai i nemici che il Signore ti manderà contro, nella fame, nella sete, nella nudità e nella privazione di ogni cosa. Porrà un giogo di ferro sul tuo collo, finché non ti abbia distrutto.

[49]Il Signore solleverà contro di te una nazione lontana, dalle estremità della terra, che ti piomba addosso come l'aquila, nazione di cui non comprenderai la lingua, [50]nazione dall'aspetto duro, senza riguardo verso i vecchi e senza pietà verso i giovani. [51]Mangerà il frutto del tuo bestiame e il frutto della tua terra finché tu non sia distrutto; non ti lascerà né frumento né mosto né olio né i parti delle tue vacche né i nati del tuo gregge, finché non ti abbia fatto perire. [52]Ti assedierà in tutte le tue città, fino al crollo delle tue mura alte e fortificate sulle quali confidavi, in tutta la tua terra; ti

assedierà in tutte le tue città per tutta la terra che ti ha donato il Signore tuo Dio. [53]Nell'assedio e nell'angustia in cui ti ridurrà il nemico mangerai il frutto del tuo seno, la carne dei figli e delle figlie che ti ha dato il Signore tuo Dio. [54]Presso di voi l'uomo più tenero e più delicato guarderà con occhio malvagio il fratello, la donna del suo seno e il resto dei suoi figli che ha ancora risparmiato, [55]per non dare ad alcuno di loro la carne dei suoi figli che egli mangia, perché non gli rimarrà nulla nell'assedio e nell'angustia in cui ti ridurrà il nemico in tutte le tue città. [56]Presso di te la donna più tenera e più delicata, che non si sarebbe attentata a posare per terra la pianta del piede a causa della sua tenerezza e delicatezza, guarderà con occhio malvagio l'uomo del suo seno, il figlio e la figlia, [57]la placenta che esce di mezzo ai suoi piedi e i figli che ha generato; perché li mangerà di nascosto nella privazione di tutto, nell'assedio e nell'angustia in cui ti ridurrà il nemico in tutte le tue città.

[58]Se non cercherai di praticare tutte le parole di questa legge scritte in questo libro, nel timore del nome glorioso e terribile del Signore tuo Dio, [59]il Signore colpirà te e la tua discendenza con straordinari flagelli, flagelli grandi e persistenti, infermità maligne e ostinate; [60]farà tornare su di te tutti i malanni d'Egitto, davanti ai quali ti sei spaventato, e si attaccheranno a te. [61]Il Signore susciterà contro di te anche ogni altra infermità e ogni altro flagello che non è scritto nel libro di questa legge, finché tu sia distrutto. [62]Non resterete che in pochi uomini, mentre eravate numerosi come le stelle del cielo, perché non hai ascoltato la voce del Signore tuo Dio.

[63]Come il Signore ha gioito a vostro riguardo, nel beneficarvi e nel moltiplicarvi, così egli gioirà a vostro riguardo nel farvi perire e distruggervi: sarete strappati dalla terra alla quale tu vai per conquistarla. [64]Il Signore vi disperderà tra tutti i popoli da un capo all'altro della terra e là servirai altri dèi che non hai conosciuto né tu né i tuoi padri, dèi di legno e di pietra. [65]Tra quelle nazioni non avrai requie né ci sarà posto per posare la pianta dei piedi; là il Signore ti darà un cuore agitato, occhi spenti e animo languente; [66]la tua vita ti sarà dinanzi come sospesa a un filo; proverai spavento notte e giorno e non sarai sicuro della tua vita. [67]Al mattino dirai: "Fosse sera!", e alla sera dirai: "Fosse mattino!", a causa dello spavento del tuo cuore che ti invaderà e dello spettacolo che i tuoi occhi vedranno. [68]Il Signore ti ricondurrà in Egitto per nave, per una via di cui ti avevo detto: "Mai più la rivedrai", e là vi venderete ai nemici come schiavi e come schiave; ma non ci sarà nessuno ad acquistarvi».

[69]Queste sono le parole dell'alleanza che il Signore ordinò a Mosè di concludere con i figli d'Israele nella terra di Moab, oltre l'alleanza che aveva concluso con loro sull'Oreb.

TERZO DISCORSO DI MOSÈ

29 Le vicende dell'esodo. - [1]Mosè convocò tutto Israele e disse loro: «Voi avete visto tutto ciò che il Signore fece sotto i vostri occhi nella terra d'Egitto contro il faraone, contro tutti i suoi servi e contro tutta la sua terra, [2]le grandi prove che hanno visto i tuoi occhi, quei segni e prodigi grandiosi. [3]Ma fino ad oggi il Signore non vi ha dato cuore per capire, occhi per vedere, orecchie per sentire. [4]Vi ho guidati per quarant'anni nel deserto: non si sono logorati i mantelli addosso a voi, i sandali non si sono logorati ai vostri piedi; [5]non avete mangiato pane, né avete bevuto vino o bevanda inebriante, perché sappiate che io sono il Signore, vostro Dio. [6]Siete arrivati in questo luogo: Sicon re di Chesbon e Og re di Basan ci sono usciti contro in battaglia, ma li abbiamo battuti; [7]abbiamo preso la loro terra e l'abbiamo data in eredità ai Rubeniti, ai Gaditi e a metà della tribù dei Manassiti.

Fedeltà all'alleanza. - [8]Osservate le parole di questa alleanza e mettetele in pratica, af-

47-57. Tre volte soprattutto si avverarono alla lettera queste predizioni circa la punizione che Dio, per mezzo di popoli stranieri, avrebbe inflitto a Israele disobbediente alle sue leggi. La prima, quando fu distrutta Samaria e deportata la sua popolazione in Assiria (722/1 a.C.); la seconda, nel 597 e 586 quando Gerusalemme e il tempio furono rasi al suolo e gli abitanti deportati in Babilonia; la terza, nell'assedio e nella distruzione di Gerusalemme e del tempio da parte dei Romani nell'anno 70 d.C.: rovina assai più disastrosa delle precedenti.

69. Indica chiaramente che quanto segue, cc. 29-32, contiene gli elementi di una nuova alleanza, da concludersi prima di cominciare la conquista della terra promessa, sul modello di quella conclusa ai piedi del monte Sinai (cfr. Gs 5,10-12).

finché abbiate successo in tutto ciò che fate. [9]Voi state oggi tutti al cospetto del Signore vostro Dio: i vostri capitribù, i vostri giudici, i vostri anziani, i vostri scribi, tutti gli uomini d'Israele, [10]i vostri fanciulli, le vostre donne e il forestiero che è in mezzo al tuo accampamento, da quello che taglia la tua legna a quello che attinge la tua acqua, [11]per entrare nell'alleanza del Signore tuo Dio e nel patto che il Signore tuo Dio stringe con te oggi, [12]per costituirti oggi come suo popolo, e per essere egli Dio per te, come ti ha detto e come ha giurato ai tuoi padri, ad Abramo, a Isacco e a Giacobbe.

[13]Non con voi soltanto io sancisco questa alleanza e questo patto, [14]ma tanto con chi sta qui con noi oggi al cospetto del Signore nostro Dio, quanto con chi non è qui con noi oggi.

[15]Perché voi sapete come abbiamo abitato nella terra d'Egitto e come siamo passati in mezzo alle nazioni che avete attraversato; [16]avete visto le loro nefandezze e gl'idoli di legno e pietra, di argento e oro che sono presso di loro.

[17]Non vi sia tra voi uomo o donna, famiglia o tribù il cui cuore si allontani oggi dal Signore nostro Dio per andare a servire gli dèi di quelle nazioni. Non vi sia tra di voi nessuna radice che produca veleno e assenzio!

[18]Se, nell'ascoltare le parole di questo patto, qualcuno si benedice nel proprio cuore, dicendo: "Avrò pace anche camminando nella caparbietà del mio cuore, rendendo irriguo l'arido", [19]il Signore non acconsentirà a perdonarlo, ché anzi la collera e la gelosia del Signore si infiammeranno contro quell'uomo e tutte le imprecazioni scritte in questo libro scenderanno sopra di lui: il Signore cancellerà il suo nome sotto il cielo, [20]per sua sventura lo separerà da tutte le tribù d'Israele, secondo tutte le imprecazioni dell'alleanza scritta in questo libro della legge.

[21]La generazione futura, i vostri figli che sorgeranno dopo di voi e lo straniero che verrà da una terra lontana vedranno i flagelli di questa terra e le malattie che il Signore le infliggerà e diranno: [22]"Zolfo, sale, arsura è tutta la sua terra! Non sarà seminata, non

darà alcun germoglio, su di essa non crescerà erba alcuna; è come la distruzione di Sodoma, Gomorra, Adma e Zeboim che il Signore distrusse nella sua ira e nel suo furore". [23]E tutte le nazioni diranno: "Perché il Signore ha fatto così a questa terra? Perché l'ardore di questa grande ira?". [24]E risponderanno: "Perché hanno abbandonato l'alleanza del Signore, Dio dei loro padri, che egli aveva stretto con loro quando uscirono dalla terra d'Egitto, [25]e sono andati a servire altri dèi prostrandosi innanzi a loro: dèi che non avevano conosciuto e che non aveva dato loro in sorte; [26]allora si è infiammata la collera del Signore contro questa terra, così da farle venir sopra tutte le maledizioni scritte in questo libro. [27]Il Signore li ha strappati dalla loro terra con collera, con furore e con grande indignazione e li ha gettati su un'altra terra, com'è fino ad oggi".

[28]Le cose occulte sono del Signore nostro Dio, ma le cose rivelate sono nostre e dei nostri figli per sempre, affinché mettiamo in pratica tutte le parole di questa legge.

30 Conversione e salvezza. - [1]Quando verranno su di te tutte queste cose, la benedizione e la maledizione che ti ho presentato, se le mediterai in mezzo a tutte le nazioni fra le quali ti condurrà il Signore tuo Dio, [2]ritornerai al Signore tuo Dio e ascolterai la sua voce, secondo quanto oggi ti ordino, tu e i tuoi figli, con tutto il tuo cuore e con tutta la tua anima; [3]il Signore tuo Dio metterà fine alla tua prigionia, avrà misericordia di te e ancora ti raccoglierà da tutti i popoli fra i quali ti aveva disperso.

[4]Anche se fossi stato cacciato fino all'estremità del cielo, di là il Signore tuo Dio ti raccoglierà e di là ti riprenderà; [5]il Signore tuo Dio ti ricondurrà nella terra che possedettero i tuoi padri e tu ne riprenderai possesso, ti beneficherà e ti moltiplicherà più che i tuoi padri. [6]Il Signore tuo Dio circonciderà il tuo cuore e il cuore della tua discendenza, affinché tu ami il Signore tuo Dio con tutto il tuo cuore, con tutta la tua anima, e viva.

[7]Il Signore tuo Dio porrà tutte queste imprecazioni sui tuoi nemici, su coloro che ti odiano e che ti hanno perseguitato; [8]tu ascolterai di nuovo la voce del Signore e metterai in pratica tutti i precetti che ti ordino oggi.

---

30. - [3.] Questa profezia si compì storicamente quando i Giudei tornarono dall'esilio di Babilonia (cfr. Esd 1,64-65; 8,1-14).

⁹Il Signore tuo Dio ti farà prosperare in
ogni opera delle tue mani: nel frutto del tuo
seno, nel frutto del tuo bestiame e nel frutto della tua terra, per il tuo bene; perché il
Signore tornerà a gioire per te del tuo bene
come gioì per i tuoi padri, ¹⁰se ascolti la voce del Signore tuo Dio osservando i suoi
precetti e i suoi ordini scritti in questo libro
della legge, se ritorni al Signore tuo Dio con
tutto il tuo cuore e con tutta la tua anima.

¹¹Questo comandamento che oggi ti ordino non è eccessivo per te e non è inaccessibile: ¹²non è in cielo, perché tu dica: "Chi
per noi salirà in cielo, ce lo prenderà e ce lo
farà ascoltare, affinché lo mettiamo in pratica?". ¹³Non è al di là del mare, perché tu
dica: "Chi passerà per noi al di là del mare,
ce lo prenderà e ce lo farà ascoltare, affinché lo mettiamo in pratica?". ¹⁴Perché la
parola ti è molto vicina: è nella tua bocca e
nel tuo cuore, perché tu la metta in pratica.

La decisione richiesta. - ¹⁵Vedi, oggi ti ho
proposto la vita e la felicità, la morte e la
sventura; ¹⁶perciò ti ordino oggi di amare il
Signore tuo Dio, di camminare per le sue
vie e di osservare i suoi precetti, i suoi ordini e i suoi decreti; allora tu vivrai, ti molti-
plicherai, e il Signore tuo Dio ti benedirà
sulla terra verso la quale tu vai per conquistarla. ¹⁷Ma se il tuo cuore si svia e non
ascolti, se ti lasci trascinare e ti prostri davanti ad altri dèi e li servi, ¹⁸oggi vi dichiaro: perirete di certo e non prolungherete i
vostri giorni sulla terra verso la quale tu vai,
attraversando il Giordano per conquistarla.

¹⁹Prendo a testimoni contro di voi oggi il
cielo e la terra: ti ho proposto la vita e la
morte, la benedizione e la maledizione.
Scegli la vita, perché viva tu e la tua discendenza, ²⁰amando il Signore tuo Dio, ascoltando la sua voce e aderendo a lui: perché
lui è la tua vita e la lunghezza dei tuoi giorni; perché tu possa dimorare sulla terra che
il Signore ha giurato ai tuoi padri, ad Abramo, a Isacco e a Giacobbe di dare loro».

FINE DELLA MISSIONE DI MOSÈ

31 **Giosuè successore di Mosè.** - ¹Mosè andò e rivolse queste parole a tutto Israele. ²Disse loro: «Io oggi ho centovent'anni. Non posso più andare e venire.
Il Signore mi ha detto: "Non attraverserai
questo Giordano". ³Il Signore tuo Dio, lui

lo attraverserà davanti a te, lui distruggerà
quelle nazioni davanti a te e le caccerà. E
Giosuè, lui lo attraverserà davanti a te, come ti ha detto il Signore. ⁴Il Signore farà ad
esse come ha fatto a Sicon e a Og re degli
Amorrei e alla loro terra, che ha distrutti.
⁵Il Signore le metterà in vostro potere e voi
le tratterete secondo il comandamento che
vi ho prescritto. ⁶Siate forti, siate valorosi!
Non abbiate paura, non spaventatevi dinanzi a loro, perché il Signore tuo Dio è lui che
cammina con te: non ti abbandonerà e non
ti trascurerà».

⁷Allora Mosè chiamò Giosuè e, alla presenza di tutto Israele, gli disse: «Sii forte,
sii valoroso! Perché tu condurrai questo popolo nella terra che il Signore promise con
giuramento ai suoi padri: tu la metterai in
loro possesso. ⁸Il Signore stesso cammina
davanti a te, e sarà con te. Non ti abbandonerà e non ti trascurerà. Non aver paura,
non tremare».

Il libro della legge: lettura. - ⁹Mosè scrisse
questa legge e l'affidò ai sacerdoti, figli di
Levi, che portavano l'arca dell'alleanza del
Signore, e a tutti gli anziani d'Israele; ¹⁰Mosè ordinò loro: «Al termine di sette anni,
nel tempo fissato per l'anno del condono,
alla festa delle Capanne, ¹¹quando verrà
tutto Israele per presentarsi davanti al Signore tuo Dio nel luogo che sceglierà, leggerai questa legge davanti a tutto Israele.
¹²Raduna il popolo, uomini, donne, bambini e il forestiero che è nelle tue città, perché ascoltino e imparino a temere il Signore vostro Dio e abbiano cura di mettere in
pratica tutte le parole di questa legge. ¹³I loro figli che ancora non la conoscono ascolteranno e impareranno a temere il Signore
vostro Dio ogni giorno che vivrete sulla terra verso la quale andate, attraversando il
Giordano per conquistarla».

---

¹⁴· *La parola*: la legge, espressione dei voleri di
Dio, in san Paolo (Rm 10,6-8) diventerà la «parola
della fede». È la prima volta che troviamo la «parola»
personificata, ciò che, attraverso la meditazione sapienziale (Pro 8,22; Sap 7,22), raggiungerà il suo vertice nella profonda teologia del *Verbo* di Dio nel prologo del vangelo di Giovanni.
¹⁵·²⁰· Dio propone all'uomo la scelta fra il bene e il
male, la vita e la morte. Egli non usa la forza né per
costringerlo al bene né per impedirgli di fare il male,
ma lascia che ognuno decida liberamente, affinché
sia responsabile dei propri atti e perciò meritevole di
premio o di castigo.

¹⁴Il Signore disse a Mosè: «Ecco, si avvicinano i giorni della tua morte. Chiama Giosuè e state nella tenda del convegno, perché gli dia i miei ordini».

Mosè e Giosuè stettero nella tenda del convegno, ¹⁵e apparve il Signore nella tenda in una colonna di nube; la colonna di nube si fermò all'ingresso della tenda.

¹⁶Il Signore disse a Mosè: «Ecco, stai per addormentarti con i tuoi padri. Questo popolo si leverà per prostituirsi dietro a dèi stranieri, quelli della terra in mezzo alla quale sta andando; mi abbandonerà e romperà l'alleanza che ho concluso con lui. ¹⁷Si infiammerà la mia ira contro di lui in quel giorno: li abbandonerò, nasconderò loro la mia faccia, perché siano divorati; lo colpiranno molti mali e avversità. Dirà in quel giorno: "Non mi hanno forse colpito questi mali perché il mio Dio non è più in mezzo a me?". ¹⁸Io nasconderò completamente la mia faccia in quel giorno a causa di tutto il male che farà rivolgendosi ad altri dèi.

Il cantico dell'alleanza. - ¹⁹Ora scrivete questo cantico e insegnatelo ai figli d'Israele: mettilo sulla loro bocca affinché questo cantico mi sia di testimonio contro i figli d'Israele. ²⁰Quando lo avrò condotto alla terra che ho giurato ai suoi padri, dove scorre latte e miele, dopo che avrà mangiato, si sarà saziato e ingrassato, si volgerà ad altri dèi e li serviranno; disprezzeranno me e romperanno la mia alleanza.

²¹Ma quando lo avranno colpito molti mali e avversità, questo cantico sarà testimonio contro di lui, poiché non sarà dimenticato dalla sua discendenza. Conosco infatti i disegni che egli va formando oggi, prima ancora che lo conduca nella terra che ho promesso con giuramento ai suoi padri».

²²Mosè scrisse questo cantico in quel giorno e lo insegnò ai figli d'Israele.

²³Poi il Signore comunicò i suoi ordini a Giosuè, figlio di Nun e gli disse: «Sii forte, sii valoroso! Perché tu condurrai i figli d'Israele nella terra che io ho promesso loro con giuramento. Io sarò con te».

La legge nell'arca. - ²⁴Quando Mosè ebbe finito di scrivere su un libro tutte le parole di questa legge, ²⁵ordinò ai leviti, che portavano l'arca dell'alleanza del Signore: ²⁶«Prendete il libro di questa legge e mettelo a fianco dell'arca dell'alleanza del Signore vostro Dio: vi resterà come testimonio contro di te. ²⁷Perché io conosco il tuo spirito ribelle e la tua dura cervice. Ecco, oggi mentre io sono ancora vivo con voi, voi siete ribelli verso il Signore; quanto più dopo la mia morte! ²⁸Radunate presso di me tutti gli anziani delle vostre tribù e i vostri scribi: pronuncerò alle loro orecchie queste parole e chiamerò a testimoniare contro di loro il cielo e la terra. ²⁹Perché so che dopo la mia morte certamente prevaricherete e devierete dalle vie che vi ho ordinato; negli ultimi giorni il male vi coglierà, perché farete il male agli occhi del Signore, per irritarlo con l'opera delle vostre mani».

³⁰Allora Mosè recitò a tutta l'assemblea di Israele le parole di questo cantico, fino al termine:

32 Il cantico di Mosè
¹«Ascolta, o cielo: io parlerò;
   senta la terra le parole della mia bocca!
² Scende come la pioggia il mio
      insegnamento,
   stilla come la rugiada la mia parola,
   come un acquazzone sull'erbetta,
   come un rovescio sull'erba.
³ Perché proclamo il nome del Signore:
   magnificate il nostro Dio!
⁴ La Roccia: perfetta è la sua opera,
   tutte le sue vie sono giustizia.
   Dio di fedeltà, senza ingiustizia,
   egli è giusto e retto.
⁵ Contro di lui prevaricarono
   — non sono suoi figli le loro tare —
   generazione perversa e tortuosa.
⁶ Questo rendete al Signore,
   popolo stolto e insipiente?
   Non è lui tuo padre, che ti ha creato?
   lui che ti ha fatto e sostenuto?
⁷ Ricorda i giorni lontani,
   considerate gli anni di età in età;
   interroga tuo padre e te l'annuncerà,
   i tuoi anziani e te lo diranno.
⁸ Quando l'Altissimo distribuiva alle
      nazioni la loro eredità,
   quando divideva i figli dell'uomo,
   fissò i confini dei popoli
   secondo il numero dei figli d'Israele.
⁹ Perché parte del Signore è il suo
      popolo,

---

32. - ¹⁵· *Jesurun* è un appellativo poetico di Israele, il «giusto», ovviamente usato qui in senso ironico (cfr. 33,5.26).

Giacobbe è porzione della sua eredità.

10 Lo trova nella terra del deserto,
   nel disordine urlante delle solitudini;
   lo circonda, lo alleva,
   lo custodisce come la pupilla dei suoi
      occhi.

11 Come un'aquila incita la sua nidiata
   e aleggia sopra i suoi piccoli,
   egli spiega le ali, lo prende
   e lo porta sulle sue penne.

12 Il Signore è solo a condurlo,
   non c'è con lui dio straniero.

13 Lo fa cavalcare sulle alture della terra,
   gli fa mangiare i prodotti dei campi,
   gli fa succhiare il miele della roccia
   e l'olio dalla pietra di silice,

14 latte cagliato di vacca e latte di pecora,
   col grasso degli agnelli,
   gli arieti di Basan e capri,
   con la polpa del frumento,
   e il sangue del grappolo, che bevi
      spumeggiante.

15 Mangiò Giacobbe e si saziò,
   si ingrassò Jesurun, e recalcitrò.
   — Ti sei fatto grasso, pingue, grosso! —
   Abbandonò Dio che lo aveva fatto,
   disprezzò la Roccia della sua salvezza.

16 Lo provocano a gelosia con dèi stranieri,
   con abominazioni lo irritano.

17 Sacrificano ai demoni, che non son dio,
   a dèi che non conoscono,
   nuovi, venuti da poco,
   che non hanno temuto i vostri padri.

18 La Roccia che ti ha generato la trascuri,
   dimentichi Dio che ti ha dato la vita.

19 Il Signore vide, disprezzò nella sua ira
   i suoi figli e le sue figlie;

20 e disse: "Nasconderò loro la mia faccia,
   vedrò quale sarà la loro fine,
   perché sono una generazione pervertita,
   figli senza fedeltà.

21 Mi hanno reso geloso con ciò che non è
      dio,
   mi hanno rattristato con le loro vanità;
   e io li provocherò a gelosia con un
      non-popolo,
   con una nazione vana li rattristerò.

22 Perché un fuoco è avvampato nella mia
      ira,
   e brucerà fino agli inferi, in basso;
   divorerà la terra e i suoi prodotti,
   brucerà le fondamenta delle montagne.

23 Accumulerò su di loro i mali,
   le mie frecce esaurirò contro di loro:

24 saranno smunti dalla fame, divorati dalla
      febbre

e da pestilenza maligna;
   i denti delle belve manderò contro di
      loro,
   con il veleno dei serpenti che strisciano
      nella polvere.

25 Di fuori li priverà di figli la spada,
   e di dentro il terrore:
   periranno insieme il giovane e la
      vergine,
   il lattante e il canuto.

26 L'ho detto: li annienterò,
   cancellerò il loro ricordo tra gli uomini!
   se non temessi l'arroganza del nemico.

27 I loro avversari non s'ingannino
   e non dicano: Le nostre mani hanno
      prevalso,
   non è il Signore che ha operato tutto
      questo.

28 Ma sono una nazione sconsiderata,
   in loro non c'è intelligenza.

29 Se fossero saggi comprenderebbero
      questo,
   conoscerebbero il loro avvenire.

30 Come mai uno ne insegue mille,
   due mettono in fuga diecimila,
   se non perché la loro Roccia li ha
      venduti,
   il Signore li ha abbandonati?

31 Ma la loro roccia non è come la nostra
      Roccia:
   i nostri nemici ne sono giudici.

32 Dalle viti di Sodoma viene la loro vite,
   dalle piantagioni di Gomorra;
   la loro uva è uva velenosa,
   sono amari grappoli i loro;

33 tossico di serpenti è il loro vino,
   veleno atroce di vipere.

34 Non è questo conservato presso di me,
   sigillato nei miei tesori?

35 per il giorno della vendetta e della
      retribuzione,
   per il tempo in cui vacillerà il loro piede:
   perché è vicino il giorno della loro
      rovina,
   si affretta il destino, per loro.

36 Ma il Signore fa giustizia al suo popolo,
   ha pietà dei suoi servi,
   quando vede mancare ogni forza,
   venir meno lo schiavo e il libero.

37 Allora dirà: "Dove sono i suoi dèi,
   la roccia in cui confidavano?

---

34. Dio promette che salverà il suo popolo quando
per i nemici sarà giunto il momento del castigo. Dio
conserva come una gemma preziosa il popolo d'Israele in attesa di ridargli onore, dopo che sarà rinsavito.

[38] Quelli che mangiavano il grasso dei suoi
sacrifici,
e bevevano il vino delle loro libagioni?
Si levino, e vi aiutin,
siano per voi un rifugio!
[39] Guardate ora, sono io, io!
non c'è altro dio con me.
Io faccio morire e faccio vivere,
ho ferito e io guarisco;
nessuno salva dalla mia mano.
[40] Ecco, alzo al cielo la mano
e dico: Vivo, io, per sempre!
[41] Quando avrò affilato la mia spada
folgorante
e la mia mano si accingerà al giudizio,
farò vendetta dei miei avversari,
ripagherò quelli che mi odiano.
[42] Inebrierò le mie frecce di sangue,
la mia spada divorerà la carne:
sangue degli uccisi e dei prigionieri,
teste dei prìncipi nemici".
[43] Esultate, o nazioni, per il suo popolo,
perché rivendica il sangue dei suoi servi,
fa vendetta dei suoi avversari,
purifica la sua terra e il suo popolo».

[44] Mosè venne con Giosuè, figlio di Nun,
e recitò tutte le parole di questo cantico davanti al popolo.

La legge fonte di vita. - [45] Quando Mosè ebbe finito di recitare tutte queste parole al-
l'intero Israele, [46] disse loro: «Prestate attenzione a tutte queste parole con cui testimonio contro di voi oggi; prescriverete ai
vostri figli che osservino e mettano in pratica tutte le parole di questa legge. [47] Perché
non è una parola vana, per voi, ma è la vostra vita! Per questa parola prolungherete i
vostri giorni sulla terra verso la quale andate, attraversando il Giordano per conquistarla».

Preannuncio della morte di Mosè. - [48] Il Signore disse a Mosè in quello stesso giorno:
[49] «Sali sulla montagna degli Abarim, sul
monte Nebo che è nella terra di Moab di
fronte a Gerico, e guarda la terra di Canaan,
che dono ai figli d'Israele in proprietà.
[50] Muori sul monte su cui stai per salire e ri-

congiungiti ai tuoi antenati, come morì
Aronne tuo fratello sul monte Or e si ricon-
giunse ai suoi antenati. [51] Perché avete prevaricato contro di me in mezzo ai figli d'I-
sraele, presso le acque di Meriba di Kades
nel deserto di Zin, e non avete riconosciuto
la mia santità fra i figli d'Israele. [52] Perciò ti
vedrai davanti la terra, ma non entrerai in
quella terra che dono ai figli d'Israele».

33 **Le benedizioni di Mosè.** - [1] Questa è
la benedizione con cui Mosè, uomo di
Dio, benedisse i figli d'Israele prima di morire. [2] Disse:

«Il Signore è venuto dal Sinai,
sorse per essi da Seir;
brillò dal monte Paran,
è venuto dalle assemblee di Kades,
per loro, dal sud, fino ad Ashedot.
[3] Tu ami i popoli,
tutti i tuoi santi sono nella tua mano.
Erano prostrati ai tuoi piedi
per ricevere le tue parole.
[4] Una legge ci ha prescritto Mosè,
un'eredità per l'assemblea di Giacobbe.
[5] Ci sia un re per Jesurun,
quando si radunano i capi del popolo,
tutte assieme le tribù d'Israele.

[6] Viva Ruben, non muoia:
ma sia piccolo il numero dei suoi».

[7] Questo per Giuda disse:

«Ascolta, o Signore, la voce di Giuda,
e riconducilo al suo popolo.
Le sue mani lotteranno per lui,
e tu gli sarai d'aiuto contro i suoi
avversari».

[8] Per Levi disse:

«Da' a Levi i tuoi *tummim*
e i tuoi *urim* all'uomo santo
che hai tentato a Massa,
con cui hai disputato presso le acque
di Meriba.
[9] Lui che disse di suo padre e di sua
madre:
"Non l'ho visto";
non ha riconosciuto i suoi fratelli,
ha ignorato i suoi figli.
Poiché hanno osservato la tua parola,
custodiscono la tua alleanza;

---

33. - [1ss.] Mosè, come Giacobbe, prima di morire dà
le sue benedizioni prima a tutto Israele (vv. 2-5), poi
alle singole tribù (vv. 6-25). Nei vv. 26-29 viene ripresa la lode iniziale al Dio d'Israele.

[10] insegnano a Giacobbe i tuoi giudizi,
la tua legge a Israele;
offrono il sacrificio davanti a te
e l'olocausto al tuo altare.
[11] Benedici, o Signore, la sua forza,
gradisci l'opera delle sue mani.
Spezza le reni dei suoi avversari,
e coloro che lo odiano non si rialzino
più».

[12]Per Beniamino disse:

«Prediletto del Signore, Beniamino,
riposa sicuro su di Lui;
lo protegge ogni giorno
e abita tra le sue colline».

[13]Per Giuseppe disse:

«Benedetta dal Signore la sua terra:
ha il meglio dal cielo, la rugiada,
e dall'abisso disteso nel profondo.
[14] Il meglio dei prodotti del sole,
il meglio dei frutti della luna;
[15] il meglio delle montagne antiche,
il meglio dei colli eterni;
[16] il meglio della terra e la sua ricchezza;
e il favore di Colui che abita nel
roveto
venga sul capo di Giuseppe,
sulla testa del prescelto fra i suoi fratelli.
[17] Primogenito del Toro, a lui la gloria!
Corna di bufalo, le sue corna:
con esse colpisce i popoli
tutti assieme, fino all'estremità della
terra.
Queste sono le miriadi di Efraim,
queste le migliaia di Manasse».

[18]Per Zabulon disse:

«Gioisci, Zabulon, nelle tue spedizioni,
e tu, Issacar, nelle tue tende!
[19] I popoli, sulla montagna dove invocano,
là offrono sacrifici di giustizia,
perché succhiano l'abbondanza dei mari
e i tesori nascosti della sabbia».

[20]Per Gad disse:

«Benedetto Colui che amplia Gad!
Si accovaccia come una leonessa,
sbrana braccio, faccia e testa.
[21] Ha guardato le sue primizie
quando là si riservò la parte del capo;
si è accostato ai prìncipi del popolo:

praticò la giustizia del Signore
e i suoi giudizi, con Israele».

[22]Per Dan disse:

«Dan è un leoncello:
egli balza da Basan».

[23]Per Neftali disse:

«Neftali è sazio di favori,
colmo delle benedizioni del Signore:
il mare e il sud sono sua proprietà».

[24]Per Aser disse:

«Benedetto più di tutti i figli, Aser!
Sia il favorito dei suoi fratelli,
s'immerga nell'olio il suo piede!
[25] Di ferro e di bronzo siano le tue sbarre,
e come i tuoi giorni duri la tua forza.

[26] Nessuno è come il Dio di Jesurun:
cavalca i cieli in tuo soccorso,
le nubi, nella sua maestà.
[27] Un rifugio è il Dio dei tempi antichi,
e quaggiù, braccia eterne!
Ha cacciato il nemico davanti a te;
disse: "Distruggi!".
[28] Israele riposò al sicuro,
da solo la fonte di Giacobbe
sulla terra del frumento e del mosto,
e il suo cielo stilla rugiada.
[29] Felice te, o Israele! Chi è come te,
popolo salvato dal Signore?
Lui è lo scudo della tua difesa,
la spada della tua gloria.
I tuoi nemici ti adulano,
ma tu cavalchi le loro alture».

34 Morte di Mosè sul monte Nebo. - [1]Mosè salì dalle steppe di Moab sul monte Nebo, cima del Pisga, che è di fronte a Gerico, e il Signore gli fece vedere tutta la terra: Galaad fino a Dan, [2]tutto Neftali, la terra di Efraim e di Manasse, tutta la terra di Giuda fino al Mare Mediterraneo, [3]il Negheb, il distretto della valle di Gerico, città delle palme, fino a Zoar. [4]Il Signore gli disse: «Questa è la terra che ho promesso con giuramento ad Abramo, a Isacco e a Giacobbe dicendo: "Alla tua posterità la donerò". Te l'ho fatta vedere con i tuoi occhi, ma tu non vi entrerai».

⁵Mosè, servo del Signore, morì ivi, nella terra di Moab, secondo la parola del Signore. ⁶Fu sepolto nella valle, nella terra di Moab, di fronte a Bet-Peor. Nessuno ha conosciuto la sua tomba fino ad oggi. ⁷Mosè aveva centovent'anni quando morì: il suo occhio non si era indebolito e il suo vigore non si era spento.

⁸I figli d'Israele piansero Mosè nelle steppe di Moab per trenta giorni, finché furono compiuti i giorni di pianto per il lutto di Mosè.

⁹Giosuè, figlio di Nun, era pieno dello spirito di sapienza, perché Mosè gli aveva imposto le mani. I figli d'Israele lo ascoltarono e fecero come il Signore aveva ordinato a Mosè.

¹⁰Non sorse più profeta in Israele come Mosè, che il Signore conosceva faccia a faccia, ¹¹per tutti i segni e i prodigi che il Signore lo mandò a compiere nella terra d'Egitto per il faraone, per tutti i suoi servi e per tutta la sua terra; ¹²per tutta la potenza della sua mano e per tutte le opere terribili e grandi che compì Mosè agli occhi di tutto Israele.

---

34. - **6.** La morte di Mosè è avvolta nel mistero. Dio volle nascondere agli Israeliti la tomba del grande profeta, legislatore e condottiero (cfr. v. 9), forse per evitare che rendessero un culto superstizioso alle sue spoglie mortali.

10. Mosè è il più grande profeta per la sua stupenda familiarità con Dio, per il suo potere taumaturgico, per aver dato la legge al popolo ebraico e averlo guidato verso la terra promessa. La figura di Mosè sarà un punto di riferimento fondamentale per il NT che vedrà in lui uno dei modelli anticipatori di Gesù Cristo e della sua opera come Salvatore, legislatore e guida del nuovo popolo di Dio in cammino verso la nuova terra promessa, la Gerusalemme celeste.

LIBRI STORICI

L'Antico Testamento contiene un vasto complesso di libri, composti in un periodo di dieci secoli, che narrano le vicende storiche del popolo d'Israele dalla conquista della terra promessa, secolo XIII a.C., fino all'ascesa al trono di Giovanni Ircano, nel 134 a.C.

Questo ampio corpo storico comprende quattro serie di opere:

a) I libri di Giosuè, Giudici, 1-2 Samuele e 1-2 Re, chiamati dagli studiosi moderni *storia deuteronomistica*, costituiscono un'estesa compilazione comprendente settecento anni di storia, che da Giosuè (secolo XIII a.C.) va fino all'ultimo re di Giuda, Ioiachìn (metà del VI secolo a.C.).

b) I libri 1-2 Cronache, Esdra, Neemia, chiamati *storia cronistica*, rappresentano un complesso che abbraccia un periodo più ampio del precedente, in quanto inizia con Adamo e si estende fino al V secolo a.C.

c) I *racconti edificanti* di Tobia, Giuditta, Ester e Rut (posto come appendice ai Giudici) sono centrati attorno a un personaggio e hanno caratteristiche proprie.

d) I libri 1 e 2 Maccabei c'informano sulla lotta giudaica contro la persecuzione religiosa scatenata dai Seleucidi di Siria (175-134 a.C.).

Vari sono i generi letterari impiegati in questi libri, diverso è lo scopo per cui furono redatti e quindi diversa è anche la loro aderenza storica ai fatti riportati.

1 e 2 Maccabei, Tobia, Giuditta, le sezioni greche di Ester, sono libri deuterocanonici, cioè non entrano nel canone ebraico dei libri sacri, però fanno parte del canone della Chiesa.

La storia deuteronomistica. - Ai tempi del re Giosia (627-609 a.C.), sotto la spinta della riforma religiosa patrocinata da questo re, si raccolsero e si riunirono insieme le antiche tradizioni tramandate nel nord e nel sud del paese, relative alla conquista della Palestina, alle vicende delle varie tribù entrate nella terra promessa, ai primi capi carismatici (Samuele, Saul e Davide). Queste tradizioni, orali o scritte, contenevano narrazioni popolari, epiche, cronache di re, racconti relativi a profeti, inventari e rapporti provenienti da archivi reali, biografie dovute a testimoni oculari. Tutto questo materiale venne sistemato negli attuali libri di Giosuè, Giudici e Samuele. I libri dei Re furono compilati al tempo dell'esilio, in buona parte su documenti degli archivi reali dei regni del nord e del sud. Nella storia del secolo VIII furono inserite le tradizioni sui profeti Elia ed Eliseo.

L'arco di tempo che questi libri ricoprono è imponente (circa sette secoli) e la parabola che descrivono è estremamente significativa: dalla gloriosa occupazione della terra promessa, sotto il comando di Giosuè, all'umiliante e dolorosa deportazione da quella stessa terra dopo la distruzione e la devastazione del regno di Giuda, di Gerusalemme e del tempio (Gdc 2,11-19 e 2Re 17,7-23 offrono il criterio di valutazione dell'autore sulle vicende storiche d'Israele).

Tuttavia la fine di un'epoca, anche se ha il severo valore di una punizione, non significa la fine dei progetti di Dio su Israele; egli li riprenderà in altre condizioni, con altre strutture.

L'opera del Cronista. - Il complesso 1-2 Cronache-Esdra-Neemia è opera di un solo autore che scrive intorno al 350 a.C. e sembra appartenere all'ambiente sacerdotale.

Egli compone una nuova storia del popolo di Dio iniziando dalla creazione e giungendo fin quasi alla sua epoca. Per il Cronista il popolo di Dio è una comunità di fede, stretta attorno al Dio di Abramo, che ha scelto un discendente di Davide come suo «unto», cioè suo messia, e vive nella sua terra, il cui centro è rappresentato dal tempio di Gerusalemme, nell'osservanza del culto, delle feste e della purità rituale ed etnica.

Questo culto, riorganizzato dopo l'esilio, viene legittimato proiettando nel passato le istituzioni del presente: queste infatti vengono attribuite ai re carismatici Davide e Salomone, che tanto avevano effettivamente operato per il culto di Dio.

Il popolo d'Israele è certo della protezione divina, a patto che sappia ascoltare la parola di Dio, che i sacerdoti, interpreti della legge, come Esdra, insegnano nelle pubbliche adunanze (cfr. Ne 8).

I racconti edificanti. - Tobia-Giuditta-Ester-Rut narrano storie di singoli personaggi, senza un nesso esplicito con la storia generale del popolo d'Israele. Questi libri furono composti in momenti agitati del periodo postesilico, quando Israele si sentiva minacciato da un ambiente pagano ostile ed era necessario sostenere la fedeltà religiosa, nazionale ed etnica. Benché questi libri si presentino come narrazioni storiche, tuttavia si nota che il loro contesto è fittizio e gli avvenimenti sono immaginari. La situazione esposta in forma drammatica mira a stimolare l'attenzione del lettore. Le frequenti preghiere e i discorsi messi in bocca ai personaggi principali rappresentano una sintesi dell'insegnamento morale inteso dall'autore. Sotto l'apparenza di una pagina di storia passata si propone una lezione edificante per il presente. È importante in questi libri chiarire l'intenzione dell'autore ed enucleare l'insegnamento da lui inteso.

Il periodo dei Maccabei. - 1 e 2 Maccabei, accettati nel canone dalla Chiesa, riferiscono la storia delle lotte sostenute dal popolo giudaico contro i re seleucidi per ottenere la libertà religiosa e politica. Il titolo dei libri deriva dal soprannome «Maccabeo» (che significa «martello» o «designato da Dio»), dato a Giuda, eroe principale di questa storia, ed esteso poi a tutti i suoi fratelli. I due libri sono indipendenti l'uno dall'altro; sono redatti da autori diversi, con metodi differenti, e coprono solo parzialmente lo stesso periodo: il primo libro dei Maccabei (dal 167 al 134) imita i racconti della conquista della terra di Canaan; il secondo libro (dal 175 al 160) appartiene alle cosiddette «storie patetiche» conosciute nel mondo letterario ellenistico.

L'insurrezione nazionale contro Antioco IV Epìfane viene presentata come un fatto provvidenziale, mediante il quale Dio ha salvato il giudaismo, custode della vera religione, dalla sopraffazione proveniente dalle correnti ellenizzanti e dal paganesimo che i dominatori stranieri volevano imporre.

GIOSUÈ

Il libro porta il nome del protagonista delle vicende in esso narrate, Giosuè, che significa «Jhwh salva». Collaboratore di Mosè, Giosuè accompagnò il grande legislatore d'Israele al monte Sinai (Es 24,13; 32,17), fu designato suo successore e investito dei suoi poteri (Nm 27,15-23). Dopo la morte di Mosè (Dt 34,9), Giosuè si trovò alla testa d'Israele in procinto di entrare nella terra promessa. Siamo verso la fine del secolo XIII a.C.

Il libro si divide in tre parti. La prima (cc. 1-12) narra l'entrata degli Israeliti in Canaan e le loro prime conquiste. La conquista della Palestina centrale è narrata in modo ricco e originale con dettagli eroici e miracolosi, come la presa di Gerico e di Ai e la battaglia di Gabaon. La conquista della Palestina meridionale e settentrionale (cc. 10-12) è presentata in forma breve e schematica. La seconda parte (cc. 13-21) contiene la ripartizione territoriale di Canaan tra le dodici tribù d'Israele con la descrizione dei limiti geografici, una lista di città di rifugio e di città levitiche. La terza parte (cc. 22-24), che serve da epilogo, narra la partenza delle tribù transgiordane, riporta l'ultimo discorso di Giosuè e descrive la grande assemblea di Sichem, durante la quale le tribù strinsero tra loro un patto religioso rinnovando l'alleanza col Dio dei padri.

Il libro mostra la piena realizzazione delle promesse che Dio aveva fatto ai patriarchi (Gn 12,7) circa il possesso della terra di Canaan: esso è perciò la necessaria conclusione del Pentateuco. La terra conquistata diventa il segno della fedeltà di Dio verso il suo popolo impegnato alla stessa fedeltà verso Dio.

CONQUISTA DELLA TERRA PROMESSA

1 Preparativi per la conquista. - [1]Dopo la morte di Mosè, servo del Signore, il Signore parlò a Giosuè, figlio di Nun, servo di Mosè, in questi termini: [2]«Mosè, mio servo, è morto; lèvati, dunque, e attraversa questo Giordano, tu e tutto questo popolo, verso la terra che io darò loro, ai figli d'Israele. [3]Ogni luogo nel quale passerete, io ve lo do, come già avevo detto a Mosè: [4]i vostri confini saranno dal deserto e dal Libano fino al grande fiume, il fiume Eufrate, tutta la terra degli Hittiti, fino al Mar Mediterraneo, ad occidente. [5]Nessuno sarà capace di resistere davanti a te per tutta la tua vita; come fui con Mosè, così sarò con te; non ti deluderò né ti abbandonerò.

[6] Sii forte e risoluto, perché sei tu che devi condurre questo popolo al possesso di quella terra che giurai ai loro padri di dare loro. [7]Solamente sii forte e coraggioso, procurando di agire secondo tutte le istruzioni che ti ha dato Mosè, mio servo. Non deviare né a destra né a sinistra, per poter riuscire in ogni tua impresa. [8]Mai si allontanerà dalle tue labbra questo libro della legge; meditalo di giorno e di notte, sì che tu possa eseguire scrupolosamente quanto vi è scritto; perché sarà allora che tu riuscirai nelle tue imprese e avrai ovunque successo. [9]Non sono forse io che ti comando questo, di essere forte e coraggioso? Non temere dunque e non avvilirti, perché è con te, in ogni tuo passo, Dio, tuo Signore».

Collaborazione delle tribù transgiordaniche. - [10]Giosuè allora ordinò ai capitani del popolo: [11]«Attraversate l'accampamento e date al popolo queste disposizioni: Prepara-

---

1. - [4.] I confini assegnati per la conquista sono assai più ampi dei territori che effettivamente saranno ripartiti, cc. 13-19, e che nella realtà non furono mai raggiunti.

tevi i viveri, perché fra tre giorni dovrete attraversare questo fiume, il Giordano, per entrare in possesso della terra che il Signore, vostro Dio, sta per darvi, perché la possediate». [12]Ai Rubeniti, poi, ai Gaditi e alla metà della tribù di Manasse Giosuè parlò così: [13]«Ricordatevi dell'ordine che vi diede Mosè, servo del Signore: "Il Signore, vostro Dio, vi ha dato riposo, dandovi questa terra; [14]le vostre donne, i vostri bambini e i vostri greggi rimangano nella terra che vi ha dato Mosè al di là del Giordano. Voi, invece, tutti uomini di guerra, passerete, armati, in testa ai vostri fratelli e presterete loro aiuto, [15]finché il Signore non avrà dato riposo ai vostri fratelli come a voi e avranno anch'essi preso possesso della terra che il Signore, Dio vostro, sta per dare loro. Allora potrete ritornare alla terra che vi appartiene e che vi fu data da Mosè, servo del Signore, al di là del Giordano, verso oriente"». [16]Quelli risposero a Giosuè: «Faremo tutto quello che ci comandi e andremo dovunque tu vorrai mandarci. [17]Come abbiamo obbedito a Mosè, così obbediremo a te; soltanto, sia con te il Signore, tuo Dio, come fu con Mosè. [18]Chiunque non ti ascolterà e non obbedirà ai tuoi ordini, ad ogni cosa che tu ci comanderai, sia ucciso. Sii dunque forte e coraggioso».

2 **Esplorazione di Gerico.** - [1]Giosuè, quindi, figlio di Nun, inviò da Sittim due esploratori con quest'ordine: «Andate e osservate bene la regione, specialmente Gerico». Essi andarono ed entrarono in casa di una meretrice che si chiamava Raab e ivi alloggiarono. [2]Ma la cosa fu riferita al re di Gerico: «Ecco che sono venuti qua degli uomini, questa notte, dai figli d'Israele, per esplorare il paese». [3]Il re di Gerico mandò a dire a Raab: «Fa' uscire gli uomini che sono venuti da te; quelli che hanno preso alloggio nella tua casa, perché sono venuti per esplorare il paese». [4]La donna nascose subito i due uomini e poi rispose: «Veramente sono venuti da me questi uomini, ma non so da dove siano; [5]sono venuti, ma al momento di chiudere la porta quegli uomini sono usciti nelle tenebre e non so dove sia-

no andati; inseguiteli subito, potreste ancora raggiungerli». [6]Essa invece li aveva fatti salire sul terrazzo e li aveva nascosti sotto i mantelli di lino che vi aveva posto. [7]Quelli li inseguirono verso il Giordano fino ai posti di guado, mentre, usciti che furono gli inseguitori, venne chiusa la porta.

Patto fra Raab e gli esploratori. - [8]Prima ancora che fossero coricati, la donna era salita da loro, sul terrazzo, [9]e disse loro: «Io so che il Signore vi ha dato questo paese e noi siamo invasi di paura per voi e tutti gli abitanti della regione tremano dinanzi a voi. [10]Abbiamo saputo infatti che il Signore ha asciugato le acque del Mar Rosso davanti a voi quando usciste dall'Egitto e che cosa avete fatto ai due re amorrei al di là del Giordano, Sicon e Og, votandoli alla morte. [11]All'udir queste cose è venuto meno il cuore a noi e a nessuno più è venuto coraggio davanti a voi, perché il Signore, vostro Dio, è Dio lassù in cielo e quaggiù in terra. [12]Dunque, giuratemi, per il Signore, che come io vi ho trattato con bontà, così voi tratterete con bontà la casa di mio padre; me ne darete un segno sicuro, [13]cioè lascerete in vita mio padre e mia madre, i miei fratelli e le mie sorelle e tutto ciò che loro appartiene: preserverete dalla morte le nostre persone». [14]Quelli le risposero: «Noi esporremo la nostra vita fino a morire per voi, purché però non sveliate questo nostro affare; quando poi il Signore ci avrà consegnata la città, noi useremo con voi bontà e lealtà». [15]Allora essa li fece scendere dalla finestra con una corda, perché la sua casa poggiava sulle mura ed essa stessa aveva il suo alloggio sulle mura. [16]Quindi disse loro: «Andate verso la montagna, per non imbattervi nei vostri inseguitori; là state nascosti per tre giorni, finché essi siano ritornati, e ripenderete la vostra strada». [17]Le risposero quelli: «Noi saremo innocenti di quanto ci hai fatto giurare, [18]quando noi entreremo nel paese, se tu non attaccherai questa corda intrecciata di filo scarlatto alla finestra per la quale tu ci fai discendere e non radunerai tuo padre, tua madre, i tuoi fratelli e tutti i tuoi familiari in casa, presso di te; [19]se, al contrario, qualcuno uscirà fuori di casa tua, il suo sangue ricadrà sul suo capo e noi ne saremo innocenti; ma chiunque sarà in casa con te, il suo sangue ricadrà sulle nostre teste se qualcuno gli metterà le mani addosso. [20]Ma se tu rivelassi questo

---

2. - [1ss.] L'atto di fede nel Dio degli Ebrei non solo valse la vita a Raab e ai suoi (Gs 6,25), ma le meritò di essere aggregata a Israele divenendo moglie di Salmon (cfr. Mt 1,5), antenato di Davide e di Cristo.

nostro affare, noi saremo sciolti dalla promessa che tu ci hai fatto giurare». [21]Ella disse: «Sia come avete detto». Li congedò e se ne andarono; essa intanto attaccò la corda di filo scarlatto alla finestra.

[22]Quelli, usciti che furono, se ne andarono verso la montagna, dove rimasero per tre giorni, finché fossero rientrati quelli che li inseguivano, i quali a loro volta li avevano ricercati per tutte le strade, senza ritrovarli. [23]Allora i due ritornarono dalla montagna, passarono il fiume e si recarono da Giosuè, figlio di Nun, cui raccontarono tutto quanto era loro accaduto. [24]Quindi dissero a Giosuè: «Certamente il Signore ci ha dato nelle mani tutta quella regione, perché tremano addirittura i suoi abitanti dinanzi a noi».

3 Passaggio del Giordano. - [1]Giosuè si levò di buon mattino; egli e tutti i figli d'Israele si mossero da Sittim e giunsero fino al Giordano, dove si fermarono prima di attraversare. [2]Al termine di tre giorni, gli ufficiali passarono per tutto l'accampamento [3]e diedero al popolo quest'ordine: «Quando vedrete l'arca dell'alleanza del Signore, Dio vostro, e i sacerdoti leviti che la portano, muovetevi dal vostro posto e seguitela. [4]Ci sarà però tra voi e l'arca una distanza di circa duemila cubiti; non avvicinatevi ad essa. Così voi potete sapere che strada fare, perché voi non siete mai passati per questa strada né ieri né avantieri». [5]Giosuè disse quindi al popolo: «Santificatevi, perché domani il Signore farà meraviglie in mezzo a voi!». [6]Ai sacerdoti Giosuè parlò così: «Prendete l'arca dell'alleanza e passate in testa al popolo». Quelli presero l'arca dell'alleanza e cominciarono a marciare alla testa del popolo.

[7]Allora il Signore disse a Giosuè: «Quest'oggi comincio a renderti grande davanti a tutto Israele, affinché sappia che sono con te, come fui con Mosè. [8]Da' dunque quest'ordine ai sacerdoti che portano l'arca dell'alleanza: "Allorché sarete giunti ai limiti delle acque del Giordano, fermatevi lì presso il Giordano"». [9]Giosuè disse allora ai figli d'Israele: «Avvicinatevi e ascoltate le disposizioni del Signore, vostro Dio». [10]Giosuè continuò: «In questo riconoscerete che il Dio vivente è in mezzo a voi e che farà fuggire davanti a voi i Cananei, gli Hittiti, gli Evei, i Perizziti, i Gergesei, gli Amorrei e i Gebusei. [11]Ecco che l'arca dell'alleanza del Signore di tutta la terra sta per passare il Giordano, davanti a voi. [12]Intanto adesso sceglietevi dodici uomini delle tribù d'Israele, uno per ciascuna tribù. [13]Appena le piante dei piedi dei sacerdoti che portano l'arca di Dio, Signore di tutta la terra, si poseranno sulle acque del Giordano, si bloccheranno le sue acque: quelle che scendono dall'alto si staccheranno da quelle che scendono in basso e s'arresteranno come una sola massa».

[14]Quando il popolo tolse le tende per passare il Giordano, i sacerdoti portavano l'arca dell'alleanza davanti a tutto il popolo. [15]E quando quelli che portavano l'arca giunsero al Giordano e i piedi dei sacerdoti che portavano l'arca si bagnavano ai bordi delle acque — il Giordano è in piena fin sopra le sue sponde per tutto il tempo delle messi — [16]le acque del Giordano che scendono dall'alto si fermarono, ergendosi come una sola massa, a grande distanza, presso Adama, la città che è vicina a Zartan; e le acque che vanno verso il mare dell'Araba, il Mar Morto, si staccarono completamente; così il popolo attraversò di fronte a Gerico. [17]I sacerdoti che portavano l'arca dell'alleanza del Signore rimasero all'asciutto, in piedi, in mezzo al Giordano; e tutto Israele passò all'asciutto, finché tutto il popolo non ebbe terminato di passare il Giordano.

4 Le dodici pietre commemorative. [1]Quando tutto il popolo terminò di passare il Giordano, il Signore disse a Giosuè: [2]«Prendetevi dal popolo dodici uomini, un uomo per ciascuna tribù, [3]e date loro quest'ordine: "Prendete da questa parte, in mezzo al Giordano, da dove rimasero fermi i piedi dei sacerdoti, dodici pietre e portatele con voi: le deporrete nel luogo dove pernotterete"». [4]Giosuè chiamò quindi i dodici uomini che aveva fatto scegliere tra i figli d'Israele, uno per ciascuna tribù, [5]e disse loro: «Andate in mezzo al Giordano fino all'arca del Signore vostro Dio e prendete ciascuno una pietra sulle spalle, conforme al

---

3. - 14-17. La straordinarietà dell'avvenimento si può arguire dal fatto che accadde nel tempo e nel luogo preannunciato, quando il fiume era in piena e perciò largo il doppio del solito, cioè circa m 60, con acque vorticose e rapide, che difficilmente si potevano attraversare.

numero delle tribù dei figli d'Israele; [6]in modo che questo sia un segno tra di voi; se domani i vostri figli vi chiederanno: "Che cosa sono queste pietre?", [7]voi risponderete che si divisero le acque del Giordano davanti all'arca dell'alleanza del Signore; mentre essa attraversava il Giordano, le acque del Giordano si divisero. E quelle pietre saranno per i figli d'Israele un ricordo per sempre». [8]I figli d'Israele fecero come aveva comandato Giosuè: prendendo dodici pietre di mezzo al Giordano, secondo l'ordine del Signore a Giosuè, secondo il numero delle tribù dei figli d'Israele e portandole con sé fin dove passarono la notte, ivi le deposero.

[9]Giosuè aveva fatto ammucchiare altre dodici pietre in mezzo al Giordano, come piedistallo dei sacerdoti che portavano l'arca dell'alleanza; e ivi sono ancora ai nostri giorni.

[10]I sacerdoti dunque che portavano l'arca stavano fermi in mezzo al Giordano finché non fu compiuto tutto quello che aveva detto il Signore a Giosuè perché lo dicesse al popolo, secondo quanto Mosè aveva ordinato a Giosuè; intanto il popolo si affrettava a passare. [11]Quando il popolo ebbe finito di passare, allora l'arca e i sacerdoti passarono alla testa del popolo. [12]I figli di Ruben, i figli di Gad e la mezza tribù di Manasse passarono armati davanti ai figli d'Israele, come aveva detto loro Mosè. [13]Circa quarantamila in assetto di guerra passarono davanti al Signore, pronti a combattere nelle steppe di Gerico. [14]In quel giorno il Signore esaltò Giosuè davanti a tutti i figli d'Israele e lo venerarono come avevano venerato Mosè per tutta la sua vita.

[15]Il Signore parlò a Giosuè e disse: [16]«Comanda ai sacerdoti che portano l'arca dell'alleanza di risalire dal Giordano». [17]Giosuè comandò ai sacerdoti: «Venite su dal Giordano». [18]Quando i sacerdoti che portavano l'arca dell'alleanza del Signore risalirono su da mezzo il Giordano, appena la pianta dei loro piedi toccò la terra asciutta le acque del Giordano ritornarono nel loro letto e ripresero a scorrere come prima fino a tutta l'ampiezza delle sponde.

Arrivo a Gàlgala. - [19]Fu il decimo giorno del primo mese che il popolo risalì dal Giordano e si accampò a Gàlgala, sul confine orientale di Gerico. [20]Lì, a Gàlgala, Giosuè fece erigere le dodici pietre che avevano preso di mezzo al Giordano, [21]poi disse ai figli d'Israele: «Quando i vostri figli domanderanno un giorno ai loro padri: "Che cosa significano queste pietre?" [22]allora voi insegnerete ai vostri figli che qui Israele ha attraversato il Giordano all'asciutto, [23]perché il Signore, vostro Dio, ha asciugato le acque del Giordano davanti a voi finché non siete passati, come già aveva fatto lo stesso Signore, vostro Dio, al Mar Rosso, che asciugò davanti a noi finché non fummo passati. [24]In modo che sappiano tutti i popoli della terra che la mano del Signore è potente, e tutti voi temiate sempre il Signore, Dio vostro».

5 **Circoncisione degli Israeliti.** - [1]Quando tutti i re amorrei che abitavano ad ovest del Giordano, e tutti i re Cananei che erano sul litorale, seppero che il Signore aveva asciugato le acque davanti ai figli d'Israele, finché essi non furono passati, mancò loro ogni coraggio e nessuno più si sentì forza davanti ai figli d'Israele. [2]Nel tempo stesso il Signore disse a Giosuè: «Fatti dei coltelli di pietra e circoncidi di nuovo i figli d'Israele». [3]Giosuè si procurò dei coltelli di pietra e circoncise i figli d'Israele presso il colle di Aralot.

[4]Questo è il motivo per il quale Giosuè li fece circoncidere: tutta la gente che era uscita dall'Egitto, i maschi, tutti quelli atti alla guerra, erano morti strada facendo, nel deserto, dopo l'uscita dall'Egitto. [5]Ora, tutto questo popolo che era uscito dall'Egitto era circonciso, ma quelli che erano nati nel deserto, durante il viaggio dopo l'uscita dall'Egitto, non erano circoncisi. [6]Per quarant'anni, infatti, i figli d'Israele vagarono nel deserto, in modo che perì tutta la nazione, cioè tutti quelli che nel momento dell'uscita dall'Egitto erano atti alla guerra; questi non avevano ascoltato la parola del Signore, quando egli aveva giurato loro che non avrebbe consentito che vedessero la terra, che aveva giurato di dare ai loro padri, una terra abbondantissima in latte e miele. [7]Ma in loro vece egli suscitò i loro figli: questi fece circoncidere Giosuè, perché questi erano incirconcisi, non essendo stati

---

4. - [19.] Il *primo mese* del ciclo religioso era chiamato Abib e poi Nisan; siamo quindi quattro giorni prima della Pasqua che ricorda il prodigioso passaggio del Mar Rosso (Es 14).

circoncisi durante il viaggio. [8]Quando finì di circoncidersi tutta la nazione, rimasero fermi nell'accampamento, finché furono guariti. [9]Allora il Signore disse a Giosuè: «Oggi ho allontanato da voi l'onta dell'Egitto». Così quel luogo fu chiamato Gàlgala fino a questo giorno.

Celebrazione della Pasqua. - [10]Stettero quindi accampati i figli d'Israele in Gàlgala e celebrarono la Pasqua il 14 del mese, la sera, nella pianura di Gerico. [11]La mattina di Pasqua mangiarono dei prodotti della terra, pane azzimo e spighe abbrustolite, in quello stesso giorno. [12]Da quello stesso mattino, allorché cominciarono a mangiare i frutti del paese, non ci fu più la manna. Non ci fu più la manna per i figli d'Israele ed essi mangiarono quell'anno i frutti della terra di Canaan.

[13]Mentre Giosuè si trovava presso Gerico levò lo sguardo ed ecco vide un uomo in piedi dinanzi a sé, con in mano una spada sguainata. Giosuè gli andò incontro e gli rivolse la parola: «Sei dei nostri oppure dei nostri avversari?». [14]Quegli gli rispose: «Io, capo dell'esercito del Signore, arrivo in questo momento». Allora Giosuè cadde bocconi per adorarlo e poi disse: «Che cosa comanda il mio capo al suo servo?». [15]Il capo dell'esercito del Signore rispose a Giosuè: «Togli dai piedi i sandali, perché questo luogo dove stai è santo». Giosuè obbedì prontamente.

6 **Presa di Gerico.** - [1]Gerico era saldamente sbarrata dinanzi ai figli d'Israele: nessuno poteva né uscire né entrare. [2]Il Signore disse a Giosuè: «Vedi, io ti do in mano Gerico e il suo re con i suoi valorosi guerrieri. [3]Tutti voi, uomini atti alla guerra, circonderete la città, facendo il giro della medesima una volta. Così farai per sei giorni. [4]Sette sacerdoti porteranno sette trombe di corno di montone davanti all'arca. Il settimo giorno farete sette volte il giro della città e i sacerdoti suoneranno le trombe. [5]Quando vi sarà un lungo suono di corno di montone e voi udrete il suono della tromba, tutto il popolo uscirà in un forte grido di guerra. Allora le mura della città crolleranno all'istante e tutto il popolo irromperà, ciascuno dalla parte davanti a sé».

[6]Giosuè, figlio di Nun, convocò quindi i sacerdoti e disse loro: «Prendete l'arca del-l'alleanza e sette sacerdoti portino le sette trombe di corno di montone davanti all'arca del Signore». [7]Poi disse al popolo: «Avanzate per fare il giro della città; gli armati passino davanti all'arca del Signore». [8]Secondo quanto aveva ordinato Giosuè al popolo, sette sacerdoti, portando sette trombe, avanzarono e suonarono le trombe; l'arca dell'alleanza del Signore veniva subito dietro di loro. [9]Gli armati andavano avanti ai sacerdoti che suonavano le trombe e la retroguardia veniva dietro l'arca; si marciava al suono delle trombe.

[10]Giosuè aveva dato al popolo quest'ordine: «Non gridate, non fate sentire la vostra voce: neppure una parola esca dalla vostra bocca, fino al giorno in cui vi dirò: "Gridate!". Allora griderete». [11]Fece fare all'arca del Signore il giro della città, tutt'intorno, una volta; poi tornarono agli accampamenti e vi pernottarono. [12]Il dì seguente Giosuè si levò di buon mattino e i sacerdoti presero l'arca del Signore. [13]Sette sacerdoti, con le sette trombe di corno avanti l'arca del Signore, camminando, suonavano le trombe; gli armati li precedevano e la retroguardia seguiva l'arca del Signore; si marciava al suono delle trombe.

[14]Anche in questo secondo giorno fecero una volta il giro intorno alla città, per tornare poi agli accampamenti. Così fecero per sei giorni. [15]Il settimo giorno, levatisi allo spuntar dell'alba, fecero il giro della città allo stesso modo sette volte. Solo quel giorno girarono sette volte intorno alla città. [16]Al settimo giro i sacerdoti suonarono le trombe e Giosuè disse al popolo: «Gridate, perché il Signore vi dà la città! [17]Essa e tutto quanto vi è dentro sia votato allo sterminio per il Signore; sia salva soltanto la meretrice Raab e tutti quelli che sono in casa con lei, perché essa nascose gli esploratori che noi avevamo inviato. [18]Quanto a voi, guardatevi bene da ciò che è votato allo sterminio, per non essere anche voi esecrabili prendendo qualche cosa votata allo sterminio; questo sarebbe un esporre all'interdetto gli accampamenti d'Israele e portarli a rovina. [19]Tutto l'argento e l'oro, tutti gli oggetti di bronzo e di ferro sono consacrati al Signore e dovranno pervenire al tesoro del Signore».

[20]Il popolo allora gridò e suonarono le trombe; e appena il popolo udì il suono delle trombe ed ebbe emesso un formida-

bile grido di guerra, caddero su se stesse le mura della città e il popolo salì in città, ciascuno davanti a sé, e se ne impossessarono. [21]Sterminarono tutto quanto era nella città, uomini e donne, giovani e vecchi, perfino i buoi e gli asini passarono a fil di spada.

[22]Ai due uomini che avevano esplorato la regione Giosuè disse: «Andate a casa della prostituta e fatene uscir fuori tutto ciò che le appartiene, come le avete giurato». [23]I giovani esploratori andarono e condussero fuori Raab, suo padre, sua madre, i suoi fratelli e tutto ciò che le apparteneva; condussero fuori anche tutti quelli della sua parentela, collocandoli al sicuro fuori degli accampamenti d'Israele.

[24]Bruciarono quindi la città e tutto quello che vi era, eccetto l'argento e l'oro e gli oggetti di bronzo e di ferro, che furono aggiunti al tesoro della casa del Signore. [25]Giosuè fece salvare la meretrice Raab, tutta la sua parentela e quanto le apparteneva, ed essa è rimasta in mezzo ad Israele fino ad oggi, perché aveva nascosto i messi che Giosuè aveva mandato ad esplorare Gerico.

[26]In quel giorno Giosuè fece questo giuramento: «Maledetto davanti al Signore l'uomo che si presenterà per riedificare questa città di Gerico; sul suo primogenito ne getterà le fondamenta e sul suo figlio minore ne alzerà le porte».

[27]Il Signore stava con Giosuè e la sua fama si sparse in tutto il paese.

7 **Peccato di Acan e sue conseguenze.** [1]I figli d'Israele però commisero una mancanza nell'eseguire lo sterminio, perché Acan, figlio di Carmi, figlio di Zabdi, figlio di Zerach, della tribù di Giuda, prese qualche cosa votata all'interdetto e il Signore arse di sdegno contro i figli d'Israele.

[2]Giosuè intanto inviò degli uomini da Gerico verso Ai, che è presso Bet-Aven, a oriente di Betel, e disse loro: «Andate su ad esplorare il paese». Gli uomini salirono ed esplorarono Ai. [3]Tornarono quindi da Giosuè e dissero: «Non salga tutto il popolo;

due o tremila uomini salgano e attacchino Ai. Non stare ad affaticare tutto il popolo perché là c'è poca gente».

[4]Salirono dunque soltanto tremila soldati scelti dalla massa, ma dovettero fuggire di fronte agli uomini di Ai. [5]Questi ne uccisero circa trentasei e li inseguirono dalla porta fino a Sebarim e continuarono a colpirli lungo la discesa. Allora al popolo mancò il coraggio, si sciolsero come acqua.

[6]Giosuè si strappò le vesti e si gettò bocconi davanti all'arca del Signore fino alla sera, e così fecero gli anziani d'Israele, cospargendosi la testa di polvere. [7]Giosuè pregò quindi così: «Signore Dio, perché hai fatto passare il Giordano a questo popolo, forse per darci nelle mani dell'Amorreo e farci distruggere? Ah, ci fossimo contentati di restare al di là del Giordano! [8]Ah, Signore, che posso dire io, ora che Israele ha dovuto voltare le spalle davanti ai suoi nemici? [9]Lo verranno a sapere i Cananei e tutti gli abitanti della regione, si rivolteranno contro di noi e cancelleranno dalla terra il nostro nome. Cosa farai tu, allora, per il tuo grande nome?».

[10]Rispose il Signore a Giosuè: «Lèvati su: a che cosa serve starsene bocconi? [11]Israele ha peccato; hanno trasgredito l'alleanza che io avevo imposto loro, prendendosi roba interdetta: hanno rubato, hanno dissimulato nascondendo nei propri bagagli. [12]Perciò i figli d'Israele non potranno tener fronte ai loro nemici, bensì volteranno loro le spalle, perché sono divenuti infedeli. Io non sarò più con voi, se non distruggete l'anatema che è in mezzo a voi. [13]Lèvati, fa' purificare il popolo, dicendo: "Santificatevi per domani perché così ha parlato il Signore, Dio d'Israele: L'interdetto è in mezzo a te, Israele! Tu non potrai più tener fronte ai tuoi nemici, finché non avrete tolto la causa d'interdetto in mezzo a voi. [14]Domani all'alba vi presenterete per tribù, la tribù che il Signore per sorteggio avrà designato si presenterà per famiglie e la famiglia che il Signore avrà designato si presenterà per casati e i casati uno per uno. [15]Colui che sarà sorpreso nell'affare dell'interdetto, sarà bruciato con tutta la sua famiglia, perché ha trasgredito l'alleanza del Signore e ha commesso una grande infamia in Israele"».

[16]Giosuè si levò all'alba e fece venire Israele per tribù: cadde la sorte sulla tribù di Giuda. [17]Fece venire allora i clan di Giuda e fu sorteggiato il clan di Zerach. Fece

---

6. - 20-21. La caduta delle *mura* di Gerico non fu dovuta né al grido di guerra né al suono delle trombe: tutto ciò è un modo di esprimere l'intervento divino che ha consentito a Israele di conquistare la città.

avvicinare il clan di Zerach per case e uscì a sorte Zabdi. [18]Fece avvicinare la casa di lui, gli uomini uno per uno, e uscì a sorte Acan, figlio di Carmi, figlio di Zabdi, figlio di Zerach, della tribù di Giuda.

[19]Disse allora Giosuè ad Acan: «Figlio mio, da' gloria al Signore, Dio d'Israele, rendendogli omaggio; dimmi che cosa hai fatto, senza nascondermi nulla!». [20]Acan rispose a Giosuè: «In verità sono io che ho peccato contro il Signore, Dio d'Israele, facendo questo e questo: [21]avendo veduto tra il bottino un magnifico mantello di Sennaar, duecento sicli d'argento, un lingotto d'oro di cinquanta sicli, li ho ardentemente desiderati e li ho presi. Ecco, sono nascosti sotto terra, in mezzo alla mia tenda, e sotto vi è l'argento». [22]Giosuè mandò alcuni giovani che corsero verso la tenda, ed ecco un nascondiglio nella sua tenda, con sotto l'argento: [23]essi lo presero dall'interno della tenda e lo portarono a Giosuè e a tutti i figli d'Israele, deponendolo davanti al Signore.

[24]Allora Giosuè prese Acan, figlio di Zerach, con l'argento, il mantello e il lingotto d'oro, i suoi figli e le sue figlie, i suoi tori, i suoi asini e tutto il bestiame minuto, la sua tenda e tutto quanto gli apparteneva, mentre tutto Israele era con lui, e li condussero nella valle di Acor. [25]Giosuè disse allora: «Perché hai tu voluto affliggerci? Così il Signore affligga te, oggi!». Tutto Israele lo uccise con pietre. [26]Innalzarono quindi su di lui un grande mucchio di pietre che c'è anche oggi, e il Signore si calmò dal furore della sua ira. Perciò quel luogo si chiama fino ad oggi Valle di Acor.

8 Conquista di Ai. - [1]Il Signore disse a Giosuè: «Non temere e non scoraggiarti. Prendi con te tutti quelli atti alla guerra, e va', attacca Ai. Vedi, io ti ho dato in mano il re di Ai con tutto il suo popolo, la sua città e il suo territorio. [2]Di Ai e del suo re farai quello che hai fatto di Gerico e del suo re. Prenderete per voi il bottino e il bestiame. Stabilisci un'imboscata alla città, dalla parte di dietro».

[3]Giosuè allora e tutti quelli che erano atti alla guerra si levarono per salire contro Ai; Giosuè scelse trentamila uomini coraggiosi e li fece partire nella notte [4]con quest'ordine: «Attenzione: voi che vi metterete in agguato dall'altra parte della città; non allontanatevi troppo dalla città e tenetevi pronti.

[5]Io e tutto il popolo che resta con me ci avvicineremo alla città e quando quelli ci verranno incontro, come la prima volta, noi ci daremo alla fuga davanti a loro. [6]Usciranno inseguendoci fino al punto che li staccheremo dalla città, perché diranno: "Fuggono davanti a noi come la prima volta!", quando noi fuggimmo dinanzi a loro. [7]Voi allora verrete fuori dall'imboscata e occuperete la città, poiché il Signore, vostro Dio, ve la darà nelle mani. [8]Appena avrete presa la città, l'incendierete, come il Signore ha comandato di fare. Attenzione, sono io che vi ho dato questi ordini!».

[9]Giosuè li inviò ed essi andarono al luogo dell'imboscata, fra Betel e Ai, ad occidente di Ai. Giosuè quella notte pernottò in mezzo al popolo. [10]Si levò quindi all'alba, passò in rassegna il popolo e cominciò a salire, stando in testa al popolo insieme agli anziani d'Israele, contro Ai. [11]Tutti quelli atti alla guerra che erano con lui salirono, finché arrivarono proprio in faccia alla città e si accamparono a nord di Ai, con la valle tra la città e l'accampamento di Giosuè. [12]Egli prese circa cinquemila uomini e li pose in agguato fra Betel e Ai, ad ovest della città. [13]Il resto delle truppe rimase a nord della città, e l'imboscata ad ovest della medesima. Giosuè passò quella notte in mezzo alla valle.

[14]Appena il re di Ai si accorse di ciò, si scossero tutti gli uomini della città e uscirono a battaglia contro Israele, egli con tutto il suo popolo, nella discesa verso l'Araba; non sapeva che c'era chi lo insidiava dietro la città. [15]Giosuè e tutto Israele si finsero vinti dinanzi a loro e fuggirono verso il deserto. [16]Tutto il popolo ch'era nella città si mise ad inseguirli gridando e si allontanarono dalla città. [17]Non era rimasto nessuno in Ai e in Betel, che non fosse uscito per inseguire Israele, lasciando aperta la città.

[18]Allora il Signore disse a Giosuè: «Stendi verso Ai il giavellotto che hai in mano, perché te la do in mano!». Giosuè stese verso la città il giavellotto che aveva in mano. [19]Com'egli ebbe stesa la mano, quelli dell'imboscata si mossero rapidamente dal loro posto e cominciarono a correre; appena

---

8. - [4.] La cittadina di Ai controllava l'accesso alla zona montagnosa del centro e fu espugnata con uno stratagemma. Soltanto così gl'Israeliti, che difettavano di armi d'assalto e d'assedio, potevano aver ragione delle saldissime roccaforti cananee.

giunsero nella città se ne impossessarono e si affrettarono a incendiarla.

[20]Voltandosi indietro, gli uomini di Ai videro il fumo della città che si alzava fino al cielo; non v'era ormai possibilità per essi di fuggire da una parte o dall'altra, perché anche quelli che fuggivano verso il deserto si rivoltavano verso quelli che li inseguivano. [21]Giosuè e tutta la sua gente, avendo veduto che quelli dell'imboscata si erano impadroniti della città e che dalla medesima saliva il fumo, si voltarono e cominciarono a colpire quelli di Ai. [22]Anche gli altri intanto uscirono dalla città incontro ad essi, in modo che si trovarono in mezzo ad Israele, avendo gli uni da un lato, gli altri dall'altro lato. Li colpirono finché non restò neanche uno che sopravvivesse, né uno che potesse fuggire. [23]Il re di Ai fu preso vivo e fu portato a Giosuè. [24]Quando Israele ebbe finito di uccidere tutti gli abitanti di Ai nella campagna, nel deserto, dove quelli prima lo inseguivano, e tutti furono caduti sotto la spada, in modo che non sopravvisse alcuno, allora tutto Israele ritornò ad Ai e la passò a fil di spada. [25]Il totale di quelli uccisi in quel giorno, fra uomini e donne, fu di dodicimila, tutta la gente di Ai.

[26]Giosuè non ritrasse la mano che aveva steso con il giavellotto finché non furono votati all'interdetto tutti gli abitanti di Ai. [27]Soltanto il bestiame e il bottino della città stessa prese per sé Israele, secondo quanto il Signore aveva ordinato a Giosuè.

Assemblea generale a Sichem e rinnovazione dell'alleanza. - [28]Così Giosuè incendiò Ai e ne fece una rovina per sempre, una rovina fino a questo giorno. [29]Fece appendere il re di Ai ad un albero fino a sera; al tramonto del sole Giosuè comandò che venisse tolto il cadavere dall'albero e fosse gettato all'ingresso della porta della città; vi gettarono sopra un gran mucchio di pietre, che esiste ancor oggi.

[30]Allora Giosuè innalzò un altare al Signore, Dio d'Israele, sul monte Ebal. [31]Un altare di pietre grezze, non levigate col ferro, come aveva ordinato Mosè, servo del Signore, ai figli d'Israele e come è scritto nella legge di Mosè. Offrirono su di esso al Signore olocausti e sacrificarono vittime pacifiche. [32]Ivi Giosuè, alla presenza dei figli d'Israele, scrisse su pietre un esemplare della legge di Mosè. [33]Tutto Israele, i suoi anziani, i suoi ufficiali e i suoi giudici stavano in piedi da una parte e dall'altra dell'arca, davanti ai sacerdoti leviti, che portavano l'arca dell'alleanza del Signore, tanto gli stranieri che gli indigeni, metà voltati verso il monte Garizim e metà verso il monte Ebal, come aveva comandato Mosè, servo del Signore, nel dare al popolo d'Israele la benedizione. [34]Quindi pronunziò ad alta voce ogni prescrizione della legge, la benedizione e la maledizione, esattamente tutto come sta scritto nel libro della legge. [35]Non ci fu disposizione alcuna di quelle prescritte da Mosè, che Giosuè non proclamasse davanti a tutto Israele radunato, non escluse le donne, i fanciulli e i forestieri che abitavano in mezzo ad essi.

Alleanza con i Gabaoniti. - [1]Come udirono tali cose tutti i re che stavano di qua dal Giordano, nella zona montuosa, nel bassopiano collinoso e lungo la costa del Mar Mediterraneo verso il Libano, gli Hittiti, gli Amorrei, i Cananei, i Perizziti, gli Evei, i Gebusei, [2]si coalizzarono per combattere insieme contro Giosuè e contro Israele.

[3]Gli abitanti di Gabaon invece, quando seppero come Giosuè aveva trattato Gerico e Ai, [4]giocarono per conto proprio d'astuzia: andarono a far provviste di viaggio. Presero sacchi sdruciti sopra i loro asini, vecchi otri per il vino, strappati e rappezzati, [5]misero ai piedi sandali vecchi e rattoppati e addosso vesti sdrucite; tutto il pane della loro provvista era secco e ridotto in briciole. [6]Così vennero da Giosuè, negli accampamenti di Gàlgala e dissero a lui e al popolo d'Israele: «Noi siamo venuti da un paese lontano: ora, fate alleanza con noi!». [7]Gl'Israeliti risposero loro: «Non abitate, per caso, in mezzo a noi? E come potremo stringere alleanza con voi?». [8]Quelli dissero a Giosuè: «Noi siamo tuoi schiavi». Giosuè domandò loro: «Chi siete e da dove venite?». [9]Quelli risposero: «Da una terra molto lontana vengono i tuoi servi, per il nome del Signore tuo Dio, perché noi abbiamo sentito parlare di lui, di tutto quello che ha fatto in Egitto. [10]Come pure tutto quello che ha fatto ai due re Amorrei che erano al di là del Giordano, a Sicon, re di Chesbon, e ad Og, re di Basan, che risiedeva ad Astarot. [11]I nostri anziani e tutti gli abitanti della regione ci dissero: "Prendete con voi provviste da viaggio e andate incontro ad

essi, dicendo loro: Noi siamo vostri servi, fate dunque alleanza con noi". [12]Ecco qui il nostro pane: era caldo quando ce ne provvedemmo dalle nostre case il giorno che ne uscimmo per venirvi incontro, e ora eccolo secco e sbriciolato. [13]Questi sono gli otri per il vino, che erano nuovi quando li riempimmo, ed ecco che sono rotti. E questi sono i nostri vestiti e i nostri sandali, sdruciti a causa del viaggio troppo lungo». [14]Quegli uomini assaggiarono le loro provviste, ma non consultarono il Signore. [15]Giosuè fece pace con essi e strinse con essi il patto di lasciarli in vita, e i capi del popolo lo confermarono con il loro giuramento.

[16]Tre giorni dopo ch'essi avevano stretto il patto con loro, si seppe che quelli erano loro vicini, abitanti in mezzo ad essi. [17]Mossero allora il campo i figli d'Israele e in tre giorni giunsero alle loro città, che erano: Gabaon, Chefira, Beerot e Kiriat-Iearim. [18]Però i figli d'Israele non li uccisero, perché i capi del popolo avevano giurato ad essi in nome del Signore, Dio d'Israele; ma la massa del popolo mormorò contro i capi. [19]E tutti i capi risposero all'intera assemblea: «Noi abbiamo fatto con essi giuramento in nome del Signore, Dio d'Israele, e ora non possiamo toccarli. [20]Questo però faremo loro: li lasceremo in vita perché non venga l'ira divina su di noi, a causa del giuramento che abbiamo prestato». [21]Poi aggiunsero: «Vivano pure, ma siano spaccatori di legna e portatori d'acqua per tutto il popolo». Come i capi ebbero loro parlato, [22]Giosuè chiamò i Gabaoniti e disse loro: «Perché ci avete ingannati dicendo: "Noi abitiamo molto lontano da voi", mentre abitate in mezzo a noi? [23]Orbene, siate maledetti; né mai voi cesserete di essere schiavi, spaccatori di legna e portatori d'acqua nella casa del mio Dio». [24]Quelli risposero a Giosuè: «Ai tuoi servi era stato molto ben riferito ciò che aveva ordinato il Signore, tuo Dio, a Mosè, suo servo, di dare a voi tutta la terra e distruggere di fronte a voi tutti gli abitanti del paese. Abbiamo avuto timore dinanzi a voi per le nostre vite, perciò abbiamo fatto tal cosa. [25]Ed ora, eccoci nelle tue mani; fa' pure di noi quello che ti sembra buono e giusto». [26]Giosuè li trattò così e li liberò dalle mani degl'Israeliti, che non li uccisero; [27]e da quel giorno li stabilì come taglialegna e portatori d'acqua per tutto il popolo e per

l'altare del Signore, nel luogo che egli avrebbe scelto, fino ad oggi.

10 **Battaglia di Gabaon.** - [1]Quando Adoni-Zedek, re di Gerusalemme, venne a sapere che Giosuè aveva preso Ai e l'aveva votata allo sterminio, e che, come aveva trattato Gerico e il suo re, così aveva trattato Ai e il suo re, e che gli abitanti di Gabaon avevano fatto pace con i figli d'Israele e si trovavano in mezzo ad essi, [2]ne fu terrorizzato, perché Gabaon era una città grande come una capitale ed era più grande di Ai e i suoi uomini erano tutti valorosi. [3]Allora Adoni-Zedek, re di Gerusalemme, mandò a dire a Oam, re di Ebron, a Piream, re di Iarmut, a Iafia, re di Lachis, e a Debir, re di Eglon: [4]«Salite fin quassù da me e aiutatemi ad espugnare Gabaon, perché ha fatto pace con Giosuè e con i figli d'Israele». [5]Riunitisi quindi i cinque re amorrei, il re di Gerusalemme, il re di Ebron, il re di Iarmut, il re di Lachis e il re di Eglon, salirono con tutte le loro forze, si accamparono davanti a Gabaon e l'assalirono.

[6]I Gabaoniti allora mandarono a dire a Giosuè, all'accampamento a Gàlgala: «Non ritrarre il tuo aiuto ai tuoi servi, sali presto fino a noi e salvaci con il tuo aiuto, perché si sono coalizzati contro di noi tutti i re amorrei che abitano sulle montagne». [7]Giosuè salì allora da Gàlgala, lui insieme a tutti i suoi uomini atti alla guerra, tutti i guerrieri valorosi. [8]Il Signore disse a Giosuè: «Non aver paura di loro, perché io te li do nelle mani; nessuno di quelli potrà resisterti». [9]Giosuè piombò loro addosso all'improvviso: tutta la notte aveva continuato a salire da Gàlgala. [10]Il Signore li mise in confusione davanti a Israele, infliggendo loro una grave sconfitta presso Gabaon; poi li inseguì verso la salita di Bet-Oron, continuando a percuoterli fino ad

---

10. - Queste città, situate nella parte meridionale della Palestina, tentano l'offensiva contro Israele. La rapida narrazione della conquista della terra promessa che viene fatta nei cc. 10-12 ha soltanto il fine di dimostrare la *fedeltà di Dio* alla promessa fatta a Israele di dare un territorio stabile. La condotta di guerra — vera guerra di sterminio —, cui qui si accenna (10,28-43), corrispondeva al costume del tempo, ma lo schema ripetitivo usato dall'autore intende sottolineare la vittoria di Giosuè sicuro della protezione di Dio.

Azeka e a Makkeda. [11]Quando nella loro fuga davanti a Israele si trovavano nella discesa di Bet-Oron, il Signore scagliò su di loro dal cielo pietre così grosse fino ad Azeka, che quelli morivano, sì che furono più quelli che morirono per quella grandinata di pietre che non quelli che uccisero di spada i figli d'Israele. [12]In quel tempo, quando cioè il Signore dette gli Amorrei in balia dei figli d'Israele, Giosuè parlò al Signore, esprimendosi così alla presenza d'Israele:

«O sole, fermati su Gabaon,
e tu, o luna, nella valle di Aialon».
[13] E il sole si fermò, e la luna ristette,
finché il popolo si fu vendicato dei suoi
nemici.

Non sta forse scritto nel Libro del Giusto: «Il sole rimase fermo in mezzo al cielo e non si affrettò a tramontare quasi tutto un giorno? [14]Non vi fu mai, né prima né dopo, un giorno come quello, in cui il Signore abbia esaudito la preghiera di un uomo; evidentemente il Signore combatté per Israele!». [15]Dopodiché Giosuè e con lui tutto Israele tornarono all'accampamento a Gàlgala.

[16]Quei cinque re fuggirono e andarono a nascondersi in una caverna presso Makkeda. [17]Fu riferito infatti a Giosuè: «Sono stati trovati i cinque re nascosti nella grotta di Makkeda». [18]Egli disse: «Rotolate grosse pietre all'imbocco della caverna e mettetevi degli uomini per sorvegliarli. [19]Voi intanto non vi fermate, ma continuate ad inseguire i vostri nemici, prendendoli alle spalle, non permettendo loro così di rientrare nelle loro città, perché il Signore, vostro Dio, li ha messi nelle vostre mani». [20]Quando Giosuè e i figli d'Israele ebbero finito di massacrarli con una strage tale da sterminarli, e i superstiti di essi fuggendo si salvarono entrando nelle città fortificate, [21]tutto il popolo tornò sano e salvo all'accampamento presso Giosuè, in pace. Nessuno mosse più la lingua contro i figli d'Israele. [22]Allora Giosuè disse: «Apri-

te l'ingresso della caverna e, tratti fuori dalla caverna quei cinque re, conducetemeli». [23]Così fecero, e condussero a lui i cinque re fuori della caverna, il re di Gerusalemme, il re di Ebron, il re di Iarmut, il re di Lachis e il re di Eglon. [24]Quando quei re furono condotti a Giosuè, questi radunò tutto Israele e disse ai capi dell'esercito che li avevano accompagnati: «Avvicinatevi e mettete i vostri piedi sul collo di questi re». Ed essi si avvicinarono e posero i loro piedi sul collo di quelli. [25]Disse quindi loro Giosuè: «Non temete e non perdetevi di coraggio, ma siate forti e valorosi, perché così il Signore tratterà tutti i vostri nemici, contro i quali dovrete combattere». [26]Dopo ciò Giosuè li fece colpire e uccidere e li fece appendere a cinque pali sui quali rimasero appesi fino alla sera. [27]Al tramontar del sole, Giosuè comandò di calarli giù dai pali e li fece gettare nella grotta in cui essi si erano nascosti, all'imboccatura della quale posero delle grosse pietre, che vi si trovano anche oggi.

Conquista della Palestina meridionale.
[28]In quel giorno Giosuè prese Makkeda e la passò a fil di spada con il suo re, votò all'interdetto quella e tutti i suoi abitanti, senza lasciare che alcuno scampasse e trattò il re di Makkeda come aveva trattato il re di Gerico.

[29]Poi Giosuè e quanti erano con lui passarono da Makkeda a Libna e assalirono Libna. [30]Il Signore mise nelle mani d'Israele anche questa città e il suo re, facendola passare a fil di spada con tutti quelli che vi abitavano, non lasciandovi alcun superstite e trattò il suo re come aveva trattato il re di Gerico.

[31]Quindi Giosuè con tutto Israele da Libna passò a Lachis, che assediò e prese d'assalto. [32]Il Signore lasciò Lachis in potere d'Israele, che la prese il secondo giorno e la passò a fil di spada con tutti i suoi abitanti, tutto come aveva fatto a Libna. [33]In quel tempo Oram, re di Ghezer, salì in aiuto di Lachis, ma Giosuè, lo batté insieme al suo esercito, sì da non lasciare alcun superstite. [34]Quindi Giosuè e con lui tutto Israele, passò da Lachis a Eglon, che assediarono e assalirono. [35]La occuparono quello stesso giorno e la passarono a fil di spada, votando quello stesso giorno allo sterminio tutti quelli che vi erano; tutto come era stato fatto con Lachis. [36]Poi Giosuè, e con lui tutto Israele, salì da Eglon a Ebron e

11-14. Nella Bibbia si parla dei fenomeni naturali secondo come essi appaiono ai sensi. Qui l'autore vuole sicuramente accennare a un intervento straordinario di Dio, che consiste nella furiosa tempesta, inconsueta nel tempo e nel modo. La descrizione che segue, in stile poetico, dice la medesima cosa.

l'attaccò. [37]Presala, la passarono a fil di spada con il suo re e le sue città e tutti gli abitanti, non lasciando un superstite, tutto come aveva fatto con Eglon e votò allo sterminio essa e tutti quelli che vi abitavano. [38]Poi Giosuè, e con lui tutto Israele, si volse verso Debir e l'attaccò. [39]Prese la città, il suo re e tutte le sue località e passò a fil di spada e votò allo sterminio tutti i suoi abitanti, non lasciando alcun superstite; come aveva agito con Ebron, così agì con Debir e il suo re, come aveva trattato anche Libna e il suo re.

[40]Così Giosuè conquistò tutta la regione: la montagna, il Negheb, il bassopiano, le pendici e tutti i loro re. Non lasciò alcun superstite e votò allo sterminio ogni vivente, come aveva ordinato il Signore, Dio d'Israele. [41]Giosuè li sterminò da Kades-Barnea fino a Gaza, e tutta la regione di Gosen fino a Gabaon. [42]In una sola campagna Giosuè prese tutti quei re e il loro territorio, perché il Signore, Dio d'Israele, combattè per Israele. [43]Alla fine Giosuè ritornò all'accampamento in Gàlgala.

11 Coalizione del nord e battaglia di Merom.

[1]Quando ne ebbe notizia Iabin, re di Azor, mandò dei messi ad informare Iobab, re di Madon, il re di Simron, il re di Acsaf, [2]e i re che erano a settentrione, sulle montagne, nell'Araba, a sud di Chinarot, nel bassopiano e sulle colline di Dor, verso il mare. [3]I Cananei si trovavano a oriente e ad occidente, gli Amorrei, gli Hittiti, i Perizziti, i Gebusei sulle montagne, gli Evei ai piedi dell'Ermon, nella regione di Mizpa. [4]Essi uscirono in campo con tutti i loro eserciti, una moltitudine ingente, come la sabbia che è sulla spiaggia del mare, con cavalli e carri in grande quantità. [5]Datisi convegno, tutti questi re vennero ad accamparsi insieme presso le acque di Merom, per combattere contro Israele. [6]Ma il Signore rassicurò Giosuè: «Non aver timore di quelli, perché domani, alla stessa ora, io li mostrerò tutti uccisi davanti a Israele; farai tagliare i garretti ai loro cavalli e farai bruciare i loro carri». [7]Così Giosuè e con lui tutti quelli atti alla guerra piombarono all'improvviso su di loro presso le acque di Merom e li assalirono. [8]Il Signore li dette in mano d'Israele, che li battè e li inseguì fino a Sidone la Grande e sino a Misrefot-Maim e fino nella vallata di Mizpa verso oriente, facendone una strage tale da non lasciarne uno superstite. [9]Giosuè li trattò secondo quanto aveva detto il Signore, fece tagliare i garretti ai loro cavalli e fece bruciare i loro carri.

[10]In quello stesso tempo Giosuè, voltandosi, prese Azor e uccise di spada il suo re, perché Azor era stata già la capitale di tutti quei regni. [11]Passò a fil di spada tutti quelli che vi si trovavano, votandoli allo sterminio; non lasciò anima viva e fece dar fuoco ad Azor. [12]Giosuè prese tutte le città di quei re e tutti i loro re e li passò a fil di spada, votandoli allo sterminio, come aveva ordinato Mosè, servo del Signore.

[13]Israele però non bruciò nessuna delle città che stavano sulle loro colline, ad eccezione di Azor, che Giosuè fece bruciare. [14]Tutto il bottino di quelle città e il bestiame i figli d'Israele lo saccheggiarono per sé, ma passarono a fil di spada tutti gli uomini, fino a sterminarli tutti, senza lasciare anima viva. [15]Come aveva ordinato il Signore al suo servo Mosè, così comandò Mosè a Giosuè e così fece Giosuè: non trascurò nulla di quello che il Signore aveva ordinato a Mosè. [16]Così Giosuè prese tutto quel paese: le montagne, tutto il Negheb, tutta la terra di Gosen, il bassopiano, l'Araba, le montagne d'Israele e i loro bassipiani. [17]Dal monte Calak, che sale verso Seir, fino a Baal-Gad, nella valle del Libano, ai piedi del monte Ermon; di tutti i loro re s'impadronì e li sconfisse e li fece uccidere.

[18]Molto tempo Giosuè ebbe a combattere con tutti quei re. [19]Non ci fu una città che abbia fatto pace con i figli d'Israele, eccetto gli Evei che abitavano in Gabaon; perciò le presero tutte combattendo. [20]Tale era infatti il disegno del Signore, che il loro cuore si ostinasse a proclamare la guerra a Israele, affinché venissero votati allo sterminio senza pietà di loro e fossero estirpati, come aveva comandato il Signore a Mosè.

[21]In quel tempo Giosuè si mosse e sterminò anche gli Anakiti dalle montagne: da Ebron, da Debir, da Anab, da tutte le montagne di Giuda e da tutta la parte montana d'Israele e li votò, con le loro città, allo sterminio. [22]Non rimasero Anakiti nella terra dei figli d'Israele; rimasero soltanto a Gaza, a Gat e in Asdod. [23]Giosuè così occupò tutto il paese, come aveva detto il Signore a Mosè e a Giosuè, e lo dette in eredità a Israele, secondo la loro ripartizione in tribù. Quindi il paese si riposò dalla guerra.

12 Lista dei re vinti a est e ovest del Giordano. - [1]Questi sono i re del paese che i figli d'Israele sconfissero di là del Giordano, in Transgiordania, nel territorio che va dal torrente Arnon fino al monte Ermon e tutta l'Araba orientale: [2]Sicon, re degli Amorrei, che risiedeva in Chesbon, estendeva il suo dominio da Aroer, che è sulla riva del fiume Arnon e dentro la valle, su metà del Gàlaad fino al fiume Iabbok, confine degli Ammoniti; [3]e sull'Araba, fino alla riva orientale del mare di Kinarot e fino al mare dell'Araba, il Mar Morto, ad oriente, verso Bet-Iesimot, e a sud fin sotto le pendici di Pisga; [4]e il dominio di Og, re del Basan, un superstite dei Refaim, che risiedeva in Astarot e in Edrei, [5]si estendeva sul monte Ermon e in Salca e in tutto il Basan, fino al confine dei Ghesuriti e dei Maacatiti e in metà del Gàlaad fino al confine di Sicon, re di Chesbon. [6]Mosè, servo del Signore, e i figli d'Israele, li sconfissero e Mosè servo del Signore donò il loro paese in possesso ai Rubeniti, ai Gaditi e a metà della tribù di Manasse.

[7]Questi sono i re del paese che Giosuè e i figli d'Israele sconfissero nella Cisgiordania, ad occidente, da Baal-Gad, nella valle del Libano, fino al monte Calak, che sale verso Seir, il cui paese dette Giosuè alle tribù d'Israele in proprietà, secondo le loro divisioni, [8]sulle montagne, nella pianura, nell'Araba, sulle pendici, nel deserto e nel Negheb; gli Hittiti, gli Amorrei, i Cananei, i Perizziti, gli Evei e i Gebusei: [9]il re di Gerico, uno; il re di Ai, presso Betel, uno. [10]Il re di Gerusalemme, uno; il re di Ebron, uno. [11]Il re di Iarmut, uno; il re di Lachis, uno. [12]Il re di Eglon, uno; il re di Ghezer, uno. [13]Il re di Debir, uno; il re di Gheder, uno. [14]Il re di Corma, uno; il re di Arad, uno. [15]Il re di Libna, uno; il re di Adullam, uno. [16]Il re di Makkeda, uno; il re di Betel, uno. [17]Il re di Tappuach, uno; il re di Chefer, uno. [18]Il re di Afek, uno; il re di Saron, uno. [19]Il re di Madon, uno; il re di Azor, uno. [20]Il re di Simron-Meroon, uno; il re di Acsaf, uno. [21]Il re di Taanach, uno; il re di Meghiddo, uno. [22]Il re di Kades, uno; il re di Iokneam del Carmelo, uno. [23]Il re di Dor, sulla collina di Dor, uno; il re delle genti di Gàlgala, uno. [24]Il re di Tirza, uno. In tutti trentun re.

RIPARTIZIONE DELLA TERRA PROMESSA

13 Regioni non ancora conquistate. [1]Intanto Giosuè si era fatto vecchio e avanzato negli anni. Perciò gli disse il Signore: «Tu sei diventato vecchio e avanzato negli anni, e il paese ti è rimasto ancora in gran parte da conquistare. [2]Questo è il paese che resta: tutti i distretti dei Filistei e tutto il paese dei Ghesuriti, [3]dal Sicor, che sta sul confine con l'Egitto, fino al confine di Accaron a nord, regione attribuita ai Cananei; i cinque principati dei Filistei, cioè Gaza, Asdod, Ascalon, Gat, Accaron, con gli Evei [4]a sud; tutta la regione dei Cananei, poi da Ara, presso i Sidoni, fino ad Afek, presso la terra degli Amorrei, [5]la regione dei Gibliti e tutto il Libano ad oriente, da Baal-Gad alle pendici dell'Ermon, sino al valico di Camat; [6]tutti quelli che abitano le montagne, dal Libano sino a Misrefot-Maim; tutti i Sidoni: io li farò fuggire dinanzi ai figli d'Israele. Intanto però tu distribuisci la regione a sorte fra gli Israeliti, in loro possesso ereditario, come io ti ho comandato».

Le tribù della Transgiordania. - [7]«Ora dunque ripartisci questa terra in possesso alle nove tribù e alla metà della tribù di Manasse. [8]Con lui i Rubeniti e i Gaditi hanno già ricevuto la loro parte di possesso, quella che dette loro Mosè, al di là del Giordano ad oriente; la dette loro proprio Mosè, servo del Signore, [9]da Aroer, situata sulla riva del torrente Arnon, la città che sta in mezzo alla valle, e tutto l'altipiano da Madaba sino a Dibon; [10]tutte le città di Sicon, re degli Amorrei, che regnava in Chesbon, fino alla frontiera dei figli di Ammon; [11]il Gàlaad, con il territorio dei Ghesuriti e dei Maacatiti e tutta la montagna dell'Ermon e tutto il Basan fino a Salca; [12]nel Basan tutto il regno di Og, che regnava in Astarot e in Edrei, ultimo rampollo dei Refaim, che Mosè aveva battuto e sterminato».

---

12. - In 1-6 si parla dei re vinti già al tempo di Mosè, in 7-24 di quelli vinti da Giosuè dopo il passaggio del Giordano. Non meravigli il gran numero di re in un territorio così ridotto come la Palestina: erano piccoli capitribù, che possedevano una cittadina con i suoi dintorni.

3-7. Giosuè, in circa sette anni di guerra, aveva conquistato solo una parte della Palestina: rimaneva soprattutto da occupare le regioni pianeggiante della costa, i cui abitanti erano forniti di armi che gli Ebrei non avevano ancora. La conquista totale avvenne soltanto con la monarchia ai tempi di Davide.

¹³Ma i figli d'Israele non scacciarono i Ghesuriti e i Maacatiti, perciò Ghesur e Maaca dimorano ancor oggi in mezzo a Israele. ¹⁴Soltanto alla tribù di Levi non fu data alcuna eredità: le vittime del Signore, Dio d'Israele, questo è il suo possesso, come le è stato detto.

¹⁵Mosè dunque aveva dato alla tribù dei figli di Ruben una porzione, secondo le loro famiglie; ¹⁶ebbero quindi il territorio dopo Aroer, al margine del torrente Arnon e della città che è in mezzo alla valle, e tutto l'altipiano presso Madaba; ¹⁷Chesbon e tutte le sue città che sono sull'altipiano; Dibon, Bamot-Baal, Bet-Baal-Meon, ¹⁸Iaaz, Kedemot, Mefaat, ¹⁹Kiriataim, Sibmal, Zeret-Sacar sul pendio della vallata; ²⁰Bet-Peor, i pendii del Pisga, Bet-Iesimot; ²¹e tutte le città dell'altipiano e tutto il regno di Sicon, re degli Amorrei, che regnava in Chesbon, che fu battuto da Mosè, come i prìncipi di Madian: Evi, Rekem, Zur, Cur e Reba, vassalli di Sicon, che abitavano nella regione. ²²I figli d'Israele uccisero pure con la spada Balaam, figlio di Beor, l'indovino, sopra i cadaveri dei suoi. ²³Il Giordano fu il confine dei Rubeniti. Questo il limite del possesso dei figli di Ruben, secondo le loro famiglie, con le città e i loro villaggi.

²⁴Anche alla tribù dei figli di Gad Mosè dette una porzione secondo le loro famiglie.
²⁵Ebbero in possesso Iazer e tutte le città del Gàlaad e metà della terra degli Ammoniti, fino ad Aroer, che sta di fronte a Rabba; ²⁶e da Chesbon sino a Ramat-Mizpe e Betonim, e da Macanaim fino al confine di Lodebar. ²⁷Infine nella vallata, Bet-Aram e Bet-Nimra, Succot e Zafon, il resto del regno di Sicon, re di Chesbon; il Giordano era il confine all'estremità del mare di Genezaret, sulla riva orientale del Giordano.
²⁸Questa è l'eredità dei figli di Gad, secondo le loro famiglie, con le città e i loro villaggi.

²⁹Mosè aveva dato una porzione anche alla mezza tribù di Manasse; questo fu il possesso della mezza tribù dei figli di Manasse secondo le loro famiglie: ³⁰il loro confine andava da Macanaim, tutto il Basan, tutto il regno di Og, re di Basan, e tutti i villaggi di Iair, che sono nel Basan: sessanta città. ³¹La metà del Gàlaad, Astarot e Edrei, città del regno di Og nel Basan, toccarono a Machir, figlio di Manasse, cioè alla metà dei figli di Machir, secondo le loro famiglie.
³²Questo è ciò che Mosè aveva dato come

eredità mentre era nelle steppe di Moab, al di là del Giordano, ad oriente di Gerico. ³³Alla tribù di Levi Mosè non dette alcuna eredità; il Signore, Dio d'Israele, doveva essere loro possesso, come aveva detto loro.

14 Le tribù della Cisgiordania. - ¹Ecco ciò che ricevettero in eredità le tribù dei figli d'Israele in terra di Canaan, ciò che dettero loro in eredità Eleazaro sacerdote e Giosuè, figlio di Nun e i capifamiglia, dei figli d'Israele. ²Distribuzioni fatte a sorte fra le nove tribù e mezza, come aveva comandato il Signore per mezzo di Mosè; ³perché alle altre due tribù e mezza Mosè aveva dato il possesso al di là del Giordano, mentre ai leviti non aveva dato alcun possedimento in mezzo ad esse. ⁴I figli di Giuseppe, infatti, formavano due tribù: Manasse ed Efraim, e ai leviti non era stato dato alcun possesso nel paese, ma soltanto alcune città per abitarvi e le pasture adiacenti ad esse per i loro greggi e i loro beni. ⁵I figli d'Israele, nella ripartizione del terreno, fecero come aveva comandato il Signore per mezzo di Mosè.

La parte di Caleb. - ⁶Frattanto i figli di Giuda vennero da Giosuè a Gàlgala e Caleb, figlio di Iefunne, il kenizzita, gli disse: «Tu sai bene quello che il Signore disse a Mosè, uomo di Dio, a mio e tuo riguardo, a Kades-Barnea. ⁷Io avevo quarant'anni quando Mosè, servo del Signore, mi mandò da Kades-Barnea ad esplorare il paese e io lo informai di tutto come avevo nel cuore. ⁸E mentre i miei fratelli, che erano venuti con me, scoraggiavano il popolo, io seguivo fedelmente il Signore, mio Dio. ⁹Perciò in quel giorno Mosè giurò: "La terra dove hai posato i tuoi piedi sarà data in eredità a te e ai tuoi figli per sempre, perché hai seguito fedelmente il Signore, mio Dio". ¹⁰Ed ora, ecco che il Signore, come aveva promesso, mi ha conservato in vita questi quarantacinque anni, da quando egli disse questa cosa a Mosè, allorché Israele vagava nel deserto; ed ora, ecco, io oggi ho ottantacinque anni.

---

14. - La ripartizione del territorio, di cui si parla in questo capitolo, è ideale, poiché non tutte le città nominate erano occupate. Le varie tribù unite avevano compiuto la parte più grossa: ora ciascuna doveva a poco a poco entrare in pieno possesso di ciò che le era stato assegnato.

[11]Ma sono ancora forte come il giorno in cui Mosè mi mandò ad esplorare, pieno di forze come allora, io posso ancora combattere, andare e venire. [12]Dammi quindi ora questa montagna della quale parlò il Signore quel giorno; tu stesso infatti lo udisti quel giorno; là vi sono gli Anakiti e città grandi e fortificate. Se il Signore sarà con me, io li spodesterò, come ha detto il Signore». [13]Giosuè lo benedisse e diede Ebron in eredità a Caleb, figlio di Iefunne. [14]Perciò Ebron è rimasta possesso di Caleb, figlio di Iefunne, il kenizzita, fino ad oggi, perché egli aveva seguito fedelmente il Signore, Dio d'Israele. [15]Prima Ebron si chiamava Kiriat-Arba, essendo stato questi l'uomo più famoso tra gli Anakiti. Poi il paese si riposò dalla guerra.

15 La tribù di Giuda. - [1]Il territorio toccato in sorte alla tribù dei figli di Giuda, secondo le loro famiglie, era presso il confine di Edom, il deserto di Zin a sud, all'estremità meridionale. [2]Il loro confine meridionale andava dall'estremità del Mar Morto, dalla punta volta a sud, [3]si dirigeva a sud della salita di Akrabbim, attraversava Zin e risaliva a sud di Kades-Barnea; passando quindi per Chezron, saliva ad Addar e ripiegava verso Karkaa; [4]passava per Azmon, toccava il torrente d'Egitto e terminava sul mare. Questo era il loro confine meridionale. [5]Ad oriente il confine era costituito dal Mar Morto fino alla foce del Giordano. Il confine settentrionale andava da quella lingua di mare alla foce del Giordano, [6]risaliva a Bet-Ogla, andava a nord di Bet-Araba e saliva alla pietra di Boan, figlio di Ruben; [7]di là il confine saliva a Debir, per la valle di Acor, a nord ripiegava verso Ghelilot, di fronte alla salita di Adummim, che sta a sud del torrente; poi il confine passava alle acque di En-Semes e terminava ad En-Roghel. [8]Risaliva poi alla valle di Ben-Innom, venendo a sud dal fianco dei Gebusei, cioè di Gerusalemme; risaliva poi sulla cima del monte che domina la valle di Innom ad ovest, ed è all'estremità della pianura dei Refaim, a nord. [9]Dalla cresta del monte il confine volgeva verso la sorgente delle acque di Neftoach, per uscire verso il monte Efron, per rivolgersi poi verso Baala, che è Kiriat-Iearim. [10]Da Baala il confine piegava ad ovest verso il monte Seir e passava sul pendio settentrionale del monte Iearim, cioè Chesalon; discendeva a Bet-Semes e passava per Timna; [11]raggiungeva quindi il pendio di Accaron, verso nord, si volgeva verso Siccaron, attraversava il monte Baala, raggiungeva Iabneel per terminare al mare. [12]Il confine occidentale era la spiaggia del Mar Mediterraneo. Questi erano i confini dei figli di Giuda, nella loro estensione, secondo le loro famiglie.

[13]A Caleb, figlio di Iefunne, fu data una porzione in mezzo ai figli di Giuda, secondo quanto aveva ordinato il Signore a Giosuè: Kiriat-Arba, padre di Anak, cioè Ebron. [14]Caleb ne scacciò i tre figli di Anak, Sesai, Achiman e Talmai, discendenti di Anak. [15]Di là salì contro gli abitanti di Debir, il cui nome era in precedenza Kiriat-Sefer. [16]Caleb aveva detto: «A chiunque espugnerà Kiriat-Sefer e se ne impadronirà, io darò mia figlia Acsa in sposa». [17]La prese Otniel, figlio di Kenaz fratello di Caleb, che le diede Acsa sua figlia in sposa. [18]Quando essa venne condotta allo sposo, egli la persuase a chiedere a suo padre un campo. Allora ella discese dall'asino e Caleb le domandò: «Cos'hai?». [19]Ella rispose: «Accordami un favore; poiché mi hai destinato la terra del Negheb, dammi qualche sorgente d'acqua». Egli le donò la sorgente superiore e quella inferiore. [20]Questa fu l'eredità della tribù dei figli di Giuda, secondo le loro famiglie.

[21]Le città all'estremità della tribù dei figli di Giuda, verso il confine di Edom, nel Negheb, erano: Kabzeel, Eder, Iagur, [22]Kina, Dimona, Arara, [23]Kedes, Azor, Itnan, [24]Zif, Telem, Bealot, [25]Azor-Cadatta, Keriot-Chezron, cioè Azor, [26]Amam, Sema, Molada, [27]Cazar-Gadda, Chesmon, Bet-Pelet, [28]Cazar-Sual, Bersabea e le sue dipendenze, [29]Baala, Iim, Ezem, [30]Eltolad, Chesil, Corma, [31]Ziklag, Madmanna, Sansanna, [32]Lebaot, Silchim, En-Rimmon: in tutto ventinove città e i loro villaggi. [33]Nella Sefela: Estaol, Zorea, Asna, [34]Zanoach, En-Gannim, Tappuach, Enam, [35]Iarmut, Adullam, Soco, Azeka, [36]Saaraim, Aditaim, Ghedera e Ghederotaim: quattordici città e i loro villaggi; [37]Zenan, Cadasa, Migdal-Gad, [38]Dilean, Mizpe, Iokteel, [39]Lachis, Boskat, Eglon, [40]Cabbon, Lacmas, Chitlis, [41]Ghederot, Bet-Dagon, Naama e Makkeda: sedici città e i loro villaggi; [42]Libna, Eter, Asan, [43]Iftach, Asna, Nezib, [44]Keila, Aczib

e Maresa: nove città e i loro villaggi; ⁴⁵Accaron, le città del suo territorio e i suoi villaggi; ⁴⁶da Accaron fino al mare, tutte le città vicine a Asdod e i loro villaggi; ⁴⁷Asdod, le città del suo territorio e i suoi villaggi; Gaza, le città del suo territorio e i suoi villaggi fino al torrente d'Egitto e al Mar Mediterraneo, che fa da confine.

⁴⁸Sulle montagne: Samir, Iattir, Soco, ⁴⁹Danna, Kiriat-Sanna, cioè Debir, ⁵⁰Anab, Estemoa, Anim, ⁵¹Gosen, Colon e Ghilo: undici città e i loro villaggi. ⁵²Arab, Duma, Esean, ⁵³Ianum, Bet-Tappuach, Afeka, ⁵⁴Cumta, Kiriat-Arba, cioè Ebron, e Zior: nove città e i loro villaggi. ⁵⁵Maon, Carmelo, Zif, Iutta, ⁵⁶Izreel, Iokdeam, Zanoach, ⁵⁷Kain, Ghibea e Timna: dieci città e i loro villaggi. ⁵⁸Calcul, Bet-Zur, Ghedor, ⁵⁹Maarat, Bet-Anot ed Eltekon: sei città e i loro villaggi. Tekoa, Efrata, cioè Betlemme, Peor, Etam, Culon, Tatam, Sores, Carem, Gallim, Beter, Manach: undici città e i loro villaggi. ⁶⁰Kiriat-Baal, cioè Kiriat-Iearim, e Rabba: due città e i loro villaggi.

⁶¹Nel deserto: Bet-Araba, Middin, Secaca, ⁶²Nibsan, la città del sale ed Engaddi: sei città e i loro villaggi.

⁶³Però i figli di Giuda non riuscirono a scacciare i Gebusei che abitavano in Gerusalemme, perciò i Gebusei abitano anche oggi in Gerusalemme insieme con i figli di Giuda.

16 La tribù di Efraim. - ¹Uscì quindi la sorte per i figli di Giuseppe; dal Giordano di Gerico verso le acque di Gerico ad est e il deserto che sale da Gerico alla montagna di Betel. ²Il confine usciva da Betel-Luza e passava per i confini degli Architi ad Atarot. ³Scendeva ad ovest verso il confine degli Iafletiti, fino ai confini di Bet-Oron inferiore e sino a Ghezer, per terminare al mare. ⁴Tale fu il possesso che si divisero i figli di Giuseppe, Manasse e Efraim.

⁵Ecco la frontiera dei figli di Efraim secondo le loro famiglie: il confine del loro possesso, da est, era da Atarot a Bet-Oron superiore, ⁶e il confine terminava al mare. Micmetat a nord; quindi il confine piegava verso oriente a Taanat-Silo, da dove passava, ad ovest, in direzione di Ianoach; ⁷da Ianoach scendeva ad Atarot e Naara e toccava Gerico per terminare al Giordano. ⁸Da Tappuach il confine, ad ovest, andava al torrente Kana e terminava al mare. Questa è la

porzione dei figli di Efraim secondo le loro famiglie. ⁹Oltre le città riservate ai figli di Efraim in mezzo alla porzione dei figli di Manasse: tutte queste città e i loro villaggi. ¹⁰Non scacciarono però i Cananei che abitavano Ghezer, perciò i Cananei sono rimasti in mezzo ad Efraim sino ad oggi, soggetti a tributo.

17 La tribù di Manasse. - ¹Questa fu la parte sorteggiata per la tribù di Manasse, che era il primogenito di Giuseppe. A Machir, primogenito di Manasse, padre di Gàlaad, toccò il Gàlaad e il Basan, come conveniva a un uomo di guerra qual egli era. ²Ebbero la loro parte gli altri figli di Manasse, secondo le loro famiglie, i figli di Abiezer, i figli di Elek, i figli di Asriel, i figli di Sichem, i figli di Chefer e i figli di Semida. Questi erano i figli maschi di Manasse, figlio di Giuseppe, secondo le loro famiglie. ³Zelofcad, figlio di Chefer, figlio di Gàlaad, figlio di Machir, figlio di Manasse, non ebbe figli, ma soltanto figlie, che si chiamavano: Macla, Noa, Cogla, Milca e Tirza. ⁴Si presentarono al sacerdote Eleazaro e a Giosuè, figlio di Nun, e ai capi, dicendo: «Il Signore ha comandato a Mosè di dare anche a noi una porzione in mezzo ai nostri fratelli». Così fu data loro una porzione in mezzo ai fratelli del loro padre, secondo l'ordine del Signore. ⁵Così a Manasse toccarono dieci parti oltre la terra del Gàlaad e del Basan al di là del Giordano; ⁶le figlie di Manasse ebbero infatti una eredità in mezzo ai figli di lui; la regione del Gàlaad toccò agli altri figli di Manasse.

⁷Il confine di Manasse andava da Aser, Micmetat, che è dinanzi a Sichem, e girava a destra verso Iasib, la sorgente di Tappuach. ⁸Così la regione di Tappuach apparteneva a Manasse, mentre Tappuach, ai confini di Manasse, apparteneva ai figli di Efraim. ⁹Il confine poi scendeva al torrente Kana; a sud del torrente queste città erano di Efraim in mezzo alle città di Manasse; il confine di Manasse passava a nord del torrente e terminava al mare. ¹⁰Il territorio a sud apparteneva a Efraim, a nord a Manasse, e suo confine era il mare. Erano confinanti con Aser a nord e con Issacar a est. ¹¹A Manasse appartenevano in Issacar e in Aser Bet-Sean e le sue dipendenze; Ibleam e le sue dipendenze, gli abitanti di Dor e le sue dipendenze, gli abitanti di En-Dor e le sue

dipendenze, gli abitanti di Taanach e le sue dipendenze, gli abitanti di Meghiddo e le città dipendenti, tre contrade. [12]Siccome i figli di Manasse non poterono impossessarsi di queste città, i Cananei continuarono ad abitare in quella regione. [13]Quando i figli d'Israele diventarono potenti, posero in servitù i Cananei, ma non li scacciarono.

I figli di Giuseppe. - [14]E i figli di Giuseppe parlarono così a Giosuè: «Perché mi hai dato in eredità una sola porzione, una sola misura, mentre sono un popolo numeroso, poiché il Signore mi ha tanto benedetto?». [15]Giosuè rispose loro: «Se sei un popolo numeroso, sali alla foresta e disbosca ivi per conto tuo nella terra dei Perizziti e dei Refaim, se è troppo angusta per te la montagna di Efraim». [16]Ripresero i figli di Giuseppe: «Non ci basta la montagna; i Cananei che abitano nella pianura, quelli cioè di Bet-Sean e le sue dipendenze e quelli della valle di Izreel, hanno carri di ferro». [17]Rispose Giosuè alla casa di Giuseppe, a Efraim e a Manasse: «Tu sei un popolo forte e hai tanto vigore; non avrai una sola porzione; [18]la montagna infatti sarà tua; essa, è vero, è una foresta, ma tu la disboscherai e sarà tua con i suoi proventi; poiché tu ne scaccerai i Cananei, anche se essi hanno carri di ferro e sono forti».

18 **Descrizione della terra ancora da dividere.** - [1]Si riunì quindi tutta la comunità dei figli d'Israele in Silo, dove eressero la tenda del convegno. La terra che stava dinanzi a loro era stata sottomessa. [2]Erano però rimaste, tra i figli d'Israele, sette tribù che non avevano ricevuto la loro porzione. [3]Disse perciò Giosuè ai figli d'Israele: «Fino a quando sarete voi così negligenti nell'andare ad occupare la terra che il Signore, Dio dei padri vostri, vi ha dato? [4]Sceglietevi tre uomini per tribù e io li invierò a esplorare e descrivere il paese in vista della spartizione e poi torneranno da me. [5]Lo divideranno in sette parti; Giuda resterà nella sua porzione a sud e quelli della casa di Giuseppe resteranno nei loro confini a nord. [6]Voi farete la descrizione del paese in sette parti e me la porterete qui, in modo che io possa tirarvele a sorte, qui davanti al Signore, nostro Dio. [7]I leviti infatti non devono avere parti in mezzo a voi, essendo il sacerdozio del Signore la loro eredità; e

Gad e Ruben e metà della tribù di Manasse hanno avuto la loro porzione al di là del Giordano ad oriente, data loro da Mosè, servo del Signore».

[8]Si levarono allora e partirono quegli uomini, dopo che Giosuè aveva dato quest'ordine agli esploratori per la descrizione del paese: «Andate e percorrete la terra, descrivetela e poi tornate da me e qui io ve la sorteggerò davanti al Signore, in Silo». [9]Quegli uomini andarono, attraversarono la regione e ne descrissero in un libro le città in sette suddivisioni. Poi ritornarono da Giosuè nell'accampamento di Silo. [10]Giosuè tirò per essi le sorti in Silo davanti al Signore e ivi distribuì la terra ai figli d'Israele, secondo le loro divisioni.

La tribù di Beniamino. - [11]Fu fatto il sorteggio per la tribù dei figli di Beniamino secondo le loro famiglie: il confine delle parti loro sorteggiate fu tra i figli di Giuda e i figli di Giuseppe. [12]Il loro confine dal lato settentrionale partiva dal Giordano, saliva per il pendio settentrionale di Gerico, saliva sulla montagna verso ovest e terminava al deserto di Bet-Aven. [13]Di lì il confine passava a Luza, sul pendio di Luza a sud, che oggi è Betel; poi scendeva ad Atarot-Addar, sul monte che sta a sud di Bet-Oron inferiore. [14]Poi il confine piegava, girando sul lato occidentale, verso sud, dal monte che è dinanzi a Bet-Oron, verso sud, per terminare a Kiriat-Iearim, città dei figli di Giuda. Questo il lato ovest. [15]Il lato sud partiva dall'estremità di Kiriat-Iearim e, continuando il confine verso ovest, terminava alla sorgente di Neftoach; [16]poi il limite scendeva all'estremità del monte che è dinanzi alla valle di Ben-Innom, che è nella valle dei Refaim, dal lato nord, e discendeva per la valle di Innom, sul pendio meridionale dei Gebusei, fino a En-Roghel; [17]piegava poi a nord per uscire ad En-Semes e usciva sulle curve che sono davanti alla salita di Adummim, per discendere al sasso di Bocan, figlio di Ruben. [18]Passava sulle pendici di fronte all'Araba a nord e discendeva verso l'Araba. [19]Poi il confine continuava sul fianco nord di Bet-Cogla e terminava sulla baia del Mar Morto a nord, all'estremità meridionale del Giordano: questo era il confine meridionale. [20]Il Giordano era il suo confine dalla parte orientale. Questa era l'eredità dei figli di Beniamino, con i propri confini tutt'intorno, secondo le loro famiglie.

²¹Le città della tribù dei figli di Beniamino erano, secondo le loro famiglie: Gerico, Bet-Cogla, Emek-Keziz, ²²Bet-Araba, Zemaraim, Betel, ²³Avvim, Para, Ofra, ²⁴Chefar-Ammonai, Ofni e Gheba: dodici città e i loro villaggi; ²⁵Gabaon, Rama, Beerot, ²⁶Mizpe, Chefira, Mosa, ²⁷Rekem, Irpeel, Tareala, ²⁸Zela-Elef, Iebus, cioè Gerusalemme, Gabaa, Kiriat-Iearim: quattordici città e i loro villaggi. Questa fu la parte sorteggiata per la tribù di Beniamino secondo le loro famiglie.

19 **La tribù di Simeone.** - ¹Il secondo sorteggio toccò a Simeone, alla tribù dei figli di Simeone, secondo le loro famiglie. La loro proprietà si trovò ad essere in mezzo ai figli di Giuda. ²Ebbero come proprietà Bersabea, Seba, Molada, ³Cazar-Susa, Bala, Ezem, ⁴Eltolad, Betul, Corma, ⁵Ziklag, Bet-Marcabot, Cazar-Susa, ⁶Bet-Lebaot, Saruchen: tredici città con i loro villaggi. ⁷En, Rimmon, Eter e Asan: quattro città e i loro villaggi; ⁸tutti i villaggi che erano intorno a queste città, fino a Baalat-Beer, Ramat-Negheb. Questa era la porzione della tribù dei figli di Simeone secondo le loro famiglie. ⁹La porzione dei figli di Simeone fu presa dalla parte dei figli di Giuda, perché la parte dei figli di Giuda era troppo grande per loro e così i figli di Simeone ottennero la parte in mezzo alla loro porzione.

La tribù di Zabulon. - ¹⁰Il terzo sorteggio venne compiuto per i figli di Zabulon, secondo le loro famiglie; il limite del loro possesso si estendeva fino a Sarid; ¹¹di lì il loro confine saliva ad ovest verso Mareala e raggiungeva Dabbeset e poi il torrente che è di fronte a Iokneam; ¹²da Sarid il confine volgeva ad est, dove sorge il sole, sino al confine di Chislot-Tabor, usciva a Daberat e saliva a Iafia; ¹³di là passava, in direzione est, a Gat-Chefer, a Et-Kazin, usciva a Rimmon e volgeva verso Nea. ¹⁴Poi il confine piegava a nord verso Cannaton e faceva capo alla valle d'Iftach-El. ¹⁵Esso includeva inoltre: Kattat, Naalol, Simron, Ideala e Betlemme: dodici città e i loro villaggi. ¹⁶Questo fu il possesso dei figli di Zabulon, secondo le loro famiglie: queste città e i loro villaggi.

La tribù di Issacar. - ¹⁷La quarta parte sorteggiata toccò a Issacar, ai figli di Issacar, secondo le loro famiglie. ¹⁸Il loro territorio comprendeva: Izreel, Chesullot, Sunem, ¹⁹Cafaraim, Sion, Anacarat, ²⁰Rabbit, Kision, Abez, ²¹Remet, En-Gannim, En-Cadda e Bet-Pazzez. ²²Poi il confine giungeva a Tabor, Sacazim, Bet-Semes e faceva capo al Giordano: sedici città e i loro villaggi. ²³Questo fu il possesso della tribù dei figli di Issacar, secondo le loro famiglie: queste città e i loro villaggi.

La tribù di Aser. - ²⁴La quinta parte sorteggiata toccò ai figli di Aser, secondo le loro famiglie. ²⁵Il loro territorio comprendeva: Chelkat, Cali, Beten, Acsaf, ²⁶Alammelech, Amead, Miseal. Il loro confine giungeva, verso occidente, al Carmelo e a Sicor-Libnat. ²⁷Quindi piegava dal lato dove sorge il sole verso Bet-Dagon, toccava Zabulon e la valle di Iftach-El al nord, Bet-Emek e Neiel, e si prolungava verso Cabul a sinistra ²⁸e verso Ebron, Recob, Ammon e Cana fino a Sidone la Grande. ²⁹Poi il confine piegava verso Rama fino alla fortezza di Tiro, girava verso Cosa e faceva capo al mare; incluse Mechebel, Aczib, ³⁰Acco, Afek e Recob; ventidue città e i loro villaggi. ³¹Questa era la parte toccata ai figli di Aser, secondo le loro famiglie: queste città con i loro villaggi.

La tribù di Neftali. - ³²La sesta parte sorteggiata toccò ai figli di Neftali, secondo le loro famiglie. ³³Il loro confine si estendeva da Chelef e dalla quercia di Bezaannim ad Adami-Nekeb e Iabneel fino a Lakkum e faceva capo al Giordano, ³⁴poi il confine piegava ad occidente verso Aznot-Tabor e là continuava verso Cukkok; giungeva a Zabulon dal lato di mezzogiorno, ad Aser dal lato d'occidente e a Giuda del Giordano dal lato di levante. ³⁵Le fortezze erano Ziddim, Zer, Cammat, Rakkat, Genesaret, ³⁶Adama, Rama, Azor, ³⁷Kedes, Edrei, En-Azor, ³⁸Ireon, Migdal-El, Corem, Bet-Anat e Bet-Semes: diciannove città e i loro villaggi. ³⁹Questa era la parte toccata ai figli di Neftali, secondo le loro famiglie: le città e i loro villaggi.

La tribù di Dan. - ⁴⁰Il settimo sorteggio fu per la tribù dei figli di Dan, secondo le loro famiglie. ⁴¹Il confine del loro territorio era: Sorea, Estaol, Ir-Semes, ⁴²Saalabbin, Aialon, Itla, ⁴³Elon, Timna, Accaron, ⁴⁴Elteke, Ghibbeton, Baalat, ⁴⁵Ieud, Bene-Berak, Gat-Rimmon, ⁴⁶Me-Iarkon e Rakkon con il territorio davanti a Giaffa. ⁴⁷Ma la porzione dei figli di Dan risultò troppo piccola per loro; perciò i figli di Dan salirono a prendere d'assalto Lesem; la presero e la passarono a fil di spada; come se ne furono impadroniti vi si stabilirono e a Lesem misero nome Dan, dal nome di Dan loro padre. ⁴⁸Questa è la porzione dei figli di Dan, secondo le loro famiglie: queste città e i loro villaggi.

⁴⁹Quando ebbero finito di sorteggiare il paese secondo le sue ripartizioni, i figli d'Israele attribuirono in mezzo a loro una porzione a Giosuè, figlio di Nun; ⁵⁰secondo le disposizioni del Signore, gli diedero la città di Timnat-Serach, ch'egli aveva chiesto, sui monti di Efraim; egli la ricostruì e vi abitò.

⁵¹Queste sono le eredità che il sacerdote Eleazaro, Giosuè, figlio di Nun, e i capifamiglia delle tribù dei figli d'Israele sorteggiarono in Silo, davanti al Signore, all'ingresso della tenda del convegno. Così posero termine alla distribuzione della terra.

20 Le città-rifugio. - ¹Il Signore così parlò a Giosuè: ²«Rivolgi la parola ai figli d'Israele e di' loro: "Sceglietevi le città di rifugio, delle quali vi ho parlato per mezzo di Mosè, ³in modo che vi si possa rifugiare l'omicida che ha ucciso per inavvertenza, senza accorgersene; esse saranno di rifugio contro il vendicatore del sangue, ⁴e quando sarà fuggito in una di queste città, si fermerà all'ingresso della porta della città ed esporrà il suo caso agli anziani di quella città. Essi lo riceveranno nella loro città, gli assegneranno un posto, sì ch'egli possa abitare con essi. ⁵Se il vendicatore del sangue lo inseguirà, non gli consegneranno in mano l'omicida, perché egli ha percosso il suo vicino senza accorgersene, né prima gli ha portato odio. ⁶Egli rimarrà nella città fino alla morte del sommo sacerdote che sarà in carica in quel tempo e dopo essere comparso in giudizio davanti all'assemblea. Allora l'uccisore potrà tornare e andare alla sua città, nella sua casa, nella città cioè dalla quale era fuggito"».

⁷Essi scelsero Kades in Galilea, sulle montagne di Neftali, Sichem sulle montagne di Efraim e Kiriat-Arba, cioè Ebron, sui monti di Giuda. ⁸Oltre il Giordano, a oriente di Gerico, scelsero Bezer nella regione desertica dell'altipiano della tribù di Ruben; Ramot nel Gàlaad della tribù di Gad e Golan nel Basan, nella tribù di Ma-

nasse. ⁹Queste furono le città stabilite per tutti i figli d'Israele e gli stranieri che abitavano in mezzo a loro, perché potesse rifugiarvisi chiunque avesse ucciso per inavvertenza e non essere ucciso dal vendicatore del sangue, prima di essere comparso davanti all'assemblea.

21 Le città levitiche. - ¹Si presentarono poi i capifamiglia dei leviti al sacerdote Eleazaro, a Giosuè, figlio di Nun e ai capifamiglia delle tribù dei figli d'Israele, ²e parlarono loro a Silo in terra di Canaan, così: «Il Signore comandò per mezzo di Mosè di darci delle città per abitarvi e i loro dintorni per i nostri greggi». ³E i figli d'Israele dettero ai leviti, dalle loro porzioni, secondo le disposizioni del Signore, queste città e i loro dintorni.

⁴Uscì la sorte per la famiglia dei Keatiti; fra i leviti, ai figli del sacerdote Aronne toccarono in sorte tredici città nella tribù di Giuda, nella tribù di Simeone e nella tribù di Beniamino; ⁵ai restanti figli di Keat, secondo le loro famiglie, furono assegnate per sorteggio dieci città nella tribù di Efraim, nella tribù di Dan e nella mezza tribù di Manasse. ⁶Per i figli di Gherson, secondo le loro famiglie, furono sorteggiate tredici città nella tribù di Issacar, di Aser, di Neftali e nella mezza di Manasse, nel Basan. ⁷Ai figli di Merari, secondo le loro famiglie, furono sorteggiate dodici città nelle tribù di Ruben, di Gad e di Zabulon. ⁸Così i figli d'Israele sorteggiarono fra i leviti queste città con i loro pascoli, come aveva disposto il Signore per mezzo di Mosè.

⁹Essi dettero dalla tribù dei figli di Giuda e dalla tribù dei figli di Simeone quelle città di cui vengono ricordati i nomi; ¹⁰questa fu la porzione per i figli di Aronne, appartenenti alle famiglie levitiche dei Keatiti, per i quali infatti fu estratto il primo sorteggio. ¹¹Furono date loro: Kiriat-Arba, padre di Anak, cioè Ebron, sui monti di Giuda, e i pascoli circostanti. ¹²Ma i campi della città e i villaggi d'intorno furono dati a Caleb, figlio di Iefunne, in sua proprietà. ¹³Ai figli di Aronne, sacerdoti, furono date le città di rifugio per l'omicida, cioè Ebron e i suoi pascoli, Libna e i suoi pascoli, ¹⁴Iattir e i suoi pascoli, Estemoa e i suoi pascoli, ¹⁵Debir e i suoi pascoli, Olon e i suoi pascoli, ¹⁶Ain e i suoi pascoli, Iutta e i suoi pascoli, Bet-Semes e i suoi pascoli: nove città di quelle

due tribù. [17]Della tribù di Beniamino: Gabaon e i suoi pascoli, Gheba e i suoi pascoli, [18]Anatot e i suoi pascoli, Almon e i suoi pascoli: quattro città. [19]In tutto, le città dei sacerdoti figli di Aronne furono tredici, con i loro pascoli.

[20]Alle famiglie dei leviti figli di Keat, cioè agli altri figli di Keat, furono assegnate per sorteggio alcune città nella tribù di Efraim; [21]fu data loro, come città di rifugio per l'omicida, Sichem e i suoi pascoli sui monti di Efraim; poi Ghezer e i suoi pascoli, [22]Kibzaim e i suoi pascoli, Bet-Oron e i suoi pascoli: quattro città. [23]Nella tribù di Dan: Elteke e i suoi pascoli; Ghibbeton e i suoi pascoli; [24]Aialon e i suoi pascoli, Gat-Rimmon e i suoi pascoli: quattro città. [25]Nella mezza tribù di Manasse: Taanach e i suoi pascoli, Ibleam e i suoi pascoli: due città. [26]In tutto, per le famiglie dei figli di Keat, dieci città con i loro pascoli.

[27]Ai figli di Gherson, delle famiglie levitiche, nella mezza tribù di Manasse, come città-rifugio per l'omicida diedero Golan nel Basan, con i suoi pascoli, poi Astarot con i suoi pascoli: due città. [28]Nella tribù di Issacar: Kision con i suoi pascoli; Daberat e i suoi pascoli; [29]Iarmut e i suoi pascoli, En-Gannim e i suoi pascoli: quattro città. [30]Nella tribù di Aser: Miseal e i suoi pascoli, Abdon e i suoi pascoli, [31]Chelkat e i suoi pascoli, Recob e i suoi pascoli: quattro città. [32]Nella tribù di Neftali: la città-rifugio per l'omicida, Kades in Galilea e i suoi pascoli, Cammot-Dor e i suoi pascoli, Kartan e i suoi pascoli: tre città. [33]In tutto, le città date ai Ghersoniti, secondo le loro famiglie, furono tredici, con i loro pascoli.

[34]Alle famiglie dei figli di Merari, i leviti rimasti, furono date: nella tribù di Zabulon, Iokneam e i suoi pascoli, Karta e i suoi pascoli; [35]Dimna e i suoi pascoli, Naalal e i suoi pascoli: quattro città. [36]Nella tribù di Ruben la città-rifugio per l'omicida: Bezer e i suoi pascoli, Iaaz e i suoi pascoli; [37]Kedemot e i suoi pascoli e Mefaat e i suoi pascoli: quattro città. [38]Nella tribù di Gad le città-rifugio per l'omicida: Ramot nel Gàlaad e i suoi pascoli, Macanaim e i suoi pascoli, [39]Chesbon e i suoi pascoli, Iazer e i suoi pascoli: in tutto quattro città. [40]In tutto, le città sorteggiate per i figli di Merari, cioè alle restanti famiglie dei leviti, furono dodici. [41]In tutto, le città dei leviti in mezzo alla proprietà dei figli d'Israele furono quarantotto città con i loro pascoli; [42]ciascuna di queste città comprendeva la città e i pascoli intorno ad essa: così era di tutte quelle città.

[43]Così il Signore dette a Israele tutta la terra che aveva giurato di dare ai loro padri; essi la conquistarono e vi si stabilirono. [44]Il Signore dette loro riposo tutt'intorno, secondo quanto aveva giurato ai loro padri; nessuno poté resistere loro fra tutti i loro nemici: il Signore consegnò in loro potere tutti i loro nemici. [45]Non fallì una sola cosa di tutte le buone promesse che il Signore aveva fatto alla casa d'Israele: tutto si compì.

APPENDICI

22 Ritorno delle tribù transgiordaniche. - [1]Allora Giosuè chiamò i Rubeniti, i Gaditi e quelli della mezza tribù di Manasse [2]e disse loro: «Voi avete osservato tutto quanto vi comandò Mosè servo del Signore e avete obbedito alla mia voce in tutto quello che vi ho comandato; [3]non avete abbandonato i vostri fratelli in tutto questo lungo periodo fino ad oggi, avete invece osservato tutte le prescrizioni che vi ha imposto il Signore, vostro Dio. [4]E ora il Signore, vostro Dio, ha dato pace ai vostri fratelli, come aveva loro promesso; ora quindi riprendete la via del ritorno alle vostre tende, alla terra di vostra eredità che vi ha dato Mosè, servo del Signore, al di là del Giordano. [5]Mettete tutta la vostra attenzione nell'osservare le prescrizioni e la legge che vi ha imposto Mosè, servo del Signore, vostro Dio, seguendo tutte le sue direttive e osservando i suoi comandamenti, rimanendo uniti a lui e servendolo con tutto il vostro cuore e tutta la vostra anima». [6]Così Giosuè li benedisse e li congedò ed essi tornarono alle loro tende. [7]A mezza tribù di Manasse Mosè aveva dato un possesso nel Basan, all'altra mezza invece Giosuè lo aveva dato in mezzo ai loro fratelli, di qua dal Giordano, ad ovest.

Quando Giosuè li rimandò alle loro tende e li benedisse, [8]disse loro: «Voi fate ritorno alle vostre tende con grandi ricchezze, con numeroso bestiame, con argento, oro, bronzo e con moltissime vesti: dividete le spoglie dei vostri nemici con i vostri fratelli».

L'altare sulla sponda del Giordano. - [9]Partirono quindi i figli di Ruben, i figli di Gad e la mezza tribù di Manasse dai figli d'Israele da Silo, nella terra di Canaan, per andare nella regione del Gàlaad, la terra di loro proprietà che avevano ricevuto in possesso dietro l'ordine dato dal Signore per mezzo di Mosè. [10]Giunti ai bordi del Giordano, in terra di Canaan, i figli di Ruben, i figli di Gad e la mezza tribù di Manasse costruirono un altare presso il Giordano, un altare maestoso a vedersi. [11]I figli d'Israele sentirono dire: «Ecco che i figli di Ruben, i figli di Gad e la mezza tribù di Manasse hanno costruito un altare di fronte alla terra di Canaan, ai bordi del Giordano, nella regione dei figli d'Israele». [12]Quando udirono questo i figli d'Israele, si convocò a Silo l'adunanza dei figli d'Israele, per marciare contro di essi e combatterli.

[13]Intanto i figli d'Israele mandarono ai figli di Ruben, ai figli di Gad e alla mezza tribù di Manasse, nella regione del Gàlaad, Finees, figlio del sacerdote Eleazaro, [14]e con lui dieci prìncipi, un principe per ogni tribù d'Israele, ciascuno dei quali era capo della sua famiglia tra le migliaia d'Israele. [15]Questi vennero dai figli di Ruben, dai figli di Gad e dalla metà della tribù di Manasse nella regione del Gàlaad e parlarono loro in questi termini: [16]«Così parla tutta la comunità del Signore: Cos'è questa infedeltà che avete commesso contro il Dio d'Israele, rivoltandovi dal Signore, costruendovi un altare, per ribellarvi al Signore? [17]Fu forse piccola cosa per noi l'iniquità di Peor, della quale non ci siamo purificati fino ad oggi, che attirò una strage sulla comunità d'Israele? [18]Voi oggi negate di voler seguire il Signore. Non avverrà, ribellandovi voi oggi contro il Signore, che domani arda l'ira contro tutta la comunità d'Israele? [19]Ché se è impura la terra di vostra eredità, trasferitevi nella terra di proprietà del Signore, là dove è fissato il tabernacolo del Signore, e prendetevi l'eredità in mezzo a noi; ma non ribellatevi al Signore e non ribellatevi contro di noi, costruendovi un altare come contro-altare a quello del Signore, nostro Dio! [20]Quando Acan, figlio di Zerach, commise infedeltà riguardo allo sterminio, non fu forse l'ira contro tutta la comunità d'Israele? Quantunque egli fosse un solo uomo, non perì solo nella sua iniquità!».

Giustificazione delle tribù transgiordaniche. - [21]Risposero allora i figli di Ruben, i figli di Gad e la mezza tribù di Manasse, parlando così ai capi delle migliaia dei figli d'Israele: [22]«Dio, Dio, il Signore! Dio, Dio, il Signore! Egli sa e Israele deve sapere: se fu per ribellione o per infedeltà al Signore, ch'egli non ci salvi in questo giorno; [23]se ci siamo costruiti un altare per distornarci dal Signore, o se per offrire vittime e olocausti e per compiervi sacrifici pacifici, lo stesso Signore ce ne chieda conto; [24]ma noi, piuttosto, abbiamo fatto questo con preoccupazione, pensando che un domani i vostri figli potessero dire ai nostri figli: "Cosa avete voi a che fare con il Signore, Dio d'Israele? [25]Il Signore ha messo un confine, il Giordano, fra noi e voi, o figli di Ruben e figli di Gad: voi non avete parte con il Signore"; e così i vostri figli potrebbero distogliere i nostri figli dal timore del Signore. [26]Perciò abbiamo detto: costruiamo un altare, non per gli olocausti, non per i sacrifici, [27]ma quale testimonio fra noi e voi e le nostre generazioni dopo di noi, per attestare il nostro servizio al cospetto del Signore con i nostri olocausti, i nostri sacrifici e le nostre vittime pacifiche e perché un giorno i vostri figli non dicano ai nostri figli: "Voi non avete parte con il Signore!". [28]Perciò ci siamo detti: se avverrà che un giorno parlino così a noi o alle nostre generazioni, risponderemo: Guardate la forma dell'altare del Signore che costruirono i nostri padri: non per immolare né per sacrificare; è soltanto un testimonio fra noi e voi. [29]Lungi da noi l'intenzione di allontanarci dal Signore, di voler oggi abbandonare il Signore costruendo un altare per olocausti e sacrifici e oblazioni, separatamente dall'altare del Signore, nostro Dio, che sta innanzi al suo tabernacolo».

[30]Come il sacerdote Finees, i prìncipi della comunità e i capi delle migliaia d'Israele che erano con lui intesero le parole che pronunziarono i figli di Ruben, i figli di Gad e i figli di Manasse, ne rimasero soddisfatti. [31]Disse perciò il sacerdote Finees, figlio di Eleazaro, ai figli di Ruben, ai figli di Gad e ai figli di Manasse: «Noi oggi costatiamo che è in mezzo a voi il Signore, che voi non avete commesso questa infedeltà contro il Signore, pertanto voi avete liberato i figli d'Israele dalla mano del Signore». [32]Quindi Finees, figlio di Eleazaro, sacer-

---

22. - [10-12.] L'erezione di quell'*altare* poteva sembrare una trasgressione del comando contenuto in Lv 17,1-8 e Dt 12,1-13. La narrazione vuole dare la spiegazione del fatto: non si trattava di un altare per il culto, ma solo di un monumento commemorativo.

dote, e i prìncipi lasciarono i figli di Ruben e di Gad e ritornarono dalla terra del Gàlaad nella terra di Canaan, ai figli d'Israele, ai quali portarono la risposta. [33]La risposta piacque ai figli d'Israele, i quali benedissero il Signore e non parlarono più di andare a combattere contro quelli, per distruggere la terra dove abitavano i figli di Ruben e i figli di Gad. [34]I figli di Ruben e i figli di Gad chiamarono l'altare «Testimonio», poiché dissero: «Esso è testimonio in mezzo a noi che il Signore è Dio».

23 Ultime raccomandazioni di Giosuè.

[1]Trascorsi molti giorni dal tempo in cui il Signore aveva dato riposo a Israele da tutti i suoi nemici all'intorno, Giosuè, ormai vecchio e avanzato in età, [2]convocò tutto Israele, i suoi anziani, i suoi prìncipi, i suoi giudici e i suoi ufficiali e disse loro: «Io sono diventato vecchio e avanzato in età; [3]voi avete veduto tutto quello che ha fatto il Signore, vostro Dio, a tutte queste nazioni a causa di voi: poiché è il Signore, vostro Dio, che ha combattuto per voi. [4]Vedete, io vi ho distribuito a sorte, come eredità per le vostre tribù, queste nazioni che io ho sterminato dal Giordano, fino al Mar Mediterraneo, ad ovest. [5]Il Signore, vostro Dio, li scaccerà davanti a voi, li spossesserà davanti ai vostri occhi e voi prenderete possesso del loro paese, come vi ha detto il Signore, vostro Dio.

[6]Siate perciò molto costanti nel ritenere e praticare tutto quello che è scritto nel libro della legge di Mosè, senza deviare né a destra né a sinistra; [7]senza venire a contatto con queste nazioni che sono rimaste con voi; non fate menzione del nome dei loro dèi, non giurate per essi, non servite, non prostratevi davanti a loro, [8]come avete fatto fino a questo giorno. [9]Il Signore, infatti, ha distrutto davanti a voi nazioni grandi e forti, e non c'è stato uno che abbia tenuto fronte a voi fino ad oggi. [10]Uno solo di voi poteva inseguirne migliaia, perché il Signore, vostro Dio, egli stesso combatteva per voi, come vi aveva promesso. [11]Badate bene, per le vostre anime, di amare il Signore, vostro Dio. [12]Ché se gli volterete le spalle e vi unirete al resto di quelle nazioni che sono rimaste con voi, se contrarrete con esse matrimoni e vi mischierete a esse e esse a voi, [13]allora abbiate per certo che il Signore, vostro Dio,

non continuerà a distruggere quelle nazioni davanti a voi, ma esse saranno per voi una rete, un laccio, un flagello ai vostri fianchi e spine nei vostri occhi, finché non siate spariti da questa buona terra che vi ha dato il Signore, vostro Dio. [14]Ecco che io oggi me ne vado per la via di ogni uomo; voi pertanto riconoscete con tutto il vostro cuore e con tutta la vostra anima che non è andata a vuoto una cosa sola di tutte quelle belle cose che aveva detto il Signore, vostro Dio: tutto si è avverato per voi; non è fallita una sola cosa. [15]Ora, come si è avverata per voi ogni bella promessa che vi aveva fatto il Signore, vostro Dio, così il Signore farà cadere su di voi ogni parola cattiva, finché non siate sterminati da questa buona terra che vi ha dato il Signore, vostro Dio: [16]se voi trasgredirete l'alleanza del Signore, vostro Dio, ch'egli vi ha prescritto e andrete a servire altri dèi e darete loro, allora s'infiammerà contro di voi l'ira del Signore e rapidamente voi sparirete da questa buona terra che vi ha dato».

24 Memoria della vocazione d'Israele.

[1]Giosuè radunò tutte le tribù d'Israele in Sichem e chiamò gli anziani d'Israele, i suoi capi, i suoi giudici e i suoi ufficiali, che si presentarono davanti a Dio. [2]Giosuè disse a tutto il popolo: «Così ha parlato il Signore, Dio d'Israele: "Al di là del fiume abitavano anticamente i vostri padri, Terach padre di Abramo e padre di Nacor; essi servivano ad altri dèi. [3]Ma io trassi il vostro padre Abramo di là dal fiume e lo feci andare per tutta la terra di Canaan, moltiplicai la sua discendenza e gli diedi Isacco; [4]e a Isacco diedi Giacobbe ed Esaù; ad Esaù diedi il monte Seir come suo possesso; Giacobbe e i suoi figli invece discesero in Egitto. [5]Mandai quindi Mosè e Aronne e colpii l'Egitto con quello che feci in esso; poi ve ne feci uscire. [6]Feci uscire i vostri padri dall'Egitto e arrivarono fino al mare; gli Egiziani inseguirono i vostri padri con carri e cavalieri fino al Mar Rosso. [7]Essi gridarono al Signore ed egli pose fitte tenebre fra voi e gli

---

24. - [1-2.] Giosuè, dopo aver parlato ai capi, parla a tutto il popolo dinanzi alla tenda con l'arca dell'alleanza in Sichem, dove avvenne l'adunanza. Egli ricorda prima di tutto i benefici di Dio, ottenendo dall'assemblea riconfermi la promessa di seguire Dio e aborrire l'idolatria, e così si conclude l'alleanza, che viene messa per iscritto.

Egiziani e fece scorrere su di loro il mare, che li sommerse. I vostri occhi hanno veduto quello che ho fatto in Egitto e voi avete dimorato molto tempo nel deserto. [8]Io vi condussi nella terra degli Amorrei che abitavano di là del Giordano; fecero guerra contro di voi e io li consegnai nelle vostre mani; voi avete conquistato la loro terra e io li ho distrutti davanti a voi. [9]Poi sorse Balak, figlio di Zippor, re di Moab, a combattere contro Israele e mandò a chiamare Balaam, figlio di Beor, per maledirvi. [10]Ma io non volli ascoltare Balaam; egli stesso dovette benedirvi e vi salvai dalle sue mani.

[11]Avete poi attraversato il Giordano e siete pervenuti a Gerico; i signori di Gerico vi hanno fatto guerra, come pure gli Amorrei, i Perizziti, i Cananei, gli Hittiti, i Gergesei, gli Evei, i Gebusei; ma io li ho consegnati in vostra mano. [12]Io mandai innanzi a voi le vespe pungenti, che hanno scacciato davanti a voi i due re amorrei, non per la vostra spada, non per il vostro arco. [13]Vi ho dato una terra che voi non avete coltivato e città che non avete costruito, eppure vi abitate e mangiate dei frutti delle vigne e degli oliveti che non avete piantati"».

Rinnovazione dell'alleanza a Sichem. -
[14]«Ora, quindi, temete il Signore e servitelo con fedeltà e sincerità; e togliete via gli dèi ai quali hanno servito i vostri padri di là del fiume e in Egitto e servite il Signore. [15]Ché se vi sembra duro servire il Signore, sceglietevi oggi stesso chi volete servire, se gli dèi che hanno servito i vostri padri di là del fiume, o gli dèi degli Amorrei nella cui terra voi abitate. Io e la mia famiglia serviremo il Signore».

[16]Il popolo rispose e disse: «Lungi da noi abbandonare il Signore per servire altri dèi! [17]Poiché il Signore è il nostro Dio, che ha fatto salire noi e i nostri padri dalla terra d'Egitto, dalla casa di schiavitù, ha operato queste grandi meraviglie davanti ai nostri occhi, ci ha protetti per tutta la strada che abbiamo percorso e fra tutti i popoli in mezzo ai quali siamo passati. [18]Il Signore ha scacciato davanti a noi tutti i popoli e gli Amorrei che abitavano il paese; perciò anche noi vogliamo servire il Signore, perché egli è il nostro Dio».

[19]Allora Giosuè disse al popolo: «Voi non potete servire il Signore, perché egli è un Dio santo, un Dio geloso; egli non sopporta le vostre trasgressioni e i vostri peccati. [20]Se voi abbandonerete e servirete dèi stranieri, egli si volterà, vi manderà del male e vi distruggerà, dopo avervi tanto beneficato». [21]Rispose il popolo a Giosuè: «No, noi serviremo il Signore!». [22]Allora Giosuè disse al popolo: «Voi siete testimoni contro voi stessi, che avete scelto il Signore per servirlo!». Quelli risposero: «Siamo testimoni!». Giosuè disse: [23]«Allora togliete via gli dèi stranieri che sono in mezzo a voi e indirizzate i vostri cuori al Signore, Dio d'Israele». [24]Il popolo rispose a Giosuè: «Serviremo il Signore, nostro Dio, e ascolteremo la sua voce».

[25]Così Giosuè in quel giorno strinse un patto con il popolo e impose loro uno statuto e una regola a Sichem. [26]Poi Giosuè scrisse quelle parole nel libro della legge di Dio; prese una grande pietra e la drizzò ivi sotto il terebinto, che era nel santuario del Signore. [27]Giosuè disse a tutto il popolo: «Ecco, questa pietra sarà una testimonianza per noi, perché essa ha udito tutte le parole che il Signore ci ha detto; sarà una testimonianza contro di voi, perché voi non rinneghiate il vostro Dio». [28]Quindi Giosuè congedò il popolo, ciascuno alla sua eredità.

Morte e sepoltura di Giosuè. -
[29]Dopo queste cose morì Giosuè figlio di Nun, servo del Signore; egli aveva centodieci anni. [30]Lo seppellirono nel territorio di sua proprietà a Timnat-Serach, che era sulle montagne di Efraim, a nord del monte Gaas. [31]Israele servì il Signore per tutta la vita di Giosuè e per tutti i giorni degli anziani che sopravvissero a Giosuè e che avevano costatato tutte le opere che il Signore aveva fatto per Israele.

Il sepolcro di Giuseppe. Morte e sepoltura di Eleazaro. -
[32]Le ossa di Giuseppe, che i figli d'Israele avevano portato dall'Egitto, le misero nella tomba a Sichem, in una parte del terreno che aveva comprato Giacobbe dai figli di Camor, padre di Sichem, per cento sicli d'argento e che i figli di Giuseppe avevano ricevuto in eredità. [33]Poi morì anche Eleazaro, figlio di Aronne, e lo seppellirono a Gabaa di Finees, suo figlio, luogo che gli era stato dato sulle montagne di Efraim.

24-25. Il tono della risposta del popolo rivela un giovanile e incontenibile entusiasmo. L'alleanza di Sichem è un ritorno alle origini, alla gioventù dell'esodo e del Sinai. Anche adesso si promulga una legge come allora, probabilmente il Codice dell'alleanza di Es 20-23. Il patto tra Dio e Israele si rinnova e suggella, e un monumento eretto lo ricorderà ai posteri, vv. 26-27.

GIUDICI

Il libro prende il nome dai protagonisti, chiamati giudici, le cui vicende coprono circa due secoli (XII-XI a.C.) tra la morte di Giosuè e l'instaurazione della monarchia. I giudici sono capi militari e civili che Dio suscita in determinate occasioni al fine di liberare una o più tribù israelitiche dall'oppressione dei popoli vicini.

Il libro è diviso in tre parti. Un'introduzione storica (1,1 - 2,5) tratta dell'occupazione lenta, parziale, difficile e disordinata della terra promessa da parte delle varie tribù. La spiegazione di questo fatto sta nell'infedeltà d'Israele verso il suo Dio (2,6 - 3,6). La seconda parte è costituita dalle vicende che riguardano i singoli giudici (3,7 - 16,31). La storia di Debora e Barak presenta due versioni, l'una in prosa (c. 4) e l'altra, molto antica, in poesia (c. 5). Ampio spazio è dedicato alle gesta di Gedeone (6,1 - 8,35) e di Sansone (13,1 - 16,30). Dei cosiddetti giudici minori si fornisce per lo più una semplice notizia redatta secondo uno schema fisso redazionale. La terza parte (cc. 17-21) è costituita da due appendici: la prima narra le origini del santuario tribale di Dan (cc. 17-18); la seconda tratta della deplorevole condotta dei Beniaminiti di Gabaa, (cc. 19-21).

Il libro dei Giudici fornisce preziose informazioni su uno dei periodi più oscuri della storia d'Israele. I costumi erano grossolani e spesso barbari, come dimostrano vari episodi. In complesso il popolo rimane attaccato al Signore, ma cede alla seduzione dei culti cananei della fertilità e fecondità. Il Dio d'Israele punisce l'infedeltà, ma non ripudia il suo popolo. Al di sopra delle prevaricazioni umane si rivelano la pazienza e la misericordia di Dio.

INTRODUZIONE STORICA

1 **Le tribù del sud.** - [1]Dopo la morte di Giosuè gli Israeliti consultarono il Signore per sapere chi di loro dovesse muovere a combattere contro i Cananei. [2]Il Signore rispose: «È Giuda che muoverà per primo. Darò in suo potere la regione che assale».

[3]Allora Giuda disse a suo fratello Simeone: «Vieni con me, e combatteremo insieme contro i Cananei nel territorio che mi è toccato in sorte; poi verrò anch'io insieme a te, nel territorio a te assegnato». Simeone andò con lui.

[4]Giuda si mosse e il Signore mise in suo potere Cananei e Perizziti: gli uomini di Giuda uccisero in Bezek diecimila nemici. [5]In Bezek essi trovarono il re di Bezek: lo assalirono sconfiggendo Cananei e Perizziti. [6]Il re di Bezek fuggì, ma lo inseguirono, lo catturarono e gli amputarono i pollici e gli alluci. [7]Disse allora il re di Bezek: «Set-

tanta re coi pollici e gli alluci tagliati raccoglievano gli avanzi sotto la mia tavola: come io ho fatto, così Dio mi ha reso». Fu portato a Gerusalemme e qui morì.

[8]Quelli di Giuda avevano assalito Gerusalemme e, espugnatala, ne avevano passati gli abitanti a fil di spada; poi l'avevano data alle fiamme.

[9]Poi quelli di Giuda si diressero verso sud a combattere contro i Cananei che abitavano la zona montagnosa, il Negheb e la Sefela. [10]Marciarono contro i Cananei di Ebron, città che prima si chiama Kiriat-Arba, e sconfissero Sesai, Achiman e Talmai. [11]Da Ebron gli uomini di Giuda marciarono contro gli abitanti di Debir, città che prima si chiamava Kiriat-Sefer. [12]Caleb disse: «A colui che riuscirà a battere

---

1. - 8. L'accenno a Gerusalemme rimane per noi un mistero. Essa restò ai Gebusei fino ai tempi di Davide (2Sam 5,1-10).

Kiriat-Sefer e a conquistarla, darò in sposa mia figlia Acsa». [13]Colui che conquistò Kiriat-Sefer fu Otniel, figlio di Kenaz, fratello minore di Caleb. Così Caleb gli dette in sposa sua figlia Acsa. [14]Quando essa arrivò alla casa dello sposo, egli la convinse a chiedere a suo padre un campo. Essa, allora, scesa dall'asino, sospirò profondamente e Caleb le chiese che cosa avesse. [15]Essa gli rispose: «Fammi un dono migliore, ché mi hai assegnato la regione del Negheb; dammi anche qualche fonte d'acqua». Caleb le concesse la sorgente superiore e la sorgente inferiore.

[16]I discendenti di Obab il Kenita, suocero di Mosè, mossero dalla Città delle Palme insieme a quelli di Giuda, verso quella parte del deserto di Giuda che è nel Negheb di Arad. Poi continuarono la loro marcia e si stanziarono con gli Amaleciti. [17]Giuda proseguì con suo fratello Simeone e sconfissero i Cananei che abitavano in Zefat. La città fu votata allo sterminio e per questo fu chiamata Corma.

[18]Giuda non riuscì a conquistare né Gaza col suo territorio, né Ascalon col suo territorio, né Accaron col suo territorio. [19]Il Signore protesse invece Giuda nella conquista della zona montuosa: Giuda non riuscì a vincere gli abitanti della pianura, perché essi avevano carri di ferro.

[20]Ebron fu assegnata, come aveva detto Mosè, a Caleb, il quale ne cacciò i tre figli di Anak.

[21]I Beniaminiti non cacciarono i Gebusei che abitavano Gerusalemme; così questi abitarono in Gerusalemme insieme ai Beniaminiti, come accade ancora ai nostri giorni.

Le tribù del centro. - [22]Quelli della tribù di Giuseppe si mossero anch'essi e marciarono contro Betel e il Signore fu con loro. [23]Essi mandarono esploratori contro Betel, città che prima si chiamava Luz. [24]Essi scorsero un uomo che usciva dalla città; gli dissero: «Mostraci la via per penetrare nella città e noi ti risparmieremo». [25]L'uomo indicò loro la via per penetrarvi. Allora quelli di Giuseppe passarono gli abitanti a fil di spada, ma risparmiarono quell'uomo e tutti i suoi parenti. [26]Costui se ne andò nel paese degli Hittiti, dove costruì una città che chiamò Luz, nome che conserva anche oggi. [27]Manasse non scacciò gli abitanti di Bet-

Sean e delle città sue dipendenti, né quelli di Taanach e delle città sue dipendenti; né quelli di Dor e delle città sue dipendenti, né quelli di Ibleam e delle città sue dipendenti, né quelli di Meghiddo e delle città sue dipendenti; così i Cananei riuscirono a mantenersi in questa regione. [28]Ma poiché Israele era più forte di loro, lo sottomise a pagare il tributo, pur non essendo riuscito a privarli della loro terra. [29]Neanche Efraim cacciò i Cananei che abitavano in Ghezer; e così in Ghezer i Cananei abitarono in mezzo ad Efraim.

Le tribù del nord. - [30]Neanche Zabulon cacciò gli abitanti di Kitron, né quelli di Naalol; così i Cananei, pur pagando il tributo, restarono in mezzo a Zabulon.

[31]Neanche Aser cacciò gli abitanti di Acco, né quelli di Sidone, di Aclab, di Aczib, di Elba, di Afik, di Recob. [32]Così la gente di Aser abitò in mezzo ai Cananei della regione, perché non li cacciò dalla loro terra.

[33]Neanche Neftali cacciò gli abitanti di Bet-Semes, né quelli di Bet-Anat e così abitò in mezzo ai Cananei della regione, per quanto sia quelli di Bet-Semes che quelli di Bet-Anat gli pagassero il tributo.

[34]In quanto alla gente di Dan, essa fu stretta nella zona montuosa dagli Amorrei, che le impedirono di scendere nella pianura. [35]Così gli Amorrei riuscirono a tenersi in Ar-Cheres, in Aialon e in Saalbim, e solo quando la casa di Giuseppe divenne più potente, essi furono sottoposti a tributo. [36]Il territorio degli Amorrei si estendeva dalla salita di Akrabbim, da Sela in là.

2 Israele ha trasgredito il patto. - [1]Un messaggero del Signore salì da Gàlgala a Bochim e disse: «Io vi ho fatto uscire dall'Egitto e vi ho condotto nella terra che avevo promesso, con giuramento, ai vostri padri. Avevo detto che non avrei infranto il patto con voi in eterno, [2]purché voi non faceste alcuna alleanza con gli abitanti di questa regione e purché distruggeste i loro altari. Voi invece non avete dato retta alle mie parole. Che è mai quello che avete fatto! [3]Ora io dico: non caccerò più queste genti davanti a voi, ed esse saranno vostre nemiche: i loro dèi saranno per voi causa di rovina».

[4]Quando il messaggero del Signore ebbe terminato di dire queste parole a tutti gli Israeliti, il popolo alzò la sua voce in pianto.

[5]Per questo il luogo fu chiamato Bochim. Qui offrirono un sacrificio al Signore.

Morte di Giosuè. - [6]Giosuè congedò il popolo e gli Israeliti se ne andarono ognuno alla sua terra per prendere possesso della regione. [7]Il popolo si mantenne fedele al Signore finché fu in vita Giosuè e finché lo furono gli anziani che a lui sopravvissero, i quali avevano veduto tutte le grandi opere che il Signore aveva compiuto per Israele. [8]Giosuè, figlio di Nun, servo del Signore, morì in età di centodieci anni [9]e fu sepolto nella parte di territorio che gli era stata assegnata, a Timnat-Cheres, fra i monti di Efraim, a settentrione del monte Gaas. [10]Allo stesso modo tutta quella generazione si riunì ai suoi padri e dopo di quella sorse un'altra generazione che non conosceva né il Signore né tutte le opere che egli aveva compiuto per Israele.

Peccato, punizione, invocazione e salvezza. - [11]Gli Israeliti facevano ciò che è male agli occhi del Signore e prestavano culto a Baal, [12]abbandonando il Signore, Dio dei loro padri, che li aveva fatti uscire dalla terra di Egitto. Seguivano altri dèi fra quelli dei popoli che li circondavano. Li adoravano e provocavano lo sdegno del Signore. [13]Essi abbandonavano il Signore e prestavano culto a Baal e ad Astarte. [14]Divampava così contro gli Israeliti lo sdegno del Signore, il quale li abbandonava nelle mani di predoni che li rapivano e li vendevano ai loro nemici all'intorno, senza che gli Israeliti potessero loro resistere. [15]Qualunque impresa essi tentassero, la mano del Signore si stendeva nemica contro di loro, conforme a quanto egli aveva detto e aveva loro giurato: così Israele cadeva in gravi oppressioni. [16]Ma allora il Signore suscitava dei giudici, perché liberassero gli Israeliti da coloro che li depredavano. [17]Ma gli Israeliti non davano ascolto neanche ai loro giudici, ma si prostituivano con altri dèi adorandoli. Con grande facilità abbandonavano la via che avevano seguito i loro padri nell'obbedienza ai comandi del Signore: essi non agivano allo stesso modo. [18]Quando il Signore suscitava dei giudici per gli Israeliti, egli proteggeva ciascun giudice il quale portava gli Israeliti alla vittoria contro i loro nemici per tutto il tempo che viveva; perché il Signore si muoveva a compassione dei gemiti degli Israeliti sotto l'oppres-sione di chi li perseguitava. [19]Ma alla morte del giudice essi tornavano a comportarsi anche peggio dei loro padri, seguendo altri dèi che veneravano e adoravano. Non recedevano dalle loro opere, dalla loro condotta perversa. [20]Divampava perciò di nuovo contro Israele l'ira del Signore, il quale diceva: «Poiché questo popolo ha trasgredito il patto che ho stretto coi loro padri e non dà ascolto alla mia voce, [21]io non continuerò a cacciare davanti a lui nemmeno uno dei popoli che Giosuè ha lasciato alla sua morte; [22]farò questo allo scopo di mettere gli Israeliti alla prova per mezzo di questi popoli, per vedere se essi osservano le vie del Signore come hanno fatto i loro padri, oppure no». [23]Per questo il Signore aveva lasciato quelle popolazioni senza cacciarle subito e non le aveva consegnate nelle mani di Giosuè.

3 **Le popolazioni in mezzo alle quali visse Israele.** - [1]Queste sono le popolazioni che il Signore lasciò per porre alla prova, per mezzo di loro, tutti quegli Israeliti che non avevano conosciuto le guerre combattute contro i Cananei. [2]Egli fece questo solo allo scopo di ammaestrare quelle generazioni d'Israeliti che non avevano preso parte alle guerre contro i Cananei, per insegnare loro a combattere.

[3]Erano i cinque prìncipi dei Filistei, tutti i Cananei, i Sidoni, gli Evei che abitavano sulle montagne del Libano, dal monte di Baal-Ermon fino all'ingresso di Camat. [4]Queste popolazioni restarono per mettere alla prova gli Israeliti, per vedere se essi avrebbero osservato i comandamenti che il Signore aveva dato ai loro padri per mezzo di Mosè. [5]Così gli Israeliti restarono in mezzo ai Cananei, agli Hittiti, agli Amorrei, ai Perizziti, agli Evei e ai Gebusei; [6]presero in moglie le loro figlie, dettero le proprie in

---

2. - [16.] *Giudice* vuol dire liberatore o comandante militare, il quale, prima che vi fossero i re, si metteva a capo d'una o più tribù per liberarle dall'oppressione. Aveva soltanto potestà locale e temporanea; terminata la sua missione, tornava alla vita privata. Oltre all'autorità militare aveva talvolta quella civile e religiosa.

[18-19.] Questi vv. dichiarano la tesi del libro, che si sviluppa tutto sul medesimo schema: peccato, oppressione, lamento degli oppressi, intervento di Dio per mezzo di un giudice, liberazione. Su questo schema si snoda il racconto delle imprese dei vari giudici.

moglie ai loro figli e prestarono culto ai loro dèi.

I GIUDICI

Otniel. - [7]Gli Israeliti fecero ciò che è male agli occhi del Signore; dimenticarono il Signore, loro Dio, e servirono i Baal e le Asere. [8]Perciò l'ira del Signore si accese contro Israele e lo mise nelle mani di Cusan-Risataim, re del Paese dei due fiumi. Gli Israeliti furono servi di Cusan-Risataim per otto anni. [9]Poi gli Israeliti alzarono il loro grido al Signore, il quale suscitò loro un salvatore che li liberò: fu Otniel, figlio di Kenaz, fratello minore di Caleb. [10]Lo spirito del Signore fu sopra di lui, cosicché egli poté salvare Israele: quando Otniel si mosse per combattere, il Signore dette nelle sue mani Cusan-Risataim, re di Aram, che fu vinto. [11]La regione ebbe pace per quarant'anni, fin quando morì Otniel, figlio di Kenaz.

Eud. - [12]Ma gli Israeliti continuarono a commettere ciò che è male agli occhi del Signore; perciò questi rese Eglon, re di Moab, più potente d'Israele, perché Israele aveva commesso ciò che è male agli occhi del Signore. [13]Eglon, alleatosi con gli Ammoniti e con gli Amaleciti, mosse guerra ad Israele e lo sconfisse: gli alleati occuparono la Città delle Palme cacciandone gli Israeliti, [14]i quali restarono sottomessi a Eglon, re di Moab, per diciotto anni. [15]Poi gli Israeliti alzarono il loro grido al Signore, il quale suscitò loro un salvatore: Eud, figlio di Ghera, della tribù di Beniamino, che era ambidestro. Gli Israeliti inviarono per mezzo suo il tributo a Eglon, re di Moab. [16]Eud si fece una spada a due tagli lunga un cubito, che nascose sotto la veste, sul fianco destro. [17]Consegnò poi il tributo a Eglon, re di Moab, che era uomo molto pingue.

[18]Quando Eud ebbe consegnato il tributo, congedò i portatori [19]ed egli tornò indietro dal luogo detto Idoli, che è presso Gàlgala, e fece dire al re che aveva un segreto per lui. Il re allora impose silenzio a tutti gli astanti, che uscirono dalla sua presenza. [20]Eud si accostò allora al re che si trovava nella stanza di riposo al piano superiore, dove stava solo. Gli disse Eud: «Ho una parola di Dio per te». L'altro allora si alzò da sedere; [21]Eud, portata la mano sinistra al fianco destro, sguainò la spada e la conficcò nel ventre del re. [22]Dietro alla lama vi penetrò anche l'elsa e il grasso si richiuse dietro alla lama, perché Eud non ritrasse la spada dal ventre del re. La lama forò gli intestini. [23]Eud uscì nel portico, dopo aver chiuso dietro di sé le porte della stanza, mettendo il chiavistello. [24]Quando egli fu uscito, i servi del re si accostarono alla stanza di riposo e vedendo che le porte erano serrate, pensarono che il re stesse coprendosi i piedi nella stanza di riposo [25]e attesero fino ad essere presi dal senso del disagio, ma nessuno aveva il coraggio di aprire le porte della stanza. Infine presero la chiave e aprirono: il loro signore giaceva a terra morto. [26]Mentre i servi aspettavano, Eud era fuggito. Si mise in salvo a Seira passando dagli Idoli. [27]Quando egli giunse fra le montagne di Efraim, suonò il corno: gli Israeliti scesero dai monti per unirsi a lui, che si mise alla loro testa. [28]Disse loro: «Seguitemi; ché il Signore darà in mano vostra i Moabiti, i vostri nemici». Si mossero ai suoi ordini, occuparono i guadi del Giordano che appartenevano ai Moabiti e non fecero passare nessuno. [29]In quell'occasione gli Israeliti sconfissero i Moabiti, uccidendo circa diecimila uomini, tutti forti e valorosi senza che ne sfuggisse alcuno. [30]Quel giorno Moab fu umiliato sotto la mano di Israele. La regione ebbe pace per ottant'anni.

Samgar. - [31]Dopo di lui ci fu Samgar, figlio di Anat, il quale sconfisse i Filistei uccidendone seicento con un pungolo da buoi. Anche Samgar salvò Israele.

4 Debora e Barak. - [1]Anche dopo la morte di Eud gli Israeliti continuarono a compiere ciò che è male agli occhi del Signore, [2]il quale li abbandonò nelle mani di

---

3. - [7-10.] Incomincia qui la serie dei giudici che agirono su più o meno vasta scala. Il teatro delle gesta di Otniel è incerto, ma poiché egli era parente di Caleb, quindi della tribù di Giuda, operò probabilmente nel sud della Palestina, nei territori delle tribù di Giuda e Simeone.

[15.] *Eud, della tribù di Beniamino*, era forse a capo di coloro che portavano il tributo a Eglon.

[21.] La Bibbia non giustifica la finzione di Eud, che dice di avere un oracolo da manifestare, né l'uccisione fatta a tradimento: essa racconta semplicemente il fatto.

Iabin, un re cananeo che regnava in Azor, e in quelle del comandante del suo esercito che si chiamava Sisara e risiedeva a Caroset-Goim. ³Gli Israeliti alzarono allora il loro grido al Signore, perché Iabin, che aveva novecento carri da guerra di ferro, li opprimeva duramente da vent'anni.

⁴C'era Debora, una profetessa, moglie di Lappidot, la quale in quel tempo era giudice in Israele. ⁵Se ne stava seduta sotto la palma che porta il suo nome, fra Rama e Betel, nella montagna di Efraim, e gli Israeliti salivano a lei quando avevano bisogno di un giudizio.

⁶Un giorno essa mandò a chiamare Barak, figlio di Abinoam, a Kedes di Neftali, e gli disse: «Il Signore, Dio di Israele, ti ordina di andare ad arruolare sul monte Tabor diecimila uomini delle tribù di Neftali e di Zabulon e di portarli con te; ⁷dice che condurrà davanti a te, al fiume Kison, Sisara, comandante dell'esercito di Iabin, con i suoi carri e le sue truppe e li darà nelle tue mani». ⁸Barak le disse: «Se verrai con me, ci andrò; ma se tu non verrai con me, io non mi muoverò». ⁹Rispose Debora: «Vengo senz'altro, solo che la gloria dell'impresa alla quale ti accingi non sarà tua perché il Signore darà Sisara nelle mani di una donna». E Debora si mosse e andò a Kedes con Barak.

Battaglia e fuga di Sisara. - ¹⁰Barak, radunata in Kedes la gente di Zabulon e di Neftali, mosse alla testa di diecimila uomini e Debora andò con lui.

¹¹Eber il kenita si era separato dai Keniti, discendenti da Obab, suocero di Mosè: così era arrivato a porre la sua tenda alla quercia di Saannaim, che è vicino a Kedes. ¹²Quando Sisara seppe che Barak, figlio di Abinoam, era giunto sul monte Tabor, ¹³radunò tutti i suoi carri da guerra, novecento carri di ferro, e tutti i suoi uomini e li guidò da Caroset-Goim al torrente Kison.

¹⁴Disse allora Debora a Barak: «Avanti, ché questo è il giorno in cui il Signore darà Sisara nelle tue mani; egli marcia davanti a te». Barak scese dal monte Tabor e i suoi diecimila uomini lo seguirono. ¹⁵Allora il Signore gettò nel terrore e travolse Sisara, tutti i suoi carri e tutto il suo esercito, che fu massacrato davanti a Barak. Sisara scese dal carro e continuò la sua fuga a piedi. ¹⁶Barak inseguì i carri da guerra e la fanteria fino a Caroset-Goim: tutto l'esercito di Sisara fu passato a fil di spada e non si salvò nessuno.

Morte di Sisara. - ¹⁷Fuggendo a piedi, Sisara si diresse alla tenda di Giaele, moglie di Eber il kenita, perché c'era pace fra Iabin, re di Azor, e la casa di Eber il kenita. ¹⁸Giaele uscì incontro a Sisara e gli disse: «Vieni, signore, vieni da me e non temere». Questi entrò nella tenda di Giaele, che gli offrì di nasconderlo sotto un grosso panno. ¹⁹Sisara intanto chiedeva di dargli da bere un po' d'acqua, perché aveva sete, ed essa, aperto l'otre del latte, lo fece bere e lo coprì. ²⁰Sisara le disse: «Mettiti alla porta della tenda e se qualcuno verrà a domandarti se qui c'è un uomo, rispondi di no». ²¹Ma Giaele, moglie di Eber, prese un piolo della tenda e, impugnato il martello, rientrò piano piano dove giaceva Sisara: gli piantò nella tempia il piolo che si conficcò nel suolo. Su Sisara, che si era addormentato profondamente, calarono le tenebre e morì. ²²Ed ecco giungere Barak all'inseguimento di Sisara. Giaele gli uscì incontro e gli disse: «Vieni, ché ti faccio vedere l'uomo che stai cercando». Egli entrò nella tenda della donna e vide Sisara che giaceva morto col piolo conficcato nelle tempie.

²³Quel giorno Dio umiliò il re cananeo Iabin davanti agli Israeliti. ²⁴La loro mano si fece sempre più pesante sopra di lui, finché non lo annientarono del tutto.

5 **Cantico di Debora.** - ¹Quel giorno Debora e Barak, figlio di Abinoam, intonarono un canto:

² Perché i capi hanno saputo essere tali
    in Israele,
  perché il popolo li ha seguiti con
    entusiasmo,
  lodate il Signore.
³ Udite, o regnanti, porgete l'orecchio,
    o prìncipi.
  Io voglio cantare in onore del Signore,

---

4. - ⁴. *Debora*, cioè «ape», stimata profetessa, amministrava la giustizia, essendo stata suscitata da Dio come giudice in mezzo al popolo.

¹⁵. Il panico fu causato dal fatto che una pioggia torrenziale cadde nel frattempo (cfr. 5,21), facendo straripare i torrenti e impantanare carri e cavalli di Sisara, che formavano la parte più forte del suo esercito.

io scioglierò un canto al Signore, al Dio
   d'Israele.
⁴ Signore, quando uscisti da Seir,
   quando tu avanzasti dai campi di Edom,
   la terra tremò con fragore,
   il cielo lasciò cadere la pioggia,
   i nembi lasciaron cadere la pioggia.
⁵ I monti furono scossi davanti al Signore.
   Il Sinai vacillò davanti al Signore, Dio
      di Israele.
⁶ Al tempo di Samgar, figlio di Anat,
   al tempo di Giaele, le strade erano
      deserte;
   i viandanti andavano per vie tortuose.
⁷ Mancavano i capi valorosi in Israele,
      mancavano,
   finché non sei sorta tu, o Debora,
   non sei sorta tu, madre in Israele.
⁸ Israele si scelse nuovi dèi:
   in questo modo il pan d'orzo venne
      a mancare.
   Forse che si vedeva uno scudo
   o una lancia fra quarantamila in Israele?
⁹ Il mio cuore è coi prìncipi
   che hanno chiamato a battaglia Israele,
   è con coloro che, tra il popolo,
   han risposto con ardore.
   Benedite il Signore.
¹⁰ Voi che sedendo su gualdrappe
   cavalcate asine splendide,
   e voi che camminate a piedi nelle vie,
   aprite al canto l'animo vostro.
¹¹ Fra le voci degli arcieri agli abbeveratoi,
   lì si celebrino i benefici del Signore,
   i benefici del suo impero su Israele.
   Allora il popolo del Signore scese
      alle porte.
¹² Orsù, orsù, Debora, orsù, orsù;
   componi un canto.
   Muoviti, Barak, cattura chi ti aveva
      catturato,
   o figlio di Abinoam.
¹³ Allora i superstiti dei nobili scesero
      alla battaglia;
   il popolo del Signore
   scese a combattere per il Signore
      in mezzo agli eroi.
¹⁴ Di Efraim i prìncipi sono nella valle;
   Beniamino, suo fratello, è fra le sue
      truppe.

Da Machir sono scesi i campioni,
   e da Zabulon quelli che marciano
   col bastone del comando.
¹⁵ I prìncipi di Issacar sono con Debora,
   e Neftali è con Barak,
   si è slanciato nella valle dietro ai suoi
      passi.
   Tra le famiglie di Ruben grandi sono
      i piani;
¹⁶ allora, perché, Ruben, sei restato fra
      i recinti
   a sentire i flauti dei pastori presso
      ai greggi?
   Tra le famiglie di Ruben grandi sono
      i piani.
¹⁷ Gàlaad si riposa al di là del Giordano;
   e Dan, perché se ne sta sulle navi?
   Aser rimane sulla riva del mare,
   se ne sta sdraiato alle sue insenature.
¹⁸ Zabulon è un popolo che ha sfidato
      la morte,
   e con lui Neftali sulle alture
      della campagna.
¹⁹ Sono venuti i re, hanno attaccato
      battaglia,
   hanno attaccato battaglia i re cananei,
   a Taanach, presso le acque di Meghiddo,
   non hanno riportato bottino d'argento.
²⁰ Dal cielo hanno combattuto le stelle,
   hanno combattuto contro Sisara
      dalle loro vie.
²¹ Il torrente Kison li ha travolti,
   un torrente ha dato loro battaglia!
   Il torrente Kison ha calpestato
   con violenza le loro vite.
²² Martellavano il suolo gli zoccoli
      dei cavalli:
   galoppo sfrenato dei loro destrieri.
²³ «Maledite Meroz», ha detto l'angelo
      del Signore,
   «maledite, maledidetene gli abitanti,
   ché non sono venuti in aiuto
      del Signore,
   in aiuto del Signore in mezzo agli eroi».
²⁴ Benedetta fra le donne Giaele,
   benedetta fra le donne della tenda.
²⁵ Aveva chiesto acqua e gli dette del latte,
   in una coppa da prìncipi gli offrì il fiore
      del latte.
²⁶ La sua mano afferrò un piolo,
   e la sua destra un maglio da fabbri.
   Percosse Sisara, gli sfracellò la testa,
   gli fracassò e gli traforò le tempie.
²⁷ Fra i piedi di lei si contorse, cadde e
      giacque;
   fra i suoi piedi si contorse e cadde;

---

5. - ^{4.} Il Signore è immaginato come proveniente
da *Seir*, dai *campi di Edom*, cioè dal monte Sinai, dove si era manifestato, con la stessa potenza con cui
guidò il popolo alla conquista della terra di Canaan
(Dt 33,2; Sal 68,8s; Ab 3,3).

dove si contorse, lì cadde massacrato.
28 Alla finestra si affaccia e sospira
la madre di Sisara alle imposte:
«Perché indugia a venire il suo carro?
Perché è così lento il moto dei suoi
    carri?».
29 Le donne sue sagge le rispondono
e anch'essa ripete fra sé le loro parole:
30 «Certo hanno trovato bottino
e se lo stanno dividendo:
una, due donne per ogni guerriero!
Preda di vesti variopinte per Sisara,
preda per il mio collo!».
Un ricamo dai vivi colori, due ricami,
preda per il mio collo!».
31 Così periranno tutti i tuoi nemici,
    Signore.
Quelli che ti amano siano come il sole
al levarsi in tutta la sua forza.

E la regione ebbe pace per quarant'anni.

6 **Israele in balìa dei Madianiti.** - ¹Gli
Israeliti fecero ciò che è male agli occhi
del Signore, il quale li dette per sette anni
nelle mani dei Madianiti. ²La mano dei Madianiti fu terribile sopra Israele. Gli Israeliti, per timore dei Madianiti, andavano ad
abitare sui monti, in caverne e in luoghi di
difficile accesso. ³Quando gli Israeliti avevano seminato, venivano contro di loro i Madianiti, gli Amaleciti e altri popoli dell'O-
riente, ⁴che, dopo aver posto le tende nel
territorio degli Israeliti, devastavano tutte
le messi fino al confine di Gaza. Non lasciavano niente di vivo in Israele, né pecore né
buoi né asini. ⁵I nemici venivano col loro
bestiame; le loro tende erano numerose come le cavallette e i loro cammelli non avevano numero. Venivano nella regione per
devastarla.

⁶Così gli Israeliti, a causa dei Madianiti,
caddero in profonda miseria e alzarono il
loro grido al Signore. ⁷Alzarono il loro grido
al Signore a motivo dei Madianiti ⁸ed egli
inviò loro un profeta che disse: «Così dice il
Signore, Dio d'Israele: "Io vi feci uscire dal-
l'Egitto, vi liberai dalla vostra schiavitù. ⁹Vi
liberai dalle mani degli Egiziani e da quelle
di tutti i vostri oppressori che cacciai davanti a voi, finché non vi detti la loro terra.
¹⁰Vi dissi che ero il Signore, Dio vostro, e
perciò di non temere gli dèi degli Amorrei,
nella cui terra voi abitate; ma voi non avete
dato ascolto alla mia voce"».

Vocazione di Gedeone. - ¹¹Venne il messaggero del Signore e si fermò sotto la quercia che era in Ofra e apparteneva a Ioas,
della famiglia di Abiezer. Intanto Gedeone,
figlio di Ioas, stava battendo il grano nel
frantoio per sfuggire ai Madianiti. ¹²Il messaggero del Signore gli apparve e gli disse:
«Il Signore è con te, prode guerriero». ¹³Gli
rispose Gedeone: «Oh, Signore! Se il Signore è con noi, com'è che ci troviamo fra questi mali? Dove sono tutti quei prodigi del Signore, di cui ci parlano i nostri padri, quando dicono che egli ci fece uscire dall'Egitto?
Ora il Signore ci ha abbandonato e ci ha dato nelle mani di Madian».

¹⁴Il Signore allora si rivolse verso di lui
con queste parole: «Va', perché con la tua
forza salverai Israele dalle mani dei Madianiti. Sono io che ti mando». ¹⁵Gli rispose
Gedeone: «Oh, Signore! Come farò a liberare Israele?! La mia famiglia è la più oscura
in Manasse e io ne sono il membro più insi-
gnificante!». ¹⁶Ma il Signore riprese: «Sarò
io con te e tu potrai abbattere i Madianiti,
come se fossero un solo uomo». ¹⁷Gedeone
disse: «Se ho trovato grazia ai tuoi occhi,
dammi un segno che sei proprio tu quello
che parla con me. ¹⁸Non ti allontanare di
qui, ti prego, finché non sarò tornato; ché
voglio prepararti un dono per offrirtelo». Il
messaggero del Signore l'assicurò che sarebbe restato lì finché egli non fosse tornato.

¹⁹Gedeone entrò in casa e preparò carne
di capretto e pane azzimo. Posta poi la carne in una cesta e il brodo in un tegame,
uscì incontro all'ospite che lo attendeva sotto la quercia e gli offrì il cibo.

²⁰Il messaggero di Dio, allora, gli disse di
prendere la carne e le focacce, di porle su
una pietra che c'era lì e versarvi sopra il
brodo. Quando Gedeone ebbe fatto tutto,
²¹il messaggero del Signore stese la punta
del bastone che teneva in mano toccando la
carne e le focacce. Subito un fuoco sprigio-
natosi dal sasso divorò la carne e le focacce.
Poi il messaggero del Signore scomparve

---

6. - ⁸⁻¹⁰. La formula usata dallo sconosciuto profeta
è la solita per ricordare a Israele la fedeltà di Dio alle
proprie promesse e le infedeltà del popolo al patto
giurato, cosa che gli attira le sciagure.

¹¹⁻¹⁸. Gedeone, discendendo da Abiezer, figlio di
Galaad, era della tribù di Manasse. Egli, per non essere veduto dai Madianiti, batteva il grano nel frantoio,
dove gli apparve l'angelo del Signore.

dalla vista di Gedeone, [22]il quale, resosi conto che quello era davvero il messaggero del Signore, esclamò: «Ahimè! Signore Dio! Ho visto davvero il messaggero del Signore faccia a faccia!». [23]Il Signore gli disse: «La pace sia con te. Non temere, ché non morrai!». [24]Gedeone edificò in quel posto un altare, al quale pose nome «Il Signore è pace»: esso si trova ancor oggi in Ofra di Abiezer.

Gedeone distrugge l'altare di Baal. - [25]Accadde che quella stessa notte il Signore disse a Gedeone: «Prendi quel toro che ha tuo padre e un secondo di sette anni; poi abbatti l'altare di Baal che ha fatto tuo padre e spezza il palo sacro che gli sta accanto. [26]Costruirai poi un altare al Signore, Dio tuo, sulla cima di questo poggio, una pietra sull'altra. Prenderai il secondo toro e lo offrirai in olocausto sul legno del palo sacro che avrai fatto a pezzi». [27]Gedeone, presi con sé dieci dei suoi servi, fece come gli aveva detto il Signore, e poiché temeva quelli della casa di suo padre e gli abitanti del villaggio, invece di agire di giorno, agì di notte. [28]Il mattino seguente, quando gli abitanti del villaggio si svegliarono, videro che l'altare di Baal era stato frantumato, il palo sacro che gli sorgeva accanto era stato fatto a pezzi e il secondo vitello era stato sacrificato sul nuovo altare. [29]Poiché la gente voleva trovare chi era stato a compiere una cosa simile, fece un'attenta ricerca e scoprì che era stato Gedeone, figlio di Ioas. [30]Allora gli abitanti del villaggio chiesero a Ioas che consegnasse loro suo figlio per ucciderlo, perché aveva distrutto l'altare di Baal e aveva spezzato il palo sacro che gli era drizzato accanto. [31]Ma Ioas rispose così alla folla che gli si accalcava d'intorno: «Volete per caso essere voi a difendere Baal? Voi a portare aiuto a lui? [Chiunque cercherà di difenderlo morrà prima di domani mattina!]. Se è davvero un dio, penserà lui a vendicarsi, perché è stato abbattuto il suo altare». [32]Quel giorno Gedeone ricevette l'appellativo di Ierub-Baal, perché si diceva: «Si vendichi di lui Baal, perché ha distrutto il suo altare».

Invasione di nemici e la prova del vello. - [33]Tutti i Madianiti, gli Amaleciti e i popoli dell'Oriente si radunarono e, passato il Giordano, posero il campo nella valle di Izreel. [34]Allora lo spirito del Signore investì Gedeone: questi suonò il corno e la gente di Abiezer si riunì intorno a lui, pronta alla lotta. [35]Egli mandò messaggeri per tutto il territorio di Manasse e così anche gli uomini di Manasse si riunirono agli ordini di Gedeone. Poi mandò messaggeri in Aser, in Zabulon e in Neftali e anche gli uomini di queste tribù si mossero per congiungersi agli altri. [36]Gedeone si rivolse a Dio: «Se hai intenzione di salvare Israele per mezzo mio, come hai promesso, [37]ecco che io stendo un vello nell'aia: se la rugiada cadrà soltanto sul vello e tutto il terreno all'intorno resterà asciutto, io saprò che tu hai intenzione, come hai detto, di salvare per mano mia Israele». [38]E così fu: quando il mattino dopo Gedeone si alzò, andò a strizzare il vello: ne venne fuori tanta rugiada da farne piena una coppa. [39]Ma Gedeone si rivolse ancora a Dio: «Non divampi la tua ira contro di me, se voglio dirti ancora una cosa. Voglio ripetere ancora una volta la prova del vello: che questa volta resti asciutto solo il vello e tutto il terreno all'intorno si copra di rugiada». [40]La notte seguente Dio fece così e solo il vello restò asciutto mentre tutto il suolo intorno era coperto di rugiada.

7 Preparativi per la battaglia. - [1]Ierub-Baal, cioè Gedeone, si mosse di buon mattino con tutti i suoi uomini e andarono a porre il campo alla fonte di Carod; l'accampamento dei Madianiti era posto a nord di quello ebraico, nella pianura ai piedi della collina di More. [2]Allora il Signore disse a Gedeone: «Gli uomini che hai con te sono troppi, perché io possa mettere i Madianiti nelle loro mani. Gli Israeliti, infatti, potrebbero gloriarsi dell'impresa contro di me, pensando di essersi salvati per opera loro. [3]Ora perciò devi proclamare al popolo che chiunque abbia paura e tremi, ha da ritirarsi e tornarsene via». Gedeone li mise alla prova: se ne ritirarono ventiduemila e ne restarono diecimila. [4]Ma il Signore disse a Gedeone: «Sono ancora troppi. Falli scendere dove c'è l'acqua; là te li metterò alla prova. Quelli che ti dirò di portare con te, verranno con te e

---

32. *Ierub-Baal*, nome popolare che fu dato a Gedeone; significa: Baal difenda la propria causa contro di lui.

7. - 2. Dio vuol manifestare la propria potenza e far toccare con mano che il vero liberatore è lui.

quelli che ti dirò di non portare con te, non verranno». [5]Gedeone ordinò ai suoi uomini di scendere all'acqua, e il Signore gli disse: «Tutti quelli che lambiranno l'acqua con la lingua, come fanno i cani, mettili da parte; tutti quelli invece che per bere si piegheranno sui loro ginocchi, lasciali andare». [6]Quelli che lambirono l'acqua con la lingua furono trecento; tutti gli altri, per bere, si erano piegati sulle ginocchia e avevano portato l'acqua alla bocca con le mani. [7]Disse allora il Signore a Gedeone: «Con questi trecento uomini che hanno lambito l'acqua con la lingua io vi salverò e metterò i Madianiti nelle tue mani. Tutti gli altri se ne tornino ciascuno al suo paese». [8]Presero con sé le provviste necessarie al gruppo e i corni. Gedeone poi rimandò tutti gli altri uomini d'Israele ciascuno alla sua tenda e tenne con sé solo i trecento. Il campo dei Madianiti si trovava nella valle sottostante.

Il sogno del madianita. - [9]Quella notte il Signore si rivolse a Gedeone: «Su, scendi all'accampamento nemico, perché lo darò in tuo potere. [10]E se hai paura ad andare da solo nell'accampamento nemico, porta con te il tuo servo Pura. [11]Lì ascolterai quel che si dice: allora il tuo braccio si farà più forte per assalire il campo nemico». Gedeone scese col suo servo Pura fino agli avamposti del campo madianita.

[12]I Madianiti, gli Amaleciti e tutti gli orientali coprivano la valle, numerosi come le cavallette; i loro cammelli non avevano numero, erano come la sabbia sul lido del mare. [13]Gedeone penetrò dunque nell'accampamento nemico e udì un uomo che raccontava a un altro un suo sogno; diceva: «Ho fatto un sogno: mi pareva che una pagnotta di pane d'orzo rotolasse nel campo madianita. Arrivata alla tenda, la colpì e la rovesciò». [14]Gli rispose quell'altro: «Non è altro che la spada dell'israelita Gedeone, figlio di Ioas: Dio darà in suo potere i Madianiti e tutto l'accampamento».

[15]All'udire il racconto di questo sogno e la sua interpretazione, Gedeone si prostrò. Poi tornato all'accampamento d'Israele, ordinò ai suoi di muoversi, assicurandoli che il Signore avrebbe dato in loro potere l'accampamento madianita.

La vittoria di Gedeone è dono del Signore. - [16]Gedeone, dopo aver diviso i suoi trecento uomini in tre gruppi, consegnò ad ognuno di loro un corno e un vaso di coccio vuoto con dentro una torcia. [17]Dette loro queste istruzioni: «Voi dovete guardarmi e fare quello che farò io: ecco, quando io sarò arrivato al limite dell'accampamento nemico, voi dovrete fare quello che farò io. [18]Quando io, seguito da tutti coloro che sono nel mio gruppo, suonerò il corno, anche voi suonerete i corni tutt'intorno all'accampamento, gridando: "Per il Signore e per Gedeone!"».

[19]Gedeone e i suoi cento uomini, giunti a ridosso dell'accampamento nemico all'inizio del secondo turno di guardia, subito dopo il cambio delle sentinelle, dettero fiato ai corni e spezzarono i vasi che avevano con sé. [20]Allora tutti e tre i gruppi suonarono i corni e spezzarono i vasi: tenevano nella sinistra le torce e nella destra i corni in cui soffiavano. Intanto gridavano: «Spada! Per il Signore e per Gedeone!».

[21]Per quanto gli Israeliti restassero fermi, ciascuno al suo posto intorno all'accampamento madianita, in questo era tutto un correre, un vociare, un fuggire. [22]Quando i trecento suonarono i corni, il Signore fece rivolgere, in tutto il campo nemico, le spade degli uni contro gli altri. Fuggirono tutti fino a Bet-Sitta, in direzione di Zerera, fino alle sponde di Abel Mecola, di fronte a Tabbat.

[23]Allora si riunirono gli uomini di Neftali, di Aser e di tutto Manasse e si dettero all'inseguimento dei Madianiti. [24]Gedeone mandò messaggeri per tutta la montagna di Efraim per invitare gli Efraimiti a scendere contro i Madianiti, occupando fino a Bet-Bara e al Giordano tutti i luoghi in cui avrebbero potuto rifornirsi di acqua e i guadi del Giordano. Radunatisi tutti gli uomini di Efraim, andarono ad occupare tutte le fonti fino a Bet-Bara e i guadi del Giordano. [25]Furono catturati due capi madianiti, Oreb e Zeeb, e furono uccisi, Oreb al masso di Oreb e Zeeb al frantoio di Zeeb: gli Efraimiti continuarono poi l'inseguimento dei Madianiti e mandarono a Gedeone, che si trovava al di là del Giordano, le teste di Oreb e di Zeeb.

8 **Gli Efraimiti si sentono offesi.** - [1]Gli Efraimiti dissero a Gedeone: «Perché con noi ti sei comportato in questo modo? Sei andato a combattere contro i Madianiti senza chiamarci!». Essi erano molto irritati contro di lui. [2]Ma Gedeone rispose loro: «Che cosa ho compiuto che possa essere paragonato con la vostra impresa? Conta di più la racimolatura di Efraim che non la vendemmia di Abiezer: [3]perché è nelle vostre mani che Dio ha consegnato i capi madianiti Oreb e Zeeb. Io non ho fatto nulla che possa essere paragonato con la vostra impresa». A queste parole di Gedeone l'animosità degli Efraimiti si calmò.

Vendetta di Gedeone. - [4]Gedeone raggiunse il Giordano e lo attraversò con i suoi trecento uomini: erano stanchi per l'inseguimento. [5]Egli si rivolse agli abitanti di Succot: «Date, vi prego, dei pani agli uomini che mi seguono. Sono stanchi e io devo inseguire i re madianiti Zebach e Zalmunna». [6]Ma i capi di Succot gli risposero: «Forse che Zebach e Zalmunna sono già nelle tue mani, perché noi diamo da mangiare al tuo esercito?». [7]Gedeone rispose: «Vuol dire che quando il Signore avrà dato in mia mano Zebach e Zalmunna, io dilanierò i vostri corpi coi pruni della steppa e con i cardi». [8]Di là Gedeone salì a Penuel e anche agli abitanti di Penuel rivolse la stessa richiesta, ma essi gli risposero allo stesso modo in cui gli avevano risposto quelli di Succot. [9]Anche agli abitanti di Penuel Gedeone rispose: «Quando tornerò sano e salvo, distruggerò questa rocca».

[10]Zebach e Zalmunna si trovavano a Karkor insieme alle loro truppe. Erano circa quindicimila uomini: tutto quel che restava del grande esercito degli orientali, perché i guerrieri caduti erano centoventimila. [11]Gedeone, salito per la via di coloro che abitano sotto la tenda, a oriente di Nobach e di Iogbea, assalì di sorpresa i nemici. [12]I re madianiti Zebach e Zalmunna fuggirono, ma Gedeone, inseguitili, li catturò entrambi, mettendo in fuga il loro esercito.

[13]Gedeone, figlio di Ioas, tornò dalla guerra per la salita di Cheres. [14]Catturato un giovane di Succot, lo sottopose a un interrogatorio e quello gli scrisse i nomi dei capi e

degli anziani di Succot: settantasette uomini. [15]Gedeone si presentò quindi agli abitanti di Succot con queste parole: «Ecco Zebach e Zalmunna, per i quali mi avete deriso, quando mi avete domandato se erano già nelle mie mani, per dover dare da mangiare ai miei uomini stanchi». [16]Fatti arrestare gli anziani della città e procuratisi pruni della steppa e cardi, dilaniò con questi i corpi degli uomini di Succot. [17]Poi distrusse la rocca di Penuel e uccise gli uomini della città.

[18]Poi Gedeone domandò a Zebach e a Zalmunna: «Come erano gli uomini che avete ucciso sul Tabor?». Essi risposero: «Essi ti somigliavano e tutti avevano l'aspetto di figli di re».

[19]Gedeone disse: «Erano miei fratelli, figli di mia madre. Come è vero Dio, se voi li aveste lasciati in vita, io non vi ucciderei». [20]Si rivolse quindi a Ieter, suo primogenito: «Su, uccidili!»; ma il giovanetto non sguainò la spada, perché aveva timore, essendo ancora molto giovane. [21]Dissero allora Zebach e Zalmunna: «Su! Colpisci tu, perché la forza dell'uomo è pari alla sua età». Allora Gedeone si mosse e uccise Zebach e Zalmunna. Poi prese le lunette che ornavano il collo dei loro cammelli.

Gli ebrei chiedono a Gedeone di divenire loro re. - [22]Gli Israeliti si rivolsero a Gedeone: «Sii nostro capo tu, tuo figlio e il figlio di tuo figlio, perché ci hai salvato dai Madianiti». [23]Gedeone rispose loro: «Io non sarò vostro capo, né lo sarà mio figlio: è il Signore il vostro capo». [24]Poi Gedeone aggiunse: «Voglio però una cosa, che ciascuno mi dia un anello tratto dalla parte di bottino che gli spetta». I nemici, infatti, essendo Ismaeliti, portavano anelli d'oro. [25]Gli Israeliti accettarono di buon grado: disteso un mantello, vi gettarono ciascuno un anello tratto dalla propria parte di preda. [26]Il peso degli anelli d'oro che Gedeone aveva richiesto fu di millesettecento sicli d'oro, senza contare le lunette, le pietre preziose e le vesti di porpora portate dai re madianiti, e senza contare i collari che ornavano i colli dei loro cammelli. [27]Con quest'oro Gedeone fece un efod, che pose in Ofra, sua città. Tutto Israele si prostituì in Ofra con quell'efod, che divenne così per Gedeone e per la sua casa motivo di colpa e di rovina.

[28]I Madianiti furono umiliati di fronte agli Israeliti: non alzarono più la testa. Al tempo

---

8. - [4-7]. Gli abitanti di Succot, della tribù di Gad, avrebbero dovuto aiutare i fratelli che inseguivano i nemici, ma temendo che i Madianiti poi si vendicassero, negarono i viveri. Gedeone però, fiducioso nel Signore, era sicuro della vittoria.

[21]. L'espressione dei due prìncipi di Madian, oscura per noi, significa che essi preferivano morire per mano di Gedeone, uomo valoroso.

di Gedeone la regione ebbe pace per quarant'anni.

²⁹Ierub-Baal, figlio di Ioas, se ne andò ad abitare a casa sua. ³⁰Ebbe settanta figli usciti dalle sue viscere, perché aveva molte mogli. ³¹Inoltre ebbe un figlio anche da una concubina che teneva in Sichem e gli pose nome Abimèlech. ³²Gedeone, figlio di Ioas, morì in serena vecchiezza e fu sepolto nel sepolcro di suo padre Ioas, in Ofra degli Abiezeriti.

³³Dopo la morte di Gedeone, gli Israeliti si prostituirono di nuovo ai Baal e fecero loro dio Baal-Berit. ³⁴Gli Israeliti si dimenticarono del loro Dio, il Signore, che li aveva liberati dalle mani di tutti i nemici che li circondavano ³⁵e non serbarono alcuna gratitudine alla casa di Ierub-Baal, cioè di Gedeone, che aveva fatto tanto bene a Israele.

9 Un tentativo di monarchia in Israele. ¹Abimèlech, figlio di Ierub-Baal, andò a Sichem dai fratelli di sua madre e si incontrò con loro e con tutto il clan della famiglia di sua madre. Chiese loro ²che si rivolgessero ai signori di Sichem dicendo: «Che cosa è meglio per voi, avere settanta capi, quanti sono i figli di Ierub-Baal, oppure avere sopra di voi un solo capo che, come voi ben sapete, ha nelle vene il vostro stesso sangue?».

³I fratelli di sua madre parlarono così di Abimèlech a tutti i signori di Sichem e il loro cuore fu per Abimèlech, perché pensavano che era della loro stirpe. ⁴Gli dettero settanta sicli prelevati dal tempio di Baal-Berit, coi quali Abimèlech assoldò una masnada di avventurieri che si misero al suo seguito. ⁵Egli andò a Ofra, alla casa di suo padre, dove uccise su un masso i suoi settanta fratelli, figli di Gedeone, dei quali scampò solo Iotam, il minore, perché si era nascosto. ⁶Radunatisi allora tutti i signori di Sichem e tutta la casa di Millo, proclamarono re Abimèlech presso la quercia della stele che è a Sichem.

L'apologo di Iotam. - ⁷Quando Iotam fu informato della cosa, andò sulle cime del monte Garizim, da dove a gran voce gridò ai signori di Sichem:

«Ascoltatemi, signori di Sichem, e che Dio ascolti voi.
⁸ Un giorno gli alberi si misero in cammino,

per andare a eleggere un re
che regnasse sopra di loro.
Dissero all'ulivo: "Regna sopra di noi!".
⁹ Rispose loro l'ulivo:
"Dovrò forse rinunciare al mio olio,
col quale si rende onore agli uomini
e agli dèi,
per andare ad agitarmi
al di sopra degli altri alberi?".
¹⁰ Allora gli alberi dissero al fico:
"Vieni tu a regnare sopra di noi!".
¹¹ Rispose loro il fico:
"Dovrò forse rinunciare alla mia dolcezza,
ai miei ottimi frutti,
per andarmi ad agitare
al di sopra degli altri alberi?".
¹² Allora gli alberi dissero alla vite:
"Vieni tu a regnare sopra di noi!".
¹³ Rispose loro la vite:
"Dovrò forse rinunciare al mio mosto,
che dà gioia agli dèi e agli uomini,
per andare ad agitarmi
al di sopra degli altri alberi?".
¹⁴ Allora gli alberi, tutti insieme dissero al rovo:
"Vieni tu a regnare sopra di noi!".
¹⁵ Rispose il rovo agli alberi:
"Se avete davvero l'intenzione
di eleggere me vostro sovrano,
venite a ripararvi alla mia ombra.
Altrimenti, un fuoco uscirà dal rovo,
e divorerà i cedri del Libano!"».

Il discorso di Iotam. - ¹⁶«E ora, nell'eleggere re Abimèlech, è chiaro che non avete agito con lealtà e rettitudine; è chiaro che non avete agito bene nei riguardi di Ierub-Baal e della sua famiglia; è chiaro che non avete agito nei suoi riguardi come meritavano le sue imprese. ¹⁷Mio padre per voi ha combattuto, ha messo a repentaglio la sua vita, vi ha liberato dalle mani di Madian. ¹⁸E voi oggi avete osato sollevarvi contro la casa di mio padre, uccidendo i suoi figli — erano settanta! — su di un masso; e poi

9. - 1. Abimèlech, figlio di una concubina di Gedeone, fece il primo tentativo di farsi re e possedere un esercito, ma cominciò male, con l'uccidere i fratelli, e morì dopo aver spadroneggiato in poche città.
8-15. Per gustare il bellissimo apologo bisogna notare che i re erano unti nel giorno della consacrazione e che l'ulivo, la vite, il fico, i migliori frutti di Palestina, simboleggiano la felicità sotto un ottimo re. Il pruno, simbolo dell'infelicità, raffigura il re crudele, che strazia senza dar pace.

avete fatto re dei signori di Sichem Abimèlech, figlio di una serva di mio padre, per il
solo motivo che è della vostra gente. [19]Se,
dunque, oggi avete agito con lealtà e rettitudine nei confronti di Ierub-Baal e della sua
famiglia, Abimèlech sia la vostra gioia e voi
la sua. [20]Ma se la cosa stesse diversamente,
che un fuoco esca da Abimèlech e divori i
signori di Sichem e la gente di Millo; e un
fuoco esca dai signori di Sichem e dalla gente di Millo e divori Abimèlech».
[21]Poi Iotam fuggì e si mise in salvo a Beer,
dove si stabilì per paura di suo fratello
Abimèlech.

Rivolta dei Sichemiti contro Abimèlech.
[22]Abimèlech tenne il potere su Israele per
tre anni. [23]Poi il Signore mandò uno spirito
malvagio fra Abimèlech e i signori di Sichem, i quali si ribellarono contro di lui,
[24]facendo ricadere la violenza perpetrata
contro i settanta figli di Ierub-Baal e il loro
sangue su Abimèlech, che era loro fratello e
li aveva uccisi, e sui signori di Sichem che
lo avevano incoraggiato a uccidere i suoi
fratelli. [25]Allora i signori di Sichem, in segno di sfida ad Abimèlech, tendevano insidie sulla cima dei monti per depredare tutti
i viandanti che capitavano nelle loro mani.
La cosa fu riferita ad Abimèlech.

Intervento di Gaal. - [26]Intanto giungeva a
Sichem, insieme ai suoi fratelli, un certo
Gaal, figlio di Obed, il quale riuscì a guada-
gnarsi la fiducia dei signori di Sichem. [27]Un
giorno i Sichemiti uscirono dalla città per
vendemmiare e preparare il mosto; poi fecero una gran festa nel tempio del loro dio,
mangiando e bevendo: in questa occasione
maledissero Abimèlech.
[28]Gaal, figlio di Obed, tenne ai Sichemiti
questo discorso: «Chi è Abimèlech e chi sono i Sichemiti, perché gli dobbiamo stare
sottomessi? Egli è figlio di Ierub-Baal e Zebul governa la città per lui. E pensare che
in passato furono loro sottomessi alla gente
di Camor, il capostipite dei Sichemiti! [29]Per-
ché dunque restargli sottomessi? Ma se
questo popolo si porrà ai miei ordini, io caccerò Abimèlech. Gli dirò: "È grande il tuo
esercito; esci a battaglia!"».

[30]Quando Zebul, il governatore della
città, seppe del discorso di Gaal, figlio di
Obed, si sdegnò [31]e mandò messi ad
Abimèlech, ad Aruma, con questo messaggio: «Gaal, figlio di Obed, e i suoi fratelli sono arrivati a Sichem e sono di fatto padroni
della città per staccarla da te. [32]Muoviti di
notte tu e la gente che hai con te e va' a
metterti all'agguato fuori della città. [33]Do-
mattina, quando si leverà il sole, muoviti
presto e attacca la città all'improvviso: allora costui ti uscirà incontro coi suoi uomini
e tu farai di lui secondo quello che ti riuscirà».

Abimèlech affronta la lotta. - [34]Abimèlech
si mosse di notte con tutta la gente che aveva e, divisi i suoi uomini in quattro gruppi,
andò ad appostarsi nelle immediate vicinanze di Sichem. [35]Gaal, figlio di Obed,
uscì dalla città e schierò i suoi uomini davanti alla porta. Allora Abimèlech e i suoi
uomini uscirono fuori dal luogo dove erano
appostati. [36]Quando Gaal li scorse, disse a
Zebul: «Vedo gente che scende dall'alto dei
colli». Ma Zebul gli rispose: «È l'ombra dei
colli che scambi per uomini!». [37]Gaal insisteva: «Vedo uomini che calano dall'"Ombelico della terra", e un'altra colonna arriva
dalla strada della "Quercia degli indovini"».
[38]«Dov'è mai andato a finire, esclamò allora
Zebul, quello che andavi dicendo: "Chi è
Abimèlech che gli si debba servire!?". È
questa la gente che disprezzavi. Avanti,
dunque, combatti contro di essa».
[39]Gaal, alla testa dei signori di Sichem,
dette battaglia ad Abimèlech; [40]ma fu messo in fuga. Molti caddero morti prima di
raggiungere la porta della città. [41]Poi
Abimèlech tornò ad Aruma, mentre Zebul
inseguiva Gaal e i suoi fratelli per impedir
loro di restare a Sichem.
[42]Nonostante ciò, il giorno dopo i Sichemiti uscirono di nuovo dalla città e la decisione fu riferita ad Abimèlech. [43]Egli prese i
suoi uomini e, divisili in tre gruppi, andò ad
appostarsi fuori della città. E così, quando
egli vide i Sichemiti che uscivano dalla città,
li assalì e li travolse. [44]Allora Abimèlech col
suo gruppo si precipitò avanti e andò a
schierarsi davanti alla porta della città,
mentre gli altri due gruppi assalivano i Sichemiti che si trovavano in aperta campagna e li massacravano. [45]Abimèlech continuò l'assalto alla città per tutta la giornata,
finché non riuscì ad espugnarla. Ne uccise

---

[54]. La religione condanna l'uccidersi e il farsi uccidere, fosse anche per sfuggire all'ignominia. L'uomo
deve avere sempre il coraggio di vivere; il suicidio è
sempre una viltà.

gli abitanti e la distrusse, spargendovi sopra il sale.

[46]Quando i signori della rocca di Sichem si resero conto delle intenzioni di Abimèlech, si rifugiarono nella cripta del tempio di El-Berit. [47]Abimèlech, appena seppe che i signori della rocca di Sichem si erano raccolti tutti insieme, [48]salì sul monte Salmon insieme agli uomini che aveva con sé; qui, impugnata la scure, Abimèlech tagliò il ramo di un albero e, caricatoselo sulle spalle, ordinò ai suoi uomini di fare rapidamente quanto avevano visto fare a lui. [49]Allora anche tutti i suoi uomini tagliarono ciascuno un ramo; poi, seguendo Abimèlech, andarono a deporre i rami sopra la cripta e la incendiarono, lasciandovi bruciare tutti quelli che vi erano dentro: tutti gli abitanti della rocca morirono in numero di circa mille, fra uomini e donne.

Morte di Abimèlech. - [50]Poi Abimèlech andò ad assediare Tebes e la espugnò. [51]V'era in mezzo alla città una rocca possente, dove si erano rifugiati tutti, uomini e donne, con i signori della città. Barricatisi dentro, erano saliti sugli spalti. [52]Abimèlech, appena giunto ai piedi della rocca, ne cominciò l'assalto, riuscendo a spingersi fino alla porta che voleva incendiare. [53]Ma una donna gli gettò sulla testa una macina da mulino, fracassandogli il cranio. [54]Subito Abimèlech, chiamato il suo scudiero, gli ordinò di sguainare la spada e di finirlo, perché non si dicesse che era morto per mano di una donna. Morì trafitto dallo scudiero. [55]Quando gli uomini di Israele videro che Abimèlech era morto, se ne tornarono ciascuno al suo paese.

[56]Dio fece così ricadere su Abimèlech il male che aveva commesso contro suo padre, quando uccise i suoi settanta fratelli, [57]e ugualmente fece ricadere sui Sichemiti tutto il male da loro compiuto: era caduta sopra di loro la maledizione di Iotam, figlio di Ierub-Baal.

10 **Tola.** - [1]Dopo Abimèlech sorse a salvare Israele Tola, figlio di Pua, figlio di Dodo, della tribù di Issacar. Egli abitava a Samir, sulla montagna di Efraim. [2]Egli giudicò Israele per ventitré anni; poi morì e fu sepolto a Samir.

Iair. - [3]Dopo di lui sorse il galaadita Iair, il quale giudicò Israele per ventidue anni.

[4]Aveva trenta figli che cavalcavano su trenta asini e governavano altrettante città nella regione del Gàlaad, dette i «villaggi di Iair», nome che conservano ancora. [5]Quando Iair morì, fu sepolto a Kamon.

Iefte: l'oppressione ammonita. - [6]Gli Israeliti ripresero a compiere ciò che è male agli occhi del Signore, prestando culto ai Baal, alle Astarti, agli dèi di Aram, agli dèi di Sidone, agli dèi di Moab, agli dèi degli Ammoniti e agli dèi dei Filistei. Abbandonarono il Signore e non lo adoravano più. [7]Esplose allora contro Israele l'ira del Signore, il quale consegnò gli Israeliti nelle mani dei Filistei e degli Ammoniti. [8]Quell'anno Filistei e Ammoniti iniziarono una spietata oppressione degli Israeliti che durò diciotto anni: ne furono colpiti tutti gli Israeliti che abitavano al di là del Giordano, nella regione amorrita del Gàlaad.

[9]Gli Ammoniti passarono poi il Giordano per portar guerra anche alle tribù di Giuda, di Beniamino e di Efraim, cosicché l'oppressione di Israele era grande. [10]Allora gli Israeliti gridarono al Signore: «Abbiamo peccato contro di te, perché abbiamo abbandonato il nostro Dio per prestare il nostro culto ai Baal». [11]Ma Dio rispose così agli Israeliti: «Quando gli Egiziani, gli Amorrei, gli Ammoniti, i Filistei, [12]i Sidoni, gli Amaleciti, i Cananei vi opprimevano, e voi alzavate il vostro grido a me, io vi ho salvato dalle loro mani. [13]Ma nonostante questo, voi mi avete abbandonato per servire altri dèi. Per questo non voglio più salvarvi! [14]Andatevene piuttosto a implorare l'aiuto degli dèi che vi siete scelti. Penseranno loro a salvarvi nel tempo della vostra oppressione». [15]Ripresero gli Israeliti: «Abbiamo peccato: fa' tu di noi tutto quello che vuoi; ma oggi liberaci, ti imploriamo!». [16]Gli Israeliti allora eliminarono di mezzo a loro gli dèi stranieri e tornarono ad adorare il Signore, il cui animo non poté più resistere alle sofferenze d'Israele.

[17]Radunatisi, gli Ammoniti avevano posto il campo nel Gàlaad. Anche gli Israeliti si radunarono per andare ad accamparsi in Mizpa. [18]Intanto il popolo e i capi galaaditi cercavano chi sarebbe stato l'uomo che avrebbe intrapreso la guerra contro gli Ammoniti: sarebbe stato lui il capo di tutti i Galaaditi.

11 **La figura di Iefte.** - [1]Il galaadita Iefte era un valoroso guerriero: era figlio di una prostituta e di Gàlaad. [2]Ora, Gàlaad aveva altri figli, nati dalla moglie legittima, e quando questi divennero adulti, cacciarono Iefte, perché non volevano che avesse parte nell'eredità del loro padre, essendo figlio di un'altra madre. [3]Per paura dei suoi fratelli, Iefte fuggì e si stabilì nella terra di Tob. Intorno a lui si raccolsero avventurieri, coi quali compiva scorrerie. [4]Qualche tempo dopo gli Ammoniti mossero guerra a Israele. [5]Quando gli Ammoniti assalirono Israele, gli anziani del Gàlaad andarono a cercare Iefte nel paese di Tob [6]e gli dissero: «Vieni a metterti alla nostra testa, per combattere contro gli Ammoniti». [7]Ma Iefte rispose agli anziani del Gàlaad: «Siete voi che, odiandomi, mi cacciaste dalla casa di mio padre. Per quale motivo, ora che siete in difficoltà, siete venuti da me?». [8]«È proprio per farti questa proposta — ripresero gli anziani del Gàlaad — che ora siamo tornati da te. Se vieni con noi a combattere contro gli Ammoniti, ti faremo nostro capo, capo di tutti i Galaaditi». [9]Disse Iefte agli anziani del Gàlaad: «Se voi volete che io torni per condurre la guerra contro gli Ammoniti, e se il Signore mi concederà la vittoria, io sarò vostro capo». [10]Gli anziani del Gàlaad confermarono a Iefte: «Il Signore è testimone fra te e noi che faremo come hai detto». [11]Allora Iefte andò con gli anziani del Gàlaad e il popolo lo proclamò suo capo e suo comandante. Iefte poi ripeté ancora in Mizpa tutti i patti davanti al Signore.

Iefte prende in mano la situazione. - [12]Iefte mandò subito ambasciatori al re ammonita, a dirgli: «Che c'è fra te e me, per cui tu mi abbia mosso guerra e sia venuto a invadere la mia terra?». [13]Il re di Ammon rispose agli ambasciatori di Iefte che il motivo di guerra era rappresentato dal fatto che Israele, al tempo in cui risaliva dall'Egitto, si era impossessato della sua terra i cui confini andavano dall'Arnon fino allo Iabbok e fino al Giordano. Invitava Iefte a restituire pacificamente i territori occupati. [14]Ma Iefte rimandò di nuovo ambasciatori al re ammonita [15]a dirgli: «Così dice Iefte: "Israele non ha mai occupato né i territori dei Moabiti né quelli degli Ammoniti. [16]Quando Israele uscì dall'Egitto marciò nel deserto fino al Mar Rosso e raggiunse Kades. [17]Di qui gli Israeliti mandarono ambasciatori al re di Edom, per chiedergli di lasciarli passare attraverso la sua terra; ma il re di Edom rifiutò. Allora essi inviarono ambasciatori al re di Moab, ma anche questi non volle cedere. Così Israele dovette restare a Kades. [18]Di qui poi avanzò nel deserto passando al di fuori sia del territorio di Edom che di quello di Moab. Gli Israeliti giunsero così ad est della terra di Moab e si accamparono al di là dell'Arnon, senza penetrare nel territorio moabita, perché il confine di Moab è all'Arnon. [19]Di qui gli Israeliti inviarono ambasciatori a Sicon, re amorreo che regnava in Chesbon, per chiedergli di passare attraverso il suo territorio, per poter raggiungere la loro sede. [20]Neanche Sicon si fidò a far passare Israele attraverso il suo territorio; anzi, raccolti tutti i suoi uomini, andò ad accamparsi in Iaaz, dove dette battaglia ad Israele. [21]Ma il Signore, Dio d'Israele, consegnò Sicon e tutta la sua gente in potere d'Israele, che riportò vittoria sopra quegli Amorrei entrando giustamente in possesso di tutti i territori da loro abitati. [22]Pertanto gli Israeliti presero possesso di tutto il territorio amorreo dall'Arnon fino allo Iabbok e dal deserto fino al Giordano. [23]Ed ora che il Dio d'Israele, il Signore, ha cacciato via gli Amorrei davanti al suo popolo d'Israele, vorresti tu mandarci via? [24]Le terre di cui il tuo dio Camos ti ha fatto entrare in possesso, tu te le tieni; così anche noi ci teniamo quanto il Signore, nostro Dio, ci ha fatto possedere. [25]Forse che tu sei da più del re moabita Balak, figlio di Zippor? Costui non ebbe mai nulla da eccepire contro Israele e non gli mosse mai guerra, [26]quando Israele si insediò, trecento anni fa, in Chesbon e nelle città dipendenti, in Aroer e nelle città dipendenti e in tutte le altre città poste sulle rive dell'Arnon. Perché non li avete rivendicati allora, questi territori? [27]Io non ti ho fatto alcun torto e tu invece ti comporti male con me facendomi guerra. Oggi dunque giudichi il Signore, che suole far giustizia, fra gli Israeliti e gli Ammoniti"». [28]Ma il re ammonita non volle dar retta a quello che Iefte gli aveva mandato a dire.

---

11. - [6.] Forse Iefte con la sua masnada aveva già molestato gli Ammoniti.
[9.] Iefte dichiara di voler essere re se vincerà gli Ammoniti, e soltanto quando glielo promettono accetta di andare a combattere.

Il terribile voto e la vittoria di Iefte. - ²⁹Lo spirito del Signore si posò su Iefte, il quale, percorsi i territori del Gàlaad e di Manasse, raggiunse Mizpa del Gàlaad e da qui marciò contro gli Ammoniti. ³⁰Iefte fece un voto al Signore con queste parole: «Se tu mi farai vincere gli Ammoniti, ³¹quando tornerò vincitore dalla guerra contro di loro, colui che uscirà per primo dalle porte di casa mia per venirmi incontro, sarà sacro al Signore e glielo offrirò in olocausto».

³²Iefte mosse, dunque, contro gli Ammoniti e il Signore li dette in suo potere. ³³Egli li sconfisse da Aroer fino a Minnit, conquistando venti città, e fino ad Abel-Cheramim. Fu una gravissima disfatta, in conseguenza della quale gli Ammoniti furono umiliati davanti agli Israeliti.

³⁴Quando Iefte tornò a casa sua in Mizpa, sua figlia gli uscì incontro per prima, guidando un gruppo di fanciulle che danzavano al suono dei cembali. Era l'unica sua figlia, perché egli non aveva altri figli, né maschi né femmine. ³⁵Quando egli la vide, si stracciò le vesti ed esclamò: «Ahimè, figlia mia, davvero tu m'hai prostrato nel dolore! Sei tu la causa del mio turbamento, perché io l'ho promesso al Signore e non posso tirarmi indietro!». ³⁶Essa gli rispose: «Padre, se hai fatto una promessa al Signore, poiché egli ti ha concesso di vendicarti dei tuoi nemici, gli Ammoniti, fa' di me secondo la tua promessa». ³⁷Essa disse a suo padre: «Si compia su di me la tua promessa: concedimi però due mesi perché io me ne vada con le mie compagne su per i monti a piangere la mia verginità».

³⁸Il padre le disse: «Va'» e la lasciò andare per due mesi. Essa andò insieme alle sue compagne a piangere sui monti la sua verginità. ³⁹Finiti i due mesi, essa tornò da suo padre, il quale compì su di lei il voto che aveva fatto.

Essa non aveva conosciuto uomo; per questo nacque in Israele l'usanza ⁴⁰che le ragazze d'Israele vadano tutti gli anni per quattro giorni sui monti, a celebrarvi il lamento della figlia di Iefte il Galaadita.

12 Guerra fratricida tra Efraim e Gàlaad.
¹Gli uomini di Efraim si radunarono in armi; poi varcarono il Giordano in direzione di Safon, e dissero a Iefte: «Perché hai mosso guerra agli Ammoniti senza chiamarci in tuo aiuto? Siamo decisi a bruciare la tua casa con te dentro!». ²Iefte rispose loro: «Io e il mio popolo, duramente oppressi dagli Ammoniti, eravamo in una situazione tanto grave che chiesi il vostro aiuto, ma non mi avete salvato dalle loro mani. ³Allora, resomi conto che non c'era nessuno che mi avrebbe salvato, mi buttai allo sbaraglio assalendo gli Ammoniti: il Signore li ha dati in mia mano. Che motivo avete dunque oggi per muovermi guerra?».

⁴Iefte, chiamati a raccolta tutti gli uomini del Gàlaad, dette battaglia ad Efraim e i Galaaditi sconfissero quelli di Efraim, che li avevano assaliti perché li consideravano loro ribelli, gente che apparteneva ad Efraim e a Manasse. ⁵I Galaaditi occuparono i guadi del Giordano attraverso i quali si poteva raggiungere il territorio di Efraim. Quando i fuggiaschi dell'esercito efraimita chiedevano di passare, i Galaaditi domandavano loro, uno per uno, se erano Efraimiti, e quelli rispondevano di no. ⁶Ma i Galaaditi imponevano loro di dire «scibbòlet», ed essi rispondevano «sibbòlet», perché non sapevano pronunciare correttamente la parola. Allora li afferravano e li sgozzavano sui guadi del Giordano. Degli Efraimiti, in quell'occasione, ne morirono quarantaduemila.

⁷Iefte fu giudice in Israele per sei anni. Poi Iefte il Galaadita morì e fu sepolto nella sua città nel Gàlaad.

Ibsan. - ⁸Dopo di lui fu giudice in Israele Ibsan di Betlemme, ⁹che aveva trenta figli e trenta figlie: queste mandò sposa fuori della sua gente e da fuori fece venire trenta ragazze per darle spose ai suoi figli. Egli fu giudice in Israele per sette anni. ¹⁰Quando Ibsan morì, fu sepolto in Betlemme.

Elon. - ¹¹Dopo di lui venne lo zabulonita Elon, il quale fu giudice in Israele per dieci anni. ¹²Quando lo zabulonita Elon morì, fu sepolto in Aialon, nel territorio di Zabulon.

29-31. Lo spirito del Signore incita Iefte ad adunare gente e lo anima alla vittoria, ma non certo a fare il voto d'un sacrificio umano, proibito dalla legge. Il voto fu stolto ed empio e il mantenerlo fu delitto. Forse Iefte agì in buona fede e si credette obbligato al voto dopo la strepitosa vittoria.

12. - 4-6. Gli Efraimiti che insultavano Galaad come la feccia di Efraim e di Manasse, sconfitti, corrono al Giordano per ritornare in patria; ma i Galaaditi vincitori li aspettano ai guadi e per riconoscerli fanno loro dire la parola «scibbòlet» (spiga), pronunciata «sibbòlet» dagli Efraimiti.

Abdon. - [13]Dopo di lui fu giudice in Israele Abdon, figlio di Illel, della città di Piraton. [14]Aveva quaranta figli e trenta nipoti che cavalcavano settanta asini. Egli fu giudice in Israele per otto anni. [15]Quando Abdon, figlio di Illel, della città di Piraton, morì, fu sepolto in Piraton, nel territorio di Efraim, sul monte dell'Amalecita.

13 Nascita miracolosa di Sansone.
[1]Gli Israeliti ripresero di nuovo a compiere ciò che è male agli occhi del Signore il quale li abbandonò in mano dei Filistei, per quarant'anni.

[2]C'era un uomo della città di Zorea, della gente di Dan, il quale si chiamava Manoach, la cui moglie, essendo sterile, non aveva avuto figli. [3]A questa donna apparve una volta un messaggero del Signore, il quale le disse: «Ecco, per quanto tu non abbia avuto figli, data la tua sterilità, tu concepirai e darai alla luce un figlio; [4]ma ora devi astenerti dal bere vino e altra bevanda inebriante e dal mangiare cose impure, [5]perché il figlio che tu concepirai e darai alla luce sarà nazireo di Dio fin da quando sarà nel tuo seno; per questo il rasoio non dovrà mai accostarsi alla sua testa. Egli comincerà a salvare Israele dall'oppressione dei Filistei».

[6]La donna andò a raccontare la cosa al marito: «Ho incontrato un uomo di Dio, che all'aspetto sembrava un suo messaggero, tanto era venerando. Non gli ho domandato da dove veniva, né egli mi ha detto il suo nome, [7]ma mi ha predetto che concepirò e darò alla luce un figlio e che ora non devo più né bere vino o altra bevanda inebriante, né mangiare alcuna cosa impura, perché il bambino sarà-nazireo di Dio da quando sarà nel mio seno fino alla sua morte». [8]Allora Manoach si rivolse al Signore con questa preghiera: «Ti prego, Signore, fa' che l'uomo di Dio che tu hai inviato venga ancora una volta da noi a indicarci che cosa dobbiamo fare del bambino che deve nascere». [9]Dio esaudì la preghiera di Manoach, e il messaggero di Dio si presentò ancora una volta dalla donna, mentre questa era nei campi e suo marito Ma-

noach non c'era. [10]La donna corse subito ad informare il marito che le era apparso lo stesso uomo che aveva incontrato l'altra volta. [11]Manoach seguì sua moglie e, raggiunto l'uomo, gli domandò se era lui che aveva parlato con sua moglie. Avuta risposta affermativa, [12]Manoach disse: «Quando la tua parola si compirà, quali saranno le norme che dovranno regolare la vita del bambino?». [13]Il messaggero del Signore rispose: «Il bambino deve astenersi da tutto ciò che ho già detto a sua madre: [14]non deve cibarsi di nessun prodotto della vigna né bere vino o altra bevanda inebriante; non deve mangiare niente di impuro: insomma dovrà astenersi da quanto ho proibito a sua madre».

[15]Allora Manoach disse al messaggero del Signore: «Noi vogliamo trattenerti per prepararti un capretto». [16]Ma il messaggero del Signore rispose a Manoach: «Anche se mi tratterrai presso di te, non mangerò delle tue vivande, ma se vuoi farne un olocausto per il Signore, offrilo pure». Manoach infatti non aveva ancora compreso che quell'uomo era un messaggero del Signore. [17]Allora Manoach chiese al messaggero del Signore quale fosse il suo nome, perché, quando le sue parole si fossero avverate, voleva fargli onore. [18]Ma quegli rispose: «Perché vuoi sapere il mio nome? Esso è al di sopra della comprensione umana».

[19]Manoach prese il capretto e l'oblazione, li offrì sulla pietra al Signore che opera prodigi. [20]Or avvenne che mentre la fiamma saliva dall'altare verso il cielo, il messaggero del Signore si staccò dal suolo ascendendo nella fiamma. A tale vista Manoach e sua moglie si prostrarono al suolo in adorazione. [21]Il messaggero del Signore scomparve alla vista di Manoach e di sua moglie; allora Manoach comprese che quello era il messaggero del Signore [22]e disse a sua moglie: «Certo morremo, perché abbiamo visto Dio!». [23]Ma sua moglie rispose: «Se il Signore ci avesse voluto far morire, non avrebbe accettato dalle nostre mani né l'olocausto né l'oblazione, non ci avrebbe fatto vedere quello che abbiamo visto e non ci avrebbe fatto udire quello che ora abbiamo udito».

[24]La donna poi dette alla luce un figlio, al quale pose nome Sansone. Il bambino crebbe benedetto dal Signore. [25]Lo spirito del Signore cominciò ad agire sopra di lui a Macane-Dan, fra Zorea ed Estaol.

---

13. - [4.] Sul *nazireato* e i suoi obblighi qui accennati, vedi Nm 6,1-21. Da quanto qui viene detto, si deduce che erano obbligati madre e figlio.

14 Le nozze di Sansone. - [1]Una volta Sansone, che era andato a Timna, posò i suoi occhi, in questa città, su una giovane donna filistea. [2]Tornò subito indietro per dire a suo padre e a sua madre: «Ho visto in Timna una giovane filistea e ora voglio che me la andiate a prendere in moglie». [3]Suo padre e sua madre gli risposero: «Fra la tua gente e fra tutto il tuo popolo non ci sono forse donne, perché tu vada a prenderti una moglie fra i Filistei incirconcisi?». Ma Sansone rispose: «Prendimi quella, perché è lei che mi piace». [4]Suo padre e sua madre non sapevano che ciò avveniva per volontà del Signore, il quale cercava un modo per provocare i Filistei che in quel tempo dominavano Israele.

[5]Sansone mosse dunque alla volta di Timna con suo padre e sua madre e sostarono a Carme-Timna. Ed ecco che un leone si fece incontro a Sansone ruggendo. [6]Questi, investito dallo spirito del Signore, senza aver nulla in mano, squartò il leone come si squarta un capretto. Però non raccontò la sua impresa né al padre né alla madre. [7]Poi continuò il suo viaggio per incontrarsi con la donna che gli piacque ancora.

[8]Qualche giorno dopo, rifacendo di nuovo la strada per andare a sposarla, lasciò la strada per andare a vedere la carcassa del leone e trovò che, dentro, le api vi avevano fatto un favo pieno di miele. [9]Trattolo fuori, si rimise in cammino, tenendolo in mano e mangiandolo. Raggiunti poi suo padre e sua madre, ne offrì anche a loro, che ne mangiarono, ma non raccontò loro che aveva preso quel miele nella carcassa del leone. [10]Il padre di Sansone si presentò alla casa della donna, dove Sansone offrì un banchetto, secondo l'usanza dei giovani. [11]Quando la gente del posto lo vide, gli scelse una scorta d'onore di trenta compagni che stessero con lui.

[12]Sansone disse loro: «Voglio proporre un enigma: se vi riuscirà di trovarne la soluzione e riportarmela nei sette giorni del banchetto, io vi darò trenta tuniche e trenta bei vestiti. [13]Ma se non vi riuscirà di risolverlo, sarete voi a darmi trenta tuniche e trenta bei vestiti». Essi gli risposero: «Facci sentire il tuo enigma».

[14]Disse loro Sansone:

«Da colui che mangia è venuto fuori cibo.
Dal forte è uscito qualcosa di dolce».

Ma in capo a tre giorni non erano ancora riusciti a risolvere l'enigma.

[15]Al quarto giorno essi si rivolsero alla moglie di Sansone: «Seduci tuo marito, perché ci dia lui la soluzione, altrimenti daremo fuoco a te e alla casa di tuo padre! Ci avete invitato qua per derubarci!?». [16]Allora la moglie di Sansone si mise a piangere fra le sue braccia; diceva: «Però tu mi odi e non sei innamorato di me. Tu hai proposto un enigma a quelli della mia gente, senza dire la soluzione neanche a me». Sansone le rispose: «Non l'ho detta neanche a mio padre e a mia madre, perché dovrei dirla a te?». [17]Essa continuò a piangere fra le sue braccia per tutti e sette i giorni che durò il banchetto, finché il settimo giorno Sansone, non resistendo più alle insistenze della donna, finì con lo svelarle la soluzione, che essa riferì subito alla sua gente.

[18]Così il settimo giorno, prima che tramontasse il sole, gli uomini della città dissero a Sansone:

«Che cosa è più dolce del miele?
E che cosa più forte del leone?».

Rispose loro Sansone:

«Se non aveste arato con la mia
    giovenca,
non avreste risolto il mio enigma».

[19]Allora, investito dallo spirito del Signore, Sansone discese ad Ascalon, vi uccise trenta uomini, tolse loro le vesti che avevano e così poté dare le trenta vesti a coloro che avevano risolto l'enigma. Ma ormai in preda allo sdegno, se ne tornò alla casa di suo padre. [20]La moglie di Sansone fu data in sposa al suo paraninfo.

15 La vendetta di Sansone. - [1]Qualche tempo dopo, alla stagione della mietitura, Sansone tornò a far visita a sua moglie, portandole in dono un capretto. Avrebbe voluto entrare in camera di sua moglie, ma il padre di lei non lo fece passare, [2]dandogli queste spiegazioni: «Credevo proprio che tu odiassi fortemente mia figlia; per questo l'ho data in sposa al tuo paraninfo. Ma la sorella minore è ancora più bella. Prendi questa al posto dell'altra!». [3]Ma Sansone rispose loro: «Questa volta sono innocente del male che farò ai Filistei!».

⁴Così detto, Sansone se ne andò, catturò trecento volpi e si procurò delle torce. Poi unì gli animali a due a due, legandoli per la coda, e inserì una torcia nel punto in cui le code erano legate. ⁵Dato fuoco alle torce, spinse avanti le bestie contro i covoni di grano che i Filistei avevano già innalzato e andò bruciato tutto: dal grano affastellato a quello già ammucchiato nei covoni, dalle vigne agli uliveti.

⁶I Filistei ricercarono l'autore di quello scempio e seppero che era stato Sansone, il genero del timnita, e che aveva fatto ciò perché il timnita aveva preso la moglie di Sansone e l'aveva data in sposa al suo paraninfo. Allora i Filistei andarono a bruciare la donna e suo padre.

⁷Disse loro Sansone: «Avete fatto ciò? Non avrò pace finché non mi sarò vendicato di voi!». ⁸E li percosse l'uno sull'altro, facendo una grande strage. Poi scese ad abitare in una caverna della rupe di Etam.

Nuova prodezza di Sansone. - ⁹Allora i Filistei si mossero e vennero a porre il campo nel territorio di Giuda, spargendosi a predare nella zona di Lechi. ¹⁰Gli uomini di Giuda chiesero ai Filistei per quale motivo avessero loro mosso guerra ed essi risposero: «Siamo venuti per catturare Sansone, per fare a lui quello che ha fatto a noi». ¹¹Allora tremila uomini di Giuda scesero alla caverna della rupe di Etam e dissero a Sansone: «Non lo sapevi che i Filistei sono nostri padroni? Perché ci hai messo in questi guai?». Sansone si giustificò con loro: «Ho fatto a loro quello che hanno fatto a me!». ¹²Gli uomini di Giuda ripresero: «Siamo venuti per legarti e consegnarti nelle mani dei Filistei». Sansone disse: «Giuratemi che non mi ucciderete voi». ¹³Essi lo rassicurarono: «No; noi ci limiteremo a legarti e a consegnarti nelle loro mani, ma non ti uccideremo». Così, legatolo con due corde nuove, lo trassero fuori della caverna.

¹⁴Quando Sansone arrivò a Lechi, i Filistei gli si fecero incontro urlando, pieni di esultanza. Allora lo spirito del Signore discese sopra di lui: le corde che legavano le sue braccia divennero come stoppini bruciacchiati e i legami si sfilacciarono cadendo dalle sue mani. ¹⁵Vide accanto a sé una mascella d'asino ancora fresca: la prese, e, impugnatala, colpì con essa mille uomini. ¹⁶Sansone disse:

«Con la mascella d'un asino
io li ho ben maciullati,
con la mascella d'un asino
ho colpito mille uomini!».

¹⁷Detto questo, gettò via la mascella e il luogo dov'essa cadde fu chiamato Ramat-Lechi. ¹⁸Poiché a Sansone era venuta una gran sete, invocò il Signore con queste parole: «Per mezzo del tuo servo, tu hai concesso questa grande vittoria; e dovrebbe ora morire di sete e cadere in mano degli incirconcisi?». ¹⁹Allora Dio fece un foro nell'avvallamento che si trova in Lechi, dal quale sgorgò l'acqua. Sansone bevve, si sentì riavere e si rianimò. Perciò quella fonte fu chiamata En-korè, e mantiene ancor oggi questo nome in Lechi.

²⁰Sansone fu giudice in Israele per venti anni al tempo dei Filistei.

16 **Una beffa di Sansone.** - ¹Una volta Sansone andò a Gaza. Qui, vista una prostituta, andò da lei. ²Quando gli abitanti di Gaza seppero che era arrivato Sansone, per tutta la notte furono in gran movimento perché volevano tendergli un'insidia alle porte della città. Poi però, per tutta la notte, non agirono pur restando in attesa, perché pensavano: «Dovremo attendere fino all'alba, ma l'uccideremo!». ³Sansone invece se ne restò a letto fino a mezzanotte. A mezzanotte si alzò: dette di piglio ai battenti della porta della città e li svelse insieme ai due stipiti e al chiavistello. Caricatili poi sulle spalle, andò a portarli sulla cima del monte che sorge davanti a Ebron.

Sansone e Dalila. - ⁴In seguito Sansone si innamorò di un'altra donna, che abitava nella valle di Sorek e si chiamava Dalila. ⁵Allora i prìncipi dei Filistei andarono dalla donna e le dissero: «Seducilo, per sapere quale sia il segreto della sua grande forza e con quali mezzi potremo aver ragione di lui, per legarlo e ridurlo all'impotenza. Noi ti daremo ciascuno mille e cento sicli d'argento». ⁶Allora Dalila disse a Sansone: «Ti prego, svelami quale sia il segreto della tua grande forza e con quali mezzi potresti essere legato e ridotto all'impotenza». ⁷Le rispose Sansone: «Se fossi legato con sette corde di nervo fresche, non ancora essiccate, perderei la mia forza e sarei come un uomo qualsiasi». ⁸Subito i prìncipi filistei inviarono a Dalila sette corde di nervo fresche, non ancora essiccate ed essa con quelle legò Sansone: [9]nella stanza intanto c'era, pronta ai suoi cenni, gente all'agguato. Poi essa gli gridò: «I Filistei ti assalgono, Sansone!». Ma egli distrusse i legami come si volatilizza un filo di stoppa che senta il fuoco. E così il segreto della sua forza non fu svelato.

[10]Disse Dalila a Sansone: «Ecco, ti sei preso gioco di me, raccontandomi bugie; ora dimmi con che cosa potresti essere legato». [11]Egli le rispose: «Se davvero fossi legato con funi nuove, mai adoperate, perderei la mia forza e sarei come un uomo qualsiasi». [12]Subito Dalila prese delle funi nuove, lo legò e poi gli gridò: «I Filistei ti assalgono, Sansone!». Intanto nella stanza c'era gente all'agguato. Ma egli distrusse le funi che legavano le sue braccia come se fossero filo.

[13]Dalila disse a Sansone: «Ancora una volta ti sei preso gioco di me, raccontandomi bugie; dimmi con che cosa potresti essere legato». Egli le rispose: «Se tu intrecciassi le sette trecce della mia testa con l'ordito e le fissassi con il battente, perderei la mia forza e sarei come un uomo qualsiasi». [14]Fattolo addormentare, essa intrecciò le sette trecce della sua testa con l'ordito e le fissò con il battente; poi gli gridò: «I Filistei ti assalgono, Sansone!». Ma egli, svegliatosi dal sonno, strappò via battente, traliccio e ordito.

[15]Dalila allora si rivolse a Sansone con queste parole: «Come puoi dire che mi ami, se il tuo cuore è lontano da me? Questa è la terza volta che ti sei preso gioco di me, col non volermi dire in che cosa consista la tua grande forza». [16]Essa lo soffocava con le sue parole e lo tediava tutti i giorni, finché Sansone ha tanto angustiato da non poterne più. [17]Allora le aprì tutto il suo animo, dicendole: «Il rasoio non si è mai posato sulla mia testa, perché io sono nazireo di Dio fin da quando ero nel seno di mia madre. Se venissi rasato, la mia forza se ne andrebbe; mi indebolirei e diverrei come tutti gli altri uomini».

[18]Dalila comprese che Sansone le aveva parlato sinceramente e mandò a chiamare i prìncipi dei Filistei invitandoli, questa volta, a venire essi stessi, perché Sansone le aveva aperto tutto il suo cuore. I prìncipi dei Filistei la raggiunsero, recando il denaro. [19]Dalila fece addormentare Sansone sulle sue ginocchia: poi chiamò un uomo a ta-

gliargli le sette trecce. Così egli cominciò a indebolirsi e la forza se ne andò da lui. [20]Allora Dalila gridò: «I Filistei ti assalgono, Sansone!». Egli si svegliò dal sonno pensando che anche quella volta, come le altre, si sarebbe liberato scuotendosi con forza. Ma non sapeva che il Signore si era allontanato da lui. [21]I Filistei, presolo e accecatolo, lo condussero a Gaza, dove lo tenevano legato con due catene di bronzo e gli facevano girare la macina nella prigione. [22]Intanto i capelli di Sansone avevano ricominciato a crescere come prima di essere rasi.

Ultima prodezza di Sansone. - [23]Un giorno, i prìncipi dei Filistei si riunirono per compiere un grande sacrificio in onore del loro dio Dagon e per far festa. Dicevano:

«Il nostro dio ha dato nelle nostre mani
    Sansone, il nostro nemico».

[24]Quando il popolo vide la statua del dio, proruppe in un grido di giubilo in onore del suo dio, esclamando:

«Il nostro dio ci ha dato in mano
Sansone, il nostro nemico,
colui che devastava la nostra terra,
colui che uccideva tanti dei nostri!».

[25]In preda all'allegria, il popolo gridava: «Fate venire Sansone, che ci faccia divertire!». Allora Sansone, fatto uscire dalla prigione, dovette fare delle buffonate davanti alla gente; poi fu messo fra le colonne. [26]Sansone, allora, chiese al ragazzo che gli faceva da guida, di lasciargli toccare le colonne che reggevano l'edificio, per potercisi appoggiare. [27]L'edificio era pieno di uomini e di donne; c'erano tutti i prìncipi dei Filistei e sul terrazzo vi erano circa tremila uomini e donne che osservavano i giochi di Sansone.

[28]Egli invocò il Signore con queste parole: «Signore Dio, ricordati di me, ti supplico, e rendimi ancora una volta la mia forza, o Dio, perché io possa vendicarmi dei Filistei, per i miei due occhi, d'una vendetta sola». [29]Sansone, sentite col tatto le due colonne centra-

---

16. - 17. La forza di Sansone era prodigiosa, ma non era causata dai capelli: questi erano solo un distintivo dei nazirei; quella era legata all'osservanza del nazireato. Mancando a una promessa, Dio non accorda più il suo aiuto straordinario, e Sansone, abbandonato a se stesso, è facilmente superato.

li che sostenevano l'edificio e afferratele, l'una col braccio destro e l'altra col braccio sinistro, [30]esclamò: «Ch'io muoia insieme ai Filistei!». Poi spinse violentemente, facendo crollare l'edificio sui prìncipi e su tutto il popolo che v'era radunato. E furono più quelli che Sansone uccise morendo che quelli che aveva ucciso durante la vita.

[31]I suoi fratelli e tutta la famiglia di suo padre vennero a prendere il suo corpo per seppellirlo fra Zorea ed Estaol, nel sepolcro di Manoach, suo padre. Sansone fu giudice in Israele per vent'anni.

APPENDICI

17 Origine del santuario di Dan: Mica.
[1]C'era un uomo della montagna di Efraim che si chiamava Mica. [2]Un giorno disse a sua madre: «I mille e cento sicli d'argento che ti sono stati presi e riguardo ai quali hai pronunciato la maledizione che ho udito con le mie orecchie, li ho con me, ché sono stato io a prenderli, e ora te li restituisco». Esclamò allora sua madre: «Che mio figlio sia benedetto dal Signore!». [3]Costui restituì i mille e cento sicli d'argento a sua madre la quale disse: «Voglio consacrare, di mia mano, questa somma di denaro al Signore, per mio figlio, per farne una statua di metallo».

[4]Dopo che Mica ebbe restituito a sua madre il denaro, questa ne prese duecento sicli e li consegnò al fonditore, il quale ne fece una statua che poi rimase nella casa di Mica. [5]Così quest'uomo, Mica, ebbe un santuario, si fece un efod e i *terafim*, e dette l'investitura sacerdotale a uno dei suoi figli, che gli faceva da sacerdote. [6]Ciò fu possibile, perché in quel tempo non c'era re in Israele e ognuno poteva fare quello che gli piaceva.

Il levita di Betlemme. - [7]C'era allora un giovane della tribù di Giuda, della città di Betlemme della stessa tribù, che era levita e abitava in quella città come straniero. [8]Quest'uomo, un giorno, si mosse dalla città di Betlemme di Giuda per cercare un altro luogo qualsiasi in cui stabilirsi. Giunse

così, cammin facendo, fino alla montagna di Efraim, proprio alla casa di Mica. [9]Mica gli domandò di dove veniva ed egli rispose: «Sono un levita di Betlemme di Giuda e vado cercando un luogo qualsiasi in cui stabilirmi». [10]Allora Mica gli propose: «Resta con me: mi sarai come un padre e mi farai da sacerdote: ti darò dieci sicli d'argento all'anno, vestiario e vitto». Il levita accettò [11]e cominciò ad abitare nella casa di Mica che lo trattava come uno dei suoi figli. [12]Mica dette l'investitura sacerdotale al levita, cosicché il giovane gli faceva da sacerdote e abitava nella sua casa. [13]Mica pensava: «Ora so che il Signore mi sarà propizio, perché ho questo levita che mi fa da sacerdote».

18 I Daniti alla ricerca di un territorio.
[1]In quel tempo non c'era re in Israele e la tribù di Dan stava cercandosi un territorio in cui abitare, perché fino a quel giorno non le era toccato un territorio in mezzo alle tribù di Israele.

[2]I Daniti mandarono da Zorea e da Estaol cinque uomini prodi della loro gente, che abitavano nella loro terra, a percorrere ed esplorare la regione. Dettero loro quest'ordine: «Andate a esplorare la regione». Essi giunsero alla montagna di Efraim, fino alla casa di Mica, dove pernottarono. [3]Poiché essi si trovavano proprio vicino alla casa di Mica, riconobbero la voce del giovane levita. Si fermarono allora alla casa e gli domandarono: «Chi ti ha condotto qua? Che fai qui e che interessi ci hai?». [4]Quegli narrò loro tutto ciò che gli aveva fatto Mica, come Mica lo avesse preso al suo servizio e come ora egli facesse a Mica da sacerdote. [5]Essi gli chiesero allora che interrogasse Dio, per sapere se la loro missione avrebbe avuto buon esito. [6]Rispose loro il sacerdote: «Andate tranquilli, ché il Signore è favorevole alla vostra missione».

[7]Proseguendo il loro viaggio, i cinque uomini giunsero a Lais, dove trovarono un popolo che viveva in pace sicura, secondo il costume dei Sidoni che sono pacifici e si sentono sicuri; in quella terra non mancava nulla, anzi era molto ricca. Inoltre Lais era lontana da Sidone e i suoi abitanti non avevano relazione con Aram.

[8]Gli esploratori tornarono a Zorea e a Estaol, alla loro gente, che si informò come fosse andata la spedizione. [9]Risposero:

17. - I cc. 17-21 parlano dell'idolatria dei Daniti e della guerra alla tribù di Beniamino. Questi fatti sono messi qui come appendice, ma forse risalgono a tempi anteriori.

«Muovetevi, perché assaliremo quella gente: noi siamo andati e abbiamo percorso la regione fino a Lais e abbiamo trovato un popolo che viveva in pace sicura, secondo il costume dei Sidoni; sono molto lontani da Sidone e non hanno relazione con Aram. Muovetevi, perché assaliremo quella gente: abbiamo visto che si tratta di una terra molto buona. E voi ve ne state inerti! Basta con questa pigrizia che non vi fa muovere per andare a conquistare la regione! 10Quando arriverete troverete un popolo pacifico e una regione vasta. Dio la darà, ne siamo sicuri, nelle vostre mani: è un luogo in cui non manca nulla di quanto ci può essere sulla terra!».

La conquista di Lais e la fine del santuario di Mica. - 11Così una parte della tribù di Dan si mosse di lì, da Zorea e da Estaol: seicento uomini con le armi alla cintura. 12Essi mossero verso nord e si accamparono a Kiriat-Iearim, nel territorio di Giuda. Perciò quel luogo fu chiamato campo di Dan, nome che mantiene anche oggi e si trova ad ovest di Kiriat-Iearim. 13Di lì raggiunsero la montagna di Efraim e si fermarono alla casa di Mica.

14Qui quei cinque uomini che erano stati ad esplorare la regione si rivolsero ai loro fratelli dicendo: «Lo sapete che in quelle case ci sono efod e terafim e una statua di metallo? Ora sapete quel che dovete fare». 15Si fermarono alla casa dove abitava il giovane levita, la casa di Mica: entrati, salutarono il levita, 16mentre i seicento uomini con le armi alla cintura si ponevano davanti alla porta. 17Intanto i cinque uomini che erano stati ad esplorare la regione, dopo essere entrati, presero la statua di metallo, l'efod e i terafim. Il sacerdote si pose allora davanti alla porta e vi trovò i seicento uomini con le armi alla cintura. 18Anche questi, entrati nella casa di Mica, si dettero a portar via la statua, l'efod e i terafim. Il sacerdote disse loro: «Che state facendo?». 19Ma quelli gli risposero: «Sta' zitto! Mettiti una mano sulla bocca e vieni con noi, ché sarai per noi come un padre e un sacerdote. È meglio per te essere il sacerdote di un uomo solo o essere il sacerdote di un'intera tribù di Israele?». 20Il sacerdote si sentì lusingato: prese perciò l'efod e i terafim e la statua e si unì a quella gente.

21Essi si rimisero in cammino verso la loro mèta, ponendo in testa alla colonna le donne, i bambini, il bestiame e il bagaglio. 22Si erano già allontanati dalla casa di Mica quando gli uomini che abitavano nelle case vicine a quella di Mica si riunirono in armi, per inseguire quelli di Dan.

23Li chiamarono ad alta voce e li fecero volgere, ma quelli dissero a Mica: «Che ti prende, a gridare così?». 24Egli rispose: «Mi avete portato via il dio che mi ero fatto e il sacerdote, e che cosa mi vorreste portar via ancora? E mi domandate anche perché me la prendo?». 25Ma quelli di Dan gli risposero: «Non ci far più sentire la tua voce, perché uomini esasperati non abbiano a piombare addosso a te e ai tuoi: così perderesti anche la vita, tu e i tuoi!». 26I Daniti ripresero la loro via e Mica, che si era reso conto come quelli fossero più forti di lui, tornò a casa sua. 27I Daniti si presero, dunque, ciò che Mica si era fatto e il suo sacerdote.

Giunti a Lais, trovarono quel popolo pacifico e che si sentiva sicuro: lo passarono a fil di spada e dettero alle fiamme la città. 28Non c'era nessuno che portasse loro soccorso, perché Lais era lontana da Sidone e i suoi abitanti non avevano relazioni con Aram. Lais era situata nella valle che conduce a Bet-Recob. I Daniti, ricostruita la città, vi abitarono, 29chiamandola Dan, dal nome Dan del loro progenitore, uno dei figli di Israele; prima la città si chiamava Lais.

30I Daniti si eressero qui l'idolo e Gionata, figlio di Ghersom, figlio di Mosè, e quindi i suoi discendenti furono sacerdoti della tribù di Dan fino al giorno della deportazione dalla terra.

31Essi si eressero l'idolo che si era fatto Mica, che rimase in quel luogo per tutto il tempo in cui la casa di Dio fu in Silo.

19 **Il levita di Efraim.** - 1A quei tempi non c'era re in Israele.

C'era un levita che abitava come straniero nella parte più settentrionale della montagna di Efraim, il quale aveva sposato, come concubina, una donna di Betlemme di Giuda. 2Questa una volta commise un'infedeltà contro suo marito; perciò lo abbandonò per tornare alla casa paterna in Be-

---

19. - 1. Il fatto avvenne nella generazione dopo Giosuè, perché era sommo sacerdote Finees, figlio di Eleazaro, contemporaneo di Giosuè.

tlemme di Giuda, dove restò quattro mesi. [3]Il marito allora partì per andare a cercarla e rassicurarla, così da farla tornare con sé. Fece il viaggio con due asini, accompagnato da un suo garzone. La donna lo introdusse in casa di suo padre il quale, quando lo vide, lo accolse con gioia [4]e volle che si trattenesse in casa sua. Vi restò tre giorni, durante i quali mangiarono, bevettero e pernottarono sempre in casa del suocero.

[5]All'alba del quarto giorno, il genero si preparava per partire, ma il padre della giovane gli disse: «Rifocillati con un pezzo di pane! Partirete dopo!». [6]Così restarono e tutti e due mangiarono e bevettero insieme. Poi il padre della giovane disse al levita: «Fammi il favore di pernottare qui ancora e si rallegri il tuo cuore». [7]L'uomo si preparava già a partire, ma il suocero insistette tanto, che egli passò lì ancora una notte. [8]Il quinto giorno, il levita si alzò presto per partire, ma il padre della giovane insisté ancora: «Rifocillati, ti prego!». E i due si trattennero fino al pomeriggio e mangiarono insieme. [9]Poi l'uomo si preparava già per partire con la concubina e col servo, ma il suocero, il padre della giovane, insistette: «Vedi che il giorno si avvicina già alla sera: restate anche questa notte, vi prego! Non vedi che il giorno va già declinando? Resta qui anche questa notte e si rallegri il tuo cuore. Partirete domattina presto; allora tornerai alla tua tenda».

[10]Ma l'uomo non volle trascorrere lì un'altra notte, e così, messosi in viaggio, giunse in vista di Iebus, cioè di Gerusalemme. Viaggiava con una coppia di asini sellati e lo accompagnavano la sua concubina e il suo garzone. [11]Quando essi furono vicini a Iebus, il giorno volgeva già alla fine. Il servo propose al padrone: «Suvvia! Fermiamoci a passare la notte nella città di Iebus che è qui vicina». [12]Ma il padrone gli rispose: «Non voglio che ci fermiamo in una città di stranieri, che non appartengono al popolo d'Israele. Continueremo il nostro viaggio fino a Gabaa». [13]Disse poi al garzone: «Su, andremo a pernottare in una di queste due località, o a Gabaa o a Rama». [14]Essi ripresero il loro cammino e il tramonto li colse mentre erano vicini a Gabaa di Beniamino.

Delitto dei Gabaaniti. - [15]Lasciata la strada del loro viaggio, entrarono in Gabaa per passarvi la notte. Il levita, giunto sulla piazza della città, si sedette, ma non c'era nessuno che volesse ospitare i tre viaggiatori per quella notte. [16]Quand'ecco sopraggiunse un vecchio che tornava, a sera, dal suo lavoro nei campi: era un uomo della montagna di Efraim che si trovava in Gabaa come straniero, essendo gli abitanti del posto dei Beniaminiti. [17]Alzando gli occhi, il vecchio notò quel viaggiatore che stava nella piazza della città e gli domandò dove andasse e da dove venisse. [18]Gli rispose il levita: «Siamo in viaggio da Betlemme di Giuda verso l'estremo nord della montagna di Efraim. Io sono di là: sono stato a Betlemme di Giuda e ora sto tornando a casa. Non c'è nessuno che mi ospiti in casa sua, [19]per quanto abbiamo paglia e fieno per i nostri asini e io abbia pane e vino per me, per la tua serva e per il garzone dei tuoi servi: non ci manca nulla».

[20]Gli disse allora il vecchio: «Sii il benvenuto. Penserò io a tutto quello di cui hai bisogno. Non devi passare la notte in piazza!». [21]Fattolo entrare in casa, governò gli asini. Poi tutti si lavarono i piedi, mangiarono e bevettero.

[22]Stavano rimettendosi dalla fatica del viaggio, quando alcuni uomini della città, gente di Belial, circondarono la casa e bussarono alla porta. Si rivolsero al vecchio padrone di casa dicendo: «Consegnaci l'uomo che è venuto in casa tua, ché vogliamo abusarne». [23]Il padrone di casa venne fuori e disse a quella gente: «No, fratelli, non commettete il male; ché quest'uomo è ospite mio. Non commettete una simile infamia! [24]Piuttosto c'è qui mia figlia, che è ancora vergine, e la concubina di quest'uomo. Ve le consegnerò: usatene e fatene quel che vi pare. Ma su quest'uomo non commettete un'infamia simile!». [25]Ma quelli non vollero dargli retta.

Allora il levita, presa la sua concubina, la spinse fuori e l'abbandonò nelle loro mani. Quelli ne abusarono e la violentarono per tutta la notte, fino al mattino, quando, sul far dell'aurora, la lasciarono andare.

[26]La donna arrivò a casa al mattino e, caduta davanti alla porta della casa dove si trovava suo marito, restò lì, così, finché non fu giorno. [27]Intanto suo marito, alzatosi al mattino, aprì la porta di casa. Usciva per mettersi in viaggio, quando scorse la sua concubina che giaceva davanti alla porta, con una mano sulla soglia. [28]L'uomo le disse: «Alzati ché partiamo». Ma non ebbe risposta.

Allora egli la prese e, caricatala sul mulo, partì per tornarsene a casa.

Richiesta di castigo. - ²⁹Quando giunse a casa, il levita, afferrato un coltello e preso il cadavere della concubina, ne fece dodici pezzi che mandò per tutto il territorio d'Israele. ³⁰Agli uomini che inviò dette ordine di dire a tutti gli Israeliti: «È mai avvenuto un fatto come questo, dal giorno della liberazione degli Israeliti dall'Egitto fino ad oggi? Pensateci bene: discutete e decidete».

Tutti quelli che venivano a sapere la cosa dicevano: «Non è mai accaduto, non si è mai visto un fatto come questo dal giorno della liberazione degli Israeliti dall'Egitto fino ad oggi».

20 Assemblea degli Israeliti a Mizpa. - ¹Si mossero tutti gli Israeliti e si riunirono in assemblea, tutti unanimi da Dan fino a Bersabea e fino alla regione del Gàlaad, in Mizpa, alla presenza del Signore. ²Erano presenti all'assemblea del popolo di Dio i capi del popolo di tutte le tribù di Israele: e c'erano quattrocentomila fanti abili nell'uso della spada. ³I Beniaminiti sentirono dire che gli Israeliti si erano radunati in Mizpa.

Gli Israeliti chiesero che fosse loro spiegato come era avvenuto quel delitto. ⁴Prese allora la parola il levita, marito della donna uccisa, e disse: «Io ero entrato con la mia concubina in Gabaa di Beniamino per pernottarvi. ⁵Quand'ecco che dei cittadini di Gabaa, sollevatisi contro di me, circondarono di notte la casa dove mi trovavo. Volevano uccidermi, e in quanto alla mia concubina, la violentarono in maniera tale che morì. ⁶Io allora ne presi il cadavere, lo feci a pezzi e li mandai per tutto il territorio dell'eredità d'Israele, perché era stata commessa in Israele un'infamia grande. ⁷Ecco, ora tocca a voi tutti, o Israeliti, discutere e prendere una decisione, qui».

⁸Tutto il popolo, come un sol uomo, insorse a dire: «Nessuno di noi tornerà alla sua tenda, nessuno tornerà alla sua casa. ⁹E ora, ecco quello che faremo a Gabaa: ci porremo contro di essa. Tireremo a sorte, ¹⁰scegliendo dieci uomini su ogni cento da tutte le tribù di Israele, cento su mille e mille su diecimila, perché provvedano ai viveri per coloro che andranno a ripagare Gabaa di Beniamino per tutta l'infamia che essa ha commesso in Israele». ¹¹Così tutti gli uomini d'Israele si radunarono davanti a Gabaa, unanimi come un sol uomo. ¹²Allora le tribù di Israele mandarono alcuni uomini per tutto il territorio della tribù di Beniamino a dire: «Che è questo delitto che è avvenuto in mezzo a voi? ¹³Ora consegnateci quegli uomini figli di Belial che sono in Gabaa, ché li metteremo a morte, per togliere il male in mezzo a Israele». Ma i Beniaminiti non vollero dare ascolto alle parole dei loro fratelli Israeliti, ¹⁴anzi si radunarono dalle loro città in Gabaa, decisi a combattere contro gli Israeliti.

Guerra contro Beniamino. - ¹⁵I Beniaminiti venuti dalle varie città, quel giorno, si contarono: erano ventiseimila uomini, tutti capaci di maneggiare la spada, senza contare gli abitanti di Gabaa. ¹⁶Fra tutti quei soldati c'erano anche settecento uomini, scelti ambidestri, che erano capaci, tutti, di scagliare con la fionda un sasso con la massima precisione, senza mancare il bersaglio.

¹⁷Anche gli uomini di Israele si contarono: erano quattrocentomila (il conto fu fatto senza Beniamino) capaci di maneggiare la spada, eran tutti guerrieri. ¹⁸Gli Israeliti si mossero per raggiungere Betel, dove interrogarono Dio per sapere chi di loro avrebbe dovuto essere il primo a muovere contro i Beniaminiti. Il Signore rispose: «Muova per primo Giuda». ¹⁹Gli Israeliti mossero all'alba e posero il campo contro Gabaa.

²⁰Gli Israeliti, usciti a battaglia contro Beniamino, schierarono l'esercito contro Gabaa. ²¹Ma i Beniaminiti, fatta una sortita da Gabaa, uccisero quel giorno ventiduemila uomini d'Israele. ²²Allora gli Israeliti, tornati a Betel, piansero alla presenza del Signore fino a sera e gli domandarono se dovevano continuare la guerra contro i Beniaminiti che erano loro fratelli. Il Signore rispose: «Andate contro di loro».

²³Si rincuorarono allora gli Israeliti e tornarono a schierare l'esercito nello stesso luogo in cui lo avevano schierato il giorno prima. ²⁴Così fu la seconda giornata che gli Israeliti muovevano contro quelli di Beniamino. ²⁵Anche questa volta i Beniaminiti uscirono ad affrontare quelli d'Israele fuori di Gabaa e ne uccisero ancora diciottomila, tutti capaci di maneggiare la spada. ²⁶Tornarono tutti gli Israeliti, tutto il popolo, a Betel per piangere. E restarono lì, davanti al Signore, digiunando fino a sera: fecero olocausti e sacrifici di comunione. ²⁷Poi gli Israeliti interrogarono ancora il Signore (in quel tempo l'arca dell'alleanza di Dio si trovava in quel luogo, ²⁸e ad essa prestava ser-

vizio Finees, figlio di Eleazaro, figlio di Aronne): volevano sapere se dovevano ancora continuare la guerra contro Beniamino che era loro fratello, oppure se dovevano smettere. Ma il Signore rispose: «Andate, perché domani darò Beniamino in vostra mano».

Disfatta e rovina di Beniamino. - [29]Gli Israeliti posero dei gruppi all'agguato intorno a Gabaa. [30]E così fu la terza giornata che gli Israeliti mossero contro quelli di Beniamino, schierandosi davanti a Gabaa come le altre volte. [31]I Beniaminiti vennero fuori dalle mura incontro al nemico, lasciandosi così attirare lontano dalla città. Cominciarono ad assalire come le altre volte, uccidendo fra gli Israeliti circa trenta uomini. Lo scontro avvenne in aperta campagna, al bivio da cui partono le strade che conducono l'una a Betel, l'altra a Gabaa.

[32]I Beniaminiti pensarono che quelli di Israele fuggissero davanti a loro, come era successo le altre volte; invece gli Israeliti avevano fatto il piano di fuggire per attirare i Beniaminiti lontano dalla città, nella zona del bivio.

[33]Tutti gli Israeliti mossero dalle loro posizioni e si schierarono a battaglia a Baal-Tamar, mentre gli uomini disposti negli agguati irrompevano dai loro nascondigli posti nella piana brulla di Gabaa. [34]Diecimila uomini scelti di tutto Israele si presentarono davanti a Gabaa. La battaglia fu molto aspra: e i Beniaminiti non si immaginavano che la sventura stava per toccarli. [35]Il Signore sconfisse Beniamino davanti a Israele. E gli Israeliti uccisero quel giorno venticinquemilacento Beniaminiti, tutti capaci di maneggiare la spada. [36]I Beniaminiti si accorsero di essere stati sconfitti.

Gli Israeliti si erano ritirati davanti ai Beniaminiti perché avevano fondato la loro speranza sugli uomini che avevano posto all'agguato contro Gabaa. [37]Questi, infatti, si precipitarono in furia su Gabaa e vi penetrarono, passando tutti gli abitanti a fil di spada. [38]V'era stato un accordo fra il grosso dell'esercito israelita e gli uomini che erano all'agguato, che questi ultimi, una volta penetrati nella città, avrebbero fatto una grande colonna di fumo. [39]A questo segnale il grosso dell'esercito israelita avrebbe cessato di fuggire per dare battaglia. I Beniaminiti vennero all'assalto e uccisero una trentina di Israeliti. Perciò essi erano sicuri che

Israele sarebbe riuscito sconfitto come nella battaglia precedente. [40]Quando, però, cominciò ad alzarsi dalla città la colonna di fumo, i Beniaminiti si volsero indietro e videro salire verso il cielo il fumo dell'incendio che divorava tutta la città. [41]Fu allora che il grosso degli Israeliti cessò di fuggire per far fronte ai Beniaminiti che furono presi dal panico, perché si rendevano conto che la sciagura li stava raggiungendo. [42]Si dettero alla fuga davanti agli uomini d'Israele in direzione del deserto, ma la battaglia li raggiunse ugualmente, mentre gli Israeliti che uscivano dalla città li prendevano in mezzo massacrandoli. [43]Beniamino fu circondato e inseguito fin sotto Gabaa, dalla parte a oriente della città. [44]Furono diciottomila i Beniaminiti che caddero, tutti guerrieri valorosi. [45]E si volsero ancora in fuga in direzione del deserto: raggiunsero la rupe di Rimmon; ma gli Israeliti ne rastrellarono altri cinquemila per le varie strade, continuando a inseguirli fino a Ghideom, uccidendone altri duemila.

[46]Così quel giorno Beniamino ebbe, in tutto, venticinquemila morti, tutti capaci di maneggiare la spada. Ed erano guerrieri valorosi. [47]In seguito alla fuga raggiunsero la rupe di Rimmon, nel deserto, seicento uomini, i quali vi restarono per quattro mesi.

[48]Ritornati poi indietro per cercare ancora Beniaminiti, gli Israeliti passavano tutti a fil di spada nel territorio della città, uomini e bestie, chiunque capitasse loro davanti; davano alle fiamme anche tutti i villaggi che incontravano.

21 **Pentimento degli Israeliti.** - [1]Gli Israeliti avevano giurato in Mizpa che nessuno di loro avrebbe mai dato in sposa una sua figlia a un Beniaminita. [2]Perciò il popolo andò a Betel e stette là fino a sera, alla presenza di Dio, alzando grida di dolore e piangendo senza freno. [3]«Perché, o Signore, Dio di Israele, è accaduto ciò in Israele, che una sua tribù oggi sia scomparsa?». [4]Il giorno dopo il popolo, alzatosi presto, costruì sul posto un altare, offrì olocausti e sacrifici di comunione.

[5]Poi gli Israeliti si domandarono: «Chi è fra tutte le tribù d'Israele, che non è venuto a questa assemblea davanti al Signore? Infatti si giurò solennemente di mettere a morte chiunque non fosse venuto davanti al Signore a Mizpa». [6]Gli Israeliti erano pre-

si da pietà per Beniamino, loro fratello, al pensiero che quel giorno una tribù fosse stata rescissa da Israele. [7]«Come ci comporteremo — pensavano — con quei superstiti, riguardo alle donne, poiché abbiamo giurato sul Signore di non dare a loro spose fra le nostre figlie? [8]C'è qualcuno — andavano dicendo — fra le varie tribù d'Israele che non sia venuto a Mizpa davanti al Signore?». Si trovò che non era venuto nessuno, né al campo né a quell'assemblea, da Iabes di Gàlaad. [9]Si contarono tutti, ma non si trovò nessuno degli abitanti di Iabes del Gàlaad. [10]L'assemblea mandò in quella località dodicimila uomini dell'esercito con quest'ordine: «Andate e uccidete gli abitanti di Iabes di Gàlaad, comprese le donne e i bambini. [11]Farete così: ucciderete ogni maschio e ogni donna che abbia avuto relazione con un uomo, ma risparmierete le vergini». Così fu fatto. [12]Trovarono fra la gente di Iabes di Gàlaad quattrocento ragazze vergini, che non avevano avuto relazioni carnali con uomini. Le condussero al campo di Silo che si trova nella terra di Canaan.

[13]Poi tutta l'assemblea decise di inviare messaggeri ai Beniaminiti che si trovavano alla rupe di Rimmon, per fare la pace. [14]I Beniaminiti allora tornarono alla loro terra e furono loro date come spose le donne di Iabes di Gàlaad, cui era stata risparmiata la vita, ma il loro numero risultò insufficiente. [15]Il popolo provava compassione per Beniamino, al pensiero che il Signore aveva aperto una breccia fra le tribù d'Israele. [16]Gli anziani dell'assemblea dicevano: «Come facciamo coi rimanenti superstiti, riguardo alle donne? Non ce n'è più una nella tribù di Beniamino!». [17]E soggiungevano: «Ci deve essere una discendenza per i superstiti di Beniamino: non scomparirà una tribù di

Israele; [18]d'altra parte noi non possiamo dare loro in spose le nostre figlie». Infatti gli Israeliti avevano giurato dicendo: «Maledetto chi darà una donna a Beniamino!».

[19]Allora venne loro in mente che ricorreva la festa annuale del Signore a Silo (la città è situata a nord di Betel, a oriente della strada che da Betel porta a Sichem, e a sud di Lebona). [20]Allora ordinarono ai Beniaminiti: «Andate a mettervi all'agguato per le vigne; [21]quando vedrete le ragazze di Silo che escono dalla città per danzare in coro, venite fuori dalle vigne e rapitevi le ragazze di Silo, in modo che ne tocchi una per uno. Poi raggiungerete la terra di Beniamino. [22]Se i padri o i fratelli delle ragazze verranno a chiedere giustizia presso di noi, li pregheremo di essere indulgenti con voi per amore nostro, perché non ci è riuscito di prendere con la guerra una donna per ciascuno di voi. "Infatti, diremo loro, non siete stati voi a darle loro in moglie; solo in questo caso sareste stati colpevoli"».

[23]I Beniaminiti fecero così e fra le ragazze rapite mentre danzavano se ne presero tante quanti erano loro. Poi se ne tornarono alla loro terra dove ricostruirono le città e vi abitarono.

[24]Allora anche gli Israeliti se ne andarono di là, ciascuno alla sua tribù, alla sua famiglia, alla sua terra.

[25]A quel tempo non c'era re in Israele e ciascuno faceva quel che più gli piaceva.

---

21. - [7ss.] I capi d'Israele trovarono il modo di dare delle spose ai seicento superstiti di Beniamino: prima sottoponendo all'anàtema (distruzione) *Iabes di Galaad* che poteva dare le figlie ai Beniaminiti, perché non aveva partecipato al giuramento di non darle, e meritava d'essere distrutta perché non aveva preso parte alla guerra santa; poi rapendo le ragazze di Silo.

RUT

Il titolo è in rapporto con la donna moabita, antenata di Davide, protagonista del libro. Questo commovente idillio, capolavoro della letteratura biblica, riflette l'atmosfera semplice e candida dell'èra patriarcale. Il racconto è condotto con maestria, senza urti, secondo un'armonia perfetta: quattro quadri (1,6-18; 2,1-17; 3,1-15; 4,1-12), preceduti da un'introduzione (1,1-5), seguiti da una conclusione (4,13-17), con tre brani intermedi che servono di transizione (1,19-22; 2,18-23; 3,16-18). Numerosi dialoghi animano la narrazione.

Alcuni indizi sono favorevoli a una data di composizione anteriore all'esilio: usi giuridici, precisazioni geografiche e cronologiche, stile classico. Altri indizi invece suggeriscono una data più recente, il secolo V a.C., cioè l'epoca che seguì le riforme di Esdra e Neemia. Gli argomenti in favore di questa data postesilica sono: gli aramaismi e i neologismi, la concezione universalistica della religione, il senso della retribuzione e della sofferenza, il simbolismo dei nomi.

L'insegnamento del libro è ricco e prezioso. Vengono messe in rilievo le virtù più elevate della famiglia israelitica: la devozione verso i genitori, la pietà verso i parenti, l'amore e la dolcezza nei rapporti familiari. La Provvidenza divina permette i fatti dolorosi della vita per il bene degli uomini: la straniera Rut diventa progenitrice di Davide e dello stesso Messia. Il Dio d'Israele accetta l'omaggio degli stranieri; i matrimoni tra Ebrei e stranieri sono legittimi e benedetti da Dio. Nell'afflato universalistico che permea il libro di Rut in un'epoca di esagerato nazionalismo, com'era spesso il caso nel periodo postesilico, si percepisce qualcosa del messaggio evangelico.

1 **Noemi nel paese di Moab.** - ¹Avvenne che nei giorni in cui governavano i giudici, ci fu una carestia nella terra d'Israele e un uomo da Betlemme di Giuda se ne andò ad abitare nei campi di Moab, insieme con la moglie e due suoi figli. ²Il nome dell'uomo era Elimèlech e il nome della moglie Noemi; quello dei suoi due figli Maclon e Chilion, efratei da Betlemme di Giuda. Essi se ne andarono nei campi di Moab e vi si stabilirono.

³Morì poi Elimèlech, marito di Noemi, ed ella restò con i suoi due figli. ⁴Essi presero mogli moabite, di cui una si chiamava Orpa e l'altra Rut. Dimorarono là circa dieci anni e poi ⁵morirono anche Maclon e Chilion e la donna rimase priva del marito e dei suoi due figli.

⁶Allora ella partì insieme alle nuore, per tornare dai campi di Moab, perché aveva sentito dire che il Signore aveva visitato il suo popolo, dandogli del pane. ⁷Noemi si allontanò dal luogo in cui aveva dimorato e le due nuore erano con lei e si misero in viaggio per tornare nella terra di Giuda. ⁸Ma Noemi disse alle due nuore: «Orsù, tornate ciascuna nella casa della vostra madre e sia benigno il Signore con voi come voi lo siete state con i vostri morti e con me. ⁹Vi conceda il Signore di trovare pace ognuna nella casa del proprio marito». Essa le baciò, ¹⁰ma esse piangendo ad alta voce le dissero: «No, torneremo con te al tuo popolo». ¹¹Noemi disse: «Tornate indietro, figlie mie; perché verreste con me? Ho forse ancora figli nel mio seno che possano essere vostri mariti? ¹²Tornate indietro, figlie mie, andate, perché sono troppo vecchia per risposarmi. Infatti anche se dicessi che ho ancora speranza, anche se questa notte stessi con un uomo e avessi dei figli, ¹³forse voi potreste aspettare fino a che crescesse-

ro? Potreste restare continenti senza marito? No, figlie mie, troppo amara è per voi la mia sorte; infatti la mano del Signore si è tesa contro di me».

[14]Esse piansero ancora ad alta voce, poi Orpa baciò la suocera e tornò al suo popolo, mentre Rut non si staccò da lei. [15]Noemi le disse: «Ecco, tua cognata è tornata al suo popolo e ai suoi dèi; vai anche tu dietro a tua cognata». [16]Ma Rut rispose: «Non forzarmi a lasciarti e ad allontanarmi da te, perché dove tu andrai, andrò anch'io e dove tu dimorerai anch'io dimorerò; il tuo popolo sarà il mio popolo e il tuo Dio sarà il mio Dio. [17]Dove tu morirai, morrò anch'io e là sarò sepolta. Il Signore mi faccia questo e altro ancora, se altra cosa che la morte separerà te da me e me da te».

Noemi a Betlemme insieme a Rut. - [18]Noemi capì che Rut era risoluta a seguirla e cessò di insistere, [19]e andarono insieme fino a che vennero a Betlemme. Or quando arrivarono a Betlemme, tutta la città si commosse a causa loro e le donne dissero: «Questa è Noemi?». [20]Essa rispose loro: «Non chiamatemi Noemi, chiamatemi Amarezza, perché l'Onnipotente mi ha inflitto grande amarezza. [21]Io me ne sono andata colma di beni e vuota mi ha fatto tornare il Signore. Perché mi chiamate Noemi, quando il Signore è stato testimone contro di me e l'Onnipotente mi ha resa infelice?». [22]Così tornò Noemi con Rut, la moabita, sua nuora, reduce dai campi di Moab. Esse arrivarono a Betlemme al principio del raccolto dell'orzo.

2 **Rut va a spigolare.** - [1]Noemi aveva un parente di suo marito, uomo eminente, della famiglia di Elimèlech, che si chiamava Booz.

[2]Rut, la moabita, disse a Noemi: «Lascia che vada a spigolare nei campi, seguendo coloro presso cui troverò grazia ai loro occhi». Noemi le rispose: «Va', figlia mia». [3]Essa andò ed entrò in un campo per spigolare dietro ai mietitori e le capitò per caso di trovarsi nel campo che apparteneva a Booz, della famiglia di Elimèlech.

[4]Ecco che Booz venne da Betlemme e disse ai mietitori: «Il Signore sia con voi»; essi risposero: «Ti benedica il Signore». [5]Booz disse inoltre al servo preposto ai mietitori: «Di chi è quella ragazza?». [6]Il servo preposto ai mietitori rispose: «È una ragazza moabita, che è tornata con Noemi dai campi di Moab. Ella ha detto: [7]"Lasciami spigolare e raccogliere fra il grano, andando dietro ai mietitori"; è venuta ed è restata dal mattino fino ad ora, senza accordarsi nemmeno un piccolo riposo».

[8]Booz disse a Rut: «Ascolta, figlia mia: non andare a spigolare in altri campi, non allontanarti da qui e così starai insieme alle mie serve. [9]Tieni d'occhio il campo che si miete e va' dietro ai mietitori. Non ho forse dato ordine ai servi di non infastidirti? Se hai sete, va' dove sono i vasi e bevi l'acqua attinta dai servi». [10]Rut si prostrò e, chinata a terra, gli disse: «Come posso aver trovato grazia ai tuoi occhi al punto che tu mi prenda in considerazione, quando io sono una straniera?». [11]Booz rispose: «Mi è stato riferito tutto quello che hai fatto a tua suocera dopo la morte di tuo marito, che hai lasciato tuo padre e tua madre e la tua terra nativa e sei venuta presso un popolo che non avevi mai conosciuto. [12]Ripaghi il Signore l'opera tua e sia piena la tua ricompensa da parte del Signore Dio d'Israele, sotto le cui ali sei venuta a rifugiarti». [13]Ella disse: «Possa io trovare grazia ai tuoi occhi, mio signore, poiché mi hai rassicurata e hai parlato al cuore della tua serva, mentre io non pretendo nemmeno di essere come una delle tue serve!».

[14]Al momento del pasto Booz le disse: «Avvicinati qui e mangia il pane, intingendo il tuo boccone nell'aceto». Essa sedette accanto ai mietitori ed egli le offrì spighe arrostite; Rut mangiò a sazietà e ne mise da parte. [15]Si alzò poi per spigolare e Booz dette quest'ordine ai suoi servi: «Lasciatela spigolare anche in mezzo ai covoni e non mortificatela; [16]anzi lasciate cadere per essa delle spighe da manipoli e abbandonatele, affinché essa possa raccoglierle senza che voi la rimproveriate».

[17]Rut spigolò nel campo fino a sera, poi batté quello che aveva spigolato e ne venne fuori quasi un'efa di orzo; [18]lo prese e andò in città e mostrò alla suocera quello che aveva spigolato; tirò poi fuori quello che le era avanzato dopo essersi saziata e glielo dette. [19]La suocera le domandò: «Dove hai spigolato oggi e dove hai lavorato? Sia benedetto chi ti ha preso in considerazione». Rut raccontò alla suocera presso chi aveva lavorato e disse: «Il nome dell'uomo, presso il quale ho lavorato oggi, è Booz». [20]Noemi

disse alla nuora: «Benedetto sia egli dal Signore, che non ritira la sua carità né ai morti né ai vivi»; poi soggiunse: «È un nostro parente; è uno dei nostri riscattatori». [21]Rut la moabita disse ancora: «Mi ha anche detto: "Sta' insieme ai miei servi fino a che sia finita tutta la mia mietitura"». [22]Noemi disse a Rut sua nuora: «È bene, figlia mia, che tu esca con le sue serve in modo che non ti importunino in un altro campo». [23]Rut infatti si unì con le serve di Booz per spigolare fino alla fine del raccolto dell'orzo e del raccolto del grano e poi restò presso la suocera.

3 Consigli di Noemi. - [1]Noemi, sua suocera, disse a Rut: «Figlia mia, non devo io forse cercarti una sistemazione, nella quale tu possa trovarti bene? [2]Orbene Booz, con le serve del quale sei stata, non è forse nostro parente? Ecco, egli vaglia l'orzo nell'aia questa sera. [3]Tu lavati, ungiti, mettiti il mantello e scendi nell'aia. Non farti vedere da lui fino a che non abbia finito di mangiare e di bere; [4]e quando si sarà coricato, osserva in quale luogo egli si sarà coricato, poi va', e scoprilo dai piedi e coricati tu stessa. Egli poi ti dirà quello che devi fare». [5]Rut le disse: «Farò tutto quello che mi hai detto».

Rut e Booz. - [6]Scese infatti Rut nell'aia e fece tutto come le aveva ordinato la suocera. [7]Booz mangiò e bevve e il suo cuore si rallegrò e andò a coricarsi al limite del mucchio di orzo. Ella venne piano piano, raggiunse il posto dei suoi piedi e si coricò. [8]Avvenne che a mezzanotte l'uomo si riscosse e guardò in giro ed ecco: una donna giaceva ai suoi piedi! [9]Allora egli disse: «Chi sei?».

---

3. - 9. Rut chiede di essere protetta. In questo caso la protezione comprendeva anche la legge del levirato. Booz intende, sì, sposarla, appunto secondo quella legge, ma solo quando l'altro parente, che ne ha il dovere e il diritto, vi rinunciasse. Booz loda la pietà di Rut, non solo per la cura che essa ha della suocera, ma anche perché, nel suo legittimo desiderio di dare una discendenza al primo marito, preferisce seguire la legge sposando un anziano parente piuttosto che un giovane estraneo.

22. Con le ultime parole di questo v. è indicata una delle ragioni del presente libretto: dare la genealogia di Davide. In Obed, infatti, si uniscono le due linee dinastiche di Maalon e Booz, i quali discendono ambedue da Giuda e Perez.

Ella rispose: «Sono Rut, tua serva; stendi il lembo del tuo mantello sulla tua serva, perché tu sei il mio riscattatore». [10]Egli disse: «Benedetta sia tu dal Signore, figlia mia; il tuo secondo atto di pietà è migliore del primo, perché non sei andata dietro ai giovani, poveri o ricchi che fossero. [11]Ora, figlia mia, non temere; tutto quello che dici io te lo farò, perché tutti nel mio popolo sanno che tu sei una donna virtuosa. [12]Ora, sì, veramente, io sono il riscattatore; ma c'è un altro riscattatore più vicino di me. [13]Resta qui questa notte e domani mattina: se egli vorrà riscattarti, bene, ti riscatti; ma se non vorrà riscattarti, ti riscatterò io, per la vita del Signore! Resta coricata fino al mattino». [14]Ella restò coricata ai suoi piedi fino al mattino, poi si alzò prima che si potesse distinguere una persona dall'altra ed egli le disse: «Che non si sappia che una donna è venuta nell'aia». [15]Poi aggiunse: «Stendi il mantello che hai indosso e afferralo bene»; ella lo afferrò, egli vi versò sei misure di orzo e gliele mise addosso. Rut rientrò in città, [16]andò dalla suocera e questa le domandò: «Come va, figlia mia?». Ella le raccontò tutto quello che l'uomo le aveva fatto e [17]disse: «Mi ha dato queste misure di orzo e ha detto: "Non tornare a mani vuote da tua suocera"». [18]Noemi disse: «Resta qui, figlia mia, fino a che tu sappia come andrà a finire la cosa, perché l'uomo non sarà tranquillo fino a che la cosa non sia sistemata».

4 Rinuncia del riscattatore. - [1]Booz era salito alla porta della città e si era seduto lì, quand'ecco passare il riscattatore, di cui aveva parlato Booz. Egli gli disse: «O tu, tal dei tali, avvicinati e siediti qui»; quello si avvicinò e si sedette. [2]Booz prese allora dieci uomini fra gli anziani della città e disse: «Sedetevi qui»; essi si sedettero. [3]Booz disse allora al riscattatore: «Quella parte di campo che apparteneva a nostro fratello Elimèlech, Noemi, che è tornata dai campi di Moab, la vende. [4]Io ho pensato di informarti e dirti: "Compralo alla presenza di coloro che siedono alla porta e degli anziani del mio popolo". Se vuoi riscattarlo, riscattalo; se non vuoi, dimmelo, affinché io lo sappia, perché non c'è nessuno al di fuori di te che abbia diritto al riscatto, e io vengo dopo di te». Il riscattatore disse: «Io lo riscatterò». [5]Booz aggiunse: «Quando avrai comprato il campo dalle mani di Noemi, tu acquisterai come sposa anche Rut, la moabita, moglie del morto, per far sussistere il nome del morto sulla sua eredità». [6]Il riscattatore rispose: «Allora non posso usare del diritto del riscatto, per timore di danneggiare la mia eredità. Riscatta tu quello che avrei potuto riscattare io, dato che io non posso riscattarlo».

Nozze di Booz e Rut. - [7]Ecco quale era un tempo il costume in Israele, a proposito del riscatto e della permuta, per rendere valido qualsiasi affare: ci si toglieva il sandalo e lo si dava all'interessato; questo era il modo di testimoniare in Israele. [8]Il riscattatore disse a Booz: «Prendilo tu», si tolse il sandalo e lo dette a Booz. [9]Booz disse agli anziani e a tutto il popolo: «Voi siete testimoni oggi che ho acquistato dalle mani di Noemi il diritto su tutto ciò che apparteneva a Elimèlech e su tutto quello che apparteneva a Chilion e a Maclon. [10]Inoltre mi sono acquistato per moglie Rut, la moabita, moglie di Maclon, per far sussistere il nome del morto nella sua eredità e perché non venga meno il nome del morto in mezzo ai suoi fratelli e alla porta della sua città. Mi siete voi testimoni oggi?». [11]Tutto il popolo che si trovava alla porta e gli anziani dissero: «Siamo testimoni. Conceda il Signore alla donna che viene nella tua casa di essere come Rachele e come Lia, che hanno edificato la casa d'Israele. Abbia fortuna in Efrata e abbia tu un nome in Betlemme. [12]Sia la tua casa come la casa di Perez, che Tamar generò a Giuda, in grazia della prosperità che il Signore ti darà da questa giovane».

[13]Booz prese Rut in moglie e si avvicinò a lei; il Signore le concesse di concepire e dette alla luce un figlio. [14]Le donne dissero a Noemi: «Benedetto il Signore che non ti ha lasciato mancare di un riscattatore oggi! Il suo nome sarà proclamato in Israele; [15]egli ti sarà di consolazione e di sostegno nella vecchiaia, perché lo ha partorito la tua nuora che ti ama, ella che verso di te è più buona di sette figli». [16]Noemi prese il bambino e se lo pose in seno e fu per lui l'educatrice. [17]Le vicine dicevano: «È nato un figlio a Noemi!», e proclamavano il suo nome: Obed; egli fu il padre di Iesse, padre di Davide.

Genealogia di Davide. - [18]Ecco la genealogia di Perez: Perez generò Chezron, [19]Chezron generò Ram; Ram generò Aminadab; [20]Aminadab generò Nacson; Nacson generò Salmon; [21]Salmon generò Booz; Booz generò Obed; [22]Obed generò Iesse e Iesse generò Davide.

PRIMO LIBRO DI SAMUELE

In origine i due libri di Samuele ne formavano uno solo. Il titolo si riferisce al personaggio dominante nella prima parte dell'opera che copre un periodo di ottant'anni di storia d'Israele, dal 1050 circa al 970 a.C.

I due libri si dividono in quattro sezioni, distribuite secondo le grandi figure delle quali sono narrate le vicende. Nella prima parte (1Sam 1-7) è descritta la carriera di Samuele, dalla nascita alla vocazione profetica, fino al momento in cui diventa salvatore d'Israele. La seconda parte (1Sam 8-15) narra l'istituzione della monarchia e gli inizi del regno di Saul, sul quale si accumulano già ombre sinistre. La terza parte (1Sam 16 - 2Sam 4) illustra la carriera di Davide: sua elezione e ingresso alla corte di Saul, conflitto tra Saul e Davide e vita clandestina di costui fino al momento in cui viene proclamato re su tutto Israele. Nella quarta parte (2Sam 5-20) è descritta l'attività politica, militare e religiosa di Davide, le promesse a lui fatte dal profeta Natan e gli intrighi di corte orditi dai suoi figli per la successione al trono. Un'appendice (2Sam 21-24) riporta due composizioni liriche e due narrazioni di calamità naturali. Il capitolo 20 trova la sua naturale continuazione in 1Re 1-2.

La profezia di Natan (2Sam 7) rappresenta il vertice dell'opera e una notevole testimonianza della visione biblica sulla storia della salvezza. Ora essa è legata in modo particolare alla persona e alla discendenza di Davide da cui verrà il Messia. Per la sua unzione regale, il carisma profetico e l'offerta dei sacrifici, quale organizzatore e restauratore del culto divino, Davide è la figura più vicina a Cristo, re, sacerdote e profeta, che raccoglie tutti gli uomini nell'unico regno del Dio altissimo.

ELI E SAMUELE

1 **Pellegrini al santuario di Silo.** - [1]C'era un uomo di Ramatàim, uno zufita dei monti di Efraim di nome Elkana, figlio di Ierocàm, figlio di Eliàu, figlio di Tocu, figlio di Zuf, efraimita. [2]Aveva due mogli: una si chiamava Anna, l'altra Peninna. Or Peninna aveva figli, Anna invece non ne aveva.

[3]Ogni anno quell'uomo saliva dalla sua città per fare adorazione e offrire sacrifici al Signore degli eserciti a Silo, dove i due figli di Eli, Ofni e Finees, erano sacerdoti del Signore. [4]Un giorno Elkana offrì un sacrificio. Ora soleva distribuire le porzioni a sua moglie Peninna, e ai figli e alle figlie di lei; [5]ma ad Anna dava una sola porzione, benché preferisse Anna; il Signore però le aveva reso sterile il seno. [6]La sua rivale le infliggeva continue umiliazioni per mandarla in escandescenza, in quanto il Signore aveva reso sterile il suo seno. [7]Così avveniva tutti gli anni: ogni volta che saliva alla casa del Signore, essa l'affliggeva. Allora Anna si mise a piangere e non voleva mangiare. [8]Elkana, suo marito, le disse: «Anna, perché piangi? Perché non mangi? Perché è triste il tuo cuore? Io non sono per te più di dieci figli?».

[9]Anna si levò, dopo che essi ebbero mangiato e bevuto in Silo, mentre il sacerdote Eli stava seduto sul suo seggio presso la soglia del tempio del Signore. [10]Nell'amarezza della sua anima pregava davanti al Signore piangendo accoratamente; [11]e fece voto dicendo: «O Signore degli eserciti, se guarderai benignamente all'afflizione della tua

---

1. - 4. Nei sacrifici le carni non riservate ai sacerdoti erano consumate dagli offerenti in banchetti sacri.

serva, se ti ricorderai di me e non dimenticherai la tua serva, ma concederai alla tua serva prole maschile, io la darò al Signore per tutti i giorni della sua vita e rasoio non sfiorerà la sua testa».

[12]Mentre ella prolungava la sua preghiera davanti al Signore, Eli stava osservando la sua bocca. [13]Infatti Anna parlava nel suo intimo; soltanto le sue labbra si movevano, ma non si udiva la sua voce. Per questo Eli pensò che fosse ubriaca.

[14]Le disse dunque Eli: «Fino a quando sarai ubriaca? Smaltisci dalla tua testa i fumi del vino!». [15]Anna rispose dicendo: «No, mio signore! Io sono una donna con lo spirito oppresso; non ho bevuto né vino né altra bevanda inebriante, ma ho aperto la mia anima davanti al Signore. [16]Non considerare la tua serva una donna perversa: è l'eccesso della mia tristezza e della mia afflizione che mi ha fatto parlare finora». [17]Eli le rispose: «Va' in pace! E il Dio d'Israele ti conceda quello che gli hai chiesto». [18]Ella rispose: «Possa la tua serva trovare grazia ai tuoi occhi!». La donna se ne andò per la sua via, prese cibo e il suo volto non fu più come prima.

Nascita di Samuele e sua consacrazione.
[19]Alzatisi di buon mattino si prostrarono davanti al Signore; poi, presa la via del ritorno, giunsero alla loro casa a Rama. Elkana conobbe sua moglie Anna e il Signore si ricordò di lei. [20]Così al compiersi del tempo, Anna concepì e dette alla luce un figlio cui pose nome Samuele, dicendo: «L'ho domandato al Signore».

[21]Poi il marito Elkana salì con tutta la sua famiglia per offrire al Signore il sacrificio annuale e sciogliere il suo voto. [22]Anna non vi salì. Aveva detto infatti a suo marito: «Quando il bambino sarà slattato, allora ve lo condurrò e lo presenterò davanti al Signore, perché rimanga là per sempre». [23]Elkana, suo marito, le aveva risposto: «Fa' ciò che ti piace, rimani pure fino a quando lo avrai slattato. Il Signore realizzi la tua parola!». Così la donna rimase e allattò suo figlio finché non l'ebbe divezzato.

[24]Allora, dopo lo slattamento, lo condusse con sé insieme con tre vitelli, un'efa di farina e un otre di vino e lo introdusse nella casa del Signore a Silo: il fanciullo era ancora bambino. [25]Immolato il vitello, condussero il bambino da Eli. [26]Anna disse: «Di grazia, mio signore! Per la tua vita, o mio signore!

Io sono quella donna che stava qui presso di te a pregare davanti al Signore. [27]Ho pregato per avere questo bambino, e il Signore mi ha concesso quanto gli ho chiesto. [28]A mia volta lo dono al Signore, tutti i giorni che egli vivrà è consacrato al Signore». Poi adorarono il Signore.

2 Cantico di Anna. - [1]Anna pregò e disse:

«Il mio cuore esulta nel Signore,
la mia fronte si eleva al Signore.
Si apre la mia bocca contro chi mi odia,
poiché gioisco per la tua salvezza.

[2] Non vi è santo come il Signore
— poiché non vi è altri all'infuori di te —
né vi è rupe come il nostro Dio.

[3] Non parlate più a lungo con aria superba,
non esca parola arrogante dalla vostra
bocca,
perché il Signore è un Dio sapiente;
da lui sono giudicate le azioni.

[4] L'arco dei prodi è spezzato
mentre i deboli si cingono di forza.

[5] I sazi vanno al lavoro per il pane,
mentre gli affamati si riposano.
Perfino la sterile genera sette volte,
mentre la madre di molti figli appassisce.

[6] Il Signore dà morte e dà vita,
fa scendere agli inferi e ne fa risalire.

[7] Il Signore rende poveri e rende ricchi,
umilia, ma anche esalta;

[8] solleva dalla polvere il misero,
innalza il povero dalle immondizie
per farlo sedere con i prìncipi
e gli assegna un trono di gloria:
perché il Signore possiede
le fondamenta della terra,
e pone su di esse il mondo;

[9] veglia sui passi dei suoi devoti,
mentre i perversi periscono nelle tenebre,
poiché l'uomo non prevale per la forza.

[10] Gli avversari del Signore saranno stroncati,
l'Altissimo tuonerà dal cielo,

2. - [1.] In questo mirabile cantico, da cui trae ispirazione il *Magnificat*, Anna, esultante per l'esaudimento del suo caso personale, si eleva a celebrare i trionfi del re d'Israele e del Messia sopra i nemici di Dio.
[10.] Il re di cui si parla è il Messia, simboleggiato da Davide e dai suoi discendenti nelle loro vittorie. Questa è la prima volta che il nome di Messia, il *consacrato* (Cristo, secondo la dizione greca), compare nella Scrittura.

il Signore giudicherà i confini della terra
e darà potenza al suo re,
e innalzerà la fronte del suo consacrato».

[11]Poi Elkana se ne ritornò alla sua casa a
Rama, mentre il bambino rimase al servi-
zio del Signore alla presenza del sacerdote
Eli.

Perversione dei figli di Eli. - [12]Ora i figli di
Eli erano uomini perversi: essi non rispetta-
vano il Signore [13]né il diritto dei sacerdoti
presso il popolo. Ogni volta che uno offriva
un sacrificio, veniva il servo del sacerdote,
mentre si cuoceva la carne, con in mano un
forchettone [14]e lo ficcava nel caldaio o nel
calderone o nella pentola o nella marmitta:
il sacerdote vi prendeva tutto quello che il
forchettone tirava su. Così facevano con
tutti gl'Israeliti che andavano là a Silo.
[15]Anche prima che avessero fatto bruciare
il grasso, veniva il servo del sacerdote e diceva a colui che sacrificava: «Dammi della
carne da arrostire per il sacerdote, egli infatti non accetterà carne cotta da te, ma
cruda». [16]Se l'uomo gli rispondeva: «Prima
lascia bruciare il grasso e poi prenditi quanto desideri», egli replicava: «No! Devi darla
ora, altrimenti la prendo con la forza». [17]Il
peccato di quei giovani era molto grave davanti al Signore, poiché quegli uomini diso-
noravano le offerte del Signore.

Infanzia di Samuele. - [18]Samuele stava al
servizio del Signore, come un fanciullo, cinto di efod di lino. [19]Inoltre sua madre gli faceva un piccolo manto e glielo portava ogni
anno quando saliva con suo marito ad offrire il sacrificio annuale. [20]Allora Eli benediceva Elkana e sua moglie dicendo: «Il Signore ti dia una discendenza da questa donna per il dono da lei fatto al Signore». Ed essi se ne ritornavano al loro paese.
[21]Il Signore visitò Anna ed ella concepì e
diede alla luce tre figli e due figlie. Intanto
il fanciullo Samuele cresceva presso il Signore.

Eli ammonisce i suoi figli. - [22]Eli era molto
vecchio. Udiva tutto quello che facevano i
suoi figli all'intero Israele e che dormivano
con le donne inservienti alla porta della
tenda del convegno [23]e disse loro: «Perché
fate simili cose? Io sento parlare delle vostre cattive azioni da parte di tutto questo
popolo. [24]No, figli miei, non è buona la fa-

ma che io odo circolare in mezzo al popolo
del Signore! [25]Se un uomo pecca contro un
uomo, Dio gli farà da arbitro, ma se un uomo pecca contro il Signore, chi gli farà da
arbitro?». Ma essi non dettero ascolto alla
voce del loro padre, poiché il Signore voleva farli perire.
[26]Invece il giovane Samuele cresceva in
statura e in bontà sia presso il Signore che
presso gli uomini.

Il Signore minaccia Eli. - [27]Un uomo di
Dio andò da Eli e gli disse: «Così dice il
Signore: "Certo! Io mi sono rivelato alla
famiglia di tuo padre mentre era in Egitto
sotto il dominio della casa del faraone,
[28]l'ho scelta fra tutte le tribù d'Israele come mio sacerdote per salire sul mio altare, offrire incenso, portare l'efod davanti
a me e ho concesso alla famiglia di tuo padre tutti gli olocausti dei figli d'Israele.
[29]Perché dunque disprezzate il mio sacrificio e la mia offerta che ho ordinato, e tu
onori i tuoi figli più di me, ingrassandovi
con la parte migliore di tutte le offerte d'I-
sraele, mio popolo? [30]Perciò, oracolo del
Signore, Dio d'Israele, io certo avevo detto che la tua casa e la casa di tuo padre
avrebbero camminato davanti a me per
sempre, ma adesso, oracolo del Signore,
non sia mai!... Poiché io onoro quelli che
mi onorano, ma quelli che mi disprezzano
sono vilipesi. [31]Ecco, verrà il tempo in cui
stroncherò il tuo vigore e il vigore della
casa di tuo padre, in modo che non ci sia
un anziano nella tua casa. [32]Vedrai, sempre tormentato, tutto il bene che sarà fatto a Israele. Nella tua casa non vi sarà mai
più un anziano. [33]Tuttavia non strapperò
qualcuno dei tuoi dal mio altare per consumare i tuoi occhi e affliggere la tua anima, ma tutta la progenie della tua casa
morirà nel fiore dell'età. [34]Il segno per te
sarà quello che accadrà ai tuoi due figli,
Ofni e Finees: moriranno tutti e due nello
stesso giorno. [35]E susciterò per me un sacerdote fedele che agirà secondo quello
che è nel mio cuore e nella mia anima.
Gli edificherò una casa duratura ed egli
camminerà davanti al mio consacrato per
sempre. [36]Ogni superstite della tua casa
andrà a prostrarsi davanti a lui per un poco d'argento e un tozzo di pane, e dirà:
Ammettimi a qualche ufficio sacerdotale,
affinché possa mangiare un boccone di pane!"».

3 **Vocazione di Samuele.** - [1]Il giovanetto Samuele serviva il Signore alla presenza di Eli. In quei giorni la parola di Dio era preziosa, perché le visioni non erano frequenti. [2]Un certo giorno Eli stava dormendo nella sua cella. I suoi occhi avevano cominciato a indebolirsi ed egli non riusciva a vedere. [3]La lampada di Dio non si era ancora spenta, mentre Samuele dormiva nel tempio del Signore, dov'era l'arca di Dio. [4]Allora il Signore chiamò Samuele che rispose: «Eccomi!», [5]e corse da Eli dicendo: «Eccomi, dato che mi hai chiamato». Questi rispose: «Non ti ho chiamato, torna a dormire!». Egli se ne andò a dormire.

[6]Il Signore chiamò una seconda volta: «Samuele!». Samuele si alzò, andò da Eli e disse: «Eccomi, mi hai chiamato». Questi rispose: «Non ti ho chiamato, figlio mio, torna a dormire!». [7]Samuele ancora non conosceva il Signore né gli era stata rivelata la parola del Signore.

[8]Il Signore chiamò di nuovo per la terza volta: «Samuele!». Questi si alzò e, andato da Eli, disse: «Eccomi, mi hai chiamato». Allora Eli capì che il Signore stava chiamando il ragazzo. [9]Disse quindi Eli a Samuele: «Va' a dormire, e se ti chiamerà dirai: "Parla, Signore, perché il tuo servo ti ascolta!"». Samuele se ne andò a dormire nel suo posto.

[10]Allora venne il Signore, si pose accanto e chiamò come le altre volte: «Samuele, Samuele!». Samuele rispose: «Parla, perché il tuo servo ti ascolta». [11]Il Signore disse a Samuele: «Ecco, io sto per fare in Israele una cosa che farà rintronare le orecchie di chiunque l'udrà. [12]In quel giorno compirò contro Eli tutto quello che ho predetto riguardo alla sua casa, dall'inizio alla fine. [13]Gli annunzio che sto per punire la sua casa per sempre per il delitto da lui conosciuto: che i suoi figli disprezzavano Dio e non li ha corretti. [14]Per questo giuro alla casa di Eli: non sarà espiato in eterno il delitto della casa di Eli né con sacrificio né con oblazione».

[15]Samuele dormì fino al mattino, poi aprì le porte della casa del Signore. Samuele aveva timore di riferire la visione a Eli, [16]ma Eli chiamò Samuele dicendo: «Samuele, figlio mio!». E lui: «Eccomi!». [17]Quello riprese: «Che cosa ti ha detto? Su, non me la tenere nascosta! Dio ti faccia questo e peggio ancora, se mi nascondi qualcosa di tutto quello che ti ha detto».

[18]Allora Samuele gli manifestò ogni singola cosa, non gli nascose niente. Quello disse: «Egli è il Signore! Faccia ciò che è bene ai suoi occhi!».

Samuele profeta in Israele. - [19]Samuele poi diventò grande, il Signore era con lui e non fece andare a vuoto nessuna di tutte le sue parole. [20]Tutto Israele da Dan a Bersabea seppe che Samuele era accreditato come profeta del Signore. [21]Il Signore continuò a manifestarsi a Silo, perché egli si rivelava a Samuele a Silo con la sua parola.

[Eli era molto vecchio e i suoi figli continuavano sempre peggio con la loro condotta davanti al Signore].

4 [1]La parola di Samuele fu rivolta a tutto Israele.

Cattura dell'arca. - [In quei giorni i Filistei si radunarono per combattere contro Israele] e Israele uscì in guerra contro i Filistei. Si accamparono presso Eben-Ezer, mentre i Filistei si accamparono a Afèk. [2]I Filistei si schierarono contro Israele e il combattimento divampò. Israele fu battuto dai Filistei, che uccisero tra le schiere sul campo circa quattromila uomini.

[3]Quando il popolo rientrò nell'accampamento, gli anziani d'Israele dissero: «Perché il Signore ci ha sconfitto oggi davanti ai Filistei? Andiamoci a prendere da Silo l'arca dell'alleanza del Signore, perché venga in

---

30. La minaccia di Dio s'avverò, perché la casa d'Itamar, cui apparteneva Eli, perse il pontificato, che tornò alla famiglia di Eleazaro (1Cr 24,4) con Zadok (1Re 2,27).

3. - [1]. Erano assai rari i profeti in questo tempo; Samuele è annoverato come primo nella serie dei profeti: con lui comincia il ministero profetico propriamente detto.

[20]. *Da Dan a Bersabea* cioè tutto Israele dal nord al sud venne a conoscere che Samuele parlava a nome di Dio (*era profeta*) per le frequenti comunicazioni che egli aveva con lui e perché quanto diceva si avverava. Samuele fu l'ultimo giudice d'Israele, e operò nella seconda parte del sec. XI a.C. Oltre che essere giudice, egli svolse pure gli uffici di intermediario dell'alleanza, di sacerdote nel santuario di Silo e di profeta, specialmente nell'istituzione della monarchia.

4. - [3ss]. Gli anziani, memori dei prodigi operati per mezzo dell'arca, la fanno portare al campo di battaglia, dimenticando che le promesse di Dio erano condizionate; il popolo si rallegra della venuta dell'arca di cui spera la vittoria; i Filistei si spaventano, ma, spinti dalla stessa paura, si animano a uno sforzo disperato.

mezzo a noi e ci salvi dalla mano dei nostri nemici». [4]Il popolo mandò a Silo a prendere l'arca dell'alleanza del Signore degli eserciti che siede sui cherubini; c'erano con l'arca dell'alleanza di Dio i due figli di Eli, Ofni e Finees. [5]Quando l'arca dell'alleanza giunse all'accampamento, tutto Israele esplose in una grande acclamazione da far tremare la terra. [6]I Filistei, udito il frastuono dell'acclamazione, dissero: «Che significa il frastuono di questa straordinaria acclamazione nel campo degli Ebrei?». Poi seppero che l'arca del Signore era giunta nell'accampamento. [7]Allora i Filistei si spaventarono; dicevano infatti: «È giunto Dio nell'accampamento!». Poi aggiunsero: «Guai a noi! Non era così nei giorni scorsi! [8]Guai a noi! Chi ci scamperà dalla mano di questi dèi potenti? Queste sono le divinità che hanno colpito l'Egitto con ogni specie di piaghe nel deserto. [9]Siate forti e siate uomini, o Filistei, per non diventare schiavi degli Ebrei come essi furono vostri schiavi! Siate uomini e combattete!». [10]Poi i Filistei attaccarono battaglia e Israele fu sbaragliato: ognuno se ne fuggì alla sua tenda; la sconfitta fu veramente grande: caddero trentamila fanti d'Israele. [11]L'arca di Dio fu catturata e i due figli di Eli, Ofni e Finees, morirono.

Morte di Eli. - [12]Un uomo di Beniamino fuggì di corsa dall'accampamento e giunse a Silo quel giorno stesso con le vesti stracciate e la polvere sulla testa. [13]Quando arrivò, Eli stava seduto sul seggio presso la porta, scrutando la via, perché il suo cuore era in ansia per l'arca di Dio. Quell'uomo andò a portare la notizia nella città: e tutta la città levò alte grida. [14]Eli, udito il rumore delle grida, domandò: «Che significa il rumore di questo tumulto?». Quell'uomo in fretta andò a portare la notizia a Eli. [15]Egli aveva novantotto anni, aveva gli occhi bloccati e

non riusciva più a vedere. [16]Quell'uomo disse a Eli: «Io vengo dall'accampamento e sono fuggito oggi stesso dal campo». Eli domandò: «Come è andata la cosa, figlio mio?». [17]Il messaggero rispose dicendo: «Israele è fuggito di fronte ai Filistei: c'è stata anche un'enorme strage del popolo e i tuoi due figli Ofni e Finees sono morti e l'arca di Dio è stata catturata». [18]Quando sentì nominare l'arca di Dio, Eli cadde dal seggio all'indietro dal lato della porta, si ruppe la nuca e morì. Egli infatti era vecchio e pesante. Era stato giudice d'Israele quarant'anni.

Nascita di Icabod. - [19]Sua nuora, moglie di Finees, era incinta e prossima al parto; quando udì la notizia che l'arca di Dio era stata catturata e che erano morti suo suocero e suo marito, si accasciò e partorì, perché assalita dalle doglie. [20]Mentre era punto di morire, le assistenti dicevano: «Non temere, perché hai dato alla luce un bambino». Essa non rispose e non vi prestò attenzione, [21]ma chiamò il bambino Icabod, volendo dire: «Se ne è andata la gloria da Israele!», riferendosi alla cattura dell'arca di Dio, al suocero e a suo marito. [22]Disse dunque: «Se ne è andata la gloria da Israele», perché l'arca di Dio era stata catturata.

5 Il dio Dagon e l'arca di Dio. - [1]I Filistei, catturata l'arca di Dio, la portarono da Eben-Ezer ad Asdod. [2]I Filistei, presa poi l'arca di Dio, la introdussero nel tempio di Dagon e la deposero presso Dagon. [3]Gli abitanti di Asdod, alzatisi il giorno dopo, andarono al tempio di Dagon e guardarono: ed ecco che Dagon giaceva faccia a terra davanti all'arca del Signore. Allora presero Dagon e lo rimisero al suo posto. [4]L'indomani si levarono di buon mattino, ed ecco che Dagon stava faccia a terra davanti all'arca del Signore: la testa di Dagon e le palme delle sue mani erano in frantumi presso la soglia; solo il torso di Dagon era rimasto intatto. [5]Per questo i sacerdoti di Dagon e tutti quelli che entrano nel tempio di Dagon non calpestano la soglia di Dagon, ad Asdod, fino al giorno d'oggi.

L'arca di Dio fa strage. - [6]Poi il Signore fece pesare la sua mano sugli abitanti di Asdod e li devastò colpendo con bubboni Asdod e il suo territorio. [7]Gli abitanti di Asdod, visto

---

22. La presenza di Dio in mezzo al suo popolo, simboleggiata nell'arca dell'alleanza, non aveva nessun senso quando il popolo rompeva quell'alleanza. Dio voleva abitare tra un popolo santo: abbandonandosi all'idolatria, il popolo si macchiava del peggiore dei peccati, e allora Dio lo abbandonava: questa volta, anche visibilmente.

5. - 2. *Dagon*, il dio nazionale dei Filistei, era rappresentato con figura d'uomo nella parte superiore e di pesce in quella inferiore. L'arca fu messa nel suo tempio come un trofeo di vittoria, ma il Signore seppe subito rivendicare il suo onore: la statua di Dagon una prima volta cadde, la seconda si spezzò.

come andavano le cose, dissero: «Non rimanga presso di noi l'arca del Dio d'Israele, perché la sua mano è pesante contro di noi e contro il nostro dio Dagon». [8]Fecero adunare presso di loro tutti i capi dei Filistei e dissero: «Che dobbiamo fare dell'arca del Dio d'Israele?». Risposero: «Si porti a Gat l'arca del Dio d'Israele!». Così trasferirono l'arca del Dio d'Israele.

[9]Dopo averla trasportata, la mano del Signore fu su quella città con un enorme panico. Egli colpì gli abitanti di quella città dal più piccolo al più grande; scoppiarono bubboni anche ad essi.

[10]Allora mandarono l'arca di Dio ad Accaron. Quando giunse l'arca di Dio ad Accaron, i cittadini protestarono: «Mi hanno condotto l'arca del Dio d'Israele per far morire me e la mia gente». [11]Fatti adunare tutti i capi dei Filistei, dissero: «Rimandate l'arca del Dio d'Israele, perché ritorni al suo luogo e non faccia più morire né me né il mio popolo!». Difatti vi era in tutta la città una costernazione mortale. La mano di Dio si faceva sentire là molto pesante: [12]gli uomini che non erano morti furono colpiti da bubboni e il gemito della città salì al cielo.

6 Omaggi all'arca di Dio, suo ritorno in Israele. - [1]L'arca del Signore rimase nel territorio dei Filistei sette mesi. [2]Allora i Filistei si rivolsero ai sacerdoti e agl'indovini dicendo: «Che cosa dobbiamo fare dell'arca del Signore? Fateci sapere in che modo la dobbiamo rimandare alla sua sede». [3]Quelli risposero: «Se voi volete rimandare l'arca del Dio d'Israele, non la rimandate senza doni; ma dovete renderle un dono espiatorio: allora guarirete, e saprete perché la sua mano non si allontanava da voi!». [4]Domandarono: «Qual è il dono espiatorio che le dobbiamo fare?». Risposero: «Cinque bubboni d'oro e cinque topi d'oro, secondo il numero dei capi dei Filistei, perché è la stessa piaga per voi tutti e per i vostri capi. [5]Farete modellini dei vostri bubboni e modellini dei vostri topi che mandano in rovina il paese, e darete gloria al Dio d'Israele. Forse la sua mano si farà più leggera su di voi, sui vostri dèi e sulla vostra terra. [6]E perché volete intestardirvi come si intestardirono l'Egitto e il faraone? Forse che non li lasciarono partire, quando egli fece sentire il suo rigore, ed essi se ne andarono? [7]Ades-

so dunque allestite un carro nuovo e prendete due vitelle allattanti che non abbiano mai portato giogo su di sé, attaccate le due vitelle al carro e conducete via da esse i loro piccoli alla stalla. [8]Poi prendete l'arca del Signore e ponetela sul carro; gli oggetti d'oro che le offrite in dono di espiazione li deporrete in una cassetta al suo lato: la rimanderete ed essa se ne andrà. [9]Poi osservate: se salirà verso il suo territorio a Bet-Sèmes, fu lui a causarvi questo grande male; altrimenti, sapremo che non è stata la sua mano a colpirci, ma ci è capitata una disgrazia».

[10]Così fecero quegli uomini: presero due vitelle allattanti, le legarono al carro e rinchiusero i loro piccoli nella stalla. [11]Poi caricarono l'arca del Signore sul carro insieme con la cassetta, i topi d'oro e i modellini dei loro bubboni. [12]Allora le vitelle si avviarono diritto sulla strada di Bet-Sèmes; procedevano per la stessa via sempre muggendo, senza deviare né a destra né a sinistra, mentre i capi dei Filistei andavano dietro ad esse fino al confine di Bet-Sèmes.

Santità dell'arca di Dio. - [13]Quelli di Bet-Sèmes stavano mietendo il grano nella vallata; alzati gli occhi, essi scorsero l'arca e gioirono al vederla. [14]Il carro, arrivato al campo di Giosuè il betsamita, vi si fermò; lì c'era una grande pietra. Allora, spezzati i legni del carro, offrirono le vitelle in olocausto al Signore. [15]I leviti deposero l'arca del Signore e la cassetta che era con essa, contenente gli oggetti d'oro, e la collocarono presso la grande pietra. Gli uomini di Bet-Sèmes offrirono in quel giorno olocausti e fecero sacrifici al Signore. [16]I cinque capi dei Filistei stettero ad osservare e poi ritornarono ad Accaron nello stesso giorno.

[17]Questi sono i bubboni d'oro che offrirono i Filistei in dono di espiazione al Signore: uno per Asdod, uno per Gaza, uno per Ascalon, uno per Gat, uno per Accaron. [18]I topi d'oro furono secondo il numero di tutte le città dei Filistei dei cinque capi, sia città fortificate che villaggi sguarniti. Testimone di ciò è la grande pietra dove deposero l'arca del Signore, e che sta nel campo di Giosuè il betsamita fino al giorno d'oggi.

[19]Dio percosse, tra gli uomini di Bet-Sè-

---

6. - [19]. Anche ai leviti era proibito guardare l'arca (Nm 4,15-20), sotto pena di morte: ecco perché è punita così severamente la curiosità dei Betsamiti.

mes che avevano curiosato nell'arca del Signore, settanta individui su cinquantamila. Il popolo fece lutto perché il Signore l'aveva colpito con un grande flagello. [20]Allora gli uomini di Bet-Sèmes dissero: «Chi può stare davanti al Signore, un Dio così santo? Da chi la manderemo lontano da noi?». [21]Mandarono messaggeri agli abitanti di Kiriat-Iearim per dire: «I Filistei hanno ricondotto l'arca del Signore, scendete e portatela su da voi».

7 Samuele giudica a Mizpa.

[1]Allora gli uomini di Kiriat-Iearim andarono a prendere l'arca del Signore, la portarono nella casa di Abinadàb sulla collina e consacrarono suo figlio Eleazaro perché custodisse l'arca del Signore.

[2]Da quando l'arca si stabilì a Kiriat-Iearim passò molto, una ventina d'anni, quando tutta la casa d'Israele si volse con lamenti verso il Signore. [3]Allora Samuele così parlò a tutta la casa d'Israele: «Se ritornate con tutto il vostro cuore al Signore, togliete via da mezzo a voi gli dèi stranieri e le Astarti, fissate il vostro cuore nel Signore e rendete culto soltanto a lui! Allora egli vi strapperà dalle mani dei Filistei». [4]I figli d'Israele tolsero via i Baal e le Astarti, e prestarono culto soltanto al Signore.

[5]Disse poi Samuele: «Radunate tutto Israele a Mizpa e io intercederò per voi presso il Signore». [6]Radunatisi a Mizpa, attinsero acqua e la versarono al cospetto del Signore; in quel giorno fecero digiuno e confessarono: «Abbiamo peccato contro il Signore!». Samuele giudicò i figli di Israele in Mizpa.

[7]I Filistei però seppero che i figli d'Israele si erano radunati a Mizpa, allora i capi dei Filistei salirono contro Israele. I figli d'Israele, uditolo, ebbero paura dei Filistei. [8]Dissero dunque i figli d'Israele a Samuele: «Non cessare di supplicare per noi il Signore, Dio nostro, perché ci salvi dalla mano dei Filistei». [9]Allora Samuele prese un agnello da latte e lo offrì per intero in

olocausto al Signore, poi implorò il Signore in favore d'Israele, ed egli lo esaudì. [10]Mentre Samuele stava offrendo il sacrificio, i Filistei avanzarono in battaglia contro Israele, ma il Signore in quel giorno tuonò con grande fragore contro i Filistei, portando lo scompiglio, ed essi furono sconfitti di fronte a Israele. [11]Gli uomini d'Israele, usciti da Mizpa, inseguirono i Filistei e li batterono fino al di sotto di Bet-Car. [12]Samuele, presa una pietra, la drizzò tra Mizpa e Iesana e la chiamò Eben-Ezer dicendo: «Fin qui ci ha aiutato il Signore».

Sommario della giudicatura di Samuele.
[13]I Filistei furono repressi e non tentarono più di entrare nei confini d'Israele, e la mano del Signore pesò sui Filistei per tutti gli anni di Samuele. [14]Le città prese dai Filistei a Israele ritornarono a Israele, da Accaron fino a Gat, e Israele liberò quei territori dalle mani dei Filistei. Ci fu anche pace tra Israele e gli Amorrei.

[15]Samuele fu giudice su Israele per tutto il tempo della sua vita. [16]Ogni anno andava in giro passando per Betel, Gàlgala e Mizpa, esercitando l'ufficio di giudice in Israele in tutti questi luoghi. [17]Il suo recapito però era a Rama, poiché là era la sua casa e là faceva da giudice su Israele. Vi costruì un altare al Signore.

SAMUELE E SAUL

8 Il popolo vuole un re.
[1]Samuele, quando diventò vecchio, costituì i suoi figli giudici d'Israele. [2]Il primogenito si chiamava Ioèl, il secondo Abià; facevano da giudici a Bersabea. [3]Ma i suoi figli non camminavano sulle sue orme, deviavano dietro il lucro, accettavano doni e deformavano il giudizio.

[4]Allora si radunarono tutti gli anziani d'Israele, andarono da Samuele a Rama, [5]e gli dissero: «Ecco, tu ormai sei vecchio e i tuoi figli non camminano sulle tue orme. Ora stabilisci su di noi un re, che ci governi, come fanno gli altri popoli». [6]Questa cosa dispiacque a Samuele, perché avevano detto: «Dacci un re che ci governi». Perciò Samuele implorò il Signore. [7]Il Signore rispose a Samuele: «Ascolta la voce del popolo in tutto quello che ti hanno detto, perché non hanno rigettato te, ma

---

8. - [6.] La richiesta era legittima (Dt 17,14); il re appariva necessario per dare unità a Israele e difenderlo contro le potenti e organizzate nazioni circostanti; ma siccome Israele chiedeva un re perché diffidava dell'aiuto di Dio, la cosa dispiacque a Samuele che vedeva in questa richiesta una rinuncia alla regalità divina.

hanno rigettato me, perché non regni più su di essi. ⁸Secondo il comportamento costante che hanno tenuto dal giorno in cui io li trassi fuori dall'Egitto fino al giorno d'oggi abbandonando me per servire altri dèi, così agiscono nei tuoi confronti. ⁹Ma ora ascolta la loro voce. Però fa' loro una dichiarazione e annunzia loro il diritto del re che regnerà su di essi».

¹⁰Samuele riferì tutte le parole del Signore al popolo che gli aveva chiesto un re. ¹¹Disse: «Questo sarà il diritto del re che regnerà su di voi: si prenderà i vostri figli per preporli ai suoi carri e ai suoi cavalli, perché corrano davanti al suo cocchio; ¹²per costituirli capi di mille e capi di cinquanta, per arare la sua campagna, per mietere la sua messe, per fabbricare le sue armi da guerra e gli attrezzi dei suoi carri. ¹³Prenderà anche le vostre figlie come profumiere, cuoche e fornaie. ¹⁴Prenderà pure i vostri campi, le vostre vigne e i vostri oliveti migliori e li darà ai suoi ministri; ¹⁵prenderà la decima parte delle vostre sementi e delle vostre vigne e le darà ai suoi eunuchi e ai suoi ministri. ¹⁶Prenderà inoltre i vostri servi e le vostre serve, i vostri giovani migliori, così pure i vostri asini e li destinerà ai suoi lavori. ¹⁷Prenderà la decima parte delle vostre greggi e voi stessi diventerete suoi schiavi. ¹⁸Voi manderete grida in quel giorno di fronte al vostro re che vi siete scelti, ma il Signore non vi risponderà».

¹⁹Il popolo non volle dare ascolto alla voce di Samuele e disse: «No! Ma un re sarà sopra di noi! ²⁰Così saremo anche noi come tutte le nazioni: il nostro re ci governerà; uscirà alla nostra testa e combatterà le nostre battaglie».

²¹Samuele ascoltò tutte le parole del popolo e le riferì al Signore. ²²Il Signore rispose a Samuele: «Ascolta la loro voce e fa' regnare un re su di loro». Allora Samuele disse agli uomini d'Israele: «Ognuno ritorni alla sua città!».

9 Incontro di Saul con Samuele. - ¹C'era un uomo di Beniamino di nome Kis, figlio di Abiel, figlio di Zeròr, figlio di Becoràt, figlio di Afìach, figlio di un uomo beniaminita, un valoroso soldato. ²Questi aveva un figlio di nome Saul, distinto e bello: non vi era un uomo tra i figli d'Israele più bello di lui, era dalle spalle in su il più alto di tutto il popolo.

³Si erano sperdute le asine di Kis, padre di Saul. Allora Kis disse a suo figlio Saul: «Prendi con te uno dei tuoi servi e va' a cercare le asine». ⁴Essi attraversarono la montagna di Efraim e passarono per la terra Salisa, ma non trovarono niente; attraversarono la terra di Saàlim, ma non c'erano. Poi percorsero la terra di Beniamino, ma non trovarono niente.

⁵Quando giunsero nella terra di Zuf, Saul disse al servo che lo accompagnava: «Via, ritorniamo, altrimenti mio padre, lasciate da parte le asine, si preoccuperà per noi». ⁶Gli rispose: «Ecco, c'è in questa città un uomo di Dio, e l'uomo è molto stimato: tutto quello che egli dice si avvera certamente. Andiamo là; forse ci darà schiarimenti sul viaggio che abbiamo intrapreso». ⁷Saul rispose al suo servo: «Ecco, ci andremo; ma cosa porteremo all'uomo? Il pane è finito nei nostri recipienti, non abbiamo un dono da portare all'uomo di Dio. Che cosa abbiamo con noi?». ⁸Il servo rispose a Saul e disse: «Ecco, mi trovo in mano un quarto di siclo d'argento, lo darò all'uomo di Dio, perché ci dia indicazioni sulla nostra via». ⁹Una volta in Israele, quando uno andava a consultare Dio, diceva: «Su, andiamo dal veggente», perché il profeta di oggi era chiamato in antico il veggente. ¹⁰Disse Saul al servo: «Ottima la tua proposta! Su, andiamo!». E andarono alla città dov'era l'uomo di Dio.

¹¹Mentre stavano salendo il pendio della città incontrarono delle giovani che uscivano ad attingere acqua e domandarono loro: «C'è qui il veggente?». ¹²Esse risposero: «Sì, ecco, ti precede di poco; affrettati. Oggi stesso è giunto in città, perché oggi il popolo ha un sacrificio sulla collina. ¹³Come entrerete in città certamente lo troverete prima che salga sulla collina per il banchetto. Il popolo infatti non mangia finché egli non sia giunto, perché è lui che benedice il sacrificio; dopo ciò gli invitati cominciano a mangiare. Ora salite, perché lo troverete immediatamente». ¹⁴Essi salirono in città. Mentre stavano entrando verso il centro della città, ecco che Samuele stava uscendo verso di loro per salire sulla collina.

---

²² Dio, per compiere i suoi disegni, accondiscende ai desideri del popolo: ma esigerà in Israele una regalità teocratica, un re che osservi in tutto la legge mosaica ed esegua la volontà di Dio comunicata dai profeti che egli non cesserà di suscitare.

[15]Il giorno avanti la venuta di Saul, il Signore aveva fatto questa rivelazione a Samuele: [16]«Domani a quest'ora ti manderò un uomo della terra di Beniamino e tu lo consacrerai principe sul mio popolo Israele. Egli salverà il mio popolo dalla mano dei Filistei; infatti ho volto lo sguardo al mio popolo, perché la sua implorazione è giunta fino a me». [17]Appena Samuele vide Saul, il Signore l'avvertì: «Ecco l'uomo di cui ti ho parlato: egli reggerà il mio popolo».

[18]Saul si avvicinò a Samuele nel mezzo della porta e disse: «Indicami, per favore, dov'è la casa del veggente». [19]Samuele rispose a Saul: «Sono io il veggente. Sali davanti a me sulla collina. Oggi mangerete con me. Domattina ti rimanderò e ti mostrerò tutto quello che hai nel tuo cuore. [20]Riguardo alle asine che ti andarono perdute tre giorni fa, non te ne preoccupare, sono state ritrovate. Ma per chi è tutto quello che desidera Israele, se non per te e per tutta la casa di tuo padre?». [21]Saul rispose: «Non sono forse un beniaminita, una delle più piccole tribù d'Israele? La mia famiglia è la minore tra le famiglie della tribù di Beniamino; perché mi dici tali cose?». [22]Samuele prese Saul e il suo servo e li introdusse nella sala dando loro il primo posto fra gli invitati. Erano circa trenta persone. [23]Poi Samuele disse al cuoco: «Servi la porzione che ti ho affidato dicendoti: "Riponila presso di te"». [24]Il cuoco portò la coscia e il contorno e li pose davanti a Saul. Samuele soggiunse: «Ecco, poni davanti a te quello che è rimasto; mangia, perché a suo tempo fu messo da parte per te affinché lo mangiassi con gli invitati». Così quel giorno Saul mangiò con Samuele. [25]Poi discesero dalla collina in città e Samuele si intrattenne con Saul sulla terrazza.

[26]Al sorgere dell'aurora, Samuele chiamò Saul sulla terrazza e disse: «Alzati su, che voglio congedarti!». Saul si alzò e tutti e due, lui e Samuele, uscirono fuori. [27]Mentre scendevano alla periferia della città Samuele disse a Saul: «Ordina al tuo servo che ci preceda, ma tu fermati un momento, ché ti comunicherò la parola di Dio». Quello andò oltre.

10 **Saul consacrato re.** - [1]Allora Samuele prese l'ampolla dell'olio e la versò sul capo di lui e poi lo baciò dicendo: «Non è forse il Signore che ti ha consacrato principe sul suo popolo, su Israele? Tu reggerai il popolo del Signore e lo salverai dal potere dei suoi nemici tutt'intorno. Questo sarà il segno per te, che il Signore ti ha consacrato sulla sua eredità: [2]oggi, partendo da me, incontrerai due uomini presso il sepolcro di Rachele sul confine di Beniamino, a Zèlzach. Essi ti diranno: "Sono state ritrovate le asine che eri andato a cercare. Ecco che tuo padre, dimenticata la faccenda delle asine, è in ansia per voi dicendo: Che devo fare per mio figlio?". [3]Tu, oltrepassato quel luogo, arriverai alla quercia del Tabor. Là ti incontreranno tre uomini che salgono verso Dio in Betel: uno porterà tre capretti; l'altro porterà tre pagnotte di pane, e il terzo porterà un otre di vino. [4]Essi ti saluteranno e ti offriranno due pani che tu accetterai dalle loro mani. [5]Dopo ciò giungerai a Gàbaa di Dio dov'è il presidio dei Filistei e mentre entrerai in città ti imbatterai in uno stuolo di profeti che scendono dall'altura preceduti da arpa e tamburello, flauto e cetra in atteggiamento da profeti. [6]Allora irromperà su di te lo spirito del Signore e ti metterai a fare il profeta insieme con loro e sarai trasformato in un altro uomo. [7]Quando ti saranno accaduti questi segni, agisci secondo l'occasione, perché Dio è con te. [8]Mi precederai a Gàlgala, ed ecco che io verrò da te per offrire olocausti e immolare sacrifici di comunione. Aspetterai sette giorni, finché io venga da te, allora ti indicherò quello che dovrai fare».

Saul preso dallo spirito. - [9]Quando voltò le sue spalle per lasciare Samuele, Dio gli trasformò il cuore, e tutti quei segni si avverarono in quello stesso giorno. [10]Giunti là a Gàbaa, ecco che gli venne incontro un gruppo di profeti. Allora lo spirito di Dio irruppe su di lui, ed egli si mise a fare il profeta in mezzo ad essi. [11]Accadde che chi lo conosceva da tempo, quando lo vide fare il profeta tra i profeti, si dicevano l'un l'altro:

---

10. - [1.] L'unzione divenne la condizione essenziale della regalità: rendeva il re sacro e inviolabile, mostrava che il regno era d'istituzione divina e che Dio voleva conservare i suoi diritti.

[5.] *Stuolo di profeti*, non in senso autentico, ma uomini che vivevano insieme per lodare Dio e osservarne meglio la legge. Profetare qui vuol dire cantare o parlare di Dio in uno stato d'esaltazione religiosa.

«Che è successo al figlio di Kis? Perfino Saul è tra i profeti?».

[12]Uno del luogo disse: «E chi è il loro padre?». Per questo motivo diventò proverbiale il detto: «Perfino Saul è tra i profeti?». [13]Finito di agire da profeta, giunse alla collina. [14]Lo zio di Saul domandò a lui e al suo servo: «Dove siete andati?». Rispose: «A cercare le asine, ma visto che non c'erano, siamo andati da Samuele». [15]Riprese lo zio di Saul: «Raccontami quello che vi ha detto Samuele». [16]Saul rispose a suo zio: «Ci ha assicurato che le asine erano state ritrovate». Ma il fatto della regalità, di cui aveva parlato Samuele, non glielo raccontò.

Saul designato re dalla sorte. - [17]Samuele convocò il popolo presso il Signore a Mizpa, [18]e disse ai figli d'Israele: «Così dice il Signore Dio d'Israele: "Io ho tratto Israele dall'Egitto e vi ho liberato dalla mano dell'Egitto e dalla mano di tutti i regni che vi opprimevano. [19]Ma voi oggi rigettate il vostro Dio, lui che vi salva da tutti i vostri mali e dalle vostre angustie, e gli dite: Costituisci un re su di noi!". Or dunque presentatevi davanti al Signore per tribù e per casati». [20]Samuele fece avvicinare tutte le tribù d'Israele, e la sorte cadde sulla tribù di Beniamino. [21]Fece avvicinare la tribù di Beniamino per parentadi e la sorte designò il parentado di Matri; fece allora avvicinare il parentado di Matri, per individui e la sorte designò Saul figlio di Kis. Lo ricercarono, ma non fu trovato. [22]Consultarono ancora il Signore: «L'uomo è venuto qui?». Rispose il Signore: «Eccolo, sta nascosto tra i bagagli!». [23]Corsero a prenderlo di là ed egli si presentò in mezzo al popolo: era più alto di tutti dalla spalla in su.

[24]Allora disse Samuele a tutto il popolo: «Avete veduto, dunque, quello che il Signore si è eletto? Non c'è uno come lui fra tutto il popolo». E tutto il popolo acclamò gridando: «Viva il re!». [25]Allora Samuele proclamò al popolo il diritto della regalità; lo scrisse in un libro e lo depose davanti al Signore. Poi Samuele congedò tutto il popolo, ognuno a casa sua. [26]Anche Saul andò a casa sua a Gàbaa, lo seguirono i valorosi a cui Dio aveva toccato il cuore. [27]Ma certi maligni dissero: «Che salvezza ci porterà questo tale?». E così lo disprezzarono e non gli portarono doni. Ma Saul si comportò come chi non sente.

11 **Prima impresa del neoeletto re.** [1]Nacas l'ammonita andò ad accamparsi contro Iabes di Galaad. Allora tutti gli uomini di Iabes dissero a Nacas: «Scendi a patti con noi e ti serviremo». [2]Rispose loro Nacas l'ammonita: «A questa condizione verrò a patti con voi, di cavarvi a tutti l'occhio destro. Lo farò ad infamia di tutto Israele». [3]Gli risposero gli anziani di Iabes: «Concedici sette giorni per mandare messaggeri in tutto il territorio d'Israele, e se non troveremo chi ci salva, ci arrenderemo a te».

[4]I messaggeri andarono a Gàbaa di Saul e riferirono le cose al popolo; allora tutto il popolo alzò grida e pianse. [5]Ecco che Saul stava tornando dietro i buoi dal campo. Saul domandò: «Che cosa ha il popolo che piange?». Gli riferirono le parole degli uomini di Iabes.

[6]Allora irruppe lo spirito di Dio su Saul, appena questi udì tali cose, e la sua ira si accese furente. [7]Prese un paio di buoi e li fece a pezzi; poi li spedì in tutto il territorio d'Israele per mezzo di messaggeri dicendo: «Chiunque non esce dietro Saul e dietro Samuele, riceverà un tale trattamento per il suo bestiame!».

Allora il terrore del Signore si sparse sul popolo, ed essi uscirono compatti come un uomo solo. [8]Saul li passò in rassegna a Bèzek: i figli d'Israele erano trecentomila e gli uomini di Giuda trentamila. [9]Poi dissero ai messaggeri che erano venuti: «Così direte agli abitanti di Iabes di Gàlaad: "Domani, quando il sole comincerà a scaldare, avrete aiuto"». I messaggeri rientrarono e lo annunziarono agli uomini di Iabes che ne gioirono. [10]Allora gli uomini di Iabes dissero: «Domani usciremo da voi, e ci farete tutto quello che vi piacerà».

[11]Il giorno seguente Saul dispose il popolo in tre schiere, le quali, penetrate in mezzo all'accampamento sul far del mattino, batterono Ammon fino al caldo del giorno. I superstiti poi si sbandarono: non ne rimasero due insieme.

Saul acclamato re a Gàlgala. - [12]Allora il popolo disse a Samuele: «Chi ha detto: "Saul non regnerà su di noi"? Consegnateci

---

12. *Chi è il loro padre?:* per rispondere a chi si meraviglia e per dire che la paternità, nel carisma della profezia, non conta nulla, essendo un dono che Dio comunica a chi vuole.

quegli uomini e li metteremo a morte!». [13]Rispose Saul: «Oggi nessuno sarà messo a morte, perché oggi il Signore ha operato la salvezza in Israele».

[14]Allora Samuele disse al popolo: «Venite, andiamo a Gàlgala per inaugurarvi il regno». [15]Tutto il popolo andò a Gàlgala e là riconobbe re Saul davanti al Signore; là offrirono sacrifici di comunione davanti al Signore; e là Saul fece grande festa insieme con tutti gli uomini d'Israele.

12 Il profeta si ritira davanti al re.

[1]Samuele disse a tutto Israele: «Ecco, ho dato ascolto alla vostra voce in tutto quello che mi avete detto e ho costituito un re su di voi. [2]Ed ora, ecco che il re incede davanti a voi; quanto a me, sono vecchio, con i capelli bianchi, e i miei figli, eccoli, sono con voi. Io ho condotto la mia vita davanti a voi dalla giovinezza fino a questo giorno. [3]Eccomi, rispondetemi davanti al Signore e davanti al suo consacrato: a chi ho preso il bue? A chi ho preso l'asino? A chi ho fatto estorsione? Chi ho oppresso? Dalla mano di chi ho accettato un prezzo di riscatto velandomi gli occhi con esso? Ve lo restituirò!». [4]Risposero: «Non ci hai fatto estorsioni, non ci hai oppressi e non hai accettato niente dalla mano di nessuno». [5]Soggiunse loro: «È testimone il Signore contro di voi ed è testimone il suo consacrato in questo giorno: non avete trovato niente nella mia mano!». Risposero: «È testimone!».

Samuele, profeta e intercessore per il popolo. - [6]Samuele disse al popolo: «È testimone il Signore che ha stabilito Mosè e Aronne e ha tratto fuori i vostri padri dalla terra d'Egitto. [7]Ora presentatevi perché voglio denunciare a voi, davanti al Signore, e annunziarvi tutte le opere di bontà che il

Signore ha fatto a voi e ai vostri avi. [8]Quando Giacobbe entrò in Egitto e gli Egiziani l'oppressero, i vostri antenati si rivolsero con gemiti al Signore, ed egli mandò Mosè e Aronne che fecero uscire i vostri padri dall'Egitto e li fecero abitare in questo luogo. [9]Ma essi dimenticarono il Signore loro Dio ed egli li dette in potere di Sisara, capo dell'esercito di Azor, e in potere dei Filistei e in potere del re di Moab, i quali mossero loro guerra. [10]Essi si rivolsero con gemiti al Signore e dissero: "Abbiamo peccato, perché abbiamo abbandonato il Signore e abbiamo servito i Baal e le Astarti! Ma ora salvaci dalla mano dei nostri nemici e saremo tuoi servi!". [11]Allora il Signore mandò Ierub-Baal e Barak, Iefte e Samuele e vi liberò dalla mano dei vostri nemici all'intorno e siete vissuti nella sicurezza. [12]Avete veduto che Nacas, re dei figli di Ammon, è venuto contro di voi, e mi avete detto: "No! Un re regni su di noi!", mentre il Signore, vostro Dio, è il vostro re! [13]Ora, ecco il re che avete scelto e avete chiesto. Ecco, il Signore ha costituito un re su di voi. [14]Se temerete il Signore e lo servirete e darete ascolto alla sua voce senza disobbedire al comando del Signore, e voi e il re che regna su di voi seguirete il Signore vostro Dio, bene! [15]Ma se non darete ascolto alla voce del Signore e sarete ribelli al comando di lui, allora la mano del Signore sarà contro di voi e contro i vostri padri. [16]Proprio adesso state a vedere il grande prodigio che il Signore sta per compiere davanti ai vostri occhi. [17]Non è oggi la mietitura del grano? Io invocherò il Signore ed egli manderà tuoni e pioggia! Comprendete e vedete: il male che avete fatto chiedendo per voi un re è grande agli occhi del Signore».

[18]Allora Samuele invocò il Signore ed egli mandò tuoni e pioggia in quel giorno; così tutto il popolo ebbe gran timore del Signore e di Samuele. [19]Tutto il popolo disse a Samuele: «Prega il Signore Dio tuo per i tuoi servi, perché non ci colga la morte; infatti abbiamo aggiunto a tutti i nostri peccati un altro male chiedendo per noi un re». [20]Rispose Samuele al popolo: «Non abbiate paura! Sì, voi avete fatto tutto questo male, però non vogliate allontanarvi dal Signore, ma servite a lui con tutto il vostro cuore. [21]Non dovete deviare, perché seguireste idoli vuoti che non vi portano fortuna e non vi possono salvare, proprio perché essi sono cose vuote. [22]Certo, il Signore non rigetterà

---

12. - [1.] Il discorso fu tenuto dopo l'adunanza di Gàlgala: Samuele rinunzia all'ufficio di giudice nella parte che spetta al re; ma dal lato religioso e morale resta giudice della nazione e del re fino alla morte. Qui fa una specie di testamento, dichiarando la sua integrità e la sua fedeltà agli impegni della sua missione.

[3.] Il *consacrato*, cioè il re.

[14.] Le fortune del popolo non dipenderanno dal re né da altra forma di governo, ma dalla fedeltà all'alleanza pattuita con Dio. Ad essa lo stesso re è soggetto.

il suo popolo a causa del suo grande nome, perché egli si è compiaciuto di costituirvi suo popolo. [23]Quanto a me non sia mai che io pecchi contro il Signore cessando di pregare per voi, anzi vi istruirò nella buona e retta via! [24]Temete dunque il Signore e servitelo fedelmente con tutto il vostro cuore: osservate quale grande cosa abbia fatto per voi. [25]Ma se vi ostinate a fare il male, sia voi che il vostro re perirete».

13 Riscossa contro i Filistei. - [1]Saul aveva trent'anni, quando diventò re e regnò quarant'anni su Israele. [2]Saul si scelse tremila uomini da Israele: duemila erano con Saul a Micmas e sul monte di Betel, mille erano con Gionata a Gàbaa di Beniamino; rimandò invece il resto del popolo, ognuno alla sua tenda.

[3]Gionata batté il presidio dei Filistei che si trovava a Gàbaa, ma lo risappero i Filistei. Allora Saul suonò il corno in tutto il paese dicendo: «Ascoltino gli Ebrei!». [4]Tutto Israele udì e disse: «Saul ha battuto il presidio dei Filistei, Israele si è anche reso odioso ai Filistei». Allora il popolo fu richiamato a Gàlgala al seguito di Saul.

[5]I Filistei intanto si erano radunati per far guerra contro Israele: trentamila carri, seimila cavalieri e una truppa numerosa come la rena che è in riva al mare. Salirono e si accamparono a Micmas ad oriente di Bet-Aven. [6]Quando gl'Israeliti si accorsero di trovarsi in angustia e la gente era incalzata, si nascosero nelle caverne, nelle boscaglie, tra le balze, nei sotterranei e nelle cisterne. [7]Alcuni Ebrei passarono il Giordano verso la terra di Gad e il Gàlaad.

Prima infedeltà di Saul. - Mentre Saul era a Gàlgala, tutto il popolo che lo seguiva tremava dalla paura. [8]Attese sette giorni secondo il tempo fissato da Samuele, ma Samuele non arrivò a Gàlgala; cosicché il popolo si allontanava da lui. [9]Disse allora Saul: «Portatemi l'olocausto e i sacrifici di comunione». Ed offrì l'olocausto.

[10]Appena finito di offrire l'olocausto, ecco arrivare Samuele; Saul gli uscì incontro per salutarlo. [11]Samuele domandò: «Che cosa hai fatto?». Saul rispose: «Ho veduto che il popolo si allontanava da me e tu non eri venuto al giorno stabilito, mentre i Filistei si trovano adunati a Micmas. [12]Allora ho detto: Ora scenderanno i Filistei verso di me a

Gàlgala, mentre io non ho propiziato il Signore! Così mi sono fatto forza e ho offerto l'olocausto». [13]Samuele rispose a Saul: «Hai agito stoltamente non osservando il comando che ti ha dato il Signore tuo Dio, perché ora il Signore avrebbe stabilito per sempre la tua regalità su Israele. [14]Ora invece la tua regalità non permarrà! Il Signore si è cercato un uomo secondo il suo cuore, lo ha designato principe sul suo popolo, poiché tu non hai osservato quello che il Signore ti aveva comandato».

[15]Samuele si alzò, risalì da Gàlgala e se ne andò per la sua via. Il resto del popolo salì ad incontrare i guerrieri al seguito di Saul e giunse da Gàlgala a Gàbaa di Beniamino. Saul passò in rassegna la truppa che si trovava con lui: erano circa seicento uomini.

Preparativi per la guerra. - [16]Mentre Saul, suo figlio Gionata e la truppa che si trovava con loro erano stazionati a Gàbaa di Beniamino, i Filistei erano accampati a Micmas. [17]Dal campo dei Filistei fece irruzione il gruppo guastatori diviso in tre pattuglie: una pattuglia si diresse sulla via di Ofra verso la terra di Suàl; [18]un'altra pattuglia si diresse sulla via di Bet-Coron; la terza pattuglia si diresse sulla via del confine che dà sulla valle di Zeboìm verso il deserto.

[19]Allora non si trovava un fabbro in tutto il paese di Israele, perché i Filistei dicevano: «Che gli Ebrei non facciano spade né lance!». [20]Così ogni Israelita scendeva dai Filistei per affilare il proprio vomere, lama, scure o lama del vomere. [21]L'affilatura costava due terzi di siclo per il vomere, le lame, e un terzo l'affilatura delle scuri e del pungolo. [22]E così, nel giorno della battaglia, non si trovava una spada né una lancia in mano a tutto il popolo che era con Saul e con Gionata. Ne fu trovata solo una per Saul e per suo figlio Gionata. [23]Intanto una postazione di Filistei uscì verso il passo di Micmas.

14 Impresa vittoriosa di Gionata. - [1]Un giorno Gionata, figlio di Saul, disse al suo scudiero: «Su, portiamoci verso la postazione dei Filistei che è dall'altra parte». Ma non avvertì suo padre.

---

24. La conclusione dell'esortazione di Samuele è simile a quella di Giosuè (Gs 24,14): invito alla fedeltà a Dio, che *grandi cose* ha compiuto in tutto il corso della storia d'Israele.

²Saul risiedeva all'estremità di Gàbaa sotto il melograno che è a Migròn: la sua truppa era di circa seicento uomini. ³Achià, figlio di Achitub, fratello di Icabòd, figlio di Finees, figlio di Eli, sacerdote del Signore in Silo, indossava l'efod. La truppa non sapeva che Gionata se ne fosse andato.

⁴Tra le gole, tra cui Gionata cercava di passare verso la postazione dei Filistei, c'è un dente di roccia da un lato e un dente di roccia dall'altro: uno si chiama Bòzez e l'altro Sène. ⁵Il primo dente sporge da settentrione verso Micmas e il secondo da mezzogiorno verso Gàbaa. ⁶Gionata disse al suo scudiero: «Su, portiamoci verso la postazione di quegli incirconcisi; forse il Signore agirà in nostro favore, perché il Signore non ha difficoltà a salvare in molti o in pochi». ⁷Lo scudiero gli rispose: «Fa' tutto quello che hai nel tuo cuore! Prosegui! Eccomi con te secondo il tuo desiderio». ⁸Disse Gionata: «Ecco, noi ci portiamo verso quegli uomini, e ci faremo vedere da loro. ⁹Se ci diranno: "Aspettate finché noi giungiamo da voi!", allora resteremo sul posto senza salire verso di loro. ¹⁰Se invece diranno: "Salite verso di noi!", allora saliremo, perché il Signore li ha dati in nostro potere. Questo è per noi il segno».

¹¹I due si fecero vedere dal presidio dei Filistei e i Filistei esclamarono: «Ecco che gli Ebrei sbucano dalle caverne dove si erano rintanati!». ¹²Poi gli uomini della guarnigione rivolsero la parola a Gionata e al suo scudiero dicendo: «Salite da noi, vi faremo sapere una cosa!». Disse Gionata al suo scudiero: «Sali dietro di me, perché il Signore li ha posti in potere d'Israele». ¹³Gionata si arrampicò con le mani e con i piedi e il suo scudiero dietro di lui. Quelli cadevano davanti a Gionata, mentre il suo scudiero li finiva dietro di lui. ¹⁴La prima strage compiuta da Gionata e dal suo scudiero fu di circa venti uomini in appena mezzo iugero di terreno.

Sommossa e battaglia generale. - ¹⁵Ne nacque uno spavento nell'accampamento,

nella campagna e in tutto il popolo; perfino la guarnigione e i guastatori si spaventarono; la terra tremò e incusse uno spavento divino. ¹⁶Le sentinelle di Saul che erano a Gàbaa di Beniamino si misero a guardare e videro che il campo si agitava da ogni parte. ¹⁷Saul disse al popolo che era con lui: «Fate l'appello e vedete chi è partito dei nostri». Fecero la rassegna, e si accorsero che mancava Gionata con il suo scudiero. ¹⁸Allora disse Saul ad Achià: «Avvicina l'efod», poiché egli portava l'efod in quei giorni davanti ai figli d'Israele. ¹⁹Mentre Saul stava ancora parlando al sacerdote, il tumulto nell'accampamento dei Filistei andava sempre crescendo e Saul disse al sacerdote: «Ritira la tua mano». ²⁰Saul convocò tutta la gente che era con lui e andarono fino al luogo della battaglia. Ed ecco la spada di uno era contro il compagno: un parapiglia enorme. ²¹Quegli Ebrei che per il passato stavano coi Filistei ed erano saliti con quelli all'accampamento, si ribellarono anch'essi, per unirsi con gl'Israeliti che erano con Saul e Gionata. ²²Allora ogni Israelita che si era nascosto sulla montagna di Efraim, udito che i Filistei si erano dati alla fuga, si mise a tallonarli in battaglia. ²³In quel giorno il Signore salvò Israele. La battaglia andò oltre Bet-Aven.

Voto inconsulto di Saul. - ²⁴Gli Israeliti erano sfiniti in quel giorno, perché Saul fece giurare al popolo: «Maledetto quell'uomo che toccherà cibo fino a questa sera, prima che mi sia vendicato dei miei nemici!». Tutto il popolo non assaggiò cibo. ²⁵Percorsa tutta la regione nella boscaglia, si trovò del miele a fior di terra. ²⁶Giunto il popolo alla boscaglia, ecco un rivolo di miele, ma nessuno portò la mano alla sua bocca, perché il popolo aveva timore del giuramento.

²⁷Gionata, però, che non aveva sentito quando suo padre aveva fatto fare il giuramento al popolo, stese l'estremità del bastone che aveva nella sua mano, la intinse nel favo di miele e portò la sua mano alla bocca e i suoi occhi si riaccesero. ²⁸Un tale del popolo prese la parola e disse: «Tuo padre ha fatto fare un severo giuramento al popolo dicendo: "Maledetto quell'uomo che toccherà cibo oggi!", sebbene il popolo fosse sfinito». ²⁹Gionata disse: «Mio padre ha fatto un danno al paese! Vedete che i miei occhi si sono illuminati, perché ho appena assaggiato un po' di questo miele. ³⁰Molto più

---

14. - ¹⁴· *In appena mezzo iugero di terreno:* cioè in poco spazio. È evidente in questo fatto l'intervento divino.

²⁰⁻²¹· Non essendoci allora divise militari, era facile che un esercito combattesse contro se stesso; inoltre tra i Filistei c'erano molti Ebrei, che nell'occasione si ribellarono.

se il popolo avesse potuto mangiare della preda presa ai suoi nemici! Ora non sarebbe stata più grande la disfatta dei Filistei?». [31]In quel giorno batterono i Filistei da Micmas fino ad Aialon, ma il popolo era del tutto sfinito. [32]Allora il popolo si dette al saccheggio, prese pecore, buoi, vitelli e li sgozzò a terra: la gente però mangiava con tutto il sangue. [33]Fu riferito a Saul: «Ecco, il popolo sta peccando contro il Signore mangiando col sangue». Egli disse: «Voi agite perversamente! Rotolate subito verso di me una grande pietra».

[34]Poi Saul ordinò: «Spargetevi tra il popolo e ditegli: "Ognuno mi porti qua il proprio bue, e ognuno il suo montone; lo scannerete qui e poi lo mangerete senza peccare contro il Signore mangiando la carne con il sangue"». Tutto il popolo, ognuno con il suo bue a mano, lo condusse quella notte e lo scannarono in quel luogo. [35]Saul costruì un altare al Signore: fu il primo altare che costruì al Signore.

[36]Poi Saul disse: «Scendiamo di notte a inseguire i Filistei, deprediamoli fino alla luce del mattino senza lasciare anima viva tra loro». Gli risposero: «Fa' pure tutto quello che piace ai tuoi occhi». Il sacerdote disse: «Avviciniamoci qui a Dio». [37]Saul domandò a Dio: «Posso scendere a inseguire i Filistei? Li darai in mano a Israele?». Ma in quel giorno non gli diede risposta.

[38]Allora Saul disse: «Avvicinatevi qua, capi tutti del popolo, cercate e considerate in che consiste il peccato di oggi, [39]perché, per la vita del Signore salvatore di Israele, è certo che costui morrà, anche se fosse Gionata mio figlio!». Non ci fu tra tutto il popolo chi osasse rispondergli.

[40]Poi disse a tutto Israele: «Voi state da una parte e io e mio figlio Gionata staremo dall'altra!». Il popolo rispose a Saul: «Fa' quello che piace ai tuoi occhi!». [41]Disse Saul al Signore, Dio di Israele: «Perché non hai risposto oggi al tuo servo? Se è colpa in me o in Gionata mio figlio, o Signore, Dio di Israele, da' *urim*; se invece il peccato è nel tuo popolo Israele, da' *tummim*». Vennero designati Gionata e Saul e il popolo uscì libero. [42]Disse Saul: «Gettate la sorte tra me e Gionata, mio figlio». Fu designato Gionata. [43]Allora Saul disse a Gionata: «Raccontami cosa hai fatto!». Gionata rispose: «Ho assaggiato appena un po' di miele con la punta del bastone che avevo in mano. Eccomi, che io muoia!». [44]Saul soggiunse: «Questo mi faccia Dio e peggio ancora!... Tu certamente morrai, Gionata!». [45]Ma il popolo disse a Saul: «Dovrà forse morire Gionata che ha procurato questa grande vittoria in Israele? Non sia mai! Per la vita del Signore, non cadrà a terra un capello della sua testa, perché ha operato con Dio quest'oggi!». Il popolo riscattò Gionata ed egli non morì. [46]Così Saul desistette dall'inseguire i Filistei, e i Filistei se ne andarono al loro paese.

Sommario delle gesta di Saul. - [47]Saul consolidò il regno su Israele e fece guerre all'intorno contro tutti i suoi nemici: contro Moab, gli Ammoniti, Edom, i re di Zoba e contro i Filistei; ovunque si volgeva vinceva. [48]Fece grandi imprese, batté Amalek liberando Israele dalla mano del suo razziatore.

[49]I figli di Saul furono: Gionata, Isbàal e Malkisùa; il nome delle sue figlie era: Merab la maggiore, Mikal la minore; [50]il nome della moglie di Saul era Achinòam, figlia di Achimàaz; il nome del capo del suo esercito Abner, figlio di Ner, zio di Saul; [51]Kis, padre di Saul, e Ner, padre di Abner, erano figli di Abièl.

[52]Ci fu guerra spietata contro i Filistei per tutta la vita di Saul. Ogni uomo prode e ogni persona valorosa che Saul vedeva, la prendeva con sé.

15 **Altra infedeltà di Saul.** - [1]Samuele disse a Saul: «È stato il Signore a mandarmi a consacrarti re sul suo popolo d'Israele: ora da' ascolto alle parole del Signore. [2]Così dice il Signore degli eserciti: "Voglio vendicare quello che Amalek ha fatto a Israele quando gli sbarrò la via mentre questo usciva dall'Egitto". [3]Ora, va' e colpisci Amalek; vota all'anatema tutto quello che gli appartiene, non aver pietà di lui, uccidi uomini e donne, ragazzi e lattanti, buoi e pecore, cammelli e asini».

[4]Saul convocò il popolo e lo passò in rassegna a Telaìm: duecentomila fanti e diecimila uomini di Giuda. [5]Saul avanzò fino alla città di Amalek e tese un'imboscata nella valle.

[6]Saul disse ai Keniti: «Separatevi, allonta-

[39.] Al suo voto temerario (v. 24), Saul aggiunse anche questo giuramento imprudente. La condotta di Saul si manifesta molto irriflessiva.

natevi di mezzo agli Amaleciti, affinché io non vi accomuni a loro; tu infatti usasti misericordia a tutti i figli d'Israele quando essi salirono dall'Egitto». Così i Keniti si separarono dagli Amaleciti.

[7]Saul colpì Amalek a partire da Avila in direzione di Sur che è ad oriente dell'Egitto. [8]Catturò vivo Agag re di Amalek, mentre passò tutto il popolo a fil di spada. [9]Saul e il popolo risparmiarono Agag e la parte migliore del gregge e dell'armento, gli animali grassi, gli agnelli e ogni cosa buona: questi non li vollero votare all'anatema; invece ogni cosa di poco valore e magra la votarono all'anatema.

Saul è rigettato da Dio. - [10]Allora la parola del Signore fu rivolta a Samuele: [11]«Mi pento di aver costituito re Saul, poiché egli si è allontanato da me non eseguendo i miei ordini». Samuele ne ebbe sdegno e implorò il Signore tutta quella notte. [12]Al mattino Samuele si affrettò ad andare incontro a Saul.

Fu data questa notizia a Samuele: «Saul è giunto a Carmel, ed ecco che si è eretto un trofeo, poi proseguendo la strada del ritorno è sceso a Gàlgala».

[13]Quando Samuele arrivò da Saul, Saul gli disse: «Benedetto tu dal Signore! Ho eseguito l'ordine del Signore!». [14]Ma Samuele disse: «E cosa è questo belato di gregge nelle mie orecchie, e questo muggito dell'armento che sto udendo io?». [15]Rispose Saul: «È stato riportato da Amalek, perché il popolo ha risparmiato il meglio del gregge e dell'armento per poterlo sacrificare al Signore tuo Dio; il resto però l'abbiamo votato all'anatema».

[16]Disse Samuele a Saul: «Permetti che ti annunzi quello che mi ha detto il Signore in questa notte». Gli rispose: «Di' pure!». [17]Samuele soggiunse: «Tu, benché piccolo ai tuoi propri occhi, non sei forse il capo delle tribù d'Israele? Il Signore ti ha consacrato re su Israele! [18]Il Signore ti ha inviato a una spedizione dicendo: "Va', vota all'anatema quei peccatori di Amaleciti, e fa' loro guerra finché non siano sterminati!". [19]Perché non hai dato ascolto alla voce del Signore, ma ti sei gettato sulla preda e hai compiuto ciò che è male agli occhi del Signore?». [20]Saul rispose a Samuele: «Ma sì che ho dato ascolto alla voce del Signore! Mi sono messo per la via per la quale il Signore mi ha mandato; ho riportato Agag, re di Amalek, ma gli Amaleciti li ho votati all'anatema. [21]Il popolo ha prelevato dalla preda pecore e buoi, il meglio dell'interdetto per sacrificarlo al Signore, tuo Dio, a Gàlgala».

L'obbedienza vale più degli olocausti. [22]Samuele rispose:

«Forse il Signore
si compiace degli olocausti e dei sacrifici
come dell'obbedienza alla voce
    del Signore?
Ecco, l'obbedienza è migliore del sacrificio,
la docilità è migliore del grasso
    dei montoni!
[23] Sì, un peccato di divinazione
    è la ribellione,
e vano culto e terafim è l'ostinazione.
Poiché hai rigettato la parola del Signore,
egli ti ha rigettato dall'essere re!».

[24]Saul disse a Samuele: «Ho peccato, perché ho trasgredito il comando del Signore e le tue parole; poiché ho avuto paura del popolo, ho dato ascolto alla sua voce. [25]Ma ora, ti prego, perdona il mio peccato, e ritorna con me, che io faccia adorazione al Signore». [26]Ma Samuele rispose a Saul: «Non ritornerò con te! Poiché hai rigettato la parola del Signore, il Signore ti ha rigettato dall'essere re su Israele». [27]Samuele si voltò per partire, ma Saul afferrò un lembo del suo manto che si strappò. [28]Gli disse allora Samuele: «Oggi il Signore strappa la regalità d'Israele da dosso a te e la dà a uno più degno di te. [29]La Gloria d'Israele non mentisce e non si pente, perché egli non è un uomo da doversi ricredere». [30]Saul esclamò: «Ho peccato! Ora, ti prego, rendimi onore davanti agli anziani del mio popolo e davanti a Israele; ritorna con me perché io faccia adorazione al Signore, tuo Dio». [31]Samuele ritornò insieme con Saul e Saul fece adorazione al Signore.

---

15. - [11.] Quando Dio, offeso, ritira il suo aiuto, parlando umanamente si dice che si *pente* di averlo dato; in realtà Dio non muta consiglio, sono gli uomini che si allontanano da lui e dai suoi progetti.

[26.] L'abbandono definitivo del profeta e del favore popolare determinarono in Saul una profonda depressione nervosa, che lo condusse a poco a poco all'ipocondria con tutti i suoi effetti.

[29.] *La Gloria d'Israele* è Dio; egli è immutabile: ma spesso i suoi decreti sono condizionati e vengono realizzati o meno secondo l'avveramento della condizione.

Fine del re amalecita. - [32]Samuele disse: «Conducetemi qua Agag, re di Amalek!». Agag andò da lui gongolante e disse: «Veramente se ne è andata l'amarezza della morte!». [33]Ma Samuele disse:

«Come la tua spada privò di figli
   le donne,
così tra le donne tua madre
   sarà priva del figlio!».

Poi Samuele sgozzò Agag davanti al Signore a Gàlgala.
[34]Samuele andò poi a Rama, mentre Saul risalì alla sua casa a Gàbaa di Saul. [35]Samuele non volle più vedere Saul fino al giorno della sua morte, perché Samuele faceva lutto su Saul; e il Signore si era pentito di aver fatto regnare Saul su Israele.

SAUL E DAVIDE

16 **Consacrazione di Davide.** - [1]Il Signore disse a Samuele: «Fino a quando tu fai lutto su Saul, mentre io l'ho rigettato perché non regni più su Israele? Riempi il tuo corno d'olio e va'; ti mando da Iesse il betlemita, perché ho veduto tra i suoi figli il mio re». [2]Rispose Samuele: «Come potrò andare? Lo sentirà Saul e mi ucciderà». Il Signore riprese: «Prenderai con te una vitella dell'armento e dirai: "Sono venuto per offrire un sacrificio al Signore". [3]Inviterai Iesse al sacrificio, io ti indicherò quello che dovrai fare e tu mi consacrerai colui che io ti dirò».
[4]Samuele eseguì quello che aveva ordinato il Signore. Arrivato a Betlemme, gli anziani della città gli andarono incontro trepidanti e gli domandarono: «È pacifica la tua venuta?». [5]Rispose: «Pacifica! Sono venuto per offrire un sacrificio al Signore. Purificatevi e venite con me al sacrificio». Fece purificare Iesse e i suoi figli e li invitò al sacrificio.
[6]Quando essi giunsero, egli osservò Eliab ed esclamò: «Oh, il consacrato sta davanti al Signore!». [7]Ma il Signore disse a Samuele: «Non badare al suo aspetto e all'altezza della sua statura, poiché l'ho respinto; perché l'uomo non vede quello che vede Dio: l'uomo infatti guarda all'apparenza, ma il Signore guarda al cuore».
[8]Iesse chiamò Abìnadab e lo fece passare davanti a Samuele. Questi disse: «Nemmeno questo è scelto dal Signore». [9]Iesse fece passare Samma e Samuele disse: «Nemmeno questo è scelto dal Signore». [10]Iesse fece passare così i suoi sette figli davanti a Samuele, ma Samuele disse a Iesse: «Il Signore non ha scelto nessuno di questi!».
[11]Samuele domandò a Iesse: «Sono dunque tutti qui i giovani?». Quello rispose: «È rimasto ancora il più piccolo, che ora sta pascolando il gregge». Samuele disse a Iesse: «Manda a prenderlo, perché non ci metteremo a tavola finché egli non sia venuto qui».
[12]Egli lo fece venire: era rosso, con begli occhi e bell'aspetto. Il Signore disse: «Su, consacralo, perché è lui!». [13]Allora Samuele, preso il corno d'olio, lo consacrò in mezzo ai suoi fratelli. Lo spirito del Signore irruppe su Davide da quel giorno in poi.
Samuele si alzò e ritornò a Rama.

Davide alla corte di Saul. - [14]Intanto lo spirito del Signore si era allontanato da Saul e lo aveva invaso uno spirito malvagio da parte del Signore.
[15]I cortigiani di Saul gli dicevano: «Ecco, uno spirito malvagio di Dio ti ha invaso; [16]il nostro signore, dunque, dia ordini, i tuoi servi sono davanti a te, essi cercheranno un uomo che sappia sonare la cetra; quando lo spirito malvagio di Dio sarà su di te, egli sonerà con la sua mano e tu ne avrai beneficio». [17]Saul disse ai suoi cortigiani: «Cercatemi, per favore, un uomo che sappia sonare bene e conducetemelo». [18]Uno dei suoi cortigiani prese la parola e disse: «Ecco, ho veduto un figlio di Iesse il betlemita: sa sonare, è un prode e un guerriero, abile parlatore e uomo di bella presenza, e il Signore è con lui».
[19]Allora Saul mandò dei messaggeri a Iesse dicendo: «Mandami tuo figlio Davide, che è con il gregge». [20]Iesse prese un carico di pane, un otre di vino e un capretto e li mandò a Saul per mezzo di Davide suo figlio. [21]Davide, giunto da Saul, rimase al suo servizio. Saul gli si affezionò molto e Davide diventò suo scudiero. [22]Saul mandò a di-

---

16. - [13]. L'episodio della consacrazione di Davide indica la libertà di Dio nella scelta dei suoi rappresentanti. Nel medesimo tempo questo episodio serve a indicare che, se il primo re d'Israele era venuto meno ai suoi compiti, l'istituzione monarchica in sé si era dimostrata buona e Dio intendeva mantenerla.

re a Iesse: «Rimanga Davide al mio servizio, perché egli ha trovato benevolenza ai
miei occhi». [23]Così quando lo spirito di Dio
era su Saul, Davide prendeva la cetra e suonava con la sua mano; Saul trovava la calma, ne aveva un beneficio e lo spirito malvagio si allontanava da lui.

17 Il gigante Golia e Davide. - [1]I Filistei
radunarono le loro truppe per la
guerra: si radunarono a Soco di Giuda, e si
accamparono tra Soco e Azeka a Efes-
Dammìm. [2]Saul e gli uomini d'Israele si radunarono e si accamparono nella Valle del
Terebinto e si schierarono in battaglia contro i Filistei. [3]I Filistei stavano da un lato
della collina, Israele stava dall'altro lato della collina e fra essi vi era la valle.

[4]Uscì dagli accampamenti dei Filistei un
guerriero di nome Golia di Gat, la cui altezza era di sei cubiti e un palmo. [5]Aveva sul
capo un elmo di bronzo ed era rivestito di
una corazza a scaglie; il peso della corazza
era di cinquemila sicli di bronzo. [6]Aveva
gambali di bronzo ai suoi stinchi e un giavellotto di bronzo sulle spalle. [7]Il legno della sua lancia era come il subbio del tessitore
e la punta della sua lancia pesava seicento
sicli di ferro; il portatore dello scudo marciava davanti a lui.

[8]Si fermò e, gridando verso le schiere d'I-
sraele, disse loro: «Perché siete usciti a preparare una battaglia? Non sono io filisteo e
voi servi di Saul? Sceglietevi un uomo che
scenda in campo con me! [9]Se lui avrà la forza di combattere con me e mi batterà, noi
saremo vostri schiavi; ma se io prevarrò su
di lui e lo batterò, voi sarete nostri schiavi e
ci servirete». [10]Il filisteo soggiunse: «Io ho
vilipeso le schiere d'Israele in questo giorno: datemi un uomo per combattere insieme!».

[11]Saul e tutto Israele, udite le parole del
filisteo, rimasero costernati ed ebbero gran
paura.

[12]Davide era figlio di un efratita di Betlemme di Giuda, di nome Iesse che aveva
otto figli. Ai giorni di Saul quest'uomo era
vecchio, avanzato negli anni. [13]I tre figli
maggiori di Iesse erano andati in guerra al
seguito di Saul. I nomi dei tre figli di Iesse
andati in guerra erano: Eliab il primogenito,
Abìnadab il secondo, Samma il terzo; [14]Da-
vide era il più piccolo. I tre più grandi dunque erano andati al seguito di Saul. [15]Davi-

de andava e veniva da Saul per pascolare il
gregge di suo padre a Betlemme.
[16]Il filisteo si faceva avanti mattina e sera
e si presentò così per quaranta giorni.
[17]Iesse disse a suo figlio Davide: «Prendi
per i tuoi fratelli un'efa di questi semi abbrustoliti e questi dieci pani e portali in
fretta al campo per i tuoi fratelli; [18]e queste
dieci formelle di cacio le offrirai al comandante dei mille. Ti informerai dei tuoi fratelli se stanno bene e poi ritirerai il loro pegno. [19]Essi stanno con Saul e con tutto
Israele alla Valle del Terebinto a far la guerra contro i Filistei».
[20]La mattina presto Davide si levò: affidò
il gregge al guardiano, prese la roba e partì
come gli aveva comandato Iesse. Giunse
dove erano i carri, mentre le truppe uscìva-
no per schierarsi e mandavano il grido di
battaglia. [21]Israele e i Filistei si erano schierati l'uno contro l'altro. [22]Davide affidò gli
oggetti che aveva indosso al custode dei bagagli e corse tra le file. Giunto, chiese ai fratelli notizie sulla salute.
[23]Egli stava parlando con loro, quand'ecco l'uomo sfidante, il filisteo di Gat di nome
Golia, uscire dalle schiere dei Filistei e pronunziare le solite parole. Davide ascoltò.
[24]Tutti gli Israeliti invece quando videro
quell'uomo fuggirono davanti a lui ed ebbero grande paura. [25]Allora un israelita disse:
«Vedete quell'uomo che avanza? Avanza
proprio per sfidare Israele! Ma colui che lo
colpirà, sarà ricolmato di grandi ricchezze
dal re, gli darà sua figlia ed esenterà dai tributi la casa di suo padre in Israele».
[26]Davide domandò agli uomini che stavano presso di lui: «Che cosa sarà fatto a quel-
l'uomo che colpirà questo filisteo e allontanerà la vergogna da Israele? Ma chi è questo filisteo incirconciso che abbia potuto sfidare le schiere del Dio vivo?». [27]Il popolo
gli rispose allo stesso modo: «Così sarà fatto
a colui che lo colpirà».
[28]Suo fratello maggiore Eliab lo sentì parlare con gli uomini; così Eliab si accese d'i-
ra contro Davide e disse: «Perché sei venuto giù? E a chi hai affidato quelle poche pecore nel deserto? Io conosco la tua arroganza e la malizia del tuo cuore; certo, sei sceso per vedere la battaglia!». [29]Rispose Davide: «Che ho fatto ora? Non è stata solo una
parola?». [30]E si allontanò da lui volgendosi
verso un altro. Fece la stessa domanda e il
popolo gli dette la stessa risposta di prima.
[31]Le parole pronunciate da Davide furono

udite e riportate a Saul, il quale lo mandò a chiamare. [32]Davide disse a Saul: «Nessuno si scoraggi a causa di lui; il tuo servo andrà a combattere con quel filisteo». [33]Saul disse a Davide: «Non puoi andare contro quel filisteo a combattere con lui, perché tu sei un ragazzo e lui è un uomo agguerrito fin dalla sua giovinezza». [34]Davide rispose a Saul: «Il tuo servo faceva il pastore del gregge di suo padre; quando veniva il leone o l'orso per prendere una pecora del gregge, [35]io lo inseguivo, lo colpivo e gliela strappavo dalla bocca; lui si avventava contro di me, ma io lo afferravo per la sua mascella e colpendolo lo uccidevo. [36]Sì, perfino il leone, perfino l'orso ha colpito il tuo servo. Questo filisteo incirconciso sarà come uno di loro, perché ha sfidato le schiere del Dio vivo». [37]Davide aggiunse: «Il Signore, che mi ha salvato dalla zampa del leone e dalle unghie dell'orso, mi libererà dalla mano di quel filisteo».

Allora Saul disse a Davide: «Va', il Signore sarà con te!».

[38]Saul fece rivestire Davide con la sua casacca, pose sul suo capo l'elmo di bronzo e gli fece indossare la corazza. [39]Davide si cinse della spada di lui sopra la casacca e provò invano a camminare, perché non vi era abituato. Davide disse a Saul: «Non riesco a camminare con queste cose, perché non ci sono abituato». Così Davide se le tolse di dosso. [40]Prese invece il suo bastone in mano, si scelse cinque lucidi ciottoli dal torrente e li pose nel suo sacco da pastore e nella tasca, poi, con la sua fionda in mano, si avviò verso il filisteo.

[41]Il filisteo si avvicinava sempre più a Davide, mentre l'uomo che portava lo scudo grande lo precedeva. [42]Il filisteo guardò fisso e, scorto Davide, lo disprezzò perché era giovane, rosso e di bella presenza. [43]Il filisteo disse a Davide: «Sono forse un cane io, che tu vieni contro di me con dei bastoni?». Poi il filisteo maledisse Davide per i suoi dèi. [44]Il filisteo apostrofò Davide: «Avvicinati, ché voglio dare la tua carne agli uccelli del cielo e alle bestie selvagge». [45]Davide rispose al filisteo: «Tu vieni contro di me con la spada, la lancia e il giavellotto, ma io vengo contro di te nel nome del Signore degli eserciti, Dio delle schiere d'Israele, che tu hai sfidato. [46]Quest'oggi il Signore ti consegnerà in mio potere e io ti colpirò e mozzerò la tua testa da te e darò in questo giorno la tua carogna e le carogne delle truppe dei Filistei agli uccelli del cielo e alle bestie

della terra. Così tutta la terra saprà che Israele ha un Dio. [47]Tutto questo assembramento conoscerà che il Signore non concede la vittoria con la spada e l'asta, perché al Signore appartiene la guerra e vi ha consegnato in nostro potere».

[48]Allora il filisteo prese ad avvicinarsi ancor più verso Davide; Davide si affrettò e corse verso il campo contro il filisteo. [49]Davide infilò la sua mano nella sacca, ne trasse fuori un ciottolo, lo lanciò con la fionda e colpì il filisteo alla fronte. Il sasso si conficcò nella sua fronte ed egli cadde con la faccia a terra. [50]Così Davide prevalse sul filisteo con la fionda e con il ciottolo, colpendolo e uccidendolo, benché non avesse alcuna spada in mano. [51]Davide corse e si fermò sul filisteo, afferrò la spada di lui, la estrasse dal fodero e lo uccise troncandogli con essa la testa. Quando i Filistei videro che il loro campione era morto, si dettero alla fuga.

[52]Allora si levarono gli uomini d'Israele e di Giuda e gridando inseguirono i Filistei fino allo sbocco della Valle e fino alle porte di Accaron. Gli uccisi dei Filistei caddero sulla via di Saaràim, fino a Gat e ad Accaron. [53]Poi i figli d'Israele ritornarono dall'inseguimento dei Filistei e dettero a saccheggiare i loro accampamenti. [54]Davide prese la testa del filisteo e la portò a Gerusalemme, mentre le sue armi le depose nella propria tenda.

Davide è introdotto dal re Saul. - [55]Quando Saul aveva visto Davide uscire contro il filisteo, disse ad Abner, capo dell'esercito: «Di chi è figlio questo giovane, o Abner?». Abner rispose: «Per la tua vita, o re, non lo so!». [56]Il re riprese: «Domanda tu stesso di chi è figlio il ragazzo».

[57]Quando Davide ritornò dopo aver ucciso il filisteo, Abner lo prese e lo condusse davanti a Saul con la testa del filisteo ancora in mano. [58]Saul lo interrogò: «Di chi sei figlio, giovanotto?». Davide rispose: «Sono figlio di Iesse il betlemita, tuo servo».

18 Amicizia e alleanza di Gionata con Davide. - [1]Quando Davide ebbe finito di parlare a Saul, l'anima di Gionata si sentì legata all'anima di Davide; Gionata lo amò come la sua anima.

[2]Saul lo trattenne quel giorno e non gli permise di ritornare a casa di suo padre.

³Gionata fece un patto con Davide, perché lo amava come la sua anima. ⁴Gionata si tolse il proprio manto che aveva indosso e lo dette a Davide, così pure le sue vesti e perfino la sua spada, il suo arco e la sua cintura. ⁵Davide aveva successo nelle scorrerie ovunque Saul lo mandasse, così che Saul lo prepose agli uomini di guerra. Era ben visto da tutto il popolo e perfino dai cortigiani di Saul.

Gelosia di Saul. - ⁶Al loro rientro, quando Davide ritornava dopo avere battuto il filisteo, le donne uscirono incontro al re Saul da tutte le città d'Israele per cantare danzando con tamburelli, con grida di gioia e con sistri. ⁷Le donne danzavano ripetendo il ritornello:

«Saul colpì le sue migliaia,
ma Davide le sue miriadi!».

⁸Saul se ne adirò fortemente e questa cosa gli dispiacque. Diceva: «A Davide hanno attribuito le miriadi e a me hanno dato le migliaia. Ora gli manca solo il regno!». ⁹Così Saul guardò Davide con gelosia da quel giorno in poi.

Attentato alla vita di Davide. - ¹⁰L'indomani uno spirito maligno di Dio irruppe su Saul, e questi si mise a delirare in mezzo alla casa, mentre Davide suonava con la sua mano come gli altri giorni. Saul aveva la sua lancia in mano. ¹¹Saul scagliò la lancia, pensando: «Trafiggerò Davide alla parete!». Ma Davide si eclissò dalla sua presenza due volte.

¹²Saul aveva timore della presenza di Davide, perché il Signore era con lui e si era ritirato da Saul. ¹³Allora Saul se lo tolse da presso e ne fece un comandante di mille; ed egli andava e veniva alla testa della truppa. ¹⁴Davide aveva successo in ogni sua impresa e il Signore era con lui. ¹⁵Saul, costatando che egli era molto fortunato, ne aveva timore. ¹⁶Ma tutto Israele e Giuda amavano Davide, perché era lui che andava e veniva davanti a loro.

Insidie di Saul. Matrimonio di Davide. ¹⁷Saul propose a Davide: «Ecco la mia figlia maggiore Merab; te la darò per moglie, solo mostrati valoroso e combatti le battaglie del Signore». Infatti Saul aveva pensato: «Non sia la mano mia contro di lui, ma quella dei Filistei!». ¹⁸Davide rispose a Saul: «Chi sono io e cosa è la famiglia di mio padre in Israele, perché io possa diventare genero del re?». ¹⁹Quando però venne il momento di dare Merab, figlia di Saul, a Davide, essa fu data in moglie ad Adriel di Mecola.

²⁰Mikal, figlia di Saul, si era invece innamorata di Davide. Lo riferirono a Saul, al quale piacque la cosa. ²¹Saul pensava: «Gliela voglio dare, perché ella sia un laccio per lui e sia la mano dei Filistei contro di lui». Così Saul disse due volte a Davide: «Sarai mio genero quest'oggi».

²²Saul ordinò ai suoi cortigiani: «Parlate in segreto a Davide e dite: "Ecco, il re prova affetto per te, e tutti i suoi servi ti vogliono bene, diventa dunque genero del re"». ²³I cortigiani di Saul riportarono queste cose all'orecchio di Davide, ma egli rispose: «È piccola cosa ai vostri occhi diventare genero del re? Io sono un uomo povero e spregevole». ²⁴I cortigiani di Saul gli riferirono: «Davide ha parlato in questi termini». ²⁵Saul disse: «Così direte a Davide: "Il re non desidera la dote, ma cento prepuzi dei Filistei per fare vendetta contro i nemici del re"». Saul pensava di far cadere Davide nelle mani dei Filistei. ²⁶I cortigiani riferirono a Davide quelle proposte, e la proposta sembrò buona agli occhi di Davide per diventare genero del re.

Non erano trascorsi i giorni fissati ²⁷che Davide si levò e partì con i suoi uomini e colpì tra i Filistei duecento uomini. Davide riportò i loro prepuzi che furono consegnati al re in numero esatto per diventare genero del re. Allora Saul gli dette sua figlia Mikal per moglie.

Sommario di notizie su Saul e Davide. ²⁸Saul vide e comprese che il Signore era con Davide e Mikal, sua figlia, lo amava. ²⁹Allora Saul ebbe ancor più timore di Davide e fu per tutti i giorni ostile a Davide.

³⁰I capi dei Filistei fecero delle incursioni, ma ogni volta che le facevano, Davide aveva più successo di tutti gli altri ministri di Saul. Così il suo nome diventò molto famoso.

19 **Gionata intercede per Davide.** ¹Saul comunicò a suo figlio Gionata e a tutti i suoi cortigiani di voler uccidere Davide, ma Gionata, figlio di Saul, aveva molto affetto per Davide ²e lo avvertì dicendo: «Mio padre Saul sta cercando di farti morire; fa' dunque attenzione domattina, rimani in un luogo riparato e nasconditi. ³Io uscirò e rimarrò accanto a mio padre nella campagna dove tu ti trovi; io parlerò di te a mio padre: vedrò che cosa succede e te lo farò sapere».

⁴Gionata parlò bene di Davide a suo padre Saul e gli disse: «Non pecchi il re contro il suo servo, contro Davide, perché egli non ha mancato contro di te, anzi le sue imprese ti sono molto utili. ⁵Egli ha esposto la sua vita al rischio, ha battuto il filisteo, e il Signore ha operato una grande vittoria per Israele intero: hai veduto e ti sei rallegrato. Perché ora vuoi peccare contro un sangue innocente, facendo morire Davide senza motivo?». ⁶Saul dette ascolto alla voce di Gionata e giurò: «Per la vita del Signore, non morrà!».

⁷Gionata chiamò Davide e gli riferì tutte quelle cose; poi Gionata ricondusse Davide da Saul, ed egli stette alla presenza di lui come per il passato.

Secondo attentato alla vita di Davide. - ⁸Vi fu di nuovo la guerra. Allora Davide uscì e diede battaglia ai Filistei; inflisse loro una grande disfatta ed essi si dettero alla fuga davanti a lui.

⁹Uno spirito maligno del Signore fu su Saul, mentre questi stava nella sua casa con la sua lancia in pugno, e Davide stava suonando la cetra. ¹⁰Saul cercò di colpire Davide con la lancia contro la parete, ma questi si allontanò da Saul che infisse la lancia nel muro. Davide fuggì e si mise in salvo quella notte.

¹¹Saul inviò dei messi alla casa di Davide per sorvegliarlo e farlo morire il mattino dopo, ma sua moglie Mikal informò Davide dicendo: «Se non ti metti in salvo questa notte, tu domani sarai morto». ¹²Allora Mikal fece scendere Davide per la finestra; egli partì, prese la fuga e si mise in salvo.

¹³Mikal prese poi una statuetta e la pose sul letto, al suo capezzale mise un tessuto di capra e lo coprì con un panno.

¹⁴Quando Saul mandò messi per prendere Davide ella disse: «È malato». ¹⁵Ma Saul inviò i messi per vedere Davide e disse loro: «Portatemelo qua nel letto, per ucciderlo». ¹⁶Arrivarono i messi, ma ecco che sul letto c'era la statuetta e il panno di capra per capezzale. ¹⁷Saul disse a Mikal: «Perché

mi hai ingannato così, mandando via il mio nemico, perché si mettesse in salvo?». Mikal rispose a Saul: «È lui che mi ha detto: "Lasciami andare! Perché dovrei farti morire?"».

Davide fugge presso Samuele. - ¹⁸Davide fuggì e si mise in salvo; andò da Samuele a Rama e gli raccontò tutto quello che gli aveva fatto Saul. Allora lui e Samuele se ne andarono ad abitare a Naiot. ¹⁹La cosa fu riferita a Saul: «Ecco, Davide è a Naiot di Rama». ²⁰Saul spedì dei messaggeri per catturare Davide, ma quando essi videro la comunità dei profeti in atto di profetare e Samuele che li presiedeva, lo spirito di Dio venne sui messaggeri di Saul e anch'essi si misero ad agire come profeti.

²¹Lo riferirono a Saul, il quale mandò altri messi, ma anche questi si misero a fare i profeti. Saul mandò ancora un terzo gruppo di messi, ma anche questi si misero a fare i profeti.

²²Allora andò egli stesso a Rama e, giunto fino alla cisterna grande che è a Secu, domandò: «Dove sono Samuele e Davide?». Uno rispose: «Ecco, a Naiot di Rama». ²³Allora andò là a Naiot di Rama, ma venne lo spirito di Dio anche su di lui, ed egli se ne andava avanti facendo il profeta finché giunse a Naiot di Rama. ²⁴Anch'egli si tolse le vesti e fece il profeta davanti a Samuele e cadde nudo per tutto quel giorno e tutta quella notte. Per questo si dice: «Perfino Saul è tra i profeti!».

20 **Alleanza di Gionata e Davide.** - ¹Davide fuggì da Naiot di Rama e andò a dire a Gionata: «Che cosa ho fatto? Qual è la mia colpa? E qual è il mio peccato davanti a tuo padre, perché attenta alla mia vita?». ²Gli rispose: «Non sia mai! Tu non morrai. Ecco, mio padre non compie una cosa grande o piccola senza confidarmela. Perché mio padre mi avrebbe nascosto questa cosa? Non può essere!». ³Davide giurò ancora: «Certamente tuo padre sa che io ho trovato simpatia ai tuoi occhi, e si è detto: "Gionata non sappia questo affinché non se ne affligga. Comunque, per la vita del Signore e per la vita della tua anima, tra me e la morte c'è appena un passo!». ⁴Gionata disse a Davide: «Qualunque cosa tu mi chieda io te la farò».

⁵Davide rispose a Gionata: «Ecco, domani

è la luna nuova e io dovrei sedere con il re a mangiare, ma tu lasciami andare: io mi nasconderò nella campagna fino alla terza sera. [6]Se tuo padre si preoccupa di cercarmi, tu dirai: "Davide mi ha chiesto con insistenza di fare una corsa a Betlemme, sua città, perché vi si celebra il sacrificio annuale per tutto il parentado". [7]Se dirà: "Va bene!", il tuo servo è salvo; ma se ha un gesto d'ira, sappi che il peggio è stato deciso da parte sua. [8]Tu userai misericordia col tuo servo, perché con il patto del Signore hai legato a te il tuo servo; ma se vi è in me qualche delitto, fammi morire tu stesso. Perché condurmi fino a tuo padre?». [9]Gionata rispose: «Non sia mai! Perché se saprò veramente che da parte di mio padre è stato deciso che su di te piombi la rovina, non te lo farò sapere?». [10]Davide domandò a Gionata: «Chi me lo farà sapere se tuo padre risponderà duramente?». [11]Gionata disse a Davide: «Su, usciamo nella campagna». E i due uscirono nella campagna.

[12]Gionata disse a Davide: «Signore, Dio di Israele! Certo, domani o dopodomani a quest'ora scruterò le intenzioni di mio padre. Se esse sono favorevoli a Davide e io non manderò a rivelarle alle tue orecchie, [13]che il Signore faccia così a Gionata e peggio ancora! Se invece è parso bene a mio padre di fare cadere la rovina su di te, allora lo rivelerò alle tue orecchie e ti lascerò partire, e tu te ne andrai in pace. Il Signore sia con te come lo fu con mio padre. [14]E se io sarò ancora vivo, allora userai verso di me la bontà del Signore; e se sarò morto, [15]non smetterai di usare la tua bontà verso la mia casa. Quando il Signore toglierà tutti i nemici di Davide dalla faccia della terra, [16]il nome di Gionata non sia mai soppresso dalla casa di Davide: il Signore ne chiederà conto a Davide».

[17]Gionata fece fare di nuovo un giuramento a Davide per l'amore che gli portava: egli infatti lo amava dell'amore che portava a se stesso.

Gionata favorisce la fuga di Davide. [18]Gionata gli disse: «Domani è la luna nuo-

va e tu sarai ricercato, perché si noterà il tuo posto vuoto. [19]Farai passare tre giorni, poi scenderai giù e andrai in quel luogo dove ti sei nascosto nel giorno di quel fatto e rimarrai presso Eben-Ezel. [20]Io scaglierò tre saette là accanto, tirando al bersaglio; [21]e subito manderò il servo: "Va', ritrova le saette." Se dirò così al servo: "Ecco, la saetta sta di qua da te, prendila!", allora vieni perché va bene per te; per la vita del Signore non c'è niente di grave. [22]Ma se dirò al ragazzo: "Ecco, la saetta sta di là da te!", tu vattene, perché il Signore ti manda via. [23]E per le parole che abbiamo scambiato io e te, ecco, il Signore è tra me e te in eterno».

[24]Allora Davide si nascose nella campagna. Arrivata la luna nuova, il re si mise a sedere per prendere il cibo. [25]Il re si pose a sedere al posto suo come le altre volte, il posto verso la parete; Gionata si mise di fronte, Abner si sedette al lato di Saul e il posto di Davide rimase vuoto. [26]Tuttavia Saul quel giorno non disse niente, perché pensava: «Sarà un caso fortuito, egli sarà impuro; certo non sarà mondo».

[27]Il giorno dopo la luna nuova, il posto di Davide restò vuoto; allora Saul disse a Gionata suo figlio: «Perché il figlio di Iesse non è venuto a pranzo né ieri né oggi?». [28]Gionata rispose a Saul: «Davide mi ha domandato con insistenza di andare fino a Betlemme, [29]dicendo: "Lasciami andare, perché abbiamo un sacrificio del parentado nella città e mio fratello me ne ha fatto un obbligo. E ora, se ho trovato benevolenza ai tuoi occhi, che io possa fare una scappata per vedere i miei fratelli". Per questo non è venuto alla mensa del re». [30]Saul si accese d'ira contro Gionata e gli disse: «Figlio dalla condotta traviata! Non so forse che tu parteggi per il figlio di Iesse, a tua vergogna e a vergogna e disonore di tua madre? [31]Perché tutti i giorni che il figlio di Iesse vivrà sulla terra, non sarai sicuro né tu né il tuo regno. Ma ora fallo condurre qua da me, perché è degno di morte!». [32]Gionata rispose a Saul suo padre dicendo: «Perché dovrà essere ucciso? Che ha fatto?». [33]Allora Saul scagliò la sua lancia contro di lui per colpirlo e Gionata comprese che l'uccisione di Davide era ormai decisa da parte di suo padre. [34]Gionata si alzò da tavola bollente d'ira e non prese cibo nel secondo giorno della luna nuova, perché era afflitto per Davide e perché suo padre l'aveva offeso.

[35]Giunta la mattina, Gionata uscì nella

---

20. - [14.] Gionata riconosce Davide come futuro re e siccome allora il nuovo re soleva distruggere la famiglia del predecessore, Gionata raccomanda sé e la sua famiglia alla misericordia di Davide (1Re 15,29; 16,11-12; 2Re 10,17). Davide ricorderà l'amicizia di Gionata e beneficherà uno dei suoi figli.

campagna secondo quanto era convenuto con Davide. Un ragazzetto era con lui. [36]Disse al ragazzo: «Corri, su, ricerca le frecce che io scaglio». Il ragazzo corse, mentre lui scagliava la freccia in modo da oltrepassarlo. [37]Giunto il ragazzo sul luogo della freccia scagliata da Gionata, Gionata gridò dietro al ragazzo: «La freccia non sta più là da te?». [38]Poi Gionata gridò al ragazzo: «Svelto, sbrigati, non ti fermare!». Il ragazzo di Gionata raccolse la freccia e ritornò dal suo padrone. [39]Ma il ragazzo non sapeva niente: solo Gionata e Davide sapevano la cosa. [40]Poi Gionata consegnò le armi al ragazzo che era con lui e gli disse: «Va', portale in città!».

[41]Partito il ragazzo, Davide si levò da dove era nascosto, cadde a terra sulla sua faccia facendo tre prostrazioni. Si baciarono a vicenda e piansero insieme finché Davide giunse al parossismo. [42]Gionata disse a Davide: «Va' in pace, perché noi due ci siamo fatti un giuramento nel nome del Signore in questi termini: "Il Signore sarà tra me e te, tra la mia discendenza e la tua discendenza in eterno"».

21 **Davide dal sacerdote Achimelech.** [1]Davide si alzò e partì, mentre Gionata rientrò in città.

[2]Davide giunse a Nob dal sacerdote Achimelech. Achimelech andò incontro a Davide con trepidazione dicendogli: «Perché sei tu solo e non c'è nessuno con te?». [3]Davide rispose al sacerdote Achimelech: «Il re mi ha comandato una certa cosa e mi ha detto: "Nessuno sappia niente della cosa per cui io ti mando e che ti ho comandato!". Agli uomini ho dato ordini per il luogo tale e tale. [4]E ora che cosa hai sotto mano? Dammi cinque pani o quello che ti capita». [5]Il sacerdote rispose a Davide: «Non ho pane comune sotto mano, c'è solo pane sacro, purché i giovani si siano astenuti almeno dalla donna». [6]Davide rispose al sacerdote: «Certo, ci è interdetta la donna come per il passato. Ogni volta che esco, i giovani sono mondi, pur essendo un viaggio profano; quanto più oggi sono mondi!». [7]Allora il sacerdote gli dette il pane sacro, perché non c'era altro pane, se non il pane della proposizione tolto dalla presenza del Signore, per sostituirlo col pane caldo nel giorno in cui viene tolto.

[8]Ma in quel giorno vi era lì un uomo dei servi di Saul, trattenuto alla presenza del Signore, di nome Doeg, l'idumeo, capo dei pastori di Saul.

[9]Davide domandò ad Achimelech: «Non c'è niente qui sotto mano, una lancia o una spada? Non ho preso con me né la mia spada né le mie armi, perché l'incarico del re era urgente». [10]Il sacerdote rispose: «La spada di Golia il filisteo, che tu hai colpito nella Valle del Terebinto; eccola avvolta in un panno dietro l'efod. Se te la vuoi prendere, prendila, perché qui non ce n'è un'altra, ad eccezione di essa». Davide disse: «Non ve n'è una come quella! Dammela».

Davide dal re filisteo Achis. [11]Davide si levò e se ne fuggì in quel giorno dalla presenza di Saul e andò da Achis, re di Gat. [12]Ma i servi dissero ad Achis: «Questo non è Davide, re del paese? Non era per lui che si ripeteva nelle danze:

«Saul colpì le sue migliaia,
ma Davide le sue miriadi"?».

[13]Davide si preoccupò di queste parole ed ebbe molta paura di Achis, re di Gat. [14]Allora cambiò modo di agire sotto i loro occhi e simulò pazzia tra le loro mani: scarabocchiava sui battenti della porta e faceva colare bava sulla sua barba.

[15]Achis disse ai suoi servi: «Ecco, vedete, l'uomo è matto! Perché me lo avete condotto? [16]Ho forse bisogno di matti, che mi conducete questo tale per fare il pazzo alle mie spalle? Deve entrare questo tale in casa mia?».

22 **Davide capobanda di fuorusciti.** [1]Davide partì di là e si mise in salvo nella grotta di Adullàm. Quando lo seppero i suoi fratelli e tutta la casa di suo padre, scesero laggiù da lui. [2]Si radunò intorno a lui chiunque era in strettezze, chiunque aveva un creditore e chiunque aveva la vita amareggiata: egli diventò loro capo. Erano con lui circa quattrocento uomini.

---

22. - [2.] Come Iefte (Gdc 11), Davide divenne capo di malcontenti, avventurieri e anche di coloro che l'ideale religioso, rappresentato da Samuele, aveva allontanato da Saul. Formò così un piccolo esercito di 400 valorosi da cui uscirono i suoi generali (2Sam 23,8s).

³Poi Davide andò da lì a Mizpa di Moab e disse al re di Moab: «Possa ritirarsi mio padre con mia madre presso di voi fino a che io sappia quello che Dio farà per me». ⁴Li presentò al re di Moab, ed essi rimasero con lui tutto il tempo della permanenza di Davide nella fortezza. ⁵Il profeta Gad disse a Davide: «Non rimanere nella fortezza, ma inóltrati nella terra di Giuda». Davide partì e s'inoltrò nella foresta di Cheret.

Sterminio dei discendenti di Eli. - ⁶Saul aveva saputo che Davide era stato scoperto insieme con gli uomini che erano con lui. Saul stava a Gàbaa sotto il tamarisco sull'altura, con la sua lancia in mano, e tutti i suoi cortigiani lo attorniavano.

⁷Saul disse ai suoi cortigiani che lo assistevano: «Ascoltate, Beniaminiti! Forse che il figlio di Iesse darà anche a tutti voi campi e vigne, vi costituirà tutti capi di migliaia e capi di centinaia, ⁸perché avete fatto congiura tutti quanti contro di me? Non c'è stato uno che mi abbia avvertito quando mio figlio strinse un patto con il figlio di Iesse! E non c'è tra voi uno che si ammali per me e mi avverta che mio figlio ha suscitato il mio servo contro di me per tendermi insidie come avviene quest'oggi!».

⁹Rispose Doeg, l'idumeo, che stava con i cortigiani di Saul: «Ho veduto il figlio di Iesse che è venuto a Nob da Achimelech, figlio di Achitub. ¹⁰Questi ha consultato il Signore per lui, gli ha dato provvigioni e gli ha consegnato pure la spada di Golia il filisteo».

¹¹Il re mandò a chiamare il sacerdote Achimelech, figlio di Achitub, e tutta la casa di suo padre, i sacerdoti che erano a Nob. Ed essi andarono tutti insieme dal re. ¹²Disse Saul: «Ascolta dunque, figlio di Achitub!». Gli rispose: «Eccomi, o mio signore!». ¹³Saul gli disse: «Perché avete fatto congiura contro di me, tu e il figlio di Iesse, quando tu gli hai dato pane e spada e hai consultato Dio per lui, affinché si levasse contro di me come oppositore, com'è quest'oggi?».

¹⁴Achimelech rispose al re: «Ma tra tutti i tuoi cortigiani chi è come Davide: fedele, genero del re, aggregato alla tua guardia, onorato nella tua casa? ¹⁵È oggi che ho cominciato a consultare Dio per lui? Non sia mai! Il re non imputi al suo servo e a tutta la casa di mio padre alcun misfatto, perché il tuo servo non conosceva di tutto ciò né poco né molto». ¹⁶Il re rispose: «Achimelech, certamente morrai, tu e tutta la famiglia di tuo padre».

¹⁷Il re ordinò agli ufficiali che lo assistevano: «Volgetevi e uccidete i sacerdoti del Signore, perché anch'essi hanno dato la mano a Davide. Essi sapevano che quello stava fuggendo, ma non mi hanno avvertito». Ma i cortigiani del re non vollero stendere la loro mano per colpire i sacerdoti del Signore. ¹⁸Allora il re disse a Doeg: «Volgiti tu e colpisci i sacerdoti». Doeg l'idumeo, lui sì, si volse e colpì i sacerdoti, uccise in quel giorno ottantacinque uomini che portavano l'efod di lino.

¹⁹Nob poi, città dei sacerdoti, la passò a fil di spada: uomini e donne, bambini e lattanti, buoi, asini e pecore. ²⁰Si salvò solo un figlio di Achimelech, figlio di Achitub, di nome Ebiatar, il quale se ne fuggì al seguito di Davide. ²¹Ebiatar annunziò a Davide che Saul aveva ucciso i sacerdoti del Signore. ²²Davide disse a Ebiatar: «Sapevo in quel giorno che Doeg l'idumeo, lì presente, l'avrebbe certamente riferito a Saul. Mi sono volto io contro la vita di tutti quelli della casa di tuo padre! ²³Rimani con me, non avere paura! Perché chi cerca la vita mia cerca la tua, per questo sarai ben custodito presso di me».

23 **Davide a Keila tra falsi amici.** - ¹Fu riferito a Davide: «Ecco, i Filistei stanno combattendo contro Keila e stanno saccheggiando le aie». ²Davide consultò il Signore dicendo: «Potrò andare a battere quei Filistei?». Il Signore rispose a Davide: «Va', batterai i Filistei e salverai Keila». ³Ma gli uomini di Davide gli dissero: «Ecco, noi siamo pieni di paura qui in Giuda, quanto più andando a Keila contro le schiere dei Filistei!». ⁴Davide consultò il Signore una seconda volta ed egli gli rispose: «Alzati, scendi a Keila, perché io metterò i Filistei nelle tue mani». ⁵Allora Davide andò con i suoi uomini a Keila, dette battaglia ai Filistei, catturò il loro bestiame e inflisse lo-

---

³· Davide discendeva dalla moabita Rut, la cui famiglia forse aveva ancora discendenti vivi in Moab. Evidentemente c'era pace tra Moab e Israele.

²⁰· Ebiatar esercitò presso Davide le funzioni di sommo sacerdote e gli fu fedele nell'avversa e nella prospera fortuna, prima seguendolo nelle sue peregrinazioni, poi installandosi con lui in Gerusalemme.

ro una dura sconfitta. Così Davide salvò gli abitanti di Keila.

[6]Quando Ebiatar, figlio di Achimelech, fuggì presso Davide, discese a Keila, con l'efod in mano.

[7]Fu riferito a Saul che Davide era entrato a Keila; allora Saul disse: «Dio l'ha consegnato in mio potere, perché si è chiuso entrando in una città munita di porte e di sbarra». [8]Saul convocò tutto il popolo alla guerra per discendere a Keila e stringere d'assedio Davide e i suoi uomini. [9]Davide comprese che Saul stava macchinando dei mali contro di lui, e disse al sacerdote Ebiatar: «Avvicina l'efod!». [10]Davide disse: «Signore, Dio d'Israele, il tuo servo ha inteso dire che Saul sta cercando di venire a Keila per distruggere la città a causa mia. [11]I capi di Keila mi consegneranno nelle sue mani? Saul scenderà davvero come il tuo servo ha inteso dire? Signore, Dio d'Israele, deh, fallo sapere al tuo servo!». Il Signore rispose: «Scenderà!». [12]Riprese Davide: «I capi di Keila mi consegneranno insieme con i miei uomini nella mano di Saul?». Rispose il Signore: «Vi consegneranno!». [13]Allora Davide e i suoi uomini si alzarono, erano circa seicento, uscirono da Keila e vagarono alla ventura. Quando Saul ebbe la notizia che Davide si era messo in salvo da Keila, desistette dalla spedizione.

Sommario della permanenza di Davide nel deserto. - [14]Davide abitò nel deserto tra i dirupi, abitò nella montagna nel deserto di Zif. E Saul gli dava la caccia tutti i giorni, ma Dio non lo consegnò nelle sue mani.

Gionata va da Davide per un'alleanza. - [15]Davide sapeva che Saul era uscito per attentare alla sua vita; egli stava allora nel deserto di Zif a Corsa. [16]Gionata, figlio di Saul, si mosse e andò da Davide a Corsa per infondergli coraggio nel nome di Dio. [17]Gli disse: «Non temere perché la mano di mio padre Saul non ti potrà raggiungere; anzi tu regnerai su Israele e io ti sarò secondo. Anche mio padre Saul sa che è così!». [18]I due conclusero un patto alla presenza del Signore. Poi Davide rimase a Corsa, mentre Gionata ritornò a casa sua.

Gli Zifiti e Saul alla caccia di Davide. - [19]Alcuni Zifiti salirono a Gàbaa e dissero a Saul: «Davide non sta nascosto presso di noi tra i dirupi a Corsa, ma sulla collina di Cachilà, che è a sud di Iesimòn? [20]Or dunque, per tutta la brama che hai di scendere, o re, scendi! A noi il consegnarlo nelle mani del re!». [21]Rispose Saul: «Siate benedetti dal Signore, ché avete avuto compassione di me! [22]Andate dunque, assicuratevi ancora, cercate di individuare e vedere il luogo dove si posa il suo piede. Chi l'ha veduto là? Perché mi è stato detto: "Egli è molto astuto!". [23]Osservate e informatevi di tutti i nascondigli dove si possa rifugiare, poi ritornate da me con la conferma e verrò con voi, se sarà nella zona, lo ricercherò in tutti i casati di Giuda».

[24]Essi partirono e ritornarono a Zif precedendo Saul. Intanto Davide e i suoi uomini erano nel deserto di Maon nella steppa a sud di Iesimòn. [25]Saul andò con i suoi uomini a dargli la caccia, ma alcuni lo riferirono a Davide, il quale discese nel dirupo e rimase nel deserto di Maon. Quando Saul lo udì, si pose all'inseguimento di Davide nel deserto di Maon. [26]Saul marciava da un versante del monte e Davide con i suoi uomini dall'altro versante del monte. Mentre Davide spaventato cercava di sfuggire dalla faccia di Saul e Saul e i suoi uomini stavano accerchiando Davide e i suoi uomini per catturarli, [27]arrivò un messaggero a dire a Saul: «Su, sbrigati, parti, perché i Filistei hanno invaso il paese». [28]Così Saul cessò dall'inseguimento di Davide e marciò contro i Filistei. Per questo fu chiamato quel luogo: Rupe della separazione.

24 **Davide risparmia Saul.** - [1]Davide salì da lì per abitare tra i rifugi di Engaddi. [2]Quando Saul ritornò dall'inseguimento dei Filistei gli riferirono: «Ecco, Davide sta nel deserto di Engaddi». [3]Saul prese tremila uomini scelti da tutto Israele, e andò alla ricerca di Davide e dei suoi uomini sugli strapiombi delle Rocce degli Stambecchi.

[4]Arrivato a certi recinti di pecore a lato della strada, dove era una caverna, Saul vi entrò per coprire i suoi piedi; Davide e i

23. - [16]. Gionata è ammirevole nella sua amicizia: sfida l'ira del padre per andare a confortare l'amico, lo esorta a sperare in Dio e, senza invidia, lui, erede al trono, si accontenta del secondo posto, purché regni Davide. I due amici rinnovarono l'alleanza, ma non si videro più. Gionata morì in battaglia sul monte Gelboe (31,2).

suoi uomini stavano nelle profondità della caverna. [5]Gli uomini di Davide gli dissero: «Ecco il giorno in cui il Signore ti dice: "Ecco, io pongo il tuo nemico nelle tue mani e tu gli farai quello che pare bene ai tuoi occhi"». Davide si alzò e tagliò furtivamente il lembo del manto di Saul. [6]Ma dopo ciò a Davide batté il cuore, perché aveva tagliato il lembo del manto di Saul. [7]Disse ai suoi uomini: «Mi guardi il Signore dal fare questa cosa al mio signore, al consacrato dal Signore, stendendo la mia mano su di lui. Egli infatti è il consacrato del Signore». [8]Davide dissuase i suoi uomini con severe parole e non permise loro di insorgere contro Saul. Così Saul partì dalla caverna e se ne andò per la sua via.

[9]Poi si levò anche Davide, uscì dalla caverna e gridò a Saul: «O re, mio signore!». Saul si girò indietro, Davide si gettò a terra facendo prostrazioni. [10]Poi Davide disse a Saul: «Perché dài ascolto alle parole di chi dice: "Ecco, Davide cerca il tuo male"? [11]Ecco che quest'oggi i tuoi occhi costatano che il Signore ti aveva messo, oggi stesso, nella mia mano nella caverna e uno mi suggeriva di ucciderti, ma ho avuto pietà di te e ho detto: "Non stenderò la mia mano sul mio signore, perché egli è consacrato dal Signore!". [12]O padre mio, guarda il lembo del tuo manto nella mia mano! Poiché, quando io ho tagliato il lembo del tuo manto, non ti ho ucciso, sappi e osserva che non vi è nelle mie azioni né male né delitto, e non ho peccato contro di te; ma tu tendi insidie alla mia vita per togliermela. [13]Che il Signore faccia da giudice tra me e te, e il Signore mi vendichi di te, ma la mia mano non sarà contro di te. [14]Come dice un antico proverbio:

Dai malvagi esce malvagità!
Ma la mia mano non sarà contro di te!

[15]Dietro a chi è uscito il re d'Israele? Dietro a chi tu stai correndo? Dietro un cane morto, dietro una semplice pulce! [16]Il Signore sarà l'arbitro e farà da giudice tra me e te; che egli esamini e difenda la mia causa e mi renda giustizia dalla tua mano».

Anche Saul s'inchina davanti a Davide. [17]Quando Davide finì di rivolgere quelle parole a Saul, egli rispose: «Questa è la tua voce, figlio mio Davide?». E Saul, alzando grida, pianse. [18]Poi disse a Davide: «Tu sei più

retto di me, perché tu mi hai reso del bene, mentre io ti ho reso del male. [19]E tu oggi hai manifestato il bene che hai fatto verso di me, in quanto il Signore mi aveva consegnato nella tua mano, ma tu non mi hai ucciso. [20]Quando un uomo incontra il suo nemico, lo lascia andare tranquillamente per la sua via? Il Signore ti renderà del bene per quello che mi hai fatto quest'oggi. [21]E ora, ecco, io so che tu certamente sarai re e il potere regale su Israele sarà stabile nella tua mano; [22]or dunque, giurami per il Signore che non sopprimerai la mia discendenza dopo di me e che non farai scomparire il mio nome dal casato di mio padre». [23]Davide lo giurò a Saul e Saul se ne ritornò alla sua casa, mentre Davide e i suoi uomini salirono alla fortezza.

25 **Morte di Samuele. Nabal lo stolto.** [1]Samuele morì e gli Israeliti si radunarono, fecero i riti di lutto e lo seppellirono nella sua casa a Rama.

Davide si mosse e discese verso il deserto di Paran. [2]C'era a Maon un uomo che aveva le sue proprietà a Carmel e quest'uomo era molto ricco: aveva tremila pecore e mille capre. Egli si trovava a Carmel durante la tosatura del suo gregge. [3]Quest'uomo si chiamava di nome Nabal e sua moglie Abigail; la donna era dotata di buon senso e di bell'aspetto, mentre l'uomo era duro e di cattive maniere; era un calebita.

[4]Quando Davide udì nel deserto che Nabal stava tosando il suo gregge, [5]mandò dieci giovanotti. Davide disse ai giovanotti: «Salite a Carmel, andate da Nabal e salutatelo a nome mio. [6]Direte così: "Evviva! Pace a te, pace alla tua casa, pace a tutte le tue cose! [7]Ho inteso dire adesso che hai i tosatori: or quando i tuoi pastori sono stati presso di noi, non li abbiamo molestati e non è mancato niente delle loro cose durante tutto il tempo della loro permanenza a Carmel. [8]Interroga i tuoi servi e ti informeranno. Trovino questi giovanotti benevolenza ai tuoi occhi, perché siamo venuti per una bella festa! Dona, di grazia, ciò che ti capita in mano ai tuoi servi e al tuo figlio Davide"».

[9]I giovanotti di Davide, arrivati, riferirono a Nabal tutte quelle parole nel nome di Davide e rimasero in attesa. [10]Ma Nabal rispose ai servi di Davide: «Chi è Davide e chi è il figlio di Iesse? Oggi sono tanti i servi che

scappano dalla presenza dei loro padroni! [11]Prenderò dunque il pane mio e l'acqua mia, gli animali miei che ho ucciso per i miei tosatori e dovrò darli a gente che non so di dove sia?».

[12]I giovanotti di Davide ripresero la loro strada e fecero ritorno; al loro arrivo gli riferirono tutte quelle cose. [13]Davide disse ai suoi uomini: «Ognuno cinga la spada!». Essi cinsero ognuno la propria spada, anche Davide cinse la sua spada; circa quattrocento uomini salirono dietro Davide e duecento rimasero presso i bagagli.

Abigail l'astuta. - [14]Uno dei servi riferì ad Abigail, moglie di Nabal, così: «Ecco, Davide ha mandato messaggeri dal deserto per salutare il nostro padrone, ma lui ha inveito contro di loro. [15]Questi uomini invece sono stati molto buoni con noi, non abbiamo ricevuto molestie né ci è mancato niente per tutto il tempo che abbiamo girovagato insieme con loro quando stavamo nella steppa. [16]Essi sono stati intorno a noi come un muro di protezione notte e giorno per tutto il tempo in cui siamo stati presso di loro mentre pascolavamo il gregge. [17]Ma ora interessati e vedi quello che puoi fare: certamente è preparata una sventura per il nostro padrone e contro tutta la sua casa. Egli è un uomo così perverso che non gli si può parlare».

[18]Allora Abigail prese in fretta duecento pani, due otri di vino, cinque pecore belle e cucinate, cinque misure di semi abbrustoliti, cento grappoli di uva passa e duecento tortelle di fichi secchi e li caricò sugli asini. [19]Poi disse ai suoi servi: «Precedetemi, io vengo dietro a voi!». Essa non disse niente a suo marito Nabal. [20]Ora mentre costei, cavalcando un asino, scendeva riparata dal monte, Davide e i suoi uomini stavano discendendo verso di lei ed essa si imbatté in loro.

[21]Davide aveva detto: «Ah, mi sono ingannato a proteggere tutto quello che appartiene a questo tale nel deserto, e non gli è mancato niente di tutto quello che aveva! Mi ha reso male per bene! [22]Dio faccia così a Davide e peggio ancora, se di tutto quello che possiede lascerò sussistere fino al mattino uno che faccia acqua al muro!»

[23]Quando Abigail vide Davide, scese in fretta dall'asino e si prostrò fino a terra davanti a Davide. [24]Cadendo ai suoi piedi disse: «Mia, o mio signore, mia è la colpa! Che

la tua serva possa parlare alle tue orecchie, e tu ascolta le parole della tua serva. [25]Il mio padrone non faccia caso a quella razza d'uomo, a Nabal, perché lui è proprio come il suo nome: si chiama stolto ed è pieno di stoltezza. Ma io, tua serva, non ho veduto i giovani che il mio signore ha inviato. [26]Ma ora, per la vita del Signore e per la tua anima, o mio signore, poiché il Signore ti ha impedito di giungere al sangue e di farti giustizia di tua propria mano, siano come Nabal i tuoi nemici e quelli che cercano il male del mio signore. [27]E ora, questa benedizione che la tua serva ha portato al mio signore, è donata ai giovani che camminano sui passi del mio signore. [28]Perdona la mancanza della tua serva! Sì, certamente il Signore farà al mio signore una casa stabile, perché il mio signore combatte le guerre del Signore, e non si trova in te alcun male fin dai tuoi primi giorni. [29]Un uomo si è levato per inseguirti e per fare ricerca della tua vita, ma la vita del mio signore è racchiusa nello scrigno della vita presso il Signore tuo Dio, mentre la vita dei tuoi nemici la scaraventerà via con il cavo della fionda. [30]E quando avverrà che il Signore avrà fatto al mio signore tutto quel bene che ha predetto a tuo riguardo, costituendoti principe su Israele, [31]allora questa cosa non sarà di rimorso e di ansietà per il cuore del mio signore: l'aver effuso il sangue inutilmente e l'esserti fatto giustizia con la tua mano, o mio signore. E quando il Signore avrà fatto del bene al mio signore, ti ricorderai della tua serva».

[32]Davide rispose ad Abigail: «Benedetto è il Signore, Dio d'Israele, che ti ha mandato oggi incontro a me! [33]Benedetto il tuo senno e benedetta tu stessa che mi hai impedito quest'oggi di giungere al sangue e di farmi giustizia di mia mano. [34]Altrimenti, per la vita del Signore, Dio d'Israele, che mi ha trattenuto dal farti del male, se tu non ti fossi affrettata a venirmi incontro, non sarebbe rimasto certo a Nabal fino alla luce del mattino uno che facesse acqua al muro».

[35]Allora Davide accettò dalla sua mano quelle cose che ella gli aveva portato e le disse: «Ritorna in pace alla tua casa; vedi, ho dato ascolto alla tua voce e ho accolto la tua presenza».

[36]Abigail ritornò da Nabal: egli teneva un convito nella sua casa come un convito di re: Nabal aveva il cuore allegro ed era

ubriaco fradicio. Così essa non gli fece sapere niente, né poco né molto, fino alla luce del mattino. [37]Ma al mattino, quando i fumi del vino erano svaniti da Nabal, sua moglie gli raccontò l'accaduto; allora il cuore gli venne meno in petto ed egli diventò come pietra. [38]In capo a una decina di giorni il Signore percosse Nabal e questi morì.

Davide sposa Abigail. - [39]Quando Davide udì che Nabal era morto, esclamò: «Benedetto il Signore che mi ha vendicato dell'oltraggio ricevuto da Nabal e ha preservato il suo servo da un misfatto! Il Signore ha fatto ricadere sulla sua testa il male di Nabal». Allora Davide mandò a parlare ad Abigail per prendersela in moglie. [40]I servi di Davide andarono da Abigail a Carmel e le parlarono così: «Davide ci manda a prenderti per sua moglie». [41]Essa si levò, si prostrò con la faccia a terra e rispose: «Ecco, la tua serva è come schiava per lavare i piedi dei servi del mio signore». [42]Abigail si alzò in fretta e montò sull'asino; mentre cinque sue serve andavano al suo seguito, ella andava dietro ai messaggeri di Davide. Così diventò sua moglie.
[43]Davide aveva preso anche Achinoàm di Izreèl: tutte e due furono sue mogli.
[44]Saul aveva dato sua figlia Mikal, moglie di Davide, a Palti, figlio di Lais, originario di Gallim.

26 **Gli Zifiti e Saul alla caccia di Davide.** - [1]Gli Zifiti andarono a dire a Saul in Gàbaa: «Davide non si trova nascosto forse sulla collina di Cachilà al limite di Iesimòn?». [2]Saul si mosse e discese verso il deserto di Zif. Con lui vi erano tremila uomini scelti d'Israele alla ricerca di Davide nel deserto di Zif. [3]Saul si accampò sulla collina di Cachilà che è al limite di Iesimòn lungo la strada, mentre invece Davide se ne stava nel deserto. Quando vide che Saul era venuto ad inseguirlo nel deserto, [4]Davide mandò delle spie e seppe che Saul era venuto davvero. [5]Allora Davide si mosse e

andò al luogo dov'era accampato Saul. Davide notò il luogo dove dormivano Saul e Abner, figlio di Ner, capo del suo esercito: Saul dormiva tra i carriaggi mentre tutta la truppa era accampata intorno a lui.

Davide risparmia ancora una volta Saul. [6]Davide si rivolse ad Achimelech l'hittita e ad Abisài, figlio di Zeruià, fratello di Ioab, e disse: «Chi scende con me da Saul nell'accampamento?». Abisài rispose: «Scendo io con te!».
[7]Davide e Abisài andarono di notte verso la truppa, ed ecco che Saul giaceva addormentato tra i carri con la lancia infissa a terra al suo capezzale; Abner e la truppa dormivano intorno a lui. [8]Abisài disse a Davide: «Oggi Dio ti ha posto in mano il tuo nemico, fammelo ora trafiggere a terra con la sua lancia in una sola volta, senza bisogno di una seconda». [9]Davide rispose ad Abisài: «Non lo far perire! Perché, chi potrà stendere la sua mano contro il consacrato del Signore e rimanere impunito?». [10]Davide soggiunse: «Per la vita del Signore! Certamente lo percuoterà il Signore: sia che, arrivato il suo giorno, muoia; sia che, sceso in battaglia, perisca. [11]Mi guardi il Signore dallo stendere la mia mano contro il suo consacrato; ora, invece, prendi la lancia che è al suo capezzale e la ciotola dell'acqua e andiamocene». [12]Davide prese la lancia e la ciotola dell'acqua dal capezzale di Saul, poi se ne andarono. Nessuno vide, nessuno si accorse, nessuno si svegliò: infatti quelli erano tutti addormentati, perché un sonno mandato dal Signore era caduto su di loro.
[13]Davide, passato al versante opposto, si fermò sulla cima del monte, lontano: c'era molto spazio tra di loro. [14]Allora Davide gridò alla truppa e ad Abner, figlio di Ner: «Abner, non rispondi?». Abner rispose: «Chi sei tu che gridi verso il re?». [15]Davide rispose ad Abner: «Non sei tu un uomo? E chi è come te in Israele? Perché non hai fatto la guardia al re tuo signore? È venuto infatti un uomo del popolo per uccidere il re tuo signore. [16]Non ti fa onore quello che tu hai fatto. Per la vita del Signore, siete davvero degni di morte voi che non avete fatto la guardia al vostro signore, al consacrato del Signore. Ma ora guarda dov'è la lancia del re e la ciotola dell'acqua che era al suo capezzale».
[17]Allora Saul riconobbe la voce di Davide e disse: «Questa è la tua voce, figlio mio

---

26. - [1.] Il fatto ha qualche analogia con quello narrato in 24,1-23; ma le circostanze sembrano diverse. La tradizione ha riferito i Sal 17-25; 30; 34 a questo periodo della vita di Davide.
[5.] Dopo aver mandato delle spie, Davide stesso va a mettere in atto un suo piano prestabilito. Il capo delle milizie stava sempre accanto al re.

Davide?». Davide rispose: «È la mia voce, o re, mio signore!». [18]Poi soggiunse: «Come mai il mio signore insegue il suo servo? Che cosa ho fatto? E che male vi è nella mia condotta? [19]Ora dunque il re, mio signore, ascolti, di grazia, le parole del suo servo; se il Signore ti istiga contro di me, egli gradisca l'odore di un'offerta; ma se sono i figli dell'uomo, siano maledetti davanti al Signore, perché oggi mi cacciano per impedirmi di partecipare all'eredità del Signore dicendo: "Va', servi altri dèi!". [20]Ora il mio sangue non cada a terra lontano dalla presenza del Signore! Il re d'Israele, infatti, è uscito a dare la caccia a una semplice pulce, come si insegue una pernice sui monti».

Saul ossequia Davide. - [21]Saul rispose: «Ho peccato, ritorna, figlio mio Davide, perché non ti farò più del male, in quanto la mia vita quest'oggi è stata cosa preziosa ai tuoi occhi. Ecco, ho agito stoltamente e ho sbagliato molto gravemente». [22]Davide riprese: «Ecco la lancia, o re! Passi qui uno dei giovanotti a riprenderla. [23]Il Signore retribuirà a ognuno secondo la propria giustizia e la propria fedeltà. Oggi infatti il Signore ti ha consegnato nella mia mano, ma non ho voluto stendere la mia mano contro il consacrato del Signore. [24]Ecco: la tua vita è stata preziosa oggi ai miei occhi, così sarà cara la mia vita agli occhi del Signore ed egli mi libererà da ogni angustia». [25]Saul rispose a Davide: «Benedetto sei tu, figlio mio Davide! Certamente quello che farai, ti riuscirà pienamente». Poi Davide se ne andò per la sua strada e Saul ritornò alla sua dimora.

27 **Davide dal re filisteo Achis.** - [1]Davide pensò dentro di sé: «Certo un giorno o l'altro perirò per la mano di Saul. Non v'è di meglio per me che mettermi in salvo nella terra dei Filistei; Saul desisterà dal cercarmi ancora in tutti i confini di Israele e mi salverò».

[2]Davide si mosse e passò, con i seicento uomini che erano con lui, da Achis, figlio di Maoch, re di Gat. [3]Davide dimorò presso Achis a Gat, lui e i suoi uomini, ognuno con la propria famiglia. Davide e le sue due mogli, Achinoàm di Izreèl e Abigail già moglie di Nabal. [4]Quando fu riferito a Saul che Davide si era rifugiato a Gat, egli non continuò più a dargli la caccia.

Davide ottiene il feudo di Ziklàg. - [5]Davide disse ad Achis: «Ti prego, se ho trovato grazia ai tuoi occhi, mi si dia un luogo in una delle città della steppa ove possa abitare. Perché il tuo servo deve abitare nella città reale insieme con te?». [6]In quel giorno Achis gli consegnò Ziklàg: per questo Ziklàg appartiene ai re di Giuda fino ad oggi. [7]Il numero dei giorni in cui Davide rimase nelle steppe dei Filistei fu di un anno e quattro mesi.

Razzie e politica di Davide. - [8]Davide partiva con i suoi uomini a fare razzie presso i Ghesuriti, i Ghirziti e gli Amaleciti: essi abitavano la regione che va da Telam verso Sur, fino alla terra d'Egitto. [9]Davide devastava la regione e non lasciava vivo né uomo né donna, mentre catturava greggi e armenti, asini e cammelli e indumenti; al ritorno andava da Achis. [10]Achis domandava: «Dove avete fatto razzie oggi?». Davide rispondeva: «Contro il Negheb di Giuda, contro il Negheb degli Ieracmeeliti, contro il Negheb dei Keniti». [11]Davide non lasciava vivo né uomo né donna da riportare a Gat, pensando: «Affinché non diano notizie a nostro riguardo, dicendo: "Così ha fatto Davide!"». Tale fu la sua condotta nei giorni in cui rimase nella steppa dei Filistei. [12]Achis ebbe fiducia in Davide pensando: «Certamente è diventato odioso al suo popolo Israele e sarà per sempre mio servo!».

28 **Preparativi di guerra.** - [1]In quei giorni i Filistei radunarono le loro truppe per combattere contro Israele. Allora Achis disse a Davide: «Sappi bene che dovrai uscire in campo con me, tu e gli uomini tuoi». [2]Davide rispose ad Achis: «Benissimo, tu vedrai quello che farà il tuo servo!». Achis soggiunse: «D'accordo, ti costituirò per sempre mia guardia del corpo».

Saul va dalla negromante di Endor. - [3]Samuele era morto e tutto Israele aveva fatto lutto e lo avevano seppellito a Rama, sua città. Saul aveva fatto scomparire dal paese i negromanti e gl'indovini.

---

27. - 2. Davide forse seguì il consiglio d'un profeta. Del resto anche la più grande confidenza in Dio non esclude i mezzi umani suggeriti dalla prudenza. Davide, che aveva corso grave pericolo da Achis (1Sam 21,11-16), certo preparò il suo viaggio, e partì dopo aver avuto la sicurezza d'essere da lui accolto.

⁴Quando i Filistei si furono radunati, andarono e si accamparono a Sunàm; anche Saul radunò tutto Israele e si accampò sul Gelboe. ⁵Saul, al vedere l'accampamento dei Filistei, ebbe paura e il suo cuore tremò forte. ⁶Allora Saul consultò il Signore, ma il Signore non gli dette risposta né con sogni né con gli urim né per mezzo di profeti. ⁷Allora Saul disse ai suoi servi: «Cercatemi una donna che possieda il potere evocatore, perché voglio andare da essa per consultarla». I suoi servi risposero: «Ecco, una donna che possiede il potere di evocare sta a Endor». ⁸Saul si travestì indossando altri abiti e partì con due altri uomini. Giunsero dalla donna di notte. Egli disse: «Su, praticami la divinazione per mezzo di negromanzie evocandomi colui che io ti dirò». ⁹Gli rispose la donna: «Ecco, tu sai quello che ha compiuto Saul, che ha fatto scomparire i negromanti e gli indovini dal paese. Perché tendi insidie alla mia vita per farmi morire?». ¹⁰Allora Saul le giurò per il Signore: «Per la vita del Signore, non subirai alcun castigo per questo fatto!». ¹¹La donna domandò: «Chi devo evocarti?». Rispose: «Evocami Samuele!». ¹²Quando la donna vide Samuele, gridò a gran voce e disse a Saul: «Perché mi hai ingannata? Tu sei Saul!». ¹³Le rispose il re: «Non devi aver paura! Su, che cosa vedi?». La donna rispose a Saul: «Vedo salire divinità dalla terra!». ¹⁴Le domandò: «Qual è il suo aspetto?». Ella rispose: «Un uomo vecchio sale avvolto in un manto». Saul capì che quello era Samuele, cadde con la faccia a terra e si prostrò.

¹⁵Samuele domandò a Saul: «Perché mi hai molestato evocandomi?». Rispose Saul: «Mi trovo in una grande angustia: i Filistei mi fanno guerra e Dio si è allontanato da me, non mi risponde più né per mezzo dei profeti né per mezzo dei sogni; allora ho voluto chiamarti perché mi indichi cosa devo fare». ¹⁶Samuele rispose: «Ma perché consulti me, se il Signore si è allontanato da te ed è diventato tuo avversario? ¹⁷Il Signore ha fatto come aveva detto per mezzo mio: ha strappato il regno dalla tua mano e l'ha dato a un altro, a Davide. ¹⁸Poiché non hai

dato ascolto alla voce del Signore e non hai dato corso all'ardore del suo sdegno contro Amalek, per questo il Signore oggi ti tratta in questo modo. ¹⁹Il Signore darà in potere dei Filistei anche Israele insieme con te. Domani tu e i tuoi figli sarete con me. Il Signore consegnerà nelle mani dei Filistei anche l'accampamento d'Israele». ²⁰Saul cadde a terra all'istante, lungo e disteso, quanto era lungo, preso da un grande spavento per le parole di Samuele; rimase senza forze perché non aveva preso cibo tutto quel giorno e tutta quella notte. ²¹La donna si avvicinò a Saul e vedendolo tutto sconvolto gli disse: «Ecco, la tua serva ha dato ascolto alla tua voce, io ho posto a repentaglio la mia vita per dare ascolto alle parole che mi hai rivolto. ²²Ora ascolta anche tu la voce della tua serva; io porrò davanti a te un boccone di pane, mangialo, la forza ritorni in te per rifare il cammino». ²³Egli ricusò dicendo: «Non mangio!». I suoi servi lo forzarono, così pure la donna. Egli dette ascolto, si alzò da terra e si pose a sedere sul letto.

²⁴La donna aveva un vitello ingrassato nella stalla, lo uccise in fretta e, presa la farina, la impastò e ne fece pani azzimi. ²⁵Li pose davanti a Saul e ai suoi servi; essi mangiarono, poi si alzarono e ripartirono la notte stessa.

29 Davide è licenziato dai capi filistei.
¹I Filistei avevano radunato ad Afek tutte le loro truppe, mentre Israele stava accampato presso la sorgente che è in Izreèl. ²I principi dei Filistei sfilavano per cento e per mille, mentre Davide e i suoi uomini sfilavano per ultimi con Achis.

³I capi dei Filistei domandarono: «Cosa fanno questi Ebrei?». Achis rispose ai capi dei Filistei: «Questi non è forse Davide, servo di Saul, re d'Israele, che è con me da uno o due anni? Non ho trovato in lui niente di male dal giorno della sua diserzione fino a oggi». ⁴Ma i capi dei Filistei si adirarono contro di lui e gli dissero: «Fa' tornare indietro quell'uomo! Ritorni alla località che gli hai assegnato! Non deve scendere con noi in battaglia, per non diventare un nostro avversario nella battaglia. Con che cosa potrà rientrare nelle grazie dei suoi padroni? Non è forse con le teste di questi uomini? ⁵Questo non è Davide per il quale si ripeteva il ritornello nelle danze:

---

28. - ¹². Samuele può essere veramente apparso, ma non in virtù degli incantesimi della maga, bensì per volere di Dio, che ancora tramite il profeta volle annunciare a Saul la punizione.

"Saul batté le sue migliaia,
ma Davide le sue miriadi"?».

⁶Achis chiamò Davide e gli disse: «Per la vita del Signore, tu sei retto, e il tuo comportamento presso di me al campo è gradito ai miei occhi, perché non ho trovato in te niente di male dal giorno della tua venuta da me fino a quest'oggi; ma tu non sei gradito agli occhi dei prìncipi. ⁷Ora ritorna e va' in pace, così non darai dispiaceri ai prìncipi dei Filistei». ⁸Davide disse ad Achis: «Che cosa ho fatto? Che hai trovato di male nel tuo servo dal giorno in cui fui presso di te fino a quest'oggi, per non venire a combattere contro i nemici del re mio signore?». ⁹Achis, ripresa la parola, disse a Davide: «Capisco, tu sei accetto ai miei occhi come un angelo di Dio, ma i capi dei Filistei hanno detto: "Non deve salire con noi in battaglia!". ¹⁰Lèvati domattina presto con i servi del tuo padrone che sono venuti con te, e andate al luogo che vi ho assegnato. Non far caso a questa faccenda, perché tu sei accetto alla mia presenza. Domattina alzatevi presto e, allo spuntare dell'alba, andatevene». ¹¹Davide si levò di buon'ora insieme con i suoi uomini per partire nella mattinata e fare ritorno al paese dei Filistei. I Filistei invece salirono a Izreèl.

30 Cattiva sorpresa per Davide a Ziklàg. ¹Quando Davide e i suoi uomini giunsero a Ziklàg al terzo giorno, gli Amaleciti avevano fatto razzie nel Negheb e a Ziklàg: avevano distrutto Ziklàg dandola alle fiamme. ²Avevano fatto prigioniere tutte le donne e quanti vi erano, dal più piccolo al più grande; non avevano ucciso nessuno, ma li avevano condotti via riprendendo la loro strada.

³Davide giunse dunque con i suoi uomini alla città. Ecco, essa era incenerita dal fuoco; le loro donne, i loro figli e le loro figlie erano stati fatti prigionieri. ⁴Allora Davide e la truppa che era con lui levarono la loro voce in pianto, finché non ebbero più in sé forza di piangere. ⁵Anche le due mogli di Davide erano state fatte prigioniere: Achinoàm di Izreèl e Abigail, già moglie di Nabal da Carmel.

⁶Davide si trovò in grande angustia perché la truppa parlava di lapidarlo. Tutti avevano l'animo esasperato, ognuno per i propri figli e le proprie figlie. Ma Davide si aggrappò al Signore, suo Dio.

Davide all'inseguimento degli Amaleciti.
⁷Davide disse al sacerdote Ebiatar, figlio di Achimelech: «Portami l'efod». Ebiatar portò l'efod a Davide. ⁸Davide consultò il Signore e domandò: «Devo inseguire quella banda? La raggiungerò?». Gli rispose: «Inseguila, la raggiungerai e libererai i prigionieri».

⁹Davide partì dunque con i seicento uomini che aveva e giunse fino al torrente di Besor, ma un gruppo si fermò. ¹⁰Davide proseguì l'inseguimento con quattrocento uomini, mentre duecento si erano fermati così affaticati da non poter attraversare il torrente di Besor. ¹¹Trovarono un egiziano nella steppa e lo condussero a Davide. Gli dettero pane da mangiare, gli fecero bere dell'acqua ¹²e gli offrirono una tortella di fichi secchi con due grappoli di uva passa. Egli mangiò e si sentì rivivere, perché non aveva preso cibo e bevuto acqua per tre giorni e tre notti. ¹³Davide gli domandò: «A chi appartieni e di dove sei?». Rispose: «Io sono un giovane egiziano, schiavo di un Amalecita; il mio padrone mi ha abbandonato perché mi sono ammalato tre giorni fa. ¹⁴Abbiamo fatto razzie nel Negheb dei Cretei, in quello di Giuda e nel Negheb di Caleb, e abbiamo dato fuoco a Ziklàg». ¹⁵Davide gli domandò: «Mi vuoi guidare verso quella banda?». Gli rispose: «Giurami per Dio che non mi farai morire e non mi consegnerai al mio padrone, e ti guiderò verso quella banda».

¹⁶E ve lo guidò. Ed eccoli sparpagliati su tutta l'estensione della regione: mangiavano, bevevano e facevano festa per tutta la grande preda che avevano asportato dalla terra dei Filistei e dalla terra di Giuda. ¹⁷Davide li batté dall'alba fino alla sera del giorno seguente. Non se ne salvò nessuno, se non quattrocento giovani i quali, montati sui cammelli, si dettero alla fuga. ¹⁸Davide salvò tutto quello che Amalek aveva preso, anche le sue due mogli. ¹⁹Non mancò loro niente, dal più piccolo al più grande, dai figli alle figlie, dalla preda fino a tutto quello che si erano preso: Davide ricuperò tutto. ²⁰Davide prese tutto il gregge e l'armento. Condussero davanti a lui quel bestiame dicendo: «Questa è preda di Davide».

Un atto di generosità e giustizia. - ²¹Poi Davide arrivò dai duecento uomini che erano rimasti spossati per seguire Davide e fu rono lasciati al torrente di Besor; questi uscirono incontro a Davide e alla truppa che era con lui. Allora Davide si avvicinò con la truppa e domandò loro se stessero bene.

[22]Intanto alcuni cattivi e perversi individui tra gli uomini che erano andati con Davide presero a dire: «Poiché non sono venuti con noi, non daremo niente della preda che abbiamo ricuperato, eccetto la moglie e i figli di ciascuno: li conducano via e se ne vadano». [23]Davide rispose: «Non fate così, fratelli miei, con quello che il Signore ci ha dato! Ci ha protetti e ha consegnato in nostro potere quella banda venuta contro di noi. [24]Chi vi darà ascolto in questa proposta? Perché, quale la parte di chi scende in battaglia, tale la parte di chi rimane presso i bagagli: faranno le parti insieme!». [25]Da quel giorno in poi impose questa decisione come legge e norma a Israele fino ad oggi.

Gesti politici di Davide. - [26]Quando Davide rientrò a Ziklàg, mandò parte della preda agli anziani di Giuda, suoi amici, dicendo: «Eccovi una benedizione, parte della preda dei nemici del Signore!»: [27]a quelli di Betel, a quelli di Rama nel Negheb, a quelli di Iattìr; [28]a quelli di Aroer, a quelli di Sifmòt, a quelli di Estemoà; [29]a quelli di Ràcal, a quelli delle città degli Ieracmeeliti, a quelli delle città dei Keniti; [30]a quelli di Corma, a quelli di Bor-Asàn, a quelli di Atach; [31]a quelli di Ebron e a tutte le località dove Davide era andato vagando con i suoi uomini.

---

31. - [4.] Saul, ritenendo sommo obbrobrio venire ucciso dai nemici, chiude tragicamente la vita con il suicidio. La morte di Saul è pure raccontata in 1Cr 10, dove sono aggiunte le cause morali della sua morte. La morte di Saul narrata dall'amelecita (2Sam 1) è invenzione di costui per cattivarsi la simpatia di Davide. La sconfitta degli Israeliti fu completa, proprio come era stato predetto in 28,19.

31 Ultima battaglia e morte di Saul.

[1]Intanto i Filistei ingaggiarono battaglia contro Israele e gli uomini d'Israele si dettero alla fuga di fronte ai Filistei e caddero trafitti sul monte Gelboe. [2]I Filistei si gettarono addosso a Saul e ai suoi figli, così colpirono Gionata, Abinadàb e Malkisuà, figli di Saul. [3]La battaglia si aggravò contro Saul; gli arcieri lo presero di mira con gli archi ed egli fu ferito dagli arcieri. [4]Allora Saul disse al suo scudiero: «Sfodera la tua spada e trafiggimi con essa, affinché non vengano quegli incirconcisi, mi trafiggano e facciano sevizie su di me». Ma il suo scudiero non volle perché era pieno di timore. Allora Saul prese la spada e si gettò su di essa. [5]Quando lo scudiero vide che Saul era morto, anch'egli si gettò sulla propria spada e morì con lui. [6]In quel giorno morirono insieme Saul, i suoi tre figli, il suo scudiero e tutti i suoi uomini. [7]Quando gl'Israeliti che erano di là della valle e quelli che erano di là del Giordano videro che gli uomini d'Israele erano fuggiti e che Saul e i suoi figli erano morti, abbandonarono le città e fuggirono. Allora vennero i Filistei e vi si stabilirono. [8]Il giorno seguente i Filistei andarono a spogliare gli uccisi e trovarono Saul e i suoi tre figli caduti sul monte Gelboe. [9]Essi troncarono la testa di lui e lo spogliarono delle armi, poi mandarono in giro nel paese dei Filistei a dare la bella notizia nel tempio dei loro idoli e al popolo. [10]Deposero le sue armi nel tempio di Astarte, mentre il suo cadavere lo affissero alle mura di Bet-Sean.

Sepoltura di Saul e dei figli. - [11]Gli abitanti di Iabes di Gàlaad udirono quello che i Filistei avevano fatto a Saul; [12]allora si alzarono tutti gli uomini valorosi e, dopo aver viaggiato tutta la notte, presero il corpo di Saul e i corpi dei suoi figli dalle mura di Bet-Sean; ritornarono a Iabes, dove li bruciarono. [13]Poi, prese le loro ossa, le seppellirono sotto il tamarisco a Iabes e fecero digiuno per sette giorni.

SECONDO LIBRO DI SAMUELE

1 **La morte di Saul annunziata a Davide.** [1]Dopo la morte di Saul, Davide ritornò dalla strage di Amalek e rimase a Ziklàg due giorni. [2]Al terzo giorno, ecco arrivare un uomo dall'accampamento di Saul, con le vesti stracciate e con la testa cosparsa di terra. Giunto presso Davide, cadde a terra facendo prostrazioni. [3]Davide gli domandò: «Da dove vieni?». Gli rispose: «Mi sono messo in salvo dall'accampamento d'Israele». [4]E Davide gli domandò: «Come è andata la cosa? Su, raccontami!». Riferì che il popolo era fuggito dalla battaglia, che molti del popolo erano caduti ed erano morti; perfino Saul e suo figlio Gionata erano morti. [5]Davide domandò al giovane che l'informava: «Come hai saputo che Saul e suo figlio Gionata sono morti?». [6]Rispose il giovane che gli dava notizie: «Capitai per caso sul monte Gelboe, ed ecco, Saul era appoggiato alla sua lancia: già carri e cavalieri gli erano addosso. [7]Allora, voltatosi, mi vide e mi chiamò; io risposi: "Eccomi!". [8]Mi domandò: "Chi sei?". Gli risposi: "Sono un amalecita". [9]Mi disse: "Ti prego, vienimi addosso e uccidimi, perché sono preso da angosce, benché la mia vita sia tuttora in me". [10]Allora mi gettai su di lui e lo uccisi, poiché capivo che non sarebbe sopravvissuto alla sua caduta. Poi presi il diadema che portava in capo e il bracciale che aveva al braccio e li ho portati qui al mio signore». [11]Davide afferrò le proprie vesti e le stracciò; così fecero anche tutti gli uomini che erano con lui. [12]Fecero cordoglio, piansero e digiunarono fino a sera su Saul e su Gionata suo figlio, sul popolo del Signore e sulla casa d'Israele, perché erano caduti di spada. [13]Poi Davide domandò al giovane che l'informava: «Di dove sei?». Rispose: «Sono figlio di uno straniero amalecita». [14]Davide gli disse: «Come mai non hai avuto timore di stendere la tua mano per uccidere il con-

sacrato del Signore?». [15]Davide chiamò uno dei giovani e disse: «Avvicinati, colpiscilo!». Lo colpì e quello morì. [16]Davide gli disse: «Il tuo sangue ricada sul tuo capo, poiché la tua stessa bocca ha testimoniato contro di te dicendo: "Io ho ucciso il consacrato del Signore"».

Elegia su Saul e Gionata. - [17]Davide allora intonò questa elegia su Saul e su Gionata, suo figlio, [18]e ordinò di insegnarla ai figli di Giuda. Ecco è scritta nel Libro del Giusto.

[19] «Sui tuoi colli, o Israele,
il tuo vanto è stato trafitto!
Come sono caduti i prodi?
[20] Non l'annunziate a Gat,
non date la notizia per le vie di Ascalon,
perché non gioiscano le figlie
dei Filistei,
non esultino le figlie degli incirconcisi.
[21] O monti di Gelboe,
né rugiada né pioggia su di voi,
né campi di primizie,
poiché lì è stato profanato lo scudo
dei prodi,
lo scudo di Saul mai unto con olio,
[22] ma dal sangue dei trafitti, dal grasso
dei prodi.
L'arco di Gionata non si ritrasse mai
e la spada di Saul non ritornava a vuoto.
[23] Saul e Gionata, amabili e deliziosi,
né in vita né in morte furono separati.
Erano più veloci delle aquile,
più arditi dei leoni.

---

1. - [17-18]. L'*elegia* era scritta in una raccolta di canti nazionali detta «Libro del Giusto» (Gs 10,13), da cui la prende l'autore ispirato. Quest'elegia, che è la prima che la Bibbia ricordi, è frutto del profondo senso di costernazione in cui la notizia della morte di Saul e Gionata gettò Davide, nonostante tutte le sofferenze patite a causa del primo.

²⁴ Figlie d'Israele, piangete su Saul,
 che vi rivestiva di scarlatto con delizie,
 che ornava di gioielli d'oro le vostre vesti.
²⁵ Come sono caduti i prodi
 in mezzo alla battaglia?
 Gionata sui tuoi colli è stato trafitto!
²⁶ Una gran pena ho per te, fratello mio
 Gionata,
 mi eri tanto caro!
 Era meraviglioso per me il tuo amore
 più dell'amore delle donne!
²⁷ Come sono caduti i prodi,
 e sono perite quelle forze belliciose?».

DAVIDE RE

2 **Davide re di Giuda.** - ¹Dopo questi fatti, Davide consultò il Signore dicendo: «Posso salire in una città di Giuda?». Il Signore gli rispose: «Sali!». Davide chiese: «Dove devo salire?». Gli rispose: «A Ebron!». ²Allora Davide vi andò con le sue due mogli, Achinoàm di Izreèl e Abigail, già moglie di Nabal da Carmel. ³Davide condusse anche gli uomini che erano con lui, ognuno con la propria famiglia, e si stabilirono nei villaggi di Ebron.
⁴Vi andarono poi gli uomini di Giuda e là consacrarono Davide re sulla casa di Giuda.
Poi fu riferito a Davide: «Gli uomini di Iabes di Galaad hanno dato sepoltura a Saul». ⁵Allora Davide mandò messaggeri agli uomini di Iabes di Galaad a dir loro: «Benedetti dal Signore, voi che avete fatto quest'opera pietosa verso il vostro signore, verso Saul, dandogli sepoltura! ⁶Ora il Signore vi ricompensi con perenni opere di bontà; anch'io vi farò del bene, perché avete compiuto una tale azione. ⁷Ora rinvigorite le vostre mani e siate uomini forti, perché se Saul, vostro signore, è morto, la casa di Giuda ha consacrato me suo re».

Is-Baal re d'Israele. - ⁸Intanto Abner, figlio di Ner, capo dell'esercito di Saul, aveva preso Is-Baal, figlio di Saul, lo aveva condotto a Macanàim ⁹e lo aveva costituito re sul Galaad, sugli Asuriti, su Izreèl, su Efraim, su

Beniamino e su tutto Israele. ¹⁰Is-Baal, figlio di Saul, aveva quarant'anni quando cominciò a regnare su Israele e regnò due anni. Solo la casa di Giuda seguiva Davide. ¹¹Il tempo che Davide regnò a Ebron sulla casa di Giuda fu di sette anni e sei mesi.

Guerra civile. La battaglia di Gabaon. - ¹²Abner, figlio di Ner, uscì con gli uomini di Is-Baal, figlio di Saul, da Macanàim alla volta di Gabaon. ¹³Anche Ioab, figlio di Zeruià, uscì con gli uomini di Davide e li incontrò alla piscina di Gabaon. Si fermarono gli uni di là e gli altri di qua dalla piscina.
¹⁴Abner disse a Ioab: «Si presentino dei giovani per lottare alla nostra presenza!». Ioab rispose: «Si presentino pure!». ¹⁵Si fecero avanti e sfilarono in numero di dodici dalla parte di Beniamino e di Is-Baal, figlio di Saul, e dodici degli uomini di Davide. ¹⁶Ognuno afferrò il suo avversario per la testa e conficcò la spada nel fianco dell'altro. Così caddero insieme e quel luogo fu chiamato Campo dei Fianchi: si trova a Gabaon.
¹⁷Ci fu in quel giorno una battaglia estremamente dura; Abner rimase sconfitto insieme con gl'Israeliti di fronte agli uomini di Davide.
¹⁸Erano presenti anche i tre figli di Zeruià: Ioab, Abisài e Asaèl. Asaèl era veloce come una gazzella selvatica. ¹⁹Asaèl si mise a inseguire Abner senza deviare né a destra né a sinistra dietro Abner. ²⁰Abner voltatosi indietro, disse: «Sei tu Asaèl?». Rispose: «Sono io!». ²¹Gli disse Abner: «Volgiti a destra o a sinistra, afferra uno dei giovani e prenditi le sue spoglie!». Ma Asaèl non volle recedere dall'inseguirlo. ²²Abner insistette ancora dicendo ad Asaèl: «Cessa dall'inseguirmi! Perché ti devo abbattere a terra? E come potrei allora alzare il mio sguardo verso Ioab, tuo fratello?». ²³Ma quello ricusò di allontanarsi. Allora Abner lo percosse al ventre con il retro della lancia e la lancia gli uscì dalla parte opposta, egli cadde lì e morì subito. Chiunque giungeva sul luogo dove era caduto Asaèl ed era morto, si fermava.
²⁴Ioab e Abisài inseguirono Abner; al calar del sole essi erano giunti fino alla collina di Ammà che è al limite di Ghiach, sulla via del deserto di Gabaon. ²⁵I Beniaminiti si radunarono intorno ad Abner formando un gruppo compatto e si fermarono sulla cima di una collina.
²⁶Allora Abner gridò a Ioab: «La spada do-

---

2. - ¹⁸⁻²². Asaèl, veloce come gazzella, vuol farsi un nome eliminando Abner; costui lo consiglia di andarsene, per non essere costretto a sua volta a ucciderlo, perché, in tal caso, egli avrebbe poi avuto Ioab come vendicatore. Così infatti avvenne, avendo Ioab interesse anche a togliere di mezzo un rivale.

vrà forse infierire senza fine? Non sai che il risultato non sarà che amarezza? Fino a quando non dirai al popolo di smettere d'inseguire i propri fratelli?». [27]Ioab rispose: «Per la vita di Dio! Se tu non avessi detto niente, certamente il popolo avrebbe desistito domattina dall'inseguire i propri fratelli». [28]Allora Ioab fece suonare il corno e tutto il popolo si arrestò e non inseguì più Israele, smettendo di combattere.

[29]Abner e i suoi uomini marciarono tutta la notte nell'Araba, poi passarono il Giordano, camminarono tutta la mattina e giunsero a Macanàim.

[30]Ioab, ritornato dall'inseguimento di Abner, radunò tutta la truppa: mancavano tra gli uomini di Davide diciannove uomini e Asaèl. [31]Invece gli uomini di Davide fecero strage di Beniamino e degli uomini di Abner: ne morirono trecentosessanta. [32]Presero Asaèl e lo seppellirono nel sepolcro di suo padre a Betlemme. Poi Ioab e i suoi uomini marciarono tutta la notte e all'alba furono a Ebron.

3 Sommario sulla guerra civile. - [1]La guerra tra la casa di Saul e la casa di Davide fu lunga, ma Davide diventava sempre più forte, mentre la casa di Saul si indeboliva sempre di più.

I figli di Davide a Ebron. - [2]Davide ebbe dei figli a Ebron: il primogenito fu Amnòn di Achinoàm di Izreèl; [3]il secondogenito Kileàb di Abigail, già moglie di Nabal da Carmel; il terzo Assalonne, figlio di Maaca, figlia di Talmài, re di Ghesùr; [4]il quarto Adonia, figlio di Agghìt; il quinto Sefatìa, figlio di Abital; [5]il sesto Itreàm di Egla, moglie di Davide. Questi nacquero a Davide in Ebron.

Abner contro il re d'Israele. - [6]Durante la guerra tra la casa di Saul e la casa di Davide, Abner acquistava autorità nella casa di Saul. [7]Saul aveva avuto infatti una concubina di nome Rizpa, figlia di Aia. Is-Baal disse ad Abner: «Perché sei entrato dalla concubina di mio padre?». [8]Abner, adiratosi fortemente per le parole di Is-Baal, disse: «Sono forse la testa di un cane di Giuda, io? Ora che uso bontà con la casa di Saul tuo padre, verso i suoi fratelli e verso i suoi amici e non ti consegno nelle mani di Davide, proprio ora vieni a chiedere conto a me della colpa con

quella donna? [9]Dio faccia così ad Abner e peggio ancora, se io non farò per Davide come il Signore gli ha giurato: [10]trasferire il regno dalla casa di Saul e stabilire il trono di Davide su Israele e su Giuda da Dan fino a Bersabea». [11]Is-Baal non poté più rispondere una parola ad Abner per il timore che aveva di lui.

Abner tratta con Davide. - [12]Allora Abner mandò ambasciatori a Davide per dire: «Di chi è il paese?». Cioè: «Fa' alleanza con me. Ecco, la mia mano sarà con te per riportarti tutto Israele». [13]Davide rispose: «Bene! Io farò alleanza con te! Ma un'unica cosa ti chiedo: cioè, non potrai vedermi, se prima non mi condurrai Mikal, figlia di Saul, quando verrai alla mia presenza». [14]Così Davide mandò messaggeri a Is-Baal, figlio di Saul, per dire: «Restituisci mia moglie Mikal che mi acquistai per cento prepuzi dei Filistei».

[15]Is-Baal mandò a prenderla presso suo marito, Paltiel, figlio di Lais. [16]Suo marito andò con lei e la seguì, piangendo continuamente fino a Bacurim. Allora Abner gli disse: «Vattene, torna indietro!». Quello se ne andò.

[17]Abner tenne questo discorso con gli anziani d'Israele: «Da tempo stavate chiedendo Davide come vostro re. [18]Ora mettetevi all'opera, perché il Signore ha detto a Davide: "Con la sua mano Davide, mio servo, salverà il mio popolo Israele dal potere dei Filistei e dal potere di tutti i suoi nemici"».

[19]Abner parlò anche a Beniamino e poi andò egli stesso a riferire a Davide a Ebron quanto era stato approvato da Israele e da tutta la casa di Beniamino. [20]Abner giunse presso Davide a Ebron con venti uomini e Davide fece un convito per Abner e per gli uomini che erano con lui. [21]Abner disse a Davide: «Orsù, andrò e radunerò presso il re, mio signore, tutto Israele. Essi faranno alleanza con te, e tu diventerai re su tutti secondo il tuo desiderio». Poi Davide congedò Abner, che se ne andò in pace.

---

3. - [8.] Le concubine erano legittime spose, ma di second'ordine. Siccome alla morte del re il suo harem passava al successore (2Sam 12,8), Abner col prendere la concubina di Saul tenta d'usurpare il trono, non essendo permesso a un privato sposare la vedova del re. Cane: disprezzabile. Non sappiamo se Abner aspirasse al regno, ma è certo che apparentemente l'offesa al re era grave.

Ioab uccide Abner. - [22]Ma ecco ritornare gli uomini di Davide e Ioab da una scorreria, riportando con sé una massa di preda, quando Abner non era più con Davide a Ebron, perché era stato congedato e se n'era andato in pace. [23]All'arrivo di Ioab e di tutto il suo esercito ci fu chi informò Ioab così: «È venuto Abner, figlio di Ner, dal re, che l'ha rimandato ed egli se ne è andato in pace».

[24]Allora Ioab si presentò al re e disse: «Che cosa hai fatto? Ecco, è venuto Abner da te; perché l'hai congedato ed egli è potuto ripartire? [25]Conosci Abner, figlio di Ner: è venuto per trarti in inganno, per spiare le tue mosse e per saper tutto quello che stai facendo».

[26]Ioab, partito dalla presenza di Davide, mandò messaggeri dietro ad Abner, i quali lo fecero tornare indietro dalla cisterna di Sira, all'insaputa di Davide. [27]Quando Abner ritornò a Ebron, Ioab lo trasse all'interno della porta per parlare con lui in segreto e subito lo colpì al ventre e lo uccise per vendicare il sangue di Asaèl, suo fratello.

[28]Davide, saputa la cosa più tardi, esclamò: «Sono innocente io e il mio regno davanti al Signore in perpetuo del sangue di Abner, figlio di Ner. [29]Ricada esso sulla testa di Ioab e su tutta la casa di suo padre! Non manchi mai nella casa di Ioab chi soffra di gonorrea e di lebbra, chi maneggi il fuso, chi cada di spada e chi sia privo di pane». [30]Ioab e suo fratello Abisài trucidarono Abner, perché aveva ucciso Asaèl, loro fratello, nella battaglia di Gabaon.

[31]Davide ordinò a Ioab e a tutto il popolo che era con lui: «Stracciatevi le vesti, cingetevi di sacco e fate lutto davanti ad Abner». Anche il re Davide andava dietro il feretro. [32]Seppellirono Abner a Ebron. Il re pianse ad alta voce sulla tomba di Abner e anche tutto il popolo pianse. [33]Il re fece un lamento funebre su Abner dicendo:

«Abner doveva morire come muore
    uno stolto?
[34] Le tue mani non furono legate,
    e i tuoi piedi non furono stretti
        in catene!
Come si cade per mano di malfattori,
    sei caduto!».

Tutto il popolo pianse di nuovo su di lui. [35]Poi tutto il popolo andò per invitare Davide a prendere cibo, quando era ancora giorno, ma Davide giurò: «Così mi faccia Dio e peggio ancora, se prenderò pane o qualche altra cosa prima del tramonto del sole». [36]Tutto il popolo venne a saperlo e ne rimase contento; così come ogni cosa fatta dal re piaceva a tutto il popolo. [37]Così tutto il popolo e tutto Israele capì in quel giorno che non era stata provocata dal re l'uccisione di Abner, figlio di Ner.

[38]Poi il re disse ai suoi uomini: «Non sapete che un principe e un grande è caduto oggi in Israele? [39]Io oggi sono debole, benché consacrato re, mentre questi uomini, i figli di Zeruià, sono più duri di me. Ripaghi il Signore il malfattore secondo la sua malizia».

4 **Assassinio del re d'Israele.** - [1]Quando il figlio di Saul udì che Abner era morto a Ebron, si sentì cadere le braccia e tutto Israele rimase costernato. [2]Il figlio di Saul aveva due uomini capibanda: il primo si chiamava Baanà e l'altro Recàb, figli di Rimmòn di Beeròt dei Beniaminiti, poiché anche Beeròt è annoverata in Beniamino, [3]in quanto i Beerotiti, fuggiti a Ghittàim, vi sono rimasti come ospiti fino al giorno d'oggi.

[4]Gionata, figlio di Saul, aveva un bambino con i piedi storpi. Aveva cinque anni quando giunse da Izreèl la notizia di Saul e Gionata. La sua nutrice lo prese e fuggì, ma, mentre si affrettava a fuggire, egli cadde e diventò zoppo. Si chiamava Merib-Baal.

[5]Andarono dunque Recàb e Baanà, figli di Rimmòn il beerotita, ed entrarono, sul caldo del giorno, nella casa di Is-Baal, che stava facendo la siesta pomeridiana. [6]La portinaia, che mondava il grano, si era assopita e dormiva, Recàb e suo fratello Baanà poterono introdursi inosservati. [7]Entrarono in casa mentre egli dormiva sul suo giaciglio nella camera da letto: lo colpirono, lo uccisero, lo decapitarono e, tolta la sua testa, presero la via dell'Araba camminando tutta la notte. [8]Portarono la testa di Is-Baal a Davide in Ebron e dissero al re: «Ecco la testa di Is-Baal, figlio di Saul, tuo nemico, che cercava la tua vita. Il Signore ha concesso in questo giorno al re, mio signore, la vendetta su Saul e sulla sua discendenza».

[9]Davide rispose a Recàb e a suo fratello Baanà, figli di Rimmòn il beerotita, e disse loro: «Per la vita del Signore che mi ha sal-

vato da ogni angustia! [10]Sì, colui che mi portò la notizia: "Ecco, Saul è morto!", si credeva di essere portatore di buone notizie; ma io l'ho preso e l'ho ucciso a Ziklàg: lui, cui dovevo dare il premio per la notizia. [11]Quanto più ora che uomini scellerati hanno trucidato un uomo giusto in casa sua, sul proprio giaciglio, non devo chiedere conto del suo sangue dalle vostre mani e farvi sparire dalla terra?». [12]Davide comandò ai giovani di ucciderli; troncate loro mani e piedi, li appesero presso la piscina di Ebron. Presero invece la testa di Is-Baal e la seppellirono nel sepolcro di Abner a Ebron.

DAVIDE RE DI GIUDA E ISRAELE

5 **Davide consacrato re d'Israele.** - [1]Tutte le tribù d'Israele andarono da Davide a Ebron e dissero: «Eccoci, noi siamo tue ossa e tua carne! [2]Anche per il passato, quando Saul era nostro re, eri tu che guidavi Israele. Il Signore ti ha detto: "Tu pascerai Israele, mio popolo, tu sarai principe su Israele"». [3]Allora tutti gli anziani d'Israele andarono dal re a Ebron; il re Davide fece con loro un'alleanza alla presenza del Signore in Ebron, ed essi consacrarono Davide re su Israele. [4]Davide aveva trent'anni quando diventò re e regnò quarant'anni. [5]A Ebron regnò su Giuda sette anni e sei mesi, e a Gerusalemme regnò trentatré anni su tutto Israele e su Giuda.

Gerusalemme capitale del regno unito. [6]Il re marciò con i suoi uomini verso Gerusalemme contro i Gebusei che abitavano la regione. Fu detto a Davide: «Non entrerai, ma i ciechi e gli zoppi ti cacceranno»; volevano dire: «Davide non entrerà qui». [7]Ma Davide occupò la fortezza di Sion, che è la Città di Davide.

[8]In quel giorno Davide aveva detto: «Chiunque vuol battere il Gebuseo, lo raggiunga per il canale... Gli zoppi e i ciechi sono odiati da Davide...». Per questo motivo si dice:

«Né cieco né zoppo
    entrerà nella casa!».

[9]Davide si stabilì nella fortezza e la chiamò «Città di Davide». Davide poi vi fece costruzioni all'intorno, dal Millo verso l'interno.

Altri sommari storici su Davide. - [10]Davide diventava sempre più grande, perché il Signore, Dio degli eserciti, era con lui. [11]Chiram, re di Tiro, mandò a Davide ambasciatori, legname di cedro, falegnami e lavoratori della pietra da costruzione, i quali edificarono una casa a Davide. [12]Davide comprese che il Signore l'aveva consolidato re su Israele e che aveva innalzato il suo regno per amore d'Israele suo popolo.

Figli di Davide in Gerusalemme. - [13]Dopo la sua venuta da Ebron, Davide prese altre concubine e mogli di Gerusalemme e gli nacquero altri figli e figlie. [14]Questi sono i nomi dei figli che gli nacquero a Gerusalemme: Sammùa, Sobàb, Natan, Salomone, [15]Ibcàr, Elisùa, Nèfeg, Iafìa, [16]Elisamà, Eliadà ed Elifèlet.

Episodi della guerra di liberazione. - [17]I Filistei, udito che Davide era stato consacrato re su Israele, salirono tutti quanti alla caccia di Davide, ma egli, appena lo seppe, discese alla fortezza.

[18]I Filistei arrivarono e si sparsero nella valle dei Rèfaim. [19]Davide consultò il Signore dicendo: «Devo salire contro i Filistei? Li darai in mio potere?». Il Signore rispose a Davide: «Sali! Darò certamente i Filistei in tuo potere». [20]Davide andò dunque a Baal-Perazìm e li batté in quel luogo, esclamando: «Il Signore ha aperto una breccia tra i miei nemici davanti a me come una breccia aperta dall'acqua». Per questo quel luogo fu chiamato Baal-Perazìm. [21]I Filistei abbandonarono là i loro idoli e Davide e i suoi uomini li raccolsero.

[22]I Filistei salirono una seconda volta e si sparsero nella valle dei Rèfaim. [23]Davide

---

5. - [4.] Davide, che era sulla ventina quando uccise Golia, passò circa quattro anni alla corte di Saul, altri quattro andò fuggiasco, un anno e mezzo stette con Achis in Ziklàg, così a trent'anni divenne re in Ebron. Per più di sette anni lottò contro i partigiani di Saul, ma dopo la morte di Abner, sostegno della casa di Saul, e di Is-Baal fu riconosciuto re da tutti.

[6-16.] Era circa l'anno 1000 a.C. Davide conquista Gerusalemme, fino allora fortezza gebusea, e ne fa la capitale del regno unito. Il fatto era molto importante, sia strategicamente che politicamente. La nuova residenza del re era ideale per frenare i desideri di espansione dei Filistei, i quali tentavano appunto di mettere un cuneo divisorio in Israele e ridurne il territorio.

consultò il Signore che gli rispose: «Non salire! Aggirali alle spalle e li raggiungerai dalla parte dei Balsami. [24]Quando udrai il rumore di passi sulle cime dei Balsami, allora darai l'assalto, perché in quel momento il Signore uscirà davanti a te per sconfiggere il campo dei Filistei». [25]Davide fece come il Signore gli aveva ordinato e batté i Filistei da Gàbaa fino all'imbocco di Ghezer.

6 Trasporto dell'arca. Gerusalemme capitale religiosa.
- [1]Davide radunò un'altra volta tutti gli uomini scelti d'Israele in numero di trentamila. [2]Poi si levò con tutto il suo popolo e partì da Baalà di Giuda per prelevare l'arca di Dio dedicata al Signore degli eserciti che siede sui cherubini. [3]Caricarono l'arca di Dio su un carro nuovo e l'asportarono dalla casa di Abinadàb, che era sulla collina. Uzzà e Achìo, figli di Abinadàb, guidavano il carro nuovo. [4]Uzzà stava presso l'arca di Dio e Achìo camminava davanti ad essa. [5]Davide e tutta la casa d'Israele facevano festa alla presenza del Signore con tutte le loro forze, cantando con cetre, arpe, tamburi, sistri e cembali. [6]Giunti all'aia di Nacon, Uzzà stese la mano verso l'arca di Dio e l'afferrò, perché i buoi avevano deviato. [7]Allora si accese l'ira del Signore contro Uzzà e Dio lo abbatté lì per quella temerità ed egli morì presso l'arca di Dio. [8]Davide rimase costernato dal fatto che il Signore avesse investito con impeto Uzzà. Così fu quel luogo chiamato Perez-Uzzà fino ad oggi.

[9]In quel giorno Davide ebbe timore del Signore e disse: «Come potrà venire da me l'arca del Signore?». [10]Davide non volle trasportare presso di sé l'arca del Signore nella Città di Davide, ma la fece condurre alla casa di Obed-Edom, di Gat. [11]L'arca del Signore rimase per tre mesi nella casa di Obed-Edom, di Gat; il Signore benedisse Obed-Edom e tutta la sua casa.

[12]Fu riferito al re Davide: «Il Signore ha benedetto la casa di Obed-Edom e tutte le sue cose a causa dell'arca di Dio». Allora Davide andò e trasportò con festa l'arca di Dio dalla casa di Obed-Edom alla Città di Davide.

[13]Quando i portatori dell'arca del Signore ebbero fatto sei passi, egli sacrificò un bue e un vitello grasso. [14]Davide danzava con tutto l'ardore davanti al Signore, cinto di un efod di lino. [15]Così Davide e tutta la casa d'Israele trasportarono l'arca del Signore con acclamazioni e con suono di corno.

[16]Quando l'arca del Signore stava entrando nella Città di Davide, Mikal, figlia di Saul, si affacciò alla finestra e visto il re Davide saltare e danzare davanti al Signore, lo disprezzò in cuor suo.

[17]L'arca del Signore fu introdotta e messa al suo posto in mezzo alla tenda che Davide aveva eretto per essa. Poi Davide offrì olocausti e sacrifici davanti al Signore. [18]Terminato di offrire l'olocausto e i sacrifici, Davide benedisse il popolo nel nome del Signore degli eserciti. [19]Poi distribuì a tutto il popolo, a tutta la moltitudine d'Israele, uomini e donne, una focaccia di pane, un pezzo di carne, un pugno di uva passa. E tutto il popolo se ne ritornò, ognuno a casa sua.

[20]Quando Davide fece ritorno per benedire la sua casa, gli uscì incontro Mikal, figlia di Saul, e disse: «Come si è fatto onore oggi il re d'Israele, che si è spogliato sotto gli occhi delle serve dei suoi servi, proprio come si spoglia uno dei tanti sfaccendati!». [21]Davide rispose a Mikal: «Voglio danzare alla presenza del Signore, che mi ha preferito a tuo padre e a tutta la sua casa, stabilendomi principe sul popolo del Signore, su Israele; sì, alla presenza del Signore [22]mi renderò spregevole ancor più di così e sarò umile ai suoi occhi, ma presso le serve di cui mi parli, presso di loro, voglio coprirmi di gloria». [23]Mikal, figlia di Saul, non ebbe figli fino al giorno della sua morte.

7 Profezia di Natan. Una casa per Davide.
- [1]Quando il re fu stabilito nella sua casa e il Signore gli ebbe dato tranquillità da tutti i suoi nemici all'intorno, [2]disse al profeta Natan: «Vedi, io abito in una casa di

---

6. - [3-18.] La conquista di Gerusalemme (5,6-16) ha anche un importante significato religioso: essa entra in diretto contatto con la storia della salvezza. In Gerusalemme, infatti, Davide fa trasportare l'arca dell'alleanza, «testimone» del patto tra Dio e il popolo e «simbolo» della presenza salvifica di Dio. Posta nuovamente al centro del popolo d'Israele, l'arca unisce la nuova tappa storica con le tradizioni sacre del passato. Se il Dio dell'Esodo si era presentato come il «Dio dei padri», unendo così i due tempi della storia salvifica, quello della «promessa» ad Abramo, Isacco e Giacobbe e quello della «realizzazione», nello stesso modo il trasporto dell'arca a Gerusalemme univa le antiche tradizioni all'epoca nuova: Gerusalemme assorbe gli altri centri cultuali e i loro privilegi e diviene la città santa per antonomasia.

cedro, mentre l'arca del Signore abita sotto una tenda». [3]Natan rispose al re: «Tutto quello che hai in cuore, va' e fallo, perché il Signore è con te». [4]Ma in quella stessa notte la parola del Signore si rivolse a Natan in questi termini: [5]«Va' a dire al mio servo Davide: Così dice il Signore: "Tu costruirai a me una casa per mia abitazione? [6]Certo, non abito in una casa dal giorno che trassi i figli d'Israele dall'Egitto fino ad oggi, ma sono andato vagando in una tenda e in un padiglione. [7]Dovunque andai vagando con tutti i figli di Israele, ho detto mai una parola a uno dei giudici d'Israele, cui avevo comandato di pascere il mio popolo Israele: Perché non mi avete costruito una casa di cedro?".

[8]Ora dirai questo al mio servo Davide: Così dice il Signore degli eserciti: "Io ti ho preso dal pascolo, da dietro al gregge, perché tu fossi principe sul mio popolo Israele. [9]Sono stato con te dovunque sei andato e ho stroncato tutti i tuoi nemici davanti a te. Ti farò un nome grande come il nome dei più potenti della terra. [10]Darò un posto al mio popolo Israele e lo pianterò perché vi si stabilisca senza essere più agitato e senza che i malvagi l'opprimano di nuovo come nel passato, [11]dal giorno che istituii i giudici sul mio popolo d'Israele; ti ho dato tranquillità di tutti i tuoi nemici». Il Signore ti annunzia: "Certamente il Signore ti farà una casa. [12]Quando i tuoi giorni saranno compiuti e tu riposerai con i tuoi padri, allora io farò sorgere dopo di te il tuo discendente che uscirà da te, e renderò stabile il suo regno. [13]Egli costruirà una casa al mio nome, e io consoliderò il trono del suo regno per sempre. [14]Io gli sarò padre ed egli mi sarà figlio. Quando peccherà, lo correggerò con frusta di uomini e con percosse umane. [15]Ma la mia benevolenza non si ritirerà da lui, come la ritirai da Saul che tolsi dalla tua presenza. [16]La tua casa e il tuo regno dureranno per sempre alla mia presenza, il tuo trono sarà saldo in eterno"».

[17]Natan parlò a Davide secondo tutte queste parole e conforme a questa visione.

Ringraziamento di Davide. - [18]Allora il re Davide andò a porsi davanti al Signore e disse: «Chi sono io, o mio Signore Dio, e cos'è la mia casa, che mi hai condotto fin qui? [19]E questo è ancora poca cosa al tuo cospetto, o mio Signore Dio, ché hai parlato alla casa del tuo servo anche per un futuro

lontano. Questa è la legge dell'uomo, o mio Signore Dio. [20]Che cosa potrà dirti ancora Davide? Tu conosci il tuo servo, o mio Signore Dio. [21]A motivo della tua parola e secondo il tuo cuore operi tutte queste grandi cose, per farle conoscere al tuo servo. [22]Per questo sei grande, o Signore Dio; non c'è nessuno come te e non c'è Dio fuori di te, secondo quanto abbiamo udito con le nostre orecchie. [23]E chi è simile al tuo popolo, a Israele, nazione unica sulla terra, che un Dio andò a riscattarsi come suo popolo, per creargli un nome, per compiere in suo favore cose grandiose e in favore della tua terra cose terribili davanti al tuo popolo, che ti sei riscattato dalla nazione egiziana e dai suoi dèi? [24]Ti sei preparato il tuo popolo d'Israele come tuo popolo per sempre, e tu, Signore, ti sei fatto loro Dio. [25]E ora, o Signore Dio, la parola che hai pronunciato riguardo al tuo servo e alla sua casa rendila stabile per sempre, fa' come hai detto. [26]Grande sarà il tuo nome per sempre quando si dirà: "Il Signore degli eserciti è il Dio d'Israele!". E la casa del tuo servo Davide sarà stabile al tuo cospetto. [27]Poiché tu, Signore degli eserciti, Dio d'Israele, hai fatto questa rivelazione al tuo servo: "Edificherò a te una casa!". Per questo il tuo servo ha trovato il coraggio per rivolgerti una tale preghiera. [28]E ora, o mio Signore Dio, tu sei Dio, e le tue parole sono verità, e tu hai predetto al tuo servo queste belle cose. [29]Ora dégnati di benedire la casa del tuo servo, perché rimanga per sempre davanti a te, perché tu,

---

7. - [8-16]. Siamo qui alla presenza di un nuovo grande passo dell'alleanza di Dio con il suo popolo: la promessa della stabilità del regno davidico, che apre un nuovo ciclo della storia salvifica. Se il primo ciclo, da Abramo a Giosuè, era centrato nella promessa di una discendenza e di una terra, il nuovo ha come epicentro l'idea del «re salvatore». Innovazione significativa, apportata in Israele dalla stessa istituzione monarchica. Infatti la sua struttura sociale è cambiata: non sono più le tribù autonome a costituire il punto di riferimento politico e religioso, ma il re: da una parte, il re riassume e rappresenta il popolo, dall'altra egli è il luogotenente della divinità: nulla da stupire, perciò, se il patto di Dio con il popolo venga specificato dal nuovo «patto col re». E siccome in tutto l'ambiente semitico il re era considerato e ritenuto «salvatore», ecco che le due idee anche in Israele si uniscono: un discendente di Davide, «re», sarà «salvatore». Si precisa così sempre di più la famiglia del futuro Redentore: nascerà da una donna (Gn 3,15), dalla stirpe di Sem (Gn 9,26), dalla progenie d'Abramo (Gn 12,3), dalla tribù di Giuda (Gn 49,10), dalla famiglia di Davide, e sarà re in eterno (cfr. At 2,30).

o mio Signore Dio, hai parlato; così per la tua benedizione la casa del tuo servo sarà benedetta per sempre».

8 Sommario delle guerre di Davide.

[1]Dopo queste cose Davide sconfisse i Filistei e li umiliò, prendendo di mano ai Filistei Gat e le sue dipendenze.

[2]Sconfisse pure i Moabiti, li misurò con la fune facendoli giacere a terra: ne misurò due funi da uccidere e un'altra fune completa da lasciare in vita. Così Moab diventò servo di Davide e pagò il tributo.

[3]Poi Davide sconfisse Adad-Èzer, figlio di Recòb, re di Zobà, quando andava a ristabilire il suo potere sul Fiume. [4]Davide gli catturò mille e settecento cavalieri e ventimila fanti, tagliò i garretti a tutti i cavalli lasciandone solo cento capi. [5]Allora Aram di Damasco corse in aiuto di Adad-Èzer, re di Zobà, ma Davide uccise ventiduemila uomini di Aram. [6]Davide pose prefetti in Aram di Damasco e Aram diventò servo di Davide e pagò il tributo. Così il Signore diede a Davide la vittoria dovunque andò.

[7]Davide prese gli scudi d'oro che appartenevano ai servi di Adad-Èzer e li portò a Gerusalemme. [8]Inoltre da Bètach e da Berotài, città di Adad-Èzer, il re Davide portò via moltissimo bronzo. [9]Quando Toù, re di Camat, udì che Davide aveva sconfitto tutte le forze di Adad-Èzer, [10]mandò suo figlio Adduràm dal re Davide a porgere saluti e benedizione per aver combattuto contro Adad-Èzer e averlo sconfitto. Adad-Èzer infatti era stato più volte in guerra con Toù. Adduràm portò con sé oggetti d'argento, d'oro e di bronzo. [11]Il re Davide consacrò anche questi al Signore, insieme con tutto l'argento e l'oro che aveva consacrato, proveniente da tutti i popoli che aveva soggiogato: [12]da Aram, da Moab, dagli Ammoniti, dai Filistei, da Amalek e dal bottino di Adad-Èzer, figlio di Recòb, re di Zobà.

[13]Davide si fece un nome al suo ritorno sconfiggendo diciottomila Idumei nella Valle del Sale. [14]Pose prefetti in Edom: in tutta la regione pose dei prefetti; e l'intero Edom diventò servo di Davide. Così il Signore diede a Davide la vittoria dovunque andò.

Organizzazione del regno. - [15]Davide fu re su tutto Israele e amministrò rettamente la giustizia a tutto il suo popolo. [16]Ioab, figlio di Zeruià, era capo dell'esercito; Giosafat, figlio di Achilùd, segretario; [17]Zadòk, figlio di Achitùb, ed Ebiatàr, figlio di Achimelech, erano sacerdoti; Seraià scriba; [18]Benaià, figlio di Ioiadà, capo dei Cretei e dei Peletei; e i figli di Davide erano ministri.

9 Fedeltà di Davide al patto con Gionata.

- [1]Davide domandò: «C'è ancora qualche superstite della casa di Saul? Vorrei usargli misericordia a motivo di Gionata». [2]La casa di Saul aveva un servo di nome Zibà, che fu fatto venire da Davide. Il re gli domandò: «Sei tu Zibà?». Quello rispose: «Sono io, tuo servo!». [3]Aggiunse il re: «Non c'è più nessuno della casa di Saul? Vorrei usare con lui la bontà di Dio!». Zibà rispose al re: «C'è ancora un figlio di Gionata con i piedi storpi». [4]Il re gli domandò: «Dov'è?». Zibà gli rispose: «È in casa di Machir, figlio di Ammièl, a Lodebàr». [5]Allora il re Davide lo mandò a prendere dalla casa di Machir, figlio di Ammièl, a Lodebàr. [6]Merib-Baal, figlio di Gionata, figlio di Saul, arrivato da Davide, cadde sulla sua faccia e si prostrò. Davide disse: «Merib-Baal!». Rispose: «Ecco il tuo servo!». [7]Davide gli disse: «Non temere, perché voglio usare benevolenza con te a motivo di Gionata tuo padre. Ti restituisco tutti i campi di Saul tuo padre e tu prenderai cibo sempre alla mia mensa». [8]Egli si prostrò e disse: «Che cos'è il tuo servo, perché tu ti volga verso un cane morto quale sono io?». [9]Poi il re chiamò Zibà, servo di Saul, e gli disse: «Tutto quello che apparteneva a Saul e a tutta la sua casa, lo do al figlio del tuo padrone. [10]Lavorerai per lui la terra tu, i tuoi figli e i tuoi servi, e il raccolto che ne riceverai assicurerà il cibo per la casa del tuo padrone che essa mangerà; ma Merib-Baal, figlio del tuo padrone, prenderà cibo sempre alla mia mensa». Ora Zibà aveva quindici figli e venti servi.

[11]Zibà rispose al re: «Il tuo servo farà tutto esattamente come il re mio signore ha comandato al suo servo». Così Merib-Baal mangiava alla mensa di Davide, come uno dei figli del re.

[12]Merib-Baal aveva un bambino di nome Micà; tutti quelli che abitavano la casa di Zibà furono al servizio di Merib-Baal. [13]Però Merib-Baal risiedeva a Gerusalemme perché mangiava sempre alla mensa del re. Era storpio di tutti e due i piedi.

10 I messi di Davide disonorati dal re di Ammon. - [1]Dopo questi fatti, il re degli Ammoniti morì e suo figlio Canùn diventò re al suo posto.

[2]Davide disse: «Voglio usare benevolenza con Canùn, figlio di Nacas, come suo padre usò benevolenza con me». Davide mandò i suoi servi a fargli le condoglianze per suo padre. Quando i servi di Davide giunsero nella terra degli Ammoniti, [3]i capi degli Ammoniti dissero a Canùn loro signore: «Forse Davide, mandando a consolarti, vuole rendere onore a tuo padre alla tua presenza? Non è piuttosto per spiare la città, per esplorarla e poi distruggerla che Davide ti ha mandato i suoi servi?». [4]Allora Canùn prese i servi di Davide, rase loro metà della barba e tagliò le loro vesti a metà fino alle loro natiche, poi li rimandò.

[5]Informato della cosa, Davide mandò alcuni ad incontrarli, perché quegli uomini erano molto confusi. Il re ordinò loro: «Rimanete a Gerico finché vi ricresca la barba, poi ritornerete».

Prima campagna contro Ammon. - [6]Gli Ammoniti, accortisi di essersi resi odiosi a Davide, mandarono ad assoldare ventimila fanti degli Aramei di Bet-Recòb e di Zobà; mille uomini del re di Maacà e dodicimila uomini della gente di Tob. [7]Quando Davide l'udì, spedì Ioab con tutto l'esercito e i prodi.

[8]Gli Ammoniti uscirono e si schierarono a battaglia all'ingresso della porta della città, mentre gli Aramei di Zobà, Recòb e la gente di Tob e Maacà se ne stavano separati in campo aperto.

[9]Ioab, quando vide che aveva contro di sé due fronti di battaglia, uno davanti e uno dietro, scelse tutte le migliori truppe d'Israele e le schierò contro Aram, [10]e affidò il resto della truppa in mano ad Abisài, suo fratello, perché lo schierasse contro gli Ammoniti. [11]E disse: «Se Aram prevarrà su me, tu mi verrai in aiuto; se invece gli Ammoniti saranno più forti di te, allora io verrò in tuo aiuto. [12]Coraggio! Mostriamoci forti per il nostro popolo e per le città del nostro Dio! E il Signore faccia poi quello che a lui piacerà!». [13]Ioab, col popolo che aveva con sé, avanzò in battaglia contro gli Aramei, i quali presero la fuga davanti a lui. [14]Gli Ammoniti, quando videro che gli Aramei si erano dati alla fuga, fuggirono anch'essi davanti ad Abisài e

rientrarono in città. Allora Ioab smise di attaccare gli Ammoniti e ritornò a Gerusalemme.

Seconda campagna. - [15]Quando gli Aramei videro che erano stati battuti da Israele, si riunirono insieme. [16]Adad-Èzer mandò a mobilitare gli Aramei che erano di là del Fiume. Essi giunsero a Chelàm sotto la guida di Sobàk, comandante dell'esercito di Adad-Èzer. [17]Davide lo seppe, radunò tutto Israele e, attraversato il Giordano, andò a Chelàm; allora gli Aramei si schierarono contro Davide e gli dettero battaglia. [18]Ma gli Aramei dovettero fuggire davanti a Israele. Davide uccise settecento cavalli degli Aramei e quarantamila cavalieri; colpì anche Sobàk, capo del loro esercito, che morì in quel luogo. [19]Quando tutti i re tributari di Adad-Èzer videro che erano rimasti sconfitti davanti a Israele, fecero pace con Israele e si assoggettarono. Così gli Aramei ebbero paura di andare ancora in aiuto degli Ammoniti.

11 Terza campagna. Peccato di Davide. - [1]Al cominciar dell'anno, nel tempo in cui i re fanno spedizioni, Davide mandò Ioab con i suoi servi e tutto Israele a devastare il paese degli Ammoniti: essi posero l'assedio a Rabbà, mentre Davide stava a Gerusalemme.

[2]Un pomeriggio Davide, alzatosi dal letto, passeggiava sulla terrazza della reggia, quando vide dall'alto della terrazza una donna che si lavava. La donna aveva un aspetto molto bello. [3]Davide mandò a prendere informazioni sulla donna e gli fu risposto: «È Betsabea, figlia di Eliàm, moglie di Uria l'hittita».

[4]Davide mandò dei messaggeri per prenderla. Ella andò da lui ed egli dormì con lei, che si era appena purificata dalla sua impurità; poi fece ritorno a casa sua. [5]La donna concepì e mandò a informare Davide: «Sono incinta».

---

10. - [4.] La barba è in grande onore in Oriente, e radere la barba a uno significa infliggergli una feroce umiliazione. Il re Canùn al disprezzo unisce la derisione. Davide manda a consolare quegli uomini.

11. - [5.] L'adultera era condannata a morte (Lv 20,10): quindi Betsabea fa capire a Davide la necessità di occultare il delitto per salvare l'onore suo e la vita di lei.

Davide fa uccidere il marito di Betsabea.
⁶Allora Davide ordinò a Ioab: «Mandami Uria l'hittita». Ioab mandò Uria da Davide. ⁷Quando Uria giunse da lui, Davide gli domandò notizie sullo stato di Ioab, del popolo e della guerra. ⁸Poi Davide disse a Uria: «Scendi a casa tua e làvati i piedi». Allora Uria uscì dalla casa del re seguito da una porzione delle vivande del re. ⁹Ma Uria dormì all'ingresso della casa del re con tutti i servi del suo sovrano senza scendere a casa sua.

¹⁰Ne informarono Davide dicendo: «Uria non è sceso a casa sua». Allora Davide disse a Uria: «Non vieni da un viaggio? Perché non sei sceso a casa tua?». ¹¹Uria rispose a Davide: «L'arca, Israele e Giuda abitano sotto le tende; il mio signore Ioab e i servi del mio signore bivaccano in campo aperto, e io dovrei entrare nella mia casa per mangiare e bere e per dormire con mia moglie? Per te e per la tua vita, non farò mai questa cosa!». ¹²Davide disse a Uria: «Rimani qui anche oggi e domani ti rimanderò». Così Uria rimase quel giorno a Gerusalemme e il giorno successivo. ¹³Davide lo invitò a mangiare e a bere insieme con lui e lo ubriacò. Ma la sera uscì a dormire nel suo giaciglio insieme con i servi del suo sovrano e non discese a casa sua.

¹⁴L'indomani mattina Davide scrisse una lettera a Ioab e la mandò per mano di Uria. ¹⁵Nella lettera aveva scritto così: «Ponete Uria sul fronte della battaglia più dura, poi ritiratevi da lui, perché sia colpito e muoia». ¹⁶Nel disporre la vigilanza alla città, Ioab pose Uria nel luogo dove sapeva che vi erano uomini valorosi. ¹⁷Gli abitanti della città fecero un'irruzione e attaccarono Ioab, ci furono dei caduti tra il popolo, tra i servi di Davide, e morì anche Uria l'hittita. ¹⁸Ioab mandò a informare Davide su tutte le vicende della guerra. ¹⁹Dette quest'ordine al messaggero: «Quando avrai finito di esporre al re tutte le vicende della guerra, ²⁰se per caso scoppiasse l'ira del re e ti di-

cesse: "Perché vi siete avvicinati alla città per combattere? Non sapevate che si scagliano saette dalle mura? ²¹Chi colpì Abimelech, figlio di Ierub-Baal? Una donna non gli gettò addosso forse la mola superiore da sopra le mura, e quello morì a Tebez? Perché vi siete avvicinati alle mura?", allora dirai: "È morto anche il tuo servo Uria l'hittita!"».

²²Il messaggero partì e andò a riferire a Davide tutto quello per cui Ioab lo aveva inviato. Davide s'accese d'ira contro Ioab e disse al messaggero: «Perché vi siete avvicinati alla città per combattere? Non sapevate che sareste stati colpiti dall'alto delle mura? Chi colpì Abimelech, figlio di Ierub-Baal? Una donna non gli gettò forse addosso la mola superiore da sopra le mura, e quello morì a Tebez? Perché vi siete avvicinati alle mura?». ²³Il messaggero spiegò a Davide: «È stato che quegli uomini, essendo più forti di noi, sono usciti contro di noi in campo aperto, ma noi ci siamo rifatti contro di loro fino all'ingresso della porta. ²⁴Allora gli arcieri hanno scagliato saette sui tuoi servi da sopra le mura; così sono morti alcuni servi del re ed è morto anche il tuo servo Uria l'hittita». ²⁵Davide disse al messaggero: «Così dirai a Ioab: "Non ti sembri un gran danno quanto è accaduto, perché la spada divora ora questo ora quello; riprendi con più lena la tua lotta contro la città e distruggila!". Tu poi fagli coraggio!».

²⁶Quando la moglie di Uria udì che suo marito Uria era morto, fece lamenti sul suo signore. ²⁷Passato il lutto, Davide mandò a prenderla e l'accolse nella sua casa: diventò sua moglie e gli partorì un figlio. Ma questa azione compiuta da Davide fu cattiva agli occhi del Signore.

12 **Il profeta Natan accusa Davide.** - ¹Il Signore mandò a Davide Natan che, entrato da lui, disse: «C'erano due uomini in una stessa città, uno ricco e uno povero: ²il ricco possedeva greggi e armenti in grande abbondanza; ³il povero non aveva che un'agnella, piccolina, che aveva comprato; l'aveva nutrita ed era cresciuta insieme con lui e con i suoi figli; mangiava dal suo piatto, beveva dal suo bicchiere e dormiva sul suo seno: era per lui come una figlia. ⁴Un viandante giunse dall'uomo ricco; questi però non andò a prendere del suo gregge e del suo armento per preparare all'ospite ve-

---

8. Gli orientali camminavano a piedi scalzi o portavano sandali, quindi era necessario lavarsi dopo un viaggio. Davide cerca di salvare l'onore proprio e la vita di Betsabea col mandare Uria a casa.

12. - 1. La parabola di Natan è un vero capolavoro in cui l'allegoria si dissipa all'istante, e appare Davide nel ricco, Uria nel povero, Betsabea nell'unica pecorella rapita dal re per saziare le sue passioni.

nuto da lui, ma prese l'agnella di quel povero e la preparò per l'uomo venuto da lui».

⁵Davide arse d'ira contro quell'uomo e
disse a Natan: «Per la vita del Signore, l'uomo che ha fatto questo è certamente degno
di morte! ⁶Pagherà quattro volte l'agnella
per aver compiuto un tale misfatto e per
non aver avuto compassione». ⁷Natan rispose a Davide: «Sei tu quell'uomo! Così dice il Signore, Dio d'Israele: "Io ti ho consacrato re su Israele e ti ho strappato dalla
mano di Saul. ⁸Ti ho consegnato la casa del
tuo signore e le mogli del tuo signore nel
tuo seno, e ti ho dato la casa d'Israele e di
Giuda; e se è poco, ti aggiungerei altre cose. ⁹Perché, dunque, hai disprezzato la parola del Signore compiendo ciò che è male
ai suoi occhi? Hai colpito con la spada Uria
l'hittita, ti sei preso per moglie la sua moglie e tu l'hai ucciso con la spada dei figli di
Ammon. ¹⁰Ma ora non si allontanerà mai
più la spada dalla tua casa, perché mi hai disprezzato prendendo la moglie di Uria l'hittita per farla tua moglie". ¹¹Così dice il Signore: "Ecco, io farò sorgere contro di te la
sventura dalla tua stessa casa; prenderò le
tue mogli sotto i tuoi occhi e le darò a un altro che giacerà con le tue donne alla luce di
questo sole! ¹²Sì, tu hai agito a nascosto,
ma io farò questo davanti a tutto Israele e
alla luce del sole"».

Pentimento di Davide e morte del figlio.
¹³Davide disse a Natan: «Ho peccato contro
il Signore». Natan rispose a Davide: «Il Signore cancella il tuo peccato! Non morrai!
¹⁴Ma perché tu hai disprezzato il Signore
con questa azione, il figlio che ti è nato
morrà». ¹⁵Natan tornò a casa sua.

Il Signore colpì il bambino che la moglie
di Uria aveva generato a Davide ed esso si
ammalò. ¹⁶Davide si rivolse a Dio in favore
del bambino, digiunò rigorosamente, si ritirò e passò la notte giacendo per terra.
¹⁷Gli anziani della sua casa fecero insistenza su di lui perché si alzasse da terra, ma
egli non volle e non assaggiò cibo con loro.
¹⁸Al settimo giorno il bambino morì e i
servi di Davide ebbero timore di annunziar-
gli che il bambino era morto, perché dicevano: «Ecco, quando il bambino era vivo,
gli abbiamo parlato, ma non ha dato ascolto
alla nostra voce; come potremo dirgli: "Il
bambino è morto"? Farà qualche sproposito!». ¹⁹Davide, accortosi che i servi stavano
parlottando, capì che il bambino era morto

e domandò ai servi: «È morto il bambino?».
Risposero: «È morto!». ²⁰Allora Davide, alzatosi da terra, si lavò, si unse e, cambiate
le sue vesti, entrò nella casa del Signore e si
prostrò; rientrato a casa, chiese che gli presentassero il cibo, e mangiò.

²¹I servi gli domandarono: «Che è questo
tuo modo di agire? Per il bambino ancora
vivo hai digiunato e pianto, ora invece che
il bambino è morto, ti alzi e prendi cibo».
²²Rispose: «Quando il bambino era ancora
vivo ho digiunato e pianto, perché pensavo:
Chi lo sa? Il Signore potrebbe aver compassione di me e lasciar vivere il bambino.
²³Ma ora è morto! Perché dovrei digiunare?
Forse potrei farlo ancora ritornare? Io andrò
da lui, ma lui non ritornerà da me».

Nascita di Salomone. - ²⁴Poi Davide consolò Betsabea, sua moglie: andò da lei e
dormì insieme. Ella generò un figlio al quale pose nome Salomone; il Signore lo amò,
²⁵e mandò il profeta Natan che gli impose il
nome di Iedidià per ordine del Signore.

**Occupazione di Rabbà, capitale degli Am-
moniti.** - ²⁶Intanto Ioab aveva combattuto
contro Rabbà degli Ammoniti, e aveva preso la città delle acque. ²⁷Allora Ioab mandò
dei messaggeri a Davide per dirgli: «Ho
combattuto contro Rabbà e ho già preso la
città delle acque. ²⁸Ora raduna il resto del
popolo, poni il campo contro la città e occu-
pala, altrimenti prenderò io la città ed essa
verrà chiamata con il mio nome». ²⁹Allora
Davide, radunato tutto il popolo, andò a
Rabbà, combatté contro di essa e la occupò.
³⁰Tolse dalla testa di Milcom la corona che
pesava un talento d'oro e conteneva una
pietra preziosa; essa fu posta sulla testa di
Davide. La preda asportata dalla città fu

---

⁵. Davide senza saperlo si applica la pena di morte
comminata dalla legge contro gli adùlteri (Lv 20,10;
Dt 22,22). Veemente contro chi credeva colpevole,
riconosce poi umilmente il proprio peccato.
⁶. Davide rese proprio il quadruplo secondo la legge (Es 22,1), con la morte del figlio di Betsabea e di
altri tre figli: Amnon, Assalonne e Adonia, e vide la
figlia Tamar e le sue mogli disonorate.
¹³. Quello del vero pentimento, Dio lo perdonò
sull'istante; ma, rimessa la colpa, restò la pena che seguì con la morte dei figli e le sventure. La
tradizione attribuì a Davide come espressione del suo
pentimento il *Miserere*, Salmo 51. Il peccato di Davide era personale e non dinastico, perciò non influì
sulla promessa fatta da Dio in 7,6-16.

molto grande. [31]La popolazione che vi era la deportò e la sottopose al lavoro della sega, dell'ascia di ferro, della scure di ferro e la pose alla lavorazione dei mattoni. Così trattò pure tutte le città degli Ammoniti. Poi Davide ritornò con tutto il popolo a Gerusalemme.

13 Amnon disonora la sorella Tamar.

[1]Ecco quel che avvenne in seguito: Assalonne, figlio di Davide, aveva una bella sorella, di nome Tamar; e Amnon, figlio di Davide, se ne innamorò. [2]Spasimò tanto che si ammalò a causa di Tamar, sua sorella, perché, essendo vergine, rimaneva difficile agli occhi di Amnon farle qualche cosa. [3]Amnon però aveva un amico di nome Ionadàb, figlio di Simeà, fratello di Davide. Ionadàb, uomo molto astuto, [4]gli domandò: «Perché ti consumi di giorno in giorno, o figlio del re? Non me lo puoi dire?». Gli rispose Amnon: «Sono innamorato di Tamar, sorella di Assalonne, mio fratello». [5]Ionadàb soggiunse: «Mettiti a letto e datti per malato; tuo padre verrà a vederti e tu gli dirai: "Venga, per piacere, Tamar, mia sorella, a portarmi da mangiare. Preparerà il cibo adatto sotto i miei occhi, perché io possa vedere e mangiare dalla sua mano!"». [6]Amnon si mise a letto e si dette per malato. Allora il re andò a fargli visita e Amnon disse al re: «Venga, per favore, Tamar, mia sorella, a preparare sotto i miei occhi due tortelle e riuscirò a prendere cibo dalla sua mano». [7]Davide mandò a dire a Tamar, in casa: «Va' alla casa di Amnon, tuo fratello, e preparagli il cibo adatto». [8]Tamar andò a casa di Amnon, suo fratello, che si trovava a letto. Prese la farina e la impastò, preparò le tortelle sotto i suoi occhi e le cosse. [9]Poi prese la padella e le versò davanti a lui, ma Amnon ricusò di mangiare e dette quest'ordine: «Fate uscire tutti d'attorno a me!». Ognuno uscì d'attorno a lui. [10]Amnon disse a Tamar: «Portami il cibo in camera e mangerò dalla tua mano». Allora Tamar prese le tortelle che aveva fatto e le portò in camera ad Amnon, suo fratello. [11]Mentre gliele porgeva a mangiare, egli l'afferrò e le disse: «Vieni, giaci con me, sorella mia». [12]Ella gli rispose: «No, fratello mio, non mi fare violenza, perché non si usa far così in Israele. Non commettere questa stoltezza! [13]Io dove andrei a portare la mia vergogna? E tu saresti come uno degli stolti in Israele; parlane piuttosto al re, che non mi impedirà di essere tua». [14]Ma egli non volle ascoltarla: prevalse su di lei e le fece violenza giacendo con lei. [15]Poi Amnon prese a odiarla di un odio molto grande: l'odio con cui l'odiava era maggiore dell'amore con cui l'aveva amata. Amnon le disse: «Alzati, vattene!». [16]Ella gli rispose: «Non essere causa di questo male, di cacciarmi via; sarebbe peggiore dell'altro che hai fatto con me». Ma egli non volle darle ascolto. [17]Chiamato il giovane che lo serviva, gli disse: «Caccia fuori costei e chiudi la porta dietro di lei». [18]Ella indossava un'ampia tunica, perché così vestivano le figlie del re ancora vergini. Il servo la cacciò fuori e chiuse la porta dietro di lei. [19]Allora Tamar si cosparse la testa di polvere, stracciò l'ampia tunica che indossava e con le mani in testa se ne andò gridando.

[20]Suo fratello Assalonne le domandò: «Forse tuo fratello Amnon è stato con te? Per ora fa' silenzio, sorella mia, egli è tuo fratello. Non ti accorare per questo fatto!». E Tamar se ne rimase desolata in casa di Assalonne, suo fratello.

[21]Il re Davide seppe tutto l'accaduto e se ne adirò assai [ma non volle urtare suo figlio Amnon ch'egli amava molto perché era il suo primogenito]. [22]Assalonne non parlò più con Amnon, né in male né in bene, perché Assalonne aveva preso in odio Amnon per la violenza ch'egli aveva fatto a Tamar, sua sorella.

Assalonne fa uccidere Amnon. - [23]Passarono due anni. Assalonne, avendo i tosatori a Baal-Azòr presso Efraim, invitò tutti i figli del re. [24]Assalonne andò dal re e disse: «Ecco, il tuo servo ha i tosatori, il re si degni di venire con i suoi servi presso il tuo servo». [25]Il re rispose ad Assalonne: «No, figlio mio, non veniamo tutti noi per non esserti di peso». Egli insistette presso di lui, ma non volle andare e gli dette la benedizione. [26]Assalonne soggiunse: «Se è no, venga con

---

13. - [1.] L'ignominia e la spada, castigo dell'adulterio, entrano in casa di Davide per opera del primogenito Amnon (2Sam 3,2) e del secondogenito Assalonne (2Sam 13,29; 17,24 - 18,15).

[20.] L'onore delle sorelle era affidato ai fratelli: ma Assalonne, dopo avere esortato Tamar a non far duolo, per l'onore suo e della famiglia, pensa che, uccidendo Amnon, erede al trono, egli poteva giungere al tanto ambìto regno.

noi almeno Amnon, mio fratello». Gli rispose il re: «Perché dovrebbe venire con te?». [27]Assalonne insisté tanto, che il re mandò con lui Amnon insieme con tutti i figli del re.

Assalonne fece un convito da re. [28]Assalonne dette ordine ai suoi servi: «Guardate, quando il cuore di Amnon sarà allegro per il vino e vi dirò: "Colpite Amnon!", uccidetelo. Non abbiate timore! Non sono io che ve lo comando? Siate forti e uomini valorosi!». [29]I servi di Assalonne fecero ad Amnon come aveva loro comandato Assalonne. Allora tutti i figli del re si alzarono e, saliti ognuno sul proprio mulo, si dettero alla fuga.

[30]Mentre essi erano per via, giunse al re questa notizia: «Assalonne ha ucciso tutti i figli del re! Non ne è rimasto neppure uno!». [31]Allora il re si alzò, si stracciò le vesti e si gettò a terra; anche i suoi servi stavano lì tutti, con le vesti stracciate. [32]Allora Ionadàb, figlio di Simeà, fratello di Davide, disse: «Non dica il mio signore: "Hanno ucciso tutti i giovani, i figli del re!": è morto solo Amnon; perché per Assalonne ciò era stabilito fin dal giorno in cui Amnon aveva fatto violenza a Tamar, sua sorella. [33]E ora il re, mio signore, non si ponga in cuore una tal cosa dicendo: "Sono morti tutti i figli del re!", perché solo Amnon è morto [34]e Assalonne si è dato alla fuga».

Il giovane che era di sentinella alzò i suoi occhi per osservare: ed ecco, molta gente veniva per la via di Bacurìm, dal lato del monte. [35]Allora Ionadàb disse al re: «Ecco che giungono i figli del re! È avvenuto come ha detto il tuo servo». [36]Finito che ebbe di parlare, ecco arrivare i figli del re, che si misero a piangere ad alta voce. Anche il re e tutti i suoi servi si misero a piangere dirottamente.

[37]Assalonne intanto era fuggito per recarsi presso Talmài, figlio di Ammiùd, re di Ghesùr. Il re fece lutto per suo figlio per lunghi giorni. [38]Assalonne rimase tre anni a Ghesùr, dov'era fuggito. [39]Poi lo spirito del re cessò di insorgere contro Assalonne, perché si era ormai consolato della morte di Amnon.

14

La donna di Tekòa. - [1]Ioab, figlio di Zeruià, si era accorto che il cuore del re si volgeva verso Assalonne. [2]Allora Ioab mandò a prendere a Tekòa un'abile donna, alla quale disse: «Su, assumi un aspetto triste, indossa vesti di lutto, non ungerti con olio e mostrati come una donna che fa lutto da molto tempo su di un morto. [3]Andrai dal re e gli parlerai in questo modo». E Ioab le suggerì le parole da dire.

[4]Allora la donna di Tekòa entrò dal re, prostrandosi con la faccia a terra e adorando. Gridò: «Aiuto, o re!». [5]Il re le disse: «Che cos'hai?». Rispose: «Ohimè! Io sono una vedova, mio marito è morto! [6]La tua serva aveva due figli; i due hanno litigato nella campagna, dove nessuno poteva intervenire tra loro; uno ha colpito l'altro e l'ha ucciso. [7]Ed ecco, tutta la parentela è insorta contro la tua serva dicendo: "Consegnaci l'uccisore di suo fratello, dobbiamo farlo morire per la vita di suo fratello che egli ha ucciso". Faranno così scomparire anche l'erede, ed estingueranno la scintilla che mi è rimasta, senza lasciare a mio marito né un nome né una posterità sulla faccia della terra».

[8]Il re disse alla donna: «Ritorna a casa tua, ché io darò ordini a tuo riguardo». [9]La donna di Tekòa soggiunse al re: «Signore mio, la colpa sia su di me e sulla casa di mio padre, il re e il suo trono ne sono innocenti». [10]Il re riprese: «Se qualcuno te ne parlerà, conducilo da me e non oserà più toccarti». [11]Ella chiese: «Il re nomini, per favore, il Signore tuo Dio, affinché il vindice del sangue non moltiplichi la strage e non si faccia scomparire mio figlio». Quello disse: «Per la vita del Signore, neppure un capello di tuo figlio cadrà a terra!». [12]La donna soggiunse: «Permetti che la tua serva rivolga al mio signore il re una parola!». Egli rispose: «Parla!». [13]Allora la donna disse: «Perché hai pensato una cosa come questa contro il popolo di Dio? Il re, proferendo questa sentenza, è quasi colpevole di non far ritornare colui che il re ha mandato in esilio. [14]Difatti dobbiamo morire e, come l'acqua versata a terra non si può più raccogliere, così Dio non ridà l'anima. Il re escogiti dunque i modi affinché non resti in esilio lontano da noi colui che fu esiliato. [15]Ora dunque sono venuta a dire al re mio signore questa cosa, perché certa gente mi ha messo paura. La tua serva ha pensato: Voglio parlare al re, forse egli eseguirà il consiglio della sua serva! [16]Se egli mi ascolta e libera la sua serva dalla mano di quell'uomo che vuol togliere via me e mio figlio insieme dall'eredità di Dio, [17]la tua serva si è detta: Possa la parola del re, mio signore, essere causa di tran-

quillità! Perché come è un angelo di Dio, così è il re, mio signore, per giudicare il bene e il male. Il Signore, tuo Dio, sia con te!». [18]Il re domandò alla donna: «Su, non mi nascondere niente di quello che ti chiedo». La donna rispose: «Parli pure il re, mio signore!». [19]Disse il re: «La mano di Ioab non è forse con te in tutto questo?». La donna rispose: «Per la vita tua, o re, mio signore, non si può andare né a destra né a sinistra da tutto quello che ha detto il re, mio signore. Sì, il tuo servo Ioab, lui me l'ha comandato e ha posto in bocca alla tua serva tutte queste parole. [20]Per cambiare aspetto alla vicenda il tuo servo Ioab ha fatto questo, ma il mio signore è sapiente della sapienza dell'angelo di Dio per capire tutto quello che vi è sulla terra».

Ritorno di Assalonne. - [21]Allora il re disse a Ioab: «Ecco dunque, ho deciso la questione: va' e fa' tornare il giovane Assalonne». [22]Ioab, prostratosi con la faccia a terra, fece adorazione e benedisse il re, poi soggiunse: «Oggi il tuo servo sa di aver trovato benevolenza ai tuoi occhi, o re, mio signore, poiché il re fa eseguire il consiglio del suo servo». [23]Poi Ioab si alzò e andò a Ghesùr e ricondusse Assalonne a Gerusalemme. [24]Ma il re disse: «Vada nella sua casa, non potrà vedere il mio volto!». Assalonne andò nella sua casa senza vedere il volto del re.

Riconciliazione col padre Davide. - [25]Non vi era in tutto Israele un uomo bello come Assalonne, degno di grande lode: dalla pianta dei piedi alla sommità del capo non vi era in lui un difetto. [26]Quando si radeva il capo — si faceva radere il capo ogni anno, perché la capigliatura era pesante — egli pesava la capigliatura della sua testa: duecento sicli al peso regio. [27]Assalonne ebbe tre figli e una figlia di nome Tamar, che fu una donna di bell'aspetto.

[28]Assalonne abitò a Gerusalemme due anni senza poter vedere il volto del re. [29]Allora Assalonne convocò Ioab per inviarlo al re, ma questi non volle andare da lui. Lo convocò una seconda volta, ma egli non volle andare. [30]Allora disse ai suoi servi:

«Vedete la proprietà di Ioab accanto alla mia dove egli ha l'orzo. Andate e appiccatevi il fuoco». I servi di Assalonne appiccarono il fuoco al campo. [31]Allora Ioab si levò e andò a casa di Assalonne per dirgli: «Perché i tuoi servi hanno appiccato il fuoco alla mia proprietà?». [32]Assalonne rispose a Ioab: «Ecco, ti avevo mandato a dire: "Vieni qua, ti voglio mandare dal re per dirgli: Perché sono tornato da Ghesùr? Sarebbe meglio per me che fossi ancora là!". Ora voglio vedere il volto del re e se c'è in me una colpa, mi faccia morire!». [33]Allora Ioab andò dal re e lo informò. Questi fece chiamare Assalonne che entrò dal re e si prostrò davanti a lui con la faccia a terra; poi il re baciò Assalonne.

15 Gli intrighi di Assalonne. - [1]In seguito Assalonne si preparò un carro, cavalli e cinquanta uomini che corressero davanti a lui. [2]Assalonne si alzava presto e si poneva a lato della strada di accesso della porta della città. Così, se uno aveva una causa e doveva andare dal re per il giudizio, Assalonne lo chiamava e gli diceva: «Di quale città sei?». Rispondeva: «Il tuo servo è di una tribù d'Israele». [3]Assalonne gli diceva: «Vedi, le tue richieste sono buone e giuste, ma tu non hai chi ti ascolti da parte del re». [4]Poi Assalonne esclamava: «Chi mi costituirà giudice nel paese? A me potrebbe venire ognuno che avesse una lite e un giudizio e gli renderei giustizia!».

[5]Avveniva che, quando qualcuno si avvicinava per prostrarsi davanti a lui, egli allungava la mano, lo prendeva e lo baciava. [6]In questo modo Assalonne agì con ogni Israelita che veniva dal re per il giudizio e così Assalonne seduceva il cuore degli uomini d'Israele.

Rivolta di Assalonne. - [7]Quattro anni dopo Assalonne disse al re: «Lascia che io vada a compiere a Ebron il mio voto che feci al Signore. [8]Infatti il tuo servo ha fatto questo voto durante la permanenza a Ghesùr in Aram: "Se il Signore mi ricondurrà a Gerusalemme, sacrificherò al Signore in Ebron"». [9]Il re gli disse: «Va' in pace!». Egli si mosse per andare a Ebron. [10]Ma Assalonne mandò emissari in tutte le tribù d'Israele a dire: «Quando sentirete il suono del corno, direte: "Assalonne è diventato re a Ebron!"».

---

15. - [1.] Assalonne, dopo l'assassinio di Amnon (13,28), essendo morto Kileàb (3,3), secondogenito, restava l'erede, e quindi ostenta fasto regale e cerca di assumersi l'ufficio di giudice, criticando l'operato del padre.

[11]Con Assalonne erano andate da Gerusalemme duecento persone che, essendo invitate, vi andarono ingenuamente, senza sapere niente. [12]Nella circostanza dell'offerta dei suoi sacrifici, Assalonne mandò a chiamare Achitòfel il ghilonita, consigliere di Davide, dalla sua città di Ghilo. Così la cospirazione si consolidò e il popolo andò sempre più aumentando intorno ad Assalonne.

Fuga di Davide. - [13]Un messaggero andò da Davide per dirgli: «Il cuore di ogni israelita segue Assalonne!». [14]Allora Davide disse a tutti i servi che erano con lui a Gerusalemme: «Su, fuggiamo, perché non abbiamo scampo davanti ad Assalonne. Affrettatevi a partire, perché non ci colga all'improvviso e faccia cadere su di noi il disastro e colpisca la città a fil di spada». [15]I servi del re risposero: «Come decide in tutto il re, mio signore! Ecco, noi siamo tuoi servi!». [16]Così il re uscì a piedi con tutta la sua famiglia, ma lasciò dieci concubine a custodire la casa. [17]Il re uscì dunque a piedi con tutto il popolo e si fermarono all'ultima casa. [18]Tutti i suoi servi sfilavano accanto a lui; anche tutti i Cretei e i Peletei e tutti i Gattiti, seicento uomini che l'avevano seguito da Gat, sfilavano al cospetto del re.

[19]Allora il re disse a Ittài di Gat: «Perché vieni anche tu con noi? Torna e rimani con il re, perché tu sei forestiero ed esule dal tuo paese. [20]Sei venuto appena ieri e oggi dovrei farti vagare con noi, mentre io vado alla ventura? Ritorna e porta i tuoi fratelli con te. Il Signore usi con te misericordia e fedeltà!». [21]Ma Ittài rispose al re: «Per la vita del Signore e per la vita del re, mio signore, dovunque sarà il re, mio signore, sia per la morte che per la vita, là sarà il tuo servo!». [22]Allora Davide disse a Ittài: «Avanti, passa!». E Ittài di Gat passò insieme con i suoi uomini e con la famiglia che era con lui.

[23]Tutti piangevano ad alta voce, mentre tutto il popolo sfilava. Il re stava in piedi nella valle del Cedron, mentre tutto il popolo passava davanti a lui, diretto verso il deserto.

Fede di Davide riguardo all'arca. - [24]Ecco, anche Zadòk e tutti i leviti addetti al trasporto dell'arca del patto di Dio, deposero l'arca di Dio presso Ebiatàr, finché tutto il popolo finì di uscire dalla città. [25]Il re disse a Zadòk: «Riporta l'arca di Dio in città. Se troverò grazia agli occhi del Signore, egli mi farà ritornare e me la farà rivedere insieme con la sua abitazione. [26]Ma se dirà: "Non mi compiaccio più in te!", eccomi, faccia di me come pare bene ai suoi occhi!».

[27]Il re disse al sacerdote Zadòk: «Vedi: torna in pace nella città; Achimaaz tuo figlio e Gionata, figlio di Ebiatàr, vostri due figli, sono con voi. [28]Vedete, io mi fermo presso i guadi del deserto, finché non arrivi da parte vostra una parola per informarmi». [29]Allora Zadòk ed Ebiatàr riportarono l'arca di Dio a Gerusalemme e rimasero là.

I partigiani di Davide. - [30]Davide saliva l'erta degli Ulivi; saliva piangendo, a capo coperto, e procedeva scalzo. Tutto il popolo che era con lui si coprì il capo e salì piangendo continuamente. [31]Uno riferì a Davide: «Achitòfel è tra i congiurati con Assalonne!». Allora Davide esclamò: «Deh, rendi vano il consiglio di Achitòfel, o Signore».

[32]Mentre Davide giungeva alla cima dove si adora Dio, ecco che Cusài l'archita gli si fece incontro con la sua veste stracciata e con la polvere sul capo. [33]Davide gli disse: «Se tu proseguissi con me, mi saresti di peso. [34]Ma se torni in città e dici ad Assalonne: "Io sono tuo servo, o re! Io fui in passato servo di tuo padre, ma ora sarò servo tuo!", allora mi renderesti vano il consiglio di Achitòfel. [35]Non sono là con te i sacerdoti Zadòk ed Ebiatàr? Allora tutto quello che udrai dalla casa del re, lo riferirai ai sacerdoti Zadòk ed Ebiatàr. [36]Ecco, sono là con essi i loro due figli, Achimaaz di Zadòk e Gionata di Ebiatàr: per mezzo loro mi farete sapere tutto quello che sentirete». [37]Cusài, amico di Davide, arrivò in città, mentre Assalonne entrava a Gerusalemme.

16 **Zibà il profittatore.** - [1]Davide aveva oltrepassato di un poco la sommità, quand'ecco Zibà, servo di Merib-Baal, venire incontro a lui con un paio di asini sellati,

---

[12]. *Achitòfel* sembra fosse avo di Betsabea, e forse volle vendicare la nipote. Assalonne aveva già preparato la rivolta e bastò la tromba perché tutto Israele lo acclamasse re.

[14]. Forse Assalonne aveva aderenti anche in Gerusalemme. Certo la fuga di Davide fu ispirata da saggia politica che gli diede tempo d'organizzare la vittoria oltre il Giordano.

carichi di duecento pani, cento grappoli d'uva passita, cento frutti d'estate e un otre di vino. [2]Il re disse a Zibà: «Tu, cosa sono queste cose?». Zibà rispose: «Gli asini sono per cavalcatura alla casa del re, il pane e la frutta per cibo dei giovani, e il vino perché lo beva chi è stanco nel deserto». [3]Il re domandò: «Dov'è il figlio del tuo signore?». Zibà rispose al re: «Ecco, è rimasto a Gerusalemme, perché ha detto: "Oggi la casa d'Israele mi restituirà il regno di mio padre!"». [4]Il re disse a Zibà: «Ecco, tutto quello che possiede Merib-Baal è tuo». Zibà esclamò: «Io mi prostro! Possa io trovare grazia ai tuoi occhi, o re mio signore!».

Simeì maledice Davide. - [5]Quando Davide giunse a Bacurìm, ecco uscire da là un uomo della stirpe della casa di Saul, di nome Simeì, figlio di Ghera: usciva lanciando maledizioni. [6]Gettava sassi contro Davide e contro tutti i servi del re Davide, mentre tutto il popolo e tutti i prodi stavano alla sua destra e alla sua sinistra. [7]Così diceva Simeì nella sua maledizione: «Esci, esci, sanguinario, scellerato! [8]Il Signore ha fatto ricadere su di te tutto il sangue della casa di Saul, al cui posto hai regnato. Il Signore ha dato il regno in mano ad Assalonne tuo figlio. Ed eccoti nella sventura, perché sei un sanguinario».

[9]Abisài, figlio di Zeruià, disse al re: «Perché quel cane morto deve maledire il re, mio signore? Lascia che io vada a troncargli la testa». [10]Ma il re rispose: «Che ho io con voi, figli di Zeruià? Se egli maledice e se il Signore gli dice: "Maledici Davide", chi potrebbe dire: "Perché fai così?"». [11]Poi Davide soggiunse ad Abisài e a tutti i suoi servi: «Ecco, mio figlio, che è uscito dal mio seno, attenta alla mia vita, quanto più ora un beniaminita? Lasciatelo che maledica, perché glielo ha ordinato il Signore. [12]Forse il Signore vedrà la mia afflizione e mi renderà il bene al posto della sua maledizione di questo giorno».

[13]Davide seguitò con i suoi uomini il cammino, mentre Simeì camminava sul fianco del monte dirimpetto a lui sempre maledicendo e lanciando sassi verso di lui e gettando polvere. [14]Il re e tutto il popolo che era con lui giunsero stanchi presso il Giordano e là si riposarono.

Cusài il finto servitore. - [15]Assalonne e tutto il popolo israelita erano arrivati a Gerusalemme. Achitòfel era con lui. [16]Ora, quando Cusài l'archita, amico di Davide, si presentò ad Assalonne, disse ad Assalonne: «Viva il re! Viva il re!». [17]Assalonne disse a Cusài: «Questo è l'amore che porti al tuo amico? Perché non sei andato con il tuo amico?». [18]Cusài rispose ad Assalonne: «No! Perché voglio essere di colui che il Signore ha scelto e di questo popolo e di tutti gli uomini d'Israele, e con lui rimarrò! [19]E poi: chi devo servire? Non è forse suo figlio? Come fui al servizio di tuo padre, così lo sarò di te!».

Assalonne dalle concubine di suo padre. - [20]Allora Assalonne disse ad Achitòfel: «Tenete consiglio tra voi: cosa dobbiamo fare?». [21]Achitòfel disse ad Assalonne: «Va' dalle concubine di tuo padre, che egli lasciò a custodire la casa, e così tutto Israele saprà che ti sei reso odioso a tuo padre e si rafforzerà l'ardire di tutti i tuoi partigiani». [22]Fissarono sulla terrazza la tenda per Assalonne e Assalonne entrò dalle concubine di suo padre sotto gli occhi di tutto Israele. [23]Il consiglio che Achitòfel dava in quel periodo era come la consultazione della parola di Dio. Così era ogni consiglio di Achitòfel sia per Davide sia per Assalonne.

17 **Consigli di battaglia di Achitòfel e di Cusài.** - [1]Disse ancora Achitòfel ad Assalonne: «Lasciami scegliere dodicimila uomini, perché possa mettermi ad inseguire Davide questa notte, [2]piombare su di lui mentre è stanco e scoraggiato: gli incuterò spavento e tutto il popolo che è con lui se ne fuggirà e così potrò colpire il re solo. [3]Allora riporterei a te tutto il popolo, come ritorna la fidanzata al suo sposo: solo la vita di un uomo tu vai cercando; tutto il popolo sarà in pace». [4]La proposta piacque agli occhi di Assalonne e agli occhi di tutti gli anziani d'Israele. [5]Ma Assalonne ordinò: «Chiamate anche Cusài l'archita e sentia-

---

16. - [21.] Achitòfel, consigliando l'insulto a Davide, fece avverare la profezia di Natan (2Sam 12,11) sulla medesima terrazza da cui Davide aveva visto Betsabea.

17. - [4.] Il consiglio d'Achitòfel serviva ottimamente al trionfo d'Assalonne, poiché era facile schiacciare subito il drappello di Davide e uccidere il re e così, senz'altra guerra, far riconoscere Assalonne da tutto Israele.

mo cosa dice anche lui». [6]Quando Cusài arrivò da Assalonne questi gli disse: «Così ha
parlato Achitòfel. Dobbiamo eseguire la sua
proposta? Se no, fa' tu una proposta». [7]Cu-
sài disse ad Assalonne: «Il consiglio che ha
dato Achitòfel questa volta non è buono».
[8]E aggiunse Cusài: «Tu sai che tuo padre e i
suoi uomini sono dei prodi e sono di animo
amareggiato come un'orsa privata dei figli
nella campagna; e tuo padre è un uomo di
guerra e non pernotta con il popolo. [9]Certo
ora egli è nascosto in una grotta o in qualche altro luogo. Se all'inizio cadesse uno
dei nostri, si spargerà la notizia e si dirà:
"C'è stata una strage tra il popolo che segue
Assalonne!". [10]Allora anche chi è valoroso,
che ha il suo cuore come quello di un leone, sarà completamente scoraggiato, perché
tutto Israele sa che tuo padre è un prode, e
che quelli che sono con lui sono dei valorosi. [11]Io consiglio: si raduni presso di te tutto
Israele da Dan fino a Bersabea, numeroso
come la rena che è presso il mare e tu in
persona marcerai in battaglia. [12]Allora l'assaliremo in quel luogo dove si troverà,
scenderemo su di lui come la rugiada scende sulla terra e di lui e di tutti gli uomini
che sono con lui non resterà neppure uno.
[13]E se si ritirasse in qualche città, tutto
Israele farà portare delle corde a quella città
e la trascineremo a valle, finché non rimanga
là neppure una pietra».
[14]Allora Assalonne e tutti gli uomini d'I-
sraele esclamarono: «Il consiglio di Cusài
l'archita è migliore del consiglio di Achitòfel!». Il Signore aveva decretato di rendere
vano il saggio consiglio di Achitòfel, per far
cadere la rovina su Assalonne.

[15]Poi Cusài disse ai sacerdoti Zadòk ed
Ebiatàr: «Achitòfel ha consigliato così e così
Assalonne e gli anziani d'Israele, mentre io
ho consigliato questo e questo. [16]Ora mandate in fretta a riferire a Davide così: "Non
passare la notte presso i guadi del deserto,
ma compi decisamente la traversata, perché non sia annientato il re e tutto il popolo
che è con lui"».

Davide è informato dai suoi partigiani.
[17]Ora Gionata e Achimaaz stavano presso
En-Roghèl. Una serva andava a informarli
ed essi andavano a riferire al re Davide,
perché non potevano farsi veder entrare
nella città. [18]Ma un ragazzo li vide e
informò Assalonne. Allora i due se ne andarono in fretta, entrarono nella casa di un

uomo di Bacurìm che aveva un pozzo nel
suo cortile e vi scesero dentro. [19]La donna
di casa prese una coperta e la stese sulla
bocca del pozzo e vi sparse sopra orzo maci-
nato, così che non ci si accorgeva di nulla.
[20]I servi di Assalonne andarono in casa della donna e domandarono: «Dove sono Achimaaz e Gionata?». Rispose loro la donna:
«Sono passati oltre, andando verso l'acqua». Essi cercarono ma, non avendoli trovati, tornarono a Gerusalemme.

[21]Dopo che questi se ne furono andati, i
due risalirono dal pozzo e andarono a riferire al re Davide: «Su, attraversate in fretta
l'acqua, perché così e così ha consigliato
Achitòfel contro di voi». [22]Allora Davide e
tutto il popolo che era con lui si levarono e
attraversarono il Giordano. Sul far del giorno non mancò neppure uno che non avesse
attraversato il Giordano.

Suicidio di Achitòfel. - [23]Achitòfel, quando
vide che il suo consiglio non era stato eseguito, sellò l'asino, partì e andò a casa sua
nella sua città; dette disposizioni per la sua
casa e s'impiccò: morì e fu sepolto nella
tomba di suo padre.

Davide a Macanàim. - [24]Davide era giunto
a Macanàim, quando Assalonne attraversò
il Giordano insieme con tutti gli uomini d'I-
sraele. [25]Assalonne aveva costituito Amasà
capo dell'esercito al posto di Ioab. Amasà
era figlio di un uomo chiamato Itrà l'ismaelita, che s'era unito ad Abigàl, figlia di Iesse
e sorella di Zeruià, madre di Ioab. [26]Israele
e Assalonne si accamparono nel paese di
Galaad.

[27]Quando Davide giunse a Macanàim,
Sobì, figlio di Nacas, da Rabba degli Ammoniti, Machìr, figlio di Ammièl da Lodebar, e
Barzillài, il galaadita di Roghelìm, [28]portaro-
no giacigli, anfore, utensili di terracotta,
frumento, orzo, farina, grano abbrustolito,
fave e lenticchie, [29]miele, burro, pecore e
formaggio di vacca a Davide e alla gente
che era con lui per mangiare. Infatti essi
avevano detto: «Questa gente ha fame, è
spossata, ha sete nel deserto».

18 **Piano di battaglia.** - [1]Davide passò in
rassegna la truppa che era con lui e vi
prepose i capi di migliaia e i capi di centinaia. [2]Davide divise il popolo in tre corpi:
un terzo sotto il comando di Ioab, un terzo

sotto il comando di Abisài, figlio di Zeruià e fratello di Ioab, e un terzo sotto il comando di Ittài di Gat. Il re disse al popolo: «Voglio uscire anch'io con voi». [3]Il popolo rispose: «Non devi uscire con noi, perché se noi fuggiamo non si cureranno di noi; se la metà di noi morirà, non si cureranno di noi, perché tu conti come diecimila di noi. Ma ora è meglio che tu ci venga in aiuto dalla città». [4]Il re allora disse: «Farò quello che vi sembra bene». E il re rimase accanto alla porta, mentre tutta la truppa usciva per centinaia e per migliaia.

[5]Il re dette quest'ordine a Ioab, Abisài e Ittài: «Risparmiatemi il giovane Assalonne!». Tutto il popolo udì il comando che il re diede a tutti i capi riguardo ad Assalonne.

Sconfitta e morte di Assalonne. - [6]Il popolo uscì in campo contro Israele e la battaglia divampò nella selva di Efraim. [7]Il popolo d'Israele vi fu battuto dai servi di Davide e la strage fu grande in quel giorno: ventimila caduti. [8]La battaglia si estese su tutta la regione: la selva divorò in quel giorno tra il popolo più di quanti non ne avesse divorati la spada.

[9]Assalonne si imbatté nei servi di Davide. Assalonne cavalcava un mulo, e quando il mulo arrivò il folto di una grande quercia, la testa di lui s'impigliò alla quercia ed egli rimase sospeso tra cielo e terra, mentre il mulo che era sotto di lui andò oltre. [10]Un uomo se ne accorse e ne informò Ioab dicendo: «Ho visto Assalonne sospeso a una quercia». [11]Ioab disse all'uomo che lo informava: «Ecco, l'hai visto, e perché non l'hai abbattuto là a terra? Io ti avrei dato dieci pezzi d'argento e una cintura». [12]L'uomo rispose a Ioab: «Anche se io mi sentissi pesare sulla mia mano mille pezzi d'argento, non stenderei la mia mano contro il figlio del re! Infatti in nostra presenza il re dette questo ordine a te, ad Abisài e a Ittài: "Conservatemi il giovane Assalonne!". [13]Ché se io avessi agito con inganno contro la sua vita, e nulla è nascosto al re, tu te ne saresti stato alla larga». [14]Ioab disse: «Non voglio perdere tempo così davanti a te!». Prese tre dardi nella sua mano e li conficcò nel cuore di Assalonne, che era ancora vivo nel folto della quercia. [15]Poi dieci giovani, scudieri di Ioab, circondarono Assalonne, lo colpirono e lo uccisero.

[16]Allora Ioab suonò il corno e il popolo smise di inseguire Israele. Ioab infatti trattenne il popolo. [17]Poi presero Assalonne, lo gettarono in una grande fossa nella selva e ammassarono sopra di lui un grandissimo mucchio di pietre. Intanto tutto Israele era fuggito, ciascuno alla sua tenda.

[18]Assalonne, mentre era vivo, aveva eretto una stele che è nella Valle dei Re. Infatti aveva detto: «Non ho un figlio che conservi il mio nome». Chiamò la stele con il suo nome, e per questo ancor oggi si chiama «Monumento di Assalonne».

Gli annunziatori della vittoria. - [19]Allora Achimaaz, figlio di Zadòk, disse: «Lascia che io corra a portare al re la bella notizia che il Signore gli ha reso giustizia dalla mano dei suoi nemici». [20]Gli disse Ioab: «Tu non sei il portatore di una buona notizia quest'oggi, porterai la notizia un altro giorno; ma quest'oggi tu non annunzi una buona notizia, perché il figlio del re è morto». [21]Poi Ioab disse all'Etiope: «Va', racconta al re quello che hai visto». L'Etiope s'inchinò a Ioab e partì di corsa.

[22]Ma Achimaaz, figlio di Zadòk, tornò a dire a Ioab: «Qualunque cosa accada, anch'io voglio correre dietro l'Etiope». Ioab gli rispose: «Perché vuoi tu correre, figlio mio? La tua notizia è controproducente!». [23]Rispose: «Qualunque cosa accada, io corro». Gli rispose: «Corri!». Allora Achimaaz partì di corsa attraverso la pianura e sorpassò l'Etiope.

[24]Intanto Davide se ne stava tra le due porte. La sentinella salì sulla terrazza della porta presso le mura, si pose a guardare e vide un uomo che correva tutto solo. [25]Allora la sentinella gridò e lo riferì al re. Il re disse: «Se è solo porta buone notizie». E quello si avvicinava sempre più. [26]Poi la sentinella vide un altro che correva. La sentinella chiamò il guardiano della porta e disse: «Ecco, ancora uno che corre tutto solo». Il re disse: «Anche questo porta una buona notizia». [27]La sentinella soggiunse: «Vedo il modo di correre del primo, è simile a quello di Achimaaz, figlio di Zadòk». Il re disse: «Questa è una brava persona, viene a dare una buona notizia!».

[28]Allora Achimaaz gridò e disse al re: «Salute!». Poi, prostrandosi davanti al re con la faccia a terra, disse: «Benedetto il Signore, tuo Dio, che ha schiacciato gli uomini che avevano alzato la mano contro il re, mio signore!». [29]Il re domandò: «Sta be-

ne il giovane Assalonne?»». Achimaaz rispose: «Ho visto un grande tumulto quando il servo del re Ioab ha inviato il tuo servo, ma non so di che si trattasse». [30]Il re disse: «Scansati, mettiti qui». Egli si scansò e stette lì.

[31]Ed ecco giungere l'Etiope. Disse l'Etiope: «Il re, mio signore, riceva la buona notizia! Il Signore ti ha fatto giustizia oggi dalla mano di tutti quelli che sono insorti contro di te». [32]Il re domandò all'Etiope: «Sta bene il giovane Assalonne?». L'Etiope rispose: «Vadano in perdizione come quel giovane i nemici del re, mio signore, e tutti quelli che insorgono contro di te per farti del male!».

19 Pianto di Davide su Assalonne.

[1]Allora il re fremette, salì alla stanza superiore della porta e pianse. Così diceva mentre camminava: «Figlio mio Assalonne, figlio mio, figlio mio Assalonne! Magari fossi morto io al tuo posto, Assalonne figlio mio, figlio mio!».

[2]Fu riferito a Ioab: «Ecco, il re piange e fa lutto su Assalonne». [3]La vittoria in quel giorno si trasformò in lutto per tutto il popolo. Infatti tutto il popolo sentì che in quel giorno: «Il re è afflitto per suo figlio». [4]Così in quel giorno il popolo rientrò alla chetichella in città, come furtivamente rientra il popolo coperto di vergogna dopo essersi dato alla fuga durante la battaglia. [5]Il re si era velato il volto e gridava ad alta voce: «Figlio mio Assalonne, Assalonne figlio mio, figlio mio!». [6]Allora Ioab andò in casa del re e disse: «Oggi tu copri di vergogna il volto di tutti i tuoi servi, che hanno salvato la vita tua, quella dei tuoi figli e delle tue figlie, la vita delle tue mogli e quella delle tue concubine, [7]amando quelli che ti odiano e odiando quelli che ti amano. Sì, oggi tu mostri che non esistono per te né capi né sudditi! Oggi capisco che se Assalonne fosse vivo e tutti noi morti, allora sarebbe cosa giusta ai tuoi occhi. [8]Ma ora àlzati, esci, parla al cuore dei tuoi servi perché io giuro per il Signore: se non esci, nessuno resterà con te questa notte, e questo sarebbe per te un male peggiore di tutti i mali che ti sono venuti addosso dalla tua giovinezza fino ad ora». [9]Allora il re si alzò e si pose a sedere alla porta. Fu annunciato a tutto il popolo: «Ecco, il re sta alla porta». E tutto il popolo andò davanti al re.

Trattative per il ritorno del re. - Israele dunque era fuggito, ciascuno alla sua tenda. [10]Ora tutto il popolo discuteva in tutte le tribù d'Israele e diceva: «Il re ci ha liberato dalla mano dei nostri nemici, ci ha salvato dalla mano dei Filistei; ora egli è dovuto fuggire dal paese, a causa di Assalonne. [11]Ma Assalonne, che avevamo consacrato sopra di noi, è morto in battaglia. Ora perché voi non fate niente per far tornare il re?». Ciò che si diceva da tutto Israele era pervenuto a Davide, nella sua casa. [12]Allora il re Davide mandò a dire ai sacerdoti Zadòk ed Ebiatàr: «Parlate agli anziani di Giuda: "Perché dovreste essere gli ultimi a far tornare il re alla sua casa? [13]Voi siete miei fratelli, voi siete mie ossa e mia carne. Perché dovreste essere gli ultimi a far tornare il re?". [14]E direte ad Amasà: "Non sei mie ossa e mia carne? Così mi faccia Dio e peggio ancora, se tu non sarai al mio cospetto capo dell'esercito per tutti i giorni al posto di Ioab!"». [15]Così piegò il cuore di ogni uomo di Giuda come di un sol uomo. Essi mandarono a dire al re: «Ritorna, tu e tutti i tuoi servi».

Simeì è perdonato. - [16]Allora il re fece ritorno e arrivò fino al Giordano. Intanto Giuda era giunto a Gàlgala per andare incontro al re, per aiutare il re nel passaggio del Giordano. [17]Pure Simeì, figlio di Ghera, beniaminita, originario di Bacurìm, si affrettò a scendere insieme con gli uomini di Giuda incontro al re Davide. [18]Mille uomini di Beniamino erano con lui. Anche Zibà, servo della casa di Saul, con i suoi quindici figli e i suoi venti servi attraversarono il Giordano davanti al re [19]e si prestarono a far passare la casa del re e a compiere quello che a lui sarebbe piaciuto. E Simeì, figlio di Ghera, si prostrò davanti al re, mentre questi passava il Giordano. [20]Disse al re: «Non mi imputi il mio signore alcuna colpa! Non ricordare l'errore che ha commesso il tuo servo nel giorno che il re, mio signore, uscì da Gerusalemme, cosicché il re

---

19. - [10-15]. Israele desidera far ritornare il re, e Davide, avendolo saputo, fa dire a quelli di Giuda che sarebbe vergogna per loro essere gli ultimi a muoversi. Con fine politica, Davide si cattiva la tribù che aveva dato il segno della ribellione, cioè Giuda, e il capo dell'esercito nemico, Amasà, cui promette il comando supremo delle truppe. Ma Ioab, sempre invidioso, lo ucciderà (20,8-10).

ne tenga conto. ²¹Sì, il tuo servo riconosce di aver peccato. Ma ecco, oggi sono venuto per primo fra tutta la casa di Giuseppe per scendere incontro al re, mio signore». ²²Abisài, figlio di Zeruià, prese a dire: «Per questo forse non dovrebbe essere messo a morte Simeì? Ha maledetto il consacrato del Signore!». ²³Allora Davide disse: «Che ho io con voi, figli di Zeruià, che oggi siate per me come un avversario? Oggi dovrebbe essere messo a morte un uomo in Israele? Non so forse che oggi io sono re su Israele?». ²⁴Poi il re disse a Simeì: «Non morirai!». Il re glielo giurò.

Merib-Baal ossequia il re. - ²⁵Anche Merib-Baal, figlio di Saul, era sceso incontro al re. Egli non aveva curato i piedi, né si era acconciato la barba, né si era più lavato i vestiti dal giorno che il re era partito fino al giorno che tornò in pace. ²⁶Quando giunse da Gerusalemme incontro al re, il re gli domandò: «Perché non sei venuto con me, Merib-Baal?». ²⁷Egli rispose: «O re, mio signore, il mio servo mi ha tradito. Infatti il tuo servo aveva pensato: "Voglio sellarmi l'asina, per poterla cavalcare e andare con il re!". Perché il tuo servo è zoppo. ²⁸Egli però ha calunniato il tuo servo presso il re, mio signore. Ma il re, mio signore, è come un angelo di Dio: fa' quello che sembra bene ai tuoi occhi! ²⁹Veramente tutta la casa di mio padre non era che gente degna di morte per il re, mio signore. Eppure tu hai posto il tuo servo tra quelli che mangiano alla tua mensa. Quale diritto ho io ancora da reclamare presso il re?». ³⁰Il re gli disse: «Perché seguiti a dire queste? Io dico: tu e Zibà vi dividerete i campi». ³¹E Merib-Baal disse al re: «Prenda pure tutto, dal momento che il re, mio signore, è tornato in pace alla sua casa!».

Barzillài si congeda dal re. - ³²Anche Barzillài, il galaadita, era sceso da Roghelìm, e attraversò il Giordano con il re per prendere congedo da lui al Giordano. ³³Barzillài era molto vecchio, aveva ottant'anni; fu lui a mantenere il re durante la sua permanenza a Macanàim; era infatti molto facoltoso. ³⁴Il re disse a Barzillài: «Tu vieni con me perché ti voglio mantenere con me a Gerusalemme». ³⁵Ma Barzillài rispose al re: «Quanto mi resta da vivere, perché io salga col re a Gerusalemme? ³⁶Io adesso ho ottant'anni. Forse posso distinguere il buono dal cattivo?

O può gustare il tuo servo quello che mangia e quello che beve? O posso ascoltare la voce dei cantori e delle cantanti? Perché il tuo servo dovrebbe essere ancora di peso al re, mio signore? ³⁷Il tuo servo attraverserà appena il Giordano con il re. E perché il re dovrebbe ripagarmi con questa ricompensa? ³⁸Lascia tornare indietro il tuo servo, perché io muoia nella mia città presso la tomba di mio padre e di mia madre. Ma ecco il tuo servo Chimàm: verrà lui con il re, mio signore: fa' a lui quello che piace ai tuoi occhi». ³⁹Davide rispose: «Chimàm verrà con me, e io gli farò ciò che piace ai tuoi occhi: tutto quello che vorrai da me, te lo farò». ⁴⁰Allora tutto il popolo attraversò il Giordano. Il re era già passato. Il re baciò Barzillài, lo benedì ed egli tornò al suo paese.

Contesa tra Giuda e Israele. - ⁴¹Il re proseguì per Gàlgala e Chimàm passò con lui. Tutto il popolo di Giuda e metà del popolo d'Israele fecero passare il re. ⁴²Ma ecco tutti gli uomini d'Israele andarono dal re e dissero: «Perché i nostri fratelli di Giuda ti hanno rubato e hanno fatto passare il Giordano al re, alla sua casa e a tutti gli uomini di Davide?». ⁴³Tutti gli uomini di Giuda risposero a quelli d'Israele: «Perché il re è mio parente! Perché ti adiri per questa cosa? Abbiamo forse mangiato qualcosa del re oppure ci è stata offerta qualche porzione?». ⁴⁴La gente d'Israele rispose a quella di Giuda: «Io ho dieci parti sul re e anche su Davide io conto più di te! Perché mi hai disprezzato? Non ho fatto io per primo la proposta di far ritornare il mio re?». Ma la parola della gente di Giuda fu più dura della parola della gente di Israele.

20 **Rivolta di Seba.** - ¹Si trovava là un uomo scellerato di nome Seba, figlio di Bicrì, beniaminita, il quale suonò il corno e proclamò:

«Non abbiamo parte alcuna con Davide,
   nessuna eredità abbiamo col figlio
      di Iesse!
Ognuno alle proprie tende, Israele!».

²Allora la gente d'Israele dal seguito di Davide passò al seguito di Seba, figlio di Bicrì, mentre gli uomini di Giuda restarono uniti al loro re dal Giordano fino a Gerusalemme.

³Quando il re Davide entrò nella sua casa a Gerusalemme, prese le dieci donne concubine che aveva lasciato a custodia della casa, le pose sotto custodia e le mantenne, ma non andò più da esse. Così rimasero rinchiuse fino alla morte, vedove a vita.

Ioab uccide Amasà. - ⁴Poi il re disse ad Amasà: «Còvocami gli uomini di Giuda in tre giorni e poi tròvati qui anche tu!». ⁵Amasà partì per convocare Giuda, ma tardò oltre il termine che gli era stato fissato. ⁶Allora Davide disse ad Abisài: «Ora ci è più nocivo Seba, figlio di Bicrì, che Assalonne. Prendi tu i servi del tuo signore e inseguilo, perché non si procuri delle città fortificate e ci sfugga». ⁷Uscirono al seguito di lui gli uomini di Ioab, i Cretei, i Peletei e tutti i prodi: uscirono da Gerusalemme per inseguire Seba, figlio di Bicrì.

⁸Essi erano presso la grande pietra che sta a Gabaon, quando Amasà giunse davanti a loro. Ioab indossava una casacca per sua veste e su di essa teneva cinta la spada legata ai suoi fianchi per il fodero. Essa ne uscì e cadde. ⁹Ioab disse ad Amasà: «Stai bene, fratello mio?». Intanto Ioab con la destra toccò la barba di Amasà per baciarlo. ¹⁰Amasà non fece attenzione alla spada che era nella sinistra di Ioab, il quale lo colpì con essa al ventre spargendo a terra le sue viscere senza colpirlo una seconda volta e quello morì. Allora Ioab e Abisài, suo fratello, si dettero all'inseguimento di Seba, figlio di Bicrì.

¹¹Uno dei giovani di Ioab, che era rimasto presso Amasà, disse: «Chi vuol bene a Ioab, e chi è per Davide, segua Ioab». ¹²Intanto Amasà si contorceva nel sangue in mezzo alla via e quell'uomo vide che tutto il popolo si fermava. Allora rotolò via Amasà dalla strada nel campo e gli gettò sopra un panno, perché aveva visto che chiunque giungeva presso di lui si fermava. ¹³Quando lo tolse dalla strada tutti passarono oltre, dietro Ioab, per inseguire Seba, figlio di Bicrì.

Uccisione di Seba e fine della rivolta. ¹⁴Costui percorse tutte le tribù d'Israele fino ad Abel-Bet-Maacà dove tutti i Bicriti si erano radunati e andarono dietro a lui. ¹⁵Andarono ad assediarlo ad Abel-Bet-Maacà, costruirono un terrapieno contro la città dirimpetto all'antemurale. Tutta la truppa che era con Ioab stava provocando guasti per abbattere le mura. ¹⁶Allora una donna saggia cominciò a gridare dalla città:

«Ascoltate, ascoltate! Dite a Ioab: "Avvicinati fin qua perché devo parlarti"». ¹⁷Avvicinatosi a lei, la donna domandò: «Sei tu Ioab?». Rispose: «Sono io!». Ella gli disse: «Ascolta le parole della tua serva». Rispose: «Sto ascoltando». ¹⁸Ella parlò così: «Una volta si era soliti dire: "Si facciano consultazioni ad Abel, e così è risolto!". ¹⁹Io sono la pacificatrice dei fedeli d'Israele, tu invece stai cercando di far perire una città e una metropoli in Israele. Perché dunque vuoi annientare l'eredità del Signore?». ²⁰Ioab rispose: «Non sia mai, non sia mai per me! Io non voglio né annientare né devastare. ²¹Non è così, ma un uomo della montagna di Efraim, di nome Seba, figlio di Bicrì, ha levato la sua mano contro il re, contro Davide. Consegnate soltanto lui e me ne andrò dalla città». La donna rispose a Ioab: «Ecco, ti sarà gettata la sua testa dalle mura!». ²²La donna si volse a tutto il popolo con la sua saggezza: così quelli tagliarono la testa di Seba, figlio di Bicrì, e la gettarono a Ioab. Questi suonò il corno e si allontanarono dalla città, ognuno alla sua tenda. Ioab ritornò a Gerusalemme dal re.

Sommario sugli ufficiali del re. - ²³Ioab era a capo di tutto l'esercito d'Israele; Benaià, figlio di Ioiadà, comandava i Cretei e i Peletei; ²⁴Adoràm era a capo dei lavori forzati; Giosafat, figlio di Achilùd, segretario; ²⁵Seraià, scriba; Zadòk ed Ebiatàr, sacerdoti. ²⁶Anche Ira, lo iairita, era ministro di Davide.

APPENDICI

21 Una carestia e uccisione dei discendenti di Saul. - ¹Ai tempi di Davide ci fu una carestia per tre anni di seguito. Allora Davide consultò il Signore ed egli rispose: «Il sangue pesa su Saul e sulla sua casa, perché egli mise a morte i Gabaoniti».

²Il re convocò i Gabaoniti e parlò loro. I Gabaoniti non erano Israeliti, ma un resto degli Amorrei. Gli Israeliti avevano fatto loro un giuramento, ma Saul, nel suo zelo per gli Israeliti e per Giuda, aveva cercato di sterminarli. ³Davide disse ai Gabaoniti: «Che devo fare per voi? Con che cosa potrò riparare, perché benediciate l'eredità del Signore?». ⁴Gli risposero i Gabaoniti: «Per noi non è questione di argento o di oro con Saul e con la sua casa, e non si tratta di mettere a morte qualcuno in Israele». Il re

disse: «Quello che voi chiedete, ve lo farò».
⁵Risposero al re: «Dell'uomo che ci ha distrutti e che aveva progettato di sterminarci in modo da non farci sussistere in tutto il territorio d'Israele, ⁶ci siano consegnati sette uomini dei suoi figli e noi li impiccheremo davanti al Signore in Gabaon, sul monte del Signore». Il re rispose: «Io ve li consegnerò».

⁷Il re risparmiò Merib-Baal, figlio di Gionata, figlio di Saul, a causa del giuramento del Signore che vi era tra di loro, tra Davide e Gionata, figlio di Saul. ⁸Allora il re prese i due figli di Rizpà, figlia di Aià, che aveva generato a Saul: Armonì e Merib-Baal, e i cinque figli di Meràb, figlia di Saul, che generò ad Adrièl, figlio di Barzillài, il mecolatita, ⁹e li consegnò nelle mani dei Gabaoniti che li appesero sul monte davanti al Signore. Tutti e sette perirono insieme. Furono messi a morte nei primi giorni della mietitura dell'orzo.

¹⁰Allora Rizpà, figlia di Aià, prese un sacco e se lo stese sulla roccia dall'inizio della mietitura fino a quando non cadde acqua dal cielo su di loro; non permise che alcun uccello del cielo si gettasse sui cadaveri di giorno né animale selvaggio di notte. ¹¹Riferirono a Davide quello che aveva fatto Rizpà, figlia di Aià, concubina di Saul.

¹²Poi Davide andò a prendere le ossa di Saul e quelle di suo figlio Gionata dai capi di Iabes di Galaad, i quali le avevano sottratte dalla piazza di Bet-Sean, dov'erano stati appesi dai Filistei nel giorno in cui essi avevano sconfitto Saul sul Gelboe. ¹³Così trasportò da là le ossa di Saul e quelle di suo figlio Gionata; e furono raccolte anche le ossa di quelli che erano stati appesi. ¹⁴Le ossa di Saul e quelle di suo figlio Gionata furono sepolte nella terra di Beniamino a Zela nel sepolcro di Kis, padre di Saul. Fu eseguito tutto quello che il re aveva ordinato e dopo ciò Dio ebbe pietà del paese.

Battaglie gloriose contro i Filistei. - ¹⁵Ci fu ancora una guerra dei Filistei contro Israele e Davide scese con i suoi servi a dare battaglia ai Filistei, ma Davide si sentì stanco. ¹⁶Isbi-Benòb, dei discendenti di Rafa, che aveva una lancia del peso di trecento sicli di rame ed era cinto di una spada nuova, pensò di colpire Davide; ¹⁷ma Abisài, figlio di Zeruià, corse in aiuto del re, colpì il filisteo e l'uccise. Allora gli uomini di Davide lo scongiurarono: «Non uscirai più con noi in battaglia, perché tu non estingua la lucerna d'Israele».

¹⁸Dopo questo ci fu ancora una battaglia a Gob contro i Filistei. Fu allora che Sibbecai, il cusatita, colpì Saf, discendente di Rafa.

¹⁹Ci fu una seconda battaglia a Gob contro i Filistei. Elcanàn, figlio di Iair di Betlemme, percosse Golia di Gat, il cui legno della lancia era come il fuso dei tessitori.

²⁰Ci fu un'altra battaglia a Gat. Vi era un uomo di grande statura che aveva sei dita per ogni mano e sei dita per ogni piede, in tutto ventiquattro; anch'egli discendeva da Rafa. ²¹Oltraggiò Israele, ma Gionata, figlio di Simeà, fratello di Davide, lo abbatté.

²²Quei quattro erano discendenti di Rafa, in Gat, e caddero per mano di Davide e dei suoi servi.

22 **Salmo di Davide.** - ¹Davide rivolse al Signore le parole di questo canto, il giorno in cui il Signore lo liberò dalla mano di tutti i suoi nemici e dalla mano di Saul. ²Egli disse:

«Il Signore è mia roccia e mia fortezza,
mio rifugio per me è ³il mio Dio;
mia rupe in cui mi rifugio,
mio scudo e mio corno di salvezza;
mia rocca e mio rifugio, mio salvatore.
Tu mi salvi dalla violenza.
⁴ Invocai il Signore, degno di lode,
e fui salvato dai miei nemici.
⁵ Quando mi avvolsero le onde di morte,
i torrenti di Belial mi oppressero;
⁶ le corde degli inferi mi circondarono,
mi affrontarono i lacci di morte,
⁷ nella mia angustia invocai il Signore,
e verso il mio Dio gridai,
dal suo palazzo ascoltò la mia voce
e la mia supplica giunse alle sue
orecchie.
⁸ Si agitò e si scosse la terra
le fondamenta dei cieli tremarono;
si agitarono perché si accese la sua ira.
⁹ Salì fumo dalle sue narici
e fuoco divoratore dalla sua bocca,
carboni fiammeggiarono da lui.
¹⁰ Piegò i cieli e discese,

22. - ¹. Questo sublime cantico, riportato, con qualche variante, nel Salmo 18, è un bellissimo inno di ringraziamento a Dio, celebrato come «salvatore»: annuncio essenziale, proclamato in ogni pagina della Bibbia.

e una densa nube era sotto i suoi piedi,
¹¹ cavalcò un cherubino e volò,
   apparve sulle ali del vento;
¹² si avvolse di tenebre come tenda,
   un ammasso di acqua, nubi
     profondissime.
¹³ Per lo splendore davanti a lui,
   s'accesero carboni di fuoco;
¹⁴ tuonò dal cielo il Signore
   e l'Altissimo emise la sua voce:
¹⁵ scoccò frecce e le disseminò,
   scagliò fulmini e li sparpagliò.
¹⁶ Furono messi a nudo gli abissi del mare,
   le fondamenta del mondo furono
     scoperte,
   al rimbombo minaccioso del Signore,
   al soffio del vento delle sue narici.
¹⁷ Dall'alto stese la mano e mi afferrò,
   mi trasse fuori dalle acque profonde.
¹⁸ Mi salvò dal mio potente nemico,
   dai miei avversari, perché più forti
     di me.
¹⁹ Mi affrontarono nel giorno della mia
     calamità,
   ma il Signore fu il sostegno per me.
²⁰Mi fece uscire in luogo spazioso,
   mi liberò perché si compiace in me.
²¹ Il Signore mi ricompensò secondo la mia
     giustizia,
   secondo la purezza delle mie mani
     mi retribuì;
²² perché io ho osservato le vie del Signore
   e non ho agito male lontano dal mio Dio;
²³ perché ogni suo precetto fu davanti a me,
   e dalla sua legge non mi allontanai.
²⁴ Fui perfetto verso di lui,
   e mi guardai dal mio peccato.
²⁵ Il Signore mi ricompensò secondo la mia
     giustizia,
   secondo la mia innocenza davanti ai suoi
     occhi.
²⁶ Con il pio tratti da pio,
   con l'uomo perfetto tratti da perfetto;
²⁷ con il sincero ti mostri sincero,
   ma con il perverso ti mostri subdolo.
²⁸ Tu salvi il popolo umile
   e sui superbi abbassi i tuoi occhi.
²⁹ Certo, tu sei la mia lampada, o Signore,
   è il Signore che illumina le mie tenebre.
³⁰ Certo, con te inseguo una truppa,
   col mio Dio posso saltare una muraglia.
³¹ Dio, il suo dominio è perfetto,
   il comando del Signore è sicuro.
   Egli è scudo per tutti quelli che
     si rifugiano in lui.
³² Certo, chi è Dio fuori del Signore,

e chi è rupe fuori del Dio nostro?
³³ Dio è mia fortezza potente,
   ed estende il suo dominio perfetto,
³⁴ egli rese i miei piedi come quelli
     delle cerve,
   mi fa stare in piedi sulle alture;
³⁵ egli addestrò le mie mani alla guerra
   e pose un arco di bronzo nelle mie
     braccia.
³⁶ Tu mi desti il tuo scudo vittorioso
   e il tuo trionfo mi ha reso grande.
³⁷ Tu rendesti spedito il mio passo,
   e le mie caviglie non vacillarono.
³⁸ Inseguii i miei nemici e li distrussi,
   non tornai indietro finché non
     li annientai.
³⁹ Li annientai e li percossi,
   tanto che non poterono alzarsi,
   essi caddero sotto i miei piedi.
⁴⁰ Mi hai cinto di forza per la battaglia,
   hai fatto cadere sotto di me i miei
     aggressori.
⁴¹ Tu mi hai dato la nuca dei miei nemici,
   i miei avversari li ho sterminati;
⁴² essi guardarono, ma non vi era il salvatore,
   verso il Signore, ma non rispose
     ad essi.
⁴³ Li ho stritolati come la polvere della terra,
   come il fango delle strade
   li ho polverizzati e calpestati.
⁴⁴ Mi hai liberato dalle lotte del mio
     popolo,
   mi hai conservato a capo delle nazioni,
   gente che non conoscevo
     mi ha servito;
⁴⁵ i figli dello straniero si umiliano davanti
     a me,
   appena sentono mi obbediscono;
⁴⁶ i figli dello straniero vengono meno,
   escono tremanti dai loro nascondigli.
⁴⁷ Viva il Signore! Benedetta la mia rupe!
   Sia esaltato il Dio della roccia
     di salvezza,
⁴⁸ il Dio che mi concede le vendette,
   e che mi sottomette i popoli,
⁴⁹ che mi sottrae ai miei nemici;
   tu mi poni al disopra dei miei
     aggressori
   e mi salvi da uomini violenti.
⁵⁰ Per questo ti lodo, o Signore, tra i popoli,
   e inneggerò al tuo nome.
⁵¹ Egli concede grandi vittorie al suo re,
   e compie opere d'amore per il suo
     consacrato,
   per Davide e la sua discendenza
     per sempre».

23 Vaticinio di Davide. - [1]Queste sono le ultime parole di Davide:

«Oracolo di Davide, figlio di Iesse,
oracolo dell'uomo suscitato
    dall'Altissimo,
del consacrato del Dio di Giacobbe,
del soave salmista d'Israele.
[2] Lo spirito del Signore parla per mezzo
    mio,
la sua parola è sulla mia lingua.
[3] Mi ha parlato il Dio d'Israele,
la rupe d'Israele mi ha detto:
chi governa l'uomo è un giusto,
chi governa è uno che teme Dio!
[4] E come schiarisce il mattino
al sorgere del sole,
un mattino senza nubi,
per lo splendore e per la pioggia
spunta l'erba dalla terra,
[5] così non è forse la mia casa presso Dio?
Sì, un'alleanza eterna mi ha concesso,
determinata in tutto e ben custodita.
Tutta la mia salvezza e ogni mio
    desiderio
non li farà forse germogliare?
[6] Ma il perverso è come le spine:
si gettano via tutte quante
senza prenderle con la mano;
[7] e chiunque le tocca si arma di un ferro,
o di un legno di lancia,
e con fuoco sono incenerite sul posto».

I prodi di Davide. - [8]Questi sono i nomi dei prodi di Davide: Is-Baal il cacmonita, capo dei Tre. Egli brandì la lancia contro ottocento e li trafisse in una volta.

[9]Dopo di lui Eleàzaro, figlio di Dodò l'acochita, era dei tre prodi. Era con Davide quando essi sfidarono i Filistei che si erano radunati per la battaglia. Mentre gli uomini d'Israele si ritiravano, [10]egli si levò e colpì i Filistei fino a quando la sua mano stanca s'irrigidì sulla spada. Il Signore operò in quel giorno una grande vittoria e il popolo ritornò dietro a lui solo per fare bottino.

[11]Dopo di lui Sammà, figlio di Aghè l'ararita. I Filistei si erano radunati a Lechì, dove era un appezzamento di terreno pieno di lenticchie. Il popolo era fuggito davanti ai Filistei, [12]ma lui si piantò nel mezzo dell'appezzamento, lo liberò e batté i Filistei. Il Signore operò una grande vittoria.

[13]Tre dei Trenta scesero per la mietitura e andarono da Davide alla spelonca di Adullàm, mentre un distaccamento dei Filistei stava accampato nella Valle dei Rèfaim. [14]Davide stava allora nella fortezza, mentre la guarnigione dei Filistei era a Betlemme. [15]Davide ebbe un desiderio e disse: «Magari potessi bere l'acqua del pozzo che sta alla porta di Betlemme!». [16]I tre prodi, sfondando il campo dei Filistei, attinsero acqua dal pozzo che è alla porta di Betlemme, la presero e la portarono a Davide. Egli non volle berla, ma la versò in libagione al Signore, [17]dicendo: «Mi guardi il Signore dal fare questo! Non è forse il sangue degli uomini che sono andati con pericolo della loro vita?». E non volle berla. Tali cose compirono i tre prodi.

[18]Abisài, fratello di Ioab, figlio di Zeruià, era capo dei Trenta. Egli brandì la lancia contro trecento impuri e li trafisse. Così si acquistò un nome fra i Trenta. [19]Fu il più onorato dei Trenta e diventò loro capo; ma non raggiunse i Tre.

[20]E Benaià, figlio di Ioiadà, uomo valoroso, ricco di imprese, era di Cabseèl. Egli uccise i due figli di Arièl di Moab; discese pure dentro la cisterna e uccise un leone nel giorno della nevicata. [21]Egli batté l'egiziano, uomo imponente: l'egiziano aveva in mano una lancia, mentre l'altro scendeva contro di lui con un bastone: strappò la lancia di mano all'egiziano e l'uccise con la sua stessa lancia. [22]Tali gesta compì Benaià, figlio di Ioiadà, e si acquistò un nome fra i trenta prodi. [23]Fu il più illustre dei Trenta, ma non raggiunse i Tre. Davide lo prepose al suo corpo di guardia.

[24]Poi vi erano Asael fratello di Ioab, uno dei Trenta; Elcanan figlio di Dodò, di Betlemme. [25]Samma di Carod; Elika di Carod; [26]Celes di Pelet; Ira figlio di Ikkes, di Tekoa; [27]Abiezer di Anatot; Mebunnai di Cusa; [28]Zalmon di Acoach; Maharai di Netofa; [29]Cheleb figlio di Baana, di Netofa; Ittai figlio di Ribai, di Gabaa di Beniamino; Benaia di Piraton; [30]Iddai di Nahale-Gaas; [31]Abi-Albon di Arbat; Azmavet di Bacurìm; [32]Eliacba di Saalbon; Iasen di Gun; [33]Gionata figlio di Samma, di Arar; Achiam figlio di Sarar, di Arar; [34]Elifelet figlio di Acasbai, il maacatita; Eliam figlio di Achitòfel, di Ghilo; [35]Chesrai del Carmelo; Paarai di Arab; [36]Igal fi-

---

23. - [16.] *Non volle berla*, perché gli sembrava quasi di bere il sangue dei valorosi che l'avevano procurata con grande pericolo della loro vita, e ne fece libagione al Signore. L'intenzione dell'autore di questo brano è di esaltare i tre soldati.

glio di Natan, da Zoba; Bani di Gad; [37]Zelek l'ammonita; Nacrai da Beerot, scudiero di Ioab, figlio di Zeruià; [38]Ira di Ieter; Gareb di Ieter; [39]Uria l'hittita. In tutto trentasette.

24 **Delitto e castigo.** - [1]L'ira del Signore si accese ancora una volta contro Israele e incitò Davide contro di esso, così: «Va' a fare il censimento d'Israele e di Giuda». [2]Il re disse a Ioab, capo dell'esercito che era con lui: «Su, fa' un giro in tutte le tribù d'Israele, da Dan fino a Bersabea, e fate la rassegna del popolo, perché io conosca il numero del popolo». [3]Ioab rispose al re: «Il Signore, tuo Dio, aggiunga al popolo cento volte altrettanto; e gli occhi del re, mio signore, lo possano vedere. Ma il re, mio signore, perché desidera questo?». [4]Prevalse però l'ordine del re su Ioab e sui capi dell'esercito. Allora Ioab e i capi dell'esercito lasciarono il re per andare a recensire la popolazione d'Israele.

[5]Attraversarono il Giordano e, incominciando da Aroer e dalla città che è nel mezzo della valle di Gad, andarono verso Iazer. [6]Proseguirono in Gàlaad e verso la terra degli Hittiti, a Kades; poi passarono a Dan, e di lì verso Sidone. [7]Giunsero alla fortezza di Tiro e in tutte le città degli Evei e dei Cananei, e finirono nel Negheb di Giuda a Bersabea. [8]Percorso tutto il paese, rientrarono a Gerusalemme in capo a nove mesi e venti giorni. [9]Ioab consegnò al re il numero totale del censimento del popolo: Israele contava ottocentomila uomini validi a maneggiare la spada; gli uomini di Giuda erano cinquecentomila.

[10]Ma dopo aver censito il popolo Davide ebbe un rimorso al cuore. Allora Davide disse al Signore: «Ho peccato gravemente per quello che ho fatto! Ma ora, Signore, togli il peccato del tuo servo, perché ho agito molto stoltamente!».

[11]Quando al mattino Davide si alzò, la parola del Signore era stata rivolta al profeta Gad, veggente di Davide, in questi termini: [12]«Va' a parlare a Davide: Così dice il Signore: "Tre cose io ti propongo; scegliti una di esse e io te la farò"». [13]Gad entrò da Davide e l'informò dicendogli: «Vuoi che vengano per te sette anni di fame nel tuo paese, o tre mesi di fuga davanti al tuo avversario mentre lui t'inseguirà, o tre giorni di peste nel tuo paese? Ora rifletti e vedi quello che devo rispondere a colui che per me manda il messaggio». [14]Davide rispose a Gad: «Mi trovo in grande angustia! Cadiamo pure in mano del Signore, perché la sua misericordia è grande, ma che io non cada nelle mani degli uomini». [15]Davide scelse la peste. Era il tempo della mietitura dell'orzo. Il Signore mandò la peste in Israele, da quella mattina fino al tempo fissato. Morirono tra il popolo, da Dan fino a Bersabea, settantamila uomini.

[16]L'angelo stese la sua mano verso Gerusalemme per devastarla; ma il Signore si mosse a pietà per il male fatto e disse all'angelo che faceva strage tra il popolo: «Basta! Ora ritira la tua mano!». L'angelo del Signore si trovava presso l'aia di Araunà, il gebuseo. [17]Quando Davide vide l'angelo che colpiva il popolo, disse al Signore: «Ecco, io ho peccato, io ho commesso il male, ma loro che sono il gregge, che cosa hanno fatto? La tua mano sia contro di me e contro la casa di mio padre!».

Costruzione di un altare. - [18]Quel giorno Gad andò da Davide e gli disse: «Sali e innalza un altare al Signore nell'aia di Araunà, il gebuseo». [19]Davide vi salì secondo la parola di Gad, come aveva ordinato il Signore. [20]Araunà si affacciò e vide il re e i suoi cortigiani che si dirigevano da lui; allora Araunà uscì e si prostrò davanti al re con la faccia a terra. [21]Araunà disse: «Perché il re, mio signore, è venuto dal suo servo?». Davide rispose: «Per comperare da te l'aia per costruire un altare al Signore, così il flagello sarà allontanato dal popolo». [22]Araunà rispose a Davide: «Il re, mio signore, prenda pure e offra quello che sembra bene ai suoi occhi: ecco i buoi per il sacrificio, le tregge e gli strumenti dei buoi per legna. [23]O re, Araunà cede tutto quanto al re». Aggiunse Araunà al re: «Che il Signore, tuo Dio, ti sia propizio!». [24]Il re disse ad Araunà: «No; io voglio comperare tutto questo per il loro prezzo; non voglio offrire al Signore, mio Dio, olocausti che non mi costino nulla». Così Davide comperò l'aia e i buoi per cinquanta sicli d'argento. [25]Davide costruì in quel luogo un altare al Signore e offrì olocausti e sacrifici pacifici. Allora il Signore ebbe pietà del paese e il flagello fu stornato da Israele.

---

24. - [1.] Il censimento in sé non era un male, ma provenendo dall'ambizione di Davide ed essendo un atto di sovranità che Dio aveva fino allora esercitato direttamente, apparve come un attentato contro la teocrazia.

PRIMO LIBRO DEI RE

I due libri dei Re, all'inizio uniti e poi artificiosamente divisi, riportano la storia dei re d'Israele e di Giuda dalla morte di Davide (ca. 970) all'esilio babilonese (586), coprendo un periodo storico di circa quattro secoli.
L'opera si divide in tre parti. Nella prima (1Re 1-11) viene descritta la fine del regno di Davide e lo splendore del regno di Salomone: la sua celebre sapienza, le sue costruzioni, specialmente il tempio, la sua ricchezza e gloria, ma anche la decadenza morale e politica che porterà alla dissoluzione del regno unito. Nella seconda parte (1Re 12 - 2Re 17) viene narrato lo scisma delle tribù, la costituzione dei due regni separati del nord e del sud (detti anche di Israele e di Giuda), la storia delle loro lotte politiche e l'intervento dei profeti specialmente Elia ed Eliseo, fino al crollo del regno del nord conquistato dagli Assiri nel 722 a.C. La terza parte (2Re 18-25) prosegue la storia del regno di Giuda dalla fine del regno d'Israele fino al crollo di Gerusalemme per opera di Nabucodònosor (586), il re di Babilonia la cui potenza aveva soppiantato quella assira nell'egemonia del Medio Oriente.
I libri dei Re non contengono una storia profana, economico-politica, completa ed esatta dei regni del nord e del sud. L'opera si presenta come una riflessione religiosa sulla storia della monarchia. Il criterio di giudizio sui re e sugli eventi è la teologia dell'alleanza: il popolo beneficia dei favori divini per mezzo della dinastia davidica se ripudia gl'idoli e i loro santuari e rimane fedele alle parole dei profeti e al culto nel tempio di Gerusalemme. In caso contrario, i re e il popolo sono condannati a ogni sorta di calamità e al disastro militare (cfr. Dt 28-30 e 2Re 17).

REGNO DI SALOMONE

1 **Estrema vecchiaia di Davide.** - ¹Il re Davide era molto vecchio e, per quanto lo ricoprissero di panni, non riusciva a riscaldarsi. ²Allora i suoi servi gli dissero: «Si cerchi per il re, nostro signore, una fanciulla vergine che lo assista, ne abbia cura, dorma nel suo seno e riscaldi il re nostro signore». ³Cercarono dunque per tutto il territorio d'Israele una bella fanciulla e, trovata Abisag di Sunem, la condussero al re. ⁴La fanciulla era molto bella; si prendeva cura del re e lo serviva, ma il re non ebbe rapporti con lei.

Intrighi di Adonia. - ⁵Frattanto Adonia, figlio di Agghìt, si insuperbì e disse: «Io sarò il re!»; si procurò carri, cavalieri e cinquanta uomini che gli corressero dinanzi. ⁶Suo padre non lo aveva mai rimproverato in vita sua dicendogli: «Perché agisci così?». Inoltre, egli, nato dopo Assalonne, era molto avvenente. ⁷Si accordò con Ioab, figlio di Zeruià, e con il sacerdote Ebiatàr, che erano schierati con Adonia. ⁸Ma il sacerdote Zadòk, Benaià figlio di Ioiadà, il profeta Natan, Simeì, Rei e i prodi di Davide non stavano dalla parte di Adonia. ⁹Accingendosi ad immolare pecore, buoi e vitelli grassi presso la pietra Zochèlet, ch'era vicina alla fontana di Roghèl, Adonia invitò tutti i suoi fratelli, figli del re, e tutti gli uomini di Giuda al servizio del re. ¹⁰Non invitò però il profeta Natan né Benaià né i prodi né suo fratello Salomone.

---

1. - ⁵ss. *Adonia*, conoscendo le preferenze di Davide per Salomone, vuol mettere il padre davanti al fatto compiuto, e invita Ioab, ambizioso capo dell'esercito, ed Ebiatàr, geloso di Zadok per il sacerdozio. Non chiama quelli contrari.

Piano di Natan e di Betsabea. - [11]Allora Natan disse a Betsabea, madre di Salomone: «Non hai sentito che Adonia, figlio di Agghìt, è diventato re all'insaputa di Davide nostro signore? [12]Orbene, permettimi che ti consigli il modo di salvare la tua vita e quella di tuo figlio Salomone. [13]Va', presentati al re Davide e digli: "Non hai forse giurato, o re mio signore, alla tua schiava dicendole: Tuo figlio Salomone regnerà dopo di me e siederà sul mio trono? Perché dunque è divenuto re Adonia?". [14]Ed ecco, mentre tu starai lì a parlare con il re, io entrerò dopo di te e confermerò le tue parole».

[15]Betsabea andò nella camera del re, che era molto vecchio e Abisag di Sunem lo serviva. [16]Betsabea s'inginocchiò e si prostrò davanti al re e questi le domandò: «Che cosa vuoi?». [17]Gli rispose: «O mio signore, tu hai giurato alla tua schiava per il Signore tuo Dio: "Tuo figlio Salomone regnerà dopo di me e siederà sul mio trono", [18]ma ora ecco che Adonia è divenuto re e tu, o re mio signore, non lo sai! [19]Infatti egli ha immolato una grande quantità di buoi, vitelli grassi e pecore e ha invitato tutti i figli del re, il sacerdote Ebiatàr e Ioab capo dell'esercito, ma il tuo servo Salomone non l'ha invitato? [20]E ora, o re mio signore, gli occhi di tutto Israele sono rivolti a te, perché tu indichi loro chi dovrà sedere in seguito sul trono del re mio signore. [21]Se no, avverrà che, quando il re mio signore si sarà addormentato con i suoi padri nel sepolcro, io e il mio figlio Salomone saremo considerati colpevoli».

[22]Stava ancora parlando con il re, quand'ecco arriva il profeta Natan. [23]Lo avevano annunciato al re con queste parole: «Ecco il profeta Natan!». Entrato che fu al cospetto del re, si prostrò davanti a lui con la faccia per terra. [24]Poi Natan disse: «O re mio signore, tu devi aver decretato: "Adonia regnerà dopo di me e lui siederà sul mio trono!". [25]Costui infatti è sceso oggi ad immolare buoi, vitelli e pecore in quantità e ha invitato tutti i figli del re, i capi dell'esercito e il sacerdote Ebiatàr; ecco ch'essi ora mangiano e bevono in sua presenza e gridano: "Viva il re Adonia!". [26]Ma egli non ha invitato me, tuo servo, né il sacerdote Zadòk, né Benaià figlio di Ioiadà, né Salomone tuo servo. [27]Forse che tale fatto deriva dal re mio signore, senza che tu faccia conoscere ai tuoi servi chi dovrà sedere dopo di te sul trono del re mio signore?». [28]Il

re Davide rispose: «Chiamatemi Betsabea». Essa venne al cospetto del re e gli stette dinanzi. [29]Allora il re giurò e disse: «Quant'è vero che vive il Signore che mi ha liberato da ogni pericolo! [30]Secondo quanto ti ho giurato per il Signore, Dio d'Israele, dicendoti: "Tuo figlio Salomone regnerà dopo di me e siederà al mio posto sul mio trono", così farò oggi stesso». [31]Allora Betsabea si prostrò con la faccia a terra, riverì il re e disse: «Viva in perpetuo il mio signore, il re Davide!».

Consacrazione di Salomone. - [32]Quindi il re Davide disse: «Chiamatemi il sacerdote Zadòk, il profeta Natan e Benaià figlio di Ioiadà». Essi vennero al cospetto del re. [33]Allora questi disse loro: «Prendete con voi la guardia del vostro signore, fate cavalcare mio figlio Salomone sulla mia stessa mula e conducetelo giù a Ghicon. [34]Lì il sacerdote Zadòk e il profeta Natan lo ungeranno re d'Israele e voi suonerete la tromba ed esclamerete: "Viva il re Salomone!". [35]Poi salirete dietro di lui; egli verrà a sedersi sul mio trono e regnerà al mio posto, poiché l'ho costituito principe su Israele e Giuda». [36]Allora Benaià, figlio di Ioiadà, rispose al re: «Così sia! Così disponga pure il Signore, Dio del mio signore! [37]Come il Signore fu con il re mio signore, così sia con Salomone e renda il suo trono ancora più glorioso che non quello del re Davide mio signore». [38]Allora il sacerdote Zadòk, il profeta Natan, Benaià, figlio di Ioiadà, i Cretei e i Peletei discesero e, fatto montare Salomone sulla mula del re Davide, lo condussero a Ghicon. [39]Il sacerdote Zadòk prese un corno di olio dalla tenda e unse Salomone; allora si suonò la tromba e tutto il popolo gridò: «Viva il re Salomone!». [40]Poi tutto il popolo risalì dietro di lui suonando i flauti e manifestando grande allegria, con acclamazioni che sembravano spezzare la terra.

Timorosa sottomissione di Adonia. - [41]Adonia e tutti gli invitati che erano con

---

[39-40]. La lunga e complicata lotta dinastica, segnata dalla rivolta di Assalonne (2Sam 13,19) e di Seba (2Sam 20), dagli intrighi di Adonia (1Re 2,13-25), non riesce a rompere la successione dinastica in Israele, e l'ascesa al trono di Salomone denota il compimento della promessa fatta da Natan a Davide (2Sam 7,6-16). Dio confermerà con la sua benedizione la scelta fatta da Davide (9,2ss).

lui udirono il clamore quando stavano finendo di mangiare. Al sentire il suono della tromba Ioab domandò: «Perché mai tanto rumore nella città in tumulto?». [42]Mentre ancora parlava, ecco che arrivò Gionata, figlio del sacerdote Ebiatàr. Gli disse Adonia: «Benvenuto, perché tu sei un uomo valoroso e porti buone notizie!». [43]Gionata gli rispose: «Oh sì! Il re Davide nostro signore ha fatto re Salomone! [44]Infatti il re ha mandato con lui il sacerdote Zadòk, il profeta Natan, Benaià figlio di Ioiadà, i Cretei e i Peletei che lo hanno fatto salire sulla mula del re. [45]Il sacerdote Zadòk e il profeta Natan l'hanno unto re presso Ghicon, poi di là sono risaliti in festa, sicché tutta la città si anima; è questo il chiasso che avete udito. [46]Anzi Salomone s'è già assiso sul trono del regno, [47]e persino i servi del re sono andati a felicitarsi con il re Davide nostro signore dicendo: "Che il tuo Dio glorifichi il nome di Salomone più del tuo e magnifichi il suo trono più del tuo!". Il re si è prostrato sul suo letto. [48]Inoltre egli ha soggiunto: "Benedetto il Signore, Dio d'Israele, che ha messo oggi sul mio trono uno dei miei discendenti; i miei occhi lo vedono"».

[49]Allora tutti gli invitati che erano con Adonia furono presi da spavento, si levarono e se ne andarono ciascuno per la sua strada. [50]Adonia però ebbe paura di Salomone, perciò si alzò e andò ad aggrapparsi ai corni dell'altare. [51]Ne fu avvertito Salomone: «Ecco che Adonia ha paura del re Salomone e perciò s'è aggrappato ai corni dell'altare dicendo: "Adesso il re Salomone mi giuri che non farà morire di spada il suo servo!"». [52]Rispose Salomone: «Se sarà un uomo leale, non cadrà in terra uno dei suoi capelli; se, invece, sarà colto in fallo, morirà!». [53]Allora Salomone mandò a trarlo giù dall'altare. Quegli venne e si prostrò al re Salomone che gli disse: «Vattene a casa tua».

2 Testamento e morte di Davide. -
[1]Quando i giorni di Davide stavano per finire, egli fece a suo figlio Salomone le seguenti raccomandazioni: [2]«Io me ne sto andando là dove vanno tutti; ma tu sii coraggioso e comportati da uomo! [3]Osserverai i precetti del Signore tuo Dio, camminando nelle sue vie e praticando i suoi statuti, i suoi comandamenti, i suoi decreti e le sue prescrizioni, secondo quanto sta scritto nella legge di Mosè, affinché tu riesca in tutto quello che farai e dovunque ti volgerai. [4]In tal modo il Signore confermerà la promessa che mi ha fatto: "Se i tuoi figli regoleranno la loro condotta camminando lealmente al mio cospetto con tutto il loro cuore e con tutta la loro anima, non ti mancherà mai un successore sul trono d'Israele". [5]Tu pure hai saputo quello che mi fece Ioab, figlio di Zeruià, quanto cioè fece ai due capi degli eserciti d'Israele, ad Abner, figlio di Ner, e ad Amàsa, figlio di Ieter: li ha massacrati, ha versato, durante la pace, il sangue di guerra e ha macchiato di sangue innocente la cintura che avevo ai fianchi e i sandali che portavo ai piedi. [6]Agirai saggiamente se non permetterai che la sua canizie discenda in pace negli inferi. [7]Quanto ai figli di Barzillài il galaadita, tu li tratterai benevolmente ed essi saranno fra coloro che mangiano alla tua tavola; perché furono essi che mi vennero incontro quando fuggivo di fronte a tuo fratello Assalonne. [8]Ecco presso di te Simeì, figlio di Ghera, il beniaminita di Bacurìm, colui che mi maledisse con una maledizione atroce nel giorno in cui me ne andavo a Macanàim. È vero che egli scese a incontrarmi al Giordano e io gli giurai per il Signore: "Non ti ucciderò di spada!"; [9]tu però non lasciarlo impunito e, da uomo avveduto qual sei, saprai come trattarlo e come far scendere la sua canizie insanguinata negli inferi».

[10]Poi Davide s'addormentò con i suoi padri e fu sepolto nella Città di Davide. [11]Davide regnò su Israele per quarant'anni: sette anni in Ebron, e trentatré a Gerusalemme.

Fine di Adonia. - [12]Salomone s'insediò sul trono di Davide suo padre e il suo regno si

---

2. - [1-4.] Come testamento spirituale Davide esorta il giovane Salomone all'osservanza della legge. Il vecchio re si rivolge al figlio con parole che ricordano quelle di Mosè (Dt 31,7-23), Giosuè (23,2-16) e Samuele (1Sam 12,2-25): è sempre la medesima esortazione alla fedeltà all'alleanza, per meritare da Dio il compimento delle sue promesse. Dio non abbandonerà se non sarà abbandonato.

[10.] Davide fu il vero fondatore del regno israelitico, che rese glorioso assoggettando tutti i popoli vicini. Realizzò l'idea teocratica, facendo di Gerusalemme la capitale politica e religiosa, organizzò e rese decoroso il culto con la musica e con la poesia, e trasmise a Salomone il disegno del tempio. Ebbe delle colpe, maggiori però furono le virtù del più grande antenato di Cristo. In mezzo a tutte le difficoltà, pericoli e disgrazie si mantenne fedele a Dio.

consolidò fortemente. [13]Adonia, figlio di Agghìt, si recò da Betsabea, madre di Salomone, che gli domandò: «È pacifica la tua venuta?». Quegli rispose: «È pacifica». [14]Poi soggiunse: «Ti devo dire una cosa»; quella rispose: «Parla pure». [15]Egli riprese: «Tu sai bene che il regno apparteneva a me e che tutto Israele s'aspettava ch'io divenissi re; invece il regno m'è sfuggito ed è toccato a mio fratello, perché il Signore glielo aveva concesso. [16]Ora ho una sola domanda da rivolgerti; non me la rifiutare». Gli disse: «Parla». [17]Egli rispose: «Di' al re Salomone, poiché non si rifiuterà, che mi dia in moglie Abisag di Sunem». [18]Rispose Betsabea: «Bene, io stessa parlerò al re in tuo favore». [19]Andò dunque Betsabea dal re Salomone per parlargli di Adonia e il re s'alzò per andarle incontro, si prostrò davanti a lei e si sedette sul trono; poi si collocò un trono per la madre ed ella si sedette alla sua destra. [20]Questa disse: «Ho una piccola domanda da rivolgerti; non me la rifiutare». Le rispose il re: «Domanda pure, o madre mia, perché non te la rifiuterò». [21]Ella continuò: «Si dia Abisag di Sunem in moglie a tuo fratello Adonia». [22]Il re Salomone replicò a sua madre: «Ma perché chiedi Abisag di Sunem per Adonia? Chiedi pure per lui il regno, perché egli è mio fratello maggiore e per lui stanno il sacerdote Ebiatàr e Ioab figlio di Zeruià». [23]Poi il re Salomone giurò per il Signore: «Che Dio mi faccia questo male e aggiunga ancora quest'altro, se non è a prezzo della sua vita che Adonia ha pronunciato queste parole! [24]Orbene, com'è vero che vive il Signore che mi ha confermato e collocato sul trono di mio padre Davide e, come mi ha promesso, mi ha fondata una casa, oggi stesso Adonia sarà messo a morte». [25]Il re Salomone inviò pertanto Benaià, figlio di Ioiadà, che lo colpì a morte.

Fine di Ebiatàr e di Ioab. - [26]Il re disse al sacerdote Ebiatàr: «Vattene ad Anatot, ai tuoi poderi, perché ti meriti la morte; tuttavia non ti farò morire oggi, perché hai portato l'arca del Signore in presenza di Davide mio padre e hai partecipato a tutte le prove che mio padre sopportò». [27]Salomone depose Ebiatàr dall'ufficio di sacerdote del Signore, attuando così la parola che il Signore aveva pronunciato contro la casa di Eli a Silo.

[28]La notizia intanto giunse a Ioab che s'e-

ra schierato per Adonia, senza però parteggiare per Assalonne. Ioab si rifugiò nella tenda del Signore e s'aggrappò ai corni dell'altare. [29]Fu perciò avvertito il re Salomone: «Ioab s'è rifugiato nella tenda del Signore ed ecco che sta accanto all'altare». Salomone mandò Benaià, figlio di Ioiadà, dicendogli: «Va', colpiscilo». [30]Benaià andò nella tenda del Signore e gli disse: «Così ha ordinato il re: Esci!». Quegli rispose: «No, voglio morire qui». Benaià riferì la cosa al re: «Così ha detto Ioab e così ha risposto». [31]Allora il re soggiunse: «Fa' com'egli ha detto: colpiscilo e poi seppelliscilo. Così stornerai da me e dalla casa di mio padre il sangue sparso da Ioab senza motivo. [32]Il Signore farà ricadere sul suo capo il sangue che egli versò quando colpì due uomini più giusti e più buoni di lui e li uccise di spada a insaputa di mio padre Davide, cioè Abner, figlio di Ner, capo dell'esercito d'Israele, e Amasà, figlio di Ieter, capo dell'esercito di Giuda. [33]Il sangue loro ricadrà sul capo di Ioab e dei suoi discendenti in perpetuo; invece Davide e i suoi discendenti, la sua dinastia e il suo trono avranno pace per sempre da parte del Signore». [34]Allora Benaià, figlio di Ioiadà, salì, lo colpì e lo fece morire; fu poi seppellito nella sua casa nel deserto. [35]Al suo posto il re pose a capo dell'esercito Benaià, figlio di Ioiadà, e al posto di Ebiatàr pose il sacerdote Zadòk.

Disubbidienza e morte di Simei. - [36]Il re mandò pure a chiamare Simei e gli disse: «Costruisciti una casa in Gerusalemme; vi abiterai ma non ne uscirai per andare qua o là. [37]Quel giorno in cui tu uscissi e attraversassi il torrente Cedron, sappi che certamente morrai e il tuo sangue ricadrà sul tuo capo». [38]Simei rispose al re: «Sta bene! Il tuo servo agirà come il re mio signore ha ordinato». E Simei dimorò molti anni in Gerusalemme.

[39]Passati però tre anni, due schiavi di Simei fuggirono presso Achis, figlio di Maaca, re di Gat. Alcuni informarono Simei dicendogli: «Ecco i tuoi schiavi si trovano a Gat». [40]Allora Simei si levò, sellò il suo asino e si recò a Gat presso Achis a reclamare i suoi schiavi. Poi se ne tornò conducendoli con sé da Gat. [41]Fu riferito a Salomone che Simei da Gerusalemme era andato a Gat ed era tornato. [42]Il re allora mandò a chiamare Simei e gli disse: «Non ti ho fatto giurare per il Signore e ammo-

nito dicendoti: "Nel giorno in cui uscirai per andare qua o là sappi che certamente morrai"? Non mi hai tu risposto: "Va bene, ho inteso"? [43]Perché dunque non hai osservato il giuramento del Signore e gli ordini che ti avevo impartiti?». [44]Disse ancora il re a Simei: «Tu sai, giacché la tua coscienza te lo attesta, tutto il male che hai fatto a Davide mio padre; ora il Signore ti farà ricadere sul capo la tua malvagità. [45]Invece il re Salomone sarà benedetto e il trono di Davide sarà saldo in perpetuo innanzi al Signore». [46]E il re comandò a Benaià, figlio di Ioiadà; egli uscì e lo colpì a morte. Così il potere reale si consolidò nelle mani di Salomone.

3 **Matrimonio e pietà di Salomone.** - [1]Salomone divenne genero del faraone re d'Egitto; infatti ne sposò la figlia e la condusse nella Città di Davide, finché non ebbe ultimato la costruzione della sua casa, del tempio del Signore e del muro di cinta di Gerusalemme. [2]Il popolo però offriva i sacrifici sulle alture, perché fino a quel tempo non era ancora stato edificato un tempio al nome del Signore. [3]Salomone amava il Signore camminando in conformità alle disposizioni di Davide suo padre; solamente offriva i sacrifici e l'incenso sulle alture.

Il sogno di Gabaon. - [4]Il re si recò ad offrire sacrifici a Gabaon, ch'era l'altura più importante; su quell'altare Salomone offrì mille olocausti. [5]A Gabaon il Signore apparve di notte in sogno a Salomone e gli disse: «Chiedimi ciò che devo darti». [6]Salomone rispose: «Tu hai usato grande benevolenza verso il tuo servo Davide, padre mio, ed egli ha camminato al tuo cospetto con lealtà, con giustizia e con rettitudine di cuore a tuo riguardo; tu gli hai conservato questa grande benevolenza e gli hai dato un figlio che sedesse sul suo trono, come oggi accade. [7]Pertanto, Signore mio Dio, tu hai fatto re il tuo servo al posto di Davide mio padre, ma io, giovanetto qual sono, non so come comportarmi. [8]Il tuo servo si trova in mezzo al popolo che hai scelto, un popolo numeroso, che non può essere calcolato né

contato, tanto è grande. [9]Concedi dunque al tuo servo un cuore che sappia giudicare il tuo popolo, in modo da distinguere il bene dal male; altrimenti chi potrà mai governare questo tuo popolo così numeroso?». [10]Piacque al Signore che Salomone avesse fatta questa richiesta. [11]Dio perciò gli disse: «Poiché tu hai domandato questa cosa e non hai domandato per te una vita lunga né ricchezze, né la vita dei tuoi nemici, ma hai domandato per te intelligenza per ben discernere il diritto, [12]ecco che io agisco secondo le tue parole. Ecco io ti dono un cuore saggio e perspicace come non ci fu prima di te né uguale sorgerà dopo di te. [13]Anzi io ti dono pure quanto non hai chiesto, cioè ricchezze e onore, così che tra i re non ci sia mai alcuno uguale a te. [14]Se poi camminerai nelle mie vie custodendo i miei precetti e i miei ordini, come ha fatto Davide tuo padre, io ti prolungherò anche i tuoi giorni». [15]Al risveglio Salomone s'accorse ch'era un sogno. Egli rientrò a Gerusalemme e si presentò innanzi all'arca dell'alleanza del Signore; offrì olocausti, immolò sacrifici di comunione e fece un banchetto a tutti i suoi servi.

Il giudizio di Salomone. - [16]Si presentarono al re due prostitute, ch'erano venute da lui. [17]Una delle donne disse: «Di grazia, signor mio, questa donna e io abitavamo la stessa casa. Qui io partorii accanto a lei. [18]Tre giorni dopo di me ecco che anche questa donna partorì. Noi due stavamo insieme né c'era alcun estraneo nella casa all'infuori di noi due. [19]Or il figlio di questa donna morì di notte, perché lei gli si era coricata sopra. [20]Essa allora si alzò nel cuore della notte, levò mio figlio dal mio fianco, mentre la tua schiava dormiva, se lo pose in seno e il suo figlio morto lo collocò sul mio seno. [21]Io mi alzai al mattino per allattare il mio bambino ma lo trovai morto! Però l'osservai bene e m'accorsi che non era il figlio che avevo partorito». [22]Ma l'altra donna replicò: «Non è vero; mio figlio è quello vivo e il tuo è quello morto!». Ma quella insisteva: «Non è vero; tuo figlio è quello morto e il mio è quello vivo!». Così litigavano innanzi al re. [23]Allora il re disse: «L'una afferma: 'È mio figlio quello vivo; invece il tuo è quello morto'; e l'altra: 'Non è vero: tuo figlio è quello morto e il mio è quello vivo'». [24]Il re perciò ordinò: «Portatemi una spada!». Portata che fu la spada innanzi al re,

---

3. - [2-3.] Sulle *alture* erano venerati anche idoli, ma quelle che erano consacrate a Dio furono tollerate fino a quando l'arca non ebbe sede stabile nel tempio.

²⁵questi soggiunse: «Dividete il figlio vivo in due e datene metà all'una e metà all'altra». ²⁶Ma la donna il cui bimbo era ancora vivo, mossa da profonda compassione per suo figlio, disse al re: «Di grazia, mio signore, date a lei il bimbo vivo, ma non uccidetelo!». L'altra invece diceva: «Non sarà né mio né tuo, dividete!». ²⁷Allora il re prese la parola e sentenziò: «Quella che disse: "Date a costei il bimbo vivo ma non l'uccidete", questa è sua madre!». ²⁸Tutto Israele conobbe il giudizio emesso dal re e nutrì un profondo rispetto nei suoi riguardi perché vide che v'era in lui una sapienza divina per dettare giustizia.

4 Gli alti funzionari di Salomone. - ¹Il re Salomone regnò dunque su tutto Israele. ²Questi erano i suoi alti funzionari: Azaria, figlio di Zadòk, sacerdote; ³Elicòref e Achìa, figli di Sisa, scribi; Giòsafat, figlio di Achilùd, araldo; ⁴Benaià, figlio di Ioiadà, capo dell'esercito; Zadòk ed Ebiatàr, sacerdoti; ⁵Azaria, figlio di Natan, capo dei prefetti; Zabud, figlio del sacerdote Natan, amico del re; ⁶Achisar, sovrintendente del palazzo; Adonìram, figlio di Abda, sovrintendente dei lavori forzati.

I prefetti di Salomone. - ⁷Salomone aveva poi dodici prefetti su tutto Israele, i quali dovevano provvedere al re e alla sua casa un mese all'anno per ciascuno. ⁸Questi sono i loro nomi:
Il figlio di Cur sulla montagna di Efraim.
⁹Il figlio di Deker a Makaz, Saalbìm, Bet-Sèmes, Aialon sino a Bet-Canan.
¹⁰Il figlio di Chesed ad Arubbòt; aveva Soco e tutto il paese di Chefer.
¹¹Il figlio di Abinadàb aveva tutta la costa di Dor (Tafat, figlia di Salomone, era sua moglie).
¹²Baana, figlio di Achilùd, aveva Tàanach, Meghiddo fin oltre Iokmeam e tutto Bet-Sean al disotto di Izreèl; da Bet-Sean sino ad Abel-Mecola, verso Zartan.
¹³Il figlio di Gheber a Ramot di Gàlaad; egli aveva i villaggi di Iair, figlio di Manasse, in Gàlaad, il territorio di Argob nel Basan: sessanta grandi città con mura e catenacci di bronzo.
¹⁴Achinadàb, figlio di Iddo, a Macanàim.
¹⁵Achimaaz in Neftali; anch'egli aveva sposato una figlia di Salomone, Bosmat.
¹⁶Baana, figlio di Cusai, in Aser e Zàbulon.

¹⁷Giòsafat, figlio di Paruach, in Issacar.
¹⁸Simeì, figlio di Ela, in Beniamino.
¹⁹Gheber, figlio di Uri, nel paese di Gad, già terra di Sicon, re degli Amorrei, e di Og, re di Basan. Un prefetto stava nel paese. ²⁰Giuda e Israele erano numerosi come la sabbia del mare; mangiavano, bevevano e stavano allegri.

5 Magnificenza e fama di Salomone. - ¹Salomone dominava tutti i paesi, dal Fiume fino al paese dei Filistei e al confine d'Egitto. Essi offrivano tributi e servirono Salomone per tutti i giorni della sua vita. ²La provvista di viveri di Salomone per ciascun giorno era di trenta *kor* di fior di farina, sessanta *kor* di farina comune, ³dieci buoi grassi, venti buoi da pascolo, cento capi di bestiame minuto, senza contare i cervi, le gazzelle, le antilopi e i volatili grassi. ⁴Egli infatti dominava tutti i paesi oltre il Fiume da Tipsach fino a Gaza, tutti i re oltre il Fiume; e v'era pace tutt'intorno ai suoi confini. ⁵Giuda e Israele abitarono al sicuro, ciascuno all'ombra della sua vite e del suo fico, da Dan a Bersabea, durante l'intera vita di Salomone. ⁶Salomone aveva quattromila scuderie per i cavalli dei suoi carri e dodicimila cavalli. ⁷I suddetti prefetti provvedevano al re Salomone e a tutti quelli che avevano accesso alla sua mensa, ciascuno per il suo mese, né gli lasciavano mancare nulla. ⁸L'orzo, poi, e il foraggio per i cavalli e le bestie da tiro li facevano arrivare nel luogo in cui ciascuno si trovava, secondo il suo incarico.

⁹Dio concesse a Salomone sapienza e intelligenza grandissima e un cuore vasto come la sabbia sulla spiaggia del mare. ¹⁰La sapienza di Salomone fu più grande della sapienza di tutti i figli d'Oriente e tutta la sapienza d'Egitto. ¹¹Egli fu più sa009 sapiente di ogni altro uomo, più di Etan l'ezrachita, di Eman, di Calcol e di Darda, figli di Macol. La sua fama si diffuse fra tutte le nazioni circonvicine. ¹²Egli pronunciò tremila pro-

---

28. Salomone con questo giudizio aveva mostrato di conoscere profondamente il cuore umano e ciò gli procurò grande stima al cospetto di tutto Israele.
5. - 5. Il regno di Salomone prefigura quello del Messia e i profeti usano spesso queste frasi per accennare ai tempi messianici. Il regno di Salomone non fu caratterizzato da grandi fatti d'armi, ma piuttosto da buona organizzazione.

verbi e i suoi carmi furono mille e cinque. [13]Trattò degli alberi, dal cedro che si trova sul Libano, sino all'issopo che spunta dal muro; dissertò anche sul bestiame e sui volatili, sui rettili e sui pesci. [14]Venivano a udire la sapienza di Salomone da tutti i popoli e da tutti i re della terra che avevano sentito parlare della sua sapienza.

Preparativi per la costruzione del tempio. - [15]Chiram, re di Tiro, inviò i suoi servi presso Salomone, poiché aveva udito che questi era stato unto re al posto di suo padre e Chiram era sempre stato amico di Davide. [16]Allora Salomone mandò a dire a Chiram: [17]«Tu sai bene che mio padre Davide non ha potuto edificare un tempio al nome del Signore suo Dio, a causa della guerra che i nemici gli mossero da ogni parte, finché il Signore non li ebbe posti sotto la pianta dei suoi piedi. [18]Ora il Signore mio Dio mi ha concesso quiete né v'è avversario o pericolo di male. [19]Ho perciò l'intenzione di costruire un tempio al nome del Signore mio Dio secondo quanto il Signore ha detto a Davide mio padre: "Tuo figlio, che porrò al tuo posto sul tuo trono, lui costruirà il tempio al mio nome". [20]Pertanto ordina che mi si taglino cedri del Libano. I miei servi staranno con i tuoi e io ti pagherò l'ingaggio dei tuoi servi secondo tutto quello che stabilirai. Tu sai bene che fra di noi non c'è nessun esperto nell'abbattere alberi come i Sidoni». [21]Quando Chiram udì le parole di Salomone, ne gioì assai ed esclamò: «Sia oggi benedetto il Signore che ha dato a Davide un figlio saggio per governare questo grande popolo». [22]Quindi Chiram mandò a dire a Salomone: «Ho ricevuto il tuo messaggio. Io soddisferò ogni tua richiesta di legno di cedro e di cipresso. [23]I miei servi li faranno scendere dal Libano al mare; poi io li farò rimorchiare per mare fino al luogo che mi avrai indicato; lì li farò sciogliere e tu li prenderai. In compenso tu soddisferai la mia richiesta, fornendo l'approvvigionamento della mia casa». [24]Così Chiram fornì a Salomone tanto legno di cedro e di cipresso quanto ne volle. [25]A sua volta Salomone consegnò a Chiram ventimila *kor* di grano per il mantenimento della sua casa e ventimila misure di olio vergine. Tanto consegnava Salomone a Chiram anno per anno. [26]Ora il Signore accordò a Salomone la sapienza, come gli aveva promesso; di conseguenza ci fu pace tra Chiram e Salomone e questi strinsero un patto tra loro.

[27]Il re Salomone fece un reclutamento di lavoratori forzati da tutto Israele; ne ammontava a trentamila uomini. [28]Li mandò poi al Libano a gruppi di diecimila per mese; un mese stavano nel Libano e due mesi a casa. Sovrintendente del lavoro forzato era Adoniram. [29]Salomone aveva anche settantamila portatori e ottantamila tagliapietre sulla montagna, [30]oltre ai sovrintendenti dei prefetti di Salomone che dirigevano i lavori in numero di tremilatrecento e comandavano la massa degli operai. [31]Il re ordinò di cavare pietre grosse, pietre pesanti da porre come fondamenta al tempio, pietre squadrate. [32]Gli operai di Salomone, assieme a quelli di Chiram e di Biblos, le sgrossarono e così prepararono il legno e le pietre per la costruzione del tempio.

6 **Costruzione del tempio.** - [1]Nell'anno quattrocentottanta dopo l'uscita dei figli d'Israele dal paese d'Egitto, nel quinto anno del regno di Salomone su Israele, nel mese di Ziv, il secondo mese dell'anno, egli incominciò a costruire il tempio del Signore. [2]Il tempio che il re Salomone costruì al Signore era lungo sessanta cubiti, largo venti e alto trenta. [3]Il vestibolo di fronte all'aula del tempio era lungo venti cubiti nel senso della larghezza del tempio, e dieci cubiti nel senso della lunghezza del tempio. [4]Fece al tempio finestre quadrate e a griglie. [5]Fabbricò pure a ridosso del muro del tempio un annesso attorno all'aula e alla cella; e vi costruì intorno degli appartamenti. [6]Il piano inferiore era largo cinque cubiti, l'intermedio sei cubiti e il terzo sette cubiti, perché egli fece il lato esterno a rientranze, tutt'intorno al tempio, per non penetrare nelle mura del tempio. [7]Nella costruzione del tempio si usarono pietre già squadrate, cosicché, durante la costruzione, non si udì nel tempio rumore di martelli o di piccone o di qualsiasi strumento di ferro. [8]L'ingresso al piano inferiore era situato al lato destro del tempio; di qui, mediante una scala

---

6. - 2. Il *cùbito* misurava circa mezzo metro. Il tempio riproduceva con misure doppie la tenda fatta costruire da Mosè; era lungo 30 metri, largo 10, alto 15. Aveva l'ingresso a oriente, dov'era il portico; dal portico s'entrava nel santo e, di qui, nel santo dei santi. Era circondato da quattro portici.

a chiocciola, si saliva al piano intermedio e da questo al terzo. [9]Dopo aver condotto a termine la costruzione del tempio, gli fece un soffitto con tavole e travi di cedro. [10]Costruì pure l'annesso intorno a tutto il tempio, alto cinque cubiti per piano, e lo collegò con il tempio mediante legni di cedro.

[11]La parola del Signore fu rivolta a Salomone in questi termini: [12]«Per questo tempio che tu mi stai edificando, sappi che, se camminerai secondo i miei statuti, eseguirai i miei ordini e custodirai tutti i miei comandi, camminando in conformità ad essi, anch'io darò compimento alla mia promessa su di te, quella che ho fatta a Davide tuo padre, [13]abiterò in mezzo ai figli d'Israele, né mai abbandonerò il mio popolo, Israele». [14]Così Salomone costruì il tempio e lo portò a termine.

[15]Allestì pure l'interno delle pareti del tempio con tavole di cedro, rivestendole internamente di legno dal pavimento del tempio fino alle travi del soffitto, e coprì il pavimento del tempio con tavole di cipresso. [16]Rivestì di tavole di cedro anche lo spazio di venti cubiti in fondo al tempio, dal pavimento alle travi, riservandolo per la cella, cioè il santo dei santi. [17]L'aula era di quaranta cubiti dinanzi alla cella. [18]Il legno di cedro all'interno del tempio era scolpito a rosoni e a ghirlande di fiori; il tutto era di cedro né si vedeva alcuna pietra. [19]Dentro il tempio fece approntare una cella per collocarvi l'arca dell'alleanza del Signore. [20]La cella misurava venti cubiti di lunghezza, venti di larghezza e venti di altezza; egli la rivestì di oro finissimo e fece un altare di cedro. [21]Salomone rivestì il tempio all'interno di oro finissimo e stese catenelle auree dinanzi alla cella, tutta rivestita d'oro. [22]Rivestì completamente di oro tutto il tempio e tutto l'altare ch'era dinanzi alla cella.

[23]Nella cella poi fece due cherubini di legno d'ulivo, alti ciascuno dieci cubiti. [24]Un'ala del cherubino misurava cinque cubiti e l'altra ala del cherubino misurava pur essa cinque cubiti: c'erano dieci cubiti dall'estremità di un'ala all'estremità dell'altra. [25]Il secondo cherubino era pure di dieci cubiti; identica era la dimensione e identica la figura dei due cherubini. [26]L'altezza del primo cherubino era di dieci cubiti, e così anche quella del secondo. [27]Collocò i due cherubini nell'interno del tempio, in fondo; qui tenevano le loro ali distese in modo che l'ala del primo toccava la parete e l'ala del

secondo toccava la parete opposta e le ali di mezzo al tempio si toccavano, ala ad ala. [28]Rivestì d'oro i cherubini. [29]Su tutte le pareti del tempio, all'intorno, scolpì figure di cherubini, palme e ghirlande di fiori, tanto all'interno che all'esterno. [30]Ricoprì d'oro il pavimento del tempio, tanto all'interno che all'esterno. [31]Fece la porta della cella con battenti in legno d'ulivo; l'architrave e gli stipiti formavano un pentagono. [32]Fece anche due battenti in legno d'ulivo su cui scolpì figure di cherubini, palme e ghirlande di fiori, che ricoprì d'oro; in particolare pose foglie d'oro sui cherubini e sulle palme. [33]Ugualmente per la porta dell'aula sacra fece stipiti in legno d'ulivo, stipiti quadrangolari, [34]e due battenti in legno di cipresso: ognuno constava di due pezzi pieghevoli su se stessi. [35]Vi scolpì cherubini, palme e ghirlande di fiori e li rivestì d'oro perfettamente aderente. [36]Quindi costruì il muro del cortile interno con tre strati di pietre squadrate e uno strato di tavole di cedro.

[37]Nel quarto anno, il mese di Ziv, furono gettate le fondamenta del tempio del Signore; [38]nell'anno undicesimo, nel mese di Bul, che è l'ottavo, il tempio fu condotto a termine secondo tutto il suo piano e tutto il suo ordinamento. Egli lo costruì in sette anni.

7 **Il palazzo di Salomone.** - [1]In seguito Salomone costruì il suo palazzo portandolo a termine in tredici anni. [2]Costruì il palazzo della Foresta del Libano, lungo cento cubiti, largo cinquanta e alto trenta, a tre serie di colonne di cedro con capitelli di cedro sulle colonne. [3]Pure di cedro era il soffitto delle camere che sovrastavano le colonne in numero di quarantacinque, quindici per fila. [4]C'erano tre file di finestre che si trovavano dirimpetto per ben tre volte. [5]Tutte le porte e i vani erano rettangolari e si trovavano dirimpetto per tre volte. [6]Fece pure il vestibolo delle colonne, lungo cinquanta cubiti e

---

17. Il *tempio* propriamente detto era costituito dal santo, lungo 40 cubiti, e dal santo dei santi, lungo 20 cubiti. Quest'ultimo formava un cubo perfetto: 20 x 20 x 20.

7. - [1ss.] I palazzi di Salomone sorgevano su terrazze a gradinate dall'Ofel al Moria: in basso il palazzo del Libano, poi più su il portico del trono, il palazzo del re, quello della regina, l'*harem*; finalmente il tempio.

largo trenta, con un portico anteriore, a colonne coperte da una tettoia. [7]Eresse anche il vestibolo del trono dove amministrava la giustizia, detto perciò sala del giudizio; esso era ricoperto di cedro dal pavimento al soffitto. [8]La sua abitazione privata, situata nell'altro cortile dietro il vestibolo, era costruita allo stesso modo; simile a questo vestibolo era anche la casa che egli costruì per la figlia del faraone da lui presa in sposa. [9]Tutte queste costruzioni erano di pietre scelte, squadrate a misura e tagliate con la sega di dentro e di fuori, dalle fondamenta fino ai cornicioni e dal di fuori fino al cortile maggiore. [10]Anche le fondamenta erano di pietre scelte, pietre enormi, pietre di dieci e di otto cubiti. [11]Al di sopra c'erano ancora pietre scelte, squadrate a misura, e legname di cedro. [12]Il cortile maggiore aveva intorno tre strati di pietre squadrate e uno strato di tavole di cedro, come il cortile interno del tempio del Signore e il vestibolo del palazzo.

Le attrezzature bronzee del tempio. - [13]Il re Salomone mandò a prendere Chiram di Tiro. [14]Questi era figlio di una vedova della tribù di Neftali, però suo padre era di Tiro e lavorava il bronzo. Egli era dotato di abilità, di intelligenza e di perizia nell'eseguire qualsiasi lavoro in bronzo. Venuto presso il re Salomone, eseguì tutti i suoi lavori. [15]Fuse le due colonne di bronzo; l'altezza di una colonna era di diciotto cubiti, mentre una corda di dodici cubiti ne misurava la circonferenza; lo spessore del bronzo era di quattro dita mentre dentro era vuota; così era pure la seconda colonna. [16]Fece anche due capitelli di bronzo fuso da porre in cima alle colonne, alti entrambi cinque cubiti. [17]Fece poi due reti per rivestirne i capitelli che si trovavano in cima alle colonne, una rete per ciascun capitello. [18]Fece anche intorno alla rete due file di melagrane per coprire il capitello che si trovava sopra le colonne; così fece pure per il secondo capitello. [19]Sui capitelli che si trovavano in cima alle colonne v'era un manufatto in forma di loto; tutto questo nel complesso era alto quattro cubiti. [20]E v'erano capitelli sulle due colonne

anche al di sopra, accanto alla sporgenza, che era al di là della rete. E le melagrane erano duecento, disposte in serie all'intorno, sopra il secondo capitello. [21]Innalzò le colonne davanti al vestibolo del tempio; innalzò la colonna di destra cui diede il nome Iachin e innalzò quella di sinistra cui chiamò Boaz. [22]In cima alle colonne v'era un manufatto in forma di loto; così terminò il lavoro delle colonne.

[23]Fece poi il mare in metallo fuso; da un orlo all'altro misurava dieci cubiti; tutt'intorno era circolare; la sua altezza era di cinque cubiti, mentre una cordicella di trenta cubiti ne misurava la circonferenza. [24]Sotto l'orlo v'era un ornato di rosoni, dieci ogni cubito, che formavano un giro intorno al mare; i rosoni erano in due ordini, fusi insieme al mare. [25]Questo aveva lo spessore di un palmo e l'orlo come quello di una coppa, a fior di loto. Conteneva duemila *bat*. [26]Poggiava su dodici buoi di cui tre guardavano a settentrione, tre ad occidente, tre a mezzogiorno e tre ad oriente. Il mare poggiava su di essi e le loro parti posteriori erano rivolte all'interno.

[27]Fece pure dieci basi di bronzo, lunghe quattro cubiti ognuna, larghe altrettanto e alte tre cubiti. [28]Questa era la loro forma: avevano dei telai e dei pannelli fra i telai. [29]Sui pannelli posti tra i telai erano scolpiti leoni, buoi e cherubini, e così pure sui telai; sopra e sotto i leoni e i buoi v'erano motivi a spirale. [30]Ogni base aveva quattro ruote di bronzo, con gli assi anch'essi di bronzo. I suoi quattro piedi avevano delle spallette sotto il bacino e le spallette erano state fuse nella parte interna con ogni motivo a spirale. [31]La sua apertura, all'interno della corona e sopra, era alta un cubito e mezzo, di forma rotonda, fatta come la conca e fornita di sculture; invece i suoi pannelli erano quadrati anziché rotondi. [32]Sotto i pannelli c'erano le quattro ruote con i loro assi uniti alla base; l'altezza di ogni ruota era di un cubito e mezzo. [33]La forma era come quella delle ruote di un carro; gli assi, i quarti, i raggi e i mozzi erano tutti d'un pezzo. [34]Ai quattro angoli di ogni base v'erano quattro spallette che formavano un solo pezzo con la base. [35]In cima alla base v'era un supporto alto mezzo cubito, tutt'intorno rotondo; in cima alla base c'erano i suoi manichi e le sue spallette formavano un solo pezzo con essa. [36]Scolpì sulle tavole cherubini, leoni e palme secondo lo

---

23-26. Il *mare*, gran bacino di bronzo, poggiava su dodici statue di buoi e conteneva l'acqua per le abluzioni dei sacerdoti: aveva m 15 di circonferenza e 2,50 di profondità, lo spessore era di circa cm 9; 2000 *bat* corrispondono a circa 440 ettolitri.

spazio di ciascuna e, in più, motivi a spirale all'intorno. [37]In questo modo egli fece le dieci basi, con un'unica fusione, un'unica misura e un'unica forma per tutte.

[38]Fece poi le dieci conche di bronzo, ognuna delle quali conteneva quaranta *bat*, misurava quattro cubiti e poggiava su una delle dieci basi. [39]Collocò le basi, cinque al lato destro del tempio e cinque a quello sinistro; invece il mare lo pose al lato destro del tempio, rivolto verso sud-est. [40]Chiram fece anche i vasi per la cenere, le palette e le coppe.

Così terminò ogni lavoro di cui il re Salomone lo aveva incaricato per il tempio del Signore: [41]due colonne; le volute dei capitelli che stavano in cima alle due colonne; le due reti per coprire le due volute che stavano in cima alle colonne; [42]le quattrocento melagrane per le due reti; i due ordini di melagrane per ciascuna rete destinati a coprire i due capitelli sferici in cima alle colonne; [43]le dieci basi e le dieci conche per le basi; [44]il mare unico e i dodici buoi che lo sostenevano; [45]i vasi per la cenere, le palette e le coppe. Tutte queste suppellettili, che Chiram aveva fatto al re Salomone per il tempio del Signore, erano di bronzo levigato. [46]Egli le fuse in modelli di argilla nella regione del Giordano tra Succot e Zartan. [47]Salomone sistemò tutte queste suppellettili; a causa della loro grandissima quantità non si calcolò il peso del bronzo.

[48]Salomone fece preparare tutte le suppellettili che erano nel tempio del Signore: l'altare d'oro, la mensa d'oro su cui si ponevano i pani della presentazione; [49]i candelabri in oro fino, cinque a destra e cinque a sinistra davanti alla cella; inoltre i fiori, le lampade e gli smoccolatoi d'oro; [50]le patere, i coltelli, i vassoi, i mortai e gli incensieri d'oro fino. Anche i cardini per i battenti dell'aula erano d'oro. [51]Terminati tutti i lavori che aveva fatto fare per il tempio del Signore, Salomone portò i sacri donativi di suo padre Davide, cioè l'argento, l'oro e i vasi, deponendoli fra i tesori del tempio del Signore.

8 Trasporto dell'arca. - [1]Allora Salomone convocò gli anziani d'Israele a Gerusalemme per trasportare dalla Città di Davide, cioè da Sion, l'arca dell'alleanza del Signore. [2]Tutti gli uomini d'Israele si radunarono presso il re Salomone, per la festa della luna di Etanim, ch'è il settimo mese. [3]Venuti dunque tutti gli anziani d'Israele, i sacerdoti presero l'arca, [4]la tenda del convegno e tutte le suppellettili del santuario che erano in essa. [5]Il re Salomone e tutta la comunità d'Israele, che s'era radunata presso di lui, sacrificavano davanti all'arca pecore e buoi in quantità incalcolabile. [6]I sacerdoti frattanto portarono l'arca dell'alleanza del Signore al suo posto, nella cella del tempio, cioè nel santo dei santi, sotto le ali dei cherubini. [7]I cherubini infatti stendevano le ali sul luogo dell'arca e dall'alto ricoprivano l'arca con le sue stanghe. [8]Queste erano così lunghe che le loro estremità si potevano vedere dall'aula antistante alla cella, non però di fuori. Lì sono rimaste fino ad oggi. [9]Nell'arca non c'era nulla, eccetto le due tavole di pietra che Mosè vi aveva depositato all'Oreb, cioè le tavole dell'alleanza che il Signore aveva sancito con i figli d'Israele nel loro esodo dal paese d'Egitto. [10]Quando i sacerdoti stavano uscendo dal santuario, una nube riempì il tempio del Signore [11]e i sacerdoti non poterono rimanervi per compiere le loro funzioni a causa della nube, perché la gloria del Signore riempiva il suo tempio. [12]Allora Salomone disse:

«Il Signore ha deciso di abitare
  nella densa nube;
[13] perciò io ti ho edificato un'eccelsa dimora,
  un luogo dove tu risieda per sempre».

Discorso di Salomone. - [14]Poi il re si voltò e benedisse tutta l'assemblea d'Israele che se ne stava in piedi. [15]Disse: «Benedetto il Signore Dio d'Israele che ha promesso di sua bocca a Davide mio padre e ha compiuto di sua mano quanto aveva promesso: [16]"Dal giorno in cui feci uscire il mio popo-

---

8. - [1-3.] Siccome la spianata del tempio era più in alto e più a nord dell'antica Città di Davide, Salomone fece trasportare l'arca dalla collina di Sion alla nuova sede. Salomone termina la celebrazione con un'orazione in cui dichiara il tempio abitazione del Dio salvatore (cfr. 8,22-53). La cerimonia ebbe luogo nel settembre del 961 a.C.
[2.] Era la festa delle Capanne (Lv 23,34) che ricorreva nel settimo mese, Etanim o Tisri (settembre-ottobre). Dall'epoca di Giosuè e dell'alleanza in Sichem (Gs 24), quella era la festa della rinnovazione dell'alleanza.
[10.] Dio, facendo riapparire la nuvola sparita al passaggio del Giordano (Gs 3), rende legittimo il tempio e ne prende visibilmente possesso.

lo Israele dall'Egitto non ho scelto nessuna città fra tutte le tribù d'Israele per edificare un tempio in cui risieda il mio nome, bensì ho scelto Davide perché guidi il mio popolo Israele". [17]Ora, Davide mio padre aveva intenzione di edificare un tempio al nome del Signore, Dio d'Israele; [18]ma il Signore disse a Davide mio padre: "Tu hai deciso di costruire un tempio al mio nome, e hai fatto bene; [19]però a costruirlo non sarai tu bensì tuo figlio, uscito dai tuoi lombi; egli edificherà il tempio al mio nome". [20]Il Signore ha dunque realizzato la promessa che aveva pronunciato: io sono succeduto a Davide mio padre, mi sono seduto sul trono d'Israele come il Signore aveva detto e ho edificato il tempio al nome del Signore, Dio d'Israele. [21]Là ho fissato un posto per l'arca nella quale si trova l'alleanza che il Signore ha concluso con i nostri padri quando li fece uscire dalla terra d'Egitto».

Solenne preghiera di Salomone. - [22]Poi Salomone si pose davanti all'altare del Signore, in presenza di tutta l'assemblea d'Israele, stese le mani verso il cielo [23]e disse: «Signore, Dio d'Israele, non c'è alcun Dio simile a te né lassù nei cieli né quaggiù sulla terra! Tu che mantieni l'alleanza e la benevolenza verso i tuoi servi quando essi camminano con tutto il loro cuore alla tua presenza, [24]hai mantenuto la promessa fatta al tuo servo Davide mio padre e oggi hai compiuto con la tua mano ciò che avevi promesso con la tua bocca. [25]E ora, Signore, Dio d'Israele, mantieni al tuo servo Davide mio padre ciò che gli hai promesso dicendo: "Non ti mancherà giammai un discendente che stia alla mia presenza, seduto sul trono d'Israele, purché i tuoi figli conservino la loro condotta e camminino alla mia presenza come ha fatto tu". [26]Orbene, Dio d'Israele, si realizzi la parola che hai detto al tuo servo Davide mio padre. [27]Ma veramente Dio abita sulla terra? Ecco: i cieli e i cieli dei cieli non ti possono contenere; quanto meno lo potrà questo tempio che ho costruito! [28]Tu però volgiti propizio alla preghiera e alla supplica del tuo servo, o Signo-

re mio Dio, ascoltando il grido e la preghiera che il tuo servo innalza oggi dinanzi a te! [29]Che i tuoi occhi siano aperti notte e giorno su questo tempio, su questo luogo di cui hai detto: "Lì sarà il mio nome"; ascolta la preghiera che il tuo servo ti innalza in questo luogo. [30]Ascolta dunque la supplica del tuo servo e del tuo popolo Israele, quando pregheranno in questo luogo, ascolta nel luogo della tua dimora, nel cielo, ascolta e perdona! [31]Se qualcuno avrà peccato contro il suo prossimo e, dopo che gli sarà imposto un giuramento imprecatorio, verrà a giurare dinanzi al tuo altare in questo tempio, [32]tu ascolta dal cielo e agisci, fa' giustizia con i tuoi servi condannando l'empio, con il far ricadere sul suo capo la sua condotta, e dichiarando giusto l'innocente col rendergli secondo la sua giustizia.

[33]Quando il tuo popolo Israele sarà battuto davanti al nemico perché ha peccato contro di te, se farà ritorno a te e darà lode al tuo nome, ti pregherà e supplicherà in questo tempio, [34]tu ascolta dal cielo, perdona il peccato del tuo popolo Israele e riconducilo nel paese che hai donato ai suoi padri.

[35]Quando il cielo sarà chiuso e non ci sarà pioggia perché hanno peccato contro di te, se ti pregheranno in questo luogo, loderanno il tuo nome e si ritrarranno dal loro peccato perché li hai afflitti, [36]tu ascolta dal cielo e perdona il peccato dei tuoi servi e del tuo popolo Israele, insegnando loro la buona via per cui dovranno camminare e invia la pioggia sulla terra donata in eredità al tuo popolo. [37]Quando la carestia, la peste, il carbonchio e la ruggine colpiranno il paese, le locuste e i bruchi lo invaderanno, il nemico stringerà d'assedio una delle sue porte e scoppierà un flagello o un'epidemia qualsiasi, [38]se qualcuno del tuo popolo Israele, avvertendo e rimorsi della propria coscienza, innalzerà una preghiera o una supplica e stenderà le mani verso questo tempio, [39]tu ascolta dal cielo, luogo della tua dimora, perdona e agisci rendendo a ciascuno secondo la sua condotta, perché tu conosci il suo cuore; tu solo infatti conosci il cuore di tutti i figli dell'uomo. [40]Così essi ti temeranno per tutti i giorni che vivranno sulla terra che hai donato ai nostri padri.

[41]Persino lo straniero, che non appartiene al tuo popolo Israele, quando verrà da un paese lontano a causa del tuo nome — [42]giacché si udrà parlare del tuo grande no-

[47.] La schiavitù sarà la più grande punizione per Israele, quella che più sarà in contrasto con le promesse di Dio di dare al suo popolo il possesso di una terra dove scorrevano latte e miele. Gli Ebrei, nell'esilio assiro e babilonese, pregavano voltandosi verso la città santa, dov'era l'unico tempio del vero Dio.

me e della tua mano potente e del tuo braccio teso —, verrà per pregare in questo tempio, ⁴³tu ascolta dal cielo, luogo della tua dimora, e concedi ciò che lo straniero ti domanda, affinché tutti i popoli della terra conoscano il tuo nome, ti temano come fa il tuo popolo Israele e sappiano che il tuo vero nome è stato invocato su questo tempio che io ho edificato.

⁴⁴Se il tuo popolo muoverà guerra contro i suoi nemici, seguendo le vie per cui l'hai mandato, e pregherà il Signore rivolto verso la città da te scelta e verso il tempio da me edificato al tuo nome, ⁴⁵tu ascolta dal cielo la sua preghiera e la sua supplica e fa' giustizia.

⁴⁶Se peccheranno contro di te, poiché non c'è uomo che non pecchi, e tu, sdegnato contro di loro, li abbandonerai in balia del nemico e i loro deportatori li deporteranno nel paese del nemico, lontano o vicino; ⁴⁷se rientreranno in se stessi nella terra dove furono deportati, se si convertiranno e ti supplicheranno nella terra dei loro deportatori dicendo: "Abbiamo peccato e commesso iniquità, siamo colpevoli"; ⁴⁸se si convertiranno a te con tutto il loro cuore e con tutta la loro anima nella terra dei loro nemici che li hanno deportati e ti pregheranno rivolti verso la terra che donasti ai loro padri, verso la città da te scelta e verso il tempio da me edificato al tuo nome, ⁴⁹tu ascolta dal cielo, luogo della tua dimora, la loro preghiera e la loro supplica; fa' loro giustizia, ⁵⁰perdona ai membri del tuo popolo, che hanno peccato contro di te, tutte le ribellioni che hanno commesso contro di te e fa' che trovino compassione presso i loro deportatori affinché questi usino loro clemenza, ⁵¹perché essi sono il tuo popolo e la tua eredità, coloro che hai tratto fuori dall'Egitto, di mezzo al crogiolo di ferro.

⁵²I tuoi occhi siano aperti alla supplica del tuo servo e alla supplica del tuo popolo Israele per esaudirli in tutto quello che ti chiedono, ⁵³poiché tu li hai separati quale tua eredità da tutti i popoli della terra, conforme a quel che dicesti per mezzo del tuo servo Mosè, quando facesti uscire dall'Egitto i nostri padri, o Signore Dio».

Salomone benedice il popolo. - ⁵⁴Quando Salomone ebbe terminata questa preghiera e supplica al Signore, si alzò davanti all'altare del Signore: stava infatti inginocchiato, con le mani tese verso il cielo. ⁵⁵Stando in

piedi, benedisse ad alta voce tutta l'assemblea d'Israele: ⁵⁶«Benedetto il Signore che ha concesso riposo al suo popolo Israele, secondo tutto quello che aveva detto. Neppure una di tutte le belle promesse fatte tramite il suo servo Mosè è andata a vuoto! ⁵⁷Il Signore nostro Dio sia con noi come lo fu con i nostri padri; non ci abbandoni né ci rigetti; ⁵⁸ma inclini i nostri cuori verso di lui, affinché camminiamo in tutte le sue vie e osserviamo i suoi comandamenti, statuti e precetti che ha prescritto ai nostri padri. ⁵⁹Possano queste parole che ho pronunciato davanti al Signore rimanere presenti al Signore nostro Dio giorno e notte; egli ogni giorno renderà giustizia al suo servo e al suo popolo Israele. ⁶⁰Così tutti i popoli della terra sapranno che il Signore solo e nessun altro è Dio, ⁶¹e il vostro cuore sarà tutto intero per il Signore nostro Dio, camminando secondo i suoi statuti e osservando i suoi comandamenti, come fate oggi».

La festa della dedicazione. - ⁶²Il re e tutto Israele con lui offrirono sacrifici davanti al Signore. ⁶³Come sacrifici di comunione offerti al Signore Salomone immolò ventiduemila buoi e centoventimila pecore. In tal modo il re e tutti i figli d'Israele dedicarono il tempio del Signore. ⁶⁴In quel giorno il re consacrò il centro del cortile che sta di fronte al tempio del Signore; lì infatti offrì l'olocausto, l'oblazione e le parti grasse dei sacrifici di comunione, poiché l'altare di bronzo che è davanti al Signore era insufficiente a contenere l'olocausto, l'oblazione e le parti grasse dei sacrifici di comunione. ⁶⁵In quell'occasione Salomone celebrò la festa; a lui si unì davanti al Signore, nostro Dio, per sette giorni, tutto Israele, un'assemblea grandiosa proveniente dall'ingresso di Camat fino al torrente d'Egitto. ⁶⁶Nel giorno ottavo congedò il popolo ed essi benedirono il re e ritornarono alle loro dimore, allegri e con il cuore contento per tutto il bene che il Signore aveva fatto a Davide suo servo e al suo popolo Israele.

9 Seconda visione di Salomone. - ¹Quando Salomone ebbe terminato di costruire il tempio del Signore, il palazzo reale e quanto gli piacque attuare, ²il Signore gli apparve una seconda volta come gli era apparso in Gabaon ³e gli disse: «Ho esaudito la preghiera e la supplica che hai fatto da-

vanti a me e ho consacrato questo tempio
che hai costruito perché vi ponessi il mio
nome per sempre; e qui saranno sempre i
miei occhi e il mio cuore. ⁴Quanto a te, se
camminerai al mio cospetto, come camminò Davide tuo padre, con purità di cuore
e rettitudine, facendo tutto quello che ti ho
comandato; se custodirai i miei statuti e i
miei decreti, ⁵stabilirò per sempre il tuo
trono regale su Israele, come ho promesso
a Davide tuo padre dicendo: "Non ti mancherà mai uno che segga sul trono d'Israele". ⁶Se però voi e i vostri figli vi allontanerete da me e non osserverete i comandamenti e gli statuti che vi ho dato, se ve ne
andrete a servire gli dèi stranieri e li adorerete, ⁷sterminerò Israele dalla faccia della
terra che gli ho donato e rigetterò dal mio
cospetto il tempio che ho consacrato al mio
nome, cosicché Israele diventi la favola e
lo zimbello di tutti i popoli. ⁸Questo tempio diverrà un mucchio di rovine; chiunque gli passerà vicino rimarrà stupefatto, fischierà per lo stupore e dirà: "Perché il Signore ha agito in questo modo con questo
paese e con questo tempio?". ⁹Gli risponderanno: "Perché hanno abbandonato il Signore, Dio loro, che ha fatto uscire i loro
padri dal paese d'Egitto e hanno aderito a
dèi stranieri, li hanno adorati e serviti; perciò il Signore ha inviato su di loro tutti
questi mali"».

Città cedute a Chiram. - ¹⁰Dopo il periodo
di vent'anni in cui Salomone aveva costruito i due edifici, il tempio del Signore e il palazzo reale, ¹¹poiché Chiram, re di Tiro, gli
aveva fornito legno di cedro e di cipresso e
oro secondo tutti i suoi desideri, il re Salomone diede a Chiram venti città nella regione di Galilea. ¹²Chiram venne da Tiro
per visitare le città che Salomone gli aveva
ceduto, ma non le trovò di suo gradimento.
¹³Disse perciò: «Che città sono queste che
mi hai ceduto, fratello mio?»; per questo si
chiamano Paese di Cabul fino ad oggi.
¹⁴Chiram mandò al re centoventi talenti
d'oro.

Lavori forzati per i sudditi di Salomone. -
¹⁵Ecco quanto riguarda il reclutamento che
il re Salomone fece per costruire il tempio
del Signore, il suo proprio palazzo, il Millo
e il muro di Gerusalemme, Azor, Meghiddo
e Ghezer. ¹⁶Il faraone, re d'Egitto, era salito
e aveva conquistato Ghezer; l'aveva incen-
diata, aveva massacrato i Cananei che l'abitavano e l'aveva data in dote alla figlia, moglie di Salomone. ¹⁷Perciò Salomone ricostruì Ghezer, Bet-Oròn inferiore, ¹⁸Baalat e
Tamàr nel deserto del paese, ¹⁹tutte le città
da magazzini appartenenti a Salomone, le
città per i suoi carri e i suoi cavalli e quanto
volle edificare a Gerusalemme, sul Libano e
per tutto il territorio sottoposto al suo dominio. ²⁰Tutta la gente rimasta degli Amorrei, Hittiti, Perizziti, Evei e Gebusei, i quali
non appartenevano ai figli d'Israele, ²¹cioè i
loro discendenti che erano ancora rimasti
nel paese, perché i figli d'Israele non erano
stati capaci di votarli all'anàtema, Salomone
li ingaggiò nei lavori forzati fino ad oggi.
²²Ma ai figli d'Israele non impose alcun lavoro forzato, perché essi servivano come
soldati: erano le sue guardie, i suoi ufficiali,
i suoi scudieri, gli ufficiali dei suoi carri e
dei suoi cavalieri. ²³Tra essi v'erano i cin-
quecentocinquanta capi dei prefetti che dirigevano i lavori di Salomone; essi comandavano la gente impiegata nei lavori. ²⁴Do-
po che la figlia del faraone salì dalla città di
Davide alla casa che Salomone le aveva edificato, egli costruì il Millo.

Il servizio del tempio. - ²⁵Salomone offriva
tre volte all'anno olocausti e sacrifici di comunione sull'altare ch'egli aveva costruito
al Signore e bruciava aromi davanti al Signore. Così terminò il tempio.

La flotta di Salomone. - ²⁶Il re Salomone
costruì pure una flotta a Ezion-Gheber,
presso Elat, sulla spiaggia del Mar Rosso,
nella regione di Edom. ²⁷Chiram mandò
sulle navi i suoi servi, ch'erano marinai
esperti di mare, assieme ai servi di Salomone. ²⁸Essi andarono a Ofir, dove presero oro
per quattrocentoventi talenti e lo portarono
al re Salomone.

10 **La regina di Saba.** - ¹La regina di Saba, avendo udito parlare della fama
di Salomone, venne per metterlo alla prova
con enigmi. ²Essa giunse a Gerusalemme

---

9. - ¹·⁹· Un'apparizione di Dio conferma la dedicazione del tempio. Come sempre, Dio si richiama al-
l'alleanza e all'osservanza del primo comandamento,
suo punto fondamentale.

7· Dio, quando gli uomini lo cacciano dal loro cuore
(templi spirituali), sdegna il culto esterno e il tempio
materiale. Le profezie si avverarono alla lettera.

con una numerosa scorta di cammelli che trasportavano aromi, oro in gran quantità e pietre preziose. Presentatasi a Salomone, gli manifestò tutto quello che aveva nel cuore, ³ma Salomone dilucidò tutti i suoi quesiti né ci fu cosa oscura che il re non sapesse spiegarle. ⁴La regina di Saba vide tutta la sapienza di Salomone, il palazzo ch'egli aveva costruito, ⁵i cibi della sua mensa, l'abitazione dei suoi servi, il comportamento dei suoi ministri, le loro vesti, i suoi coppieri e gli olocausti che offriva nel tempio del Signore; rimase senza fiato ⁶e disse al re: «Era dunque proprio vero quanto ho udito nel mio paese riguardo alle tue opere e alla tua sapienza. ⁷Tuttavia non l'ho creduto, finché non sono venuta e non ho visto con i miei occhi. Ma ecco, non mi era stato riferito neppure la metà; la tua sapienza e la tua prosperità superano quanto ho sentito dire. ⁸Felici le tue donne, felici questi tuoi servi che stanno di continuo alla tua presenza e ascoltano la tua sapienza. ⁹Sia benedetto il Signore, tuo Dio, che ti ha mostrato il suo favore ponendoti sul trono d'Israele! Perché il Signore, che ti ha costituito re per esercitare il diritto e la giustizia, ama Israele per sempre». ¹⁰Poi essa diede al re centoventi talenti d'oro, grande quantità di aromi e pietre preziose. Non giunsero mai più tanti aromi quanti la regina di Saba ne diede al re Salomone. ¹¹Anche le navi di Chiram, destinate al trasporto dell'oro di Ofir, portarono da Ofir legno di sandalo in grande quantità e pietre preziose. ¹²Con il legno di sandalo il re fece oggetti per il tempio del Signore e il palazzo reale e fabbricò lire e arpe per i cantori. Non giunse mai più né si vide tanto legno di sandalo fino ad oggi. ¹³Il re Salomone diede alla regina di Saba tutto quello ch'ella desiderò e chiese, senza parlare di quello che le diede con una munificenza degna di lui. Quindi essa riprese il cammino e se ne andò al suo paese assieme ai suoi servi.

Ricchezza di Salomone. - ¹⁴Il peso dell'oro che annualmente giungeva a Salomone era di seicentosessantasei talenti d'oro, ¹⁵senza contare quello che proveniva dai traffici dei mercanti e dal guadagno dei commercianti, da tutti i re arabi e dai governanti del paese. ¹⁶Il re Salomone fece anche duecento grandi scudi di oro battuto, su ognuno dei quali applicò seicento sicli d'oro, ¹⁷e trecento piccoli scudi d'oro battuto, su ognuno

dei quali applicò tre mine d'oro e li depose nel palazzo della Foresta del Libano. ¹⁸Il re fece pure un gran trono d'avorio che rivestì d'oro fino. ¹⁹Questo trono aveva sei gradini, teste di tori nella parte posteriore e due braccioli, ai due lati del seggio; due leoni erano a fianco dei braccioli; ²⁰dodici leoni stavano ai lati dei sei gradini. In nessun altro regno era mai stato fatto nulla di simile. ²¹Tutte le coppe in cui il re Salomone beveva erano d'oro, come anche tutta la suppellettile del palazzo della Foresta del Libano era di oro fino; infatti al tempo di Salomone l'argento non era tenuto in alcun conto. ²²Il re aveva in mare una flotta di Tarsis, oltre alla flotta di Chiram, e ogni tre anni la flotta di Tarsis portava oro, argento, avorio, scimmie e babbuini. ²³Il re Salomone superò in ricchezza e sapienza tutti i re della terra. ²⁴Tutti desideravano essere ricevuti da Salomone per udire la sapienza che Dio gli aveva messo in cuore. ²⁵Ognuno, anno per anno, gli portava i propri doni: vasi d'argento e d'oro, vestiti, armi, aromi, cavalli e muli. ²⁶Salomone radunò carri e cavalli ed ebbe millequattrocento carri e dodicimila cavalli che sistemò nelle città dei carri e a Gerusalemme, vicino al re. ²⁷Il re ottenne che a Gerusalemme l'argento fosse comune come le pietre e i cedri come i sicomori che abbondano nella Sefela. ²⁸I cavalli di Salomone provenivano dalla Cilicia; i mercanti del re li acquistavano dalla Cilicia in contanti. ²⁹Un carro era importato dall'Egitto per seicento sicli; un cavallo costava centocinquanta sicli. Così, tramite questi mercanti, venivano esportati per tutti i re degli Hittiti e i re d'Aram.

11 **Le donne di Salomone.** - ¹Il re Salomone amò, oltre la figlia del faraone, molte donne straniere, moabite, ammonite, idumee, sidonie, hittite, ²dei popoli di cui il Signore aveva detto ai figli d'Israele: «Voi non andrete da loro né essi verranno da voi, altrimenti piegheranno il vostro cuore verso i loro dèi». Invece Salomone si legò

---

10. - ²². *La flotta* di Salomone è detta di *Chiram*, perché era guidata da piloti fenici. *Navi di Tarsis* erano quelle navi di costruzione molto robusta, adatte ad affrontare lunghi viaggi, come le navi che dalle coste della Fenicia arrivavano fino a Tarsis nella lontana Spagna, alla foce del Guadalquivir, sull'Oceano Atlantico. Altri collocano Tarsis in Sardegna.

ad esse per amore. [3]Egli ebbe settecento principesse per mogli e trecento concubine. [4]Quando Salomone fu vecchio, le sue donne gli sviarono il cuore dietro le divinità straniere e il suo cuore non fu più tutto del Signore suo Dio, com'era stato il cuore di Davide suo padre. [5]Salomone seguì Astarte, dea dei Sidoni, e Milcom, obbrobrio degli Ammoniti. [6]Egli fece ciò che è male agli occhi del Signore e non rimase fedele al Signore come Davide suo padre. [7]È allora che Salomone costruì sul monte di fronte a Gerusalemme un'altura per Camos, obbrobrio di Moab, e per Milcom, obbrobrio degli Ammoniti. [8]Così fece per tutte le mogli straniere le quali bruciavano aromi e offrivano sacrifici alle loro divinità. [9]Ma il Signore s'adirò contro Salomone, perché aveva alienato il suo cuore dal Signore, Dio d'Israele, che gli era apparso due volte, [10]e gli aveva imposto proprio questo comando di non andare dietro alle divinità straniere; ma egli non osservò il comando del Signore. [11]Perciò il Signore disse a Salomone: «Poiché ti sei comportato così e non hai osservato la mia alleanza e gli statuti che ti avevo imposto, ti strapperò il regno e lo darò al tuo servo. [12]Tuttavia, in considerazione di Davide tuo padre, non lo farò durante la tua vita, ma lo strapperò dalla mano di tuo figlio. [13]Inoltre non strapperò tutto il regno, ma darò a tuo figlio una tribù, in considerazione di Davide mio servo e di Gerusalemme che ho scelto».

Nemici esterni di Salomone. - [14]Il Signore suscitò un avversario a Salomone, l'idumeo Adàd, della stirpe reale d'Edom. [15]Dopo che Davide ebbe battuto Edom, Ioab, capo dell'esercito, salito per seppellire i morti, uccise tutti i maschi d'Edom. [16]Ioab infatti e tutto Israele erano rimasti là per sei mesi, finché non ebbero sterminato ogni maschio in Edom. [17]Adàd però riuscì a fuggire in Egitto con alcuni Idumei, servi di suo pa-

dre; egli era allora un giovanetto. [18]Partirono da Madian e giunsero a Paran; presero con sé uomini di Paran e andarono in Egitto presso il faraone, re d'Egitto, il quale diede ad Adàd una casa, gli assicurò il sostentamento e gli diede anche un terreno. [19]Adàd trovò grande favore presso il faraone, il quale gli diede in moglie la sorella di sua moglie, la sorella della regina Tafni. [20]La sorella di Tafni gli partorì il figlio Ghenubàt che Tafni allevò nella casa del faraone. Ghenubàt rimase nella casa del faraone tra i figli del faraone.

[21]Quando Adàd apprese in Egitto che Davide si era addormentato con i suoi padri e che era morto Ioab, capo dell'esercito, disse al faraone: «Lasciami partire, perché vada nella mia terra!». [22]Il faraone gli rispose: «Che cosa ti manca presso di me, perché cerchi di andartene nella tua terra?». Quegli riprese: «Nulla, ma lasciami andare». [25b]E Adàd ritornò alla sua terra. Ecco il male che Adàd fece: nutrì avversione per Israele e regnò su Edom.

[23]Dio suscitò contro Salomone un altro avversario, Razòn, figlio di Eliada, che era fuggito da Adad-Èzer, re di Zoba, suo signore. [24]Alcuni uomini si raccolsero presso di lui ed egli divenne capobanda, quando Davide li massacrò. Razòn si recò a Damasco, vi si stabilì e ne divenne re. [25a]Egli fu avversario d'Israele per tutta la vita di Salomone.

Rivolta di Geroboamo. - [26]Anche Geroboamo, figlio dell'efraimita Nebàt, di Zereda — il nome di sua madre era Zerùa, una vedova —, mentre era al servizio di Salomone, si rivoltò contro il re. [27]Questo è il motivo per cui si rivoltò contro il re. Salomone, nel costruire il Millo, stava colmando la breccia della città di Davide suo padre. [28]Questo Geroboamo era un uomo valente e gagliardo; Salomone vide come il giovane lavorava e lo pose a capo di tutto il reclutamento del casato di Giuseppe. [29]Or avvenne che Geroboamo, uscito da Gerusalemme, incontrò per strada il profeta Achia di Silo. Costui era coperto d'un mantello nuovo e solo loro due si trovavano nella campagna. [30]Allora Achia afferrò il mantello nuovo che indossava e lo strappò in dodici pezzi. [31]Poi disse a Geroboamo: «Prenditi dieci pezzi, perché così dice il Signore: "Ecco, strapperò il regno dalla mano di Salomone e darò a te dieci tribù. [32]A lui re-

---

11. - [1-8.] A quei tempi in Oriente la religione era essenzialmente nazionale, e ogni nazione aveva il suo dio. Salomone cadde nell'idolatria, trascinato dalle donne che aveva sposato per rendersi amici i re stranieri dai quali erano figlie.

[9-13.] Dio era apparso a Salomone in Gabaon e a Gerusalemme. La minaccia fu fatta per mezzo d'un profeta, forse Achia. La sentenza è mitigata per amore di Davide e di Gerusalemme: in realtà ai discendenti di Salomone restarono quattro tribù: Giuda, Beniamino, Levi e forse Simeone.

sterà una sola tribù in considerazione del mio servo Davide e di Gerusalemme, la città che ho scelto fra tutte le tribù d'Israele. ³³Questo perché egli mi ha abbandonato, si è prostrato davanti ad Astarte, dea dei Sidoni, a Camos, dio di Moab, e a Milcom, dio degli Ammoniti, e non ha camminato nelle mie vie, facendo ciò che è giusto ai miei occhi, i miei statuti e i miei decreti, come Davide suo padre. ³⁴A lui però non toglierò di mano il regno, perché l'ho costituito principe per tutto il tempo di sua vita, in considerazione di Davide mio servo, che ho scelto e che ha custodito i miei comandamenti e i miei statuti. ³⁵Toglierò invece il regno di mano a suo figlio e darò a te dieci tribù, ³⁶mentre a suo figlio conserverò solo una tribù, affinché rimanga in perpetuo una lampada per Davide mio servo davanti a me in Gerusalemme, la città che mi sono scelto per collocarvi il mio nome. ³⁷Prenderò dunque te perché regni su tutto ciò che desideri e sarai re d'Israele. ³⁸Se tu ascolterai quanto ti comanderò e camminerai nelle mie vie e farai ciò che è giusto ai miei occhi, custodendo i miei statuti e i miei comandamenti come fece Davide mio servo, io sarò con te e ti edificherò una casa duratura come la edificai a Davide. Ti darò Israele ³⁹e in tal modo umilierò la discendenza di Davide, benché non per sempre"». ⁴⁰Salomone cercò di far morire Geroboamo, ma questi si levò e si rifugiò in Egitto presso Sisach, re d'Egitto, e vi rimase fino alla morte di Salomone.

Conclusione del regno. - ⁴¹Le altre gesta di Salomone, tutte le sue azioni e la sua sapienza non sono forse descritte nel libro degli Atti di Salomone? ⁴²Il tempo in cui Salomone regnò in Gerusalemme su tutto Israele fu di quarant'anni. ⁴³Poi Salomone si addormentò con i suoi padri e fu sepolto nella Città di Davide, suo padre. Suo figlio Roboamo regnò al suo posto.

DIVISIONE E STORIA DEI DUE REGNI

12 **Assemblea di Sichem.** - ¹Roboamo si recò a Sichem, dove s'era raccolto tutto Israele per farlo re. ²Avutane notizia Geroboamo, figlio di Nebàt, ritornò dall'Egitto dove ancora si trovava, dopo essere fuggito dal re Salomone. ³Lo mandarono a chiamare; Geroboamo e tutta l'assemblea dissero a Roboamo: ⁴«Tuo padre ha appesantito il nostro giogo; ora tu alleggerisci la dura schiavitù di tuo padre e il pesante giogo che ci ha imposto e noi ti serviremo». ⁵Egli rispose loro: «Andatevene via per tre giorni e poi tornate da me». Il popolo se ne andò. ⁶Il re Roboamo si consultò con gli anziani che erano stati al servizio di Salomone suo padre quando era in vita, domandando: «Che mi consigliate di rispondere a questo popolo?». ⁷Quelli gli risposero: «Se tu oggi sarai condiscendente con questo popolo, ti sottometterai e dirai parole buone, essi saranno tuoi servi per sempre». ⁸Ma egli rifiutò il consiglio che gli anziani gli avevano dato e si consigliò con giovani ch'erano cresciuti con lui e stavano al suo servizio. ⁹Domandò loro: «E voi che cosa mi consigliate e che cosa risponderò a questo popolo che mi ha detto: "Alleggerisci il giogo impostoci da tuo padre"?». ¹⁰I giovani che erano cresciuti con lui gli risposero: «Così parlerai a questo popolo che ti ha detto: "Tuo padre ha appesantito il nostro giogo; ora tu rendilo più leggero". Così dirai loro: "Il mio dito mignolo è più grosso che i reni di mio padre. ¹¹Mio padre ha reso pesante il vostro giogo, ma io ve lo renderò più pesante ancora; mio padre vi ha punito con le sferze, ma io vi punirò con gli scorpioni!"».

¹²Tre giorni dopo Geroboamo e tutto il popolo vennero da Roboamo, come aveva ordinato il re dicendo: «Ritornate da me il terzo giorno». ¹³Il re rispose al popolo duramente, rifiutò il consiglio che gli avevano dato gli anziani ¹⁴e disse loro, secondo il consiglio dei giovani: «Mio padre vi ha reso pesante il vostro giogo, ma io ve lo renderò più pesante ancora; mio padre vi ha punito con le sferze, ma io vi punirò con gli scorpioni». ¹⁵Il re dunque non ascoltò il popolo: ciò era disposizione del Signore, affinché si realizzasse la parola che il Signore aveva detto a Geroboamo figlio di Nebàt, per mezzo di Achia di Silo. ¹⁶Quando tutto Israele vide che il re non gli dava ascolto, rivolse a lui il discorso seguente:

⁴²⁻⁴³. Se Davide passò alla storia come modello di guerriero, Salomone rimase famoso come sapiente. Il suo stesso nome significa «pace» o benessere, che fu la caratteristica del suo regno. La sapienza, infatti, fu data a Salomone per governare (1Re 3,2-15) e fu prova dell'assistenza divina al successore di Davide.

«Che parte abbiamo noi con Davide?
Noi non abbiamo eredità con il figlio
di Iesse!
Alle tue tende, o Israele!
Ora provvedi alla tua casa, o Davide!».

Israele ritornò alle sue tende; [17]ma sui figli d'Israele che abitavano nelle città di Giuda regnò Roboamo. [18]Il re Roboamo inviò Adonìram, preposto ai lavori forzati, ma gli Israeliti lo lapidarono e quegli morì. Allora il re Roboamo s'affrettò a salire su un carro per fuggire a Gerusalemme. [19]Così Israele si separò dalla casa di Davide fino ad oggi.

Scisma politico. - [20]Quando tutto Israele udì che Geroboamo era ritornato, convocarono un'assemblea e lo fecero re su tutto Israele. Nessuno seguì la casa di Davide, fatta eccezione della sola tribù di Giuda. [21]Roboamo giunse a Gerusalemme e convocò l'intera casa di Davide e la tribù di Beniamino, centottantamila guerrieri scelti, per fare guerra alla casa d'Israele e per restituire il regno a Roboamo, figlio di Salomone. [22]Ma la parola del Signore fu rivolta a Semeia, uomo di Dio, in questi termini: [23]«Parla a Roboamo, figlio di Salomone, re di Giuda, e a tutta la casa di Giuda e di Beniamino e al resto del popolo dicendo: [24]"Così dice il Signore: Non salite né combattete con i vostri fratelli, i figli d'Israele; ciascuno ritorni alla propria casa perché da me proviene questo fatto"». Essi ascoltarono la parola del Signore e se ne ritornarono come aveva detto il Signore.
[25]Geroboamo ricostruì Sichem sulla montagna di Efraim e vi si stabilì; uscito di qui, ricostruì Penuèl.

Scisma religioso. - [26]Geroboamo pensò pure in cuor suo: «Stando così le cose, il regno ritornerà alla casa di Davide; [27]se questo popolo continuerà a salire al tempio del Signore in Gerusalemme per offrirvi sacrifici, il cuore di questo popolo ritornerà al suo signore, a Roboamo, re di Giuda, e mi uccideranno». [28]Perciò il re prese la risoluzione di fare due torelli d'oro e disse al popolo: «Non salirete più a Gerusalemme! Israele, ecco il tuo Dio che ti ha fatto uscire dalla terra d'Egitto». [29]Quindi li collocò uno a Betel e l'altro a Dan. [30]Questa fu la causa del peccato per Israele. Il popolo infatti andava in processione innanzi all'uno a Betel e all'altro in Dan. [31]Eresse anche il santuario delle alture e costituì sacerdoti, presi dal popolo comune, che non erano figli di Levi. [32]Geroboamo istituì pure una festa, il quindici dell'ottavo mese, corrispondente alla festa che si celebrava in Giuda. Egli stesso salì all'altare che aveva costruito a Betel, sacrificando ai torelli da lui fatti, e stabilì a Betel i sacerdoti delle alture da lui istituiti.

Oracolo contro l'altare di Betel. - [33]Il quindici dell'ottavo mese, mese da lui arbitrariamente scelto, salì all'altare che aveva eretto a Betel. Aveva istituito infatti una festa per i figli d'Israele ed era salito all'altare per bruciare aromi.

13 [1]Quand'ecco, un uomo di Dio venne da Giuda a Betel con un messaggio del Signore, mentre Geroboamo si trovava presso l'altare per bruciare aromi. [2]Su ordine del Signore quegli gridò contro l'altare: «Altare, altare! Così parla il Signore: "Ecco, un figlio nascerà alla casa di Davide che si chiamerà Giosia; questi immolerà su di te i sacerdoti delle alture, che bruciano su di te gli aromi e brucerà su di te ossa umane"». [3]Nello stesso tempo egli diede anche un segno dicendo: «Questo è il segno che il Signore ha parlato: ecco, l'altare si spezzerà e si spanderà la cenere che vi si trova sopra». [4]Quando il re udì la parola dell'uomo di Dio aveva lanciato contro l'altare a Betel, stese verso di lui la mano ritirandola dall'altare e dicendo: «Afferratelo!»; ma la mano che aveva teso contro di lui si seccò e non poté più farla ritornare a sé. [5]L'altare si spezzò e la cenere si sparse giù dall'altare, secondo il segno che l'uomo di Dio aveva dato su ordine del Signore. [6]Il

---

12. - [26-30]. Lo scisma politico, che rese debole il grande impero di Davide, ebbe come logico effetto lo scisma religioso; il viaggio del popolo a Gerusalemme nelle feste di Pasqua, Pentecoste e Capanne avrebbe riunito Israele nazionale; per questo Geroboamo fece i due vitelli, forse rappresentazione di Jhwh, e li pose in santuari già venerati. *Betel* era presso i confini meridionali, mentre *Dan* si trovava all'estremo nord, ambedue antichi centri religiosi d'Israele. Geroboamo ebbe cura di mostrare la sua religiosità rifacendosi ad antichi usi ebraici, ma in tal modo aprì nella religione nazionale un'ampia breccia alle infiltrazioni cananee. Ecco perché la tradizione condannò il suo operato chiamandolo il «peccato di Geroboamo» (1Re 12,26 - 13,34; Am 5,5; Os 8,4-6; ecc.).

re intervenne di nuovo e disse all'uomo di Dio: «Placa il volto del Signore tuo Dio e prega per me affinché la mia mano ritorni a me». L'uomo di Dio placò il volto del Signore e la mano del re ritornò a lui, com'era prima. [7]Quindi il re disse all'uomo di Dio: «Vieni con me a casa e ristorati! Ti darò anche un regalo». [8]Ma l'uomo di Dio disse al re: «Anche se mi dessi la metà della tua casa, non verrò con te. In questo luogo non mangerò pane né berrò acqua, [9]perché così mi è stato ordinato da parte del Signore: "Non mangerai pane né berrai acqua né ritornerai per la strada per cui sei venuto"». [10]Egli dunque se ne andò per un'altra strada e non ritornò per la strada per cui era venuto a Betel.

Punizione del profeta disobbediente. - [11]A Betel dimorava un vecchio profeta e i suoi figli vennero e gli raccontarono tutto quello che l'uomo di Dio aveva fatto in quel giorno a Betel e riferirono al loro padre le parole che egli aveva detto al re. [12]Questi domandò loro: «Per quale strada se n'è andato?». I figli gli mostrarono la via per cui se n'era andato l'uomo di Dio venuto da Giuda. [13]Allora egli disse ai suoi figli: «Sellatemi l'asino». Gli sellarono l'asino ed egli vi salì sopra. [14]Rincorse l'uomo di Dio e lo trovò seduto sotto il terebinto. Allora gli domandò: «Sei tu l'uomo di Dio venuto da Giuda?». Quegli rispose: «Sono io». [15]L'altro gli disse: «Vieni con me a casa per mangiare un boccone». [16]Ma quegli rispose: «Non posso tornare con te, né accompagnarti né mangiare pane né bere acqua in questo luogo, [17]poiché così mi è stato ordinato da parte del Signore: "Non mangerai pane né berrai acqua e neppure ritornerai percorrendo la strada per cui sei venuto"». [18]Ma quegli riprese: «Anch'io sono profeta come te e un angelo mi ha detto per ordine del Signore: "Riconducilo con te a casa tua perché mangi pane e beva acqua"». Così lo ingannò. [19]Egli ritornò allora con lui, mangiò pane nella sua casa e bevve acqua. [20]Ora, mentre essi stavano seduti a tavola, la parola del Signore fu indirizzata al profeta che lo aveva fatto tornare indietro, [21]ed egli gridò all'uomo di Dio venuto da Giuda: «Così dice il Signore: "Poiché ti sei ribellato all'ordine del Signore e non hai osservato il comando che ti aveva dato il Signore tuo Dio, [22]ma sei ritornato, hai mangiato pane e bevuto acqua nel luogo dove egli ti aveva

detto di non mangiare pane né di bere acqua, il tuo cadavere non entrerà nel sepolcro dei tuoi antenati"». [23]Dopo che ebbero mangiato pane e bevuto acqua, gli sellò l'asino ed egli fece ritorno. [24]Mentre se ne andava, trovò per la strada un leone che lo uccise. Il suo cadavere giacque sulla strada, mentre l'asino gli stava a fianco e anche il leone stava a fianco del cadavere. [25]Or alcuni uomini passarono di là e videro il cadavere giacere sulla strada e il leone che stava a fianco del cadavere. Essi andarono a diffondere la notizia nella città in cui abitava il vecchio profeta. [26]Come l'udì il profeta che l'aveva fatto tornare dalla sua strada, disse: «Costui è certamente l'uomo di Dio che ha trasgredito l'ordine del Signore e che il Signore ha dato in preda al leone, il quale lo ha sbranato e ucciso, secondo la parola che il Signore gli aveva detto». [27]Disse poi ai suoi figli: «Sellatemi l'asino». Glielo sellarono ed egli [28]andò e trovò il cadavere che giaceva sulla strada, l'asino e il leone che stavano a fianco del cadavere; il leone non aveva divorato il cadavere né sbranato l'asino. [29]Il profeta prese il cadavere dell'uomo di Dio, lo caricò sull'asino, lo riportò indietro in città per farne il lamento funebre e seppellirlo. [30]Depose il cadavere nel suo sepolcro e fece il lamento funebre su di lui: «Ahi, fratello mio!». [31]Dopo averlo seppellito, disse ai propri figli: «Quando sarò morto, mi seppellirete nel sepolcro in cui è sepolto l'uomo di Dio, porrete le mie ossa accanto alle sue ossa, [32]perché certamente si realizzerà la parola che egli ha pronunciato, per ordine del Signore, contro l'altare di Betel e contro tutti i santuari delle alture che si trovano nelle città di Samaria». [33]Anche dopo questo fatto Geroboamo non si allontanò dalla strada cattiva, ma continuò a scegliere dal popolo comune sacerdoti delle alture: riempiva la mano a chiunque lo desiderasse e quegli diventava sacerdote delle alture. [34]Questo fu il peccato per la casa di Geroboamo, che la condusse alla rovina e allo sterminio dalla faccia della terra.

14 **Regno di Geroboamo (930-910).** - [1]In quel tempo Abia, figlio di Geroboamo, si ammalò. [2]Geroboamo disse a sua moglie: «Lèvati, travestiti in modo che non si conosca che tu sei la moglie di Geroboamo e recati a Silo. Là c'è il profeta Achia che mi ha predetto che avrei regnato su

questo popolo. [3]Prendi con te dieci pani, alcune focacce e un vaso di miele e va' da lui. Egli ti dirà quello che accadrà al fanciullo».
[4]La moglie di Geroboamo fece così; si levò, si recò a Silo ed entrò in casa di Achia. Ora Achia non poteva vedere perché i suoi occhi s'erano indeboliti a causa della vecchiaia. [5]Ma il Signore aveva detto ad Achia: «Ecco, la moglie di Geroboamo viene a domandarti un oracolo riguardo a suo figlio malato; tu le dirai così e così». Or mentre quella entrava travestita, [6]Achia, udito il rumore dei suoi passi mentre varcava la soglia, le disse: «Vieni pure, moglie di Geroboamo. Perché ti sei travestita? Ho un brutto messaggio per te. [7]Va' a riferire a Geroboamo: "Così dice il Signore Dio d'Israele: Io ti ho innalzato di mezzo al popolo e ti ho costituito capo sul mio popolo Israele; [8]ho strappato il regno dalla casa di Davide e l'ho dato a te, ma tu non sei stato come il mio servo Davide che ha custodito i miei precetti e mi ha seguito con tutto il cuore, facendo solo ciò che è retto ai miei occhi. [9]Tu hai fatto peggio di tutti quelli che furono prima di te, poiché sei giunto a farti divinità straniere e immagini fuse per irritarmi e hai gettato me dietro le tue spalle. [10]Perciò ecco che io farò piombare la sciagura sulla casa di Geroboamo: strapperò a Geroboamo ogni maschio, sia schiavo sia libero in Israele, e spazzerò la casa di Geroboamo come si spazza lo sterco fino alla sua scomparsa. [11]Chi della famiglia di Geroboamo morirà in città, sarà mangiato dai cani; chi morirà in campagna, sarà mangiato dagli uccelli del cielo, poiché il Signore ha parlato". [12]Ora, lèvati e va' a casa tua; appena porrai piede in città, morirà il fanciullo. [13]Tutto Israele farà il lamento funebre su di lui e gli si darà sepoltura; egli sarà l'unico della casa di Geroboamo che entrerà nel sepolcro perché in lui solo, nella casa di Geroboamo, il Signore Dio d'Israele ha trovato qualcosa di buono. [14]Il Signore poi si costituirà un re su Israele, il quale sterminerà la casa di Geroboamo. [15]Quindi il Signore sballotterà Israele come una canna agitata dall'onda, strapperà Israele da questa terra buona ch'egli diede ai loro padri e li disperderà oltre il Fiume, perché si fabbricarono i loro pali sacri che irritano il Signore. [16]Egli abbandonerà Israele a causa dei peccati che Geroboamo ha commesso e ha fatto commettere ad Israele».
[17]La moglie di Geroboamo, levatasi, s'avviò e giunse a Tirza. Quando giunse sulla porta di casa, il giovane spirò. [18]Lo seppellirono e tutto Israele fece il lamento funebre su di lui secondo la parola che il Signore aveva detto per mezzo del suo servo Achia, il profeta.
[19]Le altre gesta di Geroboamo, come egli guerreggiò e regnò, sono descritte nel libro degli Annali dei re d'Israele. [20]Il tempo in cui regnò Geroboamo fu di ventidue anni. Egli si addormentò con i suoi antenati e al suo posto regnò suo figlio Nadàb.

Regno di Roboamo in Giuda (930-914). - [21]Roboamo, figlio di Salomone, regnò in Giuda. Egli aveva quarantun anni quando divenne re e regnò diciassette anni in Gerusalemme, città che il Signore aveva eletto fra tutte le tribù d'Israele per porvi il suo nome. Sua madre si chiamava Naama l'ammonita. [22]Giuda fece ciò che è male agli occhi del Signore: provocarono la sua gelosia più che non avessero fatto i loro antenati con tutti i peccati che avevano commesso. [23]Anch'essi si costruirono alture, stele e pali sacri su tutti i colli elevati e sotto tutti gli alberi frondosi. [24]Nel paese ci furono persino i prostituti sacri. In una parola essi commisero tutte le abominazioni delle genti, che il Signore aveva cacciato davanti ai figli d'Israele. [25]Nell'anno quinto del re Roboamo, Sisach, re d'Egitto, salì contro Gerusalemme. [26]Prese i tesori del tempio del Signore e quelli del palazzo reale; portò via ogni cosa, persino gli scudi d'oro fatti da Salomone. [27]In sostituzione il re Roboamo fece degli scudi di bronzo e li affidò in custodia ai capi delle guardie che custodivano la porta del palazzo reale. [28]Ogni volta che il re entrava nel tempio del Signore, le guardie li prendevano e poi li riportavano nella camera delle guardie.
[29]Le altre gesta di Roboamo e tutte le sue azioni non sono forse descritte nel libro degli Annali dei re di Giuda? [30]Per tutto il tempo ci fu guerra tra Roboamo e Geroboamo. [31]Poi Roboamo s'addormentò con i suoi antenati e fu sepolto nella città di Davide. Al suo posto regnò Abiam, suo figlio.

15 **Regno di Abiam in Giuda (913-911).** - [1]Nell'anno decimottavo del re Geroboamo, figlio di Nebàt, divenne re di Giuda Abiam. [2]Egli regnò tre anni a Gerusalemme; sua madre si chiamava Maaca, figlia di Assalonne. [3]Egli imitò tutti i peccati che suo padre aveva commesso prima di lui e il suo cuore non fu tutto per il Signore suo Dio, come il cuore di Davide suo antenato. [4]Tuttavia, in considerazione di Davide, il Signore suo Dio gli concesse una lampada in Gerusalemme, suscitando i suoi figli dopo di lui e conservando Gerusalemme. [5]Davide infatti aveva fatto ciò che è retto agli occhi del Signore e, per tutto il tempo della sua vita, non s'era mai discostato da ciò che gli aveva comandato il Signore. [6-7]Le altre gesta di Abiam e tutte le sue azioni non sono forse descritte nel libro degli Annali dei re di Giuda? [8]Poi Abiam s'addormentò con i suoi antenati e fu sepolto nella città di Davide. Al suo posto regnò Asa, suo figlio.

Regno di Asa in Giuda (911-871). - [9]Nell'anno ventesimo di Geroboamo, re d'Israele, divenne re di Giuda Asa. [10]Egli regnò quarantun anni a Gerusalemme; sua madre si chiamava Maaca, figlia di Assalonne. [11]Asa fece ciò che è retto agli occhi del Signore, come Davide suo antenato. [12]Eliminò dal paese i prostituti sacri e rimosse tutti gl'idoli fatti dai suoi antenati. [13]Privò perfino sua madre Maaca del titolo di Grande Signora, perché aveva costruito un idolo per Asera. Asa distrusse questo obbrobrio e lo bruciò nella valle del Cedron. [14]Le alture però non vennero rimosse; tuttavia il cuore di Asa fu tutto del Signore durante l'intera sua vita. [15]Fece portare nel tempio del Signore le offerte votive di suo padre e le proprie: argento, oro e vasi.
[16]Ci fu guerra fra Asa e Baasa, re d'Israele, durante tutta la loro vita. [17]Baasa, re d'Israele, salì contro Giuda ed edificò Rama per impedire che si andasse e si venisse da Asa, re di Giuda. [18]Allora Asa prese tutto l'argento e l'oro ch'era rimasto nei tesori del tempio e i tesori del palazzo reale e li consegnò ai suoi servi, ch'egli mandò da Ben-Adàd, figlio di Tab-Rimmòn, figlio di Chezion, re di Aram, che abitava a Damasco per dirgli: [19]«Ci sia un'alleanza fra me e te come ci fu tra mio padre e tuo padre. Ecco, ti invio in dono argento e oro. Tu rompi la tua alleanza con Baasa, re d'Israele, affinché egli s'allontani da me». [20]Ben-Adàd diede ascolto al re Asa e inviò i capi del suo esercito contro le città d'Israele; devastò

 Iion, Dan, Abel-Bet-Maaca, tutta la regione di Genezaret fino all'intera regione di Neftali. [21]Appena Baasa lo seppe, cessò di costruire Rama e ritornò a Tirza. [22]Allora il re Asa convocò tutti quelli di Giuda, nessuno escluso, i quali portarono via da Rama le pietre e il legname che Baasa usava per la costruzione e con essi il re Asa fortificò Gheba di Beniamino e Mizpà.
[23]Le altre gesta di Asa, tutto il suo valore, tutte le sue azioni e le città ch'egli costruì non sono forse descritte nel libro degli Annali dei re di Giuda? Però nella sua vecchiaia soffrì di male ai piedi. [24]Asa s'addormentò con i suoi antenati e fu seppellito con i suoi antenati nella città di Davide suo padre. Al suo posto regnò suo figlio Giosafat.

Regno di Nadàb in Israele (910-909). - [25]Nadàb, figlio di Geroboamo, divenne re d'Israele nel secondo anno di Asa, re di Giuda, e regnò due anni su Israele. [26]Egli fece il male agli occhi del Signore; imitò la condotta di suo padre e il peccato che questi aveva fatto commettere ad Israele. [27]Baasa, figlio di Achia, della casa di Issacar, congiurò contro di lui e lo assassinò presso Ghibbeton, che apparteneva ai Filistei, mentre Nadàb e tutti gli Israeliti assediavano Ghibbeton. [28]Baasa lo uccise nell'anno terzo di Asa, re di Giuda, e regnò al suo posto. [29]Appena fu re, massacrò tutta la casa di Geroboamo senza risparmiare anima viva, fino alla sua intera distruzione, secondo la parola che il Signore aveva detto per mezzo del suo servo Achia di Silo, [30]a causa dei peccati di Geroboamo ch'egli commise e che fece commettere ad Israele e a causa dello sdegno che aveva provocato nel Signore Dio d'Israele. [31]Le altre gesta di Nadàb e tutte le sue azioni non sono forse descritte nel libro degli Annali dei re d'Israele? [32]

Regno di Baasa in Israele (909-886). - [33]Nell'anno terzo di Asa, re di Giuda, Baasa, figlio di Achia, divenne re su tutto Israele e regnò in Tirza per ventiquattro anni. [34]Egli fece ciò che è male agli occhi del Signore e imitò la condotta di Geroboamo e il peccato che questi aveva fatto commettere a Israele.

---

15. - [32] Ripetizione del v. 16.

16 ¹Allora la parola del Signore fu indirizzata a Ieu, figlio di Canani, contro Baasa, in questi termini: ²«Io ti ho sollevato dalla polvere e ti ho posto a capo del mio popolo Israele, ma tu hai imitato la condotta di Geroboamo e hai fatto peccare il mio popolo Israele in modo da irritarmi con i suoi peccati. ³Ecco, io spazzerò via Baasa e la sua casa: renderò la tua casa come quella di Geroboamo, figlio di Nebàt. ⁴Chi della famiglia di Baasa morirà in città, sarà mangiato dai cani; chi morirà in campagna, sarà mangiato dagli uccelli del cielo». ⁵Le altre gesta di Baasa, tutte le sue azioni e il suo valore non sono forse descritti nel libro degli Annali dei re d'Israele? ⁶Poi Baasa s'addormentò con i suoi antenati e fu seppellito in Tirza. Al suo posto regnò suo figlio Ela. ⁷Anche per mezzo del profeta Ieu, figlio di Canani, la parola del Signore fu indirizzata a Baasa e alla sua casa, non solo a causa di tutto il male ch'egli aveva fatto agli occhi del Signore, in modo da irritarlo con l'opera delle sue mani e da divenire come la casa di Geroboamo, ma anche perché aveva distrutto quest'ultima.

Regno di Ela in Israele (886-885). - ⁸Nell'anno ventiseiesimo di Asa, re di Giuda, Ela, figlio di Baasa, divenne re d'Israele e regnò in Tirza per due anni. ⁹Ma il suo ufficiale Zimri, capo della metà dei carri, congiurò contro di lui. Mentre egli si trovava in Tirza, intento a bere fino all'ubriachezza in casa di Arza, sovrintendente del palazzo di Tirza, ¹⁰Zimri entrò, lo colpì e l'uccise, nell'anno ventisettesimo di Asa, re di Giuda, e regnò al suo posto. ¹¹Divenuto re, non appena si assise sul trono, sterminò tutta la casa di Baasa e non risparmiò nessun maschio, nessun parente vendicatore o amico.

¹²Così Zimri distrusse tutta la casa di Baasa secondo la parola che il Signore aveva pronunciato contro Baasa per mezzo del profeta Ieu, ¹³a causa di tutti i peccati di Baasa e dei peccati di Ela suo figlio, che essi commisero e che avevano fatto commettere a Israele, in modo da irritare il Signore, Dio d'Israele, con i loro idoli vani. ¹⁴Le altre gesta di Ela e tutte le sue azioni non sono forse descritte nel libro degli Annali dei re d'Israele?

Regno di Zimri in Israele (885-884). - ¹⁵Nell'anno ventisettesimo di Asa, re di Giuda, Zimri divenne re per sette giorni in Tirza. Il popolo si trovava accampato davanti a Ghibbeton dei Filistei. ¹⁶Come il popolo accampato udì: «Zimri si è ribellato e ha anche colpito a morte il re», tutto Israele, in quello stesso giorno, proclamò re nel suo campo Omri, capo dell'esercito. ¹⁷Poi Omri con tutto Israele salì da Ghibbeton e assediò Tirza. ¹⁸Quando Zimri vide che la città era presa, entrò nella fortezza del palazzo reale, appiccò dietro di sé il fuoco al palazzo reale e vi morì. ¹⁹Questo avvenne a causa dei peccati che aveva commesso, facendo il male agli occhi del Signore e imitando la condotta di Geroboamo e il peccato che questi aveva commesso inducendo Israele al peccato.

²⁰Le altre gesta di Zimri e la congiura da lui ordita non sono forse descritte nel libro degli Annali dei re di Israele? ²¹Allora il popolo d'Israele si divise: metà del popolo seguiva Tibni, figlio di Ghinat, volendo farlo re; l'altra metà seguiva Omri. ²²Il popolo che seguiva Omri prevalse su quello che seguiva Tibni, figlio di Ghinat. Tibni morì e Omri divenne re.

Regno d'Omri in Israele (881-874). - ²³Nell'anno trentunesimo di Asa, re di Giuda, Omri divenne re d'Israele per dodici anni. Egli regnò sei anni in Tirza. ²⁴Poi, per due talenti d'argento, acquistò da Semer il monte di Samaria: costruì sopra il monte e chiamò Samaria la città che vi aveva costruito, dal nome di Semer, il proprietario del monte. ²⁵Omri fece quello che è male agli occhi del Signore, anzi agì peggio di tutti quelli che l'avevano preceduto. ²⁶Imitò completamente la condotta di Geroboamo, figlio di Nebàt, e i peccati che questi aveva fatto commettere ad Israele, in modo da irritare con i loro idoli vani il Signore, Dio d'I-

16. ⁸⁻¹⁶· Il trono d'Israele è contaminato da continui spargimenti di sangue: Ela e Zimri finirono miseramente; *Omri* fu eletto dai soldati sul campo, ma dovette combattere quattro anni contro Tibni, il quale morì nell'881; da allora Omri regnò da solo.
²⁴· *Samaria*. Dopo Sichem e Tirza, il regno d'Israele ebbe una capitale degna di stare a paragone con Gerusalemme. Sopra un'altura di duecento metri che domina un piano cinto da montagne, era quasi imprendibile. Restò capitale fino alla deportazione d'Israele. Distrutta da Sargon II nel 722/1, risorse; conquistata da Alessandro Magno, distrutta da Giovanni Ircano, fu data dall'imperatore romano Augusto a Erode il Grande, il quale la ricostruì e la chiamò Sebaste.

sraele. [27]Le altre gesta di Omri, le sue azioni e il valore che egli dispiegò non sono forse descritti nel libro degli Annali dei re di Israele? [28]Omri s'addormentò con i suoi antenati e fu seppellito in Samaria. Al suo posto regnò suo figlio Acab.

Regno di Acab (874-853). - [29]Acab, figlio di Omri, divenne re d'Israele nell'anno trentottesimo di Asa, re di Giuda. Egli regnò su Israele in Samaria ventidue anni. [30]Acab, figlio di Omri, fece il male agli occhi del Signore più di tutti quelli che l'avevano preceduto. [31]Né gli bastò d'imitare i peccati di Geroboamo, figlio di Nebàt, ma si prese in moglie Gezabele, figlia di Et-Baal, re dei Sidoni, si mise a servire Baal e l'adorò. [32]Innalzò infatti un altare a Baal nel tempio di Baal ch'egli aveva costruito in Samaria. [33]Acab eresse anche un palo sacro e continuò ad agire in modo da irritare il Signore, Dio d'Israele, più di tutti i re d'Israele che l'avevano preceduto. [34]Al suo tempo Chiel di Betel ricostruì Gerico; a prezzo di Abiram, suo primogenito, ne pose le fondamenta, e a prezzo di Segub, suo ultimogenito, ne eresse le porte, secondo la parola che il Signore aveva detto per mezzo di Giosuè, figlio di Nun.

17 **Il profeta Elia.** - [1]Elia il tisbita, da Tisbe in Gàlaad, disse ad Acab: «Com'è vero che vive il Signore, Dio d'Israele, ch'io servo: in questi anni non ci sarà né rugiada né pioggia, se non quando lo comanderò io». [2]Poi gli fu rivolta la parola del Signore: [3]«Parti di qui, volgiti verso l'oriente e nasconditi presso il torrente Cherit, che si trova di fronte al Giordano. [4]Berrai dal torrente, e ho comandato ai corvi che ivi ti procurino il nutrimento». [5]Egli partì e fece secondo la parola del Signore; andò a stabilirsi presso il torrente Cherit che si trova di fronte al Giordano. [6]I corvi gli portavano pane al mattino e carne alla sera; egli beveva dal torrente.

A Zarepta: il miracolo della farina e dell'olio. - [7]Dopo un po' di tempo il torrente si seccò, poiché non c'era stata pioggia nel paese. [8]Allora gli fu rivolta la parola del Signore in questi termini: [9]«Lèvati e vattene a Zarepta, che appartiene a Sidone, e abita là, poiché ho ordinato là a una vedova di provvederti il nutrimento». [10]Egli si levò e

andò a Zarepta. Giunto alla porta della città, ecco lì una vedova che raccoglieva legna. Egli la chiamò e le disse: «Prendimi un po' di acqua con la brocca, perché possa bere». [11]Mentre andava a prenderla, le gridò: «Portami anche un pezzo di pane». [12]Quella rispose: «Com'è vero che vive il Signore, tuo Dio, non ho del pane cotto, ma solo una manciata di farina in una giara e un po' d'olio in una brocca; ecco, sto raccogliendo due pezzi di legna, poi andrò a prepararla per me e per mio figlio, la mangeremo e dopo moriremo». [13]Elia le disse: «Non temere, va' pure e fa' come hai detto; prima però fammi con essa un piccolo pane e portamelo, poi ne farai per te e tuo figlio. [14]Così infatti dice il Signore, Dio d'Israele: "La giara della farina non giungerà mai alla fine e la brocca dell'olio non rimarrà mai vuota, sino al giorno in cui il Signore non invierà la pioggia sulla faccia della terra"». [15]Ella andò e fece come le disse Elia; e mangiarono lei, lui e il figlio di lei per parecchio tempo. [16]La giara della farina non giunse mai alla fine e la brocca dell'olio non rimase mai vuota secondo la parola che il Signore aveva detto per bocca di Elia.

Risurrezione del figlio della vedova. - [17]Ora, dopo questi avvenimenti, s'ammalò il figlio di quella donna, ch'era padrona di casa. La sua malattia fu così violenta ch'egli spirò. [18]Allora ella disse ad Elia: «Che cosa v'è tra me e te, o uomo di Dio? Sei forse venuto da me a ricordarmi il mio peccato e farmi morire il figlio?». [19]Egli le rispose: «Dammi tuo figlio!». Lo prese dal suo seno, lo portò nella stanza superiore dov'egli abitava e lo coricò sul suo letto. [20]Poi invocò il Signore: «Signore, mio Dio, vuoi proprio fare del male anche alla vedova che mi ospita, facendole morire il figlio?». [21]Quindi si distese tre volte sul fanciullo e invocò il Signore: «Signore, mio Dio, l'anima di questo fanciullo ritorni in lui!». [22]Il Signore esaudì la voce di Elia; l'anima del fanciullo ritornò

---

17. - [1] *Elia*, il più celebre dei profeti, fu suscitato da Dio contro l'idolatria dilagante. Egli compì la sua opera con la sua forte predicazione e i miracoli. La missione del profeta incomincia con la profezia della siccità, come punizione per l'idolatria, che è rottura dell'alleanza. È interessante notare la particolarità del castigo: gl'Israeliti avevano abbandonato il loro Dio per adorare Baal, considerato appunto dio della pioggia; ora la siccità doveva far costatare l'incapacità di Baal a dare la pioggia.

in lui ed egli ridivenne vivo. [23]Allora Elia prese il fanciullo, lo fece discendere dalla stanza superiore nella casa e lo consegnò a sua madre. Elia le disse: «Guarda, tuo figlio è vivo!». [24]La donna rispose ad Elia: «Ora so proprio che tu sei un uomo di Dio e che la parola del Signore, sulla bocca tua, è verità».

18 Incontro tra Elia e Abdia. - [1]Dopo molto tempo la parola del Signore fu rivolta ad Elia, nel terzo anno, in questi termini: «Va' e mostrati ad Acab, perché invierò la pioggia sulla faccia della terra». [2]Elia andò a mostrarsi ad Acab, quando a Samaria la carestia era molto grave. [3]Acab chiamò Abdia, sovrintendente del palazzo, che era molto timorato di Dio. [4]Infatti quando Gezabele sterminò i profeti del Signore, Abdia prese cento profeti, li nascose a cinquanta a cinquanta nella caverna e li rifornì di pane e acqua. [5]Acab disse ad Abdia: «Vieni, percorriamo il paese ad ispezionare tutte le sorgenti d'acqua e tutti i torrenti; forse troveremo dell'erba e potremo conservare in vita cavalli e muli e non dovremo uccidere il bestiame». [6]Si divisero il paese da percorrere; Acab se ne andò da solo per una strada e Abdia se ne andò da solo per un'altra. [7]Mentre Abdia era in cammino, ecco che gli venne incontro Elia; riconosciutolo, si prostrò con la faccia a terra e gli disse: «Sei proprio tu il mio signore, Elia?». [8]Gli rispose: «Sono io! Va' a dire al tuo signore: ecco Elia!». [9]Quegli replicò: «Che peccato ho commesso, perché tu dia il tuo servo in mano di Acab per farmi morire? [10]Com'è vero che vive il Signore, tuo Dio, non c'è nazione e regno dove il mio signore non abbia mandato a cercarti; quando dicevano: "Non è qui", egli faceva giurare il regno e la nazione che non ti avevano trovato. [11]E ora tu mi dici: "Va' a dire al tuo padrone: ecco Elia!"; [12]ma quando mi sarò allontanato da te, lo spirito del Signore ti trasporterà non so dove; cosicché io andrò ad annunciarti ad Acab e questi, non trovandoti, mi ucciderà. Eppure il tuo servo teme il Signore fin dalla giovinezza! [13]Non hanno riferito al mio signore ciò che ho fatto quando Gezabele sterminò i profeti del Signore e nascosi cento profeti del Signore, a cinquanta a cinquanta, nella grotta e li rifornii di pane e di acqua? [14]Ed ora tu mi dici: "Va' a dire al tuo signore: ecco Elia!";

così egli mi ucciderà!». [15]Elia rispose: «Com'è vero che vive il Signore degli eserciti, ch'io servo: oggi stesso mi mostrerò a lui!». [16]Abdia andò incontro al re e gli riferì la cosa; e Acab andò incontro a Elia.

Elia e Acab. - [17]Appena Acab vide Elia, gli disse: «Sei tu colui che mette sottosopra Israele?». [18]Ma quegli replicò: «Non sono io che metto sottosopra Israele, bensì tu e la casa di tuo padre, perché avete abbandonato i precetti del Signore e tu sei andato dietro ai Baal. [19]Or dunque chiama a raccolta presso di me su tutto Israele e quattrocentocinquanta profeti di Baal che mangiano alla mensa di Gezabele».

La sfida sul Carmelo. - [20]Acab mandò a chiamare tutti i figli d'Israele e radunò i profeti sul monte Carmelo. [21]Allora Elia s'avvicinò a tutto il popolo e disse: «Fino a quando voi barcollerete fra due parti? Se il Signore è Dio, andategli dietro; se lo è Baal, andate dietro a lui». Il popolo non gli rispose neppure una parola. [22]Elia riprese a dire al popolo: «Solo io sono rimasto come profeta del Signore, mentre i profeti di Baal sono quattrocentocinquanta! [23]Dateci due giovenchi: essi se ne scelgano uno, lo facciano a pezzi e lo mettano sulla legna, senza appiccarvi il fuoco. Io preparerò l'altro giovenco, lo metterò sulla legna e non vi appiccherò il fuoco. [24]Voi invocherete il nome del vostro dio e io invocherò quello del Signore. Il dio che risponderà con il fuoco, quegli è Dio». L'intero popolo rispose: «Ben detto!». [25]Allora Elia disse ai profeti di Baal: «Sceglietevi un giovenco e agite voi per primi, perché siete più numerosi. Invocate il nome del vostro dio, senza però appiccare il fuoco». [26]Essi presero il giovenco, lo prepararono e poi invocarono il nome di Baal dal mattino fino a mezzogiorno dicendo: «O Baal, rispondici!». Non ci fu né voce né risposta. Frattanto essi danzavano, piegando il ginocchio davanti all'altare che avevano costruito. [27]A mezzogiorno Elia incominciò a burlarsi di loro dicendo: «Gridate più forte perché egli è certamente dio, però forse è occupato o ha degli affari o è in viaggio; forse dorme e deve essere svegliato!». [28]Essi si misero a gridare più forte e a farsi incisioni con spade e lance, secondo la loro usanza, fino a versare sangue. [29]Passato mezzogiorno, continuarono a smaniare fino al tempo di offrire l'oblazione; ma non si ebbe né voce né risposta né segno d'attenzione.

³⁰Allora Elia disse a tutto il popolo: «Avvicinatevi a me». E tutto il popolo gli si avvicinò ed egli ricostruì l'altare del Signore ch'era stato demolito. ³¹Prese infatti dodici pietre, in corrispondenza del numero delle tribù dei figli di Giacobbe, cui il Signore aveva detto: «Il tuo nome è Israele!». ³²Con le pietre costruì l'altare al nome del Signore e vi scavò intorno un canale che conteneva due misure di frumento. ³³Accatastò la legna, fece a pezzi il giovenco e lo pose sopra la legna. ³⁴Poi ordinò: «Riempite quattro brocche di acqua e versatela sopra l'olocausto e sulla legna». Essi fecero così. Di nuovo ordinò: «Fatelo per la seconda volta»; essi lo fecero. Aggiunse ancora: «Fatelo per la terza volta»; essi lo fecero. ³⁵L'acqua si sparse intorno all'altare e riempì persino il canale. ³⁶Giunto il tempo di offrire l'oblazione, il profeta Elia s'avvicinò e disse: «Signore, Dio di Abramo, d'Isacco e d'Israele, oggi appaia che tu sei Dio in Israele, che io sono tuo servo e che dietro tuo volere ho compiuto tutte queste cose. ³⁷Esaudiscimi, o Signore, esaudiscimi e questo popolo saprà che tu, o Signore, sei Dio e che converti il loro cuore». ³⁸Cadde il fuoco del Signore che consumò l'olocausto, la legna, le pietre e la polvere e prosciugò l'acqua ch'era nel canale. ³⁹A tal vista, tutto il popolo si prostrò con la faccia per terra esclamando: «Il Signore è Dio, il Signore è Dio!». ⁴⁰Elia allora ordinò: «Prendete i profeti di Baal, non ne scampi neppure uno». Elia li fece discendere al torrente Kison dove li sgozzò.

Fine della siccità. - ⁴¹Poi Elia disse ad Acab: «Risali, mangia e bevi, perché si ode già il rumore della pioggia». ⁴²Mentre Acab risaliva per mangiare e bere, Elia salì sulla cima del Carmelo, si piegò verso terra e pose il volto fra le ginocchia. ⁴³Poi disse al suo servo: «Orsù, va' e guarda in direzione del mare!». Quello andò, guardò e disse: «Non c'è nulla!». Elia replicò: «Ritornaci sette volte!». ⁴⁴Alla settima volta, quegli riferì: «Ecco, una piccola nuvola, come una mano d'uomo, sale dal mare». Disse allora Elia: «Va' a dire ad Acab: "Attacca i cavalli e discendi affinché non ti colga la pioggia"». ⁴⁵In un baleno il cielo si oscurò per le nubi e il vento e piovve a dirotto. Acab salì sul carro e si recò a Izreèl. ⁴⁶La mano del Signore fu sopra Elia che si cinse i fianchi e corse davanti ad Acab fino all'ingresso di Izreèl.

19 Elia al monte Oreb. - ¹Acab raccontò a Gezabele tutto ciò che Elia aveva fatto e come aveva ucciso con la spada tutti i profeti. ²Allora Gezabele inviò ad Elia un messaggero perché gli dicesse: «Che gli dèi mi facciano questo male e aggiungano ancora quest'altro, se domani a quest'ora non avrò fatto della tua vita come della vita di ognuno di essi». ³Elia ebbe paura, si alzò e se ne andò per mettersi in salvo. Arrivò a Bersabea, che si trova in Giuda, e vi lasciò il suo servo. ⁴S'inoltrò quindi nel deserto camminando per tutto un giorno e andò a sedersi sotto una ginestra. Qui si augurò di morire dicendo: «Ora basta, o Signore, prendi la mia vita perché io non sono migliore dei miei antenati». ⁵Poi si sdraiò e s'addormentò sotto quella ginestra. Ma un angelo lo toccò e gli disse: «Lèvati e mangia!». ⁶Egli guardò ed ecco che vicino al capo v'era una focaccia cotta su pietre infuocate e una brocca d'acqua. Mangiò e bevve, poi tornò a sdraiarsi. ⁷L'angelo del Signore venne una seconda volta, lo toccò e gli disse: «Lèvati e mangia, altrimenti troppo lungo sarà per te il cammino». ⁸Di nuovo si levò, mangiò e bevve; poi, sostenuto da quel cibo, camminò per quaranta giorni e quaranta notti fino al monte di Dio, l'Oreb.

L'incontro con Dio. - ⁹Qui giunto, entrò nella caverna e vi passò la notte. Ed ecco che la parola del Signore gli fu rivolta in questi termini: «Che fai qui, o Elia?». ¹⁰Egli rispose: «Ardo di tanto zelo per il Signore, Dio degli eserciti, perché i figli d'Israele hanno abbandonato la tua alleanza, hanno distrutto i tuoi altari e ucciso di spada i tuoi profeti. Sono rimasto io solo, ep-

---

18. - ³⁶⁻³⁷· Il *tempo di offrire l'oblazione*: è l'ora nona (le quindici). La preghiera di Elia è meravigliosa. Egli invoca il «Dio dei padri», Abramo, Isacco e Giacobbe, chiamato qui ben a proposito *Israele*, quasi a ricollegare il popolo d'Israele all'epoca della promessa (v. 21): questo richiamo ai padri definisce l'esperienza religiosa d'Israele, radicata nella storia. Baal non ha storia e non ha mai fatto nulla per Israele. Jhwh, il Dio d'Israele, è il Dio della salvezza. Jhwh, quindi, dev'essere riconosciuto vero Dio, adorato, obbedito. Elia si presenta qui come il difensore dei diritti di Dio.

pure essi cercano di togliermi la vita». [11]Di rimando sentì dirsi: «Esci e sta' sul monte davanti al Signore». Ed ecco che il Signore passò. Ci fu un vento grande e gagliardo, tale da scuotere le montagne e spaccare le pietre, ma il Signore non era nel vento. Dopo il vento ci fu un terremoto, ma il Signore non era nel terremoto. [12]Dopo il terremoto ci fu un fuoco, ma il Signore non era nel fuoco. Dopo il fuoco ci fu il sussurro di una brezza leggera. [13]Non appena sentì questo, Elia si coprì la faccia con il mantello, uscì e si fermò all'ingresso della caverna. Ed ecco una voce che gli diceva: «Che fai qui, o Elia?». [14]Egli rispose: «Ardo di tanto zelo per il Signore, Dio degli eserciti, perché i figli d'Israele hanno abbandonato la tua alleanza, hanno distrutto i tuoi altari e ucciso di spada i tuoi profeti. Sono rimasto io solo, eppure essi cercano di togliermi la vita». [15]Il Signore gli replicò: «Va', riprendi il tuo cammino verso il deserto di Damasco. Andrai a ungere Cazaèl come re di Aram. [16]Poi ungerai Ieu, figlio di Nimsi, come re d'Israele; infine ungerai Eliseo, figlio di Safàt, da Abel-Mecola, come profeta al tuo posto. [17]Chiunque sfuggirà alla spada di Cazaèl, sarà ucciso da Ieu, e chiunque sfuggirà alla spada di Ieu, sarà ucciso da Eliseo. [18]Io poi mi serberò in Israele settemila uomini: tutte le ginocchia che non si sono piegate davanti a Baal e tutte le bocche che non lo hanno baciato».

Vocazione di Eliseo. - [19]Elia partì di là e trovò Eliseo, figlio di Safàt, mentre arava con dodici coppie di buoi davanti a sé ed egli si trovava con la dodicesima coppia. Gli passò accanto e gli gettò il suo mantello. [20]Eliseo abbandonò i buoi e corse dietro a Elia dicendo: «Permettimi di abbracciare mio padre e mia madre e poi ti seguirò». Gli rispose: «Va' e torna, perché sai bene che cosa ti ho fatto». [21]Tornato indietro, prese una coppia di buoi, li uccise, li fece cuocere sui loro attrezzi e li diede alla gente che ne mangiò. Poi si levò, seguì Elia e si pose al suo servizio.

---

19. - [12.] Elia, ardente di zelo, vorrebbe veder distrutti i nemici del Signore; Dio, facendosi precedere dagli elementi scatenati della natura, mostra che tutto è in mano sua, ma ama essere per gli uomini una *brezza leggera*, una presenza misteriosa che spinge le volontà al bene.

20 **Assedio di Samaria.** - [1]Ben-Adàd, re di Aram, radunò l'intero suo esercito: aveva con sé trentadue re, cavalli e carri. Salì ad assediare Samaria e le diede l'assalto. [2]Poi inviò messaggeri nella città, ad Acab, re d'Israele, [3]i quali gli dissero: «Così parla Ben-Adàd: "Il tuo argento e il tuo oro appartengono a me, le tue donne e i tuoi figli rimangono per te"». [4]Il re d'Israele rispose in questi termini: «Come tu dici, o mio signore re. Io stesso e tutto quanto mi appartiene siamo tuoi». [5]Ma i messaggeri ritornarono a dire: «Così parla Ben-Adàd: "Io ho mandato a dirti che devi darmi il tuo argento, il tuo oro, le tue donne e i tuoi figli. [6]Quando domani, a quest'ora, ti manderò i miei servi, essi frugheranno il tuo palazzo e le case dei tuoi servi, s'impadroniranno di quanto tornerà gradito agli occhi loro e lo porteranno via"». [7]Allora il re d'Israele convocò tutti gli anziani del paese e disse: «Vi accorgete facilmente che costui mi vuole del male; infatti mi ha mandato a chiedere le mie donne, i miei figli, dopo che io non gli avevo rifiutato né il mio argento né il mio oro». [8]Tutti gli anziani e tutto il popolo gli risposero: «Non prestare ascolto né acconsentire!». [9]Allora Acab disse ai messaggeri di Ben-Adàd: «Riferite al re vostro signore: "Farò tutto quello che hai richiesto al tuo servo la prima volta, ma non posso adempiere quest'altra richiesta"». I messaggeri partirono e riferirono la cosa. [10]Allora Ben-Adàd mandò a dirgli: «Che gli dèi mi facciano questo male e mi aggiungano ancora quest'altro, se la polvere di Samaria basterà a riempire una mano a tutto il popolo che mi segue». [11]A sua volta il re d'Israele replicò: «Ditegli: "Chi indossa le armi non si vanti come chi le depone"». [12]Quando Ben-Adàd udì questa risposta — egli stava bevendo assieme ai re sotto le tende — comandò ai suoi servi: «Disponetevi all'attacco»; ed essi si disposero contro la città.

Il Signore salva Israele. - [13]Ed ecco un profeta s'avvicinò ad Acab, re d'Israele, e gli disse: «Così dice il Signore: "Hai visto tutta quella grande moltitudine? Ecco oggi stesso te la darò in mano e così saprai che io sono il Signore"». [14]Acab disse: «Per mezzo di chi?». Quegli rispose: «Così dice il Signore: "Per mezzo dei giovani al servizio dei capi dei distretti"». L'altro domandò ancora: «Chi inizierà la battaglia?». Il profeta rispose: «Tu stesso!». [15]Allora il re passò in rassegna i giovani ch'erano al servizio dei capi dei distretti: erano in tutto duecentotrentadue. Poi passò in rassegna tutto il popolo, tutti i figli d'Israele: erano settemila. [16]Essi fecero una sortita sul mezzogiorno, mentre Ben-Adàd si ubriacava sotto le tende assieme ai trentadue re suoi alleati. [17]Per primi uscirono i giovani al servizio dei capi dei distretti. E si mandò ad avvertire Ben-Adàd dicendogli: «Sono usciti uomini da Samaria». [18]Egli rispose: «Se essi sono usciti con intenzioni pacifiche, catturateli vivi; se sono usciti per combattere, catturateli vivi ugualmente!». [19]Dalla città erano usciti i giovani al servizio dei capi dei distretti e l'esercito dietro di loro. [20]Ciascuno uccise il suo uomo. Aram si diede alla fuga e Israele lo inseguì. Ben-Adàd, re di Aram, si salvò fuggendo a cavallo; con lui erano alcuni cavalieri. [21]Il re d'Israele uscì, catturò i cavalli e i carri e inflisse ad Aram una grande sconfitta.

Annuncio di una nuova guerra. - [22]Allora il profeta s'avvicinò al re d'Israele e gli disse: «Orsù, fatti coraggio e considera bene quello che devi fare, poiché al volgere dell'anno il re di Aram salirà di nuovo contro di te». [23]I servi del re di Aram gli dissero: «Il loro Dio è un Dio delle montagne, per questo ci hanno vinti; ma se li impegneremo in battaglia nella pianura, certamente li vinceremo. [24]Fa' dunque in questo modo: rimuovi tutti i re dal loro posto sostituendoli con governatori. [25]Per te recluta un esercito pari a quello che hai perso, con altrettanti cavalli e carri; quindi diamo loro battaglia nella pianura e certamente li vinceremo». Il re ascoltò il loro consiglio e fece così.

Vittoria di Afek. - [26]Al volgere dell'anno Ben-Adàd mobilitò gli Aramei e salì ad Afek, per dare battaglia ad Israele. [27]I figli d'Israele furono mobilitati e provvisti di viveri, poi mossero loro incontro. I figli d'Israele si accamparono di fronte a loro, come due greggi di capre, mentre gli Aramei riempivano la regione. [28]Allora un uomo di Dio s'avvicinò al re d'Israele e disse: «Così dice il Signore: "Poiché Aram ha asserito che il Signore è Dio delle montagne, ma non delle pianure, ti darò in mano tutta questa grande moltitudine e così saprai che io sono il Signore"». [29]Per sette giorni stettero accampati gli uni di fronte agli altri, ma al settimo giorno si ingaggiò la battaglia e i figli d'Israele uccisero in un sol giorno centomila fanti di Aram. [30]I superstiti fuggirono nella città di Afek, ma le mura caddero sui ventisettemila superstiti. Anche Ben-Adàd fuggì e andò nella città a nascondersi da una stanza all'altra. [31]I suoi servi pertanto gli dissero: «Ecco, noi abbiamo sentito dire che i re della casa d'Israele sono re clementi; indossiamo sacchi ai fianchi e mettiamoci corde sulla testa e andiamo dal re d'Israele; chissà che non ti conservi la vita». [32]Essi cinsero i fianchi dei sacchi e le teste di corda e andarono dal re d'Israele a dirgli: «Ben-Adàd, tuo servo, dice: "Salvami la vita!"». Quegli rispose: «È ancora vivo? Egli è mio fratello!». [33]Quegli uomini presero ciò per buon auspicio e s'affrettarono ad averne l'assicurazione da lui domandandogli: «Ben-Adàd è tuo fratello?». Acab rispose: «Andate a prenderlo!». Allora Ben-Adàd gli uscì incontro ed egli lo fece salire sul suo carro. [34]Ben-Adàd gli disse: «Restituirò le città che mio padre tolse a tuo padre e tu stabilirai piazze commerciali a Damasco, come mio padre le aveva stabilite in Samaria». Acab disse: «A questo patto ti lascerò libero». Acab concluse questo trattato con lui e lo lasciò in libertà.

Un profeta condanna Acab. - [35]Uno dei discepoli dei profeti disse al suo compagno per ordine del Signore: «Colpiscimi!»; ma questi si rifiutò di colpirlo. [36]Allora gli disse il primo: «Poiché non hai ascoltato la voce del Signore, ecco che, appena ti sarai allontanato da me, il leone ti ucciderà». Infatti non appena egli si fu allontanato da lui, il leone lo trovò e lo uccise. [37]Quegli trovò un altro uomo a cui disse: «Colpiscimi!». Questi lo colpì e lo ferì. [38]Allora il profeta andò ad aspettare il re sulla strada e si rese irriconoscibile con una benda sugli occhi. [39]Mentre passava il re, gli gridò: «Il tuo servo si era gettato nella mischia, quand'ecco un uomo si trasse in disparte e mi condusse un individuo dicendo: "Prendi in custodia quest'uomo! Qualora venisse a mancare, la tua vita pagherà per la sua vita oppure mi pagherai un talento d'argento". [40]Or mentre il tuo servo era occupato qua e là quello scomparve». Il re d'Israele gli disse: «Ecco il tuo verdetto! Tu stesso l'hai pronunciato!». [41]Egli allora s'affrettò a togliersi la benda dagli occhi e il re d'Israele si accorse ch'egli era uno dei profeti. [42]Questi gli disse: «Così parla il Signore: "Poiché hai lasciato scappare l'uomo da me votato all'anatèma, la tua vita sarà al posto della sua e il tuo popolo al posto del suo"». [43]Il re d'Israele si diresse verso casa, triste e adirato, e giunse a Samaria.

21 **La vigna di Nabot.** - [1]In seguito si verificò il fatto seguente. Nabot di Izreèl aveva una vigna attigua al palazzo di Acab, re di Samaria. [2]Acab disse a Nabot: «Cedimi la tua vigna e ne farò un orto, giacché è vicina al mio palazzo. Al suo posto ti darò una vigna migliore o, se preferisci, ti darò il denaro corrispondente». [3]Ma Nabot rispose ad Acab: «Mi guardi il Signore dal cederti l'eredità dei miei antenati!». [4]Acab rientrò in casa triste e adirato a causa di questa risposta che Nabot di Izreèl gli aveva dato, allorché disse: «Non ti cederò l'eredità dei miei antenati». Si gettò sul suo letto, volse la faccia da un lato e non prese cibo. [5]Gezabele, sua moglie, andò da lui e gli disse: «Perché il tuo animo è così abbattuto e non vuoi prendere cibo?». [6]Le rispose: «Ho parlato a Nabot di Izreèl dicendogli: "Cedimi la tua vigna per denaro o, se preferisci, ti darò un'altra vigna al suo posto", ma egli rispose: "Non ti cederò la mia vigna"». [7]Allora sua moglie Gezabele gli disse: «Ora devi esercitare il tuo governo su Israele! Lèvati, prendi cibo e sta' di cuore allegro; io infatti ti darò la vigna di Nabot di Izreèl». [8]Scrisse delle lettere a nome di Acab, le sigillò con il sigillo reale e le spedì agli anziani e ai notabili che abitavano con Nabot. [9]Così venne scritto nelle lettere: «Bandite un digiuno e fate sedere Nabot alla testa del popolo. [10]Ponetegli di fronte due uomini perversi che lo accusino dicendo: "Tu hai maledetto Dio e il re". Poi fatelo uscire, lapidatelo e così muoia!». [11]Gli uomini della città di Nabot, gli anziani e i notabili fecero come Gezabele aveva loro ordinato, secondo quanto era scritto nelle lettere che essa aveva loro inviato. [12]Bandirono un digiuno e fecero sedere Nabot alla

testa del popolo. [13]Allora giunsero i due uomini perversi, che si sedettero di fronte a lui e l'accusarono dicendo: «Nabot ha maledetto Dio e il re». Lo fecero uscire fuori della città, lo lapidarono e morì. [14]Poi mandarono a dire a Gezabele: «Nabot è stato lapidato ed è morto!». [15]Quando Gezabele seppe che Nabot era stato lapidato ed era morto, disse ad Acab: «Lèvati e prendi possesso della vigna che Nabot di Izreèl rifiutò di darti per denaro; Nabot infatti non è più vivo, ma è morto». [16]Udendo che Nabot era morto, Acab si levò per scendere alla vigna di Nabot di Izreèl e appropriarsene. [17]Allora la parola del Signore fu rivolta a Elia il tisbita in questi termini: [18]«Lèvati e scendi incontro ad Acab, re di Israele, in Samaria. Ecco, egli si trova nella vigna di Nabot, dov'è disceso per appropriarsela. [19]Gli dirai: "Così parla il Signore: Tu hai ucciso e, per di più, hai usurpato!". Poi soggiungerai: "Così parla il Signore: Nel medesimo luogo in cui i cani hanno leccato il sangue di Nabot, leccheranno anche il tuo sangue"». [20]Acab rispose ad Elia: «Mi hai dunque colto sul fatto, o mio nemico?». Elia rispose: «Sì, ti ho colto, perché ti sei prestato a fare ciò che è male agli occhi del Signore. [21]Ecco, io farò venire su di te la sventura e ti spazzerò via; reciderò via da Acab ogni maschio, schiavo o libero in Israele. [22]Tratterò la tua casa come quella di Geroboamo, figlio di Nabàt, e come quella di Baasa, figlio di Achia, a causa dell'ira che hai suscitato in me, inducendo Israele a peccare. [23]Anche riguardo a Gezabele il Signore parla in questi termini: "I cani divoreranno Gezabele nel campo di Izreèl. [24]Della famiglia di Acab chiunque morirà in città lo divoreranno i cani; chiunque morirà in campagna lo mangeranno gli uccelli del cielo"».

[25]Per la verità non ci fu nessuno che, alla pari di Acab, si prestò a fare ciò che è male agli occhi del Signore, perché sua moglie Gezabele lo aveva sedotto. [26]Egli agì in modo abominevole, andando dietro agl'idoli come avevano fatto gli Amorrei che il Signore aveva cacciato davanti ai figli d'Israele.

[27]Quando Acab udì queste parole, si stracciò le vesti, rivestì il suo corpo di sacco, digiunò, si coricò con il sacco e si mise a camminare dimesso. [28]Allora la parola del Signore fu indirizzata ad Elia il tisbita in questi termini: [29]«Hai visto come Acab si è umiliato al mio cospetto? Dal momento che

---

21. - [19-20]. Dio appare qui come il difensore dei poveri e degli abbandonati. Il re, che dovrebbe essere l'amministratore della giustizia in nome di Dio, ha invece agito iniquamente e perciò viene condannato. Egli sarà ucciso (22,35) e la profezia di Elia si avvererà completamente sul figlio Ioram, per opera di Iehu (2Re 9,23 - 10,14).

egli si è umiliato al mio cospetto, io non farò venire il male durante la sua vita; solo al tempo di suo figlio farò venire il male sulla sua casa».

22 Spedizione contro Ramot di Gàlaad. - [1]Trascorsero tre anni senza che ci fosse guerra tra Aram e Israele. [2]Il terzo anno Giosafat, re di Giuda, scese dal re d'Israele. [3]Il re d'Israele parlò ai suoi ufficiali: «Non sapete che Ramot di Gàlaad ci appartiene? E noi non facciamo nulla per strapparla dalle mani del re di Aram!». [4]Disse poi a Giosafat: «Verrai con me a combattere a Ramot di Gàlaad?». Giosafat rispose al re d'Israele: «Conta su di me come su di te, sul mio popolo come sul tuo, sui miei cavalli come sui tuoi!». [5]Però Giosafat disse al re d'Israele: «Ti prego, consulta il Signore oggi stesso».

I falsi profeti predicono il successo. - [6]Allora il re d'Israele convocò i profeti in numero di circa quattrocento e disse loro: «Devo salire a combattere a Ramot di Gàlaad oppure devo rinunciarvi?». Quelli risposero: «Sali pure perché il Signore la darà in mano al re». [7]Allora Giosafat domandò: «Non v'è nessun altro profeta del Signore, perché possiamo consultarlo per mezzo suo?». [8]Il re di Israele rispose a Giosafat: «V'è ancora un uomo adatto per consultare il Signore, ma io lo detesto, perché non mi profetizza mai cose buone, ma solo cattive; è Michea, figlio di Imla». Giosafat replicò: «Il re non dica queste cose!». [9]Allora il re d'Israele chiamò un eunuco e gli disse: «Fa' venire subito Michea, figlio di Imla». [10]Il re d'Israele e Giosafat, re di Giuda, stavano seduti, ciascuno sul suo trono, con gli abiti di gala, nell'aia antistante la porta di Samaria, e tutti quei profeti profetavano alla loro presenza. [11]Sedecia, figlio di Chenaana, si fece dei corni di ferro e disse: «Così parla il Signore: "Con questi percuoterai Aram fino allo sterminio"». [12]Tutti i profeti profetavano allo stesso modo: «Sali a Ramot di Gàlaad e avrai successo perché il Signore la darà in mano al re!».

Il profeta Michea predice la sconfitta. - [13]Il messaggero, che era stato mandato a chiamare Michea, gli disse: «Ecco, gli oracoli dei profeti sono unanimemente favorevoli al re; sia anche il tuo oracolo come quello di ognuno di essi: annuncia il bene». [14]Michea rispose: «Com'è vero che vive il Signore, quello che il Signore mi dirà, io lo annuncerò!». [15]Quindi si recò dal re il quale gli disse: «Michea, dobbiamo andare a Ramot di Gàlaad a combattere oppure dobbiamo rinunciarvi?». Egli rispose: «Sali pure, perché avrai successo e il Signore ti darà in mano il re». [16]Ma il re gli replicò: «Quante volte dovrò supplicarti di non dirmi che la verità in nome del Signore?». [17]Quegli disse: «Ho visto tutto Israele disperso sui monti come un gregge che è privo di pastore. Il Signore dice: "Essi non hanno più padroni e perciò ciascuno se ne torni a casa in pace"». [18]Il re d'Israele disse a Giosafat: «Non ti avevo detto che costui non mi avrebbe profetato del bene bensì del male?». [19]Il profeta però riprese: «Ascolta la parola del Signore: ho visto il Signore assiso in trono, mentre l'intera schiera celeste stava alla sua presenza, alla sua destra e alla sua sinistra. [20]Il Signore domandò: "Chi sedurrà Acab perché salga e perisca a Ramot di Gàlaad?". Chi rispondeva in un modo, chi in un altro. [21]Finalmente uscì uno spirito che stette alla presenza del Signore e disse: "Io lo sedurrò!". Il Signore gli domandò: "In che modo?". [22]Quegli rispose: "Uscirò e sarò spirito di menzogna in bocca di tutti i suoi profeti". Il Signore gli disse: "Certo riuscirai a sedurlo, va' e fa' così!". [23]Ecco quindi che il Signore ha posto uno spirito di menzogna in bocca di tutti questi tuoi profeti, perché il Signore ha stabilito del male a tuo riguardo». [24]Allora Sedecia figlio di Chenaana s'avvicinò e colpì Michea sulla guancia dicendo: «Come mai lo spirito del Signore s'è allontanato da me per parlare con te?». [25]Michea rispose: «Ecco, lo vedrai tu stesso in quel giorno in cui correrai di stanza in stanza per nasconderti». [26]Allora il re d'Israele disse: «Prendi Michea e conducilo da Amon, governatore della città, e da Ioas, figlio del re. [27]Dirai loro: "Così parla il re: Mettete costui in prigione e dategli scarsa razione di pane e di acqua fino a che non ritornerò sano e salvo"». [28]Michea disse: «Se tu ritornerai sano e salvo, il Signore non ha parlato per mio mezzo!».

---

22. - [1.] In questi tre anni Salmanassar II, re di Assiria, vinse a Karkar (854 a.C.) il re di Camat, quello di Siria e quello d'Israele. Dopo la sconfitta, Acab si ritirò dall'alleanza con la Siria e si alleò con Giosafat, re di Giuda.

Morte di Acab. - [29]Il re d'Israele e Giosafat, re di Giuda, salirono a Ramot di Gàlaad. [30]Il re d'Israele disse a Giosafat: «Io mi travestirò e andrò a combattere, ma tu rimani vestito dei tuoi abiti!». Il re d'Israele si travestì e andò a combattere. [31]Ora il re di Aram aveva ordinato ai trentadue comandanti dei carri: «Non combattete contro nessuno, piccolo o grande, ma solo contro il re d'Israele». [32]Quando i comandanti dei carri videro Giosafat dissero: «È sicuramente il re d'Israele!». E si rivolsero verso di lui per investirlo; ma Giosafat lanciò un grido. [33]Come i comandanti dei carri videro che non era il re d'Israele, s'allontanarono da lui. [34]Un uomo scoccò a caso il suo arco e colpì il re d'Israele tra il corsetto e le maglie della corazza. Allora questi ordinò al suo carrista: «Volta e fammi uscire dalla mischia perché mi sento male». [35]La battaglia divenne più violenta in quel giorno, cosicché il re se ne stette ritto sul suo carro di fronte agli Aramei e morì verso sera. Il sangue della ferita colò nel fondo del carro. [36]Al calar del sole un grido si sparse per l'accampamento: «Ognuno alla sua città e ognuno al suo paese! [37]È morto il re!». Tornarono a Samaria e vi seppellirono il re. [38]Il carro fu lavato nella piscina di Samaria, dove si lavavano le prostitute, e i cani leccarono il suo sangue secondo la parola che il Signore aveva pronunciato.

[39]Le altre gesta di Acab, tutte le sue azioni, il palazzo d'avorio ch'egli costruì e tutte le città che edificò non sono forse descritti nel libro degli Annali dei re d'Israele? [40]Acab si addormentò con i suoi

---

[41-47]. Il regno di *Giosafat* è esposto meglio in 2 Cronache (cc. 17-20). Sua disgrazia fu quella di essersi alleato con l'empio Acab, re d'Israele, alleanza sigillata dal matrimonio di suo figlio Ioram con Atalia, figlia di Acab, la quale portò alla corte di Giuda i vizi e le pretese di Samaria.

antenati e suo figlio Acazia regnò al suo posto.

Regno di Giosafat in Giuda (871-848). - [41]Giosafat, figlio di Asa, divenne re in Giuda nell'anno quarto di Acab, re d'Israele. [42]Egli aveva trentacinque anni quando incominciò a regnare e regnò a Gerusalemme per venticinque anni. Sua madre si chiamava Azuba, figlia di Silchi. [43]Egli imitò interamente la condotta di suo padre Asa e non se ne allontanò, facendo ciò che è retto agli occhi del Signore. [44]Però le alture non furono rimosse, di modo che il popolo continuava a offrire sacrifici e incenso su di esse. [45]Giosafat visse in pace con il re d'Israele.

[46]Le altre gesta di Giosafat, il coraggio con cui operò e combatté non sono forse descritti nel libro degli Annali dei re di Giuda? [47]Egli eliminò dal paese il resto dei prostituti sacri che erano rimasti al tempo di suo padre Asa. [48]In Edom non v'era un re costituito e il re [49]Giosafat costruì navi di Tarsis per andare a caricare oro ad Ofir, ma non poté andarvi perché le navi naufragarono a Ezion-Gheber. [50]Allora Acazia, figlio di Acab, disse a Giosafat: «I miei servi andranno con i tuoi sulle navi»; ma Giosafat non accettò la proposta. [51]Giosafat s'addormentò con i suoi antenati e fu sepolto nella Città di Davide suo padre. Al suo posto regnò suo figlio Ioram.

Acazia re d'Israele (853-852). - [52]Nell'anno diciassettesimo di Giosafat, re di Giuda, Acazia, figlio di Acab, divenne re d'Israele in Samaria, dove regnò su Israele due anni. [53]Egli fece ciò ch'è male agli occhi del Signore e imitò la condotta di suo padre e di sua madre, e la condotta di Geroboamo, figlio di Nebàt, che aveva indotto Israele a peccare. [54]Servì Baal, si prostrò davanti a lui e irritò il Signore, Dio d'Israele, proprio come aveva fatto suo padre.

SECONDO LIBRO DEI RE

1 Malattia del re Acazia. - ¹Dopo la morte di Acab, Moab si ribellò contro Israele.

²Acazia era caduto dal parapetto della sua camera superiore in Samaria. Sentendosi male, egli mandò messaggeri ai quali disse: «Andate a consultare Baal-Zebub, dio di Accaron, per sapere se guarirò da questa infermità». ³Ma l'angelo del Signore disse ad Elia il tisbita: «Lèvati e va' incontro ai messaggeri del re di Samaria e di' loro: "Non v'è forse un Dio in Israele, perché voi andiate a consultare Baal-Zebub, dio di Accaron? ⁴Perciò così dice il Signore: dal letto sul quale sei salito, tu non discenderai più, perché certamente morrai"». Ed Elia se ne andò.

⁵I messaggeri ritornarono dal re che domandò loro: «Perché siete ritornati?». ⁶Quelli gli risposero: «Un uomo ci è venuto incontro e ci ha detto: "Andate, ritornate dal re che vi ha mandati e ditegli: Così parla il Signore: Non v'è forse un Dio in Israele, che tu mandi a consultare Baal-Zebub, dio di Accaron? Per questo dal letto sul quale sei salito, tu non discenderai più, perché certamente morrai"». ⁷Domandò loro: «Qual è il modo di vestire dell'uomo che vi è venuto incontro e vi ha detto queste parole?». ⁸Gli risposero: «È un uomo vestito di pelo, con una cintura di cuoio stretta ai fianchi». Quegli esclamò: «È Elia il tisbita!».

Tentata cattura di Elia. - ⁹Allora gli mandò un comandante con i suoi cinquanta uomini, il quale salì ad Elia, che se ne stava seduto sulla cima della montagna, e gli disse: «O uomo di Dio, il re ti ordina di scendere!». ¹⁰Elia rispose al comandante dei cinquanta uomini: «Se io sono un uomo di Dio, un fuoco discenda dal cielo e divori te e i tuoi cinquanta uomini!». Un fuoco discese dal cielo e divorò lui e i suoi cinquanta uomini. ¹¹Allora il re mandò di nuovo un comandante con i suoi cinquanta uomini, il quale salì e gli disse: «O uomo di Dio, così parla il re: "Affrettati a scendere!"». ¹²Per risposta Elia gli disse: «Se io sono un uomo di Dio, un fuoco discenda dal cielo e divori te e i tuoi cinquanta uomini!». Un fuoco discese dal cielo e divorò lui e i suoi cinquanta uomini. ¹³Di nuovo per la terza volta il re mandò un comandante con i suoi cinquanta uomini il quale salì e, giunto ad Elia, gli si inginocchiò davanti e lo supplicò dicendogli: «O uomo di Dio, la mia vita e quella di questi cinquanta tuoi servi siano preziose ai tuoi occhi! ¹⁴Ecco, un fuoco è disceso dal cielo e ha divorato i due primi comandanti e i loro cinquanta uomini, ma ora la mia vita sia preziosa ai tuoi occhi!». ¹⁵L'angelo del Signore disse ad Elia: «Discendi con lui e non temere da parte sua!».

Morte di Acazia. - Egli si levò, discese con lui dal re ¹⁶e gli disse: «Così parla il Signore: "Poiché hai mandato messaggeri a consultare Baal-Zebub, dio di Accaron, come se non ci fosse nessun Dio in Israele per consultarlo su questa cosa, per questo, dal letto sul quale sei salito tu non discenderai più, perché certamente morrai"». ¹⁷Infatti morì secondo la parola del Signore che Elia aveva pronunciato e, nell'anno secondo di Ioram, figlio di Giosafat, re di Giuda, gli successe sul trono suo fratello Ioram, poiché egli non aveva figli. ¹⁸Le altre gesta di Acazia e le sue azioni non sono forse descritte nel libro degli Annali dei re d'Israele?

2 Rapimento di Elia. - ¹Quando il Signore stava per sollevare Elia in cielo in un turbine, Elia ed Eliseo partirono da Gàlgala. ²Elia disse ad Eliseo: «Resta qui, perché il Signore mi manda a Betel!». Eliseo rispose: «Quant'è vero che il Signore vive e tu stes-

so vivi, non ti lascerò!». Discesero a Betel.
[3]Ora i discepoli dei profeti, che si trovavano a Betel, andarono incontro a Eliseo e gli dissero: «Sai che oggi il Signore rapirà al di sopra della tua testa il tuo signore?». Quegli rispose: «Anch'io lo so, tacete!». [4]Elia disse ad Eliseo: «Resta qui, perché il Signore mi manda a Gerico!». Egli rispose: «Quant'è vero che il Signore vive e tu stesso vivi, non ti lascerò!». Discesero a Gerico. [5]I discepoli dei profeti che erano in Gerico si avvicinarono a Eliseo e gli dissero: «Sai che oggi il Signore rapirà al di sopra della tua testa il tuo signore?». Quegli rispose: «Anch'io lo so, tacete!». [6]Gli disse ancora Elia: «Resta qui, perché il Signore mi manda al Giordano!». Egli rispose: «Quant'è vero che il Signore vive e tu stesso vivi, non ti lascerò!». Andarono tutti e due. [7]Cinquanta discepoli di profeti vennero e si fermarono di fronte, da lontano, mentre i due si spinsero fino al Giordano. [8]Elia prese il suo mantello, l'arrotolò e percosse le acque, che si divisero in due parti e i due le attraversarono. [9]Dopo che furono passati, Elia disse ad Eliseo: «Chiedi ciò che vuoi che faccia per te prima che sia sottratto a te». Eliseo rispose: «Passino a me i due terzi del tuo spirito». [10]Elia replicò: «Domandi una cosa difficile, ma l'otterrai se mi potrai vedere quando verrò tolto da te; altrimenti no». [11]Or mentre essi camminavano e parlavano, ecco un carro di fuoco e cavalli di fuoco si interposero fra di essi ed Elia salì al cielo in un turbine.

Eliseo succede ad Elia. - [12]Mentre stava guardando, Eliseo gridava: «Padre mio, padre mio! Carro d'Israele e sua pariglia!». Quando non lo vide più, afferrò i suoi vestiti e li stracciò in due pezzi. [13]Poi raccolse il mantello di Elia che gli era caduto di dosso, tornò indietro e si fermò sulla sponda del Giordano. [14]Percosse le acque dicendo: «Dov'è mai il Signore, Dio di Elia?». Quando ebbe percosse le acque, esse si divisero

in due parti ed egli le attraversò. [15]I discepoli dei profeti che si trovavano in Gerico e stavano di fronte lo videro ed esclamarono: «Lo spirito di Elia si è posato su Eliseo!». Gli andarono incontro, si prostrarono a terra [16]e gli dissero: «Ecco, vi sono qui con i tuoi servi cinquanta uomini molto forti. Permetti che vadano a cercare il tuo signore; forse lo spirito del Signore lo ha sollevato e lo ha gettato su qualche montagna o in qualche valle». Egli rispose: «Non mandateli». [17]Tuttavia quelli tanto insistettero che egli disse: «Mandateli». Allora mandarono cinquanta uomini i quali lo cercarono per tre giorni, ma non lo trovarono. [18]Ritornarono da lui mentre si trovava in Gerico ed egli disse loro: «Non vi avevo forse detto: non andate?».

Due miracoli di Eliseo. - [19]Gli abitanti della città dissero ad Eliseo: «Ecco, la città offre un piacevole soggiorno, come il mio signore può constatare; l'acqua però è cattiva e la terra è sterile». [20]Egli rispose: «Prendetemi un piatto nuovo e mettetevi del sale». Glielo presero. [21]Allora si recò alla sorgente dell'acqua, vi gettò il sale e disse: «Così parla il Signore: "Ho risanato quest'acqua; d'ora in poi non causerà più morte o sterilità"». [22]L'acqua è stata salubre fino ad oggi, secondo la parola che Eliseo aveva pronunciato. [23]Di là salì a Betel.
Mentre saliva per la strada, alcuni ragazzi uscirono dalla città e si misero a beffeggiarlo dicendogli: «Vieni su, testa pelata; vieni su, testa pelata!». [24]Egli si voltò, li guardò e li maledisse nel nome del Signore. Due orse uscirono dal bosco e sbranarono quarantadue di quei giovani. [25]Di là il profeta si recò sul monte Carmelo, donde poi tornò a Samaria.

3 **Ioram re d'Israele (852-841).** - [1]L'anno diciottesimo di Giosafat, re di Giuda, Ioram, figlio di Acab, divenne re d'Israele in Samaria, dove regnò dodici anni. [2]Egli fece ciò che è male agli occhi del Signore, ma non come suo padre e sua madre. Rimosse infatti la stele di Baal che suo padre aveva fatto, [3]tuttavia rimase attaccato ai peccati che Geroboamo, figlio di Nebàt, fece commettere a Israele e non se ne allontanò.

Spedizione di Israele e Giuda contro Moab. - [4]Mesa, re di Moab, era pastore e

---

2. - [3.] *I discepoli dei profeti* costituivano delle specie di confraternite impegnate nelle osservanze religiose. Non erano veri profeti, ma a volte stavano in relazione con essi; vivevano una vita di comunità, non eccessivamente austera. Esistevano già ai tempi di Samuele, ma non durarono più di due secoli.
[11.] *Carro di fuoco:* cfr. Ez 1,15. Il fuoco, il turbine e il carro sono simboli della maestà di Dio, che portò via con sé Elia.

pagava in tributo al re d'Israele centomila agnelli e la lana di centomila montoni. ⁵Quando però morì Acab, il re di Moab si ribellò al re d'Israele. ⁶In quel giorno il re Ioram uscì da Samaria e passò in rassegna tutto Israele. ⁷Poi mandò a dire a Giosafat, re di Giuda: «Il re di Moab si è ribellato contro di me; vuoi venire con me a combattere contro Moab?». Quegli rispose: «Salirò! Sarà di me come di te, del mio popolo come del tuo, dei miei cavalli come dei tuoi». ⁸Poi domandò: «Per quale via saliremo?». L'altro rispose: «Per la via del deserto di Edom». ⁹Il re d'Israele, il re di Giuda e il re di Edom si misero in viaggio. Compirono un percorso aggirante di sette giorni e venne a mancare l'acqua per la truppa e le bestie della retrovia. ¹⁰Il re d'Israele esclamò: «Ahimè! Il Signore ha chiamato questi tre re per darli in mano di Moab». ¹¹Ma Giosafat domandò: «Non c'è qui un profeta del Signore per mezzo del quale possiamo consultare il Signore?». Uno dei servi del re d'Israele rispose: «C'è qui Eliseo, figlio di Safat, che versava l'acqua sulle mani di Elia». ¹²Giosafat soggiunse: «La parola del Signore è con lui». Il re d'Israele, Giosafat e il re di Edom discesero dunque da lui. ¹³Eliseo disse al re d'Israele: «Che c'è tra me e te? Va' dai profeti di tuo padre e dai profeti di tua madre!». Gli rispose il re d'Israele: «No, perché il Signore ha chiamato questi tre re per darli in mano a Moab». ¹⁴Eliseo replicò: «Com'è vero che vive il Signore degli eserciti, davanti al quale sto, non ti darei retta né ti degnerei neppure di uno sguardo, se non fosse per riguardo di Giosafat, re di Giuda. ¹⁵Ora conducetemi un suonatore di lira». Mentre il suonatore pizzicava le corde, la mano del Signore fu sopra Eliseo ¹⁶che disse: «Così parla il Signore: "Scavate in questa valle numerose fosse". ¹⁷Infatti così parla il Signore: "Non vedrete né vento né pioggia; tuttavia questa valle si riempirà di acqua e ne berrete voi, la vostra truppa e le vostre bestie". ¹⁸Ma questo è ancor poco agli occhi del Signore, perché egli darà Moab nelle vostre mani. ¹⁹Voi colpirete tutte le città fortificate, abbatterete tutti gli alberi buoni, otturerete tutte le sorgenti d'acqua e disseminerete di sassi i campi migliori». ²⁰Al mattino seguente, nell'ora in cui si fa l'oblazione, sopraggiunse l'acqua dalla parte di Edom e la regione ne fu piena. ²¹Avendo sentito che i re salivano per muovere loro guerra, i Moabiti convocarono tutti gli uomini capaci di portare le armi e si schierarono alla frontiera. ²²Levatisi al mattino, quando il sole splendeva sull'acqua, i Moabiti videro di fronte a loro l'acqua rossa come sangue. ²³Dissero: «Questo è sangue! Certamente i re sono venuti alle mani e si sono uccisi l'un l'altro. Orsù, Moab, al saccheggio». ²⁴Ma quando giunsero all'accampamento degl'Israeliti, questi si levarono e li batterono. Quei Moabiti poi che tentavano di fuggire davanti a loro, gl'Israeliti li inseguirono e li colpirono. ²⁵Distrussero le città e gettarono delle pietre, una ciascuno, in tutti i campi migliori, fino a riempirli, ostruirono tutte le sorgenti d'acqua, e abbatterono tutti gli alberi buoni. Rimase soltanto Kir-Careset, che i frombolieri accerchiarono e attaccarono. ²⁶Quando il re di Moab vide che non poteva sostenere il combattimento, prese con sé settecento uomini armati di spada e tentò di aprirsi un varco verso il re di Edom, ma non riuscì. ²⁷Allora prese il suo figlio primogenito, che doveva regnare al suo posto, e lo immolò in olocausto sulle mura. Ma si scatenò una grande collera contro gl'Israeliti, che si allontanarono da lui e ritornarono al loro paese.

4 Eliseo moltiplica l'olio della vedova. - ¹Una donna, moglie di uno dei discepoli dei profeti, gridò a Eliseo: «Il tuo servo, mio marito, è morto, e tu sai che il tuo servo era timorato del Signore. Ora il creditore è venuto a prendersi i miei due figli per farli suoi schiavi». ²Eliseo le domandò: «Che cosa devo fare per te? Dimmi che cosa hai in casa». Quella rispose: «La tua schiava non ha nulla in casa all'infuori di un'ampolla d'olio». ³Allora egli disse: «Va' fuori a chiedere vasi vuoti a tutti i tuoi vicini, e chiedine in abbondanza. ⁴Poi rientrerai in casa, chiuderai la porta dietro te e dietro i tuoi figli e verserai l'olio in tutti quei vasi, mettendoli da parte man mano che saranno pieni». ⁵Quella andò e chiuse la porta dietro di sé e dietro i suoi figli; essi le porgevano i vasi ed essa vi versava l'olio. ⁶Quando i vasi furono pieni, disse a un figlio: «Porgimi ancora un vaso», ma quegli rispose: «Non ce n'è più!». L'olio si fermò. ⁷Allora essa andò ad avvertire l'uomo di Dio e questi le disse: «Va' a vendere l'olio e paga il tuo debito; con il resto vivrete tu e i tuoi figli».

Eliseo risuscita il figlio della donna di Sunem. - [8]Un giorno che Eliseo passava per Sunem, una donna facoltosa lo invitò a prendere cibo. Da allora, ogni volta che passava di là, si recava da lei a prendere cibo. [9]Essa disse a suo marito: «Ecco, io so che colui che passa sempre da noi è un santo uomo di Dio. [10]Facciamogli una piccola stanza sulla terrazza e collochiamovi per lui un letto, una tavola, una sedia e una lampada: quando verrà da noi, vi si potrà ritirare». [11]Un giorno che Eliseo passò di lì, si ritirò nella camera superiore e si coricò. [12]Disse poi a Giezi, suo servo: «Chiama questa Sunamita». Egli la chiamò ed essa si presentò davanti a lui. [13]Eliseo riprese: «Dille così: "Ecco che ti sei presa tutta questa premura per noi; che cosa posso fare per te? Devo dire qualcosa al re o al comandante dell'esercito in tuo favore?"». Quella rispose: «Io abito in mezzo al mio popolo». [14]Eliseo replicò: «Che cosa posso fare per lei?». Giezi rispose: «Ahimè! Essa non ha figli e suo marito è vecchio». [15]Eliseo gli ordinò: «Chiamala!». Quello la chiamò, ed essa si fermò sull'uscio. [16]Eliseo le disse: «In questa stagione, da qui a un anno, terrai un figlio tra le braccia». Essa disse: «No, mio signore! Non ingannare la tua serva!». [17]Or la donna concepì e partorì un figlio nella stagione che aveva detto Eliseo. [18]Il fanciullo si fece grande e un giorno che era andato dal padre tra i mietitori [19]disse a suo padre: «La mia testa, la mia testa!». Il padre ordinò al servo: «Portalo da sua madre!». [20]Quegli lo prese e lo portò da sua madre. Dopo essere rimasto sulle ginocchia di lei fino a mezzogiorno, morì. [21]Allora essa salì, lo adagiò sul letto dell'uomo di Dio, chiuse la porta dietro di lui e uscì. [22]Chiamò suo marito e gli disse: «Mandami uno dei servi e un'asina; corro dall'uomo di Dio e torno!». [23]Quegli replicò: «Perché vuoi andare da lui proprio oggi? Non è il novilunio e neppure sabato!». Ma le rispose: «Sta' tranquillo!». [24]Fece sellare l'asina e ordinò al servo: «Conducimi avanti e non farmi scendere finché non te lo dirò io». [25]Se ne andò infatti e si recò dall'uomo di Dio sul monte Carmelo.

Non appena l'uomo di Dio la vide di lontano, disse a Giezi, suo servo: «Ecco quella Sunamita! [26]Corrile incontro e domandale: "Stai bene? Sta bene tuo marito? Sta bene il fanciullo?"». Essa rispose: «Bene!». [27]Giunse frattanto dall'uomo di Dio sul monte e gli abbracciò i piedi. Giezi si accostò per allontanarla, ma l'uomo di Dio gli disse: «Lasciala, perché la sua anima è amareggiata e il Signore me l'ha nascosto e non me l'ha manifestato». [28]Essa disse: «Forse che avevo chiesto un figlio al mio signore? Forse che non avevo detto: "Non m'ingannare"?». [29]Allora Eliseo disse a Giezi: «Cingiti i fianchi, prendi in mano il mio bastone e va'! Se incontrerai qualcuno, non salutarlo; se qualcuno ti saluterà, non rispondergli. Porrai il mio bastone sul viso del fanciullo». [30]Ma la madre del fanciullo disse: «Com'è vero che il Signore vive e tu pure vivi, io non ti lascerò!». Eliseo perciò s'alzò e la seguì. [31]Giezi li aveva preceduti e aveva posto il bastone sul viso del fanciullo, ma non si ebbe nessuna voce o segno. Perciò se ne ritornò da Eliseo e gli riferì: «Il fanciullo non s'è svegliato!». [32]Eliseo nel frattempo raggiunse la casa dove si trovava il fanciullo morto e disteso sul suo letto. [33]Vi entrò, chiuse la porta dietro loro due e pregò il Signore. [34]Poi salì e si distese sul fanciullo ponendo la bocca sulla sua bocca, gli occhi sui suoi occhi, le mani sulle sue mani; si piegò sopra e la carne del fanciullo si riscaldò. [35]Alzatosi, si mise a camminare su e giù per la casa; poi salì di nuovo e si piegò sette volte su di lui. Il fanciullo starnutì e aprì gli occhi. [36]Eliseo allora chiamò Giezi dicendogli: «Chiama quella Sunamita!». Egli la chiamò ed essa venne da lui che le disse: «Prendi tuo figlio!». [37]Entrata da lui, gli si gettò ai piedi e gli rese omaggio prostrandosi a terra; poi prese suo figlio e uscì.

La minestra avvelenata. - [38]Eliseo se ne tornò a Gàlgala mentre nel paese c'era la carestia e i discepoli dei profeti erano seduti al suo cospetto. Egli disse al suo servo: «Metti sul fuoco la pentola più grande e fa' cuocere una minestra per i discepoli dei profeti». [39]Uno di essi, ch'era uscito in campagna in cerca di verdura, trovò una vite selvatica da cui raccolse zucche selvatiche, fino a riempirne la falda della veste. Ritornato, le tagliò a pezzi e le gettò nella pentola, perché non sapeva che cosa fossero. [40]Ne versò poi agli altri perché ne mangiassero. Appena questi ebbero gustato la minestra, gridarono: «C'è la morte nella pentola, uomo di Dio!», e non ne poterono mangiare. [41]Il profeta ordinò: «Portatemi della farina»; la gettò nella pentola, poi disse: «Versatene alla gente perché ne mangi». E non ci fu più nulla di cattivo nella pentola.

Moltiplicazione delle primizie.

[42]Venne poi un uomo di Baal-Salisa che portava all'uomo di Dio nella bisaccia pane di primizia: venti pani d'orzo e del farro. Eliseo disse: «Dalli a questa gente perché ne mangi». [43]Il suo servo obiettò: «Come posso dare questo a cento persone?». Il profeta disse: «Dalli alla gente perché ne mangi, poiché il Signore ha detto così: "Se ne mangerà e ne avanzerà!"». [44]Quegli li diede ed essi mangiarono e ne avanzarono, secondo la parola del Signore.

5 Eliseo guarisce Naaman dalla lebbra.

[1]Naaman, comandante dell'esercito del re di Aram, era un uomo molto influente e stimato presso il suo signore, perché per mezzo suo il Signore aveva accordato la salvezza ad Aram. Ora quest'uomo tanto valoroso era lebbroso. [2]Gli Aramei, usciti a fare una razzia, rapirono dal paese d'Israele una ragazzina, la quale passò al servizio della moglie di Naaman. [3]Essa disse alla sua signora: «Se il mio signore si rivolgesse al profeta che c'è in Samaria, certamente egli lo libererebbe dalla lebbra!». [4]Naaman andò a informare il suo signore dicendo: «La fanciulla della terra d'Israele ha detto così e così». [5]Il re di Aram rispose: «Va' pure; io stesso invierò una lettera al re d'Israele». Quegli se ne andò dopo aver preso con sé dieci talenti d'argento, seimila sicli d'oro e dieci cambi di vesti. [6]Presentò al re d'Israele la lettera che diceva: «Nello stesso tempo in cui ti giungerà questa lettera, io t'invio il mio servo Naaman, perché lo guarisca dalla lebbra». [7]Letta che ebbe la lettera, il re d'Israele si stracciò le vesti ed esclamò: «Sono io forse Dio che posso far morire e vivere, dal momento che costui mi manda uno perché lo guarisca dalla lebbra? Considerate bene e vedrete che costui sta cercando l'occasione per nuocermi».

[8]Quando Eliseo, l'uomo di Dio, ebbe udito che il re d'Israele s'era stracciato le vesti, gli mandò a dire: «Perché ti sei stracciato le vesti? Venga pure da me e saprà che v'è un profeta in Israele!». [9]Naaman venne con i suoi cavalli e il suo cocchio e si fermò davanti alla porta della casa di Eliseo. [10]Allora Eliseo gli mandò un messaggero che gli disse: «Va' a bagnarti sette volte nel Giordano e la tua carne ritornerà come prima e sarai purificato». [11]Naaman si adirò e se ne andò dicendo: «Ecco, io m'ero detto: "Certamente egli uscirà, mi starà davanti e invocherà il nome del Signore Dio suo, agitando la mano sulla parte infetta e mi libererà dalla lebbra". [12]I fiumi di Damasco, l'Abana e il Parpar, non sono forse migliori di tutte le acque d'Israele? Se mi bagnassi in essi, non sarei forse purificato?». Si voltò e se ne andò tutto infuriato. [13]I suoi servi però gli vennero vicino e gli dissero: «Padre mio! Se il profeta ti avesse ordinato una cosa difficile, non l'avresti forse eseguita? A maggior ragione ora che ti ha detto: "Bagnati e sarai purificato"». [14]Allora egli discese e s'immerse sette volte nel Giordano, secondo la parola dell'uomo di Dio: la sua carne tornò come quella di un ragazzino e fu purificato. [15]Ritornò poi dall'uomo di Dio con tutto il suo seguito, entrò, gli stette davanti e disse: «Ecco, io so che in tutta la terra non v'è Dio se non in Israele! Ora, accetta un regalo dal tuo servo». [16]Egli rispose: «Per il Signore vivente, ch'io servo, non l'accetterò!». Quegli insistette perché accettasse, ma egli rifiutò. [17]Allora Naaman disse: «Poiché non vuoi, acconsenti che sia data al tuo servo la terra che può essere caricata su due muli, perché il tuo servo non offrirà più olocausti e sacrifici ad altri dèi tranne che al Signore. [18]Il Signore però perdoni il tuo servo per questa azione: quando il mio signore si recherà al tempio di Rimmon per farvi adorazione, si appoggerà al mio braccio e io mi prostrerò nel tempio di Rimmon mentre egli si prostra. Voglia il Signore perdonare al tuo servo per quest'azione». [19]Il profeta gli rispose: «Va' in pace!». Quegli si allontanò per un buon tratto di cammino.

Cupidigia del servo di Eliseo.

[20]Giezi, servo di Eliseo, uomo di Dio, disse tra sé: «Ecco, il mio signore ha avuto riguardo per questo Naaman arameo, rifiutandosi di prendere dalla sua mano quanto gli aveva portato. Com'è vero che vive il Signore, gli correrò dietro e certamente prenderò da lui qualcosa». [21]Difatti Giezi si mise ad inseguire Naaman. Quando questi lo vide corrergli dietro saltò giù dal cocchio per andargli incontro e gli domandò: «Va tutto bene?». [22]Quegli rispose: «Tutto bene! Il mio signore mi manda a dirti: "Ecco in questo momento sono venuti da me dalla montagna di Efraim due giovani dei discepoli dei

profeti; dammi per loro un talento d'argento e due mute d'abiti"». [23]Naaman disse: «Fammi il piacere: prendi due talenti». Dopo un po' d'insistenza, legò in due sacchi i due talenti d'argento con le due mute di abiti e li diede a due servi che li portarono davanti a Giezi. [24]Giunto sulla collina, egli li prese dalle loro mani e li depositò nella casa; poi rimandò gli uomini che se ne andarono. [25]Andò quindi a presentarsi al suo signore che gli domandò: «Donde vieni, Giezi?». Quegli rispose: «Il tuo servo non è andato in nessun luogo». [26]L'altro replicò: «Forse che il mio spirito non era presente quando un uomo è disceso dal suo cocchio per venirti incontro? Ora che hai ricevuto il denaro, puoi comprarti giardini, oliveti e vigne, pecore e buoi, schiavi e schiave! [27]Ma la lebbra di Naaman si attaccherà a te e alla tua discendenza per sempre». Quegli uscì dalla sua presenza, bianco di lebbra come la neve.

6 Ritrovamento dell'ascia perduta. - [1]I discepoli dei profeti dissero ad Eliseo: «Ecco, il luogo in cui noi abitiamo presso di te è troppo stretto per noi. [2]Se vuoi, andremo al Giordano e ci prenderemo una trave per ciascuno e ci faremo un luogo per abitarvi». Egli rispose: «Andate pure!». [3]Uno di loro disse: «Degnati di venire con i tuoi servi». Egli rispose: «Verrò!». [4]E andò con loro. Giunti al Giordano, si misero a tagliare alcune piante. [5]Mentre uno di essi abbatteva la sua trave, il ferro cadde nell'acqua. Allora si mise a gridare: «Ah, mio signore, esso era stato preso in prestito!». [6]L'uomo di Dio domandò: «Dov'è caduto?». Quegli gli fece vedere il posto. Allora egli tagliò un pezzo di legno, lo gettò là e il ferro venne a galla. [7]Poi disse: «Prendilo!». Quegli stese la mano e lo prese.

Eliseo cattura un drappello di Aramei. - [8]Il re di Aram, mentre era in guerra con Israele, consigliò i suoi ufficiali dicendo: «Scendete e sistematevi in quel luogo determinato». [9]L'uomo di Dio mandò a dire al re d'Israele: «Sta' in guardia circa quel luogo, perché là scendono gli Aramei». [10]Il re d'Israele mandò ad esplorare il luogo che l'uomo di Dio gli aveva indicato e su cui l'aveva premunito e se ne stette in guardia. Questo si verificò non una né due volte soltanto. [11]Il cuore del re di Aram si turbò per questa cosa; perciò convocò i suoi ufficiali e disse loro: «Non mi sapete dire chi, tra noi, parteggia per il re d'Israele?». [12]Uno degli ufficiali replicò: «No, o re mio signore, ma è Eliseo, il profeta che si trova in Israele, che riferisce al re d'Israele le parole che dici nella tua camera da letto». [13]Egli ordinò: «Andate a vedere dove egli si trova e io manderò a catturarlo». Gli fu riferito: «Ecco, si trova in Dotan». [14]Allora vi mandò cavalli, carri e un forte drappello, che arrivarono di notte e circondarono la città. [15]All'indomani, l'uomo di Dio si levò in fretta e uscì; ma ecco che un drappello circondava la città con cavalli e carri. Il suo servo gli disse: «Ah! Che faremo, mio signore?». [16]Quegli rispose: «Non temere, perché c'è più gente con noi che con loro». [17]Eliseo pregò così: «Signore, apri i suoi occhi perché possa vedere». Il Signore aprì gli occhi del servo e questi vide: ecco il monte era pieno di cavalli e di carri di fuoco che circondavano Eliseo. [18]Poiché gli Aramei scendevano verso di lui, Eliseo pregò così il Signore: «Colpisci di cecità questa gente!». E li colpì di cecità, secondo la parola di Eliseo. [19]Allora Eliseo disse loro: «Questa non è la strada e neppure la città; venite dietro a me e vi condurrò dall'uomo che voi cercate»: li condusse a Samaria. [20]Giunti che furono a Samaria, Eliseo disse: «O Signore, apri i loro occhi, perché vedano». Il Signore aprì i loro occhi e videro: si trovavano dentro Samaria! [21]Quando li vide, il re d'Israele disse a Eliseo: «Li devo uccidere, padre mio?». [22]Eliseo rispose: «Non ucciderli; uccidi forse quelli stessi che fai prigionieri con la tua spada e il tuo arco? Metti davanti ad essi pane e acqua perché mangino e bevano e poi ritornino dal loro signore». [23]Fu preparato per essi un gran pranzo. Dopo che ebbero mangiato e bevuto, li rimandò ed essi ritornarono dal loro signore. D'allora in poi le bande di Aram non osarono più venire nel territorio d'Israele.

Fame in Samaria assediata. - [24]Dopo questi fatti, avvenne che Ben-Adàd, re di Aram, raccolse tutto il suo esercito e salì per porre l'assedio a Samaria. [25]Ci fu una grande fa-

---

6. - [22.] Nel diritto d'allora chi cadeva nelle mani del nemico era fatto perire, ma Eliseo fa notare che i prigionieri sono suoi, li vuole trattare bene e rimandare liberi, perché annunzino la potenza del Dio d'Israele nella patria in cui ritorneranno.

me in Samaria a causa dell'assedio, a tal punto che una testa d'asino valeva ottanta sicli d'argento e un quarto di *qab* di tuberi valeva cinque sicli. ²⁶Mentre il re transitava sulle mura, una donna gli gridò: «Salvami, o re mio signore!». ²⁷Questi le rispose: «Se non ti salva il Signore, come ti salverò io? Forse con i prodotti dell'aia o del torchio?». ²⁸Poi il re le soggiunse: «Che cosa hai?». Ella rispose: «Questa donna mi ha detto: "Dammi tuo figlio perché lo mangiamo oggi; mio figlio lo mangeremo domani". ²⁹Così abbiamo fatto cuocere mio figlio e l'abbiamo mangiato; poi il giorno seguente le ho detto: "Dammi tuo figlio perché lo mangiamo", ma lei ha nascosto suo figlio». ³⁰Udito che ebbe le parole della donna, il re si stracciò le vesti mentre transitava sulle mura, cosicché il popolo vide che sotto, aderente alla carne, c'era il sacco. ³¹E disse: «Che Dio mi faccia questo male e mi aggiunga ancora quest'altro, se la testa di Eliseo, figlio di Safat, resterà oggi sulle sue spalle!». ³²Ora, mentre Eliseo se ne stava in casa sua e gli anziani stavano con lui, il re si fece precedere da un messaggero. Prima che questi giungesse da lui, egli disse agli anziani: «Avete visto che quel figlio di assassino ha mandato a tagliarmi la testa? Osservate: quando giungerà il messaggero, sbarrate la porta impedendogli così di entrare; forse dietro di lui non v'è il rumore dei passi del suo signore?». ³³Mentre ancora parlava con essi, ecco che il re discese da lui e disse: «Ecco, questo male proviene dal Signore; che cosa posso ancora aspettarmi da lui?».

7 **Eliseo predice la liberazione di Samaria.** - ¹Eliseo disse: «Ascoltate la parola del Signore: "Domani, alla stessa ora, alla porta di Samaria una *sea* di fior di farina costerà un siclo e due *sea* di orzo pure un siclo"». ²Lo scudiero, al cui braccio era appoggiato il re, rispose all'uomo di Dio: «Ecco che il Signore sta per fare delle aperture nel cielo! È mai possibile una cosa simile?». Eliseo replicò: «La vedrai tu stesso con i tuoi occhi, ma non ne mangerai».

³Ora quattro uomini lebbrosi, che si trovavano all'ingresso della porta, si dissero l'un l'altro: «Perché noi rimaniamo qui fino a che non morremo? ⁴Se decidiamo di entrare in città, lì v'è la fame e morremo; se invece restiamo qui, morremo ugualmen-

te. Orsù, andiamo e passiamo nell'accampamento di Aram: se ci lasceranno vivere, vivremo; se invece ci faranno morire, morremo».

⁵Al crepuscolo essi si levarono per andare all'accampamento di Aram; quando però giunsero all'estremità dell'accampamento di Aram, ecco, non v'era nessuno. ⁶Il Signore infatti aveva fatto udire nell'accampamento di Aram un rumore di carri e di cavalli, un rumore di un grande esercito, ed essi si erano detti l'un l'altro: «Ecco, il re d'Israele ha assoldato contro di noi i re degli Hittiti e i re d'Egitto perché marcino contro di noi». ⁷Si levarono e fuggirono al crepuscolo, abbandonando le tende, i cavalli, gli asini, l'intero accampamento così come si trovava; essi fuggirono per salvare la loro vita. ⁸Quei lebbrosi giunsero all'estremità dell'accampamento ed entrarono in una tenda, mangiarono e bevvero; poi asportarono di là argento, oro e vestiti che andarono a nascondere. ⁹Quindi si dissero l'un l'altro: «Non facciamo così! Oggi è giorno di buone notizie e noi ce ne stiamo zitti. Se aspettiamo che spunti il mattino, un castigo ci potrebbe colpire. Orsù, andiamo a informare il palazzo reale».

¹⁰Arrivati che furono, chiamarono i guardiani della città e li informarono dicendo loro: «Siamo andati nell'accampamento di Aram, ed ecco là non c'era nessuno né si udiva voce umana; c'erano soltanto cavalli legati e asini legati e le tende così com'erano prima». ¹¹I guardiani gridarono e fecero giungere la notizia all'interno del palazzo reale. ¹²Il re si levò di notte e parlò ai suoi ufficiali: «Vi spiegherò io ciò che ci hanno fatto gli Aramei: sapendo che noi siamo affamati, sono usciti fuori dell'accampamento per nascondersi nella campagna dicendo: "Quando usciranno dalla città, li cattureremo vivi e poi entreremo nella città"». ¹³Uno degli ufficiali rispose: «Si prendano i cinque cavalli superstiti, che sono rimasti in città — al massimo periranno anch'essi come la massa che è morta — e mandiamo a vedere». ¹⁴Presero dunque due carri con i loro cavalli e il re li inviò dietro gli Aramei dicendo loro: «Andate e vedete». ¹⁵Essi andarono dietro a loro fino al Giordano ed ecco tutta la strada era cosparsa di vesti e di oggetti che gli Aramei avevano gettato via nella loro fuga precipitosa. I messaggeri ritornarono e informarono il re.

¹⁶Allora il popolo uscì e saccheggiò l'ac-

campamento di Aram: così una *sea* di fior di farina venne a costare un siclo e due *sea* di orzo pure un siclo, secondo la parola del Signore. [17]Il re aveva messo a guardia della porta lo scudiero al cui braccio egli s'appoggiava; il popolo lo calpestò presso la porta ed egli morì, secondo quello che aveva detto l'uomo di Dio quando il re era sceso da lui. [18]Così avvenne come l'uomo di Dio aveva detto al re: «Domani, alla stessa ora, alla porta di Samaria, due *sea* di orzo costeranno un siclo e una *sea* di fior di farina pure un siclo». [19]Lo scudiero aveva risposto all'uomo di Dio: «Ecco che il Signore sta per fare delle aperture nel cielo! È mai possibile una cosa simile?». Quegli aveva replicato: «Lo vedrai tu stesso con i tuoi occhi, ma non ne mangerai». [20]Gli accadde proprio così: il popolo lo calpestò presso la porta ed egli morì.

8 **La Sunamita riacquista i suoi beni.** - [1]Eliseo disse alla donna a cui aveva risuscitato il figlio: «Lèvati, vattene con la tua famiglia e soggiorna fuori dove ti sarà possibile, perché il Signore ha chiamato la fame che durerà nel paese per sette anni». [2]La donna si levò e fece secondo la parola dell'uomo di Dio: partì lei e la sua famiglia e soggiornò nel paese dei Filistei per sette anni. [3]Trascorsi che furono i sette anni, la donna ritornò dal paese dei Filistei e si recò dal re a reclamare la sua casa e il suo campo. [4]Il re stava parlando con Giezi, il servo dell'uomo di Dio, e gli diceva: «Raccontami, ti prego, tutte le grandi cose che Eliseo ha fatto». [5]Mentre egli raccontava al re il modo come aveva risuscitato il morto, ecco che si presentò proprio la donna a cui il profeta aveva risuscitato il figlio per reclamare dal re la sua casa e il suo campo. Giezi allora disse: «O re, mio signore! Questa è la donna e questo è il suo figlio che Eliseo ha risuscitato!». [6]Il re interrogò la donna ed essa gli narrò il fatto. Allora il re l'affidò a un eunuco con quest'ordine: «Si restituisca tutto quello che le appartiene e tutte le rendite del campo dal momento in cui essa ha lasciato il paese fino ad ora».

Eliseo predice il regno di Cazaèl. - [7]Eliseo si recò a Damasco. Ben-Adàd, re di Aram, era ammalato e gli fu annunciato: «L'uomo di Dio è venuto fin qui». [8]Il re disse a Cazaèl: «Prenditi un regalo, va' incontro all'uomo di Dio e, per mezzo suo, consulta il Signore così: "Guarirò da questa malattia?"». [9]Cazaèl gli andò incontro, dopo essersi preso come regalo ogni cosa più preziosa di Damasco: un carico di quaranta cammelli! Giunto da lui, gli si presentò e gli disse: «Tuo figlio Ben-Adàd, re di Aram, mi ha mandato da te per domandarti: "Guarirò da questa malattia?"». [10]Eliseo rispose: «Va' e digli: "Certamente guarirai!", però il Signore mi ha fatto vedere che certamente egli morirà». [11]Poi immobilizzò il suo volto e irrigidì il suo sguardo per lungo tempo; alla fine l'uomo di Dio scoppiò in pianto. [12]Allora Cazaèl domandò: «Perché piangi, mio signore?». Quegli rispose: «È perché so tutto il male che farai ai figli d'Israele: brucerai le loro fortezze, ucciderai di spada i loro primogeniti, sfracellerai i loro lattanti, sventrerai le loro donne incinte». [13]Cazaèl esclamò: «Che è mai il tuo servo? È forse un cane perché possa fare una cosa così mostruosa?». Eliseo gli replicò: «Il Signore mi ha fatto vedere che tu sarai re di Aram». [14]Partito che fu da Eliseo, si recò dal suo signore che gli domandò: «Che cosa ti ha detto Eliseo?». Quegli rispose: «Mi ha detto che tu certamente guarirai». [15]Il giorno dopo egli prese una coperta, la immerse nell'acqua, gliela pose sul viso e quegli morì. Così Cazaèl regnò al posto suo.

Regno di Ioram in Giuda (848-841). - [16]Il quinto anno di Ioram, figlio di Acab, re d'Israele, divenne re Ioram, figlio di Giosafat, re di Giuda. [17]Al suo avvento al trono egli aveva trentadue anni e regnò otto anni a Gerusalemme. [18]Imitò la condotta dei re d'Israele, come aveva fatto la casa di Acab — una figlia di Acab era infatti sua moglie —, e fece il male agli occhi del Signore. [19]Tuttavia il Signore non volle distruggere Giuda a causa di Davide, suo servo, perché aveva promesso di dare a lui e ai suoi discendenti una lampada perenne. [20]Ai suoi tempi, Edom si liberò dal dominio di Giuda e si diede un re.

---

8. - [14-15]. Cazaèl espose al re di Aram la prima parte della profezia: «Certamente guarirai», e fece avverare la seconda parte con il delitto di cui fu responsabile e a cui aveva già pensato.

20. L'Idumea (*Edom*), conquistata da Davide, perduta da Salomone, riconquistata da Giosafat, fu perduta da Ioram che, accerchiato, a stento si salvò aprendosi un varco di notte tra gl'Idumei, che da allora restarono indipendenti.

²¹Allora Ioram, con tutti i suoi carri, passò a Zeira. Levatosi di notte, con i comandanti dei carri batté gli Edomiti che lo avevano accerchiato; il popolo fuggì alle sue tende. ²²Così Edom si liberò dal dominio di Giuda fino ad oggi. Anche Libna si ribellò in quel tempo. ²³Le altre gesta di Ioram e tutte le sue azioni non sono forse descritte nel libro degli Annali dei re di Giuda? ²⁴Ioram si addormentò con i suoi antenati e fu seppellito con essi nella città di Davide. Al suo posto regnò suo figlio Acazia.

Regno di Acazia in Giuda (841). - ²⁵L'anno dodicesimo di Ioram, figlio di Acab, re d'Israele, incominciò a regnare Acazia, figlio di Ioram, re di Giuda. ²⁶Al suo avvento al trono Acazia aveva ventidue anni e regnò un anno a Gerusalemme. Il nome di sua madre era Atalia, figlia di Omri, re d'Israele. ²⁷Egli seguì la condotta della casa di Acab e fece il male agli occhi del Signore, come la casa di Acab, poiché si era imparentato con la casa di Acab. ²⁸Assieme a Ioram, figlio di Acab, andò a combattere Cazaèl, re di Aram, a Ramot di Gàlaad, ma gli Aramei ferirono Ioram. ²⁹Allora il re Ioram ritornò a Izreèl per farsi curare le ferite che gli Aramei gli avevano inferte a Ramot, mentre combatteva Cazaèl, re di Aram. Acazia, figlio di Ioram, re di Giuda, discese a Izreèl a visitare Ioram, figlio di Acab, che era sofferente.

9 **Un discepolo di Eliseo consacra re Ieu.** - ¹Il profeta Eliseo chiamò uno dei discepoli dei profeti e gli disse: «Cingiti i fianchi, prendi con te quest'ampolla di olio e recati a Ramot di Gàlaad. ²Giunto là, cerca di vedere Ieu, figlio di Giosafat, figlio di Nimsi; trovatolo, lo farai alzare di mezzo ai suoi colleghi e lo condurrai in una stanza isolata. ³Poi prenderai l'ampolla dell'olio e la verserai sulla sua testa dicendogli: "Così parla il Signore: Io ti ungo re d'Israele". Aprirai quindi la porta e fuggirai senza indugio». ⁴Allora il giovane si recò a Ramot di Gàlaad. ⁵Quando vi giunse, i comandanti dell'esercito erano seduti a consiglio; egli disse: «Ho una parola per te, comandante!». Ieu domandò: «Per chi di noi?». Quegli rispose: «Per te, comandante!». ⁶Egli si levò ed entrò nella casa. Il giovane allora gli versò l'olio sul capo dicendogli: «Così parla il Signore, Dio d'Israele: "Ti ungo re del po-

polo del Signore d'Israele. ⁷Tu colpirai la casa di Acab, tuo signore; così vendicherò il sangue dei miei servi, i profeti, e quello di tutti i servi del Signore versato per opera di Gezabele. ⁸Tutta la casa di Acab perirà! Reciderò via da Acab ogni maschio, schiavo o libero in Israele. ⁹Tratterò la casa di Acab come quella di Geroboamo, figlio di Nebàt, e come quella di Baasa, figlio di Achia. ¹⁰Quanto a Gezabele, i cani la divoreranno nel campo di Izreèl; nessuno la seppellirà"». Poi aprì la porta e fuggì.

Ieu è proclamato re. - ¹¹Ieu uscì e ritornò dai servi del suo signore che gli domandarono: «Va tutto bene? Perché quel pazzo è venuto da te?». Rispose ad essi: «Voi conoscete l'uomo e le sue chiacchiere». ¹²Essi però replicarono: «È falso! Raccontacelo tu!». Allora egli soggiunse: «Egli mi ha detto così e così, affermando: "Questo dice il Signore: Ti ho unto re d'Israele"». ¹³Quelli allora s'affrettarono a prendere ciascuno il proprio mantello, lo stesero sotto di lui, sopra i gradini, poi suonarono la tromba e proclamarono: «Ieu è re!».

Congiura di Ieu. - ¹⁴Ieu, figlio di Giosafat, figlio di Nimsi, ordì una congiura contro Ioram, il quale, assieme a tutto Israele, aveva difeso Ramot di Gàlaad contro Cazaèl, re di Aram. ¹⁵Il re Ioram era tornato a Izreèl per farsi curare le ferite che gli avevano inferto gli Aramei, mentre combatteva contro Cazaèl, re di Aram. Ieu disse: «Se siete d'accordo con me, nessuno esca dalla città per andare a portare la notizia in Izreèl». ¹⁶Ieu salì sul carro e si recò a Izreèl, perché Ioram lì giaceva sofferente e Acazia, re di Giuda, era disceso a fargli visita. ¹⁷La sentinella che stava sulla torre di Izreèl, vedendo giungere la schiera di Ieu, disse: «Vedo una schiera». Ioram replicò: «Prendi un cavaliere, mandalo incontro ad essi e fagli domandare: "Va tutto bene?"». ¹⁸Il cavaliere gli andò incontro e disse: «Il re domanda: "Va tutto bene?"». Ieu rispose: «Che cosa t'importa se va tutto bene? Passa dietro di me!». La sentinella annunciò la cosa dicendo: «Il messaggero è giunto da essi, ma non è tornato». ¹⁹Il re inviò un altro cavaliere; giunto che fu da essi disse: «Il re domanda: "Va tutto bene?"». Ieu rispose: «Che cosa t'importa se va tutto bene? Passa dietro di me!». ²⁰La sentinella annunciò la cosa dicendo: «È giunto da essi, ma non è tornato.

La maniera di guidare è quella di Ieu, figlio di Nimsi: guida infatti da pazzo!». [21]Allora Ioram ordinò: «Attaccate i cavalli!». Li attaccarono al suo carro e Ioram, re d'Israele, e Acazia, re di Giuda, uscirono ciascuno sul proprio carro per andare incontro a Ieu e lo trovarono nel campo di Nabòt di Izreèl.

Ieu uccide Ioram, Acazia e Gezabele. - [22]Non appena Ioram vide Ieu gli domandò: «Va tutto bene, Ieu?». Quegli rispose: «Che cos'è questo "va tutto bene?", fin quando durano le prostituzioni di tua madre Gezabele e i suoi numerosi sortilegi?». [23]Allora Ioram voltò il carro e si diede alla fuga dopo aver detto ad Acazia: «Tradimento, Acazia!». [24]Ma Ieu impugnò l'arco, colpì Ioram tra le spalle e la freccia trapassò il cuore del re che stramazzò sul carro. [25]Poi disse a Bidkar, suo scudiero: «Prendilo e gettalo in qualche parte del campo di Nabòt di Izreèl; mi ricordo infatti che, mentre tu e io cavalcavamo dietro suo padre Acab, il Signore pronunciò contro di lui questa sentenza: [26]"Lo giuro: ieri ho visto il sangue di Nabòt e dei suoi figli, oracolo del Signore. Ti ripagherò in questo stesso campo. Oracolo del Signore". Ora prendilo e gettalo nel campo secondo la parola del Signore».

[27]Acazia, re di Giuda, vedendo ciò, fuggì per la strada di Bet-Gan; però Ieu lo inseguì e ordinò: «Colpite anche lui!». Lo colpirono sul carro lungo la salita di Gur, che è vicino ad Ibleam. Riuscì a rifugiarsi a Meghiddo, ma qui morì. [28]Allora i suoi servi lo trasportarono a Gerusalemme e lo seppellirono nel suo sepolcro assieme ai suoi antenati, nella Città di Davide. [29]Acazia era divenuto re di Giuda nell'anno undecimo di Ioram, figlio di Acab.

[30]Ieu si recò a Izreèl. Saputo che l'ebbe, Gezabele s'imbellettò gli occhi, si ornò la testa e s'affacciò alla finestra. [31]Mentre Ieu varcava la porta, ella disse: «Va tutto bene, o Zimri, assassino del suo signore?». [32]Ieu alzò gli occhi verso la finestra e disse: «Chi è con me, chi?». Nel frattempo due o tre eunuchi si erano sporti fuori verso di lui. [33]Egli ordinò: «Gettatela giù!». Essi la gettarono. Il suo sangue spruzzò i muri e i caval-

li e Ieu le passò sopra il corpo. [34]Poi entrò, mangiò e bevve; infine ordinò: «Occupatevi di quella maledetta e datele sepoltura perché è figlia di re!». [35]Andarono per seppellirla ma di lei non trovarono che il cranio, i piedi e le palme delle mani. [36]Tornati, ne informarono Ieu che esclamò: «È la parola che il Signore ha pronunciato per mezzo del suo servo Elia il tisbita: "Nel campo di Izreèl i cani divoreranno la carne di Gezabele; [37]il cadavere di Gezabele sarà come sterco sulla superficie della campagna, nel campo di Izreèl, cosicché non si potrà più dire: costei è Gezabele"».

10 Ieu massacra la famiglia reale e i prìncipi di Giuda. - [1]Acab aveva in Samaria settanta figli. Ieu perciò scrisse delle lettere e poi le inviò a Samaria ai capi della città, agli anziani e ai tutori dei figli di Acab. Vi si diceva: [2]«Ora, quando vi giungerà questa lettera, avete con voi i figli del vostro signore, avete i carri e i cavalli, città fortificate e le armi. [3]Vedete tra i figli del vostro signore chi è il migliore e il più degno, ponetelo sul trono di suo padre, e combattete per la casa del vostro signore». [4]Ma quelli ebbero gran paura e dissero: «Ecco, due re non han potuto tenergli fronte; come potremo farlo noi?». [5]Perciò il sovrintendente del palazzo, il governatore della città, gli anziani e i tutori mandarono a dire a Ieu: «Noi siamo tuoi servi; faremo tutto quello che ci ordinerai, ma non proclameremo re nessuno: fa' quello che parrà bene ai tuoi occhi». [6]Allora Ieu scrisse loro una seconda lettera in cui si diceva: «Se siete con me e volete ascoltare la mia voce, prendete i capi dei figli del vostro signore e, domani a quest'ora, venite da me a Izreèl». Ora i figli del re erano settanta e ciascuno di essi stava con i grandi della città che li allevavano.

[7]Come la lettera giunse a loro, essi presero i figli del re, li sgozzarono tutti e settanta, posero le loro teste in ceste e le mandarono a Ieu in Izreèl. [8]Il messaggero venne ad annunziare a Ieu: «Hanno portato le teste dei figli del re!». Questi disse: «Mettetele in due mucchi all'ingresso della porta fino a domani mattina!». [9]Al mattino egli uscì e, stando in piedi, disse a tutto il popolo: «Voi non siete colpevoli! Ecco, sono stato io che ho cospirato contro il mio signore e l'ho assassinato, ma chi ha ucciso tutti co-

---

10. - [1-5.] Ieu ironicamente esorta i capi di Samaria a eleggere un re tra i discendenti di Acab; ma i capi di Samaria, visto che Ioram e Acazia erano stati battuti, si schierarono con lui, per paura.

storo? ¹⁰Sappiate dunque che niente cadrà in terra della parola che il Signore ha pronunciato contro la casa di Acab: il Signore infatti ha realizzato quello che aveva detto per mezzo del suo servo Elia». ¹¹Ieu poi uccise tutti quelli che erano rimasti della casa di Acab a Izreèl, tutti i suoi grandi, i suoi familiari, i suoi sacerdoti, cosicché non ne risparmiò neppure uno.

¹²Quindi si levò e si diresse a Samaria. Mentre andava per la strada, a Bet-Eked dei Pastori ¹³Ieu trovò i fratelli di Acazia, re di Giuda, ai quali domandò: «Chi siete?». Quelli risposero: «Siamo fratelli di Acazia e siamo discesi a salutare i figli del re e i figli della regina». ¹⁴Allora ordinò: «Prendeteli vivi». Li presero vivi e li sgozzò presso il pozzo di Bet-Eked, in numero di quarantadue; non ne risparmiò neppure uno.

Incontro di Ieu con Ionadàb. - ¹⁵Partito di là, trovò Ionadàb, figlio di Recàb, che gli veniva incontro. Lo salutò e gli disse: «Il tuo cuore è sincero come il mio cuore lo è con il tuo?». Ionadàb rispose: «Sì!». «Se lo è, dammi la tua mano». Quello gliela diede e allora Ieu lo fece salire con sé sul carro ¹⁶e gli disse: «Vieni con me e vedrai il mio zelo per il Signore». Lo portò con sé sul suo carro. ¹⁷Arrivato a Samaria, uccise tutti quelli ch'erano rimasti della casa di Acab in Samaria fino alla sua distruzione, secondo la parola che il Signore aveva detto a Elia.

Ieu massacra gli adoratori di Baal. - ¹⁸Ieu radunò tutto il popolo e gli disse: «Acab ha adorato poco Baal, ma Ieu lo adorerà molto di più! ¹⁹Ora chiamatemi tutti i profeti di Baal e tutti i suoi sacerdoti; nessuno manchi, perché devo offrire un grande sacrificio a Baal. Chiunque mancherà non rimarrà in vita!». Ieu però agiva con astuzia, per sterminare gli adoratori di Baal. ²⁰Poi Ieu ordinò: «Convocate una santa assemblea in onore di Baal». Essi la convocarono. ²¹Ieu mandò messaggeri per tutto Israele e tutti gli adoratori di Baal vennero senza eccezione alcuna e si presentarono al tempio di Baal che fu pieno da un capo all'altro. ²²Allora ordinò al guardiano delle vesti: «Tira fuori le vesti per tutti gli adoratori di Baal». Quello tirò fuori le vesti per loro. ²³Allora Ieu, in compagnia di Ionadàb, figlio di Recàb, entrò nel tempio di Baal e disse agli adoratori di Baal: «Assicu-

ratevi che qui, in mezzo a voi, non ci siano adoratori del Signore, bensì soltanto adoratori di Baal». ²⁴Poi si accostarono per compiere i sacrifici e gli olocausti. Ieu però aveva collocato fuori ottanta uomini ai quali aveva detto: «Se qualcuno di voi lascerà scappare uno solo degli uomini che io vi metto nelle mani, pagherà con la vita». ²⁵Terminato che ebbe l'olocausto, Ieu ordinò alle guardie e agli scudieri: «Andate e uccideteli! Nessuno scampi!». Quelli li passarono a fil di spada. Le guardie e gli scudieri arrivarono fino alla cella del tempio di Baal. ²⁶Portarono fuori la stele del tempio di Baal e la bruciarono. ²⁷Demolirono l'altare di Baal; demolirono anche il tempio di Baal e vi posero delle latrine che restano fino ad oggi.

Regno di Ieu in Israele (841-813). - ²⁸Così Ieu sradicò Baal da Israele. ²⁹Tuttavia non abbandonò i peccati che Geroboamo, figlio di Nebàt, aveva fatto commettere a Israele, cioè i torelli d'oro che si trovavano in Betel e in Dan. ³⁰Il Signore disse a Ieu: «Dal momento che hai agito bene, facendo ciò che è retto ai miei occhi, e hai fatto della casa di Acab tutto quello che avevo in cuore, i tuoi figli siederanno fino alla quarta generazione sul trono d'Israele». ³¹Ma Ieu non si curò di osservare di tutto cuore la legge del Signore, Dio d'Israele, né abbandonò i peccati che Geroboamo aveva fatto commettere ad Israele.

³²In quel tempo il Signore incominciò a ridurre il territorio di Israele. Infatti Cazaèl colpì gli Israeliti su tutti i confini, ³³dal Giordano verso oriente, tolse loro tutta la regione di Gàlaad, di Gad, di Ruben e di Manasse, da Aroer, che si trova sul fiume Arnon, fino al Gàlaad e al Basan.

³⁴Le altre gesta di Ieu e tutte le sue azioni non sono forse descritte nel libro degli Annali dei re d'Israele? ³⁵Ieu s'addormentò assieme ai suoi antenati e fu sepolto a Samaria. Al suo posto regnò suo figlio Ioacaz. ³⁶Il periodo di tempo in cui Ieu regnò su Israele, a Samaria, fu di ventotto anni.

6-10. Abitualmente l'usurpatore sterminava la casa reale deposta. Così fece Ieu, ma per non esser tacciato di crudeltà fece eseguire i suoi desideri dagli stessi amici del re precedente, e al popolo inorridito dichiarò che erano stati eseguiti i voleri di Dio manifestati dal profeta Elia.

11 **Storia della regina Atalia (841-835).** - [1]Quando Atalia, madre di Acazia, vide che suo figlio era morto, si levò e sterminò tutta la stirpe reale. [2]Ma Ioseba, figlia del re Ioram e sorella di Acazia, prese Ioas, figlio di Acazia, sottraendolo di mezzo ai figli del re che stavano per essere uccisi e lo mise, assieme alla sua nutrice, nella camera dei letti; così lo nascose ad Atalia e non fu ucciso. [3]Rimase nascosto con lei nel tempio del Signore per sei anni, mentre Atalia regnava sul paese. [4]Il settimo anno, Ioiada mandò a prendere i capicenturia dei Carii e delle guardie, li fece venire presso di sé nel tempio del Signore e stipulò con loro un patto. Dopo che li ebbe fatti giurare nel tempio del Signore, mostrò loro il figlio del re. [5]Poi impartì loro questo ordine: «Questa è la cosa che dovrete fare: la terza parte di voi che entra al sabato in servizio e monta la guardia al palazzo reale, [6-7]e gli altri due vostri manipoli cioè tutti quelli che escono al sabato dal servizio, monteranno la guardia nella casa del Signore, presso il re; [8]così voi farete un cerchio attorno al re, ciascuno con le armi in pugno, e chiunque tenterà di rompere le fila sia ucciso. State vicino al re in tutti i suoi movimenti».

[9]I capicenturia fecero tutto quello che il sacerdote Ioiada aveva loro comandato. Ciascuno prese i suoi uomini, quelli che entravano in servizio al sabato assieme a quelli che uscivano al sabato, e andarono dal sacerdote Ioiada. [10]Il sacerdote diede ai capicenturia le lance e gli scudi del re Davide che si trovavano nel tempio del Signore. [11]Le guardie si schierarono, ciascuna con le armi in pugno, dal lato sud del tempio fino al lato nord, davanti all'altare e al tempio, intorno al re. [12]Allora Ioiada fece uscire il figlio del re, gli impose il diadema e i braccialetti, lo proclamò re e lo unse. I presenti batterono le mani e gridarono: «Viva il re!».

[13]All'udire il frastuono del popolo, Atalia andò verso di esso nel tempio del Signore. [14]Osservò e vide il re sul podio, secondo l'usanza, con i capi e i trombettieri presso di lui. Tutto il popolo della terra era in festa e suonava le trombe. Allora Atalia si stracciò le vesti e gridò: «Tradimento, tradimento!». [15]Il sacerdote Ioiada ordinò ai capicenturia che comandavano l'esercito: «Conducetela fuori del recinto sacro e chiunque la segue venga ucciso di spada». Il sacerdote infatti aveva detto: «Non venga uccisa nel tempio del Signore». [16]Quelli la catturarono e, quando giunse al palazzo reale per la porta dei Cavalli, vi fu uccisa.

[17]Ioiada stipulò un patto tra il Signore, il re e il popolo affinché questi diventasse un popolo del Signore; così pure tra il re e il popolo. [18]Tutto il popolo della terra si recò al tempio di Baal e lo demolì; frantumò gli altari e le immagini e uccise davanti agli altari Mattan, sacerdote di Baal. Il sacerdote Ioiada stabilì dei posti di sorveglianza nel tempio del Signore; [19]poi prese con sé i capicenturia e i Carii, le guardie e tutto il popolo della terra: essi fecero scendere il re dal tempio del Signore. Entrato che fu nel palazzo reale per la porta delle Guardie, egli si sedette sul trono regale. [20]Tutto il popolo della terra era in festa e la città rimase tranquilla. Quanto ad Atalia, fu uccisa di spada nel palazzo reale.

12 **Regno di Ioas in Giuda (835-796).** - [1]Quando divenne re, Ioas aveva sette anni. [2]Egli incominciò a regnare nell'anno settimo di Ieu e regnò quarant'anni a Gerusalemme. Sua madre si chiamava Sibia, da Bersabea. [3]Ioas fece ciò che è retto agli occhi del Signore per tutta la sua vita, perché il sacerdote Ioiada l'aveva istruito. [4]Soltanto non furono rimosse le alture, cosicché il popolo offriva sacrifici e bruciava aromi su di esse.

[5]Ioas disse ai sacerdoti: «Tutto il denaro consacrato che viene portato al tempio del Signore, il denaro di chi diventa maggiorenne, il denaro fissato per il riscatto delle persone e tutto il denaro che ognuno desidera portare al tempio del Signore, [6]i sacerdoti lo prendano, ciascuno dal proprio conoscente, e riparino i danni del tempio dovunque si trovino». [7]Tuttavia nell'anno ventitreesimo del re Ioas i sacerdoti non avevano ancora riparato i danni del tempio. [8]Allora il re Ioas convocò il sacerdote Ioiada e i

---

11. - [1] *Atalia*, figlia di Acab e di Gezabele e moglie di Ioram, padre di Acazia, per usurpare il trono uccise il resto della famiglia reale lasciato da Ieu (2Re 10,14).

[5-8]. Il piano di Ioiada è il seguente. I congiurati sono divisi in tre compagnie: la prima, quella che entrava in servizio il sabato, era divisa in tre gruppi e aveva tre luoghi da sorvegliare: il palazzo reale e due porte del tempio per impedirne l'entrata; la seconda e la terza compagnia dovevano fare la guardia al re nel tempio contro qualunque eventuale pericolo.

sacerdoti e disse loro: «Perché non riparate i danni del tempio? D'ora innanzi non prenderete più il denaro dai vostri conoscenti, ma lo darete a me per i danni del tempio». ⁹I sacerdoti acconsentirono a non ricevere più denaro dal popolo e a non riparare i danni del tempio.

¹⁰Il sacerdote Ioiada prese una cassa, praticò un foro nel coperchio e la collocò a fianco dell'altare, alla destra di chi entra nel tempio del Signore. I sacerdoti che custodivano l'ingresso vi ponevano dentro tutto il denaro portato nel tempio del Signore. ¹¹Quando essi vedevano che nella cassa c'era molto denaro, saliva lo scriba del re, assieme al gran sacerdote, si raccoglieva e si contava il denaro che si trovava nel tempio del Signore. ¹²Controllato che avevano il denaro, lo consegnavano nelle mani dei capomastri addetti al tempio del Signore, i quali lo passavano ai carpentieri e agli operai che riparavano il tempio del Signore, ¹³ai muratori, ai tagliapietre, per acquistare legname e pietre squadrate destinate a riparare i danni del tempio del Signore, e cioè per tutte le spese necessarie ai restauri del tempio. ¹⁴Con il denaro portato nel tempio del Signore non si facevano né bacini d'argento, né coltelli, né aspersori, né trombe, né alcun oggetto d'oro e d'argento, ¹⁵bensì lo si dava agli esecutori dei lavori perché restaurassero il tempio del Signore. ¹⁶Non si controllavano neppure le persone nelle cui mani era consegnato il denaro che doveva essere trasmesso agli esecutori dei lavori, perché essi agivano con onestà. ¹⁷Il denaro per il sacrificio di riparazione e quello per il sacrificio per il peccato non era destinato al tempio del Signore, bensì era riservato ai sacerdoti.

¹⁸In quel tempo Cazaèl, re di Aram, salì per combattere contro Gat e la espugnò; poi si accinse a salire contro Gerusalemme. ¹⁹Ma Ioas, re di Giuda, prese tutti i doni che i re di Giuda, suoi antenati, Giosafat, Ioram e Acazia avevano consacrato, i suoi sacri donativi e tutto l'oro ritrovato nei tesori del tempio del Signore e nel palazzo reale e lo inviò a Cazaèl, re di Aram. Questi allora si allontanò da Gerusalemme.

²⁰Le altre gesta di Ioas e tutte le sue azioni non sono forse descritte nel libro degli Annali dei re di Giuda? ²¹I suoi ufficiali si sollevarono, ordinarono una congiura e uccisero Ioas a Bet-Millo, dove egli era disceso. ²²Iozacàr, figlio di Simeat, e Iozabàd, figlio di Somer, suoi ufficiali, lo colpirono ed egli

morì. Lo seppellirono assieme ai suoi antenati nella Città di Davide e al suo posto regnò suo figlio Amazia.

13 Regno di Ioacaz in Israele (813-797). - ¹L'anno ventitreesimo di Ioas, figlio di Acazia, re di Giuda, Ioacaz, figlio di Ieu, divenne re d'Israele in Samaria dove regnò diciassette anni. ²Egli fece ciò che è male agli occhi del Signore e imitò il peccato che Geroboamo, figlio di Nebàt, aveva fatto commettere ad Israele e non se ne staccò. ³Allora l'ira del Signore divampò contro Israele e li abbandonò in mano di Cazaèl, re di Aram, e in mano di Ben-Adàd, figlio di Cazaèl, per tutto il tempo. ⁴Ioacaz però si propiziò il Signore che lo esaudì perché vide l'oppressione d'Israele: infatti il re di Aram li aveva oppressi. ⁵Il Signore diede a Israele un salvatore che li liberò dalla mano di Aram. Così i figli d'Israele abitarono come prima nelle loro tende. ⁶Non si staccarono però dal peccato della casa di Geroboamo, che questi aveva fatto commettere ad Israele, ma camminarono in esso; persino il palo sacro rimase in piedi a Samaria. ⁷Pertanto il Signore non lasciò a Ioacaz altra truppa al di fuori di cinquanta cavalieri, dieci carri e diecimila fanti; il re di Aram infatti li aveva sterminati e ridotti come polvere da calpestare. ⁸Le altre gesta di Ioacaz, tutte le sue azioni e il suo coraggio non sono forse descritti nel libro degli Annali dei re d'Israele? ⁹Ioacaz s'addormentò con i suoi antenati e lo seppellirono a Samaria. Al suo posto regnò suo figlio Ioas.

Regno di Ioas in Israele (797-788). - ¹⁰L'anno trentasettesimo di Ioas re di Giuda, Ioas, figlio di Ioacaz, divenne re d'Israele in Samaria dove regnò per sedici anni. ¹¹Egli fece ciò che è male agli occhi del Signore né si staccò dal peccato che Geroboamo, figlio di Nebàt, aveva fatto commettere ad Israele, bensì camminò in esso.

¹²Le altre gesta di Ioas, tutte le sue azioni e il suo coraggio quando combatté contro Amazia, re di Giuda, non sono forse descritti nel libro degli Annali dei re d'Israele? ¹³Ioas s'addormentò con i suoi antenati e Geroboamo s'assise sul suo trono. Ioas fu sepolto a Samaria assieme ai re d'Israele.

Morte di Eliseo. - ¹⁴Or Eliseo s'ammalò di quella malattia di cui doveva morire. Ioas, re di Israele, discese presso di lui e, piangendo in sua presenza, gli disse: «Padre mio, padre mio! Carro d'Israele e sua pariglia!». [15]Eliseo gli ordinò: «Prendi arco e frecce». Egli prese arco e frecce. [16]Poi Eliseo disse al re d'Israele: «Impugna l'arco!»; ed egli lo impugnò. Allora Eliseo pose le sue mani sulle mani del re [17]e gli disse: «Apri la finestra verso l'oriente»; egli la aprì. Eliseo soggiunse ancora: «Tira!»; egli tirò. Allora il profeta disse: «Freccia vittoriosa del Signore, freccia vittoriosa contro Aram: tu batterai Aram ad Afek, fino allo sterminio!». [18]Poi soggiunse: «Prendi le frecce!»; egli le prese. Di nuovo ordinò al re d'Israele: «Colpisci il suolo!»; egli lo colpì per tre volte e poi si fermò. [19]Allora l'uomo di Dio s'irritò contro di lui e gli disse: «Se tu avessi colpito cinque o sei volte, allora avresti colpito Aram fino allo sterminio; ora invece colpirai Aram solo per tre volte».

[20]Eliseo morì e lo seppellirono. Or alcune bande di Moab facevano incursioni nel paese ogni anno. [21]Al vedere le bande alcuni, che erano intenti a seppellire un morto, gettarono il cadavere nel sepolcro di Eliseo e si allontanarono. Non appena il morto toccò le ossa di Eliseo, riebbe la vita e si drizzò sui suoi piedi.

[22]Cazaèl, re di Aram, oppresse Israele durante tutta la vita di Ioacaz. [23]Il Signore però fece loro grazia, ne ebbe compassione e si volse verso di loro a motivo del patto con Abramo, Isacco e Giacobbe; non volle sterminarli né, fino ad oggi, li rigettò dal suo cospetto. [24]Cazaèl, re di Aram, morì e Ben-Adàd, suo figlio, regnò al suo posto. [25]Allora Ioas, figlio di Ioacaz, riprese dalla mano di Ben-Adàd, figlio di Cazaèl, le città che quest'ultimo aveva tolte, in combattimento, a suo padre Ioacaz. Per ben tre volte Ioas lo sconfisse e così riebbe le città d'Israele.

14 Regno d'Amazia in Giuda (796-781).

- [1]Il secondo anno di Ioas, figlio di Ioacaz, re d'Israele, divenne re di Giuda Amazia, figlio di Ioas. [2]Al suo avvento al trono egli aveva venticinque anni e regnò ventinove anni in Gerusalemme. Sua madre si chiamava Ioaddain, da Gerusalemme. [3]Egli fece ciò che è retto agli occhi del Signore; però non come Davide suo padre. Imitò in tutto suo padre Ioas. [4]Tuttavia le alture non furono rimosse, di modo che il po-

polo continuava ad offrire sacrifici e a bruciare aromi sulle alture. [5]Quando il potere reale fu saldo in sua mano, egli uccise gli ufficiali che avevano ucciso il re suo padre. [6]Però non uccise i figli degli uccisori, secondo ciò che è scritto nel libro della legge di Mosè, in cui il Signore ha ordinato così: «Non siano fatti morire i padri per i figli né i figli per i padri; bensì ciascuno deve morire per la sua colpa». [7]Egli batté Edom nella valle del Sale, in tutto diecimila uomini, ed espugnò in combattimento Sela, a cui diede il nome Iokteèl, che perdura fino ad oggi.

[8]Allora Amazia inviò messaggeri a Ioas, figlio di Ieu, re d'Israele, a dirgli: «Vieni e misuriamoci faccia a faccia». [9]Ioas, re d'Israele, mandò a dire ad Amazia, re di Giuda: «Il cardo del Libano mandò a dire al cedro del Libano: "Concedi tua figlia in sposa a mio figlio". Ma passarono le bestie selvagge del Libano e calpestarono il cardo. [10]Tu hai duramente battuto Edom e il tuo cuore si è inorgoglito. Goditi la tua gloria, ma rimani a casa tua! Perché vorresti provocare una sciagura e cadere trascinando Giuda con te?». [11]Amazia però non prestò ascolto e allora Ioas, re d'Israele, salì ed egli e il re di Giuda si misurarono faccia a faccia a Bet-Semes che si trova in Giuda. [12]Giuda ebbe la peggio di fronte a Israele e ognuno fuggì alla propria tenda. [13]A Bet-Semes Ioas, re d'Israele, catturò Amazia, re di Giuda, figlio di Ioas, figlio di Acazia; poi giunse a Gerusalemme e fece una breccia nelle mura di Gerusalemme dalla porta di Efraim alla porta dell'Angolo, per la lunghezza di quattrocento cubiti. [14]Prese anche tutto l'oro e l'argento e tutti gli oggetti che si trovavano nel tempio del Signore e nei tesori del palazzo reale, in più ostaggi, e se ne ritornò a Samaria.

[15]Le altre gesta di Ioas e il suo coraggio con cui ha combattuto Amazia, re di Giuda, non sono forse descritti nel libro degli Annali dei re d'Israele? [16]Ioas s'addormentò con i suoi antenati e fu sepolto in Samaria assieme ai re d'Israele. Al suo posto regnò suo figlio Geroboamo.

[17]Amazia, figlio di Ioas, re di Giuda, visse ancora quindici anni dopo la morte di Ioas, figlio di Ioacaz, re d'Israele. [18]Le altre gesta di Amazia non sono forse descritte nel libro degli Annali dei re di Giuda? [19]Fu ordita una congiura contro di lui in Gerusalemme ed egli fuggì a Lachis; ma lo inseguirono fino a Lachis dove lo uccisero. [20]Lo trasporta-

rono su cavalli e lo seppellirono in Gerusalemme con i suoi antenati nella città di Davide. [21]Allora tutto il popolo di Giuda prese Azaria, che aveva sedici anni, e lo proclamò re al posto di suo padre Amazia. [22]Dopo che il re si addormentò con i suoi antenati, egli ricostruì Elat restituendola così a Giuda.

Regno di Geroboamo II in Israele (782-754).

- [23]L'anno quindicesimo di Amazia, figlio di Ioas, re di Giuda, Geroboamo, figlio di Ioas, re d'Israele, divenne re a Samaria dove regnò quarantun anni. [24]Egli fece ciò che è male agli occhi del Signore né si staccò da tutti i peccati che Geroboamo aveva fatto commettere a Israele. [25]Ristabilì il confine d'Israele dall'ingresso di Camat fino al mare dell'Araba secondo la parola che il Signore, Dio d'Israele, aveva detto mediante il suo servo Giona, figlio di Amittai, il profeta di Gat-Chefer. [26]Il Signore infatti aveva visto che l'afflizione d'Israele era molto amara: non c'era più né schiavo né libero né chi venisse in soccorso d'Israele. [27]Tuttavia il Signore non aveva deciso di cancellare il nome d'Israele di sotto il cielo; perciò li salvò mediante Geroboamo, figlio di Ioas. [28]Le altre gesta di Geroboamo, tutte le sue azioni e il suo coraggio con cui ha combattuto Damasco e stornata da Israele l'ira del Signore, non sono forse descritti nel libro degli Annali dei re d'Israele? [29]Geroboamo s'addormentò con i suoi antenati e fu sepolto in Samaria con i re d'Israele. Al suo posto regnò suo figlio Zaccaria.

15 Regno di Azaria in Giuda (781-740).

- [1]L'anno ventisettesimo di Geroboamo, re d'Israele, Azaria, figlio di Amazia, divenne re di Giuda. [2]Al suo avvento al trono egli aveva sedici anni e regnò cinquantadue anni in Gerusalemme. Sua madre si chiamava Iecolia, di Gerusalemme. [3]Egli fece ciò che è retto agli occhi del Signore, imitando tutto quello che aveva fatto suo padre Amazia. [4]Tuttavia le alture non furono rimosse, di modo che il popolo continuava a offrire sacrifici e a bruciare incenso sulle alture. [5]Il Signore perciò percosse il re che fu lebbroso fino al giorno della sua morte. Egli abitò in una casa di isolamento e suo figlio Iotam era sovrintendente del palazzo e amministrava la giustizia fra il popolo della terra.
[6]Le altre gesta di Azaria e tutte le sue

azioni non sono forse descritte nel libro degli Annali dei re di Giuda? [7]Azaria s'addormentò con i suoi antenati e lo seppellirono con essi nella Città di Davide. Al suo posto regnò suo figlio Iotam.

Regno di Zaccaria in Israele (753).

- [8]L'anno trentottesimo di Azaria, re di Giuda, Zaccaria, figlio di Geroboamo, regnò su Israele in Samaria per sei mesi. [9]Egli fece ciò che è male agli occhi del Signore come avevano fatto i suoi antenati. Non si staccò dai peccati che Geroboamo, figlio di Nebàt, aveva fatto commettere a Israele. [10]Sallùm, figlio di Iabes, ordì una congiura contro di lui, lo colpì a Ibleam e, dopo averlo ucciso, regnò al suo posto.
[11]Le altre gesta di Zaccaria sono descritte nel libro degli Annali dei re d'Israele. [12]La sentenza che il Signore aveva pronunciato a Ieu suonava: «I tuoi figli siederanno sul trono d'Israele fino alla quarta generazione». E così avvenne.

Regno di Sallùm in Israele (753).

- [13]Sallùm, figlio di Iabes, divenne re l'anno trentanovesimo di Ozia, re di Giuda, e regnò per un mese a Samaria. [14]Menachem, figlio di Gadi, salì da Tirza e venne a Samaria. Qui colpì Sallùm, figlio di Iabes, e, avendolo ucciso, regnò al suo posto. [15]Le altre gesta di Sallùm e la congiura che ha ordito sono descritte nel libro degli Annali dei re d'Israele.

Regno di Menachem in Israele (753-742).

- [16]Allora Menachem espugnò Tifsach, uccise tutti quelli che v'erano dentro, devastò i suoi dintorni, incominciando da Tirza, perché non gli avevano aperte le porte. Egli devastò la città e sventrò tutte le donne incinte. [17]L'anno trentanovesimo di Azaria, re di Giuda, Menachem, figlio di Gadi, divenne re d'Israele e regnò a Samaria per dieci anni. [18]Egli fece ciò che è male agli occhi del Signore, non staccandosi dai peccati che Geroboamo, figlio di Nebàt, aveva fatto commettere ad Israele.
[19]Nei giorni suoi Pul, re di Assiria, mar-

---

15. - [1-7] *Azaria* (o *Ozia*) regnò più di tutti i re di Giuda: rese prospero il suo regno, assoggettò gli Edomiti e i Filistei, vinse Arabi e Ammoniti, abbellì Gerusalemme; ma verso la fine della sua vita ardì usurpare le funzioni sacerdotali e Dio lo punì con la lebbra che lo privò del potere.

ciò contro il paese. Allora Menachem diede a Pul mille talenti d'argento, affinché lo aiutasse a consolidare nella sua mano il potere regale. [20]Menachem fece sborsare il denaro da Israele, cioè da tutti i benestanti, nella misura di cinquanta sicli d'argento a testa, per darlo al re d'Assiria. Allora il re di Assiria se ne ritornò e non restò là nel paese.
[21]Le altre gesta di Menachem e tutte le sue azioni non sono forse descritte nel libro degli Annali dei re d'Israele? [22]Menachem si addormentò con i suoi antenati e al suo posto regnò suo figlio Pekachia.

Regno di Pekachia in Israele (742-740). -
[23]L'anno cinquantesimo di Azaria, re di Giuda, Pekachia, figlio di Menachem, divenne re d'Israele in Samaria, dove regnò due anni. [24]Egli fece ciò che è male agli occhi del Signore, non staccandosi dai peccati che Geroboamo, figlio di Nebàt, aveva fatto commettere ad Israele. [25]Pekach figlio di Romelia, suo scudiero, ordì una congiura contro di lui e lo colpì a Samaria, nella torre del palazzo reale, avendo con sé cinquanta uomini di Gàlaad; dopo averlo ucciso, regnò al suo posto. [26]Le altre gesta di Pekachia e tutte le sue azioni sono descritte nel libro degli Annali dei re d'Israele.

Regno di Pekach in Israele (740-731). -
[27]L'anno cinquantaduesimo di Azaria, re di Giuda, Pekach, figlio di Romelia, divenne re d'Israele in Samaria, dove regnò per vent'anni. [28]Egli fece ciò che è male agli occhi del Signore, non staccandosi dai peccati che Geroboamo, figlio di Nebàt, aveva fatto commettere a Israele. [29]Al tempo di Pekach, re d'Israele, Tiglat-Pilèzer, re di Assiria, venne e s'impadronì di Ijjon, Abel-Bet-Maaca, Ianoach, Kades, Azor, Gàlaad, la Galilea, l'intera regione di Neftali e ne deportò gli abitanti in Assiria. [30]Osea, figlio di Ela, ordì una congiura contro Pekach, figlio di Rome-

lia, lo colpì e, dopo averlo ucciso, divenne re al suo posto. [31]Le altre gesta di Pekach e tutte le sue azioni sono descritte nel libro degli Annali dei re d'Israele.

Regno di Iotam in Giuda (740-736). -
[32]Il secondo anno di Pekach, figlio di Romelia, Iotam, figlio di Azaria, divenne re di Giuda. [33]Al suo avvento al trono egli aveva venticinque anni e regnò sedici anni in Gerusalemme. Sua madre si chiamava Ierusa, figlia di Zadòk. [34]Egli fece ciò che è retto agli occhi del Signore, imitando quello che aveva fatto suo padre Azaria. [35]Tuttavia le alture non furono rimosse, di modo che il popolo continuava ad offrire sacrifici e a bruciare incenso sulle alture. Egli costruì la porta superiore del tempio del Signore. [36]Le altre gesta di Iotam e tutte le sue azioni ch'egli fece non sono forse descritte nel libro degli Annali dei re di Giuda?
[37]In quei giorni il Signore cominciò ad inviare contro Giuda Rezin, re di Aram, e Pekach, figlio di Romelia. [38]Iotam s'addormentò con i suoi antenati e fu sepolto con loro nella città di Davide suo padre. Al suo posto regnò suo figlio Acaz.

16 Regno di Acaz in Giuda (736-716).
- [1]L'anno diciassettesimo di Pekach, figlio di Romelia, divenne re di Giuda Acaz, figlio di Iotam. [2]Al suo avvento al trono Acaz aveva vent'anni e regnò sedici anni in Gerusalemme. Egli non fece ciò che è retto agli occhi del Signore Dio suo, come aveva fatto invece il suo antenato Davide. [3]Imitò la condotta dei re d'Israele e fece persino bruciare suo figlio, secondo le usanze abominevoli delle genti che il Signore aveva cacciato davanti ai figli d'Israele. [4]Egli offrì sacrifici e bruciò incenso sulle alture, sulle colline e sotto ogni albero frondoso. [5]Allora Rezin, re di Aram, e Pekach, figlio di Romelia, re d'Israele, salirono per combattere contro Gerusalemme, l'assediarono, ma non riuscirono ad espugnarla.
[6]In quel tempo il re di Edom riconquistò Elat, la riunì a Edom e ne cacciò i Giudei. Gli Edomiti vennero a Elat e vi sono rimasti fino ad oggi. [7]Acaz mandò dei messaggeri a Tiglat-Pilèzer, re di Assiria, a dirgli: «Io sono tuo servo e tuo figlio! Vieni a salvarmi dalla mano del re di Aram e dalla mano del re d'Israele che si sono levati contro di me». [8]Acaz prese l'argento e l'oro che si

---

[29.] L'invasione avvenne nel 734. Le città nominate, eccetto Galaad oltre il Giordano, sono di Neftali. Fu invasa la parte settentrionale della Palestina. Si fa menzione della prima deportazione d'Israele in Assiria: furono deportate le tribù di Neftali e della Transgiordania, lasciando al regno d'Israele soltanto la sua .parte centrale.
16. - [5-6.] Tutti i popoli dalla Siria all'Egitto, a cui si appoggiavano, avevano fatto una lega contro Tiglat-Pilèzer III, re d'Assiria (745-527); siccome Acaz restò fedele all'Assiria, gli alleati tentarono di detronizzarlo.

trovava nel tempio del Signore e nei tesori del palazzo reale e lo inviò in omaggio al re d'Assiria. [9]Il re di Assiria gli prestò ascolto, salì contro Damasco e se ne impadronì; deportò gli abitanti a Kir e fece morire Rezin.

[10]Il re Acaz andò a Damasco per incontrare Tiglat-Pilèzer, re di Assiria, e vide l'altare che si trovava a Damasco. Allora il re Acaz inviò al sacerdote Uria le misure dell'altare e il suo modello, con tutti i particolari della sua struttura. [11]Il sacerdote Uria costruì l'altare, secondo tutto quello che il re Acaz gli aveva comunicato da Damasco; il sacerdote Uria fece così prima che il re Acaz tornasse da Damasco. [12]Tornato che fu da Damasco, il re vide l'altare, gli si avvicinò e vi ascese. [13]Vi bruciò il suo olocausto e la sua oblazione, sparse la sua libagione e spruzzò l'altare con il sangue dei suoi sacrifici di comunione. [14]Quanto all'altare di bronzo che si trovava davanti al Signore, lo rimosse dal suo posto davanti al tempio, tra l'altare nuovo e il tempio del Signore, e lo collocò accanto al nuovo altare, a settentrione. [15]Poi il re Acaz ordinò al sacerdote Uria: «Sull'altare grande brucerai l'olocausto del mattino e l'oblazione della sera, l'olocausto del re e la sua oblazione, l'olocausto di tutto il popolo della terra, le sue oblazioni e libagioni; vi spruzzerai tutto il sangue dell'olocausto e tutto il sangue di qualsiasi sacrificio; all'altare di bronzo penserò io stesso». [16]Il sacerdote Uria fece tutto quello che il re Acaz aveva ordinato.

[17]Il re Acaz smontò le basi e tolse da esse i bacini, fece discendere il mare di bronzo dai buoi che vi stavano sotto e lo collocò sul selciato di pietre. [18]Per riguardo al re di Assiria soppresse dal tempio il palco del trono che avevano costruito nel tempio, e l'ingresso esterno del re.

[19]Le altre gesta di Acaz e tutto quello ch'egli fece non sono forse descritti nel libro degli Annali dei re di Giuda? [20]Acaz si addormentò con i suoi antenati e fu sepolto con loro nella Città di Davide. Al suo posto regnò suo figlio Ezechia.

17 Regno di Osea in Israele (731-722). - [1]L'anno dodicesimo di Acaz re di Giuda, Osea, figlio di Ela, divenne re d'Israele in Samaria, dove regnò per nove anni. [2]Egli fece ciò che è male agli occhi del Signore, non però come i re d'Israele che furono prima di lui. [3]Salmanassar, re di As-

siria, salì contro Osea che si sottomise e gli pagò un tributo. [4]Il re di Assiria però scoprì che Osea lo tradiva: aveva infatti inviato dei messaggeri a So, re di Egitto, e non aveva più consegnato il tributo al re di Assiria come era solito fare ogni anno. Allora il re d'Assiria lo fece arrestare e lo fece rinchiudere in carcere.

Caduta di Samaria (722/1). - [5]Il re d'Assiria invase tutto il paese e giunse a Samaria, cui pose l'assedio per tre anni. [6]L'anno nono di Osea, il re d'Assiria espugnò Samaria, deportò gli Israeliti in Assiria e li stabilì a Calach, sul Cabor, fiume di Gozan, e nelle città della Media.

Riflessioni sulla fine del regno d'Israele. - [7]Questo accadde perché i figli d'Israele avevano peccato contro il Signore, loro Dio, che li aveva fatti uscire dal paese d'Egitto, sottraendoli alla mano del faraone, re di Egitto. Essi infatti avevano adorato gli dèi stranieri, [8]avevano seguito le usanze delle genti che il Signore aveva cacciato di fronte ai figli d'Israele e le usanze che i re d'Israele avevano introdotto. [9]I figli d'Israele macchinarono contro il Signore loro Dio cose che non erano rette; si costruirono altari in ogni loro città, dalla torre di guardia fino alla città fortificata; [10]si eressero stele e pali sacri su ogni collina elevata e sotto ogni albero frondoso. [11]Là, su ogni altura, alla maniera delle genti che il Signore aveva cacciato di fronte ad essi, offrirono sacrifici e fecero cose malvagie, da irritare il Signore. [12]Essi adorarono gli idoli, sebbene il Signore avesse detto loro: «Non fate una simile cosa!».

[13]Eppure il Signore, attraverso tutti i profeti e tutti i veggenti, aveva ingiunto a Israele e a Giuda: «Convertitevi dalla vostra

---

7-9. Acaz, senza fiducia in Dio, disprezzando i consigli d'Isaia (Is 7), ricorre con doni al re d'Assiria che, per compiere i suoi disegni, nel 734 assoggetta i Fenici e i Filistei, nel 733 riduce al minimo il territorio d'Israele, nel 732 pone fine al regno di Damasco, deportandone gli abitanti a Kir, località probabilmente della bassa Mesopotamia.

17. - 3. Salmanassar V, figlio e successore di Tiglat-Pilèzer, regnò dal 727 al 722. Fece due invasioni in Israele e morì mentre Samaria era assediata. L'assedio fu continuato dal figlio Sargon II, che prese e distrusse la città nel 722/1 a.C.

4. So: sconosciuto; forse da identificare con un capo militare.

malvagia condotta, osservate i miei comandamenti e i miei statuti, secondo tutta la legge che ho prescritto ai vostri padri e che vi ho comunicato mediante i profeti miei servi». [14]Essi però non prestarono ascolto e indurirono la loro cervice come l'avevano indurita i loro padri che non erano stati fedeli al Signore loro Dio. [15]Disprezzarono i suoi statuti, l'alleanza ch'egli aveva concluso con i loro padri e gli ordini che egli aveva loro dato; andarono dietro alla vacuità degli idoli e divennero essi stessi vacui, imitando le genti che li circondavano, mentre il Signore aveva loro comandato di non agire come quelle. [16]Rigettarono tutti i precetti del Signore, loro Dio, e si fecero idoli fusi, i due torelli; si fecero pure pali sacri e si prostrarono a tutto l'esercito del cielo e venerarono Baal. [17]Inoltre bruciarono i loro figli e le loro figlie, praticarono la divinazione e gli incantesimi e si prestarono a compiere ciò che è male agli occhi del Signore, così da provocarne lo sdegno.

[18]Il Signore si irritò grandemente contro Israele e lo cacciò dal suo cospetto; non rimase che la sola tribù di Giuda. [19]Ma neppure Giuda osservò i precetti del Signore, suo Dio, e imitò le usanze che Israele aveva praticato. [20]Perciò il Signore rigettò tutta la stirpe d'Israele, li afflisse e li diede in mano dei saccheggiatori, fino a che non li cacciò dal suo cospetto. [21]Egli infatti separò Israele dalla casa di Davide, ed essi proclamarono re Geroboamo, figlio di Nebàt; Geroboamo allontanò Israele dal Signore e lo indusse a commettere un grave peccato. [22]I figli d'Israele imitarono tutti i peccati che Geroboamo aveva commesso e non si staccarono da essi, [23]fino a che il Signore non cacciò Israele dal suo cospetto, come aveva predetto per mezzo di tutti i profeti suoi servi, e deportò Israele dalla sua terra in Assiria dove si trova fino ad oggi.

Origine dei Samaritani. - [24]Il re di Assiria fece venire popolazioni da Babilonia, da Cuta, da Avva, da Camat e da Sefarvàim e le stabilì nelle città della Samaria al posto dei figli d'Israele. Quelli presero possesso della Samaria e abitarono nelle sue città. [25]All'inizio del loro stanziamento là, esse non veneravano il Signore; perciò il Signore mandò contro di loro dei leoni che ne fecero un massacro. [26]Allora dissero al re di Assiria: «Le popolazioni che tu hai deportato e hai stabilito nelle città della Samaria non conoscono il rito del dio del paese. Questi ha mandato contro di essi dei leoni che li fanno morire, perché essi non conoscono il rito del dio del paese». [27]Il re di Assiria diede quest'ordine: «Fatevi ritornare uno dei sacerdoti che avete deportato di là; egli vada, vi abiti e insegni loro i riti del dio del paese». [28]Uno dei sacerdoti che erano stati deportati da Samaria venne a stabilirsi a Betel e insegnò loro come dovevano venerare il Signore. [29]Ogni popolazione però si fece il proprio dio e lo collocò nei templi delle alture che i Samaritani s'erano costruiti; ogni popolazione agì così nelle città in cui abitava. [30]Gli uomini di Babilonia fecero Succot-Benot; gli uomini di Cuta fecero Nergal; e gli uomini di Camat fecero Asima. [31]Gli Avviti fecero Nibcaz e Tartach; i Sefarviti bruciarono i loro figli in onore di Adram-Mèlech e di Anam-Mèlech, divinità di Sefarvàim.

[32]Essi veneravano anche il Signore e si fecero dei sacerdoti delle alture, provenienti dalla loro cerchia, i quali officiavano per loro nei templi delle alture. [33]Essi veneravano il Signore assieme ai loro dèi, secondo il rito delle genti da cui erano stati deportati. [34]A tutt'oggi essi agiscono secondo i loro riti antichi. Pertanto non venerano il Signore né agiscono secondo i suoi statuti e i suoi riti, né secondo la legge e il comando che il Signore ha trasmesso ai figli di Giacobbe cui impose il nome di Israele. [35]Il Signore, infatti, aveva stipulato con essi un'alleanza e aveva loro ordinato: «Non venerate gli dèi stranieri, non prostratevi davanti ad essi, non tributate loro il culto e non offrite loro dei sacrifici; [36]bensì venerate solo il Signore che vi ha fatto uscire dal paese d'Egitto con grande potenza e braccio disteso; davanti a lui solo prostratevi e a lui solo offrite sacrifici. [37]Osservate gli statuti e i decreti, la legge e il comando che egli scrisse per voi affinché li pratichiate tutti i giorni; ma non venerate gli dèi stranieri. [38]Non dimenticate il patto che ho stipulato con voi né venerate gli dèi stranieri. [39]Venerate soltanto il Signore, vostro Dio, ed egli vi libererà dalla mano di tutti i vostri nemici». [40]Essi però non prestarono ascolto, ma continuarono ad agire secondo i loro antichi riti. [41]Così quelle popolazioni veneravano il Signore e, nello stesso tempo, rendevano il culto ai loro idoli. Anche i loro figli e i figli dei loro figli continuano a fare fino ad oggi come avevano fatto i loro padri.

REGNO DI GIUDA

18 Regno di Ezechia (716-687). - [1]Il terzo anno di Osea, figlio di Ela, re d'Israele, divenne re di Giuda Ezechia, figlio di Acaz. [2]Al suo avvento sul trono egli aveva venticinque anni e regnò ventinove anni a Gerusalemme. Sua madre si chiamava Abi, figlia di Zaccaria. [3]Egli fece ciò che è retto agli occhi del Signore, imitando tutto quello che aveva fatto il suo antenato Davide. [4]Rimosse le alture, spezzò le stele, tagliò il palo sacro e fece a pezzi il serpente di bronzo che Mosè aveva costruito. Infatti fino a quel tempo i figli d'Israele avevano offerto sacrifici d'incenso e lo chiamavano Necustan. [5]Egli ripose tutta la sua fiducia nel Signore, Dio d'Israele, e dopo di lui non ci fu, tra tutti i re di Giuda, nessuno come lui, come non c'era stato neanche prima. [6]Si mantenne legato al Signore, senza minimamente staccarsi, e osservò i comandamenti che il Signore aveva imposto a Mosè. [7]Il Signore fu con lui, cosicché egli ebbe successo in tutto ciò che intraprese. Si ribellò al re d'Assiria e non gli fu più soggetto. [8]Colpì i Filistei e il loro territorio fino a Gaza, dalla torre di guardia fino alla città fortificata.

Caduta di Samaria. - [9]L'anno quarto del re Ezechia, cioè il settimo di Osea, figlio di Ela, re d'Israele, Salmanassar, re di Assiria, salì contro Samaria e le pose l'assedio. [10]Dopo tre anni la conquistò. Quando Samaria fu conquistata era l'anno sesto di Ezechia, cioè l'anno nono di Osea, re d'Israele. [11]Il re di Assiria deportò gli Israeliti in Assiria e li stabilì a Calach, lungo il Cabor, fiume di Gozan, e nelle città della Media. [12]Questo avvenne perché non avevano ascoltato la voce del Signore, loro Dio, e avevano trasgredito il suo patto; tutto quello che Mosè, servo del Signore, aveva ordinato essi non l'avevano né ascoltato né messo in pratica.

Invasione di Sennàcherib. - [13]L'anno quattordicesimo del re Ezechia, Sennàcherib, re di Assiria, salì contro tutte le città fortificate di Giuda e le espugnò. [14]Allora Ezechia, re di Giuda, mandò a dire al re di Assiria, a Lachis: «Ho sbagliato! Ritirati da me e io accetterò tutto quello che m'imporrai». Il re di Assiria impose ad Ezechia, re di Giuda, trecento talenti d'argento e trenta talenti d'oro. [15]Ezechia consegnò tutto l'argento che si trovava nel tempio del Signore e nei tesori del palazzo reale. [16]In quella occasione Ezechia spogliò le porte del santuario del Signore e gli stipiti di metallo prezioso di cui egli li aveva rivestiti e lo consegnò al re di Assiria.

[17]Il re di Assiria mandò da Lachis a Gerusalemme presso il re Ezechia il generalissimo, il grande eunuco e il gran coppiere con una forte schiera. Essi salirono, vennero a Gerusalemme e si fermarono all'acquedotto della piscina superiore, che è sulla strada del campo del lavandaio. [18]Chiamarono il re. Allora uscirono loro incontro il maestro di palazzo Eliakìm, figlio di Chelkia, lo scriba Sebna e l'araldo Ioach, figlio di Asaf. [19]Il gran coppiere disse loro: «Riferite ad Ezechia: così parla il gran re, il re di Assiria: "Che fiducia è mai quella a cui ti affidi? [20]Pensi tu forse che consiglio e coraggio per far la guerra siano soltanto parole vuote? In chi dunque confidi, per esserti ribellato a me? [21]Ora ecco che hai posto la tua fiducia nell'Egitto, in questo pezzo di canna rotta, che penetra nella mano di chi vi si appoggia e la ferisce. Tale è appunto il faraone, re d'Egitto, per tutti coloro che han posto la fiducia in lui! [22]Voi forse mi direte: 'Noi poniamo la nostra fiducia nel Signore Dio nostro!'. Ma non è forse il Dio di cui Ezechia ha eliminato le alture e gli altari quando ordinò a Giuda e a Gerusalemme: 'Voi dovete prostrarvi soltanto davanti a questo altare in Gerusalemme'? [23]Ora fa' una scommessa con il mio signore il re d'Assiria: io ti darò duemila cavalli, se tu sei capace di procurarti coloro che li montino. [24]Come potrai dunque mettere in fuga uno solo dei più piccoli subalterni del mio signore? Eppure tu poni la tua fiducia nell'Egitto per avere carri e cavalieri. [25]Non è stato forse dietro ordine del Signore che io sono salito contro questo luogo per distruggerlo? Il Signore infatti mi ha ordinato: Sali contro questo paese e distruggilo!"».

[26]Allora Eliakìm, figlio di Chelkia, Sebna e Ioach dissero al gran coppiere: «Parla ai tuoi servi in aramaico, perché noi lo comprendiamo; ma non parlarci in ebraico, capito dal popolo che si trova sulle mura». [27]Ma il gran coppiere replicò ad essi: «Forse che il mio signore mi ha inviato a dire queste cose al tuo signore o a te e non invece agli uomini seduti sulle mura, condannati a mangiare i loro escrementi e a bere la loro urina con voi?».

[28]Il gran coppiere pertanto, stando in piedi, gridò a gran voce in ebraico e disse: «Udite la parola del gran re, del re di Assiria: [29]così parla il re: "Non lasciatevi ingannare da Ezechia, perché egli non potrà liberarvi dalla mia mano. [30]E neppure Ezechia vi ispiri fiducia nel Signore col dirvi: certamente il Signore ci libererà e questa città non sarà consegnata in mano al re di Assiria". [31]Non ascoltate Ezechia, poiché così dice il re di Assiria: "Fate la pace con me, arrendetevi a me e ciascuno mangerà della propria vite e del proprio fico e berrà l'acqua della propria cisterna, [32]fino a che io non venga e vi porti in un paese come il vostro, un paese di grano e di mosto, una terra di pane e di vigne, una terra di olivi, di olio e di miele; voi vivrete e non morirete. Non ascoltate Ezechia, perché egli vi vuole ingannare dicendo: 'Il Signore ci libererà!'. [33]Forse gli dèi delle genti hanno liberato il proprio paese dalla mano del re di Assiria? [34]Dove sono gli dèi di Camat e di Arpad? Dove sono gli dèi di Sefarvàim, di Ena e di Avva? Dove sono gli dèi di Samaria? Forse che hanno liberato Samaria dalla mia mano? [35]Chi tra tutti gli dèi dei vari paesi ha liberato il proprio paese dalla mia mano, perché il Signore possa liberare Gerusalemme dalla mia mano?"».

[36]Il popolo tacque e non gli rispose nulla, perché l'ordine del re diceva: «Non rispondetegli». [37]Allora il maestro di palazzo Eliakìm, figlio di Chelkìa, lo scriba Sebna e l'araldo Ioach andarono da Ezechia con le vesti stracciate e gli riferirono le parole del gran coppiere.

19 Intervento del profeta Isaia. - [1]Udita che ebbe la cosa, il re Ezechia si stracciò le vesti, si cinse di sacco ed entrò nel tempio del Signore. [2]Poi inviò il maestro di palazzo Eliakìm, lo scriba Sebna e gli anziani dei sacerdoti, cinti di sacco, dal profeta Isaia, figlio di Amoz. [3]Questi gli dissero: «Così parla Ezechia: "Giorno di angoscia, di castigo e di obbrobrio è questo, perché i figli stanno per nascere ma la parto-

riente è priva di forza! [4]Che il Signore, tuo Dio, possa aver udito tutte le parole del gran coppiere che il re di Assiria, suo signore, ha mandato per ingiuriare il Dio vivente e punisca a motivo delle parole che il Signore tuo Dio ha udito! Tu pertanto innalza una preghiera in favore del resto che ancora sussiste"». [5]I servi del re Ezechia vennero da Isaia [6]e questi disse loro: «Direte al vostro signore: "Così parla il Signore: Non temere per le parole che hai udito e con le quali i servi del re di Assiria mi hanno oltraggiato. [7]Ecco, io porrò in lui uno spirito ed egli, udita che avrà una certa notizia, ritornerà al suo paese dove lo farò cadere di spada"».

[8]Il gran coppiere ritornò e trovò il re di Assiria impegnato in battaglia contro Libna. Aveva infatti udito che il suo re aveva levato il campo da Lachis, [9]perché era venuto a sapere a proposito di Tiraca, re di Etiopia: «Ecco, è uscito per combattere contro di te».

Lettera di Sennàcherib ad Ezechia. - Di nuovo Sennàcherib inviò messaggeri ad Ezechia dicendo: [10]«Così direte ad Ezechia, re di Giuda: "Il tuo Dio, in cui tu riponi fiducia, non ti inganni col dirti: 'Gerusalemme non verrà data in mano del re di Assiria!'. [11]Ecco, tu hai udito quello che i re di Assiria hanno fatto a tutti i paesi, votandoli alla distruzione; e tu solo saresti salvato? [12]Gli dèi delle genti che i miei padri hanno distrutto hanno forse liberato Gozan, Carran, Rezef e i figli di Eden che abitavano a Telassàr? [13]Dove sono il re di Camat, il re di Arpad, il re della città di Sefarvàim, di Ena e di Avva?"».

Preghiera di Ezechia. - [14]Ezechia prese la lettera dalla mano dei messaggeri e la lesse. Poi salì al tempio del Signore, l'aprì davanti al Signore [15]e pregò al suo cospetto dicendo: «Signore, Dio d'Israele, che siedi sui cherubini, tu solo sei il Dio di tutti i regni della terra, tu solo hai fatto i cieli e la terra. [16]Tendi l'orecchio, o Signore, e ascolta; apri gli occhi, o Signore, e guarda. Ascolta le parole che Sennàcherib ha mandato a dire per insultare il Dio vivente. [17]È vero, o Signore, che i re di Assiria hanno distrutto le genti e i loro territori, [18]hanno dato alle fiamme i loro dèi, perché questi non erano veri dèi, bensì opera delle mani d'uomo, legno o pietra; per questo hanno potuto distruggerli.

---

19. - [1-4.] *Isaia* appare qui per la prima volta; ma viveva già sotto Ozia/Azaria (Is 1,1). Ezechia, per rispetto all'alta dignità del profeta, gli manda i più nobili personaggi della corte a manifestargli le sue angustie. Egli dice che vorrebbe difendere Gerusalemme e i suoi abitanti, ma non ne ha le forze.

[19]Ora, o Signore, Dio nostro, salvaci dalle mani di lui; così tutti i regni della terra sapranno che tu solo sei Dio, o Signore!».

L'oracolo del Signore. - [20]Allora Isaia, figlio di Amoz, mandò a dire a Ezechia: «Così parla il Signore, Dio d'Israele: "Ho udito la preghiera che tu mi hai rivolto a motivo di Sennàcherib, re di Assiria. [21]Questa è la parola che il Signore ha pronunciato contro di lui:

Ti disprezza, ti beffeggia
la vergine figlia di Sion.
Dietro di te scuote il capo
la figlia di Gerusalemme.
[22] Chi hai tu insultato e schernito,
contro chi hai tu alzata la voce
e hai levato i tuoi occhi?
Contro il Santo d'Israele!
[23] Per mezzo dei tuoi messaggeri
hai insultato il mio Signore;
hai detto: 'Con moltitudine di carri
sono salito in cima ai monti,
sulle ultime cime del Libano.
Ho tagliato i suoi cedri più alti,
i suoi cipressi più belli.
Sono giunto fino al suo rifugio più
remoto,
nella sua foresta lussureggiante.
[24] Io ho scavato e ho bevuto acque straniere,
ho disseccato sotto la pianta dei miei
piedi
tutti i fiumi d'Egitto'.
[25] Non l'hai tu forse udito?
Da tempo l'ho preparato,
dai tempi antichi l'ho progettato
ed ora lo realizzo.
Il tuo destino fu quello di ridurre
in mucchi di rovine città fortificate.
[26] I loro abitanti, stremati di forze,
furono spaventati e confusi,
divennero come l'erba del campo,
come le foglioline dell'erbetta,
come l'erba dei tetti e il maggese
dinanzi al vento orientale.
[27] Innanzi a me sei quando ti alzi e quando
siedi;
io ti conosco quando esci e quando
entri.
[28] Poiché il tuo furore è contro di me
e la tua arroganza mi è giunta alle
orecchie,
porrò il mio anello alle tue narici,
il mio morso alle tue labbra,
e ti ricondurrò per la strada
per cui sei venuto!".

[29]Questo sarà il segno per te: quest'anno si mangerà il raccolto cresciuto spontaneamente, l'anno prossimo quello che vi ricrescerà, ma il terzo anno seminerete e mieterete, pianterete vigne e ne mangerete i frutti. [30]Il resto superstite della casa di Giuda getterà nuove radici in basso e farà frutti in alto, [31]perché da Gerusalemme uscirà un resto, e superstiti dal monte Sion. Lo zelo del Signore degli eserciti farà questo! [32]Perciò così parla il Signore al re di Assiria:

"Egli non entrerà in questa città
né vi scoccherà una freccia;
non l'affronterà con lo scudo
né alzerà contro di essa un terrapieno.
[33] Per la strada onde è venuto se ne
ritornerà,
né entrerà in questa città, oracolo
del Signore!
[34] Io proteggerò questa città e la salverò
per amor mio e per amore di Davide,
mio servo"».

Sconfitta e morte di Sennàcherib. - [35]Ora, in quella notte, l'angelo del Signore uscì e colpì nell'accampamento degli Assiri centottantacinquemila uomini. Quando gli altri si levarono al mattino, ecco che quelli erano tutti cadaveri. [36]Allora Sennàcherib, re di Assiria, levò il campo e partì per far ritorno a Ninive dove rimase. [37]Mentre egli si trovava in adorazione nel tempio del suo dio Nisroch, i suoi figli Adram-Mèlech e Sarèzer lo uccisero di spada e si rifugiarono nel paese di Ararat. Al suo posto regnò suo figlio Assarhàddon.

20 **Malattia e guarigione di Ezechia.** - [1]In quei giorni Ezechia s'ammalò mortalmente. Allora il profeta Isaia, figlio di Amoz, si recò da lui e gli disse: «Così parla il Signore: "Metti in ordine la tua casa, perché stai per morire e non vivrai!"». [2]Allora Ezechia voltò la faccia verso la pa-

---

20-30. Isaia promette dopo due anni l'abbondanza di ogni cosa. Il resto superstite (v. 30): resterà qualcuno della casa reale e nel popolo vi sarà sempre un gruppo di fedeli al vero Dio. La profezia d'Isaia mira assai più lontano del tempo di Ezechia e avrà nel tempo un valore messianico sempre più chiaro.

35. *L'angelo del Signore* è una delle manifestazioni della potenza di Dio, che poteva servirsi di qualunque mezzo. Forse si trattò dell'inizio di una pestilenza.

rete e pregò il Signore: [3]«O Signore, ricorda che io ho camminato alla tua presenza con fedeltà e con cuore devoto e ho fatto ciò che è gradito ai tuoi occhi». Poi Ezechia scoppiò in un gran pianto. [4]Isaia non era ancor uscito dal cortile centrale che gli fu rivolta la parola del Signore: [5]«Ritorna a dire a Ezechia, capo del mio popolo: "Così parla il Signore, Dio di tuo padre Davide: Ho ascoltato la tua preghiera, ho visto le tue lacrime; ecco, io ti guarisco e di qui a tre giorni salirai al tempio del Signore. [6]Aggiungerò quindici anni e libererò dalla mano del re di Assiria te e questa città cui farò da scudo per amor mio e del mio servo Davide"». [7]Poi Isaia disse: «Prendete una schiacciata di fichi». La presero, l'applicarono sull'ulcera ed egli guarì. [8]Allora Ezechia disse a Isaia: «Qual è il segno che il Signore sta per guarirmi e nel terzo giorno salirò al tempio del Signore?». [9]Isaia rispose: «Questo è per te il segno da parte del Signore che egli realizzerà quello che ha detto: vuoi che l'ombra avanzi di dieci gradi oppure che retroceda di dieci gradi?». [10]Ezechia disse: «È facile per l'ombra avanzare di dieci gradi. No! Piuttosto l'ombra retroceda di dieci gradi». [11]Allora il profeta Isaia invocò il Signore che fece retrocedere l'ombra di dieci gradi su quelli che il sole aveva già percorso sulla scala di Acaz.

Ambasciata di Merodàch-Baladàn. - [12]In quel tempo il re di Babilonia Merodàch-Baladàn, figlio di Baladàn, inviò ad Ezechia lettere e doni poiché aveva saputo che egli era stato malato. [13]Ezechia fu molto lieto e mostrò loro tutta la sala del tesoro, l'argento, l'oro, gli aromi e l'olio prezioso, il suo arsenale e quanto si trovava nei suoi magazzini. Non ci fu nulla del palazzo e di tutti i possedimenti che Ezechia non facesse loro vedere. [14]Allora il profeta Isaia si recò dal re Ezechia e gli disse: «Che cosa hanno detto quegli uomini e donde sono venuti a te?». Ezechia rispose: «Essi sono venuti da un paese lontano, da Babilonia». [15]Quegli replicò: «Che cosa hanno visto nel tuo palazzo?». Ezechia rispose: «Hanno visto tutto quello che si trova nel mio palazzo; non c'è nulla dei miei magazzini che io non abbia fatto loro vedere». [16]Allora Isaia disse ad Ezechia: «Ascolta la parola del Signore: [17]"Ecco, verranno giorni in cui sarà portato a Babilonia tutto quello che si trova nel tuo palazzo e quello che i tuoi padri hanno accumulato fino ad oggi: nulla sarà lasciato, dice il Signore. [18]Inoltre alcuni dei tuoi figli che da te sono usciti, che tu hai generato, saranno presi e verranno eunuchi nel palazzo del re di Babilonia"». [19]Ezechia disse a Isaia: «È buona la parola del Signore che tu hai pronunziato. Pensavo infatti: Perché no? Almeno durante la mia vita vi sarà pace e sicurezza!».

[20]Le altre gesta di Ezechia, tutto il suo coraggio e come egli ha costruito la piscina e l'acquedotto per condurre l'acqua in città, non sono forse descritti nel libro degli Annali dei re di Giuda? [21]Ezechia s'addormentò con i suoi antenati e suo figlio Manasse regnò al suo posto.

21 Regno di Manasse (687-642). - [1]Al suo avvento al trono Manasse aveva dodici anni e regnò cinquantacinque anni a Gerusalemme. Sua madre si chiamava Chefzìba. [2]Egli fece ciò che è male agli occhi del Signore, imitando le abominazioni delle genti che il Signore aveva cacciato davanti ai figli d'Israele. [3]Ricostruì infatti le alture che suo padre Ezechia aveva distrutto; eresse altari a Baal e fece un palo sacro, come aveva fatto Acab, re d'Israele; venerò tutto l'esercito del cielo e gli rese un culto. [4]Costruì pure altari nel tempio del Signore, riguardo al quale il Signore aveva detto: «In Gerusalemme porrò il mio nome!». [5]Costruì altari a tutto l'esercito del cielo nei due atrii del tempio del Signore. [6]Fece inoltre bruciare suo figlio, praticò la magia e la divinazione, stabilì negromanti e indovini e insistette nel fare ciò che è male agli occhi del Signore per provocarne lo sdegno. [7]Pose perfino l'idolo di Asera, che aveva fatto, nel tempio di cui il Signore aveva detto a Davide e a suo figlio Salomone: «In questo tempio e in Gerusalemme che mi sono scelta tra tutte le tribù d'Israele porrò il mio nome, in eterno. [8]Non permetterò più che il

20. - [11.] *Scala di Acaz*, cioè la meridiana.
[17.] Isaia, rimproverato Ezechia perché confida nella politica di alleanze umane e non in Dio, preannuncia l'esilio. La profezia si avverò oltre un secolo dopo.
[20.] *La piscina e l'acquedotto*: si tratta della famosa fontana di Siloe; l'acqua proveniva da una fonte, che fu nascosta, fuori città; con una galleria nella roccia l'acqua fu fatta arrivare dentro le mura».

piede d'Israele erri lontano dalla terra che ho dato ai suoi padri, purché essi procurino di praticare tutto quello che ho comandato e tutta la legge che il mio servo Mosè ha loro prescritto». [9]Essi però non hanno ascoltato e Manasse li indusse a fare peggio delle genti che il Signore aveva cacciato davanti ai figli d'Israele.

[10]Allora il Signore disse per mezzo dei suoi servi i profeti: [11]«Poiché Manasse, re di Giuda, ha commesso questi abomini, ha agito peggio di quanto fecero gli Amorrei prima di lui, mediante i suoi idoli, ha indotto Giuda a peccare, [12]il Signore, Dio d'Israele, parla così: "Ecco io farò venire tale sciagura su Gerusalemme e su Giuda che chiunque ne sentirà parlare ne avrà rintronate entrambe le orecchie. [13]Su Gerusalemme stenderò la funicella di Samaria e il piombino della casa di Acab; ripulirò Gerusalemme come si ripulisce un piatto che, una volta ripulito, si capovolge. [14]Rigetterò il resto della mia eredità; li darò in mano dei loro nemici ed essi saranno preda e bottino di tutti i loro nemici, [15]perché fecero ciò che è male agli occhi miei e hanno continuato a provocarmi dal giorno in cui i loro padri uscirono dall'Egitto fino ad oggi"».

[16]Manasse versò pure sangue innocente in tale quantità da riempire Gerusalemme da un capo all'altro, oltre il peccato che fece commettere a Giuda, compiendo il male agli occhi del Signore. [17]Le altre gesta di Manasse, tutto quello che egli fece e il peccato che ha commesso, non sono forse descritti nel libro degli Annali dei re di Giuda? [18]Manasse s'addormentò con i suoi antenati e fu sepolto nel giardino del suo palazzo, cioè nel giardino di Uzza. Al suo posto regnò suo figlio Amon.

Regno di Amon (642-640). - [19]Amon aveva ventidue anni al suo avvento al trono e regnò due anni a Gerusalemme. Sua madre si chiamava Mesullemet, figlia di Caruz, da Iotba. [20]Egli fece ciò che è male agli occhi del Signore, come aveva fatto suo padre Manasse. [21]Imitò interamente la condotta di suo padre e venerò gli idoli che suo padre aveva venerato e si prostrò dinanzi a loro. [22]Abbandonò il Signore, Dio dei suoi antenati, e non camminò per la via del Signore. [23]Gli ufficiali di Amon ordirono una congiura contro di lui e uccisero il re nel suo palazzo. [24]Il popolo della campagna però colpì tutti quelli che avevano congiu-

rato contro il re Amon e, al suo posto, proclamò re suo figlio Giosia. [25]Le altre gesta di Amon e tutte le sue azioni non sono forse descritte nel libro degli Annali dei re di Giuda? [26]Lo seppellirono nel suo sepolcro, nel giardino di Uzza, e al suo posto regnò suo figlio Giosia.

22 **Giosia re (640-609).** - [1]Giosia aveva otto anni al suo avvento al trono e regnò trentun anni a Gerusalemme. Sua madre si chiamava Iedida, figlia di Adaia, da Boscat. [2]Egli fece ciò che è retto agli occhi del Signore e imitò la condotta del suo antenato Davide senza deviare a destra o a sinistra. [3]L'anno diciottesimo del re Giosia il re mandò al tempio del Signore lo scriba Safàn, figlio di Asalia, figlio di Mesullàm, dicendogli: [4]«Sali dal sommo sacerdote Chelkia perché fonda l'argento che è stato portato nel tempio del Signore e che i custodi della porta hanno raccolto dal popolo. [5]Lo si consegni in mano dei capi che presiedono agli operai nel tempio del Signore, perché lo diano agli operai che lavorano a riparare il tempio del Signore, [6]cioè ai carpentieri, ai costruttori e ai muratori, perché comperino legname e pietre squadrate destinati alla riparazione del tempio. [7]Ma non si chieda loro conto del denaro consegnato in loro mano, perché essi lavorano onestamente».

Ritrovamento del libro della legge. - [8]Il sommo sacerdote Chelkia disse allo scriba Safàn: «Nel tempio del Signore ho trovato il libro della legge». Chelkia diede il libro a Safàn e questi lo lesse. [9]Allora lo scriba Safàn andò dal re e gli riferì la cosa con queste parole: «I tuoi servi hanno fuso l'argento trovato nel tempio e l'hanno consegnato in mano dei capi che presiedono agli operai nel tempio del Signore». [10]Poi lo scriba Safàn comu-

---

21. - [4-9.] Il figlio degenere di Ezechia tentò di abolire il culto del Signore e non solo introdusse gl'idoli in Gerusalemme, ma anche nel tempio, fin nel cortile dei sacerdoti. Un chiaro tradimento dell'alleanza con Dio.

22. - [2.] Giosia fu uno dei migliori re di Giuda. Geremia e Sofonia l'aiutarono nella riforma religiosa. Il miglior elogio che si poté fare di lui fu di aver imitato la condotta di Davide.

[8-11.] *Il libro della legge*, di cui si parla qui, è con ogni probabilità il Deuteronomio, specialmente la parte legislativa.

nicò al re: «Il sacerdote Chelkia mi ha dato un libro»; e Safàn lo lesse alla presenza del re. [11]Udite che ebbe le parole del libro della legge, il re si stracciò le vesti [12]e ordinò al sacerdote Chelkia, ad Achikam, figlio di Safàn, ad Acbor, figlio di Michea, allo scriba Safàn e ad Asaia, servo del re: [13]«Andate a consultare il Signore per me, per il popolo e per tutto Giuda riguardo alle parole di questo libro che è stato trovato. Grande dev'essere l'ira del Signore che si è accesa contro di noi, poiché i nostri padri non hanno ascoltato le parole di questo libro e non hanno agito in conformità a tutto quello che vi è scritto».

[14]Il sacerdote Chelkia, Achikam, Acbor e Safàn si recarono dalla profetessa Culda, moglie di Sallùm, figlio di Tikva, figlio di Carcas, custode dei paramenti sacri; essa abitava in Gerusalemme, nella città nuova. Parlarono con lei [15]ed essa rispose: «Così parla il Signore, Dio d'Israele. Dite a chi vi ha mandato da me: [16]"Così parla il Signore: Ecco, sto per far venire una sciagura su questo luogo e su coloro che lo abitano, precisamente tutte le cose del libro che il re di Giuda ha letto, [17]poiché essi mi hanno abbandonato e hanno bruciato incenso agli altri dèi, così da provocarmi a sdegno con tutte le opere delle loro mani. La mia collera si è accesa contro questo luogo e non si spegnerà". [18]Al re di Giuda che vi ha mandato a consultare il Signore così direte: "Così parla il Signore, Dio d'Israele: le parole che tu hai udito... [19]Poiché il tuo cuore si è intenerito e ti sei umiliato davanti al Signore all'udire quello che ho detto contro questo luogo e contro coloro che lo abitano, e cioè che essi diverrebbero vittime di spavento e di maledizione, poiché hai stracciato le tue vesti e hai pianto al mio cospetto, anch'io ti ho dato ascolto, oracolo del Signore! [20]Perciò, ecco, ti riunirò ai tuoi antenati e sarai raccolto in pace nel tuo sepolcro, cosicché i tuoi occhi non vedranno tutto il male che io sto per far venire su questo luogo"». Quelli riportarono la risposta al re.

23 Rinnovazione dell'alleanza e riforma religiosa. - [1]Convocato che ebbe presso di sé tutti gli anziani di Giuda e di Gerusalemme, [2]il re salì al tempio del Signore con tutti gli uomini di Giuda, tutti gli abitanti di Gerusalemme, i sacerdoti, i profeti e tutto il popolo dal più piccolo al più grande, e lesse all'uditorio tutte le parole del libro della legge che era stato trovato nel tempio del Signore. [3]Il re, stando sul podio, conclude alla presenza del Signore l'alleanza che gli imponeva di seguire il Signore, di custodire i suoi comandamenti, le sue leggi e i suoi precetti con tutto il cuore e con tutta l'anima, al fine di attuare le clausole dell'alleanza scritta in questo libro. Tutto il popolo aderì all'alleanza.

[4]Il re ordinò al sommo sacerdote Chelkia, ai sacerdoti in seconda e ai custodi della soglia di far portare fuori del santuario del Signore tutti gli oggetti preparati per il culto di Baal, di Asera e di tutto l'esercito del cielo. Poi li bruciò fuori di Gerusalemme, nei campi del Cedron e portò le loro ceneri a Betel. [5]Egli soppresse i falsi sacerdoti che i re di Giuda avevano costituito e che bruciavano aromi sulle alture, nelle città di Giuda e nei dintorni di Gerusalemme, e anche quelli che bruciavano incenso a Baal, al sole, alla luna, alle costellazioni e a tutto l'esercito del cielo. [6]Fece portare il palo sacro dal tempio del Signore fuori di Gerusalemme, nella valle del Cedron, dove lo bruciò e lo ridusse in cenere, che poi gettò nel sepolcro dei figli del popolo. [7]Demolì anche la casa dei prostituti sacri che si trovavano nel tempio del Signore, dove le donne tessevano i veli per Asera. [8]Radunò tutti i sacerdoti dalle città di Giuda e profanò le alture su cui si era bruciato incenso, da Gabaa fino a Bersabea. Abbatté inoltre l'altura dei satiri, che si trovava all'ingresso della porta di Giosuè, governatore della città, a sinistra di chi entra per la porta della città. [9]Però i sacerdoti delle alture non potevano salire sull'altare del Signore a Gerusalemme, benché mangiassero i pani senza lievito in mezzo ai loro fratelli. [10]Egli profanò il focolare idolatrico che si trova nella valle di Ben-Innòm, affinché nessuno bruciasse il proprio figlio o la propria figlia in onore di Moloch. [11]Rimosse i cavalli che i re di Giuda avevano dedicato al sole all'ingresso del tempio del Signore, presso la camera dell'eunuco Netan-Mèlech, che si trovava nei recinti; bruciò nel fuoco il carro del sole. [12]Il re distrusse gli altari che si trovavano sulla terrazza della camera superiore di Acaz e che i re di Giuda avevano fatto; frantumò gli altari che

---

23. - [3.] Giosia si impegna decisamente ad attuare le prescrizioni della legge, e fa da intermediario nella rinnovazione dell'alleanza.

Manasse aveva fatto nei due cortili del tempio del Signore e ne gettò la polvere nella valle del Cedron. [13]Il re profanò le alture che si trovavano di fronte a Gerusalemme, a destra del monte degli Ulivi e che Salomone, re d'Israele, aveva costruito per Astarte, obbrobrio dei Sidoni, per Camos, obbrobrio di Moab, e per Milcom, abominazione degli Ammoniti. [14]Egli frantumò anche le stele, tagliò i pali sacri e riempì i loro posti di ossa umane. [15]Demolì anche l'altare del tempio di Betel e l'altura creata da Geroboamo, figlio di Nebàt, che aveva fatto peccare Israele: ne frantumò le pietre, le ridusse in polvere e bruciò il palo sacro.

[16]Guardato che ebbe intorno, Giosia vide i sepolcri che erano là sul monte; mandò a prelevare le ossa da questi sepolcri e le bruciò sull'altare. Così lo profanò secondo la parola del Signore, che l'uomo di Dio pronunciò quando Geroboamo si trovava accanto all'altare, durante la festa. Voltatosi, Giosia fissò lo sguardo sul sepolcro dell'uomo di Dio che aveva predetto queste parole [17]e disse: «Che monumento è quello ch'io vedo?». Gli uomini della città gli risposero: «È il sepolcro dell'uomo di Dio che venne da Giuda e predisse queste cose che tu hai fatto sull'altare di Betel». [18]Quegli allora disse: «Lasciatelo in pace! Nessuno smuova le sue ossa». Così le sue ossa rimasero intatte insieme a quelle del profeta ch'era venuto da Samaria. [19]Giosia rimosse pure tutti i santuari delle alture che si trovavano nelle città di Samaria, che i re d'Israele avevano fatto per irritare il Signore. Egli fece ad essi tutto quello che aveva fatto a Betel. [20]Immolò sugli altari tutti i sacerdoti che si trovavano colà e vi bruciò sopra ossa umane; poi fece ritorno a Gerusalemme.

Celebrazione della Pasqua. - [21]Il re ordinò a tutto il popolo: «Celebrate una Pasqua in onore del Signore, vostro Dio, come è scritto in questo libro dell'alleanza». [22]Non s'era più celebrata una Pasqua come quella dal tempo dei giudici che avevano governato Israele e durante tutto il tempo dei re d'Israele e di Giuda. [23]Solamente nell'anno diciottesimo del re Giosia fu celebrata questa in onore del Signore in Gerusalemme. [24]Giosia eliminò pure le negromanti, gl'indovini, gli amuleti, gl'idoli e tutti gli abomini che si potevano vedere nel paese di Giuda e in Gerusalemme; in questo modo realizzò le parole della legge scritte nel libro

che il sacerdote Chelkia aveva trovato nel tempio del Signore.

[25]Prima di lui non vi fu un re che, come lui, si sia rivolto al Signore con tutto il suo cuore, con tutta la sua anima e con tutte le sue forze, secondo tutta la legge di Mosè; neppure dopo di lui ne sorse uno come lui. [26]Tuttavia il Signore non smorzò l'ardore della sua grande ira di cui era acceso contro Giuda, a causa di tutte le prevaricazioni commesse da Manasse. [27]Perciò il Signore disse: «Rimuoverò anche Giuda dal mio cospetto, come ho rimosso Israele, rigetterò questa città che ho scelto, cioè Gerusalemme, e il tempio di cui avevo detto: "Là sarà il mio nome"».

[28]Le altre gesta di Giosia e tutte le sue azioni non sono forse descritte nel libro degli Annali dei re di Giuda? [29]Durante la sua vita il faraone Necao, re d'Egitto, salì verso il re di Assiria sul fiume Eufrate. Il re Giosia gli mosse incontro, ma Necao lo uccise al primo scontro. [30]Allora i suoi servi lo caricarono già morto su un carro, lo condussero da Meghiddo a Gerusalemme e lo seppellirono nel suo sepolcro. Il popolo della terra prese Ioacaz, figlio di Giosia, lo unse e lo proclamò re al posto di suo padre.

Regno di Ioacaz (609). - [31]Al momento della sua ascesa al trono Ioacaz aveva ventitré anni e regnò tre mesi in Gerusalemme. Sua madre si chiamava Camutàl, figlia di Geremia, da Libna. [32]Egli fece ciò che è male agli occhi del Signore come avevano fatto i suoi antenati. [33]Il faraone Necao lo fece prigioniero a Ribla, nel paese di Camat, impedendogli così di regnare in Gerusalemme, e impose al paese un tributo di cento talenti d'argento e di dieci talenti d'oro. [34]Il faraone Necao creò re Eliakìm, figlio di Giosia, al posto di suo padre Giosia e cambiò il suo nome in quello di Ioiakìm. Poi prese Ioacaz e lo condusse in Egitto, dove morì. [35]Ioiakìm consegnò l'argento e l'oro al faraone, ma dovette imporre tasse al paese per consegnare la somma richiesta. Riscosse infatti da ognuno del popolo della terra,

---

[21]. La riforma di Giosia si conclude con una solenne celebrazione della Pasqua, il che suscita rinnovato entusiasmo, facendo rivivere al popolo il ricordo dei grandi benefici di Dio a favore d'Israele.

[26-27]. La riforma di Giosia non giunse al cuore del popolo, così da convertirlo in profondità e rimuovere i decreti divini di distruzione.

secondo il suo estimo, l'argento e l'oro che doveva consegnare al faraone Necao.

Regno di Ioiakìm (609-598). - ³⁶Al momento della sua ascesa al trono Ioiakìm aveva venticinque anni e regnò undici anni a Gerusalemme. Sua madre si chiamava Zebida, figlia di Pedaia, da Ruma. ³⁷Egli fece ciò che è male agli occhi del Signore come avevano fatto i suoi antenati.

24 ¹Al suo tempo Nabucodònosor, re di Babilonia, salì contro di lui e Ioiakìm gli fu sottomesso per tre anni, ma poi tornò a ribellarsi. ²Il Signore gli mandò contro bande di Caldei, di Aramei, di Moabiti e di Ammoniti; le mandò contro Giuda per distruggerlo, secondo la parola che il Signore aveva pronunciato per mezzo dei suoi servi i profeti. ³Questo accadde a Giuda a causa della collera del Signore, che voleva allontanarlo dal suo cospetto per tutti i peccati che Manasse aveva commesso, ⁴e anche per il sangue innocente ch'egli aveva versato e di cui aveva riempito Gerusalemme. Il Signore, pertanto, non volle perdonare. ⁵Le altre gesta di Ioiakìm e tutte le sue azioni non sono forse descritte nel libro degli Annali dei re di Giuda? ⁶Ioiakìm s'addormentò insieme ai suoi antenati e al suo posto regnò suo figlio Ioiachìn. ⁷Il re di Egitto non osò più uscire fuori dal suo territorio, poiché il re di Babilonia aveva conquistato tutto quello che apparteneva al re d'Egitto, dal torrente di Egitto fino al fiume Eufrate.

Regno di Ioiachìn (598). - ⁸Al suo avvento al trono Ioiachìn aveva diciott'anni e regnò in Gerusalemme tre mesi. Sua madre si chiamava Necusta, figlia di Elnatàn, da Gerusalemme. ⁹Egli fece ciò che è male agli occhi del Signore come aveva fatto suo padre. ¹⁰In quel tempo le armate di Nabucodònosor, re di Babilonia, salirono contro Gerusalemme e la città venne assediata. ¹¹Nabucodònosor, re di Babilonia, venne egli pure contro la città mentre i suoi soldati l'assediavano. ¹²Allora Ioiachìn, re di Giuda, uscì incontro al re di Babilonia, insieme con la madre, i servi, i capi e gli eunuchi; il re di Babilonia lo fece prigioniero nell'anno ottavo del suo regno. ¹³Poi asportò di là tutti i tesori del tempio del Signore, i tesori del palazzo reale e frantumò tutti gli oggetti

d'oro che Salomone, re d'Israele, aveva fabbricato per il santuario del Signore, secondo quello che il Signore gli aveva detto. ¹⁴Deportò infine tutta Gerusalemme, cioè tutti i capi, tutti i prodi guerrieri in numero di diecimila, e tutti i fabbri e tutti i calderai. Non rimase che il popolo povero della terra. ¹⁵Egli deportò Ioiachìn a Babilonia; inoltre condusse prigionieri da Gerusalemme a Babilonia la madre del re, le mogli del re, i suoi eunuchi e i nobili del paese. ¹⁶Il re di Babilonia fece condurre prigionieri a Babilonia tutti gli uomini di valore, in numero di settemila, i fabbri e i calderai in numero di mille, tutti uomini atti alla guerra. ¹⁷Al posto di Ioiachìn il re di Babilonia creò re Mattania, zio di lui, e gli cambiò il nome in Sedecia.

Regno di Sedecia (597-586). - ¹⁸All'avvento al trono Sedecia aveva ventun anni e regnò undici anni a Gerusalemme. Sua madre si chiamava Camutàl, figlia di Geremia, da Libna. ¹⁹Egli fece ciò che è male agli occhi del Signore, come aveva fatto Ioiakìm. ²⁰Questo accadde a Gerusalemme e a Giuda a motivo dell'ira del Signore, fino al punto che li rigettò dal suo cospetto. Sedecia poi si ribellò al re di Babilonia.

25 Assedio di Gerusalemme. - ¹Il nono anno del suo regno, il decimo mese, il dieci del mese, Nabucodònosor, re di Babilonia, venne con tutto il suo esercito contro Gerusalemme, s'accampò davanti ad essa e le costruirono intorno delle trincee. ²La città rimase assediata fino all'undicesimo anno del re Sedecia. ³Il quarto mese, il nove del mese, la fame era così grave in città che non v'era più pane per il popolo della terra. ⁴Allora fu praticata una breccia nella città e il re fuggì con tutti gli uomini atti a combattere, di notte, per la porta tra le due mura che si trovava presso il giardino del re, mentre i Caldei circondavano la città, e prese la via dell'Araba. ⁵Ma l'esercito dei Caldei inseguì il re e lo raggiunse nella pianura di Gerico, mentre tutto l'esercito si disperdeva lontano da lui. ⁶Catturato che ebbero il re, lo condussero a Ribla dal re di Babilonia che pronunciò contro di lui la sentenza. ⁷Fece uccidere i figli di Sedecia sotto gli occhi di questi, poi strappò gli occhi di Sedecia e, dopo averlo legato con catene, lo condusse a Babilonia.

Saccheggio di Gerusalemme e seconda deportazione. - [8]Il quinto mese, il sette del mese, corrispondente al diciannovesimo anno di Nabucodònosor, re di Babilonia, giunse a Gerusalemme Nabuzardàn, comandante della guardia, ufficiale del re di Babilonia. [9]Egli incendiò il tempio del Signore, il palazzo reale e tutte le case di Gerusalemme. [10]Tutto l'esercito dei Caldei, che era con il comandante della guardia, demolì le mura intorno a Gerusalemme. [11]Poi Nabuzardàn, comandante dell'esercito, deportò il resto del popolo che era rimasto nella città, gli evasi che erano passati al re di Babilonia e il resto della folla. [12]Il comandante dell'esercito lasciò una parte dei poveri del paese come vignaioli e agricoltori. [13]I Caldei spezzarono le colonne di bronzo che erano nel tempio del Signore, le basi e il mare di bronzo che si trovavano nel tempio del Signore e ne portarono il bronzo a Babilonia. [14]Presero inoltre le pentole, le palette, i coltelli, le coppe e tutti gli oggetti di bronzo necessari per il culto. [15]Il comandante della guardia asportò pure gli incensieri e i vassoi, tutto ciò che era d'oro e d'argento. [16]Prese ancora ambedue le colonne, il mare di bronzo e i bacini che Salomone aveva fatto per il tempio del Signore. Il peso del bronzo di tutti questi oggetti era incalcolabile. [17]L'altezza di una colonna era di diciotto cubiti; su di essa si trovava un capitello di bronzo la cui altezza era di cinque cubiti; intorno al capitello v'era una rete con melagrane; il tutto era di bronzo. Identica a questa era la seconda colonna.

[18]Il comandante della guardia catturò il sacerdote capo Seraià, il sacerdote in seconda Zofonia e i tre custodi della soglia. [19]Dalla città prese anche uno degli eunuchi che era preposto agli uomini di guerra e cinque tra i familiari del re che si trovavano in città; così pure lo scriba del capo dell'esercito, addetto al reclutamento del popolo della terra e sessanta uomini del popolo della terra che si trovavano in città. [20]Catturati che li ebbe, Nabuzardàn, comandante della guardia, li condusse dal re di Babilonia a Ribla. [21]Il re di Babilonia li fece uccidere a Ri-

bla, nel paese di Camat. Così Giuda fu deportato lontano dalla sua terra.

Godolia, governatore di Giuda (586). - [22]Alla popolazione rimasta in terra di Giuda, perché ivi lasciata da Nabucodònosor, re di Babilonia, questi prepose Godolia, figlio di Achikam, figlio di Safàn. [23]Quando tutti i comandanti delle truppe e i loro uomini seppero che il re di Babilonia aveva creato governatore Godolia, si recarono da lui a Mizpà: essi erano Ismaele figlio di Netania, Giovanni figlio di Kareach, Seraia figlio di Tancumet, da Netofa, Iaazania, figlio del Maacatita, assieme ai loro uomini. [24]Godolia giurò ad essi e ai loro uomini: «Non abbiate paura dei Caldei; dimorate nel paese, servite il re di Babilonia e vi troverete bene».

[25]Il settimo mese però arrivò Ismaele, figlio di Netania, figlio di Elisama, di stirpe reale, che aveva con sé dieci uomini. Essi colpirono a morte Godolia, i Giudei e i Caldei che erano con lui a Mizpà. [26]Allora tutta la popolazione, dal più piccolo al più grande, e i comandanti delle truppe partirono e andarono in Egitto, perché avevano paura dei Caldei.

Liberazione del re Ioiachìn. - [27]L'anno trentasettesimo della deportazione di Ioiachìn, re di Giuda, il dodicesimo mese, il ventisette del mese, Evil-Merodàch, re di Babilonia, nell'anno del suo avvento al trono, graziò Ioiachìn re di Giuda e lo liberò dalla prigione. [28]Gli parlò con benevolenza e gli assegnò un trono superiore ai troni dei re ch'erano con lui a Babilonia. [29]Egli mutò gli abiti di prigioniero e mangiò sempre alla mensa del re per tutto il tempo della sua vita. [30]Il suo sostentamento quotidiano gli fu procurato dal re giorno per giorno, per tutto il tempo della sua vita.

_____

25. - [27.] *Graziò Ioiachìn:* dopo il tetro quadro della distruzione del popolo eletto, pare che l'autore sacro voglia lasciare nel lettore un filo di speranza con questa breve notizia: Ioiachìn, della stirpe di Davide, è trattato con riguardo, praticamente come un ospite del re di Babilonia. Anche Geremia riporta questa notizia, 52,31-34: segno che vi era attribuito un valore particolare.

PRIMO LIBRO DELLE CRONACHE

Il titolo Cronache *corrisponde al senso del titolo ebraico, che significa: fatti dei giorni, annali. L'opera divisa in due libri è unitaria e fa parte di un complesso maggiore comprendente anche i libri di Esdra e Neemia. Questa ponderosa composizione, sorta nel III secolo a.c. per opera di uomini della classe sacerdotale, parte dalla creazione e abbraccia tutta la storia d'Israele, fino alla restaurazione dopo l'esilio. Scopo dell'opera è dare fondamento alle istituzioni liturgiche mostrandone in Davide e Salomone gli iniziatori.*

I libri delle Cronache si dividono in quattro parti. La prima parte (1Cr 1-9), costituita da tavole genealogiche, sintetizza la storia da Adamo fino a Saul. La seconda parte (1Cr 10-29) è dedicata al re Davide, che iniziò a organizzare il culto, preparò la costruzione del tempio e la formazione del personale addetto. La terza parte (2Cr 1-9) delinea il regno di Salomone diffondendosi sulla costruzione del tempio e delle sue suppellettili, coronata dalla festa della dedicazione. L'ultima parte (2Cr 10-36) traccia la storia del regno di Giuda dalla morte di Salomone all'esilio di Babilonia. L'editto di Ciro che permette ai Giudei esuli di rimpatriare chiude l'opera.

Da essa emerge la preoccupazione e la passione per il culto liturgico. Si esaltano Davide e Salomone, sorvolando sulle loro colpe, e i re che hanno avuto a cuore la religione e il culto, come Ezechia e Giosia. L'autore vede Israele come un popolo tutto dedito alla glorificazione e al culto dell'unico Dio nell'unico suo tempio, un popolo che mantiene salda la sua speranza messianica ravvivata nelle celebrazioni del culto.

PREISTORIA DAVIDICA

1 I primi antenati. - [1]Adamo, Set, Enos, [2]Kenan, Maalaleel, Iared, [3]Enoch, Matusalemme, Lamech, [4]Noè, Sem, Cam e Iafet.

[5]Figli di Iafet: Gomer, Magog, Media, Grecia, Tubal, Mesech e Tiras.

[6]Figli di Gomer: Ascanaz, Rifat e Togarma. [7]Figli di Grecia: Elisa, Tarsis, quelli di Cipro e quelli di Rodi.

[8]Figli di Cam: Etiopia, Egitto, Put e Canaan. [9]Figli di Etiopia: Seba, Avila, Sabta, Raema e Sabteca. Figli di Raema: Saba e Dedan.

[10]Etiopia generò Nimrod, che fu il primo eroe sulla terra. [11]Egitto generò i Ludi, gli Anamiti, i Leabiti, i Naftuchiti, [12]i Patrositi, i Casluchiti e i Caftoriti, dai quali derivarono i Filistei. [13]Canaan generò Sidone suo primogenito, Chet, [14]il Gebuseo, l'Amorreo, il Gergeseo, [15]l'Eveo, l'Archita, il Sineo, [16]l'Arvadeo, lo Zemareo e l'Amateo.

I Semiti. - [17]Figli di Sem: Elam, Assur, Arpacsad, Lud e Aram. Figli di Aram: Uz, Cul, Gheter e Mesech. [18]Arpacsad generò Selach; Selach generò Eber. [19]A Eber nacquero due figli, uno si chiamava Peleg, perché ai suoi tempi si divise la terra, e suo fratello si chiamava Ioktan. [20]Ioktan generò Almodad, Salef, Cazarmavet, Ierach, [21]Adoram, Uzal, Dikla, [22]Ebal, Abimael, Saba, [23]Ofir, Avila e Iobab; tutti costoro erano figli di Ioktan.

[24]Sem, Arpacsad, Selach, [25]Eber, Peleg, Reu, [26]Serug, Nacor, Terach, [27]Abram, cioè Abramo.

Discendenti di Abramo. - [28]Figli di Abramo: Isacco e Ismaele.

[29]Ecco la loro discendenza: primogenito di Ismaele fu Nebaiot; altri suoi figli: Kedar, Adbeel, Mibsam, [30]Misma, Duma, Massa, Cadad, Tema, [31]Ietur, Nafis e Kedma; questi furono discendenti di Ismaele.

[32]Figli di Ketura, concubina di Abramo:

essa partorì Zimran, Ioksan, Medan, Madian, Isbak e Suach. Figli di Ioksan: Saba e Dedan. [33]Figli di Madian: Efa, Efer, Enoch, Abiba ed Eldaa; tutti questi furono discendenti di Ketura.

Discendenti di Esaù. - [34]Abramo generò Isacco. Figli di Isacco: Esaù e Israele. [35]Figli di Esaù: Elifaz, Reuel, Ieus, Iaalam e Core. [36]Figli di Elifaz: Teman, Omar, Zefi, Gatam, Kenaz, Timna e Amalek. [37]Figli di Reuel: Nacat, Zerach, Samma e Mizza.

Discendenti di Seir. - [38]Figli di Seir: Lotan, Sobal, Zibeon, Ana, Dison, Eser e Disan. [39]Figli di Lotan: Cori e Omam. Sorella di Lotan: Timna. [40]Figli di Sobal: Alvan, Manacat, Ebal, Sefi e Onam. Figli di Zibeon: Aia e Ana. [41]Figli di Ana: Dison. Figli di Dison: Camran, Esban, Itran e Cheran. [42]Figli di Eser: Bilan, Zaavan, Iaakan. Figli di Disan: Uz e Aran.

Re e capi di Edom. - [43]Ecco i re che regnarono nel paese di Edom, prima che gli Israeliti avessero un re: Bela, figlio di Beor; la sua città si chiamava Dinaba. [44]Morto Bela, divenne re al suo posto Iobab, figlio di Zerach di Bozra. [45]Morto Iobab, divenne re al suo posto Cusam della regione dei Temaniti. [46]Morto Cusam, divenne re al suo posto Adad figlio di Bedad, il quale sconfisse i Madianiti nei campi di Moab; la sua città si chiamava Avit. [47]Morto Adad, divenne re al suo posto Samla di Masreka. [48]Morto Samla, divenne re al suo posto Saul di Recobot sul fiume. [49]Morto Saul, divenne re al suo posto Baal-Canan, figlio di Acbor. [50]Morto Baal-Canan, divenne re al suo posto Adad; la sua città si chiamava Pai; sua moglie si chiamava Mechetabel, figlia di Matred, figlia di Mezaab.

[51]Morto Adad, in Edom ci furono capi: il capo di Timna, il capo di Alva, il capo di Ietet, [52]il capo di Oolibama, il capo di Ela, il capo di Pinon, [53]il capo di Kenaz, il capo di Teman, il capo di Mibzar, [54]il capo di Magdiel, il capo di Iram. Questi furono i capi di Edom.

2 **I figli di Giacobbe.** - [1]Questi sono i figli di Israele: Ruben, Simeone, Levi, Giuda, Issacar, Zabulon, [2]Dan, Giuseppe, Beniamino, Neftali, Gad e Aser.

Discendenti di Giuda. - [3]Figli di Giuda: Er, Onan, Sela; i tre gli nacquero dalla figlia di Sua la cananea. Er, primogenito di Giuda, era malvagio agli occhi del Signore, che perciò lo fece morire. [4]Tamar sua nuora gli partorì Perez e Zerach. Totale dei figli di Giuda: cinque.

[5]Figli di Perez: Chezron e Camul.

[6]Figli di Zerach: Zimri, Etan, Eman, Calcol e Darda; in tutto: cinque.

[7]Figli di Carmi: Acar, che provocò una disgrazia in Israele con la trasgressione circa l'anatema. [8]Figli di Etan: Azaria.

[9]Figli che nacquero a Chezron: Ieracmel, Ram e Chelubai. [10]Ram generò Amminadab; Amminadab generò Nacson, capo dei figli di Giuda. [11]Nacson generò Salma; Salma generò Booz. [12]Booz generò Obed; Obed generò Iesse. [13]Iesse generò Eliab il primogenito, Abinadab, secondo, Simea, terzo, [14]Netaneel, quarto, Raddai, quinto, [15]Ozem, sesto, Davide, settimo. [16]Loro sorelle furono: Zeruià e Abigail. Figli di Zeruià furono Abisai, Ioab e Asael: tre. [17]Abigail partorì Amasa, il cui padre fu Ieter l'ismaelita.

Discendenti di Caleb e Ieracmel. - [18]Caleb, figlio di Chezron, dalla moglie Azuba ebbe Ieriot. Questi sono i figli di lei: Ieser, Sobab e Ardon. [19]Morta Azuba, Caleb prese in moglie Efrat, che gli partorì Cur. [20]Cur generò Uri; Uri generò Bezaleel. [21]Dopo Chezron si unì alla figlia di Machir, padre di Galaad; egli la sposò a sessant'anni ed essa gli partorì Segub.

[22]Segub generò Iair, cui appartennero ventitré città nella regione di Galaad. [23]Ghesur e Aram presero loro i villaggi di Iair con Kenat e le dipendenze: sessanta città. Tutti questi furono figli di Machir, padre di Galaad. [24]Dopo la morte di Chezron, Caleb si unì a Efrata, moglie di suo padre Chezron, la quale gli partorì Ascur, padre di Tekoa.

[25]I figli di Ieracmel, primogenito di Chezron, furono Ram il primogenito, Buna, Oren, Achia. [26]Ieracmel ebbe una seconda moglie che si chiamava Atara e fu madre di Onam.

[27]I figli di Ram, primogenito di Ieracmel, furono Maas, Iamin ed Eker.

---

2. - 1-9. Da Giacobbe si passa subito a *Giuda*, perché fu l'unica tribù numerosa anche dopo l'esilio e poiché fu a capo d'Israele rimpatriato.

²⁸I figli di Onam furono Sammai e Iada. Figli di Sammai: Nadab e Abisur. ²⁹La moglie di Abisur si chiamava Abiail e gli partorì Acban e Molid. ³⁰Figli di Nadab furono Seled ed Efraim. Seled morì senza figli. ³¹Figli di Efraim: Isei; figli di Isei: Sesan; figli di Sesan: Aclai. ³²Figli di Iada, fratello di Sammai: Ieter e Gionata. Ieter morì senza figli. ³³Figli di Gionata: Pelet e Zaza. Questi furono i discendenti di Ieracmel.

³⁴Sesan non ebbe figli, ma solo figlie; egli aveva uno schiavo egiziano chiamato Iarca. ³⁵Sesan diede in moglie allo schiavo Iarca una figlia, che gli partorì Attai. ³⁶Attai generò Natan; Natan generò Zabad; ³⁷Zabad generò Eflal; Eflal generò Obed; ³⁸Obed generò Ieu; Ieu generò Azaria; ³⁹Azaria generò Chelez; Chelez generò Eleasa; ⁴⁰Eleasa generò Sismai; Sismai generò Sallum; ⁴¹Sallum generò Iekamia; Iekamia generò Elisama.

⁴²Figli di Caleb, fratello di Ieracmel, furono Mesa, suo primogenito, che fu padre di Zif; il figlio di Maresa fu padre di Ebron. ⁴³Figli di Ebron: Core, Tappuach, Rekem e Samai. ⁴⁴Samai generò Racam, padre di Iorkeam; Rekem generò Sammai. ⁴⁵Figlio di Sammai: Maon, che fu padre di Bet-Zur.

⁴⁶Efa, concubina di Caleb, partorì Caran, Moza e Gazez; Caran generò Gazez. ⁴⁷Figli di Iadai: Reghem, Iotam, Ghesan, Pelet, Efa e Saaf. ⁴⁸Maaca, concubina di Caleb, partorì Seber e Tircana; ⁴⁹partorì anche Saaf, padre di Madmanna, e Seva, padre di Macbena e padre di Gabaa. Figlia di Caleb fu Acsa.

⁵⁰Questi furono i figli di Caleb: Ben-Cur, primogenito di Efrata, Sobal, padre di Kiriat-Iearim, ⁵¹Salma, padre di Betlemme, Haref, padre di Bet-Gader. ⁵²Sobal, padre di Kiriat-Iearim, ebbe come figli di Reaia, Cazi e Manacat. ⁵³Le famiglie di Kiriat-Iearim sono quelle di Ieter, di Put, di Suma e di Masra. Da costoro derivarono quelli di Zorea e di Estaol.

⁵⁴Figli di Salma: Betlemme, i Netofatiti, Atarot-Bet-Ioab e metà dei Manactei e degli Zoreatei. ⁵⁵Le famiglie degli scribi che abitavano in Iabez: i Tireatei, Simeatei e i Sucatei. Questi erano Keniti, discendenti da Cammat della famiglia di Recab.

3 Discendenti di Davide. - ¹Questi sono i figli che nacquero a Davide in Ebron: il primogenito Amnon, nato da Achinoam di Izreel; Daniele secondo, nato da Abigail del Carmelo; ²Assalonne terzo, figlio di Maaca figlia di Talmai, re di Ghesur; Adonia quarto, figlio di Agghit; ³Sefatia quinto, nato da Abital; Itram sesto, figlio della moglie Egla. ⁴Sei gli nacquero in Ebron, ove egli regnò sette anni e sei mesi, mentre regnò trentatré anni in Gerusalemme. ⁵I seguenti gli nacquero in Gerusalemme: Simea, Sobab, Natan e Salomone, ossia quattro figli natigli da Betsabea, figlia di Ammiel; ⁶inoltre Ibcar, Elisama, Elifelet, ⁷Noga, Nefeg, Iafia, ⁸Elisama, Eliada ed Elifelet, ossia nove figli. ⁹Tutti costoro furono figli di Davide, senza contare i figli delle sue concubine. Tamar era loro sorella.

¹⁰Figli di Salomone: Roboamo, di cui fu figlio Abia, di cui fu figlio Asa, di cui fu figlio Giosafat, ¹¹di cui fu figlio Ioram, di cui fu figlio Acazia, di cui fu figlio Ioas, ¹²di cui fu figlio Amazia, di cui fu figlio Azaria, di cui fu figlio Iotam, ¹³di cui fu figlio Acaz, di cui fu figlio Ezechia, di cui fu figlio Manasse, ¹⁴di cui fu figlio Amon, di cui fu figlio Giosia. ¹⁵Figli di Giosia: Giovanni primogenito, Ioakim secondo, Sedecia terzo, Sallum quarto. ¹⁶Figli di Ioakim: Ieconia, di cui fu figlio Sedecia.

¹⁷Figli di Ieconia, il prigioniero: Sealtiel, ¹⁸Malchiram, Pedaia, Seneazzar, Iekamia, Cosama e Nedabia. ¹⁹Figli di Pedaia: Zorobabele e Simei. Figli di Zorobabele: Mesullam e Anania e Selomit, loro sorella. ²⁰Figli di Mesullam: Casuba, Oel, Berechia, Casadia, Iusab-Chesed: cinque figli. ²¹Figli di Anania: Pelatia, di cui fu figlio Isaia, di cui fu figlio Refaia, di cui fu figlio Arnan, di cui fu figlio Abdia, di cui fu figlio Secania. ²²Figli di Secania: Semaia, Cattus, Igheal, Bariach, Naaria e Safat: sei. ²³Figli di Naaria: Elioenai, Ezechia e Azrikam: tre. ²⁴Figli di Elioenai: Odavia, Eliasib, Pelaia, Akub, Giovanni, Delaia e Anani: sette.

4 Frammenti genealogici di Giuda. - ¹Figli di Giuda: Perez, Chezron, Carmi, Cur e Sobal. ²Reaia, figlio di Sobal, generò Ia-

⁴⁶. *Caleb*: da non confondersi col figlio di Iefunne, uno degli esploratori della terra promessa (Nm 13,6).
3. - ¹⁰. I discendenti di Salomone sono i re di Giuda.
¹⁷⁻²⁴. Discendenti di Davide dopo l'esilio.

cat; Iacat generò Acumai e Laad. Queste sono le famiglie degli Zoreatei.

³Questi furono i figli del padre di Etam:
Izreel, Isma e Ibdas; la loro sorella si chiamava Azlelponi. ⁴Penuel fu padre di Ghedor; Ezer fu padre di Cusa. Questi furono i
figli di Cur, il primogenito di Efrata, padre di
Betlemme.

⁵Ascur, padre di Tekoa, aveva due mogli,
Chelea e Naara. ⁶Naara gli partorì Acuz-
zam, Chefer, il Temanita e l'Acastarita;
questi furono figli di Naara. ⁷Figli di Chelea: Zeret, Zocar, Etnan e Koz.

⁸Koz generò Anub, Azzobeba e le famiglie di Acarche, figlio di Arum. ⁹Iabez fu
più onorato dei suoi fratelli; sua madre l'a-
veva chiamato Iabez poiché diceva: «Io l'ho
partorito con dolore». ¹⁰Iabez invocò il Dio
di Israele dicendo: «Se tu mi benedicessi e
allargassi i miei confini e la tua mano fosse
con me e mi tenessi lontano dal male sì che
io non soffra!». Dio gli concesse quanto
aveva chiesto.

¹¹Chelub, fratello di Suca, generò Me-
chir, che fu padre di Eston. ¹²Eston generò
Bet-Rafa, Paseach e Techinna, padre di Ir-
Nacas. Questi sono gli uomini di Reca.

¹³Figli di Kenaz: Otniel e Seraia; figli di
Otniel: Catat e Meonotai. ¹⁴Meonotai generò Ofra; Seraia generò Ioab, padre della
valle degli artigiani, poiché erano artigiani.

Frammenti genealogici di Caleb. - ¹⁵Figli
di Caleb, figlio di Iefunne: Ir, Ela e Naam.
Figli di Ela: Kenaz.

¹⁶Figli di Ieallelel: Zif, Zifa, Tiria e Asarel.
¹⁷Figli di Ezra: Ieter, Mered, Efer e Ialon.
Partorì Miriam, Sammai e Isbach, padre di
Estemoa. ¹⁸Sua moglie, la Giudea, partorì
Ieter padre di Ghedor, Cheber padre di So-
co e Iekutiel padre di Zanoach. Questi inve-
ce sono i figli di Bitia, figlia del faraone, che
Mered aveva presa in moglie.

¹⁹Figli della moglie Odaia, sorella di Na-
cam, padre di Keila il Garmita e di Estemoa
il Maacateo. ²⁰Figli di Simone: Ammon,
Rinna, Ben-Canan e Tilon. Figli di Isei: Zo-
chet e Ben-Zochet.

²¹Figli di Sela, figlio di Giuda: Er padre di
Leca, Laada padre di Maresa, e le famiglie
dei lavoratori del bisso in Bet-Asbea,
²²Iokim e la gente di Cozeba, Ioas e Saraf,
che dominarono in Moab e poi tornarono
in Betlemme. Ma si tratta di fatti antichi.
²³Erano vasai e abitavano a Netaim e a

Ghedera; abitavano là con il re, al suo servizio.

Discendenti di Simeone. - ²⁴Figli di Simeone: Nemuel, Iamim, Iarib, Zerach,
Saul, ²⁵di cui fu figlio Sallum, di cui fu figlio Mibsam, di cui fu figlio Misma. ²⁶Figli
di Misma: Cammuel, di cui fu figlio Zaccur, di cui fu figlio Simei. ²⁷Simei ebbe sedici figli e sei figlie, ma i suoi fratelli ebbero pochi figli; le loro famiglie non si moltiplicarono come quelle dei discendenti di
Giuda. ²⁸Si stabilirono in Bersabea, in Molada, in Cazar-Sual, ²⁹in Bila, in Ezem, in
Tolad, ³⁰in Betuel, in Corma, in Ziklag,
³¹in Bet-Marcabot, in Cazar-Susim, in Bet-
Birei e in Saaraim. Queste furono le loro
città fino al regno di Davide. ³²Loro villaggi erano Etam, Ain, Rimmon, Tochen e
Asan: cinque città ³³e tutti i villaggi dei loro dintorni fino a Baal. Questa era la loro
sede e questi i loro nomi nei registri genealogici.

³⁴Mesobab, Iamlech, Iosa figlio di Amasia, ³⁵Gioele, Ieu figlio di Iosibia, figlio di
Seraia, figlio di Asiel, ³⁶Elioenai, Iaakoba,
Iesocaia, Asaia, Adiel, Iesimiel, Benaia,
³⁷Ziza figlio di Sifei, figlio di Allon, figlio di
Iedaia, figlio di Simri, figlio di Semaia.
³⁸Questi, elencati per nome, erano capi
nelle loro famiglie; i loro casati si estesero
moltissimo. ³⁹Andarono verso l'ingresso di
Ghedor fino a oriente della valle in cerca di
pascoli per i loro greggi. ⁴⁰Trovarono pascoli pingui ed eccellenti; la regione era vasta in tutti i sensi, tranquilla e quieta, poiché quelli che vi abitavano prima erano i
discendenti di Cam. ⁴¹Ma gli uomini elencati per nome, al tempo di Ezechia, re di
Giuda, andarono a distruggere le loro tende e i Meuniti che si trovavano colà; li votarono a uno sterminio che dura fino ad oggi e si stabilirono al loro posto, perché ivi
erano dei pascoli per i loro greggi. ⁴²Alcuni
di essi, fra i discendenti di Simeone, si recarono sulla montagna di Seir, cinquecento
uomini a capo dei quali c'erano Pelatia,
Nearia, Refaia e Uzziel, figli di Isei. ⁴³Co-
storo eliminarono quelli che erano sopravvissuti di Amalek e presero ivi dimora fino
al giorno d'oggi.

5 **Discendenti di Ruben.** - ¹Figli di Ruben, primogenito di Israele. Egli infatti
era il primogenito, ma siccome aveva profa-

nato il letto di suo padre, il suo diritto di primogenitura fu dato ai figli di Giuseppe, figlio d'Israele. Però nel registro genealogico non si tenne conto della primogenitura, ²perché Giuda prevalse sui suoi fratelli e uno dei suoi discendenti divenne capo; tuttavia la primogenitura appartiene a Giuseppe. ³Figli di Ruben, primogenito di Israele: Enoch, Pallu, Chezron e Carmi.

⁴Figli di Gioele: Semaia, di cui fu figlio Gog, di cui fu figlio Simei, ⁵di cui fu figlio Mica, di cui fu figlio Reaia, di cui fu figlio Baal, ⁶di cui fu figlio Beera, che fu deportato nella deportazione di Tiglat-Pilèzer, re d'Assiria; egli era il capo dei Rubeniti.

⁷Suoi fratelli, secondo le loro famiglie, come sono iscritti nelle genealogie, furono: primo Ieiel, quindi Zaccaria ⁸e Bela figlio di Azaz, figlio di Sema, figlio di Gioele, che dimorava in Aroer e fino al Nebo e a Baal-Meon. ⁹A Oriente si estendevano fra l'inizio del deserto che va dal fiume Eufrate in qua, perché i loro greggi erano numerosi nel paese di Galaad. ¹⁰Al tempo di Saul mossero guerra agli Agareni; caduti questi nelle loro mani, essi si stabilirono nelle loro tende su tutta la parte orientale di Galaad.

Discendenti di Gad. - ¹¹I figli di Gad dimoravano di fronte nella regione di Basan fino a Salca. ¹²Gioele, il capo, Safam, secondo, quindi Iaanai e Safat in Basan. ¹³Loro fratelli, secondo i loro casati, furono Michele, Mesullam, Seba, Iorai, Iaacan, Zia ed Eber: sette. ¹⁴Costoro erano figli di Abicail, figlio di Curi, figlio di Iaroach, figlio di Galaad, figlio di Michele, figlio di Iesisai, figlio di Iacdo, figlio di Buz. ¹⁵Achi, figlio di Abdiel, figlio di Guni, era il capo del loro casato. ¹⁶Dimoravano in Galaad, in Basan e nelle sue dipendenze e in tutti i pascoli di Saron

fino ai loro estremi confini. ¹⁷Tutti questi furono registrati al tempo di Iotam, re di Giuda e al tempo di Geroboamo, re di Israele.

¹⁸I figli di Ruben, di Gad e della mezza tribù di Manasse avevano gente valorosa, uomini che portavano scudo e spada, tiravano l'arco ed erano addestrati alla guerra; potevano uscire in campo in quarantaquattromilasettecentosessanta. ¹⁹Essi mossero guerra agli Agareni, a Ietur, a Nafis e a Nodab. ²⁰Essi erano stati aiutati contro costoro perché avevano invocato Dio durante il combattimento ed egli li esaudì, giacché avevano avuto fiducia in lui, e così gli Agareni e tutti i loro alleati furono consegnati in loro potere. ²¹Catturarono così gli armenti degli Agareni: cinquantamila cammelli, duecentocinquantamila pecore, duemila asini e centomila persone, ²²giacché molti erano caduti trafitti, siccome la guerra era stata condotta da Dio. Essi si stabilirono al loro posto fino all'esilio.

Discendenti della mezza tribù di Manasse. - ²³I figli della mezza tribù di Manasse abitavano nella regione che da Basan si estendeva fino a Baal-Ermon, a Senir e al monte Ermon; essi erano numerosi. ²⁴Questi sono i capi dei loro casati: Efer, Isei, Eliel, Azriel, Geremia, Odavia e Iacdiel, uomini valorosi e famosi, capi dei loro casati.

²⁵Ma furono infedeli al Dio dei loro padri, prostituendosi agli dèi delle popolazioni indigene, che Dio aveva distrutto davanti a essi. ²⁶Il Dio di Israele eccitò lo spirito di Pul re d'Assiria, cioè lo spirito di Tiglat-Pilèzer re d'Assiria, che deportò i Rubeniti, i Gaditi e metà della tribù di Manasse; li condusse in Chelach, presso Cabor, fiume del Gozan, ove rimangono ancora.

I figli di Levi. - ²⁷Figli di Levi: Gherson, Keat e Merari. ²⁸Figli di Keat: Amram, Isear, Ebron e Uzziel. ²⁹Figli di Amram: Aronne, Mosè e Maria. Figli di Aronne: Nadab, Abiu, Eleazaro ed Itamar. ³⁰Eleazaro generò Finees; Finees generò Abisua; ³¹Abisua generò Bukki; Bukki generò Uzzi; ³²Uzzi generò Zerachia; Zerachia generò Meraiot; ³³Meraiot generò Amaria; Amaria generò Achitob; ³⁴Achitob generò Zadok; Zadok generò Achimaaz; ³⁵Achimaaz generò Azaria; Azaria generò Giovanni; ³⁶Giovanni generò Azaria, che fu sacerdote nel tempio costruito da Salomone in Gerusalemme.

5. - ². Il diritto di primogenitura, che comportava la preminenza sui fratelli e la doppia parte nell'eredità, fu tolto a Ruben per il suo misfatto (Gn 35,22; 49,4). La preminenza fu attribuita a Giuda, da cui dovevano uscire i re e il Messia, e la doppia parte a Giuseppe, nella persona dei suoi due figli, Efraim e Manasse, capostipiti delle relative tribù.

¹⁶. *Saron* è il nome fenicio del monte Ermon, al confine nord-est delle terre abitate dagli Israeliti. I Gaditi potevano arrivare sino là nell'occupazione del loro territorio.

²⁶. *Tiglat-Pilèzer* III, re d'Assiria, nel 729 conquistò Babilonia. Come re di Babilonia assunse il nome di *Pul*. Il *Cabor* è un affluente di sinistra dell'Eufrate.

³⁷Azaria generò Amaria; Amaria generò Achitob; ³⁸Achitob generò Zadok; Zadok generò Sallum; ³⁹Sallum generò Chelkia; Chelkia generò Azaria; ⁴⁰Azaria generò Seraia; Seraia generò Iozadak. ⁴¹Iozadak partì quando il Signore, per mezzo di Nabucodònosor, fece deportare Giuda e Gerusalemme.

6
Discendenti di Levi. - ¹Figli di Levi: Gherson, Keat e Merari. ²Questi sono i nomi dei figli di Gherson: Libni e Simei. ³Figli di Keat: Amram, Izear, Ebron e Uzziel. ⁴Figli di Merari: Macli e Musi; queste sono le famiglie di Levi secondo i loro casati.

⁵Gherson ebbe per figlio Libni, di cui fu figlio Iacat, di cui fu figlio Zimma, ⁶di cui fu figlio Ioach, di cui fu figlio Iddo, di cui fu figlio Zerach, di cui fu figlio Ieotrai.

⁷Figli di Keat: Amminadab, di cui fu figlio Core, di cui fu figlio Assir, ⁸di cui fu figlio Elkana, di cui fu figlio Abiasaf, di cui fu figlio Assir, ⁹di cui fu figlio Tacat, di cui fu figlio Uriel, di cui fu figlio Ozia, di cui fu figlio Saul. ¹⁰Figli di Elkana: Amasai e Achimot, ¹¹di cui fu figlio Elkana, di cui fu figlio Sufai, di cui fu figlio Nacat, ¹²di cui fu figlio Eliab, di cui fu figlio Ierocam, di cui fu figlio Elkana. ¹³Figli di Samuele: Gioele primogenito e Abia secondo.

¹⁴Figli di Merari: Macli, di cui fu figlio Libni, di cui fu figlio Simei, di cui fu figlio Uzza, ¹⁵di cui fu figlio Simea, di cui fu figlio Agghiia, di cui fu figlio Asaia.

I cantori. - ¹⁶Ecco coloro ai quali Davide affidò la direzione del canto nel tempio dopo che l'arca aveva trovato una sistemazione. ¹⁷Essi esercitarono l'ufficio di cantori davanti alla dimora della tenda del convegno finché Salomone costruì il tempio in Gerusalemme. Nel servizio si attenevano alla regola fissata per loro.

¹⁸Questi furono gli incaricati e questi i loro figli. Dei Keatiti: Eman il cantore, figlio di Gioele, figlio di Samuele, ¹⁹figlio di Elkana, figlio di Ierocam, figlio di Eliel, figlio di Toach, ²⁰figlio di Zuf, figlio di Elkana, figlio di Macat, figlio di Amasai, ²¹figlio di Elkana, figlio di Gioele, figlio di Azaria, figlio di Sofonia, ²²figlio di Tacat, figlio di Assir, figlio di Abiasaf, figlio di Core, ²³figlio di Izear, figlio di Keat, figlio di Levi, figlio di Israele.

²⁴Suo collega era Asaf, che stava alla sua destra: Asaf, figlio di Berechia, figlio di Simea, ²⁵figlio di Michele, figlio di Baasea, figlio di Malchia, ²⁶figlio di Etni, figlio di Zerach, figlio di Adaia, ²⁷figlio di Etan, figlio di Zimma, figlio di Simei, ²⁸figlio di Iacat, figlio di Gherson, figlio di Levi.

²⁹I figli di Merari, loro colleghi, che stavano alla sinistra, erano Etan, figlio di Kisi, figlio di Abdi, figlio di Malluch, ³⁰figlio di Casabia, figlio di Amasia, figlio di Chilkia, ³¹figlio di Amsi, figlio di Bani, figlio di Semer, ³²figlio di Macli, figlio di Musi, figlio di Merari, figlio di Levi.

Leviti e Aronidi. - ³³I leviti, loro fratelli, erano addetti a ogni servizio della dimora del tempio di Dio. ³⁴Aronne e i suoi figli bruciavano le offerte sull'altare dell'olocausto e sull'altare dell'incenso; inoltre curavano tutto il servizio del santo dei santi e compivano l'espiazione per Israele, secondo tutto quanto aveva ordinato Mosè, servo di Dio.

³⁵Questi sono i figli di Aronne: Eleazaro, suo figlio, Finees, suo figlio, Abisua, suo figlio, ³⁶Bukki, suo figlio, Uzzi, suo figlio, Zerachia, suo figlio, ³⁷Meraiot, suo figlio, Amaria, suo figlio, Achitob, suo figlio, ³⁸Zadok, suo figlio, Achimaaz, suo figlio.

Città levitiche. - ³⁹Queste sono le loro residenze, secondo i loro attendamenti nei rispettivi territori. Ai figli di Aronne del clan dei Keatiti — su loro infatti cadde per prima la sorte — ⁴⁰fu assegnata Ebron nel territorio di Giuda con i pascoli dei dintorni; ⁴¹mentre la campagna dipendente dalla città e i suoi villaggi furono assegnati a Caleb, figlio di Iefunne. ⁴²Ai figli di Aronne furono date anche le città di rifugio, Ebron, Libna con i suoi pascoli, Iattir, Estemoa con i suoi pascoli, ⁴³Chilez con i suoi pascoli, Debir con i suoi pascoli, ⁴⁴Asan con i suoi pascoli, Bet-Semes con i suoi pascoli, ⁴⁵e della tribù di Beniamino: Gheba con i suoi pascoli, Alemet con i suoi pascoli, Anatòt con i suoi pascoli; in totale tredici città con i loro pascoli.

⁴⁶Ai rimanenti figli di Keat, secondo i loro clan, toccarono in sorte dieci città prese dalla tribù di Efraim, dalla tribù di Dan e dalla mezza tribù di Manasse. ⁴⁷Ai figli di Gherson, secondo i loro clan, furono assegnate tredici città prese dalla tribù di Issacar, dalla tribù di Aser, dalla tribù di Neftali

e dalla mezza tribù di Manasse, che si trova nel Basan. [48]Ai figli di Merari, secondo i loro clan, toccarono in sorte dodici città prese dalla tribù di Ruben, dalla tribù di Gad e dalla tribù di Zabulon. [49]Gli Israeliti diedero ai leviti queste città con i loro pascoli. [50]Queste città designate per nome furono assegnate con sorteggio prendendole dalle tribù dei figli di Giuda, dei figli di Simeone e dei figli di Beniamino.

[51]Ai clan dei figli di Keat furono date per sorteggio delle città della tribù di Efraim: [52]furono loro assegnate la città di rifugio Sichem con i suoi pascoli, nella montagna di Efraim, Ghezer con i suoi pascoli, [53]Iokmeam con i suoi pascoli, Bet-Oron con i suoi pascoli, [54]Aialon con i suoi pascoli, Gat-Rimmon con i suoi pascoli, [55]e dalla mezza tribù di Manasse, Taanach con i suoi pascoli, Ibleam con i suoi pascoli. Queste città erano per il clan degli altri figli di Keat.

[56]Ai figli di Gherson, secondo i loro clan, toccarono in sorte, della mezza tribù di Manasse: Golan nel Basan con i suoi pascoli, Asarot con i suoi pascoli; [57]della tribù di Issacar: Kedes con i suoi pascoli, Daberat con i suoi pascoli, [58]Iarmut con i suoi pascoli e Anem con i suoi pascoli; [59]della tribù di Aser: Masal con i suoi pascoli, Abdon con i suoi pascoli, [60]Cukok con i suoi pascoli e Recob con i suoi pascoli; [61]della tribù di Neftali: Kedes in Galilea con i suoi pascoli, Cammon con i suoi pascoli e Kiriataim con i suoi pascoli.

[62]Agli altri figli di Merari toccarono in sorte, della tribù di Zabulon, Rimmon con i suoi pascoli e Tabor con i suoi pascoli, [63]e al di là del Giordano verso Gerico, ad oriente del Giordano, della tribù di Ruben: Beser nel deserto con i suoi pascoli, Iaza con i suoi pascoli, [64]Kedemot con i suoi pascoli, Mefaat con i suoi pascoli; [65]della tribù di Gad: Ramot di Galaad con i suoi pascoli, Macanàim con i suoi pascoli, [66]Chesbon con i suoi pascoli e Iazer con i suoi pascoli.

6. - 51-66. Per le città levitiche toccate in sorte ai discendenti di Aronne, cfr. Gs 21,4-42, che ne dà un elenco più completo.
7. - 3. Uno dei cinque è sparito dal testo.
6. I *figli di Beniamino* con discendenza sono ridotti a tre a causa della guerra condotta da Israele contro Beniamino (Gdc 20,46).

7 Discendenti di Issacar. - [1]Figli di Issacar: Tola, Pua, Iasub e Simron: quattro. [2]Figli di Tola: Uzzi, Refaia, Ieriel, Iacmai, Ibsam e Samuele, capi dei casati di Tola, prodi guerrieri, il cui numero, secondo la loro discendenza, al tempo di Davide era di ventiduemilaseicento. [3]Figli di Uzzi: Izrachia. Figli di Izrachia: Michele, Abdia, Gioele... Issia: cinque, tutti capi. [4]Ad essi, divisi secondo la loro discendenza per casati, spettava fornire schiere armate per la guerra, cioè trentaseimila uomini, poiché avevano un gran numero di donne e di bambini. [5]I loro fratelli, appartenenti a tutti i clan di Issacar, erano valorosi guerrieri: ottantasettemila in tutto, secondo la loro registrazione.

Discendenti di Beniamino. - [6]Figli di Beniamino: Bela, Beker e Iedaiel: tre. [7]Figli di Bela: Ezbon, Uzzi, Uzziel, Ierimot, Iri, cinque capi dei loro casati, uomini valorosi; ne furono censiti ventiduemilatrentaquattro. [8]Figli di Beker: Zemira, Ioas, Eliezer, Elioenai, Omri, Ieremot, Abia, Anatòt e Alemet; tutti costoro erano figli di Beker. [9]Il loro censimento, eseguito secondo le loro genealogie in base ai capi dei loro casati, indicò ventimiladuecento uomini valorosi. [10]Figli di Iedaiel: Bilan. Figli di Bilan: Ieus, Beniamino, Eud, Kenaana, Zetan, Tarsis e Achisacar. [11]Tutti questi erano figli di Iedaiel, capi dei loro casati, uomini valorosi, in numero di diciassettemiladuecento, pronti per una spedizione militare e per combattere.

[12]Suppim e Cuppim, figli di Ir; Cusim, figlio di Acher.

Figli di Neftali. - [13]Figli di Neftali: Iacaziel, Guni, Iezer e Sallum, figli di Bila.

Discendenti di Manasse. - [14]Figli di Manasse: Asriel, partoritogli dalla concubina aramea; essa partorì anche Machir, padre di Galaad. [15]Machir prese una moglie per Cuppim e Suppim; sua sorella si chiamava Maaca. Il secondo figlio si chiamava Zelofcad; Zelofcad aveva figlie. [16]Maaca, moglie di Machir, partorì un figlio che chiamò Peres, mentre suo fratello si chiamava Seres; suoi figli erano Ulam e Rekem. [17]Figli di Ulam: Bedan. Questi furono i figli di Galaad, figlio di Machir, figlio di Manasse. [18]La sua sorella Ammoleket partorì Iseod, Abiezer e Macla. [19]Figli di Semida furono Achian, Seken, Likchi e Aniam.

Discendenti di Efraim. - [20]Figli di Efraim: Sutelach, di cui fu figlio Bered, di cui fu figlio Tacat, di cui fu figlio Eleada, di cui fu figlio Tacat, [21]di cui fu figlio Zabad, di cui furono figli Sutelach, Ezer ed Elead, uccisi dagli uomini di Gat, indigeni della regione, perché erano scesi a razziarne il bestiame. [22]Il loro padre Efraim li pianse per molti giorni e i suoi fratelli vennero per consolarlo. [23]Quindi si unì alla moglie che rimase incinta e partorì un figlio che il padre chiamò Beria, perché nato con la sventura in casa. [24]Figlia di Efraim fu Seera, la quale edificò Bet-Oron inferiore e superiore e Uzzen-Seera. [25]Suo figlio fu anche Refach, di cui fu figlio Resef, di cui fu figlio Telach, di cui fu figlio Tacan, [26]di cui fu figlio Laadan, di cui fu figlio Amiud, di cui fu figlio Elisama, [27]di cui fu figlio Nun, di cui fu figlio Giosuè. [28]Loro proprietà e loro domicilio furono Betel con le dipendenze, a oriente Naaran, a occidente Ghezer con le dipendenze, Sichem con le dipendenze fino ad Aiia con le dipendenze. [29]Appartenevano ai figli di Manasse: Bet-Sean con le dipendenze, Taanach con le dipendenze e Dor con le dipendenze. In queste località abitavano i figli di Giuseppe, figlio di Israele.

Discendenti di Aser. - [30]Figli di Aser: Imna, Isva, Isvi, Beria e Serach loro sorella. [31]Figli di Beria: Cheber e Malchiel, padre di Birzait. [32]Cheber generò Iaflet, Semer, Cotam e Sua loro sorella. [33]Figli di Iaflet: Pasach, Bimeal e Asvat; questi furono i figli di Iaflet. [34]Figli di Semer suo fratello: Roga, Cubba e Aram. [35]Figli di Chelem suo fratello: Zofach, Imna, Seles e Amal. [36]Figli di Zofach: Such, Carnefer, Sual, Beri, Imra, [37]Bezer, Od, Samma, Silsa, Itran e Beera. [38]Figli di Ieter: Iefunne, Pispa e Ara. [39]Figli di Ulla: Arach, Caniel e Rizia. [40]Tutti costoro furono figli di Aser, capi di casati, uomini scelti e valorosi, capi tra i principi. Nel loro censimento, eseguito in base alla capacità militare, risultò il numero ventiseimila.

8 **Frammenti genealogici di Beniamino.** - [1]Beniamino generò Bela suo primogenito, Asbel secondo, Achiram terzo, [2]Noca quarto e Rafa quinto. [3]Bela ebbe i figli Addar, Ghera padre di Ecud, [4]Abisua, Naaman, Acoach, [5]Ghera, Sepufan e Curam. [6]Questi furono i figli di Ecud, che erano capi di casati fra gli abitanti di Gheba e che

furono deportati in Manacat. [7]Naaman, Achia e Ghera, che li deportò e generò Uzza e Achiud. [8]Sacaraim ebbe figli nei campi di Moab, dopo aver ripudiato le mogli Cusim e Baara. [9]Da Codes, sua moglie, generò Iobab, Zibia, Mesa, Melcam, [10]Ieus, Sachia e Mirma. Questi furono i suoi figli, capi di casati. [11]Da Cusim generò Abitub ed Elpaal. [12]Figli di Elpaal: Eber, Miseam e Semed, che costruì Ono e Lidda con le dipendenze. [13]Beria e Sema, che furono capi di casati fra gli abitanti di Aialon, misero in fuga gli abitanti di Gat. [14]Loro fratelli: Sasak e Ieremot. [15]Zebadia, Arad, Ader, [16]Michele, Ispa e Ioca erano figli di Beria. [17]Zebadia, Mesullam, Chizki, Cheber, [18]Ismerai, Izlia e Iobab erano figli di Elpaal. [19]Iakim, Zikri, Zabdi, [20]Elianai, Silletai, Eliel, [21]Adaia, Beraia e Simrat erano figli di Simei. [22]Ispan, Eber, Eliel, [23]Abdon, Zikri, Canan, [24]Anania, Elam, Antotia, [25]Ifdia e Penuel erano figli di Sasak. [26]Samserai, Secaria, Atalia, [27]Iaaresia, Elia e Zikri erano figli di Ierocam. [28]Questi erano capi di casati, secondo le loro genealogie; essi abitavano in Gerusalemme.

Genealogia di Saul. - [29]In Gabaon abitava il padre di Gabaon; sua moglie si chiamava Maaca; [30]il primogenito era Abdon, poi Zur, Kis, Baal, Ner, Nadab, [31]Ghedor, Achio, Zeker e Miklot. [32]Miklot generò Simea. Anche costoro abitavano in Gerusalemme accanto ai fratelli.

[33]Ner generò Kis; Kis generò Saul; Saul generò Gionata, Malkisua, Abinadab e Is-Baal. [34]Figlio di Gionata fu Merib-Baal; Merib-Baal generò Mica. [35]Figli di Mica: Piton, Melech, Tarea e Acaz. [36]Acaz generò Ioadda; Ioadda generò Alemet, Azmavet e Zimri; Zimri generò Moza. [37]Moza generò Binea, di cui fu figlio Refaia, di cui fu figlio Eleasa, di cui fu figlio Azel. [38]Azel ebbe sei figli, che si chiamavano Azrikam, Bocru, Ismaele, Searia, Abdia e Canan; tutti questi erano figli di Azel. [39]Figli di Esek suo fratello: Ulam suo primogenito, Ieus secondo, Elifelet terzo. [40]I figli di Ulam erano uomini valorosi e tiratori di arco. Ebbero numerosi figli e nipoti: centocinquanta. Tutti questi erano discendenti di Beniamino.

9 **Gli abitanti di Gerusalemme.** - [1]Tutti gli Israeliti furono registrati per genealogie e iscritti nel libro dei re di Israele e di

Giuda; per le loro colpe furono deportati in Babilonia. [2]I primi abitanti che si erano ristabiliti nelle loro proprietà, nelle loro città, erano Israeliti, sacerdoti, leviti e oblati. [3]In Gerusalemme abitavano figli di Giuda, di Beniamino, di Efraim e di Manasse. [4]Figli di Giuda: Utai, figlio di Ammiud, figlio di Omri, figlio di Imri, figlio di Bani dei figli di Perez, figlio di Giuda. [5]Dei Siloniti: Asaia il primogenito e i suoi figli. [6]Dei figli di Zerach: Ieuel e seicentonovanta suoi fratelli.

[7]Dei figli di Beniamino: Sallu figlio di Mesullam, figlio di Odavia, figlio di Assenua, [8]Ibnia, figlio di Ierocam, Ela, figlio di Uzzi, figlio di Micri, e Mesullam, figlio di Sefatia, figlio di Reuel, figlio di Ibnia. [9]I loro fratelli, secondo le loro genealogie, erano novecentocinquantasei; tutti costoro erano capi delle loro famiglie.

[10]Dei sacerdoti: Iedaia, Ioarib, Iachin [11]e Azaria, figlio di Chelkia, figlio di Mesullam, figlio di Zadok, figlio di Meraiot, figlio di Achitub, capo del tempio, [12]Adaia, figlio di Ierocam, figlio di Pascur, figlio di Malchia e Maasai, figlio di Adiel, figlio di Iaczera, figlio di Mesullam, figlio di Mesillemit, figlio di Immer. [13]I loro fratelli, capi dei loro casati, erano millesettecentosessanta, uomini abili in ogni lavoro per il servizio del tempio.

[14]Dei leviti: Semaia, figlio di Cassub, figlio di Azrikam, figlio di Casabia dei figli di Merari, [15]Bakbakar, Cheresh, Galal, Mattania, figlio di Mica, figlio di Zikri, figlio di Asaf, [16]Abdia, figlio di Semaia, figlio di Galal, figlio di Idutun, e Berechia, figlio di Asa, figlio di Elkana, che abitava nei villaggi dei Netofatiti.

[17]Dei portieri: Sallum, Akkub, Talmon, Achiman e i loro fratelli. Sallum, il capo, [18]presta servizio ancora adesso alla porta del re, ad oriente. Questi erano i portieri dell'accampamento dei figli di Levi: [19]Sallum, figlio di Kore, figlio di Ebiasaf, figlio di Korach e i suoi fratelli della casa di suo padre; i Korachiti dovevano prestare servizio come guardiani della soglia della tenda; i loro padri erano stati preposti all'accampamento del Signore come custodi dell'ingresso. [20]Finees, figlio di Eleazaro, era stato un tempo il loro capo: il Signore sia con lui! [21]Zaccaria, figlio di Meselemia, era portiere all'entrata della tenda del convegno. [22]Tutti costoro, che erano stati scelti come portieri delle soglie, erano duecentododici; erano iscritti nelle genealogie dei loro villaggi. Essi furono stabiliti da Davide e dal veggente Samuele, grazie alla loro fedeltà. [23]Essi e i loro figli erano preposti alle porte del tempio del Signore, cioè nella casa della tenda, ai posti di guardia. [24]I portieri si trovavano ai quattro punti cardinali: oriente, occidente, settentrione e meridione. [25]I loro fratelli, che abitavano nei loro villaggi, dovevano venire di tanto in tanto presso di loro per sette giorni, [26]perché solo quei quattro capi portieri rimanevano sempre in funzione. C'erano dei leviti preposti alle camere e ai tesori del tempio di Dio. [27]Passavano la notte nelle adiacenze del tempio di Dio, perché ad essi ne incombeva la custodia e l'apertura ogni mattina. [28]Alcuni di essi erano preposti agli oggetti del culto, che contavano quando li portavano fuori e quando li riportavano dentro. [29]Altri inoltre erano incaricati del mobilio, di tutto il mobilio del santuario, della farina, del vino, dell'olio, dell'incenso e degli aromi, [30]ma erano alcuni figli di sacerdoti che preparavano la miscela per gli aromi. [31]Uno dei leviti, Mattatia, primogenito di Sallum, il Korachita, era preposto in permanenza alla preparazione di ciò che si cuoce nei tegami. [32]Alcuni dei loro fratelli, figli dei Keatiti, avevano cura dei pani dell'offerta, da preparare ogni sabato.

[33]Questi erano i cantori, capi dei casati levitici; liberi da ogni servizio dimoravano nelle camere perché erano al lavoro giorno e notte. [34]Questi erano i capi delle famiglie levitiche, secondo le loro genealogie; essi abitavano in Gerusalemme.

Nuova genealogia di Saul. - [35]A Gabaon abitavano il padre di Gabaon, Ieiel, la moglie del quale si chiamava Maaca, [36]il suo figlio primogenito Abdon, Zur, Kis, Baal, Ner, Nadab, [37]Ghedor, Achio, Zaccaria e Miklot. [38]Miklot generò Simeam. Anche costoro abitavano insieme ai loro fratelli in Gerusalemme, accanto ad essi. [39]Ner generò Kis, Kis generò Saul, Saul generò Gionata, Malkisua, Abinadab e Is-Baal. [40]Figlio di Gionata era Merib-Baal. Merib-Baal ge-

---

9. - [20.] Dai tempi di Mosè si passa bruscamente a Davide. L'autore, infatti, vuole esaltare due istituzioni: la dinastia davidica, depositaria delle promesse divine, e il sacerdozio di Aronne, da cui discendono i legittimi sommi sacerdoti che raggiunsero il loro splendore ai tempi di Davide e poi nel servizio al tempio.

nerò Mica. [41]Figli di Mica: Piton, Melech, Tarea. [42]Acaz generò Iaara; Iaara generò Alemet, Azmavet e Zimri; Zimri generò Moza. [43]Moza generò Binea, che ebbe per figlio Refaia, che ebbe per figlio Eleasa, che ebbe per figlio Azel. [44]Azel ebbe sei figli e questi sono i loro nomi: Azrikam, Bocru, Ismaele, Searia, Abdia e Canan; questi erano figli di Azel.

REGNO DI DAVIDE

10 **Sconfitta e morte di Saul.** - [1]I Filistei combatterono contro Israele; gl'Israeliti si diedero alla fuga davanti ai Filistei, ma caddero, feriti a morte, sul monte Gelboe. [2]I Filistei, inseguendo dappresso Saul e i suoi figli, uccisero Gionata, Abinadad e Malchisua, figli di Saul. [3]Poi il peso della battaglia si riversò su Saul; gli arcieri lo scoprirono ed egli ebbe paura di fronte ad essi. [4]Allora Saul disse al suo scudiero: «Sfodera la tua spada e trafiggimi, altrimenti verranno quegli incirconcisi e si prenderanno beffe di me». Ma lo scudiero non volle, perché aveva gran timore. Allora Saul, presa la spada, si gettò su di essa. [5]Quando lo scudiero vide che Saul era morto, si gettò anch'egli sulla spada e morì. [6]Così perì Saul con i tre figli; tutta la sua famiglia morì con lui. [7]Quando tutti gl'Israeliti della valle si accorsero che i loro erano fuggiti e che Saul e i suoi figli erano periti, abbandonarono le loro città dandosi alla fuga. Vennero i Filistei e vi presero dimora.

[8]Il giorno dopo i Filistei, venuti per spogliare gli uccisi, trovarono Saul e i suoi figli che giacevano morti sul monte Gelboe. [9]Lo spogliarono portandogli via la testa e le armi, quindi inviarono messaggeri per tutta la regione filistea ad annunciare la buona notizia ai loro idoli e al popolo. [10]Depositarono le sue armi nel tempio del loro dio, mentre inchiodarono il suo cranio nel tempio di Dagon.

[11]Quando gli abitanti di Iabes ebbero appreso tutto ciò che i Filistei avevano fatto a Saul, [12]si levarono tutti i guerrieri, prelevarono il cadavere di Saul e i cadaveri dei suoi figli e li trasportarono a Iabes; indi seppellirono le loro ossa sotto il terebinto di Iabel e digiunarono per sette giorni. [13]Saul morì a causa della sua infedeltà commessa contro il Signore, giacché non aveva osservato la parola del Signore e perché aveva consultato una negromante per interrogarla. [14]Non aveva consultato il Signore, che lo fece morire e trasferì il regno a Davide, figlio di Iesse.

11 **Davide re di tutto Israele.** - [1]Tutto Israele si radunò presso Davide a Ebron e gli dissero: «Ecco, noi siamo le tue ossa e la tua carne. [2]Già nel passato, quando c'era re Saul, tu guidavi Israele nei suoi movimenti. Inoltre il Signore, tuo Dio, ti ha promesso: "Tu pascerai il mio popolo Israele, e sarai principe sul mio popolo Israele"». [3]Tutti gli anziani d'Israele si radunarono presso il re a Ebron e Davide concluse con essi un patto in Ebron al cospetto del Signore. Allora unsero Davide come re su Israele, secondo la parola del Signore pronunciata per mezzo di Samuele.

Presa di Gerusalemme. - [4]Davide con tutto Israele marciò contro Gerusalemme, cioè Gebus; ivi risiedevano i Gebusei, abitanti della regione. [5]Gli abitanti di Gebus dissero a Davide: «Non entrerai qui». Ma Davide espugnò la fortezza di Sion, che è la Città di Davide. [6]Egli aveva detto: «Chiunque colpirà per primo i Gebusei, diventerà capo e principe». Salì per primo Ioab, figlio di Zeruià, che divenne così capo. [7]Davide si stabilì nella fortezza, che per questo fu chiamata Città di Davide. [8]Riedificò poi la città tutt'intorno dal Millo fino alla periferia, mentre Ioab restaurò il resto della città; [9]Davide diventava sempre più potente e il Signore degli eserciti era con lui.

I prodi di Davide. - [10]Questi sono i capi dei prodi di Davide, che insieme a lui divennero potenti nel suo regno e insieme con tutto Israele lo avevano fatto re secondo la parola di Dio nei riguardi d'Israele. [11]Ecco l'elenco dei prodi di Davide: Iasobeam figlio di un cacmonita, capo dei Tre; è colui che brandì la sua lancia contro trecento vittime in una sola volta. [12]Dopo di lui Eleazaro, figlio di Dodo, l'achochita; era uno dei tre prodi. [13]Si trovò insieme a Davide a Pas-

---

11. - [4-8.] *Gerusalemme*, detta allora anche *Gebus*, fino a Davide era in potere dei Gebusei. Davide la scelse come capitale per la sua buona posizione. *Ioab*, già capo dell'esercito, forse divenne governatore di Gerusalemme e così si spiegano i suoi lavori nella città.

Dammim, dove i Filistei si erano radunati per far guerra e dove c'era un appezzamento di terra pieno di orzo. Mentre la truppa fuggiva di fronte ai Filistei, [14]egli si piantò in mezzo a quel tratto di campo e lo difese, colpendo i Filistei. Così il Signore operò una grande vittoria.

[15]Tre dei trenta capi scesero sulla roccia presso Davide, nella grotta di Adullàm, mentre il campo dei Filistei si era stabilito nella valle di Rèfaim. [16]Davide si trovava allora nella fortezza, mentre un presidio dei Filistei si trovava a Betlemme. [17]Davide ebbe un desiderio che formulò così: «Chi mi darà da bere acqua della cisterna di Betlemme, che si trova presso la porta?». [18]I Tre, allora, fatta irruzione nel campo dei Filistei, attinsero l'acqua dalla cisterna di Betlemme, che si trova presso la porta, la portarono e la presentarono a Davide, che però non volle berla e ne fece una libazione al Signore. [19]Egli disse: «Mi guardi il mio Dio dal fare una cosa simile! Posso forse bere il sangue di quegli uomini insieme col prezzo della loro vita? Difatti l'hanno portata a prezzo della loro vita». Per questo non volle berla. Ecco ciò che compirono i tre prodi.

[20]Abisài, fratello di Ioab, era capo dei Trenta; egli brandì la sua lancia contro trecento vittime facendosi un nome fra i Trenta. [21]Fu doppiamente stimato fra i Trenta e fu loro capo, ma non raggiunse i tre eroi. [22]Benaià, da Kazbeèl, figlio di Ioiadà, uomo valoroso, ricco di prodezze, uccise i due figli di Arièl di Moab; inoltre egli in un giorno di neve discese in una cisterna e ivi abbatté un leone. [23]Fu lui che uccise anche un egiziano dalla statura alta cinque cubiti, che teneva in mano una lancia come un subbio da tessitore; egli scese contro di lui con un bastone, strappò la lancia dalla mano dell'egiziano e lo uccise con quella sua stessa lancia. [24]Ecco ciò che compì Benaià, figlio di Ioiadà; egli si fece un nome fra i trenta prodi. [25]Fu onorato più che i Trenta, ma non raggiunse i tre eroi. Davide lo costituì capo della sua guardia del corpo.

[26]Ecco i prodi valorosi: Asael fratello di Ioab, Elcanan figlio di Dodo, di Betlemme, [27]Sammot di Charod, Chelez di Pelet, [28]Ira figlio di Ikkes di Tekoa, Abiezer di Anatòt, [29]Sibbekai di Cusa, Ilai di Acoch, [30]Macrai di Netofa, Cheled figlio di Baana, di Netofa, [31]Itai figlio di Ribai, di Gàbaa dei figli di Beniamino, Benaia di Piraton, [32]Curai di Nacale-Gaas, Abiel di Arbot, [33]Azmavet di Ba-

curim, Eliacba di Saalbon, [34]Iasen di Gun, Gionata figlio di Saghe, di Charar, [35]Achiam figlio di Sacar, di Charar, Elifelet figlio di Ur, [36]Efer di Mechera, Achia di Pelon, [37]Chezro del Carmelo, Naarai figlio di Ezbai, [38]Gioele fratello di Natan, Mibcar figlio di Agri, [39]Zelek l'ammonita, Nacrai di Berot, scudiero di Ioab figlio di Zeruià, [40]Ira di Ieter, Gareb di Ieter, [41]Uria l'hittita, Zabad figlio di Aclai, [42]Adina figlio di Siza il Rubenita, capo dei Rubeniti, e con lui altri trenta. [43]Canan, figlio di Maaca, Giosafat di Meten, [44]Uzzia di Astarot, Sama e Ieiel, figli di Cotam di Aroer, [45]Iediael figlio di Simri e Ioca suo fratello, di Tisi, [46]Eliel di Macavim, Ieribai e Osea, figli di Elnaam, Itma il moabita, [47]Eliel, Obed e Iaasiel di Zoba.

12 I primi seguaci di Davide. - [1]Questi sono gli uomini che andarono da Davide a Ziklàg, quando era ancora bandito dalla presenza di Saul, figlio di Kis; essi erano i prodi che lo aiutavano in guerra, [2]usavano l'arco e si servivano della mano destra e della sinistra per lanciare pietre e per tirare frecce con l'arco; erano della tribù di Beniamino, fratelli di Saul: [3]Achièzer, il capo, e Ioas, figli di Semaa, di Gàbaa, Ieziel e Pelet, figli di Azmàvet, Beraca e Ieu, di Anatòt, [4]Ismaia di Gàbaon, prode fra i Trenta e capo dei Trenta; [5]Geremia, Iacaziel, Giovanni e Iozabad di Ghedera, [6]Eleuzai, Ierimot, Bealia, Semaria, Sefatia di Carif, [7]Elkana, Issia, Azarel, Ioezer, Iosghibeam, Korachiti; [8]Oela e Zebadia, figli di Ierocam, di Ghedor.

[9]Dei Gaditi alcuni passarono a Davide nella fortezza del deserto; erano uomini prodi, guerrieri pronti a combattere, che maneggiavano lo scudo e la lancia; avevano l'aspetto del leone ed erano agili come le gazzelle sui monti. [10]Ezer era il capo, Abdia il secondo, Eliàb il terzo, [11]Mismanna il quarto, Geremia il quinto, [12]Attài il sesto, Eliel il settimo, [13]Giovanni l'ottavo, Elzabàd il nono, [14]Geremia il decimo, Makbannai l'undicesimo. [15]Costoro erano discendenti di Gad, capi dell'esercito; il minore comandava cento e il maggiore mille. [16]Questi sono coloro che passarono il Giordano nel primo mese, mentre esso dilagava su tutte le rive e misero in fuga tutti gli abitanti delle vallate a oriente e a occidente.

[17]Alcuni dei figli di Beniamino e di Giuda

andarono da Davide fino alla fortezza. [18]Questi mosse loro incontro e, presa la parola, disse loro: «Se siete venuti da me con propositi di pace per aiutarmi, sono disposto a unirmi a voi; ma se è per tradirmi e consegnarmi ai miei avversarî, benché le mie mani non abbiano commesso nessun atto di violenza, lo veda il Dio dei nostri padri e lo punisca». [19]Allora lo spirito investì Amasài, capo dei Trenta:

«Siamo tuoi, Davide!
con te, figlio di Iesse!
Pace, pace a te
e pace a chi ti aiuta,
perché è il tuo Dio che ti aiuta».

Davide li accolse e li costituì capi delle schiere.

[20]Alcuni di Manasse passarono a Davide, quando insieme ai Filistei marciava in guerra contro Saul. Egli poi non aiutò costoro, perché tenendo consiglio i prìncipi dei Filistei lo rimandarono dicendo: «A prezzo delle nostre teste, egli passerà a Saul, suo signore». [21]Mentre si dirigeva verso Ziklàg passarono a lui da Manasse: Adnach, Iozabàd, Iediaèl, Michele, Iozabàd, Eliu e Zilletai, capi di migliaia nella tribù di Manasse. [22]Costoro aiutarono Davide contro i banditi, perché erano tutti uomini valorosi e divennero capi dell'esercito. [23]Ogni giorno, infatti, alcuni passavano a Davide per aiutarlo, cosicché il suo risultò un accampamento gigantesco.

I guerrieri che proclamarono Davide re. - [24]Queste sono le cifre dei capi equipaggiati per l'esercito, che passarono a Davide in Ebron, per trasferirgli, secondo l'ordine del Signore, il regno di Saul.

[25]Dei figli di Giuda, portanti scudo e lancia: seimilaottocento armati.

[26]Dei figli di Simeone, uomini valorosi in guerra: settemilacento.

[27]Dei figli di Levi: quattromilaseicento; [28]inoltre Ioiadà, principe della famiglia di Aronne, e con lui tremilasettecento; [29]e Zadòk, giovane valoroso, e il suo casato con i suoi ventidue prìncipi.

[30]Dei figli di Beniamino, fratelli di Saul: tremila; fino allora la maggior parte di essi era rimasta al servizio della casa di Saul.

[31]Dei figli di Efraim: ventimilaottocento uomini valorosi, rinomati nei loro casati.

[32]Della mezza tribù di Manasse: diciotto-mila, designati singolarmente per partecipare alla nomina di Davide a re.

[33]Dei figli di Issacar, che conoscevano bene i tempi e sapevano che cosa doveva fare Israele: duecento capi e tutti i loro fratelli ai loro ordini.

[34]Di Zabulon: cinquantamila uomini arruolati in un esercito, pronti per la battaglia con tutte le armi da guerra e disposti ad aiutare senza doppiezza.

[35]Di Neftali: mille capi e con essi trentasettemila uomini equipaggiati di scudo e di lancia.

[36]Dei Daniti: ventottomilaseicento uomini pronti per la battaglia.

[37]Di Aser: quarantamila, arruolati in un esercito, pronti per la battaglia.

[38]Della Transgiordania, cioè dei Rubeniti, dei Gaditi e della mezza tribù di Manasse: centoventimila uomini dotati di tutte le armi da guerra.

[39]Tutti costoro, guerrieri pronti a marciare, si presentarono con cuore sincero in Ebron per proclamare Davide re su tutto Israele; anche tutto il resto d'Israele era unanime nel proclamare re Davide. [40]Rimasero là con Davide tre giorni mangiando e bevendo quanto i loro fratelli avevano provveduto per loro. [41]Anche i loro vicini e persino da Issacar, da Zabulon e da Neftali, avevano portato viveri a dorso di asini, cammelli, muli e buoi, approvvigionamenti di farina, pizze di fichi secchi, uva passa, vino, olio e bestiame grosso e minuto in abbondanza, perché c'era festa in Israele.

13 L'arca in casa di Obed-Edom. - [1]Davide tenne consiglio con i capi di migliaia e di centinaia, con tutti i prìncipi. [2]A tutta l'assemblea d'Israele Davide disse: «Se vi sembra bene e se il Signore nostro Dio lo consente, comunichiamo ai nostri fratelli, che sono rimasti in tutte le regioni d'Israele, e con loro anche ai sacerdoti e ai leviti nelle città della loro residenza, di radunarsi presso di noi. [3]Allora riporteremo l'arca del nostro Dio presso di noi, perché non ce ne siamo curati sin dal tempo di Saul». [4]Tutta l'assemblea approvò di fare

---

13. - [1.] Tale *consiglio* avvenne dopo la presa di Gerusalemme. Davide propose ai rappresentanti della nazione di fare del centro politico anche il centro religioso.

così, perché la proposta parve giusta agli occhi di tutto il popolo. [5]Davide convocò tutto Israele da Sicor d'Egitto fino all'ingresso di Chamat per riportare l'arca di Dio da Kiriat-learìm. [6]Davide con tutto Israele salì a Baala verso Kiriat-learìm che apparteneva a Giuda, per prendere di là l'arca di Dio che portava il nome: «Il Signore che siede sui cherubini».

[7]Dalla casa di Abinadàb trasportarono l'arca di Dio su un carro nuovo. Uzza e Achio guidavano il carro. [8]Davide e tutto Israele danzavano davanti a Dio con tutto l'entusiasmo cantando e suonando cetre, arpe, tamburi, cembali e trombe. [9]Giunti all'aia di Chidon, Uzza stese la sua mano per trattenere l'arca, perché i buoi l'avevano fatta barcollare. [10]Allora l'ira del Signore s'infiammò contro Uzza e lo colpì, perché aveva steso la sua mano sull'arca. Egli morì lì, al cospetto di Dio. [11]Davide si afflisse perché il Signore si era irritato contro Uzza e chiamò quel luogo Perez-Uzza, fino al giorno d'oggi. [12]In quel giorno Davide, avendo avuto paura di Dio, esclamò: «Come potrei far condurre presso di me l'arca di Dio?». [13]Davide non fece trasportare l'arca presso di sé nella Città di Davide, ma la diresse verso la casa di Obed-Edom, di Gat. [14]L'arca di Dio rimase nella casa di Obed-Edom tre mesi. Il Signore benedisse la casa di Obed-Edom e tutto quello che gli apparteneva.

14 La casa di Davide. - [1]Chiram, re di Tiro, inviò dei messaggeri a Davide con legname di cedro, muratori e falegnami per costruirgli una casa. [2]Allora Davide riconobbe che il Signore l'aveva stabilito re su Israele, perché il suo regno, a causa del suo popolo d'Israele, era grandemente esaltato.

[3]Davide si prese altre mogli in Gerusalemme e generò figli e figlie. [4]Questi sono i nomi dei figli che ebbe Davide in Gerusalemme: Sammua, Sobab, Natan, Salomone, [5]Ibcar, Elisua, Elipelet, [6]Noga, Nefeg, Iafia, [7]Elisamà, Beeliada ed Elifèlet.

Vittorie sui Filistei. - [8]Quando i Filistei appresero che Davide era stato unto re su tutto Israele, salirono tutti per ricercarlo. Saputolo, Davide uscì loro incontro. [9]I Filistei, appena giunti, si sparpagliarono per la vallata di Rèfaim. [10]Davide consultò Dio così: «Se io marcerò contro i Filistei, tu li consegnerai in mio potere?». Il Signore gli rispose: «Marcia, e io li consegnerò in tuo potere». [11]Quelli salirono a Baal-Perazìm e quivi Davide li sconfisse. Questi allora disse: «Dio ha aperto per mio mezzo una breccia tra i miei nemici, come una breccia prodotta dall'acqua». Perciò mise a questo luogo il nome di Baal-Perazìm. [12]I Filistei abbandonarono ivi i loro idoli e Davide ordinò che venissero bruciati nel fuoco.

[13]Ancora una volta i Filistei ricominciarono a sparpagliarsi per la vallata. [14]Di nuovo Davide consultò Dio che gli rispose: «Non salire dietro di loro, aggirali a distanza per raggiungerli dalla parte di Becaim. [15]Quando sentirai un rumore di passi fra le cime degli alberi, allora uscirai a combattere, perché Dio uscirà davanti a te per sconfiggere il campo dei Filistei». [16]Davide fece come Dio gli aveva ordinato e sconfisse l'esercito dei Filistei da Gabaon fino a Ghezer. [17]La fama di Davide si diffuse in tutti i paesi, mentre il Signore lo rendeva temibile fra tutte le nazioni.

15 Trasporto dell'arca a Gerusalemme. - [1]Davide si costruì edifici nella Città di Davide, preparò un posto per l'arca di Dio e le eresse una tenda. [2]Allora Davide disse: «Per portare l'arca di Dio non ci sono che i leviti, giacché il Signore scelse costoro per portare l'arca del Signore ed essere per sempre al suo servizio». [3]Davide convocò tutto Israele in Gerusalemme per trasportare l'arca del Signore nel posto che le aveva preparato. [4]Davide radunò i figli di Aronne e i leviti. [5]Dei figli di Keat: Uriel, il principe, con i suoi centoventi fratelli. [6]Dei figli di Merari: Asaia, il principe, con i suoi duecentoventi fratelli. [7]Dei figli di Gherson: Gioele, il principe, con i suoi centotrenta fratelli. [8]Dei figli di Elisafan: Semaia, il principe, con i suoi duecento fratelli. [9]Dei figli di Ebron: Eliel, il principe, con i suoi ottanta fratelli. [10]Dei figli di Uzziel: Amminadàb, il principe, con i suoi centododici fratelli. [11]Davide chiamò i sacerdoti Zadòk ed Ebiatàr e i leviti Uriel, Asaia, Gioele, Se-

---

15. - [1.] Cfr. 2Sam 6. Durante i tre mesi tra il primo e il secondo trasferimento (1Cr 13,1-14), Davide *preparò un posto*, *eresse una tenda*, poi fece osservare in tutto la legge (Nm 1,50; 4,5-15) incaricando i sacerdoti di portare l'arca.

maia, Eliel e Amminadàb ¹²e disse loro: «Voi siete i capi dei casati dei leviti. Santificatevi, voi e i vostri fratelli, e poi trasportate l'arca del Signore, Dio d'Israele, nel posto che io le ho preparato. ¹³Perché la prima volta non c'eravate e il Signore, nostro Dio, s'irritò con noi, perché non l'abbiamo consultato secondo la regola». ¹⁴Pertanto i sacerdoti e i leviti si santificarono per trasportare l'arca del Signore, Dio d'Israele. ¹⁵I figli dei leviti sollevarono l'arca di Dio sulle loro spalle per mezzo di stanghe che poggiavano su di loro, come aveva ordinato Mosè secondo la parola del Signore. ¹⁶Davide aveva ordinato ai capi dei leviti di tenere pronti i loro fratelli cantori con i loro strumenti musicali, arpe, cetre e cembali, perché li facessero risuonare a gran voce in segno di gioia.

¹⁷I leviti destinarono Eman, figlio di Gioele, e tra i suoi fratelli Asaf, figlio di Berechia; tra i figli di Merari, loro fratelli, Etan, figlio di Kusaia. ¹⁸Con loro c'erano i fratelli di secondo grado, Zaccaria, Uzziel, Semiramot, Iechièl, Unni, Eliel, Benaià, Maaseia, Mattatia, Elifel, Micneia, Obed-Edom e Ieièl, portieri. ¹⁹I cantori Eman, Asaf ed Etan usavano squillanti cembali di bronzo. ²⁰Zaccaria, Uzziel, Semiramot, Iechièl, Unni, Eliàb, Maaseia e Benaià suonavano arpe per voci di soprano. ²¹Mattatia, Elifel, Micneia, Obed-Edom, Ieièl e Azaria suonavano le cetre sull'ottava per dare il tono. ²²Chenania, capo dei leviti trasportatori, dirigeva il trasporto, perché in ciò era esperto. ²³Berechia e Elkana fungevano da portieri presso l'arca. ²⁴I sacerdoti Sebania, Giosafat, Netanèèl, Amasài, Zaccaria, Benaià ed Eliezer suonavano le trombe davanti all'arca di Dio, mentre Obed-Edom e Iechièl fungevano da portieri presso l'arca.

²⁵Allora Davide, gli anziani d'Israele e i capi di migliaia procedettero a trasportare con gioia l'arca dell'alleanza del Signore dalla casa di Obed-Edom. ²⁶Poiché Dio veniva in aiuto dei leviti che portavano l'arca dell'alleanza del Signore, si offrirono in sacrificio sette giovenchi e sette arieti. ²⁷Davide era rivestito di un manto di bisso, come anche tutti i leviti portatori dell'arca, i cantori e Chenania, capo del trasporto. Davide inoltre portava un efod di lino. ²⁸Tutto Israele accompagnava il trasporto dell'arca dell'alleanza del Signore con grida, al suono dei corni, con trombe e cembali, facendo risuonare arpe e cetre. ²⁹Quando l'arca dell'alleanza del Signore giunse nella città di Davide, Mical, figlia di Saul, guardando dalla finestra, vide il re Davide che danzava e saltava e lo disprezzò in cuor suo.

16 ¹Così l'arca di Dio fu introdotta e collocata in mezzo alla tenda che Davide aveva eretto per essa, poi furono offerti olocausti e sacrifici pacifici dinanzi a Dio. ²Quando Davide ebbe finito di offrire gli olocausti e i sacrifici pacifici, benedisse il popolo nel nome del Signore ³e distribuì singolarmente a tutti gli Israeliti, uomini e donne, una pagnotta di pane, carne arrostita e una schiacciata di uva passa.

Inaugurazione del servizio levitico. - ⁴Egli stabilì che alcuni leviti stessero davanti all'arca di Dio, come ministri per celebrare, glorificare e lodare il Signore, Dio d'Israele: ⁵Asaf, il capo, Zaccaria, il suo secondo, Uzzièl, Semiramot, Iechièl, Mattatia, Eliàb, Benaià, Obed-Edom e Ieièl, che suonavano strumenti musicali, arpe e cetre; Asaf suonava i cembali. ⁶I sacerdoti Benaià e Iacaziel suonavano continuamente le trombe davanti all'arca dell'alleanza di Dio. ⁷Proprio in quel giorno Davide affidò per la prima volta ad Asaf e ai suoi fratelli questa lode al Signore:

⁸ «Celebrate il Signore, invocate il suo nome;
   fate conoscere tra i popoli le sue gesta!
⁹ Cantate a lui, inneggiate in suo onore,
   narrate tutte le sue meraviglie.
¹⁰ Gloriatevi nel suo nome santo,
   si rallegri il cuore di quanti cercano il Signore.
¹¹ Cercate il Signore e la sua potenza,
   ricercate il suo volto continuamente.
¹² Ricordate le meraviglie che egli operò,
   i prodigi e le sentenze della sua bocca,
¹³ progenie di Israele, suo servo,
   figli di Giacobbe, suoi eletti!
¹⁴ Egli, il Signore, è il nostro Dio,
   su tutta la terra sono i suoi giudizi.
¹⁵ Ricordatevi sempre della sua alleanza,
   della parola che ordinò per mille generazioni,
¹⁶ dell'alleanza stipulata con Abramo,
   del suo giuramento fatto ad Isacco,
¹⁷ che stabilì per Giacobbe come uno statuto
   e per Israele come un'alleanza eterna,
¹⁸ dicendo: "A te darò il paese di Canaan

come porzione della vostra eredità,
¹⁹ per quanto siate pochi di numero,
pochi e inoltre stranieri nel paese".
²⁰ Passarono da una nazione all'altra
e da un regno a un altro popolo.
²¹ Non permise che alcuno li opprimesse,
anzi per causa loro punì dei re:
²² "Non toccate i miei consacrati,
e non fate del male ai miei profeti".
²³ Canta al Signore, terra intera,
annuncia di giorno in giorno la sua
salvezza!
²⁴ Proclama fra le nazioni la sua gloria,
fra tutti i popoli i suoi prodigi.
²⁵ Sì, il Signore è grande e degnissimo
di lode,
tremendo sopra tutti gli dèi,
²⁶ poiché tutti gli dèi delle genti sono
un nulla,
mentre il Signore ha fatto i cieli.
²⁷ Splendore e maestà stanno davanti a lui,
potenza e gioia nel suo santuario.
²⁸ Rendete al Signore, o famiglie dei popoli,
rendete al Signore gloria e potenza!
²⁹ Rendete al Signore la gloria del suo nome,
portate offerte e venite al suo cospetto.
Adorate il Signore in ornamenti sacri!
³⁰ Trema davanti a lui, o terra tutta,
egli rende stabile il mondo così che non
vacilli.
³¹ Si rallegrino i cieli ed esulti la terra,
e dicano fra le nazioni: "Il Signore
regna!".
³² Frema il mare e ciò che lo riempie,
tripudi la campagna con quanto
contiene!
³³ Allora giubileranno gli alberi della foresta
di fronte al Signore che viene,
per giudicare la terra.
³⁴ Celebrate il Signore, perché egli è buono,
perché eterna è la sua bontà.
³⁵ Dite: "Salvaci, o Dio della nostra salvezza;
raccoglici e liberaci dalle nazioni,
perché possiamo celebrare il santo tuo
nome,
e gloriarci della tua lode.
³⁶ Benedetto il Signore Dio d'Israele
di eternità in eternità"».

E tutto il popolo disse: «Amen, alleluia».

³⁷Quindi Davide lasciò lì, davanti all'arca dell'alleanza del Signore, Asaf e i suoi fratelli, perché officiassero davanti all'arca continuamente secondo il rito quotidiano; ³⁸lasciò anche Obed-Edom con i suoi fratelli, in numero di sessantotto. Obed-Edom, figlio di Idutun, e Cosà erano portieri. ³⁹Al sacerdote Zadòk insieme ai suoi fratelli sacerdoti affidò il servizio della dimora del Signore che era sull'altura di Gabaon, ⁴⁰perché offrissero olocausti al Signore sull'altare degli olocausti, continuamente mattina e sera, secondo quanto è scritto nella legge che il Signore aveva ordinato ad Israele. ⁴¹Con loro erano Eman, Idutun e gli altri eletti che erano stati designati per nome per lodare il Signore, «perché eterna è la sua bontà». ⁴²Essi avevano trombe e cembali per suonare e altri strumenti per il canto divino, mentre i figli di Idutun si trovavano alla porta. ⁴³Infine tutto il popolo fece ritorno nella propria casa; e Davide ritornò per benedire la sua casa.

17 La profezia di Natan. - ¹Quando Davide si stabilì nella sua casa, disse il profeta Natan: «Ecco, io dimoro in una casa di cedro, mentre l'arca dell'alleanza del Signore si trova sotto una tenda». ²Natan rispose a Davide: «Fa' quanto hai intenzione di fare, perché Dio è con te». ³Ma in quella stessa notte la parola di Dio fu rivolta a Natan in questi termini: ⁴«Va' a dire a Davide, mio servo: "Così parla il Signore: Non sarai tu a costruirmi la casa in cui abitare. ⁵Difatti non ho mai abitato in una casa dal giorno in cui feci uscire Israele dall'Egitto fino ad oggi; passai da una tenda a un'altra, da una dimora all'altra. ⁶Per tutto il tempo in cui ho peregrinato insieme a tutto Israele, ho forse detto a qualcuno dei giudici d'Israele, cui avevo ordinato di pascere il mio popolo: Perché non mi costruite una casa di cedro?". ⁷Ora così dirai al mio servo Davide: "Così dice il Signore degli eserciti: Io ti ho preso dal pascolo, dietro al gregge, per costituirti principe sul mio popolo d'Israele. ⁸Sono stato con te in tutte le tue imprese, ho sterminato davanti al tuo cospetto tutti i tuoi nemici; ti farò un nome come quello dei grandi che sono sulla terra. ⁹Troverò un posto per il mio popolo d'Israele, ivi lo pianterò e vi dimorerà senza che sia più disperso e i malvagi continuino a molestarlo come per il passato,

17. - ¹·² Desiderio di Davide era di costruire un tempio, ma Dio, nella sua bontà, volle lui per primo assicurare una «casa» a Davide: non solo un palazzo, ma una discendenza regale (cfr. 2Sam 7).

[10]da quando ho stabilito i giudici sul mio popolo d'Israele. Umilierò tutti i tuoi nemici, mentre renderò grande te. Infatti il Signore ti costruirà una casa. [11]Quando si compiranno i tuoi giorni, sì che tu vada a raggiungere i tuoi padri, stabilirò dopo di te un tuo discendente, uno dei tuoi figli, e consoliderò il suo regno. [12]Costui mi costruirà una casa, mentre io renderò saldo il suo trono per sempre. [13]Io sarò per lui un padre ed egli sarà per me un figlio; non ritirerò da lui il mio favore come l'ho rimosso dal tuo predecessore. [14]Lo farò stare per sempre nella mia casa, nel mio regno, e il suo trono sarà stabile per sempre"». [15]Natan parlò a Davide secondo tutte queste parole e secondo tutta questa visione.

La preghiera del re Davide. - [16]Allora il re Davide venne a porsi davanti al Signore e disse: «Chi sono io, o Signore Dio, e che cosa è la mia casa, perché tu mi abbia condotto fino qui? [17]Eppure ciò è apparso poco ai tuoi occhi, o Dio, e ora tu fai promesse alla casa del tuo servitore per il futuro e mi hai considerato come si considera un uomo di alto rango, o Signore Dio! [18]Che cosa potrebbe ancora aggiungere Davide alla tua gloria? Tu conosci il tuo servitore. [19]Signore, a causa del tuo servitore e secondo il tuo cuore, hai compiuto quest'opera straordinaria per far conoscere tutte le tue grandezze! [20]Signore, non c'è nessuno simile a te e all'infuori di te non esiste Dio, in base a tutto ciò che abbiamo udito con le nostre orecchie. [21]C'è sulla terra un solo popolo come il tuo popolo d'Israele, che Dio sia andato a redimere per farne il suo popolo e acquistarsi un nome grande e tremendo? Tu hai scacciato le nazioni davanti al tuo popolo che hai redento dall'Egitto. [22]Hai deciso che il tuo popolo d'Israele fosse il tuo popolo per sempre e tu, Signore, sei stato per loro un Dio. [23]Ed ora, o Signore, la parola che hai pronunciato sul tuo servitore, e sulla sua famiglia rimanga salda per sempre! Fa' come hai detto! [24]Sia saldo e diventi grande il tuo nome per sempre, onde si possa dire: "Il Signore degli eserciti è Dio per Israele e la casa di Davide, tuo servitore, sarà stabile davanti a te". [25]Sì, tu, o mio Dio, hai fatto una rivelazione al tuo servitore, che gli avresti costruito una casa; per questo il tuo servitore ha trovato il coraggio di pregare al tuo cospetto. [26]Ora tu, o Signore, sei Dio e hai promesso questo bene al tuo servitore.

[27]Pertanto ti sei compiaciuto di benedire la casa del tuo servitore, perché sussista per sempre al tuo cospetto, perché, Signore, quanto tu benedici, sarà benedetto in eterno».

18 **Guerre di Davide.** - [1]Dopo ciò Davide sconfisse i Filistei, li sottomise e prese loro Gat con le sue dipendenze. [2]Quindi sconfisse Moab e i Moabiti divennero vassalli di Davide e suoi tributari. [3]Davide inoltre sconfisse Adad-Èzer, re di Zoba, verso Camat, mentre si recava a stabilire il suo dominio sul fiume Eufrate. [4]Davide gli prese mille carri, settemila cavalieri e ventimila fanti; Davide tagliò i garretti a tutti i cavalli risparmiandone un centinaio. [5]Gli Aramei di Damasco vennero in aiuto di Adad-Èzer, re di Zoba, ma Davide uccise ventiduemila di questi Aramei. [6]Davide stabilì governatori nell'Aram di Damasco e gli Aramei divennero vassalli e tributari di Davide. Il Signore concesse la vittoria a Davide in ogni sua impresa. [7]Egli prese anche gli scudi d'oro portati dagli ufficiali di Adad-Èzer e li trasportò a Gerusalemme. [8]Da Tibcat e da Cun, città di Adad-Èzer, Davide asportò una grande quantità di bronzo, con cui Salomone costruì il mare di bronzo, le colonne e le suppellettili di bronzo.

[9]Quando Tou, re di Camat, ebbe udito che Davide aveva sconfitto tutto l'esercito di Adad-Èzer, re di Zoba, [10]inviò il figlio suo Adoram al re Davide per salutarlo e per felicitarlo di aver combattuto e vinto Adad-Èzer; infatti Tou era sempre in guerra con Adad-Èzer. Adoram portava con sé oggetti d'oro, d'argento e di bronzo. [11]Anche questi oggetti il re Davide consacrò al Signore insieme con l'argento e l'oro che aveva preso da tutti i popoli, cioè da Edom, da Moab, dagli Ammoniti, dai Filistei e dagli Amaleciti.

[12]Abisai, figlio di Zeruià, sconfisse nella Valle del Sale diciottomila Edomiti. [13]Davide pose guarnigioni in Edom; tutti gli Edomiti divennero suoi vassalli. Il Signore rendeva Davide vittorioso in ogni sua impresa.

---

[10]. *Costruire una casa* qui significa dare una discendenza.

[11-14]. Questo passo riguarda sotto qualche aspetto Salomone, ma soprattutto, specie nei vv. 13-14, il Messia, figlio di Davide e di Dio, che avrà in eterno il regno universale.

Amministrazione del regno. - [14]Davide regnò su tutto Israele e rese giustizia con le sue sentenze a tutto il popolo. [15]Ioab, figlio di Zeruià, era comandante dell'esercito; Giosafat, figlio di Achilud, era archivista. [16]Zadòk, figlio di Achitùb e Abimèlech, figlio di Ebiatàr erano sacerdoti, mentre Savsa era scriba. [17]Benaià, figlio di Ioiadà, comandava i Cretei e i Peletei; i figli di Davide poi erano i primi a fianco del re.

19 **Prima campagna contro gli Ammoniti.** - [1]Dopo ciò morì Nacas, re degli Ammoniti, e al suo posto divenne re suo figlio. [2]Allora Davide disse: «Userò benevolenza con Canun, figlio di Nacas, perché anche suo padre fu benevolo con me». Davide gli inviò dei messaggeri per consolarlo della morte del padre. I servitori di Davide giunsero nel paese degli Ammoniti presso Canun per consolarlo. [3]Ma i prìncipi degli Ammoniti dissero a Canun: «Forse che Davide intende onorare tuo padre davanti ai tuoi occhi, inviandoti dei consolatori? I suoi servitori non sono forse venuti da te per spiare, perlustrare ed esplorare il paese?». [4]Canun prese i servitori di Davide, li fece rasare e dopo aver tagliato loro le vesti a metà fino alle natiche, li rimandò! [5]Alcuni andarono a informare Davide sul caso di quegli uomini. Poiché costoro provavano grande vergogna, il re mandò a incontrarli e fece dire loro: «Rimanete a Gerico, finché non rispunti la vostra barba, poi farete ritorno».

[6]Gli Ammoniti, accortisi di essere venuti in odio a Davide, inviarono, essi e Canun, mille talenti d'argento per prendere a loro servizio carri e cavalieri nel paese dei due fiumi, in Aram Maaca e in Zoba. [7]Assoldarono trentaduemila carri e il re di Maaca con il suo esercito, che vennero ad accamparsi di fronte a Màdaba; intanto gli Ammoniti si erano radunati dalle loro città e si erano mossi per la guerra. [8]Udito ciò, Davide inviò Ioab con tutta la truppa dei prodi. [9]Gli Ammoniti uscirono e si disposero in ordine di battaglia alla porta della città, mentre i re che erano convenuti stavano a parte, nella campagna. [10]Quando Ioab si accorse che aveva un fronte di battaglia davanti e di dietro, fece una selezione tra i migliori d'Israele e li schierò contro gli Aramei. [11]Il resto del suo esercito lo affidò ad Abisài, suo fratello; costoro si schierarono contro gli Ammoniti. [12]Gli disse: «Se gli Aramei avranno il sopravvento su di me, tu verrai in mio aiuto; se invece gli Ammoniti prevarranno sopra di te, io verrò in tuo soccorso. [13]Coraggio! Dimostriamoci forti per il nostro popolo e per le città del nostro Dio; il Signore faccia ciò che gli piacerà!». [14]Ioab e la truppa che era con lui si mossero verso gli Aramei per ingaggiare battaglia, ma questi fuggirono davanti a lui. [15]Quando gli Ammoniti si accorsero che gli Aramei si erano dati alla fuga, fuggirono anch'essi davanti ad Abisài, fratello di Ioab, rientrando in città. Allora Ioab ritornò a Gerusalemme.

[16]Gli Aramei, visto che erano stati battuti da Israele, inviarono messaggeri e fecero venire gli Aramei che si trovavano al di là del fiume; alla loro testa era Sofach, capo dell'esercito di Adad-Èzer. [17]Ciò venne riferito a Davide, il quale, radunato tutto Israele e passato il Giordano, li raggiunse e si schierò contro di loro. Davide si dispose per la battaglia contro gli Aramei, che lo attaccarono. [18]Gli Aramei fuggirono davanti a Israele e Davide uccise tra gli Aramei settemila cavalieri e quarantamila fanti; quanto a Sofach, capo dell'esercito, lo mise a morte. [19]Gli ufficiali di Adad-Èzer, visto che erano stati battuti da Israele, fecero la pace con Davide, sottomettendosi a lui; gli Aramei non vollero più soccorrere gli Ammoniti.

20 **Seconda campagna contro gli Ammoniti.** - [1]All'inizio dell'anno successivo, al tempo in cui i re sogliono uscire in guerra, Ioab, alla guida di un forte esercito, devastò il paese degli Ammoniti, quindi andò ad assediare Rabbà, mentre Davide se ne stava a Gerusalemme. Ioab espugnò Rabbà e la distrusse. [2]Davide prese dal capo di Milcom il diadema e trovò che pesava un talento d'oro; in esso era incastonata una pietra preziosa. Il diadema fu posto sul capo di Davide; questi portò via un ingente bottino dalla città. [3]Deportò anche la popolazione che si trovava in essa e la condannò alla sega, alle trebbie di ferro e alle asce. In questo modo Davide si comportò con tutte le

20. - [1]. *Se ne stava a Gerusalemme*: Davide andò a Rabbà soltanto per la conquista finale: vi fu invitato da Ioab, affinché la gloria fosse attribuita al re. Fu durante questa campagna che Davide commise adulterio con Betsabea (cfr. 2Sam 11).

città degli Ammoniti. Quindi Davide con tutti i suoi fece ritorno a Gerusalemme.

Vittorie sui Filistei. - [4]Dopo ciò si ebbe a Ghezer una battaglia contro i Filistei. Allora Sibbekài, di Cusa, abbatté Sippai, uno dei discendenti dei Rèfaim. I Filistei furono assoggettati. [5]Ci fu un'altra guerra con i Filistei. Elcanan, figlio di Iair, uccise Lacmi, fratello di Golia di Gat; l'asta della sua lancia era come il subbio dei tessitori. [6]Ci fu ancora un combattimento a Gat, in cui si trovava un uomo altissimo che aveva le dita sei a sei, cioè ventiquattro in tutto; anch'egli discendeva da Rafa. [7]Questi ingiuriò Israele e Gionata, figlio di Simeà, fratello di Davide, lo uccise. [8]Questi uomini erano discendenti di Rafa in Gat; essi caddero per mano di Davide e dei suoi ufficiali.

21 **Il censimento.** - [1]Satana insorse contro Israele e sedusse Davide perché facesse il censimento d'Israele. [2]Davide ordinò a Ioab e ai prìncipi del popolo: «Andate, contate gli Israeliti da Bersabea a Dan; quindi fatemi il rapporto, perché conosca il loro numero». [3]Ioab rispose: «Il Signore aumenti il suo popolo cento volte tanto! Ma non sono forse tutti, o mio signore, servi del mio signore? Perché il mio signore fa questa inchiesta? Perché si dovrebbe imputare una colpa a Israele?». [4]Ma il comando del re prevalse su Ioab, il quale, partito, percorse tutto Israele; quindi ritornò a Gerusalemme. [5]Ioab consegnò a Davide il numero del censimento popolare. Tutto Israele contava un milione e centomila uomini capaci di maneggiare la spada; Giuda aveva quattrocentosettantamila uomini atti al maneggio della spada. [6]Fra costoro Ioab non recensì i leviti né la tribù di Beniamino, perché l'ordine del re gli sembrava abominevole.

Castigo e perdono. - [7]Il fatto dispiacque agli occhi di Dio, il quale perciò colpì Israele. [8]Davide disse a Dio: «Ho peccato gravemente compiendo quest'azione. Ora perdona, di grazia, la colpa del tuo servo, giacché ho agito con grande stoltezza!».

[9]Allora il Signore parlò così a Gad, veggente di Davide: [10]«Va' a dire a Davide: "Così dice il Signore: Ti propongo tre cose, scegliti una di queste e io te la realizzerò"». [11]Gad si presentò a Davide e gli disse: «Co-

sì dice il Signore: [12]"Scegliti o tre anni di carestia, ovvero tre mesi di fuga per te davanti ai tuoi nemici sotto i colpi della spada dei tuoi avversari, ovvero tre giorni di spada del Signore, ossia la peste nel paese con l'angelo del Signore che porta lo sterminio in tutto il territorio d'Israele". Decidi ciò che debbo rispondere a colui che mi manda». [13]Davide disse a Gad: «Sono molto angustiato! Possa cadere nelle mani del Signore, la cui misericordia è grandissima, ma che non cada nelle mani degli uomini!». [14]Così il Signore inviò la peste in Israele; caddero settantamila Israeliti. [15]Dio mandò un angelo in Gerusalemme per sterminarla; mentre egli stava per sterminarla, il Signore volse lo sguardo e si pentì della sciagura minacciata. Egli disse all'angelo sterminatore: «Ora basta! Ritira la tua mano». L'angelo del Signore stava ritto presso l'aia di Ornan, il gebuseo. [16]Davide alzò gli occhi e vide l'angelo del Signore che stava ritto fra terra e cielo con in mano la spada sguainata e puntata verso Gerusalemme. Allora Davide e gli anziani, vestiti di sacco, caddero con la faccia a terra. [17]Davide disse a Dio: «Non sono forse stato io a ordinare che si facesse il censimento del popolo? Io ho peccato e commesso il male; mentre costoro, il gregge, che cosa hanno fatto? Signore, Dio mio, la tua mano sia sopra di me e la mia famiglia, ma non colpisca il tuo popolo!».

L'altare costruito nell'aia di Ornan. - [18]Allora l'angelo del Signore ordinò a Gad di dire a Davide che salisse a erigere un altare al Signore nell'aia di Ornan, il gebuseo. [19]Davide vi salì secondo l'ordine di Gad comunicatogli in nome del Signore. [20]Ornan si voltò e vide l'angelo; i suoi quaranta figli, che erano con lui, si nascosero; mentre Ornan stava battendo il grano, [21]Davide gli si avvicinò. Ornan guardò e, riconosciuto Davide, uscì dall'aia e si prostrò davanti a lui con la faccia a terra. [22]Davide disse a Ornan: «Cedimi il sito dell'aia, perché vi possa costruire un altare al Signore; cedimelo per tutto il suo valore, cosicché il flagello cessi di infierire sul popolo». [23]Ornan disse a Davide: «Prenditelo! Il re, mio signore, ne faccia ciò che gli sembra bene. Ecco, in più ti offro i buoi per gli olocausti, le trebbie per la legna e il grano per l'oblazione; io offro tutto!». [24]Il re Davide rispose a Ornan: «No! voglio acquistarlo per il suo pieno valore in denaro, giacché non intendo prendere ciò che appartiene a te per offrirlo al Signore in olocausto gratuitamente». ²⁵Davide diede a Ornan per il terreno il prezzo di seicento sicli d'oro. ²⁶Quivi Davide eresse un altare al Signore, vi offrì olocausti e sacrifici pacifici e invocò il Signore, il quale rispose con il fuoco disceso dal cielo sull'altare dell'olocausto.

²⁷Allora il Signore ordinò all'angelo e questi rimise la sua spada nel fodero. ²⁸In quel tempo, vedendo Davide che il Signore l'aveva esaudito nell'aia di Ornan, il gebuseo, offrì ivi un sacrificio. ²⁹La dimora del Signore, eretta da Mosè nel deserto, e l'altare dell'olocausto si trovavano in quel tempo sull'altura di Gabaon, ³⁰ma Davide non osava recarsi là per consultare Dio, perché aveva avuto molta paura davanti alla spada dell'angelo del Signore.

22 ¹Perciò Davide disse: «Questa è la casa del Signore Dio, e questo è l'altare per gli olocausti d'Israele».

Si prepara la costruzione del tempio. -
²Allora Davide ordinò di radunare gli stranieri che si trovavano nel territorio d'Israele e diede incarico agli scalpellini di squadrare pietre per la costruzione della casa di Dio. ³Davide preparò ferro in abbondanza per i chiodi dei battenti delle porte e per le grappe di ferro, bronzo in tale abbondanza da non potersi pesare. ⁴Il legname di cedro non si contava, giacché quelli di Sidone e di Tiro avevano inviato a Davide legname di cedro in abbondanza. ⁵Davide pensava: «Salomone, mio figlio, è giovane e debole, mentre la casa da costruirsi al Signore dev'essere estremamente magnifica, sì da meritare rinomanza e gloria in tutti i paesi; voglio perciò fare i preparativi per lui». Così Davide, prima di morire, fece abbondanti preparativi. ⁶Quindi chiamò suo figlio Salomone e gli ordinò di costruire un tempio al Signore, Dio d'Israele. ⁷Davide disse a Salomone: «Figlio mio, io avevo in animo di costruire un tempio al nome del Signore, mio Dio. ⁸Ma mi fu rivolta la parola del Signore in questi termini: "Hai effuso sangue in ab-

bondanza e fatto grandi guerre, perciò non edificherai un tempio al mio nome, perché hai versato sangue in abbondanza sulla terra davanti a me. ⁹Ecco, ti nascerà un figlio; egli sarà un uomo pacifico; gli concederò la tranquillità da parte di tutti i suoi nemici che lo circondano; egli si chiamerà Salomone e nei suoi giorni darò pace e tranquillità a Israele. ¹⁰Egli costruirà un tempio al mio nome; egli sarà per me un figlio e io sarò per lui un padre. Stabilirò il trono del suo regno su Israele per sempre". ¹¹Ora, figlio mio, il Signore sia con te, perché tu riesca a costruire un tempio al Signore, tuo Dio, come ti ha promesso. ¹²Solamente si degni il Signore di concederti senno e intelligenza affinché tu possa stare alla testa d'Israele per osservare la legge del Signore, tuo Dio. ¹³Allora avrai successo, se avrai cura di praticare i precetti e le norme che il Signore prescrisse a Mosè riguardo a Israele. Sii forte e coraggioso, non temere e non abbatterti! ¹⁴Ecco, con fatica ho preparato per il tempio del Signore centomila talenti d'oro, un milione di talenti d'argento, bronzo e ferro da non potersi pesare per la quantità. Inoltre ho preparato legname e pietre; tu ne aggiungerai ancora. ¹⁵Ti assisteranno molti operai, scalpellini, lavoratori della pietra e del legno ed esperti di ogni specie per qualsiasi lavoro. ¹⁶L'oro, l'argento, il bronzo e il ferro non si possono calcolare. Su, mettiti all'opera e il Signore sia con te!».

¹⁷Davide comandò a tutti i capi d'Israele di aiutare Salomone, suo figlio. ¹⁸Disse: «Non è forse con voi il Signore, vostro Dio, e non vi ha dato riposo tutt'intorno? Infatti egli ha dato in mio potere gli abitanti del paese, e il paese si è assoggettato davanti al Signore e davanti al suo popolo. ¹⁹Perciò applicatevi col cuore e con l'anima alla ricerca del Signore, vostro Dio. Su! Costruite il santuario del Signore, vostro Dio, per collocare l'arca dell'alleanza del Signore e gli oggetti sacri a Dio nel tempio da erigere al nome del Signore».

23 Organizzazione dei leviti. - ¹Davide, essendo vecchio e sazio di giorni, costituì re su Israele Salomone, suo figlio. ²Egli radunò tutti i capi d'Israele, i sacerdoti e i leviti. ³Si contarono i leviti dai trent'anni in su; il loro numero, contandoli uno a uno, fu di trentottomila uomini: ⁴di

---

22. - ¹· Davide, ispirato da Dio, fissa nell'aia di Ornan il luogo del tempio.

⁵· *Salomone* era giovane e Davide mostrò la sua pietà preparando tutto il necessario per l'edificazione del tempio.

questi, ventiquattromila dirigevano il lavoro del tempio del Signore, seimila erano scribi e giudici, [5]quattromila portieri e quattromila lodavano il Signore con gli strumenti che Davide aveva fatti per questo. [6]Davide divise in classi i figli di Levi: Gherson, Keat e Merari.

[7]Per i Ghersoniti: Ladan e Simei. [8]Figli di Ladan furono: Iechièl, il capo, Zetam e Gioele: tre. [9]Figli di Simei furono: Selomìt, Cazièl e Aran: tre. Questi sono i capi dei casati di Ladan. [10]Figli di Simei: Iacat, Ziza, Ieus e Beria: questi sono i quattro figli di Simei. [11]Iacat era il capo, Ziza il secondo. Ieus e Beria non ebbero molti figli, perciò non formarono che un solo casato.

[12]Figli di Keat: Amram, Isear, Ebron, Uzzièl: quattro. [13]Figli di Amram: Aronne e Mosè. Aronne fu scelto per consacrare le cose sacrosante, lui e i suoi figli, per sempre, per offrire incenso davanti al Signore, per servirlo e benedire in suo nome, per sempre. [14]Quanto a Mosè, uomo di Dio, i suoi figli furono annoverati fra la tribù di Levi. [15]Figli di Mosè: Gherson ed Eliezer. [16]Figli di Gherson: Sebuel, il primo. [17]I figli di Eliezer furono Recabia, il primo. Eliezer non ebbe altri figli, mentre i figli di Recabia furono moltissimi. [18]Figli di Isear: Selomìt, il primo. [19]Figli di Ebron: Ieria il primo, Amaria secondo, Iacaziel terzo, e Iekameam quarto. [20]Figli di Uzzièl: Mica il primo, Icasia secondo.

[21]Figli di Merari: Macli e Musi. Figli di Macli: Eleazaro e Kis. [22]Eleazaro morì senza figli, avendo soltanto figlie; le sposarono i figli di Kis, loro fratelli. [23]Figli di Musi: Macli, Eder e Ieremot: tre.

[24]Questi sono i figli di Levi secondo i loro casati, i capifamiglia, secondo un loro elenco, contando i nomi uno per uno. Dai vent'anni in su attendevano al lavoro del servizio del tempio del Signore. [25]Poiché Davide aveva detto: «Il Signore, Dio d'Israele, ha concesso la tranquillità al suo popolo ed egli ha preso dimora per sempre in Gerusalemme, [26]anche i leviti non avranno più da trasportare la dimora con tutte le suppellettili per il suo servizio». [27]Secondo le ultime disposizioni di Davide si fece il censimento dei figli di Levi dai vent'anni in su. [28]Il loro posto infatti è di stare accanto ai figli di Aronne per il servizio del tempio del Signore in ciò che riguarda i cortili, le camere, la purificazione di ogni cosa sacra e l'attività del servizio del tempio di Dio;

[29]inoltre ciò che riguarda il pane dell'offerta, il fior di farina per l'oblazione, le focacce azzime, ciò che è cotto nella teglia o intriso e tutte le misure di capacità e lunghezza. [30]Ogni mattino dovevano presentarsi per celebrare e lodare il Signore, così pure alla sera, [31]e ogni volta che si offrono olocausti al Signore, nei sabati, nei noviluni, nelle solennità, secondo il numero fissato loro dalla regola, sempre davanti al Signore. [32]Essi inoltre assicuravano la sorveglianza della tenda del convegno e la sorveglianza del santo e l'assistenza dei figli di Aronne, loro fratelli, a servizio del tempio del Signore.

24 Le classi dei sacerdoti. - [1]Anche i figli di Aronne avevano le loro classi. Figli di Aronne furono Nadab, Abiu, Eleàzaro e Itamar. [2]Nadab e Abiu morirono prima del loro padre senza lasciare figli, perciò il sacerdozio fu esercitato da Eleàzaro e Itamar. [3]Davide, insieme a Zadòk dei figli di Eleàzaro e ad Achimèlech dei figli di Itamar, li divise in classi secondo il loro servizio. [4]Poiché risultò che i figli di Eleàzaro avevano una somma di uomini maggiore che non i figli di Itamar, vennero suddivisi così: sedici capi di casati per i figli di Eleàzaro, otto capi di casati per i figli di Itamar. [5]Questi come quelli vennero suddivisi a sorte, perché sia tra i figli di Eleàzaro che tra quelli di Itamar c'erano dei capi del santuario e dei capi di Dio. [6]Lo scriba Semaia, figlio di Netaneèl, levita, li iscrisse alla presenza del re, dei capi, del sacerdote Zadòk, di Achimèlech, figlio di Ebiatàr, dei capi dei casati sacerdotali e levitici; si sorteggiavano due casati per Eleàzaro e uno per Itamar.

[7]La prima sorte toccò a Ioarib, la seconda a Iedia, [8]la terza a Carim, la quarta a Seorim, [9]la quinta a Malchia, la sesta a Miamin, [10]la settima ad Akkoz, l'ottava ad Abia, [11]la nona a Giosuè, la decima a Secania, [12]l'undecima a Eliasib, la dodicesima a Iakim, [13]la

---

23. - [2-6]. Fatto il censimento dei *leviti*, Davide ne assegnò parte agli uffici nel santuario, parte li distribuì come giudici nelle varie località perché essi conoscevano bene la legge data dal Signore al suo popolo.

[25]. Porta la ragione per cui i leviti, che in precedenza entravano in funzione a 30 anni (Nm 4,3) per i servizi più gravosi e a 25 per i più leggeri, ora entrano in servizio a 20 anni: la ragione è addotta da Davide il quale afferma che ormai il Signore ha dato stabilità al suo popolo e alla sua tenda, quindi non c'è bisogno di uomini nella piena virilità.

tredicesima a Cuppa, la quattordicesima a Is-Baal, [14]la quindicesima a Bilga, la sedicesima a Immer, [15]la diciassettesima a Chezir, la diciottesima a Happizzès, [16]la decimanona a Petachia, la ventesima a Ezechiele, [17]la ventunesima a Iachin, la ventiduesima a Gamul, [18]la ventitreesima a Delaia, la ventiquattresima a Maazia. [19]Queste furono le classi per il loro servizio: entrare nel tempio del Signore secondo la regola trasmessa da Aronne, loro padre, come gli aveva ordinato il Signore, Dio d'Israele.
[20]Quanto agli altri figli di Levi, per i figli di Amram c'era Subaèl e per i figli di Subaèl c'era Iecdia. [21]Quanto a Recabia, il capo dei figli di Recabia era Issia. [22]Per gli Iseariti, Selomot; per i figli di Selomot, Iacat. [23]Figli di Ebron: Ieria il primo, Amaria secondo, Iacaziel terzo, Iekameam quarto. [24]Figli di Uzziel: Mica, per i figli di Mica, Samir; [25]fratello di Mica era Issia; per i figli di Issia, Zaccaria. [26]Figli di Merari: Macli e Musi; per i figli di Iaazia suo figlio. [27]Figli di Merari nella linea di Iaazia suo figlio: Soam, Zaccur e Ibri. [28]Per Macli: Eleazaro, che non ebbe figli. [29]Per Kis i figli di Kis: Ieracmel. [30]Figli di Musi: Macli, Eder e Ierimot. Questi sono i figli dei leviti secondo i loro casati. [31]Anch'essi, come i loro fratelli, figli di Aronne, furono sorteggiati alla presenza del re Davide, di Zadòk, di Achimèlech, dei capi delle casate sacerdotali e levitiche; il casato del primogenito allo stesso modo di quello del fratello minore.

25 **Le classi dei cantori.** - [1]Davide, insieme ai capi dell'esercito, separò per il servizio i figli di Asaf, di Eman e di Idutun, che eseguivano la musica sacra con le cetre, le arpe e con i cembali. Il numero degli uomini che esercitavano questo servizio era il seguente:
[2]Per i figli di Asaf: Zaccur, Giuseppe, Ne-

tania, Asareela: i figli di Asaf erano sotto la direzione di Asaf, che eseguiva la musica sacra secondo le istruzioni del re.
[3]Per Idutun i figli di Idutun: Ghedalia, Seri, Isaia, Simei, Casabià, Mattatia: sei sotto la direzione del loro padre Idutun, che profetava al suono delle cetre per celebrare e lodare il Signore.
[4]Per Eman i figli di Eman: Bukkia, Mattania, Uzzièl, Sebuel, Ierimot, Anania, Anani, Eliata, Ghiddalti, Romamti-Èzer, Iosbekasa, Malloti, Cotir, Macaziot. [5]Tutti questi erano figli di Eman, veggente del re, grazie alla promessa divina di esaltare la sua potenza. Dio diede a Eman quattordici figli e tre figlie. [6]Tutti costoro erano sotto la direzione del loro padre per cantare nel tempio del Signore con cembali, arpe e cetre, per il servizio del tempio di Dio, sotto gli ordini del re. [7]Il loro numero, compresi i loro fratelli esperti nel canto del Signore, tutti veramente capaci, era di duecentottantotto. [8]Per i turni di servizio furono sorteggiati i piccoli come i grandi, i maestri come i discepoli.
[9]La prima sorte toccò a Giuseppe, con i fratelli e i figli: dodici. La seconda toccò a Ghedalia, con i figli e i fratelli: dodici; [10]la terza a Zaccur, con i figli e i fratelli: dodici; [11]la quarta a Isri, con i figli e i fratelli: dodici; [12]la quinta a Natania, con i figli e i fratelli: dodici; [13]la sesta a Bukkia, con i figli e i fratelli: dodici; [14]la settima a Iesareela, con i figli e i fratelli: dodici; [15]l'ottava a Isaia, con i figli e i fratelli: dodici; [16]la nona a Mattania, con i figli e i fratelli: dodici; [17]la decima a Simei, con i figli e i fratelli: dodici; [18]l'undicesima ad Azarel, con i figli e i fratelli: dodici; [19]la dodicesima a Casabià, con i figli e i fratelli: dodici; [20]la tredicesima a Subaèl, con i figli e i fratelli: dodici; [21]la quattordicesima a Mattatia, con i figli e i fratelli: dodici; [22]la quindicesima a Ierimot, con i figli e i fratelli: dodici; [23]la sedicesima ad Anania, con i figli e i fratelli: dodici; [24]la diciassettesima a Iosbekasa, con i figli e i fratelli: dodici; [25]la diciottesima ad Anani, con i figli e i fratelli: dodici; [26]la diciannovesima a Malloti, con i figli e i fratelli: dodici; [27]la ventesima a Eliata, con i figli e i fratelli: dodici; [28]la ventunesima a Cotir, con i figli e i fratelli: dodici; [29]la ventiduesima a Ghiddalti, con i figli e i fratelli: dodici; [30]la ventitreesima a Macaziot, con i figli e i fratelli: dodici; [31]la ventiquattresima a Romamti-Èzer, con i figli e i fratelli: dodici.

---

24. - [19.] Ciascuna classe prestava servizio per un'intera settimana, da un sabato all'altro (2Re 11,9).
25. - [7.] I 24 figli di Asaf, di Idutun e di Eman formavano con altri leviti un complesso di 288 uomini, diviso in 24 gruppi di dodici membri ciascuno e guidati dai 24 figli di Idutun, Asaf ed Eman. I 288 cantori scelti dirigevano gli altri 3.712 cantori. In tutto erano 4.000.
[9.] Non è detto quanti fossero i costituenti la prima classe dei leviti cantori: bisogna supplire o sottintendere il numero che sempre si ripete: dodici.

26 Le classi dei portieri.

[1]Per le classi dei portieri: ai Coriti apparteneva Meselemia, figlio di Core, dei discendenti di Ebiasaf. [2]I figli di Meselemia: Zaccaria il primogenito, Iediael il secondo, Zebadia il terzo, Iatniel il quarto, [3]Elam il quinto, Giovanni il sesto, Elioenai il settimo. [4]I figli di Obed-Edom: Semaia il primogenito, Iozabad il secondo, Iaoch il terzo, Sacar il quarto, Netaneel il quinto, [5]Ammiel il sesto, Issacar il settimo, Peulletai l'ottavo, poiché Dio aveva benedetto Obed-Edom. [6]A Semaia, suo figlio, nacquero figli, che signoreggiavano nel loro casato perché erano uomini valorosi. [7]I figli di Semaia: Otni, Raffaele, Obed, Elzabad con i fratelli, uomini valorosi, Eliu e Semachia. [8]Tutti costoro erano discendenti di Obed-Edom. Essi e i figli e i fratelli, uomini valorosi, erano adattissimi per il servizio. Per Obed-Edom: sessantadue in tutto. [9]Meselemia ne aveva diciotto tra figli e fratelli, tutti uomini valorosi. [10]Figli di Cosà, dei discendenti di Merari: Simri, il primo; non era il primogenito ma suo padre lo aveva costituito capo. [11]Chelkia era il secondo, Tebalia il terzo, Zaccaria il quarto. Totale dei figli e fratelli di Cosa: tredici.

[12]Queste classi di portieri, secondo i vari capi, avevano il compito al pari dei loro fratelli di prestare servizio nel tempio del Signore. [13]Si gettarono le sorti per il piccolo e per il grande secondo i loro casati, una porta per ciascuno. [14]Per il lato orientale la sorte cadde su Selemia; per Zaccaria, suo figlio, consigliere assennato, si tirò a sorte e gli toccò il lato settentrionale. [15]A Obed-Edom toccò il lato meridionale e ai suoi figli i magazzini. [16]A Suppim e a Cosà toccò il lato occidentale con la porta Sallechet, sulla via della salita; un posto di guardia era proporzionato all'altro. [17]Al lato orientale erano fissi sei uomini ogni giorno, a quello settentrionale quattro per giorno, a quello meridionale quattro per giorno, ai magazzini due per ciascuno. [18]Al Parbar, verso occidente, ce n'erano quattro per la strada e due per il Parbar. [19]Queste sono le classi dei portieri tra i discendenti di Core, figli di Merari.

Altre funzioni dei leviti.

[20]I leviti, loro fratelli, incaricati dei tesori del tempio di Dio e dei tesori delle cose consacrate [21]erano figli di Ladan, Ghersoniti secondo la linea di Ladan. I capi dei casati di Ladan, il ghersonita, erano gli Iechieliti. [22]I figli di Iechiel, Zetam e Gioele, suo fratello, erano preposti ai tesori del tempio del Signore.

[23]Tra i discendenti di Amram, di Isear, di Ebron e di Uzzièl: [24]Subaèl, figlio di Gherson, figlio di Mosè, era sovrintendente dei tesori. [25]I suoi fratelli nella linea di Eliezer erano Recabia, suo figlio, Isaia, suo figlio, Ioram, suo figlio, Zikri, suo figlio e Selomit, suo figlio. [26]Questo Selomit con i suoi fratelli era preposto a tutti i tesori delle cose consacrate che il re Davide, i capi dei casati, i capi di migliaia e di centinaia insieme ai capi dell'esercito avevano offerto in voto. [27]Lo avevano fatto prendendole dal bottino di guerra, per mantenere il tempio del Signore. [28]Inoltre c'erano anche le offerte votive di Samuele, il veggente, di Saul, figlio di Kis, di Abner, figlio di Ner, di Ioab, figlio di Zeruià; tutto ciò che era consacrato dipendeva da Selomit e dai suoi fratelli.

[29]Tra i discendenti di Isear c'erano Chenania e i suoi figli, cui erano affidati gli affari esterni in Israele, in qualità di magistrati e giudici. [30]Fra i discendenti di Ebron c'erano Casabià e i suoi fratelli, uomini di valore, in numero di millesettecento, preposti alla sorveglianza d'Israele dalla Transgiordania all'occidente, riguardo a ogni cosa che concernesse il culto del Signore e il servizio del re. [31]Ancora fra i discendenti di Ebron c'era Ieria, capo degli Ebroniti, divisi secondo le loro genealogie e casati; nel quarantesimo anno del regno di Davide furono fatte ricerche e si trovarono fra loro uomini valorosi in Iazer Gàlaad. [32]Tra i fratelli di Ieria, uomini di valore, c'erano duemilasettecento capi di casati. Il re Davide li pose a capo dei Rubeniti, dei Gaditi e della mezza tribù di Manasse per tutte le questioni che riguardassero Dio o il re.

27 Organizzazione militare e civile.

[1]Ecco i figli d'Israele secondo il loro numero, i capi dei casati, i capi di migliaia e di centinaia, e i loro ufficiali al servizio del re per tutto ciò che concerne le classi, quella che usciva e l'altra che entrava mese per mese durante tutti i mesi dell'anno. Ogni classe comprendeva ventiquattromila uomini.

[2]A capo della prima classe, per il primo mese, c'era Iasobeam, figlio di Zabdiel; la sua divisione contava ventiquattromila uomini. [3]Appartenente ai discendenti di Pe-

rez, comandava tutti gli ufficiali dell'esercito per il primo mese.

[4]Alla classe del secondo mese presiedeva Dodo di Acoch; la sua divisione aveva ventiquattromila uomini.

[5]Capo del terzo gruppo, per il terzo mese, era Benaià, figlio di Ioiadà, sommo sacerdote; la sua classe comprendeva ventiquattromila uomini. [6]Questo Benaià era un prode dei Trenta e aveva il comando dei Trenta e della sua classe. Suo figlio era Ammizabàd.

[7]Il quarto capo per il quarto mese era Asaèl, fratello di Ioab, e, dopo di lui, Zebadia, suo figlio; la sua classe era di ventiquattromila uomini.

[8]Il quinto per il quinto mese era l'ufficiale Samehut, lo zerachita; la sua classe comprendeva ventiquattromila uomini.

[9]Sesto per il sesto mese era Ira, figlio di Ikkes di Tekòa; la sua classe comprendeva ventiquattromila uomini.

[10]Settimo per il settimo mese era Chelez, il pelonita, dei discendenti di Efraim; la sua classe contava ventiquattromila uomini.

[11]Ottavo per l'ottavo mese era Sibbecài, di Cusa, lo zerachita; la sua classe comprendeva ventiquattromila uomini.

[12]Nono per il nono mese era Abièzer, di Anatòt, un beniaminita; la sua classe era di ventiquattromila uomini.

[13]Decimo per il decimo mese era Marai, di Netofa, lo zerachita; la sua classe comprendeva ventiquattromila uomini.

[14]Undicesimo per l'undicesimo mese era Benaià, di Piraton, dei discendenti di Efraim; la sua classe contava ventiquattromila uomini.

[15]Il dodicesimo per il dodicesimo mese era Cheldai, di Netofa, della famiglia di Otniel; la sua classe comprendeva ventiquattromila uomini.

[16]Riguardo alle tribù d'Israele: sui Rubeniti presiedeva Eliezer figlio di Zikri; sulla tribù di Simeone, Sefatia figlio di Maaca; [17]su quella di Levi, Casabia figlio di Kemuel; sugli Aronnidi, Zadòk; [18]su quella di Giuda, Eliu, dei fratelli di Davide; su quella di Issacar, Omri figlio di Michele; [19]su quella di Zabulon, Ismaia figlio di Abdia; su quella di Neftali, Ierimot figlio di Azriel; [20]sugli Efraimiti, Osea figlio di Azazia; su

metà della tribù di Manasse, Gioele figlio di Pedaia; [21]su metà della tribù di Manasse in Galaad, Iddo figlio di Zaccaria; su quella di Beniamino, Iaasiel figlio di Abner; [22]su quella di Dan, Azarel figlio di Ierocam. Questi furono i capi delle tribù di Israele.

[23]Davide non fece il censimento di quelli al di sotto dei vent'anni, perché il Signore aveva promesso di moltiplicare Israele come le stelle del cielo. [24]Ioab, figlio di Zeruià, aveva iniziato il censimento, ma non lo portò a termine; per esso si scatenò l'ira contro Israele e il numero non fu riportato nel libro delle Cronache del re Davide.

[25]Ai tesori del re era preposto Azmàvet, figlio di Adiel; ai tesori che erano nella campagna, nelle città, nei villaggi e nelle torri presiedeva Gionata, figlio di Uzzia. [26]Sugli operai agricoli, che coltivavano la campagna, era preposto Ezri, figlio di Chelub. [27]A capo delle vigne c'era Simei di Rama, mentre Zabdai da Sefàn era preposto alle riserve di vino. [28]Agli oliveti e ai sicomori, che erano nella Sefela, era addetto Baal-Canan, di Ghedara; ai depositi di olio Ioas. [29]Sitri, il saronita, era preposto al grosso bestiame che pascolava nella Sefela, mentre Safat, figlio di Adlai, sorvegliava il grosso bestiame delle altre vallate. [30]Ai cammelli era preposto Obil, l'ismaelita; delle asine era responsabile Iechdaia di Meronot. [31]Al bestiame minuto era addetto Iaziu l'agareno. Tutti costoro erano gli amministratori dei beni del re Davide.

[32]Gionata, zio di Davide, era consigliere. Uomo intelligente e scriba, egli insieme con Iechiel, figlio di Cacmonì, stava con i figli del re. [33]Achitòfel era consigliere del re; Cusai, l'arkita, era amico del re. [34]Ad Achitòfel successero Ioiadà, figlio di Benaia, ed Ebiatar. Ioab era capo dell'esercito.

28 Ultime istruzioni di Davide. - [1]Davide convocò a Gerusalemme tutti i capi d'Israele, i capi delle tribù, i capi delle varie classi che erano al servizio del re, i capi delle migliaia e delle centinaia, gli incaricati di tutti i beni e di tutto il bestiame appartenente al re e ai suoi figli, insieme agli eunuchi, ai prodi e a tutti i valorosi guerrieri. [2]Davide si alzò in piedi e disse: «Ascoltatemi, miei fratelli e mio popolo! Io stesso avevo in mente di costruire una dimora di riposo per l'arca dell'alleanza del Signore, sgabello dei piedi del nostro Dio. Avevo già

---

27. - [24.] Davide aveva fatto il *censimento* di quelli atti alla guerra e, veduto che ciò era dispiaciuto a Dio (1Cr 21), non volle che il risultato del censimento passasse negli annali (*Cronache del re*).

fatto i preparativi per la costruzione, ³ma Dio mi disse: "Non costruirai un tempio al mio nome, perché tu sei un guerriero e versasti sangue". ⁴Il Signore, Dio d'Israele, scelse me fra tutta la famiglia di mio padre, perché diventassi re su Israele per sempre; difatti egli si è scelto un principe in Giuda e nella casa di Giuda ha scelto il casato di mio padre e nel casato di mio padre ha posto la sua compiacenza in me, per costituirmi re su tutto Israele. ⁵Fra tutti i miei figli, poiché il Signore mi concesse numerosi figli, scelse mio figlio Salomone, perché sedesse sul trono del regno del Signore sopra Israele. ⁶Egli infatti mi disse: "Salomone tuo figlio costruirà il mio tempio e i miei cortili, perché mi sono scelto lui come figlio e io sarò per lui come un padre. ⁷Renderò saldo il suo regno per sempre, se persevererà nell'osservanza dei miei comandamenti e dei miei precetti, come fa oggi". ⁸Ora, al cospetto di tutto Israele, assemblea del Signore, e in presenza del nostro Dio vi esorto: osservate e praticate tutti i precetti del Signore, vostro Dio, perché possiate conservare il possesso di questo eccellente paese e passarlo in eredità ai vostri figli dopo di voi, per sempre.

⁹Tu, figlio mio Salomone, riconosci il Dio di tuo padre, servilo con cuore perfetto e con animo volonteroso, perché il Signore scruta tutti i cuori e penetra i pensieri più intimi; se tu lo ricercherai, si farà trovare; se lo abbandonerai, ti rigetterà per sempre. ¹⁰Ora considera che il Signore ti ha scelto per costruirgli un tempio come santuario; sii forte e mettiti all'opera!».

¹¹Davide consegnò a Salomone, suo figlio, il progetto del vestibolo, dei suoi edifici, dei magazzini, delle stanze superiori, delle camere interne e del luogo per il propiziatorio, ¹²in più il progetto di tutto ciò che aveva in mente di fare riguardo ai cortili del tempio del Signore e di tutte le stanze laterali, ai tesori del tempio di Dio e ai tesori delle cose sacre, ¹³alle classi dei sacerdoti e dei leviti, a tutto il lavoro relativo al servizio del tempio del Signore e a tutti gli utensili che servivano per il tempio del Signore. ¹⁴Davide consegnò l'oro indicandone il peso, per tutti gli oggetti destinati ai singoli usi, e l'argento indicandone il peso, per tutti gli oggetti d'argento, secondo il particolare impiego, ¹⁵i candelabri d'oro e le loro lampade dorate secondo il peso di ciascun candelabro e delle sue lampade, i candela-

bri d'argento secondo il peso del candelabro e delle sue lampade, secondo l'uso di ogni candelabro. ¹⁶Gli indicò il quantitativo dell'oro per le tavole dell'offerta, per ogni tavola, e dell'argento per le tavole d'argento, ¹⁷oro puro per i forchettoni, le bacinelle e le brocche, le coppe d'oro con il peso di ogni coppa e le coppe d'argento con il peso di ciascuna coppa. ¹⁸Gli diede oro per l'altare dei profumi indicandone il peso, il modello del carro in oro dei cherubini che spiegavano le loro ali e proteggevano l'arca dell'alleanza del Signore. ¹⁹Tutto ciò gli diede per iscritto da parte del Signore, per fargli comprendere tutti i dettagli del modello.

²⁰Davide disse a Salomone, figlio suo: «Sii forte, fatti coraggio, mettiti all'opera, non temere, non abbatterti, perché il Signore Dio, il mio Dio, è con te. Egli non ti lascerà e non ti abbandonerà, finché non avrai terminato tutto il lavoro al servizio del tempio del Signore. ²¹Ecco le classi dei sacerdoti e dei leviti per ogni servizio del tempio di Dio. Sono a tua disposizione per ogni lavoro, esperti in ogni attività; i capi e tutto il popolo sono ai tuoi ordini».

29 Offerte per il tempio. - ¹Il re Davide disse a tutta l'assemblea: «Salomone, mio figlio, il solo che Dio abbia scelto, è ancora giovane e debole, mentre l'impresa è grandiosa, perché non si tratta di una fortezza destinata a un uomo, ma al Signore Dio. ²Secondo le mie forze ho preparato per il tempio del mio Dio oro su oro, argento su argento, bronzo su bronzo, ferro su ferro, legname su legname, onici, brillanti, topazi, pietre di vario valore, pietre preziose e marmo bianco in gran quantità. ³Inoltre, per il mio amore verso il tempio del mio Dio, quanto possiedo in oro e argento dono al tempio del mio Dio, in più di tutto ciò che ho preparato per il tempio santo: ⁴tremila talenti d'oro, dell'oro di Ofir, e settemila talenti di argento raffinato per rivestire le pareti degli edifici, ⁵l'oro per gli oggetti d'oro, l'argento per gli oggetti d'argento e per tutti i lavori da eseguirsi dagli artigiani. E chi è disposto oggi ad offrire volontariamente al Signore?». ⁶Allora i capifamiglia, i capi delle tribù d'Israele, i capi di migliaia, di centinaia e i dirigenti degli affari del re fecero delle offerte volontarie ⁷e diedero per l'opera del tempio del Signore cinquemila talenti d'oro, diecimila darici, diecimila talenti d'argento, diciottomila talenti di bronzo e centomila talenti di ferro. [8]Quanti si trovarono possessori di pietre preziose, le consegnarono nelle mani di Iechièl, il ghersonita, per deporle nel tesoro del tempio del Signore. [9]Il popolo si rallegrò per la loro liberalità, perché con cuore puro avevano fatto le loro offerte volontarie al Signore, e anche il re Davide ne ebbe una grande gioia.

Preghiera di Davide. - [10]Davide benedisse il Signore al cospetto di tutta l'assemblea esclamando: «Benedetto sei tu, Signore, Dio d'Israele, nostro padre, per tutta l'eternità! [11]Tua, o Signore, è la grandezza, la potenza, la gloria, l'eternità, lo splendore, perché tuo è tutto ciò che si trova nel cielo e sulla terra. Tuo, Signore, è il regno e tu t'innalzi sovranamente al di sopra di ogni cosa. [12]Da te vengono la ricchezza e la gloria; tu domini tutto; nella tua mano sono la potenza e la forza; tu hai il potere di rendere grande e potente ogni cosa. [13]Ora, Dio nostro, noi ti celebriamo e lodiamo il tuo nome glorioso. [14]E chi sono io e chi è il mio popolo, che siamo in grado di offrirti questi doni volontari? Tutto viene da te e, dopo averlo ricevuto dalla tua mano, te l'abbiamo ridato. [15]Difatti noi siamo stranieri davanti a te e pellegrini come tutti i nostri padri. I nostri giorni sulla terra sono come ombra e non c'è speranza. [16]Signore, nostro Dio, tutto quanto abbiamo preparato per costruire un tempio a te, cioè al tuo santo nome, viene da te, tutto è tuo. [17]So, mio Dio, che tu scruti i cuori e ami la rettitudine. Nella sincerità del mio cuore io ho offerto spontaneamente tutte queste cose. Ora vedo il tuo popolo, che si trova qui presente, presentarti con gioia le sue offerte spontanee. [18]Signore, Dio di Abramo, d'Isacco e d'Israele,

nostri padri, conserva per sempre questo sentimento nel cuore del tuo popolo. Dirigi i loro cuori verso di te. [19]A Salomone, mio figlio, dona un cuore integro per osservare i tuoi comandamenti, i tuoi precetti e i tuoi statuti, e li metta tutti in pratica e costruisca l'edificio per il quale ho fatto i preparativi».

[20]Poi Davide disse a tutta l'assemblea: «Benedite, dunque, il Signore, vostro Dio». Tutta l'assemblea benedisse il Signore, Dio dei loro padri, si inchinarono e si prostrarono davanti al Signore e al re. [21]Quindi immolarono sacrifici al Signore e il giorno seguente offrirono olocausti al Signore: mille giovenchi, mille arieti, mille agnelli con le relative libazioni e altri sacrifici in gran numero per tutto Israele. [22]In quel giorno mangiarono e bevvero al cospetto del Signore con grande gioia. Di nuovo proclamarono re Salomone, figlio di Davide, e unsero lui come principe per il Signore e Zadòk come sacerdote.

Avvento di Salomone e morte di Davide. - [23]Salomone sedette sul trono del Signore come re al posto di Davide, suo padre. Ebbe successo e tutto Israele gli obbedì. [24]Tutti i capi, i prodi e anche tutti i figli del re Davide si sottomisero al re Salomone. [25]Il Signore rese assai grande Salomone al cospetto di tutto Israele e gli diede una maestà regale che prima di lui non ebbe alcun re in Israele.

[26]Davide, figlio di Iesse, aveva regnato su tutto Israele. [27]Il tempo che regnò su Israele fu di quarant'anni: a Ebron regnò sette anni e in Gerusalemme regnò trentatré anni. [28]Morì in prospera vecchiezza, sazio di giorni, di ricchezza e di gloria. Al suo posto divenne re Salomone. [29]Le gesta del re Davide, le prime come le ultime, ecco, si trovano scritte negli atti del veggente Samuele, negli atti del profeta Natan e negli atti del veggente Gad, [30]con tutto ciò che concerne il suo regno, la sua potenza e gli eventi che accaddero a lui, a Israele e a tutti i regni degli altri paesi.

---

29. - [10.] Davide, rassegnato a non costruire il tempio, ringrazia Dio d'avergli concesso di compiere i grandi preparativi e fa una tra le più belle preghiere che cuore umano abbia mai innalzato a Dio.

SECONDO LIBRO DELLE CRONACHE

IL REGNO DI SALOMONE

1 **Apparizione di Gàbaon.** - [1]Salomone, figlio di Davide, si consolidò nel suo regno; il Signore, suo Dio, fu con lui e lo rese straordinariamente grande. [2]Salomone parlò a tutto Israele, ai capi di migliaia e di centinaia, ai magistrati, a tutti i prìncipi di tutto Israele e ai capifamiglia. [3]Indi Salomone insieme a tutta l'assemblea si recò sull'altura situata a Gàbaon, giacché là si trovava la tenda del convegno di Dio che Mosè, servo del Signore, aveva costruito nel deserto. [4]Ma l'arca di Dio Davide l'aveva trasportata da Kiriat-Iearìm al luogo che egli aveva preparato per essa. Infatti egli aveva innalzato per essa una tenda in Gerusalemme. [5]L'altare di bronzo costruito da Besaleèl, figlio di Uri, figlio di Cur, si trovava là di fronte alla dimora del Signore. Ivi si recarono a consultarlo Salomone e l'assemblea. [6]Là Salomone salì sull'altare di bronzo davanti al Signore, che era presso la tenda del convegno, e sopra di esso offrì mille olocausti. [7]In quella notte Dio apparve a Salomone e gli disse: «Chiedimi ciò che ti debbo dare». [8]Salomone rispose a Dio: «Tu hai trattato con Davide, mio padre, con grande benevolenza e mi hai fatto regnare al suo posto. [9]Ora, Signore Dio, si avveri la tua promessa fatta a Davide, mio padre, perché tu mi hai fatto regnare sopra un popolo numeroso come la polvere della terra. [10]Concedimi ora sapienza e senno, in modo da poter guidare questo popolo, perché chi mai potrebbe governare questo tuo popolo così grande?». [11]Allora Dio rispose a Salomone: «Poiché ti sta a cuore questo e non hai chiesto né ricchezza né beni né gloria né la vita dei tuoi nemici e poiché non hai chiesto nemmeno una vita lunga, ma hai chiesto sapienza e senno per governare il mio popolo, sul quale ti ho costituito re, [12]sapienza e senno ti saranno concessi. Inoltre ti darò anche ricchezza, beni e gloria quali non ebbero mai i re che ti precedettero né avranno quelli che verranno dopo di te». [13]Salomone ritornò dall'altura di Gàbaon a Gerusalemme, lontano dalla tenda del convegno. Egli regnò su Israele.

Ricchezza di Salomone. - [14]Salomone radunò carri e cavalli; ebbe così millequattrocento carri e dodicimila cavalieri, che installò nelle città dei carri e presso il re a Gerusalemme. [15]Il re fece in modo che l'argento e l'oro fossero in Gerusalemme abbondanti come le pietre e i cedri come i sicomori che crescono nella Sefela. [16]Il luogo da cui provenivano i cavalli di Salomone era Muzri e Kue; i mercanti del re li prendevano a Kue dietro pagamento. [17]Essi facevano venire e importavano da Muzri un carro per seicento sicli d'argento e un cavallo per centocinquanta. Per tramite loro ne importavano per i re degli Hittiti e per i re di Aram. [18]Salomone decise di costruire un tempio al nome del Signore e una reggia per sé.

2 [1]Salomone arruolò settantamila uomini per il trasporto di pesi, ottantamila uomini per estrarre pietre dalla montagna e tremilaseicento sorveglianti su di loro.

Il patto con il re Curam. - [2]Salomone mandò a dire a Curam, re di Tiro: «Come hai fatto con Davide, mio padre, inviandogli

---

1. - [3]. Una tenda con l'arca era a Gerusalemme, eretta da Davide. Salomone, per conciliarsi le altre tribù, va prima a Gabaon e poi a Gerusalemme.

cedri per costruirsi una casa in cui abitare, così agisci anche con me. [3]Ecco, io sto per edificare un tempio al nome del Signore, mio Dio, per consacrarglielo e poter bruciare davanti a lui profumi fragranti, esporre perennemente i pani dell'offerta e presentare olocausti mattina e sera, nei sabati, nei noviluni e nelle feste del Signore, nostro Dio, come prescritto per sempre ad Israele. [4]Il tempio che voglio edificare deve essere grande, perché il nostro Dio è più grande di tutti gli dèi. [5]Chi dunque avrebbe la forza di costruirgli un tempio, dal momento che i cieli e i cieli dei cieli non possono contenerlo? E chi sono io per costruirgli un tempio, anche solo per bruciare incenso alla sua presenza? [6]Or dunque, mandami un uomo esperto nel lavorare l'oro, l'argento, il bronzo, il ferro, le stoffe di porpora, di cremisi, di violetto e abile nell'intarsio di ogni genere; egli lavorerà con gli artigiani che io ho in Giuda e Gerusalemme, e che sono stati preparati da Davide, mio padre. [7]Inviami anche legname di cedro, di cipresso e di sandalo del Libano. So infatti che i tuoi servi sono abili nel tagliare il legname del Libano: i miei servi si uniranno ai tuoi servi, [8]per prepararmi del legname in abbondanza, perché il tempio che voglio costruire sarà grande e splendido. [9]Ecco: ai taglialegna, a coloro che abbattono le piante, darò come nutrimento per i tuoi servi ventimila *kor* di grano, ventimila *kor* di orzo, ventimila *bat* di vino e ventimila *bat* di olio». [10]Curam, re di Tiro, rispose con uno scritto, che mandò a Salomone: «Per amore verso il suo popolo il Signore ti ha costituito re sopra di essi». [11]Inoltre Curam diceva: «Benedetto sia il Signore, Dio d'Israele, creatore del cielo e della terra, che ha dato al re Davide un figlio saggio, pieno d'intelligenza e accortezza, che costruirà un tempio al Si-

gnore e una reggia per sé. [12]Ora ti mando un uomo esperto, pieno di abilità, Curam-Abi, [13]figlio di una donna della tribù di Dan e di un padre di Tiro. Egli sa lavorare l'oro e l'argento, il bronzo, il ferro, le pietre, il legname, le stoffe di porpora, di violetto, di bisso e di cremisi; sa eseguire qualunque intaglio e creare qualunque opera d'arte che gli venga affidata. Egli lavorerà con i tuoi artigiani e con gli artigiani del mio signore, Davide, padre tuo. [14]Ora il mio signore invii pure ai miei servi il grano, l'orzo, l'olio e il vino, che ha promesso! [15]Noi taglieremo tutto il legname del Libano di cui avrai bisogno e te lo porteremo su zattere per mare a Giaffa. Tu poi lo farai trasportare a Gerusalemme». [16]Salomone recensì tutti gli stranieri residenti nel paese d'Israele, dopo il censimento effettuato da Davide suo padre: ne furono trovati centocinquantatremilaseicento. [17]Di essi ne prese settantamila come portatori di pesi, ottantamila perché tagliassero pietre nella montagna e tremilaseicento sorveglianti che facessero lavorare il popolo.

3 **La costruzione del tempio.** - [1]Salomone cominciò a costruire il tempio del Signore in Gerusalemme, sul monte Moria, dove il Signore era apparso a Davide, suo padre, nel luogo che Davide aveva preparato sull'aia di Ornan, il gebuseo. [2]Incominciò a costruire nel secondo mese del quarto anno del suo regno. [3]Queste sono le misure delle fondamenta stabilite da Salomone per la costruzione del tempio di Dio: la lunghezza, in cubiti di antica misura, era di sessanta cubiti e la larghezza di venti cubiti. [4]Il vestibolo che si trovava di fronte al tempio era lungo, nel senso della larghezza dell'edificio, venti cubiti. La sua altezza era di centoventi cubiti. All'interno lo rivestì di oro puro. [5]La grande aula la ricoprì di legno di cipresso, la rivestì poi di ottimo oro scolpendovi sopra palme e ghirlande. [6]Come rivestimento rivestì l'aula di pietre preziose e l'oro era quello di Parvàim. [7]Così rivestì d'oro l'aula, cioè le travi, le soglie, le pareti e le porte e fece scolpire dei cherubini sulle pareti.

[8]Poi costruì la cella del santo dei santi; la sua lunghezza sulla misura della larghezza del tempio era di venti cubiti; anche la sua larghezza era di venti cubiti. La rivestì di ottimo oro per il peso di seicento talenti. [9]Il

---

2. - [4.] Il tempio non era grande; ma gli edifici sacri uniti al tempio formavano un grandioso complesso.

[5.] Salomone esalta l'infinita grandezza di Dio e fa notare che non intende costruire una casa a Dio che i cieli non possono contenere, ma un tempio per onorarlo.

3. - [1.] Durante il castigo della peste, Davide aveva avuto la visione dell'angelo sterminatore e ottenuto la cessazione del flagello (1Cr 21,15-19) proprio in quel luogo che aveva poi comperato.

[3-7.] Il santuario, composto dal santo e dal santo dei santi, era lungo m 30, largo 10, alto 15; aveva la facciata rivolta a oriente, davanti alla quale stava il portico, largo quanto il santuario, profondo 20 cubiti e alto 20. Il cubito misurava circa mezzo metro.

peso dell'oro per i chiodi era di cinquanta sicli. Anche le camere superiori le rivestì d'oro. [10]Nella cella del santo dei santi eresse due cherubini, opera di scultori, e li rivestì d'oro. [11]Le ali dei cherubini erano lunghe venti cubiti; un'ala di uno di essi, lunga cinque cubiti, toccava la parete della cella, mentre l'altra ala, pure della lunghezza di cinque cubiti, toccava l'ala del secondo cherubino. [12]Un'ala dell'altro cherubino, lunga cinque cubiti, toccava la parete della cella, mentre l'altra ala, essendo pure di cinque cubiti, toccava l'ala del primo cherubino. [13]Le ali dispiegate di questi cherubini misuravano venti cubiti; essi stavano ritti sui piedi con la faccia rivolta all'interno.

[14]Salomone fece poi la cortina di violetto, di porpora, di cremisi e di bisso e su di essa fece ricamare cherubini. [15]Di fronte al tempio eresse due colonne lunghe trentacinque cubiti; il capitello in cima a ciascuna era di cinque cubiti. [16]Fece ghirlande a forma di collana e le pose in cima alle colonne. Fece anche cento melagrane che sospese fra le ghirlande.

[17]Rizzò le colonne dinanzi al tempio, una a destra e l'altra a sinistra; quella di destra la chiamò Iachin e quella di sinistra Boaz.

4 Le sacre suppellettili. - [1]Fece un altare di bronzo lungo venti cubiti, largo venti e alto dieci. [2]Costruì il mare di metallo fuso del diametro di dieci cubiti, completamente circolare e alto cinque cubiti, la sua circonferenza era di trenta cubiti tutt'intorno. [3]Sotto l'orlo vi erano figure simili a buoi che lo circondavano tutt'intorno; erano dieci per cubito e abbracciavano tutt'intorno il mare di bronzo; due serie di buoi erano state fuse insieme col mare. [4]Esso poggiava su dodici buoi, tre dei quali erano rivolti verso settentrione, tre verso occidente, tre verso il meridione e tre verso oriente; il mare poggiava su di loro e tutte le loro parti posteriori erano rivolte verso l'interno. [5]Il suo spessore era di un palmo; il suo orlo era lavorato come il bordo di un calice di fior di loto; poteva contenere tremila *bat*.

[6]Fece anche dieci conche collocandone cinque a destra e cinque a sinistra, per le abluzioni; in esse si lavava ciò che serviva all'olocausto, mentre il mare si usava per le abluzioni dei sacerdoti.

[7]Fece dieci candelabri d'oro, secondo quanto è prescritto a loro riguardo, e li pose nel tempio, cinque a destra e cinque a sinistra.

[8]Fece dieci tavole e le collocò nel tempio, cinque a destra e cinque a sinistra; inoltre fece cento bacinelle d'oro.

[9]Edificò l'atrio dei sacerdoti, il grande cortile con le sue porte, che rivestì di bronzo. [10]Il mare lo collocò dal lato destro a oriente verso mezzogiorno.

[11]Curam fece le caldaie, le palette e le bacinelle. Egli terminò l'opera che doveva eseguire nel tempio di Dio per il re Salomone: [12]le due colonne, i due globi dei capitelli posti in cima alle colonne, i due intrecci destinati a coprire i due globi dei capitelli posti in cima alle colonne, [13]le quattrocento melagrane per i due intrecci, due file di melagrane per ciascun intreccio per coprire i due globi dei capitelli posti in cima alle colonne, [14]le dieci basi e le dieci conche sulle basi, [15]un mare e sotto di esso dodici buoi, [16]le pentole, le palette, le bacinelle e tutti gli oggetti accessori che Curam-Abi fece di bronzo lucente per il re Salomone, per il tempio del Signore. [17]Il re li fece fondere nella regione del Giordano, al guado di Adam, tra Succot e Zereda. [18]Salomone fece tutti questi oggetti in grande quantità, giacché non veniva calcolato il peso del bronzo.

[19]Salomone fece preparare tutti gli oggetti destinati alla casa di Dio, l'altare d'oro, le tavole su cui si ponevano i pani dell'offerta, [20]i candelabri e le loro lampade, tutto in oro fino, da accendersi, secondo quanto è prescritto, davanti alla cella; [21]i fiori, le lampade, gli smoccolatoi d'oro, di quello purissimo, [22]i coltelli, le bacinelle per l'aspersione, le coppe e i bracieri di oro fino. Quanto agli ingressi del tempio, tanto le porte interne che mettevano nel santo dei santi, quanto le porte del tempio che mettevano nella navata erano d'oro.

5 Trasporto dell'arca. - [1]Così fu compiuto tutto il lavoro che Salomone fece

---

4. - [9.] Nel santo potevano entrare soltanto i sacerdoti, nel santo dei santi solo il sommo sacerdote una volta all'anno. Il primo cortile interno o *atrio* era riservato ai sacerdoti e ai leviti; il *grande cortile* col portico esterno, al popolo: i pagani non potevano entrarvi; il cortile dei gentili fu introdotto al tempo di Erode.

eseguire per il tempio del Signore. Allora Salomone vi introdusse gli oggetti consacrati da Davide, suo padre, mentre l'argento, l'oro e ogni suppellettile li depositò nel tesoro del tempio di Dio. [2]Allora Salomone convocò in Gerusalemme gli anziani d'Israele, tutti i capi delle tribù e i prìncipi delle famiglie israelite per trasportare l'arca dell'alleanza del Signore dalla Città di Davide, cioè da Sion. [3]Si radunarono presso il re tutti gli uomini d'Israele per la festa che cade nel settimo mese. [4]Giunti tutti gli anziani d'Israele, i leviti sollevarono l'arca. [5]Portarono su l'arca, la tenda del convegno e tutti gli oggetti sacri che erano nella tenda. Li trasportarono i sacerdoti leviti. [6]Il re Salomone e tutta l'assemblea d'Israele, convenuta presso di lui davanti all'arca, immolarono pecore e buoi, in numero tale da non potersi né contare né calcolare. [7]I sacerdoti introdussero l'arca dell'alleanza del Signore nel suo posto, nella cella del tempio, nel santo dei santi, sotto le ali dei cherubini. [8]I cherubini infatti stendevano le due ali sul luogo dell'arca e coprivano l'arca e le sue stanghe dall'alto. [9]Le stanghe poi erano così lunghe che le loro estremità erano visibili dal santo di fronte alla cella, ma non erano visibili dal di fuori; esse sono rimaste lì fino ad oggi. [10]Nell'arca non c'era nulla all'infuori delle due tavole che Mosè aveva dato sull'Oreb, le tavole dell'alleanza, che il Signore aveva concluso con gl'Israeliti quando uscirono dall'Egitto. [11]Poi i sacerdoti uscirono dal santo. Tutti i sacerdoti che vi si trovavano si erano santificati senza osservare l'ordine delle classi. [12]Mentre i leviti cantori al completo, Asaf, Eman, Idutun, con i loro figli e i loro fratelli rivestiti di bisso, stavano a oriente dell'altare suonando cembali, arpe e cetre, centoventi sacerdoti insieme a loro suonavano le trombe. [13]Quando tutti insieme, trombettieri e cantori, fecero udire la loro voce all'unisono per lodare e celebrare il Signore, quando alzarono la voce al suono delle trombe, dei cembali e di altri strumenti musicali lodando il Signore, «perché è buono, perché eternamente dura il suo amore», allora il tempio si riempì di una nube, della gloria del Signore, [14]così che i sacerdoti non poterono rimanere nel loro servizio a causa della nube, giacché la gloria del Signore aveva riempito il tempio di Dio.

6 Preghiera del re. - [1]Allora Salomone disse:

«Il Signore ha deciso di abitare
     nella nube.
[2] Io ti ho costruito una dimora sublime,
     un luogo ove tu possa abitare in eterno».

[3]Il re si volse e benedisse tutta l'assemblea d'Israele, mentre tutta l'assemblea d'Israele stava in piedi. [4]Disse: «Benedetto sia il Signore, Dio d'Israele, che con la sua potenza ha compiuto quanto con la sua bocca ha promesso a Davide, padre mio: [5]"Dal giorno in cui feci uscire il mio popolo dal paese d'Egitto, non ho scelto alcuna città fra tutte le tribù d'Israele perché si edificasse un tempio in cui abitasse il mio nome e non ho scelto nessuno perché diventasse capo del mio popolo Israele, [6]ma ho scelto Gerusalemme perché vi abitasse il mio nome e ho scelto Davide perché governi il mio popolo Israele". [7]Ora Davide, mio padre, aveva in animo di edificare un tempio al nome del Signore, Dio d'Israele, [8]ma il Signore disse a Davide, padre mio: "Hai avuto in animo di edificare un tempio al mio nome, hai fatto bene ad avere questa intenzione; [9]ma non sarai tu a edificare il tempio, bensì il figlio tuo, che uscirà dai tuoi lombi; sarà lui che edificherà un tempio al mio nome". [10]Il Signore ha pertanto attuato la promessa che aveva fatto; io sono succeduto a Davide, mio padre, mi sono seduto sul trono d'Israele, come aveva preannunciato il Signore, e ho edificato il tempio al nome del Signore, Dio d'Israele. [11]Ivi ho collocato l'arca, dove è l'alleanza che il Signore ha concluso con gli Israeliti».

[12]Poi, stando davanti all'altare del Signore al cospetto di tutta l'assemblea d'Israele, distese le mani. [13]Salomone infatti aveva eretto una tribuna di bronzo e l'aveva posta in mezzo al cortile. Era lunga cinque cubiti, larga cinque e alta tre. Egli salì sopra di essa e, inginocchiatosi al cospetto di tutta l'assemblea d'Israele, stese le mani verso il cielo [14]e disse: «Signore, Dio d'Israele, non c'è nessun Dio come te né in cielo né sulla terra. Tu mantieni l'alleanza e la benevolenza verso i tuoi servi che camminano al tuo cospetto con tutto il cuore. [15]Tu hai mantenuto riguardo al tuo servo Davide, mio padre, ciò che gli avevi promesso; quanto avevi promesso con la bocca l'hai adempiuto con

la tua potenza come si vede oggi. ¹⁶E ora, Signore, Dio d'Israele, mantieni riguardo al tuo servo Davide, mio padre, quanto gli hai promesso dicendo: "Non ti mancherà mai un discendente che stia al mio cospetto e sieda sul trono d'Israele, purché i tuoi figli conservino la loro via camminando secondo la mia legge, come tu hai fatto al mio cospetto". ¹⁷Ora dunque, Signore, Dio d'Israele, si adempia la parola che hai rivolto al tuo servo Davide!

¹⁸Ma è proprio vero che Dio abita con gli uomini sulla terra? Ecco, i cieli e i cieli dei cieli non ti possono contenere, quanto meno questa casa che ho edificato! ¹⁹Volgiti, tuttavia, o Signore, mio Dio, alla preghiera del tuo servo e alla sua supplica; ascolta il grido e la preghiera che il tuo servo innalza al tuo cospetto. ²⁰Siano i tuoi occhi aperti verso questa casa giorno e notte, verso il luogo in cui hai detto di voler porre il tuo nome per ascoltare la preghiera che il tuo servo ti rivolge in questo luogo. ²¹Ascolta le suppliche del tuo servo e del tuo popolo Israele, quando pregheranno in questo luogo! Tu ascolta dal luogo della tua dimora, dal cielo, ascolta e perdona!

²²Se qualcuno pecca contro il suo prossimo e gli viene imposto un giuramento di maledizione e questi si presenta a giurare davanti al tuo altare, in questo tempio, ²³tu ascoltalo dal cielo e agisci; fa' giustizia tra i tuoi servi, ripaga il colpevole facendo ricadere sul suo capo la sua condotta e dichiara innocente il giusto trattandolo secondo la sua giustizia.

²⁴Quando il tuo popolo Israele sarà sconfitto dal nemico per aver peccato contro di te, se si converte, loda il tuo nome, prega e supplica al tuo cospetto in questo tempio, ²⁵tu ascolta dal cielo, perdona il peccato del tuo popolo Israele e fallo ritornare nel paese che desti loro e ai loro padri.

²⁶Quando si chiuderà il cielo e non vi sarà pioggia, perché hanno peccato contro di te, se ti pregano in questo luogo e lodano il tuo nome, si ravvedono dal loro peccato, perché tu li hai umiliati, ²⁷tu ascolta dal cielo e perdona il peccato dei tuoi servi e del tuo popolo Israele, insegnando loro la strada buona per la quale camminare, concedi la pioggia alla tua terra, che hai dato in eredità al tuo popolo.

²⁸Quando nel paese vi sarà carestia, quando vi sarà peste, siccità o ruggine, ca-vallette o bruchi, quando il nemico stringerà d'assedio il tuo popolo in una delle sue porte, in ogni calamità e in ogni epidemia, ²⁹ogni preghiera, ogni supplica che qualsiasi individuo e tutto il tuo popolo Israele farà, dopo aver fatto l'esperienza del castigo e del dolore, stendendo le mani verso questo tempio, ³⁰tu ascolta dal cielo, luogo della tua dimora, perdona e ricompensa ognuno secondo la sua condotta, tu che ne conosci il cuore, poiché tu solo conosci il cuore dei figli degli uomini. ³¹Fa' sì che ti temano e camminino nelle tue vie durante tutti i giorni della loro vita sulla faccia della terra che hai dato ai nostri padri.

³²Anche lo straniero che non appartiene al tuo popolo Israele, se viene da un paese lontano a causa del tuo grande nome, della tua mano potente e del tuo braccio spiegato, se viene a pregare in questo tempio, ³³tu ascolta dal cielo, dal luogo della tua dimora e fa' secondo tutto quello che ti chiederà lo straniero, perché tutti i popoli della terra riconoscano il tuo nome, ti temano come il tuo popolo Israele e sappiano che il tuo nome è stato invocato su questo tempio che io ho edificato.

³⁴Quando il tuo popolo uscirà in guerra contro i suoi nemici seguendo la via sulla quale lo avrai diretto, se ti pregano rivolti verso questa città che hai scelto e verso il tempio che ho edificato al tuo nome, ³⁵ascolta dal cielo la loro preghiera e la loro supplica e fa' loro giustizia. ³⁶Quando peccheranno contro di te, poiché non c'è nessuno che non pecchi e tu, adirato contro di loro, li consegnerai al nemico e i loro conquistatori li deporteranno in un paese lontano o vicino, ³⁷se nel paese in cui saranno stati deportati rientrano in se stessi, si convertono e ti supplicano nel paese della loro prigionia dicendo: "Abbiamo peccato, abbiamo agito iniquamente, abbiamo commesso empietà", ³⁸se dunque si convertono a te con tutto il loro cuore e con tutta la loro anima nel paese della loro prigionia nel quale li avranno deportati, e ti supplicano rivolti verso la loro terra che tu hai dato ai loro padri, verso la città che hai scelto e il tempio che ho edificato al tuo nome, ³⁹ascolta dal cielo, dal luogo della tua dimora la loro preghiera e le loro suppliche, rendi loro giustizia e perdona il tuo popolo che ha peccato contro di te.

[40]Ora, o Dio mio, siano i tuoi occhi aperti e le tue orecchie intente alla preghiera innalzata in questo luogo.

[41] Ora, lèvati, o Signore Dio,
verso il luogo del tuo riposo,
tu e l'arca della tua potenza.

I tuoi sacerdoti, o Signore Dio, si rivestano di salvezza e i tuoi fedeli esultino nel bene! [42]Signore Dio, non respingere la faccia del tuo consacrato, ricordati i favori concessi a Davide tuo servo».

7 La festa della dedicazione.

[1]Quando Salomone ebbe finito di pregare, dal cielo cadde il fuoco che consumò l'olocausto e i sacrifici, mentre la Gloria del Signore riempì il tempio. [2]I sacerdoti non potevano entrare nel tempio del Signore, perché la Gloria del Signore aveva riempito il tempio. [3]Tutti gl'Israeliti, quando videro discendere il fuoco e la Gloria del Signore posarsi sul tempio, si prostrarono con la faccia a terra, sul pavimento, adorarono e lodarono il Signore, «perché eterna è la sua bontà». [4]Il re e tutto il popolo offrirono sacrifici al cospetto del Signore.

[5]Il re Salomone offrì in sacrificio ventiduemila buoi e centoventimila pecore; così il re e tutto il popolo dedicarono il tempio di Dio. [6]I sacerdoti si tenevano ai loro posti, mentre i leviti con gli strumenti di musica sacra, fatti dal re Davide, lodavano il Signore, «perché eterna è la sua bontà». Così Davide inneggiava per mezzo loro. I sacerdoti suonavano le trombe di fronte ad essi, mentre tutti gl'Israeliti stavano in piedi.

[7]Salomone consacrò il cortile interno di fronte al tempio del Signore; ivi infatti egli offrì gli olocausti e il grasso dei sacrifici pacifici, perché l'altare di bronzo eretto da Salomone non poteva contenere gli olocausti, le oblazioni e i grassi. [8]In quel tempo Salomone celebrò la festa per sette giorni, insieme a tutto Israele, un'assemblea imponente convenuta dall'ingresso di Camat fino al torrente d'Egitto. [9]All'ottavo giorno si tenne un'assemblea solenne, perché la dedicazione dell'altare era durata sette giorni e anche la festa era durata sette giorni. [10]Nel ventitreesimo giorno del settimo mese Salomone rinviò il popolo nelle sue tende, giulivo e soddisfatto nel cuore per il bene che il Signore aveva concesso a Davide, a Salomone e a Israele, suo popolo.

Nuova apparizione del Signore. - [11]Salomone terminò il tempio del Signore e il palazzo reale riuscendo ad attuare tutto ciò che aveva in mente di fare nel tempio del Signore e nel suo palazzo. [12]Allora il Signore apparve a Salomone di notte e gli disse: «Ho esaudito la tua preghiera e mi sono scelto questo luogo come casa di sacrifici. [13]Se chiuderò il cielo e non vi sarà pioggia, se ordinerò alle cavallette di divorare il paese, se invierò la peste fra il mio popolo, [14]se il mio popolo, sul quale è stato invocato il mio nome, si umilia, prega e ricerca il mio volto e si converte dalle sue vie malvagie, io ascolterò dal cielo, perdonerò il suo peccato e risanerò la sua campagna. [15]Ora i miei occhi saranno aperti e le mie orecchie intente alla preghiera fatta in questo luogo. [16]Ormai ho scelto e ho santificato questo tempio, perché il mio nome vi rimanga per sempre. I miei occhi e il mio cuore saranno lì per sempre. [17]Quanto a te, se camminerai al mio cospetto, come ha camminato Davide, tuo padre, facendo tutto ciò che ti ho comandato e osservando i miei precetti e i miei decreti, [18]renderò stabile il trono del tuo regno secondo quanto ho stabilito con Davide, tuo padre, dicendo: "Non ti mancherà un discendente che domini su Israele". [19]Ma se voi vi volgerete indietro, abbandonerete i miei precetti e i miei comandamenti che vi ho proposto, e andrete a servire gli dèi stranieri e vi prostrerete davanti ad essi, [20]vi sterminerò dalla mia terra che vi ho dato e rigetterò dal mio cospetto questo tempio

---

6. - [14-40]. Salomone fa sette petizioni, dopo aver esaltato la fedeltà di Dio e averlo scongiurato a essere propizio al suo tempio e ad ascoltare le preghiere fatte in questo luogo. Le petizioni sono: per le vittime dell'ingiustizia, per Israele sconfitto, per la pioggia necessaria, per la liberazione dai flagelli, per gli stranieri che verranno a pregare, per la vittoria d'Israele nelle guerre giuste, per Israele deportato in terra straniera. Prevede che Israele non sarà sempre fedele a Dio.

7. - [8-10]. La dedicazione fu fatta nei *sette giorni* precedenti la festa delle Capanne, poi altri sette giorni durò la festa, appunto, delle Capanne ai quali fu aggiunto un altro giorno ancora, dopo il quale fu licenziato il popolo. Le feste erano durate dall'8 al 22 del mese di Etanim.

[12-22]. Dio esaudisce le richieste di Salomone, richiamando, però, alla fedeltà a lui.

che ho consacrato al mio nome e lo farò diventare una favola e un oggetto di scherno fra tutti i popoli. [21]Quanto a questo tempio, già così eccelso, chiunque passerà accanto rimarrà stupito e dirà: "Perché il Signore ha agito così con questo paese e con questo tempio?". [22]Si risponderà: "Perché hanno abbandonato il Signore, il Dio dei loro padri, che li ha fatti uscire dal paese d'Egitto, e hanno aderito a dèi stranieri, prostrandosi davanti a loro e servendoli. Per questo egli ha fatto venire su di loro tutta questa sventura"».

8 **Le piazzeforti.** - [1]Trascorsi vent'anni durante i quali aveva edificato il tempio del Signore e il proprio palazzo, [2]Salomone ricostruì le città che Curam gli aveva dato e vi stabilì gli Israeliti. [3]Salomone marciò contro Camat di Zoba e la conquistò. [4]Ricostruì Palmira nel deserto e tutte le città di rifornimento che aveva edificato nella regione di Camat. [5]Riedificò Bet-Oròn superiore e Bet-Oròn inferiore, città fortificate con mura, porte e catenacci, [6]inoltre Baalat e tutte le città di rifornimento che erano di sua proprietà, poi tutte le città dei carri e della cavalleria, insomma tutto quanto gli sembrò bene di costruire a Gerusalemme, nel Libano e in tutto il territorio sottomesso al suo dominio.

[7]Tutti quelli che rimanevano degli Hittiti, degli Amorrei, dei Perizziti, degli Evei e dei Gebusei, che non erano Israeliti, [8]cioè i loro discendenti che erano rimasti dopo di loro nel paese, non essendo stati sterminati dagl'Israeliti, Salomone li sottopose ai lavori forzati come avviene ancor oggi. [9]Ma tra i figli d'Israele Salomone non impiegò nessuno come schiavo per il lavoro, perché questi erano guerrieri, capi dei suoi scudieri, capi dei suoi carri e della sua cavalleria. [10]Questi capi di prefetti del re Salomone erano duecentocinquanta; essi sorvegliavano il popolo.

Religione del sovrano. - [11]Salomone trasferì la figlia del faraone dalla Città di Davide alla casa che aveva costruito per lei, perché pensava: «Non deve abitare una mia donna nella casa di Davide, re d'Israele, poiché è sacro ogni luogo in cui è venuta a posarsi l'arca del Signore». [12]Allora Salomone offrì olocausti al Signore sull'altare del Signore che aveva edificato di fronte al ve-

stibolo. [13]Offrì olocausti secondo l'ordinamento quotidiano, seguendo il comando di Mosè, nei sabati, nei noviluni e nelle tre feste annuali, cioè nella festa degli Azzimi, nella festa delle Settimane e nella festa delle Capanne. [14]Dispose poi secondo l'ordinamento di Davide, suo padre, le classi dei sacerdoti per il loro servizio e i leviti nelle loro funzioni di lodare Dio e officiare in presenza dei sacerdoti giorno per giorno; dispose ugualmente i portieri secondo le loro classi a ogni singola porta, perché così aveva comandato Davide, uomo di Dio. [15]Non ci si allontanò in nulla dalle disposizioni del re riguardo ai sacerdoti e ai leviti e nemmeno in ciò che concerne i tesori. [16]Così fu condotta a termine tutta l'opera di Salomone, dal giorno in cui fu fondato il tempio del Signore fino al suo definitivo compimento.

La flotta. - [17]Allora Salomone si recò ad Ezion-Gheber e ad Elat sulla riva del mare, nel paese di Edom. [18]Curam per mezzo dei suoi marinai gli inviò navi e uomini esperti del mare. Questi, insieme con i marinai di Salomone, andarono a Ofir e vi presero quattrocentocinquanta talenti d'oro e li portarono al re Salomone.

9 **Visita della regina di Saba.** - [1]Ora la regina di Saba, udita la fama di Salomone, venne a Gerusalemme per mettere alla prova Salomone con enigmi, con un seguito numerosissimo, con cammelli carichi di aromi, di oro in gran quantità e di pietre preziose. Presentatasi a Salomone, parlò con lui di tutto ciò che le stava a cuore. [2]Salomone rispose a tutte le sue questioni e nessuna rimase occulta a Salomone in modo da non potergliela spiegare. [3]Quando la regina di Saba vide la sapienza di Salomone, il palazzo che aveva costruito, [4]le pietanze della sua mensa, la dimora dei suoi servi, la tenuta dei suoi ministri e le loro divise, i suoi coppieri e le loro vesti e gli olocausti che offriva nel tempio del Signore, restò senza respiro. [5]Disse al re: «Era dunque vero ciò che avevo sentito nella mia terra circa le tue imprese e la tua sapienza. [6]Non volli credere a ciò che si diceva, finché non sono giunta qui e i miei occhi hanno visto; orbene, non mi fu riferita neppure la metà della grandezza della tua sapienza; tu superi la fama di cui avevo sentito parlare. [7]Beati i tuoi uomini e beati questi tuoi servi, che stanno continuamente alla tua presenza e ascoltano la tua sapienza. [8]Sia benedetto il Signore, tuo Dio, che si è compiaciuto in te e ti ha posto sul suo trono come re per il Signore, tuo Dio. Il tuo Dio ama Israele e vuole che resti per sempre, per questo ti ha posto quale re sopra di loro per esercitare il diritto e la giustizia». [9]Indi ella fece dono al re di centoventi talenti d'oro, aromi in grande quantità e pietre preziose. Non ci furono mai aromi come quelli che la regina di Saba diede al re Salomone.

[10]I servi di Curam e i servi di Salomone, che avevano trasportato oro da Ofir, portarono legname di sandalo e pietre preziose. [11]Col legname di sandalo il re fece le scale per il tempio del Signore e per il palazzo reale, inoltre cetre e arpe per i cantori; nel paese di Giuda non si era visto prima nulla di simile.

[12]Il re Salomone diede alla regina di Saba tutto ciò che desiderò e chiese, oltre all'equivalente di quanto ella aveva portato al re. Quindi se ne ritornò nel suo paese, lei e i suoi servitori.

Ricchezza e sapienza. - [13]Il peso dell'oro che giungeva a Salomone in un solo anno era di seicentosessantasei talenti d'oro, [14]senza tener conto dei contributi dei trafficanti e dei commercianti. Tutti i re dell'Arabia e i governatori del paese portavano oro e argento a Salomone. [15]Il re Salomone fece fare duecento grandi scudi di oro battuto, per ognuno dei quali adoperò seicento sicli di oro, [16]e trecento scudi minori di oro battuto, per ognuno dei quali adoperò trecento sicli di oro. Il re li depose nel palazzo della foresta del Libano.

[17]Il re fece anche un grande trono d'avorio, che ricoprì di oro puro. [18]Il trono aveva sei gradini e uno sgabello d'oro, braccioli da una parte e dall'altra del sedile e due leoni che stavano a fianco dei braccioli. [19]Dodici

leoni stavano sui sei gradini, di qua e di là. In nessun regno fu mai eseguito qualcosa di simile. [20]Tutto il vasellame per bere appartenente al re Salomone era d'oro e tutta la suppellettile del palazzo della foresta del Libano era d'oro fino. Al tempo di Salomone l'argento non era stimato per niente. [21]Il re infatti possedeva delle navi che andavano a Tarsis con i marinai di Curam. Ogni tre anni le navi da Tarsis ritornavano cariche d'oro, d'argento, d'avorio, di scimmie e di pavoni.

[22]Il re Salomone superò tutti i re della terra per ricchezza e sapienza. [23]Tutti i re della terra desideravano essere ammessi alla presenza di Salomone per ascoltare la sapienza che Dio gli aveva posto nel cuore. [24]Ognuno di essi, anno per anno, gli portava il proprio dono, oggetti d'argento e oggetti d'oro, vesti, armi, aromi, cavalli e muli. [25]Salomone ebbe quattromila mute di cavalli e di carri e dodicimila cavalieri, che distribuì nelle città dei carri e presso il re a Gerusalemme. [26]Egli dominò su tutti i re dal fiume (Eufrate) fino al paese dei Filistei e fino al confine dell'Egitto. [27]Il re fece in modo che in Gerusalemme l'argento fosse come i sassi e i cedri come i sicomori così numerosi nella Sefela. [28]Da Muzri e da tutti i paesi si importavano cavalli per Salomone.

Morte di Salomone. - [29]Il resto delle gesta di Salomone, le prime e le ultime, non sono forse scritte negli Atti di Natan profeta e nella profezia di Achia di Silo e nelle Visioni del veggente Iddo riguardanti Geroboamo figlio di Nebàt? [30]Salomone regnò in Gerusalemme su tutto Israele per quarant'anni. [31]Poi Salomone si addormentò con i suoi padri e fu sepolto nella Città di Davide, suo padre. Al suo posto divenne re Roboamo, suo figlio.

I RE DI GIUDA FINO ALL'ESILIO

10 **Scissione politica e religiosa.** - [1]Roboamo si recò a Sichem, giacché tutto Israele era convenuto a Sichem per proclamarlo re. [2]Appena lo seppe, Geroboamo, figlio di Nebàt, che stava in Egitto dove era fuggito lontano dal re Salomone, fece ritorno dall'Egitto. [3]Lo mandarono a chiamare e Geroboamo arrivò con tutto Israele. Allora parlarono a Roboamo in questo modo: [4]«Tuo padre ha reso pesante il nostro giogo;

---

9. - [29-31.] Le Cronache tacciono i peccati di Salomone (cfr. 1Re 11). Salomone grazie alle conquiste di suo padre, fu il più grande re d'Israele. Egli completò l'organizzazione politica, militare e religiosa cominciata da Davide e fu grande nelle opere pacifiche e di difesa del regno, nelle arti e nel commercio. Allargò l'orizzonte degli Ebrei con le relazioni politiche e commerciali verso gli altri popoli, portò Israele all'apogeo della potenza e della gloria, ma ne iniziò la decadenza col fasto e l'idolatria.

tu ora alleggerisci la dura schiavitù del padre tuo e il giogo pesante che impose sopra di noi e noi ti serviremo». [5]Egli rispose loro: «Ritornate da me fra tre giorni». Il popolo se ne andò.

[6]Il re Roboamo si consigliò con gli anziani che erano stati al servizio di Salomone, suo padre, quand'era ancora in vita e domandò: «Come mi consigliate di rispondere a questo popolo?». [7]Gli risposero: «Se oggi ti dimostri benevolo verso questo popolo e darai loro soddisfazione rivolgendo loro parole gentili, essi saranno tuoi servi per sempre». [8]Ma egli ripudiò il consiglio che gli anziani gli avevano suggerito e si consigliò con i giovani che erano cresciuti con lui e stavano al suo servizio. [9]Domandò loro: «Che cosa mi consigliate di rispondere a questo popolo che mi ha parlato così: "Alleggerisci il giogo che tuo padre ha imposto sopra di noi"?». [10]I giovani che erano cresciuti con lui gli risposero: «Così dirai al popolo che si è rivolto a te dicendo: "Il padre ha appesantito il nostro giogo, tu alleggeriscilo!". Così dirai loro: "Il mio mignolo è più grosso dei lombi di mio padre. [11]Ora, se mio padre vi ha caricato di un giogo pesante, io lo renderò ancora più pesante. Mio padre vi castigò con le sferze, io lo farò con gli scorpioni!"».

[12]Geroboamo e tutto il popolo si presentarono a Roboamo il terzo giorno, come aveva prescritto il re dicendo: «Ritornate da me il terzo giorno». [13]Il re rispose loro duramente. Ripudiando il consiglio degli anziani, il re Roboamo [14]parlò loro secondo il consiglio dei giovani: «Mio padre ha reso pesante il vostro giogo, io lo aggraverò. Mio padre vi castigò con le sferze, io lo farò con gli scorpioni».

[15]Il re non ascoltò il popolo; ciò avvenne per disposizione divina, affinché il Signore realizzasse la parola rivolta per mezzo di Achia, il silonita, a Geroboamo, figlio di Nebàt. [16]Tutto Israele, dato che il re non prestava loro ascolto, rispose al re:

«Quale parte abbiamo noi con Davide?
Non abbiamo eredità col figlio di Iesse!
Ciascuno alle proprie tende, Israele!
Ora, provvedi alla tua casa, o Davide!».

Tutto Israele se ne andò alle proprie tende. [17]Roboamo regnò solo sugl'Israeliti che abitavano nelle città di Giuda. [18]Il re Roboamo mandò Adoram, preposto ai turni di lavoro, ma gl'Israeliti lo lapidarono ed egli morì. Il re Roboamo si affrettò a salire sul carro per fuggire in Gerusalemme. [19]Così Israele si ribellò contro la casa di Davide fino al giorno d'oggi.

11 Regno di Roboamo. - [1]Roboamo, giunto a Gerusalemme, convocò la stirpe di Giuda e di Beniamino, centottantamila guerrieri scelti, per muovere guerra contro Israele e così restituire il regno a Roboamo. [2]Or la parola di Dio fu rivolta a Semaia, uomo di Dio: [3]«Di' a Roboamo, figlio di Salomone, re di Giuda, e a tutti gli Israeliti che risiedono in Giuda e Beniamino: [4]"Così dice il Signore: Non salite a combattere contro i vostri fratelli; ritorni ognuno a casa sua, perché sono io l'autore di questo fatto"». Ascoltarono le parole del Signore e ritornarono indietro senza marciare contro Geroboamo.

[5]Roboamo risiedette in Gerusalemme e trasformò in fortezze alcune città di Giuda. [6]Ricostruì infatti Betlemme, Etam, Tekoa, [7]Bet-Zur, Soco, Adullam, [8]Gat, Maresa, Zif, [9]Adoràim, Lachis, Azeka, [10]Zor, Aialon ed Ebron; queste città fortificate si trovavano in Giuda e in Beniamino. [11]Egli munì queste fortezze, vi prepose comandanti e stabilì magazzini di viveri, di olio e di vino. [12]In ogni città depositò grandi scudi e lance, rendendole estremamente potenti; Giuda e Beniamino appartennero a lui.

[13]I sacerdoti e i leviti residenti in tutto Israele si riunirono da tutto il loro territorio presso di lui. [14]I leviti, infatti, abbandonati i loro pascoli e le loro proprietà, si recarono in Giuda e a Gerusalemme, perché Geroboamo e i suoi figli li avevano esclusi dall'esercitare il sacerdozio del Signore. [15]Egli invece si era costituito sacerdoti per le altùre, per i satiri e per i vitelli che egli stesso aveva fabbricato. [16]Dietro l'esempio dei leviti, quanti da tutte le tribù d'Israele avevano deciso in cuor loro di ricercare il Signore, Dio d'Israele, si recarono a Gerusalemme, per offrire sacrifici al Signore, Dio dei loro padri. [17]Così consolidarono il regno di Giu-

---

11. - [13-15]. La politica di Geroboamo era di allontanare il popolo da Gerusalemme, per questo fece i due *vitelli* d'oro. I *leviti* si piegarono all'idolatria in piccolo numero: la maggior parte, abbandonando anche i loro beni, si ritirarono nel regno di Giuda, per mantenersi fedeli a Dio e alla sua legge.

da e sostennero per tre anni Roboamo, figlio di Salomone, poiché per tre anni si camminò seguendo la via di Davide e di Salomone. [18]Roboamo si prese in moglie Macalat, figlia di Ierimot, figlio di Davide, e di Abiail figlia di Eliab, figlio di Iesse. [19]Essa gli partorì i figli Ieus, Semaria e Zaam. [20]Dopo di lei prese Maaca figlia di Assalonne, che gli partorì Abia, Attai, Ziza e Selomit. [21]Roboamo amò Maaca figlia di Assalonne più di tutte le altre mogli e concubine; egli prese diciotto mogli e sessanta concubine e generò ventotto figli e sessanta figlie. [22]Roboamo costituì Abia, figlio di Maaca, capo, cioè principe tra i suoi fratelli, perché aveva stabilito di farlo re. [23]Con accortezza egli disseminò tutti gli altri suoi figli nelle varie regioni di Giuda e di Beniamino e nelle varie città fortificate; diede loro viveri in abbondanza e li provvide di molte mogli.

12 Incursione di Sisach. - [1]Quando il regno fu consolidato ed egli divenne forte, Roboamo abbandonò la legge del Signore e con lui tutto Israele. [2]Nell'anno quinto del re Roboamo, Sisach, re d'Egitto, marciò contro Gerusalemme, perché erano diventati infedeli al Signore. [3]Egli aveva con sé milleduecento carri e sessantamila cavalieri, non si poteva contare la moltitudine che era venuta con lui dall'Egitto: Libici, Succhei ed Etiopi. [4]Dopo aver occupato le città fortificate di Giuda, egli giunse fino a Gerusalemme. [5]Allora il profeta Semaia si presentò a Roboamo e ai capi di Giuda che si erano radunati a Gerusalemme per paura di Sisach e disse loro: «Così parla il Signore: Voi avete abbandonato me e io ho abbandonato voi nelle mani di Sisach». [6]Allora i capi d'Israele e il re si umiliarono e dissero: «Giusto è il Signore». [7]Quando il Signore vide che si erano umiliati, fu rivolta la parola del Signore a Semaia, in questi termini: «Si sono umiliati; non li sterminerò, anzi tra breve concederò loro salvezza e la mia ira non si riverserà su Gerusalemme per mezzo di Sisach. [8]Tuttavia saranno a lui sottomessi e così faranno l'esperienza di che cosa sia servire a me e servire ai regni delle nazioni!». [9]Sisach, re d'Egitto, salì a Gerusalemme e prese i tesori del tempio del Signore e i tesori del palazzo reale; portò via tutto, persino gli scudi d'oro fatti fare da Salomone.

[10]Il re Roboamo li sostituì con scudi di bronzo, affidandone la custodia ai comandanti delle guardie poste all'ingresso del palazzo reale. [11]Ogni volta che il re si recava nel tempio del Signore, le guardie venivano a prenderli e poi li riportavano nella sala delle guardie. [12]Poiché Roboamo si era umiliato, la collera del Signore si distolse da lui e non lo distrusse completamente. Anzi, anche in Giuda vi fu qualche cosa di buono!

Giudizio su Roboamo. - [13]Il re Roboamo si consolidò in Gerusalemme e continuò a regnare. Quando divenne re, Roboamo aveva quarantun anni; regnò diciassette anni in Gerusalemme, città che il Signore aveva scelto fra tutte le tribù d'Israele per porre ivi il suo nome. Sua madre si chiamava Naama, l'ammonita. [14]Egli fece il male, perché non consacrò il suo cuore a ricercare il Signore.

[15]Le gesta di Roboamo, le prime e le ultime, non sono forse descritte negli Atti del profeta Semaia e del veggente Iddo? Ciò vale anche per la genealogia e le continue guerre tra Roboamo e Geroboamo. [16]Roboamo si addormentò con i suoi padri e fu sepolto nella Città di Davide. Al suo posto divenne re Abia, suo figlio.

13 Regno di Abia. - [1]Nell'anno diciottesimo del re Geroboamo, Abia divenne re di Giuda. [2]Regnò in Gerusalemme tre anni e il nome di sua madre era Maaca, figlia di Urièl, da Gàbaa. Ci fu guerra tra Abia e Geroboamo. [3]Abia intraprese la guerra con un esercito di valorosi guerrieri, quattrocentomila uomini scelti, mentre Geroboamo si schierò a battaglia contro di lui con ottocentomila uomini scelti, valorosi combattenti. [4]Stando sul monte di Semaraim, che si trova nella montagna di Efraim, Abia esclamò: «Ascoltatemi, Geroboamo e tutto Israele! [5]Non sapete forse voi che il Signore, Dio d'Israele, diede per sempre a Davide il regno sopra Israele, a lui e ai suoi figli con un'alleanza indistruttibile? [6]Geroboamo, invece, figlio di Nebàt, servitore di Salomone, figlio di Davide, è insorto e si è ribellato contro il suo signore. [7]Si sono radunati presso di lui uomini spensierati e perversi, che si fecero forti contro Roboamo, figlio di Salomone. Roboamo era un giovane di poca intelligenza e non seppe farsi forte di fronte a loro. [8]Ora voi pensate di tener testa al regno del Signore, che è nelle mani dei figli di Davide, perché voi siete una grande moltitudine e avete con voi i vitelli d'oro che Geroboamo vi ha costruito come vostro dio! [9]Non avete voi forse scacciato i sacerdoti del Signore, figli di Aronne, e i leviti e non vi siete costituiti sacerdoti come i popoli degli altri paesi? Chiunque si presenta con un giovenco di armento o con sette montoni per ricevere l'investitura, diventa sacerdote di chi non è Dio. [10]Quanto a noi, il Signore è il nostro Dio; non l'abbiamo abbandonato; i sacerdoti che prestano servizio al Signore sono figli di Aronne, mentre per il ministero ci sono i leviti. [11]Essi offrono al Signore ogni mattina e ogni sera olocausti, profumi d'incenso, i pani dell'offerta su una tavola pura, dispongono il candelabro d'oro con le sue lampade da accendersi ogni sera, perché noi osserviamo le prescrizioni del Signore, nostro Dio, mentre voi lo avete abbandonato. [12]Ecco con noi, alla testa, c'è Dio e i suoi sacerdoti e le trombe squillanti stanno per lanciare il grido di guerra contro di voi. Figli d'Israele, non fate la guerra contro il Signore, Dio dei vostri padri, perché non avrete successo!».

[13]Geroboamo li aggirò con un'imboscata per sorprenderli alle spalle. Le truppe stavano di fronte a Giuda, mentre gli imboscati erano alle spalle. [14]Quando quelli di Giuda si voltarono, si accorsero di dover combattere di fronte e alle spalle. Allora essi gridarono al Signore e i sacerdoti suonarono le trombe. [15]Gli uomini di Giuda lanciarono il grido di guerra, e mentre quelli di Giuda emettevano il grido di guerra, Dio colpì Geroboamo e tutto Israele di fronte ad Abia e a Giuda. [16]Gl'Israeliti presero la fuga di fronte a Giuda e Dio li consegnò nelle loro mani. [17]Abia e il suo esercito inflissero loro una grave sconfitta; cinquecentomila uomini scelti caddero morti fra gl'Israeliti. [18]In quel tempo furono umiliati gl'Israeliti, mentre quelli di Giuda si rafforzarono, perché si erano appoggiati sul Signore, Dio dei loro padri.

[19]Abia inseguì Geroboamo e gli tolse queste città: Betel con le sue dipendenze, Iesana con le sue dipendenze, Efron con le sue dipendenze. [20]Durante la vita di Abia Geroboamo non poté riprendere forza; Dio lo colpì ed egli morì. [21]Abia, invece, si rafforzò; prese quattordici mogli e generò ventidue figli e sedici figlie. [22]Il resto delle gesta di Abia, la sua condotta e le sue azioni sono descritte nelle memorie del profeta Iddo. [23]Abia si addormentò con i suoi padri e fu sepolto nella Città di Davide. Al suo posto divenne re Asa, suo figlio. Ai suoi tempi il paese fu tranquillo per dieci anni.

14 **Regno di Asa.** - [1]Asa fece ciò che è buono e giusto agli occhi del Signore, suo Dio. [2]Rimosse gli altari stranieri e le alture, distrusse le stele e infranse i pali sacri. [3]Ordinò a Giuda di ricercare il Signore, Dio dei loro padri, e di mettere in pratica la legge e i comandamenti. [4]Da tutte le città di Giuda rimosse le alture e i cippi solari. Il regno godette tranquillità sotto di lui. [5]Ricostruì in Giuda le città fortificate, poiché il paese era tranquillo e in quegli anni non si trovava in guerra, poiché il Signore gli aveva concesso quiete. [6]Egli disse a Giuda: «Riedificheremo queste città circondandole di mura, di torri, porte e sbarre, mentre il paese è ancora a nostra disposizione, avendo noi ricercato il Signore, Dio nostro; l'abbiamo ricercato ed egli ci ha concesso pace tutto intorno». Essi dunque riedificarono ed ebbero successo.

La guerra etiope. - [7]Asa disponeva di un esercito di trecentomila uomini in Giuda che portavano il grande scudo e la lancia, e di duecentottantamila in Beniamino che portavano il piccolo scudo e tiravano l'arco. Tutti questi erano valorosi guerrieri. [8]Contro di loro marciò Zerach, l'etiope, con un esercito di un milione di uomini e con trecento carri e si spinse fino a Maresa. [9]Asa gli andò incontro e si schierarono in battaglia nella valle di Zefata, presso Maresa. [10]Asa invocò il Signore, suo Dio: «Signore, per te non c'è differenza tra il soccorrere un potente o uno privo di forza! Soccorrici, Signore, nostro Dio, perché noi ci appoggiamo su di te e nel tuo nome ci siamo mossi contro questa moltitudine; un uomo non prevalga sopra di te!». [11]Il Signore sconfisse gli Etiopi di fronte ad Asa e di fronte a Giuda e gli Etiopi si diedero alla fuga. [12]Allora Asa e quanti erano con lui li inseguirono fino a Gherar. Degli Etiopi caddero tanti che

---

14. - [8]. *Zerach*: un capotribù arabo o sabeo. La sproporzione del numero dei combattenti vuol mettere in rilievo l'intervento divino.

non poterono più riaversi, giacché furono fatti a pezzi di fronte al Signore e al suo esercito. I primi riportarono un abbondantissimo bottino. ¹³Poi conquistarono tutte le città intorno a Gherar, perché su di esse era piombato il terrore del Signore. Saccheggiarono tutte le città, nelle quali c'era molto bottino. ¹⁴Assalirono anche le tende dov'era il bestiame, facendo razzie di pecore in grande quantità e di cammelli; indi fecero ritorno a Gerusalemme.

15 Riforma religiosa. - ¹Lo spirito di Dio si posò su Azaria figlio di Obed, ²che uscì incontro ad Asa e gli disse: «Ascoltami, Asa, e voi tutti di Giuda e di Beniamino! Il Signore è con voi, se voi siete con lui, e se lo ricercherete egli si lascerà trovare da voi; ma se voi lo abbandonerete egli vi abbandonerà. ³Per lungo tempo Israele è stato senza vero Dio, senza sacerdote che insegnasse e senza legge, ⁴finché nella sua angustia ritornò al Signore, Dio d'Israele, lo ricercò ed egli si fece trovare da lui. ⁵In quel tempo non c'era sicurezza per quelli che uscivano e quelli che entravano, perché grandi tumulti agitavano gli abitanti delle regioni. ⁶Una nazione si scontrò contro un'altra, una città contro un'altra, perché Dio li sconvolse con ogni genere di sventura. ⁷Ma voi siate forti, le vostre mani non si infiacchiscano, perché ci sarà una ricompensa per le vostre azioni».

⁸Quando Asa ebbe udito queste parole e la profezia, si fece animo e rimosse le abominazioni idolatriche da tutto il territorio di Giuda e di Beniamino e dalle città che aveva conquistato sulle montagne di Efraim e rinnovò l'altare del Signore, che si trovava di fronte al vestibolo del Signore. ⁹Inoltre radunò tutto Giuda e Beniamino e quelli di Efraim, di Manasse e di Simeone che soggiornavano presso di loro; molti infatti erano passati a lui da Israele, vedendo che il Signore, suo Dio, era con lui. ¹⁰Si radunarono dunque a Gerusalemme nel terzo mese dell'anno decimoquinto del regno di Asa. ¹¹In quel giorno furono sacrificati al Signore, dal bottino che avevano preso, settecento buoi e settemila pecore. ¹²Si obbligarono con un patto a cercare il Signore, Dio dei loro padri, con tutto il loro cuore e con tutta la loro anima. ¹³Chiunque non avesse ricercato il Signore, Dio d'Israele, sarebbe stato messo a morte, piccolo o grande, uomo o donna che fosse. ¹⁴Prestarono giuramento al Signore a gran voce, fra grida di gioia, squilli di trombe e di corni. ¹⁵Tutto Giuda si rallegrò del giuramento, poiché avevano giurato con tutto il loro cuore e avevano ricercato il Signore con tutto il loro buon volere ed egli si era lasciato trovare da loro. Il Signore aveva concesso loro la tranquillità tutt'intorno.

¹⁶Persino Maaca, madre del re Asa, egli destituì dalla dignità di Grande Signora, perché aveva costruito un orrore per Asera; Asa abbatté l'orrore, lo frantumò e lo bruciò nel torrente Cedron. ¹⁷Ma le alture non furono eliminate da Israele, benché il cuore di Asa fosse integro per tutta la sua vita. ¹⁸Egli fece anche portare nel tempio di Dio i doni votivi del padre suo e i propri doni votivi, argento, oro e vasellame. ¹⁹Non ci fu nessuna guerra fino all'anno trentacinquesimo del regno di Asa.

16 Prevaricazione di Asa. - ¹Nell'anno trentaseiesimo del regno di Asa, Baasa, re d'Israele, mosse contro Giuda e costruì Rama, per impedire le comunicazioni con Asa, re di Giuda. ²Asa tirò fuori dai tesori del tempio del Signore e del palazzo reale argento e oro e li mandò a Ben-Adàd, re di Aram, residente a Damasco con queste parole: ³«Vi sia alleanza tra me e te, come c'era tra il padre mio e il padre tuo. Ecco, ti mando argento e oro. Orsù, rompi la tua alleanza con Baasa, re d'Israele, in modo che si ritiri da me». ⁴Ben-Adàd diede retta al re Asa e mandò contro le città d'Israele i capi delle sue forze armate, i quali colpirono Iion, Dan, Abel-Maim e tutti i magazzini delle città di Neftali. ⁵Or quando Baasa ebbe udito ciò, desistette dal fortificare Rama e cessò la sua opera. ⁶Allora il re Asa convocò tutti quelli di Giuda, che asportarono le pietre e il legname coi quali Baasa stava fortificando Rama e con essi egli fortificò Gheba e Mizpà.

⁷In quel tempo il veggente Canàni si recò da Asa, re di Giuda, e gli disse: «Poiché ti sei appoggiato sul re di Aram e non sul Signore, tuo Dio, l'esercito del re di Aram è sfuggito al tuo potere. ⁸Forse che gli Etiopi e i Libici non formavano un grande esercito con abbondantissimi carri e cavalieri? Eppure siccome tu ti sei appoggiato sul Signore, egli li ha consegnati in tuo potere. ⁹Difatti il Signore con i suoi occhi scruta tutta

la terra, per mostrare la sua potenza verso quelli che hanno un cuore integro a suo riguardo. Ti sei comportato da stolto in questo, per cui d'ora innanzi avrai guerre». [10]Asa si sdegnò contro il veggente e lo fece gettare in carcere, perché era adirato con lui per questa cosa. Inoltre Asa maltrattò in quel tempo anche alcuni del popolo.

Fine del regno. - [11]Ed ecco, le gesta di Asa, le prime come le ultime, sono descritte nel libro dei re di Giuda e d'Israele. [12]Nell'anno trentanovesimo del suo regno Asa si ammalò ai piedi, di una malattia estremamente grave. Ma neppure nella sua malattia egli ricercò il Signore, ma solamente i medici. [13]Asa si addormentò con i suoi padri e morì nell'anno quarantesimoprimo del suo regno. [14]Lo seppellirono nel sepolcro che egli si era fatto scavare nella Città di Davide. Fu deposto sopra un letto pieno di aromi e ogni sorta di profumi preparati secondo l'arte della profumeria; per lui ne bruciarono un'immensa quantità.

17 **Prosperità e pietà di Giosafat.** - [1]Al suo posto divenne re Giosafat, suo figlio, il quale consolidò il potere su Israele. [2]Egli stanziò truppe in tutte le città fortificate di Giuda e designò governatori nel territorio di Giuda e nelle città di Efraim, che suo padre Asa aveva occupato. [3]Il Signore fu con Giosafat, perché egli seguì la primitiva condotta di suo padre e non ricercò i Baal, [4]ma ricercò il Dio del padre suo, osservando i suoi comandamenti, senza seguire il modo di agire d'Israele. [5]Il Signore consolidò il regno in suo potere e tutto Giuda portava offerte a Giosafat, che ebbe ricchezza e gloria in abbondanza. [6]Il suo cuore si rafforzò nelle vie del Signore e rimosse anche le alture e i pali sacri da Giuda.

[7]Nel terzo anno del suo regno mandò i suoi capi Ben-Cail, Abdia, Zaccaria, Netaneèl, e Michea ad insegnare nelle città di Giuda. [8]Con essi c'erano i leviti Semaia, Natania, Zebadia, Asael, Semiramot, Gionata, Adonia e Tobia con i sacerdoti Elisama e Ioram. [9]Istruirono Giuda avendo con sé il libro della legge del Signore; essi percorsero tutte le città di Giuda istruendo il popolo.

[10]Il terrore del Signore pervase tutti i regni delle regioni che circondavano Giuda, così che non mossero guerra a Giosafat.

[11]Tra i Filistei ci furono di quelli che portarono a Giosafat tributi e argento in dono; anche gli Arabi gli portarono bestiame minuto: settemilasettecento montoni e settemilasettecento capri.

[12]Giosafat cresceva sempre più in potenza; egli costruì in Giuda castelli e città di approvvigionamento. [13]Aveva a disposizione molta mano d'opera nelle città di Giuda, e in Gerusalemme c'erano i guerrieri, uomini valorosi. [14]Questo è il loro censimento secondo il casato: per Giuda i capi di migliaia erano Adna, il capo, e con lui trecentomila uomini valorosi; [15]al suo fianco c'era Giovanni, il capo, e con lui duecentottantamila uomini. [16]Al suo fianco c'era Amasia, figlio di Zicri, che si era votato al Signore, e con lui duecentomila uomini valorosi. [17]Per Beniamino c'era Eliada, uomo valoroso, e con lui duecentomila uomini armati di arco e di scudo. [18]Al suo fianco c'era Iozabad e con lui centottantamila uomini pronti per la guerra. [19]Tutti questi erano al servizio del re, oltre a quelli che il re aveva stabilito nelle città fortificate in Giuda.

18 **Alleanza con Acab.** - [1]Giosafat, avendo abbondanza di ricchezza e di gloria, si imparentò con Acab. [2]Dopo alcuni anni scese da Acab in Samaria. Allora Acab immolò per lui e per la gente del suo seguito pecore e buoi in quantità, persuadendolo a marciare insieme contro Ramot di Gàlaad. [3]Acab, re d'Israele, disse a Giosafat, re di Giuda: «Verresti con me contro Ramot di Gàlaad?». Gli rispose: «Sarà di me come di te, del tuo popolo come del mio popolo; saremo con te nella battaglia». [4]Giosafat disse al re d'Israele: «Consulta oggi stesso la parola del Signore». [5]Allora il re d'Israele radunò i profeti, quattrocento uomini, e disse loro: «Dobbiamo marciare contro Ramot di Gàlaad per far guerra o vi debbo rinunciare?». Questi risposero: «Attaccala; Dio la consegnerà nelle mani del re». [6]Giosafat disse: «Non c'è più qui nessun profeta del Signore, che possiamo consultare?». [7]Il re d'Israele rispose a Giosafat: «C'è ancora un uomo per mezzo del quale si può consultare il Signore, ma io lo detesto, perché non profetizza a me il bene, ma sempre il male. Egli è Michea, figlio di Imla». Giosafat soggiunse: «Il re non parli così». [8]Allora il re d'Israele chiamò un eunuco e gli disse: «Fa' venire presto Michea, figlio di Imla». [9]Il re d'Israele e Giosafat, re di Giuda, stavano seduti, ognuno sul suo trono, rivestiti dei loro manti; stavano seduti nell'aia di fronte alla porta di Samaria, mentre tutti i profeti profetizzavano al loro cospetto. [10]Sedecia, figlio di Chenaana, che si era fatto delle corna di ferro, disse: «Così dice il Signore: Con queste cozzerai contro gli Aramei fino a sterminarli». [11]Tutti i profeti profetizzavano allo stesso modo: «Attacca Ramot di Gàlaad e vi riuscirai; il Signore la consegnerà in potere del re».

[12]Il messaggero che era andato a chiamare Michea gli disse: «Ecco, le parole dei profeti sono concordemente favorevoli al re; sia la tua parola come quella di ciascuno di essi e predici il successo». [13]Michea rispose: «Per la vita del Signore, ciò che dirà il mio Dio, questo io l'annuncerò». [14]Si presentò al re che gli domandò: «Michea, dobbiamo marciare contro Ramot di Gàlaad per far la guerra o vi debbo rinunciare?». Questi rispose: «Attaccatela, riuscirete; i suoi abitanti saranno dati nelle vostre mani». [15]Il re gli disse: «Quante volte ti debbo scongiurare di non dirmi altra cosa che la verità nel nome del Signore?». [16]Allora egli disse:

«Ho veduto tutto Israele disperso
    sui monti
come pecore senza pastore.
Il Signore disse: "Non hanno padroni,
ognuno ritorni in pace a casa sua"».

[17]Il re d'Israele disse a Giosafat: «Non te l'avevo forse detto che non mi avrebbe profetizzato nulla di buono, ma solo il male?». [18]Michea disse ancora: «Pertanto, ascoltate la parola del Signore. Ho visto il Signore seduto sul suo trono e tutto l'esercito celeste stava alla sua destra e alla sua sinistra. [19]Il Signore domandò: "Chi ingannerà Acab, re d'Israele, perché marci contro Ramot di Gàlaad e vi perisca?". Chi rispondeva una cosa, chi un'altra. [20]Si fece avanti uno spirito che, postosi davanti al Signore, disse: "Io lo ingannerò". Il Signore gli disse: "Come?". [21]Rispose: "Partirò e diventerò uno spirito di menzogna sulla bocca di tutti i suoi profeti". Il Signore disse: "L'ingannerai; certo riuscirai; va' e fa' così!". [22]Ecco, dunque, che il Signore ha messo uno spirito di menzogna sulla bocca dei tuoi profeti, mentre il Signore preannuncia il male contro di te». [23]Allora Sedecia, figlio di Chenaana, si accostò e percosse Michea sulla guancia dicendo: «Per quale via lo spirito del Signore se n'è andato da me per parlare a te?». [24]Michea rispose: «Ecco, tu lo vedrai nel giorno in cui fuggirai di camera in camera per nasconderti». [25]Allora il re d'Israele disse: «Prendete Michea e conducetelo ad Amon, governatore della città, e a Ioas figlio del re. [26]Direte loro: "Così ordina il re: mettete costui in prigione e nutritelo con poco pane e poca acqua fino a quando ritornerò incolume"». [27]Michea disse: «Se ritornerai incolume, allora il Signore non ha parlato per mio mezzo».

[28]Il re d'Israele e Giosafat, re di Giuda, marciarono contro Ramot di Gàlaad. [29]Il re d'Israele disse a Giosafat: «Mi travestirò per andare a combattere; tu invece rivesti i tuoi abiti». Il re d'Israele si travestì e andò a combattere. [30]Il re di Aram aveva ordinato ai suoi capi dei carri: «Non combattete contro nessun altro, ma unicamente contro il re d'Israele». [31]Ora, appena i capi dei carri scorsero Giosafat, dissero: «È questi il re d'Israele». Gli si strinsero intorno per combatterlo; ma Giosafat emise un grido e il Signore gli venne in aiuto; Dio allontanò quelli da lui. [32]Quando i capi dei carri si accorsero che non era il re d'Israele, desistettero dall'inseguirlo.

[33]Ma uno, teso per caso l'arco, colpì il re d'Israele tra le maglie dell'armatura e della corazza. Il re disse al suo auriga: «Gira e portami fuori dalla mischia, perché sto male». [34]La battaglia infuriò in quel giorno; il re d'Israele fu sorretto in piedi sul carro di fronte agli Aramei fino a sera, quando morì al momento del tramonto del sole.

19 [1]Giosafat, re di Giuda, ritornò incolume a casa sua a Gerusalemme. [2]Il veggente Ieu, figlio di Canani, gli mosse incontro e disse al re Giosafat: «Era forse necessario aiutare un empio? Tu ami quelli che odiano il Signore? Per questo è sopra di te lo sdegno da parte del Signore. [3]Tuttavia si riscontrano in te azioni buone, perché hai bruciato i pali sacri nel paese e hai rivolto il tuo cuore alla ricerca di Dio».

Riforme nell'amministrazione. - [4]Giosafat, dopo un soggiorno a Gerusalemme, si recò di nuovo tra il popolo da Bersabea fino alla montagna di Efraim, riconducendolo al Signore, Dio dei loro padri. [5]Egli stabilì dei giudici nel paese, in tutte le città fortificate di Giuda, città per città. [6]Ai giudici ordinò: «Badate a ciò che fate, perché non giudicate per gli uomini, ma per il Signore, che è con voi, quando fate giustizia. [7]Ebbene, il timore di Dio sia sopra di voi. Nell'agire ricordate che nel Signore, nostro Dio, non c'è malvagità né preferenza di persone né corruzione con doni».

[8]Anche in Gerusalemme Giosafat costituì alcuni leviti, sacerdoti e capifamiglia d'Israele per il giudizio del Signore e per dirimere le contese degli abitanti di Gerusalemme. [9]Egli ordinò loro: «Agirete nel timore del Signore, secondo verità e col cuore integro. [10]In ogni causa che venga portata davanti a voi da parte dei vostri fratelli che abitano nelle loro città, si tratti di vendetta di sangue o una questione concernente la legge o un comandamento, precetti o sentenze, istruiteli in modo che non si rendano colpevoli davanti al Signore e la sua ira non cada sopra di voi e sopra i vostri fratelli. Agite così e non vi renderete colpevoli. [11]Ecco, Amaria, sommo sacerdote, sarà preposto a voi per ogni causa che riguarda il Signore, mentre Zebadia, figlio d'Ismaele, principe della casa di Giuda, lo sarà per ogni causa riguardante il re; avrete a vostra disposizione i leviti come scribi. Coraggio e all'opera! Il Signore sarà con l'uomo dabbene».

20 Vittorie sui Moabiti. - [1]In seguito i Moabiti e gli Ammoniti, coadiuvati dai Meuniti, mossero guerra a Giosafat. [2]Andarono ad annunciare a Giosafat: «Contro di te si è mossa una grande moltitudine da oltremare, da Edom. Ecco, si trova a Cazazon-Tamàr, cioè a Engaddi». [3]Giosafat nella paura si mise a cercare il Signore e proclamò un digiuno per tutto Giuda. [4]I Giudei si radunarono per cercare aiuto dal Signore; anche da tutte le città di Giuda si venne a supplicare il Signore. [5]Allora Giosafat si levò in piedi nell'assemblea di Giuda e di Gerusalemme nel tempio del Signore di fronte al nuovo cortile [6]e disse: «Signore, Dio dei nostri padri, non sei forse tu il Dio che stai nei cieli? Tu domini tutti i regni delle genti. [7]Non sei forse tu il nostro Dio, che ha espulso gli abitanti di questo paese davanti al tuo popolo Israele e l'ha dato per

sempre alla discendenza del tuo amico Abramo? [8]Essi l'abitarono e vi costruirono un santuario per il tuo nome dicendo: [9]"Se cadrà sopra di noi la sventura, la spada, l'inondazione, la peste o la carestia e ci presenteremo davanti a questo tempio e davanti a te, perché il tuo nome risiede in questo tempio, e grideremo a te dalla nostra tribolazione, allora tu ascolterai e ci verrai in soccorso". [10]Ora, ecco gli Ammoniti e i Moabiti e quelli della montagna di Seir, nelle cui terre non permettesti a Israele di entrare, quando uscì dal paese d'Egitto, e perciò esso si tenne lontano da loro e non li sterminò, [11]ecco che essi ci ricompensano venendo a cacciarci dalla tua proprietà che ci hai concesso. [12]Dio nostro, non vorrai fare giustizia di loro, poiché siamo senza forza davanti a questa grande moltitudine che viene contro di noi? Non sappiamo cosa fare, perciò i nostri occhi sono rivolti verso di te». [13]Tutti i Giudei stavano davanti al Signore, compresi i loro bambini, le loro mogli e i loro figli.

[14]Allora nel mezzo dell'assemblea lo spirito del Signore si posò su Acazièl, figlio di Zaccaria, figlio di Benaià, figlio di Ieièl, figlio di Mattania, levita dei figli di Asaf. [15]Questi disse: «Voi tutti di Giuda, abitanti di Gerusalemme e tu, re Giosafat, prestate attenzione! Così vi dice il Signore: "Non temete e non lasciatevi intimorire davanti a questa grande moltitudine, perché la guerra non è cosa vostra, ma di Dio". [16]Domani scendete contro di loro. Ecco, essi saliranno per la salita di Ziz. Voi li incontrerete al termine della valle di fronte al deserto di Ieruel. [17]Non toccherà a voi combattere in questa circostanza; solo apprestatevi, rimanete fermi e vedrete la salvezza del Signore presso di voi; o Giuda e Gerusalemme, non temete, non lasciatevi impaurire; domani uscite loro incontro e il Signore sarà con voi». [18]Allora Giosafat si chinò con la faccia a terra; tutto Giuda e gli abitanti di Gerusalemme si prostrarono davanti al Signore per adorarlo. [19]I leviti, dei figli dei Keatiti e dei figli dei Korachiti, si alzarono per lodare il Signore, Dio d'Israele, con voce altissima.

[20]La mattina dopo si alzarono presto e partirono per il deserto di Tekòa. Mentre partivano, Giosafat si fermò e disse: «Ascoltatemi, Giuda e abitanti di Gerusalemme! Credete nel Signore, vostro Dio, e sarete saldi; credete nei suoi profeti e avrete successo!». [21]Quindi, consigliatosi con il popo-

lo, pose i cantori del Signore e i salmisti, rivestiti di paramenti sacri, davanti all'armata perché proclamassero:

«Lodate il Signore,
perché eterna è la sua bontà».

[22]Appena cominciarono le acclamazioni e la lode, il Signore tese un'imboscata contro gli Ammoniti, i Moabiti e gli abitanti della montagna di Seir venuti contro Giuda e furono sconfitti. [23]Gli Ammoniti e i Moabiti insorsero contro gli abitanti della montagna di Seir per votarli allo sterminio e distruggerli. Quando ebbero finito con gli abitanti della montagna di Seir, si aiutarono a distruggersi a vicenda. [24]Quando Giuda giunse al punto dove si vede il deserto e si volse verso la moltitudine, ecco, non c'erano che cadaveri distesi al suolo; nessuno era sfuggito. [25]Giosafat e la sua gente vennero a prendere il loro bottino e vi trovarono bestiame in abbondanza, ricchezze, vestiti ed oggetti preziosi. Ne presero tanto da non poterlo trasportare. Tre giorni impiegarono per depredare le spoglie, tanto esse erano numerose. [26]Il quarto giorno si radunarono nella valle di Beracà; perché ivi benedissero il Signore, chiamarono quel luogo valle di Beracà sino ad oggi. [27]Quindi tutti gli uomini di Giuda e di Gerusalemme, con Giosafat in testa, pieni di gioia, presero la via del ritorno verso Gerusalemme, perché il Signore li aveva fatti gioire a spese dei loro nemici. [28]Entrarono in Gerusalemme con arpe, cetre e trombe fino al tempio del Signore. [29]Il terrore di Dio si sparse su tutti i regni dei paesi, quando si seppe che il Signore aveva combattuto contro i nemici d'Israele. [30]Il regno di Giosafat fu tranquillo; il suo Dio gli aveva concesso pace tutt'intorno.

Fine del regno. - [31]Giosafat regnò su Giuda. Quando divenne re, aveva trentacinque anni: regnò in Gerusalemme venticinque anni. Sua madre si chiamava Azuba, figlia di Silchi. [32]Camminò per la via di suo padre Asa e non se ne distaccò, facendo ciò che è giusto agli occhi del Signore. [33]Tuttavia non

scomparvero le alture e il popolo non aveva ancora il cuore rivolto verso il Dio dei suoi padri. [34]Il resto delle gesta di Giosafat, le prime come le ultime, ecco sono descritte negli Atti di Ieu, figlio di Canani, inseriti nel libro dei re d'Israele. [35]Dopo di ciò Giosafat, re di Giuda, si alleò con Acazia, re d'Israele, per quanto questi agisse empiamente. [36]Egli si associò a lui per costruire navi capaci di raggiungere Tarsis; allestirono le navi a Ezion-Gheber. [37]Elièzer, figlio di Dodava, di Maresa, profetizzò contro Giosafat dicendo: «Poiché ti sei alleato con Acazia, il Signore distruggerà le tue opere». Le navi si sfasciarono e non poterono andare a Tarsis.

21 **Regno di Ioram.** - [1]Giosafat si addormentò con i suoi padri e fu sepolto insieme con loro nella Città di Davide. Al suo posto regnò Ioram, suo figlio. [2]Egli aveva dei fratelli, figli di Giosafat: Azaria, Iechièl, Zaccaria, Azariau, Michele e Sefatia: tutti questi erano figli di Giosafat, re d'Israele. [3]Il padre fece ad essi ricche donazioni in argento, oro, oggetti preziosi, insieme a città fortificate in Giuda; il regno invece lo diede a Ioram, perché egli era il primogenito. [4]Ma quando Ioram ebbe preso possesso del regno del padre e si rafforzò, uccise di spada tutti i suoi fratelli ed anche alcuni capi d'Israele. [5]Quando divenne re, Ioram aveva trentadue anni, regnò in Gerusalemme otto anni. [6]Seguì la condotta dei re d'Israele, come aveva fatto la casa di Acab; egli infatti aveva per moglie una figlia di Acab. Fece ciò che è male agli occhi del Signore. [7]Tuttavia il Signore non volle distruggere la casa di Davide, a causa dell'alleanza che aveva concluso con Davide e in conformità alla promessa fattagli di concedere per sempre una lampada a lui e ai suoi figli.

[8]Durante il suo regno Edom si ribellò al dominio di Giuda e si costituì un re. [9]Allora Ioram con i suoi capi e con tutti i suoi carri passò la frontiera e, assalendoli di notte, sconfisse gli Edomiti che avevano accerchiato lui e i comandanti dei carri. [10]Ma Edom si rese indipendente dal dominio di Giuda fino al giorno d'oggi. In quel tempo anche Libna si ribellò al suo dominio, perché Ioram aveva abbandonato il Signore, Dio dei suoi padri. [11]Anch'egli poi eresse delle alture sui monti di Giuda, spingendo alla prostituzione gli abitanti di Gerusalem-

---

20. - [22-23]. Forse una banda di predoni attaccò l'esercito e gli alleati, credendo a mutui tradimenti, si distrussero tra loro. Ciò era facile che avvenisse in quel tempo in eserciti raccogliticci e poco addestrati alla disciplina; ma qui è Dio che li mette in scompiglio per amore della sua parola.

me e seducendo Giuda. [12]Ma gli pervenne uno scritto da parte del profeta Elia che diceva: «Così parla il Signore, Dio di Davide, tuo padre: "Poiché non hai seguito la condotta di Giosafat, tuo padre, né la condotta di Asa, re di Giuda, [13]ma hai seguito piuttosto la condotta dei re d'Israele e hai indotto alla prostituzione Giuda e gli abitanti di Gerusalemme, come ha fatto la casa di Acab, inoltre hai ucciso i tuoi fratelli, quelli della famiglia di tuo padre, che erano migliori di te, [14]ecco che il Signore sta per colpire con un grande disastro il tuo popolo, i tuoi figli, le tue mogli e tutto ciò che ti appartiene. [15]Quanto a te, sarai colpito da gravi malattie, una malattia intestinale tale che, per essa, le tue viscere ti usciranno fuori in due giorni"».

[16]Il Signore eccitò contro Ioram l'ostilità dei Filistei e degli Arabi che abitano a fianco degli Etiopi. [17]Questi marciarono contro Giuda e, dopo averlo invaso, catturarono tutti i beni che si trovavano nella casa reale, compresi i figli e le mogli del re. Non gli rimase più alcun figlio ad eccezione di Acazia, il più piccolo. [18]Dopo tutto ciò il Signore lo colpì con una malattia incurabile agli intestini. [19]Andò avanti così per due anni; alla fine del secondo anno gli uscirono fuori le viscere per effetto della malattia e morì in mezzo ad atroci sofferenze. Il suo popolo non gli fece un rogo, come si era fatto per i suoi padri. [20]Quando divenne re, aveva trentadue anni; regnò in Gerusalemme per otto anni; se ne andò senza lasciare rimpianto e fu sepolto nella Città di Davide, ma non nei sepolcri dei re.

22 Regno di Acazia. - [1]Gli abitanti di Gerusalemme proclamarono re al suo posto il suo figlio minore Acazia, perché tutti i più anziani erano stati uccisi da una banda che era penetrata nell'accampamento insieme con gli Arabi. Così divenne re Acazia, figlio di Ioram, re di Giuda. [2]Quando divenne re, Acazia aveva ventidue anni; regnò un anno in Gerusalemme e il nome di sua madre era Atalia, figlia di Omri. [3]Anch'egli seguì la condotta della casa di Acab, poiché era sua madre a consigliarlo a far male. [4]Fece ciò che è male agli occhi del Signore, come faceva la casa di Acab, perché dopo la morte di suo padre questi furono, per sua rovina, i suoi consiglieri. [5]Dietro il loro consiglio marciò in guerra insieme con Ioram, figlio di Acab, re d'Israele, contro Cazaèl, re di Aram, in Ramot di Gàlaad. Gli Aramei ferirono Ioram, [6]il quale ritornò a curarsi in Izreèl per le ferite ricevute a Ramot, combattendo contro Cazaèl, re di Aram. Acazia, figlio di Ioram, re di Giuda, scese a visitare Ioram, figlio di Acab in Izreèl, perché questi era sofferente. [7]Fu per volere di Dio che Acazia, per sua rovina, si recò da Ioram. Infatti, quando vi giunse, partì con Ioram incontro a Ieu, figlio di Nimsi, che il Signore aveva unto per sopprimere la famiglia di Acab. [8]Mentre faceva giustizia della famiglia di Acab, Ieu incontrò i capi di Giuda e i nipoti di Acazia, che gli prestavano servizio, e li uccise. [9]Poi si mise alla ricerca di Acazia, che fu preso mentre cercava di nascondersi in Samaria; lo condussero da Ieu, che lo uccise. Gli fu data sepoltura, perché si diceva: «È figlio di Giosafat, che ricercò il Signore con tutto il suo cuore». Così nella famiglia di Acazia nessuno era in grado di regnare.

Atalia. - [10]Quando Atalia, madre di Acazia, seppe che suo figlio era morto, si accinse a sterminare tutta la discendenza regale della casa di Giuda. [11]Ma Iosabeat, figlia del re, prese Ioas, figlio di Acazia, e lo tolse di mezzo ai figli del re destinati alla morte, ponendolo insieme con la sua nutrice in una camera a letto. Così Iosabeat, figlia del re Ioram, moglie del sacerdote Ioiadà e sorella di Acazia, lo sottrasse ad Atalia, che non lo uccise. [12]Egli rimase con lei nel tempio di Dio, nascosto, per sei anni; frattanto Atalia regnava nel paese.

23 Avvento di Ioas e morte di Atalia. - [1]Il settimo anno, Ioiadà, fattosi coraggio, prese i capi di centinaia, cioè Azaria, figlio di Ierocam, Ismaele, figlio di Giovanni, Azaria, figlio di Obed, Maaseia, figlio di Adaia, ed Elisafàt, figlio di Zicrì, e strinse con essi un patto. [2]Essi percorsero Giuda radunando i leviti da tutte le città di Giuda e i capi dei casati d'Israele; costoro vennero a Gerusalemme. [3]Tutta l'assemblea concluse un patto con il re nel tempio di Dio e Ioiadà disse loro: «Ecco il figlio del re; egli regnerà come il Signore ha promesso ai figli di Davide. [4]Questo è ciò che dovete fare: la terza parte di voi, che prestano servizio il sabato come sacerdoti e leviti, farà la guardia alle soglie; [5]un'altra terza parte starà nel

palazzo del re, e un terzo alla porta della Fondazione, mentre tutto il popolo starà nei cortili del tempio del Signore. [6]Nessuno entri nel tempio del Signore ad eccezione dei sacerdoti e dei leviti che sono di servizio. Questi entreranno, perché sono consacrati; tutto il popolo osserverà la prescrizione del Signore. [7]I leviti faranno il cerchio intorno al re, ognuno con le sue armi in mano. Chi entra nel tempio sarà messo a morte; essi saranno vicini al re dovunque egli vada». [8]I leviti e tutto Giuda eseguirono tutto ciò che aveva ordinato il sacerdote Ioiadà. Ognuno prese i suoi uomini, quelli che entravano in servizio il sabato e quelli che ne uscivano, perché il sacerdote Ioiadà non aveva licenziato nessuna classe. [9]Il sacerdote Ioiadà diede ai capicenturia le lance, le corazze e gli scudi già appartenenti al re Davide e che si trovavano nel tempio del Signore. [10]Poi dispose tutto il popolo, ognuno con la sua asta in pugno, dal lato destro fino al lato sinistro del tempio, lungo l'altare e l'edificio, intorno al re. [11]Allora fece uscire il figlio del re e, imponendogli il diadema e le insegne, lo proclamò re. Ioiadà e i suoi figli lo unsero e quindi gridarono: «Viva il re!».

[12]Al sentire le grida del popolo che accorreva acclamando il re, Atalia si presentò al popolo nel tempio del Signore. [13]Guardò: ecco il re stava sul seggio all'ingresso, i capi e i trombettieri si trovavano attorno al re e tutto il popolo del paese esultava dando fiato alle trombe; i cantori con i loro strumenti musicali davano le indicazioni per le acclamazioni. Atalia si strappò le vesti e gridò: «Tradimento, tradimento!».

[14]Il sacerdote Ioiadà ordinò ai capicenturia che comandavano la truppa: «Conducetela fuori in mezzo alle file! Chi la segue, sia ucciso di spada». Infatti il sacerdote aveva detto: «Non uccidetela nel tempio del Signore». [15]Le misero sopra le mani e quando arrivò al palazzo reale, la uccisero all'entrata della porta dei Cavalli.

Ioiadà e Ioas. - [16]Ioiadà concluse un patto tra sé, tutto il popolo e il re, affinché il popolo diventasse un popolo del Signore. [17]Tutto il popolo si recò nel tempio di Baal e lo demolirono. Fecero a pezzi i suoi altari e le sue statue, uccisero davanti agli altari il sacerdote di Baal, Mattan. [18]Ioiadà affidò la sorveglianza del tempio del Signore ai sacerdoti e ai leviti che Davide aveva ripartito in classi per il tempio del Signore, onde offrissero olocausti al Signore, come sta scritto nella legge di Mosè, tra gioia e canti, secondo gli ordini di Davide. [19]Stabilì inoltre i portieri alle porte del tempio, perché per nessun motivo potesse entrarvi un impuro. [20]Prese i capicenturia, i notabili e quanti avevano autorità fra il popolo, come anche tutto il popolo del paese, e fece scendere il re dal tempio del Signore. Attraverso la porta superiore giunsero nella reggia e fecero sedere il re sul trono regale. [21]Tutto il popolo del paese fu in festa; la città rimase tranquilla; benché Atalia fosse stata uccisa di spada.

24 [1]Ioas aveva sette anni quando divenne re e regnò quarant'anni in Gerusalemme. Il nome di sua madre era Sibia, di Bersabea. [2]Ioas fece ciò che è giusto agli occhi del Signore, finché visse il sacerdote Ioiadà. [3]Ioiadà gli procurò due mogli ed egli generò figli e figlie.

Restaurazione del tempio. - [4]In seguito Ioas ebbe in animo di restaurare il tempio del Signore. [5]Radunò i sacerdoti e i leviti e disse loro: «Andate nelle città di Giuda e raccogliete ogni anno da tutti gli Israeliti del denaro per riparare il tempio del vostro Dio. Cercate di affrettarvi in quest'opera». Ma i leviti non si diedero premura di ciò. [6]Allora il re convocò Ioiadà, loro capo, e gli disse: «Perché non hai richiesto dai leviti che portassero da Giuda e da Gerusalemme la tassa imposta da Mosè, servo del Signore, e fissata dall'assemblea d'Israele per la tenda della testimonianza? [7]Infatti l'empia Atalia e i suoi figli hanno dilapidato il tempio di Dio e persino tutte le cose sante del tempio del Signore le hanno usate per i Baal».

[8]Per ordine del re si fece una cassa, che fu posta fuori della porta del tempio del Signore. [9]Indi fu emesso un bando in Giuda e in Gerusalemme, perché si portasse al Signore la tassa imposta da Mosè, servo di Dio, su Israele nel deserto. [10]Tutti i capi e tutto il popolo se ne rallegrarono e portarono il denaro gettandolo nella cassa fino a riempirla. [11]Quando la cassa veniva portata all'amministrazione reale affidata ai leviti, e ci si accorgeva che c'era molto denaro, lo scriba del re e l'ispettore del sommo sacer-

dote venivano a vuotare la cassa; poi la prendevano e la ricollocavano al suo posto. Facevano così tutti i giorni, raccogliendo denaro in abbondanza. [12]Il re e Ioiadà lo diedero ai dirigenti dei lavori del tempio del Signore. Essi pagavano gli scalpellini e i falegnami per restaurare il tempio del Signore, come anche i lavoratori del ferro e del bronzo per riparare il tempio del Signore. [13]I dirigenti dei lavori si misero all'opera; per mezzo loro le riparazioni progredirono: il tempio di Dio fu riportato al suo stato normale e fu consolidato. [14]Compiuto il lavoro, portarono davanti al re e a Ioiadà il denaro rimasto; con esso fecero degli utensili per il tempio del Signore: vasi per il servizio e per gli olocausti, coppe e altri oggetti d'oro e d'argento. Finché visse Ioiadà si offrirono continuamente olocausti nel tempio del Signore.

[15]Ioiadà, invecchiatosi, morì sazio di giorni. Aveva centotrent'anni quando morì. [16]Fu seppellito nella Città di Davide insieme ai re, perché aveva agito bene in Israele, riguardo a Dio e al suo tempio.

Fine del regno di Ioas. - [17]Dopo la morte di Ioiadà i capi di Giuda andarono a riverire il re, che diede loro ascolto. [18]Questi abbandonarono il tempio del Signore, Dio dei loro padri, per venerare i pali sacri e gl'idoli. A causa di questa loro colpa l'ira di Dio si riversò su Giuda e Gerusalemme. [19]Il Signore inviò loro profeti per farli ritornare a lui. Questi testimoniavano contro di essi, ma non furono ascoltati. [20]Allora lo spirito di Dio investì Zaccaria, figlio del sacerdote Ioiadà, che si presentò davanti al popolo e disse loro: «Dice Dio: Perché trasgredite i precetti del Signore e non avete successo? Poiché avete abbandonato il Signore, anch'egli vi abbandona». [21]Ma quelli congiurarono contro di lui e lo lapidarono per ordine del re nell'atrio del tempio del Signore. [22]Il re Ioas non si ricordò del favore che gli aveva fatto Ioiadà, padre di Zaccaria: ne uccise il figlio, che morendo disse: «Dio veda e ne chieda conto».

[23]Or avvenne che all'inizio dell'anno seguente l'esercito degli Aramei marciò contro Ioas. Giunti in Giuda e Gerusalemme, sterminarono tra il popolo tutti i suoi capi e ne inviarono l'intero bottino al re di Damasco. [24]Sebbene l'esercito degli Aramei fosse venuto con pochi uomini, il Signore consegnò nelle loro mani un esercito molto numeroso, perché avevano abbandonato il Signore, Dio dei loro padri. Così essi fecero giustizia di Ioas. [25]Partitisi da lui lasciandolo gravemente ammalato, i suoi servi congiurarono contro di lui a causa dell'uccisione del figlio del sacerdote Ioiadà e lo uccisero sul suo letto. Morto, lo seppellirono nella Città di Davide, ma non nei sepolcri dei re. [26]Questi sono i congiurati contro di lui: Zabàd, figlio di Simeat, ammonita, e Iozabàd, figlio di Simrit, moabita. [27]Quanto ai suoi figli, all'abbondanza dei tributi da lui raccolti e al restauro del tempio del Signore, ecco, ciò sta scritto nelle memorie del libro dei re. Al suo posto divenne re suo figlio Amazia.

25 **Regno di Amazia.** - [1]Amazia divenne re a venticinque anni e regnò ventinove anni in Gerusalemme. Il nome di sua madre era Ioaddan, da Gerusalemme. [2]Fece ciò che è retto agli occhi del Signore, ma non con cuore perfetto. [3]Quando il regno fu rinsaldato nelle sue mani, egli uccise gli ufficiali che avevano assassinato il re, suo padre, [4]ma non mise a morte i loro figli, perché sta scritto nel libro della legge di Mosè il comando del Signore: «I padri non moriranno per colpa dei figli e i figli non moriranno per colpa dei padri, ma ognuno morirà per il suo peccato».

[5]Amazia riunì il popolo di Giuda e lo distribuì secondo i casati, ponendo tutto Giuda e Beniamino sotto capi di migliaia e capi di centinaia. Poi fece un censimento di quanti avevano vent'anni e più. Trovò che c'erano trecentomila uomini scelti, atti alla guerra, che maneggiavano la lancia e lo scudo. [6]Inoltre assoldò da Israele centomila prodi guerrieri per cento talenti d'argento. [7]Allora gli si presentò un uomo di Dio che gli disse: «O re, l'esercito d'Israele non si unisca a te, poiché il Signore non è con Israele, con nessuno dei figli di Efraim. [8]Se egli viene, non ti gioverà essere forte in

---

24. - [18.] Il popolo si abbandonò al seducente culto degli *idoli* e Ioas fu così debole da lasciarsi dominare dai capi di Giuda, più idolatri del popolo.

[21.] Zaccaria stava nel cortile interno (o dei sacerdoti), più in alto del cortile esterno, dov'era riunito il popolo da cui fu lapidato. Pare essere questo lo Zaccaria che Matteo (23,35) e Luca (11,51) dicono ucciso «fra il santuario e l'altare».

25. - [5-6.] Le cifre sono chiaramente maggiorate.

battaglia! Dio ti farà stramazzare davanti al nemico, perché Dio ha il potere di aiutare e di abbattere». [9]Amazia rispose all'uomo di Dio: «Che ne sarà dei cento talenti che ho dato per l'esercito d'Israele?». L'uomo di Dio replicò: «Il Signore può darti molto di più di questo». [10]Allora Amazia congedò l'esercito che si era unito a lui da Efraim perché se ne ritornasse a casa sua. Ma l'ira di costoro si accese vivamente contro Giuda e se ne ritornarono a casa propria pieni di sdegno.

[11]Fattosi animo, Amazia si mise a capo del suo esercito conducendolo nella valle del Sale, dove sconfisse i figli di Seir in numero di diecimila. [12]Quelli di Giuda ne fecero prigionieri diecimila vivi e, condottili sulla cima d'una roccia, li precipitarono giù: tutti si sfracellarono. [13]Quanto agli uomini della schiera che Amazia aveva rimandato perché non partecipassero con lui alla battaglia, essi fecero incursioni nelle città di Giuda, da Samaria fino a Bet-Oròn, uccidendovi tremila persone e facendo un ricco bottino.

[14]Dopo che Amazia ritornò dalla strage compiuta sugli Edomiti, fece portare gli dèi dei figli di Seir e se li costituì come dèi, prostrandosi davanti a loro e offrendo loro incenso. [15]Ma l'ira del Signore si accese contro Amazia e gli mandò un profeta per dirgli: «Perché ti sei rivolto agli dèi, che non sono stati capaci di liberare il loro popolo dalla tua mano?». [16]Mentre stava ancora parlando, il re lo interruppe: «Forse ti abbiamo costituito consigliere del re? Smettila! Perché ti si dovrebbe uccidere!». Il profeta smise, ma poi disse: «So che Dio ha deciso di distruggerti, perché hai fatto questo e non hai prestato ascolto al mio consiglio». [17]Preso consiglio, Amazia, re di Giuda, mandò a dire a Ioas, figlio di Ioacaz, figlio di Ieu, re d'Israele: «Orsù, affrontiamoci!». [18]Ma Ioas, re d'Israele, inviò questa risposta ad Amazia, re di Giuda: «Il cardo del Libano mandò a dire al cedro del Libano: Da' la tua figlia in moglie a mio figlio. Ma una bestia selvatica del Libano, passando, calpestò il cardo. [19]Tu ti sei detto: "Ecco, ho sconfitto Edom", e il tuo cuore ti spinge ad

inorgoglirti. Ora stattene a casa tua. Perché vorresti provocare una sciagura e cadere tu e Giuda con te?». [20]Ma Amazia non prestò ascolto; del resto era volontà di Dio che fossero consegnati nelle mani del nemico, perché si erano rivolti agli dèi di Edom. [21]Ioas, re d'Israele, si mise in marcia e ambedue, lui e Amazia, re di Giuda, si scontrarono a faccia a faccia a Bet-Semes, che appartiene a Giuda. [22]Giuda fu sconfitto davanti a Israele e ognuno fuggì nella sua tenda. [23]Ioas, re d'Israele, fece prigioniero a Bet-Semes Amazia, re di Giuda, figlio di Ioas, figlio di Acazia. Condottolo a Gerusalemme, aprì una breccia nelle mura di Gerusalemme, dalla porta di Efraim fino alla porta dell'Angolo, per quattrocento cubiti. [24]Prese tutto l'oro, l'argento e tutti gli oggetti che si trovavano nel tempio di Dio, affidati a Obed-Edom, i tesori del palazzo reale e alcuni ostaggi; quindi ritornò in Samaria. [25]Dopo la morte di Ioas, figlio di Ioacaz, re d'Israele, Amazia, figlio di Ioas, re di Giuda, visse ancora quindici anni. [26]Il resto delle imprese di Amazia, le prime come le ultime, non sono forse scritte nel libro dei re di Giuda e d'Israele? [27]Dopo che Amazia si era allontanato dal Signore, si organizzò una congiura contro di lui in Gerusalemme. Egli fuggì a Lachis, ma fu inseguito a Lachis e quivi ucciso. [28]Lo caricarono su cavalli e lo seppellirono con i suoi padri nella Città di Davide.

26 Regno di Ozia. - [1]Tutto il popolo di Giuda prese Ozia, che aveva sedici anni, e lo proclamò re al posto di suo padre Amazia. [2]Egli ricostruì Elat, che ricondusse sotto il dominio di Giuda, dopo che il re si era addormentato con i suoi padri. [3]Quando divenne re, Ozia aveva sedici anni; regnò cinquantadue anni in Gerusalemme; il nome di sua madre era Iecolia, da Gerusalemme. [4]Fece ciò che è retto agli occhi del Signore, come aveva fatto Amazia, suo padre. [5]Cercò Dio finché visse Zaccaria, che gli aveva insegnato il timore di Dio; finché ricercò il Signore, Dio gli diede successo.

[6]Uscì in guerra contro i Filistei e smantellò le mura di Gat, di Iabne e di Asdod; costruì piazzeforti nella regione di Asdod e dei Filistei. [7]Dio gli venne in aiuto contro i Filistei, contro gli Arabi abitanti in Gur-Baal e contro i Meuniti. [8]Gli Ammoniti pagavano tributo a Ozia; la sua fama si estese fino alla

---

17-19. Amazia forse accusava Ioas dell'invasione dei licenziati; ma Ioas rispose con disprezzo paragonando Giuda a un *cardo* che vuole sfidare il *cedro*, mentre bastano le bestie (probabilmente i licenziati) a calpestarlo.

frontiera dell'Egitto, perché era diventato molto potente. ⁹Ozia costruì torri in Gerusalemme sulla porta dell'Angolo, sulla porta della Valle e sul Cantone, fortificandolo. ¹⁰Costruì torri anche nel deserto e scavò molte cisterne, perché possedeva numeroso bestiame nella Sefela e nell'altipiano; aveva contadini e vignaioli sui monti e sulle colline, perché egli amava l'agricoltura.

¹¹Ozia aveva anche un esercito addestrato per la guerra, pronto a combattere, disposto in schiere secondo il numero del loro censimento compiuto dallo scriba Ieiel, dall'ispettore Maaseia, agli ordini di Anania, uno degli ufficiali del re. ¹²Il numero totale dei capi dei casati di quei prodi guerrieri era di duemilaseicento. ¹³Da loro dipendeva una forza militare di trecentosettemilacinquecento uomini ben addestrati, di grande valore nell'aiutare il re contro il nemico. ¹⁴Ozia forniva loro, cioè a tutto l'esercito, scudi e lance, elmi, corazze, archi e pietre per le fionde. ¹⁵In Gerusalemme egli costruì alcune macchine inventate da un esperto per collocarle sulle torri e sugli angoli, per scagliare frecce e grandi pietre. La sua fama si diffuse lontano, perché fu straordinariamente aiutato fino a diventare potente.

¹⁶Ma diventato potente, il suo cuore si insuperbì fino a corrompersi. Divenne infedele verso il Signore, suo Dio, ed entrò nel santuario del Signore per bruciare incenso sull'altare. ¹⁷Dopo di lui entrò il sacerdote Azaria, con ottanta sacerdoti del Signore, uomini eccellenti. ¹⁸Essi si opposero a Ozia dicendogli: «Non è compito tuo, o Ozia, offrire incenso al Signore, ma dei sacerdoti figli di Aronne, consacrati per offrire l'incenso. Esci dal santuario, perché hai prevaricato e il Signore Dio non ti ha dato questo onore». ¹⁹Ozia, che aveva in mano l'incensiere per offrire l'incenso, si adirò. Ma mentre si adirava contro i sacerdoti, sulla sua fronte spuntò la lebbra, davanti ai sacerdoti, nel tempio del Signore, presso l'altare dell'incenso. ²⁰Il sommo sacerdote Azaria e i sacerdoti si volsero verso di lui ed ecco la lebbra sulla sua fronte. Lo fecero uscire in fretta di là, anzi egli stesso si precipitò per uscire, perché era stato colpito dal Signore. ²¹Il re Ozia rimase lebbroso fino al giorno della sua morte e abitò come tale in una casa di isolamento, perché era stato escluso dal tempio del Signore. Suo figlio Iotam dirigeva la reggia e governava il popolo del paese.

²²Il resto delle imprese di Ozia, le prime come le ultime, sono state descritte dal profeta Isaia, figlio di Amoz. ²³Ozia si addormentò con i suoi padri e fu seppellito nel campo presso le tombe dei re, perché si diceva: «È un lebbroso». Al suo posto divenne re Iotam, suo figlio.

27 Regno di Iotam. - ¹Quando divenne re, Iotam aveva venticinque anni; regnò sedici anni in Gerusalemme. Il nome di sua madre era Ierusa, figlia di Zadòk. ²Fece ciò che è retto agli occhi del Signore, seguendo in tutto la condotta del suo padre Ozia, soltanto non entrò nel santuario del Signore, ma il popolo continuava a corrompersi. ³Egli restaurò la porta Superiore del tempio del Signore e fece molte costruzioni nelle mura dell'Ofel. ⁴Fortificò alcune città sulla montagna di Giuda e nelle zone boscose costruì castelli e torri. ⁵Fece guerra al re degli Ammoniti e lo vinse. Gli Ammoniti gli diedero in quell'anno cento talenti di argento, diecimila *kor* di grano e altrettanti di orzo. Questo gli fu consegnato dagli Ammoniti anche il secondo e il terzo anno. ⁶Iotam divenne potente, perché diresse i suoi passi alla presenza del Signore, suo Dio.

⁷Il resto delle imprese di Iotam, tutte le sue guerre e la sua condotta, ecco, sono descritte nel libro dei re d'Israele e di Giuda. ⁸Quando divenne re, aveva venticinque anni e regnò in Gerusalemme sedici anni. ⁹Iotam si addormentò con i suoi padri e fu sepolto nella Città di Davide. Al suo posto divenne re Acaz, suo figlio.

28 Regno di Acaz. - ¹Quando divenne re, Acaz aveva vent'anni; regnò in Gerusalemme sedici anni e non fece ciò che è retto agli occhi del Signore sull'esempio di Davide suo padre. ²Seguì la condotta dei re d'Israele, fece persino fondere delle statue per i Baal. ³Offrì incenso nella valle

---

26. - ¹⁶. L'uomo vittorioso tende all'accentramento dei poteri: Ozia volle appropriarsi anche del potere sacerdotale e, contro ogni legge, entrò nel santo (Nm 18,1-7); inoltre usurpò una funzione sacerdotale (Es 30,7-27).

27. - ². Iotam *non entrò nel santuario* per usurpare le funzioni sacerdotali, come aveva fatto il padre (cfr. 26,16).

di Ben-Innòm e bruciò nel fuoco i suoi figli imitando l'abominazione dei pagani che il Signore aveva cacciato davanti agli Israeliti. [4]Sacrificava e offriva incenso sulle alture, sulle colline e sotto ogni albero frondoso. [5]Il Signore, suo Dio, lo consegnò nelle mani del re degli Aramei, che lo vinsero e fecero un gran numero di prigionieri, che furono condotti a Damasco. Fu consegnato anche nelle mani del re d'Israele, che gl'inflisse una grande sconfitta. [6]Pekach, figlio di Romelia, uccise in un giorno centoventimila uomini in Giuda, tutti uomini valorosi, giacché avevano abbandonato il Signore, Dio dei loro padri. [7]Zicri, prode di Efraim, uccise Maaseia, figlio del re, Azrikam, prefetto del palazzo, ed Elkana, il secondo dopo il re. [8]Gli Israeliti condussero in prigionia, presi ai loro fratelli, duecentomila persone, fra donne, figli e figlie, e tolsero loro anche un abbondante bottino, che portarono in Samaria.
[9]Era lì un profeta del Signore, che si chiamava Oded. Questi andò incontro all'esercito che stava giungendo in Samaria e disse: «Ecco, a motivo del suo sdegno contro Giuda, il Signore, Dio dei vostri padri, li ha consegnati nelle vostre mani; ma voi li avete massacrati con un furore che raggiunge il cielo. [10]E ora voi dite che volete soggiogare quali vostri schiavi e schiave gli abitanti di Giuda e di Gerusalemme. Ma non siete proprio voi i colpevoli davanti al Signore, vostro Dio? [11]Pertanto, ascoltatemi ora, rimandate i prigionieri che avete catturato tra i vostri fratelli, perché altrimenti il furore dell'ira del Signore si abbatterà su di voi».
[12]Allora alcuni dei capi degli Efraimiti, cioè Azaria, figlio di Giovanni, Berechia, figlio di Mesillemòt, Ezechia, figlio di Sallùm, e Amasa, figlio di Cadlài, insorsero contro quelli che ritornavano dalla guerra, [13]dicendo loro: «Non dovete portare qui questi prigionieri, perché sopra di noi pesa già una colpa contro il Signore. Voi vi proponete di aumentare i nostri peccati e le nostre colpe, mentre grande è la nostra colpa e una collera ardente grava su Israele».
[14]Allora i soldati abbandonarono i prigionieri e il bottino davanti ai capi e a tutta l'assemblea. [15]Quindi alcuni uomini che erano stati designati per nome si presero cura dei prigionieri; quanti erano nudi, li rivestirono grazie al bottino; li calzarono, diedero loro da mangiare e da bere e li unsero; poi trasportando con gli asini tutti gli inabili a camminare, li condussero a Gerico, città delle palme, presso i loro fratelli, e se ne ritornarono in Samaria.
[16]In quel tempo il re Acaz mandò a chiedere aiuto al re di Assur. [17]Gli Edomiti erano venuti ancora una volta, avevano sconfitto Giuda e avevano fatto prigionieri. [18]Anche i Filistei avevano invaso le città della Sefela e il Negheb di Giuda, occupando Bet-Sèmes, Aialon, Ghederot, Soco con le sue dipendenze, Timna con le sue dipendenze e Ghimzo con le sue dipendenze e vi si erano insediati. [19]Giacché il Signore aveva umiliato Giuda a causa di Acaz, re d'Israele, che aveva fatto traviare Giuda ed era stato infedele verso il Signore. [20]Anche Tiglat-Pilèzer, re di Assur, venne contro di lui, opprimendolo anziché sostenerlo. [21]Acaz aveva spogliato il tempio del Signore e il palazzo del re e dei prìncipi, consegnando tutto al re di Assur, ma non ricevette alcun aiuto.
[22]Anche quando era oppresso, quel re Acaz continuò ad essere infedele al Signore. [23]Sacrificò agli dèi di Damasco, che l'avevano sconfitto, dicendo: «Poiché gli dèi dei re di Aram portano loro aiuto, io offrirò ad essi sacrifici ed essi mi aiuteranno». Ma furono essi a provocare la rovina sua e di tutto Israele. [24]Acaz raccolse la suppellettile del tempio di Dio e la frantumò, chiuse le porte del tempio del Signore e si eresse altari in ogni angolo di Gerusalemme. [25]In ciascuna delle città di Giuda, fece altari per bruciare l'incenso agli dèi stranieri irritando il Signore, Dio dei suoi padri.
[26]Il resto delle sue imprese e di tutte le sue azioni, le prime come le ultime, ecco, sono scritte nel libro dei re di Giuda e d'Israele. [27]Acaz si addormentò con i suoi padri e fu sepolto nella città di Gerusalemme, ma non fu collocato nei sepolcri dei re d'Israele. Al suo posto divenne re Ezechia, suo figlio.

29 Riforma di Ezechia. - [1]Ezechia divenne re a venticinque anni, regnò ventinove anni in Gerusalemme; il nome di sua madre era Abia, figlia di Zaccaria. [2]Fece ciò che è retto agli occhi del Signore, seguendo tutto ciò che aveva fatto Davide, suo padre.

---

29. - **2.** Il re Ezechia è il rovescio del padre: si mette subito all'opera per una profonda riforma religiosa e cultuale del regno.

³Nel primo anno del suo regno, nel primo mese, egli aprì le porte del tempio del Signore e le restaurò. ⁴Fece venire i sacerdoti e i leviti e, radunatili nella piazza orientale, ⁵disse loro: «Ascoltatemi, o leviti! Ora purificatevi e purificate il tempio del Signore, Dio dei vostri padri, e portate fuori l'impurità dal santuario, ⁶perché i nostri padri sono stati infedeli e hanno operato il male agli occhi del Signore, nostro Dio, abbandonandolo, stornando il loro volto dalla dimora del Signore e voltandogli le spalle. ⁷Chiusero persino le porte del vestibolo, spensero le lampade, non offrirono né incenso né olocausti nel santuario al Dio di Israele. ⁸Perciò l'ira del Signore è ricaduta su Giuda e su Gerusalemme facendone un oggetto di terrore, di orrore e di scherno, come potete vedere con i vostri occhi. ⁹I nostri padri sono periti di spada; i nostri figli, le nostre figlie e le nostre mogli si trovano per questo in prigionia. ¹⁰Ora io ho deciso di concludere un'alleanza con il Signore, Dio d'Israele, in modo che si allontani da noi il furore della sua ira. ¹¹Figli miei, ora non rimanete inattivi, perché il Signore ha scelto voi per stare alla sua presenza, per servirlo, per essere suoi ministri e offrirgli l'incenso».

¹²Allora sorsero i leviti: Macat figlio di Amasai, Gioele figlio di Azaria, dei Keatiti; dei figli di Merari: Kis figlio di Abdi, e Azaria figlio di Ieallelel; dei Ghersoniti: Ioach figlio di Zimma, ed Eden figlio di Ioach; ¹³dei figli di Elisafan, Simri e Ieiel; dei figli di Asaf, Zaccaria e Mattania; ¹⁴dei figli di Eman, Iechiel e Simei; dei figli di Idutun, Semaia e Uzziel. ¹⁵Essi radunarono i loro fratelli e si purificarono; poi entrarono, seguendo il comando del re e le prescrizioni del Signore, per purificare il tempio del Signore. ¹⁶I sacerdoti entrarono nell'interno del tempio del Signore per purificarlo e portarono fuori, nel cortile del tempio del Signore, tutta l'impurità che avevano trovato nel santuario del Signore. I leviti poi la presero e la gettarono fuori nel torrente Cedron. ¹⁷Cominciarono la purificazione il primo giorno del primo mese; nel giorno ottavo del mese entrarono nel vestibolo del Signore, purificarono il tempio del Signore in otto giorni e terminarono il giorno sedici del primo mese.

¹⁸Quindi si presentarono al re Ezechia nei suoi appartamenti e gli dissero: «Abbiamo purificato tutto il tempio del Signore, l'altare degli olocausti con tutte le sue sup-

pellettili e la mensa dell'offerta dei pani con tutte le sue suppellettili. ¹⁹Abbiamo rimesso a posto e purificato tutti gli utensili che il re Acaz aveva profanato durante il suo regno a causa della sua infedeltà. Eccoli ora davanti all'altare del Signore». ²⁰Allora il re Ezechia, alzatosi di buon mattino, radunò i capi della città e salì al tempio del Signore. ²¹Furono portati sette tori, sette montoni, sette agnelli e sette capri da offrirsi come sacrificio espiatorio per il regno, il santuario e per Giuda. Il re ordinò ai sacerdoti, figli di Aronne, di offrirli in olocausto sull'altare del Signore. ²²Immolati i buoi, i sacerdoti ne raccolsero il sangue e lo sparsero sull'altare. Si immolarono i montoni e si sparse il sangue sull'altare. Furono sgozzati gli agnelli e ne sparsero il sangue sull'altare. ²³Quindi furono presentati al re e all'assemblea i capri per il sacrificio espiatorio, perché imponessero loro le mani. ²⁴I sacerdoti li sgozzarono e ne sparsero il sangue, quale sacrificio per il peccato, sull'altare ad espiazione di tutto Israele, perché il re aveva prescritto l'olocausto e il sacrificio espiatorio per tutto Israele. ²⁵Egli inoltre dispose i leviti nel tempio del Signore con cembali, arpe e cetre secondo le disposizioni di Davide, di Gad, veggente del re, e del profeta Natan, perché l'ordine veniva dato dal Signore attraverso i suoi profeti. ²⁶I leviti pertanto presero posto muniti degli strumenti musicali di Davide e i sacerdoti con le trombe. ²⁷Allora Ezechia ordinò di immolare gli olocausti sull'altare e nel momento in cui iniziò l'olocausto, ebbero pure inizio i canti del Signore, con le trombe, accompagnati dagli strumenti musicali di Davide, re d'Israele. ²⁸Tutta l'assemblea si prostrò in adorazione, mentre risuonavano i canti e suonavano le trombe: tutto ciò durò fino alla fine dell'olocausto. ²⁹Terminato l'olocausto, il re e tutti quelli che stavano insieme a lui s'inginocchiarono e si prostrarono. ³⁰Il re Ezechia e i capi ordinarono ai leviti di lodare il Signore con le parole di Davide e del veggente Asaf; quelli lo lodarono con gioia inchinandosi e prostrandosi.

³¹Ezechia prese la parola e disse: «Ora voi siete totalmente dedicati al Signore. Avvicinatevi e portate le vittime e i sacrifici di ringraziamento nel tempio del Signore». L'assemblea portò le vittime e i sacrifici di ringraziamento, tutti quelli che erano generosi di cuore offrirono olocausti. ³²Il numero degli olocausti offerti dall'assemblea era:

settanta buoi, cento montoni, duecento agnelli: tutto ciò in olocausto al Signore. [33]Le offerte sacre furono di seicento buoi e tremila pecore. [34]I sacerdoti erano troppo pochi e non potevano preparare tutti gli olocausti; perciò i loro fratelli, i leviti, li aiutarono fino al compimento dell'opera e finché i sacerdoti non si furono purificati; i leviti infatti avevano messo più impegno dei sacerdoti a santificarsi. [35]Ci furono anche abbondanti olocausti col grasso dei sacrifici pacifici e libazioni per gli olocausti. Così fu ristabilito il culto del tempio del Signore. [36]Ezechia insieme a tutto il popolo si allietò perché Dio aveva ben preparato il popolo, giacché tutto era accaduto in poco tempo.

30 Solenne celebrazione della Pasqua. - [1]Ezechia inviò messaggeri a tutto Israele e a Giuda e scrisse anche delle lettere ad Efraim e Manasse, perché venissero nel tempio del Signore a Gerusalemme per celebrare la Pasqua in onore del Signore, Dio d'Israele. [2]Il re, i suoi capi e tutta l'assemblea di Gerusalemme decisero di celebrare la Pasqua nel secondo mese, [3]perché non avevano potuto celebrarla a suo tempo, dato che i sacerdoti non si erano purificati in numero sufficiente e il popolo non si era radunato in Gerusalemme. [4]La decisione parve giusta al re e a tutta l'assemblea. [5]Stabilirono perciò di diffondere un bando in tutto Israele, da Bersabea fino a Dan, perché si recassero a celebrare la Pasqua in Gerusalemme in onore del Signore, Dio d'Israele, perché non molti l'avevano celebrata com'era stato prescritto.

[6]I messi, muniti di lettere da parte del re e dei suoi capi, percorsero tutto Israele e Giuda proclamando secondo l'ordine del re: «Israeliti, ritornate al Signore, Dio di Abramo, d'Isacco e d'Israele, perché egli ritorni a quanti rimangono tra di voi superstiti dalla mano del re di Assiria. [7]Non siate come i vostri padri e i vostri fratelli che furono infedeli al Signore, Dio dei loro padri, e per questo li consegnò alla desolazione, come voi vedete. [8]Ora non indurite la vostra cervice come i vostri padri; date la mano al Signore, venite nel suo santuario, che egli ha consacrato per sempre, e servite al Signore, vostro Dio, perché si allontani da voi il furore della sua ira. [9]Giacché, se voi fate ritorno al Signore, i vostri fratelli e i vostri figli troveranno misericordia al cospetto di quelli che li hanno deportati e ritorneranno in questo paese, perché il Signore, vostro Dio, è clemente e misericordioso e non distoglierà il suo volto da voi, se voi fate ritorno a lui».

[10]I messi passarono di città in città nel territorio di Efraim e Manasse fino a Zabulon, ma la gente li canzonava e si faceva beffa di loro. [11]Tuttavia alcuni uomini di Aser, Manasse e Zabulon si umiliarono recandosi a Gerusalemme. [12]Anche in Giuda si manifestò la potenza del Signore dando loro un cuore solo per eseguire l'ordine del re e dei capi secondo la parola del Signore. [13]Si riunì a Gerusalemme una grande folla per celebrare la festa degli Azzimi nel secondo mese; l'assemblea era assai numerosa. [14]Iniziarono col rimuovere gli altari che si trovavano in Gerusalemme; rimossero anche gli altari dei profumi, che furono gettati nel torrente Cedron. [15]Indi immolarono la Pasqua, il quattordici del secondo mese; i sacerdoti e i leviti, pieni di confusione, si erano purificati e presentarono gli olocausti nel tempio del Signore. [16]Si misero ai loro posti secondo le loro regole, come fissato nella legge di Mosè, uomo di Dio. I sacerdoti spargevano il sangue, ricevendolo dalle mani dei leviti, [17]perché molti nell'assemblea non si erano purificati e i leviti avevano il compito di immolare gli agnelli pasquali per tutti quelli che non erano puri, per consacrarli al Signore. [18]Difatti una gran parte della gente di Efraim, Manasse, Issacar e Zabuion non si era purificata, e avevano mangiato la Pasqua senza seguire le prescrizioni. Perciò Ezechia pregò per essi che il Signore, nella sua bontà, perdonasse [19]quanti avevano disposto il loro cuore a ricercare Dio, cioè il Signore, Dio dei loro padri, anche senza la purità che il santuario esigeva. [20]Il Signore ascoltò Ezechia e risparmiò il popolo.

[21]Gl'Israeliti che si trovavano in Gerusalemme celebrarono la festa degli Azzimi durante sette giorni con grande gioia, mentre

---

30. - [2.] *Decisero di celebrare la Pasqua nel secondo mese*: non erano abbastanza i sacerdoti pronti e mancava il tempo per avvertire il popolo. Fecero questo, estendendo al caso loro la legge che rimetteva la Pasqua (da celebrarsi il 14 del primo mese o Nisan) al secondo mese per quelli che, a causa di viaggi o d'impurità legale, non avessero potuto celebrarla al tempo stabilito (Nm 9,6-13). Il *secondo mese* era chiamato Ziv prima dell'esilio, Iijar dopo.

i leviti e i sacerdoti lodavano ogni giorno il Signore con tutte le loro forze. [22]Ezechia incoraggiò tutti i leviti che avevano dimostrato grande intelligenza nel servizio del Signore; così terminarono la festa di sette giorni offrendo sacrifici pacifici e rendendo grazie al Signore, Dio dei loro padri.

[23]Tutta l'assemblea decise di festeggiare ancora altri sette giorni; così passarono ancora sette giorni nella gioia. [24]Difatti Ezechia, re di Giuda, aveva offerto all'assemblea mille tori e settemila pecore; anche i capi avevano offerto all'assemblea mille buoi e dodicimila pecore. I sacerdoti si erano purificati in gran numero. [25]Tutta l'assemblea di Giuda, i sacerdoti, i leviti, tutto il gruppo di coloro che erano venuti da Israele, gli stranieri venuti dalla terra d'Israele e quelli che abitavano in Giuda, furono ripieni di gioia. [26]Vi fu in Gerusalemme una grande letizia, perché dal tempo di Salomone, figlio di Davide, re d'Israele, non era avvenuto nulla di simile in Gerusalemme. [27]I sacerdoti e i leviti si misero a benedire il popolo; si udì la loro voce, e la loro preghiera giunse alla sua santa dimora nel cielo.

31 Riorganizzazione del culto e del clero.

[1]Terminato tutto ciò, tutti gl'Israeliti che si trovavano lì partirono per le città di Giuda, per fare a pezzi le stele, infrangere i pali sacri, abbattere le alture e gli altari in tutto Giuda, in Beniamino, Efraim e Manasse, fino alla completa distruzione; indi tutti gl'Israeliti se ne tornarono nelle proprie città, ognuno nella sua proprietà.

[2]Ezechia ristabilì le classi dei sacerdoti e dei leviti, in base alle loro classi, ognuno secondo il proprio ufficio, fosse egli sacerdote o levita, per l'olocausto e per i sacrifici, per ringraziare, lodare e servire alle porte dell'accampamento del Signore. [3]La parte che il re prelevava sui suoi beni era destinata per gli olocausti, olocausti del mattino e della sera, olocausti per i sabati, per i noviluni e le solennità, secondo ciò che è scritto nella legge del Signore. [4]Poi ordinò al popolo e agli abitanti di Gerusalemme di consegnare la parte dei sacerdoti e dei leviti, perché fossero in grado di attendere alla legge del Signore. [5]Appena l'ordine si diffuse, gli Israeliti offrirono in abbondanza le primizie del grano, del mosto, dell'olio, del miele e

di tutti i prodotti dei campi; essi offrirono con larghezza la decima di ogni cosa. [6]Gl'Israeliti e i Giudei che abitavano nelle città di Giuda, anch'essi portarono la decima del bestiame grosso e di quello minuto, come anche la decima delle offerte sante consacrate al Signore, loro Dio, e ne fecero tanti mucchi. [7]Si cominciò a fare i mucchi nel terzo mese e si finì nel settimo. [8]Quando Ezechia e i capi andarono a vedere i mucchi, benedirono il Signore e il suo popolo. [9]Ezechia interrogò i sacerdoti e i leviti a proposito dei mucchi. [10]Allora Azaria, sommo sacerdote, della casa di Zadòk, prese la parola e gli disse: «Da quando si cominciò a portare le offerte nella casa del Signore, abbiamo mangiato a sazietà e ne è avanzato in abbondanza, poiché il Signore ha benedetto il suo popolo e ciò che resta è questa gran quantità».

[11]Allora Ezechia ordinò di preparare delle stanze nel tempio del Signore. Quando furono pronte, [12]vi portarono i contributi, cioè le decime e le offerte sante, per porli al sicuro. Il levita Conania ne ebbe la sovrintendenza, mentre suo fratello Simei ebbe il secondo posto. [13]Iechièl, Azaria, Nacat, Asaèl, Ierimòt, Iozabàd, Elièl, Ismachia, Macat e Benaià erano sorveglianti sotto gli ordini di Conania e di Simei, suo fratello, per disposizione del re Ezechia e di Azaria, sovrintendente del tempio. [14]Il levita Kore, figlio di Imna, guardiano della porta Orientale, era preposto alle offerte volontarie fatte a Dio; egli doveva distribuire il contributo fatto al Signore e le cose consacrate. [15]Ai suoi ordini c'erano Eden, Miniàmin, Giosuè, Semaia, Amaria e Secania, che risiedevano nelle città sacerdotali, per distribuire le parti ai loro fratelli, secondo le classi, sia ai grandi che ai piccoli.

[16]Ezechia organizzò in gruppi i sacerdoti e i leviti da trent'anni in su, i quali venivano al tempio del Signore, secondo il rito di ogni giorno, per svolgere il loro ufficio secondo i loro obblighi, in conformità con le loro classi.

[17]L'iscrizione dei sacerdoti sui registri veniva fatta secondo i loro casati, mentre quella dei leviti, a partire da vent'anni in su, secondo le loro funzioni e le loro classi. [18]Erano registrati tutti i loro bambini, le loro mogli, i loro figli e le loro figlie con tutta la comunità, perché attendevano in permanenza alle cose sante. [19]Quanto ai figli di Aronne, i sacerdoti che abitavano nelle

campagne suburbane delle loro città, c'erano in ogni città uomini designati per nome, che dovevano fare le distribuzioni ad ogni maschio tra i sacerdoti e ad ogni levita che risultava registrato. ²⁰Ezechia agì in questo modo in tutta la Giudea; fece ciò che è buono, retto e leale al cospetto del Signore, suo Dio. ²¹In ogni opera che egli intraprese per il servizio del tempio di Dio, in favore della legge e dei comandamenti, per ricercare il suo Dio, lo fece con tutto il cuore e perciò ebbe successo.

32 Invasione di Sennàcherib. - ¹Dopo questi fatti e prove di fedeltà giunse Sennàcherib, re di Assiria. Entrò in Giudea, assediò le città fortificate e ordinò di aprirvi delle brecce. ²Quando Ezechia vide che Sennàcherib era arrivato con il proposito di attaccare Gerusalemme, ³tenne consiglio con i prìncipi e con i suoi prodi, per ostruire le acque delle sorgenti che si trovavano fuori della città; essi lo appoggiarono. ⁴Si riunì pertanto una folla di popolo e furono otturate tutte le sorgenti e i corsi d'acqua che scorrevano in mezzo al paese. «Perché — si diceva — i re di Assiria dovrebbero venire e trovare acque abbondanti?». ⁵Egli agì da forte: riparò tutte le mura rovinate, vi eresse sopra le torri e al di fuori un muro esterno. Rafforzò il Millo della Città di Davide, indi fece preparare giavellotti e scudi in gran numero. ⁶Alla testa del popolo pose capi militari, li radunò presso di sé sulla piazza presso la porta della città e così parlò al loro cuore: ⁷«Siate forti e fatevi coraggio! Non temete e non spaventatevi di fronte al re di Assiria e di fronte a tutta la moltitudine che è insieme a lui, perché con noi c'è uno più grande che non con lui. ⁸Con lui vi è un braccio di carne, mentre con noi c'è il Signore, nostro Dio, per soccorrerci e combattere le nostre battaglie». Il popolo ebbe fiducia nelle parole di Ezechia, re di Giuda.

⁹Dopo di ciò Sennàcherib, re di Assiria, mentre si trovava a Lachis con tutte le sue forze, inviò i suoi servitori a Gerusalemme presso Ezechia, re di Giuda, e presso tutti i Giudei che si trovavano a Gerusalemme per dir loro: «¹⁰Così parla Sennàcherib, re di Assiria: In che cosa riponete la vostra fiducia, assediati come siete in Gerusalemme? ¹¹Non vi seduce forse Ezechia per consegnarvi alla morte di fame e di sete,

quando afferma: "Il Signore, nostro Dio, ci libererà dalla mano del re di Assiria"? ¹²Non è forse lui, Ezechia, che fece rimuovere le sue alture e i suoi altari ordinando a Giuda e Gerusalemme: "Dinanzi a un unico altare voi vi prosternerete e su di esso offrirete l'incenso"? ¹³Non sapete forse ciò che ho fatto, io e i miei padri, a tutti i popoli dei paesi? Sono stati forse capaci gli dèi delle genti di quelle regioni di liberare i loro paesi dalla mia mano? ¹⁴Tra tutti gli dèi di quelle nazioni che i miei padri hanno votato all'anatema, chi poté liberare il proprio popolo dalla mia mano? E il vostro Dio potrà liberarvi dalla mia mano? ¹⁵Or dunque, Ezechia non v'inganni e non vi seduca in questo modo; non prestategli fede! Se infatti nessun dio di nessuna nazione o regno fu in grado di liberare il suo popolo dalla mia mano e da quella dei miei padri, tanto meno il vostro Dio potrà liberarvi dalla mia mano!».

¹⁶I suoi servitori parlarono ancora contro il Signore Dio e contro Ezechia, suo servo. ¹⁷Sennàcherib aveva scritto una lettera per insultare il Signore, Dio d'Israele, parlando contro di lui in questi termini: «Come gli dèi delle genti dei vari paesi non hanno liberato i popoli dalla mia mano, così il Dio di Ezechia non libererà il suo popolo dalla mia mano». ¹⁸Gl'inviati gridavano a gran voce in lingua giudaica al popolo di Gerusalemme, che si trovava sulle mura, per spaventarlo e sconvolgerlo, al fine di poter conquistare la città. ¹⁹Essi parlavano del Dio di Gerusalemme come di uno degli dèi dei popoli della terra, che sono opera delle mani dell'uomo.

²⁰Ma il re Ezechia e il profeta Isaia, figlio di Amoz, si misero a pregare a questo proposito gridando verso il cielo. ²¹Allora il Signore inviò un angelo che sterminò tutti i prodi guerrieri, i prìncipi e i capi nell'accampamento del re di Assiria. Questi ritornò al suo paese con il viso coperto di vergogna; quando entrò nel tempio del suo dio, coloro che erano usciti dalle sue viscere lo uccisero con la spada. ²²Così il Signore salvò Ezechia e gli abitanti di Gerusalemme dalla mano di Sennàcherib, re di Assiria, e dalla mano di tutti i suoi nemici, dandogli riposo da ogni parte. ²³Molti portarono doni per il Signore a Gerusalemme e oggetti preziosi per Ezechia, re di Giuda, che da allora salì in considerazione agli occhi di tutte le nazioni.

Malattia e fine del re. - ²⁴In quel tempo Ezechia fu colpito da una malattia mortale. Egli pregò il Signore, che gli rispose concedendogli un prodigio. ²⁵Ma Ezechia non corrispose al beneficio che gli era stato concesso, perché il suo cuore si era inorgoglito e sopra di lui, sopra Giuda e Gerusalemme pesò l'ira divina. ²⁶Allora Ezechia si umiliò dell'orgoglio del suo cuore, lui e gli abitanti di Gerusalemme, e così l'ira del Signore non venne sopra di essi durante i giorni di Ezechia.

²⁷Ezechia ebbe ricchezze e onore in grande abbondanza. Si procurò tesori in argento e oro, in pietre preziose, profumi, scudi e in ogni specie di oggetti preziosi. ²⁸Possedette magazzini per il raccolto del grano, del mosto e dell'olio, e anche stalle per ogni specie di bestiame e ovili per i greggi. ²⁹Fece costruire città ed ebbe bestiame minuto e grosso in abbondanza, perché Dio gli aveva concesso un immenso patrimonio.

³⁰Ezechia otturò l'uscita superiore delle acque di Ghicon e le diresse in basso verso l'occidente della città di Davide. Ezechia riuscì in tutte le sue imprese. ³¹Ma quando i capi di Babilonia inviarono a lui dei messi per informarsi del prodigio che era avvenuto nel paese, Dio lo abbandonò per metterlo alla prova e conoscere tutto ciò che era nel suo cuore.

³²Il resto degli atti di Ezechia e delle sue opere pie sono scritti nella Visione del profeta Isaia, figlio di Amoz, e nel libro dei re di Giuda e d'Israele. ³³Ezechia si addormentò con i suoi padri e fu sepolto sulla salita dei sepolcri dei figli di Davide. Alla sua morte tutti i Giudei e gli abitanti di Gerusalemme gli resero onore. E Manasse, suo figlio, regnò al suo posto.

33 Regno di Manasse. - ¹Quando divenne re, Manasse aveva dodici anni; egli regnò a Gerusalemme cinquantacinque anni. ²Fece ciò che è male agli occhi del Signore, seguendo le abominazioni delle nazioni che il Signore aveva scacciato davanti agl'Israeliti. ³Egli ricostruì le alture che Ezechia, suo padre, aveva abbattuto, eresse altari ai Baal, fece i pali sacri, adorò tutto l'esercito del cielo e lo servì. ⁴Fece erigere altari nel tempio del Signore, del quale il Signore aveva detto: «A Gerusalemme il mio nome rimarrà per sempre». ⁵Costruì altari a tutto l'esercito del cielo nei due cortili del tempio del Signore. ⁶Fu lui che fece passare i suoi figli attraverso il fuoco nella valle di Ben-Innòm; praticò l'astrologia, la magia e la divinazione stabilendo negromanti e indovini; moltiplicò il male agli occhi del Signore, in modo da provocarne lo sdegno. ⁷Collocò la statua dell'idolo, che si era fatta, nel tempio di Dio, del quale Dio aveva detto a Davide e a Salomone, suo figlio: «In questo tempio e in Gerusalemme, che ho scelto tra tutte le tribù d'Israele, porrò il mio nome per sempre. ⁸Non voglio che il piede d'Israele si allontani più dal suolo che ho destinato ai loro padri, a condizione che si impegnino a eseguire tutto ciò che ho loro comandato secondo tutta la legge, i decreti e le disposizioni date per mezzo di Mosè». ⁹Ma Manasse sviò Giuda e gli abitanti di Gerusalemme in modo che essi agirono peggio delle nazioni che il Signore aveva distrutto di fronte agl'Israeliti. ¹⁰Il Signore parlò a Manasse e al suo popolo, ma essi non prestarono attenzione.

¹¹Allora il Signore fece marciare contro di essi i capi dell'esercito del re di Assiria; questi presero Manasse con uncini e, legatolo con doppia catena di bronzo, lo condussero in Babilonia. ¹²Trovandosi in angustia Manasse implorò il Signore, suo Dio, e si umiliò profondamente davanti al Dio dei suoi padri. ¹³Lo supplicò e fu esaudito; il Signore ascoltò la sua supplica e lo ricondusse a Gerusalemme nel suo regno. Allora Manasse riconobbe che il Signore è Dio! ¹⁴Dopo di ciò egli costruì un muro esterno alla Città di Davide, a occidente di Ghicon nella valle, fino alla porta dei Pesci, tutto intorno all'Ofel e lo fece molto alto. Poi stabilì capi dell'esercito in tutte le città fortificate di Giuda. ¹⁵Fece sparire dal tempio del Signore gli dèi stranieri e l'idolo, come anche tutti gli altari che aveva costruito sulla collina del tempio del Signore e in Gerusalemme e li gettò fuori della città. ¹⁶Quindi ristabilì l'altare del Signore offrendo sopra di esso sacrifici pacifici e di lode e ordinò ai Giudei di servire il Signore, Dio d'Israele. ¹⁷Tuttavia il popolo continuava a offrire sacrifici sulle alture, ma solamente in onore del Signore, suo Dio. ¹⁸Il resto degli atti di Manasse, la preghiera che egli rivolse al suo Dio e le parole dei veggenti che gli parlarono in nome del Signore, Dio d'Israele, sono scritti negli Atti dei re d'Israele. ¹⁹La sua preghiera e come fu esaudito, ogni suo peccato e infedeltà, i luoghi sui quali eresse le

alture e drizzò pali sacri e idoli prima di essere umiliato, è scritto negli Atti di Cozai. [20]Manasse si addormentò con i suoi padri e fu sepolto nel giardino della sua casa. Al suo posto regnò Amòn, suo figlio.

Regno di Amòn. - [21]Quando cominciò a regnare Amòn aveva ventidue anni e regnò due anni a Gerusalemme. [22]Fece ciò che è male agli occhi del Signore, come aveva fatto Manasse, suo padre. Amòn offrì sacrifici a tutti gli idoli che Manasse, suo padre, aveva fatto costruire e li servì. [23]Non si umiliò davanti al Signore come s'era umiliato Manasse, suo padre, anzi egli, Amòn, aumentò le sue colpe. [24]I suoi servi fecero una congiura contro di lui e lo uccisero nella sua casa. [25]Allora il popolo del paese colpì a morte tutti quelli che avevano cospirato contro il re Amòn e il popolo del paese proclamò re al suo posto Giosia, suo figlio.

34 **Prima riforma di Giosia.** - [1]Quando cominciò a regnare, Giosia aveva otto anni e regnò in Gerusalemme trentun anni. [2]Fece ciò che è retto al cospetto del Signore e seguì la condotta di Davide, suo padre, senza deviare né a destra né a sinistra. [3]Nell'ottavo anno del suo regno, quando era ancora giovane, cominciò a ricercare il Dio di Davide, suo padre, e nel dodicesimo anno cominciò a purificare Giuda e Gerusalemme dalle alture, dai pali sacri, dagli idoli e dalle immagini di metallo fuso. [4]Furono demoliti davanti a lui gli altari dei Baal, fece abbattere gli altari d'incenso che vi erano sopra; frantumò i pali sacri, gl'idoli e le immagini in metallo fuso, li ridusse in polvere, che sparse sui sepolcri di coloro che avevano ad essi sacrificato. [5]Bruciò le ossa dei sacerdoti sui loro altari e così purificò la Giudea e Gerusalemme. [6]Lo stesso fece nelle città di Manasse, di Efraim, di Simeone e fino a Neftali, e nei territori che le attorniavano: [7]abbatté gli altari e frantumò i pali sacri e gl'idoli, riducendoli in polvere e demolì tutti gli altari d'incenso in tutto il paese d'Israele. Poi fece ritorno a Gerusalemme.

Scoperta del libro della legge. - [8]Nell'anno diciottesimo del suo regno, dopo aver purificato il paese e il tempio, incaricò Safàn, figlio di Asalia, Maaseia, governatore della città, e Ioach, figlio di Ioacaz, archivista, di restaurare il tempio del Signore, suo Dio.

[9]Essi si recarono presso il sommo sacerdote Chelkia e consegnarono il denaro depositato nel tempio, che i leviti, custodi della porta, avevano raccolto da Manasse, da Efraim e da tutto il resto d'Israele, da tutta la Giudea, da Beniamino e dagli abitanti di Gerusalemme. [10]Lo consegnarono in mano ai direttori dei lavori che erano preposti al tempio del Signore, i quali lo impiegarono per gli operai che lavoravano nel tempio del Signore, per consolidarlo e restaurarlo; [11]lo consegnarono ai carpentieri e ai muratori, per acquistare pietre di taglio e legname per le armature e le travature dei locali che i re di Giuda avevano lasciato andare in rovina. [12]Quegli uomini lavoravano con onestà; si trovavano sotto la sorveglianza di Iacat e di Abdia, leviti dei figli di Merari, e di Zaccaria e Mesullam, Keatiti, che li dirigevano. I leviti, tutti esperti di strumenti musicali, [13]sorvegliavano i portatori e dirigevano tutti quelli che eseguivano lavori nei diversi servizi. Alcuni leviti erano anche scribi, ispettori e portieri.

[14]Mentre si prelevava il denaro depositato nel tempio del Signore, il sacerdote Chelkia trovò il libro della legge del Signore, data per mezzo di Mosè. [15]Allora Chelkia, presa la parola, disse allo scriba Safàn: «Ho trovato nel tempio del Signore il libro della legge». Chelkia consegnò il libro a Safàn. [16]Safàn portò il libro dal re a cui riferì: «I tuoi servi eseguono tutto ciò che è stato loro ordinato. [17]Hanno versato il denaro trovato nel tempio del Signore e l'hanno consegnato ai sovrintendenti e agli operai». [18]Poi lo scriba Safàn annunciò al re: «Il sacerdote Chelkia mi ha dato un libro». Safàn ne lesse una parte alla presenza del re. [19]Quando il re udì le parole della legge si strappò le vesti. [20]Egli diede quest'ordine a Chelkia, ad Achikam, figlio di Safàn, ad Abdon, figlio di Mica, allo scriba Safàn e ad Asaia, ministro del re: [21]«Andate a consultare il Signore per me e per quelli che sono rimasti in Israele e in Giuda circa le parole del libro che è stato trovato; difatti grande è la collera del Signore, riversatasi sopra di noi, perché i nostri padri non osservarono la parola del Signore, agendo in conformità con quanto è scritto in questo libro».

[22]Allora Chelkia, insieme con quelli che il re aveva designato si recò dalla profetessa Culda, moglie di Sallùm, figlio di Tokat, figlio di Casra, il guardarobiere del tempio; essa abitava a Gerusalemme nella

città nuova. Le parlarono in questo senso [23]ed ella rispose: «Così parla il Signore, Dio d'Israele: Riferite all'uomo che vi ha inviato da me: [24]Così parla il Signore: "Ecco, faccio venire una sciagura su questo luogo e sui suoi abitanti, tutte le maledizioni scritte nel libro che è stato letto al cospetto del re di Giuda. [25]Poiché mi hanno abbandonato e hanno offerto incenso a divinità straniere, così da provocarmi a sdegno con tutte le opere delle loro mani, la mia collera si riverserà su questo luogo e non si spegnerà". [26]Al re di Giuda, che vi ha inviato a consultare il Signore, direte: Così parla il Signore, Dio d'Israele: "A proposito delle parole che hai udito, [27]poiché il tuo cuore si è intenerito e ti sei umiliato davanti a Dio udendo le mie parole contro questo luogo e contro i suoi abitanti, ti sei umiliato davanti a me, hai strappato le tue vesti e hai pianto al mio cospetto, anch'io ti ho ascoltato. Oracolo del Signore. [28]Ecco che ti riunirò con i tuoi padri, sarai accolto in pace nel tuo sepolcro. I tuoi occhi non vedranno tutta la sciagura che farò venire su questo luogo e sui suoi abitanti"». Quelli riportarono il messaggio al re.

Rinnovazione dell'alleanza. - [29]Allora per ordine del re si riunirono tutti gli anziani di Giuda e di Gerusalemme. [30]Il re salì al tempio del Signore insieme con tutti gli uomini di Giuda e con gli abitanti di Gerusalemme, i sacerdoti, i leviti e tutto il popolo, dal più grande al più piccolo. Egli fece leggere in loro presenza tutte le parole del libro dell'alleanza trovato nel tempio del Signore. [31]Il re, stando ritto sul suo podio, concluse un'alleanza davanti al Signore, impegnandosi a seguire il Signore, osservare i suoi precetti, le sue prescrizioni e i suoi decreti con tutto il cuore e con tutta l'anima, in modo da mettere in pratica le parole dell'alleanza scritte in quel libro. [32]Egli vi fece aderire tutti quelli che si trovavano in Gerusalemme e Beniamino. Gli abitanti di Gerusalemme agirono secondo l'alleanza di Dio, del Dio dei loro padri. [33]Giosia fece sparire tutte le abominazioni da tutti i territori appartenenti agl'Israeliti e costrinse quanti si trovavano in Israele a servire il Signore, loro Dio. Durante tutta la sua vita essi non si allontanarono dal Signore, il Dio dei loro padri.

35 Celebrazione della Pasqua. - [1]Giosia celebrò in Gerusalemme una Pasqua in onore del Signore; si immolò la Pasqua il quattordicesimo giorno del primo mese. [2]Stabilì i sacerdoti nei loro uffici e li confermò nel servizio del tempio del Signore. [3]Egli disse ai leviti che istruivano tutto Israele ed erano consacrati al Signore: «Collocate l'arca santa nel tempio costruito da Salomone, figlio di Davide, re d'Israele; ciò non è più un peso per le vostre spalle. Ora servite il Signore, vostro Dio e il suo popolo Israele. [4]Tenetevi pronti, secondo i vostri casati, secondo le vostre classi, in conformità con la prescrizione di Davide, re d'Israele, e di Salomone, suo figlio. [5]State nel santuario a disposizione dei gruppi formati dai casati dei vostri fratelli, dei figli del popolo: a loro disposizione vi sia una parte di un casato dei leviti. [6]Immolate la Pasqua, santificatevi, preparatela per i vostri fratelli, mettendo in esecuzione la parola del Signore trasmessa da Mosè».

[7]Giosia donò ai figli del popolo bestiame minuto, agnelli e capretti, da servire come vittime pasquali per tutti quelli che si trovavano lì presenti. Il loro numero era di trentamila, e in più tremila buoi. Ciò proveniva dai beni del re. [8]Anche i suoi capi fecero offerte spontanee al popolo, ai sacerdoti e ai leviti. Chelkia, Zaccaria e Iechièl, sovrintendenti del tempio di Dio, offrirono ai sacerdoti come vittime pasquali duemilaseicento agnelli e trecento buoi. [9]Conania, Semaia, Netaneèl, suoi fratelli, Casabia, Iechièl e Iozabàd, capi dei leviti, donarono ai leviti come vittime pasquali cinquemila agnelli e cinquecento buoi. [10]Così il servizio fu pronto: i sacerdoti si misero al loro posto, così pure i leviti, secondo le loro classi, come aveva ordinato il re. [11]Si immolò la Pasqua; i sacerdoti spargevano il sangue, mentre i leviti scorticavano la pelle. [12]Misero da parte gli olocausti per distribuirli ai figli del popolo, secondo le divisioni dei vari casati, perché li potessero offrire al Signore secondo ciò che è scritto nel libro di Mosè; lo stesso si fece per i buoi. [13]Secondo la regola si arrostì l'agnello pasquale sul fuoco, mentre le parti consacrate furono cotte nelle pentole, nelle caldaie e nei tegami; il tutto fu sollecitamente distribuito ai figli del popolo. [14]Dopo di ciò prepararono la Pasqua per se stessi e per i sacerdoti, perché i sacerdoti, figli di Aronne, furono impegnati fino alla notte nell'offrire olocausti e parti grasse; perciò i leviti fecero i preparativi per se stessi e per i

sacerdoti, figli di Aronne. [15]I cantori, figli di Asaf, stavano al loro posto, come avevano ordinato Davide, Asaf, Eman e Idutun, il veggente del re; i portieri stavano presso ciascuna porta. Nessuno di essi ebbe ad assentarsi dal suo posto, perché i leviti, loro fratelli, prepararono tutto per essi. [16]Così in quel giorno fu organizzato tutto il servizio del Signore per la celebrazione della Pasqua e per l'offerta degli olocausti sull'altare del Signore, secondo l'ordine del re Giosia. [17]Gl'Israeliti che si trovavano là celebrarono la Pasqua, come anche la festa degli Azzimi, durante sette giorni. [18]Non si era celebrata in questo modo la Pasqua in Israele dal tempo del profeta Samuele; nessun re d'Israele aveva celebrato una Pasqua come quella che festeggiò Giosia, insieme con i sacerdoti, i leviti, tutti i Giudei e gl'Israeliti che si trovavano là con gli abitanti di Gerusalemme. [19]Questa Pasqua fu celebrata nel diciottesimo anno del regno di Giosia.

Tragica morte. - [20]Dopo tutto ciò che Giosia aveva fatto per riorganizzare il tempio, Necao, re d'Egitto, partì per andare a combattere a Carchemis sull'Eufrate; Giosia gli mosse incontro. [21]Quegli gli inviò messaggeri a dirgli: «Che cosa ho da fare con te, o re di Giuda? Non è contro di te che vengo oggi, ma contro una casa con cui mi trovo in guerra, e Dio mi ha ordinato di affrettarmi. Cessa perciò di opporti al Dio che è con me, affinché non ti distrugga». [22]Ma Giosia non si ritirò, anzi decise di combattere contro di lui, non prestando ascolto alle parole di Necao, che venivano da Dio; egli attaccò battaglia nella pianura di Meghiddo. [23]Gli arcieri tirarono sul re Giosia; il re ordinò ai suoi servi: «Portatemi via, perché sono gravemente ferito». [24]I suoi servi lo tolsero dal carro e fattolo salire su un altro carro, lo condussero a Gerusalemme, dove morì. Fu sepolto nei sepolcri dei suoi padri. Tutto Giuda e Gerusalemme presero il lutto per Giosia. [25]Geremia compose una lamentazione su Giosia; tutti i cantori e le cantatrici nei loro canti funebri hanno parlato di Giosia fino ad oggi; ciò divenne una regola in Israele; ecco, essi stanno iscritti nelle Lamentazioni. [26]Il resto degli atti di Giosia e le sue opere di pietà, conformi a ciò

che sta scritto nella legge del Signore, [27]le sue azioni, le prime come le ultime, sono descritte nel libro dei re d'Israele e di Giuda.

36 Fine del regno di Giuda. - [1]Il popolo del paese prese Ioacaz, figlio di Giosia, e lo proclamò re in Gerusalemme al posto di suo padre. [2]Quando divenne re Ioacaz aveva ventitré anni; regnò tre mesi in Gerusalemme. [3]Il re d'Egitto lo destituì in Gerusalemme e impose al paese un contributo di cento talenti d'argento e di un talento d'oro. [4]Quindi il re d'Egitto costituì re sulla Giudea e su Gerusalemme suo fratello, Eliakìm, cui cambiò il nome in Ioiakìm. Quanto a suo fratello Ioacaz, Necao lo prese e lo condusse in Egitto.

[5]Quando Ioiakìm divenne re, aveva venticinque anni; regnò undici anni in Gerusalemme. Fece ciò che è male al cospetto del Signore, suo Dio. [6]Contro di lui marciò Nabucodònosor, re di Babilonia, il quale lo legò con catene di bronzo per condurlo in Babilonia. [7]Anche una parte degli oggetti del tempio del Signore Nabucodònosor l'asportò in Babilonia, deponendola nella sua reggia in Babilonia. [8]Il resto degli atti di Ioiakìm, le abominazioni che commise e ciò che gli si può imputare sono descritti nel libro dei re d'Israele e di Giuda. Al suo posto divenne re suo figlio Ioiachìn.

[9]Quando divenne re, Ioiachìn aveva diciotto anni; regnò in Gerusalemme tre mesi e dieci giorni e fece ciò che è male al cospetto del Signore. [10]All'inizio del nuovo anno il re Nabucodònosor inviò a prenderlo e lo fece condurre a Babilonia insieme agli oggetti preziosi del tempio del Signore. Egli nominò re su Giuda e su Gerusalemme Sedecia, suo fratello.

[11]Quando divenne re, Sedecia aveva ventun anni; regnò undici anni in Gerusalemme; [12]fece ciò che è male al cospetto del Signore, suo Dio. Non si umiliò davanti al profeta Geremia, interprete del Signore. [13]Osò persino ribellarsi contro il re Nabucodònosor, che gli aveva fatto giurare fedeltà in nome di Dio. Irrigidì la sua cervice e si ostinò nel suo cuore senza far ritorno al Signore, Dio d'Israele. [14]Anche tutti i capi di Giuda, i sacerdoti e il popolo moltiplicarono le loro infedeltà conformandosi a tutte le abominazioni delle genti e contaminarono il tempio che il Signore si era consacrato in Gerusalemme. [15]Il Signore, Dio dei loro

---

36. - [15.] Dio è paragonato a un padre di famiglia, sollecito nel mandare i suoi servi, desideroso del bene dei suoi figli.

padri, mandò sin dall'inizio e senza posa i suoi messaggeri ad avvertirli, perché aveva compassione del suo popolo e della sua dimora, [16]ma essi schernirono i messaggeri di Dio, disprezzarono le loro parole e si burlarono dei suoi profeti, finché la collera del Signore contro il suo popolo raggiunse un punto in cui non c'era più rimedio. [17]Allora il Signore fece marciare contro di loro il re dei Caldei, il quale uccise di spada i loro giovani all'interno del santuario, senza avere pietà per i giovani, le vergini, i vecchi, e le teste canute. Il Signore consegnò ogni cosa in suo potere. [18]Tutti gli oggetti del tempio di Dio, i grandi e i piccoli, i tesori del tempio del Signore e i tesori del re e dei suoi prìncipi, tutto fu portato in Babilonia. [19]Il tempio di Dio fu dato alle fiamme, le mura di Gerusalemme furono abbattute, tutti i suoi palazzi furono consumati dal fuoco, tutti i suoi oggetti preziosi furono destinati alla distruzione. [20]Nabucodònosor deportò in Babilonia quelli che erano sopravvissuti alla spada; essi divennero schiavi suoi e dei suoi figli fino all'avvento del regno persiano. [21]Così si compiva la parola del Signore predetta da Geremia: «Finché il paese non abbia scontato i suoi sabati, esso riposerà durante tutto il tempo della desolazione fino al termine di settant'anni».

L'editto di Ciro.

[22]Nel primo anno di Ciro, re di Persia, in adempimento della parola del Signore, pronunciata da Geremia, il Signore suscitò lo spirito di Ciro, re di Persia. Egli fece proclamare per tutto il suo regno, a voce e per iscritto: «[23]Così parla Ciro, re di Persia: Il Signore, il Dio dei cieli, ha dato in mio potere tutti i regni della terra; egli stesso mi ha incaricato di costruirgli un tempio in Gerusalemme, che si trova in Giuda. Chiunque tra voi appartenga al suo popolo, il Signore, suo Dio, sia con lui e si metta in cammino».

---

17. *Il re dei Caldei* o Babilonesi: Nabucodonosor, re dal 605 al 562 a.C.
21. La schiavitù di settant'anni fu predetta da Geremia 25,11; 29,10.
22-23. Il libro termina con una luce di speranza.

ESDRA

*Esdra e Neemia sono i due principali personaggi della ricostruzione della comunità giu-
daica formata a Gerusalemme dai reduci dell'esilio babilonese e dai loro discendenti. I due
libri formano un'unica opera letteraria e insieme a 1-2Cr costituscono la grande opera storica detta del Cronista.*

*I libri di Esdra e Neemia si articolano in cinque parti. La prima (Esd 1-6) narra il ritorno
dei primi esuli da Babilonia grazie all'editto del re Ciro (538 a.C.). Tra molte difficoltà sul
luogo del tempio viene eretto un altare per l'offerta dei sacrifici. Più tardi verrà ricostruito
il tempio, ultimato nel 515. Nella seconda parte (Esd 7-10) è descritta l'opera del sacerdote Esdra per una profonda riforma religiosa secondo la legge mosaica. Nella terza parte
(Ne 1-7) l'alto funzionario del re Artaserse, Neemia, ottiene l'autorizzazione di andare a
visitare la città santa e d'iniziare la ricostruzione delle mura. Nella quarta parte (Ne 8-9)
Esdra restaura il culto e la celebrazione delle feste in conformità con la legge di Mosè. Nella quinta parte (Ne 10-13) Neemia, durante un secondo soggiorno a Gerusalemme, inaugura solennemente le mura riedificate e prende varie misure per riformare la vita morale e
civile della comunità giudaica.*

*La nazione giudaica, privata dell'indipendenza nazionale e politica, doveva dar vita a
una comunità religiosa che affrontasse con coraggio la nuova situazione. L'osservanza della legge mosaica, letta e spiegata al popolo (Ne 8), era il mezzo fondamentale per conservare la propria identità religiosa e nazionale di popolo dell'alleanza con Dio.*

*Quest'opera, la cui cronologia è molto problematica, è l'unica che offre informazioni
sulla comunità giudaica dalla fine dell'esilio agli ultimi decenni del 400 a.C.*

PRIMO RITORNO DALL'ESILIO
E RICOSTRUZIONE DEL TEMPIO

1 **Editto di Ciro e ritorno.** - [1]Nell'anno
primo di Ciro, re di Persia, allo scopo di
realizzare la parola del Signore pronunciata
per bocca di Geremia, il Signore suscitò lo
spirito di Ciro, re di Persia, il quale diffuse
un proclama in tutto il suo regno, anche
per iscritto, annunciando: [2]«Così dice il re
di Persia, Ciro. Il Signore, Dio del cielo, mi
ha consegnato tutti i regni della terra e mi
ha comandato di edificargli una casa a Gerusalemme, in Giuda. [3]Chi tra voi appartiene al suo popolo? Il suo Dio sia con lui: salga pure a Gerusalemme, in Giuda, e costruisca la casa del Signore Dio d'Israele,
Dio che è in Gerusalemme. [4]Tutto il resto
del popolo, in tutti i luoghi dov'esso dimora, dai residenti in quei luoghi sia rifornito

d'argento, d'oro, di beni e di bestiame, di
offerte volontarie per la casa di Dio, che è a
Gerusalemme».

[5]Allora i capifamiglia di Giuda e Beniamino, i sacerdoti e i leviti, assieme a tutti coloro
ai quali Dio aveva ridestato lo spirito, si levarono per andare a costruire la casa del Signore, a Gerusalemme. [6]Tutti i loro vicini li provvidero con le loro mani di oggetti d'argento,
d'oro, di beni, di bestiame e di cose preziose
in quantità, oltre a tutte le offerte volontarie.

---

1. - [1.] *Ciro* regnava da quasi vent'anni sulla Persia
e la Media, ma qui è considerato come suo primo anno di regno il 539 in cui divenne re di Babilonia e
quindi anche dei Giudei. *La parola pronunciata per
bocca di Geremia*: il profeta, in 25,10-11, aveva predetto la supremazia di Babilonia sul Medio Oriente, e
quindi anche su Giuda, indicandone pure la durata in
cifra tonda: settant'anni. Ciò che infatti avvenne dal
605 al 539 a.C.

⁷Il re Ciro trasse fuori le suppellettili della casa del Signore che Nabucodònosor aveva portato via da Gerusalemme e aveva collocato nella casa del suo Dio. ⁸Ciro re di Persia le fece prelevare per mezzo di Mitridate, il tesoriere, e le consegnò contate a Sesbassar, principe di Giuda. ⁹Questo è il loro computo: trenta bacinelle d'oro, mille bacinelle d'argento, ventinove coltelli, ¹⁰trenta coppe d'oro, quattrocentodieci coppe d'argento di second'ordine, mille altre suppellettili. ¹¹Le suppellettili d'oro e d'argento erano tutte insieme cinquemilaquattrocento. Sesbassar le riportò tutte da Babilonia a Gerusalemme, quando gli esuli vi furono ricondotti.

2 Elenco dei rimpatriati con Zorobabele.

¹Questi sono gli abitanti della provincia che tornarono dalla prigionia dell'esilio, coloro che Nabucodònosor, re di Babilonia, aveva esiliati. Essi tornarono a Gerusalemme e in Giuda, ciascuno alla sua città. ²Vennero con Zorobabele, Giosuè, Neemia, Seraia, Reelaia, Mardocheo, Bilsan, Mispar, Bigai, Recum, Baana.

Numero degli uomini del popolo d'Israele:
³ Figli di Paros: duemilacentosettantadue.
⁴ Figli di Sefatia: trecentosettantadue.
⁵ Figli di Arach: settecentosettantacinque.
⁶ Figli di Pacat-Moab, cioè i figli di Giosuè e di Ioab: duemilaottocentodieci.
⁷ Figli di Elam:
  milleduecentocinquantaquattro.
⁸ Figli di Zattu:
  novecentoquarantacinque.
⁹ Figli di Zaccai: settecentosessanta.
¹⁰ Figli di Bani: seicentoquarantadue.
¹¹ Figli di Bebai: seicentoventitré.
¹² Figli di Azgad: milleduecentoventidue.
¹³ Figli di Adonikam: seicentosessantasei.
¹⁴ Figli di Bigvai: duemilacinquantasei.
¹⁵ Figli di Adin:
  quattrocentocinquantaquattro.
¹⁶ Figli di Ater, cioè di Ezechia: novantotto.
¹⁷ Figli di Bezai: trecentoventitré.
¹⁸ Figli di Iora: centododici.
¹⁹ Figli di Casum: duecentoventitré.
²⁰ Figli di Ghibbar: novantacinque.
²¹ Figli di Betlemme: centoventitré.
²² Uomini di Netofa: cinquantasei.
²³ Uomini di Anatòt: centoventotto.
²⁴ Figli di Azmavet: quarantadue.
²⁵ Figli di Kiriat-Iearim, di Chefira e di Beerot: settecentoquarantatré.

²⁶ Figli di Rama e di Gheba:
  seicentoventuno.
²⁷ Uomini di Micmas: centoventidue.
²⁸ Uomini di Betel e di Ai:
  duecentoventitré.
²⁹ Figli di Nebo: cinquantadue.
³⁰ Figli di Magbis: centocinquantasei.
³¹ Figli di un altro Elam:
  milleduecentocinquantaquattro.
³² Figli di Carim: trecentoventi.
³³ Figli di Lod, Cadid e Ono:
  settecentoventicinque.
³⁴ Figli di Gerico: trecentoquarantacinque.
³⁵ Figli di Senaa: tremilaseicentotrenta.
³⁶ I sacerdoti:
  Figli di Iedaia della casa di Giosuè:
  novecentosettantatré.
³⁷ Figli di Immer: millecinquantadue.
³⁸ Figli di Pascur:
  milleduecentoquarantasette.
³⁹ Figli di Carim: millediciassette.
⁴⁰ I leviti:
  Figli di Giosuè e di Kadmiel, di Binnui e di Odavia: settantaquattro.
⁴¹ I cantori:
  Figli di Asaf: centoventotto.
⁴² I portieri:
  Figli di Sallum, figli di Ater, figli di Talmont, figli di Akkub, figli di Catita, figli di Sobai: in tutto centotrentanove.
⁴³ Gli oblati:
  Figli di Zica, figli di Casufa,
  figli di Tabbaot, ⁴⁴figli di Keros,
  figli di Siaa, figli di Padon,
  ⁴⁵figli di Lebana, figli di Cagaba,
  figli di Akkub, ⁴⁶figli di Cagab,
  figli di Samlai, figli di Canan,
⁴⁷ figli di Ghiddel, figli di Gacar,
  figli di Reaia, ⁴⁸figli di Rezin,
  figli di Nekoda, figli di Gazzam,
⁴⁹ figli di Uzza, figli di Paseach,
  figli di Besai, ⁵⁰figli di Asna,
  figli di Meunim, figli di Nefisim,
⁵¹ figli di Bakbuk, figli di Cakufa,
  figli di Carcur, ⁵²figli di Bazlut,
  figli di Mechida, figli di Carsa,
⁵³ figli di Barkos, figli di Sisara,
  figli di Temach, ⁵⁴figli di Nesiach,
  figli di Catifa.

---

⁸· Sesbassar è un personaggio sconosciuto. Il nome è babilonese. C'è chi lo identifica con Zobobabele. Altri, più probabilmente, lo considerano personaggio distinto, chiamato *principe di Giuda* per l'incarico del re Ciro che lo costituì suo rappresentante presso i Giudei di ritorno alla loro patria.

⁵⁵ Figli dei servi di Salomone:
Figli di Sotai, figli di Assoferet,
figli di Peruda, ⁵⁶figli di Iaala,
figli di Darkon, figli di Ghiddel,
⁵⁷ figli di Sefatia, figli di Cattil,
figli di Pocheret Azzebaim, figli di Ami.
⁵⁸ Totale degli oblati e dei figli dei servi di
Salomone: trecentonovantadue.

⁵⁹ I seguenti rimpatriati da Tel-Melach,
Tel-Carsa, Cherub-Addan, Immer, non
potevano dimostrare se il loro casato e
la loro discendenza fossero d'Israele:
⁶⁰ Figli di Delaia, figli di Tobia, figli di
Nekoda: seicentocinquantadue.

⁶¹Tra i sacerdoti i seguenti:
figli di Cobaia, figli di Akkoz, figli di
Barzillai, il quale aveva preso in moglie
una delle figlie di Barzillai il galaadita e
aveva assunto il suo nome, ⁶²cercarono il
loro registro genealogico, ma non lo trovarono; allora furono esclusi dal sacerdozio.
⁶³Il governatore ordinò loro che non man-
giassero le cose santissime, finché non si
presentasse un sacerdote con *urim* e *tummim*.

⁶⁴Tutta la comunità così radunata era di
quarantaduemilatrecentosessanta persone;
⁶⁵inoltre vi erano i loro schiavi e le loro
schiave: questi erano settemilatrecento-
trentasette; poi vi erano i cantori e le cantanti: duecento.

⁶⁶I loro cavalli: settecentotrentasei.

I loro muli: duecentoquarantacinque.

⁶⁷I loro cammelli: quattrocentotrentacin-
que.

I loro asini: seimilasettecentoventi.

⁶⁸Alcuni capifamiglia, al loro arrivo al
tempio che è in Gerusalemme, fecero offerte volontarie per il tempio, perché fosse ripristinato nel suo stato. ⁶⁹Secondo le
loro forze diedero al tesoro della fabbrica:
oro: dramme sessantunmila; argento: mine cinquemila; tuniche per sacerdoti:
cento.

⁷⁰Poi i sacerdoti, i leviti, alcuni del popo-
lo, i cantori, i portieri e gli oblati si stabilirono nelle rispettive città e tutti gli Israeliti
nelle loro città.

3 Ricostruzione dell'altare e fondamenta del tempio. - ¹Come giunse il settimo
mese, mentre i figli d'Israele erano nelle loro città, il popolo si adunò come un sol uomo in Gerusalemme. ²Si levò allora Giosuè
figlio di Iozadak, assieme ai suoi fratelli sacerdoti e a Zorobabele, figlio di Sealtiel, con
i fratelli suoi, e costruirono l'altare del Dio
d'Israele, per offrirvi olocausti, come sta
scritto nella legge di Mosè, uomo di Dio.
³Ristabilirono l'altare sul suo fondamento,
benché su di loro gravasse il timore dei popoli del paese; sopra di esso offrirono olocausti al Signore, olocausti del mattino e
della sera. ⁴Celebrarono la festa delle Capanne, come sta scritto, e offrirono olocausti ogni giorno, nella quantità che è di regola giorno per giorno. ⁵Da allora si continuò
ad offrire l'olocausto perpetuo e l'olocausto
per i noviluni e per tutti i tempi sacri del Signore, e per chiunque facesse qualche offerta volontaria al Signore. ⁶Cominciarono a
offrire olocausti al Signore dal primo giorno
del settimo mese, benché le fondamenta
del tempio del Signore non fossero ancora
state poste. ⁷Diedero allora denaro ai tagliapietre e ai legnaioli, viveri e bevande e olio
a quelli di Sidone e di Tiro, perché facessero giungere legni di cedro dal Libano a Giaffa, via mare, secondo l'autorizzazione di Ciro, re di Persia, a loro favore. ⁸Nel secondo
anno del loro arrivo alla casa di Dio in Gerusalemme, nel secondo mese, Zorobabele,
figlio di Sealtiel, e Giosuè, figlio di Iozadak,
e gli altri loro fratelli sacerdoti e i leviti e
quanti erano venuti dalla prigionia a Gerusalemme, si misero all'opera. Posero a dirigere il lavoro della casa del Signore i leviti
dai vent'anni in su. ⁹Giosuè, i suoi figli e
fratelli, Kadmiel, Binnui e Odavia dirigevano come un sol uomo gli esecutori del lavoro nella casa di Dio; così pure i figli di Chenadad, i loro figlioli e i loro fratelli leviti.

¹⁰Mentre i costruttori gettavano le fonda-
menta del tempio del Signore, i sacerdoti
assistevano nei loro paramenti con trombe,
e i leviti figli di Asaf con cembali, inneg-
giando al Signore secondo gli ordini di Davide, re d'Israele. ¹¹Lodavano e ringraziava-
no il Signore, poiché «egli è buono, la sua
misericordia verso Israele è per sempre!».

Tutto il popolo mandava alte grida di
gioia lodando il Signore, perché venivano
poste le fondamenta della casa del Signore.
¹²Molti però dei sacerdoti e leviti e capifa-
miglia anziani, che avevano visto l'antico

---

3. - ^{1.} *Settimo mese* era Tisri (settembre-ottobre).
Era l'anno del ritorno. Prima preoccupazione fu il ristabilimento del culto, per riprendere così le relazioni con il Dio dell'alleanza che li aveva ricondotti in
patria dopo il lungo e doloroso esilio.

tempio, singhiozzavano forte mentre davanti ai loro occhi venivano gettate le fondamenta di quello nuovo, ma i più alzavano grida con voci di gioia e d'allegrezza; [13]cosicché non si poteva distinguere la voce di gioia e d'allegrezza dalla voce di pianto, perché la folla lanciava grida possenti, tanto che il frastuono si udiva da lontano.

4 Opposizioni ai lavori. - [1]Quando i nemici di Giuda e Beniamino vennero a sapere che i deportati costruivano un tempio al Signore, Dio d'Israele, [2]si recarono da Zorobabele, da Giosuè e dai capifamiglia e dissero loro: «Vogliamo costruire assieme a voi, perché anche noi invochiamo il vostro Dio, come voi, e gli offriamo sacrifici sin dai giorni di Assaràddon, re di Assiria, che ci condusse qua». [3]Ma Zorobabele, Giosuè e i capifamiglia d'Israele risposero loro: «Non tocca a voi e a noi insieme edificare un tempio al nostro Dio! Noi soli edificheremo per il Signore Dio d'Israele, così come ci ha comandato il re Ciro, re di Persia». [4]La gente del paese si diede allora a scoraggiare il popolo di Giuda, terrorizzandoli, perché non costruissero; [5]e a corrompere contro di essi alcuni funzionari, per frustrare il loro progetto. Ciò per tutti i giorni di Ciro, re di Persia, sino al regno di Dario, re di Persia.

[6]Durante il regno di Serse, all'inizio del suo regno, essi scrissero una lettera d'accusa contro gli abitanti di Giuda e di Gerusalemme.

[7]Ai giorni poi di Artaserse, Bislam, Mitridate, Tabeèl e altri loro colleghi scrissero ad Artaserse, re di Persia. Lo scritto era in caratteri aramaici e in lingua aramaica.

[8]Recum, governatore, e Simsai, segretario, scrissero una lettera del seguente tenore al re Artaserse, contro Gerusalemme: [9]«Recum, governatore, e Simsai, segretario, e gli altri loro colleghi, i giudici, i controllori, i consoli persiani, gente di Uruk, Babilonia e Susa, cioè di Elam, [10]e degli altri popoli che l'illustre e grande Asnappar ha deportato e stabilito nella città di Samaria e nel resto dell'Oltrefiume, eccetera».

[11]Questa è la copia della lettera che essi gli inviarono: «Al re Artaserse, i tuoi servitori, uomini dell'Oltrefiume, eccetera. [12]Sia reso noto al re che i Giudei, partiti da te e arrivati fra noi a Gerusalemme, stanno riedificando la città ribelle e malvagia, rico-

struiscono le mura e riparano le fondamenta. [13]Ebbene, sia reso noto al re che se questa città viene riedificata e le mura ricostruite, essi non pagheranno più né tributo né imposta né pedaggio; e alla fine ne saranno danneggiati i re. [14]Ora, poiché noi mangiamo il sale del Palazzo e non vogliamo vedere l'ignominia del re, perciò inviamo questa comunicazione al re, [15]affinché siano fatte ricerche nel libro delle Memorie dei tuoi padri: e tu troverai nel libro delle Memorie e verrai a sapere che questa città è una città ribelle, perniciosa ai re e alle province, e vi si fomentano ribellioni sin dai tempi remoti. Perciò questa città fu distrutta. [16]Noi facciamo sapere al re che se questa città viene riedificata e le sue mura ricostruite, non ti resterà di conseguenza nessun possedimento nell'Oltrefiume».

[17]Il re mandò questa risposta: «A Recum, governatore, e a Simsai, segretario, e agli altri loro colleghi, che dimorano in Samaria e nel resto dell'Oltrefiume. Salute, eccetera. [18]La lettera che ci mandaste venne letta in traduzione davanti a me; [19]e da me fu dato ordine di far ricerche. Si è trovato che questa città sin dai tempi antichi insorse contro i re e si compirono in essa sedizioni e rivolte. [20]Vi furono a Gerusalemme re potenti, che dominarono in tutto l'Oltrefiume, sicché tributi, imposte e pedaggio venivano pagati a loro. [21]Perciò date ordine che quella gente sia messa a freno e che la città non si riedifichi prima che da me ne sia dato ordine. [22]E state in guardia dall'esser negligenti a fare ciò! Perché dovrebbe crescere il male a danno del re?».

[23]Non appena la copia della lettera del re Artaserse venne letta davanti a Recum e Simsai, segretario, e ai loro colleghi, essi si recarono in fretta a Gerusalemme dai Giudei e li fecero desistere a mano armata. [24]La costruzione della casa di Dio venne sospesa; e sospesa rimase fino al secondo anno del regno di Dario, re di Persia.

---

4. - [2]. Assaràddon regnò in Ninive dal 681 al 668. Chi fa la richiesta sono gli importati nel regno d'Israele, contemporaneamente alla deportazione degli Israeliti, dopo la caduta di Samaria nel 722/1 (2Re 17,24-33).

[5]. A Ciro successe Cambise, che morì nel 522. Nel 521 salì al trono *Dario I*, il quale fu favorevole ai culti stranieri: sotto di lui, dietro esortazione di Aggeo e Zaccaria, Zorobabele riprese i lavori del tempio che fu finito l'anno sesto di Dario (515 a.C.).

5 **Ripresa dei lavori.** - [1]Intanto i profeti Aggeo e Zaccaria, figlio di Iddo, profetarono ai Giudei in Giuda e a Gerusalemme nel nome del Dio d'Israele che era su di loro. [2]Si alzarono allora Zorobabele, figlio di Sealtiel, e Giosuè, figlio di Iozadak, e cominciarono a costruire il tempio di Dio a Gerusalemme; con essi erano i profeti di Dio, che li sostenevano.

[3]Vennero in quel tempo da loro Tattènai, governatore dell'Oltrefiume, Setar Boznai e i loro colleghi e parlarono ad essi così: «Chi vi ha dato ordine di edificare questo tempio e costruire queste mura? [4]Chi sono e come si chiamano gli uomini che alzano questo edificio?».

[5]Ma sopra gli anziani dei Giudei era lo sguardo del loro Dio. Quelli non li fecero smettere fino a che non si fosse inviato un rapporto a Dario e si fosse avuta una risposta in merito.

[6]Copia della lettera che Tattènai, governatore dell'Oltrefiume, Setar Boznai e i loro colleghi, gli ispettori che sono nell'Oltrefiume, inviarono al re Dario. [7]Gli inviarono un rapporto in cui era scritto: «Al re Dario salute perfetta! [8]Sia noto al re che noi siamo andati nella provincia di Giuda, al tempio del grande Dio. Questo si sta edificando con blocchi di pietra e legname alle pareti. Il lavoro viene svolto con cura e procede bene tra le loro mani. [9]Noi abbiamo interrogato quegli anziani e abbiamo domandato ad essi: "Chi vi ha dato ordine di edificare questo tempio e costruire queste mura?". [10]Abbiamo anche chiesto ad essi i loro nomi per farteli conoscere, scrivendo il nome degli uomini che sono loro a capo. [11]Ecco l'informazione che ci hanno dato: "Noi siamo i servi del Dio del cielo e della terra ed edifichiamo il tempio che nel passato era rimasto in piedi per lunghi anni. Un grande re d'Israele l'aveva alzato e adornato. [12]Ma da quando i nostri padri provocarono l'ira del Dio del cielo, egli li abbandonò in mano di Nabucodònosor, re di Babilonia, il caldeo. Egli distrusse questo tempio e deportò il popolo a Babilonia. [13]Però nel primo anno di Ciro, re di Babilonia, il re Ciro dette ordine di edificare questa casa di Dio. [14]Anche gli utensili in oro e argento della casa di

Dio, che Nabucodònosor aveva tolto dal tempio di Gerusalemme e portato al tempio di Babilonia, il re Ciro fece togliere dal tempio di Babilonia e consegnare a uno di nome Sesbassar, che aveva costituito governatore, [15]dicendogli: 'Prendi questi utensili, va', portali al tempio di Gerusalemme. E il tempio di Dio venga riedificato nel suo luogo'. [16]Allora questo Sesbassar venne e pose le fondamenta della casa di Dio a Gerusalemme. Ebbene, da allora sino ad oggi essa si va costruendo, ma non è ancora terminata". [17]Pertanto, se così piace al re, si facciano ricerche nell'archivio reale a Babilonia, se per caso sia stato dato un ordine, da parte del re Ciro, perché fosse costruita questa casa di Dio a Gerusalemme. E la volontà del re in proposito la si faccia pervenire a noi».

6 **Intervento del re Dario.** - [1]Il re Dario dette ordine allora di far ricerche a Babilonia, nell'archivio, là dove sono conservati i tesori, [2]nella fortezza di Ecbàtana, nella provincia di Media, e fu trovato un rotolo nel quale stava scritto così:

«*Memoriale.* [3]Nel primo anno del re Ciro il re Ciro ha dato un ordine riguardo alla casa di Dio, a Gerusalemme: "Venga edificata la casa come luogo dove si offrano sacrifici. Le fondamenta siano saldamente piantate. La sua altezza sia di sessanta cubiti; la sua larghezza di sessanta cubiti. [4]Vi siano tre ordini di blocchi di pietra e un ordine di legname. La spesa sia sostenuta dalla casa del re. [5]Inoltre, gli utensili della casa di Dio, in oro e argento, che Nabucodònosor fece togliere dal tempio di Gerusalemme e fece portare a Babilonia, siano restituiti. Tornino al loro posto, nel tempio di Gerusalemme, e siano riposti nella casa di Dio". [6]Pertanto statevene lontani di là, Tattènai, governatore dell'Oltrefiume, Setar Boznai e vostri colleghi controllori dell'Oltrefiume! [7]Lasciate proseguire il lavoro di questa casa di Dio. Il governatore dei Giudei e gli anziani dei Giudei costruiranno questa casa di Dio nel suo luogo. [8]Ecco i miei ordini riguardo alla vostra condotta con questi anziani dei Giudei per la ricostruzione di questa casa di Dio: la paga per quegli uomini sia defalcata dalle entrate del re, che provengono dai tributi dell'Oltrefiume, puntualmente, in maniera che non vi sia interruzione. [9]Le cose necessarie per gli olocausti al Dio del cielo — giovani tori, montoni, agnelli, frumento, sale,

---

5. - [3-7.] *Tattènai* era il satrapo delle terre a occidente dell'Eufrate, quindi era sopra Zorobabele o Sesbassar, capo dei Giudei.

olio — vengano date giorno per giorno, senza negligenza, secondo le richieste dei sacerdoti di Gerusalemme, [10]così che essi offrano sacrifici di soave odore al Dio del cielo e preghino per la vita del re e dei suoi figli. [11]L'ordine è dato da me. Se qualcuno contravverrà a questo decreto, si prenda una trave dalla sua casa, la si drizzi ed egli venga appeso su di essa; e la casa sua venga per questa ragione trasformata in immondezzaio. [12]Il Dio che ha fatto dimorare là il suo nome distrugga ogni re e ogni popolo che stenderà la sua mano per disobbedire, per distruggere questa casa di Dio in Gerusalemme. Io, Dario, ho dato l'ordine. Sia eseguito con precisione».

[13]Allora Tattènai, governatore dell'Oltrefiume, Setar Boznai e i loro colleghi agirono esattamente così come il re Dario aveva comandato. [14]Gli anziani dei Giudei continuarono a costruire con successo, sostenuti dalla parola di Aggeo, profeta, e di Zaccaria figlio di Iddo. Essi completarono la costruzione secondo la volontà del Dio d'Israele e l'ordine di Ciro, di Dario e di Artaserse, re di Persia.

Dedicazione del tempio. - [15]Questo tempio fu portato a termine il terzo giorno del mese di Adar, nel sesto anno del regno di re Dario. [16]Allora i figli d'Israele, i sacerdoti, i leviti e gli altri deportati celebrarono con gioia la dedicazione di questa casa di Dio. [17]Offrirono per la dedicazione di questa casa di Dio cento tori, duecento montoni, quattrocento agnelli e dodici capri, secondo il numero delle tribù d'Israele, come sacrificio per il peccato di tutto Israele. [18]Poi stabilirono i sacerdoti secondo le loro classi e i leviti secondo i loro turni, per il servizio liturgico che si svolge a Gerusalemme, come è prescritto dal libro di Mosè.

[19]I deportati celebrarono la Pasqua il quattordicesimo giorno del primo mese, [20]poiché i sacerdoti e i leviti s'erano purificati come un sol uomo; tutti erano puri. Immolarono la Pasqua per tutti i deportati, per i loro fratelli sacerdoti e per se stessi. [21]Ne mangiarono i figli d'Israele, che erano tornati dalla prigionia, e tutti quelli che dalla impurità dei popoli del paese erano passati a loro, per cercare il Signore, Dio d'Israele. [22]Celebrarono con gioia la festa degli Azzimi per sette giorni, perché il Signore li aveva rallegrati, piegando a loro favore il cuore del re d'Assiria, così da incoraggiarli nella costruzione della casa di Dio, del Dio d'Israele.

ATTIVITÀ DI ESDRA

7 Presentazione di Esdra. - [1]Dopo questi avvenimenti, sotto il regno di Artaserse, re di Persia, Esdra, figlio di Seraia, figlio di Azaria, figlio di Chelkia, [2]figlio di Sallùm, figlio di Zadòk, figlio di Achitùb, [3]figlio di Amaria, figlio di Azaria, figlio di Meraiot, [4]figlio di Zerachia, figlio di Uzzi, figlio di Bukki, [5]figlio di Abisua, figlio di Finees, figlio di Eleazaro, figlio di Aronne, sommo sacerdote; [6]Esdra salì a Gerusalemme da Babilonia. Era uno scriba esperto nella legge di Mosè che il Signore, Dio d'Israele, aveva dato. Il re gli concesse tutto quanto egli chiese, perché la mano del Signore, suo Dio, era sopra di lui.

[7]Nel settimo anno del re Artaserse, partirono per Gerusalemme anche alcuni dei figli d'Israele, sacerdoti, leviti, cantori, portinai e oblati. [8]Egli arrivò a Gerusalemme nel quinto mese: era l'anno settimo del re. [9]Il primo giorno del primo mese era stato l'inizio del viaggio da Babilonia, e il primo giorno del quinto mese egli arrivò a Gerusalemme, poiché la mano benevola del suo Dio era sopra di lui.

[10]In realtà Esdra aveva applicato il suo cuore a studiare la legge del Signore, a eseguire e insegnare leggi e usanze in Israele.

Documento di Artaserse. - [11]Ecco la copia della lettera che il re Artaserse dette ad Esdra, sacerdote e scriba, esperto nei co-

---

6. - [22.] È la quarta volta, fin qui, che la Bibbia parla di solenne celebrazione della Pasqua, sempre dopo una grande esperienza salvifica: la notte dell'esodo (Es 12,1-27; 13,1-10); dopo l'entrata nella terra promessa (Gs 5,10-12); dopo il rinnovamento dell'alleanza sotto Giosia (2Re 23,21-23). Ogni riavvicinamento a Dio è consacrato con una celebrazione pasquale: la Pasqua è una presa di coscienza della legge del Sinai, di ciò che Dio vuole dal suo popolo per potergli accordare la salvezza, cioè amore e fedeltà.

7. - [1-6.] *Esdra*: la sua genealogia è priva di molti anelli. È presentato come lo scriba esperto nella legge mosaica, preoccupato della formazione giuridica e religiosa della comunità. Probabilmente egli era già stato a Gerusalemme sotto Neemia (Ne 8,1); ma, come Neemia, era tornato nella terra d'esilio. Nel 398 ritornò a Gerusalemme. *Scriba* (v. 6): dopo l'esilio questo nome indica la professione di chi scrive, cioè copia, studia la legge e la spiega al popolo.

mandamenti pronunciati dal Signore e nei precetti suoi per Israele: [12]«Artaserse, re dei re, a Esdra, sacerdote e scriba della legge del Dio del cielo. Salute, eccetera. [13]Si dà ordine da parte mia che vengano assieme a te tutti coloro che desiderano andare a Gerusalemme, fra il popolo d'Israele, i suoi sacerdoti e leviti nel mio regno. [14]Tu sei inviato da parte del re e dei suoi sette consiglieri per una inchiesta su Giuda e Gerusalemme, secondo la legge del tuo Dio, che è nelle tue mani; [15]per portare l'argento e l'oro che il re e i suoi consiglieri hanno spontaneamente offerto al Dio d'Israele, la cui dimora è a Gerusalemme; [16]e tutto l'argento e l'oro che potrai trovare nell'intera provincia di Babilonia, assieme all'offerta volontaria del popolo e dei sacerdoti, donata per la casa del loro Dio, che è a Gerusalemme.

[17]Con questo denaro tu avrai cura di comperare tori, montoni, agnelli e le loro oblazioni e libazioni, e li offrirai sull'altare della casa del vostro Dio, che è a Gerusalemme. [18]Quanto al rimanente argento e oro, farete quello che a te e ai tuoi fratelli sembrerà bene, secondo la volontà del vostro Dio. [19]Gli utensili che ti saranno dati per il servizio della casa del tuo Dio, riponili davanti al Dio di Gerusalemme. [20]Il rimanente fabbisogno della casa del tuo Dio, che compete a te di fornire, lo provvederai a spese del tesoro reale. [21]Viene dato ordine da me, re Artaserse, a tutti i tesorieri dell'Oltrefiume: tutto ciò che vi comanderà Esdra, sacerdote, scriba della legge del Dio del cielo, eseguitelo puntualmente, [22]fino a cento talenti d'argento, cento *kor* di grano, cento *bat* di vino, cento *bat* di olio e sale senza limitazioni. [23]Tutto ciò che viene da un ordine del Dio del cielo, venga eseguito diligentemente per la casa del Dio del cielo, affinché non venga la collera sul regno, sul re e sui suoi figli. [24]Inoltre vi rendiamo noto che non è permesso prelevare tributo, imposta o pedaggio da nessuno dei sacerdoti, leviti,

cantori, portinai, oblati e servi di questa casa di Dio.

[25]E tu, o Esdra, secondo la sapienza del tuo Dio, che tu possiedi, stabilisci magistrati e giudici che amministrino la giustizia per tutto il popolo dell'Oltrefiume, cioè a tutti coloro che conoscono i decreti del tuo Dio. A chi non li conosce, voi li insegnerete. [26]Di quanti poi non osservassero il decreto del tuo Dio e il decreto del re, sia fatta rigorosa giustizia: con la morte o con il bando o con la confisca dei beni o con la prigione!».

[27]Benedetto il Signore, Dio dei nostri padri, che a un tale re ha messo in cuore di onorare la casa del Signore che è a Gerusalemme, [28]e mi ha fatto trovare benevolenza presso il re e i suoi consiglieri e tutti i più potenti prìncipi reali! Così presi coraggio, perché la mano del Signore mio Dio era su di me, e radunai i capi d'Israele, affinché partissero insieme con me.

8 Elenco dei rimpatriati con Esdra. - [1]Questi sono, con le loro indicazioni genealogiche, i capifamiglia che salirono con me da Babilonia durante il regno del re Artaserse.

[2] Dei figli di Finees: Ghersom;
dei figli di Itamar: Daniele;
dei figli di Davide: Cattus [3]figlio di Secania;
dei figli di Paros: Zaccaria; con lui furono registrati centocinquanta maschi;
[4] dei figli di Pacat-Moab: Elioenai figlio di Zerachia, e con lui duecento maschi;
[5] dei figli di Zattu: Secania figlio di Iacaziel e con lui trecento maschi;
[6] dei figli di Adin: Ebed figlio di Gionata e con lui cinquanta maschi;
[7] dei figli di Elam: Isaia figlio di Atalia e con lui settanta maschi;
[8] dei figli di Sefatia: Zebadia figlio di Michele e con lui ottanta maschi;
[9] dei figli di Ioab: Obadia figlio di Iechiel e con lui duecentodiciotto maschi;
[10] dei figli di Bani: Selomit figlio di Iosifia e con lui centosessanta maschi;
[11] dei figli di Bebai: Zaccaria figlio di Bebai e con lui ventotto maschi;
[12] dei figli di Azgad: Giovanni figlio di Akkatan e con lui centodieci maschi;
[13] dei figli di Adonikam: gli ultimi, di cui ecco i nomi: Elifelet, Ieiel e Semaia e con loro sessanta maschi;

12-26. Questo decreto d'Artaserse fonda il giudaismo. Sembra redatto da un giudeo influente alla corte. Esdra è mandato in Palestina in missione ufficiale, v. 14, con incarichi importanti, tra cui quello d'*insegnare* la legge a chi ancora non la conosceva, poiché essa era divenuta pure *decreto del re*, vv. 25-26; in base ad essa dovevano essere giudicati gli abitanti di quella regione da giudici istituiti da Esdra, v. 25. E' il trionfo della legge di Dio.

¹⁴ dei figli di Bigvai: Utai figlio di Zaccur e con lui settanta maschi.

Il ritorno. - ¹⁵Io li radunai presso il fiume che scorre verso Aavà e là rimanemmo accampati per tre giorni. Passai in rassegna il popolo e i sacerdoti e non vi trovai nessuno dei figli di Levi. ¹⁶Allora feci venire i capi Eliezer, Ariel, Semaia ed Elnatan, Iarib, Natan, Zaccaria, Mesullàm e gli istruttori Ioiarib ed Elnatan ¹⁷e li mandai da Iddo, il capo della borgata di Casifìa. Io misi sulle loro labbra le parole da dire a Iddo e ai suoi fratelli oblati, nella borgata di Casifìa, che ci mandassero cioè degli inservienti per la casa del nostro Dio. ¹⁸Poiché la mano benevola del nostro Dio era sopra di noi, ci inviarono un uomo prudente, uno dei figli di Macli, figlio di Levi, figlio d'Israele, Serebià, con i suoi diciotto figli e fratelli; ¹⁹e Casabià e con lui Isaia, dei figli di Merari, e i loro fratelli e figli in numero di venti. ²⁰Degli oblati, che Davide e i capi avevano dato in servizio ai leviti, duecentoventi. Tutti furono registrati con i loro nomi.

²¹Là, presso il fiume Aavà, io bandii un digiuno, affinché ci umiliassimo davanti al nostro Dio, per impetrare un viaggio felice per noi, per i nostri figli e per tutti i nostri beni. ²²Avevo avuto vergogna infatti di chiedere al re una scorta armata e cavalieri, che ci difendessero dal nemico lungo il cammino. Anzi avevamo detto così al re: «La mano del nostro Dio è su coloro che lo cercano per il loro bene, e invece la sua potenza e la sua collera su quanti lo abbandonano». ²³Digiunammo dunque e invocammo il nostro Dio per questo motivo; ed egli ci esaudì.

²⁴Quindi scelsi dodici tra i capi dei sacerdoti, e cioè Serebià, Casabià e con essi dieci dei loro fratelli; ²⁵e pesai loro l'argento, l'oro e gli utensili, ossia l'offerta che il re, i suoi consiglieri, i suoi capi e tutti gl'Israeliti là dimoranti avevano prelevato per la casa del nostro Dio. ²⁶Nelle loro mani pesai seicentocinquanta talenti d'argento, cento utensili d'argento da due talenti, cento talenti d'oro, ²⁷venti coppe d'oro da mille darici e due utensili di rame splendente, preziosi come l'oro. ²⁸Poi dissi loro: «Voi siete sacri al Signore. Anche gli utensili sono sacri. L'argento e l'oro sono offerta volontaria al Signore, Dio dei nostri padri. ²⁹Vigilate e custoditeli fino a quando li peserete davanti ai capi dei sacerdoti e dei leviti e ai capifa-

miglia d'Israele, a Gerusalemme, nelle camere della casa del Signore». ³⁰Allora i sacerdoti e i leviti presero in consegna, già pesati, l'argento, l'oro e gli utensili, per portarli a Gerusalemme, nella casa del nostro Dio. ³¹Partimmo dal fiume Aavà il dodici del primo mese, incamminandoci verso Gerusalemme. La mano del nostro Dio fu sopra di noi e ci liberò, lungo il cammino, dalla violenza del nemico e del predone. ³²Giungemmo a Gerusalemme e riposammo qui tre giorni. ³³Il quarto giorno vennero pesati l'argento, l'oro e gli utensili nella casa del nostro Dio, nelle mani del sacerdote Meremòt, figlio di Uria, con cui v'era Eleazaro, figlio di Finees, e assieme a loro Iozabàd, figlio di Giosuè, e Noadia, figlio di Binnui, leviti. ³⁴Si computò numero e peso di tutto e fu registrato il peso totale.

In quel tempo, ³⁵coloro che erano venuti dall'esilio, i deportati, offrirono olocausti al Dio d'Israele: dodici tori per l'intero Israele, novantasei montoni, settantasette agnelli e dodici capri per il peccato: il tutto in olocausto al Signore. ³⁶Poi consegnarono i decreti del re ai satrapi reali e ai governatori dell'Oltrefiume; e questi aiutarono il popolo e la casa di Dio.

9 **I matrimoni con donne straniere.** - ¹Terminate queste cose, i capi s'accostarono a me dicendo: «Il popolo d'Israele, i sacerdoti e i leviti non si sono separati dalle abominazioni delle popolazioni locali: Cananei, Hittiti, Perizziti, Gebusei, Ammoniti, Egiziani e Amorrei. ²Hanno infatti preso le figlie di costoro per sé e per i propri figli e la stirpe santa si è contaminata con le popolazioni locali! E a metter mano a tale profanazione i capi e i magistrati sono stati i primi».

³Quando udii questa cosa mi stracciai la veste e il mantello, mi strappai i capelli del capo e i peli della barba e mi sedetti costernato. ⁴Allora tutti coloro che tremavano alle parole del Dio d'Israele si radunarono presso di me, a motivo della profanazione compiuta dagli esuli. Io rimasi là, costernato, fino al sacrificio della sera. ⁵Al sacrificio della sera mi alzai dalla mia umiliazione, con veste e mantello a brandelli, e caddi in ginocchio. Stesi le mani verso il Signore, Dio mio, ⁶e dissi:

Preghiera di Esdra. - «Mio Dio! Io sono confuso e mi vergogno di alzare verso di te la mia faccia, o mio Dio! I nostri delitti infatti si sono moltiplicati fin sopra la nostra testa e la nostra colpa è grande fino al cielo. [7]Dai giorni dei nostri padri sino ad oggi noi siamo profondamente colpevoli. Per le nostre iniquità noi, i nostri re, i nostri sacerdoti, siamo stati dati nelle mani dei re delle nazioni, alla spada, alla deportazione, alla rapina, all'obbrobrio; come è tuttora. [8]Ma adesso il Signore nostro Dio ci ha fatto grazia per breve istante, lasciandoci un resto e accordandoci un asilo nel suo santo luogo. Così il nostro Dio ha illuminato i nostri occhi e ci ha dato qualche conforto nella nostra schiavitù; [9]giacché schiavi noi siamo. Ma nella nostra schiavitù il nostro Dio non ci ha abbandonati! Ci ha conciliato il favore dei re di Persia, dandoci animo, affinché potessimo edificare la casa del nostro Dio, restaurandone le rovine, e darci una muraglia in Giuda e in Gerusalemme. [10]Ma ora, che cosa potremo dire dopo tutto ciò, o nostro Dio? Abbiamo infatti abbandonato i tuoi comandamenti, [11]che tu avevi ordinato per mezzo dei tuoi servi, i profeti, dicendo: "Il paese, in cui entrate per prenderne possesso, è un paese contaminato per le immondezze delle popolazioni locali, per le impurità di cui l'hanno riempito da un capo all'altro con le loro nefandezze. [12]Dunque, non date le vostre figlie ai loro figli, né prendete le loro figlie per i vostri figli! Non cercate mai la loro prosperità né il loro benessere, affinché diventiate voi forti, potendo mangiare i frutti migliori del paese e lasciarli in eredità ai vostri figli per sempre". [13]Ma dopo quanto ci è avvenuto a causa delle nostre azioni malvagie e per la nostra grande colpa, benché, o nostro Dio, tu abbia computato in meno le nostre iniquità e abbia lasciato in vita un resto, [14]torneremo noi forse a violare i tuoi comandamenti, imparentandoci con questi popoli abominevoli? Non ti adireresti contro di noi fino a distruggerci, sicché non vi sia più né un resto né un superstite? [15]O Signore, Dio d'Israele, tu sei giusto, perciò noi, un resto, sopravviviamo, così come oggi accade. Eccoci davanti a te con le nostre colpe, benché davanti a te noi non potremmo reggere, a causa di esse!».

10 La riforma dei matrimoni misti. -
[1]Mentre Esdra pregava e faceva questa confessione, tutto in lacrime e prostrato davanti alla casa di Dio, un'assemblea grandissima d'Israele si adunò attorno a lui: uomini, donne e fanciulli. Il popolo piangeva dirottamente. [2]Allora Secania, figlio di Iechièl, dei figli di Elam, prese a dire a Esdra: «Abbiamo prevaricato contro il nostro Dio, sposando donne straniere, prese dalle popolazioni locali. Ma a questo riguardo rimane ancora una speranza per Israele! [3]Suvvia, stringiamo un patto con il nostro Dio, di rimandare tutte le donne straniere e i figli nati da esse, secondo il consiglio del mio signore e di quanti tremano per il comando del nostro Dio. Si faccia secondo la legge. [4]Àlzati, perché questo compito spetta a te. Noi saremo con te. Fatti coraggio e agisci!». [5]Allora Esdra si alzò e fece giurare ai capi dei sacerdoti, dei leviti e di tutto Israele, che avrebbero agito in questa maniera. Essi giurarono. [6]Poi Esdra si levò dal cospetto della casa di Dio e andò nella camera di Giovanni, figlio di Eliasib. Pernottò là senza mangiar pane né bere acqua, giacché faceva cordoglio per l'infedeltà dei reduci dall'esilio. [7]Si proclamò un ordine in Giuda e a Gerusalemme per tutti i deportati, affinché si radunassero a Gerusalemme: [8]e se qualcuno non fosse venuto entro tre giorni, tutti i suoi beni, secondo il consiglio dei capi e degli anziani, sarebbero stati votati all'anatema e lui stesso sarebbe stato escluso dall'assemblea dei reduci dall'esilio. [9]Entro tre giorni tutti gli uomini di Giuda e Beniamino si radunarono a Gerusalemme. Era il ventesimo giorno del nono mese. Tutto il popolo rimase posto sulla piazza della casa di Dio, tremante per l'avvenimento e per le piogge veementi. [10]Si alzò il sacerdote Esdra e disse loro: «Voi avete prevaricato, sposando donne straniere e avete così accresciuto la colpa d'Israele! [11]Ma ora date gloria al Signore, Dio dei nostri padri, e compite la sua volontà; separatevi dalle popolazioni locali e dalle donne straniere!».

[12]Tutta l'assemblea rispose dichiarando a gran voce: «Sì! Noi dobbiamo agire secondo la tua parola. [13]Tuttavia il popolo è numeroso ed è la stagione delle piogge; non ci è possibile restare all'aperto. Né peraltro questo è

9. - [13-14]. *Resto*: è il piccolo numero dei componenti il popolo eletto che si mantenne fedele a Dio. Di esso aveva già parlato Dio a Elia, 1Re 19,18; Isaia a Ezechia, 2Re 19,31; vi accennano Esd 9,8.13.14; Is 10,21s; 37,32; Mic 5,2.7.8; Sap 2,9; ecc.

lavoro di un giorno o due, perché siamo stati in molti a peccare in questa materia. [14]Rimangano qui perciò i nostri capi in luogo dell'intera assemblea; e tutti coloro che hanno sposato donne straniere nelle nostre città vengano poi in tempi determinati, assieme agli anziani e ai giudici di ciascuna città, fino a che s'allontani da noi l'ira terribile del nostro Dio per questa cagione». [15]Soltanto Gionata, figlio di Asaèl, e Iaczeia, figlio di Tikva, vi si opposero, appoggiati da Mesullàm e dal levita Sabetai. [16]Ma i deportati si comportarono come era stato detto. Il sacerdote Esdra scelse alcuni capifamiglia secondo il loro casato e tutti designati per nome. Il primo giorno del decimo mese iniziarono le sedute per esaminare la questione; [17]e il primo giorno del primo mese si terminò con tutti coloro che avevano sposato donne straniere. [18]Si trovò che avevano sposato donne straniere tra i figli dei sacerdoti: dei figli di Giosuè figlio di Iozadak e tra i suoi fratelli: Maaseia, Eliezer, Iarib e Godolia. [19]Essi hanno promesso con giuramento di rimandare le loro donne e hanno offerto un ariete, in espiazione della loro colpa. [20]Dei figli di Immer: Canani e Zebadia. [21]Dei figli di Carim: Maaseia, Elia, Semaia, Iechièl e Uzzia. [22]Dei figli di Pascur: Elioenai, Maaseia, Ismaele, Natanaele, Iozabad ed Eleasa.

[23] Degli appartenenti ai leviti: Iozabad, Simei, Chelaia, chiamato il chelita, Petachia, Giuda ed Eliezer.
[24] Dei cantori: Eliasib.

Dei portinai: Sallùm, Telem e Uri.
[25] Tra gli Israeliti: dei figli di Paros: Ramia, Izzia, Malchia, Miamin, Eleazaro, Malchia e Benaia.
[26] Dei figli di Elam: Mattania, Zaccaria, Iechièli, Abdi, Ieremot ed Elia.
[27] Dei figli di Zattu: Elioenai, Eliasib, Mattania, Ieremot, Zabad e Aziza.
[28] Dei figli di Bebai: Giovanni, Anania, Zabbai e Atlai.
[29] Dei figli di Bani: Mesullam, Malluch, Adaia, Iasub, Seal e Ieramot.
[30] Dei figli di Pacat-Moab: Adna, Kelal, Benaia, Maaseia, Mattania, Bezaleel, Binnui e Manasse.
[31] Dei figli di Carim: Eliezer, Ishshia, Malchia, Semaia, Simeone, [32]Beniamino, Malluch, Semaria.
[33] Dei figli di Casum: Mattenai, Mattatta, Zabad, Elifelet, Ieremai, Manasse e Simei.
[34] Dei figli di Bani: Maadai, Amram, Uel, [35]Benaia, Bedia, Cheluu, [36]Vania, Meremot, Eliasib, [37]Mattenai, Iaasai.
[38] Dei figli di Binnui: Simei, [39]Selemia, Natan, Adaia.
[40] Dei figli di Azzur: Sasai, Sarai, [41]Azareel, Selemia, Semaria, [42]Sallum, Amaria, Giuseppe.
[43] Dei figli di Nebo: Ieiel, Mattitia, Zabad, Zebina, Iaddai, Gioele, Benaia.
[44] Tutti questi avevano sposato donne straniere e rimandarono le donne insieme con i figli che avevano avuto da esse.

NEEMIA

RICOSTRUZIONE DELLE MURA

1 Notizie di Gerusalemme e preghiera di Neemia. - [1]Parole di Neemia, figlio di Cakalià.

Nel ventesimo anno, nel mese di Casleu, mentre io mi trovavo nella cittadella di Susa, [2]arrivò da Giuda Canani, uno dei miei fratelli, assieme ad alcuni altri. Io li interrogai sui Giudei, i superstiti che erano scampati dalla prigionia, e su Gerusalemme; [3]essi mi dissero: «I superstiti che sono scampati dalla prigionia sono laggiù nella provincia, in grande miseria e umiliazione; le mura di Gerusalemme sono piene di brecce, le porte distrutte dal fuoco».

[4]Quando udii queste parole, mi posi a sedere e piansi. Feci cordoglio per più giorni e stetti in digiuno, pregando al cospetto del Dio del cielo. [5]Dissi: «Ah! Signore, Dio del cielo, Dio grande e terribile, che mantieni il patto e la misericordia per coloro che ti amano e osservano i tuoi comandamenti! [6]Sia il tuo orecchio attento e i tuoi occhi aperti, ascolta la preghiera del tuo servo, che rivolgo ora a te, giorno e notte, per i figli d'Israele, tuoi servi! Io confesso i peccati dei figli d'Israele, che noi abbiamo commesso contro di te! Anch'io e la casa di mio padre abbiamo peccato! [7]Ci siamo comportati iniquamente verso di te; non abbiamo osservato i comandamenti, le leggi e le prescrizioni che tu ordinasti a Mosè, tuo servitore. [8]Ma ricordati, ti prego, della parola che hai confidato a Mosè, tuo servitore, dicendo: "Se voi sarete infedeli, io vi disperderò fra i popoli; [9]se però tornerete a me e osserverete i miei comandamenti e li praticherete, quand'anche i vostri esiliati fossero ai confini del cielo, io li radunerò di là e li ricondurrò nel luogo che ho prescelto, per farvi abitare il mio nome". [10]Questi sono ora i tuoi servi e il tuo popolo, che hai

redento con la tua grande potenza e la tua formidabile mano. [11]Ah, Signore! Sia il tuo orecchio attento, ti prego, alla supplica del tuo servo e alla supplica dei tuoi servi che venerano con timore il tuo nome. Oggi stesso, ti prego, concedi un favorevole esito al tuo servo, ottenendogli buona accoglienza presso quest'uomo».

Io ero allora coppiere del re.

2 Neemia è autorizzato a ritornare. - [1]Nel mese di Nisan, l'anno ventesimo del re Artaserse, essendo io incaricato del vino, presi il vino e lo porsi al re. Non ero mai stato triste in sua presenza. [2]Mi disse il re: «Perché questo volto triste? Eppure non sei malato! Ciò non è altro che sofferenza del cuore». Allora fui preso da una grande paura [3]e dissi al re: «Viva il re in eterno! Come potrebbe non essere addolorato il mio volto, quando la città dove stanno i sepolcri dei miei padri è distrutta e le sue porte sono state divorate dal fuoco?». [4]Il re mi domandò: «Che cosa desideri?». Invocai allora il Dio del cielo [5]e risposi al re: «Se questo piace al re e se il tuo servo è gradito agli occhi suoi, fammi andare in Giuda, alla città dei sepolcri dei miei padri, affinché io la riedifichi». [6]Il re mi domandò (e la regina stava assisa al suo fianco): «Quanto tempo durerà il tuo viaggio e quando ritornerai?». Parve bene al re di lasciarmi partire e io gli fissai una data. [7]Dissi ancora al re: «Se pia-

---

1. - [1.] *Neemia* è l'uomo d'azione, intrepido di fronte alle molteplici difficoltà, dotato di una grande forza d'animo e tuttavia tanto abile da ottenere l'appoggio delle autorità centrali. Casleu: nono mese (novembre-dicembre). *Nel ventesimo anno* del regno di Artaserse Longimano (465-423), quindi nel 445 a.C.

ce al re così, mi vengano date lettere per i governatori dell'Oltrefiume, affinché mi concedano il passaggio fino a che io arrivi in Giuda; [8]e una lettera per Asaf, ispettore del parco reale, affinché mi dia legname per ricostruire le porte della cittadella del tempio, per le mura della città e per la casa in cui dovrò andare». Il re me lo concesse, perché la mano benevola del mio Dio era sopra di me.
[9]Giunsi presso i governatori dell'Oltrefiume e diedi loro le lettere del re. Con me il re aveva inviato anche alcuni capi dell'esercito e un gruppo di cavalieri.

Decisione di ricostruire le mura di Gerusalemme. - [10]Quando però Sanballàt, coronita, e Tobia, il servo ammonita, ne ebbero notizia, s'irritarono grandemente, perché era giunto un uomo che avrebbe ricercato il bene dei figli d'Israele.
[11]Arrivai dunque a Gerusalemme e vi stetti tre giorni; [12]poi mi levai di notte, assieme a pochi uomini, senza aver manifestato a nessuno che cosa il mio Dio mi andava suggerendo di fare per Gerusalemme. Non avevo con me alcun giumento tranne quello che io cavalcavo. [13]Uscii di nottetempo per la porta della Valle, verso la sorgente del Dragone e quindi verso la porta del Letame, ispezionando le mura di Gerusalemme diroccate e le porte divorate dal fuoco. [14]Proseguii verso la porta della Sorgente e la piscina del re; ma non v'era posto per cui far passare il giumento su cui stavo. [15]Risalii allora per la Valle, sempre ispezionando le mura, di notte, e rientrando per la porta della Valle, rincasai.
[16]I magistrati non avevano saputo dove io fossi andato né che cosa intendessi fare. Fino a quel momento non l'avevo infatti manifestato né ai Giudei né ai sacerdoti né ai notabili né ai magistrati né ad altri che avessero qualche carica. [17]Allora dissi loro: «Voi vedete la sciagura in cui ci troviamo. Gerusalemme è distrutta e le sue porte sono consunte dal fuoco. Venite, ricostruiamo le mura di Gerusalemme, e non saremo più oggetto di derisione!». [18]Raccontai loro come la mano benevola del mio Dio era stata sopra di me e anche le parole che il re mi aveva dette. Allora essi esclamarono: «Su, mettiamoci a costruire!». Presero coraggio nel dar mano a quest'opera egregia.
[19]Quando però lo vennero a sapere Sanballàt, coronita, e Tobia, il servo ammonita,

e Ghesem, l'arabo, si fecero beffe di noi e dicevano dileggiandoci: «Che cosa andate facendo? Volete forse ribellarvi al re?». [20]Ma io li rimbeccai e dissi: «Sarà il Dio del cielo a farci avere un esito felice. Noi, suoi servi, ci accingiamo a costruire; per voi invece non vi sarà parte né diritto né ricordo in Gerusalemme!».

3 **Suddivisione dei lavori.** - [1]Si levò allora Eliasib, sommo sacerdote, assieme ai suoi fratelli sacerdoti, e costruirono la porta delle Pecore. Essi stessi la consacrarono e vi misero i battenti. Continuarono a costruire fino alla torre di Mea, che poi consacrarono, e fino alla torre di Cananeèl. [2]Accanto a loro edificarono gli uomini di Gerico. Vicino a questi costruì Zaccùr, figlio di Imri.
[3]I figli di Senaa costruirono la porta dei Pesci; ne fecero l'intelaiatura, vi misero i battenti, le serrature e le sbarre. [4]Accanto a loro lavorò alla restaurazione Meremòt, figlio di Uria, figlio di Hakkoz; vicino a costui Mesullàm, figlio di Berechia, figlio di Mesezabèel; vicino a questi riparò Zadòk, figlio di Baana.
[5]Accanto ad essi lavorarono alle riparazioni le genti di Tekòa; ma i loro notabili non piegarono il collo al servizio del loro Signore.
[6]Ioiadà, figlio di Pasèach, e Mesullàm, figlio di Besodia, riparano la porta Vecchia. Essi ne fecero l'intelaiatura, vi misero i battenti, le serrature e le sbarre. [7]Accanto a loro restaurarono Melatia, il gabaonita, Iadon, il meronotita e gli uomini di Gàbaon e di Mizpà, per conto del governatore dell'Oltrefiume.
[8]Vicino a costoro lavorò per le riparazioni Uzziel, figlio di Caraia, uno degli orefici; e accanto a questi riparò Anania, uno dei profumieri. Essi restaurarono Gerusalemme fino al Muro Largo. [9]Al loro fianco restaurò Refaia, figlio di Cur, capo di metà del distretto di Gerusalemme.
[10]Al suo fianco restaurò Iedaiah, figlio di Carumaf, dirimpetto alla propria casa. Vicino a lui restaurò Cattus, figlio di Casabnià.
[11]Malachia, figlio di Carim, e Cassùb, figlio di Pacat-Moab, restaurarono il tratto se-

<hr>

2. - [10]. *Sanballàt* è il governatore di Samaria. Tobia è forse il suo segretario.

guente e la torre dei Forni. [12]Al loro fianco Sallùm, figlio di Allòches, capo di metà del distretto di Gerusalemme, lavorò alle riparazioni con le sue figlie. [13]Ripararono la porta della Valle Canùn e gli abitanti di Zanòach. Essi la costruirono, vi misero i battenti, le serrature e le sbarre. Ricostruirono inoltre mille cubiti di muro, sino alla porta del Letame. [14]Malachia, figlio di Recàb, capo del distretto di Bet-Kerem, riparò la porta del Letame; la ricostruì, vi mise i battenti, le serrature e le sbarre. [15]La porta della Sorgente la restaurò Sallùn, figlio di Col-Coze, capo del distretto di Mizpà. Egli la costruì, la ricoperse, vi pose i battenti, le serrature e le sbarre. Ricostruì inoltre il muro della cisterna di Siloe, presso il giardino del re, fino ai gradini che scendono dalla Città di Davide. [16]Dopo di lui Neemia, figlio di Azbuk, capo di metà del distretto di Bet-Zur, lavorò alle riparazioni dirimpetto ai sepolcri di Davide, fino alla cisterna artificiale e fino alla casa dei Prodi. [17]Dopo di lui restaurarono i leviti: Recum, figlio di Bani, e vicino a lui Casabìa, capo di metà del distretto di Keilà, per il suo distretto. [18]Dopo di essi lavorarono alle riparazioni i loro fratelli: Binnui, figlio di Chenadàd, capo dell'altra metà del distretto di Keilà. [19]Accanto a lui Ezer, figlio di Giosuè, capo di Mizpà, riparò un altro settore, di fronte alla salita dell'arsenale, verso l'angolo. [20]Dopo di lui Baruch, figlio di Zaccai, restaurò un altro settore, dall'angolo fino all'ingresso della casa del sommo sacerdote Eliasib. [21]Meremòt, figlio di Uria, figlio di Hakkoz, restaurò, dopo di lui, un altro settore, dall'ingresso della casa di Eliasib sino alla fine di essa. [22]Dopo di lui lavorarono alle riparazioni i sacerdoti, abitanti delle adiacenze. [23]Dopo di loro restaurarono Beniamino e Cassùb, dirimpetto alle loro case. Dopo di essi Azaria, figlio di Maaseia, figlio di Anania, lavorò alle riparazioni presso la sua casa. [24]Binnui, figlio di Chenadàd, riparò dopo di lui un altro settore, dalla casa di Azaria fino alla curva, cioè all'angolo. [25]Palal, figlio di Uzai, lavorò dirimpetto all'angolo e alla torre che sporge dalla casa superiore del re, che dà sul cortile della prigione; dopo di lui lavorò Pedaia, figlio di Pareos. [26]Gli oblati, che abitavano l'Ofel, restaurarono fin dirimpetto alla porta delle Ac-

que, verso oriente, e di fronte alla torre sporgente. [27]Dopo di essi quelli di Tekòa restaurarono un altro settore, di fronte alla grande torre sporgente e fino al muro dell'Ofel. [28]Al di sopra della porta dei Cavalli, i sacerdoti lavorarono alle riparazioni, ciascuno di fronte alla propria casa.

[29]Zadòk, figlio di Immer, restaurò dopo di loro, di fronte alla propria casa. E dopo di lui restaurò Semaia, figlio di Secania, custode della porta orientale. [30]Dopo di questi Anania, figlio di Selemia, e Canùn, sesto figlio di Zalaf, ripararono un altro settore. Dopo di loro Mesullàm, figlio di Berechia, restaurò di fronte alla sua camera. [31]Malchia, uno degli orefici, restaurò dopo di lui sino alla casa degli oblati e dei mercanti, dirimpetto alla porta della Rassegna e fino alla sala alta dell'angolo. [32]Tra la sala alta dell'angolo e la porta delle Pecore lavorarono alle riparazioni gli orefici e i mercanti.

Nuove opposizioni e minacce. - [33]Quando Sanballàt venne a sapere che noi edificavamo le mura, s'indignò e si adirò terribilmente. Prese a schernire i Giudei, [34]gridando davanti ai suoi fratelli e ai soldati di Samaria: «Che cosa stanno facendo questi miserabili Giudei? Saranno forse lasciati agire? Offriranno sacrifici e finiranno in un giorno solo? Faranno forse rivivere dai mucchi di polvere le pietre già bruciate dal fuoco?». [35]Tobia, l'ammonita, che gli stava a fianco, esclamò: «Costruiscano pure! Ma se uno sciacallo si lancerà contro, rovescerà il loro muro di pietra!».

[36]Ascolta, o nostro Dio, perché siamo oggetto di scherno! Fa' ricadere sul loro capo il loro vituperio e abbandonali alla derisione in una terra di schiavitù! [37]Non nascondere la loro iniquità e il loro peccato non sia cancellato dal tuo cospetto; giacché essi hanno pronunciato insulti in faccia ai costruttori.

[38]Orbene, noi ricostruimmo le mura, completandole totalmente fino a mezza altezza. La volontà del popolo era di agire.

4 **Misure di difesa.** - [1]Ma quando Sanballàt, Tobia, gli Arabi, gli Ammoniti e gli Asdoditi vennero a sapere che la riparazione delle mura di Gerusalemme avanzava e che le brecce cominciavano a chiudersi, andarono in grande collera. [2]E tutti insieme congiurarono di venire ad attaccare Gerusalemme e crearvi tumulti. ³Ma noi invocammo il nostro Dio e ponemmo sentinelle contro di essi giorno e notte, a difesa dai loro attacchi.

⁴Giuda però cominciò a dire: «La forza del manovale viene meno, ed enormi sono le macerie: non saremo in grado di rialzare le mura!». ⁵I nostri nemici proclamavano: «Non s'accorgeranno di nulla né nulla vedranno fino a che noi piomberemo in mezzo a loro e li massacreremo; così metteremo fine all'impresa!». ⁶Per dieci volte ci vennero a dire i Giudei che abitavano in mezzo ad essi: «Salgono contro di noi da tutti i luoghi dove abitano!».

⁷Allora, nelle parti più basse del terreno, dietro le mura, io stabilii degli spiazzi e vi disposi il popolo per famiglie, con le loro spade, le lance e gli archi. ⁸E come ebbi ispezionato bene mi alzai e dissi ai notabili, ai magistrati e al resto del popolo: «Non temeteli! Ricordatevi del Signore grande e terribile. Combattete per i vostri fratelli, i vostri figli e le vostre figlie, per le vostre mogli e le vostre case!».

⁹Quando i nostri nemici si accorsero che noi eravamo stati informati, Dio anientò il loro piano e noi tornammo tutti alle mura, ciascuno al suo compito. ¹⁰Da quel giorno metà dei miei uomini s'occupava dei lavori e l'altra metà, muniti di lance, scudi, archi e corazze, assieme ai capi, stavano dietro a tutta la gente di Giuda.

¹¹Coloro che costruivano le mura, coloro che portavano, che caricavano, con una mano si occupavano dei lavori e con l'altra impugnavano l'arma. ¹²I costruttori, mentre lavoravano, portavano ciascuno la spada cinta ai fianchi. Accanto a me stava il suonatore di tromba.

¹³Io dissi ai notabili, ai magistrati e al resto del popolo: «I lavori sono importanti ed estesi, mentre noi siamo dispersi lungo le mura, lontani uno dall'altro. ¹⁴Orbene, da qualsiasi parte udrete il suono della tromba, radunatevi attorno a noi. Il nostro Dio combatterà per noi!». ¹⁵Così portavano avanti il lavoro, mentre una metà dei miei impugnava le lance dallo spuntare dell'aurora fino all'apparire delle stelle.

¹⁶In quella stessa occasione dissi pure al popolo: «Ciascuno passerà la notte dentro Gerusalemme, assieme ai suoi uomini; così saranno essi di guardia per noi durante la notte e di giorno al lavoro». ¹⁷D'altra parte, né io né i miei fratelli né i miei uomini né

la gente di guardia che mi seguiva ci toglievamo i nostri vestiti. Ciascuno teneva nella destra la sua spada.

5 **Ingiustizie sociali. Provvedimenti di Neemia.** - ¹Si levò un gran lamento da parte del popolo e delle loro donne contro i Giudei, loro fratelli. ²C'era chi diceva: «Noi, i nostri figli e figlie siamo numerosi; ci prenderemo dunque del grano per mangiare e vivere!». ³C'era chi diceva: «Noi ipotechiamo i nostri campi, le vigne e le case per acquistare grano durante la carestia!». ⁴Altri ancora: «Abbiamo preso denaro in prestito per i tributi del re; ⁵eppure la nostra carne è come la carne dei nostri fratelli e i nostri figli sono come i loro figli! Ecco, noi dobbiamo vendere come schiavi i figli e le figlie! Alcune delle nostre figlie sono state già ridotte in schiavitù e non abbiamo più nessuna possibilità, perché i nostri campi e le nostre vigne appartengono ad altri!».

⁶Quando udii il loro lamento e queste parole, mi indignai fortemente. ⁷Dopo aver deliberato dentro di me, contestai i notabili e i magistrati, dicendo loro: «Voi esercitate l'usura, ciascuno verso il suo fratello?». Convocai allora una grande assemblea contro di essi ⁸e dissi loro: «Secondo le nostre possibilità, noi abbiamo riscattato i nostri fratelli Giudei, che erano stati venduti alle genti. Voi invece vendete i vostri fratelli, perché ci siano poi rivenduti!». Essi tacquero, non trovando parole. ⁹Io esclamai: «Non è bene ciò che voi andate facendo! Non dovreste piuttosto camminare nel timore del nostro Dio, per non essere di scherno alle genti, nostre nemiche? ¹⁰Anch'io, i miei fratelli e i miei uomini abbiamo prestato loro denaro e grano. Ma condoniamo loro, vi prego, questo debito! ¹¹Restituite ad essi proprio oggi i loro campi, le vigne, gli uliveti, le case e il debito d'argento, di grano, di mosto e d'olio che avete richiesto loro».

¹²Essi risposero: «Restituiremo, e non esigeremo più nulla da loro. Faremo come tu dici».

Chiamai allora i sacerdoti e davanti a loro li feci giurare che avrebbero agito secondo questa promessa. ¹³Poi scossi la piega del

---

5. - ¹⁻⁵ Per comprendere questi lamenti bisogna notare che il debitore che non pagava rischiava di diventare, con i figli, schiavo del creditore, e che nel prestito ipotecario il raccolto era del creditore.

mio mantello ed esclamai: «Così scuota Dio dalla sua casa e dai suoi beni chiunque non manterrà questa promessa! Così egli venga scosso e svuotato!». Tutta l'assemblea gridò: «Amen!», glorificando il Signore. Il popolo agì secondo quella promessa.

[14]Inoltre, dal giorno in cui il re stabilì che io fossi loro governatore in terra di Giuda, cioè dall'anno ventesimo del re Artaserse fino al trentaduesimo, per dodici anni, io e i miei fratelli non mangiammo mai della provvigione del governatore. [15]Invece i governatori antichi, che mi avevano preceduto, avevano gravato il popolo, prendendo giornalmente da esso quaranta sicli d'argento in pane e vino. Perfino i loro servi avevano angariato il popolo. Ma io non ho agito così, perché ho avuto timore di Dio. [16]Ho anche lavorato fortemente nella ricostruzione di queste mura, benché non possedessi alcun terreno; eppure i miei servitori erano tutti assieme là, al lavoro! [17]Avevo a mensa centocinquanta uomini, fra Giudei e magistrati, oltre a quelli che venivano a noi dalle genti circonvicine. [18]Ciò che si preparava giorno per giorno, era preparato sul mio conto: un bove, sei montoni scelti e uccellame; e ogni dieci giorni, otri di vino in abbondanza. Ma non ho mai chiesto la provvigione del governatore, perché una grave servitù pesava già su questo popolo.

[19]Ricordati di me in bene, o mio Dio, di quanto ho fatto per questo popolo!

6 Completamento delle mura. - [1]Quando Sanballàt, Tobia e Ghesem, l'arabo, e gli altri nostri nemici furono informati che io avevo ricostruito le mura e che non vi era più alcuna breccia (quantunque fino allora non avessi ancor messo i battenti alle porte), [2]Sanballàt e Ghesem mi mandarono a dire: «Vieni a un abboccamento fra di noi a Chefirìm, nella valle di Onì». Essi però tramavano di farmi del male. [3]Mandai loro dei messaggeri a dire: «Sono occupato in un lavoro enorme; non posso scendere. Perché sospendere il lavoro? Dovrei interromperlo per scendere da voi?».

[4]Per quattro volte essi mandarono a dirmi la stessa cosa e io replicai nella stessa maniera. [5]Allora Sanballàt mandò a dirmi per una quinta volta le medesime cose per mezzo del suo servo, che recava in mano una lettera aperta. [6]Vi stava scritto: «Si sente dire fra le genti, e lo asserisce Gasmu, che tu

e i Giudei tramate di ribellarvi. È per questo che tu ricostruisci le mura! Secondo queste voci, anzi, tu diverresti il loro re, [7]e hai persino stabilito dei profeti che proclamino di te, a Gerusalemme: "C'è un re in Giuda!". Ora, simili notizie saranno riferite al re. Perciò vieni e consultiamoci assieme». [8]Io gli mandai a dire: «Le cose non stanno come tu vai dicendo. Stai inventando». [9]In realtà, tutta quella gente voleva atterrirci e diceva: «Le loro mani abbandoneranno l'impresa, che resterà incompiuta».

Ma tu, o Dio, fortifica adesso le mie mani!

[10]Io mi recai alla casa di Semaia, figlio di Delaia, figlio di Meetabèel, che si trovava impedito. Egli disse: «Incontriamoci nella casa di Dio, dentro al santuario, e chiudiamo le porte del santuario, perché verranno per ucciderti. Verranno questa notte per ucciderti». [11]Ma io risposi: «Si darà forse alla fuga un uomo come me? D'altra parte, può un uomo della mia condizione entrare nel santuario e sopravvivere? Non vi entrerò!». [12]Capii allora che Dio non l'aveva mandato. Certo, egli aveva pronunciato una profezia su di me, perché Tobia e Sanballàt l'avevano pagato! [13]Per questo era stato prezzolato, perché mi spaventassi talmente da agire in quella maniera, commettendo un peccato. Avrebbero così avuto modo di farmi una cattiva fama, per coprirmi di vergogna.

[14]O mio Dio! Ricordati di Tobia e di Sanballàt, come hanno agito! E anche della profetessa Noadia e degli altri profeti che volevano terrorizzarmi!

[15]Le mura furono condotte a termine il venticinquesimo giorno di Elul, in cinquantadue giorni. [16]Quando tutti i nostri nemici lo vennero a sapere, tutte le genti circonvicine furono prese da timore e si sentirono fortemente umiliate ai propri occhi e riconobbero che quest'impresa era stata compiuta per l'intervento del nostro Dio.

[17]In quei giorni i notabili di Giuda mandavano frequenti lettere all'indirizzo di Tobia e altrettante ne ricevevano. [18]Molti in Giuda erano infatti legati a lui con giuramento, perché era genero di Secania, figlio di Arach, e perché suo figlio Giovanni aveva sposato la figlia di Mesullàm, figlio di Berechia. [19]Persino in mia presenza parlavano dei meriti di lui e le mie parole gli venivano riferite, mentre Tobia mandava lettere per spaventarmi.

7 Organizzazione della vita civile. -

[1]Quando le mura furono completate e io ebbi restaurate le porte, i portinai, i cantori e i leviti furono stabiliti nei loro uffici. [2]Posi al comando di Gerusalemme mio fratello Canàni e Anania al governo della cittadella, perché egli era un uomo fedele e timorato di Dio più di molti altri. [3]Dissi loro: «Non si aprano le porte di Gerusalemme finché il sole non scotti; e appena il calore si smorza, i battenti vengano chiusi e sbarrati. Si stabiliscano posti di guardia per gli abitanti di Gerusalemme: ciascuno al suo posto, ciascuno di fronte alla propria casa».

[4]La città era spaziosa e grande, ma dentro la gente era poca e non si fabbricavano case. [5]Il mio Dio mi suggerì di radunare i notabili, i magistrati e il popolo allo scopo di farne il censimento. Trovai il registro genealogico di coloro che erano tornati dall'esilio per primi. In esso trovai scritto:

Elenco dei rimpatriati con Zorobabele. -

[6]«Questi sono gli abitanti della provincia che tornarono dall'esilio, coloro che Nabucodònosor, re di Babilonia, aveva esiliati e che erano tornati a Gerusalemme e in Giuda, ciascuno alla sua città.

[7]Vennero con Zorobabele, Giosuè, Neemia, Azaria, Raamia, Nahamani, Mardocheo, Bilsan, Mispèret, Bigvai, Necum, Baana.

Numero degli uomini del popolo d'Israele:
[8] Figli di Pareos: duemilacentosettantadue.
[9] Figli di Sefatia: trecentosettantadue.
[10] Figli di Arach: seicentocinquantadue.
[11] Figli di Paat-Moab, cioè i figli di Giosuè e di Iioab: duemilaottocentodiciotto.
[12] Figli di Elam: milleduecentocinquantaquattro.
[13] Figli di Zattu: ottocentoquarantacinque.
[14] Figli di Zaccai: settecentosessanta.
[15] Figli di Binnui: seicentoquarantotto.
[16] Figli di Bebai: seicentoventotto.
[17] Figli di Azgad: duemilatrecentoventidue.
[18] Figli di Adonikam: seicentosessantasette.
[19] Figli di Bigvai: duemilasessantasette.
[20] Figli di Adin: seicentocinquantacinque.
[21] Figli di Ater, cioè di Ezechia: novantotto.
[22] Figli di Casum: trecentoventotto.
[23] Figli di Bezai: trecentoventiquattro.
[24] Figli di Carif: centododici.
[25] Figli di Gabaon: novantacinque.
[26] Uomini di Betlemme e di Netofa: centottantotto.

[27] Uomini di Anatot: centoventotto.
[28] Uomini di Bet-Azmavet: quarantadue.
[29] Uomini di Kiriat-Iearim, di Chefira e di Beerot: settecentoquarantatré.
[30] Uomini di Rama e di Gheba: seicentoventuno.
[31] Uomini di Micmas: centoventidue.
[32] Uomini di Betel e di Ai: centoventitré.
[33] Uomini di un altro Nebo: cinquantadue.
[34] Figli di un altro Elam: milleduecentocinquantaquattro.
[35] Figli di Carim: trecentoventi.
[36] Figli di Gerico: trecentoquarantacinque.
[37] Figli di Lod, di Cadid e di Ono: settecentoventuno.
[38] Figli di Senaa: tremilanovecentotrenta.
[39] I sacerdoti: figli di Iedaia della casa di Giosuè: novecentosettantatré.
[40] Figli di Immer: millecinquantadue.
[41] Figli di Pascur: milleduecentoquarantasette.
[42] Figli di Carim: millediciassette.
[43] I leviti: figli di Giosuè, cioè di Kadmiel, di Binnui e di Odeva: settantaquattro.
[44] I cantori: figli di Asaf: centoquarantotto.
[45] I portieri: figli di Ater, figli di Talmon, figli di Akkub, figli di Catita, figli di Sobai: centotrentotto.
[46] Gli oblati: figli di Zica, figli di Casufa, figli di Tabbaot, [47]figli di Keros, figli di Sia, figli di Padon,
[48] figli di Lebana, figli di Agaba, figli di Salmai, [49]figli di Canan, figli di Ghiddel, figli di Gacar,
[50] figli di Reaia, figli di Rezin, figli di Nekoda, [51]figli di Gazzam, figli di Uzza, figli di Paseach,
[52] figli di Besai, figli dei Meunim, figli dei Nefisesim,
[53] figli di Bakbuk, figli di Cakufa, figli di Carcur, [54]figli di Baslit, figli di Mechida, figli di Carsa,
[55] figli di Barkos, figli di Sisara, figli di Temach, [56]figli di Neziach, figli di Catifa.
[57]Discendenti dei servi di Salomone: figli di Sotai, figli di Soferet, figli di Perida, [58]figli di Iaala, figli di Darkon, figli di Ghiddel, [59]figli di Sefatia, figli di Cattil, figli di Pocheret-Azzebaim, figli di Amon.

[60]Totale degli oblati e dei discendenti dei servi di Salomone: trecentonovantadue.

[61]Ecco quelli che tornarono da Tel-Melach, da Tel-Carsa, da Cherub-Addon e da Immer e che non avevano potuto stabilire il

loro casato per dimostrare che erano della stirpe di Israele: ⁶²figli di Delaia, figli di Tobia, figli di Nekoda: seicentoquarantadue.

⁶³Tra i sacerdoti: figli di Cobaia, figli di Akkos, figli di Barzillai, il quale aveva sposato una delle figlie di Barzillai il galaadita e fu chiamato con il loro nome. ⁶⁴Questi cercarono il loro registro genealogico, ma non lo trovarono e furono quindi esclusi dal sacerdozio; ⁶⁵il governatore ordinò loro di non mangiare cose santissime finché non si presentasse un sacerdote con *urim* e *tummim*.

⁶⁶La comunità nel suo totale era di quarantaduemilatrecentosessanta persone, ⁶⁷oltre ai loro schiavi e alle loro schiave in numero di settemilatrecentotrentasette. Avevano anche duecentoquarantacinque cantori e cantanti. ⁶⁸Avevano settecentotrentasei cavalli, duecentoquarantacinque muli, ⁶⁹quattrocentotrentacinque cammelli, seimilasettecentoventi asini. ⁷⁰Alcuni dei capifamiglia offrirono doni per la fabbrica. Il governatore diede al tesoro mille dracme d'oro, cinquanta coppe, cinquecentotrenta tuniche sacerdotali.

⁷¹Alcuni capifamiglia donarono al tesoro per la costruzione ventimila dracme d'oro e duemiladuecento mine d'argento.

⁷²Il resto del popolo offrì ventimila dracme d'oro, duemila mine d'argento e sessantasette tuniche sacerdotali.

⁷³I sacerdoti, i leviti, i portinai, i cantori, una parte del popolo, gli oblati e tutti gl'Israeliti si stabilirono nelle loro città».

RESTAURAZIONE DEL CULTO

8 Solenne lettura della legge. - ¹Giunse il settimo mese; i figli d'Israele dimoravano nelle loro città, e tutto il popolo si radunò come un sol uomo nella piazza che sta dinanzi alla porta delle Acque. Dissero allo scriba Esdra di portare il libro della legge di Mosè, che il Signore aveva dato a Israele. ²Il primo giorno del settimo mese, il sacerdote Esdra portò la legge davanti all'assem-

blea degli uomini e delle donne e di quanti erano in grado d'intendere.

³Sulla piazza che sta dinanzi alla porta delle Acque egli ne diede lettura dall'alba fino a mezzogiorno, davanti agli uomini, alle donne e a quanti erano in grado d'intendere. Gli orecchi di tutto il popolo erano volti al libro della legge. ⁴Esdra, lo scriba, stava ritto su una tribuna di legno, costruita allo scopo. Stavano al suo fianco, sulla destra, Mattitia, Sema, Anania, Uria, Chelkia e Maaseia; sulla sinistra Pedaia, Misael, Malchia, Casum, Casbaddàna, Zaccaria, Mesullàm.

⁵Esdra aprì il libro alla presenza di tutto il popolo; egli stava più in alto di tutti, e quando l'aprì, tutto il popolo si alzò in piedi. ⁶Esdra benedisse il Signore, Dio grande, e tutto il popolo rispose: «Amen! Amen!», elevando le mani. Poi s'inchinarono e si prostrarono davanti al Signore, con il volto a terra. ⁷I leviti Giosuè, Bani, Serebia, Iamin, Akkub, Sabbetai, Odia, Maaseia, Kelita, Azaria, Iozabàd, Canàn, Pelaia spiegavano al popolo la legge, mentre il popolo se ne stava in piedi. ⁸Lessero il libro della legge di Dio a sezioni, spiegandone il significato, così da far comprendere ciò che si leggeva.

⁹Mentre Esdra, sacerdote e scriba, e i leviti ammaestravano il popolo, Neemia, che era il governatore, disse a tutto il popolo: «Questo giorno è sacro al Signore, vostro Dio. Non fate cordoglio e non piangete!». In realtà, tutto il popolo piangeva, ascoltando le parole della legge. ¹⁰Disse ancora: «Andate, mangiate carni grasse, bevete vini dolci e mandatene porzioni a chi non ha nulla di preparato, perché questo giorno è sacro al Signore nostro. Non rattristatevi, poiché la gioia del Signore è la vostra forza!». ¹¹I leviti cercavano di tener tranquillo tutto il popolo, dicendo: «Fate silenzio, perché questo giorno è sacro. Non vi addolorate!».

¹²Tutto il popolo se ne andò allora a mangiare e a bere, e a mandare porzioni ai poveri e a far grande esultanza. Avevano ben compreso infatti le parole che erano state proclamate loro.

Celebrazione della festa delle Capanne. - ¹³Il secondo giorno i capifamiglia dell'intero popolo, i sacerdoti e i leviti si adunarono presso Esdra, lo scriba, per esaminare le parole della legge. ¹⁴Trovarono scritto nella

---

8. - ^{1.} Nulla valeva la restaurazione materiale di Gerusalemme senza la restaurazione morale. Il fattore spirituale era la base su cui doveva fondarsi il nuovo Israele: il ritorno alla legge gli assicurava la propria personalità e indipendenza di fronte ai nemici che lo attorniavano. *Esdra* ricevette l'incarico della riforma spirituale.

legge che il Signore aveva prescritto per mezzo di Mosè: «I figli d'Israele dimoreranno in capanne durante la festa del settimo mese.¹⁵Essi lo faranno sapere e proclameranno un bando per tutte le loro città e a Gerusalemme dicendo: "Andate alla montagna e portatene rami d'olivo, di pino, di mirto, di palma e d'alberi fronzuti, per farne capanne, come sta scritto"». ¹⁶Allora il popolo se ne andò fuori e portò i rami e si costruirono capanne, chi sul proprio tetto, chi nei propri cortili, altri nel cortile della casa di Dio, sulla piazza della porta delle Acque e sulla piazza della porta d'Efraim. ¹⁷Tutta l'assemblea, cioè coloro che erano tornati dalla prigionia, costruirono capanne e vi abitarono. Dai tempi di Giosuè, figlio di Nun, fino a quel giorno, non avevano mai fatto altrettanto. E l'esultanza fu grandissima.

¹⁸Esdra diede lettura del libro della legge di Dio, ogni giorno, dal primo giorno fino all'ultimo. Celebrarono la festa per sette giorni; nell'ottavo giorno ci fu un'adunanza solenne, come vuole la legge.

9 **Giornata di espiazione.** - ¹Il ventiquattresimo giorno dello stesso mese i figli d'Israele si adunarono per un digiuno, vestiti di sacco e cosparsi di polvere. ²La stirpe d'Israele si separò da tutti gli stranieri e si presentarono per confessare i loro peccati e le iniquità dei loro padri. ³Ritti in piedi, al loro posto, lessero il libro della legge del Signore, loro Dio, per la quarta parte del giorno; per un'altra quarta parte fecero la loro confessione e si prostrarono davanti al Signore, loro Dio.

⁴Sul palco dei leviti si alzarono Giosuè, Bani, Kadmiel, Sebania, Bunni, Serebia, Bani e Kenani e invocarono ad alta voce il Signore, loro Dio. ⁵I leviti Giosuè, Kadmiel, Bani, Casabnia, Serebia, Odia, Sebania e Petachia dissero: «Alzatevi! Benedite il Signore, Dio vostro, ora e sempre! Si benedica il nome tuo glorioso, che sorpassa ogni benedizione e lode! ⁶Tu sei il Signore, tu solo! Tu hai fatto il cielo, i cieli dei cieli e tutte le loro schiere, la terra e tutto ciò che vi sta, le acque e tutto quanto v'è in esse. Tu dai vita a tutti. E le schiere del cielo si prostrano davanti a te! ⁷Sei tu, Signore, il Dio che ha scelto Abramo, l'hai fatto uscire da Ur dei Caldei e gli hai posto nome Abramo. ⁸Hai trovato il suo cuore fedele verso di

te e hai stretto con lui un'alleanza per dare la terra dei Cananei, degli Hittiti, degli Amorrei, dei Perizziti, dei Gebusei e dei Gergesei a lui e alla sua posterità. E tu hai mantenuto la tua parola, perché sei giusto!

⁹Tu hai visto l'afflizione dei nostri padri in Egitto, hai ascoltato il loro grido presso il Mar Rosso. ¹⁰Hai operato segni e prodigi contro il faraone, contro tutti i suoi servitori e contro l'intero popolo della sua terra, perché sapevi che essi avevano agito arrogantemente contro i nostri padri. E ti sei fatto una tale fama che dura ancora oggi. ¹¹Hai diviso il mare davanti a loro ed essi sono passati all'asciutto, attraverso le acque, mentre tu precipitavi nell'abisso gli inseguitori, come pietra in acque violente. ¹²Li hai guidati di giorno con una colonna di nubi e di notte con una colonna di fuoco, per rischiarare loro la strada su cui avanzare. ¹³Sulla montagna del Sinai tu sei disceso e hai parlato con loro dal cielo. Hai dato loro prescrizioni giuste, leggi di verità, buoni precetti e comandi. ¹⁴Hai reso noto ad essi il tuo santo sabato, e hai dato loro, per mezzo di Mosè, tuo servo, comandi, precetti e una legge. ¹⁵Per la loro fame hai dato ad essi un pane dal cielo, hai fatto sgorgare, per la loro sete, acque dalla rupe. E hai ordinato loro di andare a impossessarsi di una terra che avevi giurato di dare loro.

¹⁶Ma essi, i nostri padri, divennero arroganti, indurirono il loro cuore e non ascoltarono i tuoi comandamenti. ¹⁷Si rifiutarono di ubbidire né si ricordarono più dei miracoli che avevi compiuto per essi. Indurirono il loro cuore e si scelsero un capo per tornare, con pervicacia, alla loro schiavitù. Ma tu sei un Dio di perdono, clemente e misericordioso, lento all'ira e grande nella benignità! Tu non li hai abbandonati, ¹⁸nemmeno quando si fecero un vitello di metallo fuso, proclamando: "Ecco il tuo Dio che t'ha fatto uscire dall'Egitto", compiendo un oltraggio enorme. ¹⁹Nella tua immensa pietà tu non li hai abbandonati nel deserto. La colonna di nube non si allontanò di sopra ad essi durante il giorno per guidarli nel cammino, e la colonna di fuoco durante

---

9. - ¹²⁻³⁷ È una delle più belle preghiere corali della Bibbia in cui si alternano il ricordo dei benefici di Dio, l'infedeltà del popolo e l'implorazione della misericordia e dell'aiuto divino, soprattutto ora che Israele è *schiavo* nella sua stessa terra, piccola provincia dell'impero persiano.

la notte per rischiarare la strada su cui avanzare. [20]Per ammaestrarli hai dato il tuo buono spirito. Alle loro bocche non hai rifiutato la tua manna e hai donato ad essi l'acqua per la loro sete. [21]Per quarant'anni ti sei preso cura di loro nel deserto; non soffrirono indigenza, le loro vesti non si logorarono, né si gonfiarono i loro piedi.

[22]Hai donato loro regni e popoli, spartendoli a confini; ed entrarono in possesso della terra di Sicon, cioè della terra del re di Chesbon, e della terra di Og, re di Basan. [23]Hai moltiplicato i loro figli come le stelle del cielo e li hai introdotti nella terra in cui avevi detto ai loro padri di entrare per possederla. [24]E i figli entrarono e presero possesso della terra. Davanti a loro hai umiliato gli abitanti del paese, i Cananei. Hai dato nelle loro mani i re e i popoli del paese, perché agissero con essi secondo il loro arbitrio. [25]S'impadronirono di città fortificate e di un fertile suolo. Possedettero case piene d'ogni bene, cisterne scavate, vigne, uliveti e alberi fruttiferi in quantità. Mangiarono, si saziarono, si irrobustirono e vissero nelle delizie per merito della tua grande bontà.

[26]Eppure si ribellarono, insorgendo contro di te! Gettarono la tua legge dietro le loro spalle, uccisero i tuoi profeti che li esortavano a ritornare a te, compirono enormi oltraggi. [27]Perciò tu li desti nelle mani dei loro nemici, che li oppressero. Nel tempo della loro angustia, tuttavia, essi gridarono a te e tu dal cielo li ascoltasti e, secondo la tua grande misericordia, desti loro dei liberatori, che li salvarono dalle mani dei nemici. [28]Quando però avevano pace, essi tornavano a compiere il male verso di te! Tu li abbandonavi in mano dei loro avversari che li tiranneggiavano; essi tornavano a supplicarti e tu li esaudivi dal cielo. Molte volte li hai salvati per la tua misericordia. [29]Li esortavi per farli ritornare alla tua legge, ma essi insuperbivano, non obbedivano ai tuoi comandamenti e peccavano contro le tue prescrizioni, nelle quali colui che le compie trova la vita. Rendevano ribelli le loro spalle, indurivano il loro cuore e non ascoltavano. [30]Pazientasti con essi per molti anni, scongiurandoli mediante il tuo spirito, per

bocca dei tuoi profeti; ma non prestarono orecchio! Allora tu li hai consegnati in mano ai popoli stranieri, [31]benché, nella tua grande pietà, tu non li abbia fatti sterminare né li abbia abbandonati. Giacché tu sei un Dio clemente e compassionevole.

[32]Ma adesso, o nostro Dio, o Dio grande, potente e terribile, tu che mantieni il patto e la misericordia, non sembrino poca cosa dinanzi a te tutte le tribolazioni che sono cadute su di noi, sui nostri re, i nostri capi, i sacerdoti, i profeti, i nostri padri e su tutto il tuo popolo, dal tempo dei re d'Assiria fino al giorno d'oggi. [33]Tu sei stato giusto in tutto quello che ci è sopravvenuto. Sì, tu hai operato fedelmente, mentre noi abbiamo agito con perfidia! [34]I nostri re, i capi, i sacerdoti e i nostri padri non hanno messo in pratica la tua legge né hanno badato ai tuoi comandamenti né agli avvertimenti con cui li ammonivi. [35]E mentre stavano nel loro regno e nella grande prosperità che tu avevi elargito loro, sul suolo vasto e fertile che avevi messo a loro disposizione, non ti hanno servito né si sono convertiti dalle loro pessime azioni.

[36]Ed eccoci, oggi, schiavi! Siamo schiavi nella terra che avevi donato ai nostri padri, perché si nutrissero dei suoi frutti e dei suoi beni! [37]E gli abbondanti prodotti sono per i re che hai posto sopra di noi, a causa dei nostri peccati. Essi dominano a loro arbitrio sulle nostre persone e sul nostro bestiame. E noi ci troviamo in un'amarezza sconfinata».

INAUGURAZIONE DELLE MURA DI GERUSALEMME

10 Solenne impegno della comunità giudaica. - [1]«A causa di tutto ciò noi prendiamo oggi un impegno e lo mettiamo per iscritto. Sul documento sigillato figurano i nostri capi, i nostri leviti, i nostri sacerdoti».

[2]Sul documento sigillato firmarono Neemia il governatore, figlio di Acalia, e Sedecia, [3]Seraia, Azaria, Geremia, [4]Pascur, Amaria, Malchia, [5]Cattus, Sebania, Malluch, [6]Carim, Meremot, Abdia, [7]Daniele, Ghimneton, Baruch, [8]Mesullàm, Abia, Miamin, [9]Maazia, Bilgai, Semaia; questi sono i sacerdoti. [10]Leviti: Giosuè, figlio di Azania, Binnui dei figli di Chenadad, Kadmiel, [11]e i loro fratelli Sebania, Odia, Kelita, Pelaia, Ca-

---

10. - [2.] Dopo la firma di Neemia seguono quelle dei capi delle famiglie sacerdotali, levitiche e del popolo, in modo che tutti si sentano personalmente obbligati a mantenere quanto promesso.

nan, [12]Mica, Recob, Casabia, [13]Zaccur, Serebia, Sebania, [14]Odia, Bani, Beninu. [15]Capi del popolo: Pareos, Pacat-Moab, Elam, Zattu, Bani, [16]Bunni, Azgad, Bebai, [17]Adonia, Bigvai, Adin, [18]Ater, Ezechia, Azzur, [19]Odia, Casum, Bezai, [20]Carif, Anatot, Nebai, [21]Magpias, Mesullàm, Chezir, [22]Mesezabeèl, Zadòk, Iaddua, [23]Pelatia, Canan, Anaia, [24]Osea, Anania, Cassub, [25]Alloches, Pilca, Sobek, [26]Recum, Casabna, Maaseia, [27]Achia, Canan, Anan, [28]Malluch, Carim, Baana.

[29]E il resto del popolo, i sacerdoti, i leviti, i portinai, i cantori, gli oblati e tutti coloro che si sono separati dalle popolazioni locali per seguire la legge di Dio, le loro spose, i figli e le figlie, cioè tutti coloro che sono capaci d'intendere, [30]si uniscono ai loro fratelli, i loro prìncipi, e contraggono un patto e un giuramento, di camminare secondo la legge di Dio che è stata data per mezzo di Mosè, servitore di Dio, e di osservare e compiere tutti i comandi del Signore nostro Signore, le sue prescrizioni e le sue leggi:

[31]di non dare le nostre figlie alle popolazioni locali e di non prendere le loro figlie per i nostri figli;

[32]di non acquistare nulla in giorno di sabato o in giorno sacro dalle popolazioni locali che portano a vendere in giorno di sabato ogni specie di mercanzia o di derrate; inoltre, ogni sette anni sarà lasciata riposare la terra e condonato ogni debito.

[33]Ci siamo anche imposti per legge di dare annualmente un terzo di siclo per il servizio della casa del nostro Dio, [34]per i pani dell'offerta, per l'oblazione perenne, per l'olocausto perenne dei sabati, dei noviluni, per le feste, per le offerte sacre, per i sacrifici d'espiazione affinché Israele sia perdonato, e per ogni lavoro della casa del nostro Dio.

[35]Noi, sacerdoti, leviti e popolo, abbiamo tirato a sorte riguardo all'offerta del legname da portare ogni anno a tempi fissati, secondo le nostre famiglie, alla casa del nostro Dio, perché bruci sull'altare del Signore nostro Dio, come prescritto nella legge.

[36]Ci siamo imposti di portare le primizie della nostra terra e le primizie di tutti i frutti d'ogni albero, anno per anno, alla casa del Signore;

[37]e i primogeniti dei nostri figli e del bestiame e i primogeniti delle mandrie e dei greggi ci siamo imposti di presentarli alla casa del nostro Dio, ai sacerdoti di servizio

nella casa del nostro Dio, come è prescritto dalla legge.

[38]E la parte migliore delle nostre farine, delle offerte, del frutto di qualsiasi albero, del mosto e dell'olio, noi porteremo ai sacerdoti, nelle camere della casa del nostro Dio; e ai leviti la decima della nostra terra.

I leviti preleveranno essi stessi la decima del nostro lavoro in tutte le città. [39]Un sacerdote, discendente di Aronne, sarà con i leviti quando questi preleveranno le decime. I leviti porteranno la decima della decima alla casa del Dio nostro, nelle stanze della tesoreria. [40]In queste stanze, infatti, i figli d'Israele e i figli di Levi porteranno l'offerta del grano, del mosto e dell'olio. Qui sono gli utensili del santuario e i sacerdoti di servizio, i portinai e i cantori. Noi non abbandoneremo la casa del nostro Dio!

11 Ripopolamento di Gerusalemme. - [1]I capi del popolo presero dimora in Gerusalemme; il resto del popolo tirò a sorte per far venire ad abitare a Gerusalemme, la città santa, un uomo su dieci, e gli altri nove nelle città. [2]Il popolo benedisse tutti coloro che spontaneamente presero dimora in Gerusalemme.

[3]Questi sono i capi della provincia che si stabilirono a Gerusalemme, mentre nelle città di Giuda ciascuno abitava nella sua proprietà e nella sua città: Israele, i sacerdoti, i leviti, gli oblati e i figli dei servi di Salomone.

[4]Si stabilirono a Gerusalemme una parte dei figli di Giuda e di Beniamino.

Dei figli di Giuda: Ataia, figlio di Uzzia, figlio di Zaccaria, figlio di Amaria, figlio di Sefatia, figlio di Macalaleèl; dei figli di Perez: [5]Maaseia, figlio di Baruch, figlio di Col-Coze, figlio di Cazaia, figlio di Adaia, figlio di Ioiarib, figlio di Zaccaria, figlio della famiglia Selanita. [6]Totale dei figli di Perez che si sono stabiliti a Gerusalemme: quattrocentosessantotto uomini valorosi.

[7]Questi sono i figli di Beniamino: Sallu figlio di Mesullàm, figlio di Ioed, figlio di Pedaia, figlio di Kolaia, figlio di Maaseia, figlio di Itiel, figlio di Isaia; [8]dopo di lui, Gabbai, Sallai: in tutto, novecentoventotto. [9]Gioele figlio di Zicri: era loro capo e Giuda figlio di Assenua era il secondo capo della città.

[10]Dei sacerdoti: Iedaia, Ioiarib, Iachin, [11]Seraia figlio di Chelkia, figlio di Mesullàm, figlio di Zadòk, figlio di Meraiot, figlio

di Achitub, capo del tempio, [12]e i loro fratelli addetti al lavoro del tempio, in numero di ottocentoventidue; Adaia figlio di Ierocam, figlio di Pelalia, figlio di Amsi, figlio di Zaccaria, figlio di Pascur, figlio di Malchia, [13]e i suoi fratelli, capi delle casate, in numero di duecentoquarantadue; Amasai figlio di Azareel, figlio di Aczai, figlio di Mesillemot, figlio di Immer, [14]e i loro fratelli uomini valorosi, in numero di centoventotto; Zabdiel figlio di Ghedolim era loro capo.

[15]Dei leviti: Semaia figlio di Cassub, figlio di Azrikam, figlio di Casabia, figlio di Bunni; [16]Sabbetai e Iozabad, preposti al servizio esterno del tempio, fra i capi dei leviti; [17]Mattania figlio di Mica, figlio di Zabdi, figlio di Asaf, il capo della salmodia, che intonava le lodi durante la preghiera; Bakbukia che gli veniva secondo tra i suoi fratelli; Abda figlio di Sammua, figlio di Galal, figlio di Ieditun. [18]Totale dei leviti nella città santa: duecentottantaquattro.

[19]I portieri: Akkub, Talmon e i loro fratelli, custodi delle porte: centosettantadue.

[20]Il resto d'Israele, dei sacerdoti e dei leviti si è stabilito in tutte le città di Giuda, ognuno nella sua proprietà.

[21]Gli oblati si sono stabiliti sull'Ofel e Zica e Ghispa erano a capo degli oblati. [22]Il capo dei leviti a Gerusalemme era Uzzi figlio di Bani, figlio di Casabia, figlio di Mattania, figlio di Mica, dei figli di Asaf, che erano i cantori addetti al servizio del tempio; [23]poiché vi era un ordine del re che riguardava i cantori e vi era una provvista assicurata loro ogni giorno.

[24]Petachia figlio di Mesezabeel, dei figli di Zerach, figlio di Giuda, suppliva il re per tutti gli affari del popolo.

[25]Quanto ai villaggi con le loro campagne, alcuni figli di Giuda si sono stabiliti in Kiriat-Arba e nei villaggi dipendenti, in Dibon e nei suoi villaggi, in Iekabzeel e nei suoi villaggi, [26]in Iesua, in Molada, in Bet-Pelet, [27]in Cazar-Sual, in Bersabea e nei suoi villaggi, [28]in Ziklag, in Mecona e nei suoi villaggi, [29]in En-Rimmon, in Zorea, in Iarmut, [30]in Zanoach, in Adullam e nei suoi villaggi, in Lachis e nei suoi villaggi, in Azeka e nei suoi villaggi. Si sono stabiliti da Bersabea fino alla valle di Innom. [31]I figli di Beniamino si sono stabiliti a Gheba, Micmas, Aiia, Betel e nei luoghi che ne dipendevano; [32]ad Anatot, Nob, Anania, [33]ad Azor, Rama, Ghittaim, [34]Cadid, Zeboim, Neballat, [35]e Lod e Ono, nella valle degli Artigiani. [36]Dei

leviti parte si è stabilita con Giuda, parte con Beniamino.

12 Sacerdoti e leviti rimpatriati con Zorobabele.

[1]Questi sono i sacerdoti e i leviti che sono tornati con Zorobabele, figlio di Sealtiel, e con Giosuè: Seraia, Geremia, Esdra, [2]Amaria, Malluch, Cattus, [3]Secania, Recum, Meremot, [4]Iddo, Ghinneton, Abia, [5]Miamin, Maadia, Bilga, [6]Semaia, Ioiarib, Iedaia, [7]Sallu, Amok, Chelkia, Iedaia. Questi erano i capi dei sacerdoti e dei loro fratelli al tempo di Giosuè.

[8]Leviti: Giosuè, Binnui, Kadmiel, Serebia, Giuda, Mattania, che con i suoi fratelli era preposto al canto degli inni di lode. [9]Bakbukia e Unni, loro fratelli, stavano di fronte a loro secondo i loro turni di servizio.

Discendenza del sommo sacerdote Giosuè. - [10]Giosuè generò Ioiachim; Ioiachim generò Eliasib; Eliasib generò Ioiada; [11]Ioiada generò Gionata; Gionata generò Iaddua.

Sacerdoti e leviti al tempo di Ioiachim. - [12]Al tempo di Ioiachim i sacerdoti che erano i capi delle casate sacerdotali erano i seguenti: del casato di Seraia, Meraia; di quello di Geremia, Anania; [13]di quello di Esdra, Mesullàm; di quello di Amaria, Giovanni; [14]di quello di Malluk, Gionata; di quello di Sebania, Giuseppe; [15]di quello di Carim, Adna; di quello di Meraiot, Chelkai; [16]di quello di Iddo, Zaccaria; di quello di Ghinneton, Mesullàm; [17]di quello di Abia, Zicri; di quello di Miniamin...; di quello di Moadia, Piltai; [18]di quello di Bilga, Sammua; di quello di Semaia, Gionata; [19]di quello di Ioiarib, Mattenai; di quello di Iedaia, Uzzi; [20]di quello di Sallu, Kallai; di quello di Amok, Eber; [21]di quello di Chelkia, Casabia; di quello di Iedaia, Netaneel. [22]I leviti furono registrati, quanto ai capi casato, al tempo di Eliasib, di Ioiada, di Giovanni e di Iaddua; e i sacerdoti sotto il regno di Dario il persiano. [23]I capi dei casati levitici sono registrati nel libro delle Cronache fino al tempo di Giovanni, figlio di Eliasib. [24]I capi dei leviti Casabia, Serebia, Giosuè, figlio di Kadmiel, insieme con i loro fratelli, che stavano di fronte a loro, dovevano cantare inni e lodi a turni alternati, secondo l'ordine di Davide, uomo di Dio. [25]Mattania, Bakbukia, Abdia, Mesullàm, Talmon, Akkub erano portieri e facevano la guardia ai magazzini delle porte. [26]Questi vivevano al tempo di Ioiachim figlio di Giosuè, figlio di Iozadak e al tempo di Neemia il governatore e di Esdra sacerdote e scriba.

Dedicazione delle mura di Gerusalemme. - [27]Per la dedicazione delle mura di Gerusalemme si mandarono a cercare i leviti da tutti i loro luoghi, per farli venire a Gerusalemme per celebrarvi una dedicazione festosa, con inni e canti, cembali, arpe e cetre. [28]Si adunarono dunque i cantori dalla regione attorno a Gerusalemme e dai villaggi dei Netofatiti, [29]da Bet-Gàlgala e dalle campagne di Gheba e di Azmàvet, poiché i cantori si erano edificati villaggi nei dintorni di Gerusalemme. [30]I sacerdoti e i leviti si purificarono e purificarono il popolo, le porte e le mura.

[31]Allora io feci salire i capi di Giuda sopra le mura e formai due grandi cori: il primo procedeva sulle mura, a destra, verso la porta del Letame. [32]Dietro a esso camminavano Osea e la metà dei capi di Giuda, [33]Azaria, Esdra, Mesullàm, [34]Giuda, Beniamino, Semaia, Geremia, [35]appartenenti al coro dei sacerdoti, con trombe; Zaccaria, figlio di Gionata, figlio di Semaia, figlio di Mattania, figlio di Michea, figlio di Zaccur, figlio di Asaf, [36]e i suoi fratelli Semaia, Azareèl, Milalài, Ghilalài, Maài, Netaneèl, Giuda, Canàni, con gli strumenti musicali di Davide, uomo di Dio. Esdra, lo scriba, camminava davanti ad essi. [37]Giunti alla porta della Sorgente, salirono frontalmente, al di sopra dei gradini della Città di Davide, fino alla porta delle Acque, a oriente.

[38]Il secondo coro s'incamminò verso la sinistra. Vi andavo dietro io e metà dei prìncipi del popolo, sulle mura. Passando oltre la torre dei Forni e fino al Muro Largo, [39]oltre la porta di Efraim, la porta Vecchia e la porta dei Pesci, la torre di Cananeèl e la torre di Meale, fino alla porta delle Pecore. Si fece sosta alla porta della Prigione.

[40]I due cori si fermarono poi nel tempio di Dio; così anch'io e la metà dei magistrati assieme a me, [41]e i sacerdoti Eliakim, Maaseia, Miniamin, Michea, Elioenai, Zaccaria, Anania con le trombe, [42]e Maaseia, Semaia, Eleazaro, Uzzi, Giovanni, Malchia, Elam, Ezer. I cantori fecero sentire la loro voce, mentre Izrachia li dirigeva.

[43]In quel giorno offrirono grandi sacrifici e si rallegrarono, perché Dio li aveva allietati con una gioia straordinaria. Anche le donne e i fanciulli presero parte alla letizia e il tripudio di Gerusalemme si udiva di lontano.

Un modello di comunità giudaica. - [44]In quell'occasione alcuni uomini furono preposti alle stanze che servivano da magazzini per le offerte, per le primizie e per le decime, allo scopo di raccogliervi, dai contadi delle città, i quantitativi fissati dalla legge per i sacerdoti e i leviti. Poiché i sacerdoti e i leviti nelle loro funzioni erano la gioia dei Giudei. [45]Essi assicuravano il servizio di Dio e il servizio delle purificazioni; altrettanto facevano i cantori e i portinai, secondo l'ordine di Davide e di Salomone, suo figlio. [46]Fin dall'antichità infatti, dai tempi di Davide e di Asaf, c'erano capi cantori, e cantici di lode e di ringraziamento venivano innalzati a Dio. [47]Ai tempi di Zorobabele e ai tempi di Neemia tutto Israele dava i quantitativi fissati per i cantori e i portinai, giorno per giorno; dava ai leviti le offerte sacre e i leviti ne davano ai figli di Aronne.

13 [1]In quel tempo si lesse il libro di Mosè alla presenza del popolo. Vi si trovò scritto che l'Ammonita e il Moabita non dovranno mai entrare nell'assemblea di Dio; [2]perché non vennero incontro ai figli d'Israele con pane e acqua e perché questi ultimi pagarono Balaam perché maledicesse Israele. Ma il nostro Dio cambiò quella maledizione in benedizione. [3]Com'ebbero ascoltato la legge, essi esclusero da Israele tutti i forestieri.

Secondo ritorno di Neemia. - [4]Prima di questi fatti, il sacerdote preposto alle camere della casa di Dio, Eliasib, parente di Tobia, [5]aveva preparato per costui un'ampia stanza, là dove prima venivano riposte le offerte, l'incenso, gli utensili, le decime del grano, del mosto e dell'olio, ossia quanto spettava per legge ai leviti, ai cantori, ai portinai e il contributo per i sacerdoti. [6]In tutto questo periodo io non ero stato a Ge-

---

13. - 6. Neemia, dopo dodici anni, nel 433 (trentaduesimo di Artaserse) tornò a fare il coppiere reale. Artaserse era anche re di Babilonia.

rusalemme, perché nell'anno trentaduesimo di Artaserse, re di Babilonia, ero ritornato presso il re.

Dopo un certo tempo, avendone fatto richiesta al re, [7]ritornai a Gerusalemme. Mi resi conto allora del male che aveva fatto Eliasib, a vantaggio di Tobia, adattandogli una stanza nei cortili della casa di Dio; [8]e ne rimasi fortemente irritato. Feci gettare tutte le masserizie della casa di Tobia fuori della stanza [9]e ordinai che i locali venissero purificati. Poi vi feci rimettere gli utensili del tempio di Dio, le offerte e l'incenso.

[10]Venni anche a sapere che le porzioni dovute ai leviti non erano state consegnate e che i leviti e i cantori, che facevano servizio, se n'erano fuggiti ciascuno alla sua terra. [11]Rimproverai allora i magistrati e dissi: «Per qual ragione la casa di Dio è stata abbandonata?». Poi radunai i leviti e li ristabilii nel loro ufficio. [12]Tutto Giuda portò ai magazzini le decime del grano, del mosto e dell'olio. [13]Affidai la sorveglianza dei magazzini al sacerdote Selemia, allo scriba Zadòk e a Pedaia, uno dei leviti, e, come loro aiutante, a Canan, figlio di Zaccur, figlio di Mattania, giacché costoro erano ritenuti persone di fiducia. Spettava ad essi il compito di far le ripartizioni per i loro fratelli.

[14]Per questo ricòrdati di me, o Dio mio, e non dimenticare le opere di pietà che ho compiuto per il tempio del mio Dio e per la vigilanza sopra di esso.

[15]In quel tempo osservai in Giuda alcuni che in giorno di sabato pigiavano l'uva, portavano mucchi di derrate e caricavano sugli asini vino, uva, fichi e ogni sorta di fardelli e li portavano di sabato a Gerusalemme. Allora li rimproverai a motivo del giorno in cui vendevano derrate.

[16]Alcune persone di Tiro, che avevano preso dimora in Gerusalemme, importavano pesce e ogni specie di mercanzia e poi la vendevano ai figli di Giuda di sabato e in Gerusalemme. [17]Allora rimproverai i notabili di Giuda e dissi loro: «Che cos'è questa mala azione che andate compiendo, col profanare il giorno di sabato? [18]Non fecero lo stesso i vostri padri? E così il nostro Dio ha

fatto venire tutta questa rovina sopra di noi e sopra questa città! Voi accrescete la sua ira contro Israele profanando il sabato!».

[19]E detti ordine che appena le porte di Gerusalemme cominciavano ad essere nell'ombra, prima del sabato, le porte fossero chiuse. Aggiunsi che non si dovevano aprire fino a dopo il sabato. Collocai anche qualcuno dei miei uomini davanti alle porte, affinché nessun carico entrasse in giorno di sabato. [20]Ma i mercanti e i venditori di ogni sorta di mercanzie passarono la notte appena fuori di Gerusalemme una o due volte. [21]Allora io li rimproverai fortemente e dissi loro: «Per qual ragione voi passate la notte davanti alle mura? Se lo fate ancora una volta, metterò le mani su di voi!». Da quel tempo non vennero più di sabato. [22]Ordinai inoltre ai leviti che, dopo essersi purificati, venissero a custodire le porte per santificare il giorno di sabato.

Anche per questo ricòrdati di me, o Dio mio, e abbi pietà di me secondo la grandezza della tua misericordia!

[23]Sempre in quei giorni, notai che alcuni Giudei avevano sposato donne asdodite, moabite e ammonite; [24]la metà dei loro figli parlava la lingua di Asdod, oppure la lingua di questo o quel popolo, e non sapevano parlare la lingua giudaica! [25]Allora io li svergognai, li maledissi, ne picchiai alcuni, strappai loro i capelli e li feci giurare nel nome di Dio: «Non date le vostre figlie ai loro figli, né prendete tra le loro figlie delle spose per i vostri figli né per voi! [26]Non peccò forse per colpa di esse Salomone, re d'Israele? Non v'era fra i molti popoli un re simile a lui; era amato dal suo Dio e Dio l'aveva costituito re di tutto Israele. Eppure le donne straniere condussero anche lui a peccare! [27]Dovrà udirsi anche di voi che commettete questo grande male, che siete infedeli al nostro Dio prendendo donne straniere?».

[28]Un figlio di Ioiadà, figlio di Eliasib, sommo sacerdote, era genero di Sanballàt, il coronita: io lo cacciai via da me.

[29]Ricòrdati, o mio Dio, di essi, perché hanno profanato il sacerdozio e il patto dei sacerdoti e dei leviti!

[30]Così io li purificai da ogni forestiero; fissai gli uffici per sacerdoti e leviti, ciascuno al proprio servizio. [31]Diedi pure disposizioni circa le offerte di legname ai tempi fissati, e le primizie.

Ricòrdati di me in bene, o Dio mio!

---

[7]. Forse Neemia tornò a *Gerusalemme* prima del 425, sempre sotto Artaserse e con i medesimi poteri, e probabilmente morì in Gerusalemme prima del 407.

TOBIA

Il nome posto come titolo del libro designa uno dei protagonisti dell'opera, il figlio di Tobi. In ebraico Tobia significa: Jhwh è buono.

Un'introduzione (cc. 1-3), descrive la dolorosa sorte di Tobi e Sara, due ebrei, osservanti della legge, deportati in Assiria dopo la distruzione del regno d'Israele (721 a.C.). Segue il racconto dell'intervento di Dio (cc. 4-13) che viene in aiuto degli oppressi mediante l'angelo Raffaele che assume una forma visibile e guida le vicende che portano i tribolati alla liberazione e alla felicità. Nell'epilogo (c. 14) vengono menzionati gli ultimi anni felici di Tobi e del figlio Tobia.

Per forma e contenuto il libro appartiene al genere sapienziale. L'autore, che scrisse probabilmente intorno al 200 a.C., voleva trasmettere ai suoi contemporanei una lezione morale e religiosa mediante una narrazione drammatica che prende forse spunto da qualche racconto tramandato nel suo ambiente.

Il dramma di Tobia illustra l'insegnamento tradizionale circa la retribuzione terrena del bene. La Provvidenza divina mette alla prova i buoni, ma ascolta le loro preghiere nella tribolazione e restituisce loro la felicità. Per comunicare con gli uomini Dio si serve del ministero degli angeli. Raffaele, che significa <<medicina di Dio>>, è guaritore, ma anche custode e accompagnatore degli uomini giusti.

La pietà illustrata nel libro si concretizza nella pratica dell'elemosina, nella cura dei morti, nell'osservanza delle feste giudaiche, nella giustizia verso gli operai, nel rispetto per i genitori. La preghiera è tenuta in grande considerazione.

LE PROVE DEI GIUSTI

1 Prologo. - ¹Storia di Tobi, figlio di Tòbiel, figlio di Anàniel, figlio di Àduel, figlio di Gàbael, della famiglia di Àsiel, della tribù di Neftali. ²Al tempo di Salmanàssar, re degli Assiri, egli fu deportato da Tisbe, che si trova a sud di Kades di Neftali, nell'alta Galilea, sopra Casor, verso occidente, a nord di Safet.

Pietà di Tobi. - ³Io, Tobi, mi comportai con sincerità e giustizia per tutto il tempo della mia vita e feci molte elemosine ai miei parenti e ai compatrioti che furono deportati con me a Ninive, nel paese degli Assiri. ⁴Da giovane, quando mi trovavo in Israele, mia patria, tutta la tribù del mio antenato, Neftali, si separò dalla dinastia di Davide e da Gerusalemme, la città scelta tra tutte le tribù d'Israele come luogo dei loro sacrifici, essendo stato ivi edificato e consacrato per tutte le generazioni future il tempio, dimora dell'Altissimo. ⁵Tutti i miei parenti e la casa di Neftali, mio antenato, offrivano sacrifici al vitello che Geroboamo, re d'Israele, ⁶aveva collocato in Dan, sulle montagne di Galilea; molte volte io ero l'unico che andavo a Gerusalemme per le feste, come prescrive a tutto Israele una legge perpetua. Correvo a Gerusalemme con le primizie dei frutti e degli animali, con le decime del bestiame e con la prima lana delle pecore. ⁷Consegnavo tutto per il culto ai sacerdoti figli di Aronne, mentre le decime del grano, del vino, dell'olio, delle melagrane, dei fichi e degli altri frutti le consegnavo ai leviti che officiavano a Gerusalemme. Per sei anni consecutivi cambiavo in denaro la seconda decima e andavo ogni anno a spenderla a Gerusalemme. ⁸La terza decima la davo ogni tre anni agli orfani, alle vedove e ai

proseliti aggregati ad Israele. La consuma-
vamo insieme secondo la prescrizione della
legge di Mosè concernente le decime e secondo le istruzioni date da Debora, madre
di Anàniel, nostro nonno, perché mio padre
morì lasciandomi orfano. [9]Giunto all'età
adulta, presi in moglie Anna, una donna
della mia parentela e da essa ebbi un figlio,
cui diedi il nome di Tobia.

Esilio e persecuzione. - [10]Dopo che mi de-
portarono in Assiria, andai come prigioniero a Ninive. [11]Tutti i miei parenti e compatrioti mangiavano i cibi dei pagani, io invece mi guardavo bene dal farlo. [12]Siccome rimasi fedele a Dio con tutto il cuore, [13]l'Altissimo mi fece guadagnare il favore di Salmanàssar, diventando suo provveditore.
[14]Finché egli rimase in vita, solevo andare
nella Media e fare ivi compere per suo conto. Così depositai a Rage di Media presso
Gàbael, un mio parente, figlio di Gabri, dei
sacchetti di denaro del valore di dieci talenti d'argento. [15]Quando morì Salmanàssar,
suo figlio Sennàcherib gli successe sul trono. Le strade della Media si chiusero e io
non potei ritornarvi. [16]Al tempo di Salmanàssar avevo fatto molte elemosine ai
miei compatrioti; [17]davo il pane agli affamati, vestivo gli ignudi; se vedevo qualcuno
dei miei connazionali morto e gettato dietro le mura di Ninive, lo seppellivo. [18]Seppel-
lii anche coloro che Sennàcherib aveva
ucciso, quando ritornò fuggendo dalla Giudea; il Re del cielo lo castigò per le sue bestemmie ed egli nel suo furore uccise molti
Israeliti; io sottraevo i loro corpi e li seppellivo, mentre Sennàcherib li faceva cercare,
ma invano. [19]Senonché uno degli abitanti
di Ninive andò a denunciarmi al re, che ero
io che li avevo sepolti. Mi nascosi dunque,
ma quando seppi che il re era al corrente
del fatto ed ero ricercato per essere messo a
morte, ebbi paura e presi la fuga. [20]Furono

confiscati tutti i miei beni, che passarono in
blocco al tesoro reale; non mi fu lasciata
che la moglie Anna con il mio figlio Tobia.
[21]Ma non passarono quaranta giorni che il
re fu assassinato da due dei suoi figli, i quali poi fuggirono sui monti dell'Ararat. Gli
successe allora sul trono il figlio Assaraddon. Questi pose Achikar, figlio di mio fratello Ànael, a capo di tutte le finanze del
regno con autorità su tutta l'amministrazione. [22]Allora Achikar intercedette per me e
potei ritornare a Ninive. Durante il regno
di Sennàcherib di Assiria, Achikar era stato
gran coppiere, guardasigilli, capo dell'amministrazione e della contabilità e Assaraddon l'aveva mantenuto in carica. Egli
era mio nipote, uno della mia parentela.

2 **Cecità di Tobi.** - [1]Durante il regno di
Assaraddon ritornai a casa mia e mi furono ridati la moglie Anna e il mio figlio Tobia. Alla nostra festa di Pentecoste, che è la
festa delle Settimane, mi preparavano un
lauto pranzo e mi misi a tavola: [2]la tavola
era imbandita di varie vivande. Dissi a mio
figlio Tobia: «Figlio, va' a vedere se incontri
qualche povero fra i compatrioti deportati a
Ninive, qualcuno che con tutto il cuore si
ricordi del Signore, e conducilo perché
pranzi insieme con noi. Ti aspetto, figlio, fino al tuo ritorno». [3]Tobia uscì in cerca di
un povero tra i nostri fratelli. Di ritorno disse: «Padre!» Gli risposi: «Ebbene, figlio
mio?». Mi rispose: «Padre, hanno assassinato uno della nostra gente e l'hanno gettato
sulla piazza. L'hanno strangolato solo un
momento fa». [4]Allora feci un salto lasciando il pranzo intatto, tolsi il corpo dalla piazza, lo deposi in una camera onde seppellirlo
al tramonto del sole. [5]Ritornato a casa, feci
un bagno e presi il pasto con tristezza [6]ri-
cordando la frase del profeta Amos contro
Betel:

«Si cambieranno le vostre feste in lutto,
tutti i vostri canti in lamento».

E piansi. [7]Quando poi tramontò il sole,
andai a scavare una fossa e lo seppellii. [8]I
miei vicini mi deridevano dicendo: «Non
ha più paura! Proprio per questo motivo lo
hanno già ricercato per ucciderlo ed è fuggito; ora eccolo di nuovo a seppellire i morti». [9]In quella notte, dopo il bagno, entrai
nel mio cortile e mi addormentai lungo il

---

1. - [21.] *Achikar* era il saggio consigliere e tesoriere di Sennàcherib (705-681) e di Assaraddon
(681-668). Questo personaggio leggendario è protagonista di un noto racconto, conservato in buona parte in documenti aramaici del V sec. a.C. trovati nell'i-
sola di Elefantina nel 1906-1907, che ne narra la vita
e ne conserva i detti sapienziali.
2. - [1.] Sull'incerto quadro storico tracciato nel primo capitolo, l'autore sacro costruisce ora la sua opera, per insegnare che la divina Provvidenza non abbandona chi in essa confida, anche se, a fin di bene,
sottopone alla prova.

muro del cortile con la faccia scoperta a causa del caldo. [10]Non sapevo che sopra di me sul muro c'erano dei passeri; i loro escrementi ancora caldi caddero sui miei occhi e mi produssero delle macchie bianche; mi rivolsi ai medici per curarmi, però quanto più unguenti mi applicavano, tanto più mi si oscuravano gli occhi per le macchie bianche, fino a perdere completamente la vista. Rimasi cieco per quattro anni; tutti i miei parenti ne ebbero pena. Achikar provvide al mio sostentamento durante i due anni che precedettero la sua partenza per l'Elimaide.

[11]In quel tempo mia moglie Anna si era data ai lavori domestici per guadagnare denaro. [12]Quando essa consegnava i lavori, i clienti le davano la paga. Ora il sette di marzo, terminato un pezzo di stoffa e inviatolo ai clienti, questi, oltre alla mercede completa, le fecero dono di un capretto per la tavola. [13]Quando il capretto entrò da me, cominciò a belare. Chiamata allora la moglie, le dissi: «Da dove viene questo capretto? Non sarà stato rubato? Restituiscilo ai padroni, perché non abbiamo il diritto di mangiare alcuna cosa rubata». [14]Essa mi rispose: «Mi è stato dato in sovrappiù della paga». Però io non le credevo e insistevo perché lo restituisse ai proprietari, arrossendo per quello che aveva fatto. Essa mi replicò: «E dove sono le tue elemosine? Dove sono le tue buone opere? Lo si vede da come sei ridotto».

3 **Preghiera di Tobi.** - [1]Con l'animo profondamente rattristato, mi misi a gemere e a piangere e in mezzo ai singhiozzi cominciai a pregare: [2]«Tu sei giusto, o Signore, tutte le tue opere sono giuste. Tu agisci con misericordia e lealtà, tu sei il giudice del mondo. [3]Ora, Signore, ricordati di me e guardami; non castigarmi per i miei peccati, per gli errori miei e dei miei padri commessi al tuo cospetto, [4]disobbedendo ai tuoi precetti. Ci hai consegnato al saccheggio, alla deportazione e alla morte, per essere la favola, la burla e l'insulto di tutte le nazioni, tra le quali ci hai dispersi. [5]Sì, tutte le tue sentenze sono giuste, quando mi tratti così per i miei peccati, perché non abbiamo compiuto i tuoi precetti né camminato lealmente alla tua presenza. [6]Ora agisci secondo il tuo beneplacito; ordina che mi venga tolta la vita, in modo

che sparisca dalla faccia della terra e divenga terra; giacché per me è meglio morire che vivere. Mi sono sentito insultare senza motivo e provo un grande dolore. Ordina, o Signore, che io sia liberato da questa prova. Lasciami partire per la dimora eterna e non distogliere da me il tuo volto, o Signore. Per me, infatti, è meglio morire che vivere passando per questa grande prova, sentendomi insultare».

Disgrazie di Sara. - [7]Nello stesso giorno avvenne che Sara, figlia di Raguel, abitante a Ecbàtana di Media, dovette anch'essa ascoltare degli insulti da parte di una serva di suo padre. [8]Bisogna sapere che Sara si era maritata sette volte, ma il pessimo demonio Asmodeo aveva ucciso i mariti prima che potessero unirsi con lei come si fa con le mogli. Or una serva le disse: «Sei tu che uccidi i tuoi mariti! Ecco, ti sei maritata sette volte e non porti il nome di nessuno di essi. [9]Perché vuoi colpire noi se i tuoi mariti sono morti? Vattene con loro! E che da te non ci sia dato di vedere né figlio né figlia in eterno!». [10]In quel giorno dunque Sara, profondamente afflitta, si mise a piangere e salì nella camera del padre con l'intenzione di impiccarsi. Ma ritornando a riflettere pensò: «Che non abbiano poi ad insultare mio padre e non gli dicano: "La sola figlia che avevi, tanto amata, si impiccò" per le sue sventure. Così farò precipitare negli inferi il mio vecchio padre per l'angoscia. È meglio che non m'impicchi, ma supplichi il Signore di farmi morire per non ascoltare più oltraggi nella mia vita». [11]In quel momento stese le mani verso la finestra e pregò: «Benedetto sei tu, Dio misericordioso, e benedetto il tuo nome nei secoli! Ti benedicano tutte le tue opere per i secoli! [12]Ora verso di te elevo la mia faccia e i miei occhi. [13]Ordina che sia tolta dalla terra, perché non abbia più ad ascoltare insulti. [14]Tu sai, Signore, che sono pura da ogni peccato con uomo. [15]Non ho macchiato il mio nome né quello di mio padre nella terra d'esilio. Sono l'unica figlia di mio padre, egli non ha altri figli che possano ereditare da lui, né un parente prossimo o di famiglia per il quale io possa

---

3. - [9.] Augurare la sterilità a una donna era la più grande imprecazione che, nell'antichità, le si potesse lanciare.

serbarmi come sposa. Ho perduto già sette
mariti; perché dovrei vivere ancora? Se tu
non vuoi farmi morire, ascolta, Signore, come mi insultano!».

Esaudimento divino. - [16]Nel medesimo
momento la preghiera di ambedue fu accolta davanti alla gloria di Dio, [17]e fu inviato
Raffaele a guarire i due: Tobi, togliendogli
le macchie bianche dagli occhi, perché potesse vedere con i suoi occhi la luce di Dio;
e Sara, figlia di Raguel, dandola in sposa a
Tobia, figlio di Tobi, liberandola dal pessimo demonio Asmodeo. Tobia, infatti, aveva
più diritto di averla in sposa che tutti gli altri pretendenti. Proprio allora Tobi rientrava in casa dal cortile e Sara, figlia di Raguel,
stava scendendo dalla camera.

4 **Istruzioni del padre.** - [1]In quel giorno
Tobi si ricordò del denaro che aveva depositato presso Gàbael in Rage di Media [2]e
pensò tra sé: «Ho invocato la morte. Perché
non chiamare mio figlio Tobia e informarlo,
prima di morire, di questa somma di denaro?». [3]Chiamò dunque il figlio Tobia e
quando questi si presentò, gli disse: «Quando sarò morto, dammi una onorevole sepoltura; onora tua madre e non abbandonarla
finché vive; fa' ciò che è di suo gradimento
e non contristare il suo cuore per nessun
motivo. [4]Ricordati, figlio, dei tanti pericoli
che corse per te, quando eri nel suo seno.
Quando morirà, dàlle sepoltura vicino a me
in una medesima tomba.

[5]Figlio, ricordati del Signore tutti i giorni
della tua vita; non voler peccare né trasgredire i suoi precetti. Compi opere buone durante tutta la tua vita e non metterti nel
cammino dell'ingiustizia. [6]Se fai il bene,
riusciranno le tue imprese, [7]come per tutti
quelli che praticano la giustizia. Fa' l'elemosina di ciò che possiedi. Il tuo occhio non
sia sprezzante nel fare l'elemosina. Non distogliere lo sguardo dal povero e Dio non
distoglierà il suo sguardo da te. [8]Fa' l'elemosina in proporzione di ciò che possiedi;
se hai poco, non temere di dare elemosina
secondo quel poco: [9]così ti metti in serbo

un buon tesoro per il giorno in cui sarai
nella strettezza, [10]poiché l'elemosina libera
dalla morte e impedisce di cadere nelle tenebre. [11]Per tutti quelli che la compiono,
l'elemosina è una bella offerta agli occhi
dell'Altissimo.

[12]Guardati, o figlio, da ogni fornicazione
e prima di tutto prendi moglie dalla stirpe
dei tuoi antenati; non prendere una moglie
straniera che non sia della tribù di tuo padre, perché noi siamo figli di profeti. Ricordati, figlio, che già dai tempi antichi i nostri
antenati Noè, Abramo, Isacco e Giacobbe,
tutti presero moglie fra i loro parenti e furono benedetti nei loro figli e la loro discendenza avrà in eredità la terra. [13]Ora, figlio,
ama i tuoi parenti e non crederti da più di
essi, figli e figlie del tuo popolo, disdegnan-
do di prendere moglie tra di essi; perché
l'orgoglio è causa di rovina e di grande inquietudine; l'incuria porta all'indigenza e
alla miseria, perché l'ignavia è madre della
fame.

[14]Non ritenere presso di te la mercede di
nessun operaio, ma consegnagliela subito;
se servi Dio, egli ti ricompenserà. Sta' attento, figlio, a tutto ciò che fai e sii ben
educato in ogni tuo comportamento. [15]Non
fare a nessuno ciò che non piace a te. Non
bere vino fino ad ubriacarti; che l'ubriachezza non ti accompagni nel tuo cammino. [16]Da' il tuo pane a chi ha fame e fa'
parte dei tuoi vestiti agl'ignudi. Da' in elemosina quanto ti sopravanza; che il tuo
sguardo non sia malevolo quando fai l'elemosina. [17]Offri il tuo pane e versa il tuo vino sulla tomba dei giusti e non darlo ai
peccatori.

[18]Prendi consiglio da ogni persona assen-
nata e non disprezzare nessun consiglio utile. [19]In ogni circostanza benedici il Signore
Dio e chiedigli di appianare le tue vie e che
giungano a buon fine tutti i tuoi passi e i
tuoi progetti, poiché nessun popolo posse-
de la saggezza, ma è il Signore che concede
ogni bene secondo il suo volere o umilia fino al profondo dell'abisso. Dunque, figlio,
ricordati di queste norme e non si cancelli-
no dalla tua memoria.

[20]Ora, figlio, ti faccio sapere che ho depositato dieci talenti d'argento presso Gàbael,
figlio di Gabri, in Rage di Media. [21]Non temere, o figlio, se siamo poveri; avrai grandi
ricchezze, se temerai Dio, se fuggirai da
ogni peccato e farai ciò che è gradito al Signore tuo Dio».

---

[17]. *Raffaele* significa medicina o guarigione di Dio.
Aveva più diritto: queste parole lasciano capire che
gli altri pretendenti di Sara non erano nelle condizioni volute dalla legge per sposare una figlia unica, che
perciò era anche ereditiera (Nm 27,8).

5 Il misterioso compagno. - [1]Allora Tobia rispose a suo padre Tobi: «Padre, farò tutto ciò che mi hai ordinato. [2]Però come potrò ricuperare la somma da Gàbael, dato che né lui conosce me né io conosco lui? Quale segno potrò dargli, perché mi riconosca, mi creda e mi consegni il denaro? Inoltre non conosco il cammino da prendere per andare nella Media». [3]Allora Tobi rispose al figlio suo Tobia: «Gàbael mi diede un suo documento autografo e anch'io gli ho consegnato un documento scritto, lo divisi in due parti e ritenemmo ognuno una parte lasciando la mia con il denaro. Sono ora vent'anni da quando ho depositato questa somma. E ora, figlio, cercati un uomo di fiducia che ti possa accompagnare. Lo pagheremo per tutto il tempo fino al tuo ritorno. Va', dunque, a riprendere questo denaro da Gàbael».

[4]Tobia uscì in cerca di qualcuno pratico della strada che lo accompagnasse nella Media. All'uscita trovò l'angelo Raffaele, già pronto, non sospettando che fosse un angelo di Dio. [5]Gli disse: «Di dove sei, o giovane?». Rispose: «Sono un israelita, tuo compatriota, venuto qui a cercare lavoro». Rispose Tobia: «Conosci il cammino che porta nella Media?». [6]Raffaele gli disse: «Certo, sono stato là più volte e conosco molto bene tutte le strade. Mi sono recato spesso nella Media alloggiando presso Gàbael, nostro compatriota, che abita a Rage di Media. Ci sono due giorni interi di cammino da Ecbàtana a Rage; le due città infatti si trovano in montagna». [7]Tobia gli disse: «Aspettami qui, o giovane, finché vada ad informare mio padre. Ho bisogno che tu venga con me e ti darò il tuo salario». [8]L'altro rispose: «Bene, ti aspetto qui, però non tardare». [9]Tobia andò a informare Tobi, suo padre, dicendogli: «Ecco, ho trovato un israelita, nostro compatriota». Tobi gli disse: «Chiamamelo, perché sappia da quale famiglia e da quale tribù provenga, se è persona fidata per accompagnarti, o figlio». [10]Tobia uscì a chiamarlo: «O giovane — gli disse — mio padre ti chiama».

Quando l'angelo entrò, Tobi lo salutò per primo. L'angelo rispose: «Ti auguro felicità in abbondanza». Tobi disse: «Che felicità posso io ancora avere? Sono un cieco e non posso vedere la luce del cielo. Vivo nell'oscurità, come i morti che non vedono più la luce. Vivente, abito tra i morti; sento la voce degli uomini, ma non li vedo». L'angelo

gli disse: «Fatti coraggio, Dio non tarderà a guarirti, fatti coraggio!». Poi Tobi gli chiese: «Mio figlio Tobia ha l'intenzione di andare nella Media. Non potresti tu accompagnarlo facendogli da guida? Ti darò la tua ricompensa, o fratello!». Egli rispose: «Potrò accompagnarlo; conosco tutte le strade, mi sono recato spesso nella Media, ho attraversato tutte le sue pianure e i suoi monti e ne conosco tutte le strade». [11]Tobi gli domandò: «Fratello, di che famiglia e di che tribù sei? Dimmelo, fratello!». [12]Raffaele rispose: «Che t'importa di conoscere la tribù?». Tobi disse: «Voglio conoscere esattamente, o fratello, di chi sei figlio e qual è il tuo nome». [13]Raffaele rispose: «Sono Azaria, figlio dell'illustre Anania, un tuo compatriota». [14]Allora Tobi gli disse: «Sii benvenuto e in buona salute, o fratello. Non avertene a male, o fratello, se ho voluto sapere esattamente di che famiglia sei. Ora risulta che tu sei un nostro parente e di famiglia molto eccellente. Conoscevo Anania e Natan, i due figli dell'illustre Semeia. Venivano con me a Gerusalemme per adorare insieme Dio e non hanno abbandonato il retto cammino. I tuoi sono brava gente; tu sei di buona radice; sii benvenuto!». [15]E aggiunse: «Ti do come salario una dracma al giorno e per ciò che concerne il tuo mantenimento, lo stesso che a mio figlio. [16]Accompagna dunque mio figlio e aggiungerò ancora qualcosa al tuo salario». [17]L'angelo rispose: «Lo accompagnerò, non temere; sani e salvi partiremo e sani e salvi ritorneremo da te, perché il cammino è sicuro». Tobi gli disse: «Sii benedetto, o fratello!». Tobi chiamò il figlio e gli disse: «Prepara, o figlio, quanto occorre per il viaggio e parti con questo tuo parente. Dio che è nei cieli vi conservi incolumi fino là e vi riconduca sani e salvi presso di me. Il suo angelo vi accompagni con la sua protezione, o figlio!».

Partenza per la Media. - Tobia uscì per mettersi in viaggio, baciò il padre e la madre, mentre Tobi gli diceva: «Buon viaggio!». [18]Però sua madre si mise a piangere e disse a Tobi: «Perché hai fatto partire mio

---

5. - [5.] L'angelo si qualifica come figlio d'Israele e si dice Azaria figlio d'Anania (v. 13). Questo nome è vero anche nel suo significato reale, perché *Azaria* vuol dire «aiuto del Signore», *Anania* «bontà del Signore», quindi Raffaele dice di essere «aiuto del Signore, figlio della bontà del Signore».

figlio? Non è lui il nostro appoggio, non lo abbiamo sempre avuto vicino? [19]Si faccia a meno di aggiungere denaro a denaro, non conti per nulla in paragone col nostro figlio! [20]Ci era sufficiente vivere con quello che Dio ci dava». [21]Ma Tobi le disse: «Non stare in pensiero; nostro figlio viaggerà sano e salvo e ritornerà sano e salvo da noi. Con i tuoi occhi vedrai il giorno in cui ritornerà da te sano e salvo. [22]Non stare in pensiero, non temere per essi, o sorella; un angelo buono lo accompagnerà, il suo viaggio riuscirà bene e ritornerà sano e salvo». [23]Essa allora cessò di piangere.

6 Il pesce provvidenziale. - [1]Il giovane partì insieme con l'angelo, partì con lui anche il cane, che li accompagnò. Camminarono insieme finché li sorprese la prima notte; si accamparono presso il fiume Tigri. [2]Il giovane scese verso il fiume per lavarsi i piedi, quando un grosso pesce balzò dall'acqua tentando di divorare il piede del ragazzo che si mise a gridare. [3]Allora l'angelo disse al giovane: «Afferralo e non lasciarlo fuggire». Impadronitosi del pesce, Tobia lo tirò a riva. [4]L'angelo gli disse: «Aprilo e togline il fiele, il cuore e il fegato, mettili in disparte e getta via invece gli intestini. Il fiele, il cuore e il fegato possono essere utili come farmaci». [5]Squartato il pesce, il giovane ne raccolse il fiele, il cuore e il fegato; e arrostita una porzione, la mangiò, mentre l'altra parte la conservò dopo averla salata. [6]Poi ambedue insieme ripresero il cammino fino a che non giunsero vicino alla Media. [7]Allora il giovane rivolse all'angelo questa domanda: «Fratello Azaria, che farmaco ci può essere nel cuore, nel fegato e nel fiele del pesce?». [8]Gli rispose: «Quanto al cuore e al fegato del pesce, se ne fai salire il fumo davanti a un uomo o a una donna, che subiscono un attacco da parte di un demonio o di uno spirito malvagio, cesserà ogni attacco contro di loro e non ne resterà più traccia alcuna. [9]Quanto al fiele, se ne ungi gli occhi di colui che è affetto da macchie bianche e soffi su quelle macchie, gli occhi guariscono».

Progetto di matrimonio. - [10]Pervennero nella Media e stavano avvicinandosi a Ecbàtana, quando [11]Raffaele disse al giovane: «Fratello Tobia!». Gli rispose: «Eccomi!». Riprese: «Bisogna che passiamo questa notte in casa di Raguel. È un tuo parente che ha una figlia di nome Sara. [12]Non ha né figlio maschio né figlia all'infuori dell'unica Sara. Essendo tu il suo più prossimo parente, hai diritto di sposarla più di qualunque altro uomo e di avere in eredità i beni di suo padre. È una ragazza seria, coraggiosa e molto graziosa e suo padre è una brava persona». [13]Aggiunse: «Tu hai diritto di sposarla. Ascoltami, fratello! Questa notte stessa tratterò della ragazza con il padre di lei, perché possiamo ottenerla come fidanzata. Quando ritorneremo da Rage, faremo le nozze. So che Raguel non può assolutamente rifiutartela e fidanzarla con un altro; si esporrebbe alla pena di morte secondo la prescrizione della legge di Mosè, perché egli sa che spetta a te prima di ogni altro di avere sua figlia in sposa. Ascoltami, dunque, fratello; questa stessa notte tratteremo della ragazza e ne domanderemo la mano. Poi, quando ritorneremo da Rage, la prenderemo e la condurremo con noi a casa tua».

[14]Tobia rispose a Raffaele: «Fratello Azaria, ho sentito dire che essa è già stata data in moglie a sette mariti ed essi sono morti nella stanza nuziale nella notte stessa in cui dovevano unirsi a lei. Ho inteso dire da alcuni che fu un demonio a ucciderli. [15]Perciò ho paura; a lei non fa del male, ma se qualcuno intende accostarsi a lei, lo uccide. Siccome sono l'unico figlio di mio padre, ho paura di morire e di far discendere nella tomba la vita di mio padre e di mia madre, pieni di angoscia a causa mia. Non hanno un altro figlio che lo seppellisca». [16]L'angelo gli disse: «Non ti ricordi delle raccomandazioni che ti fece tuo padre di prendere in moglie una donna della tua famiglia? Ascoltami, dunque, fratello; non preoccuparti di questo demonio e sposala. Sono certo che questa sera stessa essa ti sarà data in moglie. [17]Quando però sarai entrato nella camera nuziale, prendi un po' di fegato del pesce e il cuore e mettili sulla brace degli incensi. Quando si spanderà l'odore, il demonio lo dovrà annusare, prenderà la fuga e non comparirà mai più intorno a lei. [18]Poi quando sarai sul punto di unirti a lei, alzatevi tutti e due a pregare. Supplicate il Signo-

---

6. - [8-9]. Il *cuore*, il *fiele* e il *fegato* del pesce non potevano avere tali virtù; chi cacciò il demonio e guarì Tobi fu l'angelo (8,3); il cuore, il fegato, il fiele furono semplici strumenti che servirono a nascondere l'angelo che non voleva farsi ancora conoscere.

re del cielo che venga sopra di voi la sua grazia e la sua salvezza. Non temere; essa ti è stata destinata da sempre, tu la dovrai salvare; essa ti seguirà e penso che da lei avrai dei figli che ti saranno come fratelli. Non stare in pensiero».

[19]Quando Tobia udì le parole di Raffaele e apprese che Sara era sua parente, discendente della famiglia di suo padre, l'amò appassionatamente e il suo cuore aderì a lei.

7 Incontro con Raguel. - [1]Entrando in Ecbàtana, Tobia disse: «Fratello Azaria, conducimi direttamente dal nostro parente Raguel». L'angelo lo condusse nella casa di Raguel. Lo trovarono seduto presso la porta del cortile e lo salutarono per primi. Raguel rispose: «Salute, fratelli, siate benvenuti!». E li fece entrare in casa. [2]Indi disse alla moglie Edna: «Quanto somiglia questo giovane al mio parente Tobi!». [3]Edna domandò loro: «Di dove siete, fratelli?». Le risposero: «Siamo della tribù di Neftali, deportati a Ninive». [4]Edna soggiunse: «Conoscete il nostro parente Tobi?». Le dissero: «Sì, lo conosciamo». [5]Riprese: «Come sta?». Risposero: «Sta bene, è sempre in vita». E Tobia aggiunse: «È mio padre». [6]Allora Raguel balzò in piedi e l'abbracciò piangendo. Indi gli disse: «Sii benedetto, o figlio! Hai un ottimo padre. Che disgrazia che sia diventato cieco un uomo così giusto che faceva elemosine!». Si gettò al collo del suo parente Tobia e si rimise a piangere. [7]Piansero anche la moglie Edna e la figlia Sara. [8]Poi Raguel macellò un montone del gregge facendo loro una calorosa accoglienza.

Sposalizio di Tobia e Sara. - [9]Dopo essersi lavati e fatte le abluzioni, si misero a tavola. Tobia disse a Raffaele: «Fratello Azaria, chiedi a Raguel che mi dia in moglie la mia parente Sara». [10]Udite queste parole, Raguel disse al giovane: «Mangia e bevi e sta' allegro questa sera; giacché nessuno all'infuori di te, mio parente, ha il diritto di sposare mia figlia Sara; del resto neppure io ho la facoltà di darla a un altro uomo all'infuori di te, dato che tu sei il parente più stretto. Tuttavia, figlio, ti devo parlare con tutta franchezza. [11]L'ho data a sette mariti appartenenti alla mia famiglia e tutti sono morti nella notte in cui stavano per accostarsi a lei. Ora, figlio, mangia e bevi e il Signore provvederà per voi!». [12]Tobia replicò: «Non

mangerò affatto né berrò fino a che non avrai deciso questo mio affare». Raguel gli disse: «Lo farò. Poiché ti viene data secondo la decisione del libro di Mosè, è il cielo che decide che ti venga data. Accogli, dunque, tua cugina. D'ora in poi tu sei suo fratello ed essa è tua sorella. Da oggi essa è tua per sempre. Il Signore del cielo vi aiuti questa notte, o figlio, e vi conceda la sua grazia e la sua pace!». [13]Allora Raguel chiamò sua figlia Sara e quando essa venne, la prese per mano e l'affidò a Tobia con queste parole: «Ricevila secondo la legge e la decisione scritta nel libro di Mosè che ordina che ti sia data in moglie. Prendila e conducila sana e salva dal padre tuo. Che il Dio del cielo vi conceda pace e benessere!». [14]Poi chiamò la madre di Sara e le disse di portare un foglio e vi scrisse l'atto di matrimonio secondo il quale concedeva in moglie a Tobia la propria figlia secondo la decisione della legge di Mosè. Dopo di ciò cominciarono a banchettare. [15]Raguel chiamò sua moglie Edna e le disse: «Sorella, prepara l'altra camera e conducila dentro». [16]Essa andò a preparare un letto nella camera, come le aveva ordinato e vi condusse la figlia. Pianse sopra di lei e dopo aver asciugato le lacrime, le disse: [17]«Coraggio, o figlia, che il Signore del cielo cambi in gioia la tua tristezza! Coraggio, o figlia!». Ed uscì.

8 La notte nuziale. - [1]Terminata la cena, decisero di andare a dormire. Accompagnarono il giovane e lo introdussero nella camera da letto. [2]Allora Tobia si ricordò delle parole di Raffaele: prese dal suo sacco il fegato e il cuore del pesce e li pose sul porta-brace dell'incenso. [3]L'odore del pesce arrestò il demonio che fuggì nelle regioni dell'alto Egitto. Raffaele lo seguì sull'istante e ivi lo incatenò legandolo mani e piedi. [4]Quando gli altri uscirono, chiusero la porta della camera. Allora Tobia si alzò dal letto: «Alzati, sorella, preghiamo e supplichiamo il Signore perché abbia misericordia di noi e ci protegga». [5]Essa si alzò e cominciarono a pregare e a supplicare, chiedendo a Dio che li proteggesse, e Tobia si mise a dire: «Benedetto sei tu, Dio dei

---

8. - [3.] Il demonio dicesi *incatenato*, perché l'angelo, con la potenza avuta da Dio, gli impedì di nuocere.

nostri padri, e benedetto sia il tuo nome per tutte le generazioni venture! Ti benedicano i cieli e tutte le tue creature nei secoli! [6]Tu hai creato Adamo e come aiuto e sostegno gli hai creato la moglie Eva; da loro due nacque il genere umano. Tu dicesti: "Non è bene che l'uomo resti solo, facciamogli un aiuto simile a lui!". [7]Ora non per lussuria mi sposo con questa mia parente, ma con retta intenzione. Dégnati di aver misericordia di me e di lei, e di farci giungere insieme alla vecchiaia». [8]Poi dissero insieme: «Amen, amen». [9]E dormirono per tutta la notte.

[10]Ora Raguel, alzatosi, chiamò i servi e andò con essi a scavare una fossa. Diceva, infatti: «Caso mai sia morto, non abbiamo a diventare oggetto di derisione e di insulto». [11]Quando ebbero finito di scavare la fossa, Raguel ritornò in casa e, chiamata la moglie, [12]le disse: «Manda in camera una delle serve per vedere se è vivo; perché se è morto, lo seppelliremo senza che nessuno lo sappia». [13]Mandarono avanti la serva e, accesa la lampada, aprirono la porta; entrata la serva, li trovò insieme profondamente addormentati. [14]Quando uscì, essa riferì loro che era vivo e che non era successo nulla di male.

[15]Allora benedissero il Dio del cielo dicendo: «Tu sei benedetto, o Dio, degno di ogni sincera benedizione. Ti benedicano per tutti i secoli! [16]Sei benedetto per la gioia che mi hai concesso, non è avvenuto ciò che si temeva, ma ci hai trattato secondo la tua grande misericordia. [17]Tu sei benedetto, perché hai avuto compassione di due figli unici. Sii misericordioso con essi, o Signore, e proteggili! Falli giungere al termine della loro vita nella gioia e nella grazia!». [18]Allora Raguel ordinò ai servi di riempire la fossa, prima che si facesse giorno.

Il convito nuziale. - [19]Indi ordinò alla moglie di fare dei pani in abbondanza; poi andò al gregge e riportò due buoi e quattro montoni; li fece macellare e cominciarono così a preparare il banchetto. [20]Poi, chiamato Tobia, gli disse: «Per quattordici giorni non ti muoverai di qui, ma ti fermerai qui a banchettare nella mia casa rendendo felice l'anima già tanto afflitta di mia figlia. [21]Prenditi sin d'ora la metà dei miei beni e ritorna sano e salvo dal padre tuo. L'altra metà sarà vostra quando io e mia moglie sa-

remo morti. Coraggio, o figlio, io sono tuo padre e Edna è tua madre; siamo tuoi e di questa tua sorella da ora per sempre. Coraggio, figlio!».

9 **Ritiro del deposito.** - [1]Allora Tobia chiamò Raffaele e gli disse: [2]«Fratello Azaria, prendi con te quattro servitori e due cammelli e recati a Rage. [3]Va' da Gàbael, consegnagli il documento, riporta il denaro e conduci anche lui, insieme a te alle nozze. [4]Tu sai, infatti, che mio padre sta già contando i giorni; se ritardo di un solo giorno, gli recherò un grande dispiacere. Vedi bene che cosa ha giurato Raguel, e io non posso trasgredire il suo giuramento». [5]Pertanto Raffaele partì con i quattro servitori e i due cammelli per Rage di Media e passarono la notte in casa di Gàbael. Consegnatogli il documento, Raffaele lo informò che Tobia, figlio di Tobi, aveva preso moglie e che lo invitava alle nozze. Gàbael andò subito a prendere i sacchetti ancora sigillati e li contò in sua presenza. [6]Poi di buon mattino partirono insieme per recarsi alle nozze. Giunti nella casa di Raguel, trovarono Tobia seduto a tavola. Questi balzò in piedi per salutare Gàbael, che piangendo lo benedisse con queste parole: «Ottimo figlio di un ottimo uomo giusto e caritatevole! Che il Signore conceda la benedizione del cielo a te, a tua moglie, al padre e alla madre di tua moglie! Benedetto Dio, perché ho visto mio cugino Tobi, vedendo te che tanto gli assomigli».

10 **Attesa dei genitori.** - [1]Intanto un giorno dietro l'altro Tobi faceva il conto dei giorni necessari a Tobia per l'andata e il ritorno. Quando i giorni furono al termine e il figlio non era ancora ritornato, [2]pensò: «È stato forse trattenuto laggiù? O forse sarà morto Gàbael e non c'era nessuno per consegnargli il denaro?». [3]Pertanto cominciò a rattristarsi. [4]La moglie Anna diceva: «Mio figlio è perito e non è più tra i vivi!». Cominciò a piangere e lamentarsi sul proprio figlio dicendo: [5]«Ahimè, figlio, ti ho lasciato partire, tu che sei la luce dei miei occhi». [6]Tobi le rispondeva: «Taci, non stare in pensiero, sorella, egli sta bene. Certamente li trattiene là un contrattempo, perché colui che lo accompagna è un uomo fidato e uno dei nostri fratelli. Non affliggerti per lui, sorella; tra poco sarà qui». ⁷Ma essa replica: «Lasciami stare e non ingannarmi! Mio figlio è perito». Ogni giorno usciva al più presto per controllare il cammino per il quale era partito il figlio, perché non si fidava di nessuno. Dopo il tramonto del sole, essa rientrava a piangere e lamentarsi per tutta la notte senza poter dormire.

Ritorno a Ninive. - ⁸Passati i quattordici giorni delle feste nuziali che Raguel con giuramento aveva stabilito di organizzare per sua figlia, Tobia andò a dirgli: «Lasciami partire, perché sono sicuro che mio padre e mia madre non hanno più speranza di rivedermi. Ti prego, dunque, padre, lasciami partire e ritornare da mio padre; ti ho già spiegato in quale situazione l'ho lasciato». ⁹Rispose Raguel a Tobia: «Resta con me, figlio, resta con me. Invierò dei messaggeri a tuo padre Tobi, perché lo informino sul tuo conto». Ma Tobia rispose: «No, no, ti prego, lasciami andare da mio padre». ¹⁰Allora Raguel, alzatosi, consegnò a Tobia la moglie e la metà di tutti i suoi beni: servi e serve, buoi e pecore, asini e cammelli, vesti, denaro e masserizie, ¹¹li lasciò partire sani e salvi e fece questo saluto a Tobia: «Sta' bene, o figlio, e fa' buon viaggio. Che il Signore del cielo vi guidi, te e tua moglie Sara e che io possa vedere i vostri figli prima di morire». ¹²Poi disse alla figlia Sara: «Va' nella casa di tuo suocero, poiché da questo momento essi sono i tuoi genitori, come coloro che ti hanno dato la vita. Va' in pace, o figlia, e possa sentire buone notizie a tuo riguardo, finché sarò in vita». Poi li abbracciò e li lasciò partire. ¹³A sua volta Edna disse a Tobia: «Figlio e parente carissimo, che il Signore ti riconduca a casa e possa io, finché vivo, vedere i tuoi figli e quelli di mia figlia Sara prima di morire! Davanti al Signore ti affido mia figlia in custodia. Non contristarla in nessun giorno della sua vita. Figlio, va' in pace. D'ora innanzi io sono tua madre e Sara è tua sorella. Possiamo tutti insieme avere buona fortuna tutto il tempo della nostra vita!». Dopo averli baciati tutti e due, li lasciò partire sani e salvi. ¹⁴Così Tobia partì da Raguel, sano, salvo e gioioso, benedicendo il Signore del cielo e della terra, il Re dell'universo, perché aveva dato buon esito al viaggio. Raguel gli disse: «Possa tu avere la fortuna di onorare i tuoi genitori tutti i giorni della tua vita».

11 **Guarigione di Tobi.** - ¹Quando giunsero nei pressi di Kaserin, di fronte a Ninive, Raffaele disse: ²«Tu sai in quale condizione abbiamo lasciato tuo padre. ³Corriamo avanti, prima di tua moglie, e prepariamo la casa, mentre gli altri arrivano». ⁴Partirono ambedue insieme e Raffaele gli disse: «Prendi in mano il fiele». Il cane li seguiva. ⁵Anna intanto stava seduta, intenta a controllare il cammino per il quale doveva ritornare il figlio. ⁶Avuto il presentimento che ritornava, disse al padre di lui: «Ecco, arriva tuo figlio insieme a colui che l'ha accompagnato». ⁷Prima che si avvicinasse al padre, Raffaele disse a Tobia: «Sono sicuro che i suoi occhi si apriranno. ⁸Spalma il fiele del pesce sui suoi occhi; il farmaco intaccherà e asporterà le macchie bianche dai suoi occhi, così tuo padre riavrà la vista e vedrà la luce». ⁹Anna corse avanti e si gettò al collo del figlio dicendogli: «Ti rivedo, o figlio; ora posso morire». Poi scoppiò in pianto. ¹⁰Tobi si alzò e incespicando uscì dalla porta del cortile. ¹¹Tobia gli andò incontro tenendo in mano il fiele del pesce; soffiò sui suoi occhi e tirandolo vicino gli disse: «Coraggio, padre!». Indi applicò il farmaco e glielo tenne fermo. ¹²Poi con ambedue le mani distaccò le scaglie bianche dai margini degli occhi. ¹³Allora Tobi gli si gettò al collo e tra le lacrime gli disse: «Ti rivedo, o figlio, luce dei miei occhi!». ¹⁴E aggiunse: «Benedetto Dio! Benedetto il suo grande nome! Benedetti tutti i suoi santi angeli! Che il suo nome glorioso ci protegga! Benedetti siano gli angeli per tutti i secoli! Poiché egli mi ha colpito, ma mi ha usato misericordia, e ora vedo il mio figlio Tobia!». ¹⁵Tobia entrò in casa lieto e benedicendo Dio a piena voce. Poi Tobia informò suo padre del buon esito del viaggio, del denaro che aveva riportato e di Sara, figlia di Raguel, che aveva preso in moglie e che stava arrivando, trovandosi ormai vicina alla porta di Ninive.

¹⁶Allora Tobi, lieto e benedicendo Dio, uscì incontro alla sposa di lui verso la porta di Ninive. Quando la gente di Ninive lo vide camminare e circolare con tutto il vigore di un tempo, senza che nessuno lo conducesse per mano, rimase meravigliata. Tobi proclamava davanti a loro che Dio aveva avuto pietà di lui e che gli aveva aperto gli occhi. ¹⁷Avvicinatosi poi a Sara, la moglie del suo figlio Tobia, la benedisse con queste parole: «Sii benvenuta, o figlia! Sia benedetto il tuo Dio che ti ha fatto venire da noi, o

figlia! Benedetto sia tuo padre, benedetto il mio figlio Tobia e benedetta tu, o figlia! Entra nella casa che è tua, in buona salute, in benedizione e gioia, entra, o figlia!». [18]In quel giorno ci fu una grande festa per tutti i Giudei di Ninive. Achikar e Nadab, nipoti di Tobi, vennero a congratularsi con lui. E si festeggiarono le nozze di Tobia con gioia per sette giorni.

12 Rivelazione dell'angelo. - [1]Terminate le feste nuziali, Tobi chiamò suo figlio Tobia e gli disse: «Figlio, pensa a dare la ricompensa al tuo compagno di viaggio aggiungendovi qualche cosa». [2]Tobia gli rispose: «Padre, quanto gli devo dare come ricompensa? Non ci perderei, anche se gli dessi la metà dei beni che egli ha portato con me. [3]Mi ha ricondotto sano e salvo, mi ha guarito la moglie, è andato a prendere per me il denaro e ha guarito te. Quanto posso ancora dargli come ricompensa?». [4]Tobi gli rispose: «Figlio, è giusto che egli prenda la metà di tutti i beni che ha riportati». [5]Tobia chiamò l'angelo e gli disse: «Prendi come ricompensa la metà di tutto ciò che hai riportato e va' in pace!». [6]Allora Raffaele li chiamò ambedue in disparte e disse loro: «Benedite Dio e proclamate davanti a tutti i viventi i benefici che vi ha fatto, perché sia benedetto e celebrato il suo nome. Fate conoscere a tutti gli uomini le opere di Dio, come è giusto, e non siate negligenti nel rendergli grazie. [7]È bene tener nascosto il segreto del re, ma è giusto rivelare e manifestare le opere di Dio. Fate il bene e non vi colpirà nessuna disgrazia. [8]Vale più la preghiera sincera e l'elemosina generosa che non la ricchezza acquisita ingiustamente. È meglio fare l'elemosina che ammassare denaro. [9]L'elemosina libera dalla morte e purifica da ogni peccato. Coloro che praticano l'elemosina godranno lunga vita. [10]Coloro invece che commettono il peccato e l'ingiustizia sono nemici della propria vita. [11]Vi scoprirò ora tutta la verità, senza nascondervi nulla. Vi ho già insegnato che è bene tenere nascosto il segreto del re, ma rivelare brillantemente le opere di Dio. [12]Ebbene, quando tu e Sara stavate pregando, io presentavo l'attestato della vostra preghiera davanti alla gloria del Signore. Così anche quando tu seppellivi i morti. [13]Quando poi non hai esitato ad alzarti da mensa, abbandonando il tuo pranzo, per andare a seppel-

lire quel morto, allora io sono stato inviato a metterti alla prova. [14]Ora Dio mi ha inviato di nuovo per guarire te e Sara, tua nuora. [15]Io sono Raffaele, uno dei sette angeli che sono al servizio di Dio e hanno accesso alla maestà del Signore». [16]Allora tutti e due, scossi com'erano, caddero con la faccia a terra, pieni di terrore. [17]Ma l'angelo disse loro: «Non temete, la pace sia con voi! Benedite Dio per tutti i secoli! [18]Quando ero con voi, non stavo con voi per effetto della mia benevolenza, ma per la volontà di Dio; lui dovete benedire sempre, a lui cantare inni. [19]Benché mi abbiate visto mangiare, non mangiavo nulla; ciò che vedevate, era solo apparenza. [20]Benedite perciò il Signore sulla terra e rendete grazie a Dio. Ecco, io risalgo presso Colui che mi ha mandato. Mettete per iscritto tutto ciò che vi è accaduto». E salì in alto. [21]Essi si rialzarono, ma non poterono più vederlo. [22]Allora andavano benedicendo e celebrando Dio e gli rendevano grazie per tutte le grandi opere che aveva fatto, perché era loro apparso un angelo di Dio.

13 Cantico di lode. - [1]E Tobi disse:

[2] «Benedetto sia Dio che vive in eterno,
     il suo regno dura per tutti i secoli.
     Egli castiga e usa misericordia,
     fa scendere fino all'abisso più profondo
         della terra
     e fa risalire dalla grande perdizione,
     non c'è nulla che sfugga alla sua mano.
[3] Celebratelo, Israeliti, davanti alle nazioni,
     perché egli vi ha dispersi in mezzo
         ad esse,
[4] e qui vi ha fatto vedere la sua grandezza.
     Esaltatelo davanti ad ogni vivente,
     perché egli è il nostro Signore, il nostro
         Dio,
     egli è il nostro Padre, il Dio per tutti
         i secoli.
[5] Vi castiga a causa delle vostre iniquità,
     ma avrà pietà di tutti voi
     in mezzo a tutte le nazioni, fra le quali
         siete stati dispersi.
[6] Quando vi sarete convertiti a lui,
     con tutto il vostro cuore e con tutta
         l'anima
     per essere sinceri con lui,
     allora egli si volgerà verso di voi
     e non vi nasconderà più il volto.

7 Ora considerate ciò che ha operato
  per voi
  e celebratelo a piena voce.
  Benedite il Signore della giustizia
  ed esaltate il Re dei secoli.
8 Io lo celebro nel mio paese di esilio
  e annuncio la sua potenza e grandezza
  a un popolo di peccatori.
  Convertitevi, o peccatori,
  e operate rettamente in sua presenza.
  Chissà che non torni ad amarvi e a farvi
  misericordia.
9 Esalto il mio Dio e celebro il Re del cielo
  ed esulto per la sua grandezza.

La nuova Gerusalemme

10 Che tutti lo lodino e gli rendano grazie
   in Gerusalemme.
   Gerusalemme, città santa,
   Dio ti castigò a causa delle opere
     dei tuoi figli,
   ma avrà di nuovo pietà dei figli
     dei giusti.
11 Da' lode al Signore degnamente
   e benedici il Re dei secoli;
   il tuo tempio sia ricostruito con gioia,
12 così che si allietino in te tutti i deportati,
   e siano amati in te tutti gli sventurati
   per tutte le generazioni dei secoli.
13 Una luce risplendente brillerà
   in tutte le regioni della terra.
   Nazioni numerose verranno a te
     da lontano,
   e gli abitanti di tutti i confini della terra
   verranno verso la dimora del tuo santo
     nome,
   portando in mano i doni per il Re del cielo.
   Generazioni senza fine esprimeranno
     in te l'esultanza
   e il nome della città eletta durerà
     per sempre.
14 Maledetti coloro che ti insultano,
   maledetti saranno quanti ti distruggono,
   demoliscono le tue mura,
   rovinano le tue torri e incendiano le tue
     abitazioni.
   Ma benedetti per sempre coloro che
     ti temono.
15 Sorgi, allora, ed esulta
   a causa dei figli dei giusti,
   perché tutti si raduneranno
   e benediranno il Signore dei secoli.
   Beati coloro che ti amano!
   Beati coloro che gioiscono per la tua
     prosperità!

16 Beati tutti quelli che avranno fatto lutto
     per te
   a causa di tutte le tue prove,
   perché gioiranno per te,
   vedendo tutta la tua gioia per sempre.
   Anima mia, benedici il Signore, il gran
     Re,
17 perché Gerusalemme sarà ricostruita
   e nella città il suo tempio durerà
     per sempre.
   Beato sarò io, se rimane qualcuno della
     mia discendenza
   per vedere la tua gloria e celebrare il Re
     del cielo.
   Le porte di Gerusalemme saranno
     ricostruite
   con zaffiro e smeraldo,
   e tutte le sue mura con pietre preziose.
   Le torri di Gerusalemme saranno
     costruite con oro
   e i suoi baluardi con oro finissimo.
   Le piazze di Gerusalemme saranno
     lastricate
   con turchese e pietre di Ofir.
18 Le porte di Gerusalemme risuoneranno
     di canti di giubilo
   e tutte le sue case acclameranno:
   "Alleluia, benedetto il Dio d'Israele".
   Coloro che sono da lui benedetti
   benediranno il suo santo nome
   nei secoli, per sempre».

14 ¹Qui finirono le parole di ringraziamento di Tobi.
²Tobi morì in pace all'età di centododici
anni e fu seppellito con onore a Ninive.
Aveva sessantadue anni quando perdette la
vista e dopo averla ricuperata visse nell'abbondanza praticando l'elemosina; continuò
sempre a benedire Dio e a celebrare la sua
grandezza.

EPILOGO

Predizioni di Tobi. - ³Sul punto di morire,
fece venire il figlio Tobia e gli diede queste
istruzioni: «Figlio, porta via i tuoi figli, ⁴ri-
fugiandoti nella Media, perché credo all'o-
racolo divino preannunciato da Naum contro Ninive; tutto si realizzerà e accadrà al-
l'Assiria e a Ninive; si compirà tutto ciò che
predissero i profeti d'Israele, inviati da Dio,
senza che cada nessuno degli oracoli; succederà tutto a suo tempo; nella Media ci

sarà più sicurezza che nell'Assiria e in Babilonia. Lo so e ne sono convinto: quanto Dio ha predetto si compirà e si realizzerà senza che venga meno una sola parola delle profezie. I nostri fratelli che abitano nella terra d'Israele saranno tutti dispersi e deportati lontano dal loro paese; tutto il paese d'Israele sarà ridotto a un deserto. Anche Samaria e Gerusalemme diventeranno un deserto e il tempio di Dio si troverà in una lamentevole condizione e rimarrà bruciato fino a un certo tempo. [5]Ma Dio avrà di nuovo pietà di essi e li farà ritornare nel paese d'Israele; ricostruiranno il tempio, ma non come la prima volta, finché si compia il tempo prefissato. Dopo di ciò, ritorneranno tutti dall'esilio e ricostruiranno splendidamente Gerusalemme; il tempio di Dio sarà ricostruito in essa come lo preannunciarono i profeti d'Israele. [6]Tutte le nazioni della terra si convertiranno e temeranno Dio sinceramente. Tutti abbandoneranno i loro idoli, che li hanno fatti errare nella menzogna e benediranno, com'è giusto, il Dio dei secoli. [7]Tutti gl'Israeliti che si saranno salvati in quei giorni per essersi ricordati sinceramente di Dio, si riuniranno e si recheranno a Gerusalemme; abiteranno per sempre tranquilli nel paese di Abramo, che sarà dato in loro possesso. Coloro che amano sinceramente Dio si rallegreranno, mentre coloro che commettono il peccato e l'iniquità scompariranno dalla terra».

---

14. - [10.] Nadab era un parente di Achikar, da questi beneficato; con somma ingratitudine egli non solo dimenticò i benefici ricevuti, ma calunniò il benefattore stesso. Achikar dovette nascondersi per sfuggire a una ingiusta punizione. Scopertasi poi la calunnia, fu castigato Nadab e rimesso in onore Achikar. Ciò che qui si vuole insegnare è l'esercizio dell'elemosina, la quale, per quanto a volte non sia riconosciuta e non ottenga ricompensa qui sulla terra, non è mai dimenticata da Dio il quale la premia sempre.

Ultime esortazioni. - [8-9]«Ora, figli, vi raccomando di servire Dio sinceramente e di fare ciò che a lui piace. Anche ai vostri figli insegnate l'obbligo di praticare l'elemosina e le opere di carità, di ricordarsi di Dio, di benedire sinceramente il suo nome in ogni momento e con tutte le forze. Quanto a te, figlio, parti da Ninive e non restare più qui. Quando avrai sepolto tua madre presso di me, non passare nemmeno una notte in più nel territorio di questa città: vedo infatti trionfare in essa molta ingiustizia e grande perfidia, senza che nessuno se ne vergogni. [10]Vedi, figlio, quanto fece Nadab a Achikar, suo padre adottivo; non l'ha fatto scendere vivo sotto terra? Ma Dio ripiegò l'infamia in faccia al colpevole: Achikar ritornò alla luce, mentre Nadab entrò nelle tenebre eterne per aver tentato di far morire Achikar. A causa delle sue elemosine Achikar sfuggì al laccio mortale tesogli da Nadab; Nadab invece cadde nel laccio mortale che lo fece perire. [11]Così, figli, considerate quali sono i frutti dell'elemosina e quali quelli dell'ingiustizia; questa conduce alla morte. Ma ecco, la vita mi abbandona». Lo distesero sul letto e morì; fu sepolto con onore.

Fine di Tobia. - [12]Quando morì sua madre, Tobia la seppellì vicino al padre. Poi partì insieme con la moglie per la Media e si stabilirono a Ecbàtana presso il suocero Raguel. [13]Trattò con riguardo i suoi suoceri nella loro vecchiaia e li seppellì a Ecbàtana nella Media, ereditando così i beni di Raguel e quelli del proprio padre Tobi. [14]Morì stimato da tutti all'età di centodiciassette anni. [15]Prima di morire fu testimone della rovina di Ninive e vide arrivare nella Media i suoi abitanti deportati da Achiacar, re della Media. Benedisse allora il Signore per tutto ciò che aveva fatto nei confronti dei Niniviti e degli Assiri. Prima di morire poté rallegrarsi della sorte di Ninive e benedisse il Signore Dio per i secoli dei secoli.

GIUDITTA

Il libro di Giuditta è così chiamato dal nome della protagonista, che in modo straordinario liberò il paese di Giuda e la città santa, qui chiamata Betulia (cioè «casa di Dio»), da un agguerrito nemico rivale di Dio.

La narrazione è distribuita in tre parti. Nella prima (cc. 1-3) è esposta la minaccia che grava sul popolo giudaico da parte dell'esercito al servizio dell'empio re Nabucodònosor. La seconda parte (4-8) descrive l'oppressione dei Giudei assediati che, stremati di forze, chiedono la capitolazione della città, mentre Giuditta li esorta a continuare la resistenza. Nella terza parte (9-16) viene narrata la liberazione ottenuta con l'ardito intervento di Giuditta, che riesce con l'inganno a uccidere Oloferne, comandante dell'esercito nemico. Dopo la vittoria il paese di Giuda gode di un lungo periodo di pace. Il modo col quale Giuditta ottiene la vittoria (inganno, seduzione, assassinio) è il suo modo di difendere dall'aggressore la sua città e il suo popolo a proprio rischio e pericolo.

I dati storici, cronologici e topografici della narrazione lasciano perplessi, ma l'autore, che scrive verso la metà del II secolo a.C., prende elementi da varie situazioni difficili in cui si è trovato il popolo di Dio lungo la sua storia per comporre un racconto edificante, non il resoconto storico di un determinato evento.

Nel libro è particolarmente significativo il senso dato alle sventure e sofferenze nella vita dell'uomo e del popolo d'Israele. Non sempre sono punizioni: spesso sono prove che servono a confermare la fedeltà verso Dio che non manca di intervenire. Questo insegnamento costituisce il vertice dottrinale dell'opera e riflette tante istruzioni contenute nei libri sapienziali.

IL POPOLO DI DIO MINACCIATO

1 **Nabucodònosor dominatore dell'Oriente.** - [1]Nell'anno dodicesimo di regno di Nabucodònosor, che regnò sugli Assiri nella grande città di Ninive, al tempo in cui Arfacsàd regnava sui Medi a Ecbàtana, [2]questi edificò intorno a Ecbàtana mura di pietre squadrate della larghezza di tre cubiti e della lunghezza di sei, dando al muro l'altezza di settanta cubiti e la larghezza di cinquanta. [3]Alle porte della città eresse torri alte cento cubiti con fondamenta larghe sessanta cubiti. [4]Fece le porte che si elevavano all'altezza di settanta cubiti con quaranta di larghezza, sì da permettere l'uscita del grosso delle sue forze e la sfilata della sua fanteria. [5]In quel tempo il re Nabucodònosor fece guerra contro il re Arfacsàd nella grande pianura, che si trova nel territorio di Ragau. [6]Intorno a lui si raccolsero tutti gli abitanti della regione montuosa, tutti quelli che risiedevano lungo l'Eufrate, il Tigri, l'Idaspe e nelle pianure di Arioch, re degli Elamiti; così molti popoli accorsero a schierarsi con la gente di Cheleud.

[7]Nabucodònosor, re degli Assiri, inviò un messaggio a tutti gli abitanti della Persia e a tutti gli abitanti dell'Occidente, cioè della Cilicia, di Damasco, del Libano e dell'Antilibano, a tutti quelli che abitavano lungo la costa marittima, [8]alle popolazioni del Carmelo, di Gàlaad, della Galilea superiore, dell'estesa pianura di Esdrelon, [9]alle genti della Samaria e delle sue città, al di là del Giordano fino a Gerusalemme, a Batane,

---

1. - 1. Le difficoltà storiche e geografiche di questo libro dimostrano che non si tratta di un libro «storico», ma di un racconto epico, in cui Giuditta (= la giudea) simboleggia la nazione giudaica trionfante sui nemici, con la protezione di Dio.

Chelus, Cades e al torrente d'Egitto, a Tafne e Ramesses e tutta la regione di Gessen, [10]fino ad arrivare oltre Tanis e Memfi e a tutti quelli che risiedevano in Egitto fino ai confini dell'Etiopia. [11]Ma tutti gli abitanti di ognuna di queste regioni disprezzarono l'appello di Nabucodònosor, re degli Assiri, e non si unirono a lui per far la guerra; infatti non avevano alcun timore di lui, essendo ai loro occhi un uomo da nulla, perciò rinviarono i suoi messi a mani vuote e con disonore. [12]Allora Nabucodònosor s'irritò terribilmente contro tutte queste regioni e giurò per il suo trono e il suo regno di vendicarsi, sterminandole con la spada, di tutte le regioni della Cilicia, di Damasco e della Siria, di tutti gli abitanti del paese di Moab, delle genti di Ammon, di tutta la Giudea e di tutti gli abitanti dell'Egitto fino alle frontiere dei due mari.

[13]Nell'anno decimosettimo assalì con il suo esercito il re Arfacsàd e lo vinse in combattimento sbaragliandone tutto l'esercito, tutta la sua cavalleria e tutti i carri; [14]s'impadronì delle sue città giungendo fino a Ecbàtana, di cui espugnò le torri, ne depredò le piazze riducendone la magnificenza in ludibrio. [15]Indi fece prigioniero Arfacsàd sulle montagne di Ragau, lo trafisse con le sue lance e lo liquidò per sempre. [16]Fece quindi ritorno a Ninive con le sue truppe e tutti quelli che si erano a lui congiunti, un'immensa moltitudine di guerrieri, e lì si diedero a feste e banchetti, lui e il suo esercito, per centoventi giorni.

2 Spedizione contro l'Occidente. · [1]L'anno decimottavo, nel ventiduesimo giorno del primo mese, corse la voce nella reggia di Nabucodònosor, re degli Assiri, ch'egli avrebbe fatto vendetta di tutta la terra, come aveva deciso. [2]Convocati tutti i suoi ministri e tutti i notabili, egli espose loro il suo intento segreto, decidendo egli stesso la totale distruzione di quelle regioni. [3]Costoro furono del parere di far perire tutti quelli che non avevano seguito l'appello da lui emanato.

[4]Terminata dunque la consultazione, Nabucodònosor, re degli Assiri, convocò Oloferne, comandante in capo del suo esercito, che teneva il secondo posto dopo di lui e gli disse: [5]«Così parla il gran re, il signore di tutta la terra: ecco, quando tu sarai partito dalla mia presenza, prenderai con te uomini di grande valore, circa centoventimila fanti e un contingente di cavalli con dodicimila cavalieri. [6]Marcerai contro tutta la terra d'Occidente, perché hanno disobbedito all'ordine della mia bocca. [7]Ingiungerai loro di preparare terra e acqua, poiché nel mio furore muoverò contro di loro; coprirò tutta la faccia della terra con i piedi del mio esercito e ordinerò loro di depredarla. [8]I loro feriti riempiranno le valli e ogni torrente e fiume rigurgiterà di cadaveri fino a straripare, [9]e li condurrò prigionieri fino agli estremi limiti della terra. [10]Tu dunque va' e occupami ogni loro territorio; se a te si arrenderanno, me li conserverai per il giorno del loro castigo. [11]In quanto a quelli che non si sottomettono, il tuo occhio non mancherà di consegnarli all'eccidio e alla rapina in ogni territorio a te affidato. [12]Sì, vivo io e viva la potenza del mio regno; ho parlato ed eseguirò questo con il mio braccio. [13]Tu non trasgredire nessuno degli ordini del tuo signore, ma eseguili fedelmente secondo ciò che ti ho ordinato e non indugiare a metterli in esecuzione».

[14]Partito dalla presenza del suo signore, Oloferne convocò tutti i capi, i generali e gli ufficiali dell'esercito assiro [15]e contò uomini scelti per la spedizione, come gli aveva ordinato il suo signore, circa centoventimila uomini e dodicimila arcieri a cavallo [16]e li dispose come viene schierata una moltitudine in assetto di guerra. [17]Prese inoltre una moltitudine immensa di cammelli, di asini e di muli per il loro equipaggiamento, pecore, buoi e capre senza numero per il loro vettovagliamento, [18]viveri abbondanti per ogni singolo uomo e ingente quantità di oro e di argento dalla cassa del re.

[19]Indi lui e tutto l'esercito si misero in marcia per precedere il re Nabucodònosor e coprire tutta la faccia della terra d'Occidente con carri, cavalieri e fanti scelti. [20]Con essi si mise in cammino una moltitudine varia simile alle cavallette e alla sabbia della terra. Nessuna cifra varrebbe a indicarne il numero.

---

2. - [2-3.] Ferito nel suo amor proprio, Nabucodònosor decide di sottomettere le nazioni che avevano respinto il suo appello. La data della decisione coincide con quella della caduta di Gerusalemme.

[4.] *Oloferne*: nome di origine persiana che significa «fortunato». Il racconto dirà quanto.

Capitolazioni di popoli. - [21]Partiti da Ninive, con una marcia di tre giorni raggiunsero la pianura di Bectilet e da Bectilet andarono ad accamparsi presso il monte che si eleva a sinistra della Cilicia superiore. [22]Di là Oloferne mosse con tutto l'esercito, i fanti, i cavalieri e i carri, verso la regione montagnosa. [23]Distrusse Fud e Lud, depredò tutti i Rassiti e gli Ismaeliti che si trovano al margine del deserto a sud di Cheleon. [24]Passato l'Eufrate, percorse la Mesopotamia abbattendo tutte le città elevate lungo il torrente Abrona, giungendo fino al mare. [25]Poi s'impadronì dei territori della Cilicia facendo a pezzi tutti quelli che gli opponevano resistenza e arrivò fino ai confini di Iafet, situati a sud di fronte all'Arabia. [26]Accerchiò tutti i Madianiti bruciando le loro tende e saccheggiando le loro mandrie. [27]Scese poi nella pianura di Damasco al tempo della mietitura del grano, mettendo a fuoco tutti i loro campi; distrusse greggi e armenti, saccheggiò le loro città, distrusse le loro campagne e passò a fil di spada tutta la loro gioventù. [28]Il timore e il terrore davanti a lui invasero allora anche gli abitanti della costa: quelli di Sidone e di Tiro, gli abitanti di Sur e di Okina e tutti gli abitanti di Iemnaan. Gli abitanti di Asdòd e di Ascalon ebbero grande timore di lui.

3 [1]Gl'inviarono perciò messaggeri con proposte di pace in questi termini: [2]«Ecco, noi i servitori del gran re Nabucodònosor, ci mettiamo davanti a te, fa' di noi ciò che è gradito al tuo cospetto. [3]Ecco le nostre abitazioni, ogni nostro podere, tutti i campi di grano, le greggi, gli armenti e tutte le mandrie dei nostri attendamenti sono a tua disposizione, sèrvitene come ti piace. [4]Anche le nostre città e i loro abitanti sono tuoi servitori, vieni e trattali nel modo migliore che credi». [5]Si presentarono dunque ad Oloferne quegli uomini e gli riferirono tali parole. [6]Allora discese con il suo esercito verso la costa, costituendo presidi nelle città fortificate e prelevando da esse uomini scelti come ausiliari. [7]Gli abitanti di quelle città e di tutta la regione circostante lo accolsero con corone, danze e al suono di timpani. [8]Ma egli demolì tutti i templi e tagliò i loro boschi sacri, perché aveva avuto il compito di distruggere tutti gli dèi della terra, in modo che tutti i popoli adorassero solo Na

bucodònosor e tutte le lingue e tribù lo invocassero come dio.

[9]Poi giunse dinanzi a Esdrelon, vicino a Dotain, che si trova di fronte alla grande catena montuosa della Giudea. [10]Si accamparono tra Gebe e Scitopoli e Oloferne rimase là un mese intero per poter raccogliere tutto il vettovagliamento per il suo esercito.

IL POPOLO DI DIO OPPRESSO

4 **Resistenza ebraica.** - [1]Allora gl'Israeliti che abitavano la Giudea, udirono tutto ciò che Oloferne, comandante in capo di Nabucodònosor, re degli Assiri, aveva fatto ai diversi popoli, come aveva saccheggiato e votati alla distruzione tutti i loro templi, [2]e furono presi da indicibile terrore di quell'uomo e trepidarono per Gerusalemme e il tempio del Signore, loro Dio. [3]Erano infatti appena ritornati dalla prigionia e tutto il popolo della Giudea si era da poco riunito; le suppellettili, l'altare e il tempio erano stati riconsacrati dopo la profanazione. [4]Inviarono pertanto messi in tutto il territorio della Samaria, a Kona, a Bet-Coron, Belmain, Gerico, a Coba, ad Aisora e nella vallata di Salem, [5]occuparono in anticipo tutte le vette dei monti più alti, cinsero di mura i villaggi che si trovavano su di essi, ammassarono vettovaglie in preparazione alla guerra, giacché da poco erano stati mietuti i loro campi. [6]Poi il sommo sacerdote Ioakìm, che si trovava in quel periodo a Gerusalemme, scrisse agli abitanti di Betulia e di Betomestaim, che si trova di fronte a Esdrelon, all'imbocco della pianura vicino a Dotain, [7]ordinando loro di occupare i valichi dei monti, perché di là si entrava nella Giudea. D'altronde era agevole arrestare gli assalitori, giacché la strettezza del valico permetteva il passaggio a due soli uomini per volta.

[8]I figli d'Israele fecero come avevano loro ordinato Ioakìm, sommo sacerdote, e il consiglio degli anziani di tutto il popolo d'Israele che risiedevano a Gerusalemme. [9]Inoltre ogni israelita levò grida a Dio con viva insi

---

4. - 6. Avendo il libro un carattere religioso, è naturale che a capo della resistenza al nemico del popolo di Dio sia messo il sommo sacerdote. *Betulia* e *Betomestaim* sono nomi simbolici; inutile cercarne la posizione geografica. Betulia, «casa di Dio», deve la sua rinomanza al fatto di essere stata teatro degli avvenimenti narrati in questo libro.

stenza e tutti si umiliarono con fervida perseveranza. [10]Essi, le loro donne e i bambini, i loro armenti, ogni straniero, mercenario, i loro schiavi cinsero di sacco i loro fianchi. [11]Ogni israelita, le donne e i bambini che abitavano a Gerusalemme, si prostrarono dinanzi al tempio, cosparsero di cenere le loro teste e dispiegarono i loro vestiti di sacco davanti al Signore. [12]Ricoprirono di sacco anche l'altare e gridarono a una sola voce e insistentemente al Dio d'Israele, perché non venissero abbandonati al massacro i loro bambini, le mogli lasciate alla rapina, distrutte le città in loro possesso, profanato il santuario, fatto oggetto del sarcastico scherno dei pagani. [13]Il Signore ascoltò il loro grido e si volse alla loro tribolazione, mentre il popolo continuava a digiunare per molti giorni in tutta la Giudea e a Gerusalemme davanti al santuario del Signore onnipotente.

[14]Il sommo sacerdote Ioakìm, tutti gli altri sacerdoti che stavano al cospetto del Signore e i ministri del Signore, con i fianchi cinti di sacco, offrivano l'olocausto perpetuo, i sacrifici votivi e le offerte spontanee del popolo. [15]Con i turbanti cosparsi di cenere, essi invocavano con tutto il fervore il Signore, perché volesse benignamente visitare tutta la casa d'Israele.

5 Inchiesta sugli Ebrei. - [1]Intanto fu riferito a Oloferne, comandante in capo dell'esercito assiro, che gl'Israeliti si preparavano alla guerra e che avevano sbarrato i passi montani, fortificato tutte le sommità degli alti monti e posto barriere nelle pianure. [2]Allora, montato in gran furore, egli convocò tutti i capi di Moab, i generali di Ammon e tutti i satrapi del litorale, [3]e disse loro: «Spiegatemi un po', o uomini di Canaan, chi è questo popolo che risiede nella regione montuosa? Quali sono le città che abita? Qual è l'importanza del suo esercito? Dove risiede la loro potenza e la loro forza? Chi si è messo alla loro testa come re e comanda il loro esercito? [4]Perché, a differen-

za di tutti gli abitanti dell'Occidente, essi hanno rifiutato di venirmi incontro?».

[5]Allora Achior, capo di tutti gli Ammoniti, gli rispose: «Ascolti, ti prego, il mio signore una parola dalla bocca del tuo servo; io ti riferirò la verità a proposito di questo popolo che abita questa regione montuosa, vicino al luogo dove risiedi; non uscirà menzogna dalla bocca del tuo servo. [6]Questo popolo discende dai Caldei; [7]dapprima andarono ad abitare nella Mesopotamia, perché non vollero seguire gli dèi dei loro padri che si trovavano nel paese dei Caldei. [8]Abbandonata la religione dei loro padri, adorarono il Dio del cielo, il Dio che essi avevano riconosciuto. Cacciati dal cospetto dei loro dèi, essi si rifugiarono nella Mesopotamia, dove soggiornarono per lungo tempo. [9]Ma il loro Dio comandò loro di uscire da quella dimora e di recarsi nel paese di Canaan. Qui si stabilirono e si arricchirono di oro, di argento e di moltissimo bestiame. [10]Poi discesero in Egitto, perché la fame s'era estesa a tutto il paese di Canaan, e ivi dimorarono, finché ebbero di che nutrirsi. Là divennero pure una grande moltitudine e la loro stirpe era innumerevole. [11]Ma il re d'Egitto si levò contro di loro e li sfruttò, costringendoli a fabbricare mattoni. Li umiliarono e li resero schiavi. [12]Essi gridarono al loro Dio, che percosse tutto il paese d'Egitto con piaghe alle quali non c'era rimedio; perciò gli Egiziani li cacciarono dal loro cospetto. [13]Davanti a loro Dio prosciugò il Mar Rosso [14]e lo diresse per il cammino del Sinai e di Cadesbarne; poi, cacciati tutti gli abitanti del deserto, [15]si stabilirono nel territorio degli Amorrei e con la loro potenza sterminarono tutti gli abitanti di Esebon; quindi passarono il Giordano e s'impossessarono di tutta la regione montuosa, [16]scacciando davanti a loro il Cananeo, il Perizzita, il Gebuseo, il Sichemita e tutti i Gergesei, e abitarono ivi per molto tempo. [17]Difatti, finché non peccarono contro il loro Dio, godettero prosperità, perché hanno con loro un Dio che odia l'iniquità. [18]Invece quando si allontanarono dalla via che aveva loro assegnato, soffrirono tremende distruzioni nelle loro guerre, furono condotti prigionieri in terra straniera, il tempio del loro Dio fu raso al suolo e le loro città furono conquistate dagli avversari. [19]Ma ora, essendosi convertiti al loro Dio, hanno fatto ritorno dai luoghi dov'erano stati dispersi, hanno rioccupato Gerusalemme dove si trova il loro santuario e si sono ristabiliti nella regione montuosa, che era deserta. [20]Ed ora, sovrano signore, se in que-

---

5. - [20.] Dal discorso di Achior, Oloferne può dedurre che le domande che egli aveva posto ai suoi capi, v. 3, erano del tutto inutili: l'unica cosa utile a sapersi era se i Giudei avevano peccato contro Dio o no. In caso affermativo, Oloferne poteva attaccarli; ma in caso negativo, combatterli significava firmare la propria rovina. In queste parole sta la teologia del libro di Giuditta.

sto popolo ci fosse qualche colpa per aver essi peccato contro il loro Dio, accertiamoci se c'è tra loro questo scandalo, e poi avanziamo e attacchiamoli; [21]ma se tra la loro gente non c'è nessuna trasgressione, il mio signore passi oltre, affinché non avvenga che il loro Signore e il loro Dio si faccia scudo sopra di loro e noi diventiamo oggetto di scherno al cospetto di tutta la terra».

[22]Quando Achior finì di dire queste parole, tutta la gente che circondava la tenda e stava dintorno si mise a mormorare e gli ufficiali di Oloferne e tutti gli abitanti del litorale e di Moab proponevano di farlo a pezzi. [23]«Non dobbiamo aver paura degl'Israeliti; è un popolo, infatti, che non possiede né esercito né forza per un valido schieramento. [24]Perciò avanziamo ed essi saranno un facile boccone per tutto il tuo esercito, o sovrano Oloferne».

6 Alterigia nemica. - [1]Cessato il tumulto della gente radunata tutt'intorno in assemblea, Oloferne, comandante in capo dell'esercito di Assur, si rivolse ad Achior, in presenza di tutta quella folla di stranieri, e a tutti i Moabiti: [2]«E chi sei, o Achior, tu e i mercenari di Efraim, per fare il profeta in mezzo a noi, come hai fatto oggi, e suggerire di non far guerra al popolo d'Israele, perché il loro Dio farà loro da scudo? Chi è dio all'infuori di Nabucodònosor? Egli invierà le sue forze e li sterminerà dalla faccia della terra e il loro Dio non potrà salvarli; [3]ma noi, suoi servitori, li colpiremo come un sol uomo, poiché non potranno sostenere l'impeto dei nostri cavalli. [4]Li bruceremo sul loro territorio, i loro monti saranno ebbri del loro sangue, i loro campi saranno ripieni dei loro cadaveri; non potrà resistere la pianta dei loro piedi davanti a noi, ma saranno certamente annientati. Questo dice il re Nabucodònosor, il signore di tutta la terra. Egli infatti ha parlato e le sue parole non cadranno a vuoto. [5]Quanto a te, Achior, mercenario di Ammon, che hai proferito queste parole nel giorno della tua iniquità, a partire da questo giorno non vedrai più la mia faccia, fino a quando non mi sarò vendicato di questa razza che viene dall'Egitto. [6]Allora il ferro del mio esercito e la moltitudine dei miei ministri ti trapasserà i fianchi, e cadrai in mezzo ai loro morti, quando ritornerò a vederti. [7]I miei servi per ora ti esporranno sulla montagna e ti lasceranno

in una delle città di accesso [8]e non perirai, finché non sarai sterminato insieme ad essi. [9]Se poi davvero speri in cuor tuo che non saranno presi, non tenere un'aria così abbattuta. Ho detto: nessuna delle mie parole cadrà a vuoto».

[10]Oloferne quindi ordinò ai suoi servi, che prestavano servizio nella tenda, di prendere Achior, di condurlo verso Betulia e di consegnarlo nelle mani degli Israeliti. [11]Così i suoi servi lo presero, lo condussero fuori dell'accampamento verso la pianura, poi dalla pianura lo spinsero verso la montagna, finché giunsero alle sorgenti che erano sotto Betulia. [12]Quando gli uomini della città li videro salire sulla cresta del monte, impugnarono le armi, uscirono dalla città dirigendosi verso la sommità della montagna, mentre tutti i frombolieri, dopo aver occupato la via d'accesso, lanciavano pietre sopra di loro. [13]Questi, scendendo il monte a ridosso, legarono Achior e dopo averlo gettato a terra alle falde del monte, lo abbandonarono e fecero ritorno al loro signore. [14]Scesi dalla loro città, gl'Israeliti gli si accostarono e, slegatolo, lo condussero a Betulia e lo presentarono ai capi della loro città, [15]che erano allora Ozia, figlio di Mica della tribù di Simeone, Cabri, figlio di Gotonièl, e Carmi, figlio di Melchièl.

[16]Convocarono tosto tutti gli anziani della città; tutti i loro giovani e le donne accorsero all'adunanza. Achior fu posto in mezzo a tutto il popolo e Ozia lo interrogò su ciò che era accaduto. [17]In risposta egli riferì loro le parole del consiglio di Oloferne e tutto il discorso che egli stesso aveva pronunciato in mezzo ai capi degli Assiri e con quanta insolenza Oloferne si era espresso contro il popolo d'Israele. [18]Allora il popolo si prostrò per adorare Dio ed elevarono delle suppliche dicendo: [19]«Signore, Dio del cielo, guarda il loro smisurato orgoglio e abbi pietà dell'umiliazione della nostra stirpe; in questo giorno volgi uno sguardo benigno verso coloro che ti sono consacrati». [20]Poi rincuorarono Achior e gli espressero la loro profonda compiacenza. [21]Dopo l'adunanza Ozia lo accolse nella sua casa e offrì un ban-

---

6. - [2]. *Chi è dio...*: l'arrogante risposta di Oloferne al discorso di Achior mette in rilievo l'aspetto religioso che l'autore vuole dare al libro: le forze del male s'innalzano contro Dio e il suo popolo e lo combattono, ma egli risponderà distruggendo queste forze. E lo farà, non senza ironia, servendosi di una donna.

chetto agli anziani. Per tutta quella notte invocarono il soccorso del Dio d'Israele.

7 **Betulia assediata.** - [1]Il giorno seguente Oloferne diede ordine a tutto il suo esercito e a tutta la moltitudine di coloro che si erano aggiunti a lui come alleati di muovere il campo contro Betulia, occupare le vie d'accesso della montagna e far la guerra contro gl'Israeliti. [2]In quel giorno quindi ogni uomo valido tra loro si mise in marcia. L'esercito di quei guerrieri era di centosettantamila fanti e di dodicimila cavalieri, senza contare gli addetti ai servizi e altri uomini ch'erano con loro a piedi, in numero immenso. [3]Si accamparono nella vallata vicino a Betulia presso la sorgente, estendendosi in profondità sopra Dotain fino a Belbain e in lunghezza da Betulia fino a Kiamon situata dirimpetto a Esdrelon. [4]Quando videro la moltitudine di costoro, gl'Israeliti rimasero profondamente turbati e si dicevano l'un l'altro: «Ora costoro brucheranno la superficie di tutto il paese e né i monti più alti né le valli o le colline potranno resistere al loro peso». [5]Ognuno prese le proprie armi e dopo aver acceso fuochi sulle torri, stettero a fare la guardia per tutta quella notte. [6]Il secondo giorno Oloferne fece uscire tutta la sua cavalleria alla vista degl'Israeliti ch'erano in Betulia, [7]ispezionò le vie d'accesso alla loro città e, ricercate le sorgenti d'acqua, le occupò collocandovi guarnigioni di uomini armati; quindi egli ritornò al suo esercito.

[8]Allora gli si accostarono tutti i capi dei figli di Esaù, tutti i comandanti del popolo di Moab e gli strateghi della costa e gli dissero: [9]«Voglia ascoltare il nostro signore una parola, per evitare qualunque guaio al tuo esercito. [10]Questo popolo degl'Israeliti non fa affidamento tanto sulle proprie lance, quanto sull'altezza dei monti sui quali essi abitano; certo non è facile scalare le creste dei loro monti. [11]Pertanto, o signore, non combattere contro di loro, come si usa in una battaglia ordinata, così nessun uomo del tuo esercito cadrà. [12]Rimani nel tuo accampamento e fa' ivi rimanere ogni uomo del tuo esercito; i tuoi servitori s'impadroniscano della sorgente d'acqua, che scaturisce alla radice del monte, [13]perché di là attingono acqua tutti gli abitanti di Betulia. La sete li consumerà e consegneranno la loro città. Noi e la nostra gente saliremo sulle vi-

cine creste dei monti, ci accamperemo su di esse per sorvegliare che nessun uomo esca dalla città. [14]Saranno consunti dalla fame, loro, le loro mogli e i loro figli, e prima che la spada piombi su di loro, giaceranno distesi sulle piazze della loro dimora. [15]Così darai loro un duro contraccambio, perché si sono ribellati e non sono voluti uscire pacificamente incontro alla tua persona».

[16]Il loro discorso piacque a Oloferne e a tutti i suoi ministri e perciò egli diede ordine di fare come avevano proposto. [17]Si mosse un distaccamento di Moabiti e cinquemila Assiri con essi si accamparono nella vallata occupando i punti d'acqua e le sorgenti degl'Israeliti. [18]Dal canto loro i figli di Esaù e gli Ammoniti salirono e si accamparono sulla montagna di fronte a Dotain, donde inviarono parte dei loro uomini verso meridione e a oriente di fronte a Egrebel, situata vicino a Chus, sul torrente Mochmur. Il resto dell'esercito degli Assiri si accampò nella pianura, ricoprendo tutta la superficie del paese. Le tende e i loro equipaggiamenti, essendo molto ingenti, formavano un accampamento di grande mole.

[19]Gl'Israeliti allora elevarono grida al Signore, loro Dio, con l'animo scoraggiato, poiché tutti i loro nemici li avevano circondati e non era possibile evadere di mezzo a loro. [20]Il campo assiro al completo, fanti, carri e cavalli, proseguì l'accerchiamento per trentaquattro giorni, e a tutti gli abitanti di Betulia si esaurì ogni recipiente d'acqua. [21]Le cisterne si vuotarono e non ebbero acqua da bere a sazietà neppure per un giorno, perché veniva loro distribuita in misura razionata. [22]I loro fanciulli si accasciavano, le donne e i giovani venivano meno per la sete e cadevano nelle piazze della città e agli sbocchi delle porte, non rimanendo in essi alcuna energia.

[23]Allora il popolo, giovani, donne e bambini, si radunò intorno a Ozia e ai capi della città; e gridarono ad alta voce dicendo al cospetto di tutti gli anziani: [24]«Che Dio sia giudice tra voi e noi, perché ci avete fatto un grave torto, non avendo svolto trattative di pace con gli Assiri. [25]Ora non c'è nessuno che ci possa aiutare, perché Dio ci ha venduto nelle loro mani, per essere abbattuti davanti a loro dalla sete e da grande rovina. [26]Ormai chiamateli e consegnate la città intera alla gente di Oloferne e a tutto il suo esercito perché la saccheggino. [27]È meglio per noi diventare loro preda; saremo

certo loro schiavi, ma almeno rimarremo vivi e non vedremo con i nostri occhi la morte dei nostri bambini, né le donne e i figli nostri esalare l'anima. [28]Vi scongiuriamo per il cielo e la terra, per il nostro Dio e Signore dei nostri padri, che ci punisce secondo i nostri peccati e le colpe dei nostri padri, di agire oggi stesso come vi abbiamo detto». [29]Vi fu allora un gran pianto generale di tutti in mezzo all'assemblea e a gran voce gridarono al Signore Dio.

[30]Ozia disse loro: «Coraggio, fratelli, resistiamo ancora cinque giorni, durante i quali il Signore, nostro Dio, ci userà di nuovo misericordia; certo egli non ci abbandonerà fino all'ultimo. [31]Se, passati questi giorni, non ci giungerà alcun aiuto, farò come avete proposto». [32]Così rimandò il popolo, ciascuno al suo quartiere; gli uomini ritornarono sulle mura e sulle torri della città, mentre rimandò le donne e i bambini alle loro case, ma nella città si stava in grande costernazione.

8 **La fede di Giuditta.** - [1]In quei giorni venne a conoscenza di questi fatti Giuditta, figlia di Merari, figlio di Oks, figlio di Giuseppe, figlio di Oziel, figlio di Elkia, figlio di Anania, figlio di Gedeone, figlio di Rafain, figlio di Achitob, figlio di Elia, figlio di Chelkia, figlio di Eliàb, figlio di Natanaèl, figlio di Salamiel, figlio di Sarasadai, figlio d'Israele. [2]Suo marito era stato Manasse, della stessa tribù e della stessa famiglia di lei; egli era morto al tempo della mietitura dell'orzo. [3]Stava infatti sorvegliando quelli che legavano i covoni nella campagna, quando fu colpito da un'insolazione al capo; dovette adagiarsi sul letto e morì in Betulia, sua città. Lo seppellirono con i suoi padri nel campo tra Dotain e Balamon. [4]Giuditta, rimasta vedova, viveva nella sua casa da tre anni e quattro mesi. [5]Si era fatta costruire una tenda sul terrazzo della propria casa, aveva cinto i suoi fianchi di sacco e portava gli abiti della vedovanza. [6]Digiunava tutti i giorni, da quando era vedova, eccettuate le vigilie dei sabati e i sabati, le vigilie dei noviluni e i noviluni, le feste e i giorni di letizia per il popolo d'Israele. [7]Era bella d'aspetto e molto avvenente a vederla e suo marito Manasse le aveva lasciato oro e argento, servi e ancelle, bestiame e terreni; essa dimorava in mezzo a tutto questo. [8]Non c'era nessuno che potesse dir male sul suo conto, perché temeva grandemente Dio.

[9]Ella dunque venne a conoscenza delle esasperate parole che il popolo aveva rivolto ai capi, perché s'erano scoraggiati per la penuria d'acqua, e venne pure a conoscere tutte le risposte che aveva dato loro Ozia, come egli avesse giurato loro di consegnare la città agli Assiri dopo cinque giorni. [10]Allora mandò la sua ancella preposta all'amministrazione di tutte le sue sostanze a chiamare Cabri e Carmi, gli anziani della sua città. [11]Giunti che furono presso di lei, disse loro: «Ascoltatemi, o capi degli abitanti di Betulia! Non è stato opportuno il discorso che avete fatto oggi davanti al popolo, interponendo questo giuramento pronunciato tra Dio e voi di consegnare la città ai nostri nemici, se nel frattempo il Signore non vi viene in aiuto. [12]Ora, chi siete voi, che avete tentato Dio in mezzo ai figli degli uomini? [13]Ora voi volete mettere alla prova il Signore onnipotente, ma non comprenderete nulla mai. [14]Se non siete capaci di scrutare la profondità del cuore dell'uomo né di afferrare i pensieri della sua mente, come potreste scandagliare Dio, che ha fatto tutto ciò, conoscere la sua mente e comprendere i suoi disegni? No, fratelli, non provocate a ira il Signore nostro Dio. [15]Se egli non vuole soccorrerci nel periodo di cinque giorni, egli ha il potere di difenderci nei giorni che vuole, come anche di distruggerci in faccia ai nostri nemici. [16]Voi però non vogliate ipotecare i disegni del Signore, nostro Dio, perché Dio non è come un uomo cui si possano fare delle minacce, o un figlio d'uomo sul quale si possano esercitare delle pressioni. [17]Perciò, attendendo con costanza la salvezza che viene da lui, invochiamolo in nostro aiuto ed esaudirà il nostro grido, se a lui piacerà. [18]Invero, nella nostra generazione non c'è stata né esiste oggi tribù o famiglia o popolo o città tra noi che adori gli dèi fatti da mano d'uomo, come avvenne nei tempi passati. [19]Per questo i nostri padri furono abbandonati alla spada e alla devastazione e caddero miseramente al cospetto dei loro nemici. [20]Noi invece non riconosciamo altro Dio all'infuori di lui, onde speriamo che non vorrà disdegnare noi né la nostra nazione. [21]Se noi saremo presi, sarà presa anche l'intera Giudea, sarà saccheggiato il nostro santuario e Dio chiederà conto al nostro sangue di quella profanazione. [22]L'uccisione dei nostri fratelli, la deportazione del paese, la devastazione della nostra eredità, Dio la farà ricadere sul nostro capo

in mezzo alle nazioni pagane, tra le quali diventeremo schiavi; saremo allora motivo di scandalo e di derisione di fronte ai nostri padroni. [23]La nostra schiavitù non si volgerà in benevolenza, ma il Signore Dio nostro la volgerà a nostro disonore. [24]Ora pertanto, fratelli, dimostriamo ai nostri fratelli che da noi dipende la loro vita e che le cose sante, il tempio e l'altare riposano su di noi. [25]Oltre tutto ringraziamo il Signore, nostro Dio, che ci mette alla prova, come già i nostri padri. [26]Ricordate quanto fece con Abramo, a quante prove sottopose Isacco e quanto avvenne a Giacobbe in Mesopotamia di Siria, quando pascolava le greggi di Labano, suo zio materno. [27]Come li fece passare al crogiolo per scrutare i loro cuori, così non è che vuole vendicarsi di noi, ma è a scopo di correzione che il Signore castiga quelli che gli sono vicino».

[28]Ozia le rispose: «Tutto ciò che hai detto, l'hai proferito con cuore retto e nessuno può contraddire le tue parole. [29]Perché non da oggi è palese la tua sapienza, ma dall'inizio dei tuoi giorni tutto il popolo riconosce la tua prudenza, così come è nobile l'indole del tuo cuore. [30]Ma il popolo soffre tremendamente la sete e ci ha costretto ad agire come noi abbiamo loro promesso e a prendere sopra di noi la responsabilità di un giuramento che non potremo violare. [31]Ma ora, prega per noi, perché sei una donna pia, e il Signore invierà la pioggia a riempire le nostre cisterne e non verremo meno». [32]Giuditta rispose loro: «Ascoltatemi! Compirò un'azione che passerà di generazione in generazione ai figli del nostro popolo. [33]Questa notte voi vi troverete alla porta della città e io uscirò con la mia ancella ed entro i giorni, dopo i quali voi avete promesso di consegnare la città ai nostri nemici, il Signore per mano mia visiterà Israele. [34]Voi però non andate indagando sulla mia impresa, non vi dirò nulla, fino a quando non sarà compiuto ciò che ho in mente di fare». [35]Ozia e i capi le risposero: «Va' in pace e il Signore Dio sia con te per far vendetta dei nostri nemici». [36]E ritiratisi dalla tenda di lei, se ne andarono ai loro posti.

IL POPOLO DI DIO LIBERATO

9 **Preghiera di Giuditta.** - [1]Allora Giuditta cadde con la faccia a terra e spargendo cenere sul suo capo mise allo scoperto il sacco che aveva indossato. Era l'ora in cui nella casa di Dio a Gerusalemme veniva offerto il sacrificio vespertino e Giuditta ad alta voce gridò al Signore: [2]«Signore, Dio del padre mio Simeone, cui mettesti in mano una spada per vendetta degli stranieri che avevano sciolto la cintura di una vergine per contaminarla, ne avevano denudato il fianco per disonorarla e ne avevano violato il grembo per infliggerle ignominia; perché tu hai detto: "Non sarà così", ed essi lo fecero. [3]Per questo consegnasti i loro capi alla morte e al sangue, quel giaciglio macchiato del loro inganno, ripagato con inganno; hai percosso gli schiavi con i capi e i capi sui loro troni. [4]Hai consegnato le loro donne alla rapina, le loro figlie alla deportazione e tutte le loro spoglie alla distribuzione tra i figli da te prediletti, poiché essi bruciando di zelo per te detestarono la profanazione del loro sangue e ti invocarono chiamandoti in aiuto. Dio, Dio mio, ascolta anche me che sono vedova! [5]Tu infatti hai operato tali fatti come i precedenti e i seguenti; tu hai disposto le cose presenti e le future e ciò che hai predisposto si è avverato. [6]Le cose da te volute si fecero innanzi e dissero: "Eccoci qui", poiché tutte le tue vie sono preparate e i tuoi giudizi sono determinati in precedenza. [7]Ecco, infatti, gli Assiri si sono gonfiati nella loro potenza, vanno orgogliosi dei loro cavalli e cavalieri, si vantano del valore dei loro fanti, pongono la loro fiducia negli scudi, nelle frecce e negli archi e non sanno che tu sei il Signore, che disperdi le guerre. [8]Signore è il tuo nome. Abbatti la loro forza con la tua potenza, infrangi il loro potere con il tuo furore, poiché hanno deciso di profanare il tuo santuario, di contaminare il tabernacolo in cui riposa il tuo nome glorioso, di abbattere con il ferro il corno del tuo altare. [9]Guarda la loro alterigia, fa' cadere la tua ira sulle loro teste, metti nella mia mano di vedova la forza di compiere ciò che ho progettato. [10]Con l'inganno delle mie labbra colpisci il servo insieme al padrone e il padrone insieme al suo ministro; abbatti la loro tracotanza per mano di una donna! [11]La tua forza, infatti, non sta nel numero, né la tua signoria si appoggia sui violenti; tu invece sei il Dio degli umili, sei il soccorritore dei piccoli, il difensore dei deboli, il protettore dei derelitti, il salvatore dei disperati.

[12]Sì, sì, o Dio del padre mio, o Dio d'Israele, tua eredità, signore del cielo e della

terra, creatore delle acque, re di ogni tua creatura, ascolta la mia preghiera! [13]Fa' che la mia lusinghiera parola diventi una ferita e un colpo mortale per coloro che hanno progettato aspri disegni contro la tua alleanza, il tuo tempio consacrato, contro il monte Sion e la casa in cui dimorano i tuoi figli. [14]Fa' che tutto il tuo popolo e ogni tribù conosca che tu sei Dio, il Dio di ogni potenza e forza, e non c'è altri all'infuori di te che possa proteggere la stirpe d'Israele».

10 Giuditta nel campo assiro. - [1]Quando Giuditta cessò d'invocare il Dio d'Israele, pronunciate tutte queste parole, [2]si alzò da terra, chiamò la sua ancella e discese nell'appartamento in cui soleva passare i giorni dei sabati e le sue feste. [3]Si tolse di dosso il sacco di cui era rivestita, depose le sue vesti vedovili, lavò con acqua il proprio corpo ungendosi con uno spesso unguento e spartì i capelli del capo imponendosi un diadema. Indossò gli abiti da festa che usava quando suo marito Manasse era ancora in vita. [4]Si mise i sandali ai piedi, cinse i braccialetti, le collane, gli anelli, gli orecchini e ogni altro ornamento, rendendosi molto avvenente, tanto da sedurre gli sguardi degli uomini che l'avrebbero vista. [5]Poi porse alla sua ancella un otre di vino e un orciolo d'olio, riempì una bisaccia di grano tostato, di fichi secchi e di pani puri e, fatto un involto di tutti questi recipienti, glieli affidò.

[6]Allora uscirono verso la porta della città di Betulia e trovarono lì presenti Ozia e gli anziani della città, Cabri e Carmi. [7]Questi, come la videro cambiata nell'aspetto e con gli abiti mutati, rimasero estremamente ammirati della sua bellezza e le dissero: [8]«Il Dio dei nostri padri ti conceda grazia e ti dia di compiere i tuoi disegni a glorificazione dei figli d'Israele e ad esaltazione di Gerusalemme». [9]Dopo aver adorato Dio, essa disse loro: «Ordinate che mi si apra la porta della città e io uscirò per dar compimento alle parole augurali che mi avete rivolto». Quelli diedero ordine ai giovani di guardia di aprirle come aveva chiesto. [10]Così fecero e Giuditta uscì insieme alla propria ancella. Gli uomini della città continuarono ad osservarla mentre discendeva il monte finché, attraversata la vallata, non poterono più scorgerla.

[11]Marciando diritte nella valle, si imbatterono nelle sentinelle avanzate degli Assiri, [12]le quali la presero e la interrogarono: «Di che gente sei, da dove vieni e dove vai?». Essa rispose: «Sono figlia degli Ebrei e fuggo dal loro cospetto, perché stanno per essere consegnati a voi, per essere divorati. [13]Voglio recarmi alla presenza di Oloferne, comandante in capo del vostro esercito, per rivolgergli delle parole di verità; gli indicherò la via per la quale potrà passare e rendersi padrone di tutta la montagna, senza perdere neppure uno dei suoi uomini né un alito di vita». [14]Quando gli uomini ebbero udito le sue parole e osservato l'aspetto di lei, che appariva loro come un prodigio di bellezza, le dissero: [15]«Hai messo in salvo la tua vita, essendoti affrettata a venir giù al cospetto del nostro signore, e ora procedi verso la sua tenda; alcuni di noi ti accompagneranno, finché non ti avranno consegnato nelle sue mani. [16]Quando poi starai al suo cospetto, non temere nel tuo cuore, ma riferisci secondo quello che hai detto e ti tratterà bene». [17]Scelsero pertanto tra loro un centinaio di uomini che si affiancarono ad essa e alla sua ancella e le condussero alla tenda di Oloferne. [18]In tutto il campo ci fu un accorrere da ogni parte, perché la notizia del suo arrivo si era sparsa negli attendamenti. Coloro che erano accorsi le facevano cerchio, mentre essa stava fuori della tenda di Oloferne in attesa di essere a lui annunciata. [19]Erano ammirati della sua bellezza e a motivo di lei ammiravano gl'Israeliti, dicendosi a vicenda: «Chi potrebbe disprezzare questo popolo che possiede tali donne? Non è bene lasciar sopravvivere neppure uno di loro, giacché liberi, sarebbero capaci di abbindolare tutto il mondo». [20]Allora uscirono le guardie del corpo di Oloferne e tutti i suoi aiutanti e la introdussero nella tenda. [21]Oloferne si riposava nel suo letto sotto le cortine, che erano di porpora, d'oro, di smeraldo e di pietre preziose intessute. [22]Gli annunciarono la presenza di lei ed egli uscì verso l'entrata della tenda preceduto da fiaccole d'argento. [23]Quando Giuditta si trovò alla presenza di lui e dei suoi aiutanti, tutti rimasero stupiti della bellezza del suo volto. Ella si prostrò con la faccia a terra per adorarlo, ma i servi di lui la fecero alzare.

11 Giuditta di fronte a Oloferne. - [1]Allora Oloferne le disse: «Sta' di buon animo, o donna, non temere in cuor tuo, perché io non ho mai fatto male a nessuno che abbia accettato di servire Nabucodònosor, re di tutta la terra. [2]Ora, se il tuo popolo che abita sulla montagna non mi avesse disprezzato, non avrei levato la mia lancia contro di loro; ma sono essi che si sono procurati questo trattamento. [3]Ma ora dimmi: per qual motivo sei fuggita da loro e sei venuta da noi? Certamente sei venuta per essere salvata; fatti animo: rimarrai in vita questa notte e in avvenire! [4]Nessuno, infatti, ti farà torto, anzi ti tratteranno bene, come si usa con i servi del mio signore, il re Nabucodònosor».

[5]Giuditta gli rispose: «Degnati accogliere le parole della tua serva e la tua ancella possa parlare in tua presenza; non pronuncerò menzogna in questa notte al mio signore. [6]Se vorrai seguire le parole della tua serva, Dio porterà felicemente a termine la tua impresa e il mio signore non rimarrà deluso nei suoi progetti. [7]Viva, sì, Nabucodònosor, re di tutta la terra, e viva la potenza di colui che inviò te a riportare sul giusto cammino ogni essere vivente; infatti per tuo mezzo non soltanto gli uomini servono a lui, ma per mezzo della tua potenza anche gli animali selvatici, gli armenti e gli uccelli del cielo vivranno per l'onore di Nabucodònosor e di tutta la sua casa. [8]Abbiamo infatti udito parlare della tua sapienza e delle astute risorse del tuo genio ed è risaputo in tutta la terra che tu solo sei valente in tutto il regno, potente nel sapere e meraviglioso nelle imprese guerresche. [9]Pertanto circa il discorso tenuto da Achior nel tuo consiglio, ne abbiamo appreso i termini, perché gli uomini di Betulia l'hanno risparmiato ed egli comunicò loro quanto aveva detto in tua presenza. [10]Perciò, o signore sovrano, non trascurare le sue parole, ma ponile nel tuo cuore, perché sono vere; il nostro popolo infatti non sarà punito, né la spada prevarrà sopra di esso, se non avrà peccato contro il suo Dio. [11]Orbene, perché il mio signore non venga ricacciato senza poter far nulla, sappia che la morte piomberà certamente su di loro; li ha stretti infatti il peccato, col quale provocano al-

l'ira il loro Dio, ogni volta che commettono uno spròposito. [12]Siccome i cibi erano venuti loro a mancare e tutta l'acqua si era fatta rara, decisero di mettere le mani sul loro bestiame e risolvettero di consumare tutto quanto Dio con le sue leggi aveva vietato loro di mangiare. [13]Deliberarono di consumare perfino le primizie del frumento e le decime del vino e dell'olio che conservavano come cose sante per i sacerdoti, che a Gerusalemme servono al cospetto del nostro Dio; queste cose a nessuno del popolo era permesso di toccare nemmeno con le mani. [14]E hanno inviato dei messi a Gerusalemme, dato che anche quegli abitanti hanno fatto lo stesso, perché portino loro il permesso da parte del consiglio degli anziani. [15]Ma avverrà che quando sarà stata portata loro la risposta e avranno agito in tal modo, in quello stesso giorno verranno consegnati a te per loro rovina. [16]Per questo io, tua serva, avendo appreso tutto questo, sono fuggita dal loro cospetto. Dio mi ha inviato a operare con te delle imprese che faranno stupire tutta la terra, quanti ne avranno sentore. [17]La tua serva è pia e notte e giorno serve il Dio del cielo. Orbene, io mi propongo di rimanere presso di te, o mio signore, ma la tua serva uscirà di notte nella valle; io pregherò Dio ed egli mi annuncerà quando abbiano commesso i loro peccati. [18]Allora ritornerò per riferirti; tu uscirai con tutto il tuo esercito e nessuno di essi potrà opporti resistenza. [19]Poi ti guiderò attraverso la Giudea fino a giungere davanti a Gerusalemme; porrò il tuo trono in mezzo ad essa; tu li condurrai come pecore che non hanno pastore e non ci sarà nemmeno un cane ad abbaiare contro di te. Queste cose mi furono dette secondo la mia preveggenza, mi furono rivelate e fui incaricata di annunciartele».

[20]Le parole di lei piacquero a Oloferne e a tutti i suoi ufficiali, che rimasero stupiti della sua sapienza e dissero: [21]«Da un capo all'altro della terra non c'è una donna simile per bellezza di aspetto e senno del parlare». [22]Oloferne poi le disse: «Ha fatto bene Dio a inviarti avanti al tuo popolo, affinché ci sia la forza nelle nostre mani e la rovina per quelli che hanno disprezzato il mio signore. [23]Ebbene, tu sei graziosa d'aspetto e saggia nelle tue parole; se farai come hai detto, il tuo Dio sarà il mio Dio e tu potrai sedere nel palazzo del re Nabucodònosor e sarai famosa in tutta la terra».

---

11. · [17-20]. Giuditta, sfruttando l'idea dei pagani che credevano alle comunicazioni divine date come oracoli in determinati luoghi e quasi sempre di notte, dice che andrà a prendere gli ordini del suo Dio fuori dal campo; in tal modo avrà la possibilità di fuggire appena avrà ucciso Oloferne.

12 Fedeltà rituale. - [1]Poi ordinò di introdurla dove era riposta la sua argenteria e ingiunse altresì di preparare a lei da mangiare dei propri cibi e da bere del suo vino. [2]Ma Giuditta rispose: «Non mangerò di quei cibi, perché non ne risulti un'occasione di caduta, ma mi saranno serviti i cibi che ho portato con me». [3]Oloferne le disse: «Quando saranno consumate le cose che hai con te, donde ci riforniremo di vivande simili a quelle per dartele? Infatti in mezzo a noi non c'è nessuno della tua gente». [4]Giuditta gli rispose: «Per la tua vita, o mio signore, la tua serva non consumerà le provviste che ho con me, prima che il Signore non compia per mano mia ciò che ha stabilito».

[5]Gli ufficiali di Oloferne la condussero nella tenda ed essa dormì fino alla mezzanotte; verso la vigilia del mattino si alzò [6]e mandò a dire ad Oloferne: «Dia ordine il mio signore che si permetta alla tua serva di uscire per fare orazione». [7]Oloferne comandò alle guardie del corpo di non impedirla. Essa rimase nell'accampamento tre giorni, nottetempo usciva nella valle di Betulia e si lavava nella zona dell'accampamento alla sorgente d'acqua. [8]Quando risaliva, pregava il Signore, Dio d'Israele, di indirizzare la sua via verso il ristabilimento dei figli del suo popolo. [9]Rientrando purificata, essa rimaneva nella tenda, finché verso sera le si apprestava il cibo.

[10]Ora il quarto giorno Oloferne offrì un banchetto ai soli suoi servi senza invitare nessuno dei funzionari. [11]E disse a Bagoa, l'eunuco preposto a tutte le sue cose: «Va' e persuadi la donna ebrea che è presso di te, di venire con noi ed a mangiare e bere insieme a noi. [12]Sarebbe infatti disonorevole per la nostra reputazione se lasciassimo andare una simile donna senza godere della sua compagnia; se non riusciremo ad attirarla, si farà beffe di noi». [13]Bagoa, partito dalla presenza di Oloferne, entrò da lei e disse: «Non esiti questa bella fanciulla a venire dal mio signore per essere onorata alla sua presenza e a bere insieme a noi il vino nell'allegrezza e diventare in questo giorno come una figlia degli Assiri, che si trovano nel palazzo di Nabucodònosor». [14]Giuditta gli rispose: «Chi sono io per contraddire al mio signore? Tutto quanto sarà gradito ai suoi occhi lo eseguirò senza tardare, e ciò sarà per me un motivo di letizia fino al giorno della mia morte».

[15]Poi, alzatasi, si adornò delle sue vesti e di tutti gli ornamenti femminili, mentre la sua ancella si era recata a stendere a terra per lei davanti ad Oloferne le pellicce che aveva ricevuto da Bagoa per suo uso quotidiano, onde prendere cibo distesa su di esse. [16]Giuditta entrò e si adagiò; il cuore di Oloferne ne fu estasiato e il suo spirito si turbò, preso com'era da un'intensa passione di unirsi a lei, poiché dal giorno in cui l'aveva vista, cercava il momento favorevole di sedurla. [17]Oloferne pertanto le rivolse la parola: «Bevi dunque e datti con noi alla gioia». [18]Giuditta rispose: «Sì, berrò, o signore, perché la mia vita è oggi per me più gloriosa che tutti i giorni fin dalla mia nascita». [19]E prese a mangiare e bere davanti a lui ciò che la sua ancella aveva preparato. [20]Oloferne si deliziava per causa di lei e bevette del vino in grande quantità, quanto non ne aveva mai bevuto in un solo giorno da quando era nato.

13 Morte di Oloferne. - [1]Quando si fece tardi, i suoi servi si affrettarono a ritirarsi. Bagoa chiuse la tenda dall'esterno e allontanò dalla vista del suo signore le guardie, che se ne andarono ai loro giacigli; tutti infatti erano estenuati a causa dell'eccessiva durata del banchetto. [2]Giuditta rimase sola nella tenda e Oloferne era sprofondato sul suo letto, annegato nel vino. [3]Giuditta aveva detto alla sua ancella di stare fuori della camera e di attendere la sua uscita secondo la sua abitudine giornaliera; aveva detto, infatti, che sarebbe uscita per la preghiera; anche a Bagoa aveva parlato in questi termini. [4]Tutti si erano allontanati dalla loro presenza e nessuno, né grande né piccolo, era rimasto nella camera. Giuditta, ritta presso il letto di Oloferne, disse in cuor suo: «O Signore, Dio onnipotente, guarda propizio in quest'ora alle opere delle mie mani per l'esaltazione di Gerusalemme. [5]È questo il momento di soccorrere la tua eredità e di compiere il mio progetto per la rovina dei nemici che sono insorti contro di noi». [6]Appressatasi alla colonna del letto, situata dalla parte del capo di Oloferne, ne staccò la scimitarra di lui [7]e avvicinatasi al letto afferrò la testa di lui per la chioma e disse: «Dammi forza, o Signore, Dio d'Israele, in questo giorno», [8]e con tutta la sua forza lo colpì per due volte al collo e ne staccò la testa. [9]Poi fece rotolare il corpo giù dal giaciglio e staccò le cortine dai sostegni. Poco dopo uscì e consegnò la testa di Oloferne alla sua ancella, [10]la quale la mise nella bisaccia dei viveri. Poi ambedue uscirono insieme secondo la consuetudine per fare la preghiera. Attraversato l'accampamento, fecero il giro della valle e, asceso il monte di Betulia, pervennero alle porte della città.

Ritorno di Giuditta. - [11]Da lontano Giuditta gridò alle sentinelle delle porte: «Aprite, aprite subito la porta! Dio è con noi, il nostro Dio, per esercitare ancora la sua potenza in Israele, la sua forza contro i nemici, come l'ha provato oggi». [12]Quando gli uomini della sua città udirono la sua voce, si affrettarono a scendere verso la porta della loro città e convocarono gli anziani della città. [13]Accorsero tutti, grandi e piccoli, perché l'arrivo di lei pareva loro incredibile; aprirono la porta e accolsero le due donne e, acceso il fuoco per far luce, si strinsero loro intorno. [14]Ella disse loro a gran voce: «Lodate Dio, lodatelo, lodate Dio che non ha ritirato la sua misericordia dalla casa d'Israele, ma in questa notte ha colpito i nostri nemici per mano mia». [15]Tirata fuori la testa dalla bisaccia, la mostrò dicendo: «Ecco la testa di Oloferne, comandante in capo dell'esercito assiro, ed ecco la cortina sotto la quale giaceva nella sua ubriachezza: Dio l'ha colpito per mano di una donna. [16]Viva il Signore che mi ha custodito nella via che ho intrapreso, perché il mio volto l'ha sedotto per sua rovina, senza che abbia commesso peccato con me a mia contaminazione e disonore».

[17]Tutto il popolo fu colpito da grande stupore e, inchinatosi ad adorare Dio, esclamò in coro: «Benedetto sei tu, o Dio nostro, che hai annientato in questo giorno i nemici del tuo popolo». [18]Ozia a sua volta le disse: «Benedetta sei tu, o figlia, da parte dell'altissimo Dio, sopra tutte le donne che sono sulla terra e benedetto il Signore Dio, che creò il cielo e la terra e ti ha guidato fino a troncare la testa del principe dei nostri nemici. [19]La fiducia di cui hai dato prova non scomparirà dal cuore degli uomini, che ricorderanno per sempre la potenza di Dio. [20]Faccia Dio che ciò sia per la tua imperitura esaltazione, ricolmandoti di beni, poiché non hai risparmiato la tua vita a causa dell'umiliazione della nostra stirpe, ma hai portato soccorso alla nostra rovina camminando rettamente al cospetto del nostro Dio». Tutto il popolo rispose: «Così sia, così sia».

14 **Disfatta degli Assiri.** - [1]Quindi Giuditta disse loro: «Ascoltatemi, fratelli! Prendete questa testa e appendetela sugli spalti delle vostre mura. [2]Quando poi apparirà la luce del mattino e il sole sorgerà sulla terra, ognuno prenda la propria armatura di guerra e ogni uomo valido esca dalla città. Iniziate l'azione contro di loro come se voleste scendere nella pianura contro l'avanguardia degli Assiri, ma in realtà non scenderete. [3]Questi, prendendo le loro armature, accorreranno nel loro accampamento e sveglieranno i generali dell'esercito assiro, si precipiteranno verso la tenda di Oloferne, ma non lo troveranno; si lasceranno prendere dal terrore e fuggiranno davanti a noi. [4]Allora voi e tutti gli abitanti dell'intero territorio d'Israele inseguiteli e abbatteteli sul loro cammino. [5]Ma prima di compiere ciò, chiamatemi Achior, l'ammonita, perché veda e riconosca colui che ha disprezzato la casa d'Israele e che l'ha inviato tra noi per destinarlo alla morte». [6]Fu fatto venire Achior dalla casa di Ozia. Quando venne e vide la testa di Oloferne nella mano di un uomo in mezzo all'assemblea del popolo, cadde bocconi a terra e svenne. [7]Quando l'ebbero risollevato, si gettò ai piedi di Giuditta e prostrato davanti a lei disse: «Benedetta sei tu in tutte le tende di Giuda e fra tutti i popoli, che saranno presi da meraviglia quando udranno il tuo nome! [8]Ora raccontami tutto quanto hai compiuto in questi giorni». Giuditta, stando in mezzo al popolo, gli raccontò tutto ciò che aveva fatto dal giorno in cui si era allontanata fino al momento in cui parlava loro. [9]Quando ebbe cessato di parlare, il popolo scoppiò in alte esclamazioni di giubilo e riempì la città di grida festose. [10]Achior, vedendo quanto aveva fatto il Dio d'Israele, credette fermamente in Dio, si fece circoncidere la carne del prepuzio e fu aggregato alla casa d'Israele fino al presente.

[11]Quando spuntò il mattino, appesero la testa di Oloferne alle mura; ognuno impugnò le proprie armi e quindi, distribuiti in schiere, uscirono verso i pendii della montagna. [12]Quando li videro, gli Assiri mandarono ad informare i loro capi; questi corsero dai generali, dai chiliarchi e da tutti gli

ufficiali. ¹³Poi si recarono alla tenda di Oloferne e dissero a colui che era preposto a tutte le sue cose: «Sveglia il nostro signore, perché quegli schiavi hanno avuto l'ardire di scendere a battaglia contro di noi, per farsi annientare completamente». ¹⁴Bagoa entrò e bussò alla cortina della tenda; pensava infatti che egli dormisse con Giuditta. ¹⁵Siccome nessuno si faceva sentire, aprì, entrò nella camera e lo trovò morto, disteso al suolo senza la testa che gli era stata portata via. ¹⁶Allora si mise a gridare con pianti e lamenti urlando con forza e strappandosi le vesti. ¹⁷Poi entrò nella tenda dove era alloggiata Giuditta e non la trovò. Allora si precipitò fuori davanti al popolo gridando: ¹⁸«Quegli schiavi hanno agito perfidamente! Una sola donna ebrea ha gettato la vergogna sulla casa del re Nabucodònosor. Ecco, Oloferne giace a terra e la testa non è più su di lui!». ¹⁹Udite queste parole, i capi dell'esercito assiro lacerarono i loro mantelli con l'animo completamente sconvolto ed elevarono in mezzo all'accampamento altissime grida e urla di dolore.

15 ¹Quando quelli che erano ancora nelle loro tende udirono ciò che era accaduto, rimasero sgomenti; ²colpiti da terrore e panico, nessuno volle più restare vicino all'altro, ma tutti con lo stesso slancio si dispersero fuggendo per ogni sentiero della pianura e della montagna. ³Anche quelli che erano accampati sulla montagna intorno a Betulia si diedero alla fuga. Allora gl'Israeliti, cioè quanti tra loro erano capaci di combattere, si riversarono su di loro. ⁴Ozia mandò subito messi a Betomastaim, a Bebai, a Coba, a Cola e in tutto il territorio d'Israele ad annunciare ciò che era accaduto e ad invitarli a scagliarsi contro i nemici per sterminarli. ⁵Appena gl'Israeliti udirono ciò, tutti concordemente si precipitarono su di essi e li fecero a pezzi giungendo fino a Coba. Sopraggiunsero anche quelli di Gerusalemme e di tutta la regione montuosa, poiché era stato loro annunciato ciò che era accaduto nell'accampamento dei loro nemici. Gli abitanti di Gàlaad e di Galilea li accerchiarono di fianco colpendoli con grande strage, arrivando fino oltre Damasco e il suo territorio. ⁶Gli altri abitanti di Betulia fecero irruzione nel campo assiro e lo depredarono, diventando oltremodo ricchi. ⁷Gl'Israeliti ritornati dalla

strage s'impadronirono del resto, così che i villaggi e le borgate della montagna e del piano vennero in possesso di abbondante bottino, poiché ve n'era una quantità molto considerevole.

Festa a Betulia. - ⁸Allora il sommo sacerdote Ioakìm e il consiglio degli anziani degl'Israeliti, che abitavano in Gerusalemme, vennero a vedere i benefici che il Signore aveva concesso ad Israele, e inoltre per vedere Giuditta e salutarla. ⁹Appena entrarono da lei, tutti concordemente le rivolsero parole di benedizione dicendole: «Tu sei la gloria di Gerusalemme, sei il grande orgoglio d'Israele, sei lo splendido onore della nostra stirpe. ¹⁰Compiendo tutto questo con la tua mano, hai operato nobili cose a vantaggio d'Israele e di esse Dio si è compiaciuto. Sii benedetta in eterno da parte del Signore onnipotente!». Tutto il popolo soggiunse: «Così sia».

¹¹Per trenta giorni tutto il popolo fece bottino dell'accampamento. A Giuditta fu data la tenda di Oloferne, tutte le argenterie, i divani, i vasi e tutto l'arredamento. Essa prese tutto ciò e lo caricò sulla sua mula; poi aggiogò i suoi carri e ammonticchiò tutto sopra. ¹²Intanto tutte le donne d'Israele accorsero per vederla, la elogiarono ed eseguirono tra loro una danza in onore di lei. Essa prese nelle sue mani dei tirsi e li distribuì alle donne che l'accompagnavano. ¹³Poi essa e quelle che erano con lei s'incoronarono di ramoscelli di olivo, e mettendosi a capo di tutto il popolo Giuditta guidò la danza di tutte le donne, mentre tutti gl'Israeliti seguivano rivestiti delle loro armi, portando corone e cantando inni con le loro bocche.

Il cantico di Giuditta. - ¹⁴In mezzo a tutto Israele Giuditta intonò questo canto di ringraziamento e tutto il popolo ripeteva a gran voce questa lode.

16 ¹Giuditta disse:

«Inneggiate a Dio con i timpani,
cantate al Signore con cembali,
componete per lui un salmo di lode,
esaltate e invocate il suo nome!
² Sì, un Dio che stronca le guerre è
il Signore,

ha posto il suo accampamento in mezzo
al suo popolo,
mi sottrasse dalla mano dei miei
persecutori.
³ Venne Assur dalle montagne,
dal settentrione,
venne con le miriadi del suo esercito;
la loro moltitudine ostruì i torrenti,
i loro cavalli coprirono i colli.
⁴ Decretò di mettere a fuoco la mia terra,
di far passare a fil di spada i miei
giovani,
di sbattere al suolo i miei lattanti,
di consegnare in bottino i miei fanciulli,
di prendere come spoglie le mie vergini.
⁵ Il Signore onnipotente li ha respinti
per la mano di una donna!
⁶ Poiché il loro eroe non soccombette
sotto il colpo di giovani,
né figli di titani lo colpirono,
né eccelsi giganti lo sopraffecero,
ma Giuditta, figlia di Merari,
con la bellezza del suo volto lo fiaccò.
⁷ Depose l'abito della vedovanza
per il conforto degli afflitti in Israele,
unse il suo volto con profumo,
⁸ cinse le sue chiome con un diadema,
rivestì una veste di lino per sedurlo.
⁹ I suoi sandali rapirono lo sguardo di lui,
la sua bellezza avvinse la sua anima,
la scimitarra trapassò il suo collo.
¹⁰ Fremettero i Persiani per l'audacia di lei,
e i Medi si sbigottirono per la sua
arditezza.
¹¹ Allora grida di guerra alzarono i miei
poveri,
e quelli furono atterriti;
gridarono i miei deboli, e quelli
crollarono;
elevarono la loro voce, e quelli presero
la fuga.
¹² Figli di giovinette li trafissero,
li trapassarono come figli di disertori,
perirono nella battaglia del mio
Signore.
¹³ Canterò al mio Dio un inno nuovo.
Signore, grande sei tu e glorioso,
mirabile nella tua potenza
e insuperabile!
¹⁴ Ti serva tutta la tua creazione,
perché hai detto una parola e tutte
le cose furono create,
hai inviato il tuo spirito e furono
formate;
non c'è nessuno che possa resistere
alla tua voce.

¹⁵ Dalle fondamenta i monti crolleranno
per mescolarsi con le acque,
le rocce davanti a te come cera
si struggeranno;
ma a quelli che ti temono ti mostrerai
sempre propizio.
¹⁶ Poca cosa è ogni sacrificio di soave
odore,
e meno ancora ogni grasso offerto a te
in olocausto;
ma chi teme il Signore è grande
per sempre.
¹⁷ Guai alle nazioni che insorgono contro
il mio popolo;
il Signore onnipotente le castigherà
nel giorno del giudizio,
immettendo fuoco e vermi nelle loro
carni,
ed essi piangeranno di dolore
per sempre».

Celebrazioni a Gerusalemme. - ¹⁸Quando
giunsero a Gerusalemme, adorarono Dio e,
dopo che il popolo fu purificato, offrirono i
loro olocausti, le offerte spontanee e i doni.
¹⁹Giuditta dedicò come cosa consacrata a
Dio tutti gli oggetti di Oloferne che il popolo le aveva donato e la cortina che aveva
preso ella stessa nella camera di lui. ²⁰Il popolo si diede a far festa in Gerusalemme davanti al santuario per il periodo di tre mesi
e Giuditta rimase con loro.

Ultimi anni di Giuditta. - ²¹Trascorsi quei
giorni, ciascuno fece ritorno alla propria
dimora e Giuditta, ritiratasi a Betulia, rimase nei suoi possedimenti diventando famosa in tutto il paese durante il tempo
della sua vita. ²²Molti se ne invaghirono,
ma nessun uomo ebbe rapporti con lei durante tutti i giorni della sua vita, da quando morì il marito di lei Manasse e fu riunito al suo popolo. ²³La fama di lei continuò
a crescere enormemente e protrasse la
vecchiaia nella casa del proprio marito fino a centocinque anni; rese la libertà alla
propria ancella. Morì a Betulia e fu sepolta
nella cava sepolcrale di suo marito Manasse. ²⁴La casa d'Israele la pianse per sette
giorni. Prima di morire aveva distribuito i
suoi beni tra i prossimi parenti di Manasse, suo marito, e tra i prossimi parenti della sua famiglia. ²⁵Non vi fu più alcuno che
incutesse timore agl'Israeliti al tempo di
Giuditta e per lungo tempo ancora dopo la
sua morte.

ESTER

Il libro deve il titolo all'eroina che è al centro della narrazione. Al testo ebraico dell'opera, composta verso il 150 a.C., sono stati aggiunti dieci frammenti scritti in greco, a complemento del testo ebraico (contrassegnati nel testo da un medesimo numero di versetto seguito da una lettera dell'alfabeto (cfr., per es., il primo cap.: 1,1a, 1b, 1c...).

Il racconto si struttura in tre parti. La prima (cc. 1-2) prepara il dramma: Assuero ripudia la regina Vasti e sceglie Ester, che entra alla corte persiana. Nella seconda parte (3-8) il ministro Aman ordisce un complotto contro i Giudei, che devono essere sterminati; ma Mardocheo, zio e tutore di Ester, la induce come regina a intervenire presso il re. In conseguenza Aman viene impiccato, mentre Mardocheo diventa primo ministro del regno. Nella terza parte, che serve di conclusione (9-10), viene narrata l'istituzione della festa dei Purim che ricorda l'evento.

Il quadro storico, in cui è inserita l'azione, corrisponde ai costumi e alle istituzioni dell'impero persiano. Però vi sono tante inverosimiglianze nel libro. Alla sua origine sta probabilmente qualche sollevazione popolare contro i Giudei, favorita dalle autorità locali, da cui essi hanno potuto salvarsi.

Il racconto di Ester ha quindi lo scopo di sottolineare che Dio viene sempre in aiuto del suo popolo in pericolo anche se minacciato da un potente nemico. La liberazione ottenuta da Ester si situa nella linea delle liberazioni degli Ebrei a partire da quella dall'Egitto. I mezzi per ottenere l'intervento divino sono il digiuno e la preghiera. Inoltre viene illustrato in modo spettacolare il principio sapienziale secondo il quale si viene castigati da ciò con cui si pecca (Sap 11,16; Pro 15,33).

PREPARAZIONE DEL DRAMMA

1 **Il sogno di Mardocheo.** - [1a]Nell'anno secondo del regno di Assuero, il gran re, il primo di Nisan, Mardocheo, figlio di Iair, figlio di Simei, figlio di Kis, della tribù di Beniamino, [1b]ebreo che dimorava nella città di Susa, [1b]uomo eminente addetto alla corte del re, ebbe un sogno. [1c]Egli era del numero dei deportati che Nabucodònosor, re di Babilonia, aveva condotto in schiavitù da Gerusalemme, insieme con Ieconia, re di Giuda.

[1d]Questo fu il sogno: ecco, grida e tumulto, tuoni e terremoti, sgomento sopra la terra! [1e]Ed ecco: due dragoni enormi si avanzano, ambedue pronti alla lotta. Lanciano un grande urlo [1f]e al loro urlo tutte le nazioni si accingono alla guerra, per combattere il popolo dei giusti. [1g]Giorno di tenebre e di buio! Angustia e affanno, tribolazione e spa-

vento grande sopra la terra! [1h]Tutto il popolo giusto fu sgomento, temendo disgrazie, e si preparò a perire; gridò però a Dio. [1i]Al loro grido scaturì come un grande fiume da una piccola fonte: grande abbondanza di acqua! [1k]La luce e il sole si levano, gli umili sono esaltati e divorano i potenti.

[1l]Destatosi Mardocheo dopo aver avuto il sogno, si domandò: «Che cosa vorrà fare Dio?». Continuò a pensarci e fino alla notte desiderava di penetrarne in ogni modo il significato.

Mardocheo svela la congiura. - [1m]Mardocheo abitava alla corte insieme con Bigtàn e Tères, due eunuchi del re, guardie del palaz-

---

1. - Il nostro testo dà, intercalate dove corrispondono, le parti di questo libro conservate solo in greco (numeri di versetto con lettera alfabetica).

zo. [n]Avendo inteso i loro discorsi e investigato i loro piani, venne a sapere che essi si preparavano a portare la mano contro il re Assuero. Ne informò quindi il re. [o]Il re interrogò i due eunuchi e, avendo essi confessato, furono condannati a morte. [p]Il re fece scrivere questi fatti come memoriale e anche Mardocheo, dal canto suo, li mise per iscritto. [q]Il re affidò poi a Mardocheo una funzione nella corte e gli fece regali per il servizio reso. [r]Ma Aman, figlio di Ammedàta, agaghita, era molto stimato presso il re e volle danneggiare Mardocheo e il suo popolo, a causa dei due eunuchi del re.

Il banchetto di Assuero. - [1]Si era al tempo di Assuero, quell'Assuero il cui regno si stendeva dall'India all'Etiopia, cioè su centoventisette province. [2]A quei tempi, quando il re Assuero sedeva sul trono regale nella cittadella di Susa, [3]nell'anno terzo del suo regno, fece un banchetto per tutti i suoi prìncipi e ministri, per gli uomini più eminenti di Persia e di Media, per i nobili e i prìncipi delle province. [4]Nel far mostra della ricchezza e della gloria del suo regno e dello splendente fasto della sua grandezza, passarono molti giorni: centottanta giorni. [5]Trascorsi questi giorni, il re fece un banchetto di sette giorni, nel recinto del giardino della casa del re, per tutto il popolo che si trovava nella cittadella di Susa, invitando tutti, dal più grande al più piccolo. [6]C'erano tende bianche e celesti, tenute con corde di bisso e di porpora, sospese ad anelli d'argento e colonne di marmo, letti d'oro e d'argento posati su un pavimento di marmo raro, bianco, rosa e nero. [7]Per bere c'erano vasi d'oro, uno differente dall'altro, e l'abbondanza del vino offerto dal re era grande, secondo la liberalità regale. [8]Si beveva, come d'abitudine, senza limitazione, perché così aveva prescritto il re a tutti i funzionari della sua casa: che ognuno facesse come voleva.

Disobbedienza e ripudio di Vasti. - [9]Anche la regina Vasti aveva imbandito un banchetto per le donne nella reggia del re Assuero. [10]Nel giorno settimo, quando il cuore del re era esilarato dal vino, disse a Meumàn, a Bizzetà, a Carbonà, a Bigtà, ad Abagtà, a Zetàr e a Carcas, i sette eunuchi che erano adibiti al servizio del re Assuero, [11]di far venire la regina Vasti alla presenza del re, con la corona regale, per mostrare al popolo e ai prìncipi la sua bellezza; essa infatti era di bell'aspetto. [12]Ma la regina Vasti si rifiutò di andare, contro l'ordine del re, dato per mezzo degli eunuchi; il re si adirò assai e l'ira divampò in lui.

[13]Il re disse ai sapienti, esperti nella conoscenza delle leggi (perché gli affari del re si regolavano alla presenza degli esperti delle leggi e del diritto; [14]i più vicini a lui erano Carsenà, Setàr, Admàta, Tarsìs, Mères, Marsanà e Memucàn, sette prìncipi di Persia e Media, ammessi alla presenza del re, che sedevano al primo posto nel regno): [15]«Secondo la legge, che cosa si deve fare alla regina Vasti, che non ha obbedito alla parola del re Assuero, trasmessa per mezzo degli eunuchi?».

[16]Memucàn disse davanti al re e ai prìncipi: «La regina Vasti non soltanto ha mancato nei riguardi del re, ma anche nei riguardi dei prìncipi e di tutti i popoli che si trovano nelle province del re Assuero. [17]Infatti il modo di comportarsi della regina sarà risaputo da tutte le donne, che ne trarranno ragione per disprezzare i loro mariti, dicendo: "Il re Assuero aveva ordinato alla regina Vasti di presentarsi a lui ed ella non è andata". [18]Allora le principesse di Persia e Media, che avranno appreso la condotta della regina, ne parleranno a tutti i prìncipi del re e ne nascerà disprezzo e ira. [19]Se sembrerà bene al re, proclami un editto regale; esso sia inserito nelle leggi dei Persi e dei Medi e sia irrevocabile: la regina Vasti non compaia più alla presenza del re Assuero; il re darà il suo titolo di regina a un'altra migliore di lei. [20]Sia promulgato l'editto emesso dal re in tutto il suo regno, che è grande, e tutte le donne rispetteranno i loro mariti, dalla più grande alla più piccola».

[21]Piacque la proposta al re e ai prìncipi e il re seguì quello che aveva detto Memucàn. [22]Mandò lettere a tutte le province del re, a ogni provincia secondo la sua scrittura e a ogni popolo secondo la sua lingua, perché ognuno era padrone a casa sua, e parlava la lingua del suo popolo.

Ester eletta regina. - [1]Dopo questi avvenimenti, quando l'ira del re si fu calmata, egli si ricordò di Vasti e di quello che

---

[1]. *Al tempo di Assuero*: è Serse I (486-465), figlio di Dario I.

aveva fatto e quello che era stato deciso a suo riguardo. [2]I ministri del re, adibiti alla sua persona, dissero: «Si cerchino ragazze vergini e di bell'aspetto per il re; [3]il re incarichi alcuni funzionari in ogni provincia del suo regno ed essi raccolgano tutte le ragazze vergini di bell'aspetto nella cittadella di Susa, nel gineceo affidato a Egeo, eunuco del re, custode delle donne, e vengano dati alle ragazze i cosmetici. [4]La ragazza che sembrerà più bella al re, regni al posto di Vasti». La proposta piacque al re e così fu fatto.

[5]A Susa c'era un ebreo, che si chiamava Mardocheo, figlio di Iair, figlio di Simei, figlio di Kis, della tribù di Beniamino, [6]che era stato deportato da Gerusalemme con il popolo, fatto prigioniero insieme con il re di Giuda, Ieconia, scacciato dalla sua terra da Nabucodònosor, re di Babilonia. [7]Egli era il tutore di Adàssa, cioè Ester, figlia di un suo zio, priva di padre e di madre. La ragazza era graziosa di forme e di bell'aspetto, e quando suo padre e sua madre morirono, egli la prese con sé come se fosse stata sua figlia.

[8]Quando si conobbe l'editto del re e il suo ordine, vennero radunate nella cittadella di Susa molte ragazze, sotto l'autorità di Egeo. Anche Ester fu condotta alla casa del re sotto l'autorità di Egeo, custode delle donne. [9]La ragazza gli piacque e guadagnò il suo favore; egli si affrettò a darle i suoi cosmetici e quanto le spettava; le dette anche sette ancelle scelte dalla casa del re e la installò nel miglior appartamento nel gineceo. [10]Ester non fece sapere a quale popolo e a quale patria ella appartenesse, perché Mardocheo le aveva ordinato di non dirlo. [11]Mardocheo, un giorno dopo l'altro, passeggiava davanti al cortile del gineceo, per sapere come stava Ester, e che cosa si faceva di lei.

[12]Perché arrivasse il turno di ciascuna ragazza di presentarsi al re Assuero, dovevano essere trascorsi, secondo le norme relative alle donne, dodici mesi dal suo arrivo, perché così era compiuto il periodo di preparazione: sei mesi dedicati alle unzioni di mirra e sei mesi dedicati ai balsami e a tutti i cosmetici femminili. [13]Dopo di questo la ragazza si presentava al re; le si concedeva di portare con sé tutto quello che voleva dal gineceo alla casa del re. [14]La ragazza andava la sera e la mattina tornava al secondo gineceo, affidata a Saasgàz, eunuco del re, custode delle concubine. Poi non tornava più dal re, a meno che egli la desiderasse e la facesse chiamare esplicitamente.

[15]Quando arrivò per Ester, figlia di Abicàil, zio di Mardocheo, che l'aveva presa con sé come figlia, il turno di andare dal re, ella non chiese nulla oltre quello che le indicò Egeo, eunuco del re, custode delle donne, ed Ester guadagnò il favore di tutti quelli che la vedevano. [16]Ester fu condotta dal re Assuero nella sua reggia nel decimo mese, cioè nel mese di Tebet, nell'anno settimo del suo regno. [17]Il re amò Ester più di tutte le altre donne ed ella fu gradita e favoreggiata da lui più di tutte le altre vergini. Egli pose sul suo capo la corona regale e la fece regnare al posto di Vasti. [18]Poi il re fece un gran banchetto per tutti i suoi prìncipi e ministri, il banchetto di Ester, e concesse un giorno di riposo alle province e fece elargizioni secondo la prodigalità regale.

Congiura contro il re. - [19]Quando si radunavano le vergini da diverse parti, Mardocheo era addetto alla porta reale. [20]Ester non aveva rivelato né la sua patria né il popolo al quale apparteneva, seguendo l'ordine di Mardocheo; ella aveva eseguito le istruzioni di Mardocheo, come quando era sotto la sua tutela.

[21]A quel tempo, quando Mardocheo era addetto alla porta del re, due eunuchi del re, Bigtàn e Tères, che facevano parte della guardia del soglio, montati in furore contro il re Assuero, cercarono di levare la mano su di lui. [22]La cosa fu risaputa da Mardocheo che la riferì alla regina Ester; ella lo disse al re a nome di Mardocheo. [23]Furono fatte indagini e, trovata vera la cosa, i due eunuchi furono impiccati a un albero, e il fatto venne scritto nelle cronache, alla presenza del re.

COMPLOTTO CONTRO I GIUDEI

3 Aman il malvagio e Mardocheo l'ebreo. - [1]Qualche tempo dopo il re promosse Aman, figlio di Ammedàta, agaghita, lo elevò in dignità e fece porre il suo seggio

---

2. - 2. Sembra che Assuero voglia riprendere Vasti e che i ministri, temendone le vendette, cerchino e trovino l'espediente di popolare d'altre vergini l'*harem* reale, mantenendo in vigore, nel medesimo tempo, il decreto pubblicato (1,19).

più in alto di quelli dei prìncipi che stavano con lui. [2]Tutti i ministri del re, addetti alla porta del re, si inchinavano e si prostravano davanti ad Aman, perché così aveva ordinato il re; ma Mardocheo non si inchinava né si prostrava. [3]I ministri del re, addetti alla porta regia, dissero a Mardocheo: «Perché trasgredisci l'ordine del re?». [4]Poiché essi glielo ripetevano ogni giorno ed egli non li ascoltava, riferirono la cosa ad Aman, per vedere se Mardocheo avesse persistito nei suoi propositi; era stato infatti detto loro che era ebreo. [5]Aman vide che Mardocheo non si inchinava né si prostrava davanti a lui e fu pieno d'ira. [6]Sdegnò di alzare la mano sul solo Mardocheo, perché gli avevano riferito a quale popolo egli appartenesse, e quindi cercò di perdere tutti gli Ebrei che si trovavano in tutto il regno di Assuero.

Editto di sterminio contro gli Ebrei. -
[7]Nel primo mese, cioè nel mese di Nisan, nell'anno dodicesimo del regno di Assuero, alla presenza di Aman, fu gettato il *pur*, cioè fu tirato a sorte il giorno e il mese per sterminare in una giornata la stirpe di Mardocheo; e la sorte cadde sul quattordicesimo giorno del dodicesimo mese, il mese di Adar.

[8]Aman disse al re Assuero: «C'è un popolo sparso e insieme isolato fra i popoli in tutte le province del tuo regno; le loro leggi sono diverse da quelle di tutti gli altri popoli e non seguono le leggi del re. Non deve essere indifferente al re lasciarli in pace. [9]Se sembrerà bene al re, sia decretato di distruggerli e io peserò diecimila talenti d'argento ai tuoi funzionari, perché li versino nei tesori del re». [10]Il re si tolse il sigillo dal dito e lo dette ad Aman, figlio di Ammedàta, della stirpe di Agar, nemico degli Ebrei; [11]disse inoltre al re ad Aman: «Il denaro sia dato a te, e quanto al popolo, fanne quello che ti parrà meglio».

[12]Nel mese primo, nel tredicesimo giorno, furono chiamati gli scribi del re e fu messo per scritto tutto quello che aveva comandato Aman ai satrapi del re e ai governatori di ogni popolo (a ogni provincia secondo la propria scrittura, e a ogni popolo

secondo la propria lingua); tutto fu scritto in nome del re Assuero e sigillato con il sigillo del re. [13]Le lettere furono mandate per mezzo di corrieri in ogni provincia del re, con l'ordine di distruggere, uccidere e annientare tutti gli Ebrei, dai ragazzi ai vecchi, dai bambini alle donne, in un sol giorno, nel tredicesimo giorno del mese dodicesimo, cioè nel mese di Adar, e di dare al saccheggio i loro beni.

Il testo del decreto. -
[13a]Ecco il testo della lettera: «Il gran re Assuero scrive ai satrapi delle centoventisette province che vanno dall'India all'Etiopia e ai governatori suoi subordinati.

[13b]Alla testa di molti popoli e dominando tutta la terra, ma non imbaldanzito per il potere, ho voluto, governando con moderazione e benevolenza, rendere la vita dei miei sudditi sempre tranquilla e, mantenendo il regno tranquillo e ordinato, da una frontiera all'altra, instaurare la pace desiderata da tutti gli uomini. [13c]Avendo chiesto il parere dei consiglieri per raggiungere questo scopo, Aman, che eccelle in prudenza fra di noi, immutabile nella devozione e inalterato nella costante fedeltà, insignito della seconda dignità nel regno, [13d]ci ha informato che, mischiato con tutte le tribù del mondo, c'è un popolo ostile che con le sue leggi si oppone a ogni nazione e che trascura continuamente gli ordini del re, fino al punto che l'unità dell'impero da noi irreprensibilmente perseguita non può essere tranquillamente stabilita. [13e]Considerando quindi che questo solo popolo è in continua opposizione con tutti, differenziandosi per un regime di leggi stravaganti e perversamente complottando le cose peggiori contro i nostri interessi e contro la felice condizione della monarchia, [13f]abbiamo dato ordine che quanti sono segnalati nelle lettere scritte da Aman, che è preposto ai nostri affari e per noi come un secondo padre, siano sterminati radicalmente tutti, insieme con le donne e i bambini, per mezzo delle spade dei loro nemici, senza alcuna pietà né compassione, il quattordicesimo giorno del mese di Adar del presente anno, [13g]in modo che, precipitati violentemente nell'Ade in un sol giorno i ribelli di un tempo e di oggi, nel futuro ci sia concessa una condizione stabile e tranquilla».

[14]Il testo dello scritto doveva essere consegnato come legge a ogni provincia e pro-

---

3. - [5.] Aman e Mardocheo rappresentano due mondi opposti religiosamente e politicamente, che si odiano a vicenda: uno forte, convinto e fiducioso nella propria forza; l'altro debole e disprezzato, però fiducioso nella potenza e protezione del suo Dio.

mulgato davanti a tutti i popoli, perché fossero pronti per quel giorno. [15]I corrieri partirono prontamente secondo l'ordine del re e la legge fu promulgata nella cittadella di Susa. Il re e Aman sedevano a bere, mentre la città di Susa era nella costernazione.

4 Dolore di Mardocheo. - [1]Mardocheo seppe tutto quello che era stato fatto e si stracciò le vesti, si coprì di sacco e di cenere e uscì per la città emettendo lamenti profondi e amari. [2]Arrivò fino dirimpetto alla porta del re, perché non era permesso entrare nella porta del re vestiti di sacco. [3]In ogni provincia, dove arrivava l'ordine del re e il suo editto, si faceva gran lutto da parte degli Ebrei, si digiunava, si piangeva e si faceva lamento; molti si coprivano di sacco e di cenere.

[4]Vennero anche le serve di Ester e i suoi eunuchi e la misero al corrente. La regina fu presa da grande angoscia; mandò vestiti a Mardocheo perché se ne rivestisse, togliendosi il sacco, ma egli non li accettò. [5]Chiamò allora Atàch, uno degli eunuchi del re che la serviva, ordinandogli di andare da Mardocheo per sapere che cosa succedeva e per quale ragione. [6]Atàch andò da Mardocheo sulla piazza della città davanti alla porta del re, [7]e Mardocheo lo informò di tutto quello che era successo e della somma di denaro che Aman aveva detto di versare nei tesori del re in cambio dello sterminio degli Ebrei; [8]gli dette anche la copia del testo di sterminio che era stata promulgata a Susa, perché la mostrasse ad Ester, gliela facesse conoscere e le ingiungesse di andare dal re per implorarlo e chiedergli grazia per il suo popolo. [8a]Le fece dire: «Ricordati dei giorni della tua miseria, quando fosti nutrita da me, perché Aman, il secondo dopo il re, ha parlato contro di noi per condurci a morte. Invoca il Signore e parla al re in nostro favore; salvaci dalla morte». [9]Atàch andò a riferire a Ester le parole di Mardocheo. [10]Ester gli ordinò di andare a dire a Mardocheo: [11]«Tutti i dipendenti del re e il popolo delle province sanno che chiunque vada dal re nella corte interna, senza essere stato chiamato, deve essere messo a morte, secondo la legge, a meno che il re stenda verso di lui lo scettro d'oro; in tal caso sarà salvo. Io non sono stata chiamata per andare dal re da trenta giorni». [12]Riferirono a Mardocheo le parole di

Ester e [13]Mardocheo le fece rispondere: «Per l'anima tua! Non pensare che gli Ebrei della casa del re scamperanno allo sterminio degli altri Ebrei. [14]Se tu ora tacerai, liberazione e salvezza verranno per gli Ebrei da qualche altro luogo, ma tu e la casa di tuo padre perirete. E chi può sapere se è proprio per questa occasione che tu sei pervenuta alla regalità?».

La decisione di Ester. - [15]Ester disse di rispondere a Mardocheo: [16]«Va', raduna tutti gli Ebrei che si trovano a Susa e digiunate per me; non mangiate né bevete per tre giorni, né di notte né di giorno; anch'io e le mie serve digiuneremo. Così io andrò dal re, contrariamente alla legge, e se bisognerà morire, morirò». [17]Mardocheo se ne andò e fece tutto quello che gli aveva ordinato Ester.

La preghiera di Mardocheo. - [17a]Poi pregò il Signore, ricordando tutte le sue opere, e disse: [17b]«Signore, Signore, re che tutto puoi poiché tutto è in tuo potere, e non c'è chi si opponga a te nella tua volontà di salvare Israele. [17c]Tu infatti hai fatto il cielo e la terra e ogni meraviglia che si trova sotto il cielo. Sei Signore di tutti e non c'è chi possa resistere a te, Signore. [17d]Tu ogni cosa conosci; tu sai, o Signore, che non per orgoglio né per superbia né per amor di gloria ho fatto questo, cioè l'atto di non prostrarmi all'altezzoso Aman. Volentieri avrei baciato la pianta dei suoi piedi per la salvezza d'Israele. [17e]Ma ho fatto questo per non mettere la gloria dell'uomo al di sopra della gloria di Dio. Io non mi prostrerò davanti a nessuno all'infuori di te, mio Signore; ma non farò così per alterigia. [17f]E ora, Signore Dio, Re, Dio d'Abramo, risparmia il tuo popolo! Poiché c'è chi guarda a noi per la nostra rovina, c'è chi desidera distruggere la tua antica eredità. [17g]Non trascurare il tuo

---

4. - [8a-14.] Mardocheo prevede una possibilità di salvezza nell'influenza personale di Ester, la quale, invece, teme d'essere in disgrazia del re che da circa un mese non si cura di lei, e vorrebbe aspettare giorni migliori, poiché c'è quasi un anno prima dello sterminio decretato.

[17d-e.] Mardocheo riconosce che la causa prima del decreto di sterminio dei Giudei fu il suo rifiuto di prostrarsi ad Aman, 3,3-11, perciò nella sua preghiera protesta dicendo che tale rifiuto non aveva altro motivo che la fedeltà al culto del vero Dio, disprezzato dal superbo Aman.

possesso, che per te hai salvato dalla terra d'Egitto. [17h]Ascolta la mia preghiera, e sii propizio alla tua eredità; cambia il nostro lutto in gioia, affinché noi viviamo per inneggiare al nome tuo, Signore. E non lasciar scomparire la bocca di coloro che ti lodano, Signore».

[17i]Tutto Israele gridò con tutte le sue forze, perché la morte era davanti ai loro occhi.

La preghiera di Ester. - [17k]La regina Ester cercò rifugio anch'essa nel Signore, in preda all'agonia della morte. Tolte le vesti sontuose, indossò vesti di mestizia e di lutto, e invece degli abbondanti profumi cosparse la sua testa di cenere e fango. Macerò duramente il suo corpo e ogni luogo, che era stato teatro della sua gioia, riempì dei riccioli della sua capigliatura.

[17l]Ella pregò il Signore Dio d'Israele e disse: «Signore mio, nostro re, tu solo sei Dio. Vieni in soccorso di me, che sono sola, e non ho altro aiuto all'infuori di te, poiché il pericolo mi sovrasta. [17m]Io ho appreso, fin dalla mia nascita, in seno alla mia gente, che tu, Signore, hai eletto Israele fra tutti i popoli, e i nostri padri fra tutti i loro antenati, perché fossero la tua eredità in perpetuo, e tu hai agito a loro vantaggio come avevi detto. [17n]Ma ora abbiamo peccato davanti a te, e tu ci hai consegnato nelle mani dei nostri nemici, perché abbiamo onorato i loro dèi. Giusto tu sei, o Signore! [17o]Essi però non si sono contentati dell'amarezza della nostra servitù, ma hanno messo le loro mani in quelle dei loro idoli per sventare il decreto della tua bocca, per sterminare la tua eredità, per chiudere le bocche di coloro che ti lodano, per estinguere lo splendore della tua casa e del tuo altare, [17p]per aprire le bocche dei gentili alla lode di idoli vani e alla celebrazione di un re di carne, in eterno. [17q]Non abbandonare, Signore, il tuo scettro agli dèi che sono nulla, e non permettere che essi irridano alla nostra rovina, ma volgi il loro consiglio contro di loro e del primo che c'ingiuria fa' un esempio. [17r]Ricordati, o Signore! Manifestati nell'ora

della nostra tribolazione; dammi coraggio, o Re degli dèi e dominatore di ogni signoria. [17s]Da' un linguaggio armonioso nella mia bocca, quando sarò di fronte al leone, e volgi il suo cuore all'odio di chi ci perseguita, verso la rovina sua e di coloro che sono d'accordo con lui. [17t]Salvaci con la tua mano, e aiuta me, che sono sola e non ho nulla all'infuori di te, Signore. [17u]Di ogni cosa tu hai conoscenza, e sai che io detesto la gloria degli empi e aborrisco il connubio degli incirconcisi e di ogni straniero. [17v]Tu conosci la mia angustia, sai che io detesto il segno della mia grandezza, che sta sul mio capo nei giorni della mia presentazione al re; io lo detesto come un cencio imbrattato, e non lo porto nei miei giorni di tranquillità. [17x]La tua serva non ha mangiato alla mensa di Aman, né ha apprezzato il banchetto del re né bevuto il vino di libazione. [17y]La tua serva non si è rallegrata dal giorno del suo cambiamento di condizione fino ad ora, eccetto che in te, Signore, Dio di Abramo. [17z]O Dio, più di tutti potente, ascolta la voce di chi non ha speranza, liberaci dalle mani dei malvagi e liberami dalla paura».

5 L'intervento di Ester: il primo banchetto. - [1]Il terzo giorno, quando Ester cessò di pregare, si tolse le vesti umili e si ammantò del suo splendore. [1a]Divenuta meravigliosa, invocato Dio che tutti custodisce e salva, prese con sé due ancelle, si appoggiò a una delicatamente, mentre l'altra seguiva, reggendo il suo strascico. [1b]Ella era fiorente, al massimo della sua bellezza, il suo volto era gioioso, come per eccesso d'amore, ma il cuore fremeva di terrore. [1c]Passate tutte le porte, si pose di fronte al re, che stava seduto sul suo trono regale, rivestito di tutto l'apparato del suo splendore, tutto coperto d'oro e di pietre preziose. [1d]Sollevò il suo volto splendente di gloria e guardò pieno d'ira. La regina cadde, e nel venir meno il suo colore cambiò ed ella si piegò sul capo dell'ancella che la precedeva. [1e]Ma Dio cambiò lo spirito del re, inclinandolo alla dolcezza; sconvolto, balzò dal trono, la prese nelle braccia fino a che rinvenne, le rivolse parole di pace e le disse: [1f]«Che hai, Ester? Io sono tuo fratello. Sta' di buon animo: non morrai! Il nostro ordine è solo per la gente comune. Avvicìnati».

[2]Alzato il suo scettro d'oro, lo pose sul collo di Ester, l'abbracciò e le disse: «Parla-

---

[17o]. Distruggendo il popolo ebraico restavano vane le promesse divine, specialmente la grande promessa del Messia che doveva nascere da tale popolo. Sarebbe anche finito sulla terra il culto del vero Dio, praticato e propagato dal popolo d'Israele.

mi». ²ᵃElla disse: «Ti ho visto come un angelo di Dio e il mio cuore si è turbato per il timore del tuo splendore. Tu infatti sei meraviglioso e il tuo volto è pieno di grazia». ²ᵇMentre parlava, ella venne meno. Il re si turbò e tutti i ministri cercavano di rianimarla. ³Il re le disse: «Che cosa c'è, regina Ester? Quale richiesta hai da farmi? Io ti darò fino alla metà del mio regno». ⁴Ester rispose: «Se sembrerà bene al re, venga il re e Aman, oggi, al banchetto che ho preparato per lui». ⁵Il re disse: «Affrettatevi a cercare Aman, per fare quello che ha detto Ester», e il re e Aman vennero al banchetto che aveva preparato Ester. ⁶Mentre si beveva il vino, il re disse ad Ester: «Qual è la tua richiesta? Ti sarà concessa! Qual è il tuo desiderio? Fino alla metà del mio regno ti sarà concesso!». ⁷Ester rispose e disse: «La mia domanda, la mia richiesta... ⁸se ho trovato grazia agli occhi del re e se sembra bene al re di concedermi quanto domando e di eseguire la mia richiesta, venga il re e Aman anche domani al banchetto che io farò per essi, e io risponderò alla domanda del re».

Il patibolo per Mardocheo. - ⁹Aman quel giorno uscì tutto allegro e di buon umore, ma quando alla porta del re vide Mardocheo, che non si alzava e non si muoveva al suo passaggio, fu pieno di ira verso di lui. ¹⁰Tuttavia Aman si dominò, andò a casa sua e fece chiamare i suoi fedeli e Zeres, sua moglie, ¹¹parlò loro dello splendore della sua ricchezza, dei suoi numerosi figli e di come il re lo avesse promosso, elevandolo al di sopra dei prìncipi e dei ministri del re. ¹²Aggiunse ancora Aman: «La regina Ester non ha invitato che me al banchetto insieme con il re, e anche domani io sono invitato da lei con il re. ¹³Ma tutto questo mi è indifferente ogni volta che io vedo Mardocheo, l'ebreo che siede alla porta del re». ¹⁴La moglie Zeres e i suoi fedeli gli dissero: «Si faccia un patibolo alto cinquanta cubiti e domattina parlane al re e vi si impicchi Mardocheo; va' poi contento al banchetto con il re». Piacque la cosa ad Aman e fu preparato il patibolo.

6 Onore a Mardocheo. - ¹Quella notte il sonno fuggiva il re, ed egli ordinò che gli si portasse il libro delle memorie, le cronache, e se ne fece la lettura davanti al re. ²Egli vi trovò scritto che Mardocheo aveva riferito al re riguardo a Bigtàn e Tères, i due eunuchi del re, appartenenti alla guardia del soglio, che volevano portare la mano contro il re Assuero, ³e domandò: «Che onore e distinzione abbiamo dato a Mardocheo per questo?». Gli risposero i giovani addetti al suo servizio: «Non gli è stato dato nulla». ⁴Il re allora domandò: «Chi c'è nella corte?». Proprio Aman veniva nella corte esterna della casa del re, per chiedere al re di impiccare Mardocheo al patibolo che aveva preparato per lui. ⁵I giovani cortigiani risposero al re: «Ecco, c'è Aman nella corte». Il re disse: «Venga». ⁶Aman entrò e il re gli disse: «Che cosa si deve fare a un uomo che il re ha il piacere di onorare?». Aman pensò in cuor suo: «Chi più di me il re ha piacere di onorare?», ⁷e rispose al re: «Per l'uomo che il re si compiace di onorare, ⁸si facciano venire vesti regali che ha indossato il re, e un cavallo che è stato montato dal re, e sul suo capo sia una corona regale. ⁹Il vestito e il cavallo siano dati a uno dei più eminenti prìncipi del re e ne rivestano quell'uomo che il re si compiace di onorare; lo si faccia montare sul cavallo nella piazza della città e si proclami davanti a lui: "Così si fa all'uomo che il re si compiace di onorare"». ¹⁰Il re disse ad Aman: «Presto, prendi il vestito e il cavallo di cui hai parlato, e fa' così a Mardocheo, l'ebreo che siede alla porta del re. Non tralasciare nulla di quello che hai detto».

¹¹Aman prese il vestito e il cavallo, rivestì Mardocheo, lo fece montare sul cavallo nella piazza della città e proclamò davanti a lui: «Così si fa all'uomo che il re si compiace di onorare».

¹²Mardocheo tornò alla porta del re e Aman si affrettò a casa sua, afflitto e con la testa velata; ¹³raccontò a Zeres, sua moglie, e ai suoi fedeli tutto quello che era successo. I suoi saggi e Zeres, sua moglie, gli dissero: «Se Mardocheo, davanti a cui hai cominciato ad abbassarti, è della stirpe degli Ebrei, non potrai resistergli, ma tu cadrai davanti a lui». ¹⁴Non avevano ancora finito di parlare che arrivarono gli eunuchi del re

---

6. - ¹³. Sembra che i pagani avessero riconosciuto ai Giudei una speciale protezione da parte di un Dio ad essi ignoto e da essi temuto.

e si affrettarono a condurre Aman al banchetto che aveva preparato Ester.

7 La disgrazia di Aman.

 - [1]Vennero il re e Aman a banchettare con la regina Ester [2]e anche il secondo giorno il re disse a Ester, mentre si beveva il vino: «Qual è la tua domanda, regina Ester? Io te la concederò! Qual è la tua richiesta? Fino alla metà del mio regno ti sarà concessa!». [3]La regina Ester rispose: «Se ho trovato grazia agli occhi del re e se al re sembrerà bene, mi sia concessa la mia vita per la mia domanda, e quella del mio popolo per la mia richiesta. [4]Perché siamo stati venduti, io e il mio popolo, per essere sterminati, uccisi e distrutti. Se fossimo stati venduti schiavi e schiave, avrei taciuto; ma il nemico non potrà compensare il danno che ne verrebbe al re». [5]Il re domandò alla regina Ester: «Chi è e dove sta colui che ha concepito nel suo cuore di fare tal cosa?». [6]Ester rispose: «Il persecutore e nemico è questo perfido Aman».

Aman fu preso allora da terrore davanti al re e alla regina. [7]Il re si alzò pieno d'ira dal banchetto per andare nel giardino del palazzo e Aman restò a supplicare Ester per la sua vita, perché aveva capito che la sua disgrazia era stata decisa dal re.

[8]Il re tornò dal giardino del palazzo nella casa del festino, mentre Aman si era lasciato cadere sul divano su cui stava Ester. Allora il re esclamò: «Si farebbe anche violenza alla regina, in casa mia, nel palazzo?». Un ordine uscì dalla bocca del re e subito velarono il volto di Aman. [9]Carbonà, uno degli eunuchi, disse al re: «Ecco, c'è il patibolo che Aman aveva preparato per Mardocheo, quello che ha parlato nell'interesse del re; è rizzato nella casa di Aman, alto cinquanta cubiti». Il re disse: «Lo si impicchi su di esso». [10]Impiccarono così Aman sul patibolo

che aveva preparato per Mardocheo e l'ira del re si placò.

8 Mardocheo al posto di Aman.

 - [1]Il re Assuero dette allora alla regina Ester la casa di Aman, il persecutore degli Ebrei, e Mardocheo fu introdotto alla presenza del re, perché Ester gli aveva detto chi era per lei. [2]Il re si tolse l'anello che aveva ripreso ad Aman e lo dette a Mardocheo, ed Ester lo nominò capo della casa di Aman.

[3]Ester parlò ancora al re, prostrata a terra, pianse e supplicò perché annullasse il malvagio progetto di Aman, l'agaghita, e quanto egli aveva macchinato contro gli Ebrei. [4]Il re tese a Ester lo scettro d'oro, ed Ester si levò in piedi davanti al re [5]e disse: «Se sembra bene al re e se ho trovato grazia ai suoi occhi, se la cosa pare conveniente al re e se io sono gradita ai suoi occhi, si scriva di ritirare le lettere, frutto del pensiero di Aman, figlio di Ammedàta, l'agaghita, che egli scrisse per sterminare gli Ebrei, che si trovano in tutte le province del re. [6]Come potrei infatti contemplare la disgrazia che colpirebbe il mio popolo e come potrei contemplare lo sterminio della mia stirpe?».

[7]Il re Assuero disse alla regina Ester e a Mardocheo l'ebreo: «Ecco, io ho dato a Ester la casa di Aman e lui stesso ho impiccato al patibolo, perché volle stendere la mano sopra gli Ebrei. [8]Voi scrivete agli Ebrei come meglio vi sembra, a nome del re, e sigillate con il sigillo del re, perché le lettere scritte a nome del re e sigillate con l'anello regale non possono revocarsi».

Rescritto a favore degli Ebrei. - [9]Allora, nel mese terzo, il mese di Sivan, il tredici del mese, furono chiamati gli scribi del re e, secondo gli ordini di Mardocheo, fu scritto agli Ebrei, ai satrapi, ai governatori e ai prìncipi delle centoventisette province, dall'India fino all'Etiopia, a ogni provincia secondo la propria scrittura e a ogni popolo secondo la propria lingua, e agli Ebrei nella loro scrittura e nella loro lingua. [10]Fu scritto a nome del re Assuero e si sigillò con il sigillo regale e le lettere furono mandate per mezzo di corrieri a cavallo, che montavano superbi cavalli di razza. [11]Il re dava agli Ebrei di ogni città il potere di riunirsi e di difendere le loro vite, distruggendo, uccidendo e sterminando ogni forza armata, popolo o provincia che li perseguitasse, bam-

---

7. - [3-4.] La preghiera di Ester è fatta in modo da commuovere il re: prima gli dice d'essere condannata a morte anche lei, e poi che per lo sterminio d'un popolo il re ne avrà la vergogna e il danno, perché la somma che Aman promette all'erario non equivale ai servigi dei Giudei, buoni contribuenti e ottimi soldati.

8. - [7-8.] Assuero dice che ha fatto quello che poteva e che non può revocare un editto reale; ma insinua di stendere un editto che distrugga il primo non nelle parole, ma nella sostanza, dando ai Giudei il diritto di difendersi.

bini e donne, e i loro beni potevano darsi al saccheggio, [12]in un sol giorno: il tredici del dodicesimo mese, il mese di Adar, in tutte le province del re.

Il testo del rescritto. - [12a]Ciò che segue è la copia del rescritto: [12b]«Il grande re Assuero ai satrapi delle centoventisette province che si estendono dall'India all'Etiopia e a coloro che sono fedeli ai nostri interessi, salute!

[12c]Molti, se frequentemente onorati dalla somma benignità dei loro benefattori, ne concepiscono orgoglio e non solo cercano di arrecar danno ai nostri sudditi, ma, incapaci di mantenersi all'altezza della loro stessa prosperità, meditano di portare la mano contro i loro stessi benefattori. [12d]Essi non soltanto bandiscono la gratitudine fra gli uomini, ma, ubriacati dalle approvazioni di chi ignora il bene, suppongono di sfuggire all'incorrotta giustizia di Dio, che tutto vede.

[12e]Molte volte infatti è successo che un cattivo consiglio di coloro a cui è affidata l'amministrazione degli affari abbia reso molti di coloro che detengono il potere corresponsabili di riprovevoli azioni sanguinarie, portando irrimediabili calamità, [12f]ingannando con il falso calcolo della loro cattiva indole l'equità irreprensibile dei governanti.

[12g]È possibile riscontrare simili fatti non soltanto nelle antiche storie tramandate, ma anche esaminando le azioni ora compiute dalla bassezza di coloro che ingiustamente detengono il potere.

[12h]In avvenire bisognerà aver cura di custodire indisturbata la monarchia nella pace, per il bene di tutti gli uomini, [12i]profittando dei cambiamenti e giudicando gli avvenimenti che si svolgono sotto i nostri occhi nel modo più conveniente.

[12k]Così infatti Aman, un macedone, figlio di Ammedàta, in realtà un estraneo al sangue dei Persi e molto lontano dalla nostra eccellenza, essendo accolto ospitalmente da noi, [12l]fu oggetto della bontà che usiamo a ogni nazione, fino ad esser chiamato nostro padre ed esser riverito da tutti, come colui che detiene il secondo posto presso il trono del re, davanti al quale tutti si prostrano. [12m]Incapace di contenere il suo orgoglio, tramò di toglierci il dominio e anche la vita, [12n]avendo chiesto con vari e sottili artifici la rovina di Mardocheo, no-

stro salvatore e perpetuo benefattore, e della irreprensibile compagna del nostro regno, Ester, con tutto il suo popolo. [12o]Con questo sistema credette, isolandoci, di far passare il dominio dai Persiani ai Macedoni.

[12p]Noi però abbiamo trovato che gli Ebrei, destinati all'annientamento dal più detestabile degli uomini, non sono per nulla criminali, ma vivono secondo le più giuste leggi, [12q]essendo figli del Dio vivente, eccelso e supremo, che mantiene il regno nel migliore stato a noi e ai nostri progenitori.

[12r]Pertanto farete bene a non obbedire alle lettere mandate da Aman, figlio di Ammedàta, poiché colui che le ha scritte è stato impiccato davanti alle porte di Susa con tutta la sua famiglia, avendo Dio onnipotente fatto ricadere su di lui senza ritardo una giusta punizione.

[12s]Pubblicate in ogni luogo una copia di questa lettera, permettete agli Ebrei di seguire i loro legittimi costumi e aiutateli affinché il tredici del dodicesimo mese, chiamato Adar, si possano difendere da coloro che li attaccassero in un momento di afflizione. [12t]Infatti è questo il giorno in cui Dio, padrone di tutte le cose, concesse gioia invece di distruzione al popolo eletto.

[12u]Quanto a voi, Ebrei, fra le vostre feste solenni, osservate questo giorno particolare con molti conviti, in modo che ora e in futuro sia un giorno di salvezza per noi e per gli amici dei Persiani, invece per coloro che hanno tramato contro di noi un memoriale della loro distruzione. [12v]Qualunque città e provincia che non abbia eseguito queste disposizioni sarà per vendetta consumata a ferro e a fuoco; essa diverrà inaccessibile non solo agli uomini, ma odiosa alle fiere e agli uccelli per sempre».

[13]La copia del rescritto doveva essere promulgata come legge in ogni provincia e doveva essere resa nota a tutti i popoli, perché gli Ebrei fossero pronti per quel giorno a vendicarsi dei loro nemici. I corrieri, montati su superbi cavalli, uscirono rapidi e svelti [14]e corsero, secondo l'ordine del re, mentre la legge fu promulgata nella cittadella di Susa.

La gioia degli Ebrei. - [15]Mardocheo uscì dalla presenza del re con vesti regali, celesti e bianche, con una grande corona d'oro e un mantello di bisso e di porpora e la città di Susa fu nella gioia e nell'allegria. [16]Per gli Ebrei fu un giorno di luce e di allegria, di gioia e di tripudio. [17]In ogni provincia e in ogni città dove arrivava l'ordine del re e il suo editto, gli Ebrei si rallegravano e gioivano, facevano banchetti e feste, e molti fra i popoli del paese si fecero Ebrei, perché il timore degli Ebrei era caduto sopra di essi.

LA FESTA DEI PURIM

9 L'eccidio dei persecutori. - [1]Nel dodicesimo mese, il mese di Adar, nel giorno tredicesimo, quando arrivò l'ordine del re e il suo editto per essere eseguito, nel mese in cui i nemici degli Ebrei avevano sperato di trionfare su di essi, la situazione si capovolse e gli Ebrei trionfarono su coloro che li odiavano. [2]Gli Ebrei si radunarono nelle loro città in ogni provincia del re Assuero per alzare la mano contro coloro che avessero voluto far loro del male e nessuno resistette loro, perché il timore di essi aveva preso tutti i popoli. [3]Tutti i prìncipi delle province, i satrapi e i governatori al servizio del re sostenevano gli Ebrei, perché anch'essi erano presi dal timore di Mardocheo. [4]Mardocheo infatti era grande nella casa del re e la sua fama si spargeva in ogni provincia, tanto che egli, Mardocheo, diventava sempre più grande. [5]Gli Ebrei colpirono i loro nemici a colpi di spada: uccisioni e massacri! Fecero quello che vollero di coloro che li odiavano. [6]Anche nella cittadella di Susa gli Ebrei fecero uccisioni e perirono cinquecento persone; [7]misero a morte Parsandàta, Dalfòr, Aspàta, [8]Poràta, Adalia, Aridàta, [9]Parmàsta, Arisài, Aridài e Vaizàta: [10]uccisero i dieci figli di Aman, figlio di Ammedàta, persecutore degli Ebrei, ma non stesero la mano sul bottino.

[11]Quando il numero degli uccisi venne a conoscenza del re, [12]questi disse alla regina Ester: «Nella cittadella di Susa gli Ebrei hanno ucciso cinquecento uomini e i dieci figli di Aman; nelle altre province del re che cosa hanno fatto? Che cosa chiedi di più? Ti sarà dato. Che cosa desideri, perché ti sia fatto?». [13]Ester disse: «Se sembrerà conveniente al re, sia concesso agli Ebrei di applicare ancora domani l'editto come hanno fatto oggi, e i dieci figli di Aman siano appesi a un patibolo». [14]Il re disse che così fosse fatto e fu promulgato un editto nella cittadella di Susa e i figli di Aman furono appesi al patibolo. [15]Gli Ebrei che si trovavano a Susa si radunarono anche nel quattordicesimo giorno del mese di Adar e uccisero a Susa trecento uomini, senza tuttavia stendere la mano sul bottino.

[16]Gli altri Ebrei delle province del re si radunarono per difendere le loro vite e avere tranquillità da parte dei loro nemici, e fra quelli che li odiavano uccisero settantacinquemila persone, senza metter la mano sul bottino. [17]Era il giorno tredici del mese di Adar; il quattordici si riposarono e fecero banchetti e allegria.

Origine della festa dei Purim. - [18]Gli Ebrei che si trovavano a Susa si radunarono il giorno tredici e il quattordici dello stesso mese e il quindici si riposarono e nello stesso giorno fecero banchetti e allegria. [19]È per questo che gli Ebrei sparsi qua e là, che abitano in città lontane, il quattordici del mese di Adar fanno allegria, banchetti e festa e si scambiano doni.

[20]Mardocheo mise per iscritto tutte queste cose e mandò lettere a tutti gli Ebrei che si trovavano nelle province del re Assuero, in quelle vicine e in quelle lontane, [21]per impegnarli a festeggiare ogni anno il giorno quattordici del mese di Adar e il giorno quindici dello stesso mese, [22]essendo questi i giorni nei quali gli Ebrei ebbero pace dai loro nemici, e questo il mese in cui la loro sorte cambiò dall'angoscia alla gioia, dal lutto alla festa, diventando questi giorni di festino e di gaudio, di scambio di doni e di offerte ai poveri.

[23]Gli Ebrei accettarono come una istituzione quelle cose che avevano cominciato a fare e che Mardocheo aveva scritto loro: [24]Aman, figlio di Ammedàta, l'agaghìta, persecutore di tutti gli Ebrei, decretò di sterminare gli Ebrei e gettò il *pur*, cioè la sorte, per massacrarli e distruggerli. [25]Ma quando la regina Ester fu entrata alla presenza del re, egli ordinò con uno scritto che la malvagità che Aman aveva tramato contro gli Ebrei ricadesse sul suo capo e fece impiccare lui e i suoi figli al patibolo. [26]Perciò quei giorni furono chiamati *Purim*, dalla parola *pur*. In conseguenza di tutte le cose dette in questa lettera e di quello che avevano visto ed era accaduto loro, [27]gli Ebrei stabilirono

di assumersi l'impegno, essi e i loro figli e tutti coloro che sarebbero venuti a unirsi a loro, di non mancare di festeggiare questi due giorni, secondo quanto era stato scritto, al tempo stabilito ogni anno. [28]Questi giorni vengono ricordati e festeggiati in ogni generazione, in ogni famiglia, in ogni provincia e città, e i giorni di *Purim* non spariranno in mezzo agli Ebrei e il loro ricordo non si allontanerà dalla loro discendenza.

[29]La regina Ester, figlia di Abicàil, e l'ebreo Mardocheo scrissero, con piena autorità, per confermare questa seconda lettera relativa ai *Purim*. [30]E mandarono lettere a tutti gli Ebrei, nelle centoventisette province del regno di Assuero, con parole di pace e di fedeltà, [31]affinché osservassero questi giorni di *Purim* nel tempo stabilito, come avevano deciso l'ebreo Mardocheo e la regina Ester, e come avevano stabilito per se stessi e i loro discendenti riguardo ai digiuni e ai lamenti. [32]Così l'ordinanza di Ester fissò la prassi della festa di *Purim* e fu scritta in un libro.

10

Elogio di Mardocheo. - [1]Il re Assuero stabilì un'imposta sul paese e sulle isole del mare. [2]E tutti gli atti di forza e di potenza e i dettagli della grandezza di Mardocheo, che il re esaltò, non sono forse scritti nel libro delle cronache dei re di Media e di Persia? [3]Infatti l'ebreo Mardocheo era il secondo dopo il re Assuero ed era grande in mezzo agli Ebrei, ben voluto dalla maggioranza di suoi fratelli; egli cercava il bene del suo popolo e aveva parole di pace per tutti quelli della sua stirpe.

Mardocheo spiega il sogno. - [3a]Mardocheo disse: «Tutte queste cose sono state fatte da Dio. [3b]Infatti mi ricordo del sogno che ebbi riguardo a queste cose: tutto si è avverato. [3c]C'era la piccola fontana che divenne un fiume e poi c'era la luce e il sole e molta acqua.

Il fiume è Ester, che il re ha sposato e creato regina. [3d]I due dragoni siamo io e Aman; [3e]le nazioni sono quelle che si sono coalizzate per la distruzione degli Ebrei. [3f]Il mio popolo è quello d'Israele, che ha gridato a Dio ed è stato salvato. Sì, il Signore ha liberato il suo popolo e ci ha riscattato da tutte le calamità, operando segni e prodigi così grandi che non sono stati mai fatti in mezzo ai popoli. [3g]Egli ha stabilito due sorti, una per il popolo di Dio e una per tutti i popoli. [3h]Queste due sorti si realizzarono in un momento stabilito e in un giorno di giudizio, fissato da Dio per tutti i popoli. [3i]Dio si è ricordato del suo popolo e ha reso giustizia alla sua eredità. [3k]Gli Ebrei osserveranno questi giorni, nel mese di Adar, il quattordici e il quindici del mese, con riunioni, gioia e allegria al cospetto di Dio, per tutte le generazioni in eterno in mezzo al suo popolo Israele».

La traduzione greca del libro. - [3l]Nell'anno quarto del regno di Tolomeo e Cleopatra, Dositeo, che si dice essere sacerdote e levita, e Tolomeo suo figlio, portarono la lettera pubblicata riguardo alla festa di *Purim*; essi affermavano essere quella la vera ed essere stata interpretata da Lisimaco, figlio di Tolomeo, residente a Gerusalemme.

---

9. - [26-28.] La festa dei *Purim*, cioè delle sorti, è celebrata anche oggi dagli Ebrei: il 13 di Adar (febbraio-marzo) si fa digiuno e viene letto il libro di Ester; il 14, dopo nuova lettura del libro di Ester, viene trascorso gioiosamente ricordando e celebrando i divini benefici.

PRIMO LIBRO DEI MACCABEI

I due libri dei Maccabei sono opere del tutto diverse per autore, finalità e mezzi espressivi. Ambedue però si riferiscono al periodo duro e glorioso della lotta del giudaismo contro il paganesimo ellenista, imposto anche con la persecuzione violenta.

La parola Maccabeo, che significa forse «martello» o «designato da Jhwh», è un soprannome dato ai figli di Mattatia, capi e animatori della lotta.

Il primo libro contiene la storia di una quarantina d'anni, dall'avvento al trono di Siria di Antioco Epifane (175 a.C.), il persecutore, fino alla morte di Simone, ultimo dei Maccabei (135 a.C.).

Un'introduzione (cc. 1-2) descrive il propagarsi del paganesimo tra gli Ebrei e il formarsi della resistenza giudaica guidata da Mattatia. La prima parte (3,1 - 9,22) è dedicata a Giuda, il Maccabeo per antonomasia; egli riporta brillanti vittorie sui generali di Siria, organizza la purificazione del tempio profanato e muore gloriosamente in battaglia nel 160. La seconda parte (9,23 - 12,54) è dedicata al fratello Gionata che, grazie a un'abile azione diplomatica, ottiene vari vantaggi religiosi, politici ed economici, però muore vittima di un tranello del nemico. La terza parte (cc. 13-16) tratta di Simone che porta a termine l'opera dei fratelli ottenendo il pieno riconoscimento della libertà politica e religiosa per i Giudei.

Il giudaismo ha lottato per la libertà di poter vivere secondo la legge di Dio e le proprie tradizioni, e questa libertà coincideva allora con la libertà politica. È comprensibile la fusione tra il sentimento religioso e nazionale che ha prodotto tanto eroismo. Non sono mancati i tradimenti e le vigliaccherie, ma l'eroismo ha vinto e ha salvato il popolo, la sua fede e la sua libertà.

GLI ANTEFATTI DELLA LOTTA

1 **Alessandro Magno e i suoi successori. -** [1]Avvenne che Alessandro il macedone, figlio di Filippo, uscito dal paese dei Chittim, dopo aver battuto Dario, re dei Persi e dei Medi, regnò in suo luogo, incominciando dalla Grecia. [2]Intraprese poi molte guerre, s'impadronì di fortezze e uccise i re della terra, [3]giunse fino alle estremità della terra e portò via le spoglie di una moltitudine di popoli. Davanti a lui la terra tacque, ma il suo cuore montò in superbia. [4]Radunò un esercito molto potente e sottomise regioni, nazioni e prìncipi che divennero suoi tributari. [5]Ma dopo di ciò cadde ammalato e comprese che doveva morire. [6]Perciò chiamò i suoi ufficiali più illustri, che erano stati educati con lui fin dalla fanciullezza, e divise tra loro il suo regno mentre era ancora vivo.

[7]Alessandro aveva regnato dodici anni; quando morì, [8]i suoi ufficiali presero il potere, ciascuno nel proprio territorio. [9]Cinsero il diadema dopo che egli era morto e così i loro figli dopo di essi, per molti anni, moltiplicando i mali sulla terra. [10]Finché uscì da essi un rampollo peccatore, Antioco Epifane, figlio del re Antioco, il quale era stato ostaggio a Roma. Egli incominciò a regnare l'anno 137 del regno dei Greci.

---

1. - [10.] *Da essi:* dai discendenti di coloro che si fecero re dopo Alessandro, cioè dai Seleucidi. *Antioco IV Epifane* era stato a Roma fra i venti ostaggi che Antioco III il Grande (223-187 a.C.), suo padre, aveva dovuto consegnare ai Romani dopo la battaglia di Magnesia (189); ma nel 175 a.C., corrispondente al 137 *del regno dei Greci*, si fece riconoscere re dai Romani.

Penetrazione dell'ellenismo in Israele. -

[11]In quei giorni uscirono da Israele dei figli iniqui, i quali sedussero molte persone dicendo: «Andiamo e facciamo alleanza con le genti che sono intorno a noi; poiché, da quando ci siamo separati da esse, ci incolsero molti mali». [12]Questo discorso parve buono ai loro occhi. [13]Perciò alcuni tra il popolo s'incaricarono di andare dal re, il quale diede loro facoltà di adottare le leggi delle genti. [14]Costruirono un ginnasio in Gerusalemme secondo l'uso delle genti, [15]cancellarono i segni della circoncisione e si staccarono dalla santa alleanza: così si posero sotto il giogo delle genti e si vendettero per fare il male.

Antioco Epifane in Egitto e a Gerusalemme. -

[16]Quando gli parve che il regno fosse ben consolidato, Antioco volle estendere il suo potere sulla terra d'Egitto per regnare sui due regni: [17]con un'armata imponente di carri, elefanti, cavalli e una grande flotta invase l'Egitto [18]e affrontò in battaglia Tolomeo, re d'Egitto. Davanti a lui Tolomeo ripiegò e poi fuggì, e molti caddero feriti. [19]Così Antioco conquistò le città fortificate che erano nella terra d'Egitto e prese il suo bottino.

[20]Dopo aver battuto l'Egitto nell'anno 143, Antioco prese la via del ritorno e marciò contro Israele, salendo fino a Gerusalemme con una grande armata. [21]Entrò nel santuario con arroganza e ne asportò l'altare d'oro, il candelabro della luce con tutti i suoi accessori, [22]la tavola dell'offerta, le coppe, i calici, gl'incensieri d'oro, il velo, le corone e ogni ornamento d'oro che stava sulla facciata del tempio. Tutto spogliò. [23]Prese inoltre l'argento, l'oro e i vasi preziosi, come pure i tesori nascosti che poté trovare. [24]Poi, raccolta ogni cosa, se ne tornò alla sua terra, dopo aver fatto una strage e proferito parole di grande insolenza.

[25] Allora vi fu un grande lamento per Israele,
in tutto il suo territorio.
[26] Gemettero i prìncipi e gli anziani,
languirono fanciulle e ragazzi
e venne meno la bellezza delle donne.
[27] Ogni giovane sposo alzò un lamento,
nella camera nuziale la sposa mise
il lutto.
[28] Anche la terra sussultò per i suoi abitanti,
e tutta la casa di Giacobbe si rivestì
di confusione.

Costruzione dell'Acra. -

[29]Due anni dopo, il re inviò un soprintendente ai tributi nelle città di Giuda, il quale venne a Gerusalemme con una grande armata. [30]Rivolse loro con inganno discorsi di pace ed essi gli prestarono fede. Ma poi, all'improvviso, piombato sulla città, le inflisse un colpo terribile e fece perire molta gente in Israele. [31]Saccheggiata la città, vi appiccò il fuoco e ne distrusse le case e le mura di cinta. [32]Fecero schiavi donne e bambini e si impossessarono del bestiame. [33]Fortificarono la Città di Davide con un muro grande e robusto e con delle torri potenti e ne fecero la loro roccaforte. [34]Vi stabilirono gente empia, uomini iniqui, e vi si fortificarono. [35]Vi ammassarono armi e vettovaglie e vi depositarono il bottino raccolto in Gerusalemme. Divenne così un grande tranello.

[36] Fu un'insidia per il santuario,
un nemico perverso per Israele
in continuazione.
[37] Sparsero sangue innocente intorno
al santuario,
e profanarono il santuario.
[38] Per causa loro fuggirono gli abitanti
da Gerusalemme,
che divenne abitazione di estranei;
divenne estranea alla sua stessa progenie
e i suoi figli l'abbandonarono.
[39] Il suo santuario fu desolato come
un deserto,
le sue feste si mutarono in lutto,
i suoi sabati in derisione e il suo onore
in disprezzo.
[40] Pari alla sua gloria fu il suo disonore
e la sua magnificenza si mutò in lutto.

Imposizione del culto pagano. -

[41]Il re poi inviò in tutto il suo regno l'ordine che tutti dovessero formare un popolo solo, [42]rinunziando ciascuno ai propri costumi. Tutte le nazioni accettarono l'ordine del re [43]e anche in Israele molti abbracciarono la sua religione, sacrificando agli idoli e

---

[11.] L'isolamento ebraico era considerato dagli ellenisti come barbarie. D'altra parte, la libertà dei costumi, di espressione e di organizzazione in atto presso i pagani attirava molti ebrei anche della classe dirigente. I più esaltati chiedevano addirittura l'abolizione della legge mosaica.

[33.] L'Acra, così era chiamata la fortezza, costituì per 27 anni il più formidabile baluardo della repressione e dell'autorità sira, e cadde in mano giudaica solamente ad opera di Simone (cfr. 13,49-52).

profanando il sabato. ⁴⁴Il re inviò pure, per mezzo di messaggeri, lettere a Gerusalemme e nelle città di Giuda con l'ordine di seguire i costumi estranei alla regione, ⁴⁵di impedire gli olocausti, il sacrificio e le libazioni nel santuario, di profanare i sabati e le feste, ⁴⁶di contaminare il santuario e i santi, ⁴⁷di costruire altari, tempietti e idoli, di immolare porci e animali immondi, ⁴⁸di lasciare i loro figli incirconcisi e di rendere abominevoli le loro anime con ogni sorta d'impurità e di profanazione, ⁴⁹cosicché si dimenticassero della legge e cambiassero le tradizioni. ⁵⁰Chiunque non avesse agito secondo l'ordine del re, sarebbe stato messo a morte. ⁵¹In conformità a tutti questi ordini, che aveva inviato in tutto il regno, stabilì poi degli ispettori per tutto il popolo e ingiunse alle città di Giuda di offrire sacrifici, città per città. ⁵²Molti tra il popolo si unirono ad essi, tutta gente che aveva abbandonato la legge, e fecero del male nel paese, ⁵³costringendo Israele a vivere nei nascondigli e in ogni sorta di rifugio.

⁵⁴Il giorno 15 di Casleu, nell'anno 145, costruirono l'abominazione della desolazione sull'altare degli olocausti e nelle città di Giuda circonvicine costruirono altari. ⁵⁵Sulle porte delle case e nelle piazze si offrivano sacrifici. ⁵⁶I libri della legge, come venivano trovati, li gettavano al fuoco, dopo averli lacerati. ⁵⁷Se presso qualcuno veniva scoperto il libro dell'alleanza o se qualche altro osservava la legge, era ordine del re che si uccidesse. ⁵⁸Nella loro potenza così agivano contro Israele con quelli che venivano scoperti, mese per mese, nelle singole città. ⁵⁹Il 25 del mese si offrivano sacrifici sull'ara che era sull'altare degli olocausti. ⁶⁰Secondo l'editto, mettevano a morte le donne che avevano fatto circoncidere i loro figli, ⁶¹con i loro bambini sospesi al collo, i loro familiari e quelli che avevano praticato la circoncisione. ⁶²Tuttavia molti in Israele si dimostrarono forti e restarono fermi nel non mangiare cose impure. ⁶³E preferendo morire per non contaminarsi con cibi e per non profanare la santa alleanza, di fat-

to morirono. ⁶⁴Fu davvero grande l'ira su Israele!

2 Mattatia e i suoi figli. - ¹In quei giorni sorse Mattatia, figlio di Giovanni, figlio di Simone, sacerdote dei figli di Ioarìb, di Gerusalemme, e si stabilì a Modin. ²Aveva cinque figli: Giovanni, detto Gaddi; ³Simone, detto Tassi; ⁴Giuda, detto Maccabeo; ⁵Eleàzaro, detto Auaran; Gionata, detto Affus. ⁶Egli vide le nefandezze che si commettevano in Giuda e in Gerusalemme ⁷e disse: «Ohimè! Per questo sono nato, per vedere la rovina del mio popolo e la rovina della santa città, restando qui seduto, mentre essa è consegnata nelle mani dei nemici e il santuario nelle mani di stranieri?

⁸ Il suo tempio è divenuto come un uomo ignobile,
⁹ i vasi della sua gloria sono stati portati in schiavitù,
i suoi fanciulli sono uccisi sulle piazze e i suoi giovani con la spada del nemico.
¹⁰ Quale popolo non ha avuto parte dei suoi palazzi
o non si è impadronito delle sue spoglie?
¹¹ Ogni suo ornamento è stato rapito e da libera è diventata schiava.
¹² Or ecco il nostro luogo santo,
la nostra bellezza e la nostra gloria,
è stato devastato e le genti l'hanno profanato.
¹³ A che ci serve ancora la vita?».

¹⁴Mattatia e i suoi figli si stracciarono le vesti, si rivestirono di sacco e piansero a lungo.

La scintilla della rivolta. - ¹⁵Gli ufficiali del re incaricati di imporre l'apostasia giunsero nella città di Modin per offrire sacrifici. ¹⁶Molti d'Israele si unirono a loro, ma Mattatia e i suoi figli si tennero in disparte. ¹⁷Allora, prendendo la parola, gli ufficiali del re si rivolsero a Mattatia dicendogli: «Tu sei un capo nobile e potente in questa città, sostenuto da figli e fratelli. ¹⁸Avvicinati perciò per primo ed esegui il comando del re, come fanno tutte le genti e gli stessi uomini di Giuda che sono rimasti in Gerusalemme. Sarai, tu e i tuoi figli, tra gli amici del re, e tu e i tuoi figli sarete onorati con argento, oro e doni copiosi». ¹⁹Rispose Mat-

2. - ¹· La famiglia di Mattatia fu detta degli Asmonei, forse da un Asmon loro antenato; fu pure detta dei Maccabei, da Giuda Maccabeo, loro eroe, e anche perché Maccabeo può significare «martello»: ed essi furono un vero martello per i nemici.

tatia e disse a voce alta: «Anche se tutte le genti che sono nell'ambito del regno del re ubbidiscono a lui, distaccandosi ciascuno dal culto dei suoi padri per conformarsi ai precetti di lui, [20]io, i miei figli e i miei fratelli continueremo a camminare nell'alleanza dei padri nostri. [21]Dio ci guardi dall'abbandonare la legge e le consuetudini! [22]Noi non ascolteremo mai gli ordini del re per trasgredire il nostro culto, a destra o a sinistra».

[23]Com'egli ebbe finito di pronunziare queste parole, un uomo di Giuda si avvicinò, sotto gli occhi di tutti, per sacrificare, sull'altare che era in Modin, secondo il comando del re. [24]Come lo vide, Mattatia s'infiammò di zelo e fremettero le sue viscere; ribollì di giusta ira e precipitandosi lo trucidò sull'altare. [25]Uccise pure, nel medesimo tempo, l'uomo del re che costringeva a sacrificare e rovesciò l'altare. [26]Egli agiva per zelo per la legge, come aveva fatto Finees contro Zambri, figlio di Salom. [27]Poi Mattatia si mise a gridare per la città: «Chiunque ha zelo per la legge e sta per l'alleanza, mi segua!». [28]Fuggì con i suoi figli verso i monti, lasciando tutto ciò che avevano nella città.

Un gruppo di fuggiaschi affrontato in giorno di sabato. - [29]Allora molti che avevano zelo per la giustizia e per il diritto discesero nel deserto e vi si stabilirono [30]con i loro figli, le loro donne e il loro bestiame, poiché più duri si erano fatti i mali sopra di essi. [31]Quando agli uomini del re e alle milizie che erano in Gerusalemme, nella Città di Davide, fu annunziato che quegli uomini i quali avevano infranto l'ordine del re erano discesi nei nascondigli nel deserto, [32]molti corsero loro dietro e, raggiuntili, si accamparono di fronte ad essi, preparandosi a dar loro battaglia in giorno di sabato. [33]Quindi dissero loro: «Ora basta! Uscite fuori! Fate secondo l'ordine del re e vivrete». [34]Risposero: «Non usciremo, né faremo secondo l'ordine del re, profanando il sabato». [35]Quelli allora attaccarono subito battaglia. [36]Ma essi non risposero; non lanciarono una sola pietra, né barricarono i nascondigli. [37]Dissero: «Moriamo tutti nella nostra semplicità! Ci è testimone il Cielo e la terra che ci uccidete ingiustamente». [38]Quelli però si lanciarono sopra di essi combattendo di sabato. In questo modo essi morirono con le loro donne, i loro bam-

bini e il loro bestiame, in numero di mille uomini.

Il gruppo di Mattatia si rinforza e si organizza. - [39]Quando Mattatia e i suoi amici ne vennero a conoscenza, si rattristarono fortemente per essi [40]e si dissero l'un l'altro: «Se faremo tutti come hanno fatto i nostri fratelli, non combattendo contro i gentili per la nostra vita e per le nostre tradizioni, in breve ci stermineranno dalla terra». [41]E in quel giorno stesso presero questa decisione: «Chiunque verrà contro di noi per combatterci in giorno di sabato, noi combatteremo contro di lui e non morremo tutti come sono morti i nostri fratelli nei nascondigli».

[42]Allora si unì ad essi un gruppo di Asidei, uomini molto forti in Israele, votato ciascuno alla legge. [43]Similmente tutti quelli che fuggivano a causa dei mali, si aggiunsero ad essi e furono loro di sostegno. [44]Costituirono così un esercito e colpirono nella loro ira i peccatori e gli uomini iniqui nella loro collera; i restanti, per salvarsi, si rifugiarono presso i gentili.

[45]Mattatia poi e i suoi amici fecero un giro nel paese e distrussero gli altari, [46]circoncisero a forza i bambini incirconcisi che trovavano nel territorio d'Israele [47]e diedero la caccia ai figli della superbia. Per loro merito l'impresa ebbe buon esito [48]e riuscirono a strappare la legge dalle mani dei gentili e dei re, non permettendo ai peccatori di rinforzarsi.

Testamento e morte di Mattatia. - [49]Come si avvicinarono i giorni della morte, Mattatia disse ai suoi figli: «Ora trionfano l'insolenza e l'oltraggio; è un tempo di sconvolgimento e d'ira furente. [50]Orsù, figlioli, abbiate zelo per la legge e donate le vostre vite per l'alleanza dei nostri padri. [51]Ricordate le opere compiute dai padri nei loro giorni e ne riceverete una gloria grande e un nome eterno. [52]Abramo non fu forse trova-

---

[29] *Nel deserto* di Giuda, sulle rive occidentali del Mar Morto, arido, ma ricco di vegetazione intorno alle sorgenti.

[42] *Asidei*: in ebraico ḥasidîm, «pii»: erano un gruppo di Giudei da alcuni paragonati agli esseni; erano attaccatissimi alla legge e ostili ai costumi pagani. Si unirono ai Maccabei per difendere il patrimonio comune della legge, senza rinunciare ai loro scopi e ad agire liberamente.

to fedele nella prova e non gli fu ciò computato a giustizia? [53]Giuseppe al tempo della sua angustia custodì i precetti e divenne signore dell'Egitto. [54]Finees, nostro padre, per aver avuto un grande zelo, ottenne l'alleanza di un sacerdozio eterno. [55]Giosuè, per aver compiuto il suo mandato, divenne giudice in Israele. [56]Caleb, per aver testimoniato nell'assemblea, ottenne l'eredità nel paese. [57]Davide, per la sua pietà, ebbe in eredità un trono regale per i secoli. [58]Elia, avendo avuto grande zelo per la legge, fu rapito fino in cielo. [59]Anania, Azaria e Misaele, avendo avuto fede, furono salvati dalle fiamme. [60]Daniele, per la sua semplicità, fu liberato dalla bocca dei leoni. [61]E così, riflettete, di generazione in generazione: tutti quelli che sperano in lui non verranno meno. [62]Non abbiate paura delle parole dell'uomo peccatore, poiché la sua gloria finirà in letame e in vermi. [63]Oggi egli è esaltato, ma domani non si troverà più, perché sarà già ritornato alla sua polvere e il suo disegno sarà annientato. [64]Figlioli, siate valorosi e state fermi nella legge, poiché per essa sarete glorificati.

[65]Ecco Simone, vostro fratello, io so che è un uomo di consiglio: ascoltatelo tutti i giorni; egli sarà il vostro padre. [66]Giuda Maccabeo, già tanto forte fin dalla sua giovinezza, egli sarà per voi il capo dell'esercito e guiderà la guerra contro i popoli. [67]Radunate attorno a voi tutti quelli che osservano la legge e vendicate il vostro popolo. [68]Rendete ai gentili ciò che si meritano e attenetevi al prescritto della legge».

[69]Quindi li benedì e si riunì ai padri suoi. [70]Morì nell'anno 146 e fu sepolto nel sepolcro dei suoi padri in Modin. Tutto Israele lo pianse con grande lutto.

GIUDA MACCABEO CAPO DEI GIUDEI

3 Elogio di Giuda. - [1]Allora Giuda, suo figlio, detto Maccabeo, si levò al suo posto [2]e tutti i suoi fratelli e quanti avevano aderito a suo padre gli diedero il loro appoggio e combatterono la guerra d'Israele con entusiasmo.

3 Egli estese la gloria del suo popolo,
qual gigante indossò la corazza
e cinse le sue armi di guerra;
sostenne battaglie
e protesse l'accampamento con la spada.
4 Fu simile a un leone nelle sue imprese
e a un leoncello ruggente sulla preda.
5 Inseguì gli empi che scovava
e diede alle fiamme i perturbatori
del suo popolo.
6 Venivano meno gli iniqui per paura di lui
e tutti gli operatori di iniquità restavano
sconvolti.
Per suo mezzo la liberazione ebbe buon
esito.
7 Amareggiò molti re
e rallegrò Giacobbe con le sue imprese.
La sua memoria sarà sempre
in benedizione.
8 Percorse le città di Giuda
e vi sterminò gli empi.
Distolse l'ira da Israele.
9 Si rese famoso fino all'estremità della terra
e radunò i dispersi.

Primi successi di Giuda. - [10]Apollonio aveva radunato, oltre ai gentili, un grosso esercito dalla Samaria per combattere contro Israele. [11]Come Giuda lo seppe, gli mosse contro, lo batté e l'uccise. Molti caddero feriti e altri fuggirono. [12]Presero le loro spoglie, ma la spada di Apollonio se la prese Giuda, che poi combatté con essa tutti i suoi giorni.

[13]Seron, capo dell'esercito di Siria, udito che Giuda aveva radunato attorno a sé uno stuolo di fedeli e di uomini pronti a uscire in guerra, [14]disse: «Mi farò un nome e mi renderò glorioso nel regno. Combatterò contro Giuda e contro i suoi uomini che disprezzano il comando del re». [15]Si mosse e una forte armata di empi salì con lui per aiutarlo a far vendetta sui figli d'Israele. [16]Giunti alla salita di Bet-Oron, Giuda gli mosse contro con pochi uomini. [17]Come videro l'armata che marciava contro di essi, questi dissero a Giuda: «Come potremo, noi che siamo così pochi, combattere contro una moltitudine così grande e forte? Siamo estenuati, essendo oggi ancora digiuni». [18]Ma Giuda rispose: «È facile che molti cadano per mano di pochi, e non c'è differenza davanti al Cielo salvare per mezzo di molti o di pochi, [19]perché in guerra la vittoria non sta nella grandezza dell'esercito, ma è dal Cielo che viene la

---

3. - 3-9. Bell'elogio di Giuda Maccabeo, eroe dello jahvismo, che con le sue imprese farà risuonare il nome giudeo anche fuori della Palestina. Il suo amore alle tradizioni ebraiche è superiore ad ogni encomio.

forza. [20]Costoro ci vengono contro, pieni di insolenza e di nequizia, per disperdere noi, le nostre donne e i nostri figli e per spogliarci, [21]ma noi combatteremo per le nostre vite e per le nostre leggi. [22]Il Cielo li annienterà dinanzi a noi. Perciò non abbiate paura di loro».

[23]Come ebbe finito di parlare, irruppe sopra di loro all'improvviso e Seron e la sua armata rimasero annientati davanti a lui. [24]Li inseguirono per la discesa di Bet-Oron fino alla pianura e ne caddero ottocento uomini; gli altri fuggirono nella terra dei Filistei. [25]Così Giuda e i suoi fratelli cominciarono ad essere temuti e lo spavento si sparse sulle genti all'intorno. [26]La sua fama pervenne al re e delle gesta di Giuda parlavano le genti.

Le preoccupazioni di Antioco Epifane. - [27]Appena il re Antioco udì queste notizie, arse di sdegno e mandò a radunare tutte le forze del suo regno, un'armata molto potente. [28]Aprì il suo erario e pagò il soldo alle truppe per un anno, comandando loro di tenersi pronti per qualunque necessità. [29]Vedendo che il danaro veniva a mancare dai suoi tesori e che i tributi della regione erano scarsi a causa della discordia e della calamità che egli stesso aveva procurato nel paese per aver abolito le usanze che esistevano fin dai tempi antichi, [30]ebbe paura di non aver più niente, come gli era accaduto una o due volte, per le spese e per i donativi che egli per l'innanzi aveva dispensato con mano larga, superando i re precedenti. [31]Preso da grande angustia nell'animo, decise di recarsi in Persia per raccogliere i tributi delle province e per radunare molto danaro. [32]Pertanto lasciò Lisia, uomo illustre di stirpe regale, alla direzione degli affari del regno, dal fiume Eufrate fino ai confini dell'Egitto, [33]e come tutore di suo figlio Antioco fino al suo ritorno. [34]Gli affidò metà delle truppe e gli elefanti e gli diede ordini intorno a quanto desiderava, anche nei riguardi degli abitanti della Giudea e di Gerusalemme: [35]che inviasse contro di essi un esercito per abbattere e distruggere la forza d'Israele e il resto di Gerusalemme, facendo scomparire anche il loro ricordo dal luogo, [36]e che in tutti i loro territori immettesse abitanti stranieri, distribuendo per lotti la loro terra. [37]Poi il re prese l'altra metà delle truppe, partì da

Antiochia, capitale del suo regno, l'anno 147 e, attraversato il fiume Eufrate, si mise a percorrere le regioni settentrionali.

L'armata siriana in Giudea. - [38]Lisia scelse Tolomeo, figlio di Dorìmene, Nicànore e Gorgia, uomini potenti tra gli amici del re, [39]e li inviò con quarantamila uomini e settemila cavalieri a invadere la terra di Giuda e a devastarla secondo il comando del re. [40]Essi partirono con tutte le loro truppe e vennero ad accamparsi nei pressi di Emmaus, nella pianura. [41]I mercanti della regione, quando ne ebbero notizia, presero argento e oro in grande quantità e delle catene, e vennero all'accampamento per acquistare i figli d'Israele come schiavi. Ad essi si unirono milizie di Siria e di paesi stranieri.

Riunione dei Giudei a Masfa. - [42]Giuda e i suoi fratelli videro che i mali si erano moltiplicati e che le truppe si stavano accampando ai loro confini e vennero a sapere quanto il re aveva ordinato di fare contro il popolo a rovina e sterminio. [43]Perciò si dissero l'un l'altro: «Rialziamo il nostro popolo dall'abbattimento e combattiamo per il nostro popolo e per il santuario». [44]Allora si convocò l'assemblea per prepararsi alla guerra, per pregare e per implorare pietà e misericordia.

[45] Gerusalemme era spopolata come
       un deserto,
    non vi era, tra i suoi figli, chi entrasse
       e uscisse.
    Il santuario era calpestato
    e figli di stranieri erano nell'Acra,
    abitazione per i gentili.
    La gioia era stata rapita a Giacobbe,
    il flauto e la cetra erano scomparsi.

[46]Si radunarono, dunque, e vennero a Masfa, di fronte a Gerusalemme. In Masfa, infatti, anticamente vi era stato un luogo di preghiera per Israele. [47]Digiunarono quel giorno e si rivestirono di sacco; sparsero cenere sul loro capo e si stracciarono le vesti. [48]Spiegarono il libro della legge per scoprirvi quelle cose per le quali i gentili consultano i simulacri dei loro idoli. [49]Portarono le vesti dei sacerdoti, le primizie e le decime; fecero venire i nazirei che avevano compiuto i loro giorni [50]e alzarono la voce al cielo dicendo: «Che cosa faremo di

costoro e dove li condurremo? [51]Il tuo santuario è calpestato e profanato; i tuoi sacerdoti sono nel lutto e nell'umiliazione. [52]Ecco, le genti si sono radunate contro di noi per annientarci. Tu sai ciò che essi macchinano contro di noi. [53]Come potremo resistere davanti a loro, se tu non ci aiuti?». [54]Poi fecero risuonare le trombe e alzarono grandi grida.

[55]Dopo di ciò, Giuda stabilì i comandanti del popolo, capi di mille, di cento, di cinquanta e di dieci. [56]Disse a coloro che stavano edificando una casa o che dovevano prendere moglie o che avevano piantato una vigna e ai paurosi di tornare ciascuno alla propria casa, secondo la legge.

[57]Quindi l'esercito si mosse e venne ad accamparsi a sud di Emmaus. [58]Disse Giuda: «Cingete le armi. Siate forti e state pronti fin dal mattino per combattere contro questi gentili che si sono radunati contro di noi per distruggere noi e il nostro santuario. [59]Infatti è meglio per noi morire in battaglia che vedere la rovina della nostra gente e del santuario. [60]Però quale che sia la volontà del Cielo, così egli faccia».

4 **La battaglia di Emmaus.** - [1]Gorgia prese con sé cinquemila uomini e mille cavalieri scelti. L'armata partì di notte, [2]in modo da piombare addosso all'armata dei Giudei e colpirli all'improvviso. Gli uomini dell'Acra gli facevano da guida. [3]Giuda, appena lo seppe, partì anch'egli con i suoi guerrieri per colpire le forze del re che erano in Emmaus, [4]mentre le schiere erano ancora disperse, lontane dal campo. [5]Gorgia giunse di notte al campo di Giuda, ma non vi trovò nessuno. Perciò si mise a cercarli tra i monti. Diceva, infatti: «Essi fuggono davanti a noi». [6]Giuda, invece, sul far del giorno, apparve nella pianura con tremila uomini, i quali però non avevano né armature né spade, come avrebbero desiderato. [7]Videro che l'accampamento dei gentili era potente e fortificato e che la cavalleria lo circondava all'intorno e tutti erano esperti di guerra. [8]Giuda perciò disse

agli uomini che erano con lui: «Non temete la loro moltitudine e non abbiate paura del loro ardore. [9]Ricordate come i nostri padri furono salvati nel Mar Rosso, quando il faraone li inseguiva con un esercito. [10]Ora innalziamo grida al Cielo, se mai voglia compiacersi di noi, ricordarsi dell'alleanza dei padri e abbattere quest'armata davanti a noi oggi. [11]Allora tutte le genti riconosceranno che vi è chi redime e salva Israele».

[12]Quando gli stranieri alzarono gli occhi e se li videro venire avanti, [13]uscirono dall'accampamento per combattere. Quelli di Giuda, suonate le trombe, [14]si gettarono nella mischia e riuscirono ad abbattere i gentili che fuggirono verso la pianura, [15]mentre quelli che erano rimasti indietro caddero sotto la spada. Li inseguirono fino a Ghezer e fino alle pianure dell'Idumea, di Asdod e di Iamnia; caddero circa tremila uomini.

[16]Giuda pertanto, tornato indietro con l'esercito dal loro inseguimento, [17]disse al popolo: «Mettete da parte la brama del bottino, poiché un'altra battaglia ci sta davanti. [18]Gorgia con l'esercito è sulla montagna vicina a noi. Ora perciò resistete davanti ai nostri nemici e combattete contro di essi; poi raccoglierete il bottino con libertà». [19]Mentre Giuda stava ancora per finire di dire tali cose, ecco che una schiera apparve, sbucando dalla montagna. [20]Videro che i loro erano stati messi in fuga e che il campo era in fiamme. Il fumo che si vedeva rivelava infatti ciò che era accaduto. [21]Vedendo ciò, furono presi da grande paura. Quindi, vedendo pure che l'esercito di Giuda era in pianura, pronto per lo scontro, [22]se ne fuggirono tutti verso la terra dei Filistei. [23]Giuda allora tornò al bottino dell'accampamento e raccolse molto oro e argento, stoffe tinte di porpora violetta e marina e ricchezze in quantità. [24]Andando via, poi, inneggiavano e benedicevano il Cielo, perché è buono ed eterna è la sua misericordia. [25]Fu quello un giorno di liberazione per Israele.

Prima campagna di Lisia. - [26]Quanti degli stranieri si erano salvati, andati da Lisia, gli annunziarono tutto ciò che era successo. [27]Egli allora, udendo ciò, rimase sconvolto e scoraggiato, poiché le cose in Israele non erano andate com'egli desiderava né come il re gli aveva comandato.

---

4. - 2. *Gli uomini dell'Acra*, cioè la guarnigione sira che era in Gerusalemme, vicino al tempio: alcuni di quei soldati s'erano recati a far da guida all'esercito amico.

²⁸Perciò l'anno seguente egli radunò sessantamila uomini scelti e cinquemila cavalieri per mandarli a combattere. ²⁹Vennero nell'Idumea e si accamparono a Bet-Zur. Giuda allora gli mosse contro con diecimila uomini ³⁰e, quando ebbe veduto il loro potente schieramento, pregò dicendo: «Benedetto sei tu, o Salvatore d'Israele, che piegasti l'impeto del gigante per mano del tuo servo Davide e consegnasti l'esercito dei Filistei nelle mani di Gionata, figlio di Saul, e di colui che portava le sue armi. ³¹Allo stesso modo fa' cadere questo esercito nelle mani del tuo popolo Israele; che restino confusi nella loro forza e con la loro cavalleria. ³²Immetti in loro spavento e spezza l'audacia della loro forza, e siano travolti nella loro disfatta. ³³Gettali sotto la spada di coloro che ti amano; ti lodino con inni tutti quelli che conoscono il tuo nome».

³⁴Si scagliarono gli uni contro gli altri e caddero davanti a loro circa cinquemila uomini del campo di Lisia. ³⁵Lisia, vedendo la ritirata della sua armata e l'audacia dimostrata da quelli di Giuda, come cioè erano pronti a vivere o a morire da prodi, fece ritorno ad Antiochia, dove cominciò a reclutare mercenari stranieri più numerosi per portarsi di nuovo in Giudea.

Purificazione e dedicazione del tempio. - ³⁶Intanto Giuda e i suoi fratelli dissero: «Ecco, i nostri nemici sono stati sconfitti. Andiamo perciò a purificare il tempio e a restaurarlo». ³⁷Si riunì, allora, tutto l'esercito e salirono sul monte Sion. ³⁸Videro così il santuario deserto, l'altare profanato, le porte bruciate, le piante cresciute nei cortili come in un bosco o come su una montagna, le celle in rovina. ³⁹Si stracciarono le vesti, fecero un grande lamento, si cosparsero di cenere, ⁴⁰caddero con la faccia a terra e, suonate le trombe per segnale, elevarono grida al cielo.

⁴¹Giuda allora ordinò agli uomini di combattere quelli che erano nell'Acra fino a quando egli non avesse purificato il santuario. ⁴²Scelse pure dei sacerdoti senza macchia, osservanti della legge, ⁴³i quali purificarono il santuario e trasportarono le pietre della contaminazione in un luogo impuro. ⁴⁴Si consultarono poi circa l'altare degli olocausti che era stato profanato: «Che dobbiamo fare?». ⁴⁵Venne loro la felice idea di demolirlo, affinché non fosse per loro causa di disonore, poiché i gentili lo avevano conta-

minato. Demolirono, dunque, l'altare ⁴⁶e ne deposero le pietre sul monte del tempio, in un luogo conveniente, in attesa che venga un profeta e che si pronunzi a loro riguardo.

⁴⁷Poi presero pietre intatte conformi alla legge e costruirono un nuovo altare sul modello del precedente. ⁴⁸Riparano il santuario e l'interno del tempio e consacrarono i cortili. ⁴⁹Fecero fare nuovi arredi sacri e portarono dentro il tempio il candelabro, l'altare dei profumi e la tavola. ⁵⁰Bruciarono incenso sull'altare e accesero le lampade del candelabro, che risplendettero nel tempio. ⁵¹Posero sulla tavola i pani, distesero le cortine e terminarono tutti i lavori che avevano intrapreso.

⁵²Il giorno 25 del nono mese, cioè il mese di Casleu dell'anno 148, si levarono di buon mattino ⁵³e offrirono un sacrificio, in conformità alla legge, sul nuovo altare degli olocausti che avevano costruito. ⁵⁴Esattamente nel tempo e nel giorno in cui i gentili lo avevano profanato, esso fu inaugurato con inni e a suon di cetre, di arpe e di cembali. ⁵⁵Tutto il popolo cadde con la faccia a terra, adorando e benedicendo il Cielo che li aveva condotti al successo. ⁵⁶Celebrarono la dedicazione dell'altare per otto giorni, offrirono sacrifici con allegrezza e offrirono pure un sacrificio di ringraziamento e di lode. ⁵⁷Ornarono la facciata del tempio con corone d'oro e scudi, inaugurarono le porte e le celle e vi rimisero i battenti. ⁵⁸Vi fu una stragrande allegrezza in mezzo al popolo e così fu cancellato l'obbrobrio dei gentili.

⁵⁹Poi Giuda, i suoi fratelli e tutta l'assemblea d'Israele, stabilirono che i giorni della dedicazione dell'altare si celebrassero a loro tempo, ogni anno, per otto giorni, a partire dal 25 del mese di Casleu, con allegrezza e gioia. ⁶⁰In quello stesso tempo costruirono pure, tutto intorno al monte Sion, alte mura e torri robuste per impedire che i gentili venissero a calpestarlo, come avevano fatto in precedenza. ⁶¹Giuda vi stabilì un presidio per difenderlo e poi fortificò anche Bet-Zur, affinché il popolo avesse una difesa contro l'Idumea.

---

⁵⁶· *Dedicazione*: la celebrazione di questa festa è anche ricordata nel vangelo (Gv 10,22). Presso gli Ebrei tale festa è ancora oggi celebrata sotto l'originario nome di Ḥanukkah. Con questa festa termina la prima fase dell'insurrezione maccabaica.

5 Spedizione contro gli Edomiti e gli Ammoniti.

- ¹Quando i gentili all'intorno udirono che l'altare era stato ricostruito e il tempio rinnovato come prima, ne restarono fortemente irritati. ²Decisero perciò di sterminare quelli della stirpe di Giacobbe che si trovavano in mezzo a loro e cominciarono così a uccidere e a far strage tra il popolo.

³Allora Giuda iniziò a combattere contro i figli di Esaù nell'Idumea e nella regione di Acrabattene, perché essi tenevano gli Israeliti in stato d'assedio. Inflisse loro una grave sconfitta, li umiliò e prese le loro spoglie. ⁴Poi si ricordò della malizia dei figli di Bean, i quali erano per il popolo un laccio e un inciampo, perché tendevano ad esso insidie sulle vie. ⁵Li costrinse a rifugiarsi nelle torri, li assediò e li votò allo sterminio, appiccando il fuoco alle torri con tutti quelli che vi erano dentro. ⁶Passò poi ai figli di Ammon, dove trovò un forte esercito e un popolo numeroso, il cui capo era Timoteo. ⁷Fece contro di loro numerose battaglie, li mise in rotta davanti a sé e riuscì a batterli. ⁸Infine, impadronitosi di Iazer e delle sue dipendenze, fece ritorno in Giudea.

Preparativi per altre spedizioni. - ⁹Anche i gentili del Gàlaad si erano coalizzati contro gli Israeliti che erano entro i loro confini per sterminarli. Questi, allora, rifugiatisi nella fortezza di Dàtema, ¹⁰mandarono lettere a Giuda e ai fratelli, nelle quali si diceva: «I gentili attorno a noi si sono coalizzati contro di noi per sterminarci ¹¹e si apprestano a venire ad occupare la fortezza, nella quale ci siamo rifugiati. Timoteo è a capo del loro esercito. ¹²Ora vieni a liberarci dalle loro mani. Molti di noi, infatti, sono caduti ¹³e tutti i nostri fratelli che erano nella regione di Tobia sono stati messi a morte, mentre le loro donne, i loro figli e i loro averi se li sono portati via. Sono periti là circa un migliaio di uomini». ¹⁴Si stavano ancora leggendo queste lettere, quand'ecco altri messaggeri giunsero dalla Galilea, le vesti stracciate, annunziando le medesime cose ¹⁵e riferendo come contro di essi si erano coalizzati quelli di Tolemaide, di Tiro e di Sidone e «tutta la Galilea degli stranieri per sterminarci».

¹⁶Quando Giuda e il popolo ebbero udito questi discorsi, si radunò una grande assemblea per decidere cosa dovessero fare per i loro fratelli che erano nella tribolazione, combattuti dai gentili. ¹⁷Disse Giuda a Simone, suo fratello: «Scegliti degli uomini e va' a liberare i tuoi fratelli che sono in Galilea, mentre io e Gionata, mio fratello, andremo nel Gàlaad». ¹⁸Lasciò Giuseppe, figlio di Zaccaria, e Azaria, capo del popolo, con il resto dell'esercito a guardia della Giudea, ¹⁹e diede loro quest'ordine: «Presiedete a questo popolo e non attaccate guerra contro i gentili fino al nostro ritorno». ²⁰A Simone poi furono assegnati tremila uomini per andare in Galilea, a Giuda ottomila per il Gàlaad.

Spedizione di Simone in Galilea. - ²¹Simone partì per la Galilea e ingaggiò molte battaglie contro i gentili. Mise in rotta i gentili davanti a sé ²²e li inseguì fino alle porte di Tolemaide. Dei gentili caddero circa tremila uomini e Simone prese le loro spoglie. ²³Raccolti poi gl'Israeliti della Galilea e dell'Arbatta, con le mogli, i figli e quanto avevano, li condusse in Giudea con grande allegrezza.

Spedizione di Giuda nel Gàlaad. - ²⁴Frattanto Giuda il Maccabeo e Gionata, suo fratello, passarono il Giordano e camminarono per tre giorni nel deserto, ²⁵finché s'imbatterono nei Nabatei, i quali li accolsero pacificamente e riferirono loro tutte le cose che erano accadute ai loro fratelli nel Gàlaad: ²⁶«Molti di essi si trovano rinchiusi a Bozra, Bozor, Àlema, Casfo, Maked e Karnàin, tutte città fortificate e grandi. ²⁷Anche nelle altre città del Gàlaad sono rinchiusi. Si è fissato per domani di attaccare le fortezze, di conquistarle e di sterminare in un solo giorno tutti quelli che vi si trovano».

²⁸Allora Giuda col suo esercito cambiò subito cammino per il deserto alla volta di Bozra e, occupata la città, ne uccise tutti i maschi a fil di spada, prese tutte le loro spoglie e la incendiò. ²⁹Di notte ripartì di lì e si portarono fin nei pressi della fortezza. ³⁰Come si fece giorno, alzarono gli occhi ed ecco una folla innumerevole, che rizzava scale e macchine per espugnare la fortezza e già combatteva contro quelli che vi erano. ³¹Giuda allora, vedendo che la battaglia era cominciata, mentre le grida della città salivano fino al cielo tra un fragore di trombe e un clamore assordante, ³²disse agli uomini del suo esercito: «Combattete oggi per i vo-

stri fratelli!». [33]Li lanciò in tre schiere alle loro spalle suonando le trombe e alzando grida d'invocazione. [34]Le truppe di Timoteo, accortesi che c'era il Maccabeo, fuggirono davanti a lui; egli inflisse loro una grande sconfitta: in quel giorno caddero di loro circa ottomila uomini. [35]Egli allora piegò su Àlema, l'attaccò e la conquistò; uccise tutti i suoi maschi, prese le sue spoglie e la incendiò. [36]Poi, partito di lì, conquistò Casfo, Maked e Bozor e tutte le altre città del Gàlaad.

[37]Dopo questi fatti, Timoteo radunò un altro esercito e venne ad accamparsi di fronte a Rafon, al di là del torrente. [38]Giuda allora mandò a esplorare l'accampamento e gli riferirono: «Presso di lui stanno radunati tutti i gentili che ci circondano e l'esercito è molto grande. [39]Hanno assoldato degli Arabi come ausiliari e stanno accampati al di là del torrente, pronti ad attaccare battaglia con te». Giuda mosse loro contro; [40]ma Timoteo disse ai generali del suo esercito, mentre Giuda e il suo esercito si avvicinavano al torrente: «Se passa verso di noi per primo, non possiamo resistergli, perché sicuramente ci vincerà; [41]se invece ha paura e si accampa al di là del fiume, passeremo noi da lui e lo vinceremo».

[42]Giuda, come si fu avvicinato al torrente d'acqua, pose degli scribi del popolo lungo il torrente e diede loro quest'ordine: «Non permettete che nessuno si fermi, ma tutti vadano in battaglia». [43]Poi passò egli stesso, per primo, verso i nemici e tutto il popolo dietro di lui. Restarono battuti tutti i gentili davanti a loro, abbandonarono le armi e si rifugiarono nel tempio di Karnàin. [44]Allora essi occuparono la città, incendiando il tempio con tutti quelli che vi erano dentro e così Karnàin fu espugnata e non poterono più resistere davanti a Giuda.

[45]Giuda radunò tutti gl'Israeliti che erano nel Gàlaad, dal più piccolo al più grande, le loro donne, i loro figli e il loro bagaglio, una folla stragrande, movendo alla volta della terra di Giuda. [46]Giunsero a Efron, grande città ben fortificata, che era sulla strada e da cui non si poteva piegare né a destra né a sinistra, ma bisognava attraversarla. [47]Quelli della città però chiusero loro il passaggio e con pietre barricarono le porte. [48]Giuda mandò a dir loro in termini pacifici: «Attraverseremo la tua terra per tornare alla nostra terra. Nessuno vi farà del male. Vogliamo soltanto passare a piedi». Ma quelli non vollero aprirgli. [49]Giuda perciò ordinò di proclamare nel campo che ciascuno si fermasse nel luogo dove si trovava. [50]Gli uomini della truppa presero posizione e combatterono contro la città per tutto quel giorno e tutta la notte; la città cadde nelle sue mani. [51]Ne passò a fil di spada tutti i maschi, la distrusse fino alle fondamenta, prese le sue spoglie e attraversò la città, passando sui cadaveri.

[52]Poi attraversarono il Giordano verso la grande pianura, di fronte a Beisan. [53]Giuda andava raccogliendo i ritardatari e confortando il popolo lungo tutta la via, finché giunsero nella terra di Giuda. [54]Salirono al monte Sion con allegrezza e gioia e offrirono olocausti, poiché nessuno di loro era caduto ed erano ritornati in pace.

Temerità di Giuseppe e Azaria. - [55]Nei giorni in cui Giuda e Gionata erano nella terra di Gàlaad e Simone, suo fratello, in Galilea, davanti a Tolemaide, [56]Giuseppe, figlio di Zaccaria, e Azaria, capi dell'esercito, avendo avuto notizia delle gesta di valore e della guerra che quelli avevano compiuto, [57]dissero: «Facciamoci anche noi un nome e andiamo a combattere contro i gentili che sono intorno a noi». [58]Diedero, dunque, ordini agli uomini dell'esercito che era con loro e marciarono su Iamnia. [59]Gorgia con i suoi uomini uscì dalla città contro di loro per combattere, [60]e Giuseppe e Azaria furono sconfitti, inseguiti fino ai monti della Giudea e in quel giorno caddero, del popolo d'Israele, circa duemila uomini. [61]Fu una grande sconfitta per il popolo, perché non avevano ascoltato Giuda e i suoi fratelli, credendo di far prodezze. [62]Costoro non erano della stirpe di quegli uomini per le cui mani si doveva compiere la salvezza d'Israele.

Altre imprese di Giuda in Idumea e in Filistea. - [63]Il nobile Giuda e i suoi fratelli crebbero in grande onore davanti a tutto Israele e davanti a tutte le genti che udirono il loro nome, [64]sicché si radunavano intorno a loro per congratularsi.

[65]Giuda poi uscì con i suoi fratelli per combattere contro i figli di Esaù nella terra del mezzogiorno. Colpì Ebron e le sue dipendenze, espugnò le sue fortezze e incen-

diò le sue torri all'intorno. [66]Partito di lì per recarsi nella terra dei Filistei, attraversò Maresa. [67]In quel giorno però caddero in battaglia alcuni sacerdoti che volevano compiere imprese, portandosi sconsideratamente al combattimento. [68]Giuda si diresse verso Asdod, terra dei Filistei: abbatté i loro altari, gettò al fuoco le statue degli dèi, prese le spoglie delle città e ritornò nella terra di Giuda.

6 Fine di Antioco Epifane. - [1]Il re Antioco, mentre percorreva le regioni settentrionali, sentì dire che in Persia vi era Elimaide, città famosa per ricchezza, argento e oro, [2]e che il suo tempio era molto ricco e che vi si trovavano drappi d'oro, corazze e armi, lasciatevi da Alessandro, figlio di Filippo, il re macedone che per primo regnò sui Greci. [3]Vi andò, allora, e cercò di occupare la città e di depredarla; ma non vi riuscì perché gli abitanti della città, conosciuto il suo disegno, [4]insorsero contro di lui a mano armata ed egli fuggì, allontanandosi di lì con grande dispiacere per far ritorno in Babilonia.

[5]Mentre era ancora in Persia, giunse poi un tale, il quale gli annunciò che le truppe partite per la terra di Giuda erano state travolte. [6]Lisia, in particolare, partito con un forte esercito, vi era stato respinto dagli Israeliti, i quali si erano rinforzati con le armi, i mezzi di guerra e le numerose spoglie tolte alle truppe sopraffatte. [7]Essi, inoltre, avevano abbattuto l'abominazione che egli aveva eretto sull'altare in Gerusalemme e avevano cinto d'alte mura, come per l'innanzi, il santuario e Bet-Zur, che era una sua città.

[8]All'udire queste notizie, il re restò spaventato e fortemente agitato; si gettò sul letto e cadde ammalato, per il dispiacere che non si era realizzato ciò che egli desiderava. [9]Rimase così per molti giorni, mentre una profonda tristezza si rinnovava continuamente in lui. Pensò che stava per morire. [10]Perciò chiamò tutti i suoi amici e disse loro: «Il sonno s'è ritirato dai miei occhi e il mio cuore è abbattuto per l'inquietudine. [11]Mi sono detto: A quale afflizione sono giunto e in quale grande tempesta mi dibatto! Ero, infatti, felice e amato nella mia potenza. [12]Ora, invece, mi assale il ricordo dei mali che ho fatto a Gerusalemme, quando presi tutti i suoi oggetti d'argento e d'oro e quando inviai a sterminare gli abitanti di Giuda senza motivo. [13]Riconosco che è a causa di tali cose che questi mali mi hanno raggiunto; ed ecco con profonda tristezza perisco in terra straniera!».

[14]Chiamò Filippo, uno dei suoi amici, e lo costituì capo di tutto il suo regno. [15]Gli consegnò il diadema, il suo manto e l'anello, l'incarico di dirigere suo figlio Antioco e di prepararlo al trono. [16]Poi morì lì, il re Antioco, l'anno 149. [17]Ma Lisia, appena seppe che il re era morto, proclamò re suo figlio Antioco, ch'egli aveva educato da piccolo, e gli impose il nome di Eupatore.

Assedio dell'Acra. - [18]Ora quelli dell'Acra bloccavano Israele intorno al santuario, cercando sempre di fargli del male e di sostenere invece i gentili. [19]Giuda perciò, avendo deciso di sterminarli, fece convocare tutto il popolo per assediarli. [20]Si radunarono, infatti, e l'anno 150 posero l'assedio all'Acra, costruendo piattaforme e macchine. [21]Alcuni degli assediati, tuttavia, riuscirono a rompere l'accerchiamento e, unitisi a loro alcuni Israeliti rinnegati, [22]andarono dal re e gli dissero: «Fino a quando tarderai a far giustizia e a vendicare i nostri fratelli? [23]Noi accettammo volentieri di servire a tuo padre, di seguire le sue parole e di osservare i suoi decreti. [24]Per questa ragione i figli del nostro popolo si sono alienati da noi. Anzi, quanti di noi vengono scovati sono messi a morte e i nostri campi sono devastati. [25]E non è contro di noi soltanto che hanno steso la mano, ma anche contro i loro confinanti. [26]Ecco, ora stanno accampati intorno all'Acra, in Gerusalemme, per espugnarla, e hanno fortificato il santuario e Bet-Zur. [27]Se non ti affretti a prevenirli, faranno cose più gravi di queste e tu non potrai più arrestarli».

Campagna di Antioco V e di Lisia in Palestina. - [28]All'udire ciò, il re si adirò e fece radunare tutti i suoi amici, comandanti dell'esercito e preposti alla cavalleria. [29]Accorsero da lui truppe mercenarie anche da altri regni e dalle isole del mare. [30]Il numero delle sue truppe era di centomila fanti, ventimila cavalieri e trentadue elefanti addestrati alla guerra. [31]Passarono per l'Idumea e posero l'accampamento contro Bet-Zur. Combatterono per molti giorni e si fecero delle macchine. Gli assediati, però, fecero una sortita e le incendiarono, combattendo valorosamente.

La battaglia di Bet-Zaccaria.

- [32]Giuda, allora, partì anch'egli dall'Acra e si accampò presso Bet-Zaccaria, di fronte al campo del re. [33]Il re, però, si levò di buon mattino e trasferì l'armata, piena d'ardore, sulla strada di Bet-Zaccaria, dove le truppe si disposero al combattimento e suonarono le trombe. [34]Per aizzarli al combattimento, misero davanti agli elefanti succo di uva e di more. [35]Ripartirono poi queste bestie tra le varie falangi e intorno a ciascun elefante disposero mille uomini con corazze a maglia e, sulla testa, elmi di bronzo, mentre cinquecento cavalieri scelti erano disposti intorno a ciascuna bestia. [36]Costoro in ogni caso stavano là, ovunque era la bestia; l'accompagnavano ovunque andava e mai si allontanavano da essa. [37]Delle torri di legno, fortemente protette, erano assicurate su ciascuna bestia mediante congegni e in ciascuna torre vi erano quattro uomini armati che combattevano da sopra ad essa, e in più l'indiano. [38]Quanto al resto della cavalleria, il re la ripartì di qua e di là, ai due lati dell'armata per sconvolgere il nemico e per proteggere le falangi. [39]Quando poi il sole rifulse sugli scudi d'oro e di bronzo, le montagne ne furono illuminate e brillarono come lampade di fuoco. [40]Una parte dell'armata del re si schierò sulle alture della montagna, gli altri invece nella pianura e incominciarono ad avanzare cautamente e ordinatamente. [41]Restavano tutti scossi quelli che udivano il clamore della loro moltitudine, il calpestio di tanta gente e l'urto delle armi. Era, infatti, un esercito straordinariamente grande e potente.

[42]Giuda avanzò col suo esercito all'attacco e nell'esercito del re caddero seicento uomini. [43]Eleàzaro, detto Auaran, vedendo uno degli elefanti bardato con armature regali, e più alto di tutti gli altri, credendo che sopra di esso vi fosse il re, [44]diede se stesso per salvare il suo popolo e per acquistarsi un nome eterno. [45]Corse arditamente verso di esso in mezzo alla falange, uccidendo a destra e a sinistra, sicché i nemici si scindevano davanti a lui da una parte e dall'altra. [46]Cacciatosi sotto l'elefante, lo colpì di sotto e l'uccise. La bestia però cadde a terra sopra di lui e ivi egli morì. [47]I

Giudei tuttavia, vedendo la forza del re e lo slancio delle sue truppe, ripiegarono davanti ad esse.

Assedio del monte Sion.

- [48]Gli uomini dell'armata del re, allora, salirono contro di essi alla volta di Gerusalemme e il re fece porre il campo contro la Giudea e contro il monte Sion, [49]mentre egli trattò la pace con quelli che erano a Bet-Zur, i quali uscirono dalla città perché non avevano più viveri per sostenervi un assedio, essendo la terra in riposo. [50]Così il re, presa Bet-Zur e postovi un presidio per custodirla, [51]tenne assediato per molti giorni il santuario, erigendovi piattaforme, macchine, lanciafiamme, baliste e scorpioni per scagliare frecce e proiettili. [52]Anche i Giudei però costruirono macchine contro le loro macchine e combatterono per molti giorni. [53]Non essendovi, tuttavia, più viveri nei depositi, perché quello era l'anno sabbatico e perché coloro che da mezzo ai gentili avevano trovato scampo in Giudea avevano consumato il resto delle provviste, [54]furono lasciati nel santuario soltanto pochi uomini, e gli altri, presi dalla fame, si dispersero ciascuno al suo paese.

Trattative di pace e fine della campagna di Lisia.

- [55]Frattanto Lisia venne a sapere che Filippo, incaricato dal re Antioco, ancora vivente, di educare suo figlio Antioco per prepararlo al trono, [56]era ritornato dalla Persia e dalla Media con le truppe che avevano accompagnato il re e cercava di impadronirsi del potere. [57]Allora si affrettò a far cenno di voler partire, dicendo al re, ai comandanti dell'esercito e agli uomini: «Noi diminuiamo di giorno in giorno, il cibo è poco e il luogo che teniamo assediato è fortificato, mentre le cure del regno incombono sopra di noi. [58]Ora, perciò, offriamo la destra a questi uomini e facciamo la pace con loro e con tutta la loro gente. [59]Concediamo loro di poter vivere secondo

---

6. - [49]. *La terra in riposo*: cioè era l'anno sabbatico (ricorreva ogni sette anni). In esso era proibito coltivare la terra e i frutti prodotti spontaneamente erano di tutti (Es 23,11; Lv 25,2-7).

[59]. *Come per l'innanzi*, cioè con il diritto di vivere secondo le proprie leggi, pur riconoscendo la sovranità seleucida sulla Palestina. Lisia capì che la politica di violenza adottata contro Israele non conduceva a nulla di buono.

le loro leggi come per l'innanzi, perché è a causa delle loro leggi che noi abbiamo abolito che essi si sono irritati e hanno fatto tutte queste cose». ⁶⁰Il suo discorso piacque al re e ai prìncipi. Si mandò perciò a trattare la pace con i Giudei e questi accettarono. ⁶¹Il re e i prìncipi giurarono davanti a loro ed essi, a tali patti, uscirono dalla fortezza. ⁶²Però il re, entrato nel monte Sion e visto il luogo fortificato, ruppe il giuramento che aveva fatto e comandò di abbattere il muro all'intorno. ⁶³Quindi partì in fretta e fece ritorno ad Antiochia, dove trovò Filippo che si era impadronito della città. Combatté contro di lui e con la forza occupò la città.

7 Demetrio I nuovo re in Siria.
¹L'anno 151 Demetrio, figlio di Seleuco, scappò da Roma, s'imbarcò con pochi uomini verso una città costiera e incominciò a regnare. ²Quando Antioco raggiunse il palazzo reale dei suoi padri, le truppe catturarono lui e Lisia per condurglieli. ³Ma egli, conosciuto il fatto, disse: «Non fatemi vedere la loro faccia». ⁴Le truppe perciò li uccisero e così Demetrio si assise sul trono del suo regno.

Missione di Bàcchide e di Alcimo in Giudea.
⁵Allora vennero da lui tutti gli uomini iniqui ed empi d'Israele, con a capo Alcimo che voleva diventare sommo sacerdote, ⁶e cominciarono ad accusare il popolo presso il re dicendo: «Giuda con i suoi fratelli ha fatto perire tutti i tuoi amici e ha cacciato noi dalla nostra terra. ⁷Ora manda un uomo fidato perché vada a vedere quanto danno egli ha fatto a noi e alla regione del re e a punire quella gente con tutti quelli che li aiutano». ⁸Il re scelse Bàcchide, uno degli amici del re, governatore della regione al di là del fiume, grande del regno e fedele al re. ⁹Lo inviò insieme all'empio Alcimo, a cui conferì il sommo sacerdozio e gli comandò di far vendetta contro i figli d'Israele. ¹⁰Costoro partirono con un grande esercito e vennero nella terra di Giuda. Inviarono messaggeri a Giuda e ai suoi fratelli con false parole di pace. ¹¹Ma questi non si fidarono dei loro discorsi. Vedevano, infatti, che erano venuti con un grosso esercito. ¹²Un gruppo di scribi, tuttavia, si radunò presso Alcimo e Bàcchide per chiedere dei patti giusti. ¹³Gli Asidei furono i primi tra i figli d'Israele a chiedere loro la pace. ¹⁴Dicevano, infatti: «È un sacerdote della stirpe di Aronne colui è venuto con le truppe. Egli non ci farà cose ingiuste». ¹⁵Egli fece con loro discorsi pacifici e giurò pure dicendo: «Non cercheremo di farvi del male, né a voi né ai vostri amici». ¹⁶Gli credettero: ma egli fece arrestare tra loro sessanta uomini e li uccise in un sol giorno, conformemente alla parola che è scritta:

¹⁷ «Le carni dei tuoi santi e il loro sangue sparsero intorno a Gerusalemme e non vi era chi li seppellisse».

¹⁸Allora il timore di loro e il terrore si impadronì di tutto il popolo. Si diceva: «Non vi è tra costoro né verità né giustizia. Infatti hanno violato il patto e il giuramento prestato».

¹⁹Bàcchide poi partì da Gerusalemme e venne ad accamparsi a Bet-Zait. Mandò ad arrestare molti degli uomini che erano passati dalla sua stessa parte, nonché alcuni del popolo e li fece sparire in un grande pozzo. ²⁰Affidò la regione ad Alcimo e lasciò con lui un esercito per sostenerlo. Quindi Bàcchide se ne tornò dal re, ²¹mentre Alcimo rimase a lottare per il sommo sacerdozio. ²²Tutti i perturbatori del popolo si unirono a lui, si impadronirono della terra di Giuda e produssero una grande calamità in Israele. ²³Giuda vide tutto il male che faceva Alcimo con i suoi ai figli d'Israele, superiore a quello dei gentili, ²⁴percorse tutto il territorio della Giudea per far vendetta sui disertori, impedendo loro di far scorrere nella regione. ²⁵Quando Alcimo vide che Giuda con i suoi aveva il sopravvento ed egli non poteva resistergli, tornò anch'egli dal re e li accusò di cose malvagie.

Missione di Nicànore.
²⁶Allora il re inviò Nicànore, uno dei suoi più illustri ge-

7. - 1. *Demetrio* era figlio di Seleuco IV Filopatore, fratello di Antioco IV, il quale usurpò il trono mentre il giovanetto era ostaggio a Roma. Alla morte di Antioco IV, Demetrio reclamò il suo diritto, ma Roma, che preferiva come re in Asia un ragazzo, favorì Antioco V. Demetrio, riuscito a fuggire su una nave cartaginese, andò a conquistare il regno di suo padre. *Una città costiera*: è Tripoli di Siria (2Mac 14,1). Da Tripoli andò ad Antiochia.

nerali, che odiava e detestava Israele, ordinandogli di sterminare il popolo. ²⁷Nicànore venne a Gerusalemme con un grosso esercito e mandò alcuni da Giuda e dai suoi fratelli, con false parole di pace, per fargli dire: ²⁸«Non vi sia guerra tra me e voi. Verrò con pochi uomini per incontrarvi in modo pacifico». ²⁹Venne, infatti, da Giuda e si salutarono scambievolmente in modo amichevole, mentre i nemici stavano preparati per rapire Giuda. ³⁰Giuda però si accorse del fatto che quello era venuto da lui con inganno, ne rimase spaventato e non volle più vedere la sua faccia. ³¹Nicànore, allora, come vide che il suo disegno era stato scoperto, uscì per combattere contro Giuda a Cafarsalama, ³²dove dalla parte di Nicànore caddero cinquecento uomini e gli altri si rifugiarono nella Città di Davide.

Minacce contro il tempio. - ³³Dopo questi fatti Nicànore salì al monte Sion e alcuni sacerdoti e anziani del popolo uscirono dal santuario per salutarlo amichevolmente e per mostrargli il sacrificio che veniva offerto per il re. ³⁴Ma egli li schernì, ridendo di loro, oltraggiandoli e pronunziando parole insolenti. ³⁵Adirato, fece pure questo giuramento: «Se Giuda non viene consegnato subito nelle mie mani insieme al suo esercito, quando ritornerò vittorioso brucerò questo tempio». E se ne uscì con grande furore. ³⁶I sacerdoti, allora, rientrarono e andarono a porsi davanti all'altare e al tempio piangendo e dicendo: ³⁷«Tu hai scelto questa casa perché sopra di essa fosse invocato il tuo nome, affinché fosse casa di preghiera e di implorazione per il tuo popolo. ³⁸Fa', dunque, vendetta su quest'uomo e sul suo esercito e periscano di spada! Ricordati delle loro bestemmie e non concedere loro riposo!».

Sconfitta e morte di Nicànore. - ³⁹Nicànore uscì da Gerusalemme e andò ad accamparsi a Bet-Oron, dove gli andò incontro un esercito di Siria. ⁴⁰Giuda si accampò ad Adasa con tremila uomini e pregò: ⁴¹«Quando i messi del re assiro bestemmiarono, uscì il tuo angelo e ne abbatté centottantacinquemila. ⁴²Allo stesso modo abbatti questo esercito che ci sta davanti, affinché gli altri sappiano che egli ha parlato empiamente contro il tuo santuario e giudicalo secondo la sua malvagità!».

⁴³Gli eserciti attaccarono battaglia il 13 del mese di Adar. L'esercito di Nicànore però fu sconfitto ed egli stesso cadde per primo nel combattimento. ⁴⁴Quando il suo esercito vide che Nicànore era caduto, gettarono le armi e fuggirono. ⁴⁵I Giudei da Adasa li inseguirono fino a Ghezer, suonando dietro loro le trombe d'allarme. ⁴⁶Uscirono, allora, uomini da tutti i villaggi che si trovavano all'intorno, li accerchiarono e li fecero rivoltare gli uni contro gli altri. Così caddero tutti a fil di spada e non ne rimase neppure uno. ⁴⁷Presero le loro spoglie e il bottino, mozzarono la testa di Nicànore e la sua destra, che egli aveva stesa arrogantemente, e le portarono e sospesero presso Gerusalemme. ⁴⁸Il popolo se ne rallegrò grandemente e fecero di quel giorno un grande giorno di allegrezza. ⁴⁹Poi stabilirono di celebrare ogni anno quel giorno il 13 di Adar. ⁵⁰Così la terra di Giuda per un po' di tempo rimase tranquilla.

8 **La potenza dei Romani.** - ¹Frattanto Giuda venne a conoscere il nome dei Romani. Come essi, cioè, sono potenti in guerra e sono benevoli verso tutti quelli che si uniscono a loro, stringono amicizia con quanti ricorrono a loro e sono potenti in guerra. ²Gli parlarono pure delle guerre e degli atti di valore da essi compiuti tra i Galati e come li avevano sottomessi e resi tributari. ³Quanto avevano fatto nella regione della Spagna per impadronirsi delle miniere di argento e di oro che vi si trovano ⁴e come si erano impadroniti di tutta quella regione con la loro prudenza e perseveranza, sebbene il luogo fosse molto distante da loro. Avevano sconfitto e inflitto gravi colpi ai re che erano andati contro di essi fin dall'estremità della terra e avevano costretto gli altri a pagare loro un tributo annuale. ⁵Sconfissero pure in guerra Filippo e Perseo, re dei Chittim, e quanti si erano ribellati, assoggettandoli a sé. ⁶Anche Antioco il Grande, re dell'Asia, che mosse contro di loro in guerra con centoventi elefanti, cavalleria, carri e un esercito molto grande, fu da essi sconfitto; ⁷lo catturarono vivo e gli imposero di pagare, lui e i suoi successori, un grande tributo e di consegnare ostaggi, nonché di cedere ⁸le regioni dell'India, la Media e la Lidia, con alcune delle sue migliori province, che essi tolsero a lui per darle al re Eumene. ⁹Quelli della Grecia, infine, avevano deciso di andare a sterminarli, ¹⁰ma quando essi seppero la cosa, inviarono contro di loro un solo generale, combatterono contro di loro, ne fecero cadere molti trafitti, condussero in schiavitù le loro donne e i loro figli, li saccheggiarono, si impadronirono della loro terra, abbatterono le loro fortezze e se li resero soggetti fino a questo giorno. ¹¹Quanto agli altri regni e alle isole che si erano loro opposti, li distrussero e li sottomisero. Con i loro amici, invece, e con quelli che si fidavano di loro, essi mantennero amicizia. ¹²Stesero il loro potere su re vicini e lontani, e quanti udivano il loro nome ne avevano timore. ¹³Quelli che essi vogliono aiutare e far regnare, regnano; quelli che essi, invece, non vogliono, li depongono; e così si sono levati molto in alto.

¹⁴Con tutto ciò, neppure uno di essi ha cinto il diadema, né si è rivestito di porpora per grandeggiare. ¹⁵Si sono dati invece un consiglio e ogni giorno trecentoventi uomini si consultano continuamente intorno al popolo per il suo buon andamento. ¹⁶Ogni anno affidano il potere su di sé e il dominio su tutta la loro terra a un solo uomo. Tutti ubbidiscono a questo solo e non vi è tra loro né invidia né gelosia.

Alleanza di Giuda con i Romani. - ¹⁷Giuda, pertanto, scelse Eupòlemo, figlio di Giovanni, figlio di Accos, e Giasone, figlio di Eleàzaro, e li inviò a Roma per stringere con essi amicizia e alleanza, ¹⁸affinché li liberassero dal giogo dei Greci, vedendo come il loro regno era deciso a ridurre Israele in schiavitù. ¹⁹Giunsero a Roma dopo un viaggio molto lungo; entrarono nel Senato e, presa la parola, dissero: ²⁰«Giuda, detto Maccabeo, i suoi fratelli e il popolo dei Giudei ci hanno inviato a voi per stabilire con voi alleanza e pace e per essere noi iscritti come vostri alleati e amici». ²¹Il discorso piacque ai presenti. ²²Ecco la copia della lettera che essi fecero incidere su tavole di bronzo e che inviarono a Gerusalemme perché vi rimanese come documento di pace e di alleanza: ²³«Sia bene ai Romani e alla nazione dei Giudei, in mare e sulla terra, per sempre! La spada e l'inimicizia siano lontane da essi! ²⁴Se sarà mossa guerra per prima ai Romani o a qualunque dei loro alleati in tutto

il loro dominio, ²⁵la nazione dei Giudei combatterà al loro fianco, come le circostanze permetteranno, con cuore sincero. ²⁶Non doneranno ai nemici né forniranno loro grano, armi, danaro o navi, secondo la decisione di Roma, ma osserveranno i loro impegni senza pretendere nulla. ²⁷Allo stesso modo se alla nazione dei Giudei per prima sopravverrà una guerra, i Romani di cuore combatteranno al suo fianco come le circostanze permetteranno loro. ²⁸Ai nemici non sarà dato né grano né armi né danaro né navi, secondo la decisione di Roma, ma osserveranno questi impegni senza inganno. ²⁹È in questi termini che i Romani hanno stretto alleanza con il popolo dei Giudei. ³⁰Se dopo di ciò gli uni o gli altri vorranno aggiungere o togliere qualche cosa, lo faranno a loro piacimento e ciò che avranno aggiunto o tolto sarà obbligatorio. ³¹Riguardo ai mali che il re Demetrio ha loro causato, abbiamo scritto a lui dicendogli: "Perché fai pesare il tuo giogo sui nostri amici e alleati Giudei? ³²Se, dunque, essi interverranno ancora contro di te, renderemo loro giustizia e ti faremo guerra per mare e per terra"».

9 **Seconda spedizione di Bàcchide e morte di Giuda.** - ¹Demetrio, avendo appreso che Nicànore era caduto in battaglia e il suo esercito distrutto, decise d'inviare di nuovo Bàcchide e Alcimo nella terra di Giuda alla testa dell'ala destra dell'esercito. ²Questi presero la strada di Gàlgala e vennero ad accamparsi a Mesalot nell'Arbela, la occuparono e fecero perire molte persone.

³Nel primo mese dell'anno 152 posero il campo a Gerusalemme; ⁴poi partirono e andarono a Berea con ventimila uomini e duemila cavalieri. ⁵Giuda intanto si era accampato ad Elasa con tremila uomini scelti. ⁶Come videro quella grande moltitudine di forze, ne ebbero grande paura e molti fuggirono dal campo, non rimanendo che ottocento uomini. ⁷Giuda, allora, come vide che il suo esercito si era disciolto mentre la battaglia incalzava, ebbe una stretta al cuore, perché non aveva più tempo di radunarli. ⁸Avvilito, disse a quelli che erano rimasti: «Leviamoci e marciamo contro i nostri avversari, se mai possiamo combattere contro di essi». ⁹Quelli però lo dissuadevano dicendo: «Non possiamo; ma ora salviamo

piuttosto le nostre vite e poi ritorneremo con i nostri fratelli e combatteremo contro di loro. Siamo così pochi!». [10]Giuda replicò: «Non sia mai che io faccia una tal cosa, fuggendo davanti a costoro! Se la nostra ora è arrivata, moriamo con coraggio per i nostri fratelli e non lasciamo un motivo d'accusa per la nostra gloria».

[11]L'esercito nemico uscì dal campo e i Giudei si disposero per affrontarlo. La cavalleria era divisa in due parti; i frombolieri e gli arcieri procedevano davanti all'esercito e in prima fila stavano tutti i più forti, mentre Bàcchide era all'ala destra. [12]La falange si avvicinò dalle due parti suonando le trombe. Quelli di Giuda fecero risuonare anch'essi le trombe. [13]La terra tremò per il fragore degli eserciti e la battaglia durò dal mattino fino alla sera. [14]Giuda vide allora che Bàcchide e il forte dell'esercito erano dalla parte destra: si radunarono, perciò, attorno a lui tutti i più coraggiosi e [15]l'ala destra per loro mezzo fu battuta e li inseguirono fino al monte di Asdòd. [16]Quelli dell'ala sinistra, però, come videro che l'ala destra era stata battuta, si voltarono sui passi di Giuda e dei suoi, stringendoli alle spalle. [17]La battaglia si fece aspra da una parte e dall'altra e molti caddero trafitti. [18]Giuda cadde e gli altri fuggirono. [19]Gionata e Simone, allora, raccolsero Giuda, loro fratello, e lo seppellirono nel sepolcro dei suoi padri in Modìn. [20]Tutto Israele lo pianse e fece un grande lutto su di lui, ripetendo per più giorni questo lamento: [21]«Come è caduto il forte, lui che salvava Israele?». [22]Il resto delle azioni di Giuda, delle sue guerre, degli atti di valore da lui compiuti e della sua grandezza non è stato scritto. Erano infatti troppo numerosi.

GIONATA CAPO E SOMMO SACERDOTE

Gionata nuovo capo della resistenza. - [23]Dopo la morte di Giuda, i senza legge riapparvero su tutto il territorio d'Israele e tutti gli operatori di iniquità si risollevarono. [24]In quei giorni, poi, vi fu una fame assai grande e il paese passò dalla loro parte. [25]Bàcchide da parte sua scelse uomini empi e li costituì signori della regione. [26]Questi ricercavano gli amici di Giuda e, rintracciatili, li conducevano da Bàcchide, il quale si vendicava su di essi e li

scherniva. [27]Fu una grande tribolazione per Israele, quale non vi era stata mai dal giorno che non era più apparso un profeta in mezzo a loro.

[28]Si riunirono perciò tutti gli amici di Giuda e dissero a Gionata: [29]«Da quando tuo fratello Giuda è morto, non vi è uomo simile a lui per uscire ed entrare contro i nemici e Bàcchide e contro quelli che sono ostili alla nostra gente. [30]Ora, perciò, noi eleggiamo te al suo posto, nostro capo e duce per combattere le nostre guerre». [31]Così Gionata in quello stesso giorno assunse il comando e si levò al posto di Giuda, suo fratello.

Morte di Giovanni e sua vendetta. - [32]Quando lo seppe, Bàcchide cercava di ucciderlo. [33]Ma Gionata, Simone suo fratello e tutti quelli che erano con lui lo seppero e fuggirono nel deserto di Tekòa, accampandosi presso l'acqua della cisterna di Asfar. [34]Bàcchide lo seppe in un giorno di sabato e anch'egli andò con tutto il suo esercito al di là del Giordano. [35]Gionata mandò suo fratello, capo della turba, a chiedere ai Nabatei suoi amici di poter deporre presso di essi il loro bagaglio che era abbondante. [36]Ma da Màdaba uscirono i figli di Iambri, catturarono Giovanni con tutte le cose che aveva e se le portarono via. [37]Dopo questo fatto, fu riferito a Gionata e a Simone suo fratello: «I figli di Iambri celebrano un grande sposalizio e da Nàdabat accompagnano la sposa, figlia di uno dei più grandi signori di Canaan, con grande pompa». [38]Si ricordarono allora del sangue di Giovanni, loro fratello, e andarono a nascondersi al riparo di un monte. [39]Alzarono i loro occhi per osservare ed ecco, tra un vocìo confuso, un grande corteo con lo sposo, i suoi amici e i suoi fratelli, che muovevano incontro a quelli con tamburi, strumenti musicali e grande apparato. [40]Si gettarono allora su di essi dal loro nascondiglio e li massacrarono. Molti caddero trafitti e gli altri fuggirono verso la montagna. Essi perciò ne raccolsero il bottino [41]e così

---

9. - [10]. Forse si poteva conciliare la prudenza con l'onore, ma noi non conosciamo tutte le circostanze.

[30-31]. *Gionata* ebbe il comando militare, forse restò sempre a Simone quello civile: Gionata non è un eroe come Giuda, ma ha l'accortezza e l'abilità politica per cui riuscirà a rendere indipendente Israele, nonostante le potenti forze avversarie.

lo sposalizio si cambiò in pianto e il suono dei loro strumenti musicali in lamento. [42]Avendo in tal modo vendicato il sangue del loro fratello, se ne tornarono alla palude del Giordano.

Scontro con Bàcchide sulle rive del Giordano. - [43]Bàcchide, avendolo saputo, andò anch'egli in giorno di sabato fino alle rive del Giordano con un grande esercito. [44]Gionata disse a quelli che erano con lui: «Leviamoci e combattiamo per le nostre vite, poiché oggi non è come ieri e l'altro ieri. [45]Ecco, infatti, i nemici davanti e di dietro, l'acqua del Giordano da una parte e dall'altra e poi la palude e la boscaglia, sicché non vi è possibilità di ritirarsi. [46]Ora, dunque, gridate al Cielo affinché possiate salvarvi dalle mani dei nostri nemici». [47]Si attaccò battaglia e Gionata stese la mano per colpire Bàcchide, ma questi gli sfuggì piegandosi indietro. [48]Allora Gionata balzò con i suoi nel Giordano e a nuoto raggiunsero l'altra parte. Gli altri però non attraversarono il Giordano dopo di loro. [49]In quel giorno caddero circa mille uomini di Bàcchide.

Fortificazioni di Bàcchide in Giudea. - [50]Bàcchide tornò a Gerusalemme, fece costruire molte fortificazioni nella Giudea, ossia le fortezze di Gèrico, Emmaus, Bet-Oron, Betel, Tamnata, Piraton e Tefon, con alte mura, porte e sbarre [51]e vi pose delle guarnigioni per infierire contro Israele. [52]Fortificò ancora la città di Bet-Zur, di Ghezer e l'Acra e vi pose presidi e provviste di viveri. [53]Prese inoltre i figli dei capi della regione come ostaggi e li pose sotto custodia nell'Acra a Gerusalemme.

Morte di Alcimo. - [54]L'anno 153, nel secondo mese, Alcimo comandò di abbattere il muro del cortile interno del santuario, distruggendo così l'opera dei profeti. Fu iniziata l'opera di demolizione, [55]ma in quel tempo Alcimo ebbe un colpo e la sua opera fu interrotta. La sua bocca si chiuse e restò paralizzata, cosicché non poté più articolare parola e impartire ordini riguardo alla sua casa. [56]Alcimo morì in quel tempo, con

grande spasimo [57]e Bàcchide, appena vide che Alcimo era morto, fece ritorno dal re e così la terra di Giuda rimase tranquilla per due anni.

Nuovo scontro con Bàcchide e pace. - [58]Tutti gli iniqui tennero questo consiglio: «Ecco, Gionata e i suoi vivono nella calma con fiducia. Facciamo, dunque, venire Bàcchide ed egli li prenderà tutti in una sola notte». [59]Andarono a consigliarsi con lui [60]ed egli si mosse per venire con un grosso esercito e inviò in segreto delle lettere a tutti i suoi fautori in Giudea affinché catturassero Gionata con i suoi. Non vi riuscirono, perché il loro disegno fu svelato. [61]Anzi, questi catturarono una cinquantina di uomini della regione, che erano stati istigatori di tale iniquità, e li uccisero.

[62]Dopo di ciò, Gionata con Simone e i suoi si ritirò a Bet-Basi nel deserto, ne riparò le rovine e la fortificò. [63]Quando lo seppe, Bàcchide radunò tutta la sua gente e ne informò quelli della Giudea. [64]Poi venne a porre il campo contro Bet-Basi e l'assediò per molti giorni, facendovi costruire anche macchine. [65]Gionata, intanto, lasciato suo fratello Simone nella città, uscì per la regione percorrendola con pochi uomini. [66]Battè Odomèra con i suoi fratelli e i figli di Fasiron nelle loro tende, iniziando in questo modo a colpire e a salire in potenza. [67]Anche Simone e i suoi uscirono dalla città e incendiarono le macchine. [68]Affrontarono Bàcchide, che fu da essi sconfitto, e gli inflissero una grande umiliazione. Il suo disegno, infatti, e il suo intervento erano stati resi vani. [69]Fortemente adirato contro gli uomini senza legge che gli avevano consigliato di venire nel paese, ne uccise molti e decise di partire per la sua terra.

[70]Gionata, appena lo seppe, gli inviò messaggeri per concludere con lui la pace e perché fossero loro resi i prigionieri. [71]Accettò, facendo secondo le sue parole, e gli giurò che non avrebbe cercato modo di fargli del male per tutti i giorni di sua vita. [72]Gli restituì i prigionieri che aveva catturato in passato nella terra di Giuda; poi, voltatosi, se ne andò al suo paese e non pensò più di tornare nel loro territorio. [73]Così si riposò la spada in Israele e Gionata si stabilì a Micmas. Ivi Gionata cominciò a giudicare il popolo e fece sparire gli empi da Israele.

67-69. Assalito di fronte e alle spalle, Bacchide decide di togliere l'assedio e ritornarsene in patria. Ma forse intervennero anche altre circostanze.

10 Demetrio I chiede l'alleanza di Gionata.

- [1]L'anno 160 Alessandro Epifane, figlio di Antioco, s'imbarcò e occupò Tolemaide, dove fu ben accolto e incominciò a regnare. [2]Avendolo saputo, il re Demetrio radunò forze in grande quantità e uscì per combattere contro di lui. [3]Allo stesso tempo Demetrio inviò lettere a Gionata in termini pacifici per esaltarlo. [4]Pensava, infatti: «Affrettiamoci a concludere la pace con costoro, prima che egli la concluda con Alessandro contro di noi. [5]Poiché egli si ricorderà di tutti i mali che abbiamo compiuto contro di lui, i suoi fratelli e la sua nazione». [6]Pertanto gli diede il potere di radunare truppe, di fabbricarsi armi e di considerarsi suo alleato; inoltre comandò che gli fossero consegnati gli ostaggi che erano nell'Acra.

Gionata si trasferisce a Gerusalemme.

- [7]Gionata, allora, venne a Gerusalemme e lesse le lettere davanti a tutto il popolo e a quelli dell'Acra, [8]i quali furono presi da gran timore all'udire che il re gli aveva dato il potere di arruolare un esercito. [9]Quelli dell'Acra perciò consegnarono a Gionata gli ostaggi ed egli li restituì ai loro genitori. [10]Gionata, pertanto, stabilitosi a Gerusalemme, cominciò a ricostruire e a rinnovare la città, [11]ordinando a quelli che eseguivano i lavori di costruire le mura e la cinta muraria del monte Sion con pietre quadrate come per una fortezza. Quelli fecero così. [12]Allora gli stranieri che erano nelle fortezze costruite da Bàcchide fuggirono [13]e abbandonarono ciascuno il suo posto per far ritorno alla propria terra, [14]ad eccezione di alcuni di quelli che avevano abbandonato la legge e i comandamenti, i quali rimasero a Bet-Zur e ne fecero il loro rifugio.

Alessandro Epifane crea Gionata sommo sacerdote.

- [15]Il re Alessandro venne a sapere delle promesse che Demetrio aveva fatto a Gionata. Gli parlarono pure delle guerre e degli atti di valore compiuti da lui e dai suoi fratelli, nonché delle pene che essi avevano sopportato. [16]Allora disse: «Troveremo forse un altro uomo siffatto? Faremo perciò di lui un nostro amico e alleato». [17]Scrisse pertanto una lettera e gliela inviò, esprimendosi in questi termini: [18]«Re Alessandro al fratello Gionata, salute! [19]Abbiamo saputo di te che sei un uomo valoroso e

che sei disposto ad essere nostro amico. [20]Perciò ti costituiamo oggi sommo sacerdote della tua nazione e amico del re — e gli inviò la porpora e una corona d'oro — affinché tu pensi alle nostre cose e conservi con noi amicizia».

[21]Gionata incominciò a rivestirsi delle sacre vesti il settimo mese dell'anno 160, nella festa delle Capanne. Radunò truppe e si fabbricò armi in quantità.

Nuove proposte di Demetrio respinte da Gionata.

- [22]Avendo saputo queste cose, Demetrio se ne rattristò e disse: [23]«Che cosa abbiamo fatto! Alessandro ci ha prevenuti nello stringere amicizia con i Giudei a suo vantaggio. [24]Scriverò loro anch'io parole di incitamento con promesse di onori e di doni, affinché mi prestino aiuto». [25]Inviò loro una lettera con queste parole:

«Il re Demetrio alla nazione dei Giudei, salute! [26]Abbiamo sentito con gioia che avete osservato i patti stabiliti con noi, che siete rimasti fedeli alla nostra amicizia e che non siete passati dalla parte dei nostri nemici. [27]Perseverate, dunque, ancora nel conservarci fedeltà; noi in contraccambio a quanto fate per noi, vi beneficheremo, [28]vi concederemo molte immunità e vi invieremo doni. [29]Già da ora sciolgo ed esento tutti i Giudei dai tributi, dalla tassa del sale e dalle corone. [30]Rinunzio anche da oggi alla terza parte del seminato e alla metà dei frutti degli alberi che mi toccherebbe, lasciando di prendere tutto ciò dalla terra di Giudea e dai tre distretti che le sono stati annessi, dalla Samaria e dalla Galilea, a partire dal giorno di oggi e per sempre. [31]Gerusalemme con il suo territorio sia santa ed esente dalle decime e dai tributi. [32]Rinunzio ad ogni potestà sull'Acra che è in Gerusalemme e la cedo al sommo sacerdote affinché vi ponga gli uomini che vorrà scegliere per custodirla. [33]Infine, rendo la libertà gratuitamente a qualunque persona giudea, condotta in schiavitù dalla terra di Giudea in qualunque parte del mio regno, e

---

10. - [1]. *L'anno 160*: corrisponderebbe al 152/151 a.C. *Alessandro Epifane*: di bassi natali, viveva oscuro a Smirne, quando Attalo II re di Pergamo, vedendo che rassomigliava meravigliosamente ad Antioco Eupatore, figlio di Antioco IV Epifane (1Mac 7,4), fece spargere la notizia che era figlio di Antioco Epifane e lo fece riconoscere come tale dal senato romano, aiutandolo poi a conquistarsi il regno.

tutti siano esenti dai tributi, anche da quello sul loro bestiame. [34]Tutte le feste, i sabati, le neomenie, i giorni stabiliti, i tre giorni prima della festa e i tre dopo la festa, siano tutti giorni di esenzione e di remissione per tutti i Giudei che sono nel mio regno; [35]e nessuno abbia autorità di intentare causa o di molestare qualcuno di loro per qualunque motivo.

[36]Saranno reclutati tra i Giudei per gli eserciti del re circa trentamila uomini, ai quali sarà pagato il soldo che è dovuto a tutte le truppe del re. [37]Alcuni di essi saranno posti nelle maggiori fortezze del re ed altri saranno preposti agli affari di fiducia del regno. I loro superiori e comandanti siano scelti fra essi e possano vivere secondo le loro leggi, come il re ha prescritto anche nella terra di Giudea. [38]I tre distretti, che dalla regione di Samaria sono stati annessi alla Giudea, siano annessi alla Giudea in modo da essere considerati dipendenti da uno solo e che non ubbidiscano ad altra autorità che a quella del sommo sacerdote.

[39]Faccio dono di Tolemaide e delle sue dipendenze al tempio di Gerusalemme per le spese necessarie del santuario. [40]Da parte mia dono ogni anno quindicimila sicli d'argento, da prendersi dalle casse del re sui proventi dei luoghi più confacenti. [41]Tutto il sovrappiù che i preposti ai negozi non hanno consegnato negli ultimi anni, da questo momento lo daranno per le opere del tempio. [42]Oltre a ciò, i cinquemila sicli d'argento che venivano riscossi sui proventi del santuario dal conto di ogni anno, siano rimessi anch'essi perché appartengono ai sacerdoti che prestano servizio. [43]Tutti quelli che si rifugiano nel tempio di Gerusalemme e dentro tutte le sue dipendenze, perché gravati da debiti verso il re o da qualunque altra obbligazione, siano lasciati liberi con tutti i beni che possiedono nel mio regno. [44]Anche per i lavori di ricostruzione e di restauro del santuario si provvederà alla spesa a conto del re. [45]Similmente per ricostruire le mura di Gerusalemme e per le fortificazioni all'intorno si provvederà alla spesa a conto del re, come pure per ricostruire le altre mura in Giudea».

[46]Quando Gionata e il popolo ebbero udito queste parole, non vi prestarono fede né le accettarono, poiché si ricordavano del grande male che egli aveva fatto in Israele e

come li aveva oppressi fortemente. [47]Si decisero, invece, in favore di Alessandro, perché egli si era loro rivolto per primo con parole pacifiche e divennero suoi alleati per tutti i giorni.

Morte di Demetrio. - [48]Allora il re Alessandro radunò grandi forze e marciò contro Demetrio. [49]I due re attaccarono battaglia, ma l'armata di Demetrio si diede alla fuga e Alessandro l'inseguì, prevalendo su di essi. [50]La battaglia si fece aspra fino al tramonto del sole e anche Demetrio cadde ucciso in quel giorno.

Alleanza di Alessandro con Tolomeo. - [51]Alessandro mandò ambasciatori a Tolomeo, re d'Egitto, per dirgli: [52]«Ecco, sono tornato nel mio regno e mi sono assiso sul trono dei miei padri. Ho preso il potere, ho sconfitto Demetrio e sono diventato padrone del nostro paese. [53]Ho attaccato battaglia contro di lui; la sua armata e lui stesso sono stati battuti da noi e ci siamo assisi sul suo trono regale. [54]Stringiamo amicizia tra noi; tu dammi tua figlia in moglie, io diventerò tuo genero e darò a te e a lei dei regali degni di te».

[55]Il re Tolomeo rispose dicendo: «Fausto il giorno in cui sei tornato nella terra dei tuoi padri e ti sei assiso sul loro trono regale! [56]Farò per te quanto mi hai scritto, ma vienimi incontro a Tolemaide affinché possiamo vederci l'un l'altro, e ti farò mio genero, come hai detto».

[57]Tolomeo uscì dall'Egitto con Cleopatra sua figlia e venne a Tolemaide nell'anno 162. [58]Il re Alessandro gli andò incontro ed egli gli diede sua figlia Cleopatra, celebrando le sue nozze come sogliono fare i re, con grande sfarzo.

Gionata nominato stratega. - [59]Il re Alessandro scrisse pure a Gionata affinché gli andasse incontro [60]e questi si recò a Tolemaide con grande pompa. Incontrò i due re e diede loro, al pari dei loro amici, argento e oro e altri doni, trovando grazia ai loro occhi. [61]Contro di lui, tuttavia, convennero alcuni uomini pestiferi d'Israele, uomini iniqui, che volevano intervenire contro di lui; ma il re non prestò loro attenzione. [62]Il re, anzi, comandò che togliessero di dosso a Gionata i suoi vestiti e lo rivestissero di porpora; e così fecero. [63]Poi il re lo fece sedere accanto a sé e disse ai suoi ufficiali: «Uscite con lui al centro della città e fate proclamare che nessuno cerchi di intervenire contro di lui per qualunque motivo e nessuno gli rechi molestia per qualsiasi ragione». 64Or quando gli accusatori videro che egli era onorato conforme a quanto il re aveva fatto proclamare, e come era stato rivestito di porpora, se ne fuggirono tutti. 65Il re lo colmò d'onori, lo iscrisse tra i suoi primi amici e lo costituì strega e governatore della provincia. 66Dopo di che Gionata ritornò a Gerusalemme con serenità e gioia.

Demetrio II contro Alessandro. - 67Nell'anno 165 Demetrio, figlio di Demetrio, da Creta venne nella terra dei suoi padri. 68Appena lo seppe, il re Alessandro fu assai preoccupato e fece ritorno in Antiochia. 69Demetrio pertanto costituì Apollonio capo della Celesiria e questi, radunato un grosso esercito, andò ad accamparsi a Iamnia. Quindi mandò a dire al sommo sacerdote Gionata: 70«Tu sei il solo a levarti contro di noi e io son diventato oggetto di derisione e di scherno a causa tua. Perché ti fai forte contro di noi sui monti? 71Se hai fiducia nelle tue truppe, scendi verso di noi nella pianura e misuriamoci l'un l'altro, poiché con me sta la forza delle città. 72Interroga e apprenderai chi sono io e chi sono quelli che ci aiutano. Ti diranno: "Non vi è per voi stabilità di piede davanti a noi". Già due volte, infatti, i padri tuoi sono stati messi in fuga nella loro terra. 73Non potrai perciò resistere davanti alla cavalleria e a un tale esercito nella pianura, dove non v'è né pietra né rupe né luogo per fuggire».

Vittoria di Gionata sull'esercito di Demetrio. - 74Quando Gionata udì le parole di Apollonio il suo animo ne restò agitato. Scelti perciò diecimila uomini, uscì da Gerusalemme e Simone suo fratello gli andò incontro per aiutarlo. 75Si accampò davanti a Giaffa, ma quelli della città gli chiusero le porte, giacché in Giaffa vi era una guarnigione di Apollonio. Egli allora l'attaccò 76e, spaventati, quelli della città gli aprirono. Così Gionata si impadronì di Giaffa.

77Quando lo seppe, Apollonio equipaggiò tremila cavalieri e un grande esercito e si diresse verso Asdòd, come se volesse andarvi, ma subito piegò verso la pianura, poiché aveva moltissima cavalleria e aveva fi-

ducia in essa. 78Gionata lo seguì in direzione di Asdòd e i due eserciti attaccarono battaglia. 79Apollonio aveva lasciato mille cavalieri nascosti alle loro spalle, 80i quali, benché Gionata si fosse accorto che vi era un pericolo dietro alle sue spalle, circondarono il suo esercito, lanciando frecce contro il popolo dalla mattina alla sera. 81Il popolo però resistette, come aveva ordinato Gionata, e perciò i loro cavalli si stancarono. 82Allora Simone fece avanzare il suo esercito e attaccò la falange; e poiché la cavalleria era stremata, furono sconfitti e fuggirono, 83mentre la cavalleria si disperse per la pianura. Fuggirono verso Asdòd e per salvarsi entrarono nel Bet-Dagon, che è il loro tempio idolatrico.

84Gionata allora incendiò Asdòd e le città circonvicine, prese le loro spoglie e incendiò pure il tempio di Dagon con quelli che vi si erano rifugiati. 85Quelli che perirono di spada insieme a quelli bruciati furono circa ottomila. 86Partito di lì, Gionata andò ad accamparsi davanti ad Ascalòna e quelli della città gli andarono incontro con grande onore. 87Poi Gionata se ne tornò a Gerusalemme con i suoi, carichi di copioso bottino.

88Il re Alessandro, conosciuti questi fatti, volle glorificare ancora di più Gionata. 89Gli inviò una fibbia d'oro, di quelle che è uso donare ai parenti del re, e gli diede in proprietà Accaron con tutti i suoi territori.

11 **Demetrio trionfa su Alessandro Bala.** - 1Il re dell'Egitto radunò truppe, numerose come la rena che è sulla riva del mare, e navi in quantità, volendo impadronirsi con astuzia del regno di Alessandro per annetterlo al suo proprio regno. 2Si mosse alla volta della Siria con parole di pace e gli abitanti delle città gli aprivano le porte e gli andavano incontro, perché il re Alessandro, essendo suo suocero, aveva ordinato di andargli incontro. 3Tolomeo, però, una volta entrato nelle città, lasciava in ognuna le sue truppe per custodirle. 4Quando giunse ad Asdòd, gli mostrarono il tempio di Dagon incendiato, Asdòd stessa e i suoi sobborghi distrutti, i cadaveri abbandonati e i resti di quelli che Gionata aveva fatto bruciare in guerra: di questi, infatti, ne avevano fatto dei mucchi lungo il suo percorso. 5Gli raccontarono pure quanto aveva fatto Gionata, pensando che egli lo avrebbe biasimato, ma il re tacque. [6]Gionata, con grande pompa, andò ad incontrare il re a Giaffa; si salutarono l'un l'altro e passarono la notte là. [7]Gionata poi andò con il re fino al fiume chiamato Elèutero e quindi se ne tornò a Gerusalemme. [8]Il re Tolomeo divenne così padrone delle città del litorale fino a Seleucia marittima, mentre meditava cattivi progetti ai danni di Alessandro.

[9]Egli poi inviò degli ambasciatori al re Demetrio e gli fece dire: «Vieni, facciamo alleanza tra noi. Ti darò mia figlia che Alessandro ha in moglie e regnerai nel regno di tuo padre. [10]Io, infatti, mi sono pentito di avergli dato mia figlia, poiché egli tentò di uccidermi». [11]In realtà egli lo biasimava perché bramava impossessarsi del suo regno. [12]Quindi, toltagli sua figlia, la diede a Demetrio. In questo modo si separò da Alessandro e la loro inimicizia si fece manifesta.

[13]Tolomeo poi entrò in Antiochia e vi cinse il diadema dell'Asia: pose sulla sua testa due diademi, quello dell'Egitto e quello dell'Asia. [14]Il re Alessandro in quei giorni era in Cilicia, perché gli abitanti di quelle zone gli si erano ribellati. [15]Quando Alessandro fu informato di ciò, marciò contro di lui in guerra; ma Tolomeo, uscito fuori, gli mosse contro con grande potenza e lo mise in fuga. [16]Alessandro fuggì in Arabia per trovarvi riparo; il re Tolomeo invece fu glorificato. [17]L'arabo Zabdiel mozzò la testa di Alessandro e l'inviò a Tolomeo. [18]Ma tre giorni dopo anche il re Tolomeo morì e i suoi uomini che erano nelle fortezze furono uccisi dagli altri che erano nelle fortezze stesse. [19]Così Demetrio incominciò a regnare nell'anno 167.

Concessioni di Demetrio II a favore dei Giudei. -

[20]In quei giorni Gionata radunò gli uomini della Giudea per attaccare l'Acra che era in Gerusalemme, e fece fare molte macchine militari per usarle contro di essa. [21]Allora alcuni uomini iniqui, che odiavano la propria gente, andarono dal re e gli riferirono che Gionata assediava l'Acra. [22]Udito ciò, il re si adirò e, avutane conferma, levò subito il campo e si recò a Tolemaide e scrisse a Gionata di togliere l'assedio e di andargli incontro al più presto a Tolemaide per conferire con lui.

[23]Udito ciò, Gionata comandò di continuare l'assedio; poi, scelti alcuni anziani

d'Israele e sacerdoti, affrontò il pericolo. [24]Preso argento, oro, vestiti e molti altri doni, si recò dal re a Tolemaide e trovò grazia presso di lui. [25]Alcuni empi della sua nazione tentarono di intervenire contro di lui, [26]ma il re lo trattò come lo avevano trattato i suoi predecessori e lo esaltò davanti a tutti i suoi amici. [27]Gli confermò il sommo sacerdozio e tutte le altre dignità che aveva per l'innanzi e volle che fosse annoverato tra i primi amici. [28]Gionata chiese al re di rendere la Giudea esente dalle imposte, al pari delle tre toparchie e della Samaria, promettendogli trecento talenti. [29]Il re accondiscese e scrisse a Gionata, intorno a tutte queste cose, lettere così concepite: [30]«Re Demetrio al fratello Gionata e alla nazione dei Giudei, salute! [31]Una copia della lettera che abbiamo scritta a Làstene, nostro parente, a vostro riguardo, la scriviamo anche per voi affinché ne prendiate conoscenza. [32]Il re Demetrio al padre Làstene, salute! [33]Alla nazione dei Giudei, che sono nostri amici e osservano ciò che è giusto verso di noi, abbiamo giudicato opportuno far loro del bene in ragione dei buoni sentimenti che hanno per noi. [34]Pertanto confermiamo loro il possesso dei territori della Giudea e dei tre distretti di Afèrema, Lidda e Ramatàim. Essi, con le loro dipendenze, dalla Samaria furono annessi alla Giudea a favore di tutti quelli che offrono sacrifici in Gerusalemme, in compenso delle imposte regali che il re prendeva da essi per l'innanzi ogni anno, sui prodotti della terra e sui frutti degli alberi. [35]Quanto agli altri diritti che abbiamo sulle decime e sui tributi che ci si devono, sulle saline e le corone che ci erano dovute, da questo momento vi rinunziamo completamente. [36]Nessuna di queste disposizioni sarà revocata a partire da questo momento e per sempre. [37]Abbiate dunque cura di fare una copia della presente e di consegnarla a Gionata affinché sia collocata sul monte santo in luogo ben visibile».

Rivolta dell'esercito contro Demetrio II. -

[38]Il re Demetrio, vedendo che il paese era calmo davanti a lui e che nessuno gli si opponeva, licenziò tutte le sue truppe, ognuno al proprio paese, ad eccezione delle truppe straniere, che egli aveva reclutato dalle isole delle nazioni. Allora tutte le truppe che erano state con i suoi padri incominciarono ad osteggiarlo. [39]Trifone ch'era sta-

to per l'innanzi dalla parte di Alessandro, vedendo che tutte le truppe mormoravano contro Demetrio, si recò presso l'arabo Imalcue, che allevava Antioco, il giovane figlio di Alessandro, [40]e lo circuiva affinché glielo consegnasse per farlo regnare al posto di suo padre. Gli parlò pure delle cose che Demetrio aveva ordinato e dell'inimicizia che i suoi soldati nutrivano per lui; e rimase lì per molti giorni.

La rivolta è domata dagli uomini di Gionata. - [41]Gionata mandò a chiedere al re Demetrio di rimuovere da Gerusalemme gli uomini che erano nell'Acra e gli altri che erano nelle fortezze, perché facevano guerra a Israele. [42]Demetrio però mandò a dire a Gionata: «Non solo questo farò per te e per la tua nazione, ma colmerò di onori te e la tua nazione, appena mi si presenti la buona occasione. [43]Ora però farai bene a inviarmi uomini che combattano con me, poiché tutte le truppe mi si sono allontanate». [44]Gionata gli inviò in Antiochia tremila uomini molto valorosi e, quando questi giunsero presso di lui, il re si rallegrò per il loro arrivo. [45]Gli abitanti della città si radunarono al centro della città in numero di circa centoventimila e volevano eliminare il re. [46]Il re però si rifugiò nel palazzo, mentre gli abitanti della città invadevano le vie della città e incominciavano a combattere. [47]Il re allora chiamò in soccorso i Giudei e questi si radunarono presso di lui tutti insieme; poi si dispersero per la città e ne uccisero, in quel giorno, circa centomila. [48]Diedero fuoco alla città, raccolsero molte spoglie in quel giorno e salvarono il re. [49]Ora gli abitanti della città, quando videro che i Giudei si erano impadroniti della città a loro piacimento, si persero d'animo e incominciarono ad elevare supliche al re dicendo: [50]«Dacci la destra e cessino i Giudei di combattere contro di noi e contro la città!». [51]Deposero le armi e fecero la pace. Così i Giudei si coprirono di gloria davanti al re e a tutti i cittadini del suo regno e ritornarono a Gerusalemme con molte spoglie. [52]In questo modo il re Demetrio poté sedersi sul trono del suo regno e il paese rimase tranquillo sotto di lui. [53]Egli poi, però, rinnegò tutto ciò che aveva promesso, si mostrò ostile a Gionata e non ricambiò i favori che questi gli aveva reso; anzi incominciò a vessarlo duramente.

Gionata a favore di Antioco VI. - [54]Dopo queste cose, Trifone ritornò con Antioco, ancora molto giovane. Incominciò a regnare e cinse il diadema. [55]Si radunarono attorno a lui tutte le truppe che Demetrio aveva congedato e combatterono contro costui, il quale fu messo in fuga e travolto, [56]mentre Trifone catturò gli elefanti e si impadronì di Antiochia.

[57]Il giovanetto Antioco scrisse a Gionata dicendogli: «Ti confermo il sommo sacerdozio, ti pongo a capo dei quattro distretti e ti annovero tra gli amici del re». [58]Gl'inviò vasellame d'oro e un servizio da tavola, gli diede facoltà di bere in vasi d'oro, d'indossare la porpora e di portare una fibbia d'oro. [59]Inoltre costituì suo fratello Simone stratega dalla Scala di Tiro sino ai confini dell'Egitto.

Gionata e Simone si consolidano. - [60]Gionata cominciò a percorrere la regione d'oltre il fiume e le varie città, e tutto l'esercito di Siria si unì a lui per combattere insieme. Andò ad Ascalòna e gli abitanti della città lo ricevettero con onore. [61]Di qui andò a Gaza; ma quelli di Gaza gli chiusero le porte. Allora egli l'assediò, incendiò i suoi sobborghi e li saccheggiò. [62]Quelli di Gaza allora supplicarono Gionata ed egli diede loro la destra in segno di pace; prese tuttavia come ostaggi i figli dei loro capi e li spedì a Gerusalemme. Quindi attraversò la regione fino a Damasco. [63]Ma poi, avendo saputo che i generali di Demetrio si trovavano a Cades in Galilea con un grande esercito e che volevano fargli abbandonare l'impresa, [64]marciò contro di loro, lasciando suo fratello Simone nella regione.

[65]Simone venne ad accamparsi sotto Bet-Zur e per molti giorni combatté contro di essa tenendola assediata. [66]Lo supplicarono di accettare la loro destra ed egli acconsentì. Tuttavia li espulse di lì, occupò la città e vi pose una guarnigione.

[67]Gionata e il suo esercito, invece, andarono ad accamparsi presso le acque di Genesaret e di buon mattino giunsero nella pianura di Casòr. [68]Ed ecco che l'esercito degli stranieri stava loro davanti nella pianura, mentre altri organizzavano un'imboscata contro di lui sui monti. Quelli avanzarono frontalmente, [69]quando gl'imboscati,

---

11. - [57.] *Quattro distretti*: Efraim, Ramataim, Lidda, Accaron.

usciti dai loro luoghi, attaccarono battaglia.
[70]Gli uomini di Gionata fuggirono, nessuno
di loro rimase, all'infuori di Mattatia, figlio
di Assalonne, e Giuda, figlio di Calfi, capi
dell'esercito. [71]Gionata si stracciò le vesti, si cosparse il
capo di polvere e pregò. [72]Quindi si voltò
contro i nemici combattendo, li mise in rotta e fuggirono. [73]Visto ciò, quelli che erano
fuggiti tornarono da lui e con lui li inseguirono fino al loro accampamento a Cades.
Quivi si accamparono. [74]Gli stranieri caduti
in quel giorno furono circa tremila uomini.
Quindi Gionata fece ritorno a Gerusalemme.

12 Alleanza con Roma e Sparta. - [1]Gio-
nata, vedendo che il tempo lo favoriva, scelse alcuni uomini e li inviò a Roma
per confermare e rinnovare l'amicizia con
loro. [2]Anche a Sparta e in altri luoghi egli
inviò lettere nel medesimo senso. [3]Quelli
andarono a Roma, entrarono nel Senato e
dissero: «Il sommo sacerdote Gionata e la
nazione dei Giudei ci hanno inviato affinché vogliate rinnovare l'amicizia e l'alleanza con essi come prima». [4]I Romani consegnarono loro lettere per le autorità di ciascun luogo, affinché li facessero proseguire
in pace fino alla terra di Giuda.
[5]Ecco la copia della lettera che Gionata
scrisse agli Spartani: [6]«Gionata, sommo sacerdote, il senato della nazione, i sacerdoti
e il resto del popolo dei Giudei agli Spartani, loro fratelli, salute! [7]Già nel tempo passato fu inviata al sommo sacerdote Onia
una lettera da parte di Areo, vostro re, nella
quale si diceva che siete nostri fratelli, come risulta dalla copia sotto allegata.
[8]Onia ricevette con onore l'uomo che gli
era stato inviato e accettò la lettera, nella
quale si parlava chiaramente di alleanza e
di amicizia. [9]Noi, dunque, pur non avendone bisogno poiché abbiamo per nostra
consolazione i libri santi che sono nelle
nostre mani, [10]abbiamo provato ad inviarvi alcuni per rinnovare la nostra fratellanza e amicizia con voi, in modo da non di-
venirvi estranei. Infatti sono passati molti
anni da quando voi ci inviaste messaggeri.

[11]Noi, dunque, in ogni tempo e ininterrottamente, nelle feste e negli altri giorni stabiliti, facciamo memoria di voi nei sacrifici
che offriamo e nelle preghiere, essendo
giusto e conveniente ricordarsi dei fratelli.
[12]Ci rallegriamo per la vostra gloria.
[13]Quanto a noi, invece, molte tribolazioni
e molte guerre ci hanno stretto all'intorno,
poiché i re che sono intorno a noi ci hanno combattuto. [14]Durante queste guerre
non abbiamo voluto molestare né voi né
altri alleati e amici nostri, [15]perché abbiamo dal Cielo l'aiuto sicuro per noi e siamo
stati liberati dai nemici, che sono stati
umiliati. [16]Avendo, perciò, scelto Numenio figlio di Antioco e Antipatro figlio di
Giasone per inviarli presso i Romani a rinnovare l'antica nostra amicizia e alleanza
con loro, [17]abbiamo comandato loro di
passare anche presso di voi, di salutarvi e
di consegnarvi da parte nostra questa lettera riguardante il rinnovamento della nostra fratellanza. [18]Ora, perciò, farete bene
a risponderci in proposito».
[19]Ecco la copia della lettera che essi avevano inviato a Onia: [20]«Areo, re degli Spartani,
a Onia, gran sacerdote, salute! [21]Si è trovato
in uno scritto, riguardante gli Spartani e i
Giudei, che sono fratelli e che sono della stirpe di Abramo. [22]Or dunque, dal momento
che noi abbiamo appreso ciò, farete bene a
scriverci riguardo alla vostra prosperità. [23]Da
parte nostra, noi vi scriviamo: "Il vostro bestiame e le vostre sostanze sono nostri e i
nostri sono vostri". Ordiniamo perciò che di
queste cose vi sia data notizia».

Azioni militari di Gionata e di Simone. -
[24]Gionata, avendo saputo che i generali di
Demetrio erano ritornati con un esercito
più numeroso di prima per fargli guerra,
[25]partì da Gerusalemme e andò a incontrarli nella regione di Camat, senza dar loro tempo di penetrare nella sua regione.
[26]Inviò spie nel loro accampamento e questi, tornati, gli riferirono che si erano già
disposti per piombare loro addosso la notte
stessa. [27]Come il sole fu tramontato, Gionata comandò ai suoi di vegliare e di tenersi in armi, in modo da essere pronti al
combattimento durante tutta la notte; poi
dispose sentinelle tutto attorno all'accampamento. [28]Gli avversari, però, come seppero che Gionata e i suoi erano pronti al
combattimento, ebbero paura e si spaventarono nel loro cuore. Perciò accesero fuo-

---

12. - [7.] *Onia*: probabilmente Onia I, contemporaneo d'Alessandro Magno, di Seleuco I e di Tolomeo I,
che esercitò il sacerdozio dal 323 al 300.

chi nel loro accampamento e fuggirono.
²⁹Gionata e i suoi non se ne accorsero fino
al mattino, poiché vedevano ardere i fuochi. ³⁰Gionata allora si mise ad inseguirli,
ma non riuscì a raggiungerli, poiché avevano attraversato il fiume Elèutero. ³¹Gionata
si diresse contro gli Arabi chiamati Zaba-
dei, li batté e prese le loro spoglie. ³²Quin-
di, tolto il campo, andò a Damasco e percorse tutta la regione.

³³Anche Simone era partito e si era recato fino ad Ascalòna e alle fortezze vicine,
poi piegò su Giaffa e l'occupò. ³⁴Egli infatti
aveva saputo che volevano consegnare questa fortezza ai partigiani di Demetrio; perciò vi pose una guarnigione e la fece custodire.

Lavori a Gerusalemme. - ³⁵Appena tornato, Gionata convocò gli anziani del popolo e
con loro decise di edificare fortezze nella
Giudea, ³⁶di sopraelevare le mura di Gerusalemme e di alzare una grande barriera fra
l'Acra e la città per separarla dalla città, affinché fosse isolata in maniera tale che
quelli dell'Acra non potessero né comprare
né vendere. ³⁷Allora si riunirono per riedificare la città e poiché era caduta una parte
del muro del torrente dalla parte di levante,
Gionata fece riparare quello che è chiamato
Kafenata. ³⁸Simone a sua volta riedificò
Adida nella Sefela, la fortificò e la munì di
porte e di sbarre.

Gionata catturato da Trifone. - ³⁹Trifone,
intanto, cercava di divenire re dell'Asia e
di cingere il diadema stendendo la mano
sul re Antioco. ⁴⁰Temeva però che Gionata non gliel'avrebbe permesso e che gli avrebbe fatto guerra. Perciò cercava il modo di
catturarlo e di farlo perire. Pertanto si
mosse e si recò a Beisan. ⁴¹Anche Gionata, uscito contro di lui con quarantamila
uomini scelti per il combattimento, andò
a Beisan. ⁴²Quando Trifone vide che era
venuto con un esercito numeroso, ebbe
paura di stendere la mano su di lui. ⁴³Lo
ricevette con onore e lo presentò a tutti i
suoi amici, gli offrì doni e ordinò ai suoi
amici e alle sue truppe di ubbidirgli come
a se stesso. ⁴⁴Poi disse a Gionata: «Perché
hai scomodato tutta questa gente, se non
vi è nessuna guerra tra noi? ⁴⁵Ora perciò
rimandali alle loro case, scegliti pochi uomini che siano con te e vieni con me a
Tolemaide. Io te la consegnerò insieme al-

le altre fortezze, alle altre truppe e a tutti
i funzionari. Poi, presa la via del ritorno,
me ne andrò, perché solo per questo son
venuto». ⁴⁶Gionata gli prestò fede e fece
come lui aveva detto. Rimandò le truppe,
che ritornarono nella terra di Giuda, ⁴⁷e
trattenne con sé tremila uomini, dei quali
ne lasciò duemila in Galilea e soltanto
mille andarono con lui. ⁴⁸Come però Gionata fu entrato in Tolemaide, i Tolemaide-
si chiusero le porte, lo catturarono e passarono a fil di spada quanti erano andati
con lui.

⁴⁹Trifone poi inviò le truppe e la cavalleria in Galilea e nella grande pianura allo
scopo di annientare tutti gli uomini di Gionata. ⁵⁰Questi però, avendo saputo che egli
era stato catturato e che era perito insieme
agli uomini che erano con lui, si esortarono
a vicenda e avanzarono schierati, pronti a
combattere. ⁵¹Allora gl'inseguitori, vedendo che essi lottavano per la vita, tornarono
indietro. ⁵²Vennero perciò tutti in pace nella terra di Giuda; piansero Gionata con i
suoi compagni e furono presi da gran timore. Tutto Israele fece un grande lutto. ⁵³Tut-
te le nazioni che erano intorno a loro cercavano allora di distruggerli. Esse infatti dicevano: «Non hanno più un capo né uno che
li aiuti. Ora, dunque, facciamo loro guerra e
sradichiamo la loro memoria di mezzo agli
uomini».

SIMONE
SOMMO SACERDOTE ED ETNARCA

13 **Simone nuovo capo dei Giudei.** -
¹Simone apprese che Trifone aveva
radunato un grande esercito per andare nella terra di Giuda per devastarla. ²Vedendo
che il popolo era impaurito e spaventato,
salì a Gerusalemme e radunò il popolo;
³quindi li esortò e disse loro: «Voi conoscete quanto io, i miei fratelli e la casa di mio
padre abbiamo fatto per le leggi e per il luogo santo, le guerre e le angustie che abbiamo visto. ⁴È per questo che i miei fratelli
sono tutti periti per la causa d'Israele e io

³⁹. *Trifone* oppose Antioco VI Dionisos, fanciullo di
circa sette anni, a Demetrio II, regnò per lui, lo uccise dopo circa tre anni, usurpandone la corona (142).
Morì ad Apamea nel 138 a.C., assediato da Antioco
VII Cidete, il quale successe a Demetrio II. Voleva
eliminare Gionata che si opponeva ai suoi progetti.

sono restato solo. ⁵Ora non sia mai che io voglia risparmiare la mia vita in qualsiasi momento di tribolazione! Non sono, infatti, migliore dei miei fratelli. ⁶Piuttosto vendicherò la mia nazione, il luogo santo, le vostre mogli e i vostri figli, perché tutte le genti, a causa del loro odio, si sono coalizzate per sterminarci».

⁷All'udire queste parole, lo spirito del popolo si riaccese ⁸e risposero a gran voce dicendo: «Tu sei il nostro capo, al posto di Giuda e di Gionata, tuo fratello. ⁹Combatti la nostra battaglia e tutte le cose che dirai noi faremo».

¹⁰Allora egli radunò tutti gli uomini atti a combattere e si affrettò a terminare le mura di Gerusalemme, fortificandola all'intorno. ¹¹Poi inviò Gionata, figlio di Assalonne, a Giaffa con un numeroso esercito e questi ne cacciò via gli abitanti e vi si stabilì.

Uccisione di Gionata. - ¹²Trifone si mosse da Tolemaide con un grande esercito per andare nella terra di Giuda, portando con sé Gionata sotto buona guardia. ¹³Simone allora andò ad accamparsi in Adida, di fronte alla pianura. ¹⁴Quando Trifone seppe che Simone aveva preso il posto di Gionata suo fratello e che stava per dargli battaglia, gli inviò messaggeri per dirgli: ¹⁵«È a causa del danaro che tuo fratello Gionata doveva al tesoro reale per gl'incarichi a lui avuti che noi lo tratteniamo. ¹⁶Ora perciò mandaci cento talenti e due dei suoi figli in ostaggio, sicché una volta rimesso in libertà egli non si separi da noi; e noi lo lasceremo». ¹⁷Simone capì che parlavano con inganno e tuttavia mandò a prendere il danaro e i fanciulli per non suscitare una grande ostilità tra il popolo, ¹⁸il quale avrebbe detto: «È per il fatto che egli non gli ha inviato il danaro e i fanciulli che Gionata è perito». ¹⁹Perciò gli mandò i fanciulli e i cento talenti. Ma quello, avendo mentito, non lasciò libero Gionata.

²⁰Dopo ciò Trifone riprese la sua marcia per invadere la regione e per devastarla, aggirandola per la via di Adora; ma Simone con il suo esercito gli si opponeva dovunque egli andasse. ²¹Frattanto quelli dell'Acra inviarono messi a Trifone per sollecitarlo ad andare in loro aiuto per la via del deserto e ad inviare loro viveri. ²²Trifone fece preparare tutta la sua cavalleria per andare, ma in quella stessa notte cadde molta neve

ed egli per la neve non poté andare. Perciò levò il campo e se ne andò nel Gàlaad, ²³e come giunse nei pressi di Bascama uccise Gionata, il quale fu sepolto là. ²⁴Trifone quindi si mosse di lì e fece ritorno alla sua terra.

Il mausoleo di Modin. - ²⁵Simone poi mandò a prendere le ossa di Gionata suo fratello e lo seppellì in Modin, città dei suoi padri. ²⁶Tutto Israele allora lo pianse con grande pianto e fecero lutto su di lui per molti giorni. ²⁷Simone poi fece una costruzione sul sepolcro di suo padre e dei suoi fratelli e l'innalzò alla vista con pietre levigate, sia sulla parte posteriore sia su quella anteriore. ²⁸Vi drizzò sette piramidi, l'una di fronte all'altra, per suo padre, per sua madre e per i suoi quattro fratelli; ²⁹le fece decorare con grandi colonne all'intorno e sulle colonne fece scolpire armi a ricordo perpetuo, e a fianco delle armi alcune navi scolpite, in modo che si potesse vedere da tutti coloro che navigano nel mare. ³⁰Questo è il sepolcro che egli fece fare in Modin fino a questo giorno.

Alleanza di Simone con Demetrio II. - ³¹Trifone si comportava con inganno verso il giovanissimo re Antioco e lo uccise. ³²Regnò al suo posto, cinse il diadema dell'Asia e fu una grande calamità per il paese.

³³Intanto Simone ricostruì le fortezze di Giuda, le munì di alte torri, di grandi mura, di porte e di sbarre e rifornì tali fortezze di viveri. ³⁴Inoltre scelse alcuni uomini e li inviò dal re Demetrio affinché concedesse l'immunità al paese, poiché tutte le azioni di Trifone non erano che rapine. ³⁵Il re Demetrio gl'inviò una risposta conforme alle sue richieste e gli scrisse una lettera di questo tenore: ³⁶«Il re Demetrio a Simone, sommo sacerdote e amico dei re, agli anziani e alla nazione dei Giudei, salute! ³⁷Abbiamo gradito la corona d'oro e la palma che ci avete inviato, siamo pronti a fare una pace durevole con voi e a scrivere ai funzionari di concedervi l'immunità. ³⁸Quanto abbiamo stabilito nei vostri riguardi resta stabilito e anche le fortezze che voi avete edificato restino a voi. ³⁹Condoniamo gli errori e le mancanze commesse fino al giorno d'oggi e così pure la corona che ci dovete. Se qualche altro tributo gravasse su Gerusalemme, non sia più da riscuotere. ⁴⁰Se poi

vi sono tra voi uomini atti a essere arruolati per la nostra guardia, si arruolino, e vi sia pace tra noi». [41]L'anno 170 fu tolto il giogo delle genti da Israele [42]e il popolo incominciò a scrivere nei documenti e nei contratti: «Anno primo di Simone, sommo sacerdote insigne, stratega e capo dei Giudei».

Conquista di Ghezer e dell'Acra.

[43]In quei giorni Simone si accampò sotto Ghezer e la circondò con le sue truppe; costruì una torre mobile, l'accostò alla città e, abbattuta una torre, se ne impadronì. [44]Quelli che erano nella torre mobile fecero irruzione nella città e vi fu in essa una grande agitazione. [45]Gli abitanti della città allora salirono con le mogli e con i figli sulle mura e, stracciatesi le vesti, incominciarono a gridare con grande voce supplicando Simone di dar loro la destra. [46]Dicevano: «Non trattarci secondo le nostre malvagità, ma secondo la tua misericordia». [47]Simone si accordò con loro e non li combatté più. Tuttavia li cacciò dalla città e ne purificò le case, nelle quali vi erano idoli, ed entrò in essa tra canti di inni e di benedizioni. [48]Bandì da essa ogni impurità e vi stabilì uomini osservanti della legge; la fortificò e vi edificò una casa per sé.

[49]Ora quelli dell'Acra a Gerusalemme erano impediti di uscire e di andare nella regione per comprare e per vendere; soffrivano molto la fame e molti di loro erano già periti per la fame. [50]Perciò supplicarono Simone di accettare la loro destra in segno di pace ed egli la concesse; ma li scacciò di lì e purificò l'Acra dalle contaminazioni. [51]Vi entrarono il 23 del secondo mese dell'anno 171, tra canti di lode e rami di palme, con cetre, cembali e arpe, inni e canti, poiché un grande nemico era stato sradicato da Israele.

[52]Simone stabilì di celebrare ogni anno tale giorno con letizia. Fortificò il monte del tempio accanto all'Acra, e vi andò ad abitare insieme ai suoi. [53]Simone vide allora che suo figlio Giovanni era ormai un uomo e lo pose a capo di tutte le truppe. Costui pose la sua residenza a Ghezer.

14 Elogio di Simone.

[1]L'anno 172 il re Demetrio radunò le sue truppe e si recò in Media per procurarsi aiuti al fine di combattere Trifone. [2]Quando Àrsace, re della Persia e della Media, seppe che Demetrio era entrato nei suoi confini, mandò uno dei suoi generali a prenderlo vivo. [3]Questi andò, batté l'armata di Demetrio, lo catturò e lo condusse da Àrsace, il quale lo tenne in prigione.

[4]   La terra di Giuda rimase tranquilla
      per tutti i giorni di Simone.
      Egli cercò il bene della sua nazione,
      e a questa piacque la sua autorità
      e la sua gloria per tutti i giorni.
[5]   Oltre ad ogni altra sua gloria,
      prese Giaffa con il porto
      e lo aprì alle isole del mare.
[6]   Estese i confini della sua nazione
      e fu padrone della regione.
[7]   Raccolse numerosi prigionieri,
      e s'impadronì di Ghezer, di Bet-Zur
            e dell'Acra;
      ne tolse via le impurità,
      e non vi era chi potesse resistergli.
[8]   In pace si diedero a coltivare la loro
            terra
      e la terra dava i suoi prodotti
      e gli alberi dei campi il loro frutto.
[9]   I vecchi sedevano sulle piazze,
      interessandosi del bene comune,
      mentre i giovani indossavano vesti
            di gloria,
      e armature per la guerra.
[10] Alle città provvide alimenti
      e le munì di fortificazioni;
      la fama della sua gloria
      pervenne fino all'estremità della terra.
[11] Ristabilì la pace nel paese
      e Israele ne provò una grande gioia.
[12] Ciascuno sedeva sotto la sua vite e sotto
            il suo fico,
      e non vi era chi incutesse loro timore.
[13] Chi li combatteva venne meno nel paese
      e in quei giorni anche i re furono
            battuti.
[14] Rinvigorì tutti gli umili del suo popolo,

---

13. - [41.] L'anno 142 a.C. (170 dei Seleucidi) è una data memoranda per Israele, perché in tale anno divenne stato indipendente. Simone incominciò a coniare moneta con l'appellativo di *hēgoúmenos*, prendendo così in forma ufficiale possesso delle due dignità di sommo sacerdote e di etnarca.

[51.] *Il 23 del secondo mese*: ai primi di giugno del 141 a.C. Anche questa è una data memoranda, perché Israele non solo fu indipendente, ma da allora non ebbe più presidio straniero nel suo territorio, sino alla sottomissione ai Romani.

fu zelante della legge e scacciò ogni
empio e malvagio.
[15] Rese glorioso il luogo santo,
e lo rifornì di vasi sacri.

Rinnovo dell'alleanza con Roma e Sparta.

- [16]A Roma e a Sparta si seppe che Gionata
era morto e se ne rattristarono grandemente. [17]Ma come seppero che Simone suo fratello era diventato sommo sacerdote al suo
posto e che era padrone della regione e delle sue città, [18]gli scrissero una lettera su tavole di bronzo per rinnovare con lui l'amicizia e l'alleanza, che avevano concluso con
Giuda e con Gionata, suoi fratelli. [19]La lettera fu letta davanti all'assemblea in Gerusalemme.

[20]Ecco ora la copia della lettera, che inviarono gli Spartani: «I prìncipi e il popolo
degli Spartani a Simone, grande sacerdote,
agli anziani, ai sacerdoti e al resto del popolo dei Giudei, loro fratelli, salute! [21]I messaggeri inviati presso il nostro popolo ci
hanno informato della vostra gloria e del
vostro onore. Noi ci siamo rallegrati per il
loro arrivo [22]e abbiamo registrato le cose da
loro dette tra la decisione del popolo in
questo modo: "Numenio di Antioco e Antipatro di Giasone, messaggeri dei Giudei, sono venuti presso di noi per rinnovare la loro amicizia con noi". [23]Piacque al popolo di
accogliere tali uomini con onore e di depo-
sitare copia dei loro discorsi nei libri riser-
vati al popolo, affinché il popolo degli Spartani ne conservi il ricordo. Una copia di
queste cose viene scritta per Simone sommo sacerdote».

[24]Dopo di ciò Simone inviò Numenio a
Roma con un grande scudo d'oro del valore
di mille mine per confermare l'alleanza con
loro.

Gratitudine del popolo verso Simone.

- [25]Quando il popolo seppe queste cose, dissero: «Quale favore renderemo a Simone e
ai suoi figli? [26]Egli, infatti, con i suoi fratelli
e la casa di suo padre, è stato forte, ha combattuto e ricacciato i nemici d'Israele e ha
ristabilito la libertà». Scrissero perciò un
documento su tavole di bronzo e lo appose-
ro su una stele sul monte Sion. [27]Ecco la copia del documento:

«Il 18 di Elul dell'anno 172, che è il terzo
anno di Simone sommo sacerdote insigne,
in Asaramel, [28]nella grande assemblea dei
sacerdoti, del popolo, dei prìncipi della na-

zione e degli anziani della regione, ci fu reso noto: [29]Poiché a varie riprese vi furono
delle guerre nella regione, Simone, figlio di
Mattatia e sacerdote della stirpe di Ioarìb, e
i suoi fratelli affrontarono il pericolo e resi-
stettero agli avversari della loro nazione,
perché il luogo santo e la legge rimanessero
stabili; e così resero grande onore alla loro
nazione.

[30]Gionata radunò la loro nazione, divenne loro sommo sacerdote e poi si riunì alla
sua gente. [31]Poi i loro nemici volevano invadere la
loro regione e stendere la mano sul loro
luogo santo. [32]Allora Simone si levò contro
di essi e combatté per la sua nazione; spese
molte delle sue sostanze, equipaggiò gli uomini dell'esercito e pagò loro lo stipendio.
[33]Fortificò le città della Giudea e Bet-Zur
che è ai confini della Giudea; prima vi erano le armi dei nemici, ma egli vi pose a custodia soldati giudei. [34]Fortificò pure Giaffa,
che è sul mare, e Ghezer, che è ai confini
di Asdòd; in essa prima abitavano i nemici,
ma egli vi stabilì i Giudei e vi depositò
quanto era necessario al loro sostentamento.

[35]Il popolo vide la fede di Simone e la gloria che egli aveva voluto procurare alla sua
nazione. Pertanto lo costituirono loro capo
e sommo sacerdote, per aver egli fatto tutte
queste cose, per la giustizia e per la fede
che aveva custodito verso la sua nazione e
perché in ogni modo aveva cercato di esaltare il suo popolo.

[36]Durante i suoi giorni gli riuscì di sradicare con le sue mani i gentili dalla loro
regione, compresi quelli che erano nella
città di Davide in Gerusalemme, che vi
avevano costruito l'Acra, dalla quale uscivano profanando quanto è intorno al luogo santo e facendo grande ingiuria alla sua
purità. [37]Egli la fece abitare da soldati giudei, la fortificò per la sicurezza della regione e della città e innalzò le mura di
Gerusalemme.

[38]Per questo il re Demetrio gli confermò
il sommo sacerdozio, [39]lo annoverò tra i
suoi amici e gli conferì grandi onori. [40]Egli,
infatti, aveva appreso che i Giudei erano
stati chiamati amici, alleati e fratelli dai Romani; che questi erano andati incontro con
onore ai messaggeri di Simone; [41]e che i
Giudei e i sacerdoti avevano giudicato bene
che Simone fosse loro capo e sommo sacerdote per sempre fino a quando sorgerà un

profeta fedele, [42]che fosse loro stratega e prendesse cura del luogo santo, stabilendo egli stesso chi deve presiedere ai suoi lavori, alla regione, all'esercito e alle fortezze, [43]che si prendesse cura del luogo santo e fosse ascoltato da tutti, che nel suo nome si scrivessero tutti i documenti nella regione ed egli potesse rivestirsi di porpora e portare ornamenti d'oro.

[44]Pertanto a nessuno del popolo e dei sacerdoti sarà lecito abrogare alcunché di queste cose, né parlare contro ciò che egli avrà detto, convocare senza di lui una riunione nella regione, né rivestirsi di porpora o portare la fibbia d'oro. [45]Se qualcuno agirà contro tali cose o ne violerà qualcuna, sarà passibile di pena.

[46]Il popolo tutto giudicò bene di accordare a Simone di poter agire in conformità a queste cose. [47]Simone accettò e giudicò bene di esercitare il sommo sacerdozio, di essere stratega ed etnarca dei Giudei e dei sacerdoti e di presiedere a tutti».

[48]Ordinarono di redigere questo documento su tavole di bronzo da collocarsi nel recinto del luogo santo in un posto patente, [49]e che una copia fosse riposta nel tesoro, a disposizione di Simone e dei suoi figli.

15 **Antioco VII nuovo re di Siria.** - [1]Antioco, figlio del re Demetrio, inviò dalle isole del mare una lettera a Simone, sacerdote ed etnarca dei Giudei, e a tutta la nazione. [2]Essa era così concepita: «Il re Antioco a Simone, sacerdote grande ed etnarca, e alla nazione dei Giudei, salute! [3]Poiché uomini infami si sono impadroniti del regno dei padri miei, ora io voglio rivendicare tale regno in modo da riordinarlo com'era prima. Pertanto, avendo raccolto grande quantità di truppe mercenarie ed equipaggiato navi da guerra, [4]intendo sbarcare nella regione per far vendetta su coloro che hanno rovinato la nostra regione e devastato molte città del mio regno. [5]Ora perciò ti confermo tutte le immunità che ti concessero i re prima di me e tutti gli altri donativi dai quali essi ti esentarono; [6]ti permetto di battere moneta propria per uso della tua regione; [7]Gerusalemme e il suo luogo santo siano liberi; tutte le armi che hai fabbricato e le fortezze che hai edificato e sono in tuo possesso, restino a te. [8]Ogni debito che hai o potrai avere verso il re da questo momento e per sempre ti sia rimes-

so. [9]Quando poi avremo riconquistato il nostro regno, glorificheremo te, la tua nazione e il tempio con una gloria così grande che la vostra gloria si farà manifesta su tutta la terra».

[10]L'anno 174 Antioco partì per la terra dei suoi padri e tutte le truppe si unirono a lui, di modo che solo poche restarono con Trifone. [11]Antioco si mise ad inseguire costui ed egli fuggendo giunse fino a Dora sul mare. [12]Egli infatti sapeva che i mali si erano riversati su di lui poiché le truppe lo avevano abbandonato. [13]Antioco allora andò ad accamparsi davanti a Dora con centoventimila uomini di guerra e ottomila cavalieri. [14]Circondò la città, mentre le navi l'attaccavano dal mare; così, stringendo la città dalla terra e dal mare, non permetteva a nessuno di uscire o di entrare.

La protezione accordata dai Romani. - [15]Intanto giunse da Roma Numenio con i suoi compagni portando delle lettere per i re e per le regioni. Vi era scritto: [16]«Lucio, console dei Romani, al re Tolomeo, salute! [17]Gli ambasciatori dei Giudei sono venuti da noi come nostri amici e alleati per rinnovare l'antica amicizia e alleanza, inviati dal sommo sacerdote Simone e dal popolo dei Giudei. [18]Ci hanno portato uno scudo d'oro di mille mine. [19]Ci piacque perciò di scrivere ai re e alle regioni di non far loro alcun male né di combattere contro di loro, contro le loro città e contro la loro regione, né di allearsi con quelli che combattono contro di essi. [20]Ci è parso bene anche di accettare il loro scudo. [21]Se poi uomini infami dalla loro regione sono fuggiti presso di voi, consegnateli al sommo sacerdote Simone affinché li punisca secondo la loro legge».

[22]Queste medesime cose furono scritte al re Demetrio, ad Attalo, ad Ariarate, ad Àrsace [23]e a tutte le regioni: a Sampsame, agli Spartani, a Delo, a Mindo, a Sicione, alla Caria, a Samo, alla Panfilia, alla Licia, ad Alicarnasso, a Rodi, a Faselide, a Coo, a Side, ad Arado, a Gortina, a Cnido, a Cipro e a Cirene. [24]Una copia la scrissero anche per il sommo sacerdote Simone.

Rottura tra Antioco VII e Simone. - [25]Il re Antioco, dunque, stava accampato davanti a Dora, nella parte nuova, spingendo continuamente contro di essa le schiere e costruendo delle macchine. Teneva così accerchiato Trifone in modo che non poteva né uscire né entrare. [26]Simone, allora, gli inviò duemila uomini scelti per combattere insieme a lui, nonché argento, oro e materiale in quantità. [27]Il re però non volle accettarli; anzi revocò tutte le concessioni che gli aveva fatto per l'innanzi e gli si mostrò ostile. [28]Gli inviò poi Atenobio, uno dei suoi amici, a trattare con lui e dirgli: «Voi avete occupato Giaffa, Ghezer e l'Acra di Gerusalemme, che sono città del mio regno. [29]Avete devastato i loro territori, avete prodotto una grande piaga nel paese e vi siete impadroniti di molte altre località nel mio regno. [30]Ora, perciò, consegnate le città che avete occupato e i tributi delle località di cui vi siete impadroniti fuori dai confini della Giudea. [31]Oppure dateci in cambio cinquecento talenti d'argento per le devastazioni da voi compiute e altri cinquecento talenti per i tributi delle città. Altrimenti verremo e vi faremo guerra».

[32]Atenobio, amico del re, venne a Gerusalemme e, avendo visto la gloria di Simone, il vasellame d'oro e d'argento e il grande apparato, ne rimase stupefatto. Gli riferì le parole del re; [33]ma Simone gli rispose: «Né terra di altri noi abbiamo preso, né di cose di altri noi ci siamo impossessati, ma piuttosto dell'eredità dei padri nostri, che ingiustamente, a un certo momento, era stata occupata dai nostri nemici. [34]Noi quindi, avutane l'opportunità, abbiamo ricuperato quell'eredità dei nostri padri. [35]Riguardo a Giaffa, poi, e a Ghezer, che tu reclami, esse producevano una grande piaga al popolo e alla nostra regione. Per esse ti daremo cento talenti». [36]Quegli non rispose parola e, adirato, se ne tornò presso il re, a cui riferì questi discorsi, la gloria di Simone e quanto aveva visto. Anche il re si adirò di grande ira.

[37]Ora Trifone, salito su una nave, fuggì a Ortosia. [38]Il re allora stabilì Cendebeo stratega della costa e gli affidò un'armata di fanti e cavalieri. [39]Gli comandò di porre il campo di fronte alla Giudea, di ricostruire Cedron, di fortificare le porte e di combattere contro il popolo. Il re intanto si mise ad inseguire Trifone. [40]Come Cendebeo giunse a Iamnia, incominciò a provocare il popolo e a invadere la Giudea, a ridurre in schiavitù la popolazione e a uccidere. [41]Ricostruì Cedron e vi collocò cavalieri e truppe affinché, facendo delle sortite, battessero le strade della Giudea, come gli aveva ordinato il re.

16 Vittoria dei figli di Simone su Cendebeo. - [1]Allora Giovanni salì da Ghezer e riferì a Simone suo padre quanto Cendebeo stava compiendo. [2]Simone perciò chiamò i suoi due figli più anziani, Giuda e Giovanni, e disse loro: «Io, i miei fratelli e la casa di mio padre abbiamo combattuto le guerre d'Israele dalla giovinezza fino al giorno d'oggi, e ci riuscì di liberare Israele più volte con le nostre mani. [3]Ora io sono vecchio, mentre voi, per divina misericordia, avete abbastanza anni. Prendete il mio posto e quello del mio fratello e uscite a combattere per la nostra nazione. L'aiuto del Cielo sia con voi!». [4]Poi scelse nella regione ventimila combattenti e cavalieri e questi si misero in marcia contro Cendebeo. Passarono la notte a Modin [5]e la mattina, levatisi, avanzarono verso la pianura. Ma ecco, dinanzi a loro un grande esercito di fanti e cavalieri. Tra essi e gli altri vi era solo un torrente. [6]Giovanni con la sua gente prese posizione davanti a loro; poi, vedendo che la sua gente aveva paura di attraversare il torrente, lo attraversò egli stesso per primo; gli altri, vedendolo, lo attraversarono anch'essi appresso a lui. [7]Divise la sua gente e pose i cavalieri in mezzo ai fanti. La cavalleria degli avversari era infatti molto numerosa. [8]Allora suonarono le trombe e Cendebeo fu travolto insieme alla sua armata; molti di essi caddero feriti; i superstiti fuggirono verso la fortezza. [9]In quell'occasione anche Giuda, fratello di Giovanni, rimase ferito; ma Giovanni li inseguì fino a che raggiunse Cedron, che Cendebeo aveva ricostruito. [10]Altri fuggirono fino alle torri che sono nei campi di Asdòd; ma egli vi appiccò il fuoco e così caddero di quelli circa duemila uomini. Giovanni poi in pace fece ritorno nella Giudea.

Simone ucciso a tradimento da suo genero Tolomeo. - [11]Tolomeo, figlio di Abùbo, era stato costituito stratega della pianura di Gerico. Egli aveva molto argento e oro. [12]Era, infatti, genero del sommo sacerdote. [13]Il suo cuore però si insuperbì e, volendo diventare padrone della regione, andava facendo subdoli progetti contro Simone e i suoi figli per eliminarli. [14]Ora Simone, mentre stava visitando le città della regione, interessandosi delle loro necessità, scese a Gerico, lui e i suoi figli Mattatia e Giuda, l'anno 177 nell'undicesimo mese, che è il mese di Sabat. [15]Il figlio di Abùbo li ricevette con inganno nella piccola fortezza chiamata Dok, che egli stesso aveva costruito; fece loro un grande banchetto e intanto teneva nascosti alcuni uomini. [16]Come Simone con i suoi figli si fu inebriato, Tolomeo si levò con i suoi uomini e, impugnate le armi, si gettarono su Simone nella sala del banchetto e uccisero lui, i suoi due figli e alcuni dei suoi servi. [17]Egli così commise una grande perfidia e rese male per bene.

Giovanni sventa un complotto e succede a suo padre. - [18]Tolomeo poi scrisse un rapporto di queste cose e lo inviò al re, affinché gli inviasse truppe in aiuto e gli affidasse la regione e le città. [19]Mandò anche altri a Ghezer per eliminare Giovanni e inviò lettere ai comandanti affinché si recassero da lui poiché voleva dare loro argento, oro e regali. [20]Altri ancora li inviò ad occupare Gerusalemme e il monte del tempio. [21]Un tale tuttavia corse avanti ad annunziare a Giovanni in Ghezer che suo padre era perito insieme ai suoi fratelli aggiungendo: «Ha inviato a uccidere anche te!». [22]Udendo ciò, Giovanni fu grandemente sconvolto. Prese gli uomini ch'erano venuti per sopprimerlo e li uccise. Sapeva, infatti, che cercavano di farlo perire.

[23]Quanto alle altre azioni di Giovanni, le sue guerre, gli atti di valore che egli compì, la costruzione delle mura che egli costruì e le gesta di lui, [24]ecco tali cose sono scritte nel libro dei giorni del suo sommo sacerdozio, dal momento in cui divenne sommo sacerdote dopo suo padre.

SECONDO LIBRO DEI MACCABEI

Il libro, scritto in greco, contiene i fatti succedutisi in Giudea dal 175 al 160 a.C.; non è perciò la continuazione di 1Mac, anche se rievoca alcuni fatti che esso narra. L'autore lo presenta come il compendio di un'opera, a noi sconosciuta, scritta poco dopo il 160 a.C. da un certo Giasone di Cirene, un giudeo della diaspora africana. L'anonimo abbreviatore realizzò il suo compendio scegliendo gli episodi più significativi; conservò però lo stile «patetico» della narrazione, ricco di enfasi, di invocazioni e invettive, punteggiato da interventi soprannaturali. Questo stile «patetico» ha lo scopo di persuadere e commuovere il lettore.

L'opera inizia con due lettere (1,1 - 2,18) che invitano gli Ebrei d'Egitto a celebrare insieme ai fratelli della Giudea la festa della purificazione del tempio. Dopo la prefazione (2,18-32) si possono distinguere due nuclei narrativi: il primo riporta episodi della persecuzione violenta contro gli Ebrei, che provoca i martiri, da una parte, e dall'altra intrighi e compromessi di alcuni sommi sacerdoti per il potere (cc. 3-7); il secondo nucleo riporta le imprese di Giuda Maccabeo fino alla splendida vittoria su Nicanore (8,1 - 15,36). Nella breve conclusione (15,37-39) l'autore si congeda dai lettori.

Il libro fa progredire la rivelazione su un punto cruciale. In esso si esprime la credenza esplicita nella risurrezione: se i giusti soffrono fino al martirio per la loro fede, sono sicuri di risuscitare dal regno dei morti e ottenere una ricompensa nell'altra vita.

«DIO CI HA SALVATI»

1 **Prima lettera ai Giudei di Egitto.** - [1]Ai fratelli Giudei dell'Egitto, i fratelli Giudei che sono in Gerusalemme e nella regione della Giudea, salute e pace benefica. [2]Dio vi ricolmi di benefici e si ricordi della sua alleanza con Abramo, Isacco e Giacobbe, suoi servi fedeli. [3]Doni a tutti volontà per onorarlo e per compiere i suoi voleri, con cuore grande e animo volenteroso. [4]Vi apra il cuore alla sua legge e ai suoi precetti e vi dia pace. [5]Ascolti le vostre preghiere, si riconcili con voi e non vi abbandoni in tempi di calamità. [6]Noi qui ora preghiamo per voi.

[7]Sotto il regno di Demetrio, nell'anno 169, noi Giudei vi scrivemmo: «Nella tribolazione e nell'angustia che si è abbattuta su di noi in questi anni, da quando Giasone e i suoi, tradita la terra santa e il regno, [8]incendiarono il portale e versarono sangue innocente, noi abbiamo pregato il Signore e siamo stati esauditi; abbiamo offerto un sacrificio e fior di farina, abbiamo acceso le lampade ed esposti i pani». [9]Ed ora vi scriviamo affinché celebriate i giorni delle Capanne del mese di Casleu. L'anno 188.

Altra lettera ai Giudei di Egitto. - [10]Gli abitanti di Gerusalemme e della Giudea, il consiglio degli anziani e Giuda, ad Aristobulo, precettore del re Tolomeo, della stirpe dei sacerdoti consacrati, e ai Giudei che sono in Egitto, salute e prosperità!

---

1. - [1-9.] I Giudei in Egitto erano numerosi, fin dal tempo della distruzione di Gerusalemme ad opera di Nabucodònosor (586 a.C.). Avevano eretto un tempio nell'isola di Elefantina, distrutto nel 411 a.C., e verso l'anno 170 a.C. il figlio del sommo sacerdote Onia III si era rifugiato a Leontopoli, costruendovi un tempio.
[9.] La festa *delle Capanne*, ordinata dalla legge, si celebrava in ottobre; questa di Casleu, nono mese (novembre-dicembre), era la festa della Dedicazione del tempio riconquistato e purificato da Giuda Maccabeo (1Mac 4,59).

[11]Da Dio salvati da grandi pericoli, grandemente lo ringraziamo per essere riusciti a schierarci contro il re, [12]poiché egli stesso ha ricacciato coloro che si erano schierati contro la santa città. [13]Infatti il loro capo, essendo in Persia, fu fatto a pezzi insieme al suo esercito che sembrava imbattibile, nel tempio di Nanea, grazie ad un tranello tesogli dai sacerdoti di Nanea. [14]Difatti Antioco, con i suoi amici, si era recato in quel posto come per sposarsi con la dea, allo scopo però di prendersi le sue molte ricchezze a titolo di dote. [15]Quando, dunque, egli si presentò con poche persone entro il recinto del tempio, i sacerdoti del Naneio gliele mostrarono; ma poi, chiuso il santuario appena Antioco fu entrato, [16]aprirono la porta segreta del soffitto e scagliando pietre fulminarono il principe insieme agli altri, li fecero a pezzi e ne gettarono le teste mozzate a quelli che erano fuori. [17]In ogni cosa sia benedetto il nostro Dio, che ha consegnato alla morte gli empi.

[18]Stando noi per celebrare, il 25 di Casleu, la purificazione del tempio, abbiamo creduto necessario informarvi, affinché anche voi celebriate la festa delle Capanne e del fuoco, apparso quando Neemia, riedificato il tempio e l'altare, offrì sacrifici. [19]Infatti quando i nostri padri furono condotti in Persia, alcuni pii sacerdoti, preso il fuoco dall'altare, segretamente lo nascosero nella cavità di un pozzo asciutto, nel quale lo posero al sicuro in modo che il luogo rimanesse a tutti ignoto. [20]Passati molti anni, quando a Dio piacque, Neemia, inviato dal re di Persia, mandò a cercare il fuoco alcuni discendenti dei sacerdoti che lo avevano nascosto. Avendo però questi riferito di non aver trovato il fuoco, bensì acqua grassa, egli comandò loro di attingerla e di portarla. [21]Quando tutto fu pronto per i sacrifici, Neemia comandò ancora ai sacerdoti di cospargere con l'acqua la legna e le cose sovrapposte. [22]Così fu fatto e, dopo qualche tempo il sole, che prima era velato da nubi, incominciò a risplendere e si accese un gran fuoco, sicché tutti ne restarono ammirati. [23]Mentre il sacrificio si consumava, i sacerdoti facevano la preghiera e con i sacerdoti tutti gli altri. Gionata incominciava e gli altri con Neemia rispondevano.

[24]La preghiera era così concepita: «Signore, Signore Dio, creatore di tutte le cose, terribile, forte, giusto e misericordioso, solo re e solo buono, [25]solo generoso, solo giusto, onnipotente ed eterno, che salvi Israele da ogni male, che hai fatto dei nostri padri degli eletti e li hai santificati, [26]accetta il sacrificio per tutto il tuo popolo d'Israele, custodisci la tua porzione e santificala. [27]Raduna i nostri dispersi, libera quelli che sono schiavi in mezzo alle genti, riguarda quelli che sono disprezzati e oltraggiati e riconoscano le genti che tu sei il nostro Dio. [28]Castiga quelli che ci opprimono e ci ingiuriano con superbia. [29]Pianta il tuo popolo nel tuo santo luogo, come ha detto Mosè».

[30]I sacerdoti intanto cantavano gli inni. [31]Quando il sacrificio fu consumato, Neemia ordinò di versare l'acqua rimanente su grandi pietre. [32]Come ciò fu fatto, apparve una fiamma, la quale fu assorbita dalla luce che risplendeva sull'altare.

[33]Quando il fatto fu divulgato, anche al re dei Persiani fu riferito che nel luogo ove i sacerdoti deportati avevano nascosto il fuoco era apparsa un'acqua con la quale i compagni di Neemia avevano purificato l'occorrente per il sacrificio. [34]Accertatosi del fatto, il re fece allora recingere il luogo e lo dichiarò sacro. [35]Il re ricevava molti doni da quelli che egli favoriva e ne dava loro. [36]I compagni di Neemia chiamarono questo liquido *nephtar*, che significa «purificazione»; ma da molti è chiamato *nephtai*.

2 [1]Nei documenti si trova che il profeta Geremia ordinò ai deportati di prendere il fuoco, come già si è detto, [2]e che il profeta raccomandò ai deportati, consegnando loro la legge, di non dimenticarsi dei comandamenti del Signore e di non lasciarsi sviare nei pensieri, venerando le statue d'oro e d'argento e l'ornamento posto intorno ad esse. [3]Dicendo altre cose simili, li esortava a non allontanare la legge dal loro cuore.

[4]In quello scritto vi era pure che il profeta, avvertito da un oracolo, ordinò che la tenda e l'arca lo seguissero, mentre egli si recava al monte sul quale Mosè era salito per contemplare l'eredità di Dio. [5]Giunto là, Geremia trovò un abitacolo a forma di antro; v'introdusse la tenda, l'arca e l'altare dei profumi e ne ostruì la porta. [6]Alcuni di quelli che l'avevano seguìto, si avvicinarono per segnare la via; ma non riuscirono a trovarla. [7]Quando Geremia lo seppe, rimproverandoli disse loro: «Il luogo resterà ignoto sino a quando Dio avrà radunato la

comunità e gli userà misericordia. [8]Allora il Signore mostrerà di nuovo queste cose e apparirà la gloria del Signore e la nube, come si mostrava al tempo di Mosè e quando Salomone pregò affinché il tempio fosse consacrato con magnificenza».

[9]Vi si narra pure come costui, da saggio qual era, offrì sacrifici per la dedicazione e il compimento del tempio. [10]Allo stesso modo che Mosè aveva pregato il Signore e dal cielo era disceso il fuoco che aveva consumato le vittime, così anche Salomone pregò e il fuoco disceso dall'alto consumò gli olocausti. [11]Mosè aveva detto: «Poiché non è stato mangiato, il sacrificio per il peccato è stato distrutto». [12]Allo stesso modo anche Salomone celebrò gli otto giorni di festa.

[13]Oltre a queste cose, nei documenti e nelle memorie di Neemia vi era narrato pure come questi, fondata una biblioteca, vi radunò i libri riguardanti i re e i profeti, gli scritti di Davide e le lettere dei re riguardanti le oblazioni votive. [14]Similmente anche Giuda ha radunato i libri che erano andati dispersi a causa della guerra che ci è stata fatta. Essi sono presso di noi. [15]Se, perciò, ne avete bisogno, mandateci chi ve li porti.

[16]Noi vi scriviamo mentre stiamo per celebrare la purificazione. Farete bene, perciò, a celebrare questi giorni. [17]Il Dio che ha salvato tutto il suo popolo e ha restituito a tutti l'eredità, il regno, il sacerdozio e la santità, [18]come aveva promesso nella legge, noi speriamo che questo Dio avrà presto pietà di noi e da ogni parte che è sotto il cielo ci radunerà nel luogo santo. Poiché è lui che ci ha liberato da grandi mali e ha purificato questo luogo.

Prefazione dell'autore. - [19]Le cose riguardanti Giuda Maccabeo e i suoi fratelli, la purificazione del grande tempio e l'inaugurazione dell'altare; [20]come pure le guerre contro Antioco Epifane e suo figlio Eupato-re; [21]le apparizioni avvenute dal cielo a favore di quelli che generosamente hanno lottato per il giudaismo fino a saccheggiare, loro che erano pochi, l'intera regione e a inseguire le orde barbare, [22]a ricuperare il tempio più famoso su tutta la terra abitata, a liberare la città e a ristabilire le leggi che stavano per essere abolite, essendo stato il Signore propizio verso di essi con tutta clemenza: [23]tutte queste cose, che furono esposte da Giasone di Cirene in cinque libri, noi tenteremo di riassumerle in un solo volume.

[24]Considerando, infatti, la massa di numeri e la difficoltà che vi è per coloro che vogliono addentrarsi nelle vicende di questa storia, a causa della quantità della materia, [25]ci siamo preoccupati di procurare diletto a quelli che vogliono leggerla, facilità a quelli che pensano di mandarla a memoria e utilità a quanti capiterà in mano. [26]Invero non è cosa facile per noi, che ci siamo assunti il duro compito di farne un riassunto, ma motivo di sudori e di veglie, [27]come appunto non è cosa semplice quella di chi prepara un banchetto e cerca la soddisfazione degli altri. Nondimeno, per l'utilità del pubblico, volentieri sopporteremo la fatica, [28]lasciando all'autore l'accuratezza circa i singoli particolari e studiandoci invece di seguire le linee di una sintesi. [29]Come, infatti, l'architetto di una casa nuova deve aver cura di tutta la costruzione, mentre chi si accinge a dipingerla e a decorarla deve ricercare quanto è adatto all'ornamentazione, così penso che sia anche per noi. [30]Certo, il penetrare e spaziare nelle cose, esaminandole nei particolari, è un dovere per l'autore di una storia. [31]Ma a chi ne fa un estratto si deve concedere di guardare alla brevità nel dire e di trascurare l'esposizione minuziosa dei fatti.

[32]A questo punto, dunque, daremo inizio alla narrazione, senza nulla aggiungere a quanto già detto, poiché sarebbe sciocco essere prolissi in ciò che precede la storia e poi concisi nella storia medesima.

IL TEMPO DELLA PERSECUZIONE

3 **Il ministro Eliodoro a Gerusalemme.** - [1]Quando la città santa godeva di una pace completa e le leggi vi erano osservate nel migliore dei modi, grazie alla pietà del sommo sacerdote Onia e al suo odio per il male,

2. - [18.] Qui finisce la lettera dei Giudei ad Aristobulo, lettera senza data, ma che probabilmente è del 163-162 a.C., ai tempi di Giuda Maccabeo. È da notare il linguaggio messianico di cui fa uso.
[20.] *Antioco IV Epifane* o «illustre». *Eupatore*: Antioco V. 2Mac, se si eccettua l'episodio di Eliodoro e le lettere riportate all'inizio del libro, comprende fatti avvenuti sotto Antioco IV e Antioco V, nello spazio di circa 16 anni (175-160).

[2]gli stessi re onoravano il luogo santo e glorificavano il tempio con i doni più splendidi, [3]al punto che anche Selèuco, re dell'Asia, provvedeva con le proprie rendite a tutte le spese occorrenti per la liturgia dei sacrifici.

[4]Or un certo Simone, della tribù di Bilga, essendo stato costituito soprintendente del tempio, venne a trovarsi in contrasto con il sommo sacerdote circa l'amministrazione della città. [5]Pertanto, non riuscendo a prevalere su Onia, andò da Apollonio di Tarso, che in quel tempo era governatore della Celesiria e della Fenicia, [6]e gli riferì che la camera del tesoro in Gerusalemme era talmente piena di indicibili ricchezze, che la quantità delle somme era incalcolabile; esse poi non avevano nulla a che fare con le spese per i sacrifici ed era possibile farle cadere in potere del re. [7]Apollonio, a sua volta, incontratosi con il re, lo mise al corrente delle ricchezze che gli erano state denunziate. Questi, allora, scelto il ministro Eliodoro, lo inviò a Gerusalemme, dandogli ordine di compiere la confisca delle predette ricchezze.

[8]Eliodoro si mise subito in cammino, in apparenza come per visitare le città della Celesiria e della Fenicia, ma in realtà per eseguire il disegno del re. [9]Giunto a Gerusalemme e accolto con benevolenza dal sommo sacerdote e dalla città, riferì l'informazione ricevuta e manifestò il motivo per cui era venuto, chiedendo poi se per caso le cose stessero veramente in tal modo. [10]Il sommo sacerdote allora gli spiegò che i depositi erano delle vedove e degli orfani [11]e una parte anche di Ircano, figlio di Tobia, uomo collocato in alta posizione; che, al contrario di quanto falsamente aveva detto l'empio Simone, si trattava in tutto di quattrocento talenti d'argento e di duecento d'oro; [12]e che, infine, doveva essere assolutamente impossibile far torto a coloro che avevano confidato nella santità del luogo e nella maestà e inviolabilità del tempio, venerato in tutto il mondo. [13]Eliodoro, però, in forza degli ordini che aveva dal re, rispose che in ogni modo essi dovevano essere confiscati a favore del tesoro reale.

Costernazione della città. - [14]Fissò un giorno e si presentò per dirigere l'ispezione. In tutta la città vi era intanto una non piccola agitazione. [15]I sacerdoti, prostrati davanti all'altare nelle loro vesti sacre, invocavano il cielo che, avendo fissato la legge sui depositi, conservasse intatti tali beni a coloro che ve li avevano depositati. [16]Chi poi osservava l'aspetto del sommo sacerdote ne era ferito fino al cuore, poiché lo sguardo e l'alterazione del colore ne rivelavano l'angoscia dell'anima. [17]Su quest'uomo, infatti, si era diffuso uno spavento e insieme un tremito del corpo, per cui agli spettatori si faceva manifesto il dolore che era dentro al suo cuore.

[18]Dalle case intanto gli uomini a frotte balzavano fuori per fare una pubblica supplica a causa dell'affronto che il luogo santo stava per subire. [19]Le donne, a loro volta, cinti i cilizi sotto ai seni, affluivano per le strade, mentre le fanciulle, tenute chiuse, accorrevano alcune alle porte e altre sulle mura, mentre alcune si affacciavano dalle finestre. [20]Tutte, le mani tese al cielo, recitavano preghiere. [21]Era commovente vedere la prostrazione confusa di quella folla e l'ansia del sommo sacerdote in preda a una grande angoscia. [22]Essi invocavano il Signore onnipotente affinché con ogni sicurezza custodisse intatti i depositi ai loro depositanti. [23]Eliodoro, invece, eseguiva quanto aveva deciso.

La grande apparizione. - [24]Con i suoi compagni, egli era già sul posto, presso la camera del tesoro, quando il Signore degli spiriti e di ogni potestà compì un'apparizione così grande che tutti coloro che avevano osato entrare, colpiti dalla potenza di Dio, furono travolti nella spossatezza e nello spavento. [25]Apparve loro un cavallo, ornato di una magnifica bardatura e con sopra un terribile cavaliere. Si muoveva impetuosamente e lanciava contro Eliodoro i suoi zoccoli anteriori. Chi lo cavalcava sembrava avere un'armatura d'oro. [26]Davanti a lui comparvero altri due giovani, straordinari per la forza, splendidi per bellezza e magnifici nel loro abbigliamento, i quali, postiglisi ciascuno da un lato, lo flagellavano ininterrottamente, sferrandogli numerose sferzate. [27]Caduto d'un tratto a terra e avvolto da una profonda oscurità, dovettero prenderlo e deporlo su una lettiga. [28]Colui che poco prima era entrato nella suddetta camera del tesoro con numeroso seguito e con tutta la sua guardia del corpo, fu portato via così, reso incapace d'aiutarsi da se stesso, avendo tutti riconosciuto apertamente la potenza di Dio. [29]E mentre egli, a causa della divina potenza, giaceva senza parola, privo di ogni speranza di salvezza, [30]gli altri benedicevano il Signore che aveva glorificato il suo luogo; sicché il tempio che poco prima era pieno di terrore e spavento, quando fu apparso il Signore onnipotente si riempì di gioia e di allegrezza.

Intercessione di Onia. - [31]Subito però alcuni dei compagni di Eliodoro pregarono Onia di supplicare l'Altissimo affinché facesse grazia della vita a quell'uomo, che ormai era all'ultimo respiro. [32]Il sommo sacerdote allora, temendo che forse il re avrebbe avuto il sospetto che qualche cattiveria fosse stata compiuta dai Giudei contro Eliodoro, offrì un sacrificio per la salute dell'uomo.

[33]Mentre il sommo sacerdote compiva l'espiazione, gli stessi giovani comparvero di nuovo ad Eliodoro, rivestiti delle medesime vesti, e restando in piedi gli dissero: «Abbi molta gratitudine per il sommo sacerdote Onia, perché per merito suo il Signore ti ha fatto grazia della vita. [34]Tu poi, flagellato dal cielo, annunzia a tutti la grande potenza di Dio». Detto ciò, divennero invisibili. [35]Eliodoro allora, offerto un sacrificio al Signore e fatti grandi voti a chi lo aveva fatto vivere, salutò Onia e fece ritorno dal re, [36]rendendo testimonianza a tutti delle opere del grandissimo Dio, che egli aveva visto con i suoi occhi.

[37]In seguito, avendo il re domandato a Eliodoro chi fosse adatto ad essere inviato ancora una volta a Gerusalemme, egli rispose: [38]«Se hai qualche nemico o avversario negli affari, mandalo là e lo riceverai poi ben flagellato, se davvero ne riuscirà salvo, poiché intorno a quel luogo vi è veramente una forza divina. [39]Infatti Colui che ha una abitazione nei cieli, è vigile custode di quel luogo e percuote e annienta coloro che vi si avvicinano per operarvi il male».

[40]In questo modo, dunque, si svolsero i fatti relativi a Eliodoro e alla conservazione del tesoro.

4 Calunnie e delitti di Simone. - [1]Il suddetto Simone, che si era fatto delatore delle ricchezze e della patria, calunniava Onia, quasi che questi avesse percosso Eliodoro e fosse stato l'artefice dei suoi mali. [2]Osava chiamare eversore della cosa pubblica il benefattore della città, il protettore dei connazionali e il custode zelante delle leggi! [3]Ora, essendo giunta la sua ostilità a tal punto che furono compiuti omicidi da uno di coloro che erano stati arruolati dallo stesso Simone, [4]Onia, considerando il danno della rivalità e il fatto che Apollonio figlio di Menesteo, governatore della Celesiria e della Fenicia, fomentava la cattiveria di Simone, [5]si recò dal re, non per farsi accusatore dei cittadini, ma guardando all'utilità comune e privata di tutto il popolo. [6]Egli infatti vedeva bene che senza una decisione del re sarebbe stato impossibile che la pace tornasse ormai nella cosa pubblica e che Simone ponesse fine alla sua follia.

Ellenismo di Giasone. - [7]Intanto, passato Selèuco all'altra vita e avendo Antioco, soprannominato Epifane, occupato il regno, Giasone, fratello di Onia, si procurò per corruzione il sommo sacerdozio, [8]promettendo al re, durante un incontro, trecentosessanta talenti d'argento e altri ottanta, riscossi da qualche altra entrata. [9]Inoltre si impegnò a sottoscriverne altri centocinquanta, se gli fosse stato concesso di erigere, di sua autorità, un ginnasio e un'efebia e di suscitare un'associazione di antiocheni in Gerusalemme. [10]Avendo il re acconsentito, egli, assunto il potere, si diede subito a trasformare i connazionali alla maniera greca. [11]Mise da parte le benigne concessioni fatte dai re ai Giudei per opera di Giovanni, padre di quell'Eupolemo che poi compì l'ambasciata per l'amicizia e l'alleanza con i Romani; quindi, abolite le istituzioni patrie, instaurò consuetudini inique. [12]Con piacere, infatti, eresse un ginnasio, proprio sotto l'acropoli, e indusse i migliori giovani a portare il petaso.

[13]Vi fu, in questo modo, un tale ardore di ellenismo e una tale invadenza di moda straniera, a causa della straordinaria scelleratezza dell'empio e niente affatto sommo sacerdote Giasone, [14]che i sacerdoti non erano più zelanti per la liturgia dell'altare; anzi, disprezzando il tempio e trascurando i sacrifici, si affrettavano a prendere parte nella palestra, al segnale del disco, ai giochi contrari alla legge, [15]non facendo più alcun conto delle dignità nazionali e stimando invece ottime le glorie ellenistiche.

[16]A causa di ciò una dura sventura piombò sopra di essi, trovando i loro nemici e giustizieri proprio in coloro per le cui

istituzioni si erano fatti zelanti e a cui avevano voluto in tutto assomigliare. [17]Veramente non è mai comodo agire empiamente contro le leggi divine. Ma questo lo dimostrerà il periodo storico seguente.

[18]Celebrandosi in Tiro i giochi quinquennali alla presenza del re, [19]il turpe Giasone vi mandò, come spettatori, alcuni antiocheni di Gerusalemme, i quali recavano trecento dramme d'argento per il sacrificio a Ercole. I latori però giudicarono non essere conveniente usarle per il sacrificio, ma piuttosto di destinarle ad altra spesa. [20]Perciò quanto era stato inviato per il sacrificio a Ercole, per merito dei latori fu versato per l'allestimento di triremi.

Antioco Epifane a Gerusalemme. - [21]Da Apollonio, figlio di Menesteo, che era stato inviato in Egitto per l'intronizzazione del re Filometore, Antioco apprese che costui era divenuto ostile al suo governo e perciò si preoccupò della sua sicurezza. Per questa ragione, recatosi prima a Giaffa, giunse poi a Gerusalemme. [22]Accolto magnificamente da Giasone e dalla città, fu ricevuto con fiaccolate e acclamazioni. Di qui poi marciò verso la Fenicia.

Intrighi di Menelao. - [23]Tre anni dopo, Giasone inviò Menelao, fratello del menzionato Simone, a portare del danaro al re e per sbrigare le pratiche relative ad affari urgenti. [24]Questi, presentatosi al re e adulandolo con le maniere di un uomo potente, si accaparrò il sommo sacerdozio, superando Giasone per trecento talenti d'argento. [25]Ricevute le lettere commendatizie, si presentò non portando nulla che fosse degno del sommo sacerdozio, ma piuttosto avendo in sé i sentimenti d'un tiranno crudele e le disposizioni di una bestia selvaggia. [26]Così Giasone, che aveva ingannato il suo proprio fratello, ingannato a sua volta da un altro, fu costretto a fuggire nella regione dell'Ammanìtide.

[27]Menelao pertanto teneva in pugno il potere, ma non si curava affatto del danaro promesso al re. [28]Sostrato allora, che era comandante dell'acropoli, gliene fece richiesta, poiché spettava a lui la riscossione delle imposte. Per questa ragione furono ambedue convocati dal re. [29]Menelao perciò lasciò per sostituto nel sommo sacerdozio il proprio fratello Lisìmaco; Sostrato lasciò Cratète, comandante dei Ciprioti.

Assassinio di Onia. - [30]Stavano così le cose, quando accadde che gli abitanti di Tarso e di Mallo si ribellarono per essere stati dati in dono ad Antiochide, concubina del re. [31]Il re partì in fretta per sistemare l'affare e lasciò come sostituto Andronico, uno dei grandi dignitari. [32]Menelao, allora, stimando di cogliere la buona occasione, sottrasse alcuni oggetti d'oro del tempio e ne fece dono ad Andronico, mentre altri riuscì a venderli a Tiro e nelle città vicine. [33]Venutolo a sapere in modo sicuro, Onia protestò, dopo essersi rifugiato in un luogo inviolabile a Dafne, che è vicino ad Antiochia. [34]Per questo Menelao, preso Andronico in disparte, lo sollecitò ad uccidere Onia. Quello allora, recatosi da Onia e ottenutane la fiducia con inganno, dandogli perfino la destra con giuramento, lo persuase, benché rimanesse ancora in sospetto, a uscire dal suo asilo e subito lo mise a morte senza alcun rispetto per la giustizia.

[35]In seguito a ciò non solo i Giudei, ma molti anche di altre nazioni restarono indignati e afflitti per l'ingiusta uccisione di quest'uomo. [36]Quando il re tornò dai detti luoghi della Cilicia, i Giudei della città andarono da lui insieme ad alcuni Greci, che come loro deprecavano che Onia fosse stato ucciso senza ragione. [37]Antioco, dunque, rattristato fino all'anima e mosso a compassione, pianse per la prudenza e la grande moderazione del defunto. [38]Poi, infiammato d'ira, spogliò immediatamente Andronico della porpora e gli stracciò le vesti, lo fece condurre per tutta la città fino al luogo in cui aveva commesso la sua empietà contro Onia e lì stesso eliminò questo sanguinario, rendendogli il Signore la degna punizione.

Latrocini, tumulti e ingiustizie. - [39]Intanto molti furti sacrileghi erano stati compiuti in città da Lisimaco col consenso di Menelao. Essendosene sparsa la notizia anche al di fuori, il popolo insorse contro Lisimaco, quando già molti oggetti preziosi erano andati dispersi. [40]La folla era eccitata e piena d'ira. Lisimaco allora, armati tremila uomini, cominciò a far commettere violenze sotto la guida di un certo Aurano, uomo avanzato in età e non meno in follia. [41]Accortisi dell'attacco di Lisimaco, quelli del popolo afferrarono chi pietre e chi robusti bastoni; mentre alcuni raccoglievano a manate la polvere da terra, e si lanciarono alla rinfusa contro gli uomini di Lisimaco. [42]In tal modo ne coprirono molti di ferite e altri ne abbatterono; li costrinsero tutti alla fuga e misero a morte lo stesso ladro sacrilego presso la camera del tesoro.

[43]Intorno a questi fatti fu poi istituito un processo contro Menelao. [44]Giunto il re a Tiro, tre uomini inviati dal Consiglio degli anziani fecero la loro requisitoria contro di lui. [45]Menelao, vedendosi già battuto, promise somme rilevanti a Tolomeo, figlio di Dorimene, perché persuadesse il re. [46]Tolomeo allora, condotto il re sotto un porticato come per fargli prendere aria, gli fece cambiare parere. [47]Così egli mandò assolto dalle accuse Menelao, che era la causa di tutto quel male; condannò invece a morte quegli infelici i quali, anche se avessero parlato davanti agli Sciti, sarebbero stati prosciolti come innocenti. [48]Immediatamente subirono l'ingiusta pena coloro che avevano parlato in difesa della città, del popolo e dei vasi sacri. [49]Per questo motivo perfino gli abitanti di Tiro, che avevano sdegno per il male commesso, provvidero magnificamente all'occorrente per la loro sepoltura. [50]Ma Menelao, grazie alla cupidigia dei potenti, rimase al potere, crescendo in malvagità e facendosi grande insidiatore dei concittadini.

5 Fine di Giasone. - [1]Verso questo tempo, mentre Antioco preparava la seconda spedizione contro l'Egitto, [2]accadde che per tutta la città, quasi per quaranta giorni, si videro correre per l'aria cavalieri dalle vesti dorate, armati di lance e disposti a coorte, spade sguainate, [3]squadroni schierati di cavalleria, assalti ed incursioni sferrati da una e dall'altra parte, movimenti di scudi, foreste di aste, lanci di dardi, bagliori di armature d'oro e corazze d'ogni genere. [4]Tutti, perciò, pregavano perché l'apparizione fosse di buon augurio.

[5]Sparsasi poi la falsa notizia che Antioco era passato all'altra vita, Giasone, presi con sé non meno di mille uomini, all'improvviso compì un attacco contro la città. Battuti

gli uomini che erano sulle mura, la città era ormai già occupata, quando Menelao si rifugiò nell'acropoli. [6]Giasone allora incominciò a far strage senza pietà dei propri concittadini, non considerando che un successo contro la propria gente è un grandissimo insuccesso, ma credendo invece di riportare trionfi su nemici e non su connazionali. [7]Tuttavia egli non riuscì ad impadronirsi del potere; anzi, alla fine, raccolta la vergogna della sua cospirazione, fuggì di nuovo nell'Ammanìtide. [8]Gli toccò, dunque, una brutta fine. Accusato presso Areta, capo degli Arabi, fuggendo di città in città e perseguitato da tutti, detestato come traditore delle leggi ed esecrato come carnefice della patria e dei cittadini, fu spinto in Egitto. [9]Così, colui che aveva mandato esuli molti della sua patria, perì esule tra gli Spartani, presso i quali si era recato per trovarvi un riparo in nome della comune origine. [10]Lui, che aveva fatto gettar via tanta gente senza sepoltura, finì senza rimpianto; non ebbe un funerale qualsiasi né un posto nel sepolcro dei padri.

Saccheggio del tempio. - [11]Quando questi avvenimenti raggiunsero il re, egli pensò che la Giudea si fosse ribellata. Perciò, ritiratosi dall'Egitto, con animo inferocito occupò la città con le armi [12]e ordinò ai soldati di abbattere senza pietà quanti incontravano e di trucidare quelli che si rifugiavano nelle case. [13]Vi fu uno sterminio di giovani e vecchi, un massacro di uomini, donne e ragazzi, una strage di fanciulle e bambini. [14]In soli tre giorni perirono ottantamila persone: quarantamila nella mischia e non meno degli uccisi furono quelli venduti schiavi.

[15]Non contento di questo, osò entrare nel tempio più santo di tutta la terra, avendo come guida Menelao, fattosi traditore delle leggi e della patria. [16]Con le sue mani impure prese i vasi sacri e con le sue mani sacrileghe spazzò via i doni degli altri re, depositativi ad incremento, gloria e onore di quel luogo.

[17]Antioco si esaltò nel suo pensiero, non considerando che il Signore era irritato per breve tempo, a causa dei peccati degli abitanti della città. Da questo proveniva la sua noncuranza per il luogo. [18]Se, infatti, non fosse accaduto loro di cadere in molti peccati, come Eliodoro che era stato inviato dal re Selèuco per l'ispezione del tesoro, co-

---

5. - [2.] È difficile spiegare la natura di queste apparizioni e gli esegeti non sono del medesimo parere. Si può dire in generale che corrispondono al gusto popolare del tempo.

[17-20.] Tutte queste calamità sono attribuite dall'autore ai peccati del popolo eletto.

sì anch'egli, appena arrivato, sarebbe stato subito flagellato e distolto dalla sua temerarietà. [19]Ma il Signore ha eletto non il popolo per il luogo, ma il luogo per il popolo. [20]Per questo appunto il luogo stesso, dopo aver partecipato alle disgrazie accadute al popolo, ne condivise poi i benefici; abbandonato già per l'ira dell'Onnipotente, di nuovo, per la riconciliazione del grande Sovrano, è stato ricostituito in tutta la sua gloria.

Oppressione del popolo. - [21]Antioco, dunque, sottratti milleottocento talenti dal tempio, in fretta tornò ad Antiochia, credendo nella sua superbia, a causa dell'esaltazione del suo cuore, di aver reso la terra navigabile e il mare transitabile a piedi. [22]Lasciò anche dei soprintendenti per maltrattare la gente: a Gerusalemme Filippo, frigio di origine ma di carattere più barbaro di colui che l'aveva investito della carica; [23]sul Garizim invece Andronico; oltre ad essi, Menelao, che più ignobilmente degli altri dominava sui cittadini. Pieno di odio contro i Giudei, [24]il re inviò il misarca Apollonio con un esercito di ventimila uomini, con l'ordine di trucidare tutti gli adulti e di vendere le donne e i più giovani. [25]Costui, giunto a Gerusalemme, simulò un contegno pacifico, attendendo fino al giorno del sabato. Poi, sorprendendo i Giudei nel riposo, ordinò ai suoi una parata militare; [26]fece trafiggere così tutti coloro che erano usciti per lo spettacolo e quindi, fatta irruzione con le armi nella città, ne uccise una grande moltitudine.

[27]Ma Giuda, detto anche Maccabeo, con una decina di uomini, si ritirò nel deserto, dove viveva al modo delle fiere, sui monti, insieme ai compagni. Nutrendosi di erbe, resistevano per non aver parte nella contaminazione.

6 **Persecuzione religiosa.** - [1]Dopo non molto tempo, il re inviò un vecchio ateniese affinché costringesse i Giudei ad abbandonare le leggi dei padri e a non vivere più secondo le leggi di Dio; [2]profanasse il tempio di Gerusalemme e dedicasse questo a Giove Olimpio e quello sul Garizim, come avevano ottenuto gli abitanti del luogo, a Giove Ospitale.

[3]La violenza del male era per tutti dura e insopportabile. [4]Il tempio, infatti, era ripieno della dissolutezza e delle orge dei gentili, che vi si divertivano con le amiche e sotto i portici si accoppiavano alle donne, portandovi dentro anche cose sconvenienti. [5]L'altare poi era ripieno di cose empie, proibite dalle leggi. [6]Non si poteva né celebrare il sabato né osservare le feste dei padri né semplicemente confessare di essere giudeo. [7]Si era condotti con dura forza ogni mese, nel giorno natalizio del re, al banchetto sacrificale e, al giungere delle feste dionisiache, si era costretti a scortare in corteo Dioniso, portando corone di edera.

[8]Per istigazione della gente di Tolemaide giunse poi un decreto affinché, nelle città ellenistiche circonvicine, vi si tenesse la medesima condotta contro i Giudei e si facesse partecipare ai banchetti sacri, [9]uccidendo coloro che non si risolvevano a passare alle usanze ellenistiche. Era possibile, quindi, intravedere la sciagura che incombeva.

[10]Infatti due donne furono deferite per aver circonciso i loro figli. Appesi i bambini ai loro seni, le condussero in giro pubblicamente per la città e le precipitarono giù dalle mura. [11]Altri poi, che si erano radunati nelle grotte vicine per celebrare segretamente il sabato, denunziati a Filippo, furono bruciati, poiché ebbero scrupolo di difendersi per rispetto di quel solennissimo giorno.

Significato della persecuzione. - [12]Esorto quelli che s'imbatteranno in questo libro a non sconcertarsi per tali sventure e a pensare piuttosto che i castighi furono dati non per la rovina, ma per la correzione della nostra gente. [13]Poiché il non lasciare impuniti per molto tempo coloro che commettono empietà, ma colpirli subito con castighi, è segno di grande benevolenza. [14]Difatti il longanime Sovrano ha giudicato di comportarsi con noi non come con le altre genti, che egli aspetta fino a che siano giunte al colmo dei peccati per punirle. [15]E ciò per non punirci alla fine, quando i nostri peccati fossero giunti all'estremo. [16]Perciò egli non ritira affatto da noi la sua misericordia; e, anche quando corregge con la sventura, non abbandona mai il suo popolo. [17]Ciò sia detto da noi solamente per avvertimento. Dopo di che ritorniamo alla narrazione.

Martirio del vecchio Eleazaro. - [18]Un certo Eleazaro, uno dei principali scribi, uomo già avanzato in età e molto bello d'aspetto, era forzato ad aprire la bocca per ingoiare carne suina. [19]Preferendo una morte gloriosa ad una vita ignominiosa, spontaneamente si avviò al supplizio, [20]sputando il boccone e comportandosi come dovrebbero fare coloro che hanno il coraggio di rifiutare quei cibi di cui non è lecito nutrirsi per amore della vita. [21]Allora quelli che erano preposti a quell'empio pasto sacrificale, conoscendo l'uomo da vecchio tempo, presolo in disparte, lo esortavano a farsi portare carni di cui gli era lecito servirsi e a prepararsele da se stesso, fingendo di mangiare le carni del sacrificio comandate dal re, [22]di modo che, agendo così, sarebbe stato liberato dalla morte e trattato con umanità per via della vecchia amicizia per essi.

[23]Egli, però, prese una nobile risoluzione, degna dell'età, del prestigio della vecchiaia, dell'acquisita e illustre canizie e dell'ottima condotta tenuta fin da fanciullo, ma soprattutto della santa legge stabilita da Dio, e rispose subito che lo spedissero al soggiorno dei morti. [24]«Non è, infatti, degno della nostra età fingere, in modo che molti giovani, credendo che il novantenne Eleazaro sia passato alla moda straniera, [25]siano sviati anch'essi a causa mia, per la mia simulazione in vista di una breve ed esigua vita, e io mi acquisti vergogna e infamia per la vecchiaia. [26]Infatti, anche se al presente riuscissi a evitare il castigo degli uomini, vivendo o morendo non sfuggirei alle mani dell'Onnipotente. [27]Per questo, abbandonando ora virilmente la vita, mi mostrerò degno della vecchiaia, [28]lasciando ai giovani un nobile esempio di come si debba mo-

rire, coraggiosamente e nobilmente, per le auguste e sante leggi». Dette tali cose, si avviò prontamente al supplizio.

[29]Quelli che ve lo conducevano cambiarono in durezza la simpatia di poco prima, a causa delle parole da lui dette, credendo essi che fosse una pazzia. [30]Egli però, stando sul punto di finire sotto i colpi, sospirando disse: «Al Signore, che possiede la santa scienza, è manifesto che, pur potendo scampare alla morte, sopporto nel corpo dure sofferenze mentre sono flagellato e che nell'anima le soffro volentieri per il suo timore».

[31]In questo modo egli passò di vita, lasciando con la sua morte, non solo ai giovani, ma anche alla maggioranza della nazione, un esempio di nobiltà e un memoriale di virtù.

7 **Martirio di sette fratelli con la loro madre.** - [1]Ci fu anche il fatto di sette fratelli che, arrestati con la loro madre, furono costretti dal re a prendere carni proibite di porco, tormentati con flagelli e nerbi. [2]Uno di essi, facendosi portavoce di tutti, disse: «Cosa vorresti domandare e apprendere da noi? Noi, infatti, siamo pronti a morire piuttosto che trasgredire le leggi dei padri». [3]Il re, adiratosi, ordinò di riscaldare padelle e caldaie. [4]Poi, appena divennero bollenti, ordinò che a quello che si era fatto loro portavoce fosse tagliata la lingua e, dopo averlo scorticato, gli tagliassero le estremità, sotto gli sguardi degli altri fratelli e della madre. [5]Quando fu reso completamente impotente, comandò di avvicinarlo al fuoco e di gettarlo sulla padella, mentre ancora respirava. Mentre il vapore si diffondeva abbondantemente dalla padella, gli altri si esortavano a vicenda con la madre a morire nobilmente dicendo: [6]«Il Signore Dio ci osserva e sicuramente egli ha pietà di noi, come ha dichiarato Mosè nel suo cantico, che attesta apertamente: "Egli avrà pietà dei suoi servi"».

[7]Passato il primo all'altra vita in tale maniera, condussero il secondo al ludibrio. Dopo avergli strappata la pelle della testa con i capelli, gli domandarono: «Vorresti mangiare, prima che ti sia torturato il corpo, membro per membro?». [8]Rispose nella lingua dei padri e disse: «No». Perciò anch'egli subì il supplizio come il primo. [9]Giunto però all'ultimo respiro, disse: «Tu, scellerato, ci elimini dalla vita presente, ma

---

6. - [18.] Il primo martire memorabile della persecuzione è questo venerabile Eleazaro, vecchio d'età ma d'una fortezza d'animo degna d'ogni elogio. Il suo martirio è descritto con molti particolari.

[26.] *Vivendo o morendo*: primo accenno alla retribuzione dopo la morte, che sarà sviluppata nel capitolo seguente.

7. - [1.] Altro esempio di amore e attaccamento alle leggi patrie è quello di sette fratelli e della loro madre, narrato dettagliatamente, per dimostrare che anche i giovani erano disposti a sacrificare la vita per la nazione e per mantenersi fedeli ai precetti divini. *Sette fratelli*: sono detti Maccabei, non perché della famiglia di Giuda Maccabeo, ma perché martirizzati al tempo dei Maccabei.

[9.] Chiara affermazione della fede nella risurrezione finale dei giusti.

il re del mondo ci farà risorgere ad una risurrezione eterna di vita, noi che moriamo
per le sue leggi».
    ¹⁰Dopo di lui fu torturato il terzo. Come
ne fu richiesto, egli subito mise fuori la lingua e stese avanti le mani coraggiosamente,
¹¹dicendo con fierezza: «Dal cielo ho queste membra, ma a causa delle sue leggi le
trascuro, perché spero di esserne di nuovo
da lui adornato». ¹²Lo stesso re, con quelli
che erano con lui, restò ammirato per l'animo di questo giovane, che non si curava affatto delle sofferenze.
    ¹³Passato anche lui all'altra vita, tormen-
tarono il quarto allo stesso modo con supplizi. ¹⁴Giunto quasi a morire, disse: «È meglio essere messi a morte dagli uomini,
quando da Dio si ha la speranza di essere da
lui risuscitati. Per te, però, non ci sarà davvero risurrezione alla vita».
    ¹⁵Subito dopo condussero il quinto e lo
tormentarono. ¹⁶Ma lui, fissando il re, disse: «Avendo autorità sugli uomini, tu, benché mortale, fai ciò che vuoi. Non credere
però che la nostra gente sia stata abbandonata da Dio. ¹⁷Quanto a te, aspetta e vedrai
la sua grande potenza, come tormenterà te
e la tua razza».
    ¹⁸Dopo di lui condussero il sesto. Stando
per morire, disse: «Non ti illudere stoltamente! Noi, infatti, soffriamo queste cose a
causa nostra, avendo peccato contro il nostro Dio. È per questo che ci accadono cose
da destar meraviglia. ¹⁹Ma tu non credere
di restare impunito, dopo aver intrapreso a
combattere contro Dio».

Fortezza della madre e dell'ultimo figlio. -
²⁰Oltre ogni modo ammirevole e degna di
una felice memoria fu poi la madre la quale,
vedendosi uccisi i suoi sette figli nello spazio di un sol giorno, sopportò di buon animo, per la speranza che ella aveva nel Signore. ²¹Esortava ciascuno di essi nella lingua dei padri e piena di nobili sentimenti
animava il suo parlare femminile con animo
virile, dicendo loro: ²²«Non so come voi
compariste nel mio seno; non sono stata io
a donarvi lo spirito e la vita, né io a disporre organicamente gli elementi di ciascuno di voi. ²³Perciò il Creatore del mondo, che
formò il genere umano e dispose l'origine
di tutte le cose, nella sua misericordia vi
darà di nuovo lo spirito e la vita, poiché ora
trascurate voi stessi per le sue leggi».
    ²⁴Antioco, credendosi vilipeso perché

pensava che quel linguaggio fosse offensivo,
mentre il più giovane era ancora vivo, prese non solo ad esortarlo con parole ma anche ad assicurarlo con giuramento che lo
avrebbe fatto ricco e felice, e che se si fosse
staccato dalle tradizioni dei padri, l'avrebbe
ritenuto come amico e gli avrebbe affidato
alti incarichi. ²⁵Poiché il giovane non gli
prestava attenzione, il re, chiamata la madre, l'invitava a farsi consigliera di salvezza
del ragazzo. ²⁶Dopo averla tanto invitata, ella accettò di persuadere il figliolo.
    ²⁷Curvatasi su di lui, beffandosi del cru-
dele tiranno, disse nella lingua dei padri:
«Figlio, abbi pietà di me che per nove mesi
ti ho portato in seno e per tre anni ti ho allattato, ti ho nutrito, allevato e portato a
questa età. ²⁸Ti prego, figliolo, guarda il cielo e la terra e osserva tutte le cose che sono
in essi. Sappi che non da cose esistenti Dio
le ha fatte e che anche il genere umano è
stato fatto allo stesso modo. ²⁹Non temere
questo carnefice, ma, resoti degno dei tuoi
fratelli, accetta la morte, affinché io ti riacquisti con i tuoi fratelli nel tempo della misericordia».
    ³⁰Mentre ella ancora parlava, il giovane
disse: «Che aspettate? Non obbedisco al comando del re, ma al comando di quella legge, io obbedisco, che fu data ai nostri padri
per mezzo di Mosè. ³¹Tu, però, che ti sei
fatto inventore di ogni male contro gli
Ebrei, non sfuggirai alle mani di Dio. ³²Noi,
infatti, soffriamo per i nostri stessi peccati.
³³E se ora, a scopo di castigo e di correzione, il vivente Signore nostro per breve tempo si è irritato con noi, di nuovo egli si ri-
concilierà con i suoi servi. ³⁴Ma tu, o empio, e più scellerato di tutti gli uomini, non
ti esaltare stoltamente, agitandoti in vane
speranze, mentre alzi la mano contro i figli
del cielo, ³⁵poiché non sei ancora sfuggito
al giudizio dell'Onnipotente che tutto vede.
³⁶Già ora, infatti, i nostri fratelli, dopo aver
sopportato un breve tormento, sono pervenuti all'eterna vita nell'alleanza di Dio; tu
invece nel giudizio di Dio riporterai i giusti
castighi della tua superbia. ³⁷Io, come i
miei fratelli, dono il corpo e la vita per le
leggi dei padri, invocando Dio che si faccia
presto misericordioso con la mia gente e
che, mediante prove e flagelli, costringa te
a confessare che egli solo è Dio. ³⁸Possa, infine, arrestarsi in me e nei miei fratelli l'ira
dell'Onnipotente, che giustamente si è abbattuta su tutta la nostra stirpe!». ³⁹Adirato,

il re infierì su di lui più crudelmente che sugli altri, mal sopportando lo scherno. [40]Così anch'egli, puro, passò di vita confidando totalmente nel Signore. [41]Ultima, dopo i figli, morì la madre. [42]Ma intorno ai banchetti sacrificali e a queste terribili persecuzioni sia sufficiente quanto esposto.

RISCOSSA VITTORIOSA DI GIUDA MACCABEO

8 **Inizio della rivolta armata.** - [1]Ora Giuda Maccabeo e i suoi compagni, introducendosi segretamente nei villaggi, chiamavano a sé i parenti e, raccolti quanti erano restati fermi nel giudaismo, formarono un gruppo di circa seimila persone. [2]Supplicavano il Signore di riguardare il popolo da tutti calpestato, di aver pietà del tempio profanato dagli uomini empi, [3]d'aver compassione anche della città in rovina e prossima ad essere spianata, d'ascoltare il sangue che gridava verso di lui, [4]di ricordarsi del massacro iniquo degli innocenti bambini e di far vendetta delle bestemmie lanciate contro il suo nome. [5]Organizzato il gruppo, Giuda era ormai irresistibile per i gentili, poiché l'ira di Dio si era cambiata in misericordia. [6]Giungendo all'improvviso, incendiava città e villaggi, occupava posizioni favorevoli e metteva in fuga non pochi nemici. [7]Per queste incursioni egli sceglieva soprattutto la complicità della notte. La fama della sua bravura, intanto, si diffondeva dappertutto.

Vittoria contro Nicànore. - [8]Filippo, vedendo che quest'uomo a poco a poco andava progredendo e che riportava successi sempre più frequenti, scrisse a Tolomeo, stratega della Celesiria e della Fenicia, di venirgli in aiuto per gli affari del re. [9]Costui scelse subito Nicànore, figlio di Patroclo e uno dei primi amici del re, e postolo al comando di non meno di ventimila uomini di ogni nazione, lo inviò a sterminare tutta la razza dei Giudei. A lui associò pure Gorgia, stratega di professione, che aveva esperienza di cose di guerra. [10]Nicànore si era proposto di ricavare dalla vendita dei Giudei fatti schiavi la somma di duemila talenti per il tributo che il re doveva ai Romani. [11]Perciò inviò subito nelle città del litorale l'invito a comprare schiavi

giudei, promettendo di cederne novanta per un talento, non aspettandosi che la giustizia dell'Onnipotente stesse per raggiungerlo. [12]La notizia della spedizione di Nicànore pervenne a Giuda; ma quando questi comunicò ai suoi compagni l'avvicinarsi dell'esercito, [13]quelli che avevano paura e quelli che non confidavano nella giustizia di Dio cercarono scampo altrove e si allontanarono; [14]gli altri, invece, vendevano quanto era loro rimasto e al medesimo tempo pregavano il Signore di liberare quelli che dall'empio Nicànore erano stati venduti già prima dello scontro; [15]se non per loro stessi, almeno per le alleanze con i loro padri e per l'invocazione del suo augusto e magnifico nome sopra di essi. [16]Il Maccabeo, allora, radunati i suoi in numero di seimila, li esortava a non spaventarsi davanti ai nemici e a non temere la moltitudine dei gentili che ingiustamente li aggredivano, ma a combattere eroicamente, [17]tenendo davanti agli occhi l'oltraggio da essi compiuto ingiustamente contro il santo luogo, l'ingiuria della città vilipesa e l'abolizione dell'ordinamento politico degli antenati. [18]Disse: «Quelli confidano nelle armi e nella loro audacia, noi invece confidiamo in Dio onnipotente, che può abbattere con un solo cenno quelli che marciano contro di noi e il mondo intero». [19]Ricordò loro i soccorsi ricevuti dai loro antenati, soprattutto quello contro Sennàcherib, quando perirono centottantacinquemila uomini, [20]e la battaglia che ebbe luogo in Babilonia contro i Galati, quando ottomila Giudei con quattromila Macedoni si gettarono tutti nel combattimento, ma essendosi poi i Macedoni trovati in difficoltà, gli ottomila annientarono centoventimila nemici, con l'aiuto loro venuto dal cielo, riportandone un grande vantaggio. [21]Resili in questo modo audaci e pronti a morire per le leggi e per la patria, divise in qualche modo l'esercito in quattro parti, [22]ponendo a capo di ciascun corpo i suoi fratelli Simone, Giuseppe e Gionata, affidando a ciascuno di essi millecinquecento uomini. [23]Vi aggiunse ancora Eleazaro e quindi, letto il libro sacro e data la parola d'ordine «Aiuto di Dio», si mise egli stesso a capo del primo gruppo e si lanciò contro Nicànore. [24]Fattosi l'Onnipotente loro alleato, uccisero più di novemila nemici, ferirono e mutilarono nelle membra la maggior parte dei soldati di Nicànore e costrinsero tutti alla fuga. [25]S'impadronirono del denaro di coloro che erano venuti per comperarli; li inseguirono a lungo, ma poi, pressati dall'ora, tornarono indietro. [26]Si era, infatti, alla vigilia del sabato, e per questa ragione non si attardarono ad inseguirli. [27]Raccolte le armi e prese le spoglie dei nemici, passarono il sabato benedicendo e lodando più che mai il Signore che li aveva salvati in tale giorno e aveva iniziato a usare misericordia con essi. [28]Passato il sabato, distribuirono parte del bottino ai danneggiati, alle vedove e agli orfani, mentre essi e i loro figli si divisero il resto. [29]Compiute queste cose, fecero una supplica in comune pregando il Signore misericordioso di riconciliarsi interamente con i suoi servi.

Altri successi di Giuda e dei suoi uomini. - [30]In seguito, scontratisi con gli uomini di Timoteo e di Bàcchide, ne uccisero più di ventimila, s'impadronirono saldamente di alte fortezze e divisero l'abbondante bottino in parti uguali tra se stessi, i danneggiati, gli orfani, le vedove e anche i vecchi. [31]Poi, raccolte le armi e riposto diligentemente tutto in luoghi sicuri, trasportarono il resto del bottino a Gerusalemme. [32]Uccisero pure il filarca degli uomini di Timoteo, uomo scelleratissimo che aveva molto afflitto i Giudei; [33]e mentre in patria celebravano la vittoria, diedero fuoco a quelli che avevano incendiato le porte sacre, compreso Callìstene, che si era rifugiato in una casa e che così ricevette la giusta mercede della sua empietà.

[34]Lo scelleratissimo Nicànore, che aveva condotto mille mercanti per la vendita dei Giudei, [35]umiliato, con l'aiuto del Signore, da coloro che da lui erano reputati un nulla, deposta la sua splendida veste e reso il suo aspetto selvaggio come quello di un fuggitivo, attraverso i campi giunse ad Antiochia, straordinariamente felice per la distruzione dell'esercito.

[36]Intanto colui che si era impegnato a pagare il tributo ai Romani con la vendita dei prigionieri di Gerusalemme, andava dicendo che i Giudei avevano un difensore e che gli stessi Giudei erano invulnerabili perché seguivano le leggi da lui stabilite.

9 **Fine di Antioco Epifane.** - [1]Verso quello stesso tempo, capitò che Antioco tornasse ingloriosamente dalle regioni della Persia. [2]Infatti si era recato nella città chiamata Persepoli e aveva tentato di spogliarne il tempio e di opprimere la stessa città; per la qual cosa la folla eccitata era corsa alle armi e così era accaduto che Antioco, dagli abitanti del paese, fosse stato costretto a far marcia indietro vergognosamente. [3]Giunto presso Ecbàtana, gli giunse notizia di quanto era accaduto a Nicànore e agli uomini di Timoteo. [4]Eccitato dal furore, pensava di far pesare sui Giudei anche l'ingiuria di coloro che l'avevano messo in fuga. Perciò ordinò all'auriga di compiere il viaggio spingendo avanti senza posa, mentre in verità il giudizio del cielo gli stava sopra, poiché nella sua superbia aveva detto: «Appena vi sarò giunto, farò di Gerusalemme il cimitero dei Giudei».

[5]Ma il Signore che tutto vede, il Dio d'Israele, lo colpì con una piaga incurabile e invisibile. Infatti, appena ebbe pronunziato tali parole, lo colse un atroce dolore di viscere con crudeli tormenti di ventre. [6]Era perfettamente giusto, poiché egli aveva tormentato le viscere di altri con numerose e strane torture. [7]Tuttavia non desistette affatto dalla sua ferocia; ché, anzi, ripieno ancora più di arroganza e spirando fuoco d'ira contro i Giudei, comandò di accelerare la corsa. Gli capitò, perciò, di cadere dal carro trascinato con impeto e di rovinarsi tutte le membra del corpo, contuse nella violenta caduta.

[8]Colui che fino ad allora aveva creduto, nella sua arroganza da superuomo, di comandare ai flutti del mare e s'immaginava di pesare sulla bilancia le cime dei monti, stramazzato a terra, veniva ora portato in lettiga, dimostrando chiaramente a tutti la potenza di Dio. [9]Dal corpo di quell'empio, infatti, pullulavano vermi e, ancora vivente, le carni gli si staccavano tra spasimi e dolori, mentre a causa della putredine l'intero esercito era oppresso dal suo fetore. [10]Così colui che poco prima credeva di toccare gli astri del cielo, ora nessuno poteva sopportarlo a causa della pesantezza insopportabile del fetore.

[11]In quel momento, dunque, coperto di ferite, cominciò a deporre gran parte della sua superbia e a tornare alla ragione, sotto l'influsso del flagello divino, tormentato ad ogni istante da dolori. [12]Non potendo nep-

pure lui sopportare il suo fetore, disse: «È giusto sottostare a Dio e non pretendere d'eguagliarsi alla divinità, quando si è mortali». [13]Quindi quello scellerato cominciò a far voti a quel Sovrano che non doveva più usargli misericordia, dicendo [14]che avrebbe dichiarata libera quella santa città verso la quale si era diretto in fretta per spianarla al suolo e per farne un cimitero; [15]che avrebbe reso simili agli ateniesi tutti i Giudei, che egli aveva giudicato degni neppure della sepoltura, ma piuttosto di essere gettati, insieme ai loro bambini, in pasto alle fiere; [16]che avrebbe ornato con le più belle offerte votive il santo tempio da lui in precedenza spogliato; che avrebbe restituito in abbondanza tutti i vasi sacri e provveduto a sue spese alle somme occorrenti per i sacrifici; [17]e inoltre che si sarebbe fatto giudeo e si sarebbe recato in ogni luogo abitato per annunciare la potenza di Dio.

Lettera dell'Epifane ai Giudei. - [18]Siccome poi le sofferenze non cessavano affatto, poiché il giusto giudizio di Dio si era riversato su di lui, disperando di se stesso, scrisse ai Giudei la lettera sottoscritta, avente la forma di una supplica, così concepita: [19]«Ai nobili cittadini Giudei, il re e stratega Antioco: salute, sanità e felicità perfetta! [20]Se voi state bene con i vostri figli e se i vostri affari vi vanno bene secondo l'attesa, io, che ripongo la mia speranza nel cielo, [21]ricordo con affetto il vostro onore e la vostra benevolenza. Ritornato dalle regioni della Persia e caduto in una sgradevole malattia, ho creduto necessario preoccuparmi della comune sicurezza di tutti. [22]Non è che disperi di me stesso, avendo, al contrario, molta speranza di sfuggire a questa infermità. [23]Ma considerando che anche mio padre, tutte le volte che faceva delle spedizioni nelle regioni settentrionali, designava il successore [24]affinché, se fosse accaduto qualcosa di inatteso o fosse annunziato

qualcosa di spiacevole, gli abitanti del paese non si agitassero, ben sapendo come erano stati lasciati gli affari [25]e riflettendo inoltre come i sovrani limitrofi e vicini al regno spiano i momenti e attendono gli eventi, ho designato come re mio figlio Antioco, che spesso, quando salivo verso le satrapie settentrionali, affidai e raccomandai alla maggioranza di voi. Ho scritto anche a lui la lettera sottotrascritta. [26]Vi raccomando, dunque, e vi prego affinché, memori dei miei benefici, in comune e in privato ciascuno di voi conservi verso di me e di mio figlio la consueta benevolenza. [27]Sono persuaso, infatti, che egli, eseguendo questa mia deliberazione, si comporterà con voi con bontà e con amore».

[28]Or dunque, quell'omicida e bestemmiatore, soffrendo le pene più orribili, allo stesso modo in cui aveva trattato gli altri, così finì la sua vita in modo miserabile in terra straniera, sulle montagne. [29]Poi il suo compagno d'infanzia, Filippo, ne trasportò via il corpo; ma temendo il figlio di Antioco, si ritirò in Egitto presso Tolomeo Filometore.

10 **Purificazione del tempio.** - [1]Giuda Maccabeo e i suoi compagni, sotto la guida del Signore, recuperarono allora il tempio e la città, [2]abbatterono gli altari costruiti dagli stranieri sulle piazze e così pure i tempietti. [3]Quindi, purificato il tempio, vi costruirono un altro altare e, ottenuto il fuoco con pietre focaie, vi offrirono sacrifici, dopo un'interruzione di due anni, e vi ristabilirono l'incenso, le lampade e i pani dell'offerta.

[4]Compiute queste cose, pregarono il Signore, prostrati per terra, di non farli cadere più in tali mali, ma, nel caso che avessero peccato, di essere corretti da lui con clemenza e non consegnati a genti blasfeme e barbare. [5]Nel giorno in cui il tempio era stato profanato dagli stranieri, in quello stesso giorno accadde loro di farne la purificazione, il venticinque dello stesso mese, che è quello di Casleu.

[6]Con allegrezza celebrarono otto giorni di festa come per le Capanne, ricordando che poco tempo prima, durante la festa delle Capanne, erano dispersi sui monti e nelle caverne come le fiere. [7]Perciò, con in mano tirsi, rami verdi e palme, innalzarono inni a colui che li aveva guidati felicemente fino alla purificazione del suo luogo. [8]Quindi,

9. - [28]. *Finì la sua vita...* nella primavera del 163 a.C. Questa è la narrazione dell'autore sacro, mentre in 1,10-17 riportava una lettera di altri. Antioco IV morì entro i confini dei suoi stati, ma fuori del suo palazzo e della sua città. Secondo Strabone, morì in un luogo di montagna, rifugio di ladroni.

10. - [3]. *Vi ristabilirono... le lampade*: è questa l'origine della festa delle luci (gr. *Enkaínia*, lat. Encaènia), di cui parla Gv 10,22: dal punto di vista religioso è l'avvenimento più importante e decisivo.

con pubblico editto e suffragio, prescrissero a tutta la nazione dei Giudei di celebrare ogni anno tali giorni. [9]Così andarono le cose circa la fine di Antioco detto Epifane. [10]Ora invece esporremo quelle relative ad Antioco Eupàtore, che era figlio di quell'empio, limitandoci ai mali collegati alle sue guerre.

Vittoria sugli Idumei. - [11]Costui, dunque, ottenuto il regno, designò a capo degli affari un certo Lisia, comandante supremo della Celesiria e della Fenicia. [12]Infatti Tolomeo, detto Macrone, che aveva iniziato a praticare la giustizia verso i Giudei in riparazione dell'ingiustizia commessa verso di essi, si era sforzato di regolare pacificamente le loro questioni. [13]Ma, essendo stato accusato per questo dagli amici presso Eupàtore e sentendosi, ad ogni occasione, chiamare traditore per aver abbandonato Cipro, affidatagli da Filomètore, e per essere passato dalla parte di Antioco Epifane, non potendo più tenere con onore quell'alta dignità, si tolse la vita avvelenandosi.

[14]Gorgia, divenuto stratega della regione, manteneva milizie straniere e, ad ogni occasione, alimentava la guerra contro i Giudei. [15]Nel medesimo tempo anche gli Idumei, che possedevano fortezze importanti, molestavano i Giudei e tentavano di alimentare la guerra, accogliendo quelli che erano banditi da Gerusalemme. [16]I compagni del Maccabeo, perciò, fatta una supplica e chiesto a Dio di farsi loro alleato, si lanciarono contro le fortezze degli Idumei [17]e, assalitele con vigore, si resero padroni di quei luoghi, sopraffecero tutti coloro che combattevano sulle mura, trafissero quanti capitavano e ne uccisero non meno di ventimila. [18]Non meno di altri novemila, presa la fuga, raggiunsero due torri saldamente fortificate e munite di tutto l'occorrente per un assedio. [19]Il Maccabeo, allora, lasciatovi Simone e Giuseppe, nonché Zaccheo con i suoi uomini in numero sufficiente per tenerli assediati, si trasferì in luoghi più urgenti. [20]Gli uomini di Simone, però, attratti dal guadagno, si lasciarono corrompere col danaro da alcuni di quelli che erano nelle torri e, ricevute settantamila dramme, ne lasciarono fuggire alcuni. [21]Informato di ciò che era accaduto, il Maccabeo radunò i capi del popolo e accusò i colpevoli d'aver venduto i fratelli per denaro, lasciando liberi i loro nemici. [22]Fece

uccidere, dunque, costoro come traditori e immediatamente occupò le due torri. [23]E poiché, con le armi alla mano, tutto gli andò bene, uccise nelle due fortezze più di ventimila uomini.

Occupazione di Ghezer. - [24]Timoteo, che precedentemente era stato battuto dai Giudei, raccolse una moltitudine di truppe straniere, radunò non pochi cavalli provenienti dall'Asia e si fece avanti come per conquistare la Giudea con le armi. [25]Al suo avvicinarsi gli uomini del Maccabeo, cosparsasi la testa di cenere e cintisi i fianchi di cilicio per una supplica a Dio, [26]si prostrarono ai piedi dell'altare e lo pregarono di essere con essi misericordioso e di farsi nemico dei loro nemici e avversario dei loro avversari, come dichiara la legge.

[27]Giunti alla fine della preghiera, presero le armi e avanzarono per un buon tratto fuori della città, finché, avvicinatisi ai nemici, si fermarono. [28]Appena l'alba si diffuse, si attaccarono da ambedue le parti: gli uni avendo come garanzia di successo e di vittoria, oltre al valore, il ricorso al Signore; gli altri invece prendendo come guida nel combattimento il loro furore. [29]Quando la battaglia si fece più violenta, apparvero dal cielo agli avversari, su cavalli dalle briglie d'oro, cinque uomini maestosi, che si misero alla guida dei Giudei. [30]Gli stessi poi, preso il Maccabeo in mezzo a loro e riparandolo con le loro armature, lo rendevano invulnerabile, mentre lanciavano saette e folgori sugli avversari che, scompigliati e accecati, si dispersero, ripieni di confusione. [31]Furono così uccisi ventimilacinquecento soldati e seicento cavalieri.

[32]Il medesimo Timoteo, poi, si rifugiò in un luogo fortificato, detto Ghezer, cittadella molto importante, il cui comandante era Chèrea. [33]Allora gli uomini del Maccabeo assediarono con entusiasmo la cittadella per quattro giorni. [34]Gli uomini che vi erano dentro, confidando nella solidità del luogo, bestemmiavano oltre ogni modo e lanciavano parole da scellerati. [35]Sul far del quinto giorno, venti giovani del Maccabeo, infiammati di sdegno per le bestemmie, si lanciarono virilmente sulle mura e con un feroce ardore abbattevano chiunque capitava. [36]Altri, similmente, assaliti gli assediati con una manovra di diversione, incendiarono le torri e, accesi dei fuochi, vi bruciarono vivi quei bestemmiatori. Altri, infine,

abbattute le porte e fattovi entrare il resto
dell'esercito, occuparono la città. ³⁷Quindi
uccisero Timoteo, che si era nascosto in
una cisterna, suo fratello Chèrea e Apollòfa-
ne.
³⁸Compiute tali cose, con inni e canti di
lode benedissero il Signore, che aveva grandemente beneficato Israele e aveva loro data la vittoria.

11 Prima campagna di Lisia contro i Giudei.

- ¹Poco tempo dopo, Lisia,
tutore del re, suo parente e capo degli affari, mal sopportando quanto era accaduto,
²radunò circa ottantamila soldati con tutta
la sua cavalleria e mosse contro i Giudei,
contando di fare della città una residenza
per i Greci, ³di sottoporre il tempio al tributo al pari degli altri santuari dei gentili e di
mettere in vendita ogni anno il sommo sacerdozio, ⁴non tenendo in alcun conto la
potenza di Dio, ma confidando soltanto nelle sue miriadi di fanti, nelle sue migliaia di
cavalieri e nei suoi ottanta elefanti.
⁵Penetrato in Giudea, si avvicinò poi a
Bet-Zur, che era una località fortificata, distante circa venti miglia da Gerusalemme, e
la cinse d'assedio. ⁶Quando gli uomini del
Maccabeo appresero che egli assediava le
fortezze, con gemiti e lacrime, insieme a
tutto il popolo, supplicarono il Signore d'inviare un angelo buono per la salvezza d'I-
sraele. ⁷Poi il Maccabeo stesso per primo
prese le armi ed esortò gli altri ad affrontare
il pericolo insieme a lui per soccorrere i loro fratelli. Si mossero tutti insieme con coraggio. ⁸Mentre erano ancora presso Gerusalemme, apparve alla loro testa un cavaliere vestito di bianco, che agitava armi d'oro.
⁹Allora tutti insieme benedissero il miseri-
cordioso Dio e si rinvigorirono nell'animo,
pronti ad assalire non solo gli uomini, ma
anche le fiere selvagge e mura di ferro.
¹⁰Avanzarono in ordine di battaglia con
quell'alleato venuto dal cielo, grazie al Signore che aveva avuto misericordia di loro.
¹¹Quindi, gettatisi sui nemici come leoni,

abbatterono undicimila fanti e milleseicento cavalieri, costringendo tutti gli altri alla
fuga. ¹²La maggior parte di questi si mise in
salvo, ma ferita e disarmata, e Lisia stesso si
salvò fuggendo vergognosamente.

Trattative di pace. - ¹³Questi però, che non
era privo d'intelligenza, riflettendo tra sé
sulla disfatta che gli era capitata, comprese
che gli Ebrei erano invincibili perché il potente Dio combatteva per essi. ¹⁴Perciò inviò loro ambasciatori e li persuase a venire
a un accordo su quanto era giusto. A questo scopo egli avrebbe persuaso anche il re,
costringendolo a farsi loro amico. ¹⁵Il Maccabeo acconsentì a tutte le cose che Lisia gli
aveva proposto, preoccupato solo della comune utilità. Perciò quanto il Maccabeo richiese per iscritto a Lisia riguardo ai Giudei, il re lo concesse.

Lettera di Lisia ai Giudei. - ¹⁶La lettera
scritta da Lisia ai Giudei era concepita in
questo modo: «Lisia al popolo dei Giudei:
salute! ¹⁷Giovanni e Assalonne, da voi inviati, mi consegnarono il documento sotto-
trascritto, pregandomi di ratificare quanto
era in esso contenuto. ¹⁸Io, dunque, ho
esposto al re quanto bisognava riferirgli e
quanto era accettabile egli l'ha concesso.
¹⁹Se perciò voi manterrete un favorevole at-
teggiamento verso il governo, io mi sfor-
zerò di farmi promotore dei vostri vantaggi
anche per il resto. ²⁰Quanto a queste cose e
ad altre in particolare, ho dato ordine ai vostri e ai miei inviati di discuterne con voi.
²¹State bene! L'anno 148, il 24 di Diosco-
rinzio».

Lettera del re a Lisia. - ²²La lettera del re
era così concepita: «Il re Antioco al fratello
Lisia: salute! ²³Passato nostro padre tra gli
dèi, noi che vogliamo che i cittadini del regno attendano senza timore alla cura dei
propri affari, ²⁴abbiamo sentito che i Giudei
non vogliono adottare i costumi greci, come
voleva nostro padre, ma piuttosto, preferendo il loro modo di vivere, chiedono che siano loro lasciate le proprie leggi. ²⁵Volendo
perciò che anche questo popolo viva senza
timore, decidiamo che sia loro restituito il
tempio e che possano vivere secondo le
consuetudini dei loro antenati. ²⁶Farai bene, dunque, ad inviare alcuni presso di essi
e a dar loro la destra, affinché, conoscendo
la nostra scelta, stiano di buon animo e at-

11. - ^{16.} Le quattro lettere che seguono indicano la
crescente considerazione per gli Ebrei. Essi, dopo la
morte di Antioco IV, loro gran nemico, ebbero sempre maggior successo, prima militare, con Giuda, e
poi specialmente politico, con Gionata e Simone, sino a raggiungere una relativa indipendenza politica e
la piena libertà religiosa.

tendano con piacere alla ripresa dei loro affari».

Lettera del re ai Giudei. - ²⁷La lettera indirizzata dal re al popolo era questa: «Il re Antioco al consiglio dei Giudei e agli altri Giudei: salute! ²⁸Se state bene, è come noi vogliamo. Anche noi stiamo bene. ²⁹Menelao ci ha spiegato che voi volete far ritorno alle vostre occupazioni. ³⁰Pertanto, a coloro che fino al 30 di Xàntico si metteranno in viaggio, sarà data la destra con l'assicurazione ³¹che i Giudei potranno far uso delle loro sostanze e delle loro leggi, come era anche prima, e nessuno di essi sarà molestato in nessuna maniera per gli errori commessi per ignoranza. ³²Ho inviato anche Menelao per tranquillizzarvi. ³³State bene! L'anno 148, il 15 di Xàntico».

Lettera dei legati romani. - ³⁴Anche i Romani inviarono agli stessi una lettera così concepita: «Quinto Mennio e Tito Manlio, legati romani, al popolo dei Giudei: salute! ³⁵Riguardo alle cose che Lisia, parente del re, vi ha concesso, anche noi siamo d'accordo. ³⁶Per le cose, invece, che egli ha giudicato di dover sottoporre al re, voi, dopo averle esaminate, mandateci subito qualcuno affinché provvediamo come meglio conviene per voi. Noi infatti proseguiamo per Antiochia. ³⁷Per la qual cosa affrettatevi a mandarci qualcuno affinché anche noi possiamo conoscere di quale opinione siete. ³⁸State bene! L'anno 148, il 15 di Xàntico».

12 **Spedizione di Giuda contro Giaffa e Iamnia.** - ¹Conclusi questi accordi, Lisia se ne tornò presso il re, mentre i Giudei ripresero il lavoro dei campi. ²Ma tra i comandanti locali, Timoteo e Apollonio, figlio di Gennèo, nonché Girolamo e Demofonte e, oltre a questi, Nicànore, comandante dei Ciprioti, non li lasciavano vivere tranquilli né stare in pace. ³Gli abitanti di Giaffa, poi, compirono un'empietà di questo genere: invitarono i Giudei che abitavano con essi a salire, insieme alle loro donne e ai figli, su alcune barche da loro stessi preparate, come se non vi fosse stata alcuna animosità contro di essi. ⁴In conformità a una decisione pubblica della città, questi accettarono, perché desideravano fare la pace e non avevano alcun sospetto; ma quando furono al largo,

quelli ne fecero affondare non meno di duecento.

⁵Giuda, pertanto, appresa la notizia della crudeltà commessa contro i suoi connazionali, diede ordini ai suoi uomini ⁶e, invocato Dio, giusto giudice, marciò contro gli uccisori dei suoi fratelli; incendiò di notte il porto, bruciò le barche e passò a fil di spada quanti vi si erano rifugiati. ⁷Poi, siccome la città era stata chiusa, ripartì con l'intenzione di tornare di nuovo e di estirpare tutti gli abitanti di Giaffa. ⁸Intanto, avendo appreso che anche quelli di Iamnia volevano fare la stessa cosa ai Giudei che abitavano con loro, ⁹piombò di notte anche sugli Iamniti e incendiò il porto con la flotta, in modo tale che i riflessi dello splendore apparivano fino a Gerusalemme, distante duecentoquaranta stadi.

Spedizione nel Gàlaad. - ¹⁰Allontanatisi di lì nove stadi, mentre marciavano contro Timoteo, non meno di cinquemila Arabi con cinquecento cavalieri si lanciarono su di lui. ¹¹Vi fu una violenta battaglia, ma gli uomini di Giuda, grazie all'aiuto di Dio, ebbero la meglio e perciò i nomadi battuti supplicarono Giuda di dar loro la destra in segno di pace, promettendo di donargli del bestiame e di essergli utili in altre cose. ¹²Giuda, comprendendo che davvero gli sarebbero stati utili in molte cose, acconsdiscese a fare la pace con essi. Perciò, ricevuta la destra, si ritirarono nelle loro tende.

¹³Giuda assalì anche una città, fortificata con argini e circondata da mura, che era abitata da gente di ogni genere e aveva nome Casfin. ¹⁴Quelli che erano dentro, fidando nella robustezza delle mura e nella provvista di viveri, insultavano in modo triviale gli uomini di Giuda, schernendoli, bestemmiando e dicendo cose sconvenienti. ¹⁵Gli uomini di Giuda, allora, invocato il grande Dominatore del mondo, che senza arieti e macchine da guerra fece crollare Gerico al tempo di Giosuè, assalirono furiosamente il muro. ¹⁶Divenuti, per volontà di Dio, padroni della città, vi fecero una strage indescrivibile, sicché il lago vicino, che ha la larghezza di due stadi, pareva scorrere ripieno di sangue.

Conquista di Caraca e di Carnion. - ¹⁷Allontanatisi poi di lì settecentocinquanta stadi, raggiunsero Caraca, presso i Giudei chiamati Tubiani. ¹⁸Ma in quei luoghi non trovarono Timoteo, il quale, senza avervi fatto alcunché, se ne era allontanato, dopo aver lasciato in un certo posto una guarnigione, ben equipaggiata. [19]Allora Dositeo e Sosipatro, che erano tra i comandanti degli uomini del Maccabeo, fecero una sortita e annientarono gli uomini lasciati da Timoteo nella fortezza, che erano più di diecimila.

[20]Il Maccabeo, a sua volta, disposto il suo esercito in schiere, pose costoro a capo delle schiere e si lanciò su Timoteo, che aveva con sé centoventimila fanti e duemilacinquecento cavalieri. [21]Informato dell'avanzata di Giuda, Timoteo mandò avanti le donne, i bambini e ogni altro bagaglio verso la località detta Carnion. Era, infatti, un posto inespugnabile e di difficile accesso, a causa della strettezza di tutti i suoi passaggi. [22]Apparsa la prima schiera di Giuda e caduto lo spavento sui nemici, a causa anche del timore suscitato dalla sopravvenuta apparizione di colui che tutto vede, quelli incominciarono a fuggire, condotti chi da una parte e chi dall'altra, al punto che spesso venivano travolti dai propri compagni e trafitti dalle punte delle loro spade. [23]Giuda allora ne fece un vigoroso inseguimento, trafiggendo questi scellerati e uccidendone circa trentamila. [24]Timoteo stesso, caduto nelle mani degli uomini di Dositeo e Sosipatro, chiedeva con molta astuzia di essere rilasciato sano e salvo, poiché di molti deteneva i genitori e di altri i fratelli, ai quali altrimenti sarebbe successo di essere tenuti in nessun conto. [25]Quando perciò egli si fu ripetutamente impegnato al patto che avrebbe restituito quegli uomini incolumi, lo lasciarono libero in considerazione della salvezza dei propri fratelli. [26]Quindi Giuda, assalito Carnion e l'Atargatèo, uccise venticinquemila persone.

Passaggio per Efron e Beison. - [27]Dopo la disfatta e distruzione di questi, marciò anche contro Efron, città fortificata, nella quale abitava Lisia con una moltitudine di ogni genere. Giovani robusti, disposti davanti alle mura, combattevano vigorosamente, mentre all'interno vi era una gran-

de provvista di macchine e di proiettili. [28]Ma, invocato il sovrano che con potenza abbatte le forze dei nemici, presero la città nelle loro mani e di quelli che vi erano dentro ne abbatterono venticinquemila.

[29]Partiti di lì, mossero alla volta di Beisan, città che è a seicento stadi da Gerusalemme. [30]Ma i Giudei che ivi risiedevano resero testimonianza della benevolenza che gli abitanti di Beisan avevano avuto verso di essi e dell'accoglienza cortese riservata loro anche in tempi di sventura, [31]e questi li ringraziarono e, esortatili a essere benigni anche in avvenire verso la loro stirpe, raggiunsero Gerusalemme, essendo ormai vicina la festa delle Settimane.

Sconfitta di Gorgia. - [32]Dopo la festa detta di Pentecoste, mossero contro Gorgia, stratega dell'Idumea. [33]Questi uscì in campo con tremila fanti e quattrocento cavalieri. [34]Schieratisi in battaglia, caddero alcuni tra i Giudei. [35]Un certo Dositeo, valoroso cavaliere dei Tubiani, aveva afferrato Gorgia e tenendolo per la clamide lo conduceva a forza col proposito di catturare vivo quel maledetto. Ma uno dei cavalieri traci gli si lanciò contro e gli mozzò il braccio. Così Gorgia se ne fuggì verso Marisa. [36]Poiché gli uomini di Esdrin combattevano da tempo ed erano affaticati, Giuda invocò il Signore a mostrarsi loro alleato e guida nel combattimento. [37]Quindi, intonato nella lingua paterna il grido di guerra per mezzo di inni, improvvisamente assalì gli uomini di Gorgia e li costrinse alla fuga.

Il sacrificio per i caduti in battaglia. - [38]Giuda poi, radunato l'esercito, raggiunse la città di Odollam. Sopraggiunto il settimo giorno, si purificarono secondo l'uso e vi trascorsero il sabato. [39]Il giorno seguente gli uomini di Giuda, quando ormai la necessità lo esigeva, andarono a raccogliere i corpi dei caduti per deporli insieme ai parenti nei sepolcri dei loro padri. [40]Trovarono però, sotto le tuniche di ciascuno dei morti, oggetti sacri agli idoli di Iamnia, che la legge interdice ai Giudei. Così fu a tutti palese per quale causa costoro erano morti.

[41]Tutti, perciò, dopo aver benedetto il Signore, giusto giudice, che rende manifeste le cose occulte, [42]si diedero a fare una supplica, chiedendo che il peccato commesso fosse completamente cancellato. Il nobile Giuda allora esortò la sua gente a conser-

---

12. - [20.] La sproporzione dei soldati dei due eserciti è nello spirito dell'autore di 2Mac, preoccupato di far risaltare l'intervento divino nelle gesta dei suoi eroi. La cifra dell'esercito di Timoteo non può essere presa alla lettera: è data per far risaltare la moltitudine dell'esercito nemico.

varsi senza peccati, poiché avevano visto coi propri occhi quanto era avvenuto a causa del peccato dei caduti.

[43]Quindi, fatta una colletta a tanto per uomo, inviò a Gerusalemme circa duemila dramme d'argento per far offrire un sacrificio per il peccato, agendo così molto bene e nobilmente, nel pensiero della risurrezione. [44]Infatti se egli non avesse sperato che i caduti risorgeranno, sarebbe stato superfluo e sciocco pregare per i morti. [45]Ma se egli pensava alla magnifica ricompensa riservata a quelli che si addormentano nella loro pietà, il suo pensiero era santo e pio. Per questo egli fece compiere il sacrificio di espiazione per quelli che erano morti, affinché fossero assolti dal peccato.

13 Seconda spedizione di Lisia e morte di Menelao. - [1]Nell'anno 149 giunse notizia agli uomini di Giuda che Antioco Eupàtore si avvicinava con le sue truppe alla Giudea, [2]e con lui vi era anche Lisia, suo tutore e ministro, avendo ciascuno un esercito greco di centodiecimila fanti, cinquemilatrecento cavalieri, ventidue elefanti e trecento carri falcati. [3]Si era unito a loro anche Menelao, il quale stimolava Antioco con grande furberia, non per la salvezza della patria, ma sperando di riottenere il potere.

[4]Il Re dei re, però, eccitò lo sdegno di Antioco contro questo scellerato, poiché, avendogli Lisia dimostrato che era la causa di tutti i mali, egli ordinò di condurlo a Berèa e di farlo perire come si usa in quel luogo. [5]Vi è, infatti, in quel luogo, una torre di cinquanta cubiti, piena di cenere e munita di una macchina ruotante, che da ogni parte fa cadere a precipizio sulla cenere. [6]Dall'alto, chi è colpevole di furto sacrilego o ha raggiunto il colmo di certi altri delitti, tutti lo spingono verso la rovina. [7]Con tale sorte accadde di morire all'iniquo Menelao, senza avere neppure la sepoltura. [8]E molto giustamente, poiché dopo aver compiuto molti delitti contro l'altare, il cui fuoco è puro al pari della cenere, nella cenere trovò la morte.

Successo dei Giudei presso Modin. - [9]Il re, dunque, pieno di feroci sentimenti, veniva per mostrare ai Giudei cose peggiori di quelle accadute sotto suo padre. [10]Appreso ciò, Giuda diede ordine alla moltitudine

d'invocare giorno e notte il Signore affinché, come altre volte, così anche ora venisse in soccorso di coloro che stavano per essere privati della legge, della patria e del santo tempio, [11]e non permettesse che il popolo, che da poco aveva ripreso animo, cadesse nelle mani degli infami gentili.

[12]Quando tutti insieme ebbero fatto ciò, implorando il Signore misericordioso per tre giorni ininterrotti, con lamenti, digiuni e prostrazioni, Giuda tenne loro un'esortazione e comandò di star preparati. [13]Quindi, incontratosi da solo con gli anziani, fu deciso di uscire per regolare l'affare con l'aiuto di Dio, prima che l'esercito del re invadesse la Giudea e si impadronisse della città. [14]Perciò, affidata la protezione dell'impresa al Creatore del mondo ed esortati i suoi uomini a lottare eroicamente fino alla morte per le leggi, il tempio, la città, la patria e le istituzioni, fece porre l'accampamento nei pressi di Modin.

[15]Data ai suoi la parola d'ordine: «Vittoria di Dio», con alcuni giovani scelti tra i migliori, piombò di notte sulla tenda del re e sull'accampamento, uccise duemila uomini e trafisse il più grosso degli elefanti con il suo guidatore. [16]Alla fine, riempito l'accampamento di spavento e di confusione, si ritirarono con pieno successo. [17]Appariva già il giorno, quando la cosa fu compiuta con la protezione del Signore che aveva soccorso Giuda.

Attacco di Bet-Zur e nuove trattative di pace. - [18]Allora il re, avendo avuto un saggio dell'audacia dei Giudei, tentò di occupare quei luoghi con stratagemmi. [19]Marciò contro Bet-Zur, piazza fortificata dei Giudei; ma fu respinto, ostacolato e battuto, [20]poiché Giuda riuscì a far pervenire agli assediati il necessario. [21]Un certo Rodoco, delle file dei Giudei, aveva comunicato ai nemici i segreti dell'esercito giudaico. Fu perciò ricercato, catturato e tolto di mezzo. [22]Il re trattò per la seconda volta con gli uomini di Bet-Zur, diede loro la destra in segno di pace, la ricevette e andò via. Attaccò gli uomini di Giuda, ma ebbe la peggio.

[23]Venne poi a sapere che in Antiochia Filippo, lasciato a capo degli affari, si era ri-

_____

44. È ammessa la risurrezione dei morti e il purgatorio. Il sacrificio espiatorio per i caduti suppone nell'altra vita una fase di purificazione, abbreviata dai sacrifici e dalle preghiere dei vivi.

bellato. Costernato, convocò i Giudei, si sottomise, giurò su tutto ciò che era giusto, si riconciliò, offrì un sacrificio, onorò il tempio e fu generoso con il luogo santo. [24]Poi salutò Giuda Maccabeo e lasciò Egemònide quale stratega da Tolemaide fino al paese dei Gerreni. [25]Passò per Tolemaide; ma gli abitanti di Tolemaide erano irritati per gli accordi. Infatti erano preoccupati per le convenzioni e volevano respingerle. [26]Lisia però salì sulla tribuna, si difese come poté, li persuase, li calmò, se li rese favorevoli e partì per Antiochia. In questo modo andarono le cose circa la spedizione e la ritirata del re.

14 Missione di Nicànore.

[1]Dopo uno spazio di tre anni giunse notizia agli uomini di Giuda che Demetrio, figlio di Selèuco, sbarcato nel porto di Tripoli con un forte esercito e una flotta, [2]si era impadronito della regione, dopo aver fatto sparire Antioco e il di lui tutore Lisia.

[3]Or un certo Àlcimo, che in precedenza era divenuto sommo sacerdote ma volontariamente si era contaminato al tempo della rivolta, avendo compreso che per lui non vi era in alcun modo salvezza né più possibilità d'accedere al santo altare, [4]andò dal re Demetrio verso l'anno 151 e gli offrì una corona d'oro e una palma, oltre ai soliti ramoscelli d'olivo del tempio. Per quel giorno rimase quieto. [5]Ma, colta l'occasione propizia alla sua follia quando da Demetrio fu convocato a consiglio e interrogato in quale disposizione e volontà stessero i Giudei, a tale riguardo rispose: [6]«Coloro dei Giudei che sono chiamati Asidei, alla cui testa è Giuda Maccabeo, fomentano la guerra e la sedizione, non permettono al regno di ritrovare la calma. [7]Proprio per questo, privato della dignità degli avi, e cioè del sommo sacerdozio, io ora sono venuto qui: [8]in primo luogo pensando sinceramente agl'interessi del re e poi anche preoccupandomi dei miei concittadini, poiché per sconsideratezza delle dette persone tutta la nostra gente soffre non poco. [9]Tu, o re, che conosci bene ognuna di queste cose, provvedi al paese e alla nostra gente minacciata, in conformità a quell'affabile umanità che hai verso tutti. [10]Infatti, finché Giuda rimane in vita, è impossibile che la situazione ritorni pacifica».

[11]Appena egli ebbe detto tali cose, gli altri amici che nutrivano rancori verso Giuda si affrettarono ad infiammare Demetrio. [12]Questi, perciò, scelto subito Nicànore, che era divenuto elefantarca, lo nominò stratega della Giudea e ve lo inviò, [13]dandogli ordine di far sparire Giuda, di disperdere gli uomini che erano con lui e di costituire Àlcimo sommo sacerdote del grande tempio. [14]I gentili della Giudea, che erano sfuggiti a Giuda, in massa si unirono allora a Nicànore, stimando che le sventure e le disgrazie dei Giudei sarebbero tornate a loro proprio vantaggio.

Tregua e amicizia di Nicànore con Giuda. - [15]Avuta notizia della spedizione di Nicànore e dell'aggressione dei gentili, i Giudei, cosparsisi di cenere, fecero una supplica a colui che per l'eternità aveva costituito il suo popolo e che con apparizioni aveva sempre sostenuto coloro che sono sua porzione. [16]Quindi, al comando del loro capo, subito si mossero di lì e si scontrarono col nemico presso il villaggio di Dessau. [17]Simone, fratello di Giuda, si era già spinto contro Nicànore; ma, a causa dell'arrivo improvviso degli avversari, lentamente aveva dovuto cedere. [18]Nondimeno Nicànore, venuto a conoscere il valore che possedevano gli uomini di Giuda e il coraggio con cui essi combattevano per gli interessi della patria, temeva di decidere la questione con spargimento di sangue. [19]Perciò inviò Posidonio, Teòdoto e Mattatia a dare e ricevere la destra. [20]Fatta un'ampia discussione in proposito, il capo ne diede comunicazione alle truppe e con voto manifestato per suffragio queste assentirono agli accordi. [21]Pertanto fissarono un giorno nel quale incontrarsi privatamente in uno stesso luogo. Dall'una e dall'altra parte avanzò una lettiga e si disposero i seggi. [22]Intanto Giuda aveva disposto degli uomini armati nei luoghi più adatti per paura che improvvisamente dai nemici fosse compiuta qualche cattiva azione. Conclusero così l'incontro in pieno accordo. [23]Nicànore poi si trattenne a Gerusalemme e non fece nulla fuori posto. Licenziò pure le folle, che erano state raccolte come greggi. [24]Aveva continuamente Giuda con sé ed era cordialmente affezionato a quest'uomo. [25]Lo esortò a sposarsi e a procreare figli. Giuda si sposò, restò tranquillo e condusse vita comune.

Ripresa delle ostilità. - [26]Àlcimo, venuto a sapere della benevolenza dell'uno per l'altro, dopo essersi procurato una copia dei patti conclusi, si recò da Demetrio e accusò Nicànore di avere sentimenti contrari al governo. Egli, infatti, aveva designato a suo successore Giuda, il perturbatore del regno. [27]Il re, adirato ed eccitato dalle calunnie di quello scellerato, scrisse a Nicànore dichiarandogli che egli non sopportava i detti patti e ordinandogli d'inviare subito ad Antiochia il Maccabeo in catene.

[28]Come gli giunsero questi ordini, Nicànore ne rimase costernato e sopportava di malavoglia di dover violare le convenzioni, non avendo quell'uomo fatto nulla di male. [29]Poiché, tuttavia, non era possibile agire contro il re, cercava l'opportunità di eseguire l'ordine con uno stratagemma.

[30]Ora il Maccabeo, avendo osservato che Nicànore si comportava con lui in modo più austero e che nei consueti incontri si mostrava piuttosto aspro, pensò che tale austerità non proveniva da qualcosa di buono. Perciò, radunati non pochi dei suoi uomini, si sottrasse a Nicànore. [31]Quando l'altro si accorse di essere stato abilmente giocato da Giuda, raggiunse il sublime e santo tempio, mentre i sacerdoti compivano i consueti sacrifici, e comandò di consegnargli quest'uomo. [32]Gli dichiararono con giuramento che non sapevano dove poteva essere il ricercato. [33]Egli, allora, stesa la destra verso il tempio, fece questo giuramento: «Se non mi consegnate Giuda in catene, raderò al suolo questa dimora di Dio, abbatterò l'altare e innalzerò qui uno splendido tempio a Dioniso». [34]Ciò detto, se ne andò.

Allora i sacerdoti, stese le mani al cielo, incominciarono ad invocare colui che è stato sempre difensore della nostra gente, dicendo: «[35]Tu, o Signore, che non hai bisogno di nessuna di tutte le cose, hai voluto che vi fosse in mezzo a noi un tempio per la tua dimora. [36]Ora, perciò, o Signore, santo di ogni santità, custodisci per sempre incontaminata questa casa, che da poco è stata purificata».

Suicidio di Razis. - [37]Or un certo Razis, degli anziani di Gerusalemme, fu indicato a Nicànore come uomo amante della città e di ottima fama, che per la sua bontà era chiamato padre dei Giudei. [38]Egli, infatti, nei precedenti giorni della rivolta aveva subìto una condanna per giudaismo e si era

dato, corpo e anima, con tutta la costanza possibile alla causa dello stesso giudaismo. [39]Nicànore, volendo rendere manifesta l'ostilità che nutriva verso i Giudei, mandò più di cinquecento soldati ad arrestarlo, [40]poiché credeva che arrestando lui avrebbe inflitto un grave danno agli altri.

[41]Le truppe stavano già per occupare la torre e forzavano la porta del cortile, dando ordine di portare del fuoco per appiccarlo alle porte, quando Razis, stretto da ogni parte, si gettò sulla sua spada, [42]preferendo morire nobilmente piuttosto che cadere nelle mani di quegli scellerati ed essere oltraggiato in modo indegno della sua nobiltà. [43]Ma poiché, nella fretta della lotta, il colpo non era andato al punto giusto e le truppe erano già penetrate dentro le porte, corse coraggiosamente sulle mura e virilmente si precipitò sulla folla. [44]Questa, subito indietreggiando, fece largo e così egli venne a cadere nel mezzo dello spazio vuoto. [45]Respirando ancora e infiammato d'ardore, si rialzò, mentre il sangue gli scorreva abbondantemente e le ferite lo tormentavano; di corsa passò in mezzo alla folla e salito su una roccia scoscesa, [46]già completamente esangue, si strappò gli intestini, li prese con ambedue le mani e li lanciò sulla folla, invocando il padrone della vita e dello spirito di restituirglieli di nuovo. In questo modo egli passò di vita.

15 **Spavalderia di Nicànore.** - [1]Nicànore poi, avendo appreso che gli uomini di Giuda si trovavano nei pressi della Samaria, decise di assalirli con tutta sicurezza nel giorno del riposo. [2]Gli dissero, allora, i Giudei che lo seguivano per necessità: «Non li far perire in maniera così selvaggia e barbara, ma rendi piuttosto gloria a quel giorno che a preferenza degli altri è stato onorato con la santità da Colui che veglia su tutte le cose». [3]Ma quel ver volte scellerato domandò se vi fosse in cielo un sovrano che avesse ordinato di celebrare il giorno del sabato. [4]Gli risposero: «Vi è il Signore viven-

---

14. - [37-46.] L'episodio appartiene al genere letterario del martirologio. Il suicidio del vegliardo, che in altra occasione sarebbe apparso come un crimine, viene equiparato all'eroico gesto di un martire e diventa un supremo appello alla giustizia divina. Vale la frase di s. Agostino: «Tutto ciò che è grande non è necessariamente buono».

te. Egli è il sovrano del cielo, che ha ordinato di osservare il sabato». [5]L'altro ribatté: «Anch'io sono un sovrano sulla terra e ordino di prendere le armi e di eseguire gli ordini del re». Tuttavia non riuscì ad eseguire il suo crudele disegno.

Fiducia di Giuda. - [6]In verità Nicànore, gonfiandosi con tutta la sua arroganza, aveva deciso di erigere un pubblico trofeo con le spoglie degli uomini di Giuda. [7]Il Maccabeo però era fermamente convinto, con ogni speranza, di ottenere soccorso dal Signore. [8]Perciò esortava i suoi a non temere l'attacco dei gentili, ma a tener presenti nella mente gli aiuti che in passato erano stati loro concessi dal cielo e a sperare anche nel presente che dall'Onnipotente sarebbe loro venuta la vittoria. [9]Confortatili con parole della legge e dei profeti, ricordò poi anche le battaglie che essi stessi avevano combattuto e li rese più audaci. [10]Rinfrancati così i loro animi, denunziò e insieme dimostrò la perfidia dei pagani e la loro violazione dei giuramenti. [11]Avendo in questo modo armato ciascuno di loro, non con la sicurezza degli scudi e delle lance, ma col conforto delle buone parole, narrò infine un sogno degno di fede, una specie di visione che li rallegrò tutti.

[12]La sua visione era questa. Onia, l'ex sommo sacerdote, uomo onesto e buono, modesto nell'aspetto, mite nel tratto, elegantemente spedito nel parlare e fin da fanciullo esercitato nella pratica di tutte le virtù, con le mani protese pregava per tutta la comunità dei Giudei. [13]Poi, nello stesso modo, era apparso un uomo distinto per età e maestà, circonfuso di una gloria meravigliosa e splendidissima. [14]Prendendo la parola, Onia disse: «Questi è l'amico dei suoi fratelli, che prega molto per il popolo e per la santa città: Geremia, il profeta di Dio». [15]Quindi Geremia, stendendo la destra, consegnò a Giuda una spada d'oro, dicendo nell'atto di consegnargliela: [16]«Prendi questa santa spada, dono di Dio; con essa farai a pezzi gli avversari».

[17]Incoraggiati da queste parole di Giuda, veramente belle e capaci di incitare al valore e di rendere virili gli animi dei giovani, decisero di non attardarsi nell'accampamento, ma di attaccare coraggiosamente e di risolvere l'affare gettandosi nella mischia con tutto il vigore, perché tanto la città quanto le cose sante e il tempio erano in pericolo. [18]Infatti il timore per le mogli e per i figli, come per i fratelli e i parenti, era in essi cosa di poco conto in confronto a quello, grandissimo e primario, per il tempio consacrato. [19]Intanto anche tra quelli rimasti in città non amava era la loro angustia, preoccupati com'erano per lo scontro in aperta campagna.

Sconfitta e morte di Nicànore. - [20]Tutti ormai attendevano una risoluzione prossima, essendo già i nemici vicini, l'esercito schierato, le bestie disposte in posizione conveniente e la cavalleria ordinata ai lati. [21]Al vedersi davanti tale moltitudine, la varietà delle armi preparate e la ferocia delle bestie, il Maccabeo stese le mani al cielo e invocò il Signore, operatore di prodigi, ben sapendo che non per virtù delle armi, ma a coloro che ne son degni egli procura la vittoria, quando lo giudica opportuno. [22]Pregando si espresse in questo modo: «Tu, o sovrano, al tempo di Ezechia re della Giudea inviasti il tuo angelo, il quale fece perire centottantacinquemila uomini. [23]Invia anche ora, o sovrano del mondo, un angelo buono davanti a noi per incutere timore e spavento. [24]Con la potenza del tuo braccio siano colpiti quelli che, bestemmiando, sono venuti contro il tuo santo popolo». Con queste parole terminò.

[25]Gli uomini di Nicànore intanto avanzavano tra suoni di trombe e canti di guerra. [26]Gli uomini di Giuda, invece, si gettarono nella mischia contro i nemici tra invocazioni e preghiere. [27]Combattendo con le mani, ma con i cuori pregando Dio, ne abbatterono non meno di trentacinquemila e si rallegrarono grandemente per questa manifestazione divina. [28]Cessato il combattimento, mentre con gioia si ritiravano, riconobbero Nicànore caduto con la sua armatura. [29]Fu un esplodere di grida e di confusione. Dopo di che benedissero l'Onnipotente nella lingua paterna.

Il giorno di Nicànore. - [30]Colui che, corpo e anima, era stato sempre in prima linea nella lotta per i cittadini e che aveva conservato per i suoi connazionali l'affetto dell'età giovanile, comandò allora di mozzare la testa di Nicànore, la sua destra con il braccio e di portarli a Gerusalemme. [31]Qui giunto, dopo aver convocato i connazionali e i sacerdoti, stando davanti all'altare, mandò a chiamare quelli dell'Acra. [32]Quindi, mostrata loro la testa dell'impuro Nicànore e la mano che quel bestemmiatore aveva steso con arroganza contro la santa casa dell'Onnipotente, [33]comandò che, recisa anche la lingua, a pezzi fosse data in pasto agli uccelli e che la mercede della sua follia fosse appesa davanti al tempio. [34]Tutti allora, rivolti al cielo, benedissero il Signore glorioso, dicendo: «Benedetto sia colui che ha conservato incontaminato il suo luogo!».

[35]Giuda poi fece appendere all'Acra la testa di Nicànore come segno chiaro e manifesto a tutti dell'aiuto del Signore. [36]Infine, con comune suffragio, decretarono tutti insieme di non lasciare in nessun modo tale giorno senza un riconoscimento, ma di solennizzarlo il 13 del dodicesimo mese, che in lingua siriaca si chiama Adar, un giorno prima della festa di Mardocheo.

Epilogo. - [37]Così, dunque, andarono le cose riguardo a Nicànore. E poiché da quei tempi la città rimase in possesso dei Giudei, qui stesso anch'io porrò fine al mio discorso. [38]Se la composizione è riuscita bene, è ciò che anch'io volevo; ma se è di poco conto e mediocre, è tutto ciò che potevo fare. [39]Come, infatti, il bere solo vino è nocivo, allo stesso modo che la sola acqua, mentre il vino mescolato con acqua è gradevole e procura un piacere delizioso, così è pure della preparazione di un discorso che voglia deliziare le orecchie dei lettori della composizione. Qui perciò sarà la fine.

---

15. - [37]. L'autore termina qui la sua storia: gli basta aver dato ragione di due feste, della Dedicazione e di Nicanore, che costituiscono due ricordi gloriosi nella storia della riscossa giudaica.

LIBRI SAPIENZIALI

La sapienza in Israele. - Sapienza è un termine che assume una vasta gamma di significati. In generale si può descriverla come applicazione della mente ad acquisire conoscenze e a riflettere sull'esperienza umana per ricavarne indicazioni utili a dirigere con rettitudine, correttezza e successo la propria vita. Più in concreto, è abilità pratica nella conduzione dei propri affari, nell'esercizio della professione; abilità tecnica e artigianale; prudenza nel linguaggio, nei gesti e nel comportamento per avanzare nella carriera; discernimento per giudicare ciò che è bene e ciò che è male per l'uomo, non solo in senso morale, abilità e scaltrezza nello sfuggire pericoli e inganni... La finalità delle conoscenze e delle riflessioni è sempre eminentemente pratica e rimane tale anche quando si affrontano problemi più generali come il senso della vita umana o la sofferenza dell'innocente.

Le conoscenze e l'esperienza che si accumulano nella vita dell'individuo e nel succedersi delle generazioni si fissano spesso in massime, sentenze, proverbi brevi, ritmati, formulati mediante un'immagine o un paragone. Questa sapienza proverbiale, come la riflessione più elaborata su temi più impegnativi dell'esistenza, era già coltivata in Egitto e nella Mesopotamia prima ancora che Israele esistesse. I molteplici contatti e paralleli che si riscontrano tra le letterature sapienziali di questi popoli e quella ebraica fanno apparire quest'ultima come il filone giudaico di una corrente culturale internazionale.

Anche in Israele si è compreso ben presto che la sapienza è un valore prezioso per la vita, la quale non poteva essere regolata in tutto e per tutto dalla legge di Mosè e dalla parola dei profeti.

A confronto con la legge, la storia e i profeti, balza evidente nei libri sapienziali un grande spostamento o, per meglio dire, un grande allargamento d'interesse e di attenzione: dal popolo all'individuo; dalla vicenda storica del popolo dell'alleanza all'esistenza umana nel mondo della creazione con tutti i suoi enigmi; dalla parola annunciata dai profeti come incontestabile «oracolo del Signore» all'uso di tutte le risorse della ragione e della prudenza per regolare la propria vita; dall'imposizione della legge al consiglio ed esortazione; dalla sanzione concepita come pena esterna positiva di una trasgressione, alla sanzione come conseguenza di una scelta errata e di un atto insipiente.

Sapienza e timor di Dio. - La vita d'Israele è stata segnata indelebilmente dalle vicende che lo hanno costituito come popolo, e come popolo dell'alleanza con Dio. La sua sapienza non potrà mai prescindere da questo dato di fatto; non si sviluppa quindi in un terreno neutro. Se essa promuove e valorizza la ricerca, la conoscenza della realtà, chi vi si dedica possiede già dei criteri con cui confrontarla. I saggi sembrano averli condensati nella formula: «Inizio della sapienza è il timore del Signore, "di Jhwh"» (cfr. Pro 1,7; 9,10; 15,33; Sal 111,10; Gb 28,28; vedi anche Qo 12,13; Sir 1,9-18, specie 1,12). Il timor di Dio è una nozione complessa che contiene praticamente tutto l'atteggiamento dell'ebreo verso Dio, cioè tutta la religione; quindi è il riconoscimento, l'adorazione e la totale adesione all'unico Dio che Israele conosce, perché ne ha sperimentato la presenza, la potenza benefica e la fedeltà; tale adesione si concretizza nell'obbedienza alla sua legge e nell'abbandono fiducioso alla sua volontà.

Una tale insistenza su questa formula appare sintomatica. Per i saggi d'Israele non c'è sapienza che porti a una valida conoscenza della realtà e a una retta direzione della vita, se non si basa sul timor di Dio; è questa la condizione previa e imprescindibile. Israele ha fondato la sua ricerca e ha assimilato la sapienza dei popoli vicini sulla base della sua esperienza religiosa e della conoscenza del Dio che gli si era rivelato.

I libri sapienziali. - Tradizionalmente, l'origine di questa corrente di pensiero si fa risalire a Salomone (ca. 970-930) al quale Dio donò la sapienza di ben governare e anche quella più vasta, di carattere enciclopedico si direbbe oggi, per cui Salomone divenne celebre in tutto il Medio Oriente (cfr. 1Re 3,4-15; 5,9-14), il prototipo dei sapienti d'Israele. E a lui furono attribuiti vari libri sapienziali, scritti anche secoli dopo di lui e in greco, come la Sapienza. Questa attribuzione era anche un modo di affermare la fedeltà al tipo di sapienza propria d'Israele e quindi alla tradizione

I libri sapienziali — detti anche poetici, per la loro forma letteraria, e didattici, perché insegnano in senso generale la sapienza — sono: Proverbi, Giobbe, Qohèlet (o Ecclesiaste), Cantico dei Cantici, Sapienza, Siracide (o Ecclesiastico). La loro pubblicazione si scagliona nei secoli V-I a.C.

Proverbi: libro formato da nove collezioni di proverbi; le due raccolte più estese e antiche (10,1 - 22,16 e cc. 25-29) sono dette salomoniche perché molti dei loro proverbi risalgono al tempo di Salomone. La prima collezione (cc. 1-9), la più recente, è una lunga esortazione ad amare e acquisire la sapienza.

Giobbe: il poema grandioso dell'innocente oppresso dalla sofferenza immeritata, ma che non cessa di cercare Dio.

Qohèlet: raccolta di riflessioni disincantate sull'esistenza umana in cui tutto appare vàno e senza senso.

Cantico dei Cantici: idillio che sotto forma dell'amore fra due giovani suggerisce il rapporto tra Israele e il suo Dio.

Siracide: insegnamenti e riflessioni, frutto della scuola tenuta dall'autore come maestro di sapienza. Vera sapienza è la *Tôrah* (legge) data da Dio a Israele come suprema norma di vita e di felicità (c. 24). Chi ha seguito la sua parola, ha avuto successo e ha beneficato il suo popolo (cc. 44-50).

Sapienza: riflessioni sul diverso destino di chi segue la vera sapienza e chi la rifiuta: c'è un giudizio di Dio e un'altra vita che attende l'uomo; dopo una descrizione entusiastica della sapienza l'autore mostra come essa abbia guidato alla salvezza il popolo di Dio, soprattutto al tempo dell'esodo.

Pur formando un libro del tutto a parte, in questo gruppo vengono inseriti pure i *Salmi*, la raccolta di preghiere usate anche nelle celebrazioni liturgiche d'Israele. Il libro contiene 150 preghiere in forma poetica in cui si esprime tutta la gamma della religiosità d'Israele come popolo dell'alleanza con Dio. Vi sono inni e lodi a Dio creatore dell'universo e salvatore d'Israele, canti di ringraziamento, lamentazioni e suppliche individuali e nazionali, esaltazione dei re come figure del Messia, salmi di riflessione sul senso della vita e del dolore... Questa raccolta si è formata lungo tutta la storia d'Israele per circa un millennio.

GIOBBE

Il libro di Giobbe è un capolavoro della letteratura universale, sia per l'eterno problema che agita, il dolore dell'innocente, ma anche per la smagliante veste letteraria che l'anonimo autore ebreo del V secolo ha saputo dargli.

Un prologo (cc. 1-2) e un epilogo (42,7-17) in prosa riprendono un'antica tradizione che narrava di Giobbe, uomo retto, religioso e ricco, privato in breve dei beni, dei figli e della salute. Di fronte allo sfacelo della sua vita egli continua a benedire Dio, da cui viene ogni bene e ogni male. Dopo qualche tempo il paziente Giobbe viene reintegrato nello stato primitivo.

Tra il prologo e l'epilogo si inserisce il poema: un lungo dialogo fra Giobbe e tre amici venuti a trovarlo (cc. 3-27). Questi sostengono la tesi della giusta retribuzione di Dio che premia i buoni e punisce i malvagi, mentre Giobbe contesta questa posizione, forte della sua coscienza e di altri casi che l'esperienza gli ha fatto osservare. In un ultimo soliloquio (cc. 29-31) provoca Dio a intervenire nel dibattito. Dio interviene (cc. 38-41) e gli fa comprendere la sua posizione di creatura immersa in una fitta rete di mistero che Dio conosce e governa. Ma l'aver incontrato Dio che non l'ha condannato significa tutto per Giobbe: ha ritrovato il suo Dio. In seguito sono stati aggiunti i prolissi discorsi di Eliu (cc. 32-37) e un inno alla sapienza misteriosa di Dio (c. 28).

L'autore di Giobbe non accetta un Dio-automa che garantisce disgrazie ai malvagi e successo ai buoni. Egli ha assunto il problema del dolore innocente come il caso-limite per scuotere certezze che non rispondono alla realtà né stimolano quella fede che si affida a Dio, certa che la sua ultima volontà è la felicità della creatura che lo cerca. L'epilogo lo dimostra.

PROLOGO

1 **Felicità e pietà di Giobbe.** - ¹C'era nella regione di Uz un uomo chiamato Giobbe. Quest'uomo era integro e retto, timorato di Dio e alieno dal male. ²Gli erano nati sette figli e tre figlie. ³Possedeva settemila pecore, tremila cammelli, cinquecento coppie di buoi, cinquecento asine e una numerosissima servitù. Quest'uomo era il più ricco fra tutti gli orientali. ⁴Ora, i suoi figli solevano celebrare dei banchetti a turno in casa di uno e dell'altro e mandavano a invitare le loro tre sorelle per banchettare insieme. ⁵Terminato il ciclo dei conviti, Giobbe li faceva venire per purificarli; si alzava di buon mattino e offriva un olocausto per ognuno di essi, perché diceva: «Forse i miei figli hanno peccato oltraggiando Dio nel lo-

ro cuore». Giobbe soleva fare così immancabilmente.

Prima sfida celeste. - ⁶Però un giorno i figli di Dio andarono a presentarsi davanti al Signore e tra di essi venne anche satana. ⁷Il Signore disse a satana: «Da dove vieni?». Satana rispose al Signore: «Dal vagabondare sulla terra dopo averla girata». ⁸E il Signore a satana: «Hai fatto attenzione al mio servo Giobbe? Sulla terra non c'è un altro come lui: uomo integro e retto, timorato di Dio e alieno dal male». ⁹Satana rispose al Signore: «Forse

---

1. - ⁷· *Satana*: nel testo ebraico è preceduto dall'articolo (cfr. Zc 3,1s), poiché viene considerato non quale nome personale, ma comune. Indica propriamente uno che si oppone a un altro per distoglierlo dal fare qualcosa o per accusarlo in giudizio.

che Giobbe teme Dio per niente? [10]Non hai forse protetto con uno steccato lui, la sua casa e tutto ciò che possiede? Tu hai benedetto le sue imprese e i suoi greggi si dilatano nella regione. [11]Ma stendi la tua mano e colpisci i suoi beni e vedrai come ti maledirà in faccia!». [12]Il Signore disse a satana: «Ecco, tutto ciò che è suo, è in tuo potere; però non portare la tua mano sulla sua persona». E satana si ritirò dalla presenza del Signore.

Perdita dei beni e dei figli. - [13]Or avvenne che il giorno in cui i suoi figli e le sue figlie mangiavano e bevevano in casa del loro fratello maggiore, [14]giunse un messaggero da Giobbe e disse: «Mentre i buoi stavano arando e le asine erano al pascolo nelle vicinanze, [15]irruppero i Sabei, li depredarono e passarono a fil di spada i guardiani. Io solo sono scampato per venirtelo a dire». [16]Mentre costui stava ancora parlando, giunse un altro a dire: «Il fuoco di Dio è caduto dal cielo, bruciò le pecore e i guardiani incenerendoli. Io solo sono scampato per venirtelo a dire». [17]Mentre costui stava ancora parlando, giunse un altro a dire: «I Caldei, divisi in tre gruppi, si precipitarono sui cammelli, li presero e passarono a fil di spada i guardiani. Io solo sono scampato per venirtelo a dire». [18]Mentre costui stava ancora parlando, giunse un altro a dire: «I tuoi figli e le tue figlie stavano ancora mangiando e bevendo vino nella casa del loro fratello maggiore, [19]quando un vento impetuoso venendo da oltre il deserto investì i quattro angoli della casa; questa cadde sui giovani, che sono morti. Io solo sono scampato per venirtelo a dire». [20]Allora Giobbe, alzatosi, si strappò il manto, si rase il capo e, caduto a terra, prostrato [21]disse:

«Nudo sono uscito dal ventre di mia
   madre
e nudo vi farò ritorno!
Il Signore ha dato e il Signore ha tolto;
sia benedetto il nome del Signore».

[22]In tutto ciò Giobbe non commise peccato né proferì alcuna insolenza contro Dio.

2 **Seconda sfida celeste.** - [1]Avvenne che un giorno i figli di Dio andarono a presentarsi davanti al Signore; fra essi venne anche satana per presentarsi davanti al Signore. [2]Il Signore disse a satana: «Donde vieni?». Satana rispose al Signore: «Dal vagabondare sulla terra dopo averla girata». [3]Il Signore replicò a satana: «Hai fatto attenzione al mio servo Giobbe? Sulla terra non c'è un altro come lui: uomo integro e retto, timorato di Dio e alieno dal male. Egli persevera ancora nella sua integrità e senza ragione tu mi hai eccitato contro di lui per rovinarlo». [4]Ma satana rispose al Signore: «Pelle per pelle! Tutto quanto possiede l'uomo è pronto a darlo per la sua vita. [5]Ma stendi, di grazia, la tua mano e colpisci le sue ossa e la sua carne; vedrai se non ti maledirà in faccia!». [6]Allora il Signore disse a satana: «Eccolo in tuo potere! Soltanto risparmia la sua vita».

Malattia di Giobbe. - [7]Allontanatosi dalla presenza del Signore, satana colpì Giobbe di un'ulcera maligna dalla pianta dei piedi fino in cima al capo. [8]Allora, preso un coccio per grattarsi, Giobbe si mise seduto in mezzo alla cenere. [9]Allora sua moglie gli disse: «Rimani ancora fermo nella tua integrità? Maledici Dio e muori!». [10]Ma egli rispose: «Parli come un'insensata! Se da Dio accettiamo il bene, perché non dovremmo accettare anche il male?». In tutto questo Giobbe non peccò con la sua bocca.

Arrivo dei tre amici. - [11]Or tre amici di Giobbe, apprese tutte queste disgrazie che si erano abbattute su di lui, partirono ciascuno dal suo paese: Elifaz il temanita, Bildad il suchita e Zofar il naamatita; insieme si accordarono per andare a commiserarlo e a consolarlo. [12]Alzando i loro occhi da lontano, non lo riconobbero. Allora si misero a piangere a gran voce. Ognuno, strappato il manto, si cosparse di polvere il capo. [13]Poi si sedettero a terra presso di lui per sette giorni e sette notti. Nessuno gli rivolse la parola, perché avevano visto quanto grande era il suo dolore.

DIALOGO FRA GIOBBE E I TRE AMICI
PRIMO CICLO DI DISCORSI

3 **Lamento di Giobbe.** - [1]Dopo di ciò Giobbe aprì la bocca e maledisse il suo giorno. [2]Giobbe prese la parola e disse:

[3] «Perisca il giorno nel quale sono nato,
e la notte che ha detto:
"È stato concepito un uomo!".

4 Che quel giorno sia tenebre,
    che da lassù Dio non ne abbia cura,
    non brilli sopra di lui la luce!
5 Che lo rivendichino tenebre e ombra
        funerea,
    che si posi sopra di lui una nube,
    le eclissi lo rendano spaventoso!
6 Quella notte se la possegga il buio,
    essa non si aggiunga ai giorni dell'anno
    e non entri nel computo dei mesi!
7 Sì, quella notte sia infeconda
    e non vi penetri l'allegrezza.
8 La maledicano quelli che imprecano
        all'Oceano,
    coloro che sono esperti nel risvegliare
        Leviatàn.
9 Si oscurino le stelle della sua aurora,
    attenda la luce, e non venga
    e non veda i guizzi dell'aurora;
10 perché essa non chiuse per me il varco
        della matrice,
    e non sottrasse ai miei occhi tanta
        miseria.
11 Perché non sono morto sin dal seno
        materno,
    e non sono spirato appena uscito
        dal grembo?
12 Perché due ginocchia mi accolsero,
    e perché due mammelle, per allattarmi?
13 Sì, ora giacerei tranquillo,
    dormirei e godrei il riposo,
14 insieme ai re e ai governanti della terra,
    che si sono costruiti mausolei,
15 o insieme ai nobili che possiedono oro
    o riempiono di argento i loro palazzi.
16 O perché non sono stato come un aborto
        interrato,
    come i bimbi che non hanno visto
        la luce?
17 Laggiù i malvagi cessano di agitarsi
    e là riposano gli sfiniti di forze.
18 I prigionieri stanno tranquilli insieme
        a loro,
    senza udire più la voce dell'aguzzino.
19 Laggiù piccoli e grandi si confondono,
    e lo schiavo è libero dal suo padrone.
20 Perché dar la luce a un infelice

e la vita agli amareggiati nell'animo,
21 a coloro che attendono la morte che non
        viene,
    e si affannano a ricercarla più
        di un tesoro,
22 che godono andando verso il tumulo
    ed esultano perché trovano una tomba;
23 a un uomo, il cui cammino è nascosto,
    e che Dio da ogni parte ha sbarrato?
24 Così, come mio alimento vengono
        i sospiri,
    e i miei gemiti sgorgano come acqua;
25 perché ciò che io temo, mi colpisce,
    e ciò che mi spaventa, mi sopraggiunge.
26 Non ho tranquillità, non ho pace,
    non ho posa, mi assale il tormento».

4 Primo discorso di Elifaz. Fiducia in Dio.
- [1]Allora Elifaz di Teman prese la parola e disse:

2 «Oseremo rivolgerti la parola? Tu sei
        depresso!
    Eppure chi potrebbe trattenere
        il discorso?
3 Vedi, tu facevi la lezione a molti
    e ridavi vigore a mani inerti.
4 Le tue parole sostenevano i vacillanti
    e rinfrancavano le ginocchia che si
        piegavano.
5 Ma ora che tocca a te, sei depresso;
    ora che il colpo ti raggiunge, ne sei
        sconvolto.
6 La tua pietà non era forse la tua fiducia,
    e l'integrità della tua condotta, la tua
        speranza?
7 Rammenta, dunque: quale innocente
        è mai perito?
    E dove si son visti i giusti sterminati?
8 Per quanto ho costatato, coloro che
        coltivano malizia
    e seminano miseria, mietono tali cose.
9 Periscono a un soffio di Dio
    e sono annientati a un alito della sua ira.
10 Il ruggito del leone, le urla della belva
    e i denti dei leoncelli sono frantumati.
11 Muore il leone per mancanza di preda,
    e i piccoli della leonessa devono
        disperdersi.
12 Ora mi fu detta furtivamente una parola,
    e il mio orecchio ne carpì il mormorìo,
13 tra i fantasmi di visioni notturne,
    quando il letargo cade sugli uomini.
14 Un terrore mi prese e uno spavento
    che fece tremare tutte le mie ossa.

---

3. - [8.] *Leviatàn*: in 40,25 indica il coccodrillo, in Sal 104,36 ogni grosso cetaceo marino. Qui invece è evocato come mostro marino, simbolo del caos primitivo.

4. - [7.] Emerge qui l'opinione che i cattivi sono sempre puniti e che nessuno, quindi neppure Giobbe, può essere innocente dinanzi a Dio se viene a trovarsi nella sventura.

15 Un vento mi passò sulla faccia,
   e mi si rizzarono i peli della carne.
16 Uno stava in piedi, non ne distinguevo
   l'aspetto,
   solo una figura apparve ai miei occhi;
   poi udii una voce sommessa:
17 "Può l'uomo essere giusto davanti a Dio,
   o un mortale essere puro davanti al suo
   creatore?
18 Vedi, egli non si fida nemmeno dei suoi
   servi,
   e nei suoi messaggeri riscontra difetti;
19 quanto più in coloro che abitano case
   di fango,
   i cui fondamenti si trovano nella polvere
   e sono corrosi dal tarlo!
20 Dall'alba alla sera sono ridotti in polvere,
   senza che nessuno lo avverta, periscono
   per sempre.
21 Non sono forse già strappate le corde
   della loro tenda
   e muoiono senza sapere come?".

5 Dio è rifugio

1 Grida, dunque! C'è forse qualcuno che
   ti risponde?
   A chi tra i santi ti rivolgerai?
2 In verità, il dolore reca la morte allo stolto
   e la collera fa morire l'inesperto.
3 Ho visto l'insensato mettere radici,
   e subito vidi maledetta la sua dimora.
4 I suoi figli sono privi di aiuto,
   sono oppressi in tribunale senza difensore.
5 Le loro messi le divora l'affamato,
   rubandole malgrado le siepi,
   e l'assetato ne inghiotte gli averi.
6 Certo, la sventura non nasce dal suolo
   e la disgrazia non germoglia dalla terra,
7 ma è l'uomo che genera la miseria,
   come le aquile volano in alto.
8 Quanto a me, mi rivolgerei a Dio,
   a Dio affiderei la mia causa,
9 a lui che compie prodigi insondabili
   e meraviglie senza numero,
10 che manda la pioggia sulla terra
   e versa le acque sulle campagne;
11 innalza gli umili
   e gli afflitti solleva a prosperità.
12 Rende vani i piani degli astuti,
   così che le loro mani non realizzino
   le loro previsioni.
13 Accalappia i sapienti nelle loro astuzie
   e fa abortire gli intrighi degli scaltri.

14 In pieno giorno incappano nelle tenebre
   e a mezzogiorno brancolano come
   di notte.
15 Così Dio salva il povero
   dalla lingua affilata, dalla mano violenta.
16 C'è una speranza per il misero,
   mentre l'ingiustizia chiude la bocca.
17 Perciò felice l'uomo che Dio corregge.
   Non ricusare, dunque, la lezione
   dell'Onnipotente!
18 Veramente, è lui che produce la piaga
   e la medica,
   colpisce e con le sue mani risana.
19 Da sei angustie ti libererà,
   e alla settima non soffrirai nessun male.
20 In tempo di fame ti scamperà dalla morte
   e nel combattimento dal filo della spada.
21 Sarai al riparo dalla lingua pungente
   e non avrai timore, quando giunge
   la rovina.
22 Te ne riderai della sventura e della fame
   e non temerai le fiere della campagna.
23 Farai un'alleanza con le pietre del campo
   e sarai in pace con le bestie selvagge.
24 Sperimenterai la prosperità della tua
   tenda
   e ispezionando la tua dimora, non
   ti mancherà nulla.
25 Scoprirai che la tua prole è numerosa,
   e i tuoi rampolli come l'erba del prato.
26 Te ne andrai alla tomba senza acciacchi,
   come il grano raccolto nella sua stagione.
27 Ecco quanto abbiamo studiato a fondo:
   è così.
   Ascolta e fanne profitto».

6 Giobbe deluso degli amici e di Dio. -
1 Allora Giobbe prese la parola e disse:

2 «Oh, se si potesse pesare il mio cruccio
   e si mettesse sulla bilancia la mia
   sventura,
3 certamente sarebbe più pesante
   della rena del mare!
   Per questo le mie parole sono confuse.
4 Sì, le frecce dell'Onnipotente mi stanno
   infitte,
   il mio spirito ne succhia il veleno
   e i terrori di Dio mi si schierano contro.

---

6. - 2. Giobbe non nega di avere in qualche cosa peccato; sostiene però che le sofferenze sono sproporzionate rispetto alle sue mancanze.

5 Raglia forse l'asino selvatico di fronte
    all'erba
  o muggisce il bue innanzi al foraggio?
6 Si mangia forse senza sale cibo insipido,
  o che gusto c'è nella chiara d'uovo?
7 Ciò che mi rifiutavo di toccare
  è ora il mio cibo nauseante.
8 Oh, se si realizzasse il mio desiderio,
  e Dio mi concedesse ciò che spero!
9 Volesse Iddio schiacciarmi,
  stendere la sua mano e sopprimermi!
10 Sarebbe per me un conforto,
   salterei di gioia nell'angoscia senza
     pietà,
   per non aver rinnegato le sentenze
     del Santo.
11 Qual è la mia forza per poter resistere?
   O qual è la mia fine per prolungare
     la mia vita?
12 È forse la mia forza quella delle pietre,
   e la mia carne è forse di bronzo?
13 Non è forse vero che non incontro aiuto
     per me,
   e ogni soccorso mi è precluso?
14 L'uomo disfatto ha diritto alla pietà
     del suo prossimo,
   anche se avesse abbandonato il timore
     dell'Onnipotente.
15 I miei fratelli mi hanno tradito come
     un torrente,
   come l'alveo dei rivi che scompaiono.
16 Erano gonfi allo sciogliersi del ghiaccio,
   quando su di essi fondevano le nevi,
17 ma al tempo della siccità svaniscono
   e con l'arsura scompaiono dai loro letti.
18 Le carovane dèviano dalle loro piste,
   avanzano nel deserto e si perdono.
19 Le carovane di Teman fissano attente
     (il loro corso),
   i convogli di Seba contano sui torrenti;
20 però rimangono delusi per aver sperato,
   e quando arrivano rimangono confusi.
21 Ebbene, così siete ora voi per me:
   vedete che faccio orrore e avete paura.
22 Vi ho forse detto: "Datemi qualche cosa"
   o "dei vostri beni fatemi un regalo"
23 o "liberatemi dalle mani del nemico"
   o "riscattatemi dal potere dei violenti"?
24 Istruitemi e starò in silenzio,
   fatemi conoscere in che cosa ho sbagliato.
25 Sarebbero forse offensive le parole
     giuste?

Ma che cosa provano i vostri
  argomenti?
26 Pensate forse voi di criticare parole,
   un discorso che un disperato ha disperso
     al vento?
27 Giungereste fino a tirare a sorte
     un orfano
   e mettere in vendita il vostro amico.
28 Ed ora, degnatevi di volgervi verso
     di me;
   certo, non vi mentirò in faccia.
29 Ripensateci, di grazia, non si faccia
     ingiustizia!
   Ricordatevi ancora; è in causa la mia
     innocenza.
30 C'è forse iniquità sulle mie labbra?
   O il mio palato non distingue più
     le sventure?

7 Sfogo con Dio

1 Non sta compiendo l'uomo un duro
     servizio sulla terra?
   e i suoi giorni non sono come quelli
     di un mercenario?
2 Come lo schiavo sospira l'ombra
   e come il mercenario attende la sua
     mercede,
3 così a me sono toccati in sorte mesi
     d'illusione
   e notti d'affanno mi sono state assegnate.
4 Se mi corico, penso: "Quando mi
     alzerò?",
   ma la notte si prolunga
   e sono oppresso da ansie sino all'alba.
5 La mia carne si è rivestita di vermi
     e croste terrose,
   la mia pelle si raggrinza e si squama.
6 I miei giorni sono stati più veloci
     di una spola,
   e si sono consumati senza speranza.
7 Ricorda che la mia vita non è che
     un soffio
   e i miei occhi non rivedranno più
     il bene.
8 Non mi scorgerà più l'occhio di chi mi
     vede,
   i tuoi occhi saranno su di me
   e io sarò scomparso.
9 Come una nube si dilegua e se ne va,
   così chi scende negli inferi non ne
     risale.
10 Non tornerà più nella sua casa
   e non lo rivedrà più la sua dimora.

---

7. - 7. Ridotto senza speranza terrena, Giobbe si rivolge a Dio, che non osa neppure nominare.

[11] Perciò non terrò chiusa la bocca,
parlerò nell'angoscia del mio spirito,
mi lamenterò nell'amarezza del mio cuore.
[12] Sono forse io il mare, oppure un mostro
marino,
perché tu mi faccia sorvegliare
da una guardia?
[13] Quando penso che il mio giaciglio
mi darà sollievo
e il mio letto allevierà la mia sofferenza,
[14] allora tu mi terrorizzi con sogni
e mi atterrisci con fantasmi.
[15] Preferirei essere soffocato
e morire, piuttosto che avere queste mie
pene.
[16] Sono sfinito, non vivrò più a lungo;
lasciami, perché un soffio sono i miei
giorni.
[17] Che cosa è il mortale, perché tu ne
faccia tanto caso
e a lui rivolga la tua attenzione,
[18] al punto di ispezionarlo ogni mattino
e metterlo alla prova ogni istante?
[19] Perché non cessi di spiarmi
e non mi lasci nemmeno inghiottire
la saliva?
[20] Se ho peccato, che cosa ho fatto a te,
scrutatore dell'uomo?
Perché mi hai preso come bersaglio
e ti sono diventato di peso?
[21] Perché non perdoni il mio peccato
e non allontani la mia colpa?
Sì, ben presto giacerò nella polvere;
mi cercherai e io più non sarò».

8 Primo discorso di Bildad. Dio è giusto.
[1] Allora Bildad il suchita prese la parola e disse:

[2] «Fino a quando dirai simili cose,
e un vento impetuoso saranno le parole
della tua bocca?
[3] Può forse Dio far deviare il giudizio,
e l'Onnipotente sconvolgere la giustizia?
[4] Se i tuoi figli hanno peccato contro di lui,
egli li ha abbandonati alla loro iniquità.
[5] Se tu ricercherai Dio,
e implorerai l'Onnipotente,
[6] se sei onesto e retto,
certamente fin d'ora veglierà su di te
e ti ristabilirà nella tua giustizia.
[7] La tua primitiva condizione sarà poca
cosa
accanto al tuo magnifico futuro.

[8] Interroga, di grazia, le generazioni
passate
e rifletti sull'esperienza dei loro padri;
[9] noi infatti siamo di ieri e non sappiamo
nulla,
poiché i nostri giorni sulla terra sono
come un'ombra.
[10] Ma essi ti istruiranno, ti informeranno
traendo le parole dal loro cuore.
[11] Cresce forse il papiro fuori della palude
e si sviluppa forse il giunco senz'acqua?
[12] Ancora in germoglio, non buono per
tagliarlo,
si secca prima di tutte le altre verdure.
[13] Tale è il destino di coloro che
dimenticano Dio,
e così svanisce la speranza dell'empio.
[14] La sua fiducia è come un filo
e una tela di ragno è la sua sicurezza.
[15] Cerca appoggio sulla sua casa, ma essa
non tiene,
vi si aggrappa, ma essa non regge.
[16] È albero rigoglioso in faccia al sole
e sopra il giardino si spandono i suoi
rami;
[17] le sue radici s'intrecciano nella pietraia,
esplora i crepacci delle rocce.
[18] Ma se lo si strappa dal suo posto,
questo lo rinnega: "Non ti ho mai visto".
[19] Ecco la sorte della sua vita,
mentre altri rispuntano dalla terra.
[20] Vedi, Dio non rigetta l'uomo integro
né presta man forte ai malfattori.
[21] Può ancora colmare la tua bocca
di sorriso
e le tue labbra di giubilo.
[22] Coloro che ti odiano saranno coperti
di vergogna
e la tenda degli empi sparirà».

9 Risposta di Giobbe a Bildad. È inutile lottare con Dio.
[1] Giobbe prese la parola e disse:

[2] «Certo, so che è così;
come può un uomo essere giusto davanti
a Dio?
[3] Se uno volesse disputare con lui,
non gli risponderebbe una volta su mille.

---

8. - [3.] La domanda richiede naturalmente risposta negativa. Con essa Bildad ripropone la tesi: Dio non può essere ingiusto e castigare un innocente; se dunque tu sei afflitto, ciò significa che sei peccatore. Pèntiti, per non essere castigato come i tuoi figli.

4 Chi, saggio di mente e potente
    per la forza,
gli si è opposto ed è rimasto illeso?
5 Egli sposta le montagne senza che se ne
    avvedano
e le sconvolge nella sua collera.
6 Egli scuote la terra dal suo posto
e le sue colonne vacillano.
7 Ordina al sole di non sorgere
e mette un sigillo alle stelle.
8 Egli da solo dispiega i cieli
e cammina sulle onde del mare.
9 Egli forma l'Orsa e l'Orione,
le Pleiadi e le Costellazioni del sud.
10 Compie prodigi insondabili
e meraviglie senza numero.
11 Ecco, mi passa vicino e non lo vedo,
se ne va, e di lui non mi accorgo.
12 Se rapisce qualcosa, chi lo può impedire?
Chi può dirgli: "Che cosa fai?".
13 Dio non ritira la sua collera,
sotto di lui si curvano le legioni di Raab.
14 Tanto meno potrei io rispondergli
o scegliere argomenti contro di lui.
15 Anche se avessi ragione non riceverei
    risposta,
dovrei chiedere grazia al mio avversario.
16 Anche se rispondesse al mio appello,
non crederei che ha ascoltato la mia voce,
17 lui, che mi schiaccia nell'uragano
e moltiplica senza ragione le mie ferite.
18 Non mi lascia riprendere fiato,
anzi mi sazia di amarezze.
19 Se si tratta di forza, è lui il vigoroso;
se si tratta di giudizio, chi lo farà
    comparire?
20 Anche se fossi innocente, il mio parlare
    mi condannerebbe;
se fossi giusto, mi dichiarerebbe
    perverso.
21 Sono innocente? Non lo so neppure io;
detesto la mia vita.
22 Però è lo stesso, ve lo assicuro,
egli fa perire l'innocente e il reo!
23 Se una calamità miete vittime
    in un istante,
egli se ne ride della disgrazia
    degl'innocenti.
24 Lascia la terra nel potere dei malvagi,

egli vela il volto dei suoi governanti.
Se non è lui, chi dunque può essere?
25 I miei giorni passano più veloci
    di un corriere,
fuggono senza gustare felicità.
26 Scorrono veloci come barche di giunco,
come aquila che piomba sulla preda.
27 Se dico: "Voglio dimenticare la mia
    afflizione,
cambiare il mio volto ed essere lieto",
28 mi spavento per tutte le sofferenze;
e poi so che tu non mi assolverai.
29 Se sono colpevole,
perché affaticarmi invano?
30 Anche se mi lavassi con la neve
    e pulissi le mie mani con la potassa,
31 tu mi tufferesti nel fango
e le mie vesti mi avrebbero in orrore.
32 Egli, infatti, non è un uomo come me,
cui possa replicare,
e che insieme compariamo in giudizio.
33 Non c'è un giudice tra noi
che ponga la mano su noi due,
34 che allontani da me la sua verga,
in modo che il suo terrore non mi
    spaventi.
35 Allora potrei parlare senza temerlo;
poiché non è così, sono solo con me
    stesso.

10 Disprezzo della creatura

1 Sono nauseato della mia vita,
darò libero sfogo ai miei lamenti,
parlando nell'amarezza del mio animo.
2 Dirò a Dio: "Non condannarmi;
fammi sapere il motivo della lite contro
di me.
3 Ti giova forse essere violento
e disprezzare l'opera delle tue mani,
mentre favorisci i progetti dei malvagi?
4 Hai tu occhi di carne
od osservi come fanno gli uomini?
5 Sono forse i tuoi giorni come quelli
    di un mortale,
e i tuoi anni come quelli di un uomo,
6 perché tu debba indagare la mia colpa
ed esaminare il mio peccato,
7 pur sapendo che non sono colpevole
e nessuno mi può liberare dalla tua mano?
8 Le tue mani mi hanno formato
    e modellato,
integro tutt'intorno; ora vorresti
    distruggermi?

---

9. - [13.] *Raab*, violenza, tracotanza (cfr. anche
26,12), qui pare la personificazione di un altro mostro marino affine a Leviatàn (3,8). Il senso è che le
più tremende forze della natura devono tutte inchi-
narsi a Dio: quanto più un uomo debole e solo qual è
Giobbe.

⁹ Ricordati, di grazia, che mi hai fatto
    di argilla,
  e mi fai ritornare in polvere!
¹⁰ Non m'hai colato come latte
  e fatto coagulare come formaggio?
¹¹ Di pelle e di carne mi hai rivestito,
  di ossa e di nervi mi hai intessuto.
¹² Vita e benevolenza mi hai concesso,
  e la tua provvidenza ha custodito il mio
    spirito.
¹³ Eppure nascondevi questo nel tuo
    cuore;
  ora so che pensavi così.
¹⁴ Se ho peccato, tu mi sorvegli
  e non mi lasci impunito per la mia colpa.
¹⁵ Se sono colpevole, guai a me!
  Se sono innocente, non oso alzare
    il capo,
  sazio come sono d'ignominia e colmo
    di miseria.
¹⁶ Se alzo la fronte, mi dai la caccia come
    un leone,
  rinnovando le tue prodezze contro
    di me.
¹⁷ Ripeti i tuoi assalti contro di me,
  aumentando contro di me la tua ira,
  lanciando truppe sempre fresche contro
    di me.
¹⁸ Perché, dunque, mi hai fatto uscire
    dal seno materno?
  Fossi morto, senza che occhio mi avesse
    visto!
¹⁹ Sarei come se non fossi mai esistito,
  condotto dal ventre alla tomba!
²⁰ Non sono poca cosa i giorni della mia
    esistenza?
  Lasciami, allora, così che possa respirare
    un poco,
²¹ prima che me ne vada, per non tornare
    più,
  nella regione di tenebre e di ombra,
²² terra oscura come caligine,
  regione di tenebre e di disordine,
  dove il chiarore è simile alla notte buia».

11 Primo discorso di Zofar. Dio è sapiente e buono. - ¹Allora Zofar il
naamatita prese la parola e disse:
² «Una tale quantità di parole resterà
    senza risposta?
  Dovrà forse aver ragione il ciarlatano?
³ I tuoi sproloqui faranno tacere la gente,
  ti farai beffe senza che nessuno
    ti confonda?
⁴ Tu hai detto: "La mia dottrina è pura

  e sono irreprensibile davanti a te!".
⁵ Ah, se Dio volesse parlare
  e aprire le sue labbra contro di te!
⁶ Se ti rivelasse i segreti della sapienza,
  che sono ambigui a intendersi,
  allora tu sapresti che Dio perdona parte
    della tua colpa.
⁷ Pretendi forse di sondare l'intimo
    di Dio,
  e di penetrare la perfezione
    dell'Onnipotente?
⁸ Essa è più alta dei cieli: che farai?
  È più profonda degli inferi: che ne puoi
    sapere?
⁹ È più estesa della terra nella sua
    dimensione
  e più vasta del mare.
¹⁰ Se si presenta, imprigiona (qualcuno)
  e lo cita in giudizio, chi glielo può
    impedire?
¹¹ Sì, egli conosce gli uomini falsi,
  vede l'iniquità e l'osserva:
¹² l'uomo stolto mette giudizio,
  quando il puledro di un onagro nasce
    uomo!
¹³ Tu invece, se rivolgi il tuo cuore a Dio
  e stendi verso di lui le tue mani,
¹⁴ se allontani dalla tua mano l'iniquità,
  se non permetterai all'ingiustizia
    di abitare nella tua tenda,
¹⁵ allora potrai levare la tua fronte senza
    macchia,
  starai saldo e non avrai timore.
¹⁶ Allora dimenticherai le disgrazie,
  le ricorderai come acqua passata.
¹⁷ La tua vita risorgerà più bella
    di un meriggio
  e le tenebre diventeranno come
    un mattino.
¹⁸ Sarai sicuro, perché c'è speranza,
  e guardandoti intorno, riposerai
    tranquillo.
¹⁹ Dormirai senza che nessuno
    ti disturbi,
  anzi molti cercheranno il tuo favore.
²⁰ Invece gli occhi dei malvagi
    si consumano,
  ogni scampo verrà loro a mancare;
  la loro speranza è l'ultimo respiro».

---

11. - ⁶· Giobbe aveva espresso il desiderio di poter
trattare da pari a pari con Dio, senza essere sopraffatto dalla sua potenza e maestà (9,33-35). Zofar gli risponde che se tale cosa avvenisse, Giobbe stesso potrebbe costatare di quante colpe non tiene conto Dio.

12 Risposta di Giobbe a Zofar. Dio è onnipotente e terribile. - [1]Allora Giobbe rispose:

[2] «Davvero voi siete gente importante
e con voi morirà la sapienza!
[3] Ma anch'io ho senno come voi,
non sono da meno di voi.
Del resto chi ignora tali cose?
[4] Sono un oggetto di beffa per il mio
vicino,
io che gridavo a Dio per avere
una risposta;
deriso è il giusto, il perfetto!
[5] Disprezzo per l'infelice, pensano
i soddisfatti,
un colpo per coloro il cui piede vacilla.
[6] Sono tranquille le tende dei razziatori,
c'è sicurezza per coloro che provocano
Dio,
pensando di ridurlo in loro potere.
[7] Ma interroga pure le bestie, esse
ti istruiranno;
gli uccelli del cielo, essi ti informeranno;
[8] o i rettili della terra, essi ti daranno
lezione,
te lo racconteranno i pesci del mare.
[9] Chi non sa, tra tutti questi esseri,
che la mano del Signore ha fatto questo?
[10] Egli tiene in suo potere l'anima di ogni
vivente
e il soffio di ogni carne umana.
[11] Forse che l'orecchio non distingue
le parole
e il palato non gusta i cibi?
[12] Presso gli anziani sta la sapienza
e nella vita lunga la prudenza.
[13] In lui risiede la sapienza e la forza,
sue sono la perspicacia e la prudenza.
[14] Ecco, ciò che egli distrugge non viene
riedificato;
se imprigiona qualcuno, non si può
liberare.
[15] Se trattiene le acque, è la siccità;
se le lascia scorrere, devastano la terra.
[16] Egli possiede potenza ed efficacia,
in suo potere sono l'ingannato
e l'ingannatore.
[17] Fa andare scalzi i consiglieri
e colpisce di demenza i governanti.
[18] Spoglia i re delle loro insegne

e cinge con una corda i loro fianchi.
[19] Fa andare scalzi i sacerdoti
e fa deviare i potenti.
[20] Toglie la parola ai confidenti
e priva di senno gli anziani.
[21] Versa il disprezzo sui nobili
e allenta la cintura dei robusti.
[22] Svela gli abissi delle tenebre
ed espone alla luce l'ombra di morte.
[23] Fa grandi i popoli e poi li fa perire;
incrementa le nazioni e poi le sopprime.
[24] Toglie il senno ai capi del paese
e li fa vagare per solitudini impervie.
[25] Brancolano a tentoni nelle tenebre,
senza luce,
e li fa barcollare come ubriachi.

13 Accuse e difese

[1] Sì, il mio occhio ha visto tutto questo,
il mio orecchio l'ha udito
e l'ha compreso.
[2] Ciò che voi sapete, lo so anch'io,
non sono da meno di voi.
[3] Però voglio rivolgermi all'Onnipotente,
desidero discutere con Dio.
[4] Voi invece siete manipolatori di falsità,
siete tutti medici di nulla.
[5] Oh, se taceste del tutto,
sarebbe per voi un atto di sapienza!
[6] Ascoltate, vi prego, la mia difesa,
e fate attenzione alla perorazione
delle mie labbra.
[7] Volete forse dire falsità in favore di Dio
e per lui parlare con inganno?
[8] Volete prendere il partito di Dio
e farvi suoi avvocati?
[9] Sarebbe bene che vi esaminasse,
o volete ingannarlo come si inganna un
uomo?
[10] Certamente egli vi riprenderà,
se in segreto prendete partito
per qualcuno.
[11] La sua maestà non vi spaventa
e il terrore di lui non vi assale?
[12] Le vostre sentenze sono proverbi
di cenere,
le vostre risposte sono difese d'argilla.
[13] Tacete, lasciatemi; ora voglio parlare io,
qualunque cosa mi càpiti.
[14] Afferrerò la mia carne con i denti,
porrò la mia vita nelle mie mani.
[15] Certo, mi ucciderà, non ho più
speranza;

---

12. - [5.] Il pregiudizio che la sventura sia sempre una pena del peccato, può indurre a credere giusto l'inveire contro il tribolato.

tuttavia difenderò la mia condotta
davanti a lui.
16 Già questo sarà per me una vittoria,
perché un empio non compare davanti
a lui.
17 Ascoltate attentamente le mie parole,
e il mio discorso giunga ai vostri orecchi.
18 Ecco, ho preparato un processo,
cosciente di essere innocente.
19 Chi dunque vuole contendere con me?
Tacere ora sarebbe morire.

Processo contro Dio

20 Solo, assicurami queste due cose,
e allora non mi nasconderò davanti a te.
21 Allontana da me la tua mano,
e il tuo terrore più non mi spaventi;
22 poi accusami e io risponderò,
oppure parlerò io e tu risponderai.
23 Quante sono le mie colpe e i miei
peccati?
Fammi conoscere le mie trasgressioni
e le mie mancanze!
24 Perché nascondi il tuo volto
e mi consideri come un tuo nemico?
25 Perché vuoi spaventare una foglia
sbattuta dal vento,
e ti accanisci contro una paglia secca?
26 Perché tu redigi contro di me amari
verdetti
e mi imputi le colpe della mia
giovinezza?
27 Tu poni i miei piedi nei ceppi
e sorvegli tutti i miei passi
rilevando le impronte dei miei piedi.

14 Elegia sul destino umano

1 L'uomo nato da donna,
vivendo pochi giorni, in preda
all'agitazione,
2 sboccia come fiore e avvizzisce,
fugge come l'ombra senza arrestarsi;
13,28si consuma come legno tarlato,
come un vestito corroso dalla tignola.
3 E tu tieni aperti gli occhi su di lui
e lo citi in giudizio con te!
4 Chi può trarre il puro dall'immondo?
Nessuno!
5 Se i suoi giorni sono fissati,
se conosci il numero dei suoi mesi,
avendo posto un limite invalicabile,
6 distogli lo sguardo da lui e lascialo stare,

finché non abbia portato a termine
la sua giornata come un salariato.
7 Per l'albero infatti esiste una speranza:
se viene tagliato, ancora ributta
e il suo germoglio non viene meno.
8 Anche se la sua radice invecchia sotterra
e il suo tronco muore nel suolo,
9 al sentore dell'acqua rinverdisce
e mette rami come una giovane pianta.
10 L'uomo invece, se muore, resta inerte;
dov'è il mortale, quando spira?
11 Potranno venir meno le acque del mare,
i fiumi prosciugarsi e seccare,
12 ma l'uomo che giace, più non si alzerà,
finché durano i cieli, non si sveglierà,
né più si desterà dal suo sonno.
13 Oh, volessi tu nascondermi nell'abisso
infernale!
occultarmi, finché sarà passata la tua ira,
fissarmi un termine e ricordarti di me!
14 Ma se l'uomo muore, può ancora
rivivere?
Ogni giorno del mio servizio aspetterei,
finché giunga il mio cambio;
15 mi chiameresti e io risponderei,
quando tu avessi nostalgia per l'opera
delle tue mani.
16 Mentre ora tu vai contando i miei passi,
non spieresti più il mio peccato,
17 sigilleresti in un sacco il mio peccato,
e porresti l'intonaco sulla mia colpa.
18 Ma invece come una montagna cade
e si sfalda,
e come una rupe frana dal suo posto,
19 le acque corrodono le pietre
e l'alluvione inonda la superficie
della terra,
così tu annienti la speranza dell'uomo!
20 Tu lo abbatti per sempre ed egli se ne va,
ne sfiguri il volto e lo cacci via.
21 Se i suoi figli sono onorati, egli non lo sa;
se sono disprezzati, egli lo ignora.
22 Egli sente solamente il tormento
della sua carne,
sente solo la pena della sua anima».

SECONDO CICLO DI DISCORSI

15 Intervento di Elifaz. Empia presunzione. - 1Elifaz di Teman prese a sua volta la parola e disse:

---

13. - 27. Il v. 28 si legge meglio dopo 14,2.

2 «Un sapiente risponde forse con dottrina
    falsa
  e si riempie il ventre con vento
    di Levante?
3 Arguisce forse con ragioni
    inconsistenti
  e con discorsi che non servono a nulla?
4 Tu pure vuoi distruggere la pietà
  e sopprimere la riflessione davanti a Dio.
5 In verità, il tuo crimine ispira le tue
    parole
  e adotti il linguaggio dei furbi.
6 È la tua bocca che ti condanna, non io,
  e le tue labbra testimoniano contro di te.
7 Sei tu forse il primo uomo che è nato?
  Sei stato generato prima dei colli?
8 Hai tu ascoltato i segreti consigli
    di Dio,
  e ti sei accaparrata la sapienza?
9 Che cosa sai tu che noi non sappiamo?
  E cosa comprendi che non sia a noi
    familiare?
10 Anche tra noi c'è il vecchio,
    c'è il canuto;
  qualcuno che è più anziano di tuo padre.
11 Ti sembrano poca cosa le consolazioni
    di Dio
  e la parola soave che ti è rivolta?
12 Perché ti trasporta la passione,
  e perché si storcono i tuoi occhi
13 quando rivolgi contro Dio il tuo furore
  e lanci parole dalla tua bocca?
14 Chi è l'uomo perché si ritenga puro
  e perché si dica giusto un nato di donna?
15 Ecco, neppure dei suoi santi egli ha
    fiducia,
  e i cieli non sono puri ai suoi occhi;
16 quanto meno l'uomo detestabile
    e corrotto,
  che beve l'iniquità come acqua!

Degna punizione

17 Voglio spiegartelo, ascoltami;
  ti racconterò ciò che ho visto,
18 ciò che narrano i saggi
  senza celarlo, avendolo udito dai loro
    antenati.
19 Ad essi soli fu concesso questo paese,
  quando nessuno straniero si era
    infiltrato tra essi.
20 Il malvagio si tormenta tutta la vita;
  qualunque sia il numero degli anni
    riservati al tiranno,
21 grida di spavento risuonano nei suoi
    orecchi;

quando sta in pace, lo assalta il brigante.
22 Non spera di uscire dalle tenebre,
  destinato com'è al pugnale.
23 Vaga in cerca di cibo, ma dove andare?
  Sa che la sua sventura è vicina.
24 Il giorno tenebroso lo spaventa,
  l'ansia e l'angoscia lo assalgono,
  come un re pronto all'assalto!
25 Infatti, ha steso contro Dio la sua mano,
  ha osato sfidare l'Onnipotente;
26 correva contro di lui a testa alta,
  sotto il dorso blindato dei suoi scudi;
27 perché aveva la faccia coperta di grasso
  e i lombi circondati di pinguedine.
28 Aveva abitato in città diroccate,
  in case non più adatte a dimora,
  destinate a diventare macerie.
29 Non si arricchirà, non durerà
    la sua fortuna;
  le sue possessioni non scenderanno
    nel sepolcro.
30 Non sfuggirà alle tenebre,
  una fiamma seccherà i suoi germogli
  e il vento porterà via i suoi fiori.
31 Non confidi nella vanità che inganna,
  perché la vanità sarà
    la sua ricompensa.
32 Ciò si compirà anzitempo;
  i suoi rami non rinverdiranno più.
33 Sarà come vite che lascia cadere
    l'agresto,
  come l'ulivo che perde la fioritura.
34 Sì, la banda degli empi è sterile
  e il fuoco divora le tende
    della venalità.
35 Chi concepisce malizia, genera sventura,
  e il suo ventre nutre la delusione».

16 **Risposta di Giobbe a Elifaz. Dio mi
    ha rovinato.** - ¹Allora Giobbe rispose:

2 «Ho sentito molti discorsi come questi;
  tutti voi siete consolatori importuni.
3 Non c'è un limite per i discorsi vuoti?
  O che cosa ti costringe a rispondere
    ancora?
4 Ora anch'io potrei parlare come voi,
  se foste al mio posto;
  moltiplicherei i discorsi contro di voi,
  scuotendo contro di voi il mio capo.
5 Vi darei forza con la mia bocca,
  vi calmerei muovendo le labbra.
6 Se parlo, non cessa il mio dolore;
  se taccio, esso non si allontana da me.

7 Ora però, egli mi ha spossato, fiaccato,
   la sua guardia mi ha preso.
8 È insorto a testimoniare contro di me;
   il mio calunniatore depone contro
      di me.
9 Il suo furore mi dilania e mi perseguita,
   digrigna i denti contro di me;
   il mio avversario aguzza contro di me
      gli occhi.
10 Spalancano contro di me la bocca,
   con ingiurie mi percuotono le guance,
   assieme si accalcano contro di me.
11 Dio mi consegna ai malvagi,
   mi getta nelle mani degli scellerati.
12 Vivevo tranquillo ed egli mi ha rovinato;
   mi ha afferrato per il collo e mi ha
      stritolato,
   ha fatto di me il suo bersaglio.
13 I suoi dardi mi circondano da ogni parte,
   mi trafigge i fianchi senza pietà
   e versa a terra il mio fiele.
14 Mi apre ferita su ferita,
   mi assale come un guerriero.
15 Ho cucito un sacco sulla mia pelle
   e ho prostrato la fronte nella polvere.
16 La mia faccia è rossa per il pianto
   e l'ombra mi vela le pupille.
17 Eppure non c'è violenza nelle mie
      mani
   e la mia preghiera è sincera.
18 O terra, non coprire il mio sangue,
   e il mio grido non abbia sosta!
19 Ma ecco, sin d'ora il mio testimone
      è nei cieli,
   il mio difensore è lassù in alto,
20 colui che interpreta i miei sentimenti
      presso Dio!
   Verso di lui alzo i miei occhi piangenti.
21 Egli sia arbitro fra l'uomo e Dio,
   come tra un uomo e il suo avversario.
22 Perché passano i miei anni contati
   e io intraprenderò il viaggio senza
      ritorno.

17 Accorato lamento

1 Il mio spirito è turbato,
   i miei giorni si spengono: mi attende
      il cimitero.
2 Non sono io circondato da beffardi?
   Nelle amarezze passa le notti
      il mio occhio.
3 Deponi, dunque, la mia cauzione presso
      di te;

altrimenti chi stringerebbe per me
      la mano?
4 Dato che tu hai privato il loro cuore
      della ragione,
   perciò non potranno prevalere;
5 come chi invita gli amici a parte del suo
      pranzo,
   mentre gli occhi dei suoi figli
      languiscono.
6 Mi hai fatto la favola delle genti;
   sono uno cui si sputa in faccia.
7 Il mio occhio si offusca per il cruccio,
   e tutte le mie membra non sono che
      ombra.
8 I giusti si stupiscono di ciò
   e l'innocente si indigna contro il malvagio.
9 Però il giusto si conferma
      nella sua condotta
   e chi ha le mani pure raddoppia
      il coraggio.
10 Quanto a voi, ritornate tutti, venite
      dunque,
   sebbene non trovi un sapiente tra voi!
11 I miei giorni sono passati,
   sono svaniti i miei progetti, i desideri
      del mio cuore.
12 Pretendono che la notte sia giorno,
   che la luce sia imminente, quando
      giungono le tenebre.
13 Che cosa posso sperare? Gli inferi sono
      la mia dimora;
   nelle tenebre distendo il mio giaciglio.
14 Al sepolcro io grido: "Tu sei mio padre!"
   e ai vermi: "Mia madre e mie sorelle!".
15 Dov'è dunque la mia speranza?
   Il mio benessere chi l'ha visto?
16 Scenderà con me negli inferi,
   quando caleremo insieme nella
      polvere».

---

16. - 7-8. Dio ha colpito Giobbe con il dolore, nonostante la sua innocenza, ed egli non sa scoprire il perché. Espone con parole amare la propria situazione,
ridotto com'è ad essere oggetto di disprezzo e di accuse. Presenta i suoi nemici come una ciurma accani-
ta contro di lui, che lo tormenta senza dargli respiro.

18. *Non coprire il mio sangue*: era convinzione comune che il sangue innocente sparso per terra non
venisse assorbito e continuasse a chiedere vendetta.

17. - 8-9. Espressione biblica per indicare l'apprensione prodotta dal castigo divino dei colpevoli in
quelli che ne sono testimoni. Così gli amici di Giobbe: alla vista dei suoi mali, essi gioiscono della giustizia di Dio, secondo i princìpi tradizionali del castigo
degli empi su questa terra. Giobbe invece si scaglia
contro questa sapienza e questa pietà conservate per
tradizione, ma che rifiutano di guardare la realtà.

18 Intervento di Bildad. Sorte dell'empio.

-¹Allora Bildad il suchita prese la parola e disse:

² «Fino a quando andrai a caccia
di parole?
Rifletti e poi parleremo!
³ Perché siamo considerati come bestie
e passiamo per degli idioti ai tuoi occhi?
⁴ Tu che ti rodi nella tua rabbia,
forse che a causa tua la terra sarà
abbandonata,
o che la roccia si staccherà dal suo posto?
⁵ Sì, la luce del malvagio si spegne
e la fiamma del suo focolare non brilla
più.
⁶ Si oscura la luce nella sua tenda
e la lucerna si estingue sopra di lui.
⁷ I suoi passi vigorosi si accorciano,
i suoi progetti lo fanno stramazzare.
⁸ Infatti, con i suoi piedi incappa
nella rete
e cammina sopra un tranello.
⁹ Un laccio lo afferra per il tallone,
un nodo lo stringe intorno.
¹⁰ Gli è nascosta per terra una fune
e una trappola sul sentiero.
¹¹ Da ogni parte lo atterriscono
gli spaventi
e gli si mettono alle calcagna.
¹² La sua ricchezza si muta in fame
e la sfortuna gli si mette a fianco.
¹³ La sua pelle è corrosa dalla malattia;
il primogenito della Morte gli consuma
le membra.
¹⁴ È strappato dalla sua tenda dove
si sentiva sicuro,
per essere trascinato dal Re dei terrori.
¹⁵ Il fuoco è posto nella sua tenda;
nella sua dimora si sparge lo zolfo.
¹⁶ In basso le sue radici si seccheranno;
sopra saranno tagliati i suoi rami.
¹⁷ Il suo ricordo è sparito dalla terra
e il suo nome non si udrà più
nella contrada.
¹⁸ Lo cacceranno dalla luce alle tenebre
e lo bandiranno dall'universo.
¹⁹ Non avrà né figli né discendenza
tra il suo popolo;
non vi sarà superstite nella sua dimora.

²⁰ Della sua fine stupirà l'Occidente
e l'Oriente sarà preso dal brivido.
²¹ Ecco qual è la sorte dell'empio;
tale è il destino di chi misconosce Dio».

19 Risposta di Giobbe a Bildad. L'azione divina.

-¹Allora Giobbe rispose:

² «Fino a quando mi tormenterete
e mi affliggerete con i vostri discorsi?
³ Sono già dieci volte che mi ingiuriate;
non avete vergogna di torturarmi?
⁴ Anche se fosse vero che ho mancato,
su di me ricadrebbe il mio errore.
⁵ Se realmente volete prevalere contro
di me,
rimproverandomi ciò di cui ho vergogna,
⁶ sappiate, dunque, che Dio mi ha fatto
torto
e mi ha impigliato nella sua rete.
⁷ Ecco, se grido contro la violenza,
non ricevo risposta;
se invoco aiuto, non mi si fa giustizia.
⁸ Mi ha sbarrato la strada perché
non possa passare,
sui miei sentieri ha sparso le tenebre.
⁹ Mi ha spogliato del mio onore,
mi ha tolto il diadema dal capo.
¹⁰ Mi demolisce da ogni parte
e devo andarmene,
sradica come un albero la mia speranza.
¹¹ La sua ira si è infiammata contro di me
e mi considera come un avversario.
¹² Giungono in massa le sue schiere,
si spianano un accesso contro di me
e pongono l'assedio intorno alla mia
tenda.

Solitudine

¹³ I miei fratelli si sono allontanati da me
e i miei conoscenti mi si sono fatti
estranei.
¹⁴ Scomparsi sono i miei parenti e familiari;
mi hanno dimenticato gli ospiti di casa.
¹⁵ Le mie ancelle mi trattano come
un estraneo,
sono un forestiero ai loro occhi.
¹⁶ Chiamo il mio servo ed egli non risponde;
devo supplicarlo con la mia bocca.
¹⁷ Il mio fiato ripugna a mia moglie;
sono diventato fetido per i figli di mia
madre.
¹⁸ Anche i monelli mi disprezzano,
mi insultano, se provo ad alzarmi.

---

18. - ¹⁴· *Il Re dei terrori* è chiamato, secondo la mitologia orientale e greca, il personaggio preposto alla custodia dei morti, come Nergal o Plutone.
¹⁵· *Zolfo*: simbolo di sterilità.

19 Mi hanno in orrore tutti i miei confidenti,
  e quelli che amavo si sono rivoltati
    contro di me.
20 Le mie ossa si attaccano alla pelle
    e alla carne
  e sono rimasto solo con la pelle dei miei
    denti.
21 Pietà di me, pietà di me, amici miei,
  perché la mano di Dio mi ha colpito.
22 Perché mi perseguitate come fa Dio
  e non siete mai sazi della mia carne?

Il Redentore vivente

23 Ah, se si scrivessero le mie parole,
  se si fissassero in un libro;
24 con stilo di ferro e di piombo
  fossero scolpite per sempre sul sasso!
25 Io so che il mio Vendicatore è vivo
  e che, ultimo, si ergerà sulla polvere!
26 Dopo che questa mia pelle sarà distrutta,
  già senza la mia carne vedrò Dio.
27 Io lo vedrò, io stesso;
  i miei occhi lo contempleranno,
    e non un altro.
  Le mie viscere si disfano dentro di me.
28 Se dite: "Come lo perseguiteremo,
  e quale pretesto di processo troveremo
    in lui?",
29 temete per voi la spada,
  perché questi sono delitti di spada,
  e saprete che esiste un giudizio».

20 Intervento di Zofar. Rovina del malvagio. - 1Allora Zofar di Naama prese la parola e disse:

2 «Per questo le mie riflessioni
    mi spingono a rispondere:
  a causa dell'agitazione che sento in me.
3 Ho ascoltato una lezione umiliante,
  ma l'ispirazione del mio senno mi fa
    replicare.
4 Non sai tu che da sempre,
  da quando l'uomo fu posto sulla terra,
5 la felicità dei malvagi è effimera
  e la gioia degli empi dura un istante?
6 Anche se la sua ambizione sale fino
    al cielo
  e il suo capo tocca le nubi,
7 perirà per sempre, come il suo
    escremento,
  e chi l'ha visto dirà: "Dov'è?".
8 Svanisce come un sogno e più non
    si trova;

si dilegua come una visione notturna.
9 L'occhio che lo vedeva, non lo scorge più;
  anche la sua dimora l'ha perduto
    di vista.
10 I suoi figli dovranno indennizzare
    i poveri
  e le loro mani restituiranno le sue
    ricchezze.
11 Le sue ossa ancor piene di vigore
  con lui giacciono nella polvere.
12 Se fu dolce il male alla sua bocca,
  se lo nascondeva sotto la lingua,
13 se lo assapora, senza inghiottirlo
  ritenendolo contro il palato,
14 il suo cibo si altera nelle sue viscere,
  divenendo un veleno di vipera dentro
    di lui.
15 I beni che aveva divorato, li rivomita;
  Dio glieli caccia fuori dal ventre.
16 Succhiò veleno di aspide,
  una lingua di vipera lo uccide.
17 Non vedrà più ruscelli d'olio,
  torrenti di miele e fior di latte.
18 Restituisce il frutto della fatica, senza
    averne goduto,
  e di ciò che guadagnò commerciando,
    non si rallegra.
19 Perché ha oppresso e lasciato in miseria
    i poveri
  e si appropriò di case che non costruì;
20 perché il suo ventre non ha saputo
    accontentarsi,
  non poteva sottrarsi al suo appetito.
21 Niente sfuggiva alla sua voracità,
  perciò il suo benessere non è stabile.
22 Nel colmo dell'abbondanza si troverà
    in strettezze,
  tutti i colpi della sventura piomberanno
    su di lui.
23 Quando starà per riempire il suo ventre,

---

19. - 25-27. Questi vv. contengono le parole che Giobbe vorrebbe fossero incise sulla pietra e conservate. Purtroppo il testo in cui sono giunte è alquanto corrotto. Pare tuttavia che il paziente conforti se stesso con una visione di quanto avverrà un giorno. Nonostante la carne sia ora così mal ridotta e gli si consumi addosso, sino a ridurlo inevitabilmente alla morte, egli sa che ciò non è conseguenza di una colpa, e Dio, che ora tace e si nasconde, lo sa. E giorno verrà in cui Dio stesso, nella sua qualità di *Vendicatore*, cioè di chi ristabilisce i diritti di Giobbe, interverrà a dichiararne pubblicamente l'innocenza; allora Giobbe, ritornato in possesso dell'integrità del suo corpo, potrà contemplare, con quegli stessi suoi occhi, Dio. Questa speranza è radicata nel suo cuore e lo strugge il desiderio che si realizzi.

Dio scatenerà contro di lui l'ardore
    della sua ira
e gli farà piovere addosso brace.
24 Se sfugge all'arma del ferro,
    lo trafiggerà l'arma di bronzo;
25 estrae la freccia che esce dal suo corpo,
    e quando la punta abbandona il fegato,
    i terrori irrompono su di lui.
26 Tutte le tenebre sono a lui riservate,
    lo divora un fuoco non acceso da uomo;
    esso consuma quanto è rimasto
        nella tenda.
27 Il cielo rivela la sua iniquità
    e contro di lui si solleva la terra.
28 Un'alluvione travolge la sua casa,
    acque tumultuose nel giorno della sua
        ira.
29 Questa è la sorte che Dio riserva
        all'uomo malvagio,
    la parte di eredità aggiudicatagli da Dio».

21 Risposta di Giobbe a Zofar. Il coraggio della verità. - ¹Giobbe prese la parola e disse:

2 «Ascoltate attentamente le mie parole,
    e sia questo almeno il conforto che mi
        date.
3 Abbiate pazienza, mentre parlo;
    e quando avrò parlato, deridetemi pure.
4 Mi lamento forse di un uomo?
    e dunque non ho motivo
        di impazientirmi?
5 Volgetevi a me e stupite,
    e portatevi la mano alla bocca!
6 Quando ci penso, rimango scosso
    e la mia carne è presa da un brivido.

Successo e impunità dei malvagi

7 Perché vivono felici i malvagi,
    e, invecchiati, accrescono il loro potere?
8 La loro prole si afferma in loro compagnia
    e vedono crescere i loro rampolli.
9 Le loro case sono sicure, senza pericoli
    e la verga di Dio non pesa su di loro.
10 Il loro toro feconda e non fallisce,
    la loro vacca figlia e non abortisce.
11 Mandano fuori i loro ragazzi come
        un gregge,
    e i loro figli si dànno alla danza.
12 Cantano al suono di timpani e di cetre
    e si divertono al suono del flauto.
13 Finiscono i loro giorni nel benessere
    e scendono tranquilli negli inferi.

14 Eppure dicevano a Dio: "Allontànati
        da noi,
    perché non vogliamo saperne delle tue
        vie.
15 Chi è l'Onnipotente, perché dobbiamo
        servirlo?
    Che cosa ci giova pregarlo?".
16 Il benessere non è forse nelle loro mani?
    — Il consiglio degli empi è lontano
        da lui! —
17 Quante volte si spegne la lampada dei
        malvagi
    e su di essi si abbatte la disgrazia,
    o l'ira di Dio assegna loro sofferenze,
18 e sono come paglia davanti al vento
    e come pula in balìa della bufera?
19 Riserva Dio il castigo per i suoi figli?
    Lo faccia pagare a lui stesso, perché
        impari!
20 Che con i suoi occhi veda la sua rovina,
    e beva la collera dell'Onnipotente!
21 Che cosa gl'importa della sua casa dopo
        la morte,
    quando è compiuto il numero dei suoi
        mesi?
22 Si può forse dare lezioni a Dio?
    È lui che giudica gli esseri superiori.
23 Uno muore in pieno vigore,
    del tutto tranquillo e pacifico.
24 I suoi fianchi sono coperti di grasso,
    e il midollo delle sue ossa è ancora
        fresco.
25 L'altro muore pieno di amarezza,
    senza aver goduto la felicità.
26 I due giacciono insieme nella polvere,
    ricoperti di vermi.
27 Sì, conosco i vostri pensieri,
    e le perfidie che ordite contro di me.
28 Infatti voi dite: "Dov'è la casa del nobile
    e dov'è la tenda, dimora dei malvagi?".
29 Perché non lo chiedete ai viandanti
    e non credete alle loro attestazioni?
30 Nel giorno della sventura il malvagio
        è preservato,
    nel giorno dell'ira è messo in salvo.
31 Chi gli rinfaccia la sua condotta?
    e di quel che ha fatto chi lo ripaga?
32 Quando sarà condotto al cimitero,
    si veglia sul suo tumulo.
33 Gli sono dolci le zolle del sepolcro,
    dietro di lui s'avanza tutta la gente,
    e davanti a lui una folla senza numero.
34 Perché, dunque, perdervi
        in consolazioni?
    Delle vostre risposte non rimane che
        inganno».

TERZO CICLO DI DISCORSI

22 Intervento di Elifaz. Il peccatore impetuoso. - ¹Allora Elifaz di Teman prese la parola e disse:

2 «Può forse un uomo essere utile a Dio,
  mentre il saggio giova solo a se stesso?
3 Che interesse ha l'Onnipotente, che tu
  abbia ragione?
  O che cosa ci guadagna, se la tua
  condotta è perfetta?
4 È forse a motivo della tua pietà che
  ti riprende
  e ti convoca in giudizio?
5 Non è piuttosto per la tua grande
  malvagità
  e per le tue innumerevoli colpe?
6 Senza motivo infatti prendevi i pegni
  dei tuoi fratelli
  e strappavi le vesti agli ignudi.
7 Non davi da bere all'assetato
  e rifiutavi il pane all'affamato.
8 Ai prepotenti cedevi la terra,
  e vi si istallavano i tuoi favoriti.
9 Le vedove le rimandavi a mani vuote
  e spezzavi le braccia degli orfani.
10 Perciò ti circondano i lacci
  e sei turbato da un repentino spavento,
11 oppure un'oscurità non ti fa vedere,
  e una piena d'acqua ti sommerge.

L'occulto controllore

12 Non è forse Dio nell'alto dei cieli?
  Guarda il vertice delle stelle: come sono
  alte!
13 E tu dici: "Che cosa ne sa Dio?
  Può forse giudicare dietro le nubi?
14 Le nubi gli fanno velo e non vede,
  mentre cammina sulla volta dei cieli".
15 Vuoi tu seguire la via antica
  già battuta da uomini perversi,
16 che furono spazzati via prima
  del tempo,
  quando un fiume travolse le loro
  fondamenta?
17 Dicevano a Dio: "Allontànati da noi!
  Che cosa ci può fare l'Onnipotente?".
18 Eppure egli aveva colmato di beni le loro
  case,
  ma essi lo escludevano dai loro piani
  perversi.
19 I giusti vedono ciò e si rallegrano,
  l'innocente si beffa di loro:

20 sì, certo, è stata annientata la loro
  fortuna,
  e il fuoco ne ha divorato gli avanzi!

Invito a ravvedersi

21 Orsù, riconciliati con lui e fa' la pace;
  così riavrai la felicità.
22 Accetta dalla sua bocca l'istruzione
  e imprimiti nel cuore le sue parole.
23 Se ritorni all'Onnipotente, sarai ristabilito;
  allontana l'ingiustizia dalla tua dimora;
24 considera l'oro come polvere,
  e il metallo di Ofir come i sassi
  del torrente.
25 Allora sarà l'Onnipotente il tuo oro
  e argento brillante per te.
26 Allora, sì, troverai delizia
  nell'Onnipotente
  e verso Dio leverai la faccia.
27 Quando lo supplicherai, egli ti esaudirà
  e adempirai i tuoi voti.
28 Se deciderai una cosa, ti riuscirà
  e la luce brillerà sul tuo cammino.
29 Poiché egli umilia l'alterigia del superbo
  e salva coloro che si umiliano.
30 Egli libera l'innocente,
  e tu sarai liberato per la purezza
  delle tue mani».

23 Risposta di Giobbe a Elifaz. Desiderio di giustificazione. - ¹Allora Giobbe prese la parola e disse:

2 «Anche oggi il mio lamento
  è una ribellione;
  la sua mano pesa sui miei gemiti.
3 Oh, potessi sapere dove trovarlo
  e arrivare fino alla sua sede!
4 Esporrei davanti a lui la mia causa;
  riempirei la mia bocca di argomenti.
5 Saprei con quali parole mi risponde
  e capirei quello che mi dice.
6 Contenderebbe egli con me con grande
  forza?
  No, non avrebbe che da ascoltarmi.
7 Allora sarebbe un uomo giusto
  a discutere con lui,
  e io guadagnerei definitivamente la mia
  causa.

---

22. - 6-9. Elifaz fa un elenco di supposti peccati di Giobbe, cui aveva già fatto velata allusione Zofar (20,19-21).

⁸ Ecco, se mi dirigo verso oriente, egli
   non c'è;
   verso ponente, e non lo distinguo.
⁹ Lo cerco a sinistra, e non lo scorgo;
   mi volgo a destra, non lo vedo.
¹⁰ Pertanto egli conosce il mio cammino;
   se mi esamina, ne esco puro come oro.
¹¹ Il mio piede ha seguito le sue orme,
   mi sono attenuto al suo cammino senza
   deviare.
¹² Non mi sono scostato dai suoi comandi;
   nel cuore ho riposto i detti della sua bocca.
¹³ Ma se egli ha deciso, chi lo farà
   cambiare?
   Se una cosa gli piace, la realizza.
¹⁴ Così egli compie il mio destino,
   e di simili piani ne ha molti.
¹⁵ Perciò sono atterrito al suo cospetto,
   se ci penso, provo spavento.
¹⁶ Dio fa smarrire il mio cuore
   e l'Onnipotente mi atterrisce.
¹⁷ No, non è a causa delle tenebre che
   sono abbattuto,
   anche se le tenebre mi coprono il volto.

24 La società ingiusta

¹ Perché l'Onnipotente non si riserva
   i suoi tempi
   e i suoi fedeli non vedono quei giorni?
² I malvagi spostano i confini,
   rubano le greggi e le guidano al pascolo.
³ Portano via l'asino degli orfani
   e prendono in pegno il bue della vedova.
⁴ Spingono i poveri fuori strada;
   tutti i miseri del paese sono costretti
   a nascondersi.
⁵ Eccoli, simili agli onagri del deserto,
   escono al lavoro;
   di buon mattino vanno in cerca
   di nutrimento;
   la steppa offre loro cibo per i figli.
⁶ Mietono nel campo che non è loro

e racimolano la vigna del malvagio.
⁷ Passan la notte nudi, non avendo di che
   vestirsi,
   non hanno da coprirsi contro il freddo.
⁸ Inzuppati dall'acqua dei monti,
   per mancanza di riparo, si stringono
   contro le rocce.
⁹ Spogliano fin dal seno materno
   gli orfani,
   e prendono in pegno ciò che copre
   il povero.
¹⁰ Se ne vanno nudi, senza vesti,
   e affamati portano i covoni.
¹¹ Tra le due mole spremono l'olio,
   pigiano l'uva e hanno sete.
¹² Dalla città sale il gemito dei moribondi
   e i feriti chiedono aiuto,
   ma Dio non presta attenzione
   alla preghiera.
¹³ Altri si ribellano alla luce;
   non ne conoscono le vie
   e non ne frequentano i sentieri.
¹⁴ Avanti il giorno si leva l'assassino
   per uccidere il povero e l'indigente;
   e nella notte si aggira come un ladro,
¹⁵ mettendosi un velo sulla faccia.
   L'occhio dell'adultero spia il crepuscolo,
   pensando: "Nessun occhio mi osserva".
¹⁶ Nelle tenebre irrompono nelle case;
   di giorno se ne stanno nascosti,
   non vogliono saperne della luce.
¹⁷ Certo, per tutti costoro l'alba è oscura;
   quando si fa giorno, provano i terrori
   delle tenebre.

Dogma e realtà

¹⁸ Fuggono veloci sulla superficie
   dell'acqua;
   maledetta è la loro porzione di campo
   sulla terra,
   non prendono più il cammino della loro
   vigna.
¹⁹ Come la siccità e il calore assorbono
   l'acqua delle nevi,
   così fanno gli inferi con il peccatore.
²⁰ Lo dimentica il seno materno,
   lo degustano i vermi;
   non se ne conserva la memoria,
   è troncata come un albero l'iniquità.
²¹ Perché maltrattava la sterile senza
   figli
   e non soccorreva la vedova.
²² Ma con la sua forza trascinava i potenti,
   e quando disperava di vivere, si alzava
   sano.

---

24. - ⁵⁻⁸· Parla del caso in cui dei buoni e innocenti
sono miseri e vanno penosamente racimolando un
po' di cibo e, non avendo di che coprirsi né casa alcuna, si ritirano in grotte per ripararsi.
⁹· Riprende a parlare del malvagio. Forse questo v.
è da trasportarsi dopo il v. 4; nei vv. 10-11 riprende
il discorso sui buoni.
¹⁸⁻²⁵· In questi vv. Giobbe par far sua l'opinione
degli amici sul castigo repentino degli empi: per questo motivo parecchi commentatori li trasportano dopo 27,23, ponendone le parole sulle labbra di Zofar.

23 Dio lo lasciava confidente e sicuro,
  però i suoi occhi osservavano il suo
    cammino.
24 Esaltato per breve tempo, cessa
    di esistere.
  Furono abbattuti e mariscono come tutti;
  furono falciati come la testa della spiga.
25 Non è forse così? Chi può smentirmi
  e ridurre a nulla le mie parole?».

25 Intervento di Bildad. La sublimità di Dio.

- 1Bildad il suchita parlò a sua volta e disse:

2 «Egli possiede dominio e forza spaventosa,
  e stabilisce la pace nelle sue alture.
3 Si possono forse contare le sue schiere?
  E sopra chi non sorge la sua luce?
4 Come può dunque l'uomo essere giusto
    di fronte a Dio,
  e apparire puro il nato da donna?
5 Se neppure la luna brilla
  e le stelle non sono pure davanti ai suoi
    occhi;
6 quanto meno l'uomo, questo verme,
  l'essere umano, questo bruco!».

26 Risposta di Giobbe a Bildad.

- 1Allora Giobbe prese la parola e disse:

2 «Quanto aiuto hai prestato al debole,
  e come hai soccorso il braccio senza
    vigore!
3 Come hai consigliato l'ignorante,
  e quanta sagacità hai dimostrato!
4 A chi hai rivolto le tue parole
  e da chi viene l'ispirazione che emana
    da te?

Trascendenza di Dio

5 I morti tremano sotto terra,
  come pure le acque e i loro abitanti.
6 Gli inferi sono scoperti davanti a lui,
  e il regno della morte non ha velo.
7 Egli distende il settentrione sul vuoto
  e tiene sospesa la terra sul nulla.
8 Rinchiude le acque nelle nubi,
  senza che queste si squarcino sotto
    il peso.
9 Copre la vista del suo trono,
  stendendo su di esso la sua nube.
10 Traccia un cerchio sulla superficie
    delle acque

fino al confine tra la luce e le tenebre.
11 Le colonne del cielo si scuotono
  e fremono alla sua minaccia.
12 Con la sua forza sconvolge il mare,
  con la sua intelligenza sfracella Raab.
13 Al suo soffio i cieli si rasserenano;
  la sua mano trafigge il serpente
    tortuoso.
14 Queste non sono che le frange delle sue
    opere;
  quanto lieve è il sussurro che noi
    percepiamo!
  Chi potrà comprendere il tuono
    della sua potenza?».

27 Protesta d'innocenza.

- 1Allora Giobbe continuò a pronunciare i suoi versi e disse:

2 «Viva Dio, che mi nega il mio diritto;
  l'Onnipotente che mi amareggia
    l'animo!
3 Finché ci sarà in me un soffio di vita
  e l'alito di Dio nelle mie narici,
4 mai le mie labbra diranno falsità
  né la mia lingua proferirà menzogna.
5 Lungi da me che io vi dia ragione;
  fino all'ultimo respiro rivendicherò
    la mia integrità.
6 Terrò fermo alla mia innocenza, senza
    cedere;
  la mia coscienza non mi rimprovera
    uno solo dei miei giorni.
7 Che il mio nemico abbia la sorte
    dell'iniquo,
  e il mio rivale quella dell'ingiusto!
8 Quale infatti è la speranza dell'empio,
    quando finirà,
  quando Dio gli toglierà la vita?
9 Ascolterà forse Dio il suo grido,
  quando lo colpirà la sventura?
10 Sarà forse l'Onnipotente la sua delizia;
  invocherà Dio ad ogni istante?
11 Vi mostrerò il potere di Dio;
  non vi nasconderò ciò che dispone
    l'Onnipotente.
12 Ecco, voi tutti l'avete costatato;
  perché dunque vi perdete in cose
    vane?

---

25. - 1-6. Il discorso di Bildad è insolitamente breve, perciò molti commentatori lo vedono continuare in 26,5ss, spostando l'intervento di Giobbe contenuto in 26,1-4 dopo 26,14.

La tesi conformista

¹³ Questa è la sorte che Dio riserva
al malvagio
e la porzione che i violenti ricevono
dall'Onnipotente.
¹⁴ Se ha molti figli, saranno per la spada;
e i suoi discendenti non avranno pane
per sfamarsi.
¹⁵ I superstiti li seppellirà la peste,
senza che le loro vedove facciano
il lamento.
¹⁶ Se ammassa l'argento come polvere
e fa provvista di vesti come fango,
¹⁷ egli le prepara, ma il giusto le indosserà;
e l'argento lo erediterà l'innocente.
¹⁸ Se costruisce la casa, sarà come ragnatela,
come una capanna fatta da un guardiano.
¹⁹ Si corica ricco, ma è per l'ultima volta;
quando apre gli occhi, non avrà più nulla.
²⁰ I terrori lo assalgono come acque;
di notte un uragano lo travolge.
²¹ Lo scirocco lo solleva e se ne va,
lo strappa lontano dal suo posto.
²² Dio lo incalza senza pietà,
mentre egli tenta di sfuggire
dalla sua mano.
²³ Si battono le mani su di lui
e si fischia contro di lui da ogni parte».

ELOGIO DELLA SAPIENZA

28 Bene inaccessibile

¹ Certo, vi sono miniere per l'argento,
e per l'oro luoghi dove viene raffinato.

---

27. - ¹³⁻²³· Sono qui addotti gli stessi argomenti con cui gli amici di Giobbe sostenevano la propria tesi, che cioè gli empi non hanno sulla terra prosperità duratura, ma solo disgrazie. Il testo attuale pone questo argomento sulle labbra di Giobbe, il che contraddice quanto costantemente sostenuto finora da lui. Per tale motivo, e per il fatto che il terzo amico di Giobbe in questa terza replica non dice nulla, molti autori ritengono che queste parole non siano da riferirsi a Giobbe, bensì a Zofar. A queste fanno poi seguire quelle contenute in 24,18-24.

28. - ¹⁻²⁸· Il significato di questo inno alla sapienza pare il seguente: l'ingegno umano può bensì penetrare nelle viscere della terra e produrre le meraviglie della metallurgia (vv. 1-11), ma non può penetrare il perché delle cose (vv. 12-22). Perché soffre il giusto? Lo sa Dio; a noi, in cambio di tale scienza speculativa, è data una sapienza pratica: temere Iddio e fuggire il male (vv. 23-28). Conclusione: facciamo il nostro dovere senza pretendere di capire i disegni imperscrutabili di Dio.

² Il ferro viene estratto dal suolo,
e la pietra fusa libera il rame.
³ L'uomo pone un limite alle tenebre,
e fruga fino all'estremo confine
la pietra oscura e buia.
⁴ Perfora gallerie inaccessibili,
dimenticate dai pedoni;
oscilla sospeso, lontano dall'uomo.
⁵ La terra dalla quale si estrae il pane,
è sconvolta di sotto, come dal fuoco.
⁶ Le sue pietre sono giacimenti di zaffiri
e la sua sabbia contiene dell'oro.
⁷ L'avvoltoio ne ignora il sentiero
e non lo scorge l'occhio del falco;
⁸ non è stato battuto dalle bestie feroci,
né attraversato dai leoni.
⁹ L'uomo porta la mano contro il selce,
sconvolgendo i monti dalla radice.
¹⁰ Nelle rocce scava gallerie,
portando il suo occhio su tutto ciò che
è prezioso.
¹¹ Scandaglia le sorgenti dei fiumi
e porta alla luce ciò che è nascosto.
¹² Ma la sapienza da dove si estrae?
Dov'è il giacimento della prudenza?

Tesoro incomparabile

¹³ L'uomo non ne conosce il prezzo
e non si trova nella terra dei viventi.
¹⁴ L'oceano dice: «Non è con me»,
e il mare risponde: «Neppure presso
di me».
¹⁵ Non si scambia con l'oro migliore,
né si pesa l'argento per comperarla.
¹⁶ Non si acquista con l'oro di Ofir,
né con l'oro pregiato e con lo zaffiro.
¹⁷ Non la pareggia l'oro e il cristallo,
né si scambia con vasi di oro puro.
¹⁸ Coralli e perle non meritano
menzione;
il possesso della sapienza è migliore
delle perle.
¹⁹ Non la eguaglia il topazio di Etiopia,
non si può scambiare a peso con l'oro
puro.
²⁰ Ma la sapienza donde viene?
E dov'è il giacimento della prudenza?

Possesso del Creatore

²¹ Essa è nascosta agli occhi di ogni
vivente,
ed è occulta agli uccelli del cielo.
²² L'abisso e la morte confessano:
«Coi nostri orecchi ne udimmo la fama».

²³ Dio solo ne conosce la via
   ed egli solo sa dove si trovi.
²⁴ Perché egli volge lo sguardo fino
     ai confini della terra,
   e vede tutto ciò che sta sotto il cielo.
²⁵ Quando determinò il peso del vento
   e definì la misura delle acque,
²⁶ quando impose una legge alla pioggia
   e una via al lampo dei tuoni,
²⁷ allora la vide e la calcolò,
   la scrutò e la stabilì,
²⁸ dicendo all'uomo:
   «Ecco, temere Dio, questo è sapienza;
   e schivare il male, questo è prudenza».

SOLILOQUIO DI GIOBBE

29 **Rimpianto di giorni felici.** - ¹Giobbe riprese a pronunciare i suoi versi dicendo:

² «Chi mi renderà come ai giorni
     antichi,
   quando Dio mi proteggeva,
³ quando la sua lucerna brillava sopra
     il mio capo
   e alla sua luce camminavo in mezzo
     alle tenebre?
⁴ Com'ero ai giorni del mio autunno,
   quando l'amicizia di Dio riposava
     sulla mia tenda,
⁵ quando l'Onnipotente era ancora con me
   e i miei figli mi stavano intorno!
⁶ Lavavo i piedi nel latte
   e la roccia mi versava ruscelli d'olio.
⁷ Quando uscivo verso la porta della città
   e disponevo il mio seggio in piazza,
⁸ i giovani, vedendomi, si tiravano
     in disparte,
   gli anziani si alzavano rimanendo
     in piedi.
⁹ I notabili si astenevano dal parlare
   e si ponevano la mano alla bocca.
¹⁰ La voce dei capi si smorzava
   e la loro lingua si incollava al palato.
¹¹ L'orecchio che mi ascoltava,
     mi proclamava felice,
   e l'occhio che mi vedeva, mi rendeva
     testimonianza;
¹² soccorrevo il povero che chiedeva aiuto
   e l'orfano che nessuno assisteva.
¹³ La benedizione del morente scendeva
     su di me
   e rendevo la gioia al cuore della vedova.

¹⁴ Mi ero rivestito di giustizia come
     di un vestimento,
   la mia equità era come mantello
     e turbante.
¹⁵ Ero occhi per il cieco
   e piedi per lo zoppo;
¹⁶ ero padre per i poveri
   ed esaminavo la causa dello sconosciuto.
¹⁷ Spezzavo le mascelle dell'iniquo
   e dai suoi denti strappavo la preda.
¹⁸ E pensavo: "Spirerò nel mio nido;
   aumenterò i miei anni come la sabbia.
¹⁹ La mia radice si alimenterà alle acque
   e la rugiada cadrà di notte sul mio ramo.
²⁰ Il mio prestigio sarà sempre nuovo
   e il mio arco si rinforzerà nella mia
     mano".
²¹ Mi ascoltavano in fiduciosa attesa
   e tacevano per udire il mio consiglio.
²² Dopo che aveva parlato,
     non replicavano;
   su di loro cadevano goccia a goccia
     i miei detti.
²³ Li attendevano come si aspetta
     la pioggia,
   e li bevevano come acqua di primavera.
²⁴ Se scherzavo, non credevano,
   e non lasciavano cadere nemmeno
   un gesto del mio favore.
²⁵ Seduto come capo, fissavo loro la via,
   e vi rimanevo come un re fra le sue
     schiere;
   dove li guidavo, si lasciavano condurre.

30 **Infelicità presente**

¹ Ora invece si fanno beffe di me
     i più giovani di me in età,
   i cui padri avrei rifiutato di lasciare
     tra i cani del mio gregge.
² Del resto, a che cosa mi sarebbe servita
     la forza delle loro mani?
   In esse è spento ogni vigore.
³ Disfatti per la miseria e la fame,
   andavano brucando l'arido deserto,
   lugubre e vasta solitudine;
⁴ raccoglievano l'erba salsa accanto
     ai cespugli,

---

29. - Giobbe dà un ultimo sfogo al suo cocente dolore con un lungo monologo, comprendente i cc. 29-31, e termina con un accorato appello a Dio, affinché voglia ascoltarlo e rendergli giustizia (31,35-40).

alimentandosi delle radici di ginestra.
5 Cacciati via dal consorzio umano,
   si urlava dietro a loro, come a ladri.
6 Abitavano nei dirupi delle valli,
   nelle caverne del suolo e nelle rocce.
7 Gridavano fra gli arbusti,
   accalcandosi sotto i roveti.
8 Razza di stolti e gente senza nome,
   cacciati dal paese.
9 Ora sono diventato io la loro canzone,
   sono il tema delle loro burle.
10 Mi aborriscono, si distanziano da me;
    non hanno risparmiato gli sputi al mio
       volto.
11 Dio ha sciolto la corda del mio arco
    e mi ha umiliato,
    rompendo ogni freno davanti a me.
12 Alla mia destra insorge la canaglia,
    smuovono i miei passi
    e preparano il cammino
       al mio sterminio.
13 Demoliscono il mio sentiero,
    cospirando per la mia disfatta,
    senza che nessuno si opponga loro.
14 Irrompono per una vasta breccia,
    strisciano in mezzo alle macerie.
15 Mi piombano addosso gli spaventi,
    si dissipa come il vento la mia dignità,
    si dilegua come nube la mia felicità.
16 Ora io mi struggo nell'intimo;
    mi opprimono giorni di tristezza.
17 Di notte mi si slogano le ossa
    e i dolori che mi rodono non hanno
       tregua.
18 A gran forza mi afferra per la veste,
    mi stringe il collo della tunica.
19 Mi getta nel fango
    e mi confondo con la polvere
       e la cenere.
20 Io grido a te e tu non rispondi;
    mi presento e tu non badi a me.
21 Ti sei fatto crudele con me
    e mi perseguiti con tutta la forza del tuo
       braccio.
22 Mi sollevi e mi poni a cavallo del vento,
    mi fai travolgere dalla bufera.
23 So bene che mi conduci alla morte,
    dove convengono tutti i viventi.
24 Pertanto io non portavo la mano contro
       il povero,
    se nella sua sventura gridava verso
       di me.
25 Non ho io forse pianto con l'oppresso,
    non ho avuto compassione del povero?
26 Mi aspettavo la felicità e venne
       la sventura;

aspettavo la luce e venne il buio.
27 Le mie viscere ribollono senza posa,
    e giorni di affanno mi sono venuti
       incontro.
28 Cammino triste, senza conforto,
    mi alzo nell'assemblea per invocare
       aiuto.
29 Sono diventato fratello degli sciacalli
    e compagno degli struzzi.
30 La mia pelle annerita mi si stacca
    e le mie ossa bruciano per la febbre.
31 La mia cetra serve per lamenti
    e il mio flauto per la voce di chi piange.

31 Onestà

1 Strinsi un patto con i miei occhi,
   di non fissare lo sguardo sulle ragazze.
2 Qual è la sorte che Dio ha assegnato
       dall'alto,
   e l'eredità che l'Onnipotente
       ha preparato dai luoghi eccelsi?
3 Non è forse la sciagura per il perverso
   e la sventura per chi compie il male?
4 Non vede egli la mia condotta
   e non conta tutti i miei passi?
5 Ho forse agito con falsità,
   e il mio piede si è affrettato verso
       la frode?
6 Mi pesi pure sulla bilancia della giustizia
   e riconosca Dio la mia integrità!
7 Se il mio passo ha errato fuori strada
   e il mio cuore ha seguito i miei occhi,
   o una sozzura si è attaccata alle mie
       mani,
8 un altro mangi ciò che io semino
   e siano sradicati i miei germogli!
9 Se il mio cuore fu sedotto da una donna,
   e ho spiato alla porta del mio prossimo,
10 mia moglie macini per un altro,
    e altri si accostino ad essa!
11 In verità, questa è un'infamia,
    un delitto da deferire ai giudici.
12 Quello è un fuoco che divora fino
       alla distruzione,
    e avrebbe consumato tutto il mio raccolto.

Umanità

13 Se ho negato il diritto del mio schiavo
       e della mia schiava,
    quando erano in lite con me,
14 che cosa farei, quando Dio si ergerà
       giudice,

che cosa risponderei, quando mi
    interrogherà?
15 Chi ha fatto me nel seno materno,
    non ha fatto anche lui?
    Non fu lo stesso a formarci nel seno?
16 Ho forse negato ai poveri quanto
    desideravano,
    od ho lasciato languire gli occhi
    della vedova?
17 Ho forse mangiato da solo il mio tozzo
    di pane,
    senza spartirlo con l'orfano?
18 — Infatti fin dalla mia giovinezza
    mi ha curato come padre
    e mi ha guidato fin dal grembo
    di mia madre. —
19 Se mai ho visto un misero privo di vesti
    e un indigente senza abito,
20 non mi hanno forse benedetto i suoi
    fianchi,
    e non si è forse riscaldato con la lana
    dei miei agnelli?
21 Se ho alzato la mano contro l'orfano
    sapendomi appoggiato al tribunale,
22 mi si stacchi la spalla dalla nuca
    e il mio braccio si spezzi dal gomito!
23 Perché mi atterra la disgrazia che Dio
    invia,
    non reggerei davanti alla sua maestà.

Purezza di cuore

24 Ho forse riposto la mia fiducia nell'oro,
    e detto all'oro fino: "Tu sei la mia
    sicurezza"?
25 Mi sono forse compiaciuto
    dell'abbondanza dei miei beni,
    e perché la mia mano aveva accumulato
    la ricchezza?
26 Quando vedevo risplendere il sole
    e la luna che avanzava maestosa,
27 si lasciò forse sedurre segretamente
    il mio cuore,
    mandando un bacio con la mano
    alla bocca?
28 — Anche questo è un delitto
    per i giudici,
    perché avrei rinnegato Dio che sta
    in alto. —
29 Mi sono forse rallegrato della disgrazia
    del mio nemico,
    e ho esultato, perché lo colpì la sventura?
30 Non ho neppure permesso
    alla mia bocca di peccare,
    augurandogli la sua morte
    con un'imprecazione!

31 Non diceva forse la gente della mia
    tenda:
    "Chi non si è sfamato della sua mensa?".
32 Il forestiero non passava la notte
    all'aperto;
    io aprivo le porte al pellegrino.
33 Ho forse occultato come un uomo i miei
    peccati,
    tenendo celato il mio delitto dentro
    di me
34 per timore dell'opinione delle folle,
    come se il disprezzo della famiglia
    mi spaventasse,
    sì da starmene zitto senza uscir
    di casa?

Ultima sfida

35 Oh, avessi uno che mi ascoltasse!
    Ecco la mia firma! L'Onnipotente
    mi risponda!
    Il mio rivale scriva il suo rotolo:
36 lo porterei sulle mie spalle
    e me lo cingerei come un diadema.
37 Gli darei resoconto di tutta la mia
    condotta;
    mi presenterei a lui come un principe.
38 Se la mia terra ha gridato contro di me
    e i suoi solchi hanno pianto con essa,
39 se ho mangiato i suoi frutti senza
    pagamento,
    facendo esalare l'ultimo respiro ai suoi
    coltivatori,
40 le spine crescano invece del frumento
    e le ortiche al posto dell'orzo!».

Fine delle parole di Giobbe.

ARRINGA DI ELIU

32 **Introduzione.** - ¹Allora quei tre personaggi cessarono di replicare a
Giobbe, perché egli si riteneva giusto. ²Ma
Eliu, figlio di Barachele il buzita, del clan
di Ram, si mise in collera contro Giobbe. Il
suo sdegno si accese, perché questi preten-
deva di aver ragione contro Dio. ³Si mise in
collera anche contro i suoi tre amici, perché non avendo dato risposta, avevano riconosciuto Dio colpevole. ⁴Ora Eliu aveva atteso, mentre essi parlavano con Giobbe,

---

32. - ². *Buzita*, discendente di Buz, fratello di Uz
(Gn 22,21), della posterità di Nacor, perciò di stirpe
affine a quella di Giobbe (1,1). I discorsi di Eliu sono
considerati un'aggiunta posteriore.

perché essi erano più anziani di lui; ⁵però quando Eliu vide che non c'era più risposta sulla bocca di questi tre uomini, si mise in collera.

Primo discorso. Presentazione. - ⁶Prese quindi la parola Eliu, figlio di Barachele il buzita, e disse:

«Io sono ancor giovane e voi anziani;
per questo ho esitato e temuto
di esporvi la mia opinione.
⁷ Pensavo: "Parleranno gli anni,
e l'età avanzata insegnerà la sapienza".
⁸ Però nell'uomo c'è uno spirito,
il soffio dell'Onnipotente, che rende
intelligente.
⁹ Non sono i molti anni a dare la sapienza,
né per essere anziano uno sa giudicare.
¹⁰ Perciò oso dire: "Ascoltatemi,
esporrò anch'io la mia opinione".
¹¹ Ecco, contavo sui vostri discorsi;
ho prestato attenzione ai vostri
argomenti,
finché ricercavate delle risposte.
¹² Per quanto ascoltassi con attenzione,
nessuno di voi fu capace di criticare
Giobbe,
di rispondere alle sue parole.
¹³ Non dite dunque: "Noi abbiamo trovato
la sapienza,
solo Dio la può confutare, non un uomo".
¹⁴ Giobbe non ha rivolto a me le sue parole,
e non risponderò con i vostri
ragionamenti.
¹⁵ Essi, sconcertati, non rispondono più,
mancano loro le parole.
¹⁶ Debbo ancora attendere, dato che non
parlano,
poiché stanno lì senza rispondere?
¹⁷ Replicherò anch'io per la mia parte,
esporrò anch'io ciò che so.
¹⁸ Perché sono pieno di cose da dire;
mi preme lo spirito che è dentro di me.
¹⁹ Ecco, dentro di me c'è come un vino
che non ha sfogo,

come degli otri nuovi che scoppiano.
²⁰ Parlerò dunque e ne avrò sollievo,
aprirò la bocca e risponderò.
²¹ Non guarderò in faccia a nessuno,
non adulerò nessuno,
²² perché non so adulare;
altrimenti il mio Creatore in breve
mi eliminerebbe.

33 Rimprovero a Giobbe

¹ Ascolta, dunque, Giobbe, le mie parole,
presta orecchio a tutti i miei detti!
² Ecco, apro la mia bocca,
parla la mia lingua entro il mio palato.
³ Parlo con cuore sincero;
le mie labbra diranno la pura verità.
⁴ Lo spirito di Dio mi ha fatto,
e il soffio dell'Onnipotente mi ha dato
la vita.
⁵ Se puoi, rispondimi;
preparati pure a resistermi.
⁶ Ecco, io sono tuo eguale davanti a Dio;
anch'io sono stato tratto dal fango.
⁷ Così non avrai timore di me,
né graverà su di te la mia autorità.

Dio ammaestra l'uomo

⁸ Tu hai ben detto alle mie orecchie,
e ho udito il suono delle tue parole:
⁹ "Puro sono io, senza peccato,
sono innocente, non ho colpa!
¹⁰ Eppure Dio trova pretesti contro di me,
e mi considera come suo nemico;
¹¹ pone in ceppi i miei piedi
e scruta tutti i miei passi".
¹² Ebbene, in questo non hai ragione,
io ti rispondo,
perché Dio è più grande dell'uomo.
¹³ Perché gli hai intentato un processo,
dato che non risponde ad ogni tua parola?
¹⁴ Dio sa parlare in un modo o in un altro
e nessuno fa attenzione:
¹⁵ nel sogno, in una visione notturna,
quando il torpore piomba sugli uomini,
addormentati nel loro giaciglio,
¹⁶ Allora egli apre l'orecchio degli uomini
e vi sigilla gli avvertimenti che rivolge loro,
¹⁷ per distogliere l'uomo dalle sue cattive
azioni
e preservare il mortale dall'orgoglio,
¹⁸ per impedirgli di cadere nella fossa
e di passare il canale.

---

33. - ^{14-28.} Giobbe s'era lamentato che Dio lo castigava senza ragione. Eliu risponde che i disegni di Dio sono più alti di quelli che l'uomo può comprendere; Dio può in modi diversi rivolgersi all'uomo, p. es. con visione profetica (vv. 15-18), con le prove temporali, specie con le malattie (vv. 19-22), e con la parola dei ministri sacri o di amici e consiglieri (vv. 23-28): ciò non sempre per castigarlo, ma anche per non lasciarlo cadere nel male o per provarlo nel bene.

¹⁹ Lo corregge pure sul suo letto
  con il dolore
  e con l'incessante tortura delle sue ossa,
²⁰ quando ha nausea del cibo
  e gli ripugna la vivanda delicata;
²¹ quando la sua carne si consuma a vista
  d'occhio
  e le ossa, che non si vedevano prima,
  spuntano fuori.
²² Allora la sua esistenza si avvicina
  alla fossa
  e la sua vita agli sterminatori.
²³ Se c'è con lui un angelo,
  un solo intercessore tra mille,
  per annunciare all'uomo il suo dovere,
²⁴ che abbia compassione di lui e dica:
  "Preservalo dallo scendere nella fossa;
  ho trovato per lui il riscatto!".
²⁵ Allora la sua carne sarà più florida
  che in gioventù,
  tornerà ai giorni della sua adolescenza;
²⁶ invocherà Dio che gli sarà propizio,
  gridando di gioia vedrà la sua faccia;
  canterà agli uomini la propria salvezza.
²⁷ Rivolgendosi agli uomini dirà:
  "Ho peccato e violato la giustizia,
  ma Dio non si è comportato con me
  come meritavo.
²⁸ Mi ha scampato dalla fossa
  e la mia vita contempla la luce".
²⁹ Ecco, Dio fa tutto questo,
  due volte, tre volte con l'uomo,
³⁰ per sottrarlo vivo dalla fossa
  e illuminarlo con la luce dei viventi.
³¹ Giobbe, sta' attento, ascoltami,
  sta' in silenzio e io parlerò.
³² Se hai qualcosa da dire, rispondimi;
  parla, perché vorrei darti ragione.
³³ Se non ne hai, ascoltami;
  taci, e io ti insegnerò la sapienza».

34 Secondo discorso. Errori di Giobbe. - ¹Eliu seguitò dicendo:

² «Ascoltate, o saggi, le mie parole,
  e voi, dotti, prestatemi l'orecchio!
³ Poiché l'orecchio valuta i discorsi,
  come il palato assaggia il cibo.
⁴ Esaminiamo tra noi la questione,
  indaghiamo tra noi ciò che è bene.
⁵ Ora Giobbe ha affermato: "Sono
  innocente,
  ma Dio mi nega giustizia.
⁶ Nonostante la mia ragione, passo per
  bugiardo;

una freccia mi ha colpito a morte,
  benché non abbia peccato".
⁷ Chi è come Giobbe,
  che beve il sarcasmo come acqua,
⁸ si associa ai malfattori
  e va in compagnia degli iniqui?
⁹ Infatti ha affermato: "L'uomo non
  guadagna nulla
  nel cercare il gradimento di Dio".

Dio è giusto nei suoi giudizi

¹⁰ Perciò, uomini di senno, ascoltatemi!
  Lungi da Dio il fare il male
  e dall'Onnipotente la perfidia!
¹¹ Invece egli rende all'uomo secondo
  le sue opere
  e tratta ciascuno secondo
  la sua condotta.
¹² No, in verità, Dio non fa il male,
  e l'Onnipotente non viola il diritto.
¹³ È forse un altro che gli ha affidato
  la terra,
  e un altro che lo ha incaricato
  del mondo intero?
¹⁴ Se egli non pensasse che a se stesso
  e ritirasse a sé il suo spirito
  e il suo respiro,
¹⁵ morirebbe all'istante ogni creatura
  e l'uomo ritornerebbe in polvere.
¹⁶ Se sei intelligente, ascolta questo,
  presta orecchio al suono delle mie parole!
¹⁷ Un nemico della giustizia potrebbe forse
  governare?
  Osi tu condannare il sommo Giusto?
¹⁸ Si dice forse ad un re: "Iniquo"?
  e ai grandi: "Malvagi"?
¹⁹ Egli non è parziale in favore dei prìncipi
  e non preferisce il ricco al povero,
  perché tutti sono opera delle sue mani.
²⁰ In un istante essi muoiono nel cuore
  della notte;
  il popolo si agita ed essi spariscono,
  si rimuove il tiranno senza sforzo.
²¹ Perché Dio ha gli occhi sulla condotta
  dell'uomo
  e osserva tutti i suoi passi.
²² Non vi sono tenebre né oscurità,
  dove si possano nascondere i malfattori.
²³ Poiché non si pone all'uomo un termine,

---

34. - ¹³· Dio non governa l'universo per incarico di
altri né applica il diritto stabilito da altri: è la sua stessa onnipotenza che ha fondato il diritto. Perciò egli
non può violare la giustizia, né per interesse né per
costrizione.

perché compaia in giudizio davanti
a Dio.
24 Senza fare inchiesta egli fiacca i potenti
e mette altri al loro posto.
25 Poiché egli sventa le loro manovre;
in una notte li travolge
e sono schiacciati.
26 Come malvagi li colpisce
alla vista di tutti.
27 Infatti essi si sono allontanati da lui,
senza curarsi delle sue vie,
28 fino a far giungere verso di lui il grido
dei poveri;
ed egli udì il lamento degli oppressi.
29 Ma se resta impassibile, chi lo
condannerà?
Se nasconde la sua faccia, chi potrà
vederlo?
Egli pertanto veglia sui popoli come
sui singoli,
30 non volendo che l'empio regni
e che si pongano inciampi al popolo.

Rivolta di Giobbe

31 Si può dunque dire a Dio:
"Porto la pena, senza aver fatto il male"?
32 Ciò che sfugge alla mia vista,
mostramelo tu;
se ho commesso il male, non lo farò
più.
33 Dovrebbe egli retribuire secondo
le tue norme,
dato che tu rifiuti il suo giudizio?
Poiché tu devi scegliere e non io,
di' quanto sai!
34 Gli uomini di senno mi diranno,
come ogni saggio che mi ascolta:
35 "Giobbe non parla con conoscenza
di causa,
e le sue parole sono prive di senno.
36 Sia dunque Giobbe esaminato a fondo,
per le sue risposte degne
di un malvagio,
37 poiché ha aggiunto la ribellione
al peccato,
si burla di noi e moltiplica contro Dio
le sue parole"».

---

35. - 2-8. Eliu risponde ad alcune affermazioni di
Giobbe, secondo il quale su questa terra non giova al-
l'uomo vivere da virtuoso, perché Dio non se ne cura
(29,14-30). Eliu risponde: è vero che virtù o delitto
non recano vantaggio o danno a Dio, tuttavia egli se
ne prende pensiero perché ha cura del prossimo cui
nuoce il vizio.

35 Terzo discorso. Impassibilità di
Dio. - 1Eliu proseguì dicendo:

2 «Ti sembra giusto ciò che dici:
"Ho ragione davanti a Dio"?
3 Poiché dichiari: "Che te ne importa?
Che profitto ne ho dall'essere senza
peccato?".
4 Risponderò a te con discorsi,
e ai tuoi amici insieme con te.
5 Contempla il cielo e osserva;
considera le nubi che sono più alte di te.
6 Se pecchi, che torto gli fai?
Se moltiplichi i tuoi delitti, che danno
gli arrechi?
7 Se sei giusto, che cosa gli dài?
Riceve forse qualcosa da te?
8 La tua malizia ricade su un uomo come te,
su un figlio d'uomo la tua giustizia.
9 Si geme sotto gli eccessi
dell'oppressione,
si invoca aiuto sotto il braccio
dei potenti.
10 Però nessuno dice: "Dov'è Dio
che ci ha fatto,
che nella notte ci concede la forza,
11 che ci rende più sapienti delle bestie
selvatiche
e più intelligenti degli uccelli
del cielo?".
12 Allora si grida, ma Dio non risponde,
a causa dell'arroganza dei malvagi.
13 Dio infatti non ascolta la falsità
e l'Onnipotente non vi bada.
14 Ora tu osi dire che non lo vedi,
che la tua causa sta dinanzi a lui
e tu stai ad attendere.
15 Ma ora se la sua collera non interviene,
e se ignora l'iniquità,
16 Giobbe apre a vuoto la sua bocca
e moltiplica discorsi senza senno».

36 Quarto discorso. Significato della
sofferenza. - 1Eliu proseguì dicendo:

2 «Aspetta un poco e ti istruirò,
perché ci sono altre cose da dire
in difesa di Dio.
3 Attingerò la mia scienza da lontano,
per rendere giustizia a colui che mi
ha creato.
4 Certo, le mie parole non sono
menzognere,
un sapiente consumato parla con te.
5 Ecco, Dio è grande e non si ritrae,

è potente per la fermezza delle sue
decisioni.

6 Non lascia vivere il malvagio
e rende giustizia ai poveri.

7 Non distoglie dai giusti i suoi occhi,
li fa sedere sul trono insieme ai re
e li esalta per sempre.

8 Ma se vengono legati in catene
e sono stretti con corde di afflizione,

9 fa loro conoscere le opere loro
e le loro infedeltà, perché
insuperbirono.

10 Apre loro gli orecchi per la correzione
e li esorta ad allontanarsi dal male.

11 Se ascoltano e si sottomettono,
finiranno i loro giorni nel benessere
e i loro anni nelle delizie.

12 Ma se non ascoltano, periranno
di spada;
spireranno senza rendersene conto.

13 I perversi di cuore accumulano ira,
non invocano aiuto, quando Dio
li avvince in catene.

14 Pèrdono la vita in piena gioventù
e la loro esistenza tra gli ieroduli.

15 Ma egli salva il povero mediante
l'afflizione
e gli schiude l'udito mediante
la sofferenza.

16 Anche te intende sottrarre dal morso
dell'angustia;
avrai in cambio un luogo ampio
e aperto,
e la tavola che ti sarà servita sarà colma
di vivande grasse.

17 Ma se tu incorri in un verdetto
di condanna,
verdetto e giudizio vinceranno.

18 La collera non ti trascini all'imprudenza,
non ti seduca l'abbondanza del riscatto.

19 Varrà forse davanti a lui la tua
implorazione nell'angustia,
o tutte le risorse della tua forza?

20 Non sospirare a quella notte,
quando i popoli vanno al loro luogo!

21 Bada di non volgerti all'iniquità,
perché per questo sei stato provato
dall'afflizione.

Inno al Signore della natura

22 Ecco, Dio è sublime nella sua potenza;
quale maestro lo può uguagliare?

23 Chi può indicargli il cammino,
e chi può dirgli: "Hai commesso
ingiustizia"?

24 Ricòrdati di celebrare la sua opera,
che altri uomini hanno cantato.

25 Tutti gli uomini la ammirano,
i mortali la contemplano da lontano.

26 Sì, Dio è grande, anche se non
lo riconosciamo;
il numero dei suoi anni è incalcolabile.

27 Egli attira le gocce d'acqua,
che si condensano in vapore
per la pioggia,

28 che le nubi riverseranno,
grondando sugli uomini in gran quantità.

29 Chi può calcolare l'estensione delle nubi,
l'alta posizione della sua tenda?

30 Ecco, come si spande la sua luce,
con essa ricopre la profondità del mare.

31 In tal modo sostenta i popoli,
e dà loro il cibo in abbondanza.

32 Arma le mani di folgori
e le scaglia contro il bersaglio.

33 Il suo tuono lo annuncia,
attira l'ira contro l'iniquità.

37 Celebrazione delle opere di Dio

1 Per questo trepida il mio cuore
e mi balza fuori dal petto.

2 Attenzione, udite il fragore della sua voce
e lo strepito che sale dalla sua bocca!

3 Egli lascia vagare sotto tutto il cielo
il suo lampo,
che giunge fino all'estremità della terra.

4 Dietro di esso muggisce il tuono
e rimbomba con voce profonda;
nulla trattiene i lampi,
quando si è udita la sua voce.

5 Dio tuona con voce maestosa
e compie prodigi che non
comprendiamo.

6 Dice infatti alla neve: "Cadi sulla terra";
e alle piogge dirotte: "Siate violente!".

7 Sulla mano di ognuno pone un sigillo,
perché tutti riconoscano la sua opera.

8 Le fiere rientrano nelle loro tane,
si accovacciano nei loro nascondigli.

9 Dal meridione prorompe la tempesta

---

36. - ¹⁷⁻²¹. Testo corrotto. Il senso generale pare
questo: chi si ostina nel male ne subirà la debita pena.

²². Eliu inizia un inno alla sublimità, potenza, sapienza e provvidenza di Dio, per far capire a Giobbe
come possono essere incomprensibili e troppo alti
per l'uomo i disegni di lui.

e dal settentrione il freddo.

10 Al soffio di Dio si forma il ghiaccio
   e la distesa delle acque si congela.

11 Carica di umidità le nuvole
   e le nubi ne diffondono le folgori.

12 Egli le fa vagare dappertutto secondo
     i suoi consigli,
   perché compiano quanto comanda loro
     su tutto l'universo.

13 Le manda o per castigo della terra
   o in segno di bontà.

Misteriosa presenza di Dio

14 Presta l'orecchio a questo, Giobbe,
   soffèrmati e considera le meraviglie
     di Dio!

15 Sai tu come Dio allinea le nubi
   e come esse producono il lampo?

16 Sai tu come la nube si libri nell'aria,
   meraviglia della consumata sapienza,

17 tu che hai le vesti calde,
   quando la terra langue per lo scirocco?

18 Hai tu forse disteso con lui
     il firmamento,
   duro come lo specchio di metallo fuso?

19 Facci sapere cosa dovremmo dirgli,
   noi non abbiamo parola a causa
     delle tenebre.

20 Si dovrà informarlo di ciò che dico?
   C'è qualcuno che desidera essere
     annientato?

21 Ed ecco, non si vede più la luce,
   è oscurata dalle nubi,
   ma tira il vento e le spazza via.

22 Dal settentrione giungono splendori
     dorati;
   Dio si circonda di tremenda maestà.

23 È l'Onnipotente che noi non sappiamo
     raggiungere,
   sublime in potenza e rettitudine,

grande per giustizia; egli non opprime.

24 Per questo gli uomini lo temono;
   ma egli non tiene conto di coloro che
     si credono sapienti».

INTERVENTO DI DIO

38 **Primo discorso del Signore. Divina sapienza nella creazione.** - 1Allora il Signore rispose a Giobbe di mezzo al turbine così:

2 «Chi è colui che denigra la provvidenza
   con parole insensate?

3 Cingiti i fianchi come un prode:
   ti interrogherò e tu mi istruirai.

4 Dov'eri quando io mettevo le basi
     della terra?
   Dillo, se hai tanta sapienza!

5 Chi fissò le sue proporzioni, se lo sai,
   e chi tracciò per essa la linea?

6 Dove affondano i suoi pilastri,
   o chi pose la sua pietra angolare,

7 mentre le stelle del mattino giubilavano
     unite,
   e plaudivano tutti i figli di Dio?

8 Chi racchiuse tra due battenti il mare,
   quando uscì impetuoso dal seno
     materno,

9 quando gli diedi le nubi per vestirsi
   e la foschia per fasciarsi?

10 Poi gli imposi un limite,
   fissando catenacci e porte.

11 E gli ingiunsi: "Fin qui arriverai e non
     oltre,
   qui si arresterà la superbia delle tue
     onde!".

12 Hai tu un solo dei tuoi giorni comandato
     al mattino
   e assegnato all'aurora il suo posto,

13 perché afferri la terra ai suoi angoli
   e ne scuota i malvagi?

14 Allora la terra si trasforma come creta
     sotto il sigillo,
   e si tinge come un vestito.

15 Allora è negata al malvagio la luce
     di essa
   ed è spezzato il braccio altero.

16 Sei mai giunto alle sorgenti del mare,
   o hai passeggiato sul fondo dell'abisso?

17 Ti sono state indicate le porte
     della morte
   e hai visto i portali dell'ombra funerea?

18 Ti sei reso conto dell'ampiezza
     della terra?
   Dillo, se sai tutto questo!

---

38. - 1. Dio stesso, apparendo in *mezzo al turbine*, che era il modo ordinario delle teofanie nell'AT, risponde a Giobbe che si era tanto sovente appellato a lui. Non risolve però il suo problema: gli darà bensì ragione contro le accuse degli amici, ma prima lo prostra con la descrizione della propria potenza e sapienza, facendogli così conoscere quanto si fosse mostrato presuntuoso nel voler quasi chiedere ragione a Dio del suo agire.

4. L'universo viene descritto secondo i concetti degli antichi, per i quali la terra era un'isola su un'immensa distesa d'acqua, il firmamento una gran calotta sostenuta da enormi colonne, il sole e la luna due luminari con il proprio ripostiglio nelle montagne che circondavano e delimitavano l'oceano.

I fenomeni atmosferici

¹⁹ Per quale via si va dove abita la luce?
e le tenebre dove hanno dimora?
²⁰ Potresti tu condurle al loro posto,
dato che conosci il sentiero delle loro
case?
²¹ Tu lo sai, perché allora eri già nato,
e il numero dei tuoi anni è assai
grande.
²² Sei mai entrato nei serbatoi della neve,
hai potuto vedere i depositi
della grandine,
²³ che io tengo in serbo per il tempo
della tribolazione,
per il giorno di lotta e di battaglia?
²⁴ Da quale parte si diffonde la luce?
Per dove lo scirocco invade la terra?
²⁵ Chi ha scavato il canale per le acque
torrenziali,
e una strada alla nube tonante,
²⁶ per far piovere su una terra disabitata,
su un deserto, dove non c'è uomo,
²⁷ per saziare regioni desolate e squallide
e far germogliare e spuntare l'erba?
²⁸ La pioggia ha forse un padre?
Chi genera le gocce di rugiada?
²⁹ Da quale seno è nato il ghiaccio,
e la brina del cielo chi l'ha generata?
³⁰ Le acque si solidificano come pietra
e la faccia dell'abisso si raggela.
³¹ Puoi tu annodare i legami
delle Pleiadi,
o sciogliere i vincoli di Orione?
³² Fai tu spuntare la costellazione a suo
tempo,
e guidi tu l'Orsa con i suoi piccini?
³³ Conosci forse le leggi del cielo
e determini tu i loro influssi
sulla terra?
³⁴ Puoi tu dar ordini alle nubi,
perché una massa d'acqua ti inondi?
³⁵ Scagli tu i fulmini e partono
dicendoti: "Eccoci"?
³⁶ Chi ha concesso all'ibis la sapienza,
e chi ha dato al gallo intelligenza?
³⁷ Chi può contare le nubi con esattezza,
e chi riversa gli otri del cielo,
³⁸ quando la polvere si fonde
in una massa
e le zolle si attaccano insieme?

Il regno animale

³⁹ Vai tu a caccia di preda per la leonessa
e sazi la fame dei leoncelli,

⁴⁰ quando sono accovacciati nelle tane,
o stanno in agguato fra le macchie?
⁴¹ Chi procaccia il nutrimento al corvo,
quando i suoi nati gridano verso Dio
e si agitano per mancanza di cibo?

39 ¹Conosci tu il tempo in cui
partoriscono le camozze?
Hai osservato il parto delle cerve?
² Sai contare i mesi della loro gravidanza
e conosci il tempo del loro parto?
³ Si curvano sgravandosi dei loro piccoli,
mettendo fine alle loro doglie.
⁴ I loro piccoli crescono, si sviluppano,
corrono all'aperto e non ritornano più.

L'asino selvatico

⁵ Chi lascia libero l'asino selvatico,
chi ha sciolto i legami dell'onagro,
⁶ al quale ho assegnato come dimora
la steppa
e come abitazione la terra salmastra?
⁷ Egli disprezza il chiasso delle città
e non dà ascolto alle grida di chi
lo sprona;
⁸ gira per le montagne, suo pascolo,
andando in cerca di qualsiasi verdura.

Il bufalo

⁹ Il bufalo si metterà forse al tuo servizio,
e passerà la notte presso la tua greppia?
¹⁰ Potrai legarlo con la corda, perché ari,
perché erpichi le valli dietro a te?
¹¹ Ti fiderai di lui, perché la sua forza
è grande,
e lascerai a lui le tue fatiche?
¹² Conterai su di lui che ritorni
e che ti ammassi il grano sull'aia?

Lo struzzo

¹³ L'ala dello struzzo batte festante,
come se avesse penne e piume
di cicogna,
¹⁴ quando abbandona al suolo le uova
e le lascia riscaldare nella sabbia,
¹⁵ dimenticando che un piede le può
schiacciare
e una bestia selvatica calpestarle.

---

36. Ai due animali qui nominati era attribuita una
facoltà di previsione: l'ibis annunzia le inondazioni
del Nilo e il gallo l'aurora.

¹⁶ Tratta duramente i figli, come se non
    fossero suoi,
e non si preoccupa della sua inutile
    fatica,
¹⁷ perché Dio gli ha negato la sapienza
e non gli ha dato in sorte l'intelligenza.
¹⁸ Ma appena si leva in alto,
si beffa del cavallo e del suo cavaliere.

Il cavallo

¹⁹ Sei tu che dai al cavallo la bravura
e lo rivesti di criniera al collo?
²⁰ Lo fai tu saltare come una locusta?
Il suo alto nitrito incute spavento.
²¹ Scalpita nella valle, giulivo,
e con impeto si fa incontro alle armi.
²² Se ne ride della paura e non trema;
non retrocede davanti alla spada.
²³ Sopra di lui tintinna la faretra,
il luccichio della lancia e del dardo.
²⁴ Fremendo d'impazienza divora
    lo spazio
e non si trattiene più al suono del corno.
²⁵ Al primo squillo di tromba nitrisce: Ahaa!
e da lungi fiuta la battaglia,
gli urli dei capi, il fragore della mischia.

L'aquila

²⁶ È forse per la tua intelligenza che vola
    lo sparviero
e spiega le sue ali verso il meridione?
²⁷ È al tuo comando che l'aquila s'innalza
e costruisce il suo nido sulle vette?
²⁸ Abita le rocce e vi pernotta
su un dente di roccia inespugnabile.
²⁹ Da lassù spia la sua preda,
i suoi occhi la vedono a distanza.
³⁰ I suoi piccoli succhiano il sangue;
dove sono i cadaveri, là essa si trova».

40
Apostrofe del Signore. - ¹Il Signore
si rivolse a Giobbe dicendo:

² «Colui che disputa con l'Onnipotente,
    si ritira?
Colui che critica Dio, voglia
    rispondere!».

---

40. - ^{8ss.} Dio fa risaltare più che mai agli occhi del-
l'attonito Giobbe le meraviglie della potenza divina.
Le descrizioni che seguono dell'ippopotamo e del
coccodrillo sono tra le più realistiche e potenti che la
letteratura mondiale possegga.

Prima risposta di Giobbe. - ³Giobbe rispose al Signore così:

⁴ «Ecco, sono ben piccino, che cosa posso
replicare?
Mi porto la mano alla bocca.
⁵ Ho parlato una volta, non insisterò;
una seconda volta, non aggiungerò
    nulla».

**Secondo discorso del Signore. Potenza di-
vina.** - ⁶Il Signore rispose a Giobbe dal turbine e disse:

⁷ «Cingiti i fianchi come un eroe;
ti interrogherò e tu mi istruirai.
⁸ Vorresti tu veramente cancellare
    il mio giudizio,
per condannarmi e avere tu ragione?
⁹ Hai tu un braccio come quello di Dio,
e puoi tuonare con voce pari alla sua?
¹⁰ Ornati dunque di gloria e di maestà,
rivestiti di splendore e di fasto!
¹¹ Riversa i furori della tua collera,
e con uno sguardo abbatti tutti i superbi.
¹² Umilia con uno sguardo ogni arrogante,
schiaccia i malvagi ovunque si trovino.
¹³ Nascondili nella polvere tutti insieme,
rinchiudi al buio i loro volti.
¹⁴ Allora anch'io ti renderò omaggio,
perché la tua destra ti ha dato vittoria.

Il beemot

¹⁵ Ecco il beemot, che io ho creato al pari
    di te;
mangia erba come il bue.
¹⁶ Osserva la forza dei suoi fianchi
e la potenza del suo ventre muscoloso.
¹⁷ Esso drizza la sua coda come un cedro,
i nervi delle sue cosce si intrecciano
    saldi.
¹⁸ Le sue ossa sono tubi di bronzo,
le sue vertebre come spranghe di ferro.
¹⁹ Egli è la prima delle opere di Dio;
solo il suo Creatore lo minaccia di spada.
²⁰ Benché i monti gli offrano i loro prodotti
e tutte le bestie domestiche
    vi si trastullino,
²¹ egli si sdraia sotto i loti,
nel folto del canneto e della palude.
²² Gli fanno ombra i loti selvatici,
lo circondano i salici del torrente.
²³ Se il fiume si gonfia, egli non teme;
è sicuro, anche se il Giordano gli salisse
fino alla bocca.

²⁴ Chi mai potrà prenderlo per gli occhi,
o con lacci forargli le narici?

Il leviatàn

²⁵ Puoi tu pescare con l'amo il leviatàn,
e con la fune legare la sua lingua?
²⁶ Puoi tu ficcargli un giunco nelle narici
e con un uncino forargli la mascella?
²⁷ Ti rivolgerà egli molte suppliche
e ti indirizzerà dolci parole?
²⁸ Concluderà egli un patto con te,
perché tu lo prenda come servo
per sempre?
²⁹ Giocherai tu con lui come con un
passerotto
e lo legherai per trastullare le tue figlie?
³⁰ Commerceranno con lui i pescatori
e lo spartiranno tra i mercanti?
³¹ Gli puoi tempestare di frecce le squame
e colpire la sua testa con la fiocina?
³² Metti su di lui la mano,
pensa alla lotta! Non ricomincerai.

41 ¹Vedi com'è fallita la tua speranza;
al solo vederlo uno resta sgomento.
² Nessuno è tanto audace da osare
di provocarlo,
e chi mai potrebbe resistergli faccia
a faccia?
³ Chi mai lo ha affrontato senza danno?
Nessuno sotto tutto il cielo.
⁴ Non passerò sotto silenzio le sue membra,
in fatto di forza non ha pari.
⁵ Chi ha aperto sul davanti il suo manto,
e attraverso la sua doppia corazza
chi può penetrare?
⁶ Chi mai ha aperto la porta delle sue fauci,
circondate da denti spaventosi?
⁷ Il suo dorso è una distesa di squame,
strettamente saldate con un suggello.
⁸ L'una con l'altra si toccano,
così che neppure il vento passa
tramezzo;
⁹ saldate le une con le altre,
sono compatte e non possono separarsi.
¹⁰ Il suo starnuto irradia luce
e i suoi occhi sono come le pupille
dell'aurora.
¹¹ Dalle sue fauci partono vampate,
sprizzano scintille di fuoco.
¹² Dalle sue narici esce fumo,
come da pentola attizzata e bollente.
¹³ Il suo fiato incendia carboni
e dalle sue fauci escono fiamme.

¹⁴ Nel suo collo ha sede la forza
e innanzi a lui incede il terrore.
¹⁵ Le giogaie della sua carne sono ben
compatte,
sono ben salde su di lui e non si muovono.
¹⁶ Il suo cuore è duro come pietra,
solido come la macina inferiore.
¹⁷ Quando si alza, si spaventano i forti,
e per il terrore restano smarriti.
¹⁸ La spada che lo raggiunge non
gli si infigge,
né lancia né freccia né giavellotto.
¹⁹ Considera il ferro come paglia
e il bronzo come legno tarlato.
²⁰ La freccia non lo mette in fuga;
le pietre della fionda si cambiano per lui
in preda.
²¹ La mazza è per lui come stoppia
e si fa beffe del vibrare dell'asta.
²² Sotto la pancia ha delle punte acuminate,
e come erpice striscia sul molle terreno.
²³ Fa bollire come pentola il gorgo
e trasforma il mare in vaso d'unguento.
²⁴ Si lascia dietro una scia di luce
e l'abisso sembra coperto di canizie.
²⁵ Non v'è nulla sulla terra che lo domini,
lui che fu fatto intrepido.
²⁶ Su tutte le altezze egli guarda dall'alto,
egli è il re di tutte le fiere superbe!».

42 Seconda risposta di Giobbe.
¹Giobbe rispose al Signore dicendo:

² «Riconosco che puoi tutto,
e nessun progetto ti è impossibile.
³ Chi è colui che denigra la provvidenza
senza nulla sapere?
È vero, senza nulla sapere,
ho detto cose troppo superiori a me, che
io non comprendo.
⁴ Ascoltami, di grazia, e lasciami parlare,
io ti interrogherò e tu mi istruirai.

---

41. - ²³· Quando il coccodrillo nuota, l'acqua da lui
mossa spumeggia, e lo scintillio delle goccioline sollevate rassomiglia ad esalazione di un unguento.

42. - ³·⁴· I primi due stichi del v. 3, come pure il
v. 4, da alcuni commentatori sono ritenuti come una
ripetizione delle parole dette da Giobbe in 38,2-3;
in realtà, qui non hanno senso. Se invece si soppri-
mono, il senso appare chiaro: Giobbe riconosce umilmente di aver parlato senza cognizione, presumendo
di sé. Perciò, riconoscendo ora la sua immensa infe-
riorità dinanzi a Dio, chiede perdono di quanto im-
prudentemente ha detto e promette di far penitenza
sulla polvere e sulla cenere.

⁵ Io ti conoscevo per sentito dire,
  ma ora i miei occhi ti hanno visto.
⁶ Perciò mi ricredo e mi pento
  sulla polvere e sulla cenere».

EPILOGO

Giudizio contro gli amici. - ⁷Ora, dopo che il Signore ebbe rivolte queste parole a Giobbe, disse ad Elifaz il temanita: «La mia ira si è accesa contro di te e i tuoi due amici, perché non avete detto di me cose rette, come ha fatto il mio servo Giobbe. ⁸Ora prendete sette vitelli e sette montoni; andate dal mio servo Giobbe e offrite un olocausto per voi. Il mio servo Giobbe intercederà per voi, affinché per riguardo a lui io non punisca la vostra stoltezza, perché non avete parlato rettamente di me, come ha fatto il mio servo Giobbe». ⁹Andarono dunque, Elifaz il temanita, Bildad il suchita e Zofar il naamatita, e fecero come aveva ordinato loro il Signore. E il Signore ebbe riguardo di Giobbe.

Fine benedetta di Giobbe. - ¹⁰Quando Giobbe intercedette per i suoi compagni, il Signore cambiò la sua sorte e gli rese il doppio di quanto aveva posseduto. ¹¹Tutti i suoi fratelli, le sue sorelle, i suoi conoscenti di prima vennero a visitarlo e mangiarono con lui nella sua casa. Lo commiserarono e lo consolarono di tutto il male che il Signore gli aveva inviato e gli regalarono ognuno un pezzo di argento e un anello d'oro.
¹²Il Signore benedisse la nuova condizione di Giobbe più della prima. Possedette quattordicimila pecore e seimila cammelli, mille paia di buoi e mille asine. ¹³Ebbe pure sette figli e tre figlie. ¹⁴Alla prima diede il nome di Colomba, alla seconda quello di Cassia, alla terza Fiala di stibio. ¹⁵In tutto il paese non c'erano donne così belle come le figlie di Giobbe; il loro padre le mise a parte dell'eredità insieme ai fratelli. ¹⁶Giobbe visse dopo tutto questo ancora centoquarant'anni e vide i suoi figli e i figli dei suoi figli per quattro generazioni. ¹⁷Giobbe morì vecchio e sazio d'anni.

SALMI

I Salmi, raccolta di 150 preghiere, erano usati soprattutto nella liturgia del tempio di Gerusalemme. Composti lungo l'arco di un millennio, dal secolo XI al II a.C., rispecchiano la reazione di fede d'Israele alla rivelazione di Dio nella storia con i suoi eventi lieti e tristi. Essi esprimono inoltre la profonda religiosità che si sviluppava nelle persone più sensibili al rapporto con Dio. Si incontrano così varie categorie di salmi:

a) Salmi di lode, o inni, che cantano l'onnipotenza e magnificenza di Dio nella creazione e nella storia d'Israele.

b) Salmi di ringraziamento per la protezione di Dio sperimentata in situazioni di pericolo.

c) Salmi di supplica che invocano la salvezza di fronte a pericoli e situazioni dolorose, o il perdono per colpe commesse.

d) Salmi regali composti in occasione di eventi di corte (matrimoni, nascite, salita al trono), legati alla dinastia davidica. Questi assunsero in seguito una tonalità messianica nell'attesa del figlio di Davide, il Messia (Sal 2; 72; 110; 144). Tra questi salmi alcuni cantano la regalità universale ed eterna di Dio sull'universo (Sal 93; 96; 99).

e) Salmi sapienziali, preghiere intessute di riflessioni sul modo saggio di vedere il mondo e condurre la propria vita, sul problema del bene e del male (Sal 1), sul dono della legge (Sal 119).

I Salmi sono diventati preghiera anche dei cristiani perché esprimono sentimenti religiosi profondi e universali, inoltre guardano spesso al futuro messianico, e rievocano un rapporto tra Dio e il suo popolo che, al di là delle circostanze particolari, rimane valido anche per tutto il popolo di Dio che è la chiesa.

LIBRO PRIMO

Salmo 1 - Il giusto, l'uomo veramente felice

¹ Beato l'uomo
   che non camminò nel consiglio degli
      empi
   e nella via dei peccatori non si fermò
   e nel consesso dei beffardi non s'assise;
² ma nella legge del Signore è la sua gioia
   e in essa medita giorno e notte.
³ Perciò sarà come un albero
   che su rivi d'acqua è piantato,
   che dà i suoi frutti ad ogni stagione,
   le cui foglie mai appassiscono:
   in ogni cosa che fa ha sempre successo.
⁴ Non così gli empi:
   essi al contrario saranno come pula che
      il vento sospinge.

⁵ Per questo non entreranno gli empi
      nel giudizio,
   né i peccatori nell'assemblea dei giusti,
⁶ Il Signore conosce la via dei giusti,
   mentre la via degli empi andrà in rovina.

Salmo 2 - Dominio universale del Messia

¹ Perché si son mobilitate le genti
   e i popoli fan vani progetti?
² S'accampano i re della terra
   e i potenti hanno fatto alleanza
   contro il Signore e il suo consacrato:
³ «Spezziamo le loro catene
   e il loro giogo gettiamo via da noi!».
⁴ Colui che siede nei cieli se ne ride,
   il Signore si fa beffe di loro.
⁵ Allora parlerà nella sua ira,

nel suo sdegno li metterà
in scompiglio:
6 «Ma io ho consacrato il mio re
sul Sion, il mio santo monte!».
7 Proclamerò il decreto che il Signore
ha pronunciato:
«Mio figlio sei tu, io in questo giorno
ti ho generato!
8 Solo che tu me lo chieda,
porrò le genti qual tua eredità,
tua porzione saranno i confini della terra.
9 Li spezzerai con verga di ferro,
come vaso di argilla li frantumerai».
10 E ora intendete, o re,
accogliete l'ammonimento, governatori
della terra.
11 Servite al Signore in timore
e in tremore 12baciate i suoi piedi:
affinché non s'adiri e voi periate
nella via;
poiché in un baleno la sua ira divampa.
Beati coloro che si rifugiano in lui!

Salmo 3 - Il Signore, scudo di difesa

1*Salmo di Davide. Quando fuggì davanti ad
Assalonne suo figlio.*
2 O Signore, quanto numerosi sono i miei
avversari!
quanti sono insorti contro di me,
3 quanti sono quelli che dicono di me:
«Non c'è salvezza per lui da parte
di Dio!».
4 Ma tu, o Signore, sei uno scudo intorno
a me;
sei la mia gloria e in alto sollevi il mio
capo.
5 Quando con la mia voce invocai
il Signore,
mi rispose dal santo suo monte.
6 Ecco, mi corico e mi addormento.
Mi sveglio: sì, il Signore mi sostiene.
7 Io non temo un esercito di miriadi
che si scagliano contro di me da ogni
parte.
8 Sorgi, o Signore; salvami, o Dio.
Colpisci sulla guancia tutti i miei nemici,
manda in frantumi i denti degli empi.
9 Del Signore è la salvezza.
Sul tuo popolo scenda la tua benedizione.

---

3. - 6. Esprime la piena tranquillità del salmista, sicuro della protezione di Dio nonostante gli intrighi
dei suoi avversari.

Salmo 4 - In Dio la vera pace

1*Al maestro di coro. Con strumento a corda. Salmo. Di Davide.*
2 Al mio grido rispondimi,
o Dio della mia giustizia;
nell'angustia fammi largo;
abbi pietà di me e ascolta la mia preghiera.
3 O figli d'uomo, fino a quando
la mia gloria terrete in obbrobrio,
amerete la vanità, ricercherete
la menzogna?
4 Ma sappiate che il Signore
mi elargì la sua misericordia;
il Signore ascolta quando a lui elevo
il mio grido.
5 Riflettete nei vostri cuori, ma non
peccate;
adiratevi nei vostri giacigli, ma tacete;
6 offrite sacrifici legittimi
e abbiate fiducia nel Signore.
7 Molti sono quelli che dicono:
«Chi ci farà gustare il bene?
Fuggita è da noi, o Signore, la luce
del tuo volto».
8 Gioia hai posto nel mio cuore
più di quando abbondino grano e mosto.
9 In pace, appena mi corico, m'addormento,
poiché tu, o Signore, anche se solo,
in sicurezza mi fai riposare.

Salmo 5 - Invocazione mattutina

1*Al maestro di coro. Al suono del flauto. Di
Davide.*
2 Le mie parole ascolta, o Signore;
comprendi il mio gemito.
3 Sii attento al grido della mia implorazione,
mio re e mio Dio!
Poiché a te, o Signore, rivolgo la mia
preghiera.
4 Al mattino, quando odi la mia voce,
al mattino espongo il mio caso e attendo.
5 Sì, tu non sei un Dio che si compiace
del male;
nessun malvagio può farsi tuo ospite;
6 non possono presentarsi i superbi
davanti ai tuoi occhi;
tutti hai in odio gli operatori d'iniquità.
7 Tu mandi in rovina quelli che dicono
menzogne.
L'uomo di sangue e di frode l'avversa
il Signore.
8 Ma io, nella tua grande misericordia,
posso entrare nella tua casa

e prostrarmi verso il santo tuo tempio,
  nel tuo timore.
9 Conducimi, o Signore, nella tua giustizia
  contro quelli che mi tendono insidie;
  appiana davanti a me la tua via.
10 Sì, non c'è fermezza nella loro bocca:
  un baratro è il loro interno;
  sepolcro aperto è la loro gola;
  seminano rovina con le loro lingue.
11 Falli perire, o Dio;
  rimangano delusi dai loro consigli;
  per i loro crimini senza numero
    disperdili,
  perché contro di te si sono ribellati.
12 Ma gioiscano quanti in te si rifugiano;
  eterna sia la loro esultanza;
  e tu proteggili, affinché si allietino in te
  quanti amano il tuo nome.
13 Sì, tu benedici il giusto, o Signore;
  come uno scudo, di grazia lo circondi.

Salmo 6 - Implorazione della divina clemenza

[1]*Al maestro di coro. Con strumenti a corda. Sull'ottava. Salmo. Di Davide.*
2 Signore, nella tua ira non mi riprendere,
  nel tuo sdegno non mi punire.
3 Abbi pietà di me, o Signore, poiché sono
    affranto;
  guariscimi, o Signore, poiché inaridite
    sono le mie ossa.
4 L'anima mia è molto turbata,
  e tu fino a quando...?
5 Ritorna, Signore, e salva l'anima mia;
  soccorrimi per la tua misericordia.
6 Poiché non v'è ricordo di te nella morte;
  negli inferi chi celebra le tue lodi?
7 A causa del mio gemere io sono
    consunto,
  inondo ogni notte il mio giaciglio
  e irrigo di lacrime il mio letto.
8 È arrossato per il dolore il mio occhio;
  si è invecchiato per il patire il mio
    cuore.
9 Via da me, voi tutti che operate
    iniquità!
  Poiché il Signore ha udito la voce
    del mio pianto;
10 ha udito il Signore la mia implorazione;
  il Signore accoglie la mia preghiera.
11 Siano confusi, siano sconvolti
    completamente
  tutti i miei nemici.
  Indietreggino, confusi, all'istante!

Salmo 7 - Appello al giusto giudizio di Dio

[1]*Lamento di Davide che egli cantò al Signore a causa del beniaminita Cus.*
2 Signore mio Dio, in te mi rifugio:
  salvami da quanti m'inseguono e liberami,
3 perché non sbrani qual leone l'anima mia,
  la strappi via e non c'è chi soccorra.
4 Signore mio Dio, se un'indegnità
    io avessi commesso,
  se vi fosse ingiustizia nelle mie mani,
5 se avessi ripagato con il male il mio alleato
  e risparmiato senza ragione il mio
    nemico,
6 m'insegua allora il mio nemico
    e mi raggiunga
  e getti nella polvere il mio onore.
7 Sorgi, Signore, nella tua ira;
  lèvati contro l'arroganza dei miei
    avversari;
  déstati, o mio Dio: disponi il giudizio;
8 circondato dall'assemblea dei popoli,
  su di essa con maestà presiedi.
  Il Signore giudica i popoli.
9 Giudicami, o Signore, secondo la tua
    giustizia
  e secondo la mia innocenza, o Eccelso...
10 Giunga a termine la malizia degli empi;
  ma tu rendi stabile il giusto,
  poiché scrutatore dei reni e dei cuori
    è il giusto Dio.
11 Il mio scudo è il Dio eccelso,
  colui che salva i retti di cuore;
12 Dio è un giudice giusto,
  è un Dio che si adira ogni giorno.
13 Non torna egli forse ad affilarsi la spada?
  Ha teso e puntato il suo arco.
14 Per sé ha preparato strumenti di morte,
  facendo roventi i suoi dardi.
15 Ecco, l'empio concepisce iniquità,
  porta in seno nequizia e genera inganno.
16 Un pozzo ha intagliato e ha scavato
  ed è caduto nella fossa che faceva.
17 Ricade la sua nequizia sulla sua testa
  e sul suo capo la sua violenza discende.
18 Voglio celebrare il Signore secondo la
    sua giustizia

---

6. - [6.] Rispecchia le idee anticotestamentarie sulla
retribuzione dopo la morte. La rivelazione non era
ancora completa; le anime dopo la morte erano considerate esistenti, ma senz'alcuna attività.

7. - [4.] Si riferisce alle accuse lanciate contro Davide
dal beniaminita Cus, quando egli fuggiva da Gerusalemme dinanzi all'avanzare di Assalonne. L'episodio
è narrato in 1Sam 24,12.

e voglio cantare il nome del Signore
altissimo.

Salmo 8 - L'uomo, re del creato

[1]*Al maestro di coro. Secondo la melodia
ghittita. Salmo. Di Davide.*
[2] O Signore nostro Dio,
quanto mirabile è il tuo nome su tutta
la terra!
[3] La tua maestà voglio adorare nei cieli
con labbra di pargoli e di lattanti.
Una fortezza hai costruito per tua
dimora,
riducendo al silenzio i tuoi avversari,
il nemico e il vendicatore.
[4] Quando contemplo i cieli, opera
delle tue mani,
la luna e le stelle che tu hai fissate,
[5] che cos'è l'uomo perché ti ricordi di lui?
Che cos'è il figlio d'uomo, ché di lui
ti prendi cura?
[6] Sì, di poco l'hai fatto inferiore ai celesti
e di gloria e di onore tu lo circondi;
[7] qual signore l'hai costituito sulle opere
delle tue mani;
tutto hai posto sotto i suoi piedi:
[8] pecore e buoi nella loro totalità
insieme a tutte le bestie del campo;
[9] gli uccelli del cielo e i pesci del mare,
ogni essere che percorre le vie marine.
[10] O Signore nostro Dio,
quanto mirabile è il tuo nome su tutta
la terra!

Salmo 9 (9 A) - Il Signore, giudice e salvatore

[1]*Al maestro di coro. Secondo «La morte del
figlio». Salmo. Di Davide.*
Alef — [2]Ti voglio lodare, o Signore,
con tutto il mio cuore;
voglio cantare tutte le tue gesta;
[3] voglio rallegrarmi ed esultare;
voglio cantare il tuo nome, o Eccelso.
Bet — [4]Sconfitti, i miei nemici
inciampavano
e si dileguavano dal tuo cospetto.

[5] Poiché hai preso la mia causa e il mio
giudizio;
ti sei assiso sul tuo trono, tu, giusto
giudice.
Ghimel — [6]Hai minacciato le genti,
hai annientato gli empi,
cancellando il loro nome in eterno
e per sempre.
[7] Sono periti i miei nemici,
rovine sempiterne sono diventate
le città che hai raso al suolo.
He — [8]Ecco: il Signore, che siede
per sempre,
per il giudizio ha eretto il suo trono.
[9] È lui che giudica il mondo con giustizia,
che governa i popoli con equità.
Vau — [10]Una rocca sia il Signore
per l'oppresso,
una rocca in tempi d'angustia;
[11] si rifugino in te quanti conoscono il tuo
nome.
Poiché non hai mai abbandonato,
o Signore,
coloro che ti cercano.
Zain — [12]Cantate al Signore che dimora
in Sion,
fra i popoli annunziate le sue gesta;
[13] poiché ha cura di quelli che piangono,
si ricorda del loro lamento,
non dimentica il grido dei miseri.
Het — [14]Il Signore ha avuto pietà di me,
il suo sguardo ha rivolto sulla mia
afflizione,
che mi hanno inflitto quelli che mi odiano;
egli mi strappa dalle porte della morte.
[15] Per questo narrerò tutte le sue lodi
alle porte della figlia di Sion.
Per questo esulterò della tua salvezza.
Tet — [16]Sprofondarono le genti nella fossa
che fecero,
nella rete che tesero s'impigliò il loro
piede.
[17] Si rese noto il Signore per il giudizio
che egli fece,
nell'operato delle sue mani incappò
il malvagio.
Jod — [18]Scendano i malvagi negli inferi,
tutte le genti dimentiche di Dio.
Kaf — [19]Poiché non si scorda del misero
per sempre,
non perisce in eterno l'attesa dei poveri.
[20] Sorgi, o Signore, perché l'uomo non si
esalti;
al tuo cospetto siano giudicate le genti.
[21] Il tuo terrore, o Signore, poni su di loro.
Sappiano le genti che sono esseri umani.

---

8. - [1.] Non sappiamo precisamente che cosa sia la
ghittita: forse uno strumento a corde oppure un motivo musicale. Queste indicazioni, poste al principio di
parecchi salmi, non appartengono al testo sacro e sono per lo più annotazioni liturgiche.

Salmo 10 (9 B) - Invocazione

Lamed — [1]Perché, o Signore, te ne stai
  lontano,
ti tieni nascosto nei tempi di angustia?
[2] Con arroganza l'empio opprime il misero:
  siano presi nei piani che hanno tramato.
[3] Poiché si gloriò il malvagio
  per i desideri della sua anima
  e l'avaro si proclamò beato.
Nun — [4]Il malvagio disprezzò il Signore
  nella sua arroganza:
«Egli non investigherà: non c'è Dio!».
Questi sono tutti i suoi pensieri.
[5] Prosperano le sue vie in ogni tempo.
  Troppo alti sono i tuoi giudizi,
  del tutto lontani dal suo cospetto;
  egli disprezza tutti i suoi nemici.
[6] In cuor suo egli disse: «Non vacillerò.
  Senza mali sarò di generazione
    in generazione».
Pe — [7]D'imprecazione è piena la sua
    bocca,
  di frodi e vessazioni;
  sotto la sua lingua oppressione
    e iniquità.
[8] Sta in agguato negli accampamenti
  per uccidere di nascosto l'innocente,
  i suoi occhi sono fissi sul debole.
Ain — [9]Sta in agguato nel nascondiglio,
  come il leone nella sua tana,
  sta in agguato per depredare il misero,
  depreda il misero traendolo nella sua
    rete.
[10] Balza a terra, si china e cadono i deboli
  nella forza dei suoi artigli.
[11] Dice in cuor suo:
  «Si è dimenticato Dio, s'è coperto
    il volto;
  non vedrà più in perpetuo!».
Qof — [12]Sorgi, Signore Dio, alza la tua
    mano,
  non tenere i poveri in oblìo.
[13] L'empio ha disprezzato Dio
  dicendo in cuor suo: «Tu non giudichi?».
Res — [14]Sì, tu hai visto fatica e afflizione
  e stai all'erta per ripagarle con la tua
    mano.
  A te s'abbandona il debole:
  il protettore dell'orfano tu sei.
Sin — [15]Spezza il braccio dell'empio
    e del malvagio
  e punisci la loro malizia, in modo che
    più non compaia.
[16] Re è il Signore, in eterno e per sempre,
  le genti sono scomparse dalla sua terra.

Tau — [17]Il clamore dei poveri tu odi,
    o Signore,
  tu rinfranchi il loro cuore,
  tu protendi il tuo orecchio.
[18] Se tu difendi l'orfano e l'oppresso,
  mai più avverrà che incuta timore
    un uomo della terra.

Salmo 11 (10) - Gli occhi di Dio sul giusto e sull'empio

[1]*Al maestro di coro. Di Davide.*
  Presso il Signore mi sono rifugiato;
  come potete voi dirmi:
  «Vola via ai monti, come un uccello»?
[2] Poiché ecco: i malvagi stanno per
    tendere l'arco;
  hanno messo la loro freccia sulla corda
  per colpire nel buio i retti di cuore.
[3] Se vengon meno le fondamenta,
  il giusto cosa può fare?
[4] Il Signore, nel tempio è il suo santuario,
  il Signore, nel cielo è il suo trono.
  I suoi occhi osservano,
  le sue palpebre scrutano i figli
    dell'uomo.
[5] Il Signore scruta il giusto e il malvagio,
  egli odia chi ama la violenza;
[6] fa piovere sui malvagi carboni di fuoco
    e zolfo;
  turbine fiammeggiante è la sorte
    della loro coppa.
[7] Poiché giusto è il Signore, amante
    delle cose giuste;
  i retti contempleranno il suo volto.

Salmo 12 (11) - Preghiera contro i superbi

[1]*Al maestro di coro. Sull'ottava. Salmo. Di Davide.*
[2] Porta soccorso, o Signore, poiché finito è
    il fedele,
  scomparsi sono i giusti di mezzo ai figli
    degli uomini.
[3] L'uomo dice falsità al suo compagno,
  labbra ingannevoli e doppiezza di cuore
  sono le loro parole.
[4] Possa stroncare il Signore ogni labbro
    ingannevole,
  ogni lingua dalle grandi parole.
[5] Poiché hanno detto:
  «Con le nostre lingue saremo potenti;
  armi per noi sono le nostre labbra,
  chi potrà dominarci?».

⁶ «Al pianto dei poveri, al gemito dei miseri
ora sorgerò, dice il Signore,
porterò il soccorso a colui che lo brama».
⁷ Le promesse del Signore sono pure,
quasi argento raffinato in fornace,
sette volte purificato dalla terra.
⁸ Tu, o Signore, le manterrai
e ci custodirai da questa gente in eterno.
⁹ Dappertutto si aggirano gli empi,
mentre si esaltano gli insolenti
in mezzo ai figli degli uomini.

Salmo 13 (12) - Lamento e preghiera del giusto

¹*Al maestro di coro. Salmo. Di Davide.*
² Fino a quando, o Signore,
mi terrai in oblìo? Per sempre?
Fino a quando terrai il tuo volto nascosto
da me?
³ Fino a quando volgerò pensieri nella mia
anima,
tristezza nel mio cuore tutto il giorno?
Fino a quando s'ergerà il nemico
su di me?
⁴ Guarda, rispondimi, o Signore mio Dio,
da' luce ai miei occhi
perché non dorma il sonno della morte,
⁵ perché non dica il mio nemico:
«L'ho sopraffatto»,
e i miei avversari si rallegrino al mio
vacillare.
⁶ Ma io nella tua misericordia confido;
gioisca il mio cuore nella tua salvezza,
e canti al Signore che mi ha beneficato.

Salmo 14 (13) - Divina difesa del giusto

¹*Al maestro di coro. Di Davide.*
Dice lo stolto nel suo cuore:
«Non c'è Dio».
Pervertono, corrompono la loro
condotta;
non c'è chi faccia il bene.
² Il Signore dai cieli protende lo sguardo
sopra i figli degli uomini
per vedere se c'è chi intenda,
chi ricerchi Dio.
³ Tutti hanno deviato, insieme si sono
corrotti:
non c'è chi faccia il bene, non c'è
neppure uno!
⁴ Non metteranno giudizio tutti
gli operatori d'iniquità,

che divorano il suo popolo come se
mangiassero pane?
Non hanno invocato il Signore,
⁵ ed ecco li ha presi un grande spavento,
poiché Dio sta con la generazione
dei giusti.
⁶ Voi confondete il piano dell'afflitto,
ma il Signore è il suo rifugio.
⁷ Oh, venga da Sion la salvezza d'Israele!
Quando il Signore restaurerà la sorte
del suo popolo,
esulti Giacobbe, s'allieti Israele.

Salmo 15 (14) - «Decalogo» della divina ospitalità

¹*Salmo. Di Davide.*
O Signore, chi potrà dimorare nella tua
tenda,
chi potrà abitare sul santo tuo monte?
² Chi cammina nell'integrità, pratica
la giustizia
e dice il vero dal cuor suo.
³ Chi non calunnia con la sua lingua,
non fa del male al suo prossimo
e non pronuncia infamia contro il suo
vicino.
⁴ Chi disprezza l'uomo abbietto,
ma onora i timorati del Signore,
e, giurando a suo danno, non muta.
⁵ Chi non dà il suo denaro ad usura
e non accetta doni contro l'innocente.
Chi fa questo mai vacillerà.

Salmo 16 (15) - Dio, il sommo bene

¹*Inno. Di Davide.*
Custodiscimi, o Dio: in te mi rifugio.
² Ho detto al Signore:
«Il mio Signore sei tu,
al di sopra di te non ho alcun bene».
³ Per i santi che sono sulla terra sta tutto
il suo zelo;
Egli rende mirabile in essi tutto il suo
favore.
⁴ Moltiplicano i loro affanni
quanti si affrettano verso un dio
straniero.
Io non verserò le loro libagioni di sangue,
né i loro nomi porterò sulle mie labbra.
⁵ Signore, sorte della mia eredità e mia
coppa,
tu tieni saldo nelle tue mani il mio
destino;

6 le corde sono cadute per me in terreno
   ubertoso,
   la mia eredità mi piace davvero!
7 Benedirò il Signore che mi ha dato
   consiglio,
   anche di notte mi ammoniscono i miei
   reni.
8 Il Signore sta sempre dinanzi ai miei
   occhi:
   se sta alla mia destra, non vacillerò.
9 Per questo è lieto il mio cuore
   e gioisce il mio intimo,
   perfino la mia carne riposa al sicuro.
10 Sì, non consegnerai la mia anima
   in preda agli inferi,
   non permetterai al tuo fedele
   di scendere nella tomba.
11 Mi farai conoscere la via della vita:
   gioia in abbondanza alla tua presenza,
   delizia alla tua destra senza fine.

Salmo 17 (16) - Supplica del giusto contro i persecutori

¹*Preghiera. Di Davide.*
   Odi, o Signore, la mia giustizia,
   fa' attenzione al mio lamento,
   ascolta la mia preghiera,
   che non sta su labbra false.
2 Dal tuo cospetto procede il mio giudizio,
   i tuoi occhi vedano ciò che è retto.
3 Scruta il mio cuore, vaglialo nella notte,
   provami nel crogiolo:
   in me non troverai alcun crimine;
   non trasgredisce la mia bocca
4 secondo l'operato umano;
   con la parola delle tue labbra
   dalle vie del violento mi sono custodito,
5 tenendo i miei passi sulle tue orme,
   perché non vacillassero i miei piedi.
6 Io ti chiamo, o Dio: tu mi rispondi.
   Sono certo che verso di me tendi le tue
   orecchie:
   ascolta il mio dire.
7 Fa' risplendere le tue misericordie,
   tu che salvi dai loro avversari
   quanti cercano rifugio nella tua destra.
8 Custodiscimi come la pupilla dell'occhio,
   all'ombra delle tue ali nascondimi,
9 dal cospetto dei malvagi che mi usano
   violenza,
   dai nemici mortali che da ogni parte
   mi stringono.
10 Hanno serrato le loro viscere,
   hanno in bocca parole arroganti;

11 stanno in agguato, mi hanno già
   circondato,
   volgono i loro occhi per prostrarmi
   a terra.
12 La sua somiglianza è quella del leone
   che brama la preda
   e del leoncello che sta in agguato.
13 Sorgi, o Signore, affronta il suo volto
   e abbattilo;
   con la tua spada scampa l'anima mia
   dall'empio,
14 con la tua mano, o Signore, dai morti,
   cui è venuta meno la sorte fra i vivi;
   delle tue recondite provviste riempi
   il loro ventre.
   Si saziano i figli e ne lasciano un resto
   per i loro piccoli.
15 Io nella giustizia voglio contemplare
   il tuo volto;
   voglio saziarmi, al mio risveglio,
   della tua presenza.

Salmo 18 (17) - Canto di salvezza

¹*Al maestro di coro. Del servo del Signore
Davide, il quale pronunciò al Signore le parole di questo canto nel giorno in cui lo liberò dalla mano dei suoi nemici e dal potere degli inferi,* ²*dicendo:*
   Ti esalto, o Signore, mia forza,
3 Signore, mia roccia,
   mia fortezza, mio scampo;
   mio Dio, mia rupe di rifugio;
   mio scudo, potenza di mia salvezza,
4 degno di ogni lode.
   Ho invocato il Signore
   e sono salvo dai miei nemici.
5 Flutti mortali mi circondarono,
   torrenti esiziali mi travolsero,
6 mi avvolsero vincoli infernali,
   mi avvinsero lacci di morte.
7 Nella mia angoscia invocai il Signore,
   al mio Dio gridai aiuto;
   la mia voce udì dal suo tempio,
   giunse il mio grido alle sue orecchie.
8 Allora vacillò la terra e sussultò;
   le basi dei monti tremarono,
   vacillarono allo scoppio della sua ira.
9 Salì fumo dalle sue narici,
   fuoco divorante dalla sua bocca,
   carboni fiammeggianti dalla sua persona.

---

16. - ¹⁰. San Pietro usa questo versetto per provare
la risurrezione di Gesù (At 2,25-28). Il senso messianico era ammesso già dal giudaismo.

¹⁰ Allora piegò i cieli e discese,
con una nube sotto i suoi piedi;
¹¹ salì sopra un cherubino e volò,
librandosi su ali spiegate.
¹² Pose le tenebre quale velo all'intorno,
fece sua tenda l'oscurità delle acque.
¹³ Dallo splendore della sua presenza
si sprigionava grandine con carboni
di fuoco.
¹⁴ Il Signore tuonò dal cielo,
l'Altissimo emise la sua voce;
¹⁵ scagliò le sue frecce e li disperse,
moltiplicò i suoi lampi e li sbaragliò.
¹⁶ E apparvero le profondità del mare,
si scoprirono le fondamenta del mondo,
alla tua minaccia, o Signore,
al soffio dell'alito delle tue narici.
¹⁷ Stese la sua mano e mi prese,
mi trasse fuori dalle acque profonde,
¹⁸ mi liberò dai miei nemici benché assai
più potenti,
da quelli che m'odiavano benché più
forti di me.
¹⁹ Mi affrontarono nel giorno della mia
sventura,
ma il Signore divenne per me
un sostegno.
²⁰ Mi fece uscire al largo,
mi trasse in salvo poiché mi vuol bene.
²¹ Mi ha trattato il Signore secondo la mia
giustizia,
secondo la purezza delle mie mani mi
ha ripagato.
²² Sì, ho osservato le vie del Signore
e non mi sono allontanato dal mio Dio.
²³ Sì, tutte le sue leggi sono dinanzi a me,
i suoi decreti non ho rimosso da me.
²⁴ Retto sono stato con lui
e mi sono custodito da ogni mia colpa.
²⁵ Il Signore mi ha ripagato secondo la mia
giustizia,
essendo pure le mie mani davanti ai suoi
occhi.
²⁶ Con l'uomo pietoso ti fai pietoso,
con l'uomo retto ti mostri retto,
²⁷ con chi è puro agisci da puro,
con chi è perverso ti fai guardingo.
²⁸ Sì, tu un popolo umile poni in salvo
e occhi superbi esponi al disprezzo.
²⁹ Sì, tu sei la mia lucerna, o Signore,
il mio Dio che dà luce alla mia oscurità.
³⁰ Sì, con te sono pieno di forza

quando vado all'assalto;
con il mio Dio do la scalata
a qualunque muraglia.
³¹ La via di Dio è integra,
la parola del Signore è sicura;
uno scudo egli è per quanti si rifugiano
in lui.
³² Poiché chi è Dio all'infuori del Signore
e chi è una rupe all'infuori del nostro
Dio?
³³ Dio mi cinse di forza
e rese piana la mia via,
³⁴ rese i miei piedi come di cerve
e sopra le alture mi fa stare sicuro;
³⁵ le mie mani addestrò alla guerra
e le mie braccia a tirar l'arco di bronzo.
³⁶ Hai dato a me il tuo scudo di salvezza;
con la tua destra sei stato il mio
sostegno
moltiplicando su di me la tua benignità.
³⁷ Hai fatto largo ai miei passi sotto di me
e i miei talloni non hanno ceduto.
³⁸ Inseguivo i miei nemici e li raggiungevo
e non mi voltavo senz'averli annientati;
³⁹ li abbattevo e non potevano rialzarsi,
essi cadevano sotto i miei piedi;
⁴⁰ mi cingevi di forza per la battaglia,
sotto di me piegavi i miei avversari;
⁴¹ ai miei nemici mi ponevi alle spalle,
quanti mi odiavano io li sterminai.
⁴² Al loro grido d'aiuto nessuno rispose,
gridarono al Signore e non li esaudì;
⁴³ li disperdevo come polvere del suolo,
come fango delle strade io li calpestavo.
⁴⁴ Da contese di popolo mi hai liberato,
mi hai posto a capo delle nazioni.
Popoli che non conoscevo sono diventati
miei sudditi.
⁴⁵ All'udir d'orecchio essi mi obbediscono,
gli stranieri si inchinano davanti a me;
⁴⁶ cadono esausti i popoli stranieri,
escono trepidanti dai loro rifugi.
⁴⁷ Viva il Signore e benedetta la mia rupe,
sia esaltato il Dio del mio soccorso,
⁴⁸ il Dio che mi ha dato vittoria
e sotto di me ha soggiogato i popoli.
⁴⁹ Mi ha liberato da rabbiosi nemici,
mi ha esaltato sui miei avversari,
mi ha sottratto a uomini violenti.
⁵⁰ Per questo ti lodo, o Signore, fra i popoli,
voglio celebrare con canto il tuo nome.
⁵¹ Ha dato al suo re strepitose vittorie,
ha usato misericordia con il suo
consacrato,
con Davide e la sua discendenza
per sempre.

---

18. - ⁵¹· Il *consacrato* di cui parla il versetto è Davide.

Salmo 19 (18) - Rivelazione di Dio

¹*Al maestro di coro. Salmo. Di Davide.*

² I cieli narrano la gloria di Dio
e il firmamento annunzia l'opera
delle sue mani;

³ il giorno al giorno enuncia il detto,
la notte alla notte dà la notizia.

⁴ Non è loquela, non sono parole,
non si ha percezione del loro suono;

⁵ in tutta la terra uscì il loro richiamo,
ai confini del mondo le loro parole.

⁶ In essi collocò una tenda per il sole,
ed egli è come uno sposo che esce
dal suo talamo,
come un prode che corre la sua via.

⁷ Dall'estremità dei cieli è la sua levata,
ai loro confini è il suo ritorno;
nulla può sottrarsi al suo calore.

⁸ La legge del Signore è perfetta:
rinfranca l'anima.
La testimonianza del Signore è fedele:
dà saggezza ai semplici.

⁹ I precetti del Signore sono retti:
dànno gioia al cuore.
Il comando del Signore è splendido:
dà luce agli occhi.

¹⁰ La parola del Signore è pura:
rimane in eterno.
I giudizi del Signore sono veri:
sono giusti tutti insieme;

¹¹ essi sono preziosi più che l'oro,
più che un'abbondanza di oro purissimo;
sono dolci più che miele,
assai più che favi stillanti.

¹² Il tuo servo si lasci guidare da essi
e nella loro osservanza trovi una gran
ricompensa.

¹³ Gli errori chi li comprende?
Dalle trasgressioni rendimi immune.

¹⁴ Dall'orgoglio, più di tutto, custodisci
il tuo servo
ché non stenda su di me il suo dominio;
allora sarò puro e immune da grave colpa.

¹⁵ Incontrino il tuo favore i detti della mia
bocca
e il palpito del mio cuore giunga
al tuo cospetto,
Signore, mia rupe e mia difesa.

Salmo 20 (19) - Preghiera per la vittoria del re

¹*Al maestro di coro. Salmo. Di Davide.*

² Ti esaudisca il Signore,
nel giorno di angustia ti porti in alto
il nome del Dio di Giacobbe.

³ Mandi il tuo aiuto dal suo santuario,
da Sion il tuo sostegno.

⁴ Ricordi ogni tua offerta,
accetti ogni tuo olocausto.

⁵ Ti accordi quanto desidera il tuo cuore,
porti a compimento ogni tuo consiglio,

⁶ affinché della tua vittoria possiamo
rallegrarci
e nel nome del nostro Dio agitare
in festa i nostri vessilli.
Compia il Signore tutte le tue richieste.

⁷ Ora so bene che il Signore ha dato
vittoria al suo consacrato,
lo esaudisce dai santi suoi cieli,
con grandi gesta di salvezza della sua
destra.

⁸ Questi ai carri e quelli ai cavalli,
ma noi al nome del Signore nostro Dio
facciamo ricorso.

⁹ Essi sono inciampati e sono caduti,
noi ci siamo alzati e siamo rimasti
in piedi.

¹⁰ Signore, salva il re
e ascoltaci quando t'invochiamo.

Salmo 21 (20) - Voti e preghiere per il re

¹*Al maestro di coro. Salmo. Di Davide.*

² Nella tua forza, o Signore, il re s'allieti,
nella tua salvezza esulti oltre misura.

³ Appaga le brame del suo cuore,
non respingere le richieste delle sue
labbra.

⁴ Sì, gli andrai incontro con fauste
benedizioni,
gli porrai sul capo una corona d'oro
puro.

⁵ La vita che ti chiede da' a lui in dono;
lunghezza di giorni, una durata senza fine.

⁶ Grande è la sua gloria nella tua salvezza,
splendore e maestà porrai su di lui.

⁷ Sì, tu lo renderai una benedizione
in perpetuo,
lo ricolmerai di gioia alla tua presenza.

⁸ Sì, il re si rifugia nel Signore
e per la misericordia dell'Altissimo
non vacillerà.

⁹ Raggiungerà la tua mano tutti i tuoi
nemici,
la tua destra raggiungerà coloro che
ti odiano.

¹⁰ Li ridurrai come un forno ardente
al solo tuo apparire;

il Signore li annienterà, li divorerà
il fuoco.
[11] Farà sparire dalla terra la loro
discendenza,
la loro progenie dai figli degli uomini.
[12] Benché abbiano tramato il male
e ordito trame contro di te,
non prevarranno.
[13] Sì, tu li stenderai a terra, con le corde
del tuo arco
mirerai alla loro faccia.
[14] Innàlzati, o Signore, nella tua forza:
inneggeremo e celebreremo col canto
le tue forti imprese.

Salmo 22 (21) - Dall'angoscia alla gioiosa esperienza della salvezza

[1] *Al maestro di coro. Sulla melodia «Le cerve dell'aurora». Salmo. Di Davide.*
[2] Dio mio, Dio mio, perché mi
hai abbandonato,
tenendo lontano il mio grido d'aiuto,
le parole del mio ruggito?
[3] Dio mio! Chiamo di giorno
e non rispondi,
di notte e non c'è requie per me.
[4] Ma tu come il Santo siedi,
tu, vanto d'Israele.
[5] In te confidarono i nostri padri,
confidarono e li liberasti.
[6] A te gridarono e furono salvi,
in te confidarono e non rimasero confusi.
[7] Ma io sono un verme e non un uomo,
ludibrio della gente e scherno
della plebe.
[8] Tutti al vedermi m'irridono,
storcono la bocca, scuotono il capo:
[9] «S'è affidato al Signore, lo liberi,
lo salvi, se davvero gli vuol bene».
[10] Sei tu che m'hai tratto dal grembo
materno
e al petto di mia madre mi hai affidato.
[11] A te fui votato ancora nel grembo,
dal seno materno il mio Dio sei tu.

[12] Non restare lontano da me,
poiché la sventura è vicina e non v'è chi
soccorra.
[13] Mi hanno circondato tori senza
numero,
giovenchi di Basan mi
hanno accerchiato.
[14] Tengono aperte su di me le loro fauci,
leoni ruggenti, pronti a sbranare.
[15] Come acqua mi sento disciolto,
sono disgiunte tutte le mie ossa,
il mio cuore è diventato come di cera,
tutto si strugge dentro il mio petto.
[16] Riarsa è la mia gola a somiglianza
d'un coccio,
attaccata al palato è la mia lingua;
in polvere di morte tu mi riduci.
[17] Sì, un branco di cani mi sta
accerchiando,
un'accolta di malvagi mi sta d'intorno.
Hanno scavato le mie mani e i miei
piedi,
[18] posso contare tutte le mie ossa.
Essi protendono lo sguardo,
si mostrano felici della mia sventura;
[19] le mie vesti si dividono fra loro,
sui miei abiti gettano la sorte.
[20] Ma tu, Signore, non restartene lontano,
o mia forza, vieni presto in mio aiuto.
[21] Strappa dalla spada l'anima mia,
dalla stretta d'un cane me che son solo,
[22] salvami dalle fauci del leone
e dalle corna di bufali me che
son misero.
[23] Il tuo nome annunzierò ai miei fratelli,
in mezzo all'assemblea dirò le tue lodi.
[24] Voi che temete il Signore, lodatelo,
tutta la discendenza di Giacobbe,
rendete a lui gloria, adoratelo voi tutti,
o discendenza d'Israele,
[25] poiché non ha disprezzato,
non ha disdegnato l'afflizione
del misero,
non ha nascosto il suo volto da lui,
al suo grido d'aiuto l'ha ascoltato.
[26] Proclamerò a te la mia lode nella grande
assemblea,
i miei voti scioglierò davanti a quelli che
lo temono.
[27] Mangino i poveri e si sazino,
lodino il Signore quelli che lo cercano,
viva il loro cuore in eterno.
[28] Si ricordino e al Signore ritornino tutti
i confini della terra
e si prostrino davanti a lui tutte
le famiglie delle genti,

---

22. - [2.] Salmo recitato da Gesù in croce (Mt 27,45 par.).
[13.] I nemici del salmista sono paragonati a grossi tori minacciosi, tra i quali erano famosi quelli della regione di Basan.
[17.] I cani accorrono come attorno a un cadavere: sono i nemici che cantano già vittoria. Hanno *scavato* o trafitto: è la più commovente tra le allusioni profetiche alla crocifissione di Gesù (cfr. Mt 27,35).

²⁹ poiché del Signore è il regno,
  egli è in mezzo ai popoli dominatore.
³⁰ Sì, tutti i nobili della terra
    gli renderanno omaggio
  e si curveranno davanti a lui tutti quanti
    i mortali.
  L'anima mia per sé ha fatto vivere:
³¹ la mia discendenza lo servirà.
  Celebrerà per sempre il Signore.
³² Verranno e annunzieranno la sua
    giustizia
  al popolo che nascerà:
  «Sì, è opera sua!».

Salmo 23 (22) - Il buon pastore

¹*Salmo. Di Davide.*
  Il Signore è il mio pastore:
  nulla mi mancherà.
² In pascoli verdeggianti mi fa riposare,
  ad acque di ristoro egli mi conduce.
³ Egli rinfranca l'anima mia,
  in sentieri di giustizia egli mi guida
  in grazia del suo nome.
⁴ Anche se camminassi in una valle oscura,
  non temerei alcun male,
  poiché tu sei con me;
  il tuo bastone e il tuo vincastro
  sono essi la mia difesa.
⁵ Una mensa tu prepari davanti a me
  di fronte ai miei avversari,
  hai unto con olio il mio capo
  e la mia coppa è traboccante.
⁶ Certo, bontà e misericordia
    mi accompagneranno
  per tutti i giorni della mia vita,
  e rimarrò nella casa del Signore
    per lunghi anni.

Salmo 24 (23) - Ingresso del Signore nel suo tempio

¹*Salmo. Di Davide.*
  Del Signore è la terra con quanto contiene,
  il mondo con quanti vi abitano,
² poiché sulle acque egli l'ha fondata
  e sulle correnti dell'oceano l'ha stabilita.
³ Chi può salire sul monte del Signore?
  Chi può restare nel suo santo luogo?
⁴ Chi è innocente di mani e puro di cuore,
  chi non eleva a vanità la sua anima
  e non fa giuramenti a scopo d'inganno,
⁵ costui riceverà la benedizione del Signore
  e giustizia dal Dio della sua salvezza.

⁶ Tale è la generazione di quanti lo cercano,
  di quanti desiderano il volto del Dio
    di Giacobbe.
⁷ Sollevate, o porte, i vostri architravi,
  innalzatevi, o portali eterni,
  perché entri il Re della gloria.
⁸ Chi è il Re della gloria?
  Il Signore, il forte, l'eroe,
  il Signore, l'eroe in battaglia.
⁹ Sollevate, o porte, i vostri architravi,
  innalzatevi, o eterni portali,
  perché entri il Re della gloria.
¹⁰ Chi è mai il Re della gloria?
  Il Signore delle schiere,
  egli è il Re della gloria.

Salmo 25 (24) - Speranza del giusto

¹*Di Davide.*
  Alef — Io pongo in te, Signore, la mia
    speranza,
  elevo l'anima mia ²al mio Dio.
  Bet — In te mi rifugio: che non rimanga
    confuso,
  che di me non gioiscano i miei nemici.
  Ghimel — ³Certo, quanti sperano in te
    non resteranno confusi,
  tutti quanti i rinnegati rimarranno
    a mani vuote.
  Dalet — ⁴Mostrami, o Signore, le tue vie,
  istruiscimi nei tuoi sentieri.
  He — ⁵Fammi camminare nella tua fedeltà,
  poiché sei tu il Dio della mia salvezza
  Vau — e te attendo per tutto il giorno.
  Zain — ⁶Ricorda, o Signore, quanto sono
    antichi
  i gesti della tua clemente misericordia.
  Het — ⁷I peccati della mia giovinezza
  e le mie trasgressioni dimentica,
  secondo la tua misericordia ricòrdati
    di me,
  in grazia della tua bontà, o Signore.
  Tet — ⁸Buono e retto è il Signore,
  per questo i peccatori istruirà nella sua via.
  Jod — ⁹Farà camminare i poveri nella sua
    giustizia
  e ad essi insegnerà la sua via.
  Kaf — ¹⁰Tutti i suoi sentieri sono
    misericordia e fedeltà
  per coloro che custodiscono il suo patto
    e gli statuti.
  Lamed — ¹¹In grazia del tuo nome,
    o Signore,
  perdonerai il mio peccato, per quanto
    grande esso sia.

Mem — [12]Chi è mai l'uomo che teme
il Signore?
Sulla via che dovrà scegliere egli
l'ammaestra.
Nun — [13]Nel bene dimorerà l'anima sua
e la sua discendenza erediterà la terra.
Samech — [14]La familiarità del Signore
è per quelli che lo temono
e il suo patto farà conoscere a loro.
Ain — [15]Sono fissi i miei occhi sul Signore,
poiché egli dalla rete districa i miei
piedi.
Pe — [16]Vòlgiti a me e abbi pietà di me,
perché io sono misero e solo.
Sade — [17]Le angustie del mio cuore
rallenta,
fammi uscire da ogni strettezza.
Res — [18]Riguarda la mia afflizione e la mia
pena,
porta via tutti i miei peccati.
[19] Guarda i miei nemici, come sono
numerosi
e con quanta violenza essi m'avversano.
Sin — [20]Custodiscimi e salva l'anima mia,
che io non resti confuso perché mi sono
rifugiato in te.
Tau — [21]Innocenza e rettitudine
mi custodiranno,
poiché in te, Signore, ho posto la mia
speranza.
[22] Libera Israele, o Dio, da tutte le angustie.

Salmo 26 (25) · Preghiera del giusto fiducioso

[1]Di Davide.
Sii tu il mio giudice, o Signore,
poiché nell'integrità ho camminato.
Nel Signore confido, non vacillerò.
[2] Scrutami, o Signore, e saggiami,
prova al crogiolo i miei reni e il mio
cuore.
[3] Sì, la tua misericordia sta sempre
davanti ai miei occhi,
e cammino nella tua fedeltà.
[4] Non mi sono mai assiso con uomini
iniqui,
né m'incammino con persone
d'inganno;
[5] ho in odio la compagnia degli empi
e non prendo posto in mezzo ai malvagi.
[6] Nell'innocenza voglio lavar le mie mani
e girare intorno al tuo altare, o Signore,
[7] per far udire la voce della lode
e a tutti proclamare le tue meraviglie.

[8] Io amo, o Signore, la dimora della tua
casa,
il luogo dove ha sede la tua gloria.
[9] Non rapire la mia anima insieme
ai peccatori,
né la mia vita con gli uomini di sangue,
[10] nelle cui mani non v'è che inganno,
mentre colma di doni è la loro destra.
[11] Ma io, nella mia integrità cammino,
riscattami e abbi di me pietà.
[12] Sta saldo il mio piede sulla terra piana.
Nell'assemblea ti benedirò, o Signore.

Salmo 27 (26) · Fiduciosa supplica del giusto

[1]Di Davide.
Il Signore è mia luce e mia salvezza,
di chi avrò timore?
Il Signore è il baluardo della mia vita,
di chi avrò paura?
[2] Se gli empi mi assalgono per divorare
la mia carne,
essi, miei nemici e avversari, ecco che
vacillano e cadono.
[3] Se si accampa contro di me un esercito,
non teme il mio cuore,
se infuria contro di me la battaglia,
proprio allora avrò più fiducia.
[4] La sola cosa che chiedo al Signore
e a lui ansiosamente domando
è abitare nella casa del Signore
per tutti i giorni della mia vita,
per godere della soavità del Signore
e vigilare di buon mattino nel suo
tempio.
[5] Sì, egli mi custodirà nel suo tabernacolo,
mi nasconderà nell'interno della sua
tenda,
sulla roccia, in alto, mi collocherà.
[6] Ed ora, s'elevi il mio capo
al di sopra dei miei nemici, che stanno
a me d'attorno,
e possa io offrire nella sua tenda sacrifici
d'esultanza.
Allora canterò e inneggerò al Signore.
[7] Ascolta, Signore, la voce del mio grido,
abbi pietà di me e rispondimi.
[8] A te parla il mio cuore, te cerca il mio
volto;
il tuo volto, Signore, io cerco.
[9] Non nascondere il tuo volto da me,
non respingere con sdegno il tuo servo,
tu che sei la mia difesa.
Non mi scacciare, non mi abbandonare,

o Dio della mia salvezza.
10 Ecco, mio padre e mia madre
mi hanno abbandonato,
il Signore invece mi ha accolto.
11 Indicami, o Signore, la tua via,
guidami sul retto sentiero,
a causa di quelli che m'insidiano.
12 Non lasciarmi in balìa dei miei nemici,
poiché si sono levati contro di me
testimoni di menzogna e gente che spira
violenza.
13 Che sarebbe stato di me, se non avessi
avuto la certezza
di godere della bontà del Signore
nella terra dei viventi?
14 Spera nel Signore!
Sii forte, si rinfranchi il tuo cuore,
e spera nel Signore!

Salmo 28 (27) - Supplica e ringraziamento

¹*Di Davide.*
A te grido, o Signore, mia rupe,
non ti far sordo con me
per timore che, se tu con me ti fai muto,
io non venga annoverato
fra quelli che scendono nella fossa.
2 Ascolta la voce della mia supplica
quando grido a te per aiuto,
quando elevo le mie mani
verso il tempio tuo santo.
3 Non strapparmi via con gli empi,
insieme a quanti operano il male;
di pace essi parlano ai loro vicini,
mentre malizia c'è nel loro cuore.
4 Trattali secondo il loro operato,
secondo la nequizia delle loro azioni,
da' loro in conformità all'operato
delle loro mani,
rendi loro la ricompensa che essi
meritano.
5 Poiché non hanno badato alla condotta
del Signore,
né a quanto le sue mani hanno fatto,
egli li distrugga e non siano più edificati.
6 Benedetto il Signore, che ha dato ascolto
alla voce della mia afflizione.
Il Signore è la mia forza e il mio scudo,
confida in lui il mio cuore.
7 Sono stato soccorso,
per questo esulta il mio cuore
e col mio canto voglio rendergli grazie.
8 Il Signore è forza per il suo popolo,
baluardo di salvezza per il suo
consacrato.

9 Salva il tuo popolo e benedici la tua
eredità,
sii il suo pastore e la sua guida
per sempre.

Salmo 29 (28) - Possente manifestazione del Signore

¹*Salmo. Di Davide.*
Tributate al Signore, figli di Dio,
tributate al Signore gloria e potenza,
2 tributate al Signore la gloria del suo
nome;
prostratevi davanti al Signore,
alla sua santa apparizione.
3 Voce del Signore sulle acque:
il Dio della gloria tuonò!
Il Signore sulle acque possenti!
4 Voce del Signore vigorosa,
voce del Signore maestosa!
5 Voce del Signore che schianta cedri:
schianta il Signore i cedri del Libano;
6 fa balzare il Libano come un vitello,
il Sirion come un giovane bufalo.
7 Voce del Signore
che forgia lingue di fuoco.
8 Voce del Signore che sconvolge
il deserto,
sconvolge il Signore il deserto di Kades.
9 Voce del Signore che scuote le querce
e le selve denuda...
Nel suo tempio ognuno dice: «Gloria!».
10 Il Signore sul diluvio è assiso,
si è assiso il Signore qual re in eterno.
11 Il Signore darà forza al suo popolo,
il Signore con la pace benedirà il suo
popolo.

Salmo 30 (29) - Ringraziamento per la salute recuperata

¹*Salmo. Inno per la dedicazione del tempio. Di Davide.*
2 Ti voglio esaltare, o Signore,
poiché mi hai tratto in alto,
e non hai permesso ai miei nemici
di rallegrarsi di me.
3 Signore mio Dio,
ho gridato a te e mi hai guarito;
4 Signore, dagli inferi hai fatto risalire
l'anima mia,
mi hai ridato la vita
e non m'hai lasciato con quanti
discendono nella fossa.

5 Cantate al Signore, o suoi devoti;
   celebrate il suo santo memoriale,
6 poiché un momento dura la sua ira,
   ma per tutta la vita il suo favore.
   Se alla sera alberga il pianto,
   al mattino sopraggiunge la gioia.
7 Io avevo detto nella mia prosperità:
   «Non vacillerò in eterno».
8 O Signore, nel tuo favore mi sembrava
   che mi avessi reso più stabile
      delle montagne possenti.
   Poi nascondesti il tuo volto e io caddi
      nello sgomento.
9 A te, Signore, gridavo,
   dal mio Signore imploravo pietà:
   «Che guadagno hai tu nel mio sangue,
   se nella fossa io discendo?
10 Forse ti celebra la polvere,
   annunzia forse la tua fedeltà?
11 Ascolta, Signore, e fammi grazia;
   sii tu, Signore, il mio difensore».
12 Allora mutasti in gioia il mio lutto,
   sciogliesti il mio sacco e mi cingesti
      di letizia.
13 Per questo a te canterà il mio spirito
      e non cesserà.
   Signore mio Dio, per sempre vorrò
      celebrarti.

Salmo 31 (30) - Supplica e ringraziamento di un afflitto

¹*Al maestro di coro. Salmo. Di Davide.*
2 In te, o Signore, mi rifugio:
   che non sia confuso per sempre:
   scampami nella tua giustizia.
3 Protendi verso di me il tuo orecchio:
   vieni presto a liberarmi;
   sii per me rocca di scampo,
   rifugio inaccessibile per la mia salvezza.
4 Sì, mia rupe e mia rocca sei tu;
   per riguardo al tuo nome tu mi guiderai
   e al riposo mi condurrai.
5 Mi trarrai dalla rete che per me
      hanno nascosta,
   poiché tu sei il mio rifugio:
6 nelle tue mani affido il mio spirito;
   riscattami, o Signore, Dio fedele.
7 Ho in odio quanti seguono la vanità
      degli idoli,
   ho posto invece la mia fiducia
      nel Signore.

8 Voglio gioire ed esultare nella tua
      misericordia,
   con la quale avrai guardato alla mia
      afflizione
   e avrai compreso le angustie dell'anima
      mia,
9 non consegnandomi nella mano
      del nemico,
   ma ponendo al sicuro i miei piedi.
10 Abbi pietà di me, o Signore,
   poiché l'angustia mi stringe:
   s'è spento nel dolore il mio occhio,
   l'anima mia con tutte le mie viscere.
11 Sì, consunta nella tristezza è la mia vita,
   è abbattuto nell'afflizione il mio vigore,
   e disfatte sono le mie ossa.
12 Son diventato un ludibrio
   per tutti quelli che mi opprimono,
   una calamità per i miei vicini,
   un terrore per i miei conoscenti:
   quanti nella strada m'han visto
   sono fuggiti lontano da me.
13 Sono tutto raggrinzito come un morto,
   senza vita, come un oggetto consunto.
14 Sì, ho udito la diffamazione di molti,
   terrore da ogni parte!
   quando uniti contro di me tennero
      consiglio
   e deliberarono la rovina dell'anima mia.
15 Ma io in te confido, o Signore;
   lo confermo: il mio Dio sei tu:
16 nelle tue mani stanno le mie sorti;
   liberami dal potere dei miei nemici
   e da coloro che m'inseguono.
17 Fa' che il tuo volto risplenda sul tuo servo;
   salvami per la tua misericordia.
18 O Signore, che io non rimanga confuso,
   avendoti invocato!
   I malvagi invece siano confusi,
   precipitati negli inferi.
19 Ammutoliscano le labbra di menzogna
   che con superbia e arroganza
   proferiscono contro il giusto parole
      insolenti.
20 Quanto è grande, Signore, la tua bontà
   che hai posto in riserbo per quelli che
      ti temono,
   che hai preparato per coloro che
      si rifugiano in te!
21 Tu li nascondi all'ombra del tuo volto,
   al riparo dai lacci dell'uomo;
   li preservi nella tenda dalla morsa
      di lingue malevoli.
22 Benedetto sia il Signore,
   poiché su di me fa risplendere la sua
      misericordia

---

30. - ¹². *Il mio sacco*, cioè l'abbigliamento di lutto.

nella città fortificata;
23 infatti io dicevo nella mia costernazione:
«Sono allontanato dal tuo cospetto»;
invece, quando t'invocavo,
hai dato ascolto alla voce delle mie
suppliche.
24 Amate il Signore, voi tutti suoi devoti;
il Signore difende i suoi fedeli
e ripaga in abbondanza chi agisce
con superbia.
25 Orsù, si rinfranchi il vostro cuore,
voi tutti che sperate nel Signore.

Salmo 32 (31) - Sollievo dell'uomo liberato dalla colpa

1 *Di Davide. Maskil.*
Beato colui al quale è stato perdonato
l'errore,
è stato coperto il peccato.
2 Beato l'uomo a cui il Signore non imputa
la colpa
e inganno non c'è nel suo spirito.
3 Sì, ero diventato arido come coccio,
s'erano consunte le mie ossa
per il mio ruggire durante il giorno;
4 poiché giorno e notte la tua mano
pesava su di me;
svanito era il mio vigore come da arsura
estiva.
5 Ti feci conoscere il mio peccato,
non più nascosi la mia colpa dicendo:
«Riconosco, Signore, i miei errori»,
e tu perdonasti il mio peccato.
6 Perciò ogni devoto
a te si rivolgerà in preghiera
quando la sventura lo colpisce.
Anche se irromperanno acque possenti,
a lui non giungeranno.
7 Tu sei per me un rifugio,
nella sventura tu mi proteggi,
con grida di salvezza tu mi circondi.
8 Ti voglio istruire,
voglio mostrarti la via da percorrere,
su di te fissando il mio occhio.
9 Non essere come il cavallo o il mulo,
senza intelletto,
con morso e briglia
si può frenare il suo impeto,
diversamente non ti si accosta.
10 Molte sono le calamità per l'empio
ma chi confida nel Signore,
di misericordia egli lo circonda.
11 Gioite nel Signore ed esultate, o giusti,
giubilate voi tutti, retti di cuore.

Salmo 33 (32) - Lode a Dio, Signore del creato

1 Giubilate nel Signore, o giusti;
ai retti s'addice la lode.
2 Celebrate il Signore con la cetra,
con l'arpa a dieci corde a lui inneggiate.
3 Cantate a lui un cantico nuovo,
salmodiate con arte in giubilo festoso.
4 Poiché retta è la parola del Signore
e fedeltà ogni sua opera.
5 Egli ama la giustizia e l'equità;
della misericordia del Signore è piena
la terra.
6 Con la parola del Signore furon fatti
i cieli
e col soffio della sua bocca tutto il loro
ornamento.
7 Egli riunì come in un otre le acque
del mare,
in serbatoi collocò gli abissi.
8 Tema il Signore tutta la terra,
lo riveriscano tutti gli abitanti del
mondo;
9 poiché egli parlò e fu fatto,
egli comandò ed esso fu creato.
10 Sventa il Signore il piano dei popoli,
rende vani i propositi delle nazioni.
11 Il piano del Signore sussiste per sempre,
il proposito del suo cuore
di generazione in generazione.
12 Beata la nazione il cui Dio è il Signore,
il popolo ch'egli s'è scelto per eredità.
13 Il Signore guarda dal cielo,
osserva tutti i figli dell'uomo.
14 Dal luogo della sua dimora guarda
su tutti gli abitanti della terra.
15 Ad uno ad uno plasmò il loro cuore,
egli scruta tutte le loro azioni.
16 Nessun re può salvarsi
con la moltitudine dei suoi soldati;
nessun prode trova scampo
nell'abbondanza del suo vigore.
17 Impotente è il cavallo a portar salvezza
e scampo non può portare
con l'abbondanza della sua forza.
18 Ecco, l'occhio del Signore è sopra quelli
che lo temono,
su quelli che sperano nella sua
misericordia,
19 per liberare dalla morte le loro anime,
per farli sopravvivere in tempo di fame.
20 Verso il Signore anela l'anima nostra:
egli è nostro aiuto e nostro scudo.
21 Sì, in lui gioisce il nostro cuore;
sì, noi confidiamo nel santo suo nome.

22 Sia su di noi, o Signore, la tua
   misericordia,
   poiché in te abbiamo posto la nostra
   fiducia.

Salmo 34 (33) - Beato l'uomo che si rifugia nel Signore!

1Di Davide, quando si finse pazzo davanti ad Abimèlech, di modo che questi lo costrinse ad andarsene.

Alef — 2Voglio benedire il Signore in ogni
   tempo,
la sua lode sia sempre sulla mia bocca.

Bet — 3Nel Signore si gloria l'anima mia,
odano i poveri e si rallegrino.

Ghimel — 4Magnificate con me il Signore
ed esaltiamo il suo nome tutti insieme.

Dalet — 5Mi sono rivolto al Signore e mi
   ha risposto,
da ogni mia apprensione mi ha liberato.

He — 6Guardate a lui e sarete raggianti,
i vostri volti non dovranno arrossire.

Zain — 7Questo misero ha gridato
   e il Signore l'ha udito,
e da tutte le sue angustie lo ha liberato.

Het — 8L'angelo del Signore s'accampa
attorno a quelli che lo temono e li libera.

Tet — 9Gustate e vedete che buono
è il Signore:
beato l'uomo che in lui si rifugia.

Jod — 10Temete il Signore, o suoi santi,
perché non c'è indigenza per quelli che
   lo temono.

Kaf — 11I potenti sono caduti in miseria
e soffrono la fame,
ma quelli che si rivolgono al Signore
non mancano d'alcun bene.

Lamed — 12Venite, o figli, e ascoltatemi:
il timore del Signore io voglio
   insegnarvi.

Mem — 13Qual è l'uomo cui piace la vita,
che ama i giorni da gustare il bene?

Nun — 14La tua lingua trattieni dal male
e le tue labbra dal parlare con frode.

Samech — 15Discòstati dal male e fa'
   il bene,
ricerca la pace e corrile dietro.

Ain — 16Gli occhi del Signore sono per
   i giusti
e le sue orecchie al loro grido d'aiuto.

Pe — 17L'attenzione del Signore è su
   quanti fanno il male
per distruggere dalla terra la loro
   memoria.

Sade — 18Gridarono i giusti e il Signore li udì
e da ogni loro angustia li liberò.

Qof — 19Vicino è il Signore a chi ha
   il cuore compunto,
egli salva chi ha il cuore contrito.

Res — 20Molti sono i mali del giusto,
ma da tutti lo libera il Signore.

Sin — 21Egli custodisce tutte le sue ossa,
non una di esse fu mai spezzata.

Tau — 22È ucciso l'empio dalla sua malizia;
quanti odiano il giusto ne scontano
   la pena.

23 Redime il Signore l'anima dei suoi servi;
non subiscono alcuna pena quanti in lui
   si rifugiano.

Salmo 35 (34) - Appello al retto giudizio di Dio

1Di Davide.
Scendi in giudizio, o Signore,
contro quelli che mi accusano;
combatti contro quelli che mi avversano.

2 Impugna lo scudo e la corazza
e sorgi in mia difesa.

3 Brandisci la lancia e sbarra il passo
di fronte a quelli che m'inseguono.
Di' all'anima mia:
«Sono io la tua salvezza!».

4 Restino confusi e coperti di vergogna
quelli che cercano l'anima mia;
indietreggino disfatti quanti tramano
   la mia rovina.

5 Siano come pula davanti al vento,
scacciati dall'angelo del Signore.

6 Tenebrosa e scivolosa sia la loro via,
incalzati dall'angelo del Signore.

7 Poiché senza motivo la loro rete hanno
   teso per me,
senza motivo la fossa hanno scavato
   per l'anima mia.

8 Rovina inattesa lo colga,
la rete che egli ha teso lo prenda,
cada in essa con rovina.

9 Ma l'anima mia esulterà nel Signore,
giubilerà della sua salvezza.

10 Tutte le mie ossa diranno:
«Chi è come te, o Signore, che liberi
   il misero
da chi è più forte di lui,
e il povero da colui che lo rapina?».

11 Stanno sorgendo testimoni di nequizia,
mi chiedono conto di ciò che ignoro;

12 mi ripagano con il male in luogo
del bene.

Desolazione per l'anima mia!
¹³ Io, invece, nella loro infermità
   mi vestivo di sacco,
affliggevo nel digiuno l'anima mia,
echeggiava nel mio seno la mia
   preghiera
¹⁴ come per un compagno, come per
   un fratello.
Sono andato in giro
come chi è in lutto per la propria madre,
triste, a capo chino.
¹⁵ Ma al mio vacillare hanno gioito e si son
   radunati,
contro di me si son radunati;
stranieri che non conoscevo hanno fatto
   scempio di me senza sosta.
¹⁶ Mi tentano, mi deridono,
digrignando contro di me i loro denti.
¹⁷ Fino a quando, o Signore, rimarrai
   a guardare?
Strappa la mia anima da belve ruggenti,
da leoncelli me desolato.
¹⁸ Ti celebrerò nella grande assemblea,
e ti loderò fra popolo numeroso.
¹⁹ Non si rallegrino su di me
i miei nemici menzogneri
e non strizzino l'occhio
quanti mi odiano senza ragione.
²⁰ Sì, essi non parlano di pace
e contro i pacifici della terra
piani di perfidia essi stanno tramando;
²¹ spalancano contro di me la loro bocca
   e dicono:
«Ah, ah! Ha visto il nostro occhio».
²² Tu hai visto, o Signore, non restartene
   muto;
o Signore, non rimanere lontano da me.
²³ Déstati, mio Dio, per il mio giudizio;
sorgi, o Signore, per la mia causa.
²⁴ Giudicami secondo la mia giustizia,
o Signore mio Dio.
Non si rallegrino su di me.
²⁵ Non si dicano nei loro cuori:
«È questa la nostra brama!».
Non dicano: «L'abbiamo sopraffatto!».
²⁶ Siano confusi tutti insieme
e coperti di vergogna
quanti s'allietano del mio male;
di rossore si vestano e d'ignominia
quanti su di me s'insuperbiscono.
²⁷ Giubilino e si rallegrino invece
quelli che amano la mia giustizia;
possano dire sempre: «Sia magnificato
   il Signore
che si prende cura della pace del suo
   servo!».

²⁸ La mia lingua proclamerà la tua
   giustizia,
tutto il giorno la tua lode.

Salmo 36 (35) - Malvagità umana e bontà divina

¹*Al maestro di coro. Di Davide, servo del Signore.*
² Il peccato sussurra all'empio nel suo
   cuore,
timore di Dio non c'è davanti ai suoi
   occhi.
³ Dio lascia che s'illuda ai suoi stessi
   occhi
quanto allo scoprir la sua colpa e il suo
   castigo.
⁴ Malvagità e inganno sono le parole
   della sua bocca,
ha cessato di agire saggiamente e di fare
   il bene.
⁵ Escogita malizia sul suo giaciglio,
fermo rimane sulla via non buona,
il male non vuol rigettare.
⁶ O Signore, fino ai cieli è la tua
   misericordia,
fino alle nubi la tua fedeltà.
⁷ La tua giustizia è come i monti divini,
il tuo giudizio come l'immenso abisso.
Uomini e fiere tu salvi, o Signore.
⁸ Quanto ricca è la tua misericordia, o Dio!
I figli degli uomini cercano rifugio
all'ombra delle tue ali.
⁹ Della ricchezza della tua casa essi
   s'inebriano
e al torrente delle tue delizie tu
   li disseti.
¹⁰ Polché presso di te è la fonte della vita;
alla tua luce noi vedremo la luce.
¹¹ Mostra sempre la tua misericordia
a coloro che ti temono,
e la tua giustizia ai retti di cuore.
¹² Non permettere che mi raggiunga
   il piede dei superbi
e non mi costringa alla fuga la mano
   degli empi.
¹³ Ecco, i malfattori sono caduti,
sono inciampati e non si possono
   rialzare.

35. - ^{17.} *La mia anima*: cioè la vita, la cosa più preziosa per l'uomo.

36. - ^{3.} Il male stesso chiude gli occhi all'empio, ne annulla la coscienza, così che egli non si accorge del male e non pensa a convertirsi.

Salmo 37 (36) - Sorte del giusto e dell'empio

¹Di Davide.
Alef — Non t'irritare a causa dei malvagi,
non invidiare quanti commettono
il male.
² Poiché come fieno saran presto falciati,
come erba verdeggiante avvizziranno.
Bet — ³Confida nel Signore e opera il bene,
abita nella terra e goditi le sue
ricchezze;
⁴ poni nel Signore la tua gioia,
possa egli appagare il desiderio del tuo
cuore.
Ghimel — ⁵Al Signore affida la tua via,
confida in lui ed egli interverrà;
⁶ farà risplendere come luce la tua giustizia
e il tuo giudizio come il meriggio.
Dalet — ⁷Rimani tranquillo davanti
al Signore e spera in lui,
non t'irritare per chi ha prospera la vita,
per l'uomo che agisce con scaltrezza.
He — ⁸Trattieniti dall'ira e non cedere
allo sdegno;
non t'irritare: ti porterebbe al male.
⁹ Poiché saranno stroncati i malvagi,
mentre quanti sperano nel Signore
erediteranno la terra.
Vau — ¹⁰Ancora un poco e l'empio non ci
sarà più;
ne cercherai il posto e non lo troverai.
¹¹ Ma i miseri erediteranno la terra
e potranno godere della pace
in abbondanza.
Zain — ¹²L'empio complotta contro
il giusto,
digrigna i denti contro di lui.
¹³ Il Signore se ne ride, perché sa
che verrà il suo giorno.
Het — ¹⁴Gli empi sguainano la loro spada
e tendono il loro arco,
per colpire il misero e il povero,
per uccidere quelli che camminano
rettamente.
¹⁵ La loro spada penetrerà nel loro cuore
e i loro archi saranno spezzati.
Tet — ¹⁶È preferibile il poco del giusto
alle copiose ricchezze degli empi.
¹⁷ Poiché sono spezzate le braccia
degli empi,
mentre protettore dei giusti è il Signore.
Jod — ¹⁸Il Signore conosce i giorni
degli uomini retti
e la loro eredità durerà in eterno.
¹⁹ Non arrossiranno in tempo di angustia,

nei giorni di carestia potranno saziarsi.
Kaf — ²⁰Sì, periranno gli empi,
i nemici del Signore appassiranno.
Essi passano come l'ornamento
del prato,
più presto del fumo essi svaniscono.
Lamed — ²¹Prende in prestito l'empio
e non restituisce,
mentre il giusto è pietoso e dà.
²² Sì, quelli che da lui son benedetti
erediteranno la terra;
ma quelli che sono maledetti ne saranno
esclusi.
Mem — ²³Dal Signore dipendono i passi
dell'uomo,
egli rafforza l'uomo la cui via gli
è gradita.
²⁴ Se egli cade, non rimarrà prostrato,
poiché il Signore sorregge la sua mano.
Nun — ²⁵Sono stato ragazzo e ora sono
vecchio;
non ho mai visto un giusto abbandonato,
né un suo discendente mendicare
il pane.
²⁶ Ogni giorno è pietoso e concede prestiti,
e la sua discendenza sarà
in benedizione.
Samech — ²⁷Discòstati dal male e fa'
il bene,
così sarà stabile la tua dimora
per sempre.
²⁸ Poiché il Signore ama l'equità
e non abbandona chi in lui si rifugia.
Ain — Gli iniqui in eterno saranno puniti
e sarà recisa la discendenza degli empi.
²⁹ I giusti erediteranno la terra
e sarà la loro dimora per sempre.
Pe — ³⁰La bocca del giusto proferisce
sapienza
e parla la sua lingua secondo equità.
³¹ La legge del suo Dio sta sempre nel suo
cuore
e i suoi passi non sono esitanti.
Sade — ³²Sta l'empio in agguato del giusto
e cerca il modo di farlo morire.
³³ Ma in suo potere non lo lascia il Signore,
né permette la sua condanna in giudizio.
Qof — ³⁴Spera nel Signore e custodisci
la sua via,
sarai capace di ereditare la terra,
e assisterai con gioia all'esclusione
degli empi.
Res — ³⁵Vidi l'empio esaltato,
elevato come un cedro verdeggiante.
³⁶ Passai, ed ecco: non c'era più;
feci ricerche: non si trovava.

Sin — [37]Custodisci l'integrità e segui
  la rettitudine,
poiché c'è prosperità per l'uomo di pace.
[38] Tutti insieme saranno puniti i malfattori;
  stroncata sarà la posterità degli empi.
Tau — [39]La salvezza dei giusti viene
  dal Signore,
  egli è loro scampo in tempo d'angustia.
[40] Li protegge il Signore e li libera,
  li libera dagli empi e li salva,
  poiché in lui hanno cercato rifugio.

Salmo 38 (37) - Supplica di un penitente oppresso

[1]*Salmo. Di Davide. In memoria.*
[2] O Signore, nella tua ira non mi
    riprendere,
  nel tuo sdegno non mi punire.
[3] Poiché son penetrati dentro di me i tuoi
    dardi
  e la tua mano è discesa su di me.
[4] Nulla di sano c'è nella mia carne,
  di fronte alla tua ira.
  Nulla di integro c'è nelle mie ossa,
  di fronte al mio peccato.
[5] Sì, sorpassano il mio capo le mie colpe;
  come un pesante fardello m'opprimono
  al di sopra delle mie forze.
[6] Emanano fetore le mie ferite,
  sono marcite, di fronte alla mia stoltezza.
[7] Son diventato curvo, umiliato fino
    all'estremo,
  triste m'aggiro tutto il giorno.
[8] Sì, ribollono di febbre i miei fianchi
  e nulla c'è di sano nella mia carne.
[9] Sono sfinito, affranto fino all'estremo;
  ruggisco per il fremito del mio cuore.
[10] O Signore, dinanzi a te sta ogni mio
    gemito,
  e il mio sospiro non è a te nascosto.
[11] È preso da palpiti il mio cuore,
  mi ha abbandonato il mio vigore,
  e la luce dei miei occhi,
  neppure essa è più con me.
[12] I miei amici s'arrestano davanti alla mia
    piaga,
  e i miei vicini se ne stanno ben lontano.
[13] Tesoro lacci quanti cercano l'anima mia,
  e sventura preannunziarono
  quelli che bramano la mia rovina,
  tramando inganni tutto il giorno.
[14] Ma io ero come un sordo che non ode,
  come un muto che non apre la sua
    bocca,

[15] ero diventato come un uomo che non
    sente,
  che risposta non ha sulla sua bocca.
[16] Poiché te, Signore, ho atteso con ansia;
  tu risponderai, o Signore mio Dio.
[17] Infatti pensai: «Non devono di me godere
  se il mio piede vacilla;
  non devono inorgoglirsi su di me».
[18] Sì, io sono sul punto di cadere
  e il mio dolore sta sempre dinanzi a me.
[19] Sì, la mia colpa io confesso,
  sono in ansia per il mio peccato.
[20] Sono forti quelli che m'avversano senza
    ragione,
  sono molti quelli che mi odiano
    ingiustamente;
[21] m'osteggiano quanti mi rendono male
    per bene,
  in compenso del bene che io perseguo.
[22] Non mi abbandonare, o Signore;
  mio Dio, non startene lontano da me.
[23] Affréttati in mia difesa,
  Signore mio Dio!

Salmo 39 (38) - Nullità dell'uomo di fronte a Dio

[1]*Al maestro di coro. Per Idutun. Salmo. Di Davide.*
[2] Mi proposi: «Voglio controllare le mie vie
  per non peccare con la lingua;
  alla mia bocca voglio mettere
    un capestro,
  fino a che l'empio sta dinanzi a me».
[3] Me ne stetti muto, in silenzio;
  tacqui, ma senza frutto.
  Il mio dolore s'inasprì;
  bruciava il mio cuore dentro di me:
[4] mentre sospiravo, s'accendeva un fuoco.
  Allora parlai con la mia lingua:
[5] «Fammi conoscere, o Signore, la mia fine,
  quale sia l'estensione dei miei giorni.
  Vorrei sapere quanto io sia fragile.
[6] Ecco: in pochi palmi hai fissato i miei
    giorni,
  e la durata della mia vita è come
    un nulla davanti a te.
  Oh sì, come un soffio è ogni essere
    umano!

---

39. - [2-5.] Il salmista propone di non lamentarsi della
Provvidenza divina e tace per non favorire le derisio-
ni dell'empio, ma il tacere inasprisce il dolore, finché, non resistendo più, chiede di sapere quanto durerà ancora la sua vita.

7 Oh sì, qual ombra che svanisce è ogni
   mortale!
  Oh sì, s'affanna per nulla,
  accumula ricchezze e non sa chi le avrà
   in eredità!».
8 Ed ora, cosa potrei attendere, o Signore?
  Solo in te sta la mia speranza.
9 Liberami da tutte le mie colpe;
  non rendermi un ludibrio per lo stolto.
10 Taccio; non apro la mia bocca,
   poiché è opera tua.
11 Allontana da me la tua piaga,
   dalla forza della tua mano io sono finito.
12 Con il castigo per la colpa tu correggi
   l'uomo,
   e come la tignola tu corrodi tutto ciò che
    gli è caro.
   Oh sì, un soffio è ogni essere umano!
13 Ascolta la mia preghiera, o Signore,
   porgi l'orecchio al mio grido d'aiuto;
   davanti alle mie lacrime non restartene
    muto.
   Poiché un pellegrino io sono presso
    di te,
   un forestiero come tutti i miei padri.
14 Vòlgiti da me perché io abbia sollievo,
   prima che me ne vada e non ci sia più.

Salmo 40 (39) - Ringraziamento e supplica

1 *Al maestro di coro. Di Davide. Salmo.*
2 Tutta la mia speranza io posi nel Signore,
   egli si chinò su di me e udì il mio grido;
3 mi estrasse dal pozzo di perdizione
   e dalla melma fangosa,
   collocò sulla roccia i miei piedi,
   e rese fermi i miei passi;
4 pose sulla mia bocca un cantico nuovo,
   una lode per il nostro Dio.
   Veda la moltitudine e tema, e confidi
    nel Signore!
5 Beato l'uomo che pose il Signore qual
    suo rifugio,
   e agli idoli vani non si volse,
   né ai simulacri ingannevoli.
6 Moltiplicasti le tue meraviglie, o Signore
    nostro Dio,
   e le tue sollecitudini per noi.

---

40. - 7. Aprire l'orecchio è segno di obbedienza. La
lettera agli Ebrei (10,5) applica i vv. 7-8 a Gesù Cristo, seguendo il testo greco che ha: «mi hai preparato
un corpo» invece di: «mi hai aperto le orecchie».

Non c'è chi possa paragonarsi a te!
Vorrei annunziarle, vorrei celebrarle,
ma esse sorpassano ogni numerazione.
7 Sacrifici e offerte tu non gradisci,
  le orecchie mi hai ben aperto!
  Olocausto e sacrificio per il peccato
   tu non domandi.
8 Allora dissi: «Ecco, vengo!
  Nel rotolo del libro per me c'è scritto
9 che faccia la tua volontà.
  Sì, mio Dio, lo voglio:
  la tua legge sta dentro le mie viscere».
10 Annunzio la giustizia nella grande
   assemblea.
   Ecco le mie labbra non tengo chiuse:
   Signore, tu lo sai.
11 La tua giustizia non nascondo nel fondo
    del mio cuore;
   la tua fedeltà e la tua salvezza proclamo;
   la tua misericordia e la tua fedeltà
   non celo alla grande assemblea.
12 La tua pietà, o Signore, tu non trattieni
    da me,
   la tua misericordia e la tua verità
   di continuo mi custodiscono.
13 Sì, si sono accumulati su di me malanni
    senza numero;
   mi hanno sopraffatto le mie colpe
   da non poter più vedere,
   sono più numerose dei capelli del mio
    capo.
14 Salvami, di grazia, o Signore!
   Signore, affréttati in mia difesa.
15 Siano confusi tutti insieme e coperti
    di vergogna
   quanti cercano di rovinare l'anima mia;
   indietreggino disfatti quanti desiderano
    la mia rovina.
16 Siano costernati per la loro ignominia
   coloro che dicono verso di me: «Ah! Ah!».
17 Si rallegrino e gioiscano in te tutti quelli
    che ti cercano,
   e quanti amano la tua salvezza dicano
    sempre:
   «Sia magnificato il Signore!».
18 Io sono povero e misero,
   ma il Signore si prende cura di me.
   Mia difesa e mio scampo sei tu:
   non tardare, mio Dio!

Salmo 41 (40) - Il Signore è sostegno
  del misero

1 *Al maestro di coro. Salmo. Di Davide.*
2 Beato colui che è sollecito del misero:

nel giorno della sventura lo libererà
   il Signore.
3 Il Signore lo custodirà e gli darà vita,
   lo farà felice sulla terra
   e non lo abbandonerà alle brame
     dei suoi nemici.
4 Il Signore lo sosterrà sul letto del dolore,
   nella sua infermità tu rovesci il suo
     giaciglio.
5 Io ho detto: «Guarisci l'anima mia,
   poiché ho peccato contro di te».
6 I miei nemici mi augurano del male:
   «Quando morrà e sarà estirpato il suo
     nome?».
7 Se uno viene a farmi visita, falsità parla
     il suo cuore;
   raccoglie per sé indizi funesti, esce fuori
     e sparla.
8 D'accordo sussurrano contro di me
     quanti mi odiano,
   facendo su di me previsioni funeste:
9 «Un male pernicioso s'è riversato
     su di lui;
   lui che giace infermo mai più si alzerà».
10 Anche il mio intimo amico,
   quello in cui io nutrivo fiducia,
   quello che mangiava il mio stesso pane,
   ha alzato il calcagno contro di me.
11 Ma tu, o Signore, abbi di me pietà,
   fa' che io mi alzi e possa ripagar loro
     quanto si meritano.
12 In questo io conosco che tu mi vuoi
     bene,
   se il mio nemico non trionferà su di me.
13 Quanto a me, nella mia innocenza
     mi sosterrai
   e alla tua presenza mi farai stare
     per sempre.
14 Benedetto il Signore, Dio d'Israele,
   da sempre e per sempre.
   Amen, amen.

LIBRO SECONDO

Salmo 42 (41) · Anelito d'un esule verso il santuario

[1]*Al maestro di coro. Maskil. Dei figli di Core.*
2 Come una cerva anela verso rivi di acqua,
   così l'anima mia anela verso di te, o Dio.
3 L'anima mia ha sete di Dio, del Dio
     vivente.
   Quando potrò venire a contemplare
     il volto di Dio?

4 Pane son diventate per me le mie lacrime,
   giorno e notte,
   quando dicono a me tutto il giorno:
   «Dov'è il tuo Dio?».
5 Quelle cose voglio ricordare
   ed effondere l'anima mia dinanzi a lui:
   quando entravo nel tabernacolo
     di maestà,
   fino alla casa di Dio, fra voci di giubilo
     e di lode,
   strepito di folla festante!
6 Perché ti abbatti, anima mia, e fremi
     dentro di me?
   Spera in Dio, perché ancora potrò
     lodarlo,
   salvezza del mio volto e mio Dio.
7 Su di me l'anima mia si fa triste,
   perché ti ricordo dalla terra
     del Giordano e dell'Ermon, dal monte
     Misar:
8 abisso ad abisso fa eco, al mormorio
     dei tuoi ruscelli...
   Tutte le tue onde e i tuoi flutti su di me
     son passati.
9 Disponga il Signore di giorno la sua
     misericordia
   e di notte il suo canto sarà con me,
   quale preghiera al Dio della mia vita.
10 Vorrei dire a Dio, mia roccia:
   «Perché mi hai dimenticato?
   Perché triste dovrò camminare,
   sotto l'oppressione del mio nemico?».
11 Tali da spezzare le mie ossa
   sono gl'insulti dei miei avversari,
   che tutto il giorno mi ripetono:
   «Dov'è il tuo Dio?».
12 Perché ti abbatti, anima mia,
   e fremi dentro di me?
   Spera in Dio, perché ancora potrò
     lodarlo,
   salvezza del mio volto e mio Dio.

Salmo 43 (42) · Invocazione

1 Sii il mio giudice, o Dio,
   e la mia causa difendi da gente
     non santa,
   da uomini di frode e di nequizia
     liberami.

42-43. · Il ritornello che si ripete in 42,6.12 e 43,5 indica che questi salmi originariamente ne formavano uno solo, in cui il salmista cerca di sollevarsi alla fiducia in Dio in un momento di particolare sofferenza.

2 Poiché tu sei il Dio del mio rifugio,
   perché ti tieni lontano da me?
   Perché triste devo camminare
   sotto l'oppressione del nemico?
3 Manda la tua luce e la tua verità: esse mi
         guidino,
   mi conducano sul tuo monte santo
   e alle tue dimore,
4 affinché possa accostarmi all'altare di Dio,
   al Dio della mia gioiosa esultanza,
   e possa lodar sulla cetra te, o Dio,
      mio Dio.
5 Perché ti abbatti, anima mia,
   e fremi dentro di me?
   Spera in Dio, perché ancora potrò
      lodarlo,
   salvezza del mio volto e mio Dio.

Salmo 44 (43) - Grido di aiuto a Dio

1 *Al maestro di coro. Dei figli di Core. Maskil.*
2 O Dio, noi udimmo con le nostre
         orecchie,
   i nostri padri ci narrarono
   le gesta che compisti ai loro tempi,
   nei tempi antichi, tu con la tua mano!
3 Spodestasti nazioni e al loro posto
      li piantasti;
   affliggesti popoli, mentre loro li rendevi
      numerosi.
4 Infatti, non s'impossessarono della terra
   con la forza della loro spada,
   né fu per loro d'aiuto il loro braccio.
   Ma fu la tua destra, il tuo braccio,
   e la luce del tuo volto,
   avendo tu posto in loro la tua
      compiacenza.
5 Tu sei, mio re e mio Dio,
   colui che disponevi le vittorie
      di Giacobbe.
6 Con te affrontavamo i nostri nemici,
   con il tuo nome calpestavamo i nostri
      oppositori.
7 Infatti, nessuna fiducia ponevo nell'arco,
   e la mia spada non mi era d'aiuto.
8 Ma tu ci salvasti dai nostri nemici,
   tu umiliasti coloro che ci odiavano.
9 In Dio ci gloriavamo ogni giorno,
   e il tuo nome lodavamo in perpetuo.
10 Eppure ci hai respinti, coprendoci
         di vergogna;
   non esci più in testa alle nostre schiere;
11 ci hai fatto indietreggiare davanti
         al nemico,

e quanti ci odiano si sono caricati di preda.
12 Ci hai resi qual gregge da macello
   e ci hai dispersi in mezzo alle nazioni.
13 Hai barattato il tuo popolo per nulla
   e non ti sei arricchito con la sua vendita.
14 Ci hai posto qual ludibrio per i nostri
         vicini,
   oggetto di scherno e d'irrisione
   per quelli che ci circondano.
15 Ci hai resi una favola in mezzo
         alle nazioni,
   un motivo per cui si scuote il capo,
      fra i popoli.
16 Sta la mia vergogna ogni giorno davanti
         a me
   e coperto di rossore è il mio volto,
17 all'udire colui che oltraggia e insulta,
   alla vista del nemico e del vendicatore.
18 Ci è sopraggiunto tutto questo,
   ma non ti avevamo dimenticato,
   né avevamo tradito la tua alleanza.
19 Non s'era volto indietro il nostro cuore,
   né dalla tua via s'erano sviati i nostri
         passi.
20 Ci hai colpiti in modo da ridurci
   a un posto di sciacalli,
   e hai disteso su di noi l'ombra
      della morte.
21 Se avessimo dimenticato il nome
      del nostro Dio,
   e le nostre mani avessimo teso verso
      un dio straniero,
22 non avrebbe forse Dio scoperto tale cosa,
   dal momento che egli conosce i segreti
      del cuore?
23 Sì, a causa tua siamo messi a morte tutto
      il giorno,
   e siamo trattati come gregge da macello.
24 Déstati, perché dormi, o Signore?
   Svégliati, non ci rigettare per sempre.
25 Perché nascondi il tuo volto
   e non ti curi della nostra miseria
      e afflizione?
26 Sì, prostrata nella polvere è l'anima
         nostra,
   aderisce fino a terra il nostro ventre.
27 Sorgi in nostro soccorso;
   riscattaci per la tua misericordia.

Salmo 45 (44) - Nozze regali

1 *Al maestro di coro. Su «I gigli». Dei figli di Core. Epitalamio.*
2 Modula il mio cuore un piacevole motivo,
   al re declamo il mio poema.

Stilo d'abile scriba sia la mia lingua.

3 Il più bello sei tu fra i figli dell'uomo,
    sparsa è la grazia sulle tue labbra.
    Per questo Dio t'ha benedetto
       in eterno.

4 Cingi ai fianchi la tua spada, o eroe;
    rivèstiti di maestà e di decoro

5 e avanza con successo.
    Sali sul carro per la causa della verità,
    della mansuetudine, della giustizia.
    Cose stupende t'insegni la tua destra.

6 Ben appuntite sono le tue frecce,
    cadono i popoli sotto di te,
    esse penetrano nel cuore dei nemici
       del re.

7 In eterno e per sempre sta il tuo trono,
       o Dio.
    Scettro d'equità è lo scettro del tuo
       regno.

8 Hai amato la giustizia, hai odiato
       l'iniquità,
    per questo ti ha unto Dio, il tuo Dio,
    con olio di letizia a preferenza dei tuoi
       pari.

9 Mirra, aloè e cassia profumano tutti
       i tuoi vestiti.
    Dai palazzi d'avorio corde d'arpa
       t'allietano.

10 Una figlia di re a te viene incontro
    qual regina alla tua destra, in oro
       di Ofir.

11 Ascolta, o figlia, e vedi;
    protendi il tuo orecchio e dimentica
    il tuo popolo e la casa di tuo padre.

12 Piaccia al re la tua bellezza;
    poiché egli è il tuo signore: rendigli
       omaggio.

13 La figlia di Tiro viene con doni;
    il tuo volto ricercano i più ricchi
       del popolo.

14 Tutta splendore è nell'interno la figlia
       regale:
    tessuto in oro è il suo vestito,

15 in vesti variopinte è condotta al re.
    Le vergini sue compagne
    son fatte venire al suo seguito.

16 Sono introdotte con gioia e letizia,
    esse entrano nel palazzo regale.

17 In luogo dei tuoi padri ci saranno i tuoi
       figli
    che porrai quali prìncipi su tutta
       la terra.

18 Il tuo nome vorrei far ricordare
    di generazione in generazione.
    Per questo ti loderanno i popoli
    in eterno e per sempre.

Salmo 46 (45) - Dio è con noi

[1] *Al maestro di coro. Dei figli di Core. Su*
«Le vergini». Canto.

2 Dio è per noi rifugio e presidio,
    grande aiuto s'è mostrato nell'angustia.

3 Per questo non temeremmo
       se si sconvolgesse la terra,
    se precipitassero i monti in seno
       al mare.

4 Fremono, spumeggiano le sue acque,
    sobbalzano i monti al suo impeto.

5 Il fiume con i suoi canali allieta la città
       di Dio,
    ha santificato l'Altissimo la sua dimora.

6 Dio sta in mezzo ad essa: non vacillerà;
    la soccorre l'Altissimo al sorgere
       del mattino.

7 Fremettero le genti, vacillarono i regni,
    emise il suo grido, si scosse la terra.

8 Il Signore delle Schiere è con noi,
    una rocca è per noi il Dio di Giacobbe.

9 Orsù, le gesta del Signore osservate,
    poiché egli sparge desolazione
       sulla terra;

10 fa cessare la guerra fino ai confini della
       terra:
    spezza l'arco, frantuma la lancia,
    dà alle fiamme i carri di guerra.

11 Cessate, e riconoscete che io, Dio,
    trionfo sui popoli, trionfo sulla terra.

12 Il Signore delle Schiere è con noi,
    una rocca è per noi il Dio di Giacobbe.

Salmo 47 (46) - Celebrazione della regalità del Signore

[1] *Al maestro di coro. Dei figli di Core. Sal-*
mo.

2 Popoli tutti, battete le mani,
    tripudiate a Dio con grida festose.

3 Poiché tremendo è il Signore
       delle schiere,
    l'Altissimo, gran re su tutta la terra.

4 Sotto di noi egli pone i popoli,
    sotto i nostri piedi le nazioni.

5 Sceglie per noi la nostra eredità,
    il vanto di Giacobbe, che egli ama.

6 È asceso Dio nel tripudio,
    il Signore al suono della tromba.

7 Inneggiate a Dio, inneggiate;
    inneggiate al Signore, inneggiate;

8 poiché egli è il re di tutta la terra:
    inneggiate a Dio con un bel canto.

9 Dio ha preso a regnare sulle genti,

Dio s'è assiso sul santo suo trono.
[10] I prìncipi delle genti si son radunati
insieme al popolo del Dio d'Abramo.
Poiché a Dio appartengono quanti
governano la terra,
a lui che oltremodo s'è esaltato.

Salmo 48 (47) - La bellezza inespugnabile di Sion

[1]*Inno. Salmo. Dei figli di Core.*
[2] Grande è il Signore
e degno di ogni lode
nella città del nostro Dio.
Il suo santo monte,
[3] che si eleva nella sua bellezza,
è la gioia di tutta la terra:
il monte Sion, l'arcana dimora del nord,
la città del gran re.
[4] Dio nei suoi torrioni
qual rocca si è dimostrato.
[5] Poiché ecco: i re si erano radunati,
insieme avevano marciato;
[6] ma appena essi videro, rimasero
stupefatti,
atterriti si diedero alla fuga;
[7] là il terrore li colse,
uno spasimo come di partoriente,
[8] come al soffiar del vento d'oriente
che sconquassa le navi di Tarsis.
[9] Proprio come udimmo, così abbiamo
visto,
nella città del Signore delle schiere,
nella città del nostro Dio,
che Dio rende salda in eterno.
[10] Celebriamo, o Dio, la tua misericordia
nell'interno del tuo tempio.
[11] Come il tuo nome, o Dio,
così giunge la tua lode su tutta la terra:
piena di giustizia è la tua destra.
[12] Si rallegri il monte Sion,
esultino le figlie di Giuda
a causa dei tuoi giudizi.
[13] Girate intorno a Sion e andatele attorno:
enumerate le sue torri;
[14] osservate le sue mura,
passate in rassegna i suoi torrioni,
affinché possiate riferire

a quelli della generazione ventura
[15] che tale è Dio, il nostro Dio,
in eterno e per sempre;
egli è colui che ci guida.

Salmo 49 (48) - La ricchezza non serve

[1]*Al maestro di coro. Dei figli di Core. Salmo.*
[2] Ascoltate questo, o popoli tutti,
udite, voi tutti abitatori del mondo,
[3] sia nobili che plebei,
voi ricchi e poveri insieme.
[4] Detti sapienti parlerà la mia bocca,
cose intelligenti la riflessione del mio
cuore.
[5] Tenderò il mio orecchio al detto
sentenzioso,
svolgerò sull'arpa la mia sentenza
misteriosa.
[6] Perché dovrei temere nei giorni
di sventura,
quando la malvagità m'avvolge
di quelli che m'inseguono?
[7] La loro fiducia sta nella loro sostanza
e nell'abbondanza delle ricchezze il loro
vanto.
[8] Certo, nessuno mai potrà redimersi,
nessuno potrà mai dare a Dio il prezzo
del suo riscatto.
[9] Troppo caro sarebbe il prezzo dell'anima
sua,
egli dovrà cedere per sempre,
[10] in modo da poter vivere per sempre
e giammai scendere nella fossa.
[11] Poiché ecco: muoiono i sapienti
e alla stessa maniera periscono lo stolto
e l'empio,
[12] lasciando ad altri il proprio avere;
le tombe saranno le loro eterne dimore,
le loro abitazioni di evo in evo.
Eppure chiamarono molte terre
con i loro nomi!
[13] L'uomo in onore non comprende
d'essere simile alle bestie che vengono
sterminate.
[14] Tale è la sorte di coloro
che pongono in sé la loro fiducia;
tale è la fine di coloro
che pongono nella bocca la loro
compiacenza.
[15] Come un gregge agli inferi
sono destinati,
scenderanno senz'altro nel sepolcro
e la loro gloria è votata alla rovina,

---

49. - Tratta il problema della prosperità degli empi. Le riflessioni del salmista sono quelle tradizionali: vv. 8-9: nonostante le ricchezze, gli empi non sfuggiranno alla morte; v. 15: scenderanno nel sepolcro senza lasciare ricordo di sé; vv. 13.21: anche su questa terra il ricco non comprende quale sia il vero bene.

gli inferi saranno la loro abitazione.
16 Certo, Dio redime l'anima mia,
   dalla stretta degli inferi certo mi
   prenderà.
17 Non temere se qualcuno s'arricchisce,
   se aumenta lo sfarzo della sua casa,
18 poiché alla sua morte non porterà via
   nulla,
   il suo sfarzo non scenderà dietro a lui.
19 Benché nella sua vita si congratuli
   con l'anima sua:
   «Sei oggetto di lode, perché hai buona
   fortuna»,
20 raggiungerà nondimeno la generazione
   dei suoi padri,
   i quali in eterno non vedranno la luce.
21 Eppure l'uomo in onore non comprende
   di essere simile alle bestie che vengono
   sterminate.

Salmo 50 (49) - Gradito a Dio è l'impegno morale

¹*Salmo. Di Asaf.*
   Dio, Dio, il Signore parla
   e chiama la terra dal sorgere del sole
   fino al suo tramonto.
² Da Sion, perfezione di bellezza,
   Dio risplende.
³ Viene il nostro Dio e non tacerà;
   fuoco divorante va davanti a lui
   e tempesta possente gli sta tutt'intorno.
⁴ Dall'alto chiama i cieli e la terra
   per il giudizio del suo popolo:
⁵ «Radunate davanti a me tutti i miei
   devoti,
   quelli che nel sacrificio hanno stretto
   alleanza con me».
⁶ Perché annunzino i cieli la sua giustizia,
   poiché Dio è giudice.
⁷ Ascolta, o popolo mio,
   perché voglio parlare, o Israele.
   Contro di te vorrò testimoniare.
   Io sono Dio, il tuo Dio.
⁸ Non per i tuoi sacrifici ti muoverò
   rimproveri,
   né per i tuoi olocausti, che sono sempre
   dinanzi a me.
⁹ Giovenchi dalla tua casa non accetto,
   né arieti dai tuoi ovili.
¹⁰ Poiché mie sono tutte le fiere della selva,
   come le bestie sui miei monti a migliaia.
¹¹ A me sono noti tutti gli uccelli dell'aria
   e mio è ciò che brulica nel campo.
¹² Se avessi fame non mi rivolgerei a te,

perché mio è il mondo e tutto ciò che
   contiene.
¹³ Ho forse bisogno di mangiare la carne
   dei tori
   e di bere il sangue degli arieti?
¹⁴ Offri a Dio il sacrificio di ringraziamento
   per adempiere a Dio i tuoi voti.
¹⁵ Nel giorno dell'angustia chiamami
   e io ti libererò,
   ma tu poi dovrai onorarmi.
¹⁶ All'empio così dice Dio:
   «Perché ti dài pensiero di enumerare
   i miei precetti
   e poni sulla tua bocca la mia alleanza?
¹⁷ Mentre tu hai in odio la disciplina
   e hai gettato dietro le spalle le mie
   parole?
¹⁸ Se vedi un ladro, tu corri da lui
   e con gli adùlteri tu poni la tua parte;
¹⁹ la tua bocca tu rivolgi al male
   e la tua lingua a intessere frodi.
²⁰ Contro il tuo fratello dici cose
   obbrobriose,
   contro il figlio di tua madre tu poni
   disonore.
²¹ Queste cose tu fai e io dovrei tacere?
   Credi forse che io sia proprio come te?
   Ti rinfaccerò e tutto porrò davanti ai tuoi
   occhi.
²² Intendete tutto questo, o voi che
   ignorate Dio,
   perché non vi divori senza che ci sia chi
   possa salvarvi.
²³ Chi mi offre il sacrificio
   di ringraziamento,
   costui mi onora,
   e a chi cammina rettamente,
   farò godere della divina salvezza».

Salmo 51 (50) - Il vero pentimento

¹*Al maestro di coro. Salmo. Di Davide,*
²*quando si presentò a lui il profeta Natan a
causa del suo peccato con Betsabea.*
³ Abbi pietà di me, o Dio,
   secondo la tua misericordia,
   nella tua grande bontà
   cancella il mio peccato;
⁴ lavami da tutte le mie colpe,
   mondami dal mio peccato.
⁵ La mia colpa io conosco,
   il mio peccato mi sta sempre dinanzi.
⁶ Contro te, contro te solo ho peccato,
   quello che ai tuoi occhi è male, io l'ho
   fatto;

affinché tu appaia giusto nella tua
  sentenza,
retto nel tuo giudizio.
7 Ecco: nella colpa sono stato generato,
nel peccato mi ha concepito mia madre.
8 Ecco: sincerità tu vuoi nell'intimo
e sapienza tu m'insegni nel segreto.
9 Purificami con l'issopo e sarò mondo,
lavami e sarò più bianco della neve.
10 Fammi risentire gioia e letizia,
fa' che esultino le ossa che hai fiaccato.
11 Distogli lo sguardo dai miei peccati,
cancella tutte le mie colpe.
12 Un cuore puro crea in me, o Dio,
in me rinnova uno spirito saldo.
13 Non respingermi dalla tua presenza,
non privarmi del tuo santo spirito.
14 Rendimi la gioia della tua salvezza,
mi sostenga un animo generoso.
15 Insegnerò agli erranti le tue vie
e a te ritorneranno i peccatori.
16 Liberami dal sangue, o Dio,
Dio della mia salvezza:
la mia lingua esalti la tua giustizia.
17 Apri le mie labbra, o Signore,
e la mia bocca annunzi la tua lode.
18 Poiché il sacrificio tu non gradisci
e, se offro l'olocausto, tu non l'accetti.
19 Il mio sacrificio, o Dio,
è uno spirito contrito,
un cuore contrito e umiliato
tu non disprezzi, o Dio.
20 Nella tua benevolenza sii propizio
a Sion,
riedifica le mura di Gerusalemme.
21 Allora gradirai di nuovo i sacrifici
legittimi,
l'olocausto e l'intera oblazione;
allora s'immoleranno le vittime sul tuo
altare.

Salmo 52 (51) · Fallace è la fiducia nella ricchezza

¹*Al maestro di coro. Maskil. Di Davide,*
²*quando venne Doeg l'idumeo e annunziò
a Saul: «È venuto Davide alla casa di
Achimèlech».*
3 Perché ti vanti del male, o potente?
Tutto il giorno contro il pio

4 tu escogiti rovina;
la tua lingua è come lama affilata,
o artefice d'inganni.
5 Tu preferisci il male al bene,
la menzogna invece della giustizia.
6 Tu preferisci ogni parola di rovina,
o lingua fraudolenta.
7 Ma Dio ti abbatterà per sempre,
ti annienterà, ti farà buttar via dalla tua
  tenda,
ti sradicherà dalla terra dei viventi.
8 Vedranno i giusti e temeranno,
si rideranno di lui dicendo:
9 Ecco l'uomo che non pose Dio qual suo
  rifugio,
ma mise la sua fiducia nell'abbondanza
  delle sue ricchezze,
cercando asilo nei suoi averi.
10 Io, invece, sono come un ulivo
verdeggiante nella casa di Dio;
mi sono rifugiato nella divina
  misericordia
in eterno e per sempre.
11 Ti loderò in eterno per quello
che hai fatto,
la bontà del tuo nome proclamerò
davanti ai tuoi devoti.

Salmo 53 (52) · Divina difesa del giusto

¹*Al maestro di coro. Secondo «Macalot».
Maskil. Di Davide.*
2 Dice lo stolto nel suo cuore:
«Non c'è Dio».
Pervertono, corrompono la loro
  condotta:
non c'è chi faccia il bene.
3 Dio dai cieli volge lo sguardo sopra i figli
  degli uomini
per vedere se c'è chi intenda, chi
  ricerchi Dio.
4 Tutti hanno deviato, insieme si sono
  corrotti:
non c'è chi faccia il bene, non ce n'è
  neppure uno.
5 Non metteranno giudizio tutti
gli operatori d'iniquità,
che divorano il suo popolo
come se mangiassero pane?
Non hanno invocato Dio,
6 ed ecco li ha colti un gran timore
là dove non c'è timore,
perché Dio ha disperso le ossa
  dell'assediante;
sono confusi, perché Dio li ha respinti.

---

51. - Il sangue (v. 16) di Uria, fatto uccidere da Davide, grida vendetta; per di più agli adùlteri era comminata la morte per lapidazione.

7 Oh, venga da Sion la salvezza d'Israele!
  Quando restaurerà Dio le sorti del suo
       popolo,
  allora esulti Giacobbe, s'allieti Israele.

Salmo 54 (53) - Fiducia del giusto perseguitato

1*Al maestro di coro. Con strumenti a cor-*
da. Maskil. Di Davide, 2*quando gli Zifei si*
presentarono a Saul e gli dissero: «Non sta
forse Davide nascosto da noi?».
3 O Dio, salvami nel tuo nome,
  rendimi giustizia nella tua potenza.
4 O Dio, ascolta la mia preghiera,
  porgi l'orecchio alle parole della mia
       bocca.
5 Poiché contro di me sono sorti
       degli stranieri
  e dei violenti attentano alla mia vita;
  non c'è Dio nel loro cospetto.
6 Ecco, Dio verrà in mio soccorso,
  il Signore è sostenitore dell'anima mia.
7 Ricada il male sui miei avversari,
  annientali nella tua fedeltà.
8 Ben volentieri ti offrirò il sacrificio,
  il sacrificio di lode al tuo nome,
       o Signore,
  perché è buono,
9 per avermi liberato da ogni angustia
  e aver permesso al mio occhio
  di mirar con gioia i miei nemici.

Salmo 55 (54) - Preghiera di un perseguitato

1*Al maestro di coro. Sulle corde. Maskil. Di*
Davide.
2 Ascolta, o Dio, la mia preghiera
  e non ti nascondere dalla mia
       implorazione;
3 prestami attenzione ed esaudiscimi:
  sono in ansia nella mia tristezza
  e sono turbato 4alle grida del nemico,
  al clamore del malvagio;
  poiché essi fanno cadere su di me
       sventure
  e con rabbia mi avversano.
5 Il mio cuore trema nel mio petto,
  e terrori di morte si sono abbattuti
       su di me.
6 Timore e tremore vengono dentro di me
  e l'orrore mi sommerge.
7 Per questo dico: «Oh, se avessi le ali!

Come aquila volerei in cerca di riposo.
8 Ecco: lontano fuggirei per starmene
       nel deserto.
9 Vorrei là fuggire dov'è per me
       uno scampo,
  al riparo dal vento che infuria,
  lontano da ogni tempesta».
10 Disperdili, o Signore, confondi le loro
       lingue,
  poiché violenza vedo e rissa nella città;
11 giorno e notte la circondano
   al di sopra delle sue mura,
   in essa regnano malvagità e nequizia.
12 Insidie regnano nel suo interno
   e non si allontanano dalla sua piazza
       oppressione e frode.
13 Certo, non è un nemico che m'insulta:
   lo potrei sopportare.
   Non è chi mi odia che su di me
       s'inorgoglisce:
   mi potrei nascondere da lui.
14 Ma tu, uomo a me pari,
   a me amico e familiare...
15 Un dolce colloquio era fra noi,
   in letizia camminavamo nella casa
       di Dio.
16 S'abbatta la morte su di loro,
   scendano vivi negli inferi,
   poiché v'è nequizia dentro le loro
       dimore.
17 Io invoco il Signore ed egli mi salverà.
18 Sera e mattino e mezzodì
   voglio gemere e sospirare,
   affinché oda la mia voce;
19 riscatterà in pace l'anima mia
   da coloro che mi assalgono,
   poiché in molti si sono levati contro
       di me.
20 Ascolterà Dio e li umilierà
   egli che troneggia dall'eternità;
   poiché non ci sono per loro
       mutamenti:
   non temono Dio.
21 Alzò le sue mani contro i suoi alleati,
   infranse il suo patto.
22 Morbida più che burro è la sua bocca,
   guerra è invece nel suo cuore;
   molli sono le sue parole più che olio,
   esse invece sono spade affilate.
23 Getta sul Signore il tuo affanno, ed egli
   ti sosterrà:

---

55. - [16.] La morte, specialmente improvvisa e prematura, era il castigo dell'empio (cfr. Is 38,10; Ger
17,11; Gb 15,32).

non lascerà che in eterno vacilli
il giusto.
²⁴ E tu, o Dio, li farai discendere
nel profondo della fossa,
gli uomini di sangue e di frode
non raggiungeranno la metà dei loro
giorni.
Io invece mi voglio rifugiare in te.

Salmo 56 (55) - Preghiera e ringraziamento di un perseguitato

¹*Al maestro di coro. Secondo «La colomba dei terebinti lontani». Di Davide. Miktam. Quando i Filistei lo tenevano a Gat.*
² Abbi pietà di me, o Dio,
poiché un uomo mi ha calpestato,
tutto il giorno uno che mi combatte
m'opprime.
³ Mi hanno calpestato i miei avversari
tutto il giorno,
poiché molti mi combattono,
o Altissimo.
⁴ Quando sono preso dal timore,
in te io mi rifugio:
⁵ in Dio, di cui celebro la promessa,
in Dio confido: non temo;
cosa potrà farmi un essere mortale?
⁶ Tutto il giorno parlano e complottano,
per la mia rovina sono tutti i loro
piani:
⁷ congiurano, tendono agguati.
Ecco: le mie orme osservano,
sì, aspettano al varco l'anima mia.
⁸ In ragione della colpa ripàgali:
nell'ira i popoli prosterna, o Dio.
⁹ I passi del mio vagare tu hai numerato,
le mie lacrime son poste nel tuo otre,
cioè nel tuo libro.
¹⁰ Allora si volgeranno indietro i miei
nemici,
nel giorno in cui a te griderò.
Questo io so: Dio è per me!
¹¹ In Dio, di cui celebro la promessa,
nel Signore, di cui celebro la promessa,
¹² in Dio confido: non temo,
cosa potrà farmi un uomo?
¹³ Su di me, o Dio, i tuoi voti:
voglio sciogliere a te le mie lodi,
¹⁴ poiché hai strappato dalla morte l'anima
mia,
cioè il mio piede dalla caduta,
affinché possa camminare al cospetto
di Dio,
nella luce dei viventi.

Salmo 57 (56) - Supplica e gratitudine di un perseguitato

¹*Al maestro di coro. «Non distruggere». Di Davide. Miktam. Quando fuggì dalla presenza di Saul, nella caverna.*
² Abbi pietà di me, o Dio, abbi pietà,
poiché in te si rifugia l'anima mia,
all'ombra delle tue ali io attendo
finché non sia passata la calamità.
³ Invocherò il Dio Altissimo,
Dio, il Giudice eccelso.
⁴ Mandi dal cielo a salvarmi,
colpisca quelli che insidiano l'anima
mia.
Mandi Dio la sua misericordia e la sua
fedeltà.
⁵ In mezzo a leoni devo riposare
che cercano di divorare i figli
degli uomini,
i cui denti sono lancia e dardi,
la cui lingua è spada affilata.
⁶ Sii esaltato fino al cielo, o Dio,
su tutta la terra s'estenda la tua gloria.
⁷ Una rete hanno posto davanti ai miei
piedi,
hanno umiliato l'anima mia,
hanno scavato davanti a me una fossa,
ma sono caduti in essa.
⁸ Pronto è il mio cuore, o Dio,
pronto è il mio cuore all'inno
e al canto.
⁹ Dèstati, anima mia,
destatevi, arpa e cetra:
perché possa destar l'aurora.
¹⁰ Ti celebrerò fra i popoli, o Dio,
e inneggerò a te fra le nazioni,
¹¹ poiché grande fino al cielo, o Dio,
è la tua misericordia,
e fino agli eterei spazi la tua fedeltà.
¹² Sii esaltato fino al cielo, o Dio,
su tutta la terra s'estenda la tua gloria.

Salmo 58 (57) - Invettiva contro i giudici iniqui

¹*Al maestro di coro. «Non distruggere». Di Davide. Miktam.*
² Amministrate forse la giustizia
con fedeltà, o potenti?
Governate forse con rettitudine, o figli
degli uomini?
³ Ma voi nel cuore operate iniquità,
tessono violenza le vostre mani
nel paese.

4 Sviati sono gli empi fin dalla nascita,
fin dal seno materno sono traviati
quelli che dicono menzogne.

5 Hanno veleno come quello del serpente,
dell'aspide sordo, che si tura le orecchie,

6 che non dà retta alla voce dell'incantatore,
neppure dell'incantatore più esperto.

7 O Dio, spezza i loro denti nella loro bocca,
frantuma, o Signore, i loro molari
leonini.

8 Si dileguino come fluida acqua,
dissecchino come fieno che si calpesta,

9 come la cera che si scioglie e svanisce,
come un aborto di donna che non
ha mai visto il sole.

10 Prima che le vostre pentole sentano
il calore del pruno,
ancor vivo, come in un turbine, se lo
porti via!

11 Si rallegrerà il giusto alla vista
della vendetta,
i suoi piedi laverà nel sangue degli empi.

12 E dirà la gente:
«Certo, c'è un premio per il giusto!
Certo, c'è Dio che governa sulla terra!».

Salmo 59 (58) - Implorazione di un innocente

[1]Al maestro di coro. «Non distruggere». Di Davide. Miktam.

2 Liberami dai miei nemici, o mio Dio,
mettimi al sicuro dai miei aggressori.

3 Liberami dagli operatori d'iniquità,
mettimi in salvo dagli uomini di sangue.

4 Poiché, ecco, hanno teso insidie
all'anima mia,
dei potenti contro di me s'avventano.
Non c'è in me trasgressione,
non c'è peccato alcuno, o Signore;

5a senza che io abbia alcuna colpa
essi accorrono e si appostano.

6a Ma tu, o Signore delle schiere,
o Dio, Dio d'Israele,

5b déstati, vienimi incontro e vedi:

6b sorgi e visita tutti i popoli,
non aver pietà di chiunque fa il male.

7 Ritornano alla sera, abbaiano come cani
e vanno in giro per la città.

8 Ecco, fanno bava dalle loro bocche,
hanno spade fra le loro labbra...
Poiché chi ascolta?

9 Ma tu, o Signore, ti ridi di loro,
ti fai beffe di tutti quanti i popoli.

10 O mia forza, per te io vigilo:

sì, o Dio, il mio baluardo sei tu.

11 Venga a me incontro il mio Dio
di misericordia,
mi faccia gioire Dio su quelli che mi
avversano.

12 Non li uccidere, affinché non avvenga
che se ne dimentichi il mio popolo;
disperdili nella tua forza e umìliali,
tu, o Signore, che sei il nostro scudo.

13 Peccato della loro bocca è la parola
delle loro labbra;
ma resteranno irretiti nel loro orgoglio.
A causa della maledizione menzognera
che essi proferiscono

14 annientali nel tuo furore, annientali
in modo che più non esistano.
Sapranno così fino alle estremità della terra
che Dio è Signore in Giacobbe.

15 Ritornano a sera, abbaiano come cani
e vanno in giro per la città,

16 e vanno in cerca di cibo
e, se non riescono a saziarsi,
passano così la notte.

17 Ma io canterò alla tua forza
ed esulterò al mattino per la tua
misericordia.
Poiché un baluardo sei stato per me
e un rifugio,
quando ero oppresso dall'angustia.

18 O mia forza, a te io canterò.
Sì, o Dio, il mio baluardo sei tu,
o mio Dio di misericordia.

Salmo 60 (59) - Supplica comunitaria

[1]Al maestro di coro. Secondo «I gigli del testimonio». Miktam. Di Davide. Per l'apprendimento. [2]Quando combatteva contro Aram Nacaraim e Aram Soba, e tornò Ioab e percosse Edom nella Valle delle saline: dodicimila (soldati nemici uccisi).

3 O Dio, ci hai rigettati, ci hai dispersi,
ti sei sdegnato; ma ora liberaci di nuovo!

4 Hai scosso la terra, l'hai dilaniata:
guarisci le sue ferite, perché vacilla.

5 Cose dure hai fatto sperimentare al tuo
popolo,
ci hai dato a bere vino da vertigini.

6 Hai concesso un vessillo
a quelli che ti temono

---

58. - [10]. Verso corrotto e difficile a tradursi; vuol dire che il Signore farà morire prematuramente i cattivi.

affinché possano fuggire dinanzi
all'arco.
7 Affinché siano salvi i tuoi diletti,
porta salvezza con la tua destra
ed esaudiscici.
8 Dio parla nel suo santuario:
«Esulterò e spartirò Sichem,
dividerò la valle di Succot.
9 Mio è Gàlaad e mio è Manasse,
Efraim è l'elmo del mio capo,
Giuda è il mio scettro,
10 Moab il catino del mio lavacro,
su Edom getto via il mio calzare,
sulla Filistea io voglio esultare».
11 Chi vorrà portarmi nella città munita?
Chi vorrà guidarmi fino a Edom?
12 Non sei stato forse tu, o Dio,
a rigettarci?
E non esci più, o Dio,
alla testa delle nostre schiere?
13 Dacci il tuo aiuto contro l'avversario,
vana è infatti la vittoria dell'uomo.
14 In Dio faremo prodigi,
sarà lui a calpestare i nostri avversari.

Salmo 61 (60) - Dio, sicurezza per quanti lo invocano

1Al maestro di coro. Su strumento a corda.
Di Davide.
2 Il mio grido ascolta, o Dio,
fa' attenzione alla mia preghiera.
3 Dai confini della terra io t'invoco,
mentre vien meno il mio cuore.
4 Deponimi sulla rupe,
che per me troppo in alto s'eleva.
Poiché un rifugio sei tu per me,
una torre munita in faccia al nemico.
5 Possa io abitare nella tua tenda
per sempre,
possa rifugiarmi all'ombra delle tue ali!
6 Sì, tu, o Dio, hai esaudito i miei voti,
hai appagato il desiderio
di quanti temono il tuo nome:
7 «Molti giorni aggiungi ai giorni del re,
i suoi anni uguaglia a molte
generazioni.
8 Sieda in trono per sempre al cospetto
di Dio;
la grazia e la fedeltà lo custodiscano
sempre!».
9 Così vorrò inneggiare al tuo nome
per sempre,
e adempiere i miei voti di giorno
in giorno.

Salmo 62 (61) - Solo in Dio la speranza non viene meno

1Al maestro di coro. Su «Idutun». Salmo. Di
Davide.
2 Solo in Dio riposa l'anima mia,
da lui proviene la mia salvezza.
3 Solo lui è mia rupe e mia salvezza;
è mia rocca di difesa: non vacillerò
giammai!
4 Fino a quando vi accanite contro
un uomo,
per abbatterlo tutti insieme,
quasi una parete inclinata, un muro
pericolante?
5 In verità essi tramano di precipitarlo
dall'alto;
si compiacciono della menzogna:
benedicendo con la bocca, maledicendo
con il cuore.
6 Solo in Dio riposa l'anima mia,
poiché da lui proviene la mia speranza.
7 Solo lui è mia rupe e mia salvezza,
la mia rocca di difesa: non vacillerò mai.
8 In Dio sta la mia salvezza e la mia gloria;
la mia rocca di difesa e il mio rifugio
sono in Dio.
9 Confidate in lui in ogni tempo,
o voi che siete suo popolo,
al suo cospetto effondete il vostro cuore.
Dio è un rifugio per noi!
10 Null'altro che un soffio sono i figli
dell'uomo,
null'altro che menzogna sono gli esseri
mortali.
Messi insieme sulla bilancia,
sono più lievi di un soffio.
11 Nella violenza non confidate,
e, quanto alla rapina, non fatevi illusioni.
Neanche alle ricchezze, per quanto
abbondanti,
non attaccate il vostro cuore.
12 Una cosa Dio ha detto,
due cose ho udito da lui:
che cioè a Dio appartiene il potere,
e a te, Signore, la misericordia.
13 Sì, tu ripaghi ciascuno
secondo le sue opere.

Salmo 63 (62) - Ricerca appassionata di Dio

1Salmo. Di Davide. Quando era nel deserto
di Giuda.
2 Dio, Dio mio, te cerco fin dall'aurora;

di te ha sete l'anima mia;
verso di te anela la mia carne,
come una terra deserta, arida,
senz'acqua.

3 Così ti contemplo nel santuario
per celebrare la tua potenza e la tua
gloria.

4 Poiché la tua grazia vale più che la vita,
le mie labbra proclameranno le tue lodi.

5 Così ti benedirò per tutta la mia vita,
nel tuo nome stenderò le mie mani.

6 Come a lauto convito si sazierà l'anima
mia,
mentre con labbra di giubilo ti loderà la
mia bocca.

7 Se mi ricordo di te sul mio giaciglio,
medito su di te nelle veglie notturne...

8 Certo, tu ti sei fatto un aiuto per me,
mentre all'ombra delle tue ali io esulto
di gioia.

9 A te si stringe l'anima mia,
la tua destra mi sostiene.

10 Ma coloro che ingiustamente
vanno in cerca dell'anima mia
se ne andranno nelle profondità della
terra;

11 saranno consegnati in potere della spada
e finiranno in pasto agli sciacalli.

12 Il re invece gioirà in Dio
e si glorieranno tutti quelli che giurano
su di lui.
Sì, sarà otturata la bocca
dei menzogneri.

Salmo 64 (63) - L'innocente liberato da un complotto

[1] *Al maestro di coro. Salmo. Di Davide.*

2 Ascolta, o Dio, la mia voce,
mentre a te dirigo il mio lamento;
dal terrore del nemico preserva la mia
vita;

3 proteggimi dall'assemblea dei malvagi,
dalla turbolenta congrega dei malfattori.

4 Poiché affilano la loro lingua come
una spada,
scagliano le loro frecce, parole acerbe,

5 per colpire di nascosto l'innocente;
all'improvviso lo colpiscono senza alcun
timore.

6 Si fanno forti del loro agire perverso;
si mettono d'accordo nel nascondere
tranelli,
dicendo: «Chi li vede?».

7 Essi fanno progetti perversi,

hanno messo a punto un disegno ben
fatto.
Un baratro è l'uomo e il suo cuore
un abisso!

8 Ma Dio ha scagliato contro di loro le sue
frecce:
improvvisamente sono apparse le loro
ferite.

9 Li ha fatti cadere con le loro stesse
lingue
e tutti al vederli scuotevano la testa.

10 Presi da timore, tutti gli uomini
hanno annunciato l'operato di Dio,
hanno riconosciuto ciò che lui ha fatto.

11 S'allieti il giusto nel Signore e speri in lui,
e si glorino tutti i retti di cuore.

Salmo 65 (64) - Lode a Dio, fonte di speranza e benedizione

[1] *Al maestro di coro. Salmo. Di Davide.
Canto.*

2 A te s'addice la lode, o Dio, in Sion;
a te si sciolga il voto in Gerusalemme,

3 a te che ascolti la prece.
Davanti a te ogni mortale porta

4 il peso delle sue colpe.
Più grandi di noi sono i nostri misfatti,
ma tu ci dài il tuo perdono.

5 Beato l'uomo che tu eleggi e chiami
vicino a te
perché abiti nei tuoi atri!
Vorremmo saziarci dei beni della tua
casa!
Santo è il tuo tempio!

6 Con prodigi tu ci rispondi nella giustizia,
tu, Dio della nostra salvezza;
tu, speranza dei confini della terra
e dei mari lontani.

7 Tu con la tua forza hai reso stabili i monti,
tu che ti cingi di potenza.

8 Tu mettesti a tacere il fragore del mare,
il fragore dei suoi flutti e lo strepito
dei popoli.

9 Furono presi da timore gli abitanti
degli estremi confini
davanti ai tuoi prodigi;
le vie d'oriente e d'occidente farai
gridare di gioia...

10 Hai visitato la terra e l'hai fatta
sovrabbondare,
l'hai resa ricca oltre ogni misura.
Il canale divino è pieno di acqua;
tu prepari per loro il frumento,
perché così tu hai disposto.

¹¹ Tu irrighi i suoi solchi, ne spiani le zolle,
la bagni con le piogge, ne benedici
i germogli.
¹² L'anno coroni con i tuoi benefici
e le tue orme stillano abbondanza.
¹³ Stillano i pascoli del deserto
e si cingono le colline di letizia.
¹⁴ Si vestono i prati di greggi
e si ammantano le valli di frumento:
essi esulteranno e canteranno.

Salmo 66 (65) - Ringraziamento corale

¹ *Al maestro di coro. Canto. Salmo.*
Acclamate a Dio da tutta la terra,
² inneggiate alla gloria del suo nome;
rendete splendida la sua lode.
³ Dite a Dio: «Sono stupende le tue opere,
per la grandezza della tua forza
davanti a te si piegano i tuoi avversari.
⁴ Davanti a te si prostra tutta la terra
e inneggia a te, inneggia al tuo nome».
⁵ Orsù, contemplate le meraviglie di Dio:
mirabile è il suo agire verso i figli
dell'uomo.
⁶ Mutò il mare in terra ferma,
a piedi passarono il corso d'acqua.
Orsù, rallegriamoci in lui!
⁷ Con la sua potenza egli domina in eterno,
scrutano i suoi occhi le nazioni
perché non si sollevino i ribelli contro
di lui.
⁸ Benedite, o popoli, il nostro Dio
e proclamate a piena voce la sua lode.
⁹ Egli ha posto fra i vivi la nostra anima,
e non ha permesso che vacillassero
i nostri passi.
¹⁰ Sì, o Dio, tu ci hai messi alla prova,
ci hai fatti passare al crogiuolo,
come si passa l'argento.
¹¹ Ci hai fatti cadere in agguato,
hai posto un peso ai nostri fianchi.
¹² Hai fatto sì che cavalcassero gli uomini
sulle nostre teste.
Abbiamo camminato in mezzo al fuoco
e in mezzo all'acqua.
Ma ci hai tratti, alla fine, in un luogo di
ristoro.
¹³ Voglio entrare nella tua casa con
olocausti
e per te adempiere i miei voti;
¹⁴ voti che le mie labbra formularono
e pronunciò la mia bocca,
quando mi stringeva l'angoscia.
¹⁵ Pingui olocausti io voglio offrirti,

insieme con profumo di arieti;
buoi con capri io voglio immolarti.
¹⁶ Orsù, ascoltate, quanti temete Dio,
perché voglio narrarvi ciò che egli
ha fatto all'anima mia.
¹⁷ A lui gridai con la mia bocca
e già la lode era nella mia lingua.
¹⁸ Se avessi riscontrato una colpa nel mio
cuore,
non mi avrebbe esaudito il Signore.
¹⁹ Ma Dio mi ha ascoltato;
ha prestato attenzione alla voce
della mia preghiera.
²⁰ Sia benedetto Dio,
che non ha respinto la mia preghiera
e non mi ha rifiutato la sua misericordia.

Salmo 67 (66) - Benevolenza divina per Israele

¹*Al maestro di coro. Con strumenti a corde. Salmo. Canto.*
² Sia Dio benevolo verso di noi
e ci benedica,
faccia splendere il suo volto su di noi,
³ affinché si conosca sulla terra la tua via,
fra tutte le genti la tua salvezza.
⁴ Ti lodino i popoli, o Dio,
ti lodino i popoli tutti.
⁵ Esultino e gridino di gioia le nazioni,
perché tu giudichi i popoli con equità
e le nazioni della terra tu conduci.
⁶ Ti lodino i popoli, o Dio,
ti lodino i popoli tutti.
⁷ La terra ha dato il suo frutto:
ci benedica Dio, il nostro Dio.
⁸ Ci benedica Dio,
affinché lo temano tutti i confini
della terra.

Salmo 68 (67) - Esaltazione del Signore vittorioso

¹*Al maestro di coro. Di Davide. Salmo. Canto.*
² Sorge Dio e i suoi nemici si disperdono,
fuggono dalla sua presenza
quelli che lo odiano.
³ Come svanisce il fumo tu li disperdi.
Allo stesso modo della cera
che al calore del fuoco si scioglie,
così sono annientati i malvagi
all'apparire di Dio.
⁴ I giusti invece si rallegrano

ed esultano alla presenza di Dio,
ed elevano canti di giubilo.

5 Cantate a Dio, inneggiate al suo nome;
preparate la via a colui che cavalca
sulle nubi.
Signore è il suo nome: esultate alla sua
presenza.

6 Padre degli orfani e difensore
delle vedove,
tale è Dio nella sua santa dimora.

7 Dio riconduce a casa gli sbandati
e trae a prosperità i prigionieri;
soltanto i ribelli lascia in terra arida.

8 O Dio, quando uscisti davanti al tuo
popolo,
quando attraversasti il deserto,

9 tremò la terra, stillarono i cieli
davanti al Dio del Sinai,
davanti a Dio, il Dio d'Israele.

10 Pioggia abbondante tu riversasti, o Dio;
alla tua eredità esausta ridesti vigore.

11 Il tuo gregge ivi prese dimora,
e tu ristori il misero con i tuoi benefici,
o Dio.

12 Il Signore dà le sue parole,
annunziatrici, in grande schiera.

13 Re di eserciti fuggono, fuggono!
Le donne, ornamento della casa,
dividono la preda.

14 Volete forse dormire tra i recinti?
Ali di colomba ricoperta d'argento
e le sue penne dagli splendori dell'oro.

15 Quando l'Onnipotente disperdeva i re,
allora nevicò sullo Zalmon.

16 Un monte divino è il monte Basan,
monte dalle alte cime è il monte Basan.

17 Perché, o monti dalle alte cime,
guardate con invidia il monte
che Dio ha scelto per sua dimora?
Sì, il Signore vi abiterà per sempre.

18 I carri di Dio sono miriadi e miriadi!
Il Signore viene dal Sinai nel santuario.

19 Sei salito in alto, hai fatto dei prigionieri,
hai ricevuto tributi fra gli uomini.
Sì, anche i ribelli dovranno piegarsi,
o Signore Dio.

20 Benedetto il Signore giorno per giorno;
egli ha cura di noi,
Dio è la nostra salvezza.

21 Dio è per noi il Dio delle vittorie;
e Dio, il Signore, è uno scampo di fronte
alla morte.

22 Certamente schiaccerà Dio la testa dei
suoi nemici
e il capo altero di chi cammina nei
delitti.

23 Dio ha parlato: «Da Basan li farò tornare,
li farò tornare dagli abissi del mare,

24 affinché tu lavi nel sangue il tuo piede,
e la lingua dei tuoi cani abbia dei nemici
la sua parte».

25 Ecco il tuo corteo, o Dio,
il corteo del mio Dio, del mio Re,
che entra nel santuario.

26 Vanno avanti i cantori,
vanno per ultimi i citaredi,
e in mezzo le fanciulle che battono
i cembali.

27 Benedite Dio nelle vostre assemblee;
benedite il Signore,
voi che discendete dalla stirpe d'Israele.

28 Ecco Beniamino,
il più piccolo, ma loro condottiero;
i capitani di Giuda nelle loro schiere,
i capitani di Zabulon, i capitani
di Neftali.

29 Dispiega, o Dio, la tua potenza;
conferma, o Dio, ciò che hai operato
per noi,

30 dal tuo tempio che è in Gerusalemme.
A te i re porteranno doni.

31 Minaccia la belva del canneto,
il branco dei tori, dominatori dei popoli.
Abbatti quelli che nell'argento pongono
il loro piacere;
disperdi i popoli che amano la guerra.

32 Metallo splendente porteranno
dall'Egitto;
l'Etiopia protenderà le sue mani a Dio.

33 Regni della terra, cantate a Dio;
lodate il Signore con il canto,

34 lui che cavalca i cieli, i cieli eterni.
Ecco, emette la sua voce, la sua voce
potente.

35 Riconoscete a Dio la sua potenza;
su Israele è il suo vanto e sulle nubi
la sua potenza.

36 Terribile è Dio dal santuario.
Sì, il Dio d'Israele, è lui che dà al popolo
forza e vigore.
Sia benedetto Dio!

---

68. - 13-15. Versetti oscuri nel testo e nel senso. Il
salmista ricorda avvenimenti passati, forse la vittoria
di Debora e Barak (Gd 5,16ss), e si rivolge alle tribù
che non vollero prendere parte alla battaglia.

19. Il salmista loda Dio per aver vinto i nemici del
popolo eletto.

31. Il significato pare questo: Dio, che ha portato alla vittoria il suo popolo, continui ancora nella sua
protezione umiliando l'Egitto, *la belva del canneto*, e
tutti i nemici d'Israele, *il branco dei tori*.

Salmo 69 (68) - Preghiera di un sofferente

[1]*Al maestro di coro. Su «I gigli». Di Davide.*

[2] Salvami, o Dio,
poiché mi è giunta l'acqua fino alla gola.

[3] Sono immerso in un pantano profondo
e non trovo alcun punto d'appoggio.
Sono sprofondato in una voragine marina
e la corrente mi stravolge.

[4] Sono spossato nel gridare;
è riarsa la mia gola,
i miei occhi si consumano
per l'attesa del mio Dio.

[5] Sono in gran numero,
più che i capelli del mio capo,
quelli che mi odiano ingiustamente.
Sono potenti i miei persecutori,
i miei nemici bugiardi.
Quello che io non ho affatto rubato
dovrei ora restituire?

[6] O Dio, la mia stoltezza tu la conosci
e le mie colpe non ti sono nascoste.

[7] Non rimangano confusi per causa mia
quelli che sperano in te, Signore
delle schiere,
non arrossisca per causa mia
chi cerca te, Dio d'Israele.

[8] Sì, a causa tua sopporto l'obbrobrio
e il mio volto s'è coperto d'ignominia.

[9] Sono un estraneo per i miei fratelli,
un forestiero per i figli di mia madre.

[10] Poiché lo zelo per la tua casa mi
ha divorato
e gli oltraggi di quanti t'insultano
sono caduti sopra di me.

[11] Mi sono estenuato nel digiuno
ed è stata un'infamia per me;

[12] ho indossato per vestito un sacco
e sono diventato il loro scherno.

[13] Sparlano di me quelli che siedono
alla porta
e sono diventato la canzone
degli ubriachi.

[14] Ma io... a te volgo, Signore, la mia
preghiera;
possa essere questo, o Dio,
un tempo di grazia.
Nella tua grande bontà esaudiscimi,
o Dio, per la fedeltà della tua salvezza.

[15] Estraimi dal fango, che io non sprofondi,
che sia strappato da quelli che mi
odiano,
e dagli abissi delle acque.

[16] Non mi sommerga la corrente
delle acque,
non m'inghiottisca il pantano

e la voragine non chiuda su di me la sua
bocca.

[17] Esaudiscimi, o Signore,
poiché è dolce la tua misericordia;
secondo la tua grande pietà
volgi a me il tuo sguardo.

[18] Non nascondere il volto dal tuo servo,
poiché l'angoscia mi stringe;
fa' presto, rispondimi!

[19] Avvicìnati all'anima mia e riscattala,
in vista dei miei nemici, redimimi.

[20] Tu conosci la mia infamia,
la mia vergogna e il mio disonore;
davanti a te sono tutti i miei nemici.

[21] L'obbrobrio ha spezzato il mio cuore
e mi sento venir meno.
Ho sperato in un conforto, ma invano;
ho aspettato che qualcuno mi
consolasse,
ma non l'ho trovato.

[22] Invece mi hanno dato fiele per cibo
e per bevanda mi hanno offerto aceto.

[23] Si muti la loro mensa in un laccio
davanti a loro
e i loro banchetti in un tranello.

[24] Si offuschino i loro occhi, così che non
vedano,
e fa' sì che venga meno per sempre
il vigore dei loro lombi.

[25] Effondi su di loro la tua ira
e li raggiunga l'ardore del tuo sdegno.

[26] Diventi un deserto il loro accampamento,
non si trovi alcuno che abiti nelle loro
tende.

[27] Poiché essi hanno perseguitato
colui che tu avevi colpito,
hanno aggravato il dolore
di quelli che da te erano stati feriti.

[28] Aggiungi colpa alla loro colpa,
così che non giungano alla tua giustizia.

[29] Siano cancellati dal libro dei viventi
e con i giusti non vengano iscritti.

[30] Ora, io sono misero e sofferente:
la tua salvezza, o Dio, mi darà sollievo.

[31] Voglio lodare con il canto il nome
di Dio
ed esaltarlo con azioni di grazie.

[32] Ciò sarà gradito al Signore più che
un giovenco,
più che un torello che mette corna
e unghie.

[33] Mirate, o umili, e rallegratevi,
e voi che cercate Dio, si ravvivi il vostro
cuore.

[34] Poiché il Signore ascolta gli umili
e i suoi prigionieri non disprezza.

35 Lo lodino i cieli e la terra,
   i mari e quanto in essi si muove.
36 Dio darà salvezza a Sion
   ed edificherà le città di Giuda;
   là abiteranno e ne avranno il possesso.
37 La stirpe dei suoi servi ne avrà l'eredità
   e quanti amano il suo nome
   vi prenderanno dimora.

Salmo 70 (69) - Grido di aiuto al Signore

1 *Al maestro di coro. Di Davide. In memoria.*
2 Salvami, o Dio,
   affréttati, o Signore, alla mia difesa.
3 Siano confusi, coperti di vergogna
   quanti cercano l'anima mia;
   indietreggino disfatti
   quanti desiderano la mia rovina.
4 Tornino indietro per la loro ignominia
   coloro che dicono verso di me:
   «Ah! Ah!».
5 Si rallegrino e gioiscano in te quelli che
      ti cercano,
   e quanti amano la tua salvezza dicano
      incessantemente:
   «Sia magnificato Dio!».
6 Ora, io sono povero e misero;
   o Dio, affréttati verso di me.
   Mia difesa e mio scampo tu sei;
   o Signore, non tardare!

Salmo 71 (70) - In Dio l'unica speranza

1 In te mi rifugio, o Signore,
   ch'io non sia confuso in eterno!
2 Scampami nella tua giustizia e liberami,
   tendi verso di me il tuo orecchio
   e salvami.
3 Sii per me una rocca di scampo,
   rifugio inaccessibile per la mia salvezza.
   Sì, mia rupe e mia rocca tu sei!
4 Mio Dio, salvami dalla mano dell'empio,
   dal potere del nemico e dell'oppressore.
5 Poiché tu sei, o Signore, la mia speranza,
   la mia fiducia, o Signore, sin dalla mia
      giovinezza.
6 Su di te mi sono appoggiato fin dal
      grembo materno;
   dal seno di mia madre tu sei stato il mio
      sostegno;
   per te continua è stata la mia lode.
7 Quale spettacolo io sono apparso a molti,
   ma tu sei il mio rifugio sicuro.

8 Si riempie la mia bocca della tua lode,
   tutto il giorno, della tua gloria.
9 Non mi respingere nel tempo
      della vecchiaia,
   quando vien meno il mio vigore non mi
      abbandonare.
10 Infatti hanno detto di me i miei nemici,
   quelli che mi spiano hanno concluso
      insieme:
11 «Dio l'ha abbandonato;
   perseguitatelo, prendetelo,
   poiché non vi sarà chi lo liberi».
12 O Dio, non ti allontanare da me;
   mio Dio, affréttati in mio soccorso.
13 Siano confusi, annientati
   quelli che accusano l'anima mia.
   Siano coperti di obbrobrio e d'ignominia
   quelli che cercano la mia sventura.
14 Ma io continuerò a sperare,
   intensificando in ogni maniera la mia
      lode per te.
15 La mia bocca narrerà la tua giustizia,
   tutto il giorno, la tua salvezza,
   anche se incalcolabile per me.
16 Verrò con le magnificenze del Signore;
   o Signore, farò memoria della tua
      giustizia,
   di quella sola.
17 O Dio, tu mi hai reso saggio fin dalla mia
      giovinezza
   e sino ad ora annunzio le tue meraviglie.
18 Ora, nella canuta vecchiaia, o Dio,
   non mi abbandonare,
   fino a che io annunzi la potenza del tuo
      braccio
   ad ogni generazione che verrà,
19 e la tua giustizia, o Dio, fino alle stelle.
   Per le grandi cose che hai fatto chi è
      come te, o Dio?
20 Poiché molte sventure angosciose
   mi hai fatto sperimentare,
   di nuovo mi darai vita
   e dagli abissi della terra di nuovo mi
      farai risalire.
21 Rendi più grande la tua magnificenza
   e di nuovo confortami.
22 E io ti renderò grazie con l'arpa,
   per la tua fedeltà, o Dio,
   canterò a te sulla cetra, o Santo d'Israele.
23 Grideranno di gioia le mie labbra
   cantando a te e con la mia anima da te
      riscattata.
24 Anche la mia lingua ogni giorno
   mormorerà la tua giustizia,
   quando saranno confusi e umiliati
   quelli che cercano la mia sventura.

Salmo 72 (71) - Il regno universale di giustizia e di pace

¹*Di Salomone.*
O Dio, da' al re il tuo statuto,
al figlio del re la tua giustizia.
² Regga il tuo popolo con equità,
i tuoi poveri con rettitudine.
³ I monti portino pace al popolo,
giustizia le colline.
⁴ Renda giustizia ai più miseri del popolo,
porti salvezza ai figli dei poveri
e umiliazione ai loro oppressori.
⁵ Durino i suoi giorni come il sole,
come la luna, di generazione
in generazione.
⁶ Discenda come pioggia sull'erba,
come scroscio che irriga la terra.
⁷ Fiorisca nei suoi giorni la giustizia
e abbondanza di pace
fino a che si estingua la luna.
⁸ E si estenda il suo dominio
da mare a mare,
dal fiume sino ai confini della terra.
⁹ S'incurvino davanti a lui le fiere
del deserto
e lambiscano la polvere i suoi nemici.
¹⁰ Il re di Tarsis e le isole offrano i loro doni;
i re dell'Arabia e di Seba portino i loro
tributi.
¹¹ Si prostrino davanti a lui tutti i sovrani,
lui servano tutte le nazioni.
¹² Sì, egli libererà il povero che grida aiuto,
il misero che è senza soccorso.
¹³ Avrà pietà del debole e del povero
e porrà in salvo la vita dei miseri:
¹⁴ dall'oppressione e dalla violenza
egli riscatterà la loro anima,
ché prezioso sarà ai suoi occhi il loro
sangue.
¹⁵ Viva, e riceva oro di Arabia,
di continuo per lui salga la preghiera,
ogni giorno la benedizione per lui.
¹⁶ Vi sia abbondanza di frumento sulla terra,
ondeggi sulle cime dei monti;
fiorisca il suo frutto come il Libano
e si raccolga come erba dei prati.
¹⁷ Sia il suo nome per sempre,
davanti al sole permanga il suo nome.
E siano benedette in lui tutte le stirpi
della terra,

e tutte le nazioni lo proclamino beato.
¹⁸ Benedetto sia il Signore, Dio d'Israele,
colui che solo opera prodigi.
¹⁹ Benedetto sia il nome della sua gloria
in eterno.
Della sua gloria sia piena tutta la terra.
Amen! Amen!

LIBRO TERZO

Salmo 73 (72) - La fede del giusto messa alla prova

¹*Salmo. Di Asaf.*
Di certo, Dio è buono con i retti,
il Signore con i puri di cuore.
² Per poco non inciampavano i miei piedi,
per un nulla vacillavano i miei passi:
³ infatti avevo preso ad invidiare
i prepotenti,
a osservare la prosperità dei malvagi.
⁴ Per essi non c'è sofferenza,
sano e ben nutrito è il loro ventre;
⁵ non si trovano nei travagli dei mortali
e non vengono colpiti
come tutti gli altri uomini.
⁶ Al contrario, quale collana li circonda
l'orgoglio,
quale vestito li ricopre la violenza;
⁷ come da grasso esce la loro iniquità,
traboccano i perversi pensieri del loro
cuore.
⁸ Sogghignano, parlano con malizia,
con prepotenza fanno minacce dall'alto;
⁹ levano la loro bocca fino ai cieli
e la loro lingua percorre la terra.
¹⁰ Perciò siedono in alto
e la piena delle acque non li raggiunge,
¹¹ e dicono: «Che cosa ne sa Dio?
C'è forse conoscenza nell'Altissimo?».
¹² Ecco chi sono gli empi: eternamente
tranquilli,
non fanno che accrescere la loro
potenza.
¹³ Invano allora ho conservato puro il mio
cuore,
e nell'innocenza ho lavato le mie mani.
¹⁴ Perciò sono rimasto colpito tutto
il giorno
e castigato ogni mattina.
¹⁵ Stavo quasi per dire: «Voglio parlare
come loro».
Ma avrei rinnegato così la generazione
dei tuoi figli.

---

72. - ³· Il salmo è un canto al re Messia: questo v. indica, a norma del passo parallelo di Is 45,8, che verranno dall'alto la pace e la giustizia.

16 Io penso dunque a questo enigma
   ma è troppo complicato per i miei occhi.
17 Finché non entrai nel santuario di Dio
   e compresi qual era la loro fine.
18 Di certo, tu li poni su terreno
      sdrucciolevole
   e così li fai cadere in rovina.
19 Come si sono ridotti in macerie
      in un istante!
   Sono venuti meno, disfatti dal terrore!
20 Come un sogno al risveglio, o Signore,
   al tuo sorgere fai svanire la loro figura.
21 Sì, s'inaspriva il mio cuore,
   rimanevano trafitti i miei reni,
22 essendo io stolto, ignorante,
   un vero animale davanti a te.
23 Eppure io sono sempre con te;
   tu mi hai preso per la mia destra.
24 Con il tuo consiglio mi guidi,
   e poi nella gloria tu mi prendi.
25 Chi ho io nei cieli? Fuori di te,
   nessun altro io bramo sulla terra.
26 Può venir meno la mia carne e anche
      il mio cuore,
   roccia del mio cuore e mia porzione
      è Dio in eterno!
27 Poiché ecco: quelli che s'allontanano
      da te periscono;
   tu distruggi chi si mostra a te infedele.
28 Quanto a me, il mio bene è star solo
      vicino a Dio.
   Nel Signore Dio ho posto il mio rifugio,
   perché possa narrare tutte le sue gesta.

Salmo 74 (73) - Lamento per la devastazione del tempio

1 *Maskil. Di Asaf.*
   Perché, o Dio, ci respingi per sempre?
   Perché divampa la tua ira
   contro il gregge del tuo pascolo?
2 Ricòrdati della tua comunità
   che ti acquistasti da tempo,
   che riscattasti quale tribù della tua eredità,
   del monte Sion, dove fissasti la tua
      dimora.
3 Volgi i tuoi passi a queste rovine
      irreparabili,
   verso tutte le devastazioni
   che il nemico ha fatte nel santuario.
4 Ruggirono i tuoi nemici
   nel luogo delle tue assemblee;
   là issarono i loro vessilli.
5 Sembrava che vibrassero le scuri
   nel fitto d'una selva;

6 abbatterono le sue porte tutto d'un colpo,
   le frantumarono con ascia e scure.
7 Dettero alle fiamme il tuo santuario,
   profanarono fino a terra la dimora
      del tuo nome;
8 dicendo in cuor loro:
   «Distruggiamoli tutto d'un colpo!».
   Hanno incendiato tutti i luoghi di culto
   che si trovavano nel paese.
9 I nostri vessilli non li vediamo più;
   non c'è più nessun profeta,
   e fra noi non c'è alcuno che sappia fino
      a quando.
10 Fino a quando, o Dio, lancerà insulti
      l'avversario?
   Il nemico potrà forse per sempre
      disprezzare il tuo nome?
11 Perché ritrai la tua mano
   e trattieni in seno la tua destra?
12 Ma Dio è mio re dai tempi antichi,
   Colui che opera vittorie nel mezzo
      del paese.
13 Tu con la tua potenza dividesti il mare,
   schiacciasti la testa di draghi sulle acque.
14 Tu fracassasti il capo del Leviatàn,
   lo desti in pasto ai mostri marini.
15 Tu fonti e torrenti facesti scaturire,
   mentre fiumi perenni facesti seccare.
16 Tuo è il giorno e tua è la notte,
   tu fissasti la luna e il sole.
17 Tu stabilisti i confini della terra,
   estate e inverno, tu li formasti.
18 Ricòrdati di questo:
   il nemico ha vilipeso, o Dio,
   un popolo stolto ha insultato il tuo nome.
19 Non abbandonare alle fiere l'anima che
      ti loda;
   non lasciare in oblio la vita dei tuoi
      poveri.
20 Sii fedele all'alleanza,
   poiché nei remoti angoli della terra
   abbondano i covi della violenza.
21 L'umile non torni confuso;
   l'afflitto e il povero lodino il tuo nome.
22 Sorgi, o Dio, e difendi la tua causa;
   ricòrdati degli insulti che verso di te
   rivolge lo stolto tutto il giorno.
23 Non dimenticare lo strepito dei tuoi
      nemici,
   il tumulto sempre crescente di quanti
      a te si ribellano.

---

74. - 13-14. I *draghi* e il *Leviatàn*, mitologico mostro marino, sono simboli dell'Egitto e degli Egiziani, travolti dalle onde del Mar Rosso.

Salmo 75 (74) - Dio è il giudice giusto

¹*Al maestro di coro. «Non distruggere». Salmo. Di Asaf. Canto.*
² Noi ti rendiamo grazie, o Dio,
   ti rendiamo grazie.
   Quelli che invocano il tuo nome
   raccontano le tue meraviglie.
³ Sì, io fisserò un termine
   in cui farò un giudizio retto.
⁴ Vacilli pure la terra con tutti i suoi
      abitanti,
   ci sono io a rafforzarne le colonne.
⁵ Dico ai superbi: «Non vi vantate»,
   e agli empi: «Non alzate la cresta».
⁶ Non alzate la vostra cresta contro
      l'Eccelso,
   non lanciate insulti contro la Roccia.
⁷ Poiché non dall'oriente né dall'occidente
   e neanche dal deserto viene
      l'esaltazione.
⁸ Ma Dio è giudice
   che umilia gli uni ed esalta gli altri.
⁹ Ecco: nella mano del Signore c'è una
      coppa,
   con vino spumante, pieno d'aromi.
   Egli ne ha versato: sino alla feccia
      lo sorbiranno,
   lo berranno tutti gli empi della terra.
¹⁰ Io invece magnificherò l'Eterno,
    canterò inni al Dio di Giacobbe.
¹¹ Egli annienterà tutta l'arroganza
       degli empi,
    mentre sarà esaltata la potenza
       dei giusti.

Salmo 76 (75) - Il Signore, salvatore di Sion

¹*Al maestro di coro. Con strumenti a corda. Salmo. Di Asaf. Canto.*
² Ben noto è Dio in Giuda,
   grande è il suo nome in Israele.
³ In Gerusalemme s'è fissata la sua dimora,
   in Sion la sua abitazione.
⁴ Qui spezzò le saette dell'arco,
   lo scudo, la spada, la guerra.
⁵ Splendido tu sei apparso, o Potente,
   più che i monti eterni.
   Della preda ⁶furono spogliati i valorosi,
   sorpresi nel sonno.
   Nessun prode più trovava la vigoria
      delle sue mani.
⁷ Alla tua minaccia, o Dio di Giacobbe,
   rimasero storditi cavalli e cavalieri.

⁸ Terribile tu sei... Chi può resistere
   davanti alla veemenza della tua ira?
⁹ Hai fatto udire dai cieli la sentenza;
   la terra è sbigottita e tace
¹⁰ quando Dio si alza per giudicare,
    per recare salvezza a tutti i poveri
       della terra.
¹¹ Sì, l'uomo colpito dal tuo furore
       ti renderà grazie
    e lo scampato dalla tua ira ti farà festa.
¹² Fate voti al Signore, vostro Dio,
       e adempiteli;
    tutti i popoli confinanti portino i loro
       doni
¹³ a lui che toglie il respiro ai potenti,
    che si mostra terribile verso i re
       della terra.

Salmo 77 (76) - Meditazione sulle divine meraviglie d'un tempo

¹*Al maestro di coro. Su «Idutun». Di Asaf. Salmo.*
² La mia voce sale a Dio e grido aiuto.
   La mia voce sale a Dio, finché mi ascolti.
³ Nel giorno dell'angoscia io cerco
      il Signore,
   nella notte è protesa la mia mano e non
      si stanca;
   rifiuta ogni conforto l'anima mia.
⁴ Penso a Dio e sospiro;
   rifletto, e viene meno il mio spirito.
⁵ Tengo aperte le mie palpebre,
   sono turbato e taccio.
⁶ Ripenso ai giorni passati,
   gli anni lontani ⁷ricordo.
   Medito di notte nel mio cuore,
   rifletto, e il mio spirito indaga:
⁸ «Forse il Signore rigetta per sempre?
   Non vorrà forse mostrarsi benevolo?
⁹ È forse venuta meno la sua parola
   per le generazioni venture?
¹⁰ Forse che Dio s'è dimenticato di aver
       pietà?
    Oppure ha offuscato nell'ira la sua
       compassione?».
¹¹ E concludo: «Ecco il mio tormento:
    che sia mutata la destra dell'Altissimo».
¹² Ricorderò le gesta del Signore.
    Sì, voglio ricordare le tue meraviglie
    fin dai tempi antichi.
¹³ E mediterò su tutto il tuo operato
    e considererò tutte le tue gesta.
¹⁴ O Dio, nella santità è la tua via;
    quale dio è grande come il nostro Dio?

15 Tu sei l'unico Dio che compie prodigi,
   la cui potenza si conosce fra i popoli:
16 hai riscattato col tuo braccio il tuo
      popolo,
   i figli di Giacobbe e di Giuseppe.
17 Ti videro le acque, o Dio,
   ti videro le acque e tremarono,
   sussultarono gli abissi.
18 Rovesciarono acqua le nubi,
   fecero udire la loro voce i cieli,
   perfino le tue saette guizzarono.
19 Il fragore del tuono nel turbine,
   i tuoi fulmini rischiararono il mondo,
   la terra fremette e sussultò.
20 S'aprì nel mare la tua via,
   i tuoi sentieri nella massa d'acqua;
   ma rimasero invisibili le tue orme.
21 Guidasti il tuo popolo come un gregge
   per mano di Mosè e di Aronne.

Salmo 78 (77) - Misericordia divina e infedeltà dell'uomo

1 *Maskil. Di Asaf.*
   O popolo mio,
   presta attenzione al mio insegnamento,
   porgi il tuo orecchio alle parole della mia
      bocca.
2 Voglio aprire la mia bocca per proferire
      parabole,
   rievocare gli arcani dei tempi antichi.
3 Quello che abbiamo udito e appreso,
   quello che ci narrarono i nostri padri
4 non terremo nascosto ai loro figli,
   bensì sempre narreremo
      alla generazione futura
   le lodi del Signore e la sua potenza
   e le meraviglie che egli ha compiuto.
5 Ha stabilito una testimonianza
      in Giacobbe,
   ha posto una legge in Israele,
   con la quale ha comandato ai nostri padri
   di farle conoscere ai loro figli,
6 affinché le apprenda la generazione futura
   e i figli che nasceranno sorgano
      a narrarle ai loro figli,
7 e pongano in Dio la loro fiducia
   e non dimentichino le opere divine,
   ma osservino i suoi precetti,
8 e non siano come i loro padri,
   generazione caparbia e ribelle,
   il cui cuore non fu costante
   e il cui spirito non fu fedele a Dio.
9 I figli di Efraim che tendono e scoccano
      l'arco,

si voltarono indietro nel giorno
   della battaglia.
10 Non osservarono l'alleanza di Dio,
   si rifiutarono di camminare nella sua
      legge.
11 Dimenticarono le sue opere,
   le meraviglie che aveva loro mostrato.
12 Davanti ai loro padri egli fece prodigi
   nel paese d'Egitto, nella campagna
      di Tanis.
13 Divise il mare e li fece passare,
   e le acque ristettero come trattenute
      da un argine.
14 Li guidò con una nube di giorno
   e tutta la notte con bagliore di fuoco.
15 Percosse rupi nel deserto
   e diede loro da bere come dal grande
      abisso.
16 Fece scaturire ruscelli dalla roccia,
   fece scorrere acqua a torrenti.
17 Eppure quelli peccarono di nuovo contro
      di lui
   ribellandosi contro l'Altissimo
      nel deserto.
18 Tentarono Dio nel loro cuore
   chiedendo cibo per le loro brame.
19 Mormorarono contro Dio dicendo:
   «Potrà forse Dio imbandire una mensa
      nel deserto?».
20 Ecco: percosse una rupe,
   ne scaturì acqua e straripparono torrenti.
   «Potrà forse dare anche del pane
   o procurare carne per il suo popolo?».
21 Li udì il Signore e ne fu irritato
   e un fuoco divampò contro Giacobbe
   e l'ira esplose contro Israele,
22 poiché non ebbero fede in Dio
   e non ebbero speranza nella sua
      salvezza.
23 Tuttavia comandò alle nubi dall'alto
   e aprì le porte del cielo
24 e fece piovere su di loro manna
      da mangiare,
   un frumento celeste diede loro.
25 Un pane di forti mangiò ciascuno,
   una provvigione abbondante inviò per
      loro.
26 Scatenò dal cielo il vento d'oriente,
   fece soffiare con veemenza il vento
      del sud;
27 fece piovere su di essi carne come
      polvere
   e come sabbia del mare volatili;
28 li fece cadere in mezzo al loro
      accampamento,
   tutt'intorno alle loro tende.

29 Essi ne mangiarono e rimasero ben sazi,
   furono soddisfatti nel loro desiderio.
30 Non si erano nauseati della loro brama,
   il loro cibo era ancora nella loro bocca,
31 e l'ira del Signore piombò su di loro,
   fece strage fra essi dei più vigorosi
   e abbatté fra i più scelti d'Israele.
32 Con tutto questo peccarono ancora,
   non prestarono fede ai suoi prodigi.
33 Allora dissipò come polvere i loro giorni
   e con terrore improvviso i loro anni.
34 Quando li faceva morire, lo cercavano,
   si convertivano e si rivolgevano a Dio;
35 si ricordavano che soltanto Dio era
        la loro roccia,
   Dio l'Altissimo, il loro redentore.
36 Ma essi lo lusingavano con la loro bocca,
   lo ingannavano con la loro lingua,
37 mentre il loro cuore non era sincero
        con lui
   e non si mostravano fedeli alla sua
        alleanza.
38 Ed egli si lasciava impietosire
   e perdonava la colpa e non li
        distruggeva.
   Molte volte tratteneva la sua ira
   e non suscitava tutto il suo furore;
39 si ricordava che essi erano esseri mortali,
   un soffio che va e non ritorna.
40 Quante volte nel deserto si ribellarono
        a Dio,
   quante volte lo irritarono nella steppa!
41 Ripetutamente tentarono Dio,
   esasperarono il Santo d'Israele.
42 Non si ricordarono della sua potenza,
   del giorno in cui li riscattò
        dall'oppressione,
43 di lui che fece prodigi in Egitto
   e portenti nella campagna di Tanis.
44 Mutò infatti i loro fiumi in sangue
   affinché non bevessero dai loro ruscelli.
45 Mandò in mezzo a loro tafani
        che li divorassero
   e rane che li molestassero.
46 Diede alle locuste i loro raccolti
   e ai bruchi il frutto delle loro fatiche.
47 Distrusse con la grandine i loro vigneti
   e i loro sicomori con la brina.
48 Consegnò alla peste il loro bestiame
   e alle saette i loro averi.
49 Scatenò fra essi il furore della sua ira:
   collera, sdegno e sventura
   con l'invio di messaggeri di rovina.
50 Lasciò alla sua ira tutto il suo corso,
   la loro anima non risparmiò dalla morte
   e diede la loro vita in preda alla peste;

51 e colpì in Egitto ogni primogenito,
   la primizia del loro vigore nelle tende
        di Cam.
52 E portò via il suo popolo come un gregge
   e come una mandria lo condusse
        nel deserto.
53 Li guidò al sicuro, sì che non avessero
        paura,
   mentre i loro nemici li sommerse
        il mare.
54 Li fece giungere alla sua santa regione,
   al monte che la sua destra si era
        acquistato.
55 Scacciò le genti davanti a loro
   e distribuì con la sorte l'eredità fra loro
   e fece abitare nelle loro tende le tribù
        d'Israele.
56 E ancora lo tentarono,
   si ribellarono a Dio, l'Altissimo,
   e non osservarono i suoi precetti.
57 Deviarono, si mostrarono infedeli come
        i loro padri,
   vennero meno, come un arco che
        fallisce.
58 Lo provocarono con le loro alture
   e con i loro idoli l'ingelosirono.
59 Dio udì e ne fu irritato
   e rigettò Israele completamente.
60 Abbandonò il tabernacolo di Silo,
   la tenda della sua dimora fra gli uomini.
61 Ridusse in schiavitù il suo vigore,
   la sua gloria in potere del nemico.
62 Consegnò alla spada il suo popolo,
   si adirò contro la sua eredità.
63 Divorò il fuoco la sua gioventù
   e le sue vergini non ne fecero lamento.
64 I suoi sacerdoti caddero di spada
   e le sue vedove non ne fecero lutto.
65 Ma poi si destò il Signore come
        da un sonno,
   come un prode assopito nel vino.
66 E colpì alle spalle i suoi nemici,
   li ricoprì d'eterna ignominia.
67 Ripudiò la tenda di Giuseppe
   e sulla tribù di Efraim non cadde la sua
        scelta.
68 Scelse invece la tribù di Giuda,
   il monte Sion, l'oggetto del suo amore.
69 Costruì il suo santuario come il cielo
   e come la terra lo rese stabile in eterno.
70 Si scelse Davide, suo servo,
   e lo assunse da ovili di pecore;
71 da dietro le pecore allattanti lo chiamò,
   perché pascesse Giacobbe, suo popolo,
   e Israele, la sua eredità.
72 Egli lo fece pascere

secondo l'integrità del suo cuore
e fu loro guida
con la destrezza delle sue mani.

Salmo 79 (78) - Lamento della comunità d'Israele

¹*Salmo. Di Asaf.*
O Dio, sono venuti i pagani nella tua
  eredità;
hanno profanato il tuo santo tempio,
hanno ridotto Gerusalemme
  in un cumulo di macerie.
² Hanno dato i corpi dei tuoi servi in pasto
  agli uccelli del cielo,
la carne dei tuoi fedeli agli animali della
  campagna.
³ Hanno versato come acqua il loro sangue,
  intorno a Gerusalemme,
senza che alcuno desse loro sepoltura.
⁴ Siamo diventati un obbrobrio per i nostri
  vicini,
scherno e ludibrio di coloro che ci
  stanno intorno.
⁵ Fino a quando, o Signore?
Sarai forse adirato per sempre?
Arderà come fuoco la tua gelosia?
⁶ Riversa sui pagani il tuo furore,
i quali non hanno conoscenza di te,
e sui regni che non invocano il tuo nome;
⁷ poiché hanno divorato Giacobbe
e hanno devastato la tua dimora.
⁸ Non ti ricordare contro di noi
delle colpe antiche dei nostri avi.
Affrettati a venirci incontro con la tua
  misericordia,
poiché siamo ridotti nella più grande
  miseria.
⁹ Soccorrici, o Dio, nostro salvatore,
in ragione della gloria del tuo nome;
salvaci e perdona le nostre colpe,
in vista del tuo nome.
¹⁰ Perché dovrebbero dire le genti:
«Dov'è il loro Dio?».
Si manifesti ai nostri occhi fra i popoli
la vendetta per il sangue dei tuoi servi
che è stato versato.
¹¹ Giunga fino al tuo cospetto il gemito
  dei prigionieri;
secondo la potenza del tuo braccio
salva quelli che sono votati alla morte.
¹² Rendi il settuplo ai nostri vicini, nel loro
  seno,
dell'ignominia che hanno gettato su di te,
o Signore.

¹³ Quanto a noi, tuo popolo
e gregge del tuo pascolo,
ti renderemo grazie per sempre,
di generazione in generazione
narreremo le tue lodi.

Salmo 80 (79) - Implorazione a Dio

¹*Al maestro di coro. Su «I gigli della testimonianza». Di Asaf.*
² Tu, pastore d'Israele, ascolta,
tu che guidi Giuseppe come un gregge,
tu che siedi sui cherubini, rifulgi
³ davanti a Efraim, Beniamino e Manasse.
Risveglia la tua potenza e vieni in nostro
  soccorso.
⁴ O Dio delle schiere, rialzaci,
fa' splendere il tuo volto e noi saremo
  salvi.
⁵ Signore, Dio delle schiere,
fino a quando fremerai di sdegno
contro la supplica del tuo popolo?
⁶ Hai dato loro da mangiare pane di lacrime,
hai dato loro da bere lacrime
  in abbondanza.
⁷ Ci hai resi quale scherno dei nostri vicini
e i nostri nemici si ridono di noi.
⁸ O Dio delle schiere, rialzaci,
fa' splendere il tuo volto e noi saremo
  salvi.
⁹ Asportasti una vite dall'Egitto
e la trapiantasti,
dopo aver cacciato via le genti.
¹⁰ Preparasti per essa il terreno;
mise radici in modo da riempire la terra.
¹¹ Furono coperti i monti della sua ombra
e i cedri maestosi dei suoi rami.
¹² Allungò i suoi tralci fino al mare,
sino al fiume i suoi germogli.
¹³ Perché hai abbattuto la sua cinta,
in modo che la vendemmiano
quanti passano per la via?
¹⁴ La devasta il cinghiale del bosco
e se ne pasce l'animale del campo.
¹⁵ Dio delle schiere, ritorna,
guarda dal cielo e vedi, visita questa
  vigna,
¹⁶ il giardino che la tua destra ha piantato,
il germoglio che ti sei coltivato.
¹⁷ L'hanno bruciata col fuoco e l'hanno
  recisa;
possano perire alla minaccia del tuo
  volto!
¹⁸ Sia la tua mano sull'uomo della tua
  destra,

sul figlio d'uomo che ti sei allevato!
19 Non ci allontaneremo più da te;
   ci darai vita e invocheremo il tuo nome.
20 O Dio delle schiere, rialzaci,
   fa' splendere il tuo volto e noi saremo
      salvi.

Salmo 81 (80) - Il popolo eletto invitato alla fedeltà

1*Al maestro di coro. Sulla (melodia) ghitti-*
ta. Di Asaf.
2 Esultate in Dio nostra forza,
   acclamate al Dio di Giacobbe.
3 Intonate il salmo e suonate il timpano,
   la cetra melodiosa con l'arpa.
4 Suonate la tromba nel novilunio,
   nel plenilunio, nostro giorno di festa.
5 Questo è un decreto per Israele,
   uno statuto del Dio di Giacobbe;
6 come testimonianza lo pose
      in Giuseppe,
   quando uscì dal paese di Egitto.
   Un linguaggio che ignoro io sento.
7 «Ho liberato dal peso la sua spalla,
   le sue mani hanno deposto la cesta».
8 «Gridasti a me nell'angoscia e ti liberai;
   avvolto nella nube ti diedi risposta;
   ti misi alla prova alle acque di Meriba».
9 «Ascolta, o popolo mio, ti voglio
      ammonire;
   Israele, se tu mi ascoltassi!
10 Non vi sarà in mezzo a te nessun altro
      dio,
   non ti prostrerai a divinità straniere.
11 Io sono il Signore, il tuo Dio,
   che ti ho fatto uscire dal paese d'Egitto.
   Apri la bocca e io la riempirò».
12 «Ma il mio popolo non ha ascoltato
      la mia voce,
   Israele non mi ha obbedito.
13 Per questo l'ho abbandonato alla durezza
      del suo cuore,
   lasciando che seguisse il proprio
      consiglio».
14 «Oh se il mio popolo mi ascoltasse,
   se Israele camminasse nelle mie vie!
15 Umilierei in breve i suoi nemici,

contro i suoi avversari porterei la mia
      mano.
16 Quelli che l'odiano gli sarebbero
      sottomessi,
   sarebbe segnata per sempre la loro sorte.
17 Li nutrirei con fiore di frumento,
   li sazierei con miele di roccia».

Salmo 82 (81) - Contro i giudici iniqui

1*Salmo. Di Asaf.*
   Dio si erge nell'assemblea divina,
   in mezzo agli dèi emana la sua sentenza:
2 «Fino a quando emanerete sentenze
      inique,
   e prenderete le parti degli empi?
3 Difendete piuttosto il debole e l'orfano,
   rendete giustizia al misero e al povero.
4 Liberate il debole e l'indigente,
   strappatelo alla stretta dell'empio».
5 Essi non capiscono, non possono
      intendere;
   il loro cammino sta nelle tenebre,
   possano pur vacillare tutte
      le fondamenta della terra.
6 Io riflettei: «Siete dèi,
   tutti figli dell'Altissimo;
7 Eppure morrete come ogni uomo,
   come ognuno dei potenti cadrete!».
8 Sorgi, o Dio, giudica la terra.
   Sì, l'eredità tu avrai di tutte le genti.

Salmo 83 (82) - Invocazione di aiuto contro i nemici

1*Canto. Salmo. Di Asaf.*
2 O Dio, non restartene in silenzio,
   non tacere, non rimanere inerte, o Dio.
3 Poiché ecco: i tuoi nemici tumultuano,
   alzano la testa quelli che ti odiano.
4 Contro il tuo popolo con astuzia tengono
      consiglio,
   contro quelli che tu proteggi essi fanno
      complotti.
5 Hanno detto: «Orsù, distruggiamoli,
   in modo che non sia più un popolo
   e non si nomini più il nome d'Israele».
6 Sì, tutti insieme si sono messi d'accordo
   di formare un'alleanza contro di te:
7 le tende di Edom con gli Ismaeliti,
   quelle di Moab con gli Agareni;
8 Gebal con Ammon e Amalek,
   la Filistea insieme con gli abitanti
      di Tiro.

---

82. - 5. Fondamenti dell'umana società sono il diritto e l'equità: se vengono a mancare non vi è più sicurezza.
   6. Titoli attribuiti ai magistrati, perché partecipi
dell'autorità divina. Gesù si richiamò a questa frase
per insinuare la propria filiazione divina (Gv 10,34).

⁹ Perfino Assur si è associato con loro,
   s'è fatto il braccio forte dei figli di Lot.
¹⁰ Agisci con loro come già con Madian,
   come con Sìsara e Iabin nel torrente
      Kison,
¹¹ i quali furono sterminati in Endor
   e diventarono letame per il campo.
¹² Poni i loro capi come già Oreb e Zeb,
   tutti i loro prìncipi come già Zebee
      e Sàlmana.
¹³ Essi avevano detto:
   «Impossessiamoci delle regioni di Dio».
¹⁴ Dio mio, riducili a un turbine,
   come pula in balìa del vento,
¹⁵ come un fuoco che incendia la selva,
   come una fiamma che divora i monti;
¹⁶ proprio così inseguili con la tua procella,
   atterriscili con la tua tempesta.
¹⁷ Copri d'ignominia il loro volto,
   sì che cerchino il tuo nome, o Signore.
¹⁸ Rimangano confusi e pieni di spavento
      per i secoli futuri,
   e periscano di una fine ignominiosa.
¹⁹ Conosceranno così che tu solo,
   il cui nome è Signore,
   sei l'Altissimo su tutta la terra.

Salmo 84 (83) - Preghiera di un pellegrino al tempio

¹*Al maestro di coro. Sulla (melodia) ghittita. Dei figli di Core. Salmo.*
² Quanto amabili sono le tue tende,
   o Signore delle schiere!
³ L'anima mia languisce
   e si strugge per gli atri del Signore;
   il mio cuore e la mia carne
   esultano nel Dio vivente.
⁴ Anche il passero trova una casa
   e la rondine il suo nido dove porre i suoi
      piccoli,
   presso i tuoi altari, o Signore
      delle schiere,
   mio re e mio Dio!
⁵ Beati coloro che abitano nella tua casa:
   sempre possono cantare le tue lodi.
⁶ Beati coloro che in te trovano rifugio
   e le tue vie sono nel loro cuore.
⁷ Quelli che passano per la valle del pianto
   la trasformano in sorgente;
   anche la prima pioggia l'ammanta
      di benedizioni.
⁸ Essi crescono di vigore in vigore,
   finché compariranno davanti a Dio
      in Sion.

⁹ Signore, Dio delle schiere, ascolta la mia
      preghiera,
   porgi l'orecchio, Dio di Giacobbe.
¹⁰ Il nostro scudo vedi, o Dio,
   guarda il volto del tuo consacrato.
¹¹ Sì, un giorno nei tuoi atri vale più che
      mille.
   Ho scelto di stare alla soglia del mio Dio,
   piuttosto che abitare nelle tende
      degli empi.
¹² Poiché sole e scudo è il Signore Dio,
   favore e gloria egli elargisce.
   Il Signore non rifiuta il bene
   a quelli che camminano nell'integrità.
¹³ Signore delle schiere,
   beato l'uomo che confida in te!

Salmo 85 (84) - Israele attende dal suo Dio giustizia e pace

¹*Al maestro di coro. Dei figli di Core. Salmo.*
² Sei stato benevolo, o Signore, con la tua
      terra,
   hai restaurato le sorti di Giacobbe.
³ Hai perdonato l'iniquità del tuo popolo,
   hai cancellato ogni loro peccato.
⁴ Hai contenuto tutto il tuo sdegno,
   ti sei ritratto dalla tua ira furente.
⁵ Rialzaci, o Dio, nostra salvezza;
   placa il tuo sdegno che hai contro di noi.
⁶ Forse in eterno starai in collera con noi?
   Di generazione in generazione
   si protrarrà la tua ira?
⁷ Non vorrai forse ridarci la vita,
   sì che il tuo popolo si rallegri in te?
⁸ Mostraci, o Signore, la tua misericordia
   e donaci la tua salvezza.
⁹ Voglio ascoltare ciò che dice Dio;
   il Signore, di certo, parla di pace
   per il suo popolo e per i suoi fedeli,
   per quelli che a lui tornano
      con tutto il loro cuore.
¹⁰ Certamente vicina è la salvezza
      a chi lo teme;
   la sua gloria dimorerà di nuovo
      nella nostra terra.
¹¹ Misericordia e fedeltà si sono abbracciate,
   giustizia e pace si sono baciate.
¹² Germoglierà dalla terra la fedeltà
   e la giustizia si affaccerà dal cielo.
¹³Infatti il Signore concederà ogni bene
   e la nostra terra darà il suo frutto.
¹⁴La giustizia cammina davanti a lui,
   la rettitudine sulla via dei suoi passi.

Salmo 86 (85) - Ricorso a Dio di un fedele perseguitato

[1]*Preghiera. Di Davide.*
Tendi l'orecchio, Signore, e rispondimi,
  poiché sono povero e misero.
[2] Custodisci l'anima mia, poiché sono
    un tuo fedele;
  salva il tuo servo che spera in te, tu che
    sei il mio Dio.
[3] Abbi pietà di me, o Signore,
  mentre a te grido tutto il giorno.
[4] Fa' lieta l'anima del tuo servo,
  mentre a te elevo, o Signore, l'anima
    mia.
[5] Sì, o Signore, tu sei buono e concedi
    il tuo perdono,
  sei ricco di misericordia con quanti
    t'invocano.
[6] Tendi l'orecchio, Signore, alla mia
    preghiera,
  presta attenzione alla voce della mia
    supplica.
[7] Quando l'angoscia mi stringe,
  io sempre t'invoco, poiché tu mi
    rispondi.
[8] Nessuno c'è fra gli dèi, o Signore, che
    sia simile a te;
  non ci sono opere che siano uguali alle
    tue.
[9] Tutte le genti, quante ne hai create,
  verranno, o Signore, e si prostreranno
    davanti a te
  e renderanno omaggio al tuo nome:
[10] «Tu sei grande, tu operi prodigi;
  tu solo sei Dio».
[11] Insegnami la tua via, o Signore:
  camminerò nella tua fedeltà.
  Fa' che il mio cuore tema solo
    il tuo nome.
[12] Ti renderò grazie con tutto il mio cuore,
  Signore mio Dio,
  e darò gloria per sempre al tuo nome;
[13] poiché grande è la tua misericordia
    con me:
  hai strappato la mia anima dal profondo
    degli inferi.
[14] Arroganti sono insorti contro di me,
    o Dio,
  una schiera di violenti hanno attentato
    alla mia vita;
  non hanno posto te davanti ai loro occhi.
[15] Ma tu sei, o Signore,
  un Dio pietoso e pronto
    alla compassione,
  lento all'ira e ricco in misericordia

e fedeltà.
[16] Vieni a me incontro con la tua
    compassione;
  concedi al tuo servo la tua forza,
  salva il figlio della tua ancella.
[17] Opera per me un segno di benevolenza,
  affinché quelli che mi odiano rimangano
    confusi,
  vedendo che mi hai soccorso
  e mi hai consolato.

Salmo 87 (86) - Sion, madre di tutti i popoli

[1]*Dei figli di Core. Salmo. Canto.*
Le sue fondamenta sui sacri monti.
[2] Il Signore ama le porte di Sion
  più di tutte le dimore di Giacobbe.
[3] Cose stupende si dicono di te,
  città di Dio!
[4] Iscriverò Raab e Babilonia fra quelli che
    mi conoscono.
  Ecco la Filistea e Tiro, insieme
    all'Etiopia:
  «Costui è nato là!».
[5] Ed è proprio per Sion che è detto:
  «L'uno e l'altro è nato in essa»
  e: «Proprio l'Altissimo la sostiene!».
[6] Il Signore enumera nel recensire i popoli:
  «Costui è nato là!».
[7] E cantano danzando
  tutti quelli che in te erano stati umiliati.

Salmo 88 (87) - Grido di aiuto di un infelice

[1]*Canto. Salmo. Dei figli di Core. Al maestro
di coro. Secondo «Macalat». Maskil. Di
Eman l'ezraita.*
[2] Signore, Dio della mia salvezza,
  ho gridato di giorno
  e di notte rimango davanti a te.
[3] Giunga al tuo cospetto la mia preghiera;
  tendi il tuo orecchio al mio lamento.
[4] Poiché sazia di sventura è l'anima mia;
  ed è giunta la mia vita sulla soglia
    degli inferi.
[5] Sono annoverato ormai
  fra quelli che scendono nella fossa,
  sono nello stato di un uomo che è privo
    di vigore.
[6] Fra i morti è la mia dimora,
  come quelli che sono stati trafitti
  e riposano nei sepolcri:

di essi tu non hai più alcun ricordo,
sono tagliati fuori, lontano dalla tua
mano.
7 Mi hai collocato nella fossa sotterranea,
nelle tenebre e nelle profondità
dell'abisso.
8 Su di me s'è abbattuto il tuo furore,
hai fatto venire su di me tutti i tuoi
flutti.
9 Hai allontanato da me i miei conoscenti,
mi hai reso per loro un oggetto d'orrore.
Sono rinchiuso, senza via di scampo.
10 Si consuma il mio occhio a causa
dell'afflizione.
Ti ho invocato, Signore, ogni giorno,
ho teso verso di te le mie mani.
11 Forse tu compi prodigi per i morti?
O sorgono le ombre a celebrare le tue
lodi?
12 Si parlerà forse nel sepolcro della tua
misericordia?
O della tua fedeltà nel luogo
della distruzione?
13 Forse nelle tenebre si annunzieranno
le tue meraviglie?
O la tua giustizia nella terra dell'oblìo?
14 Ma io a te, o Signore, grido aiuto,
e al mattino giunga a te la mia preghiera.
15 Perché, o Signore, rigetti l'anima mia
e nascondi il tuo volto da me?
16 Io sono misero e moribondo fin
dalla giovinezza;
porto il peso dei tuoi terrori fino
a restarne smarrito.
17 Sopra di me è passata la tua ira,
i tuoi spaventi mi hanno annientato;
18 mi avvolgono come acqua tutto il giorno;
tutti insieme si riversano su di me.
19 Hai allontanato da me amici e compagni,
miei conoscenti sono solo le tenebre.

Salmo 89 (88) - Ricordo delle divine promesse

1 *Maskil. Di Etan l'ezraita.*
2 Le tue misericordie, o Signore,
voglio cantare senza fine,
di generazione in generazione
annunzierò la tua fedeltà con la mia
bocca.
3 Poiché tu hai detto:
«Per sempre resterà la mia misericordia,
come i cieli è in essi la mia fedeltà.
4 Ho stretto un'alleanza con il mio eletto,
ho giurato a Davide, mio servo:

5 "Stabilirò per sempre la tua discendenza,
ti edificherò un trono per tutte
le generazioni"».
6 Signore, i cieli lodino le tue meraviglie,
la tua fedeltà nell'assemblea dei santi.
7 Poiché, chi è sulle nubi
che possa paragonarsi a te, o Signore?
Chi è fra i figli di Dio
che sia simile al Signore?
8 Dio è tremendo nell'adunanza dei santi,
grande e terribile fra quelli che
lo circondano.
9 Signore, Dio delle schiere, chi è come te?
La tua potenza, o Signore, e la tua
fedeltà
formano la tua corona.
10 Tu domini l'orgoglio del mare,
tu plachi il tumulto delle acque.
11 Tu calpestasti Raab come si calpesta
un caduto in battaglia.
Con la potenza del tuo braccio
disperdesti i tuoi nemici.
12 Tuoi sono i cieli e tua è la terra,
tu fondasti il mondo con quello che esso
contiene.
13 Il settentrione e il mezzogiorno fosti tu
a crearli;
il Tabor e l'Ermon esultano nel tuo
nome.
14 Potente è il tuo braccio,
forte la tua mano, elevata la tua destra.
15 Giustizia e diritto formano la base
del tuo trono;
misericordia e fedeltà vanno innanzi
al tuo volto.
16 Beato il popolo che ti sa acclamare,
che cammina, o Signore, alla luce
del tuo volto.
17 Nel tuo nome esulta tutto il giorno,
nella tua giustizia egli trova la sua gloria.
18 Sì, sei tu la sua splendida forza
e nella tua benevolenza tu elevi la nostra
fronte.
19 Sì, proprio il Signore è il nostro scudo,
e il Santo d'Israele, il nostro re.
20 Una volta tu parlasti ai tuoi fedeli
in visione:
«Ho posto il diadema su di un prode,
un eletto ho innalzato dal popolo.
21 Ho trovato Davide, mio servo,
l'ho consacrato con il mio sacro olio.

89. - [11]. *Raab*, nome di un mostro mitologico, personificazione del caos marino e qualche volta dell'Egitto.

22 Sì, ferma sarà la mia mano con lui
   e il mio braccio lo rafforzerà.
23 Non trionferà il nemico su di lui
   e un figlio d'iniquità non l'opprimerà.
24 Annienterò davanti a lui i suoi avversari
   e colpirò quelli che lo odiano.
25 La mia fedeltà e la mia misericordia
        saranno con lui
   e s'eleverà nel mio nome la sua fronte.
26 Porrò sul mare la sua mano
   e sui fiumi la sua destra.
27 Egli m'invocherà: "Mio padre sei tu,
   mio Dio, rupe della mia salvezza".
28 E io lo porrò come primogenito,
   il più alto fra i re della terra.
29 Gli consegnerò in eterno la mia grazia
   e sarà ferma la mia alleanza con lui.
30 E porrò per sempre la sua discendenza
   e durerà in eterno il suo trono,
   come i giorni dei cieli.
31 Se i suoi figli abbandoneranno la mia
        legge
   e non seguiranno i miei decreti,
32 se violeranno i miei statuti
   e non osserveranno i miei precetti,
33 allora punirò con la verga il loro peccato
   e con i flagelli la loro colpa.
34 Ma la mia misericordia non ritrarrò mai
        da loro,
   né smentirò la mia fedeltà.
35 Non violerò la mia alleanza,
   né muterò quanto è uscito dalle mie
        labbra.
36 Una volta per sempre per la mia santità
        ho giurato;
   a Davide, di certo, non mentirò:
37 rimarrà per sempre la sua discendenza
   e il suo trono come il sole sarà al mio
        cospetto;
38 come la luna sarà stabile per sempre,
   rimarrà immutabile finché durerà
        il cielo».
39 Ma tu hai respinto e ripudiato...
   Ti sei sdegnato con il tuo consacrato.
40 Hai rinnegato il patto del tuo servo,
   hai profanato nel fango il suo diadema.
41 Hai abbattuto tutte le sue mura,
   hai ridotto in rovine le sue fortezze.
42 Tutti i passanti l'hanno depredato;
   è diventato uno scherno per i suoi
        vicini.
43 Hai fatto trionfare la destra dei suoi
        avversari;
   hai fatto giubilare tutti i suoi nemici.
44 Hai fatto ripiegare il taglio della sua spada
   e nella battaglia non l'hai sostenuto.

45 Hai posto fine al suo splendore
   e a terra hai rovesciato il suo trono.
46 Hai accorciato i giorni della sua
        giovinezza
   e lo hai coperto di ignominia.
47 Fino a quando, o Signore, continuerai
        a nasconderti?
   Per sempre brucerà con fuoco la tua ira?
48 Ricòrdati, o Signore, quanto io
        sia effimero.
   Hai creato forse per nulla tutti i figli
        dell'uomo?
49 Qual è quel vivente che non sia soggetto
        alla morte?
   Che sia capace di sottrarre la sua anima
        dal potere degli inferi?
50 Dove sono, o Signore, le tue
        misericordie d'un tempo,
   che giurasti a Davide nella tua fedeltà?
51 Ricorda, o Signore, l'ignominia del tuo
        servo.
   Porto nel mio seno tutte le contese
        dei popoli,
52 gl'insulti lanciati, o Signore, dai tuoi
        nemici,
   lanciati contro i passi del tuo consacrato.
53 Benedetto il Signore in eterno.
   Amen! Amen!

LIBRO QUARTO

Salmo 90 (89) - Fragilità dell'uomo

1 *Preghiera. Di Mosè, servo di Dio.*
   O Signore, tu sei stato un rifugio per noi
   di generazione in generazione.
2 Prima che i monti nascessero
   e venissero alla luce la terra e il mondo,
   da sempre e per sempre tu sei, o Dio.
3 Tu fai tornare l'uomo nella polvere
   dicendo: «Tornate, figli degli uomini».
4 Sì, mille anni ai tuoi occhi
   sono come il giorno di ieri ch'è passato,
   come un turno di veglia nella notte.
5 Li sommergi nel sonno;
   sono come erba che verdeggia:
6 al mattino germoglia e verdeggia,
   alla sera è falciata e dissecca.
7 Sì, siamo distrutti dalla tua ira,
   siamo atterriti dal tuo furore.
8 Tu poni davanti a te le nostre colpe,
   i nostri peccati occulti alla luce del tuo
        volto.
9 Sì, svaniscono tutti i nostri giorni
   a causa della tua ira,

i nostri anni finiscono come un soffio.
¹⁰ Gli anni della nostra vita sono in sé
        settanta,
    ottanta per i più robusti;
    ma per la maggior parte di essi
    non v'è che fatica e affanno.
    Sì, essi passano e noi voliamo via.
¹¹ Chi possiede la conoscenza dell'impeto
        della tua ira?
    E chi ha il timore della violenza del tuo
        sdegno?
¹² Insegnaci a valutare i nostri giorni,
    e così potremo offrire un cuore sapiente.
¹³ Vòlgiti, o Signore, fino a quando...?
    Muòviti a compassione dei tuoi servi.
¹⁴ Sàziaci al mattino con la tua grazia,
    e così esulteremo e ci rallegreremo
        per tutti i nostri giorni.
¹⁵ Rèndici la gioia per i giorni in cui
        ci hai afflitti,
    in compenso degli anni in cui abbiamo
        visto la sventura.
¹⁶ Sia manifesto ai tuoi servi ciò che
        tu hai fatto
    e si estenda la tua magnificenza
        al di sopra dei loro figli.
¹⁷ Sia su di noi la bontà del Signore nostro
        Dio.
    Rafforza per noi l'opera delle nostre mani.

Salmo 91 (90) - Sotto la protezione divina

¹ Chi sta sotto la protezione dell'Altissimo
    e dimora all'ombra dell'Onnipotente
² dica al Signore: «Mio rifugio e mia
        fortezza,
    mio Dio, in cui confido!».
³ Sì, egli ti libererà dal laccio del cacciatore,
    dalla parola che conduce a rovina.
⁴ Egli ti coprirà con le sue penne,
    sotto le sue ali troverai rifugio.
    Scudo e corazza è la sua fedeltà.
⁵ Non avrai da temere terrori di notte,
    né freccia che vola di giorno,
⁶ né peste che vaga nelle tenebre,
    né contagio che infuria a mezzodì.
⁷ Mille cadranno al tuo fianco,
    diecimila alla tua destra;
    a te non s'accosterà.
⁸ Solo che osservi con i tuoi occhi,
    potrai vedere la ricompensa degli empi.
⁹ Sì, il tuo rifugio è nel Signore,
    hai posto nell'Altissimo la tua dimora.
¹⁰ Non ti accadrà alcun male,
    né alcuna piaga raggiungerà la tua tenda.

¹¹ Poiché darà ordine ai suoi angeli
    di custodirti in tutti i tuoi passi:
¹² sulle loro mani ti prenderanno
    affinché in nessun sasso inciampi il tuo
        piede.
¹³ Su leoni e aspidi camminerai,
    calpesterai leoncelli e draghi.
¹⁴ «Poiché mi ama, lo salverò;
    lo esalterò, perché conosce il mio nome.
¹⁵ Quando mi chiamerà, gli darò risposta;
    con lui sarò nella sventura;
    lo salverò e lo renderò glorioso.
¹⁶ Di lunga vita lo sazierò;
    gli farò godere la mia salvezza».

Salmo 92 (91) - Canto a Dio provvidente

¹*Salmo. Cantico. Per il giorno del sabato.*
² È bello dar lode al Signore,
    inneggiare al tuo nome, o Altissimo,
³ annunziando al mattino la tua
        misericordia,
    e la tua fedeltà lungo la notte,
⁴ sull'arpa a dieci corde e sulla lira,
    con melodia sonora, con la cetra!
⁵ Poiché mi rallegri, o Signore, con le tue
        azioni,
    esulto per le opere delle tue mani.
⁶ Quanto sono grandi le tue opere,
        o Signore,
    come sono profondi i tuoi pensieri!
⁷ Questo non sa l'uomo insensato,
    non può comprenderlo colui che
        è stolto.
⁸ Se germogliano gli empi come l'erba
    e tutti i malfattori fioriscono,
    è perché li attende una rovina
        sempiterna.
⁹ Mentre tu, o Signore,
    rimani per sempre l'Eccelso.
¹⁰ Poiché ecco: i tuoi nemici, o Signore,
    i tuoi nemici periranno,
    saranno dispersi tutti i malfattori.
¹¹ Tu hai elevato la mia potenza
    come quella di un bufalo,
    mi hai cosparso di olio splendente.
¹² Compiaciuti i miei occhi hanno guardato
        sui miei nemici,
    cose infauste hanno udito le mie
        orecchie riguardo ai malvagi,
    quanti erano insorti contro di me.
¹³ Fioriscono i giusti come palme,
    crescono come i cedri del Libano;
¹⁴ trapiantati nella casa del Signore,
    fioriscono negli atri del nostro Dio.

15 Perfino nella vecchiaia dànno il loro
   frutto,
   rimanendo sempre vegeti e rigogliosi,
16 per narrare che retto è il Signore,
   mia roccia,
   e non c'è in lui alcuna ingiustizia.

Salmo 93 (92) - A Dio, supremo Signore

1 Il Signore regna! È ammantato
   di maestà,
   il Signore è cinto di forza.
   Ha reso saldo il mondo, non vacillerà.
2 Saldo è il suo trono da sempre:
   dall'eternità tu sei, o Dio.
3 Elevarono i fiumi, o Signore,
   elevarono i fiumi la loro voce,
   elevarono i fiumi il loro fragore.
4 Più che lo scroscio di acque imponenti,
   possente più che i flutti del mare,
   possente è nell'alto il Signore.
5 I tuoi statuti sono oltremodo fedeli,
   la santità s'addice alla tua casa,
   per la durata dei giorni, o Signore.

Salmo 94 (93) - Il giusto giudice

1 Dio della vendetta, o Signore,
   Dio della vendetta, rifulgi!
2 Lèvati quale giudice della terra,
   infliggi ai superbi il meritato castigo.
3 Fino a quando gli empi, o Signore,
   fino a quando gli empi trionferanno?
4 Sparlano, dicono insolenze,
   parlano con arroganza tutti i malfattori.
5 Calpestano il tuo popolo, Signore,
   la tua eredità opprimono.
6 Uccidono la vedova e il forestiero,
   mettono a morte gli orfani,
7 e dicono: «Il Signore non vede,
   non intende il Dio di Giacobbe».
8 Intendete, o insensati fra il popolo,
   e voi, stolti, quando diventerete
   sapienti?
9 Colui che piantò l'orecchio,
   è possibile che non oda?
   Oppure colui che plasmò l'occhio,
   è possibile che non veda?
10 Colui che ammonisce i popoli
   non dovrebbe punire?
   Colui che istruisce l'uomo
   sarebbe privo di scienza?
11 Il Signore sa quanto siano vani
   i pensieri dell'uomo.

12 Beato l'uomo che tu ammonisci,
   Signore,
   e che istruisci nella tua legge!
13 Gli darai riposo nei giorni di sventura,
   quando per l'empio viene scavata
   la fossa.
14 Poiché il Signore non respinge il suo
   popolo,
   non abbandona la sua eredità.
15 Poiché al giusto si volgerà il diritto
   e lo seguiranno tutti i retti di cuore.
16 Chi poteva insorgere a mia difesa contro
   degli empi,
   chi per me poteva erigersi contro
   dei malfattori?
17 Se non fosse venuto il Signore in mio
   soccorso,
   poco sarebbe mancato che l'anima mia
   scendesse alla dimora del silenzio.
18 Bastava che dicessi: «Vacilla il mio
   piede»,
   mi sosteneva, o Signore, la tua grazia.
19 Se preoccupazioni senza numero
   assediavano il mio cuore,
   sollevavano il mio animo le tue
   consolazioni.
20 Può dirsi tuo alleato un tribunale iniquo,
   che commette angherie a dispetto della
   legge?
21 Si avventano contro la vita del giusto
   e dichiarano colpevole il sangue
   innocente.
22 Ora il Signore s'è fatto mio riparo,
   mia roccia di scampo, il mio Dio.
23 Farà ricadere su di essi la loro malizia;
   li farà perire per la loro iniquità,
   li farà perire il Signore, il nostro Dio.

Salmo 95 (94) - Invito all'adorazione

1 Venite, applaudiamo al Signore,
   acclamiamo alla nostra rupe di salvezza;
2 presentiamoci a lui con azioni di grazie;
   con canti gioiosi facciamogli festa.
3 Poiché Dio grande è il Signore,
   re grande, sopra tutti gli dèi.
4 In suo potere sono le profondità
   della terra,
   sono sue le alte vette dei monti.
5 Suo è il mare, perché egli lo fece,
   e la terra arida che le sue mani
   plasmarono.
6 Venite, prostriamoci in ginocchio,
   davanti al Signore, nostro creatore.
7 Poiché egli è il nostro Dio

e noi il popolo del suo pascolo, il gregge
  che egli conduce.
Oh, se oggi ascoltaste la sua voce!
8 «Non indurite il vostro cuore come
     a Meriba,
  come nel giorno di Massa nel deserto,
9 dove mi tentarono i vostri padri,
  mi misero alla prova,
  ma sperimentarono il mio operato.
10 Per quarant'anni ebbi in disgusto
  quella generazione e conclusi:
  Sono un popolo dal cuore sviato!
11 Non intendono le mie vie.
  Per questo giurai nel mio sdegno:
  Non giungeranno al mio riposo!».

Salmo 96 (95) - Cantate al Signore!

1 Cantate al Signore un canto nuovo,
  cantate al Signore da tutta la terra.
2 Cantate al Signore, benedite il suo
     nome,
  annunziate di giorno in giorno la sua
     salvezza.
3 Narrate fra le genti la sua gloria,
  fra tutti i popoli le sue meraviglie.
4 Poiché grande è il Signore e degno
     d'ogni lode,
  tremendo al di sopra di tutti gli dèi.
5 Infatti, nullità sono tutti gli dèi dei popoli,
  invece il Signore ha fatto i cieli.
6 Maestà e splendore camminano davanti
     a lui,
  potenza e decoro dimorano nel suo
     santuario.
7 Tributate al Signore, famiglie dei popoli,
  tributate al Signore gloria e potenza,
8 tributate al Signore la gloria del suo nome;
  prendete offerte ed entrate nei suoi atri.
9 Prostratevi al Signore alla sua santa
     apparizione.
  Tremi davanti a lui tutta la terra.
10 Proclamate fra i popoli: «Il Signore
     regna!».
  Sì, sta salda la terra, non vacillerà.
  Giudicherà i popoli con rettitudine.
11 Gioiscano i cieli, esulti la terra,
  frema il mare con ciò che contiene;
12 si rallegri il campo con ciò che v'è
     in esso:
  sì, plaudano gli alberi della selva,
13 davanti al Signore che viene;
  sì, viene a giudicare la terra.
  Giudicherà il mondo con giustizia
  e i popoli con la sua fedeltà.

Salmo 97 (96) - Dio, unico e sommo Signore

1 Il Signore regna! Esulti la terra,
  si rallegrino le isole tutte.
2 Nubi e tenebre lo avvolgono,
  giustizia e diritto sono la base del suo
     trono.
3 Il fuoco va davanti a lui,
  consuma tutt'intorno i suoi nemici;
4 rischiarano il mondo le sue folgori,
  sussulta, al vederle, la terra.
5 I monti fondono come cera davanti a lui,
  davanti al Signore di tutta la terra.
6 Annunziano la sua giustizia i cieli
  e contemplano la sua gloria tutti
     i popoli.
7 Resteranno confusi gli adoratori degl'idoli,
  quanti si gloriano di nullità.
  Sono prostrati davanti a lui tutti gli dèi.
8 Ha udito Sion e ne ha gioito,
  si sono rallegrate le figlie di Giuda,
  a causa dei tuoi giudizi, o Signore.
9 Sì, tu sei l'Altissimo, Signore,
  su tutta la terra, oltremodo esaltato
  al di sopra di tutti gli dèi.
10 Il Signore ama quanti odiano il male,
  custodisce la vita dei suoi fedeli,
  li salva dal potere degli empi.
11 Una luce è sorta per i giusti,
  un motivo di gioia per i retti di cuore.
12 Esultate nel Signore, o giusti,
  celebrate il suo santo nome.

Salmo 98 (97) - Inno al Signore universale

¹Salmo.
  Cantate al Signore un canto nuovo,
  poiché cose mirabili egli ha compiuto.
  Gli ha dato vittoria la sua destra,
  il suo santo braccio.
2 Il Signore ha manifestato la sua salvezza,
  agli occhi delle genti ha rivelato la sua
     giustizia.
3 Si è ricordato della sua misericordia,
  della sua fedeltà per la casa d'Israele.
  Tutti i confini della terra hanno visto
  la salvezza del nostro Dio.
4 Acclami al Signore tutta la terra;
  gridate, esultate con canti festosi.
5 Inneggiate al Signore con l'arpa,
  con l'arpa e al suono del salterio;
6 con le trombe e il suono del corno;
  acclamate davanti al re, il Signore.

7 Frema il mare con quanto contiene,
  il mondo con i suoi abitanti;
8 i fiumi battano le mani,
  così pure i monti gridino di gioia,
9 davanti al Signore che viene,
  che viene a giudicare la terra;
  giudicherà il mondo con giustizia,
  e i popoli con equità.

Salmo 99 (98) - Il Signore è il Santo

1 Il Signore regna! Tremino i popoli;
  siede sui cherubini: si scuota la terra.
2 Grande è il Signore in Sion,
  eccelso sopra tutti i popoli.
3 Celebrino il tuo nome, grande e terribile:
  — Santo egli è! —
4 Regna da prode, amante del diritto.
  Tu hai stabilito ciò ch'è retto;
  tu solo hai creato in Giacobbe
  diritto e giustizia.
5 Esaltate il Signore nostro Dio,
  prostratevi allo sgabello dei suoi piedi:
  — Santo egli è! —
6 Mosè, Aronne, fra i suoi sacerdoti,
  Samuele, fra quanti invocavano il tuo
    nome,
  invocavano il Signore ed egli li esaudiva.
7 Parlava con loro da una colonna
    di nubi,
  essi custodivano i suoi statuti
  e la legge che aveva loro consegnata.
8 Signore nostro Dio, tu li esaudivi.
  Un Dio indulgente eri per loro,
  pur castigando i loro misfatti.
9 Esaltate il Signore nostro Dio,
  prostratevi al suo monte santo.
  — Poiché Santo è il Signore nostro Dio! —

Salmo 100 (99) - Confessione gioiosa

1*Salmo. Per il rendimento di grazie.*
  Acclamate al Signore da tutta la terra,
2 servite il Signore in letizia,
  presentatevi a lui in esultanza.
3 Riconoscete che il Signore è Dio;
  egli ci ha fatti e noi siamo suoi,
  suo popolo e gregge del suo pascolo.
4 Varcate le sue porte con inni di grazie,
  i suoi atri con canti di lode;
  lodatelo, benedite il suo nome.
5 Poiché buono è il Signore,
  eterna la sua misericordia;
  la sua fedeltà per ogni generazione.

Salmo 101 (100) - Propositi

1*Di Davide. Salmo.*
  Misericordia ed equità canterò;
  inneggerò a te, o Signore.
2 Agirò con saggezza nella via
    dell'innocenza,
  perché a me possa venire la verità,
  camminerò nell'integrità del mio cuore,
  nell'interno della mia casa.
3 Non metterò davanti ai miei occhi
  alcuna azione malvagia.
  Ho in odio l'agire degli empi,
  non intendo aderirvi.
4 Starà lontano da me ogni cuore perverso;
  non vorrò saperne del malvagio.
5 Chi calunnia in segreto il suo prossimo,
  lo farò perire.
  Chi è altezzoso di occhi e superbo
  di cuore, non vorrò sopportarlo.
6 I miei occhi saranno sui fedeli del paese,
  perché stiano con me;
  chi va nella via dell'innocenza, questi
  sarà mio ministro.
7 Non dimorerà nella mia casa chi agisce
  con inganno;
  chi proferisce menzogne non reggerà
  davanti ai miei occhi.
8 Ogni mattina farò perire tutti gli empi
    del paese;
  estirperò dalla città del Signore tutti
    i malfattori.

Salmo 102 (101) - Supplica di un desolato

1*Preghiera di un afflitto che langue ed
effonde davanti al Signore il suo lamento.*
2 Signore, ascolta la mia preghiera;
  giunga a te il mio grido.
3 Non tener nascosto da me il tuo volto,
  quando l'angoscia mi stringe.
  Protendi verso di me il tuo orecchio;
  quando t'invoco, non tardare
    a rispondermi.
4 Sì, si dileguano come fumo i miei giorni;
  ardono come brace le mie ossa.
5 È stato colpito il mio cuore
    e s'è inaridito come erba;
  trascuro di prendere perfino il cibo.
6 A causa del mio gemere
  la mia pelle s'è attaccata alle ossa.
7 Sono diventato come un pellicano
    del deserto,
  sono simile a un gufo fra le macerie.
8 Nel continuo vegliare sono diventato

come un passero, tutto solo sul tetto.

9 M'insultano tutti i giorni i miei nemici,
sono furenti contro di me; imprecano
sul mio nome.

10 Mi nutro di cenere come di pane,
mescolo lacrime alle mie bevande.

11 Sì, per la tua ira e il tuo sdegno
mi hai preso e mi hai gettato lontano.

12 I miei giorni sono come ombra che
s'allunga,
mentre come erba mi sento inaridire.

13 Ma tu, Signore, rimani per sempre,
il tuo ricordo, di generazione
in generazione.

14 Tu sorgerai e avrai pietà di Sion;
poiché è tempo di usarle misericordia,
è giunta l'ora.

15 Sì, sono care ai tuoi servi le sue pietre;
essi sentono pietà per le sue rovine.

16 Le genti temeranno il nome del Signore;
la tua gloria, tutti i re della terra.

17 Sì, il Signore ha ricostruito Sion
ed è apparso nella sua gloria.

18 Egli ha esaudito la preghiera dei derelitti,
non ha disprezzato la loro implorazione.

19 Questo venga scritto per la generazione
futura,
e un popolo rigenerato dia lode
al Signore.

20 Sì, il Signore ha guardato dall'alto
del suo santuario,
dal cielo ha mirato la terra,

21 per ascoltare il gemito del prigioniero,
per liberare i votati alla morte,

22 e così annunzino in Sion il nome
del Signore,
e la sua lode in Gerusalemme,

23 quando insieme si raduneranno i popoli
e i regni per servire il Signore.

24 È stato abbattuto per via il mio vigore;
sono stati accorciati i miei giorni.

25 Io dico: «Mio Dio,
non mi rapire alla metà dei miei giorni.
I tuoi anni si protraggono
per generazione e generazione.

26 All'inizio tu fondasti la terra
e opera delle tue mani furono i cieli.

27 Essi periranno, ma tu rimarrai;
tutti loro si logoreranno come una veste,
come un abito tu li muterai ed essi
saranno mutati.

28 Ma tu sei sempre lo stesso
e i tuoi anni non verranno mai meno.

29 I figli dei tuoi servi avranno una dimora
e la loro progenie sarà salda davanti
a te».

Salmo 103 (102) - Sovrana bontà di Dio

1 *Di Davide.*
Benedici il Signore, anima mia,
quanto è in me benedica il suo santo
nome.

2 Benedici il Signore, anima mia;
non tenere in oblìo nessuno dei suoi
benefici.

3 Egli ha perdonato tutte le tue colpe,
ti ha guarito da ogni malattia;

4 ha strappato dalla fossa la tua vita;
della sua grazia e misericordia
ti ha incoronato;

5 ha saziato d'ogni bene la tua età;
s'è rinnovato come di aquila il tuo vigore
giovanile.

6 Il Signore ha fatto atti di giustizia,
gesti di equità verso tutti gli oppressi.

7 Fece conoscere a Mosè le sue vie,
ai figli d'Israele le sue azioni.

8 Benevolo e pietoso è il Signore,
lento all'ira e grande in misericordia;

9 non dura per sempre la sua contestazione,
non conserva in eterno la sua ira.

10 Non ci ha trattati secondo i nostri
peccati;
non ci ha ripagati in base alle nostre
colpe.

11 Sì, com'è alto il cielo in confronto
della terra,
così è grande la sua misericordia
sopra quelli che lo temono;

12 come l'oriente dista dall'occidente,
tanto allontanò da noi le nostre colpe.

13 Come un padre ha pietà per i suoi figli,
così il Signore ha pietà per quanti
lo temono.

14 Sì, egli conosce di che siamo fatti,
egli si ricorda che siamo polvere.

15 Come l'erba sono i giorni dell'uomo,
come il fiore del campo così egli fiorisce.

16 Lo sfiora il vento ed egli scompare,
il suo posto più non si trova.

17 La misericordia del Signore è da sempre,
dura un'eternità su quanti lo temono;
la sua giustizia raggiunge i figli dei figli

18 per quanti custodiscono la sua alleanza
e si ricordano di osservare i suoi precetti.

19 Il Signore ha eretto il suo trono nel cielo,
la sua regalità domina su tutto.

20 Benedite il Signore, angeli suoi,
voi prodi, esecutori dei suoi comandi,
sempre pronti al cenno della sua parola.

21 Benedite il Signore, voi tutte sue schiere,
voi suoi ministri, esecutori del suo volere.

22 Benedite il Signore, voi tutte sue opere,
   in qualunque parte del suo dominio.
   Benedici il Signore, anima mia.

Salmo 104 (103) - Meraviglie del creato

1 Benedici il Signore, anima mia.
  Signore, mio Dio, quanto sei grande!
  Splendore e maestà è il tuo vestito,
2 avvolto di luce come di un manto.
  Egli fissa i cieli come una tenda,
3 costruisce sulle acque le sue stanze;
  fa delle nubi il suo carro,
  cammina sulle ali del vento;
4 fa dei venti i suoi messaggeri,
  delle fiamme guizzanti i suoi ministri.
5 Fondò la terra sui suoi basamenti,
  mai vacillerà, in eterno.
6 L'abisso l'avvolgeva come un manto;
  le acque coprivano le montagne.
7 Alla tua minaccia fuggirono,
  al fragore della tua ira s'avviarono
      precipitose
8 — salendo per monti, discendendo
      per valli —
  verso il luogo che tu loro assegnasti.
9 Tracciasti ad esse un limite da non
      oltrepassare,
  sì che non tornassero a ricoprire
      la terra.
10 Tu facesti scaturire sorgenti nelle valli;
   esse scorrono fra i monti;
11 procurano da bere a tutte le bestie
      del campo;
   gli ònagri vi estinguono la loro sete.
12 Lungo il loro corso vivono gli uccelli
      del cielo,
   di mezzo alle fronde fanno sentire
      la loro voce.
13 Dalle sue stanze superiori dà acqua
      alle montagne;
   con l'umidità dei tuoi serbatoi si sazia
      la terra.
14 Fai crescere il fieno per il bestiame,
   l'erba per la servitù dell'uomo
   perché tragga dal suolo il suo cibo:
15 il vino, che allieta il cuore dell'uomo,
   l'olio, che fa brillare il suo volto,
   il pane, che sostiene il suo vigore.
16 Si saziano le piante del Signore,
   i cedri del Libano che egli piantò.
17 Là gli uccelli fanno il loro nido
   e la cicogna sui cipressi ha la sua casa.
18 Le alte montagne sono per i camosci;
   le rocce, un rifugio per gli iràci.

19 Fece la luna per segnare le stagioni,
   il sole che conosce il suo tramonto.
20 Tu poni le tenebre perché segua la notte,
   in essa vagolano tutte le fiere della selva.
21 Ruggiscono i leoncelli in cerca di preda,
   chiedono a Dio il loro cibo.
22 Fai spuntare il sole ed essi si ritirano,
   e rimangono tranquilli nelle loro tane;
23 allora esce l'uomo per il suo lavoro,
   per la sua fatica fino alla sera.
24 Quanto sono numerose le tue opere,
      Signore!
   Tutte le hai fatte con sapienza;
   è piena la terra delle tue creature.
25 Ecco il mare, grande e spazioso;
   lì vi sono rettili senza numero:
   animali piccoli insieme ai grandi.
26 Lo percorrono le navi e il Leviatàn
   che per trastullarsi tu hai plasmato.
27 Tutti da te aspettano
   che dia loro il cibo a tempo opportuno.
28 Tu lo provvedi ed essi lo raccolgono;
   apri la tua mano e si saziano di beni.
29 Copri il tuo volto ed essi vengono meno;
   togli il loro spirito ed essi muoiono,
   ritornando alla loro polvere.
30 Mandi il tuo spirito ed essi sono creati,
   e rinnovi così la faccia della terra.
31 La gloria del Signore duri per sempre;
   s'allieti il Signore per le sue opere.
32 Egli guarda la terra e questa sussulta;
   tocca i monti e questi fumano.
33 Inneggerò al Signore finché avrò vita,
   canterò al mio Dio finché dura la mia
      esistenza.
34 Giunga a lui gradita la mia
      meditazione;
   nel Signore sarà la mia gioia.
35 Spariscano dalla terra i peccatori,
   e non ci siano più gli empi.
   Benedici il Signore, anima mia.
   Alleluia.

Salmo 105 (104) - La provvidenza di Dio con Israele

1 Lodate il Signore, invocate il suo nome;
  proclamate fra i popoli le sue imprese.
2 Cantate in suo onore, a lui inneggiate,
  meditate su tutti i suoi prodigi.
3 Gloriatevi del suo santo nome;
  si rallegri il cuore di quanti cercano
     il Signore.
4 Ricercate il Signore e la sua potenza;
  ricercate il suo volto costantemente.

5 Ricordate le meraviglie che egli
   ha compiute,
   i prodigiosi giudizi della sua bocca:
6 voi, discendenza di Abramo, suo servo,
   figli di Giacobbe, suo eletto.
7 Egli è il Signore, vostro Dio;
   su tutta la terra sono i suoi giudizi.
8 Egli si ricorda per sempre del suo patto
   — parola data per mille generazioni —
9 che fece con Abramo,
   del suo giuramento dato a Isacco,
10 che a Giacobbe confermò come suo
    statuto
    e a Israele come eterna alleanza,
11 quando disse: «A te darò la terra
    di Canaan,
    come vostra porzione di eredità».
12 Quando essi erano in piccolo numero,
    pochi e forestieri in quella terra,
13 vaganti da nazione a nazione,
    da un regno a un altro popolo,
14 non permise che alcuno li opprimesse
    e punì i re a causa loro:
15 «Non toccate i miei consacrati;
    ai miei profeti non fate del male!».
16 Fece venire la fame sulla terra,
    tagliò ogni sostegno di pane.
17 Davanti a loro mandò un uomo;
    come schiavo fu venduto Giuseppe.
18 Strinsero in ceppi i suoi piedi,
    passò nel ferro la sua gola;
19 finché la sua parola non si fu adempiuta,
    e il detto del Signore non l'ebbe
    giustificato.
20 Il re mandò a scioglierlo,
    il dominatore dei popoli mandò
    a liberarlo.
21 Lo elevò a signore della sua casa,
    sovrintendente a tutti i suoi averi,
22 perché istruisse i suoi prìncipi secondo
    il suo beneplacito,
    e insegnasse la saggezza ai suoi anziani.
23 Allora entrò Israele in Egitto,
    emigrò Giacobbe nella terra di Cam.
24 Ma Dio rese assai fecondo il suo popolo,
    lo fece crescere più dei suoi nemici.
25 Mutò il loro cuore perché odiassero
    il suo popolo,
    perché contro i suoi servi agissero
    con inganno.
26 Mandò Mosè suo servo,
    Aronne che egli s'era scelto.
27 Pose in loro le sue parole portentose,
    e i suoi prodigi nella terra di Cam.
28 Inviò le tenebre e si fece buio,
    ma non rispettarono le sue parole.

29 Mutò in sangue le loro acque
    e fece morire i loro pesci.
30 Brulicò di rane il loro paese,
    fin nelle stanze dei loro sovrani.
31 Diede un comando e vennero le mosche,
    zanzare in tutto il territorio.
32 Quale pioggia per loro mandò la grandine,
    fuoco e vampe nel loro paese.
33 Poi colpì le loro vigne e i fichi,
    stroncò gli alberi del loro territorio.
34 Diede un comando e vennero le locuste,
    e bruchi senza numero:
35 divorarono ogni erba del paese,
    distrussero i frutti del loro suolo.
36 Colpì ogni primogenito nella loro terra,
    tutte le primizie del loro vigore.
37 Fece uscire il suo popolo con argento
    e oro;
    non c'era alcun infermo fra le loro tribù.
38 Si rallegrò l'Egitto per la loro partenza,
    il loro terrore era caduto su di essi.
39 Distese una nube a loro protezione,
    e un fuoco per illuminarli nella notte.
40 Alla loro richiesta fece venire le quaglie
    e con pane dal cielo li saziò.
41 Aprì una rupe e ne scaturì acqua;
    scorreva come un fiume nel deserto.
42 Poiché si ricordò della sua santa parola,
    data ad Abramo, suo servo.
43 Quindi fece uscire il suo popolo
    allegramente,
    i suoi eletti, con canti festosi.
44 Diede a loro le terre delle genti
    e presero in eredità le ricchezze
    dei popoli,
45 affinché osservassero i suoi precetti
    e custodissero le sue leggi.
    Alleluia.

Salmo 106 (105) - Infedeltà e misericordia

1 Lodate il Signore, poiché è buono,
   poiché in eterno è la sua misericordia.
2 Chi può narrare le gesta del Signore
   e far risuonare tutta la sua lode?
3 Beati quelli che osservano il diritto
   e agiscono con giustizia in ogni tempo.
4 Ricòrdati di noi, o Signore,
   per amore del tuo popolo, vìsitaci
   con la tua salvezza,
5 affinché vediamo la felicità dei tuoi eletti,
   ci rallegriamo della gioia del tuo popolo
   e ci gloriamo con la tua eredità.
6 Abbiamo peccato, come i nostri padri;

abbiamo operato il male, abbiamo agito
    con empietà.
7 I nostri padri in Egitto non compresero
    i tuoi prodigi;
non si ricordarono di tanti tuoi benefici;
si ribellarono contro l'Eccelso presso
    il Mar Rosso.
8 Ma Dio li salvò in grazia del suo nome,
per rendere manifesta la sua potenza.
9 Minacciò il Mar Rosso e si seccò;
li condusse negli abissi, come
    in un deserto.
10 Li strappò dal potere di chi li odiava,
li riscattò dal potere del nemico.
11 Le acque sommersero i loro avversari,
non sopravvisse di loro neppure uno.
12 Allora credettero alle sue parole,
e cantarono la sua lode.
13 Ma dimenticarono presto le sue opere,
non prestarono fede al suo disegno.
14 Si accesero le loro brame nel deserto,
e tentarono Dio nella steppa.
15 Ed egli concesse quanto chiedevano
e soddisfece la loro ingordigia.
16 Si mostrarono gelosi contro Mosè
    negli accampamenti,
contro Aronne, il santo del Signore.
17 Allora si aprì la terra e inghiottì Datan,
e seppellì il gruppo di Abiram.
18 Divampò il fuoco nella sua fazione,
e la fiamma divorò i ribelli.
19 Fecero un vitello sull'Oreb
e si prostrarono davanti a un metallo fuso;
20 scambiarono la loro gloria
con la figura di un toro che mangia fieno.
21 Si erano dimenticati di Dio che li aveva
    salvati,
che aveva operato in Egitto cose grandi:
22 prodigi nella terra di Cam,
portenti presso il Mar Rosso.
23 Allora pensò di sterminarli, se Mosè,
    suo eletto,
non si fosse eretto sulla breccia, davanti
    a lui,
per stornare la sua ira dallo sterminio.
24 Rifiutarono un paese delizioso,
non credettero alla sua parola.
25 Mormorarono nelle loro tende,
non diedero ascolto alla voce
    del Signore.
26 Allora egli alzò su di loro la mano

che li avrebbe abbattuti nel deserto
27 e avrebbe disperso fra le genti la loro
    progenie,
li avrebbe disseminati per le regioni.
28 Si asservirono a Baal di Peor,
mangiarono sacrifici di morti.
29 Lo provocarono con le loro azioni
e scoppiò fra essi una pestilenza.
30 Intervenne Finees e agì da giudice
e cessò la pestilenza;
31 ciò gli fu imputato a giustizia,
di generazione in generazione,
    per sempre.
32 Lo irritarono presso le acque di Meriba
e fu punito Mosè per causa loro;
33 poiché avevano amareggiato il suo animo
e disse cose insensate con la sua bocca.
34 Non sterminarono i popoli,
come aveva loro ordinato il Signore,
35 si mescolarono con le nazioni
e appresero a compiere le loro opere;
36 prestarono culto ai loro idoli
che diventarono per loro un tranello.
37 Immolarono i loro figli e le loro figlie
ai falsi dèi.
38 Versarono il sangue innocente,
il sangue dei loro figli e figlie
che immolarono agli idoli di Canaan,
e fu profanata la terra con delitti
    di sangue.
39 Si resero impuri con le loro azioni
e si prostituirono con i loro misfatti.
40 Allora scoppiò l'ira del Signore contro
    il suo popolo
ed ebbe in orrore la sua eredità.
41 Li consegnò in potere delle genti
e li dominarono i loro avversari;
42 li oppressero i loro nemici
e dovettero piegarsi sotto il loro
    dominio.
43 Molte volte li aveva salvati,
ma essi si ostinarono nei loro disegni
e furono abbattuti per le loro iniquità.
44 Allora Dio guardò con favore sulla loro
    sventura,
quando udì la loro implorazione.
45 Si ricordò della sua alleanza e si mosse
    a pietà di loro
per la sua grande misericordia;
46 fece sì che trovassero favore
presso coloro che li avevano deportati.
47 Salvaci, Signore nostro Dio, e radunaci
    dalle nazioni,
perché possiamo lodare il tuo santo
    nome
e allietarci della tua lode.

---

106. - [20.] La *gloria* è Dio, chiamato con questo nome anche in altre parti della Bibbia (Dt 10,21; Ger
2,11).

⁴⁸ Benedetto il Signore, Dio d'Israele,
da sempre e per sempre.
E dirà tutto il popolo: Amen!
Alleluia.

LIBRO QUINTO

Salmo 107 (106) - Ringraziamento

¹ Lodate il Signore perché è buono,
poiché eterna è la sua misericordia.
² Lo dicano i riscattati del Signore,
i riscattati dalla stretta dell'angustia,
³ i radunati dai vari paesi:
dall'oriente e dall'occidente,
dal settentrione e dal mezzogiorno.
⁴ Quanti vagavano nel deserto, nella steppa,
non trovavano il cammino verso
una città abitata;
⁵ affamati e assetati,
languiva in essi la loro anima.
⁶ Gridarono al Signore nella loro angustia,
ed egli li liberò dalle loro strettezze:
⁷ li fece camminare nella via giusta
in modo che giungessero ad una città
abitata.
⁸ Ringrazino il Signore per la sua
misericordia,
per i suoi prodigi a vantaggio degli uomini;
⁹ poiché saziò l'anima assetata
e l'anima affamata ricolmò di beni.
¹⁰ Quanti sedevano in tenebre e ombra
di morte,
prigionieri dell'afflizione e del ferro,
¹¹ per essersi ribellati ai precetti di Dio
e aver disprezzato i consigli dell'Altissimo.
¹² Il loro cuore era abbattuto nella pena,
giacevano oppressi e nessuno li aiutava.
¹³ Gridarono al Signore nella loro angustia
ed egli li salvò dalle loro strettezze:
¹⁴ li trasse dalle tenebre e ombra di morte,
frantumando le loro catene.
¹⁵ Ringrazino il Signore per la sua
misericordia,
per i suoi prodigi a vantaggio degli uomini;
¹⁶ poiché infranse le porte di bronzo,
mandò in frantumi le sbarre di ferro.
¹⁷ Erano infermi per la loro condotta
malvagia
ed erano oppressi per le loro colpe;
¹⁸ qualunque nutrimento aborriva la loro
anima
e già toccavano le soglie della morte.
¹⁹ Gridarono al Signore nella loro angustia,
ed egli li salvò dalle loro strettezze:

²⁰ inviò la sua parola e li guarì,
li strappò dalla fossa già pronta per loro.
²¹ Ringrazino il Signore per la sua
misericordia,
per i suoi prodigi a vantaggio degli uomini.
²² Offrano a lui sacrifici di lode
e annunzino con giubilo le sue azioni.
²³ Quelli che scendono in mare sulle navi,
facendo commercio sulle grandi acque,
²⁴ videro le opere del Signore,
i suoi prodigi nella profondità del mare.
²⁵ Disse e fece soffiare un vento di tempesta
sollevando in alto le onde marine:
²⁶ salivano fino al cielo, sprofondavano fino
nell'abisso;
languiva la loro anima nell'affanno;
²⁷ vacillavano, barcollavano come ubriachi,
era svanita ogni loro perizia.
²⁸ Gridarono al Signore nella loro angustia
e li fece uscire dalle loro strettezze:
²⁹ egli ridusse la tempesta in calma,
e s'acquetarono le onde del mare.
³⁰ Al loro placarsi furono pieni di gioia,
ed egli li guidò al porto che bramavano.
³¹ Ringrazino il Signore per la sua
misericordia,
per i suoi prodigi a vantaggio degli uomini;
³² lo esaltino nell'assemblea del popolo
e lo lodino nel consesso degli anziani.
³³ Tramutò i fiumi in deserto
e le sorgenti d'acqua in terra arida;
³⁴ la terra ferace in salsedine,
a causa della malizia dei suoi abitanti.
³⁵ Trasformò poi il deserto in lago,
la terra arida in sorgenti di acqua.
³⁶ Là fece dimorare quanti erano affamati
ed essi eressero una città da abitare.
³⁷ Seminarono campi e piantarono vigne
e raccolsero in abbondanza i loro frutti.
³⁸ Li benedisse e si moltiplicarono assai
e non fece diminuire il loro bestiame.
³⁹ Ma poi furono ridotti a pochi e tribolati,
per oppressioni, sventure e malanni.
⁴⁰ Chi effonde il disprezzo sui potenti
li fa vagare in un deserto impervio.
⁴¹ Ma sollevò il misero dalla sua afflizione
e rese le famiglie numerose come
un gregge.
⁴² Vedano i giusti e si rallegrino,
ma ogni malvagità chiuda la sua bocca.

---

107. - Il salmo descrive in quattro quadri simbolici
i mali dell'esilio e la felicità del ritorno: 4-9; 10-16;
17-22; 23-32. L'ultima parte, 33-43, sta a sé e sviluppa il tema della sollecitudine divina.

619

SALMI 109,20

43 Chi è saggio da osservare queste cose,
da comprendere le misericordie
del Signore?

Salmo 108 (107) · Implorazione

1 *Canto. Salmo. Di Davide.*
2 Pronto è il mio cuore, o Dio:
voglio cantare e inneggiare;
così pure l'animo mio.
3 Destatevi, arpa e cetra,
perché possa destar l'aurora.
4 Ti celebrerò fra i popoli, Signore,
e a te inneggerò fra le nazioni;
5 poiché grande fino ai cieli è la sua
misericordia,
fino alle nubi la sua fedeltà.
6 Sii esaltato fino al cielo, o Dio,
s'estenda la tua gloria su tutta la terra.
7 Affinché siano salvi i tuoi eletti,
porta salvezza con la tua destra
ed esaudiscici!
8 Dio parla nel suo santuario:
«Esulterò e spartirò Sichem,
dividerò la valle di Succot.
9 Mio è Gàlaad e mio è Manasse;
Efraim è l'elmo del mio capo;
Giuda il mio scettro;
10 Moab, il catino del mio lavacro;
su Edom getto le calzature;
sulla Filistea io voglio esultare».
11 Chi vorrà portarmi alla città munita?
Chi vorrà guidarmi sino a Edom?
12 Non sei stato forse tu a rigettarci?
E non esci più, o Dio, alla testa
delle nostre schiere?
13 Dacci tu l'aiuto contro l'avversario,
vano è infatti il soccorso dell'uomo.
14 Con Dio faremo prodigi,
sarà egli ad abbattere i nostri nemici.

Salmo 109 (108) · Invocazioni contro gli empi

1 *Al maestro di coro. Di Davide. Salmo.*
Dio della mia lode, non rimaner muto;
2 poiché bocca di empietà e di menzogna
hanno spalancato contro di me,

con lingua di falsità hanno parlato contro
di me;
3 con parole di odio mi hanno circondato
e mi hanno assalito senza ragione.
4 Sebbene io li abbia amati,
essi mi accusano senza pietà.
5 Mi hanno ripagato male per bene,
odio in cambio di amore.
6 «Sia stabilito contro di lui il delitto;
alla sua destra stia l'accusatore;
7 risulti reo dal giudizio
e la sua preghiera si muti in colpa.
8 Diventino brevi i suoi giorni
e il suo posto lo prenda un altro.
9 Diventino orfani i suoi figli
e vedova la sua moglie.
10 Vaghino i suoi figli mendicando,
siano scacciati dalle loro rovine.
11 Prelevi il creditore tutto ciò che
gli appartiene
e portino via degli estranei il frutto
delle sue fatiche.
12 Non vi sia per lui chi abbia
misericordia
né per i suoi orfani chi abbia pietà.
13 Sia votata allo sterminio la sua posterità,
dopo appena una generazione
si estingua il suo nome.
14 Davanti al Signore sia ricordata la colpa
di suo padre
e non sia cancellato il peccato di sua
madre.
15 Permangano costantemente al cospetto
del Signore,
perché faccia scomparire il suo ricordo
dalla terra,
16 per il fatto che non si ricordò di usare
misericordia
e perseguitò un uomo misero e povero,
uno che era affranto nel cuore, per farlo
morire.
17 Egli ha preferito la maledizione,
ed essa è venuta su di lui;
non ha voluto la benedizione
e questa s'è allontanata da lui!
18 Si è vestito della maledizione come
di un manto,
come acqua è penetrata nel suo interno,
come olio nelle sue ossa.
19 Sia per lui come la veste che indossa,
come la cintura che lo tiene sempre
avvinto».
20 Questa è l'opera chiesta al Signore
dai miei persecutori
e da quanti parlano di rovina contro
l'anima mia.

109. - Falsamente accusato, il fedele si appella al braccio vendicatore di Dio. La serie delle imprecazioni, 6-20, nelle quali abbonda l'iperbole, si fonda sulla legge del taglione e sul principio della solidarietà collettiva.

21 Ma tu, Signore Dio, agisci con me
   per amore del tuo nome;
   liberami, secondo la misericordiosa tua
      bontà.
22 Sì, io sono misero e povero:
   il mio cuore è in angustia dentro di me.
23 Come ombra che si allunga io me ne
      vado;
   sono scosso via come una locusta.
24 Vacillano le mie ginocchia per il digiuno,
   la mia pelle è raggrinzita per mancanza
      di grasso.
25 Son diventato per loro un obbrobrio:
   al vedermi scuotono il capo.
26 Soccorrimi, Signore mio Dio,
   salvami secondo la tua misericordia;
27 così sapranno che qui c'è la tua mano,
      Signore,
   che tu hai fatto questo.
28 Maledicano essi, ma tu benedici;
   restino confusi i miei avversari,
   in modo che il tuo servo si possa
      rallegrare.
29 Si vestano d'ignominia i miei accusatori,
   siano avvolti di vergogna come
      di un manto.
30 Ringrazierò molto il Signore con la mia
      bocca;
   in mezzo alla moltitudine lo loderò;
31 poiché egli si mette alla destra del povero
   per salvarlo da quelli che lo condannano.

Salmo 110 (109) - Il Messia re e sacerdote

1 *Di Davide. Salmo.*
   Oracolo del Signore al mio signore:
   «Siedi alla mia destra,
   finché io ponga i tuoi nemici
   a sgabello dei tuoi piedi».
2 Lo scettro della tua potenza stenda
      il Signore da Sion
   perché tu domini in mezzo ai tuoi
      nemici.
3 Il tuo popolo sta pronto nel giorno
      del tuo valore,
   in sacri splendori, dal grembo dell'aurora,
   per te è il fiore della tua gioventù.
4 Il Signore ha giurato e non si pente:
   «Tu sei sacerdote per sempre
   secondo l'ordine di Melchisedek».
5 Il Signore starà alla tua destra:
   abbatterà i re nel giorno della sua ira.
6 Eseguirà il giudizio fra le genti,
   ammucchierà cadaveri, abbatterà le teste
   su vasta regione.

7 Lungo la via berrà al torrente,
   per questo solleverà il capo.

Salmo 111 (110) - Provvidenza divina

1 *Alleluia.*
   Alef — Renderò grazie al Signore,
      con tutto il cuore,
   Bet — nel consesso dei retti
      e nell'assemblea.
   Ghimel — 2Grandi sono le opere
      del Signore,
   Dalet — oggetto di ricerca per quelli che
      le amano.
   He — 3Splendore e maestà è il suo operato;
   Vau — la sua giustizia rimane per sempre.
   Zain — 4Un ricordo ha stabilito per i suoi
      prodigi:
   Het — pietoso e compassionevole
      è il Signore.
   Tet — 5Ha dato cibo a quelli che lo
      temono;
   Jod — si ricorda per sempre della sua
      alleanza.
   Kaf — 6La potenza delle sue opere
   lo rese noto al suo popolo,
   Lamed — dando ad essi l'eredità
      delle genti.
   Mem — 7Le opere delle sue mani sono
      verità e diritto,
   Nun — stabili sono tutti i suoi precetti.
   Samech — 8Immutabili nei secoli,
      per sempre,
   Ain — degni di essere osservati con fedeltà
      e rettitudine.
   Pe — 9Offrì la redenzione al suo popolo,
   Sade — stabilì per sempre la sua alleanza.
   Qof — Santo e terribile è il suo nome!
   Res — 10Principio di sapienza è il timore
      del Signore,
   Sin — saggezza per quelli che lo praticano.
   Tau — La sua lode permane in eterno.

Salmo 112 (111) - Frutti del timor di Dio

1 *Alleluia.*
   Alef — Beato l'uomo che teme il Signore,
   Bet — nei suoi precetti trova grande gioia.
   Ghimel — 2Potente sulla terra sarà la sua
      prole,
   Dalet — la generazione dei retti sarà
      benedetta.
   He — 3Onore e ricchezza si trovano
      nella sua casa,

Vau — per sempre rimane la sua giustizia.
Zain — [4]Spunta nelle tenebre come una
    luce
per gli uomini retti:
Het — pietosa, compassionevole e giusta.
Tet — [5]Felice l'uomo che si mostra pietoso
e dà in prestito;
Jod — conduce con equità i suoi negozi.
Kaf — [6]Sì, mai vacillerà,
Lamed — in memoria eterna sarà il giusto.
Mem — [7]Di annuncio funesto non avrà
    paura,
Nun — saldo è il suo cuore: confida
    nel Signore.
Samech — [8]Sicuro sta il suo cuore:
    non avrà timore,
Ain — finché non trionferà sui suoi
    avversari.
Pe — [9]Ha dato ai poveri con generosità:
Sade — per sempre rimarrà la sua giustizia;
Qof — s'eleverà in gloria la sua potenza.
Res — [10]L'empio vede ed è preso dall'ira;
Sin — digrigna i denti e si consuma;
Tau — la brama degli empi cadrà nel nulla.

Salmo 113 (112) - Grandezza divina

[1]*Alleluia.*
    Lodate, servi del Signore,
    lodate il nome del Signore.
[2] Sia benedetto il nome del Signore,
    ora e sempre.
[3] Dal sorgere del sole al suo tramonto
    sia lodato il nome del Signore.
[4] Eccelso è il Signore, al di sopra di tutti
        i popoli;
    più alta dei cieli è la sua gloria.
[5] Chi è come il Signore nostro Dio,
    che siede nell'alto
[6] e si china a guardare
    nei cieli e sulla terra?
[7] Egli solleva dalla polvere l'indigente,
    rialza il povero dall'immondizia,
[8] per farlo sedere con i prìncipi,
    con i prìncipi del suo popolo.
[9] Fa abitare in casa la sterile,
    madre gioiosa di figli.
    Alleluia.

Salmo 114 (113) - Prodigi nell'esodo

[1] Quando Israele uscì dall'Egitto,
    la casa di Giacobbe di mezzo
        a un popolo straniero,

[2] Giuda diventò il suo santuario,
    Israele il suo dominio.
[3] Il mare vide e se ne fuggì,
    il Giordano si volse indietro;
[4] i monti saltellarono come arieti,
    le colline come agnelli d'un gregge.
[5] Che hai tu, mare, che fuggi,
    e tu, Giordano, che ti volgi indietro?
[6] Perché voi, monti, saltellate come
        arieti,
    e voi, colline, come agnelli d'un gregge?
[7] Trema, o terra, davanti al Signore,
    davanti al Dio di Giacobbe:
[8] egli muta la rupe in stagno,
    una roccia in sorgente d'acqua.

Salmo 115 (continua 113) - Nullità degli idoli

[1] Non a noi, Signore, non a noi,
    ma al tuo nome da' gloria:
    a motivo della tua misericordia,
    in ragione della tua fedeltà.
[2] Perché dovrebbero dire le genti:
    «Dov'è il loro Dio?».
[3] Il nostro Dio sta nei cieli;
    egli ha fatto tutto ciò che ha voluto.
[4] I loro idoli sono argento e oro,
    opera delle loro mani.
[5] Hanno bocca e non parlano,
    hanno occhi e non vedono.
[6] Hanno orecchi e non odono,
    hanno narici e non odorano.
[7] Hanno mani e non palpano,
    hanno piedi e non camminano,
    non emettono suoni dalla loro bocca.
[8] Siano come loro quelli che
        li fabbricano,
    e chiunque in essi confida.
[9] Confida nel Signore, casa d'Israele:
    — egli è loro aiuto e loro scudo. —
[10] Confida nel Signore, casa di Aronne:
    — egli è loro aiuto e loro scudo. —
[11] Confidate nel Signore, voi che lo temete:
    — egli è loro aiuto e loro scudo. —
[12] Il Signore s'è ricordato di noi:
        ci benedirà;
    benedirà la casa d'Israele,
    benedirà la casa di Aronne,
[13] benedirà quelli che temono il Signore,
    i piccoli insieme ai grandi.
[14] Vi moltiplichi il Signore,
    voi e i vostri figli.
[15] Siate benedetti dal Signore:
    egli ha fatto cieli e terra.

16 I cieli sono cieli del Signore,
   ma la terra, l'ha data ai figli dell'uomo.
17 Non i morti lodano il Signore,
   né coloro che scendono nel silenzio;
18 ma noi benediciamo il Signore,
   ora e sempre!
   Alleluia.

Salmo 116 (114-115) - Ringraziamento

1 Amo il Signore, perché ha dato
     ascolto
   alla voce della mia implorazione;
2 perché ha teso verso di me il suo
     orecchio,
   quando l'invocavo.
3 Mi stringevano funi di morte,
   i lacci degli inferi mi avvincevano,
   mi opprimevano tristezza e angoscia.
4 Ma ho invocato il nome del Signore:
   «Ti prego, Signore, salvami!».
5 Pietoso è il Signore e giusto;
   facile alla compassione è il nostro Dio.
6 Il Signore protegge gli umili:
   ero misero ed egli mi ha salvato.
7 Ritorna, anima mia, al tuo riposo,
   poiché il Signore ti ha beneficato.
8 Sì, dalla morte hai liberato l'anima
     mia,
   il mio occhio dal pianto, il mio piede
     dalla caduta.
9 Camminerò al cospetto del Signore
   nella terra dei viventi.
10 Ho avuto fede, anche se dicevo:
   «Sono afflitto oltre misura»,
11 anche se ho detto nella trepidazione:
   «Tutti gli uomini sono bugiardi».
12 Come ricambierò al Signore
   tutti i benefici che m'ha fatto?
13 Eleverò il calice della salvezza
   e invocherò il nome del Signore.
14 Adempirò al Signore i miei voti,
   dinanzi a tutto il suo popolo.
15 Preziosa è agli occhi del Signore
   la morte dei suoi fedeli.
16 Sì, o Signore, io sono tuo servo,
   tuo servo e figlio della tua ancella.
   Tu hai sciolto le mie catene.
17 A te offrirò il sacrificio di lode
   e invocherò il nome del Signore.
18 Adempirò al Signore i miei voti
   al cospetto di tutto il suo popolo,
19 negli atri della casa del Signore,
   in mezzo a te, Gerusalemme.
   Alleluia.

Salmo 117 (116) - Invito alla lode

1 Lodate il Signore, popoli tutti,
   voi tutte, nazioni, dategli gloria,
2 poiché grande è stata la sua misericordia
     per noi
   e la fedeltà del Signore dura per sempre.
   Alleluia.

Salmo 118 (117) - Meditazione

1 Celebrate il Signore, perché è buono,
   eterna è la sua misericordia.
2 Dica Israele:
   «Eterna è la sua misericordia».
3 Dica la casa di Aronne:
   «Eterna è la sua misericordia».
4 Dicano quelli che temono il Signore:
   «Eterna è la sua misericordia».
5 Nell'angoscia ho gridato al Signore:
   egli mi ha risposto e mi ha tratto
     al largo.
6 Il Signore è per me: non avrò timore;
   cosa può farmi un uomo?
7 Il Signore è per me quale aiuto:
   potrò sfidare quelli che mi odiano.
8 È bene rifugiarsi nel Signore,
   anziché confidare nell'uomo.
9 È bene rifugiarsi nel Signore,
   anziché confidare nei potenti.
10 Tutte le genti mi avevano circondato,
   ma nel nome del Signore li ho sconfitti.
11 Mi avevano circondato, mi avevano
     accerchiato,
   ma nel nome del Signore li ho sconfitti.
12 Mi avevano circondato come api
   — divamparono come fuoco
     fra le spine —
   ma nel nome del Signore li ho sconfitti.
13 Venni spinto con forza perché
     io cadessi;
   ma il Signore è venuto in mio aiuto.
14 Mia forza e mio canto è il Signore,
   egli si è fatto salvezza per me.
15 Grida di giubilo e di vittoria
   nelle tende dei giusti!
16 La destra del Signore ha compiuto
     meraviglie;
   la destra del Signore s'è elevata,
   la destra del Signore ha compiuto
     meraviglie.
17 Non morrò, resterò in vita,
   in modo che annunzi le gesta
     del Signore.
18 Duramente il Signore mi ha punito,

ma non mi ha consegnato alla morte.

19 Apritemi le porte della giustizia:
  voglio entrarvi e render grazie
    al Signore.

20 Questa è la porta della giustizia:
  solo i giusti entrano per essa.

21 Ti rendo grazie, poiché mi hai esaudito,
  e ti sei fatto salvezza per me.

22 La pietra che scartarono i costruttori
  è diventata testata d'angolo.

23 Da parte del Signore è avvenuto questo;
  è una meraviglia ai nostri occhi.

24 Questo è il giorno che ha fatto il Signore:
  rallegriamoci ed esultiamo in esso.

25 Orsù, Signore, da' la salvezza;
  orsù, Signore, dona la vittoria!

26 Benedetto colui che viene nel nome
    del Signore;
  vi benediciamo dalla casa del Signore.

27 Dio è il Signore e ci ha illuminati.
  Ordinate il corteo con rami frondosi
  fino ai lati dell'altare.

28 Tu sei il mio Dio e ti rendo grazie;
  sei il mio Dio, e ti esalto.

29 Celebrate il Signore, perché è buono:
  eterna è la sua misericordia.

Salmo 119 (118) - Meravigliosa è la legge di Dio

Alef — ¹Beati quelli la cui via è perfetta,
  quelli che camminano nella legge
    del Signore.

2 Beati quelli che osservano i suoi voleri
  e lo cercano con tutto il cuore.

3 Sicuramente non commettono iniquità,
  ma camminano nelle sue vie.

4 Tu hai ordinato
  di custodir bene i tuoi comandi.

5 Siano stabili le mie vie
  affinché custodisca i tuoi decreti.

6 Allora non dovrò arrossire,
  se avrò obbedito ai tuoi precetti.

7 Ti renderò grazie con cuore retto,
  allorché avrò appreso le tue giuste
    sentenze.

8 Custodirò i tuoi decreti:
  non abbandonarmi giammai.

Bet — ⁹In che modo potrà un giovane

tener puro il suo sentiero?
  Custodendo le tue parole.

10 Con tutto il cuore ti cerco:
  non farmi deviare dai tuoi precetti.

11 Conservo nel mio cuore le tue promesse,
  in modo che non pecchi contro di te.

12 Benedetto sii tu, Signore:
  insegnami i tuoi decreti.

13 Enumero con le mie labbra
  tutti i giudizi della tua bocca.

14 Nella via dei tuoi voleri io pongo la mia
    gioia,
  al di sopra di ogni altro bene.

15 Voglio riflettere sui tuoi comandi,
  considerare le tue vie.

16 La mia gioia è nei tuoi decreti,
  non dimenticherò le tue parole.

Ghimel — ¹⁷Sii benevolo con il tuo servo:
  vivrò e custodirò le tue parole.

18 Apri i miei occhi,
  perché io veda le meraviglie della tua
    legge.

19 Pellegrino io sono sulla terra:
  non tenermi nascosti i tuoi precetti.

20 Si consuma la mia anima di desiderio
  verso i tuoi giudizi, in ogni tempo.

21 Tu hai minacciato gli orgogliosi:
  maledetti quelli che deviano dai tuoi
    precetti.

22 Allontana da me vergogna e disprezzo,
  poiché ho osservato i tuoi voleri.

23 Siedono i potenti e sparlano di me;
  ma il tuo servo medita sui tuoi decreti.

24 I tuoi voleri sono la mia gioia,
  essi sono i miei consiglieri.

Dalet — ²⁵Prostrata nella polvere è l'anima
    mia:
  ridammi vita secondo le tue parole.

26 Ti ho esposto le mie vie e mi hai dato
    risposta;
  insegnami i tuoi decreti.

27 La via dei tuoi comandi fammi capire:
  voglio meditare le tue meraviglie.

28 L'anima mia piange per la tristezza:
  dammi vigore secondo le tue parole.

29 La via della menzogna tieni lontano da me;
  fammi dono della tua legge.

30 La via della fedeltà ho scelto,
  ho preferito i tuoi giudizi.

31 Ho aderito ai tuoi voleri:
  fa', Signore, che io non rimanga confuso.

32 Io percorro la via dei tuoi precetti;
  sì, tu dilati il mio cuore.

He — ³³Insegnami, Signore, la via dei tuoi
    decreti:
  voglio seguirla sino alla fine.

---

119. - È il salmo più lungo di tutti. È composto di 22 strofe, quante sono le lettere dell'alfabeto ebraico, con cui hanno inizio gli otto distici di ciascuna di esse. Canta la bellezza della legge divina che il salmista si propone di osservare.

³⁴ Dammi intelligenza per osservare la tua
    legge
    e custodirla con tutto il cuore.
³⁵ Dirigimi sul sentiero dei tuoi precetti;
    sì, sta in esso il mio diletto.
³⁶ Piega il mio cuore verso i tuoi voleri
    e non verso la sete di guadagno.
³⁷ Distogli i miei occhi dallo scorgere cose
    vane;
    fammi vivere sulla tua via.
³⁸ Conferma per il tuo servo la tua
    promessa,
    quella che conduce al tuo timore.
³⁹ Allontana l'insulto che mi dà sgomento;
    sì, sono buoni i tuoi giudizi.
⁴⁰ Ecco, io anelo verso i tuoi comandi:
    fammi vivere nella tua giustizia.
    Vau — ⁴¹A me giunga, Signore, la tua
    misericordia,
    la tua salvezza, secondo la tua promessa.
⁴² A chi m'insulta saprò rispondere,
    poiché ho fiducia nella tua parola.
⁴³ Non sottrarre dalla mia bocca la parola
    di verità,
    poiché ho speranza nel tuo giudizio.
⁴⁴ Custodirò sempre la tua legge
    nei secoli, in eterno.
⁴⁵ Camminerò con sicurezza;
    sì, io cerco i tuoi comandi.
⁴⁶ Davanti ai re parlerò dei tuoi voleri,
    senza mai vergognarmi.
⁴⁷ Gioirò per i tuoi precetti:
    io li amo molto.
⁴⁸ Alzerò le mie mani verso i tuoi precetti
    che amo
    e mediterò sui tuoi decreti.
    Zain — ⁴⁹Ricordati della parola data al tuo
    servo:
    con essa tu mi hai dato speranza.
⁵⁰ Questo mi ha consolato nella mia
    miseria;
    sì, la tua promessa mi ha fatto rivivere.
⁵¹ Mi hanno insultato aspramente i superbi;
    non ho deviato dalla tua legge.
⁵² Mi sono ricordato, Signore, dei tuoi
    eterni giudizi:
    ne sono rimasto consolato.
⁵³ Lo sdegno mi ha preso contro gli empi,
    poiché non si curano della tua legge.
⁵⁴ Son canti per me i tuoi voleri
    nella terra del mio pellegrinaggio.
⁵⁵ Nella notte, Signore, ricordo il tuo nome;
    voglio custodire la tua legge.
⁵⁶ Questo mi avviene,
    perché osservo i tuoi precetti.
    Het — ⁵⁷ La mia sorte, ho detto,

è custodire le tue parole, o Signore.
⁵⁸ Con tutto il cuore io cerco il tuo volto:
    fammi grazia secondo la tua promessa.
⁵⁹ Ho esaminato le mie vie
    e ho rivolto i miei passi verso i tuoi voleri.
⁶⁰ Mi affretto, non voglio tardare
    nel custodire i tuoi precetti.
⁶¹ Mi hanno avvinto i lacci degli empi,
    ma non dimentico la tua legge.
⁶² Nel cuore della notte mi alzo
    per renderti grazie
    a causa dei tuoi giusti giudizi.
⁶³ Sono amico di tutti quelli che ti temono
    e di quelli che custodiscono i tuoi
    comandi.
⁶⁴ Della tua misericordia, Signore, è piena
    la terra:
    fa' che apprenda i tuoi decreti.
    Tet — ⁶⁵Hai beneficato il tuo servo, Signore,
    secondo la tua parola.
⁶⁶ Insegnami buon senso e conoscenza:
    sì, sto saldo nei tuoi precetti.
⁶⁷ Prima che fossi umiliato andavo errando.
    Ora mi attengo alla tua promessa.
⁶⁸ Tu sei buono e tratti con benevolenza:
    insegnami i tuoi decreti.
⁶⁹ Menzogna hanno gettato contro di me
    i superbi:
    con tutto il cuore osserverò i tuoi ordini.
⁷⁰ Torpido come il grasso è il loro cuore:
    io mi diletto della tua legge.
⁷¹ Bene per me, se sono stato umiliato:
    imparerò la tua legge.
⁷² È un bene per me la legge della tua
    bocca,
    più di migliaia di pezzi d'oro
    o d'argento.
    Jod — ⁷³Le tue mani mi hanno fatto
    e plasmato:
    fammi capire e imparerò i tuoi precetti.
⁷⁴ Mi vedranno quelli che ti temono
    e ne avranno gioia;
    sì, spero nella tua parola.
⁷⁵ So che sono giusti i tuoi giudizi, Signore,
    e con ragione mi hai umiliato.
⁷⁶ Venga a consolarmi la tua misericordia,
    secondo la promessa fatta al tuo servo.
⁷⁷ Giunga a me la tua pietà affinché io viva:
    sì, il mio diletto è la tua legge.
⁷⁸ Abbiano vergogna i superbi per avermi
    oppresso ingiustamente:
    io mediterò sui tuoi comandi.
⁷⁹ Si volgano a me quelli che ti temono,
    quelli che conoscono i tuoi voleri.
⁸⁰ Sia integro il mio cuore nei tuoi decreti,
    sì che non abbia ad arrossire.

Kaf — [81]Si strugge l'anima mia verso la tua
    salvezza;
io spero nella tua parola.

[82] Si struggono i miei occhi verso la tua
    promessa
e dico: «Quando mi darai conforto?».

[83] Sì, sono come un otre esposto al fumo,
ma non ho dimenticato i tuoi decreti.

[84] Quanti saranno i giorni del tuo servo?
Quando farai il giudizio contro quelli
    che mi perseguitano?

[85] Mi hanno scavato fosse gl'insolenti,
i quali non seguono la tua legge.

[86] Tutti i tuoi precetti sono veri.
A torto mi perseguitano: accorri in mio
    aiuto.

[87] Per poco non mi hanno bandito dalla terra,
ma non ho abbandonato i tuoi comandi.

[88] Dammi vita secondo la tua misericordia,
e custodirò i voleri della tua bocca.

Lamed — [89]In eterno, Signore, rimane
    la tua parola;
essa sta immobile come i cieli.

[90] Per ogni generazione dura la tua fedeltà;
hai reso salda la terra ed essa sta.

[91] Per i tuoi giudizi oggi tutto sussiste,
poiché tutte le cose servono a te.

[92] Se la tua legge non fosse stata la mia
    gioia,
da tempo sarei perito nella mia
    afflizione.

[93] Non mi dimenticherò mai i tuoi comandi,
poiché con essi mi hai ridato la vita.

[94] Io sono tuo: salvami!
Sì, io cerco i tuoi comandi.

[95] Gli empi m'insidiano per gettarmi
    in rovina:
ma io cerco di comprendere i tuoi voleri.

[96] Di ogni cosa perfetta ho visto il limite;
ma il tuo decreto è senza confini.

Mem — [97]Quanto mi è cara la tua legge!
Tutto il giorno la vado meditando.

[98] Più sapiente dei miei nemici mi ha fatto
    il tuo precetto;
sì, esso sta sempre con me.

[99] Più saggio dei miei maestri son diventato,
poiché i tuoi voleri son la mia
    meditazione.

[100]Più degli anziani ho intelligenza,
poiché ho osservato i tuoi comandi.

[101]Da ogni via di male trattengo il mio
    piede,
custodendo la tua parola.

[102]Dai tuoi giudizi non ho deviato,
poiché sei stato tu ad ammaestrarmi.

[103]Dolci al mio palato le tue promesse,
più che il miele alla mia bocca.

[104]Dai tuoi comandi ricevo intelligenza;
per questo ho in odio ogni via
    di menzogna.

Nun — [105]Lampada per i miei passi è la tua
    parola,
luce al mio cammino.

[106]Lo giuro e lo confermo:
custodirò i tuoi giusti giudizi.

[107]Sono afflitto oltre misura:
dammi vita, Signore, secondo la tua
    parola.

[108]Gradisci, Signore, le offerte della mia
    bocca;
insegnami i tuoi giudizi.

[109]La mia anima sta sempre sulle mie mani,
ma non dimentico la tua legge.

[110]Hanno teso lacci gli empi contro di me,
ma non ho deviato dai tuoi comandi.

[111]Mia eredità sono i tuoi voleri,
    per sempre;
sì, sono la gioia del mio cuore.

[112]Ho piegato il mio cuore ai tuoi decreti,
per sempre, sino alla fine.

Samech [113]Io detesto quelli che sono
    incostanti,
amo invece la tua legge.

[114]Mio riparo e mio scudo tu sei:
spero nella tua parola.

[115]Allontanatevi da me, o malvagi:
voglio osservare i precetti del mio Dio.

[116]Sostienimi secondo la tua promessa
    e vivrò;
non deludermi dalla mia speranza.

[117]Sostienimi e sarò salvo;
mi rallegrerò sempre per i tuoi decreti.

[118]Tu disprezzi quanti deviano dai tuoi
    decreti;
sì, vano risulterà il loro pensiero.

[119]Scorie tu stimi tutti gli empi del paese;
per questo io amo i tuoi voleri.

[120]La mia carne freme nella paura di te,
ho timore dei tuoi giudizi.

Ain — [121]Ho praticato il giudizio
    e la giustizia:
non abbandonarmi a chi m'opprime.

[122]Fatti garante a favore del tuo servo:
non mi opprimano gli insolenti.

[123]I miei occhi si struggono verso la tua
    salvezza,
verso la tua promessa di giustizia.

[124]Agisci con il tuo servo, secondo il tuo
    amore,

[109.] La vita del salmista è in continuo pericolo.

insegnami i tuoi decreti.
[125]Io sono tuo servo: dammi intelligenza,
affinché conosca i tuoi voleri.
[126]È tempo di agire, Signore,
hanno trasgredito la tua legge.
[127]Per questo amo i tuoi precetti
più che l'oro, più che l'oro raffinato.
[128]Per questo reputo retti tutti i tuoi
comandi,
mentre detesto ogni sentiero
di menzogna.

Pe — [129]Meravigliosi sono i tuoi voleri;
per questo li osserva l'anima mia.
[130]La rivelazione delle tue parole dà luce;
essa dà intelligenza ai semplici.
[131]Apro anelante la mia bocca:
sì, io bramo i tuoi precetti.
[132]Vienimi incontro e abbi pietà di me,
secondo il giudizio che tu riservi per chi
ama il tuo nome.
[133]Rinsalda i miei passi secondo la tua
promessa;
che io non sia dominato da alcuna
iniquità.
[134]Riscattami dall'oppressione dell'uomo
e custodirò i tuoi comandi.
[135]Sul tuo servo fa' risplendere il tuo volto;
insegnami i tuoi decreti.
[136]Torrenti di lacrime grondano i miei
occhi,
perché non custodiscono la tua legge.

Sade — [137]Tu sei giusto, Signore,
e retti sono i tuoi giudizi.
[138]Con giustizia hai imposto i tuoi voleri,
con verità incomparabile.
[139]Mi divora lo zelo per te
perché i miei avversari
hanno dimenticato le tue parole.
[140]Purissima è la tua promessa:
il tuo servo l'ama.
[141]Io sono piccolo e oggetto di disprezzo:
non ho dimenticato i tuoi comandi.
[142]La tua giustizia è giustizia eterna,
verità è la tua legge.
[143]Angustia e affanno mi hanno colto:
i tuoi precetti sono la mia gioia.
[144]Giustizia sempiterna sono i tuoi voleri;
fammi comprendere e avrò la vita.

Qof — [145]Grido con tutto il cuore:
«Signore, rispondimi!».
Voglio osservare i tuoi decreti.
[146]Io grido a te: salvami!
Voglio custodire i tuoi voleri.
[147]Mi presento all'alba e grido aiuto:
spero nelle tue parole.
[148]Precedono i miei occhi le sentinelle

nel meditare la tua promessa.
[149]Ascolta, Signore, la mia voce,
secondo la tua misericordia;
dammi vita secondo i tuoi giudizi.
[150]A tradimento mi assalgono quelli che mi
perseguitano:
sono lontani dalla tua legge.
[151]Tu sei vicino, Signore,
e veri sono i tuoi precetti.
[152]Conosco da tempo i tuoi voleri;
sì, tu li hai fissati per sempre.

Res — [153]Volgi lo sguardo verso la mia
miseria e salvami!
Sì, non dimentico la tua legge.
[154]Difendi la mia causa e riscattami;
dammi vita secondo la tua promessa.
[155]Lontano dai malvagi sta la salvezza
poiché non cercano i tuoi decreti.
[156]Grande è, Signore, la tua pietà:
dammi vita secondo i tuoi decreti.
[157]Sono molti gli avversari che
m'inseguono,
ma non ho deviato dai tuoi voleri.
[158]Ho visto dei traditori e ne ho avuto
ribrezzo,
perché non custodiscono la tua
promessa.
[159]Vedi, Signore: io amo i tuoi precetti;
dammi vita secondo la tua misericordia.
[160]L'essenza della tua parola è fedeltà;
dura in eterno ogni tuo giusto giudizio.

Sin — [161]Dei prìncipi mi perseguitano,
ma senza motivo;
il mio cuore teme le tue parole.
[162]Io trovo gioia nella tua promessa,
come chi ha trovato un grande tesoro.
[163]Ho in odio la menzogna e la detesto;
amo invece la tua legge.
[164]Sette volte al giorno io ti lodo,
a motivo dei tuoi giusti giudizi.
[165]Grande pace per chi ama la tua legge;
non c'è per loro alcun inciampo.
[166]Attendo il tuo soccorso, Signore;
metto in pratica i tuoi precetti.
[167]La mia anima custodisce i tuoi voleri;
li ama intensamente.
[168]Custodisco i tuoi comandi e i tuoi voleri.
Sì, avanti a me sono tutte le tue vie.

Tau — [169]Giunga fino a te, Signore, la mia
implorazione;
dammi comprensione secondo le tue
parole.
[170]Venga la mia supplica al tuo cospetto,
liberami secondo la tua promessa.
[171]Le mie labbra esprimano la tua lode,
poiché m'insegni i tuoi decreti.

172Canti la mia lingua la tua promessa,
   poiché giusti sono tutti i tuoi precetti.
173Venga la tua mano in mio soccorso,
   poiché ho scelto i tuoi comandi.
174Bramo la tua salvezza, Signore;
   la tua legge è la mia gioia.
175Viva l'anima mia e ti dia lode;
   mi proteggeranno i tuoi giudizi.
176Come pecora smarrita vado errando:
   cerca il tuo servo, poiché non dimentico
   i tuoi precetti.

Salmo 120 (119) - Contro le male lingue

1*Canto delle ascensioni.*
   Al Signore gridai nell'angustia
   ed egli mi rispose:
2 «Signore, libera l'anima mia
   da labbra di menzogna, da lingua
   ingannatrice».
3 Che cosa ti dovrà dare, o che cosa
   aggiungere, lingua menzognera?
4 Frecce acute di un prode
   con carboni di ginepro!
5 Me infelice! Poiché ero straniero
   in Mosoch,
   dimoravo fra le tende di Kedar.
6 Troppo a lungo se n'è stata l'anima mia
   con gente nemica della pace!
7 Mentre io parlavo di pace,
   essi invece erano per la guerra.

Salmo 121 (120) - L'aiuto viene dal Signore

1*Canto delle ascensioni.*
   Alzo gli occhi verso i monti:
   da dove mi verrà l'aiuto?
2 L'aiuto mi verrà dal Signore:
   egli ha fatto cieli e terra.
3 Non permetterà che il tuo piede vacilli,
   né che il tuo custode sonnecchi.
4 Ecco, non sonnecchia,
   non s'addormenta il custode d'Israele.
5 Il Signore è il tuo custode,
   il Signore è l'ombra che ti copre.
6 Non ti colpirà il sole di giorno,
   né la luna di notte.
7 Il Signore ti custodirà da ogni male,
   custodirà la tua anima.

---

120. - ⁴· Il Signore castigherà con il ferro e il fuoco
il perfido che va spargendo calunnie.

8 Il Signore custodirà la tua partenza
   e il tuo arrivo,
   ora e sempre!

Salmo 122 (121) - Inno a Gerusalemme

1*Canto delle ascensioni. Di Davide.*
   Mi rallegrai quando mi dissero:
   «Andremo alla casa del Signore».
2 E ora i nostri piedi
   sono nell'interno delle tue porte,
   Gerusalemme!
3 Gerusalemme costruita come città,
   in sé ben compatta!
4 Là salivano le tribù, le tribù del Signore,
   secondo il precetto dato a Israele
   di lodarvi il nome del Signore.
5 Sì, là s'ergevano i seggi del giudizio,
   i seggi della casa di Davide.
6 Augurate la pace a Gerusalemme:
   vivano in prosperità quanti ti amano!
7 Sia pace fra le tue mura,
   prosperità fra i tuoi palazzi.
8 Per amore dei miei fratelli e amici
   dirò: Sia pace in te!
9 Per amore della casa del Signore,
   nostro Dio,
   chiederò: Sia bene per te!

Salmo 123 (122) - Abbandono fiducioso

1*Canto delle ascensioni.*
   Sollevo gli occhi verso di te
   che abiti nei cieli.
2 Ecco: come gli occhi dei servi
   sono rivolti verso i loro padroni,
   come gli occhi di una serva verso la sua
   padrona,
   così i nostri occhi sono rivolti al Signore,
   nostro Dio,
   finché egli si muova a pietà di noi.
3 Pietà di noi, Signore, pietà di noi!
   Poiché siamo sazi di obbrobio.
4 Troppo sazia è la nostra anima
   degli scherni dei gaudenti,
   del disprezzo degl'insolenti.

Salmo 124 (123) - Dio nostro aiuto

1*Canto delle ascensioni. Di Davide.*
   Se il Signore non fosse stato per noi
   — lo dica Israele —
2 se il Signore non fosse stato per noi

quando ci assalivano gli uomini,
3 certamente ci avrebbero inghiottiti vivi,
quando divampò il loro furore contro di
noi.
4 Certamente ci avrebbero travolti le acque,
un torrente sarebbe passato su di noi.
5 Certamente acque impetuose
sarebbero passate su di noi.
6 Benedetto sia il Signore,
perché non ha permesso
che fossimo preda dei loro denti.
7 L'anima nostra è stata liberata,
come l'uccello dal laccio del cacciatore:
il laccio si è spezzato e noi siamo tornati
in libertà.
8 Il nostro aiuto è nel nome del Signore:
egli ha fatto cieli e terra!

Salmo 125 (124) - Fiducia nel Signore

1*Canto delle ascensioni.*
Quelli che confidano nel Signore sono
come il monte Sion,
che non vacilla, che è stabile in eterno.
2 I monti circondano Gerusalemme
e il Signore sta intorno al suo popolo,
ora e sempre!
3 Sì, lo scettro di empietà non riposerà
sull'eredità dei giusti,
purché i giusti non stendano le mani
a compiere il male.
4 Sii benevolo, Signore, con i buoni
e con quanti sono retti nel loro cuore.
5 Ma coloro che declinano per sentieri
tortuosi
il Signore li accomunerà
con gli operatori di male.
Pace su Israele!

Salmo 126 (125) - Canto del ritorno

1*Canto delle ascensioni.*
Quando il Signore ricondusse
i prigionieri di Sion,
ci sembrava di sognare.
2 Allora la nostra bocca si riempì di sorriso,
la nostra lingua di canti di gioia.
Allora si diceva fra le genti:
«Il Signore ha compiuto grandi cose per
loro!».
3 Grandi cose ha compiuto il Signore per
noi:
eravamo felici!
4 Restaura, Signore, le nostre sorti,

come i torrenti che scorrono
nel Negheb.
5 Quelli che seminano nel pianto,
mieteranno nella gioia.
6 Va piangendo colui che porta il seme
da gettare;
mentre viene con gioia colui che porta
i suoi covoni.

Salmo 127 (126) - Da Dio viene l'aiuto

1*Canto delle ascensioni. Di Salomone.*
Se il Signore non costruisce la casa,
invano vi faticano i costruttori.
Se il Signore non custodisce la città,
invano veglia il custode.
2 È cosa vana alzarsi di buon mattino
e andare tardi a riposare, mangiando
pane di sudore:
il Signore ne dà il doppio a chi egli ama.
3 Ecco, eredità del Signore sono i figli,
un premio il frutto del grembo.
4 Come frecce nella mano di un prode,
così sono i figli della giovinezza.
5 Beato l'uomo che di essi ha piena
la faretra!
Non resterà confuso quando verrà
alla porta
per trattare con i suoi nemici.

Salmo 128 (127) - Dio benedice i buoni

1*Canto delle ascensioni.*
Beati tutti quelli che temono il Signore
e camminano nelle sue vie!
2 Della fatica delle tue mani certamente
mangerai.
Beato te: avrai prosperità.
3 La tua sposa come vite feconda
nell'intimità della tua casa;
i tuoi figli come virgulti d'olivo,
intorno alla tua mensa.
4 Ecco com'è benedetto
l'uomo che teme il Signore.
5 Ti benedica il Signore da Sion,
affinché tu goda della prosperità
di Gerusalemme,
per tutti i giorni della tua vita.
6 Possa tu vedere i figli dei tuoi figli.
Pace su Israele!

---

126. - 4. *Negheb*: regione arida al sud della Palestina che rinverdisce quando è irrigata dalle piogge.

Salmo 129 (128) - Dio difensore

[1] *Canto delle ascensioni.*
   Molto mi hanno avversato
      sin dalla giovinezza,
      — lo dica Israele —
[2] molto mi hanno avversato
      sin dalla giovinezza,
   ma non hanno prevalso su di me.
[3] Hanno arato sul mio dorso gli aratori,
   hanno fatto lunghi solchi.
[4] Giusto è il Signore:
   ha reciso i lacci degli empi.
[5] Rimarranno confusi e volgeranno le spalle
   tutti coloro che odiano Sion.
[6] Saranno come l'erba dei tetti,
   che prima di essere strappata è già secca;
[7] non se ne riempie la mano colui che
      miete,
   né il grembo colui che raccoglie.
[8] Non diranno i passanti:
   «Benedizione del Signore per voi!
   Vi benediciamo nel nome del Signore».

Salmo 130 (129) - Grido del peccatore

[1] *Canto delle ascensioni.*
   Dall'abisso a te grido, o Signore:
[2] Signore, ascolta la mia voce;
   siano attente le tue orecchie
   alla voce della mia preghiera.
[3] Se le colpe tu consideri, o Signore,
   chi potrà sussistere?
[4] Ma presso di te c'è il perdono
   in vista del tuo timore.
[5] Spero, Signore, spera l'anima mia;
   attendo la sua parola.
[6] L'anima attende il Signore
   più che le sentinelle l'aurora.
[7] Attendi il Signore, o Israele,
   poiché con il Signore c'è la misericordia,
   abbondante è con lui la redenzione.
[8] Egli redimerà Israele
   da tutte le sue colpe.

Salmo 131 (130) - Abbandono filiale

[1] *Canto delle ascensioni. Di Davide.*
   Signore, non s'inorgoglisce il mio cuore,
   non sono boriosi i miei occhi,
   non mi muovo fra cose troppo grandi,
   superiori alle mie forze.
[2] Anzi, tengo serena e tranquilla l'anima
      mia.

Come un bimbo svezzato in braccio
   a sua madre,
come un bimbo svezzato è l'anima mia.
[3] Attendi, Israele, il Signore;
   ora e sempre!

Salmo 132 (131) - Per il trasporto dell'arca

[1] *Canto delle ascensioni.*
   Ricòrdati, o Signore, di Davide
   e di tutte le sue fatiche,
[2] come egli giurò al Signore,
   fece voto al Potente di Giacobbe:
[3] «Non entrerò nella tenda della mia casa,
   non salirò sul letto del mio riposo,
[4] non concederò sonno ai miei occhi,
   né riposo alle mie palpebre,
[5] finché non trovi
   una sede per il Signore,
   una dimora per il Potente di Giacobbe».
[6] Ecco, ne abbiamo sentito parlare in Èfrata;
   l'abbiamo trovata nei campi di Iàar.
[7] Andiamo alla sua dimora,
   prostriamoci allo sgabello dei suoi piedi!
[8] Sorgi, Signore, verso il tuo riposo,
   tu e l'arca della tua potenza.
[9] I tuoi sacerdoti si vestano di giustizia,
   i tuoi fedeli gridino di gioia.
[10] Per amore di Davide tuo servo,
   non respingere il volto del tuo
      consacrato.
[11] Il Signore giurò a Davide
   una promessa da cui non tornerà
      indietro:
   «Il frutto del tuo seno porrò sul tuo
      trono.
[12] Se i tuoi figli custodiranno il mio patto
   e i miei precetti che a loro impartirò,
   anche i loro figli, di età in età,
   siederanno sul tuo trono».
[13] Sì, il Signore ha scelto Sion,
   l'ha voluta per sua dimora:
[14] «Qui sarà il mio riposo per sempre,
   qui siederò, poiché l'ho voluto.
[15] Benedirò largamente le sue provviste,
   sazierò di pane i suoi poveri.
[16] Rivestirò di salvezza i suoi sacerdoti;
   esulteranno di gioia i suoi fedeli.
[17] Là farò germinare per Davide
      una potenza;
   preparerò una lampada per il mio
      consacrato.
[18] Rivestirò d'ignominia i suoi nemici,
   mentre su di lui fiorirà il suo diadema».

Salmo 133 (132) - Amore fraterno

[1]*Canto delle ascensioni. Di Davide.*
Quanto è bello e soave
che i fratelli abitino insieme!

[2] È come l'olio prezioso sul capo
che discende fin sulla barba,
sulla barba di Aronne,
che profluisce fino all'orlo della sua
veste.

[3] È come la rugiada dell'Ermon
che scende fin sui monti di Sion.
Sì, là ha disposto il Signore
la sua benedizione, una vita senza fine.

Salmo 134 (133) - Benedite il Signore!

[1]*Canto delle ascensioni.*
Ecco, benedite il Signore
voi tutti, servi del Signore,
voi che state nella casa del Signore
durante le notti.

[2] Innalzate le mani verso il santuario
e benedite il Signore.

[3] Ti benedica il Signore da Sion:
egli ha fatto cieli e terra!

Salmo 135 (134) - Buono è il Signore!

[1]*Alleluia.*
Lodate il nome del Signore,
lodatelo, servi del Signore,

[2] voi che state nella casa del Signore,
negli atri della casa del nostro Dio.

[3] Lodate il Signore, poiché è buono,
inneggiate al suo nome, poiché
è amabile.

[4] Sì, il Signore s'è scelto Giacobbe,
Israele quale suo possesso.

[5] Io riconosco che il Signore è grande,
superiore è il nostro Signore a tutti
gli dèi.

[6] Tutto ciò che ha voluto il Signore
l'ha fatto:
nei cieli e sulla terra, sui mari e in tutti
gli abissi.

[7] Egli fa salire le nubi dalle estremità
della terra;
produce le folgori per la pioggia,
fa uscire i venti dalle sue riserve.

[8] Egli colpì i primogeniti d'Egitto,
dagli uomini fino al bestiame.

[9] Mandò segni e portenti in mezzo a te,
Egitto,

contro il faraone e tutti i suoi servi.

[10] Egli colpì numerose nazioni,
uccise re potenti:

[11] Seon, re degli Amorrei, e Og, re di
Basan,
insieme a tutti i regni di Canaan.

[12] Diede la loro terra in eredità,
in eredità a Israele, suo popolo.

[13] Signore, il tuo nome è per sempre,
Signore, il tuo ricordo di età in età.

[14] Sì, il Signore farà giustizia del suo popolo,
si muoverà a compassione dei suoi servi.

[15] Gl'idoli delle nazioni sono argento e oro,
opera di mani d'uomo:

[16] hanno bocca e non parlano;
hanno occhi e non vedono.

[17] Hanno orecchi e non odono;
non c'è respiro nella loro bocca.

[18] Siano come loro quelli che li fabbricano,
chiunque confida in essi!

[19] Voi della casa d'Israele, benedite
il Signore;
voi della casa di Aronne, benedite
il Signore;

[20] voi della casa di Levi, benedite il Signore;
voi che temete il Signore, benedite
il Signore.

[21] Sia benedetto il Signore da Sion,
lui che abita in Gerusalemme.
Alleluia.

Salmo 136 (135) - Eterna è la divina misericordia!

[1] Celebrate il Signore, perché è buono,
poiché per sempre è la sua misericordia.

[2] Celebrate il Dio degli dèi,
poiché per sempre è la sua misericordia.

[3] Celebrate il Signore dei signori,
poiché per sempre è la sua misericordia.

[4] Egli solo ha fatto grandi meraviglie,
poiché per sempre è la sua misericordia.

[5] Ha fatto i cieli con sapienza,
poiché per sempre è la sua misericordia.

[6] Ha fissato la terra sulle acque,
poiché per sempre è la sua misericordia.

[7] Ha fatto i grandi luminari,
poiché per sempre è la sua misericordia.

[8] Il sole per il governo del giorno,
poiché per sempre è la sua misericordia.

[9] La luna con le stelle per il governo
della notte,
poiché per sempre è la sua misericordia.

[10] Colpì l'Egitto nei suoi primogeniti,
poiché per sempre è la sua misericordia.

11 Fece uscire Israele di mezzo a loro,
   poiché per sempre è la sua misericordia.
12 Con mano forte e braccio disteso,
   poiché per sempre è la sua misericordia.
13 Divise il Mar Rosso in parti,
   poiché per sempre è la sua misericordia.
14 Fece passare Israele nel mezzo,
   poiché per sempre è la sua misericordia.
15 Travolse il faraone e il suo esercito
   nel Mar Rosso,
   poiché per sempre è la sua misericordia.
16 Fece camminare il suo popolo
   nel deserto,
   poiché per sempre è la sua misericordia.
17 Colpì grandi re,
   poiché per sempre è la sua misericordia.
18 Uccise re potenti,
   poiché per sempre è la sua misericordia.
19 Seon, re degli Amorrei,
   poiché per sempre è la sua misericordia.
20 Og, re di Basan,
   poiché per sempre è la sua misericordia.
21 Diede la loro terra in eredità,
   poiché per sempre è la sua misericordia.
22 In eredità a Israele suo servo,
   poiché per sempre è la sua misericordia.
23 Quando eravamo umiliati si ricordò di noi,
   poiché per sempre è la sua misericordia.
24 Ci liberò dai nostri nemici,
   poiché per sempre è la sua misericordia.
25 Egli dà il cibo ad ogni vivente,
   poiché per sempre è la sua misericordia.
26 Celebrate il Dio dei cieli,
   poiché per sempre è la sua misericordia.

Salmo 137 (136) - Nostalgia degli esuli

1 Lungo i fiumi di Babilonia
   là sedevamo in pianto, ricordandoci
   di Sion.
2 Sospese ai pioppi di quella terra
   tenevamo le nostre cetre.
3 Sì, là ci chiesero parole di canto quelli
   che ci avevano deportati,
   canzoni di giubilo quelli che ci tenevano
   oppressi:
   «Cantateci dei canti di Sion».
4 Come cantare i canti del Signore
   in terra straniera?
5 Se mi dimenticassi di te, Gerusalemme,
   s'inaridisca la mia destra;
6 s'attacchi al palato la mia lingua, se non
   mi ricordassi di te;
   se non ponessi Gerusalemme al di sopra
   di ogni mia gioia.

7 Ricòrdati, Signore, contro i figli di Edom,
   che nel giorno di Gerusalemme
   dicevano:
   «Radete, radete al suolo, fin dalle
   fondamenta!».
8 Figlia di Babilonia, votata alla distruzione:
   beato chi ti ricambierà quanto hai fatto
   a noi!
9 Beato chi prenderà i tuoi piccoli
   e li sbatterà contro la roccia!

Salmo 138 (137) - Benigno è il Signore

1*Di Davide.*
   Ti rendo grazie, Signore, con tutto
   il cuore,
   davanti agli dèi a te inneggerò.
2 Voglio prostrarmi verso il tuo santo
   tempio
   e render grazie al tuo nome,
   per la tua misericordia e la tua fedeltà,
   poiché hai magnificato la tua parola
   al di sopra di ogni altro nome.
3 Quando ti ho invocato, mi hai risposto;
   hai accresciuto il vigore nell'anima mia.
4 Ti celebrino, Signore, tutti i re della terra,
   quando avranno udito le parole della tua
   bocca;
5 cantino le vie del Signore,
   poiché grande è la gloria del Signore.
6 Sì, eccelso è il Signore, ma guarda verso
   l'umile,
   mentre da lontano considera il superbo.
7 Se io cammino in mezzo alla sventura,
   tu mi dài vita contro l'ira dei nemici;
   tu stendi la mano: la tua destra mi trae
   in salvo.
8 Il Signore compirà per me la sua opera.
   Signore, la tua misericordia dura
   in eterno;
   non abbandonare l'opera delle tue mani!

Salmo 139 (138) - Nulla sfugge a Dio

1*Per il maestro di coro. Salmo. Di Davide.*
   Signore, tu mi scruti e mi conosci.
2 Tu sai se mi siedo e se mi alzo;
   tu intendi il mio pensiero da lontano.
3 Tu esplori il mio cammino e la mia sosta:
   tutte le mie vie ti sono familiari.
4 Sì, non c'è parola nella mia bocca
   che tu non conosca perfettamente.
5 Alle spalle e di fronte tu mi stringi;
   tu poni su di me la tua mano.

6 Stupenda è per me la tua conoscenza,
   talmente alta che non riesco
        a raggiungerla.
7 Dove potrei andare lontano dal tuo
        spirito?
   Dove fuggire, lontano dalla tua
        presenza?
8 Se scalassi i cieli, là tu sei!
   Se discendessi negli inferi, anche là
        tu sei!
9 Se raggiungessi le ali dell'aurora
   e riuscissi ad abitare al di là del mare,
10 sì, anche là mi guiderebbe la tua mano,
   mi prenderebbe la tua destra.
11 Allora ho detto: «Almeno le tenebre mi
        potrebbero coprire,
   la notte mi potrebbe racchiudere».
12 Ebbene, non sono oscure per te
        le tenebre,
   e la notte risplende come il giorno,
   come le tenebre così è la luce.
13 Sì, tu hai plasmato i miei reni,
   mi hai tessuto nel grembo di mia
        madre.
14 Ti rendo grazie perché sono stato
        formato in modo stupendo:
   stupende sono le tue opere!
   La mia anima lo riconosce appieno.
15 Non ti erano nascoste le mie membra,
   quando fui formato nel segreto,
   ricamato nel profondo della terra.
16 Tutti i miei giorni videro i tuoi occhi;
   nel tuo libro erano scritti tutti quanti:
   vennero fissati i giorni quando neppur
        uno di essi esisteva ancora.
17 Quanto difficili sono per me i tuoi
        pensieri,
   quanto grande il loro numero, o Dio!
18 Se volessi contarli, son più
        della sabbia;
   giunto alla fine, sono tuttora con te.
19 Voglia tu, o Dio, sterminare l'empio!
   Gli uomini di sangue s'allontanino
        da me!
20 Essi dicono di te cose inique;
   si sono sollevati, ma invano, contro
        di te.
21 Non odio forse quelli che ti odiano?
   Non ho forse in orrore chi a te
        si ribella?
22 Di odio pieno io li detesto:
   essi sono nemici per me.
23 Scrutami, o Dio, e conosci il mio cuore;
   saggiami e conosci i miei pensieri.
24 Vedi se c'è in me una via di menzogna
   e guidami nella via eterna.

Salmo 140 (139) - Implorazione

[1]*Per il maestro di coro. Salmo. Di Davide.*
2 Salvami, Signore, dagli uomini malvagi;
   proteggimi dagli uomini di violenza.
3 Essi tramano sventure nel loro cuore;
   scatenano guerre ogni giorno.
4 Fanno acuta la loro lingua come quella
        di un serpente,
   veleno di aspide sta sotto le sue labbra.
5 Salvami, Signore, dalle mani degli empi;
   proteggimi dagli uomini di violenza:
   essi tramano di far vacillare i miei piedi.
6 Hanno teso lacci per me i superbi;
   hanno teso delle funi come rete,
   hanno collocato insidie per me sul ciglio
        della strada.
7 Io dico al Signore: «Tu sei il mio Dio!
   Ascolta, Signore, la voce della mia
        supplica.
8 Signore, Signore, mia forza di salvezza,
   tu hai coperto il mio capo nel giorno
        della battaglia.
9 Non assecondare, Signore, i desideri
        degli empi,
   non favorire i loro disegni».
10 Non levino il capo quanti mi stanno
        d'attorno;
   colga loro stessi la malizia delle loro
        labbra.
11 Faccia piovere su di loro carboni accesi.
   Li faccia precipitare nel baratro
   e non possano più rialzarsi.
12 L'uomo di cattiva lingua non rimanga
        stabile sulla terra;
   quanto agli uomini di violenza,
   li perseguiti la sventura fino alla rovina.
13 Io so che il Signore farà giustizia
        al misero,
   difenderà la causa del povero.
14 Di certo, i giusti renderanno grazie
        al tuo nome;
   si sazieranno i retti della tua presenza.

Salmo 141 (140) - Invocazione

[1]*Salmo. Di Davide.*
   Signore, a te grido: accorri in mio aiuto!
   Ascolta la mia voce, ora che t'invoco.

---

139. - [14-16.] Il salmista è meravigliato di fronte al
mistero dell'origine umana, opera occulta della divina Provvidenza tramite le forze della natura. *Nel
profondo della terra*: il grembo materno, misterioso e
segreto.

2 Stia la mia preghiera come incenso
   davanti a te,
   l'elevazione delle mie mani come
   il sacrificio della sera.
3 Poni, Signore, una guardia alla mia bocca,
   una sentinella alla porta delle mie
   labbra.
4 Non permettere che il mio cuore
   si pieghi a parole maligne,
   in modo che non commetta nessuna
   azione di empietà.
   Con uomini operatori di iniquità
   non voglio gustare i loro pasti deliziosi.
5 Mi percuota il giusto, mi riprenda il pio;
   ma l'olio dell'empio rifiuti il mio capo.
   Sì, continua è la mia preghiera
   nonostante le loro malvagità.
6 Sono caduti nelle mani dei loro giudici
   e hanno udito quanto soavi erano le mie
   parole.
7 Come si fende una roccia o si apre
   la terra,
   sono disperse le loro ossa alla bocca
   degli inferi.
8 Sì, a te, Signore Dio, sono rivolti i miei
   occhi;
   presso di te mi sono rifugiato:
   fa' che non venga meno l'anima mia.
9 Preservami dal laccio che mi hanno teso,
   dalle insidie di quanti commettono
   iniquità.
10 Tutti insieme cadano gli empi nelle loro
   reti,
   io invece vi passi illeso!

Salmo 142 (141) - Implorazione

1 *Salmo sapienziale. Di Davide. Quando era
nella caverna. Preghiera.*
2 Con la mia voce io grido al Signore,
   con la mia voce io imploro il Signore,
3 davanti a lui effondo il mio lamento,
   espongo la mia implorazione al suo
   cospetto.
4 Mentre in me il mio spirito vien meno,
   tu conosci il mio cammino;
   nel sentiero che stavo percorrendo
   hanno teso un laccio per me.
5 Guardo a destra, ed ecco:
   nessuno s'interessa di me;

---

141. - 5. Questo v. è oscuro. Può intedersi: non rifiuto la medicina, anche se amara, qual è il rimprovero, se fattomi a fin di bene.

è scomparso per me ogni rifugio;
   nessuno si prende cura dell'anima mia.
6 A te grido, Signore, e dico:
   Tu sei il mio rifugio;
   tu, la mia porzione nella terra
   dei viventi.
7 Presta attenzione alla mia implorazione,
   poiché sono molto afflitto;
   liberami da quelli che mi perseguitano,
   perché sono più forti di me.
8 Fa' uscire dal carcere l'anima mia
   e io renderò grazie al tuo nome.
   Intorno a me si stringeranno i giusti
   qualora tu mostrerai con me la tua
   benevolenza.

Salmo 143 (142) - Ho fiducia in te, Signore!

1 *Salmo. Di Davide.*
   Ascolta, Signore, la mia preghiera;
   porgi l'orecchio alla mia supplica,
   nella tua fedeltà; esaudiscimi, nella tua
   giustizia.
2 Non entrare in giudizio con il tuo servo,
   poiché nessun vivente risulta giusto
   al tuo cospetto.
3 Sì, il nemico ha perseguitato l'anima mia,
   ha prostrato a terra la mia vita,
   mi ha relegato in luoghi tenebrosi,
   come i morti dei tempi lontani.
4 Vien meno in me il mio spirito,
   nel mio interno si strugge il mio cuore.
5 Ricordo i giorni passati, medito ogni tua
   azione;
   rifletto sulle opere delle tue mani.
6 Protendo verso di te le mie mani,
   come una terra riarsa
   è protesa verso di te l'anima mia.
7 Fa' presto: rispondimi, Signore;
   viene meno il mio spirito.
   Non nascondere da me il tuo volto,
   perché io non sia accomunato
   a quelli che discendono nella fossa.
8 Fammi udire al mattino la tua
   misericordia,
   poiché in te confido.
   Fammi conoscere la via da percorrere:
   sì, verso di te elevo l'anima mia.
9 Liberami, Signore, dai miei nemici:
   verso di te mi rifugio.
10 Insegnami a fare la tua volontà, perché
   tu sei il mio Dio;
   il tuo spirito buono sia la mia guida
   verso una terra piana.

[11] Per amore del tuo nome mi darai vita,
Signore;
per la tua clemenza farai uscire
dall'angustia l'anima mia.
[12] Per la tua misericordia sterminerai
i miei nemici,
e tutti quelli che avversano l'anima mia
tu li annienterai,
poiché io sono tuo servo.

Salmo 144 (143) - Dio, fonte d'ogni bene

[1]*Di Davide.*
Benedetto il Signore, mia roccia,
che addestra le mie mani alla guerra,
le mie dita alla battaglia!
[2] Mia grazia e mia fortezza,
mia roccia e mio scampo,
mio scudo, sotto il quale mi rifugio,
colui che soggioga a me i popoli.
[3] Signore, che cos'è l'uomo che tu te ne
curi,
un figlio d'uomo, che tu te ne dia
pensiero?
[4] L'uomo è simile a un soffio,
i suoi giorni, come ombra che svanisce.
[5] Signore, piega i tuoi cieli e scendi,
tocca i monti ed essi emetteranno fumo.
[6] Manda fulmini e li disperderai,
invia le tue saette e li sconvolgerai.
[7] Stendi le mani dall'alto:
scampami e salvami dalle acque
profonde,
dal potere di gente straniera,
[8] la cui bocca parla con menzogna,
la cui destra è piena di falsità.
[9] O Dio, ti canterò un canto nuovo,
con l'arpa a dieci corde a te inneggerò,
[10] a te che desti vittorie ai re,
che scampasti Davide tuo servo.
[11] Scampami dalla spada funesta
e liberami dal potere di gente straniera,
la cui bocca parla con menzogna,
la cui destra è piena di falsità.
[12] I nostri figli siano come piante ben
cresciute nella loro giovinezza;
le nostre figlie come le colonne angolari
ben scolpite per la costruzione
d'un palazzo.
[13] Siano pieni i nostri granai,
ricolmi di ogni genere di viveri;
si riproducano i nostri greggi a migliaia,
a miriadi nelle nostre campagne.
[14] Siano carichi i nostri buoi;
nessuna breccia, nessuna incursione,

non un gemito vi sia nelle nostre piazze.
[15] Beato il popolo che possiede queste cose:
beato il popolo il cui Dio è il Signore!

Salmo 145 (144) - Lode a Dio potente e buono

[1]*Lode. Di Davide.*
Alef — Voglio esaltarti, o Re mio Dio,
voglio benedire il tuo nome,
in eterno e per sempre.
Bet — [2]Ogni giorno voglio benedirti
e lodare il tuo nome,
in eterno e per sempre.
Ghimel — [3]Grande è il Signore, degno
d'ogni lode,
insondabile è la sua grandezza.
Dalet — [4]Di generazione in generazione
narrino le tue opere,
annunzino le tue meraviglie.
He — [5]Proclamino lo splendore della tua
maestà,
meditino le tue meraviglie.
Vau — [6]Dicano la potenza dei tuoi prodigi,
narrino le tue grandi imprese.
Zain — [7]Divulghino il ricordo della tua
grande bontà,
celebrino con giubilo la tua giustizia.
Het — [8]Paziente e misericordioso
è il Signore,
lento all'ira e grande in misericordia.
Tet — [9]Buono è il Signore verso tutti,
verso tutte le sue opere è la sua
tenerezza.
Jod — [10]Ti celebrino, Signore, tutte
le creature,
ti benedicano i tuoi fedeli.
Kaf — [11]Dicano la gloria del tuo regno,
parlino della tua magnificenza.
Lamed — [12]Facciano conoscere ai figli
degli uomini
la sua magnificenza,
la gloria e lo splendore del suo regno.
Mem — [13]Il tuo regno è regno di tutti
i secoli,
il tuo dominio per ogni generazione.
Nun — Fedele è il Signore in tutte le sue
promesse,
santo in tutte le sue opere.
Samech — [14]Egli sostiene quelli che
vacillano,
rialza quanti sono caduti.
Ain — [15]A te sono rivolti in attesa gli occhi
di tutti,
e tu dài loro il cibo a tempo opportuno.

Pe — [16]Tu apri la tua mano
e sazi a volontà ogni vivente.
Sade — [17]Giusto è il Signore in tutte le sue
    vie,
santo in tutte le sue opere.
Qof — [18]Il Signore sta vicino a quanti
    l'invocano,
a tutti quelli che l'invocano con sincerità.
Res — [19]Appaga il desiderio di quanti
    lo temono,
ascolta il loro grido d'aiuto, e li salva.
Sin — [20]Il Signore custodisce tutti quelli
    che l'amano,
ma tutti gli empi, egli li disperde.
Tau — [21]Dica la mia bocca la lode
    del Signore,
ogni vivente benedica il suo santo nome,
in eterno e per sempre!

Salmo 146 (145) - Fiducia in Dio

[1]*Alleluia.*
    Loda il Signore, anima mia.
[2] Loderò il Signore finché avrò vita,
    inneggerò al mio Dio per tutta la mia
        esistenza.
[3] Non confidate nei potenti,
    in un figlio d'uomo che non dà salvezza.
[4] Esala il suo spirito e ritorna alla terra:
    in quel giorno periscono i suoi disegni.
[5] Beato colui che ha per aiuto il Dio
        di Giacobbe,
    che ha per speranza il Signore suo Dio!
[6] Egli ha fatto cieli e terra,
    il mare e tutto ciò ch'esso contiene.
    Conserva la fedeltà per sempre.
[7] Rende giustizia agli oppressi,
    dà il pane agli affamati;
    il Signore libera i prigionieri.
[8] Il Signore ridona la vista ai ciechi,
    il Signore rialza quanti sono caduti,
    il Signore ama i giusti.
[9] Il Signore custodisce gli stranieri,
    sostiene l'orfano e la vedova,
    mentre sconvolge la via degli empi.
[10] Il Signore regnerà in eterno:
    il tuo Re, o Sion, di generazione
        in generazione.

Salmo 147 (146-147) - Provvidenza di Padre

[1]*Alleluia.*
    Sì, è bello inneggiare al nostro Dio;
    è dolce innalzare a lui la lode.

[2] Il Signore ricostruisce Gerusalemme,
    raduna i dispersi d'Israele.
[3] Egli risana i contriti di cuore
    e fascia le loro ferite.
[4] Egli conta il numero delle stelle,
    tutte le chiama per nome.
[5] Grande è il nostro Dio,
    immensa la sua potenza,
    incalcolabile la sua sapienza.
[6] Il Signore sostiene gli umili,
    ma abbassa fino a terra gli empi.
[7] Cantate al Signore con azione di grazie,
    con la cetra inneggiate al nostro Dio.
[8] Egli copre il cielo di nubi,
    prepara la pioggia per la terra,
    fa germogliare i monti con erba.
[9] Dà al bestiame il cibo,
    ai piccoli del corvo che gridano a lui.
[10] Non tiene conto del vigore del cavallo,
    né si compiace delle gambe dell'uomo.
[11] Egli si compiace di quanti lo temono,
    di quanti sperano nella sua misericordia.
[12] Glorifica il Signore, Gerusalemme,
    loda il tuo Dio, o Sion;
[13] poiché ha rinforzato le sbarre delle tue
        porte,
    in mezzo a te ha benedetto i tuoi figli.
[14] Egli rende sicuri i tuoi confini,
    ti sazia con fior di frumento.
[15] Invia sulla terra il suo comando,
    corre veloce la sua parola:
[16] dà la neve, simile a lana,
    sparge la brina, simile a cenere;
[17] egli getta la sua grandine, simile
        a briciole;
    dal suo gelo si formano le acque.
[18] Manda la sua parola e le dissolve,
    fa soffiare il suo alito e scorrono
        le acque.
[19] Annunzia la sua parola a Giacobbe,
    i suoi decreti e i suoi giudizi a Israele.
[20] Non ha fatto questo con nessun'altra
        nazione,
    non ha fatto conoscere a loro i suoi
        giudizi.
    Alleluia.

Salmo 148 - Tutto il creato lodi il Signore!

[1]*Alleluia.*
    Lodate il Signore dai cieli,
    lodatelo dalle altezze.
[2] Lodatelo, voi tutti suoi angeli,
    lodatelo, voi tutte sue schiere.
[3] Lodatelo, sole e luna.

Lodatelo, voi tutte stelle lucenti.
4 Lodatelo, cieli dei cieli,
e acque che state al di sopra dei cieli.
5 Lodino il nome del Signore,
poiché comandò e furono creati;
6 li stabilì per sempre, in eterno:
diede un ordine che non verrà mai
meno.
7 Lodate il Signore dalla terra:
voi mostri marini e tutti gli abissi;
8 fuoco e grandine, neve e nebbia;
vento di tempesta che adempie la sua
parola.
9 Voi monti e ogni specie di alture,
alberi fruttiferi e tutti voi cedri.
10 Voi fiere e ogni specie di bestiame,
rettili e uccelli alati.
11 Re della terra e voi popoli tutti,
prìncipi e tutti voi, giudici della terra.
12 Giovani e ragazze,
vecchi e fanciulli:
13 lodino il nome del Signore,
poiché soltanto il suo nome è sublime,
la sua maestà è sulla terra e nei cieli.
14 Egli ha innalzato la potenza del suo
popolo.
Lode di tutti i suoi fedeli,
i figli d'Israele, popolo che gli è vicino.
Alleluia.

Salmo 149 - Lode alla divina fedeltà

¹*Alleluia.*
Cantate al Signore un canto nuovo:
risuoni la sua lode nell'assemblea
dei fedeli.

2 Gioisca Israele nel suo Creatore,
esultino nel loro Re i figli di Sion.
3 Lodino il suo nome con la danza,
a lui con timpano e cetra inneggino.
4 Poiché il Signore si compiace del suo
popolo,
incorona gli umili di vittoria.
5 Esultino i fedeli nella gloria,
facciano festa secondo le loro famiglie:
6 le lodi divine sulla loro bocca
e la spada a doppio taglio nella loro mano,
7 per far vendetta fra le nazioni,
punizione fra i popoli;
8 stringere in catene i loro capi
e i loro nobili in ceppi di ferro,
9 eseguire su di essi la sentenza già scritta:
un onore è questo per tutti i suoi fedeli.
Alleluia.

Salmo 150 - Lodate, lodate!

¹*Alleluia.*
Lodate Dio nel suo santuario,
lodatelo nel firmamento della sua
potenza.
2 Lodatelo per le sue forti imprese,
lodatelo per l'immensa sua grandezza.
3 Lodatelo con squilli di tromba,
lodatelo con arpa e cetra.
4 Lodatelo con timpani e danza,
lodatelo sulle corde e sui flauti.
5 Lodatelo con cembali squillanti,
lodatelo con cembali sonori.
6 Ogni essere che ha respiro
dia lode al Signore.
Alleluia.

PROVERBI

Il libro dei Proverbi raccoglie un materiale che si estende nell'arco di cinque secoli circa (dal X al V) ed è costituito da nove collezioni di proverbi, appartenenti ad autori ed epoche diversi: I. 1,8 - 9,18; II. 10,1 - 22,16; III. 22,17 - 24,22; IV. 24,23-34; V. cc. 25-29; VI. 30,1-14; VII. 30,15-33; VIII. 31,1-9; IX. 31,10-31.

Nonostante il titolo iniziale «Proverbi di Salomone» (1,1), a lui vengono attribuite solo le due collezioni maggiori, la II e la V; la III ha evidenti affinità con una raccolta egiziana detta massime di Amenemope, risalenti a prima del 1000 a.C. La prima e l'ultima sono dette solo impropriamente collezioni: la I — la più recente, da attribuirsi al redattore finale — è una lunga esortazione ad acquistare la sapienza, fonte di vita e felicità, e ad evitare gli ostacoli che impediscono tale conquista; l'ultima è un poemetto che traccia l'ideale ebraico della donna perfetta.

Nelle due collezioni salomoniche è confluito il materiale più antico, che può risalire in parte all'epoca di Salomone (ca. 970-930 a.C.) e contenere detti del re sapiente per antonomasia.

La maggior parte delle sentenze raccolte nel libro sono veri e propri proverbi: massime brevi, formate generalmente da due versi, ben ritmate e basate spesso su un'immagine o un paragone.

Particolare importanza riveste la prima parte, cc. 1-9, che mette in scena la sapienza personificata che proviene da Dio e ha presieduto come mediatrice e ordinatrice alla creazione. Essa non desidera altro che comunicarsi all'uomo per orientarlo a una vera conoscenza e a un giusto rapporto con la realtà in cui vive, cosicché in tale realtà possa incontrare Dio: «Chi trova me trova la vita e incontrerà la benevolenza del Signore» (8,35).

PROLOGO

1 ¹Proverbi di Salomone, figlio di Davide, re d'Israele,
² per cònoscere sapienza e disciplina,
   per comprendere massime istruttive,
³ per apprendere destrezza e acutezza,
   per un giudizio retto e veritiero;
⁴ per dare ai giovanetti la prudenza,
   al giovane scienza e assennatezza.
⁵ Ascolti chi è sapiente e lo sarà ancor più
   e l'istruito acquisterà acutezza,

⁶ imparando proverbio e detto oscuro,
   parole di sapienti e loro enigmi.
⁷ Il timore del Signore è l'inizio della sapienza;
   gli stolti disprezzano sapienza e disciplina.

LA SAPIENZA E I SUOI CONSIGLI

Attenti alle cattive compagnie

⁸ Ascolta, figlio mio, la disciplina di tuo padre,
   non trascurare l'insegnamento di tua madre.
⁹ Sono come una corona che abbellisce la tua testa,
   come una collana intorno al tuo collo.

---

1. - 2. *Sapienza*: è l'insieme delle massime necessarie per dirigere la vita secondo la volontà di Dio.
7. Con queste parole, che sono l'idea fondamentale del libro, termina il prologo e comincia l'esortazione all'acquisto della sapienza, che va fino al c. 9 incluso.

¹⁰ Figlio mio, se i peccatori cercano di sedurti,
    tu non acconsentire;
¹¹ se dicono: «Vieni con noi, insidieremo
        l'orfano,
    nasconderemo una rete all'innocente,
¹² li inghiottiremo vivi, come gli inferi,
    come quelli che cadono in un pozzo;
¹³ tutte le cose preziose cercheremo,
    riempiremo le nostre case di rapina;
¹⁴ getterai la tua sorte con la nostra,
    avremo tutti noi lo stesso sacco!».
¹⁵ Figlio mio, non t'incamminar con loro,
    scosta il tuo piede dalle loro vie!
¹⁶ Veramente i loro piedi corrono verso
        il male,
    essi si affrettano a versar sangue!
¹⁷ Veramente senza frutto viene tesa la rete
    alla vista di ogni pennuto!
¹⁸Veramente al loro sangue essi tendono
        insidie,
    pongono reti alle loro proprie vite!
¹⁹Così sono i sentieri di chiunque ammassa
        rapina:
    essa prenderà la vita di coloro che la
        possiedono!

La sapienza parla agli empi

²⁰ La sapienza nelle strade grida,
    nelle piazze fa sentir la sua voce;
²¹ all'incrocio delle vie affollate chiama,
    nei vani delle porte nella città ripete
        i suoi detti:
²² «Fino a quando, inesperti, amerete
        l'inesperienza?
    Gli insolenti si compiaceranno della loro
        insolenza
    e gli insipienti odieranno la scienza?
²³ Volgetevi al mio rimprovero!
    Ecco, vi comunicherò i sentimenti del
        mio spirito,
    vi farò conoscere le mie parole!
²⁴ Poiché ho chiamato e voi avete rifiutato,
    ho steso la mia mano e nessuno ha fatto
        attenzione;
²⁵ avete trascurato tutti i miei consigli
    e non avete apprezzato il mio rimprovero:
²⁶ anch'io nella vostra sventura riderò,
    sorriderò quando arriverà ciò che temete,
²⁷ quando, come una tempesta, viene ciò
        che temete,
    e la vostra sventura arriva come il vento,
    quando viene su di voi la prova
    e la tribolazione.
²⁸ Allora mi chiameranno, ma non
        risponderò,

mi cercheranno, ma non mi troveranno.
²⁹ Perché hanno odiato la sapienza
    e non hanno scelto il timor di Dio,
³⁰ non han voluto da me il consiglio,
    han disprezzato ogni mio rimprovero,
³¹ mangeranno il frutto delle loro azioni
    e dei loro propri consigli si sazieranno!
³² Veramente l'infedeltà perde gli ingenui
    e l'indolenza perde gli stolti.
³³ Chi invece mi ascolta riposa sicuro,
    tranquillo, senza timore di sventura!».

2 La sapienza dono di Dio

¹ Figlio mio, se accoglierai le mie parole
    e conserverai con te i miei precetti,
² volgendo alla sapienza il tuo orecchio,
    inclinerai il tuo cuore all'intelligenza;
³ anzi se farai appello all'acutezza,
    all'intelligenza rivolgendo il tuo grido;
⁴ se la ricercherai come l'argento
    e come un tesoro l'andrai scovando:
⁵ allora scoprirai il timore del Signore
    e la scienza di Dio tu troverai.
⁶ Veramente il Signore dona sapienza,
    dalla sua bocca viene scienza e intelligenza.
⁷ Egli riserva ai retti l'assistenza,
    scudo per chi cammina integramente.
⁸ Proteggendo le vie della giustizia
    custodisce il cammino dei suoi amici.
⁹ Allora comprenderai la giustizia
    e il diritto,
    l'equità e ogni via della felicità.

I frutti della sapienza

¹⁰ Quando sarà entrata la sapienza nel tuo
        cuore
    e la scienza avrà deliziato la tua anima,

---

²⁰. *La sapienza* è personificata per la prima volta e appare come maestra del popolo. Il sapiente, per dare maggiore efficacia al suo dire, mette in scena la stessa sapienza di Dio (1,20-33; 8-9).

²². La sapienza si rivolge a tre classi di uomini: agli *inesperti*, bisognosi d'istruzione; agli *insolenti*, che non s'interessano di religione e morale; agli *insipienti*, che, rifuggendo la sapienza e la disciplina, diventano insensibili alla legge morale.

2. - ². Il cuore, nella Bibbia, è considerato come sede dell'intelligenza, degli affetti e della coscienza morale.

⁶⁻⁸. Questi versetti possono considerarsi come un inciso, per dimostrare che la sapienza viene da Dio e vani sono gli sforzi umani senza di lui.

¹¹ la prudenza veglierà su te
e l'assennatezza ti custodirà,
¹² strappandoti dalla via del male,
dall'uomo dalle idee perverse,
¹³ da quelli che abbandonano le vie diritte
per mettersi nelle vie oscure,
¹⁴ che si dilettano a fare il male,
esultano nelle perversità del male,
¹⁵ devìano i propri sentieri,
sviano nei loro cammini;
¹⁶ strappandoti dalla donna altrui,
dalla straniera che sa adoperare parole
mellìflue,
¹⁷ che ha lasciato il compagno della sua
giovinezza
e ha dimenticato il patto del suo Dio.
¹⁸ Veramente la sua casa va verso la morte
e verso le ombre i suoi sentieri.
¹⁹ Chi si incammina verso di lei
non ritorna indietro
e non raggiunge i sentieri della vita.
²⁰ Così camminerai per la via dei buoni
e i sentieri dei giusti tu custodirai.
²¹ Sì, i retti dimoreranno nel paese,
i puri vi saranno lasciati.
²² Gli empi invece saranno cancellati,
i fedifraghi saranno sradicati.

3 Avvertimenti paterni di saggezza

¹ Figlio mio, non dimenticare il mio
insegnamento
e il tuo cuore custodisca i miei precetti,
² perché con la lunghezza dei giorni
e degli anni di vita
ti procurano prosperità.
³ Amore e fedeltà non ti abbandonino!
Légali intorno al tuo collo,
scrivili sopra la tavola del tuo cuore.
⁴ Troverai grazia e buona fortuna
agli occhi di Dio e dell'uomo.
⁵ Confida nel Signore con tutto il cuore
e non ti appoggiare sulla tua intelligenza.
⁶ Tienlo presente in tutte le tue vie
ed egli raddrizzerà i tuoi sentieri.
⁷ Non essere saggio ai tuoi occhi!
Temi il Signore e fuggi dal male!
⁸ Sarà medicina al tuo corpo,
vigore alle tue ossa.

⁹ Onora il Signore con i tuoi beni
e con le primizie di tutti i tuoi averi.
¹⁰ I tuoi granai saranno pieni di frumento,
i tuoi torchi traboccheranno di mosto.
¹¹ Non disprezzar la disciplina del Signore
e al suo rimprovero non metterti contro,
¹² perché rimprovera quello che ama,
come un padre il figlio di cui si compiace.

Le beatitudini del sapiente

¹³ Beato l'uomo che ha trovato sapienza,
l'uomo che ha incontrato intelligenza.
¹⁴ Il suo guadagno è migliore del guadagno
d'argento
e migliore dell'oro è il suo frutto.
¹⁵ È più preziosa delle perle
e quanto puoi desiderare non l'eguaglia.
¹⁶ Lunghezza di giorni è nella sua destra,
nella sua sinistra ricchezza e onore.
¹⁷ Le sue vie son ve deliziose
e tutti i suoi sentieri sono pace.
¹⁸ Albero di vita per chi l'ha conquistata,
e quelli che la tengono sono beati.
¹⁹ Il Signore con la sapienza ha fondato
la terra,
sostenendo i cieli con l'intelligenza.
²⁰ Per la sua scienza si sono aperti gli abissi
e le nubi hanno stillato rugiada.

Alcuni beni della sapienza

²¹ Figlio mio, non partano dai tuoi occhi
prudenza e accortezza, ma custodiscile.
²² Saranno vita per l'anima tua,
ornamento per il tuo collo.
²³ Allora percorrerai sicuro la tua strada
e il tuo piede non vacillerà.
²⁴ Quando ti coricherai non avrai paura.
Ti coricherai e sarà saporito il tuo sonno.
²⁵ Non temere il terrore improvviso
né la tempesta degli empi quando
si avvicina;
²⁶ perché il Signore sarà il tuo baluardo,
proteggerà dal laccio il tuo piede.

Doveri verso il prossimo

²⁷ Non rifiutare il bene a chi lo chiede,
quando è in potere della tua mano
il farlo.
²⁸ Non dire al tuo prossimo: «Vai e ritorna!
Domani te lo darò», quando ce l'hai.
²⁹ Non progettare contro il tuo prossimo
il male,
quando lui si trova sicuro con te.

---

3. - ^{7.} *Temi il Signore e fuggi dal male*: è la massima che racchiude tutta la sapienza pratica e l'etica del libro (cfr. Gb 28,28).

³⁰ Non litigar con un altro senza motivo,
se non ti ha fatto del male.
³¹ Non invidiare un uomo violento
e non scegliere alcuna delle sue vie.
³² Perché è abominio del Signore
il perverso,
ma conversa con gli uomini retti.
³³ Maledizione del Signore sulla casa
dell'empio,
mentre benedice la dimora dei giusti.
³⁴ Agli insolenti risponde con ira,
ai poveri invece dona la grazia.
³⁵ Gloria erediteranno i sapienti,
gli stolti invece possederanno
ignominia.

4 Ricordi di un padre ai figli

¹ Ascoltate, figli, la disciplina di un padre,
state attenti a conoscere l'intelligenza.
² Perché una buona dottrina vi do:
non disprezzate il mio insegnamento.
³ Sono stato un figlio per mio padre,
tenero e prediletto agli occhi di mia
madre.
⁴ Egli mi istruiva e mi diceva:
«Che il tuo cuore accolga le mie parole,
custodisci i miei precetti e vivi!
⁵ Acquista sapienza, acquista intelligenza,
non la dimenticare e non ti allontanare
dalle parole della mia bocca.
⁶ Non l'abbandonare e ti custodirà;
amala e ti proteggerà.
⁷ Inizio di sapienza è acquistare la sapienza
e con ogni tuo avere acquistare
l'intelligenza.
⁸ Tienla stretta e ti esalterà,
ti glorificherà se tu l'abbracci;
⁹ metterà sulla tua testa un diadema
di grazia,
ti circonderà di una corona
di splendore».

Esortazione a fuggire i cattivi

¹⁰ Ascolta, figlio mio, accogli le mie parole
e si moltiplicheranno per te gli anni
della vita.
¹¹ Nella via della sapienza t'istruisco,
t'incammino per i sentieri
della rettitudine.
¹² Quando camminerai, il tuo passo non
sarà impedito,
se correrai, tu non vacillerai.

¹³ Afferra la disciplina, non l'abbandonare,
custodiscila, perché è la tua vita.
¹⁴ Nel sentiero degli empi non andare
e non procedere nella via dei malvagi.
¹⁵ Evitala, non ci passare,
allontanati da essa e passa oltre.
¹⁶ Essi non si addormentano se non hanno
fatto il male,
svanisce il loro sonno se non han fatto
inciampare.
¹⁷ Essi mangiano il pane dell'empietà
e bevono il vino dei violenti.
¹⁸ La via dei giusti è come la luce dell'aurora,
il cui splendore aumenta fino all'apparir
del giorno.
¹⁹ La via degli empi invece è come
l'oscurità;
non sanno in che cosa inciamperanno.

Esortazione a custodire il proprio intimo

²⁰ Figlio mio, sii attento alle mie parole,
tendi il tuo orecchio ai miei detti.
²¹ Non si allontanino dai tuoi occhi,
custodiscile dentro al tuo cuore.
²² Perché sono vita per chi le trova,
per ogni corpo son guarigione.
²³ Con ogni cura custodisci il tuo cuore,
perché da lui sgorga la vita.
²⁴ Rimuovi da te la falsità della bocca,
la deviazione delle labbra allontana da te.
²⁵ I tuoi occhi guardino avanti,
i tuoi sguardi siano dritti di fronte a te.
²⁶ Spiana il sentiero al tuo piede,
tutte le tue vie siano solide.
²⁷ Non ti voltar né a destra né a sinistra,
rimuovi il tuo piede dal male!

5 Infelicità dell'adulterio

¹ Figlio mio, sii attento alla mia sapienza,
al mio insegnamento tendi il tuo
orecchio,
² per custodire consigli assennati
e le tue labbra conservino la scienza.
³ Veramente le labbra dell'estranea
stillano miele,
molle più dell'olio è il suo palato,
⁴ ma la sua fine è amara come assenzio,
affilata come spada a doppio taglio.

---

4. - ^{12.} La vita è paragonata a un viaggio: la sapienza farà superare tutte le difficoltà e gli ostacoli.

⁵ I suoi piedi scendono alla morte,
  i suoi passi raggiungono gli inferi;
⁶ non spiana il cammino della vita,
  i suoi sentieri vacillano, ma non lo sa.
⁷ E ora, figlio mio, ascoltami,
  non allontanarti dai detti della mia
    bocca.
⁸ Allontana da lei il tuo cammino,
  non ti avvicinare alla porta della sua
    casa.
⁹ Perché tu non dia ad altri il tuo splendore,
  i tuoi anni a uomini spietati;
¹⁰ perché non godano gli altri della tua
    forza,
  i tuoi guadagni non vadano nella casa
    di un estraneo,
¹¹ così che alla fine tu ruggisca,
  quando saranno consumati il tuo corpo
    e la tua carne.
¹² Allora tu dirai: «Ohimè! Ho odiato
    la disciplina,
  il mio cuore ha disprezzato
    il rimprovero;
¹³ non ho ascoltato la voce dei miei
    maestri,
  ai miei insegnanti non ho teso
    l'orecchio.
¹⁴ Un altro poco e sarei stato al colmo
    dell'infelicità
  in mezzo all'assemblea e alla comunità!».

Felicità di un casto amore coniugale

¹⁵ Bevi l'acqua della tua cisterna,
  gli zampilli del tuo pozzo.
¹⁶ Non scorrano fuori le tue fontane
  né sulle piazze i tuoi ruscelli.
¹⁷ Siano per te soltanto,
  non per gli estranei insieme a te.
¹⁸ Sia benedetta la tua sorgente!
  Possa tu trovar la gioia nella donna
    della tua giovinezza,
¹⁹ amabile cerbiatta e gazzella deliziosa.
  I suoi seni ti inebrino in ogni tempo,
  dal suo amore tu sia sempre attratto.
²⁰ Perché saresti attratto, figlio mio,
    da un'altra,
  stringeresti al seno un'altra donna?

---

5. - ⁹⁻¹⁰· Enumera i danni dell'adulterio: perdita del
vigore, inimicizia col marito ingannato, risarcimento
dei danni, perdita della salute, pubblica condanna.
¹⁵⁻¹⁹· Delicate immagini per dire: sii fedele alla tua
legittima consorte. In questi vv. è chiaramente suppo-
sta la monogamia a cui ritornerà la legge evangelica
(Mt 19,4-8).

Pensare ai giudizi di Dio

²¹ Davanti agli occhi del Signore le vie
    dell'uomo,
  tutti i suoi sentieri egli scruta.
²² Le sue colpe imprigionano l'empio,
  dalle funi dei suoi peccati è preso.
²³ Egli morrà, perché è senza disciplina,
  per l'eccesso della sua stoltezza perirà.

6 Non farti garante di nessuno

¹ Figlio mio, se ti sei fatto garante per
    il tuo prossimo,
  per uno straniero hai stretto la tua
    mano;
² ti sei fatto irretire dalla parola delle tue
    labbra,
  ti sei lasciato catturare dai detti della tua
    bocca;
³ fa' così, figlio mio, e sarai libero,
  poiché sei caduto nella mano del tuo
    prossimo:
  va', inginòcchiati e importuna i tuoi
    vicini.
⁴ Non concedere sonno ai tuoi occhi,
  né assopimento alle tue palpebre.
⁵ Lìberati, come gazzella, dalla sua mano,
  come uccello dalla mano del cacciatore.

Il poltrone e la formica

⁶ Va' dalla formica, poltrone,
  guarda i suoi costumi e sii saggio.
⁷ Essa non ha un capo
  né un sorvegliante né un padrone.
⁸ Assicura nell'estate il suo alimento,
  raccoglie alla mietitura il suo cibo.
⁹ Fino a quando, poltrone, riposerai?
  Quando ti alzerai dal tuo giaciglio?
¹⁰ Un po' dormire, un po' sonnecchiare,
  un po' star con le mani in mano
    sul letto.
¹¹ Come un vagabondo arriva la tua
    miseria,
  la tua indigenza come un mendicante.

Che male la doppiezza!

¹² Un poco di buono, un essere malvagio,
  colui che passa con in bocca
    la menzogna;
¹³ socchiude gli occhi, batte i piedi a terra,
  fa segni con le dita;

14 cose perverse rimugina dentro di sé,
   non fa che causare risse.
15 Ma verrà la sua rovina all'improvviso,
   sarà annientato subito, senza alcun
      rimedio.

Sette cose abominevoli per il Signore

16 Sei cose odia il Signore,
   sette ne detesta:
17 occhi alteri, lingua bugiarda,
   mani che versano sangue innocente;
18 cuore che ordisce trame malvagie,
   piedi solleciti a correre al male;
19 teste bugiardo che sparge menzogne,
   chi causa risse in mezzo ai fratelli.

Guàrdati dall'adulterio

20 Osserva, figlio mio, il precetto di tuo
      padre,
   non rifiutare l'insegnamento di tua
      madre.
21 Appendili sul tuo cuore per sempre,
   fissali intorno al tuo collo.
22 Quando tu ti muovi, essa ti conduce,
   quando riposi essa ti custodisce
   e quando tu ti svegli ti saluta.
23 Il precetto è veramente una lampada,
   è luce l'insegnamento
   e via della vita il rimprovero che corregge,
24 per proteggerti dalla donna malvagia,
   dalla lingua lusinghiera della donna
      altrui.
25 Non bramare la sua bellezza nel tuo
      cuore
   e che ella non ti prenda con le sue
      palpebre.
26 Ché per una prostituta c'è un pezzo
      di pane,
   ma la sposata compra una vita preziosa.
27 Può portare un uomo il fuoco nel suo
      seno,
   senza che le sue vesti si bruciacchino?
28 Se uno cammina su carboni accesi,
   i suoi piedi non si scotteranno?
29 Così chi va dall'altrui donna:
   non rimarrà impunito chi la tocca.
30 Non si disprezza il ladro perché ruba
   per riempire il suo stomaco affamato;
31 ma se è scoperto, ripaga settanta volte;
   dovrà dare tutti i beni della sua casa.
32 Chi commette adulterio con una donna
      è povero di spirito:
   opera la rovina di se stesso chi fa tal
      cosa.

33 Piaga e disprezzo egli incontrerà,
   l'onta sua non si cancellerà.
34 Perché accende la gelosia del marito,
   che sarà senza pietà il dì della vendetta.
35 Egli non accetterà nessun riscatto,
   né sarà pago, anche se tu moltiplichi
      i doni.

7 Attento alle lusinghe della prostituta

1 Figlio mio, custodisci le mie parole,
   conserva presso di te i miei precetti.
2 Custodisci i miei precetti e tu vivrai,
   e il mio insegnamento come la pupilla
      dei tuoi occhi.
3 Attaccali alle tue dita,
   scrivili sulla tavoletta del tuo cuore.
4 Di' alla sapienza: «Tu sei la mia
      sorella»,
   chiama «amica» l'intelligenza,
5 per custodirti dalla donna altrui,
   dall'estranea, che adopera parole
      seducenti.
6 Alla finestra della mia casa,
   attraverso il mio cancelletto io spiavo
7 e ho visto tra gli ingenui,
   ho scorto tra i figlioli un giovane povero
      di spirito;
8 Passando per la strada dietro l'angolo,
   si incamminava verso la sua casa,
9 al crepuscolo, dopo il tramontar
      del giorno,
   nel cuore della notte e dell'oscurità.
10 Ecco una donna incontro a lui,
   cortigiana nel vestito, astuta
      nella mente,
11 garrula e irrequieta,
   in casa i suoi piedi non ci sanno stare;
12 ora sulla strada, ora nelle piazze
   e dietro a tutti gli angoli sta in agguato.
13 Lo tira a sé, lo stringe;
   con un fare sfrontato gli dice:
14 «Avevo da far dei sacrifici;
   proprio oggi ho adempiuto i miei voti;
15 per questo sono uscita e ti son venuta
      incontro,
   col desiderio di incontrarti
   e ti ho trovato.

---

6. - 26. Fa notare che, se la prostituta fa perdere le
sostanze, la donna d'altri attira addosso a chi l'avvicina danni assai maggiori, vv. 33-35, perché l'adultero
era punito con la morte.

¹⁶ Con drappi ho adornato il mio giaciglio,
con tappeti di stoffa egiziana.
¹⁷ Ho cosparso il mio letto di mirra,
di aloè e di cinnamomo.
¹⁸ Vieni! Inebriamoci d'amore fino
al mattino,
godiamo insieme nel piacere.
¹⁹ Non c'è il marito in casa,
è partito per un lontano viaggio;
²⁰ la borsa dell'argento ha portato via
con sé,
soltanto al plenilunio farà ritorno
a casa!».
²¹ A furia di insistere lo piega,
con le lusinghe delle sue labbra
lo seduce.
²² Andando dietro a lei lo scioccherello,
è condotto come un bue al macello
e come un cervo che è preso al laccio,
²³ finché una spina non gli trafigge il fegato;
come si affretta un uccello alla rete
e ignora che è in gioco la sua vita.
²⁴ E ora, figlio mio, ascoltami,
fa' attenzione alle parole di mia bocca:
²⁵ non devii il tuo cuore, seguendo le sue
strade,
non ti smarrire mai sui suoi sentieri.
²⁶ Molti sono stati da lei feriti a morte,
i più robusti sono stati le sue vittime.
²⁷ Via degli inferi è la sua casa,
discesa ai palazzi della morte!

8 La sapienza invita ad ascoltarla

¹ Non è forse la sapienza che chiama?
L'intelligenza non fa sentir la voce?
² In cima alle alture, lungo la strada,
agli incroci delle vie ella si pone;
³ accanto alle porte, all'ingresso
dei villaggi,
sulle vie di scorrimento grida:
⁴ «Voi, uomini, io chiamo,
grido ai figli dell'uomo.

---

8. - ^{1-11.} *La sapienza* è qui personificata, come già in 1,20-33; per i padri della chiesa è la Sapienza divina, la seconda Persona della ss.ma Trinità, il Verbo che, incarnandosi, ha assunto la natura umana per comunicare con l'uomo in modo umano.

^{22.} Questo sublime canto della sapienza ce la presenta esistente prima di tutte le cose create, ordinatrice dell'universo, creatrice. Da questa personificazione della sapienza, primizia dell'opera divina, sboccerà la sublime riflessione sul *Lógos* di san Giovanni.

⁵ Imparate, ingenui, la prudenza,
voi, insensati, diventate giudiziosi!
⁶ Ascoltate, perché cose importanti io dirò,
ciò che le mie labbra proferiscono
è retto.
⁷ Cose vere pronunzia il mio palato,
abominio delle mie labbra è l'empietà.
⁸ Giuste sono tutte le parole della mia
bocca,
niente c'è in esse di tortuoso e perverso.
⁹ Tutte sono sincere per chi
le sa comprendere,
rette per chi ha trovato la scienza.
¹⁰ Accogliete la mia istruzione,
non l'argento,
la scienza invece dell'oro fino.
¹¹ Sì, la sapienza è migliore delle perle,
quanto può desiderarsi non l'eguaglia.

La sapienza fa il suo elogio

¹² Io, sapienza, abito insieme alla prudenza,
ho trovato la scienza dei consigli.
¹³ Il timore del Signore è l'odio del male.
Superbia, orgoglio, cattiva condotta
e bocca perversa io li odio.
¹⁴ A me il consiglio e l'abilità,
io sono l'intelligenza, a me la forza.
¹⁵ Per me i re regnano,
i capi amministrano la giustizia;
¹⁶ per me i prìncipi governano,
i nobili giudicano la terra.
¹⁷ Io amo coloro che mi amano;
coloro che mi cercano, mi trovano.
¹⁸ Ricchezza e gloria sono con me,
i beni che perdurano e la giustizia.
¹⁹ Il mio frutto è migliore dell'oro, quello
fino,
i miei prodotti preferibili all'argento
puro.
²⁰ Nella via della giustizia io cammino,
nei sentieri del diritto,
²¹ per provvedere a chi mi ama il bene,
riempire i suoi tesori.
²² Il Signore mi ha creata all'inizio del suo
operare,
prima delle sue opere più antiche.
²³ Dall'eternità sono stata costituita,
dall'inizio, prima dei primordi
della terra.
²⁴ Quando non c'erano gli abissi
io fui partorita,
quando non c'erano le sorgenti
delle acque profonde.
²⁵ Prima che le montagne fossero piantate,
prima delle colline io fui partorita;

²⁶ ancora non aveva fatto la terra
    e le campagne
    e i primi elementi della terra.
²⁷ Quando fissò il cielo, io ero là,
    quando stabilì il firmamento sopra
        la faccia dell'abisso.
²⁸ Quando condensò le nuvole del cielo,
    quando chiuse le sorgenti dell'abisso.
²⁹ Quando impose al mare la sua legge,
    che le acque non trasgredissero la sua
        parola;
    quando fissò i fondamenti della terra,
³⁰ io ero al suo fianco, come ordinatrice,
    io ero la sua delizia giorno per giorno,
    godendo alla sua presenza sempre,
³¹ godendo sul suolo della terra
    e mia delizia erano i figli dell'uomo.

La sapienza esorta istantemente

³² E ora, figli, ascoltatemi!
    Felici quelli che osservano le mie vie.
³³ Ascoltate l'ammonimento e siate saggi,
    non lo trascurate!
³⁴ Felice l'uomo che mi ascolta,
    vegliando alle mie porte ogni giorno,
    custodendone i battenti!
³⁵ Sì! Chi trova me, trova la vita,
    e incontrerà la benevolenza del Signore.
³⁶ Ma chi mi offende, distrugge se stesso:
    tutti coloro che mi odiano, amano
        la morte!

9 La sapienza invita a casa sua

¹ La sapienza ha costruito la sua casa,
    ha drizzato le sue sette colonne.
² Ha ucciso i suoi animali, ha attinto il suo
        vino,
    ha imbandito la sua tavola.
³ Ha inviato le sue ancelle
    a gridare sulle alture del villaggio:
⁴ «Chi è ingenuo, corra!».
    Al povero di spirito ella dice:
⁵ «Venite, mangiate il mio pane,
    bevete il vino che ho preparato.
⁶ Abbandonate l'ingenuità e vivrete,
    camminate nella mia intelligenza!».

Massime contro i beffeggiatori

⁷ Chi corregge il beffeggiatore ne riceve
        disprezzo,
    chi rimprovera l'empio, l'oltraggio.

⁸ Non rimproverare il beffardo, altrimenti
        ti odia!
    Tu rimproveri il saggio ed egli ti ama.
⁹ Da' al saggio e diventerà ancora
        più saggio,
    istruisci il giusto e farà altro acquisto.
¹⁰ L'inizio della sapienza è il timore
        del Signore,
    la scienza del Santo è intelligenza.
¹¹ Sì! Per merito mio si moltiplicheranno
        i tuoi giorni,
    aumenteranno gli anni della vita.
¹² Se sei saggio, lo sei per bene tuo,
    se sei stolto, tu solo lo sconti.

La stoltezza scimmiotta la sapienza

¹³ Donna stoltezza è tutta irrequieta,
    è sempliciotta e senza cervello.
¹⁴ Siede alla porta della sua casa,
    sopra un trono, sulle alture del villaggio,
¹⁵ per chiamare chi passa per la via,
    chi va diritto per la sua strada:
¹⁶ «Chi è ingenuo, corra qua!».
    E al povero di spirito ella dice:
¹⁷ «Le acque furtive sono dolci,
    il pane segreto è delizioso!».
¹⁸ E lui non sa che là ci sono le ombre,
    che agli antri degli inferi scendono i suoi
        invitati.

PRIMA RACCOLTA SALOMONICA

10 Massime di sapienza. - ¹Proverbi di Salomone.

Un figlio saggio dà gioia al padre,
    un figlio stolto è la tristezza di sua
        madre.
² Non fanno profitto i tesori iniqui,
    ma la giustizia libera dalla morte.
³ Il Signore non fa morire di fame un giusto,

---

9. - ¹. La sapienza è rappresentata come una matrona nel suo palazzo, che prepara un sontuoso banchetto a cui invita molti. Questa idea del banchetto avrà i suoi riflessi anche nel NT (cfr. Mt 22,1-11; Lc 14,16-24; Gv 2,1-11; 6,25ss).
¹³. Dopo il banchetto della sapienza, è descritto quello della *stoltezza*, pure personificata. Mentre il convito della sapienza è sorgente di vita, la casa della stoltezza è come una tomba in cui cadono quanti vi entrano.
¹⁷. *Acque furtive*: il v. descrive perfettamente la suggestione psicologica, provocata da ciò che è proibito, sugli ingenui e i semplici.

ma reprime l'ingordigia degli empi.

⁴ Produce indigenza una mano indolente,
una mano svelta invece arricchisce.

⁵ Chi ammassa d'estate è un uomo
assennato,
ma chi dorme al raccolto è un uomo
spregevole.

⁶ Le benedizioni del Signore sono sul capo
del giusto,
ma dolore immaturo chiude la bocca
degli empi.

⁷ La memoria del giusto è in benedizione,
il nome degli empi invece marcisce.

⁸ Il saggio di cuore accetta i precetti,
lo stolto di labbra va invece in rovina.

⁹ Chi cammina sincero, cammina sicuro,
ma chi imbocca le vie tortuose
è smascherato.

¹⁰ Chi strizza l'occhio, procura tristezza,
ma chi corregge con forza, procura
la pace.

Parole del giusto

¹¹ Sorgente di vita, la bocca del giusto,
ma la bocca degli empi racchiude
la violenza.

¹² L'odio procura i litigi,
ma tutte le colpe ricopre l'amore.

¹³ Sulla bocca dell'uomo assennato si trova
saggezza,
ma il bastone è per la schiena
dell'insensato.

¹⁴ I saggi fan tesoro della scienza,
ma la bocca dello stolto è una rovina
imminente.

¹⁵ I beni del ricco sono la sua roccaforte,
ma la rovina dei poveri è la loro
indigenza.

¹⁶ Il salario del giusto procura la vita,
ma il guadagno dell'empio è la rovina.

¹⁷ Va verso la vita chi custodisce
la disciplina,
ma chi trascura la correzione sbanda.

¹⁸ Occultano l'odio le labbra giuste,
ma chi sparge calunnie è uno stolto.

¹⁹ Troppe parole non son senza colpa,
ma chi frena la lingua è un uomo
prudente.

²⁰ Argento colato è la lingua del giusto,
ma il cuore degli empi è cosa da poco.

²¹ Le labbra del giusto nutron le folle,
gli stolti invece muoiono in povertà.

²² La benedizione del Signore arricchisce,
ma niente vi aggiunge lo sforzo.

²³ Allo stolto dà gioia compiere il male,
ma agir con saggezza all'uomo sensato.

²⁴ Ciò che l'empio teme gli arriva,
ma ai giusti vien dato ciò che
desiderano.

²⁵ Passa l'uragano e l'empio non c'è più,
il giusto invece resta saldo in eterno.

²⁶ Come l'aceto per i denti e il fumo
per gli occhi,
così è il pigro per chi l'ha inviato.

²⁷ Il timore del Signore aumenta i giorni,
ma gli anni degli empi sono accorciati.

²⁸ L'attesa dei giusti è la gioia
ma la speranza degli empi va in fumo.

²⁹ Il Signore è un rifugio per l'onesto,
ma una rovina per chi opera il male.

³⁰ Il giusto mai vacillerà,
ma gli empi non abiteranno la terra.

³¹ La bocca del giusto espande sapienza,
ma la lingua perversa verrà estirpata.

³² Le labbra del giusto spandono
benevolenza,
ma la bocca degli empi cose perverse.

11 Giustizia e malvagità

¹ Una bilancia falsa è un obbrobrio
per il Signore,
un peso esatto invece è il suo diletto.

² Dove c'è orgoglio c'è anche il disonore,
con gli umili invece c'è la saggezza.

³ La loro integrità conduce i giusti,
ma la perversità rovina i perfidi.

⁴ Non giova la ricchezza nel giorno
della collera,
invece la giustizia libera dalla morte.

⁵ La giustizia spiana la via all'uomo integro,
ma l'empio cade nella sua empietà.

⁶ La propria giustizia salva gli uomini retti,
ma nella loro brama son presi i perfidi.

⁷ Con la morte dell'empio finisce la sua
speranza,
l'attesa dei perversi è annientata.

⁸ Il giusto è liberato dall'angoscia,
l'empio invece vi cade al suo posto.

⁹ Con la sua bocca l'empio manda
in rovina il prossimo,
ma con la scienza i giusti si districano.

¹⁰ Per il benessere dei giusti la città
gioisce,
ma per la rovina degli empi manda grida
di giubilo.

¹¹ Per la benedizione degli uomini retti
una città prospera,
ma per la bocca degli empi va in rovina.

¹² Chi disprezza il prossimo è povero
  di senno,
  l'uomo intelligente invece sa tacere.
¹³ Chi va gironzolando svela i suoi segreti,
  ma la persona fidata cela quanto sa.
¹⁴ Senza governo un popolo decade,
  il benessere dipende dai molti
  consiglieri.
¹⁵ Di certo ne è responsabile chi garantisce
  un forestiero,
  chi rifiuta garanzie invece è al sicuro.
¹⁶ Una donna benefica si acquista fama,
  uomini energici acquistano ricchezza.

Benefici della buona condotta

¹⁷ Arricchisce se stesso l'uomo benevolo,
  tortura invece il proprio corpo l'uomo
  crudele.
¹⁸ L'empio si affanna per un salario
  insicuro,
  ma per chi semina la giustizia
  la ricompensa è certa.
¹⁹ Chi consolida la giustizia è destinato
  alla vita,
  ma chi persegue il male è destinato
  alla morte.
²⁰ Sono abominio del Signore i tortuosi
  di mente,
  ma son sua delizia quelli di vita integra.
²¹ Sicuramente il cattivo non resterà
  impunito,
  la stirpe dei giusti invece sarà salva.
²² Anello d'oro al muso di un maiale
  una donna bella, ma senza cervello.
²³ Desiderio dei giusti è solo il bene,
  ma la speranza degli empi è la rovina.
²⁴ Uno largheggia e arricchisce ancora,
  uno risparmia oltre misura e solo
  impoverisce.
²⁵ L'anima benefica sempre si arricchisce
  e chi innaffia viene innaffiato.
²⁶ Chi accaparra frumento lo maledice
  il popolo,
  ma la benedizione è sopra chi lo vende.
²⁷ Chi è sollecito nel bene trova
  compiacenza,
  ma chi cerca il male, il male
  lo raggiunge.
²⁸ Chi confida nella sua ricchezza, costui
  rovina,
  ma come germoglio i giusti sbocceranno.
²⁹ Chi mette scompiglio in casa propria,
  il vento è la sua sorte
  e lo stolto divien servo del saggio
  di mente.

³⁰ Il frutto del giusto è l'albero di vita,
  un conquistator di anime è il saggio.
³¹ Se il giusto è ricompensato sulla terra,
  tanto più lo è l'empio e il peccatore.

12 Buoni e cattivi

¹ Chi ama la disciplina, ama la scienza,
  ma chi odia il rimprovero è uno stupido.
² Un buono si attira la compiacenza
  del Signore,
  ma l'uomo astuto Dio lo condanna.
³ Non si consolida un uomo con l'empietà,
  ma la radice dei giusti non sarà mai
  smossa.
⁴ Una buona moglie è la corona di suo
  marito,
  ma come carie nell'ossa è la disonorata.
⁵ I pensieri dei giusti sono equità,
  ma le trame degli empi sono inganno.
⁶ Le parole degli empi sono insidie mortali,
  ma la bocca degli uomini retti li libera.
⁷ Gli empi precipitano e non tornano più,
  la casa dei retti rimane per sempre.
⁸ Per la propria prudenza uno viene
  lodato,
  l'uomo perverso invece è disprezzato.
⁹ Val più un uomo da poco che ha solo
  un servo,
  di un uomo onorato, ma privo di pane.
¹⁰ Il giusto conosce ognuno dei suoi
  animali,
  ma le viscere degli empi sono crudeli.
¹¹ Chi lavora il suo suolo si sazia di pane,
  ma chi va dietro a chimere è privo
  di senno.
¹² L'empio brama la rete dei cattivi,
  ma la radice dei giusti produce.

Uso della lingua

¹³ Nel peccato delle labbra è preso
  il malvagio,
  il giusto invece sfugge al loro morso.
¹⁴ Dal frutto della bocca l'uomo si sazia
  di beni
  e il frutto delle sue mani gli appartiene.
¹⁵ La via dell'empio è retta ai suoi occhi,
  ma chi ascolta il consiglio è saggio.

---

12. - ¹⁵. La peggior disgrazia per un uomo è il non
rendersi conto della propria cattiva condotta, perché
ciò rende impossibile accettare la correzione e mettersi sulla retta via.

¹⁶ Lo stolto subito fa vedere il suo dispetto,
   ma il sapiente nasconde l'oltraggio.
¹⁷ Chi ama la verità annunzia la giustizia,
   ma testimonianza dei bugiardi
      è la falsità.
¹⁸ C'è chi parla come a colpi di spada,
   ma la lingua dei saggi guarisce.
¹⁹ Una lingua verace rimane in eterno,
   una lingua bugiarda solo un batter
      d'occhio.
²⁰ Delusione nel cuore di chi trama
      il male,
   gioia per chi consiglia la pace.
²¹ Non giunge al giusto alcun malanno,
   gli empi invece son pieni di mali.
²² Il Signore detesta una lingua bugiarda,
   di chi fa la verità invece si compiace.
²³ L'uomo prudente nasconde la scienza,
   ma il cuore degli empi proclama
      stoltezza.
²⁴ La mano dell'uomo solerte sarà sopra
      tutti,
   ma l'uomo indolente diventerà schiavo.
²⁵ Basta un affanno del cuore e l'uomo
      ha la febbre,
   ma una buona parola lo riempie di gioia.
²⁶ Trova il suo pascolo il giusto,
   ma la via degli empi li svia.
²⁷ Non arrostisce l'indolenza la sua preda,
   ma è ricchezza dell'uomo una preziosa
      diligenza.
²⁸ Sul sentiero della giustizia, la vita,
   la sua strada non va mai alla morte.

13 Sapienza e stoltezza

¹ Un figlio saggio ama la disciplina,
   un insensato non accetta rimproveri.
² Dal frutto della bocca l'uomo mangia ciò
      che è buono,
   ma il ventre dei malvagi si ciba
      di violenza.
³ Chi custodisce la sua bocca, protegge
      la sua vita,
   per chi la spalanca troppo c'è solo
      rovina.
⁴ Il pigro brama, senza avere niente,
   il ventre dei solerti invece viene saziato.
⁵ Il giusto odia una parola bugiarda,
   il cattivo invece disonora e diffama.
⁶ La giustizia custodisce colui che è retto,
   il peccato manda in rovina il peccatore.
⁷ C'è chi si mostra ricco senza avere
      niente

e c'è chi, pur sembrando povero,
   ha molto.
⁸ Per riscattar la vita l'uomo ha la ricchezza,
   il povero però non sente la minaccia.
⁹ La luce dei giusti risplende gioiosa,
   la lampada degli empi va morendo.
¹⁰ Nell'orgoglio c'è solo la contesa,
   con chi chiede consiglio c'è saggezza.
¹¹ Accumulata in fretta, svanisce
      la ricchezza,
   chi ammassa piano piano si fa ricco.
¹² Speranza differita è malattia al cuore,
   albero di vita è un desiderio soddisfatto.
¹³ Chi disprezza la parola ci rimette,
   chi teme il precetto sta in pace.
¹⁴ L'insegnamento del saggio
      è una sorgente di vita,
   per sfuggire ai lacci della morte.
¹⁵ Una buona intelligenza procura favore,
   ma la via dei perfidi è insidiosa.
¹⁶ Ogni uomo avveduto agisce mostrando
      la sua scienza,
   lo stolto invece sprizza la follia.
¹⁷ Un empio messaggero porta
      alla disgrazia,
   un messaggero fedele invece
      è un rimedio.
¹⁸ Povertà e vergogna per chi trascura
      la disciplina,
   chi tien conto del rimprovero è onorato.
¹⁹ Desiderio soddisfatto è una dolcezza
      all'anima,
   abominio per gli stolti è ritrarsi dal male.
²⁰ Chi va coi sapienti diventa sapiente,
   chi pratica gli stolti si perverte.
²¹ La disgrazia va dietro ai peccatori,
   il bene invece ricompensa i giusti.
²² Chi è buono trasmette l'eredità ai nipoti,
   tesoro dei giusti è la ricchezza
      dell'empio.
²³ Ricco nutrimento sono i campi
      dei poveri,
   ma c'è chi muore perché privo di senno.
²⁴ Chi risparmia il bastone odia il proprio
      figlio,
   chi lo ama prodiga la disciplina.
²⁵ Il giusto mangia fino a saziarsi,
   il ventre degli empi resta vuoto.

14 Sapienza e stoltezza

¹ La sapienza costruisce la sua casa,
   la stoltezza con le proprie mani
      la distrugge.

2 Chi cammina nella sua rettitudine
  ha il timor di Dio,
  chi perverte la sua strada lo disprezza.
3 Nella bocca dello stolto c'è un germoglio
  di superbia,
  le labbra dei saggi li custodiscono.
4 Se non ci sono buoi la greppia è vuota,
  nella forza del giovenco c'è abbondanza
  di prodotti.
5 Un testimonio verace non mentisce,
  un falso testimonio esala falsità.
6 Cerca la sapienza l'insolente, ma invano,
  per l'intelligente, la sapienza è cosa
  facile.
7 Guarda di star lontano dall'insipiente,
  perché non vi troverai labbra sapienti.
8 Chi è prudente studia bene la sua strada,
  ma la follia degli stolti è sbandamento.
9 Nelle tende degli insolenti c'è il castigo,
  nelle case dei giusti c'è la grazia.
10 Conosce il cuore la sua propria amarezza
  e alla sua gioia non s'associa l'estraneo.
11 La casa degli empi sarà abbattuta,
  la tenda dei giusti fiorirà.
12 Una strada agli occhi dell'uomo par
  diritta,
  all'altra estremità però
  c'è un trabocchetto.
13 Perfino nel riso il cuore si rattrista
  e la gioia stessa finisce nell'afflizione.
14 Delle sue vie si sazia il traviato,
  ma l'uomo buono delle sue azioni.
15 L'ingenuo crede ad ogni parola,
  chi è prudente veglia sui suoi passi.
16 Il saggio teme e sfugge il male,
  lo stolto va avanti e sta tranquillo.
17 Chi è pronto all'ira commette ogni
  stoltezza
  e l'uomo tenebroso attira l'odio.
18 Gli ingenui hanno in sorte la stoltezza,
  gli accorti invece si adornano di scienza.
19 I cattivi si inchineranno ai buoni
  e gli empi davanti alle porte dei giusti.
20 Il povero è odiato anche dal suo simile,
  ma gli amici del ricco sono molti.
21 Chi disprezza il suo prossimo fa peccato,
  ma chi ha pietà dei miseri è beato.
22 Non traviano forse gli artefici del male?
  Benevolenza e fedeltà a chi fa il bene.
23 In ogni fatica c'è guadagno,
  solo la parola delle labbra porta
  all'indigenza.
24 Corona dei saggi è la loro ricchezza,
  diadema degli stolti è la stoltezza.
25 Un testimonio veritiero salva molti,
  chi dice menzogne è una rovina.

26 Nel timore del Signore c'è un sicuro
  rifugio
  e per i suoi figli egli è riparo.
27 Il timore del Signore è sorgente di vita
  per sfuggire ai lacci della morte.
28 L'onore del re sta nella moltitudine
  del popolo,
  carenza di popolo è rovina del principe.
29 Chi è lento alla collera ha molta
  intelligenza,
  chi è facile a infiammarsi mostra
  stoltezza.
30 Vita dei corpi è un cuore benigno,
  l'invidia è tarlo delle ossa.
31 Chi opprime il povero disonora il suo
  Creatore,
  lo glorifica chi ha pietà dell'umile.
32 Dalla sua malizia è rovinato l'empio,
  ma pur nella sua morte il giusto
  è fiducioso.
33 Nel cuore intelligente risiede la sapienza,
  ma non si conoscerà nel seno
  degli stolti.
34 La giustizia innalza una nazione,
  vergogna per i popoli è il peccato.
35 Il re si compiace d'un servo intelligente,
  la sua collera è per chi lo disonora.

15 Efficacia della parola

1 Una risposta gentile allontana la collera,
  una parola pungente fa crescere l'ira.
2 La lingua dei saggi produce la scienza,
  la bocca degli stolti produce stoltezza.
3 Gli occhi del Signore sono in ogni luogo
  per osservare buoni e cattivi.
4 Una lingua benevola è un albero di vita,
  una lingua perversa distrugge lo spirito.
5 Lo stolto disprezza la correzione di suo
  padre,
  chi apprezza il rimprovero è saggio.
6 Nella casa del giusto c'è molta ricchezza,
  nei proventi dell'empio c'è insicurezza.
7 Le labbra del giusto diffondono
  la scienza,
  ma non così il cuore degli stolti.
8 Il sacrificio degli empi è abominio
  al Signore,
  della preghiera dei retti egli si compiace.

Dio guarda al cuore

9 Obbrobrio per il Signore è la via
  del peccatore,

egli ama chi cerca la giustizia.
10 Correzione severa a chi abbandona
   il sentiero,
   chi odia il rimprovero, muore.
11 Inferi e abisso sono davanti al Signore,
   quanto più i cuori degli uomini!

Stoltezza degli empi

12 L'insolente non ama chi lo ammonisce,
   egli non vuol frequentare i sapienti.
13 Un cuore gioioso distende la faccia,
   nella tristezza del cuore si deprime
   lo spirito.
14 Un cuore intelligente cerca la scienza,
   la bocca degli stolti si pasce di stoltezza.
15 Tutti i giorni del misero sono cattivi,
   per un cuore contento è sempre
   una festa.
16 Un po' di felicità nel timore del Signore
   val più di un grande tesoro
   con l'inquietudine.
17 Val più una porzione di legumi dove c'è
   amore
   che un bue grasso dove c'è l'odio.
18 Un uomo irascibile suscita contese,
   l'uomo paziente smorza le liti.
19 La strada del pigro è come una siepe
   spinosa,
   il sentiero dei retti invece è scorrevole.
20 Un figlio sapiente allieta il padre,
   l'uomo stolto disprezza sua madre.
21 La stoltezza allieta chi è privo di senno,
   chi è intelligente va dritto per la sua
   strada.
22 I progetti vanno all'aria per mancanza
   di discussione,
   si realizzano quando molti discutono.
23 È una gioia per l'uomo una risposta della
   sua bocca;
   una parola a suo tempo com'è deliziosa!
24 C'è un sentiero di vita, in alto,
   per il saggio,
   perché si allontani dagli inferi in basso.

Chi è caro e chi sgradito a Dio

25 Il Signore abbatte la casa dei superbi,
   consolida invece il confine della vedova.

26 Il Signore detesta i disegni malvagi,
   invece sono pure le parole benevole.
27 Sconvolge la sua casa chi ammassa
   rapine,
   chi disprezza i regali avrà la vita.
28 Il cuore del giusto riflette alle sue
   risposte,
   la bocca degli empi vomita malvagità.
29 Il Signore sta lontano dagli empi,
   ascolta invece la preghiera dei giusti.
30 Uno sguardo lucente dà gioia al cuore,
   una buona notizia ingrassa le ossa.
31 L'orecchio che ascolta l'ammonizione
   di vita
   avrà dimora in mezzo ai sapienti.
32 Chi rigetta la correzione disprezza
   se stesso,
   ma chi ascolta il rimprovero acquista
   senno.
33 Il timore del Signore è saggia disciplina
   e prima della gloria c'è l'umiltà.

16 L'uomo propone, Dio dispone

1 All'uomo i progetti del cuore,
  ma dal Signore la risposta della lingua.
2 Tutte le vie dell'uomo sono pure ai suoi
  occhi,
  ma chi esamina gli spiriti è il Signore.
3 Affida al Signore le tue opere
  e i tuoi progetti si realizzeranno.
4 Ogni opera del Signore è fatta per un fine;
  anche l'empio, per il giorno di sventura.
5 Il Signore detesta ogni cuore orgoglioso;
  sicuramente non sarà impunito.
6 Con la bontà e la fedeltà si espia il peccato
  e col timor di Dio ci si allontana
  dal male.
7 Quando il Signore si compiace delle vie
  di un uomo,
  gli riconcilia pure i suoi nemici.
8 È meglio poco con giustizia
  che molti beni senza l'equità.
9 Il cuore dell'uomo decide la sua strada,
  ma il Signore consolida il suo passo.

Le funzioni del re

10 C'è un oracolo sulle labbra del re,
   nel giudizio la sua bocca non prevarica.
11 La bilancia e i piatti giusti son
   del Signore,
   tutti i pesi del sacco son sua opera.
12 I re detestano fare il male,

---

16. - 4· Dio ha fatto tutto per la sua gloria e, sebbene voglia tutti salvi, la gloria di Dio esige che anche
l'empio punito (*il giorno di sventura*) manifesti la
giustizia di Dio.
10-15· Per comprendere le sentenze di questi vv. bisogna tener presente l'autorità assoluta di cui godevano i re orientali, padroni persino della vita dei sudditi.

perché con la giustizia il trono
si consolida.
13 Delizia dei re sono le labbra giuste,
essi amano chi dice cose rette.
14 L'ira del re è messaggero di morte,
ma l'uomo saggio la placa.
15 Nella luce del volto del re c'è la vita,
il suo favore è come pioggia
primaverile.

Sapienza e rettitudine

16 È meglio possedere sapienza che oro
e intelligenza più che argento.
17 La via dei retti è fuggire il male;
chi vuol custodire la sua anima sorveglia
la sua strada.
18 Davanti alla rovina c'è l'orgoglio,
davanti alla caduta lo spirito altero.
19 Meglio l'umiltà dello spirito coi poveri
che una parte della preda coi superbi.
20 Chi sta attento alla parola trova il bene,
e chi confida nel Signore è beato.
21 Chi è saggio di cuore è proclamato
intelligente
e la dolcezza delle labbra aumenta
il valore.
22 Sorgente di vita è la sapienza per chi
l'ha,
castigo degli stolti è la stoltezza.
23 Il cuore del saggio fa intelligente la sua
bocca
e alle sue labbra aggiunge prestigio.
24 Un favo di miele son le parole amabili,
dolci per l'anima e salutari per le ossa.
25 Agli occhi dell'uomo una strada sembra
retta,
ma all'altro capo ci son sentieri di morte.
26 L'appetito del lavoratore lavora per lui,
perché su lui fa forza la sua bocca.
27 L'uomo da niente prepara il male
e sopra le sue labbra c'è come un fuoco
ardente.
28 L'uomo tortuoso fa nascer la discordia
e chi diffama divide gli amici.
29 L'uomo violento seduce il suo
prossimo
e lo conduce per una via non buona.
30 Chi fa occhiolino trama cose false,
chi comprime le labbra compie il male.
31 Corona di gloria è la canizie;
si trova sul sentiero della giustizia.
32 È meglio un uomo lento all'ira che
un eroe,
e chi domina il suo spirito val più di chi
conquista una città.

33 Nel cavo della veste si getta la sorte,
ma tutta la decisione viene dal Signore.

17 Intelligenza e fiducia in Dio giudice

1 È meglio una crosta di pan secco
e la tranquillità
che una casa ricolma di sacrifici
di discordia.
2 Il servo intelligente sta sopra un figlio
snaturato
e insieme ai suoi fratelli divide i suoi
diritti.
3 Il crogiolo è per l'argento e il forno
è per l'oro;
ma è il Signore che scruta i cuori.
4 Il malevolo presta attenzione a labbra
inique;
il bugiardo presta l'orecchio a lingua
malevola.
5 Chi deride il povero oltraggia
il Creatore;
chi gode dell'infelice non resterà
impunito.
6 Corona degli anziani i loro nipotini;
onore dei figlioli sono i loro padri.
7 Allo stolto non si addice un parlare
onesto;
meno ancora a un onesto una lingua
menzognera.

Prudenza nel parlare e nell'agire

8 Pietra preziosa è un dono per chi l'ha;
dovunque egli si volga ottiene tutto.
9 Chi nasconde una colpa si procura
l'amicizia;
ma chi torna sui fatti si priva di un amico.
10 Fa più male un rimprovero all'uomo
intelligente
che cento colpi all'uomo senza senno.
11 Solo di ribellioni va in cerca chi è
malvagio;
ma un messaggio crudele gli vien
mandato contro.
12 Meglio è incontrare un'orsa a cui
han rapito i cuccioli
che uno stolto nella sua stoltezza.
13 Uno rende male per bene:
la disgrazia mai si allontanerà dalla sua
casa.
14 L'inizio d'una rissa è come l'acqua che
straripa:

prima che la rissa scoppi, fuggi via.
15 Giustificare l'empio e accusare il giusto:
il Signore detesta tutt'e due le cose.
16 Perché il denaro in mano all'insensato?
Per comprare sapienza? Ma non ne ha
l'animo!
17 L'amico ama in ogni circostanza;
è un fratello nell'avversità.
18 Uomo privo di senno è chi s'impegna,
chi si fa garante per un altro.
19 Ama una ferita chi ama la contesa;
chi innalza la sua porta cerca la rovina.
20 Un cuore perverso mai troverà fortuna;
chi ha una lingua falsa cadrà
nella sventura.
21 Chi genera uno stolto lo fa per suo
malanno,
né si rallegrerà il padre di uno stolto.
22 Un cuore contento è un buon rimedio,
uno spirito abbattuto inaridisce le ossa.
23 L'empio accetta un dono di nascosto
per deviar le vie della giustizia.
24 Lo sguardo dell'uomo intelligente è fisso
alla sapienza;
gli occhi dello stolto vanno ai confini
della terra.
25 Tristezza per suo padre è un figlio stolto,
amarezza per chi l'ha generato.
26 Punire l'uomo giusto non è bene,
colpire le persone incensurate è contro
l'equità.
27 Chi modera le sue parole mostra la sua
scienza
e chi ha sangue freddo è un uomo
intelligente.
28 Anche lo stolto, se tace, è reputato
saggio;
chi chiude le sue labbra è un uomo
intelligente.

18 Importanza della parola

1 Segue il suo piacere colui che si separa;
dell'altrui parere egli si beffa.
2 Lo stolto non ama aver la scienza,
ma far mostra di avere intelligenza.

---

17. - 24. Il saggio bada a se stesso; lo stolto va con
gli occhi sino alle estremità della terra, ma non guarda se stesso: si preoccupa, cioè, di molte cose, ma dimentica le più importanti: le sue.
18. - 1. L'individualista non vuol neppure ascoltare
i pareri altrui, irritandosi contro chi lo vuole consigliare.

3 Quando viene l'empietà viene anche
il disprezzo
e con la turpitudine l'obbrobrio.
4 Acque profonde son le parole che
pronuncia l'uomo,
torrente straripante è la fonte
di saggezza.
5 Favorire l'empio non è bene,
per ostacolare il giusto nel giudizio.
6 Le labbra dello stolto portano alla lite
e la sua bocca gli procura i colpi.
7 La bocca dello stolto è la sua rovina,
le sue labbra sono un laccio alla sua vita.
8 Le parole del denigratore sono come
bocconi deliziosi,
che scendono fino al fondo delle viscere.
9 Chi si mostra negligente nel lavoro,
costui è fratello di chi lo vuol distruggere.

Due baluardi: Dio e la ricchezza

10 Una fortezza è il nome del Signore;
a lui ricorre il giusto ed è al sicuro.
11 La fortuna del ricco è la sua fortezza;
un alto muro nella sua opinione.

Sentenze varie

12 Prima della sua rovina s'innalza il cuor
dell'uomo,
prima della gloria c'è l'umiliazione.
13 Chi risponde prima di ascoltare
è stoltezza per lui e confusione.
14 Lo spirito dell'uomo sostiene la sua
fragilità;
lo spirito abbattuto chi lo rialzerà?
15 Un cuore intelligente acquista
conoscenza
e l'orecchio dei saggi cerca la scienza.
16 Il dono dell'uomo tutto gli spalanca
e alla presenza dei grandi lo conduce.
17 Si dà ragione al primo in una lite,
ma viene il suo avversario e lo contesta.
18 La sorte mette fine alle contese
e tra i potenti dà una decisione.
19 Un fratello aiutato da un fratello è come
una fortezza;
gli amici come il catenaccio
di un castello.
20 Col lavoro della bocca si sazia lo stomaco
dell'uomo;
col frutto delle sue labbra si soddisfa.
21 Morte e vita sono in potere della lingua;
chi ne sa fare uso ne assaggerà il frutto.
22 Chi ha trovato una sposa ha trovato
un tesoro;

ha ottenuto una grazia dal Signore.
23 Il povero parla supplicando,
   il ricco invece risponde con durezza.
24 Ci sono amici che mandano in rovina
   ma c'è l'amico più caro di un fratello.

19 Il povero e il ricco

1 Val più un povero di condotta onesta
   che un ricco dalle labbra tortuose.
2 Senza scienza neppur l'impegno è buono
   e chi affretta il passo sbaglia via.
3 La stoltezza dell'uomo rovina la sua
   strada;
   contro il Signore si irrita il suo cuore.
4 La ricchezza moltiplica gli amici,
   ma l'infelice è sfuggito dal suo amico.
5 Un testimonio falso non resterà impunito;
   chi dice menzogne non se la scamperà.
6 Molti adulano la faccia del potente;
   ognuno vuol farsi amico di chi può.
7 Tutti i fratelli del povero lo odiano;
   ancor più gli amici si allontanano da lui;
   cerca di far discorsi, ma essi non ci sono.

Il prudente e lo stolto

8 Chi possiede un cuore è amico
   di se stesso;
   chi custodisce l'intelligenza troverà
   fortuna.
9 Un testimonio falso
   non rimarrà impunito;
   chi dice le menzogne perirà.
10 Non s'addice allo stolto vita agiata;
   ancor meno a uno schiavo comandare
   ai capi.
11 Il buon senso di un uomo trattiene
   la sua ira;
   la sua gloria è passar sopra la colpa.
12 Come il ruggito del leone è l'ira del re;
   ma come la rugiada sopra l'erba il suo
   favore.
13 Un disastro per suo padre è un figlio
   stolto;
   stillicidio senza fine una moglie litigiosa.
14 La casa e la ricchezza si ereditan
   dagli avi;
   ma è dono del Signore una moglie
   intelligente.
15 La pigrizia fa cadere nel torpore
   e un uomo sfaticato patirà la fame.
16 Chi osserva il precetto custodisce la sua
   vita
   ma chi disprezza la parola, morirà.

17 Chi ha pietà del misero fa credito
   al Signore;
   gli renderà la sua mercede.

Correzione e saggezza

18 Correggi tuo figlio, perché c'è
   la speranza;
   ma non trascendere fino ad ammazzarlo.
19 Chi è grande nell'ira ne subisce la pena;
   se lo risparmi, gliene aggiungi ancora.
20 Ascolta il consiglio e accogli
   il rimprovero,
   affinché tu arrivi ad esser saggio.
21 Molti progetti son nel cuor dell'uomo;
   ma il disegno del Signore si realizza.
22 Ciò che si desidera dall'uomo è la bontà;
   e val più un povero che un bugiardo.
23 Il timore del Signore porta alla vita,
   l'uomo dimora sazio e il male
   non lo tocca.
24 Tuffa il pigro la sua mano nel piatto;
   ma non riesce a portarla alla bocca.
25 Colpisci l'insensato e l'ingenuo
   si ravvede;
   riprendi l'intelligente e intende
   la ragione.
26 Chi insulta il padre e fa fuggir la madre,
   è un figlio spudorato e turpe.
27 Cessa, figlio mio, di ascoltare l'istruzione,
   e ti allontanerai dalle parole
   della scienza.
28 Un testimonio malvagio si beffa della
   giustizia;
   la bocca degli empi divora l'iniquità.
29 Per gli insensati stan pronti i castighi;
   le botte per il dorso degli stolti.

20 Proverbi indipendenti

1 Il vino è un beffardo, il liquore
   un insolente;
   chi vi si attacca non può esser saggio.
2 Come il ruggito del leone è l'ira del re;
   chi la eccita fa del male a se stesso.
3 È gloria per ognuno evitar le risse;
   ma ogni stolto vi si getta a capofitto.
4 Alla stagione nuova il pigro non lavora;
   al tempo della messe, cercherà
   ma invano.
5 Acqua profonda è il consiglio nel cuore
   dell'uomo;
   l'uomo intelligente vi saprà attingere.
6 Molti uomini proclamano la loro bontà;

ma l'uomo fedele chi lo troverà?

7 Il giusto cammina nella sua integrità;
   beati i suoi figli dopo lui!

8 Un re che siede sopra un trono
      di giustizia,
   disperde con lo sguardo ogni malvagio.

9 Chi può dire: «Ho purificato il mio
      cuore»,
   «Sono puro dal mio peccato»?

10 Peso diverso da peso, misura diversa
      da misura:
   tutt'e due sono abominate dal Signore.

11 Anche il ragazzo fa conoscere dai suoi
      atti
   se la sua condotta è pura e retta.

12 L'orecchio che intende e l'occhio che
      vede:
   il Signore li ha fatti tutt'e due.

13 Non amare il sonno per non diventar
      povero;
   apri i tuoi occhi e sàziati di pane.

14 «È cattivo, è cattivo», dice il compratore;
   ma quando se ne è andato si felicita.

15 C'è l'oro e l'abbondanza delle perle;
   ma ornamento prezioso son le labbra
      dotte.

16 Prendi la sua veste! L'ha impegnata per
      uno straniero!
   Per gli sconosciuti tienla in pegno!

17 Dolce è per l'uomo il cibo della frode,
   ma dopo la sua bocca è piena di sabbia.

18 Consolida i progetti col consiglio,
   con piani ben precisi fa' la guerra.

19 Rivela i segreti chi sparla facilmente;
   con chi tien le labbra aperte, non aver
      contatti.

20 Chi maledice suo padre e sua madre,
   la sua luce si spegnerà come quando
      fa buio.

21 L'eredità acquistata in fretta all'inizio,
   non sarà benedetta alla sua fine.

22 Non dire: «Renderò male per male!»;
   spera nel Signore e lui ti salverà.

23 Peso diverso da peso è un obbrobrio
      per il Signore
   e le bilance false non son buone.

24 Dal Signore sono ordinati i passi
      dell'uomo:
   come può dunque l'uomo conoscer
      la sua via?

25 È un laccio per l'uomo dire in fretta:
   «Cosa sacra!»,
   e dopo fatto il voto ripensarci.

26 Disperde gli empi un re sapiente,
   rotola su di loro il rullo.

27 Lampada del Signore è lo spirito
      dell'uomo,
   che scruta fino al fondo del suo essere.

28 Bontà e fedeltà vegliano il re,
   nella giustizia si consolida il suo trono.

29 Corona dei giovani è il loro vigore,
   ornamento dei vecchi è la canizie.

30 Le ferite sanguinanti sono rimedio
      contro il male;
   i colpi lo sono dell'intimo dell'animo.

21 L'uomo è nelle mani di Dio

1 Simile a corsi d'acqua è il cuore del re
      in mano del Signore;
   a tutto ciò che vuole egli lo inclina.

2 Ogni strada dell'uomo è retta agli occhi
      suoi;
   ma colui che pesa i cuori è il Signore.

3 Praticare la giustizia e l'equità
   dal Signore è preferito al sacrificio.

4 Occhi alteri e cuore gonfio...:
   lampada dei malvagi è il peccato!

5 I progetti dell'uomo abile conducono
      all'abbondanza;
   ma chi si affretta certamente va in rovina.

6 Fare fortuna con una lingua bugiarda
   è vanità fugace di chi cerca la morte.

7 La violenza degli empi li porta via
      lontano,
   perché ricusano di agire onestamente.

I giusti e gli empi

8 Tortuosa è la via dell'uomo criminale;
   ma chi è puro agisce rettamente.

9 È meglio abitar sotto l'angolo di un tetto
   che in una grande casa con una donna
      litigiosa.

10 L'anima dell'empio desidera il male,
   non trova grazia ai suoi occhi il suo
      vicino.

11 Quando il beffardo è castigato diviene
      saggio il semplice;
   quando il saggio è istruito egli accoglie la
      scienza.

12 Il Giusto osserva la casa dell'empio;
   egli precipita gli empi nella disgrazia.

13 Chi chiude l'orecchio al grido del povero,

---

20. - 20. Non avrà fortuna e avrà la vita corta (cfr.
Es 20,12).

25. Raccomanda prudenza prima di legarsi con un
voto, perché poi incombe l'obbligo stretto di osservarlo.

quando lui chiama, non riceve risposta.

¹⁴ Un dono fatto in segreto placa l'ira
    e un regalo sotto mano il violento furore.
¹⁵ È gioia per il giusto operare l'equità,
    ma la distruzione è per chi fa il male.
¹⁶ L'uomo che devia dal sentiero
        della prudenza
    dimorerà nell'assemblea delle ombre.

Lo stolto e il saggio

¹⁷ Sarà indigente chi ama il piacere;
    chi ama il vino e l'olio non si arricchirà.
¹⁸ Riscatto per il giusto è l'uomo empio;
    al posto degli onesti c'è il ribelle.
¹⁹ È meglio abitare in un deserto
    che con una donna litigiosa e amara.
²⁰ Tesoro prezioso e olio son nella casa
        del saggio;
    ma l'uomo stolto li divora.
²¹ Chi persegue giustizia e bontà
    troverà vita e gloria.
²² Il sapiente scala una città agguerrita
    e si impossessa della forza in cui confida.
²³ Chi custodisce la sua bocca e la sua
        lingua
    preserva se stesso dalle angosce.
²⁴ Orgoglioso, superbo ha nome il beffardo;
    uno che opera con orgoglio smisurato.
²⁵ Il desiderio uccide l'ignavo,
    perché le sue mani rifiutano l'agire.
²⁶ L'empio continua sempre a volere;
    il giusto invece presta e mai rifiuta.
²⁷ Il sacrificio degli empi è un abominio;
    quanto più se si offre per delitti.
²⁸ Un falso testimonio perirà;
    ma chi ascolta parlerà per sempre.
²⁹ L'uomo empio assume aria d'importanza;
    l'uomo retto consolida la sua strada.
³⁰ Non c'è sapienza né intelligenza
    né consiglio che si oppongano al Signore.
³¹ Si equipaggia il cavallo per il giorno
        della lotta;
    ma al Signore appartiene la salvezza.

22 Esperienza quotidiana

¹ Un nome famoso val più di molta
        ricchezza
    e la reputazione più dell'argento e l'oro.
² Il ricco e il povero s'incontrano insieme:
    il Signore li ha fatti entrambi.
³ L'uomo assennato vede la disgrazia
    e si mette al riparo;

    i semplici vi passano accanto
    e ci cascano.
⁴ Frutto dell'umiltà è il timor del Signore,
    la ricchezza, la gloria e la vita.
⁵ Spine e lacci sulla strada del perverso;
    chi ha cura di sé ne sta lontano.
⁶ Istruisci il giovane sulla via da seguire;
    anche da vecchio non se ne allontanerà.
⁷ Il ricco domina sui poveri
    e il debitore è schiavo del creditore.
⁸ Chi semina iniquità raccoglie disgrazia
    e la verga della sua collera colpisce
        lui stesso.
⁹ L'occhio benevolo sarà benedetto,
    perché ha dato del suo pane al povero.
¹⁰ Scaccia il beffardo e la discordia
        se ne andrà
    e cesseranno lite e insulto.
¹¹ Chi ama la purezza di cuore
    e ha la grazia sulle labbra, il re è suo
        amico.
¹² Gli occhi del Signore proteggono
        la scienza,
    ma egli confonde le parole del bugiardo.
¹³ Dice il pigro: «C'è il leone fuori!
    Sulla strada sarò sbranato!».
¹⁴ Fossa profonda è la bocca della donna
        altrui;
    colui che il Signore riprova vi cadrà.
¹⁵ La stoltezza è legata al cuor del giovane:
    la verga del castigo lo allontana da lei.
¹⁶ Chi opprime il povero lo fa ricco;
    chi dà al ricco, solamente impoverisce.

PAROLE DEI SAGGI

Introduzione

¹⁷ Tendi l'orecchio e ascolta le parole
        dei sapienti,
    applica il tuo cuore perché
        tu li comprenda!
¹⁸ Son deliziosi se li custodisci nel tuo seno,
    se resteranno insieme sopra le tue labbra.
¹⁹ Affinché sia il Signore la tua fiducia,
    voglio istruirti oggi intorno alla tua via.
²⁰ Non ho scritto per te trenta parole,
    riguardanti consigli e conoscenza,
²¹ perché tu possa far conoscere la verità,
    rispondere a coloro che ti interrogano?

---

22. - ¹⁶· Le sofferenze patite a causa dell'oppressione si cambieranno per il povero in benedizioni divine, perché Dio è dalla sua parte.

Raccomandazioni

22 Non spogliare il povero, perché è povero
    e non opprimere alla porta l'infelice,
23 perché il Signore difenderà la loro causa
    e rapirà la vita ai loro aggressori.
24 Non diventare amico di un infuriato
    e non frequentare l'iracondo,
25 perché tu non impari i suoi costumi
    e non ci trovi un laccio alla tua vita.
26 Non essere di quelli che offrono
        la destra,
    che si fanno garanti per i debiti:
27 se tu non hai da rendere,
    ti toglieranno anche il letto di sotto.
28 Non spostare il vecchio confine
    che posero i tuoi padri.
29 Tu vedi un uomo svelto al suo lavoro?
    Starà alla presenza dei sovrani.
    Non starà più davanti a gente oscura.

23 Consigli e suggerimenti

1 Se tu siedi alla tavola di un capo,
    stai bene attento a ciò che ti sta davanti;
2 e metti un coltello alla tua gola,
    se sei uno che ha molto appetito.
3 Non bramare le sue pietanze squisite,
    che sarebbero un cibo ingannatore.
4 Non ti affannare per accumulare
        ricchezza,
    cessa dal pensarci;
5 tu fissi in essa i tuoi occhi e non è più;
    perché mette ali come aquila che vola
        verso il cielo.
6 Non mangiare il pane di un uomo
        malvagio
    e non bramare i suoi cibi delicati;
7 perché, come pensa nell'animo suo, così
        egli è;
    «Mangia e bevi!», ti dice, ma il suo
        cuore non è con te;
8 il boccone che mangi, tu lo vomiterai
    e perderai il frutto dei tuoi discorsi
        amabili.
9 Non parlare alle orecchie di uno stolto;
    egli disprezzerebbe i tuoi saggi discorsi.
10 Non spostare il confine della vedova
    e non entrare nei campi degli orfani;
11 perché il loro difensore è potente
    e difenderà contro di te la loro causa.
12 Applica il tuo cuore all'istruzione
    e il tuo orecchio alle parole
        della scienza.

13 Non ricusare al giovane la correzione;
    se lo colpisci col bastone, non morrà.
14 Tu dunque col bastone colpiscilo
    e lo libererai dagli inferi.

Regole pratiche

15 Figlio mio, se il tuo cuore è saggio,
    si allieterà anche il mio stesso cuore;
16 giubileranno le mie viscere,
    se le tue labbra diranno cose rette.
17 Non invidi il tuo cuore i peccatori,
    ma sia ogni giorno nel timor del Signore,
18 perché certamente vi sarà un domani
    e la tua speranza non sarà delusa.
19 Tu ascolta, figlio mio, e sii saggio
    e dirigi il tuo cuore nel cammino...
20 Non stare in mezzo ai bevitori di vino,
    né tra coloro che si rimpinzano di carne;
21 perché chi si ubriaca e gozzoviglia
        divien povero
    e di stracci si veste il sonnolento.
22 Ascolta tuo padre che ti ha generato,
    non disprezzar tua madre, anche se
        vecchia.
23 Compra la verità, non la rivendere;
    sapienza, disciplina e intelligenza.
24 Il padre del giusto è pieno d'allegrezza
    e chi ha generato un saggio ne gioisce.
25 Si rallegri per te tuo padre,
    esulti colei che ti ha dato la vita.
26 Dammi, figlio mio, il tuo cuore,
    i tuoi occhi si dilettino delle mie vie.
27 Perché fossa profonda è la prostituta
    e un pozzo stretto è la donna altrui.
28 Proprio come un ladro sta in agguato,
    fra gli uomini moltiplica i fedifraghi.

Il beone

29 Per chi gli «ohi!», per chi gli «ahimè!»?
    Per chi le risse, per chi i lamenti?
    Per chi le ferite senza ragione?
    Per chi gli occhi turbati?
30 Per chi fa sempre tardi per il vino,
    per chi va in cerca di vino pregiato.
31 Non guardare il vino, perché è rosso,
    come mostra il suo splendore
        nella coppa,
    e va giù così soavemente!
32 Poi alla fine morde come una serpe
    e come una vipera avvelena!
33 I tuoi occhi vedranno cose strane
    e il tuo cuore dirà cose sconnesse.
34 Sarai come chi giace in mezzo al mare,
    chi siede sopra l'albero maestro:

35 «Mi han percosso! Ma io non sento
     niente!
   Mi han picchiato! Non me ne sono
     accorto!
   Quando mi sveglierò?... Ne domanderò
     dell'altro!».

24 Massime di vita pratica

1 Non invidiare i malvagi
   e non desiderare di stare con loro,
2 ché il loro cuore medita rovina,
   le loro labbra parlano di misfatti.
3 Con la saggezza si edifica la casa,
   con l'intelligenza si sostiene
4 e con la scienza si riempiono le stanze
   d'ogni ricchezza pregevole e piacevole.
5 Val più un uomo saggio che uno forte,
   un uomo di scienza che uno valido
     di muscoli;
6 ché con saggi consigli si può far la guerra
   e la salvezza sta nel numero
     dei consiglieri.
7 Una montagna è per lo stolto la sapienza;
   alla porta non apre mai la bocca.
8 Colui che pensa a fare il male
   lo si chiama intrigante raffinato.
9 Trama dello stolto è il peccato,
   obbrobrio degli uomini è il beffardo.
10 Se ti lasci andare nel giorno
     dell'angoscia,
   il tuo coraggio si riduce a poco.
11 Libera i destinati alla morte,
   coloro che vanno al supplizio salva.
12 Che se dici: «Ecco, non lo sapevamo!»,
   forse chi pesa i cuori
     non ha intelligenza?
   Colui che custodisce la tua anima
     non lo sa?
   Egli darà a ciascuno secondo le sue
     opere.
13 Mangia, figlio mio, il miele, perché
     è buono;
   una goccia di miele è dolce al tuo palato;
14 così, devi saperlo, è la sapienza
     per la tua anima:
   se tu la trovi, ci sarà un domani;
   la tua speranza non sarà distrutta.
15 Non insidiare, malvagio, l'abitazione
     del giusto,
   non saccheggiare dove si riposa;
16 ché sette volte il giusto cade e si rialza,
   invece gli empi piombano
     nella sventura.

17 Quando il tuo nemico cade, non gioire,
   quando vacilla, il tuo cuore non esulti!
18 Ché non veda il Signore e gli dispiaccia
   e allontani da lui la sua ira!
19 Non ti scaldare per chi fa il male,
   non irritarti per gli empi;
20 per il malvagio non c'è l'avvenire,
   la lampada degli empi si estingue.
21 Temi il Signore, figlio mio, e il sovrano;
   con i novatori non aver che fare;
22 all'improvviso infatti si leva la loro
     sventura
   e la rovina d'ambedue chi la conosce?

NUOVA RACCOLTA DEI SAGGI

Pagliuzze d'oro

23 Anche queste sono parole dei saggi.
   Far preferenze in giudizio non è bene.
24 Chi dice all'empio: «Tu sei giusto»,
   lo maledicono i popoli, lo odiano
     le nazioni.
25 Ma a coloro che fanno giustizia andrà
     bene,
   su di loro scenderà una benedizione
     lieta.
26 Dà un bacio sulle labbra
   chi parla con franchezza.
27 Fissa prima ciò di cui hai bisogno,
   preparalo quindi nel tuo campo
   e poi costruirai la tua casa.
28 Non testimoniare a cuor leggero contro
     il prossimo,
   non ingannare con le tue labbra.
29 Non dire: «Come ha fatto a me,
     farò a lui;
   io gli renderò secondo quel che
     ha fatto!».

Il podere del pigro

30 Presso il campo del pigro son passato,
   presso la vigna d'un uomo fannullone.
31 Ecco: dovunque crescevano le ortiche,
   le spine coprivano il suolo e la siepe
     di pietra era crollata.
32 Io guardai e riflettei dentro di me,
   osservai e ricavai una lezione:

---

24. - [27]. Prima di metter su famiglia bisogna assicurare l'avvenire. In senso più generale: prima d'iniziare qualcosa, pensa se hai i mezzi per compierla. Meglio non cominciarla che doverla abbandonare incompiuta.

³³ un poco dormire, un poco appisolarsi,
un poco incrociar le mani per sdraiarsi,
³⁴ e come un giramondo viene la tua
   miseria,
   la tua indigenza come un uomo armato.

SECONDA RACCOLTA SALOMONICA

25 **Discrezione.** - ¹Anche questi sono
proverbi di Salomone, che hanno trascritto gli uomini di Ezechia, re di Giuda.

² È gloria per Dio nascondere una cosa,
   ma è gloria per i re penetrarla.
³ I cieli sono in alto, la terra in basso
   e il cuore dei re sono impenetrabili.
⁴ Togli le scorie dall'argento
   e ne uscirà un vaso per mezzo
      dell'orefice;
⁵ togli l'empio dalla faccia del sovrano
   e nella giustizia si consolida il suo trono.
⁶ Non ti gloriare davanti al re
   e al posto coi grandi non ti mettere;
⁷ perché è meglio ti si dica: «Sali qua!»
   che essere abbassato davanti
      al principe.
⁸ Ciò che i tuoi occhi han visto
   non mostrarlo troppo in fretta
      nel processo;
   cosa farai infatti alla fine
   quando il tuo avversario ti avrà smentito?
⁹ Risolvi la tua lite col tuo prossimo,
   ma senza rivelare ad altri il segreto,
¹⁰ perché, sapendolo, non ti vituperi
   e tu ci perda la reputazione.
¹¹ Pomi d'oro con intarsi d'argento
   è una parola detta al tempo giusto;
¹² un anello d'oro o una collana d'oro fino
   è il rimprovero del saggio
      per un orecchio attento.
¹³ Come il fresco della neve al tempo
      della messe
   è un messaggero fedele per chi
      l'ha inviato;
   egli ravviva l'anima del suo signore.
¹⁴ Nuvole e vento e niente pioggia:
   tal è chi promette un regalo e non lo fa.
¹⁵ Con la pazienza si placa un principe
   e una lingua delicata spezza le ossa.

Moderazione

¹⁶ Hai trovato il miele: mangiane
   il necessario;
   perché tu non ti impinzi
   e debba vomitarlo.
¹⁷ Trattieni il piede dalla casa del tuo
      prossimo,
   ché non si stufi di te e ti disprezzi.
¹⁸ Mazza, spada, freccia appuntita:
   l'uomo che testimonia il falso contro
      il prossimo.
¹⁹ Dente cariato e piede sciancato
   è il traditore nel giorno dell'angustia,
²⁰ chi toglie il mantello in un giorno
      di freddo.
   Aceto in una piaga
   è cantare canzoni a un cuore afflitto.
²¹ Se il tuo nemico ha fame, dagli
      da mangiare
   e se ha sete, dagli da bere;
²² così tu ammassi carboni ardenti sul suo
      capo
   e il Signore ti ricompenserà.
²³ La tramontana genera la pioggia,
   la faccia irritata una lingua indiscreta.
²⁴ È meglio abitare sotto l'angolo
      di un tetto
   che con una donna litigiosa in una stessa
      casa.
²⁵ Acqua fresca per una gola assetata:
   una buona notizia da una terra
      lontana.
²⁶ Una sorgente torbida e una fontana
      inquinata
   è il giusto che tentenna davanti
      all'empio.
²⁷ Mangiare troppo miele non è bene;
   risparmia dunque parole lusinghiere.
²⁸ Una città aperta senza mura:
   l'uomo che non sa dominare il proprio
      spirito.

26 Lo stolto

¹ Come la neve all'estate e come
   la pioggia alla messe,
   così lo stolto è indegno della gloria.
² Come il passero svolazza, come
   la rondine vola via,
   così la maledizione senza motivo
   non ha effetto.
³ Briglia al cavallo, freno all'asino
   e bastone per il dorso degli stolti.

---

25. - ²¹⁻²². Cfr. Rm 12,20, dove Paolo cita questi
vv. Il senso non è chiaro. Forse vuol dire che, benefi-
cando il nemico, gli si produce rimorso, inducendolo
al pentimento e alla riconoscenza, attirando su se
stesso la benedizione di Dio.

⁴ Non risponder allo stolto secondo la sua
    stoltezza,
  altrimenti rassomigli a lui pure tu.
⁵ Rispondi allo stolto per la sua stoltezza,
  perché non si creda di esser saggio.
⁶ Si mutila i piedi, beve la violenza
  chi invia un messaggio per mezzo
    di uno stolto.
⁷ Vacillano le ginocchia dello sciancato
  e il proverbio sulla bocca degli stolti.
⁸ Come uno che mette una pietra
    nella fionda,
  così è chi dà gloria allo stolto.
⁹ Una spina cresce nella mano
    dell'ubriacone:
  il proverbio nella bocca degli stolti.
¹⁰ Un arciere che ferisce ogni passante
  è colui che ingaggia uno stolto.
¹¹ Come un cane ritorna al suo vomito,
  lo stolto ripete la sua stoltezza.
¹² Vedi uno che si crede di esser saggio?
  C'è da sperar più dallo stolto che da lui.

Il pigro

¹³ Dice il pigro: «C'è una fiera nella strada,
  un leone è nelle vie!».
¹⁴ La porta gira sul suo cardine
  e il pigro sul suo letto.
¹⁵ Allunga il pigro la sua mano al piatto,
  ma fa fatica a portarla alla sua bocca.
¹⁶ Il pigro si reputa più saggio
  di sette che rispondono con senno.

L'attaccabrighe

¹⁷ Come chi prende per la coda il can che
    passa
  è chi si impiccia di una lite altrui.
¹⁸ Come colui che per fare il pazzo
  tira giavellotti, frecce e morte,
¹⁹ così è colui che mente al suo prossimo
  e dice: «Non mi posso divertire?».
²⁰ Finisce la legna, il fuoco si spegne;
  non c'è denigratore, la collera si placa.
²¹ Carbone sulle braci e legna sopra
    il fuoco:
  è l'uomo rissoso che attizza sempre liti.
²² Le parole del denigratore son cibi
    deliziosi
  che scendono fino al fondo delle viscere.

Il bugiardo

²³ Argento con scorie spalmato sulla creta:
  labbra ardenti e cuore malvagio.

²⁴ Chi odia si maschera con le sue labbra,
  ma cova nel suo intimo l'inganno.
²⁵ Se aggrazia la sua voce non gli credere:
  perché ci son sette obbrobri nel suo
    cuore.
²⁶ Può nascondersi l'odio
  con la dissimulazione:
  ma la sua malizia si svelerà
    nell'assemblea.
²⁷ Chi scava una fossa ci cade
  e una pietra ricade su chi la rotola.
²⁸ Una lingua bugiarda odia chi ferisce
  e una bocca sdolcinata produce
    la rovina.

27 Vanità e invidia

¹ Non ti lodare per domani,
  perché non sai che partorisce l'oggi.
² Ti lodi un altro, ma non la tua bocca,
  un estraneo, non le tue labbra!
³ Cosa grave è la pietra e un peso
    la sabbia,
  ma l'ira dello stolto pesa più di tutt'e
    due.
⁴ Il furore è crudele e l'ira è impetuosa:
  ma chi può sopportar la gelosia?
⁵ Meglio una correzione aperta
  che un amore nascosto.
⁶ Son sincere le piaghe d'un amico,
  sono inganni i baci d'un nemico.
⁷ Gola sazia disprezza il miele,
  gola affamata trova dolce anche l'amaro.
⁸ Come il passero che erra lontano dal nido,
  così l'uomo che erra lontano dal suo
    paese.
⁹ L'olio e il profumo rallegrano il cuore
  e la dolcezza di un amico consola l'anima.

Amici e vicini

¹⁰ Non abbandonare il tuo amico e l'amico
    di tuo padre

---

26. - ⁴⁻⁵· Le due massime, apparentemente contrarie, vogliono dire che si deve rispondere allo stolto,
ma non da stolti, cioè soltanto per fargli comprendere la sua stoltezza e ignoranza.
  ¹²· Il presuntuoso, che si crede saggio e superiore
agli altri, è più restìo dello stolto ad accettare corre-
zioni e consigli.
  27. - ⁸· Chi abbandona la famiglia, il paese, l'occupazione scelta o a lui confacente, si espone a molti affanni.

e non entrare in casa di tuo fratello
   nel giorno della tua tristezza.
È meglio un amico vicino che un fratello
   lontano.
11 Sii saggio, mio figlio, e rallegra il mio
   cuore,
   sicché possa rispondere a chi mi
   oltraggia.
12 Il prudente vede la sventura e si nasconde;
   i semplici ci passan vicino e ne pagano
   il fio.
13 Prendi la sua veste! L'ha impegnata
   per uno straniero!
   Per degli sconosciuti: tienla in pegno!
14 Chi benedice il suo prossimo ad alta
   voce fin dall'alba,
   gli verrà contato come maledizione.
15 Goccia continua in giorno di pioggia
   e donna litigiosa si assomigliano.
16 Chi vuol calmarla, vuol far tacere il vento
   e raccogliere l'olio con la destra.
17 Il ferro col ferro si lima
   e l'uomo affina le maniere del suo
   prossimo.
18 Chi ha cura del suo fico ne mangia
   i frutti;
   chi veglia sul suo padrone sarà onorato.
19 Come l'acqua rimanda il volto al volto,
   così il cuore rivela l'uomo all'uomo.
20 Inferi e abisso mai si saziano;
   gli occhi dell'uomo sono insaziabili.

Bada alle cose tue

21 Il crogiolo è per l'argento e il forno
   per l'oro;
   così per l'uomo è la sua reputazione.
22 Se tu pestassi lo stolto in un mortaio,
   in mezzo ai chicchi con un pestello,
   non staccheresti da lui la sua stoltezza.
23 Guarda bene allo stato del tuo gregge,
   fai attenzione agli armenti:
24 perché la ricchezza non è eterna
   e un diadema non dura all'infinito.
25 Spunta l'erba, appare il germe
   e si raccoglie il foraggio sopra i monti.
26 Ci siano agnelli per vestirti
   e montoni come prezzo di un campo.
27 abbondanza di latte delle capre

---

20. Gli *inferi* sono la dimora dei morti: tanti ne
muoiono, tanti ne vanno; ugualmente l'ingordigia
umana non è mai sazia.
21. La lode prova l'uomo: chi se ne insuperbisce è
un miserabile; chi ci soffre, perché se ne sente indegno, è sapiente.

come cibo per la tua casa e per la vita
   delle tue ancelle.

28 Massime varie

1 L'empio fugge, anche se non c'è chi
   l'insegue;
   il giusto, come un giovane leone,
   sta tranquillo.
2 Quando un paese è in subbuglio, molti
   sono i prìncipi,
   con un uomo intelligente e saggio,
   a lungo resta stabile.
3 Un uomo empio che opprime i poveri:
   acquazzone che devasta e fa mancare
   il pane.
4 Chi trasgredisce la legge esalta l'empio;
   chi osserva la legge è in lotta contro di
   lui.
5 I malvagi non comprendono l'equità;
   chi cerca il Signore comprende tutto.
6 Val più un povero che vive onestamente,
   che uno dalle vie tortuose, benché ricco.
7 Chi osserva la legge è un figlio
   intelligente;
   chi frequenta i libertini disonora
   il padre.
8 Chi aumenta la ricchezza con l'usura
   e l'interesse,
   l'ammassa per chi ha pietà dei poveri.
9 Chi gira l'orecchio per non sentir la legge,
   anche la sua preghiera è ripudiata.
10 Chi svia i retti in una via malvagia cadrà
   nella sua fossa;
   i retti possederanno la felicità.
11 Si crede saggio uno perché è ricco,
   ma il povero che ha senno lo smaschera.
12 Quando prevalgono i giusti c'è molta
   allegria;
   quando si levano gli empi ognuno
   si allontana.
13 Chi nasconde le sue colpe non avrà
   successo;
   chi le confessa e fugge avrà misericordia.
14 Beato l'uomo che ha sempre timore;
   chi indurisce il cuore cade
   nella sventura.
15 Leone ruggente e orso affamato:
   l'empio che domina sopra la gente povera.
16 Un principe privo d'intelligenza
   moltiplica i balzelli;
   ma chi odia il lucro prolunga la sua vita.
17 Un uomo che è inseguito
   per un omicidio,

fuggirà fino alla tomba.
Non lo trattenete!
18 Chi si comporta onestamente sarà salvo;
chi vuole stare su due strade, in una
inciamperà.
19 Chi lavora la sua terra si sazierà di pane;
chi insegue chimere sarà sazio
d'indigenza.
20 L'uomo leale sarà ricco di benedizioni;
chi ha fretta d'arricchirsi non resterà
impunito.
21 Aver riguardo alle persone non è bene;
per un boccon di pane l'uomo
può peccare.
22 Corre dietro alla ricchezza l'uomo avaro
e non sa che lo insegue l'indigenza.
23 Chi rimprovera, troverà poi maggior
favore
di chi adula con la lingua.
24 Chi spoglia suo padre e sua madre
e dice: «Non è colpa!», è compagno
di un brigante.
25 Chi è invidioso suscita le risse;
chi ha fiducia nel Signore avrà successo.
26 Chi confida nel suo cuore è uno stolto;
chi cammina nella sapienza sarà salvo.
27 Chi dà al povero non avrà mai bisogno;
chi chiude gli occhi ha molte maledizioni.
28 Quando gli empi s'innalzano, ognuno
si nasconde;
quando son distrutti, i giusti
si moltiplicano.

29 Vale la pena essere saggio

1 L'uomo che, spesso rimproverato,
persiste nell'errore,
improvvisamente e irrimediabilmente
sarà distrutto.
2 Quando governano i giusti, il popolo
si allieta;
quando dominano gli empi, il popolo
sospira.
3 Un uomo che ama la sapienza allieta
il padre;
chi frequenta le prostitute dissipa
la ricchezza.
4 Con la giustizia un re consolida il paese;
chi aggrava le esazioni lo conduce
alla rovina.
5 Un uomo che adula il suo prossimo
tende un laccio sotto i suoi piedi.
6 Nel peccato di un uomo empio c'è
un laccio;

il giusto invece esulta e si rallegra.
7 Il giusto conosce il diritto dei poveri,
ma l'empio non comprende la scienza.
8 Gli uomini senza scrupoli turbano la città,
i saggi allontanano il furore.
9 Un uomo saggio ha un processo
con lo stolto?
Si agiti o rida, non ci sarà mai pace.
10 Gli omicidi odiano chi è retto;
i retti invece cercano la sua vita.
11 Tutto il suo bollore fa esplodere lo stolto;
il saggio invece lo reprime e lo trattiene.
12 Un capo si interessa a un resoconto falso?
Tutti i suoi subalterni diventano cattivi.
13 Il povero e l'oppressore vanno insieme:
dà luce agli occhi di ambedue il Signore.
14 Un re che giudica con equità i poveri:
il suo trono per sempre si consolida.

Regole di educazione

15 Verga e correzione dànno la sapienza;
l'uomo lasciato a se stesso disonora sua
madre.
16 Quando dominano gli empi la colpa
si moltiplica;
ma i giusti assisteranno alla loro rovina.
17 Correggi tuo figlio e ti darà conforto;
procurerà delizie alla tua anima.
18 Quando non c'è visione il popolo si sfrena;
ma chi osserva la legge è felice.
19 Con i discorsi non si corregge un servo;
egli comprende, ma non obbedisce.
20 Tu vedi un uomo svelto
con le chiacchiere?
C'è più speranza in uno stolto che in
costui!
21 Chi tratta mollemente il suo servo
dall'infanzia,
alla fine costui diventerà insolente.
22 L'uomo collerico suscita le liti
e l'uomo passionale moltiplica i peccati.
23 L'orgoglio dell'uomo gli procura
umiliazione
e l'umile di spirito avrà l'onore.
24 Fa le parti con il ladro e odia la sua anima
chi sente la maledizione e non denunzia
nulla.

---

28. - 23. La correzione è grande atto di carità che
sul momento può urtare, ma poi, riconsiderata a
mente calma, viene apprezzata.
29. - 24. Il complice del ladro già merita il castigo di
lui; però se il giudice lo chiama a testimoniare, scon-
giurandolo di dire la verità, ed egli la tace, odia se
stesso perché si rende passibile di doppia pena.

²⁵ La paura dell'uomo ti crea un laccio;
    chi confida nel Signore è al sicuro.
²⁶ Molti cercano i favori del capo,
    ma viene dal Signore la sorte di ciascuno.
²⁷ Obbrobrio per i giusti è l'uomo empio;
    obbrobrio per l'empio è chi agisce
    rettamente.

PAROLE DI AGÙR

30 Meditazioni personali. - ¹Parole di
        Agùr, figlio di Jakè, da Massa. Oraco-
lo di costui per Iteèl, per Iteèl e per Ukal.

² Sì, io sono il più stupido degli uomini
    e non ho un'intelligenza come gli altri;
³ non ho appreso la sapienza
    e ignoro la scienza del Santo!
⁴ Chi è salito al cielo e ne è disceso?
    Chi ha raccolto il vento nelle sue palme?
    Chi ha racchiuso le acque
        nel mantello?
    Chi ha fissato tutte le estremità
        della terra?
    Qual è il suo nome? Qual è il nome
        di suo figlio? Lo sai?
⁵ Ogni parola di Dio è provata al fuoco;
    egli è scudo a chi in lui si affida.
⁶ Non aggiunger nulla alle sue parole,
    ché non ti riprenda come un bugiardo.
⁷ Due cose io chiedo a te,
    non negarmele prima che io muoia:
⁸ da me allontana falsità e menzogna,
    non darmi povertà o ricchezza,
    fammi gustare il mio pezzo di pane,
⁹ perché, saziato, non abbia a tradire
    e dica: «Chi è il Signore?»,
    o trovandomi in povertà io rubi
    e profani il nome del mio Dio!
¹⁰ Non calunniare un servo davanti al suo
        padrone,
    ché non ti maledica e ne porti la pena!
¹¹ Una generazione maledice suo padre
    e sua madre non la benedice;
¹² una generazione si ritiene pura,
    ma la sua impurità non è cancellata;
¹³ una generazione ha gli occhi alteri
    e le sue palpebre si innalzano;

¹⁴ una generazione ha i denti come spade
    e come coltelli ha le sue mascelle,
    per divorare i deboli e farli scomparire
        dal paese,
    i poveri e farli scomparire dalla terra.

PROVERBI NUMERICI

¹⁵ La sanguisuga ha due figlie: «Dài, dài!».
    Tre cose non si saziano mai
    e quattro non dicono mai: «Basta!»:
¹⁶ gli inferi, il seno sterile,
    la terra che non si sazia di acqua
    e il fuoco che non dice mai: «Basta!».
¹⁷ L'occhio che deride il padre
    e rifiuta l'obbedienza alla madre,
    lo strapperanno i corvi del torrente,
    lo divoreranno le aquile.
¹⁸ Tre cose sono troppo ardue per me,
    quattro non le capisco:
¹⁹ il cammino dell'aquila nel cielo,
    il cammino del serpente sulla roccia,
    il cammino della nave in mezzo al mare
    e il cammino dell'uomo verso una ragazza.
²⁰ Questa è la condotta dell'adultera:
    mangia, si asciuga la bocca
    e dice: «Non ho fatto alcun male!».
²¹ Sotto tre cose trema la terra
    e quattro non le può sopportare:
²² uno schiavo che si fa re,
    lo stolto che si sazia di pane,
²³ una donna sgraziata che prende marito
    e una serva che soppianta la padrona.
²⁴ Quattro esseri sono i più minuscoli
        sopra la terra,
    ma sono saggi tra i saggi:
²⁵ le formiche, che sono un popolo minuto,
    ma ammassano d'estate il loro cibo;
²⁶ gli iraci, che sono un popolo senza
        vigore,
    ma pongono sulla roccia la dimora;
²⁷ le cavallette, che non hanno un re,
    ma escono come un esercito schierato;
²⁸ la lucertola, che puoi prender
        con le mani,
    ma si trova nei palazzi dei re.
²⁹ Tre cose hanno un incesso solenne
    e quattro hanno un'andatura maestosa:
³⁰ il leone, che è il re degli animali
    e non indietreggia davanti a nessuno;
³¹ il gallo ancheggiante in mezzo
        alle galline,
    il capro che cammina in testa al gregge
    e il re quando è in mezzo al suo
        esercito.

---

30. - ¹. *Agùr* è un personaggio a noi completamente sconosciuto; probabilmente è israelita, poiché adora Jhwh.
²⁻⁴. L'uomo più sapiente senza luce soprannaturale
si sente assediato dai misteri ed esclama sgomento:
«Io non so nulla!» (cfr. Gb 6,10).

32 Se tu sei stato stolto da diventar superbo,
   ma hai cambiato, metti alla bocca il dito.
33 Pressando il latte si produce il burro,
   stringendo il naso si fa uscire il sangue,
   sbottando l'ira si suscita la lite!

PAROLE DI LEMUÈL

31 **Esortazione materna.** - ¹Parole di
Lemuèl, re di Massa, insegnategli da
sua madre.

2 E che, figlio mio! E che, figlio del mio
   seno!
   E che, figlio dei miei voti!
3 Non concedere alle donne il tuo vigore,
   i tuoi fianchi a quelle che rovinano
   i sovrani!
4 Non conviene ai re, o Lemuèl,
   non conviene ai re bere vino,
   né ai prìncipi desiderar liquori,
5 ché bevendo scordi ciò che
   ha decretato
   e àlteri il diritto a tutti gli infelici!
6 Date bevande forti a chi sta per morire
   e vino a chi è nell'amarezza.
7 Beva per dimenticar la sua miseria,
   e non ricordarsi più della sua pena.
8 Apri la bocca tua per chi è muto,
   per la causa di tutti i derelitti!
9 Apri la bocca tua, giudica con giustizia,
   rendi giustizia all'infelice e al povero!

LA DONNA IDEALE

Alef — ¹⁰Una donna efficiente chi la trova?
È superiore alle perle il suo valore.
Bet — ¹¹Confida in lei il cuore di suo
   marito,
che ne ricaverà sempre un vantaggio.
Ghimel — ¹²Gli procura ciò che è bene,
   non il male,
per tutti i giorni della sua vita.

---

31. - ¹¹· Il marito che ha avuto la fortuna di avere
tale donna, affida a lei la famiglia e la casa con tutta
sicurezza.
¹⁸· La *lampada* stava sempre accesa nelle case e si
spegneva soltanto nella sventura. Vuol dire che la
prosperità regnerà nella sua famiglia.
²³· *È stimato alla porta*: nelle piccole e antiche città
palestinesi, appena dentro la porta delle mura vi era
una piccola piazza in cui si radunavano gli anziani e i
cittadini per trattare i pubblici affari.

Dalet — ¹³Si interessa della lana
   e del lino,
sta sempre occupata con le mani.
He — ¹⁴È come le navi d'un mercante,
che fa venir da lontano il suo pane.
Vau — ¹⁵S'alza quando è ancora buio,
per distribuire il vitto ai suoi domestici
e dare ordini alle sue domestiche.
Zain — ¹⁶Mette l'occhio su un campo
   e l'acquista;
col frutto delle sue mani pianta
   una vigna.
Het — ¹⁷Stringe forte i propri fianchi,
irrobustisce le sue braccia.
Tet — ¹⁸Sperimenta l'utilità del suo
   lavoro,
non si spegne di notte la sua lampada.
Jod — ¹⁹Le sue mani ella mette
   alla conocchia,
le sue dita si occupan del fuso.
Kaf — ²⁰Tende le sue mani verso
   il povero
e le sue dita stende all'infelice.
Lamed — ²¹Non teme la neve
   per i familiari,
perché i domestici hanno doppia veste.
Mem — ²²S'è procurata bei tappeti,
bisso e porpora sono le sue vesti.
Nun — ²³È stimato alla porta suo
   marito,
quando siede con gli anziani del paese.
Samech — ²⁴Tesse drappi di lino
   e li rivende,
una cintura vende al commerciante.
Ain — ²⁵Forza e prestanza sono il suo
   vestito,
guarda sicura al tempo avvenire.
Pe — ²⁶La sua bocca apre
   con saggezza,
un insegnamento fedele è sopra la sua
   lingua.
Sade — ²⁷Sorveglia il va e vieni
   della casa,
non mangia il pane della sua pigrizia.
Qof — ²⁸Si levano i suoi figli,
   si felicitano con lei,
suo marito tesse il suo elogio:
Res — ²⁹Molte donne sono state
   efficienti,
ma tu le sorpassi tutte quante.
Sin — ³⁰Falsa è la grazia, vana
   la bellezza!
La donna saggia, quella va lodata!
Tau — ³¹Datele il frutto delle proprie
   mani,
la lodino alle porte le sue opere!

QOHÈLET

L'operetta giunta a noi sotto il nome di «Qohèlet» (o Ecclesiaste) contiene riflessioni disincantate sull'esistenza umana, annotate senz'ordine e sistematicità, da un saggio ebreo vissuto verso la fine del III secolo a.c. Qohèlet significa propriamente «colui che parla nell'assemblea», titolo attribuito all'autore e divenuto poi una specie di nome proprio.

Nella sua esistenza, questo saggio ha sentito profondamente la «vanità di tutto», cioè l'inconsistenza e l'incomprensibilità della vita e delle cose, espressa nel celebre detto: «O vanità immensa: tutto è vanità» (1,2; 12,8).

Osservando la realtà che lo circonda, Qohèlet la trova piena di cose incomprensibili: la natura, apparentemente in continuo movimento, in effetti ripete incessantemente gli stessi cicli ed è quindi immobile; la storia non porta nulla di nuovo sotto il sole, perché ogni generazione ripete quanto hanno fatto le generazioni precedenti; l'incongruenza e il caso dominano nella vita, non solo perché non si dà un chiaro nesso tra capacità e successo, impegno e risultati, ma soprattutto perché manca ogni legge di retribuzione che convinca inequivocabilmente l'uomo del valore del suo comportamento morale.

Il libro di Qohèlet è una pietra miliare nel cammino della rivelazione e ha quindi tutto il senso di un'attesa. Qohèlet è un israelita e, se non ha ragioni per spiegare quanto avviene sotto il sole, sa che sopra il firmamento c'è Qualcuno che tutto conosce, per cui un senso il mondo deve averlo. Egli quindi è un testimone paradossale della fede nel Dio d'Israele, tanto più eroica quanto più la ragione è messa a dura prova. Egli è testimone dell'attesa di una «luce che venga in questo mondo a illuminare ogni uomo» (Gv 1,9).

1 L'uomo davanti al suo limite. - [1]Parole di Qohèlet, figlio di Davide, re di Gerusalemme.

[2] O vanità immensa, ha detto Qohèlet,
o vanità immensa: tutto è vanità.
[3] Che vantaggio viene all'uomo da tutta
la fatica
in cui si affatica sotto il sole?
[4] Una generazione va e una generazione
viene;
eppure la terra sta sempre ferma.
[5] Il sole sorge, il sole tramonta
e si affretta al suo luogo.
[6] Va verso sud e gira verso nord il vento.

Il vento, nel suo cammino, non fa che
girare:
ritorna sempre sulle sue spire.
[7] Tutti i fiumi scorrono verso il mare
e il mare non si empie mai;
sempre i fiumi tornano a fluire
verso il luogo dove vanno scorrendo.
[8] Ogni discorso resta a mezzo,
perché l'uomo non riesce a concluderlo.
L'occhio non si sazia di ciò che vede,
né l'orecchio si riempie di ciò che ode.
[9] Ciò che è stato è ciò che sarà,
ciò che è stato fatto è ciò che si farà.
Niente di nuovo sotto il sole.

[10]Qualche volta si sente dire: «Ecco, questa è una cosa nuova». Ma questa fu già nei secoli che furono prima di noi.
[11]Non c'è ricordo degli antichi e non ci sarà neppure dei posteri presso coloro che verranno dopo di loro.

---

1. - [1.] *Qohèlet*, in greco e latino «Ecclesiastes», è il nome accademico dell'autore: «colui che parla nell'assemblea». *Figlio di Davide:* tale è Salomone, ma qui è una finzione letteraria per dar valore al libro.

Vanità della scienza. - [12]Io, Qohèlet, sono stato re d'Israele in Gerusalemme. [13]Mi sono dato a cercare e a riflettere, per mezzo della sapienza, su tutto ciò che avviene sotto il cielo. È una brutta occupazione, questa, che Dio ha dato agli uomini perché vi si occupino. [14]Così ho osservato tutte le opere che si fanno sotto il sole e ho concluso che tutto è vanità e occupazione senza senso.

[15] Ciò che è storto non si può raddrizzare,
     né ciò che manca si può contare.

[16]Feci fra me queste riflessioni. Ecco, sono diventato più grande e più sapiente di quanti hanno regnato prima di me in Gerusalemme; la mia mente ha acquistato molta sapienza e scienza. [17]Ma dopo essermi dato alla ricerca della sapienza e della scienza, della follia e della stoltezza sono arrivato alla conclusione che anche questa è un'occupazione assurda, perché

[18] dove c'è molta sapienza c'è molta
     tristezza,
     e, se si aumenta la scienza, si aumenta
     il dolore.

2 **Alla ricerca del bene-per-l'uomo.** - [1]Dissi allora a me stesso: «Suvvia! Ti voglio far fare la prova dell'allegria: prova i piaceri!». Ma mi accorsi che anche questa era vanità; [2]al riso, infatti, dissi: «Stolto», e all'allegria: «A che serve?».
[3]Decisi ancora di darmi al vino, in questa mia ricerca della sapienza, e di far mia tutta la follia, finché non avessi capito quale bene ci sia per gli uomini, un bene che essi possano realizzare nei giorni contati della loro vita.
[4]Feci grandi lavori: mi costruii case e mi piantai vigne, [5]mi feci giardini e parchi piantandovi alberi fruttiferi di ogni specie. [6]Mi costruii cisterne piene d'acqua, per poter irrigare tutti quegli alberi. [7]Mi comprai schiavi e schiave, ebbi servi nati in casa e possedetti più armenti e greggi di quanti furono prima di me in Gerusalemme. [8]Ammassai anche argento, oro, e tesori di re e di province. Mi procurai cantori e cantatrici e, delizia dell'uomo, principesse in gran numero. [9]Così divenni più grande e più potente di quanti furono in Gerusalemme prima di me, e avevo sempre ben salda la mia sapienza.

[10] Tutto quanto i miei occhi chiedevano,
     non l'ho negato loro,
     non ho rifiutato al mio cuore nessun
     piacere.
     Il fatto che il mio cuore fosse contento
     di ogni mia fatica
     questo era il solo guadagno che mi
     veniva d'ogni mia fatica.

[11]Mi volsi a considerare tutte le opere che le mie mani avevano fatto e la fatica che avevo sopportato a compierle, e mi convinsi che tutto è vanità e agire senza senso e che non c'è vantaggio sotto il sole. [12]Mi volsi a indagare sulla sapienza e sulla scienza, sulla follia e sulla stoltezza, pensando: «Che cosa farà l'uomo che mi succederà?». Farà ciò che è già stato fatto.

Le assurdità della vita. - [13]Mi resi conto che la sapienza è superiore alla stoltezza quanto la luce alle tenebre:

[14] il sapiente ha gli occhi in testa
     e lo stolto cammina nelle tenebre.

Ma subito notai che la stessa sorte tocca a entrambi.
[15]Pensai fra me: «Toccherà anche a me la stessa sorte dello stolto; e a che pro, allora, sono diventato tanto sapiente?». Così conclusi fra me che anche questo è un'assurdità. [16]Infatti la memoria del sapiente scompare come quella dello stolto, per sempre; ben presto tutto è dimenticato. E come muore anche il sapiente insieme allo stolto! [17]Presi in odio la vita, perché per me era male tutto ciò che si fa sotto il sole. Tutto è vanità e agire senza senso.
[18]Ho preso a odiare tutta la fatica che sopporto sotto il sole, perché devo lasciar tutto all'uomo che mi succederà. [19]E chi sa se sarà sapiente o stolto? Ma è certo che sarà suo tutto ciò che ho fatto con la mia fatica e con la

---

18. La sapienza accresce lo sdegno, perché essa fa vedere come le cose dovrebbero essere e non sono; la scienza aumenta gli affanni, perché non è altro che un indice delle cose che non sappiamo se non superficialmente.

2. - 3-10. Qo va in cerca della felicità e quindi tenta di trovarla nei piaceri, gustati con prudenza e onestà.

15. Qo parla della sapienza umana, ed è certo che anche la scienza, se non ha scopi oltre la vita, è una delle più grandi vanità. Che giova all'uomo essere stato il più grande sapiente se non salva la sua anima?

mia sapienza sotto il sole. Anche questo è vanità. [20]Allora la disperazione ha invaso il mio cuore, pensando a tutta la fatica che ho sopportato sotto il sole, [21]perché c'è un uomo che si è affaticato con sapienza, con scienza e con impegno e deve lasciare ciò che è suo a un altro che non ci ha messo nessuna fatica. Anche questo è vanità e male grande.

[22]Infatti che cosa rimane all'uomo in tutta la sua fatica e nell'affanno del suo cuore, nel quale si è affaticato sotto il sole? [23]Per tutti i giorni della sua vita, il suo lavoro è dolore e tristezza. Il suo cuore non riposa nemmeno di notte. Anche questo è vanità.

[24]Non c'è cosa buona per l'uomo se non mangiare e bere e godere il successo delle proprie fatiche.

E ho anche capito che questo viene dalla mano di Dio. [25]Chi infatti può mangiare e godere senza di lui? [26]All'uomo che gli è gradito concede sapienza, scienza e gioia; e al peccatore dà l'affanno di raccogliere e ammucchiare per poi lasciare tutto a chi è gradito a Dio. Anche questo è vanità e occupazione senza senso.

3 La legge dei momenti. - [1]Per tutto c'è il suo momento, un tempo per ogni cosa sotto il cielo:

[2] Tempo di nascere, tempo di morire,
    tempo di piantare, tempo di sradicare,
[3] tempo di uccidere, tempo di curare,
    tempo di demolire, tempo di costruire,

[4] tempo di piangere, tempo di ridere,
    tempo di lutto, tempo di allegria,
[5] tempo di gettare, tempo di raccogliere,
    tempo di abbracciare, tempo
      di allontanarsi,
[6] tempo di guadagnare, tempo di perdere,
    tempo di conservare, tempo di gettare,
[7] tempo di stracciare, tempo di cucire,
    tempo di tacere, tempo di parlare,
[8] tempo di amare, tempo di odiare,
    tempo di guerra, tempo di pace.

Dio vuole essere temuto. - [9]E che vantaggio viene all'uomo da tutto ciò che fa con fatica? [10]Ho osservato l'occupazione che Dio ha dato agli uomini perché vi si affatichino. [11]Tutto ciò che egli ha fatto è bello nel suo tempo: egli ha posto nell'uomo anche una certa visione d'insieme, senza però che gli riesca di afferrare da capo a fondo l'opera fatta da Dio. [12]Così ho capito che per l'uomo non c'è alcun bene se non starsene allegro e godersi la vita, [13]e ho capito anche che il fatto che l'uomo mangi e beva e che abbia successo nella sua fatica, anche questo è dono di Dio. [14]Ho capito che tutto ciò che Dio fa è per sempre, senza che vi si possa aggiungere o togliere niente. Dio ha fatto così per essere temuto.

[15]Ciò che già è stato, è; ciò che sarà, già fu. Dio riporta sempre ciò che è scomparso.

[16]Un'altra cosa ho visto sotto il sole: al posto del diritto c'è l'iniquità, al posto della giustizia c'è l'iniquità. [17]Ne ho concluso che il giusto e l'empio sono sotto il giudizio di Dio, perché c'è un tempo per ogni cosa e un giudizio per ogni azione.

[18]Ho pensato fra me a proposito degli uomini: Dio fa questo per provarli e per mostrare che essi, per sé, non sono che bestie. [19]Infatti la sorte degli uomini è la stessa che quella degli animali: come muoiono questi così muoiono quelli. Gli uni e gli altri hanno uno stesso soffio vitale, senza che l'uomo abbia nulla in più rispetto all'animale. Gli uni e gli altri sono vento vano. [20]Gli uni e gli altri vanno verso lo stesso luogo: gli uni e gli altri vengono dalla polvere, gli uni e gli altri tornano alla polvere. [21]Chi lo sa se lo spirito vitale dell'uomo sale in alto e se quello dell'animale scende sotterra! [22]Così ho compreso che non c'è alcun bene per l'uomo se non che egli goda di quello che fa, perché solo questo gli è concesso. Nessuno infatti lo porterà a vedere ciò che accadrà dopo di lui.

---

3. - [1.] Tutto è determinato e coordinato da Dio nel *momento* opportuno nello scorrere del *tempo*. L'uomo può giungere a comprendere l'attimo, mai però afferrare da capo a fondo quello che Dio fa.

[11.] L'uomo può disputare sul mondo senza poter mutare l'opera di Dio e l'ordine stabilito; ma dopo tutte le dispute non potrà penetrare i disegni di Dio nel governo del mondo.

[18-20.] Qo prende l'uomo nel suo aspetto materiale, nel corpo, e dice che non si differenzia dalle bestie; ma in 12,7, parlando dell'anima, la dice immortale. L'uguaglianza tra l'uomo e la bestia è dunque solamente riposta nella necessità di morire, uguale per tutti i viventi.

[21.] Qo parla del soffio vitale (ebr. *rûah*+), e non sa che differenza ci sia tra quello dell'uomo e quello delle bestie. Questo spirito Dio lo infonde nella produzione dell'individuo vivente (Gn 2,7) e lo ritira alla morte. Esso non è l'anima: quando il nostro autore parla dell'anima (ebr. *nefesh*), la dice immortale nella regione dei morti (9,10).

4 Massime varie.

¹Ho poi esaminato tutti i soprusi che si fanno sotto il sole. Ho considerato il pianto degli oppressi e ho visto che nessuno li consola. Dalla mano dei loro oppressori non esce che violenza: nessuno li consola. ²Allora ho detto: beati i morti che già sono morti, più dei vivi che ancora son vivi. ³Ma meglio ancora di tutti e due, chi ancora non è nato, perché ancora non ha visto tutto il male che si fa sotto il sole.

⁴Ho visto anche che tutta la fatica e tutto l'impegno che l'uomo mette nelle sue opere non è che gelosia reciproca. Anche questo è vanità e occupazione senza senso.

⁵Lo stolto tiene le mani in mano e sciupa la sua vita.

⁶Val più una manciata con riposo che due manciate con fatica: attività senza senso; ⁷e così ancora una volta ho visto la vanità sotto il sole.

⁸C'è un uomo che non ha nessuno, né un figlio né un fratello, eppure la sua fatica non conosce limiti; né smette mai di sognare nuove ricchezze. E per chi si affatica e si priva di star bene? Anche questo è vanità e una brutta occupazione.

⁹Due stanno meglio di uno, perché hanno una buona ricompensa per la loro fatica. ¹⁰Se infatti uno cade, può essere rialzato dal compagno: guai a chi è solo, se cade e non c'è chi lo rialzi. ¹¹Anche se si va a letto, in due ci si può scaldare, ma chi è solo come fa a scaldarsi? ¹²E se uno è aggredito, in due possono resistere: non si spezza facilmente una fune a più capi.

¹³Meglio un giovane di bassa origine, ma sapiente, che un re vecchio, ma stolto, che non sappia più usare della propria mente. ¹⁴Quello è uscito dalla prigione per salire sul trono, pur essendo nato quando quell'altro regnava. ¹⁵Ho visto allora tutta la gente che vive sotto il sole schierarsi dalla parte del giovane, che va a mettersi nel posto dell'altro. ¹⁶Era innumerevole tutta la gente che lo seguiva. Eppure quelli che verranno dopo non saranno contenti di lui! Anche questo è vanità e occupazione senza senso.

La religione di Qohèlet: il timor di Dio.

¹⁷Quando ti rechi al tempio, sta' bene attento a come ci vai, è meglio accostarsi al tempio con l'animo disposto all'ubbidienza che offrire sacrifici come fanno gli stolti, per quanto non sappiano di far male.

5

¹Quando parli davanti a Dio, non avere fretta con la tua bocca e non essere precipitoso, perché Dio sta in cielo e tu sulla terra. Per questo siano poche le tue parole. ²Infatti quando ci si dà troppo da fare, nascono i sogni, quando si parla troppo viene il discorso stolto.

³Perciò, quando fai un voto a Dio, non tardare a scioglierlo, perché egli non è benevolo con gli stolti: il voto che fai, compilo. ⁴Meglio non fare voti, che farli e non scioglierli.

⁵Non permettere alla tua lingua di farti peccare e non dire mai davanti al rappresentante di Dio che si trattava di una promessa fatta a cuor leggero; che Dio non si abbia ad adirare per quello che hai detto e non distrugga ciò che hai realizzato col tuo lavoro. ⁶Quando si moltiplicano i sogni e le cose senza senso, lì abbondano le parole; ma tu temi Dio.

Altre massime.

⁷Se vedi nello stato l'oppressione del povero, il diritto e la giustizia conculcati, non ti stupire della cosa, perché un funzionario è sopra un altro funzionario e lo sorveglia, e sopra tutti e due vi sono altri funzionari ancora. ⁸Il vantaggio del paese viene visto nel suo insieme e il re è servito in funzione del paese.

Vanità della ricchezza.

⁹Chi ama il denaro, non si sazia di denaro, chi è attaccato alle ricchezze, non trova entrata sufficiente. Anche questo è vanità.

¹⁰Quando le ricchezze aumentano, crescono anche quelli che le divorano e che vantaggio ne ha il proprietario, se non quello di sapere di essere ricco?

¹¹Il sonno di chi lavora è dolce, sia che mangi poco sia che mangi molto, mentre la sazietà del ricco non gli permette di dormire.

¹²Un altro brutto guaio ho visto sotto il sole: una ricchezza che il proprietario sa conservare, ma a suo danno. ¹³Quel patri-

---

5. - ⁷⁻⁸ Il senso non è chiaro, ma sembra che Qo indichi come causa dei mali sociali le troppe autorità del regno: moltiplicandosi i capi si moltiplicano gli oppressori.
¹²⁻¹⁶ Dopo aver deriso il ricco avaro (vv. 9-11), mostra l'infelicità, causata da rovesci di fortuna che lo mettono sul lastrico con i figli. Ma anche se muore ricco, non porta niente nell'altro mondo, dopo aver tanto sofferto per accumulare.

monio è andato in rovina per un cattivo affare e nelle mani del figlio che aveva generato non è restato nulla; [14]nudo come è uscito dal ventre di sua madre, così se ne tornerà come è venuto, senza aver ricavato nulla dalle sue fatiche da portare con sé.

[15]Anche questo è un brutto guaio: come uno è venuto, così se ne va. E che vantaggio gli resta dall'aver faticato per nulla? [16]E in più ha vissuto tutti i suoi giorni nella tenebra: si è annoiato molto, ha avuto guai e arrabbiature.

Tutto avviene per volere di Dio. - [17]Ecco in che ho capito che consiste il bene dell'uomo: consiste nel mangiare, nel bere e nel vedere il successo di tutta la fatica con cui egli si affatica sotto il sole nei giorni contati della sua vita che Dio gli ha concesso; ché questo è ciò che gli tocca. [18]E c'è anche questo da dire, che se Dio concede all'uomo ricchezze abbondanti, di poterne godere, prenderne la propria parte e godere della propria fatica, questo è dono di Dio. [19]Così l'uomo non pensa troppo alla sua vita che passa, perché Dio lo tiene occupato con la gioia del suo cuore.

6 **Brama insaziata.** - [1]C'è un altro male che ho visto sotto il sole e che grave pesa sull'uomo. [2]È il caso di quello cui Dio concede ricchezze in abbondanza e onori, senza che gli manchi nulla di tutto ciò che può desiderare, ma al quale Dio non ha concesso di poter godere dei suoi beni, perché se li gode un uomo estraneo. Questo è vanità e un brutto guaio.

[3]Anche se quest'uomo generasse cento figli, vivesse molti anni e grande fosse il numero dei giorni della sua vita, se egli non trova soddisfazione nei beni che possiede e per di più non ha nemmeno una tomba, io dico più fortunato di lui l'aborto, [4]perché viene nella nebbia e se ne va nella tenebra; di tenebra è coperto il suo essere. [5]Per quanto non abbia visto né conosciuto il sole, tut-

tavia la sua sorte resta sempre migliore dell'altra. [6]E se anche potesse vivere due volte mille anni senza però poter godere dei beni, non va a finire nello stesso luogo dell'aborto?

[7]Tutta la fatica dell'uomo è per la sua bocca, eppure il suo desiderio non si sazia mai. [8]E allora che vantaggio ha il sapiente sullo stolto? Che serve al poveraccio sapersi destreggiare nella vita?

[9]Meglio vedere con gli occhi che vagare con la fantasia. Anche questo è vanità e occupazione senza senso.

[10]Ciò che è, già ha avuto la sua sorte; che cosa è ogni individuo, già è stato conosciuto. Egli non può contendere con chi è più forte di lui. [11]Infatti, moltiplicando le parole, si ottiene solo di aumentare la vanità, e l'uomo che vantaggio ne trae? [12]E chi sa che cosa è bene per l'uomo nella sua vita, nei giorni contati della sua vita vana, che l'uomo passa come un'ombra? Chi dirà all'uomo che cosa avverrà in futuro sotto il sole?

7 «Cerca di capire l'opera di Dio...»

1 Meglio un buon nome che un buon
       profumo
     e il giorno della morte che quello
       della nascita.
2 Meglio andare in una casa dove si fa
       cordoglio,
     che in una casa dove si fa baldoria,
     perché è questa la fine di tutti gli uomini
     e il vivo così ci riflette.
3 Meglio la tristezza del riso,
     perché davanti a un volto triste il cuore
       si fa migliore.
4 Il pensiero del sapiente è rivolto
       alla casa in cordoglio,
     il pensiero dello stolto alla casa
       in allegria.
5 Meglio ascoltare il rimprovero
       del sapiente
     piuttosto che l'adulazione degli stolti,
6 perché come lo scoppiettio degli sterpi
       sotto la pentola,
     così è il riso dello stolto.
     Ma anche questo è vanità,
7 perché l'oppressione può rendere stolto
       il sapiente,
     e un donativo può corrompere il cuore.
8 Meglio la fine di una cosa che il suo
       inizio,
     meglio la longanimità che la superbia.

---

6. - [7.] L'uomo lavora per mangiare e per soddisfare bisogni materiali, ma non sarà mai sazio, perché si crea sempre nuovi bisogni.

[10.] Il senso della frase è che l'uomo è ciò che fu e sarà sempre: niente più che uomo, il quale non può fare nulla contro il governo di Dio, di cui non può cambiare i piani per farli collimare con i propri desideri.

⁹Non essere facile ad irritarti nell'intimo, perché l'irritazione ha sede nel seno degli stolti. ¹⁰Non ti domandare com'è che il tempo passato è migliore di quello di oggi, perché questo problema non viene da saggezza. ¹¹È bene avere oltre alla sapienza un patrimonio: è un vantaggio per quelli che vedono il sole, ¹²perché si vive all'ombra della sapienza, si vive all'ombra del danaro; ma vale di più il sapere, perché la sapienza fa vivere chi la possiede. ¹³Cerca di capire l'opera di Dio, perché nessuno può raddrizzare ciò che egli ha fatto curvo. ¹⁴Nei giorni felici sii lieto, nei giorni del dolore rifletti: gli uni come gli altri vengono per volere di Dio, perché l'uomo non possa sapere mai nulla del proprio futuro. ¹⁵Tutto ho veduto nei giorni miei vani. C'è il giusto che perisce nonostante la sua giustizia, e l'empio che vive a lungo nonostante la sua malvagità.

¹⁶ Cerca perciò di non essere né troppo giusto
né troppo saggio, se non vuoi perire.
¹⁷ Ma non essere nemmeno troppo cattivo
né troppo stolto,
se non vuoi perire prima del tuo tempo.

¹⁸È bene che tu stia attaccato a una cosa, ma che tu non ti discosti nemmeno dall'altra. Quel che conta è che tu tema Dio, e riuscirai in entrambe le cose.

Altre massime. - ¹⁹La sapienza rappresenta per il saggio una forza maggiore di quella di dieci potenti in una città, ²⁰per quanto sulla terra non ci sia nessun uomo che sia giusto, che faccia il bene senza peccare. ²¹Inoltre, non prestare attenzione a tutte le parole che si dicono, perché non ti capiti di sentire il tuo servo parlar male di te, ²²ché la tua coscienza sa che anche tu, molte volte, hai parlato male degli altri. ²³Poiché è con la sapienza che avevo fatte tutte queste considerazioni, decisi di diventare sapiente, ma la sapienza era lontana da me. ²⁴Lontano è il reale ed estremamente profondo. Nessuno ne verrà a capo. ²⁵Allora mi detti a riflettere nel mio cuore per cercare la sapienza e l'interpretazione delle cose, facendo esperienza del male, dell'insipienza, della stoltezza e della follia. ²⁶E questo ho trovato, che la donna è più amara della morte, perché essa è un laccio, il suo cuore è una rete e catene le sue braccia. Chi è gradito a Dio ne può scampare, ma il peccatore ci resta preso.

²⁸ᵇUn uomo su mille ho trovato,
ma una donna, fra tutte, non ho trovato.

²⁷Ecco, questo è ciò che ho trovato, ha detto Qohèlet, nel cercare la ragione di tutto, cosa per cosa: ²⁸ᵃquello che cerco, non l'ho trovato. ²⁹Ma questo l'ho trovato: Dio ha fatto l'uomo semplice; è lui che va in cerca di tanti e tanti perché.

8 Il saggio

¹ Chi è come il sapiente?
Chi conosce l'interpretazione delle cose?
La sapienza dell'uomo illumina il suo
volto
mentre l'ira lo sfigura.

²Obbedisci alla parola del re, specialmente per il giuramento fatto a Dio. ³Non allontanarti in fretta dal suo cospetto. Non persistere in una opinione che a lui non piaccia, perché egli può fare tutto ciò che vuole. ⁴Infatti la parola del re è sovrana, e chi gli può chiedere: «Che cosa fai?». ⁵Ma chi sta agli ordini non incappa in alcun guaio.
La mente del sapiente sa che c'è tempo e giudizio, ⁶perché per ogni cosa c'è tempo e giudizio per quanto un male gravi sull'uomo: ⁷non si sa quale sarà il futuro. Chi può dire infatti come andranno le cose?
⁸Nessuno è capace di dominare il suo spirito vitale: il giorno della morte è fuori del nostro dominio. Nella battaglia della vita nessuno scampa: nemmeno il male salva chi lo commette.
⁹Tutto questo ho visto e ho riflettuto su ogni cosa che si fa sotto il sole, quando un uomo domina su un altro uomo per fargli

---

7. - ¹⁶· *Troppo giusto*: la «giustizia» per gli Ebrei abbracciava molte piccole cose, anche di per sé insignificanti; quindi la frase vuol dire: non essere scrupoloso.
¹⁷· Non si approva qui una «malizia» moderata. L'autore non si preoccupa degli atti in relazione alla morale, ma ha sott'occhio la condotta di coloro che, considerando l'assenza di sanzione morale, si buttano a capofitto nel male, sperando di trovare in esso la felicità: arriverebbero solo a una morte prematura.
²⁶· Qo va in cerca della felicità e la chiede alla donna; ma non *trova* la donna ideale sognata dal cuore: le donne che trova sono piene di *lacci*, di *reti* e di *catene*. Qo non condanna la donna, ma dice che cosa sia la donna per colui che cerca la «felicità» in lei e non in Dio.

del male. [10]E così ho visto malvagi portati al sepolcro. Procedevano dal luogo santo sicuri di sé. Erano dimenticati nella città, in cui si comportavano così. Anche questo è vanità, [11]perché non si fa subito giudizio dell'opera del malvagio. Così il cuore dell'uomo è pronto a fare il male, [12]perché il peccatore fa il male cento volte e allunga la sua vita.

Così ho capito anche questo, che avrà del bene chi teme Dio, proprio perché lo teme, [13]e che non va bene al malvagio e non può allungare la sua vita come un'ombra, perché egli non teme Dio.

[14]E c'è ancora un'altra vanità che càpita sulla terra: ci sono giusti ai quali càpita secondo la condotta dei malvagi e ci sono malvagi ai quali càpita secondo la condotta dei giusti. Ho pensato che anche questo è vanità.

[15]E allora ho esaltato l'allegria, perché per l'uomo non c'è altro bene sotto il sole, se non mangiare, bere e stare allegro. È questa la sola cosa che gli faccia buona compagnia nella sua fatica, nei giorni contati di sua vita che Dio gli ha dato sotto il sole.

[16]E come mi son dato a riflettere sulla sapienza e a considerare il lavoro che si fa sulla terra, per cui l'uomo non vede riposo né di giorno né di notte, [17]ho considerato l'insieme dell'opera di Dio rendendomi conto che l'uomo non può arrivare a scoprire tutto quello che avviene sotto il sole, perché non trova niente, per quanto si affatichi a cercare. E anche se il sapiente dice di sapere, il sapiente non trova nulla.

---

9. - [1.] *Ho riflettuto... e sono arrivato alla conclusione che i giusti, i sapienti*: è l'assillante problema che si pone Qo: il mistero della giustizia divina nel mondo. I buoni e i cattivi sono trattati allo stesso modo da Dio; anzi i buoni soffrono e i cattivi godono. E siccome tutto è *nelle mani di Dio*, l'uomo non sa come giustificare né l'amore né l'odio. L'amore e l'odio, per l'uomo, sono ciechi al pari della sorte. Però la retribuzione terrena non può essere criterio proporzionato per giudicare l'eterna e perfetta giustizia divina, e l'uomo, per le opere sue, non può sapere se è o no gradito a Dio.

[5.] Per comprendere quanto qui si dice, si tengano presenti i concetti dell'AT riguardo ai morti. Essi, secondo il concetto antico, vivono negli inferi o scèol come ombre, senza nessuna relazione col mondo né con Dio (Sal 31,13; 88,6), dimentichi e dimenticati. Qo ignora completamente la dottrina della retribuzione futura, ciò che acutizza il suo problema e dà un senso di smarrimento a tutte le sue costatazioni.

9 Tutto dipende da Dio. - [1]Ho riflettuto su tutto ciò, e sono arrivato alla conclusione che i giusti, i sapienti e le loro azioni sono nelle mani di Dio. Gli uomini non conoscono nemmeno l'amore e l'odio; per quanto tutto si svolga davanti a loro.

[2] Una stessa è la sorte che tocca a tutti,
al giusto e all'empio, al buono
   e al cattivo,
al puro e all'impuro, a chi sacrifica
   e a chi non sacrifica.
Come il buono, così il peccatore,
   come chi giura, così chi teme di giurare.

[3]Questo male investe tutto ciò che si fa sotto il sole: la stessa sorte tocca a tutti e, per di più, il cuore dell'uomo è pieno di male. La follia è nel suo cuore durante la vita; e dopo: via, nel soggiorno dei morti.

[4]Finché uno è vivo, c'è speranza, perché sta meglio un cane vivo che un leone morto. [5]Infatti i vivi sanno che devono morire, ma i morti non sanno nulla; per loro non c'è più guadagno; il loro ricordo è andato nell'oblio. [6]Il loro amore, il loro odio, la loro ambizione, tutto ormai è scomparso. Non hanno ormai più parte alcuna con il mondo, con tutto ciò che si fa sotto il sole.

[7] E allora, via, mangia nella gioia il tuo pane
   e bevi di buon animo il tuo vino,
   ché, con questo, Dio ti è già stato benigno.
[8] In ogni tempo siano candide le tue vesti,
   né manchi l'olio sopra il tuo capo.
[9] Godi la vita con la donna che ami,
   giorno per giorno, durante la vita vana
   che ti è stata data sotto il sole.
   Ché questo è ciò che solo ti spetta
   nella vita e in tutta la fatica
   nella quale ti affatichi sotto il sole.

[10]Tutto ciò che fai, fallo finché hai forza, perché non c'è né azione né pensiero, né scienza né sapienza, negli inferi dove tu stai andando.

[11]Ho scoperto un'altra cosa sotto il sole: la corsa non la vince chi è veloce, né la battaglia la vincono i più forti.

Non è ai sapienti che tocca il pane, né agli abili le ricchezze e neanche agli accorti il favore, perché a tutti tocca secondo il tempo e il caso.

[12]E per di più, l'uomo non conosce il giorno della sua morte: è come i pesci che si acchiappano con la rete fatale, è come gli uccel-

li che si acchiappano col laccio. Allo stesso modo è acchiappato anche l'uomo in un malo giorno che gli piomba addosso all'improvviso.

[13]Ho visto anche quest'altro esempio di sapienza sotto il sole e per me ha molto valore: [14]c'era una piccola città con pochi abitanti e un grande re venne contro di essa. L'assediò e costruì contro di essa grandi fortificazioni. [15]In essa si trovò un uomo di umile origine, ma sapiente, che con la sua sapienza salvò la città. Eppure nessuno ha più ricordato quell'uomo umile.

[16]Ho concluso allora che la sapienza vale più della forza, ma che la sapienza dell'umile è disprezzata e le sue parole non sono ascoltate.

[17]Le parole dei sapienti pronunciate con calma si capiscono meglio degli urli di un potente che parla in mezzo agli stolti.

[18]Vale più la sapienza che gli strumenti da guerra, ma un solo sbaglio può far perire un gran bene.

10 La sapienza e la stoltezza

[1] Una mosca morta manda a male tutto
    un vasetto di unguento,
    un po' di stoltezza ha più peso
    della sapienza e della gloria.
[2] Il sapiente ha il cuore alla sua destra,
    lo stolto alla sua sinistra.

[3]Anche per strada, mentre cammina, lo stolto non ha cervello e intanto pensa di tutti che sono stolti.

[4]Se l'ira di un potente ti assale, non abbandonare il tuo posto, perché la mansuetudine pone rimedio a errori anche grandi.

[5]Un altro male ho visto sotto il sole: il comportamento avventato di chi comanda. [6]Lo stolto è stato posto a coprire alte cariche e i potenti giacciono nelle più umili posizioni. [7]Ho visto servi a cavallo e prìncipi camminare a piedi come servi.

[8] Chi scava una fossa, ci può cadere,
    e chi demolisce un muro, può essere
       morso da una serpe.
[9] Chi trasporta pietre, si può ferire,
    e chi taglia la legna, si può far male.
[10] Se il ferro si ottunde e non gli si fa
       di nuovo il filo,
    si deve aumentare lo sforzo:
    il vantaggio di chi si impegna è la sapienza.

[11] Se un serpente non incantato morde
       l'incantatore,
    per questo non c'è più speranza.
[12] Le parole che escono dalla bocca
       del sapiente gli portano favore,
    ma quelle che escono dalle labbra
       dello stolto lo mandano in rovina.
[13] Se l'inizio dei suoi discorsi è stoltezza,
    la fine di ciò che dice è funesta follia.

[14]Lo stolto moltiplica le parole, per quanto l'uomo non sappia che cosa avverrà, perché nessuno gli può dire che cosa avverrà in futuro.

[15] La fatica dello stolto lo spossa,
    perché non sa andare in città.
[16] Guai a te, o terra governata da un re che
       è un ragazzo,
    e i cui grandi pranzano al mattino.
[17] Felice te, o terra governata da un re
       nobile,
    e i cui grandi mangiano quando è
       il momento.
[18] Per la pigrizia delle mani crolla il soffitto,
    e per la loro inerzia pioverà in casa.
[19] Per divertirsi mangiano
    e il vino rallegra la vita:
    il danaro poi provvede a tutto.

[20]Non parlar male del re nemmeno nella tua mente e non parlar male del potente nemmeno nella tua stanza da letto, perché un uccello dell'aria riferirà le tue parole e un signore delle ali dirà i tuoi discorsi.

11 Invito alla gioia. - [1]Getta il tuo pane sulla superficie dell'acqua, ché col passar dei giorni lo ritroverai. [2]Metti a parte dei tuoi beni sette o anche otto, perché non sai quali guai ti capiteranno sulla terra.

[3] Quando le nubi sono piene,
    rovesciano la pioggia sulla terra;
    e se un albero cade, a sud o a nord che
       cada,
    là dove cade resta.
[4] Chi bada al vento, non semina,
    e chi sta a guardare le nuvole, non miete.

---

11. - [1-2.] Invita all'operosità, anche quando si tratta di rischio. Però con prudenza, e cioè non ponendo tutto il capitale in una sola impresa, ma in molte, in modo che se una va male, non si perda tutto.

[5]Come tu non sai per quale via lo spirito vitale si fa ossa nel seno della donna incinta, così tu non conosci l'opera di Dio che fa tutto.

[6] Getta il tuo seme al mattino
e a sera non dar requie alla tua mano,
perché tu non sai quale seme verrà,
se questo o quello, o se forse non
verranno tutti e due.
[7] Dolce è la luce
e bello è per l'occhio guardare il sole.
[8] Se un uomo vive anche per molti anni,
tutti cerchi di goderseli,
pensando ai giorni della tenebra che
saranno molti;
tutto ciò che càpita all'uomo è vanità.
[9] Sii allegro, o giovane, nella tua
adolescenza,
e nei giorni della tua giovinezza sia
nella gioia il tuo cuore.
Fa' tutto ciò che desideri e che i tuoi
occhi vagheggiano,
ma tieni presente che, su tutto questo, ti
giudica Dio.
[10] Tieni sgombro il tuo cuore
dalla malinconia,
e tieni lontano il dolore da te,
perché giovinezza e adolescenza sono un
soffio.

12 La vecchiaia

[1] Pensa al tuo Creatore nei giorni della tua
giovinezza,
prima che vengano i giorni brutti e che
ti càpitino anni
dei quali tu dica che non ti piacciono;

[2] prima che si ottenebrino il sole e la luce,
la luna e le stelle,
prima che tornino le nubi dopo
il temporale.
[3] Nei giorni in cui vacilleranno i guardiani
di casa,
si curveranno gli uomini robusti,
smetteranno il lavoro quelle che
macinano, perché fatte poche,
caleranno le tenebre su quelle che
guardano attraverso le finestre,
[4] si chiuderanno i battenti che dànno
sulla via;
quando si abbasserà il rumore della mola,
languirà il gorgheggio dell'uccello
e scompariranno tutte le figlie
del canto;
[5] allora si avrà paura delle salite
e degli spauracchi della strada;
quando fiorirà il mandorlo, si muoverà
lenta la locusta,
sarà messo da parte il cappero,

perché l'uomo se ne va alla sua dimora eterna mentre i lamentatori alzano le loro grida nella via,

[6] prima che si tronchi il filo d'argento,
si rompa la sfera d'oro,
si frantumi la brocca sulla fonte,
si spacchi la carrucola per finire nel pozzo.

[7]Allora la polvere torna alla terra da dove è venuta, e il soffio vitale torna a Dio che lo ha dato. [8]O vanità immensa, ha detto Qohèlet, tutto è vanità.

Epilogo. - [9]Qohèlet, oltre ad essere sapiente lui, insegnò anche la scienza al popolo. Ascoltò, meditò, scrisse molte massime. [10]Qohèlet si studiò di trovare parole piacevoli e scrisse la verità onestamente.

[11]Le parole dei sapienti sono come pungoli, come chiodi ben piantati sono le raccolte delle loro sentenze; le une e le altre vengono dallo stesso pastore.

[12]Da ciò che va al di là di questo punto, figlio mio, sta' in guardia: a scrivere molti libri, non si finirebbe mai, e il molto studio logora l'uomo.

[13]Fine del discorso. Si è già sentito tutto.

Temi Dio e osserva i suoi comandamenti, perché l'uomo è tutto qui. [14]Dio giudica ogni azione, anche ciò che è nascosto, sia buono che cattivo.

---

12. - [3-4.] Sono descritti mirabilmente gli effetti della vecchiaia nel corpo, paragonato a una casa: le mani sono i *custodi*, i *gagliardi* sono le gambe, le *macinatrici* (allora macinavano le donne) sono i denti; gli occhi guardano per le *finestre*, le *porte* sono le labbra, il *rumore della mola* è la voce (la *macina* è la bocca). I vecchi (forse tale parola deriva da vegghiare, vegliare) sono svegli al canto del gallo, e sono costretti a levarsi perché tutti indolenziti.
[5.] Il vecchio sale con difficoltà e ha sempre paura di cadere. *Fiorirà il mandorlo*: i capelli bianchi; *locusta*: il corpo una volta così leggero diventerà pesante; *il cappero* era la misura del gusto e quindi vuol dire che il vecchio ha perduto anche il gusto.
[8.] Con queste parole è cominciato il libro e con esse termina. Ricordiamo l'aggiunta dell'*Imitazione di Cristo*: «Tutto... fuorché amare Dio e servire a lui solo».

CANTICO DEI CANTICI

Il titolo di questo libretto significa «canto sublime», o «canto per eccellenza», secondo un modo ebraico di esprimere il superlativo. Si tratta di un poema in cui un giovane e una fanciulla, tra i quali si inserisce di tanto in tanto il coro (le figlie di Gerusalemme), cantano il loro amore reciproco, in un alternarsi di situazioni (lontananza, ricerca, incontro) che si ripetono varie volte. Questo ripetersi offre un criterio di divisione, sul quale però gli studiosi non sono d'accordo; lo proponiamo a titolo indicativo: 1,1-4 prologo; 1,5 - 2,7; 2,8 - 3,5; 3,6 - 5,1; 5,2 - 6,3; 6,4 - 8,4; 8,5-7 epilogo; 8,8-14 appendice. Il criterio di distinzione, non in tutti i casi evidente, è dato dal ripetersi della situazione di lontananza dei due giovani dopo un precedente incontro.

Una prima lettura, secondo il senso ovvio e immediato del testo, vi coglierà il canto dell'amore umano autentico che unisce l'uomo e la donna secondo il disegno del Creatore, posto in rilievo con tanta accuratezza da Gn 2,18-25. Il Cantico fa dell'amore il più alto valore della vita (8,6-7), quello che la coinvolge totalmente.

Nel Cantico non vi è indizio di un significato simbolico, oltre il senso letterale. C'è invece tutta una tradizione ebraica e poi cristiana che, sulla scia di tante pagine profetiche, vi ha letto in trasparenza una parabola dell'amore reciproco tra Dio e Israele che, ammaestrato dalla dura prova dell'esilio, cerca senza più tentennamenti Jhwh, suo unico Dio.

Una lettura né solo letterale né solo simbolica sembra quindi rendere meglio giustizia alla comprensione di questo gioiello poetico, di cui un grande rabbino del II secolo d.C. diceva: «L'universo intero non vale il giorno in cui Israele ebbe il Cantico dei Cantici».

1 Desiderio d'amore. - ¹Cantico dei Cantici, che è di Salomone.

² Bàciami con i baci della tua bocca:
le tue carezze sono migliori del vino.
³ I tuoi profumi sono soavi a respirare,
aroma che si effonde è il tuo nome:
per questo ti amano le fanciulle.
⁴ Attirami a te, corriamo!
Fammi entrare, o re, nelle tue stanze:
esulteremo e gioiremo per amore tuo,
celebreremo i tuoi amori più che il vino.
Come a ragione ti si ama!

La sposa si presenta

⁵ Io sono bruna ma graziosa,
figlie di Gerusalemme,
come le tende di Kedar,
come le cortine di Salomone.
⁶ Non badate se sono brunetta:

mi ha abbronzata il sole.
I figli di mia madre si sono adirati con me;
m'hanno posto a guardia delle vigne,
ma la mia, la mia vigna
non ho custodito.

Investigazione d'amore

⁷ Dimmi, o tu che il mio cuore ama,
dove pasci il gregge?
Dove lo fai riposare a mezzogiorno,
per non essere come una che si vela
in vista dei greggi dei tuoi compagni?
⁸ Poiché non lo sai, o la più bella
delle donne,
segui le orme dei greggi

---

1. - ¹. *Di Salomone*: attribuito al grande sapiente, che è presentato nel libro come uno dei pretendenti.
⁴. *Re* è chiamato lo sposo. Secondo l'uso orientale, lo sposo e la sposa sono chiamati re e regina.

e pascola le tue caprette
su, presso le tende dei pastori.

Visione amorosa

9 A una cavalla sotto i cocchi di faraone
io ti paragono, o mia amica!
10 Belle le tue guance fra gli orecchini
e il tuo collo fra le perle.
11 Noi faremo per te orecchini d'oro
con puntini d'argento.

Unione

12 Mentre il re è nel suo recinto,
il mio nardo effonde il suo profumo.
13 Un sacchetto di mirra è per me il mio
Diletto,
pernotta fra i miei seni.
14 Un grappolo di cipro è per me il mio
Diletto,
nelle vigne di Engaddi.
15 Ecco, sei bella, amica mia, ecco, sei bella:
i tuoi occhi sono colombe.
16 Ecco, sei bello, mio Diletto, anzi,
incantevole.
Ma anche il nostro letto è florido:
17 cedri, le travi della nostra casa,
cipressi, il nostro soffitto!

2 Vicendevole elogio

1 Io sono un narciso di Saron,
un giglio delle valli.
2 Come un giglio fra i cardi,
così la mia amica fra le giovani.
3 Come un cedro fra le piante selvatiche,
così il mio Diletto fra i giovani.
Alla sua ombra con gioia mi siedo,
e il suo frutto è dolce al mio palato.

Dolce intimità

4 Mi ha condotto nella casa del vino
e la sua armata contro di me è amore.

5 Ravvivatemi con focacce d'uva,
rianimatemi con cedri:
sono malata d'amore, io!
6 La sua mano sinistra è sotto il mio
capo,
e la sua destra mi abbraccia.
7 Vi scongiuro, figlie di Gerusalemme,
per le gazzelle o per le cerve
del campo:
non svegliate, non risvegliate l'amore,
finché a lei piaccia!

Appuntamento primaverile

8 Voce del mio Diletto:
ecco egli viene saltando sui monti,
balzando sui colli.
9 Il mio Diletto è simile a una gazzella,
o a un cucciolo di cervi.
Eccolo! È già dietro al nostro muro,
guarda per le finestre,
spia fra i cancelli.
10 Parla il mio Diletto e mi dice:
«Àlzati, amica mia,
mia bella, e vieni!
11 Ecco, l'inverno è passato,
cessata è la pioggia, se n'è andata.
12 Riappaiono i fiori sulla terra,
è giunto il tempo della canzone,
e la voce della tortora si ode nella nostra
terra.
13 Il fico emette le sue gemme,
e le viti in fiore esalano profumo.
Àlzati, amica mia,
mia bella, e vieni!
14 Mia colomba, negli intagli
della roccia,
negli anfratti dei dirupi
fammi vedere il tuo viso,
fammi udire la tua voce:
la tua voce è dolce,
incantevole il tuo viso».

Intensità d'amore

15 Prendeteci le volpi,
le piccole volpi che devastano le vigne:
le nostre vigne sono in fiore!
16 Il mio Diletto è per me
e io sono per lui:
pascola il gregge fra i gigli.
17 Prima che soffi la brezza del giorno
e le ombre fuggano,
ritorna, mio Diletto, simile a gazzella
o al cucciolo dei cervi,
sulle montagne di Béter!

12-13. La sposa assicura che penserà sempre al suo Diletto, paragonato al sacchetto di mirra che le donne orientali portavano sempre sul petto.

2. - 8ss. La scena è tutta un monologo della sposa che descrive una visita dello sposo con l'invito a uscire con lui, per andare a godere del loro mutuo amore. Ella è rinchiusa in casa, come in luogo inaccessibile, v. 14.

3 Perdita e scoperta

¹ Sul mio letto, nelle notti,
  ho cercato colui che il mio cuore ama;
  l'ho cercato e non l'ho trovato.

² Mi alzerò, dunque,
  percorrerò la città,
  per le strade e per le piazze
  cercherò colui che il mio cuore ama:
  l'ho cercato e non l'ho trovato.

³ M'hanno incontrato le sentinelle,
  quelle che fanno la ronda per la città:
  «Avete visto colui che il mio cuore
    ama?».

⁴ Le avevo appena oltrepassate
  quando ho ritrovato colui che il mio
    cuore ama;
  l'ho afferrato e non l'ho più lasciato,
  fin che non l'ho condotto
  nella casa di mia madre,
  nella stanza di colei che mi
    ha concepita.

⁵ Vi scongiuro, figlie di Gerusalemme,
  per le gazzelle o per le cerve del campo:
  non svegliate, non risvegliate l'amore
  finché a lei piaccia!

Epitalamio

⁶ Che cosa è che sale dal deserto
  come colonna di fumo,
  fra vapori di mirra e di incenso
  e di ogni aroma di profumiere?

⁷ Ecco la lettiga di Salomone:
  sessanta forti le fanno scorta
  fra i più forti di Israele.

⁸ Tutti maneggiano la spada
  e sono maestri nella guerra;
  ognuno cinge la spada al fianco
  contro le insidie della notte.

⁹ Un baldacchino si è fatto il re Salomone
  con alberi del Libano;

¹⁰ vi ha fatto colonne d'argento
   e la spalliera d'oro;
   il suo seggio è tessuto di porpora
   e l'interno è intarsiato di ebano.

¹¹ Figlie di Gerusalemme, uscite,
   contemplate, figlie di Sion,
     il re Salomone,
   adorno della sua corona,
   con la quale sua madre l'ha incoronato
   nel giorno del suo sposalizio,
   nel giorno della gioia del suo cuore.

4 L'incanto dell'amata

¹ Ecco, sei bella, mia amica,
  ecco, sei bella:
  i tuoi occhi sono colombe
  attraverso il tuo velo;
  i tuoi capelli sono come un gregge
    di capre
  che discendono dalla montagna
    del Gàlaad.

² I tuoi denti sono come un gregge
    di pecore
  che salgono dal bagno:
  tutti hanno gemelli
  e nessuno ne è privo.

³ Le tue labbra sono come un filo
    di scarlatto
  e il tuo parlare è incantevole.
  Come uno spicchio di melagrana
  le tue guance attraverso il tuo velo.

⁴ Il tuo collo è come la torre di Davide
  costruita per trofei:
  mille scudi vi sono appesi,
  tutte armature di guerrieri.

⁵ I tuoi seni sono come due caprioli,
  gemelli di gazzella,
  che pascolano fra gigli.

⁶ Prima che soffi la brezza del giorno
  e le ombre fuggano,
  salirò sul monte della mirra
  e sul colle dell'incenso.

Doti della sposa

⁷ Tutta bella sei tu, amica mia,
  e nessuna macchia è in te.

⁸ Vieni dal Libano, sposa,
  vieni dal Libano, ritorna!
  Avanza dalla cima dell'Amanà,
  dalla cima del Senìr e dell'Ermon,
  tane di leoni, monti di leopardi!

⁹ Mi hai ferito il cuore,
  mia sorella, sposa,

---

3. - ¹· Parla la sposa che rievoca la sua ricerca dell'amato che non desiste di fronte a nessun ostacolo.
⁶⁻¹¹· Alcuni considerano questo brano come un pezzo staccato, fuori scena. Altri come descrizione di un coro che, magnificando gli splendori della corte di Salomone, a cui non manca assolutamente nulla, cerca di suscitare nella Sulammita il desiderio di darsi a lui, abbandonando il pastorello.
4. - ¹· Elogio dello sposo alla sposa che si protrae fino a 5,1 e che utilizza paragoni per noi sconcertanti ma che esprimevano bellezza e fascino nell'ambiente pastorale ebraico.

mi hai ferito il cuore
con uno solo dei tuoi sguardi,
con una sola gemma della tua collana.
¹⁰ Come sono belle le tue carezze,
mia sorella, sposa,
quanto migliori del vino le tue carezze,
e il profumo dei tuoi unguenti
più soave di tutti gli aromi!
¹¹ Vergine miele stillano le tue labbra,
sposa,
miele e latte sotto la tua lingua
e la fragranza delle tue vesti
è come la fragranza del Libano.

L'amata e il giardino

¹² Un giardino chiuso,
mia sorella, sposa,
un giardino chiuso,
una fonte sigillata.
¹³ I tuoi germogli, un paradiso di melograni
con i frutti più squisiti:
cipro con nardi,
¹⁴nardo, croco, cannella e cinnamomo
con tutte le piante d'incenso,
mirra e aloe
con tutti i balsami migliori.
¹⁵ Fontana di giardini,
pozzo di acque vive,
che scaturiscono dal Libano.
¹⁶ Déstati, aquilone, entra, austro:
soffia sul mio giardino,
stillino i suoi aromi!
Entri il mio Diletto nel suo giardino
e ne mangi i frutti più squisiti!

5 ¹Sono entrato nel mio giardino,
mia sorella, sposa,
ho raccolto la mia mirra col mio balsamo;
ho mangiato il mio favo col mio miele,
ho bevuto il mio vino col mio latte.
Mangiate, amici, bevete,
e inebriatevi, o cari!

---

5. - ⁴· Le porte erano chiuse dall'interno con un paletto che, quando non era fermato, poteva togliersi
inserendo la mano e il braccio in un buco fatto nella
porta. Il Diletto tenta di togliere il paletto, ma, tro-
vandolo bloccato, se ne va.
⁵· La sposa, piena d'angoscia e pentita, si alza per
aprire. *Mirra*: forse s'era profumata, ma è simbolo
dell'amarezza per la partenza del Diletto. Ricomincia
la ricerca con un frasario che richiama 3,1-5.
¹⁰· Alle figlie di Gerusalemme, che domandano come sia il suo Diletto per aiutarla a cercarlo, la sposa
risponde con la bellissima descrizione dei vv. 10-16.

Ricerca affannosa

² Io dormivo, ma il mio cuore era desto.
Voce del mio Diletto che bussa:
«Aprimi, sorella mia, amica mia,
mia colomba, mia perfetta,
perché il mio capo è pieno di rugiada,
i miei riccioli di gocce della notte».
³ «Ho levato la mia tunica,
come indossarla di nuovo?
Ho lavato i miei piedi,
perché sporcarli di nuovo?».
⁴ Il mio Diletto ha spinto la sua mano
nella serratura,
e le mie viscere si sono commosse
per lui.
⁵ Mi sono alzata io
per aprire al mio Diletto
e le mie mani si sono impregnate
di mirra
e le mie dita di mirra liquida
sulla maniglia del chiavistello.
⁶ Ho aperto io al mio Diletto,
ma il Diletto era scomparso,
era fuggito
— la mia anima veniva meno
al suo parlare. —
L'ho cercato e non l'ho trovato,
l'ho chiamato: non mi ha risposto.
⁷ M'hanno incontrato le sentinelle,
quelle che fanno la ronda per la città:
mi hanno percossa, ferita,
mi hanno strappato di dosso il mio velo
le guardie delle mura.
⁸ Vi scongiuro, figlie di Gerusalemme,
se troverete il mio Diletto,
che cosa gli direte?
Che sono malata d'amore, io!
⁹ In che cosa il tuo Diletto
è migliore di ogni altro diletto,
o la più bella delle donne,
in che cosa il tuo Diletto
è migliore di ogni altro diletto,
poiché tu ci scongiuri così?

L'incanto del Diletto perduto

¹⁰ Il mio Diletto è bianco e rosso,
si riconosce fra diecimila!
¹¹ Il suo capo è oro, oro puro,
i suoi riccioli sono palme,
neri come il corvo.
¹² I suoi occhi sono come colombe
su rivoli d'acque;
i suoi denti lavati nel latte
si posano in una perfetta incastonatura.

¹³ Le sue guance sono come aiuole
    di balsamo,
  scrigni di erbe aromatiche;
  le sue labbra sono gigli,
  stillano mirra liquida.
¹⁴ Le sue mani sono cilindri d'oro,
  tempestate di gemme di Tarsis;
  il suo ventre un blocco d'avorio
  incrostato di zaffiri.
¹⁵ Le sue gambe sono colonne d'alabastro
  che poggiano su basi d'oro puro;
  il suo aspetto è come il Libano,
  maestoso come i cedri.
¹⁶ Il suo palato è la stessa dolcezza
  ed egli è tutto una delizia.
  Questo è il mio Diletto
  e questo è il mio amico,
  o figlie di Gerusalemme!

6 Scoperta

¹ Dove è andato il tuo Diletto,
  o la più bella delle donne,
  dove si è diretto il tuo Diletto,
  perché lo ricerchiamo con te?
² Il mio Diletto è sceso nel suo giardino,
  nelle aiuole di balsamo,
  per pascolare nei giardini,
  per raccogliere gigli.
³ Io sono per il mio Diletto,
  e il mio Diletto è per me:
  pascola il gregge fra i gigli.

Il fascino dell'amata

⁴ Tu sei bella, mia amica, come Tirza,
  graziosa come Gerusalemme,
  stupenda come esercito a vessilli
    spiegati.
⁵ Distogli da me i tuoi occhi,
  perché essi mi sconvolgono!
  I tuoi capelli sono come un gregge
    di capre,
  che discendono dal Gàlaad.
⁶ I tuoi denti sono come un gregge
    di pecore,
  che salgono dal bagno:
  tutti hanno gemelli
  e nessuno di loro ne è privo.
⁷ Come uno spicchio di melagrana
  le tue guance attraverso il tuo velo.
⁸ Sessanta sono le regine,
  e ottanta le concubine
  e senza numero le ancelle.

⁹ Ma una sola è la mia colomba,
  la mia perfetta,
  essa è l'unica per sua madre,
  la prediletta per colei che
    l'ha generata.
  La vedono le fanciulle
  e la proclamano felice,
  le regine e le concubine
  ne fanno le lodi.

Incontro d'amore

¹⁰ Chi è costei che s'affaccia come aurora,
  bella come la luna,
  brillante come il sole,
  stupenda come esercito a vessilli
    spiegati?
¹¹ Nel giardino del noce discendo
  per vedere i germogli della valle,
  per vedere se abbia gemmato la vite,
  siano fioriti i melograni.
¹² Non so: l'anima mia
  ha fatto di me dei carri d'Aminadàb.

7 La bellezza della sposa

¹ Vòltati, vòltati, Sulammìta,
  vòltati, vòltati: vogliamo vederti!
  Che cosa volete vedere
    nella Sulammìta
  durante una danza a duplice coro?
² Come sono belli i tuoi piedi
    nei sandali,
  o figlia di nobile!
  Le curve dei tuoi fianchi
  sono come monili,
  lavoro di mani d'artista.
³ Il tuo ombelico è una coppa rotonda,
  ove non manca mai vino aromatico.
  Il tuo ventre è un mucchio di grano
  contornato di gigli.
⁴ I tuoi seni somigliano a due caprioli,
  gemelli di gazzella.
⁵ Il tuo collo è come una torre d'avorio,
  i tuoi occhi sono come le vasche
    di Chesbòn
  alla porta di Bat-Rabbìm;

---

6. - ⁴· Dopo il lungo monologo della sposa entra in
scena lo sposo, che proclama le bellezze della sposa.
¹². Il v. è molto oscuro. Forse vuol dire che l'amore
lo aveva già fatto sognare d'essere coronato principe,
come erano considerati i giovani sposi nel giorno delle nozze.

il tuo naso è come la torre del Libano,
che vigila verso Damasco.
[6] Il tuo capo è sopra di te come il Carmelo
e le chiome del tuo capo come
    la porpora:
un re è rimasto preso nelle trecce!
[7] Come sei bella, come sei incantevole,
o amore, figlia di delizie!
[8] La tua statura assomiglia alla palma
e i tuoi seni ai grappoli.
[9] Mi sono detto:
«Salirò sulla palma,
afferrerò i rami più alti.
E mi siano i tuoi seni
come i grappoli della vite,
il profumo del tuo respiro
come quello dei cedri,
[10] e il tuo palato come ottimo vino
che scende dritto alla mia bocca
e fluisce sulle labbra e sui denti!».

Canto d'amore

[11] Io sono per il mio Diletto
e verso di me è la sua passione d'amore.
[12] Vieni, mio Diletto,
usciamo alla campagna,
vegliamo la notte nei villaggi!
[13] All'alba scenderemo nelle vigne,
vedremo se la vite germoglia,
se sbocciano i fiori,
se fioriscono i melograni:
là ti darò le mie carezze!
[14] Le mandragole esalano profumo
e alle nostre porte

ogni sorta di frutti squisiti,
nuovi e anche stagionati:
o mio Diletto, li ho conservati per te!

8 Ritorno in casa

[1] Oh, se qualcuno avesse potuto
darti a me come fratello,
che avesse succhiato i seni di mia madre!
Incontrandoti all'aperto
avrei potuto baciarti,
e nessuno mi avrebbe disprezzata.
[2] Ti avrei condotto, introdotto
nella casa di mia madre;
tu mi avresti iniziata
e ti avrei dato da bere vino aromatico
e succo di melagrana!
[3] La sua mano sinistra è sotto il mio capo
e la sua destra mi abbraccia.
[4] Vi scongiuro, figlie di Gerusalemme,
perché svegliate e perché risvegliate
l'amore, prima che a lei piaccia?

Il vero amore

[5] Chi è costei che sale dal deserto,
appoggiata al suo Diletto?
Sotto il cedro ti ho svegliata:
laggiù ti ha concepita tua madre,
laggiù ha concepito e generato te.
[6] Mettimi come sigillo sul tuo cuore,
come sigillo sul tuo braccio:
insaziabile come morte è amore,
insaziato come gli inferi è ardore;
le sue vampe sono vampe di fuoco,
le sue fiamme, fiamme del Signore!
[7] Le molte acque
non possono spegnere l'amore
né travolgerlo i fiumi.
Se un uomo offrisse
tutte le ricchezze della sua casa
in cambio di amore,
sarebbe sicuramente disprezzato.

I bastioni dell'amore

[8] Noi abbiamo una piccola sorella
e non ha ancora seni;
che cosa faremo alla nostra sorella
il giorno che se ne parlerà di lei?
[9] Se è una muraglia,
vi costruiremo su merli d'argento;
e se è una porta,
la rafforzeremo con sbarre di cedro.

---

8. - [1.] Parla la sposa e desidera che il suo Diletto sia
suo fratello per poterlo baciare più liberamente.
[2.] Già altra volta la sposa aveva manifestato questo
desiderio per potersi finalmente dare tutta all'amato.
Il *vino aromatico* e il *succo di melagrana* simbolizza-
no la donazione amorosa nella sua prima manifestazione coniugale.
[3.] Lo sposo si è prestato ai desideri dell'amata ed
ella si sente estasiata per la felicità.
[5.] Un coro accenna appena al corteo nuziale, per
poi ritirarsi e lasciare gli sposi liberi d'intrattenersi in
un dialogo amoroso che sigilla l'unione.
[6.] La sposa promette eterno amore allo sposo. Il *sigillo* era un cilindro in pietra dura incisa ed era tenuto appeso al collo o legato al braccio: non era lasciato
mai. Tale vuole essere la sposa per lo sposo, e dice
che il suo amore forte come la morte, inesorabile come l'inferno, durerà per l'eternità.
[8-12.] Quest'appendice non ha una connessione
chiara con il resto del Ct. Nei vv. 8-9 i fratelli sembrano preoccupati della sorte della sorella che pare
loro ancora piccola: ella risponde che può già pensare

[10] Io sono una muraglia
e i miei seni sono come torri;
ora dinanzi agli occhi di lui
sono diventata come una
che ha trovato pace.

La vigna

[11] Salomone aveva una vigna
in Baal-Amòn;
affidò la vigna a guardiani:
si sarebbero obbligati a pagare per
l'usufrutto
mille sicli d'argento.
[12] La mia vigna, proprio mia,
è dinanzi ai miei occhi:

i mille sicli a te, Salomone,
e duecento ai guardiani dei suoi frutti!
[13] O abitatrice dei giardini,
gli amici sono in ascolto della tua voce:
fammela sentire!
[14] Corri, mio Diletto,
sii simile alla gazzella
o al cucciolo dei cervi,
sui monti dei balsami!

---

e disporre di sé, v. 10. Il v. 11 potrebbe essere interpretato come una tentazione per la sposa, per invitar-
la ad amare il pretendente ricco e dovizioso. In tal caso, la sposa risponderebbe sdegnosamente che ella
possiede finalmente la sua vigna (cfr. 1,6), cioè che
ha già fatto la sua scelta.

SAPIENZA

Scritto direttamente in greco da un ebreo residente in Egitto, verso il 50 a.C., questo è forse l'ultimo libro dell'Antico Testamento. Il titolo «Sapienza di Salomone» è chiaramente fittizio.

Il libro si compone di tre parti. La prima (1,1 - 6,21) presenta la sapienza come guida alla vita immortale per chi la segue e come testimone delle colpe per chi la rifiuta. Una serie di quadri mette a confronto la situazione attuale dei giusti e degli empi e la loro situazione finale al giudizio di Dio, quando sarà svelata la verità delle cose, spesso mascherata dalle vicende umane. La seconda (6,22 - 9,18) è un lungo elogio della sapienza che si conclude con una preghiera per ottenerla da Dio. La terza parte (cc. 10-19) mostra la sapienza in azione in alcuni momenti della storia della salvezza, particolarmente nel periodo dell'esodo, che per l'autore diventa emblematico della condotta di Dio verso l'uomo. In questa rievocazione storica schematizzata gli Ebrei rappresentano il tipo di chi segue la sapienza e giunge alla salvezza; gli Egiziani sono il tipo di chi rifiuta la sapienza e va incontro alla rovina e alla morte.

Il linguaggio e lo stile, come le considerazioni sull'idolatria, le sue origini e conseguenze nefaste (13,1 - 15,17), mostrano nell'autore una buona conoscenza della lingua e cultura ellenistica.

La prospettiva di una vita di eterna felicità conferisce al libro una nota di ottimismo: più che alla situazione in cui l'uomo è ridotto, l'autore guarda alla possibilità ancora offerta all'uomo di raggiungere l'incorruttibilità per cui era stato creato originariamente. Questo relativizza le vicende terrene, senza togliere loro importanza, perché solo vivendo al seguito della sapienza in questa vita si raggiunge la vita vera.

LA SAPIENZA NORMA DI VITA

1 Esortazione alla giustizia

1 Amate la giustizia, voi che governate
   la terra,
      pensate del Signore con bontà
      e con cuore semplice cercatelo,
2 perché si fa trovare da quanti non
   lo tentano
      e si manifesta a quanti non diffidano di lui.
3 Difatti i ragionamenti distorti separano
   da Dio,
      ma l'onnipotenza, messa alla prova,
      convince di delitto gli stolti.

4 La sapienza non entra in un'anima che
   opera il male,
      né dimora in un corpo schiavo del peccato.
5 Poiché il santo spirito dell'educazione
   fugge l'inganno,
      sta lontano dai ragionamenti insensati
      ed è allontanato al sopraggiungere
      dell'ingiustizia.

La sapienza nel mondo

6 La sapienza è uno spirito che ama
   l'uomo,
      ma non lascerà impunito
      il bestemmiatore per i suoi discorsi,
      perché Dio è testimone dei suoi
      pensieri,
      sorvegliante leale del suo cuore
      e uditore della sua parola.
7 Lo spirito del Signore riempie l'universo

---

1. - 7. Dio riempie con la sua immensità l'universo, e quindi non ci può essere pensiero o parola o azione a cui non sia presente.

e colui che tiene insieme ogni cosa,
ne conosce la voce.
⁸ Per questo non potrà restar nascosto chi
pronuncia cose ingiuste
né lo risparmierà la giustizia che
corregge.
⁹ Sarà fatta un'inchiesta sui progetti
dell'empio
e l'eco delle sue parole giungerà fino
al Signore,
a condanna dei suoi misfatti;
¹⁰ poiché un orecchio geloso ascolta
ogni cosa
e il sussurro delle mormorazioni
non resta nascosto.
¹¹ Guardatevi dunque dall'inutile
mormorazione,
preservate la lingua dalla maldicenza,
perché neppure una parola segreta andrà
a vuoto,
una bocca menzognera uccide l'anima.

La morte è opera del peccato

¹² Smettete di ricercare la morte
con gli errori della vostra vita,
e di attirarvi la rovina con le opere
delle vostre mani,
¹³ perché Dio non ha fatto la morte,
né gode per la rovina dei viventi.
¹⁴ Egli ha creato tutte le cose perché
esistano;
salubri sono le creature del mondo,
in esse non c'è veleno mortifero,
né il regno degl'inferi è sulla terra.
¹⁵ La giustizia infatti è immortale.
¹⁶ Ma gli empi con gesti e con parole
chiamano la morte,
credendola amica, si consumano
per essa
e con essa hanno stretto alleanza,
perché sono degni di essere del suo
numero.

2 La fine dell'uomo secondo l'empio

¹ Dicono tra loro non ragionando
rettamente:
«Breve e triste è la nostra vita,
il rimedio non sta nella fine
dell'uomo,
né si conosce chi sia tornato dagl'inferi.
² Per caso siamo nati

e dopo morte saremo come se non
fossimo stati:
fumo è il soffio nelle nostre narici
e la parola è una scintilla nel palpito
del nostro cuore,
³ spenta la quale, il corpo diventerà
cenere
e lo spirito si disperderà come aura
leggera.
⁴ Anche il nostro nome sarà dimenticato
col tempo
e nessuno si ricorderà delle nostre
opere.
La nostra vita passerà come traccia
di nube
e si disperderà come nebbia
sospinta dai raggi del sole e dal suo
calore colpita.
⁵ Passaggio d'ombra è il nostro tempo
e non c'è rimedio alla nostra fine,
perché il sigillo è posto e nessuno
può tornare indietro.

Il codice dell'empio

⁶ Su, dunque, godiamo dei beni presenti
e facciamo uso delle cose create
con ardore giovanile!
⁷ Inebriamoci di vino pregiato
e di profumi
e non lasciamoci sfuggire alcun fiore
primaverile,
⁸ coroniamoci di boccioli di rose
prima che appassiscano;
⁹ nessuno di noi manchi alle nostre orge,
ovunque lasciamo segni di allegria,
perché questa è la nostra porzione
e questa la sorte.

Il giusto è incomodo

¹⁰ Opprimiamo il giusto povero,
non risparmiamo le vedove,
né rispettiamo la longeva canizie
del vecchio.
¹¹ La nostra forza sia legge di giustizia,
perché ciò che è debole si dimostra
inutile.

---

2. - ¹·¹⁹· La sapienza conduce alla riflessione sul destino dell'uomo, partendo dall'idea che ne ha l'empio.
²· Sono i discorsi dei materialisti epicurei d'allora,
o più facilmente di Ebrei apostati. Gli orientali spesso
chiamavano *cuore* ciò che noi diciamo cervello.

¹² Tendiamo insidie al giusto, perché
   ci è molesto,
   si oppone alle nostre azioni,
   ci rinfaccia le trasgressioni della legge
   e ci rimprovera le trasgressioni contro
   la nostra educazione.
¹³ Proclama di possedere la conoscenza
   di Dio
   e si dichiara servo del Signore.
¹⁴ È diventato per noi un'accusa dei nostri
   pensieri;
   ci è pesante anche il vederlo,
¹⁵ perché diversa dagli altri è la sua vita
   e singolare la sua condotta.
¹⁶ Siamo considerati da lui come bastardi
   e si tiene lontano dalle nostre vie come
   dalle impurità;
   dichiara beata la fine dei giusti
   e si vanta di aver Dio per padre.
¹⁷ Vediamo se le sue parole sono vere
   e proviamo ciò che ne sarà della sua fine.
¹⁸ Se il giusto è veramente figlio di Dio,
   egli lo soccorrerà
   e lo libererà dalle mani degli avversari.
¹⁹ Mettiamolo alla prova con oltraggi
   e tormenti,
   per conoscere la sua mitezza
   ed esaminare la sua sopportazione
   del male;
²⁰ condanniamolo a una morte ignominiosa,
   perché, secondo le sue parole, Dio
   si prenderà cura di lui».

Origine del male e della morte

²¹ Così ragionano, ma s'ingannano;
   la loro malizia infatti li ha accecati:
²² non conoscono i misteri di Dio,
   non sperano ricompensa per la pietà,
   né stimano il premio delle anime
   irreprensibili.
²³ Sì, Dio ha creato l'uomo
   per l'incorruttibilità

e lo ha fatto a immagine della propria
   natura;
²⁴ ma per invidia del diavolo la morte
   è entrata nel mondo
   e ne fanno esperienza quanti sono
   del suo numero.

3 Il soffrire del giusto e il prosperare dell'empio

¹ Le anime dei giusti, invece, sono nelle
   mani di Dio
   e nessun tormento le toccherà.
² Agli occhi degli stolti parve che morissero,
   una disgrazia fu considerata la loro
   dipartita,
³ e il loro viaggio lontano da noi una rovina,
   ma essi sono nella pace.
⁴ Anche se agli occhi degli uomini sono
   dei castigati,
   la loro speranza è piena d'immortalità.
⁵ Dopo un breve soffrire,
   saranno largamente beneficati,
   perché li ha provati
   e li ha trovati degni di sé;
⁶ li ha saggiati come oro nel crogiolo
   e li ha graditi come un sacrificio perfetto.
⁷ Nel tempo della loro visita risplenderanno
   e come scintille nella paglia scorreranno.
⁸ Governeranno le nazioni e avranno
   potere sui popoli
   e il Signore sarà loro re per sempre.
⁹ Quanti confidano in lui comprenderanno
   la verità
   e i fedeli dimoreranno presso di lui
   nell'amore,
   perché grazia e misericordia sono per
   i suoi eletti.
¹⁰ Gli empi, invece, secondo i loro
   progetti, riceveranno il castigo,
   essi che non si sono presi cura del giusto
   e si sono allontanati dal Signore.
¹¹ Chi disprezza la sapienza e l'educazione
   è infelice,
   vana la loro speranza, inutili le fatiche
   e senza profitto le loro opere.
¹² Le loro mogli sono stolte,
   cattivi i loro figli,
   maledetta la loro discendenza.

Sterilità del giusto e fecondità degli empi

¹³ Beata la sterile non contaminata,
   che non ha conosciuto unione
   nel peccato,

---

¹²ˢˢ· Ogni giusto è figlio adottivo di Dio, ma questo
passo, come i seguenti vv. fino al 20, dai padri della
chiesa sono applicati a Cristo vero Figlio di Dio, e
certo a nessuno convengono come a lui, e sembrano
anticipare il racconto della passione di Gesù (cfr. Mt
27,40-44; Gv 19,7).
3. - ³. La morte del giusto a volte ha tutte le appa-
renze della distruzione, ma in realtà non è che l'ingresso nella vera vita.
¹⁰⁻¹⁵. Risposta ad altro problema assillante: perché
vi sono giusti che muoiono giovani, mentre vi sono
degli empi che vivono a lungo? Una risposta: affinché
i buoni non diventino cattivi.

perché avrà il frutto nella visita
delle anime.
14 Beato anche l'eunuco, che non
ha operato misfatti con le mani
e non ha rivolto pensieri malvagi contro
il Signore;
a lui infatti per la fedeltà sarà data
una grazia speciale
e una sorte graditissima nel tempio
del Signore.
15 Poiché glorioso è il frutto delle buone
fatiche
e imperitura la radice dell'intelligenza.
16 Ma i figli degli adulteri resteranno
imperfetti
e il seme di un'unione illegale
sarà sterminato.
17 Anche se avranno lunga vita, come cosa
da nulla saranno considerati,
e all'ultimo la loro vecchiaia sarà senza
onore.
18 Se poi moriranno presto, non avranno
speranza,
né conforto nel giorno del giudizio,
19 poiché triste è la fine di una generazione
ingiusta.

4 La virtù e il vizio

1 È meglio restare senza figli e avere
la virtù,
poiché c'è immortalità nel suo ricordo:
essa è riconosciuta da Dio e dagli uomini.
2 Presente, la imitano, assente,
la rimpiangono,
nell'eternità trionfa, incoronata,
per avere vinto la lotta di gare
incontaminate.
3 Ma la prolifica folla degli empi
non servirà a nulla;
nata da polloni bastardi, non getterà
profonde radici,
né metterà solida base.
4 Anche se per un certo tempo germoglia
nei rami,
stando in pericolo, sarà scossa dal vento
e sarà sradicata dalla violenza
della bufera.
5 I ramoscelli ancora teneri saranno
spezzati,
il loro frutto sarà inutile, immaturo
per essere mangiato,
e buono a nulla.

6 Infatti i figli nati da sonni iniqui
sono testimoni della malvagità dei
genitori quando saranno interrogati.

Morte prematura del giusto

7 Il giusto, anche se muore presto, sarà
nel riposo.
8 Infatti vecchiaia veneranda non è
la longevità,
né si misura con il numero degli anni,
9 ma canizie per gli uomini è la saggezza
ed età senile è una vita senza macchia.
10 Divenuto gradito a Dio, fu da lui amato,
poiché viveva in mezzo ai peccatori,
fu trasferito.
11 Fu rapito perché la malizia non mutasse
la sua mente
o l'inganno non seducesse la sua anima,
12 poiché il fascino del vizio oscura
il bene
e l'agitarsi della passione travolge
una mente semplice.
13 Divenuto in breve perfetto, ha compiuto
lunghi tempi.
14 La sua anima era gradita a Dio,
perciò egli si affrettò a toglierla di mezzo
al male.
I popoli vedono ma senza comprendere
e senza por mente al fatto
15 che grazia e misericordia sono per i suoi
eletti
e la protezione divina per i suoi santi.
16 Il giusto, morendo, condanna gli empi
rimasti in vita
e una giovinezza giunta in breve
alla perfezione
condanna la lunga vecchiaia
dell'ingiusto.
17 Le folle vedranno la fine del saggio,
ma non comprenderanno qual era
la volontà di Dio su di lui
e per qual motivo il Signore l'ha posto
al sicuro.
18 Vedranno e disprezzeranno;
ma il Signore si riderà di loro.
19 Dopo ciò diventeranno un cadavere
disonorato
e un'ignominia fra i morti per sempre:
Dio li prostrerà ammutoliti faccia
a terra,
li scuoterà dalle fondamenta,
saranno completamente annientati,
saranno nel dolore
e il loro ricordo perirà.

Sorte del giusto e dell'empio
al giudizio finale

²⁰Verranno pieni di timore al rendiconto
    dei loro peccati
    e le loro violazioni della legge staranno
        contro di essi
    per convincerli di delitto.

5 ¹Allora il giusto starà con molta
    franchezza
    di fronte a quanti l'hanno oppresso
    e a quanti hanno disprezzato le sue
        sofferenze.
² Vedendolo saranno sconvolti da terribile
    paura
    e resteranno stupefatti per l'inaspettata
    salvezza.
³ Pentiti, diranno fra di loro,
    e per angustia di spirito si lamenteranno
    dicendo:
⁴«Questi è colui che una volta abbiamo
    tenuto come un oggetto di scherno,
    e per bersaglio di oltraggi. Insensati!
    Abbiamo stimato la sua vita una follia
    e la sua fine un disonore.
⁵ Come mai è computato tra i figli di Dio
    e tra i santi è la sua sorte?
⁶ Abbiamo dunque errato dalla via
    della verità,
    la luce della giustizia non è brillata
        per noi
    e il sole non è sorto per noi.
⁷ Ci siamo saziati per i sentieri
    dell'iniquità e della perdizione,
    abbiamo percorso deserti impraticabili,
    ma non abbiamo conosciuto la via
    del Signore.
⁸ Che cosa ci ha giovato l'orgoglio?
    Che cosa ci ha apportato la ricchezza
    con l'arroganza?
⁹ Tutto è passato come ombra e come
    fugace notizia,
¹⁰ come nave che fende l'acqua agitata,
    del cui passaggio non resta traccia,
    né solco della sua carena nei flutti;
¹¹ o come uccello che vola per l'aria,
    della cui corsa non si trova alcun segno,
    ma percossa l'aura leggera dal tocco
    delle ali
    e divisa con la forza dell'impeto,

è attraversata dai battiti delle ali,
    e dopo ciò non si trova in essa segno
    del passaggio;
¹² o come quando lanciato il dardo verso
    il bersaglio,
    l'aria tagliata rifluisce subito
    su se stessa,
    cosicché non si può riconoscere il suo
    percorso,
¹³ così anche noi, appena nati, siamo
    venuti meno:
    non abbiamo mostrato alcun segno
    di virtù,
    e ci siamo consumati nella nostra
    malvagità!».
¹⁴ La speranza dell'empio è come pula
    portata via dal vento,
    come tenue schiuma sospinta
    dalla bufera;
    è dispersa come fumo dal vento
    e si dilegua come il ricordo dell'ospite
    di un sol giorno.
¹⁵ I giusti, invece, vivono in eterno,
    la loro ricompensa è presso il Signore
    e il Signore si prende cura di loro.
¹⁶ Per questo riceveranno una magnifica
    corona regale
    e uno splendido diadema dalla mano
    del Signore,
    perché li proteggerà con la destra
    e con il braccio li difenderà.
¹⁷ Assumerà come armatura il suo zelo
    e userà come arma il creato per far
    vendetta dei nemici.
¹⁸ Indosserà come corazza la giustizia
    e cingerà come elmo un giudizio senza
    finzione.
¹⁹ Assumerà come scudo l'invincibile
    santità,
²⁰ affilerà come spada un'ira inesorabile
    e il mondo combatterà con lui contro
    gli insensati.
²¹ Partiranno saette ben aggiustate
    e come da un arco ben teso, dalle nubi,
    si slanceranno contro il bersaglio;
²² dalla fionda saranno scagliate grandini
    piene di collera;
    infurierà contro di loro l'acqua
    del mare
    e i fiumi strariperanno senza pietà.
²³ Si leverà su di loro lo Spirito
    dell'Onnipotente,
    li disperderà come un uragano:
    l'iniquità renderà deserta tutta la terra
    e la malvagità travolgerà i troni
    dei potenti.

---

4. - ^{20.} *Verranno pieni di timore* al giudizio di Dio,
dove li accuseranno i loro stessi peccati.

6 Invito a ricercare la sapienza

1 Ascoltate, dunque, o re, e vogliate
    comprendere!
  Imparate, o governanti delle regioni
    della terra!
2 Porgete orecchio, voi che dominate
    le moltitudini
  e siete orgogliosi delle folle di popoli:
3 Dal Signore vi è stato dato il dominio
  e il potere dall'Altissimo,
  il quale esaminerà le vostre opere
    e scruterà i piani,
4 poiché, essendo ministri del suo regno,
  non avete governato rettamente,
  né avete osservato la legge,
  né avete camminato secondo il volere
    di Dio.
5 Terribile e veloce si ergerà contro di voi,
  poiché un severo giudizio si fa contro
    chi presiede.
6 Senza dubbio l'inferiore è meritevole
    di misericordia,
  ma i potenti saranno esaminati
    con rigore.
7 Il padrone di tutte le cose non teme
    persona,
  né si preoccupa della grandezza,
  perché egli ha fatto il piccolo come
    il grande
  e si prende cura ugualmente di tutti;
8 ma su quanti dominano incombe
    un giudizio severo.
9 Per voi, dunque, o prìncipi, sono le mie
    parole,
  perché impariate la sapienza
  e non possiate prevaricare.
10 Quanti osservano santamente le leggi
    divine, saranno riconosciuti santi,
  e quanti le avranno apprese
    vi troveranno una difesa.
11 Desiderate, pertanto, le mie parole,
    bramatele e sarete istruiti.

La sapienza previene quanti la cercano

12 Splendida e incorruttibile è la sapienza,
    facilmente è conosciuta da quanti
      l'amano
  e si lascia trovare da quanti la cercano.
13 Per farsi riconoscere previene quanti
    la desiderano.
14 Chi si leva per essa di buon mattino
    non dovrà faticare,
  perché la troverà seduta alla sua porta.

15 Pensare ad essa è suprema intelligenza,
  e chi veglia per lei sarà presto senza pena;
16 perché essa va in cerca di quanti sono
    degni di lei,
  nelle strade appare loro con benevolenza
  e in ogni progetto va loro incontro.
17 Suo principio è un sincero desiderio
    di educazione;
18 la cura dell'educazione è amore;
  l'amore è osservanza delle sue leggi;
  il rispetto delle sue leggi è garanzia
    di incorruttibilità,
19 e l'incorruttibilità ci fa stare vicini a Dio;
20 così il desiderio di sapienza conduce
    al regno.
21 Se dunque, prìncipi dei popoli,
    vi dilettate di troni e di scettri,
  onorate la sapienza, perché possiate
    regnare in eterno.

LA SAPIENZA IN SE STESSA

Introduzione

22 Annunzierò che cos'è la sapienza
    e come nacque,
  non vi nasconderò i misteri,
  ma dal principio della creazione
    ne seguirò le orme,
  metterò in luce la sua conoscenza
  e non mi allontanerò dalla verità.
23 Non mi accompagnerò con la struggente
    invidia,
  poiché essa non ha niente in comune
    con la sapienza.
24 La moltitudine dei sapienti è la salvezza
    del mondo
  e un re saggio è la prosperità del popolo.
25 Lasciatevi dunque istruire dalle mie
    parole e ne trarrete profitto.

7 Salomone è un uomo mortale

1 Anch'io sono un uomo mortale come tutti
  e discendente del primo essere,
    plasmato di terra.
  Nel seno di una madre di carne
    fui scolpito,
2 solidificato in dieci mesi nel sangue
  dal seme maschile e dal piacere,
    compagno del sonno.
3 Appena nato, anch'io ho respirato l'aria
    comune

e sono caduto su una terra che ha
    le medesime condizioni,
essendo, come per tutti, il vagito la mia
    prima voce.
4 Fui allevato in fasce
    e nelle preoccupazioni.
5 Nessun re ebbe diverso principio
    di nascita;
6 uguale è l'ingresso di tutti nella vita
    e uguale la dipartita.

Salomone chiede a Dio la sapienza

7 Per questo pregai, e mi fu data
    l'intelligenza;
    invocai, e venne in me lo spirito
    di sapienza.
8 La preferii agli scettri e ai troni
    e stimai le ricchezze un nulla a paragone
    di lei;
9 non paragonai a lei la pietra più preziosa,
    perché tutto l'oro al suo cospetto è poca
    sabbia
    e come fango sarà computato davanti
    a lei l'argento.
10 L'amai più della salute e della bellezza,
    preferii possedere lei in cambio
    della luce,
    perché lo splendore che promana da lei
    non tramonta.
11 Tutti i beni mi sono venuti insieme con
    essa
    e incalcolabili ricchezze sono nelle sue
    mani.
12 Di tutto mi son rallegrato, perché ne è
    guida la sapienza,
    ma ignoravo che essa è madre di tali
    cose.

Salomone prega per poter comunicare la sapienza

13 Senza frode ho imparato e senza invidia
    insegno,
    le sue ricchezze non nascondo;

14 essa è un tesoro inesauribile
    per gli uomini;
    quanti lo acquistano, ottengono
    l'amicizia con Dio,
    raccomandati per i doni dell'educazione.
15 Mi conceda Dio di parlarne secondo
    il desiderio,
    di pensare in modo degno dei doni
    ricevuti,
    perché egli è guida della sapienza
    e direttore dei sapienti.
16 Nelle sue mani siamo noi e le nostre
    parole,
    ogni intelligenza e perizia dei lavori.
17 Egli mi ha dato la vera conoscenza
    delle cose,
    per comprendere il sistema dell'universo
    e la forza degli elementi,
18 il principio, la fine e la metà dei tempi,
    l'avvicendarsi dei solstizi e il succedersi
    delle stagioni,
19 i cicli degli anni e la posizione degli astri,
20 la natura degli animali e l'istinto
    delle bestie,
    il potere degli spiriti e i ragionamenti
    degli uomini,
    la varietà delle piante e le virtù
    delle radici;
21 quanto è nascosto e manifesto
    ho conosciuto,
    perché la sapienza, artefice di tutto,
    mi ha ammaestrato.

Natura divina e attività cosmica della sapienza

22 In essa c'è uno spirito intelligente,
    santo,
    unico, molteplice, sottile,
    mobile, perspicace, senza macchia,
    terso, inoffensivo, amante del bene,
    acuto,
23 irresistibile, benefico, amante dell'uomo,
    immutabile, fermo,
    senza preoccupazioni,
    onnipotente, onniveggente
    e che penetra tutti gli spiriti
    intelligenti, puri e sottilissimi.
24 La sapienza è più mobile di ogni moto
    e per la sua purezza pervade e penetra
    in ogni cosa.
25 È esalazione della potenza di Dio,
    effluvio puro della gloria
    dell'Onnipotente;
    per questo nulla d'impuro cade
    su di essa.

---

7. - [23-30]. L'autore sacro ci presenta in questo brano la natura della sapienza attraverso i suoi attributi o proprietà. Con quanto contenuto in Pro 1,20-33; 8,1-36; Sir 24, abbiamo qui la più sublime rivelazione anticotestamentaria sulla divina sapienza, in ordine al mistero della ss.ma Trinità. Enumera 21 attributi — che non ha voluto mettere in ordine logico — e ciascuno di essi è attributo di Dio, così che il passo alla personificazione della sapienza, che farà il NT, ormai è brevissimo (cfr. Eb 1,1-5; Gv 1,1-14).

²⁶ È irradiazione della luce eterna,
   specchio tersissimo dell'attività di Dio
   e immagine della sua bontà.
²⁷ Pur essendo unica, può tutto,
   restando in se stessa, rinnova ogni cosa
   e attraverso le generazioni, entrando
      nelle anime sante,
   prepara gli amici di Dio e i profeti.
²⁸ Nulla infatti Dio ama se non chi convive
      con la sapienza.
²⁹ Essa è più bella del sole
   e supera ogni costellazione;
   paragonata alla luce, risulta
      più splendida;
³⁰ a questa certamente succede la notte,
   ma la malvagità non può prevalere
      sulla sapienza.

8 La sapienza è maestra di scienza e di virtù

¹ Essa si estende con forza da un confine
      all'altro
   e governa rettamente l'universo.
² Questa ho amato e ricercato fin
      dalla mia giovinezza,
   ho cercato di prendermela come sposa
   e mi sono innamorato della sua bellezza.
³ Essa rende onore alla nobiltà d'origine
   perché convive con Dio,
   e il padrone di tutte le cose l'ama.
⁴ Essa infatti inizia alla scienza di Dio
   e sceglie le sue opere.
⁵ Se la ricchezza è un bene desiderabile
      in vita,
   che cos'è più ricco della sapienza,
      la quale tutto produce?
⁶ Se l'intelligenza opera,
   chi, tra gli esseri, più di essa è artefice?
⁷ Se qualcuno ama la giustizia,
   i suoi frutti sono le virtù:
   essa infatti insegna temperanza
      e prudenza,
   giustizia e fortezza,
   delle quali nulla è più utile agli uomini
      nella vita.
⁸ Se qualcuno brama una vasta
      esperienza,
   essa conosce le cose passate e indovina
      quelle future,
   è esperta nei detti difficili
      e nell'interpretazione degli enigmi,
   prevede segni e prodigi
   e l'esito dei momenti e dei tempi.

La sapienza è consigliera e consolatrice

⁹ Ho deciso, dunque, di prenderla
      per compagna della vita,
   sapendo che mi sarà consigliera di bene
   e consolatrice nelle preoccupazioni
      e nel dolore.
¹⁰ Per essa avrò gloria nelle assemblee,
   e, quantunque giovane, onore vicino
      agli anziani.
¹¹ In giudizio sarò trovato acuto
   e di fronte ai potenti sarò ammirato.
¹² Se farò silenzio staranno in attesa,
   se parlerò si avvicineranno,
   e se converserò a lungo,
   porranno la mano sulla loro bocca.
¹³ Per essa otterrò l'immortalità
   e un ricordo eterno lascerò a quanti
      verranno dopo di me.
¹⁴ Governerò i popoli, e le nazioni
      mi saranno soggette;
¹⁵ tiranni crudeli, sentendo parlare di me,
      avranno paura;
   in mezzo al popolo mi mostrerò buono
   e in guerra coraggioso.
¹⁶ Rientrato nella mia casa, in essa troverò
      riposo,
   perché la sua compagnia non procura
      amarezza,
   né dolore la sua convivenza,
   ma letizia e gioia.

La sapienza è dono di Dio

¹⁷ Considerando queste cose in me stesso
   e meditando nel mio cuore
   che nella parentela con la sapienza
      c'è immortalità,
¹⁸ nella sua amicizia gioia eccellente,
   nell'opera delle sue mani ricchezza
      incalcolabile,
   nell'assiduità della sua compagnia
      intelligenza
   e nella partecipazione dei suoi discorsi
      celebrità,
   andavo cercando come poterla prendere
      con me.
¹⁹ Ero un ragazzo di belle qualità
   e avevo ricevuto in sorte un'anima
      buona,
²⁰ o piuttosto, essendo buono, ero entrato
   in un corpo incontaminato.
²¹ Ma conoscendo che non l'avrei ottenuta
      diversamente,
   se Dio non la concede
   — anche questo fa parte dell'intelligenza,

conoscere da chi viene il dono —
mi rivolsi al Signore e lo pregai,
dicendo con tutto il mio cuore:

9 Preghiera di Salomone

1 Dio dei padri e Signore di misericordia,
   che con la tua parola hai fatto l'universo
2 e con la tua sapienza hai formato l'uomo,
   perché domini sulle creature fatte da te,
3 governi il mondo con santità e giustizia
   ed eserciti il giudizio con animo retto,
4 dammi la sapienza che siede accanto
      ai tuoi troni,
   e non mi escludere dal numero dei tuoi
      servi,
5 perché io sono tuo servo e figlio
      della tua serva,
   uomo debole, di breve durata
   e incapace di comprendere la giustizia
      e le leggi.
6 Per quanto uno tra i figli degli uomini
      sia perfetto,
   se gli manca la sapienza che viene da te,
   come un nulla sarà considerato.
7 Tu mi hai scelto re del tuo popolo
   e giudice dei tuoi figli e figlie;
8 mi hai ordinato di edificare un tempio
      sul tuo santo monte,
   un altare nella città della tua dimora,
   immagine della tenda santa che avevi
      preparato da principio.
9 Con te è la sapienza, che conosce le tue
      opere,
   che era presente quando facevi il mondo;
   essa conosce ciò che è accetto ai tuoi
      occhi
   e ciò che è conforme ai tuoi
      comandamenti.
10 Invia la tua sapienza dai santi cieli,
   mandala dal trono della tua gloria,
   perché si affatichi assistendomi
   e io possa conoscere ciò che ti è accetto.
11 Essa infatti, che tutto conosce
      e comprende,

mi guiderà con saggezza nelle mie azioni
   e mi custodirà nella sua gloria.
12 Allora ti saranno gradite le mie opere,
   governerò il tuo popolo rettamente
   e sarò degno del trono di mio padre.
13 Quale uomo infatti può conoscere
      il disegno di Dio?
   o chi può immaginare che cosa vuole
      il Signore?
14 Timidi sono i ragionamenti dei mortali
   e incerti i nostri pensieri;
15 perché un corpo corruttibile
      appesantisce l'anima
   e la tenda terrena opprime la mente
   piena di sollecitudini.
16 A stento indoviniamo le cose terrene
   e con fatica comprendiamo quelle che
      sono a portata di mano;
   ma chi potrà scoprire le cose celesti?
17 Chi avrebbe potuto conoscere il tuo
      consiglio,
   se tu non avessi dato la sapienza
   e inviato dall'alto il tuo santo spirito?
18 Così furono raddrizzati i sentieri di chi
      è sulla terra,
   gli uomini impararono le cose che
      ti sono accette
   e per mezzo della sapienza furono salvati.

LA SAPIENZA
NELLA STORIA DELLA SALVEZZA

10 La sapienza nella storia delle origini

1 Essa custodì il primo uomo, il padre
      del mondo,
   quando fu creato solo, lo liberò dalla sua
      caduta
2 e gli diede il potere di dominare su tutte
      le cose.
3 Ma un ingiusto, che nella sua ira si era
      allontanato da essa,
   perì per i suoi furori fratricidi.
4 Quando la terra fu sommersa per colpa
      sua, la sapienza la salvò di nuovo
   guidando il giusto per mezzo
      di un fragile legno.

La sapienza nella vita dei patriarchi

5 Quando le genti furono confuse per la loro
      concordia nella malvagità,
   essa conobbe il giusto, lo conservò
      irreprensibile davanti a Dio

---

10. - 1. La sapienza custodì Adamo fin dal primo
momento, prima che fosse creata la donna, e poi con
la penitenza lo tolse dal peccato (Gn 2,3).
   5. Si parla d'Abramo che, quando i popoli erano immersi nell'idolatria, fu da Dio separato per avviare
sulla terra la vera religione, e fu reso forte e disponibile fino a sacrificare il figlio Isacco, se l'angelo non
fosse venuto a trattenergli la mano (Gn 22).

e lo mantenne forte, al di sopra
dell'affetto per il figlio.
6 Essa liberò dallo sterminio degli empi
un giusto
che fuggiva il fuoco disceso
sulla Pentapoli.
7 A testimonianza di quella malvagità
resta ancora una terra fumante
e delle piante che producono frutti
immaturi;
a ricordo di un'anima incredula sta
una colonna di sale.
8 Avendo abbandonato la sapienza,
non solo subirono il danno di non
conoscere il bene,
ma lasciarono ai viventi un ricordo
di insipienza,
perché non potessero nascondersi
nelle cose in cui caddero.
9 Ma la sapienza liberò i suoi fedeli
dai travagli.
10 Essa guidò per vie diritte il giusto,
che fuggiva dall'ira del fratello,
gli mostrò il regno di Dio e gli diede
la conoscenza delle cose sante;
lo fece prosperare nelle fatiche
e moltiplicò i suoi guadagni.
11 Lo assistette contro l'ingordigia
degli oppressori
e lo fece ricco;
12 lo custodì dai nemici,
lo difese da quanti lo insidiavano
e gli assegnò il premio di un aspro
combattimento,
perché conoscesse che più potente
di tutto è la pietà.
13 Essa non abbandonò il giusto venduto,
ma lo preservò dal peccato.
14 Scese con lui nel carcere
e non lo abbandonò nelle catene,
finché gli procurò lo scettro regale
e autorità sui suoi oppressori;
svelò come falsi quanti lo diffamavano
e gli diede una gloria eterna.

La sapienza nell'esodo

15 Essa liberò un popolo santo e un seme
irreprensibile
da una nazione di oppressori.
16 Entrò nell'anima di un servo del Signore,
e con portenti e segni si levò contro re
terribili.
17 Rese ai santi il premio delle loro fatiche,
li guidò per una via meravigliosa,
divenne per loro un riparo di giorno

e una luce di astri nella notte.
18 Fece loro passare il Mar Rosso
e li condusse attraverso molte acque;
19 sommerse invece i loro nemici
e li vomitò dal profondo dell'abisso.
20 Per questo i giusti spogliarono gli empi,
celebrarono, Signore, il tuo santo nome
e unanimi lodarono la tua mano
protettrice;
21 perché la sapienza aprì la bocca dei muti
e sciolse la lingua dei fanciulli.

11 Sorte dei giusti e degli empi nell'esodo

1 Essa condusse felicemente le loro imprese
per mano di un santo profeta.
2 Percorsero un deserto inospitale
e fissarono le tende in luoghi
impraticabili;
3 si opposero ai nemici e respinsero
gli avversari.
4 Ebbero sete e gridarono a te,
e fu data loro acqua da una roccia
scoscesa
e rimedio alla sete da una dura pietra.
5 Infatti ciò che servì per castigare i loro
nemici,
fu per essi di beneficio nel bisogno.

Acqua: castigo e beneficio

6 In luogo della fonte di un fiume perenne,
intorbidito con putrido sangue
7 — in punizione di un decreto
infanticida —,
tu desti loro inaspettatamente acqua
abbondante,
8 dimostrando per mezzo della sete
di allora
come furono castigati i nemici.
9 Difatti, quando furono provati, benché
corretti con misericordia,
compresero quanto erano tormentati
gli empi, giudicati con ira.
10 Certamente tu provasti gli uni come
un padre che ammonisce,
ma ricercasti gli altri come un re severo
che condanna.

---

11. - 6-7. Paragone fra il prodigio dell'acqua fatta
uscire dalla rupe e quello dell'acqua mutata in sangue putrido: il primo sazia la sete, il secondo l'acui-
sce (cfr. Es 7,19-25). *Fiume perenne*: il Nilo.

¹¹ Lontani o vicini erano ugualmente
  tormentati:
¹² li colse infatti una duplice sofferenza
  e un gemito per i ricordi delle cose
    passate.
¹³ Quando udirono che per mezzo
    delle loro pene
  quelli erano stati beneficati, vi scorsero
    il Signore.
¹⁴ Poiché colui che prima avevano esposto
    e poi pubblicamente deriso,
  al termine degli avvenimenti dovettero
    ammirarlo,
  dopo aver sofferto una sete diversa
    da quella dei giusti.

Animali: castigo e beneficio

¹⁵ In pena degli stolti ragionamenti
    della loro ingiustizia,
  nei quali, errando, rendevano culto
  ad animali senza ragione e a vili
    bestie,
  inviasti contro di loro per punizione
  una moltitudine di animali senza
    ragione,
¹⁶ perché comprendessero
  che ognuno è punito per mezzo
  di quelle cose con le quali pecca.

La longanimità di Dio segno della sua onnipotenza

¹⁷ Non era certo in difficoltà la tua mano
    onnipotente,
  che aveva creato il mondo da materia
    informe,
  di mandare contro di loro una
    moltitudine di orsi o di leoni feroci,
¹⁸ o di fiere sconosciute piene di furore,
    create da poco,
  o che spirano alito infuocato,
  o che esalano vapore di fumo,
  o che sprizzano dagli occhi terribili
    scintille,
¹⁹ delle quali non solo il morso poteva
    sterminarli,
  ma anche lo sguardo spaventoso poteva
    annientarli.
²⁰ Anche senza di queste cose, con un solo
    soffio, potevano cadere,
  perseguitati dalla giustizia
  e annientati dal tuo soffio
    onnipotente;
  ma tu hai disposto ogni cosa con misura,
    numero e peso.

²¹ Poiché la tua straordinaria potenza
    è sempre con te,
  chi potrà resistere alla forza del tuo braccio?
²² Tutto l'universo davanti a te è come
    polvere sulla bilancia,
  e come una goccia di rugiada che di
    buon mattino scende sulla terra.

La longanimità segno dell'amore di Dio

²³ Hai pietà di tutti, perché tutto puoi
  e dimentichi i peccati degli uomini in
    vista della conversione.
²⁴ Ami tutte le cose che esistono
  e niente detesti di ciò che hai fatto,
  perché se tu odiassi qualche cosa,
    neppure l'avresti formata.
²⁵ E come potrebbe sussistere una cosa, se
    tu non volessi,
  o conservarsi ciò che non è stato da te
    chiamato?
²⁶ Ma tu hai pietà di tutte le cose, perché
    sono tue,
  Signore, amante della vita.

12 ¹Poiché il tuo spirito incorruttibile è
  in tutte le cose.
² Per questo castighi a poco a poco quelli
    che cadono
  e li correggi, ricordando loro le cose
    nelle quali peccano,
  perché, liberati dalla malizia, credano
    in te, Signore.
³ Anche gli antichi abitanti della tua terra
    santa,
⁴ che tu odiavi per le cose abominevoli
    che compivano,
  le pratiche di magia e le iniziazioni
    sacrileghe
⁵ — crudeli uccisori di figli,
  divoratori di visceri in banchetti di carne
    umana e di sangue,
  iniziati a orge abominevoli,
⁶ genitori omicidi di vite indifese —,
  tu hai voluto distruggere per mano dei
    nostri padri,
⁷ perché ricevesse una degna colonia
    di figli di Dio
  la terra che più di tutte ti è cara.
⁸ Ma anche questi, perché uomini, trattasti
    con moderazione,
  e inviasti le vespe, come precursori
    del tuo esercito,
  perché solo a poco a poco
    li sterminassero.

La longanimità divina spinge alla conversione

⁹Non ti era impossibile in battaglia dare
  gli empi in potere dei giusti,
  o sterminarli in un attimo con bestie
  feroci o con una parola dura;
¹⁰ ma punendo a poco a poco, davi luogo
  alla conversione,
  non ignorando che malvagia è la loro
  stirpe,
  innata la loro malizia
  e che certamente non sarebbe mutato
  in eterno il loro modo di pensare,
¹¹ perché era un seme maledetto fin da
  principio.
  Non è per timore di qualcuno che
  lasciavi impuniti quelli che
  peccavano.
¹² Chi infatti potrebbe dire: Che cosa hai
  fatto?
  O chi oserebbe opporsi alla tua
  sentenza?
  Chi potrebbe accusarti di far perire
  le genti che hai fatto?
  O chi potrebbe presentarsi contro di te,
  difensore di uomini ingiusti?
¹³ Non c'è Dio fuori di te, a cui tutto stia
  a cuore,
  perché tu debba dimostrare che non hai
  giudicato ingiustamente,
¹⁴ né c'è re o tiranno che possa resisterti
  in difesa di quelli che hai punito.
¹⁵ Ma essendo giusto, reggi ogni cosa
  con giustizia,
  consideri cosa incompatibile con la tua
  onnipotenza
  condannare chi non deve essere punito.
¹⁶ La tua forza infatti è principio di giustizia
  e il tuo dominio universale ti fa trattare
  tutti con clemenza.
¹⁷ Certamente mostri la forza contro chi
  non crede
  nella perfezione della tua potenza
  e confondi la temerarietà di coloro che
  la conoscono.
¹⁸ Ma tu, che sei padrone della forza,
  giudichi con moderazione
  e ci governi con grande clemenza,
  perché il potere, quando vuoi, è sempre
  a tua disposizione.

La longanimità divina educa alla clemenza

¹⁹ Con queste opere hai insegnato
  al tuo popolo
  che il giusto deve essere mite
  e hai dato ai tuoi figli la buona
  speranza
  che concedi la conversione per i peccati.
²⁰ Infatti, se i nemici dei tuoi servi,
  pur degni di morte,
  li hai puniti con tanto riguardo
  e indulgenza,
  dando tempo e modo per liberarsi
  dalla malizia,
²¹ con quanta maggior precauzione
  hai giudicato i tuoi figli,
  ai cui padri hai dato giuramenti e patti di
  così buone promesse?
²²Pertanto se noi correggi, mille volte
  di più hai percosso i nostri nemici,
  perché quando giudichiamo, pensiamo
  alla tua bontà,
  e quando siamo giudicati, con fiducia
  attendiamo misericordia.

Animali: castigo e beneficio

²³ Perciò quanti vissero ingiustamente
  nella stoltezza della vita,
  li hai tormentati con le loro stesse
  abominazioni.
²⁴ Veramente essi deviarono tanto sulla via
  dell'errore,
  fino a ritenere dèi anche i più vili
  tra gli animali disprezzati,
  ingannati come bambini senza
  intelligenza.
²⁵ Per questo, come a fanciulli
  senza ragione,
  mandasti un castigo per derisione.
²⁶ Ma quanti non si sono lasciati
  riprendere con punizioni puerili,
  dovranno sperimentare un castigo degno
  di Dio.
²⁷ Indignati per le sofferenze causate loro
  da quelle cose,
  che essi avevano ritenuto dèi, e vedendo
  che erano usate per loro castigo,
  riconobbero come vero Dio
  colui che una volta si erano rifiutati
  di conoscere.
  Per questo venne su di loro l'estrema
  condanna.

---

12. - ¹²⁻¹³. Magnifiche affermazioni del potere so
vrano di Dio su tutte le creature, poiché è lui che h
fatto il piccolo e il grande, ha cura di tutto e di tutti,
tutti giudicherà secondo la sua legge eterna.

13 Stoltezza dell'idolatria: culto della natura

1 Veramente sono vani per natura tutti
   gli uomini che ignorano Dio
   e che dai beni visibili non furono capaci
   di conoscere colui che è,
   né, considerando le opere, seppero
   riconoscere l'artefice,
2 ma o il fuoco o il vento o l'aria veloce
   o la volta stellata o l'acqua impetuosa
   o i luminari del cielo stimarono dèi,
   governatori del mondo.
3 Se, dilettati dalla loro bontà,
      hanno ritenuto dèi tali cose,
   sappiano quanto più buono di loro
      è il Signore,
   perché chi li ha creati è la sorgente
      della bontà.
4 Se li ha colpiti la forza e l'energia,
   riconoscano quanto più potente di loro
      è colui che le ha formate.
5 Infatti dalla grandezza e bontà
      delle creature,
   ragionando, si può conoscere il loro autore.
6 Tuttavia, per costoro minore è il biasimo,
   perché essi forse s'ingannano
   mentre cercano e vogliono trovare Dio.
7 Vivendo in mezzo alle sue opere, ricercano
   e si lasciano persuadere dall'apparenza,
      perché buono è ciò che si vede.
8 Ma neppure costoro sono scusabili;
9 perché se tanto furono capaci
      di conoscere,
   da poter scrutare il corso del mondo,
   come mai non hanno trovato più presto
      il loro Signore?

Culto degli idoli

10 Infelici invece coloro le cui speranze
      sono in cose morte,

coloro che invocarono come dèi le opere
   di mani umane,
oro e argento, lavorati con arte,
immagini di animali
o una pietra inutile, opera di mano antica.
11 Ecco che un falegname tagliò un albero
      facile a lavorarsi,
   ne staccò diligentemente tutta
      la corteccia,
   lo lavorò convenientemente
   e ne formò un oggetto utile ai bisogni
      della vita,
12 mentre bruciò gli avanzi del lavoro
   per prepararsi il cibo e saziarsi.
13 L'avanzo di quanto non era buono
      a nulla,
   un pezzo di legno tortuoso e pieno
      di nodi,
   egli lo prese e lo incise con cura
      nei momenti di tempo libero,
   e, meccanicamente, nel riposo gli diede
      una forma,
   lo raffigurò a un'immagine di uomo,
14 o lo fece simile a qualche animale vile;
   lo spalmò di minio e tinse di belletto
      rosso la sua superficie,
   fece scomparire ogni macchia,
15 gli fece un'abitazione degna di lui
   e lo pose nella parete, assicurandolo con
      ferro.
16 Perché non avesse a cadere, si prese
      cura di lui,
   sapendo che non può aiutarsi da sé:
   infatti è un'immagine e ha bisogno
      di aiuto.
17 Pregando per i beni, per le nozze
      e per i figli,
   non si vergogna di rivolgere la parola
      a una cosa inanimata;
   per la salute invoca ciò che è debole,
18 per la vita prega ciò che è morto,
   per un aiuto supplica il più inesperto,
   per un viaggio chi non può servirsi
      dei piedi,
19 per un guadagno, un'impresa
      e il successo negli affari
   chiede energia a chi non ha vigore
      nelle mani.

14 1Qualcuno, accingendosi di nuovo a navigare
e stando per attraversare i vorticosi
   flutti,
invoca un legno più fragile della nave
   che lo porta.

13. - [1.] *Colui che è:* è il nome di Dio, l'essere assoluto e necessario (cfr. Es 3,14, ove Dio stesso rivela a Mosè il suo nome: Jhwh).
[2-5.] Dalla considerazione delle creature si può arrivare a scoprire il Creatore e i suoi attributi di bontà, bellezza, onnipotenza. Dio stesso creò l'intelligenza umana capace di queste elevazioni, affinché glorificasse Dio con cognizione di causa (Rm 1,19-20).
[6-9.] Gli adoratori delle creature, meravigliose opere di Dio, non sono i peggiori, benché non scusabili, perché furono ammaliati da bellezza e potenza immensamente superiori ad essi. Molto più riprovevoli sono gli adoratori di idoli fatti dalle proprie mani, vv. 10-19.

2 Certamente questa l'escogitò il desiderio
    di guadagno,
  e la sapienza artigiana la costruì.

Invocazione

3 Ma la tua provvidenza, Padre, la guida,
    perché anche nel mare hai tracciato
    una strada
  e nelle onde un sentiero sicuro,
4 mostrando che puoi salvare da ogni
    pericolo,
    di modo che, anche se privo
    d'esperienza, chiunque vi possa
    salire.
5 Non vuoi che le opere della tua sapienza
    restino inoperose:
    per questo gli uomini affidano la vita
    anche a un piccolissimo legno
  e, attraversando i flutti con una zattera,
    giungono sani e salvi.
6 Di fatto, anche in principio, mentre
    perivano i superbi giganti,
    la speranza del mondo si rifugiò
    su di una zattera
    che, guidata dalla tua mano, conservò
    al mondo il seme della generazione.
7 Certamente benedetto è il legno per
    mezzo del quale viene la salvezza,
8 ma l'idolo è maledetto, lui e chi lo
    ha fatto:
    questi per averlo lavorato,
    quello perché, essendo corruttibile,
    è chiamato dio.
9 A Dio infatti sono ugualmente odiosi
    sia l'empio sia la sua empietà:
10 e così l'opera sarà punita con l'autore.
11 Per questo vi sarà un giudizio anche per
    gli idoli delle genti,
    perché nella creazione di Dio essi sono
    diventati un abominio,
    uno scandalo per le anime degli uomini
    e un laccio per i piedi degli stolti.

Origine e conseguenze del culto degli idoli

12 Principio della fornicazione
    fu l'invenzione degli idoli
  e la loro scoperta, corruzione della vita.
13 Da principio non esistevano
    e non dureranno per sempre.
14 Entrarono nel mondo per la vanità
    degli uomini,
  e per questo la loro rapida fine è stata
    decretata.

15 Un padre, afflitto da un lutto prematuro,
    fece fare un'immagine del figlio,
    rapidamente portato via,
    incominciò a onorare come dio l'uomo
    che era morto,
  e trasmise ai sudditi misteri e riti
    religiosi.
16 Consolidatosi col tempo, l'empio
    costume fu osservato come legge.
    Per ordine dei sovrani si adoravano
    anche le statue.
17 Degli uomini che non potevano essere
    onorati di presenza,
    perché abitavano lontano,
    rappresentata la figura lontana,
    fecero un'immagine visibile del venerato
    re,
    perché colui che era assente fosse
    sollecitamente adulato come presente.
18 L'ambizione dell'artista spinse
    anche quelli che non lo conoscevano
    a propagarne il culto.
19 Questi, volendo certamente far piacere
    al sovrano,
    per mezzo dell'arte ne rese
    la rassomiglianza più bella;
20 ma la folla, attirata dalla grazia
    del lavoro,
    considerò ora oggetto di adorazione
    colui che poco prima aveva onorato
    come uomo.
21 Questo divenne per la vita un'insidia,
    perché gli uomini, asserviti
    o alla sventura o alla tirannide,
    imposero a pietre e a legni il Nome
    incomunicabile.
22 Inoltre non bastò l'errare intorno
    alla conoscenza di Dio,
    ma, mentre vivono in un grande
    contrasto d'ignoranza,
    chiamano pace mali così grandi.
23 Praticando o riti infanticidi o misteri
    nascosti
    o sfrenate orge di altre istituzioni,
24 non conservano pura né la vita
    né le nozze;
    o uno uccide l'altro a tradimento
    o l'affligge con l'adulterio.
25 Ovunque, senza distinzione, vi è sangue
    e omicidio, furto e inganno,
    corruzione, infedeltà, scompiglio,
    spergiuro,
26 persecuzione dei buoni, dimenticanza
    dei favori,
    contaminazione delle anime, inversione
    dei sessi,

irregolarità dei matrimoni, adulterio
e impudicizia.
27 Il culto degli idoli senza nome
è principio, causa e fine di ogni male:
28 poiché gli idolatri o si rallegrano
furiosamente o profetizzano il falso,
o vivono ingiustamente o spergiurano
presto.
29 Riponendo la fiducia in idoli
inanimati,
non temono di essere puniti per avere
giurato male.
30 Ma la sentenza li colpirà per entrambi
i motivi,
perché pensarono male di Dio, seguendo
gli idoli,
e giurarono ingiustamente con inganno,
disprezzando la santità di Dio;
31 poiché non la forza di coloro per i quali
si giura,
ma la pena riservata ai peccatori
persegue sempre la trasgressione
degli ingiusti.

15 Invocazione

1 Ma tu, nostro Dio, sei buono e fedele,
longanime e governi ogni cosa con
misericordia.
2 Anche se pecchiamo, siamo tuoi, perché
riconosciamo la tua potenza,
ma non peccheremo, sapendo che
apparteniamo a te.
3 Conoscere te, infatti, è perfetta
giustizia
e riconoscere la tua potenza è radice
d'immortalità.
4 Non ci fece errare la malvagia invenzione
degli uomini,
né la vana fatica dei pittori,
figure imbrattate di vari colori,
5 la cui vista eccita la brama dello stolto
e fa desiderare la figura esanime
di un'immagine morta.
6 Amanti del male e degni di simili
speranze
sono quanti li fanno, li desiderano
e li onorano.

Immagini di argilla

7 Un vasaio, impastando con fatica
la molle argilla,
modella ogni cosa a nostro servizio.
Ma dalla stessa argilla sono plasmati vasi
destinati a usi nobili
e quelli contrari, tutti allo stesso modo;
quale debba essere l'uso di ciascuno
di essi, giudice è il vasaio.
8 Dalla stessa argilla, con dannosa fatica,
plasma una divinità vana,
egli che, nato da poco dalla terra,
tra poco ritornerà là donde fu tratto,
quando gli sarà richiesto di rendere
ragione dell'anima.
9 Ma egli non si preoccupa di dover presto
morire,
né di avere una vita breve;
anzi gareggia con orefici e argentieri,
imita i lavoratori di bronzo
e reputa un vanto modellare cose false.
10 Polvere è il suo cuore, la sua speranza
più vile della terra
e la sua vita più spregevole dell'argilla,
11 perché non conosce chi l'ha plasmato,
chi gli ispirò un'anima attiva e chi
gli infuse uno spirito vitale.
12 Ma stimò la nostra vita un gioco
da bambini
e l'esistenza un mercato vantaggioso.
Dice: «Da qualunque parte, anche dal
male, è necessario guadagnare».
13 Egli infatti più di tutti sa di peccare,
producendo con materia tratta dalla terra
fragili vasi e idoli.

Conclusione

14 Ma fra tutti, più insensati e miseri
dell'anima di un bambino,
sono i nemici del tuo popolo che l'hanno
oppresso,
15 perché considerarono dèi anche tutti
gli idoli delle genti,
i quali non hanno né l'uso degli occhi
per vedere,
né narici per aspirare aria,
né orecchie per sentire,
né dita delle mani per palpare
e i loro piedi sono inutili per camminare.
16 Li ha fatti un uomo
e li ha plasmati chi ha preso in prestito
lo spirito:
nessun uomo infatti può plasmare un dio
simile a sé.

---

15. - 3. La conoscenza di Dio speculativa e pratica,
che si risolve in una vita conforme alla sua volontà,
costituisce la *perfetta giustizia* e l'assicurazione del
premio eterno (cfr. Gv 17,3).

¹⁷ Essendo mortale, con mani empie forma
       una cosa morta:
    è migliore lui dei suoi idoli,
    perché egli è vissuto, mentre quelli
       giammai.

Animali: castigo e beneficio

¹⁸ Ma essi onorano anche gli animali
       più odiosi:
    infatti paragonati agli altri, per stupidità,
       sono inferiori;
¹⁹ né accade che siano tanto belli
       da rendersi desiderabili
    come alla vista degli altri animali;
    anzi sono sfuggiti anche alla lode di Dio
       e alla sua benedizione.

16 ¹Per questo furono giustamente
       castigati con le medesime cose
    e furono tormentati con una moltitudine
       di bestie.
² Invece di questo castigo, beneficasti
       il tuo popolo;
    per soddisfarne l'ardente desiderio,
    preparasti un cibo di gusto meraviglioso,
       le quaglie,
³ perché quelli che desideravano il cibo,
    per il disgusto delle bestie inviate loro
       contro,
    perdessero anche l'appetito naturale,
    mentre questi, divenuti bisognosi
       per breve tempo,
    gustassero un cibo meraviglioso.
⁴ Veramente era necessario che su quei
       tiranni sopravvenisse
    una inevitabile indigenza,
    ma a questi solo che si mostrasse come
       erano tormentati i loro nemici.

Il flagello dei serpenti

⁵ Quando infatti sopravvenne su di loro
       la furia terribile delle belve
    ed erano sterminati dai morsi di velenosi
       serpenti,
    la tua ira non durò sino alla fine.
⁶ A scopo di ammonizione e per breve
       tempo furono tormentati,
    avendo avuto un segno di salvezza,
    perché conservassero il ricordo
       del precetto della tua legge.
⁷ Infatti chi vi si volgeva, non era salvato
    da ciò che guardava,
    ma da te, salvatore di tutti.

⁸ Anche con questo persuadesti i nostri
       nemici
    che sei tu colui che libera da ogni male.
⁹ Veramente li uccisero i morsi di cavallette
       e di mosche,
    né si trovò un rimedio per la loro vita,
    perché meritavano di essere castigati
       da tali bestie;
¹⁰ ma i denti di serpenti velenosi
       non vinsero i tuoi figli,
    poiché intervenne la tua misericordia
       e li guarì.
¹¹ Perché conservassero il ricordo delle tue
       parole,
    erano puniti e subito salvati,
    per timore che, caduti in un profondo
       oblio,
    fossero esclusi dai tuoi benefici.
¹² Non li guarì né erba né unguento,
    ma la tua parola, Signore, che tutto sana.
¹³ Tu infatti hai potere sulla vita
       e sulla morte,
    conduci alle porte degl'inferi e riconduci
       indietro.
¹⁴ L'uomo nella sua malvagità può uccidere,
    ma non può richiamare lo spirito
       che è uscito,
    né liberare un'anima che è stata
       rinchiusa.
¹⁵ È impossibile sfuggire alla tua mano.

Elementi atmosferici: castigo e beneficio

¹⁶ Gli empi, che rifiutavano di conoscerti,
    furono puniti con la forza del tuo
       braccio,
    perseguitati da insolite piogge,
       da grandine e da uragani spaventosi
    e consumati dal fuoco.
¹⁷ E, cosa mirabile, nell'acqua che tutto
       spegne,
    il fuoco prendeva maggior vigore,
    poiché difensore dei giusti è l'universo.
¹⁸ Talvolta veramente la fiamma si mitigava
    per non consumare gli animali inviati
       contro gli empi,
    ma perché essi, a tal vista,
    comprendessero che erano incalzati
       dal giudizio di Dio;
¹⁹ altre volte anche in mezzo all'acqua
    la fiamma bruciava oltre la potenza
       del fuoco,
    per distruggere i prodotti di una terra
       iniqua.
²⁰ Al contrario nutristi il tuo popolo
       con il cibo degli angeli

e preparasti per loro dal cielo un pane
    già pronto, senza fatica,
capace di procurare ogni delizia
    e di soddisfare ogni gusto.
21 Veramente quel tuo sostentamento
    manifestava la tua dolcezza
        per i figli,
adattandosi al desiderio di chi
    ne mangiava,
si mutava in ciò che uno voleva.
22 Neve e ghiaccio resistevano al fuoco
    e non si consumavano,
perché conoscessero che il fuoco,
    divampante tra la grandine
e sfolgorante tra la pioggia,
    distruggeva i frutti dei nemici.
23 Ma questo, al contrario, per nutrire
    i giusti,
    dimenticava anche la propria potenza.

La natura al servizio di Dio

24 La creazione, infatti, servendo a te che
    l'hai fatta,
    si eccita in punizione contro gli ingiusti
    e si distende a beneficio di quanti
        confidano in te.
25 Per questo anche allora, piegandosi
    a tutto,
    serviva al tuo dono che tutto nutre,
    secondo il desiderio di quanti erano
        nel bisogno,
26 perché i tuoi figli, che ami, Signore,
    imparassero
che non i diversi frutti fanno vivere
    l'uomo,
    ma la tua parola conserva in vita quanti
    credono in te.
27 Infatti, ciò che non era stato distrutto
    dal fuoco,
    subito si scioglieva, riscaldato
    da un semplice raggio di sole
28 perché fosse noto che è necessario
    prevenire il sole per renderti grazie
    e incontrarti al sorgere della luce,
29 poiché la speranza dell'ingrato
    si scioglierà come brina invernale
    e scorrerà via come acqua inutile.

---

16. - 26. Gesù ricorderà un giorno: «Non di solo pane vivrà l'uomo, ma di ogni parola che esce dalla bocca di Dio» (Mt 4,4).
    28. Il suggerimento di pregare Dio di buon mattino
è frequente nella Bibbia: Sal 4,4; 59,17; 88,14; Pro
8,17.

17 Tenebre e luce

1 Grandi e imperscrutabili sono i tuoi
    giudizi:
    per questo le anime senza istruzione
    furono tratte in errore.
2 Persuasi di poter opprimere il popolo
    santo, gli iniqui
giacevano inerti, prigionieri delle
    tenebre, avvolti da una lunga notte,
rinchiusi dentro le case, lungi
    dalla provvidenza eterna.
3 Mentre pensavano di restare nascosti
    con gli occulti peccati
sotto l'oscuro velo dell'oblio,
    furono dispersi, colti da orribile
    spavento
    e sconvolti da fantasmi.
4 Neppure il nascondiglio che li accoglieva
    poté preservarli dalla paura,
ma rumori sconvolgenti risuonavano
    intorno a loro
e apparivano spettri minacciosi dai volti
    tristi.
5 Nessun fuoco, per quanto potente, aveva
    la forza di far luce,
né le luci fulgide degli astri
    potevano illuminare quella orribile
    notte.
6 Appariva loro soltanto un fuoco
    spontaneo, pieno di timore;
atterriti da quello spettacolo
    non conosciuto
stimavano ancora peggiori le cose che
    vedevano.
7 Le risorse dell'arte magica giacevano
    a terra
e vergognosa era la confutazione
    della scienza dell'arrogante.
8 Quanti promettevano di cacciare
    i timori e i turbamenti dell'anima
    abbattuta,
gli stessi erano malati di paura ridicola.
9 Anche se niente di spaventoso
    li intimoriva,
spaventati dal passaggio delle bestie
    e dal sibilo dei serpenti,
10 morivano di paura
    e si rifiutavano di guardare l'aria,
    che in nessun modo si può evitare.
11 La malvagità, quando è condannata,
    si rivela particolarmente vile;
oppressa dalla coscienza, suppone
    sempre il peggio.
12 Il timore infatti non è altro che

l'abbandono degli aiuti
del ragionamento:

13 quanto minore è internamente l'attesa
degli aiuti,
tanto più si valuta l'ignoranza
della causa che procura il tormento.

14 Ma essi, durante quella notte
veramente impotente
e uscita dai recessi degli impotenti inferi,
addormentati di un medesimo sonno,

15 ora erano agitati da spettri mostruosi,
ora erano paralizzati per l'abbandono
dell'anima,
poiché li colse un improvviso
e inaspettato timore.

16 E così chiunque, cadendo là dov'era,
si trovava rinchiuso in un carcere senza
catenaccio:

17 chiunque fosse, agricoltore o pastore
o operaio che si affatica nella solitudine,
sorpreso dalle tenebre, subiva
l'ineluttabile destino,

18 perché tutti furono legati all'unica
catena delle tenebre.
Il sibilo del vento,
o il melodioso canto di uccelli tra i rami
degli alberi frondosi,
o il mormorio dell'acqua che scorre
con forza,

19 o il forte fragore di massi cadenti,
o la corsa invisibile di animali saltellanti,
o la voce di selvagge fiere ruggenti,
o l'eco ripercossa dalle cavità dei monti,
li paralizzava per lo spavento.

20 Tutto il mondo era illuminato
da una splendida luce
e si dedicava senza impedimento
ai lavori;

21 solo su di essi si stendeva una notte
profonda,
immagine delle tenebre che stavano per
avvolgerli.
Ma essi erano a se stessi più pesanti
delle tenebre.

18 La colonna di fuoco

1 Per i tuoi santi, invece, c'era
una grandissima luce:
gli Egiziani, udendo la loro voce
senza vederne la persona,
li proclamavano beati, perché
non soffrivano quelle pene;

2 e rendevano grazie perché, pur offesi
per primi, non infierivano,
e chiedevano grazia delle passate ostilità.

3 Invece di quelle cose, desti loro
una colonna fiammeggiante,
come guida nell'ignoto cammino,
e come sole innocuo nel magnifico
pellegrinaggio.

4 Veramente quelli meritavano di essere
privati della luce
e di essere prigionieri delle tenebre,
essi che avevano custodito chiusi i tuoi
figli,
per mezzo dei quali stavi per dare
al mondo
l'incorruttibile luce della legge.

Morte dei nemici e salvezza dei giusti

5 Poiché essi avevano deliberato
di uccidere i figli dei santi
e poiché un solo figlio è stato esposto
e salvato,
per castigo togliesti la moltitudine
dei loro figli
e insieme li facesti perire nell'acqua
impetuosa.

6 Quella notte fu conosciuta in anticipo
dai nostri padri
perché, sapendo con certezza a quali
giuramenti avevano creduto,
stessero di buon animo.

7 Fu attesa dal tuo popolo
la salvezza dei giusti e la rovina dei nemici.

8 Perché come punisti gli avversari,
così glorificasti noi, chiamandoci a te.

9 I santi figli dei buoni di nascosto
offrivano il sacrificio
e di comune accordo s'imposero la legge
divina:
che i santi sarebbero diventati
ugualmente partecipi
dei loro beni e pericoli, cantando prima
le lodi dei padri.

10 Faceva eco il grido discorde dei nemici
e si diffondeva il lamento di quanti
piangevano i figli.

11 Con lo stesso giudizio era colpito
insieme il servo con il padrone
e l'uomo del popolo soffriva le stesse
cose del re.

12 Tutti ugualmente, in un solo genere
di morte,
avevano innumerevoli morti;
i vivi infatti non erano sufficienti
per seppellire

perché in un istante la loro generazione
più nobile fu distrutta.
[13] Quanti erano rimasti increduli a tutto
per la magia,
alla morte dei primogeniti confessarono
che il popolo è figlio di Dio.
[14] Mentre un quieto silenzio avvolgeva
tutte le cose
e la notte era a metà del suo corso,
[15] la tua parola onnipotente dal cielo,
dai troni regali,
come inflessibile guerriero si slanciò
in mezzo alla terra votata alla morte,
[16] portando, come spada acuta,
l'irrevocabile tuo decreto.
Fermatasi, riempì l'universo di morte;
toccava il cielo e camminava sulla terra.
[17] Allora li sconvolsero improvvise
apparizioni di terribili sogni,
sopraggiunsero timori inaspettati
[18] e, gettati semimorti chi qua e chi là,
manifestavano la causa per cui morivano:
[19] i sogni terrificanti di questo
li preavvisarono,
perché non perissero ignorando
la ragione per cui soffrivano malamente.

Morte degli Israeliti nel deserto

[20] La prova della morte raggiunse anche
i giusti
e nel deserto ci fu una strage di molti,
ma l'ira divina non durò a lungo:
[21] perché un uomo irreprensibile s'affrettò
a combattere;
portando le armi del suo ministero,
preghiera e incenso espiatorio,
si oppose alla collera divina e mise fine
alla calamità,
mostrando di essere tuo servo.
[22] Egli vinse la collera divina
non con la forza del corpo,
né con l'attività delle armi,
ma con la parola sottomise colui che
prova,
ricordandogli i giuramenti fatti ai padri
e l'alleanza.
[23] Già i morti si ammassavano gli uni
sugli altri,
quando egli, stando in mezzo, arrestò
l'ira
e le tagliò la strada verso i viventi.
[24] Sulla sua lunga tunica vi era tutto
il mondo,
nell'intaglio dei quattro ordini di pietre
le glorie dei padri

e sul diadema del suo capo la tua
maestà.
[25] Dinanzi a queste cose lo sterminatore
indietreggiò e ne ebbe timore,
poiché era sufficiente una sola
dimostrazione dell'ira divina.

19 Morte dei nemici e salvezza dei giusti

[1] Sugli empi stette sino alla fine
una collera priva di misericordia;
perché sapeva di loro anche ciò che
avrebbero fatto,
[2] che essi, dopo aver loro permesso
di andarsene
e di averli spediti in fretta,
mutato pensiero, li avrebbero inseguiti.
[3] Difatti, mentre erano ancora in lutto,
e si lamentavano sulle tombe dei morti,
li sconvolse un altro folle ragionamento:
coloro che supplicando
avevano scacciato,
proprio quelli inseguirono come
fuggitivi.
[4] Li ha trascinati a questo estremo
un giusto destino
che gettò l'oblio sulle cose che erano
accadute,
perché colmassero il castigo che ancora
mancava ai loro tormenti,
[5] e mentre il tuo popolo intraprendeva
un viaggio straordinario,
quelli trovassero una morte inaudita.

La creazione come strumento di Dio

[6] Tutta la creazione nel suo genere,
si rimodellava di nuovo come prima,
servendo ai tuoi ordini, perché i tuoi
figli fossero custoditi illesi.
[7] La nube copriva d'ombra l'accampamento,
dove prima era l'acqua, apparve la terra
asciutta,
dal Mar Rosso una via libera
e dai flutti impetuosi una pianura
verdeggiante.
[8] Per essa passò tutto il popolo, i protetti
dalla tua mano,
spettatori di meravigliosi prodigi.
[9] Furono condotti al pascolo come puledri
e come agnelli saltarono qua e là
lodando te, Signore, loro liberatore.
[10] Ricordavano ancora le cose accadute
in esilio,

come la terra, invece di diversi generi
di animali, produsse mosche,
e il fiume, invece di animali acquatici,
vomitò una moltitudine di rane.

11 Più tardi videro anche un nuovo genere
di uccelli,
quando, spinti dal desiderio, chiesero
cibi delicati;

12 poiché per soddisfarli si presentarono
per loro dal mare le quaglie.

13 Sui peccatori invece vennero i castighi,
non senza essere stati prima provati
dalla violenza dei fulmini;
essi soffrivano giustamente per la loro
propria malvagità:
coltivarono infatti l'odio più feroce
per il forestiero.

14 Veramente quelli rifiutarono accoglienza
a sconosciuti al loro arrivo,
ma questi avevano reso schiavi
degli ospiti benèfici.

15 Non solo, ma se ci sarà qualche
clemenza, sarà per quelli
che accoglievano ostilmente soltanto
gli stranieri.

16 Ma questi, dopo aver accolto gli Ebrei
con festeggiamenti
e averli già fatti partecipi dei loro stessi
diritti,
li maltrattarono condannandoli a duri
lavori.

17 Furono colpiti da cecità come quelli
alla porta del giusto,
quando, avvolti da fitte tenebre,
ognuno cercava l'ingresso della propria
porta.

18 Gli elementi si armonizzavano
tra di loro,

come le note in un'arpa mutano il nome
del suono,
conservando sempre la tonalità,
come si può pienamente comprendere
dalla considerazione delle cose accadute:

19 difatti, animali terrestri si mutavano
in acquatici,
animali marini passavano sulla terra,

20 il fuoco nell'acqua aumentava la propria
potenza
e l'acqua dimenticava la sua natura
di spegnere;

21 al contrario le fiamme non consumavano
le carni
di gracili animali che vi passeggiavano
dentro,
né scioglievano un cibo celeste, simile
alla brina, facile a fondersi.

Conclusione

22 In tutto, Signore, hai reso grande il tuo
popolo e lo hai glorificato
e non l'hai trascurato, assistendolo
in ogni tempo e in ogni luogo.

---

19. - 14-17. I Sodomiti peccarono perché non osservarono i precetti sacri dell'ospitalità e vollero abusare
di uomini stranieri. Gli Egiziani, invece, beneficati da
Giuseppe e dal lavoro compiuto dagli Israeliti, li oppressero contro ogni diritto. Perciò giustamente furono più gravemente castigati.

18-22. Gli ultimi versetti del libro sono un riassunto
di quanto detto nei capitoli precedenti, in cui l'autore ha voluto far risaltare come gli elementi della natura, nelle mani onnipotenti di Dio, sono serviti a castigare i cattivi e a provare o premiare i buoni, come le
corde di uno strumento musicale che, mosse dalle dita di un valente musicista, dànno suoni diversi pur
mantenendosi nel ritmo della scala musicale.

SIRACIDE

«Siracide» o Ben Sirach è il nome dell'autore di questo libro sapienziale chiamato anche Ecclesiastico. Il libro si compone di una prima parte più propriamente sapienziale, sul genere e lo stile dei Proverbi (1,1 - 42,14) e di una seconda parte che celebra la sapienza di Dio nella natura (42,15 - 43,33) e nella vita degli uomini illustri della storia d'Israele (cc. 44-50). Una preghiera e un'ultima esortazione alla sapienza formano un'appendice al libro (c. 51).

Il testo ebraico andò perduto (ne sono stati scoperti vari manoscritti parziali), ma il nipote dell'autore nel 132 a.C. tradusse in greco l'opera del nonno conclusa verso il 180 a.C. Questa traduzione entrò nella Bibbia come testo canonico.

Il Siracide riconosce come fonte delle sue massime e dei suoi consigli la legge dell'Altissimo, in cui è condensata la vera sapienza data da Dio a Israele (24,1-22; 39,1-8; cfr. Dt 4,6-8). L'identificazione tra sapienza e legge di Dio è l'affermazione più nuova e caratteristica di Ben Sirach, come è nuovo l'inserimento della storia nel genere sapienziale. La sua galleria di ritratti passa in rassegna uomini saggi che hanno seguito la parola che Dio loro rivolgeva, hanno avuto successo e hanno beneficato il loro popolo.

La prospettiva di Ben Sirach si colloca sulla linea tradizionale: l'uomo, nella sua vita presa globalmente, trova ciò che sceglie. Dio lo ha dotato di tanti doni e della libertà (15,11-20; 17,1-12): faccia quindi le sue scelte. Ben Sirach tuttavia sa che anche chi si impegna nell'osservanza della legge incontra sofferenze e difficoltà (2,1-18). Ma una vita guidata dal timore di Dio godrà della sua benedizione: questo gli hanno insegnato la sua esperienza personale e la sua riflessione.

PROLOGO DEL TRADUTTORE GRECO

Attraverso la legge, i profeti e gli altri scritti che sono ad essi seguiti, ci sono stati comunicati molti e straordinari insegnamenti, per i quali è giusto ammirare Israele quanto a dottrina e sapienza; non è però giusto che ne vengano a conoscenza solo quelli che li leggono, ma è bene che questi intenditori si rendano utili, con la parola e con lo scritto, a quelli che ne sono un po' lontani.

Per questo motivo, mio nonno Gesù, dopo che si è dedicato per tanto tempo alla lettura della legge, dei profeti e degli altri libri nazionali, avendone conseguito una notevole competenza, fu indotto a scrivere qualcosa, anche da parte sua, su ciò che riguarda la dottrina e la sapienza, affinché, venendolo a conoscere quanti amano lo studio, possano fare ulteriori progressi nel vivere in maniera conforme alla legge.

Pertanto siete pregati di farne la lettura con benevola attenzione, avendo indulgenza per noi quando, nonostante l'impegno con cui ci siamo applicati alla traduzione, sembra che non siamo riusciti a rendere bene certe espressioni; queste infatti non hanno la stessa forza quando sono dette in ebraico e quando si volgono in un'altra lingua. Ciò non vale solo per questo libro, ma anche per la stessa legge, i profeti e i rimanenti libri, che presentano una non piccola differenza nel loro tenore originale.

Nell'anno trentottesimo del re Evergete sono venuto in Egitto e mi ci sono fermato; scoprendo che lo scritto aveva un non trascurabile valore educativo, ho sentito la necessità di dedicare, da parte mia, zelo e fatica per tradurre questo libro. Nel tempo che frattanto è trascorso, ho impiegato molte veglie e tanta scienza per condurre a termine questo libro e pubblicarlo a beneficio di quelli che sono all'estero e, riformando i loro costumi, desiderano imparare a vivere secondo la legge.

LA SAPIENZA DI DIO
NELLA VITA DELL'UOMO

1 L'origine della sapienza

1 Tutta la sapienza viene dal Signore
   e con lui rimane per sempre.
2 La sabbia dei mari, le gocce
      della pioggia,
   i giorni dei secoli, chi può contarli?
3 L'altezza del cielo, la distesa della terra,
   la profondità dell'abisso, chi può
      esplorarle?
4 La sapienza fu creata prima d'ogni cosa,
   e l'intelligenza che comprende
      c'è da sempre.
5 La radice della sapienza a chi fu rivelata?
   E le sue sottigliezze chi le conosce?
6 Uno solo è sapiente, egli è molto
      terribile
   e sta assiso sul suo trono.
7 Il Signore stesso l'ha creata, l'ha vista
      e l'ha misurata,
   l'ha riversata in tutte le sue opere.
8 Essa è posseduta secondo il suo dono,
   egli l'ha dispensata a quanti lo amano.

Il timore di Dio

9 Il timore del Signore è gloria e vanto,
   è allegrezza e corona di festa.
10 Il timore del Signore rallegra il cuore,
   dà gioia, allegrezza e abbondanza
      di giorni.
11 Chi teme il Signore si troverà bene
      alla fine,
   nel giorno della sua morte
      sarà benedetto.
12 Principio della sapienza è temere
      il Signore,
   essa è data ai fedeli nel seno materno.
13 Ha posto il suo nido fra gli uomini
      con fondamenta eterne,
   sarà quindi affidata alla loro
      discendenza.
14 Apice della sapienza è temere il Signore,
   essa inebria con i suoi frutti.
15 Riempirà la loro casa secondo i loro
      desideri,
   e con i suoi prodotti i loro magazzini.
16 Corona della sapienza è il timore
      del Signore,
   essa genera pace e buona salute,
17 effonde scienza e conoscenza
      intelligente,

esalta la gloria di quanti la possiedono.
18 Radice della sapienza è temere il Signore,
   i suoi rami sono abbondanza di giorni.

Pazienza e sincerità

19 La collera ingiusta non sarà scusata,
   perciò l'eccesso dell'ira sarà causa
      di caduta.
20 L'uomo paziente si domina in tempo,
   ma poi avrà soddisfazione.
21 Per un certo tempo nasconde i suoi
      pensieri,
   ma le labbra di molti parleranno del suo
      buonsenso.
22 Nei tesori della sapienza ci sono
      proverbi intelligenti,
   ma per il peccatore è obbrobrio la pietà
      verso Dio.
23 Se desideri la sapienza osserva
      i comandamenti,
   così il Signore te la concederà;
24 perché nel timore del Signore
      c'è sapienza e istruzione,
   a lui piace la fedeltà e la mansuetudine.
25 Non disprezzare il timore del Signore
   e non avvicinarti a lui con cuore doppio.
26 Non fare l'ipocrita davanti agli uomini,
   ma fai attenzione alle tue labbra.
27 Non ti esaltare, per non cadere
   e tirarti addosso il disonore;
28 il Signore svelerà i tuoi segreti
   e ti svergognerà davanti all'assemblea,
29 perché non hai camminato nel timore
      del Signore
   e il tuo cuore era pieno d'inganno.

2 Pazienza e fiducia nella prova

1 Figlio, se ti muovi a servire il Signore
   prepara il tuo animo alla prova;
2 tieni pronto il tuo cuore, fatti coraggio,
   non aver fretta nel tempo
      della sventura;
3 attàccati a lui e non allontanartene,
   perché goda alla fine nell'abbondanza.
4 Accetta tutto quello che s'abbatte su di te

---

1. - 1-10. *Sapienza*: come in Pro, questa parola riguarda la sapienza creata, comunicata da Dio agli uomini e poeticamente personificata.
12. *Temere il Signore*: significa dipendere rispetto-
samente da Dio con il timore di offenderlo e con la
preoccupazione di glorificarlo.

e nelle vicissitudini più umilianti
    sii paziente:
5 come l'oro si purifica nel fuoco,
    così gli eletti nella brace dell'afflizione.
6 Confida in lui, egli ti aiuterà,
    raddrizza le tue vie e spera in lui.
7 Quanti temete il Signore attendete la sua
    misericordia,
    non deviate, per non cadere.
8 Quanti temete il Signore, confidate in lui,
    perché non vi mancherà la sua
    ricompensa.
9 Quanti temete il Signore, sperate
    nei suoi beni,
    nella gioia duratura e nella sua
    misericordia.
10 Considerate le generazioni passate
    e osservate:
    chi ha confidato nel Signore ed è rimasto
    confuso?
    Chi ha perseverato nel temerlo
    ed è stato abbandonato?
    Chi l'ha invocato e lui è rimasto sordo?
11 Perché il Signore è pieno
    di compassione e di misericordia,
    perdona i peccati e salva nel tempo
    della tribolazione.
12 Guai ai cuori timidi e alle mani rilassate,
    al peccatore che cammina su due
    sentieri.
13 Guai al cuore meschino che non crede,
    perché non avrà protezione.
14 Guai a voi che avete perduto la costanza:
    che cosa farete nella visita del Signore?
15 Quanti temono il Signore non diffidano
    delle sue parole,
    e quanti lo amano praticano le sue vie.
16 Quanti temono il Signore vogliono
    piacergli,
    e quanti lo amano osservano la sua legge.
17 Quanti temono il Signore tengono
    pronto il loro cuore
    e si umiliano al suo cospetto.
18 Cadiamo nelle mani del Signore
    e non nelle mani degli uomini,
    perché come è la sua grandezza
    così è la sua misericordia.

3 Onora il padre e la madre

1 Figli, ascoltate l'ammonizione del padre,
    mettetela in pratica, per essere salvi:
2 il Signore vuole che il padre sia onorato
    dai figli,

ha imposto sui figli il diritto della madre.
3 Chi rispetta il padre espia i peccati
4 e chi onora la madre accumula tesori.
5 Chi rispetta il padre avrà gioia dai figli
    e nel giorno della sua preghiera
    sarà esaudito.
6 Chi onora il padre avrà lunga vita,
    chi è docile al Signore conforta la madre.
7 Chi teme il Signore onora il padre
    e serve i genitori come padroni.
8 Onora tuo padre con l'opera e la parola,
    perché passi su di te la sua benedizione:
9 la benedizione del padre rinvigorisce
    le case dei figli,
    la maledizione della madre ne sradica
    le fondamenta.
10 Non puoi essere fiero se tuo padre
    è nel disonore,
    il suo disonore non è per te una gloria:
11 è gloria per un uomo la reputazione
    del padre
    ed è obbrobrio per i figli la madre
    disprezzata.
12 Figlio, abbi cura del padre nella sua
    vecchiaia
    e non affliggerlo finché è in vita;
13 anche se perde il sentimento
    compatiscilo,
    non disprezzarlo solo perché tu sei
    nel pieno vigore.
14 La compassione per il padre non sarà
    dimenticata,
    sarà un tesoro per espiare i peccati;
15 nel giorno della tua tribolazione
    sarà ricordata,
    e come brina sotto il sole
    si scioglieranno i tuoi peccati.
16 Abbandonare il padre è come
    bestemmiare,
    il Signore maledice chi amareggia
    la madre.

Umiltà e orgoglio

17 Figlio, compi le tue opere con senso
    di modestia,
    perché sarai amato più di chi è munifico.
18 Quanto più sei grande, tanto più umilia
    te stesso,
    così troverai grazia al cospetto
    del Signore.
19 Poiché grande è la potenza del Signore,
20 egli riceve gloria dagli umili.
21 Non cercare le cose troppo difficili,
    e non investigare quelle troppo oscure;
22 le cose comandate, queste considera,

perché non hai bisogno di quelle
nascoste.
23 Del superfluo, per la tua condotta,
non occuparti,
perché ti fu rivelato ciò che supera
la mente umana.
24 La presunzione, infatti, ha ingannato
molti,
e la falsa illusione ha sedotto la loro
ragione.
25 Il cuore indurito farà brutta fine,
e chi ama il pericolo vi si perderà.
26 Il cuore indurito sarà oppresso
dalle fatiche,
e il peccatore aggiungerà peccato
a peccato.
27 Per la sventura del superbo non c'è
rimedio,
perché la pianta del male ha messo in lui
radici.
28 Il cuore del saggio medita le parabole,
desidera solo avere un orecchio attento.

Aiuto per i poveri

29 L'acqua spegne il fuoco che divampa,
così l'elemosina espia i peccati.
30 Chi ricambia col bene è ricordato anche
dopo,
e nel tempo della caduta troverà
sostegno.

4 1Figlio, non defraudare il povero
del necessario alla vita
e non fare aspettare gli occhi che dicono
bisogno.
2 Non disprezzare chi ha fame
e non esasperare chi è in difficoltà.
3 Non esacerbare il cuore esasperato
e non rifiutare un dono a chi chiede.
4 Non respingere l'afflitto che ti supplica
e non stornare la faccia dal povero.
5 Non sviare l'occhio dal bisognoso,
per non dargli motivo di maledirti:
6 se ti maledice nell'amarezza del suo
cuore,
Colui che l'ha fatto esaudirà la sua
preghiera.
7 Renditi amabile con l'assemblea,
ma con le autorità umilia il tuo capo.
8 Piega verso il povero il tuo orecchio
e rispondigli miti parole di pace.
9 Libera l'oppresso dalla mano
dell'oppressore,
senza essere timido nel dare il giudizio.

10 Sii un padre per gli orfani
e come un marito per le loro madri:
così sarai tu vero figlio dell'Altissimo,
che ti amerà più di tua madre.

Elogio della sapienza maestra di vita

11 La sapienza fa crescere i suoi figli
e ha cura di quanti la cercano.
12 Chi l'ama, ama la vita,
si rallegreranno quanti l'aspettano prima
dell'aurora.
13 Chi la possiede erediterà la gloria,
dovunque vada, il Signore lo benedirà.
14 Chi vi si consacra serve il Santo,
il Signore ama quanti l'amano.
15 Chi le è docile giudicherà le nazioni,
e chi la coltiva avrà la casa tranquilla.
16 Se uno le s'affida, l'avrà in possesso,
e ne saranno forniti i suoi discendenti.
17 Dapprima lo farà camminare per vie
tortuose,
mettendogli addosso paura
e trepidazione,
lo tormenterà con la sua disciplina;
prima di affidarsi a lui lo metterà
alla prova con i suoi decreti;
18 ma dopo un poco a lui farà ritorno
e lo rallegrerà,
gli farà noti i suoi segreti.
19 Se poi lui si allontana, essa l'abbandona
e lo consegna nelle mani della sua
rovina.

Contro il rispetto umano

20 Tenuto conto di quest'epoca, guàrdati
dal male,
senza vergognarti di te stesso:
21 perché c'è una vergogna che conduce
al peccato
e c'è una vergogna che porta gloria
e grazia.
22 Non rinnegare te stesso per riguardo
agli altri,
non essere timido quando rischi la rovina.
23 Non evitare la parola quando
è necessaria,
e non nascondere la tua sapienza,
24 perché nella parola si riconosce
la sapienza
e l'istruzione nel detto della lingua.
25 Non contrastare la verità,
ma vergognati della tua ignoranza.
26 Non vergognarti per ammettere i tuoi
peccati

e non opporti alla corrente del fiume.
²⁷ Non sottometterti allo stolto
e non aver soggezione del potente.
²⁸ Lotta per la verità sino alla morte
e il Signore Dio combatterà al tuo fianco.

Evitare gli eccessi

²⁹ Non essere temerario con la lingua
e poi pigro e inerte nelle opere.
³⁰ Non essere come un leone nella tua casa
e non fare l'eroe davanti ai tuoi servi.
³¹ Non sia la tua mano tesa per prendere
e chiusa nel rendere.

5 ¹Non confidare nelle tue ricchezze
e non dire: «Sono autosufficiente».
² Non fidarti di te stesso e della tua forza
per seguire i desideri del tuo cuore.
³ Non dire: «Chi può comandarmi?»,
perché il Signore ti punirà.
⁴ Non dire: «Ho peccato e cosa
è successo?»,
perché il Signore ha sempre tempo.
⁵ Visto che perdona, non essere sfacciato
da aggiungere peccato a peccato.
⁶ Non dire: «La sua compassione è grande,
perdonerà i miei peccati, anche se
molti»,
perché in lui c'è misericordia e ira,
il suo furore scenderà sui peccatori.
⁷ Non ritardare la conversione al Signore
e non differirla di giorno in giorno,
perché l'ira del Signore verrà improvvisa
e nel tempo del giudizio sarai distrutto.
⁸ Non confidare nelle ricchezze ingiuste:
non ti serviranno nel giorno
della sventura.

Buon uso della lingua

⁹ Non spulare ad ogni vento
e non andare per ogni sentiero,
come fa il peccatore e il simulatore.
¹⁰ Sii costante in quello che pensi
e sia una sola la tua parola.
¹¹ Sii pronto nell'ascolto
e lento nella risposta.
¹² Se sai, rispondi al tuo prossimo,
se no, la mano sia sulla tua bocca.
¹³ Gloria e disonore nel modo di parlare:
l'uomo cade per la sua lingua.
¹⁴ Non farti la fama di maldicente
e non insidiare con la tua lingua,
perché se c'è vergogna per il ladro,

c'è amara condanna per il simulatore.
¹⁵ Non sbagliare nelle cose grandi
e nelle piccole,
per non mutarti da amico in nemico.

6 ¹La cattiva fama porterà vergogna
e biasimo:
tale è la sorte del peccatore che simula.

Passione violenta

² Non eccedere nelle smanie
della passione,
che abbatte la tua forza come un toro;
³ divora le tue foglie e devasta i tuoi frutti,
per lasciarti come albero avvizzito.
⁴ La passione sfrenata rovina chi la
possiede
e lo rende ridicolo ai suoi nemici.

Cautela nelle amicizie

⁵ Il parlare dolce moltiplica gli amici
e la lingua affabile trova accoglienza.
⁶ Siano molti in pace con te,
ma tuoi consiglieri, uno su mille.
⁷ Prima di farti un amico, mettilo alla prova,
non confidarti subito con lui.
⁸ C'è chi è amico quando gli conviene,
ma non resiste nel giorno della disgrazia.
⁹ C'è l'amico che diventa nemico
e svela agli altri i vostri litigi.
¹⁰ C'è l'amico compagno dei banchetti,
che si dilegua nella tribolazione.
¹¹ Nella tua prosperità si sentirà come te,
comanderà anche ai tuoi servi.
¹² Se sei sfortunato, lui sarà contro di te
e non si farà più vedere da te.
¹³ Rimani lontano dai nemici,
sii circospetto anche con gli amici.
¹⁴ L'amico fedele è solido rifugio,
chi lo trova trova un tesoro.
¹⁵ L'amico fedele non ha prezzo,
non c'è misura per il suo valore.
¹⁶ L'amico fedele è medicina che dà vita,
lo troveranno quanti temono
il Signore.
¹⁷ Chi teme il Signore è cauto nelle sue
amicizie:
come è lui, tali saranno i suoi amici.

Ricerca della sapienza

¹⁸ Figlio, fin da giovane ricerca l'istruzione
e fino alla vecchiaia troverai sapienza.

19 Avvicìnati ad essa come chi ara
      e semina,
   e attendi poi i suoi buoni frutti;
   con poca fatica la coltiverai
   e mangerai presto le sue primizie.
20 La sapienza è difficile per gli ignoranti,
   l'insensato non vi si applica.
21 È pietra pesante che spossa la sua forza,
   fa presto a scrollarsela d'addosso.
22 La sapienza è come vuole il suo nome:
   non si manifesta a molti.
23 Ascolta, figlio, ti mostrerò il mio
      pensiero,
   non rifiutare il mio consiglio.
24 Introduci i piedi nei suoi ceppi
   e il collo nei suoi lacci.
25 Abbassa le tue spalle per caricartela,
   non infastidirti per i suoi legami.
26 Avvicìnati ad essa con tutto l'animo,
   con tutta la forza osserva le sue vie.
27 Ricerca le sue tracce e si farà conoscere,
   una volta afferrata non l'abbandonare.
28 Alla fine otterrai il suo riposo,
   si muterà per te in godimento.
29 I suoi ceppi saranno robusta difesa,
   i suoi collari una veste sontuosa.
30 Essa porta un paludamento d'oro,
   i suoi ceppi son fili di porpora.
31 L'indosserai come veste sontuosa,
   la cingerai come corona d'allegrezza.
32 Se vuoi, o figlio, puoi essere istruito,
   se ti ci dedichi diventerai perspicace;
33 se ti piace ascoltare, apprenderai,
   se apri il tuo orecchio, diventerai
      sapiente.
34 Stai dove ci sono molti anziani,
   attàccati alla loro sapienza.
35 Ascolta volentieri ogni discorso divino,
   non ti sfuggano i proverbi
      della sapienza.
36 Se vedi un sapiente, avvicinalo di buon
      mattino,
   il tuo piede pesti sempre la sua soglia.
37 Medita i comandamenti del Signore,
   òccupati sempre dei suoi precetti.
   Egli renderà forte il tuo cuore,
   ti sarà data la sapienza che desideri.

7 Consigli sulla vita morale e sociale

1 Non fare il male e il male non
   ti prenderà.
2 Allontanati dall'ingiustizia
   ed essa starà lontana da te.

3 Non seminare nei solchi dell'ingiustizia
   perché non la raccolga per sette volte.
4 Non chiedere al Signore la supremazia,
   né al re un seggio di gloria.
5 Non giustificarti davanti al Signore
   e non fare il saggio al cospetto del re.
6 Non cercare di diventare giudice
   se ti manca la forza d'estirpare l'ingiustizia,
   per non avere intimidazioni dal potente
   e non venire a compromesso con la tua
      onestà.
7 Non fare un sopruso contro la città
   per non inimicarti tutto il popolo.
8 Non legarti due volte col peccato,
   già con una sei colpevole.
9 Non dire: «Si guarderà all'abbondanza
      dei miei doni
   e sarà accetta la mia offerta al Dio
      Altissimo».
10 Non essere impaziente nella tua
      preghiera
   e non mancare di fare l'elemosina.
11 Non irridere un uomo nella sua
      amarezza:
   uno solo è colui che umilia ed esalta.
12 Non spargere menzogna sul tuo fratello,
   e lo stesso non fare con l'amico.
13 Evita di dire qualsiasi menzogna,
   è un'abitudine che non giova al bene.
14 Non essere chiacchierone fra gli anziani,
   e non ripetere le parole nella preghiera.
15 Non disprezzare il lavoro pesante,
   né l'agricoltura, creata dall'Altissimo.
16 Non associarti nella compagnia
      dei peccatori:
   ricòrdati che l'ira non tarderà.
17 Umìliati molto da te stesso,
   perché il giudizio dell'empio è fuoco
      e vermi.

Doveri di famiglia

18 Non tradire un amico per denaro
   né un vero fratello per l'oro di Ofir.
19 Non perdere l'occasione d'una moglie
      saggia e buona,
   perché la sua grazia vale più dell'oro.
20 Non maltrattare il servo che lavora
      fedelmente,
   né l'operaio che s'impegna totalmente.
21 Ama lo schiavo giudizioso,
   non rifiutargli la libertà.
22 Hai armenti? Curali attentamente;
   se sono produttivi, mantienili.
23 Hai figli? Pensa alla loro educazione,
   piega loro il collo fin da bambini.

²⁴ Hai figlie? Veglia sul loro corpo,
e con loro non allietare il volto.
²⁵ Sposa tua figlia e così risolverai
un grosso problema,
dàlla a un uomo che sia di senno.
²⁶ Hai una moglie che ti piace?
Non ripudiarla;
ma non confidarti con la moglie
se la detesti.
²⁷ Onora tuo padre con tutto il cuore,
e non dimenticare le doglie di tua
madre.
²⁸ Ricòrdati che da loro fosti generato;
potrai ricambiarli per quanto hanno
fatto?

Doveri di solidarietà

²⁹ Temi il Signore con tutta l'anima
e riverisci i suoi sacerdoti.
³⁰ Ama con tutta la forza colui che
ti ha fatto
e non trascurare i suoi ministri.
³¹ Temi il Signore e onora il sacerdote,
dàgli la sua parte come è prescritto;
le primizie, le offerte del peccato
e la porzione delle spalle,
il sacrificio di santificazione e le primizie
sacre.
³² Stendi la tua mano anche al povero,
perché ti giunga piena benedizione.
³³ Se il dono piace ai vivi,
anche con i morti non essere avaro.
³⁴ Non voltare le spalle a quelli che
piangono
e soffri con quelli che soffrono.
³⁵ Non temere di visitare gli ammalati,
perché da loro sarai riamato.
³⁶ In tutte le tue azioni ricorda la fine,
e così mai peccherai.

8 Atteggiamenti sconsigliati

¹ Non contrastare con un potente
per non cadere nelle sue mani.
² Non litigare con un uomo ricco,
perché non ti schiacci col suo peso;
l'oro è stato la perdizione per molti
e ha pervertito il cuore dei re.
³ Non contrastare con il chiacchierone
e non aggiungere legna nel suo fuoco.
⁴ Non scherzare con l'uomo rozzo,
perché non siano insultati i tuoi
antenati.

⁵ Non sgridare chi si ravvede dal peccato,
ricòrdati che tutti siamo colpevoli.
⁶ Non disprezzare chi è nella vecchiaia,
perché anche noi saremo vecchi.
⁷ Non gioire per un morto:
ricòrdati che tutti moriamo.
⁸ Non trascurare gli insegnamenti dei saggi;
interèssati delle loro sentenze,
perché da loro apprenderai la disciplina,
per star bene al servizio dei grandi.
⁹ Non evitare la conversazione dei vecchi,
perché hanno imparato dai loro padri;
da loro imparerai a ragionare,
per dare una risposta a tempo giusto.
¹⁰ Non accendere i carboni del peccatore
per non bruciare nel fuoco della sua
fiamma.
¹¹ Non far posto davanti all'insolente,
perché non segga in agguato alle tue
parole.
¹² Non prestare a chi è più influente di te;
se hai prestato, la somma è perduta.
¹³ Non garantire oltre le tue forze;
se l'hai fatto, prepàrati a rimetterci.
¹⁴ Non far questione con un giudice,
perché il giudizio sarebbe in suo favore.
¹⁵ Con un temerario non metterti
in viaggio,
per non aggravare i tuoi guai;
egli agirà a suo capriccio
e la sua stoltezza rovinerà entrambi.
¹⁶ Con l'iracondo non litigare
e non andare con lui in luogo deserto;
ai suoi occhi il sangue è un niente
e dove non c'è aiuto ti può accoppare.
¹⁷ Con lo stolto non consigliarti,
perché non sa nascondere la confidenza.
¹⁸ Con l'estraneo non usare intimità
perché non sai cosa può nascere.
¹⁹ Non rivelare a chiunque il tuo cuore,
né chiunque ti porti regali.

9 Donne pericolose

¹ Non essere geloso con la donna che ami,
perché non le insegni a farti del male.
² Non consegnare l'anima alla tua donna,
perché non svilisca le tue forze.
³ Non avvicinare una donna licenziosa,
per non cadere nei suoi lacci.
⁴ Non intrattenerti con una cantante
per non cadere nelle sue seduzioni.
⁵ Non stare a osservare una vergine,
perché poi ne pagherai i danni.

6 Non darti in balìa delle prostitute,
   per non perdere il tuo patrimonio.
7 Non curiosare per le vie della città
   e non vagare nei suoi angoli deserti.
8 Allontana l'occhio dalla donna
      avvenente
   e non mirare le bellezze d'una estranea;
   molti ha sedotto la bellezza d'una donna,
   il suo amore brucia come un fuoco.
9 Non sederti assieme con la moglie
      d'un altro,
   in sua compagnia non bere a una festa,
   perché la tua anima non le corra dietro
   e tu cada, insanguinato,
      nella perdizione.

I vicini e i politici

10 Non lasciare il vecchio amico
    perché quello nuovo non l'eguaglia;
    l'amico è come il vino nuovo:
    lo bevi con gioia quando è invecchiato.
11 Non invidiare il successo del peccatore,
    perché non sai come si perderà.
12 Non gioire con gli empi contenti,
    perché saranno puniti prima di giungere
       agl'inferi.
13 Sta' lontano da chi ha potere d'uccidere,
    così non avrai paura della morte;
    ma se l'avvicini, non sbagliare,
    perché non ti tolga la vita;
    ricòrdati che ti aggiri tra i lacci
    e cammini sui bastioni della città.
14 Per quanto puoi pondera i tuoi vicini,
    e consigliati con quelli che son saggi.
15 Conversa con gente di senno
    e discorri sempre sulla legge
       dell'Altissimo.
16 I tuoi commensali siano dei giusti,
    e sia tua gloria temere il Signore.
17 Come l'artigiano eccelle per la sua mano,
    così un capo di popolo per la parola
       saggia.
18 Il chiacchierone è temuto nella città,
    e pure chi parla a vanvera è odiato.

10 1 Il giudice saggio disciplina il suo
      popolo,
    il governo d'un saggio sarà ordinato.
2 Quale il giudice del popolo tali i suoi
      ministri,
    gli abitanti della città somigliano a chi
       la governa.
3 Il re sregolato rovina il suo popolo,
    e la saggezza dei potenti edifica la città.

Contro l'orgoglio dei governanti

4 Il governo del mondo è in mano
      al Signore,
    ad esso destina, a suo tempo, l'uomo
       adatto.
5 Nella mano del Signore è il successo
       dell'uomo,
    è lui che dona allo scriba la sua gloria.
6 Non sdegnarti col prossimo nei suoi
       errori,
    e non agire mai con tracotanza.
7 L'arroganza spiace a Dio e agli uomini,
    entrambi odiano l'ingiustizia.
8 L'impero passa da una nazione all'altra
    con l'inganno, l'ambizione
       e la cupidigia.
9 Perché si esalta chi è terra e cenere?
    Ancora in vita vomita gli intestini.
10 La grave malattia si burla del medico,
    chi oggi è re domani muore.
11 Questa è la sorte dell'uomo che muore:
    serpenti, bestie feroci e vermi.
12 Chi s'allontana da Dio è sulla via
       dell'arroganza,
    egli distoglie il cuore dal creatore.
13 Perché l'arroganza comincia col peccato,
    chi n'è colpito emana cose abominevoli;
    perciò il Signore li punisce con portenti,
    li sconvolge fino ad annientarli.
14 Il Signore abbatte i prìncipi dai troni
    per farvi sedere gli uomini miti.
15 Il Signore svelle le radici delle nazioni
    e pianta gli umili al loro posto.
16 Il Signore devasta le terre dei popoli
    e le distrugge sino alle fondamenta;
17 colpisce certi uomini e li annienta,
    cancella dalla terra la loro memoria.
18 L'arroganza non fu creata per gli uomini,
    né l'ira per i nati di donna.

Carriera politica e timore del Signore

19 C'è una specie che merita onore?
       Gli uomini;
    c'è una specie che merita onore?
       Quanti temono il Signore.
20 C'è una specie che merita disprezzo?
       Gli uomini;
    c'è una specie che merita disprezzo?
       Quanti vìolano la legge.

---

10. - 10. La vita umana pende da un filo sottile: un
leggero malore, che lascia tranquillo il medico, può
portare alla tomba.

²¹Tra fratelli ha onore chi comanda,
   ma agli occhi del Signore quanti
      lo temono.
²² Sia un ricco e un nobile che un povero
   può vantarsi del timore del Signore.
²³ Non è giusto disprezzare il povero che
      ha senno,
   né conveniente onorare il peccatore.
²⁴ Principe, giudice, potente: anche se
      onorati,
   son meno di chi teme il Signore.
²⁵ Gli uomini liberi serviranno lo schiavo
      saggio,
   e chi ha senno non protesterà.

Contro le vane pretese

²⁶ Non far sfoggio di saggezza quando
      attendi al tuo mestiere,
   e non sentirti grande quando sei
      nel bisogno.
²⁷ Val più lavorare e abbondare in tutto
   che passeggiare con boria e senza
      pane.
²⁸ Figlio, sii modesto ma pensa al tuo
      onore,
   fatti valere secondo il tuo merito.
²⁹ Chi riparerà al male che uno fa
      a se stesso,
   e chi l'onorerà se egli si disonora?
³⁰ Il povero si farà onore con la saggezza,
   e il ricco si farà onore con la ricchezza.
³¹ L'onore del povero crescerà
      con la ricchezza,
   ma il disprezzo del ricco crescerà
      con la povertà.

11

¹La sapienza solleva la testa
   al povero
e lo fa sedere in mezzo ai grandi.
² Non lodare un uomo per la sua
      bellezza
   e non condannarlo per la sua apparenza.
³ Piccola è l'ape tra i volatili,
   ma il suo frutto è il più dolce di tutti.
⁴ Non inorgoglirti per gli abiti che porti
   e non esaltarti nel giorno della gloria;
   perché le opere del Signore
      sono imprevedibili
   e restano nascoste agli occhi
      degli uomini.
⁵ Molti tiranni sedettero a terra
   e lo sconosciuto cinse la corona.
⁶ Molti sovrani caddero nel disonore
   e dalla gloria passarono in mano altrui.

Cautela nella parola

⁷ Non condannare senza previo esame,
   prima rifletti e poi giudica.
⁸ Non rispondere prima d'aver ascoltato,
   non interrompere il discorso d'un altro.
⁹ Non t'infervorare in ciò che non ti
      riguarda,
   non t'immischiare nelle contese
      dei peccatori.

Prosperità economica

¹⁰ Figlio, non occuparti di molti affari:
   con molti impegni, dovrai fare
      imbrogli;
   se insegui molto, non giungi alla meta,
   e non puoi sfuggire se vuoi scappare.
¹¹ C'è chi si stanca, s'affatica e s'affretta,
   e ciò nonostante resta sempre indietro.
¹² E c'è chi è lento, bisognoso d'aiuto,
   privo di forza e pieno di povertà,
   ma il Signore lo riguarda benigno
   e lo solleva dalla sua miseria;
¹³ perciò tiene alta la testa
   e molti si meravigliano di lui.
¹⁴ Il bene e il male, la vita e la morte,
   la povertà e la ricchezza vengono
      dal Signore.
¹⁵ La sapienza, l'intelligenza
   e la conoscenza della legge
   vengono dal Signore,
   come pure l'amore e la pratica
      delle opere buone.
¹⁶ L'errore e l'oscurità sono creati
   con i peccatori,
   quanti godono nel male invecchiano
      nel male.
¹⁷ Il dono del Signore ai suoi devoti rimane
      per sempre,
   la sua compiacenza appiana loro la via.
¹⁸ C'è chi si arricchisce tra privazioni
      e risparmi,
   ma questa è la sua ricompensa:
¹⁹ quando dirà: «Ho trovato riposo,
   ora posso mangiare dei miei beni»,
   non sa che verrà il tempo
   di lasciarli agli altri e morire.
²⁰ Persevera nel lavoro scelto, ad esso
      àpplicati,
   invecchia nel tuo mestiere.
²¹ Non ammirare le opere del peccatore,
   confida nel Signore e prosegui la tua
      fatica,
   perché è facile agli occhi del Signore
   far ricco improvvisamente il povero.

²² La benedizione del Signore è premio
     del giusto,
   all'improvviso questi avrà successo.
²³ Non dire: «Che bisogno ho io?
   Che altro mi manca ancora?».
²⁴ Non dire: «Non mi manca nulla,
   in quale sventura potrò incorrere?».
²⁵ Nel benessere si dimentica la miseria,
   e nella miseria non si ricorda
     il benessere.
²⁶ Per il Signore è facile nel giorno
     della morte
   rendere a ciascuno secondo le sue
     opere.
²⁷ Nell'ora del dolore si dimentica l'allegria,
   nella morte dell'uomo si manifestano
     le sue opere.
²⁸ Non elogiare nessuno prima che muoia,
   perché l'uomo si riconoscerà dalla sua
     fine.

Circospezione con gli estranei e gli empi

²⁹ Non introdurre chiunque nella tua casa,
   perché son molti gli agguati
     dell'imbroglione.
³⁰ Come pernice adescatrice nella sua
     gabbia
   e come sentinella che attende la caduta,
   così è il cuore dell'uomo superbo:
³¹ sta in agguato, scambia il bene per male,
   e biasima le cose buone.
³² Dalla scintilla il fuoco s'espande
     nei carboni,
   così il peccatore anela al sangue.
³³ Guàrdati dal malvagio che genera guai,
   perché non rovini per sempre il tuo
     nome.
³⁴ Con un estraneo in casa avrai
     il disordine,
   per lui sarai in disaccordo con i tuoi.

12 Discernimento nel fare il bene

¹ Se fai il bene, sappi a chi lo fai,
   e avrai riconoscenza per la tua bontà.
² Se aiuti un uomo pio, avrai
     la ricompensa,
   se non da lui, almeno dall'Altissimo.
³ Non avrà il bene chi persevera nel male
   e non fa mai l'elemosina.
⁴ Da' all'uomo pio e non preoccuparti
     del peccatore.
⁵ Benefica l'umile e non dare all'empio;

rifiutagli il pane, non dargli nulla,
   perché non ne approfitti a tuo danno;
   riceveresti il doppio in male
   per tutto il bene che gli hai fatto.
⁶ Perché anche l'Altissimo odia
     i peccatori
   e darà agli empi la sua punizione.
⁷ Da' all'uomo buono e non preoccuparti
     del peccatore.

Ponderare le amicizie

⁸ L'amico non si rivela nella prosperità
   né può celarsi il nemico nell'avversità.
⁹ La prosperità rende tristi i nemici,
   ma l'avversità allontana anche gli amici.
¹⁰ Non confidarti mai con il tuo nemico,
   perché la sua cattiveria fa ruggine come
     il rame.
¹¹ Anche se si umilia e fa tanti inchini,
   fai attenzione e guardati da lui,
   sii con lui come chi pulisce lo specchio,
   sapendo che la ruggine non è profonda.
¹² Non porlo accanto a te,
   perché non ti scavalchi e prenda il tuo
     posto;
   non farlo sedere alla tua destra,
   perché non ambisca al tuo posto;
   allora, ma tardi, ricorderesti le mie
     parole
   per rimpiangere le mie ammonizioni.
¹³ Chi si commuove se è morso
     l'incantatore di serpenti,
   o quanti s'accostano alle bestie feroci?
¹⁴ Così è per chi frequenta il peccatore
   per ingerirsi nei suoi peccati.
¹⁵ Può rimanere un'ora con te,
   se tu vacilli, lui non resiste.
¹⁶ Il nemico ha le labbra dolci,
   ma col cuore vuol gettarti nella fossa;
   con gli occhi pure piangerà,
   ma all'occasione, neppur il sangue
     lo tratterrà.
¹⁷ Se avrai un malanno te lo troverai
     accanto,
   ma, fingendo d'aiutarti, ti farà scivolare.
¹⁸ Muoverà la testa ma si fregherà le mani,
   sparlerà di te voltandoti la faccia.

---

12. - ⁴⁻⁷ Sembrano massime contrarie a quelle del
vangelo, dove è comandato di fare il bene anche ai
nemici. Prima di tutto bisogna notare che siamo ancora nell'AT, in secondo luogo che qui non si tratta
d'elemosina fatta ai bisognosi, ma di benefici, e questi, certo, è meglio farli alla gente onesta che ai malvagi.

13 Non essere ingenui con i ricchi

1 Chi tocca la pece s'imbratta,
  chi frequenta l'arrogante lo imita.
2 Non sollevare un peso troppo grande
    per te,
  non frequentare chi è più forte
    e più ricco di te.
  Perché accostare la brocca
    con la pentola?
  Se l'una cozza, l'altra si spezza.
3 Il ricco fa l'ingiustizia e poi anche
    minaccia,
  il povero subisce l'ingiustizia e chiede
    perdono.
4 Se gli sei utile, ti sfrutta,
  se hai bisogno, ti abbandona.
5 Se possiedi, starà con te,
  e ti spoglierà senza il minimo
    rimorso.
6 Se ha bisogno di te, t'imbroglia,
  ti sorride, ti dà speranze,
  chiede gentilmente: «Ti occorre
    qualcosa?».
7 Ti farà vergognare con i suoi pranzi,
  fino a quando non ti spillerà due o tre
    volte tanto;
  così alla fine sarà lui a deriderti,
  dopo, ti vedrà ma ti eviterà, anzi
  scuoterà la testa su di te.
8 Bada a non farti ingannare,
  affinché non sia umiliato per la tua
    leggerezza.
9 Se un potente t'invita, fa' resistenza,
  così insisterà nell'invitarti.
10 Non essere sfacciato per non essere
    respinto,
  non stare appartato per non essere
    dimenticato.
11 Non parlargli da pari a pari,
  non fargli credito se parla molto;
12 perché spesso parla per provarti
  e t'indaga anche sorridendo.
13 Egli non ha riguardi per i tuoi segreti,
  e non ti risparmierà guai e catene.
14 Fai attenzione e sii molto cauto,
  perché cammini sull'orlo
    del precipizio.

Le divisioni della società

15 Ogni animale ama il suo simile
  e ogni uomo il suo prossimo.
16 Ogni carne è attratta verso la stessa
    specie,
  perciò l'uomo aderisce al suo simile.
17 Forse il lupo coabiterà con l'agnello?
  Così il peccatore con l'uomo pio.
18 C'è pace tra la iena e il cane?
  E c'è pace tra il ricco e il povero?
19 I leoni nel deserto vanno a caccia
    di onàgri,
  così i poveri sono il pascolo dei ricchi.
20 Per il superbo la povertà è obbrobrio,
  così per il ricco è obbrobrio il povero.
21 Il ricco che vacilla è sostenuto
    dagli amici,
  ma il povero che cade è respinto
    dagli amici.
22 Il ricco che sbaglia ha molti difensori,
  se dice sciocchezze lo scusano;
  sbaglia il povero, lo condannano;
  parla con senno, non l'ascoltano.
23 Parla il ricco e tutti tacciono,
  innalzano il suo dire fino al cielo;
  parla il povero e dicono: «Chi è costui?»,
  se inciampa lo spingono a terra.
24 Buona è la ricchezza senza il peccato,
  la povertà è maledetta in bocca
    all'empio.
25 I sentimenti modificano il volto
    dell'uomo,
  sia per il bene sia per il male.
26 Il viso contento è segno di cuore
    soddisfatto,
  ma i proverbi si scoprono con riflessione
    e fatica.

14 Serenità

1 Beato l'uomo che non inciespica
    con la lingua,
  e non è afflitto dalla pena del peccato.
2 Beato chi la coscienza non rimprovera
  e non ha perduto la sua speranza.

Inutile parsimonia

3 All'uomo gretto la ricchezza non sta bene;
  forse serve l'argento a chi è avido?
4 Chi raccoglie con le privazioni raccoglie
    per gli altri;
  costoro potranno sperperare i suoi beni.

---

13. - ²⁴· In questo v. si vuol dire che ricchezza e povertà sono di per sé indifferenti, e che la loro bontà o malizia sono determinate da altri elementi: se un lavoro coscienzioso e assiduo procura benessere, questo è buono; se una vita disordinata e viziosa getta nella povertà, questa è cattiva.

5 Chi è nocivo per sé come sarà utile
   agli altri?
   Egli non si godrà le sue ricchezze.
6 Non c'è peggio dell'uomo che risparmia
   con se stesso,
   questa è la ricompensa del suo errore:
7 se fa il bene lo fa per distrazione,
   ma alla fine sarà manifesto il suo errore.
8 L'uomo dall'occhio cupido
   è un perverso,
   volta la sua faccia e non vede il bisogno.
9 L'occhio cupido non si sazia con la sua
   parte,
   l'iniqua ingiustizia gli dissecca l'anima.
10 L'occhio malvagio invidia il pane
   altrui,
   perciò la sua tavola è vuota.

Giusto godimento della ricchezza

11 Figlio, goditi quanto possiedi,
   ma offri al Signore sacrifici generosi.
12 Ricòrdati che la morte non perde tempo,
   né ti è stato rivelato il patto con gl'inferi.
13 Prima della morte fa' del bene all'amico,
   impégnati quanto puoi per aiutarlo.
14 Non privarti dei giorni lieti,
   e non ti sfugga nulla di un desiderio
   legittimo.
15 Non lascerai ad altri il frutto delle tue
   fatiche,
   e non passerà agli eredi il frutto dei tuoi
   sacrifici?
16 Da' e prendi, goditi la vita,
   perché negl'inferi non si cerca l'allegria.
17 Ogni carne invecchia come un mantello,
   perché da sempre vige questo patto:
   tu devi morire.
18 Come foglie verdeggianti su florido
   albero,
   alcune cadono e altre germogliano,
   così è per la razza di carne e di sangue,
   alcuni muoiono e altri nascono.
19 Ogni opera corruttibile passa,
   e chi la compie sparisce con essa.

Lode della sapienza

20 Beato l'uomo che si dedica alla sapienza,
   che riflette con l'intelligenza,
21 che medita in cuore le sue vie
   e penetra nei suoi segreti.
22 Esci dietro ad essa come un cacciatore,
   e sta' in agguato là dove passa.
23 Chi la spia attraverso le finestre,
   l'ascolta attraverso le sue porte,

24 s'accampa vicino alla sua casa,
   pianta il picchetto tra le sue mura
25 e pone la tenda al suo fianco,
   abitando nella dimora d'ogni bene,
26 costui ha posto i figli al suo riparo
   e risiede all'ombra dei suoi rami;
27 essa lo proteggerà dal calore
   ed egli abiterà nella sua gloria.

15 1 Chi teme il Signore farà tutto
   questo,
   e chi possiede la legge ha la sapienza.
2 Questa gli andrà incontro come madre,
   l'attenderà come vergine sposa,
3 lo nutrirà col pane della comprensione,
   lo disseterà con l'acqua dell'intelligenza.
4 Ad essa si appoggerà e non vacillerà,
   in essa confiderà e non sarà deluso.
5 Essa l'esalterà tra i suoi vicini,
   gli aprirà la bocca in mezzo
   all'assemblea.
6 Egli troverà letizia e corona d'allegrezza,
   avrà in eredità un nome duraturo.
7 Gli stolti non la raggiungeranno,
   i peccatori non la vedranno.
8 È lontana dall'arroganza,
   i bugiardi non la ricorderanno.
9 La lode non s'addice in bocca
   al peccatore,
   perché non gli è stata destinata
   dal Signore.
10 La lode, infatti, suppone la sapienza,
   ed è il Signore che la concede.

La volontà dell'uomo è libera

11 Non dire: «Ho peccato per opera
   del Signore»,
   perché egli non fa quello che odia.
12 Non dire: «Lui mi ha sedotto»,
   perché non gli serve l'uomo peccatore.
13 Il Signore odia ogni abominio:
   esso non è amato da quanti lo temono.
14 Egli ha fatto l'uomo dal principio
   e l'ha lasciato in balìa del suo consiglio.
15 Se vuoi, osserva i comandamenti,

---

14. - 11-16. L'ignoranza di una retribuzione ultraterrena fa considerare il tempo e i beni presenti come la sola felicità: di qui l'invito a goderne prima di morire, non potendo sperare felicità dopo la morte.

15. - 14-17. Dio ha fatto l'uomo libero; il peccato originale ha indebolito la sua volontà (come la indebolisce ogni peccato), l'ha inclinata al male, ma l'uomo resta libero e responsabile.

chi ha buona volontà pratica la fedeltà.
16 Egli ti ha messo davanti il fuoco
     e l'acqua:
   dove tu vuoi, stendi la mano.
17 Davanti all'uomo, la vita e la morte,
   quanto desidera gli viene dato.
18 La sapienza del Signore è grande:
   forte in potenza, lui vede tutto.
19 I suoi occhi sopra quelli che lo temono,
   egli osserva tutta l'opera dell'uomo.
20 A nessuno ha comandato l'empietà,
   a nessuno ha dato la facoltà di peccare.

16 Castighi di Dio

1 Non desiderare molti figli, se inutili,
  e non rallegrarti dei figli che sono empi.
2 Quando sono molti, non esserne
     contento,
  se non c'è con loro il timore del Signore.
3 Non contare nella loro giovane età,
  e non confidare nel loro numero,
  perché vale più di mille un solo figlio,
  il morire senza prole che con figli
     empi.
4 Uno solo, da saggio, edifica la città,
  ma un'intera tribù d'insensati
     sarà distrutta.
5 Il mio occhio ha visto molte di tali cose,
  e cose ancor più forti ha udito il mio
     orecchio.
6 Nelle adunanze dei peccatori s'accende
     il fuoco
  e nel popolo ribelle s'accese la collera.
7 Egli non perdonò gli antichi giganti,
  che si ribellarono con la loro forza.
8 Non risparmiò la nuova patria di Lot,
  li prese in abominio per la loro
     arroganza.
9 Non ebbe pietà di un popolo perduto,
  che fu scacciato per i suoi peccati,
10 né dei seicentomila uomini,
   tutti in congiura perché duri di cuore.
11 Se anche ci fosse uno solo di dura
     cervice,
   farebbe meraviglia se fosse perdonato;
12 perché in lui c'è misericordia e ira,
   egli è potente quando perdona
   e quando riversa l'ira.
13 È grande nella misericordia e tremendo
     nel castigo,
   giudica l'uomo secondo le sue opere.
14 Il peccatore non sfuggirà col bottino,

né resterà delusa la pazienza del pio.
15 Riconoscerà ogni atto di misericordia,
   ciascuno riceverà secondo le sue opere.

Dio vede tutto

16 Non dire: «Mi nasconderò dal Signore,
   lassù chi si ricorderà di me?
17 Fra tanta gente non sarò riconosciuto,
   che valgo io nell'immensa creazione?».
18 Ecco, il cielo e il cielo del cielo,
   l'abisso e la terra tremano al suo
     apparire.
19 Anche i monti e le fondamenta
     della terra
   tremano di spavento quando egli
     li guarda.
20 Non rifletterà il cuore su queste cose,
   non mediterà sulle sue vie?
21 Come un uragano che l'uomo non vede,
   così molte sue opere sono nascoste.
22 Chi narrerà le opere della sua giustizia,
   o chi le aspetterà, se l'alleanza ancora
     non si compie?
23 L'uomo dal cuore piccolo pensa così,
   l'insensato vaneggia nelle pazzie del suo
     cuore.

La provvidenza del Creatore

24 Ascolta, o figlio, impara a comprendere,
   applica il tuo cuore alle mie parole.
25 Rivelerò con precisione l'istruzione,
   con esattezza annunzierò la scienza.
26 Quando il Signore creò le sue opere
     all'inizio,
   dopo averle fatte, dispose i loro confini.
27 Ordinò le sue opere per sempre,
   stabilì il loro dominio per le varie
     epoche;
   non hanno fame né si stancano,
   non cessano di compiere il loro lavoro.
28 Ciascuna non urta quella che è vicina,
   non si ribellano mai alla sua parola.
29 Il Signore inoltre ha guardato la terra,
   e l'ha riempita con i suoi beni.
30 Ricoprì la sua faccia di ogni vivente,
   che ad essa farà il suo ritorno.

17 Doni di Dio all'uomo

1 Il Signore ha creato l'uomo dalla terra,
  e ad essa lo fa di nuovo tornare.

2 Gli ha concesso giorni contati e tempo
    definito,
  dandogli potere su quanto essa contiene.
3 Li ha rivestiti di forza come se stesso,
  li ha fatti secondo la sua immagine.
4 Ha posto il timore di lui su ogni carne,
  perché egli dominasse le bestie
    e i volatili.
5 Il consiglio, la lingua, gli occhi,
  gli orecchi e il cuore
  diede loro per ragionare.
6 Li riempì con giudizio e intelligenza,
  e mostrò loro il bene e il male.
7 Pose nei loro cuori il suo timore
  per mostrare la grandezza delle sue
    opere.
8 Loderanno il suo santo nome,
  per narrare i portenti delle sue opere.
9 Ha dato loro l'intelligenza,
  li ha dotati con la legge della vita.
10 Stabilì con loro un'alleanza eterna
  e mostrò loro i suoi giudizi.
11 I loro occhi videro lo splendore
    della sua gloria,
  il loro orecchio udì la meraviglia
    della sua voce.
12 E disse loro: «Guardatevi da ogni
    ingiustizia»;
  e ordinò che ciascuno si curasse
    del prossimo.

Retribuzione divina

13 Le loro vie son sempre davanti a lui,
  non sono nascoste ai suoi occhi.
14 Stabilì per ogni popolo un reggitore,
  ma Israele è la porzione del Signore.
15 Tutte le loro opere sono come il sole
    davanti a lui,
  i suoi occhi sono sempre sulle loro vie.
16 Le loro ingiustizie non gli sono nascoste
  e tutti i loro peccati sono davanti
    al Signore.
17 Per lui è come un sigillo l'elemosina
    dell'uomo,
  custodisce come pupilla il bene fatto
    dall'uomo.
18 Dopo sorgerà per ricompensarli,
  renderà loro il premio sul capo.
19 Nondimeno ai pentiti lascia aperta la via
  e agli esitanti dà la forza della costanza.

Invito alla conversione

20 Ritorna al Signore, stàccati dal peccato,
  prega in sua presenza, riduci gli ostacoli.

21 Volgiti all'Altissimo, desisti
    dall'ingiustizia:
  odia profondamente ciò ch'egli detesta.
22 Chi loderà l'Altissimo negl'inferi
  invece dei vivi che gli rendono grazie?
23 Per il morto — egli è come inesistente
    — cessa la lode;
  chi è vivo e sano loda il Signore.
24 Come è grande la misericordia
    del Signore
  e il suo perdono per quanti tornano
    a lui!
25 Non può esserci tutto negli uomini,
  perché un figlio d'uomo
    non è immortale.
26 Cosa è più luminoso del sole? Anch'esso
    si oscura!
  Così l'uomo di carne e sangue
    concepisce il male.
27 Dio passa in rassegna gli astri nel più
    alto dei cieli,
  mentre gli uomini tutti son polvere
    e terra.

18 Inno a Dio misericordioso

1 Il Vivente in eterno ha creato l'intero
    universo.
2 Il Signore solo deve essere proclamato
    giusto.
3 A nessuno ha concesso di annunziare
    le sue opere;
  chi potrà esplorare le sue meraviglie?
4 Chi misurerà la potenza della sua maestà
  e chi oserà raccontare le sue
    misericordie?
5 Non si possono diminuire né accrescere
  né scoprire le meraviglie del Signore.
6 Quando l'uomo pensa di finire, allora
    comincia,
  ma quando si ferma, si sente
    in imbarazzo.
7 Che cosa è l'uomo e a cosa può servire?
  Qual è il suo bene e qual è il suo male?

---

17. - 7: La luce di Dio ci dà occhi per contemplare
il creato. Il suo timore è la legge naturale: <<L'uomo
ha in realtà una legge scritta da Dio dentro al suo
cuore; obbedire è la dignità stessa dell'uomo, e secondo questa egli sarà giudicato>> (GS 16).
23. L'uomo che è morto non può lodare Dio con
merito, che cessa appunto con la morte. Il v., però,
risente della mentalità ebraica, ancora all'oscuro della retribuzione eterna.

8 Son cento anni al massimo i giorni
   dell'uomo;
9 come goccia d'acqua di mare e granello
   di sabbia
   sono i suoi pochi anni di fronte
   all'eternità.
10 Perciò Dio è stato con loro longanime,
   riversando su di loro la sua misericordia.
11 Egli vede e sa com'è penosa la loro fine,
   perciò abbonda nel suo perdono.
12 La compassione dell'uomo è per il suo
   vicino,
   la compassione del Signore è per ogni
   carne.
13 Egli rimprovera, corregge e insegna,
   richiama, come fa il pastore col suo
   gregge.
14 Ha pietà per quanti accettano
   la disciplina
   e sono solleciti per i suoi giudizi.

Vera generosità

15 Figlio, quando aiuti qualcuno non
   rimproverarlo,
   e quando dài non avere parole amare.
16 La rugiada non calma la calura?
   Così la buona parola vale più del dono
   che si fa.
17 La parola non è accetta più del dono
   stesso?
   Nell'uomo generoso si trovano entrambi.
18 Lo stolto rimprovera senza cortesia,
   e il dono dell'avaro non rallegra gli occhi.

Previdenza del saggio

19 Prima di parlare istruisciti,
   e cùrati prima d'esser malato.
20 Prima del giudizio fatti l'esame,
   così nell'ora della visita avrai il perdono.
21 Prima che cada ammalato, umiliati
   e quando pecchi mostra pentimento.
22 Non ritardare il voto quando sei
   in tempo,
   e non aspettare la morte per assolverlo.
23 Prima di fare un voto prepàrati
   e non essere come chi tenta il Signore.
24 Ricòrdati della collera del giorno
   della morte
   e del giudizio, quando Dio muta aspetto.
25 Ricorda la fame quando c'è l'abbondanza,
   la povertà e il bisogno nel tempo
   della ricchezza.
26 Dall'alba fino al tramonto il tempo
   si trasmuta:

davanti al Signore tutto dura poco.
27 L'uomo saggio è sempre previdente
   e nei giorni del peccato si guarda
   dall'errore.
28 Chi ha senno conosce la sapienza,
   egli loda chiunque altro la trova.
29 Quanti capiscono i detti diventano essi
   stessi sapienti
   e spandono come pioggia proverbi
   sottili.

Contro le passioni sensuali

30 Non andar dietro alle tue passioni,
   e trattieniti di fronte ai desideri.
31 Quando ti concedi la soddisfazione
   della passione,
   essa ti renderà ludibrio dei nemici.
32 Non divertirti con troppi piaceri,
   per non impoverirti con i loro costi.
33 Non ridurti in miseria per i debiti
   dei banchetti,
   quando non hai denaro nella borsa.

19 ¹Chi sgobba ma s'ubriaca
     non arricchisce,
   e chi disprezza le piccole perdite presto
   va in rovina.
2 Il vino e le donne fanno perdere il senno,
   ma è più pericoloso bazzicare
   le prostitute.
3 Putredine e vermi saranno la sua sorte,
   l'uomo senza scrupoli sarà spiantato.

Cautela nella lingua

4 Chi si fida troppo presto è di cuore
   leggero,
   e chi fa il peccato sbaglia a suo danno.
5 Chi si rallegra nel male sarà condannato,
6 e chi odia le chiacchiere evita tanti guai.
7 Non ripetere la parola udita,
   così non avrai mai danno.
8 Non propagare le cose dell'amico
   o del nemico,
   parla solo se il silenzio diventa
   complicità.
9 Venutolo a sapere, l'altro starà
   guardingo con te,
   e quando avrà l'occasione te la farà
   pagare.
10 Se hai sentito una parola, essa muoia
   con te;
   sta' tranquillo che non ti scoppierà
   dentro.

11 Di fronte a un segreto lo stolto ha
     le doglie,
   come una donna al momento del parto.
12 Come freccia conficcata nella carne
   è il segreto nel petto dello stolto.
13 Con l'amico, verifica la diceria sul suo
     conto,
   se fosse vera, non continuerà a sbagliare.
14 Tratta con l'interessato quanto
     gli si attribuisce,
   così, se l'ha detto, non lo ripeterà.
15 Appura con l'amico quello che spesso
     è una calunnia,
   e non credere a tutto quello che senti.
16 Si può scivolare, ma senza volerlo,
   e chi non ha sbagliato con la lingua?
17 Richiama il tuo vicino, prima di
     minacciarlo,
   così osserverai la legge dell'Altissimo.

Vera e falsa sapienza

18 Tutta la sapienza è timore del Signore,
   e in ogni sapienza c'è la pratica
     della legge.
19 La conoscenza del male non è sapienza,
   e non c'è senno nel consiglio
     dei peccatori.
20 C'è un'astuzia che è abominevole
   e chi manca di sapienza è un dissennato.
21 È meglio il timore del Signore con poca
     intelligenza
   che l'eccellere della mente con l'offesa
     della legge.
22 C'è un'astuzia cavillosa e quindi ingiusta,
   e c'è chi imbroglia ma per ottenere
     la sentenza giusta.
23 C'è il malvagio che si mostra piegato
     dall'afflizione
   mentre dentro è pieno di menzogna;
24 fingendosi sordo e con la testa bassa,
   quando non è visto ti scavalcherà;
25 se non ti nuoce per mancanza di forza,
   alla prima occasione ti farà del male.
26 L'uomo si può riconoscere a prima vista,
   e chi è saggio da come si presenta.
27 L'abbigliamento, il sorriso dei denti,
   il modo d'incedere rivelano il suo tipo.

20 Utilità del silenzio

1 C'è un rimprovero che non è a tempo
     giusto,
   e c'è chi tace perché è sapiente.

2 È meglio reclamare che covare la rabbia,
3 ma chi ammette la propria colpa evita
     il peggio.
4 Eunuco che brama deflorare
     una ragazza
   è chi vuole ottenere giustizia
     con la violenza.
5 Chi tace sarà riconosciuto saggio
   ma è odiato chi parla troppo.
6 C'è chi tace perché non sa rispondere,
   e c'è chi tace in attesa del tempo giusto.
7 L'uomo saggio tace fino al tempo giusto,
   il fanfarone e lo sciocco non sanno
     indugiare.
8 Chi abbonda nel parlare sarà
     in abominio,
   e chi è presuntuoso sarà disprezzato.

Effetti non previsti

9 Si può aver profitto dall'avversità
   e perdita da un colpo di fortuna.
10 C'è generosità che non reca guadagno
   e c'è generosità che è ricambiata
     due volte.
11 C'è chi cerca gloria e trova umiliazione,
   e chi dall'umiliazione alza la testa.
12 C'è chi compra molto con poco,
   e chi lo paga sette volte.
13 Il saggio con poco si rende amabile,
   i favori dello stolto si versano a vuoto.
14 Il dono dello stolto non ti gioverà,
   egli attende ricompensa ad occhi
     sbarrati;
15 dà poco e fa molte rimostranze,
   aprendo la sua bocca come un banditore;
   oggi fa un prestito e domani lo richiede,
   quest'uomo è sempre malvisto.
16 Lo stolto dice: «Non ho amici,
   non c'è gratitudine per la mia
     generosità;
17 anche quelli che mangiano il mio pane
     sono lingue cattive».
   Quanti e quante volte ridono di lui!

Il parlare intempestivo e bugiardo

18 Meglio scivolare al suolo
     che con la lingua,
   perciò la caduta dei perversi verrà
     presto.

---

19. - 11-12. Lo stolto non può conservare i segreti:
soffre i dolori del parto, gli strazi d'una freccia, finché
non ha detto tutto.

¹⁹ Dall'uomo grossolano parole fuori tempo;
    queste si moltiplicano in bocca
        agli stolti.
²⁰ Lo stolto che sentenzia sarà criticato,
    perché non parla a tempo opportuno.
²¹ C'è chi il bisogno trattiene dal peccare,
    così nel riposo è senza rimorsi.
²² C'è chi si perde a causa della vergogna,
    e chi si rovina per la faccia di uno stolto.
²³ C'è chi promette all'amico per vergogna,
    così l'avrà nemico senza motivo.
²⁴ La menzogna è nell'uomo macchia
        infame,
    ma abbonda sulla bocca degli stolti.
²⁵ Un ladro vale più d'un bugiardo
        incorreggibile,
    ma la sorte d'entrambi è la perdizione.
²⁶ Il vizio del bugiardo è un disonore,
    la vergogna sarà sempre con lui.

Uso opportuno della sapienza

²⁷ Il saggio si attira la stima con la parola
    e l'uomo di senno piacerà ai grandi.
²⁸ Chi lavora la terra fa crescere il suo
        raccolto
    e chi piace ai grandi trova discolpa.
²⁹ L'ospitalità e i doni accecano i saggi,
    sono museruola in bocca che frena
        il rimprovero.
³⁰ Sapienza nascosta e tesoro invisibile,
    non sono entrambi inutili?
³¹ Val più l'uomo che nasconde la stoltezza
    che l'uomo che nasconde la sapienza.

21 Fuggire il peccato

¹ Figlio, se hai peccato, non continuare,
    ma chiedi perdono del tuo passato.
² Come davanti al serpente fuggi il peccato;
    se ti avvicini ti morderà.
    I suoi denti sono denti di leone
    che distruggono la vita degli uomini.
³ La disobbedienza è spada a doppio
        taglio,
    non c'è guarigione per la sua ferita.
⁴ Chi incute terrore ed è insolente
        distrugge la ricchezza,
    perciò la casa del superbo sarà sradicata.
⁵ La preghiera del povero va dritta
        alle orecchie di Dio,
    sicché il giudizio verrà molto presto.
⁶ Chi sprezza il monito è sulla via
        dei peccatori,

ma chi teme il Signore si pente di cuore.
⁷ Si conosce da lontano chi fa sfoggio
        di parole,
    ma chi riflette teme di sbagliare.
⁸ Chi costruisce la casa con ricchezze
        altrui
    raccoglie pietre per il suo sepolcro.
⁹ Matassa di stoppa gli iniqui quando sono
        insieme,
    finiranno come vampata di fuoco.
¹⁰ La via dei peccatori è di pietre lisce,
    ma finisce nella fossa dell'Ade.

Caratteristiche dello stolto

¹¹ Chi osserva la legge controlla i suoi
        pensieri,
    il timore del Signore porta alla sapienza.
¹² Chi non è perspicace non può essere
        istruito,
    ma c'è una perspicacia che abbonda
        d'amarezza.
¹³ La conoscenza del saggio è vasta come
        diluvio,
    e il suo consiglio è come sorgente di vita.
¹⁴ L'intimo dello stolto è un vaso
        frantumato,
    non trattiene nessuna conoscenza.
¹⁵ Il saggio che ascolta una parola sensata,
    la loda e vi aggiunge del suo;
    se l'ascolta il gaudente gli dispiace,
    e se la butta dietro le spalle.
¹⁶ Ascoltare lo stolto è come peso portato
        per via,
    ma sulle labbra del saggio c'è la delizia.
¹⁷ La parola del saggio è richiesta
        nell'assemblea,
    i suoi discorsi sono seriamente
        ponderati.
¹⁸ Per lo stolto la sapienza è come casa
        distrutta,
    la sua conoscenza un ammasso
        di discorsi incomprensibili.
¹⁹ La disciplina è per lo stolto come ceppo
        ai piedi,
    e come catena alla mano destra.
²⁰ Lo stolto ride sghignazzando,
    il saggio sorride con calma.
²¹ Gioiello d'oro è per il saggio
        la disciplina,
    e un bracciale al polso destro.
²² Il piede dello stolto l'hai presto in casa,
    ma l'uomo d'esperienza ha vergogna
        a presentarsi.
²³ Lo stolto spia dalla porta nella casa,
    la persona educata rimane fuori.

²⁴ L'ineducato ascolta attraverso la porta,
   chi ha senno vi trova grave disonore.
²⁵ Le labbra dei chiacchieroni ripetono
      parole degli altri,
   ma le parole dei saggi stanno
      nella bilancia.
²⁶ Il cuore degli stolti è nella loro bocca,
   ma la bocca dei saggi è nel loro cuore.
²⁷ Un empio che maledice l'avversario
   maledice in pratica se stesso.
²⁸ Chi mormora diffama se stesso
   e sarà odiato nel suo vicinato.

22 Vituperio dello stolto

¹ Il pigro somiglia a pietra insudiciata,
   chiunque fischietta sulla sua sporcizia.
² Il pigro somiglia a sterco in letamaio,
   chi lo tocca deve scuotere la mano.
³ È vergogna del padre il figlio viziato,
   se è una figlia, il danno è maggiore.
⁴ La figlia sensata trova marito,
   la svergognata rattrista suo padre.
⁵ La sfacciata è vergogna per il padre
      e il marito,
   è disprezzata da entrambi.
⁶ Il discorso a sproposito è festino
      nel lutto,
   ma sferza e disciplina son saggezza
      in ogni tempo.
⁷ Insegnare allo stolto è come incollare
      cocci
   o svegliare chi dorme un sonno
      profondo.
⁸ Parlare allo stolto è parlare a chi dorme,
   alla fine dirà: «Di che si tratta?».
⁹ Piangi sul morto, che ha perso la luce,
   compiangi lo stolto, perché ha perso
      il giudizio;
¹⁰ è meno triste piangere il morto che ora
      riposa,
   perché la vita dello stolto è peggio
      della morte;
¹¹ per il morto il lutto dura sette giorni,
   per lo stolto e l'empio tutta la vita.
¹² Con lo stolto non sprecare le parole,
   dall'insipiente evita di andare.
¹³ Guàrdati da lui per non avere fastidio,
   per non sporcarti quando si scuote.
   Sfuggi da lui e troverai la pace,
   non sarai importunato dalla sua stupidità.
¹⁴ Cosa è più pesante del piombo?
   Eppure non deve considerarsi tale
      lo stupido?

¹⁵ Sabbia, sale e carico di ferro,
   sono meno pesanti dell'insensato.

Fermezza nelle decisioni

¹⁶ La travatura ben connessa che stringe
      le mura
   non si scompagina se c'è terremoto,
   così un cuore saldo nella decisione
      ben maturata
   non si scoraggia nel momento critico.
¹⁷ Un cuore sorretto da intelligenza
      e riflessione
   è un fregio intarsiato su muro
      intonacato.
¹⁸ I ciottoli posti in alto non resistono
      al vento,
   così il cuore dello stolto, basato sulle sue
      idee,
   non resiste di fronte a qualsiasi paura.

Amicizia in pericolo

¹⁹ Chi colpisce l'occhio ne provoca
      le lacrime,
   chi colpisce il cuore ne scopre
      il sentimento.
²⁰ Chi getta la pietra agli uccelli li caccia,
   chi biasima l'amico perde l'amicizia.
²¹ Se hai tirato la spada contro l'amico,
   non disperare, c'è sempre una via
      d'uscita.
²² Se hai aperto la bocca contro l'amico,
   non temere, perché c'è la
      riconciliazione.
   Ma oltraggio, superbia, segreto svelato
   e tradimento mettono in fuga l'amico.
²³ Conquista la fiducia del prossimo
      quando ha bisogno,
   per averne profitto quando sta bene.
   Nella sua disgrazia restagli vicino,
   per essergli compagno nella sua eredità.
²⁴ Vapore e fumo nel camino prima
      del fuoco,
   così gli insulti precedono il sangue.
²⁵ Non mi vergognerò a difendere
      l'amico,
   né mi nasconderò dalla sua presenza;
²⁶ se poi mi capita un guaio a causa sua,
   chi lo sentirà si guarderà da lui.
²⁷ Chi porrà una guardia alla mia bocca,
   la discrezione a sigillo delle mie
      labbra,
   perché non cada a causa loro
   e la mia lingua non mi mandi
      in rovina?

23 Preghiera per la disciplina delle passioni

1 Signore, padre e signore della mia vita,
   non abbandonarmi al loro capriccio
   e non farmi cadere a causa loro.
2 Chi porrà i flagelli nella mia mente
   e insegnerà la sapienza al mio cuore,
   perché siano severi coi miei errori
   e io non tolleri i loro sbagli?
3 Così non si moltiplicheranno i miei
      errori
   e non s'accresceranno i miei peccati;
   non cadrò dinanzi ai miei oppositori
   e non si rallegrerà il mio nemico.
4 Signore, padre e Dio della mia vita,
   non darmi occhi alteri,
5 e le smanie perverse allontana da me;
6 sensualità e lussuria non mi prendano,
   non abbandonarmi all'inverecondia.

Disciplina della lingua

7 Ascoltate, o figli, l'istruzione della mia
      bocca,
   chi vi bada non sarà confuso.
8 Il peccatore sarà rovinato dalle sue
      labbra,
   con esse sbaglieranno l'invidioso
   e il superbo.
9 Non abituare la bocca a giurare
   e non essere solito nominare il Santo.
10 Come il servo che è sempre sotto
      controllo
   non mancherà di prendere le lividure,
   così chi giura e lo nomina
      continuamente
   non sarà immune dal peccato.
11 Chi giura molto, molto peccherà,
   il flagello non sarà lungi dalla sua casa;
   se egli sbaglia, il peccato è sopra di lui,
   se giura con leggerezza, pecca due volte.
   Se giura falsamente, non sarà
      giustificato
   e la sua casa sarà piena di assalti.
12 C'è un parlare che conduce alla morte:
   che non si trovi nell'eredità di Giacobbe;
   tutto questo sia tenuto lontano dai pii
   ché non si avvoltolino nei peccati.
13 Non abituare la bocca alle oscene
      volgarità,
   perché c'è in esse occasione di peccato.
14 Ricòrdati di tuo padre e di tua madre
   quando siedi a consiglio coi grandi,
   in presenza di questi non dimenticarti
      di loro;

saresti tanto stolto nella tua condotta
da desiderare di non esser nato
e da maledire il giorno della nascita.
15 L'uomo abituato ai discorsi oltraggiosi
   non si correggerà in tutti i suoi giorni.

Contro l'adulterio

16 Due specie di uomini moltiplicano
      i peccati
   e la terza attira la collera:
17 la passione ardente come fuoco che
      brucia
   e non si spegne finché
      non si consuma;
   l'uomo sensuale nel suo corpo
   che non s'acquieta finché il fuoco
      non lo divora.
   All'uomo sensuale ogni pane è soave,
   non si stanca fino a quando muore.
18 L'uomo che tradisce il letto coniugale
   dice tra sé: «Chi mi vede?
   Attorno c'è il buio, le mura
      mi nascondono,
   nessuno mi vede, perché temere?
   L'Altissimo non ricorderà i miei
      peccati».
19 Egli teme solo gli occhi degli uomini,
   ignorando che gli occhi del Signore
   son mille volte più luminosi del sole,
   vegliano tutte le vie degli uomini
   e penetrano gli angoli più nascosti.
20 A lui tutto è noto prima d'essere
      creato,
   e allo stesso modo dopo che
      è completato.
21 Costui sarà condannato nelle strade
      della città
   e sarà afferrato dove non s'aspetta.
22 Così la donna che tradisce il marito
   e gli porta un erede avuto da altri.
23 Primo, disobbedisce alla legge
      dell'Altissimo,
   secondo, sbaglia con suo marito,
   terzo, fa adulterio per sensualità
   e porta a casa figli d'un altro uomo.
24 Essa sia condotta nell'assemblea
   perché s'investighi sui suoi figli.
25 I suoi figli non metteranno radici
   e i suoi rami non porteranno frutto.
26 Lascerà il suo ricordo in maledizione,
   il suo oltraggio non si cancellerà.
27 I posteri riconosceranno che nulla
      è meglio che il timore del Signore,
   e niente è più dolce che obbedire
      ai suoi precetti.

24 La sapienza personificata si presenta

1 La sapienza loda se stessa
   e si vanta in mezzo al suo popolo.
2 Apre la bocca nell'assemblea
      dell'Altissimo
   e si vanta dinanzi alla sua corte celeste:
3 «Io sono uscita dalla bocca
      dell'Altissimo,
   e come vapore ho ricoperto la terra.
4 Ho abitato nelle altezze del cielo,
   avevo il trono in una colonna di nubi.
5 Io sola ho fatto il giro del cielo
   e ho passeggiato nel profondo
      degli abissi.
6 Sui flutti del mare e su tutta la terra,
   in ogni popolo e nazione avevo dominio.
7 Ciò nonostante ho cercato un luogo
      di quiete,
   qualcuno, nel cui podere sostare.
8 Allora il Creatore di tutto mi diede
      un comando,
   il mio Creatore mi ha dato una sede
      per riposare
   e mi ha detto: Metti tenda in Giacobbe,
   sia in Israele la tua eredità.
9 Egli mi ha creato nell'inizio, prima
      del tempo
   e non verrò meno, per sempre.
10 Ho officiato davanti a lui, nella tenda
      sacra,
   risiedendo in Sion.
11 Nella città che ama, mi ha fatto posare,
   il mio potere è ora in Gerusalemme.
12 Ho messo radici in un popolo glorioso,
   ho avuto l'eredità nella porzione
      del Signore.
13 Son cresciuta alta come cedro del Libano
   e come cipresso dei monti dell'Ermon.
14 Son cresciuta come una palma
      d'Engaddi,
   come un roseto di Gerico,
   come un ulivo che spicca in pianura,
   mi son fatta alta come platano.
15 Ho diffuso profumo come cinnàmomo,
   come balsamo aromatico e come mirra,
   come gàlbano, ònice e storàce,
   come vapore d'incenso nel santuario.
16 Stendo i miei rami come il terebinto,
   essi sono rami di gloria e di grazia.
17 Come la vite ho splendidi pampini,
   i miei fiori portano frutti di gloria
      e di ricchezza.
18 Venite a me, o voi che mi desiderate,
   per saziarvi con i miei frutti.

19 Il mio ricordo è più dolce del miele,
   possedermi val più che favo di miele.
20 Quanti mi mangiano avranno ancora
      fame,
   quanti mi bevono avranno ancora sete.
21 Chi mi segue non sarà svergognato,
   quanti si occupano di me
      non peccheranno».

La sapienza e la legge

22 Tutto ciò è il libro dell'alleanza del Dio
      altissimo,
   la legge che ci ha comandato Mosè
   e forma l'eredità delle adunanze
      di Giacobbe.
23 Essa trabocca di sapienza come il Pison
   e come il Tigri nei giorni delle primizie,
24 effonde intelligenza come l'Eufrate
   e come il Giordano nei giorni
      di raccolto.
25 Come luce irradia la dottrina,
   come il Ghicon nei giorni
      di vendemmia.
26 Il primo uomo non ha finito
      di conoscerla,
   né l'ultimo la potrà investigare.
27 Perché i suoi pensieri sono più vasti
      del mare
   e il suo consiglio più grande dell'abisso.
28 E io, come un condotto che parte
      dal fiume
   e come un canale che giunge
      nel giardino,
29 mi son detto: «Irrigherò il mio orto,
   innaffierò la mia aiuola»;
   ed ecco che il condotto è diventato
      un fiume
   e il fiume si è mutato in mare.

---

24. - 1-2. La *sapienza* fa il suo elogio (come in Pro 8) davanti al popolo eletto che ha qui molti nomi: *assemblea dell'Altissimo*, *eredità* e *porzione del Signore*. Il c. 24 è il più importante del libro, sublime per il contenuto sapienziale e per la bellezza letteraria. Con Pro 8 e Sap 6,1 - 9,18 costituisce, nell'AT, il culmine della prefigurazione del dogma trinitario rivelato nel NT. Qui si tratta della sapienza attributo divino e delle sue manifestazioni nella creazione e nella condotta verso Israele. La personificazione è però così chiara, che il passo alla considerazione di essa come Persona distinta e sussistente sarà brevissimo.

10. La sapienza è qui considerata in stretta connessione con la storia della salvezza: si presenta nell'esercizio del ministero sacerdotale nella tenda. In altre parole, la sapienza è identificata con la *gloria di Dio*, quella forza che si manifesta nella creazione e nell'opera salvifica.

30 Farò brillare la dottrina come l'aurora,
   la farò splendere in plaghe lontane.
31 Effonderò l'insegnamento come profezia,
   lo trasmetterò alle generazioni future.
32 Vedete che non ho faticato solo per me,
   ma per tutti quelli che la cercano.

25 Proverbi numerici

1 Di tre cose è innamorata la mia anima,
   son belle dinanzi al Signore
   e agli uomini:
   la concordia tra fratelli, l'amicizia
       tra vicini,
   l'uomo e la donna tra loro in armonia.
2 Tre specie di gente ha odiato la mia
       anima
   e ho detestato molto la loro vita:
   il povero superbo, il ricco bugiardo,
   il vecchio adultero per mancanza
       di senno.
3 Se non hai raccolto nella giovinezza,
   che pensi di trovare nella vecchiaia?
4 Ai bianchi capelli s'addice il giudizio,
   agli anziani dare il giusto consiglio.
5 Ai vecchi s'addice la sapienza,
   agli uomini eminenti la riflessione
       e il consiglio.
6 Corona dei vecchi è la molta esperienza,
   il timore del Signore è il loro vanto.
7 Nove cose penso felici nel mio cuore,
   e la decima la dico con la bocca:
   un uomo soddisfatto dei figli,
   chi vive fino a vedere il crollo
       dei nemici;
8 felice il marito della donna intelligente,
   chi non ara con il bue e l'asino
       insieme,
   chi non incespica con la lingua,
   chi non deve servire un padrone
       indegno di lui,
9 felice chi ha trovato la prudenza,
   chi parla a orecchi che ascoltano;
10 come è grande chi trova la sapienza,
   ma non più grande di chi teme
       il Signore!
11 Il timore del Signore eccelle su tutto:
   a chi paragonerò chi lo possiede?

La moglie perfida

12 Qualsiasi ferita, eccetto quella del cuore,
   qualsiasi male, eccetto quello
       di una donna;

13 qualsiasi disgrazia, eccetto quella
       delle rivali,
   qualsiasi vendetta, eccetto quella
       delle emule.
14 Non c'è veleno peggiore di quello
       del serpente,
   e non c'è odio peggiore di quello
       d'una donna.
15 Preferisco abitare col leone e il dragone
   che abitare con una donna perfida.
16 La cattiveria deforma l'aspetto
       d'una donna,
   e oscura il suo volto come quello
       di un'orsa.
17 Suo marito siede con i vicini
   e, senza volerlo, geme amaramente.
18 Niente è più brutto della donna perfida,
   è sorte del peccatore imbattersi in essa.
19 Come sabbiosa salita per i piedi
       di un vecchio
   è la donna loquace per l'uomo quieto.
20 Non t'affascini la bellezza d'una donna,
   né ti prenda passione per essa.
21 C'è collera, vituperio e vergogna
       senza fine
   per l'uomo mantenuto dalla moglie.
22 Cuore afflitto, volto malinconico
   e ferita del cuore è la donna perfida.
23 Mani paralizzate e ginocchia disciolte
   ha l'uomo se la moglie non lo rallegra.
24 Dalla donna è l'origine del peccato
   e per causa sua tutti moriamo.
25 Non dare all'acqua via d'uscita
   né libertà di parola alla donna perfida.
26 Se non cammina al cenno della mano,
   separala dalla tua carne.

26 La buona moglie

1 Felice chi è marito di una moglie buona,
   sarà doppio il numero dei suoi giorni.
2 Una donna virile è la gioia del marito,
   riempie i suoi anni di pace.
3 Una buona moglie è una vera fortuna
   che tocca a chi teme il Signore;
4 egli, ricco o povero che sia, sarà felice,
   avrà sempre la faccia contenta.

La moglie perfida

5 Di tre cose ha paura il mio cuore
   e nella quarta temo d'imbattermi:
   calunnia nella città, raduno di folla,
   accusa falsa,

cose più dure della morte;
6 ma è dolore di lutto la donna gelosa
    d'una donna;
    la sferza della sua lingua colpisce tutti.
7 La moglie cattiva è un giogo che sfrega
    il collo,
    chi la possiede è come chi afferra
    uno scorpione.
8 La donna ubriaca provoca sdegno,
    non può celare la sua degradazione.
9 La donna sensuale ha gli occhi
    sfacciati,
    la si riconosce dalle palpebre.
10 Vigila severo sulla figlia testarda,
    se trova debolezza ne approfitta.
11 Bada alla donna dall'occhio impudente,
    nessuna meraviglia se sbaglia con te.
12 Come viandante assetato essa apre
    la bocca
    per bere ad ogni fonte che si trova
    vicino,
    si siede davanti ad ogni palo,
    e apre la faretra davanti alla freccia.

La buona moglie

13 La grazia della donna rallegra il marito,
    il suo senno gli rimpolpa le ossa.
14 È dono del Signore la donna silenziosa,
    non c'è prezzo per un carattere
    disciplinato.
15 La donna pudica ha bellezza
    su bellezza,
    non c'è peso per la donna continente.
16 Come sole che sorge nel cielo
    del Signore
    la bellezza di una buona moglie adorna
    la casa.
17 Lucerna che brilla sul sacro candelabro
    è un bel volto su solido corpo.
18 Colonne d'oro su base d'argento
    son le belle gambe sui talloni
    armoniosi.

Valutazioni diverse

19 Per due cose il mio cuore si rattrista,
    per una terza mi viene l'ira:
    un soldato che langue in miseria,
    uomini saggi che sono disprezzati,
    chi dalla giustizia passa al peccato:
    il Signore lo prepara per la spada.
20 È difficile che il mercante sia esente
    da colpa,
    il bottegaio non sarà indenne
    dal peccato.

27 Commercio e onestà

1 Molti peccano a causa del denaro,
    chi vuole arricchire non guarda in faccia
    a nessuno.
2 Tra le giunture delle pietre s'innesta
    il palo,
    così nella compravendita s'introduce
    il peccato.
3 Per chi non persiste nel timore
    del Signore,
    presto la sua casa andrà in rovina.
4 Scuotendo il vaglio rimane il lordume,
    discutendo con uno ne emergono
    gli errori.
5 Il forno rifinisce i vasi del ceramista,
    il ragionamento rivela il carattere
    d'un uomo.
6 Dal frutto si apprezza chi coltiva l'albero,
    così dal parlare l'intimo dell'uomo.
7 Non lodare un uomo prima che lo veda
    ragionare,
    solo qui c'è la prova del suo valore.
8 Se persegui la giustizia la raggiungerai,
    te ne rivestirai come di splendida
    veste.
9 Gli uccelli simili s'appollàiano insieme,
    la verità abiterà con quanti
    la praticano.
10 Il leone sta in agguato per la preda,
    il peccato per quanti fanno cose
    ingiuste.

Errori nel parlare

11 Il pio parla sempre con sapienza,
    lo stolto è instabile come la luna.
12 Non perdere tempo tra gli stolti,
    in compagnia dei saggi fèrmati.
13 La conversazione degli stolti
    è abominevole,
    essi ridono nei piaceri del peccato.

---

26. - 5-12. Il dono di una moglie buona (cfr. vv. 13-
18) risulta ancor più dal contrasto contenuto in questi vv. con la donna perfida, raffigurata in tre aspetti:
donna gelosa, donna ubriaca, donna sensuale.
27. - 1. Si sa quanto sia facile lasciarsi trasportare
dall'amore del denaro; quando uno ne è preso, non
vede più che se stesso e i propri interessi, e arriva a
calpestare anche i diritti altrui, commettendo ingiustizie a danno del prossimo.
2. Il *palo* che si pianta tra le pietre del muro vi resta così fermo che è difficile svellerlo: così, chi compra e vende difficilmente sfugge al pericolo di peccare.

¹⁴ Chi giura molto fa rizzare i capelli,
  quando litiga ci si tura le orecchie.
¹⁵ I superbi in rissa versano sangue,
  fa pena sentire le ingiurie che
    si scambiano.
¹⁶ Chi svela i segreti perde la fiducia
  e non trova per sé un amico.
¹⁷ Affezionati all'amico e réstagli fedele,
  ma se hai svelato i suoi segreti non
    ricercarlo più;
¹⁸ come infatti si perde un morto
  tu hai perduto la sua amicizia;
¹⁹ come ti sfugge un uccello di mano
  hai perduto l'amico e non puoi
    riprenderlo più.
²⁰ Non andargli dietro, è scappato lontano,
  è fuggito come gazzella dalla trappola.
²¹ Si può fasciare la ferita e perdonare
    l'insulto,
  ma chi tradisce i segreti non ha più
    speranza.

Il parlare falso

²² Chi strizza gli occhi ordisce danni,
  perciò chi lo vede s'allontana da lui.
²³ Davanti agli occhi ti dice parole dolci
  e ammira i tuoi discorsi,
  ma poi modifica la sua bocca
  e t'insidia con le tue stesse parole.
²⁴ Odio molte cose ma non come odio lui,
  anche il Signore lo odia.
²⁵ Chi tira in alto la pietra gli ricade
    in testa,
  così un colpo con l'inganno colpisce
    il suo autore;
²⁶ chi scava una fossa vi cade,
  e chi tende una trappola v'incappa;
²⁷ chi fa il male gli rotola addosso,
  senza che sappia da dove gli viene.
²⁸ Ludibrio e biasimo per il superbo,
  la vendetta lo attende al varco come leone.
²⁹ Chi gode per la caduta del pio sarà preso
    nel laccio,
  il dolore lo consumerà prima della sua
    morte.
³⁰ Sdegno e collera meritano abominio,
  ma il peccatore se li porta dentro.

28 Rinunzia alla vendetta

¹ Chi ama la vendetta troverà la vendetta
    del Signore,
  che terrà severo conto dei suoi peccati.

² Perdona al prossimo un atto d'ingiustizia,
  così quando preghi ti sono perdonati
    i peccati.
³ Chi conserva l'ira contro un altro uomo
  può chiedere al Signore la guarigione?
⁴ Se non ha pietà per il suo simile,
  come può intercedere per i suoi peccati?
⁵ Se lui che è carne conserva lo sdegno,
  chi espierà i suoi peccati?
⁶ Ricorda la tua fine e cessa di odiare,
  pensa alla morte e alla corruzione,
  e persevera nei precetti.
⁷ Ricorda i precetti e il patto dell'Altissimo;
  non odiare il prossimo e sorvola sui suoi
    errori.

Errori nel parlare

⁸ Evita la lite, così ridurrai i peccati;
  è il collerico che fa scoppiare la lite.
⁹ Il peccatore mette scompiglio fra gli amici
  e getta la calunnia fra gente che è
    in pace.
¹⁰ Il fuoco divampa in misura della legna,
  così la lite s'accresce con l'insistenza;
  il furore cresce nell'uomo secondo la sua
    forza
  e l'ira aumenta secondo la sua ricchezza.
¹¹ La contesa precipitosa attizza il fuoco
  e la lite travolgente fa scorrere il sangue.
¹² Se soffi sopra la scintilla, essa divampa,
  se vi sputi sopra, essa si spegne:
  eppure le due cose vengono dalla stessa
    bocca.
¹³ Maledite il chiacchierone e l'ipocrita,
  hanno rovinato molti che stavano
    in pace.
¹⁴ La calunnia d'un estraneo
    ha scompigliato molti,
  facendoli emigrare da una nazione
    all'altra,
  ha distrutto città fortificate
  e demolito le case dei grandi.
¹⁵ La calunnia d'un estraneo ha fatto
    ripudiare mogli eccellenti,
  le ha derubate delle loro fatiche.
¹⁶ Chi vi presta attenzione non avrà pace,
  e neppur tranquillità nella sua casa.
¹⁷ Il colpo di sferza produce le lividure,
  il colpo della lingua spezza le ossa.
¹⁸ Molti sono caduti colpiti dalla spada,
  ma son di più i caduti per la lingua.
¹⁹ Beato chi è difeso dai suoi colpi,
  e non è cascato sotto il suo sdegno,
  che non ha portato il suo giogo
  e non è stato legato alle sue catene:

²⁰ perché il suo giogo è giogo di ferro
   e le sue catene son catene di bronzo.
²¹ A terribile morte essa conduce,
   gl'inferi sono ad essa preferibili.
²² Non ha potere sugli uomini pii,
   che non possono bruciare nella sua
      fiamma.
²³ Quanti lasciano il Signore ci cadranno,
   li brucerà e non si spegnerà;
   si lancia su di essi come leone,
   li sevizia come leopardo.
²⁴ Tu recingi il tuo orto con le spine
   e metti sotto chiave l'argento e l'oro;
²⁵ pesa sulla bilancia le tue parole
   e metti sulla tua bocca una porta
      sprangata.
²⁶ Bada a non incespicare con la lingua,
   per non cadere di fronte all'agguato.

29 Il prestito e l'elemosina

¹ Chi è compassionevole presta al suo
      prossimo,
   e se lo sostiene per mano osserva
      i comandamenti.
² Presta al prossimo quando ha bisogno,
   d'altra parte sii puntuale
      nella restituzione.
³ Mantieni la parola per meritarti la fiducia,
   e sempre troverai quanto t'occorre.
⁴ Molti considerano il prestito una cosa
      trovata,
   perciò poi stancano quanti li aiutano.
⁵ Prima di prendere gli bacia le mani
   e parla sommesso del suo denaro;
   ma per restituire ritarda sempre,
   dicendo parole piene di negligenza
   e scusandosi che il tempo non è adatto.
⁶ Se riesce a pagare, a stento il creditore
      otterrà la metà,
   e può considerarla come trovata;
   se non può, froda il creditore del suo
      denaro
   e poi lo tratta da nemico;
   gli restituirà maledizioni e ingiurie,
   invece d'onore gli darà disprezzo.
⁷ Molti, per questo danno, non vogliono
      far prestiti,
   perché temono una perdita senza loro
      colpa.
⁸ Tu, però, largheggia con l'indigente,
   non temporeggiare per fargli
      l'elemosina.
⁹ A causa della legge cùrati del povero,

non mandarlo a mani vuote quando
   ha bisogno.
¹⁰ Perdi pure l'argento per il fratello
   e l'amico,
   invece che la ruggine lo consumi
      sotto la pietra.
¹¹ Usa la ricchezza come vuole l'Altissimo,
   così ti gioverà più dell'oro.
¹² Sia l'elemosina ciò che conservi nei tuoi
      ripostigli,
   ti libererà da ogni disgrazia,
¹³ combatterà per te contro il nemico
   più che scudo robusto e lancia pesante.

Benemerenza del garante

¹⁴ L'uomo dabbene garantisce
   per il prossimo,
   ma chi è senza pudore l'abbandona.
¹⁵ Non dimenticare il favore che ti ha fatto
      il garante,
   perché egli si è impegnato per te.
¹⁶ Il peccatore rovina i beni del garante
   e l'ingrato abbandona chi l'ha salvato.
¹⁷ La cauzione ha rovinato molti benestanti,
   li ha sconvolti come onda del mare;
¹⁸ ha sloggiato di casa uomini potenti,
   facendoli emigrare in terre straniere.
¹⁹ Per il peccatore è un'insidia il far
      garanzia,
   vi cerca il profitto ma finirà
      nei tribunali.
²⁰ Preòccupati del prossimo quanto puoi,
   ma bada a non esserne rovinato.

Abuso dell'ospitalità

²¹ Questo basta per vivere: acqua, pane,
      mantello
   e una casa che copra la propria intimità.
²² Meglio vivere da povero al riparo
   di pochi legni,
   che mangiare sontuosamente in casa
      d'altri.
²³ Sii contento del poco o del molto che hai,
   e non sentirai il rimprovero perché
      sei straniero.
²⁴ Brutta vita l'andare di casa in casa,
   dove sei ospite non puoi aprir bocca.
²⁵ Devi accogliere gli ospiti, offrire da bere
   senza un grazie,
   per sentire poi cose amare:
²⁶ «Avanti, o forestiero, imbandisci
      la tavola,
   se hai qualcosa in mano, dammela
      a mangiare».

²⁷ «Via, o forestiero, c'è uno
   più importante,
   ho ospite mio fratello, occorre la casa».
²⁸ Per l'uomo che riflette son dure queste
   cose:
   essere disonorato da chi lo ospita
   e rimproverato dal creditore.

30 Rigore con i figli

¹ Chi ama suo figlio usa spesso la sferza,
   perché ne gioisca quando è grande.
² Chi disciplina suo figlio avrà poi gioia,
   ne sarà fiero in mezzo ai conoscenti.
³ Chi istruisce suo figlio fa ingelosire
   il nemico,
   di lui sarà lieto di fronte agli amici.
⁴ Suo padre è spirato, ma non è morto,
   ha lasciato dietro a sé uno che gli
   somiglia.
⁵ In vita, lo ha visto e se n'è rallegrato,
   quando muore, non deve rammaricarsi.
⁶ Per i nemici, ha lasciato chi lo vendica,
   per gli amici, chi ricambia i favori.
⁷ Chi vezzeggia il figlio ne fascerà le ferite,
   ad ogni grido, le sue viscere tremeranno.
⁸ Un cavallo senza freno diventa ostinato,
   un figlio troppo libero diventa testardo.
⁹ Còccola tuo figlio e ti darà brutte
   sorprese,
   gioca con lui e ti farà soffrire.
¹⁰ Con lui non ridere, per non dover
   piangere
   e battere i denti quando è grande.
¹¹ Non dargli libertà quando è giovane,
   e non sorvolare sui suoi errori.
¹² Fagli piegare il collo in gioventù,
   batti i suoi fianchi quando è ragazzo,
   perché non diventi caparbio
   e ti disobbedisca
   e non abbia da lui dispiaceri.
¹³ Disciplina tuo figlio e òccupati di lui,
   perché tu non inciampi per la sua
   depravazione.

Salute e serenità

¹⁴ Meglio il povero sano e forte nel corpo
   che il ricco tribolato nella salute.
¹⁵ Sanità e vigore son meglio di tutto l'oro,
   una buona salute val più che smisurata
   ricchezza.
¹⁶ Non c'è miglior ricchezza che la salute
   del corpo,

né migliore allegrezza che la gioia
   del cuore.
¹⁷ È meglio la morte che una vita amara,
   il riposo eterno che una malattia
   cronica.
¹⁸ Vivande versate sulla bocca chiusa
   son come cibi posti sopra il sepolcro.
¹⁹ Che giova all'idolo un'offerta di frutta?
   Non può mangiarla né odorarla,
   così è chi è perseguitato dal Signore.
²⁰ Egli guarda con gli occhi e geme,
   come geme l'eunuco che abbraccia
   una vergine.
²¹ Non darti in balìa della tristezza
   e non affliggerti con la riflessione.
²² La gioia del cuore è vita per l'uomo,
   la contentezza ne moltiplica i giorni.
²³ Distrai te stesso e consola il tuo cuore,
   tieni lontano da te la tristezza,
   perché la tristezza ha rovinato molti,
   non c'è in essa utilità alcuna.
²⁴ L'invidia e la rabbia abbreviano i giorni,
   la preoccupazione porta a precoce
   vecchiaia.
²⁵ Un cuore sereno ha buon appetito,
   gusta quanto mangia.

31 Contro la brama dell'oro

¹ L'insonnia per arricchire consuma
   la carne,
   le preoccupazioni connesse tolgono
   il sonno.
² La preoccupazione dell'insonnia
   impedisce una buona dormita,
   pure una grave malattia allontana
   il sonno.
³ Il ricco si affatica per accumulare
   gli averi,
   se riposa vuol godersi i piaceri.
⁴ Il povero si affatica per una vita di stenti,
   ma se si riposa cade in miseria.
⁵ Chi ama l'oro non sarà giusto,
   chi insegue il denaro vi trova l'inganno.
⁶ Molti son caduti a causa dell'oro,
   e la perdizione fu davanti a loro.
⁷ È legno d'inciampo per quanti ne sono
   folli,
   chi è senza senno vi trova la perdizione.
⁸ Beato il ricco che è trovato senza colpa,
   che non è andato dietro all'oro;
⁹ chi è, perché possiamo lodarlo?
   Egli ha operato prodigi nel suo popolo.
¹⁰ Chi è rimasto puro in questa prova?

Egli merita di essere lodato.
Egli poteva trasgredire
e non ha trasgredito,
fare il male e non l'ha fatto.
¹¹ Perciò i suoi beni si accresceranno
e l'assemblea proclamerà
le sue beneficenze.

Moderazione e buona educazione a tavola

¹² Siedi a una grande tavola?
Non spalancare su di essa la tua gola
e non dire: «Ci sono molte cose».
¹³ Ricòrdati che è un male l'occhio avido:
c'è cosa più cattiva nella creazione?
Esso piange, perciò, davanti a tutto.
¹⁴ Dove adocchia un altro, non stendere
la mano,
non far ressa con lui attorno al piatto.
¹⁵ Impara da te stesso i desideri
del prossimo,
perciò rifletti in quello che fai.
¹⁶ Mangia da vero uomo quanto ti sta
dinanzi,
non masticare scrosciando, per non
esser disprezzato.
¹⁷ Finisci per primo, in segno d'educazione,
non esser ingordo, perché fa brutta
impressione.
¹⁸ Se siedi in mezzo a tante persone,
non stender la mano prima di loro.
¹⁹ All'uomo ben educato basta il poco,
così a letto non sente l'affanno.
²⁰ Il sonno è sano se lo stomaco è misurato,
ci si alza presto ben padroni di sé.
Malessere, insonnia, nausea e colica
accompagnano l'uomo ingordo.
²¹ Se sei costretto a mangiar troppo,
àlzati, vomita lontano e ti sentirai meglio.
²² Ascoltami, o figlio, non mi disprezzare,
alla fine troverai vere le mie parole.
Sii diligente in tutte le tue opere
e la malattia non ti avvicinerà.
²³ Le labbra lodano chi è splendido
nei conviti,
il vanto della sua munificenza
è meritato.
²⁴ La città mormora di chi è tirchio
con gli invitati,
del suo difetto si dà precisa
testimonianza.
²⁵ Non mostrare la tua virilità col vino,
perché il vino ha rovinato molti.
²⁶ La fornace prova il metallo nella tempera,
così il vino prova il cuore in una sfida
di arroganti.

²⁷ Il vino, per gli uomini, equivale a vita,
ma solo se lo bevi in giusta misura.
Che vita è quella di chi è privato
del vino?
Esso fu creato all'inizio per rallegrare.
²⁸ È gioia del cuore e allegrezza
dell'animo
il vino bevuto a tempo giusto.
²⁹ Amareggia l'animo il bere molto vino,
provoca irritazione e caduta.
³⁰ L'ubriachezza accresce l'ira dello stolto
a suo danno,
diminuisce la sua forza e aggiunge ferite.
³¹ In un banchetto non rimproverare
il vicino,
non l'oltraggiare quando è allegro.
Non dirgli parole di biasimo,
e non affliggerlo chiedendogli quanto
ti deve.

32 Contegno nei banchetti

¹ Non inorgoglirti se t'hanno posto a capo,
sta' con i convitati come uno di loro,
provvedi prima a loro e poi siedi.
² Siediti, dopo aver espletato il tuo
compito,
per rallegrarti della loro allegrezza
e ricevere la corona per le tue buone
maniere.
³ Parla, o anziano, perché ti s'addice,
ma con saggezza e senza intralciare
la musica.
⁴ Se c'è uno spettacolo, non versare parole,
non sfoggiare sapienza fuori tempo.
⁵ Rubino incastonato nel monile d'oro
un concerto di mùsici mentre si beve
il vino.
⁶ Smeraldo incastonato nell'oggetto d'oro
la melodia dei mùsici con il dolce vino.
⁷ Parla, o giovane, se c'è bisogno,
non più di due volte, solo se interrogato.
⁸ Sintetizza il discorso, di' molto in poco,
sii come chi sa, eppure tace.
⁹ Tra i grandi non darti importanza
e tra gli anziani non ciarlare molto.
¹⁰ Prima del tuono s'affretta il lampo,
così il favore precede l'uomo modesto.
¹¹ Àlzati in tempo e non attardarti,
corri a casa senza perdere tempo.
¹² Divertiti e appaga i tuoi desideri,
ma non peccare con parole superbe.
¹³ Per tutto questo benedici il tuo Creatore
che ti inebria con i suoi beni.

Rispetto della legge e amore per la sapienza

14 Chi teme il Signore accoglie l'istruzione,
   quelli che vegliano trovano il suo favore.
15 Chi scruta la legge ne sarà ripieno,
   ma l'ipocrita vi troverà scandalo.
16 Quanti temono il Signore sanno
       giudicare,
   brillano come luce i loro giudizi.
17 Il peccatore rifiuterà il rimprovero
   e prenderà la decisione che gli piace.
18 L'uomo di senno non disprezza
       la riflessione,
   ma l'empio superbo non prova timore.
19 Non far nulla senza consiglio
   e non cambiare idea mentre stai
       operando.
20 Non andare su strada scivolosa,
   così non batterai sulle pietre.
21 Non avventurarti su strada inesplorata
22 e guàrdati dai tuoi stessi figli.
23 In tutto quello che fai fidati di te stesso,
   poiché anche questo è secondo
       i comandamenti.
24 Chi crede nella legge bada
       ai comandamenti,
   chi confida nel Signore non sarà
       umiliato.

33 1Chi teme il Signore non incontrerà
   il male,
   ma dopo la prova sarà liberato.
2 L'uomo saggio non odia la legge,
   ma chi finge con essa è come mare in
       tempesta.
3 L'uomo ragionevole confida nella Parola,
   accoglie la legge come responso
       di un oracolo.
4 Prepara la tua parola perché sia ascoltata,
   ripensa alla tua istruzione e poi rispondi.
5 Ruota di carro i sentimenti dello stolto
   e asse che gira è il suo pensiero.
6 L'amico derisore è come uno stallone
   che nitrisce sotto chiunque lo cavalca.

Principio del duplice aspetto

7 Perché un giorno è superiore a un altro,
   anche se la loro luce viene dal sole?
8 Sono stati distinti dalla mente
       del Signore
   che ha diversificato stagioni e feste.
9 Alcuni giorni ha scelto per santificarli,
   gli altri li destina solo a far numero.

10 Anche gli uomini vengon tutti dal fango,
    e Adamo fu creato dalla terra;
11 ma il Signore li ha distinti con grande
        sapienza
    e ha diversificato le loro vie.
12 Alcuni li ha benedetti ed elevati,
    alcuni li ha santificati e avvicinati a sé;
    altri li ha maledetti e umiliati,
    li ha rovesciati dalla loro posizione.
13 Com'è la creta nelle mani del vasaio
    che può plasmarla a suo piacimento,
    così son gli uomini in mano al loro
        Creatore
    che dà a ciascuno secondo la sua
        decisione.
14 Davanti al male c'è il bene e davanti
        alla morte la vita,
    così davanti all'uomo pio c'è
        il peccatore.
15 Guarda così a tutte le opere
        dell'Altissimo,
    due a due, l'una davanti all'altra.
16 Io sono venuto per ultimo,
    come chi racimola dopo la vendemmia.
17 Ho fatto presto, con la benedizione
        del Signore,
    e ho riempito il tino come chi vendemmia.
18 Vedete che non ho faticato per me solo
    ma per tutti quelli che cercano
        l'istruzione.
19 Ascoltatemi, o grandi del popolo,
    e quanti dirigete l'assemblea, udite.

Come amministrare il patrimonio

20 Al figlio e alla moglie, al fratello
        e all'amico
    non dar potere su di te, finché vivi.
    Non dare ad altri i tuoi averi,
    perché, se cambi idea, non debba
        richiederli.
21 Finché vivi e c'è in te respiro,
    non cedere i tuoi averi a nessuno.
22 È meglio infatti che i figli chiedano a te
    che non esser tu ad attendere dalle loro
        mani.
23 In tutte le opere mantieni la superiorità,
    non esporre al biasimo la tua dignità.
24 Quando finiranno i giorni della vita,
    solo al momento della morte,
        fa' il testamento.

Severità con gli schiavi

25 Fieno, bastone e carichi per l'asino,
    pane, disciplina e lavoro per lo schiavo.

26 Se lo fai lavorare con rigore, starai
      in pace,
   se risparmi le sue mani, cercherà
      la libertà.
27 Giogo e bardatura piegano il collo,
   corde e torture lo schiavo svogliato.
28 Mandalo a lavorare perché non resti
      ozioso,
   l'ozio infatti insegna molti disordini.
29 Mettilo a lavorare perché questo è il suo
      dovere,
   se non obbedisce, opprimilo con i ceppi.
30 Ma non esagerare con nessun uomo,
   e non far nulla contro il diritto.
31 Se hai uno schiavo, sia come te,
   perché l'hai comprato a prezzo
      di sangue.
32 Se hai uno schiavo, trattalo da fratello,
   perché ti necessita come la tua vita.
33 Se, maltrattato, fugge e t'abbandona,
   in quale via lo cercherai?

34 Contro i sogni

1 Speranze vuote e mendaci per lo stolto,
   i sogni metton le ali agli imbecilli.
2 Come afferrar l'ombra e inseguire
      il vento,
   così è il confidare nei sogni.
3 Nei sogni si vede quello che c'è già,
   è come l'immagine del volto
      nello specchio.
4 Se il candore non viene dalla sporcizia,
   come verrà la verità dalla menzogna?
5 Divinazioni, presagi e sogni sono vani,
   come le fantasie d'una donna in doglie.
6 Se non sono ammonizioni dell'Altissimo,
   non affidare il tuo cuore ai sogni.
7 Essi, infatti, hanno ingannato molti
   che vi hanno posto speranza per poi
      cadere.
8 La legge è completa senza tali menzogne
   e la sapienza è perfetta sulla bocca
      sincera.

Utilità dei viaggi

9 Chi ha viaggiato conosce molte cose
   e chi ha tanta esperienza parla
      saggiamente.
10 Chi è senza esperienza conosce poco,
   chi invece viaggia diventa molto abile.
11 Ho visto molte cose nei miei viaggi,
   ho imparato più di quanto dico.

12 Spesso ho corso pericoli di morte
   e sono rimasto salvo per l'esperienza
      fatta.

Frutti del timore del Signore

13 Lo spirito di quanti temono il Signore
      vivrà,
   perché sperano in chi li salva.
14 Chi teme il Signore non avrà timore
   né paura, perché è lui la sua speranza.
15 Beato l'uomo che teme il Signore:
   in chi s'appoggia? Chi sarà il suo
      sostegno?
16 Gli occhi del Signore su quelli che
      l'amano,
   egli è difesa potente e sostegno
      imbattibile,
   riparo dal calore e ombra
      nel mezzogiorno,
   custodia dall'insidia e soccorso per non
      cadere.
17 Egli esalta l'animo e illumina gli occhi,
   dà la guarigione per la vita
   e la benedizione.

Sacrifici e giustizia

18 Il sacrificio preso da ingiusti guadagni
      è impuro,
   i doni dei malvagi non sono accetti.
19 L'Altissimo non gradisce le offerte
      degli empi,
   né perdona i peccati per i molti sacrifici.
20 Uccide il figlio davanti a suo padre
   chi offre un sacrificio con la roba
      dei poveri.
21 Il pane dei bisognosi è la vita dei poveri,
   è un sanguinario chi li deruba di esso.
22 Uccide il prossimo chi gli toglie
      il sostentamento
   e versa sangue chi ruba il salario
      al mercenario.
23 Se uno costruisce e l'altro distrugge,

---

33. - 25-32. Presso gli Israeliti la schiavitù era ammessa. Le parole un po' dure sono da considerarsi nell'ambiente di allora. Ad ogni modo il maltrattamento era riservato al servo cattivo. Con il buono le cose erano diverse, vv. 31-32.

34. - 3. I *sogni* non hanno altra consistenza che quella di un'ombra, di una proiezione fantastica dello stato del sognante.
6. Dio ha parlato nei sogni (Gn 37,5; Dn 2,1; 4,2; Mt 1,20), ma fa sempre capire che il sogno è mandato dal cielo. In tal caso, più rettamente, si potrebbe parlare di visioni notturne.

che cosa guadagnano se non la fatica?
24 Se uno prega e l'altro maledice,
chi dei due è ascoltato dal Signore?
25 Chi si purifica per un morto e lo tocca
di nuovo,
che cosa ha guadagnato
con la purificazione?
26 Così è per l'uomo che digiuna per i suoi
peccati
e che poi va e li fa di nuovo:
chi ascolterà la sua preghiera?
Che cosa ha guadagnato a umiliarsi?

35 I sacrifici accetti

1 L'osservanza della legge val più
dei sacrifici,
la pratica dei comandamenti è sacrificio
di comunione.
2 Chi ricambia un favore è come chi fa
offerta di farina,
e chi dà l'elemosina è come chi fa
un sacrificio di ringraziamento.
3 Piace al Signore lo star lontani dal male,
astenersi dall'ingiustizia è un'espiazione.
4 Non comparire a mani vuote davanti
al Signore,
tutti questi sacrifici sono comandati.
5 Il sacrificio del giusto ingrassa l'altare
e il suo profumo giunge innanzi
all'Altissimo.
6 Il sacrificio del giusto è gradito,
il suo ricordo non sarà dimenticato.
7 Onora il Signore con occhio contento
e non lesinargli le primizie delle tue
mani.
8 In ogni offerta abbi un volto lieto,
consacra la decima con gioia.
9 Da' all'Altissimo come lui ha dato a te,
con occhio contento, quanto si trova
nelle tue mani.

10 Perché il Signore è uno che ricambia,
ti ridarà sette volte tanto.

Pietà di Dio per gli oppressi

11 Non cercare di corromperlo con doni,
non accetterà,
e non confidare in un sacrificio ingiusto,
12 perché il Signore è un vero giudice
che non s'inganna con la gloria
apparente.
13 Non fa favori a spese del povero,
né esaudisce la preghiera se è maltrattato.
14 Non è insensibile alla supplica dell'orfano
e della vedova che versa il suo lamento.
15 Se le lacrime della vedova scendono
sulle guance,
il suo grido non scenderà contro chi le fa
versare?
16 Chi serve Dio come lui vuole,
sarà accetto,
la sua preghiera giungerà fino alle nubi.
17 La preghiera dell'umile attraversa
le nubi:
finché essa non approda, egli non si
consola,
18 finché l'Altissimo non interviene, essa
non si ferma,
per riconoscere ed eseguire il diritto
dei giusti.
19 Il Signore non farà indugio,
non avrà pazienza con loro,
20 finché avrà spezzato i fianchi dei violenti
e fatta vendetta contro le nazioni,
21 finché avrà sterminato la massa
degli insolenti
e spezzato gli scettri degli ingiusti,
22 finché avrà reso a ciascuno secondo
le sue opere
e a tutti secondo le loro intenzioni,
23 finché renderà giustizia al suo popolo
per consolarlo nella sua misericordia.
24 La sua misericordia è propizia
nella tribolazione
come la nube della pioggia nella siccità.

36 Preghiera per Israele

1 Abbi pietà di noi, o Signore, Dio di tutte
le cose,
e manda il tuo terrore su tutte
le nazioni.
2 Leva la tua mano contro le nazioni
straniere,

---

35. - 1-3. I sacrifici più graditi a Dio sono le opere buone. La Bibbia è piena di questa affermazione: Sal 50; Pro 15,8; Qo 4,17; i profeti insistono su questo ad ogni pagina: Os 6,6; 14,3; Am 5,11-27; 8,4-10; ecc.

36. - 1ss. Per comprendere questa bellissima preghiera bisogna considerare che un gran numero di Ebrei era disperso in quasi tutto il mondo, specialmente in Mesopotamia e in Egitto. Il pericolo che l'opera di Dio, cioè l'elezione del popolo d'Israele, venisse addirittura cancellata dal mondo era particolarmente grave. Ecco il perché di questa preghiera, che sollecita Dio a rinnovare gli antichi prodigi.

perché vedano la tua potenza.

³ Come davanti a loro hai mostrato in noi
   la tua santità,
   così davanti a noi mostra in loro la tua
   potenza.

⁴ Riconoscano te come noi ti abbiamo
   riconosciuto,
   perché non c'è Dio al di fuori di te,
   o Signore.

⁵ Rinnova i segni e ripeti i miracoli,
   glorifica la tua mano e il tuo braccio
   destro.

⁶ Desta il tuo furore e riversa la tua ira,
   distruggi l'avversario e stermina
   il nemico.

⁷ Accèlera i tempi e ricòrdati
   del giuramento,
   perché si raccontino i tuoi prodigi.

⁸ Nel fuoco dell'ira si consumi chi era
   stato risparmiato,
   quanti maltrattano il tuo popolo trovino
   la perdizione.

⁹ Strìtola le teste dei prìncipi stranieri
   che dicono: «Non c'è nessuno al di fuori
   di noi».

¹⁰ Raccogli tutte le tribù di Giacobbe
   e prendine possesso come una volta.

¹¹ Abbi pietà, Signore, del popolo chiamato
   col tuo nome,
   d'Israele, che hai adottato come primo
   nato.

¹² Abbi compassione della città del tuo
   santuario,
   di Gerusalemme, luogo del tuo riposo.

¹³ Riempi Sion con la lode delle tue grandi
   imprese
   e il tuo tempio con la tua gloria.

¹⁴ Riconosci ora quelli che hai creato
   in origine
   e suscita le profezie che furono fatte
   nel tuo nome.

¹⁵ Da' la ricompensa a quanti ti attendono,
   per dare ragione ai tuoi profeti.

¹⁶ Esaudisci, Signore, la supplica dei tuoi
   servi
   per la benevolenza che hai con il tuo
   popolo.

¹⁷ Riconoscano tutti sopra la terra
   che tu, Signore, sei il Dio dei secoli.

Scegliere con cura

¹⁸ Lo stomaco mangia ogni cibo,
   ma qualche cibo piace più dell'altro.

¹⁹ Come la gola sente il sapore
   della selvaggina,

così il cuore che riflette, le parole
   bugiarde.

²⁰ Il cuore perverso darà dolore,
   ma l'uomo sperimentato lo ricambierà.

La scelta della moglie

²¹ La donna può accettare qualsiasi marito,
   ma una moglie non è uguale all'altra.

²² La bellezza d'una donna rallegra il volto,
   supera ogni altro desiderio dell'uomo.

²³ Se nella sua lingua c'è bontà e
   gentilezza, suo marito non è come
   gli altri uomini.

²⁴ Chi prende moglie comincia la sua
   fortuna,
   ha un aiuto che gli è simile
   e una colonna d'appoggio.

²⁵ Dove manca la siepe, la proprietà
   è saccheggiata,
   così dove non c'è moglie, l'uomo erra
   e geme.

²⁶ Chi avrà fiducia in un soldato girovago,
   che passa da una città all'altra?

²⁷ Così è per l'uomo che non ha un nido
   e che alloggia là dove sopraggiunge
   la sera.

37 Scelta degli amici

¹ Ogni amico dirà: «Anch'io sono amico!».
   Ma c'è chi è amico solo di nome.

² Non è un dolore simile alla morte
   un compagno e amico che diventa
   nemico?

³ O desiderio del male, come ti sei
   insinuato
   per coprire la terra di malizia?

⁴ C'è l'amico che gode quando uno
   è contento,
   ma se ne sta lontano nel tempo
   della tribolazione.

⁵ C'è il compagno che faticherà
   con l'amico, ma per lo stomaco,
   e al momento dell'attacco leverà
   lo scudo.

---

14. La prima delle opere di Dio era l'elezione d'I-
sraele, con tutto il contorno di promesse fatte fin dagli antichissimi tempi.

25-26. In contrasto con la felicità di un uomo sposato
con una donna virtuosa, l'autore presenta quello rimasto solo, senza la famiglia, senza chi si occupi di
lui, nella necessità di affidarsi o raccomandarsi ad altri, senza sicurezza. Velato invito al matrimonio, dopo essersi scelta una buona sposa.

⁶ Non dimenticare l'amico nel tuo animo,
  e non trascurarlo quando hai ricchezza.

Cautela nel seguire i consigli

⁷ Ogni consigliere vanta il suo consiglio,
  ma c'è chi consiglia nel suo interesse.
⁸ Sta' in guardia quando uno ti consiglia,
  sappi prima qual è il suo interesse.
  Egli infatti può consigliare nel proprio
    interesse,
  e non getterà la sorte in tuo favore.
⁹ Egli ti dirà: «La via che hai scelto
    è buona»,
  ma starà lontano a vedere quel che ti
    càpita.
¹⁰ Non consigliarti con chi ti guarda
    con sospetto,
  e nascondi la tua intenzione a chi
    ha invidia.
¹¹ Non consultare in nessun caso:
  una donna sulla sua rivale,
  un timido sulla guerra,
  un commerciante sugli affari,
  un compratore su una vendita,
  un invidioso sulla gratitudine,
  un egoista sulla benevolenza,
  un pigro su qualunque lavoro,
  un salariato sulla fine del lavoro,
  un servo pigro su un grande lavoro;
  non rivolgerti a loro per nessun
    consiglio.
¹² Ma frequenta l'uomo pio,
  che sai che osserva i comandamenti,
  il cui animo è come il tuo animo,
  che, se cadi, sa soffrire con te.
¹³ E fidati del consiglio del tuo cuore,
  ché nessun altro ti è più fedele.
¹⁴ Infatti il proprio animo talora
    sa avvisare
  meglio che sette sentinelle sopra
    la torre.
¹⁵ Ma soprattutto prega l'Altissimo,
  perché diriga nella verità la tua vita.

Rischi della lingua

¹⁶ L'inizio d'ogni azione è nel discorso,
  e prima d'ogni opera c'è il consiglio.
¹⁷ Nel cuore si notano i vari cambiamenti,
  sono quattro le possibilità
    che vi si manifestano:
¹⁸ il bene e il male, la vita e la morte;
  ma chi tutte le decide è sempre
    la lingua.

Fecondità della sapienza

¹⁹ C'è chi è abile per insegnare a molti,
  ma è inutile a se stesso.
²⁰ C'è chi fa il bravo nel parlare, ma è
    odiato
  e finisce col mancare d'ogni cibo;
²¹ non gli è stata data dal Signore
    la piacevolezza,
  ed è stato privato d'ogni sapienza.
²² Se uno è sapiente con se stesso,
  se ne vedono i frutti anche sul suo
    corpo.
²³ L'uomo saggio istruisce il proprio popolo,
  quanto nasce dalla sua mente merita
    fiducia.
²⁴ L'uomo saggio avrà molte benedizioni,
  tutti quelli che lo vedono lo dicono beato.
²⁵ La vita dell'uomo ha i giorni misurati,
  ma i giorni d'Israele son senza numero.
²⁶ Il saggio riceverà onore nel suo popolo
  e il suo nome vivrà per sempre.

Temperanza nei cibi

²⁷ Figlio, per tutta la vita esamina te stesso,
  non concederti quanto vedi che è male.
²⁸ Perché non tutto serve a tutti,
  e non a tutti piace tutto.
²⁹ Non essere insaziabile di godimento,
  non abbondare nelle delizie.
³⁰ Perché nei molti cibi c'è la malattia
  e l'ingordigia porta alla colica.
³¹ L'ingordigia ha portato molti alla tomba,
  chi se ne guarda prolunga la sua vita.

38 Importanza del medico

¹ Onora il medico per le sue prestazioni,
  perché il Signore ha creato anche lui;
² l'arte di guarire viene dall'Altissimo,
  e chi guarisce riceve doni pure dal re.
³ La sua scienza fa camminare il medico
    a testa alta,
  egli riscuote ammirazione davanti
    ai grandi.
⁴ Il Signore ha creato le medicine dalla terra,
  l'uomo di senno non le detesta.
⁵ L'acqua non si addolcì col legno,
  che rivelava così una sua peculiarità?
⁶ Il Signore ha dato la scienza agli uomini,
  perché fosse glorificato con questi poteri
    meravigliosi.
⁷ Con essi il medico guarisce e vince
    la sofferenza

e il farmacista fa la sua mistura.

8 Ma non finiscono qui le opere del Signore
che dà la pace sulla faccia della terra.

9 Figlio, nella tua malattia non disprezzare
ciò,
ma prega il Signore ed egli ti guarirà.

10 Ripudia l'errore, correggi l'opera
delle tue mani,
purifica il cuore da ogni peccato.

11 Offri soave odore e un memoriale di fior
di farina,
offri pingui sacrifici secondo le tue
possibilità.

12 E ricorri pure al medico; il Signore
ha creato anche lui,
non ti abbandoni, perché è necessario.

13 C'è il momento in cui la guarigione
è nelle loro mani.

14 Anch'essi pregano il Signore perché
conceda loro
di dare conforto e guarigione ai loro
pazienti.

15 Chi pecca davanti al suo Creatore
cada nelle mani del medico.

Limiti nel lutto

16 Figlio, versa lacrime sul morto
e con sincero dolore intona il lamento;
avvolgi il cadavere come è stabilito
e non trascurare la sua sepoltura.

17 Sii amaro nel gemito e caldo nel lamento,
celebra il lutto secondo la sua dignità,
un giorno o due per evitare le maldicenze,
ma poi consólati dopo il dolore.

18 Dal dolore infatti esce la morte,
e il dolore del cuore fiacca il vigore.

19 Il dolore resti solo nella disgrazia,
ma poi una vita afflitta fa male al cuore.

20 Non abbandonare il tuo cuore al dolore,
lìberatene, ricordando la tua fine.

21 Ben sapendo che non c'è ritorno,
il tuo dolore a lui non giova e a te nuoce.

22 Ricòrdati che la sua sorte sarà pure tua,
ieri a me domani a te.

23 Nel riposo del morto fa' riposare la sua
memoria,
consólati di lui, per la dipartita del suo
spirito.

Lavori manuali

24 La sapienza dello scriba viene dal tempo
speso nella riflessione,
si diventa sapienti trascurando l'attività
pratica.

25 Come penserà alla sapienza chi tiene
l'aratro?
La sua preoccupazione è quella
di un buon pungolo,
conduce i buoi e pensa al loro lavoro,
i suoi discorsi riguardano i figli
delle vacche.

26 Applica il suo cuore a far solchi,
rimane insonne per il fieno
delle giovenche.

27 Così è per ogni artigiano e costruttore,
sempre occupato, di giorno e di notte:
chi esegue l'intaglio dei sigilli
mette tanta pazienza nel cambiare
le forme;
applica il suo cuore per raffigurare
le immagini,
finirà la sua opera perdendo il sonno.

28 Così il fabbro, posto vicino all'incudine,
è intento al lavoro del ferro.
Il vapore del fuoco liquefà le sue carni,
mentre egli si accanisce al caldo
del camino.
Il colpo del martello ribatte nel suo
orecchio,
i suoi occhi sono fissi sul modello;
applicherà il suo cuore per finire le sue
opere,
sarà insonne per realizzare
un ornamento perfetto.

29 Così il ceramista, seduto al suo lavoro,
gira con i suoi piedi la ruota,
si trova sempre preoccupato per la sua
opera,
perché tutto il suo lavoro è soggetto
al calcolo.

30 Col suo braccio modella l'argilla
e con i piedi ne rammollisce
la durezza,
applica il suo cuore per finire
la lucidatura
e perde il sonno per pulire il forno.

31 Tutti costoro confidano nelle loro mani
e ciascuno è abile nel suo mestiere.

32 Senza di loro la città non può essere
costruita,
nessuno può abitarvi o circolarvi.

33 Ma essi non sono ricercati per
il consiglio del popolo,
e nell'assemblea non emergono;
sul seggio del giudice non siedono
e la disposizione della legge
non comprendono.

34 Non dimostrano né cultura
né conoscenza della legge,
e non sono perspicaci nei proverbi.

Ma essi assicurano il funzionamento
   del mondo
e nell'esercizio della loro arte c'è la loro
   preghiera.

39 Elogio dello scriba

1 Differente è chi consacra se stesso
   a meditare la legge dell'Altissimo.
   Ricerca la sapienza di tutti gli antichi
   e si occupa delle profezie.
2 Conserva i detti degli uomini famosi
   e penetra la complessità delle parabole.
3 Cerca il senso nascosto dei proverbi
   ed è perspicace negli enigmi
      delle parabole.
4 In mezzo ai grandi offrirà i suoi servizi
   e starà alla presenza dei governanti;
   visiterà le terre dei popoli stranieri
   per provare il bene e il male fra gli uomini.
5 Gli sta a cuore l'alzarsi presto
   per il Signore che l'ha fatto;
   davanti all'Altissimo farà la sua supplica,
   aprirà la sua bocca nella preghiera,
   implorerà per i suoi peccati.
6 Se il Signore grande lo vuole,
   sarà riempito dì spirito d'intelligenza;
   effonderà le parole della sua sapienza
   e nella preghiera ringrazierà il Signore.
7 È disposto a offrire consigli e conoscenza
   e riflette sulle cose nascoste già apprese;
8 manifesta la dottrina imparata
      con lo studio
   e va fiero della legge dell'alleanza
      del Signore.
9 Molti loderanno la sua intelligenza,
   essa non sarà mai dimenticata;
   la sua memoria non sarà perduta
   e il suo nome vivrà per tutte
      le generazioni.
10 I popoli parleranno della sua sapienza
   e l'assemblea canterà la sua lode.
11 Se vive a lungo lascerà, più che mille,
      un nome,
   e se muore, quanto ha fatto è sufficiente.

Lode per il Creatore che dispone il bene e il male

12 Parlerò ancora delle mie riflessioni;
   io sono colmo come la luna piena.
13 Ascoltatemi, o figli devoti, e fiorite,
   come rosa che nasce lungo un corso
      d'acqua.

14 Mandate odore, fragrante come incenso,
   e fate spuntare i petali come il giglio;
   levate la voce e cantate insieme,
   lodate il Signore per tutte le sue opere.
15 Riconoscete la grandezza del suo nome,
   e ringraziatelo con la lode che gli spetta,
   con i canti delle labbra e con le arpe;
   dite così nel ringraziamento:
16 Le opere del Signore son tutte molto
      belle,
   ogni suo comando si compie a suo
      tempo.
   Non deve dirsi: «Cos'è questo? Perché
      quello?»,
   perché ogni cosa sarà riutilizzata a suo
      tempo.
17 Alla sua parola stette l'acqua come
      un cumulo,
   al cenno della sua bocca si formarono
      serbatoi d'acqua.
18 Quando comanda, si compie tutta la sua
      volontà,
   nessuno sminuisce la sua opera
      di salvezza.
19 Le opere di ogni uomo sono davanti a lui,
   è impossibile nascondersi ai suoi occhi.
20 Egli veglia dal principio alla fine
      del tempo,
   non c'è sorpresa alcuna al suo cospetto.
21 Non deve dirsi: «Cos'è questo? Perché
      quello?».
   Tutto è stato creato secondo il suo
      scopo.
22 La sua benedizione ricopre come
      un fiume,
   e inonda l'asciutto come un diluvio.
23 La sua ira s'abbatterà sui popoli,
   così come ha mutato le acque
      in salsedine.
24 Le sue vie sono diritte per i devoti,
   ma sono un inciampo per gli empi.
25 I beni furono creati all'inizio per i buoni,
   così come le cose cattive per i peccatori.
26 L'essenziale che occorre per la vita
      dell'uomo:
   acqua, fuoco, ferro, sale,
   farina di frumento, latte, miele,
   sangue d'uva, olio e vestito.
27 Tutte queste cose sono un bene
      per i buoni,
   ma si volgono in male per i peccatori.
28 Ci sono venti che sono stati creati
      per la vendetta,
   nella loro furia rafforzano i loro flagelli;
   al tempo della fine riversano la loro
      violenza

e calmano il furore di chi li ha fatti.

29 Fuoco e grandine, carestia e morte:
    tutte queste cose sono state create
        per la vendetta.

30 I denti delle bestie, gli scorpioni
        e le vipere,
    la spada che ripaga gli empi
        e li distrugge:

31 si rallegrano quando lui li comanda,
    stanno pronti sulla terra secondo
        il bisogno
    e al momento giusto eseguono la sua
        parola.

32 Perciò dall'inizio ho avuto questa
        convinzione,
    vi ho riflettuto e l'ho messa per iscritto:

33 le opere del Signore sono tutte buone,
    egli provvede a suo tempo ad ogni
        necessità.

34 Non deve dirsi: «Questo è peggiore
        di quello»,
    perché tutto risulterà giusto a suo
        tempo.

35 Ed ora inneggiate con tutto il cuore
        e con la bocca,
    e benedite il nome del Signore.

40 Miseria dell'uomo, specialmente del peccatore

1 Un grande affanno è stato dato ad ogni
        uomo,
    un giogo pesante è sopra i figli
        di Adamo,
    da quando escono dal seno della madre
    fino a quando fan ritorno alla madre
        di tutti.

2 I loro pensieri e la trepidazione del cuore
    esprimono l'attesa del giorno
        della morte.

3 Da chi siede sopra un trono di gloria
    fino a chi sta nella terra e nella cenere,

4 da chi indossa porpora e corona
    fino a chi veste di lino grezzo:
    rabbia, invidia, ansietà e agitazione,
    paura della morte, collera e contese.

5 Anche quando riposa nel letto,
    il sonno della notte turba i suoi pensieri.

6 Riposa poco ed è come niente,
    anche nel sonno s'affatica come
        di giorno,
    perché è sconvolto dalla visione del suo
        cuore,
    come chi fugge di fronte alla guerra.

7 Ma quando poi è in salvo deve svegliarsi,

costatando che non c'era motivo
    di temere.

8 Così è per ogni carne, dall'uomo
        alla bestia,
    ma per i peccatori è sette volte di più:

9 morte, sangue, contesa e spada,
    disastri, carestia, rovina e piaghe.

10 Questi mali sono stati creati per gli empi,
    a causa loro è avvenuto il diluvio.

11 Tutto quello che è dalla terra torna
        alla terra,
    e quello che è dalle acque si getta
        di nuovo nel mare.

12 Ogni regalo corruttore e l'ingiustizia
        spariranno,
    ma l'onestà rimarrà per sempre.

13 Le ricchezze degli ingiusti
        si prosciugano come fiume,
    si disperdono come tuono che echeggia
        nella burrasca.

14 Se dovranno aprire le mani, non ci sarà
        compassione,
    i disobbedienti sono abbandonati
        alla rovina.

15 I figli degli empi non avranno molti
        rami,
    sono radici impure su pietra levigata,

16 come giunco che cresce nelle paludi
        e lungo i fiumi
    ed è divelto prima di ogni altra erba.

17 La bontà è come un paradiso
        di benedizione,
    l'elemosina rimane per sempre.

La cosa migliore

18 Chi è indipendente e chi è impiegato
        hanno vita dolce,
    ma vale di più chi trova un tesoro.

19 Figli e fondazione d'una città perpetuano
        il proprio nome,
    ma vale di più una donna irreprensibile.

20 Il vino e la musica rallegrano il cuore,
    ma vale di più l'amore della sapienza.

21 Il flauto e l'arpa rendono piacevole
        il canto,
    ma vale di più una lingua soave.

22 L'occhio gode a vedere grazia e bellezza,
    ma più ancora il verde del campo seminato.

23 È sempre piacevole l'incontro di due
        amici,
    ma più ancora dell'uomo con la moglie.

24 Fratelli e soccorritori aiutano
        nella tribolazione,
    ma più ancora è l'elemosina che libera.

25 L'oro e l'argento sostengono i passi,

ma vale di più un buon consiglio.

²⁶ Ricchezze e forza esaltano il cuore,
ma più d'entrambi il timore del Signore.
Col timore del Signore non c'è
indigenza,
allora non c'è da cercare aiuto.

²⁷ Il timore del Signore è come giardino
di benedizione,
ricopre più di ogni altra gloria.

Contro la mendicità

²⁸ Figlio, non vivere una vita di mendico,
è meglio morire che mendicare.

²⁹ Per l'uomo che guarda alla tavola altrui
l'esistenza non merita il nome di vita.
Si contamina pure con cibi proibiti,
ma l'uomo saggio e istruito
se ne guarderà.

³⁰ Alla bocca dello spudorato piace
mendicare,
ma nel ventre ha un fuoco che gli
brucia.

41 Accettare la morte

¹ O morte, quanto è amaro il tuo ricordo
per colui che si gode in pace i suoi beni,
tranquillo e prosperoso in ogni cosa,
capace ancora di smaltire un bel pranzo!

² O morte, quanto è gradito il tuo decreto
per colui che è nel bisogno e stremato
di forze,
avanzato negli anni e pieno di ansietà,
e ha perso la fiducia e la speranza!

³ Non temere la sentenza della morte,
pensa a quanti sono stati e a quanti
seguiranno;

⁴ se è questa la sentenza del Signore
per ogni carne,
perché rifiutare ciò che piace
all'Altissimo?
Dieci, cento, mille anni di vita;
negl'inferi più nessuno se ne lamenta.

Maledizione degli empi

⁵ Figli d'infamia diventano i figli
dei peccatori,
frequentano le dimore degli empi.

⁶ L'eredità dei figli e dei peccatori
si perde,
ma il biasimo perdura con la loro
discendenza.

⁷ I figli inveiscono sul padre quando
è empio,
perché per sua colpa son biasimati.

⁸ Guai a voi, o uomini empi,
che avete abbandonato la legge
dell'Altissimo!

⁹ Se siete generati, siete generati
per la maledizione,
se morite, la maledizione sarà la vostra
sorte.

¹⁰ Tutto quello che viene dalla terra,
ritorna alla terra,
così gli empi passano dalla maledizione
alla perdizione.

¹¹ Se gli uomini fanno il lutto, è per i loro
corpi,
ma il nome cattivo dei peccatori
sarà cancellato.

¹² Pensa al tuo nome, esso ti rimarrà
più di mille grandi tesori d'oro.

¹³ Anche i giorni d'una vita buona
sono limitati,
invece il buon nome resta per sempre.

Vere e false vergogne

¹⁴ Figli, conservate in pace questo
insegnamento:
se la sapienza è nascosta e il tesoro
invisibile,
quale utilità si ha in entrambi?

¹⁵ Vale più l'uomo che nasconde la sua
stoltezza
che l'uomo che nasconde la sua sapienza.

¹⁶ Perciò, provate vergogna solo nei casi
che io vi indico,
ché non è bello guardarsi sempre
dalla vergogna,
visto che non tutti giudicano secondo
verità.

¹⁷ Provate vergogna: davanti al padre
e alla madre per la fornicazione,
davanti al principe e al potente
per la menzogna,

¹⁸ davanti al giudice e al magistrato
per un errore,
davanti all'assemblea e al popolo
per un misfatto,

¹⁹ davanti al compagno e all'amico
per l'ingiustizia,
davanti al luogo dove abiti, per il furto,

²⁰ di venir meno al giuramento
e all'alleanza,
di poggiare i gomiti sopra i pani a tavola,

²¹ di essere sgarbato quando ricevi o devi
dare,

di non rispondere a quelli che salutano,
22 di mirare una prostituta,
di sfuggire l'incontro d'un parente,
23 di prenderti la parte data ad altri,
di adocchiare la moglie di un altro,
24 di avere a che fare con la tua serva
— stai lontano dal suo letto! —,
25 di dire parole spregevoli con gli amici,
di accompagnare il dono
con raccomandazioni,
26 di ripetere il discorso sentito,
di rivelare le cose segrete;
27 per queste cose è giusta la vergogna;
così sarai benvoluto da tutti.

42 ¹Ma di queste cose non devi vergognarti,
— né compiacere alcuno
così da peccare —:
² della legge dell'Altissimo e della sua
alleanza,
della giustizia se si assolve lo straniero,
³ di fare i conti con i colleghi
e con i compagni di viaggio,
di dare agli altri l'eredità che loro spetta,
⁴ d'avere esatti i pesi e la bilancia,
di fare acquisti, grandi o piccoli che
siano,
⁵ di vendere col profitto dei mercanti,
d'avere molto rigore coi figli,
di far sanguinare il fianco del servo
svogliato.
⁶ Se la moglie è infida, è utile il sigillo
e dove vi sono molte mani, usa la
chiave.
⁷ Quando consegni, fallo col conto
e la bilancia,
metti tutto per scritto, l'uscita
e l'entrata.
⁸ Non devi vergognarti di correggere
l'insipiente e lo stolto,
o il vecchio colpevole di fornicazione.
Così ti dimostrerai veramente educato,
ogni vivente ti apprezzerà.

Preoccupazioni paterne per una figlia

⁹ Segreta preoccupazione è per il padre
una figlia,
il curarla porta via il sonno;
quando è nubile, perché non passi
il fiore dell'età,
da sposata, perché non venga odiata;
¹⁰ quando è vergine, perché non sia violata
e diventi incinta nella casa paterna,
quando ha il marito, perché non sbagli,
e dopo il matrimonio, per paura che sia
sterile.
¹¹ Sulla figlia indocile esercita una custodia
irremovibile,
perché non ti renda ridicolo ai nemici
e non si mormori nella città e nel popolo
sul tuo conto,
trovando la vergogna dinanzi alla folla.
¹² Non mostri la sua bellezza a qualsiasi
uomo
e non s'intrattenga troppo tra le donne:
¹³ perché, come dalle vesti esce il tarlo,
così dalla donna la corruzione della donna;
¹⁴ meglio la cattiveria di un uomo che
la bontà di una donna;
una donna svergognata è un obbrobrio.

LA SAPIENZA DI DIO NELLA NATURA E NELLA STORIA D'ISRAELE

La sapienza del Creatore

¹⁵ Ricorderò le opere del Signore,
voglio narrare le cose che ho viste;
con le parole del Signore son fatte le sue
opere.
¹⁶ Il sole che splende, dall'alto vede tutto,
della gloria del Signore è piena la sua
opera.
¹⁷ Non è stato concesso ai santi del Signore
di narrare tutte le sue meraviglie,
quelle che il Signore onnipotente
ha stabilito
perché l'universo fosse saldo per la sua
gloria.
¹⁸ Egli sonda l'abisso e il cuore dell'uomo,
ne comprende i vari raggiri;
l'Altissimo possiede tutta la scienza
e fissa il suo occhio nei segni dei tempi,
¹⁹ svela le cose passate e le future
e rivela le tracce delle cose nascoste.
²⁰ Non gli sfugge nessun pensiero,
nessuna parola gli è nascosta.
²¹ Ha ordinato le meraviglie della sua
sapienza,
egli solo esiste prima del tempo
e per l'eternità,
nulla lo fa crescere e nulla lo sminuisce,

---

42. - ¹⁵· Comincia qui il grande inno a Dio, lodato nelle opere della natura e nella storia d'Israele. Tale inno occupa tutti i restanti capitoli del libro, fino alla fine.

non ha bisogno del consiglio
  di nessuno.
22 Son tutte piacevoli le sue opere
  pur se vediamo una loro scintilla.
23 Tutte queste cose hanno vita e durano
    per sempre,
  .tutte sono necessarie e tutte
    obbediscono.
24 Tutte le cose sono doppie, l'una
    di fronte all'altra,
  egli nulla fece incompleto,
25 l'una completa la bontà dell'altra:
  chi finirà di contemplare la sua gloria?

43 Il cielo: sole, luna, stelle, arcobaleno

1 Il limpido firmamento è un vanto
    del cielo,
  la visione dell'etere è uno splendido
    spettacolo.
2 Il sole, che si vede nell'alba, proclama
  d'essere l'opera meravigliosa
    dell'Altissimo;
3 a mezzogiorno dissecca la terra,
  davanti al suo calore chi può resistere?
4 Chi attizza la fornace lavora
    nella calura,
  il sole arroventa i monti tre volte
    di più;
  soffia vapori di fuoco e con i suoi raggi
    abbaglia gli occhi.
5 Grande è il Signore che l'ha fatto,
  con le sue parole ne accelera il corso.
6 La luna ha pure il suo momento,
  per indicare le date e segnare il tempo.
7 Dalla luna viene il segno della festa,
  è luce che svanisce dopo il suo giro;
8 il mese da essa prende nome
  e progredisce meravigliosamente
    nelle sue fasi;
  fiaccola degli eserciti dell'alto,
  brilla nel firmamento del cielo.
9 Bellezza del cielo è la gloria degli astri,
  ornamento che splende nelle altezze
    del Signore;
10 sono fissi secondo le parole del Santo
  e il suo decreto,
  non abbandonano le loro posizioni.
11 Vedi l'arcobaleno e benedici chi l'ha
    fatto,
  è molto bello nel suo splendore.
12 Cinge il cielo col cerchio di gloria,
  l'hanno fatto le mani dell'Altissimo.

Neve, pioggia, vento, mare

13 Col suo comando sollecita la neve,
  nel suo giudizio invia le folgori veloci;
14 per esso si aprono i tesori celesti
  e le nubi ne volano come uccelli.
15 Nella sua potenza addensa le nubi
  e si spezzano i chicchi della grandine.
17a La voce del suo tuono atterrisce la terra;
16 quando appare, tremano i monti.
  Per la sua volontà soffia il vento dal sud,
17b dal nord viene la bufera e il turbine.
18 Egli sparge la neve come uccelli che
    scendono;
  essa discende come locuste che si posano.
  La bellezza del suo candore meraviglia
    gli occhi,
  e quando essa fiocca, il cuore si estasia.
19 La brina egli versa come sale
    sopra la terra;
  quando essa gela è tutta punte di spine.
20 Egli soffia col gelido vento del nord,
  il ghiaccio s'indurisce sopra l'acqua,
  ricoprendo ogni bacino;
  l'acqua se ne riveste come di corazza.
21 Egli divora le colline e brucia il deserto,
  come fosse fuoco distrugge l'erba.
22 Ma viene la nube e subito rimedia ogni
    cosa,
  e la rugiada, che succede al caldo,
    riporta la gioia.
23 Col suo pensiero ha calmato l'abisso
  e vi ha disseminato le isole.
24 I naviganti descrivono i pericoli del mare,
  e ci stupiamo per quanto le orecchie
    ascoltano:
25 lì ci sono strane e meravigliose creature,
  animali d'ogni specie e mostri marini.
26 Il suo messaggero raggiunge per lui
    la sua meta,
  con la sua parola tutte le cose sono
    tenute insieme.

La gloria di Dio

27 Se parliamo ancora molto, diciamo
    sempre poco,
  la somma del discorso è che egli è tutto.
28 Dove troveremo la forza per glorificarlo?
  Egli è più grande di tutte le sue opere.
29 Il Signore è terribile e molto grande,
  la sua potenza è straordinaria.
30 Nel glorificare il Signore, esaltatelo
  quanto più potete: ne sopravanza sempre;
  per esaltarlo raccogliete le vostre forze,
  non stancatevi, perché non finirete mai.

³¹ Chi l'ha mai visto per poterlo
      descrivere?
   Chi può lodarlo per quello che è?
³² Le cose nascoste sono molte e superano
      quelle descritte,
   perché noi vediamo poco dell'opera sua.
³³ Il Signore ha fatto tutte le cose
   e ha dato la sapienza a quanti sono pii.

44 Gli antichi eroi d'Israele

¹ Facciamo ora l'elogio degli uomini
      illustri,
   che ci furono padri nella storia;
² il Signore ha rivelato in loro tanta gloria,
   la sua grandezza dall'inizio dei secoli.
³ Alcuni hanno governato i loro regni
   e sono stati famosi per la loro potenza,
   altri sono stati consiglieri, capaci
      per la loro sapienza,
   e hanno parlato per virtù profetica.
⁴ Alcuni hanno guidato il popolo coi loro
      consigli:
   comprendevano la legge del popolo
   e avevano parole sagge per la sua
      istruzione;
⁵ altri hanno composto melodie musicali
   o hanno scritto racconti poetici;
⁶ altri sono stati dotati di ricchezza
      e di forza
   vivendo in pace nelle loro dimore:
⁷ tutti sono stati illustri nella loro epoca
   e hanno parlato per virtù profetica.
⁸ Di loro alcuni hanno lasciato un nome,
   perché se ne celebrasse dopo la lode;
⁹ e ci sono quelli di cui non c'è memoria,
   che sono scomparsi come se non fossero
      esistiti
   e sono diventati come quelli
      non generati,
   non solo loro, ma anche i loro figli
      dopo di loro.
¹⁰ Ma non così per questi uomini fedeli,
   le cui gesta non sono state dimenticate.
¹¹ Dal loro ceppo si propaga
   una preziosa eredità, i loro posteri;
¹² la loro discendenza è fedele all'alleanza,
   questo fanno i loro figli per loro merito.
¹³ La loro discendenza rimane per sempre,
   la loro gloria non sarà cancellata.
¹⁴ I loro corpi sono sepolti in pace
   e il loro nome vive per sempre.
¹⁵ Perfino i popoli narreranno la loro
      sapienza

mentre la nostra assemblea ne canterà
   la lode.

Da Enoch a Giacobbe

¹⁶ Enoch piacque al Signore e fu portato
      in cielo,
   vero esempio di conversione
      per le generazioni seguenti.
¹⁷ Noè fu trovato perfetto e giusto,
   nel tempo dell'ira servì
      per la riconciliazione;
   grazie a lui si salvò un resto sulla terra
   quando ci fu il diluvio.
¹⁸ Un'alleanza perpetua fu stabilita con lui,
   perché nulla perdesse più la vita
      col diluvio.
¹⁹ Abramo fu padre illustre di molti popoli,
   la sua gloria fu senza riprovazione.
²⁰ Ha osservato la legge dell'Altissimo
   e stette in alleanza con lui,
   ponendone il segno nella sua carne;
   nella prova fu trovato fedele.
²¹ Perciò Dio gli assicurò con giuramento
   di benedire i popoli con la sua
      discendenza,
   di farlo moltiplicare come la polvere
      della terra
   e d'innalzare la sua progenie come
      gli astri,
   perché la loro eredità fosse da mare
      a mare
   e dal fiume sino ai confini della terra.
²² Tutto ciò confermò per Isacco
   in virtù di Abramo suo padre.
²³ La benedizione di tutti gli uomini
      e l'alleanza
   ha fatto posare sul capo di Giacobbe;
   gli ha mantenuto le benedizioni,
   dandogli la sua eredità
   divisa nelle varie porzioni
   per distribuirla alle dodici tribù.

45 Mosè

¹ Fece sorgere da lui un uomo fedele
   che trovò l'ammirazione di tutti
      i viventi,
   amato da Dio e dagli uomini,
   Mosè, la cui memoria è benedetta.
² Gli ha dato una gloria pari ai santi
   e il potere di spaventare i nemici.
³ Con la sua parola faceva cessare i prodigi;
   il Signore l'ha glorificato dinanzi ai re,

gli ha dato i comandamenti per il suo
   popolo,
gli ha fatto vedere la sua gloria.
⁴ Per la sua fede e umiltà l'ha consacrato,
   scegliendolo fra tutta l'umanità.
⁵ Gli fece sentire la sua voce,
   l'ha fatto entrare nella nube oscura,
   gli ha dato di presenza i comandamenti,
   una legge di vita e di intelligenza,
   perché insegnasse a Giacobbe l'alleanza
   e i suoi giudizi a Israele.

Aronne

⁶ Innalzò Aronne, uomo santo come lui,
   suo fratello, della tribù di Levi.
⁷ L'ha stabilito quale alleanza perpetua
   e gli ha dato il sacerdozio del popolo.
   L'ha onorato con splendidi ornamenti
   e l'ha ricoperto con veste di gloria.
⁸ L'ha fregiato col massimo degli onori
   e l'ha incoronato con le insegne
      del potere:
   calzoni, tunica e manto.
⁹ Gli fece orlare la veste con melagrane
   e porre intorno tanti campanelli d'oro
   che risuonassero alla cadenza dei suoi
      passi,
   perché il tintinnìo sentito nel tempio
   fosse un richiamo per i figli del suo
      popolo.
¹⁰ Gli fece indossare la veste santa, lavorata
      dal ricamatore
   con oro, giacinto e porpora;
   il pettorale del giudizio e l'oracolo
      della verità,
   scarlatto filato, opera di artista,
¹¹ con pietre preziose, incise come sigilli,
   incastonate sull'oro, opera
      di un intagliatore,
   perché ricordassero con la scrittura
      incisa
   il numero delle tribù d'Israele.
¹² Sopra il turbante gli pose una corona
      d'oro
   con l'impronta del sigillo
      della consacrazione,
   insegna d'onore, opera magnifica,
   fatta bella per il godimento degli occhi.
¹³ Cose tanto belle non ci furono prima di
      lui,
   né mai un estraneo potrà indossarle,
   al di fuori dei soli suoi figli
   e dei suoi discendenti, per sempre.
¹⁴ I suoi sacrifici sono offerti in olocausto,
   ogni giorno per due volte, senza fine.

¹⁵ Mosè riempì le sue mani
   e lo unse con olio santo;
   ciò costituì per lui un'alleanza perpetua,
   e anche per i suoi discendenti finché
      dura il cielo:
   perché lo servissero e facessero i sacerdoti,
   e nel nome del Signore benedicessero
      il popolo.
¹⁶ L'ha scelto fra tutti i viventi
   per offrire primizie al Signore,
   il memoriale fragrante dell'incenso,
   perché espiasse a favore del popolo.
¹⁷ Gli ha affidato i suoi comandamenti
   con l'autorità di emettere sentenze,
   per insegnare a Giacobbe le sue
      testimonianze
   e illuminare Israele nella sua legge.
¹⁸ Degli estranei hanno cospirato contro
      di lui,
   nel deserto si sono ingelositi di lui
   quelli che erano con Datan e Abiron
   e il gruppo di Core, tutti presi dall'ira.
¹⁹ Il Signore vide e ne fu indignato,
   furono distrutti nell'impeto della sua ira,
   fece pure portenti contro di loro
   per consumarli nel fuoco della sua
      fiamma.
²⁰ Poi aggiunse gloria ad Aronne,
   dandogli un vero patrimonio:
   gli assegnò le primizie dei frutti,
   gli assicurò soprattutto pane
      in abbondanza.
²¹ Perciò mangiano con i sacrifici
      del Signore,
   che egli ha dato a lui e alla sua
      discendenza.
²² Egli solo non ha avuto eredità nella terra
      del popolo,
   non gli è toccata una porzione
      tra di loro,
   perché il Signore è la sua porzione
      ed eredità.

Finees

²³ Finees, figlio di Eleazaro, merita il terzo
      posto nella gloria,
   perché fu zelante nel timore del Signore
   e ha dimostrato,
   nella rivolta del popolo, la bontà
   e il coraggio del suo animo;
   così poté espiare a favore d'Israele.
²⁴ Perciò fu stabilita con lui un'alleanza
      di pace,
   perché fosse lui a guidare i santi e il suo
      popolo;

così restava con lui e con la sua
discendenza
il sommo sacerdozio nei secoli.
25 Per l'alleanza fatta con Davide,
figlio di Iesse, della tribù di Giuda,
il regno passava dal padre a un solo
figlio;
ma l'eredità d'Aronne passa a tutta
la discendenza.
26 Il Signore vi conceda la sapienza
del cuore
per giudicare il suo popolo con giustizia,
perché non svanisca la prosperità
dei padri
e la loro gloria duri nelle generazioni.

46 Giosuè e Caleb

1 Giosuè, figlio di Nun, fu forte nella guerra
e successe a Mosè nell'ufficio profetico.
È stato degno del nome che portava
come grande salvatore del popolo eletto;
egli puniva i nemici che si ribellavano,
per fare avere a Israele la sua eredità.
2 Quanto era splendido quando alzava
le sue mani
per tendere la spada contro le città!
3 Chi è stato come lui prima di lui?
Egli ha combattuto, infatti, le guerre
del Signore.
4 Non è stato trattenuto il sole con la sua
mano,
perché un giorno diventasse due?
5 Egli invocò l'Altissimo onnipotente
quando i nemici lo stringevano intorno;
il Signore grande l'ha esaudito
con una grandinata di pietre poderose.
6 Si buttò sul popolo nemico
e nella discesa distrusse i ribelli;
perché le nazioni vedessero la sua forza
d'armi
e comprendessero di combattere contro
il Signore;
egli infatti camminava dietro
all'Altissimo.
7 Nei giorni di Mosè fece un atto di pietà:
egli e Caleb, figlio di Iefunne,
s'opposero dinanzi all'assemblea
per trattenere il popolo dal peccato,
per stroncare l'ingiusta mormorazione.
8 Solo loro due si sono salvati
tra i seicentomila uomini;
per fare entrare il popolo nell'eredità,
nella terra in cui scorre latte e miele.

9 Il Signore diede a Caleb una forza
che gli rimase sino alla vecchiaia,
quando ha invaso la montagna del paese
perché restasse in eredità alla sua
discendenza.
10 Vedano così tutti i figli d'Israele
che è bene andare dietro al Signore.

I giudici

11 Ci sono poi i giudici, ciascuno ha il suo
nome,
il cui cuore non ha fornicato
nell'idolatria
e non si è allontanato dal Signore;
sia la loro memoria in benedizione!
12 Che le loro ossa germoglino dalla tomba
e i loro figli possano emulare le loro
gesta onorate dagli uomini.
13 Amato dal Signore e suo profeta,
Samuele stabilì la monarchia e unse
prìncipi sul suo popolo.
14 Giudicò la comunità con la legge
del Signore
e così il Signore aiutò Giacobbe.
15 Per la sua fedeltà fu riconosciuto profeta
e per le sue parole si dimostrò veggente
verace.
16 Invocò il Signore onnipotente, quando
i nemici gli premevano intorno,
col sacrificio d'un agnello da latte.
17 Il Signore tuonò dal cielo,
fece udire la sua voce con grande
fragore,
18 sbaragliò i capi dei nemici
e tutti i prìncipi dei Filistei.
19 Prima del riposo eterno poté attestare
davanti al Signore e al suo unto:
«Niente ho preso da nessuno, neppure
un paio di sandali».
E nessuno poté accusarlo.
20 Dopo che s'era addormentato profetizzò
ancora
e mostrò al re la sua fine;
anche dalla terra levò la sua voce
per cancellare con la profezia l'iniquità
del popolo.

47 Natan e Davide

1 Dopo di lui sorse Natan
a profetizzare nei giorni di Davide.
2 Come il grasso è separato dal sacrificio,
così fu scelto Davide tra i figli d'Israele.

³ Giocò con i leoni come fossero capretti,
e con gli orsi quasi fossero agnelli.
⁴ Non uccise un gigante, pur essendo
ancor giovane,
e non tolse l'ignominia del popolo,
quando alzò la mano con la pietra
nella fionda
per abbattere la tracotanza di Golia?
⁵ Infatti egli invocò il Signore altissimo,
che gli diede tanta forza nella destra
per sconfiggere chi era forte nella guerra
e dare la vittoria al suo popolo.
⁶ Perciò hanno celebrato la sua vittoria
sui diecimila,
hanno a lui inneggiato
con la benedizione del Signore
e gli hanno offerto un diadema di gloria.
⁷ Infatti sgominò i nemici all'intorno,
annientò gli avversari Filistei,
ne distrusse la potenza fino ad oggi.
⁸ Per ogni sua impresa glorificava
il Santo altissimo con parole di lode.
Con tutto il cuore cantava inni,
tanto egli amava il suo Creatore.
⁹ Stabilì salmisti davanti all'altare
per addolcire i canti col loro suono.
¹⁰ Diede splendore alle feste
e conferì somma bellezza alle ricorrenze,
perché essi cantavano il suo santo Nome
e il suono allietava fin dal mattino
il santuario.
¹¹ Il Signore perdonò i suoi peccati
e innalzò per sempre la sua potenza;
gli diede il patto di una dinastia regale
e un trono di gloria in Israele.

Salomone

¹² Dopo di lui sorse un figlio saggio,
che grazie a lui dimorò entro ampi
confini:
¹³ Salomone, che regnò in tempi di pace;
il Signore gli diede pace all'intorno,
perché dedicasse una casa al suo nome,
gli preparasse un santuario per sempre.
¹⁴ Come sei stato saggio nella tua
giovinezza!
Eri pieno d'intelligenza come un fiume!
¹⁵ La tua fama ricoprì la terra,
che riempisti con parabole ed enigmi.

¹⁶ La tua fama è giunta nelle isole lontane,
sei stato amato per la pace del tuo regno.
¹⁷ I tuoi canti, proverbi e parabole,
le tue risposte erano ammirati da tutto
il mondo.
¹⁸ Nel nome del Signore Dio, chiamato
il Dio d'Israele,
hai raccolto l'oro come stagno
e ammassato l'argento come piombo.
¹⁹ Ma hai fatto giacere al tuo fianco
le donne,
che hanno soggiogato il tuo corpo;
²⁰ hai macchiato così la tua gloria,
hai profanato la tua discendenza,
hai attirato l'ira sui tuoi figli,
afflitti ormai dalla tua stoltezza.
²¹ Perciò fu diviso il tuo dominio
e cominciò da Efraim un empio regno.
²² Ma il Signore non ha abbandonato la sua
misericordia,
non ha annullato la sua parola,
né ha cancellato la progenie del suo eletto:
non distrusse la stirpe di chi l'aveva
amato,
diede a Giacobbe un resto
e, da esso, a Davide una radice.
²³ Salomone si riposò con i suoi padri
e lasciò dopo di lui uno dei suoi figli,
che fu stolto con il popolo e di poca
intelligenza,
Roboamo, che scontentò il popolo
con la sua decisione.
²⁴ Allora Geroboamo, figlio di Nabat, fece
sviare Israele
e condusse Efraim sulla via del peccato.
I loro peccati si sono tanto accresciuti
da cacciarli fuori dalla loro terra;
²⁵ hanno cercato ogni specie di malvagità
finché venne su di loro la vendetta.

48 Elia ed Eliseo

¹ Allora sorse Elia, un profeta come il fuoco,
la cui parola ardeva come una fiamma.
² Egli portò su di essi la carestia,
col suo zelo li ha ridotti di numero.
³ Con la parola del Signore ha chiuso
il cielo
e così fece scendere per tre volte il fuoco.
⁴ Hai avuto tanta gloria, o Elia, per i tuoi
miracoli!
Chi può vantarsi al pari di te?
⁵ Hai fatto sorgere un cadavere
dalla morte

47. - ²⁴. L'esilio assiro fu conseguenza dei peccati di Geroboamo (2Re 17,1-23), imitato da tutti i re d'Israele, che impedirono al popolo d'andare a Gerusalemme.

e dagl'inferi, con la parola
dell'Altissimo.

6 Hai fatto scendere dei re nella perdizione
e uomini gloriosi dal loro letto.

7 Hai sentito al Sinai il rimprovero,
e all'Oreb il giudizio di condanna.

8 Hai unto dei re per la vendetta
e profeti che ti fossero successori.

9 Sei stato preso in un turbine di fuoco,
con un carro di cavalli infuocati.

10 Di te è scritto che verrà il tuo tempo,
per calmare l'ira prima del furore,
per volgere il cuore del padre
verso il figlio
e ristabilire le tribù di Giacobbe.

11 Beati quelli che ti hanno visto
e sono morti nell'amore,
perché è certo che noi vivremo.

12 Quando Elia fu coperto da un turbine
Eliseo fu ripieno del suo spirito;
nei suoi giorni non tremò per nessun
principe,
nessuno l'ha potuto sottomettere.

13 Niente era per lui difficile,
anche sepolto, il suo cadavere
profetizzò.

14 Nella sua vita fece prodigi
e dopo morte operò meraviglie.

15 Con tutto ciò il popolo
non si è convertito,
non hanno rinunciato ai loro peccati,
fino a quando sono stati scacciati
dalla loro terra
e sono stati dispersi in ogni nazione.

16 È stato lasciato un piccolo popolo
e un principe nella casa di Davide.
Alcuni di loro hanno fatto ciò che piace
a Dio,
altri hanno invece moltiplicato i loro
peccati.

Ezechia e Isaia

17 Ezechia ha fortificato la sua città
e ha portato l'acqua nel suo interno,
ha scavato col ferro la roccia,
ha costruito dei pozzi per l'acqua.

18 Nei suoi giorni salì Sennacherib, che poi
inviò Rabsake;
sollevò la mano sopra Sion, e si vantò
nella sua superbia.

19 Allora tremarono loro i cuori e le mani,
hanno avuto le doglie come partorienti;

20 hanno invocato il Signore misericordioso
stendendo a lui le loro mani;
il Santo dal cielo li ha subito esauditi,

li ha riscattati per mano d'Isaia.

21 Ha colpito l'accampamento degli Assiri,
il suo angelo li ha spazzati via,

22 perché Ezechia ha fatto quanto piace al
Signore,
ha perseverato nelle vie di Davide suo
padre,
come gli aveva indicato il profeta Isaia,
grande e verace nella sua visione.

23 Nei suoi giorni fu trattenuto il sole,
egli prolungò la vita del re.

24 Con la potenza dell'ispirazione ha visto
le cose ultime
e ha consolato gli afflitti di Sion.

25 Ha mostrato il futuro sino alla fine,
le cose nascoste prima che accadessero.

49 Giosia, ultimi re di Giuda, Geremia

1 Il ricordo di Giosia è come una mistura
d'incenso
preparata con l'arte del profumiere,
è dolce, in ogni bocca, come il miele,
è come musica in un convito con vino.

2 Ha voluto la riforma del popolo
che era giusta,
ha distrutto gli abomini idolatrici
contrari alla legge.

3 Ha avuto il cuore retto con il Signore,
quando imperversava l'empietà
ha favorito la pietà.

4 Ad eccezione di Davide, Ezechia
e Giosia,
tutti sono stati perversi;
avendo abbandonato la legge
dell'Altissimo
i re di Giuda hanno avuto la loro fine.

5 Hanno consegnato il loro potere
agli altri,
la loro gloria ad una nazione straniera,

6 che ha incendiato la città eletta
del tempio
e ha reso deserte le sue strade,

7 secondo la profezia fatta da Geremia.

---

48. - 9. L'autore raccoglie la notizia di 2Re 2,11: fine misteriosa e straordinaria, degna della vita di un
profeta che si consumò nella fiamma dello zelo per la
gloria di Dio.

10. Applica ad Elia la profezia di Malachia (4,5-6),
che nel NT è applicata a Giovanni Battista, presentato dall'angelo come colui che avrebbe vissuto nello
spirito e con la forza di Elia (Lc 1,17). Gesù disse che
Giovanni era l'Elia aspettato (Mt 11,10).

L'hanno infatti amareggiato, lui, profeta
  santificato nell'utero
per sradicare, distruggere e perdere,
ma anche per costruire e piantare.

Da Ezechiele a Neemia. Le origini

8 Ezechiele ebbe la visione della gloria
  portata sul carro dai cherubini.
9 Dio si è ricordato dei nemici mandando
  la bufera,
  ma ha salvato quelli che vanno per vie
  diritte.
10 Possano le ossa dei dodici profeti
  germogliare dalla loro tomba,
  perché hanno consolato Giacobbe,
  l'hanno riscattato con la loro confidente
  speranza.
11 Come possiamo onorare Zorobabele,
  che è come un sigillo sulla mano destra?
12 Era con lui Giosuè, figlio di Iozedek;
  nei loro giorni hanno costruito la casa,
  hanno elevato un tempio sacro al Signore,
  destinato a una gloria senza fine.
13 Molto grande è il ricordo di Neemia
  che ha ricostruito le nostre mura cadute,
  vi ha posto le porte e i catenacci,
  ha fatto risorgere le nostre case.
14 Nessuno fu creato sulla terra uguale
  a Enoch,
  perciò fu fatto ascendere dalla terra.
15 Né è nato un uomo come Giuseppe,
  guida dei fratelli e sostegno del popolo,
  le cui ossa sono state onorate.
16 Sem e Set hanno avuto molta gloria
  tra gli uomini,
  ma più di ogni vivente spicca
  nella creazione Adamo.

50 Il sommo sacerdote Simone

1 Il sommo sacerdote Simone, figlio di Onia,
  durante la sua vita ha riparato la casa,
  nei suoi giorni ha fortificato il tempio.

2 Egli pose le fondamenta per il grande
  cortile,
  l'alto sostegno del recinto del tempio.
3 Nei suoi giorni fu scavato il serbatoio
  delle acque,
  una fossa grande come il mare.
4 Egli pensava al suo popolo perché
  non cadesse,
  alle fortificazioni della città in vista
  dell'assedio.
5 Era splendido quando tornava
  dal santuario,
  quando usciva dalla casa del velo:
6 era come l'astro mattutino in mezzo
  alle nubi,
  come la luna piena nei giorni
  della festa,
7 come il sole che brilla sul tempio
  dell'Altissimo,
  come l'arcobaleno che splende tra nubi
  luminose,
8 come la rosa fiorita nella stagione
  dei frutti,
  come il giglio cresciuto dove zampilla
  l'acqua,
  come il germoglio del Libano nei giorni
  dell'estate;
9 come fuoco e incenso nell'incensiere,
  come un vaso tutto martellato d'oro,
  adornato con ogni specie di pietre
  preziose,
10 come fronde d'ulivo che portano frutti
  e come cipresso che s'innalza
  tra le nubi.
11 Quando indossava i paramenti
  preziosi
  egli era rivestito di perfetto splendore;
  quando saliva presso il santo altare
  irradiava la gloria in tutto il santuario.
12 Quando riceveva le porzioni dalle mani
  dei sacerdoti,
  mentre stava presso il focolare
  dell'altare,
  intorno a lui si formava una corona
  di fratelli,
  simile a germoglio di cedri del Libano,
  e lo circondavano come fossero ceppi
  di palme.
13 Allora tutti i figli di Aronne nella loro
  gloria,
  tenendo l'offerta del Signore nelle loro
  mani,
  stavano dinanzi a tutta l'assemblea
  d'Israele.
14 Per completare la celebrazione sopra
  l'altare

---

49. - [11-12.] *Zorobabele* e *Giosuè*, figlio di *Iozedek*,
furono i capi dei reduci dall'esilio. Sono paragonati a
un anello col sigillo, che era allora tra le cose più care
e preziose di una persona (Esd 3,2).
  50. - [1.] *Simone, figlio di Onia*: si tratta di Simone
II, sommo sacerdote, famoso per la sua pietà e per
avere impedito a Tolomeo IV Filopatore, re d'Egitto,
di entrare nel santuario. Simone fu pontefice dal 219
al 199 a.C.

e per rendere più bella l'offerta
dell'Altissimo onnipotente,
15 egli stendeva la sua mano sulla coppa
della libazione,
faceva libazioni con il sangue dell'uva
versandolo ai piedi dell'altare
quale odore fragrante per l'Altissimo, re
di tutto.
16 A quel momento cominciavano a gridare
i figli di Aronne,
suonavano con le loro trombe di metallo
battuto
facendo sentire una grande voce
come memoria dinanzi all'Altissimo.
17 Immediatamente tutto il popolo insieme
cadeva con la faccia a terra
per adorare il proprio Signore,
Dio altissimo e onnipotente.
18 Allora il coro intonava il suo canto,
una melodia dolce, mista al suono
vigoroso,
19 mentre il popolo pregava il Signore
altissimo,
implorando la sua misericordia,
fino a quando non finiva il culto
del Signore
e non si completava tutto il rituale.
20 Allora egli, scendendo, levava le sue
mani
su tutta l'assemblea dei figli d'Israele
per dare con le sue labbra
la benedizione del Signore,
avendo il privilegio di poter pronunziare
il suo nome;
21 per la seconda volta il popolo
si prostrava in adorazione
per ricevere la benedizione
dell'Altissimo.

CONCLUSIONE

Esortazione

22 Benedite, ora, il Dio dell'universo,
che fa dovunque cose grandi,
che ha esaltato i nostri giorni
fin dal seno materno
e agisce con noi secondo la sua
misericordia.
23 Ci conceda la gioia del cuore
e dia pace a Israele ora e per sempre.
24 Voglia egli confermare con noi la sua
misericordia
per darci la sua redenzione nei nostri
giorni.

Contro gli stranieri

25 Due nazioni detesta la mia anima,
e la terza non è neppure una nazione:
26 gli abitanti della montagna di Seir
e della Filistea,
e il popolo stolto che abita in Sichem.

Conclusione del libro

27 Insegnamenti per l'intelligenza
e la scienza
ha condensato in questo libro
Gesù, figlio di Sirach, figlio di Eleazaro,
gerosolimitano,
che ha effuso saggezza dal suo cuore.
28 Beato chi si occuperà di queste cose;
ponendole nel suo cuore, diventerà
saggio.
29 Se le metterà in pratica, sarà forte
in tutto,
perché suo sentiero è il timore
del Signore.

51 Preghiera di Gesù, figlio di Sirach

1 Ti loderò, o Signore e re,
e ti canterò, o mio salvatore, loderò
il tuo nome,
2 perché mi sei stato riparo e aiuto,
salvando il mio corpo dalla perdizione,
dal laccio di una lingua che sparge
calunnie
e dalle labbra di quanti agiscono
con menzogna.
Dinanzi ai miei assalitori
sei stato il mio aiuto; io sono salvo,
3 per la tua grande misericordia
e per il tuo nome,
dai lacci tesi per ingoiarmi,
dalla mano di quanti insidiavano alla mia
vita,
dalle molte tribolazioni che ho avuto,
4 dal rogo che doveva soffocarmi dintorno,
dal fuoco che io non avevo acceso,
5 dal ventre degl'inferi tanto profondo,
dalla lingua impura e dalla parola
bugiarda,
6 dal dardo di una lingua ingiusta.
La mia anima si è avvicinata alla morte
e la mia vita si è abbassata sino
ai confini degl'inferi;
7 ero circondato da tutti i lati e non c'era
aiuto,

aspettavo un sostegno degli uomini, ma
    non c'era.
8 Mi sono ricordato della tua pietà,
    o Signore,
  dei benefici che ci hai da sempre
    elargito,
  perché tu liberi quelli che confidano
    in te,
  li salvi dalla mano dei perversi.
9 Ho innalzato dalla terra la mia supplica,
  ho pregato per la liberazione
    dalla morte.
10 Allora ho gridato: «Signore, tu sei mio
    padre,
  tu sei il campione della mia salvezza,
  non abbandonarmi nella tribolazione
  quando sono senza aiuto di fronte
    all'arroganza.
  Canterò il tuo nome senza fine,
  ti ringrazierò con la lode».
11 La mia preghiera è stata esaudita.
  Mi hai salvato dalla perdizione,
  mi hai liberato nel momento
    del pericolo;
12 perciò ti loderò e ti canterò,
  benedirò il nome del Signore.

L'esperienza della sapienza

13 Quand'ero ancora giovane, prima che
    viaggiassi,
  ho chiesto apertamente la sapienza
    nella preghiera.
14 Davanti al tempio l'ho implorata
  e fino all'ultimo la cercherò.
15 Sbocciata come uva che s'imbruna,
  il mio cuore s'è rallegrato in essa.
  Il mio piede ha camminato diritto,
  dalla giovinezza ha seguito le sue tracce.
16 Ho teso appena il mio orecchio
  e l'ho ricevuta,

ho trovato per me molta istruzione.
17 Per essa ho fatto dei progressi,
  a chi mi ha dato la sapienza io renderò
    gloria.
18 Mi sono deciso a metterla in pratica,
  ho desiderato il bene,
  perciò non sarò confuso.
19 Ho impegnato tutte le mie forze
    per la sapienza
  e sono stato esatto nella pratica
    della legge.
  Tendevo in alto le mie mani
  e deploravo la mia ignoranza.
20 Ho proteso la mia anima verso la sapienza
  e l'ho trovata conservando la purezza.
  Con essa ho acquistato intelligenza
    fin dall'inizio,
  perciò non sarò abbandonato.
21 Il mio intimo s'è sconvolto per cercarla,
  ma dopo ho fatto un grande acquisto.
22 Il Signore mi ha dato in compenso
    una lingua,
  e con essa lo loderò.
23 Avvicinatevi a me, o ignoranti,
  fermatevi nella mia casa per istruirvi.
24 Perché volerne rimanere privi,
  quando ne siete ancora tanto assetati?
25 Ho aperto la mia bocca per dire:
    «Potete acquistarla senza denaro;
26 sottomettete il collo al suo giogo,
  accogliete l'istruzione: è facile trovarla».
27 I vostri occhi vedono che io ho faticato
    poco
  e ho trovato per me molto riposo.
28 Se l'istruzione vi costa molto argento,
  con essa acquisterete molto oro.
29 Possiate rallegrarvi nella misericordia
    del Signore,
  senza avere vergogna per la sua lode.
30 Compite la vostra opera in tempo giusto,
  e a suo tempo vi darà la sua mercede.

LIBRI PROFETICI

Il termine *profeta* deriva dal greco *prophétēs* e significa «colui che annuncia, che proclama». L'accento, quindi, è posto più sull'attività dell'uomo che è chiamato a parlare che sulla capacità di predire il futuro, pur senza escluderla. Nella lingua ebraica il termine corrispondente è *nabî'*. Esso ha, però, un significato più vasto, in quanto racchiude anche quello di «essere chiamato». Questa precisazione è confermata anche dal fatto che presso i profeti biblici è quasi sempre presentata la chiamata al loro ministero profetico.

Con l'espressione «figli dei profeti» s'intende il gruppo dei discepoli che si forma attorno alla persona carismatica del profeta e che molto contribuirà alla conoscenza e alla trasmissione del messaggio che lo caratterizza.

Natura del profetismo. - Il profetismo non è un fenomeno esclusivo d'Israele, anche se presso questo popolo ha raggiunto l'espressione più alta. Tutto il mondo antico, l'Egitto, la Mesopotamia, Canaan, ha conosciuto questo fenomeno che, nelle componenti fondamentali, si può ricondurre a una matrice d'ispirazione religiosa.

La parola del profeta, infatti, suppone sempre un contatto con la divinità, la formulazione di un messaggio od oracolo, ricevuto attraverso l'ispirazione o la visione o la percezione del dio presso un luogo di culto o santuario.

Il ruolo del profetismo fuori d'Israele era quello di legittimare e difendere la corte e il culto. Appariva, così, l'intrinseca sua debolezza, dovuta all'instabilità politica e religiosa tanto frequente nella storia dei paesi del Medio Oriente e in genere di quelli antichi.

La missione del profeta in Israele ha invece caratteristiche inconfondibili che riflettono tutta la storia del popolo a cui viene indirizzata la parola profetica. Non esiste profeta in Israele che non si richiami agli elementi fondamentali della storia del popolo «che Dio pasce». La promessa, l'alleanza, l'elezione, la liberazione, il dono della terra, il dono della discendenza, la speranza nel Messia sono realtà che Israele ha sperimentato e vive, ma sono anche condizionate a un suo atteggiamento storico: la fedeltà.

Nel profetismo biblico l'iniziativa e l'investitura profetica sono atti esclusivi di Dio; Israele riceve la rivelazione dal suo Dio attraverso la parola, la cui comunicazione è garantita dal profeta; la rivelazione e la sua comunicazione avvengono sempre *nella storia*. Nessun profeta si isola dal mondo dei contemporanei o si sradica dal legame generazionale del suo popolo, della sua città, dei suoi re; l'uomo non può sottrarsi alla chiamata profetica.

Parola, visione, gesto. - I profeti non si esprimono solo attraverso la parola, ma anche attraverso la visione e il gesto simbolico. Queste diverse forme di comunicare il messaggio dipendono dal temperamento e dalla personalità del singolo profeta.

Oltre alla visione fa parte della proclamazione profetica anche il gesto simbolico. Questo gesto è in funzione dei recettori che in esso leggono il messaggio del profeta, non esplicitato subito dalla parola, ma racchiuso nella ricchezza espressiva del simbolo (per qualche esempio cfr. 1Re 11,29ss; Is 8,1-4; Ger 19,10-11; 27-28; Ez 12,1-16).

I libri profetici nella Bibbia. - La Bibbia, oltre ai libri storici e ai libri sapienziali, comprende anche i libri profetici. La proclamazione profetica, perciò, è un elemento essenziale sia per la comprensione della storia della salvezza sia per la conoscenza di una terminologia che aiuti il credente nella formulazione della realtà di Dio e della fede biblica e dei grandi temi biblici dell'alleanza, della promessa, dell'appartenenza al popolo di Dio, del messianismo...

La Bibbia ebraica distingue due gruppi di libri profetici: quello dei *profeti anteriori*, comprendente i libri di Giosuè, Giudici, 1-2 Samuele, 1-2 Re, e quello dei *profeti posteriori*, che corrisponde ai veri e propri libri profetici a esclusione (e giustamente) di Daniele.

Tra i libri profetici, inoltre, si è soliti distinguere quelli dei *profeti maggiori* e quelli dei *profeti minori* o *dodici profeti*.

Profeti maggiori sono: *Isaia*, *Geremia*, *Ezechiele*, *Daniele*.

Profeti minori sono: *Osea*, *Gioele*, *Amos*, *Abdia*, *Giona*, *Michea*, *Naum*, *Abacuc*, *Sofonia*, *Aggeo*, *Zaccaria*, *Malachia*.

Oltre a questa distinzione, si può anche seguire la successione cronologica più verosimile dei fatti compresi nei libri profetici. Si abbraccia, così, un arco di tempo che dall'VIII secolo a.C. si estende fino al V-IV secolo a.C. Storicamente questo periodo è contrassegnato da avvenimenti che incideranno moltissimo sulla personalità e sulla predicazione dei singoli profeti. Un avvenimento, in particolare, evidenzierà più di ogni altro la caratteristica propria di ciascun profeta: l'*esilio*. Tra i profeti possiamo, così, attuare una distinzione storico-cronologica molto importante: da una parte i profeti precedenti l'esilio babilonese, dall'altra i profeti che hanno sperimentato l'esilio e il ritorno.

Profeti precedenti l'esilio, VIII secolo - 586 a.C.: Amos, Osea, Naum, Abacuc, Isaia, Michea, Sofonia, Geremia.

Profeti del periodo dell'esilio, 586-538 a.C.: Ezechiele, Secondo Isaia, Daniele.

Profeti postesilici, 538-450 a.C. circa: Aggeo, Zaccaria, Terzo Isaia, Abdia, Malachia, Gioele, Giona.

I profeti ordinariamente non scrissero i loro oracoli o scrissero assai poco: essi erano i porta-parola di Dio che li aveva scelti e inviati, e la loro preoccupazione si concentrava nel trasmettere fedelmente il messaggio ricevuto. La composizione scritta della loro predicazione è opera dei loro discepoli, a volte anche dilazionata nel tempo. Essa comprende la loro predicazione, che fu varia nelle diverse circostanze di tempo, di argomento e di uditori, e fu registrata a ricordo e testimonianza di chi la venerava e meditava. Ma fu registrata in modo, diciamo, estemporaneo, e cioè senza logica connessione tra un oracolo e l'altro, tra un episodio e l'altro, tra l'uno e l'altro intervento profetico; unica preoccupazione era conservare quanto l'uomo di Dio aveva comunicato. Ciò ha comportato una giustapposizione più che una successione di argomenti. È importante tener presente tutto ciò nella lettura dei profeti. Essa pertanto non può andare alla ricerca di una struttura unitaria e logica nell'intera opera di ciascun profeta, ma deve coglierne lo spirito, il linguaggio, l'orizzonte storico e inserirvi le singole unità letterarie come brani staccati con un valore proprio.

ISAIA

L'attività profetica di Isaia, nato verso il 765 a.C., si estende dal 739 al 701 a.C. Il suo tempo fu caratterizzato dall'affermarsi della potenza assira in Medio Oriente, con disastrose conseguenze per i regni di Giuda e d'Israele.

Crea serie difficoltà l'attribuzione a Isaia di tutti i 66 capitoli del libro tramandato sotto il suo nome. Questo libro, infatti, rivela periodi diversi della storia d'Israele: il tempo di Isaia, quello dell'esilio e il tempo postesilico. Si parla perciò di un Primo Isaia (cc. 1-39), di un Secondo Isaia (cc. 40-55) e di un Terzo Isaia (cc. 56-66).

La prima parte (1-39), è un richiamo alla fede e alla conversione come unico atteggiamento per evitare l'intervento punitivo di Dio che si concretizzerà nell'esilio. La sua parola esprime il giudizio di Dio sulla storia sia delle potenze mediorientali (cc. 13-23) sia del popolo ebraico stesso. Soltanto un piccolo resto che pratica il vero culto e che vive con fede non incorrerà nella distruzione e nel castigo.

La seconda parte (40-55) è un messaggio di consolazione e annuncia la liberazione a Israele dall'esilio babilonese che avverrà nel 538. In questi capitoli si delinea la figura misteriosa del Servo del Signore che attuerà la vera liberazione attraverso il dono della vita offerta in riscatto di tutti (42,1-4; 49,1-6; 50,4-9; 52,13 - 53,12).

La terza parte del libro (56-66) è un grande canto di gioia per il ritorno dall'esilio, visto come un secondo esodo accompagnato da gioia e prodigi come quelli del primo esodo, quello dall'Egitto. Gerusalemme e Sion sono il punto di arrivo, ma anche di partenza per proclamare la salvezza ricevuta.

PRIMA PARTE
(cc. 1-39)

LIBRO DELL'EMMANUELE

1 **Introduzione.** - [1]Visione che Isaia, figlio di Amoz, ebbe su Giuda e Gerusalemme al tempo di Ozia, Iotam, Acaz ed Ezechia, re di Giuda.

Ingratitudine e corruzione

[2] Udite, cieli, ascolta, terra,
poiché parla il Signore:
«Ho cresciuto dei figli, li ho esaltati,
ed essi si sono ribellati contro di me.
[3] Il bue riconosce il suo proprietario,
e l'asino la mangiatoia del suo padrone,
ma Israele non conosce
e il mio popolo non comprende».
[4] Guai alla nazione peccatrice,

al popolo carico di iniquità,
alla razza di malfattori, ai figli corrotti!
Hanno abbandonato il Signore,
hanno disprezzato il Santo d'Israele,
si sono voltati indietro.
[5] Dove volete ancora essere colpiti,
voi che accumulate ribellioni?
Tutta la testa è inferma,
tutto il cuore languisce.
[6] Dalla pianta del piede fino al capo,
niente vi è d'intatto;
ferite, lividure e piaghe aperte
non sono state pulite né fasciate
né lenite con olio.
[7] Il vostro paese è desolato,
le vostre città bruciate dal fuoco,

---

1. - [1.] *Visione:* indica il messaggio ricevuto da Dio, in modi vari e diversi, da comunicare al popolo. Potrebbe anche avere il senso collettivo degli oracoli ricevuti dal profeta circa Giuda e Gerusalemme.

il vostro suolo, gli stranieri lo divorano
in vostra presenza;
la desolazione è come una catastrofe
prodotta da stranieri.
8 La figlia di Sion è rimasta
come una capanna in una vigna,
come un rifugio in un campo
di cocomeri,
come una città assediata.
9 Se il Signore degli eserciti
non ci avesse lasciato alcuni scampati,
saremmo come Sodoma,
rassomiglieremmo a Gomorra.

Contro il formalismo cultuale

10 Ascoltate la parola del Signore,
magistrati di Sodoma,
prestate orecchio all'insegnamento
del nostro Dio,
popolo di Gomorra!
11 Che m'importa dell'abbondanza
dei vostri sacrifici?, dice il Signore.
Sono sazio degli olocausti degli arieti
e del grasso dei vitelli.
Il sangue dei tori, degli agnelli
e dei capri
non lo gradisco.
12 Quando venite a presentarvi davanti
a me,
chi richiede da voi che calpestiate i miei
atri?
13 Cessate di portare oblazioni inutili,
l'incenso è per me un'abominazione,
noviluni, sabati, pubbliche assemblee,
non sopporto iniquità e feste solenni.
14 L'anima mia odia i vostri noviluni
e le vostre solennità;
esse sono per me un peso,
sono stanco di sopportarle.
15 Quando tendete le vostre mani,
io chiudo i miei occhi davanti a voi.
Anche quando moltiplicate la preghiera,
io non ascolto,
le vostre mani sono piene di sangue.
16 Lavatevi, purificatevi,

rimuovete dal mio cospetto il male
delle vostre azioni,
cessate di operare il male.
17 Imparate a fare il bene,
ricercate il diritto, soccorrete
l'oppresso,
rendete giustizia all'orfano, difendete
la vedova.
18 Orsù, venite e discutiamo, dice
il Signore:
se i vostri peccati sono come scarlatto,
diventeranno bianchi come neve;
se sono rossi come la porpora,
diventeranno come lana.
19 Se sarete volonterosi e obbedirete,
mangerete i beni del paese.
20 Ma se rifiutate e vi ribellate,
sarete divorati dalla spada,
perché la bocca del Signore ha parlato.

Lamentazione sulla città

21 Come mai è divenuta una meretrice
la città fedele?
Era piena di rettitudine,
la giustizia abitava in essa,
ora invece vi abitano gli assassini.
22 Il tuo argento è diventato scorie,
il tuo vino mescolato con acqua.
23 I tuoi prìncipi sono ribelli e compagni
di ladri;
tutti essi amano regali e corrono dietro
alle ricompense.
Non fanno giustizia all'orfano
e la causa della vedova non giunge fino
ad essi.
24 Perciò, oracolo del Signore,
Dio degli eserciti,
il Potente d'Israele:
Ah, mi vendicherò dei miei avversari
e farò vendetta dei miei nemici!
25 Stenderò la mia mano sopra di te,
purificherò le tue scorie,
come in un forno rimuoverò tutto il tuo
piombo.
26 Renderò i tuoi giudici di nuovo come
all'inizio
e i tuoi consiglieri come al principio;
dopo di ciò sarai chiamata «città
della giustizia», «città fedele».
27 Sion sarà redenta attraverso il giudizio
e i suoi convertiti per la giustizia.
28 Ma i ribelli e i peccatori saranno insieme
annientati,
e quelli che abbandonano il Signore
periranno.

---

8. *Figlia di Sion*: nome poetico di Gerusalemme.
10. *Magistrati di Sodoma... popolo di Gomorra*:
amaro sarcasmo nel denotare i principi e il popolo di
Gerusalemme. Sodoma e Gomorra erano le città distrutte dal fuoco (Gn 19,23-29)
21. L'unione di Dio con il suo popolo è paragonata,
come in altri luoghi della Scrittura, a uno sposalizio,
e quindi l'idolatria è detta infedeltà, prostituzione,
adulterio.

Contro il culto degli idoli

29 Sì, sarete confusi a causa delle querce
   che amate,
   e arrossirete a causa dei giardini
   che prediligete.
30 Sì, sarete come quercia dalle foglie
   cadenti
   e come giardino cui manca l'acqua.
31 Il vigoroso diventerà stoppa e la sua
   opera una favilla,
   ambedue bruceranno insieme
   e nessuno le spegnerà.

2

Sion centro religioso del mondo. - 1Visione che ebbe Isaia, figlio di Amoz, su Giuda e Gerusalemme.

2 Avverrà che nei tempi futuri
   il monte della casa del Signore
   sarà stabilito in cima ai monti
   e si ergerà al di sopra dei colli.
   Tutte le genti affluiranno ad esso,
3 e verranno molti popoli dicendo:
   «Venite, saliamo sul monte
      del Signore,
   al tempio del Dio di Giacobbe,
   perché c'istruisca nelle sue vie
   e camminiamo nei suoi sentieri».
   Poiché da Sion uscirà la legge
   e da Gerusalemme la parola del Signore.
4 Egli sarà giudice tra le genti
   e arbitro di popoli numerosi.
   Muteranno le loro spade in zappe
      e le loro lance in falci;
   una nazione non alzerà la spada contro
      un'altra
   e non praticheranno più la guerra.
5 Casa di Giacobbe, vieni,
   camminiamo nella luce del Signore!

Il grande giudizio di Dio

6 Sì, tu hai rigettato il tuo popolo,
   la casa di Giacobbe,
   poiché sono pieni di indovini
   e di maghi simili ai Filistei
   e patteggiano con gli stranieri.
7 Il suo paese è pieno d'oro e d'argento,
   e non vi è limite ai suoi tesori;
   il suo paese è pieno di cavalli
   e non vi è limite ai suoi carri;
8 il suo paese è pieno di idoli.
   Si curvano davanti all'opera delle loro
   mani,

davanti a ciò che fabbricarono le loro
   dita.
9 Il mortale sarà abbassato,
   l'uomo sarà umiliato; non perdonare
   loro!
10 Entra nelle rocce, nasconditi
   nella polvere,
   davanti al terrore del Signore,
   davanti allo splendore della sua maestà.
11 Gli altezzosi tra i mortali
   saranno umiliati,
   la superbia degli uomini sarà abbassata;
   soltanto il Signore sarà esaltato in quel
   giorno.
12 Poiché il Signore degli eserciti
   ha un giorno
   contro tutto ciò che è altero e superbo,
   contro tutto ciò che è elevato
   per umiliarlo,
13 contro tutti i cedri del Libano alti
   ed elevati,
   contro tutte le querce di Basan,
14 contro tutti i monti superbi,
   contro tutte le colline elevate,
15 contro tutte le alte torri,
   contro tutti i muri fortificati,
16 contro tutte le navi di Tarsis,
   contro tutte le imbarcazioni lussuose.
17 Sarà abbassata l'alterigia dei mortali
   e umiliato l'orgoglio degli uomini;
   solo il Signore sarà esaltato in quel
   giorno.
18 Gli idoli saranno del tutto sterminati.
19 Entreranno nelle caverne delle rocce,
   e negli antri della terra,
   davanti al terrore del Signore,
   e davanti alla gloria della sua maestà
   quando si leverà a far tremare la terra.
20 In quel giorno gli uomini getteranno
   ai topi e ai pipistrelli
   i loro idoli d'oro e i loro idoli d'argento,
   che si erano fabbricati per adorarli,
21 quando entreranno nei crepacci
   delle rocce
   e nelle spaccature dei massi,
   davanti al terrore del Signore,
   e davanti allo splendore della sua
   maestà,

---

2. - 2. *Nei tempi futuri*: l'espressione indica generalmente i tempi messianici. *Il monte della casa del Signore* è il monte Sion.
12. *Il giorno del Signore* è il giorno del giudizio.
13. *I cedri del Libano... le querce di Basan*, simboli di maestosa grandezza, stanno qui a indicare i superbi, contro i quali si scaglia l'invettiva profetica.

quando si leverà a scuotere la terra.
22 Cessate di confidare nell'uomo,
nelle cui narici vi è solo un soffio:
perché lo si dovrebbe stimare?

3 Anarchia nella capitale

1 Sì, ecco il Signore, Dio degli eserciti,
rimuove da Gerusalemme e da Giuda
sostegno e appoggio,
ogni sostegno di pane e ogni appoggio
d'acqua:
2 l'eroe e il guerriero,
il giudice e il profeta,
l'indovino e l'anziano,
3 il comandante di cinquanta,
e i notabili e il consigliere,
l'abile mago e l'incantatore.
4 «Darò loro dei giovani come prìncipi
e dei capricciosi li domineranno».
5 Nel popolo l'uno opprimerà l'altro,
ognuno il suo prossimo,
il giovane s'inorgoglirà contro l'anziano
e l'abietto contro il nobile.
6 Uno afferrerà il fratello suo nella casa
paterna:
«Tu hai un mantello, sii nostro capo
e prendi in mano questa rovina».
7 In quel giorno l'altro risponderà:
«Io non sono un medico:
in casa mia non c'è pane né mantello,
non fatemi capo del popolo».
8 Gerusalemme è inciampata e Giuda
è caduta,
poiché le loro parole e le loro azioni
sono contro il Signore,
irritando lo sguardo della sua maestà.
9 Il loro sguardo testimonia contro di essi;
proclamano i loro peccati come Sodoma,
non lo nascondono; guai a loro,
poiché preparano la loro rovina.

10 Dite: «Il giusto, sì, è felice»,
poiché godrà del frutto delle sue opere.
11 Guai all'empio! Lo coglierà la sventura,
poiché gli capiterà secondo l'opera
delle sue mani.
12 O mio popolo! un fanciullo l'opprime
e donne dominano sopra di lui!
Popolo mio, i tuoi condottieri ti traviano,
rovinano la strada che tu percorri.
13 Il Signore si erge ad accusare,
si presenta a giudicare il suo popolo.
14 Il Signore entra in giudizio
con gli anziani e con i prìncipi:
«Siete voi che avete guastato la vigna,
le spoglie del povero si trovano
nelle vostre case.
15 Perché calpestate il mio popolo
e pestate la faccia dei poveri?».
Oracolo del Signore, Dio degli eserciti.

Contro il lusso delle donne

16 Il Signore dice:
«Poiché sono orgogliose le figlie di Sion,
camminano con il collo teso e con occhi
provocatori,
camminano a piccoli passi e ai loro piedi
fanno tintinnare gli anelli,
17 il Signore renderà tignoso il cranio
delle figlie di Sion,
il Signore metterà a nudo la loro fronte».

18In quel giorno il Signore toglierà l'ornamento degli anelli alle caviglie, fermagli e
lunette, 19orecchini, braccialetti e veli,
20turbanti, catenelle ai piedi, cinture, vaset-
ti di profumo e amuleti, 21anelli e monili da
naso, 22stoffe preziose, mantellette, scialli e
borsette, 23specchi, tuniche, tiare e vesta-
glie.

24 Invece di profumo vi sarà marciume,
invece della cintura una corda,
invece della tunica una cintura di sacco,
una bruciatura invece di bellezza.
25 I tuoi uomini cadranno di spada
e i tuoi prodi in combattimento.
26 Le sue porte gemeranno e saranno
in lutto,
disabitata, la città giacerà a terra.

4 1Sette donne afferreranno
in quel giorno un solo uomo
dicendo: «Mangeremo il nostro pane
e ci vestiremo col nostro mantello,

---

22. *L'uomo... solo un soffio*: Isaia, il profeta della
fede, vuole l'assoluta confidenza e il totale abbandono in Dio, e perciò mette in evidenza la fragilità del-
l'uomo, che può venire meno da un momento all'altro, per indurre a non confidare in lui.
4. - 1. Questo primo v. è la conclusione della profezia precedente, e dipinge la miseria e la desolazione
del paese col dire che non soltanto gli uomini non
troveranno un capo (3,6-7), ma le donne non troveranno un marito alle più dure condizioni, e in molte
(*sette* sta per numero indeterminato) si raccomande-
ranno a un uomo perché tolga loro il disonore di essere senza figli.

solo che veniamo chiamate col tuo
   nome,
togli la nostra vergogna».

Il santo «resto» di Sion

2 In quel giorno, il germe del Signore
diventerà pregio e gloria
e il frutto della terra
diventerà fierezza e ornamento
per i superstiti d'Israele.
3 Chi sarà rimasto in Sion
e sopravviverà a Gerusalemme
   sarà chiamato santo,
tutti quelli che sono iscritti per la vita
   a Gerusalemme.
4 Quando il Signore avrà lavato
le brutture delle figlie di Sion,
e avrà purificato il sangue dal mezzo
   di Gerusalemme
con lo spirito del giudizio e con lo spirito
   del fuoco,
5 allora il Signore creerà in ogni luogo
   del monte Sion
e su tutte le assemblee
una nube di fumo durante il giorno
e uno splendore di fuoco fiammeggiante
   durante la notte,
poiché sopra a tutti la gloria
   del Signore
sarà una protezione 6e una tenda,
un'ombra contro il calore durante
   il giorno,
un rifugio e un riparo contro la bufera
   e la pioggia.

5 Canto della vigna

1 Voglio cantare per il mio diletto
un cantico d'amore alla sua vigna.
Il mio diletto possedeva una vigna
su un colle ubertoso.
2 Egli la vangò, la liberò dai sassi
e la piantò di viti eccellenti,
in mezzo ad essa costruì una torre
e vi scavò anche un tino;
attese poi che facesse uva,
invece produsse uva aspra.
3 E ora, abitanti di Gerusalemme e uomini
   di Giuda,
giudicate tra me e la mia vigna!
4 Che cosa avrei dovuto fare ancora
   alla mia vigna
che io non abbia fatto?

Perché, attendendo io che facesse uva,
essa produsse uva aspra?
5 Ma ora vi farò sapere ciò che farò
   alla mia vigna:
rimuoverò la sua siepe e sarà buona
   a bruciare,
distruggerò il muro di cinta
   e sarà calpestata.
6 La ridurrò in rovina:
non sarà potata né vangata;
vi cresceranno rovi e pruni,
e comanderò alle nubi di non mandare
   pioggia su di essa.
7 Ebbene, la vigna del Signore
degli eserciti è la casa d'Israele;
gli abitanti di Giuda la sua piantagione
   prediletta.
Ne attese rettitudine, ed ecco invece
   spargimento di sangue,
giustizia, ed ecco invece grida
   di angoscia.

Maledizioni

8 Guai a coloro che aggiungono casa
   a casa,
che congiungono campo a campo,
finché non vi sia spazio
e voi rimaniate soli ad abitare in mezzo
   al paese.
9 Alle mie orecchie il Signore
   degli eserciti ha giurato:
«Molte case diventeranno una rovina,
le grandi e belle saranno senza abitanti;
10 poiché dieci iugeri di vigna frutteranno
   un solo bat,
e un comer di seme produrrà una sola
   efa».
11 Guai a quelli che si alzano di buon
   mattino
e corrono dietro a bevande inebrianti,
si attardano fino a sera, infiammati
   dal vino.
12 Vi sono cetre e arpe, tamburini e flauti,
e vino nei loro conviti,
ma non prestano attenzione all'azione
   del Signore
e non vedono l'opera delle sue mani.

---

5. - 1-2. Il *diletto* è Dio. Questo bellissimo paragone
compendia la storia d'Israele, rappresentato nella vigna coltivata da Dio (Mt 21,33; Mc 21,1; Lc 20,9).
Ognuno può vedere nella *vigna* la terra promessa,
isolata dai deserti e dal mare, col suo tempio nel centro (*torre*), ove Dio voleva un culto sincero e non ebbe che peccati.

¹³ Perciò il mio popolo sarà deportato
   a causa della sua ignoranza,
   i suoi nobili moriranno di fame,
   la sua moltitudine sarà arsa dalla sete.
¹⁴ Perciò gli inferi allargano la loro gola,
   e spalancano la loro bocca a dismisura,
   e vi scendono la nobiltà e la folla,
   il chiasso e il tripudio della città.
¹⁵ L'uomo sarà abbassato e il mortale
      umiliato,
   e saranno prostrati gli sguardi
      dei superbi.
¹⁶ Il Signore degli eserciti sarà esaltato
      nel giudizio,
   e il Dio santo apparirà santo
      nella giustizia.
¹⁷ Gli agnelli pasceranno come sui prati
   e nelle rovine dov'erano le bestie grasse,
   si nutriranno i nomadi.
¹⁸ Guai a quelli che si attirano la colpa
      con funi di iniquità
   e il peccato come con corde da carro!
¹⁹ A quelli che dicono: «Si affretti, acceleri
      l'opera sua,
   affinché la possiamo vedere;
   si avvicini, si realizzi il progetto
      del Santo d'Israele
   e lo riconosceremo».
²⁰ Guai a quelli che chiamano il male bene
      e il bene male,
   che cambiano le tenebre in luce
      e la luce in tenebre,
   che cambiano l'amaro in dolce e il dolce
      in amaro.
²¹ Guai a quelli che son saggi ai loro
      sguardi,
   e intelligenti davanti a loro stessi!
²² Guai ai campioni nel bere vino
   e ai prodi nel mescere bevande
      inebrianti!
²³ Assolvono l'empio per un regalo,
   e privano il giusto del suo diritto.
²⁴ Perciò, come la lingua di fuoco divora
      la paglia
   e come il fieno scompare nella fiamma,
   la loro radice diventerà una putredine
   e il loro fiore si alzerà come polvere,

perché hanno disdegnato la legge del
   Signore degli eserciti
e hanno disprezzato la parola del Santo
   d'Israele.
²⁵ Perciò la collera del Signore divampò
      contro il suo popolo.
Stese la sua mano contro di lui
      e lo percosse;
i monti tremarono e i loro cadaveri
giacquero come letame in mezzo
      alle strade.
Malgrado ciò la sua collera
      non s'è ritirata
e la sua mano è ancora tesa.

Invasione assira

²⁶ Egli drizzerà uno stendardo
      per un popolo lontano,
gli fischierà dai confini della terra.
Ecco che quel popolo presto e agilmente
      arriva.
²⁷ Nessuno tra essi è stanco, nessuno vacilla,
nessuno sonnecchia e nessuno
      s'addormenta;
la cintura dei suoi lombi non si scioglie,
né si spezza il legaccio dei suoi sandali.
²⁸ Le sue frecce sono aguzze e tutti i suoi
      archi sono tesi;
gli zoccoli dei loro cavalli si direbbero
      pietre
e le ruote dei suoi carri un turbine.
²⁹ Ha un ruggito come quello
      di una leonessa,
e ruggisce come i leoncelli,
freme e dà di piglio alla preda,
se la porta via e nessuno gliela strappa.
³⁰ Fremerà su di lui in quel giorno
      come freme il mare;
si guarderà la terra ed ecco tenebre
      e angoscia,
mentre la luce sarà oscurata da caligine.

6 Vocazione e missione di Isaia. - ¹Nel-
   l'anno della morte del re Ozia vidi il Signore seduto su un trono alto ed elevato, e i
suoi lembi riempivano il tempio. ²Dei serafini stavano sopra di lui; ognuno di essi aveva sei ali; con due si coprivano la faccia,
con due si coprivano i piedi e con due vola-
vano. ³L'uno all'altro gridavano dicendo:

   «Santo, santo, santo è il Signore
      degli eserciti;
   tutta la terra è piena della sua gloria».

---

¹⁹· Sfidano Dio a punire, interpretando il ritardo
della punizione, voluto da Dio per dar tempo al pentimento, come un segno di debolezza.

6. - ². *Serafini*: è l'unica volta che sono nominati
nella Bibbia. La loro descrizione manifesta la maestà
divina: essi si coprono la faccia, perché indegni di fissare gli occhi su Dio; si coprono i piedi affinché nulla
di nudo appaia.

⁴Gli stipiti delle soglie tremavano per la voce di quelli che gridavano, mentre il tempio si riempiva di fumo. ⁵E dissi:

«Ohimè, sono perduto,
poiché sono un uomo dalle labbra
      impure,
e vivo in mezzo a un popolo dalle labbra
      impure;
eppure i miei occhi hanno visto il Re,
il Signore degli eserciti!».

⁶Uno dei serafini volò verso di me tenendo nella mano un carbone acceso, che aveva preso con delle molle dall'altare. ⁷Egli mi toccò la bocca dicendo:

«Ecco, questo ha toccato le tue labbra;
la tua colpa è rimossa
e il tuo peccato espiato».

⁸Poi udii la voce del Signore che diceva: «Chi manderò? Chi andrà per noi?». E risposi: «Eccomi, manda me!». ⁹Allora disse: «Va' e di' a questo popolo:

Ascoltate bene, ma senza comprendere,
osservate bene, ma senza riconoscere.
¹⁰ Indurisci il cuore di questo popolo,
appesantisci le sue orecchie,
vela i suoi occhi,
affinché non veda con i suoi occhi
né ascolti con le sue orecchie
né intenda con il suo cuore,
si converta e guarisca».

¹¹Io dissi: «Fino a quando, Signore?». Egli rispose:

«Fino a che le città non saranno deserte,
      senza abitanti,
le case senza uomini e il paese devastato
      e desolato.
¹² Il Signore allontanerà la popolazione
e vi sarà grande abbandono in mezzo
      al paese.
¹³ Vi rimarrà una decima parte
ma sarà di nuovo consumata,
come la quercia e il terebinto,
di cui, abbattuti, resta solo il ceppo.
Una semente santa è il ceppo».

7 La fede che salva. - ¹Accadde ai tempi di Acaz, figlio di Iotam, figlio di Ozia, re di Giuda, che Rezìn, re di Aram, e Pekach, figlio di Romelia, re di Israele, ascesero a Gerusalemme per attaccarla, ma non la poterono espugnare. ²Fu riferito alla casa di Davide: «Aram si è accampato in Efraim». Allora il suo cuore e il cuore del suo popolo tremarono come tremano gli alberi della foresta davanti al vento. ³Il Signore disse a Isaia: «Esci incontro ad Acaz tu e il figlio tuo Seariasùb all'estremità del canale della piscina superiore, verso la strada del campo del lavandaio. ⁴Gli dirai: "Guarda di rimanere tranquillo, non temere e il tuo cuore non si abbatta a causa di questi due rimasugli di tizzoni fumanti, per la collera di Rezìn, degli Aramei e del figlio di Romelia. ⁵Poiché Aram, Efraim e il figlio di Romelia hanno escogitato del male contro di te dicendo: ⁶Andiamo contro la Giudea, dividiamola in parti, impadroniamocene con forza e facciamo regnare in mezzo ad essa un re, il figlio di Tabeèl"».

⁷ Così parla il Signore, Dio:
      «Ciò non avverrà, non sarà.
⁸ Poiché la capitale di Aram è Damasco
      e il capo di Damasco è Rezìn;
⁹ la capitale di Efraim è Samaria
      e il capo di Samaria è il figlio di Romelia:
      ancora sessantacinque anni
      ed Efraim cesserà di essere un popolo.
      Se non credete, non sussisterete».

Vaticinio dell'Emmanuele. - ¹⁰Il Signore disse di nuovo ad Acaz: ¹¹«Chiedi per te un segno dal Signore, tuo Dio, sia nel profondo degli inferi sia nelle altezze lassù». ¹²Ma Acaz rispose: «Non chiederò e non tenterò il Signore». ¹³Isaia disse: «Ascoltate, o casa di Davide! Forse è poco per voi lo stancare gli uomini, che volete stancare anche il mio

---

⁹. Va' e di'...: è la voce di Dio che manda Isaia a compiere una missione di salvezza, è la «vocazione» del profeta.

¹⁰. Viene profetizzato l'accecamento della nazione, molto colpevole dopo tanta luce di profezie. Di tale accecamento non è causa diretta Dio o il profeta, come a prima vista sembrerebbe dire l'alta poesia che passa dalla causa prima all'effetto, trascurando le cause intermedie o seconde. Certo, però, che la presenza dei profeti fa crescere la responsabilità di chi non dà loro ascolto (cfr. Mt 13,12-15).

¹¹-¹³. La distruzione sarà completa con l'invasione, prima, degli Assiri e, poi, con la deportazione ad opera dei Babilonesi. Tuttavia Dio non viene meno alle sue promesse e lascia un ceppo da cui cresceranno virgulti di un popolo nuovo, santo e fedele a Dio. Il profeta comincia già ad accennare al fatto che pochi saranno fedeli, ma Dio si riserverà un «resto».

Dio? [14]Perciò il Signore stesso darà a voi un segno. Ecco la giovane donna concepirà e partorirà un figlio e gli porrà nome Emmanuele. [15]Egli mangerà panna e miele, fin quando saprà rigettare il male e scegliere il bene. [16]Ma prima che l'adolescente sappia rigettare il male e scegliere il bene, il paese, per cui tu tremi a causa dei suoi due re, sarà abbandonato. [17]Il Signore farà venire su di te, sul tuo popolo e sulla casa del padre tuo dei giorni quali non vennero dal tempo della separazione di Efraim da Giuda (il re di Assiria)».

Invasione nemica. - [18]In quel giorno il Signore fischierà alle mosche che si trovano all'estremità dei canali d'Egitto e alle api che sono nel paese di Assur. [19]Esse verranno e si poseranno tutte nelle valli ricche di frane e nei crepacci delle rocce, su tutti i cespugli spinosi e ogni pascolo. [20]In quel giorno il Signore con un rasoio preso a noio al di là del fiume (il re di Assiria) raderà il capo e i peli della gamba; e persino la barba il rasoio la porterà via. [21]In quel giorno ognuno manterrà una vitella e due pecore. [22]E accadrà che per l'abbondanza del latte che si produrrà si mangerà panna; sì, mangeranno panna e miele tutti i superstiti in mezzo al paese. [23]In quel giorno, ogni luogo dove c'erano mille ceppi del valore di mille sicli d'argento, diventerà spine e pruni. [24]Vi si penetrerà con frecce e arco, perché tutto il paese sarà spine e pruni. [25]E quanto ai monti già vangati con la vanga, tu non penetrerai per timore delle spine e dei

---

7. - [14.] *La giovane donna* («la vergine», secondo le traduzioni greca e latina): oggetto immediato dell'oracolo è la nascita dell'erede al trono, come segno della fedeltà di Dio alla dinastia davidica (cfr. 2Sam 7); il vangelo (Mt 1,23; Lc 1,31) e tutta la tradizione cattolica hanno letto in questo oracolo l'annuncio della Vergine madre, Maria, e dell'*Emmanuele* («Dio-con-noi»), cioè di Gesù Cristo, il Verbo di Dio fatto uomo.

[15.] *Panna e miele*: erano l'ordinario nutrimento in tempo di devastazioni; ciò vuol dire che il fanciullo crescerà tra le invasioni.

8. - [1.] Il nome che il profeta è invitato a dare al figlio significa: «Veloce-alla-preda-svelto-al-saccheggio». È nome profetico e indica la prossimità della rovina della Siria e della Samaria.

[9-10.] Questi vv. formano come una professione di fede del profeta: nonostante tutta la sua potenza, il nemico non potrà prevalere, perché Israele ha Dio dalla sua parte. Evidente allusione all'Emmanuele di 7,14.

pruni; saranno un luogo per mandarvi i buoi, e sarà calcato dalle pecore.

8 **Il secondogenito di Isaia.** - [1]Il Signore mi disse: «Prenditi una grande tavola e scrivi sopra con caratteri ordinari: "A Mahèr-salàl-cash-baz"». [2]Io presi come testimoni sicuri il sacerdote Uria e Zaccaria, figlio di Iebarachìa. [3]Mi unii alla profetessa, che concepì e partorì un figlio. Il Signore mi disse: «Chiamalo Mahèr-salàl-cash-baz, [4]poiché prima che il bambino sappia chiamare babbo e mamma le ricchezze di Damasco e il bottino di Samaria saranno portati davanti al re di Assiria».

Le acque di Siloe e dell'Eufrate. - [5]Il Signore mi parlò di nuovo così:

[6] «Poiché questo popolo ha disprezzato
   le acque di Siloe che scorrono
      placidamente,
   e trema davanti a Rezìn e al figlio
      di Romelìa,
[7] ecco che il Signore fa montare contro
      di voi
   le impetuose e abbondanti acque
      del fiume,
   il re di Assiria e tutta la sua gloria.
   Straripera sopra tutti i suoi canali
   e inonderà tutte le sue sponde.
[8] Inonderà la Giudea, la sommergerà
      travalicandola
   fino a raggiungere il collo,
   e le sue ali saranno spiegate
   su tutta l'ampiezza del tuo paese,
      o Emmanuele!».
[9] Sappiatelo, o popoli, sarete schiacciati!
   Ascoltate, regioni tutte lontane
      della terra!
   Cingete le armi, sarete schiacciati!
   Cingete le armi, sarete schiacciati!
[10] Fate un progetto: sarà sventato;
   prendete una risoluzione, non avrà
      effetto,
   poiché Dio è con noi.

Il Signore dirige la storia. - [11]Poiché così mi disse il Signore, quando mi prese per mano e mi avvertì di non andare per la via di questo popolo:

[12] «Non chiamate alleanza
   tutto ciò che questo popolo chiama
      alleanza;

non temete ciò che esso teme,
e non vi spaventate.
13 Il Signore degli eserciti, lui tenete
per santo;
egli sia l'oggetto del vostro timore,
egli l'oggetto del vostro spavento».
14 Egli sarà un santuario, una pietra
d'intoppo
e un ostacolo d'inciampo
per le due case d'Israele,
un laccio e un trabocchetto
per gli abitanti di Gerusalemme.
15 Molti di essi vi inciamperanno,
cadranno e si sfracelleranno,
saranno presi e catturati.
16 «Rinchiudi la testimonianza,
sigilla questa rivelazione tra i miei
discepoli».
17 Io pongo la mia fiducia nel Signore,
che nasconde la sua faccia alla casa
di Giacobbe,
e spero in lui.
18 Ecco io e i figli che il Signore
mi ha dato,
siamo segni e presagi in Israele,
da parte del Signore degli eserciti,
che dimora sul monte Sion.
19 Se vi si dice: «Consultate i negromanti
e gl'indovini, che bisbigliano
e mormorano»:
certo il popolo non deve forse consultare
il suo Dio
e i morti per i vivi?
20 «Alla rivelazione, alla testimonianza!»:
così si parlerà, se no, non vi sarà
aurora.

Giorni di tenebra

21 Egli si aggirerà oppresso e affamato
e quando sarà affamato, si irriterà
e maledirà il suo re e il suo Dio;
si volgerà verso l'alto,
22 poi riguarderà la terra,
ed ecco angustia e tenebre e notte
desolante!
Ma la caligine sarà dissipata.
23 Poiché non vi sarà caligine,
dove c'era angoscia.

Epifania del salvatore.

- In un primo tempo egli umiliò la terra di Zabulon e la terra di Neftali, ma nell'avvenire renderà gloriosa la via del mare, al di là del Giordano, il distretto delle nazioni.

9 ¹Il popolo che camminava nelle
tenebre
vide una grande luce;
sugli abitanti in paese tenebroso
risplendette una luce.
2 Hai moltiplicato la gioia,
hai causato grande letizia.
Gioiscono al tuo cospetto,
come si gioisce alla mietitura,
come si esulta quando si divide
la preda.
3 Poiché il suo giogo opprimente,
la verga sopra le sue spalle,
il bastone del suo sorvegliante
tu hai spezzato come nel giorno
di Madian.
4 Poiché ogni stivale strepitante
in tumulto
e ogni mantello rotolato nel sangue
sarà bruciato, alimento del fuoco.
5 Poiché un bambino ci è nato,
un figlio ci è stato donato;
nelle sue spalle riposa l'impero;
e lo si chiama per nome:
«Meraviglioso consigliere, Dio potente,
Padre perpetuo, Principe della pace»,
6 per accrescere la potenza
e per una pace senza fine,
sul trono di Davide e sul suo regno,
per stabilirlo e rafforzarlo
mediante il diritto e la giustizia
da ora fino in eterno.
L'ardore del Signore degli eserciti farà
questo.

Contro il regno del nord

7 Il Signore inviò una parola contro
Giacobbe
ed essa cadde sopra Israele.
8 Lo seppe tutto il popolo, Efraim
e gli abitanti di Samaria,
che dicevano nella loro arroganza
e alterigia di cuore:

---

16. *Testimonianza... rivelazione*: è la predizione del profeta, detta testimonianza e legge come la parola di Dio. Le scritture da tenersi segrete erano allora avviluppate in involucri e sigillate. Isaia, scoraggiato per il poco frutto del suo ministero, pare volersi ritirare dalla vita pubblica, trattenendo i suoi consigli e avvertimenti nella cerchia dei suoi discepoli, in attesa di tempi migliori.

9. - ¹·². Matteo (4,16) mostra l'adempimento di questa profezia in Gesù che annunzia la buona novella.

⁹ «I mattoni sono caduti, ma noi
   ricostruiremo con pietre,
 i sicomori sono stati tagliati, ma noi li
   sostituiremo con cedri».
¹⁰ Contro di lui il Signore suscitò i suoi
   nemici
   ed eccitò i suoi avversari,
¹¹ Aram dall'Oriente e i Filistei
   dall'Occidente,
 e divorarono Israele a piena bocca.
 Malgrado ciò l'ira del Signore non cala
 e la sua mano è ancora tesa.
¹² Ma il popolo non tornò a colui che lo
   percosse,
 e non ricercarono il Signore degli eserciti.
¹³ Pertanto il Signore recise da Israele capo
   e coda,
 palma e giunco in un giorno.
¹⁴ L'anziano e il notabile sono il capo,
 il profeta, maestro di menzogna,
   è la coda.
¹⁵ Le guide di questo popolo
   lo hanno fuorviato,
 e quelli che sono stati guidati
   si sono smarriti.
¹⁶ Perciò il Signore non sarà clemente
   verso i giovani
 e non avrà pietà degli orfani
   e delle vedove;
 poiché tutti sono increduli e perversi
 e ogni bocca proferisce infamie.
 Malgrado ciò l'ira del Signore non cala
 e la sua mano è ancora tesa.
¹⁷ Sì, la perversità brucia come fuoco
   e divora spine e pruni,
 incendia il folto della selva,
 che sale in alto come colonna di fumo.
¹⁸ Per l'indignazione del Signore
   degli eserciti
 il paese brucia e il popolo è come esca
   per il fuoco,
 nessuno ha clemenza del proprio fratello.
¹⁹ Si taglia a destra, si è affamati,
 si divora a sinistra, e non ci si sazia,
 ognuno mangia la carne del suo prossimo.
²⁰ Manasse divora Efraim, ed Efraim
   Manasse;
 insieme essi sono contro Giuda.
 Malgrado ciò l'ira del Signore non cala
 e il suo braccio è ancora teso.

10 ¹Guai a quelli che promulgano
        decreti iniqui
 e, nel redigere, mettono per iscritto
   l'oppressione,
² per privare i miseri della giustizia
 e derubare il diritto dei poveri del mio
   popolo,
 sì che le vedove diventino loro preda
   e spoglino gli orfani.
³ Che farete nel giorno del castigo,
 quando la rovina arriverà da lontano?
 Presso chi fuggirete per avere aiuto
 e dove lascerete la vostra ricchezza?
⁴ Non rimarrà che curvarsi fra i prigionieri
 e cadere sotto gli uccisi.
 Malgrado ciò l'ira del Signore non cala
 e la sua mano è ancora tesa.

Strumento di Dio

⁵ Guai all'Assiria, bastone del mio furore
 e verga del mio sdegno!
⁶ La inviavo contro una nazione empia,
 le davo ordini contro il popolo del mio
   furore
 per spogliarlo, predarlo
 e calpestarlo come fango di strada.
⁷ Ma essa non pensava così
 e il suo cuore non giudicava così;
 ma in cuore suo si proponeva
   di distruggere
 e di annientare nazioni numerose.
⁸ Infatti diceva: «I miei prìncipi non sono
   tutti re?
⁹ Non è stata forse Calno come Càrchemis?
 Camat non è forse stata come Arpad
 e Samaria non è stata forse come
   Damasco?
¹⁰ Come la mia mano ha raggiunto i regni
   degli idoli,
 le cui statue erano più numerose
 di quelle di Gerusalemme e di Samaria,
¹¹ certamente, come ho fatto a Samaria
 e ai suoi idoli,
 così farò anche a Gerusalemme e ai suoi
   simulacri».

¹²E quando il Signore avrà terminato tutta
la sua opera sul monte Sion in Gerusalemme, punirà il frutto dell'orgoglioso cuore
del re di Assiria e l'alterigia dei suoi occhi
alteri. ¹³Poiché ha detto:

 «Ho agito con la forza della mia mano
 e con la mia sapienza, poiché sono
   intelligente.

---

10. - ⁶· La *nazione empia* è Giuda che adora Dio e
insieme permette e compie ogni ingiustizia (10,1-5).
¹³· *Ho agito*: è l'orgoglioso re di Assur che parla,
senza rendersi conto che è solo uno strumento di
Dio, come la scure per chi l'adopera.

Ho rimosso i confini dei popoli,
ho depredato le loro riserve
e come un eroe ho fatto discendere
gli assisi in trono.
14 La mia mano ha raggiunto come
un nido
le ricchezze dei popoli;
come uno raccoglie le uova
abbandonate,
io ho raccolto la terra intera,
e non ci fu nessuno ad agitare ali,
ad aprire il becco e pigolare».
15 Si gloria forse la scure contro colui che
taglia con essa
o s'inorgoglisce la sega contro chi
la maneggia?
Come se il bastone volesse brandire
quelli che lo alzano,
e la verga sollevare ciò che non è
di legno!
16 Perciò il Signore, Dio degli eserciti,
manderà la consunzione nelle sue valide
schiere,
e nella sua gloria egli produrrà
un incendio,
un incendio di fuoco.
17 La luce d'Israele diventerà un fuoco
e il suo Santo una fiamma,
che brucerà e divorerà le sue spine
e i suoi pruni in un giorno.
18 E la gloria della sua foresta e della sua
vigna
egli la consumerà dall'anima
fino al corpo
e sarà come un ammalato che viene
meno.
19 I rimanenti alberi della sua foresta
saranno poca cosa
e un fanciullo li potrebbe contare.

Un «resto» ritornerà

20 In quel giorno, il resto d'Israele
e i superstiti della casa di Giacobbe
cesseranno di appoggiarsi su chi
li colpisce,
ma si appoggeranno con lealtà
sul Signore, il Santo d'Israele.
21 Un resto ritornerà, il resto di Giacobbe,
al Dio potente.
22 Poiché, anche se il tuo popolo,
o Israele,
è come la sabbia del mare,
solo un resto tra esso ritornerà;
è decretata la distruzione, che farà
traboccare la giustizia.

23 Difatti il Signore, Dio degli eserciti,
compirà
la distruzione decretata in mezzo a tutto
il paese.

Liberazione. - 24Perciò così parla il Signore
degli eserciti:

«O popolo mio che abiti in Sion,
non temere l'Assiria, che ti percuote
con la verga,
e solleva il suo bastone contro di te,
alla maniera dell'Egitto!
25 Perché ancora un breve tempo,
e il furore li consumerà, la mia ira
li annienterà.
26 Il Signore degli eserciti susciterà contro
di lui il flagello,
come quando percosse Madian presso
la rupe di Oreb;
stenderà la sua verga sul mare
e l'alzerà come fece in Egitto.
27 In quel giorno il suo fardello scomparirà
dalla tua spalla,
il suo giogo sarà rimosso dal tuo collo».

Invasione

28 Egli avanza dalle parti di Rimmòn,
è arrivato ad Aiàt, ha attraversato
Magròn,
a Micmàs ha deposto i suoi arnesi.
29 Hanno varcato il passo, in Gheba
si accampano.
Rama è atterrita, Gàbaa di Saul prende
la fuga.
30 Strilla con la tua voce, Bat-Gallìm;
fa' attenzione, Làisa, povera Anatòt!
31 Madmenà si è messa in fuga,
gli abitanti di Ghebìm cercano rifugio.
32 Oggi stesso sarà a Nob per fare
la sosta,
agiterà la sua mano contro il monte
della figlia di Sion,
contro la collina di Gerusalemme.
33 Ecco: il Signore Dio degli eserciti
abbatte i rami con veemenza,
le cime più alte sono recise,
quelle elevate sono abbassate.
34 Egli schianta il folto della foresta
con l'ascia,
e il Libano cade per mezzo del Potente.

---

17. *La luce d'Israele* è Dio, che interverrà a punire
chi fu strumento di castigo nelle sue mani.

11 Regno messianico della pace

1 Ma un rampollo uscirà dal tronco
      di Iesse
    e un virgulto spunterà dalle sue radici.
2 Riposerà sopra di lui lo spirito
      del Signore,
    spirito di sapienza e di discernimento,
    spirito di consiglio e di fortezza,
    spirito di conoscenza e di timore
      del Signore.
3 Troverà compiacenza nel timore
      del Signore.
    Non giudicherà secondo le apparenze,
    né renderà sentenza per sentito dire;
4 ma giudicherà con giustizia i miseri
    e con equità renderà sentenze in favore
      dei poveri del paese;
    percuoterà il violento con la verga
      della sua bocca,
    e farà morire l'empio con il soffio
      delle sue labbra.
5 La giustizia sarà la cintura dei suoi lombi
    e la fedeltà la cintura dei suoi fianchi.
6 Il lupo abiterà insieme all'agnello
    e la pantera giacerà insieme
      con il capretto;
    il vitello e il leone pascoleranno insieme,
    un bambino li guiderà.
7 La vacca e l'orso pascoleranno,
    i loro piccoli giaceranno insieme,
    il leone come il bue si nutrirà di paglia.
8 Il lattante si divertirà sulla buca dell'aspide,
    e il bambino porrà la mano nel covo
      della vipera.
9 Non si commetterà il male né guasto
      alcuno
    su tutto il mio santo monte,
    poiché il paese è pieno della conoscenza
      del Signore,
    come le acque ricoprono il mare.

Ritorno dall'esilio

10 In quel giorno la radice di Iesse si ergerà
      a stendardo dei popoli;
    le nazioni accorreranno ad essa,

e il luogo della sua dimora sarà glorioso.
11 In quel giorno il Signore stenderà
      di nuovo la sua mano
    per riscattare il resto del suo popolo
    superstite dall'Assiria e dall'Egitto,
    da Patròs, dall'Etiopia, da Elam,
      da Sènnaar,
    da Camat e dalle isole del mare.
12 Egli alzerà uno stendardo verso le genti
    e raccoglierà i dispersi d'Israele,
    radunerà i disseminati di Giuda
    dai quattro angoli della terra.
13 La gelosia di Efraim sarà rimossa
    e gli avversari di Giuda
      saranno annientati;
    Efraim non invidierà più Giuda
    e Giuda non sarà più ostile ad Efraim.
14 Ma voleranno addosso ai Filistei
      ad occidente,
    saccheggeranno insieme i figli
      dell'oriente;
    Edom e Moab saranno loro possesso
    e i figli di Ammon saranno loro sudditi.
15 Il Signore seccherà la lingua del mare
      d'Egitto
    e agiterà la sua mano sul fiume
    con la potenza del suo spirito
    e lo dividerà in sette bracci,
    rendendo possibile la traversata
      con i sandali.
16 E vi sarà una strada per il resto del suo
      popolo superstite dell'Assiria,
    come ce ne fu una per Israele quando
      uscì dalla terra d'Egitto.

12 Cantico di salvezza

1 Tu dirai in quel giorno:
    «Ti lodo, o Signore: tu sei stato adirato
      contro di me;
    ma la tua collera si è calmata
    e mi hai consolato.
2 Ecco, Dio è la mia salvezza, ho fiducia
    e non temo;
    poiché la mia forza e il mio canto
      è il Signore,
    egli è la mia salvezza».
3 Attingerete acqua con gioia alle fonti
      della salvezza.
4 Direte in quel giorno:
    «Celebrate il Signore, acclamate il suo
      nome;
    fate conoscere tra i popoli le sue
      meraviglie;

---

11. - ¹⁻². Isaia, tratteggiando la figura del futuro
Messia salvatore, lo dice figlio di Davide, pieno di
Spirito Santo, re di pace e di giustizia. *Iesse* è il padre
di Davide: cfr. Rm 15,12.
⁶⁻⁹. Quadro idilliaco della felicità messianica.
¹¹⁻¹⁶. Israele e Giuda, dispersi dal Nilo all'Eufrate,
saranno riuniti come popolo eletto.

proclamate che il suo nome è eccelso.
5 Cantate al Signore, poiché ha compiuto
cose grandiose,
ciò è conosciuto in tutta la terra».
6 Esulta e grida di gioia, abitatrice di Sion,
poiché grande è in mezzo a te il Santo
d'Israele!

ORACOLI CONTRO LE NAZIONI

13 **Giudizio su Babilonia.** - [1]Oracolo su
Babilonia ricevuto da Isaia, figlio di
Amoz.

2 «Su un monte brullo issate uno stendardo,
alzate la voce verso di loro,
agitate la mano, perché entrino
per le porte dei nobili.
3 Io ho emesso un ordine a quelli che
sono a me consacrati,
ho chiamato per il mio sdegno i miei
prodi,
fieri della mia grandezza».
4 Grida di moltitudine sulle montagne,
simile a quello di un'immensa folla!
Grida tumultuose dei regni,
delle nazioni radunate!
Il Signore degli eserciti passa in rivista
l'esercito di guerra.
5 Vengono da un paese lontano,
dai confini dei cieli,
il Signore e gli strumenti della sua collera
per distruggere tutto il paese.
6 Urlate, perché è vicino il giorno
del Signore,
esso viene come una devastazione
voluta dall'Onnipotente.
7 Perciò tutte le mani s'infiacchiscono,
e ogni cuore umano si strugge.
8 Sono conturbati, spasimi e dolori
li colgono,
si contorcono come una partoriente,
si guardano l'un l'altro stupiti,
i loro volti sono volti di fiamma.
9 Ecco il giorno del Signore arriva, crudele,
l'indignazione e lo sdegno di collera,
per fare della terra un deserto
e sterminare da essa i peccatori.
10 Infatti le stelle del cielo e le loro
costellazioni
non fanno brillare la loro luce,
il sole si oscurerà al suo sorgere,
e la luna non diffonderà la sua luce.
11 Punirò il male sulla terra e i malvagi
per la loro iniquità,

metterò fine all'orgoglio dei presuntuosi
e umilierò l'alterigia dei tiranni.
12 Renderò l'uomo più raro dell'oro
e il mortale più raro dell'oro di Ofir.
13 Perciò scuoterò i cieli
e la terra traballerà dal suo posto,
a causa dell'indignazione del Signore
degli eserciti
nel giorno del furore della sua collera.
14 Allora, come una gazzella messa in fuga
e come pecore che nessuno raduna,
ognuno si dirigerà verso il suo popolo,
ognuno fuggirà verso il suo paese.
15 Chiunque sarà incontrato, sarà trafitto,
e chiunque sarà sorpreso, cadrà
di spada.
16 I loro piccoli saranno schiacciati davanti
ai loro occhi,
le loro case saranno saccheggiate
e le loro mogli violate.
17 Ecco che io suscito contro di essi i Medi,
che non pensano all'argento
né si curano dell'oro.
18 Con gli archi atterreranno i giovani;
non avranno pietà del frutto del ventre;
i loro occhi non si impietosiranno
dei bambini.
19 Babilonia, lo splendore dei regni, l'onore
orgoglioso dei Caldei,
sarà sconvolta da Dio, come Sodoma
e Gomorra.
20 Non sarà più abitata
né popolata di generazione
in generazione;
l'arabo non vi pianterà la tenda,
né i pastori vi porranno gli stazzi.
21 Vi si stabiliranno le fiere del deserto,
i gufi riempiranno le loro case,
vi dimoreranno gli struzzi,
vi danzeranno i satiri.
22 Le iene urleranno nei suoi palazzi
e gli sciacalli nei lussuosi edifici.
La sua ora si avvicina,
i suoi giorni non saranno prolungati.

14 **Ritorno dall'esilio.** - [1]Certamente il
Signore avrà pietà di Giacobbe e sceglierà ancora Israele, li ristabilirà sulla loro
terra; lo straniero si unirà ad essi e sarà in-

---

13. - [14]. Parla di Babilonia, personificandola nel suo
esercito che si disperderà davanti a Ciro, così che
ogni soldato fuggirà al suo paese. Erano per lo più soldati mercenari venuti da ogni paese, come truppe au-
siliarie.

corporato alla casa di Giacobbe. ²I popoli li prenderanno e li condurranno nel loro paese; la casa di Israele se li approprierà sul suolo del Signore come servi e serve e faranno prigionieri quelli che li avevano fatti prigionieri e domineranno sui loro oppressori.

Discesa negli inferi. - ³Nel giorno in cui il Signore ti avrà liberato dalla tua pena, dalla tua irrequietezza e dalla dura servitù con la quale sei stato asservito, ⁴tu proferirai questa satira contro il re di Babilonia e dirai:

«Come è finito l'oppressore,
   è cessata l'arroganza!
⁵ Il Signore ha spezzato la verga
      degli iniqui,
   lo scettro dei dominatori,
⁶ colui che furioso colpiva i popoli
      con colpi senza fine,
   che collerico dominava le nazioni,
   perseguitando senza respiro.
⁷ Tutta la terra si riposa, è tranquilla,
   erompe in grida di gioia.
⁸ Anche i cipressi gioiscono per te
      e i cedri del Libano:
   "Da quando giaci prostrato,
   i tagliaboschi non salgono più contro
      di noi".
⁹ Dal basso gli inferi si agitano per te,
   per farsi incontro al tuo arrivo;
   per te esso risveglia le ombre, tutti
      i potenti della terra;
   ha fatto sorgere dai loro troni tutti i re
      delle nazioni.
¹⁰ Tutti prendono la parola per dirti:
   "Anche tu sei stato fiaccato come noi,
   sei diventato simile a noi!".
¹¹ Il tuo fasto è disceso negli inferi,
   come la musica delle tue arpe.
   Sotto di te si stendono le larve,
   i vermi sono la tua coperta.
¹² Come sei caduto dal cielo,
   astro del mattino, figlio dell'aurora!
   Come fosti precipitato a terra,
   tu che aggredivi tutte le nazioni!
¹³ Eppure tu pensavi in cuor tuo: "Salirò
      in cielo,
   al di sopra delle stelle di Dio erigerò
      il mio trono.
   Siederò sul monte dell'assemblea,
   ai confini del settentrione.

¹⁴ Salirò sulle nubi più alte,
   sarò simile all'Altissimo".
¹⁵ E invece sei stato precipitato negli inferi,
   nelle profondità dell'abisso!
¹⁶ Quanti ti vedono, ti guardano fisso,
   verso di te guardano.
   "Questi è colui che faceva tremare
      la terra
   e faceva scuotere i regni,
¹⁷ che ridusse il mondo in deserto, demolì
      le sue città,
   e non aprì ai suoi prigionieri il carcere?
¹⁸ Tutti i re delle nazioni, tutti riposano
      gloriosi
   ognuno nella propria tomba;
¹⁹ tu, invece, sei stato gettato insepolto
   come un abominevole rampollo,
   coperto da uccisi, da trafitti di spada,
   deposti sulle pietre della fossa,
   come una carogna calpestata!
²⁰ Tu non sarai insieme ad essi
      nella sepoltura,
   poiché hai rovinato il tuo paese,
   hai massacrato il tuo popolo.
   Non sarà nominata la discendenza
      degli iniqui.
²¹ Preparate il massacro per i suoi figli,
   a causa dell'iniquità dei loro padri,
   non sorgeranno più per conquistare
      la terra
   e coprire la faccia del mondo di rovine".
²² Insorgerò contro di loro,
   oracolo del Signore degli eserciti,
   e distruggerò di Babilonia il nome
      e il resto,
   stirpe e discendenza. Oracolo
      del Signore.
²³ La renderò possesso del riccio,
   una palude stagnante!
   la spazzerò con la scopa della distruzione.
   Oracolo del Signore degli eserciti».

Contro l'Assiro

²⁴ Il Signore degli eserciti ha giurato:
   «Certo, come ho pensato, così sarà,
   e come ho deciso, così succederà!
²⁵ Spezzerò l'Assiro nella mia terra
   e sui miei monti lo calpesterò.
   Il suo giogo sarà rimosso da essi,
   e il suo peso sarà rimosso dalle loro
      spalle».
²⁶ Questa è la decisione presa per tutta
      la terra
   e questa è la mano distesa su tutte
      le nazioni.

---

14. - ¹². *Astro del mattino*: è Venere, stella del mattino; *figlio dell'aurora*: qui designa il re di Babilonia.

²⁷ Quando il Signore degli eserciti prende
   una decisione,
   chi la potrà annullare?
   E quando la sua mano è distesa,
   chi potrà fargliela ritirare?

Avviso alla Filistea. - ²⁸Nell'anno della
morte del re Acaz fu pronunziato questo
oracolo:

²⁹ «Non rallegrarti, Filistea tutta intera,
   che la verga che ti percuote
   è stata spezzata!
   Poiché dalla radice del serpente uscirà
   una vipera,
   e il suo frutto sarà un drago volante.
³⁰ I poveri pascoleranno sui miei prati
   e i miseri riposeranno sicuri,
   ma farò morire di fame la tua posterità
   e ucciderò ciò che resta di te.
³¹ Gemi, o porta, urla, o città,
   trema, Filistea tutta quanta!
   Poiché dal settentrione arriva un fumo,
   e nessuno si sbanda nelle sue schiere».
³² Che risposta si darà ai messaggeri
   della nazione?
   «Il Signore ha fondato Sion,
   in essa trovano rifugio i poveri
   del popolo».

15 Sorte di Moab. - ¹Oracolo su Moab.

   Sì, Ar-Moab è stato devastato di notte,
   Ar-Moab è stato distrutto.
   Sì, è stato devastato di notte.
   Kir-Moab è stato distrutto!
² È salita la gente di Dibon sulle alture
   per piangere;
   sul Nebo e su Màdaba, Moab eleva il suo
   gemito.
   Tutte le teste sono rasate, tutte le barbe
   rasate.
³ Nelle sue strade si cinge il sacco,
   sulle sue terrazze si fa lutto,
   nelle sue piazze tutti si lamentano,
   fondono in lacrime.
⁴ Chesbòn ed Elealè urlano,
   il loro grido è inteso fino a Iàaz.
   Per questo i fianchi di Moab fremono;
   la sua anima tumultua in lui.
⁵ Il mio cuore grida per Moab:
   i suoi fuggiaschi giungono fino a Zoar.
   Sì, la salita di Luchìt la salgono
   piangendo;

sì, sulla via di Coronàim emettono grida
   strazianti.
⁶ Sì, le acque di Nimrìn sono diventate
   un deserto,
   l'erba si dissecca, la pastura è finita,
   non c'è più verdura.
⁷ Per questo fanno provviste,
   trasportano le loro riserve
   al di là del torrente dei Salici.
⁸ Sì, risuonano grida per tutto il territorio
   di Moab;
   fino a Eglàim giunge il suo urlo,
   fino a Bir-Elim il suo urlo.
⁹ Sì, le acque di Dimòn sono piene
   di sangue,
   eppure io aumenterò i mali di Dimòn,
   un leone per gli scampati di Moab
   e per quelli che rimangono nel paese.

16 Appello a Giuda

¹ «Inviate gli agnelli al sovrano
   del paese,
   da Sela verso il deserto,
   al monte della figlia di Sion.
² Come un uccello ramingo
   diventeranno le figlie di Moab ai guadi
   dell'Arnon.
³ Dacci un consiglio,
   prendi una decisione!
   Rendi la tua ombra come notte
   in pieno mezzogiorno;
   nascondi i dispersi, non svelare
   i fuggitivi!
⁴ I dispersi di Moab siano tuoi ospiti,
   sii loro rifugio di fronte al devastatore.
   Perché non c'è più il tiranno,
   la devastazione è finita,
   è sparito dal paese il distruttore.
⁵ Il trono sarà reso stabile con la pietà;

---

15. - ³· La veste di sacco, il pianto pubblico, come
le barbe e le teste rasate, sono segni di pubblico lutto.

⁷·⁹· La devastazione, per opera degli Assiri, ha reso
la regione di Moab un deserto.

16. - ¹· Il passo allude al tributo in agnelli pagato da
Moab al re d'Israele (2Re 3,9-27). Sembra che il profeta esorti a pagare il tributo in agnelli al re di Giuda
per farselo amico e averne così aiuto e protezione
nella terribile prova che stava per arrivare.

³·⁴· Parole rivolte al re di Giuda affinché prenda rapidamente una decisione a favore di Moab. *La tua
ombra*: rinfrescante come le tenebre della *notte*, a ristoro dei fuggiaschi.

e su di esso siederà nella fedeltà,
    nella tenda di Davide,
un giudice premuroso del diritto
e pronto alla giustizia».

Elegia

6 «Abbiamo udito l'orgoglio di Moab,
    l'eccessivamente superbo,
    la sua alterigia, il suo orgoglio, la sua
        arroganza,
    la vanità delle sue pretese».
7 Perciò i Moabiti elevano gemiti
        su Moab,
    tutti insieme gemono,
    per le focacce di uva di Kir-Carèset
    gemono tutti costernati.
8 I campi di Chesbòn languiscono,
    come anche le vigne di Sibmà,
    i cui tralci calpestarono i dominatori
        dei popoli;
    essi arrivavano fino a Iazèr,
    penetravano nel deserto,
    le loro propaggini si estendevano
    e oltrepassavano il mare.
9 Perciò con il pianto di Iazèr
    piangerò le vigne di Sibmà.
    Ti inonderò con le mie lacrime,
    o Chesbòn, o Elealè,
    perché sui tuoi frutti e sulla tua
        raccolta
    è piombato un urlo.
10 La gioia e il tripudio sono scomparsi
        dai frutteti,
    nelle vigne non si tripudia,
        non si acclama,
    il vino non lo pigia il pigiatore,
    il grido è cessato.
11 Perciò le mie viscere fremono
    per Moab come una cetra,
    e il mio intimo per Kir-Carèset.
12 Moab si mostrerà e si affaticherà
        sulle alture,
    entrerà nel suo santuario per pregare,
    ma non gli gioverà a nulla.

13Questa è la parola che il Signore indirizzò un tempo a Moab, 14ma ora il Signore
dichiara: «In tre anni, come quelli di un salariato, sarà disprezzata la gloria di Moab

con tutta la sua numerosa moltitudine. Ciò
che rimarrà sarà un piccolo numero, insi-
gnificante».

17 Damasco ed Efraim. - 1Oracolo su Damasco.

Ecco, Damasco cesserà di essere
        una città
    e diventerà un cumulo di rovine.
2 Per sempre saranno abbandonate le sue
        città,
    diventeranno pascoli per le greggi,
    che vi si accovacceranno senza che
        qualcuno le spaventi.
3 Tolte saranno ad Efraim le fortificazioni
    e a Damasco il regno;
    il resto di Aram avrà una gloria
    simile a quella dei figli d'Israele.
    Oracolo del Signore degli eserciti.
4 In quel giorno la gloria di Giacobbe
        sfumerà
    e il grasso della sua carne sarà ridotto.
5 Sarà come quando il mietitore
    prende una bracciata di grano
    e il suo braccio taglia le spighe,
    come quando si raccolgono le spighe
    nella valle di Rèfaim.
6 Vi rimarranno solo racimoli,
    come quando si bacchiano le olive;
    due o tre bacche sulla cima dell'albero,
    quattro o cinque sui rami dell'albero.
    Oracolo del Signore, Dio d'Israele.
7 In quel giorno l'uomo volgerà lo sguardo
    al suo Creatore
    e i suoi occhi guarderanno al Santo
        d'Israele.
8 Egli non si volgerà più agli altari,
    opera delle sue mani;
    non vedrà più ciò che hanno eseguito
        le sue mani,
    i pali sacri e gli altari.
9 In quel giorno le tue città saranno
        abbandonate,
    come quelle che l'Eveo e l'Amorreo
        abbandonarono
    di fronte ai figli d'Israele
    e sarà una desolazione.
10 Perché hai dimenticato Dio,
        tuo salvatore,
    e non ti sei ricordato della Rocca,
        tuo rifugio,
    per cui hai piantato delle piantagioni
        amene,
    e inserito dei germogli esotici.

---

17. - 4-5. Indica la miseria a cui sarà ridotto Israele
saccheggiato dagli Assiri, che lo ridurranno a spigolare nel fertile paese di cui è figura la *valle di Rèfaim*, a
sud-ovest di Gerusalemme, fertilissima.

¹¹ Di giorno fai crescere ciò che
  hai piantato
e il mattino fai germogliare i tuoi semi,
ma nel giorno della sventura
svanisce la raccolta e il dolore
  è incurabile.

Marea dei popoli

¹² Guai, un tumulto di popoli numerosi,
tumultuanti come il tumulto dei mari,
rumore di popoli come il rumore
travolgente di acque potenti.
¹³ I popoli rumoreggiano come il rumore
  di grandi acque,
ma egli le minaccia e fuggono lontano,
sospinte come la pula dei monti
  di fronte al vento,
e come il vortice davanti al turbine.
¹⁴ Alla sera, ecco, c'è il terrore,
  prima ancora del mattino non c'è più
  nulla.
Questo è il destino di chi ci preda,
e la sorte di chi ci saccheggia.

18 Oracolo sull'Etiopia

¹ Guai al paese dagl'insetti ronzanti,
situato al di là dei fiumi dell'Etiopia,
² che manda per mare gli ambasciatori
in canotti di papiro sulle acque.
«Rapidi andate, messaggeri,
verso la nazione slanciata e abbronzata,
verso un popolo temibile da ora
  e per sempre,
una nazione potente e vittoriosa,
il cui paese è solcato da fiumi».
³ Voi tutti, abitanti del mondo e quanti
  dimorate nel paese,
quando si leva il segnale sui monti,
  rimirate,
e quando suona il corno, ascoltate!
⁴ Perché così mi parlò il Signore:
«Resterò tranquillo e mirerò dalla mia
  dimora
qual torrido calore alla luce del sole
e qual nube rugiadosa al calore
  della mietitura».
⁵ Perché prima della raccolta, quando
  la fioritura è finita
e il fiore è diventato un grappolo
  maturo,
egli taglierà i pampini con le roncole,
eliminerà e butterà via i tralci.

⁶ Saranno abbandonati tutti insieme
agli avvoltoi delle montagne e alle bestie
  della terra.
Gli avvoltoi passeranno l'estate
  sopra di essi,
e le bestie della terra sopra di essi
  sverneranno.

⁷In quel tempo verranno portate al Signore degli eserciti offerte da parte di un popolo slanciato e abbronzato, da parte di un popolo terribile da ora e per sempre, un popolo potente e vittorioso, il cui paese è solcato da fiumi, verso il luogo in cui si trova il nome del Signore degli eserciti, il monte Sion.

19 Giudizio sull'Egitto. - ¹Oracolo sull'Egitto.

Ecco il Signore che cavalca su una nube
  leggera
e se ne va in Egitto.
Vacillano gl'idoli dell'Egitto davanti a lui
e nel petto viene meno il cuore
  agli Egiziani.
² Aizzerò l'Egitto contro l'Egitto,
combatteranno gli uni contro gli altri,
ciascuno contro il suo prossimo,
città contro città, regno contro regno.
³ La potenza dell'Egitto svanirà in mezzo
  ad esso,
e renderò vano il suo consiglio;
per cui ricorreranno agli idoli
  e agli incantatori,
ai negromanti e agli indovini.
⁴ Consegnerò gli Egiziani
in balìa di un duro padrone,
un re crudele dominerà su di loro.
Oracolo del Signore, Dio degli eserciti.
⁵ Le acque del mare si disseccheranno,
il fiume diventerà arido e asciutto.
⁶ I canali diventeranno nauseabondi,
si svuoteranno e seccheranno i torrenti,
canne e giunchi sbiadiranno.

---

18. - ¹ *Al di là dei fiumi dell'Etiopia*: i termini e le figure usate in questo vaticinio ci portano a pensare all'Egitto, allora sotto la dinastia cuscita o etiopica, che sosteneva gli staterelli di Siria e Palestina contro l'Assiria e aveva inviato messaggeri per formare una coalizione contro l'Assiria. Il profeta invita costoro a ritornare in patria dicendo che Dio s'incaricherà di distruggere l'Assiria quando sarà giunto il tempo, senza bisogno di alleanze.

7 I papiri sulle rive del Nilo e alla foce
    del Nilo
  e tutte le piante del Nilo si seccheranno,
  spariranno completamente.
8 Gemeranno i pescatori, faranno lutto
  quanti nel Nilo gettano l'amo,
  e si lamenteranno quanti stendono
  le reti sulla superficie dell'acqua.
9 Saranno confusi i lavoratori del lino,
  le scardatrici e i tessitori impallidiranno.
10 I tessitori saranno costernati,
  tutti gli operai salariati rattristati nel loro
    animo.
11 Certamente stolti sono i prìncipi
    di Tanis,
  i più sapienti dei consiglieri del faraone
  formano un consiglio stupido.
  Come potete dire al faraone:
  «Io sono discepolo dei sapienti,
  discepolo di antichi regnanti»?
12 Dove sono dunque i tuoi sapienti?
  Ti annuncino e facciano conoscere
  ciò che progettò il Signore degli eserciti
  a proposito dell'Egitto.
13 Sono divenuti stolti i prìncipi di Tanis,
  si ingannano i prìncipi di Menfi.
  Hanno fatto traviare l'Egitto i capi
    delle sue tribù.
14 Il Signore ha effuso in mezzo a loro
  uno spirito di smarrimento,
  essi fanno traviare l'Egitto in ogni sua
    attività,
  come va errando l'ubriaco nel suo vomito.
15 E in favore dell'Egitto non si compirà
    un'opera
  da parte del capo o della coda,
  del ramo o del giunco.

Conversione delle grandi potenze. - 16In
quel giorno gli Egiziani saranno come femmine, tremeranno spaventati di fronte alla mano che il Signore degli eserciti agiterà contro
di loro. 17Il paese di Giuda diventerà un terrore per l'Egitto; ogni volta che Giuda sarà ricordato, se ne avrà timore a causa del progetto che il Signore degli eserciti ha formato
contro di esso. 18In quel giorno vi saranno in
Egitto cinque città che parleranno la lingua di
Canaan e giureranno per il Signore degli

eserciti; una di queste si chiamerà Città del
sole. 19In quel giorno vi sarà nel mezzo del
paese di Egitto un altare dedicato al Signore,
presso la sua frontiera una stele in onore del
Signore. 20Ci sarà un segno e una testimonianza per il Signore degli eserciti nel paese
di Egitto. Quando invocheranno il Signore di
fronte agli oppressori, egli invierà loro un salvatore e un difensore, che li libererà. 21Il Signore si farà conoscere all'Egitto; gli Egiziani
riconosceranno il Signore in quel giorno; lo
serviranno con sacrifici e oblazioni, faranno
voti al Signore e li manterranno. 22Il Signore
percuoterà ancora gli Egiziani, li percuoterà,
ma poi li guarirà; si convertiranno al Signore,
che sarà loro propizio e li guarirà. 23In quel
giorno ci sarà una strada dall'Egitto fino al-
l'Assiria. L'Assiria verrà in Egitto e l'Egitto
andrà in Assiria e gli Egiziani serviranno il Signore insieme con gli Assiri. 24In quel giorno
Israele, il terzo con l'Egitto e con l'Assiria,
sarà una benedizione in mezzo alla terra. 25Il
Signore degli eserciti li benedirà dicendo:
«Benedetto sia l'Egitto, popolo mio, l'Assiria,
opera delle mie mani, e Israele mia eredità».

20 **Nudo e scalzo.** - 1L'anno in cui il generalissimo venne ad Asdod inviato da
Sargon, re di Assiria, egli attaccò Asdod e la
prese. 2In quel tempo il Signore parlò per
mezzo di Isaia, figlio di Amoz: «Va' e sciogli il
sacco dai tuoi fianchi e levati i calzari dai piedi». Egli fece così andando nudo e scalzo. 3Il
Signore poi disse: «Come il mio servo Isaia se
ne va nudo e scalzo per tre anni quale segno
e presagio per l'Egitto e per l'Etiopia, 4così il
re di Assiria condurrà i prigionieri dell'Egitto
e i deportati dell'Etiopia, giovani e vecchi,
nudi e scalzi con le natiche scoperte, vergogna dell'Egitto? 5Saranno spaventati e confusi
a causa dell'Etiopia, oggetto della loro speranza, e a causa dell'Egitto, motivo della loro gloria. 6In quel giorno gli abitanti di questa costa
diranno: Ecco, così è successo a colui nel quale abbiamo messo la nostra fiducia, presso il
quale ci siamo rifugiati per avere aiuto, per
essere liberati di fronte al re di Assiria! Ed ora
come ci salveremo noi?».

21 **Caduta di Babilonia.** - 1Oracolo sul
deserto del mare.

Come i turbini che si scatenano
    nel Negheb,

---

21. - 1. *Deserto del mare*: regione del mare è chiamata anche nelle iscrizioni assire la zona tra Babilonia e il
Golfo Persico, forse per le inondazioni e però il mare vicino. La caduta di Babilonia, di cui parla questo vaticinio, dev'essere quella avvenuta con la conquista da parte di Ciro, nel 539 a.C., aiutato da Medi ed Elamiti.

viene egli dal deserto, da una terra
  orribile.
2 Una penosa visione mi è stata mostrata:
  il rapinatore rapisce
  e il distruttore distrugge.
  Ascendi, o Elam,
  poni l'assedio, o Media!
  Ho fatto cessare tutti i tuoi gemiti.
3 Per questo i miei reni
  sono in preda alle convulsioni;
  mi prendono i dolori
  come quelli della partoriente,
  sono troppo sconvolto per udirlo,
  troppo turbato per vederlo.
4 Il mio cuore si è smarrito,
  mi ha invaso l'orrore;
  il vespro tanto sospirato diventa il mio
    terrore.
5 Si prepara la tavola,
  si stende il tappeto,
  si mangia e si beve...
  «Alzatevi, o capi,
  ungete gli scudi!».
6 Perché così mi ha parlato il Signore:
  «Va', poni una sentinella
  che annunci ciò che vedi».
7 Vedrà una carovana,
  delle coppie di cavalieri,
  uomini montati su asini,
  uomini montati su cammelli,
  e osserverà con attenzione,
  con grande attenzione.
8 Allora il veggente gridò:
  «Signore, al posto di osservazione sto
    tutto il giorno;
  sul mio posto di guardia sto ritto tutte
    le notti.
9 Ecco qui che giunge una carovana umana,
  coppie di cavalieri».
  Esclamano e dicono: «È caduta,
  è caduta Babilonia!
  Tutte le statue dei suoi dèi
    sono frantumate a terra».
10 O popolo mio, che ho trebbiato
   e calpestato nella mia aia,
   ciò che ho appreso dal Signore
     degli eserciti,
   dal Dio d'Israele,
   io te lo annunzio!

Sorte di Edom e dell'Arabia. - [11]Oracolo su Edom.

Mi gridano da Seir:
  «Sentinella, che resta della notte?
  sentinella, che resta della notte?».

[12] Risponde la sentinella:
   «Viene il mattino e poi la notte;
   se volete domandare, domandate,
   convertitevi e venite».
[13] Oracolo sulla Steppa.
   Nel bosco della steppa pernottate,
   carovane dei Dedaniti.
[14] Incontrate gli assetati, portate loro acqua,
   abitanti del paese di Tema!
   Presentatevi con pane ai fuggiaschi!
[15] Poiché fuggono davanti alle spade,
   davanti alla spada sguainata,
   davanti all'arco teso,
   davanti al furore del combattimento.

[16]Perché così mi parlò il Signore: «Ancora un anno, come gli anni del mercenario, e tutta la gloria di Kedàr sarà sparita. [17]Ciò che resterà del numero degli archi degli eroi di Kedàr sarà poca cosa, perché il Signore, Dio d'Israele, ha parlato».

22 Contro Gerusalemme. - [1]Oracolo sulla valle della Visione.
  Che hai dunque da salire
  tutta quanta sulle terrazze?
2 Tu, piena di strepito,
  città tumultuante, città gaudente?
  I tuoi trafitti non sono stati trafitti
    di spada
  e i tuoi morti non sono stati uccisi
    in battaglia.
3 Tutti i tuoi capi han preso insieme
    la fuga,
  senza un tiro d'arco sono stati fatti
    prigionieri,
  tutti i tuoi prodi sono stati catturati
    insieme,
  o sono fuggiti lontano.
4 Perciò dico: «Ritiratevi da me,
  che io pianga amaramente,
  non vogliate consolarmi
  della rovina della figlia del mio popolo!».
5 Perché è un giorno di terrore,
    di distruzione e di confusione

11-12. *La sentinella* è il profeta, cui si domanda quando cesserà la notte di sventura (cfr. 8,22; 9,1). Egli risponde che dopo una sventura ne verrà un'altra, e invita a domandare nuovamente, per poter essere più preciso.
22. - [1]. *Valle della Visione*: è Gerusalemme. Invece di preoccuparsi delle minacce divine, la città si dava alla vita gaudente, allontanando così da sé la possibilità del perdono (v. 2).

da parte del Signore, Dio degli eserciti.
Nella valle della Visione il muro
   è abbattuto
e si grida verso i monti.
6 Elam prende l'arco,
   Aram monta sui cavalli,
   Kir scopre il suo scudo.
7 Le tue valli più scelte abbondano
   di carri,
   e i cavalieri sono disposti alle porte.
8 Così è stata rimossa la protezione
   di Giuda.
   Tu hai rivolto i tuoi sguardi in quel
   giorno
   verso l'arsenale del palazzo della foresta.
9 E le brecce della città di Davide
   avete visto quanto sono numerose.
   Avete raccolto le acque della piscina
   inferiore.
10 Avete contato le case di Gerusalemme
   e demolito le case per fortificare
   le mura.
11 Avete costruito un serbatoio fra i due
   muri,
   per le acque dell'antica piscina,
   e non avete riguardato verso colui che è
   l'autore,
   né avete visto colui che da tempo
   ha preparato tutto questo.
12 Il Signore, Dio degli eserciti,
   vi chiamava in quel giorno a piangere
   e lamentarvi,
   a tagliarvi i capelli e a cingere il sacco.
13 Invece ecco allegria e gioia,
   uccisione di bestiame e immolazione
   di pecore;
   si mangia carne e si beve vino:
   «Mangiamo e beviamo
   perché domani moriremo!».
14 Il Signore degli eserciti
   s'è fatto intendere alle mie orecchie:
   «Questa vostra colpa non sarà espiata,
   finché non sarete morti»,
   dice il Signore, Dio degli eserciti.

Sebnà ed Eliakìm

15 Così parla il Signore Dio degli eserciti:
   Su, rècati da questo ministro,
   da Sebnà, il maggiordomo.

16 «Che cosa possiedi qui, e chi hai qui,
   che ti tagli qui un sepolcro?».
   Si taglia un sepolcro in alto
   e si scava nella rupe la dimora.
17 Ecco, il Signore con un lancio potente,
   ti getta lontano e ti rotola sottosopra.
18 Ti avvoltola ben bene e ti getta
   come una palla sopra un ampio terreno.
   Là morirai, e là spariranno i tuoi cocchi
   gloriosi,
   o ignominia del palazzo del tuo signore!
19 Ti caccerò dal tuo posto
   e ti strapperò dalla tua posizione.
20 In quel giorno chiamerò il mio servo,
   Eliakìm, figlio di Chelkìa.
21 Lo rivestirò con la tua tunica,
   lo stringerò con la tua cintura
   e rimetterò nelle sue mani la tua
   autorità.
   Sarà un padre per gli abitanti
   di Gerusalemme
   e per la casa di Giuda.
22 Gli porrò sull'omero la chiave della casa
   di Davide,
   aprirà e nessuno potrà chiudere;
   chiuderà e nessuno potrà aprire.
23 Lo fisserò come un chiodo in un luogo
   sicuro
   e sarà un trono di gloria per la casa
   del padre suo.

24A lui sarà sospesa tutta la gloria della casa del padre suo, germogli e rampolli, tutto il piccolo vasellame, dalle coppe fino alle anfore di ogni specie.

25In quel giorno, oracolo del Signore degli eserciti, il chiodo infisso in luogo sicuro cederà, si spezzerà, cadrà e si infrangerà il carico che vi era sopra, perché il Signore ha parlato.

23 Oracolo contro Tiro e Sidone.
1Oracolo su Tiro.

Gemete, o navi di Tarsis,
   perché è stata devastata,
   senza lasciarvi una casa.
   Al ritorno dal paese dei Kittìm,
   è stata data loro la notizia.
2 Silenzio, o abitanti della costa,
   commercianti di Sidone!
   I tuoi messaggeri solcavano il mare
3 dalle immense acque.
   Il grano del Nilo, il raccolto del fiume
   erano la sua ricchezza

---

23. - ¹· *Tiro* al tempo di Isaia era la città più importante della Fenicia per industrie, ricchezze, commerci e colonie, e i politicanti di Gerusalemme volevano appoggiarsi ad essa contro l'Assiria. Il profeta, per distoglierli, annunzia la distruzione della città.

ed era diventato il mercato
delle nazioni.
4 Vergògnati, o Sidone, perché il mare dice:
«Non ho avuto le doglie,
non ho generato,
non ho allevato giovani né cresciuto
vergini».
5 Quando la notizia giungerà in Egitto,
fremeranno alla notizia su Tiro.
6 Traversate il mare fino a Tarsis,
gemete, o abitanti della costa!
7 È questa la vostra città gaudente,
la cui antichità rimonta a giorni lontani?
I suoi piedi la portavano lontano
a fissarvi il soggiorno.
8 Chi ha deciso questo contro Tiro,
la coronata,
i cui commercianti erano prìncipi
e i cui negozianti i più grandi
della terra?
9 Il Signore degli eserciti lo ha deciso,
per umiliare l'orgoglio di tutto il suo
splendore,
per umiliare tutti i grandi della terra.
10 Coltiva il tuo suolo, o figlia di Tarsis,
il porto non esiste più!
11 Hai disteso la tua mano verso il mare,
hai fatto tremare i regni.
Il Signore ha ordinato a proposito
di Canaan
di distruggere le fortezze.
12 E disse: «Non continuerai più
a trionfare,
o vergine violentata, figlia di Sidone!
Alzati, passa dai Kittìm!
Anche lì non troverai riposo».
13 Ecco il paese dei Caldei:
questo popolo non esisteva.
L'Assiro lo assegnò alle bestie selvatiche;
essi innalzarono le loro torri,
abbatterono i suoi bastioni,
la ridussero in rovina.
14 Urlate, o navi di Tarsis,
perché il vostro rifugio è distrutto.

L'avvenire di Tiro. - 15In quel giorno Tiro
sarà dimenticata per settant'anni, quanti
sono i giorni di un re. Trascorsi settant'anni, Tiro diventerà come la prostituta della
canzone:

16 «Prendi la cetra, percorri la città,
o prostituta dimenticata!
Suona con destrezza, moltiplica i tuoi
canti
per poter essere ricordata!».

17Dopo settant'anni il Signore visiterà Tiro, che ritornerà al suo guadagno. Si prostituirà con tutti i regni del mondo sulla faccia della terra. 18Il suo salario e la sua rimunerazione saranno consacrati al Signore. Non sarà ammassato né conservato nel tesoro, perché il suo salario sarà destinato a quelli che dimorano al cospetto del Signore, perché mangino a sazietà e vestano splendidamente.

APOCALISSE MAGGIORE

24 Catastrofe universale

1 Ecco, il Signore spezza la terra,
la devasta, ne sconvolge la superficie
e ne disperde gli abitanti.
2 Avverrà così al popolo come al sacerdote,
allo schiavo come al padrone,
alla schiava come alla padrona,
a chi compera come a chi vende,
a chi presta come a chi prende
a prestito,
a chi dà in usura come a chi prende
in usura.
3 Sarà completamente spezzata la terra,
sarà completamente saccheggiata,
perché il Signore ha pronunciato questa
parola.
4 È in lutto, langue la terra,
deperisce e langue l'universo,
deperiscono cielo e terra.
5 La terra è stata profanata
sotto i piedi dei suoi abitanti,
perché hanno trasgredito le leggi,
hanno violato il precetto,
hanno infranto il patto eterno.
6 Per questo la maledizione divora la terra
e i suoi abitanti ne pagano il fio;
per questo sono consumati gli abitanti
della terra,
rimarranno solo pochi uomini.

La città distrutta

7 Il mosto è insipido, la vigna languisce,
tutti i cuori gioiosi gemono.
8 È cessato il giubilo dei tamburelli,

10-14. *Figlia di Tarsis* sarebbe Tiro, invitata a coltivare la terra invece di darsi al commercio, ora che gli invasori hanno distrutto completamente il porto.

lo strepito dei gaudenti è finito,
il giubilo della cetra è cessato.
⁹ Non si beve più vino cantando,
la bevanda inebriante è amara per i suoi
bevitori.
¹⁰ È distrutta la città del caos,
l'ingresso di tutte le case è sbarrato.
¹¹ Si grida per le piazze, perché non c'è
vino;
ogni gioia è scomparsa, dalla terra
è bandita la gioia.
¹² Nella città è rimasta la desolazione,
la porta è stata abbattuta, fatta a pezzi.
¹³ Perché così avverrà nel centro
della terra,
in mezzo ai popoli,
come quando si bacchiano le ulive,
come quando si racimola, terminata
la vendemmia.
¹⁴ Quelli alzeranno la loro voce,
acclamando la maestà del Signore.
«Esultate, pertanto, dalla parte del
mare,
¹⁵ voi in oriente, glorificate il Signore,
nelle isole del mare il nome del Signore,
Dio d'Israele!
¹⁶ Dall'estremità della terra udiamo
degl'inni:
Onore al Giusto!».

Giudizio divino

Ma io dico: «Sono perduto, sono
perduto,
guai a me! I perfidi operano
perfidamente,
i perfidi agiscono con perfidia!».
¹⁷ Terrore, fossa e tranello
ti sovrastano, o abitante della terra!
¹⁸ Chi sfugge al grido di terrore cadrà nella
fossa,
e chi uscirà dalla fossa cadrà nel tranello,
perché si sono aperte in alto le cateratte
e si sono scosse le fondamenta della
terra.
¹⁹ La terra si schianta tutta,
la terra si agita violentemente,
la terra traballa senza sosta.

²⁰ Barcolla la terra come un ebbro,
vacilla come una tenda,
pesa su di essa la sua iniquità,
cade e non si rialza.
²¹ In quel giorno il Signore punirà
in alto l'esercito celeste
e in basso i re della terra.
²² Saranno radunati e imprigionati
in una fossa,
saranno rinchiusi in una prigione,
e, dopo molti giorni, puniti.
²³ La luna sarà confusa e il sole si coprirà
di vergogna,
perché il Signore degli eserciti regnerà
sul monte Sion e su Gerusalemme
e sarà glorificato davanti agli anziani
di lei.

25 Inno di ringraziamento

¹ Signore, tu sei il Dio mio,
ti esalto e celebro il tuo nome,
perché hai compiuto i disegni
meravigliosi,
concepiti da tempo, immutabili,
veritieri!
² Perché hai ridotto la città in un mucchio
di sassi,
la cittadella fortificata in rovina,
la fortezza dei superbi non è più
una città,
non sarà più ricostruita.
³ Per questo un popolo potente ti glorifica,
la città di nazioni forti ti venera.
⁴ Poiché tu fosti un rifugio per il debole,
un rifugio per il povero nella sua
angustia,
riparo dalla tempesta, ombra contro
il calore,
poiché il soffio dei potenti è come
la pioggia invernale,
⁵ come caldura in terra arida.
Tu reprimi il tumulto dei superbi,
e il calore con l'ombra di una nube,
il canto dei tiranni si affievolisce.

Banchetto escatologico

⁶ Il Signore degli eserciti preparerà
per tutti i popoli su questo monte
un convito di carni grasse, un convito
di vecchi vini,
di carni piene di midolla, di vini
raffinati.

---

24. - ¹⁰. *La città del caos*: è la città dei nemici di
Dio, dove non può regnare che il disordine.
¹²⁻¹³. È scomparsa ogni allegria perché non solo la
città, ma anche la campagna è distrutta e non produce più. La desolazione è grande come quella di un olivo spogliato dei suoi frutti o di una vigna dopo la vendemmia.

7 Egli distruggerà su questo monte
   il velo posto sulla faccia di tutti i popoli,
   e la coltre distesa su tutte le nazioni.
8 Distruggerà per sempre la morte,
   e il Signore Dio asciugherà le lacrime
      su tutti i volti
   e toglierà l'ignominia del suo popolo
      su tutta la terra,
   perché il Signore ha parlato.
9 E si dirà in quel giorno: «Ecco il nostro
      Dio;
   in lui abbiamo sperato, perché
      ci salvasse!
   Questi è il Signore, abbiamo sperato
      in lui,
   esultiamo e rallegriamoci della sua
      salvezza!
10 Perché la mano del Signore si poserà
   su questo monte».

Moab, il regno ribelle

   Invece Moab sarà calpestato sul suo
      suolo,
   come si calpesta la paglia
      nella concimaia.
11 In mezzo ad essa egli stenderà le mani,
   come il nuotatore le distende
      per nuotare,
   ma il Signore abbasserà la sua superbia,
   malgrado gli sforzi delle sue mani.
12 La cittadella dalle alte mura egli
      l'abbatte,
   la umilia,
   la getta a terra, fin nella polvere.

26 **Lode e ringraziamento.** - 1In quel
   giorno si canterà questo canto nel
paese di Giuda:

   «Abbiamo una città potente,
   a salvezza nostra ha eretto mura
      e baluardo.
2 Aprite le porte ed entri una nazione
      giusta,
   che mantiene la fedeltà!
3 Il suo proposito è fermo,
   tu gli assicuri la pace, perché confida
      in te.
4 Confidate nel Signore sempre,
   perché il Signore è una roccia
      perpetua,
5 perché ha abbattuto quanti abitavano
      in alto;
   la città elevata l'ha umiliata,

   l'ha umiliata fino a terra, l'ha gettata
      nella polvere.
6 I piedi la calpestano,
   i piedi del misero, i passi dei poveri».
7 Il cammino del giusto è retto,
   tu appiani la via del giusto.
8 Sì, nella via dei tuoi giudizi, o Signore,
   noi speriamo in te!
   Il tuo nome e la tua memoria
   sono l'aspirazione dell'anima.
9 L'anima mia anela a te di notte,
   anche il mio spirito nel mio intimo
      ti cerca.
   Perché quando i tuoi giudizi appaiono
      sulla terra,
   gli abitanti del mondo apprendono
      la giustizia.
10 Se si fa grazia all'iniquo,
   egli non apprende la giustizia;
   sulla terra del bene, egli opera il male
   e non riconosce la maestà del Signore.
11 Signore, eccelsa è la tua mano,
   ma essi non vedono!
   Vedano, arrossendo, la tua gelosia
      per il popolo,
   anzi il fuoco dei tuoi nemici li divori!
12 Signore, tu ci procurerai la pace,
   perché ogni nostra azione tu la compi
      per noi.
13 Signore, nostro Dio, altri signori,
   all'infuori di te, ci hanno dominato;
   ma soltanto te noi invochiamo, il tuo
      nome!
14 I morti non rivivranno, le ombre
      non risorgeranno,
   perché li hai puniti e distrutti,
   hai fatto sparire ogni loro memoria.
15 Hai accresciuto la nazione, o Signore,
   hai accresciuto la nazione, ti sei glorificato,
   hai esteso tutti i confini del paese.
16 Signore, ti abbiamo cercato
      nella tribolazione,
   l'angoscia dell'oppressione è stata il tuo
      castigo per noi,
17 come una partoriente in procinto
      di generare
   si contorce e grida per il dolore,
   così siamo noi al tuo cospetto, o Signore!
18 Abbiamo concepito, abbiamo sentito
      le doglie,

---

26. - 16-19. Riconoscimento che la rinascita della nazione è solo opera di Dio. Gli uomini hanno sofferto
molto, ma non sono riusciti a ridare vita alla nazione
desolata. Invece Dio l'ha accresciuta e aumentata, e
farà risuscitare i morti.

come se dovessimo partorire: era solo
vento!
Non abbiamo portato la salvezza
alla terra
e non nacquero abitanti del mondo!
[19] I tuoi morti rivivranno, i loro cadaveri
risorgeranno,
si risveglieranno ed esulteranno quelli
che giacciono nella polvere,
perché la tua rugiada è una rugiada
luminosa,
e la terra darà alla luce le ombre.

Punizione e salvezza

[20] Va', popolo mio, entra nelle tue camere
e chiudi i battenti dietro a te!
Nasconditi per un istante,
finché non sia passata la collera.
[21] Perché, ecco, il Signore esce dalla sua
dimora
per punire l'iniquità degli abitanti
della terra,
la terra scoprirà il suo sangue
e non nasconderà più i suoi uccisi.

27[1] In quel giorno il Signore punirà
con la sua spada dura, grande
e potente
il Leviatàn, serpente fuggente,
il Leviatàn, serpente tortuoso,
e ucciderà il dragone del mare.

Canto della vigna

[2] In quel giorno si dirà:
«La vigna deliziosa, cantatela!
[3] Io, il Signore, la custodisco,
ad ogni momento la irrigo,
perché non la si danneggi,
notte e giorno io la guardo.
[4] Non sono in collera.
Se ci fossero rovi e pruni,
muoverei loro la guerra,
li incendierei tutti insieme!
[5] O piuttosto si cerchi rifugio in me,
si faccia pace con me,
la pace sia fatta con me».

---

27. - [2-5.] *La vigna deliziosa* è Israele, di cui Dio
stesso si prende cura; *rovi e pruni* sono i suoi nemici,
i quali saranno distrutti, a meno che si convertano a
Dio e facciano la pace con lui.

[12-13.] Speranza per l'avvenire: Dio richiamerà il popolo suo dalla terra d'esilio. Diventa sempre più esplicita
la promessa del ritorno in patria del popolo esiliato.

Riunione del popolo eletto

[6] Nei giorni futuri Giacobbe metterà radici,
Israele fiorirà e germoglierà
e l'universo si riempirà dei suoi frutti.
[7] Lo ha forse percosso il Signore come
percosse i suoi percussori,
l'ha forse ucciso, come uccise i suoi
uccisori?
[8] Tu l'hai castigato cacciandolo,
espellendolo,
l'hai sospinto con un soffio violento
in un giorno di vento d'Oriente.
[9] Pertanto così sarà espiata l'iniquità
di Giacobbe
e ciò rimuoverà tutti i frutti del suo
peccato,
quando avrà ridotto tutte le pietre
dell'altare,
come pietre che si stritolano
per la calce,
non vi erigeranno più stele sacre e altari.
[10] La città fortificata è diventata solitaria,
un sito spopolato e abbandonato come
un deserto;
là viene a pascolare il vitello,
vi si corica e ne distrugge i rami.
[11] Quando si seccano i rami, si spezzano,
le donne vengono e li fanno bruciare;
sono infatti un popolo senza intelligenza,
perciò il suo creatore non avrà
misericordia
e il suo Signore non farà grazia.
[12] In quel giorno il Signore batterà le spighe
dal Fiume fino al torrente d'Egitto
e voi sarete raccolti a uno a uno,
voi, figli d'Israele.
[13] In quel giorno suonerà la grande tromba
e verranno gli sperduti nella terra
d'Assiria
e i dispersi nella terra d'Egitto:
adoreranno il Signore sul monte santo,
in Gerusalemme.

ALTRI ORACOLI

28 La fine di Samaria

[1] Guai alla superba corona degli ubriachi
di Efraim,
al fiore caduco del suo splendìdo
ornamento,
che si trova al vertice della pingue valle
degli storditi dal vino.

2 Ecco un forte, un potente inviato
   dal Signore,
   come una tempesta di grandine,
   un turbine devastatore,
   come una tempesta di acque potenti
   e inondanti,
   con la sua mano getta tutto a terra.
3 Sotto i piedi sarà calpestata
   la superba corona degli ubriachi
   di Efraim.
4 E il fiore caduco del suo splendido
   ornamento,
   che si trova al vertice della pingue valle,
   sarà come un fico primaticcio prima
   dell'estate,
   quando uno lo vede, lo inghiotte appena
   l'ha in mano.
5 In quel giorno il Signore degli eserciti
   sarà una splendida corona, un magnifico
   diadema
   per il resto del suo popolo,
6 uno spirito di giustizia per chi siede
   in tribunale,
   una forza per coloro che respingono
   l'assalto alla porta.

Contro i dirigenti di Giuda

7 Anche costoro barcollano per il vino
   e per la bevanda inebriante vacillano;
   sacerdoti e profeti barcollano
   per la bevanda inebriante,
   sono storditi dal vino, vacillano
   per la bevanda inebriante,
   barcollano come avessero visioni,
   si intoppano pronunciando il verdetto.
8 Sì, tutte le loro mense sono piene
   di vomito ripugnante, non vi è posto
   pulito.
9 «A chi vuole insegnare la scienza?
   A chi vuole far comprendere
   il messaggio?
   A quelli che sono stati slattati, staccati
   dal seno?
10 Sì, precetto su precetto, precetto
   su precetto,
   regola su regola, regola su regola,
   un po' qui, un po' là».
11 Sì, con labbra balbuzienti e con altra
   lingua
   parlerà a questo popolo,
12 lui, che aveva detto loro:
   «Ecco il riposo: fate riposare lo stanco!».
   Ecco la quiete!
   Ma essi non vollero ascoltare.
13 Allora il Signore parlerà ad essi:

«Precetto su precetto, precetto
   su precetto,
   regola su regola, regola su regola,
   un po' qui, un po' là»,
   onde camminando cadano indietro,
   si fratturino, siano presi al laccio
   e catturati.
14 Perciò udite la parola del Signore,
   voi arroganti,
   che governate questo popolo e abitate
   a Gerusalemme!
15 Poiché dite: «Abbiamo concluso
   un patto con la morte
   e con gli inferi abbiamo fatto
   un'alleanza.
   Quando passerà lo stripante flagello,
   non ci raggiungerà,
   perché abbiamo fatto della menzogna
   il nostro rifugio
   e ci siamo riparati nella falsità».
16 Perciò così parla il Signore Dio:
   «Ecco, io pongo in Sion una pietra, una
   pietra scelta,
   angolare, preziosa, bene fondata;
   chi crede, non si agiterà.
17 Porrò come misura il giudizio
   e la giustizia come livella.
   La grandine spazzerà via il rifugio
   di menzogna
   e le acque travolgeranno il riparo.
18 Sarà annullato il vostro patto
   con la morte
   e la vostra alleanza con gli inferi
   non reggerà.
   Quando passerà lo stripante flagello,
   voi ne sarete calpestati.
19 Ogniqualvolta passerà, vi prenderà,
   perché passerà ogni mattino, di giorno
   e di notte;
   non vi sarà che spavento
   nel comprendere ciò che è rivelato.
20 Il letto sarà troppo corto per distendersi,
   troppo stretta la coperta
   per avvolgervisi».
21 Sì, il Signore si leverà come al monte
   Perazìm,
   fremerà come nella valle di Gàbaon,

---

28. - [16]. *Pietra*: è la divina protezione, promessa alla dinastia davidica (7,3-16; 9,1-6). In queste parole
gli apostoli (1Pt 2,6-8; Rm 9,33) hanno ravvisato il
Messia, pietra angolare, fondamento della chiesa
nuovo popolo di Dio.
[20]. Il proverbio popolare che indicava l'impotenza
dei mezzi a disposizione è usato per dimostrare l'impotenza dei mezzi umani contro i castighi di Dio.

per compiere la sua opera, un'opera
   straordinaria,
per adempiere il suo progetto, progetto
   singolare.
²² Ora smettete di essere arroganti,
affinché non si rinforzino le vostre
   catene,
perché ho udito un decreto di rovina
da parte del Signore, Dio degli eserciti,
riguardo a tutto il paese.

La sapienza dell'agricoltore

²³ Fate attenzione e udite la mia voce,
siate attenti e udite la mia parola!
²⁴ Ara forse l'aratore tutto il giorno
   per seminare?
Non scinde egli e sarchia il terreno?
²⁵ Non appiana egli la superficie,
non vi semina l'anèto, e non vi sparge
   il comino?
Non mette il grano e l'orzo e la spelta
   nel suo spazio?
²⁶ Il suo Dio gli ha inculcato questa regola,
lo ha ammaestrato.
²⁷ Certo, l'anèto non si trebbia
   con la trebbiatrice
né si fa circolare il rullo sul comino,
ma l'anèto si batte con il bastone
e il comino con la verga.
²⁸ Si schiaccia forse il frumento?
Certo, non lo si pesta indefinitamente;
vi si fanno passare sopra la ruota
   del carro
e i suoi cavalli, ma non lo si schiaccia.
²⁹ Anche ciò proviene dal Signore
   degli eserciti,
che è meraviglioso nel suo consiglio
e grande in sapienza.

29 Assedio e liberazione

¹ Guai ad Arièl, ad Arièl,
città in cui si accampò Davide!
Aggiungete anno ad anno,
le feste compiono il loro ciclo.
² Metterò Arièl alle strette,
ci sarà lamento e gemito
e diventerà per me come un Arièl.
³ Mi accamperò contro di te come Davide,

---

²⁹. - ¹. *Arièl* è il nome simbolico di Gerusalemme:
significa «leone di Dio».

e ti assedierò con trincee,
e innalzerò fortezze contro di te.
⁴ Abbattuta parlerai dalla terra
e dalla polvere verrà sommessa la tua
   parola;
sembrerà di un fantasma la tua voce
   dalla terra
e dalla polvere bisbiglierà la tua parola.
⁵ La moltitudine degli stranieri sarà come
   polvere minuta
e la turba dei tiranni come pula dispersa.
Ma all'improvviso, sull'istante,
⁶ tu sarai visitata dal Signore degli eserciti
con tuoni, terremoti, grande fracasso,
con uragano, tempesta e fiamma
   di fuoco divorante.
⁷ Come un sogno, come una visione
   notturna
sarà la moltitudine di tutte le nazioni
che marceranno contro Arièl,
di tutti i suoi attaccanti,
delle torri di quelli che l'assediano.
⁸ Sarà come quando l'affamato sogna
   di mangiare,
ma si sveglia e il suo stomaco è vuoto;
e come quando l'assetato sogna di bere,
ma svegliato è stanco e la gola è asciutta;
così avverrà alla moltitudine
   delle nazioni
che combattono contro il monte Sion.

Accecamento del popolo

⁹ Fermatevi e stupite,
chiudete gli occhi e rimanete ciechi,
inebriatevi, ma non di vino,
traballate, ma non a causa della bevanda
   inebriante!
¹⁰ Perché il Signore ha versato su di voi
   uno spirito di torpore;
ha chiuso i vostri occhi e ha velato
   le vostre teste.

¹¹Ogni visione sarà per voi come le parole di un libro sigillato, che si dà a uno che conosca la scrittura dicendo: «Leggi questo», ma egli risponde: «Non posso, perché è sigillato». ¹²Allora si dà il libro a qualcuno che non sa leggere dicendo: «Leggi questo», ma egli risponde: «Non so leggere».

¹³ Dice il Signore: «Poiché questo popolo
si avvicina a me solo a parole
e mi onora solo con le labbra,
ma il suo cuore è lontano da me
e il suo culto verso di me

non è altro che un comandamento
di uomini,
che è stato loro insegnato,
14 perciò, ecco, continuerò a compiere
meraviglie e prodigi per questo popolo;
perirà la sapienza dei suoi sapienti
e scomparirà l'intelligenza
degli intelligenti».

Oracolo

15 Guai a quanti si nascondono dinanzi
al Signore
per dissimulare il loro progetto,
mentre il loro operato avviene
nel segreto,
e dicono: «Chi ci vede? Chi ci
conosce?».
16 Oh, la vostra perversità! Forse che
il vasaio
è considerato pari all'argilla?
Può dire l'opera a chi l'ha fatta:
«Non mi hai fatto»?
E un vaso può dire al vasaio:
«Non è intelligente»?

Salvezza escatologica

17 Ancora un po' di tempo,
il Libano non si cambierà in giardino?
E il giardino sarà considerato
una foresta.
18 In quel giorno i sordi intenderanno
le parole del libro,
uscendo dall'oscurità e dalle tenebre,
gli occhi dei ciechi vedranno.
19 Gli umili gioiranno ancora nel Signore,
e i poveri esulteranno nel Santo
d'Israele.
20 Perché il tiranno non sarà più
e il derisore sparirà,
saranno sterminati quanti tramano
l'iniquità,
21 che fanno peccare gli uomini in parole,
tendono un tranello al giudice alla porta
e quelli che fan torto al giusto
per un nulla.
22 Perciò così parla il Signore,
il Dio della casa di Giacobbe,
colui che ha riscattato Abramo:
«D'ora in poi non sarà confuso
Giacobbe,
la sua faccia non impallidirà più,
23 perché vedendo i suoi figli
l'opera delle mie mani in mezzo a loro
santificheranno il mio nome.

Santificheranno il Santo di Giacobbe
e temeranno il Dio d'Israele.
24 Gli spiriti fuorviati acquisteranno
intelligenza
e i brontoloni apprenderanno
la dottrina».

30 Vano ricorso all'Egitto

1 Guai ai figli ribelli,
oracolo del Signore,
che fanno progetti che non vengono
da me,
si legano con patti non ispirati da me,
così che peccato si aggiunge a peccato.
2 Partono per discendere in Egitto
senza consultare la mia bocca,
per rifugiarsi sotto la protezione
del faraone
e per ripararsi all'ombra dell'Egitto.
3 Ma la protezione del faraone
sarà la vostra vergogna
e il rifugiarsi all'ombra dell'Egitto
sarà la vostra confusione.
4 Poiché i suoi inviati sono andati a Tanis
e i suoi messaggeri hanno raggiunto
Anusis.
5 Tutti saranno delusi da un popolo inutile,
che non è per loro né di aiuto
né di utilità,
ma di vergogna e d'ignominia.
6 Oracolo sugli animali del Negheb.
Nel paese della tribolazione
e dell'angoscia,
della leonessa e del leone ruggente,
della vipera e del dragone volante,
trasportano sul dorso degli asini le loro
ricchezze
e sulla gobba dei cammelli i loro tesori
a un popolo inutile.
7 L'aiuto dell'Egitto è vano e inutile,
perciò lo chiamo: «Raab a riposo».

Popolo colpevole

8 Ora vieni, scrivi questo su una tavola
davanti ad essi,
scrivilo in un libro,

15-16. Il profeta sembra accennare ai piani di alleanza con l'Egitto che i capi d'Israele vogliono tenere segreti, come se Dio non fosse capace di salvare il suo
popolo. Eppure essi non sono che povera creta nelle
mani dell'Onnipotente (cfr. 30,2).

affinché rimanga per il futuro
una perpetua testimonianza.
9 Perché è un popolo ribelle, sono figli
    bugiardi,
figli che non vogliono ascoltare la legge
    del Signore.
10 Essi dicono ai veggenti: «Non abbiate
    visioni»,
e ai profeti: «Non profetateci il vero;
diteci cose piacevoli, profetateci cose
    fallaci,
11 ritraetevi dal sentiero, stornatevi
    dal cammino,
fate sparire davanti a noi il Santo
    d'Israele».
12 Perciò così parla il Santo d'Israele:
«Poiché voi ripudiate questo oracolo,
confidate in ciò che è perverso
    e tortuoso
e vi appoggiate su ciò,
13 perciò questa colpa sarà per voi come
    una breccia cadente,
che fa rigonfio un alto muro,
il cui crollo avviene subito, in un istante.
14 La sua frattura sarà come quella
    di una giara di vasaio,
frantumata senza pietà,
senza che si possa trovare tra i suoi
    frammenti neppure un coccio,
con cui prendere fuoco dal focolare,
o attingere acqua dalla cisterna».
15 Perché così parla il Signore Dio,
    il Santo d'Israele:
«Nella conversione e nella calma sarete
    salvi,
nella perfetta fiducia sarà la vostra
    forza».
Ma voi non avete voluto,
16 anzi avete detto: «No! Noi fuggiremo
    su cavalli!».
Ebbene fuggite, dunque!
«Cavalcheremo su veloci destrieri!».
Ebbene, più veloci saranno i vostri
    inseguitori!
17 Mille si spaventeranno davanti
    alla minaccia di uno solo,
davanti alla minaccia di cinque
    voi fuggirete,
finché rimarrete come un'antenna
    sulla cima di un monte
e come uno stendardo su una collina.
18 Eppure il Signore attende di farvi grazia,
perciò egli si erge per avere pietà
    di voi,
perché il Signore è un Dio giusto;
beati tutti quelli che confidano in lui!

Conversione del popolo. - 19Sì, popolo di
Sion, che abiti a Gerusalemme, non verserai più lacrime. Ti farà grazia al grido della
tua supplica; quando udirà, ti risponderà.
20Il Signore vi darà il pane della tribolazione e l'acqua dell'oppressione, ma il tuo
maestro non rimarrà più nascosto e i tuoi
occhi vedranno il tuo maestro. 21Le tue
orecchie udiranno dietro a te una parola
che dice: «Questo è il cammino, seguitelo»,
quando dovreste andare a destra o a sinistra. 22Tu considererai come impuri i tuoi
idoli rivestiti d'argento e i tuoi simulacri
ammantati d'oro. Tu li rigetterai come
un'immondezza, dicendo loro: «Fuori!».
23Egli concederà la pioggia per il tuo seme,
che avrai seminato nel suolo; il pane, frutto
della terra, sarà pingue e succulento; il tuo
bestiame pascolerà in quel giorno su una
vasta prateria. 24I buoi e gli asini che lavorano la terra mangeranno una biada salata,
ventilata con la pala e il ventilabro. 25Su
ogni alto monte e su ogni collina elevata vi
saranno dei ruscelli e dei corsi d'acqua, nel
giorno della grande carneficina, quando cadranno le torri. 26Allora la luce della luna
sarà come quella del sole e la luce del sole
diventerà sette volte più potente — come la
luce di sette giorni — nel giorno in cui il Signore fascerà la piaga del suo popolo e guarirà la ferita dei suoi colpi.

Teofania del Signore e fine dell'Assiria

27 Ecco il nome del Signore viene
    da lontano,
ardente è la sua ira, pesante il suo
    carico;
le sue labbra sono piene di furore,
la sua lingua è come un fuoco divorante.
28 Il suo soffio è come un torrente
    straripante,
che giunge fino al collo,
per vagliare le nazioni con un vaglio
    annientatore,
e con un freno insidioso posto
    nelle mascelle dei popoli.
29 Il vostro canto risuonerà
come la notte in cui si celebra la festa;
la gioia del cuore sarà come quando
si parte al suono della musica
per recarsi al monte del Signore,
    alla Rocca d'Israele.
30 Il Signore farà intendere la sua voce
    maestosa,
e mostrerà il suo braccio che colpisce

nel furore della sua ira, nella fiamma
    del fuoco divorante,
nell'uragano di pioggia e pietre
    di grandine.
³¹ Perché l'Assiria tremerà alla voce
    del Signore,
che la percuoterà con la verga.
³² Ogni passaggio della verga sarà
    punizione
che il Signore le farà piombare addosso.
Fra tamburi e cetre, con combattimenti
    a mano alzata,
egli combatterà contro di lei.
³³ Poiché è pronto da tempo il rogo,
è pronto anche per il re, è profondo
    e largo;
il fuoco e la legna abbondano,
il soffio del Signore, come torrente
    di zolfo, lo accenderà.

31 Inutile patto con l'Egitto

¹ Guai a quelli che scendono in Egitto
per cercare aiuto e confidano nei cavalli,
hanno fiducia nei carri perché numerosi
e nei cavalieri perché molto potenti,
e non hanno riguardo per il Santo d'Israele
né cercano il Signore.
² Ma anch'egli è saggio e causerà il disastro,
non ritira le sue parole;
si ergerà contro la casa dei malfattori
e contro l'aiuto di quelli che operano
    l'iniquità.
³ L'Egiziano è un uomo, non un dio,
i suoi cavalli sono carne, non spirito.
Il Signore stenderà la mano:
il protettore inciamperà e il protetto
    cadrà,
periranno tutti insieme.
⁴ Perché così mi ha parlato il Signore:
«Come freme un leone o un leoncello
    per la preda,
contro il quale si è riunito un gruppo
    di pastori,
e non teme il loro grido e non cede
    al loro tumulto,
così il Signore degli eserciti discenderà,
per guerreggiare sul monte Sion
e sulla sua collina.
⁵ Come uccelli che volano,
così il Signore degli eserciti proteggerà
    Gerusalemme,
la proteggerà, la salverà,
la risparmierà e la libererà».

Conversione di Giuda

⁶ Ritornate, o figli d'Israele,
a colui contro il quale vi siete
    completamente rivoltati!
⁷ Sì, in quel giorno ognuno ripudierà
gl'idoli d'argento e gl'idoli d'oro,
che le vostre mani peccatrici
    hanno fabbricato.
⁸ L'Assiria cadrà sotto una spada
che non è umana;
la spada non umana la divorerà.
Fuggirà davanti alla spada
e i suoi guerrieri saranno resi schiavi.
⁹ Nello spavento essa abbandonerà la sua
    rocca,
i suoi capi tremeranno lontani
    dall'insegna.
Oracolo del Signore, che ha un fuoco
    in Sion
e una fornace in Gerusalemme.

32 Il re giusto

¹ Ecco, un re regnerà secondo giustizia
e i prìncipi reggeranno secondo
    il diritto.
² Ognuno sarà come un riparo contro
    il vento
e un rifugio contro la tempesta,
come ruscelli d'acqua in una steppa,
come l'ombra di una grande roccia
    in un'arida terra.
³ Non staranno più chiusi gli occhi
    di quanti vedono
e le orecchie di quanti odono staranno
    attente.
⁴ Il cuore degli sconsiderati s'applicherà
    a comprendere
e la lingua dei balbuzienti parlerà
    chiaramente.
⁵ L'insensato non si chiamerà più nobile
né il furbo sarà detto grande.
⁶ Perché l'insensato dice stoltezze
e il suo cuore medita iniquità,
sì da commettere l'empietà
e proferire errori riguardo al Signore,

---

31. - ¹ La cavalleria egiziana era l'unica che potesse contrastare quella assira; per questo Giuda la cercava come aiuto. Ma il profeta dice che Gerusalemme potrà trovare protezione soltanto in Dio.
⁹ Dio ha sul Sion il *fuoco* e la *fornace*: l'altare degli olocausti e il tempio.

rimandare vuoto lo stomaco
    dell'affamato
e privare di bevanda l'assetato.
7 Il furbo — inique sono le sue furbizie —
    progetta scelleratezze,
per sopprimere i poveri con parole
    menzognere,
mentre il povero espone il suo diritto.
8 Il nobile invece progetta nobili disegni
e si leva per compiere cose nobili.

Le donne spensierate

9 Donne orgogliose, levatevi,
udite la mia voce,
figlie baldanzose,
prestate orecchio alla mia parola!
10 Tra un anno e alcuni giorni
voi tremerete, o baldanzose,
perché è venuta meno la vendemmia
e la raccolta non ci sarà più!
11 Fremete, o orgogliose!
tremate, o baldanzose!
Togliete le vesti, denudatevi,
cingete i vostri lombi!
12 Battetevi il petto per i campi ameni,
per le vigne feraci,
13 per la terra del mio popolo,
sulla quale cresceranno spine e pruni,
e anche per tutte le case giubilanti
    della gaudente città.
14 Poiché il palazzo è abbandonato,
la città tumultuosa è deserta.
L'Ofel e il Bahan diventeranno caverne
    perpetue,
gioia degli onagri e pascolo dei greggi.

Il regno futuro

15 Ma alla fine sarà infuso su di noi
    lo spirito dall'alto;
il deserto diventerà un giardino
e il giardino si cambierà in foresta.
16 Nel deserto dimorerà il diritto
e la giustizia abiterà nel giardino.
17 Effetto della giustizia sarà la pace
e il frutto del diritto sarà sicurezza
e tranquillità perpetua.
18 Il mio popolo abiterà in una dimora
    di pace,
in dimore sicure e in luoghi tranquilli,
19 anche quando cadrà la foresta,
e la città sarà profondamente abbassata.
20 Beati voi che seminerete presso tutte
    le acque,
e lascerete in libertà buoi e asini.

33 Supplica

1 Guai a te, devastatore, che non sei stato
    devastato,
rapinatore, che non sei stato rapinato!
Quando avrai finito di devastare,
    sarai devastato;
quando avrai terminato di rapinare,
    sarai rapinato.
2 Signore, pietà di noi che speriamo
    in te.
Sii il nostro braccio ogni mattino
e la nostra salvezza al tempo
    della tribolazione!
3 Al rumore della minaccia fuggono
    i popoli,
quando ti levi, le nazioni
    si disperdono.
4 La preda si ammucchia come
    si ammucchiano le cavallette,
vi si precipita sopra, come si precipitano
    le locuste.
5 Eccelso è il Signore, poiché dimora
    nell'alto,
riempie Sion di diritto e di giustizia.
6 Vi sarà sicurezza nei tuoi giorni,
ricchezza salutare sarà la saggezza
    e la conoscenza;
il timore del Signore sarà il suo tesoro.

Intervento divino

7 Ecco i loro araldi gridano di fuori,
i messaggeri di pace piangono
    amaramente.
8 Le vie sono deserte,
non vi sono più passanti sulla strada,
si viola il patto,
si respingono i testimoni,
non si ha riguardo per nessuno.
9 Il paese è in lutto, languisce;
il Libano si confonde e intristisce,
il Saron è simile ad una steppa,
Basan e il Carmelo sono brulli.
10 «Ora mi leverò, dice il Signore,
ora mi innalzerò, ora mi glorificherò».
11 Voi avete concepito fieno, partorirete
    paglia;
il mio soffio vi divorerà come fuoco.
12 I popoli saranno fornaci di calce,
spini tagliati che sono arsi nel fuoco.
13 Udite, lontani, ciò che ho fatto
e conoscete, o vicini, la mia potenza!
14 In Sion i peccatori sono presi
    da spavento,

un tremore si impossessa degli empi:
«Chi di noi resisterà al fuoco
divorante,
chi di noi resisterà davanti all'ardore
perpetuo?».
15 Colui che cammina nella giustizia
e parla con rettitudine,
ripudia il guadagno dell'estorsione,
scuote le sue mani per non accettare
regali,
si tura le orecchie per non udire fatti
di sangue,
chiude gli occhi per non vedere il male.
16 Questi dimorerà in alto,
fortezze rocciose saranno il suo rifugio,
sarà fornito di pane e la sua acqua
è assicurata.

Radioso futuro

17 I tuoi occhi contempleranno il re nel suo
splendore,
vedranno un paese immenso.
18 Il tuo cuore mediterà con terrore:
«Dov'è lo scriba? Dov'è colui che
pesa?
Dov'è colui che conta le torri?».
19 Non vedrai più un popolo brutale,
un popolo dal linguaggio oscuro
e incomprensibile,
di lingua barbara, che non
si comprende.
20 Contempla Sion, la città nelle nostre
solennità!
I tuoi occhi vedranno Gerusalemme,
abitazione pacifica, tenda inamovibile;
i suoi pioli non saranno più rimossi
e le sue funi non saranno strappate.
21 Al contrario, là è per noi potente
il Signore,
al pari di fiumi e larghi canali,
in cui non circola nave a remi
e non passa un naviglio potente.
22 Poiché il Signore è il nostro giudice,
il Signore è il nostro legislatore,
il Signore è il nostro re:
egli ci salverà.
23 Le tue corde sono rallentate,
non tengono diritto l'albero della nave,
non dispiegano più le vele.
Allora si dividerà un enorme bottino,
gli zoppi si dànno alla preda.
24 L'abitante della città non dirà: «Sono
infermo»,
il popolo che vi dimora sarà assolto
dalla colpa.

APOCALISSE MINORE

34 I popoli a giudizio

1 Accostatevi, o popoli, per udire;
nazioni, fate attenzione!
Ascolti la terra e ciò che la riempie,
il mondo e quanto esso produce!
2 Perché il Signore si è adirato contro
tutte le nazioni,
si è sdegnato contro tutti i loro eserciti,
li ha condannati all'anatema,
li ha destinati al massacro.
3 I loro trafitti sono stati gettati via,
e dai loro cadaveri sale il fetore,
del loro sangue i monti grondano.
4 Si dissolve tutta l'armata del cielo,
i cieli si arrotolano come un libro,
tutte le loro schiere cadranno,
come cade il pampino della vite,
come le foglie avvizzite del fico.

Punizione di Edom

5 Sì, la mia spada si è inebriata nel cielo,
ecco, essa si abbatte contro Edom
e contro il popolo che ho votato
alla condanna.
6 La spada del Signore è piena
di sangue,
è intrisa di adipe,
del sangue di agnelli e di capri,
del grasso delle viscere dei montoni,
perché il Signore offre un sacrificio
in Bozra,
un grande massacro nella terra
di Edom.
7 Con essi cadono bisonti,
giovenche insieme con tori;
la loro terra gronda sangue
e la loro polvere s'impingua di adipe.
8 Perché è il giorno della vendetta
del Signore,
l'anno della retribuzione per il difensore
di Sion.
9 I suoi torrenti si cambieranno in pece,
la sua polvere in zolfo,
il loro paese diventerà pece ardente.
10 Né giorno né notte si estinguerà,
il suo fumo salirà eternamente;
rimarrà arido di generazione
in generazione,
nessuno più vi passerà.
11 L'occuperanno il pellicano e la civetta,
vi abiteranno il gufo e il corvo.

Il Signore stenderà su di esso la corda
  della solitudine
e la livella del vuoto.
12 Vi prenderanno dimora i satiri
  e i suoi nobili non vi saranno più;
  non vi si proclameranno più i re
  e tutti i suoi prìncipi saranno annientati.
13 Nei suoi palazzi cresceranno le spine,
  nelle sue fortezze ortiche e cardi;
  esso diventerà dimora di sciacalli,
  riparo degli struzzi.
14 Cani selvatici s'incontreranno
    con le iene,
  e i satiri si chiameranno l'un l'altro;
  ivi ancora abiterà Lilìt, trovandovi
    il riposo.
15 Quivi si anniderà la vipera, deporrà
    le uova,
  le coverà, le farà schiudere nell'ombra;
  là si raduneranno pure gli avvoltoi,
  nessuno perderà il suo compagno.
16 Cercate nel libro del Signore e leggete:
  nessuno di essi mancherà,
  perché la sua bocca l'ha comandato
  ed è il suo spirito che li raduna.
17 Egli getterà per essi la sorte;
  la sua mano ha ripartito loro il paese
    con misura,
  lo possederanno per l'eternità,
  vi abiteranno di generazione
    in generazione.

35 La gloria di Gerusalemme

1 Esultino il deserto e la steppa,
  gioisca e fiorisca l'arida terra.
2 Come il colchico fiorisca
    abbondantemente,
  gioisca con allegro tripudio.
  La gloria del Libano le è stata data,
  lo splendore del Carmelo e del Saron.
  Vedranno la gloria del Signore,
  lo splendore del Carmelo e del Saron.
3 Irrobustite le mani fiacche,
  rinsaldate le ginocchia vacillanti.

---

34. - 14. *Lilìt*: genio demoniaco femminile assiro-
babilonese, che, secondo l'opinione popolare, di notte girovagava tra le rovine.
16. *Libro del Signore*: è la profezia d'Isaia: il profeta
scrive la profezia e sfida i posteri a paragonare gli avvenimenti con le sue parole, e assicura che avverranno con ordine tutte, perché la profezia è da Dio stesso, il quale non può ingannare.

4 Dite ai cuori sconvolti: «Coraggio!
  Non temete,
  ecco il vostro Dio! Egli viene
    con la vendetta,
  è la retribuzione divina, egli viene
    e vi salverà».
5 Allora si schiuderanno gli occhi
    dei ciechi
  e le orecchie dei sordi si apriranno.
6 Allora lo zoppo salterà come un cervo
  e la lingua del muto griderà di gioia,
  perché le acque scaturiranno
    nel deserto,
  scorreranno torrenti nella steppa.
7 Il suolo bruciato diventerà una palude
  e quello arido tutto sorgenti di acqua,
  i luoghi in cui riposavano gli sciacalli
  diventeranno canneti e giuncaie.

La processione dei redenti

8 Vi sarà una strada pura,
  sarà chiamata Via sacra;
  nessun impuro vi passerà
  e gli insensati non vi si aggireranno.
9 Non vi sarà più il leone,
  nessuna bestia feroce la percorrerà,
  ma vi cammineranno i redenti.
10 Vi ritorneranno i riscattati dal Signore
  ed entreranno in Sion con grida di gioia;
  eterna allegrezza sarà sul loro capo,
  letizia e allegrezza li raggiungeranno,
  mentre fuggiranno afflizione e gemito.

APPENDICE STORICA

36 Prima ambasciata assira. - 1Nell'an-
no decimoquarto del re Ezechia, Sennacherib, re d'Assiria, attaccò tutte le città
fortificate di Giuda e se ne impossessò. 2Il re
di Assiria inviò il gran coppiere da Lachis a
Gerusalemme al re Ezechia con un'importante scorta. Egli fece sosta presso il canale
della piscina superiore, sulla strada del campo del lavandaio. 3Gli andarono incontro
Eliakìm, figlio di Chelkìa, maggiordomo,
Sebna, lo scriba, e Ioach, figlio di Asaf, l'archivista. 4Il gran coppiere disse loro: «Riferite a Ezechia: Così dice il grande re, il re di
Assiria: Che è questa sicurezza in cui confidi? 5T'immagini forse che la parola delle labbra equivalga al consiglio e alla bravura nella guerra? In chi poni la tua fiducia per esserti ribellato contro di me? 6Ecco, tu confidi nell'Egitto, questa canna rotta che pene-

tra nella mano e la fora se qualcuno vi si appoggia. Così è il faraone, re d'Egitto, per tutti quelli che si fidano di lui. [7]E se mi dite: "Noi confidiamo nel Signore, nostro Dio", non è forse lui, di cui Ezechia rimosse le alture e gli altari e disse a Giuda e a Gerusalemme: "Solo davanti a questo altare voi adorerete"? [8]Orbene, impègnati col mio signore, il re di Assiria, e io ti darò duemila cavalli, se tu potrai fornirmi dei cavalieri per essi. [9]E come potresti tu respingere anche uno dei più piccoli servitori del mio signore? Eppure tu ti fidi dell'Egitto per i carri e i cavalieri. [10]Ho forse marciato contro questo paese per distruggerlo senza la volontà del Signore? Il Signore mi ha detto: "Marcia contro questo paese e distruggilo!"».

[11]Allora Eliakìm, Sebna e Ioach risposero al gran coppiere: «Parla ai tuoi servi in aramaico, perché noi lo comprendiamo; non parlarci in ebraico alle orecchie del popolo che sta sulle mura». [12]Il gran coppiere rispose: «Forse che il mio signore mi inviò a dire queste cose al tuo signore e a te e non piuttosto agli uomini che stanno sulle mura, ridotti a mangiare i loro escrementi e a bere la loro urina insieme con voi?». [13]Il gran coppiere allora si alzò e gridò a gran voce in ebraico: «Ascoltate le parole del gran re, del re d'Assiria! [14]Così parla il re: Che Ezechia non v'inganni, perché non potrà salvarvi. [15]Ezechia non vi faccia riporre la fiducia nel Signore dicendo: "Certamente il Signore ci salverà, questa città non sarà consegnata nelle mani del re d'Assiria". [16]Non date ascolto ad Ezechia, perché così parla il re di Assiria: Fate la pace con noi e arrendetevi; allora ciascuno potrà mangiare i frutti della sua vite e del suo fico e ognuno potrà bere l'acqua della sua cisterna, [17]finché io non venga e vi conduca in un paese simile al vostro, un paese di frumento e di mosto, un paese di pane e di vigne. [18]Ezechia non vi illuda dicendo: "Il Signore ci libererà!". Gli dèi delle nazioni hanno forse salvato il loro paese dalle mani del re d'Assiria? [19]Dove sono gli dèi di Camat e di Arpad? Dove sono gli dèi di Sefarvàim? Hanno forse essi salvato Samaria dalla mia mano?». [20]Quelli tacquero e non risposero nemmeno una parola, perché l'ordine del re era: «Non rispondetegli». [21]Eliakìm, figlio di Chelkìa, maggiordomo, Sebna, scriba, e Ioach, figlio di Asaf, archivista, ritornarono da Ezechia con le vesti stracciate e gli riportarono le parole del gran coppiere.

37 Consultazione del profeta. - [1]Quando il re Ezechia ebbe udito ciò, si stracciò le vesti, si ricoprì di sacco e si portò nel tempio del Signore. [2]Quindi mandò Eliakìm, il maggiordomo, Sebna, lo scriba e gli anziani dei sacerdoti ricoperti di sacco, dal profeta Isaia, figlio di Amoz, [3]a dirgli: «Così parla Ezechia: Questo è un giorno di tribolazione, di castigo e di obbrobrio, perché i figli giungono fino al punto di nascere, ma manca la forza per partorirli. [4]Forse il Signore, Dio tuo, ascolterà le parole del gran coppiere, inviato dal suo signore, il re d'Assiria, per insultare il Dio vivo, e lo castigherà per le parole che il Signore, Dio tuo, ha udito. E tu eleverai una preghiera in favore del resto che ancora sussiste». [5]I servi del re Ezechia giunsero presso Isaia. [6]Disse loro Isaia: «Così direte al vostro signore: Così parla il Signore: Non temere per le parole che hai udito, con le quali i servi del re d'Assiria mi hanno bestemmiato. [7]Ecco, io metterò in lui un tale spirito, che quando avrà inteso una notizia, ritornerà nel suo paese e ivi io lo farò cadere di spada».

Seconda ambasciata assira. - [8]Il gran coppiere se ne ritornò e trovò il re d'Assiria che attaccava Libna. Difatti egli aveva udito che si era allontanato da Lachis. [9]Appena il re sentì dire riguardo a Tiràka, re d'Etiopia: «È uscito per attaccarti», [10]egli inviò di nuovo dei messaggeri ad Ezechia, dicendo: «Così direte ad Ezechia, re di Giuda: Non ti inganni il tuo Dio, nel quale riponi la tua fiducia, dicendoti: "Gerusalemme non sarà consegnata nelle mani del re d'Assiria". [11]Ecco tu hai udito ciò che ha fatto il re d'Assiria in tutti i paesi, votandoli allo sterminio, e tu sarai preservato? [12]Gli dèi delle nazioni, che i miei padri hanno distrutto, hanno forse salvato gli abitanti di Gozan, di Carràn, di Rezef e gli Edeniti di Telassar? [13]Dove sono i re di Camat, quello di Arpad, il re delle città di Sefarvàim, di Enà e di Ivvà?».

Preghiera di Ezechia. - [14]Ezechia prese la lettera dalla mano dei messaggeri e la lesse. Indi salì al tempio e, dispiegatala davanti al Signore, [15]pregò così il Signore: [16]«Signore degli eserciti, Dio d'Israele, che siedi sui cherubini, tu solo sei Dio di tutti i regni della terra. Tu hai fatto i cieli e la terra. [17]Porgi, o Signore, il tuo orecchio e ascolta;

apri, o Signore, i tuoi occhi e vedi; ascolta tutte le parole di Sennacherib, che egli inviò per insultare il Dio vivente! [18]In verità, o Signore, i re d'Assiria hanno sterminato tutte le nazioni e il loro territorio, [19]e hanno consegnato al fuoco i loro dèi, perché quelli non erano dèi, ma opera delle mani dell'uomo, legno e pietra, perciò li hanno annientati. [20]Ma ora, Signore, Dio nostro, salvaci dalla sua mano, e sappiano tutti i regni della terra che tu solo sei il Signore!».

Messaggio del profeta. - [21]Allora Isaia, figlio di Amoz, mandò a dire a Ezechia: «Così parla il Signore, il Dio d'Israele, al quale hai rivolto la preghiera riguardo a Sennacherib, re d'Assiria: [22]Questa è la parola che il Signore ha pronunziato contro di lui:

La vergine figlia di Sion ti disprezza,
si beffa di te la figlia di Gerusalemme,
scuote il capo dietro a te.
[23] Chi hai tu ingiuriato e bestemmiato,
contro chi hai levato la tua voce
ed elevato superbo i tuoi occhi?
Contro il Santo d'Israele!
[24] Per mezzo dei tuoi servi hai insultato
il Signore
e dicesti: "Con i miei carri numerosi
ho scalato la cima dei monti,
le estreme giogaie del Libano,
ne ho reciso i cedri più elevati, i cipressi
più belli;
ho raggiunto le alture più remote
e la sua lussureggiante foresta.
[25] Ho scavato e ho bevuto acque straniere,
ho fatto seccare con la pianta dei miei
piedi
tutti i torrenti dell'Egitto".
[26] Non l'hai forse udito? Da tempo
ho preparato questo;
da giorni antichi ne ho fatto il progetto
e ora lo realizzo:
tuo destino fu di ridurre a un cumulo
di rovine le città fortificate.
[27] I loro abitanti, le mani indebolite,
furono presi da costernazione
e confusione
e divennero come l'erba del campo,
come tenera verzura,
come l'erba dei tetti bruciata dal vento
d'oriente.
[28] Quando ti alzi e quando ti siedi,
quando esci o entri, io lo so.
[29] Poiché ti sei adirato contro di me

e la tua arroganza è salita fino alle mie
orecchie,
ti porrò il mio anello alle narici e il mio
freno alle tue labbra,
ti farò ritornare per la strada per la quale
sei venuto».

Il segno a Ezechia

[30] «Questo ti servirà da segno:
quest'anno si mangerà il seme caduto;
l'anno seguente ciò che cresce da sé;
ma il terzo anno seminerete e mieterete,
pianterete vigne e ne mangerete
il frutto.
[31] Il residuo della casa di Giuda
continuerà a mettere radici in basso,
e farà frutti in alto,
[32] perché da Gerusalemme uscirà un resto
e un residuo dal monte Sion;
lo zelo del Signore degli eserciti farà
questo...
[33] Perciò così dice il Signore del re
d'Assiria:
Non entrerà in questa città
e non vi lancerà alcuna freccia,
non l'attaccherà con scudi
e non eleverà contro di essa un vallo.
[34] Ritornerà indietro per la strada per cui
è venuto
e non entrerà in questa città.
Oracolo del Signore!
[35] Proteggerò questa città per salvarla,
per amore del mio nome e di Davide
mio servo».

Liberazione. - [36]Quella stessa notte scese l'angelo del Signore e colpì nell'accampamento d'Assiria centottantacinquemila uomini. Quando si alzarono al mattino, ecco quelli erano tutti morti. [37]Sennacherib, re d'Assiria, levò il campo, partì, fece ritorno e rimase a Ninive. [38]Or mentre era prosternato nel tempio di Nisrok, dio suo, i suoi figli Adràm-Mèlech e Zarèzer lo uccisero di spada e si salvarono fuggendo nel paese di Ararat. Suo figlio Assarhàddon divenne re al suo posto.

38
Infermità e guarigione del re. - [1]In quei giorni Ezechia si ammalò mortalmente. Il profeta Isaia, figlio di Amoz, andò da lui e gli disse: «Così parla il Signore: Metti ordine in casa tua, perché morirai e non rimarrai in vita». [2]Ezechia voltò la

faccia verso il muro e si mise a pregare il Signore. ³Disse: «Signore, ricòrdati che ho camminato al tuo cospetto con fedeltà e con integrità di cuore e ho compiuto ciò che è bene al tuo cospetto». Ezechia scoppiò in pianto dirotto. ⁴Allora la parola del Signore fu rivolta a Isaia: ⁵«Va' e annuncia a Ezechia: Così parla il Signore, il Dio di Davide, padre tuo: Ho udito la tua preghiera, ho visto le tue lacrime ed ecco, io aggiungo quindici anni ai tuoi giorni. ⁶Libererò dalla mano del re d'Assiria te e questa città, e proteggerò questa città. ⁷Questo è per te il segno da parte del Signore, che egli adempirà la promessa fatta: ⁸io faccio retrocedere l'ombra di dieci gradi, che è discesa sui gradi di Acaz sotto il sole». E il sole retrocesse dieci gradi di quelli che aveva avanzato.

Salmo di Ezechia. - ⁹Cantico di Ezechia, re di Giuda, quando guarì dalla malattia:

¹⁰ Io pensavo: nel mezzo dei miei giorni
 me ne andrò,
  alle porte degli inferi sarò trattenuto
  per il resto dei miei anni.
¹¹ Pensavo: non vedrò più il Signore
  nella terra dei vivi.
 Non contemplerò più alcun uomo
 fra gli abitanti del mondo.
¹² La mia dimora è stata rimossa e gettata
 lontano da me,
  come la tenda dei pastori;
  come un tessitore, hai rotolato la mia
  vita
  per recidermi dalla trama,
 mi hai finito dal giorno alla notte.
¹³ Ho supplicato fino al mattino;
  come un leone, così egli spezza tutte
  le mie ossa;
  dal giorno alla notte mi hai finito.
¹⁴ Pigolo come una rondine, gemo come
 una colomba.
  I miei occhi rivolti verso l'alto sono
  stanchi;
  Signore, sono oppresso, intervieni
  in mio favore!
¹⁵ Che dirò, di che cosa gli parlerò?
  È lui che agisce.
 Io vivo tutti i miei anni
 nell'amarezza dell'anima mia.
¹⁶ Signore, in te spera il mio cuore:
  da' conforto al mio spirito,
  sanami e fammi rivivere!
¹⁷ Ecco, la mia amarezza diventa pace;

 tu hai preservato la mia vita dalla fossa
  della distruzione,
  perché hai gettato dietro le tue spalle
  tutti i miei peccati.
¹⁸ Perché gli inferi non ti lodano
  né la morte ti celebra.
 Non sperano nella tua fedeltà
 coloro che discendono nella fossa.
¹⁹ Il vivente, il vivente è quello che ti loda,
  come faccio io oggi.
 Il padre farà conoscere ai figli la tua
 fedeltà.
²⁰ Il Signore ci salva!
  Per cui canteremo sulle cetre tutti
  i giorni della nostra vita
  nel tempio del Signore.

²¹Isaia disse: «Si prenda una quantità di fichi secchi, si faccia un impiastro sulla ferita e guarirà». ²²Ezechia disse: «Qual è il segno per cui entrerò nel tempio del Signore?».

39 **Ambasciata del re di Babilonia.** - ¹In quel tempo Merodach-Bàladan, figlio di Bàladan, re di Babilonia, inviò lettere e doni a Ezechia, perché aveva udito che Ezechia era caduto ammalato. ²Ezechia se ne rallegrò e mostrò agl'inviati la camera del tesoro, l'argento, l'oro, i profumi, l'olio pregiato, tutto il suo arsenale e tutto ciò che si trovava nei suoi tesori. Non vi fu nulla che Ezechia non abbia mostrato loro nel suo palazzo e in tutto il suo regno. ³Il profeta Isaia si recò dal re Ezechia e gli domandò: «Che cosa hanno detto quegli uomini e donde sono venuti a te?». Rispose Ezechia: «Sono venuti a me da una terra lontana, da Babilonia». ⁴Quegli domandò ancora: «Che cosa hanno visto nel tuo palazzo?». Soggiunse Ezechia: «Hanno visto tutto ciò che si trova nel mio palazzo. Non c'è nulla che non abbia loro mostrato nei miei tesori». ⁵Rispose Isaia a Ezechia: «Ascolta la parola del Signore degli eserciti: ⁶Ecco, verranno dei giorni in cui verrà asportato a Babilonia tutto ciò che si trova nel tuo palazzo e i tesori che i tuoi antenati hanno accumulato fino ad oggi. Nulla vi resterà, dice il Signore. ⁷E dei figli che usciranno dalle tue viscere e hai generato, alcuni saranno presi e diventeranno eunuchi nel tempio del re di Babilonia». ⁸Rispose Ezechia a Isaia: «Buona è la parola del Signore, che hai proferito». Egli pensava: «Vi sarà pace e sicurezza almeno nei miei giorni».

SECONDA PARTE
(cc.40-55)

LIBRO DELLA CONSOLAZIONE

40 Missione profetica

1 «Consolate, consolate il mio popolo,
   dice il vostro Dio.
2 Parlate al cuore di Gerusalemme
   e annunziatele che la sua schiavitù
      è finita,
   che la sua colpa è espiata,
   ch'essa ricevette dalla mano del Signore
   il doppio per tutti i suoi peccati».
3 Una voce grida:
   «Nel deserto preparate la via del Signore!
   Raddrizzate nella steppa la strada
      per il nostro Dio.
4 Ogni valle sia colmata
   e ogni montagna e collina
      siano abbassate,
   il terreno accidentato diventi piano
   e quello scosceso una valle;
5 allora si rivelerà la gloria del Signore
   e ogni uomo la vedrà;
   perché la bocca del Signore ha parlato».
6 Una voce dice: «Annuncia!»,
   e io domando: «Che cosa annuncerò?».
   «Ogni uomo è come erba
   e ogni sua gloria è come fiore del campo.
7 L'erba si secca, il fiore appassisce,
   quando il vento del Signore soffia
      su di essi.
8 L'erba si secca, il fiore appassisce,
   ma la parola del nostro Dio rimarrà
      in eterno».
9 Sali su un'alta montagna, messaggera
      di Sion!
   Eleva con forza la tua voce, messaggera
      di Gerusalemme,
   elevala, non temere!
   Di' alle città di Giuda: «Ecco il vostro
      Dio!».

10 Ecco, il Signore Dio si avanza
      con potenza,
   col suo braccio egli domina;
   ecco: è con lui il suo premio,
   la sua ricompensa lo precede.
11 Come un pastore egli pascola il gregge,
   lo raduna con il braccio,
   porta gli agnellini sul petto,
   e guida al riposo le madri allattanti.

Maestà del Dio creatore

12 Chi misurò le acque del mare col cavo
      della mano
   e colcolò la distesa dei cieli
      con il palmo?
   Chi contenne con un moggio la polvere
      della terra,
   pesò le montagne con la stadera
   e le valli con la bilancia?
13 Chi diresse lo spirito del Signore,
   o lo istruì come consigliere?
14 Con chi si consultò per riceverne
      sapienza
   e per apprendere la via della giustizia,
   per imparare la scienza
   e per rivelargli la via dell'intelligenza?
15 Ecco, le nazioni sono come una goccia
      di un secchio,
   sono considerate come pulviscolo
      sulla bilancia,
   ecco, le isole pesano come la polvere.
16 Il Libano non basterebbe per il rogo,
   né le sue bestie per l'olocausto.
17 Tutte le nazioni sono un nulla davanti
      a lui,
   come nullità e vuoto sono ritenute
      da lui.
18 A chi paragonerete Dio?
   Quale immagine gli potete trovare?
19 Il fabbro fonde l'idolo,
   l'orafo lo ricopre d'oro e fonde
      le catenelle d'argento.
20 Chi ha poco da offrire,
   sceglie un legno che non marcisce,
   si cerca un abile artigiano,
   per preparare una statua che
      non si muove.
21 Forse non lo sapete, non l'avete udito?
   Non vi è stato forse annunciato
      dall'inizio?
   Non avete compreso le fondazioni
      della terra?
22 Egli siede al di sopra della volta
      del mondo,
   i cui abitanti sono come cavallette.

40. - 1. Comincia la seconda parte d'Isaia: in essa
(cc. 40-55) il profeta annunzia la liberazione d'Israele dall'esilio di Babilonia e il regno messianico. Questo capitolo è come un'introduzione a tutta la seconda parte del libro d'Isaia; incontriamo qui le idee
principali sviluppate poi nei capitoli seguenti.
18-24. L'autore mette in stridente contrasto l'inutilità degl'idoli e l'onnipotenza di Dio: quelli sono opera dell'uomo, Dio invece è creatore e dominatore del-
l'universo. Rimprovera anche velatamente gli uomini
che dalla creazione non hanno conosciuto il creatore.

Egli distende i cieli come un velo,
li dispiega come una tenda in cui
    si abita.
23 Egli riduce i prìncipi a un nulla
e rende i dominatori della terra simili
    al niente.
24 Appena sono piantati, appena seminati,
appena i germogli han messo radici
    in terra,
egli soffia su di loro ed essi inaridiscono,
l'uragano li porta via come stoppia.
25 «A chi mi paragonerete,
chi sarebbe il mio uguale?», dice
    il Santo.
26 Levate in alto i vostri occhi
e mirate: chi ha creato tali cose?
Egli fa uscire e conta il loro esercito
e le chiama tutte per nome;
davanti al suo grande vigore e la sua
    ardente forza
nessuno manca.

Fiducia in Dio

27 «Perché dici, o Giacobbe,
e tu, Israele, affermi:
    "Il mio cammino è nascosto al Signore
    e il mio diritto sfugge al mio Dio"?».
28 Non lo sai forse? Non l'hai udito?
Il Signore è un Dio eterno;
egli ha creato i confini della terra,
non si affatica e non si stanca,
la sua intelligenza è insondabile.
29 Egli dà forza allo stanco,
accresce il vigore allo spossato.
30 I giovani si stancano e si affaticano,
gli adulti inciampano e cadono,
31 ma quelli che sperano nel Signore
rinnovano le loro forze,
mettono ali come aquile,
corrono senza affaticarsi,
camminano senza stancarsi.

41 Viene il liberatore!

1 Isole, ascoltatemi in silenzio!
I popoli riacquistino forza, s'avanzino
    e parlino,
aduniamoci insieme a giudizio!
2 «Chi ha suscitato dall'Oriente colui
che chiama la vittoria ad ogni passo?
Chi davanti a lui pone le nazioni
e sottomette i re?

La sua spada li riduce in polvere
e il suo arco li disperde come stoppia.
3 Li insegue, s'avanza con sicurezza,
sfiorando appena la strada
    con i suoi piedi.
4 Chi ha operato e compiuto ciò?
Colui che dall'inizio chiama
    le generazioni.
Io, il Signore, sono il primo
e sarò ugualmente con gli ultimi!».
5 Le isole lo vedono e sono prese
    da timore,
tremano le estremità della terra,
si avvicinano, arrivano.
6 Ognuno aiuta il suo compagno
e dice all'altro: «Coraggio!».
7 L'artigiano incoraggia l'orafo,
chi leviga con il martello incoraggia chi
    batte l'incudine
dicendo della saldatura: «Va bene»,
e la rinforza con chiodi, perché
    non si muova.

Israele servo del Signore

8 Ma tu, Israele, mio servo!
Giacobbe, che ho scelto,
discendenza di Abramo, mio amico;
9 ti ho preso dall'estremità della terra,
e ti ho chiamato dai suoi confini
e ti dissi: «Tu sei il mio servo,
ti ho scelto, non ti ho rigettato».
10 Non temere, poiché io sono con te,
non smarrirti, perché io sono il tuo Dio,
ti do vigore, ti aiuto,
ti sostengo con la mia destra vittoriosa.
11 Ecco, saranno coperti di vergogna
    e confusione
tutti quelli che infuriarono contro di te;
saranno ridotti a un nulla e periranno
gli uomini che ti contrastavano.
12 Tu li ricercherai, ma non troverai
gli uomini che ti muovevano guerra.
13 Sì, io sono il Signore, tuo Dio,
che ti prende per la destra,
che ti dice: «Non temere, io ti vengo
    in aiuto».
14 Non temere, verme di Giacobbe,
larva di Israele!
Io ti aiuto, oracolo del Signore:

---

41. - 6. Spaventati dalla potenza di Ciro, i popoli
s'incoraggiano a vicenda. Probabilmente qui si accenna a patti di mutua assistenza e aiuto firmati tra Babilonia, Egitto e Creso di Lidia contro Ciro.

il tuo redentore è il Santo d'Israele.
15 Ecco, ho fatto di te una trebbia
   nuova, munita di doppi denti;
   tu trebbierai i monti, li stritolerai
   e renderai le colline come la pula.
16 Li ventilerai, il vento li porterà via
   e l'uragano li disperderà;
   tu invece ti rallegrerai nel Signore,
   ti glorierai nel Santo d'Israele.
17 I miseri e i poveri cercano acqua
       e non c'è;
   la loro lingua è inaridita per la sete.
   Io, il Signore, li esaudirò,
   io, Dio d'Israele, non li abbandonerò.
18 Sui colli brulli farò scaturire torrenti
   e sorgenti in mezzo alle valli.
   Renderò il deserto un lago d'acqua
   e la terra arida una fontana.
19 Nel deserto pianterò il cedro, l'acacia,
       il mirto e l'olivo;
   nella steppa metterò il cipresso, l'olmo
       e l'abete.
20 Perché vedano e riconoscano,
   facciano attenzione e comprendano tutti
   che la mano del Signore ha compiuto
       questo
   e il Santo d'Israele l'ha creato.

Nullità degli idoli

21 «Presentate la vostra difesa, dice
       il Signore,
   adducete i vostri argomenti, dice il re
       di Giacobbe.
22 S'avanzino e annunzino quello che accadrà!
   Le cose antiche, quali erano?
   Annunciatele e noi presteremo attenzione.
   Oppure fateci udire le cose future,
   perché ne conosciamo il compimento.
23 Annunciate ciò che avverrà in avvenire
   e noi sapremo che siete dèi.
   Sì, fate del bene o del male
   e noi lo esamineremo e stupiremo insieme.
24 Ecco, voi siete un nulla e la vostra opera
       è niente;
   è in abominazione chi vi sceglie».
25 Ho suscitato dal nord ed è venuto,
   dal sol levante l'ho chiamato per nome.
   Calpesterà i prìncipi come creta
   e come il vasaio calca l'argilla.

26 Chi l'ha annunciato dall'inizio perché
       noi lo sapessimo,
   da molto tempo, perché potessimo dire:
   «È giusto»?
   Ma non c'è nessuno che
       abbia annunciato,
   nessuno che abbia fatto intendere;
   nessuno che abbia udito le vostre parole!
27 Io per primo l'ho annunciato a Sion
   e a Gerusalemme ho dato
       un messaggero!
28 Guardai, non c'era nessuno!
   Tra essi nessuno che sapesse dare
       un consiglio,
   che potessi interrogare e avere
       una risposta.
29 Ecco, tutti sono un nulla,
   un niente le loro opere,
   vento e vuoto i loro simulacri.

42 Primo carme del Servo: missione profetica

1 Ecco il mio servo, che io sostengo,
   il mio eletto, nel quale l'anima mia
       si compiace.
   Ho posto il mio spirito sopra di lui;
   egli proclamerà il diritto alle nazioni.
2 Non griderà, non alzerà il tono,
   non farà udire la sua voce in piazza.
3 Non spezzerà la canna rotta
   e non spegnerà il lumignolo fumigante;
   fedelmente proclamerà il diritto.
4 Non verrà meno e non si accascerà,
   finché non avrà stabilito sulla terra
       il diritto,
   poiché le isole anelano al suo
       insegnamento.

Vittoria della giustizia

5 Così parla il Signore Dio,
   che ha creato e disteso i cieli,
   che ha rafforzato la terra e i suoi
       germogli,
   che ha conferito il respiro al popolo che
       l'abita,
   e il soffio a quelli che in essa
       camminano.
6 Io, il Signore, ti ho chiamato
       nella giustizia
   e ti ho afferrato per mano,
   ti ho formato e ti ho stabilito
   alleanza di popolo e luce delle nazioni,
7 per aprire gli occhi dei ciechi,

---

42. - 1-7. In questo *servo*, di difficile identificazione,
la tradizione cristiana vedrà il Messia, Gesù di Nazaret (Mt 12,20). Il brano forma il primo dei cosiddetti
carmi del Servo di Jhwh; gli altri si trovano in 49,1-6;
50,4-9; 52,13 - 53,12.

far uscire dal carcere i prigionieri
e dalla prigione gli abitatori
delle tenebre.

8 Io sono il Signore, questo è il mio nome;
non cederò ad altri la mia gloria,
né il mio onore agli idoli.

9 I fatti antichi, ecco si sono avverati
e i nuovi li preannuncio;
prima che si producano io li faccio
conoscere.

Inno della redenzione

10 Cantate al Signore un cantico nuovo,
la sua lode dai confini della terra;
lo celebri il mare e ciò che lo riempie,
le isole e i loro abitatori.

11 Esulti il deserto con le sue città
e i villaggi in cui abitano quelli di Kedàr!
Giubilino gli abitanti di Sela,
dalla cima dei monti inneggino!

12 Rendano gloria al Signore
e annuncino la sua lode sulle isole!

13 Il Signore avanza come un eroe,
eccita l'ardore come un guerriero,
lancia il grido di guerra, urla,
riporta vittoria sui suoi nemici.

14 «Ho conservato il silenzio per lungo
tempo,
ho taciuto, mi sono contenuto...;
ora gemo come una partoriente,
sospiro e sbuffo insieme.

15 Devasterò i monti e le valli
e inaridirò tutta la loro vegetazione.
Cambierò i fiumi in isole e asciugherò
le lagune.

16 Farò camminare i ciechi per sentieri che
non conoscono,
li dirigerò per strade sconosciute.
Cambierò davanti a loro le tenebre
in luce
e le vie tortuose in diritte.
Queste cose le compirò per loro
e non li abbandonerò».

17 Retrocedono, coperti di vergogna,
quelli che pongono fiducia negli idoli,
dicendo ai simulacri: «Voi siete i nostri
dèi».

Invito all'ascolto

18 Sordi, udite,
ciechi, guardate e vedete!

19 Chi è cieco, se non il mio servo?
E sordo come il messaggero
che ho inviato?

Chi è cieco come colui che è perfetto,
e sordo come il servo del Signore?

20 Hai visto molte cose senza prestare
attenzione;
hai le orecchie aperte, senza intendere.

21 Il Signore voleva, nella sua giustizia,
esaltare e glorificare la legge,

22 ma esso è un popolo spogliato
e depredato!
Tutti sono trattenuti in caverne, nascosti
nelle prigioni.
Sono stati depredati e nessuno li libera;
spogliàti, e nessuno dice: «Restituisci!».

23 Chi tra voi ha udito ciò,
presta attenzione e ascolta
per l'avvenire?

24 Chi consegnò Giacobbe al saccheggio
e Israele ai predoni?
Non è forse il Signore, contro il quale
abbiamo peccato?
Non si volle camminare nelle sue vie
e non si osservò la sua legge.

25 Allora egli riversò su di lui l'ardore
della sua ira,
e la violenza della guerra:
questa divampò intorno a lui senza che
egli se ne accorgesse,
lo consumò senza che vi facesse
attenzione.

43 Ritorno d'Israele

1 Ora così parla il Signore,
che ti ha creato, o Giacobbe,
che ti ha formato, o Israele:
«Non temere, perché ti ho redento,
ti ho chiamato per nome, tu sei mio.

2 Quando attraverserai le acque, io sarò
con te
e i fiumi non ti sommergeranno.
Quando camminerai in mezzo al fuoco,
non brucerai,
la fiamma non ti consumerà.

3 Perché io sono il Signore, il tuo Dio,
il Santo d'Israele, il tuo salvatore.
Ho dato l'Egitto come prezzo per te,
l'Etiopia e Seba in tua vece.

4 Perché sei prezioso ai miei occhi,
hai valore e io ti amo.
Darò uomini in tua vece
e popoli in cambio di te.

5 Non temere, perché io sono con te.
Farò venire dall'oriente la tua stirpe
e ti radunerò dall'occidente.

⁶ Dirò al settentrione: "Rendili"
  e al mezzogiorno: "Non ricusarli.
  Fa' venire i miei figli da lontano
  e le mie figlie dall'estremità della terra,
⁷ quanti si chiamano con il mio nome,
  quelli che ho creato per la mia gloria,
  li ho formati e sono opera mia!"».

Testimoni dell'unico Dio

⁸ «Fa' uscire il popolo cieco, ma che ha
    gli occhi,
  e i sordi, che pure hanno le orecchie.
⁹ Tutte le nazioni si radunino insieme
  e si raccolgano i popoli.
  Chi tra essi ha potuto annunciare questo
  e ci ha fatto intendere il passato?
  Presentino i loro testimoni per essere
    giustificati,
  perché si ascolti e si dica: "È vero".
¹⁰ Voi siete i miei testimoni, oracolo
    del Signore,
  voi siete miei servi, che ho eletto,
  perché sappiate, crediate in me
  e comprendiate che sono io.
  Prima di me non fu fatto alcun dio
  e dopo di me non vi sarà alcuno.
¹¹ Io, io sono il Signore
  e all'infuori di me non c'è alcun
    salvatore!
¹² Io ho annunciato, salvato e proclamato,
  non un dio straniero tra voi!
  Voi siete i miei testimoni, oracolo
    del Signore,
  e io sono Dio, ¹³dall'eternità sempre
    lo stesso.
  Nessuno può liberare dalla mia mano:
  agisco e chi lo può cambiare?».

Radiose promesse

¹⁴ Così parla il Signore,
  il vostro redentore, il Santo d'Israele:
  «Per riguardo a voi l'ho inviato
    a Babilonia,
  farò cadere tutte le catene,
  e i Caldei eleveranno grida di dolore.
¹⁵ Io, il Signore, sono il vostro Santo,
  il creatore d'Israele, il vostro Re!».
¹⁶ Così parla il Signore che aprì una strada
    nel mare
  e un cammino tra le acque violente,
¹⁷ che fece uscire carri e cavalli
  e un esercito potente;
  giacciono insieme a terra,
    non risorgeranno,

si sono spenti come uno stoppino,
  si sono consumati.
¹⁸ «Non ricordatevi delle cose passate,
  non riflettete più alle cose antiche.
¹⁹ Ecco io faccio una cosa nuova:
  essa già si produce, non riconoscete?
  Sì, aprirò nel deserto una strada,
  metterò fiumi nella steppa,
²⁰ Mi glorificheranno le bestie selvatiche,
  gli sciacalli e gli struzzi,
  perché metterò acqua nel deserto
  e fiumi nella steppa,
  per dissetare il mio popolo, il mio eletto.
²¹ Il popolo che mi sono formato,
  proclamerà la mia lode».

Perdono dei peccati

²² «E tu, Giacobbe, non mi hai invocato,
  anzi ti sei stancato di me, o Israele!
²³ Non mi hai portato i tuoi agnelli
    in olocausto,
  e non mi hai onorato con i tuoi sacrifici.
  Io non ti ho molestato con richieste
    di offerte
  e non ti ho stancato esigendo incenso.
²⁴ Non mi hai acquistato con denaro
    la cannella
  né mi hai saziato con il grasso dei tuoi
    sacrifici.
  Invece mi hai molestato con i tuoi
    peccati
  e mi hai stancato con le tue iniquità.
²⁵ Sono io, sono io che cancello i tuoi
    misfatti,
  per il mio onore non ricorderò più i tuoi
    peccati.
²⁶ Fammi ricordare, discutiamo insieme,
  racconta tu stesso, così da giustificarti!
²⁷ Il tuo primo padre peccò,
  i tuoi interpreti si ribellarono
    contro di me.
²⁸ I tuoi capi hanno profanato il mio
    santuario,
  perciò votai Giacobbe all'anatèma
  e Israele agli obbrobri».

44 Il Signore è fedele

¹ Ora ascolta, Giacobbe, servo mio,
  Israele che ho eletto!
² Così parla il Signore, che ti ha fatto,
  ti ha formato nel seno materno
  e ti aiuta:

«Non temere, servo mio Giacobbe,
Iesurùn, che ho eletto!
3 Perché farò scorrere acqua nella steppa
e fiumi nella terra arida.
Effonderò il mio spirito sulla tua
progenie
e la mia benedizione sulla tua posterità.
4 Cresceranno come erba in mezzo
all'acqua,
come salici lungo i corsi d'acqua.
5 Questi dirà: "Io appartengo al Signore",
quegli si chiamerà col nome
di Giacobbe;
un altro scriverà sulla mano:
"del Signore",
e verrà indicato con il nome d'Israele».
6 Così parla il Signore, il re d'Israele,
il suo redentore, il Signore degli eserciti:
«Io sono il primo e io sono l'ultimo,
all'infuori di me non vi è Dio.
7 Chi è come me? Lo proclami!
Lo annunci e me lo esponga!
Chi ha fatto intendere
le cose future dall'eternità?
Ci annuncino ciò che succederà!
8 Non lasciatevi spaventare e non temete!
Non l'ho forse fatto intendere
e annunciato da molto tempo?
Voi ne siete testimoni: vi è forse un dio
all'infuori di me?
Non vi è una roccia! Non ne conosco!».

Satira antidolatrica. - 9I fabbricatori di idoli
sono tutti un niente e i loro oggetti preziosi
non valgono a nulla. I loro testimoni non
vedono e non comprendono, per cui saranno coperti di vergogna. 10Chi forma un dio
e fonde il simulacro senza attendere vantaggio? 11Ecco, tutti i suoi seguaci saranno coperti di confusione e gli artigiani non sono
che uomini. Si raccolgano tutti e si presentino! Saranno insieme spaventati e confusi.
12Il fabbro lavora il ferro sulle braci e col
martello gli dà la forma, lo rifinisce col suo
braccio vigoroso, soffre la fame ed è estenuato, non beve acqua e si stanca. 13Il falegname stende il regolo, disegna l'idolo con
lo stilo, lo fabbrica con scalpelli, lo misura
con il compasso facendolo a forma d'uomo,
come una splendida figura umana, perché
possa abitare in un tempio. 14Egli si taglia i
cedri, prende un cipresso o una quercia,
che fa crescere vigorosi tra gli alberi della
foresta; egli pianta un frassino, che la pioggia fa crescere. 15Ciò serve all'uomo per
bruciare; ne prende una parte, e si scalda e

ancora ne accende il fuoco e cuoce il pane;
con il resto fabbrica un dio e l'adora, ne fa
un simulacro e lo venera. 16Una metà la
brucia al fuoco e sulle sue braci cuoce la
carne, mangia l'arrosto e si sazia, inoltre si
riscalda e dice: «Ah, mi sono riscaldato, ho
visto la fiamma!». 17Con il resto egli fabbrica un dio, un simulacro, lo venera, lo adora
e gli rivolge la preghiera dicendo: «Salvami,
perché tu sei il mio dio!». 18Non sanno e
non comprendono, perché i loro occhi sono
coperti in modo da non vedere, i loro cuori
impediti in modo da non comprendere.
19Egli non considera nel suo cuore, non ha
né scienza né intelligenza per dire: «La
metà l'ho bruciata sul fuoco e sulle sue braci ho anche cotto il pane; ho arrostito la
carne e l'ho mangiata; con il resto fabbri-
cherò l'abominazione, venererò un pezzo
di legno»? 20Egli si pasce di cenere, il suo
cuore sedotto lo travia; egli non salverà la
sua vita e non dirà: «Non è forse una falsità
ciò che tengo in mano?».

Il Signore della storia

21 «Ricorda queste cose, o Giacobbe,
o Israele, poiché tu sei il mio servo!
Ti ho formato, tu sei il mio servo;
o Israele, io non ti dimenticherò!
22 Ho disperso come una nube le tue
trasgressioni,
i tuoi peccati come una nuvola.
Ritorna a me, perché io ti ho redento».
23 Giubilate, o cieli, perché il Signore
ha agito!
Esultate, profondità della terra!
Gridate di gioia, o montagne,
e tu, foresta, con tutti i tuoi alberi!
Perché il Signore ha redento Giacobbe
e ha manifestato la sua gloria in Israele.
24 Così parla il Signore, il tuo redentore,
colui che ti ha formato fin dal seno
materno:
«Io sono il Signore che ha creato tutto,
che da solo ho disteso i cieli,
ho fissato la terra: chi era con me?
25 Io anniento i presagi degli indovini
e faccio delirare i maghi;
faccio indietreggiare i sapienti
e rendo folle la loro scienza.
26 Confermo la parola del mio servo
e do successo al consiglio dei miei
inviati;
io che dico a Gerusalemme:
"Sarai abitata"

e alle città di Giuda:
  "Sarete ricostruite",
e riedificherò le sue rovine.
27 Sono io che dico all'oceano: "Séccati",
  e faccio inaridire i tuoi fiumi.
28 Sono io che dico a Ciro: "Mio pastore"!
  Ed egli compirà tutti i miei desideri;
  che dico a Gerusalemme:
  "Sarai riedificata",
  e al tempio: "Sarai ristabilito"!».

45 Ciro, l'unto del Signore

1 Così parla il Signore al suo consacrato,
  a Ciro, che ha preso per la destra,
  per abbattere davanti a lui le nazioni
  e per sciogliere le cinture ai lombi
    dei re,
  per aprire dinanzi a lui i battenti
  e perché le porte non restino chiuse.
2 «Io marcerò davanti a lui,
  appianerò i pendii,
  distruggerò le porte di bronzo
  e spezzerò le sbarre di ferro.
3 Ti consegnerò tesori segreti e depositi
    ben celati,
  onde tu sappia che io sono il Signore,
  il Dio d'Israele che ti chiamo per nome.
4 Per amore del mio servo Giacobbe
  e di Israele, mio eletto,
  ti ho chiamato per nome,
  ti ho dato un titolo quando tu non mi
    conoscevi.
5 Io sono il Signore, non ve n'è altri;
  all'infuori di me non vi è dio!
  Ti ho cinto quando tu non mi conoscevi
6 onde sappiano dall'oriente
    e dall'occidente
  che vi è il nulla all'infuori di me;
  io sono il Signore e non vi è altri.
7 Io formo la luce e creo le tenebre,
  faccio il benessere e provoco la sciagura,
  io, il Signore, faccio tutto questo».
8 Stillate, o cieli, dall'alto,
  e le nubi facciano piovere la giustizia!
  Si squarci la terra, fiorisca la salvezza
  e insieme germogli la giustizia!
  Io, il Signore, ho creato questo.

Chi può sfidare il Signore?

9 Guai a chi contende con chi
    l'ha formato,
  al vaso che discute con i plasmatori
    di ceramica!
  Forse che l'argilla dice al vasaio:
    «Che fai?»,
  oppure: «La tua opera non ha manichi»?
10 Guai a chi dice al padre:
    «Che hai generato?»,
  e alla madre: «Che hai dato alla luce?».
11 Così parla il Signore, il Santo d'Israele
  che lo ha formato:
    «Siete forse voi che mi interrogate
      sui miei figli
    e mi date ordini circa l'opera delle mie
      mani?
12 Io ho fatto la terra e ho creato l'uomo
      su di essa;
  io, le mie mani hanno disteso i cieli
  e comando a tutte le loro schiere.
13 Io l'ho suscitato per la giustizia,
  e ho appianato tutte le sue vie.
  Egli ricostruirà la mia città
  e rimanderà i miei deportati,
  non per denaro né per regali»,
    dice il Signore degli eserciti.

Conversione dei popoli

14 Così parla il Signore:
  «I prodotti dell'Egitto, le merci dell'Etiopia
  e i Sabei, uomini di alta statura,
  passeranno a te e saranno tuoi,
  marceranno dietro a te incatenati,
  si prostreranno davanti a te
    e ti pregheranno:
  Solo con te vi è Dio, non vi è altri;
  non vi sono altri dèi».
15 Veramente tu sei un Dio nascosto,
  Dio d'Israele, salvatore!
16 Saranno svergognati e confusi
  quelli che si ergono contro di te;
  se ne andranno con ignominia
    i fabbricatori di idoli.
17 Israele sarà salvato dal Signore
    con salvezza eterna;
  non sarete coperti di vergogna
    né d'ignominia per l'eternità.
18 Poiché così parla il Signore che ha creato
      i cieli,
  egli che è Dio, che ha formato e fatto
      la terra;
  egli l'ha stabilita, non l'ha creata caotica
    e informe,

---

45. - 14. Parole rivolte a Israele. Le opere di Dio a
favore del suo popolo lo faranno riconoscere come
vero Dio anche da popoli lontani, i quali abbandoneranno i loro dèi e andranno ad adorare il vero Dio a
Gerusalemme.

ma l'ha formata perché sia abitata:
«Io sono il Signore e non ve n'è altri.
¹⁹ Non ho parlato in segreto,
in un angolo di regione tenebrosa.
Non ho detto alla discendenza
   di Giacobbe:
Cercatemi invano.
Io sono il Signore, che dico ciò che
   è retto,
che annuncio cose vere.
²⁰ Radunatevi e venite,
avvicinatevi insieme, scampati
   delle nazioni!
Sono ignoranti quelli che trasportano
   il loro simulacro di legno,
e pregano un dio che non può salvare.
²¹ Annunciate, presentate le prove,
consultatevi pure insieme!
Chi aveva fatto intendere ciò
   nel passato,
chi l'aveva annunciato da allora?
Non sono forse io, il Signore?
Non c'è altro Dio all'infuori di me;
un Dio giusto e salvatore non c'è
   all'infuori di me!
²² Volgetevi a me e sarete salvi,
voi tutti confini della terra!
Perché io sono Dio e non ve n'è altri!
²³ Ho giurato per me stesso,
dalla mia bocca è uscita la giustizia,
una parola che non sarà revocata:
sì, davanti a me si piegherà ogni
   ginocchio,
per me giurerà ogni lingua,
²⁴ dicendo: Solo nel Signore si trova
   la giustizia e la potenza».
A lui verranno, coperti di vergogna,
tutti quelli che fremevano contro di lui.
²⁵ Per il Signore sarà giusta e si glorificherà
tutta la discendenza di Israele.

46 Rovina degli dèi

¹ Bel è prostrato, Nebo si è rovesciato;
i loro idoli sono dati agli animali
   e ai giumenti;
i loro carichi sono trasportati come peso
   spossante.
² Sono rovesciati, sono prostrati insieme,
non possono salvare quelli che
   li portano,
andando essi stessi in schiavitù.
³ Ascoltatemi, casa di Giacobbe,
e tutto il resto della casa d'Israele,

voi, portati da me sin dalla nascita,
di cui mi sono incaricato sin dal seno
   materno:
⁴ «Fino alla vecchiaia io sarò lo stesso,
fino alla canizie io vi porterò.
Io l'ho fatto, io me ne caricherò ancora,
io vi porterò e vi salverò.
⁵ A chi mi potete paragonare e assimilare,
con chi mi potete confrontare, quasi
   fossimo simili?
⁶ Traggono l'oro dalla borsa
e pesano l'argento con la bilancia,
pagano l'orafo, perché fabbrichi un dio,
poi lo venerano e lo adorano.
⁷ Se lo caricano sulle spalle e lo portano,
poi lo depongono sulla base e rimane
   diritto.
Dal posto suo non si muove;
lo si invoca, ma non risponde,
non libera nessuno dalla tribolazione».

Il Signore dell'avvenire

⁸ «Ricordate ciò e siate confusi,
o prevaricatori, considerate nel vostro
   cuore!
⁹ Ricordate le cose passate da lungo
   tempo,
poiché io sono Dio e non vi è altri;
sono Dio e niente è come me!
¹⁰ Dall'inizio ho annunciato l'avvenire,
dall'antico ciò che non è ancora
   compiuto.
Dico: il mio progetto permane,
farò tutto ciò che mi piace.
¹¹ Chiamo dall'oriente l'uccello rapace,
da terra lontana l'uomo del mio
   progetto.
Come ho parlato, così lo compirò;
ho formato il progetto, lo attuerò.
¹² Ascoltatemi, ostinati di cuore,
voi che siete lontani dalla giustizia!
¹³ Faccio avvicinare la mia giustizia;
   non è lontana,
la mia salvezza non tarderà.
Porrò in Sion la salvezza,
a Israele darò la mia gloria».

47 Crollo di Babilonia

¹ Scendi, siediti nella polvere,
o vergine, figlia di Babilonia!
Siediti sulla terra, senza trono, figlia
   dei Caldei!

Perché non sarai più chiamata tenera
   e delicata.
2 Prendi la mola e macina la farina!
   Rimuovi il tuo velo, scopri lo strascico,
   denuda le gambe, attraversa i fiumi!
3 La tua nudità sarà scoperta,
   e apparirà il tuo obbrobrio.
   Farò vendetta e nessuno intercederà.

Accusa

4 Il nostro redentore, il cui nome
   è Signore degli eserciti,
   il Santo d'Israele, dice:
5 «Siedi silenziosa ed entra nelle tenebre,
   figlia dei Caldei,
   perché non sarai più chiamata signora
   dei regni!».
6 Mi sono adirato contro il mio popolo,
   ho profanato la mia eredità;
   li ho consegnati in tuo potere,
   ma tu non hai dimostrato loro pietà.
   Sugli anziani facesti pesare il tuo giogo
   enormemente.
7 Tu pensavi: «Sarò per sempre,
   sarò sovrana in perpetuo».
   Non hai considerato queste cose,
   non hai meditato sul loro seguito.

Sterilità e vedovanza

8 E ora ascolta questo, o voluttuosa,
   che riposi sicura, che pensi in cuor tuo:
   «Io e nessun altro! Non rimarrò vedova,
   non conoscerò la mancanza di figli!».
9 Queste due cose piomberanno su di te,
   istantaneamente, in un sol giorno:
   mancanza di figli e vedovanza
   verranno a te in piena misura,
   malgrado l'abbondanza dei tuoi sortilegi
   e la potenza dei tuoi numerosi scongiuri.

La sapienza umiliata

10 Confidavi nella tua malizia e dicevi:
   «Nessuno mi vede».
   La tua sapienza e la tua scienza
   ti hanno fuorviato.

---

48. - 1-11. Commovente parola rivolta da Dio al suo
popolo per manifestargli i motivi della propria condotta. Quanto Dio fece e predisse, fu per il bene del
popolo, di cui conosceva la dura cervice e la tenden-
za all'idolatria, e per l'onore del proprio nome e della
parola data che non annienta Israele, pur colpevole
di tante infedeltà.

Eppure tu pensavi nel tuo cuore:
   «Io e nessun altro».
11 Ti sopraggiungerà la disgrazia,
   che tu non potrai scongiurare;
   cadrà su di te la rovina,
   che non potrai evitare;
   verrà su di te all'istante
   la catastrofe, che non hai previsto.
12 Rimani con i tuoi incantesimi
   e con la moltitudine dei tuoi sortilegi,
   per i quali ti sei affaticata sin dalla
   giovinezza:
   forse te ne potrai giovare,
   forse ti renderai terribile!
13 Ti sei stancata per i tuoi molti
   consiglieri:
   si presentino, e ti salvino quelli che
   misurano il cielo,
   che contemplano le stelle
   e pronosticano ogni mese ciò che ti
   accadrà.
14 Ecco, sono diventati come paglia;
   il fuoco li ha bruciati!
   Non salveranno le loro persone
   dal potere della fiamma.
   Ma non sono braci per cuocere il pane
   né focolare per sedervisi davanti.
15 Così sono stati per te i tuoi
   incantatori,
   con i quali ti sei affaticata
   sin dalla giovinezza.
   Ognuno erra per conto suo,
   non c'è nessuno che ti salvi!

48 Eventi antichi e nuovi

1 Ascoltate ciò, o casa di Giacobbe,
   voi che siete chiamati con il nome
   d'Israele,
   che siete usciti dalle fonti di Giuda,
   voi, che giurate nel nome del Signore
   e invocate il Dio d'Israele,
   ma senza verità e senza giustizia!
2 Poiché portate il nome della città santa
   e vi appoggiate sul Dio d'Israele,
   il cui nome è Signore degli eserciti,
3 Da tempo avevo annunciato gli eventi
   passati,
   erano usciti dalla mia bocca
   e li avevo proclamati;
   d'improvviso ho agito e sono accaduti.
4 Sapevo che eri ostinato;
   che il tuo dorso è una sbarra di ferro
   e la tua fronte di bronzo,

⁵ perciò te li annunciai da tempo,
    prima che accadessero te li feci sapere,
    affinché non avessi a dire: «Il mio idolo
       le ha fatte,
    la mia statua, il mio simulacro
       le hanno ordinate».
⁶ Hai udito e visto tutto ciò.
    Non lo vorresti forse ammettere?
    Da ora ti faccio intendere cose nuove
    e segrete che tu non conoscevi.
⁷ Ora sono state create, non da tempo;
    prima di questo giorno
       non le avevi udite,
    perché tu non dica: «Ecco, io
       le conoscevo».
⁸ Non l'avevi udito né saputo,
    né il tuo orecchio si era aperto prima,
    perché sapevo che agivi perfidamente
    e sin dal seno materno eri chiamato
       infedele.
⁹ A causa del mio nome rallentai la mia
       collera,
    a causa del mio onore mi frenai a tuo
       favore,
    per non distruggerti.
¹⁰ Ecco, ti ho epurato come l'argento
    e ti ho provato nel forno dell'afflizione.
¹¹ Per amore di me stesso, solo per amore
    di me stesso l'ho fatto!
    Perché lasciar profanare il mio nome?
    Non cederò ad altri la mia gloria.

«Io l'ho chiamato!»

¹² Ascoltami, o Giacobbe,
    Israele, che io ho chiamato!
    Sono io, sono io il primo,
    io sono anche l'ultimo.
¹³ Sì, la mia mano fondò la terra
    e la mia destra distese i cieli.
    Io li chiamo e insieme essi
       si presentano.
¹⁴ Tutti voi radunatevi e ascoltate!
    Chi tra essi annunciò tali cose?
    Il mio amato eseguirà il mio volere
    contro Babilonia e la stirpe dei Caldei.
¹⁵ Io, io ho parlato e l'ho chiamato,
    l'ho fatto venire e ho fatto prosperare
    la sua impresa.
¹⁶ Avvicinatevi a me, ascoltate questo:
    «Non ho parlato all'inizio di nascosto,
    dal tempo in cui ciò è avvenuto,
       io ero là».
    «E ora il Signore Dio mi ha inviato
       con il suo spirito».

«Lasciate Babilonia!»

¹⁷ Così parla il Signore, il tuo redentore,
       il Santo d'Israele:
    «Io sono il Signore, il tuo Dio,
    che ti insegna ciò che è vantaggioso,
    che ti guida sulla strada che percorri.
¹⁸ Ah, se tu avessi badato ai miei comandi,
    la tua pace sarebbe come un fiume
    e la tua giustizia come le onde del mare!
¹⁹ La tua discendenza sarebbe come la sabbia
    e come i suoi granelli i nati dalle tue
       viscere;
    il tuo nome non sarebbe annientato
    né distrutto al mio cospetto!».
²⁰ Uscite da Babilonia, fuggite dai Caldei!
    Con voce di giubilo annunciate,
    fate sapere questo, divulgatelo fino
       all'estremità della terra.
    Dite: «Il Signore ha redento il suo servo
       Giacobbe».
²¹ Non soffrono la sete nell'arida regione
       in cui li condusse;
    fa scaturire per essi acqua dalla roccia,
    spacca la roccia e sgorgano le acque.
²² Non vi è pace per gli empi,
    dice il Signore.

49 Secondo carme del Servo: luce delle nazioni

¹ Isole, ascoltatemi,
    prestate attenzione, o popoli lontani!
    Dal seno materno il Signore
       mi ha chiamato,
    dalle viscere della madre mia
    ha fatto menzione del mio nome.
² Rese la mia bocca come una spada
       tagliente,
    mi nascose sotto l'ombra della sua mano,
    mi rese una freccia appuntita,
    mi ripose nella sua faretra.
³ E mi disse: «Tu sei il mio servo, Israele,
    per mezzo del quale mostrerò la mia
       gloria».
⁴ Io dissi: «Invano mi sono affaticato;
    per nulla e inutilmente ho esaurito
    la mia forza.
    Eppure il mio diritto è presso il Signore,
    la mia ricompensa è presso il mio Dio».

---

49. - ¹· Secondo san Paolo (At 13,47; 2Cor 6,2),
qui parla il Messia.
    ³· *Israele*: è una precisazione probabilmente ag-
giunta dalla tradizione ebraica, incompatibile con il
contenuto dei vv. 5-6.

5 E ora, dice il Signore
   che dal seno materno mi ha formato
      per essere suo servo,
   per ricondurre a lui Giacobbe
   e perché Israele gli fosse radunato,
   — e fui onorato agli occhi del Signore
   e il mio Dio fu la mia forza —
6 e disse: «È poco che tu sia mio servo
   per rialzare le tribù di Giacobbe
   e ricondurre i superstiti d'Israele;
   perciò ti farò luce delle nazioni,
   perché la mia salvezza raggiunga
      l'estremità della terra».

Il giorno della salvezza

7 Così parla il Signore,
   il redentore di Israele, il suo Santo,
   a colui la cui persona è disprezzata,
      all'aborrito dalle nazioni,
   al servo dei potenti:
   «I re vedranno e si alzeranno, i prìncipi
      si prostreranno
   a causa del Signore, che è fedele,
   del Santo d'Israele, che ti ha scelto».
8 Così parla il Signore:
   «Nel tempo della benevolenza
      ti ho esaudito
   e nel giorno della salvezza ti ho prestato
      soccorso.
   Ti ho formato e ti ho fatto alleanza
      per il popolo,
   per rialzare il paese e ricuperare eredità
      devastate,
9 per dire ai carcerati: "Uscite",
   e a quanti si trovano nelle tenebre:
      "Venite fuori".
   Pascoleranno su tutte le vie
   e su tutti i colli brulli avranno i loro
      pascoli.
10 Non avranno né fame né sete,
   non li colpiranno né l'arsura
      né il sole,
   poiché colui che ha pietà di loro
      li guiderà
   e li condurrà alle sorgenti di acque.
11 Trasformerò tutti i monti in strade
   e i miei sentieri saranno elevati.
12 Ecco, questi vengono da lontano,
   ecco, quelli dal settentrione
      e dall'occidente,
   e quelli dalla terra di Assuan».

La consolazione di Sion

13 Giubilate, o cieli, esulta, o terra,
   tripudiate di gioia, o monti!
   Perché il Signore consola il suo popolo
   e ha compassione dei suoi afflitti.
14 Sion diceva: «Il Signore mi
      ha abbandonato,
   il Signore mi ha dimenticato».
15 «Forse che la donna si dimentica del suo
      lattante,
   cessa dall'aver compassione del figlio
      delle sue viscere?
   Anche se esse si dimenticassero,
      io non ti dimenticherò.
16 Ecco, ti ho descritta sulle palme
      delle mie mani,
   le tue mura sono sempre al mio
      cospetto.
17 I tuoi ricostruttori si affrettano,
   i tuoi demolitori e devastatori
      se ne vanno».
18 Volgi intorno i tuoi occhi e guarda:
   tutti si radunano, vengono da te.
   Come io vivo, oracolo del Signore,
   essi sono tutti come un ornamento
      di cui ti rivesti,
   essi ti orneranno come una sposa!
19 Poiché le tue rovine, le tue desolazioni,
   il tuo paese distrutto,
   saranno ora troppo ristretti
      per gli abitanti,
   mentre i tuoi divoratori
      si allontaneranno.
20 Ancora ti diranno alle orecchie
   i figli, di cui fosti privata:
   «Lo spazio è troppo angusto per me,
   fammi posto, perché possa abitare!».
21 Tu dirai allora nel tuo cuore:
   «Chi mi generò costoro?
   Io ero priva di figli e sterile, questi chi
      li ha allevati?
   Ecco, io ero rimasta sola, e questi dove
      erano?».
22 Così parla il Signore Dio:
   «Ecco, alzerò la mia mano verso
      le nazioni,
   drizzerò il mio stendardo verso i popoli
   e riporteranno i miei figli nel loro manto
   e le tue figlie saranno portate sulle spalle.
23 I re saranno i tuoi padri
   e le loro principesse tue nutrici.
   Con la faccia a terra essi
      si prosterneranno davanti a te
   e lambiranno la polvere dei tuoi piedi;
   allora saprai che io sono il Signore

---

7. Il contrasto è stridente: il Servo sarà disprezzato
e oltraggiato, ma alla fine glorificato.

e che non saranno confusi quelli che
  sperano in me.
24 Si strappa forse la preda all'eroe?
  Il prigioniero del tiranno viene forse
    liberato?».
25 Sì, così parla il Signore:
  «Anche il prigioniero dell'eroe
    verrà strappato
  e la preda del tiranno sarà liberata.
  Io stesso farò querela ai tuoi accusatori,
  io stesso salverò i tuoi figli.
26 Ai tuoi oppressori farò divorare le loro
    carni,
  si inebrieranno del loro sangue come
    del mosto.
  Allora ogni uomo saprà
  che io sono il Signore, tuo salvatore,
  il tuo redentore, il forte di Giacobbe».

50 Giudizio e salvezza

1 Così parla il Signore:
  «Dov'è la lettera di ripudio della vostra
    madre,
  con la quale io l'ho ripudiata?
  O a quale dei miei creditori
    io vi ho venduto?
  Ecco, a causa delle vostre iniquità
  voi siete stati venduti,
  a causa delle vostre trasgressioni
  la madre vostra è stata ripudiata.
2 Perché, quando sono venuto, non c'era
    nessuno?
  Perché, quando ho chiamato, nessuno
    rispose?
  Forse che la mia mano è troppo corta
    per redimere,
  non ho io la forza per salvare?
  Ecco, con la minaccia io prosciugo
    il mare
  e rendo i fiumi un deserto;
  i loro pesci imputridiscono
    per mancanza d'acqua
  e muoiono di sete.
3 Rivestirò i cieli di nero,
  e metterò loro un sacco per manto».

Terzo carme del Servo:
sofferenza e fiducia

4 «Il Signore Dio mi diede una lingua
    di discepolo,
  perché io sappia sostenere lo stanco con
    la parola.

Egli risveglia il mio orecchio,
  perché io ascolti come fanno i discepoli.
5 Il Signore Dio mi aprì l'orecchio
  e io non sono stato ribelle,
  non mi sono tirato indietro.
6 Presentai il mio dorso a quelli che mi
    percuotevano,
  le mie guance a quelli che mi
    strappavano la barba.
  Non nascosi la mia faccia agli oltraggi
    e agli sputi.
7 Il Signore Dio mi prestò soccorso,
  per cui non sono confuso;
  perciò resi la mia faccia come una pietra,
  e so che non sarò confuso.
8 È vicino colui che mi rende giustizia;
  chi contenderà con me? Presentiamoci
    insieme!
  Chi è il mio accusatore? Si accosti a me!
9 Ecco, il Signore Dio mi presta soccorso;
  chi mi dichiarerà colpevole?
  Ecco, tutti si logorano come una veste,
  la tignola li divorerà».

Invito del Servo

10 Chi tra voi teme il Signore
  e ascolta la voce del suo servo,
  chi cammina nelle tenebre senza alcuna
    luce,
  confidi nel nome del Signore
  e si appoggi nel suo Dio!
11 Ecco, voi tutti che accendete un fuoco,
  che attizzate braci ardenti,
  andate nelle fiamme del vostro fuoco,
  e tra i tizzoni che avete fatto bruciare!
  Dalla mia mano vi è capitato ciò,
  nel tormento giacerete.

51 Certezza di salvezza

1 Ascoltatemi, voi che volete la giustizia
  e cercate il Signore:

---

50. - [1] Dio, avendo condannato Sion all'esilio, non
le ha dato il libello del ripudio, non ha venduto i suoi
figli: se furono puniti, fu per i loro peccati. Però, se
Dio non diede il libello di ripudio, significa che dopo
il castigo è disposto a riaccettare il suo popolo pentito
e prossimo al ritorno.
  [4ss.] Il Servo parla di sé e della sua missione.
  [5.] *Dio mi aprì l'orecchio*: per udire la parola divina
e accoglierla. Il Servo, infatti, per quanto la missione
impostagli da Dio sia dura e difficile, non si rifiuta.

guardate la roccia da cui siete stati tagliati,
e la cava da cui siete stati estratti!
2 Guardate ad Abramo, vostro padre,
a Sara, che vi ha generato,
perché lo chiamai quand'era solo,
lo benedissi e lo moltiplicai.
3 Sì, il Signore conforta Sion,
conforta tutte le sue rovine,
rende il suo deserto come l'Eden
e la sua steppa come il giardino del
Signore.
Giubilo e allegrezza si troveranno in essa,
ringraziamento a suon di musica.
4 Prestatemi attenzione, o popoli,
nazioni, ascoltatemi,
poiché da me procederà la legge
e il mio diritto sarà luce dei popoli.
5 In un istante la mia giustizia sarà vicina,
si manifesterà la mia salvezza
e le mie braccia giudicheranno i popoli.
Le isole spereranno in me
e attenderanno il mio braccio.
6 Levate i vostri occhi al cielo
e guardate la terra di sotto,
perché i cieli si dissolveranno come
una nube,
la terra si logorerà come un vestito
e i suoi abitanti periranno come mosche,
ma la mia salvezza rimarrà in eterno
e la mia giustizia non tramonterà.
7 Ascoltatemi, o conoscitori della giustizia,
popolo, che ha nel cuore la mia legge:
non temete l'obbrobrio degli uomini,
non vi spaventate per i loro oltraggi!
8 Poiché la tignola li divorerà come
una veste
e le tarme li divoreranno come lana,
ma la mia giustizia rimarrà in eterno
e la mia salvezza di generazione
in generazione.

Il braccio del Signore

9 Risvégliati, risvégliati, rivèstiti di forza,
o braccio del Signore,
risvégliati come nei giorni antichi,
al tempo delle generazioni passate!
Non sei forse tu quello che hai spezzato
Raab
e hai trafitto il dragone?
10 Non sei forse tu quello che prosciugasti
il mare,
le acque del grande abisso,
e hai fatto delle profondità del mare
una strada,
perché i redenti l'attraversassero?

11 Quelli che il Signore ha liberato,
ritorneranno,
arriveranno a Sion acclamando;
sul loro capo vi sarà una gioia eterna,
giubilo e gioia li accompagnano,
afflizione e gemito scompariranno.
12 Sono io, sono io che vi consolo!
Chi sei tu da temere
un uomo mortale e un figlio dell'uomo,
che è destinato a essere come erba?
13 Tu hai dimenticato il Signore che ti creò,
distese i cieli e fondò la terra;
non cessavi di tremare tutto il giorno
davanti allo sdegno dell'oppressore,
quando tentava di distruggerti.
Ma dov'è ora lo sdegno dell'oppressore?
14 L'oppresso sarà presto liberato,
non morirà nella fossa né gli mancherà
il pane.
15 Io sono il Signore, tuo Dio,
che sconvolge il mare e ne fa fremere
i flutti.
Signore degli eserciti è il mio nome.
16 Ho posto le mie parole sulla tua bocca,
ti ho nascosto all'ombra della mia mano,
quando distesi i cieli e fondai la terra
e dissi a Sion: «Tu sei il mio popolo».

La coppa della collera

17 Ridéstati, ridéstati, sorgi, Gerusalemme!
Tu che bevesti dalla mano del Signore
il calice della sua ira;
la coppa della vertigine l'hai bevuta,
l'hai vuotata.
18 Non c'è nessuno che la guidi
tra tutti i figli che ha generato,
non c'è nessuno che la prenda per mano
tra tutti i figli che ha allevato.
19 Queste due cose ti sono capitate:
chi ti compatirà?
Desolazione e distruzione, fame e spada:
chi ti consolerà?
20 I tuoi figli giacciono senza vigore
agli angoli di tutte le vie,
come antilope in una rete,
pieni dello sdegno del Signore,
della minaccia del tuo Dio.
21 Perciò ascolta questo, o sventurata,
o ebbra, ma non di vino!
22 Così parla il tuo Signore, Dio,
il tuo Dio che difende il suo popolo:
«Ecco che prendo dalla tua mano
il calice della vertigine,
la coppa del mio sdegno, tu non la berrai
più.

23 La porrò in mano ai tuoi torturatori
   che dicevano a te: "Cùrvati, ché
       noi passiamo sopra".
   Allora tu facevi del tuo dorso un suolo,
   come una strada per i passanti».

52 Risurrezione di Sion

1 Déstati, déstati,
  rivèstiti della tua forza, o Sion!
  Indossa le vesti più splendide,
  o Gerusalemme, città santa!
  Perché non entreranno più in te
  l'incirconciso e l'impuro.
2 Scuotiti dalla polvere, alzati,
  siediti, Gerusalemme!
  Sciogliti i legami del tuo collo,
  figlia di Sion prigioniera!
3 Perché così parla il Signore:
  «Voi siete stati venduti senza compenso
  e sarete riscattati senza denaro».

Nuova liberazione. - 4Perché così parla il
Signore Dio: «Il mio popolo anticamente discese in Egitto per soggiornarvi; e l'Assiria
l'ha oppresso senza ragione. 5Ma ora, che
cosa faccio io qui? Oracolo del Signore. Sì,
il mio popolo è stato deportato gratuitamente, i suoi tiranni erompono in grida di gioia,
oracolo del Signore, e continuamente, ogni
giorno il mio nome è disprezzato. 6Perciò il
mio popolo conoscerà in quel giorno il mio
nome, poiché io sono colui che dice: Eccomi».

Il «vangelo»

7 Come sono belli sulle montagne
  i piedi del messaggero che annuncia
       la pace,
  che reca una buona notizia,
  che annuncia la salvezza,
  che dice a Sion: «Il tuo Dio regna»!
8 Una voce! Le tue sentinelle alzano
       la voce,
  insieme gridano di gioia,
  perché vedono con i loro occhi
  il Signore, che ritorna in Sion.
9 Esultate, acclamate insieme,
  o rovine di Gerusalemme!
  Perché il Signore consola il suo popolo,
  redime Gerusalemme.
10 Il Signore mette a nudo il braccio
       della sua santità

davanti a tutti i popoli,
e tutti i confini della terra
vedranno la salvezza del nostro Dio.
11 Fuori, fuori, partite di là,
   non toccate nulla d'impuro!
   Uscite da lei, purificatevi,
   voi che portate gli utensili del Signore!
12 Poiché non uscirete in fretta,
   non ve ne andrete come fuggitivi,
   perché davanti a voi marcia il Signore
   e vostra retroguardia è il Dio d'Israele.

Quarto carme del Servo: passione e gloria

13 Ecco, il mio servo avrà successo,
   sarà innalzato, elevato ed esaltato
       grandemente.
14 Come molti si stupirono di lui
   — talmente sfigurato era il suo aspetto
   al di là di quello di un uomo,
   e la sua figura
   al di là di quella dei figli dell'uomo —
15 così molte nazioni resteranno attonite,
   i re chiuderanno la bocca a suo riguardo,
   perché vedranno ciò che non era stato
       loro narrato,
   e comprenderanno ciò che non avevano
       udito.

53 1Chi prestò fede al nostro
       annuncio
   e a chi si è rivelato il braccio
       del Signore?
2 Crebbe come un virgulto davanti a lui
  e come una radice che sbocciava
       da arida terra.
  Non aveva figura né splendore
  per attirare i nostri sguardi,
  né prestanza, sì da poterlo apprezzare.
3 Disprezzato, ripudiato dagli uomini,
  uomo dei dolori, conoscitore
       della sofferenza,

---

52. - 7. È il messaggero della liberazione dalla
schiavitù di Babilonia. San Paolo applicò questo brano ai predicatori del vangelo (Rm 10,15). *Il tuo Dio
regna*: acclamazione per l'intronizzazione del re (cfr.
2Sam 15,10; 2Re 9,13): vuol dire che Dio regnerà
nuovamente sopra il suo popolo.

13-15. Si accenna subito al trionfo che il Servo raggiungerà passando attraverso l'umiliazione.

53. - 1. La figura che il profeta descrive era così diversa dalle aspettative messianiche del popolo d'I-
sraele, che il profeta si domanda in antecedenza chi
crederà alle sue parole.

simile a uno davanti al quale ci si copre
   la faccia,
disprezzato, sì che non ne facemmo
   alcun caso.
4 Eppure, egli portò le nostre infermità,
   e si addossò i nostri dolori.
Noi lo ritenemmo come un castigato,
   un percosso da Dio e umiliato.
5 Ma egli fu trafitto a causa dei nostri
   peccati,
fu schiacciato a causa delle nostre colpe.
Il castigo che ci rende la pace fu su di lui
e per le sue piaghe noi siamo stati
   guariti.
6 Noi tutti come pecore erravamo,
ognuno di noi seguiva il suo cammino
e il Signore fece ricadere su di lui
   l'iniquità di tutti noi.
7 Maltrattato, egli si è umiliato e non aprì
   bocca;
come un agnello condotto al macello,
come pecora muta davanti ai suoi
   tosatori non aprì bocca.
8 Con violenza e condanna fu strappato via;
chi riflette al suo destino?
Sì, è stato tolto dalla terra dei vivi,
   per l'iniquità del mio popolo fu percosso
   a morte.
9 Gli diedero sepoltura con gli empi
e il suo sepolcro è con i malfattori,
benché non abbia commesso violenza
e non vi fosse inganno nella sua bocca.
10 Ma al Signore piacque stritolarlo
   con la sofferenza;
se offre la sua vita in sacrificio
   di espiazione,
vedrà una discendenza longeva
e la volontà del Signore si compirà
   grazie a lui.
11 Dopo l'angoscia della sua anima vedrà
   la luce,
si sazierà della sua conoscenza.
Il giusto mio servo giustificherà molti,
addossandosi egli le loro iniquità.
12 Perciò gli darò in eredità le moltitudini,
e distribuirà il bottino insieme
   ai potenti,
perché ha offerto se stesso alla morte
e fu computato fra i malfattori.

Egli invece portò il peccato di molti
e intercedette per i peccatori.

54 La madre feconda

1 Giubila, o sterile, che non hai generato;
prorompi in giubilo ed esulta, tu che
   non hai avuto le doglie!
Perché i figli dell'abbandonata sono più
   numerosi
dei figli della maritata, dice il Signore.
2 Allarga lo spazio della tua tenda,
distendi i teli delle tue dimore senza
   risparmio!
Allunga le tue corde, fissa bene i tuoi
   pioli,
3 perché ti espanderai a destra e a sinistra,
la tua discendenza possederà le nazioni
e popolerà le città abbandonate.

Amore e alleanza

4 Non temere, perché non sarai confusa,
non aver vergogna, perché non dovrai
   arrossire.
Anzi dimenticherai l'onta della tua
   giovinezza,
e non ricorderai più il disonore della tua
   vedovanza.
5 Poiché tuo sposo è il tuo creatore,
il cui nome è Signore degli eserciti;
il tuo redentore è il Santo d'Israele,
chiamato Dio di tutta la terra.
6 Sì, come una donna abbandonata
e afflitta di spirito, ti chiama il Signore;
la donna sposata in gioventù
viene forse ripudiata?, dice il tuo Dio.
7 Ti ho abbandonata per un breve istante,
ma ti riprenderò con grande
   compassione.
8 In un eccesso di collera ho nascosto
per un istante la mia faccia da te,
ma con eterno amore ho avuto pietà di te,
dice il tuo redentore, il Signore.
9 Faccio come ai giorni di Noè,
quando giurai che le acque di Noè
non avrebbero più inondato la terra;
così giuro di non adirarmi più contro
   di te
e di non inveire più contro di te.
10 Poiché i monti possono spostarsi
   e i colli vacillare,
ma la mia benevolenza
   non si allontanerà da te

---

54. - 1. Il quadro tracciato qui dal profeta è pieno di
esultanza: al lutto, alla tristezza, all'abbandono succede la letizia, il gaudio, la soddisfazione per i molti figli, frutto del rinnovato amore di Dio e specialmente
della sua fedeltà alle promesse.

e il mio patto di pace non vacillerà,
dice il Signore, che ha misericordia
di te.

La nuova Gerusalemme

11 Afflitta, battuta, sconsolata!
Ecco, io pongo le tue pietre
sulla malachite
e ti fonderò sugli zaffiri.
12 Farò di rubini le tue merlature,
le tue porte di pietra di smeraldo
e tutto il recinto di pietre preziose.
13 Tutti i tuoi figli saranno istruiti
dal Signore,
grande sarà la pace dei tuoi figli.
14 Tu sarai fondata sulla giustizia.
Tienti lontana dalla violenza, perché non
avrai più a temere,
e dal terrore, perché non si avvicinerà
più a te.
15 Ecco, non vi è chi attacca da parte mia;
chi ti attacca, cadrà su di te.
16 Ecco, io ho creato il fabbro che soffia
in un fuoco rovente,
che trae uno strumento per il suo lavoro,
e ho creato pure il guastatore
per distruggere.
17 Ogni arma forgiata contro di te fallirà,
e tu condannerai ogni lingua che sorga
contro di te in giudizio.
Questa è la sorte dei servitori
del Signore
e il loro buon diritto da parte mia.
Oracolo del Signore.

55 Il patto eterno

1 Oh, voi che avete sete, venite
alle acque;
anche chi non ha denaro, venga!
Comperate e mangiate senza denaro
e senza prezzo vino e latte!
2 Perché spendete denaro per ciò che non
è pane,
e vi affaticate per ciò che non vi sazia?
Ascoltatemi e mangiate cose buone,
vi diletterete di cibi succulenti!
3 Tendete l'orecchio e venite a me,
ascoltate e la vostra anima vivrà!
Stringerò con voi un patto eterno,
le misericordie promesse a Davide.
4 Ecco, lo costituii testimone tra i popoli,
principe e comandante delle nazioni.

5 Tu convocherai una nazione
che non conoscevi,
gente che non ti conosce accorrerà a te,
a causa del Signore, tuo Dio,
del Santo d'Israele, poiché
ti ha glorificato.

La parola del Signore

6 Ricercate il Signore, mentre si fa trovare,
invocatelo, mentre è vicino.
7 Abbandoni l'empio la sua via e l'iniquo
i suoi pensieri,
ritorni al Signore, che avrà pietà di lui,
e al Dio nostro, perché è largo
nel perdonare.
8 Perché i miei pensieri non sono i vostri
pensieri
e le vostre vie non sono le mie vie.
Oracolo del Signore.
9 Quanto il cielo si eleva sopra la terra,
così sono elevate le mie vie sopra
le vostre vie
e i miei pensieri sopra i vostri pensieri.
10 Infatti, come la pioggia e la neve
scendono dal cielo e non vi ritornano più,
senza aver irrigato la terra, fecondata
e fatta germogliare,
in modo da fornire il seme al seminatore
e il pane a chi mangia,
11 così sarà la parola che esce dalla mia bocca:
non ritornerà a me senza effetto,
senza aver attuato quanto volevo
e compiuto ciò per cui l'ho inviata.

Epilogo

12 Sì, uscirete con gioia e sarete ricondotti
in pace.
Le montagne e le colline eromperanno
in giubilo davanti a voi,
tutti gli alberi della foresta batteranno
le mani.
13 Invece di spine cresceranno cipressi,
invece di ortiche cresceranno mirti.
Sarà per il Signore una gloria,
un segno perpetuo, che non sarà
cancellato.

---

55. - 1-4. A quanti non credono al ritorno Dio stesso
volge questo caldo invito, assicurando che solo in patria potranno godere della pienezza delle promesse
fatte a *Davide*, figura del Messia.

11. *La parola* di Dio qui significa il suo disegno di
salvezza, che egli compirà nonostante le infedeltà e
le opposizioni del popolo e dei suoi nemici.

TERZA PARTE
(cc.56-66)

56 **Pagani ed eunuchi.** - [1]Così parla il Signore: «Osservate il diritto e praticate la giustizia, perché la mia salvezza è prossima a venire, e la mia giustizia è sul punto di rivelarsi». [2]Beato l'uomo che agisce così, e il figlio dell'uomo che vi aderisce fermamente, che osserva il sabato senza profanarlo, e che trattiene la sua mano dal compiere qualsiasi male.

[3]Non dica lo straniero, che si è unito al Signore, così: «Mi separerà certamente il Signore dal suo popolo». E non dica l'eunuco: «Ecco, io sono un albero secco!». [4]Poiché così parla il Signore: «Agli eunuchi che osservano i miei sabati, prediligono quello che è di mio gusto e tengono fermamente alla mia alleanza, [5]darò loro nella mia casa un nome ed entro le mie mura un monumento migliore dei figli e delle figlie; darò loro un nome sempiterno, che non sarà mai soppresso. [6]Gli stranieri che aderirono al Signore per servirlo, per amare il nome del Signore e diventare suoi servi, tutti quelli che osservano il sabato evitandone la profanazione e tengono fermamente alla mia alleanza, [7]io li condurrò sul mio santo monte e li colmerò di gioia nella mia casa di preghiera. I loro olocausti e i loro sacrifici saranno graditi sul mio altare, perché la mia casa sarà chiamata casa di preghiera per tutti i popoli».

[8]Oracolo del Signore Dio, che raccoglie i dispersi di Israele: «Io raccoglierò ancora altri, oltre a quelli già radunati».

I pastori infedeli

[9] Bestie tutte dei campi,
venite per divorare,
bestie tutte della foresta!
[10] I suoi guardiani sono tutti ciechi,
non comprendono nulla.
Tutti sono cani muti, incapaci di latrare;

sognano, accovacciati, amando
sonnecchiare.
[11] Sono cani avidi, non conoscono
la sazietà,
sono pastori che non capiscono nulla;
seguono tutti la loro via,
ognuno il proprio profitto,
senza eccezione.
[12] «Venite, prenderò del vino:
inebriamoci di bevanda inebriante;
domani sarà come oggi,
grande abbondanza, e più ancora!».

57 [1]Il giusto perisce e nessuno
se la prende a cuore.
I pii sono tolti di mezzo senza che
alcuno lo noti;
sì, il giusto è tolto di mezzo a causa
del male.
[2] Entrerà nella pace. Riposano sui loro
giacigli,
quelli che incedono per la retta via.

Idolatria

[3] Accostatevi voi, figli della maga,
stirpe dell'adultero e della prostituta!
[4] Di chi vi burlate voi,
contro chi allargate la bocca
e allungate la lingua?
Non siete voi forse figli ribelli, stirpe
menzognera?
[5] Voi, che vi eccitate fra i terebinti,
sotto ogni albero verdeggiante,
immolando bambini nelle valli,
nelle fessure delle rocce!
[6] Tu hai la tua parte tra le pietre
del torrente;
sono esse la tua eredità;
anche per esse tu hai versato libagioni,
hai presentato offerte;
forse dovrei consolarmi di questo?
[7] Sopra un'alta ed elevata montagna
hai collocato il tuo giaciglio;
anche là sei salito per offrire sacrifici.
[8] Dietro la porta e gli stipiti hai posto
il tuo memoriale.
Sì, lontano da me hai scoperto il tuo
giaciglio,
vi sei salita, l'hai allargato;
hai patteggiato con quelli con cui amavi
giacere,
guardando il loro simulacro.
[9] Con olio sei corsa verso Moloch,
hai moltiplicato i tuoi profumi,

---

56. - [1]. Comincia la terza parte del libro di Isaia, che è ambientata nel clima religioso, spirituale, culturale e politico del primo periodo dopo il ritorno dall'esilio. La comunità ebraica affronta i problemi della riorganizzazione della vita religiosa come impegno sia comunitario che personale. Risalta in primo piano la funzione di Gerusalemme come *città* del popolo di Dio e come *luogo* da cui parte l'annuncio della salvezza.

hai inviato lontano i tuoi messaggeri,
li hai fatti discendere fino agli inferi.

¹⁰ Ti sei affaticata per la quantità dei viaggi,
ma senza dire: «È una disperazione».
Hai ritrovato il vigore della tua mano,
per cui non ti senti debole.

¹¹ Di chi avevi timore? Di chi avevi paura
per dire menzogne?
Di me non ti sei ricordata, non te ne sei
presa cura?
Non sono io forse rimasto silenzioso
e non ho chiuso gli occhi,
mentre tu non hai avuto timore di me?

¹² Io proclamerò la tua giustizia e le tue
opere,
che non ti portano alcun giovamento.

¹³ Alle tue grida ti salvino gl'idoli che hai
radunato!
Il vento li porterà via tutti, il soffio
se li prenderà.
Ma chi si rifugia in me, possederà la terra,
e avrà in eredità il mio santo monte.

Castigo e perdono

¹⁴ E si dirà: «Spianate, spianate, preparate
la via,
levate ogni ostacolo dalla via del mio
popolo!».

¹⁵ Perché così parla l'Alto e l'Eccelso,
colui che risiede eternamente,
il cui nome è Santo:
«Risiedo in un luogo elevato e santo,
ma sono anche con il contrito e l'umile,
per rianimare lo spirito degli umili
e risollevare i cuori contriti.

¹⁶ Poiché io non faccio lite in eterno,
non mi irrito per sempre,
se no verrebbe meno al mio cospetto
lo spirito
e le anime che ho creato.

¹⁷ Per il suo iniquo guadagno mi sono
irritato,
nascondendomi, l'ho percosso nella mia
irritazione;
ma egli, ribelle, camminò per le vie
del suo cuore.

¹⁸ Ho visto le sue vie, ma io lo guarirò,
lo guiderò, gli concederò il conforto.

¹⁹ A quanti dei suoi sono afflitti pongo
sulle labbra la lode;
pace, pace a chi è lontano e a chi
è vicino,
dice il Signore. Io lo guarirò».

²⁰ Ma gli empi sono come un mare agitato,
che non può calmarsi,

le cui acque rigettano melma e fango.

²¹ Non vi è pace per gli empi, dice il mio
Dio!

58 Vero digiuno

¹ Proclama a squarciagola, non risparmiarti!
Alza la tua voce come una tromba
e annuncia al mio popolo i suoi difetti,
alla casa di Giacobbe i loro peccati.

² Mi ricercano ogni giorno
e desiderano conoscere le mie vie,
come una nazione che pratichi
la giustizia
e non abbandoni il diritto del suo Dio;
mi chiedono dei giudizi giusti,
desiderano la vicinanza di Dio.

³ «Perché digiuniamo e tu non lo vedi?
Ci mortifichiamo e tu non lo sai?».
Ecco, nei giorni di digiuno voi curate
gli affari
e opprimete tutti i vostri operai.

⁴ Ecco, voi digiunate fra dispute e alterchi
e iniqui colpi di pugno.
Non sono i digiuni come quelli di oggi
che fanno sentire in alto la vostra voce.

⁵ È forse questo il digiuno che preferisco,
il giorno in cui l'uomo si affligge?
Piegare il capo come un giunco
e distendersi su un letto di sacco
e di cenere?
Chiami questo forse digiuno e giorno
gradito al Signore?

⁶ Non è piuttosto questo il digiuno che
preferisco:
spezzare le catene inique, sciogliere
i legami del giogo,
rimandare liberi gli oppressi e rompere
ogni giogo?

⁷ Non forse questo: spezzare il pane
all'affamato,
introdurre in casa i poveri senza tetto,
coprire colui che hai visto nudo,
senza trascurare quelli della tua carne?

⁸ Allora la tua luce spunterà come l'aurora
e la tua ferita sarà presto cicatrizzata;
la tua giustizia marcerà dinanzi a te

---

58. - ¹·⁷· Il popolo eletto era obbligato dalla legge a
un solo digiuno, nel Giorno dell'espiazione (Lv
23,27); ma, incline all'esteriorità, aggiunse digiuni
volontari, che si moltiplicarono durante l'esilio (Zc
7,5). Qui viene detto che digiunare non ha alcun valore presso Dio se poi si opera iniquamente.

e la gloria del Signore ti seguirà.
9 Allora, se chiami, il Signore ti risponderà;
se implori, egli dirà: «Eccomi».
Se rimuoverai di mezzo a te il giogo,
il puntare il dito e il parlare iniquo,
10 se tu darai il tuo pane all'affamato,
se sazierai l'anima oppressa,
allora la tua luce sorgerà tra le tenebre,
la tua oscurità sarà come meriggio.
11 Il Signore ti farà sempre da guida,
ti sazierà nei terreni aridi,
renderà vigore alle tue ossa;
sarai come un giardino irrigato
e come una sorgente d'acqua,
le cui acque non vengono meno.
12 I tuoi riedificheranno le antiche rovine,
tu ricostruirai le fondamenta
delle epoche lontane.
Ti chiameranno riparatore di brecce,
restauratore di rovine per abitarvi.

Osservanza del sabato

13 Se tu di sabato tratterrai il tuo piede
dal fare i tuoi affari nel giorno a me
sacro,
se chiamerai il sabato: Delizia,
e il giorno santo del Signore: Venerabile,
e lo onorerai astenendoti dai viaggi,
dal trattare i tuoi affari e dal tenere
discorsi,
14 allora troverai la tua delizia
nel Signore,
e io ti farò passare per le alture
del paese;
ti nutrirò dell'eredità di Giacobbe,
tuo padre,
poiché la bocca del Signore ha parlato.

59 Liturgia di penitenza

1 Ecco, non è troppo corta la mano
del Signore per salvare,
né il suo orecchio troppo duro per udire.
2 Piuttosto le vostre iniquità
hanno formato una separazione
tra voi e il vostro Dio,
i vostri peccati hanno fatto nascondere

la sua faccia fra voi, così che non vi
ascolta.
3 Sì, le vostre palme si sono macchiate
di sangue
e le vostre dita di crimini;
le vostre labbra proferiscono
la menzogna
e le vostre lingue sussurrano iniquità.
4 Nessuno muove causa giustamente
e nessuno giudica con verità;
si confida nel nulla e si dice il falso,
si concepisce il male e si genera
l'iniquità.
5 Rompono le uova delle vipere e tessono
tele di ragno;
chi mangia di quelle uova, muore;
se viene schiacciato, ne esce una vipera.
6 Le loro tele non diventeranno vestiti
e non si copriranno con i loro manufatti.
Le loro opere sono opere di iniquità
e nelle loro mani c'è il frutto
della violenza.
7 I loro piedi corrono verso il male
e si affrettano a versare il sangue
innocente;
i loro pensieri sono pensieri di iniquità,
sui loro sentieri c'è rovina e distruzione.
8 Non conoscono il cammino della pace
e non vi è rettitudine nelle loro vie;
i loro sentieri se li rendono tortuosi
e chi marcia in essi non conosce la pace.

Umile confessione

9 Perciò il diritto è lontano da noi
e la giustizia non arriva fino a noi.
Speravamo nella luce, ecco invece
le tenebre;
nello splendore, invece camminiamo
nell'oscurità.
10 Come ciechi, tastiamo la parete;
come privi di occhi, palpiamo;
inciampiamo a mezzogiorno come
al crepuscolo,
in pieno vigore siamo come morti.
11 Tutti noi urliamo come orsi
e come colombe non cessiamo
di gemere;
speravamo nel diritto, ma non c'è;
nella salvezza, ma essa è lontana da noi.
12 Poiché sono molti i nostri delitti davanti
a te
e i nostri peccati testimoniano contro
di noi;
poiché i nostri delitti ci sono presenti
e le nostre colpe noi le conosciamo:

---

59. - 1. Il motivo per cui la salvezza di Dio ritarda
bisogna cercarlo nel peccato d'Israele. Dio è onnipotente e può salvare, ma ha condizionato la salvezza
alla condotta del popolo.

5-6. Le opere dei malvagi risultano a loro danno.

13 ribellarsi e rinnegare il Signore,
ritirarsi dalla sequela del nostro Dio,
parlare di oppressione e ribellione,
concepire e mormorare nel cuore parole
menzognere.
14 Il giudizio è messo in disparte
e la giustizia se ne sta lontana,
perché la verità incespica sulla piazza
e la rettitudine non può avervi accesso.
15 Così la verità è scomparsa;
chi evita il male, viene depredato.

Intervento del Signore

Il Signore l'ha visto, e parve male ai suoi
occhi
che non ci sia più diritto;
16 vide che non c'era nessuno,
si meravigliò che nessuno interveniva.
Allora il suo braccio portò aiuto
e la sua giustizia lo sostenne.
17 Si rivestì della giustizia
come di una corazza
e sul capo vi è l'elmo della salvezza,
indossò gli abiti della vendetta
e si cinse di gelosia
come di un mantello.
18 Egli retribuisce secondo l'operato,
sdegno ai suoi avversari, castigo ai suoi
nemici;
alle isole renderà il castigo.
19 In occidente si venererà il nome
del Signore
e in oriente la sua gloria,
poiché egli verrà come un torrente
irruente
sospinto dal vento del Signore.
20 Verrà per Sion come redentore
e per i convertiti dal peccato in Giacobbe.
Oracolo del Signore.

21 «Quanto a me, questo è il mio patto con
essi, dice il Signore: il mio spirito che è sopra di te e le mie parole che ho posto nella
tua bocca non recederanno dalla tua bocca
né dalla bocca della tua discendenza né dalla bocca della discendenza della discendenza, dice il Signore, da ora e per sempre».

60 Lo splendore di Gerusalemme

1 Lèvati, rivestiti di luce, poiché viene
la tua luce
e la gloria del Signore risplende su di te!

2 Poiché, ecco, le tenebre ricoprono la terra
e l'oscurità avvolge i popoli,
ma su di te risplende il Signore,
la sua gloria appare su di te.
3 Cammineranno le nazioni alla tua luce
e i re al tuo splendore sorgente.

La processione del ritorno

4 Volgi intorno i tuoi occhi e mira:
si sono tutti riuniti, vengono a te,
i tuoi figli vengono da lontano
e le tue figlie sono portate in braccio!
5 Allora vedrai e sarai radiosa,
il tuo cuore fremerà e si dilaterà,
poiché le ricchezze del mare
confluiranno verso di te,
le risorse delle nazioni giungeranno a te.
6 Una moltitudine di cammelli
ti sommergerà,
dromedari di Madian e di Efa;
tutti giungono da Saba, portando oro
e incenso,
proclamando le lodi del Signore.
7 Tutte le greggi di Kedar si raduneranno
presso di te,
i montoni dei Nabatei saranno al tuo
servizio,
saliranno come offerta gradita sul mio
altare,
per abbellire il mio tempio di splendore.
8 Chi sono quelli che volano come nubi
e come colombe verso le loro
colombaie?
9 Sì, le isole mi attendono e le navi
di Tarsis in primo luogo,
per portare i tuoi figli da lontano
con il loro argento e oro,
per il nome del Signore, tuo Dio,
e per il Santo d'Israele che ti onora.

La nuova città di Dio

10 Gli stranieri ricostruiranno le tue
muraglie
e i loro re saranno tuoi servitori,
perché ti ho colpito nel mio sdegno,
ma nella mia benevolenza ho pietà di te.

---

60. - 1-22. Descrizione della nuova Gerusalemme,
che appare in tutto il suo splendore, come una luce
che brilla anche per le altre nazioni. Da tutte le parti
del mondo si rivolgeranno ad essa: non solo ritorneranno gli Israeliti dispersi tra i popoli, ma anche le
nazioni andranno ad acclamarla, a portare i loro doni,
ad adorare il suo Dio.

[11] Le tue porte saranno sempre aperte,
non si chiuderanno né di giorno
    né di notte,
per condurti le ricchezze dei popoli
sotto la guida dei loro re.

[12] Poiché la nazione e il regno
che non ti serviranno, periranno,
e le nazioni saranno sterminate.

[13] La gloria del Libano verrà a te,
insieme ai cipressi, gli olmi e gli abeti,
per abbellire il luogo del mio santuario
e glorificare il luogo dove riposano i miei
    piedi.

[14] A te verranno, piegati, i figli dei tuoi
    oppressori,
si prosterneranno alle piante dei tuoi
    piedi,
tutti quelli che ti disprezzavano.
Ti chiameranno: Città del Signore,
Sion del Santo d'Israele.

[15] Invece di essere abbandonata,
odiata, che nessuno visitava,
farò di te un oggetto di orgoglio
    perpetuo,
di gioia per tutte le generazioni.

[16] Succhierai il latte delle nazioni,
popperai alle mammelle dei re.
Saprai che io, il Signore, sono il tuo
    salvatore,
il tuo redentore, io, il Potente
    di Giacobbe.

[17] Invece del bronzo farò venire dell'oro,
invece del ferro farò venire l'argento,
invece del legno il bronzo
e invece delle pietre il ferro.
Istituirò la Pace come tuo magistrato
e come tuo esattore la Giustizia.

[18] Non si udirà più parlare di violenza
    nella tua terra,
né di devastazione e di rovina entro
    i tuoi confini.
Le tue mura le chiamerai Salvezza,
e le tue porte Lode.

Splendore eterno

[19] Non avrai più il sole come luce
    del giorno,
e il fulgore della luna non ti rischiarerà
    più;

ma il Signore sarà per te una luce eterna
e il tuo Dio sarà il tuo splendore.

[20] Il tuo sole non tramonterà più
e la luna non si ritirerà più,
ma il Signore sarà per te una luce eterna
e i giorni del tuo lutto saranno compiuti.

[21] Il tuo popolo, tutti saranno giusti
e possederanno per sempre il paese,
germogli della mia piantagione,
opera delle mie mani, per manifestarmi
    glorioso.

[22] Il più piccolo diventerà un migliaio
e il più modesto una potente nazione.
Io sono il Signore: al tempo fissato agirò
    in fretta.

61 L'inviato di Dio

[1] Lo spirito del Signore Dio è su di me,
perché il Signore mi unse,
mi inviò a evangelizzare gli umili,
a fasciare quelli dal cuore spezzato
e proclamare la libertà ai deportati,
la liberazione ai prigionieri,

[2] a proclamare un anno di grazia da parte
    del Signore,
un giorno di vendetta da parte del nostro
    Dio,
per consolare tutti gli afflitti,

[3] per dare loro un diadema invece
    di cenere,
olio di letizia invece di un abito di lutto,
lode invece di animo mesto.
Si chiameranno Querce di giustizia,
Piantagione del Signore per la sua gloria.

Restaurazione

[4] Ricostruiranno le rovine antiche,
rialzeranno i luoghi desolati del passato,
restaureranno le città distrutte, desolate
    da generazioni.

[5] Stranieri verranno a pascolare i vostri
    greggi;
figli di stranieri saranno vostri aratori
    e vostri vignaioli.

[6] E voi sarete chiamati Sacerdoti
    del Signore,
vi si chiamerà Ministri del nostro Dio.
Vi nutrirete della ricchezza delle nazioni,
vi glorierete dei loro beni.

[7] Invece della vostra vergogna riceverete
    il doppio,
invece della confusione esulterete di gioia;

---

61. - [1.] Parla il profeta che presenta, a nome di Dio,
la propria missione di misericordia e di bontà verso
gli esiliati, di cui annunzia prossima la liberazione.
Gesù lesse questo vaticinio nella sinagoga di Nazaret
e lo applicò a sé e alla sua missione (Lc 4,16-22).

nel vostro paese erediterete il doppio,
vi sarà per voi una letizia eterna.
8 Poiché io, il Signore, amo la giustizia,
odio la rapina e il crimine;
darò loro fedelmente la retribuzione
e concluderò con essi un'alleanza
perpetua.
9 La loro progenie sarà conosciuta
tra le nazioni
e la loro discendenza tra i popoli.
Tutti quelli che li vedranno,
li riconosceranno,
perché essi sono una stirpe
che il Signore ha benedetto.

Poema nuziale

10 Esulterò grandemente nel Signore
e si rallegrerà l'anima mia nel mio Dio,
perché mi ha rivestito con le vesti
della salvezza
e mi ha ricoperto con il manto
della giustizia,
come uno sposo si mette un diadema
e una sposa si adorna dei suoi gioielli.
11 Poiché come la terra produce i suoi
germi
e il giardino fa germogliare i suoi semi,
così il Signore Dio farà germogliare
la giustizia
e la lode di fronte a tutte le nazioni.

62 La nuova Sion

1 Per amore di Sion non tacerò,
e per amore di Gerusalemme non starò
tranquillo,
finché la sua giustizia non sorga come
l'aurora
e la sua salvezza risplenda come fiaccola.
2 Allora le nazioni vedranno la tua giustizia
e tutti i re la tua gloria;
ti si chiamerà con un nome nuovo,
che la bocca del Signore pronuncerà.
3 Sarai una splendida corona nella mano
del Signore,
una tiara regale nella palma del tuo Dio.
4 Non ti si dirà più «Abbandonata!»,
poiché sarai chiamata «Il mio piacere è in
essa»
e la tua terra «Sposata»;
poiché il Signore trova piacere in te
e la tua terra avrà uno sposo.
5 Sì, come un giovane sposa una vergine,

ti sposerà il tuo costruttore;
come gioisce lo sposo della sua sposa,
così il tuo Dio gioirà di te.
6 Sulle tue mura, o Gerusalemme,
ho posto sentinelle;
tutti i giorni e tutte le notti
non taceranno mai.
Voi che ricordate al Signore le sue
promesse,
non abbiate mai riposo!
7 Non date riposo a lui, finché
non abbia ristabilito
e non abbia fatto di Gerusalemme
un oggetto di lode sulla terra.
8 Il Signore giurò per la sua destra
e per il suo braccio potente:
«Mai darò più il tuo grano in pasto
ai tuoi nemici;
gli stranieri non berranno più il tuo
vino,
per il quale tu hai faticato;
9 poiché quelli che avranno raccolto il grano
lo mangeranno e loderanno il Signore,
e quelli che avranno vendemmiato
berranno il vino nei cortili del mio
santuario».

Avvento del salvatore

10 Passate, passate per le porte!
Appianate la via per il popolo!
Spianate, spianate la strada, rimuovetene
le pietre,
innalzate un vessillo per i popoli!
11 Ecco il Signore proclama fino ai confini
della terra:
«Dite alla figlia di Sion:
ecco, viene il tuo Salvatore,
ecco, con lui è la sua mercede
e la sua ricompensa è davanti a lui.
12 Li chiameranno "Popolo santo", "Redenti
dal Signore",
e tu sarai chiamata "Ricercata", "Città non
abbandonata"».

63 Il pigiatore

1 Chi è costui che arriva da Edom,
da Bozra, con gli abiti di vivo colore?
Magnifico nella sua veste,

---

62. - 5. Ritorna l'immagine tanto cara ai profeti per
indicare l'amore di Dio per il suo popolo. Egli sarà lo
sposo, il popolo sarà la sposa.

che procede pieno di forza?
«Sono io che parlo con giustizia
e sono grande nel salvare».
2 Perché sono rosse le tue vesti
e i tuoi abiti come quelli di chi pigia
nel tino?
3 «La vasca l'ho pigiata da solo
e dei popoli nessuno è stato con me.
Li ho pigiati nella mia ira
e li ho calpestati nel mio sdegno.
Il loro sangue spruzzò le mie vesti
e macchiai tutti i miei abiti.
4 Poiché nel mio cuore vi è un giorno
di vendetta
ed è giunto l'anno della mia redenzione.
5 Guardai, e non v'era chi soccorresse!
Osservai stupito: non v'era chi mi
sostenesse!
Allora il mio braccio mi salvò e la mia ira
mi sostenne.
6 Col mio sdegno calpestai i popoli,
li annientai con la mia ira
e feci scorrere per terra il loro sangue».

Riflessione storica

7 Celebrerò i favori del Signore, le lodi
del Signore
per tutto quello che egli ha fatto per noi.
Egli è grande in bontà verso la casa
d'Israele;
ci ha favorito secondo la sua
misericordia
e secondo la grandezza delle sue grazie.
8 Disse: «Veramente essi sono il mio
popolo,
figli che non deludono».
E fu per loro un Salvatore
9 in tutte le loro tribolazioni.
Non fu né un inviato né un angelo,
ma la sua faccia che li salvò.
Nel suo amore e nella sua clemenza
egli li riscattò;
li sollevò e li portò in tutti i giorni
del passato.
10 Ma essi si ribellarono e afflissero il suo
santo spirito;
perciò egli si trasformò in nemico
per essi;
egli stesso li combatté.

11 Allora si ricordarono dei giorni passati,
di Mosè suo servitore.
Dov'è colui che trasse dal mare
il pastore del suo gregge?
Dov'è colui che pose dentro di lui il suo
santo spirito?
12 Colui che fece camminare alla destra
di Mosè
il suo braccio glorioso;
che divise le acque al loro cospetto,
per farsi un nome eterno;
13 che li condusse tra gli abissi
come un cavallo nel deserto,
senza che inciampassero.
14 Come armento che scende nella valle,
lo spirito del Signore li guidava.
Così tu conducesti il tuo popolo,
per farti un nome glorioso.

Appello al Padre dei cieli

15 Guarda dal cielo e vedi dalla tua santa
e splendida dimora!
Dov'è il tuo zelo e la tua potenza?
Il fremito delle tue viscere
e della tua misericordia verso di me
è stato represso?
16 Poiché tu sei il nostro padre!
Abramo non ci riconosce e Israele
non si ricorda di noi.
Tu, Signore, sei il nostro padre;
da sempre ti chiami nostro redentore.
17 Perché ci fai errare, Signore, fuori
delle tue vie,
indurisci il nostro cuore, che così
non ti teme?
Ritorna, per l'amore dei tuoi servi,
per amore delle tribù, tua eredità!
18 Perché gli empi calpestarono il tuo
santuario,
e i nostri avversari profanarono la tua
santa dimora?
19 Siamo diventati da lungo tempo quelli
sui quali tu non comandi,
sui quali il tuo nome non è stato invocato.

Lamentazione e supplica

Se tu squarciassi i cieli e discendessi!
I monti al tuo cospetto si scuoterebbero,

64 1come quando il fuoco incendia
i rami secchi,
come il fuoco fa bollire l'acqua
per manifestare il tuo nome ai tuoi nemici:

---

63. - 1-6. Il profeta vede in spirito il Signore che torna dall'Idumea trionfante, con le vesti ancora intrise
di sangue. L'animatissimo dialogo tra il profeta e il
trionfatore fa sapere che Dio da solo ha vinto tutti i
nemici del suo popolo.

e far tremare al tuo cospetto le nazioni!
2 Perché tu compi cose terribili
che non attendevamo
3 e di cui dall'antichità nessuno
ha udito parlare.
Orecchio non ha udito né occhio
ha visto un Dio,
all'infuori di te, che agisca così,
in favore di quegli che confida in lui.
4 Tu vai incontro a quanti praticano
la giustizia
e si ricordano delle tue vie.
Ecco, tu ti sei adirato e noi abbiamo
peccato,
da tempo ci siamo ribellati contro di te.
5 Tutti noi eravamo come una cosa impura,
tutti i nostri atti di giustizia come
un panno immondo.
Tutti noi avvizzimmo come foglie
e le nostre iniquità ci portano via come
vento.
6 Non c'è nessuno che invochi il tuo
nome,
che sorga per appoggiarsi su di te,
poiché hai nascosto a noi la tua faccia,
ci hai consegnato in balia delle nostre
colpe.
7 Eppure, Signore, tu sei il nostro padre;
noi siamo l'argilla, tu colui che
ci ha plasmato;
noi tutti siamo opera della tua mano.
8 Signore, non adirarti troppo!
Non ricordarti per sempre dell'iniquità!
Ecco, guarda, tutti noi siamo il tuo popolo.
9 Le tue sante città sono diventate
un deserto,
Sion è diventata un deserto,
Gerusalemme una desolazione.
10 Il nostro tempio santo e splendido,
nel quale ti lodarono i nostri padri,
è diventato preda del fuoco
e tutte le nostre cose preziose sono state
distrutte.
11 Forse tu, Signore, rimarrai insensibile
a tutto questo,
starai silenzioso e ci umilierai ancora
molto?

65 Contro l'idolatria

1 Mi feci ricercare da chi non mi
consultava,
mi feci trovare da chi non mi cercava.
Dissi: «Eccomi, eccomi»,

a una nazione che non invocava il mio
nome.
2 Distesi le mie mani tutto il giorno verso
un popolo ribelle,
che procede su una via non buona,
dietro i suoi disegni,
3 un popolo che mi provoca in faccia,
costantemente,
sacrificando nei giardini e offrendo
incenso sui mattoni,
4 abitando nei sepolcri, passando la notte
nei luoghi nascosti,
mangiando carne di porco e cibi
immondi nei loro piatti.
5 Essi dicono: «Ritìrati,
non toccarmi, altrimenti
ti santificherai!».
Queste cose sono un fumo al mio naso,
un fuoco che arde tutto il giorno.
6 Ecco, sta scritto davanti a me:
non tacerò prima di aver ripagato
7 le loro colpe e le colpe dei loro padri,
tutte insieme, dice il Signore.
Essi bruciarono l'incenso sui monti
e mi oltraggiavano sulle colline.
Retribuirò le loro azioni passate a piena
misura.

Sorte dei pii e degli iniqui

8 Così dice il Signore:
«Come quando si trova mosto
nel grappolo,
e si dice: "Non distruggetelo,
poiché è una benedizione",
così io farò per l'amore dei miei
servitori,
per non distruggere ogni cosa.
9 Farò uscire da Giacobbe
una discendenza,
e da Giuda il possessore dei miei monti;
i miei eletti li erediteranno
e i miei servitori vi abiteranno.
10 Il Saron diventerà un pascolo di greggi
e la valle di Acòr un recinto per il grosso
bestiame,
per il mio popolo, che mi ricerca».

---

65. - 1-4. Dio risponde alla domanda del profeta:
non fu lui a non preoccuparsi della nazione eletta e
del proprio santuario, ma fu il popolo che non lo volle ascoltare.
5. *Altrimenti ti santificherai*: i partecipanti ai riti
idolatrici si ritenevano intoccabili perché posseduti
da una speciale energia sacra, che poteva essere pericolosa per chi, profano, ne fosse venuto in contatto.

6

ISAIA 66,3

11 E voi, che avete abbandonato il Signore,
dimenticando il mio santo monte,
e preparate una mensa per Gad
e riempite la coppa di vino per Menì,
12 vi ho destinato alla spada;
tutti voi vi piegherete per la strage,
perché ho chiamato e non avete risposto;
ho parlato e non mi avete ascoltato;
avete operato il male al mio cospetto
e avete scelto ciò che mi dispiace.
13 Per questo, così parla il Signore Dio:
«Ecco, i miei servi mangeranno
e voi invece avrete fame;
ecco, i miei servi berranno,
voi avrete sete;
ecco, i miei servi si rallegreranno,
voi invece sarete confusi.
14 Ecco, i miei servi acclameranno
per la gioia del loro cuore,
voi invece griderete per il dolore
del cuore
e urlerete per la contrizione
dello spirito.
15 Voi lascerete il vostro nome
come esecrazione ai miei eletti:
"Che il Signore Dio ti faccia morire".
I miei servi invece saranno chiamati
con un altro nome.
16 Chi vorrà essere benedetto nel paese,
vorrà esserlo dal Dio fedele;
e chi giurerà nel paese, giurerà
per il Dio fedele,
poiché saranno dimenticate
le tribolazioni antiche
e saranno nascoste ai miei occhi».

La nuova creazione

17 Poiché ecco, io creo cieli nuovi
e una nuova terra.
Il passato non sarà più ricordato
e non verrà più alla mente.
18 Poiché vi sarà perpetua gioia
ed esultanza per quello che creo,
poiché ecco, io faccio di Gerusalemme
una gioia
e del suo popolo un'allegrezza.
19 Mi rallegrerò di Gerusalemme e godrò
del mio popolo;
non si udrà più in essa voce di pianto
né voce di grido.

20 Non vi sarà più in essa un bimbo che
viva pochi giorni,
né un vecchio che non compia i suoi
giorni;
poiché il più giovane morirà a cent'anni,
e chi non raggiungerà cent'anni
sarà maledetto.
21 Costruiranno case e vi abiteranno;
pianteranno vigne e ne mangeranno
il frutto.
22 Non costruiranno e un altro abiterà;
non pianteranno e un altro mangerà;
poiché i giorni del mio popolo sono
come i giorni dell'albero;
i miei eletti usufruiranno dell'opera
delle loro mani.
23 Non fatischeranno invano
né genereranno per la perdizione,
poiché essi saranno una prole
di benedetti dal Signore
insieme alla loro discendenza.
24 Prima che mi invochino io li esaudirò;
staranno ancora parlando che io
li ascolterò.
25 Il lupo e l'agnello pascoleranno insieme,
il leone mangerà la paglia come un bue
e il serpente si nutrirà di terra.
Non si faranno male
né si danneggeranno
su tutto il mio santo monte, dice
il Signore.

66 Culto spirituale

1 Così parla il Signore:
«Il cielo è il mio trono,
e la terra è lo sgabello dei miei piedi.
Quale casa mi costruirete
e quale sarà il luogo del mio riposo?
2 Tutte queste cose le ha fatte la mia mano,
esse sono mie, oracolo del Signore.
Verso chi volgerò lo sguardo?
Verso il povero, che ha spirito contrito
e che trema alla mia parola.
3 Chi immola un bue, uccide anche
un uomo;
chi sacrifica un agnello, strozza anche
un cane;
chi reca un'offerta, offre anche sangue
di porco;
chi brucia incenso, venera anche l'iniquità.
Essi scelgono le loro vie
e la loro anima si compiace delle loro
abominazioni.

22. *I giorni dell'albero*: cioè lunga vita.
25. Compendio della descrizione già fatta in 11,6-9:
ritorno alla pace paradisiaca, quando non vi era ini
micizia alcuna sulla terra.

4 Così anch'io sceglierò le loro sventure
    e farò piombare su di essi ciò che
        temono,
    poiché ho chiamato e nessuno rispose,
    parlai e nessuno ascoltò.
    Commisero ciò che è male ai miei occhi
    e scelsero ciò in cui non mi compiaccio».

Salvezza e castigo

5 Ascoltate la parola del Signore,
    voi che tremate alla sua parola!
    Dissero i vostri fratelli, che vi odiano,
    che vi respingono a causa del mio nome:
    «Si mostri il Signore nella sua gloria
    e possiamo vedere la vostra gioia!».
    Ma essi saranno confusi.
6 Una voce, un frastuono viene dalla città,
    una voce viene dal tempio;
    la voce del Signore, che ripaga i suoi
        nemici.
7 Prima delle doglie essa ha partorito;
    prima di essere sorpresa dai dolori
    si è sgravata di un maschio.
8 Chi ha mai udito una cosa simile?
    Chi vide cose come queste?
    È forse un paese messo al mondo
        in un sol giorno?
    È forse generata una nazione
        in un istante?
    Eppure Sion, appena entrata in doglie,
        partorì i suoi figli.
9 Forse che io, che apro il seno,
    non farò partorire?, dice il Signore.
    Forse che io, che faccio generare,
    chiuderò il seno?, dice il tuo Dio.
10 Rallegratevi con Gerusalemme,
    esultate per essa, quanti l'amate!
    Gioite grandemente con essa,
    voi tutti che siete contristati per essa!
11 Affinché siate allattati e saziati
    alla mammella delle sue consolazioni,
    affinché succhiate e vi deliziate
    al seno della sua gloria.
12 Poiché così parla il Signore:
    «Ecco, io convoglierò verso di essa
        la pace a guisa di fiume,
    come un torrente straripante la gloria
        delle nazioni.
    Voi succhierete e sarete portati
        in braccio,
    sarete accarezzati sulle ginocchia.
13 Come un figlio che la madre consola,
    così anch'io vi consolerò;
    a Gerusalemme sarete consolati.
14 Vedrete e il vostro cuore gioirà,

le vostre ossa prenderanno vigore come
    erba.
La mano del Signore si farà conoscere
    ai suoi servi
e la sua ira ai suoi nemici».

L'universo rinnovato

15 Sì, ecco il Signore viene col fuoco,
    i suoi carri sono come un turbine,
    per riversare con sdegno la sua ira
    e la sua minaccia con fiamme di fuoco.
16 Sì, il Signore farà giustizia con il fuoco
    e con la spada su ogni uomo;
    numerose saranno le vittime del Signore.
17 Quanti si santificano e si purificano,
    seguendo nei giardini uno che sta
        nel mezzo,
    che mangiano carne suina, abominazioni
        e topi,
    insieme finiranno, oracolo del Signore,
18 con le loro opere e i loro pensieri.

«Io verrò a raccogliere tutte le nazioni e
tutte le lingue; essi verranno e vedranno la
mia gloria. 19Darò loro un segno e invierò
alcuni dei loro superstiti verso le nazioni:
Tarsis, Put, Lud, Mesech, Ros, Tubal, Grecia, verso le isole lontane, che non hanno
udito la mia fama e non hanno visto la mia
gloria; essi annunceranno la mia gloria tra le
nazioni. 20Ricondurranno tutti i vostri fratelli da tutte le nazioni come offerta al Signore,
su cavalli, su carri, su portantine, su muli e
dromedari, al mio santo monte di Gerusalemme, dice il Signore, come i figli d'Israele
portano l'offerta in vasi puri al tempio del
Signore. 21Anche da essi mi prenderò dei sacerdoti e dei leviti», dice il Signore.

22 «Sì, come i nuovi cieli e la nuova terra,
        che io farò,
    sussistono al mio cospetto, oracolo
        del Signore,
    così perdurerà la vostra discendenza
    e il vostro nome.
23 Da novilunio a novilunio e da sabato
        a sabato
    ognuno verrà ad adorare davanti a me,
        dice il Signore.
24 Uscendo vedranno i cadaveri
        degli uomini
    che si sono ribellati contro di me;
    poiché il loro verme non morirà,
    il loro fuoco non si estinguerà
    e saranno un orrore per tutti».

GEREMIA

Il profeta Geremia (650-586 a.C.) svolge il suo ministero tra il 627 e il 586, nel periodo caratterizzato dal predominio di Babilonia. Egli assisterà alla distruzione del regno di Giuda e di Gerusalemme (586) e alla deportazione dei superstiti.

Il libro di Geremia alterna oracoli con molte notizie storiche che confermano e spiegano il contenuto degli oracoli stessi. A grandi linee lo si può suddividere in tre parti. La prima parte (cc. 2-25) registra oracoli di condanna contro Giuda e Gerusalemme. La seconda parte (cc. 26-45) contiene brani riguardanti il profeta stesso (26-29.36-45: «passione» di Geremia) e oracoli di consolazione per Giuda e Israele (30-35). La terza parte (cc. 46-52) contiene oracoli contro i popoli pagani.

La sua predicazione controcorrente smontava false sicurezze: il tempio considerato un portafortuna (c. 7), e l'alleanza con l'Egitto contro Babilonia. Per questo subì carcere e insulti.

Il messaggio di Geremia è caratterizzato da una intensissima partecipazione personale (cfr. soprattutto i brani chiamati le «confessioni», cc. 11; 15; 17-18; 20). Sul piano stilistico Geremia fa largo uso di immagini e segni profetici. Sul piano storico-politico deve sfatare il mito delle alleanze come sistema di protezione e di difesa. Sul piano personale vive il dramma di una «parola» che deve annunciare e che non è ascoltata. Sul piano religioso insiste sulla fedeltà all'unica alleanza che salva: quella che Dio ha stretto con Israele, un Israele che dovrà essere rinnovato per sopravvivere. Per questo Geremia è il profeta che annuncia la nuova alleanza, il nuovo cuore, la nuova legge, la nuova circoncisione.

VOCAZIONE DI GEREMIA

1 Introduzione storica. - ¹Atti di Geremia, figlio di Chelkia, dei sacerdoti che erano in Anatòt, nel territorio di Beniamino. ²La parola del Signore gli fu rivolta ai giorni di Giosia, figlio di Amon, re di Giuda, nell'anno decimoterzo del suo regno, ³e ai giorni di Ioiakìm, figlio di Giosia, re di Giuda, fino al termine dell'undicesimo anno di Sedecia, figlio di Giosia, re di Giuda, cioè fino alla deportazione di Gerusalemme che avvenne nel mese quinto.

Geremia eletto profeta. - ⁴La parola del Signore mi fu rivolta in questi termini:

⁵ «Prima che io ti formassi nel grembo,
   ti ho conosciuto,
   e prima che tu uscissi dal seno,
   ti ho santificato;
   profeta per le genti ti ho costituito».

⁶ Ma io risposi: «Ah, Signore Dio!
   Ecco: non so parlare perché sono
   un ragazzo!».
⁷ Il Signore mi rispose:
   «Non dire: "Sono un ragazzo",
   perché ovunque ti invierò dovrai andare
   e tutto ciò che ti ordinerò dovrai riferire.
⁸ Non temere di fronte a loro,
   perché con te ci sono io a salvarti».
   Oracolo del Signore!

⁹Poi il Signore stese la sua mano e toccò la mia bocca; quindi il Signore mi disse:

   «Ecco: io ho messo le mie parole
   nella tua bocca.
¹⁰ Attento! Oggi stesso ti stabilisco
   sopra le nazioni e sopra i regni
   per sradicare e per demolire,
   per abbattere e per distruggere,
   per edificare e per piantare».

Programma divino. - [11]La parola del Signore mi fu rivolta in questi termini: «Cosa stai tu vedendo, Geremia?». Risposi: «Un ramo di mandorlo io sto vedendo». [12]Il Signore mi rispose: «Hai visto bene: infatti io sto vigilando sulla mia parola per eseguirla».

[13]La parola del Signore mi fu rivolta per la seconda volta in questi termini: «Cosa stai tu vedendo?». Risposi: «Una pentola in effervescenza con la sua faccia dalla parte del settentrione». [14]Il Signore mi rispose:

«Da nord eromperà la sventura
   contro tutti gli abitanti del paese.
[15] Infatti, eccomi: sto chiamando
   tutte le famiglie reali del nord.
   Oracolo del Signore.
   Verranno e stabiliranno ognuno
      il proprio trono
   all'ingresso delle porte di Gerusalemme
   e contro le sue mura all'intorno
   e contro tutte le città di Giuda.
[16] Pronuncerò, allora, i miei giudizi contro
      di loro,
   contro tutta la loro malvagità
   per la quale mi hanno abbandonato
   e hanno incensato divinità straniere
   e si sono prostrati all'opera delle proprie
      mani.
[17] Quanto a te, cingi i tuoi fianchi:
   lèvati e riferisci loro tutto ciò che
      ti ordinerò.
   Non spaventarti dinanzi a loro,
   altrimenti ti farò tremare io dinanzi
      a loro.
[18] Io, dunque, ecco:
   ti rendo oggi come città fortificata,
   come colonna di ferro
   e come muraglia di bronzo
   contro tutto il paese,
   contro i re di Giuda e i prìncipi suoi,
   contro i suoi sacerdoti
   e contro il popolo del paese.
[19] Essi combatteranno contro di te,
   ma non ti sopraffaranno,
   perché con te sono io, per salvarti.
   Oracolo del Signore».

ORACOLI CONTRO GIUDA E GERUSALEMME

2 Israele è divenuto apostata. - [1]La parola del Signore mi fu rivolta in questi termini: [2]«Va' e grida alle orecchie di Gerusalemme: Così dice il Signore:

Io ricordo di te la tua simpatica
      giovinezza,
   l'amore del tuo fidanzamento,
   il tuo venire dietro a me per il deserto
   per una terra non seminata.
[3] Santo era Israele per il Signore,
   primizia del suo frutto;
   chiunque lo divorava pagava la pena,
   la sventura veniva su di lui.
   Oracolo del Signore!
[4] Ascoltate la parola del Signore, o casa
      di Giacobbe,
   e voi tutte, o famiglie della casa
      di Israele.
[5] Così dice il Signore:
   Cosa han trovato di ingiusto in me
      i padri vostri
   perché si siano allontanati da me
   e siano andati dietro alla vanità
   sicché essi stessi son divenuti vanità?
[6] Neppur han detto: "Dov'è il Signore
   che ci ha fatto uscire dal paese
      d'Egitto,
   che ci ha condotto attraverso il deserto
   per una terra arida e franosa,
   per una terra assetata e paurosa,
   per una terra dove non passa alcuno
   e dove non abita uomo?".
[7] Eppure io vi ho condotto in una terra
      da giardino
   perché ne mangiaste i frutti e i prodotti.
   Vi siete giunti, ma profanaste la mia
      terra
   e la mia eredità la riduceste
      in abominazione.
[8] I sacerdoti non han detto: "Dov'è
      il Signore?".
   I detentori della legge non mi hanno
      conosciuto
   e i pastori si sono ribellati contro di me;
   i profeti han profetizzato per Baal
   e dietro gli idoli han camminato.

---

1. - [11-12.] Qui c'è in ebraico un gioco di parole che non si può rendere in italiano: *mandorlo* in ebraico è in assonanza verbale con *vigilando*. Dio gioca su questa parola, assicurando che egli stesso vigilerà affinché si compia quanto sta per dire mediante il profeta.
[13.] La seconda visione è praticamente spiegata da quanto segue. Questa caldaia che bolle rappresenta i popoli in ebollizione al nord della Palestina, donde verrà l'invasione e la distruzione.
2. - [2.] Il ricordo dei tempi dell'esodo, della permanenza nel deserto, è richiamato molte volte dai profeti come il tempo più felice per le relazioni con Dio.
[3.] *Chiunque lo divorava*: essendo il popolo ebreo sacro al Signore, chi lo tormentava era punito da Dio.

⁹ Pertanto: continuerò a polemizzare
   con voi,
   oracolo del Signore,
   e con i figli dei vostri figli polemizzerò.
¹⁰ Sì! percorrete le isole dei Kittìm
   e osservate;
   inviate anche a Kedàr e comprenderete
   meglio;
   poi considerate se sia avvenuta cosa
   simile a questa.
¹¹ Forse una nazione ha mutato divinità?
   Eppure quelli non sono dèi!
   Il mio popolo, invece, ha mutato la sua
   Gloria
   per un essere impotente!
¹² Stupitevi, o cieli, per questo,
   terrorizzatevi grandemente!
   Oracolo del Signore.
¹³ Sì, due malvagità ha commesso il popolo
   mio:
   ha abbandonato me, sorgente di acqua
   viva,
   per scavarsi cisterne, cisterne squarciate
   che non contengono acqua.
¹⁴ È forse uno schiavo Israele,
   o uno schiavo di nascita perché
   è divenuto una preda?
¹⁵ Contro di lui ruggiscono i leoncelli,
   elevano il loro urlo e riducono il suo
   paese a una desolazione;
   le città sono bruciate, senza abitante.
¹⁶ Perfino i figli di Menfi e di Tafni
   ti raderanno la testa.
¹⁷ Non ti è forse avvenuto questo
   per aver tu abbandonato il Signore,
   Dio tuo,
   quando ti conduceva per la strada?
¹⁸ Or dunque: qual è il tuo interesse
   per andare verso l'Egitto,
   a bere le acque del Nilo?
   E cos'hai per andare sulla via dell'Assiria
   a bere le acque dell'Eufrate?
¹⁹ Ti castiga la tua malvagità
   e le tue ribellioni ti puniscono.
   Comprendi e osserva come sia malvagio
   e amaro
   che tu abbandoni il Signore, Dio tuo,
   e che il mio timore non sia con te.
   Oracolo del Signore, Dio degli eserciti!
²⁰ È da tempo che ho spezzato il tuo giogo,
   ho frantumato i tuoi legami

quando dicesti: "Non voglio servire!".
   Infatti, su ogni colle elevato
   e sotto ogni albero verde ti sei prostituita.
²¹ Eppure ti avevo piantata qual vigna
   pregiata
   tutta di ceppo genuino!
   Come, dunque, ti sei cambiata, nei miei
   riguardi,
   in tralci degeneri, in vigna bastarda?
²² Anche se ti lavassi col nitro
   e abbondasse su di te il sapone,
   sudicia resterebbe la tua iniquità davanti
   a me.
   Oracolo del Signore.
²³ Come puoi dire: "Non mi sono
   contaminata;
   dietro ai Baal non sono andata"?
   Osserva la tua strada nella valle,
   riconosci ciò che hai fatto,
   giovane cammella leggera, vagante
   per le sue strade!
²⁴ Asina selvatica addestrata al deserto!
   Nel calore dei suoi desideri aspira l'aria;
   le sue brame chi le farà calmare?
   Chiunque la cerca non s'affatica,
   nel suo mese sempre la troverà.
²⁵ Evita che il tuo piede si scalzi e che
   la tua gola si inaridisca!
   Ma tu dici: "Impossibile! No!
   Ma io amo gli stranieri, dietro di essi
   voglio andare".
²⁶ Come si vergogna il ladro quando
   è sorpreso,
   così è svergognata la casa di Israele;
   essi, i loro re, i loro prìncipi,
   i loro sacerdoti e i loro profeti.
²⁷ Essi dicono al legno: "Tu sei mio padre",
   e alla pietra: "Tu mi hai generato!".
   Sì, hanno voltato verso di me la schiena
   e non la faccia!
   Nel tempo, poi, della loro sventura,
   dicono: "Sorgi e salvaci!".
²⁸ Ma dove sono i tuoi dèi, quelli che ti sei
   costruito?
   Sorgano, se possono salvarti nel tempo
   della tua sventura!
   Infatti, numerosi come le tue città sono
   i tuoi dèi, o Giuda!
²⁹ Perché polemizzate con me?
   Tutti voi vi siete ribellati contro di me.
   Oracolo del Signore.
³⁰ Invano ho colpito i vostri padri:
   non hanno accettato la correzione!
   La vostra spada ha divorato i vostri
   profeti
   come un leone distruttore.

---

²⁴⁻²⁵· Paragona Israele ad *asina selvatica* che non dà
retta a nessuno quando sente l'odore del maschio.
Così Israele corre dietro agli idoli e all'Egitto.

³¹ O generazione! Considerate la parola
    del Signore!
  Sono forse divenuto un deserto
      per Israele
  o un terreno desolato,
  perché il mio popolo dica:
  "Andiamocene,
  noi non torneremo più verso di te"?
³² Può forse dimenticare una vergine il suo
      ornamento,
  o una sposa la sua cintura?
  Il mio popolo, invece, ha dimenticato
  me da giorni innumerevoli.
³³ Come aggiusti bene le tue vie
      per cercare amore!
  Perciò anche alle malvagie hai insegnato
  le tue vie!
³⁴ Perfino tra i tuoi lembi si trova sangue
      di persone povere, innocenti,
  che non furono sorprese a scassinare.
  Tuttavia, per tutte queste cose...
³⁵ E tu dici: "Sono innocente!
  Perfino la sua ira si è ritirata da me!".
  Eccomi: facciamo giudizio
  perché hai detto: "Non ho peccato!".
³⁶ Quanto ti sei avvilita cambiando le tue
      vie!
  Anche per l'Egitto ti vergognerai come
      ti sei vergognata di Assur!
³⁷ Anche da esso te ne uscirai con le mani
      sulla tua testa.
  Sì, il Signore ha rigettato le tue speranze
  e non avrai in esse successo!».

3 Istanza al pentimento

¹ «Se uno rimanda la sua donna
  ed essa si allontana da lui
  e diviene donna di un altro,
  tornerà egli forse ancora da lei?
  Non sarà forse del tutto profanata quella
      terra?
  Ora tu hai fornicato con molti amici
  e vuoi ritornare a me?
  Oracolo del Signore.
² Alza i tuoi occhi verso le alture
      e considera:
  dove non ti sei prostituita?
  Presso le strade ti sei seduta per essi,
  come un arabo nel deserto.
  Così hai profanato il paese
  con le tue prostituzioni e le tue
      malvagità.
³ Per questo sono state impedite le piogge

e l'acqua primaverile è mancata!
  Tu hai avuto una fronte da prostituta,
  hai rifiutato di arrossire.
⁴ Forse che, fin d'ora, non gridi verso
      di me: Padre mio,
  amico della mia giovinezza sei tu!
⁵ Conserverà forse l'ira in perpetuo,
  la manterrà per sempre?
  Così tu parli, ma commetti malvagità
  quando puoi».

**Prostituzione delle due sorelle Giuda e
Israele.** - ⁶Al tempo del re Giosia, il Signore
mi disse: «Hai tu veduto ciò che ha fatto la
ribelle Israele? Se ne è andata su per ogni
montagna alta, sotto qualsiasi albero verdeggiante, e vi si è prostituita. ⁷E pensavo:
dopo che avrà compiuto tutte queste cose
ritornerà a me; ma non è tornata! E la perfida sua sorella, Giuda, ha visto. ⁸Ho pure osservato che, sebbene io avessi scacciato la
ribelle Israele a motivo di tutti i suoi adultèri e le avessi dato il libello del suo ripudio,
tuttavia la perfida Giuda, sua sorella, non
ha avuto timore ed è andata a prostituirsi
anche lei. ⁹Ed è avvenuto che per la sua facile prostituzione ha profanato il paese, perché si è prostituita con la pietra e con il legno. ¹⁰Nonostante tutto ciò, non ha poi fatto ritorno a me, la perfida sua sorella Giuda,
con tutto il suo cuore, bensì con inganno».
Oracolo del Signore.

¹¹Poi il Signore mi disse: «La ribelle Israele
è più giusta della perfida Giuda. ¹²Va' e grida
queste cose verso settentrione». Io dissi:

  «Ritorna, ribelle Israele,
  oracolo del Signore,
  non rivolterò la mia faccia da voi,
  perché io sono pietoso.
  Oracolo del Signore:
  non conservo sdegno in perpetuo.
¹³ Solo riconosci la tua iniquità
  perché contro il Signore, tuo Dio,
    ti sei ribellata;
  tu hai vagabondato con gli stranieri
  sotto ogni albero verdeggiante,
  senza aver ascoltato la mia voce.
  Oracolo del Signore».

Sion messianico: ritorno delle sorelle. -
¹⁴«Ritornate, o figli traviati, oracolo del Si-
gnore, poiché io sono vostro padrone e vi

---

3. - ¹⁴. *Uno... due:* numero assai ridotto, ma sufficiente nelle mani di Dio per formare il popolo nuovo.

prenderò uno per città e due per famiglia e vi condurrò in Sion. ¹⁵Io vi darò pastori secondo il cuor mio e vi pascoleranno con scienza e senno. ¹⁶E avverrà, in quei giorni, quando vi sarete moltiplicati e sarete fecondi nel paese, oracolo del Signore, che non si dirà più: "Arca-del-Patto-del-Signore!", perché non verrà più in mente, non se ne avrà ricordo, non si ricercherà e non si rifarà più. ¹⁷In quel tempo chiameranno Gerusalemme: "Trono-del-Signore!". E si aduneranno tutte le nazioni in essa, nel nome del Signore in Gerusalemme, e non cammineranno più dietro la caparbietà del loro cuore malvagio.

¹⁸In quei giorni si unirà la casa di Giuda alla casa di Israele e insieme verranno dal paese di settentrione verso il paese che ho dato in eredità ai vostri padri».

Invito al ritorno

¹⁹ Intanto io pensavo:
come vorrei collocarti tra i figli
e darti una terra deliziosa,
un'eredità splendida tra gloriose nazioni!
E intanto pensavo:
tu mi chiameresti «Padre mio!»
e non ti allontaneresti più da me!
²⁰ Invece come donna perfida verso il suo
amico
così siete stati perfidi verso di me, o casa
di Israele!
Oracolo del Signore.
²¹ Una voce sui colli si ode:
pianto, gemiti dei figli di Israele
perché han pervertito la loro via,
han dimenticato il Signore, loro Dio!
²² Tornate, figli traviati,
io curerò i vostri traviamenti!
Eccoci, noi veniamo a te
perché tu sei il Signore, nostro Dio!
²³ Sì, illusione sono le colline e il tumulto
dei monti!
Sì, nel Signore, Dio nostro, è la salvezza
di Israele!
²⁴ L'onta ha divorato il provento dei padri
nostri

fin dalla nostra giovinezza:
le loro greggi e i loro armenti,
i loro figli e le loro figlie!
²⁵ Corichiamoci nella nostra vergogna,
ci ricopra la nostra ignominia,
perché contro il Signore, Dio nostro,
abbiamo peccato noi e i nostri padri,
dalla nostra giovinezza fino ad oggi,
e non abbiamo ascoltato la voce
del Signore, Dio nostro!

4 Condizioni per il ritorno

¹ Se ritorni, o Israele,
oracolo del Signore,
a me devi ritornare,
e se rimuovi le tue abominazioni dal mio
cospetto,
allora non fuggirai più.
² E se giurerai: «Per la vita del Signore!»
con verità, rettitudine e giustizia,
saranno benedette per te le nazioni
e per te gioiranno!
³ Infatti così dice il Signore
agli uomini di Giuda e di Gerusalemme:
«Aratevi un campo e non seminate
tra le spine.
⁴ Circoncidetevi per il Signore
e togliete il prepuzio del vostro cuore,
uomini di Giuda, abitanti
di Gerusalemme,
perché non erompa qual fuoco l'ira mia:
essa brucerà e non ci sarà chi l'estingua,
a causa della malvagità delle azioni
vostre».

Annuncio dell'invasione dal nord

⁵ Proclamatelo in Giuda,
fatelo udire in Gerusalemme. Dite:
«Suonate la tromba nel paese»,
gridate a piena voce e dite:
«Radunatevi! Entriamo nelle città
fortificate!».
⁶ Issate il vessillo verso Sion.
Mettetevi al riparo, non indugiate,
perché una sventura addurrò
da settentrione con grande rovina.
⁷ È uscito un leone dalla sua tana
e un distruttore di nazioni s'è mosso;
è uscito dalla sua dimora per mettere
il tuo paese a soqquadro:
le tue città saranno distrutte, senza
abitanti.

---

¹⁶· *In quei giorni*: indica i tempi messianici. Non si rimpiangerà l'arca dell'alleanza, segno della presenza di Dio, poiché la sua protezione sarà diretta ed efficace.

4. - ³· Come per poter seminare e raccogliere è necessario dissodare a fondo un terreno, così, se gl'Israeliti vogliono tornare a Dio, è necessaria una sincera conversione. L'atto esteriore e superficiale non basta, perché Dio legge nel cuore.

8 Per questo vestitevi di sacco,
    fate lamento e ululate,
    perché non s'è ritratta l'ardente ira
        del Signore da noi.
9 E avverrà in quel giorno,
        oracolo del Signore,
    si smarrirà l'animo del re e l'animo
        dei prìncipi,
    si stupiranno i sacerdoti e i profeti
        saranno confusi.
10 Io pensavo: «Ah, Signore Dio!
    hai dunque veramente ingannato
    questo popolo e Gerusalemme,
    dicendo: "Pace avrete!",
    mentre la spada penetrava il cuore!».

Giudizio

11 In quel tempo si dirà a questo popolo
        e a Gerusalemme:
    «Vento ardente di dune desertiche
    soffia contro la figlia del mio popolo,
    non per ventilare, né per mondare
        il grano.
12 Vento più forte di quello verrà al mio
        ordine!
    Ora anch'io pronuncerò sentenze contro
        di loro!
13 Ecco: come nuvola sale e qual turbine
        sono i suoi carri,
    veloci più che aquile i suoi cavalli!
    Guai a noi, siamo devastati!».
14 Lava, Gerusalemme, il tuo cuore
        dalla malvagità,
    affinché sia salvata!
    Fino a quando conserverai nel tuo
        intimo i tuoi pensieri iniqui?
15 Già una voce si annuncia da Dan
    e rumori di calamità dai monti di Efraim!
16 Ricordatelo alle nazioni,
    fatelo sentire a Gerusalemme:
    Vedete, giungono da un paese lontano
    ed elevano contro le città di Giuda
        la loro voce.
17 Come custodi del campo si pongono
        intorno ad essa
    perché contro di me s'è ribellata!
    Oracolo del Signore.
18 La tua condotta e le tue azioni
    han causato contro di te tali cose!
    Questa tua malvagità, sì, è amara:
    raggiunge il tuo cuore!
19 Le mie viscere... le mie viscere!
    ohi, le pareti del mio cuore!
    Fremente in me è il cuor mio, non posso
        tacere

perché suono di trombe io stesso
    ho udito, clamori di guerra!
20 Squarcio su squarcio si annuncia,
    perché il paese tutto è devastato.
    D'improvviso le mie tende
        son devastate,
    in un attimo i miei padiglioni!
21 Fin quando vedrò il vessillo,
    ascolterò il suono di tromba?
22 Sì, è stolto il popolo mio,
    non mi riconoscono!
    Sono figli insensati e non comprendono.
    Saggi sono al male e non sanno
        compiere il bene.
23 Guardai il paese, ed eccolo informe
        e vuoto;
    il cielo, e non aveva la sua luce.
24 Guardai i monti, ed eccoli tremanti,
    e tutti i colli sobbalzavano.
25 Guardai: ed ecco non c'era uomo
    e ogni volatile del cielo era fuggito!
26 Guardai: ed ecco il campo fertile...
        un deserto:
    tutte le sue città diroccate da parte
        del Signore
    a causa dell'ardente sua ira.
27 Sì, così dice il Signore:
    «Tutto il paese sarà devastato,
    ma non lo farò completamente!
28 Per questo sarà in lutto il paese
    e si oscureranno i cieli dall'alto,
    perché io ho parlato, l'ho meditato
    e non mi pento né indietreggio da ciò».
29 Per lo strepito dei cavalieri
        e degli arcieri
    ogni città è in fuga.
    Entrano nella boscaglia, s'arrampicano
        per le rupi;
    ogni città è abbandonata né vi è più
        abitante in essa!
30 E tu, o devastata, che farai?
    Anche se ti vesti di scarlatto,
    t'adorni di ornamenti d'oro
    e ingrandisci con lo stibio gli occhi tuoi,
    inutilmente t'abbellisci.
    Ti disprezzano gli amanti; la tua vita essi
        cercano!
31 Sì, io odo grido di partoriente,
    angustiata qual donna al primo parto:
    il grido della figlia di Sion che spasima,
    che stende le mani sue!
    «Oh, povero me!

19-31. Il profeta parla ora in nome di Dio ora in nome della nazione, senza distinguere i passaggi.

Viene meno la mia vita di fronte
   agli assassini!».

5 Arriva il giudizio: i motivi

1 Percorrete le vie di Gerusalemme:
   osservate, per favore, e informatevi;
   cercate per le sue piazze se troverete
      qualcuno,
   se c'è chi pratichi giustizia,
   chi cerchi fedeltà, e io la perdonerò.
2 Anche se dicono: «Vivente
   è il Signore!»,
   essi giurano certo per il falso.
3 Signore, i tuoi occhi non sono forse
      per la fedeltà?
   Li hai percossi, ma non si affliggono,
   li hai distrutti!
   Han rifiutato di accettare la correzione,
   hanno indurito la loro faccia più che
      la pietra,
   hanno ricusato di ritornare!
4 Ma io pensavo: «Certo essi sono poveri,
      sono stolti,
   perché non conoscono la via
      del Signore,
   il giudizio del loro Dio!
5 Me ne andrò verso i grandi e parlerò
      loro;
   certo essi conoscono la via del Signore,
   il giudizio del loro Dio!».
   Ma anch'essi insieme han rotto
      il giogo,
   hanno infranto i legami!
6 Per questo li colpisce il leone
      della foresta,
   il lupo della steppa li disperde,
   la pantera vigila le loro città:
   chiunque se ne esce è sbranato,
   perché molte sono le sue trasgressioni,
   sono aumentate le sue ribellioni.
7 «Perché dovrei perdonarti?
   I figli tuoi mi hanno abbandonato,
   hanno giurato per dèi da nulla.
   Io li ho saziati, ma hanno adulterato

e nella casa della meretrice si fanno
   incisioni rituali.
8 Stalloni pasciuti e ardenti essi sono,
   ognuno alla femmina del suo amico
      nitrisce.
9 Per queste cose non dovrei punire?
   Oracolo del Signore.
   E di una nazione siffatta non dovrei
      vendicarmi?
10 Salite tra i suoi filari e distruggete,
   ma non completamente, i suoi tralci,
   perché non sono più del Signore!
11 Sì, contro di me hanno agito
      perfidamente
   la casa di Israele e la casa di Giuda».
   Oracolo del Signore.
12 Hanno rinnegato il Signore
   e han detto: «Non esiste!
   Non verrà contro di noi sventura,
   né spada, né fame noi vedremo!
13 Quanto ai profeti, appartengono al vento
   e Chi parla non c'è in loro».
   Così accade loro.
14 Pertanto così dice il Signore, Dio
      degli eserciti:
   «Perché avete proferito tale discorso,
   eccomi: io renderò le mie parole
      in bocca tua qual fuoco;
   radunerai il popolo come legna,
      e lo divorerà.
15 Eccomi: io farò venire contro di voi
      una nazione da lontano,
   o casa di Israele,
   oracolo del Signore,
   una nazione poderosa,
   una nazione di antica data,
   una nazione di cui ignori la lingua
   e non comprendi quel che dice.
16 La sua faretra è come sepolcro
      spalancato;
   essi sono tutti eroi.
17 Divorerà le tue messi e il tuo pane,
   divorerà i tuoi figli e le tue figlie,
   divorerà il tuo gregge e i tuoi armenti,
   divorerà la tua vigna e le tue ficaie,
   demolirà le tue città fortificate,
   nelle quali tu confidi, con la spada.

18 Tuttavia ancora in quei giorni, oracolo
del Signore, io non agirò a fondo. 19 Ma avverrà che se diranno: "Per qual motivo il Signore nostro Dio ci ha fatto queste cose?",
allora dirai loro: "Poiché mi avete abbandonato e avete servito dèi stranieri nel vostro
paese, per questo voi servirete gli stranieri
in un paese non vostro".

---

5. - 10-18. Ritorna frequentemente questo pensiero:
Dio punirà, ma non distruggerà completamente. Ha
promesso ai patriarchi una discendenza imperitura e,
nonostante i peccati del popolo, non verrà meno alla
sua promessa. Un resto di quel popolo rimarrà sempre fedele e da esso sboccherà quel virgulto che porterà la salvezza definitiva e costituirà il nuovo popolo
di Dio.

20 Annunziate questo alla casa
   di Giacobbe,
   fatelo sentire a Giuda. Dite:
21 Ascoltate questo, per favore,
   o popolo stolto e senza cuore;
   avete occhi ma non vedete,
   avete orecchie ma non sentite.
22 Non mi temerete, dunque?
   Oracolo del Signore.
   O non tremerete dinanzi a me
   che ho posto la sabbia come confine
       al mare,
   barriera eterna che non sorpassa?
   I mari si agitano ma non prevalgono,
   spumeggiano le loro onde ma non la
       sorpassano.
23 Questo popolo, però, ha un cuore ribelle
       e contumace:
   si son voltati e se ne sono andati!
24 Neppur han detto in cuor loro:
   "Abbiamo timore del Signore, nostro
       Dio,
   che invia la pioggia in autunno
       e a primavera, al tempo suo,
   che ci custodisce le settimane fisse
       per il raccolto".
25 Le vostre iniquità han sconvolto queste
       cose
   e i vostri peccati hanno allontanato
       la felicità da voi!
26 Sì, si trovano, tra il mio popolo,
       dei malvagi;
   spiano di nascosto, come uccellatori;
   pongono trappole, catturano uomini.
27 Qual gabbia piena di volatili
   tali sono le case loro, piene d'inganno:
   per questo ingrandiscono
       e arricchiscono.
28 Ingrassano, divengono belli;
   oltrepassano tutti i limiti del male.
   La causa non la difendono,
   la causa dell'orfano, eppure
       han successo;
   né fanno giudizio per i poveri!
29 Non punirò, dunque, queste cose?
   Oracolo del Signore.
   Contro una nazione siffatta
   non dovrò vendicarmi?
30 Cosa esecrabile e abominevole
   si realizzerà nel paese!
31 I profeti profetizzano nella menzogna,
   i sacerdoti insegnano di proprio
       arbitrio.
   Eppure il mio popolo ama che sia così!
   Ma cosa farete quando verrà la sua
       fine?».

6 Gerusalemme assediata

1 Cercate scampo, o figli di Beniamino,
   fuori di Gerusalemme;
   in Tekòa suonate la tromba
   e su Bet-Chèrem alzate il segnale,
   perché è imminente dal nord sventura
       e disastro grande.
2 Io voglio distruggere
   il paese e la delizia della figlia di Sion.
3 In essa entreranno pastori e le loro
       greggi;
   pianteranno contro di lei le tende
       all'intorno,
   pasceranno ciascuno la parte sua.
4 Proclamate contro di essa la guerra
       santa.
   Orsù, assaltiamola a mezzogiorno!
   Infelici noi! Declina il giorno;
   si allungano le ombre della sera!
5 Orsù, assaltiamola di notte
   e distruggiamo i suoi palazzi!
6 Così, infatti, dice il Signore
       degli eserciti:
   «Tagliate i suoi alberi
   e stendete contro Gerusalemme
       un terrapieno.
   Essa è la città punita,
   tutta intera è oppressione nel suo
       interno!
7 Come fa scaturire un pozzo le sue
       acque,
   così essa fa scaturire la sua malvagità:
   violenza e devastazione si ode in essa;
   davanti a me sta costantemente dolore
       e percossa.
8 Làsciati correggere, o Gerusalemme,
   altrimenti s'allontana da te l'anima
       mia,
   altrimenti ti ridurrò a una desolazione,
   a un paese non abitato».
9 Così dice il Signore degli eserciti:
   «Racimolate accuratamente come
       nella vigna il resto di Israele;
   ripassa la tua mano come
       il vendemmiatore sopra i tralci».
10 A chi parlerò e chi scongiurerò perché
       ascolti?

---

6. · 9. Il popolo eletto è paragonato a una *vigna*, i suoi nemici ai vendemmiatori. Dio dice che tutti i grappoli saranno raccolti e, esortando il *vendemmiatore* a tornare nella vigna a riempire il canestro, esorta in realtà i nemici a completare la deportazione, la rovina.

Ecco: incirconciso è il loro orecchio
e non possono dare ascolto;
ecco: la parola del Signore è divenuta
  per essi vituperio
e non si compiacciono in essa.
¹¹ E io sono pieno dello sdegno
  del Signore,
mi sono stancato nel trattenerlo.
«Riversalo sul lattante nella strada
e sui giovani riuniti insieme,
perché sia l'uomo che la donna
  saran catturati,
sia il vecchio che l'uomo pieno
  di giorni.
¹² Ad altri passeranno le loro case,
i campi e le donne insieme,
poiché io stenderò la mia mano
sugli abitanti del paese».
Oracolo del Signore.
¹³ Sì, dal più piccolo al più grande,
ognuno di essi si applica all'avarizia;
dal profeta al sacerdote,
ognuno di essi agisce falsamente.
¹⁴ Essi curano la ferita del mio popolo
  alla leggera.
Dicono: «Salute! Salute!», ma non c'è
  salute!
¹⁵ Arrossiscano perché compiono
  abominazioni!
Di nessuna onta arrossiscono più,
né sanno più vergognarsi!
«Per questo cadranno tra quelli che
  cadono:
nel tempo che saran visitati
  saranno prostrati»,
dice il Signore!
¹⁶ Così dice il Signore:
«Arrestatevi sulle vie e osservate
e informatevi dei sentieri antichi;
camminate per quella che è la via
  migliore
e troverete riposo per voi stessi».
Ma risposero: «Non vogliamo
  camminarvi!».
¹⁷ «Ho posto su di voi delle sentinelle:
badate allo squillo della tromba!».
Ma risposero: «Non vi badiamo!».
¹⁸ «Perciò ascoltate, o nazioni,
e sappi, o assemblea, quello che farò
  contro di loro.

¹⁹ Ascolta, o paese!
Ecco: io farò venire la sventura
  su questo popolo
qual frutto dei loro pensieri,
perché non badarono alle mie parole
né alla mia legge e prevaricarono contro
  di essa.
²⁰ Cosa m'importa che venga incenso
  da Saba
e cannella ottima da paese lontano?
I vostri olocausti non sono di mio
  gradimento
e i vostri sacrifici non mi piacciono».
²¹ Per questo così dice il Signore:
«Ecco: io tenderò contro questo popolo
  dei lacci
e inciamperanno contro di essi,
padri e figli insieme,
l'amico e il suo vicino insieme».
²² Così dice il Signore:
«Ecco: un popolo viene dal paese del nord
e una nazione grande si muove
  dall'estremità della terra.
²³ Impugnano saldamente arco e lancia,
sono crudeli e non hanno
  compassione;
il loro grido è come mare che si agita
e galoppano sopra cavalli.
Sono pronti come un guerriero
  contro di te, figlia di Sion».
²⁴ «Abbiamo inteso la sua fama,
sono cadute le nostre mani;
l'angustia ci ha afferrati,
come lo spasimo di una partoriente».
²⁵ Non uscire al campo, non camminare
  per via,
perché la spada del nemico è spavento
  all'intorno.
²⁶ Figlia del popolo mio, cingiti di sacco,
ravvolgiti nella polvere;
fa' lutto come per un figlio unico,
pianto amarissimo,
perché all'improvviso verrà il distruttore
  contro di noi!
²⁷ Qual esperto ti posi tra il mio popolo,
  quale fortezza,
perché conoscessi ed esaminassi la loro
  condotta.
²⁸ Tutti sono ribelli, vanno sparlando;
rame e ferro, tutti sono corruttori.
²⁹ Il mantice sbuffa perché sia liquefatto
  il piombo;
invano fonde il fonditore mentre
  le scorie non si staccano.
³⁰ «Argento di rifiuto» chiamateli,
perché il Signore li ha rifiutati.

---

¹¹· Il profeta è angustiato profondamente, perché
non vorrebbe annunziare le terribili minacce di Dio
al suo popolo, che egli ama teneramente; ma ormai
non ne può più, perché l'ira di Dio è troppo grande e
il castigo ormai prossimo.

7 Discorso sul tempio: speranza vana. -

[1]Questa è la parola che fu rivolta a Geremia da parte del Signore, in questi termini: [2]«Férmati presso la porta della casa del Signore e pronuncia questo discorso. Dirai: Ascoltate la parola del Signore, o voi tutti di Giuda che entrate per queste porte per adorare il Signore. [3]Così dice il Signore degli eserciti, Dio di Israele: Migliorate la vostra condotta e le vostre azioni, perché voglio farvi abitare in questo luogo. [4]Non confidate nelle parole ingannatrici, dicendo: "Tempio del Signore! Tempio del Signore! Tempio del Signore è questo!". [5]Sì, se veramente migliorerete la vostra condotta e le vostre azioni, se veramente farete giustizia l'uno verso l'altro, [6]se il forestiero, l'orfano e la vedova non opprimerete e non verserete sangue innocente in questo luogo e se non andrete dietro a dèi stranieri a vostra sventura, [7]allora io vi farò abitare in questo luogo, nel paese che io ho dato ai vostri padri da sempre e per sempre. [8]Ecco: voi, personalmente, vi fidate su parole ingannatrici che non giovano. [9]Come? Rubate, uccidete, commettete adultèri, giurate il falso, incensate Baal, andate dietro a dèi stranieri che non avete conosciuto, [10]e poi venite e ve ne state dinanzi a me in questa casa dove si invoca il nome mio, e dite: "Siamo salvi!", solo perché possiate compiere tutte queste abominazioni? [11]Forse che ai miei occhi è divenuta una spelonca di ladri questa casa, sulla quale è stato invocato il mio nome? Ma anch'io osservo. Oracolo del Signore. [12]Andate, per favore, al mio luogo, in Silo, dove io feci abitare il mio nome all'inizio, e osservate cosa gli ho fatto a causa della malvagità del mio popolo Israele. [13]E ora, poiché avete compiuto tutte queste azioni, oracolo del Signore, e mentre io vi parlavo premurosamente e insistentemente, voi non avete ascoltato, vi chiamavo, ma non avete risposto, [14]ebbene, io agirò verso la casa sulla quale è stato invocato il mio nome e nella quale voi siete fiduciosi, e verso il luogo che io ho dato a voi e ai vostri padri, come ho agito verso Silo: [15]vi respingerò dal mio cospetto come ho respinto tutti i vostri fratelli, tutta la discendenza di Efraim!».

Indirizzo al profeta. - [16]«Tu, poi, non pregare per questo popolo e non innalzare per esso preghiera e supplica; non insistere verso di me, perché non ti darò ascolto. [17]Non osservi tu, forse, ciò che essi fanno nelle città di Giuda e nelle strade di Gerusalemme? [18]I figli raccolgono legna e i padri accendono il fuoco e le donne intridono la pasta per fare focacce alla regina del cielo; e si fanno libagioni a dèi stranieri per offendermi! [19]Forse che essi offendono me, oracolo del Signore, o non piuttosto se stessi a loro stessa vergogna? [20]Perciò, così dice il Signore Dio: ecco, la mia ira, il mio sdegno si riverserà in questo luogo contro gli uomini e contro il bestiame, contro gli alberi del campo e contro i frutti della terra: tutto arderà senza estinguersi».

Abusi nel tempio. - [21]Così dice il Signore degli eserciti, Dio di Israele: «Aggiungete pure i vostri olocausti ai vostri sacrifici e mangiatene la carne! [22]Eppure io non parlai ai vostri padri, né diedi ordini a loro, quando li feci uscire dal paese d'Egitto, riguardo all'olocausto e al sacrificio; [23]bensì questa cosa ordinai loro: "Ascoltate la mia voce e io sarò vostro Dio e voi sarete mio popolo; camminerete per ogni strada che io vi avrò ordinato affinché vi sia per voi prosperità". [24]Ma non hanno ascoltato né prestarono il loro orecchio, anzi hanno camminato, secondo i consigli, nella caparbietà del loro cuore malvagio e sono andati indietro e non avanti. [25]Dal giorno in cui uscirono i vostri padri dal paese d'Egitto fino a quest'oggi, inviai loro tutti i miei servi, i profeti ogni giorno, premurosamente e costantemente, [26]ma non hanno ascoltato e non hanno prestato il loro orecchio, anzi hanno indurito la loro cervice, han peggiorato rispetto ai loro padri. [27]Tu, dunque, riferirai loro tutte queste parole, ma non ti ascolteranno; li chiamerai, ma non ti risponderanno. [28]Dirai loro: "Questa è la nazione che non ha ascoltato la voce del Signore suo Dio e non ha accettato la correzione. È scomparsa la fedeltà, è scomparsa dalla loro bocca"».

Minaccia di sterminio

[29] «Tàgliati la chioma, gettala via
e intona sulle alture un lamento,
perché il Signore ha rigettato
e abbandonato
la generazione del suo furore!

[30]Sì, i figli di Giuda hanno agito malvagiamente ai miei occhi, oracolo del Signore, hanno collocato le loro abominazioni nella casa nella quale è stato invocato il

mio nome, contaminandola, [31]e hanno costruito le alture di Tofet, nella Valle Ben-Innòm, per bruciare i loro figli e le loro figlie con il fuoco, ciò che non ho ordinato e non mi è venuto mai in mente. [32]Perciò, ecco vengono giorni, oracolo del Signore, che non si dirà più "Tofet" e "Valle Ben-Innòm", bensì "Valle del massacro" e si seppellirà in Tofet perché non vi sarà più posto. [33]I cadaveri di questo popolo diverranno pascolo per i volatili del cielo e per le bestie della terra e nessuno si spaventerà. [34]Io farò sparire dalle città di Giuda e dalle strade di Gerusalemme voce di giubilo e voce di letizia, voce di sposo e voce di sposa, perché il paese sarà sotto la spada».

8 [1]In quel tempo, oracolo del Signore, si estrarranno dai loro sepolcri le ossa di tutti i re di Giuda e le ossa dei suoi prìncipi, le ossa dei sacerdoti e le ossa dei profeti e le ossa degli abitanti di Gerusalemme, [2]e saranno esposte al sole e alla luna e a tutto l'esercito celeste che hanno prediletto e che hanno servito, ai quali sono andati dietro e che hanno consultato e ai quali si sono prostrati; non saranno raccolte né saranno seppellite, ma saranno come letame sulla superficie della terra. [3]Allora sarà preferibile la morte alla vita per tutto il resto che sopravvivrà di questa malvagia famiglia in ogni luogo dove li avrò dispersi, oracolo del Signore degli eserciti.

Irrevocabile apostasia del popolo d'Israele

[4] Dunque dirai loro: «Così dice il Signore:
Chi cade, forse che non si rialza?
O chi si svia, forse non ritorna?
[5] Perché s'è sviato questo popolo,
    Gerusalemme,
con una ribellione perpetua?
Sono attaccati all'inganno,
rifiutano di ritrarsi indietro.
[6] Ho prestato attenzione e ho ascoltato:
non parlano rettamente;
nessuno si pente della sua malvagità,

dicendo: "Cosa abbiamo fatto?".
Ognuno torna alla propria corsa,
qual cavallo lanciato alla battaglia!
[7] Perfino la cicogna nel cielo conosce
    i tempi suoi,
e la colomba, la rondine e la gru
osservano il tempo del loro ritorno;
ma il popolo mio non conosce il giudizio
    del Signore!
[8] Come potete dire: "Noi siamo saggi
e la legge del Signore è con noi"?
Certo, ecco: a menzogna l'ha ridotta
    la penna menzognera degli scribi.
[9] Saranno svergognati i saggi, sconcertati
    e intrappolati.
Ecco: la parola del Signore han rigettato:
che cosa è, dunque, sapienza per loro?
[10] Per questo consegnerò le loro donne
    a stranieri,
i loro campi ai conquistatori,
perché dal piccolo al grande tutti essi
    compiono frode;
dal profeta al sacerdote, tutti essi
    praticano la menzogna.
[11] Essi curano la ferita del mio popolo
    alla leggera.
Dicono: "Salute, salute", ma salute non
    c'è.
[12] Arrossiscano, perché compiono
    abominazioni!
Di nessuna onta arrossiscono più
né sanno più vergognarsi!
Per questo cadranno tra coloro che
    cadono,
saranno prostrati quando io li visiterò.
Oracolo del Signore.
[13] Vorrei raccogliere il loro raccolto,
oracolo del Signore,
ma non c'è uva nella vigna e non ci sono
    fichi sulla ficaia;
anche il fogliame è avvizzito!
Ho procurato loro, quindi, chi
    li calpesti!».
[14] «Perché ce ne stiamo seduti?
Radunatevi ed entriamo nelle città
    fortificate
e ivi saremo distrutti:
tanto il Signore, Dio nostro, ci vuole
    distruggere
e farci bere acque avvelenate
perché abbiamo peccato contro
    il Signore!
[15] Aspettavamo la salvezza, ma senza
    profitto;
il tempo della guarigione ed ecco
    il terrore».

---

8. - [8.] Gli scribi erano gl'interpreti ufficiali della legge di Dio. Basandosi sulle parole della promessa e non facendo caso alle condizioni su cui la promessa si fondava, essi ingannavano il popolo con la legge stessa.

16 Da Dan si ode lo sbuffare dei suoi
      cavalli;
   per lo strepito dei nitriti dei suoi stalloni
      trema tutto il paese;
   arrivano e divorano il paese e quanto
      contiene,
   la città e i suoi abitanti.
17 «Sì, eccomi a mandare contro di voi
      serpenti velenosi
   contro i quali non avete incantesimo,
   cosicché vi morderanno».
   Oracolo del Signore.

Elegia

18 Senza rimedio cresce il dolore,
   dentro di me il mio cuore languisce.
19 Ecco un clamore:
   è il grido della figlia del mio popolo
   da terra di vasta estensione!
   «Forse che il Signore non sta in Sion,
   ovvero il suo re non è in essa?».
   Perché mi hanno irritato con i loro idoli
   con nullità straniere?
20 È passata la mietitura, terminata l'estate,
   e noi non siamo stati salvati.
21 Per la ferita della figlia del mio popolo
      sono ferito,
   sono costernato, lo spavento mi afferra.
22 Non c'è più balsamo in Gàlaad?
   non c'è più ivi alcun medico?
   Perché, allora, non migliora
   la ferita della figlia del mio popolo?
23 Chi renderà la mia testa una fonte
   e i miei occhi una sorgente di lacrime,
   perché io pianga giorno e notte
   gli uccisi della figlia del popolo mio?

9 Giuda moralmente corrotto

1 Chi mi darà nel deserto un rifugio
      per viandanti?
   Voglio abbandonare il mio popolo
   e andarmene da esso.
   Sì, tutti sono adulteri, un'assemblea
      di perfidi.
2 Allungano la loro lingua come il loro
      arco;
   nella menzogna e non nella fedeltà
      sono forti nel paese.
   Sì, avanzano di malvagità in malvagità
   e non riconoscono me.
   Oracolo del Signore.
3 Ognuno si guardi dal suo amico

e non fidatevi di alcun fratello.
   Perché ogni fratello tende a ingannare
   e ogni amico sparge calunnia.
4 Ognuno inganna il proprio amico
   e non dicono la verità.
   Ammaestrano la propria lingua a proferir
      menzogna;
   si affaticano a pervertirsi.
5 La tua abitazione è nella frode,
   per frode rifiutano di conoscermi.
   Oracolo del Signore.
6 Per questo dice il Signore degli eserciti:
   «Eccomi a purificarli; li passerò al crogiolo:
   ma come agirò verso la figlia del mio
      popolo?
7 Freccia mortale è la loro lingua,
   frode è la parola della loro bocca.
   Ognuno augura "Pace!" al suo prossimo
   e nel suo animo stabilisce il suo agguato.
8 Per queste cose non dovrei visitarli,
   oracolo del Signore,
   ovvero contro una nazione siffatta
   non si indignerà l'anima mia?».

Lamentazione contro Sion

9 Per i monti io elevo pianto e lamento
   e per i pascoli del deserto un'elegia,
   poiché sono incendiati, più nessuno
      vi passa,
   né più si ode la voce del gregge:
   uccelli del cielo e bestiame
      sono fuggiti... scomparsi!
10 «Io renderò Gerusalemme un cumulo
      di rovine,
   una tana di sciacalli;
   le città di Giuda renderò
      una devastazione,
   senza abitante».
11 Chi è l'uomo saggio che comprenda
      questo
   e al quale abbia parlato la bocca
      del Signore? Lo manifesti!
   «Perché è perito il paese,
   è stato arso come un deserto
   per il quale non passa nessuno?».

12 Disse il Signore: «Perché essi hanno abbandonato la mia legge che io posi dinanzi

---

20. È il popolo che parla, e forse qui si tratta di un
proverbio. Quando la mietitura è stata scarsa il contadino spera nei frutti autunnali; ma se anche questi
vanno male, allora tutto è perduto. Così dice Israele:
sono passate le occasioni buone, e non è stato salvato!

a loro, non hanno ascoltato la mia voce e non hanno camminato secondo la mia volontà, [13]ma hanno seguito la caparbietà del loro cuore e i Baal che conobbero dai loro padri, [14]per questo, così dice il Signore degli eserciti, Dio di Israele: Eccomi: io nutrirò questo popolo di assenzio e gli farò bere acque avvelenate. [15]Li disperderò tra le nazioni che non hanno conosciuto, sia essi che i loro padri, e invierò dietro di loro la spada finché li avrò annientati».

[16] Così dice il Signore degli eserciti:
«Fate attenzione! Convocate
      le lamentatrici: che vengano!
E mandate a chiamare le più esperte:
      che vengano!
[17] Siano sollecite a elevare su di noi
      un lamento
perché i nostri occhi versino lacrime
e le nostre palpebre stillino acqua».
[18] Sì, voce di lamento si ode in Sion:
«Come siamo rovinati ci vergogniamo
      assai,
perché dobbiamo lasciare il paese,
perché siamo scacciati dalle nostre
      abitazioni!».
[19] Ascoltate, o donne, la parola del Signore,
accolga il vostro orecchio la parola
      della sua bocca:
Insegnate alle vostre figlie un lamento
e l'una all'altra insegni un'elegia!
[20] «La morte è già salita alle nostre
      finestre,
è entrata nei nostri palazzi,
distruggendo l'infanzia sulla strada,
i giovani sulle piazze.
[21] Parla! Tale è l'oracolo del Signore:
Il cadavere dell'uomo giace come letame
      sulla superficie del campo
e come mannelli dietro il mietitore
      e nessuno raccoglie!».

La vera sapienza

[22] Così dice il Signore:
«Non si glori il sapiente per la sua
      sapienza,

né si glori il forte per la sua forza,
né si glori il ricco per la sua ricchezza.
[23] Bensì in questo si glori chi vuol gloriarsi:
aver senno e conoscere me,
perché io sono il Signore che fa
      misericordia,
giudizio e giustizia sulla terra.
Sì, di costoro io mi compiaccio».
Oracolo del Signore.

La circoncisione è inutile. - [24]«Ecco: vengono giorni, oracolo del Signore, in cui io farò visita a tutti coloro che apparentemente sono circoncisi, [25]all'Egitto, a Giuda, a Edom, ai figli di Ammon, a Moab e a tutte le tempie rasate che abitano nel deserto, poiché tutte sono nazioni di incirconcisi e tutta la casa di Israele è incirconcisa nel cuore».

10Gli idoli e il Signore. - [1]Ascoltate la parola che il Signore ha pronunciato per voi, o casa di Israele. [2]Così dice il Signore:

«Non imparate la condotta delle nazioni
e dei segni del cielo non spaventatevi,
perché di essi hanno paura le nazioni.
[3] Sì, la credenza dei popoli è vanità:
infatti, è legno che uno taglia dal bosco,
prodotto di mano d'artefice per mezzo
      dell'ascia.
[4] D'argento e d'oro lo adornano,
con chiodi e con martelli lo rafforzano
      perché non si muova.
[5] Essi sono come spauracchio
      nel cocomeraio: infatti, non parlano!
Bisogna portarli perché non camminano.
Non abbiate paura di essi: non faranno
      male,
né fare del bene è in loro potere».
[6] Nessuno è simile a te, o Signore!
Tu sei grande e grande è il tuo nome,
      potente.
[7] Chi non ti temerà, o re delle nazioni?
Sì, ciò a te è dovuto.
Infatti, tra tutti i sapienti delle nazioni
      e in tutti i loro regni
nessuno è simile a te.
[8] Con la stessa cosa essi fanno fuoco
      e diventano stupidi:
la dottrina delle vanità è legno.
[9] Argento laminato portato da Tarsis
e oro da Ofir,
prodotto d'artefice e di mani d'orefice,

---

9. - [17.] *Elevare... un lamento*: si usava allora (e anche oggi presso molti popoli orientali) pagare delle donne perché piangessero durante i funerali ed eccitassero al pianto con la loro voce e con i loro gesti. Dio dice di chiamare le piangenti per Gerusalemme, di chiamare le più abili nel comporre e cantare lamentazioni, perché il funerale è solenne.

porpora e scarlatto è il loro vestito:
tutti essi son lavoro di sapienti.
10 Ma il Signore è Dio vero!
Egli è Dio vivente e re eterno.
Davanti al suo sdegno trema la terra
e non sopportano le nazioni la sua
collera.
11 Così direte loro:
«Gli dèi che i cieli e la terra
non hanno fatto,
spariranno dalla terra e di sotto il cielo:
tutti!».
12 Egli ha fatto la terra con la sua potenza,
ha stabilito il mondo con la sua sapienza
e con la sua intelligenza ha steso i cieli.
13 Quando emette la sua voce
è un rumoreggiare d'acque in cielo,
fa salire nubi dall'estremità della terra,
produce lampi per la pioggia
e fa uscire il vento dai suoi ripostigli.
14 Si stupisce ogni uomo quando riflette;
si vergogna ogni orefice per il suo idolo,
perché menzogna è la sua fusione
e spirito non c'è in essi.
15 Essi sono vanità, opera ridicola,
nel tempo della loro visita periranno.
16 Non è così la porzione di Giacobbe,
perché lui plasma ogni cosa
e Israele e la tribù della sua eredità:
Signore degli eserciti è il suo nome.

Terrore in tutto il paese

17 Raduna dal paese la tua mercanzia
tu che abiti nella fortezza.
18 Così, infatti, dice il Signore:
«Eccomi a scagliare lontano gli abitanti
del paese, questa volta:
farò loro provare angustia,
affinché ritrovino se stessi».
19 Guai a me, a causa della mia ferita,
incurabile è la mia piaga
mentre io dico: «Ebbene, questo è il mio
male;
lo sopporterò!».
20 La mia tenda è distrutta
e tutti i miei tiranti sono spezzati;
i miei figli sono andati via da me
e non ci sono più.
Non c'è più chi raddrizzi la mia tenda
e rialzi i miei teloni.
21 Sì! sono istupiditi i pastori,
perciò non ricercano il Signore!
Per questo non hanno successo,
perciò tutto il loro gregge è stato
disperso.

22 Una voce è stata udita:
«Ecco, viene un frastuono grande
dal paese del nord,
per ridurre le città di Giuda
a una devastazione, a una tana
di sciacalli».

Intercessione di Geremia

23 Io so, o Signore, che non è in potere
dell'uomo la sua via,
non è in potere dell'uomo andare
e stabilire i propri passi.
24 Correggimi, o Signore, ma secondo
giustizia,
non secondo il tuo sdegno
per non ridurmi al nulla.
25 Riversa il tuo furore sulle nazioni che
non ti conoscono
e sopra le famiglie che non invocano
il tuo nome,
perché hanno divorato Giacobbe,
l'hanno divorato e consumato
e il suo pascolo hanno devastato.

11 Geremia e l'alleanza. - 1Questa è la parola che fu rivolta a Geremia da parte del Signore. Disse: 2«Ascoltate la parola di questa alleanza! Dunque parlerai loro, agli uomini di Giuda e agli abitanti di Gerusalemme: 3Dirai loro: Così dice il Signore, Dio d'Israele: Maledetto colui che non ascolta le parole di quest'alleanza, 4che io prescrissi ai vostri padri nel giorno in cui li feci uscire dal paese d'Egitto, dalla fornace di ferro, dicendo: "Ascoltate la mia voce ed eseguite conformemente a quanto vi ho ordinato". Allora voi sarete per me il mio popolo e io sarò per voi il vostro Dio, 5affinché io realizzi il giuramento che feci ai padri vostri, di dare loro un paese dove scorre latte e miele, come avviene oggi». Ed io risposi e dissi: «Così sia, Signore!».

6Poi il Signore mi disse: «Grida tutte queste parole nelle città di Giuda e nelle vie di Gerusalemme: Ascoltate le parole di questa alleanza e praticatele. 7Poiché io ho testimoniato insistentemente ai vostri padri nel giorno in cui li feci ascendere dal paese d'Egitto fino a questo giorno, affermando premurosamente: "Ascoltate la mia voce!", 8ma non l'hanno ascoltata né piegarono il loro orecchio, anzi tutti camminarono nella durezza del loro cuore malvagio, perciò ho compiuto contro di loro tutte le parole di questa alleanza che io ordinai di praticare, ma non praticarono».

⁹Mi disse ancora il Signore: «Si sono trovati d'accordo gli uomini di Giuda e gli abitanti di Gerusalemme. ¹⁰Sono ritornati alle iniquità dei loro padri antichi, i quali rifiutarono di ascoltare le mie parole, anzi essi se ne vanno dietro dèi stranieri per adorarli; hanno infranto, la casa di Israele e la casa di Giuda, la mia alleanza che io conclusi con i loro padri. ¹¹Perciò così dice il Signore: Eccomi, io farò venire contro di loro una sventura alla quale non potranno sfuggire. Grideranno verso di me, ma non darò loro ascolto. ¹²Allora le città di Giuda e gli abitanti di Gerusalemme andranno a gridare verso gli dèi stranieri ai quali bruciarono incenso, ma in quanto a salvarli non li salveranno nel tempo della loro sventura.

¹³ Sì, quante sono le tue città
  tanti sono i tuoi dèi, o Giuda!
  E quante sono le strade
    di Gerusalemme,
  tanti altari avete eretto all'obbrobrio,
  altari per bruciare a Baal!».

Proibizione a Geremia di intercedere per il popolo. - ¹⁴Quanto a te, non intercedere per questo popolo e non innalzare per loro preghiera e supplica, perché io non voglio ascoltarti quando essi grideranno verso di me, nel tempo della loro sventura».

Contro gli abusi nel tempio

¹⁵ Che viene a fare il mio amore nella mia
    casa?
  Il suo agire è astuzia dei capi!
  I voti e la carne sacra faran passare da te
    la tua malvagità?
  Potresti allora rallegrarti!
¹⁶ «Ulivo verdeggiante, bello di frutti
    formosi»
  ti aveva imposto il Signore come tuo
    nome.
  Al rumore di un grande fracasso

ha incendiato con furore le sue foglie
  e sono rovinati i suoi rami.

¹⁷Ma ora il Signore degli eserciti, che ti aveva piantato, ha decretato contro di te la sventura, a causa della malvagità che hanno praticato la casa d'Israele e la casa di Giuda, irritandomi, offrendo incenso a Baal.

Geremia perseguitato nella propria città. - ¹⁸Il Signore volle informarmi e perciò ne venni a conoscenza quando mi mostrò le loro azioni; ¹⁹io ero come agnello mansueto condotto al mattatoio e non sapevo che contro di me ordivano delle macchinazioni: «Distruggiamo l'albero nel suo vigore e sradichiamolo dalla terra dei viventi affinché il suo nome non venga più ricordato».

²⁰ Signore degli eserciti, giusto giudice,
  scrutatore dei reni e del cuore,
  che io gusti la tua vendetta
    contro di loro
  perché a te ho affidato la mia causa!

²¹Perciò così dice il Signore agli uomini di Anatòt che hanno attentato alla tua vita dicendo: «Non profetizzare nel nome del Signore, così non morrai per mano nostra». ²²Così dunque dice il Signore degli eserciti: «Eccomi, io li castigherò: i giovani moriranno di spada, i loro figli e le loro figlie moriranno di fame. ²³Per loro non vi sarà superstite, quando io farò venire la sventura contro gli uomini di Anatòt, nell'anno del loro castigo».

12 Felicità dei cattivi

¹ Giusto tu sei, Signore! Come potrò
    discutere con te?
  Tuttavia ti porrò una domanda:
  perché la condotta degli empi prospera;
  è tranquillo chiunque agisce
    perfidamente?
² Li hai piantati e hanno messo radici;
  crescono e producono frutto.
  Tu sei vicino alla loro bocca ma lontano
    dai loro cuori.
³ Tu, però, Signore, mi conosci, mi osservi
    ed esamini il mio cuore nei tuoi
    riguardi!
  Trascinali come pecora al macello
  e riservali per il giorno del massacro.

11. - ¹⁹· *Come agnello mansueto*: si parla di Geremia, figura di Cristo. È la stessa frase applicata al Servo di Jhwh in Is 53,7.
²⁰· Neppure il profeta, che in tante maniere è figura di Cristo, possiede la sua mansuetudine e amore per i peccatori. *Vendetta* ha qui un senso antropomorfico, poiché esprime in modo umano gli effetti della giustizia divina.

4 Fin quando farà lutto il paese e l'erba
  del campo sarà secca?
  Per la malvagità dei suoi abitanti
  periscono il bestiame e i volatili.
  Sì, han detto: «Dio non vede la nostra
  fine!».
5 Se tu corri con i pedoni e ti stancano,
  come potresti seguire i cavalli?
  E se tu in paese pacifico non stai sicuro,
  come ti comporterai nella boscaglia
  del Giordano?
6 Infatti, perfino i tuoi fratelli e la casa
  di tuo padre
  agiscono perfidamente contro di te,
  perfino loro gridano dietro di te a piena
  voce.
  Non fidarti di loro se ti parlano
  gentilmente.

Il Signore piange la sua eredità

7 Ho abbandonato la mia Casa,
  ho ripudiato la mia eredità;
  ho posto la delizia dell'anima mia
  nelle mani dei suoi nemici.
8 La mia eredità per me è divenuta come
  un leone nel bosco;
  ha emesso contro di me il suo grido;
  per questo io la odio!
9 Come un uccello screziato è la mia
  eredità per me,
  gli uccelli gli girano attorno.
  Orsù, radunatevi tutti, animali
  del campo: venite a divorarla!
10 Molti pastori han distrutto la mia vigna,
   han calpestato la mia porzione,
   han ridotto la mia porzione prediletta
   come un orrido deserto.
11 È stata ridotta a una devastazione:
   fa' lutto dinanzi a me, o devastata!
   È devastato tutto il paese, perché
   nessuno ivi è responsabile.
12 Su tutte le alture del deserto sono giunti
   i devastatori.
   Sì, la spada del Signore divora
   da un estremo
   all'altro del paese.
   Non vi è pace per alcun uomo.
13 Hanno seminato frumento,
   ma hanno raccolto spine;
   si sono affaticati, ma senza profitto;
   si vergognano dei loro raccolti a causa
   dell'ardente ira del Signore!

Punizione e perdono dei popoli vicini. -
14 Così dice il Signore a tutti i vicini malvagi

che toccano l'eredità che ho dato in possesso al mio popolo Israele: «Eccomi: li sradicherò dalla terra loro mentre strapperò la
casa di Giuda di mezzo a loro. 15 E dopo che
li avrò sradicati ritornerò ad aver compassione di loro e li farò ritornare ciascuno alla
sua eredità e ciascuno alla sua terra. 16 Se
veramente impareranno le vie del mio popolo fino a giurare nel mio nome: "Per il Signore vivente!", come hanno insegnato al
mio popolo a giurare per Baal, allora essi saranno stabiliti in mezzo al mio popolo.
17 Ma se essi non ascolteranno, io sradicherò quella nazione, la sradicherò e la
sterminerò»: oracolo del Signore.

13 **Il simbolo della cintura.** - 1 Così mi
disse il Signore: «Va', còmprati una
cintura di lino e mettila ai tuoi fianchi, ma
non immergerla nell'acqua». 2 Allora io
comprai la cintura, secondo l'ordine del Signore e la misi ai miei fianchi. 3 Poi la parola del Signore mi fu rivolta nuovamente in
questi termini: 4 «Prendi la cintura che hai
comprato, quella che è ai tuoi fianchi; poi
levati, va' a Parah e nascondila là nelle fessure della roccia». 5 Io andai e la nascosi in
Parah, come aveva ordinato il Signore. 6 Or,
dopo molti giorni, il Signore mi disse: «Levati, va' a Parah e prendi di là la cintura che
io ti ordinai di nascondervi». 7 Io andai e
scavai e ripresi la cintura dal luogo dove l'a-
vevo nascosta. Ma ecco: la cintura si era
consumata, non era più buona a nulla. 8 Allora la parola del Signore mi fu rivolta in
questi termini: 9 Così dice il Signore: «Così
io consumerò la grande superbia di Giuda e
la superbia grande di Gerusalemme. 10 Questo popolo malvagio, che rifiuta di ascoltare
la mia parola, che cammina nella durezza
del suo cuore e va dietro altri dèi per servirli e prostrarsi a loro, che divenga come questa cintura, buona più a nulla. 11 Sì, come
aderisce la cintura ai fianchi dell'uomo, così
io avevo fatto aderire a me l'intera casa d'I-

---

12. - 5. Sembrano parole rivolte da Dio a Geremia
che ha proposto il problema della prosperità dei malvagi. Lo vuole incoraggiare a non lasciarsi abbattere
dalle prime difficoltà: finora ha corso con i *pedoni*,
ma lo aspettano difficoltà assai più serie, paragonabili
a uno che debba cimentarsi a piedi in una corsa con i
cavalli.
13. 1-11. È la prima azione simbolica che incontriamo in Geremia. Il suo significato è chiarito da Dio
stesso. Forse fu una visione.

sraele e l'intera casa di Giuda, oracolo del Signore, perché fosse mio popolo, mia fama, mia lode, mia gloria. Ma non hanno ascoltato!».

Il boccale. - ¹²Tu dirai loro questa parola: «Così dice il Signore, Dio di Israele: "Ogni boccale si riempie di vino". Ma ti diranno: "Forse che non sappiamo che ogni boccale si riempie di vino?"». ¹³Dirai loro: Così dice il Signore: Eccomi, io riempirò di ubriachezza tutti gli abitanti di questo paese: i re che siedono al posto di Davide, sul suo trono, i sacerdoti, i profeti e tutti gli abitanti di Gerusalemme. ¹⁴Io li frantumerò uno contro l'altro, cioè i padri e i figli insieme, oracolo del Signore; non avrò pietà né compassione né misericordia per la loro distruzione».

Annuncio dell'esilio

¹⁵ Ascoltate e porgete orecchio:
    non insuperbite,
    perché il Signore ha parlato.
¹⁶ Date al Signore, Dio vostro, la gloria
    prima che annotti,
    prima che inciampino i vostri piedi
        sui monti del crepuscolo.
    Voi confidate nella luce,
    ma egli la convertirà in oscurità mortale,
        la trasformerà in tenebra.
¹⁷ Se, però, non l'ascolterete,
    segretamente piangerà l'anima mia
        a causa dell'orgoglio
    e lacrimerò disperatamente.
    Si consumerà il mio occhio
        per il lacrimare
    perché verrà deportato il gregge
        del Signore!

Contro Ioiachìn

¹⁸ Di' al re e alla signora madre:
    «Sedete più in basso
    perché è discesa dalla vostra testa
        la corona della vostra gloria».
¹⁹ Le città del sud sono bloccate,
    senza accesso:
    tutto intero Giuda è deportato,
    è deportato completamente.

Ammonimento a Gerusalemme

²⁰ Solleva i tuoi occhi e considera chi viene
    dal settentrione.
    Dov'è il gregge affidato a te,
    le pecore della tua magnificenza?
²¹ Cosa dirai quando li stabilirà come tuoi
        dominatori,
    tu che li avevi ammaestrati nei tuoi
        riguardi perché ti fossero amici?
    Forse che non ti assaliranno i dolori
        come donna in parto?
²² E se dirai nel tuo cuore:
    «Perché mi accadono queste cose?».
    Per la tua grande iniquità saranno
        scoperti i lembi tuoi,
    violentati i tuoi calcagni.
²³ Può un etiope mutar la sua pelle
    o una tigre le sue striature?
    E allora voi potreste operare bene
    abituati come siete al male?
²⁴ Perciò ti disperderò
    come stoppie al vento del deserto.
²⁵ Questa è la tua sorte,
    il salario della tua ribellione da parte
        mia,
    oracolo del Signore,
    perché mi hai dimenticato
    e hai confidato nella menzogna.
²⁶ Anch'io solleverò i tuoi lembi fino al tuo
        volto
    perché sia visibile la tua vergogna.
²⁷ Gli adultèri tuoi, i tuoi nitriti,
    la turpitudine della tua prostituzione
    sulle colline, nei campi!
    Ho visto le tue abominazioni.
    Guai a te, Gerusalemme, che non ti
        purifichi!
    Per quanto tempo ancora...?

14 La siccità. - ¹Parola del Signore rivolta a Geremia, in occasione della siccità:

² Giuda è in lutto e le sue porte
        sono languenti,
    giacciono a terra e il grido
        di Gerusalemme sale!
³ I loro nobili mandano i giovani a cercare
        acqua:
    giungono alle cisterne ma non trovano
        acqua;
    ritornano con i loro vasi vuoti;
    si vergognano, si confondono e coprono
        la loro testa.

---

¹³. Riempire un uomo fino all'*ubriachezza* vuol dire esporla a tutte le collere divine. Il vino, infatti, simboleggia anche la collera divina, la quale si rovescerà su coloro che hanno abbandonato Dio.

4 Il suolo ha cessato di produrre,
   poiché non c'è più pioggia nel paese;
   si vergognano gli agricoltori, coprono
      la loro testa.
5 Perfino la cerva del campo partorisce
      e abbandona,
   perché non c'è erba.
6 Gli onagri s'arrestano sulle alture,
   aspirano aria come sciacalli;
   s'illanguidiscono i loro occhi perché non
      c'è pascolo.
7 Se le nostre iniquità testimoniano contro
      di noi,
   Signore, agisci a causa del tuo nome,
   perché si son moltiplicate le nostre
      ribellioni,
   contro di te abbiamo peccato.
8 O speranza d'Israele, suo salvatore
      in tempo d'angustia,
   perché sei come un pellegrino nel paese
   e come un viandante che s'arresta solo
      a pernottare?
9 Perché sei come un uomo smarrito,
   come un eroe che non riesce a salvare?
   Eppure tu sei in mezzo a noi, Signore,
   e il tuo nome su di noi s'invoca!
   Non abbandonarci!
10 Così dice il Signore a questo popolo:
   «Veramente amano girovagare,
   non trattengono i loro piedi!
   Perciò il Signore non li gradisce;
   ora ricorda le loro iniquità e punisce
      i loro peccati».

Nuova proibizione a Geremia di intercedere per il popolo. - 11Il Signore mi disse: «Non intercedere per questo popolo, per la loro felicità. 12Anche se digiunassero io non ascolterei la loro supplica e se offrissero olocausti e sacrifici pacifici io non mi compiacerei; piuttosto con la spada e con la fame e con la peste io li divorerei». 13Io dissi: «Ah, Signore Dio! Ecco: i profeti dicono loro: "Non gusterete la spada e la fame non arriverà, ma pace vera vi sarà in questo luogo"». 14Il Signore mi disse: «Menzogna han profetizzato i profeti nel mio nome! Io non li ho inviati, né ho dato loro ordine e non ho parlato loro. Visioni menzognere, divinazioni vane e inganno del loro cuore essi han profetizzato a voi. 15Perciò così dice il Signore contro i profeti che profetizzano in mio nome, mentre io non li ho inviati, e che tuttavia dicono: "Spada e fame non ci sarà in questo paese": di spada e di fame periranno questi profeti. 16Quanto poi al popolo al quale essi hanno profetizzato, sarà gettato nelle vie di Gerusalemme a causa della fame e della spada e non avranno chi li seppellisca, essi e le loro donne, i loro figli e le loro figlie. Io rovescerò su di loro la loro malvagità».

17 Di' loro questa parola:
   «Stillano lacrime gli occhi miei notte
      e giorno senza cessare,
   perché la ferita è grande;
   ha squarciato la vergine figlia del mio
      popolo
   una piaga assai dolorosa.
18 Se io uscissi per il campo, ecco: feriti di
      spada;
   se entrassi in città, ecco: orrori di fame.
   Perfino il profeta e il sacerdote
   si aggirano per il paese, ma senza
      comprendere.
19 Del tutto hai rigettato Giuda,
   contro Sion s'è nauseata l'anima tua?
   Perché ci hai colpito e non c'è per noi
      guarigione?
   Si sperava la pace, ma non c'è alcun
      bene;
   il tempo della guarigione, invece ecco
      lo spavento.
20 Riconosciamo, Signore, la nostra
      cattiveria,
   l'iniquità dei nostri padri:
   sì, abbiamo peccato contro di te.
21 Non rigettarci, a causa del tuo nome,
   non far disprezzare il trono della tua
      gloria.
   Ricòrdati: non infrangere il tuo patto
      con noi.
22 C'è, forse, tra gli idoli vani delle nazioni
      chi faccia piovere?
   Ovvero il cielo potrà dare acquazzoni?
   Non sei forse tu, Signore, il nostro Dio?
   Noi speriamo in te, poiché tu hai fatto
      tutte queste cose!».

15 **Inutile intercessione di Mosè e Samuele.** - 1Il Signore mi disse: «Anche se si presentassero Mosè e Samuele al mio cospetto, non avrei cuore per questo popolo. Cacciala dalla mia presenza; che se ne vada! 2Se poi ti diranno: "Dove andremo?", allora dirai loro: Così dice il Signore:

Chi è per la morte alla morte!
Chi è per la spada alla spada!
Chi è per la fame alla fame!
E chi è per la schiavitù alla schiavitù!

³Io li punirò con quattro tipi di mali, oracolo del Signore: con la spada per massacrare; con i cani per sbranare; con i volatili del
cielo e con le bestie del paese per divorare
e distruggere. ⁴Io li renderò uno spavento
per tutti i regni del paese, a causa di Manasse, figlio di Ezechia, re di Giuda, per quanto
ha fatto in Gerusalemme».

Danni della guerra

⁵ «Chi, dunque, avrà compassione di te,
    o Gerusalemme,
  chi farà cordoglio per te?
  E chi si volterà per domandare della tua
    salute?
⁶ Tu mi hai respinto,
  oracolo del Signore,
  mi hai voltato le spalle.
  Così ho steso la mia mano contro di te
  e ti ho distrutta.
  Sono stanco di aver compassione.
⁷ Perciò li ho ventilati con il ventilabro
  alle porte del paese.
  Ho privato di figli, ho fatto perire il mio
    popolo,
  perché dalla loro condotta non si sono
    ritirati.
⁸ Sono aumentate le loro vedove più che
    la sabbia del mare.
  Faccio venire contro di loro
  e contro la madre del guerriero
  un devastatore a mezzogiorno;
  faccio cadere su di loro, all'improvviso,
    terrore e spavento.
⁹ Langue la madre di sette figli:
  è sola la sua anima;
  cala il suo sole quando ancora è giorno;
  è vergognosa e confusa,
  mentre il suo residuo lo consegnerò
    alla spada
  di fronte ai suoi nemici».
  Oracolo del Signore.

Meditazione-dialogo

¹⁰ Ahimè, madre mia, che mi hai generato
  quale uomo di litigio e discordia
    per tutto il paese.
  Non do credito né danno credito a me;
  tutti mi maledicono.

---

15. - ¹²⁻¹⁴ Dio si rivolge al popolo per dirgli che
non potrà, lui, *ferro* ordinario, resistere al duro *ferro
del nord*, ai Babilonesi.

¹¹ Dice il Signore:
  «Non ti ho, forse, assistito per il meglio?
  Non ho, forse, imposto su di te,
  nel tempo della malvagità
  e dell'angustia, l'inimicizia?
¹² Spezzerà, forse, il ferro
  il ferro del nord e il rame?
¹³ La tua ricchezza e i tuoi tesori
  lascerò depredare senza compenso,
  per tutti i tuoi peccati e in tutti i tuoi
    confini.
¹⁴ Io ti farò servire il tuo nemico
  in un paese che non conosci,
  perché un fuoco s'è acceso nella mia ira:
  contro di voi si accenderà».
¹⁵ Tu lo sai, Signore! Ricordati di me
    e visitami
  e vendicami contro i miei persecutori;
  nella lentezza della tua ira non lasciarmi
    perire;
  sappi che ho portato, per causa tua,
    l'obbrobrio.
¹⁶ Furon trovate le tue parole e le divorai;
  una gioia fu per me la tua parola
  e una letizia per il mio cuore,
  perché il tuo nome veniva invocato
    su di me,
  Signore, Dio degli eserciti!
¹⁷ Non mi son seduto per divertirmi
    nell'assemblea dei beffardi.
  A causa della tua mano solitario
    mi son seduto,
  perché di sdegno mi avevi riempito.
¹⁸ Perché deve durare il mio dolore
    per sempre
  e la ferita mia è incurabile, senza
    guarigione?
  Vorrai essere per me come un bugiardo,
  come acqua inquinata?
¹⁹ Per questo dice il Signore:
  «Se vuoi ritornare, ti farò ritornare,
  al mio cospetto resterai;
  e se tu produrrai cose meritevoli, prive
    di viltà,
  quale bocca mia tu sarai.
  Ritorneranno essi a te,
  ma tu non tornerai a loro.
²⁰ Io ti renderò di fronte a questo popolo
  qual muro di bronzo fortificato;
  combatteranno contro di te,
  ma contro di te non prevarranno,
  perché io sono con te, per salvarti
    e liberarti.
  Oracolo del Signore!
²¹ Io ti libererò dalla mano malvagia
  e ti strapperò dal pugno dei violenti».

16

Il profeta-segno. - [1]La parola del Signore mi fu rivolta in questi termini: [2]«Non prenderti una moglie, non aver figli né figlie in questo luogo. [3]Così, infatti, dice il Signore contro i figli e contro le figlie generati in questo luogo e contro le loro madri che li hanno partoriti e contro i loro padri che li hanno generati in questo paese: [4]di morti orrende moriranno; non verranno lamentati né sepolti, saranno come letame sulla superficie del suolo, saranno sterminati con la spada e con la fame e i loro cadaveri saranno pasto per i volatili del cielo e per le bestie del paese. [5]Sì, così dice il Signore: Non entrare nella casa del lutto e non partecipare al pianto né compiangerli, perché io ho ritirato la mia amicizia da questo popolo, oracolo del Signore, la pietà e la misericordia. [6]Moriranno grandi e piccoli in questo paese; non saranno sepolti, né vi sarà pianto per essi e non si farà incisione né rasatura per essi. [7]Non si spezzerà pane per chi è in lutto, per consolarlo della morte, neppure verseranno con loro il calice delle consolazioni per il proprio padre e per la propria madre. [8]Non entrare a sederti con loro nella casa del banchetto per mangiare e per bere.

[9]Così, infatti, dice il Signore degli eserciti, Dio d'Israele: Eccomi a far cessare da questo luogo, sotto i vostri occhi e nei vostri giorni, la voce di giubilo e la voce della letizia, la voce dello sposo e la voce della sposa.

[10]Quando tu avrai annunciato a questo popolo tutte queste cose, allora ti diranno: "Perché il Signore ha pronunciato contro di noi tutte queste grandi malvagità e qual è la nostra iniquità e quali i nostri peccati che abbiamo commesso contro il Signore, nostro Dio?". [11]Allora risponderai loro: Perché i vostri padri hanno abbandonato me, oracolo del Signore, e sono andati dietro altri dèi e li hanno serviti e si sono prostrati dinanzi a loro, mentre hanno abbandonato me e non hanno custodito la mia legge. [12]Voi, però, avete agito peggio dei vostri padri ed eccovi che seguite ciascuno la durezza del vostro cuore malvagio, senza ascoltarmi. [13]Perciò vi farò scacciare da questo paese verso un paese che non conoscete, né voi né i vostri padri, e ivi servirete altri dèi giorno e notte, perché io non vi farò grazia!».

Nuovo giuramento. - [14]«Pertanto, ecco, vengono giorni, oracolo del Signore, e non si dirà più: "Per la vita del Signore che fece ascendere i figli d'Israele dal paese d'Egitto", [15]bensì: "Vivente il Signore, che ha fatto uscire i figli di Israele dal paese del nord e da tutti i paesi dove li aveva dispersi e li ha fatti ritornare sulla terra che aveva dato ai loro padri". [16]Eccomi: io invierò molti pescatori, oracolo del Signore, e li pescheranno; e dopo ciò invierò molti cacciatori e li cacceranno da ogni monte e ogni colle e dalle fessure delle rocce. [17]Sì, i miei occhi sono su tutte le loro vie, non sono nascoste dinanzi a me, né può occultarsi la loro iniquità dinanzi agli occhi miei. [18]Ma prima ricompenserò nel doppio la loro iniquità e i loro peccati perché hanno profanato la mia terra con i cadaveri del loro obbrobrio e con le loro abominazioni hanno riempito la mia eredità».

A te verranno le nazioni

[19] Signore, mia forza e mia fortezza,
   mio rifugio nel giorno dell'angustia,
   a te le nazioni verranno
   dall'estremità della terra e diranno:
   «Solo menzogna ereditarono i nostri
       padri,
   nullità e senza profitto».
[20] Può farsi l'uomo degli dèi
   mentre essi non sono dèi?
[21] Per questo, eccomi: farò loro conoscere,
       questa volta,
   mostrerò loro la mia mano e la mia
       potenza,
   e conosceranno che il mio nome
       è il Signore!

17

Peccati di Giuda nei culti idolatrici

[1] Il peccato di Giuda è scritto con penna
       di ferro,
   con punta di diamante è inciso
   sulla tavola del loro cuore
   e sui corni dei loro altari,
[2] quale ricordo, per i loro figli,
   dei loro altari e dei loro pali sacri
   presso alberi verdeggianti, sulle alture
       elevate,
[3] sulle montagne e nella pianura.
   La tua ricchezza, tutti i tuoi tesori
   al saccheggio consegnerò,

per i tuoi peccati sulle alture, entro tutti
i tuoi confini.
⁴ Dovrai, perfino, ritirar la tua mano
    dalla tua eredità,
  quella che ti avevo dato,
  perché ti farò servire i tuoi nemici
  in un paese che non conosci.
  Un fuoco, infatti, avete acceso nell'ira
    mia
  che in eterno rimarrà acceso!

Ammonimenti sapienziali

⁵ Così dice il Signore:
  «Maledetto l'uomo che confida
    nell'uomo
  e che fa della carne il suo braccio
  mentre dal Signore si ritira il suo cuore!
⁶ Egli è qual tamarisco nella steppa
  che non si accorge quando giunge
    la felicità,
  ma abita tra le arsure del deserto,
  una terra salata che nessuno abita!
⁷ Benedetto l'uomo che confida
    nel Signore
  ed è il Signore la sua speranza!
⁸ Egli sarà come albero piantato presso
    l'acqua,
  verso il ruscello spinge le sue radici;
  non se ne accorge quando giunge
    il calore
  e permane verde il suo fogliame;
  perfino nell'anno di siccità
    non si preoccupa
  e non cessa di produrre il suo frutto.
⁹ Ingannevole è il cuore più di ogni cosa
    e incurabile!
  Chi lo può conoscere?
¹⁰ Io, il Signore, scruto il cuore ed esamino
    i reni
  per giudicare ciascuno secondo
    la propria condotta,
  secondo il frutto delle proprie azioni.
¹¹ Pernice che cova ma non ha deposto,
  è chi accumula ricchezza ingiustamente.
  A metà dei suoi giorni deve lasciarla
  e al termine suo apparirà uno stolto».

Speranza di salvezza nel tempio

¹² Trono di gloria eccelso fin dall'inizio
  è il luogo del nostro santuario.
¹³ Speranza di Israele, Signore,
  chiunque ti abbandona, arrossirà!
  Chi si allontana da te, in terra
    sarà scritto,

perché ha abbandonato la sorgente
  d'acqua viva, il Signore!
¹⁴ Guariscimi, Signore, e sarò guarito,
  salvami e sarò salvato.
  Sì, il mio vanto sei tu!
¹⁵ Ecco, essi mi dicono:
  «Dov'è la parola del Signore? Orsù,
    si realizzi!».
¹⁶ Io, tuttavia, non ho insistito
    per la sventura presso di te
  e il giorno irrimediabile
    non ho desiderato.
  Tu lo sai! Quanto è uscito dal mio labbro
  è allo scoperto alla tua presenza.
¹⁷ Non divenire, per me, uno spavento:
  mio rifugio sei tu nel giorno
    della sventura.
¹⁸ Arrossiscano i miei persecutori,
    ma non arrossisca io;
  siano essi spaventati; ma non sia
    spaventato io;
  manda contro di loro il giorno
    di sventura,
  con doppia distruzione distruggili!

Osservanza del sabato. - ¹⁹Così mi ha detto il Signore: «Va' e poniti alla porta dei figli del popolo, per la quale entrano ed escono i re di Giuda, e presso tutte le porte di
Gerusalemme. ²⁰Dirai loro: Ascoltate la parola del Signore, o re di Giuda, voi tutti di
Giuda e voi tutti abitanti di Gerusalemme
che entrate per queste porte. ²¹Così dice il
Signore: Badate bene, per la vostra vita, a
non trasportare carichi in giorno di sabato e
a non introdurli per le porte di Gerusalemme. ²²Non portate pesi fuori dalle vostre case in giorno di sabato e non fate alcuna opera servile, ma santificate il giorno di sabato
come io ho ordinato ai vostri padri. ²³Ma
essi non ascoltarono e non piegarono il loro
orecchio, ma indurirono la loro cervice per
non ascoltare e per non accettare l'ammaestramento. ²⁴Ma se veramente mi ascolterete, oracolo del Signore, senza introdurre carichi per le porte di questa città in giorno di
sabato, ma santificherete il giorno di sabato
senza fare in esso alcuna opera servile, ²⁵allora entreranno per queste porte della città
re e prìncipi, seduti sul trono di Davide, cavalcando carri e cavalli, essi e i loro prìncipi, gli uomini di Giuda e gli abitanti di Gerusalemme, e abiteranno questa città per
sempre. ²⁶Verranno dalle città di Giuda e
dai dintorni di Gerusalemme e dal territorio di Beniamino, dalla Sefela, dalla monta-

gna e dal Negheb, offriranno olocausto e sacrificio, offerta e incenso e renderanno lode
alla casa del Signore. ²⁷Ma se non mi ascolterete, santificando il giorno di sabato, senza trasportare pesi in giorno di sabato e senza introdurli per le porte di Gerusalemme,
allora accenderò un fuoco contro le sue porte: esso divorerà i palazzi di Gerusalemme
e non si estinguerà».

18 Il simbolo del vaso e del vasaio. -
¹Questo è l'ordine che fu imposto a
Geremia da parte del Signore: ²«Àlzati e
scendi alla casa del vasaio e là ti farò ascoltare le mie parole». ³Allora io scesi alla casa
del vasaio ed eccolo: stava facendo un lavoro presso il tornio. ⁴Ma il vaso che egli stava facendo con la creta si guastò tra le mani
del vasaio; quindi prese a fare un altro vaso,
come pareva giusto agli occhi suoi.

⁵Allora la parola del Signore mi fu rivolta
in questi termini: ⁶«Forse che io non posso
fare a voi, casa di Israele, come questo vasaio? Oracolo del Signore. Ecco: come la
creta nelle mani del vasaio, così siete voi
nella mia mano, casa di Israele! ⁷A volte
contro una nazione o contro un regno io
decreto di sradicare, di abbattere e distruggere. ⁸Ma se quella nazione alla quale io
avevo parlato si ritrae dalla sua malvagità,
allora io mi pento per quella sventura che
avevo progettato di infliggerle.

⁹Altra volta per una nazione o per un regno io decreto di edificare e di piantare.
¹⁰Ma se agisce male agli occhi miei, non
ascoltando la mia voce, allora io mi pento
del bene con il quale io avevo pensato di
beneficarla.

¹¹Ora, dunque, annunzia agli uomini di
Giuda e agli abitanti di Gerusalemme: Così
dice il Signore: Ecco, io sto preparando contro di voi una sventura e sto macchinando
contro di voi un progetto. Ritorni ciascuno
dalla sua strada malvagia, sicché possiate
migliorare le vostre vie e le vostre azioni.
¹²Ma ti diranno: "Impossibile! Noi cammi-
neremo secondo i nostri progetti, ognuno
agirà secondo la durezza del proprio cuore
malvagio!"».

Israele si è dimenticato del Signore

¹³ «Perciò così dice il Signore:
Cercate tra le nazioni chi ha udito cose
    simili;

cosa orrenda ha commesso la vergine
    d'Israele!
¹⁴ Scompare, forse, dalla rupe imponente
    la neve del Libano?
Ovvero si estingueranno le acque
    dei monti
che scorrono fredde?
¹⁵ Eppure si dimenticò di me il mio popolo;
    al nulla offrirono incenso.
Perciò hanno inciampato nelle loro vie,
    i sentieri di sempre,
camminando per viottoli,
    per una strada non appianata,
¹⁶ riducendo il loro paese a desolazione,
    a oggetto di scherno in perpetuo.
Chiunque passerà per esso stupirà
    e scuoterà la propria testa.
¹⁷ Qual vento orientale, io li disperderò
    di fronte al nemico.
La schiena e non la faccia mostrerò loro
    nel giorno del loro disastro».

**Attentato a Geremia e preghiera del pro-
feta.** - ¹⁸Ora quelli dissero: «Orsù, tramia-
mo insidie contro Geremia, perché non
verrà meno l'ammaestramento al sacerdote
né il consiglio ai saggi né la parola al profeta. Orsù, andiamo e colpiamolo con la lingua e non badiamo a tutte le sue parole».

¹⁹ Bada tu a me, Signore,
    e ascolta la voce dei miei avversari.
²⁰ Si potrà, forse, retribuire il bene
    con il male?
Eppure essi stanno scavando una fossa
    alla mia vita!
Ricordati che io sto davanti a te,
    per annunziare loro il bene,
    per far indietreggiare la tua ira da loro.
²¹ Perciò consegna i loro figli alla fame

18. - ⁷⁻¹⁰· Si parla di Dio con linguaggio umano: Dio
non può mutare, non può pentirsi, ma cambiano le
creature dinanzi a lui, e per questo cambiano le sue
azioni relative alle creature.
¹³· *La vergine d'Israele* è il popolo stesso, quello
che il Signore aveva riservato per sé come sua sposa.
La *cosa orrenda*, inaudita e incomprensibile è che
Israele abbia abbandonato il vero Dio, onnipotente e
misericordioso, per andare dietro a idoli che non sono nulla.
²¹⁻²³· Il perdono dei nemici è un frutto dell'esempio
e della grazia di Gesù, troppo sublime per la levatura
spirituale dell'AT. Tuttavia ricordiamo, per comprendere lo sfogo di Geremia, che egli si sentiva messaggero di Dio, e quindi chi macchinava contro la sua vita, in realtà si opponeva alla sua missione e alla volontà di Dio.

e abbattili a fil di spada;
siano le loro donne sterili e vedove,
i loro uomini siano feriti a morte,
i loro giovani uccisi di spada in guerra.
22 Si oda gridare dalle loro case
quando addurrai contro di loro
i briganti all'improvviso;
poiché hanno scavato una fossa
per catturarmi
e lacci hanno teso ai miei piedi.
23 Ma tu, Signore, conosci
tutti i loro disegni di morte
contro di me.
Non perdonare la loro iniquità
e il loro peccato dal tuo cospetto
non cancellarlo.
Siano rovinati alla tua presenza,
nel tempo della tua ira agisci
contro di loro.

19 **Il simbolo della brocca spezzata.** - ¹Così disse il Signore: «Va' e compra una brocca di argilla; prendi con te alcuni anziani del popolo e alcuni anziani dei sacerdoti ²ed esci verso la Valle Ben-Innòm che è all'ingresso della Porta del vasellame e grida ivi le parole che io ti dirò. ³Dirai: Ascoltate la parola del Signore, o re di Giuda e abitanti di Gerusalemme! Così dice il Signore degli eserciti, Dio di Israele: Eccomi, sto per far piombare una calamità su questo luogo che a chiunque l'ascolterà vibreranno le orecchie. ⁴Infatti essi hanno abbandonato me e hanno rigettato questo luogo e vi hanno offerto incenso ad altri dèi che non avevano conosciuto né essi né i loro padri né i re di Giuda, e hanno riempito questo luogo di sangue innocente. ⁵Hanno costruito le alture di Baal per bruciare i loro figli con il fuoco, olocausti a Baal, cosa che non avevo ordinato e né mi era mai venuta in mente.
⁶Perciò ecco: vengono giorni, oracolo del Signore, in cui non si chiamerà più questo luogo "Tofet e Valle Ben-Innòm", bensì "Valle del massacro". ⁷Io ho svuotato il consiglio di Giuda e di Gerusalemme in questo luogo e li farò cadere di spada di fronte ai loro nemici e nelle mani di chi cerca la loro vita e darò i loro cadaveri in pasto ai volatili del cielo e alle bestie del paese. ⁸Ridurrò, poi, questa città a una desolazione e a uno scherno; chiunque passerà per essa si stupirà e fischierà per tutte

le sue ferite. ⁹Li nutrirò con la carne dei loro figli e con la carne delle loro figlie e ognuno mangerà la carne del proprio amico durante l'assedio e le strettezze cui li ridurranno i loro nemici e chi cerca la loro vita. ¹⁰Tu spezzerai, dunque, la brocca dinanzi agli uomini che verranno con te, ¹¹poi dirai loro: Così dice il Signore degli eserciti: Così frantumerò questo popolo e questa città, come si frantuma il vaso del vasaio, sicché non si possa più riparare. Allora si seppellirà in Tofet perché non ci sarà altro spazio per seppellire. ¹²Così io tratterò questo luogo, oracolo del Signore, e i suoi abitanti, quando ridurrò questa città come Tofet. ¹³Allora le case di Gerusalemme e le case dei re di Giuda saranno impure, come il luogo di Tofet; tutte le case dove si offriva incenso sulle terrazze a tutto l'esercito del cielo e si versavano libagioni ad altri dèi».
¹⁴Geremia, poi, ritornò dalla porta dove l'aveva inviato il Signore a profetizzare e si fermò nell'atrio della casa del Signore e disse a tutto il popolo: ¹⁵«Così dice il Signore degli eserciti, Dio di Israele: Eccomi, sto per far piombare su questa città e su tutte le sue città ogni sventura che ho pronunciato contro di esse, poiché hanno indurito la loro cervice, non volendo ascoltare la mia parola».

20 **Geremia disputa con Pascùr.** - ¹Ora Pascùr, figlio di Immer, sacerdote e ispettore capo nella casa del Signore, sentì Geremia che profetizzava queste cose. ²Allora Pascùr percosse Geremia il profeta e lo consegnò per farlo mettere ai ceppi presso la Porta superiore di Beniamino che è nella casa del Signore. ³Quando l'indomani Pascùr estrasse Geremia dai ceppi, Geremia gli disse: «Il Signore non chiama il tuo nome Pascùr, bensì, "Terrore-all'intorno". ⁴Infatti, così dice il Signore: Eccomi, io ti consegnerò al terrore, te e tutti gli amici tuoi; essi cadranno per la spada dei loro nemici e i tuoi occhi lo vedranno; anche tutto Giuda consegnerò nella mano del re di Babilonia e li deporterà in Babilonia e li colpirà con la spada. ⁵Io consegnerò tutta la ricchezza di questa città e tutti i suoi guadagni, tutti i suoi preziosi e tutti i tesori dei re di Giuda in potere dei loro nemici che li deprederanno, li prenderanno e li asporteranno a Babilonia. ⁶Quanto a te, Pascùr, tu e tutti gli abi-

tanti della tua casa, ve ne andrete in prigionia; arriverai a Babilonia e ivi morrai e ivi
sarai sepolto tu e tutti i tuoi amici ai quali tu
hai profetizzato la menzogna».

Geremia sedotto dal Signore

7 Mi hai sedotto, Signore, e ho ceduto
   alla seduzione;
   mi hai forzato e hai prevalso;
   sono divenuto derisione tutto il giorno,
   chiunque si beffa di me!
8 Perché ogni volta che io parlo
   debbo gridare,
   violenza e rovina debbo proclamare!
   Sì, la parola del Signore è divenuta
   per me
   obbrobrio e beffa tutto il giorno.
9 Perciò pensavo: «Non voglio ricordarlo
   e non parlerò più in suo nome!».
   Ma ci fu nel mio cuore come un fuoco
   divampante
   compresso nelle mie ossa;
   cercavo di contenerlo, ma non ci riuscii.
10 Sì, ho udito le calunnie di molti:
   «Terrore all'intorno! Denunziate
   e lo denunzieremo!».
   Tutti gli amici miei osservavano il mio
   incespicare:
   «Forse si lascia sedurre e prevarremo
   su di lui,
   prenderemo la nostra vendetta contro
   di lui!».
11 Ma il Signore è con me qual forte
   potente,
   perciò i miei persecutori vacilleranno,
   non prevarranno;
   arrossiranno assai perché non avran
   successo:
   vergogna perenne, che mai
   si dimenticherà!
12 Ma tu, Signore degli eserciti,
   sei esaminatore giusto,
   vedi i reni e il cuore!
   Io gusterò la tua vendetta contro di loro,
   perché a te ho affidato la mia causa.
13 Cantate al Signore, lodate il Signore,
   ché ha liberato la vita del povero
   dalla mano del malvagio!
14 Maledetto il giorno in cui io nacqui;
   il giorno in cui mi partorì mia madre
   non sia benedetto!
15 Maledetto l'uomo che portò l'annuncio
   a mio padre, dicendo:
   «Ti è nato un maschio!», riempiendolo
   di letizia.

16 Sia quell'uomo come le città
   che il Signore ha sconvolto senza
   pentimenti;
   oda il grido al mattino e clamori
   di guerra a mezzogiorno.
17 Perché non mi ha fatto morire nel seno?
   Mia madre sarebbe stata per me la mia
   tomba
   e l'utero, gravidanza perpetua!
18 Perché sono uscito dall'utero?
   Per vedere affanno e cordoglio
   e terminare nella vergogna i giorni miei?

21 Sedecia consulta Geremia: la rispo-
sta. - ¹Questa è la parola che fu rivolta a Geremia da parte del Signore quando il
re Sedecia inviò a lui Pascùr, figlio di Malchìa, e il sacerdote Sofonìa, figlio di Maasìa
il sacerdote, a dirgli: ²«Consulta, per favore, per noi il Signore, poiché Nabucodònos-
sor, re di Babilonia, fa guerra contro di noi.
Forse il Signore agirà verso di noi in conformità ai suoi prodigi ed egli si allontanerà da
noi».

³Geremia rispose loro: «Così direte a Sedecia: ⁴Così dice il Signore, Dio d'Israele:
Eccomi, io farò indietreggiare gli strumenti di guerra che sono nelle vostre mani,
con i quali combattete il re di Babilonia e i
Caldei che vi stanno combattendo fuori le
mura, e li radunerò in mezzo a questa
città. ⁵Io poi combatterò contro di voi con
mano stesa e con braccio potente, con ira,
con furore e indignazione grande. ⁶Per-
cuoterò gli abitanti di questa città, sia gli
uomini che le bestie con grande peste:
morranno! ⁷Dopo ciò, oracolo del Signore,
consegnerò Sedecia, re di Giuda e i suoi
ministri e tutto il popolo e quelli che in
questa città scampano alla peste, alla spada e alla fame, in potere di Nabucodònosor, re di Babilonia, in potere dei loro nemici e in potere di coloro che cercano la
loro vita. Egli li percuoterà a fil di spada:
non li risparmierà, non perdonerà, né avrà
misericordia di loro. ⁸A questo popolo,

---

20. - ¹⁴⁻¹⁸. Parole forti e piuttosto dure che lasciano
intravedere la profonda sofferenza del profeta, chiamato a compiere una missione non cercata, che gli
causava solo abbandono, inimicizie da parte di tutti e
sofferenze di ogni genere, sia morali che fisiche. Inoltre esse mettono a nudo tutta la debolezza umana,
ancora ignara della retribuzione d'oltretomba e del
valore immenso della sofferenza.

poi, dirai: Così dice il Signore: Eccomi, io metterò dinanzi a voi la strada della vita e la strada della morte. ⁹Chi resterà in questa città morirà di spada, di fame e di peste; ma chi esce e si consegnerà ai Caldei che vi stanno assediando, vivrà e avrà, come suo bottino, la propria vita. ¹⁰Sì, io ho fissato la mia faccia contro questa città per la sventura e non per la felicità, oracolo del Signore. Sarà consegnata in potere del re di Babilonia, che l'incendierà con il fuoco».

Contro la casa reale

¹¹ Alla casa del re di Giuda:
«Ascoltate la parola del Signore,
¹² o casa di Davide! Così dice il Signore:
Giudicate giustamente ogni mattino
e liberate il derubato dalla mano
      dell'oppressore,
affinché non esca, qual fuoco, l'ira mia
e arda e non trovi chi l'estingua
a motivo della malvagità delle vostre
      azioni!
¹³ Eccomi a te, o abitante della valle,
o rupe nella pianura,
oracolo del Signore.
Voi dite: "Chi scenderà contro di noi
e chi entrerà nelle nostre dimore?".
¹⁴ Io vi farò visita secondo il frutto
      delle vostre azioni,
oracolo del Signore,
e accenderò un fuoco alla sua foresta
e divorerà tutti i suoi dintorni!».

22 Contro gli ultimi re di Giuda. - ¹Così dice il Signore: «Scendi nella casa del re di Giuda e ivi pronunzierai questa parola. ²Dirai: Ascolta la parola del Signore, o re di Giuda che siedi sul trono di Davide, tu e i tuoi ministri e tutto il popolo che vengono a queste porte.

³Così dice il Signore: Agite con rettitudine e giustizia e liberate il derubato dalla mano dell'oppressore; non angariate e non opprimete il forestiero, l'orfano e la vedova; non spargete sangue innocente in questo luogo. ⁴Poiché se voi metterete in pratica questa parola, allora entreranno per le porte di questa casa i re che siedono in luogo di Davide sul suo trono, che cavalcano carri e cavalli, essi e i loro ministri e il loro popolo. ⁵Ma se non ascolterete questa parola, io giuro per me stesso, oracolo del Signore,

che questa casa sarà data alla distruzione. ⁶Sì, così parla il Signore contro la casa del re di Giuda:

Come un Gàlaad tu sei per me,
una vetta del Libano;
eppure ti ridurrò un deserto,
città senza abitanti.
⁷Io santificherò contro di te i distruttori,
gli uomini e i loro armenti,
e distruggeranno i tuoi cedri eletti
e li getteranno al fuoco.

⁸Molte nazioni passeranno attraverso questa città e diranno l'una all'altra: "Perché ha agito così il Signore contro questa grande città?". ⁹E risponderanno: "Perché hanno abbandonato l'alleanza del Signore, Dio loro, e si sono prostrati ad altri dèi e li hanno adorati".

¹⁰Non piangete sul morto
né fate lamento per lui;
piangete, piangete per chi parte,
che più non tornerà
né vedrà la sua terra nativa!».

¹¹Sì! Così dice il Signore a Sallùm, figlio di Giosia, re di Giuda, re ai posto di Giosia suo padre: «Chi esce da questo luogo non vi tornerà più; ¹²ma nel luogo dove lo deporteranno, ivi morrà e questa terra non rivedrà più».

Contro Ioiakìm

¹³ Guai a chi edifica la sua casa senza
      giustizia
e i piani superiori senza diritto;
chi fa lavorare il suo prossimo
      gratuitamente
e non gli retribuisce il suo lavoro!
¹⁴ Che dice: «Mi costruirò una casa
      spaziosa
e camere ventilate»,
che apre finestre e le intelaia di cedro
e le pittura di rosso.
¹⁵ Pensi, forse, di essere re perché gareggi
con il cedro?
Tuo padre, forse, non ha mangiato
      e bevuto?
Praticava, però, il diritto e la giustizia;
perciò ebbe prosperità!
¹⁶ Difendeva la causa del povero
      e del misero
e allora andava bene!

Non significa forse questo conoscere
me?
Oracolo del Signore.
¹⁷ Invece, non sono gli occhi tuoi e il tuo
cuore
se non per il tuo guadagno
e per versare sangue innocente
e per operare oppressione e violenza.

¹⁸Perciò, così dice il Signore a Ioiakìm, fi-
glio di Giosia, re di Giuda:

«Non faranno lamento per lui:
"Ahi, fratello mio! Ahi, sorella mia!".
Non faranno lamento per lui:
"Ahi, signore! Ahi, maestà!".

¹⁹Con sepoltura d'asino lo si seppellirà
trascinandolo e gettandolo fuori delle porte
di Gerusalemme».

Contro Gerusalemme

²⁰ Ascendi sul Libano e grida,
sul Basàn rimbombi la tua voce;
grida pure dagli Abarim
poiché son fatti a pezzi tutti gli amanti
tuoi.
²¹ Ti ho parlato quando tu eri tranquilla;
tu dicesti: «Non ascolto!».
Questa fu la tua condotta fin dalla tua
giovinezza:
non hai ascoltato la mia voce!
²² Tutti i pastori tuoi li pascolerà il vento
e i tuoi amanti andranno in prigionia.
Allora arrossirai e ti confonderai di tutta
la tua malvagità.
²³ Tu che abiti nel Libano,
che nidifichi tra i cedri,
quanto gemerai quando ti arriveranno
le doglie,
doglie di partoriente!

Contro Ioiachìn.

- ²⁴Per la mia vita, oracolo
del Signore, anche se Conìa, figlio di
Ioiakìm, re di Giuda, fosse un anello nella
mia mano destra, di là io ti strapperei! ²⁵Io
ti consegnerò in potere di chi cerca la tua
vita e in potere di coloro dinanzi ai quali
hai spavento, cioè di Nabucodònosor, re di
Babilonia, e in potere dei Caldei. ²⁶Io scaglierò te e tua madre, che ti ha generato,
sopra una terra straniera dove tu non sei
nato e ivi morrai. ²⁷Quanto, poi, al paese
dove essi desiderano ardentemente ritornare, non vi torneranno. ²⁸È, forse, un vaso

spregevole da essere spezzato quest'uomo,
Conìa, o uno strumento senza alcun valore?
Perché sono scacciati lui e la sua discendenza, e gettati in un paese che non conoscono?

²⁹ Terra, terra, terra:
ascolta la parola del Signore!
³⁰ Così dice il Signore:
«Scrivete che quest'uomo è senza figli,
uomo che non ha prosperato nei suoi
giorni;
che nessuno della sua discendenza
prospererà,
nessuno siederà sul trono di Davide
né dominerà più in Giuda!».

23 Il futuro Re-pastore.

- ¹Guai ai pa-
stori sfruttatori e dissipatori del gregge del mio pascolo, oracolo del Signore.
²Perciò così dice il Signore, Dio di Israele,
contro i pastori che pascolano il mio popo-
lo: «Voi avete sfruttato il mio gregge e l'avete disperso e non ve ne siete preoccupati.
Eccomi: io mi preoccuperò di voi, della
malvagità delle vostre azioni, oracolo del Signore. ³Quanto a me, io radunerò il resto
del mio gregge da tutti i paesi dove li ho dispersi e li ricondurrò al loro pascolo e proli-
ficheranno e si moltiplicheranno. ⁴Susci-
terò poi su di esso pastori che li pascoleranno e non temeranno né si spaventeranno,
né alcuno verrà a mancare. Oracolo del Signore».

Il Re germe giusto!

⁵ «Ecco: giorni vengono, oracolo
del Signore,
in cui io susciterò a Davide un germe
giusto
e regnerà qual re; sarà saggio
ed eserciterà diritto e giustizia nel paese.
⁶ Ai suoi giorni sarà salvato Giuda
e Israele dimorerà con sicurezza.
Questo poi è il nome con cui sarà
chiamato:
Signore-giustizia-nostra!

23. - ^{5.} Questo discendente (*germe*) di Davide, fondatore di un regno di giustizia, vero *re*, non può essere Zorobabele (cfr. Esd 2,2, ecc.), che non fu re, ma
sarà il Messia, la cui figura si va sovrapponendo nella
mente del profeta a coloro che inizieranno la restaurazione del popolo dopo il ritorno da Babilonia.

⁷Perciò, ecco che vengono giorni, oracolo del Signore, nei quali non diranno più: "Per la vita del Signore, che ha ricondotto i figli di Israele dal paese d'Egitto", ⁸bensì: "Per la vita del Signore, che ha fatto uscire e ricondotto il seme della casa d'Israele dal paese del nord e da tutti i paesi dove li aveva dispersi: essi riposeranno nel loro territorio"».

Contro i profeti

⁹ «Contro i profeti.
   Si spezza il mio cuore dentro di me,
   si slogano tutte le mie ossa;
   son divenuto come un ubriaco
   e come uomo sopraffatto dal vino
   a causa del Signore,
   a causa delle sue parole sante!
¹⁰ Sì, il paese è pieno di adùlteri;
   a causa della maledizione è in lutto
       il paese:
   si seccano i prati del deserto.
   La loro via è perversa
   e la loro forza non è retta.
¹¹ Anche il profeta e il sacerdote
       sono divenuti empi;
   perfino nella mia casa trovo la malvagità
       loro.
   Oracolo del Signore.
¹² Perciò la loro strada sarà per loro stessi
       come luogo sdrucciolevole.
   Nelle tenebre saranno dispersi
   e cadranno in esse,
   poiché manderò contro di loro
       la sventura
   nell'anno del loro castigo.
   Oracolo del Signore.
¹³ Anche tra i profeti di Samaria
   ho visto scempiaggini:
   hanno profetizzato per Baal,
   e hanno traviato il mio popolo,
       Israele.
¹⁴ E tra i profeti di Gerusalemme ho visto
       nefandezze:
   commettere adulterio e camminare
       nel falso;
   essi rafforzano le mani dei malfattori
   perché non si ritiri alcuno dalla sua
       malvagità.
   Son divenuti, per me, tutti come Sodoma
   e gli abitanti suoi come Gomorra.
¹⁵ Perciò così dice il Signore degli eserciti
       contro i profeti:
   Ecco, io vi nutrirò di assenzio
   e vi darò a bere acqua avvelenata,

   perché per colpa dei profeti
       di Gerusalemme
   si è sparsa l'empietà su tutto il paese.
¹⁶ Così dice il Signore degli eserciti:
   Non date ascolto alle parole dei profeti
       che vi profetizzano;
   essi vi fanno credere cose vane;
   visioni del loro cuore vi annunciano
   e non da parte del Signore!
¹⁷ Essi dicono a chi mi disprezza:
   "Ha detto il Signore: avrete salvezza!";
   e a chiunque cammina nella durezza
       del proprio cuore dicono:
   "Non verrà contro di voi sventura!".
¹⁸ Infatti, chi assisté al consiglio
       del Signore,
   lo vide e ascoltò la sua parola?
   Chi ha fatto attenzione alla sua parola
   e l'ha compresa?
¹⁹ Ecco: la burrasca del Signore scoppia
       furiosa,
   burrasca turbinante si aggira sulla testa
       degli empi.
²⁰ Non si ritirerà l'ira del Signore,
   finché lui abbia compiuto e realizzato
   i disegni del suo cuore.
   Al termine dei giorni lo comprenderete
       a pieno.
²¹ Io non ho inviato questi profeti,
   ma essi corrono;
   non ho parlato a loro,
   ma essi profetizzano.
²² Se avessero assistito al mio consiglio,
   avrebbero annunciato la mia parola
       al mio popolo,
   l'avrebbero fatto ritirare dalla sua
       condotta malvagia
   e dalla malvagità delle sue azioni.
²³ Sono forse un Dio-da-vicino,
   oracolo del Signore,
   e non un Dio-da-lontano?
²⁴ Può nascondersi alcuno nei nascondigli
   che io non lo veda?
   Oracolo del Signore.
   Forse che i cieli e la terra non li riempio
       io?
   Oracolo del Signore.

²⁵Ho inteso ciò che hanno detto questi profeti che profetizzano in nome mio menzogna, dicendo: "Ho sognato! Ho sognato!". ²⁶Fin quando dovrà durare ciò nel cuore di questi profeti che profetizzano la menzogna e profetizzano l'inganno del loro cuore? ²⁷Essi pensano di far dimenticare al mio popolo il mio nome con i loro sogni, quelli

che ognuno racconta all'altro, come i loro padri hanno dimenticato il mio nome per Baal. ²⁸Il profeta che ha avuto un sogno, racconti un sogno, e chi ha avuto la mia parola annunzi la mia parola con verità.

Cos'ha in comune la paglia
   con il frumento?
Oracolo del Signore.
²⁹ Non è, forse, così la mia parola: come
   fuoco,
oracolo del Signore,
e come martello che spezza la roccia?

³⁰Perciò, eccomi contro questi profeti, oracolo del Signore, che rubano le mie parole l'uno all'altro. ³¹Eccomi contro questi profeti, oracolo del Signore, che occupano la propria lingua a proferire oracoli. ³²Eccomi contro i profeti di sogni menzogneri, oracolo del Signore. Li raccontano e fanno deviare il mio popolo con le loro menzogne e le loro temerità, mentre io non li ho inviati, né ho dato loro ordini, né sono di alcuna utilità per questo popolo. Oracolo del Signore».

L'incarico-del-Signore. - ³³«Se pertanto questo popolo, o un profeta o un sacerdote, ti interrogherà: "Qual è l'incarico-del-Signore?", risponderai: "Voi siete il carico e vi ho rigettato!". Oracolo del Signore. ³⁴Se poi il profeta o il sacerdote o la gente dirà: "Incarico-del-Signore", io punirò quell'individuo e la sua casa. ³⁵Così direte uno all'altro e ognuno al proprio fratello: "Cosa ha risposto il Signore e cosa ha detto il Signore?". ³⁶Ma voi non userete più "carico-del-Signore", altrimenti un "carico" sarà per ognuno la propria parola e pervertirete le parole del Dio vivente, Signore degli eserciti, Dio nostro. ³⁷Così si dirà al profeta: "Cosa ti ha risposto il Signore e qual è la sua parola?". ³⁸Ma se direte: "Incarico-del-Signore", allora così dice il Signore: Poiché voi dite questa parola "Incarico-del-Signore", ³⁹per questo eccomi: Io mi dimenticherò di voi e rigetterò completamente voi e la città che io ho dato a voi e ai vostri padri, dinanzi al mio cospetto, ⁴⁰e vi renderò un'ignominia perpetua e una vergogna che non si dimentica».

24 **Due cesti di fichi: simbolo e spiegazione.** - ¹Il Signore mi fece vedere due cesti di fichi collocati dinanzi al tempio del Signore, dopo che Nabucodònosor, re di Babilonia, ebbe deportato Ieconia, figlio di Ioiakìm, re di Giuda, e i capi di Giuda, i fabbri e gli artigiani da Gerusalemme e li ebbe condotti in Babilonia. ²Il primo cesto aveva fichi assai buoni come i fichi primaticci, mentre il secondo cesto aveva fichi assai cattivi da non potersi mangiare per quanto erano cattivi.

³Allora il Signore mi disse: «Cosa stai vedendo, Geremia?». E risposi: «Dei fichi! Fichi ottimi e fichi pessimi da non potersi mangiare per quanto sono cattivi!». ⁴Allora la parola del Signore mi fu rivolta così: ⁵«Così dice il Signore, Dio di Israele: Come si ha cura di questi fichi buoni, così io avrò cura dei deportati di Giuda che io ho scacciato da questo luogo nel paese dei Caldei, per il loro bene. ⁶Io poserò il mio occhio sopra di essi per il loro bene e li ricondurrò in questo paese; li stabilirò e non li demolirò, li pianterò e non li sradicherò più. ⁷Darò a loro un cuore per conoscermi perché io sono il Signore; essi saranno per me il mio popolo e io sarò per essi il loro Dio, perché ritorneranno a me con tutto il cuore.

⁸Ma come si trattano i fichi cattivi, che non si possono mangiare per quanto sono cattivi — così dice il Signore —, così io tratterò Sedecia, re di Giuda e i suoi prìncipi e il resto di Gerusalemme che rimarrà in questo paese e che abitano nel paese di Egitto. ⁹Ne farò oggetto di spavento per tutti i regni della terra; un obbrobrio e un proverbio, un sarcasmo e una maledizione, in tutti i luoghi ovunque li avrò dispersi. ¹⁰Io invierò contro di essi la spada, la fame e la peste fino al loro sterminio dalla terra che io ho dato loro e ai loro padri».

25 **Profezia dei settant'anni d'esilio.** - ¹Questa è la parola che fu indirizzata a Geremia riguardo a tutto il popolo di Giuda, nell'anno quarto di Ioiakìm, figlio di Giosia, re di Giuda — cioè l'anno primo di Nabucodònosor, re di Babilonia —, ²quella che il

---

33-40. Il brano gioca sul doppio senso della parola ebraica *massà'* che può significare *oracolo* e anche *carico* o incarico. Perciò a chi domanda ironicamente al profeta: «Qual è l'*oracolo* del Signore?», il profeta risponde: «Siete voi il *carico* del Signore», cioè il peso che egli si scrollerà di dosso e getterà lontano da sé.

profeta Geremia rivolse a tutto il popolo di Giuda e a tutti gli abitanti di Gerusalemme, dicendo: ³«Dall'anno tredicesimo di Giosia, figlio di Amon, re di Giuda, fino a questo giorno, sono ventitré anni; la parola del Signore mi fu rivolta e io ho parlato a voi sollecitamente e incessantemente, ma non avete ascoltato. ⁴Il Signore ha inviato a voi tutti i suoi servi, i profeti con premura, ma non avete ascoltato, né avete prestato orecchio per ascoltare. ⁵Essi dicevano: "Ritornate ciascuno dalla vostra via malvagia e dalla malvagità delle vostre azioni e abiterete sulla terra che il Signore ha dato a voi e ai vostri padri da sempre e per sempre. ⁶Non andate dietro ad altri dèi per servirli e per prostrarvi ad essi e non mi irritate con l'opera delle vostre mani e non vi danneggerò". ⁷Ma non mi avete ascoltato, oracolo del Signore, facendomi indignare a causa dell'opera delle vostre mani, per vostra sventura. ⁸Perciò così dice il Signore degli eserciti: Siccome non avete ascoltato la mia parola, ⁹eccomi: io manderò a prendere tutte le genti del settentrione, oracolo del Signore, cioè Nabucodònosor, re di Babilonia, mio servo, e le porterò contro questo paese e contro i suoi abitanti e contro tutte queste nazioni all'intorno; li farò anatèma e li ridurrò a una desolazione, a uno scherno e rovina perpetua. ¹⁰Io farò cessare da loro la voce di gioia e la voce di letizia, la voce dello sposo e la voce della sposa, il rumore della mola e la luce della lampada. ¹¹Tutto questo paese sarà una rovina e una desolazione, e quelle nazioni serviranno il re di Babilonia per settant'anni. ¹²Compiuti i settant'anni, io visiterò il re di Babilonia e quella nazione, oracolo del Signore, la loro iniquità e il paese dei Caldei, e lo ridurrò a devastazione perpetua».

¹³Io, dunque, adempirò contro quel paese tutte le mie parole che ho pronunciato contro di esso, tutto ciò che è scritto in questo libro e che ha profetizzato Geremia contro tutte le nazioni. ¹⁴Sì, potenti nazioni e re grandi asserviranno anch'esse e le ripagherò secondo le loro azioni e le opere delle loro mani.

La coppa. - ¹⁵Così, infatti, mi parlò il Signore, Dio d'Israele: «Prendi dalla mia mano questa coppa di vino del mio sdegno e falla bere a tutte le nazioni alle quali io ti invierò. ¹⁶Esse berranno, vacilleranno e impazziranno di fronte alla spada che io sfodererò in mezzo ad esse». ¹⁷Allora presi la coppa dalla mano del Signore e la feci bere a tutte le nazioni alle quali il Signore mi aveva mandato: ¹⁸Gerusalemme e le città di Giuda, i suoi re e i suoi prìncipi, per ridurli a una rovina, a una desolazione, a un obbrobrio e a una maledizione, come avviene quest'oggi; ¹⁹il faraone, re d'Egitto, e i suoi ministri e i suoi prìncipi e tutto il suo popolo; ²⁰tutta la popolazione mista e tutti i re del paese di Uz e tutti i re del paese dei Filistei, cioè Ascalòn e Gaza e Accaron e il resto di Asdòd; ²¹Edom e Moab e i figli di Ammon; ²²e tutti i re di Tiro e i re di Sidone e i re dell'isola che è al di là del mare; ²³Dedan e Tema e Buz e tutte le tempie rasate; ²⁴tutti i re di Arabia e tutti i re della popolazione mista che abitano nel deserto; ²⁵tutti i re di Zimrì e tutti i re di Elam e tutti i re della Media; ²⁶tutti i re del settentrione, vicini e lontani, gli uni e gli altri e tutti i regni che sono sulla superficie della terra. Il re di Sesàc berrà dopo di essi.

²⁷Tu, dunque, dirai loro: «Così dice il Signore degli eserciti, Dio di Israele: Bevete, ubriacatevi e vomitate, poi cadete, senza più rialzarvi davanti alla spada che io sfodererò in mezzo a voi. ²⁸Se poi qualcuno rifiuta di prendere la coppa dalla tua mano per bere, allora dirai loro: Così dice il Signore degli eserciti: Dovete bere! ²⁹Sì, ecco: contro la città sulla quale è stato invocato il mio nome io incomincio a portare sventura e voi resterete impuniti? Non resterete impuniti, poiché la spada io la chiamerò contro tutti gli abitanti del paese. Oracolo del Signore degli eserciti!

³⁰Quanto a te dovrai profetizzare loro tutte queste parole. Dirai loro:

Il Signore dall'alto ruggisce
e dall'abitazione sua santa emette la sua
    voce.
Ruggisce minaccioso contro la sua
    prateria,
grida allegre come i pigiatori emette
contro tutti gli abitanti del paese.
³¹ Giunge lo strepito ai confini della terra
poiché è in causa il Signore contro
    le nazioni,

---

25. - ⁹· *Mio servo*: in quanto strumento di Dio. È la prima chiara profezia dell'invasione dei Babilonesi con i loro alleati.

¹¹· *Settant'anni*: è il periodo, in cifra tonda, dell'egemonia babilonese sul Medio Oriente e su Giuda in particolare. Nel 539 a.C. Ciro occupa Babilonia.

²⁶· *Il re di Sesàc* è il re di Babilonia, come in 51,41.

è in giudizio con ogni uomo:
gli empi li consegnerà alla spada:
oracolo del Signore.

32 Così dice il Signore degli eserciti:
Ecco, la sventura si propaga
da nazione a nazione;
perché un turbine grande si sveglia
dalle estremità della terra».

33In quel giorno gli uccisi del Signore saranno da una estremità all'altra della terra; non saranno compianti, né saranno raccolti, né saranno seppelliti; ma saranno quale letame sulla superficie della terra.

34 Urlate, pastori, e gridate,
avvolgetevi nel lutto, o potenti
del gregge,
perché sono compiuti i giorni
per il macello;
e per tutto ciò che avete disperso,
voi cadrete come vaso prescelto.

35 È scomparso il rifugio dei pastori
e lo scampo per i potenti del gregge.

36 Voce schiamazzante dei pastori
e ululato dei potenti del gregge,
poiché il Signore sta distruggendo il suo
pascolo.

37 Sono sconvolti i prati tranquilli
di fronte all'ardente ira del Signore.

38 Ha lasciato come leone la sua tana
perché la loro terra è divenuta
una devastazione
di fronte all'ardore che è violento,
di fronte all'ardore della sua ira!

IL PROFETA PERSEGUITATO

26 **Discorso sul tempio.** - 1All'inizio del regno di Ioiakìm, figlio di Giosia, re di Giuda, ci fu questa parola da parte del Signore, in questi termini: 2«Così dice il Signore: Mettiti nell'atrio della casa del Signore e annuncia a tutte le città di Giuda, che vengono a prostrarsi nella casa del Signore, tutte le parole che io ti avrò ordinato di dire a loro: non omettere alcunché. 3Forse ti ascolteranno e ritorneranno dalla propria strada malvagia e mi pentirò della sventura che io sto meditando di recare a loro a causa della malvagità delle loro azioni. 4Dirai loro: Così dice il Signore: Se non mi darete ascolto, camminando nella mia legge che ho posto dinanzi a voi, 5ubbidendo alle parole dei miei servi, i profeti, che

io mando a voi con tempestività e sollecitudine, se non li ascolterete, 6allora renderò questa casa come Silo e renderò questa città una maledizione fra tutte le nazioni della terra».

Geremia arrestato e accusato. - 7Quando i sacerdoti e i profeti e tutto il popolo ebbero ascoltato Geremia che proferiva queste parole nella casa del Signore, 8avvenne che, avendo terminato Geremia di dire quanto gli aveva ordinato il Signore di riferire a tutto il popolo, i sacerdoti e i profeti e tutto il popolo lo arrestarono dicendo: «Devi morire! 9Perché profetizzi nel nome del Signore dicendo: "Come Silo sarà questa casa"? e "Questa città sarà distrutta e senza abitanti"?». Tutto il popolo si radunò attorno a Geremia nella casa del Signore. 10Quando i prìncipi di Giuda udirono queste parole, dalla casa del re ascesero alla casa del Signore e si sedettero all'ingresso della Porta Nuova della casa del Signore.

11Allora i sacerdoti e i profeti dissero ai prìncipi e a tutto il popolo: «Sentenza di morte merita quest'uomo, perché ha profetizzato contro questa città, come voi avete sentito con i vostri orecchi».

Autodifesa. - 12Geremia rispose a tutti i prìncipi e a tutto il popolo, così: «Il Signore mi ha inviato a profetizzare contro questa casa e contro questa città tutto ciò che avete ascoltato. 13Ma ora migliorate le vostre vie e le vostre azioni e ascoltate la voce del Signore, Dio vostro, e il Signore si pentirà della sventura che ha pronunciato contro di voi. 14Quanto a me, eccomi nelle vostre mani; fate di me quel che è meglio agli occhi vostri e più giusto. 15Soltanto sappiate fermamente che se voi mi fate morire, un sangue innocente voi ponete sopra voi stessi, sopra questa città e sopra i suoi abitanti, poiché veramente il Signore mi ha inviato contro di voi a proferire ai vostri orecchi tutte queste parole».

Difesa storica. - 16Allora i prìncipi e tutto il popolo dissero ai sacerdoti e ai profeti: «Non c'è per quest'uomo sentenza di morte, perché ha parlato a noi nel nome del Signore, Dio nostro». 17Ora, si erano alzati alcuni degli anziani del paese e dissero a tutta l'assemblea del popolo così: 18«Michea il morastita stava profetizzando ai giorni di Ezechia, re di Giuda, e disse a tutto il popolo di Giuda:

837 GEREMIA 27,21

"Così dice il Signore degli eserciti:
Sion come campo sarà arata
e Gerusalemme diverrà rovine
e il monte del tempio un'altura
boscosa!".

[19]Lo fece forse condannare a morte Ezechia, re di Giuda, insieme a tutto Giuda? Forse che non temette il Signore e placò il volto del Signore e il Signore si pentì della sventura che aveva preannunciato contro di loro? Noi, invece, stiamo facendo un male grande contro noi stessi».

[20]Ci fu ancora un uomo che profetizzava nel nome del Signore, Uria, figlio di Semaià, da Kiriat-Iearim; egli profetizzò contro questa città e contro questo paese, perfettamente come Geremia. [21]Il re Ioiakìm ascoltò, insieme a tutti i suoi ufficiali e tutti i prìncipi, le sue parole e cercò di metterlo a morte, ma Uria lo seppe ed ebbe timore; quindi fuggì ed entrò in Egitto. [22]Allora il re Ioiakìm inviò degli uomini in Egitto, Elnatàn, figlio di Acbor e altri con lui. [23]Costoro fecero uscire Uria dall'Egitto e lo ricondussero al re Ioiakìm che lo fece uccidere di spada e poi gettò il suo cadavere fra le tombe dei figli del popolo. [24]Allora la mano di Achikàm, figlio di Safàn, fu a favore di Geremia, affinché non lo consegnassero in potere del popolo per farlo morire.

27 **Il simbolo del giogo.** - [1]All'inizio del regno di Sedecia, figlio di Giosia, re di Giuda, questa parola fu rivolta a Geremia, da parte del Signore. Disse: [2]«Così dice il Signore a me: Fatti delle corde e un giogo che imporrai sul collo. [3]Poi invia un messaggio al re di Edom, al re di Moab, al re dei figli di Ammon, al re di Tiro e al re di Sidone, per mezzo degli ambasciatori venuti a Gerusalemme, presso Sedecia, re di Giuda. [4]Incaricali di dire ai loro signori: Così dice il Signore degli eserciti, Dio di Israele: Così direte ai vostri signori: [5]Io ho fatto la terra, l'uomo e il bestiame che è sulla superficie della terra, con la mia grande potenza e con il mio braccio teso, e l'ho data a chi sembrò bene agli occhi miei. [6]E ora io ho consegnato tutti questi paesi in potere di Nabucodònosor, re di Babilonia, mio servo; perfino il bestiame del campo l'ho dato a lui, per il suo servizio. [7]Tutte le nazioni serviranno a lui, a suo figlio e al figlio di suo figlio, finché non verrà il tempo anche per il

suo paese. Allora lo assoggetteranno potenti nazioni e grandi re. [8]La nazione o quel regno che non vorrà servire a lui, a Nabucodònosor, re di Babilonia, o non vorrà porre il suo collo sotto il giogo del re di Babilonia, con la spada e con la fame e con la peste io visiterò quella nazione, oracolo del Signore, finché io li abbia distrutti per mezzo suo. [9]Voi, perciò, non date ascolto ai vostri profeti, ai vostri indovini, ai vostri sognatori, ai vostri maghi e ai vostri stregoni, a coloro che vi dicono: "Non assoggettatevi al re di Babilonia". [10]Sì! essi vi profetizzano menzogna per farvi allontanare dalla vostra terra; così io vi disperderò e andrete in rovina. [11]Ma quella nazione che porrà il suo collo sotto il giogo del re di Babilonia e lo servirà, io la farò riposare nella sua terra, oracolo del Signore, lavorerà e l'abiterà».

[12]Al re Sedecia, re di Giuda, io parlai esattamente in questi termini, e gli dissi: «Sottoponete il vostro collo al giogo del re di Babilonia e servite lui e il suo popolo: così vivrete. [13]Perché vorrete morire di spada, di fame e di peste tu e il tuo popolo, come ha parlato il Signore contro quella nazione che non vuol servire il re di Babilonia? [14]Non ascoltate le parole dei profeti che vi dicono: "Non servite il re di Babilonia", poiché essi vi profetizzano menzogna. [15]Sì, io non li ho inviati, oracolo del Signore, ed essi profetizzano in mio nome, per la menzogna, affinché io vi disperda e siate distrutti, voi e quei profeti che vi fanno profezie».

[16]Ai sacerdoti e a tutto questo popolo ho parlato così: «Così dice il Signore: Non ascoltate le parole dei vostri profeti che vi fanno profezie dicendo: "Ecco, gli arredi della casa del Signore saranno riportati da Babilonia immediatamente", poiché essi vi profetizzano menzogna. [17]Non date loro ascolto! Servite il re di Babilonia e vivrete! Perché questa città deve divenire una rovina? [18]Se essi fossero profeti e se la parola del Signore fosse con loro, intercederebbero presso il Signore degli eserciti affinché gli arredi rimasti nella casa del Signore e nella casa del re di Giuda e in Gerusalemme non vadano a Babilonia». [19]Intanto così dice il Signore degli eserciti, riguardo alle colonne, al mare di bronzo, alle basi e al resto degli arredi lasciati in questa città, [20]che Nabucodònosor, re di Babilonia, non ha asportato quando deportò Ieconia, figlio di Ioiakìm, re di Giuda, da Gerusalemme. [21]Dice il Signore degli eser-

citi, Dio di Israele, riguardo agli arredi lasciati nella casa del Signore e nella casa del re di Giuda e in Gerusalemme: ²²«Saranno portati in Babilonia e ivi resteranno fino al giorno che io li visiterò, oracolo del Signore, e li farò uscire e ritornare in questo luogo».

28 Geremia disputa con il profeta Anania.

¹In quello stesso anno, all'inizio del regno di Sedecia, re di Giuda, nell'anno quarto, nel mese quinto, Anania, figlio di Azzùr, profeta di Gàbaon, mi riferì nella casa del Signore, sotto gli occhi dei sacerdoti e di tutto il popolo: ²«Così dice il Signore degli eserciti, Dio di Israele: Io spezzo il giogo del re di Babilonia. ³Ancora due anni di tempo, e io ricondurrò in questo luogo tutti gli arredi della casa del Signore, che Nabucodònosor, re di Babilonia, prese da questo luogo e portò a Babilonia. ⁴Anche Ieconia, figlio di Ioiakìm, re di Giuda, e tutti i deportati di Giuda che sono andati a Babilonia io ricondurrò in questo luogo, oracolo del Signore, poiché io spezzo il giogo del re di Babilonia». ⁵Allora il profeta Geremia rispose al profeta Anania, sotto gli occhi dei sacerdoti e sotto gli occhi di tutto il popolo che stavano presso la casa del Signore. ⁶Il profeta Geremia disse: «Amen, così faccia il Signore! Egli realizzi le parole che tu hai proferito, riconducendo gli arredi della casa del Signore e tutti i deportati di Babilonia in questo luogo. ⁷Soltanto ascolta questa parola che io sto per dire ai tuoi orecchi e agli orecchi di tutto il popolo. ⁸I profeti che furono prima di me e prima di te, fin dai tempi antichi, hanno profetizzato, riguardo a molti paesi e regni potenti, guerra e fame e peste. ⁹Il profeta che profetizza pace, quando si avvera la sua parola, allora è riconosciuto quale profeta che il Signore ha veramente inviato». ¹⁰Allora il profeta Anania, preso il giogo dal collo del profeta Geremia, lo spezzò. ¹¹Poi Anania, alla presenza di tutto il popolo, disse così: «Così dice il Signore: In questo modo io spezzerò il giogo di Nabucodònosor, re di Babilonia, entro due anni, sul collo delle nazioni». Geremia se ne andò per la sua strada.

¹²Dopo che il profeta Anania ebbe spezzato il giogo dal collo del profeta Geremia, la parola del Signore fu rivolta a Geremia: ¹³«Va' e di' ad Anania: Così dice il Signore:

Tu hai spezzato un giogo di legno ma io farò al suo posto un giogo di ferro. ¹⁴Sì, così dice il Signore degli eserciti, Dio di Israele: Un giogo di ferro io metterò sul collo di tutte quelle nazioni a servizio di Nabucodònosor, re di Babilonia, e lo serviranno; perfino gli animali del campo ho consegnato a lui». ¹⁵Quindi il profeta Geremia disse al profeta Anania: «Ascolta, Anania: il Signore non ti ha inviato e tu hai fatto sperare questo popolo nella menzogna. ¹⁶Perciò così dice il Signore: Ecco: io ti caccerò dalla faccia della terra. Questo stesso anno morrai, perché hai predicato una ribellione contro il Signore». ¹⁷Il profeta Anania morì in quello stesso anno, nel mese settimo.

29 Geremia scrive agli esuli.

¹Queste sono le parole della lettera che inviò il profeta Geremia da Gerusalemme al resto degli anziani deportati, ai sacerdoti, ai profeti e a tutto il popolo che Nabucodònosor aveva deportato da Gerusalemme a Babilonia ²dopo la partenza del re Ieconia, della regina, degli eunuchi, dei prìncipi di Giuda e di Gerusalemme, dei fabbri e dei fonditori, da Gerusalemme. ³La mandò per mezzo di Eleasà, figlio di Safàn, e di Ghemarìa, figlio di Chelkìa, che Sedecia, re di Giuda, inviava a Nabucodònosor, re di Babilonia, in Babilonia.

Essa diceva: ⁴«Così dice il Signore degli eserciti, Dio di Israele, a tutti i deportati che ho fatto esiliare da Gerusalemme in Babilonia. ⁵Costruite case e abitatele; piantate giardini e mangiate i loro frutti; ⁶prendete mogli e generate figli e figlie; prendete mogli per i vostri figli e date le vostre figlie a marito, affinché generiate figli e figlie, affinché vi moltiplichiate lì e non diminuiate! ⁷Cercate la pace della città dove vi ho deportato e pregate per essa il Signore, poiché attraverso il suo benessere verrà anche a voi benessere.

⁸Così dice infatti il Signore degli eserciti, Dio di Israele: Non vi seducano i profeti che sono in mezzo a voi e i vostri indovini; non date retta ai loro sogni, ⁹poiché essi profetizzano menzogna nel mio nome: non li ho inviati, oracolo del Signore.

¹⁰Così, infatti, dice il Signore: Soltanto quando saranno compiuti settant'anni per Babilonia io vi visiterò e realizzerò per voi le buone parole, riconducendovi in questo luogo. ¹¹Io, infatti, conosco i piani che sto pro-

gettando sul vostro conto, oracolo del Signore: piani di pace e non di sventura, per darvi un futuro pieno di speranza. [12]Mi invocherete, camminerete dietro di me, mi pregherete e io vi ascolterò; [13]mi cercherete e mi troverete, poiché allora mi consulterete con tutto il vostro cuore. [14]Io mi farò trovare da voi, oracolo del Signore, e ricondurrò i vostri deportati e vi radunerò di mezzo a tutte le nazioni e da tutti i luoghi dove io vi ho dispersi, oracolo del Signore, e vi farò ritornare al luogo dal quale vi ho fatto deportare. [15]Voi direte: "Il Signore ci ha suscitato dei profeti in Babilonia". [16]Ma così dice il Signore al re che siede sul trono di Davide e a tutto il popolo che abita in questa città, i vostri fratelli che non sono stati deportati con voi: [17]Così dice il Signore degli eserciti: Ecco che io invio contro di loro la spada, la fame e la peste e li renderò come fichi marci che non si possono mangiare per quanto sono cattivi. [18]Io li inseguirò con la spada, con la fame e con la peste e li renderò un orrore dinanzi a tutti i regni della terra, esecrazione, stupore, scherno e obbrobrio in mezzo a tutte le nazioni dove li disperderò, [19]perché non ascoltarono le mie parole, oracolo del Signore, quando inviai loro i miei servi, i profeti, tempestivamente e sollecitamente: non li ascoltarono! Oracolo del Signore. [20]Ma voi ascoltate la parola del Signore, o deportati tutti, che io ho mandato da Gerusalemme a Babilonia.

[21]Così dice il Signore degli eserciti, Dio d'Israele, ad Acab, figlio di Kolaià, e a Sedecia, figlio di Maasià, che vi profetizzano menzogna nel mio nome: Ecco, io li do in potere di Nabucodònosor, re di Babilonia, e li ucciderà sotto i vostri occhi. [22]E da essi si trarrà una formula di maledizione che useranno tutti i deportati di Giuda che sono in Babilonia: "Il Signore tratti come Sedecia e come Acab, che il re di Babilonia arrostì con il fuoco!". [23]Questo poiché commisero nefandezze in Israele, commisero adulterio con le mogli del loro prossimo e pronunciarono parole menzognere nel mio nome quando io non glielo ordinai. Io so e testifico, oracolo del Signore».

[24]A Semaià, il nechelamita, dirai così: [25]«Così dice il Signore degli eserciti, Dio d'Israele: Tu hai mandato a tuo nome lettere a tutto il popolo che è in Gerusalemme, al sacerdote Sofonia, figlio di Maasià, e a tutti i sacerdoti dicendo: [26]"Il Signore ti ha costituito sacerdote al posto del sacerdote Ioiadà per essere sorvegliante nella casa del Signore, contro ogni esaltato che profetizza, affinché lo metta ai ceppi nella gogna. [27]Orbene, perché non reprimi Geremia di Anatòt che profetizza tra di voi? [28]Infatti egli ci ha inviato una lettera in Babilonia in cui dice: Sarà lungo! Costruite case e abitatele e piantate giardini e mangiatene i frutti"». [29]Il sacerdote Sofonia lesse questa lettera alle orecchie di Geremia il profeta.

[30]Allora la parola del Signore fu rivolta a Geremia in questi termini: [31]«Manda a dire a tutti i deportati: Così dice il Signore a Semaià il nechelamita: Poiché Semaià ha profetizzato a voi mentre io non l'ho inviato e vi ha fatto confidare nella menzogna, [32]per questo dice il Signore: Ecco, io visiterò Semaià il nechelamita e la sua stirpe: non avrà alcuno che abiti in mezzo a questo popolo e non godrà della prosperità che io accorderò al mio popolo, oracolo del Signore, poiché ha predicato la ribellione contro il Signore!».

30 Restaurazione d'Israele. - [1]Questa è la parola che fu rivolta a Geremia da parte del Signore in questi termini: [2]«Così dice il Signore, Dio di Israele: Scrivi queste cose che io ti ho detto in un libro, [3]perché ecco: verranno giorni, oracolo del Signore, nei quali io cambierò la sorte del mio popolo di Israele e di Giuda, dice il Signore, perché li ricondurrò nel paese che io diedi ai loro padri, e l'erediteranno».

[4]Queste sono le parole che disse il Signore a Israele e Giuda:

[5] «Così dice il Signore:
grido di terrore udimmo,
di spavento e non di pace.
[6] Informatevi e considerate
se un maschio può partorire!
Perché mai vedo tutti gli uomini
con le mani sui fianchi come
una partoriente?
Perché s'è mutato ogni volto in pallore?
[7] Ohi, quanto è grande quel giorno:
è senza pari!
Tempo di angustia è per Giacobbe,
tuttavia da essa sarà salvato!

---

30. - [1-4.] È l'introduzione alle profezie di grande valore messianico contenute nei cc. 30-33, che Dio vuole scritte *in un libro* poiché sono per le generazioni future.

⁸In quel giorno, oracolo del Signore degli eserciti, frantumerò il suo giogo dal suo collo e spezzerò le sue catene, cosicché gli stranieri non lo rendano più schiavo; ⁹essi serviranno al Signore, loro Dio, e a Davide, loro re, che io susciterò per loro.

¹⁰ E tu non temere, o servo mio Giacobbe,
   oracolo del Signore,
   e non spaventarti, o Israele,
   perché, ecco: salvo te da paese lontano
   e la tua progenie dal paese del suo esilio.
   Ritornerà Giacobbe, vivrà tranquillo
      e sicuro,
   senza che alcuno lo disturbi.
¹¹ Sì, io sarò con te, per salvarti.
   Oracolo del Signore.
   Io farò sterminio di tutte le nazioni
   dove ti ho disperso;
   ma non farò sterminio di te;
   ti castigherò, però con giustizia,
   e non ti lascerò impunito del tutto!
¹² Così, infatti, dice il Signore:
   inguaribile è la tua ferita,
   incurabile la tua piaga.
¹³ Non c'è chi giudica la tua causa,
   per la tua piaga non hai medicine che
      guariscano!
¹⁴ Tutti i tuoi amanti ti hanno dimenticato,
   e più non ti cercano,
   perché con percossa da nemico
      ti ho colpito,
   con castigo spietato;
   per la tua grande iniquità
   si erano moltiplicati i tuoi peccati!
¹⁵ Perché gridi per la tua ferita?
   Inguaribile è il tuo dolore;
   per la tua grande iniquità
   si erano moltiplicati i tuoi peccati:
   perciò ho fatto queste cose contro di te!
¹⁶ Però tutti i tuoi divoratori
      saranno divorati,
   tutti i tuoi oppressori andranno
      in schiavitù;
   i tuoi saccheggiatori diverranno
      un saccheggio
   e tutti i tuoi depredatori li darò in preda!
¹⁷ Sì, io curerò la tua ferita
   e dalle tue piaghe ti guarirò.
   Oracolo del Signore.
   Sebbene ti chiamino "Ripudiata", Sion,
   "colei che non ha chi la cerchi!",
¹⁸ così dice il Signore:
   Ecco: farò cessare l'esilio delle tende
      di Giacobbe
   e delle sue dimore avrò compassione,

sarà anche ricostruita la città sulle sue
      rovine
   e il palazzo nel suo diritto sarà stabilito.
¹⁹ Uscirà da essi una lode e voce festante.
   Li farò moltiplicare e non diminuire,
   li onorerò senza umiliarli.
²⁰ I suoi figli saranno come per il passato
   e la loro assemblea dinanzi a me
      sarà stabile,
   mentre visiterò tutti i loro oppressori.
²¹ Il suo principe sarà uno di essi
   e il suo dominatore di mezzo ad essi
      uscirà;
   lo farò avvicinare e s'accosterà a me.
   Chi è infatti colui che pignorerà
      la propria vita
   per avvicinarsi a me?
   Oracolo del Signore.
²² Voi sarete per me come popolo
   e io sarò per voi come Dio.
²³ Ecco: la tempesta del Signore scoppia
      furiosa,
   tempesta turbinante,
   sulla testa degli empi si aggira.
²⁴ Non si ritirerà l'ardore dell'ira
      del Signore
   finché egli abbia compiuto e realizzato
   i disegni del suo cuore.
   Al termine dei giorni
      lo comprenderete».

31 Restaurazione e nuova alleanza

¹ «In quel tempo,
   oracolo del Signore,
   sarò Dio per tutte le famiglie di Israele
   ed essi saranno per me il mio popolo».
² Così dice il Signore:
   «Trovò grazia nel deserto
   la massa degli scampati dalla spada.
   Israele se ne va verso il suo riposo».
³ Da lontano il Signore è apparso a me:
   «D'amore perpetuo ti ho amata,
   perciò ti ho condotta con amore.
⁴ Di nuovo ti edificherò e sarai edificata,
   o vergine d'Israele,
   di nuovo ti abbellirai dei tuoi timpani,
   e uscirai fra la danza dei festanti.

---

¹⁰. *Mio servo*: quest'appellativo, che s'incontra una volta sola in Geremia, mentre invece è comune in Isaia (cfr. 41,8-13; 43,1), denota affetto e fiducia da parte di Dio.

5 Di nuovo pianterai vigne sui monti
    di Samaria:
pianteranno i coltivatori
    e raccoglieranno.
6 Sì, c'è un giorno in cui grideranno
    le scolte
    sul monte di Efraim:
"Levatevi e ascendiamo in Sion,
    verso il Signore, Dio nostro!".
7 Sì, così dice il Signore:
Esultate per Giacobbe gioiosamente
e giubilate per la prima delle nazioni.
Fatelo udire, giubilate e proclamate:
il Signore ha salvato il suo popolo,
il resto di Israele.
8 Ecco: li riconduco dal paese
    del settentrione,
li raduno dall'estremità della terra.
Tra essi c'è il cieco e lo storpio,
l'incinta e la partoriente insieme:
è una grande folla che qui ritorna.
9 Nel pianto partirono,
nella consolazione li riconduco:
li riporto presso torrenti d'acqua
    su una via piana;
non inciamperanno in essa
perché io sono per Israele come
    un padre
ed Efraim è il mio primogenito.
10 Ascoltate la parola del Signore, nazioni,
e annunziatela tra le isole lontane.
Dite: Chi ha disperso Israele, lo raduna
e lo custodisce, come un pastore il suo
    gregge.
11 Sì, il Signore ha riscattato Giacobbe
e l'ha vendicato da una mano più forte
    di lui.
12 Verranno ed esulteranno sull'altura
    di Sion,
affluiranno verso i beni del Signore:
verso il frumento e il mosto e l'olio,
e verso il frutto del gregge e il bestiame;
e sarà la loro vita come un giardino
    irrigato
e non continueranno a languire ancora.
13 Allora si rallegrerà la vergine
    nella danza,
giovani e vecchi s'allieteranno,

perché muterò il loro lutto in gioia,
li consolerò e rallegrerò per i loro
    dolori.
14 Sazierò l'anima dei sacerdoti,
    abbondantemente,
e il mio popolo della mia felicità
    sarà sazio».
Oracolo del Signore.

Il pianto di Rachele e la sua consolazione

15 Così dice il Signore:
«Un grido in Rama s'è udito,
lamento e pianto d'amarezze!
Rachele piange per i figli suoi,
rifiuta d'esser consolata
per i figli suoi che più non sono!
16 Così dice il Signore:
Trattieni la tua voce dal pianto
e gli occhi tuoi dal lacrimare,
perché c'è ricompensa alle tue pene:
oracolo del Signore.
Essi, infatti, torneranno dal paese
    nemico!
17 C'è anche speranza per la tua
    posterità,
oracolo del Signore,
perché torneranno i figli entro i confini
    loro.
18 Ascolto attentamente Efraim
    che si duole:
"Mi punisti e fui punito come
    un giovenco non domato.
Fammi ritornare, voglio ritornare.
Sì, tu sei il Signore, Dio mio!
19 Sì, dopo il mio ritorno, mi pentii
e dopo aver fatto esperienza mi sono
    battuto l'anca.
Mi vergogno e mi confondo
perché porto la vergogna della mia
    gioventù".
20 È, dunque, un figlio prezioso per me
    Efraim,
o un bimbo delizioso,
ché ogni volta che parlo contro di lui
lo ricordo sempre teneramente?
Per questo si commuovono le mie
    viscere per lui,
ho di lui grande compassione!».
Oracolo del Signore.
21 Fa' erigere per te dei cippi,
colloca per te segnalazioni,
fa' attenzione al sentiero,
alla strada dove passasti.
Ritorna, o vergine d'Israele,
ritorna a queste tue città!

---

31. - 15. *Rama*: vuol dire «altezza» ed è in effetti
una collina. Geremia ci rappresenta *Rachele*, nonna
di Efraim e di Manasse e figura delle madri israelitiche, che piange sull'altura di Rama al vedere i suoi figli andare in esilio e restare uccisi. Mt 2,18 applica il
passo al pianto delle madri dei bambini fatti trucidare
da Erode.

22 Fin quando vagabonderai, o figlia
   ribelle?
   Sì, ha creato il Signore una cosa nuova
   nel paese:
   la donna corteggerà l'uomo!

Restaurazione di Giuda e d'Israele. - 23Così dice il Signore degli eserciti, Dio d'Israele: «Si dirà ancora questa cosa nel territorio di Giuda e nelle sue città, quando avrò rovesciato la loro sorte:

   Ti benedica il Signore,
   o dimora di giustizia, monte santo!

24Ivi si stabiliranno Giuda e tutte le sue città insieme, gli agricoltori e coloro che conducono il gregge. 25Infatti, io ristorerò l'anima stanca e sazierò ogni anima languente. 26Per questo:

   Mi sono svegliato e ho osservato:
   ecco il mio sonno era dolce per me!

27Ecco: verranno giorni, oracolo del Signore, io seminerò la casa di Israele e la casa di Giuda con seme di uomo e seme di bestiame. 28E avverrà che come ho vegliato su di loro per sradicare, per demolire e per abbattere, per distruggere e danneggiare, così veglierò su di loro per edificare e per piantare. Oracolo del Signore».

La retribuzione è personale. - 29«In quei giorni non si dirà più:

   "I padri hanno mangiato uva acerba
   e i denti dei figli si sono allegati!".

30Ma ognuno morrà per la propria iniquità: a ognuno che mangerà l'uva acerba si allegheranno i propri denti».

La nuova alleanza. - 31«Ecco: verranno giorni, oracolo del Signore, in cui stipulerò con la casa di Israele e con la casa di Giuda un'alleanza nuova. 32Non come l'alleanza che ho stipulato con i loro padri nel giorno in cui li presi per mano per farli uscire dal paese di Egitto, poiché essi violarono la mia alleanza, benché io fossi loro Signore, oracolo del Signore. 33Ma questa sarà l'alleanza che stipulerò con la casa di Israele alla fine di quei giorni, oracolo del Signore: io porrò la mia legge in mezzo a loro e sul loro cuore la scriverò; e io sarò per essi il loro

Dio ed essi saranno per me il mio popolo. 34E non si ammaestreranno più l'un l'altro a vicenda, dicendo: "Riconoscete il Signore!", perché tutti mi riconosceranno dal più piccolo fino al più grande di essi, oracolo del Signore, perché io perdonerò la loro iniquità e i loro peccati non li ricorderò più».

Stabilità d'Israele

35 Così dice il Signore
   che dà il sole per la luce di giorno,
   leggi alla luna e alle stelle per la luce
      di notte,
   che solleva il mare e fa mugghiare le sue
      onde.
   Signore degli eserciti è il suo nome!
36 «Se venissero meno queste leggi
      dalla mia presenza,
   oracolo del Signore,
   anche il seme d'Israele cesserebbe
   di essere nazione al mio cospetto
      per sempre!».
37 Così dice il Signore:
   «Se si potesse misurare il cielo
      al di sopra
   o scandagliare le fondamenta della terra
      in basso,
   allora io rigetterò tutto il seme d'Israele
   per tutto ciò che ha fatto,
   oracolo del Signore!».

Grandezza e ricostruzione di Gerusalemme. - 38«Ecco: verranno giorni, dice il Signore, in cui sarà ricostruita la città del Signore dalla Torre di Cananeèl fino alla Porta d'Angolo. 39La corda della misura sarà ancora tesa in linea retta fino alla collina

---

22. I padri della chiesa hanno visto qui annunziata l'incarnazione del Figlio di Dio nel seno verginale di Maria. Infatti non è prodigio che una donna abbia in seno un bambino, ma è prodigio che Maria porti un uomo, anzi l'Uomo: Gesù Cristo. In senso letterale pare che voglia dire che ora *la donna*, cioè la nazione ebraica, circonderà con le cure più affettuose *l'uomo*, cioè Dio, al contrario di quanto era accaduto sin allora. Non più freddezza o infedeltà, ma amore sincero e premuroso.
31. *Un'alleanza nuova*: è quella di Cristo. Di qui è venuto il nome di «nuova alleanza» o «Nuovo Testamento» dato alla fede cristiana (cfr. Eb 8,8-12), fondata sulla morte redentrice di Cristo. Gesù istituì questo nuovo patto, cioè la nuova alleanza nel suo sangue (cfr. 1Cor 11,25), chiamando gente dai Giudei e dalle nazioni, perché si fondesse in unità non secondo la carne, ma nello Spirito, e costituisse il nuovo popolo di Dio.

del Gàreb e girerà verso Goà. [40]Allora tutta la Valle, con i cadaveri e le ceneri e i campi fino al torrente Cedron, fino all'angolo della Porta dei Cavalli a oriente, tutto sarà santo per il Signore. Non si distruggerà più né si demolirà più: mai più!».

32 Acquisto di un campo e suo significato.

- [1]Questa è la parola che fu rivolta a Geremia da parte del Signore nell'anno decimo di Sedecia, re di Giuda, cioè l'anno diciottesimo di Nabucodònosor. [2]In quel tempo l'esercito del re di Babilonia assediava Gerusalemme e Geremia il profeta stava prigioniero nel cortile della guardia, che è nella casa del re di Giuda, [3]perché lo aveva imprigionato Sedecia, re di Giuda, con questa imputazione: «Perché tu profetizzi dicendo: "Così dice il Signore: Ecco, io consegnerò questa città in potere del re di Babilonia e la prenderà. [4]Sedecia, re di Giuda, non scamperà dalla mano dei Caldei, ma sarà irrevocabilmente consegnato in potere del re di Babilonia e parlerà con lui bocca a bocca e i suoi occhi vedranno gli occhi di lui. [5]Egli condurrà Sedecia in Babilonia, ove resterà finché io lo visiterò, oracolo del Signore. Sì, voi combattete contro i Caldei, ma non riuscirete!"».

[6]Disse Geremia: «La parola del Signore mi fu rivolta così: [7]Ecco Canamèl, figlio di Sallùm, tuo zio, sta venendo verso di te per dirti: "Comprati il mio campo che è in Anatòt, poiché a te spetta il diritto di riscatto per acquistarlo"». [8]Entrò dunque da me nel cortile della guardia Canamèl, figlio di mio zio, secondo la parola del Signore, e mi disse: «Compra il mio campo che è in Anatòt, poiché a te spetta il diritto di eredità e a te il riscatto: compratelo!». Io compresi che questa era la parola del Signore. [9]Allora comprai il campo di Canamèl, figlio di mio zio, che è in Anatòt e gli pesai il denaro: diciassette sicli d'argento. [10]Scrissi l'atto nel libro e lo sigillai, radunai testimoni e pesai l'argento sulla bilancia. [11]Quindi presi il libro dell'acquisto, quello sigillato e quello aperto secondo la prescrizione e gli statuti, [12]e consegnai il libro dell'acquisto a Baruc, figlio di Neria, figlio di Macsia, sotto gli occhi di Canamèl, figlio di mio zio, e sotto gli occhi dei testimoni che avevano firmato il libro dell'acquisto, sotto gli occhi di tutti i Giudei che stavano seduti nel cortile della guardia. [13]Poi ordinai a Baruc, alla loro presenza: [14]«Prendi questi scritti, questo libro dell'acquisto, sia quello sigillato che quello aperto, e mettili in un vaso di argilla affinché si conservino per molti giorni. [15]Infatti, così dice il Signore degli eserciti: "Ancora si compreranno case e campi e vigne in questo paese"».

[16]Dopo che ebbi consegnato il libro di acquisto a Baruc, figlio di Neria, pregai il Signore: [17]«Ah, Signore Dio! Ecco, tu hai fatto il cielo e la terra con la tua grande potenza e con il tuo braccio steso! Per te non è prodigiosa alcuna cosa! [18]Tu agisci misericordiosamente verso le tribù e ripaghi l'iniquità dei padri in seno ai figli dopo di loro, Dio grande e forte: Signore degli eserciti è il suo nome! [19]Grande per il consiglio e potente per le opere, tu hai i tuoi occhi aperti su tutte le vie dei figli degli uomini per ricompensare ciascuno secondo la propria condotta e secondo il frutto delle loro azioni. [20]Tu che hai operato segni e prodigi nel paese d'Egitto fino a questo giorno in Israele e tra gli uomini, e ti sei fatto un nome come quello in questo giorno. [21]Tu facesti uscire il tuo popolo Israele dal paese d'Egitto con segni e prodigi, con mano forte e braccio steso, con timore grande. [22]Desti loro questo paese che avevi giurato ai loro padri di dare loro, paese ove scorre latte e miele. [23]Essi vi giunsero e l'ereditarono, ma non hanno ascoltato la tua voce e non hanno camminato nella tua legge, non hanno eseguito tutto ciò che ordinasti loro di fare: perciò hai fatto arrivare tutta questa sventura. [24]Ecco: i terrapieni raggiungono la città per occuparla e la città sarà consegnata in potere dei Caldei che combattono contro di essa con la spada, con la fame e con la peste. Ciò che hai detto è giunto ed ecco: tu lo vedi! [25]E tu mi dici, Signore Dio: "Comprati il campo con argento e chiama testimoni, mentre la città è consegnata in potere dei Caldei"».

[26]Allora la parola del Signore fu rivolta a Geremia, in questi termini: [27]«Ecco: io sono il Signore, Dio di tutti gli uomini! Forse che per me c'è qualche cosa che sia prodigiosa? [28]Perciò così dice il Signore: Ecco, io sto per consegnare questa città in potere dei Caldei, in potere di Nabucodònosor, re di Babilonia e la prenderà; [29]i Caldei che combattono contro questa città entreranno e la incendieranno con il fuoco e la bruceranno insieme alle case sulle cui terrazze offrirono incenso a Baal e fecero libagioni a

dèi stranieri per farmi irritare. ³⁰Sì, i figli d'Israele e i figli di Giuda hanno continuato ad agire malvagiamente dinanzi a me fin dalla loro gioventù; anzi i figli di Israele mi hanno provocato con le opere delle loro mani, oracolo del Signore. ³¹Sì, motivo della mia ira e motivo del mio sdegno è stata per me questa città, dal giorno che la fondarono fino ad oggi. Perciò la farò sparire dal mio cospetto, ³²a motivo di tutta la malvagità che i figli d'Israele e i figli di Giuda hanno commesso facendomi irritare, loro, i loro re, i loro capi, i loro sacerdoti, i loro profeti, gli uomini di Giuda e gli abitanti di Gerusalemme. ³³Mi hanno perfino girato la schiena e non la faccia, mentre io li ammaestravo con sollecitudine e bene; essi non hanno dato ascolto per ricevere la correzione. ³⁴Hanno collocato le loro abominazioni nella casa dove s'invoca il mio nome, contaminandola. ³⁵Hanno anche costruito le altu-re di Baal che sono nella Valle Ben-Innòm per far passare attraverso il fuoco i loro figli e le loro figlie in onore di Moloch, ciò che non ordinai, né mi è venuto in mente che praticassero tale infamia, per condurre Giu-da a peccare.

³⁶Ma ora così dice il Signore, Dio d'Israele, circa questa città di cui voi dite: "È stata consegnata in potere del re di Babilonia con la spada, con la fame e con la peste", ³⁷ecco: io li radunerò da tutti i paesi dove li ho dispersi nella mia ira, nel mio furore e nel mio sdegno grande, li ricondurrò in questo luogo e li farò abitare nella sicurezza. ³⁸Essi saranno per me il mio popolo mentre io sarò per loro il loro Dio. ³⁹Allora darò loro un altro cuore e un'altra norma perché mi temano ogni giorno per il bene loro e dei loro figli dopo di loro. ⁴⁰Farò anche un'alleanza eterna con loro, quella di non ritirarmi più da loro, facendo loro del bene: metterò anche il mio timore nel loro cuore affinché non si allontanino più da me. ⁴¹Io gioirò di loro beneficandoli e li pianterò in questo paese stabilmente con tutto il mio cuore e con tutta la mia anima.

⁴²Sì, così dice il Signore: Come ho fatto venire contro questo popolo tutta questa grande sventura, ugualmente io farò venire su di loro ogni bene: quello che ho annunziato in loro favore. ⁴³Si compreranno ancora campi in questo paese, circa il quale voi andate dicendo: "È una devastazione, senza uomini e senza bestiame; è stato

dato in potere dei Caldei". ⁴⁴Si acquiste-ranno campi con argento e si farà la registrazione nel libro e si sigillerà e si raduneranno testimoni nel territorio di Beniamino, nei dintorni di Gerusalemme e nelle città di Giuda, nelle città della montagna e nelle città della Sefèla e nelle città del Negheb. Sì, io cambierò la loro sorte». Oracolo del Signore.

33 Ancora promesse di restaurazione. - ¹La parola del Signore fu nuovamente rivolta a Geremia, mentre stava ancora rinchiuso nel cortile della guardia, in questi termini: ²«Così dice il Signore che ha fatto la terra, l'ha plasmata rendendola stabile, il cui nome è Signore: ³Chiamami, e io ti risponderò e ti annunzierò cose grandi e impenetrabili che tu non conosci.

⁴Sì, così dice il Signore, Dio d'Israele, riguardo alle case di questa città e riguardo alle case dei re di Giuda che saranno distrutte dai terrapieni e dalla spada ⁵dei Caldei venuti a combattere, per riempirle con i cadaveri degli uomini che io avrò colpito nella mia ira e nel mio furore, perché io ho nascosto la mia faccia da questa città a causa di tutta la loro malvagità. ⁶Ecco: io farò rimarginare la loro ferita, avrò cura e li guarirò; li inonderò con abbondanza di pace e sicurezza. ⁷Farò ritornare gli esiliati di Giuda e gli esiliati d'Israele e li riedificherò come al principio. ⁸Li purificherò da ogni loro iniquità con la quale peccarono contro di me e perdonerò tutte le loro iniquità con le quali si ribellarono a me. ⁹E diverrà per me motivo di gioia, di lode e di gloria davanti ad ogni nazione della terra, quando apprenderanno tutto il bene che io procurerò loro; allora temeranno e tremeranno a causa di tutto il bene e di tutta la pace che io procurerò a lei».

¹⁰Così dice il Signore: «In questo luogo, del quale voi dite: "È una rovina, senza uomini e senza bestiame; per i monti di Giuda e per le vie di Gerusalemme, devastate, non ci sono uomini e non ci sono abitanti né bestiame", si sentirà ancora ¹¹voce di gioia e voce di letizia, voce di sposo e voce di sposa, voce di chi dice, portando sacrifici di lode nella casa del Signore: "Lodate il Signore degli eserciti, poiché è buono il Signore, poiché è eterna

la sua misericordia!". Sì, io riporterò gli esiliati dal paese come in principio», dice il Signore.

¹²Così dice il Signore degli eserciti: «Ancora ci sarà in questo luogo distrutto, senza uomo e senza bestiame, e in tutte le sue città, pascolo per i pastori che fanno riposare le pecore. ¹³Per tutte le città della montagna, per le città della Sefèla e per le città del Negheb, nel territorio di Beniamino e nei dintorni di Gerusalemme e per le città di Giuda passeranno ancora le pecore sotto la mano di chi le numera», dice il Signore.

Il germe di giustizia. - ¹⁴«Ecco che stanno per venire giorni, dice il Signore, nei quali io realizzerò questa parola di felicità che ho pronunciato in favore della casa d'Israele e in favore della casa di Giuda. ¹⁵In quei giorni e in quel tempo farò sbocciare per Davide un germe di giustizia che opererà diritto e giustizia nel paese. ¹⁶In quel giorno sarà salvato Giuda e Gerusalemme abiterà fiduciosamente. Essa sarà chiamata: "Il Signore-giustizia-nostra"».

¹⁷Infatti così dice il Signore: «Non mancherà a Davide chi sieda sul trono della casa d'Israele; ¹⁸e ai sacerdoti leviti non mancherà alcuno dinanzi a me che offra olocausto, che faccia salire il profumo di un'offerta e compia sacrificio ogni giorno».

¹⁹La parola del Signore fu rivolta a Geremia in questi termini: ²⁰«Così dice il Signore: Se si potesse violare la mia alleanza con il giorno e la mia alleanza con la notte, cosicché non ci sia più giorno e notte al loro tempo, ²¹allora cesserebbe anche la mia alleanza con Davide, mio servo, cosicché non ci sia per lui un figlio che regni sul suo trono, e anche con i leviti sacerdoti miei ministri. ²²Come non si può contare l'esercito del cielo e non si può misurare la sabbia del mare, così moltiplicherò la discendenza di Davide, mio servo, e i leviti miei ministri».

²³La parola del Signore fu ancora rivolta a Geremia in questi termini: ²⁴«Non hai tu costatato ciò che questo popolo ha affermato dicendo: "Le due famiglie che aveva elette, il Signore le ha anche annientate"? Così disprezzano il mio popolo, quasi non fosse una nazione dinanzi a loro».

²⁵Così dice il Signore: «Se non esistesse la mia alleanza con il giorno e la notte, se non avessi stabilito leggi con il cielo e con la terra, ²⁶anche la stirpe di Giacobbe e di Davide, mio servo, rigetterei, così che io non prenda dalla sua discendenza dei dominatori sulla progenie di Abramo, Isacco e Giacobbe. Ma io farò ritornare i loro esiliati e ne avrò compassione».

34 **Vaticinio su Sedecia.** - ¹Questa è la parola che fu rivolta a Geremia da parte del Signore, mentre Nabucodònosor, re di Babilonia, e tutto il suo esercito e tutti i regni della terra su cui dominava la sua mano e tutti i popoli stavano combattendo contro Gerusalemme e contro tutte le sue città. ²Così dice il Signore, Dio d'Israele: «Va' e parla a Sedecia, re di Giuda. Gli dirai: Così dice il Signore: Ecco, io sto per dare questa città nella mano del re di Babilonia e l'incendierà con il fuoco. ³Tu non ti salverai dalla sua mano; i tuoi occhi vedranno gli occhi del re di Babilonia e la sua bocca parlerà con la tua bocca; te ne andrai in Babilonia. ⁴Tuttavia, ascolta la parola del Signore, o Sedecia, re di Giuda! Così dice il Signore a te: Non morrai di spada! ⁵Morirai in pace e come furono bruciati profumi per i tuoi padri, i re passati che furono prima di te, così si bruceranno per te ed eleveranno un lamento per te: "Oh, Signore!". Sì, io ho pronunciato la parola!». Oracolo del Signore.

⁶Il profeta Geremia riferì a Sedecia, re di Giuda, tutte queste parole in Gerusalemme, ⁷mentre l'esercito del re di Babilonia stava combattendo contro Gerusalemme e contro tutte le città di Giuda, non ancora espugnate: contro Lachis e contro Azekà; esse, infatti, erano le città fortificate rimaste tra le città di Giuda.

Emancipazione degli schiavi. - ⁸Questa è la parola da parte del Signore, che fu rivolta a Geremia, dopo che il re Sedecia ebbe concluso un patto con tutto il popolo che era in Gerusalemme, di proclamare un'emancipazione, ⁹cioè che ognuno rilasciasse il suo schiavo e ognuno la sua schiava, ebreo ed ebrea, liberi, così che nessuno più riducesse alla schiavitù un giudeo suo fratello. ¹⁰Acconsentirono tutti i prìncipi e tutto il popolo che erano entrati nel patto, di rilasciare ciascuno il suo schiavo e ciascuno la sua schiava, liberi, per non servirsi più di loro. Acconsentirono, dunque, e li rilasciarono. [11]Poi, dopo questo accordo si pentirono e ripresero gli schiavi e le schiave che avevano rilasciato liberi e li ridussero di nuovo schiavi e schiave.

[12]La parola del Signore fu rivolta a Geremia in questi termini: [13]«Così dice il Signore, Dio d'Israele: Io ho stretto un'alleanza con i vostri padri nel giorno in cui io li feci uscire dal paese d'Egitto, da una casa di schiavi, dicendo: [14]Al termine di sette anni rimanderete ciascuno il proprio fratello ebreo che ti sia stato venduto e che ti ha servito per sei anni; lo rilascerai libero da parte tua. Ma i vostri padri non mi hanno ascoltato e non hanno piegato i loro orecchi. [15]Ma voi siete ritornati oggi e avete agito rettamente ai miei occhi proclamando l'emancipazione, ciascuno verso il suo prossimo, e avete concluso un patto dinanzi a me, nella casa dove s'invoca il mio nome. [16]Poi siete ritornati e avete profanato il mio nome e avete ripreso ciascuno il suo schiavo e ciascuno la sua schiava che avevate rilasciato liberi a loro piacere, e li avete obbligati a esservi come servi e come serve.

[17]Perciò così dice il Signore: Voi non avete ascoltato me proclamando l'emancipazione ognuno verso il suo fratello e ognuno verso il suo prossimo; ecco: Io sto per proclamare a voi l'emancipazione, oracolo del Signore, per mezzo della spada, della peste e della fame e consegnandovi alla derisione presso tutti i regni della terra. [18]Ridurrò quegli uomini che hanno tradito la mia alleanza, perché non hanno realizzato le parole dell'alleanza che conclusero dinanzi a me, come quel vitello che spaccarono in due passando poi tra le sue parti. [19]I prìncipi di Giuda e i prìncipi di Gerusalemme, gli eunuchi e i sacerdoti e tutto il popolo del paese che passarono tra le parti del vitello, [20]li consegnerò in mano dei loro nemici e in mano di chi cerca la loro vita, e i loro cadaveri saranno pasto per i volatili del cielo e le bestie della terra. [21]In quanto a Sedecia, poi, re di Giuda, insieme ai suoi prìncipi, li consegnerò in mano dei loro nemici e in mano di chi cerca la loro vita e in mano dell'esercito del re di Babilonia che stanno per venire contro di loro. [22]Ecco: io sto dando ordini, oracolo del Signore, e li ricondurrò contro questa città e combatteranno contro di essa e la prenderanno e la bruceranno con il fuoco, mentre ridurrò le città di Giuda alla distruzione, senza più abitanti».

35 **I Recabiti.** - [1]Questa è la parola che fu rivolta a Geremia da parte del Signore ai giorni di Ioiakìm, figlio di Giosia, re di Giuda, in questi termini: [2]«Va' alla casa dei Recabiti, parla loro, conducili alla casa del Signore, in una delle camere e da' loro da bere vino». [3]Presi allora Iazanià, figlio di Geremia, figlio di Cabassinià, e suo fratello con tutti i suoi figli e tutta la casa dei Recabiti. [4]Io li condussi alla casa del Signore nella camera dei figli di Canàn figlio di Iegdalià, uomo di Dio, la quale è a fianco alla camera dei prìncipi, situata al di sopra della camera di Maasià, figlio di Sallùm, custode della soglia. [5]Posi dinanzi ai figli della casa dei Recabiti dei boccali pieni di vino e delle coppe; poi dissi loro: «Bevete vino!». [6]Ma essi risposero: «Non beviamo vino, perché Ionadàb, figlio di Recàb, nostro padre, ci ha comandato così: "Non berrete vino voi e i vostri figli in eterno! [7]Non costruirete case, né seminerete semenza, né pianterete vigne e neppure ne possederete, ma abiterete nelle tende tutti i vostri giorni affinché possiate vivere molti giorni sulla superficie della terra dove voi andrete peregrinando". [8]Noi abbiamo dato ascolto alla voce di Ionadàb, figlio di Recàb, nostro padre, in tutto ciò che ci ha ordinato, cosicché non beviamo vino per tutti i nostri giorni, noi, le nostre donne, i nostri figli e le nostre figlie; [9]non costruiamo case per nostre abitazioni e non possediamo vigna né campo né seminato, [10]e abitiamo nelle tende. Obbediamo, così, e facciamo in conformità a quanto ci ha ordinato Ionadàb nostro padre. [11]Ma è accaduto che quando Nabucodònosor, re di Babilonia, è salito verso il paese, allora abbiamo detto: "Venite e andiamo a Gerusalemme per sfuggire all'eser-

---

34. - [11.] *Si pentirono* allorché un'armata egiziana comparve in Palestina e i Caldei tolsero per un momento l'assedio per andare a combattere gli Egiziani (c. 37). Credevano che ogni pericolo fosse cessato e ripresero gli schiavi, contravvenendo così a una promessa fatta in un momento di pericolo.

[18.] Quando veniva concluso un patto, era immolato e diviso in due parti un *vitello*, e i contraenti passavano in mezzo al vitello squartato, come per dire: Dio ci tratti così, se non stiamo ai patti (Gn 15,10).

35. - [2.] *I Recabiti*, popolazione non israelitica che aveva abbracciato la fede nel Dio d'Israele, si mantenevano rigidamente attaccati ai precetti di un loro antenato per meritare di continuare a far parte del popolo di Dio. Il Signore propone al suo popolo l'esempio di tale attaccamento, poiché esso non si attiene neppure ai precetti di Dio.

cito dei Caldei e all'esercito di Aram. Per questo abitiamo a Gerusalemme"».

[12]Allora la parola del Signore fu rivolta a Geremia in questi termini: [13]«Così dice il Signore degli eserciti, Dio di Israele: Va' e di' agli uomini di Giuda e agli abitanti di Gerusalemme: Non volete forse accettare la lezione ascoltando le mie parole?, oracolo del Signore. [14]Sono state messe in pratica le parole di Ionadàb, figlio di Recàb, il quale aveva ordinato ai suoi figli di non bere vino — e non lo bevono fino a questo giorno perché hanno ascoltato l'ordine del loro padre — mentre io ho parlato a voi, premurosamente e insistentemente, e voi non avete ascoltato. [15]Vi ho anche inviato tutti i miei servi, i profeti, premurosamente e insistentemente, dicendo: Si ritragga ciascuno dalla sua via malvagia e migliorate le vostre azioni e non andate dietro divinità straniere per servirle; allora potrete abitare nella terra che io ho dato a voi e ai vostri padri; ma non avete piegato le vostre orecchie e non mi avete ascoltato. [16]Tuttavia i figli di Ionadàb, figlio di Recàb, hanno praticato l'ordine che il loro padre aveva loro imposto; questo popolo invece non mi ha ascoltato.

[17]Perciò così dice il Signore, Dio degli eserciti, Dio d'Israele: Eccomi, sto per far piombare su Giuda e su tutti gli abitanti di Gerusalemme ogni sventura che ho pronunciato contro di loro, perché ho parlato loro, ma non hanno ascoltato; ho gridato a loro, ma non hanno risposto». [18]Alla casa dei Recabiti Geremia disse: «Così dice il Signore degli eserciti, Dio di Israele: Poiché avete ascoltato l'ordine di Ionadàb, vostro padre, e avete custodito ogni suo precetto e l'avete praticato conformemente a quanto vi aveva ordinato, [19]per questo così dice il Signore degli eserciti, Dio di Israele: Non mancherà mai a Ionadàb, figlio di Recàb, chi stia dinanzi a me tutti i giorni».

36 Ioiakìm brucia le profezie di Geremia.

- [1]Nell'anno quarto di Ioiakìm, figlio di Giosia, re di Giuda, fu rivolta a Geremia questa parola da parte del Signore: [2]«Prenditi un rotolo da scrivere e scrivi su di esso tutte le parole che io ti ho detto contro Israele e contro Giuda e contro tutte le nazioni, dal giorno in cui ti ho parlato, dai giorni di Giosia fino a questo giorno. [3]Forse la casa di Giuda ascolterà tutta la sventura che io sto pensando di procurare loro e si

ritrarrà ciascuno dalla propria via malvagia; così io potrò perdonare le loro iniquità e i loro peccati».

[4]Geremia chiamò Baruc, figlio di Neria, e Baruc scrisse, sotto dettatura di Geremia, tutte le parole che il Signore gli aveva detto, nel rotolo della scrittura. [5]Poi Geremia ordinò a Baruc così: «Io sono impedito, non posso andare alla casa del Signore. [6]Tu va' e leggi, nel volume che hai scritto sotto mia dettatura, le parole del Signore, alle orecchie del popolo nella casa del Signore, nel giorno del digiuno, e le leggerai anche alle orecchie di tutti i Giudei che vengono dalle loro città. [7]Forse giungerà la loro supplica dinanzi al Signore e ognuno ritornerà dalla sua via malvagia. Sì, è grande l'ira e il furore che il Signore ha minacciato contro questo popolo». [8]Baruc, figlio di Neria, fece esattamente tutto ciò che gli aveva ordinato Geremia il profeta, leggendo sul libro le parole del Signore nella casa del Signore.

[9]Nell'anno quinto di Ioiakìm, figlio di Giosia, re di Giuda, nel mese nono, convocarono un digiuno dinanzi al Signore per tutto il popolo di Gerusalemme e per tutto il popolo che poteva venire dalle città di Giuda in Gerusalemme. [10]Baruc, quindi, lesse nel libro le parole di Geremia, nella casa del Signore, nella camera di Ghemarià, figlio di Safàn lo scriba, nel cortile superiore, all'ingresso della Porta Nuova della casa del Signore, alle orecchie di tutto il popolo. [11]Ascoltò anche Michea, figlio di Ghemarià, figlio di Safàn, tutte le parole del Signore che stavano nel libro; [12]quindi discese alla casa del re, nella camera dello scriba, ed ecco là tutti i prìncipi stavano seduti: Elisamà lo scriba e Delaià, figlio di Semaià, ed Elnatàn, figlio di Acbor, e Ghemarià, figlio di Safàn, e Sedecia, figlio di Anania, con tutti i prìncipi. [13]Michea, pertanto, riferì loro tutte le parole che aveva udito quando Baruc leggeva nel libro alle orecchie del popolo.

[14]Allora tutti i prìncipi inviarono a Baruc Iudi, figlio di Selemìa, figlio dell'Etiope, a dirgli: «Prendi nella tua mano il volume che hai letto alle orecchie del popolo e vieni». Baruc, figlio di Neria, prese il volume nella sua mano e si recò da loro. [15]Quindi gli dissero: «Siediti e leggi davanti a noi». Baruc lesse alle loro orecchie. [16]Or mentre ascoltavano tutte quelle parole si spaventarono e dissero l'un l'altro: «Dobbiamo assolutamente riferire al re tutte queste parole». [17]Poi interrogarono Baruc: «Riferisci come

hai scritto tutte queste cose». [18]Baruc disse loro: «Di sua propria bocca diceva a me tutte queste parole e io scrivevo sul libro con l'inchiostro».

[19]I prìncipi dissero poi a Baruc: «Va', nasconditi, tu e Geremia, e nessuno sappia dove state!». [20]Essi, poi, si recarono presso il re alla corte del palazzo, lasciando il volume nella camera di Elisamà lo scriba, e riferirono alle orecchie del re ogni parola.

[21]Il re inviò Iudi a prendere il volume. Iudi lo prese dalla camera di Elisamà lo scriba e lo lesse alla presenza del re e di tutti i prìncipi che stavano presso il re. [22]Ora il re abitava nella casa invernale, si era nel mese nono, e un braciere stava ardendo dinanzi a lui. [23]Appena Iudi aveva letto tre colonne o quattro, il re le stracciava con il temperino dello scriba e le gettava nel fuoco che era nel braciere, finché fu consumato l'intero volume sul fuoco che era nel braciere. [24]Ascoltando tutte queste parole né il re né alcuno dei suoi servi tremarono né stracciarono le loro vesti. [25]E sebbene Elnatàn e Delaià e Ghemarià insistessero presso il re che non bruciasse il volume, tuttavia non volle ascoltarli. [26]Anzi il re ordinò al principe Ieracmeèl e a Seraià, figlio di Azrièl, e a Selemìa, figlio di Abdeèl, di arrestare Baruc lo scriba e Geremia il profeta. Ma il Signore li aveva nascosti.

[27]La parola del Signore fu rivolta a Geremia, dopo che il re ebbe bruciato il volume con le parole che aveva scritto Baruc sotto dettatura di Geremia, in questi termini: [28]«Ritorna a prenderti un altro volume e scrivi in esso tutte le parole di prima, contenute nel volume precedente, quello che ha bruciato Ioiakìm, re di Giuda. [29]Al re Ioiakìm, re di Giuda, dirai: Così dice il Signore: Tu hai bruciato questo volume, dicendo: "Perché hai scritto in esso così: Verrà, verrà il re di Babilonia e distruggerà questo paese e farà scomparire da esso uomini e bestie?". [30]Perciò così dice il Signore contro Ioiakìm, re di Giuda: Non avrà chi sieda sul trono di Davide, e il suo cadavere sarà gettato al calore del giorno e al freddo della notte. [31]Io punirò sopra di lui e sopra la sua discendenza e sopra i suoi ministri le loro iniquità e farò arrivare contro di loro e contro gli abitanti di Gerusalemme e contro gli uomini di Giuda ogni sventura di cui ho parlato loro, senza che mi ascoltassero».

[32]Geremia, intanto, prese un altro volume e lo consegnò a Baruc, figlio di Neria, lo scriba, il quale scrisse su di esso, sotto dettatura di Geremia, tutte le parole del libro che Ioiakìm, re di Giuda, aveva bruciato nel fuoco. Furono, anzi, aggiunte ad esse molte altre parole simili a quelle.

37 Giudizio sul re Sedecia. - [1]Sedecia, figlio di Giosia, divenne re in luogo di Conia, figlio di Ioiakìm. Nabucodònosor, re di Babilonia, lo costituì re nel paese di Giuda; [2]ma né lui né i suoi ministri né il popolo del paese vollero ascoltare le parole che il Signore aveva detto per mezzo di Geremia il profeta.

Geremia è consultato da Sedecia. - [3]Il re Sedecia inviò Iucàl, figlio di Selemìa, e il sacerdote Sofonìa, figlio di Maasìa, a Geremia, a dirgli: «Intercedi per noi presso il Signore, Dio nostro». [4]Ora Geremia andava e veniva in mezzo al popolo perché non l'avevano ancora messo in prigione. [5]Intanto l'esercito del faraone era uscito dall'Egitto; ne ebbero notizia i Caldei che stavano assediando Gerusalemme e si allontanarono da Gerusalemme.

[6]La parola del Signore fu rivolta al profeta Geremia in questi termini: [7]«Così dice il Signore, Dio d'Israele: Così direte al re di Giuda che vi ha mandato a me per consultarmi: Ecco, l'esercito del faraone sta uscendo in vostro favore per aiutarvi: ma ritornerà al suo paese, l'Egitto. [8]I Caldei ritorneranno e combatteranno contro questa città, la prenderanno e la bruceranno con il fuoco». [9]Così dice il Signore: «Non ingannate voi stessi dicendo: "I Caldei si sono allontanati definitivamente da noi!". No, non si sono allontanati. [10]Che seppure voi poteste battere l'intero esercito dei Caldei che combattono contro di voi e rimanessero tra loro soltanto dei feriti, ognuno si alzerebbe dalla propria tenda e incendierebbe con il fuoco questa città».

Geremia in prigione. - [11]Mentre si allontanava l'esercito dei Caldei da Gerusalemme a causa dell'esercito del faraone, [12]Geremia volle uscire da Gerusalemme per andare nel territorio di Beniamino a prendere la sua eredità. [13]Ma quando lui giunse presso la Porta di Beniamino, dove stava a guardia un uomo di nome Ieria, figlio di Selemìa, figlio di Anania, costui arrestò il profeta Geremia, dicendo: «Tu stai passando ai Caldei!». ¹⁴Geremia rispose: «Menzogna! Io non sto passando ai Caldei!», ma Ieria non volle ascoltarlo; arrestò Geremia e lo consegnò ai prìncipi. ¹⁵I prìncipi s'indignarono contro Geremia, lo batterono e lo misero nella prigione, nella casa dello scriba Gionata, che avevano trasformata in prigione. ¹⁶Geremia entrò nella prigione-cisterna in mezzo al fetore e vi rimase molti giorni.

¹⁷Il re Sedecia mandò a prenderlo e lo interrogò nella sua casa in segreto. Disse: «C'è una parola da parte del Signore?». Geremia rispose: «C'è!» e aggiunse: «In mano del re di Babilonia sarai consegnato!».

¹⁸Quindi Geremia disse al re Sedecia: «In che cosa ho peccato contro di te e contro i tuoi ministri e contro questo popolo perché mi avete messo in prigione? ¹⁹Dove sono i vostri profeti che vi hanno profetizzato: "Non arriverà il re di Babilonia contro di voi e contro questo paese"? ²⁰Ma tu, o re mio signore, ascolta, ti prego! La mia supplica giunga dinanzi a te e non farmi ritornare nella casa dello scriba Gionata, affinché io non vi muoia». ²¹Allora Sedecia dette ordine di custodire Geremia nel cortile della guardia e di dargli una pagnotta di pane al giorno, portandola dalla via dei fornai, finché non venne a mancare del tutto il pane nella città.

Geremia rimase nel cortile della guardia.

38 Geremia nella cisterna. - ¹Or Sefatìa, figlio di Mattàn, Godolia, figlio di Pascùr, Iucàl, figlio di Selemìa, e Pascùr, figlio di Malchìa, udirono queste parole che Geremia stava dicendo al popolo: ²«Così dice il Signore: Chi abita in questa città morrà di spada, di fame e di peste, ma chi uscirà verso i Caldei vivrà; la sua vita, cioè, sarà per lui come bottino, ma vivrà». ³Così dice il Signore: «Senza dubbio sarà consegnata questa città in mano dell'esercito del re di Babilonia e la conquisterà».

⁴Allora i prìncipi dissero al re: «Muoia quest'uomo, perché con questo discorso scoraggia le mani degli uomini di guerra che sono rimasti in questa città e le mani di tutto il popolo, proferendo loro tali parole. Quest'uomo infatti non cerca la pace per questo popolo bensì la sventura». ⁵Disse allora il re Sedecia: «Eccolo nelle vostre mani, perché il re non può alcunché contro di voi». ⁶Presero allora Geremia e lo gettarono nella cisterna di Malchìa, figlio del re, la quale era nel cortile della guardia; calarono Geremia con le corde. Or nella cisterna non c'era acqua, bensì fango. Così Geremia affondò nel fango.

⁷Ebed-Melech, l'etiope, un eunuco che stava nella casa del re, ebbe notizia che avevano messo Geremia nella cisterna. Or, mentre il re stava seduto presso la Porta di Beniamino, ⁸Ebed-Melech uscì dalla casa del re e parlò al re così: ⁹«O re, mio signore: hanno agito male quegli uomini in tutto ciò che hanno fatto contro il profeta Geremia, gettandolo nella cisterna; egli morirà là dentro a causa della fame, poiché non c'è più pane nella città». ¹⁰Allora il re ordinò a Ebed-Melech, l'etiope: «Prendi con te tre uomini ed estrai il profeta Geremia dalla cisterna prima che muoia». ¹¹Ebed-Melech prese gli uomini con sé e andò nella casa del re al di sotto della tesoreria, prese di là vesti lacere e stracci e li gettò a Geremia nella cisterna con le corde. ¹²Poi Ebed-Melech, l'etiope, disse a Geremia: «Metti queste vesti lacere e stracci sotto le tue ascelle, sopra le corde». Geremia fece così. ¹³Allora tirarono su Geremia con le corde e lo fecero salire dalla cisterna. Così Geremia restò nel cortile della guardia.

Dialogo tra Geremia e Sedecia. - ¹⁴Quindi il re Sedecia mandò a prendere il profeta Geremia e lo fece venire presso di sé, al terzo ingresso della casa del Signore e gli disse: «Io voglio domandarti una cosa: non nascondermi nulla!». ¹⁵Geremia rispose a Sedecia: «Se io te la dico, non mi farai forse morire? E se io ti consiglio non mi ascolterai!». ¹⁶Ma il re Sedecia giurò a Geremia in segreto: «Vivente è il Signore, che ci ha dato questa vita; non ti farò morire né ti consegnerò in mano di quegli uomini che cercano la tua vita!».

¹⁷Allora Geremia disse a Sedecia: «Così dice il Signore, Dio degli eserciti, Dio di Israele: Se tu uscirai verso i capi del re di Babilonia, avrai salva la vita, questa città non sarà arsa con il fuoco e vivrai tu e la tua casa; ¹⁸ma se non uscirai verso i capi del re di Babilonia, allora questa città sarà consegnata in mano dei Caldei e l'arderanno col fuoco; tu non scamperai dalle loro mani!».

¹⁹Il re Sedecia disse a Geremia: «Io temo i Giudei che sono passati ai Caldei, temo che mi consegnino nelle loro mani e si sfoghino contro di me». ²⁰Geremia rispose: «Non ti consegneranno! Ascolta, tuttavia, la

voce del Signore in ciò che io ti sto per dire, affinché ti vada bene e abbia salva la vita; ²¹ma se tu rifiuti di uscire, questo è ciò che mi ha mostrato il Signore. ²²Ecco: tutte le donne che sono rimaste nella casa del re di Giuda saranno condotte ai capi del re di Babilonia ed esse canteranno:

"Ti han sedotto
e han prevalso su di te
gli uomini di tua fiducia;
affondarono i piedi tuoi nella melma
e poi si voltarono indietro!".

²³Tutte le tue donne, poi, e i tuoi figli saranno condotti verso i Caldei, ma tu non scamperai dalle loro mani. Sì, in mano del re di Babilonia sarai consegnato e sarà bruciata con il fuoco questa città».

²⁴Disse allora Sedecia a Geremia: «Nessuno sappia queste parole, così tu non morrai. ²⁵E se i prìncipi avranno sentore che io ho parlato con te e verranno da te e ti diranno: "Riferisci ciò che hai detto al re, senza nasconderci nulla, affinché non ti facciamo morire, e ciò che il re ha detto a te", ²⁶allora dirai loro: "Sono andato a deporre la mia supplica dinanzi al re perché non mi faccia ritornare alla casa di Gionata per non morirvi"».

²⁷Vennero, infatti, tutti i prìncipi da Geremia e l'interrogarono, ma egli rispose loro esattamente quelle parole che il re gli aveva ordinato; perciò lo lasciarono tranquillo perché non si seppe nulla della conversazione.

²⁸Così Geremia restò nel cortile della guardia fino al giorno in cui fu conquistata Gerusalemme.

39 Nabucodònosor occupa Gerusalemme e libera Geremia.

- ¹Nell'anno nono di Sedecia, re di Giuda, nel mese decimo, venne Nabucodònosor, re di Babilonia, con tutto il suo esercito contro Gerusalemme e posero l'assedio attorno ad essa. ²Nell'anno undecimo di Sedecia, nel mese quarto, il nove del mese, fu fatta una breccia nella città, ³entrarono tutti i prìncipi del re di Babilonia e si stabilirono presso la Porta di Mezzo: Nergal-Sarèzer di Sin-Magir, Nebosar-Sechim capo dei funzionari, Nergal-Sarèzer comandante delle truppe di frontiera, e tutto il resto dei prìncipi del re di Babilonia. ⁴Or appena li vide, Sedecia, re di Giuda, e tutti gli uomini di guerra, fuggirono e uscirono di notte dalla città per la via del Giardino del re, attraverso la Porta che sta tra i due muri e si diressero verso l'Araba. ⁵Ma i soldati dei Caldei li inseguirono e raggiunsero Sedecia nelle steppe di Gerico, lo presero e lo condussero da Nabucodònosor, re di Babilonia, a Ribla, nel territorio di Amat, dove istituì contro di lui un giudizio. ⁶Poi il re di Babilonia fece scannare i figli di Sedecia in Ribla sotto i suoi occhi, quindi fece scannare tutti i nobili di Giuda. ⁷Poi cavò gli occhi di Sedecia e lo fece legare con catene per condurlo a Babilonia. ⁸I Caldei, quindi, diedero alle fiamme la casa del re e le case del popolo e abbatterono le mura di Gerusalemme. ⁹Nabuzaradàn, capo delle guardie, portò in esilio il resto del popolo che era rimasto in città, i fuggitivi che erano passati a lui e il resto del popolo rimasto. ¹⁰In quanto al popolo dei poveri che non possedevano alcunché, Nabuzaradàn, comandante della guardia, lo fece restare nel territorio di Giuda e in quel tempo assegnò loro vigne e campi. ¹¹Riguardo a Geremia, invece, Nabucodònosor, re di Babilonia, ordinò a Nabuzaradàn, capo della guardia: ¹²«Prendilo e metti i tuoi occhi su di lui, ma non fargli alcunché di male, anzi come ti dirà così agirai nei suoi riguardi». ¹³Incaricò, dunque, Nabuzaradàn, capo della guardia, e Nabusazbàn, capo dei funzionari, e Nergal-Sarèzer, comandante delle truppe di frontiera, e tutti gli ufficiali del re di Babilonia, ¹⁴e costoro mandarono a prendere Geremia dal cortile della guardia e lo consegnarono a Godolia, figlio di Achikàm, figlio di Safàn, perché lo conducesse a casa. Così egli abitò in mezzo al popolo.

Oracolo in favore di Ebed-Melech.

- ¹⁵Ora la parola del Signore fu rivolta a Geremia, mentre era prigioniero nel cortile della guardia, in questi termini: ¹⁶«Va' e di' a Ebed-Melech, l'etiope: Così dice il Signore degli eserciti, Dio d'Israele: Ecco, io sto per compiere le mie parole di sventura e non di felicità contro questa città; esse si realizzeranno sotto i tuoi occhi in quel giorno. ¹⁷Ma a te salverò in quel giorno, oracolo del Signore, e non sarai consegnato in mano degli uomini di cui tu temi la presenza. ¹⁸Sì, certo, ti scamperò e non cadrai di spada, ma la tua vita sarà per te il tuo bottino, perché confidasti in me». Oracolo del Signore.

40 Geremia resta con Godolia in Mizpà.

[1]Questa è la parola che fu rivolta a Geremia da parte del Signore, dopo che Nabuzaradàn, capo della guardia, lo ebbe rinviato da Rama, avendolo preso mentre era legato con catene in mezzo a tutti i deportati di Gerusalemme e di Giuda che venivano condotti a Babilonia. [2]Il capo della guardia prese Geremia e gli disse: «Il Signore, Dio tuo, ha predetto questa sventura contro questo luogo; [3]ha fatto, dunque, arrivare e ha operato quanto aveva predetto, perché avete peccato contro il Signore e non avete ascoltato la sua voce. Perciò è accaduta contro di voi una tale cosa. [4]Ma ora ecco, io ti sciolgo oggi dalle catene che sono sulle tue mani. Se piace ai tuoi occhi venire con me a Babilonia, vieni e io porrò il mio occhio su di te; se, invece, non piace ai tuoi occhi venire con me a Babilonia, rimani. Guarda: tutto il paese è dinanzi a te; dove è buono e dove è giusto ai tuoi occhi andare, vacci. [5]Siccome ancora non ritorna Godolia, allora torna tu da Godolia, figlio di Achikàm, figlio di Safàn, che il re di Babilonia ha preposto per le città di Giuda, e resta con lui in mezzo al popolo, ovvero ovunque è più giusto ai tuoi occhi andare, va'!». Poi il capo della guardia gli diede delle provviste e un regalo; quindi lo rilasciò. [6]Geremia andò da Godolia, figlio di Achikàm, in Mizpà. Così abitò con lui in mezzo al popolo che era rimasto nel paese.

Assassinio di Godolia. - [7]Or tutti i capi dei soldati che tenevano il campo con i loro uomini udirono che il re di Babilonia aveva preposto nel paese Godolia, figlio di Achikàm, e che aveva affidato a lui uomini, donne e fanciulli e la gente povera del paese, coloro che non furono deportati in Babilonia. [8]Allora vennero presso Godolia, in Mizpà, Ismaele, figlio di Natania, Giovanni, figlio di Kàreca, Seraià, figlio di Tancùmet, i figli di Ofi, di Netofa e Iezanià, figlio del maacatita, con i loro uomini. [9]Godolia, figlio di Achikàm, figlio di Safàn, giurò loro e ai loro uomini: «Non abbiate timore di servire i Caldei. Restate nel paese e servite il re di Babilonia e sarà bene per voi. [10]In quanto a me, eccomi: io abito in Mizpà, come rappresentante dinanzi ai Caldei che verranno da noi. Voi, pertanto, raccogliete vino e frutta e olio e ponetelo nei vostri recipienti e stabilitevi nelle città da voi occupate». [11]Anche tutti i Giudei che erano in Moab e tra gli Ammoniti e in Edom e quelli che erano in tutti i paesi udirono che il re di Babilonia aveva lasciato un resto in Giuda e aveva preposto su di loro Godolia, figlio di Achikàm, figlio di Safàn. [12]Ritornarono, dunque, tutti i Giudei da ogni luogo dove erano dispersi e vennero nel territorio di Giuda presso Godolia in Mizpà e raccolsero vino e frutta abbondante.

[13]Giovanni, figlio di Kàreca, e tutti i capi dell'esercito che erano al campo, vennero presso Godolia in Mizpà [14]e gli dissero: «Non sai che Baalìs, re degli Ammoniti, ha inviato Ismaele, figlio di Natania, per ucciderti?». Ma Godolia, figlio di Achikàm, non credette loro. [15]Allora Giovanni, figlio di Kàreca, disse a Godolia, segretamente in Mizpà: «Voglio andare e uccidere Ismaele, figlio di Natania, ma nessuno lo sappia. Perché deve uccidere te, sicché vengano dispersi tutti i Giudei raccolti attorno a te e perisca il resto di Giuda?». [16]Ma Godolia, figlio di Achikàm, rispose a Giovanni, figlio di Kàreca: «Non fare una tale cosa, poiché è menzogna ciò che tu stai dicendo contro Ismaele».

41

[1]Or nel settimo mese venne Ismaele, figlio di Natania, figlio di Elisamà, di stirpe reale, insieme a dieci uomini, presso Godolia, figlio di Achikàm, in Mizpà e là in Mizpà mangiarono insieme. [2]Allora si levò Ismaele, figlio di Natania, insieme ai dieci uomini che erano con lui e colpì con la spada Godolia, figlio di Achikàm, figlio di Safàn, e fece morire colui che il re di Babilonia aveva preposto nel paese. [3]Ismaele uccise anche tutti i Giudei che erano con Godolia in Mizpà e i Caldei, uomini di guerra, che si trovavano ivi.

Ismaele massacra i Samaritani. - [4]Il giorno dopo l'uccisione di Godolia, quando ancora nessuno lo sapeva, [5]arrivarono alcuni da Sichem, da Silo e da Samaria, ottanta uomini con la barba rasata e i vestiti stracciati e sfregiati, portando nelle loro mani offerta e incenso per offrirli nel tempio del Signore.

---

41. - [5] Sono pellegrini israeliti del regno del nord, che con tutti i segni del più grande dolore (barba rasa, vesti stracciate e segnati dal sangue dei molti tagli che si facevano), andavano a deporre le loro lacrime e le loro offerte tra le rovine del tempio, dove i Giudei avevano alzato un altare per offrirvi sacrifici.

⁶Uscì loro incontro, da Mizpà, Ismaele, figlio di Natania, mentre essi camminavano piangendo. Quando li ebbe raggiunti disse loro: «Venite da Godolia, figlio di Achikàm».

⁷Ma quando essi giunsero nel mezzo della città, Ismaele, figlio di Natania, e gli uomini che erano con lui, li scannò e li gettò in una cisterna. ⁸Ma dieci uomini che si trovavano tra essi dissero a Ismaele: «Non farci morire, perché noi abbiamo nascosto nel campo grano, orzo, olio e miele». Allora si astenne e non li fece morire assieme ai loro fratelli. ⁹La cisterna dove Ismaele fece gettare tutti i cadaveri degli uomini che aveva ucciso era la grande cisterna che il re Asa aveva costruito contro Baasa, re di Israele. Ismaele, figlio di Natania, la riempì di trafitti. ¹⁰Quindi Ismaele deportò tutto il resto del popolo che era in Mizpà, le figlie del re e tutto il popolo rimasto in Mizpà al quale Nabuzaradàn, capo della guardia, aveva preposto Godolia, figlio di Achikàm. Ismaele, figlio di Natania, li deportò e partì per passare agli Ammoniti.

Ismaele sconfitto si salva in Ammon. - ¹¹Quando Giovanni, figlio di Kàreca, e tutti i prìncipi dell'esercito che erano con lui udirono tutto il male che aveva fatto Ismaele, figlio di Natania, ¹²radunarono tutti gli uomini e partirono per combattere contro Ismaele, figlio di Natania, e lo trovarono presso le grandi acque che sono in Gàbaon. ¹³Quando tutto il popolo che era con Ismaele vide Giovanni, figlio di Kàreca, e tutti i prìncipi dell'esercito che erano con lui, si rallegrarono, ¹⁴e tutto il popolo che Ismaele aveva deportato da Mizpà si rivoltò e passò dalla parte di Giovanni, figlio di Kàreca. ¹⁵Però Ismaele, figlio di Natania, poté scampare con otto uomini di fronte a Giovanni e se ne andò presso gli Ammoniti.

Liberazione dei prigionieri e viaggio verso l'Egitto. - ¹⁶Allora Giovanni, figlio di Kàreca, e tutti i prìncipi che erano con lui, presero tutto il resto del popolo che Ismaele, figlio di Natania, aveva deportato da Mizpà dopo aver ucciso Godolia, figlio di Achikàm: erano valorosi uomini di guerra, donne, fanciulli e eunuchi quelli che ricondussero da Gàbaon. ¹⁷Ripartirono e sostarono in Gherut-Chimàm che è di fianco a Betlemme, per poi proseguire e andare in Egitto, ¹⁸lontano dai Caldei, perché avevano timore di loro, giacché Ismaele, figlio di Natania, aveva ucciso Godolia, figlio di Achikàm, che il re di Babilonia aveva preposto nel paese.

42 **Giovanni chiede a Geremia di consultare il Signore.** - ¹Tutti i capi dell'esercito con Giovanni, figlio di Kàreca, Azaria, figlio di Osea, e tutto il popolo, dal grande al piccolo, si presentarono ²e dissero al profeta Geremia: «Accogli la nostra supplica e intercedi per noi presso il Signore, Dio tuo, in favore di tutto questo resto, perché siamo rimasti pochi da tanti che eravamo, come i tuoi occhi possono costatare. ³Il Signore Dio tuo ci indichi la strada per dove dobbiamo camminare e ciò che dobbiamo fare». ⁴Il profeta Geremia disse loro: «Intendo! Ecco: io intercedo presso il Signore, vostro Dio, secondo la vostra richiesta e qualsiasi cosa il Signore risponderà nei vostri riguardi, io ve la comunicherò; non vi nasconderò alcuna parola». ⁵Essi risposero a Geremia: «Il Signore sia tra noi come testimone veritiero e accreditato, se non agiremo perfettamente secondo ogni parola che ti invierà il Signore, Dio tuo, a nostro riguardo. ⁶Sia il bene sia in male ascolteremo la voce del Signore, Dio nostro, al quale noi ti inviamo affinché ci benefici, perché vogliamo ascoltare la voce del Signore, Dio nostro».

Risposta di Geremia. - ⁷Al termine di dieci giorni la parola del Signore fu rivolta a Geremia. ⁸Egli allora chiamò Giovanni, figlio di Kàreca, tutti i prìncipi dell'esercito che erano con lui e tutto il popolo dal piccolo al grande ⁹e disse loro: «Così dice il Signore, Dio d'Israele, al quale mi avete inviato per presentare la vostra supplica. ¹⁰Se persistete a restare in questo paese, allora io vi costruirò e non vi distruggerò, vi pianterò e non vi strapperò, perché mi pento della sventura che io vi ho arrecato. ¹¹Non abbiate timore del re di Babilonia, dinanzi al quale avete avuto paura; non abbiate paura di lui, oracolo del Signore, perché io sarò con voi per salvarvi e per liberarvi dalle sue mani. ¹²Io lo muoverò a pietà nei vostri riguardi, perché abbia compassione di voi e vi

---

⁷. L'episodio di crudeltà pare comandato solo dal desiderio del bottino: infatti, dieci di questi uomini, promettendo altro ancora, hanno salva la vita.

faccia restare nella vostra terra. [13]Ma se voi, non dando ascolto alla voce del Signore, Dio vostro, dite: "Non vogliamo restare in questo paese", e [14]direte: "No, vogliamo andare nel paese d'Egitto, dove non vedremo più guerra né udiremo squillo di tromba né patiremo più la fame; là vogliamo abitare!", [15]allora, o resto di Giuda, ascoltate la parola del Signore. Così dice il Signore degli eserciti, Dio d'Israele: Se voi veramente avete deciso di andare in Egitto e vi andate per dimorarvi, [16]la spada che voi temete vi raggiungerà là, nel paese d'Egitto, e la fame della quale voi vi spaventate, là in Egitto vi si attaccherà e là morrete. [17]Avverrà, dunque, che tutti gli uomini che hanno deciso di andare in Egitto per dimorarvi morranno di spada, di fame e di peste e non avranno né superstite né scampato dalla sventura che io farò arrivare contro di loro. [18]Sì, così dice il Signore degli eserciti, Dio d'Israele: Come si è rovesciata la mia ira e il mio sdegno contro gli abitanti di Gerusalemme, così si rovescerà il mio sdegno contro di voi se andrete in Egitto: sarete oggetto d'esecrazione, orrore, maledizione e vergogna e non vedrete più questo luogo. [19]Il Signore ha parlato contro di voi, o resto di Giuda: non andate in Egitto! Sappiate bene, io oggi ho testimoniato contro di voi. [20]Sì, voi avete messo in ballo la vostra vita quando voi mi avete inviato presso il Signore, Dio vostro, dicendo: "Intercedi per noi presso il Signore, Dio nostro, e tutto ciò che dirà il Signore, Dio nostro, riferiscilo a noi fedelmente e noi l'eseguiremo". [21]Io, dunque, oggi ve lo riferisco, ma voi non date ascolto alla voce del Signore, Dio vostro, e a tutto ciò per il quale mi ha inviato a voi. [22]Or dunque, sappiatelo bene: morrete di spada, di fame e di peste nel luogo dove voi desiderate andare per dimorarvi».

43 Ancora minacce e fuga in Egitto. -

[1]Quando Geremia ebbe terminato di riferire a tutto il popolo tutte le parole del Signore, Dio loro, tutte quelle parole per le quali il Signore lo aveva inviato a loro, [2]Azaria, figlio di Osea, Giovanni, figlio di Kàreca, e tutti gli uomini insolenti andavano dicendo contro Geremia: «Tu stai dicendo menzogna! Non ti ha inviato il Signore, Dio nostro, a dire: "Non andate in Egitto per dimorarvi!", [3]ma è Baruc, figlio di Neria, che ti incita contro di noi per conse-

gnarci in mano dei Caldei, per farci morire e farci deportare in Babilonia». [4]Giovanni, figlio di Kàreca, dunque, insieme a tutti i prìncipi dell'esercito e tutto il popolo non volle ascoltare la voce del Signore, di restare nel territorio di Giuda. [5]Poi Giovanni, figlio di Kàreca, con tutti i prìncipi dell'esercito, prese tutto il resto di Giuda, quelli che erano ritornati da tutte le nazioni, dove erano stati dispersi, per dimorare nel territorio di Giuda, [6]gli uomini, le donne e i fanciulli, le figlie del re e tutte le persone che aveva lasciato Nabuzaradàn, capo della guardia, con Godolia, figlio di Achikàm, figlio di Safàn, con il profeta Geremia e Baruc, figlio di Neria, [7]e andarono nel paese d'Egitto, poiché non vollero ascoltare la voce del Signore, e arrivarono a Tafni.

Geremia prevede l'Egitto invaso da Nabucodònosor. - [8]In Tafni la parola del Signore fu rivolta a Geremia in questi termini: [9]«Prenditi delle pietre grandi e nascondile nella malta, nel mattonato, all'ingresso della porta della casa del faraone in Tafni, alla presenza di alcuni Giudei. [10]Poi dirai loro: Così dice il Signore degli eserciti, Dio di Israele: Ecco, io mando a prendere Nabucodònosor, re di Babilonia, mio servo, e metterò il suo trono al di sopra di queste pietre che io ho nascosto e stenderò il suo padiglione sopra di esse. [11]Verrà, infatti, e percuoterà il paese d'Egitto:

chi per la morte alla morte
chi per l'esilio all'esilio
e chi per la spada alla spada!

[12]Io farò accendere il fuoco nelle case degli dèi di Egitto: e li brucerà e li deporterà e spidocchierà il paese di Egitto come il pastore spidocchia il suo vestito; quindi uscirà di là tranquillamente. [13]Frantumerà anche le stele della casa del Sole che è nel paese di Egitto e brucerà con il fuoco le case degli dèi di Egitto».

44 Geremia ammonisce i Giudei contro l'idolatria. -

[1]Questa è la parola che fu rivolta a Geremia riguardo a tutti i Giudei che abitavano nel paese d'Egitto: in Migdol, in Tafni, in Menfi e nel territorio di Patros: [2]«Così dice il Signore degli eserciti, Dio d'Israele: Voi avete visto tutta la sventura che io ho fatto arrivare contro Gerusa-

lemme e contro tutte le città di Giuda. Ecco, esse sono oggi una rovina, senza abitanti, [3]a causa della malvagità che han commesso facendomi irritare, andando a offrire incenso, servendo altri dèi che non avevano conosciuto né essi né voi né i vostri padri. [4]Eppure io vi avevo inviato tutti i miei servi, i profeti, con sollecitudine e costanza dicendo: "Non vogliate commettere questa cosa abominevole che io odio". [5]Ma essi non hanno dato ascolto né hanno prestato orecchio, così da ritrarsi dalla loro malvagità non offrendo incenso ad altri dèi. [6]Allora sono traboccati il mio furore e la mia ira e sono divampati contro le città di Giuda e per le strade di Gerusalemme, cosicché sono divenute rovina e devastazione, come sono ancor oggi». [7]Ma ora così dice il Signore, Dio degli eserciti, Dio d'Israele: «Perché voi volete operare un male grande contro voi stessi facendovi distruggere, uomini, donne e lattanti, di mezzo a Giuda, cosicché non vi sia lasciato un resto? [8]Perché mi irritate con le azioni delle vostre mani offrendo incenso ad altri dèi nel paese d'Egitto, dove voi venite a dimorare, per sterminare voi stessi e per divenire voi maledizione e vergogna tra tutte le nazioni della terra? [9]Avete dimenticato le malvagità dei padri vostri, le malvagità dei re di Giuda e le malvagità delle loro donne, le vostre malvagità e le malvagità delle vostre donne che furono commesse nel paese di Giuda e per le strade di Gerusalemme? [10]Fino a questo giorno non si sono pentiti né hanno avuto timore né hanno camminato nella mia legge e nei miei precetti che io ho posto dinanzi a loro e dinanzi ai loro padri». [11]Perciò, così dice il Signore degli eserciti, Dio d'Israele: «Ecco, io mi sono rivolto contro di voi per la sventura e per distruggere tutto Giuda. [12]Io prenderò il resto di Giuda, quelli che hanno stabilito di entrare nel paese d'Egitto per dimorarvi, e saranno consumati tutti nel paese d'Egitto: cadranno di spada, saranno consumati di fame, dal piccolo al grande; di spada e di fame morranno e diverranno devastazione, maledizione e vergogna. [13]Io punirò gli abitanti nel paese d'Egitto, come ho punito Gerusalemme, con la spada, con la fame e con la peste, [14]e non vi sarà scampato né superstite per il resto di Giuda, venuto a dimorare qui nel paese d'Egitto, che possa ritornare nel territorio di Giuda, dove essi desiderano ardentemente ritornare per abi-

tarvi. Sì! Non ritorneranno se non alcuni scampati».

[15]Allora tutti gli uomini, i quali sapevano che le loro donne offrivano incenso ad altri dèi, e tutte le donne presenti alla grande assemblea e tutto il popolo che risiedeva nel paese d'Egitto, in Patros, risposero a Geremia: [16]«In quanto alla parola che ci hai detto nel nome del Signore, non ti ascoltiamo. [17]Sì, noi vogliamo fare tutto ciò che è uscito dalla nostra bocca, offrendo incenso alla regina del cielo e versandole libazioni come abbiamo fatto noi e i nostri padri, i nostri e i nostri prìncipi nelle città di Giuda e per le strade di Gerusalemme: così ci sazieremo di pane, saremo felici e non vedremo alcuna sventura. [18]Da quando infatti abbiamo cessato di offrire incenso alla regina del cielo e versarle libazioni, siamo rimasti privi di tutto e siamo stati finiti con la spada e con la fame». [19]Le donne dissero: «Noi offriamo incenso alla regina del cielo, versandole libazioni. Forse all'insaputa dei nostri uomini noi le facciamo focacce con la sua immagine, versandole anche libazioni?».

[20]Allora Geremia ribatté a tutto il popolo, agli uomini e alle donne e a tutta la gente che gli aveva risposto in tal modo, così: [21]«Non è forse l'incenso che voi avete offerto nelle città di Giuda e per le vie di Gerusalemme, voi e i vostri padri, i vostri re e i vostri prìncipi e il popolo del paese, ciò che ricorda il Signore e gli ritorna in cuore? [22]Il Signore non ha più potuto sopportare, a causa delle malvagità delle vostre azioni, a causa delle abominazioni che avete compiuto. Perciò il vostro paese divenne una rovina, una devastazione, un'esecrazione, senza abitante, com'è oggi. [23]Perché voi avete offerto incenso e perché avete peccato contro il Signore e non avete ascoltato la voce del Signore e non avete camminato secondo la sua legge né secondo i suoi precetti e le sue testimonianze, per questo vi ha sorpreso questa sventura, com'è oggi».

[24]Geremia disse ancora a tutto il popolo, particolarmente alle donne: «Ascolta la parola del Signore, o popolo tutto di Giuda che sei in paese d'Egitto. [25]Così dice il Signore degli eserciti, Dio di Israele: Voi e le vostre donne l'avete proferito con la vostra bocca e con le vostre mani l'avete compiuto, dicendo: "Continuiamo a mantenere i voti che abbiamo promesso offrendo incenso alla regina del cielo e versandole libazioni". Se lo volete, mantenete pure i vostri

voti e, se lo volete, compite pure le vostre libazioni. [26]Tuttavia ascoltate la parola del Signore, o voi tutti di Giuda che risiedete nel paese d'Egitto. Ecco: ho giurato nel mio nome grande, ha detto il Signore: in tutto il paese di Egitto non sarà più invocato il mio nome per bocca di alcun uomo di Giuda che dica: "Per la vita del Signore Dio!". [27]Ecco: io sto vigilando contro di loro per la sventura e non per la felicità, e tutti gli uomini di Giuda che sono nel territorio d'Egitto saranno sterminati con la spada e la fame, fino alla loro distruzione. [28]Tuttavia alcuni scampati di spada torneranno dal paese di Egitto nel paese di Giuda: molto pochi; così saprà tutto il resto di Giuda venuto nel paese di Egitto per dimorarvi qual è la parola che si realizzerà, se quella da parte mia o quella da parte loro. [29]Questo sarà per voi il segno, oracolo del Signore, che io sto per punirvi in questo luogo, affinché sappiate che infallibilmente si realizzeranno le mie parole contro di voi per la sventura».

[30]Così dice il Signore: «Ecco, io sto per consegnare il faraone Cofra, re di Egitto, in mano dei suoi nemici e in mano di chi cerca la sua vita, come consegnai Sedecia, re di Giuda, in mano di Nabucodònosor, re di Babilonia, suo nemico, che cercava la sua vita».

45 **Promesse dirette a Baruc.** - [1]Questa è la parola che il profeta Geremia rivolse a Baruc, figlio di Neria, quando scriveva queste parole nel libro, per ordine di Geremia, nell'anno quarto di Ioiakìm, figlio di Giosia, re di Giuda: [2]«Così dice il Signore, Dio di Israele, a tuo riguardo, o Baruc: [3]Tu dici: "Ohimè, perché il Signore aggiunge affanno al mio dolore? Io sono tormentato nei miei gemiti e non trovo riposo". [4]Così dirai a lui: Così dice il Signore: Ecco, ciò che io avevo edificato io lo distruggo e ciò che avevo piantato io lo sradico, cioè tutto il paese. [5]Ma tu reclami per te cose grandiose. Non reclamare, perché ecco: io sto per far piombare la sventura su ogni uomo,

oracolo del Signore; ma a te ho dato la tua vita come bottino in ogni luogo dovunque tu andrai».

ORACOLI CONTRO I POPOLI PAGANI

46 [1]Parola del Signore, indirizzata al profeta Geremia contro le nazioni.

Contro l'Egitto: la sconfitta di Càrchemis. - [2]Contro l'esercito del faraone Necao, re di Egitto, che stava in Càrchemis, presso il fiume Eufrate, quando Nabucodònosor, re di Babilonia, lo batté nell'anno quarto di Ioiakìm, figlio di Giosia, re di Giuda.

[3] «Preparate corazza e scudo
e procedete alla battaglia.
[4] Attaccate i cavalli e montate, cavalieri;
presentatevi con elmi,
affilate le lance, indossate le corazze.
[5] Cosa vedo io?
Essi sono spaventati, si volgono indietro
e gli eroi loro sono sconfitti,
precipitosamente fuggono
e non si voltano;
il terrore è d'intorno.
Oracolo del Signore.
[6] Non sfugge il veloce né si salva l'eroe;
a nord, sulla sponda dell'Eufrate
inciampano e cadono.
[7] Chi è che ascende come il Nilo
le cui acque si agitano come torrenti?
[8] L'Egitto come il Nilo ascende
e come torrenti s'agitano le sue acque.
Dice: "Salirò, coprirò il paese,
distruggerò la città e gli abitanti suoi!".
[9] Assalite, o cavalli, ed esultate, o carri:
escano gli eroi!
Etiopia e Put, che impugnate lo scudo,
e Luditi, che impugnate e tendete l'arco!
[10] Ma quel giorno per il Signore, Dio
degli eserciti,
è giorno di vendetta contro i suoi
nemici.
Divora la spada e si sazia,
ma si sazia del loro sangue.
Sì, è sacrificio per il Signore, Dio
degli eserciti,
nel paese del nord, sull'Eufrate.
[11] Sali in Gàlaad e prendi balsamo,
o vergine figlia di Egitto:
invano moltiplichi rimedi,
guarigione non c'è per te!
[12] Appresero le nazioni la tua vergogna

---

46. - [1.] Questo è il titolo generale delle profezie contro le nazioni pagane, contenute nei cc. 46-51, che comprendono gli oracoli contro l'Egitto, i Filistei, Moab, Ammon, Idumea, Damasco, Arabia, Elam, Babilonia. Sono le nazioni che attorniavano la Palestina e che hanno combattuto contro Israele.

e il tuo gridare ha riempito la terra:
ché l'eroe nell'eroe ha inciampato
   insieme, caddero ambedue!».

L'Egitto verrà invaso. - [13]Questa è la parola che proferì il Signore al profeta Geremia circa l'arrivo di Nabucodònosor, re di Babilonia, per battere il paese di Egitto.

[14] «Annunziatelo in Egitto
   e fatelo sentire in Migdòl,
   fatelo sentire a Menfi e Tafni.
   Dite: Drìzzati e stai pronta
   perché la spada divora i tuoi dintorni.
[15] Perché è travolto il tuo potente?
   Non regge perché il Signore l'insegue.
[16] Ha moltiplicato chi inciampa;
   perfino chi è caduto l'uno all'altro dice:
   "Àlzati e ritorniamo al nostro popolo
   e al nostro paese natale,
   lontano dalla spada micidiale".
[17] Qui han chiamato il faraone, re di Egitto:
   "Fragore che ha lasciato passare
     l'occasione!".
[18] Per la mia vita, oracolo del Re,
   il cui nome è Signore degli eserciti:
   Sì, qual Tabor tra i monti
   e qual Carmelo presso il mare, arriverà.
[19] I bagagli dell'esilio prepara per te,
   o abitante, figlia di Egitto.
   Menfi sarà devastata e arsa,
   senza abitante.
[20] Giovenca bellissima è l'Egitto:
   un tafano del nord è giunto su di essa.
[21] Anche i suoi mercenari in mezzo ad essa
   sono come vitelli d'ingrasso.
   Ancor essi si voltano,
   fuggono insieme, non resistono.
   Sì, il giorno della loro rovina è giunto
     su di loro,
   il tempo del loro castigo.
[22] La loro voce, qual serpe, corre:
   infatti, in truppa vengono
   e con asce giungono contro di essa
   quali tagliatori di legna;
[23] abbattono la sua foresta,
   oracolo del Signore.
   Non si contano perché si moltiplicano
     più che locuste
   e non hanno numero.
[24] È vergognosa la figlia di Egitto,
   è consegnata in mano di un popolo
     del nord».

[25]Dice il Signore degli eserciti, Dio di Israele: «Ecco, io sto per visitare Amòn di Tebe, il faraone e l'Egitto, i suoi dèi e i suoi re; il faraone e chi confida in lui. [26]Li consegnerò in mano di chi cerca la loro vita, cioè in mano di Nabucodònosor, re di Babilonia, e in mano dei suoi ministri. Dopo questo, però, l'Egitto sarà abitato come nei giorni antichi. Oracolo del Signore.

[27] Ma tu non temere, servo mio Giacobbe,
   e non spaventarti, o Israele,
   perché ecco: ti salvo da lontano
   e la tua progenie dal paese del suo esilio.
   Ritornerà, infatti, Giacobbe e riposerà,
   sarà tranquillo e senza chi lo spaventi.
[28] Tu non temere, servo mio Giacobbe,
   oracolo del Signore,
   perché con te sono io!
   Sì, farò sterminio tra tutte le nazioni
   ovunque ti ho fatto disperdere.
   Di te, però, non farò sterminio,
   ti castigherò come è giusto,
   ma non ti lascerò del tutto impunito!».

47 **Contro i Filistei.** - [1]Parola del Signore rivolta al profeta Geremia contro i Filistei, prima che il faraone conquistasse Gaza. [2]Così dice il Signore:

«Ecco dal nord acque inondanti;
   divengono come un fiume travolgente
   e travolgono il paese e quanto contiene,
   la città e chi abita in essa,
   gridano gli uomini e ululano
   tutti gli abitanti del paese.
[3] Per lo strepito scalpitante
   degli zoccoli dei suoi destrieri,
   per il fragore dei suoi carri,
   il fracasso delle sue ruote,
   non si volgono i padri verso i figli:
   le loro mani cadono impotenti,
[4] a causa del giorno che viene
   per devastare tutti i Filistei,
   distruggendo a Tiro e a Sidone
   ogni residuo di aiuto.
   Sì, il Signore devasta i Filistei,
   il resto dell'isola di Caftor.
[5] È giunta la calvizie su Gaza,
   vien distrutta Ascalona.
   Asdòd, resto degli Anakiti,
   fin quando ti farai incisioni?
[6] Ohi, spada del Signore, fin quando
     non riposerai?
   Rientra nel tuo fodero, arrèstati e taci!
[7] Come si riposerà se il Signore le ha dato
   ordini?

Contro Ascalona e la pianura del mare:
là l'ha convocata!».

48 Contro Moab. - [1]Riguardo a Moab,
così dice il Signore degli eserciti, Dio
di Israele:

«Guai a Nebo perché è saccheggiata,
vergognosamente è presa Kiriatàim:
è svergognata la roccaforte
    e spaventata.
[2] Non c'è più la gloria di Moab:
in Chesbòn han programmato contro
    di essa sventura:
venite e distruggiamola, che non sia più
    nazione.
Anche tu, Madmèn, tacerai,
dietro te cammina la spada.
[3] Voce di grida da Coronàim,
devastazione e rovina grande!
[4] Spezzata è Moab:
fan sentire il grido i suoi piccoli.
[5] Sì, la salita di Luchìt nel pianto
    si ascende
e nella discesa di Coronàim
grida di rovina si odono!
[6] Fuggite, scampate la vostra vita
e siate come asino selvatico
    nel deserto.
[7] Sì, perché hai posto la tua fiducia
nelle tue opere e nei tuoi tesori,
anche tu sarai presa e andrà Camos
    in esilio,
insieme ai suoi sacerdoti e ai suoi
    prìncipi.
[8] Verrà il devastatore contro ogni città,
nessuna città scamperà:
perirà la valle, sarà distrutto l'altipiano,
come ha detto il Signore.
[9] Erigete un cippo a Moab perché a fondo
    è devastata:
le sue città a desolazione son ridotte,
prive dei loro abitanti.
[10] Maledetto chi esegue l'opera del Signore
    fiaccamente
e maledetto chi trattiene la sua spada
    dal sangue!
[11] Tranquillo era Moab fin dalla sua
    giovinezza
e riposava, lui, sulle sue fecce,
perché non era stato travasato da vaso
    a vaso
e non era andato in esilio:
per questo ha mantenuto il suo gusto
e il suo profumo non s'è alterato.

[12]Per questo ecco: vengono giorni, oracolo del Signore, in cui manderò contro di esso dei travasatori che lo travaseranno, svuoteranno i suoi vasi e frantumeranno le sue
anfore. [13]Allora Moab si vergognerà di Camos come si è vergognata la casa d'Israele
di Betel, che era la loro fiducia.

[14] Come potete dire: "Noi siamo eroi
e uomini guerrieri in battaglia"?
[15] Il devastatore di Moab e delle sue città
    ascende,
e il meglio dei suoi giovani scende
    al macello.
Oracolo del Re degli eserciti il cui nome
    è Signore.
[16] Prossima a venire è la rovina di Moab
e la sua sventura è velocissima.
[17] Fate cordoglio per lui, voi tutti suoi
    vicini
e chiunque conosce il suo nome.
Dite: "Come si spezzò la verga
    della forza,
lo scettro splendente!".
[18] Scendi dalla gloria, siediti nel deserto,
o popolo che abiti a Dibon,
poiché chi devasta Moab sta salendo
    contro di te,
abbatterà le tue fortezze.
[19] Lungo la strada fermati e osserva,
abitante di Aroer:
interroga fuggiasco o scampato,
chiedi: cosa è successo?
[20] Si vergogna Moab perché è abbattuto;
ululate e gridate:
annunziate lungo l'Arnon che Moab
    è devastato!

[21]Il giudizio è arrivato per il territorio del-
l'Altipiano, contro Colòn, Ioaz e Mefàat;
[22]contro Dibon, Nebo e Bet-Diblatàim;
[23]contro Kiriatàim, Bet-Gamùl e Bet-Meòn;
[24]contro Kiriòt, Bozra e tutte le città del territorio di Moab, lontane e vicine.

[25] È stato frantumato il corno di Moab
e il suo braccio è stato spezzato,
oracolo del Signore.

[26]Ubriacatelo, perché si è fatto grande
contro il Signore; si avvoltoli Moab nel suo
vomito e divenga motivo di derisione anch'esso. [27]Forse che Israele non è stato per
te una risata? È stato trovato, forse, tra i ladri, che in ogni tua parola contro di lui
scrolli la tua testa?

28 Abbandonate le città e dimorate
    tra le rocce,
    o abitanti di Moab,
    e siate come colomba che nidifica
    tra le pareti del precipizio.
29 Abbiamo udito la superbia di Moab,
    è superbo assai!
    la sua alterigia, la sua superbia e il suo
        orgoglio
    e l'arroganza del suo cuore.
30 Io conosco, oracolo del Signore,
    la sua rabbia: non ha consistenza;
    i suoi discorsi: impossibile che
        si realizzino.
31 Per questo su Moab c'è lamento
    e per Moab intero io grido,
    per gli uomini di Kir-Cheres si geme!
32 Più che piangere Iazèr, per te piango,
    o vigna di Sibma!
    Le tue propaggini oltrepassavano
        il mare,
    a occidente di Iazèr giungevano:
    sulla tua vendemmia e sul tuo raccolto
    il devastatore è piombato,
33 e fu tolta gioia e allegria
    dal frutteto e dal paese di Moab;
    il vino dai torchi ho fatto sparire,
    più non pigia il pigiatore
    e il canto non è più canto.

34 Per il clamore di Chesbòn s'è udita la
loro voce fino ad Elealè, fino a Iachaz; da
Zoar fino a Coronàim, a Eglat-Selisià. Sì,
perfino le acque di Nimrìm diventeranno
un luogo desolato. 35 Io farò cessare per
Moab, oracolo del Signore, chi ascende le
alture e chi offre incenso ai suoi dèi. 36 Per
questo il mio cuore per Moab come flauti
geme, e il mio cuore per gli uomini di Kir-
Cheres come flauti geme. Dunque: han perduto il guadagno che si erano procurato.
37 Sì, ogni testa è calva e ogni barba viene
rasata; su tutte le mani ci sono incisioni e
sui fianchi il sacco. 38 Su ogni tetto di Moab
e nelle sue piazze, tutto è lamento, perché
ho spezzato Moab qual vaso che non piace
più, oracolo del Signore. 39 Come è costernato! Ululate! Come ha voltato la schiena
Moab con vergogna! In tal modo Moab è divenuto motivo di derisione e uno spavento
per tutti i suoi vicini.

40 Sì, così dice il Signore:
    Ecco, come un'aquila egli plana
    e piega le sue ali su Moab!

41 Son prese le città, le fortezze
    conquistate;
    e diverrà il cuore degli eroi di Moab,
    in quel giorno, come il cuore di donna
        in doglie!
42 Sarà sterminato Moab, non sarà più
        popolo
    poiché contro il Signore s'è inorgoglito.
43 Terrore, trabocchetto, tranello
    stan sopra di te, o abitante di Moab!
    Oracolo del Signore.
44 Chi fugge lontano dal terrore cadrà
        nel trabocchetto
    e chi esce dal trabocchetto sarà preso
        nel tranello.
    Sì, io farò venire contro Moab l'anno
    del loro castigo!
    Oracolo del Signore.
45 All'ombra di Chesbòn s'arrestano senza
        forza i fuggitivi;
    ma un fuoco è uscito da Chesbòn
    e una fiamma di mezzo a Sicòn
    che ha divorato le tempia di Moab
    e il cranio dei figli tumultuanti.
46 Guai a te, Moab, è scomparso il popolo
        di Camos!
    Sì, son portati in esilio i figli tuoi
    e le figlie tue in prigionia.
47 Ma ristabilirò la sorte di Moab alla fine
    dei giorni».
    Oracolo del Signore.
    Fin qui il giudizio su Moab.

49 Contro Ammon

1 Ai figli di Ammon così dice il Signore:
    «Israele non ha forse figli,
    ovvero non ha erede?
    Perché Milcom ha ereditato Gad
    e il suo popolo tra le sue città
        si è stabilito?
2 Pertanto ecco: verranno giorni,
    oracolo del Signore,
    in cui farò udire contro Rabbà
        degli Ammoniti
    l'urrà di guerra e sarà un cumulo
        di desolazione,

---

49. - 1-2. *Gli Ammoniti* nel corso della storia furono
sempre uniti con i Moabiti contro Israele: dopo le de-
portazioni assire s'impadronirono del territorio di
Gad e si unirono ai Babilonesi contro Giuda. *Milcom*
è l'idolo nazionale di Ammon, a cui erano attribuite
le conquiste. *Rabbà* era la capitale.

mentre le sue dipendenze con fuoco
   saranno arse.
Allora Israele riceverà la sua eredità:
   dice il Signore.
3 Ulula, o Chesbòn,
   perché è stata devastata Ai;
   gridate, o figlie di Rabbà,
   cingetevi di sacco, fate lamento
   e girovagate tra le macerie
   poiché Milcom in esilio se ne va.
4 Perché giubili per le valli?
   La tua valle è fertile, o figlia ribelle!
   Tu hai fiducia nei tuoi tesori.
   E dici: chi verrà contro di me?
5 Ecco: io farò piombare su di te il terrore,
   oracolo del Signore degli eserciti,
   da tutti i tuoi dintorni
   e sarete espulsi ciascuno per la sua via
   e non ci sarà chi raccolga il disperso.
6 Ma dopo ciò restaurerò la sorte dei figli
   di Ammon».
   Oracolo del Signore.

Contro Edom

7 A Edom così dice il Signore degli eserciti:
   «Non c'è più, forse, sapienza in Teman,
   è scomparso il consiglio dai figli
      dei saggi,
   è svanita la sapienza loro?
8 Fuggite, tornate indietro, rifugiatevi
      in luoghi nascosti,
   o abitanti di Dedan,
   perché farò piombare la rovina su Esaù
      quando lo punirò.
9 Se dei vendemmiatori venissero a te,
   non lascerebbero resti;
   se ladri nella notte,
   saccheggerebbero quanto loro necessita.
10 Sì, io ho denudato Esaù,
   ho scoperto i suoi nascondigli,
   cosicché non può più nascondersi.
   Sarà distrutta la sua discendenza,
   i fratelli suoi e i suoi vicini,
   e lui non esisterà più.
11 Abbandona gli orfani tuoi,
   io li farò vivere,
   e le vedove tue su di me confidino».

12Sì, così dice il Signore: «Ecco, chi non aveva diritto a bere il calice l'ha bevuto del tutto, e tu vorresti dichiararti innocente? Non sarai innocente, ma lo berrai completamente. 13Infatti per me ho giurato, oracolo del Signore, che Bozra sarà una devastazione, una vergogna, una rovina e una ma-

ledizione, e tutte le sue città saranno rovine perpetue».

14 Un messaggio ho udito da parte
      del Signore
   e un messaggero tra le nazioni
      è stato invitato:
   «Radunatevi e venite contro di essa;
   alzatevi per la battaglia.
15 Sì, ecco: piccolo ti rendo tra le nazioni,
   spregevole tra gli uomini.
16 La tua fierezza ti ha sedotto,
   la superbia del tuo cuore,
   o tu che dimori tra le fenditure
      della roccia,
   o tu che raggiungi la vetta del colle!
   Quand'anche ponessi in alto, come
      aquila, il tuo nido,
   di là ti farò scendere.
   Oracolo del Signore.

17Edom, dunque, sarà del tutto devastato: chiunque l'attraversa si stupirà e fischierà per tutte le sue ferite, 18come per lo sconvolgimento di Sodoma e Gomorra e dei suoi vicini, dice il Signore, dove non abita più alcuno, né figlio d'uomo più vi dimora. 19Ecco: come un leone che ascende dalla boscaglia del Giordano verso un pascolo rigoglioso, improvvisamente lo farò fuggire di là e porrò su di esso il mio eletto. Chi, infatti, è come me e chi mi può sfidare? Chi è quel pastore che può starmi contro? 20Perciò ascoltate il consiglio che il Signore ha deciso contro Edom e i progetti che ha fatto contro gli abitanti di Teman:

   Saranno trascinati anche i piccoli
      del gregge,
   sarà devastato dietro di essi il loro
      pascolo!
21 Per il rumore della loro caduta tremerà
      il paese,
   il grido, fino al Mar Rosso, farà udire
      la sua eco!
22 Ecco: come aquila ascende e si libra
   e spiega le sue ali sopra Bozra,
   cosicché il cuore degli eroi di Esaù
   sarà in quel giorno come il cuore
      di una donna in doglie».

Contro le città sire

23 Su Damasco:
   «Vergognose sono Camat e Arpad,
   perché una notizia cattiva hanno udito:

si agitano come il mare per lo spavento,
non riescono a star tranquilli.
24 È fiaccata Damasco,
è stata travolta in fuga
e un tremito l'ha afferrata;
angustia e dolori l'han colta come
partoriente.
25 Come? È stata abbandonata
la città della gloria, la città della gioia?
26 Perciò cadono i giovani suoi nelle sue
piazze,
e ogni uomo guerriero tacerà in quel
giorno.
Oracolo del Signore degli eserciti.
27 Accenderò un fuoco contro le mura
di Damasco
e divorerà i palazzi di Ben-Adàd».

Contro Kedàr. - 28Su Kedàr e sui regni di
Azòr che Nabucodònosor, re di Babilonia,
aveva sconfitto, così dice il Signore:

«Alzatevi, salite contro Kedàr
e devastate i figli d'oriente.
29 Le loro tende e i greggi loro siano presi,
i loro teli, tutti i loro utensili
e i loro cammelli siano loro portati via,
si gridi contro di essi: "Terrore
all'intorno!".
30 Fuggite, scappate velocemente,
rifugiatevi in luoghi nascosti, o abitanti
di Azòr,
oracolo del Signore,
poiché ha fatto contro di voi
Nabucodònosor, re di Babilonia,
un piano,
ha pensato contro di voi dei progetti.
31 Alzatevi, salite contro una nazione
tranquilla
che abita fiduciosamente:
oracolo del Signore.
Non ha porte né sbarre; solitaria abita.
32 Diverranno, perciò, i loro cammelli
una preda
e la moltitudine delle sue mandrie
un bottino.
Io li disperderò a ogni vento, le tempie
rasate,
e da ogni lato porterò su di loro
la rovina.
Oracolo del Signore.
33 Allora Azòr diverrà un abitato
da sciacalli,
un luogo devastato in perpetuo;
non vi abiterà alcuno né vi dimorerà
figlio di uomo».

Contro Elam. - 34Parola del Signore, rivolta
al profeta Geremia, contro Elam, all'inizio
del regno di Sedecia, re di Giuda.

35 «Così dice il Signore degli eserciti:
Ecco, sto per infrangere l'arco di Elam,
primizia della sua potenza!
36 Farò venire contro Elam quattro venti
dalle quattro parti del cielo
e li disperderò davanti a quei venti;
non ci sarà nazione dove non giungano
i dispersi di Elam.
37 Io farò spaventare Elam di fronte ai suoi
nemici
e di fronte a chi cerca la loro vita;
e farò piombare su di loro una sventura,
l'ardore della mia ira.
Oracolo del Signore.
Invierò dietro di loro la spada finché
li avrò distrutti.
38 Porrò, allora, il mio trono in Elam
e farò perire, di là, re e prìncipi.
Oracolo del Signore.
39 Ma alla fine dei giorni ristabilirò la sorte
di Elam».
Oracolo del Signore.

50 **Contro Babilonia.** - 1Parola che il Signore pronunciò contro Babilonia,
contro il paese dei Caldei, per mezzo del
profeta Geremia.

2 «Annunziatelo tra le nazioni, banditelo,
elevate un vessillo;
banditelo, non lo tenete nascosto. Dite:
"È presa Babilonia!".
Si vergogna Bel, infranto è Marduch,
vergognose sono le sue immagini,
infrante sono le sue abominazioni!

3Infatti, sale contro di essa una nazione
dal nord, la quale ridurrà il suo territorio a
luogo desolato e non vi sarà più chi abiti in
essa: dall'uomo al bestiame, tutti fuggono e
se ne vanno.
4In quei giorni e in quel tempo, oracolo
del Signore, verranno i figli d'Israele insieme ai figli di Giuda: avanzeranno camminando e piangendo mentre cercheranno il
Signore, Dio loro. 5Domanderanno di Sion,
verso la quale volgeranno i loro volti: "Venite, aderiamo al Signore con un patto perpetuo che non sia mai più dimenticato". 6Il
mio popolo è stato un gregge di dispersi:
l'han fatto deviare i suoi pastori, l'avevano

disperso sui monti, andavano da monte a colle dimentichi del loro ovile. [7]Chiunque li incontrava li divorava, mentre i loro nemici dicevano: "Noi non commettiamo delitto, perché hanno peccato contro il Signore: pascolo di giustizia e speranza dei padri loro è il Signore!".

[8] Fuggite di mezzo a Babilonia
e dal paese dei Caldei uscite.
Siate quali caproni dinanzi al gregge.
[9] Sì, ecco: io sto per suscitare
e far ascendere contro Babilonia
un'assemblea di nazioni grandi
　　dal paese del nord
e si schiereranno contro di essa;
da allora sarà presa.
Le loro frecce sono come quelle
　　di un eroe esperto,
non ritornano invano.
[10] Saranno i Caldei una preda,
tutti i suoi depredatori si sazieranno.
[11] Gioite e tripudiate, saccheggiatori
　　della mia eredità!
Sì, saltellate come giovenca che trebbia
e nitrite come stalloni!
[12] Si vergogna assai la madre vostra,
arrossisce la vostra genitrice.
Ecco, essa è l'ultima nelle nazioni,
deserto, arsura e steppa.
[13] Per l'ira del Signore non sarà abitata,
sarà un luogo desolato tutta intera.
Ogni passante per Babilonia stupirà
e fischierà su tutte le sue ferite.
[14] Schieratevi contro Babilonia all'intorno
voi tutti, tiratori di arco;
bersagliate, non risparmiate freccia,
perché contro il Signore ha peccato.
[15] Gridate contro di essa all'intorno.
Essa alza la sua mano, cadono i suoi
　　bastioni,
rovinano le sue mura.
Sì, vendetta del Signore è questa!
Vendicatevi contro di essa:
come ha fatto, fate ad essa.
[16] Sterminate il seminatore da Babilonia
e chi impugna la falce in tempo
　　di messe.
Dinanzi alla spada affilata ognuno al suo
　　popolo torni
e ognuno al suo paese fugga.
[17] Pecora errante era Israele, i leoni
　　l'inseguirono.
Primo l'ha divorata il re di Assiria,
poi Nabucodònosor, re di Babilonia,
　　ne ha stritolato le ossa».

[18]Perciò così dice il Signore degli eserciti, Dio d'Israele: «Ecco, sto per castigare il re di Babilonia e il suo paese, come ho castigato il re di Assiria. [19]Io ricondurrò Israele al suo pascolo e pascolerà sul Carmelo e nel Basàn, e per i monti di Efraim e del Gàlaad sazierà il suo appetito. [20]In quei giorni e in quel tempo, oracolo del Signore, si ricercherà l'iniquità di Israele, ma non si troverà, e il peccato di Giuda, ma non si troverà, poiché perdonerò a chi farò restare.

[21] Sali contro il paese di Meratàim
e contro gli abitanti di Pekòd.
Rovina e fa' sterminio dietro di loro,
oracolo del Signore,
fa' tutto come io ti ho comandato.
[22] Rumore di guerra c'è nel paese
e disastro grande.
[23] Come è rotto e spezzato il martello
di tutta la terra,
come è divenuta desolazione Babilonia
tra le nazioni!
[24] Ti ho teso un laccio e ti ho presa,
Babilonia,
e tu non lo sapevi!
Fosti trovata e afferrata,
perché contro il Signore ti sei irritata.
[25] Ha aperto il Signore il suo arsenale
e ha estratto gli strumenti del suo
　　sdegno:
perché ha un dovere da compiere
il Signore, Dio degli eserciti, nel paese
　　dei Caldei.
[26] Venite ad essa dalle estremità, aprite
i suoi granai.
Ammucchiatela come covoni e fate
sterminio,
non vi sia, per essa, un resto.
[27] Uccidete tutti i suoi tori: scendano
al macello.
Guai a loro, perché è giunto il loro
giorno,
il tempo del loro castigo.
[28] Voce di fuggitivi e di scampati
dal paese di Babilonia si ode,
per annunziare in Sion
la vendetta del Signore, Dio nostro,
la vendetta del suo tempio.
[29] Convocate contro Babilonia gli arcieri,
tutti i tiratori d'arco;
accampatevi contro di essa all'intorno,
non ci sia per lei fuggitivo;
rendetele secondo il suo operato,
secondo tutto ciò che ha fatto,
fate ad essa,

poiché contro il Signore è stata
insolente,
contro il Santo di Israele.

30 Perciò: cadranno i suoi giovani nelle sue
piazze
e tutti gli uomini di guerra periranno
in quel giorno.
Oracolo del Signore.

31 Eccomi a te, superba,
oracolo del Signore, Dio degli eserciti:
è giunto finalmente il tuo giorno,
il tempo del tuo castigo.

32 Inciamperà la superba e cadrà
e non avrà chi la rialzi.
Io accenderò fuoco nelle sue città
e divorerà tutti i suoi dintorni».

Il Signore redentore d'Israele. - 33Così dice il Signore degli eserciti: «I figli di Israele sono oppressi insieme ai figli di Giuda, perché tutti i loro deportatori li tengono strettamente, rifiutano di rimandarli. 34Ma il loro redentore è forte, "Dio degli eserciti" è il suo nome; certamente difenderà la loro causa, per tranquillizzare il paese e far tremare gli abitanti di Babilonia».

La spada del Signore

35 «Spada sui Caldei, oracolo del Signore,
e sugli abitanti di Babilonia,
sui suoi prìncipi e i suoi sapienti.

36 Spada sui bugiardi: che impazziscano!
Spada sugli eroi suoi: che si spaventino!

37 Spada sui suoi cavalli e i suoi carri
e sulla mescolanza di genti che è
in mezzo ad essa:
che diventino donne!
Spada sui suoi tesori: che siano
depredati!

38 Spada sulle sue acque: che secchino!
Sì, è un paese d'idoli e per gli orrori
smaniano.

39Perciò vi dimoreranno animali del deserto e sciacalli, vi dimoreranno gli struzzi; così non sarà più abitata in sempiterno né popolata di generazione in generazione. 40Come Dio sconvolse Sodoma e Gomorra con i suoi vicini, oracolo del Signore, non vi abiterà alcuno né vi dimorerà figlio d'uomo. 41Ecco: un popolo viene dal nord, una nazione grande e re potenti si svegliano dalle estremità della terra. 42Essi impugnano arco e lancia, sono crudeli e non hanno compassione; il loro grido è come mare in tempesta; cavalcano sopra cavalli e sono pronti come un sol uomo alla battaglia contro di te, o figlia di Babilonia. 43Di loro ha avuto notizia il re di Babilonia e sono cadute le sue mani; l'ha invaso l'angoscia, dolore come di partoriente. 44Ecco: sale come leone dalla boscaglia del Giordano verso un pascolo rigoglioso. Sì, improvvisamente io li metterò in fuga di là e porrò su di esso il mio eletto. Chi, infatti, è come me e chi può sfidarmi? Chi è quel pastore che può starmi di fronte? 45Perciò udite il consiglio del Signore, ciò che ha pensato contro Babilonia e i progetti che ha fatto contro il paese dei Caldei: "Trascineranno via i piccoli del gregge; sarà devastato dietro di essi il pascolo!". 46Per lo strepito della presa di Babilonia trema la terra e il loro grido si ode tra le nazioni».

51 Ancora contro Babilonia

1 Così dice il Signore:
«Eccomi a far destare contro Babilonia
e contro gli abitanti della Caldea
uno spirito di distruzione.

2 Invierò contro Babilonia spulatori
e la spuleranno
e svuoteranno il suo territorio.
Saranno contro di essa da ogni parte
nel giorno della sventura.

3 Contro chi tende, tenda il tiratore il suo
arco
e contro chi indossa la propria corazza;
non abbiate compassione per i suoi
giovani:
sterminate tutto il suo esercito.

4 Cadano feriti nel paese dei Caldei
e trafitti nelle sue strade

5 — ma non siano resi vedovi Israele
e Giuda
del loro Dio, del Signore degli eserciti —
poiché il loro paese è pieno di delitto
contro il Santo d'Israele.

6 Fuggite di mezzo a Babilonia e salvi
ognuno se stesso;
non vogliate perire nelle loro iniquità,

---

51. - 3-5. Invito agli invasori a compiere il castigo, senza risparmiare nessuno. Motivo: Babilonia ha trattato troppo male Israele e Giuda, come se fossero *vedove* senza protezione. Invece hanno chi li protegge, il Dio degli eserciti che lo dimostra ora, colpendo e distruggendo i loro oppressori.

poiché è tempo di vendetta
per il Signore,
egli ripaga ad essa quanto s'è meritata.
7 Vaso d'oro era Babilonia in mano
del Signore
che inebriava tutta la terra;
del suo vino bevevano le nazioni,
per questo esse impazzirono.
8 Improvvisamente è caduta Babilonia,
ed è stata spezzata:
ululate sopra di essa.
Prendete balsamo per le sue ferite, forse
guarirà.
9 Abbiamo curato Babilonia, ma non
è guarita.
Lasciatela. Torniamo ciascuno al proprio
paese
poiché tocca il cielo il suo giudizio
e si eleva fino alle nubi».

10Il Signore ha fatto vincere la nostra giusta causa: venite e raccontiamo in Sion l'opera del Signore, Dio nostro.

11 Affilate le frecce, riempite le faretre.
Ha risvegliato il Signore lo spirito del re
dei Medi,
perché contro Babilonia è il suo piano,
per distruggerla.
Sì, questa è la vendetta del Signore,
la vendetta del suo tempio.
12 Contro le mura di Babilonia elevate
un vessillo,
rafforzate la custodia,
stabilite le sentinelle, preparate agguati,
poiché ha progettato il Signore, e anche
eseguito,
ciò che ha predetto contro gli abitanti
di Babilonia.
13 Tu che abiti presso acque abbondanti,
o ricca di tesori:
è arrivata la tua fine, il tempo del tuo
taglio.
14 Ha giurato, il Signore degli eserciti,
per se stesso:
«Ti riempio d'uomini come locuste»,
che canteranno contro di te il grido
di trionfo.
15 Egli ha fatto la terra con la sua potenza,
ha stabilito l'universo con la sua
sapienza
e con la sua intelligenza ha steso i cieli.
16 Quando emette la sua voce c'è tumulto
d'acque in cielo
e fa giungere le nubi dall'estremità
della terra;

lampi per la pioggia egli produce
ed estrae il vento dai suoi ripostigli.
17 Si stupisce ogni uomo perché non
comprende,
arrossisce ogni orefice per l'idolo,
perché menzogna sono le sue fusioni:
non hanno spirito;
18 vanità sono, opera da buffoni;
nel tempo del loro castigo periranno.
19 Non com'essi è l'eredità di Giacobbe,
perché Creatore di tutto è lui
e Israele lo scettro della sua eredità:
Signore degli eserciti è il suo nome!

Il martello e il monte

20 «Un martello tu fosti per me, strumento
di guerra;
io martellavo con te le nazioni
e distruggevo con te i regni;
21 io martellavo con te cavallo e cavaliere,
io martellavo con te carro e cocchiere,
22 io martellavo con te uomo e donna,
io martellavo con te vecchio e giovane,
io martellavo con te giovane e vergine,
23 io martellavo con te il pastore e il suo
gregge,
io martellavo con te il contadino e i suoi
buoi,
io martellavo con te governatori
e comandanti.

24Ma io ripagherò Babilonia e tutti gli abitanti della Caldea per tutto il male che hanno fatto contro Sion sotto i vostri occhi. Oracolo del Signore.

25 Eccomi a te, montagna della distruzione,
oracolo del Signore,
tu che distruggi ogni paese:
io ho posto le mie mani su di te,
ti rotolerò dalle rocce
e ti ridurrò a una montagna bruciata,
26 cosicché non prendano da te mattone
d'angolo
né pietra da fondazione
perché tu sarai una rovina per sempre.
Oracolo del Signore».

Verso la fine della catastrofe

27 «Elevate un vessillo nel paese,
suonate la tromba tra le nazioni;
santificate, contro di essa, le nazioni,
convocate contro di essa i regni:
Araràt, Minnì e Aschenàz.

Stabilite contro di essa generali,
spronate i cavalli come locuste pelose.

28Contro di essa preparate le nazioni: il
re di Media, i suoi governatori e i suoi comandanti e tutti i paesi del suo dominio.

29 Così tremerà il paese e si contorcerà
perché si sono realizzati contro
Babilonia i progetti del Signore
di rendere il paese di Babilonia
una devastazione, senza abitanti.
30 Rifiutano, gli eroi di Babilonia,
di combattere,
si ritirano nelle fortezze;
è venuta meno la loro forza,
sono divenuti come donne;
hanno incendiato le sue abitazioni,
sono state spezzate le sue sbarre.
31 Corriere incontro al corriere corre
e messaggero incontro al messaggero
per annunziare al re di Babilonia
che è stata presa la sua città da ogni
parte;
32 che i guadi sono occupati
e gli stagni bruciano nel fuoco
e gli uomini di guerra impazziscono.
33 Sì, così dice il Signore degli eserciti,
Dio d'Israele:
la figlia di Babilonia è come un'aia
nel tempo della sua trebbiatura,
ancora un poco e arriverà per essa
il tempo della mietitura».

Vendetta del Signore

34 «Mi ha divorato, m'ha messo in rotta,
Nabucodònosor, re di Babilonia,
m'ha ridotto un vaso vuoto;
m'ha inghiottito come un coccodrillo,
ha riempito il suo ventre con le mie
ricchezze;
m'ha scacciato.
35 "Il mio strazio e la mia disgrazia siano
su Babilonia",
dice l'abitante di Sion,
"il mio sangue sugli abitanti
della Caldea",
dice Gerusalemme.
36 Perciò, così dice il Signore:
Ecco: io difenderò la tua causa,
io ti vendicherò;
farò prosciugare il suo mare
e farò inaridire la sua sorgente.
37 Sarà ridotta Babilonia a mucchi di pietre,
abitazione di sciacalli,

devastazione e fischio, senza abitante.
38 Insieme, come leoncelli ruggiscono,
ringhiano come cuccioli di leoni.
39 Hanno caldo? Preparerò loro
una bevanda,
li ubriacherò affinché facciano festa,
e poi dormano un sonno perpetuo
sicché non si risveglino più.
Oracolo del Signore.
40 Li farò scendere come agnelli al macello,
come montoni insieme ai becchi».

Elegia su Babilonia

41 «Come è stata presa Sesàc
e conquistata la gloria di tutta la terra!
Come è divenuta un luogo devastato
Babilonia tra le nazioni!
42 È giunto fino a Babilonia il mare,
con la fiumana delle sue onde
l'ha ricoperta.
43 Le sue città sono diventate
una distruzione,
terreno arido e steppa,
dove non abita più nessuno né vi passa
figlio d'uomo».

Visita agli idoli

44 «Io castigherò Bel in Babilonia
ed estrarrò ciò che ha ingoiato dalla sua
bocca;
non affluiranno più ad esso le nazioni.
Persino il muro di Babilonia è caduto.
45 Esci di mezzo ad essa, o popolo mio,
e salvi ognuno se stesso
dall'ardore dell'ira del Signore!

46Non si turbi il vostro cuore e non temete per la notizia che è stata udita nel paese;
infatti un anno giunge una notizia e l'anno
dopo un'altra notizia. Ci sarà violenza nel
paese e dominatore contro dominatore.
47Perciò, ecco: verranno giorni e io castigherò gli idoli di Babilonia e tutto il suo territorio si vergognerà e tutti i suoi feriti cadranno in mezzo ad essa. 48Gioiranno su
Babilonia cieli e terra e tutto ciò che è in
essi, perché dal nord verranno contro di essa i devastatori, oracolo del Signore. 49An-

---

36. *Il suo mare*: l'Eufrate alimentava stagni e canali
intorno a Babilonia e formava vasti laghi d'acqua a difesa della città.
41. *Sesàc*, nome cabalistico di Babilonia, già trovato
in 25,26.

che Babilonia è destinata a cadere a causa
dei feriti d'Israele, come per Babilonia sono
caduti i feriti di tutta la terra. [50]O voi, sfuggiti alla spada, andate, non vi arrestate! Da
lontano ricordatevi del Signore e Gerusalemme torni alla vostra mente. [51]Ci vergogniamo perché abbiamo udito l'oltraggio;
l'ignominia copre il nostro volto perché
stranieri sono entrati nel santuario della casa del Signore.

[52]Perciò, ecco che vengono giorni, oracolo del Signore, in cui io castigherò i suoi
idoli, e per tutto il suo territorio gemerà il
ferito. [53]Quand'anche Babilonia salisse al
cielo e quand'anche rendesse inaccessibile
l'altezza della sua fortificazione, da parte
mia verranno devastatori contro di essa.
[54]Una voce straziante si ode da Babilonia e
un grande scempio dal paese dei Caldei,
[55]perché il Signore sta devastando Babilonia
e fa sparire da essa il grande rumore: tumultuano le loro onde come acque abbondanti,
si trasforma in strepito la loro voce. [56]Infatti
è venuto contro di essa, contro Babilonia,
un devastatore e sono stati presi i suoi eroi;
si sono spezzati i loro archi. Perché Dio di
retribuzione è il Signore: ripaga completamente! [57]Ubriacherò i suoi prìncipi e i suoi
sapienti, i suoi governatori, i suoi comandanti e i suoi eroi; dormiranno un sonno
perpetuo e non si desteranno più». Oracolo
del re, il cui nome è Signore degli eserciti.

Babilonia è rasa al suolo

[58] Così dice il Signore degli eserciti:
«Le larghe mura di Babilonia
saranno interamente smantellate
e le sue alte porte nel fuoco arderanno.
Si affaticarono i popoli per nulla
e le nazioni in favore del fuoco
si stancano».

La profezia è gettata nell'Eufrate. - [59]Que-
sto è l'ordine che dette il profeta Geremia a
Seraià, figlio di Neria, figlio di Maasià,
quando questi andò con Sedecia, re di Giuda, in Babilonia, nell'anno quarto del suo
regno. Seraià era capo degli alloggiamenti.
[60]Geremia aveva scritto tutta la sventura
che sarebbe arrivata contro Babilonia, in un

solo rotolo: tutte queste cose scritte contro
Babilonia.
[61]Quindi Geremia disse a Seraià: «Quando arriverai a Babilonia, fa' attenzione a leggere tutte queste parole. [62]Dirai: "Tu, Signore, hai parlato contro questo luogo per
distruggerlo, affinché non vi sia più in esso
abitante, dall'uomo al bestiame, perché dovrà essere un luogo devastato in perpetuo".
[63]Quando avrai terminato di leggere questo
libro, legherai su di esso una pietra e lo getterai in mezzo all'Eufrate, [64]dicendo: "Così
affonderà Babilonia e non si rialzerà più, a
causa della sventura che io sto per addurre
contro di essa"».
Fin qui le parole di Geremia.

APPENDICE STORICA

52 **Caduta di Gerusalemme.** - [1]Sedecia
aveva ventun anni quando cominciò
a regnare, e regnò undici anni in Gerusalemme. Il nome di sua madre era Camithal,
figlia di Geremia di Libna. [2]Egli agì male
agli occhi del Signore, secondo tutto ciò
che aveva fatto Ioiakìm. [3]Ciò avvenne in
Gerusalemme e Giuda a causa dell'ira del
Signore, fino al punto che egli le rigettò dalla sua presenza.

Sedecia si ribellò contro il re di Babilonia.
[4]Or nell'anno nono del suo regno, nel mese
decimo, il dieci del mese, Nabucodònosor,
re di Babilonia, con tutto il suo esercito, arrivò contro Gerusalemme e si accamparono
contro di essa e la circondò con opere d'assedio tutto all'intorno. [5]Così la città rimase
assediata fino al decimoprimo anno del regno di Sedecia. [6]Nel mese quarto, il nove
del mese, la fame s'impadronì della città e
non ci fu cibo per il popolo del paese. [7]Allo-
ra fu aperta una breccia nella città e tutti gli
uomini di guerra fuggirono, uscendo dalla
città di notte, attraverso la Porta tra i due
muri che è presso il Giardino del re, mentre i Caldei circondavano la città all'intorno, e se ne andarono verso l'Araba. [8]Però le
truppe dei Caldei inseguirono il re e raggiunsero Sedecia nell'Araba di Gerico,
mentre tutto il suo esercito si disperse abbandonandolo. [9]Presero il re e lo condussero in Ribla, nel territorio di Amat, al re di
Babilonia che istituì un giudizio contro di
lui. [10]Il re di Babilonia scannò i figli di Sedecia sotto i suoi occhi, e in Ribla scannò
anche tutti i capi di Giuda. [11]Poi il re di Ba-

52. - [1.] Questo capitolo, che può chiamarsi la conclusione delle profezie di Geremia in quanto le mostra avverate, è un'aggiunta d'altra mano che ripete
quasi alla lettera i cc. 24-25 di 2Re.

bilonia accecò gli occhi di Sedecia, lo legò con catene, lo fece deportare in Babilonia e lo mise in prigione fino al giorno della sua morte.

¹²Nel mese quinto, il dieci del mese, cioè l'anno decimonono del re Nabucodònosor, re di Babilonia, arrivò Nabuzaradàn, capo della guardia, che stava alla presenza del re di Babilonia, in Gerusalemme. ¹³Bruciò la casa del Signore e la casa del re e tutte le case di Gerusalemme e bruciò con il fuoco tutte le case dei grandi. ¹⁴Indi tutto l'esercito dei Caldei che era con il capo della guardia abbatté le mura attorno a Gerusalemme. ¹⁵E Nabuzaradàn, capo della guardia, deportò parte dei poveri del popolo e il resto del popolo che era rimasto nella città e i disertori che erano passati al re di Babilonia e il resto della folla. ¹⁶Parte dei poveri del paese, invece, Nabuzaradàn, capo della guardia, li lasciò come vignaioli e contadini.

¹⁷I Caldei spezzarono le colonne di bronzo che erano nella casa del Signore e le basi e il mare di bronzo che era nella casa del Signore e asportarono tutto il bronzo in Babilonia. ¹⁸Presero anche le caldaie, le palette, i coltelli, i bacini, le coppe e tutti gli utensili di bronzo di uso liturgico. ¹⁹Il capo della guardia prese pure i bicchieri, i bracieri, i bacili, le caldaie, i candelabri, le coppe e i calici, quelli in oro e quelli in argento. ²⁰Quanto alle due colonne, all'unico mare, ai dodici buoi di bronzo, che stavano sotto di esso, alle basi, cose che fece il re Salomone per la casa del Signore, non si poteva pesare il bronzo di tutti questi utensili. ²¹L'altezza di ogni colonna era di diciotto cubiti e un filo di dodici cubiti poteva circondarla; il suo spessore era di quattro dita; all'interno era vuota. ²²Il capitello che la sormontava era di bronzo e l'altezza di un capitello era di cinque cubiti; una rete e melagrane stavano attorno al capitello, il tutto di bronzo; e come questa era anche la seconda colonna con melagrane. ²³Le melagrane erano

novantasei, pendenti. Il totale delle melagrane era di cento sulla rete all'intorno.

²⁴Il capo della guardia prese anche Seraià, sacerdote-capo, e Sefania, sacerdote in seconda, e tre custodi della soglia. ²⁵Inoltre dalla città prese un eunuco, che era preposto agli uomini di guerra, e sette uomini tra i più familiari del re, che furono trovati in città, lo scriba-capo dell'esercito che arruolava il popolo del paese e sessanta uomini del popolo del paese, trovati in mezzo alla città. ²⁶Nabuzaradàn, capo della guardia, li prese e li fece portare dal re di Babilonia in Ribla.

²⁷Il re di Babilonia li fece battere e morire in Ribla, nel territorio di Amat.

Così fu deportato Giuda lontano dalla sua terra.

Sommario dei deportati. - ²⁸Questo è il popolo che Nabucodònosor deportò nell'anno settimo: tremilaventitré Giudei. ²⁹Nell'anno diciottesimo di Nabucodònosor: da Gerusalemme ottocentotrentadue persone. ³⁰Nell'anno ventesimoterzo di Nabucodònosor, Nabuzaradàn, capo della guardia, deportò settecentoquarantacinque Giudei: in tutto quattromilaseicento persone.

Sorte del re Ioiachìn. - ³¹Nell'anno trentasettesimo della deportazione di Ioiachìn, re di Giuda, nel dodicesimo mese, il venticinque del mese, Evil-Merodàch, re di Babilonia, nell'anno della sua intronizzazione, graziò Ioiachìn, re di Giuda e lo fece uscire dalla prigione. ³²Parlò con lui con benignità e collocò il suo seggio al di sopra del seggio dei re che erano con lui in Babilonia. ³³Mutò anche i vestiti della sua prigionia e Ioiachìn mangiò il pane con lui per sempre, tutti i giorni della sua vita. ³⁴Come suo sostentamento gli fu dato un sostentamento continuo da parte del re di Babilonia con razione giornaliera, fino al giorno della sua morte, tutti i giorni della sua vita.

LAMENTAZIONI

Sono cinque poemetti appartenenti al genere letterario del lamento, sia individuale che collettivo.

La traduzione greca dei Settanta li inserì come aggiunta al libro di Geremia: di qui il titolo che ancora mantengono di Lamentazioni di Geremia. Non sono da attribuirsi a Geremia, quanto piuttosto alla minuscola comunità dei rimasti in Giuda, che li cantava nelle celebrazioni penitenziali.

I cinque poemetti delle Lamentazioni ebbero origine dopo la distruzione di Gerusalemme, 586 a.C. Essi descrivono la situazione disastrosa in cui si trova la città distrutta, ma al tempo stesso si aprono alla speranza in Dio «ricco di misericordia per l'anima che lo cerca» (3,25).

1 Prima lamentazione

Alef — [1]Come mai siede solitaria
la città grande di popolo?
È divenuta come vedova
la grande fra le genti!
La principessa fra le province
è divenuta tributaria!

Bet — [2]Piange, piange nella notte
e le sue lacrime sono sulle sue guance.
Non ha un consolatore
fra tutti i suoi amanti;
tutti i suoi amici l'hanno tradita,
le sono diventati nemici!

Ghimel — [3]Giuda è partito in esilio
    per miseria
e per grande schiavitù;
abita fra le genti,
non trova mai riposo;

tutti i suoi persecutori l'hanno raggiunto
fra le gole anguste.

Dalet — [4]Le strade di Sion sono in lutto
e non si celebrano più feste.
Tutte le sue porte sono deserte,
i suoi sacerdoti sono in gemito,
le sue vergini addolorate
ed essa vive nell'amarezza.

He — [5]I suoi oppressori hanno il dominio,
i suoi nemici sono fortunati:
perché il Signore l'ha afflitta
a causa dei molti suoi peccati.
I suoi bambini sono andati schiavi
dinanzi all'avversario.

Vau — [6]È scomparso dalla figlia di Sion
tutto il suo splendore,
i suoi prìncipi sono divenuti come cervi
che non trovano pascolo;
marciavano senza vigore
dinanzi al persecutore.

Zain — [7]Gerusalemme ricorda i giorni
della sua miseria e del suo errare,
tutti i suoi beni preziosi
che possedeva da giorni antichi;
ricorda quando cadeva il suo popolo
nella mano del nemico
e non vi era soccorritore per lei.

---

1. - [1.] Ogni versetto comincia, nel testo originale, con una lettera dell'alfabeto ebraico. *Come mai siede solitaria*: queste parole danno il tono alla prima elegia, in cui Gerusalemme è rappresentata come una regina vedova e sola mentre piange le sue sventure.

L'hanno vista gli avversari,
hanno riso della sua distruzione!

Het — ⁸Ha peccato, ha peccato
  Gerusalemme,
per questo è divenuta cosa immonda;
tutti quelli che l'onoravano
  la disprezzano,
perché hanno visto la sua nudità;
anch'essa sta gemendo
e si volge indietro.

Tet — ⁹La sua impurità è sulle sue frange,
non ha sospettato del suo avvenire;
è caduta in modo sorprendente,
senza che alcuno la consoli.
«Guarda, Signore, la mia miseria,
perché il nemico s'insuperbisce».

Jod — ¹⁰L'avversario ha steso la sua
  mano
su tutti i suoi tesori;
ella ha visto i pagani
entrare nel suo santuario,
per i quali tu avevi ordinato:
«Non entreranno nella tua assemblea».

Kaf — ¹¹Tutto il suo popolo è di gementi,
cercatori di pane;
dànno i loro gioielli per pane,
per riprendere la vita.
«Guarda, Signore, e fissa lo sguardo,
perché sto divenendo spregevole!».

Lamed — ¹²O voi tutti che passate
  sulla via,
fissate lo sguardo e vedete
se v'è dolore simile al dolore mio,
quello che mi è stato inflitto,
quello con cui il Signore mi tormenta
nel giorno dell'ardore della sua ira!

Mem — ¹³Dall'alto ha scagliato un fuoco,
l'ha fatto scendere nelle mie ossa,
ha teso una rete ai miei piedi,
m'ha fatto cadere all'indietro,
m'ha reso come una donna desolata,
una che soffre tutto il giorno.

Nun — ¹⁴Ha vegliato sui miei peccati,
nella sua mano sono intrecciati:
essi gravano sul mio collo;
ha fatto vacillare la mia forza.
Il Signore m'ha consegnato nelle loro
  mani:
non posso più rialzarmi.

Samech — ¹⁵Ha ripudiato tutti i miei forti
il Signore in mezzo a me;
ha convocato contro di me un'assemblea
  di nemici,
per fiaccare i miei giovani;
un torchio ha pigiato il Signore
per la vergine figlia di Giuda.

Ain — ¹⁶Per queste cose io piango,
il mio occhio, l'occhio mio si scioglie
  in lacrime,
perché è lontano da me il consolatore,
che mi renda la vita;
i miei figli sono desolati,
perché il nemico è stato più forte.

Pe — ¹⁷Sion tende le sue mani:
nessun consolatore per lei!
Il Signore ha disposto per Giacobbe
che i suoi vicini divenissero suoi nemici:
Gerusalemme è diventata in mezzo a loro
come una cosa impura.

Sade — ¹⁸Il Signore è giusto,
perché sono stata ribelle alle sue parole.
Oh, ascoltate, o popoli tutti,
vedete il mio dolore:
le mie vergini e i miei giovani
sono partiti per l'esilio!

Qof — ¹⁹Ho chiamato i miei amanti:
essi mi hanno ingannata!
I miei sacerdoti e i miei anziani
sono spirati nella città
mentre cercavano cibo
per riprendere la vita.

Res — ²⁰Vedi, Signore, quanto è grande
  la mia angoscia,
le mie viscere fremono.
Il mio cuore è sconvolto in me,
perché ribelle sono stata io!
All'esterno la spada mi priva dei figli,
in casa è come la morte!

Sin — ²¹Senti come io gemo,
nessuno che mi consoli!

---

¹⁶. *Il consolatore* è Dio, l'unico che potesse dare
conforto e sollievo: ma proprio lui ha castigato il suo
popolo.
¹⁹. *I miei amanti*: i popoli pagani nei quali aveva
sperato.
²¹. *Il giorno... ordinato* è quello del castigo per le
nazioni pagane, predetto praticamente da tutti i profeti (cfr. Is 30,27-33; 33,1-14; Ger 46-51).

Tutti i miei nemici hanno udito la mia
   sciagura,
hanno gioito, perché tu l'hai procurata!
Fa' che venga il giorno che tu hai ordinato,
e divengano simili a me!

Tau — ²²Giunga tutta la loro malizia
   dinanzi a te
e opera con loro
come hai operato con me
per tutte le mie colpe.
Molti sono i miei lamenti,
e il mio cuore languisce!

2 Seconda lamentazione

Alef — ¹Come mai ha oscurato nella sua
   ira
il Signore la figlia di Sion?
Ha scaraventato dal cielo alla terra
la maestà d'Israele!
Non si è ricordato dello sgabello dei suoi
   piedi
nel giorno del suo furore.

Bet — ²Il Signore ha inghiottito
   senza pietà
tutti i pascoli di Giacobbe;
ha demolito nel suo furore
le fortezze della figlia di Giuda,
ha gettato a terra, profanato
il regno e i suoi prìncipi.

Ghimel — ³Ha infranto nell'ardore dell'ira
tutta la potenza d'Israele,
ha ritirato la sua destra
dinanzi all'avversario,
ha acceso contro Giacobbe come
   un fuoco,
una fiamma che divora intorno.

Dalet — ⁴Ha teso il suo arco come
   un nemico,
irrobustito la sua destra come
   un avversario.
Ha ucciso ogni cosa che affascina
   gli occhi.
Nella tenda della figlia di Sion
ha divampato come fuoco il suo furore.

He — ⁵Il Signore s'è fatto come nemico,
ha inghiottito Israele!
Ha inghiottito tutti i suoi palazzi,
distrutto le sue fortezze,

ha moltiplicato alla figlia di Giuda
la lamentazione e il lamento.

Vau — ⁶Ha violato la sua dimora simile
   a un giardino,
rovinato il luogo delle sue assemblee;
il Signore ha fatto dimenticare in Sion
festa e sabato,
e ha riprovato nel furore della sua ira
re e sacerdote.

Zain — ⁷Il Signore ha avuto in disgusto
   il suo altare
e aborrito il suo santuario;
ha consegnato in mano al nemico
le mura dei suoi palazzi:
grida alzarono nella casa del Signore
come in giorno di festa.

Het — ⁸Il Signore ha deciso di distruggere
il muro della figlia di Sion;
ha teso la fune: non ha ritirato
la sua mano dal distruggere;
ha reso tristi baluardo e muro:
si struggono insieme di pena!

Tet — ⁹Le sue porte sono infossate
   nella terra:
ha demolito e infranto le sue sbarre;
il suo re e i suoi prìncipi sono
   fra i pagani,
non vi è più legge!
Neppure i suoi profeti ricevono
visione dal Signore.

Jod — ¹⁰Siedono per terra, muti,
gli anziani della figlia di Sion;
hanno gettato polvere sulla loro testa,
si sono cinti di sacchi;
hanno piegato a terra il loro capo
le vergini di Gerusalemme.

Kaf — ¹¹Si consumano di lacrime i miei
   occhi,
fremono le mie viscere;
si scioglie per terra il mio fegato
per la ferita della figlia del mio popolo,
allo svenire di bimbi e lattanti
lungo le piazze della città.

Lamed — ¹²Alle loro mamme dicevano:
«Dov'è il grano e il vino?»,
mentre svenivano come feriti
nelle piazze della città
ed esalavano le loro anime
al seno delle loro mamme.

Mem — ¹³A che cosa ti rassomiglierò?
A che uguagliarti,
o figlia di Gerusalemme?
A chi ti paragonerò, per consolarti,
o vergine figlia di Sion?
Perché è vasta come il mare la tua ferita:
chi potrà guarirti?

Nun — ¹⁴I tuoi profeti hanno avuto
     visioni per te
d'illusione e di vanità,
e non hanno svelato il tuo peccato,
per allontanare da te l'esilio;
ma hanno visto per te oracoli
d'illusione e di seduzione.

Samech — ¹⁵Battono le mani contro di te
tutti quelli che passano per strada;
fischiano e scuotono la testa
contro la figlia di Gerusalemme:
«È questa la città della quale si dice:
"La tutta bella, la delizia di tutta
     la terra"!».

Pe — ¹⁶Spalancano contro di te la loro
     bocca
tutti i tuoi nemici;
fischiano e digrignano i denti;
dicono: «L'abbiamo inghiottita!
È certo questo il giorno che
     attendevamo,
l'abbiamo trovato, lo vediamo!».

Ain — ¹⁷Ha fatto il Signore ciò che
     aveva deciso:
ha adempiuto la sua parola
che aveva decretato dai giorni antichi:
ha demolito e non ha avuto pietà.
Ha rallegrato contro di te il nemico
e innalzata la potenza dei tuoi avversari.

Sade — ¹⁸Grida col tuo cuore al Signore,
o vergine figlia di Sion;
fa' scorrere come torrente le lacrime
giorno e notte!
Non dare riposo a te stessa,
non taccia la pupilla del tuo occhio!

Qof — ¹⁹Sorgi, grida nella notte,
al principio delle veglie notturne;
effondi come acqua il tuo cuore
davanti al volto del Signore;
alza a lui le tue mani,
per la vita dei tuoi fanciulletti
che svengono per fame
all'imbocco di tutte le strade!

Res — ²⁰Guarda, Signore, e fissa
     lo sguardo:
chi hai trattato in questo modo?
Dovevano le donne mangiare i loro
     frutti,
i bimbi, che si cullano sulle braccia?
Dovevano essere uccisi nel santuario
     del Signore
il sacerdote e il profeta?

Sin — ²¹Giacquero per terra, nelle strade,
il fanciullo e l'anziano,
le mie vergini e i miei giovani
sono caduti di spada.
Hai ucciso in giorno di tua collera,
hai trucidato senza pietà!

Tau — ²²Hai convocato come in giorno
     di festa
quelli che attorno mi fanno paura;
non vi è stato nel giorno dell'ira
     del Signore
scampato o superstite;
quelli che ho tenuto in braccio
     e allevati
il mio nemico li ha sterminati!

3 Terza lamentazione

Alef — ¹Io sono l'uomo che ha visto
     la miseria
sotto la verga del suo furore.
² Mi ha guidato e fatto camminare
in tenebra e non in luce.
³ Sì, contro di me volge e rivolge
la sua mano tutto il giorno.

Bet — ⁴Ha disfatto la mia carne
     e la mia pelle,
ha spezzato le mie ossa.
⁵ Ha fabbricato contro di me
     e mi ha avvolto
di veleno e di amarezza.
⁶ In luoghi tenebrosi m'ha fatto abitare
come i morti da tempo.

Ghimel — ⁷Ha innalzato un muro attorno
     a me: non posso uscire,
ha appesantito la mia catena.
⁸ Anche se gridassi e implorassi,
egli soffoca la mia preghiera.
⁹ Ha murato le mie strade con massi
     tagliati,
ha deviato i miei sentieri.

Dalet — [10]Orso in agguato è stato per me,
un leone nei nascondigli.
[11] Le mie strade ha deviato,
m'ha dilaniato,
m'ha fatto oggetto di desolazione.
[12] Ha teso il suo arco e m'ha posto
come bersaglio alla freccia.

He — [13]Ha conficcato nei miei reni
le frecce della sua faretra.
[14] Sono diventato il riso di tutto il mio
popolo,
la sua canzone di tutto il giorno.
[15] Mi ha saziato con erbe amare
e dissetato con assenzio.

Vau — [16]Mi ha spezzato i denti
nella ghiaia,
m'ha fatto cadere nella polvere.
[17] E si è allontanata dalla pace l'anima mia,
ho dimenticato la felicità.
[18] Ho detto: «È svanito il mio vigore
e la mia speranza nel Signore!».

Zain — [19]Ricordare la mia miseria
e il mio vagare
è assenzio e veleno!
[20] Ricorda, ricorda e si piega
su se stessa l'anima mia.
[21] Questo io richiamo in cuor mio,
perché io possa sperare.

Het — [22]Le grazie del Signore
non sono finite,
non sono esauriti i suoi atti
di compassione.
[23] Si rinnovano ogni mattino:
grande è la sua fedeltà!
[24] «Mia parte è il Signore, dice la mia
anima,
per questo spero in lui».

Tet — [25]Buono è il Signore per chi spera
in lui,
per l'anima che lo cerca.
[26] Buona cosa è attendere, e in silenzio,
la salvezza del Signore.
[27] Buona cosa è per l'uomo,
portare un giogo nella sua giovinezza.

Jod — [28]Sieda in disparte e taccia,
quando egli l'avrà posto su di lui.
[29] Metta nella polvere la sua bocca:
forse vi è ancora speranza!
[30] Offra, a chi lo percuote, la guancia,
si sazi di obbrobrio!

Caf — [31]Perché il Signore non allontana
per sempre
i figli dell'uomo.
[32] Perché, se affligge, ha pietà,
secondo la grandezza delle sue grazie.
[33] Perché non di buon cuore umilia
e affligge i figli dell'uomo.

Lamed — [34]Quando uno calpesta sotto
i suoi piedi
tutti i prigionieri di un paese,
[35] quando uno perverte il diritto
d'un uomo,
dinanzi al volto dell'Altissimo,
[36] quando uno fa torto a un uomo
nel suo processo, il Signore non vede?

Mem — [37]Chi disse una cosa e fu fatta?
Non l'ha forse comandata il Signore?
[38] Dalla bocca dell'Altissimo
non procedono
i mali e i beni?
[39] Perché si lamenta l'uomo,
l'uomo che vive malgrado i suoi peccati?

Nun — [40]Investighiamo le nostre vie
e scrutiamole,
torniamo al Signore!
[41] Eleviamo il nostro cuore sulle mani
al Dio che è nei cieli!
[42] Noi abbiamo peccato, siamo stati ribelli
e tu non hai perdonato.

Samech — [43]Ti sei avvolto di furore
e ci hai inseguito,
hai ucciso: non hai avuto pietà!
[44] Ti sei avvolto in una nube,
perché non passasse la preghiera.
[45] Spazzatura e rifiuto ci hai resi
in mezzo ai popoli.

Pe — [46]Hanno spalancato contro di noi
la loro bocca
tutti i nostri nemici.
[47] Terrore e fossa sono stati per noi,
sterminio e rovina.
[48] Il mio occhio gronda rivi di lacrime
per la rovina della figlia del mio popolo.

Ain — [49]L'occhio mio si discioglie
e non ha sosta:
non ha sollievo,
[50] fino a quando il Signore
guardi e veda dai cieli.
[51] L'occhio mio tormenta la mia anima
alla vista delle figlie della mia città.

Sade — ⁵²Mi hanno dato la caccia come
   a un uccello,
quelli che mi odiano senza motivo.
⁵³ Hanno buttato nella fossa la mia vita
e gettato pietre su di me.
⁵⁴ Le acque hanno sommerso il mio capo;
ho detto: «Sono perduto!».

Qof — ⁵⁵Ho gridato il tuo nome, Signore,
dalla fossa più profonda.
⁵⁶ La mia voce hai udito: «Non chiudere
il tuo orecchio al mio grido!».
⁵⁷ Ti sei accostato, quando ti ho chiamato;
mi hai detto: «Non temere!».

Res — ⁵⁸Hai difeso, Signore, la mia causa,
hai riscattato la mia vita.
⁵⁹ Hai visto, Signore, la mia umiliazione:
difendi il mio diritto!
⁶⁰ Hai visto tutte le loro vendette,
tutti i loro complotti contro di me.

Sin — ⁶¹Hai udito i loro insulti, Signore,
tutti i loro complotti contro di me,
⁶² le labbra dei miei aggressori e i loro
   disegni
contro di me tutto il giorno.
⁶³ Sèggano o si alzino, tu osservali:
io sono la loro canzone!

Tau — ⁶⁴Rendi loro la ricompensa,
   Signore,
secondo l'opera delle loro mani.
⁶⁵ Da' loro durezza di cuore,
la tua maledizione su di loro.
⁶⁶ Perséguitali nell'ira e stèrminali
da sotto i tuoi cieli, o Signore!

4 Quarta lamentazione

Alef — ¹Come mai s'è annerito l'oro,
s'è offuscato l'oro più puro,
disperse le pietre sacre
all'imbocco di tutte le strade?

Bet — ²I figli di Sion, i preziosi,
i valutati a prezzo d'oro fino,
come mai sono stimati vasi d'argilla,
lavoro di mani di vasaio?

Ghimel — ³Pure gli sciacalli porgono
   la mammella
e allattano i loro piccoli;
la figlia del mio popolo s'è fatta crudele
come gli struzzi nel deserto!

Dalet — ⁴S'è incollata la lingua
   del lattante
al suo palato per la sete;
i bambini domandavano pane
e non v'era chi lo spezzasse loro.

He — ⁵Quelli che mangiavano cibi
   deliziosi
languivano per le strade;
quelli ch'erano allevati sulla porpora
abbracciavano letame!

Vau — ⁶Oh, fu grande la colpa
della figlia del mio popolo,
più del peccato di Sodoma,
che fu sconvolta in un momento
senza che mani le si avventassero
   contro!

Zain — ⁷I suoi giovani erano più puri
   della neve,
erano più candidi del latte,
più rossa dei coralli la loro carne,
la loro figura era zaffiro.

Het — ⁸S'è oscurato più della notte
   il loro aspetto,
non si riconoscono più nelle strade;
s'è aggrinzita la loro pelle sulle loro ossa,
è diventata secca come legno.

Tet — ⁹Più fortunati sono gli uccisi
   di spada
che i morti per la fame,
che svenivano, estenuati,
per mancanza di frutti del campo.

Jod — ¹⁰Mani di donne pur tenerissime
hanno cotto i loro nati,
fàttisi cibo per loro
nella rovina della figlia del mio popolo.

Kaf — ¹¹Ha sfogato il Signore il suo furore,
versato l'ardore della sua ira;
ha acceso un fuoco contro Sion,
che ha divorato le sue fondamenta.

---

4. - ³. Per l'angustia e il tormento della fame, non
avendo più latte, le mamme lasciavano languire i loro
piccini. Lo *struzzo*, che abbandona le uova al calore
del sole, è preso come simbolo delle madri snaturate.
⁵. Il contrasto è stridente: anche quelli abituati alla
vita più comoda e ricca devono ora avidamente cercare nei rifiuti qualcosa per non morire di fame!

Lamed — ¹²Non credevano i re della terra
e tutti gli abitanti del mondo
che sarebbero entrati avversario
e nemico
per le porte di Gerusalemme.

Mem — ¹³È stato per i peccati dei suoi
profeti
e per le iniquità dei suoi sacerdoti,
che avevano versato in mezzo ad essa
il sangue dei giusti.

Nun — ¹⁴Barcollavano come ciechi
per le strade
sporchi di sangue;
no, non si poteva neppure
toccare le loro vesti.

Samech — ¹⁵«Scostatevi! Immondi!»
si gridava loro:
«Scostatevi, scostatevi! Non toccate!».
Fuggivano e andavano errando
fra le genti,
senza tenere fissa dimora.

Pe — ¹⁶Il volto del Signore li ha dispersi,
non continuerà più a guardarli!
Non si è avuto riguardo per i sacerdoti,
non si è avuto pietà degli anziani.

Ain — ¹⁷Si consumavano i nostri occhi
nell'attesa di un vano soccorso.
Dalle nostre vedette scrutavamo
una gente che non può salvare.

Sade — ¹⁸Osservavano i nostri passi,
perché non ci recassimo sulle nostre
piazze;
prossima è la nostra fine, compiuti
i nostri giorni,
sì, è giunta la nostra fine.

Qof — ¹⁹Più veloci sono stati i nostri
persecutori

che le aquile del cielo;
ci hanno inseguito sui monti
e teso inganni nel deserto.

Res — ²⁰Il soffio delle nostre narici,
l'Unto del Signore,
è stato catturato nelle loro fosse,
lui del quale dicevamo: «Alla sua ombra
noi vivremo fra le genti».

Sin — ²¹Rallégrati ed esulta, figlia
di Edom,
tu che siedi nella terra di Uz!
Anche a te passerà il calice:
ti ubriacherai e ti denuderai!

Tau — ²²È stata espiata la tua colpa, figlia
di Sion:
non continuerà più a mandarti in esilio;
ha visitato la tua iniquità, o figlia
di Edom:
ha svelato i tuoi peccati!

5 Quinta lamentazione

¹ Ricordati, Signore, di quanto
ci è accaduto,
guarda e vedi il nostro ludibrio!
² La nostra eredità è passata a stranieri,
le nostre case a sconosciuti.
³ Orfani siamo diventati, senza padre,
le nostre madri sono come vedove.
⁴ Beviamo la nostra acqua a prezzo
d'argento,
acquistiamo a pagamento la nostra legna.
⁵ Con un giogo sul collo siamo inseguiti:
siamo esausti e non ci è dato riposo.
⁶ All'Egitto abbiamo teso la mano,
all'Assiria, per saziarci di pane.
⁷ I nostri padri hanno peccato
e non sono più,
a noi sono addossate le loro colpe.
⁸ Schiavi signoreggiano su di noi,
nessuno può strapparci dalle loro mani.
⁹ A rischio della nostra vita ci procuriamo
il pane
dinanzi alla spada del deserto.
¹⁰ La nostra pelle s'è screpolata come
un forno
per l'ardore della fame.
¹¹ Alle donne hanno fatto oltraggio
in Sion,
alle vergini nella città di Giuda.
¹² Hanno impiccato i nobili con le loro
mani,
non è stato onorato il volto dei vegliardi.

---

¹⁵· Quando s'incontrava per le vie della città un
profeta o un sacerdote, considerati responsabili di così grande calamità per non aver guidato il popolo sulle vie di Dio, li si schivava come persone immonde.
¹⁷· Gli Ebrei assediati avevano sempre la speranza
nell'aiuto dell'esercito egiziano, che tentò, infatti, di
accorrere a prestare soccorso, ma fu sconfitto prima
di arrivare.
5. · ¹⁻²²· Commovente elegia in forma di preghiera,
che degnamente conclude le quattro precedenti. Si
deplorano ancora una volta i mali sofferti (vv. 1-8) invocando misericordia e pietà.

¹³ I giovani sono stati aggiogati alla macina
     di grano,
   i ragazzi sono caduti sotto il carico
     di legna.
¹⁴ I vegliardi hanno cessato di adunarsi
     alla porta,
   i giovani hanno cessato le loro canzoni.
¹⁵ È finita la gioia del nostro cuore:
   s'è volta in lutto la nostra danza.
¹⁶ È caduta la corona dal nostro capo:
   guai a noi che abbiamo peccato!
¹⁷ Per questo s'è ammalato il nostro cuore,
   per questo si sono intorbiditi i nostri
     occhi:

¹⁸ per il monte Sion, che è desolato:
   lo percorrono le volpi.
¹⁹ Ma tu, Signore, resti per sempre,
   il tuo trono è di generazione
     in generazione.
²⁰ Perché ci dimenticherai in eterno?
   Ci abbandonerai per la lunghezza
     dei giorni?
²¹ Facci ritornare a te, Signore,
   e noi ritorneremo,
   rinnova i nostri giorni come in antico!
²² Poiché non ci rigetti definitivamente
   né sei sdegnato oltre misura
     contro di noi.

BARUC

I sei capitoli che costituiscono il libro di Baruc si possono così suddividere: 1,1-14 prologo storico; 1,15 - 3,8 liturgia penitenziale; 3,9 - 4,4 inno sapienziale; 4,5 - 5,9 omelia profetica.
Una tale diversità di materiale e di generi letterari fa pensare a una redazione tardiva di questa raccolta pervenutaci sotto il nome di Baruc, segretario e amico di Geremia. Infatti si pensa al II secolo a.C. Inoltre, pur originariamente scritta in ebraico, questa raccolta ci è pervenuta solo in versione greca, per cui il libro di Baruc è annoverato tra i libri deuterocanonici.
Il c. 6 di Baruc è costituito dalla Lettera di Geremia. È così chiamata per l'affinità che ha con Ger 29, lettera agli esuli, ma la sua redazione è da fissare tra il 250 e il 120 a.C.

1 **Introduzione storica.** - [1]Queste sono le parole del libro che Baruc, figlio di Neria, figlio di Maasìa, figlio di Sedecia, figlio di Asadia, figlio di Chelkìa, scrisse in Babilonia, [2]nell'anno quinto, il sette del mese, al tempo in cui i Caldei presero Gerusalemme e la incendiarono con il fuoco. [3]Baruc lesse le parole di questo libro alla presenza di Ieconia, figlio di Ioiakìm, re di Giuda, e alla presenza di tutto il popolo intervenuto per ascoltare la lettura del libro; [4]alla presenza dei potenti, dei figli del re e degli anziani e alla presenza di tutto il popolo, dal più piccolo al più grande: di tutti coloro, cioè, che dimoravano in Babilonia presso il fiume Sud. [5]Essi piangevano, digiunavano e pregavano dinanzi al Signore. [6]Raccolsero pure un po' di denaro, secondo quanto ciascuno poteva, [7]e lo inviarono a Gerusalemme al sacerdote Ioiakìm, figlio di Chelkìa, figlio di Salòm, agli altri sacerdoti e a tutto il popolo che si trovava con loro in Gerusalemme, [8]quando lo stesso Baruc ricevette i vasi della casa del Signore, che erano stati asportati dal tempio, per riportarli nel paese di Giuda, il dieci di Sivan: erano i vasi d'argento che aveva fatto rifare Sedecia, figlio di Giosia, re di Giuda, [9]dopo che Nabucodònosor, re di Babilonia, aveva deportato da Gerusalemme e

condotto in Babilonia Ieconia, i prìncipi, gli artigiani, i nobili e il popolo del paese.

Esortazione. - [10]Mandarono pure a dire: «Ecco: noi vi rimettiamo un po' di denaro e con esso comprate olocausti, sacrifici per i peccati e incenso; fate un'oblazione e offritela sull'altare del Signore, Dio nostro. [11]Pregate anche per la vita di Nabucodònosor, re di Babilonia, e per la vita di Baldassàr, suo figlio, affinché i loro giorni siano sulla terra come i giorni del cielo; [12]ci dia il Signore forza e illumini i nostri occhi, perché possiamo vivere all'ombra di Nabucodònosor e all'ombra di Baldassàr, suo figlio, così da poterli servire per molti anni e trovare grazia dinanzi a loro. [13]Pregate pure per noi il Signore, nostro Dio, poiché abbiamo peccato contro il Signore, Dio nostro, e fino a questo giorno non si è ritirato lo sdegno del Signore e la sua ira contro di noi.

[14]Leggete, pertanto, questo libro, che noi vi inviamo, facendolo proclamare nella casa del Signore in giorno di festa e in altri giorni opportuni».

Confessione dei peccati. - [15]«Direte dunque:
Al Signore, nostro Dio, la giustizia; a noi, invece, la confusione del volto come in que-

sto giorno, per gli uomini di Giuda e per gli abitanti di Gerusalemme, [16]per i nostri re e per i nostri capi e per i nostri sacerdoti, per i nostri profeti e per i nostri padri, [17]poiché abbiamo peccato dinanzi al Signore, [18]avendo disobbedito a lui e non avendo ascoltato la voce del Signore, Dio nostro, camminando secondo i precetti che il Signore ci aveva messo davanti. [19]Dal giorno in cui il Signore fece uscire i padri nostri dall'Egitto fino a questo giorno siamo stati ribelli contro il Signore, Dio nostro, e siamo stati negligenti nell'ascoltare la voce sua. [20]Perciò ci si sono attaccati i mali e la maledizione che il Signore aveva minacciato a Mosè suo servo nel giorno in cui fece uscire i padri nostri dal paese di Egitto per dare a noi una terra dove scorre latte e miele, come accade in questo giorno. [21]Noi non abbiamo ascoltato la voce del Signore, Dio nostro, in tutte le parole dei profeti che ci ha inviato, [22]bensì abbiamo seguito ognuno i pensieri del proprio cuore malvagio, servendo divinità straniere e facendo il male agli occhi del Signore, Dio nostro.

2 [1]Per questo il Signore ha attuato la sua parola che aveva pronunciato contro di noi e contro i nostri giudici che hanno governato Israele, contro i nostri re e contro i nostri prìncipi, contro gli uomini di Giuda e d'Israele. [2]Non è mai avvenuto sotto il cielo quanto è stato fatto in Gerusalemme, secondo ciò che è scritto nella legge di Mosè, [3]che noi saremmo arrivati a mangiare l'uno la carne del proprio figlio e l'altro la carne della propria figlia. [4]Li ha dati, poi, in potere a tutti i regni che stanno intorno, a scherno e a desolazione tra tutti i popoli fra i quali il Signore li ha dispersi. [5]Divennero schiavi e non padroni, perché peccammo contro il Signore, Dio nostro, per non aver ascoltato la sua voce.

[6]Al Signore, Dio nostro, la giustizia; a noi, invece, e ai nostri padri, il rossore dei volti come avviene oggi. [7]I mali che il Signore aveva minacciato contro di noi ci sono venuti tutti addosso. [8]Non abbiamo placato la faccia del Signore convertendoci ciascuno dai pensieri del proprio cuore malvagio. [9]Il Signore ha vigilato sopra questi mali e li ha fatti venire sopra di noi perché il Signore è giusto in tutte le opere che ci ha comandato. [10]Noi, però, non abbiamo ascoltato la sua voce camminando nei precetti che il Signore ci aveva posto davanti».

Supplica. - [11]«Ed ora, o Signore, Dio di Israele, che hai fatto uscire il tuo popolo dal paese di Egitto con mano robusta, con segni e prodigi, con grande potenza e con braccio elevato, e ti sei fatto un nome come avviene oggi stesso, [12]abbiamo peccato, siamo stati empi, siamo stati ingiusti, o Signore Dio nostro, riguardo a tutti i tuoi precetti. [13]Si allontani da noi il tuo sdegno, perché siamo rimasti pochi tra le nazioni dove ci hai dispersi. [14]Ascolta, Signore, la nostra preghiera e la nostra supplica e liberaci per te stesso e dacci grazia dinanzi a coloro che ci hanno deportato, [15]affinché conosca tutta la terra che tu sei il Signore, Dio nostro, e che il tuo nome è stato invocato sopra Israele e sopra la sua progenie. [16]Signore, riguarda dalla tua santa casa e pensa a noi; piega, o Signore, i tuoi orecchi e ascolta. [17]Apri, o Signore, i tuoi occhi e considera: non saranno, infatti, i morti negl'inferi, il cui spirito è stato tolto dalle loro viscere, che daranno gloria e giustizia al Signore, [18]ma sarà piuttosto l'anima gravemente afflitta, sarà chi cammina curvo e debole, gli occhi sfiniti e l'anima indigente, che darà a te gloria e giustizia, o Signore. [19]Poiché non per i meriti dei padri nostri e dei nostri re noi rivolgiamo a te la nostra invocazione, o Signore, Dio nostro. [20]Perché tu hai riversato il tuo sdegno e la tua ira contro di noi, come avevi annunziato per mezzo dei servi tuoi, i profeti, dicendo: [21]"Così dice il Signore: Piegate il vostro collo e servite al re di Babilonia, così dimorerete nel paese che io ho dato ai padri vostri. [22]Ma se non volete ascoltare la voce del Signore, servendo al re di Babilonia, [23]farò cessare dalle città di Giuda e fuori di Gerusalemme la voce dell'allegria, la voce della gioia, la voce dello sposo e la voce della sposa e tutto il paese sarà desolato e senza abitanti". [24]Noi, però, non abbiamo ascoltato la tua voce servendo il re di Babilonia e così hai realizzato le parole che tu avevi pronunciato per mezzo dei tuoi servi, i profeti; cioè, che le ossa dei nostri re e le ossa dei nostri padri sarebbero state rimosse dal loro sepolcro. [25]Ora, ecco che stanno esposte al calore del giorno e al gelo della notte. Sono morti di pene atroci, di fame, di spada e di peste, [26]e hai fatto della casa, sulla quale è stato invocato il tuo nome, quello che si vede oggi stesso, a causa della malvagità della casa d'Israele e della casa di Giuda. [27]Nonostante ciò, tu hai agito verso di noi secondo la tua totale

bontà e secondo tutta la tua grande misericordia, o Signore, Dio nostro, [28]come tu
avevi parlato per mezzo del tuo servo Mosè
nel giorno in cui gli ordinasti di scrivere la
tua legge dinanzi a tutti i figli d'Israele dicendo: [29]"Se non ascolterete la mia voce, di
sicuro, questa grande moltitudine sarà ridotta a un piccolo numero tra le nazioni dove io li disperderò; [30]poiché io so che non
mi daranno ascolto, essendo un popolo di
cervice dura. Tuttavia nel paese del loro
esilio rientreranno nel loro cuore [31]e riconosceranno che io sono il Signore, Dio loro.
Allora io darò loro un cuore e orecchi che
ascoltano [32]ed essi mi daranno lode nel paese del loro esilio, si ricorderanno del mio
nome [33]e si convertiranno dalla loro durezza e dalle loro azioni malvagie, poiché ricorderanno la condotta dei loro padri che
peccarono contro il Signore. [34]Io allora li ricondurrò nel paese che giurai ai padri loro,
ad Abramo, a Isacco e a Giacobbe, e ne
avranno il dominio. Io li moltiplicherò e
non diminuiranno. [35]Io stabilirò con loro
un'alleanza perenne per cui io sarò per essi
il loro Dio ed essi saranno per me il mio popolo e non scaccerò più il popolo mio Israele dal paese che ho dato loro"».

3 Preghiera per la libertà. - [1]«Signore
onnipotente, Dio di Israele, un'anima
in angoscia e uno spirito angustiato grida
verso di te. [2]Ascolta, o Signore, e abbi
pietà, poiché abbiamo peccato contro di te;
[3]perché tu rimani in eterno, mentre noi periamo per sempre. [4]O Signore onnipotente,
Dio di Israele, ascolta la preghiera dei morti
d'Israele e dei figli di coloro che hanno peccato contro di te, non avendo ascoltato la
voce del Signore, Dio loro, per cui i mali si
sono attaccati a noi. [5]Non ricordare l'ingiustizia dei nostri padri: ricorda, invece, la
tua mano e il tuo nome in questo tempo.
[6]Tu, infatti, sei il Signore, Dio nostro, e noi
ti lodiamo, Signore. [7]Per questo tu hai im-
messo il tuo timore nel cuore nostro perché
possiamo invocare il tuo nome. Ti lodiamo

anche nella nostra prigionia, perché abbiamo eliminato dal nostro cuore ogni ingiustizia dei nostri padri che hanno peccato contro di te. [8]Eccoci, oggi, nella nostra prigionia, dove, per vergogna, ci hai disperso a
maledizione e a condanna per tutte le ingiustizie dei nostri padri i quali si ribellarono contro il Signore, Dio nostro».

La sapienza d'Israele

[9] «Ascolta, Israele, i precetti della vita,
    porgi l'orecchio per conoscere
        la prudenza.
[10] Cosa è accaduto, o Israele, cosa è accaduto
    per cui ti trovi in terra nemica
    e invecchi in terra straniera,
[11] contaminato con i morti
    e annoverato con quelli degl'inferi?
[12] Hai abbandonato la fonte della sapienza!
[13] Se nella via di Dio avessi camminato,
    abiteresti in pace per sempre.
[14] Impara dov'è la prudenza,
    dov'è la forza, dov'è l'intelligenza,
    per comprendere anche dov'è longevità
        e vita,
    dov'è luce degli occhi e pace.
[15] Chi ha scoperto il suo luogo
    e chi è penetrato nei suoi tesori?
[16] Dove sono i prìncipi delle genti
    e i domatori delle belve che sono
        sulla terra?
[17] Quelli che giocano con gli uccelli
        del cielo,
    quelli che accumulano argento e oro,
    in cui gli uomini confidano,
    non ponendo un limite al loro possesso?
[18] Quelli che con cura lavorano l'argento,
    delle cui opere non si scopre il segreto?
[19] Sono scomparsi e discesi negl'inferi,
    mentre altri sono sorti al loro posto.
[20] Nuovi giovani videro la luce e abitarono
        la terra;
    la via della scienza, però,
        non la conobbero.
[21] Non compresero i suoi sentieri
    né la raggiunsero;
    i loro figli sono rimasti lontano dalla loro
        via.
[22] Non se ne ebbe notizia in Canaan,
    né fu in Teman.
[23] Neanche i figli di Agar,
    ricercatori di saggezza sulla terra,
    i mercanti di Merra e Teman,
    i narratori di miti e ricercatori
        di saggezza

---

3. - [4.] *Morti d'Israele*: gli esiliati, considerati come
morti (Ez 37,12), perché fuori della terra promessa e
puniti da Dio.
[9.] Finita la confessione dei peccati, comincia l'elogio della sapienza sullo stile di quanto si legge nei libri sapienziali. Qui la sapienza, come in Sir 24, viene
identificata con la legge di Mosè.

conobbero la via della sapienza,
né si ricordarono dei sentieri suoi.

24 O Israele, come è grande la casa di Dio
e ampio il luogo del suo possesso!

25 Grande e senza fine,
eccelso e senza misura.

26 Là nacquero i giganti,
uomini famosi fin dal principio,
di grande statura e addestrati alla guerra.

27 Ma questi non scelse Dio,
né diede loro la via della conoscenza;

28 perirono perché non ebbero la prudenza,
perirono per la loro stoltezza.

29 Chi ascese in cielo per prenderla
e la condusse giù dalle nubi?

30 Chi attraversò il mare e la scoprì
e l'acquistò con oro raffinato?

31 Non c'è chi conosca la sua via
né chi comprenda il suo sentiero.

32 Ma chi tutto sa, la conosce,
l'ha trovata con la sua intelligenza,
Egli che per sempre ha formato la terra
e l'ha riempita di quadrupedi.

33 Invia la luce ed essa va,
la chiama ed essa gli ubbidisce
con tremore.

34 Gli astri brillano gioiosi nei loro posti.

35 Li chiama ed essi rispondono:
«Presente!»,
e brillano con gioia per il loro Creatore.

36 Questi è il Dio nostro,
nessun altro è a lui paragonabile.

37 Ha scoperto ogni via di conoscenza
e l'ha data a Giacobbe suo servo,
a Israele suo prediletto.

38 Per questo sulla terra è apparsa
la sapienza
e con gli uomini ha conversato!

4 ¹Questo è il libro dei comandamenti
di Dio
e la legge che rimane in perpetuo;
chiunque la possiede vivrà,
chiunque l'abbandona perirà.

2 Ritorna, o Giacobbe, e accoglila,
cammina allo splendore della sua luce.

3 Non dare ad altri la tua gloria
né a nazione straniera i tuoi privilegi.

4 Noi beati, o Israele,
perché ciò che piace a Dio a noi è noto.

Omelia profetica: cause dell'esilio

5 Coraggio, popolo mio,
memoriale di Israele!

6 Foste venduti alle nazioni
non per la distruzione,
ma perché irritaste Dio
foste consegnati ai nemici vostri.

7 Avete esacerbato, infatti, il vostro
Creatore
sacrificando ai dèmoni e non a Dio.

8 Avete dimenticato chi vi ha nutrito,
il Dio eterno,
e contristato anche colei che vi nutrì,
Gerusalemme!

9 Vide, infatti, arrivare a voi l'ira di Dio
e disse: Ascoltate, o città vicine di Sion,
Dio mi ha addossato un lutto grande.

10 Ho visto, infatti, la schiavitù dei figli
miei e delle figlie
che procurò loro l'Eterno!

11 Li avevo nutriti con gioia,
ma li allontanai con pianto e lutto.

12 Nessuno si rallegri per me
vedova e abbandonata da molti;
sono desolata per i peccati dei miei figli,
perché deviarono dalla legge di Dio.

13 Non riconobbero i suoi precetti
né seguirono i comandamenti di Dio,
né i sentieri della disciplina,
secondo la sua giustizia, intrapresero.

14 Venite, o vicine di Sion, e considerate
la schiavitù
dei figli miei e delle figlie che procurò
loro l'Eterno!

15 Ha condotto contro di essi una nazione
lontana,
una nazione crudele e d'altra lingua;
non rispettarono il vecchio né ebbero
pietà del fanciullo.

16 Strapparono i prediletti alla vedova
e la lasciarono sola, priva delle figlie.

17 Io, dunque, come potrei aiutarvi?

Annuncio della liberazione

18 Colui, però, che procura i mali
contro di voi,
dalle mani dei vostri nemici vi libererà.

19 Andatevene, figlie, andatevene,
poiché io sono rimasta sola.

20 Ho tolto la veste di pace,
ho indossato il sacco della mia supplica,
voglio gridare all'Eterno per tutti i giorni
miei.

21 Coraggio, figli, invocate Dio
e vi libererà dall'oppressione,
dalla mano dei nemici.

22 Io, infatti, spero dall'Eterno la salvezza
vostra.

Una gioia venne a me dal Santo
per la misericordia che presto verrà
dall'Eterno, vostro salvatore.
23 Vi vidi partire con lutto e pianto
ma Dio vi restituirà a me
con allegrezza e gioia, per sempre.
24 Come ora, infatti, le vicine di Sion
han visto la schiavitù vostra,
così presto vedranno
la salvezza che a voi verrà da parte di Dio,
con gloria grande e splendore
dell'Eterno.
25 Figli, sopportate l'ira
che vi è sopraggiunta da parte di Dio;
ti ha perseguitato il tuo nemico,
ma presto vedrai la sua rovina
e sul loro collo tu camminerai.
26 I miei piccoli delicati percorsero vie
scabrose,
prelevati come un gregge rapito
dai nemici.
27 Coraggio, figli, e invocate Dio,
poiché si ricorderà di voi chi vi fece
condurre via.
28 Come, infatti, fu vostro pensiero
allontanarvi da Dio,
così convertendovi decuplicate lo zelo
nel cercarlo.
29 Poiché chi vi arrecò questi mali
vi porterà gioia eterna con la vostra
salvezza.

Punizione dei nemici e ritorno degli esuli

30 Coraggio, Gerusalemme,
ti consolerà chi ti dette il nome.
31 Guai a coloro che ti danneggiarono
e gioirono per la tua caduta!
32 Guai alle città dove i tuoi nati furono
schiavi!
Guai a colei che trattenne i figli tuoi!
33 Come, infatti, godette per la tua caduta
e si rallegrò per la tua rovina,
così si rattristerà per la sua desolazione.
34 Le toglierò la gioia della sua grande
popolazione
e il suo tripudio lo trasformerò in lutto.
35 Fuoco, infatti, l'avvolgerà
per molti giorni da parte dell'Eterno,
e sarà abitata da dèmoni per lungo
tempo.

36 Osserva a oriente, o Gerusalemme,
e contempla la gioia che ti viene da Dio.
37 Ecco: arrivano i figli tuoi che lasciasti
partire,
arrivano riuniti da oriente a occidente
per la parola del Santo,
esultanti nella gloria di Dio.

5 Invito alla gioia

1 Deponi, Gerusalemme, la veste del lutto
e dell'afflizione,
e rivestiti dello splendore della gloria
di Dio per sempre.
2 Indossa il manto della giustizia che
viene da Dio,
poni sulla tua testa il diadema
della gloria dell'Eterno.
3 Dio, infatti, mostrerà il tuo splendore
a ogni creatura che è sotto il cielo.
4 Il tuo nome, da Dio, sarà chiamato
in perpetuo:
«Pace-di-giustizia» e «Gloria-di-pietà».
5 Àlzati, o Gerusalemme,
còllocati in alto e osserva a oriente:
ecco i figli tuoi, riuniti da occidente
fino a oriente,
per la parola del Santo,
esultanti per il ricordo di Dio.
6 Partirono da te a piedi, spinti dai nemici,
li riconduce, però, a te Dio,
portati con gloria come su trono regale.
7 Dio, infatti, ha deciso di abbassare
ogni monte alto e i colli secolari,
e di riempire i torrenti appianando
il terreno,
affinché Israele proceda sicuro sotto
la gloria di Dio.
8 Fanno ombra a Israele anche le selve
e ogni albero frondoso, al comando
di Dio.
9 Infatti, Dio guiderà Israele con gioia
alla luce della sua gloria,
con la misericordia e la giustizia che
sono sue».

LETTERA DI GEREMIA

*Copia della lettera che Geremia inviò a
quelli che stavano per essere condotti prigionieri in Babilonia dal re dei Babilonesi,
per riferire loro ciò che gli era stato comandato da Dio.*

---

4. - 28. L'esilio fu provvidenziale per sanare Israele
dalla piaga dell'idolatria: infatti dopo l'esilio Israele,
come popolo, non ricadde più nell'idolatria, ma rimase fedele a Dio.

6 [1]A motivo dei peccati che voi avete commesso contro Dio sarete condotti prigionieri in Babilonia da Nabucodònosor, re dei Babilonesi. [2]Quando, dunque, sarete giunti a Babilonia, vi resterete molti anni e un tempo lungo fino a sette generazioni; dopo di che io vi ricondurrò di là in pace. [3]Ora, in Babilonia voi vedrete idoli di argento, di oro e di legno, portati a spalla, i quali ispirano timore ai gentili. [4]State attenti, perciò, a non divenire anche voi come gli stranieri, e il timore dei loro dèi non si impossessi di voi, [5]quando vedrete la moltitudine prostrarsi davanti e dietro di loro per adorarli. Dite, invece, nella vostra mente: «Te bisogna adorare, o Signore». [6]Poiché il mio angelo è con voi, egli avrà cura di custodire le vostre vite.

[7]Difatti la loro lingua è stata levigata da un artigiano, sono indorati e inargentati, ma essi sono una falsità e non possono parlare. [8]E, come per una ragazza vanitosa, prendono oro e acconciano corone sulla testa dei loro dèi. [9]A volte avviene anche che i sacerdoti asportano dai loro dèi oro e argento e lo spendono per se stessi dandone anche alle meretrici nei postriboli. [10]Adornano con vesti, come si fa con gli uomini, questi dèi di argento e di oro e di legno; ma essi non riescono a salvarsi dalla ruggine e dai tarli. [11]Pur avvolti in una veste purpurea, occorre pulire il loro volto a causa della polvere del luogo, che si posa su di essi. [12]Come il governatore di una regione, il dio ha uno scettro, ma non può far morire chi pecca contro di lui. [13]Tiene il pugnale nella destra e la scure, ma non si può liberare dalla guerra e dai ladri. [14]Per questo è chiaro che non sono dèi. Dunque non abbiate timore di loro.

[15]Infatti, come un vaso rotto diviene inutile all'uomo, così sono i loro dèi collocati nei templi. [16]I loro occhi sono pieni della polvere che sollevano i piedi di coloro che entrano. [17]Come le porte vengono rafforzate da ogni parte su di uno che si è reso reo davanti al re e che, quindi, deve essere condotto a morte, così i loro sacerdoti assicurano i loro templi con portoni, serrature e sbarre, perché non vengano derubati dai ladri. [18]Accendono lampade, certamente più numerose che per se stessi, ma gli dèi non ne vedono alcuna. [19]Sono come una trave del tempio: il loro interno, come si dice, viene divorato; essi non si avvedono neanche degli animali che strisciano dalla terra e li divorano insieme con le loro vesti. [20]Il loro volto si annerisce per il fumo del tempio. [21]Sul loro corpo e sulla loro testa svolazzano pipistrelli, rondini, uccelli e anche gatti. [22]Donde potete conoscere che non sono dèi. Dunque non abbiate timore di loro.

[23]Quanto all'oro che li adorna per bellezza, se qualcuno non ne toglie la ruggine, non riescono a brillare; essi, infatti, neppure quando furono fusi se ne accorsero. [24]A qualsiasi prezzo siano stati comprati, non c'è spirito in essi. [25]Non avendo piedi, quando sono portati sulle spalle mostrano la loro vergogna agli uomini; e perfino i loro servitori per questo arrossiscono, perché, se cadessero per terra, non si rialzerebbero da se stessi. [26]Né, se si pongono diritti, si muoveranno da sé, né se si inclinano potranno raddrizzarsi; come a morti si pongono dinanzi a loro le offerte. [27]Vendendo le vittime loro offerte, i loro sacerdoti ne traggono profitto; similmente le loro mogli le pongono sotto sale per non distribuirle né ai poveri né ai bisognosi. Perfino la mestruata e la puerpera si impadroniscono di tali vittime. [28]Conoscendo, dunque, da ciò che non sono dèi, non abbiate timore di loro.

[29]Come, dunque, possono essere chiamati dèi? Infatti le donne imbandiscono la mensa agli dèi d'argento, d'oro e di legno. [30]Nei loro templi i sacerdoti siedono con le vesti stracciate, la testa e le guance rasate, mentre le loro teste sono scoperte. [31]Emettono grida e gemiti davanti ai loro dèi come fanno alcuni durante un banchetto funebre. [32]I sacerdoti prendono le vesti dei loro dèi e ne rivestono le proprie mogli e i propri figli. [33]Gli idoli non possono retribuire né il bene né il male che ricevono da qualcuno; non possono costituire né spodestare un re; [34]ugualmente non possono dare né ricchez-

---

6. - *Copia della lettera*: può considerarsi come appendice al libro di Baruc. Questa lettera, che offre tante indicazioni sull'idolatria babilonese, dovette essere efficacissima per allontanare i Giudei dal praticarla (cfr. Ger 29).

[2] *Sette generazioni*: corrispondono a 70 anni d'esilio, diviso qui in sette periodi di anni, periodi indeterminati, detti generazioni. L'idea è di indicare che gli Ebrei staranno in esilio per molto tempo.

[7-57] Per comprendere questa lunga diatriba contro le false divinità, dobbiamo ricordare che per gli antichi i simulacri non erano ritenuti semplicemente rappresentazioni della divinità, ma erano considerati essi stessi divinità, cui si rendeva culto.

za né denaro. Se qualcuno, avendo fatto un voto, non lo mantiene, non se ne curano. [35]Non possono salvare un uomo dalla morte né sottrarre il debole dal forte. [36]Un uomo cieco non lo restituiscono alla vista, né possono salvare uno che si trova nell'angustia. [37]Non possono commiserare la vedova né beneficare l'orfano. [38]Sono simili alle pietre delle montagne pur essendo di legno, inargentati e indorati: ma i loro servitori saranno confusi. [39]Come, dunque, si può ammettere e dichiarare che sono dèi? [40]Finanche dagli stessi Caldei essi sono disonorati, poiché quando vedono un muto che non può parlare, lo presentano a Bel e pregano che lo faccia parlare, come se questi potesse sentire: [41]ma non possono concepire di abbandonare queste cose, perché non hanno senno. [42]Le donne, cinte di corde, siedono nelle strade e bruciano crusca. [43]Quando qualcuna di esse, ingaggiata da qualcuno, ha dormito con un passante, disprezza la sua vicina perché non fu stimata come lei, né fu spezzata la sua corda. [44]Tutto ciò che avviene attorno ad essi è menzogna: dunque, come si può ammettere e dichiarare che sono dèi?

[45]Sono opera di artigiani e di orefici; null'altro essi diventano se non quello che vogliono gli artefici che essi siano. [46]Coloro che li lavorano non diventano longevi: come potrebbero essere dèi le cose lavorate da essi? [47]Essi lasciano ai posteri menzogna e ignominia. [48]Quando, infatti, si avvicinano guerra e calamità, si consultano a vicenda i sacerdoti sul come nascondersi insieme a loro. [49]Come, dunque, non si comprende che non sono dèi coloro che non salvano se stessi dalla guerra né dalle calamità? [50]Dopo ciò si conoscerà che gli dèi di legno, indorati e inargentati, sono una menzogna; a tutte le genti e ai re sarà chiaro che non sono dèi, ma opera delle mani dell'uomo e che in essi non c'è opera divina. [51]A chi non sarà noto che essi non sono dèi?

[52]Infatti non possono costituire assolutamente un re sulla regione, né assolutamente dare pioggia agli uomini; [53]né possono giudicare la loro causa, né liberare l'oppresso essendo impotenti; sono come cornacchie tra il cielo e la terra. [54]Quando, infatti, si attacca il fuoco nella casa degli dèi di legno o indorati e inargentati, i loro sacerdoti fuggono e si mettono in salvo, mentre essi come travi bruciano là in mezzo. [55]Non possono resistere né ad un re né a nemici. [56]Come, dunque, si può ammettere e pensare che sono dèi?

[57]Né dai ladri né dai briganti possono salvarsi gli dèi di legno indorati e inargentati, cui gli audaci portano via l'oro e l'argento e la veste che li ricopre e se ne fuggono: non possono aiutare neppure se stessi. [58]Perciò è meglio un re che mostra la propria forza, ovvero un vaso utile in casa, di cui si serve chi l'ha fatto, anziché tali falsi dèi; oppure la porta di una casa che protegga quanto è in essa, anziché tali falsi dèi; oppure una colonna di legno nella reggia anziché questi falsi dèi. [59]Il sole, infatti, la luna e gli astri, essendo lucenti e disposti a essere utili, obbediscono volentieri; [60]similmente anche il fulmine, quando appare, è ben visibile; parimenti il vento spira su tutta la regione. [61]Quando alle nubi viene ordinato da parte di Dio di muoversi su tutta la terra, eseguono l'ordine; anche il fuoco inviato dall'alto per distruggere monti e boschi fa ciò che è comandato. [62]Questi dèi, invece, non assomigliano a tali cose né per l'aspetto né per la potenza. [63]Perciò non si può ammettere né dire che essi siano dèi, non avendo essi potere né di rendere giustizia né di beneficare gli uomini. [64]Conoscendo dunque, che non sono dèi, non abbiate timore di loro!

[65]Non possono né maledire né benedire i re; [66]non mostrano segni in cielo tra le nazioni né brillano come il sole né danno luce come la luna. [67]Le bestie sono migliori di loro, perché possono rifugiarsi in un nascondiglio e procurarsi il necessario. [68]In nessun modo, dunque, appare che essi siano dèi: perciò non abbiate timore di loro.

[69]Come, infatti, uno spauracchio in un cocomeraio nulla custodisce, così sono i loro dèi di legno indorati e inargentati. [70]Nello stesso modo, come un cespuglio nel giardino, sopra il quale si posa ogni sorta di uccelli, o come un morto gettato nelle tenebre, così sono i loro dèi di legno indorati e inargentati. [71]Anche dalla porpora e dal bisso che si consumano su di loro voi comprenderete che non sono dèi; alla fine saranno divorati e si diffonderà il disprezzo di loro nel paese.

[72]Migliore, dunque, è un uomo giusto che non ha idoli, perché egli sfuggirà all'ignominia.

EZECHIELE

Ezechiele, di stirpe sacerdotale, fu condotto in esilio a Babilonia nella prima deportazione del 597 a.C., e là, dopo cinque anni, cominciò il ministero profetico, divenendo, al tempo stesso, la guida morale e spirituale dei deportati.

Il centro del libro di Ezechiele è la caduta di Gerusalemme (c. 34). Prima di questo avvenimento le sue profezie hanno il tono minaccioso allo scopo di portare i Giudei al pentimento. Dopo la caduta di Gerusalemme le sue profezie sono orientate a consolare gli esuli con la promessa della liberazione e del ritorno descritti con simboli meravigliosi.

Il libro si divide in tre sezioni. La prima (cc. 1-24) contiene l'annuncio dei tremendi castighi di Dio contro il popolo eletto e in particolare contro Gerusalemme, condannata irrimediabilmente alla distruzione. La seconda (cc. 25-32) annuncia la rovina dei popoli idolatri, soprattutto dell'Egitto. La terza (cc. 33-48) contiene l'annuncio della salvezza d'Israele con l'annuncio di un nuovo tempio, della fondazione di un nuovo culto, in una terra rinnovata, sotto la guida di un nuovo Pastore.

Il linguaggio di Ezechiele è carico di immagini complesse, spesso caratterizzato da azioni simboliche destinate a illustrare in modo efficace il messaggio che il profeta, in nome di Dio, vuole indirizzare a Israele in esilio. Data la sua origine sacerdotale, Ezechiele ha un senso molto vivo della sacralità di Dio, cioè della sua distanza e superiorità nei confronti di un popolo impuro e peccatore. L'orizzonte verso cui egli indirizza lo sguardo è quello di un nuovo Israele che può vivere accanto a Dio nella purezza e nella santità.

ORACOLI CONTRO ISRAELE

1 **Visione della Gloria del Signore.** - [1]Nel trentesimo anno, il cinque del quarto mese, mentre mi trovavo tra gli esuli presso il canale Chebàr, si aprirono i cieli e vidi una visione divina. [2]Il cinque del mese — era il quinto anno dell'esilio di Ioiachìn — [3]giunse per Ezechiele figlio di Buzi, sacerdote, la parola del Signore, nella terra dei Caldei, presso il canale Chebàr e lì fu su di lui la mano del Signore. [4]Ecco cosa vidi: un vento impetuoso proveniente dal nord, una grande nube con lampi e splendore all'intorno e nel centro come il luccicare dell'elettro, in mezzo al fuoco. [5]In mezzo la forma di quattro esseri: ciascuno aveva aspetto d'uomo, [6]ciascuno con quattro facce e quattro ali. [7]I loro piedi erano zampe affusolate e la loro pianta era come quella della zampa di un vitello, scintillanti come il luccicare di un bronzo levigato. [8]Avevano mani umane di sotto le ali sui loro quattro lati; avevano facce e ali tutti e quattro. [9]Le ali erano accoppiate a due a due. Essi avanzavano senza girarsi, ciascuno avanzava diritto davanti a sé. [10]Le forme delle facce erano di uomo; poi forme di leone sul lato destro dei quattro, di bue sul lato sinistro dei quattro, e ciascuno di essi forme di aquila; [11]le loro ali erano distese verso l'alto; ciascuno aveva ali che si toccavano e due che velavano i loro corpi. [12]Ciascuno procedeva diritto davanti a sé. Procedevano dove tirava

---

1. - [1.] *Trentesimo anno*: probabilmente da intendersi come età del profeta.

[5.] *Quattro esseri* (cherubini del trono di Dio), come gli animali simbolici degli Assiri e dei Babilonesi, detti *karibu*, avevano faccia d'uomo, corpo metà di leone e metà di bue, ali di aquila, sotto le quali apparivano braccia umane. La visione, prima indistinta, avvicinandosi al profeta si fa più chiara, come appare al v. 10.

quel vento, senza girarsi. [13]Tra gli esseri apparivano come dei carboni infuocati che sembravano lampade e che lampeggiavano fra quegli esseri: il fuoco splendeva e da esso schizzavano fulmini. [14]Gli esseri correvano a zig-zag come la folgore. [15]E vidi che gli esseri avevano in terra una ruota per ciascuno di loro quattro. [16]L'aspetto delle ruote e la loro struttura era luccicante come il crisolito; ciascuna delle quattro aveva la stessa forma, e l'aspetto e la struttura erano tali che le ruote risultavano congegnate l'una nell'altra. [17]Quegli esseri procedevano ai quattro lati; procedevano senza girarsi. [18]I cerchioni di esse erano alti, avevano occhi tutto intorno, tutti e quattro. [19]Con gli esseri procedevano anche le ruote e quando essi s'innalzavano da terra anch'esse s'innalzavano. [20]Andavano dove tirava quel vento; le ruote s'innalzavano con essi, perché lo stesso vento degli esseri agiva nelle ruote. [21]Se quelli avanzavano, esse avanzavano; se quelli si fermavano, esse si fermavano, e se quelli s'innalzavano da terra, le ruote s'innalzavano con essi, perché il vento degli esseri agiva sulle ruote. [22]E vidi sulla testa degli esseri la forma di una volta, stupenda come il luccicare del ghiaccio, tesa in alto sulle loro teste. [23]E al di sotto della volta c'erano le coppie delle loro ali affusolate delle quali due per ciascuno velavano i loro corpi. [24]Udii il fragore delle loro ali come quello di molte acque, come quello dell'Onnipotente, mentre avanzavano; il fragore del loro strepito era come quello d'un campo militare. Le ali si acquietavano quando quelli si fermavano. [25]Ci fu un gran rumore sopra la volta che era sulla loro testa. [26]Sulla parte superiore della volta, che era sulla loro testa, c'era la forma di un trono, che sembrava di zaffiro. Sulla specie di trono, in alto, stava uno di forma umana. [27]Vidi come un luccicare di elettro, come se vi fosse del fuoco tutt'intorno da quelli che sembravano i fianchi in su; e da quelli che sembravano i fianchi in giù vidi come fuoco e splendore intorno ad esso. [28]Come l'arcobaleno tra le nubi quando c'è il temporale, così era l'aspetto di quello splendore all'intorno. Così appariva la forma della Gloria del Signore. La vidi e caddi bocconi e udii uno che parlava.

2 La difficile missione del profeta. - [1]E disse: «Figlio dell'uomo, àlzati in piedi, perché ti voglio parlare». [2]Mentr'egli parlava venne in me uno spirito che mi fece alzare in piedi e ascoltai colui che mi parlava. [3]Egli mi disse: «Figlio dell'uomo, io ti mando alla casa d'Israele, a una gente ribelle che si è ribellata a me; essi e i loro padri si sono rivoltati contro di me fino a questo momento. [4]Sono figli dalla faccia insolente e dal cuore duro quelli da cui ti mando e dirai loro: "Così dice Dio, mio Signore". [5]Magari ascoltassero e la smettessero! Ma sono una casa ribelle. Però dovranno riconoscere che un profeta sta in mezzo a loro. [6]E tu, figlio dell'uomo, non aver paura di loro, non aver paura delle loro parole. Sì, ti sono ostili, sono come spine, siedi su scorpioni; ma non aver paura delle loro parole e non abbatterti di fronte a loro, perché sono una casa ribelle. [7]Riferirai ad essi le mie parole. Magari ascoltassero e la smettessero! Ma sono una casa ribelle. [8]Tu, figlio dell'uomo, ascolta ciò che ti dirò; non essere ribelle come quella casa ribelle. Apri la tua bocca e mangia ciò che ti do».

[9]Ed ecco che vidi una mano tesa verso di me e in essa un rotolo scritto. [10]Lo stese dinanzi a me; era scritto all'interno e all'esterno e vi erano scritti lamentazioni, gemiti e guai.

3 [1]Mi disse: «Figlio dell'uomo, mangia ciò che stai vedendo, mangia questo rotolo, poi va', parla alla casa d'Israele». [2]Aprii la bocca e mangiai quel rotolo. [3]Poi mi disse: «Figlio dell'uomo, ciba il tuo ventre e riempi le tue viscere di questo rotolo che ti do». Lo mangiai e fu in bocca dolce come il miele.

[4]Poi mi disse: «Figlio dell'uomo, va' alla

26. Sopra il cocchio animato è assiso Dio. La descrizione è grandiosa, ma anche molto oscura. Il significato della visione è che Dio non è legato a un luogo, per es. al tempio di Gerusalemme, ma può andare ovunque, anche a Babilonia, come di fatto andrà (Ez 11,22-25): e con Dio è la salvezza.
2. - 1. *Figlio dell'uomo*: strana designazione che si ripeterà per una novantina di volte. Pare voglia rimarcare la piccolezza e meschinità dell'uomo in confronto con la grandezza e onnipotenza di Dio.
3. - 3. Isaia era stato purificato da un serafino che stava accanto all'altare di Dio (Is 6,7); Geremia fu purificato da Dio stesso prima ancora della sua nascita (Ger 1,5); Ezechiele narra la sua vocazione in modo ancor più drammatico, per indicare che quanto dirà sarà veramente parola di Dio.

casa d'Israele e riferisci ad essi la mia parola. ⁵Non sei inviato a un popolo di linguaggio oscuro e di lingua straniera, ma alla casa d'Israele! ⁶Non a popoli numerosi di linguaggio oscuro e lingua straniera, di cui non capisci le parole. Eppure se ti mandassi ad essi, ti potrebbero ascoltare. ⁷Ma la casa d'Israele non vorrà ascoltarti, perché non vogliono ascoltare me! Infatti tutti quelli della casa d'Israele sono di faccia dura e di cuore insolente. ⁸Ma ecco che ho reso la tua faccia dura quanto la loro e la tua fronte dura quanto la loro. ⁹Come un diamante, più dura della roccia ho reso la tua fronte; non temerli e non abbatterti di fronte a loro, perché sono una casa ribelle». ¹⁰Poi mi disse: «Figlio dell'uomo, ogni parola che ti dirò accoglila nel tuo cuore e ascoltala bene. ¹¹Orsù, va' dagli esuli, dai tuoi connazionali; parlerai ad essi e dirai: "Così dice Dio, mio Signore"; magari ascoltassero e la smettessero!».

¹²Poi uno spirito mi sollevò e udii dietro a me un fragore di gran terremoto, mentre la Gloria del Signore si alzava da quel posto.

¹³Udii il fragore delle ali degli esseri viventi che se sbattevano l'una contro l'altra, il fragore delle ruote con esse, e il rumore di un grande frastuono. ¹⁴Lo spirito mi sollevò e mi portò via. Me ne andavo triste, colpito nel mio spirito, e la mano del Signore pesava forte su di me. ¹⁵Allora andai dagli esuli di Tel-Avìv, che stavano presso il canale Chebàr, lungo il quale essi abitavano, e vi restai sette giorni, in mezzo a loro, stordito.

Ezechiele sentinella d'Israele. - ¹⁶Dopo sette giorni mi giunse la parola del Signore: ¹⁷«Figlio dell'uomo, ti ho costituito sentinella sulla casa d'Israele; quando udrai qualcosa dalla mia bocca, li scuoterai da parte mia. ¹⁸Se dico all'empio: "Devi morire", e tu non l'hai scosso e non hai parlato per correggere l'empio dalla sua empia condotta affinché viva, quell'empio morirà nella sua condotta, ma del suo sangue chiederò conto a te. ¹⁹Se però tu hai ammonito l'empio e non s'è convertito dalla sua empietà e dalla sua empia condotta, mentr'egli morrà nella sua colpa, tu avrai salvato la tua vita. ²⁰Se poi il giusto si perverte, non è più giusto e fa il male, gli porrò davanti una trappola e morrà; se non l'hai ammonito, morrà nel suo peccato e non saranno ricordate le opere giuste da lui fatte. Ma del suo sangue chiederò conto a te. ²¹Ma se tu hai scosso il giusto perché non pecchi e lui non peccherà, egli vivrà, appunto perché fu ammonito e tu avrai salvato la tua vita».

Il profeta è reso muto. - ²²La mano del Signore fu poi su di me e mi disse: «Àlzati, esci nella pianura; là ti parlerò». ²³Mi alzai e uscii nella pianura ed ecco là la Gloria del Signore, come la Gloria che avevo visto presso il canale Chebàr. Io caddi bocconi, ²⁴ma uno spirito venne a me e mi fece alzare in piedi; allora il Signore mi parlò e mi disse: «Va', sta' chiuso in casa, ²⁵o figlio dell'uomo: ecco che ti si legherà mettendoti addosso delle funi e non uscirai in mezzo a loro. ²⁶Ti attaccherò la lingua al palato; resterai muto e non sarai più la loro guida; infatti essi sono una casa ribelle. ²⁷Ma quando ti parlerò, ti aprirò la bocca e dirai ad essi: "Così parla Dio, mio Signore"; si ascolti finalmente e si smetta! Essi sono una casa ribelle!».

4 **Oracolo sulla sorte imminente di Giuda.** - ¹«Figlio dell'uomo: prendi una tavoletta e mettitela davanti; incidi su di essa una città, Gerusalemme. ²Poni attorno ad essa l'assedio, fa' una trincea, costruisci un vallo; metti gli accampamenti e colloca gli arieti tutt'intorno. ³Prenditi una lastra di ferro e mettila come muro di ferro tra te e la città e fissa il tuo sguardo su di essa; che sia in assedio e tu l'assedierai. Questo è un segnale per la casa d'Israele. ⁴Giaci sul fianco sinistro, mettendo su di esso la colpa della casa d'Israele; porterai la loro colpa per il numero dei giorni in cui giacerai su di esso. ⁵Io ti assegno per gli anni della loro colpa il numero di centonovanta giorni e tu porterai la colpa della casa d'Israele. ⁶Terminato ciò, giacerai sul fianco destro e porterai la colpa della casa di Giuda; ti assegno quaranta giorni, un giorno per ogni anno. ⁷Fisserai il tuo sguardo e stenderai il braccio all'assedio di Gerusalemme e profetizzerai contro di essa. ⁸Sappi che ti metto addosso delle funi e non potrai voltarti da un fianco all'altro fino al compimento dei giorni della tua reclusione.

---

4. - ⁸· Le *funi* paiono indicare la volontà di Dio per cui il profeta rimarrà immobile finché si compirà la sua decisione (cfr. 3,25).

[9]Prendi pertanto grano, orzo, fave, lenticchie, miglio e spelta e mettili in un recipiente; ti farai con essi del pane; lo mangerai nei centonovanta giorni in cui dovrai giacere sul tuo fianco [10]e ne mangerai una razione di venti sicli; la mangerai a ore stabilite. [11]Berrai l'acqua in dosi di un sesto di *hin* a ore stabilite. [12]Mangerai questo cibo in forma di una sfoglia d'orzo e la cuocerai su escrementi umani». [13]Poi il Signore disse: «Così mangeranno il loro pane impuro i figli d'Israele, tra le genti tra le quali li caccerò». [14]Ma io dissi: «Signore mio Dio, ecco, la mia gola non si è mai macchiata d'impurità; non ho mai mangiato carne infetta o dilaniata, dalla mia giovinezza fino ad oggi, e per la mia bocca non è mai passata carne guasta». [15]Allora mi disse: «Vedi, ti concedo gli escrementi di animale al posto di quelli umani; ti cuocerai il pane su quelli». [16]Mi disse: «Sto per spezzare in Gerusalemme il bastone del pane. Mangeranno pane razionato con ansia e berranno acqua misurata con sgomento, [17]al punto che verranno meno il pane e l'acqua, rimarranno sgomenti l'uno di fronte all'altro e languiranno nella loro colpa».

5 [1]Figlio dell'uomo, prènditi una lama affilata che userai come rasoio da tosatori, facendola passare sulla tua testa e sul tuo mento. Poi ti prenderai una bilancia e dividerai i peli. [2]Un terzo lo farai bruciare nel forno dentro la città quando si compiranno i giorni dell'assedio. Poi ne prenderai un terzo, che taglierai con la lama intorno, e un terzo lo disperderai al vento, mentre io sfodererò dietro ad essi una spada; [3]ne prenderai quindi un piccolo numero e te li rinchiuderai in un orlo. [4]Ma ne preleverai ulteriormente e li butterai in mezzo al fuoco e ve li brucerai. Poi dirai alla casa d'Israele: [5]Così dice Dio, mio Signore. Questa è Gerusalemme. L'ho posta in mezzo alle genti con gli altri paesi tutt'intorno. [6]Ma si è ribellata alle mie norme per commettere più empietà che le genti, ai miei decreti, più che i paesi che ha attorno. Sì, hanno respinto le mie norme e non hanno seguito i miei decreti. [7]Per questo così dice il Signore: siccome la vostra tumultuosa potenza è peggio che le genti attorno a voi, non avete seguito i miei decreti, non avete osservato le mie norme e non avete neanche agito secondo le norme delle genti attorno, [8]perciò così dice il Signore Dio: Ecco anch'io mi metto contro di te ed eseguirò in mezzo a te la mia condanna al cospetto delle genti, [9]ti farò quel che non ti ho mai fatto e che non ti farò mai più, a causa di tutte le tue abominazioni. [10]Così in te i padri mangeranno i figli e i figli mangeranno i loro padri, eseguirò contro di te la mia condanna e disperderò ogni tuo resto a ogni vento. [11]Così per la mia vita, oracolo di Dio, mio Signore, siccome hai reso impuro il mio santuario con tutti i tuoi idoli e con tutte le tue abominazioni, giuro che anch'io mi metterò a radere e il mio occhio non avrà compassione, non avrò pietà. [12]Un terzo di te morrà di peste e sarà consumato dalla fame dentro di te, un terzo cadrà di spada intorno a te e al terzo, che disperderò ad ogni vento, sfodererò dietro una spada. [13]Quindi la mia irosa gelosia sarà compiuta, il mio furore s'acquieterà in essi e sarò soddisfatto. Riconosceranno che sono io che ho parlato nella mia gelosia quando compirò il mio furore su di loro. [14]Ti farò diventare la devastazione e lo scherno delle genti che hai attorno, al cospetto di ogni passante. [15]Sarai scherno e oltraggio, ammonimento e stordimento per i popoli che ti sono attorno, quando decreterò contro di te la mia condanna nell'ira e nel furore e nei castighi terribili: io, il Signore, ho parlato; [16]quando scaglierò contro di essi le funeste frecce della fame, quale sterminio che manderò contro di essi per sterminarli. Sì, la fame aggiungerò contro di essi! Spezzerò loro il bastone del pane. [17]Manderò contro di essi la fame e le fiere cattive; ti spopoleranno; peste e sangue verranno su di te e ti manderò contro la spada: io, il Signore, ho parlato».

6 Castigo dei contaminati monti d'Israele. - [1]Mi giunse la parola del Signore: [2]«Figlio dell'uomo, rivolgi la faccia verso i monti d'Israele e profetizza contro di essi. [3]Dirai: Monti d'Israele, ascoltate la parola di Dio, mio Signore. Così dice Dio, mio Si-

---

5. - [1-4.] Radersi capelli e barba era umiliante per gli orientali. I *peli* figurano i figli d'Israele: di essi un terzo perirà dentro Gerusalemme assediata, un terzo perirà intorno alla città dopo la sua caduta, un terzo sarà disperso tra le nazioni in mezzo a mille pericoli, raffigurati dalla spada sguainata. Di quest'ultimo terzo soltanto pochi torneranno in Palestina, ove dovranno subire altre prove (cfr. Is 1,9; 4,3; 6,13).

gnore, ai monti, ai colli, alle gole e alle valli; ecco: io sto per far venire su di voi la spada; distruggerò i vostri alti recinti sacri. [4]I vostri altari saranno devastati e i vostri incensieri frantumati. Farò cadere i vostri feriti davanti ai vostri idoli; [5]e i cadaveri dei figli d'Israele li butterò di fronte ai loro idoli e disperderò le vostre stesse ossa attorno ai vostri altari. [6]In ogni vostra località, le città saranno devastate e gli alti recinti sacri saranno sconquassati in modo che i vostri altari rimangano devastati e sconquassati e i vostri idoli siano frantumati e fatti sparire e i vostri incensieri tolti di mezzo e le vostre opere cancellate. [7]I feriti cadranno in mezzo a voi e riconoscerete che io sono il Signore.

[8]Ma in parte vi risparmierò, lasciando dei superstiti della spada tra le genti, disperdendovi per il mondo. [9]I vostri superstiti si ricorderanno di me tra le genti presso cui saranno condotti prigionieri, di me che ho frantumato il loro cuore prostituito, che si è staccato da me, e i loro occhi, prostituitisi seguendo i loro idoli, e resteranno con il volto angosciato per i mali che hanno fatto con tutte le loro abominazioni. [10]Riconosceranno che io, il Signore, non invano ho parlato di fare ad essi questo male».

[11]Così dice il Signore: «Batti le mani e pesta i piedi e di': Ahi! Per tutte le pessime abominazioni della casa d'Israele cadrà di spada, di fame, di peste. [12]I lontani morranno di peste e i vicini cadranno di spada e i restanti e scampati morranno di fame e così il mio furore si compirà su di loro. [13]Conoscerete che io sono il Signore quando tra i loro idoli ci saranno i loro feriti attorno ai loro altari, su ogni colle elevato, su ogni cima, sotto ogni albero verde e sotto ogni quercia frondosa, là dove offrono profumi soavi a tutti i loro idoli. [14]Stenderò la mia mano contro di essi e renderò la terra una desolazione totale dal deserto fino a Ribla in ogni loro località. Conosceranno che io sono il Signore».

7Il terribile giorno del Signore. - [1]Mi giunse la parola del Signore: [2]«Figlio dell'uomo, riferisci: Così dice Dio, mio Signore, alla terra d'Israele: la fine! È giunta la fine ai quattro angoli della terra. [3]Adesso è la fine per te; manderò la mia ira su di te, ti giudicherò secondo la tua condotta, ti rinfaccerò tutte le tue abominazioni. [4]E il mio occhio non avrà compassione, io non avrò pietà. Sì, ti rinfaccerò la tua condotta e rimarranno in te solo le tue abominazioni e così riconoscerete che io sono il Signore».

[5]Così dice Dio, mio Signore: «Ecco, un male dietro l'altro è giunto. [6]La fine è giunta, è giunta la fine; incombe su te; eccola giunta. [7]È giunta la sventura su di te, abitante della terra; è giunto il momento, s'è avvicinato il giorno della costernazione. [8]Ora, tra poco, riverserò il mio furore sopra di te, compirò la mia ira contro di te e ti giudicherò secondo la tua condotta e ti rinfaccerò tutte le tue abominazioni. [9]Il mio occhio non avrà compassione, io non avrò pietà. Sì, ti rinfaccerò la tua condotta e rimarranno in te solo le tue abominazioni. Riconoscerete che sono io, il Signore, a colpire.

[10]Ecco il giorno, eccolo giunto. È spuntata la sventura, la verga è fiorita, la superbia è matura. [11]La violenza è cresciuta come verga dell'empio. [12]È giunto il momento, è arrivato il giorno. Chi compra non si rallegri e chi vende non si rattristi, perché la furia incombe su tutta la sua tumultuosa potenza. [13]Sì, chi vende non torna alla merce venduta, ma nei viventi resta la vita; però nessuna forza economica ritornerà alla sua tumultuosa potenza e la vita di chi è nella colpa non si reggerà. [14]Suonate la tromba. Ciascuno si metterà sull'attenti, ma non si andrà alla guerra; la mia furia incombe sopra tutta la sua tumultuosa potenza.

[15]La spada fuori, la peste e la fame in casa, chi è in campagna muore di spada e chi è in città lo consuma la fame e la peste. [16]Rimarranno i loro superstiti e saranno sui monti come colombe tubanti, tutti tremanti ciascuno per la sua colpa. [17]Tutte le braccia si snervano e le ginocchia si sciolgono. [18]Si avvolgono nel sacco, li copre l'orrore, la vergogna è su ogni faccia, e ogni testa è tosata. [19]Gettano via il loro argento e il loro oro nell'immondizia. Oro e argento non li possono salvare nel giorno dell'eccesso dell'ira del Signore. Non sazieranno la loro go-

---

6. - [8-10.] Ogni tanto una parola di speranza. Ma gli scampati saranno davvero pochi: su questo resto, ritornato a lui, Dio fonderà il suo nuovo regno (Is 10,20-22; 11,14-16; Ger 24,1-7).

7. - [13.] Nell'anno del giubileo chi aveva venduto riaveva la *merce venduta* (Lv 25,13); ma Israele sarà cacciato in esilio, e tutta la terra apparterrà al nemico, e chi vende come chi compra sarà senza possessi.

la e non riempiranno il loro ventre, perché è stato per essi la causa delle loro colpe! [20]Del più splendido ornamento hanno fatto un oggetto di arroganza e se ne sono fatte immagini inique: i loro schifosi idoli. Per questo glielo butto nell'immondizia. [21]Lo darò come preda agli stranieri, come bottino agli empi della terra che lo profaneranno. [22]Distoglierò il mio volto da loro e quelli profaneranno il mio tesoro, vi entreranno i predoni e lo profaneranno. [23]Sì, la terra è piena di norme sanguinarie e la città è piena di violenza. [24]Farò giungere le peggiori delle genti che si impossesseranno delle loro case; farò cessare l'arroganza della loro forza e i loro santuari saranno profanati.

[25]È giunto l'orrore; cercheranno la pace, ma invano. [26]Sopraggiunge una calamità dietro l'altra, cattive notizie una dietro l'altra. Quelli chiedono la visione al profeta, ma la legge vien meno al sacerdote e il consiglio agli anziani! [27]Il re è triste, il principe è coperto di desolazione e le braccia della popolazione sono tramanti. Li tratterò secondo la loro condotta e li giudicherò secondo le loro norme e riconosceranno che io sono il Signore».

8 Il centro vitale intaccato dall'idolatria. - [1]Nel sesto anno, al sesto mese, il cinque del mese, mentre ero seduto in casa e mi stavano seduti di fronte gli anziani di Giuda, scese su di me la mano di Dio, mio Signore. [2]Ecco: vidi una forma dall'aspetto umano; l'aspetto dai fianchi in giù era di fuoco e dai fianchi in su era luminoso come il luccicare dell'elettro. [3]Mi sembrò che stendesse un braccio, mi prese per i capelli; uno spirito mi sorresse tra terra e cielo. Mi portò a Gerusalemme in visione divina, all'ingresso della porta interiore che guarda a

settentrione dove è posto il simulacro della gelosia. [4]Ed ecco là la Gloria del Dio d'Israele, nell'aspetto che avevo visto nella pianura. [5]Mi disse: «Figlio dell'uomo, volgi i tuoi occhi verso settentrione». Li rivolsi, e nella parte settentrionale della porta dell'altare c'era proprio il simulacro della gelosia, lì all'ingresso. [6]Mi disse: «Figlio dell'uomo, vedi che cosa fanno? Le grandi abominazioni che compie qui la casa d'Israele, allontanandosi dal mio santuario? Ma vieni qui e vedrai delle abominazioni ancora maggiori».

[7]Mi condusse allora all'ingresso del cortile ed ecco un foro nella parete. [8]Mi disse: «Figlio dell'uomo, sfonda la parete». La sfondai, ed ecco un'apertura. [9]Mi disse: «Vieni a vedere le pessime abominazioni che si commettono qui». [10]Andai a vedere; c'erano molte figure, rettili e bestie schifose e tutti gli idoli della casa d'Israele, disegnati nella parete tutt'attorno. [11]E settanta anziani d'Israele, con Iazanià, figlio di Safan, ritto in mezzo a loro, stavano in piedi di fronte ad esse, ciascuno con un turibolo in mano, mentre si alzava la nuvola profumata dell'incenso. [12]Mi disse: «Figlio dell'uomo, hai visto cosa fanno all'oscuro gli anziani della casa d'Israele, nei loro sacrari dipinti? Dicono infatti: "Il Signore non ci vede, il Signore ha abbandonato questa terra"».

[13]Poi mi disse: «Vieni qui a vedere altre abominazioni maggiori che commettono». [14]M'introdusse nell'ingresso della porta della casa del Signore, quello a nord: c'erano addirittura donne sedute che piangevano Tammuz. [15]Mi disse allora: «Hai visto, figlio dell'uomo? Vieni più in qua e vedrai abominazioni ancora maggiori».

[16]Mi condusse nel cortile interno della casa del Signore. Là all'ingresso del tempio del Signore tra l'atrio e l'altare c'erano circa venticinque uomini con le spalle al tempio del Signore e la faccia a oriente e stavano adorando il sole a oriente. [17]Mi disse allora: «Hai visto, figlio dell'uomo? Ti par poco per la casa di Giuda commettere le abominazioni che compiono qui? Oh, hanno riempito la terra di violenza: cominciano a nausearmi! Eccoli, si portano il ramoscello sacro alle narici. [18]Ebbene: anch'io agirò nella mia ira; il mio occhio non avrà compassione, io non avrò pietà. Faranno giungere alle mie orecchie forti grida, ma non li ascolterò».

---

8. - [3.] *Uno spirito mi sorresse...*: è dunque una visione e non una realtà ciò che è descritto nei cc. 8-11. *Simulacro della gelosia*: probabilmente una statua della dea Astarte, posta là da Manasse un secolo prima (2Re 21,7), tolta durante la riforma di Giosia (2Re 23,6), forse ricollocata sotto il re Sedecia (2Cr 33,7.15).
[4.] La visione qui accenna a quella che ebbe il profeta all'inizio della sua missione (3,22-23). La Gloria di Dio, con la sua presenza, era pegno di salvezza e di santità; ma ora Dio stesso si lamenta che lo vogliono allontanare dal suo santuario (v. 6), per cui la rovina del popolo sarà inevitabile.

9 Il castigo divino. - [1]Allora una voce potente gridò al mio orecchio: «È arrivata l'ispezione per la città; ciascuno abbia il suo funesto strumento in mano». [2]Ed ecco arrivare sei uomini dalla porta superiore che guarda a nord, ciascuno con in mano uno strumento letale: in mezzo a loro c'era un uomo vestito di lino col calamaio da scriba sul fianco; giunti, si fermarono a fianco dell'altare di bronzo. [3]Frattanto la Gloria del Dio d'Israele si era alzata dal cherubino su cui stava, posandosi sul podio del tempio. All'uomo vestito di lino, che aveva sul fianco il calamaio dello scriba, [4]il Signore disse: «Passa per la città, attraverso Gerusalemme e segna una "T" sulla fronte degli uomini che sospirano e gemono per le abominazioni che vi si commettono». [5]Agli altri lo sentii dire: «Andate per la città dietro di lui e colpite; non abbia compassione il vostro occhio, non abbiate pietà. [6]Uccidete vecchi, giovani, fanciulle, bimbi, donne, fino allo sterminio, ma non avvicinatevi a nessuno di quelli segnati con la "T"; incominciate dal mio santuario». Essi cominciarono dagli anziani che erano di fronte al tempio. [7]Disse ancora: «Rendete impuro il tempio e riempite di cadaveri i cortili, poi uscite pure e colpite la città». [8]Or mentre colpivano io rimasi solo; caddi bocconi e gridando dissi: «Ahi, Dio, mio Signore, non vorrai sterminare tutto il resto d'Israele, riversando il tuo furore su Gerusalemme?». [9]Egli rispose: «La colpa della casa d'Israele e di Giuda è molto, molto grande; la terra si è riempita di sangue e la città è piena d'ingiustizie. Già essi dicono: "Il Signore ha abbandonato il paese, il Signore non vede". [10]Ebbene, da parte mia, il mio occhio non avrà compassione e io non avrò pietà. Farò ricadere sul loro capo la loro condotta». [11]In quell'istante l'uomo vestito di lino, col calamaio sul fianco, venne a dare questa risposta: «Ho fatto come m'hai ordinato».

10 Nuova descrizione della Gloria di Dio. - [1]Allora vidi che sopra la volta che era sulla testa dei cherubini appariva come una pietra di zaffiro, il cui aspetto aveva la forma di trono. [2]Egli disse all'uomo vestito di lino: «Va' fra le ruote sotto il cherubino e riempiti le mani di carboni accesi in mezzo ai cherubini e spargili sulla città». Quello si incamminò sotto i miei occhi. [3]Mentre l'uomo andava, i cherubini si era-

no messi alla destra del tempio. La nube riempiva il cortile interno. [4]Quando la Gloria del Signore si era alzata dal cherubino portandosi sopra al podio del tempio, il tempio si era riempito della nube e il cortile si era riempito dello splendore della Gloria del Signore. [5]Il rumore delle ali dei cherubini si era sentito fin nel cortile esterno, come la voce dell'Onnipotente quando parla.

[6]Intanto, avendo egli ordinato all'uomo vestito di lino così: «Prendi il fuoco fra le ruote, in mezzo ai cherubini», quegli andò e si pose a fianco alla ruota. [7]Il cherubino stese la mano di tra i cherubini verso il fuoco che era tra i cherubini, ne prelevò e ne mise nella mano di quello vestito di lino che lo prese e uscì. [8]Si era intravista nei cherubini la sagoma di un braccio umano sotto le loro ali. [9]Vidi pure quattro ruote a fianco dei cherubini, una ruota vicino a ogni cherubino; le ruote avevano l'aspetto luccicante del crisolito. [10]Apparivano di forma identica tutt'e quattro come se una ruota fosse congegnata nell'altra. [11]Quando si muovevano procedevano sui quattro lati, nel procedere non si giravano, ma là dove si rivolgeva la principale andavano senza girarsi. [12]Tutto il loro corpo, il dorso, le mani, le ali e le singole ruote erano piene di occhi tutt'intorno, ognuno dei quattro aveva la propria ruota.

[13]Le loro ruote, a quanto udii, erano chiamate Turbine. [14]Essi avevano quattro facce ciascuno; una era di cherubino, la seconda di uomo, la terza di leone e la quarta di aquila. [15]I cherubini, cioè gli esseri che avevo visto sul canale Chebàr, si alzarono. [16]Con i cherubini procedevano anche le ruote e quando i cherubini allargavano le ali per alzarsi da terra, le ruote non si allontanavano dal loro fianco. [17]Quando essi si fermavano, si fermavano anch'esse e quando essi si alzavano, si alzavano anch'esse con loro; c'era infatti in esse il vento degli esseri.

La Gloria di Dio lascia il tempio. - [18]La Gloria del Signore si staccò quindi dal podio del tempio e si pose sui cherubini. [19]I cherubini allargarono le ali e si alzarono da ter-

---

9. - [3]. *La Gloria* del Signore, cioè la sua presenza protettrice, apparsa sul cocchio animato (c. 1) riposava sopra il *cherubino* dell'arca nel santo dei santi: ora viene sulla soglia del santuario preparandosi a lasciare il tempio.

ra sotto i miei occhi, e le ruote con essi. Sostarono all'ingresso della porta orientale del tempio con la Gloria del Dio d'Israele su di loro. [20]Erano gli esseri che vidi sotto il Dio d'Israele presso il canale Chebàr; capii che erano i cherubini. [21]Avevano quattro facce ciascuno e quattro ali ciascuno e la forma di mani umane sotto le ali. [22]La forma delle facce era come quelle che avevo visto presso il canale Chebàr. Ciascuno andava diritto davanti a sé.

11 Colpe dei capi.

[1]Uno spirito mi prese e mi condusse alla porta orientale del tempio del Signore, dalla parte est. Là all'ingresso della porta c'erano venticinque uomini; tra essi vidi Iazanià, figlio di Azzùr, e Pelatìa, figlio di Benaià, capi del popolo. [2]Il Signore mi disse: «Figlio dell'uomo, quelli sono gli uomini che tramano stoltezze ed escogitano pessimi consigli per questa città. [3]Vanno dicendo: "Non dobbiamo forse costruire presto delle case? La città è la caldaia e noi la carne". [4]Perciò profetizza contro di essi, profetizza, figlio dell'uomo». [5]Scese su di me lo spirito del Signore che mi disse: «Di': così dice il Signore: Voi dite così, o casa d'Israele, e io conosco l'insolenza del vostro spirito. [6]Avete reso numerosi i morti in questa città: ne avete riempito le strade. [7]Perciò così dice Dio, mio Signore: I cadaveri che avete ammucchiati in mezzo ad essa sono la carne ed essa la caldaia. Quanto a voi, vi condurrò fuori di lì. [8]La spada vi spaventa, ebbene, manderò contro di voi la spada, oracolo di Dio, mio Signore. [9]Vi farò uscire di là e vi darò in balìa degli stranieri; per mezzo loro decreterò contro di voi la sentenza. [10]Cadrete di spada, sui confini d'Israele vi giudicherò. Riconoscerete che io sono il Signore. [11]Questa città non sarà per voi una caldaia e voi non sarete la carne! Sui confini d'Israele vi giudicherò; [12]allora riconoscerete che io sono il Signore e che non avete seguito i miei decreti né osservato le mie norme, ma avete osservato le norme delle genti che avete attorno».

[13]Or mentre profetizzavo, Pelatìa, figlio di Benaià, morì. Io allora caddi bocconi e gridai a gran voce: «Ahi, Dio, mio Signore; stai compiendo lo sterminio del resto d'Israele!».

Promessa di una nuova alleanza. - [14]Allora mi giunse la parola del Signore: [15]«Figlio dell'uomo, a te e ai tuoi fratelli, ai tuoi parenti deportati con te e a tutta la casa d'Israele, gli abitanti di Gerusalemme dicono: "Ormai sono lontani dal Signore, a noi la terra è data in possesso ereditario". [16]Appunto per questo di': Così dice Dio, mio Signore: Sì, li ho allontanati in mezzo alle genti, li ho disseminati per il mondo, sono stato per essi un po' di tempo un santuario nei paesi in cui sono finiti. [17]Per questo di': Così dice Dio, mio Signore: Vi raccoglierò di tra le genti e vi radunerò da tutti i paesi in cui foste disseminati e a voi darò il paese d'Israele! [18]Ivi giungeranno e ne rimuoveranno tutti gli idoli schifosi e tutte le abominazioni. [19]Darò loro un altro cuore e infonderò in essi uno spirito nuovo, rimuoverò il cuore di pietra dal loro corpo e metterò in essi un cuore di carne, [20]così che seguano i miei decreti e rispettino le mie norme e le osservino e siano il mio popolo e io il loro Dio. [21]Quanto a quelli, invece, il loro cuore segue i loro schifosi idoli e le loro abominazioni, ma farò ricadere sul loro capo la loro condotta. Oracolo di Dio, mio Signore».

La Gloria di Dio esce da Gerusalemme. - [22]Quindi i cherubini allargarono le ali e con essi si mossero le ruote e la Gloria del Dio d'Israele al di sopra di essi. [23]La Gloria del Signore si sollevò di mezzo alla città e si fermò sul monte, a oriente di essa. [24]Poi uno spirito mi alzò e mi trasportò in Caldea presso gli esuli, in visione, nello spirito di Dio, e la visione che avevo visto scomparve allontanandosi in alto. [25]Io riferii agli esuli tutte le cose cui il Signore mi aveva fatto assistere.

12 Sorte del re e degli abitanti di Gerusalemme.

[1]Mi giunse la parola del Signore: [2]«Figlio dell'uomo, ti trovi in mezzo a una casa ribelle; hanno occhi per

---

11. - [3.] Gerusalemme è paragonata a una *caldaia*, e come il rame della caldaia difende *le carni* dal fuoco, così le robuste mura di Gerusalemme avrebbero difeso gli abitanti da ogni male (cfr. Ger 29,5).
[15.] *Gli abitanti di Gerusalemme* consideravano gli esuli come abbandonati da Dio, separati per sempre dal popolo eletto; invece il vero Israele, da cui doveva rinascere la nazione, era proprio quello in esilio (cfr. Ger 24).
[23.] *La Gloria del Signore* abbandona Gerusalemme, lasciandola indifesa. Ciò significa che ormai i suoi nemici potranno farne ciò che vorranno.

vedere e non vedono e orecchie per sentire e non sentono: sono una casa ribelle. [3]Tu, figlio dell'uomo, fatti un bagaglio da esule e fingi di andare in esilio, di giorno, sotto i loro occhi; emigrerai da casa tua a un qualsiasi luogo sotto i loro occhi: caso mai vedessero che sono una casa ribelle. [4]Trasporterai fuori il bagaglio come quello degli esuli, di giorno, sotto i loro occhi, poi, di sera, uscirai sotto i loro occhi come escono gli esuli; [5]sotto i loro occhi sfonda la parete ed esci attraverso di essa. [6]Sotto i loro occhi ti metterai il bagaglio in spalla; col buio uscirai, velandoti la faccia, per non vedere il paese. Infatti ti ho stabilito come segnale per la casa d'Israele».

[7]Io feci come mi era stato ordinato, portai fuori il bagaglio da esule di giorno; alla sera sfondai con le mani la parete, col buio uscii, misi il bagaglio in spalla sotto i loro occhi.

[8]Al mattino mi giunse la parola del Signore: [9]«Figlio dell'uomo, la casa d'Israele, casa ribelle, ti domanda cosa stai facendo? [10]Rispondi loro: Così parla Dio, mio Signore: "Quest'oracolo è per il principe di Gerusalemme, e per tutta la casa d'Israele che vi abita". [11]Di': Io sono un segnale per voi; come ho fatto io, così si farà a loro, andranno in esilio, in prigione. [12]Il principe in mezzo a voi si metterà il bagaglio in spalla, col buio uscirà, sfonderanno il muro perché possa scappare, si velerà la faccia per non vedere il suo paese. [13]Ma gli tenderò la mia rete e sarà preso al laccio; quindi lo condurrò a Babilonia, il paese dei Caldei: egli non lo vedrà, eppure vi morirà. [14]Tutti quelli del suo seguito, i suoi sostenitori, le sue schiere le disperderò a ogni vento e snuderò una spada dietro a loro. [15]Riconosceranno allora che io sono il Signore, quando li avrò disseminati tra le genti e li avrò dispersi per il mondo; [16]tuttavia ne risparmierò un piccolo numero dalla spada, dalla fame e dalla peste, perché raccontino tutte le loro abominazioni tra le genti dove saranno finiti. Riconosceranno che io sono il Signore».

[17]Mi giunse la parola del Signore: [18]«Figlio dell'uomo, mangerai il tuo pane con tremore e berrai la tua acqua con trepidazione e sgomento. [19]Poi dirai alla popolazione: Così dice Dio, mio Signore, a proposito degli abitanti di Gerusalemme, nel paese d'Israele: Mangeranno il loro pane con sgomento e berranno la loro acqua con terrore, al punto che il loro paese sarà devastato nei

suoi beni, a causa della violenza di tutti i suoi abitanti. [20]Le città abitate saranno devastate e il paese rimarrà una desolazione, così riconoscerete che io sono il Signore».

[21]Mi giunse la parola del Signore: [22]«Figlio dell'uomo, cos'è questo vostro detto sul paese d'Israele: "Il numero di giorni si allunga e le visioni falliscono"? [23]Tu perciò riferisci loro: Così dice Dio, mio Signore: Faccio cessare questo detto; non lo diranno più in Israele. Anzi di' loro: Sono vicini i giorni e l'attuazione di ogni visione. [24]Oh, certo, non ci sarà più nessuna falsa visione o divinazione illusoria in mezzo alla casa d'Israele. [25]Invece io, il Signore, parlerò; la parola che dirò si attuerà, non sarà più rinviata. Sì, nei vostri giorni, casa ribelle, dirò una parola e l'attuerò. Oracolo di Dio, mio Signore».

[26]Mi giunse la parola del Signore: [27]«Figlio dell'uomo, ecco, quelli della casa d'Israele dicono: "La visione che ha visto richiede molto tempo; egli profetizza per un futuro lontano". [28]Tu perciò di' loro: Così dice Dio, mio Signore: Non sarà più rinviata la mia parola: la parola che dirò si attuerà. Oracolo di Dio, mio Signore».

13 Contro falsi profeti e profetesse. -

[1]Mi giunse la parola del Signore: [2]«Figlio dell'uomo, profetizza contro i profeti d'Israele che vanno facendo profezie; dirai ai profeti delle proprie idee: Udite la parola del Signore: [3]Così dice Dio, mio Signore: Guai ai profeti stolti che seguono il loro spirito senza vere visioni. [4]Sono stati come volpi in mezzo a luoghi devastati i tuoi profeti, o Israele. [5]Non siete stati sulla breccia né avete eretto mura per la casa d'Israele, per resistere nella battaglia, il giorno del Signore. [6]Hanno avuto visioni vane e divinazioni false dicendo: "oracolo del Signore", mentre il Signore non li aveva inviati: attesero invano che realizzasse la parola. [7]Non avete forse visioni vane e fatto divinazioni false? Avete detto: "oracolo del Signore", mentre io non avevo parlato. [8]Perciò così dice Dio, mio Signore: Siccome avete riferito vanità e avete avuto visioni false, eccomi contro di voi, oracolo di Dio, mio Signore. [9]La mia mano si volgerà con-

---

12. - [3-5]. Vuol figurare la fuga del re Sedecia attraverso una breccia nelle mura (cfr. 2Re 25,4-7).

tro i profeti dalle visioni vane e dalle divinazioni false. Non figureranno più nell'assemblea del mio popolo, non saranno scritti nel
libro della casa d'Israele e non entreranno
nel paese d'Israele. Riconoscerete che io sono il Signore. [10]Siccome hanno ingannato il
mio popolo dicendo "pace" e la pace non
c'è, e appena esso costruiva un muro glielo
intonacavano, [11]di' a quelli che l'intonaca-
rono: Se viene una pioggia torrenziale e
continua, cade la grandine e soffia il vento
impetuoso, [12]il muro è bell'e caduto! Non
vi si dirà forse: dov'è l'intonaco che avete
spalmato? [13]Perché così dice Dio, mio Signore: Scatenerò un vento impetuoso nel
mio furore, ci sarà una pioggia torrenziale
nella mia ira e grandine nel furore per lo
sterminio. [14]Demolirò il muro che avete intonacato, lo abbatterò, ne resteranno scoperte le fondamenta; cadendo quello, voi vi
finirete sotto e così riconoscerete che io sono il Signore. [15]Sfogherò la mia ira sul muro
e su chi l'ha intonacato e si dirà di voi:
"Non c'è più né il muro né chi lo ha intonacato", [16]i profeti d'Israele, che profetizzavano su Gerusalemme e avevano visioni su di
essa, visioni di pace, mentre la pace non
c'era. Oracolo di Dio, mio Signore.

[17]Tu, figlio dell'uomo, rivolgiti contro le
figlie del tuo popolo che si fanno profezie
secondo le proprie idee e profetizza contro
di loro. [18]Di' loro: Così dice Dio, mio Signore: Guai a quelle che legano fasce su ogni
giuntura e mettono veli in testa per qualsiasi statura, dando la caccia alla gente! Credete forse di poter andare a caccia della gente
del mio popolo, restando vive voi stesse?
[19]Voi mi avete disonorato presso il mio popolo, per manciate d'orzo e per pezzi di pane, sì da far morire gente che non doveva
morire e far vivere gente che non doveva
vivere, dicendo falsità al mio popolo che
ascolta bugie. [20]Perciò così dice Dio, mio
Signore: Eccomi contro le fasce con cui date la caccia alla gente: le strapperò dalle vostre braccia e lascerò in libertà la gente che

avete accalappiato. [21]Strapperò i vostri veli
e libererò il mio popolo dalle vostre mani;
non saranno più tra le vostre mani come
preda di caccia e riconoscerete che io sono
il Signore. [22]Siccome avete rattristato il
cuore del giusto con menzogne, mentre io
non l'affliggevo, e al contrario avete incoraggiato l'empio così che non si converta
dalla sua condotta cattiva e possa vivere,
[23]perciò non avrete più visioni vane e non
farete più divinazioni: libererò il mio popolo dalle vostre mani. Riconoscerete che io
sono il Signore».

14 Contro l'idolatria. - [1]Vennero da me
alcuni anziani d'Israele e mentre mi
stavano seduti davanti [2]mi giunse la parola
del Signore: [3]«Figlio dell'uomo, quelli lì si
sono innalzati nel cuore i loro idoli e si sono tesi da sé la trappola delle loro colpe. Mi
lascerò dunque interpellare da loro? [4]Perciò
parla e di' loro: Così dice Dio, mio Signore:
Se uno della casa d'Israele, uno che si sia
innalzato nel cuore i suoi idoli e si sia teso
da sé la trappola delle sue colpe, va dal profeta, gliela darò io, il Signore, la risposta,
con tutti quei suoi idoli! [5]Agguanterò quelli
della casa d'Israele, che si è staccata da me
per tutti i suoi idoli. [6]Perciò di' alla casa d'I-
sraele: Così dice Dio, mio Signore: Convertitevi dai vostri idoli e distogliete la faccia
dalle vostre abominazioni. [7]Infatti se uno
della casa d'Israele o dei forestieri residenti
in Israele si stacca da me e s'innalza nel
cuore gli idoli e si tende da sé la trappola
delle sue colpe e poi se ne viene dal profeta
a interpellarmi, gliela darò io, il Signore, la
risposta! [8]Mi volgerò contro costui e lo renderò un segnale e una lezione; lo reciderò
dal mio popolo e riconoscerete che io sono
il Signore.

[9]Se un profeta si fa ingannare e riferisce
la parola, io lo ingannerò e stenderò il mio
braccio contro di lui e lo cancellerò dal mio
popolo Israele. [10]Porteranno la loro colpa;
com'è la colpa di chi lo ha interpellato, così
sarà la colpa del profeta. [11]Ciò perché non
abbiate più a traviare lontano da me, o casa
d'Israele, e non vi macchiate più d'impurità
con tutte le vostre rivolte, e siate il mio popolo e io il vostro Dio; oracolo di Dio, mio
Signore».

Responsabilità personale. - [12]Mi giunse la
parola del Signore: [13]«Figlio dell'uomo, se

---

13. - [10]. Con le loro predizioni bugiarde, i falsi profeti illudono il popolo che, invece di riconoscere i
propri peccati e convertirsi, pensa a stabilirsi meglio,
forse confidando in aiuti stranieri.

14. - [12-20]. Contro le vane speranze degli esiliati, secondo cui Gerusalemme sarebbe stata salvata per la
presenza dei giusti che si trovavano in essa, il Signore fa sapere che i giusti, che eventualmente vi fossero, otterrebbero la salvezza unicamente per sé, ma
per nessun altro, neppure per le persone più care.

un paese pecca contro di me commettendo infedeltà, stenderò il mio braccio contro di esso e gli spezzerò il bastone del pane; gli manderò la fame e vi reciderò uomini e animali. [14]Se vi si trovassero i tre famosi personaggi: Noè, Daniele e Giobbe, essi salverebbero se stessi per la loro giustizia, oracolo di Dio, mio Signore. [15]Oppure, se facessi invadere quel paese dalle fiere selvagge e lo spopolassero e diventasse desolato non passandoci più nessuno per paura di quelle fiere, [16]quei suoi tre personaggi, lo giuro per la mia vita, oracolo di Dio, mio Signore, non salverebbero né figli né figlie; salverebbero solo se stessi e il paese rimarrebbe desolato. [17]Oppure, se facessi venire contro quel paese la spada e dicessi che la spada lo invada e vi recidessi uomini e animali, [18]quei suoi tre personaggi, lo giuro per la mia vita, oracolo di Dio, mio Signore, non salverebbero né figlie né figli: si salverebbero essi soli. [19]Oppure, se mandassi contro quel paese la peste e sfogassi il mio furore contro di esso sì da recidervi uomini e animali, [20]se vi fossero nel paese Noè, Daniele e Giobbe, lo giuro per la mia vita, oracolo di Dio, mio Signore, non salverebbero neanche un figlio o una figlia: salverebbero se stessi per la loro giustizia.

[21]Ebbene, così dice Dio, mio Signore: Lo stesso capita se mando contro Gerusalemme le mie quattro dure condanne: spada, fame, fiere selvagge e peste, sì da recidervi uomini e animali. [22]Ecco, vi rimarranno alcuni superstiti; troveranno scampo figli e figlie. Appena giungeranno da voi, costaterete la condotta e le azioni di quelli e vi consolerete del male che ho mandato su Gerusalemme, di tutto quello che le ho mandato contro. [23]Essi vi consoleranno perché costaterete la condotta e le azioni di quelli. Riconoscerete che non senza ragione ho fatto quel che ho fatto in essa, oracolo di Dio, mio Signore».

15 Parabola della vite. - [1]Mi giunse la parola del Signore:

[2] «Figlio dell'uomo, cos'è mai il legno della vite
rispetto a tutto l'altro legname che c'è nella foresta?
[3] Se ne prende forse il legno per fare qualche lavoro?
Ne prendono un pezzo anche solo per appendervi qualcosa?

[4] Vedi? Lo si getta nel fuoco a bruciare.
Quando il fuoco ne avesse bruciato i due estremi,
forse il centro è destinato alla lavorazione?
[5] Se quand'era sano non si usava per alcun lavoro,
adesso che il fuoco l'ha distrutto ed è bruciato,
vuoi che sia usato per qualche lavoro?
[6] Perciò così dice Dio, mio Signore:
Come il legno di vite, tra il legname della foresta,
è destinato ad essere distrutto dal fuoco,
così tratto gli abitanti di Gerusalemme.
[7] Mi volgerò contro di essi:
sono scampati da un fuoco, ma l'altro li distruggerà.
Riconoscerete che io sono il Signore,
quando fisserò contro di loro il mio sguardo
[8] e renderò il paese una desolazione,
perché hanno prevaricato,
oracolo di Dio, mio Signore».

16 Le infedeltà della sposa del Signore. - [1]Mi giunse la parola del Signore: [2]«Figlio dell'uomo, fa' sapere a Gerusalemme le sue abominazioni. [3]Dirai: Così dice Dio, mio Signore, a Gerusalemme: La tua stirpe e la tua origine sono dal paese dei Cananei. Tuo padre era un amorreo e tua madre una hittita. [4]Alla tua nascita, il giorno in cui fosti partorita non si tagliò il tuo cordone ombelicale né ti si fece il bagno, non ti cosparsero di sali né ti avvolsero in fasce. [5]Nessun occhio ebbe compassione di te per prestarti queste cure, avendo pietà di te. Fosti gettata in aperta campagna come oggetto di ripugnanza nel giorno in cui nascesti. [6]Io ti passai vicino, ti vidi immersa nel tuo sangue e ti dissi: "Vivi, nonostante il tuo sangue, [7]e cresci come i virgulti della campagna". Cresce-

---

16. - [3-14.] Con questa bellissima descrizione Dio vuol far notare quanto grande fu il suo amore per la nazione, eletta senza propri meriti, ma solo per l'amore di predilezione che Dio ebbe per lei. Le origini possono essere dette *dal paese dei Cananei*, in quanto i patriarchi avevano vissuto in Canaan e lì avevano prosperato; *Abramo*, benché di Ur, era originario d'una delle tribù aramee installatesi sulle rive dell'Eufrate; Israele come nazione aveva iniziato a formarsi in Egitto, dove però nessuno se ne preoccupava. E Dio l'aveva salvata, fatta sua, arricchita e fatta regina...

sti, ti facesti grande, arrivasti alle mestruazioni. Le mammelle si rassodarono e tu giungesti alla pubertà: ma eri ancora nuda. [8]Ti passai vicino e ti vidi; eri proprio nel tempo dell'amore. Allora stesi il mio lembo su di te, coprii la tua nudità, ti feci un giuramento, feci con te un patto, oracolo di Dio, mio Signore, e fosti mia. [9]Ti feci il bagno, lavai il tuo sangue e ti spalmai di olio; [10]ti misi una veste variopinta, ti infilai calzature preziose, ti cinsi con una fascia di bisso e ti avvolsi in veli. [11]Ti abbellii di ornamenti: ti misi braccialetti alle braccia e una collana al collo, [12]ti misi un anello al naso e pendenti alle orecchie e una corona elegante sulla testa: [13]ti ornai d'oro e d'argento; bisso, veli preziosi e stoffe variopinte erano il tuo vestiario; mangiavi farina purissima, miele e olio. Diventasti molto, molto bella e riuscisti ad arrivare al regno. [14]Si diffuse la tua fama tra le genti per la tua bellezza: eri semplicemente perfetta, negli ornamenti di cui ti avevo rivestito, oracolo di Dio, mio Signore. [15]Ma tu, riponendo la fiducia nella tua bellezza, con la tua fama ti prostituisti e riversasti i tuoi adultèri su ogni passante. Poi, addirittura, [16]col tuo vestiario facesti recinti striati dove ti sei prostituita. [17]Con gli eleganti ornamenti d'oro e d'argento che ti avevo dato, facesti delle immagini di maschio con cui ti sei prostituita; [18]con le tue vesti variopinte le ricopristi offrendo ad esse il mio olio e il mio profumo. [19]E il cibo che ti avevo dato, la farina purissima, l'olio e il miele di cui ti nutrivo, l'offristi ad esse in profumo soave. Poi addirittura, oracolo di Dio, mio Signore, [20]hai preso i tuoi figli e le tue figlie che mi avevi generato e li hai sacrificati in pasto ad esse. Erano dunque poche le tue prostituzioni? [21]Hai sgozzato i miei figli, hai deciso di consacrarli ad esse. [22]Con tutte le tue abominazioni e i tuoi adultèri, non ti sei ricordata di quand'eri giovane, che eri tutta nuda e che eri rimasta immersa nel tuo sangue. [23]Poi addirittura, dopo questi tuoi misfatti, o sventurata, oracolo di Dio, mio Signore, [24]ti sei fatta un'alcova, ti sei fatta un'altura ad ogni via.

[25]Ad ogni incrocio ti sei fatta un'altura, rendendo abominevole la tua bellezza, hai allargato le tue gambe ad ogni passante intensificando le tue prostituzioni. [26]Ti sei prostituita agli Egiziani, i tuoi vicini dal grosso membro, intensificando la tua prostituzione fino a stomacarmi. [27]Ecco che allora tesi il mio braccio contro di te e raschiai via il tuo patrimonio e ti diedi in balia delle tue nemiche, le Filistee, colpite dalla tua condotta ignominiosa. [28]Non soddisfatta, ti sei prostituita con gli Assiri. Ti sei prostituita ancora, senza rimanere soddisfatta. [29]Quindi hai moltiplicato le tue prostituzioni col paese dei commercianti, in Caldea, ma anche così non sei stata soddisfatta. [30]Come è stato abbietto il tuo cuore, oracolo di Dio, mio Signore, nel fare tutte queste cose, opera di una prostituta licenziosa! [31]Dopo aver fatto l'alcova ad ogni incrocio e l'altura ad ogni via, non fosti come la prostituta, ma non hai voluto neppure la paga. [32]La donna che è adultera nei confronti di suo marito, prende la paga. [33]Alle adultere si sogliono fare doni, ma tu hai fatto doni a tutti i tuoi amanti, hai fatto loro dei regali perché venissero a te da ogni parte per le prostituzioni. [34]Avveniva nelle tue prostituzioni addirittura il contrario delle altre donne; nessuna si prostituì mai come te, al punto di dare la paga anziché fartela dare! [35]Perciò, o prostituta, ascolta la parola del Signore: [36]Così dice Dio, mio Signore: Siccome hai riversato la tua libidine e hai scoperto la tua nudità nelle tue prostituzioni con tutti i tuoi amanti e tutti i tuoi idoli abominevoli e col sangue dei tuoi figli che hai loro offerto, [37]perciò eccomi a te: raccoglierò tutti i tuoi amanti coi quali ti sei divertita, tutti quelli che amasti oltre a quelli che hai odiato; li raccoglierò contro di te da ogni parte e scoprirò loro la tua nudità e ti vedranno tutta nuda. [38]Ti condannerò secondo la norma delle adultere e delle donne sanguinarie e ti riserverò sangue, furore e irosa gelosia. [39]Ti darò nelle loro mani, distruggeranno le tue alcove, demoliranno le tue alture, ti toglieranno le tue vesti, ti prenderanno gli ornamenti eleganti e ti lasceranno completamente nuda. [40]Convocheranno un'assemblea contro di te, ti lapideranno e ti trafiggeranno con le loro spade. [41]Bruceranno le tue case, decreteranno la tua condanna al cospetto di numerose donne. Ti farò smettere la prostituzione e anche la paga non la potrai più dare. [42]Allora placherò il mio furore su di te, la mia gelosia irosa contro di te cesserà; mi acquieterò, non avrò più il voltastomaco. [43]Siccome non ti sei ricordata di quand'eri giovane e mi hai irritato in tutti questi modi, ebbene: a mia volta io farò ricadere su di te la

tua condanna, oracolo di Dio, mio Signore. Non hai fatto una cosa ignominiosa con tutte le tue abominazioni? ⁴⁴Ognuno sentenzierà così su di te: la figlia è come la madre. ⁴⁵Sei proprio figlia di tua madre, cui ripugnavano lo sposo e i figli. Sei sorella delle tue sorelle, cui ripugnavano i mariti e i figli: vostra madre è una hittita e vostro padre un amorreo.

⁴⁶Tua sorella maggiore è Samaria. Essa e le sue figlie stanno alla tua sinistra. Tua sorella minore, che sta alla tua destra, è Sodoma con le sue figlie. ⁴⁷Ma tu non hai seguito le loro orme né hai imitato le loro abominazioni; in breve ti sei corrotta più di loro nella tua condotta. ⁴⁸Per la mia vita, oracolo di Dio, mio Signore, Sodoma e le sue figlie non hanno fatto come hai fatto tu e le tue figlie. ⁴⁹Ecco com'era l'iniquità di Sodoma tua sorella: arroganza, abbondanza di cibo e quieto benessere toccò a lei e alle sue figlie e non sostenne il povero e il misero. ⁵⁰Si insuperbirono, commisero abominazioni davanti a me e io le tolsi di mezzo, come hai visto. ⁵¹Anche Samaria non ha commesso neanche la metà dei tuoi peccati. Hai commesso molte più abominazioni di esse e hai fatto parer giuste le tue sorelle con tutte le abominazioni che hai commesso. ⁵²Porta allora anche la vergogna di aver scagionato le tue sorelle; rendendoti più abominevole di loro con i tuoi peccati, esse sono risultate giuste in confronto a te. Almeno vergògnati e porta la vergogna di aver fatto parer giuste le tue sorelle. ⁵³Io però capovolgerò la loro prigionià: la prigiona di Sodoma e delle sue figlie, la prigionia di Samaria e delle sue figlie, e capovolgerò la tua prigionia insieme a loro, ⁵⁴in maniera che tu porti la tua ignominia e ti vergogni di tutto quello che hai fatto, con loro sollievo. ⁵⁵Sì, le tue sorelle Sodoma e le sue figlie torneranno come prima, Samaria e le sue figlie torneranno come prima, tu e le tue figlie tornerete come prima. ⁵⁶Sodoma tua sorella non fu forse oggetto di dicerie sulla tua bocca al tempo della tua arroganza, ⁵⁷prima che fosse svelato il tuo male? Proprio come sei adesso lo scherno delle figlie di Aram e tutti i loro dintorni, delle figlie dei Filistei, che ti disprezzano da ogni parte! ⁵⁸La tua ignominia e le tue abominazioni ti tocca sopportarle, oracolo del Signore.

⁵⁹Poiché così dice Dio, mio Signore: Ti farò quel che ti meriti, tu che hai disprezzato il giuramento e hai rotto l'alleanza. ⁶⁰Ma io mi ricorderò della mia alleanza con te, quella del tempo della tua gioventù e stabilirò con te un'alleanza perenne. ⁶¹Tu ti ricorderai della tua condotta e ne proverai vergogna, quando accoglierai le tue sorelle, quella maggiore e quella minore. Le renderò tue figlie, non certo in virtù della tua alleanza; ⁶²stabilirò io la mia alleanza con te e riconoscerai che io sono il Signore, ⁶³cosicché tu ti ricorderai e ti vergognerai e non oserai più aprir bocca di fronte alla tua vergogna, dopo che ti avrò purificata da tutto quello che hai fatto. Oracolo di Dio, mio Signore».

17 Minaccioso indovinello sul re. - ¹Mi giunse la parola del Signore: ²«Figlio dell'uomo, proponi un indovinello e componi un detto per la casa d'Israele. ³Dirai: Così dice Dio, mio Signore:

La grande aquila dalle grandi ali,
    dalle lunghe penne,
dal folto piumaggio, dalla veste
    variopinta
se ne andò nel Libano e prese
    un ramoscello di cedro;
⁴ staccò la punta dei suoi rami,
    la portò nel paese del commercio;
    la collocò in una città di commercianti.
⁵ Poi prese un virgulto del paese
    e lo gettò in un campo da semina.
    Lo pose presso acque abbondanti.
⁶ Esso germogliò e divenne una vite estesa
    ma modesta,
che rivolgeva verso l'aquila le sue foglie,
mentre le sue radici crescevano
    sotto di lei.
Divenne una vite, ramificò, emise
    delle fronde.
⁷ Capitò un'altra aquila grande,
    dalle grandi ali e dalle molte piume.
Ed ecco la vite girar le sue radici verso
    di essa
ed estendere a lei le sue foglie perché
    l'irrigasse,
dall'aiuola dov'era piantata.
⁸ In un bel campo con tant'acqua
    era stata piantata
per poter ramificare e dare frutti,
per riuscire un'ottima vite!

53-55. Come sempre, anche qui il pensiero della punizione richiama quello della promessa di Dio e quindi prospetta la futura restaurazione d'Israele.

⁹ Di': Così dice Dio, mio Signore:
Riuscirà forse?
L'aquila non la sradicherà, non
le strapperà forse i frutti
e non si seccherà tutto il fogliame che
ha messo?
Non ci vorrà tanta forza e tanta gente,
per estrarla fin dalle sue radici!
¹⁰ Eccola piantata, riuscirà forse?
Non si seccherà forse completamente,
al contatto dell'infuocato vento
orientale?
¹¹ Poi mi giunse la parola del Signore:
Nelle aiuole ove ha germogliato
seccherà!

¹²Di' dunque alla casa ribelle: Non capite
cos'è questo? Di': È venuto il re di Babilonia a Gerusalemme, ne ha preso il re e i capi, portandoseli a Babilonia. ¹³Ha preso un
virgulto della monarchia e ha stretto un patto con lui, gli ha fatto contrarre un giuramento e ha tolto i maggiorenti del paese:
¹⁴per poterne fare un regno modesto, perché non si elevi, perché mantenga il suo
patto, per la sua stabilità. ¹⁵Ma gli si è ribellato mandando i suoi messaggeri in Egitto,
perché gli desse cavalli e gente numerosa.
Gli riuscirà forse? Forse sfuggirà facendo
così? Ha rotto il patto, e sfuggirà?
¹⁶Per la mia vita, dice Dio, mio Signore,
morrà nel luogo del re l'aveva eletto, lui
che ne ha disprezzato il giuramento e ha rotto
il suo patto con lui: in Babilonia. ¹⁷Senza grandi forze militari e numeroso esercito, il faraone l'aiuterà a combattere, scavando trincee,
costruendo baluardi, col risultato di stroncare
molte vite. ¹⁸Ha disprezzato il giuramento
rompendo il patto; pur avendo dato la sua mano, ha fatto tutto ciò. Non scamperà.
¹⁹Perciò così dice Dio, mio Signore: Per la
mia vita: il mio giuramento che disprezzò e

la mia alleanza che ruppe li farò ricadere su
di lui. ²⁰Gli tenderò la mia rete e sarà preso
al laccio. Lo condurrò a Babilonia e là giudicherò l'infedeltà che ha commesso contro
di me. ²¹Tutti i suoi compagni di fuga e le
sue schiere cadranno di spada, e i rimanenti saranno dispersi a ogni vento. Così sapete che io, il Signore, ho parlato. ²²Così dice
Dio, mio Signore:

Anch'io prenderò dal ramoscello
del cedro
solamente la sua cima,
soltanto una punta ne staccherò
e la pianterò su un monte alto e boscoso.
²³ La voglio piantare sull'alto monte
d'Israele
e stenderà rami e darà frutti
e diverrà un cedro lussureggiante.
Sotto di lui abiteranno tutti gli uccelli
e riposerà all'ombra delle sue foglie ogni
volatile.
²⁴ Tutti gli alberi della campagna
riconosceranno che io, il Signore,
ho abbassato l'albero alto e innalzato
quello basso,
ho fatto seccare il legno verde
e germogliare quello secco.
Io, il Signore, ho parlato e così farò».

18 Responsabilità personale nel peccato. - ¹Mi giunse la parola del Signore: ²«Perché andate ripetendo questo detto
contro la casa d'Israele:

"I padri mangiano l'uva acerba
e si guastano i denti dei figli"?

³Per la mia vita, oracolo di Dio, mio Signore, nessuno dica più questo detto in
Israele. ⁴Ecco, a me appartiene la vita di
tutti; quella del padre come quella del figlio
mi appartengono: colui che pecca, egli solo
deve morire.
⁵Se uno è giusto e osserva le norme e la
giustizia, ⁶non fa pasti sacri sui monti e non
alza gli occhi verso gli idoli della casa d'I-
sraele, non rende impura la moglie del
prossimo e non s'avvicina alla donna immonda, ⁷non opprime nessuno, restituisce
il pegno, non commette nessuna rapina, dà
il suo pane all'affamato e riveste chi è nudo,
⁸non presta a interesse e non vuole percentuali, si astiene dal male, giudica secondo
verità tra uomo e uomo, ⁹segue i miei de-

---

18. - ¹·²⁴· Nel Decalogo (Es 20,5) Dio parla della responsabilità collettiva di tutto il popolo: ciò perché
Israele era considerato come un tutto, consacrato a
Dio, e quindi i peccati contro la legge, che lo vincola-
va a Dio e costituiva l'espressione dell'alleanza, atti-
ravano la punizione sopra la nazione intera. Ora la
nazione come tale sta scomparendo e la responsabilità personale si fa più palese. Il principio qui ampiamente esposto era già stato espresso da Ez 14,12-20,
ma prima ancora era apparso in Ger 31,29-30. Il *resto*, di cui già tante volte si è parlato e che sarà il nucleo costitutivo del nuovo popolo di Dio, sarà appunto formato da coloro che *personalmente* si sono mantenuti fedeli a Dio, al suo culto e alla sua legge.

creti e rispetta le mie norme, così da comportarsi rettamente, questi è giusto e di certo vivrà: oracolo di Dio, mio Signore.

[10]Ma se genera un figlio violento e sanguinario che commette di queste cose, [11]mentr'egli non ne commise nessuna, e cioè fa pasti sacri sui monti, rende impura la moglie del prossimo, [12]opprime il povero e il misero, commette rapina, non restituisce il pegno, alza gli occhi agli idoli, commette delle abominazioni, [13]presta a interesse e vuole la percentuale, di certo non vivrà; ha commesso tutte queste abominazioni: deve morire; il suo sangue ricade su di lui.

[14]Ma se genera un figlio che ha visto tutti i peccati commessi da suo padre, ha visto e non agisce in quel modo: [15]non fa pasti sacri sui monti, non alza i suoi occhi verso gli idoli della casa d'Israele, non rende impura la moglie del prossimo, [16]non opprime nessuno, non pignora nessuno, non commette rapine, dà il suo pane all'affamato e riveste chi è nudo, [17]trattiene la sua mano dal male, non vuole interessi e percentuali, osserva le mie norme e segue i miei decreti, questi non morrà per la colpa di suo padre: di certo vivrà. [18]Suo padre, invece, ha compiuto oppressioni e rapine e ha fatto ciò che non è bene in mezzo al mio popolo, egli sì che muore nel suo peccato!

[19]Voi dite: "Perché il figlio non porta l'iniquità del padre?". Perché il figlio ha osservato le norme e la giustizia, ha rispettato tutti i miei decreti e li ha eseguiti: per questo vivrà. [20]La persona che pecca, quella deve morire; il figlio non porterà l'iniquità del padre e il padre non porterà l'iniquità del figlio! La giustizia del giusto rimane su di lui e l'empietà dell'empio rimane su di lui.

[21]Se un empio si converte da tutti i peccati che ha commesso e rispetta tutte le mie norme e la giustizia, di certo vivrà; non morirà. [22]Nessuna delle ribellioni che ha compiuto gli sarà ricordata; vivrà per la giustizia che compie. [23]Forse mi compiaccio della morte dell'empio? Oracolo di Dio, mio Signore. Convertendosi dalla sua condotta, forse non vivrà? [24]E se il giusto si perverte e non è giusto e commette il male, commettendo tutte le abominazioni che ha compiuto l'empio, forse vivrà? Tutta la giustizia che ha compiuto non sarà ricordata; per l'infedeltà che ha commesso e per i peccati che ha fatto morirà.

[25]Voi dite: "Non va bene la condotta del mio Signore". Uditemi bene, casa d'Israele: è la mia condotta che non va bene o non è forse la vostra che non va bene? [26]Se il giusto si perverte, non è più giusto, fa il male e per questo muore: deve pur morire per il male che ha commesso! [27]Se invece l'empio si converte dall'empietà che ha commesso ed esegue le norme e la giustizia, egli salverà se stesso. [28]Ha deciso di convertirsi da tutte le ribellioni che ha commesso: di certo vivrà, non morirà. [29]Tuttavia la casa d'Israele dice: "Non va bene la condotta del Signore". È la mia condotta che non va bene, o casa d'Israele, o è la vostra che non va bene? [30]Perciò io giudicherò ciascuno di voi secondo la propria condotta, o casa d'Israele, oracolo del Signore Dio. Su, convertitevi da tutte le ribellioni e non siano più per voi una trappola al male! [31]Allontanatevi da tutte le ribellioni che avete commesso e formatevi un cuore nuovo e uno spirito nuovo. Perché mai, in tal caso, dovreste morire, o casa d'Israele? [32]Oh, non mi compiaccio certo della morte di alcuno, oracolo del Signore Dio. Convertitevi e vivrete».

19 Lamentazioni sulla monarchia. - [1]Tu innalza una lamentazione sui prìncipi d'Israele. [2]Di':

«Che madre è la tua! Leonessa
    tra i leoni,
accovacciata tra i leoncelli,
ha allevato i suoi piccoli.
[3]   Ha sollevato uno dei suoi piccoli;
    è diventato un leoncello.
Imparò a cercare la preda, divorò uomini;
[4]   ma le genti emisero un bando
    contro di lui,
fu preso nel loro trabocchetto.
Lo condussero in ceppi nella terra d'Egitto.
[5]   Quand'essa vide che era andata male,
    che la sua speranza era perduta,
prese un altro piccolo e ne fece
    un leoncello.
[6]   Esso prese a stare tra i leoni,
    divenne un leoncello.

---

19. - 2. *Tua madre*: è Gerusalemme, che personifica il regno di Giuda; *leoni*: sono i re delle nazioni; *leoncelli*: i figli di Giosia.

3-4. *Ha sollevato uno dei suoi piccoli*: è Ioacaz, che fu condotto prigioniero in Egitto (2Re 23,30).

5-9. *Un altro piccolo*: è Ioiachìn, re per pochi mesi, che venne condotto prigioniero a Babilonia (2Re 24,8; 25,27).

Imparò a ghermire la preda, divorò
     uomini.
7 Penetrò nei loro palazzi, devastò le loro
     città.
  Il paese ammutolì con i suoi abitanti
     al rumore del suo ruggito.
8 Ma gli si fecero addosso
     le genti delle province attorno,
     gli tesero contro la loro rete,
     fu preso nel loro trabocchetto.
9 Lo rinchiusero in ceppi,
     lo condussero dal re di Babilonia,
     lo condussero in un luogo inaccessibile,
     perché non s'udisse più la sua voce
     sui monti d'Israele.
10 Tua madre è simile a una vite piantata
     presso l'acqua:
     è stata fruttifera e frondosa per l'acqua
     abbondante.
11 Le crebbero rami robusti,
     ebbe gli scettri dei dominatori,
     fece svettare la sua altezza tra le nubi
     e apparve con tutta la sua sublimità
     nell'abbondanza delle sue foglie.
12 Ma fu distrutta con ira, fu atterrata
     e l'infuocato vento orientale la fece
     seccare,
     le caddero i frutti.
     Si seccò la verga del suo potere,
     il fuoco l'ha consumata.
13 Adesso è piantata nel deserto,
     in terra arida e riarsa.
14 È uscito un fuoco da un'altra verga,
     ha consumato i suoi rami e i suoi frutti.
     Non ha più la verga del potere,
     il bastone del dominio».

Questa è una lamentazione; divenne un
canto funebre.

20 **Rievocazione della storia passata.** -
¹Nel settimo anno, il dieci del quinto
mese, vennero alcuni anziani d'Israele per
interpellare il Signore e mi si sedettero davanti. ²Mi giunse la parola del Signore:
³«Figlio dell'uomo, parla agli anziani d'I-
sraele e di' loro: Così dice Dio, mio Signore: Siete venuti a interpellarmi? Per la mia
vita, non mi lascerò interpellare, oracolo di
Dio, mio Signore. ⁴Li vuoi giudicare? Giudi-
cali, figlio dell'uomo. Fa' loro conoscere le
abominazioni dei loro padri ⁵dicendo loro:
Così dice il Signore Dio: Quando elessi
Israele, alzai la mano in giuramento verso i

discendenti della casa di Giacobbe e mi ri-
velai loro nel paese d'Egitto; alzai la mano
giurando così: Io sono il Signore, il vostro
Dio. ⁶In quel giorno alzai la mano giurando
loro di farli uscire dal paese d'Egitto alla
volta di un paese che avevo esplorato per
loro, terra in cui scorreva latte e miele, il
più splendido tra tutti i paesi. ⁷Dissi loro:
Ciascuno rimuova gli idoli schifosi dai suoi
occhi e non si macchi d'impurità con gli
idoli d'Egitto: io sono il Signore, il vostro
Dio. ⁸Invece mi si ribellarono e non vollero
ascoltarmi, non rimossero gli idoli schifosi
dai loro occhi, non abbandonarono gli idoli
dell'Egitto e io decisi di riversare il mio furore su di essi, di accumulare su di loro la
mia ira entro il paese d'Egitto.

⁹Ma per amore del mio nome feci sì che
non venisse profanato al cospetto delle genti in mezzo a cui si trovavano, poiché mi
ero rivelato loro al cospetto di esse per farli
uscire dal paese d'Egitto. ¹⁰Sicché li feci
uscire dal paese d'Egitto e li condussi nel
deserto. ¹¹A loro diedi i miei decreti e rive-
lai le mie norme, osservando le quali l'uomo vivrà. ¹²Diedi loro anche i miei sabati,
perché siano un segno tra me e loro e si riconosca che io, il Signore, li santifico.
¹³Però la casa d'Israele mi si ribellò nel deserto: non seguirono i miei decreti, respinsero le mie norme, osservando le quali l'uomo vivrà, profanarono molto i miei sabati, e
io decisi di riversare il mio furore su di loro
nel deserto, per distruggerli completamente. ¹⁴Ma per amore del mio nome, feci sì
che non venisse profanato davanti alle genti, al cui cospetto li avevo fatti uscire. ¹⁵Al-
zai ancora la mano giurando loro nel deserto di non condurli nel paese che avevo loro
destinato, in cui scorre latte e miele, il più
splendido tra tutti i paesi, ¹⁶poiché avevano
respinto le mie norme e non avevano seguito i miei decreti, avevano profanato i miei
sabati, insomma avevano seguito gli idoli
del loro cuore.

¹⁷Ma il mio occhio ebbe compassione di
loro, della loro distruzione e non operai la
loro estinzione totale nel deserto. ¹⁸Poi dissi ai loro figli nel deserto: non seguite le
leggi dei vostri padri, non rispettate le loro
norme e non macchiatevi d'impurità con i
loro idoli. ¹⁹Io sono il Signore, il vostro Dio;
seguite i miei decreti, rispettate le mie norme ed eseguitele. ²⁰Santificate i miei sabati
e siano un segno tra me e voi, perché si conosca che io sono il Signore, vostro Dio.

²¹Invece mi si ribellarono anche i figli; non seguirono i miei decreti, non rispettarono né eseguirono le mie norme, osservando le quali l'uomo vivrà; profanarono i miei sabati e io decisi di riversare il mio furore su di essi, di accumulare su di essi la mia ira nel deserto.

²²Ma ritirai il mio braccio e per amore del mio nome feci sì che non venisse profanato davanti alle genti al cui cospetto li avevo fatti uscire. ²³Alzai tuttavia la mia mano giurando loro nel deserto di disseminarli tra le genti e di disperderli nel mondo, ²⁴poiché non attuarono le mie norme, rifiutarono i miei decreti, profanarono i miei sabati ed ebbero gli occhi rivolti agli idoli dei loro padri. ²⁵Io stesso poi diedi loro decreti non buoni e norme che non dànno la vita. ²⁶Li feci macchiare d'impurità con le loro offerte di consacrazione di ogni primogenito, per gettarli nella costernazione, affinché riconoscessero che io sono il Signore.

²⁷Perciò parla alla casa d'Israele, figlio dell'uomo, e di' loro: Così dice il Signore Dio: Un'altra cosa ancora: i vostri padri mi hanno bestemmiato rivoltandosi contro di me. ²⁸E dire che io li avevo condotti nella terra che, alzando la mano, avevo giurato di dar loro! Ma essi videro tutti i colli elevati e gli alberi frondosi e vi fecero i loro sacrifici, vi portarono le loro nauseanti oblazioni, vi misero i loro profumi soavi e vi fecero le loro libazioni. ²⁹Io dissi loro: cos'è questo alto luogo che voi frequentate? ³⁰Ebbene, di' alla casa d'Israele: Così dice Dio, il mio Signore: Voi vi macchiaste di impurità sull'esempio dei vostri padri e vi prostituiste con i loro idoli, ³¹offrendo le vostre offerte, consacrando nel fuoco i vostri figli; vi macchiaste d'impurità con tutti i vostri idoli fino ad oggi e io mi devo lasciare interpellare da voi, casa d'Israele? Per la mia vita, oracolo di Dio, mio Signore, no, non mi lascio interpellare. ³²Eppure ciò che sale alla vostra mente non deve avvenire: e cioè ciò che dite: "Diverremo come le genti, come le altre tribù della terra, sì da venerare il legno e la pietra". ³³Per la mia vita, oracolo di Dio, mio Signore, sì, con mano ferma, con braccio teso e con furore scatenato, regnerò su di voi. ³⁴Vi farò uscire dai popoli, vi radunerò da tutto il mondo dove vi disseminai, con mano ferma, con braccio teso e furore scatenato. ³⁵Vi condurrò nel deserto dei popoli, là istituirò il giudizio con voi, faccia a faccia. ³⁶Come giudicai i vostri padri nel de-

serto del paese d'Egitto, così giudicherò voi, oracolo di Dio, mio Signore. ³⁷Vi farò passare sotto il mio bastone e vi condurrò sotto gli impegni della mia alleanza ³⁸e separerò quelli che mi sono ribelli e rivoltosi; li farò uscire dal paese dove sono forestieri, ma non arriveranno al paese d'Israele. Riconoscerete che io sono il Signore. ³⁹A voi, casa d'Israele, così dice Dio, mio Signore: Rigettate ciascuno i vostri idoli e non profanate più il mio santo nome con le vostre offerte e i vostri idoli. ⁴⁰Sì, sul mio monte santo, sull'alto monte d'Israele, oracolo di Dio, mio Signore, in quel paese mi serviranno tutti quelli della casa d'Israele. Là mi compiacerò di essi. Cercherò io i vostri tributi, le vostre offerte e tutte le vostre cose sacre. ⁴¹Come d'un profumo soave mi compiacerò di voi, di avervi fatto uscire di mezzo ai popoli, di avervi raccolto da tutte le parti del mondo dove foste disseminati e per voi sarò riconosciuto santo al cospetto delle genti. ⁴²Riconoscerete che io sono il Signore quando vi condurrò nel paese d'Israele, nel paese che giurai alzando la mano di dare ai vostri padri. ⁴³Là ricorderete la vostra condotta e tutte le azioni di cui vi siete macchiati e resterete col volto angosciato per tutto il male che avete fatto. ⁴⁴Riconoscerete che io, il Signore, per amore del mio nome vi trattai così e non secondo la vostra pessima condotta e le vostre azioni corrotte, o casa d'Israele. Oracolo di Dio, mio Signore».

21 Trittico della spada. - ¹Mi giunse la parola del Signore: ²«Figlio dell'uomo, rivolgi la faccia verso il meridione, pronuncia un vaticinio verso l'austro, profetizza sulla foresta del sud. ³Dirai alla foresta del sud: Ascolta la parola del Signore: Così dice il Signore Dio: Ora appicco in te un fuoco che ti consumerà ogni legno verde e ogni legno secco; la fiamma ardente non si spegnerà, ogni cosa vi sarà bruciata da sud a nord ⁴e ogni creatura vedrà che io, il Signore, l'ho incendiata, non si spegnerà». ⁵Allora dissi: «Ahi, Dio, mio Signore! Essi vanno dicendo di me: "Non è forse pieno di favole costui?"». ⁶Ma mi giunse la parola del Signore: ⁷«Figlio dell'uomo, volgi la faccia verso Gerusalemme, pronuncia un vaticinio contro i suoi santuari, profetizza contro il paese d'Israele. ⁸Di' al paese d'Israele: Così dice il Signore: Eccomi contro di te!

Estrarrò la mia spada dal fodero e reciderò da te giusti ed empi. [9]Perché io recida da te giusti ed empi, deve uscire la mia spada dal fodero contro ogni creatura da sud a nord. [10]Ogni creatura riconoscerà che io, il Signore, ho estratto la mia spada dal fodero e che non vi rientrerà più. [11]E tu, figlio dell'uomo, gemi con i lembi disfatti, nell'amarezza gemi al loro cospetto. [12]Succederà che essi ti domanderanno: "Perché gemi?". E tu dirai: "Per una notizia che è arrivata; ogni cuore è disfatto, le braccia snervate, gli spiriti sono spaventati, le ginocchia si sciolgono". Ecco che è giunta e si avvera. Oracolo di Dio, mio Signore».

[13]Mi giunse la parola del Signore: [14]«Figlio dell'uomo, profetizza e di': Così dice il mio Signore:

Una spada, una spada è affilata
ed è anche levigata!
[15] Per ammazzare è affilata,
perché essa lampeggi è levigata.
[16] La si fece levigare
per prenderla bene in mano;
sì, è affilata la spada;
sì, è levigata per darla in mano a chi
uccide.
[17] Grida, ulula, figlio dell'uomo,
perché incombe ormai sul mio popolo
e su tutti i prìncipi d'Israele:
essi sono in balìa della spada
assieme al mio popolo!
Perciò battiti il fianco.
[18] È una prova. E che accadrebbe
se ci fosse uno scettro sprezzante?
Oracolo di Dio, mio Signore.
[19] E tu, figlio dell'uomo,
profetizza e batti le mani,
sia raddoppiata la spada e triplicata;
è una spada feritrice,
grande spada che ferisce,
che rotea loro attorno,
[20] sì da far sussultare il cuore.
Si moltiplicano i caduti:
a tutte le loro porte ho seminato strage.
Ahi, spada fatta per lampeggiare,
sfoderata per sgozzare!
[21] Colpisci a destra! Penetra a sinistra!
Là dov'è diretta la tua lama.
[22] Anch'io batto le mani e sfogherò il mio
furore.
Io, il Signore, ho parlato».

[23]Mi giunse la parola del Signore: [24]«Tu, figlio dell'uomo, traccia due strade, per il passaggio della spada del re di Babilonia; partiranno entrambe dal medesimo paese. Poni un'indicazione stradale; disegna un'indicazione al bivio della città.

[25]La strada della spada sia diretta a Rabbà degli Ammoniti e a Giuda, arroccato in Gerusalemme. [26]Infatti il re di Babilonia sta alla biforcazione, al bivio, per avere una divinazione. Ha agitato le frecce, ha interrogato i penati, ha esaminato il fegato. [27]Nella sua destra è finito il responso "Gerusalemme", e così egli piazza gli arieti, apre la bocca per gridare, fa echeggiare il grido di guerra, piazza gli arieti alle porte, innalza il terrapieno e costruisce la trincea. [28]Ma per essi ciò sarà una falsa divinazione, così sembrerà loro! Essi che hanno fatto giuramenti! Ma intanto egli è l'accusatore della loro colpa, perché siano presi al laccio!

[29]Perciò così dice Dio, mio Signore: Poiché accusate da voi stessi le vostre colpe, svelando le vostre ribellioni e mostrando i vostri peccati con tutte le vostre azioni, poiché le accusate voi stessi, sarete presi al laccio.

[30]E quanto a te, contaminato empio principe d'Israele, di cui è arrivato il giorno, ora che la colpa è arrivata alla fine, [31]così dice Dio, mio Signore: Deponi il turbante, lèvati la corona! Tutto sarà trasformato: ciò che è basso sarà elevato e ciò che è alto sarà abbassato. [32]Rovina, rovina, rovina provocherò! Ma questo non accadrà finché venga colui cui tocca il giudizio; è a lui che lo riservo».

Castigo di Ammon. - [33]«Tu, figlio dell'uomo, profetizza e di': Così dice Dio, mio Signore, riguardo ai figli di Ammon e al loro scherno: O spada sguainata per sgozzare, levigata per annientare, per lampeggiare, [34]mentre essi hanno false visioni e fanno divinazioni menzognere su di te, io ti destino alle gole di quegli empi contaminati, di cui è arrivato il giorno, ora che la colpa è arrivata alla fine.

[35]Rientra nel fodero. Nel luogo dove fosti creato, nel paese dove sei nato, ti giudicherò. [36]Riverserò su di te la mia rabbia, ti soffierò contro il fuoco della mia ira; ti darò in potere di uomini incendiari, artefici di sterminio. [37]Sarai preda del fuoco; il tuo sangue è sparso per il paese. Non sarai più ricordato. Io, il Signore, ho parlato».

22 Denuncia dei peccati di Gerusalemme.

- [1]Mi giunse la parola del Signore: [2]«Tu, figlio dell'uomo, vuoi giudicare, vuoi giudicare la città sanguinosa e farle conoscere tutte le sue abominazioni? [3]Di': Così dice Dio, mio Signore: Città che si versa addosso il sangue, sì da far venire il suo tempo; che costruisce dentro di sé gli idoli, per macchiarsi d'impurità. [4]Del sangue che hai versato ti sei resa colpevole, con gli idoli che ti sei fabbricata ti sei macchiata d'impurità; hai fatto giungere al colmo i tuoi giorni, è venuta l'ora di cambiare! Perciò il decreto lo scherno delle genti e il disprezzo in tutto il mondo. [5]Sia le città che ti sono vicine sia quelle lontane se la ridono; impura di fama, sei nella più grande costernazione. [6]Vedi? I prìncipi d'Israele agiscono in te a più non posso per versare il sangue. [7]Si disprezza in te il padre e la madre; quanto al forestiero, lo si opprime in mezzo a te, orfano e vedova li si schiaccia in te. [8]Disprezzi il mio santuario, profani i miei sabati. [9]Ci sono in te dei calunniatori per versare il sangue, in te si fanno pasti sacri sui monti, si commettono ignominie in mezzo a te. [10]Si scopre in te la nudità del padre, si esaspera in te l'impurità della donna immonda per mestruazione. [11]Ciascuno commette abominazioni con la moglie del suo prossimo, ciascuno macchia d'impurità ignominiosa la sua nuora, ciascuno in te violenta la sorella consanguinea. [12]Si ricevono in te regali per versare il sangue, esigi interessi e percentuali, spremi il tuo prossimo nell'oppressione e di me ti sei dimenticata! Oracolo di Dio, mio Signore. [13]Ma attenzione! Io batto le mani per le ricchezze che ti sei fatto e per il sangue che è in te. [14]Resisterà forse il tuo cuore e le tue braccia si manterranno forti quando ti farò ciò? Io, il Signore, ho parlato e così farò. [15]Ti disseminerò fra le genti e ti disperderò nel mondo, eliminerò l'impurità che proviene da te, [16]ma tu resterai profanata in te stessa al cospetto delle genti e riconoscerai che io sono il Signore».

[17]Mi giunse la parola del Signore: [18]«Figlio dell'uomo, la casa d'Israele m'è diventata tutta scorie: bronzo e stagno, ferro e piombo entro una fornace; scorie d'argento sono diventati. [19]Perciò così dice Dio, mio Signore: Poiché siete diventati tutti scorie, ecco io vi raccolgo dentro Gerusalemme. [20]Un mucchio di argento, bronzo, ferro, piombo e stagno dentro la fornace, in cui soffia un fuoco capace di fondere; così vi ammucchierò nella mia ira, nel mio furore e mi acquieterò facendovi fondere. [21]Vi riunirò, soffierò su di voi il fuoco della mia ira e fonderete dentro di essa. [22]Come si fonde l'argento dentro la fornace, così sarete fusi dentro di essa. Riconoscerete che sono io il Signore che ho riversato il mio furore su di voi».

[23]Mi giunse la parola del Signore: [24]«Figlio dell'uomo, digli: Tu sei un paese non purificato, non irrorato dalla pioggia, nel giorno della rabbia. [25]I suoi prìncipi furono in esso come un leone ruggente che cerca di predare, hanno mangiato le persone, hanno preso le forze e le ricchezze, moltiplicandovi le vedove. [26]I suoi sacerdoti hanno soffocato la mia legge, hanno profanato le cose sante; tra sacro e profano non hanno tenuto la distinzione, tra l'impuro e il puro non hanno indicato la differenza; hanno tolto i loro occhi dai miei sabati e in mezzo a loro fui profanato. [27]I suoi capi in esso furono come lupi che cercano di predare, per versare il sangue e far perire le anime, per accaparrarsi la ricchezza. [28]I suoi profeti, avendo visioni false e divinando per loro menzogne, hanno fatto loro l'intonaco con la calce: hanno continuato a dire: "Così dice il Signore Dio", mentre il Signore non ha parlato. [29]La popolazione esercita l'oppressione, commettendo rapina, schiacciando il povero e il misero, opprimendo il forestiero, ignorando ogni giusto decreto. [30]Io cercai chi sapesse costruire mura di difesa e stare sulla breccia in mio cospetto in favore del paese affinché non venisse distrutto, ma non lo trovai. [31]Quindi riversai su di esso la mia rabbia, nel fuoco della mia ira li annientai; riversai sopra le loro teste la loro condotta. Oracolo di Dio, mio Signore».

23 Il Signore descrive al profeta l'infedeltà della sposa-Gerusalemme.

- [1]Mi giunse la parola del Signore: [2]«Figlio dell'uomo, c'erano due donne figlie della stessa madre, [3]che si prostituirono in Egitto, si prostituirono già in gioventù; là furono compresse le loro mammelle, là si premettero i loro seni verginali. [4]Si chiamavano Oolà, la maggiore, e Oolibà, sua sorella. Divennero mie, mi generarono figli e figlie. Quanto ai loro nomi: Samaria è Oolà e Gerusalemme è Oolibà. [5]Ebbene, Oolà si prostituì alle mie spalle; spasimò per i suoi

---

22. - [9]. *Pasti sacri sui monti*: si tratta di banchetti in onore degli idoli.

amanti, gli Assiri, che facevano approcci. [6]Erano vestiti di porpora, satrapi e prefetti, tutti giovani da far invaghire, cavalieri sui loro cavalli. [7]Allora si prostituì con essi, tutta gente scelta degli Assiri, e col suo continuo spasimare per tutti i loro idoli si macchiò d'impurità. [8]Non abbandonò le prostituzioni dell'Egitto quando giacquero con lei nella sua gioventù, premendo i suoi seni verginali e riversandole addosso la loro prostituzione. [9]Perciò la diedi in balìa dei suoi amanti, in balìa dell'Assiria, per cui aveva spasimato. [10]Quelli scoprirono la sua nudità e, presi i figli e le figlie, li uccisero con la spada, cosicché divenne una favola per le donne; così decretarono la sua condanna.

[11]Sua sorella Oolibà vide e peggiorò il suo spasimare rispetto ad essa e le sue prostituzioni rispetto a quelle della sorella. [12]Spasimò per gli Assiri, satrapi e prefetti che facevano approcci, vestiti di tutto punto, cavalieri sui loro cavalli, tutti giovani da far invaghire; [13]vidi che si macchiò d'impurità: era proprio la stessa condotta per entrambe! [14]Aumentò la sua prostituzione, vide uomini tracciati sulle pareti, figure di Caldei disegnate in rosso, [15]che si cingono con perizomi i lombi, si ricoprono la testa con turbanti e sembrano tutti ufficiali di cavalleria, figure di Babilonesi la cui terra d'origine è la Caldea. [16]Ella spasimò per loro, per quello che appariva ai suoi occhi e mandò loro ambasciatori in Caldea. [17]Allora arrivarono da lei i Babilonesi al letto dell'amore, a macchiarla d'impurità con la loro prostituzione. Lei si macchiò con loro, finché ne fu nauseata. [18]Scoprì le sue prostituzioni, scoprì le sue nudità e quindi a mia volta mi allontanai da lei, come mi ero allontanato da sua sorella. [19]Poi intensificò le sue prostituzioni per rivivere i giorni della giovinezza quando si prostituì in Egitto. [20]Spasimò con i suoi concubini, la cui corporatura è come quella degli asini e il cui membro è come quello dei cavalli. [21]Incrementasti l'ignominia della tua gioventù, di quando gli Egiziani ti premettero i seni comprimendo le tue mammelle giovanili. [22]Perciò, Oolibà, così dice Dio, mio Signore: Eccomi qua a destare i tuoi amanti dai quali la tua anima si è staccata; li condurrò a te d'ogni intorno: [23]i Babilonesi, tutti i Caldei, quelli di Pekòd, di Soa e di Koa, tutti gli Assiri con essi, giovani da far invaghire, satrapi, tutti quanti ufficiali di cavalleria che fanno approcci, in sella ai loro cavalli. [24]Verranno contro di te cavalleria e carri, con una schiera di popoli; indosseranno scudo, egida ed elmo, contro te tutt'intorno. Affiderò loro la sentenza e ti giudicheranno secondo i loro decreti. [25]Scatenerò la mia gelosia su di te; essi ti tratteranno con furore e ti strapperanno il naso e le orecchie e la tua discendenza cadrà di spada. Prenderanno i tuoi figli e le tue figlie e la tua discendenza sarà consumata dal fuoco. [26]Ti spoglieranno delle tue vesti e ti prenderanno gli oggetti della tua eleganza. [27]Così io farò cessare la tua ignominia, le tue prostituzioni fin dall'Egitto e non alzerai più gli occhi verso di essi: gli Egiziani non li ricorderai più».

[28]Così dice Dio, mio Signore: «Bada: ti do in balìa di coloro che odi, in balìa di coloro di cui ti sei nauseata. [29]Ti tratteranno con odiosità, ti prenderanno tutti i tuoi beni, ti lasceranno completamente nuda e scoperta; sarà svelata la turpitudine delle tue scelleratezze, l'ignominia delle tue prostituzioni. [30]Ti faranno ciò perché mi hai tradito con le genti, perché ti sei macchiata d'impurità coi loro idoli. [31]Hai imitato la condotta di tua sorella e io ti darò in mano il suo stesso calice».

[32]Così dice Dio, mio Signore:

«Berrai il calice alto ed enorme di tua
    sorella,
sarai derisione e beffa per l'abbondante
    misura;
[33] di ubriacante tristezza sarai riempita,
o calice, di raccapriccio e di desolazione!
Il calice di tua sorella Samaria!
[34] Tu lo berrai, lo scolerai,
poi ne rosicchierai i cocci e ti strapperai
    il seno.
Così ho parlato. Oracolo del Signore».

[35]Perciò così dice Dio, mio Signore: «Poiché mi hai dimenticato, mi hai gettato dietro alle spalle, paga dunque la tua ignominia e le tue prostituzioni».

[36]Poi il Signore mi disse: «Figlio dell'uomo, vuoi giudicare Oolà e Oolibà e denunciarne le abominazioni? [37]Sì, si sono macchiate d'adulterio, hanno le mani insanguinate, si sono macchiate d'adulterio con gli idoli e addirittura hanno consacrato ad essi i figli che avevano generato a me. [38]E ancora questo mi hanno fatto: hanno reso impuro il mio santuario, un triste giorno, e profanato i miei sabati. [39]Sgozzati i figli ai loro idoli, sono venute al mio santuario in quel giorno per profanarlo. Ecco cos'hanno fatto dentro la mia casa!

⁴⁰E mandano ancora a chiamare uomini di paesi lontani, cui è stato inviato un ambasciatore. E quelli arrivano. È per questo che ti sei lavata, ti sei tinta gli occhi, ti sei abbigliata! ⁴¹Ti sedesti su un letto lussuoso con una tavola preparata davanti, su cui hai messo il mio profumo e il mio unguento. ⁴²Si udì l'eco di un tumulto, una moltitudine di uomini fatti venire ubriachi dal deserto; hanno braccialetti alle braccia e una corona elegante in testa. ⁴³Di quella vecchia adultera io allora dissi: fornicheranno. ⁴⁴Andarono da lei come si va da una prostituta, così andarono da Oolà e Oolibà, donne ignominiose. ⁴⁵Ma uomini giusti decreteranno contro di esse la sentenza delle adultere e delle donne sanguinarie: sono adultere e hanno le mani insanguinate».

⁴⁶Così dice Dio, mio Signore: «Si raduni contro di loro l'assemblea e si condannino al terrore e al bottino. ⁴⁷Si lapidino con le pietre dell'assemblea e si taglino con le spade; uccidano i figli e le figlie e diano alle fiamme le loro case. ⁴⁸Poi farò cessare l'ignominia nel paese, ogni donna imparerà la lezione e non faranno più simili ignominie. ⁴⁹Ricadrà su di voi la vostra ignominia e sconterete i vostri peccati d'idolatria. Riconoscerete che io sono il Signore Dio».

24 **Canto della pentola e prove del profeta.** - ¹Mi giunse la parola del Signore, nel nono anno, al dieci del decimo mese: ²«Figlio dell'uomo, scrivi la data di oggi, proprio di quest'oggi; il re di Babilonia assale Gerusalemme proprio oggi. ³Poi componi un detto per la casa ribelle; dille: Così parla il Signore Dio:

Metti su, metti su la caldaia
e versaci dentro dell'acqua;
⁴ prepara pezzi di carne,
tutti pezzi buoni: coscia e spalla,
poi riempi la caldaia con ossa scelte.
⁵ Prendi il meglio del gregge,
poi ammucchia sotto la legna.
Cuoci quei pezzi, fa' bollire dentro anche
le ossa.
⁶ Poiché così dice il Signore Dio:
O sventurata città sanguinaria,
caldaia arrugginita con una ruggine
che non vuole andarsene!
Vuotala pezzo a pezzo,
senza tirare su di essa la sorte;
⁷ poiché ha sangue dentro di sé.

L'ha versato su una pietra liscia;
non l'ha versato per terra,
che la polvere potesse coprirlo.
⁸ Per provocare la mia collera e meritarsi
la mia vendetta
ha lasciato il suo sangue sulla pietra
liscia, senza coprirlo.
⁹ Perciò così dice il Signore, Dio:
O sventurata città sanguinaria!
Io stesso farò una catasta,
¹⁰ aumenterò la legna, accenderò il fuoco,
consumerò la carne, la ridurrò
in poltiglia
e le ossa saranno bruciate.
¹¹ La piazzerò vuota su carboni ardenti,
perché si scaldi e il suo rame bruci
e si fonda la sua impurità
e sia distrutta la sua ruggine.
¹² Ma non si stacca tutta quella ruggine,
che resiste persino al fuoco!

¹³Nella tua impurità ignominiosa volli purificarti e non ti lasciasti purificare. Ora dalla tua impurità non ti purificherò più finché non abbia sfogato il mio furore contro di te. ¹⁴Io, il Signore, ho parlato; è partita la mia parola e l'eseguirò; non desisterò, non avrò compassione, non avrò pietà; ti giudicherò secondo la tua condotta e le tue azioni. Oracolo del Signore Dio».

¹⁵Mi giunse la parola del Signore: ¹⁶«Figlio dell'uomo: ora ti porterò via all'improvviso la delizia dei tuoi occhi; ma non piangere, non singhiozzare, non versar lacrime. ¹⁷Gemi, sta' in silenzio, ma non fare il lutto dei morti. Legati pure il tuo turbante, mettiti i sandali ai piedi, non coprirti la barba e non mangiare il pane del lutto».

¹⁸Parlai al popolo al mattino e alla sera mia moglie morì. All'indomani feci come mi fu comandato. ¹⁹Il popolo mi disse: «Vuoi annunciarci che cosa significa per noi quel che fai?». ²⁰Io risposi: «Mi giunse la parola del Signore: ²¹Di' alla casa d'Israele: così dice il Signore Dio: Badate! Io profano il mio santuario, orgoglio della vostra forza, delizia dei vostri occhi e sollecitudine delle vostre anime, e i figli e le figlie che lasciaste là cadranno di spada. ²²Voi farete come ho fatto io: non vi coprirete la barba, non mangerete il pane del lutto. ²³Terrete il

---

24. - ³· *Metti su la caldaia*: è una parabola, non un fatto avvenuto. Dio cercò in un primo tempo di purificare Gerusalemme, ma senza esito; perciò ora la distruzione sarà completa.

vostro turbante in testa e i sandali nei piedi, non piangerete, non singhiozzerete, languirete nelle vostre colpe, vi lamenterete l'uno con l'altro. [24]Ezechiele sarà per voi un segno; farete tutto come ha fatto lui. Quando ciò vi accadrà riconoscerete che io sono il Signore Dio.

[25]Tu, figlio dell'uomo, quando avrò portato loro via la fortezza, la gioia della loro gloria, la delizia dei loro occhi, la nostalgia delle loro anime, i loro figli e le loro figlie, [26]allora a te verrà un profugo, perché le tue orecchie ascoltino. [27]Allora si aprirà la tua bocca con il profugo e parlerai; non sarai più muto. Sarai per loro un segno. Riconoscerete che io sono il Signore».

ORACOLI CONTRO I POPOLI PAGANI

25 Contro **Ammon, Moab, Edom e i Filistei.** - [1]Mi giunse la parola del Signore: [2]«Figlio dell'uomo, volgi la tua faccia verso gli Ammoniti e profetizza contro di loro. [3]Di': O Ammoniti, udite la parola del Signore Dio! Poiché hai detto "evviva" al mio santuario quando fu profanato e al paese d'Israele quando fu devastato e alla casa di Giuda quando andò in esilio, [4]perciò ecco: io ti consegno ai figli dell'oriente in possesso ereditario. Piazzeranno i loro recinti in te, stabiliranno in te le loro abitazioni; essi mangeranno i tuoi frutti, berranno il tuo latte! [5]Renderò Rabbà uno stazzo di cammelli e gli Ammoniti uno stabbio di bestie. Riconoscerete che io sono il Signore. [6]Sì, così dice il Signore Dio: Per avere tu applaudito e pestato i piedi e perché hai gioito, smaniando, per la terra d'Israele, [7]perciò bada, stendo il mio braccio contro di te e ti espongo al bottino delle genti, ti reciderò dai popoli, ti cancellerò dalla terra, ti annienterò. Riconoscerai che io sono il Signore».

[8]Così dice il Signore Dio: «Poiché Moab e Seir hanno detto: "Eccolo Giuda: è come le altre genti!"; [9]perciò bada! Squarcio il dorso montagnoso di Moab, riducendolo senza città: a partire dai suoi confini, lo splendido paese di Bet-Iesimòt, Baal-Meòn, Kiriatàim. [10]Lo darò ai figli dell'oriente, oltre gli Ammoniti, in possesso ereditario, sicché non sia più ricordato tra le genti. [11]E contro Moab farò il giudizio. Riconosceranno che io sono il Signore».

[12]Così dice il Signore Dio: «Poiché Edom è stato vendicativo con la casa di Giuda, si sono resi colpevoli vendicandosi di essa, [13]perciò, così dice il Signore Dio: Stendo il mio braccio contro Edom e ne reciderò uomini e animali e farò una devastazione da Teman a Dedan; cadranno di spada. [14]Farò la mia vendetta su Edom per mezzo del mio popolo Israele; essi tratteranno Edom secondo la mia ira e il mio furore. Riconosceranno la mia vendetta. Oracolo del Signore Dio».

[15]Così dice il mio Signore Dio: «Poiché i Filistei sono stati vendicativi, si sono vendicati, smaniando per lo sterminio, mossi da eterna inimicizia, [16]perciò, così dice il Signore Dio: Badate: io stendo il braccio contro i Filistei, ne reciderò i Cretesi e cancellerò il resto della spiaggia del mare. [17]Compirò contro di loro una grande vendetta con castighi furiosi. Riconosceranno che io sono il Signore, quando mi vendicherò su di loro».

26 Contro **Tiro.** - [1]Nell'anno undicesimo, il primo del mese, mi giunse la parola del Signore: [2]«Figlio dell'uomo, poiché Tiro ha detto contro Gerusalemme:

"Evviva! S'è rotta la porta dei popoli;
s'è piegata a me, la sua ricchezza
     è devastata",
[3] perciò così dice il Signore Dio:
Eccomi contro di te, Tiro;
ti farò assalire da molte genti,
come gli assalti delle onde del mare.
[4] Abbatteranno le mura di Tiro,
demoliranno le tue torri,
toglierò sin la polvere di essa e la ridurrò
     a pietra liscia,
[5] a luogo per distendere le reti in mezzo
     al mare.

Sì, io ho parlato, oracolo del Signore Dio;
diverrà bottino delle genti.

[6] Le tue figlie in campagna
saranno uccise dalla spada
e riconosceranno che io sono il Signore.

---

25. - [1.] Gli oracoli contro le nazioni pagane (cc. 25-32) risalgono a tempi diversi, ma qui seguono quelli contro Gerusalemme per far vedere l'azione della giustizia di Dio nel popolo eletto e nei pagani. Però mentre le profezie sul castigo di Israele terminano sempre con una speranza di riabilitazione, per le altre nazioni la rovina sarà completa.

26. - [6.] *Le tue figlie*, cioè le città dipendenti dalla capitale, che era costruita in parte sopra un'isola; esse perciò sono dette *in campagna*, cioè in terraferma.

[7]Sì, così dice il Signore Dio: Badate! Faccio venire dal nord, su Tiro, Nabucodònosor, re di Babilonia, il re dei re, con cavalli, carri, cavalieri e un'accolta di molti popoli.

[8] Le tue figlie sulla terra ferma
le ucciderà con la spada,
ti porrà l'assedio,
traccerà contro te una trincea,
erigerà un terrapieno contro di te.
[9] Colpi di arieti darà contro le tue mura
e le tue torri saranno distrutte dai suoi
spuntoni.
[10] Per l'abbondanza dei suoi cavalli
ti coprirà di polvere;
al rumore dei cavalieri, delle ruote
e dei carri
si scuoteranno le tue mura,
quando entrerà per le tue porte
come si entra in una città espugnata.
[11] Con gli zoccoli dei suoi cavalli
calpesterà ogni tua strada,
ucciderà il tuo popolo con la spada
e saran gettate per terra le tue grandiose
colonne.
[12] Depreeranno le tue ricchezze,
faranno bottino della tua merce,
demoliranno le tue mura,
distruggeranno le tue case lussuose;
le tue pietre, il legname e la polvere
li getteranno in mare.
[13] Farò cessare lo strepito dei tuoi canti;
il suono delle tue cetre non si sentirà
più.
[14] Ti ridurrò a pietra liscia,
sarai un luogo per stendere le reti.
Non sarai più ricostruita.
Sì, io, il Signore, ho parlato. Oracolo del
Signore Dio».

[15]Così dice il Signore Dio a Tiro: «Per il rumore della tua caduta e il gemito dei feriti, per gli uccisi in mezzo a te, non si scuotono forse i lidi? [16]Scendono dai loro troni tutti i prìncipi del mare, si tolgono i loro indumenti, si levano le vesti variopinte; si vestono di trepidazione, si siedono per terra, trepidano a ogni istante e sono sgomenti per te. [17]Elevano su di te una lamentazione e dicono:

Come sei perita, distrutta dal mare, città
esaltata,
che fu salda sul mare essa con i suoi
regnanti,
che hanno sparso il terrore su tutto
il continente.

[18] Ora trepidano i lidi nel giorno della tua
caduta;
sono costernati i lidi sul mare per la tua
dipartita.

[19]Sì, così dice il Signore Dio: Quando ti avrò resa una città deserta come le città disabitate, quando avrò fatto salire su di te il caos primitivo e ti ricopriranno le grandi acque, [20]ti farò scendere con quelli che scendono nella fossa, un popolo di tempi lontani, e abiterai sotto terra in luoghi devastati per sempre, con quelli che scendono nella fossa, perché non sia più abitata, mentre darò splendore alla terra dei vivi. [21]Ti renderò un terrore; non esisterai più; sarai cercata e non sarai trovata mai più, per sempre. Oracolo del Signore Dio».

27 Lamentazioni di Tiro. - [1]Mi giunse la parola del Signore: [2]«Tu, figlio dell'uomo, eleva su Tiro una lamentazione. [3]Di' a Tiro:

Tiro, che regna all'ingresso del mare,
commercia con popoli presso tanti lidi:
così dice il Signore Dio:
Tiro, fosti detta nave di perfetta bellezza.
[4] Nel cuore del mare sono i tuoi confini,
i tuoi costruttori ti hanno reso
bellissima.
[5] Con cipresso di Senìr hanno costruito
tutte le tue zattere,
cedro del Libano hanno preso
per farti l'albero maestro.
[6] Con querce di Basan hanno costruito
i tuoi remi,
la tettoia te l'hanno fatta d'avorio,
la cabina di conifere dei lidi dei Chittim.
[7] Di bisso variopinto d'Egitto era la tua
vela,
che era un vessillo di porpora viola
e scarlatta,
dei lidi d'Elisà era la tua tenda.
[8] I regnanti di Sidone e di Arvad erano
tuoi rematori,
i tuoi sapienti, o Tiro, a bordo, erano
tuoi piloti.
[9] Gli anziani di Biblos e i suoi sapienti
erano in te a riparare le tue falle.
Tutte le navi del mare e i loro marinai
erano presso di te per scambiare le tue
merci.
[10] Guerrieri di Persia, di Lud e di Put erano
nel tuo esercito,

scudo ed elmo appendevano in te,
essi costituivano il tuo decoro. [11] I figli di Arvad e il loro esercito
erano sulle tue mura all'intorno
e vegliavano sulle tue torri.
Appendevano gli scudi alle tue mura
all'intorno
e rendevano perfetta la tua bellezza.

[12]Tarsis negoziava con te per l'abbondanza di ogni bene e in cambio di argento, oro, stagno e piombo diffondevano i tuoi prodotti. [13]Grecia, Tubal e Mesech trafficavano con te; in cambio di esseri umani e oggetti di bronzo diffondevano la tua merce. [14]Da Togarmà, in cambio di cavalli e cavalieri e muli, diffondevano i tuoi prodotti. [15]I figli di Dedan trafficano con te, numerosi lidi negoziavano con te, zanne d'avorio ed ebano ti restituivano in paga. [16]Aram negoziava con te per l'abbondanza dei tuoi prodotti; in cambio di granato, porpora scarlatta e variopinta, bisso, corallo rosso e rubini diffondevano i tuoi prodotti. [17]Giuda e il paese d'Israele trafficavano con te. In cambio di grano di Minnìt ti portavano profumi, miele, olio e balsamo. [18]Damasco negoziava con te per l'abbondanza dei tuoi lavori e la molteplicità d'ogni bene; ti forniva il vino di Chelbòn e la lana di Zacar. [19]Vedàn e Iavàn da Uzzàl ti rifornivano di ferro lavorato, cassia e canna aromatica in cambio della tua merce. [20]Dedan trattava con te gualdrappe per cavalcatura. [21]L'Arabia e tutti i prìncipi di Kedàr mercanteggiavano con te; in agnelli, montoni e capri negoziavano con te. [22]I mercanti di Saba e Raemà trafficavano con te; per le prime qualità di balsamo e ogni genere di pietra preziosa e oro diffondevano i tuoi prodotti. [23]Carran, Cannè, Eden, i mercanti di Saba, Assur, Kilmàd trafficavano con te. [24]Essi scambiavano con te indumenti di prima qualità, mantelli di porpora e stoffe variopinte, tappeti variegati, corde intrecciate e solide sui tuoi mercati.

[25] Le navi di Tarsis erano alle tue
dipendenze per la tua merce.
Ti sei riempita e ingrandita molto
nel cuore del mare;
[26] nelle grandi acque ti hanno fatto
navigare i tuoi naviganti,
ma il vento orientale ti ha distrutta
nel cuore del mare.
[27] I tuoi beni e la tua roba,
la tua merce, i tuoi naviganti e piloti,
quelli che riparavano le tue falle
e quelli che commerciavano la tua
merce
e tutti i tuoi soldati che sono in te
e tutta l'accolta di gente che è dentro
di te
cadono in fondo al mare, nel giorno
della tua rovina.
[28] Al sentire il grido dei tuoi naviganti
tremano le località vicine,
[29] scendono dalle loro navi tutti quelli che
tengono il remo,
naviganti, piloti tutti del mare
si fermano a terra
[30] e fanno sentire i loro clamori su di te;
gridano amareggiati,
si gettano polvere in testa,
si avvoltolano nella cenere.
[31] Si tosano a raso i capelli per te,
si cingono di sacco,
singhiozzano per te, con l'anima
amareggiata.
Un pianto amaro!
[32] Nel loro gemito innalzano per te
una lamentazione,
si lamentano su di te:
"Chi era come Tiro, una fortezza
in mezzo al mare?".
[33] Scaricando dal mare i tuoi prodotti,
hai saziato molti popoli,
con la quantità dei tuoi beni e della tua
merce
hai reso più felici i re della terra.
[34] E ora sei distrutta dal mare negli abissi
marini;
la tua merce e tutta la tua accolta
di gente dentro di te è affondata.
[35] I regnanti di tutti i lidi sono restati
stupefatti per te,
ai loro re si sono rizzati i capelli, il loro
volto è triste.
[36] I negozianti tra i popoli ti fischiarono:
diventasti un oggetto di orrore e non
esisterai mai più».

28 Contro il re di Tiro. - [1]Mi giunse la parola del Signore: [2]«Figlio dell'uomo, di' al sovrano di Tiro: così dice il Signore Dio:

Poiché il tuo cuore si è esaltato
fino a dire: "Sono un dio,
su un seggio divino io regno nel cuore
del mare";

e, mentre sei un uomo e non dio,
hai fatto del tuo cuore un cuore divino;
3 ecco, sei più sapiente di Daniele,
   nessun mistero ti è velato;
4 della tua sapienza e intelligenza
   ti sei fatto forte,
   hai ammucchiato oro e argento nelle tue
      riserve.
5 Con tutta quella sapienza,
   con il tuo commercio hai aumentato
      la tua forza;
   s'è esaltato il tuo cuore per la tua forza.
6 Perciò così dice il Signore Dio:
   Poiché hai fatto del tuo cuore un cuore
      divino,
7 ecco, io faccio venire su di te i più feroci
      popoli stranieri;
   snuderanno la loro spada contro la tua
      bella sapienza,
   profaneranno il tuo splendore.
8 Ti faranno scendere negl'inferi,
   morirai di morte violenta, in fondo
      al mare.
9 Dirai ancora: "Sono un dio"
   di fronte al tuo uccisore?
   Tu che sei un uomo, non un dio,
   sei in mano ai tuoi carnefici.
10 Morirai come gli incirconcisi,
    per mano di stranieri. Io ho parlato».
      Oracolo del Signore Dio.

Caduta del re di Tiro. - [11]Mi giunse la parola del Signore: [12]«Figlio dell'uomo, intona
una lamentazione sul re di Tiro; digli: Così
dice il Signore Dio:

Tu, sigillo e modello
ripieno di sapienza e bello
   alla perfezione,
13 eri nell'Eden, il giardino di Dio;
   d'ogni pietra preziosa ricoperto:
   rubino, topazio e diaspro,
   crisolito, onice e berillo,
   zaffiro, carbonchio e smeraldo
   e d'oro era il lavoro dei tuoi castoni
      e delle tue legature,
   preparato nel giorno in cui fosti creato.
14 Tu eri un cherubino dalle ali spiegate;
   ti feci guardiano, fosti sul santo monte
      di Dio;
   in mezzo a pietre di fuoco te ne stavi.
15 Tu eri perfetto nella tua condotta
      quando fosti creato,
   finché non si trovò in te la malvagità.
16 Con l'abbondanza del tuo commercio
   ti riempisti di violenza e di peccati;

io ti disonorai cacciandoti dal monte
   di Dio!
Ti feci perire, cherubino guardiano,
cacciandoti via dalle pietre di fuoco!
17 Il tuo cuore s'inorgoglì per la tua
      bellezza;
   perdesti la sapienza a causa del tuo
      splendore.
   Ti gettai a terra;
   lo feci al cospetto dei re, perché
      ti vedano.
18 Con l'abbondanza delle tue colpe,
   con la malvagità del tuo commercio
      profanasti i tuoi santuari.
   Io ho fatto uscire un fuoco di mezzo a te,
   che ti ha consumato;
   ti ho reso cenere sulla terra al cospetto
      di chiunque ti veda.
19 Tra i popoli, tutti quelli che ti conoscono
   sono rimasti stupefatti per te.
   Diventasti un terrore e non esisterai
      mai più».

Altri oracoli. - [20]Mi giunse la parola del Signore: [21]«Figlio dell'uomo, volgi la faccia a
Sidone e profetizza contro di lei. [22]Di': Così
dice il Signore Dio:

Eccomi contro di te, Sidone;
sarò glorificato in mezzo a te.
Riconosceranno che io sono il Signore,
quando farò giustizia di lei
e sarò riconosciuto santo in lei.
23 Le invierò la peste
   e il sangue scorrerà per le sue strade;
   cadranno in mezzo a lei i trafitti
      dalla spada,
   sguainata contro di lei da ogni parte.
   Riconosceranno che io sono il Signore».

Liberazione d'Israele. - [24]«Non ci sarà per
la casa d'Israele una spina fatale, un aculeo
doloroso, da parte di tutti i suoi vicini che
smaniano contro di lei. Riconosceranno che
io sono il Signore.
   [25]Così dice il Signore Dio: Quando radunerò la casa d'Israele di tra i popoli dove la
disseminai, sarò riconosciuto santo per essi
al cospetto delle genti. Abiteranno nella terra che avevo destinato al mio servo Giacob-

---

28. - [3.] *Daniele:* si tratta di un leggendario sapiente
orientale, non del giovane sapiente ebreo deportato
da Gerusalemme a Babilonia (cfr. Dn 1,8).
[10.] *Morirai come gli incirconcisi:* morte violenta e
umiliante.

be; [26]vi abiteranno al sicuro e vi costruiranno case, pianteranno vigne; abiteranno sicuri quando emetterò il giudizio contro tutti i suoi vicini che smaniano contro di loro all'intorno. Riconosceranno che io sono il Signore, loro Dio».

29 Contro l'Egitto. - [1]Nel decimo anno, il dodici del decimo mese, mi giunse la parola del Signore: [2]«Figlio dell'uomo, rivolgi la faccia contro il faraone, re d'Egitto, e profetizza contro di lui e contro tutto l'Egitto. [3]Parla e di': Così dice Dio, il Signore Dio:

Eccomi contro di te, o faraone,
    re d'Egitto,
grande coccodrillo che sta nel delta
e che dice: "Mio è il delta, io l'ho fatto".
[4] Ecco, metterò ganci alle tue mascelle
    e farò che i pesci del tuo delta
        si attacchino alle tue squame,
    poi ti farò salire fuori del tuo delta
    con tutti i pesci del tuo delta attaccati
        alle tue squame.
[5] Ti getterò nel deserto con tutti i pesci
        del tuo delta;
    cadrai in aperta campagna,
    non sarai raccolto né seppellito;
    ti do in pasto agli animali della terra
        e agli uccelli del cielo.
[6] Tutti i regnanti d'Egitto riconosceranno
        che io sono il Signore,
    poiché furono un appoggio di canna
        alla casa d'Israele.
[7] Quando ti afferrarono ti rompesti
    e si lacerarono tutta la palma.
    Quando ti si appoggiavano ti spezzasti
    e facesti vacillare i loro fianchi.

[8]Perciò così dice il Signore Dio: Ecco, faccio venire la spada su di te e reciderò via uomini e animali. [9]Il paese d'Egitto diverrà una desolazione e una devastazione. Riconosceranno che io sono il Signore.
Poiché disse: "Il delta è mio, io l'ho fatto", [10]eccomi contro di te e il tuo delta: renderò il paese d'Egitto una devastazione della spada, desolazione da Migdòl ad Assuan, fino ai confini con l'Etiopia. [11]Non vi passerà più piede d'uomo, piede d'animale non vi passerà più e non sarà abitato per quarant'anni. [12]Renderò il paese d'Egitto una desolazione tra i paesi più desolati e, tra le città devastate, le sue città saranno

una desolazione per quarant'anni. Disseminerò gli Egiziani tra le genti e li disperderò per il mondo. [13]Sì! Così dice il Signore Dio: Al termine dei quarant'anni radunerò gli Egiziani di tra i popoli dove furono disseminati. [14]Capovolgerò la prigionia degli Egiziani e li ricondurrò al paese di Patros, al loro paese d'origine e là saranno un piccolo regno. [15]Tra i regni sarà piccolo e non si innalzerà più sopra le genti; li rimpicciolirò perché non opprimano le genti. [16]Non sarà più per la casa d'Israele un appoggio fidato, ma denuncerà la colpa di quando si rivolgeva a lui. Riconosceranno che io sono il Signore Dio».

[17]Nel ventisettesimo anno, all'inizio, il primo del mese, mi giunse la seguente parola del Signore: [18]«Figlio dell'uomo, Nabucodònosor, re di Babilonia, ha richiesto al suo esercito una faticosa prestazione contro Tiro. Ogni testa è tosata e ogni dorso è teso, ma non venne premio alcuno per lui e per il suo esercito da Tiro, per la prestazione sostenuta contro di essa. [19]Perciò così dice il Signore Dio: Ecco, io do a Nabucodònosor, re di Babilonia, il paese d'Egitto; gli toglierà la potenza, lo depreder, ne farà bottino; così esso sarà il premio per il suo esercito! [20]Come guadagno per la prestazione contro Tiro gli do il paese d'Egitto; perché l'hanno fatto per me, oracolo del Signore Dio. [21]Allora farò sorgere il potere per la casa d'Israele e renderò autorevole la tua bocca in mezzo a loro. Riconosceranno che io sono il Signore».

30 Ancora contro l'Egitto. - [1]Mi giunse la parola del Signore: [2]«Figlio dell'uomo, profetizza e di': Così dice il Signore Dio:

Gridate: "Ah, quel giorno!".
[3] Sì, il giorno è vicino!
    È vicino il giorno del Signore,
    giorno nuvoloso, sarà il giorno
        delle genti.
[4] Verrà la spada sull'Egitto,
    ci sarà agitazione in Etiopia
    quando cadranno i cadaveri in Egitto,
    gli toglieranno la sua ricchezza
    e le fondamenta saranno divelte.
[5] Etiopia, Put, Lud, tutta l'Arabia,
    Cub e quelli del paese del patto,
    con loro cadranno di spada.
[6] Così dice il Signore:

Cadranno i protettori dell'Egitto,
tramonta l'arroganza della sua forza;
da Migdòl ad Assuan vi cadranno
di spada.
Oracolo del Signore Dio.
7 Essi saranno desolati tra i paesi
più desolati,
e le sue città saranno
tra le più devastate.
8 Riconosceranno che io sono il Signore,
quando darò fuoco all'Egitto
e saranno spezzati tutti i suoi alleati.

9 In quel giorno partiranno da me ambasciatori frettolosi che faranno tremare la fiduciosa Etiopia: in essa ci sarà agitazione nel giorno dell'Egitto. Sì, eccola che viene!».
10 Così dice il Signore Dio: «Farò cessare la tumultuosa potenza d'Egitto per mano di Nabucodònosor, re di Babilonia. 11 Egli, con il suo popolo, le peggiori delle genti, sono fatti venire per devastare il paese: snuderanno le loro spade contro l'Egitto, riempiranno la terra di cadaveri. 12 Renderò il tuo delta una devastazione, cederò il paese ai malvagi, renderò desolato il paese e chi vi abita per mano di stranieri. Io, il Signore, ho parlato». 13 Così dice il Signore Dio:

«Farò sparire gli idoli,
farò cessare i vani culti di Menfi,
non sorgerà mai più principe dal paese
d'Egitto.
Infonderò il timore in Egitto.
14 Renderò desolata Patros,
darò fuoco a Tanis,
eseguirò la condanna su Tebe.
15 Riverserò il mio furore su Sin, fortezza
dell'Egitto,
e reciderò la tumultuosa potenza di
Tebe.
16 Darò fuoco all'Egitto, si contorcerà Sin,
Tebe finirà lacerata,
per Menfi saranno amari quei giorni.
17 I giovani di Eliòpoli e Bubàste cadranno
di spada
ed esse andranno in schiavitù.
18 A Tafni il giorno si oscurerà
quando vi spezzerò le verghe dell'Egitto.
Farò cessare l'arroganza della sua forza;
una nube la ricoprirà e le figlie finiranno
in schiavitù.
19 Farò giustizia contro l'Egitto,
riconosceranno che io sono il Signore».

20 Nell'anno undicesimo, il sette del primo mese, mi giunse la parola del Signore: 21 «Figlio dell'uomo: ho spezzato il braccio del faraone, re d'Egitto; non è fasciato, nessuno che lo medichi, gli metta bende, lo fasci e lo rinvigorisca e così riafferri la spada. 22 Perciò così dice il Signore Dio: Questa volta al faraone, re d'Egitto, spezzerò tutte e due le braccia, quello sano e quello già spezzato, e gli farò cadere di mano la spada. 23 Disseminerò gli Egiziani tra le genti, li disperderò per il mondo. 24 Rinvigorirò invece le braccia del re di Babilonia e gli metterò in mano la mia spada. Spezzerò le braccia del faraone e gemerà ferito al suo cospetto. 25 Mentre rinvigorirò le braccia del re di Babilonia, le braccia del faraone verranno meno. Riconosceranno che io sono il Signore, quando darò la mia spada in mano al re di Babilonia ed egli la stenderà contro il paese d'Egitto. 26 Quando disseminerò gli Egiziani tra le genti e li disperderò per il mondo, riconosceranno che io sono il Signore».

31 Contro il faraone. - 1 Nell'anno undicesimo, il primo del terzo mese, mi giunse la parola del Signore: 2 «Figlio dell'uomo, di' al faraone, re d'Egitto, e alla moltitudine dei suoi sudditi:

A che cosa somigli nella tua grandezza?
3 Ecco: a una conifera, a un cedro
sul Libano
di belle fronde, di sito ombroso
e d'altezza sublime,
la cui cima svetta tra le nubi.
4 Le acque lo ingrandirono,
l'abisso lo fece crescere;
esso faceva scorrere i suoi fiumi
attorno, dov'era piantato,
e alimentava i suoi canali
per tutti gli alberi della campagna.
5 Così lo fece crescere alto
più di ogni albero della campagna;
si moltiplicarono i suoi virgulti,
si allungarono i suoi rami
per le grandi acque da quello alimentato.
6 Tra i suoi virgulti si posavano tutti
gli uccelli del cielo,
sotto i suoi rami figliavano tutte le bestie
della campagna
e alla sua ombra sedevano tutte quante
le genti.
7 Era bello nella sua grandezza,
nell'ampiezza del suo fogliame,

poiché aveva le radici presso le grandi
   acque.
8 Neanche i cedri lo superavano
   nel giardino di Dio,
   i cipressi non somigliavano ai suoi
      virgulti
   e i platani non erano come i suoi rami;
   nessun albero nel giardino di Dio
      gli somigliava per la bellezza.
9 Bello lo feci nell'abbondanza delle sue
      foglie;
   lo invidiavano tutti gli alberi dell'Eden,
   che erano nel giardino di Dio».

¹⁰Perciò così dice il Signore Dio: «Poiché
si è innalzato tanto, ha fatto svettare tra le
nubi la sua cima e si è montato la testa per
la sua sublimità, ¹¹lo voglio dare in balìa
dell'ariete delle genti che lo tratterà secondo la sua malvagità: io l'ho rigettato. ¹²Po-
poli stranieri, le peggiori tra le genti, l'hanno tagliato, l'hanno gettato sui monti e le
sue foglie caddero in ogni valle; furono
spezzati i suoi rami in ogni gola sulla terra,
si allontanarono dalla sua ombra tutti i popoli della terra; l'hanno abbandonato.

¹³ Tra il suo fogliame
   si posano tutti gli uccelli del cielo,
   presso i suoi rami
   sono tutte le bestie della campagna.

¹⁴Ciò perché nessun albero irrigato dalle
acque si esalti nella sua altezza e, facendo
svettare la sua cima tra le nubi, non si erga
orgoglioso nella sua sublimità poiché è irrigato.

Poiché tutti sono destinati alla morte,
al trapasso nella regione sotterranea
in mezzo ai figli degli uomini,
tra quelli che scendono nella fossa».

¹⁵Così dice Dio, il Signore Dio: «Nel giorno della sua discesa negli inferi ho riempito
di tristezza e ho chiuso per lui l'abisso; ho
frenato i suoi fiumi e le grandi acque sono
state fermate, ho reso afflitto per lui il Libano e tutti gli alberi della campagna sono rimasti svigoriti. ¹⁶Al fragore della sua caduta
ho scosso le genti quando l'ho fatto scendere negl'inferi, con quelli che scendono nella fossa. Si consolavano sotto terra tutti gli
alberi dell'Eden, la parte migliore del Libano, tutti gli alberi presso le acque. ¹⁷Infatti
anch'essi con lui sono scesi negl'inferi con i

feriti di spada, essi che pure dimoravano alla sua ombra tra le genti. ¹⁸E adesso a chi
somigli per gloria e grandezza tra gli alberi
dell'Eden? Ti hanno fatto scendere assieme
agli alberi dell'Eden sotto terra! Dormirai
tra gl'incirconcisi, fra i trafitti di spada.
Questo è il faraone e tutta la sua moltitudine». Oracolo del Signore Dio.

32 Condanna finale del faraone. - ¹Nel
dodicesimo anno, il primo del dodicesimo mese, mi giunse la seguente parola
del Signore: ²«Figlio dell'uomo, intona una
lamentazione sul faraone, re d'Egitto; digli:

Leoncello delle genti, sei finito!
Somigli al coccodrillo dell'acqua;
irrompevi nei tuoi canali,
hai calpestato l'acqua con le zampe,
hai intorbidato i canali.
3 Così dice il Signore Dio:
   Stenderò contro di te la mia rete
   con un'accolta di molti popoli
   che ti trarranno nelle mie maglie.
4 Ti getterò per terra,
   scagliandoti in aperta campagna;
   farò posare su di te gli uccelli del cielo
   e sazierò di te tutte le bestie della terra.
5 Getterò la tua carogna sui monti,
   della tua carcassa si riempiranno le gole.
6 Bagnerò col tuo sangue la terra,
   col tuo flusso i monti;
   le gole si riempiranno di te.
7 Quando ti spegnerai coprirò i cieli,
   farò intristire le stelle;
   il sole lo coprirò con le nubi
   e la luna non darà più la sua luce.
8 Tutto ciò che fa luce nel cielo
   lo farò oscurare su di te,
   diffonderò le tenebre sulla terra.
   Oracolo del Signore Dio.

⁹Causerò il voltastomaco a molti popoli
quando farò arrivare i tuoi brandelli tra le
genti, in paesi che non conoscevi. ¹⁰Farò
stupire su di te molti popoli e ai loro re si
drizzeranno i capelli, quando farò roteare
davanti a loro la mia spada; tremeranno ad
ogni istante per la loro vita, nel giorno della
tua caduta. ¹¹Poiché così dice il Signore:

La spada del re di Babilonia viene verso
di te.
12 Con le spade degli eroi farò cadere la tua
moltitudine.

Essi sono le peggiori di tutte le genti.
Distruggeranno l'arroganza dell'Egitto
e annienteranno tutta la sua grandezza.
[13] Farò perire tutto il suo bestiame
    con le grandi acque;
    non lo calpesterà mai più piede d'uomo,
    unghia d'animale non lo calpesterà più.
[14] Allora ridurrò le tue acque
    e i tuoi fiumi scoleranno appena, come
        olio.
    Oracolo del Signore Dio.
[15] Quando renderò l'Egitto una desolazione
    e rimarrà desolato il paese con tutto ciò
        che vi è,
    quando colpirò tutti i suoi abitanti,
    allora riconosceranno che io sono
        il Signore».

[16]Questa è una lamentazione: la ripeteranno lamentose le figlie delle genti; la reciteranno sull'Egitto e su tutta la sua moltitudine. Oracolo del Signore Dio.

Il faraone negli inferi. - [17]Nel dodicesimo anno, il dieci del quinto mese, mi giunse la parola del Signore: [18]«Figlio dell'uomo, fa' lamenti sulla moltitudine degli abitanti d'Egitto: accompagnane la discesa, sua e delle altre nazioni nobili, sotto terra, tra quelli che scendono nella fossa!

[19] Sei forse più bello degli altri?
    Discendi e giaci con gl'incirconcisi!

[20]Egli cade in mezzo ai trafitti di spada e tutta la sua potenza si estingue. [21]Gli eroi più gagliardi gli parleranno di mezzo agl'inferi, dicendo a lui e ai suoi ausiliari: "Vieni, scendi con gl'incirconcisi, con i trafitti da spada!".

[22]Là c'è Assur e tutta la sua schiera attorno al suo sepolcro: tutti uccisi, trafitti da spada: [23]ne misero i sepolcri nel fondo della fossa e la sua schiera è attorno alla sua tomba; tutti uccisi, traffitti da spada. Eppure incuterono spavento nella terra dei vivi!

[24]Là c'è Elam e tutte le sue truppe attorno alla sua tomba, sono tutti uccisi, trafitti da spada, scesi incirconcisi sotto terra, essi che incuterono spavento nella terra dei vivi! Portano la loro vergogna come gli altri che scendono nella fossa! [25]In mezzo agli uccisi gli diedero un giaciglio, con tutta la sua gente attorno al suo sepolcro, tutti incirconcisi, trafitti da spada, essi che avevano sparso lo spavento nella terra dei vivi!

Portarono la loro vergogna con i discesi nella fossa; in mezzo agli uccisi è il loro posto.

[26]Là c'è Mesech, Tubal e tutta la sua truppa attorno al suo sepolcro: tutti incirconcisi, trafitti dalla spada; eppure incuterono lo spavento nella terra dei vivi. [27]Essi però non dormono con gli eroi caduti da tempo, che scesero negli inferi con le loro armi da guerra, ai quali posero le spade sotto la testa e lo scudo sopra le loro ossa, poiché lo spavento di tali eroi pesava sulla terra dei vivi. [28]Tu dunque giacerai tra gl'incirconcisi, assieme ai trafitti da spada.

[29]Là c'è Edom, i suoi re e tutti i suoi prìncipi, che sono posti con i trafitti da spada, nonostante il loro valore. Essi pure giacciono con gl'incirconcisi, con quelli che scendono nella fossa.

[30]Là ci sono tutti i prìncipi del settentrione, tutti i Sidoni, che scesero con i trafitti, nonostante il terrore sparso dalla loro potenza: giacciono incirconcisi insieme ai trafitti da spada e porteranno la loro vergogna con quelli che scendono nella fossa.

[31]Il faraone li vedrà, e si consolerà alla vista di quella moltitudine di uccisi con la spada. Il faraone e tutto il suo esercito sono tra i trafitti da spada, oracolo del Signore Dio. [32]Egli aveva sparso il suo terrore sulla terra dei vivi: ecco, giace tra gl'incirconcisi, assieme ai colpiti da spada, il faraone e tutta la sua moltitudine! Oracolo del Signore Dio».

MESSAGGIO DI SPERANZA
DOPO IL CASTIGO

33 **Nuove norme per la missione di Ezechiele.** - [1]Mi giunse la parola del Signore: [2]«Figlio dell'uomo, parla ai tuoi connazionali; di' loro: Se in un paese faccio arrivare la spada e la popolazione prende uno tra i suoi e lo istituisce sentinella; [3]se

---

33. - [1.] Dopo le profezie di rovina contro Gerusalemme e contro le nazioni pagane, comincia la seconda parte delle profezie d'Ezechiele. Caduta Gerusalemme, Ezechiele diventa il profeta della restaurazione d'Israele e del regno messianico; per questo riceve una nuova missione: sentinella d'Israele, consolatore dei fratelli. Inflitto il castigo, era necessario scoprire, dietro ad esso, l'orizzonte della salvezza. Se Dio aveva abbandonato il tempio e la città santa, egli stava con gli esiliati: il Dio-con-noi non li aveva abbandonati. Ed Ezechiele si appresta a dimostrare che Dio è il *buon pastore* che forma il suo gregge (c. 34).

vede la spada venire contro il paese e suona la tromba e sveglia il popolo [4]e uno sente, sì, il suono della tromba ma non ci bada, e arriva la spada e lo coglie, allora il suo sangue ricade su di lui; [5]ha sentito il suono della tromba ma non ci ha badato; il suo sangue ricade su di lui. Se invece egli ci bada, ha salvato la sua vita. [6]Ma se la sentinella vede la spada venire, ma non suona la tromba e il popolo non si sveglia e arriva la spada e fa qualche vittima, questa è colta nella sua colpa ma del suo sangue chiederò conto alla sentinella. [7]Orbene, o figlio dell'uomo, io ho istituito te sentinella per la casa d'Israele; sentirai dalla mia bocca la parola e li sveglierai da parte mia. [8]Quando dico all'empio: "Empio, devi morire", se tu non parli per ridestare l'empio dalla sua condotta, egli, l'empio, morrà per sua colpa; ma del suo sangue chiederò conto a te. [9]Se tu invece hai ridestato l'empio dalla sua condotta perché si converta da essa, ma egli non si converte dalla sua colpa, allora l'empio morrà per la sua colpa e tu avrai salvato la tua anima.

[10]Ora tu, figlio dell'uomo, di' alla casa d'Israele: Voi dite così: "Le nostre ribellioni e i nostri peccati sono sopra di noi, a causa di essi stiamo languendo, come potremo vivere?". [11]Di' loro: Per la mia vita, oracolo del Signore Dio, non mi compiaccio certo della morte dell'empio ma della conversione dell'empio dalla sua condotta, perché viva! Convertitevi, convertitevi dalla vostra condotta cattiva, e allora perché mai dovreste morire, o casa d'Israele? [12]Tu, figlio dell'uomo, di' ai tuoi connazionali: La giustizia del giusto non lo salverà se diventa ribelle, e l'empietà dell'empio non gli sarà d'inciampo se si converte dal commettere empietà, e il giusto non può vivere per la sua giustizia se pecca! [13]Quando dico al giusto che vivrà, se lui confida nella sua giustizia ma fa il male, tutta la sua giustizia non sarà affatto ricordata e per il male che ha commesso morrà. [14]E quando dico all'empio che deve morire, se si converte dal suo peccato e ri-

spetta il diritto e la giustizia, [15]restituisce il pegno e ripara la rapina, segue i decreti che dànno vita senza fare più il male, quello vivrà; non morrà! [16]Tutto il suo peccare non sarà ricordato; ha attuato i decreti e quindi vivrà!

[17]Ma i tuoi connazionali dicono: "Non è retta la condotta del Signore", mentre è la loro condotta che non è retta! [18]Se il giusto si perverte, non è più giusto e fa il male a causa di ciò morirà; [19]e se l'empio si converte dalla sua empietà e rispetta il diritto e la giustizia, a causa di ciò vivrà. [20]Voi dite: "Non è retta la condotta del Signore": ebbene: vi giudicherò io, ciascuno secondo la sua condotta, o casa d'Israele!».

La presa della città. - [21]Nell'anno undicesimo del nostro esilio, il quindici del decimo mese, arrivò da me un profugo da Gerusalemme a dirmi: «La città è stata espugnata». [22]La mano del Signore si era posata su di me alla sera, prima dell'arrivo del profugo. Egli aveva aperto la mia bocca al mattino prima che quello arrivasse da me; mi aprì la bocca e non fui più muto.

Devastazione del paese. - [23]Mi giunse la parola del Signore: [24]«Figlio dell'uomo, gli abitanti di quelle rovine nel paese d'Israele vanno dicendo: "Abramo era addirittura solo quando ereditò la terra, ed è a noi, che siamo molti, che è stata data la terra in possesso ereditario". [25]Ebbene, di' loro: Così dice il Signore: Voi mangiate carne col sangue, alzate gli occhi verso i vostri idoli, versate sangue, e vorreste ereditare il paese? [26]Vi siete poggiati sulla vostra spada, commettete abominazioni, ciascuno contamina la moglie del prossimo, e vorreste ereditare il paese? [27]Così dirai loro: Così dice Dio, mio Signore: Per la mia vita, certamente quelli che sono tra le rovine cadranno di spada e quelli che sono in aperta campagna li ho destinati in pasto alle bestie e quelli che sono nascosti nei rifugi e nelle grotte morranno di peste. [28]Renderò il paese una tale desolazione che vi lascerà storditi e cesserà l'arroganza della sua forza e le montagne d'Israele saranno desolate, senza che vi passi più nessuno. [29]Riconosceranno che io sono il Signore, quando avrò reso il paese una tale desolazione che lascerà storditi, per tutte le abominazioni che hanno commesso.

[30]Quanto a te, figlio dell'uomo, i tuoi con-

---

25. Dopo la distruzione di Gerusalemme ci fu la grande deportazione della nazione; rimasero in Palestina soltanto i contadini e la povera gente. Vi rimasero pure bande di nazionalisti, i quali si credevano gli eredi dei patriarchi: in essi, forse, riponevano le loro speranze gli esiliati. Ezechiele toglie ogni illusione; infatti vi fu una nuova deportazione nel 582 (Ger 52,24-30), e i rimanenti si rifugiarono in Egitto.

nazionali che parlottano contro di te lungo i muri e all'ingresso delle case, dicendosi l'un l'altro: "Andiamo e sentiamo quale parola ci viene da parte del Signore", ³¹verranno da te come suol venire il popolo, si siederanno di fronte a te e staranno a sentire le tue parole, ma non le metteranno in pratica; infatti hanno nella loro bocca la menzogna: il loro cuore, infatti, va dietro alle loro ricchezze. ³²E tu, vedi, sei per loro un canto di spasimanti, di bella melodia e dolce accompagnamento. Sentono le tue parole ma non le mettono certo in pratica! ³³Ma quando ciò avverrà — e già sta avvenendo! — riconosceranno che ci fu un profeta in mezzo a loro».

34 Il buon pastore. - ¹Mi giunse la parola del Signore: ²«Figlio dell'uomo, profetizza contro i pastori d'Israele: profetizza e di' loro: O pastori, così dice Dio, mio Signore: Guai ai pastori d'Israele che si sono dimostrati pastori di se stessi. I pastori non pascolano forse le pecore? ³Voi invece con il latte vi cibate, con la lana vi vestite, la pecora grassa l'uccidete. Voi non pascolate le pecore! ⁴Non avete ridato forza alle indebolite, non avete guarito le malate, non avete fasciato quelle che si sono fratturate e non avete richiamato quelle che si sono allontanate, non avete cercato quelle perdute; le avete oppresse con la forza e la brutalità. ⁵Si sono disperse quindi per mancanza di pastore e sono diventate pasto d'ogni animale della campagna. Le mie pecore sono disperse ⁶e vagano per tutti i monti e i colli elevati; le mie pecore si sono disperse su tutta la faccia della terra e non ci fu chi indagasse, chi andasse a cercarle. ⁷Perciò, o pastori, ascoltate la parola del Signore. ⁸Per la mia vita, oracolo di Dio, mio Signore, le mie pecore sono divenute bottino, sono state date in pasto a tutti gli animali della campagna per mancanza di pastore! I miei pastori non sono andati a cercare le mie pecore; i pastori hanno pascolato se stessi ma le mie pecore non le hanno pascolate. ⁹Perciò, o pastori, ascoltate la parola del Signore. ¹⁰Così dice Dio, mio Signore: Eccomi contro i pastori! Chiederò loro conto delle mie pecore e li farò smettere di pascolare le pecore; quei pastori non le pascoleranno più e farò scampare le mie pecore dalla loro bocca, onde non siano più in pasto a loro. ¹¹Sì, così dice Dio, mio Signore:

Ecco, io stesso andrò in cerca delle mie pecore e le visiterò nella loro dispersione. ¹²Com'è l'ispezione del gregge da parte del pastore, quando è in mezzo alle sue pecore che si sono disperse, così passerò in rassegna le mie pecore e le trarrò in salvo da ogni luogo dove furono disseminate in giorni nuvolosi e tenebrosi. ¹³Le farò uscire di tra i popoli, le radunerò dai vari paesi, le condurrò alla loro terra, le farò pascolare sui monti d'Israele, nelle gole e in tutti i luoghi abitati del paese. ¹⁴In ottimi pascoli le pascolerò, i loro stazzi saranno sui monti alti d'Israele, là se ne staranno, in un buon recinto, e pascoleranno in pascoli grassi sui monti d'Israele. ¹⁵Sarò io a condurre al pascolo le mie pecore e a radunarle, oracolo di Dio, mio Signore. ¹⁶Quella che s'è perduta l'andrò a cercare, quella che s'è allontanata la farò tornare, quella che s'è fratturata la fascerò, quella ammalata la farò ristabilire; veglierò sulla grassa e sulla robusta! Le pascolerò come si deve.

¹⁷Quanto a voi, mie pecore, così dice Dio, mio Signore: Badate! Giudicherò pecora e pecora, tra montoni e capri. ¹⁸Vi sembra poco pascolare nel buon pascolo e poi pestare con i piedi il rimanente del vostro pascolo, bere alle acque limpide e poi quel che rimane intorbidarlo con le zampe? ¹⁹Le mie pecore, così, devono pascolare ciò che le vostre zampe hanno pestato e bere ciò che i vostri piedi hanno intorbidito. ²⁰Perciò così dice Dio, mio Signore, a loro riguardo: Badate! Giudicherò tra pecora grassa e pecora magra. ²¹Poiché date spintoni col fianco e col dorso e ferite con le cornate tutte quelle deboli fino a disperderle per la strada, ²²io salverò le mie pecore; non saranno più un bottino e giudicherò tra una pecora e l'altra.

²³Farò sorgere per loro finalmente un pastore che le pascolerà: il mio servo Davide. Egli sì che le pascolerà; egli sarà il loro pastore! ²⁴E io, il Signore, sarò il loro Dio e il mio servo Davide sarà principe in mezzo a loro; io, il Signore, ho parlato. ²⁵Stipulerò con esse un patto di pace e farò sparire le bestie cattive dalla terra. Abiteranno al si-

---

34. - ². *Pastori d'Israele*: sono i depositari dell'autorità civile e religiosa: re, magistrati, sacerdoti, profeti, scribi, i quali usavano del loro potere non per il bene del popolo, ma per soddisfare la propria ambizione e i propri interessi.

²³. Questo *pastore* è il Messia.

curo persino nel deserto, potranno dormire anche nelle foreste. [26]Darò la benedizione a loro, tutt'attorno al mio colle, e farò scendere a suo tempo le piogge; saranno piogge benedette. [27]Gli alberi della campagna daranno il loro frutto, la terra produrrà i suoi prodotti; staranno al sicuro nella loro terra e riconosceranno che io sono il Signore, quando romperò le sbarre del loro giogo e le farò scampare dalle mani di quelli che le tiranneggiano. [28]Non saranno più un bottino delle genti, non le mangeranno più le bestie della terra. Abiteranno al sicuro nella terra senza che nessuno le faccia più tremare. [29]Farò sorgere per loro una piantagione rinomata, non saranno più prese dalla fame nel paese, non porteranno più la vergogna delle genti. [30]Riconosceranno che io sono il Signore, loro Dio, vicino a loro, ed essi saranno il mio popolo, la casa d'Israele. Oracolo di Dio, mio Signore. [31]Voi siete le mie pecore, le pecore del mio pascolo, e io il Signore, vostro Dio! Oracolo di Dio, mio Signore».

35 Contro l'Idumea. - [1]Mi giunse la parola del Signore: [2]«Figlio dell'uomo, rivolgi la faccia contro il monte di Seir e profetizza contro di esso. [3]Digli: Così dice Dio, mio Signore:

Eccomi contro di te, monte di Seir,
stenderò contro di te il mio braccio
e ti renderò devastato e desolato.
[4] Farò delle tue città una devastazione,
tu sarai una desolazione
e riconoscerai che io sono il Signore.

[5]Poiché c'è stato in te un odio eterno e hai gettato i figli d'Israele in preda alla spada al tempo della catastrofe, quando la colpa giunse alla fine, [6]perciò, per la mia vita, oracolo di Dio, mio Signore, ti riserbo per il sangue e il sangue ti perseguiterà. Certamente: ti sei messo addosso sangue e il sangue ti perseguiterà. [7]Renderò il monte di Seir una desolazione e un deserto e ne reciderò chi va e chi viene. [8]Riempirò i suoi monti di uccisi; sui tuoi colli, nelle tue gole e in tutte le valli cadranno trafitti dalla spada.

[9] Ti ridurrò a una desolazione eterna;
e le tue città non saranno più abitate.
Così conoscerete che io sono il Signore.

[10]Poiché hai detto: "Le due nazioni e i due paesi sono miei, noi li possederemo", nonostante che là ci fosse il Signore, [11]perciò, per la mia vita, oracolo di Dio, mio Signore, ti tratterò secondo l'ira e l'invidia che hai mostrato nel tuo odio contro di essi. Sarò riconosciuto da loro da come ti giudicherò [12]e tu riconoscerai che io, il Signore, ho udito tutte le tue ingiurie; infatti hai detto così contro i monti d'Israele: "Sono devastati, sono dati a noi perché ce li mangiamo".

[13]Vi siete gonfiati contro di me, con la vostra bocca mi avete subissato di parole. Ho sentito, sì! [14]Così dice Dio, mio Signore: Con la gioia di tutto il paese farò in te una desolazione. [15]Siccome tu hai goduto per l'eredità della casa d'Israele, perché è desolata, così tratterò te: diverrai una desolazione tu, monte di Seir e tutto Edom; si saprà che io sono il Signore».

36 Salvezza per i monti d'Israele. - [1]«Quindi, o figlio dell'uomo, profetizza ai monti d'Israele e di' loro: Monti d'Israele, ascoltate la parola del Signore: [2]Così dice Dio, mio Signore: Poiché il nemico ha detto contro di voi: "Evviva! Desolazioni eterne! Siete diventate nostro possesso ereditario!", [3]perciò profetizza e di': così dice Dio, mio Signore: Siccome siete desolati e vi si smania attorno perché diventiate possesso ereditario delle altre genti e siete sulle labbra, pettegolezzo e insulto della gente, [4]perciò, o monti d'Israele, ascoltate la parola di Dio, mio Signore: così dice Dio, mio Signore, ai monti e ai colli, alle gole e alle valli, alle zone devastate e desolate e alle città abbandonate, dato che furono bottino e beffa delle altre genti d'intorno, [5]perciò così dice Dio, mio Signore: Nel fuoco della mia ira così affermo contro le altre genti e contro Edom tutto: dato che si sono destinati il mio paese in possesso ereditario con piena gioia del cuore, tutti smaniosi per la sua evacuazione, per farne bottino, [6]perciò profetizza alla terra d'Israele e di' ai monti e ai colli, alle gole e alle valli: così dice Dio, mio Signore: Ecco, ho parlato nella mia gelosia e nel mio furore: poiché avete sopportato l'obbrobrio delle genti, [7]perciò così dice Dio, mio Signore: Io alzai in giuramento la mia mano. Certamente le genti che avete attorno saranno esse a sopportare l'obbrobrio, [8]mentre voi, o monti d'Israele, mette-

rete i vostri rami e porterete i vostri frutti per il mio popolo Israele. Sì, tutto questo è ormai vicino. [9]Infatti, eccomi a voi; mi volgerò verso di voi e sarete coltivati e seminati. [10]Farò abbondare su di voi gli uomini, tutta la casa d'Israele; le città saranno abitate, le zone devastate saranno ricostruite. [11]Farò abbondare su di voi uomini e animali; abbonderanno e saranno fecondi. Vi farò abitare come ai bei tempi, vi beneficherò come all'inizio e riconoscerete che io sono il Signore. [12]Ricondurrò su di voi degli uomini, il mio popolo Israele; vi possederanno in eredità, sarete la loro eredità e non sarete più spopolati.

[13]Così dice Dio, mio Signore: Poiché dicono di voi: "Sei una terra che mangia gli uomini, che hai eliminato i tuoi nati", [14]perciò non mangerai più gli uomini e non eliminerai più i tuoi nati, oracolo di Dio, mio Signore, [15]e io non farò più echeggiare gli insulti delle genti su di te, non dovrai più sopportare l'obbrobrio dei popoli, non eliminerai più i tuoi nati. Oracolo di Dio, mio Signore».

[16]Mi giunse la parola del Signore: [17]«Figlio dell'uomo, quando quelli della casa d'Israele abitavano nel loro paese, l'hanno macchiato d'impurità con la loro condotta e le loro azioni; la loro condotta era al mio cospetto come l'impurità della donna in mestruazione. [18]Io quindi riversai il mio furore contro di essi per il sangue che avevano versato sul paese e per gli idoli con cui si sono resi impuri. [19]Li disseminai tra le genti, furono dispersi per il mondo, li giudicai secondo la loro condotta e le loro azioni. [20]Essi, arrivati presso le genti dove andarono a finire, profanarono il mio santo nome, perché si diceva di loro: "Quello è il popolo del Signore, eppure hanno dovuto uscire dal loro paese". [21]Così io ebbi compassione del mio santo nome che la casa d'Israele aveva profanato tra le genti dov'erano andati. [22]Perciò di' alla casa d'Israele: così dice Dio, mio Signore: Non è per voi che agisco, o casa d'Israele, ma per il mio santo nome, che avete profanato tra le genti dove andaste. [23]Mostrerò santo il mio grande nome profanato tra le genti, nome che profanaste in mezzo a loro. Le genti riconosceranno che io sono il Signore, oracolo di Dio, mio Signore, quando mi si riconoscerà santo per mezzo vostro, al loro cospetto [24]e vi prenderò di tra le genti, vi radunerò da tutte le parti del mondo e vi condurrò al vostro paese. [25]Vi aspergerò di acqua pura e sarete purificati da tutte le vostre impurità e da tutti gl'idoli con cui vi macchiaste. [26]Vi darò un cuore nuovo e metterò dentro di voi uno spirito nuovo. Toglierò il cuore di pietra dal vostro corpo e vi metterò un cuore di carne. [27]Metterò il mio spirito dentro di voi, farò sì che osserviate i miei decreti e seguiate le mie norme. [28]Abiterete nel paese che avevo destinato ai vostri padri; sarete il mio popolo e io sarò il vostro Dio. [29]Vi salverò da tutte le vostre impurità; farò crescere il grano e lo farò abbondare, non vi manderò più la fame. [30]Farò abbondare i frutti degli alberi, i prodotti della campagna in modo che voi, tra le genti, non subiate più l'obbrobrio della fame. [31]Voi vi ricorderete della vostra condotta cattiva e delle vostre opere tutt'altro che buone, starete col volto angosciato per le vostre colpe e le vostre abominazioni. [32]Non è per voi che lo faccio, oracolo di Dio, mio Signore, vi sia ben chiaro! Arrossite e vergognatevi della vostra condotta, o casa d'Israele.

[33]Così dice Dio, mio Signore: Quando vi purificherò da tutte le vostre colpe, farò riabitare le città e ricostruire le terre devastate. [34]Il paese desolato sarà coltivato, anziché restare desolato al cospetto di ogni passante. [35]Diranno: "Questo paese devastato è diventato come il giardino dell'Eden e le città desolate, devastate e rase al suolo, le hanno abitate e fortificate". [36]Le genti che rimarranno attorno a voi riconosceranno che io, il Signore, ho ricostruito ciò che era raso al suolo e piantato dove era desolazione. Io, il Signore, ho parlato e così farò.

[37]Così dice Dio, mio Signore: Ancora mi si interpellerà perché faccio questo, o casa d'Israele: moltiplicherò gli uomini come pecore. [38]Come le pecore dei sacrifici, come le pecore di Gerusalemme nelle sue ricorrenze, così le città devastate saranno ripiene di pecore umane e riconosceranno che io sono il Signore».

37 Visione e azione simbolica di salvezza.
- [1]Fu su di me la mano del Signore e il Signore mi fece uscire in spirito e mi fece fermare in mezzo alla pianura: essa era piena di ossa! [2]Mi fece girare da ogni

---

36. - [22.] È importante l'affermazione fatta qui: la restaurazione del popolo eletto non sarà frutto di penitenze od opere buone fatte dagli Israeliti, ma solo della misericordia, grandezza e santità di Dio.

parte intorno ad esse; erano proprio tante sulla superficie della pianura! Si vedeva che erano molto secche. ³Mi disse: «Figlio dell'uomo, possono rivivere queste ossa?». Io dissi: «Dio, mio Signore, tu lo sai!». ⁴Mi disse: «Profetizza alle ossa e di' loro: Ossa secche, ascoltate la parola del Signore; ⁵così dice Dio, mio Signore, a queste ossa: Su! Ecco, io vi infonderò lo spirito e vivrete. ⁶Darò a voi i nervi, vi farò crescere sopra la carne su cui stenderò la pelle, quindi vi darò lo spirito e vivrete. Riconoscerete che io sono il Signore». ⁷Profetizzai come mi fu comandato e ci fu un rumore, appena profetizzai, e poi un terremoto: le ossa si accostarono l'una all'altra. ⁸Poi guardai, ed ecco su di esse i nervi, sopra vi apparve la carne e sopra ancora si stese la pelle. Ma non vi era ancora lo spirito. ⁹Mi disse quindi: «Profetizza allo spirito, profetizza, o uomo, e di' allo spirito: Così dice Dio, mio Signore: Dai quattro venti vieni, o spirito, e spira in questi cadaveri sicché vivano». ¹⁰Io profetizzai come mi fu comandato e lo spirito venne su di loro, cosicché ripresero a vivere e si alzarono in piedi. Un esercito molto, molto grande! ¹¹Poi mi disse: «Figlio dell'uomo, quelle ossa sono tutta la casa d'Israele. Ecco, essi dicono: "Le nostre ossa sono secche, è svanita la nostra speranza, siamo finiti". ¹²Perciò profetizza e di' loro: Così dice Dio, il mio Signore: Aprirò i vostri sepolcri, farò venir fuori dai vostri sepolcri voi, mio popolo, e vi condurrò nel paese d'Israele. ¹³Riconoscerete che io sono il Signore, quando aprirò le vostre tombe e farò uscire dai vostri sepolcri voi, mio popolo. ¹⁴Vi darò il mio spirito e vivrete, vi farò stare tranquilli nel vostro paese e riconoscerete che io, il Signore, ho parlato e così farò. Oracolo del Signore».

¹⁵Mi giunse la parola del Signore: ¹⁶«Tu,

figlio dell'uomo, prenditi un pezzo di legno e scrivici sopra: "Giuda e i figli d'Israele associati", poi prendi un altro pezzo di legno e scrivici sopra: "Giuseppe, legno di Efraim, e tutta la casa d'Israele associata". ¹⁷Li avvicinerai l'uno all'altro così da formare un legno solo e staranno uniti nella tua mano. ¹⁸E quando i tuoi connazionali ti diranno: "Non ci spieghi cos'è questo tuo gesto?", ¹⁹tu dirai loro: Così dice Dio, mio Signore: Ecco! Prendo il legno di Giuseppe, capeggiato da Efraim, e le tribù d'Israele associate e gli attacco il legno di Giuda. Li renderò un legno unico, e staranno uniti nella mia mano.

²⁰E mentre i pezzi di legno su cui hai messo la scritta formeranno un legno unico nella tua mano sotto il loro sguardo, ²¹tu parlerai loro: Così parla Dio, mio Signore: Ecco, io prendo i figli d'Israele di tra le genti dove sono andati a finire, li radunerò da ogni parte e li condurrò al loro paese. ²²Li renderò un popolo nel paese, sui monti d'Israele; un solo re regnerà su tutti; non saranno più due popoli, non si divideranno più in due regni. ²³Non si macchieranno più d'impurità coi loro idoli schifosi e con tutte le loro ribellioni. Io li salverò da tutte le infedeltà che hanno commesso, li purificherò e saranno il mio popolo e io sarò il loro Dio. ²⁴Il mio servo Davide sarà re su di essi; ci sarà un unico pastore per tutti. Rispetteranno le mie norme, osserveranno i miei decreti e li eseguiranno. ²⁵Abiteranno sulla terra che ho destinato al mio servo Giacobbe, dove hanno abitato i loro padri. Vi abiteranno essi e i loro figli e i figli dei figli per sempre; anche Davide, mio servo, sarà il loro principe per sempre. ²⁶Stipulerò in loro favore un patto di pace; sarà una promessa eterna quella con loro, li renderò numerosi e porrò il mio santuario in mezzo a loro per sempre. ²⁷La mia dimora sarà presso di loro. Sarò il loro Dio ed essi saranno il mio popolo. ²⁸Le genti riconosceranno che sono io, il Signore, che santifico Israele, quando il mio santuario sarà in mezzo a loro per sempre».

---

37. - ⁷·⁹· La risurrezione delle ossa aride è simbolo della risurrezione del popolo d'Israele come nazione e, in modo speciale, figura della generale risurrezione dei morti nell'ultimo giorno, prima del giudizio universale (cfr. 1Cor 15; Mt 25,31-46).
24. Davide è chiamato qui e altrove il Messia, essendo egli discendente di Davide.
38. - ²· Magog, di cui Gog è re, era una regione settentrionale indeterminata, così chiamata dal nome di uno dei setti figli di Iafet (Gn 10,2). Ma questo, come i nomi che compaiono in tutto il capitolo, sembrano nomi simbolici. Bisogna probabilmente vedere nella descrizione dei cc. 38-39 avvenimenti escatologici, cioè la distruzione definitiva dei nemici del popolo di Dio.

38 Ultima battaglia contro Gog. - ¹Mi giunse la parola del Signore: ²«Figlio dell'uomo, rivolgi la faccia a Gog, nel paese di Magog, principe di Ros, Mesech e Tubal, e profetizza contro di lui. ³Di': Così dice Dio, mio Signore: Eccomi contro di te, Gog,

principe di Ros, Mesech e Tubal. ⁴Ti trascino via, metterò un morso alle tue mandibole; farò marciare te, tutto il tuo esercito, cavalli e cavalieri vestiti di tutto punto, una moltitudine con scudo, egida, tutti con la spada brandita. ⁵La Persia, l'Etiopia e Put sono con essi, con scudi ed elmi. ⁶Gomer e tutte le sue schiere; la gente di Togarmà, l'estremo nord e tutte le sue schiere; popoli numerosi sono con te. ⁷Forza, fatti forza, tu e tutta la moltitudine radunata attorno a te; sei la loro salvaguardia! ⁸Tra molti giorni ci si occuperà di te, negli ultimi anni marcerai contro il paese degli scampati alla spada, radunati da tanti popoli sui monti d'Israele; furono a lungo vittima della spada e ora sono usciti di tra i popoli e abitano tutti al sicuro. ⁹Tu salirai, arriverai come una tempesta, sarai come una nube che ricopre la terra, tu e tutte le tue schiere e tanti popoli con te.

¹⁰Così dice il Signore Dio: Allora verranno fuori i tuoi progetti segreti ed escogiterai i tuoi piani cattivi. ¹¹Dirai: "Voglio salire contro un paese indifeso, voglio andare contro un popolo tranquillo che abita al sicuro" — abitano senza muro e sbarramenti e senza porte — ¹²per depredare, per fare bottino, per portare la tua mano su rovine ora ripopolate e sopra un popolo raccolto di tra le genti, dedito al bestiame e ai propri affari, che abita al centro della terra. ¹³Seba, Dedan, i negozianti di Tarsis e tutti i suoi villaggi ti diranno: "Sei venuto per depredare? Hai radunato la tua moltitudine per depredare e portar via argento e oro, per prendere bestiame e averi, per fare gran bottino?". ¹⁴Per questo, figlio dell'uomo, profetizza e di' a Gog: Così dice il Signore Dio: Quando il mio popolo Israele se ne starà al sicuro, tu ti metterai in viaggio, ¹⁵arriverai dal tuo paese, dall'estremo nord, tu e tanti popoli con te, tutti quanti a cavallo, una moltitudine grande, un esercito numeroso. ¹⁶Salirai contro il mio popolo Israele come nube che ricopre la terra; ciò sarà negli ultimi giorni. Ti condurrò nella mia terra perché le genti vedano quanto mi mostrerò santo per mezzo tuo, o Gog, al loro cospetto.

¹⁷Così dice il Signore Dio: Sei tu colui di cui parlai a suo tempo per mezzo dei miei servi, i profeti d'Israele, i quali hanno profetizzato per quei giorni che saresti andato contro di essi? ¹⁸Ebbene, quando Gog verrà contro il paese d'Israele, oracolo di Dio,

mio Signore, il furore mi salirà in viso. ¹⁹Nella mia gelosia, nel mio furore ardente giuro: allora ci sarà un grande terremoto nel paese d'Israele. ²⁰Di fronte a me tremeranno i pesci del mare, gli uccelli del cielo, le bestie della campagna, tutti gli animali striscianti al suolo e tutti gli uomini che sono sulla faccia della terra. I monti crolleranno, cadranno i contrafforti, tutte le mura finiranno per terra. ²¹Poi chiamerò su di lui, su tutti i miei monti, la spada, oracolo di Dio, mio Signore, e ci sarà una spada contro l'altra. ²²Lo punirò con peste e sangue; farò cadere torrenti di piogge e grandine, fuoco e zolfo su lui e le sue schiere e tutti quei popoli che sono con lui. ²³Così mi glorificherò, mi dimostrerò santo, mi farò riconoscere agli occhi di molte genti, e riconosceranno che io sono il Signore».

39 Disfatta dell'armata di Gog. - ¹«Ora tu, figlio dell'uomo, profetizza contro Gog, di': Così dice il Signore Dio: Eccomi contro di te, Gog, principe di Ros, Mesech e Tubal. ²Ti richiamerò, ti trascinerò, ti farò salire dall'estremo nord e ti condurrò sui monti d'Israele. ³Colpirò l'arco nella tua sinistra e farò cadere le frecce dalla tua destra. ⁴Cadrai sui monti d'Israele tu e tutte le tue schiere e i popoli che sono con te. Ti darò in pasto agli uccelli rapaci, uccelli d'ogni specie, e alle bestie della campagna. ⁵Cadrai in aperta campagna. Sì, ho parlato, oracolo del Signore Dio. ⁶Manderò il fuoco su Magog e sui regnanti dei lidi che sono al sicuro e riconosceranno che io sono il Signore. ⁷Farò conoscere il mio santo nome in mezzo al mio popolo Israele; non lascerò più profanare il mio santo nome. Le genti riconosceranno che io sono il Signore, il Santo in Israele. ⁸Ecco che è giunto e si compie, oracolo di Dio, mio Signore, il giorno di cui ho parlato. ⁹Gli abitanti delle città d'Israele usciranno, bruceranno e incendieranno gli armamenti, scudi grandi e piccoli, arco e frecce, mazze e lance; avranno da bruciare per sette anni. ¹⁰E non dovranno prendere legna dalla campagna, non ne taglieranno dai boschi perché ne avranno da bruciare con gli armamenti: saccheggeranno i loro saccheggiatori e deprederanno i loro depredatori, oracolo di Dio, mio Signore. ¹¹Allora darò a Gog come sepolcro in Israele un luogo rinomato: la valle di Abarìm, a oriente del mare: essa sbarra il

passaggio; vi seppelliranno Gog e tutta la sua moltitudine e la chiameranno Valle dell'armata di Gog. [12]La casa d'Israele, per purificare la terra, dovrà seppellire per sette mesi. [13]Tutta la popolazione si darà a seppellire: il giorno della mia glorificazione diverrà per essi famoso, oracolo di Dio, mio Signore. [14]Gli uomini del *tamíd* sceglieranno quelli che devono percorrere il paese, seppellendo chi è rimasto sulla superficie della terra, per purificarla. Andranno in ricognizione per sette mesi. [15]Gli incaricati percorreranno il paese e, vedendo ossa umane, ne faranno dei mucchi ai lati, finché i seppellitori le seppelliranno nella Valle dell'armata di Gog. [16]Il nome della città sarà Amonà: così purificheranno il paese.

[17]A te, figlio dell'uomo, dice Dio, il Signore Dio: Di' ai volatili d'ogni specie e a tutti gli animali della campagna: Radunatevi e venite, raccoglietevi da ogni parte sul sacrificio che immolo per voi, sacrificio grande sui monti d'Israele. Mangerete carne e berrete sangue: [18]mangerete carne di eroi e berrete sangue di prìncipi della terra: sono tutti capri e agnelli e montoni, giovenchi e animali grassi di Basan. [19]Mangerete grasso a sazietà e berrete sangue fino all'ebbrezza dal sacrificio che ho immolato per voi. [20]Alla mia tavola vi sazierete di cavalli e di cavalieri, di eroi e di ogni tipo di soldato. Oracolo del Signore Dio.

[21]Manifesterò la mia gloria tra le genti; tutte le genti vedranno la condanna che ho eseguito e la mano che ho calcato su di essi. [22]Quelli della casa d'Israele riconosceranno che io sono il Signore, il loro Dio, da allora in poi. [23]Le genti riconosceranno che fu per le loro colpe quelli della casa d'Israele andarono in esilio; siccome avevano commesso infedeltà contro di me, ho distolto la mia faccia da loro, li ho dati in balìa dei loro oppressori e sono caduti di spada. [24]Li ho trattati secondo le loro impurità e le loro rivolte, distogliendo la mia faccia da loro.

[25]Perciò così dice Dio, mio Signore: Ora muterò la sorte dei prigionieri di Giacobbe e mi lascerò commuovere, per tutta la casa d'Israele, e sarò geloso del mio santo nome. [26]Sì, scorderanno la loro vergogna e le loro infedeltà commesse contro di me, quando abiteranno al sicuro nel loro paese e nessuno li farà più tremare. [27]Li toglierò via dai popoli e li raccoglierò dai paesi dei loro nemici e sarò riconosciuto santo per mezzo loro al cospetto di molte genti. [28]Riconosceranno che io sono il Signore, il loro Dio, per averli condotti in esilio presso le genti e averli riuniti nel loro paese senza lasciarne alcuno laggiù. [29]Non distoglierò più la mia faccia da essi; perché spanderò il mio spirito sulla casa d'Israele, oracolo di Dio mio Signore».

40 Visione del nuovo tempio. - [1]Nel venticinquesimo anno del nostro esilio, all'inizio dell'anno, il dieci del mese, nell'anno quattordicesimo dopo l'espugnazione della città, in quello stesso giorno fu su di me la mano del Signore e mi condusse là. [2]In visioni divine mi condusse al paese d'Israele e mi posò su di un monte molto alto, sul quale c'era come una città costruita a sud; [3]mi condusse là. Ed ecco un individuo dall'apparenza bronzea, con in mano una cordicella di lino e una canna da misura; costui stava in piedi alla porta. [4]Egli mi parlò: «Figlio dell'uomo, osserva e ascolta bene e poni mente a ciò che ti faccio vedere; infatti è per poterlo mostrare che fosti condotto qui. Annuncia poi tutto ciò che vedi alla casa d'Israele».

[5]Ecco: un muro correva, esterno, tutt'intorno al tempio. La canna in mano all'uomo era quella lunga sei cubiti, ciascuno d'un cubito e un palmo. Egli misurò lo spessore dell'edificio: una canna; e l'altezza: una canna.

[6]Poi andò alla porta che è rivolta a oriente, salì i gradini e misurò la soglia della porta: una canna di profondità. [7]Le celle erano una canna di lunghezza e una di larghezza, e tra le celle c'erano cinque cubiti; e la soglia vicina all'atrio verso il tempio era larga una canna. [8]Misurò ancora l'atrio della porta: otto cubiti; [9]i suoi pilastri: due cubiti; l'atrio della porta era dalla parte verso l'interno. [10]Le celle della porta verso oriente erano tre da una parte e tre dall'altra: ciascuna delle tre era della stessa misura; la

---

40. - [2.] L'ultima parte del libro di Ezechiele traccia un quadro ideale del futuro regno messianico, rappresentato sotto i simboli di tempio, culto e terra idealizzati. La *città* sul monte è Gerusalemme. La descrizione è fatta con espressioni apocalittiche, però con reminiscenze del vecchio tempio e della vecchia città che il profeta aveva conosciuto.

[3.] *Un individuo*: è l'angelo di Dio sotto forma umana. Egli ha in mano gli strumenti per misurare: la *cordicella di lino* per le misure grandi e la *canna* per le piccole.

stessa misura aveva anche ciascuno dei pilastri da una parte e dall'altra. ¹¹Quindi misurò la luce della porta: dieci cubiti; la larghezza della porta: tredici cubiti; ¹²il parapetto davanti alle celle: un cubito da un lato e dall'altro; ogni cella misurava sei cubiti per lato. ¹³Poi misurò il portico dal tetto di una cella al suo opposto: venticinque cubiti da un'apertura all'altra. ¹⁴Calcolò i pilastri: erano alti sessanta cubiti; dai pilastri iniziava il cortile che circondava la porta. ¹⁵Dalla facciata della porta d'ingresso sino alla facciata della porta interna vi erano cinquanta cubiti. ¹⁶Nelle celle e nei loro pilastri c'erano inferriate, dentro la porta, tutt'attorno, con finestre anche nell'atrio. Sui pilastri erano disegnate delle palme.

¹⁷Poi mi condusse nel cortile esterno. Vi erano stanze e un lastricato nel cortile tutt'attorno; trenta erano le camere sul lastricato. ¹⁸Il lastricato ai fianchi delle porte era largo quanto la profondità delle porte stesse: era il lastricato inferiore. ¹⁹Misurò la lunghezza dalla porta inferiore fino al cortile interno, da fuori: cento cubiti, da oriente a settentrione.

²⁰Della porta che è rivolta a settentrione sul cortile esterno misurò profondità e larghezza; ²¹le sue celle, tre da una parte e tre dall'altra, i suoi pilastri e il suo atrio avevano le stesse misure della porta precedente: cinquanta cubiti di lunghezza e venticinque di larghezza. ²²Le sue finestre, il suo atrio e le sue palme erano delle misure della porta che è a oriente. Vi si saliva per sette gradini: l'atrio era davanti. ²³Dalla porta del cortile interno, verso quella settentrionale, come per l'orientale, misurò da porta a porta: c'erano cento cubiti.

²⁴Poi mi fece andare a sud: lì c'era la porta verso sud: misurò i suoi pilastri e il suo atrio: misurava come le altre. ²⁵Le sue finestre e il suo atrio tutt'intorno erano come le altre finestre. Aveva cinquanta cubiti di lunghezza e venticinque di larghezza. ²⁶C'erano sette gradini per salire verso l'interno. Aveva palme, una da una parte e una dall'altra, sui suoi pilastri. ²⁷Quanto alle porte del cortile interno da nord a sud misurò da porta a porta: cento cubiti.

²⁸Quindi mi condusse nel cortile interno per la porta meridionale e misurò la porta meridionale: aveva le stesse misure; ²⁹le sue celle, i suoi pilastri, il suo atrio avevano le stesse misure e così le finestre sue e del suo atrio da ogni lato. Aveva cinquanta cubiti di lunghezza e venticinque di larghezza. ³⁰Intorno vi erano vestiboli di venticinque cubiti di lunghezza per cinque di larghezza. ³¹Il suo atrio dava sul cortile esterno. C'erano palme sui suoi pilastri e c'erano otto gradini da salire.

³²Poi mi condusse nel cortile interno verso oriente; misurò la porta: aveva le stesse misure; ³³per le sue celle, i suoi pilastri e il suo atrio c'erano le stesse misure; così le finestre sue e del suo atrio tutt'attorno. Aveva cinquanta cubiti di lunghezza e venticinque di larghezza; ³⁴il suo atrio dava sul cortile esterno; c'erano palme sui suoi pilastri da una parte e dall'altra e c'erano otto gradini.

³⁵Dopo mi condusse alla porta settentrionale e misurò; avevano le stesse misure ³⁶le sue celle, i suoi pilastri, il suo atrio e le finestre che aveva tutt'attorno: cinquanta cubiti di lunghezza e venticinque di larghezza. ³⁷Il suo atrio dava sul cortile esterno; c'erano palme sui suoi pilastri da una parte e dall'altra e c'erano otto gradini da salire.

³⁸C'era una stanza, con un passaggio nell'atrio della porta: là si lavavano gli olocausti. ³⁹Nell'atrio della porta c'erano due tavole da una parte e due dall'altra per sgozzarvi sopra gli olocausti, i sacrifici per il peccato e quelli di riparazione. ⁴⁰A ridosso dell'atrio, presso l'apertura della porta settentrionale, c'erano due tavole e altre due nell'altra parte a ridosso dell'atrio della porta. ⁴¹Dunque quattro tavole da una parte e quattro dall'altra a ridosso della porta: otto tavole da macello. ⁴²Inoltre vi erano quattro tavole per l'olocausto, di pietra squadrata, lunghe un cubito e mezzo, larghe un cubito e mezzo e alte un cubito. Su di esse si posavano gli strumenti con cui si sgozzavano gli olocausti e gli altri sacrifici. ⁴³C'erano infatti uncini di un palmo, fissati nella costruzione tutt'attorno. Sulle tavole invece si metteva la carne da offrire. ⁴⁴Appena fuori della porta interna c'erano le stanze dei ministranti, nel cortile interno. Erano una a ridosso della porta settentrionale, con la facciata rivolta a sud e una a ridosso della porta meridionale, con la facciata rivolta a nord. ⁴⁵Quello mi spiegò: la stanza con la facciata a sud è dei sacerdoti che montano la guardia al tempio ⁴⁶e la stanza con la facciata rivolta a nord è dei sacerdoti che montano la guardia all'altare: sono i figli di Zadòk, quelli, tra i figli di Levi, che possono avvicinarsi al Signore per servirlo.

⁴⁷Quindi misurò il cortile: era un quadrato di cento cubiti di lunghezza e cento di larghezza. L'altare era dirimpetto al tempio. ⁴⁸Mi condusse quindi nell'atrio del tempio e misurò i pilastri: cinque cubiti di spessore da una parte e cinque cubiti dall'altra; la larghezza della porta poi era di quattordici cubiti e i lati della porta erano di tre cubiti da una parte e tre cubiti dall'altra. ⁴⁹La larghezza dell'atrio era di venti cubiti e la lunghezza di dodici cubiti. Si saliva nell'interno per dieci gradini. C'erano colonne vicino ai pilastri, una da una parte e una dall'altra.

41 Il santuario vero e proprio. - ¹Mi condusse poi nel santo e misurò i pilastri: sei cubiti di larghezza da una parte e sei dall'altra; tale lo spessore dei pilastri. ²La porta d'ingresso era larga dieci cubiti e i lati di essa cinque cubiti da una parte e cinque cubiti dall'altra. Misurò quindi la lunghezza del santo: quaranta cubiti; la sua larghezza: venti cubiti. ³Poi egli, entrato dentro, misurò il pilastro della porta: due cubiti. La porta era di sei cubiti e i lati della porta di sette cubiti. ⁴Misurò la lunghezza: venti cubiti; la larghezza: venti cubiti, dirimpetto al santo. Poi mi disse: «Questo è il santo dei santi».

⁵Misurò le pareti del santuario: sei cubiti; lo spessore delle celle laterali, tutt'attorno al santuario: quattro cubiti. ⁶Le celle laterali erano una sull'altra, a tre piani, con trenta celle per piano. Sul muro del santuario, vi erano rientranze come loro appoggi, senza però che gli appoggi fossero nel muro stesso del santuario. ⁷L'ampiezza delle celle aumentava salendo da un piano all'altro, perché la sporgenza sul muro del tempio andava restringendosi, lasciando alle celle un'ampiezza maggiore. Si saliva al piano superiore dal basso, passando attraverso quello medio. ⁸Il basamento a ridosso del santuario era un rialzo tutt'intorno, come fondamento per le celle, alto una canna, cioè sei cubiti.

⁹Lo spessore della parete esterna delle celle laterali era di cinque cubiti. Lo spazio libero tra l'edificio laterale ¹⁰e le stanze era di venti cubiti tutt'attorno al santuario. ¹¹L'edificio laterale aveva, sullo spazio libero, uno sbocco a nord e uno a sud. L'ampiezza dello spazio libero era di cinque cubiti tutt'attorno.

¹²L'edificio dirimpetto allo spiazzo riservato, nel lato occidentale, era profondo settanta cubiti, più il muro dell'edificio, spesso cinque cubiti su tutti i lati; ed era lungo novanta cubiti. ¹³Egli misurò il santuario: lunghezza cento cubiti. Anche lo spiazzo riservato più l'edificio e le sue mura erano lunghi cento cubiti. ¹⁴La larghezza della facciata del santuario con lo spiazzo riservato a oriente: cento cubiti. ¹⁵Egli misurò anche la lunghezza dell'edificio di fronte allo spiazzo riservato, nella parte posteriore, che aveva scarpate da una parte e dall'altra: cento cubiti.

L'interno del santo e l'atrio esterno, ¹⁶gli stipiti, le finestre a grate e le gallerie sui tre lati, a cominciare dalla soglia, erano rivestiti di tavole di legno tutt'intorno, dal pavimento sino alle finestre; le finestre erano fornite d'inferriata. ¹⁷A partire dall'ingresso, sia verso l'interno del santuario sia verso l'esterno, su tutta la parete all'intorno, dentro e fuori, vi erano riquadri. ¹⁸Vi erano raffigurati cherubini e palme: una palma e un cherubino alternati; i cherubini avevano due facce: ¹⁹la faccia d'uomo verso una palma e la faccia di leone verso l'altra palma. Erano raffigurati su tutto il santuario all'intorno. ²⁰Da terra fino all'altezza dell'ingresso erano raffigurati cherubini e palme. ²¹La parete del santo aveva lc stipite della porta a forma quadrata. Davanti al santo dei santi vi era qualcosa come ²²un altare di legno alto tre cubiti, lungo due e largo due; aveva gli angoli, la base e le pareti di legno. Quello mi spiegò: «Questa è la tavola che sta di fronte al Signore».

²³Vi erano due porte, una per il santo e l'altra per il santo dei santi. ²⁴Le due porte avevano dei battenti completamente girevoli, due per l'una e due per l'altra. ²⁵Raffigurati su di esse c'erano cherubini e palme, come sulle pareti; c'era un portale di legno dirimpetto all'atrio, all'esterno. ²⁶E c'erano inferriate e palme da una parte e dall'altra sui due fianchi dell'atrio, sulle celle annesse al santuario e sugli architravi.

42 Fabbricati accessori. - ¹Quindi mi portò fuori, nel cortile esterno verso settentrione, e mi condusse alle stanze settentrionali che dànno sullo spiazzo riservato e sull'edificio. ²Sulla facciata aveva una lunghezza di cento cubiti, verso settentrione, e una larghezza di cinquanta cubiti. ³Di-

rimpetto ai venti cubiti verso il cortile interno e dirimpetto al lastricato che è nel
cortile esterno c'era una scarpata a tre rampe. ⁴Davanti alle stanze c'era un corridoio
largo dieci cubiti e lungo cento cubiti; aveva gli sbocchi a nord e ⁵le stanze superiori
erano più basse; le rampe erano ridotte rispetto a quelle inferiori; ⁶erano a tre piani e
non erano sostenute da colonne come quelle dei cortili, perciò erano state fatte più
basse di quelle inferiori. ⁷C'era una muraglia fuori a lato delle stanze, verso il cortile
esterno di fronte alle stanze; era lunga cinquanta cubiti.

⁸La lunghezza della serie di stanze del
cortile esterno era appunto di cinquanta cubiti. Ed ecco pure una muraglia di fronte alla sala del santuario per cento cubiti. ⁹L'ingresso di quelle stanze dal basso era costituito da un corridoio, da est, per entrarvi
dal cortile esterno. ¹⁰Lungo la muraglia meridionale del cortile di fronte allo spiazzo riservato e all'edificio c'erano delle stanze:
¹¹davanti ad esse si apriva un passaggio simile a quello delle stanze che c'erano a
nord: stessa lunghezza e stessa larghezza;
ogni loro sbocco era secondo le regole. Gli
ingressi di quelle erano ¹²come gli ingressi
delle stanze rivolte a sud; una porta era al
principio dell'ambulacro, lungo il muro corrispondente, a oriente di chi entra. ¹³Egli
mi disse: «Le stanze a nord e quelle a sud di
fronte allo spiazzo riservato sono le stanze
sante, dove i sacerdoti che possono avvicinarsi al Signore mangeranno le porzioni
santissime. Vi deporranno le porzioni santissime e l'oblazione e il sacrificio per il
peccato e quello di riparazione perché è un
luogo santo. ¹⁴Quando i sacerdoti vi saranno entrati non usciranno dal luogo santo
nel cortile esterno, ma deporranno le vesti
con cui officiano, perché sono sante, e metteranno altri vestiti per avvicinarsi al luogo
assegnato al popolo».

¹⁵Terminate le misure del complesso del
santuario all'interno, mi fece uscire per la
porta rivolta a oriente e misurò tutt'attorno.
¹⁶Misurò dalla parte orientale, con la canna
da misura: cinquecento cubiti con la canna
da misura all'intorno. ¹⁷Misurò dalla parte
settentrionale: cinquecento cubiti con la
canna da misura all'intorno; ¹⁸la parte meridionale la misurò cinquecento cubiti con la
canna da misura ¹⁹all'intorno. Dalla parte
occidentale misurò cinquecento cubiti con
la canna da misura. ²⁰Ai quattro lati misurò

il tempio; aveva tutt'attorno la muraglia,
lunga cinquecento canne e larga cinquecento, per separare il luogo santo da quello profano.

43 Ritorno della Gloria del Signore. -
¹Mi condusse poi alla porta che è rivolta a oriente. ²Ed ecco la Gloria del Signore venire da oriente. La sua voce era come
il rumore delle grandi acque e la terra risplendeva per la sua Gloria. ³La visione che
vidi appariva come quella che avevo visto
quando venne per distruggere la città e come quella che avevo visto presso il canale
Chebàr. Io caddi bocconi. ⁴La Gloria del Signore venne nel santuario per la porta rivolta a oriente. ⁵Lo spirito mi prese e mi
condusse nel cortile interno: ecco la Gloria
del Signore riempire il santuario! ⁶E udii
uno che mi parlava dal santuario, mentre
l'uomo stava al mio fianco. ⁷Mi disse: «Figlio dell'uomo, questo è il luogo del mio
trono, luogo delle piante dei miei piedi, dove io abiterò in mezzo ai figli d'Israele per
sempre. La casa d'Israele non macchierà
più d'impurità il mio santo nome, insieme
ai suoi re, con le loro prostituzioni e con i
cadaveri dei loro re, e le loro stele, ⁸met-
tendo la loro soglia accanto alla mia e i loro
stipiti vicini ai miei, con una semplice parete tra me e loro, e macchiando d'impurità il
mio santo nome con le abominazioni che
hanno commesso, cosicché li consumai nella mia ira. ⁹Ormai allontaneranno da me le
loro prostituzioni e i cadaveri dei loro re: e
abiterò in mezzo a loro per sempre!

¹⁰Tu, figlio dell'uomo, descrivi il tempio
alla casa d'Israele; essi si vergogneranno
delle loro colpe. Misurino il modello, ¹¹perché si vergognino di tutto quello che hanno
fatto. Fa' loro conoscere il piano del tempio: il suo arredo, le sue uscite e le sue entrate, tutto il piano e tutte le norme relative. Il suo piano e le sue istruzioni in merito
scrivile sotto i loro occhi. Rispettino tutto il
piano e tutte le norme relative e le esegua-
no. ¹²Queste sono le istruzioni sul tempio;
sulla cima del monte, tutto il suo perimetro
da ogni lato, è la parte santissima. Ecco,
queste sono le istruzioni circa il tempio».

---

43. - ². *La Gloria del Signore*: cfr. Ez cc. 1; 8; 9;
Es 40,34; 1Re 8,10. Dio, che aveva abbandonato il
tempio (cc. 8-11), vi ritorna prendendone definitivo
possesso.

L'altare degli olocausti. - [13]Queste poi sono le misure dell'altare, in cubiti di un cubito e un palmo: un incavo profondo un cubito con un cubito di larghezza e con un orlo di una spanna sulla sua sporgenza tutt'attorno. Questa era l'altezza dell'altare: [14]dall'incavo a terra al bordo inferiore: due cubiti con un cubito di larghezza; dal bordo piccolo al bordo grande: quattro cubiti e un cubito di larghezza; [15]il focolare era quattro cubiti e sul focolare c'erano quattro corni. [16]Il fornello era quadrilatero: dodici cubiti per lato. [17]Il bordo era quadrato: quattordici cubiti per lato; l'orlo attorno ad esso era mezzo cubito e l'incavo tutt'attorno un cubito. I suoi gradini erano dal lato orientale.

Consacrazione dell'altare. - [18]Mi disse: «Figlio dell'uomo, così dice il Signore Dio: Queste sono le norme circa l'altare, quando sarà costruito, per offrirvi sopra l'olocausto e aspergervi il sangue. [19]Destinerai per i sacerdoti leviti, della stirpe di Zadòk, che si possono avvicinare a me per servirmi, oracolo del Signore Dio: un giovenco in sacrificio per il peccato. [20]Prenderai del sangue e lo verserai sui quattro corni dell'altare e sui quattro angoli dell'altare del bordo e sull'orlo tutt'attorno; purificherai le colpe e ne farai l'espiazione. [21]Poi prenderai il giovenco del peccato e lo brucerai in luogo appartato del tempio, fuori del santuario. [22]Al secondo giorno mi presenterai un capro perfetto in sacrificio per il peccato; toglieranno le colpe dell'altare come le tolsero con il giovenco. [23]Quando avrai terminato di togliere le colpe dell'altare mi presenterai un giovenco perfetto e un montone perfetto; [24]li presenterai al Signore, poi i sacerdoti vi verseranno il sale e li offriranno in olocausto al Signore. [25]Ciò per sette giorni: un capro al giorno in sacrificio per il peccato e un giovenco del gregge con un montone perfetto. [26]Per sette giorni faranno l'espiazione dell'altare, lo purificheranno e lo inaugureranno. [27]Terminati quei giorni, dall'ottavo in poi i sacerdoti immoleranno sull'altare i vostri olocausti, i vostri sacrifici di comunione e vi sarò finalmente favorevole. Oracolo del Signore Dio».

44 **Norme riguardanti il culto.** - [1]Mi condusse poi alla porta esterna del santuario, rivolta a oriente, ed era chiusa. [2]Il Signore mi disse: «Questa porta resterà chiusa, non deve restare aperta; nessuno vi deve passare perché c'è passato il Signore, il Dio d'Israele; deve restare chiusa. [3]Ma il principe vi si potrà intrattenere a mangiare il cibo al cospetto del Signore: vi accederà dall'atrio e di lì uscirà».

[4]Mi condusse poi per la porta settentrionale davanti al tempio e vidi che la Gloria del Signore riempiva il santuario del Signore; io caddi bocconi. [5]Il Signore mi disse: «Figlio dell'uomo, poni mente, osserva bene e ascolta attentamente tutto ciò che io ti dirò circa le norme del tempio del Signore e le istruzioni; poni mente a quanto concerne gl'ingressi del tempio e tutte le uscite del santuario. [6]Di' ai ribelli, alla casa d'Israele: Così dice Dio, mio Signore: Basta con tutte le vostre abominazioni, o casa d'Israele! [7]Voi avete introdotto dei forestieri, incirconcisi di cuore e di carne, perché si installassero nel mio santuario e profanassero la mia casa, presentando il mio cibo, il grasso e il sangue! Avete infranto la mia alleanza con tutte le vostre abominazioni; [8]non avete montato la guardia per le mie cose sante, ma avete messo loro al vostro posto per fare la guardia al mio santuario!».

I leviti. - [9]«Così dice il Signore Dio: Nessun forestiero, incirconciso di cuore e di carne, deve entrare nel mio santuario, nessuno dei forestieri che siano in mezzo agli Israeliti, [10]ma solo i leviti, i quali pure si sono allontanati da me quando Israele si sviò, poiché commise delle aberrazioni dietro ai suoi idoli lontano da me — però sconteranno la loro colpa! —; [11]essi staranno nel mio santuario prestando la sorveglianza alle porte del tempio e servendo nel tempio. Sgozzeranno gli olocausti e il sacrificio del popolo e staranno davanti ad esso per servirlo. [12]Siccome lo hanno servito al cospetto dei loro idoli e sono stati per la casa d'Israele una trappola di colpa, per questo alzai la mano in giuramento contro di essi, oracolo del Signore Dio: sconteranno la loro colpa! [13]Non si accosteranno più a me fungendo da sacerdoti, a contatto con le mie cose sante, le porzioni santissime; sconteranno la loro ignominia e le abominazioni che hanno commesso. [14]Affido loro solo la guardia al tempio e tutte le prestazioni manuali da compiersi in esso».

Norme per i sacerdoti. - [15]«Invece i sacerdoti leviti, figli di Zadòk, i quali montarono la guardia al mio santuario quando gli Israeliti si sviarono lontano da me, essi si avvicineranno a me per servirmi e staranno al mio cospetto per presentarmi grasso e sangue. Oracolo del Signore Dio. [16]Essi possono entrare nel mio santuario; possono avvicinarsi alla mia tavola per servirmi e custodiranno le mie prescrizioni. [17]Nell'accedere alle porte del cortile interno indosseranno vesti di lino; non ci sarà addosso a loro della lana quando officiano alle porte del cortile interno e dentro il santuario. [18]Sul loro capo ci sarà un turbante di lino e calzoni di lino attorno ai fianchi; non si cingeranno di indumenti sudoriferi. [19]Uscendo però nel cortile esterno, fra il popolo, si toglieranno le loro vesti con cui hanno officiato, le deporranno nelle stanze sante e si metteranno altri vestiti per non rendere consacrato il popolo con le loro vesti. [20]Non si toseranno il capo completamente né si lasceranno libera la chioma; si acconceranno i capelli. [21]Nessun sacerdote beva vino quando deve entrare nel cortile interno. [22]Non prenderanno in moglie una vedova o una ripudiata; possono prendere solo una vergine della stirpe della casa d'Israele oppure la vedova di un sacerdote. [23]Istruiranno il mio popolo sul sacro e il profano e gli indicheranno la distinzione tra puro e impuro. [24]Nelle cause si ergeranno a giudici e le decideranno secondo le mie istruzioni. In tutte le mie feste osserveranno le mie leggi e le mie disposizioni e santificheranno i miei sabati.

[25]Non andranno a macchiarsi d'impurità dai morti. Solo per il padre, la madre, il figlio, la figlia, il fratello e la sorella che non sia stata sposata possono macchiarsi d'impurità. [26]Dopo la propria purificazione si devono contare sette giorni e [27]quando rientreranno nel luogo santo, nel cortile interno per servire nel santo, mi presenteranno un sacrificio per il peccato: oracolo del Signore Dio.

[28]Quanto alla loro eredità, sarò io la loro eredità! Non si darà loro nessun possesso terriero in Israele; io sono il loro possedimento. [29]Essi possono mangiare l'oblazione, il sacrificio per il peccato e quello di riparazione; tutto ciò che è votato a Dio in Israele tocca a loro. [30]La parte migliore di ogni specie di primizie e di ogni rendita, in ogni vostro tributo, sarà dei sacerdoti; darete al sacerdote le primizie della vostra farina. Ciò per far scendere la benedizione sulla tua casa. [31]I sacerdoti non possono mangiare carne infetta o dilaniata di volatili o bestiame».

45 **Divisione del territorio.** - [1]«Nell'estrarre a sorte i lotti del paese in eredità, ne offrirete un tributo per il Signore, come parte santa della terra, lunga venticinquemila cubiti e larga ventimila: essa è la parte santa della terra con tutti i suoi confini. [2]Di questa, una parte è per il santuario, cioè un quadrato di cinquecento cubiti per cinquecento, più cinquanta cubiti attorno come sue adiacenze. [3]In quella superficie misurerai venticinquemila cubiti di lunghezza e diecimila di larghezza con dentro il santuario, parte santissima. [4]Quella parte santa della terra sarà per i sacerdoti che prestano servizio nel santuario e che si possono avvicinare a servire il Signore. Esso servirà per le case e come luogo sacro del tempio. [5]Altri venticinquemila cubiti di lunghezza per diecimila di larghezza saranno per i leviti che prestano servizio al tempio, in proprietà, con città dove abitare. [6]Ne destinerete poi, come possesso della città, un tratto di cinquemila cubiti di larghezza per venticinquemila di lunghezza, paralleli alla parte assegnata al santuario; apparterranno a tutta la casa d'Israele.

[7]Al principe sarà assegnato un possesso di qua e di là della parte santa e del territorio della città, al fianco della parte santa e al fianco del territorio della città, a occidente sino all'estremità occidentale e a oriente sino al confine orientale, per una lunghezza uguale a ognuna delle parti, dal confine occidentale fino al confine orientale. [8]Questo appezzamento sarà suo in possesso ereditario in Israele e così i miei prìncipi non opprimeranno più il mio popolo e lasceranno la terra alla casa d'Israele, alle sue tribù».

[9]Così dice il Signore Dio: «Basta, o prìncipi d'Israele! Cessate la violenza e l'oppressione, osservate le norme e la giustizia e smettete le vostre estorsioni sul mio popolo, oracolo del Signore Dio. [10]Abbiate bilan-

---

45. - La divisione qui descritta è solo ideale, e non corrispose mai alla realtà.

[2-4.] Lo spazio riservato al santuario è nel centro della porzione riservata ai sacerdoti. Nello spazio riservato a Dio c'è il tempio e le case dei sacerdoti, che non saranno più dispersi nelle varie città, come prima era disposto dalla legge (Nm 35,1-8).

cia giusta, efa e *bat* giusto. [11]L'efa e il *bat* siano dell'identica misura, in modo tale che il *bat* contenga un decimo di comer e l'efa pure un decimo di comer. [12]Il siclo sia di venti ghere; venti sicli e venticinque sicli e quindici sicli formeranno la mina».

Offerta delle primizie. - [13]«Questo è il tributo che offrirete: un sesto di efa per un comer di grano e un sesto di efa per un comer di orzo. [14]La tassa per l'olio, che si misura con il *bat*, è un decimo di bat per ogni *kor*: dieci *bat* formano un comer, come pure dieci *bat* corrispondono a un *kor*. [15]Dal gregge si prenda un capo ogni duecento della ricchezza d'Israele, per l'oblazione, l'olocausto e il sacrificio di comunione, per fare l'espiazione su di essi, oracolo del Signore Dio. [16]Tutta la popolazione è obbligata a questo tributo al principe d'Israele. [17]Al principe incomberanno gli olocausti, l'oblazione e la libazione nelle feste, all'inizio dei mesi e nei sabati, in tutte le solennità della casa d'Israele. Egli provvederà al sacrificio per il peccato, all'oblazione, all'olocausto e al sacrificio di comunione, per fare l'espiazione sulla casa d'Israele».

Rituale per la Pasqua. - [18]Così dice Dio, mio Signore: «Al primo giorno del primo mese prenderai un giovenco perfetto e purificherai la colpa del tempio. [19]Il sacerdote prenderà del sangue del sacrificio per il peccato e lo verserà sullo stipite del tempio e sui quattro angoli del bordo, sull'altare e sugli stipiti della porta del cortile interno. [20]Così farai pure il sette del mese a nome di chi erra, ma ne è ignaro; così farete l'espiazione del tempio. [21]Il quattordicesimo giorno del primo mese sarà per voi la Pasqua. Durante sette giorni di festa mangerete azzimi. [22]Il principe allora provvederà per sé e per tutta la popolazione un giovenco per il peccato. [23]E nei sette giorni della festa procurerà l'olocausto per il Signore: sette giovenchi e sette montoni perfetti ogni giorno per sette giorni e il sacrificio per il peccato: un capro al giorno. [24]Procurerà un'oblazione di un'efa per il giovenco e di un'efa per il montone e l'olio: un *hin* di olio per ogni efa».

Festa delle Tende. - [25]«Il quindicesimo giorno del settimo mese, alla festa, si farà altrettanto per sette giorni: sacrificio per il peccato, olocausto, oblazione, olio».

46 **Sabato e novilunio.** - [1]Così dice Dio, mio Signore: «La porta del cortile interno rivolta a oriente deve restar chiusa nei sei giorni lavorativi; sarà aperta nel giorno di sabato e sarà pure aperta il primo del mese. [2]Là giungerà il principe, per l'atrio della porta dall'esterno, e si fermerà agli stipiti della porta; i sacerdoti offriranno il suo olocausto e il suo sacrificio di comunione; egli farà adorazione sul podio della porta e poi uscirà. La porta non si chiuderà fino alla sera. [3]Anche la popolazione farà adorazione all'ingresso di quella porta, al sabato e al primo del mese, al cospetto del Signore. [4]L'olocausto che il principe presenterà al Signore al sabato sarà di sei agnelli perfetti e un montone perfetto [5]e un'oblazione di un'efa per il montone; per gli agnelli l'oblazione sarà a sua discrezione; l'olio, un *hin* per efa. [6]Quello del primo del mese sarà di un giovenco perfetto, sei agnelli e un montone perfetto; [7]e offrirà un'efa per il giovenco, un'efa per il montone e per gli agnelli una manciata; l'olio, un *hin* per efa. [8]Quando il principe viene accederà per l'atrio della porta e per quella porta si ritirerà. [9]Quando la popolazione viene processionalmente al cospetto del Signore nelle solennità, se accederà per la porta settentrionale per fare adorazione uscirà per la porta meridionale, oppure se accederà per la porta meridionale uscirà per la porta settentrionale; non tornerà indietro per la stessa porta per cui è entrata. Usciranno proseguendo sempre diritto. [10]Il principe entrerà e uscirà con essi».

Disposizioni varie. - [11]«Nelle feste e nelle ricorrenze ci sarà l'oblazione di un'efa per il giovenco, un'efa per il montone; per gli agnelli essa è a piacere; e l'olio, un *hin* per efa. [12]Se il principe offrirà in via straordinaria un olocausto o un sacrificio di comunione, offerta straordinaria al Signore, allora a lui si aprirà la porta rivolta a oriente e offrirà l'olocausto e il sacrificio di comunione come lo fa al sabato; ma quando uscirà, la porta si chiuderà appena uscito.

[13]Offrirai inoltre ogni giorno un agnello di un anno perfetto come olocausto al Signore; lo si farà ogni mattina. [14]Per esso si offrirà ogni mattina l'oblazione d'un sesto di efa, e un terzo di *hin* di olio, per bagnare la farina, oblazione al Signore, legge dell'olocausto quotidiano. [15]Offriranno l'agnello, l'oblazione e l'olio ogni mattina: è olocausto quotidiano».

[16]Così dice Dio, mio Signore: «Se il principe farà un dono a uno dei suoi figli, esso rimarrà in eredità ai suoi figli: è possedimento terriero dato in eredità. [17]Ma se donerà parte della sua eredità a uno dei suoi servi, essa resterà a costui fino all'anno della remissione e poi tornerà al principe. Solo l'eredità dei figli resterà a loro; [18]né il principe può prendere dall'eredità del popolo, opprimendolo nei suoi possedimenti terrieri. Darà in eredità ai figli solo ciò che è dei suoi propri possedimenti. Ciò perché il mio popolo non finisca disperso, lontano dal suo possedimento terriero».

[19]Mi condusse, poi, per l'ingresso che è a ridosso della porta, alle camere sante dei sacerdoti rivolte a settentrione: là c'era un luogo all'estremità occidentale. [20]Egli mi disse: «Questo è il luogo dove i sacerdoti faranno cuocere il sacrificio di riparazione, il sacrificio per il peccato e dove cuoceranno l'oblazione affinché non escano nel cortile esterno e rendano consacrato il popolo». [21]Poi mi fece uscire nel cortile esterno e mi fece passare per i quattro angoli del cortile: c'era un cortiletto in ciascun angolo del cortile. [22]Quindi ai quattro angoli del cortile vi erano i cortiletti lunghi quaranta cubiti e larghi trenta, tutti della stessa misura. [23]Erano cintati tutti e quattro e là erano costruiti dei fornelli ai piedi della cinta, tutt'attorno. [24]Mi disse: «Queste sono le cucine dove i ministri del tempio cuociono i sacrifici del popolo».

47 Visione del risanamento.

[1]Poi mi fece ritornare all'ingresso del tempio, ed ecco dell'acqua che usciva da sotto la soglia del tempio verso oriente, poiché la facciata del tempio era a oriente. L'acqua usciva di sotto al lato destro del tempio, a sud dell'altare. [2]Mi fece quindi uscire per la porta settentrionale e poi mi fece girare all'esterno fino alla porta esterna rivolta a oriente. Ecco: l'acqua scaturiva dal lato destro. [3]Quell'uomo si allontanò verso oriente con in mano una cordicella da misura, misurò mille cubiti, poi mi fece attraversare l'acqua: mi arrivava alle caviglie. [4]Quindi ne misurò altri mille e mi fece attraversare l'acqua: mi giungeva ai ginocchi; poi ne misurò altri mille e mi fece attraversare l'acqua: mi lambiva i fianchi. [5]Ne misurò ancora mille: era un torrente che non potevo più attraversare. L'acqua era cresciuta: acqua per nuotare, un torrente che non si poteva attraversare. [6]Allora mi disse: «Hai visto, figlio dell'uomo?», poi mi fece tornare indietro sulla sponda del torrente. [7]Mentre tornavo, ecco sulla sponda del torrente un gran numero di alberi di qua e di là. [8]Egli mi disse: «Queste acque sfociano nella regione orientale, scendono nell'Araba e sboccano al mare: spinte nel mare, ne sono risanate le acque. [9]E ogni animale che nuota, dovunque arriva quel torrente, vivrà e ci sarà pesce molto abbondante appunto perché vi giungono quelle acque e risanano, cosicché avrà vita tutto ciò a cui arriva il torrente. [10]Sulle sue rive vi saranno pescatori; da Engaddi fino a En-Eglàim ci sarà una distesa di reti; il pesce sarà di varia specie in grande quantità, come il pesce del Mar Mediterraneo. [11]Le sue fosse e i suoi stagni però non saranno risanati: servono a estrarre il sale. [12]Sul torrente, sulle sue sponde, cresce di qua e di là ogni albero da frutto, le sue foglie non avvizziscono mai né si esauriscono i suoi frutti; essi maturano ogni mese perché le sue acque vengono dal tempio; i suoi frutti sono nutrimento e le sue foglie sono medicina».

I nuovi confini del paese.

[13]Così dice Dio, mio Signore: «Questi sono i confini del paese che vi prenderete in eredità, tra le dodici tribù d'Israele, dando a Giuseppe due lotti. [14]Lo erediterete in parti uguali. Giurai appunto, alzando la mano, di darlo ai vostri padri; questo paese ora è toccato a voi in eredità. [15]Questi saranno i confini del paese: per il lato settentrionale: dal Mar Mediterraneo in direzione di Chetlòn all'imboccatura di Zedàd, [16]Amat, verso Berotà, Sibràim, tra i confini di Damasco e quelli di Amat, Cazer-Ticòn, che è sul confine con Hauràn. [17]Il confine sarà dunque: dal mare fino a Cazer-Enòn, ai confini con Damasco, molto a settentrione, e ai confini con Amat; questo per il lato settentrionale. [18]Il lato orientale: fra l'Hauràn e Damasco, poi tra il Gàlaad e il paese d'Israele, il Giordano fa da confine fino al mare orientale, fi-

---

47. - [1.] Queste acque, simbolo di benedizione, scaturiscono *sotto la soglia del tempio, dal lato destro*, e defluiscono *verso oriente*, cioè verso la zona arida del deserto di Giuda e del Mar Morto, portandovi la vita. Significano la grazia e la vita che Dio dona la mondo (cfr. Gn 2,10; Is 11,6; Ger 31,12; Gv 4,13; 7,38; Ap 22,11).

no a Tamàr; questo per il lato orientale. [19]Il lato meridionale: verso mezzogiorno, da Tamàr fino alle acque di Meriba-Kadès, fino al torrente verso il Mar Mediterraneo: questo per il lato verso mezzogiorno. [20]Il lato occidentale: il Mar Mediterraneo fa da confine fin verso l'imboccatura di Amat: questo per il lato occidentale.

[21]Vi spartirete i lotti di questo paese tra le dodici tribù d'Israele. [22]L'avrete in sorte, come eredità voi e gli stranieri che risiedono in mezzo a voi e hanno generato figli e figlie diventando per voi come degli indigeni tra gli Israeliti; con voi l'avranno in sorte come eredità in mezzo alle tribù d'Israele; [23]e sarà là, nelle tribù dove lo straniero è residente, che gli darete la sua eredità». Oracolo di Dio, mio Signore.

48 **Divisione del paese.** - [1]Questi i nomi delle tribù: dal confine settentrionale, nei pressi di Chetlòn, all'imboccatura di Camat, fino a Cazer-Enòn, al confine di Damasco a settentrione, nei pressi di Camat, coi suoi lati, orientale e occidentale: un lotto a Dan. [2]Al confine di Dan dal lato orientale al lato occidentale: uno ad Aser. [3]Al confine di Aser, dal lato orientale al lato occidentale: uno a Neftali. [4]Al confine di Neftali dal lato orientale al lato occidentale: uno a Manasse. [5]Al confine di Manasse dal lato orientale al lato occidentale: uno a Efraim. [6]Al confine di Efraim dal lato orientale al lato occidentale: uno a Ruben. [7]Al confine di Ruben dal lato orientale al lato occidentale: uno a Giuda.

[8]Al confine di Giuda dal lato orientale al lato occidentale c'è il tributo di territorio che offrirete: largo venticinquemila cubiti e lungo quanto ognuno dei lotti dal lato orientale al lato occidentale. In mezzo c'è il santuario. [9]Il tributo che offrirete al Signore è lungo venticinquemila cubiti, con ventimila di lato. [10]Il tributo santo sarà per costoro: per i sacerdoti a settentrione venticinquemila, a occidente diecimila di lato e a oriente diecimila di lato e a mezzogiorno venticinquemila di lunghezza con incluso il santuario del Signore. [11]Ai sacerdoti santificati, figli di Zadòk, i quali mi hanno prestato il servizio e non hanno errato quando errarono gli Israeliti, come fecero invece i leviti, [12]ad essi sarà riservata una porzione del tributo sacro del territorio, parte santissima al confine dei leviti. [13]I leviti, paralle-

lamente al confine dei sacerdoti, avranno gli altri venticinquemila di lunghezza e diecimila di lato. Entrambi ne avranno venticinquemila di lunghezza e diecimila di lato. [14]Non possono venderne niente né scambiare né offrire la primizia del territorio, perché è cosa santa per il Signore.

[15]I rimanenti cinquemila di altezza per venticinquemila di lunghezza sono profani. Sono della città, come abitazioni e periferia. La città stessa, poi, sarà nel mezzo; [16]eccone le misure: lato settentrionale, quattromilacinquecento; lato meridionale, quattromilacinquecento; lato orientale, quattromilacinquecento e lato occidentale, quattromilacinquecento. [17]Le periferie della città saranno: a nord duecentocinquanta; a sud duecentocinquanta; a oriente duecentocinquanta e a occidente duecentocinquanta. [18]Quel che rimane parallelamente al tributo santo, e cioè diecimila a oriente e diecimila a occidente ed è parallelo al tributo santo, sarà il prodotto per il pane per quelli che fanno servizio in città. [19]Quelli che prestano servizio in città saranno presi da tutte le tribù d'Israele. [20]Tutto il tributo sacro sarà un quadrilatero di venticinquemila cubiti per venticinquemila. Preleverete un quarto del tributo sacro come possesso della città.

[21]Quel che rimane di qua e di là del tributo sacro e del possesso della città è per il principe in possesso ereditario. Partendo dai venticinquemila del tributo fino al confine orientale e, verso occidente, partendo dai venticinquemila fino al mare, parallelamente ai lotti delle tribù, questo è del principe. Rimane in mezzo il tributo santo con santuario e tempio. [22]Partendo dai possedimenti ereditari dei leviti e i possedimenti della città, che restano in mezzo, quelli del principe rimarranno tra il confine di Giuda e quello di Beniamino.

[23]Il resto delle tribù, dal lato orientale al lato occidentale: un lotto a Beniamino. [24]Al confine di Beniamino dal lato orientale al lato occidentale: uno a Simeone. [25]Al confine di Simeone dal lato orientale al lato occidentale: uno a Issacar. [26]Al confine di Issacar dal lato orientale al lato occidentale: uno a Zabulon. [27]Al confine di Zabulon dal lato orientale al lato occidentale: uno a Gad. [28]Al confine di Gad dal lato sud verso mezzogiorno il confine andrà da Tamàr alle acque di Meriba-Kadès e al torrente che va al Mar Mediterraneo. [29]Questa è la terra che si darà in eredità alle tribù d'Israele:

questi sono i loro lotti. Oracolo di Dio, mio Signore.

Le nuove porte di Gerusalemme. - ³⁰Queste sono le uscite della città sul lato settentrionale, di quattromilacinquecento cubiti. ³¹Le porte della città hanno i nomi delle tribù d'Israele. Tre sono a nord: una è la porta di Ruben, una la porta di Giuda e una la porta di Levi. ³²Sul lato orientale, di quattromilacinquecento cubiti, le porte sono tre: una è la porta di Giuseppe, una la porta di Beniamino e una la porta di Dan. ³³Sul lato meridionale, di quattromilacinquecento cubiti, le porte sono tre: una è la porta di Simeone, una la porta di Issacar e una la porta di Zabulon. ³⁴Sul lato occidentale, di quattromilacinquecento cubiti, le porte sono tre: una è la porta di Gad, una è la porta di Aser e una è la porta di Neftali. ³⁵Perimetro: diciottomila. Da ora il nome della città è «Là c'è il Signore».

DANIELE

Più che tra i profeti, il libro di Daniele si inserisce meglio nella letteratura apocalittica, che si presenta come «rivelazione» o narrazione esposta attraverso la «visione» in cui dominano i simboli da interpretare. Oggi gli studiosi concordano nel collocare il libro di Daniele nel II secolo a.C. L'ambientazione in Babilonia e tutti i personaggi del libro vanno intesi come un artificio letterario, forse basato su antichi testi. L'autore, in realtà, con i suoi racconti e visioni intende sostenere la fede e la speranza dei suoi connazionali impegnati nelle dolorose e gloriose vicende dell'epoca maccabaica.

Il libro è giunto a noi scritto in tre lingue: ebraico, aramaico (2,4 - 7,27) e greco (3,24-90; cc. 13-14). La prima parte di esso (cc. 1-6) narra alcuni episodi del giudeo Daniele, deportato nel 597 a.C. a Babilonia: la sua fedeltà alla legge del Signore gli fa superare insidie e pericoli provenienti dall'ambiente di corte in cui viveva e in cui era apprezzato funzionario. La seconda parte (cc. 7-12) contiene quattro visioni raccontate da Daniele, nelle quali egli vede «la storia futura» d'Israele (cioè quella vissuta tra il VI e il II secolo a.C.) che, pure sotto il dominio di imperi che si succedono nella storia e che lo opprimeranno, sopravvive fino alla venuta del «Figlio dell'uomo» (7,13; Gesù userà questa espressione per designare se stesso) il cui regno universale non avrà fine.

I cc. 13-14 sono un'appendice posteriore e contengono due narrazioni incentrate sulla vittoria dell'innocente ingiustamente condannato (storia di Susanna) e sulle ridicole pretese dell'idolatria.

DANIELE ALLA CORTE DI BABILONIA

1 In esilio. - [1]Il terzo anno del regno di Ioiakìm, re di Giuda, Nabucodònosor, re di Babilonia, marciò su Gerusalemme e la cinse d'assedio. [2]Il Signore consegnò in sua mano Ioiakìm, re di Giuda, e una parte dei vasi della casa di Dio. Fattili trasportare nel paese di Sennaar, depose i vasi nella sala del tesoro dei suoi dèi.

[3]Il re ordinò ad Asfenàz, capo dei suoi eunuchi, di far venire alcuni Israeliti, sia di sangue reale che di nobili famiglie, [4]giovani, nei quali non si trovasse nulla di difettoso, e di bell'aspetto, esperti in tutta la sapienza, istruiti nella scienza, abili nell'agire e adatti a stare nel palazzo del re, e d'insegnar loro la scrittura e la lingua dei Caldei. [5]Il re assegnò loro una razione giornaliera delle vivande reali e del vino che beveva egli stesso. La loro educazione doveva durare tre anni; al termine

dovevano prender posto alla presenza del re.

[6]Tra costoro c'erano i giudei Daniele, Anania, Misaele e Azaria. [7]Il capo degli eunuchi mise loro altri nomi: a Daniele mise nome Baltazzàr, ad Anania Sadràch, a Misaele Mesàch e ad Azaria Abdènego.

[8]Daniele si era proposto in cuor suo di non contaminarsi col cibo del re e col vino che bevava lui. Perciò chiese al capo degli eunuchi di concedergli di non contaminarsi. [9]Dio concesse a Daniele benevolenza e simpatia presso il capo degli eunuchi. [10]Il capo degli eunuchi disse a Daniele: «Io temo che il re mio signore, che ha fissato il vostro cibo e la vostra bevanda, scorga i vostri volti macilenti in confronto con quelli dei giovani vostri coetanei; così mi rendereste responsabile davanti al re». [11]Ma Daniele disse al custode che il capo degli eunuchi aveva preposto a Daniele, Anania, Misaele e Azaria: [12]«Ti prego, metti alla prova i tuoi

servi per dieci giorni; ci si diano legumi per mangiare e acqua per bere; [13]poi siano esaminati alla tua presenza il nostro aspetto e l'aspetto dei giovani che mangiano le vivande reali; allora ti comporterai con i tuoi servi come ti parrà!». [14]Costui accondiscese a questa loro proposta e li mise alla prova per dieci giorni. [15]Al termine di dieci giorni il loro volto apparve più bello ed essi apparvero meglio nutriti di tutti i giovani che mangiavano le vivande del re. [16]Così il custode faceva portar via le vivande e la bevanda loro assegnate e dava loro legumi. [17]A questi quattro giovani Dio concesse sapere e conoscenza in ogni scritto e la sapienza. Daniele poi ebbe il dono d'interpretare ogni specie di visioni e di sogni.

[18]Allo scader del tempo che il re aveva fissato perché gli fossero presentati, il capo degli eunuchi li condusse alla presenza di Nabucodònosor. [19]Il re si intrattenne con loro, ma fra tutti non si trovò nessuno come Daniele, Anania, Misaele e Azaria. Essi rimasero alla presenza del re [20]e in qualunque argomento riguardante la sapienza e la dottrina su cui il re li interrogasse, li trovò dieci volte superiori a tutti gli indovini e ai maghi che erano in tutto il regno. [21]Daniele rimase così fino al primo anno del re Ciro.

2 La grandiosa statua di Nabucodònosor.

[1]Nel secondo anno del suo regno, Nabucodònosor sognò. Il suo animo rimase turbato e il sonno l'abbandonò. [2]Il re dette ordine di convocare i maghi, gli indovini, gli incantatori e i caldei, perché richiamassero alla memoria del re il suo sogno. Al loro arrivo si presentarono alla presenza del re. [3]Il re disse loro: «Ho fatto un sogno e il mio spirito è turbato finché non conoscerò il sogno!». [4]I caldei risposero al re: «O re, vivi in eterno! Narra il sogno ai tuoi servi e noi daremo l'interpretazione!». [5]Il re rispose ai caldei: «La mia decisione è manifesta: se non mi farete conoscere il sogno e il suo significato, sarete fatti a pezzi e le vostre case saranno ridotte a un cumulo di rovine. [6]Se invece indicherete il sogno e il suo significato, riceverete da me doni, regali e molto onore. Perciò indicatemi il sogno e il suo significato!». [7]Essi insistettero di nuovo: «Il re dica il sogno ai suoi servi e noi daremo la sua interpretazione!». [8]Ma il re rispose: «Io vedo bene che voi cercate di gua-

dagnar tempo, perché vedete che il mio decreto è pronunziato. [9]Che se voi non mi fate conoscere il sogno, la vostra intenzione comune è di inventare discorsi falsi e funesti davanti a me, finché il tempo passi. Ditemi dunque il sogno e io saprò che mi potete dare anche la sua interpretazione!». [10]I caldei risposero al re e dissero: «Non c'è uomo sopra la terra che possa manifestare ciò che il re ordina; perciò mai nessun re, quantunque grande e potente, domandò una cosa simile a nessun mago o indovino o caldeo. [11]La cosa che il re domanda è difficile e non c'è nessuno che la possa manifestare al re, se non gli dèi la cui dimora non è fra gli uomini!». [12]Allora il re si irritò e si adirò violentemente e ordinò di sterminare tutti i sapienti di Babilonia.

[13]Quando fu emanato il decreto di uccidere i sapienti, si cercava di uccidere Daniele e i suoi compagni. [14]Allora Daniele si rivolse con parole sagge e prudenti ad Ariòch, capo delle guardie del re, che era uscito per uccidere i sapienti di Babilonia. [15]Egli domandò ad Ariòch, comandante del re: «Perché un decreto così severo da parte del re?». Allora Ariòch spiegò la cosa a Daniele, [16]e Daniele entrò dal re per chiedere che gli concedesse uno spazio di tempo ed egli avrebbe dato al re l'interpretazione.

[17]Poi Daniele andò a casa sua e informò i suoi compagni Anania, Misaele e Azaria della cosa, [18]perché implorassero misericordia dal Dio del cielo intorno a questo mistero, cosicché non venissero messi a morte Daniele e i suoi compagni insieme agli altri sapienti di Babilonia.

[19]Allora a Daniele in una visione notturna fu rivelato il mistero. Perciò Daniele benedì il Dio del cielo [20]e disse:

«Sia benedetto il nome di Dio
di secolo in secolo,
perché sua è la sapienza e la forza.
[21] È lui che muta tempi e stagioni,
che atterra e fa risorgere i re,
che dona la sapienza ai sapienti
e la scienza a coloro che sanno.
[22] È lui che svela le cose
nascoste e segrete,
conosce ciò che è nelle tenebre
e la luce dimora con lui.
[23] A te, Dio dei miei padri,
rendo grazie e lode,
perché sapienza e forza mi hai dato
e mi fai conoscere

ciò che ti abbiamo chiesto, facendoci conoscere il sogno del re».

²⁴Quindi Daniele andò da Ariòch che il re aveva incaricato di uccidere i sapienti di Babilonia e gli disse: «Non uccidere i sapienti di Babilonia! Conducimi dal re e darò al re l'interpretazione!». ²⁵Ariòch introdusse in fretta Daniele dal re e così gli disse: «Ho trovato un tale tra i deportati di Giuda che farà conoscere al re l'interpretazione». ²⁶Il re domandò a Daniele, il cui nome era Baltazzàr: «Sei tu capace di farmi conoscere il sogno che ho avuto e il suo significato?». ²⁷Daniele rispose al re: «Il mistero che il re domanda non possono farlo conoscere al re sapienti, indovini, maghi, astrologi. ²⁸Ma c'è un Dio nel cielo che rivela i misteri e fa conoscere al re Nabucodònosor che cosa avverrà alla fine dei giorni. Il tuo sogno e la visione della tua mente, mentre eri sopra il tuo letto, è questa. ²⁹O re, i pensieri che ti assillarono mentre eri sopra il tuo letto riguardano il futuro, e colui che rivela i misteri ti fa conoscere ciò che sarà. ³⁰A me, poi, è stato rivelato questo mistero non perché ho più sapienza di tutti gli altri viventi, ma perché sia data al re l'interpretazione e perché tu comprenda i pensieri del tuo cuore. ³¹Tu, o re, hai avuto una visione. Ecco una statua. Quella statua era grandiosa e il suo splendore era straordinario; essa stava davanti a te e il suo aspetto era terribile. ³²La statua aveva la testa d'oro puro, il petto e le braccia d'argento, il ventre e le cosce di bronzo; ³³le sue gambe erano di ferro e i suoi piedi erano parte di ferro e parte d'argilla. ³⁴Tu stavi guardando, quando si staccò dalla montagna una pietra, senza l'intervento di mani, colpì la statua sui suoi piedi ch'erano di ferro e di argilla e li frantumò. ³⁵Allora si infransero in un istante ferro, argilla, bronzo, argento e oro e diventarono come pula nelle aie durante l'estate; il vento li portò via e di loro non si trovò più nessuna traccia. Invece la pietra che aveva infranto la statua diventò una grande montagna che riempì tutta la terra.

³⁶Questo il sogno; il suo significato lo spiegheremo davanti al re. ³⁷Tu, o re, sei il re dei re a cui il re del cielo ha dato regno, potenza, forza e gloria. ³⁸Dovunque essi abitino, uomini, animali dei campi e uccelli del cielo, li ha messi in mano tua e ti ha concesso il dominio sopra tutti costoro. Tu sei la testa d'oro. ³⁹Dopo di te sorgerà un altro regno, inferiore al tuo e in seguito un terzo regno di bronzo, che dominerà su tutta la terra. ⁴⁰Un quarto regno sarà solido come il ferro, perché il ferro infrange e distrugge tutto, e, come il ferro che distrugge, li infrangerà e distruggerà tutti. ⁴¹Come tu hai visto, i piedi e le dita erano in parte di argilla da vasaio e in parte di ferro: ciò significa che sarà un regno composto, in lui ci sarà la solidità del ferro con argilla molle. ⁴²Se le dita dei suoi piedi erano in parte di ferro e in parte di argilla, significa che una parte del regno sarà solida e parte sarà fragile. ⁴³Il fatto che il ferro sia mescolato con l'argilla molle significa che le due parti si congiungeranno per seme umano, ma non legheranno tra di loro, come il ferro non si lega con l'argilla. ⁴⁴Ai giorni di questi re, il Dio del cielo farà sorgere un regno che non sarà distrutto in eterno e il suo potere non sarà dato a un altro popolo. Esso infrangerà e distruggerà tutti quei regni, ma esso rimarrà in eterno. ⁴⁵Perciò, quanto al fatto che tu hai visto che dalla montagna si staccava una pietra, senza mano d'uomo, e infrangeva ferro, bronzo, argilla, argento e oro, il Dio grande fa conoscere al re quello che avverrà dopo di ciò. Il sogno è veritiero e la sua interpretazione è degna di fede!».

Daniele capo dei sapienti. - ⁴⁶Allora il re Nabucodònosor si prostrò con la faccia a terra e adorò Daniele. Quindi ordinò che gli si offrissero un'oblazione e sacrifici di soave odore. ⁴⁷Poi il re disse a Daniele: «Veramente il vostro Dio è il Dio degli dèi, il Signore dei re e il rivelatore dei misteri, perché tu hai potuto svelare questo mistero». ⁴⁸Allora il re elevò di rango Daniele e gli fece molti e grandi doni; quindi lo costituì governatore di tutta la provincia di Babilonia e capo supremo di tutti i sapienti di Babilonia. ⁴⁹Daniele chiese al re di preporre all'amministrazione della provincia di Babilonia Sadràch, Mesàch e Abdènego. Daniele invece rimase nella reggia del re.

---

2. - ^{38-48.} Sono adombrati i grandi regni che si succedettero sulla terra prima della venuta di Cristo: il primo è il babilonese (oro), il secondo è il medo-persiano (argento), il terzo è il greco (Alessandro e successori; bronzo), il quarto è il regno dei Diadochi. Nel suo significato sostanziale questa visione vuole dimostrare che i vari regni organizzati dagli uomini sono effimeri. Ad essi verrà contrapposto il regno di Dio.

3 Sadràch, Mesàch e Abdènego nella fornace ardente. - [1]Il re Nabucodònosor fece una statua d'oro; la sua altezza era di sessanta cubiti, la sua larghezza di sei cubiti; poi la eresse nella pianura di Dura nella provincia di Babilonia. [2]Il re Nabucodònosor mandò a radunare satrapi, governatori e prefetti, consiglieri, tesorieri, funzionari, giudici e tutte le autorità delle province, perché venissero all'inaugurazione della statua che il re Nabucodònosor aveva eretto. [3]Allora si radunarono satrapi, governatori e prefetti, consiglieri, tesorieri, funzionari, giudici e tutte le autorità delle province per l'inaugurazione della statua che il re Nabucodònosor aveva eretto. Essi si misero in piedi davanti alla statua che il re Nabucodònosor aveva eretto. [4]L'araldo gridava ad alta voce: «A voi, popoli, nazioni e lingue diverse si comanda: [5]quando udirete il suono del corno, del flauto, della cetra, della sambuca, del salterio, della zampogna e di ogni genere di strumenti musicali, vi prosternerete e adorerete la statua d'oro che il re Nabucodònosor ha eretto. [6]Chi non si prosternerà e non adorerà, subito sarà gettato dentro a una fornace col fuoco acceso». [7]Perciò, appena tutti i popoli udirono il suono del corno, del flauto, della cetra, della sambuca, del salterio e di ogni genere di strumenti musicali, si prostrarono tutti, popoli, nazioni e lingue, e adorarono la statua d'oro che il re Nabucodònosor aveva eretto.

[8]Tuttavia alcuni Caldei si presentarono immediatamente a denunziare i Giudei. [9]Prendendo la parola dissero al re Nabucodònosor: «O re, vivi in eterno! [10]Tu, o re, hai promulgato il decreto che chiunque udisse il suono del corno, del flauto, della cetra, della sambuca, del salterio e della zampogna e di ogni genere di strumenti si prostrasse e adorasse la statua d'oro; [11]chiunque non si fosse prostrato e non avesse adorato, verrebbe gettato dentro la fornace col fuoco acceso. [12]Ora ci sono alcuni Giudei, che hai preposto all'amministrazione della provincia di Babilonia, Sadràch, Mesàch e Abdènego che non hanno tenuto conto del tuo decreto, o re; non servono il tuo dio e non adorano la statua d'oro che hai eretto!».

[13]Allora Nabucodònosor con ira e furore ordinò di far venire Sadràch, Mesàch e Abdènego. Essi furono subito condotti davanti al re. [14]Nabucodònosor domandò lo-

ro: «Sadràch, Mesàch e Abdènego! È vero che non servite i miei dèi e che non adorate la statua d'oro che ho eretto? [15]Ora siete disposti, quando udirete il suono del corno, del flauto, della cetra, della sambuca, del salterio e della zampogna e di ogni genere di strumenti, a prostrarvi e ad adorare la statua che ho fatto? Se voi non l'adorate, subito sarete gettati dentro alla fornace col fuoco acceso, e qual è il dio che vi libererà dalla mia mano?». [16]Sadràch, Mesàch e Abdènego risposero al re Nabucodònosor: «Su ciò non abbiamo bisogno di risponderti. [17]Sappi che il Dio che noi serviamo è capace di liberarci dalla fornace col fuoco acceso e dalla tua mano, o re; [18]ma se non vuole liberarci, sappi, o re, che non serviremo i tuoi dèi e non adoreremo la statua d'oro che hai eretto!». [19]Allora Nabucodònosor si accese d'ira e l'espressione del suo volto cambiò nei riguardi di Sadràch, Mesàch e Abdènego. Quindi dette ordine di riscaldare la fornace sette volte di più di quanto si soleva riscaldarla, [20]e ordinò ad alcuni degli uomini più forti del suo esercito di legare Sadràch, Mesàch e Abdènego e di gettarli nella fornace col fuoco acceso. [21]Allora furono legati con i loro calzoni, i loro calzari e i loro copricapo e le loro vesti e furono gettati dentro la fornace col fuoco acceso. [22]Proprio perché l'ordine del re urgeva e la fornace era riscaldata più del solito, la fiamma del fuoco uccise coloro che vi avevano gettato Sadràch, Mesàch e Abdènego. [23]Quanto ai tre giovani, Sadràch, Mesàch e Abdènego, essi caddero legati dentro alla fornace col fuoco acceso. *[24]Essi passeggiavano in mezzo alle fiamme, lodando Dio e benedicendo il Signore.

Cantico di Azaria tra le fiamme. - *[25]Azaria, stando in piedi e aperta la bocca in mezzo al fuoco, disse:

*[26]«Benedetto sei tu, Signore,
   Dio dei nostri padri,
   degno di lode e di gloria
   è il tuo nome nei secoli.
*[27]Perché tu sei giusto in tutto
   quello che hai fatto a noi;
   tutte le tue opere sono veraci,
   le tue vie sono rette
   e tutti i tuoi giudizi son veraci.
*[28]Hai agito secondo verità
   in tutto ciò che hai riversato su di noi

e sopra la città santa dei nostri padri,
    sopra Gerusalemme,
    perché conforme a giusto giudizio
    hai fatto tutto questo per le nostre
        colpe.
*[29]Sì, abbiamo peccato,
    abbiamo commesso l'iniquità,
        allontanandoci da te;
    abbiamo peccato gravemente in tutto,
    non abbiamo obbedito ai tuoi precetti;
*[30]non li abbiamo osservati,
    né abbiamo operato
        come ci avevi comandato,
    perché tutto ci andasse bene!
*[31]E ora tutto quello che ci hai inviato
    e tutto quanto ci hai fatto,
    lo hai fatto secondo un giudizio verace.
*[32]Ci hai dato in mano dei nostri nemici,
    senza legge e peggiori degli empi,
    d'un re ingiusto e il più scellerato
        sopra tutta la terra.
*[33]Ora noi non possiamo aprir bocca,
    vergogna e obbrobrio sono toccati
        ai tuoi servi
    e a quelli che ti adorano!
*[34]Oh, non ci abbandonare per sempre
        a motivo del tuo nome
    e non rompere la tua alleanza!
*[35]Non ritirare da noi la tua misericordia
    a motivo di Abramo, tuo amico,
    di Isacco, tuo servo,
    e d'Israele, tuo santo,
*[36]ai quali hai parlato dicendo
    di moltiplicare la loro discendenza,
    come gli astri del cielo
    e come la rena che è sul lido del mare.
*[37]Ah, Signore, siamo diventati i più piccoli
    nei confronti di tutte le genti,
    siamo umiliati oggi sopra tutta la terra,
    a causa dei nostri peccati.
*[38]Non c'è nell'ora attuale
    né principe né profeta né capo,
    né olocausto né sacrificio,
    né oblazione né incenso,
    né un luogo dove offrirli
    davanti a te per trovar misericordia!
*[39]Ma per la contrizione dell'animo
    e l'umiliazione dello spirito,
    possiamo trovare accoglienza,
    come con olocausti di arieti e di tori
    e come con migliaia di pingui agnelli.
*[40]Tale sia la nostra offerta
    al tuo cospetto in quest'ora,
    da compiere presso di te,
    perché non c'è vergogna
    per coloro che confidano in te!

*[41]Ora noi ti seguiamo con tutto il cuore,
    ti temiamo e cerchiamo il tuo volto:
    non ci ricoprire di confusione!
*[42]Ma agisci con noi
    secondo la tua benignità
    e secondo la ricchezza
        della tua misericordia!
*[43]Liberaci per la tua mirabile potenza
    e da' gloria al tuo nome, Signore!
*[44]Retrocedano invece confusi
    quanti fanno il male ai tuoi servi;
    sian ricoperti di infamia, resi impotenti
    e la loro forza venga spezzata.
*[45]Conoscano che tu, Signore, sei l'unico
        Dio,
    glorioso sopra tutta la terra!».

*[46]I servi del re, che li avevano gettati
dentro, non cessavano di riscaldare la fornace con bitume, pece, stoppa e legna minuta. *[47]La fiamma si estendeva sopra la
fornace fino a quarantanove cubiti *[48]e pro-
pagandosi bruciò i Caldei che trovò intorno
alla fornace. *[49]Ma l'angelo del Signore scese nella fornace con Azaria e i suoi compagni e spinse fuori della fornace la fiamma di
fuoco, *[50]facendo dell'interno della fornace
come un luogo ventilato, dove spirasse la
brezza. Il fuoco non li toccò per nulla, non
fece loro alcun male né procurò alcun tormento.

Cantico dei tre giovani. - *[51]Allora i tre a
una voce lodarono, glorificarono e benedissero Dio nella fornace dicendo:

*[52]«Benedetto sei tu, Signore,
    Dio dei nostri padri,
    lodato ed esaltato nei secoli
    e benedetto il tuo santo nome glorioso,
    lodato ed esaltato nei secoli.
*[53]Benedetto sei tu,
    nel tempio tuo santo glorioso,
    grandemente lodato e gloriosissimo
        nei secoli.
*[54]Benedetto sei tu sul trono del tuo regno,
    lodato ed esaltato nei secoli.
*[55]Benedetto sei tu, che scruti gli abissi,
    assiso sopra i cherubini,
    lodato ed esaltato nei secoli.
*[56]Benedetto sei tu nel firmamento
        del cielo,
    lodato e glorificato nei secoli.
*[57]Benedite il Signore, opere tutte
        del Signore,
    cantate ed esaltatelo nei secoli.

*58Angeli del Signore, benedite il Signore,
   cantate ed esaltatelo nei secoli.
*59Benedite, cieli, il Signore,
   cantate ed esaltatelo nei secoli.
*60Acque tutte del cielo, benedite
   il Signore,
   cantate ed esaltatelo nei secoli.
*61Potenze tutte del Signore, benedite
   il Signore,
   cantate ed esaltatelo nei secoli.
*62Sole e luna, benedite il Signore,
   cantate ed esaltatelo nei secoli.
*63Astri del cielo, benedite il Signore,
   cantate ed esaltatelo nei secoli.
*64Piogge tutte e rugiade, benedite
   il Signore,
   cantate ed esaltatelo nei secoli.
*65Venti tutti, benedite il Signore,
   cantate ed esaltatelo nei secoli.
*66Fuoco e calore, benedite il Signore,
   cantate ed esaltatelo nei secoli.
*67Gelo e freddo, benedite il Signore,
   cantate ed esaltatelo nei secoli.
*68Rugiade e brine, benedite il Signore,
   cantate ed esaltatelo nei secoli.
*69Ghiaccio e freddo, benedite il Signore,
   cantate ed esaltatelo nei secoli.
*70Brine e nevi, benedite il Signore,
   cantate ed esaltatelo nei secoli.
*71Notti e giorni, benedite il Signore,
   cantate ed esaltatelo nei secoli.
*72Luce e tenebra, benedite il Signore,
   cantate ed esaltatelo nei secoli.
*73Folgori e nuvole, benedite il Signore,
   cantate ed esaltatelo nei secoli.
*74La terra benedica il Signore,
   canti e lo esalti nei secoli.
*75Monti e colline, benedite il Signore,
   cantate ed esaltatelo nei secoli.
*76Germogli tutti della terra, benedite
   il Signore,
   cantate ed esaltatelo nei secoli.
*77Voi, sorgenti, benedite il Signore,
   cantate ed esaltatelo nei secoli.
*78Mari e fiumi, benedite il Signore,
   cantate ed esaltatelo nei secoli.
*79Balene e tutto ciò che guizza
   nelle acque, benedite il Signore,
   cantate ed esaltatelo nei secoli.
*80Uccelli tutti del cielo, benedite
   il Signore,
   cantate ed esaltatelo nei secoli.
*81Quadrupedi e rettili, benedite il Signore,
   cantate ed esaltatelo nei secoli.
*82Figli degli uomini, benedite il Signore,
   cantate ed esaltatelo nei secoli.

*83Voi d'Israele, benedite il Signore,
   cantate ed esaltatelo nei secoli.
*84Sacerdoti del Signore, benedite
   il Signore,
   cantate ed esaltatelo nei secoli.
*85Servi del Signore, benedite il Signore,
   cantate ed esaltatelo nei secoli.
*86Spiriti e anime dei giusti, benedite
   il Signore,
   cantate ed esaltatelo nei secoli.
*87Voi santi e umili di cuore, benedite
   il Signore,
   cantate ed esaltatelo nei secoli.
*88Anania, Azaria, Misaele, benedite
   il Signore,
   cantate ed esaltatelo nei secoli,
   perché ci ha strappati dagl'inferi,
   ci ha salvato dal potere della morte;
   ci ha liberato dall'ardore della fiamma,
   di mezzo al fuoco ci ha liberato.
*89Ringraziate il Signore, perché è buono,
   perché eterno è il suo amore.
*90Voi tutti che adorate il Signore,
   benedite il Dio degli dèi,
   cantate e rendete grazie,
   perché eterno è il suo amore».

Nabucodònosor riconosce e glorifica Dio.
- 24Allora il re Nabucodònosor, rimasto turbato, si alzò in fretta. Domandò ai suoi intimi: «Non abbiamo gettato questi tre uomini
nel fuoco, legati?». Essi risposero al re:
«Certamente, o re!». 25Egli soggiunse: «Ecco, io vedo quattro uomini slegati che pas-
seggiano in mezzo al fuoco e non ne ricevono nessun danno; l'aspetto poi del quarto
rassomiglia a quello di un figlio degli dèi».
26Quindi Nabucodònosor si avvicinò all'a-
pertura della fornace col fuoco acceso e
gridò: «Sadràch, Mesàch e Abdènego, servitori del Dio Altissimo, uscite e venite
qua!». Allora vennero fuori di mezzo al fuoco Sadràch, Mesàch e Abdènego. 27Satrapi,
prefetti, governatori e intimi del re si avvicinarono per vedere quegli uomini: il fuoco
non aveva avuto potere sopra il loro corpo e
i capelli del loro capo non erano stati bruciati, i loro vestiti non erano stati alterati e
in loro non era odor di fuoco. 28Nabucodò-
nosor esclamò: «Sia benedetto il Dio di Sadràch, Mesàch e Abdènego, che ha mandato il suo angelo e ha liberato i suoi servi
che, avendo fiducia in lui, hanno trasgredito l'ordine del re e hanno dato i loro corpi
piuttosto che servire e adorare altri dèi al-
l'infuori del loro Dio. 29Perciò ordino che

tutti i popoli, nazioni e lingue, che parleranno in modo blasfemo contro il loro Dio, cioè di Sadràch, Mesàch e Abdènego, siano messi a morte e le loro case siano ridotte in un mucchio di rovine, perché non c'è altro Dio che possa liberare allo stesso modo!».

30Allora il re dette nuovamente autorità a Sadràch, Mesàch e Abdènego nella provincia di Babilonia.

L'albero di Nabucodònosor. La lettera. -

31«Nabucodònosor re, a tutti i popoli, nazioni e lingue che abitano sopra tutta la terra: la vostra pace si moltiplichi! 32Mi è sembrato bene far conoscere i prodigi e le cose meravigliose che Dio Altissimo ha fatto nei miei riguardi.

33 I suoi prodigi, come sono grandi!
   E i suoi miracoli,
      come sono meravigliosi!
   Il suo regno è un regno eterno
   e la sua potenza
      dura di generazione in generazione!».

4 1«Io Nabucodònosor ero tranquillo nella mia casa e prosperavo nel mio palazzo. 2Ebbi un sogno che mi spaventò; i terrori sul mio giaciglio e le visioni del mio capo mi sconvolsero. 3Per mio ordine uscì un decreto che convocava alla mia presenza tutti i sapienti di Babilonia, perché mi dessero la spiegazione del sogno. 4Così si presentarono maghi, indovini, caldei e astrologi. Io raccontai loro il mio sogno, ma non mi seppero spiegare il suo significato. 5Alla fine venne alla mia presenza Daniele, che aveva nome Baltazzàr, dal nome del mio dio e nel quale è lo spirito degli dèi santi, e gli raccontai il mio sogno: 6"Baltazzàr, capo dei maghi! Io so che lo spirito degli dèi santi è in te e nessun mistero ti è impossibile! Ecco il sogno che ho fatto; tu dammene la spiegazione. 7Le visioni della mia testa mentre ero sul mio giaciglio sono queste:

Ecco un albero al centro della terra;
   la sua altezza era straordinaria.
8 L'albero crebbe, diventò grande,
   la sua cima toccava il cielo;

si vedeva dall'estremità della terra.
9 Il suo fogliame era bello
   e i suoi frutti abbondanti;
   in esso era cibo per tutti
   e sotto trovavano ombra
   le bestie del campo;
   tra i suoi rami facevano il nido
   gli uccelli del cielo
   e da lui prendeva il cibo
   ogni vivente.

10Mentre io contemplavo le visioni della mia testa nel mio giaciglio, ecco un Vigilante, un Santo scende dal cielo; 11egli grida con forza e dice:

Tagliate l'albero
   e spezzate i suoi rami,
   scuotete le sue foglie
   e spargete i suoi frutti;
   gli animali fuggano di sotto a lui
   e gli uccelli di tra i suoi rami.
12 Tuttavia il ceppo delle sue radici
   lasciatelo nel terreno,
   legato con una catena di ferro e di rame
   nell'erba del campo;
   sia bagnato dalla rugiada del cielo
   e con le bestie abbia la sua parte
   sull'erba della terra.
13 Si cambi il suo cuore di uomo
   e gli sia dato un cuore di animale:
   sette tempi passeranno per lui.
14 Da un decreto dei Vigilanti
   viene la decisione
   e dalla parola dei Santi la sentenza,
   perché i viventi sappiano
   che l'Altissimo domina
   sui regni umani;
   a chi vuole li dona
   e innalza su loro
   i più umili degli uomini.

15Tale è il sogno che ho visto io, Nabucodònosor re. Tu, Baltazzàr, dammene l'interpretazione, poiché nessuno dei sapienti del mio regno fu in grado di spiegarmelo; tu invece lo puoi, perché lo spirito degli dèi santi è in te!". 16Allora Daniele, soprannominato Baltazzàr, rimase come interdetto per un po' di tempo, poiché i suoi pensieri lo turbavano. Ma il re gli disse: "Baltazzàr, non ti spaventi l'interpretazione del sogno!". Baltazzàr rispose: "Signore mio, il sogno sia per coloro che ti odiano e la sua interpretazione per i tuoi nemici! 17L'albero che tu

---

4. - 3. Nabucodònosor manda una lettera-decreto in cui racconta la sua follia e il suo rinsavimento. La lettera comincia in 3,31, la forma epistolare è abbandonata in 4,25-30 e poi ripresa nei vv. 31-34.

hai visto, grande e robusto, la cui cima toccava il cielo, visibile per tutta la terra, [18]il
cui fogliame era bello e il frutto abbondante, da nutrire tutti, sotto il quale cercano
ombra gli animali della terra e nei cui rami
nidificano gli uccelli del cielo, [19]sei tu, o re,
che sei diventato grande e potente; la tua
grandezza è cresciuta ed è arrivata fino al
cielo e il tuo dominio fino ai confini della
terra. [20]Quanto al Vigilante, al Santo che il
re ha visto scendere dal cielo e dire: 'Abbat-
tete l'albero, distruggetelo, ma lasciate nel
terreno il ceppo delle sue radici, stretto in
legami di ferro e di bronzo, sull'erba dei
campi; sia bagnato dalla rugiada del cielo e
la sua sorte sia con gli animali della terra,
finché siano passati per lui sette tempi':
[21]questa è l'interpretazione, o re, e questo
è il decreto dell'Altissimo riguardo al mio
signore il re:

[22] Ti scacceranno di mezzo agli uomini
   e con le bestie della terra
   sarà la tua dimora;
   ti si darà in pasto l'erba, come ai buoi,
   e dalla rugiada del cielo
   ti lasceranno bagnare;
   sette tempi passeranno per te,
   finché tu riconosca
   che l'Altissimo domina
   sopra i regni umani
   e a chi gli piace egli ne fa dono!

[23]Quanto poi all'ordine di lasciare il tronco delle radici dell'albero, significa che il
tuo regno risorgerà, appena tu avrai riconosciuto che i Cieli hanno ogni potere. [24]Per-
ciò, o re, accetta il mio consiglio: riscatta i
tuoi peccati con la giustizia e le tue colpe
con la misericordia verso i poveri, affinché
la tua prosperità si prolunghi!".

[25]Tutto si realizzò per il re Nabucodònosor. [26]Dodici mesi dopo, passeggiando sopra la terrazza del palazzo reale di Babilonia, [27]il re prese a dire: "Non è questa la
grande Babilonia, che io ho costruito come
residenza reale, con la forza della mia potenza e per la gloria del mio splendore?".
[28]La parola era ancora sulle labbra del re,
quando una voce scese dal cielo: "La parola
è per te, o re Nabucodònosor: la tua regalità
si è allontanata da te.

[29] Di mezzo agli uomini ti cacceranno
   e con gli animali del campo
   sarà la tua dimora;

   erba, come ai buoi,
   ti daranno in pasto
   e sette tempi passeranno per te,
   finché tu riconosca
   che l'Altissimo domina
   sui regni umani
   e a chi gli piace
   li concede in dono!".

[30]In quell'ora stessa la parola si compì su
Nabucodònosor. Fu scacciato di mezzo agli
uomini e mangiò l'erba come i buoi; il suo
corpo fu bagnato dalla rugiada del cielo, finché i suoi capelli crebbero come alle aquile
e le sue unghie come agli uccelli.

[31]Ma alla fine dei giorni io, Nabucodònosor, alzai i miei occhi al cielo e il senno ritornò in me; benedissi l'Altissimo e lodai e
glorificai Colui che vive in eterno:

   il suo potere è un potere eterno
   e il suo regno
   di generazione in generazione.
[32] Tutti gli abitanti della terra
   sono reputati un nulla;
   secondo il suo beneplacito
   agisce con le schiere celesti;
   né c'è chi possa trattener la sua mano
   e possa dirgli: "Che fai?".

[33]All'istante stesso mi ritornò la ragione
e, per la gloria del mio regno, la mia maestà
e il mio splendore ritornarono a me; i miei
consiglieri e i miei grandi mi reclamarono;
fui riposto sul mio regno e la mia grandezza
si accrebbe maggiormente. [34]Ora io Nabucodònosor lodo, esalto e glorifico il Re del
cielo:

   tutte le sue opere sono verità,
   tutte le sue vie sono giustizia,
   e coloro che camminano nell'orgoglio
   egli li umilia».

5 **Il banchetto di Baldassàr.** - [1]Il re Baldassàr servì un solenne banchetto ai
suoi mille dignitari e alla presenza di costoro fece abbondanti libagioni di vino. [2]Bal-
dassàr ordinò tra i fumi del vino di portare i
vasi d'oro e d'argento che suo padre Nabucodònosor aveva asportato dal tempio di
Gerusalemme, affinché vi bevessero il re, i
suoi dignitari, le sue mogli e le sue concubine. [3]Così si portarono i vasi d'oro e d'argento che erano stati asportati dal santuario

del tempio di Dio a Gerusalemme e in essi bevvero il re, i suoi dignitari, le sue mogli e le sue concubine. [4]Mentre bevevano vino e lodavano gli dèi d'oro e d'argento, di bronzo, di ferro, di legno e di pietra, [5]improvvisamente apparvero delle dita di mano d'uomo e si misero a scrivere dietro al candelabro sopra la calce della parete del palazzo reale e il re vedeva il palmo della mano che scriveva. [6]Allora il re mutò il colore della faccia e i suoi pensieri lo turbarono; le giunture dei suoi fianchi si sciolsero e i suoi ginocchi battevano l'uno contro l'altro. [7]Il re ordinò con autorità di far venire i maghi, i caldei e gli astrologi. Il re dichiarò ai sapienti di Babilonia: «Chiunque leggerà questa scrittura e mi farà conoscere la sua interpretazione, indosserà la porpora, gli si metterà una collana d'oro intorno al collo e sarà terzo nel governo del regno».

[8]Allora accorsero tutti i sapienti del re, ma non riuscirono a leggere la scrittura e a darne l'interpretazione al re. [9]Così il re Baldassàr rimase molto turbato, la sua faccia cambiò colore e i suoi dignitari furono atterriti. [10]La regina, scossa dalle parole del re e dei suoi dignitari, entrò nella sala del convito. La regina prese a dire: «O re, vivi in eterno! Non ti turbino i tuoi pensieri e il colore della tua faccia non cambi. [11]C'è un uomo nel tuo regno che possiede lo spirito degli dèi santi. Fin dai tempi di tuo padre furono trovati in lui intelletto, intelligenza e sapienza simile alla sapienza degli dèi. Cosicché il re Nabucodònosor tuo padre lo pose a capo dei maghi, degli indovini, dei caldei e degli astrologi. [12]Poiché uno spirito superiore, scienza e intelligenza, l'interpretazione dei sogni, la conoscenza degli enigmi, la soluzione delle cose difficili sono state trovate in lui, Daniele, a cui il re pose nome Baltazzàr; ora sia chiamato Daniele ed egli indicherà l'interpretazione».

[13]Così Daniele fu introdotto alla presenza del re. Allora il re prese a dire a Daniele: «Sei tu Daniele dei deportati di Giuda che il re mio padre condusse dalla Giudea? [14]Ho inteso di te che hai lo spirito degli dèi e che intelletto, intelligenza e sapienza superiore si trovano in te. [15]Ora sono stati fatti venire alla mia presenza i sapienti e gli indovini perché leggessero questa scritta e me ne indicassero l'interpretazione, ma non sono stati capaci di indicare il significato della cosa. [16]Io ho inteso che tu puoi dare spiegazioni e risolvere cose difficili. Ora se tu sei

capace di leggere la scrittura e di farmene conoscere il senso, rivestirai la porpora, una collana d'oro sarà posta intorno al tuo collo e condividerai come terzo il potere del regno!».

[17]Allora Daniele rispose e disse al re: «I tuoi doni tièenili per te e i tuoi regali dàlli a un altro. Tuttavia io leggerò la scrittura al re e gli indicherò il significato. [18]Tu sei il re! Dio Altissimo aveva concesso regno, grandezza, potenza e maestà a Nabucodònosor tuo padre; [19]e, per la grandezza che gli aveva concesso, tutti i popoli, le nazioni e le lingue lo temevano e tremavano davanti a lui; uccideva chi voleva e lasciava in vita chi voleva; innalzava chi gli pareva e abbassava chi voleva. [20]E siccome il suo cuore si era inorgoglito e il suo spirito si era indurito fino all'arroganza, fu deposto dal trono della sua regalità e gli tolsero la sua gloria.

[21] Fu espulso di mezzo ai figli dell'uomo,
divenne simile il suo cuore
a quello degli animali,
e la sua dimora
fu con gli asini selvatici;
gli dettero in pasto erba come ai buoi
e dalla rugiada del cielo
il suo corpo fu bagnato,
finché non riconobbe
che Dio Altissimo
domina sui regni umani
e sopra vi colloca chi vuole.

[22]Ma tu, Baldassàr, suo figlio, non tenesti umile il tuo cuore, benché tu sapessi ogni cosa; [23]ti sei innalzato contro il Signore del cielo, ti sei fatto portare davanti i vasi della sua casa, per bervi il vino, tu e i tuoi dignitari, le tue mogli e le tue concubine, e hai reso lode agli dèi d'argento e d'oro, di bronzo, di rame, di legno e di pietra, che non vedono e non sentono e non conoscono, invece di glorificare il Dio nella cui mano è il tuo spirito e al quale appartengono tutte le tue vie. [24]Allora egli ha inviato il palmo della mano e ha tracciato questa scrittura. [25]Questa è la scrittura che è stata tracciata: *mené, tekél, perés*. [26]Questo è il significato delle parole: *mené*: Dio ha misurato il tuo regno e gli ha fissato un termine; [27]*tekél*: sei stato pesato nella stadera e sei stato trovato al di sotto; [28]*perés*: è stato diviso il tuo regno ed è stato dato ai Medi e ai Persiani!».

[29]Allora Baldassàr ordinò che vestissero

Daniele di porpora e ponessero intorno al suo collo una collana d'oro e proclamassero che egli era terzo nel governo del regno. [30]In quella stessa notte Baldassàr, re dei Caldei, fu ucciso,

6[1]e Dario il Medo ricevette il regno all'età di sessantadue anni.

Daniele nella fossa dei leoni. - [2]Piacque a Dario di porre alla direzione del regno centoventi satrapi, perché sovrintendessero a tutto il regno, [3]e sopra di loro tre alti funzionari, di cui uno era Daniele, ai quali quei satrapi dovevano render conto, cosicché il re non fosse importunato. [4]Ora, poiché il nostro Daniele eccelleva sopra gli alti funzionari e i satrapi, essendo in lui uno spirito superiore, il re decise di affidargli il governo di tutto il regno. [5]Allora gli alti funzionari e i satrapi cercarono un motivo per accusare Daniele sul suo governo del regno, ma non riuscirono a trovare nessun motivo di accusa o di corruzione, perché egli era fedele, e mai si poté trovare contro di lui accusa di colpa o di negligenza.

[6]Allora quelli dissero: «Non troveremo mai nessuna colpa contro questo Daniele, se non troveremo contro di lui qualcosa riguardo alla legge del suo Dio». [7]Così quegli alti funzionari e i satrapi si precipitarono dal re e gli dissero: «O re Dario, vivi in eterno! [8]Tutti gli alti funzionari del regno, i governatori e i satrapi, i consiglieri e i prefetti hanno deliberato che il re ratifichi il decreto e confermi la proibizione che, chiunque rivolga preghiere a un dio o a un uomo, per la durata di trenta giorni, fuori che a te, o re, venga gettato nella fossa dei leoni. [9]Ora, o re, ratifica la proibizione e fanne redigere il documento, in modo che non possa essere cambiato, in conformità con la legge dei Medi e dei Persiani, che non può essere violata». [10]In seguito a ciò il re Dario fece redigere il documento con la proibizione.

[11]Daniele, appena ebbe conosciuto che era stato redatto il documento, andò a casa. Le finestre della sua camera alta erano poste in direzione di Gerusalemme e tre volte al giorno si inginocchiava, pregava e lodava il suo Dio, come era solito fare anche prima di allora.

[12]Allora quegli uomini si affrettarono e trovarono Daniele che pregava e supplicava il suo Dio. [13]Così andarono a dire al re riguardo alla proibizione reale: «Non hai fatto promulgare la proibizione che chiunque pregasse un dio o un uomo per la durata di trenta giorni, all'infuori di te, o re, sarebbe gettato nella fossa dei leoni?». Il re rispose e disse: «Così sta la cosa, secondo la legge dei Medi e dei Persiani, che non può essere violata!». [14]Allora replicarono al re: «Daniele, che è dei deportati di Giuda, non si è preoccupato di te, o re, né della proibizione che tu hai fatto mettere per scritto e tre volte al giorno fa la sua preghiera». [15]Allora il re, quando ebbe udito ciò, si addolorò molto, si dette premura di salvare Daniele, e fino al tramonto del sole cercò di liberarlo. [16]Ma quegli uomini si precipitarono dal re e gli dissero: «Sappi, o re, che è legge dei Medi e dei Persiani che nessuna proibizione o decreto che il re ha sanzionato può essere cambiato!». [17]Allora, dietro ordine del re, portarono via Daniele e lo gettarono nella fossa dei leoni. Ma il re si rivolse così a Daniele: «Il tuo Dio, che tu servi con tanta costanza, possa salvarti!». [18]Fu portata una pietra e fu messa sopra la bocca della fossa e il re la sigillò con il suo anello e con l'anello dei suoi dignitari, perché niente venisse mutato riguardo a Daniele.

[19]Allora il re se ne tornò nel suo palazzo, passò la notte a digiuno, non fece venire le concubine alla sua presenza e il sonno fuggì da lui. [20]Verso l'alba, sul far del giorno, il re, alzatosi, si recò in gran fretta alla fossa dei leoni [21]e quando si fu avvicinato alla fossa chiamò Daniele con voce angosciata. Il re si rivolse a Daniele: «Daniele, servo del Dio vivo, il tuo Dio, che tu servi con tanta costanza, è riuscito a salvarti dai leoni?». [22]Allora Daniele parlò con il re: «O re, vivi in eterno! [23]Il mio Dio ha mandato il suo angelo che ha chiuso la bocca dei leoni, i quali non mi hanno sbranato, perché davanti a lui sono stato trovato innocente. Ma anche davanti a te, o re, non ho fatto nulla di male». [24]Allora il re si rallegrò molto e dette ordine di tirar fuori Daniele dalla fossa. Daniele fu estratto dalla fossa e non si trovò nessuna lesione su di lui, perché aveva avuto fede nel suo Dio.

6. - [11.] Sopra la terrazza delle case v'era una sala detta *camera alta*: gli ebrei in esilio vi aprivano le finestre dalla parte di Gerusalemme per volgersi in quella direzione durante la preghiera fatta al mattino, a mezzogiorno e alla sera (Sal 55,18).

²⁵Il re poi dette ordine che fossero fatti venire quegli uomini che avevano calunniato Daniele e fossero gettati nella fossa dei leoni loro, i loro figli e le loro mogli. Non erano ancora arrivati al fondo della fossa che i leoni furono loro addosso e stritolarono tutte le loro ossa.

²⁶Poi il re Dario scrisse a tutti i popoli, nazioni e lingue che dimorano sopra tutta la terra: «La vostra pace sia grande! ²⁷Da me viene decretato che in tutto il dominio del mio regno si tremi e si stia in timore davanti al Dio di Daniele:

Egli è il Dio vivo
e dura in eterno!
Il suo regno non sarà mai distrutto
e il suo dominio non avrà mai fine!
²⁸ Egli salva e libera,
opera segni e prodigi
nel cielo e sulla terra.
È lui che ha salvato Daniele
dal potere dei leoni!».

²⁹Questo Daniele ebbe successo nel regno di Dario e nel regno di Ciro il Persiano.

VISIONI DI DANIELE

7 **Visione delle quattro bestie.** - ¹L'anno primo di Baldassàr, re di Babilonia, Daniele fece un sogno ed ebbe visioni nella sua mente sul suo giaciglio. Egli scrisse il sogno e ne fece il racconto. ²Daniele prese a dire: Io guardavo nella mia visione durante la notte. Ecco: i quattro venti del cielo sconvolgevano il grande mare, ³e quattro grandi bestie salivano dal mare, diverse l'una dall'altra. ⁴La prima era come un leone e aveva ali di aquila. Mentre io guardavo, le furono strappate le ali e fu sollevata da terra; fu poi fatta stare sui piedi come un uomo e le fu dato un cuore di uomo. ⁵Ed ecco un'altra bestia, la seconda, simile a un orso; si alzava su di un lato e aveva tre costole

---

7. Comincia la seconda parte del libro di Daniele, completamente diversa dalla prima: mentre in quella sono contenuti racconti di alcuni episodi, qui si hanno quattro grandiose visioni che si proiettano verso il futuro. La visione principale è la prima, c. 7: in essa è la chiave della visione delle quattro bestie, e cioè degli imperi caldeo, persiano, greco e seleucida: dopo di essi sorgerà il regno dell'*Antico di giorni*, v. 9, il quale darà il regno stesso al *Figlio d'uomo*, v. 13. Sarà il regno dei santi dell'Altissimo, v. 18.

nella sua bocca tra i denti. Le si diceva: «Su, mangia molta carne». ⁶Dopo di ciò, io guardavo nelle visioni notturne ed ecco un'altra bestia, come una pantera; aveva quattro ali di uccello sul suo dorso. La bestia aveva quattro teste e le fu dato il potere. ⁷Dopo di ciò, guardavo nelle visioni notturne ed ecco una quarta bestia, terribile, spaventosa e straordinariamente forte; essa aveva dei grandi denti di ferro; mangiava, stritolava e il rimanente lo calpestava con i piedi; essa era diversa da tutte le bestie precedenti e aveva dieci corna. ⁸Io guardavo le corna; ecco un altro piccolo corno spuntò in mezzo ad esse e al suo posto furono divelte tre delle corna precedenti. Ecco, in quel corno c'erano degli occhi come occhi di uomo e una bocca che proferiva parole arroganti.

L'Antico di giorni

⁹ Io guardavo:
ed ecco, furono collocati troni
e un Antico di giorni si assise.
La sua veste era bianca come neve
e i capelli del suo capo
candidi come lana;
il suo trono era come vampe di fuoco
e le sue ruote
come fuoco fiammeggiante.
¹⁰ Un fiume di fuoco colava
scorrendo dalla sua presenza.
Mille migliaia lo servivano
e miriadi di miriadi
stavano davanti a lui.
Il tribunale sedette
e i libri furono aperti.

¹¹Io guardavo allora a causa dello strepito delle parole arroganti che il corno pronunziava, e vidi che la bestia fu uccisa, il suo corpo fu distrutto e fu gettato al calore del fuoco. ¹²Anche alle altre bestie fu tolto il potere, ma fu loro accordato un prolungamento di vita per un tempo e uno spazio di tempo.

Un Figlio d'uomo

¹³ Io guardavo nelle visioni notturne:
ecco sulle nubi del cielo
venire uno
simile a un Figlio d'uomo;
arrivò fino all'Antico di giorni
e fu fatto avvicinare davanti a lui.

[14] A lui fu concesso potere,
forza e dominio
e tutti i popoli, le nazioni
e le lingue lo servirono.
Il suo potere è un potere eterno
che non finirà
e il suo dominio è un dominio eterno
che non sarà distrutto.

Un angelo interpreta la visione. - [15]Io, Daniele, sentii il mio spirito turbato a causa di ciò e le visioni della mia mente mi conturbavano. [16]Mi avvicinai a uno di coloro che erano lì presenti e gli domandai il vero senso di tutto ciò. Egli mi parlò e mi fece conoscere l'interpretazione delle cose: [17]«Quelle bestie enormi, che sono quattro, sono quattro re che sorgeranno dalla terra; [18]e i santi dell'Altissimo riceveranno il regno e possederanno il regno per l'eternità dell'eternità».

[19]Poi volli sapere la verità intorno alla quarta bestia che era diversa da tutte le altre, spaventosa; i suoi denti erano di ferro e le sue unghie di bronzo; mangiava, stritolava e il rimanente lo calpestava con i suoi piedi; [20]intorno alle dieci corna della sua testa, intorno all'altro che spuntava, davanti al quale ne erano caduti tre, e intorno a quel corno che aveva occhi e una bocca che proferiva parole insolenti, il cui aspetto era più maestoso di quello delle altre. [21]Io guardavo e quel corno mosse guerra ai santi e li soggiogò, [22]finché venne l'Antico di giorni e fu resa giustizia ai santi dell'Altissimo e venne il momento quando i santi possedettero il regno. [23]Egli così disse: «La quarta bestia:

un quarto regno sarà sulla terra,
differente da tutti i regni.
Divorerà tutta la terra,
la calpesterà e la stritolerà.
[24]E i dieci corni:
da questo regno dieci re sorgeranno
e un altro sorgerà dopo di loro;
esso differirà dai precedenti
e abbatterà tre re.
[25]Proferirà parole contro l'Altissimo
e affliggerà i santi dell'Altissimo;
e avrà in animo di mutare
i tempi e il diritto.
Essi saranno dati in suo potere
per un tempo,
tempi e mezzo tempo.
[26]Ma il giudizio sarà fatto
e gli sarà tolto il potere;

sarà annientato e sarà distrutto
sino alla fine.
[27]E il regno e il potere
e la grandezza dei regni
sotto tutti i cieli
sarà dato al popolo
dei santi dell'Altissimo.
Il suo regno è un regno eterno;
tutti gli imperi lo serviranno
e a lui obbediranno!».

[28]Qui la fine del racconto. Io, Daniele, fui turbato fortemente nei miei pensieri, il mio aspetto cambiò e custodii le cose nel mio cuore.

8 **La visione dell'ariete e del capro.** - [1]L'anno terzo del regno del re Baldassàr, io Daniele ebbi una visione, dopo quella avuta precedentemente. [2]Io guardavo nella visione. Vedevo che mi trovavo a Susa, una fortezza situata nella provincia di Elam. Vedevo anche che mi trovavo lungo la riva del fiume Ulai. [3]Alzai gli occhi per guardare. Ecco, un ariete stava al di là del fiume. Aveva due corna, due corna alte, ma uno più alto dell'altro, benché quello più alto fosse spuntato dopo. [4]Poi vidi l'ariete correre verso l'ovest, verso il nord e verso il sud. Nessun animale poteva resistergli e nessuno scampava davanti alla sua forza; così fece quello che volle e diventò grande.

[5]Mentre stavo considerando, ecco un capro veniva dall'ovest, dopo aver percorso tutta la terra senza nemmeno toccarla. Il capro aveva uno splendido corno in mezzo agli occhi. [6]Si avvicinò all'ariete, che aveva due corna, che io avevo visto in piedi al di là del fiume, e si avventò contro di lui con la vigoria della sua forza. [7]Lo vidi accostarsi all'ariete e accanirsi contro di lui; lo colpì e gli strappò le due corna, senza che l'ariete avesse la forza di resistergli; lo gettò a terra e lo calpestò, senza che nessuno liberasse l'ariete dalla sua violenza. [8]Il capro divenne molto potente, ma, nonostante la sua grandezza, il suo corno grande si spezzò e al suo posto ne crebbero quattro splendide in direzione dei quattro venti del cielo.

[9]Da uno di questi uscì un altro piccolo corno, che si ingrandì verso il sud, verso l'ovest e verso il paese dello Splendore. [10]S'innalzò fino alla milizia del cielo e precipitò sulla terra parte della milizia e delle stelle e le calpestò. [11]Salì fino all'altezza del

Principe della milizia celeste, a lui fu tolto il sacrificio perpetuo e fu rimosso il fondamento della sua oblazione. [12]Una milizia fu incaricata del sacrificio perpetuo sacrilego e la verità fu gettata a terra. Così fece ed ebbe successo.

[13]Allora intesi un Santo che parlava e un altro Santo disse a quello che parlava: «Fino a quando durerà la visione: il sacrificio perpetuo rimosso, l'empietà devastatrice che vi è stata installata e il santuario e la milizia celeste conculcati?». [14]Gli rispose: «Ancora duemilatrecento sere e mattine! Allora sarà fatta giustizia al santuario!».

Gabriele spiega la visione. - [15]Ora, mentre io Daniele contemplavo la visione e ne cercavo il significato, ecco stette di fronte a me uno con la figura di uomo. [16]Intesi la voce di un uomo sull'Ulai che gridava e diceva: «Gabriele, spiega a costui la visione!». [17]Egli si diresse verso il luogo dove io stavo e mentre costui si avvicinava io fui preso da spavento e mi prostrai fino a terra. Mi disse: «Sappi, figlio di uomo, che la visione è per il tempo della fine!». [18]E mentre costui mi parlava, io restavo prostrato con la faccia sino a terra. Ma egli mi toccò e mi fece stare ritto in piedi. [19]Disse: «Ecco, ti faccio conoscere quello che avverrà alla fine della collera, perché riguarda la data della fine! [20]L'ariete che tu hai visto, fornito di due corna, sono i re della Media e della Persia; [21]il capro invece è il re della Grecia; il grande corno poi che tu hai visto in mezzo agli occhi, costui è il primo re; [22]il corno spezzato e le quattro corna che sono sorte al suo posto sono quattro regni che sorgeranno dalla sua nazione, ma non avranno la sua stessa potenza.

[23] Ma alla fine del loro regno,
quando i peccati
saranno giunti al colmo,
sorgerà un re, truce di aspetto
e conoscitore di enigmi.
[24] La sua potenza crescerà,
ma non per la sua propria forza;
tramerà cose

che avranno del prodigioso
e avrà successo nelle sue imprese;
distruggerà le potenze
e il popolo dei santi.
[25] Contro i santi
userà la sua intelligenza
e l'inganno avrà successo
nelle sue mani.
Si gonfierà nel suo cuore
e con la sorpresa distruggerà molti.
Si ergerà di fronte
al Principe dei prìncipi,
ma senza intervento umano
sarà distrutto.

[26]La visione delle sere e delle mattine che è stata mostrata è verace. Ma tu conserva la visione in silenzio, perché dovranno passare molti giorni!».

[27]Allora io Daniele rimasi come sfinito e malato per molti giorni. Poi mi riebbi e ripresi il mio servizio presso il re, conservando il silenzio sulla visione, che non riusciva a capire.

9

Significato della profezia dei settant'anni. - [1]L'anno primo di Dario, figlio di Serse, della stirpe dei Medi, che regnò sul regno dei Caldei, [2]il primo anno del suo regno, io Daniele cercavo di capire nei libri il numero degli anni intorno ai quali era stata rivolta la parola del Signore al profeta Geremia e che si dovevano compiere sulle rovine di Gerusalemme: settant'anni. [3]E rivolsi il mio sguardo al Signore Dio per pregarlo e supplicarlo col digiuno, il sacco e la cenere.

[4]Pregai il Signore, mio Dio, confessando i peccati così: «Ah, Signore, Dio grande e terribile, che conserva il patto e la benevolenza a coloro che lo amano e che custodiscono i suoi comandamenti! [5]Abbiamo peccato, abbiamo commesso colpe, siamo stati empi; ci siamo ribellati e ci siamo allontanati dai tuoi comandamenti e dai precetti. [6]Non abbiamo ascoltato i tuoi servi, i profeti che hanno parlato nel tuo nome ai nostri re, ai nostri capi, ai nostri padri e a tutto il popolo della terra. [7]A te, Signore, la giustizia e a noi la vergogna sul volto, come avviene oggi per gli uomini di Giuda, per gli abitanti di Gerusalemme e per tutto Israele, per quelli vicini e per quelli lontani, in tutti i paesi dove li hai scacciati per l'infedeltà con la quale hanno agito verso di te.

---

9. - [2.] *Nei libri*, tra cui quello di Geremia. *Settant'anni*: cfr. Ger 25,11-12; 29,10. È indicato, in cifra tonda, il periodo egemonico della potenza babilonese sul Medio Oriente, affermatasi decisamente con la vittoria di Nabucodònosor a Carchemis (605 a.C.) sul faraone Necao e crollata nel 539 con la conquista di Babilonia da parte di Ciro.

⁸Signore, a noi la vergogna sul volto, ai nostri re, ai nostri capi e ai nostri padri, che hanno peccato contro di te; ⁹al Signore nostro Dio la misericordia e il perdono, perché ci siamo ribellati a lui ¹⁰e non abbiamo ascoltato la voce del Signore nostro Dio, per camminare secondo gli insegnamenti che ci aveva dato per mezzo dei suoi servi, i profeti! ¹¹Tutto Israele ha trasgredito la tua legge e si è allontanato in modo da non sentire la tua voce! Allora si è riversata su di noi la maledizione e l'imprecazione che è scritta nella legge di Mosè, servo di Dio, perché abbiamo peccato contro di lui. ¹²Egli ha mandato a compimento la parola che aveva pronunziato contro di noi e contro i nostri governanti: che avrebbe fatto venire su di noi una grave sciagura, che non è mai avvenuta sotto tutto il cielo, come è stata realizzata per Gerusalemme. ¹³Come è scritto nella legge di Mosè, tutta questa sciagura è venuta su di noi. Noi però non abbiamo cercato di propiziare la faccia del Signore, nostro Dio, ritirandoci dalle nostre colpe e istruendoci nella tua verità. ¹⁴Il Signore ha preparato la sciagura e l'ha fatta venire sopra di noi, perché è giusto il Signore, Dio nostro, in tutte le sue opere che ha fatto, mentre noi non abbiamo ascoltato la sua voce.

¹⁵E ora, Signore Dio nostro, che hai fatto uscire il tuo popolo dalla terra d'Egitto con mano forte e ti sei fatto un nome qual è oggi, noi abbiamo peccato, abbiamo commesso l'iniquità. ¹⁶Signore, per tutte le tue opere di giustizia, allontana da noi la tua ira e il tuo furore dalla tua città, Gerusalemme, tuo monte santo, perché, per i nostri peccati e per le colpe dei nostri padri, Gerusalemme e il tuo popolo sono diventati un obbrobrio per tutti i nostri vicini.

¹⁷Ora ascolta, Dio nostro, la preghiera del tuo servo e la sua supplica! Fa' splendere il tuo volto sopra il tuo santuario devastato, per amore di te stesso, Signore! ¹⁸Piega, mio Dio, il tuo orecchio e ascolta! Apri i tuoi occhi e guarda le nostre distruzioni e la città sulla quale è invocato il tuo nome! Perché, non per le nostre opere giuste noi umiliamo le nostre suppliche davanti al tuo volto, ma per le tue molte misericordie! ¹⁹Signore, ascolta! Signore, perdona! Signore, volgiti e intervieni! Non essere più adirato, per amore di te stesso, Signore mio, perché il tuo nome è invocato sopra la tua città e sopra il tuo popolo!».

Gabriele spiega la profezia. - ²⁰Io stavo ancora parlando, pregando e confessando il mio peccato e il peccato del mio popolo Israele e umiliavo la mia supplica davanti al Signore mio Dio in favore del monte santo del mio Dio; ²¹ancora io stavo parlando e pregando, quando Gabriele, che avevo visto nella visione precedente, volando rapidamente, mi si fece accanto, al tempo dell'oblazione della sera. ²²Egli venne per parlarmi; mi disse: «Daniele, ora io sono venuto per farti conoscere tutto! ²³All'inizio della tua supplica è uscita una parola e io sono venuto per fartela conoscere, perché tu sei prediletto. Dunque poni mente alla parola e intendi la visione:

²⁴ Settanta settimane sono fissate
    per il tuo popolo e la tua città santa,
    per porre fine al delitto,
    per sigillare il peccato
    ed espiare la colpa;
    per far venire la giustizia eterna,
    per sigillare visione e profezia
    e per ungere il santo dei santi.
²⁵ Sappi dunque e comprendi:
    Da quando è uscita la parola
    per far ritorno
    e ricostruire Gerusalemme,
    fino a un Consacrato, a un Principe,
    sette settimane.
    E per sessantadue settimane
    saranno nuovamente riedificati
    piazza e fossato,
    ma in mezzo a tempi di sciagura.
²⁶ E dopo sessantadue settimane
    sarà ucciso un Consacrato,
    senza che in lui sia colpa.
    La città e il santuario saranno distrutti
    da un principe che verrà;
    la sua fine sarà nell'inondazione,
    ma sino alla fine
    ci sarà una guerra con distruzioni.

24-27. Qui si parla evidentemente del tempo fino alla venuta del Messia, che toglierà il peccato e farà la giustizia. Prendendo occasione dalla profezia di Geremia, l'angelo ne fa un'altra: non più 70 anni, ma *settanta settimane* di anni. Dopo i settant'anni circa, verrà la liberazione dall'esilio, ma prima della completa restaurazione del popolo di Dio dovrà passare un tempo assai più lungo. Con le parole *fine al delitto* la profezia punta chiaramente all'epoca messianica.

27 Stringerà un'alleanza con molti
   durante una settimana
   e durante mezza settimana
   farà cessare sacrificio e oblazione;
   sull'ala del tempio porrà
   un'abominazione desolante,
   finché rovina e ineluttabile sorte
   si riverserà sul devastatore!».

10 Solenne apparizione dell'angelo. -
¹L'anno terzo di Ciro, re della Persia,
una parola fu rivelata a Daniele, che era stato soprannominato Baltazzàr: parola veritie-
ra e grandiosa lotta. Egli cercò di comprendere la parola e l'intelligenza gli fu concessa
in una visione. ²In quei giorni, io Daniele
feci lutto per tre settimane intere. ³Non
mangiai nessun cibo delizioso, carne e vino
non entrarono nella mia bocca né feci uso
di unzioni, finché non furono passate tre
settimane.
   ⁴Il ventiquattresimo giorno del primo mese io ero sulla riva del grande fiume, il Tigri. ⁵Alzai gli occhi e guardai:

Ecco un uomo,
   vestito d'indumenti di lino;
   i suoi fianchi erano cinti
   di oro di Ufàz.
6 Il suo corpo era come topazio,
   il suo volto splendente
   come la folgore,
   i suoi occhi come lampade accese,
   le sue braccia e le sue gambe
   come uno scintillìo
   di bronzo lucente,
   e la voce delle sue parole
   come la voce di una moltitudine.

⁷Soltanto io Daniele vidi la visione; gli uomini che erano con me non videro la visione, ma un grande spavento si impossessò di
loro e fuggirono a nascondersi. ⁸Io Daniele
rimasi solo; davanti a quella grandiosa visione non restò in me nessuna forza, il mio
aspetto cambiò come fossi distrutto; non
ebbi più forza.
   ⁹Udivo la voce delle sue parole e, udendo
la voce delle sue parole, come stordito caddi bocconi con la faccia per terra. ¹⁰Ma ecco una mano mi toccò e mi fece alzare tremando sulle ginocchia e sulle palme delle
mani. ¹¹Poi mi disse: «Daniele, uomo prediletto, comprendi le parole che ti dico! Àlzati in piedi, perché ora sono stato inviato a

te!». E mentre parlava con me, io mi alzai
in piedi tremando. ¹²Soggiunse: «Non temere, Daniele, perché dal primo giorno che
tu ti sei sforzato di comprendere e di umiliarti davanti al tuo Dio, le tue parole sono
state ascoltate. Io sono venuto in risposta
alle tue parole, ¹³ma il principe del regno di
Persia mi ha ostacolato per ventun giorni.
Però, ecco che Michele, uno dei primi prìncipi, è venuto ad aiutarmi; io l'ho lasciato là
di fronte al principe del regno di Persia ¹⁴e
sono venuto per farti capire ciò che accadrà
al tuo popolo nei giorni avvenire, perché è
ancora una visione relativa ai giorni».
   ¹⁵Mentre mi diceva queste cose io mi
buttai con la faccia per terra, incapace di
parlare. ¹⁶Ed ecco qualcosa come una mano
di figlio d'uomo toccò le mie labbra. Allora
aprii la bocca, parlai e dissi a colui che mi
stava davanti: «Mio Signore, davanti alla visione le doglie mi hanno assalito, ogni forza
mi ha lasciato. ¹⁷E come potrebbe un servo
del mio Signore come me parlare col mio
Signore, se fin d'ora mi ha abbandonato la
forza, sono rimasto senza respiro?». ¹⁸Allora l'essere misterioso, simile a un uomo, mi
toccò di nuovo ¹⁹e mi disse: «Non temere,
uomo prediletto! Pace a te! Sii forte e coraggioso!». Mentre costui parlava io mi sentii
tornare le forze e dissi: «Parli pure il mio
Signore, perché mi hai dato coraggio!».
²⁰Mi domandò: «Sai perché sono venuto da
te? Ora io riparto per combattere contro il
principe di Persia. Io parto, ma ecco, viene
il principe di Grecia. ²¹Tuttavia io ti indicherò ciò che è scritto nel libro della verità.
Nessuno mi presta aiuto contro costoro, se
non Michele, il vostro principe,

11 ¹che resiste per dar forza e aiuto a me».

Lotte tra Seleucidi e Tolomei. - ²«Ora ti
annunzio la verità: ancora tre re sorgeranno
per la Persia, un quarto poi accumulerà una
ricchezza più grande di tutti. Quando, grazie alla sua ricchezza, sarà diventato potente, insorgerà contro tutti i regni di Grecia.
³Sorgerà quindi un re potente, dominerà
sopra un grande impero e farà quello che
vorrà. ⁴Ma quando costui sarà diventato forte, il suo regno sarà frantumato e sarà diviso ai quattro venti del cielo, ma non per la
sua posterità, né sarà una potenza come la
potenza che egli ha avuto. Il suo regno sarà

estirpato e dato ad altri, anziché alla sua discendenza.

⁵Il re del sud diventerà forte; uno dei suoi prìncipi sarà più forte di lui e il suo dominio sarà più grande del dominio di lui. ⁶Dopo qualche tempo essi si alleeranno e una figlia del re del sud verrà dal re del nord per ratificare gli accordi. Ma ella non conserverà la forza del suo braccio e la sua discendenza non sopravvivrà; sarà tradita lei, colui che l'accompagna, il suo bambino e chi la sosteneva. Ai suoi tempi ⁷un rampollo sorgerà dalle sue radici al posto suo. Costui marcerà contro l'esercito e penetrerà dentro la fortezza del re del nord; agirà contro costoro e vincerà. ⁸Porterà via come preda in Egitto anche i loro dèi con i loro idoli, i loro vasi preziosi d'oro e d'argento. Egli per molti anni starà lontano dal re del nord. ⁹Andrà nel regno del re del sud e tornerà nel suo territorio.

¹⁰Suo figlio si armerà e raccoglierà una moltitudine di forze valorose, verrà contro di lui, straripera, sommergerà; poi ritornerà e si spingerà fin dentro la fortezza. ¹¹Allora il re del sud, infuriato, uscirà a combattere contro il re del nord; costui metterà in piedi una grande armata, ma una grande moltitudine sarà data in suo potere. ¹²La moltitudine sarà spazzata via e il suo cuore si inorgoglirà; abbatterà miriadi, ma non acquisterà forza. ¹³Il re del nord ritornerà, metterà in piedi un'armata più grande della precedente e dopo qualche tempo verrà decisamente con una grande armata e con molto equipaggiamento.

¹⁴In quei tempi molti insorgeranno contro il re del sud, e alcuni violenti del tuo popolo si leveranno perché si porti a compimento la visione, ma cadranno. ¹⁵Il re del nord verrà e costruirà un terrapieno per occupare la città fortificata. Le forze del sud non resisteranno e nemmeno il manipolo dei soldati scelti avrà la forza di resistere. ¹⁶Colui che gli viene contro farà quello che vorrà e nessuno gli potrà resistere; egli si fermerà nel paese dello Splendore e la distruzione sarà in suo potere. ¹⁷Poi deciderà di venire con la forza di tutto il suo regno e farà un'alleanza con lui, dandogli in moglie una delle sue figlie per distruggerlo; ma la cosa non riuscirà, non avrà successo. ¹⁸Si volgerà quindi verso le isole e ne occuperà molte; ma un comandante porrà fine alla sua arroganza, senza che lui possa ritorcere l'oltraggio contro costui. ¹⁹Allora si rivol-

gerà verso le città fortificate del suo paese, ma sarà travolto, cadrà e non si ritroverà più.

²⁰Un altro sorgerà al suo posto; costui farà passare un esattore nello splendore del suo regno. Dopo breve tempo però sarà stroncato, ma non pubblicamente né in guerra».

Antioco IV Epifane. - ²¹«Al suo posto sorgerà un miserabile, a cui non verrà concessa la dignità reale; ma si insinuerà pacificamente e si impadronirà del regno con intrighi. ²²Le forze dell'inondazione saranno schiacciate davanti a lui e saranno infrante, come pure un principe dell'alleanza. ²³Quando si sarà fatta lega con lui, egli ordirà intrighi e diventerà forte in un piccolo popolo. ²⁴Indisturbato verrà nelle regioni più fertili della provincia e farà quello che non avevano fatto i suoi avi né gli avi dei suoi avi. Distribuirà tra di loro spoglie, bottino e ricchezze; concepirà piani contro la città forte, ma solo per un certo tempo.

²⁵Egli rivolgerà la sua forza e il suo cuore contro il re del sud con un grande esercito. Il re del sud si preparerà alla guerra con un esercito grande e molto forte, ma non resisterà, perché si formeranno complotti contro di lui. ²⁶Proprio coloro che condividono la sua stessa mensa lo rovineranno, il suo esercito sarà sopraffatto e molti cadranno feriti. ²⁷I due re, avendo il loro cuore rivolto al male, sedendo alla stessa mensa, si inganneranno a vicenda. Ma a nulla gioverà, perché la fine non è ancora fissata.

²⁸Egli prenderà la via del ritorno verso il suo paese con grande ricchezza, ma il suo cuore sarà contro l'alleanza santa. Compiuto quello che vorrà, ritornerà al suo paese.

²⁹Al tempo fissato ritornerà nel sud, ma questa volta non sarà come la prima. ³⁰Le navi dei Kittim verranno contro di lui ed egli rimarrà senza coraggio. Al suo ritorno infierirà contro l'alleanza santa; egli agirà e nuovamente si intenderà con coloro che abbandonano l'alleanza santa. ³¹Le sue forze si leveranno a profanare il santuario-for-

---

11. - ⁵· Dei quattro regni emersi dalla spartizione dell'impero di Alessandro, si parla qui della Siria (regno del settentrione) e dell'Egitto (regno del mezzodì) che hanno relazione con la Giudea. *Il re del sud*: Tolomeo Lago. *Uno dei suoi prìncipi*: uno dei generali, Seleuco Nicatore, si rese indipendente e fondò l'impero greco-siro sotto la dinastia dei Seleucidi (312).

tezza; aboliranno il sacrificio perpetuo e innalzeranno l'abominio della desolazione. [32]Con lusinghe farà apostatare i prevaricatori dell'alleanza; ma il popolo di coloro che conoscono il loro Dio rimarrà saldo e agirà. [33]I maestri del popolo cercheranno di illuminare le folle, ma cadranno per la spada, il fuoco, la prigionia e l'esilio per lunghi giorni. [34]Mentre essi cadranno, pochi verranno in loro aiuto, molti si associeranno ad essi senza sincerità. [35]Tra i dotti ci sarà chi soccomberà, perché tra di loro alcuni siano provati, eletti, purificati sino al tempo della fine, perché ancora il tempo non è fissato.

[36]Il re agirà secondo il suo piacere, si esalterà e si eleverà al di sopra di ogni dio e contro il Dio degli dèi dirà cose inaudite. Egli avrà successo finché la collera sia al colmo, perché quanto è decretato si compirà. [37]Non avrà riguardo per gli dèi dei suoi avi né per il favorito delle donne; non avrà riguardo per nessuna divinità, perché si innalzerà al di sopra di tutto. [38]Al loro posto adorerà il dio delle fortezze; adorerà con oro, argento, pietre preziose e gioielli un dio che i suoi padri non hanno conosciuto. [39]Prenderà come difensori delle fortezze genti di un dio straniero. Ricolmerà di onore coloro che egli riconoscerà, darà loro il potere su molti e in ricompensa darà loro la terra in possesso».

La fine di Antioco IV. - [40]«Al tempo della fine il re del sud si affronterà con lui. Il re del nord precipiterà su di lui con carri, cavalieri e con molte navi; entrerà nei territori di costui, li inonderà e li sommergerà. [41]Verrà nel paese dello Splendore e molti cadranno, ma scamperanno dalle sue mani i seguenti: Edom, Moab e il resto dei figli di Ammon. [42]Metterà la sua mano sui territori e il paese d'Egitto non sfuggirà. [43]S'impadronirà dei tesori d'oro e d'argento e di tutte le cose preziose d'Egitto; i Libici e gli Etiopi saranno ai suoi piedi. [44]Ma rumori dall'oriente e dal settentrione lo turberanno

e accorrerà con grande furore per distruggere e annientare molti. [45]Pianterà le tende del suo quartiere tra il mare e il monte santo dello Splendore. Ma giungerà alla sua fine e nessuno lo aiuterà».

12 **Risurrezione finale.** - [1]«In quel tempo si leverà Michele, il grande principe che sta a guardia dei figli del tuo popolo. Sarà un tempo di angoscia che mai c'è stato da quando ci fu un popolo fino a quel momento. In quel tempo il tuo popolo sarà salvato, ognuno che si troverà scritto nel libro. [2]Molti di quelli che dormono nel paese della polvere si desteranno: questi alla vita eterna; ma quelli al ludibrio, all'infamia eterna. [3]I saggi splenderanno come lo splendore del firmamento e quelli che avranno condotto molti alla giustizia saranno come le stelle in eterno, per sempre!

[4]E tu, Daniele, tieni segrete le parole e sigilla il libro sino al tempo della fine. Molti scruteranno e la conoscenza crescerà!».

Quando la fine? - [5]Io Daniele guardavo. Ecco altri due stavano uno di qua sulla sponda del fiume e uno di là sull'altra sponda. [6]Uno domandò all'uomo vestito di lino che stava sopra le acque del fiume: «A quando la fine delle cose straordinarie?». [7]Allora io udii l'uomo vestito di lino che stava sopra le acque del fiume, alzando la destra e la sinistra al cielo, giurare per il Vivente in eterno: «Per un tempo, per tempi e per mezzo tempo! Quando si sarà finito di distruggere la forza del popolo santo, tutte queste cose saranno compiute!».

[8]Io intesi, ma non capii, perciò domandai: «Signore mio, quale sarà il compimento di queste cose?». [9]Mi rispose: «Va', Daniele, perché le parole sono scritte e sigillate sino al tempo della fine. [10]Molti saranno purificati, lavati, provati; ma gli empi rimarranno empi; tutti gli empi non comprenderanno; solo i sapienti comprenderanno. [11]Dal momento in cui cesserà il sacrificio perpetuo e sarà innalzato l'abominio della desolazione ci saranno milleduecentonovanta giorni. [12]Beato colui che aspetterà e arriverà a milletrecentotrentacinque giorni! [13]Quanto a te, va' sino alla fine; ti riposerai e quindi ti rialzerai per ricevere la tua parte, alla fine dei giorni!».

---

12. - [1.] *In quel tempo*: formula generica che collega non storicamente ma profeticamente gli eventi descritti con la fine dei tempi, in quanto ogni superamento di situazioni dolorose per il popolo di Dio è segno della vittoria finale definitiva.

[2.] Si tratta della risurrezione e della retribuzione finale (cfr. v. 13).

APPENDICE DEUTEROCANONICA

13 Susanna. - [1]A Babilonia viveva un uomo che si chiamava Ioakìm. [2]Egli sposò una donna di nome Susanna, figlia di Chelkìa, molto bella e timorata del Signore. [3]I suoi genitori erano giusti e avevano educato la loro figlia secondo la legge di Mosè. [4]Ioakìm era molto ricco e possedeva un giardino attiguo alla sua casa; presso di lui si riunivano i Giudei, perché era il più raguardevole di tutti.

[5]In quell'anno erano stati designati giudici due anziani del popolo: erano di quelli di cui il Signore ha detto: «È uscita l'empietà da Babilonia da parte dei giudici anziani, che solo all'apparenza governano il popolo». [6]Essi frequentavano la casa di Ioakìm e tutti coloro che avevano qualche causa venivano da loro. [7]Quando poi il popolo sul mezzogiorno si ritirava, Susanna usciva per passeggiare nel giardino di suo marito. [8]I due anziani la vedevano ogni giorno quando usciva a passeggiare e furono presi dalla passione per lei. [9]Essi persero la testa e abbassarono gli occhi in modo da non veder più il cielo e da non ricordarsi più dei suoi giusti giudizi.

[10]Ambedue erano dunque presi di lei, ma non si comunicavano l'un l'altro il proprio affanno, [11]perché avevano vergogna a manifestare il loro desiderio di accopparsi con lei, [12]ma ogni giorno spiavano libidinosamente l'occasione di vederla. [13]Una volta dissero l'un l'altro: «Andiamo a casa, che è ora del pranzo!». E usciti, si separarono. [14]Ma tornati sui loro passi, si ritrovarono allo stesso posto e cercando di spiegarsene il motivo confessarono la propria passione. Allora di comune accordo fissarono il momento quando avrebbero potuto trovarla sola.

[15]Or avvenne che, mentre attendevano un giorno opportuno, Susanna entrò come al solito, con due sole fanciulle, desiderando fare il bagno nel giardino, perché faceva caldo. [16]Non c'era nessuno, all'infuori dei due anziani, che erano nascosti e la guardavano. [17]Ella disse alle due fanciulle: «Portatemi l'olio e l'unguento e chiudete le porte del giardino, perché possa fare il bagno». [18]Esse fecero come aveva ordinato: chiusero per bene le porte del giardino e uscirono per una delle porte secondarie per portare quanto era stato loro chiesto; non si accorsero degli anziani, perché erano nascosti.

[19]Ora, quando le fanciulle furono partite, i due vecchi sbucarono fuori, corsero da lei [20]e dissero: «Ecco, le porte del giardino sono chiuse, nessuno ci vede e noi ti desideriamo. Acconsenti dunque e datti a noi. [21]Altrimenti noi testimonieremo contro di te che con te c'era un giovane e che per questo hai fatto uscire le fanciulle». [22]Susanna sospirò e disse: «Per me non c'è scampo da nessuna parte! Infatti, se compio ciò, per me c'è la morte, e se non lo compio, non sfuggirò dalle vostre mani! [23]Ma per me è preferibile non fare nulla di ciò e cadere nelle vostre mani, piuttosto che peccare davanti al Signore!». [24]Susanna gridò a voce alta, ma gridarono anche i due vecchi contro di lei; [25]poi uno andò di corsa ad aprire le porte del giardino.

[26]Ora, quando i familiari udirono il grido nel giardino, si precipitarono per la porta laterale per vedere cosa le fosse successo. [27]Ma quando i vecchi ebbero raccontato la loro storia, i familiari rimasero molto addolorati, perché mai era stata raccontata una cosa del genere riguardo a Susanna.

[28]Il giorno seguente, quando il popolo si radunò in casa di suo marito Ioakìm, vennero anche i due vecchi, fermi nell'iniquo proposito contro Susanna per mandarla a morte. [29]Essi dissero alla presenza del popolo: «Mandate a chiamare Susanna, figlia di Chelkìa, moglie di Ioakìm!». Andarono. [30]Ella venne accompagnata dai genitori, dai suoi figli e da tutti i suoi parenti. [31]Susanna era molto graziosa e bella d'aspetto. [32]Ma quei malvagi ordinarono che si scoprisse, perché portava il velo, per potersi saziare della sua bellezza. [33]I suoi piangevano, come tutti coloro che la vedevano. [34]I due vecchi, alzatisi in mezzo al popolo, posero le mani sopra la sua testa, [35]mentre ella, piangendo, volse lo sguardo verso il cielo, poiché il suo cuore aveva fiducia nel Signore. [36]I vecchi dissero: «Mentre passeggiavamo soli nel giardino, costei entrò con due ancelle, poi chiuse le porte, dopo aver fatto uscire le fanciulle. [37]Allora si avvicinò a lei un giovane, che era nascosto e si adagiò accanto a lei. [38]Noi, che ci trovavamo in un angolo del giardino, vista l'empietà, cor-

---

13-14. - Questi due cc. sono contenuti solo nella versione greca di Teodozione e sono stati accettati nel canone come deuterocanonici. Appartengono al genere delle storie edificanti scritte per sostenere gli Ebrei nella fedeltà a Dio e alla sua legge.

remmo verso di loro, ³⁹li vedemmo stare insieme, ma quel tale non potemmo prenderlo, perché era più forte di noi e, avendo aperto le porte, se la dette a gambe; ⁴⁰costei invece la prendemmo e chiedemmo chi fosse il giovane, ⁴¹ma non volle dircelo. Di questo noi siamo testimoni!». L'assemblea credette loro, perché erano anziani del popolo e giudici, e la condannarono a morte. ⁴²Ma Susanna gridò a gran voce e disse: «Dio eterno, che conosci quello che è nascosto e sai tutte le cose prima che avvengano, ⁴³tu sai che costoro hanno testimoniato il falso contro di me, ed ecco io muoio senza aver fatto niente di ciò che essi hanno detto di male contro di me!».

⁴⁴Il Signore intese la sua voce. ⁴⁵E mentre costei veniva condotta via per essere uccisa, Dio suscitò il santo spirito di un giovanetto, di nome Daniele, ⁴⁶che a gran voce gridò: «Io sono innocente del sangue di costei!». ⁴⁷Allora tutti si voltarono verso di lui e domandarono: «Che è questo discorso che tu hai fatto?». ⁴⁸Egli, alzatosi in mezzo ad essi, disse: «Siete così stolti, figli d'Israele? Senza aver istruito il processo e senza aver conosciuto la verità, avete condannato una figlia d'Israele! ⁴⁹Tornate al luogo del giudizio! Essi infatti hanno testimoniato il falso contro costei!».

⁵⁰Allora tutto il popolo in fretta tornò indietro. E gli anziani gli dissero: «Vieni, siediti in mezzo a noi e parlaci pure, dal momento che Dio ti ha concesso ciò che è proprio di un anziano!». ⁵¹Daniele disse loro: «Teneteli molto distanti l'uno dall'altro e io li interrogherò!». ⁵²Quando furono separati l'uno dall'altro, ne chiamò uno e gli disse: «O uomo invecchiato nel male, ora sono venuti alla luce i peccati che hai commesso prima, ⁵³eseguendo giudizi iniqui, condannando gli innocenti e lasciando andare i colpevoli, mentre Dio ha comandato: "Non uccidere l'innocente e il giusto!". ⁵⁴Or dunque, se hai visto costei, di': sotto quale albero li hai visti discorrere insieme?». Quello rispose: «Sotto un'acacia!». ⁵⁵Daniele soggiunse: «Hai proprio mentito contro la tua stessa testa! Infatti già l'angelo di Dio, ricevuto l'ordine da Dio, ti dividerà nel mezzo!». ⁵⁶Dopo averlo rimandato indietro, ordinò di far venire l'altro. Gli disse: «Stirpe di Canaan e non di Giuda, la bellezza ti ha traviato e la passione ha pervertito il tuo cuore. ⁵⁷Così facevate alle figlie d'Israele e esse per paura avevano rapporti con voi.

Ma una figlia di Giuda non ha subìto la vostra iniquità. ⁵⁸Or dunque, dimmi: sotto quale albero li hai sorpresi a discorrere insieme?». Egli rispose: «Sotto un pruno!». ⁵⁹Daniele soggiunse: «Anche tu hai mentito contro la tua stessa testa! L'angelo di Dio infatti sta aspettando, tenendo in mano la spada, per spaccarti nel mezzo, per sterminarti!».

⁶⁰Allora tutta l'assemblea alzò un grido e benedisse Dio che salva coloro che confidano in lui. ⁶¹Poi si rivolsero verso i due vecchi, perché Daniele li aveva convinti dalla loro stessa bocca di aver testimoniato il falso, e fecero loro quello che essi avevano ordinato contro il prossimo. ⁶²Per eseguire la legge di Mosè li uccisero e così in quel giorno fu salvato sangue innocente. ⁶³Chelkìa e sua moglie lodarono Dio per la loro figlia Susanna insieme a Ioakìm suo sposo e a tutti i congiunti, perché non si era trovato in lei niente d'indegno. ⁶⁴Da quel giorno in poi Daniele diventò grande davanti al popolo.

14 Daniele smaschera i sacerdoti di Bel. - ¹Dopo che il re Astiage si fu riunito ai suoi avi, Ciro il Persiano gli succese nel regno. ²Daniele era un confidente del re, stimato al di sopra di tutti i suoi amici.

³Ora i Babilonesi avevano un idolo, di nome Bel, per cui consumavano ogni giorno dodici sacchi di fior di farina, quaranta pecore e sei anfore di vino. ⁴Il re lo venerava e andava ogni giorno a prostrarsi davanti a lui; Daniele invece si prostrava davanti al suo Dio. ⁵Il re gli domandò: «Perché non ti prostri davanti a Bel?». Gli rispose: «Perché non adoro gli idoli fatti da mano d'uomo, ma il Dio vivente, che ha creato il cielo e la terra e che ha potere sopra ogni carne!». ⁶Il re gli domandò: «Tu pensi che Bel non sia un dio vivente? Non vedi quanto mangia e beve ogni giorno?». ⁷Daniele ridendo rispose: «Non t'ingannare, o re! Costui infatti al di dentro è creta, benché di fuori sia bronzo, e non ha mai mangiato né bevuto!».

⁸Allora il re infuriato chiamò i suoi sacerdoti e disse loro: «Se voi non mi dite chi è che mangia quanto viene fornito, sarete messi a morte; se invece dimostrerete che Bel mangia tutto, allora sarà messo a morte Daniele, perché ha bestemmiato contro Bel!». ⁹Daniele disse al re: «Sia come tu hai

detto!». I sacerdoti di Bel erano settanta, oltre le donne e i bambini.

¹⁰Il re andò dunque con Daniele al santuario di Bel. ¹¹I sacerdoti di Bel dissero: «Ecco, quando noi saremo usciti fuori, tu, o re, imbandisci le vivande e, attinto il vino, deponilo; poi chiudi la porta e sigillala con il tuo anello. La mattina poi, venuto di buon'ora, se non troverai tutto consumato da Bel, saremo fatti morire; altrimenti lo sarà il nostro calunniatore Daniele!». ¹²Costoro ragionavano con astuzia, perché avevano praticato sotto la mensa un accesso segreto, attraverso il quale entravano ogni giorno e portavano via ogni cosa.

¹³Così, quando quelli furono usciti, il re mise davanti a Bel le vivande. ¹⁴Daniele ordinò ai suoi servi di portare della cenere e di seminarla per l'intero santuario alla presenza del re soltanto. Poi, dopo essere usciti, chiusero la porta e la sigillarono con l'anello del re e se ne andarono. ¹⁵I sacerdoti entrarono di notte, secondo il solito, con le loro mogli e i loro bambini e mangiarono e bevvero ogni cosa.

¹⁶Al mattino il re di buon'ora si alzò insieme a Daniele. ¹⁷Il re domandò: «Sono intatti i sigilli, Daniele?». Rispose: «Sono intatti, o re!». ¹⁸Allora, appena il re ebbe aperti i battenti, avendo guardato sulla mensa, gridò a gran voce: «Sei grande, o Bel, e non c'è nessun inganno in te!». ¹⁹Ma Daniele, messosi a ridere, trattenne il re, perché non entrasse e disse: «Guarda il pavimento e osserva di chi sono queste orme!». ²⁰Il re rispose: «Vedo impronte di uomini, di donne e di bambini!». ²¹Pieno d'ira il re fece prendere i sacerdoti, le mogli e i loro figli; essi allora gli mostrarono le porte segrete attraverso le quali entravano per consumare quello che era sopra la mensa. ²²Il re quindi li fece uccidere e consegnò Bel in potere di Daniele, che lo distrusse insieme al suo santuario.

Daniele uccide il drago. - ²³C'era un grosso drago e i Babilonesi lo veneravano. ²⁴Il re disse a Daniele: «Tu non puoi dire che questo non è un dio vivente! Adoralo dunque!». ²⁵Ma Daniele rispose: «Io adoro il mio Signore Dio, perché egli è un Dio vi-

vente! Tu dunque, o re, dammene il permesso e io ucciderò il drago senza spada e senza bastone!». ²⁶Il re disse: «Te lo concedo!».

²⁷Allora Daniele prese pece, sego e peli e li fece cuocere insieme, poi ne preparò focacce e le gettò nella bocca del drago. Il drago, dopo averle mangiate, scoppiò. Allora disse: «Ecco ciò che voi adorate!».

²⁸Quando i Babilonesi appresero la notizia, ne furono molto indignati e insorsero contro il re protestando: «Il re si è fatto giudeo! Ha distrutto Bel, ha ucciso il drago e ha massacrato i sacerdoti!». ²⁹Venuti poi dal re, dissero: «Consegnaci questo Daniele, altrimenti uccideremo te e la tua famiglia!». ³⁰Il re, visto che lo molestavano tanto, fu costretto a consegnare loro Daniele. ³¹Essi lo gettarono nella fossa dei leoni, dove rimase per sei giorni. ³²Nella fossa c'erano sette leoni, ai quali ogni giorno si solevano dare due cadaveri e due pecore. Ma allora non si dettero, perché mangiassero Daniele.

³³C'era in Giudea il profeta Abacuc. Costui aveva fatto cuocere una minestra, spezzettato il pane in un piatto e si avviava verso il podere per portarlo ai mietitori. ³⁴L'angelo del Signore disse ad Abacuc: «Porta questo desinare in Babilonia a Daniele, nella fossa dei leoni!». ³⁵Abacuc osservò: «Signore, io non ho mai visto Babilonia e non conosco la fossa!». ³⁶Allora l'angelo del Signore, afferratolo per la testa e sollevandolo per i capelli del capo, lo portò a Babilonia sopra la fossa con il soffio del suo spirito. ³⁷Abacuc gridò forte: «Daniele, Daniele! Prendi il pranzo che Dio ti ha inviato!». ³⁸Daniele esclamò: «Veramente ti sei ricordato di me, o Dio, e non hai abbandonato coloro che ti amano!». ³⁹Alzatosi, Daniele si mise a mangiare, mentre l'angelo di Dio riconduceva Abacuc al posto di prima.

⁴⁰Il settimo giorno il re andò per piangere Daniele. Arrivato alla fossa, guardò e vide Daniele seduto. ⁴¹Allora, gridando a gran voce, esclamò: «Sei grande, Signore, Dio di Daniele, e fuori di te non c'è un altro!». ⁴²Quindi lo fece tirar fuori, mentre fece gettare i colpevoli della sua rovina nella fossa, dove furono subito sbranati davanti a lui.

OSEA

Osea ha svolto il ministero profetico nel regno d'Israele (Efraim o Giacobbe, come è da lui chiamato) durante lo splendido periodo di Geroboamo II (787-747 a.C.).

Il libro di Osea si può dividere in due parti: la prima (cc. 1-3) rievoca le drammatiche vicende familiari di Osea ed è la chiave di lettura di tutto il libro; la seconda parte comprende i cc. 4-14.

Osea è il profeta che ha saputo cogliere i rapporti tra Israele e Dio dall'esperienza personale dell'infedeltà della sua donna; tale esperienza ha assunto valore simbolico e i nomi dei tre figli avuti da lei specificano simbolicamente le conseguenze dell'infedeltà: Izreèl: località nella quale si erano svolte alcune lotte sanguinose della storia del popolo ebraico; Non-amata: che indica la dolorosa sospensione di ogni sentimento «materno» e «paterno» di Dio per il suo popolo; Non-popolo-mio: che indica l'abbandono del popolo e la condanna alla distruzione (1,5-8).

Osea penetra nell'infinita fedeltà-tenerezza del Dio d'Israele. I rapporti tra Dio e il suo popolo sono descritti come rapporti d'amore tra madre e figlia, fidanzato e fidanzata, sposo e sposa che si appartengono totalmente, accentuando una dimensione materna del tutto nuova nella Bibbia (1,6; 6,4; 11,3-8).

Ma con le sue infedeltà Israele diviene la figlia «non più amata» (1,6), la sposa ripudiata. Dio pensa di ricondurlo a sé mediante il castigo. Sarà come tornare al deserto e là Israele, almeno la parte migliore, un resto, tornerà veramente a Dio (2,11-17). La sofferenza sarà punto di partenza per un nuovo avvenire (2,18-25; 11,7-11). Dio ha amato e ama troppo Israele per distruggerlo (11,8-9) e intende recuperarlo, come lo sposo vuole recuperare la sposa amata, nonostante le infedeltà, come è avvenuto per Osea (3,1-5)

1 ¹Parola del Signore, rivolta ad Osea, figlio di Beeri, al tempo di Ozia, di Iotam, di Acaz, di Ezechia re di Giuda e al tempo di Geroboamo, figlio di Ioas, re d'Israele.

ESPERIENZA MATRIMONIALE DEL PROFETA

Simbolismo del matrimonio di Osea. - ²Inizio del messaggio del Signore per mezzo di Osea. Il Signore disse ad Osea:

«Sposa una prostituta
e genera figli della prostituta,
perché il paese si è prostituito
avendo abbandonato il Signore!».

³Egli andò e sposò Gomer, figlia di Diblaim; costei rimase incinta e gli partorì un figlio. ⁴Il Signore gli ordinò:

«Chiamalo Izreèl;
perché ancora un poco
e farò scontare i massacri di Izreèl
alla casa di Ieu
e distruggerò il regno
della casa d'Israele.
⁵ In quel giorno
spezzerò l'arco d'Israele
nella pianura di Izreèl».

⁶Gomer rimase incinta di nuovo e partorì una figlia. Il Signore gli ordinò:

---

1. - ². *Prostituta*: gli interpreti si dividono nel commentare questo matrimonio di Osea con Gomer: per alcuni, Gomer, onesta quando fu sposata da Osea, poi fu infedele ed ebbe figli da prostituzione; per altri, Gomer fu una donna di malavita sin da quando fu sposata dal profeta. Tutti, però, concordano nel ritenere che questo matrimonio non sia una finzione, ma un simbolo: la donna infedele è figura d'Israele e i suoi figli annunziano i destini del popolo biblico.

«Chiamala "Non-amata",
perché non avrò più pietà
della casa d'Israele,
sicché abbia a perdonarli!
7 Della casa di Giuda avrò pietà
e li salverò nel Signore loro Dio;
non li salverò con l'arco,
con la spada, con la guerra,
né con i cavalli e i cavalieri».

8Quando ebbe divezzato «Non-amata» concepì e partorì un figlio. 9Disse:

«Chiamalo "Non-popolo-mio",
perché voi non siete il mio popolo
e io non sono il vostro Dio!».

2 Israele, sposa infedele del Signore

4Accusate vostra madre, accusatela!
Perché ella non è mia sposa
e io non sono suo marito!
Si tolga le prostituzioni dalla sua faccia
e gli adultèri dal suo seno!
5 Altrimenti io la spoglierò
e la renderò come il giorno della nascita;
la ridurrò a un deserto,
la renderò una terra arida
e la farò morir di sete!
6 Io non amerò i suoi figli,
perché sono figli d'una prostituta.
7 Sì, la loro madre si è prostituita,
chi li ha concepiti si è disonorata;
ella ha detto: «Voglio andare
dietro ai miei amanti,
che mi dànno il mio pane e la mia
acqua,
la mia lana e il mio lino, il mio olio
e il mio vino!».
10 Ma lei non sa che sono io a donarle
frumento, mosto e olio nuovo;
a riempirla d'argento e d'oro
di cui hanno fatto i Baal.
11 Per questo io mi riprenderò il mio
frumento a suo tempo
e il mio mosto alla sua stagione;
ritirerò la mia lana e il mio lino
che io ho concesso per coprire la sua
nudità.
12 Poi mostrerò la sua vergogna davanti agli
occhi dei suoi amanti
e nessuno la strapperà dalla mia mano.
14 Io devasterò le sue viti e i suoi fichi,
di cui ella diceva:

«Questo è il mio salario che mi han dato
i miei amanti».
Io la ridurrò a boscaglia
che le bestie campestri divoreranno.
13 Farò cessare tutta la sua allegria, la sua
festa,
il suo novilunio, il suo sabato e ogni suo
raduno.
15 Io le farò espiare i giorni dei Baal,
quando bruciava loro l'incenso,
andava dietro ai suoi amanti
adorna del suo anello e della sua collana
e si dimenticava di me! Oracolo
del Signore.
8 Per questo io sbarrerò con le spine il suo
cammino
e costruirò una barriera perché
non ritrovi i suoi sentieri;
9 lei correrà dietro ai suoi amanti
ma non li raggiungerà;
li cercherà, ma non li troverà.
Allora dirà: «Ritornerò dal mio primo
marito
perché per me allora era meglio di ora».
16 Per questo io la sedurrò,
la ricondurrò al deserto e parlerò al suo
cuore.
17 Allora le restituirò i suoi vigneti
e farò della valle di Acor la porta
della speranza.
Là ella canterà come ai giorni della sua
giovinezza,
come il giorno in cui salì dalla terra
d'Egitto.
18 In quel giorno, oracolo del Signore,
ella mi chiamerà «Mio marito»
e non mi chiamerà più «Mio Baal».
19 Toglierò i nomi dei Baal dalla sua bocca
e non si ricorderanno più del loro nome.
20 Farò per loro un patto in quel giorno
con le bestie dei campi,
con gli uccelli del cielo e i rettili
della terra;
l'arco, la spada e la guerra
li bandirò dalla terra
e li farò dormire tranquilli.
21 Io ti unirò a me per sempre; ti unirò a me

---

2. - In questo capitolo, per una migliore comprensione, i vv. 1-3 sono stati portati dopo il c. 3 e i vv. 8-9 dopo il v. 15.
16. *Al deserto*: privata di tutto come quando vagava nel deserto e dipendeva totalmente da Dio, la nazione d'Israele, condotta in esilio e priva di tutto, ascolterà di nuovo la parola del suo Dio, si convertirà e allora Dio ritornerà a benedirla.

nella giustizia e nel diritto,
    nella benevolenza e nell'amore;
22 ti unirò a me nella fedeltà
    e tu conoscerai il Signore.
23 In quel giorno, oracolo del Signore,
    io risponderò al cielo ed esso risponderà
        alla terra,
24 la terra risponderà con il frumento,
    il mosto e l'olio fresco
    ed essi risponderanno a Izreèl.
25 Lo seminerò per me nel paese, amerò
    «Non-amata»
    e dirò a «Non-popolo-mio»:
    «Tu sei il mio popolo»,
    ed egli dirà: «Mio Dio».

3 Osea prende di nuovo sua moglie.

- [1]Il Signore mi disse: «Va' di nuovo, ama la donna amata da suo marito, benché adultera, come il Signore ama i figli d'Israele, benché essi si volgano verso altri dèi e amino le schiacciate di uve passe!». [2]Io dunque me la comprai con quindici pezzi d'argento, una misura e mezza di orzo. [3]Io le dissi: «Per un lungo periodo rimarrai al tuo posto con me, non ti prostituirai e non sarai di un altro e neppure io verrò da te!». [4]Perché per un lungo periodo i figli d'Israele saranno senza re e senza principe, senza sacrificio e senza stele, senza efod e senza *terafim*. [5]Dopo ciò i figli d'Israele si convertiranno, cercheranno il Signore loro Dio e Davide loro re; trepidanti accorreranno al Signore e ai suoi beni nei giorni avvenire.

2 Futuro d'Israele

1 Il numero dei figli d'Israele
    sarà come la rena del mare
    che non si può contare né misurare.
    E in luogo di dir loro: «Voi non siete
        il mio popolo»
    si dirà loro: «Figli del Dio vivente!».
2 Si riuniranno i figli di Giuda
    e i figli d'Israele insieme;

---

3. - [3.] Il profeta, per raffigurare la condotta di Dio verso Israele, ha tolto una donna dalle fornicazioni comprandola e chiudendola in una casa. Così Dio ha tolto Israele dall'idolatria facendolo deportare in esilio.
2. - [1-3.] Cfr. nota al c. 2.

si daranno loro un unico capo
e si espanderanno fuori del loro paese
perché è grande il giorno di Izreèl.
3 Dite ai vostri fratelli: «Mio popolo»
e alle vostre sorelle: «Amata».

MINACCE E PROMESSE

4 Corruzione generale

1 Ascoltate la parola del Signore,
    figli d'Israele:
perché il Signore è in lite con gli abitanti
    del paese!
Non c'è lealtà, non c'è amore,
non c'è conoscenza di Dio nel paese;
2 ma spergiurare, mentire, uccidere, rubare
e commettere adulterio si propagano
e le uccisioni si susseguono
    alle uccisioni.
3 Per questo il paese è desolato
e tutti gli abitanti languiscono,
fino alle bestie dei campi e agli uccelli
    del cielo;
anche i pesci del mare scompaiono.

Corruzione del clero

4 Però nessuno accusi, nessuno giudichi.
Con te è la mia lite, o sacerdote!
5 Tu vacilli di giorno, vacilla anche
    il profeta
insieme a te di notte; tu rovini tua
    madre,
6 va in rovina il mio popolo per difetto
    di scienza.
Perché tu hai rigettato la scienza,
io ti rigetterò dal mio sacerdozio;
hai trascurato la legge del tuo Dio,
trascurerò i tuoi figli pure io!
7 Tutti quanti hanno peccato
    contro di me,
han cambiato la loro Gloria
    con l'obbrobrio.
8 Del peccato del mio popolo si saziano,
e della sua colpa sono avidi.
9 Come del popolo così sarà del sacerdote:
lo punirò della sua condotta
e farò ricadere su di lui le sue opere.
10 Mangeranno, ma non si sazieranno;
si prostituiranno, ma non ne avranno
    il frutto,
perché hanno abbandonato il Signore
per darsi alla prostituzione,

11 al vino e al mosto che fan perdere
   il senno.

Contro i culti idolatrici

12 Il mio popolo consulta il suo legno
   e il suo bastone gli dà il responso;
   perché uno spirito di prostituzione
      lo travia
   e si prostituiscono abbandonando
      il loro Dio.
13 Sulle cime dei monti offrono sacrifici
   e sulle alture bruciano le offerte,
   sotto la quercia e il pioppo
   e il terebinto dall'ombra gradevole.
   Se si prostituiscono le vostre figlie
   e le vostre nuore commettono adulterio,
14 non punirò le vostre figlie, perché
      si prostituiscono,
   né le vostre nuore perché commettono
      adulterio;
   perché loro stessi si appartano
      con le prostitute,
   con le prostitute sacre offrono sacrifici.
   Un popolo, per non aver senno,
      va in rovina!

Raccomandazione a Giuda perché non segua Israele

15 Se tu ti prostituisci, Israele,
   non si renda colpevole Giuda.
   Non andate a Gàlgala, non salite
      a Bet-Avèn
   e non giurate per il Signore vivente!

Israele è una giovenca indomita

16 Sì! Come una giovenca bizzarra
   si sbizzarrisce Israele.
   Il Signore potrà farli pascolare
   come un agnello all'aperto?
17 Efraim è l'alleata degli idoli,
18 si adagia in compagnia dei beoni;
   si prostituiscono vergognosamente,
   preferiscono l'obbrobrio alla loro
      Gloria.
19 Il vento li travolgerà con le sue ali
   e dei loro altari avranno vergogna.

5 Responsabilità delle classi dirigenti

1 Ascoltate questo, sacerdoti,
   fate attenzione, casa d'Israele;

casa del re, date ascolto, perché il diritto
   è vostro compito:
voi siete stati un laccio a Mizpà,
   una rete tesa sul Tabor,
2 una fossa scavata in Sittìm.
   Io vi castigherò tutti quanti!
3 Io conosco Efraim,
   Israele non mi è per nulla nascosto:
   sì, ti sei prostituita, Efraim,
   si è macchiato Israele!
4 Le loro azioni non permettono ad essi
   di ritornare al loro Dio,
   perché uno spirito di prostituzione
      è in essi
   e non conoscono il Signore.
5 L'orgoglio d'Israele testimonia
      contro di lui,
   Efraim vacilla per il suo peccato
   e con lui vacilla anche Giuda.
6 Vengono con i loro greggi
   e con i loro buoi a cercare il Signore,
   ma non lo trovano; s'è ritirato da loro.
7 Hanno tradito il Signore,
   hanno generato figli bastardi;
   così il distruttore divora i loro averi
   assieme ai loro campi.

Guerra tra Israele e Giuda

8 Suonate il corno in Gàbaa, la tromba
      in Rama;
   date l'ailarme in Bet-Avèn, mettete
      in guardia Beniamino.
9 Efraim diventerà un deserto il giorno
      del castigo;
   sulle tribù d'Israele io annunzio la mia
      decisione!
10 Rassomigliano i capi di Giuda a coloro
   che spostano i confini;
   sopra di loro io riverserò,
   simile a una piena, il mio furore.
11 Efraim è oppresso, il diritto è violato,
   perché gode nel correre dietro al niente.
12 E io sarò come la tigna per Efraim,
   come la carie per la casa di Giuda.

Alleanze con gli stranieri

13 Efraim ha visto il suo male e Giuda
      la sua piaga;
   Efraim si è diretto all'Assiria, Giuda
      si è rivolto al gran re;
   ma egli non potrà guarirvi né togliervi
      la vostra piaga.
14 Perché io sarò come un leone per Efraim
   e come un leoncello per la casa di Giuda.

Io, io sbranerò e me ne andrò,
porterò via la preda e nessuno
me la strapperà.

Il Signore abbandona il suo popolo

15 Me ne tornerò alla mia dimora
finché non si sentiranno colpevoli
e cercheranno la mia faccia;
nella loro angustia mi ricercheranno.

6 Conversione incostante

1 Venite, ritorniamo al Signore!
Egli ha sbranato, egli guarirà;
egli ha colpito, egli ci fascerà.
2 Dopo due giorni ci ridarà la vita,
e il terzo giorno ci farà risorgere
e vivremo alla sua presenza.
3a Affrettiamoci a conoscere il Signore;
come l'aurora è certa la sua venuta
5b e il suo giudizio sorgerà come la luce.
3b Egli verrà a noi come la pioggia,
come pioggia a primavera che irriga la
terra.
4 Che posso fare per te, Efraim?
Che posso fare per te, Giuda?
Il vostro amore è come una nube
al mattino,
come la rugiada che si scioglie in fretta.
5a Per questo li ho colpiti per mezzo
dei profeti,
li ho uccisi con le parole della mia
bocca;
6 perché io voglio l'amore,
non i sacrifici,
la conoscenza di Dio, non gli olocausti.

Colpe passate e presenti d'Israele

7 Già in Adamo hanno violato l'alleanza,
là mi hanno già tradito!
8 Gàlaad è una città di malfattori,
macchiata di sangue.
9 Come banditi in agguato
una banda di sacerdoti
assale sulla strada di Sichem;
sì, han commesso un'infamia!
10 In Betel ho visto una cosa orrenda:
lì si prostituisce Efraim, si macchia
Israele!
11 Anche per te, Giuda, è destinata
una messe,
quando io ristabilirò il mio popolo!

7 1Quando io voglio risanare Israele,
si rivela la colpa di Efraim
e la malvagità di Samaria:
veramente si pratica la menzogna,
il ladro penetra in casa,
si scatena il brigantaggio di fuori.
2 Essi non pensano dentro di loro che
io mi ricordo della loro malvagità!
Ma le loro azioni li circondano,
esse stanno là davanti a me!

Cospirazioni interne

3 Nella loro malvagità rallegrano il re,
nella loro perfidia i capi.
4 Sono tutti affannati;
sono riscaldati come un forno
che il fornaio cessa di attizzare
quando si impasta e fin che non lievita.
5 Snervano il loro re, i prìncipi con i fumi
del vino;
egli dà la sua mano agli scellerati.
6 Si appressano i congiurati, il loro cuore
è come un forno:
tutta la notte è quieto il loro furore,
al mattino si accende come una fiamma
ardente;
7 sono tutti riscaldati come un forno,
divorano i loro giudici.
Tutti i loro re sono caduti, nessuno
di loro mi ha invocato.

Ancora le alleanze straniere

8 Efraim si mescola con le genti,
Efraim è come una torta non rivoltata;
9 gli stranieri divorano le sue forze,
ma lui non se ne accorge;
capelli bianchi gli sono spuntati,
ma lui non se ne accorge!
10 L'orgoglio d'Israele testimonia
contro di lui;
essi non ritornano al Signore loro Dio
e non lo ricercano, nonostante tutto ciò.
11 Efraim è come una colomba semplice,
senza intelligenza;
chiamano l'Egitto, vanno in Assiria.
12 Dovunque vanno, io tendo su di loro
il mio laccio.
Come l'uccello del cielo li farò cadere,
li prenderò appena udito il loro stormire.

Castighi degli ingrati

13 Guai a loro, perché si sono allontanati
da me!

Disastro su loro, perché si sono a me
   ribellati!
Io vorrei riscattarli,
   ma essi dicono menzogne contro di me;
[14] non gridano a me dal loro cuore,
   quando si lamentano sui loro giacigli;
   fanno penitenza per avere il frumento
   e il vino nuovo,
   ma poi si rivoltano contro di me!
[15] Io ho reso forti le loro braccia,
   ma essi ordiscono trame contro di me.
[16] Si rivolgono a Baal, sono come un arco
   fallace.
   Cadranno di spada i loro capi
      per l'insolenza della loro lingua;
   si riderà di loro nella terra d'Egitto.

8 Allarme

[1] Alla tua bocca la tromba
   come una sentinella sopra la casa
      del Signore,
   perché han trasgredito la mia alleanza
   e alla mia legge si son ribellati!
[2] Essi gridino pure:
   «Dio d'Israele, noi ti conosciamo!»;
[3] Israele ha rigettato il bene,
   il nemico lo inseguirà.

Scisma politico e religioso

[4] Hanno creato dei re, ma senza il mio
   consenso,
   han creato dei capi, ma a mia insaputa;
   han fabbricato con l'argento e con l'oro
   i loro idoli per la loro rovina.
[5] Sì, è ributtante il tuo vitello, Samaria!
   La mia ira s'infiamma contro di esso;
   fino a quando rimarranno immondi
      [6]i figli d'Israele?
   Esso è opera di un artigiano, non è
      un Dio!
   Sì, in fiamme andrà il vitello di Samaria.
[7] Seminano vento, mietono tempesta:
   il frumento è senza spiga, non farà
      farina;
   e se la farà, la divoreranno gli stranieri.

Gli stranieri sono la rovina d'Israele

[8] Israele è divorato; ormai sono
      tra le nazioni
   come un oggetto che non piace più;
[9] perché essi son saliti verso Assur,

asino solitario e ritirato,
   Efraim si è comprato degli amanti.
[10] Anche se li comprano tra le nazioni,
   ecco io li disperderò
   ed essi cesseranno ben presto
   di consacrare re e capi.

Dio non gradisce i sacrifici

[11] Efraim ha moltiplicato gli altari,
   ma gli altari gli sono serviti per peccare.
[12] Scriva io pure una quantità di leggi,
   son ritenute come quelle
      d'uno straniero.
[13] Amano i sacrifici: li offrano pure!
   La loro carne, la mangino pure!
   Il Signore non li gradisce.
   Ormai sta per ricordarsi delle loro colpe
   e per punire i loro peccati:
   essi ritorneranno in Egitto.

Contro lo sfarzo

[14] Israele ha dimenticato il suo Creatore
   e ha costruito i suoi palazzi;
   Giuda ha moltiplicato le sue fortezze.
   Io manderò il fuoco sulle sue città
   che ne distruggerà i palazzi!

9 Come è duro l'esilio!

[1] Non ti rallegrare, Israele!
   Non esultare come le nazioni!
   Perché ti sei prostituita abbandonando
      il tuo Dio,
   hai amato il prezzo delle prostituzioni
   su tutte le aie di grano!
[2] Né l'aia né il tino li nutriranno
   e il vino nuovo li ingannerà.
[3] Non abiteranno più la terra del Signore,
   Efraim ritornerà in Egitto
   e in Assiria mangeranno cibi impuri.
[4] Non faranno più libazioni di vino
      al Signore
   e non gli offriranno più sacrifici.
   Come pane di lutto sarà il loro pane;
   quanti ne mangeranno diventeranno
      impuri,

─────────────

9. - [1.] *Non ti rallegrare*: sotto Geroboamo II Israele
toccò l'apogeo della prosperità, ma poi in pochi anni
cadde nell'anarchia e nella rovina completa per opera
degli Assiri nel 721.

perché il loro pane sarà solo per loro,
non entrerà nella casa del Signore.
5 Che farete voi il giorno della solennità,
il giorno della festa del Signore?
6 Sì, eccoli partire davanti
    alla devastazione;
l'Egitto li raccoglierà, Menfi li seppellirà,
l'ortica erediterà i loro tesori preziosi,
i cardi invaderanno le loro tende.

Il profeta perseguitato:
segno del castigo vicino

7 Sono venuti i giorni della visita,
sono venuti i giorni della paga,
per la moltitudine della tua colpa,
perché grande è l'ostilità.
Israele grida: «Il profeta è stolto!
L'uomo ispirato delira!».
8 Efraim spia nella tenda del profeta,
un laccio è teso su tutti i suoi passi,
l'ostilità è nella casa del suo Dio.
9 Sono profondamente corrotti come
    ai giorni di Gàbaa.
Si ricorderà del loro peccato, punirà
    la loro colpa.

Colpa di Baal-Peòr

10 Come uve nel deserto ho trovato Israele;
come un fico primaticcio ho visto i vostri
    padri.
Ma arrivarono a Baal-Peòr e si votarono
    all'obbrobrio,
diventarono spregevoli come l'oggetto
    del loro amore.
11 Efraim è come un uccello; volerà via
    la loro gloria:
niente più parti né gravidanze, niente
    più concepimenti.
12 Ché se alleveranno i loro figli
io glieli toglierò prima che siano grandi.
Sì, guai ad essi quando io mi allontano
    da loro!
13 Efraim, io lo vedo, alleva i suoi figli
    per la caccia,
per condurre al macello i suoi figli.
14 Da' loro, Signore... Che cosa darai loro?

Da' loro un seno sterile e mammelle
    secche!

Delitto di Gàlgala

15 Tutta la loro malizia è a Gàlgala,
io là li ho presi in odio.
Per la malvagità delle loro opere
io li scaccerò dalla mia casa;
non li amerò più; tutti i loro capi sono
    dei ribelli.
16 Efraim è colpito,
le sue radici sono seccate; non faranno
    più frutto.
Anche se avranno figli,
ucciderò i cari frutti dei loro seni.
17 Il mio Dio li rigetterà, perché
    non lo hanno ascoltato;
andranno errando in mezzo alle nazioni.

10 Idolatria dilagante

1 Israele era una vigna lussureggiante,
che produceva molto frutto.
Ma più crescevano i suoi frutti,
più moltiplicava gli altari;
più la sua terra era fertile,
più preziose costruivano le stele.
2 Il loro cuore è diviso, ora espieranno;
Egli abbatterà i loro altari, distruggerà
    le loro stele.
3 Allora diranno: «Non abbiamo più re!».
«Perché non abbiamo temuto
    il Signore,
il re che può fare per noi?».
4 Parole su parole, giuramenti falsi e false
    alleanze;
fruttifica come erba velenosa il diritto
nei solchi dei campi.
5 Per il vitello di Bet-Avèn
tremano gli abitanti di Samaria.
Sì, per esso fa lamenti il suo popolo
e i suoi sacerdoti con lui;
piangono per la sua gloria
perché ha emigrato lontano da loro.
6 Anch'egli sarà trasportato in Assiria
    come dono al gran re.
Efraim raccoglierà l'ignominia e Israele
    arrossirà del suo idolo.
7 È finita Samaria! Il suo re
è come un relitto alla superficie
    dell'acqua.
8 Saranno distrutti gli alti luoghi idolatrici,
il peccato d'Israele;

---

7. Il vero *profeta* è Osea, che è guardato come la rovina del regno e dagli empi è considerato come la stoltezza personificata.

10. Dio aveva provato piacere nell'allacciare relazioni con Israele, paragonabile a quello di un beduino quando trova dell'*uva* per dissetarsi.

spine e cardi cresceranno sopra i loro
altari.
Allora diranno alle montagne:
«Ricopriteci!»
e alle colline: «Cadete sopra di noi!».

Da Gàbaa in poi

⁹ Dai giorni di Gàbaa hai peccato, Israele!
Là si sono arrestati.
Ma non li raggiungerà in Gàbaa
una guerra?
Contro i figli dell'errore ¹⁰sono venuto,
per castigarli.
I popoli si collegheranno contro di loro
per punirli del loro duplice delitto.

Invito alla conversione

¹¹ Efraim è una giovenca ben domata,
desiderosa di battere l'aia.
Ma io farò passare il giogo
sopra il suo collo robusto.
Attaccherò Efraim al carro, Israele arerà,
Giacobbe tirerà l'erpice.
¹² Seminate il seme di giustizia,
raccogliete il raccolto di bontà,
coltivate un nuovo terreno.
È tempo di cercare il Signore
finché venga a far piovere sopra di voi
la giustizia.

Delitti e minacce

¹³ Perché avete arato l'empietà, raccolta
l'iniquità,
mangiato il frutto della menzogna?
Perché tu hai confidato nei tuoi carri
e nel numero dei tuoi cavalieri,
¹⁴ il tumulto si leverà nelle tue città
e tutte le tue fortezze saranno devastate,
nel giorno della battaglia,
come Salmàn devastò Bet-Arbèl,
schiacciando la madre sopra i suoi figli.
¹⁵ Così farò io a voi, casa d'Israele,
per la vostra somma malizia.
Nella tempesta scomparirà per sempre
il re d'Israele.

11 Il Signore punisce il suo amore tradito

¹ Israele era giovane e io lo amai
e dall'Egitto io chiamai mio figlio.
² Io li ho chiamati ma essi

si sono allontanati da me;
hanno sacrificato ai Baal e agli idoli
hanno bruciato l'incenso.
³ᵃ Io ho insegnato i primi passi ad Efraim,
me li prendevo sulle braccia;
⁴ con legami pieni di umanità li attiravo,
con vincoli amorosi;
per loro ero come chi leva il giogo
dal collo;
mi piegavo su di lui per dargli il cibo.
³ᵇ Ma essi non si sono resi conto
che ero io ad aver cura di loro.
⁵ Egli ritornerà in terra d'Egitto e Assur
sarà il suo re,
perché hanno ricusato di tornare a me!
⁶ La spada porterà il lutto nelle sue
città,
sterminerà i suoi figli, li divorerà
per i loro perversi consigli!

L'amore divino trionfa

⁷ Il mio popolo è malato d'infedeltà!
Essi invocano Baal, ma costui
non li rialzerà.
⁸ Come ti posso abbandonare, Efraim,
lasciarti in balìa di altri, Israele?
Come posso trattarti come Admà,
considerarti come Zeboìm?
Si sconvolge dentro di me il mio cuore
e le mie viscere si riscaldano tutte.
⁹ Non sfogherò il bollore della mia ira,
non distruggerò più Efraim,
perché io sono Dio e non un uomo,
sono il Santo in mezzo a te che non ama
distruggere!

Ritorno dall'esilio

¹⁰ Essi seguiranno il Signore; egli ruggirà
come un leone;
sì, egli ruggirà e accorreranno i figli
dall'occidente.
¹¹ Accorreranno come un uccello
dall'Egitto

---

11. - ¹· Il profeta si riferisce al tempo dei patriarchi,
quando ancora non era entrata l'idolatria nel popolo,
allora in formazione, prima e durante la permanenza
in Egitto. *Mio figlio*: è Israele. Mt 2,15 applica queste
parole a Gesù richiamato dall'Egitto dopo la morte di
Erode.

⁸ˢˢ· Come sempre nei profeti, dopo la minaccia del
castigo viene la promessa della misericordia, che qui
prende tono di tenerezza. *Admà* e *Seboìm* sono
due città sommerse nel Mar Morto (Gn 19,24s; Dt
29,22).

e come una colomba dal paese d'Assiria
e li farò abitare nelle loro case.
Oracolo del Signore.

12 Idolatrie e alleanze

1 Efraim mi circonda di menzogna,
la casa d'Israele d'inganno.
Giuda, invece, Dio ora lo conosce
ed è chiamato il popolo del Santo.
2 Efraim si pasce di vento,
segue sempre il vento d'oriente,
moltiplica menzogna e violenza;
fanno alleanza con l'Assiria, portano olio
all'Egitto.

Efraim sia astuto come Giacobbe

3 Il Signore è in lite con Israele,
tratterà Giacobbe secondo le sue vie,
secondo le sue opere lo ripagherà.
4 Nel seno materno soppiantò il fratello
e sentendosi forte lottò con Dio.
5 Egli lottò con l'angelo e lo sopraffece,
ma pianse e ottenne pietà.
Lo incontrò a Betel e lì gli parlò.
6 Signore, Dio degli eserciti,
Signore è il suo nome.
7 E tu, tu torna al tuo Dio,
rispetta l'amore e la giustizia e spera
sempre nel tuo Dio.

Ingiustizie sociali

8 Canaan tiene in mano bilance false, ama
la frode.
9 Efraim dice: «Come mi sono arricchito!
Mi sono fatto una fortuna!».
Ma di tutti i suoi vantaggi niente rimarrà
per il peccato che ha commesso.

Ma il Signore si riconcilierà

10 Io sono il Signore tuo Dio fin dalla terra
d'Egitto.
Io ti farò abitare ancora sotto le tende
come ai giorni dell'incontro.
11 Io parlerò ai profeti, moltiplicherò
le visioni,
per mezzo dei profeti proporrò parabole.

Minacce per l'idolatria

12 Gàlaad è iniquità; essi non sono che
menzogna;

a Gàlgala hanno sacrificato ai tori;
perciò i loro altari saranno come mucchi
di pietre
lungo i solchi dei campi.

Giacobbe ed Efraim

13 Giacobbe fuggì nella pianura dell'Aram,
Israele servì per una donna,
per una donna fu custode di greggi.
14 Ma per mezzo di un profeta il Signore
trasse Israele dall'Egitto
e per mezzo di un profeta lo custodì.
15 Efraim invece gli ha procurato amarezze;
il Signore farà ricadere il suo sangue
su di lui,
su di lui riverserà il suo oltraggio.

13 Efraim distrutto dall'idolatria

1 Quando Efraim parlava, era il terrore,
era principe in Israele;
ma si rese colpevole con Baal e perì!
2 Ora essi peccano ancora: si costruiscono
simulacri fusi,
idoli d'argento immaginati da loro; tutti
lavori d'artigiano.
«A questi — dicono — sacrificate!».
Ciascuno manda baci a vitelli.
3 Perciò saranno come una nube
sul mattino,
come la rugiada che in fretta si scioglie,
come paglia portata lontano dal vento,
come il fumo del comignolo!

L'ingratitudine sarà punita

4 Io sono il Signore tuo Dio fin dalla terra
d'Egitto;
fuori di me tu non conosci altro Dio,
fuori di me non c'è salvatore.
5 Io ti ho fatto pascolare nel deserto,
nella terra della siccità.
6 Li ho fatti pascere, si sono saziati;
e, saziati, il loro cuore si è inorgoglito;
e così mi han dimenticato.
7 Sarò per loro come un leone;
come una pantera starò in agguato
sulla strada.
8 Come un'orsa privata dei cuccioli
li aggredirò,
strapperò l'involucro dal loro cuore;
i cani divoreranno la loro carne,
gli animali del campo li sbraneranno!

La regalità è finita

9 Io ti distruggo, Israele;
   chi verrà in tuo soccorso?
10 Dov'è il tuo re? Ti salvi!
   Tutti i tuoi capi? Ti proteggano!
   Coloro dei quali tu dicesti:
   «Dammi un re e dei capi!».
11 Ti ho dato un re nella mia ira
   e te lo ritolgo nel mio sdegno!

La fine è inevitabile

12 Serrata è la colpa di Efraim,
   chiuso il suo peccato.
13 Le doglie del parto arrivano per lui,
   ma egli è un figlio insipiente,
   poiché è tempo, ma non viene
   per uscire dal seno materno.
14 Dal potere degl'inferi li libererò!
   Dalla morte li salverò!
   Dov'è la tua peste, o morte?
   Dov'è il vostro maleficio, o inferi?
   La compassione si nasconde ai miei
      occhi!
15 Efraim fiorisca pure tra i suoi fratelli,
   il vento di oriente verrà,
   il soffio del Signore verrà, si alzerà
      dal deserto;
   inaridirà la sua sorgente, seccherà
      la sua fontana,
   devasterà la sua terra e tutti i suoi
      gioielli!

14 ¹Samaria espierà, perché
         si è ribellata al suo Dio;
   cadranno di spada, i loro bambini
         saranno sfracellati,
   e le loro donne incinte sventrate.

Sincero ritorno d'Israele al Signore

2 Ritorna, Israele, al Signore, tuo Dio,
   perché sei caduto per i tuoi peccati.

3 Preparate le parole da dire
   e tornate al Signore.
   Ditegli: «Perdona ogni iniquità!
   Fa' che ritroviamo la felicità
   e ti offriamo il frutto delle nostre labbra!
4 Assur non ci salverà, non cavalcheremo
      più i cavalli
   e non diremo più "nostro Dio" all'opera
      delle nostre mani,
   poiché in te trova compassione
      l'orfano!».

Liete promesse di salvezza

5 Io guarirò il loro traviamento, li amerò
      con trasporto;
   perché la mia collera si è ritirata da loro.
6 Sarò come la rugiada per Israele,
   egli germoglierà come un giglio,
   getterà le sue radici come un pioppo,
7 i suoi germogli si estenderanno
      lontano;
   la sua magnificenza sarà come quella
      dell'olivo,
   il suo profumo come quello del Libano.
8 Torneranno a sedersi alla mia ombra,
   coltiveranno il frumento e faranno
      fiorire la vigna
   che avrà la fama del vino del Libano.
9 Efraim che ha ancora in comune
      con gli idoli?
   Io lo esaudisco e a lui provvedo.
   Io sono come un cipresso verdeggiante;
   è grazie a me che in te si trovi frutto!

Avvertimento finale

10 Chi è sapiente comprenda queste
      parole
   e l'intelligente le intenda!
   Perché le vie del Signore sono diritte;
   i giusti vi si incamminano,
   ma i malviventi vi inciampano!

GIOELE

Gli studiosi esitano nel fissare l'epoca storica di Gioele (letteralmente il nome significa «il Signore è Dio»): quelli antichi propendevano per l'VIII secolo a.C., quelli moderni, basandosi sul fatto che l'esilio sembra descritto come un evento ormai passato (3,2), propendono per il periodo postesilico.

Il giorno del Signore è l'idea centrale del messaggio di Gioele. Esso è espresso attraverso un vocabolario desunto dagli avvenimenti naturali: siccità, invasioni d'insetti, nella sua parte negativa; nella parte positiva è presentato, invece, come un'effusione gratuita di una nuova vita e di un nuovo spirito da parte di Dio. Gli Atti degli Apostoli (2,17-21) riprenderanno questa visione dell'effusione dello Spirito per descrivere l'inizio della chiesa, nuovo popolo messianico.

Il testo di Gioele è composto di quattro capitoli nell'ebraico e tre nella versione latina. Si può dividere in due parti: cc. 1-2: giudizio e promesse per Giuda; cc. 3-4: l'era dello Spirito e il giorno del Signore.

GIUDIZIO E PROMESSE PER GIUDA

1 ¹Parola del Signore, rivolta a Gioele, figlio di Petuèl.

Lamentazioni

² Udite questo, anziani,
   ascoltate tutti, abitanti del paese:
   È mai capitato questo ai vostri giorni
   o ai giorni dei vostri padri?
³ Raccontatelo ai vostri figli,
   e i figli vostri ai loro figli,
   e i figli di costoro all'altra generazione!
⁴ Il resto del verme l'ha divorato
      la locusta,
   il resto della locusta l'ha divorato
      il bruco
   e il resto del bruco l'ha divorato
      la cavalletta.
⁵ Svegliatevi, ubriaconi, e piangete!
   Lamentatevi tutti, bevitori di vino,

per il mosto che vi è stato tolto
      dalla bocca!
⁶ Un popolo assale il mio paese;
   esso è forte e innumerevole.
   I suoi denti sono denti di leone;
   ha i molari di una leonessa!
⁷ Ha ridotto le mie viti a uno sterpo,
   i miei fichi a tronchi di legno secco;
   li ha tutti scortecciati, abbattuti,
   i loro rami sono rimasti bianchi!
⁸ Piangi, come fanciulla vestita di sacco,
   per il suo giovane sposo.
⁹ Offerta e libagione son sparite dalla casa
      del Signore!
   Fanno lutto i sacerdoti, i ministri
      del Signore!
¹⁰ La campagna è brulla, il suolo è in lutto:
   ché il frumento è devastato, il mosto
      non c'è più, l'olio è finito!
¹¹ Impallidite, agricoltori, urlate, vignaioli,
   per il frumento e per l'orzo: la messe
      dei campi è perduta!
¹² La vite si è seccata, il fico è inaridito;
   il melograno con la palma e il melo,
   tutti gli alberi del campo
      si sono seccati.
   Sì, è scomparsa l'allegria di mezzo
      agli uomini.

---

1. - ⁴· L'invasione delle cavallette ha tutti gli aspetti d'un fatto storico, ma può essere che sia presa dal profeta come simbolo delle invasioni nemiche.

Invito alla penitenza

¹³ Cingetevi, fate lamentazioni, sacerdoti,
  urlate, ministri dell'altare!
  Venite, pernottate vestiti di sacco,
    ministri del mio Dio!
  È scomparsa dalla casa del vostro Dio
    offerta e libagione!
¹⁴ Prescrivete un digiuno rituale, convocate
    un'adunanza;
  riunite gli anziani, tutti gli abitanti
    del paese
  nella casa del Signore vostro Dio
    e gridate al Signore!

Il giorno del Signore

¹⁵ Ah, quel giorno! Sì, il giorno del Signore
    è vicino,
  viene come la devastazione
    dell'Onnipotente!
¹⁶ Forse non è vero? Davanti ai nostri
    occhi è scomparso l'alimento;
  dalla casa del nostro Dio la gioia
    e il giubilo.
¹⁷ Sono marciti i semi sotto le zolle;
  sono vuoti i magazzini, distrutti
    i granai,
    perché il grano è finito!
¹⁸ Come si lamenta il bestiame!
  Vagolano le mandrie di buoi
  perché non c'è più pascolo per loro!
  Perfino le greggi la scontano!

Preghiera di Gioele

¹⁹ A te, Signore, io grido!
  Il fuoco ha divorato i pascoli del deserto;
  la fiamma ha consumato tutte le piante
    del campo.
²⁰ Anche gli animali campestri si rivolgono
    a te,
  perché si son seccati i corsi d'acqua
  e il fuoco ha divorato i pascoli
    del deserto!

2 Annunzio del giorno del Signore

¹ Suonate la tromba in Sion,
  date l'allarme sul mio santo monte!
  Tremino tutti gli abitanti della terra:
  È venuto il giorno del Signore! È vicino!
² Giorno di tenebre e di oscurità,
  giorno di nube e di caligine!

Come un esercito invasore

  Come l'aurora che si stende sui monti,
  un popolo numeroso e forte;
  come lui non ve ne fu mai fin dai tempi
    remoti
  e dopo lui non ve ne sarà per gli anni
    di tutte le generazioni!
³ Davanti a lui il fuoco divora
  e dietro a lui la fiamma consuma;
  come il giardino dell'Eden davanti a lui
    è la terra
  ma, dopo che è passato, è un deserto
    desolato: da lui non c'è scampo.
⁴ Il suo aspetto è l'aspetto di cavalli,
  come cavalieri così corrono essi;
⁵ come un fragore di carri che balzano
    sulle cime dei monti;
  come il crepitìo d'una fiamma di fuoco
    che divora la stoppia;
  come un popolo forte disposto
    per la battaglia!
⁶ Davanti a lui si contorcono i popoli,
  tutte le facce si scolorano.
⁷ Come prodi si slanciano,
  come guerrieri assaltano il muro;
  ognuno va per la sua strada
  senza sviarsi dal loro cammino;
⁸ nessuno incalza il suo vicino,
  ciascuno avanza per la sua via.
  Si gettano in mezzo alle armi;
  non lasciano spazi.
⁹ Penetrano nella città, corrono sopra gli spalti,
  entrano nelle case; entrano dalle finestre
  come ladri.

Cielo e terra tremano

¹⁰ Davanti a lui geme la terra e tremano i cieli;
  il sole e la luna si oscurano, le stelle
  celano il loro splendore!
¹¹ Il Signore fa sentire la sua voce
  alla testa del suo esercito;
  Sì, sterminato è il suo accampamento,
  sì, forte è l'esecutore della sua parola;
  sì, grande è il giorno del Signore
  e pieno di spavento: chi può sostenerlo?

Invito alla penitenza

¹² Anche ora, ecco l'oracolo del Signore:
  Tornate a me con tutto il cuore,

---

2. - ^{4.} Descrive poeticamente le cavallette come un esercito distruttore. Nella forma della testa esse hanno una certa analogia con i *cavalli*.

con digiuno, con pianto e lamento!
13 Spezzate il vostro cuore, non le vostre
    vesti
e tornate al Signore, vostro Dio!
Egli è benigno e misericordioso,
lento alla collera e ricco in bontà,
e si ricrede del male!
14 Chissà! Potrebbe ricredersi e lasciarsi
    dietro la benedizione:
offerta e libagione per il Signore vostro
    Dio!
15 Suonate le trombe in Sion!
Prescrivete un digiuno rituale!
    Convocate un'adunanza!
16 Radunate il popolo!
Celebrate una riunione sacra!
Radunate gli anziani,
radunate i fanciulli e quelli che
    succhiano il seno!
Esca lo sposo dalla sua camera
e la sposa dal suo talamo!
17 Tra il vestibolo e l'altare piangano
    i sacerdoti,
ministri del Signore.
Essi dicano: «Pietà, Signore, del tuo
    popolo!
Non esporre la tua eredità al vituperio,
allo scherno delle nazioni!
Perché si dovrà dire tra le nazioni:
Dov'è il loro Dio?».

Promessa: il flagello finirà...

18 Il Signore è geloso della sua terra
e perdona al suo popolo!
19 Il Signore parla e dice al suo popolo:
Ecco, io vi mando frumento, mosto e
    olio fresco:
ne avrete a sazietà;
non vi lascerò più oltre
oggetto di scherno tra i popoli!
20 Colui che dimora nel nord lo allontano
    da voi;
lo ricaccio in un territorio arido
    e desolato:
la sua avanguardia verso oriente,
la sua retroguardia verso occidente.
Il suo fetore si alzerà, il suo lezzo
    si leverà!
Egli fa cose grandi!

---

3. - [1.] Alla restaurazione materiale succederà la restaurazione morale con i doni dello Spirito che avrà
profeti in tutte le classi sociali. At 2,16-18 costata
l'avveramento della profezia nei primi tempi della
chiesa.

...e ci sarà l'abbondanza

21 Non temere più, terra, rallegrati e gioisci!
Il Signore opera grandi cose!
22 Non temete più, bestie campestri:
i pascoli del deserto sono rinverditi!
Le piante producono i loro frutti,
il fico e la vite dànno il loro prodotto!
23 Figli di Sion, rallegratevi,
gioite nel Signore, vostro Dio!
Egli vi dà la pioggia secondo il bisogno;
fa scendere su voi la pioggia
in autunno e in primavera, come prima!
24 Le aie si riempiono di frumento,
i tini rigurgitano di mosto e di olio!
25 Io vi risarcirò degli anni
che hanno divorato la locusta e il bruco,
la cavalletta e il verme, mio esercito
    sterminato,
che ho inviato contro di voi!
26 Voi mangerete molto, a sazietà
e loderete il nome del Signore,
    vostro Dio,
che ha fatto per voi meraviglie:
il mio popolo non sarà più schernito!
27 E voi saprete che io sono in mezzo
    a Israele,
che io, il Signore, sono il vostro Dio
e non ce ne sono altri:
il mio popolo non sarà più schernito!

L'ERA DELLO SPIRITO
E IL GIORNO DEL SIGNORE

3 Effusione dello Spirito

1 Dopo questo sopra ogni carne
io effonderò il mio Spirito.
I vostri figli e le vostre figlie
    profeteranno,
i vostri vecchi avranno dei sogni,
i vostri giovani vedranno visioni.
2 Anche sopra gli schiavi e le schiave
in quei giorni effonderò il mio Spirito.
3 Farò prodigi nel cielo e sulla terra:
sangue, fuoco e colonne di fumo!
4 Il sole si cambierà in tenebre, la luna
    in sangue,
quando verrà il giorno del Signore,
grande e terribile!
5 Allora chiunque invoca il nome
    del Signore sarà salvo!
Perché sul monte di Sion ci sarà
    la salvezza,

come ha detto il Signore,
e in Gerusalemme gli scampati,
quelli che il Signore chiama!

4 Contro le nazioni

1 Perché, ecco, in quei giorni, in quel
        tempo,
   quando avrò ristabilito Giuda
        e Gerusalemme,
2 radunerò tutte le nazioni,
   le farò scendere nella valle di Giòsafat;
   là istituirò un processo contro di loro
   per Israele, mio popolo e mia proprietà,
   che hanno disperso in mezzo alle nazioni
   e si sono divise la mia terra!
3 Sul mio popolo hanno gettato la sorte,
   hanno scambiato i fanciulli
        con prostitute,
   le fanciulle hanno venduto per vino,
   che poi hanno bevuto!

Contro i Fenici e i Filistei

4 Or che c'è tra me e voi, Tiro, Sidone
   e tutti i distretti dei Filistei?
   Volete forse vendicarvi di me?
   Se volete far vendetta su di me,
        prontamente, rapidamente
   la farò ricadere sopra le vostre teste!
5 Voi che avete preso il mio argento
        e il mio oro
   e avete portato i miei tesori nei vostri
        templi;
6 gli abitanti di Giuda e di Gerusalemme
   li avete venduti ai Greci per allontanarli
        dal loro paese!
7 Eccomi a richiamarli dal luogo dove
        li avete venduti;
   a far ricadere le vostre azioni sopra
        le vostre teste!
8 Io venderò i vostri figli e le figlie
   agli abitanti di Giuda
   che li rivenderanno ai Sabei,
   a un popolo lontano!
   Sì, è il Signore che parla!

Le genti invitate alla guerra santa

9 Annunziate questo tra le genti:
   Proclamate la guerra santa!

   Svegliate gli eroi!
   Avanzino, salgano tutti gli uomini
        d'armi!
10 Trasformate le vostre scuri in spade
   e le vostre falci in lance!
   Il debole dica: «Sono un eroe!».
11 Su, venite, nazioni tutte d'intorno!
        Riunitevi là!
   Signore, fa' scendere i tuoi eroi!
12 Si destino, salgano le genti verso la valle
        di Giòsafat!
   Là io mi siedo per fare il giudizio a tutte
        le nazioni d'intorno!
13 Impugnate la falce: la messe è matura!
   Venite, pigiate: è pieno il tino!
   Traboccano gli orci:
   grande è la loro malizia!
14 Folle e folle nella Valle della decisione!
   È vicino il giorno del Signore nella Valle
        della decisione!
15 Sole e luna si oscurano,
   le stelle perdono il loro splendore!
16 Il Signore ruggisce da Sion,
   da Gerusalemme fa sentir la sua voce.
   Ma il Signore è rifugio per il suo popolo,
   una fortezza per i figli d'Israele!
17 Così sapete che io sono il Signore,
        vostro Dio,
   che abita in Sion, mia santa montagna.
   Gerusalemme è un santuario,
   gli stranieri non vi passano più!

Restaurazione d'Israele

18 In quel giorno le montagne stilleranno
        vino,
   le colline scorreranno di latte
   e tutti i torrenti di Giuda rigurgiteranno
        di acqua!
   Una sorgente zampillerà dalla casa
        del Signore
   e irrigherà la Valle delle acacie.
19 L'Egitto diventerà una landa solitaria,
   Edom un deserto desolato,
   per le violenze contro gli abitanti
        di Giuda,
   per il sangue innocente versato nel loro
        paese.
20 Ma Giuda sarà abitata per sempre,
   Gerusalemme di età in età.
21 Io dichiaro innocente il loro sangue,
   sì, lo dichiaro innocente:
   il Signore abita in Sion!

AMOS

Nativo di Tekòa, un villaggio del regno di Giuda, Amos esercitò il ministero profetico nel regno d'Israele. Lui stesso fornisce qualche dato autobiografico: è pastore e raccoglitore di sicomori (1,1; 7,14). Svolge la sua attività durante lo splendido regno di Geroboamo II in Israele, 787-747 a.C.

L'epoca in cui opera Amos è un'epoca di benessere e di prosperità che vede nelle città la trasformazione dei piccoli borghesi in ricchi accumulatori di capitale e nelle campagne l'ascesa di piccoli possidenti a grandi latifondisti. Amos è chiamato ad annunciare il giudizio di Dio sulle inadempienze, sulle ingiustizie e sull'arroganza di una città e di un'amministrazione ormai rigettate da Dio. Ed è Dio stesso che lo strappa dalla mandria (7,15) e lo invia, lui senza preparazione e senza cultura, a condannare l'arroganza e il lusso della città (3,12; c. 6).

Il libro di Amos è strutturato in 9 capitoli così suddivisi. Prima parte: le «parole» di Amos: oracoli esortazioni e minacce contro le nazioni e contro Giuda e Israele (1,3 - 6,14). Seconda parte: le «visioni» di Amos: visioni simboliche che preannunciano il giorno del Signore come castigo ma anche come salvezza (7,1 - 9,15).

Il messaggio di Amos è caratterizzato da un forte richiamo alle esigenze del Dio dell'alleanza e da una costante difesa dei poveri di Samaria contro gli abusi di vario nome nei loro confronti: abuso del potere, del denaro, della proprietà.

1 **Esordio.** - [1]Parole di Amos, il quale fu tra i pecorai di Tekòa. Egli ebbe una visione contro Israele nei giorni di Ozia re di Giuda e nei giorni di Geroboamo figlio di Ioas re d'Israele, due anni avanti il terremoto. [2]Egli disse:

Il Signore da Sion ruggirà
e da Gerusalemme darà la sua voce,
e faranno lutto le praterie dei pastori
e sarà inaridita la vetta del Carmelo.

LE «PAROLE» DI AMOS

**Giudizio contro le nazioni:
Damasco e Siria**

[3] Così ha detto il Signore:
Per tre prevaricazioni di Damasco
e per quattro non la farò tornare:
per aver essi triturato con trebbie
di ferro il Gàlaad.

[4] Manderò fuoco entro la casa di Cazaèl
e divorerà i palazzi di Ben-Adàd.
[5] Spezzerò la sbarra della porta
di Damasco,
sterminerò l'abitante da Bikeat-Avèn
e chi detiene lo scettro da Bet-Eden,
e il popolo di Aram andrà deportato
a Kir.
Ha detto il Signore.

Gaza e Filistea

[6] Così ha detto il Signore:
Per tre prevaricazioni di Gaza
e per quattro non la farò tornare:
per aver essi deportato popolazioni
intere
per consegnarle a Edom.
[7] Manderò fuoco entro le mura di Gaza
e divorerà i suoi palazzi.
[8] Sterminerò l'abitante da Asdòd
e chi detiene lo scettro da Ascalon,
e rivolterò la mia mano contro Accaron,

e perirà il residuo dei Filistei.
Ha detto il Signore.

Tiro e Fenicia

9 Così ha detto il Signore:
Per tre prevaricazioni di Tiro
e per quattro non lo farò tornare:
per aver essi deportato popolazioni
    intere consegnandole a Edom,
senza ricordarsi del patto di fratelli.
10 Manderò fuoco entro le mura di Tiro
e divorerà i suoi palazzi.

Edom e Ammon

11 Così ha detto il Signore:
Per tre prevaricazioni di Edom
e per quattro non lo farò tornare:
perché ha inseguito con la spada il suo
    fratello,
ha corrotto la misericordia in se stesso;
la sua ira sbrana in perpetuo
e la sua rabbia dura per sempre.
12 Manderò fuoco in Teman
e divorerà i palazzi di Bozra.
13 Così ha detto il Signore:
Per tre prevaricazioni dei figli di Ammon
e per quattro non lo farò tornare:
per aver essi sventrato le donne incinte
    del Gàlaad
allo scopo di dilatare il loro confine.
14 Accenderò fuoco entro le mura di Rabbà
e divorerà i suoi palazzi
con fragore nel giorno della battaglia,
con burrasca nel giorno dell'uragano.
15 Il loro re andrà in deportazione,
egli e i suoi prìncipi insieme.
Ha detto il Signore.

2 Moab

1 Così ha detto il Signore:
Per tre prevaricazioni di Moab
e per quattro non lo farò tornare:
per aver egli incendiato e ridotto
    in calcina
le ossa del re di Edom.
2 Manderò fuoco in Moab
e divorerà i palazzi di Keriòt.
Morrà con fragore Moab,
con grida di guerra, con squillo
    di tromba.
3 Sterminerò il giudice di dentro ad esso,

e tutti i suoi prìncipi trucidierò con lui.
Ha detto il Signore.

Giuda

4 Così ha detto il Signore:
Per tre prevaricazioni di Giuda
e per quattro non lo farò tornare:
per aver essi respinto la legge
    del Signore
e non osservato i suoi decreti.
Li hanno traviati le loro menzogne
cui i padri loro andarono dietro.
5 Manderò fuoco in Giuda
e divorerà i palazzi di Gerusalemme.

Giudizio contro Israele

6 Così ha detto il Signore:
Per tre prevaricazioni d'Israele
e per quattro non lo farò tornare:
per aver essi venduto per argento
    chi è giusto
e chi è povero a conto di due sandali,
7 essi, che calpestano tra la polvere
    della terra
la testa dei miseri e tagliano la via
    degli umili;
e un uomo e il padre suo entrano
    da una stessa fanciulla
allo scopo di profanare il nome mio
    santo;
8 su vesti pignorate si stendono accanto
    ad ogni altare
e vino di multati sbevazzano nella casa
    del loro dio.
9 Eppure proprio io estirpai l'Amorreo
    davanti a loro,
la cui altezza era come altezza di cedri
ed era forte come le querce.
Estirpai il suo frutto dal di sopra e le sue
    radici dal di sotto.
10 E proprio io vi feci salire dalla terra
    d'Egitto
e vi condussi nel deserto
    per quarant'anni,
perché ereditaste la terra dell'Amorreo.
11 Suscitai profeti tra i vostri figli
e naziri tra i vostri adolescenti.
Non è forse così, figli d'Israele?
Oracolo del Signore.
12 Abbeveraste i naziri con vino,
e ai profeti comandaste: Non profetate!
13 Ecco: io sto per affondare sotto di voi
come affonda il carro quand'è stracarico
di covoni.

14 Allora sarà impossibile la fuga
    per il corridore
e il gagliardo non sarà sostenuto dal suo
    valore;
l'eroe non scamperà l'anima sua
15 e il virtuoso dell'arco non starà saldo;
il corridore non scamperà,
e il cavaliere non scamperà l'anima
    sua.
16 Il più coraggioso tra gli eroi
nudo fuggirà in quel giorno.
Oracolo del Signore.

3 Elezione e castigo

1 Ascoltate questa parola che il Signore
    ha pronunciato
contro di voi, figli d'Israele, contro tutta
    la stirpe
che ho fatto salire dalla terra d'Egitto:
2 Soltanto voi ho conosciuto tra tutte
    le stirpi del mondo.
Perciò visiterò contro di voi tutte
    le vostre iniquità.

Vocazione profetica

3 Faranno forse viaggio due insieme,
se non si sono messi d'accordo?
4 Ruggirà forse il leone nella foresta,
senz'avere una preda?
Darà forse il leoncello la sua voce
    dalla sua tana,
se non ha preso qualcosa?
5 O cadrà l'uccelletto nella trappola
    a terra,
se non v'è laccio in essa?
O scatterà una trappola dal suolo,
se non ha preso qualcosa?
6 Se squillerà tromba in città,
il popolo non sarà atterrito?
Se accadrà sventura in città,
non sarà il Signore che l'ha fatto?
7 In verità il Signore Dio non fa cosa
    alcuna,

se non ha rivelato il suo disegno ai suoi
    servi i profeti.
8 Il leone ha ruggito, chi non tremerà?
Il Signore Dio ha parlato, chi non
    profeterà?

Tre frammenti contro Samaria

9 Fate udire sui palazzi in Asdòd
e sui palazzi nella terra d'Egitto, e dite:
Raccoglietevi sui monti di Samaria
    e vedete:
agitazioni grandi nel mezzo di essa
ed estorsioni nell'interno di essa.
10 Non sanno far cosa retta, dice il Signore,
essi che accumulano violenza e sopruso
    nei loro palazzi.
11 Perciò così ha detto il Signore Dio:
Un oppressore! È attorno alla terra!
Farà crollare giù da te la tua fortezza
e saranno saccheggiati i tuoi palazzi.
12 Così ha detto il Signore: Come
    un pastore salva,
strappando dalle fauci del leone,
due zampe o l'estremità di un orecchio,
così saranno strappati i figli d'Israele,
essi, che abitano in Samaria
su un cantuccio di lettino, alla testata
    di un divano.
13 Ascoltate e attestate nella casa
    di Giacobbe:
oracolo del Signore, Dio delle schiere.
14 Davvero, nel giorno in cui giudicherò
le prevaricazioni d'Israele contro di lui,
farò visita contro gli altari di Betel;
saranno spezzati i corni dell'altare
    e cadranno a terra.
15 Percuoterò la casa dell'inverno insieme
    alla casa dell'estate,
periranno le case d'avorio e verranno
    meno molte abitazioni.
Oracolo del Signore.

4 Contro le donne di Samaria

1 Ascoltate questa parola, vacche
    del Basàn
che siete sulla montagna di Samaria:
Oh, esse schiacciano i miseri,
oh, esse spezzano i poveri,
oh, esse dicono ai loro signori:
Porta qua, e beviamo!
2 Ha giurato il Signore Dio per la sua
    santità:

---

3. - [3.] Le *due persone* sono Dio e Israele: non possono più andare assieme poiché gl'Israeliti hanno abbandonato e misconosciuto il loro Dio; ma ciò significa che non potranno più godere della sua protezione.

[12.] I nobili, ricchi e voluttuosi, sdraiati sui letti e sui cuscini, non scamperanno e di loro resterà ciò che resta al pastore che strappa la preda dalla bocca del leone.

Sì, ecco: giorni stanno arrivando
    su di voi
che vi si leverà con uncini,
e quante tra voi rimangono indietro
    con ami da pesca.
3 Per brecce uscirete, ognuna davanti a sé,
e sarete spinte verso l'Ermon.
Oracolo del Signore.

Culto illecito

4 Venite a Betel e peccate,
    a Gàlgala e moltiplicate il peccato!
Offrite per il mattino i vostri sacrifici
e per il terzo giorno le vostre decime,
5 offrite sacrifici di ringraziamento
    con lievito,
    e proclamate i sacrifici volontari, fateli
    udire,
poiché così piace a voi, figli d'Israele.
Oracolo del Signore Dio.

L'impenitenza citata a giudizio

6 Eppure io vi lasciai a denti asciutti
    in tutte le vostre città,
con carestia di pane in tutte le vostre
    borgate:
e non tornaste fino a me.
Oracolo del Signore.
7 Io trattenni da voi la pioggia, a tre mesi
    dalla mietitura.
Facevo piovere su una città
e su un'altra città non facevo piovere.
Un campo era fradicio di pioggia
e il campo su cui non pioveva inaridiva.
8 Due, tre città andavano barcollando a
    un'altra
per bere acqua e non si saziavano:
ma non tornaste fino a me.
Oracolo del Signore.
9 Percossi voi con l'arsura
    e con la ruggine;
ho disseccato i vostri frutteti e i vostri
    vigneti;
le vostre ficaie e i vostri uliveti li divorò
    la cavalletta:
e non tornaste fino a me.
Oracolo del Signore.
10 Mandai tra voi peste alla maniera
    d'Egitto.
Trucidai con la spada gli adolescenti
    vostri,
mentre erano catturati i vostri cavalli.
Feci salire il fetore dei vostri
    accampamenti

nelle vostre stesse narici:
e non tornaste fino a me.
Oracolo del Signore.
11 Vi travolsi del tutto,
come quando Dio travolse Sodoma
    e Gomorra;
diventaste come un tizzone strappato
    a un incendio:
ma non tornaste fino a me.
Oracolo del Signore.
12 Perciò così farò a te, Israele,
proprio per questo lo farò a te:
Prepàrati a incontrare il tuo Dio, Israele.

Prima «dossologia»

13 Poiché ecco: Colui che plasma i monti
    e che crea il vento
e che svela all'uomo qual è il suo
    pensiero,
colui che trasforma l'aurora in oscurità
e cammina sulle sommità della terra:
Signore, Dio delle schiere è il suo nome.

5 Lamentazione su Israele

1 Ascoltate questa parola
che proprio io sto per lanciare su di voi:
una lamentazione, o casa d'Israele.
2 Cadde, non tornerà ad alzarsi la vergine
    Israele.
Fu abbattuta sopra il suo territorio:
    nessuno che la rialzi.
3 Poiché così ha detto il Signore Dio:
La città che usciva con mille resta
    con cento,
e quella che usciva con cento resta
    con dieci.
4 Poiché così ha detto il Signore alla casa
    d'Israele:
Cercate me, e vivrete,
5 non cercate Betel
e a Gàlgala non andate,
a Bersabea non passate,
poiché Gàlgala sarà deportata,
e Betel sarà ridotta al nulla.
6 Cercate il Signore e vivrete:
perché non penetri come fuoco
    nella casa di Giuseppe e divori:
e nessuno spenga Betel.
7 Essi, che sovvertono in veleno
    il giudizio
e abbattono a terra la giustizia.

Seconda «dossologia»

8 Colui che fa Pleiadi e Orione
  e che sovverte in mattino l'ombra
      di morte
  e il giorno in notte ottenebra,
  è lui che chiama le acque del mare
  e le riversa sulla faccia della terra:
  Signore è il suo nome.
9 È lui che folgora rovina sul violento,
  e rovina sopra la fortezza giunge.

Ingiustizie dei ricchi

10 Odiano colui che alla porta della città
      decide,
   e detestano colui che parla integro.
11 Ebbene: Poiché avete estorto l'affitto
      contro il misero
   e tributo di frumento ghermivate da lui,
   case di pietre riquadre costruiste,
   ma non abiterete in esse;
   vigne ubertosissime piantaste,
   ma non berrete il loro vino.
12 Davvero, conosco che molteplici sono
   le vostre prevaricazioni e sfrontati
      i vostri peccati.
   Essi, che osteggiano chi è giusto,
   essi, che ghermiscono denaro
      per corruzione,
   e i poveri alla porta respingono.
13 Perciò tace colui che riflette su questo
      tempo,
   perché tempo cattivo è questo.
14 Cercate il bene e non il male, affinché
      viviate,
   e avvenga così che il Signore Dio
      delle schiere
   sia con voi come avete detto.
15 Odiate il male e amate il bene
   e stabilite alla porta della città
      il giudizio;
   chissà che non faccia grazia
   il Signore Dio delle schiere
   al resto di Giuseppe.
16 Perciò così ha detto il Signore,
   Dio delle schiere, il Signore:
   In tutte le piazze vi sarà lamento,
   e in tutte le strade diranno: Ahi, ahi!
   Chiameranno il contadino al lutto
   e al lamento quelli che conoscono
      le nenie.

17 In tutte le vigne vi sarà lamento,
   perché io passerò in mezzo di te,
   ha detto il Signore.

Il giorno del Signore

18 Guai a voi che bramate il giorno
      del Signore!
   Che mai gioverà a voi il giorno
      del Signore?
   Esso tenebra sarà, e non luce.
19 Così come se un uomo fugga in faccia
      al leone
   e gli venga incontro l'orso,
   entri in casa e appoggi la sua mano
      alla parete
   e lo morda il serpente.
20 Non sarà forse tenebra il giorno
      del Signore,
   e non luce?
   Oscurità, e non chiarore per esso?

Culto illecito

21 Odio, respingo le vostre festività,
   non odorerò il profumo delle vostre
      assemblee solenni.
22 Anche se mi offrirete olocausti
      e oblazioni, non li gradirò;
   a sacrifici pacifici di grasse vittime
      non volgerò il mio sguardo.
23 Via da me il tumulto dei tuoi canti:
   il suono delle tue cetre non ascolterò.
24 Ma zampilli come acqua il giudizio
   e la giustizia come fonte perenne.
25 Forse che vittime e oblazione
      avete offerto a me
   nel deserto per quarant'anni,
      casa d'Israele?
26 Avete innalzato Siccùt, vostro re,
   e Chiiòn, vostro idolo,
   stella dei vostri dèi, che vi siete fatti.
27 Io vi farò deportare al di là di Damasco,
   ha detto il Signore.
   Dio delle schiere è il suo nome.

6 Falsa sicurezza

1 Guai agli spensierati in Sion,
  e a coloro che stanno sicuri sul monte
      di Samaria,
  ai notabili della prima tra le genti,
  ai quali vengono quelli della casa
      d'Israele.

---

5. - 26. *Siccùt* e *Chiiòn* erano due divinità del culto
astrale assiro-babilonese, penetrato in Palestina.

2 Passate a Calnè e vedete,
   di là andate a Camat la grande,
   e scendete a Gat dei Filistei.
   Siete voi forse migliori di quei regni?
   O è il loro paese più vasto del vostro
        paese?
3 Voi, che respingete il giorno cattivo,
   mentre fate avvicinare l'insediarsi
        della violenza.
4 Essi, che giacciono su letti d'avorio
   e poltriscono sui loro divani,
   che mangiano agnelli del gregge
   e vitelli della stalla.
5 Essi, che cantano al suono dell'arpa:
   come Davide escogitano per sé
        strumenti per il canto.
6 Essi, che bevono nelle anfore da vino
   e con il più fino degli unguenti
        si ungono,
   non si affannano per il crollo
        di Giuseppe.
7 Perciò ora saranno deportati alla testa
        dei deportati,
   e cesserà l'orgia degli scioperati.

Terribile castigo

8 Ha giurato il Signore Dio per l'anima sua:
   Oracolo del Signore, Dio delle schiere:
   Io sono uno che aborre l'orgoglio
        di Giacobbe
   e i suoi palazzi ho in odio:
   consegnerò la città e quanto la riempie.
9 E avverrà: se saranno lasciati in una sola
        casa
   dieci uomini, essi morranno.
10 Lo leverà il suo congiunto e il suo
        crematore,
   per far uscire le ossa dalla casa,
   dirà a chi è nell'interno della casa:
   «Ce n'è ancora da te?».
   Risponderà: «No».
   Quello dirà: «Zitto!
   Poiché non è da ricordare il nome
        del Signore».
11 Poiché ecco: il Signore sta per dare
        un comando:
   percuoterà la casa grande in frantumi
   e la casa piccola in schegge.
12 Corrono forse sulle rocce i cavalli,
   o si ara con i buoi il mare?
   Poiché avete sovvertito in cicuta
        il giudizio
   e il frutto della giustizia in veleno.
13 Voi, che vi rallegrate per Lodebàr,
   voi, che dite: Forse nella nostra forza

non ci siamo impossessati di Karnàim?
14 Ecco: io susciterò contro di voi,
        casa d'Israele,
   oracolo del Signore, Dio delle schiere,
   una gente che vi stringerà dall'ingresso
        di Camat
   fino al torrente dell'Arabà.

LE «VISIONI» DI AMOS

7 Prima visione: le locuste

1 Così mi ha fatto vedere il Signore Dio:
   ecco: stava plasmando locuste,
   mentre cominciava a crescere il secondo
        taglio d'erba.
   Ed ecco: il secondo taglio
   era quello che veniva dopo la falciatura
        del re.
2 E avvenne: quando ebbero finito
        di mangiare l'erba della terra,
   io dissi: Signore Dio, perdona, di grazia:
   come starà ritto Giacobbe? Poiché egli
        è piccino.
3 Si pentì il Signore per questo.
   Non sarà, ha detto il Signore.

Seconda visione: il fuoco

4 Così mi ha fatto vedere il Signore Dio:
   Ecco: il Signore Dio stava chiamando
        il fuoco per castigare.
   Aveva divorato il grande abisso,
   e avrebbe divorato la campagna.
5 Io dissi: Signore Dio, cessa, di grazia:
   come starà ritto Giacobbe? Poiché egli
        è piccino.
6 Si pentì il Signore per questo.
   Neanche questo sarà,
   ha detto il Signore Dio.

Terza visione: il filo a piombo

7 Così mi ha fatto vedere:
   Ecco: il Signore stava ritto sopra
        un muro a piombo,

---

7. - 1ss. In una serie di visioni, Dio manifesta al profeta i castighi che incombono su Israele e, mentre le prime due visioni fanno comprendere la misericordia e longanimità di Dio, che sospende il castigo per la preghiera del profeta, le altre lasciano capire che esso verrà e sarà gravissimo. *Falciatura del re:* era un tributo dovuto alle scuderie reali.

e nella sua mano un filo a piombo.
8 E il Signore disse a me:
Che stai vedendo tu, Amos?
Risposi: Un filo a piombo.
Il Signore disse:
Ecco: io sto per porre un filo a piombo
nell'interno del mio popolo Israele:
non gli perdonerò più.
9 Saranno devastate le alture d'Isacco
e i santuari d'Israele saranno desolati;
io mi ergerò con la spada
contro la casa di Geroboamo.

Amos e Amasia. - [10]Amasia, sacerdote di
Betel, mandò a dire a Geroboamo, re d'I-
sraele: «Amos complotta contro di te, nel-
l'interno della casa d'Israele. La terra non
può sopportare tutte le sue parole, [11]poiché
così ha detto Amos:

"Di spada morrà Geroboamo
e Israele sarà deportato in esilio,
lontano dal suo territorio"».

[12]Amasia disse ad Amos: «Veggente, va',
scappatene nella terra di Giuda, mangia ivi
pane e ivi profeterai. [13]Ma a Betel non continuare a profetare, perché esso è santuario
del re ed è tempio del regno».
[14]Amos rispose ad Amasia:

«Non sono profeta io né figlio di profeta;
io sono mandriano e incisore
di sicomori.
[15] Il Signore mi prese da dietro il gregge,
e il Signore disse a me:
Va', profetizza al popolo mio Israele.
[16] Ora ascolta la parola del Signore:
Tu dici: "Non profeterai contro Israele
e non predicherai contro la casa d'Isacco".
[17] Perciò così ha detto il Signore:
La tua donna nella città si prostituirà
e i tuoi figli e le tue figlie di spada
cadranno,
e la tua terra mediante funicella
verrà distribuita,
e tu su terra impura morrai.
Israele sarà deportato in esilio,
lontano dal suo territorio».

8 Quarta visione: il canestro

[1] Così mi ha fatto vedere il Signore Dio:
Ecco: un canestro di frutta matura.

[2] E disse: Che cosa stai vedendo tu,
Amos?
Risposi: Un canestro di frutta matura.
E il Signore disse a me:
È arrivata la fine per il popolo mio
Israele,
non continuerò più a passar oltre,
per lui.
[3] In quel giorno urleranno le cantatrici
del palazzo,
oracolo del Signore.
Moltitudine di cadaveri:
in ogni luogo saranno gettati. Silenzio!

Ingiustizia nel commercio

[4] Ascoltate questo, voi che calpestate
il povero
fino a far cessare gli umili della terra,
[5] e dite: «Quando passerà la luna nuova,
cosicché possiamo vendere grano,
e il sabato, cosicché possiamo smerciare
il frumento,
rimpicciolendo l'efa e ingrandendo il siclo
e falsificando bilance per frodare,
[6] acquistando per argento i miseri
e il povero col prezzo di due sandali?
Anche il cascame del frumento
venderemo».
[7] Il Signore ha giurato per l'orgoglio
di Giacobbe:
non dimenticherò sino alla fine nessuna
delle vostre opere.
[8] Forse che per questo non tremerà
la terra
e non farà lutto ogni abitante in essa?
Salirà tutta come il Nilo e s'ingrosserà,
e sarà risucchiata come il Nilo d'Egitto.

Terrore nel giorno del Signore

[9] In quel giorno, oracolo del Signore Dio:
farò tramontare il sole a mezzo il giorno
e ottenebrerò la terra a mezzo
di un giorno luminoso,
[10] stravolgerò le vostre festività in lutto
e tutti i vostri cantici in lamentazione,
farò mettere su tutti i fianchi sacco
e sopra ogni testa rasatura,
ne farò come un lutto d'unigenito,
e la sua fine sarà come un giorno amaro.

Fame della parola e silenzio del Signore

[11] Ecco: giorni stanno arrivando,
oracolo del Signore Dio,

in cui manderò la fame sulla terra:
non fame di pane né sete di acqua,
bensì di ascoltare le parole del Signore.
¹² Andranno barcollando da mare a mare
e vagheranno da settentrione a oriente
per cercare la parola del Signore,
ma non la troveranno.

Castigo per il culto illecito

¹³ In quel giorno verranno meno le vergini
belle
e gli adolescenti per la sete.
¹⁴ Essi, che giurano per la colpa di Samaria,
e dicono: «Per la vita del tuo dio,
o Dan»;
o: «Per la vita del tuo diletto, Bersabea»,
cadranno e non si rialzeranno più.

9 Quinta visione: la distruzione

¹ Vidi il Signore ritto sopra l'altare.
Egli disse: Colpisci il capitello e crollino
gli architravi
e fendili sopra la testa di tutti loro;
quanti tra loro sopravvivranno
con la spada li trucidërò.
Non fuggirà tra loro un sol fuggitivo
né scamperà tra loro un solo scampato.
² Se si apriranno un varco negl'inferi,
di laggiù la mia mano li afferrerà;
se saliranno al cielo, di lassù li tirerò giù;
³ se si nasconderanno sulla vetta
del Carmelo,
di là li cercherò e li prenderò;
se si rinchiuderanno davanti ai miei
occhi sul fondo del mare,
fin là comanderò al serpente
e li morderà;
⁴ se andranno tra i prigionieri in faccia
ai loro nemici,
fin là comanderò alla spada e li trucidërà.
Porrò i miei occhi su di loro
per la sventura e non per la prosperità.

Terza «dossologia»

⁵ Il Signore Dio delle schiere,
è lui che tocca la terra e si squaglia,
fanno lutto tutti gli abitanti in essa;
essa si solleva tutta come il Nilo,
e come il Nilo d'Egitto s'abbassa.
⁶ È lui che costruisce nei cieli le sue
soglie,

e sulla terra la sua volta ha fondato;
è lui che chiama le acque del mare
e le riversa sulla faccia della terra:
Signore è il suo nome.

Senso dell'elezione divina

⁷ Non siete voi per me come gli Etiopi,
figli d'Israele? Oracolo del Signore.
Non ho forse fatto salire Israele
dalla terra d'Egitto,
i Filistei da Caftòr, e gli Aramei da Kir?
⁸ Ecco: gli occhi del Signore Dio
sopra il regno peccatore:
lo estirperò via dalla faccia del mondo.
Ma non del tutto estirperò la casa
di Giacobbe.
Oracolo del Signore.

Estensione del castigo

⁹ Poiché ecco: proprio io sto per dare
un comando,
e scuoterò in mezzo a tutte le genti
la casa d'Israele,
così come si scuote il setaccio;
e non cadrà un ciottolino a terra.
¹⁰ Per la spada morranno tutti i peccatori
del mio popolo,
essi che dicono: Non farai avvicinare
né farai arrivare in mezzo a noi
la sventura.

Restaurazione d'Israele

¹¹ In quel giorno: Rimetterò in piedi
le capanne cadenti di Davide,
murerò le loro brecce, ne rimetterò
in piedi le rovine,
le edificherò come nei giorni antichi,
¹² affinché essi ereditino il resto di Edom
e tutte le genti sulle quali è stato
proclamato il mio nome.
Oracolo del Signore, che sta per far questo.

---

9. - ⁷· Israele si riteneva al sicuro dalla distruzione
perché si credeva il popolo eletto da Dio. Il profeta fa
presente che Dio lo aveva eletto per pura bontà, potendo eleggere qualunque altro popolo, perché è Signore di tutti. Perciò Israele non ha di per sé nessun
diritto speciale. Poteva confidare nella protezione
particolare di Dio se avesse assecondato i suoi disegni, ma poiché l'ha abbandonato, sarà punito come
tutti gli altri.

⁸⁻⁹· *Non del tutto estirperò...*: è il pensiero dei profeti che si ripete; Dio conserverà un «resto» del popolo che fu suo.

I giorni futuri

13 Ecco: giorni stanno arrivando,
   oracolo del Signore,
   che l'aratore raggiungerà il mietitore
   e il pigiatore di grappoli lo spargitore
      della semente:
   i monti stilleranno mosto e tutti i colli
      si liquefaranno.
14 Farò tornare gli esuli del mio popolo

Israele,
edificheranno città devastate
   e vi abiteranno,
pianteranno vigneti e ne berranno vino,
coltiveranno frutteti e ne mangeranno
   il prodotto.
15 Li pianterò sopra il loro territorio,
   e non saranno più sradicati dal suolo che
      io ho donato loro,
ha detto il Signore tuo Dio.

ABDIA

*Con i suoi soli 21 versetti, il libro di Abdia (il nome significa «servo di Dio») è il più bre-
ve scritto dell'Antico Testamento. La sua collocazione storica è in pratica indefinibile
(gli studiosi oscillano nella datazione dal IX al II secolo a.C.). Inoltre buona parte di esso,
vv. 2-9, si ritrova in Ger 49,7-22.*

*Abdia presenta un grandioso «giudizio» su Edom, perché questa regione, confinante con
la Giudea, aveva approfittato della caduta di Gerusalemme per annettere parte della Giudea meridionale. Con questo «giudizio» il profeta annuncia la presenza e l'intervento di
Dio a favore non solo della giustizia individuale, ma anche comunitaria e collettiva.*

Visione di Abdia. - ¹Visione di Abdia. Così
dice il Signore per Edom:

«Ho inteso un messaggio del Signore
e un messaggero è stato inviato
    tra le nazioni:
In piedi! Marciamo contro di lui!
Alla guerra!».

Sentenza contro Edom

² Ecco, ti rendo piccolo tra le nazioni;
tu sei disprezzato al massimo!
³ L'orgoglio del tuo cuore ti ha ingannato!
Chi abita nei crepacci della roccia,
chi ha posto in alto la sua dimora,
ripete in cuor suo: «Chi mi trarrà giù?».
⁴ Se tu t'innalzi come l'aquila
e se tu poni il tuo nido nelle stelle:
di lassù ti faccio scendere,
oracolo del Signore!

Edom è annientato

⁵ Se i ladri penetrano dentro di te
o gli scassinatori notturni,
— come stai tranquillo! —
non rubano forse quanto loro basta?
Se i vendemmiatori vengono in te,
non ti lasciano nemmeno qualche
    grappolo!
⁶ Come è stato frugato Esaù,
rovistati i suoi ripostigli!

⁷ Ti hanno ricacciato fino alla frontiera;
tutti i tuoi alleati ti hanno ingannato!
Ti hanno sopraffatto i tuoi amici,
i tuoi commensali ti tendono agguati!
— In lui non c'è intelligenza —.
⁸ In quel giorno, dice il Signore,
non cancellerò forse i saggi di Edom,
l'intelligenza dalla montagna di Esaù?
⁹ I tuoi eroi saranno presi da panico,
    Teman,
perché ogni uomo sia cancellato
    dalla montagna di Esaù.

Colpe di Edom

¹⁰ Per il massacro, per la violenza contro
    tuo fratello Giacobbe,
ti ricoprirà la vergogna e sarai estirpato
    per sempre!
¹¹ Il giorno in cui te ne stavi in disparte,
gli stranieri depredavano ogni suo avere,
estranei penetravano dentro le sue
    porte
e gettavano la sorte su Gerusalemme:
tu pure eri come uno di loro!
¹² Non rallegrarti del giorno di tuo fratello,
del giorno della sua sventura!
Non gioire sopra i figli di Giuda
nel giorno della loro rovina!
Non spalancare la tua bocca
nel giorno dell'angoscia!
¹³ Non oltrepassare la porta del mio popolo
nel giorno della sua sventura!

Non rallegrarti tu pure per la sua
   disgrazia
nel giorno della sua sventura!
Non stendere la mano sopra i suoi beni
nel giorno della sua angoscia!
[14] Non ti mettere sulla breccia
per massacrare chi cerca scampo,
non fermare chi cerca di evadere
nel giorno della calamità!
[15] Perché è vicino il giorno del Signore
contro tutte le nazioni!
Quello che hai fatto sarà fatto a te,
le tue azioni ricadranno sulla tua testa!

Gerusalemme avrà la rivincita

[16] Sì! Come avete bevuto sopra il mio santo
   monte,
così berranno tutte le nazioni
   per sempre!
Berranno, si inebrieranno, diventeranno
come se non fossero mai state!
[17] Ma sul monte Sion vi saranno
dei superstiti
— e sarà un luogo santo —
e la casa di Giacobbe s'impadronirà
di quelli che l'hanno occupata!
[18] La casa di Giacobbe sarà il fuoco,
la casa di Giuseppe la fiamma
e la casa di Esaù sarà stoppa:
la incendieranno e la divoreranno;
non rimarrà un superstite alla casa
   di Esaù!
Il Signore ha parlato!

Il nuovo Israele

[19] Quelli del Negheb occuperanno
   la montagna di Esaù,
quelli della Sefela, terra dei Filistei,
occuperanno il territorio di Efraim
e la campagna di Samaria,
e Beniamino occuperà il Gàlaad.
[20] Gli esuli di quell'esercito, i figli
   d'Israele,
occuperanno Canaan fino a Zarepta;
e gli esuli di Gerusalemme che sono
   in Sefaràd
occuperanno le città del Negheb!
[21] Saliranno vittoriosi al monte Sion,
per giudicare la montagna di Esaù.
E al Signore apparterrà il regno!

GIONA

Il libro di Giona (che significa «colomba») ha suscitato molte discussioni tra gli studiosi. Infatti poco si sa di questo personaggio che sarebbe vissuto sotto Geroboamo II (2Re 14,25).

Generalmente la composizione di questo libro è posta dopo l'esilio, V-IV secolo a.C., e ciò deve mettere in guardia dall'interpretare i fatti in esso narrati come storici nel senso che noi moderni diamo a questo termine. È meglio parlare di storia profetica nel senso che viene narrata qui una vicenda (conversione di un re e di una città) che certamente può essere accaduta e che il profeta adotta e amplifica per dimostrare e visualizzare un atteggiamento benefico di Dio verso i non Ebrei e un atteggiamento religioso dei non Ebrei verso il Dio biblico, che è Dio di tutti. Nessuno in Israele deve considerarsi esclusivo detentore della salvezza: il «viaggio» di Giona a Ninive, la capitale nemica, dimostra che per tutti c'è la possibilità di udire la «parola». Neppure la morte (espressa nel testo di Giona dal pesce che inghiotte il profeta) riesce a trattenere una verità così degna di Dio e dell'uomo e così gratuita come la salvezza!

Questa dimostrazione esemplare è la caratteristica del libro di Giona ed è ciò che dà a questo piccolo libro una dimensione universale.

1

Giona disobbedisce a Dio. - [1]La parola del Signore fu rivolta a Giona, figlio di Amittai. Gli disse: [2]«Su, va' nella grande città di Ninive e proclama contro di essa che la loro malvagità è salita fino a me!».

[3]Giona partì, ma per fuggire a Tarsis, lontano dalla presenza del Signore. Scese a Giaffa e, trovata una nave che partiva per Tarsis, pagò la sua quota e vi salì per andare con loro a Tarsis, lontano dalla presenza del Signore.

Giona è gettato in mare. - [4]Il Signore allora lanciò un forte vento sul mare e si levò una grande tempesta, cosicché la nave minacciava di sfasciarsi.

[5]I marinai, spaventati, si misero a gridare ciascuno al suo dio e lanciarono in mare gli oggetti che erano sulla nave per alleggerirla. Giona invece era sceso nelle parti più appartate della nave e, adagiatosi, dormiva profondamente.

[6]Il capo della ciurma, avvicinatosi a lui, gli disse: «Perché dormi? Àlzati, invoca il tuo Dio, se mai Dio si prenda cura di noi e

non abbiamo a morire!». [7]Intanto si dicevano l'un l'altro: «Venite, gettiamo le sorti per conoscere a causa di chi ci è venuta questa disgrazia!». Gettarono le sorti e la sorte cadde su Giona. [8]Allora gli domandarono: «Svelaci qual è la tua destinazione e da dove vieni; qual è il tuo paese e qual è il tuo popolo». [9]Rispose loro: «Io sono un ebreo e temo il Signore, Dio del cielo, che ha fatto il mare e la terra!». [10]Quegli uomini ebbero gran timore e gli domandarono: «Che hai fatto?». Infatti erano venuti a sapere che egli fuggiva lontano dalla presenza del Signore, come aveva svelato loro. [11]Gli domandarono: «Che dobbiamo farti affinché il mare si calmi sopra di noi?». Il mare infatti diventava sempre più furioso. [12]Rispose loro: «Prendetemi e gettatemi in mare. Così il mare si calmerà sopra di voi! Riconosco infatti che per causa mia è venuta su di voi questa grande tempesta!». [13]Essi tentarono di ritornare a terra, ma invano, perché il mare diventava sempre più furioso sopra di loro. [14]Allora invocarono il Signore e dissero: «Deh, Signore! Che non abbiamo a perire noi a causa di quest'uomo e non far ricadere su di noi sangue innocente! Tu infatti, o Signore, hai agito secondo il tuo beneplacito!». [15]Poi presero Giona e lo gettarono in mare; allora il mare si calmò dal suo sdegno. [16]Poi quegli uomini, presi da un grande timore del Signore, offrirono un sacrificio al Signore e fecero voti.

2 Giona loda la misericordia di Dio che lo ha salvato. - [1]Il Signore dispose che un grosso pesce divorasse Giona. Così Giona rimase nel ventre del pesce tre giorni e tre notti. [2]Allora Giona levò la preghiera al Signore suo Dio dal ventre del pesce [3]e disse:

«Ho invocato dal mio carcere
il Signore ed egli mi ha risposto;
dal profondo degl'inferi ho gridato
e ha ascoltato il mio grido.
[4] Tu mi avevi scaraventato nel cuore
dei mari
e un torrente mi aveva circondato;
tutti i tuoi flutti e le tue onde
si erano riversati su di me!
[5] Io ho pensato: sono stato cacciato
dalla tua presenza;
eppure continuerò a guardare verso
il tuo santo tempio.
[6] Le acque mi avevano circondato
fino al collo,
l'abisso mi aveva avvolto;
le alghe si erano attorcigliate al mio
capo.
[7] Ero disceso alle radici delle montagne,
in un paese sotterraneo e i suoi
catenacci
mi avrebbero rinchiuso per sempre.
Ma tu hai tratto dalla fossa la mia vita,
o Signore, mio Dio!
[8] Quando la vita si affievoliva in me,
mi sono ricordato del Signore:
è giunta a te la mia preghiera
nel tuo santo tempio.
[9] Coloro che adorano gli idoli
abbandonano la loro grazia.

[10] Io con voce di lode ti offrirò sacrifici,
ciò che ho promesso io compio.
La salvezza è del Signore!».

[11]Allora il Signore ordinò al pesce di restituire Giona sulla spiaggia.

3 Dio perdona ai Niniviti. - [1]La parola del Signore fu rivolta a Giona per la seconda volta. Gli disse: [2]«Su, va' nella grande città di Ninive e annunziale il messaggio che io ti dico!».

[3]Giona si mise in cammino per andare a Ninive secondo la parola del Signore. Ninive era una città molto grande, lunga tre giorni di cammino. [4]Giona, dopo essersi inoltrato in città per il cammino di un giorno, proclamò: «Ancora quaranta giorni e Ninive sarà distrutta!». [5]I Niniviti credettero a Dio e proclamarono un digiuno, vestendosi di sacco dai più grandi ai più piccoli.

[6]Quando la notizia arrivò al re di Ninive, egli si levò dal suo trono, si tolse di dosso il manto reale, si vestì di sacco e andò a sedersi sulla cenere. [7]Egli fece bandire in Ninive per decreto del re e dei suoi grandi: «Uomini e bestiame grande e piccolo non gusteranno alcunché, non pascoleranno e non berranno acqua! [8]Ci si copra di sacchi e si invochi Dio con forza! Ognuno si converta dalla sua condotta cattiva e dalla violenza di cui ha macchiato le mani! [9]Chissà che Dio non si ravveda e cambi, cosicché receda dall'ardore della sua ira e non periamo!».

[10]Dio vide le loro azioni, che cioè si erano convertiti dalla loro condotta cattiva. Dio allora si pentì del male che aveva detto di far loro e non lo fece.

4 Giona dialoga con Dio sulla misericordia. - [1]Ma ciò dispiacque molto a Giona, che si irritò. [2]Egli pregò il Signore e disse: «Deh, Signore! Non era forse questo il mio pensiero, quando ero ancora nel mio paese? Per questo io la prima volta ero fuggito a Tarsis, perché sapevo che tu sei un Dio pietoso e misericordioso, longanime e di molta grazia e che ti penti del male! [3]Or dunque, Signore, prendi la mia vita, perché è meglio per me morire che vivere!». [4]Il Signore rispose: «È giusta la tua collera?».
[5]Allora Giona uscì dalla città e si sedette

3. - [10.] Dio, mandando un suo profeta alla nazione nemica del popolo eletto per salvarla, mostra d'essere Dio di tutte le nazioni, non soltanto d'Israele, e di volere la salvezza di tutte le genti. La conversione dei pagani all'udire la parola di un profeta d'Israele doveva suonare come condanna per Israele che non dava ascolto ai profeti del Signore.

di fronte alla città. Si costruì una capanna e vi sedette dentro all'ombra per vedere cosa sarebbe capitato alla città. [6]Ma il Signore Dio procurò un ricino che crebbe al di sopra di Giona, perché vi fosse ombra sopra la sua testa e fosse liberato dal suo male. Giona si rallegrò molto del ricino.

[7]Al sorgere dell'aurora del giorno dopo Dio inviò un verme; esso rose il ricino che si seccò. [8]Quando spuntò il sole, Dio procurò un turbinoso vento orientale cosicché il sole dardeggiò sulla testa di Giona. Egli si sentì venir meno e chiese di

morire dicendo: «È meglio per me morire che vivere!». [9]Dio disse a Giona: «È giusto che tu sia irritato per il ricino?». Rispose: «Sì, è giusto che io mi irriti fino a morirne!». [10]Il Signore soggiunse: «Tu hai compassione del ricino, per il quale non hai faticato e che non hai fatto crescere; poiché in una notte è sorto e in una notte è finito! [11]E io non dovevo aver pietà della grande città di Ninive, nella quale ci sono più di centoventimila esseri umani che non distinguono la destra dalla sinistra e tanto bestiame?».

MICHEA

Michea è nativo di Morèset, piccolo centro agricolo del regno di Giuda. La sua origine contadina lo equipara negli atteggiamenti e nelle modalità del suo messaggio al profeta Amos, di cui è contemporaneo. Svolse il ministero profetico nella seconda metà del secolo VIII.

Il libro di Michea si può dividere in tre grandi discorsi introdotti dalla formula «Ascoltate»: il primo (cc. 1-2) è un discorso contro Israele e Giuda; il secondo (cc. 3-4) è un insieme di minacce, contenente anche un annuncio di salvezza; il terzo (cc. 6-7) sviluppa il genere letterario del «processo» in una disputa tra Dio e il popolo eletto.

Michea è un tenace assertore della giustizia sociale. Così egli trova, nel popolo biblico, una colpevolezza che investe tutte le classi e gli strati sociali: ricchi e commercianti, amministratori e giudici, sacerdoti e profeti. Ad essi il profeta rimprovera la ricerca disonesta del profitto, l'ingiustizia nell'esercizio della loro funzione e la corruzione. Per essi Michea annuncia il «giudizio» di Dio: Samaria sarà distrutta (1,6-7) e Gerusalemme diventerà un mucchio di rovine (3,12).

Ma, come ogni profeta, egli annuncia anche una futura ripresa del popolo di Dio guidato dal suo inviato che sorgerà da Betlemme (5,1-5).

PRIMO DISCORSO

1 **Introduzione.** - ¹Parola del Signore, indirizzata a Michea di Morèset, al tempo di Iotam, Acaz, Ezechia, re di Giuda. Visione che egli ebbe intorno a Samaria e a Gerusalemme.

Giudizio contro Samaria

2 Ascoltate voi, popoli tutti!
  Fa' attenzione, terra, con quanto
    ti riempie!
  Il Signore è testimone contro di voi,
  il Signore, dal santo suo tempio!
3 Sì! Eccolo, esce dalla sua dimora,
  discende sopra le sommità della terra!
4 Le montagne si sgretolano sotto di lui,
  le valli si incurvano
  come cera davanti al fuoco,
  come acqua che scorre verso il basso!
5 Tutto ciò per colpa di Giacobbe,
  per il peccato della casa d'Israele!
  Qual è il peccato di Giacobbe?
  Non è forse Samaria?

E qual è il peccato della casa di Giuda?
Non è forse Gerusalemme?
6 Io farò di Samaria una rovina in mezzo
    a un campo,
  terreni per piantarvi una vigna;
  farò rotolare a valle le sue pietre
  e scalzerò i suoi fondamenti.
7 Tutte le sue statue saranno infrante,
  tutti i suoi guadagni distrutti dal fuoco;
  tutti i suoi idoli io li ridurrò a nulla;
  perché guadagnati con il guadagno
    da prostituta,
  ritorneranno guadagno da prostituta!

Lamento sopra le città della pianura

8 Per questo io mi lamento e gemo,
  vado scalzo e svestito,
  faccio lamento come gli sciacalli
  e lutto come gli struzzi:
9 perché il castigo del Signore
    è ineluttabile,
  arriva sino a Giuda,
  batte fino alla porta del mio popolo,
  fino a Gerusalemme!

¹⁰ A Gat, non lo proclamate, ma piangete,
   soltanto piangete!
A Bet-le-Afrà avvoltolatevi nella polvere!
¹¹ Suona per te la tromba, tu che abiti
   a Safìr!
Dalla città non esce la popolazione
   di Zaanàn!
Bet-Èzel è strappata dal suo fondamento,
dal suo solido sostegno!
¹² Come può attendere il bene colei che
   abita a Maròt,
se è sceso il male da parte del Signore
alle porte di Gerusalemme?
¹³ Attacca il corsiero al cocchio, tu che
   abiti in Lachis!
Essa è stata per la figlia di Sion l'inizio
   del peccato,
perché in te si trovano le colpe
   d'Israele!
¹⁴ A te è stata versata una dote,
   Morèset-Gat.
Bet-Aczìb sarà una delusione per i re
   d'Israele!
¹⁵ Chi ti conquista tornerà di nuovo, tu che
   abiti in Maresà!
Fino ad Adullàm giungerà chi farà
   scomparire la gloria d'Israele!
¹⁶ Stràppati i capelli, ràsati
   per i figli che erano la tua gioia!
Dilata la tua calvizie come l'avvoltoio,
perché sono deportati lontano da te!

2 Contro gli accaparratori

¹ Guai a chi trama l'iniquità,
   a chi progetta il male sul suo letto!
Dallo spuntar del mattino lo eseguono,
perché è in potere delle loro mani!
² Essi bramano campi
   e se ne impadroniscono;
le case e le prendono.
Si impossessano così di un uomo
   e della sua casa,
di un individuo e della sua proprietà.
³ Per questo così dice il Signore:
Ecco io tramo contro questa genìa
   una sventura,
da cui non potrete sottrarre i vostri colli
né potrete marciare a testa alta,
perché sarà tempo di sventura!
⁴ In quel giorno si comporrà su di voi
   una satira,
si canterà un lamento e si dirà:
«Siamo spogliati di tutto;

l'eredità del mio popolo è misurata
   con la fune;
né c'è chi può restituirgliela;
a chi ci spoglia sono assegnati i nostri
   campi!».
⁵ Perciò non ci sarà per voi nessuno
   che getti la corda per il sorteggio
   nell'assemblea del Signore!

Contro il profeta di sventura

⁶ «Non vaticinate! — essi vaticinano; —
   non vaticinate tali cose!
L'obbrobrio non ci capiterà!
⁷ Sarà forse maledetta la casa di Giacobbe?
È forse venuta meno la pazienza
   del Signore?
È forse questo il suo modo di agire?
Non sono forse benevole le sue parole
   per il suo popolo Israele?».
⁸ Voi contro il mio popolo vi siete levati
   come un nemico!
Al pacifico voi togliete il mantello;
a chi cammina sicuro voi portate
   la guerra!
⁹ Voi cacciate le donne del mio popolo
   dalle case che esse amavano;
voi togliete ai loro bambini
   l'onore che ho loro concesso
   in perpetuo!
¹⁰ In piedi! Avanti! Non è qui il riposo!
Per un niente voi esigete un pegno
   insopportabile!
¹¹ Se ci fosse un ispirato che proferisse
   la menzogna:
«Ti profetizzo in virtù del vino
   e della birra!»,
egli sarebbe il profeta di questo popolo.

Promessa della restaurazione

¹² Io riunirò tutto quanto Giacobbe,
   raccoglierò il resto d'Israele!
Li porrò insieme come gregge
   nello stazzo;
come armento in mezzo al pascolo
non avranno paura di nessuno.
¹³ Davanti a loro avanza il capofila;
dietro a lui esse entrano ed escono;

---

2. - ⁶⁻⁷. Sono parole dei grandi: essi non credono alle minacce del profeta, persuasi che Dio non lascerà andare in rovina la sua città.
⁸⁻¹⁰. Elenco delle angherie dei potenti ai danni dei deboli: pretendono da chi non ha e tolgono tutto come se a loro fosse dovuto.

davanti a loro avanza il loro re:
il Signore è alla loro testa!

SECONDO DISCORSO

3 Contro capi e magistrati

1 Poi io dissi: «Ascoltate, capi di Giacobbe,
magistrati della casa d'Israele!
Non spetta forse a voi il diritto?
2 Nemici del bene e amici del male,
voi strappate loro la pelle di dosso,
la carne dalle loro ossa».
3 Essi divorano la carne del mio popolo,
e spezzano loro le ossa;
li squartano come carne nella marmitta,
come carne nella pentola.
4 Allora grideranno al Signore,
ma non risponderà loro;
egli volgerà altrove la faccia,
a causa dei delitti che han commesso!

Contro i falsi profeti

5 Così parla il Signore contro i profeti
che fanno deviare il suo popolo:
Se han qualcosa da mettere tra i loro
denti
essi proclamano la pace.
Ma a chi non mette loro niente in bocca
essi dichiarano la guerra!
6 Perciò c'è notte per voi: niente visione;
per voi le tenebre: niente divinazione;
il sole tramonta per i profeti
e il giorno si oscura su di loro.
7 I veggenti saranno ricoperti di vergogna,
e chi spiega gli oracoli di confusione;
si copriranno la barba tutti quanti,
perché non c'è risposta del Signore!
8 Io invece sono ripieno di forza,
dello spirito del Signore, di giustizia
e coraggio

per annunziare a Giacobbe il suo delitto,
a Israele il suo peccato!

Gerusalemme e il tempio saranno distrutti!

9 Ascoltate dunque questo, capi della casa
di Giacobbe,
funzionari della casa d'Israele,
voi che avete in abominio il diritto
e pervertite quello che è retto;
10 che costruite Sion col sangue
e Gerusalemme col delitto!
11 I suoi capi fanno giustizia per regali
e i suoi sacerdoti decidono dietro
compenso;
i suoi profeti vaticinano per denaro;
si appoggiano sul Signore dicendo:
Il Signore non è forse in mezzo a noi?
La sventura non verrà su di noi!
12 Perciò, per colpa vostra,
Sion sarà un campo da arare,
Gerusalemme sarà un mucchio di rovine
e la montagna del tempio un'altura
selvaggia!

4 Regno universale del Signore

1 Alla fine dei giorni avverrà:
il monte della casa del Signore
starà solido sulla cima dei monti,
alto più delle colline.
Affluiranno verso di lui i popoli,
2 numerose nazioni si incammineranno
e diranno:
«Venite, saliamo al monte del Signore,
alla casa del Dio di Giacobbe,
che ci insegni le sue vie
e noi camminiamo nei suoi sentieri».
Perché da Sion viene la legge
e la parola del Signore da Gerusalemme!
3 Egli governerà numerosi popoli
e sarà arbitro di potenti nazioni.
Essi trasformeranno le loro spade
in vomeri,
le loro lance in falci;
un popolo non leverà più la spada
contro un altro,
né ci si eserciterà più alla guerra.
4 Ciascuno starà seduto sotto la sua vite
e sotto il suo fico, senza esser molestato!
Sì! La bocca del Signore ha parlato!
5 Sì! Tutti i popoli marciano,
ciascuno nel nome del suo dio;

---

3. - 12. Michea è il primo dei profeti che osa annunziare apertamente la completa rovina di Gerusalemme e del tempio. Geremia ripeterà queste minacce e lo vorranno condannare come bestemmiatore; ma i suoi amici, per difenderlo, ricorderanno appunto che già Michea aveva profetizzato le stesse cose (cfr. Ger 26,18s) e non gli avevano fatto nulla di male.

4. - 1-3. Questi versetti si trovano anche in Isaia (2,2-4). È una delle più belle e sublimi profezie messianiche.

noi marciamo nel nome del Signore,
nostro Dio in eterno e sempre!

Raccolta a Sion del gregge disperso

⁶ In quel giorno, oracolo del Signore,
    raccoglierò gli zoppicanti, riunirò
        i dispersi
    e quelli che ho maltrattato!
⁷ Io farò degli zoppi un resto
    e degli stanchi un popolo potente!
    Il Signore regnerà su loro sulla montagna
        di Sion
    da ora e per sempre!
⁸ E tu, Torre del gregge, colle della figlia
        di Sion,
    a te ritornerà la sovranità d'un tempo,
    la regalità della casa d'Israele!

La dura necessità dell'esilio

⁹ Ora perché gridi così forte?
    In te non c'è forse un re?
    Sono forse periti i tuoi consiglieri,
    ché ti han colto le doglie come
        una partoriente?
¹⁰ Contorciti e lamentati,
    figlia di Sion, come la partoriente,
    perché ora dovrai uscire dalla città
    e dimorare nella campagna.
    Tu andrai fino a Babilonia,
        là tu sarai liberata;
        là ti riscatterà il Signore dal pugno
            dei tuoi nemici!

I nemici in Sion come covoni sull'aia

¹¹ Ora si sono riunite contro di te
    numerose nazioni.
    Esse dicono: «Sia profanata!
    Il nostro occhio si sazi della rovina
        di Sion!».
¹² Costoro non hanno capito
    i disegni del Signore;
    non hanno indovinato il suo piano:
    li ha raccolti come i covoni sull'aia!
¹³ In piedi! Batti il frumento, figlia
        di Sion,
    perché la tua fronte la renderò di ferro,
    le tue unghie le renderò di bronzo
    e tu ridurrai in polvere molte nazioni!
    Voterai al Signore le loro rapine
    e le loro ricchezze al Signore di tutta
        la terra!

Da Efrata verrà il re!

¹⁴ Ora raccogli le truppe, figlia
        della truppa:
    essi hanno posto l'assedio contro di noi!
    Con la verga colpiscono sulla guancia
    il giudice d'Israele!

5 ¹Ma tu Betlemme di Efrata,
    la più piccola tra i clan di Giuda,
    da te uscirà per me
    colui che dovrà regnare sopra Israele!
    Le sue origini sono da tempo remoto,
    dai tempi antichi!
² Per questo Dio li abbandonerà
    finché una partoriente non avrà partorito.
    Allora il resto dei suoi fratelli ritornerà
    ai figli d'Israele!
³ Egli si leverà e li condurrà al pascolo,
    per la potenza del Signore,
    per la maestà del nome del suo Dio!
    Essi abiteranno sicuri perché allora
        stenderà la sua potenza
    fino ai confini della terra!
⁴ Egli stesso sarà la sua pace!
    Se Assur invaderà la nostra terra
    e se calpesterà il nostro suolo,
    noi susciteremo contro di lui sette pastori
    e otto capi di uomini!
⁵ Essi governeranno Assur con la spada
    e la terra di Nimròd con la lancia!
    Egli ci libererà da Assur,
    se invaderà la nostra terra e calpesterà
        il nostro suolo!

Il resto di Giacobbe e le nazioni

⁶ Il resto di Giacobbe,
    in mezzo a numerose nazioni,
    sarà come rugiada che viene dal Signore,
    come gocce d'acqua sull'erba,
    perché non spera nell'uomo,
    né attende nulla dai figli dell'uomo.
⁷ Il resto di Giacobbe,

---

5. - ¹⁻⁵. La profezia ha come sfondo l'oracolo di Natan (2Sam 7) sul trono eterno di Davide, originario di Betlemme (1Sam 17,12). Il *tempo remoto*, o i *tempi antichi*, possono indicare l'antichità del clan familiare di Davide, ma meglio ancora i segreti disegni di Dio sulla sua famiglia. Da un discendente di questa, infatti, si attendeva la piena realizzazione della salvezza per Israele. Nella nascita di Gesù a Betlemme la prima comunità cristiana vide il compimento di questo testo profetico che Mt 2,6 modifica leggermente: *Betlemme... tu non sei la più piccola...*

in mezzo a numerose nazioni,
sarà come il leone tra gli animali
  della foresta,
come il leoncello tra i montoni
  del gregge:
quando passa abbatte,
sbrana e nessuno gli toglie la preda!
8 Si leverà la tua mano sui tuoi avversari
e tutti i tuoi nemici saranno annientati.

Idolatria e potenza umana scompariranno

9 In quel giorno, dice il Signore,
farò scomparire di mezzo a te i tuoi
  cavalli,
e distruggerò i tuoi carri;
10 distruggerò le città della tua terra
e abbatterò tutte le tue fortezze;
11 strapperò dalla tua mano i tuoi sortilegi
e non avrai più indovini;
12 distruggerò le tue statue
e le tue stele di mezzo a te.
Tu non ti prostrerai più
davanti all'opera delle tue mani.
13 Estirperò i tuoi pali sacri di mezzo a te
e distruggerò i tuoi idoli.
14 Prenderò vendetta con ira e con furore
delle nazioni che non hanno obbedito!

TERZO DISCORSO

6 Ingratitudine d'Israele

1 Ascoltate dunque la parola
che il Signore sta per pronunziare:
«Lèvati! Fa' il processo davanti
  alle montagne
e le colline odano la tua voce!».
2 Udite, montagne, l'accusa del Signore!
Porgete orecchio, fondamenta
  della terra!
Perché il Signore apre il processo
  con il suo popolo
e ha lite con Israele!
3 Popolo mio, che ti ho fatto?
In che ti ho nuociuto? Rispondimi!
4 Io ti ho fatto salire dalla terra d'Egitto
e ti ho riscattato dalla casa di schiavitù!
Ho inviato davanti a te Mosè,
Aronne e Maria con lui!
5 Popolo mio, ricorda le trame di Balàk,
  re di Moab,
e che cosa gli ha risposto Bàlaam,
  figlio di Beor,

nella tua marcia da Sittìm a Gàlgala,
per riconoscere le meraviglie
  del Signore!
6 Con che mi presenterò davanti
  al Signore,
mi incurverò davanti al Dio Altissimo?
Mi presenterò a lui con olocausti,
con giovenchi di un anno?
7 Può gradire il Signore migliaia
  di montoni,
miriadi di rivoli d'olio?
Dovrò offrire il mio primogenito
  per il mio delitto,
il frutto del mio seno per il mio
  peccato?
8 Ti è stato annunziato, o uomo, ciò che
  è bene
e ciò che il Signore cerca da te:
nient'altro che compiere la giustizia,
  amare con tenerezza,
camminar umilmente con il tuo Dio!

Contro le frodi sociali

9 Voce del Signore! Egli grida alla città:
«Ascoltate, tribù e assemblea della città,
12 i cui ricchi sono pieni di violenza
e i cui abitanti proferiscono menzogna!
10 Posso io sopportare un *bat* ingiusto
e un'efa diminuita, abominevole?
11 Posso io giustificare le bilance empie
e una borsa con pesi alterati?
13 Anch'io comincio a percuoterti,
a devastarti per i tuoi peccati!
15 Tu seminerai, ma non raccoglierai;
frantumerai le olive, ma senza ungerti
  d'olio;
farai il mosto, ma non berrai il vino!
14 Tu mangerai, ma non ti sazierai
e ci sarà la fame in mezzo a te;
se metterai da parte, non conserverai
  niente
e se conserverai qualcosa, lo darò
  alla spada!

Giuda come Samaria

16 Tu pratichi le usanze di Omri
e tutte le opere della casa di Acab!
Tu cammini secondo i loro princìpi,
cosicché farò di te un esempio
  terrificante,
dei tuoi abitanti un oggetto
  di derisione
e così porterete l'obbrobrio
  dei popoli!».

7 Corruzione generale

¹ Ohimè! Sono come uno che spigola
   d'estate,
   come uno che racimola
      dopo la vendemmia:
   non c'è un grappolo da mangiare,
   non un fico primaticcio per la mia
      voglia!
² Il pio è scomparso dalla terra
   e non c'è un giusto fra gli uomini!
   Tutti tendono insidie mortali,
   ognuno cerca d'ingannare il suo fratello!
³ Le loro mani sono rivolte a mal fare:
   per agir rettamente il funzionario esige,
   il giudice giudica dietro regalie
   e il grande parla secondo il suo interesse,
   benché cerchi di nasconderlo.
⁵ Non vi fidate del prossimo,
   non abbiate fiducia nell'amico;
   davanti a colei che dorme al tuo fianco
   guardati di aprire la tua bocca!
⁶ Perché il figlio insulta il padre,
   la figlia insorge contro sua madre,
   la nuora contro sua suocera,
   nemici di ognuno sono quelli di casa
      propria!
⁴ Tra loro il migliore è come un rovo,
   il più giusto come una spina.
   Il giorno del loro castigo arriva,
   ora ci sarà la loro confusione!
⁷ Ma io volgo lo sguardo verso il Signore,
   confido nel Signore, mio Salvatore,
   il mio Dio mi ascolterà!

Le sorti certamente si invertiranno!

⁸ Non ti rallegrare, o mia nemica!
   Se sono caduta, mi rialzerò!
   Se siedo in mezzo alle tenebre,
   il Signore è mia luce!
⁹ Io devo sopportare la collera del Signore,
   perché ho peccato contro di lui,
   finché non avrà discusso la mia lite
   e non mi avrà fatto giustizia.
   Egli mi farà uscire alla luce
   e vedrò le sue meraviglie!
¹⁰ La mia nemica vedrà e la ricoprirà
      la vergogna!
   Colei che mi ripete: «Dov'è il Signore
      tuo Dio?»

   i miei occhi la vedranno:
   allora sarà calpestata come il fango
      delle strade!

Annunzio della restaurazione

¹¹ Quando si ricostruiranno le tue mura,
   quel giorno si allargheranno i tuoi
      confini;
¹² quel giorno verranno fino a te
   dall'Assiria e dall'Egitto,
   da Tiro fino all'Eufrate,
   da mare a mare e da monte a monte!
¹³ La terra diventerà un deserto con i suoi
      abitanti,
   come frutto delle loro opere!

Preghiera per la restaurazione

¹⁴ Pasci il tuo popolo con la tua verga,
   il gregge della tua eredità,
   che dimora isolato in una foresta,
   in mezzo a prati ubertosi!
   Pàscolino in Basàn e in Gàlaad,
   come ai tempi antichi!
¹⁵ Come quando uscisti dall'Egitto,
   facci vedere le tue meraviglie!
¹⁶ Le nazioni vedranno e arrossiranno,
   nonostante tutta la loro potenza!
   Porteranno la mano alla bocca,
   le loro orecchie resteranno sorde!
¹⁷ Leccheranno la polvere come
      il serpente,
   come i rettili sopra la terra!
   Usciranno tremanti dai loro nascondigli,
   spaventati e atterriti davanti a te!

Certezza del perdono divino

¹⁸ Quale Dio è come te, che perdona
      la colpa
   e rimette il peccato;
   non conserva per sempre la sua ira
   e invece si compiace della benevolenza?
¹⁹ Egli avrà ancora pietà di noi, calpesterà
      le nostre colpe
   e getterà nei gorghi del mare tutti
      i nostri peccati!
²⁰ Sii fedele verso Giacobbe,
   conserva il tuo favore ad Abramo,
   come hai giurato ai nostri padri
   fin dai giorni lontani!

---

7. · Per una migliore compressione, il v. 4 è spostato dopo il v.6.

NAUM

Naum (abbreviazione di Nahumja, cioè «il Signore ha consolato») è nativo di Elcos, un villaggio localizzato da alcuni in Galilea, da altri in Giudea. Il suo breve libro canta la caduta di Tebe (capitale dell'Alto Egitto) per opera degli Assiri, 663 a.C., e la caduta di Ninive, 612 a.C.: queste due date delimitano l'epoca del profeta e gli avvenimenti descritti.

Il libro si compone di un salmo alfabetico (1,2-14), seguito dalla descrizione della caduta di Ninive e di Tebe (2,1 - 3,19).

Naum non si rivolge direttamente al popolo eletto: la sua opera profetica è rivolta a Ninive, la capitale dell'impero assiro, con tutto ciò che essa rappresentava per Israele e per l'antichità: invasione, distruzione e deportazione.

Ninive sarà distrutta e non risorgerà mai più, ma il Signore restaurerà Giuda e Israele (2,1-3).

1

¹Oracolo riguardante Ninive.
Libro della visione di Naum di Elcos.

Collera del Signore

Alef — ²ᵃIl Signore è un Dio geloso
e vendicatore,
ricco di collera.

Bet — ³Incede nel turbine
e nella tempesta
e le nubi sono la polvere dei suoi
piedi.

Ghimel — ⁴Minaccia il mare, lo asciuga
e fa seccare tutti i fiumi.

Dalet — Basàn e Carmelo inaridiscono
e la vegetazione del Libano appassisce.

He — ⁵Le montagne tremano davanti
a lui
e le colline vacillano.

Vau — La terra si scioglie davanti a lui,
il mondo e tutti i suoi abitanti.

Zain — ⁶Per il suo sdegno chi potrebbe
sostenerlo?
Chi resisterebbe all'ardente sua collera?

Het — Il suo furore divampa come fuoco
e le rocce si sgretolano davanti a lui.

Tet — ⁷Il Signore è buono per chi confida
in lui,
una fortezza nel tempo dell'assedio.

Jod — Il Signore conosce chi si rifugia in lui
⁸ e al sopraggiungere dell'inondazione
li scampa.

Kaf — Stermina chi insorge contro di lui,
perseguita i suoi nemici fin nelle tenebre!

Lamed — ⁹ᵇNon sorgeranno due volte
i suoi avversari,
¹⁰ᵃma saranno distrutti fino alle fondamenta.

Minacce contro Ninive

Mem — ⁹ᵃChe trame ordite contro
il Signore?
Egli le farà andare a vuoto.

---

1. - Gli spostamenti di vv. sono stati fatti per rendere più scorrevole il testo; omesso il v. 12, perché fuori contesto e diverso.

⁹ᵇ. *Non sorgeranno due volte...*: Dio non ha bisogno di ritornare per completare l'opera; al suo primo intervento il castigo sarà completo.

Nun — [2b]Il Signore fa la vendetta contro
i suoi avversari,
s'infiamma contro i suoi nemici!

Samech — [10b]Saranno annientati come
spine,
saranno del tutto divorati, come arida
paglia!

(Pe) — [11a]Da te è uscito colui che trama
malvagi disegni contro il Signore.

Ain — [13]Ora io spazzerò il suo giogo
di dosso a te
e romperò le tue catene!

Sade — [14a]Sentenzia il Signore a tuo
riguardo,
[11b]o uomo dai disegni malvagi:

Qof — [14b]«Renderò il tuo sepolcro
ignominioso,
perché sei maledetto;

Sin — il tuo nome non sarà più ricordato
né sorgerà più da te una stirpe;

Tau — saranno rimosse le immagini
scolpite e fuse
dal tempio delle tue divinità!».

2 La salvezza di Giuda è vicina

[1] Ecco! Sui monti
i piedi di chi proclama «Salvezza!».
Celebra, Giuda, le tue feste,
sciogli i tuoi voti!
Non ritornerà mai più
lo scellerato a passare attraverso te;
è del tutto annientato!
[3] Il Signore restaura la vigna di Giacobbe
e la vigna d'Israele;
i ladri li avevano depredati
e ne avevano distrutto i tralci.

Assalto contro Ninive

[2] Sale contro di te un devastatore!
Monta la guardia sullo spalto,
sorveglia il cammino, stringiti i fianchi,
raccogli tutte le forze!
[4] Lo scudo dei suoi prodi
è fiammeggiante,
i suoi valorosi sono vestiti di scarlatto;

per la lucentezza dei ferri splendono
i carri;
nel giorno dell'attacco i cavalieri
si agitano;
[5] per le strade sfrecciano i carri,
corrono alla rinfusa nelle piazze;
a vederli sono come fiaccole,
come folgori guizzano qua e là.
[6] Egli richiama le sue truppe scelte,
fino a spossarle durante la marcia;
si slanciano contro la sua cinta, il riparo
è già pronto,
la copertura di scudi è già formata.
[7] Le porte sul fiume si spalancano,
è in subbuglio il palazzo;
[8] si rimuove, emigra la signora,
e le sue ancelle gemono;
come un gemere di colombe
gemono sopra il loro petto.
[9] Ninive è come un serbatoio d'acqua
le cui acque scorrono via!
«Fermatevi! Fermatevi!».
Ma nessuno torna indietro!
[10] Depredate argento! Depredate oro!
I tesori sono infiniti!
Impadronitevi delle ricchezze,
d'ogni oggetto prezioso!
[11] Spoliazione! Saccheggio! Rapina!
Il cuore vien meno, le ginocchia
vacillano;
lo spavento è in tutti i cuori
e tutti i volti si scolorano!

Contro il leone di Assur

[12] Dov'è il covo dei leoni
e la caverna dei leoncini?
Il leone parte, resta la leonessa
con i leoncini, senza essere molestati.
[13] Il leone sbrana per i suoi cuccioli,
squarta per le sue leonesse;
riempie di preda le sue tane
e le sue caverne di animali sbranati!
[14] Ecco! A te! Dice il Signore
degli eserciti:
Ridurrò in fumo i tuoi carri
e i tuoi piccoli li divorerà la spada!
Farò scomparire dalla terra le tue
rapine
né più si udrà la voce dei tuoi
massacri!

---

2. - [2-3.] Necessaria inversione dei due vv., perché il
v. 3 continua il pensiero del v. 1 e il v. 2 segna l'inizio della descrizione dell'assedio e distruzione di Ninive.

3 Delitti di Ninive

1 Guai alla città sanguinaria, tutta frode,
   piena di rapina,
   che non cessa mai di sbranare;
2 schioccar di frusta, strepito di ruote,
   cavalli furenti, carri traballanti;
3 cavalieri all'assalto, lampeggiare
      di spade,
   bagliori di lance; molti i feriti,
   una massa gli uccisi, innumerevoli
      i cadaveri,
   si barcolla sopra i morti!
4 Per le molte prostituzioni
      della cortigiana,
   della bella favorita, dell'abile
      incantatrice,
   che tiranneggiava i popoli con i suoi
      favori,
   le nazioni con i suoi incantesimi!
5 Ecco! A te! Dice il Signore
      degli eserciti.
   Io scoprirò i tuoi panni fino al viso
   e mostrerò alle genti la tua nudità
   e ai regni il tuo disonore!
6 Getterò su di te le tue lordure,
   ti ricoprirò d'ignominia,
   ti ridurrò ad essere uno spettacolo!
7 Allora chiunque ti vedrà
   si allontanerà da te e dirà:
   «Ninive! Che desolazione! Chi potrà
      consolarla?
   Nessuno potrà trovar chi la consoli!».

Al pari di Tebe

8 Sei tu forse più forte di Tebe,
   che si adagiava sui canali del Nilo,
   che per avamposto aveva il mare,
   l'acqua le faceva da muraglia?
9 L'Etiopia e l'Egitto erano la sua
      potenza;
   non aveva confini;
   Put e i Libici erano suoi ausiliari.
10 Anch'essa è dovuta partire in esilio,
   andare in cattività;
   i suoi bambini sono stati sfracellati
   in mezzo alle piazze;
   sopra i suoi nobili han gettato la sorte

e tutti i suoi grandi li han caricati
   di catene!
11 Anche tu sarai stordita,
   verrai tiranneggiata;
   anche tu dovrai trovare
   uno scampo davanti al nemico!

Ogni preparativo è inutile

12 Tutte le tue fortificazioni sono come
      ficaie
   con i fichi primaticci;
   se si scrollano, cadono
   nella bocca di chi li vuol mangiare!
13 Ecco il tuo popolo:
   sono donne dentro alle tue mura;
   davanti ai tuoi nemici si spalancano
      le porte della tua terra;
   il fuoco ha divorato le tue serrature.
14 Attingiti acqua per l'assedio,
   rinforza le tue fortificazioni;
   marcia nel fango, calca l'argilla,
   prendi la formella per i mattoni.
15 Ivi il fuoco ti divorerà,
   ti distruggerà la spada!

Portati via come le cavallette

   Ammàssati come i bruchi,
   ammàssati come le cavallette;
16a moltiplica i tuoi mercanti
   più delle stelle del cielo,
17a le tue guarnigioni come le cavallette,
   i tuoi scribi come insetti.
   Si accampano sulle mura nel giorno
      del freddo.
   Spunta il sole,
16b i bruchi dispiegano le ali e volano,
17b vagano qua e là né si conosce dove.
   Sventurati! Si sono 18 forse addormentati
   i tuoi pastori, o re di Assur?
   Sonnecchiano i tuoi prodi,
   il tuo popolo è disperso sui monti
   e non c'è chi lo raccolga!
19 Non c'è rimedio alla tua ferita,
   la tua piaga è inguaribile;
   tutti quelli che ne sentono parlare
   sono contenti della tua sorte!
   Infatti sopra chi non è passato
   in ogni tempo quello che tu soffri?

ABACUC

Sappiamo poco di questo profeta. Probabilmente il suo scritto è da collocarsi tra il 605 e il 597 a.C.

Nel suo messaggio Abacuc introduce un elemento nuovo formulato da una domanda che percorre tutto il libro: possiamo conoscere come il nostro Dio guida la storia? La risposta dovrebbe risolvere il problema drammatico della presenza del giusto (l'oppresso nel testo di Abacuc) e dell'ingiusto (l'oppressore) nella storia umana. Di qui nasce un'affermazione che sarà tanto cara a san Paolo: «Il giusto vivrà per la sua fede» (2,4 e Rm 1,17).

Il testo del profeta Abacuc è strutturato in tre capitoli. Molto bella è la preghiera formulata in 3,1-19 che ricalca le linee fondamentali della fede biblica e riporta l'uomo biblico alle motivazioni essenziali del suo essere e del suo agire. Secondo alcuni studiosi si tratterebbe di un inno antico citato e adattato dal profeta.

1 ¹Oracolo che ricevette in visione il profeta Abacuc.

Lamentazione

² Fino a quando, Signore, invocherò
   soccorso
   e tu non darai ascolto?
   Griderò a te: «Violenza!»
   e tu non mi salverai?
³ Perché costringermi a vedere l'iniquità
   e a dover guardare l'oppressione?
   Rapina e violenza stanno davanti a me;
   c'è rissa e la discordia prevale!
⁴ La legge di certo si affievolisce
   e scompare per sempre la giustizia.
   Perché l'empio domina il giusto
   la giustizia si perverte.

La minaccia dell'esercito caldeo

⁵ Guardate tra le genti, osservate,
   guardate stupefatti, allibite!
   Perché io compirò un evento ai vostri
      giorni
   che non lo credereste
      se lo si raccontasse!
⁶ Ecco, io susciterò i Caldei,
   razza feroce e fulminea,
   che corre su vasti territori della terra

per impossessarsi delle case degli altri.
⁷ È feroce e terribile genìa,
   si fa da sé il diritto e la legge!
⁸ Corrono più delle pantere i suoi cavalli,
   sono più impetuosi dei lupi a sera.
   I suoi cavalieri scattano,
   i suoi cavalieri arrivano da lontano,
   volano come aquila che piomba
      sulla preda;
⁹ vengono tutti per predare.
   La loro bocca soffia come il vento dell'est,
   raccoglie come sabbia i prigionieri.
¹⁰ Egli si fa beffe dei re
   e i prìncipi sono oggetto di scherno
      per lui;
   si ride di tutte le fortezze,
   costruisce terrapieni e le conquista.
¹¹ Poi il vento passa e se ne va...
   Empio chi fa della propria forza il suo dio!

Israele è il popolo del Signore

¹² Non sei tu il Signore dai tempi remoti?
   Mio Dio, mio Santo, Immortale?

---

1. - ¹². L'innominato suscitato da Dio *per punire* è il popolo caldeo, il quale però doveva essere strumento nelle mani di Dio e non oltrepassare con la crudeltà i limiti assegnatigli. Dio non può compiacersi nel trionfo della cattiveria.

Signore, tu l'hai destinato a fare
il giudizio;
mia Roccia, tu l'hai voluto per punire!
¹³ Son troppo puri i tuoi occhi,
non possono vedere il male!
Tu non puoi stare a vedere
l'oppressione!
Perché dunque te ne stai a guardare
i perfidi,
fai silenzio mentre l'empio schiaccia
il giusto?
¹⁴ Tratti gli uomini come i pesci del mare,
come rettili che non hanno un padrone.
¹⁵ Chiunque li può prender tutti con l'amo,
tirarli su con la lenza;
li raccoglie nella rete, poi gioisce
e si rallegra.
¹⁶ Per questo fa sacrifici alla sua lenza
e offre l'incenso alla sua rete:
perché con essi si arricchisce
e fa i pasti più abbondanti.
¹⁷ Vuoterà dunque la sua rete senza sosta,
massacrando i popoli senza pietà?

2 Il giusto sopravvivrà

¹ Io mi metto al mio posto di guardia,
sto in piedi sopra la mia roccia
e sto attento per sentir che mi dirà,
che risponderà al mio lamento.
² Il Signore mi ha risposto e ha detto:
«Scrivi la visione, incidila su tavolette,
perché si corra a leggerla.
³ Perché la visione riguarda una data,
essa attende una fine, non inganna;
se tarda a venire, aspettala,
perché verrà certamente, non indugerà.
⁴ Ecco: soccombe chi non ha l'animo
retto;
il giusto invece sopravvive per la sua
fedeltà!».

Contro il potente oppressore

⁵ La ricchezza è veramente traditrice!
Il forte insuperbisce e non ha pace;
allarga la sua anima come gl'inferi,
è insaziabile come la morte!
Ammassa intorno a sé tutte le nazioni

e raccoglie intorno a sé tutti i popoli!
⁶ Tutti costoro non ripeteranno forse
una satira,
motti enigmatici contro di lui?
Essi diranno: Guai a chi ammassa quello
degli altri
e si carica d'un fardello di pegni!
⁷ Non sorgeranno forse all'improvviso
i tuoi creditori,
non si sveglieranno forse i tuoi esattori?
Allora diventerai la loro preda!
⁸ Perché tu hai depredato molti popoli,
tutti gli altri popoli ti dep'rederanno!
Per aver versato sangue umano,
fatto violenza al paese, alla città e a tutti
i suoi abitanti!
⁹ Guai a chi rapina a pro della sua casa,
per mettere molto in alto il suo nido,
per difendersi dai colpi della sventura!
¹⁰ Tu hai disonorato la tua casa;
hai distrutto tanti popoli, hai nociuto
a te stesso.
¹¹ Perché le pietre dei muri si lamentano,
e le travi dei tavolati ti rimproverano!
¹² Guai a chi costruisce una città
sul sangue,
una città sopra il delitto!
¹³ È forse volere del Signore degli eserciti
che le nazioni si affannino per il fuoco,
le genti si affatichino per niente?
¹⁴ Certo, la terra sarà ripiena della scienza
della gloria del Signore,
come le acque riempiono il mare!
¹⁵ Guai a chi fa bere ai suoi vicini, versa
il veleno fino a stordirli,
per scoprire la loro nudità...!
¹⁶ Ti sazi d'ignominia e non di gloria!
Bevi a tua volta e fatti venir le vertigini!
Passa per te la coppa della destra
del Signore
e l'ignominia ricopre la tua gloria!
¹⁷ Sì! La violenza fatta al Libano ti ricadrà
sopra
e la strage degli animali ti atterrirà!
Perché hai versato sangue umano, fatto
violenza al paese,
alla città e a tutti i suoi abitanti!
¹⁹ Guai a chi dice al legno: «Svégliati!»;
e alla pietra inerte: «Sorgi dal tuo
silenzio!».
Questo è l'oracolo: Ecco: l'involucro
è d'oro e d'argento,
ma dentro non c'è soffio di vita!
¹⁸ A che serve che uno scultore lisci
la statua,
un'immagine, un oracolo bugiardo,

---

¹⁵. Il re caldeo è il pescatore di popoli e pesca con
tutti i mezzi, con l'amo, con la rete piccola e con
quella grande, e si rallegra con se stesso della pesca
abbondante.

perché il suo artista nutra speranza
di farsi degli idoli muti?
20 Il Signore è nel suo santo tempio!
Silenzio davanti a lui, terra tutta quanta!

3 **Preghiera di Abacuc.** - ¹Preghiera del
profeta Abacuc, sul tono delle lamentazioni.

2 Signore, ho udito parlare di te, ti temo,
    Signore, per l'opera tua!
  In questo tempo rinnovala, in questo
    tempo falla conoscere!
  Nell'ira ricordati della misericordia!
3 Dio viene da Teman, il Santo dai monti
    di Paràn;
  la sua maestà ricopre il cielo, la sua
    gloria riempie la terra!
4 Il suo splendore è simile alla luce,
  i raggi spuntano dalla sua mano, dove
    è racchiusa la sua forza.
5 Davanti a lui avanza la peste,
  la febbre incede davanti ai suoi passi!
6 Si alza e fa tremare la terra,
  guarda e fa gemere le genti;
  allora sobbalzano i monti eterni,
  si fondono le colline antiche,
    i loro sentieri eterni!
7 Ho visto le tende di Cusàn mosse
    per lo spavento,
  tremar le pelli del paese di Madian.
8 Forse divampa contro i fiumi, Signore,
    la tua ira
  o contro il mare è il tuo furore,
  tu che cavalchi sopra i tuoi destrieri,
  sopra i tuoi carri vittoriosi?
9 Tu snudi il tuo braccio, sazi le frecce
    della tua faretra!
  Tu scavi torrenti nel suolo,
10 ti vedono e trabagliano le montagne;
  passa il fortunale, l'abisso fa udir la sua
    voce;
  la luce splendente del sole si oscura,
11 la luna rimane nella sua dimora;

scompaiono allo scintillar delle tue
    frecce,
  al bagliore dell'asta della tua lancia.
12 Con rabbia tu penetri nel suolo,
  con ira tu spaventi le genti!
13 Tu esci a salvare il tuo popolo,
  a salvare il tuo Unto;
  hai diroccato la casa dell'empio,
  squarciato i fondamenti fino alla roccia.
14 Hai trafitto con le tue aste la sua testa,
  mentre i suoi guerrieri incalzavano
  per disperderci con la loro ferocia,
  per divorare il povero nelle loro tane!
15 Tu hai lanciato nel mare i tuoi cavalli,
  nel ribollimento delle acque profonde!
16 Ho udito e ha palpitato il mio petto;
  a questa notizia trepidano le mie labbra;
  entra un tarlo nelle mie ossa
  e sotto di me vacillano i miei passi!
  Aspetto tranquillo il giorno dell'angoscia
  che si leva contro il popolo assalitore!
17 Sì! Il fico non fiorisce più
  e non c'è più frutto nelle viti;
  ha negato il suo frutto l'olivo
  e il campo non dà più da mangiare;
  è scomparso dal serraglio il bestiame
  e non c'è l'armento nelle stalle!
18 Io invece mi rallegrerò nel Signore,
  esulterò in Dio mio Salvatore!
19 Dio, mio Signore, è la mia forza,
  farà i miei piedi più veloci di quelli
    dei cervi
  e mi condurrà sopra le alture.

*Del maestro del canto. Per strumenti a
corda.*

---

3. - ³· Secondo l'antica tradizione (Es 14; 15; 19) si
suppone che Dio avanzi dal deserto del Sinai in aiuto
del suo popolo, come un giorno lo condusse di là alla
conquista della terra promessa (cfr. Dt 33,2; Gs 5,4).
Teman è una città idumea, e *Paràn* è nella penisola
sinaitica: qui indicano semplicemente la regione sinaitica.

SOFONIA

Sofonia (che in ebraico significa «colui che Dio protegge») esercitò la sua missione profetica al tempo del re di Giuda Giosia, 640-609 a.C. La sua predicazione risente della situazione di idolatria in cui si trova il popolo ebreo prima della riforma religiosa di Giosia.

Il libro si divide in tre parti: 1,2 - 2,3: il «giorno del Signore» su Giuda; 2,4-15: oracoli contro le nazioni; 3,1-20: oracoli contro Gerusalemme.

Sofonia insiste sul «giorno del Signore» che incombe sulla storia di Giuda, sulle nazioni che l'opprimono e su tutta l'umanità. Questo tema è proprio dei profeti che l'hanno preceduto, specialmente di Amos (5,18-20) e di Isaia (2,6-21). In tutti questi profeti il giorno del Signore indica un preciso momento nel quale Dio interviene a punire con particolare gravità il suo popolo o anche un popolo pagano. Sofonia presenta gli oracoli che gravitano intorno al giorno del Signore con una terminologia drammatica che coinvolge tutto il creato: umanità, cielo e terra. Le immagini di cui questi oracoli sono intessuti giungeranno fino ai tempi del Nuovo Testamento.

1 ¹Parola del Signore a Sofonia, figlio di Cusci, figlio di Godolia, figlio di Amaria, figlio di Ezechia, al tempo di Giosia, figlio di Amon, re di Giuda.

IL GIORNO DEL SIGNORE SU GIUDA

Giudizio contro Giuda

2 Sì, sopprimerò tutto dalla faccia
    della terra!
Oracolo del Signore.

3 Raccoglierò uomini e animali,
raccoglierò gli uccelli del cielo e i pesci
    del mare;
farò inciampare gli empi e cancellerò
    l'uomo
dalla faccia della terra!
Oracolo del Signore.

4 Stenderò la mia mano contro Giuda
e contro tutti gli abitanti di Gerusalemme;
cancellerò da questo luogo perfino i resti
    di Baal,
il nome degli inservienti insieme
    ai sacerdoti;

5 coloro che si prostrano sui tetti
davanti all'esercito del cielo,

coloro che si prostrano davanti
    al Signore
e giurano per Milcom;

6 coloro che si allontanano dal Signore,
non lo cercano né se ne interessano.

Il giorno del Signore

7 Silenzio davanti al Signore Dio
perché è vicino il giorno del Signore!
Il Signore ha preparato un sacrificio,
ha santificato i suoi invitati!

Contro i dirigenti e i ricchi

8 Nel giorno del sacrificio del Signore
visiterò tutti i principi, i figli del re
e quanti vestono alla moda straniera;

9 visiterò tutti coloro che salgono al soglio
    del re;
che riempiono il palazzo del loro signore
di violenza e di menzogna.

Contro Gerusalemme

10 In quel giorno, oracolo del Signore,
un clamore si eleverà dalla Porta
    dei Pesci,

urla dal quartiere nuovo, grande
frastuono dai colli,
[11] urla degli abitanti del Mortaio!
È annientata tutta la gente di Canaan,
sono cancellati tutti i pesatori d'argento!

[12] In quel tempo: frugherò Gerusalemme
con le lampade,
visiterò gli spensierati,
coloro che si abbandonano alle crapule,
coloro che pensano nel proprio cuore:
il Signore non può farci né bene né
male!

[13] I loro beni saranno saccheggiati e le loro
case distrutte;
costruiranno case, ma senza abitarle,
pianteranno vigne, ma senza berne
il vino.

Il giorno del Signore è giorno d'ira

[14] È vicino il gran giorno del Signore,
è vicino e arriva in gran fretta!
Grido amaro del giorno del Signore:
un guerriero che leva il grido di guerra!

[15] Giorno di collera, quel giorno,
giorno di angustia e di tribolazione;
giorno di turbine e tempesta,
giorno di tenebre e caligine;
giorno di nubi e di oscurità,

[16] giorno di squilli e grida di battaglia,
sulle città fortificate e sulle torrette
d'angolo elevate!

[17] Io li ridurrò all'angoscia
ed essi barcolleranno come ciechi,
perché hanno peccato contro il Signore;
il loro sangue sarà sparso come la polvere
e la loro carne come gli escrementi!

[18] Né il loro argento né l'oro
li potrà salvare.
Nel giorno della collera del Signore,
dal fuoco del suo zelo sarà divorata
la terra!
Infatti distruggerà, anzi sterminerà
tutti gli abitanti della terra!

2 Esortazione a ravvedersi in tempo

[1] Raccoglietevi, radunatevi,
gente spudorata,

[2] prima che siate dispersi lontano
come pula che passa in un giorno,
prima che venga su di voi l'ardore
dell'ira del Signore,
prima che venga su di voi

il giorno dell'ira del Signore!

[3] Cercate il Signore, tutti voi umili
del paese,
che praticate i suoi decreti!
Cercate la giustizia, cercate l'umiltà!
Forse sarete al riparo nel giorno dell'ira
del Signore!

ORACOLI CONTRO LE NAZIONI

Contro i Cananei dell'ovest

[4] Sì, Gaza sarà un luogo abbandonato
e Ascalòna una landa deserta;
Asdòd la caccceranno via
sul mezzogiorno,
Accaron sarà sradicata.

[5] Guai a voi, abitanti della zona marittima,
nazione dei Cretei!
Ecco la parola del Signore contro di voi:
«Io ti umilierò, terra dei Filistei,
ti priverò di ogni abitante!

[6] Sarai luogo di pascoli per i pastori,
un luogo di recinti per il gregge!».

[7] La zona marittima apparterrà
al resto della casa di Giuda;
lungo il mare essi pascoleranno,
nelle case di Ascalòna a sera
riposeranno.
Perché il Signore loro Dio li visiterà
e li ricondurrà dall'esilio!

Contro Moab e Ammon

[8] Ho udito l'oltraggio di Moab
e i sarcasmi dei figli di Ammon,
con cui hanno oltraggiato il mio popolo,
si sono inorgogliti contro il loro territorio!

[9] Perciò, come io vivo,
oracolo del Signore, Dio d'Israele:
Moab sarà come Sodoma
e i figli di Ammon come Gomorra:
un campo di cardi e un mucchio di sale
e una desolazione perpetua!
Il resto del mio popolo li depredderà,
il rimanente della mia nazione
se ne impadronirà!

---

1. - [12.] Allora anche le opere buone saranno ben osservate nei loro difetti, e gl'indifferenti (*spensierati*),
che s'immaginano un Dio anch'egli indifferente (*non
può farci né bene né male*), saranno tremendamente
castigati. Dio scoverà e punirà tutti quelli che non
pensano al suo giudizio, solo preoccupati di soddisfare le proprie passioni.

[10] Questa la loro sorte per il loro orgoglio,
   per l'oltraggio e perché si sono vantati
   contro il popolo del Signore
      degli eserciti!
[11] È apparso terribile il Signore
      sopra di loro.
   Certo sopprimerà tutti gli dèi della terra;
   verranno ad adorarlo, ciascuno partendo
      dalla propria sede,
   tutte le isole delle nazioni.

Contro l'Egitto e l'Assiria

[12] Anche voi, Etiopi,
   sarete vittime della spada del Signore!
[13] Egli stenderà la sua mano verso il nord
   e abbatterà Assur;
   farà di Ninive un luogo abbandonato,
   una terra arida come il deserto!
[14] Vi si accovacceranno le greggi,
   tutti gli animali della valle;
   anche il pellicano, anche il riccio
   fra le sue sculture passeranno la notte;
   il gufo manderà grida dalla finestra,
   il corvo sulla soglia, perché il suo cedro
      è stato spogliato!
[15] Questa è la città spensierata che
      troneggiava sicura,
   che pensava in cuor suo: «Io, e non v'è
      nessun altro!».
   Com'è diventata un deserto, un covo per
      gli animali!
   Tutti quelli che le passano vicino
   fischiettano e agitano la mano!

MINACCE E PROMESSE
PER GERUSALEMME

3 Contro la città ribelle...

[1] Guai alla città ribelle e impura,
   alla città tiranna!
[2] Non ha mai dato ascolto all'invito,

non ha mai accettato il richiamo!
Nel Signore non ha posto fiducia,
al suo Dio non si è avvicinata!
[3] I suoi prìncipi dentro di essa
   sono leoni ruggenti;
   i suoi giudici, lupi alla sera,
   che non hanno sbranato nulla al mattino;
[4] i suoi profeti sono millantatori, uomini
      bugiardi;
   i suoi sacerdoti profanano le cose sacre,
      violano la legge!
[5] Il Signore giusto è in mezzo ad essa
   egli non commette iniquità;
   al mattino egli promulga il suo decreto,
   come la luce non viene mai meno.
   Ma l'iniquo non conosce vergogna!

...e infedele

[6] Ho sterminato i popoli, sono state
      distrutte le loro torri;
   ho reso deserte le loro vie; non c'è
      nemmeno un passante;
   sono state saccheggiate le loro città,
      non c'è chi vi abiti.
[7] Io pensavo: Tu mi temerai certamente,
   ti lascerai correggere!
   Non potranno cancellarsi dai suoi occhi
   tutte le punizioni che io le ho inflitto!
   Macché! Si sono affrettati a corrompere
      tutte le loro azioni!
[8] Perciò aspettatemi, oracolo del Signore,
   nel giorno in cui mi leverò come
      accusatore;
   sì, è mia decisione radunar le genti,
      convocare i regni,
   per riversare su di voi il mio sdegno,
      tutto l'ardore della mia ira!
   Sì, con il fuoco della mia gelosia
   consumerò tutta la terra!

Tutte le genti si convertiranno

[9] Sì, allora io darò alle genti labbra pure,
   perché tutti invochino il nome
      del Signore,
   perché lo servano spalla a spalla.
[10] Dalla sponda dei fiumi di Etiopia
   fino agli angoli più lontani
      del settentrione
   si porteranno a me le offerte.

Gerusalemme sarà purificata

[11] In quel giorno: non avrai più vergogna
   delle azioni commesse contro di me;

---

3. - [4.] *I suoi profeti sono millantatori*: non si tratta
certo dei veri profeti. Il profetismo era un dono, e i
profeti in Israele erano direttamente chiamati e mandati da Dio a compiere il loro ministero a nome suo.
Costoro che si arrogavano il nome di profeti e sovente pretendevano di parlare a nome di Dio, lo facevano per secondi fini, preoccupati, più che altro, di dire
cose piacevoli.

[9-11.] Dopo il giudizio purificatore sorgerà la nuova
teocrazia: non solo Israele, ma tutti i popoli accetteranno il Signore come loro Dio, abbandonando gli idoli.

perché allora io toglierò dal tuo seno
   i tuoi superbi orgogliosi
e non continuerai più a pavoneggiarti
   sul monte mio santo.
¹² Io lascerò in te un popolo umile
   e misero,
cercherà rifugio nel nome del Signore
   ¹³il resto d'Israele.
Non commetteranno più l'iniquità
   e non diranno più menzogne,
non si troverà più nella loro bocca
   una lingua bugiarda.
Pascoleranno e riposeranno senza che
   alcuno li molesti.

Il Signore sarà re di Gerusalemme

¹⁴ Giubila, figlia di Sion, rallegrati,
   Israele,
gioisci ed esulta di tutto cuore,
   figlia di Gerusalemme:
¹⁵ il Signore ha cancellato i decreti
   della tua condanna,
ha sviato altrove il tuo nemico.
Il Signore, re d'Israele, è in mezzo a te,
non avrai più da temere la sventura.

Gerusalemme sarà salva

¹⁶ In quel giorno si dirà a Gerusalemme:
«Non temere, Sion, non ti lasciar cadere
   le mani!
¹⁷ Il Signore, tuo Dio, è in mezzo a te,
egli è un guerriero che salva!
Egli esulterà di gioia per te, ti rinnoverà
   per il suo amore,
danzerà per te giubilando, ¹⁸come
   nei giorni di festa!».
Ho allontanato da te la sventura,
ho tolto da te l'obbrobrio!
¹⁹ Eccomi all'opera: sterminerò tutti i tuoi
   oppressori!
In quel giorno salverò chi zoppica
   e chi è sviato raccoglierò;
li renderò oggetto di lode e di fama
in tutta la terra della loro ignominia!

Gerusalemme sarà restaurata

²⁰ In quel tempo io sarò alla vostra testa;
in quel tempo io vi farò riposare!
Vi procurerò lode e fama
in mezzo a tutti i popoli della terra,
quando compirò la vostra restaurazione
davanti ai vostri occhi, dice il Signore.

AGGEO

Il profeta Aggeo è il primo della serie dei profeti postesilici impegnati con il loro popolo alla ricostruzione. La missione profetica di Aggeo si svolge sotto il regno di Dario I, 520 a.C., quindi nell'epoca dell'egemonia persiana in Medio Oriente. Il suo messaggio è in un certo senso ben espresso dal suo stesso nome: Aggeo significa «festivo». E tutta la sua proclamazione è orientata all'ottimismo e all'incoraggiamento per la ricostruzione del tempio, il vero segno della «festa» del popolo biblico.

1 **Ricostruite il tempio!** - [1]Il secondo anno del re Dario, il sesto mese, il primo giorno del mese, fu rivolta la parola del Signore, per mezzo del profeta Aggeo, a Zorobabele, figlio di Sealtièl, governatore di Giuda, e a Giosuè, figlio di Iozedàk, grande sacerdote: [2]«Così dice il Signore degli eserciti: Questo popolo dice: "Il momento di ricostruire la casa del Signore non è ancora venuto!"». [3]La parola del Signore fu rivolta per mezzo del profeta Aggeo:

[4] «È dunque il momento per voi
di starvene in case rivestite di legno
quando questa casa è devastata?
[5] Ora così dice il Signore degli eserciti:
Badate a quello che fate!
[6] Voi seminate molto, ma il frutto è poco;
mangiate, ma non a sazietà;
bevete, ma non fino all'ebbrezza;
vi vestite, ma senza riscaldarvi
e il salariato riceve il salario
per gettarlo in una borsa sfondata!».
[7] Così dice il Signore degli eserciti:
[8] Salite alla montagna

per trasportare il legname
e ricostruire la casa!
Io porrò in essa le mie compiacenze
e sarò glorificato, dice il Signore.

[9]Voi aspettavate molto e invece c'è stato poco; e quando lo portavate in casa, io ci ho soffiato sopra! Perché? Oracolo del Signore degli eserciti. A cagione della mia casa che è in rovina, mentre ciascuno di voi si dà tanta premura per sé. [10]Per questo il cielo ha ricusato la sua rugiada e la terra i suoi frutti. [11]Io ho chiamato la siccità sui campi e sui monti, sul grano, sull'olio e su quanto il suolo produce; sugli uomini, sul bestiame e su tutto il lavoro delle mani.

[12]Zorobabele, figlio di Sealtièl, e Giosuè, figlio di Iozedàk, grande sacerdote e tutto il resto del popolo dettero ascolto alla voce del Signore, loro Dio, e alle parole del profeta Aggeo, per le quali il Signore l'aveva ad essi inviato; il popolo temette il Signore. [13]E Aggeo, messaggero del Signore, disse al popolo nella sua qualità di messaggero di lui: «Io sono con voi». Oracolo del Signore.

Inizio dei lavori. - [14]Il Signore ridestò lo spirito di Zorobabele, figlio di Sealtièl, governatore della Giudea, e lo spirito di Giosuè, figlio di Iozedàk, grande sacerdote, e lo spirito di tutto il resto del popolo. Essi vennero e misero mano ai lavori nella casa del Signore degli eserciti, loro Dio. [15]Era il ventiquattro del sesto mese del secondo anno del re Dario.

---

1. - [2-6]. Il Signore si lamenta perché il popolo pensa più alla propria abitazione che al tempio di Dio. Sembra che il popolo ritornato dall'esilio, dopo aver costruito qualcosa del tempio, forse il solo altare per i sacrifici, a motivo degli ostacoli opposti dai nemici, abbia desistito, rimandando tutto a tempi migliori (cfr. Esd 4-6). Il Signore allora fa proclamare che la loro vita era piena di stenti precisamente per la mancanza di generosità con lui. Si mostrino zelanti, ed egli li benedirà!

2 La gloria del nuovo tempio.

- [1]Il settimo mese, il giorno ventunesimo del mese, fu rivolta la parola del Signore al profeta Aggeo: [2]«Parla a Zorobabele, figlio di Sealtièl, governatore della Giudea, e a Giosuè, figlio di Iozedàk, grande sacerdote, e a tutto il resto del popolo così: [3]"Chi c'è rimasto tra voi che ha visto questa casa nel suo primo splendore? E come la vedete ora? Non sembra un niente ai vostri occhi? [4]Or dunque, coraggio, Zorobabele! Oracolo del Signore. Coraggio Giosuè, figlio di Iozedàk, gran sacerdote! Coraggio, popolo tutto del paese! Oracolo del Signore. E al lavoro! Ché io sono con voi! Oracolo del Signore. [5]Il mio spirito è in mezzo a voi, non temete! [6]Perché così parla il Signore degli eserciti: Ancora un poco e scuoterò il cielo e la terra, il mare e il continente; [7]scuoterò tutti i popoli e i tesori di tutti i popoli affluiranno e riempirò di gloria questa casa, dice il Signore degli eserciti. [8]Mio è l'argento e mio è l'oro! Oracolo del Signore degli eserciti. [9]La gloria di questa seconda casa sarà maggiore di quella della prima, dice il Signore degli eserciti, e a questo luogo io darò la pace. Oracolo del Signore degli eserciti"».

Dalla maledizione alla benedizione.

- [10]Il ventiquattro del nono mese, il secondo anno di Dario, fu rivolta la parola del Signore al profeta Aggeo: [11]«Così parla il Signore degli eserciti: Chiedi ai sacerdoti una decisione in questi termini: [12]Se uno porta della carne santificata in un lembo della sua veste e con il lembo tocca il pane, le vivande, il vino, l'olio o qualunque altro alimento, queste cose saranno santificate?». I sacerdoti risposero: «No!». [13]Aggeo continuò:

«Se uno, che si è contaminato per il contatto di un cadavere, tocca qualcuna di quelle cose, diventerà essa pure immonda?». E i sacerdoti risposero dicendo: «Sì, diventerà immonda!».

[14]Allora Aggeo riprese a dire: «Così è questo popolo, così è questa nazione al mio cospetto! Oracolo del Signore degli eserciti. Così è ogni lavoro delle loro mani e quanto mi offrono: è immondo! [15]Ora: tenete bene a mente da oggi e per l'avvenire! Prima che si ponesse pietra su pietra nel santuario del Signore, [16]cosa eravate? Si veniva a un mucchio da cui si attendevano venti misure di grano e ve n'erano dieci; si veniva al tino per cavare cinquanta barili e ce n'erano solo venti. [17]Ho colpito col carbonchio e con la ruggine, con la grandine ogni lavoro delle vostre mani; voi però non siete tornati a me. Oracolo del Signore. [18]Ora dunque tenete bene a mente da oggi e per l'avvenire: [19]il seme manca ancora nel granaio? La vite, il fico, il melograno e l'ulivo non hanno dato ancora i loro frutti? Da oggi io vi benedico!».

Zorobabele, l'eletto di Dio.

- [20]La parola del Signore fu rivolta ad Aggeo per la seconda volta il ventiquattresimo giorno del mese: [21]«Parla a Zorobabele, governatore della Giudea e digli: Io scuoterò il cielo e la terra, [22]rovescerò il trono dei regni, distruggerò la potenza delle nazioni. Rovescerò carri e cavalieri, uno con la spada dell'altro! [23]In quel giorno, oracolo del Signore degli eserciti, ti prenderò, Zorobabele, figlio di Sealtièl, mio servo, oracolo del Signore, e ti terrò come il sigillo, perché ti ho scelto. Oracolo del Signore degli eserciti».

ZACCARIA

Il profeta Zaccaria (il nome significa «Dio si è ricordato») è contemporaneo di Aggeo. Probabilmente fece parte del primo gruppo di rimpatriati dall'esilio e con la sua parola e la sua opera favorì e incoraggiò la ricostruzione del tempio. Stando alle indicazioni cronologiche del libro, Zaccaria esercitò l'attività profetica durante il regno di Dario I, re di Persia, 522-486 a.C. (Zc 1,1; 7,1), e precisamente dal 520 al 518.

Il libro di Zaccaria è diviso in due parti: la prima (cc. 1-8) è la parte che gli studiosi attribuiscono al profeta Zaccaria, detto Primo Zaccaria, e contiene otto visioni profetiche; la seconda (cc. 9-14) proviene da autori anonimi posteriori: uno, detto Secondo Zaccaria, ha composto i cc. 9-11 e un Terzo Zaccaria i cc. 12-14.

Ciò dimostra la complessità di composizione e di contenuto di questo libro: vi si alternano parti poetiche (9-11) e parti in prosa (12-14), si parla della ricostruzione del tempio e della ricostruzione escatologico-messianica e affiorano temi apocalittici e messianici (9,9-10) che saranno elaborati con particolare attenzione nel Nuovo Testamento.

VISIONI PROFETICHE

1 **Invito alla conversione.** - [1]Nell'ottavo mese del secondo anno di Dario la parola del Signore fu rivolta al profeta Zaccaria, figlio di Iddò: [3]«Grida al resto di questo popolo e di' loro: Così dice il Signore degli eserciti: Tornate a me e tornerò a voi, dice il Signore degli eserciti. [4]Non siate come i vostri padri, ai quali i profeti del passato gridavano: "Così dice il Signore degli eserciti: Su via, convertitevi dai vostri pessimi costumi e dalle vostre azioni malvagie!". Ma essi non ascoltavano e non mi davano retta. Oracolo del Signore. [5]I vostri padri, dove sono? E i profeti, vivono ancora? [6a]Ma le mie parole e i miei decreti di cui avevo incaricato i miei servi, i profeti, non vi hanno forse raggiunto?

[2]Il Signore si sdegnò grandemente contro i vostri padri! [6b]Allora essi tornarono in sé ed esclamarono: come il Signore degli eserciti aveva minacciato di trattarci a motivo dei nostri costumi e delle nostre azioni, così ci ha fatto!».

Prima visione: i cavalieri. - [7]Il giorno ventiquattro dell'undicesimo mese, cioè del mese di Sebàt, l'anno secondo di Dario, la parola del Signore fu rivolta al profeta Zaccaria, figlio di Iddò. [8]Io ebbi una visione notturna. Ecco un uomo in groppa a un cavallo baio stava in mezzo ai mirti in una valle profonda; e dietro a lui c'erano cavalli bai, sauri, neri e bianchi. [9]Io domandai: «Chi sono questi, signore?». [10]L'uomo che stava ritto in mezzo ai mirti rispose e disse: «Questi sono coloro che il Signore ha mandato a percorrere la terra!». [11]Costoro dissero all'angelo del Signore che stava ritto in mezzo ai mirti: «Abbiamo percorso la terra; ecco: tutta la terra riposa e sta quieta!». [12]Allora l'angelo del Signore prese a dire: «Signore degli eserciti, fino a quando non ti muoverai a compassione di Gerusalemme e delle città di Giuda, contro le quali fai sentire il tuo sdegno già da settant'anni?». [13]Il Signore disse all'angelo che mi parlava parole buone, parole di conforto.

Ritorno del Signore a Gerusalemme ricostruita. - [14]L'angelo che parlava con me mi

---

1. - [1-3.] Il v. 2 è riportato dopo il v. 6a.

8. - *L'uomo*: è un angelo seguito da altri angeli, mandati a osservare lo stato delle nazioni che attorniano Israele.

disse: «Annuncia! Così dice il Signore degli eserciti: Sono geloso di Gerusalemme e per Sion ho grande gelosia. ¹⁵Ma collera grande io sento contro le nazioni tracotanti; perché mi sono un poco sdegnato, esse si sono accanite nel male. ¹⁶Perciò così dice il Signore degli eserciti: Torno a Gerusalemme con pietà: la mia casa vi sarà ricostruita, la corda sarà stesa su Gerusalemme. Oracolo del Signore degli eserciti.

¹⁷Annuncia ancora: Così dice il Signore degli eserciti: le mie città godranno di nuovo l'abbondanza; il Signore consolerà di nuovo Sion, sceglierà di nuovo Gerusalemme!».

2 Seconda visione: le corna e gli artigiani.

¹Alzai gli occhi e guardai. Ecco quattro corna. ²Allora domandai all'angelo che parlava con me: «Queste che cosa sono?». Mi rispose: «Queste sono le corna che hanno causato la dispersione di Giuda, di Israele e di Gerusalemme!».

³Il Signore mi fece poi vedere quattro artigiani. ⁴Io domandai: «Che vengono a fare costoro?». Mi rispose: «Quelle sono le corna che hanno causato la dispersione di Giuda, così che nessuno può più alzare la testa. Ma questi sono venuti per atterrirle, per abbattere le corna delle nazioni che hanno alzato le loro corna contro il paese di Giuda, causandone la dispersione!».

Terza visione: Gerusalemme città aperta. - ⁵Alzai gli occhi e guardai. Ed ecco un uomo che teneva in mano una corda per misurare. ⁶Gli domandai: «Dove vai?». Mi rispose: «A misurare Gerusalemme, per vedere quale deve essere la sua larghezza e quale la sua lunghezza». ⁷Ed ecco l'angelo che mi parlava stava fermo e un altro angelo gli veniva incontro. ⁸Gli disse: «Corri, parla a quel giovane e digli: Città aperta resterà Gerusalemme, tanti saranno gli uomini e gli animali in essa. ⁹Io sarò per lei, oracolo del Signore, un muro di fuoco tutt'intorno e sua gloria sarò io in mezzo ad essa!».

Appello agli esiliati

¹⁰ Ohi! Ohi! Fuggite dal paese del nord!
    Oracolo del Signore.
    Ai quattro venti del cielo io vi ho dispersi.
    Oracolo del Signore.
¹¹ Ohi! Sion, sàlvati,
    tu che abiti in Babilonia!

¹² Perché così dice il Signore degli eserciti,
    la cui Gloria mi ha inviato,
    alle nazioni che vi hanno spogliato:
    Sì, chi tocca voi tocca la pupilla del mio occhio!
¹³ Ecco, agito la mia mano contro di loro
    e saranno preda dei loro schiavi!
    Così saprete che il Signore degli eserciti
    mi ha inviato!

Ingresso del Signore in Sion

¹⁴ Giubila, rallègrati, figlia di Sion!
    Sì, ecco io vengo, abiterò in mezzo a te.
    Oracolo del Signore.
¹⁵ E molte nazioni si attaccheranno
    al Signore in quel giorno;
    saranno per lui un popolo e abiteranno
    in mezzo a te.
    Così saprai che il Signore degli eserciti
    mi ha inviato a te!
¹⁶ Il Signore farà di Giuda la sua proprietà
    nella terra santa;
    sceglierà di nuovo Gerusalemme.
¹⁷ Taccia ogni uomo davanti al Signore,
    perché si sveglia dalla sua dimora!

3 Quarta visione: Giosuè vestito di nuove vesti.

¹Poi mi mostrò il sommo sacerdote Giosuè, che stava in piedi davanti all'angelo del Signore, e satana stava alla sua destra per accusarlo. ²L'angelo del Signore disse a satana: «Che il Signore ti reprima, satana! Sì, che il Signore ti reprima! Egli che ha eletto Gerusalemme! Non è costui un tizzone tratto dal fuoco?». ³Infatti Giosuè era vestito di sordide vesti, mentre stava in piedi davanti all'angelo del Signore. ⁴Egli riprese la parola e disse a coloro che stavano davanti a costui: «Toglietegli di dosso quelle sordide vesti e rivestitelo di abiti preziosi!». E disse a Giosuè: «Vedi, ho tolto via da te il tuo peccato». Poi soggiunse: «⁵Ponetegli una tiara pura sul capo!». Allora gli posero la tiara pura in testa e lo rivestirono di candide vesti alla presenza dell'angelo del Signore.

⁶L'angelo del Signore assicurò solennemente Giosuè: ⁷«Così dice il Signore degli eserciti: Se tu camminerai nelle mie vie, se osserverai le mie prescrizioni, governerai tu pure la mia casa, custodirai i miei atri e ti darò libero accesso tra coloro che stanno qui».

La venuta del Germoglio. - ⁸«Ascolta, Giosuè, sommo sacerdote, tu e i tuoi colleghi, assisi davanti a te: voi siete infatti uomini di presagio. Sì, ecco, faccio venire il mio servo Germoglio. [9]Sì, ecco la pietra che pongo davanti a Giosuè: sopra un'unica pietra ci sono sette occhi. Sì, ecco io stesso v'incido la sua decorazione, oracolo del Signore degli eserciti, e cancellerò il peccato di questa terra in un solo giorno. [10]Quel giorno, oracolo del Signore degli eserciti, vi inviterete l'un l'altro sotto la vite e sotto il fico».

4 Quinta visione: il candelabro e gli ulivi.
- [1]L'angelo che mi parlava tornò di nuovo e mi svegliò come uno che è svegliato dal sonno. [2]Mi domandò: «Che vedi?». Risposi: «Io vedo un candelabro tutto d'oro con un'ampolla sulla cima; esso ha sette lampade sulla sua cima e le lampade che sono sulla sua cima hanno sette beccucci. [3]Due ulivi stanno accanto ad esso, uno alla sua destra e uno alla sua sinistra». [4]Allora domandai all'angelo che mi parlava: «Questi che sono, mio signore?». [5]L'angelo che mi parlava rispose: «Non sai che sono questi?». Risposi: «No, mio signore!». [6a]Allora egli rispose: [10b]«Quelle sette sono gli occhi del Signore, che scrutano tutta quanta la terra». [11]Gli domandai di nuovo: «Che significano quei due ulivi, alla destra del candelabro e alla sua sinistra?». [12]E aggiunsi: «Che significano i due rami di ulivo che attraverso due cannelle d'oro versano giù olio limpido?». [13]Mi rispose: «Non sai che sono questi?». Risposi: «No, mio signore!». [14]Disse: «Costoro sono due consacrati con l'olio, che stanno davanti al Signore di tutta la terra!».

Inizio e fine della costruzione del tempio.
- [6b]Questa la parola del Signore per Zorobabele: Non con la potenza né con la forza,

ma con il mio spirito, dice il Signore degli eserciti! [7]Chi sei tu, grande montagna? Davanti a Zorobabele sarai una pianura! Lui estrarrà la pietra capitale tra acclamazioni: «Bello, bello!». [8]La parola del Signore mi fu così rivolta: [9]«Le mani di Zorobabele fondano questa casa e le sue mani la tirano su. E saprete che il Signore degli eserciti mi ha mandato a voi! [10a]Chi disprezza il giorno che ha così umili inizi? Si rallegreranno vedendo la pietra scelta dalla mano di Zorobabele».

5 Sesta visione: il rotolo che vola. - [1]Alzai di nuovo gli occhi e guardai: ecco un rotolo che volava. [2]L'angelo mi domandò: «Che vedi?». Io risposi: «Vedo un rotolo che vola; la sua lunghezza è di venti palmi e la sua larghezza di dieci». [3]Egli mi spiegò: «Questa è la maledizione che si diffonde sopra tutto il paese! Perché ogni ladro sarà spazzato via di qui come quel rotolo, e ogni spergiuro sarà spazzato via di qui come quel rotolo. [4]Io scatenerò la maledizione, oracolo del Signore degli eserciti, ed essa entrerà nella casa del ladro e nella casa di chi giura il falso nel mio nome; alloggerà in quella casa e la distruggerà con le travi e le pietre!».

Settima visione: l'efa. - [5]L'angelo che mi parlava si avvicinò e mi disse: «Orsù! Alza gli occhi e guarda! Che è ciò che si avvicina?». [6]Risposi: «Che cos'è quello?». Mi rispose: «Questa è l'efa che si avvicina». Poi soggiunse: «Questo è il loro peccato in tutto il territorio!». [7]Allora un disco di piombo si sollevò ed ecco una donna sola seduta dentro l'efa. [8]Egli disse: «Questa è l'iniquità!». La ricacciò dentro l'efa e rimise il coperchio di piombo sopra l'apertura. [9]Alzai gli occhi e guardai. Ecco due donne si avvicinavano; esse avevano il vento alle ali e le loro ali erano come le ali della cicogna. Esse sollevarono l'efa tra il cielo e la terra. [10]Domandai all'angelo che mi parlava: «Dove portano l'efa, costoro?». [11]Mi rispose: «A costruirle una dimora nella terra di Sennaar. Fisseranno un piedistallo e la collocheranno sopra il suo piedistallo».

6 Ottava visione: quattro carri. - [1]Alzai gli occhi di nuovo e guardai. Ecco quattro carri apparire in mezzo alle due montagne: le montagne erano di rame. [2]Il primo

---

4. - [2-3.] Il *candelabro* sembra rappresentare il tempio; i *due ulivi* rappresentano Zorobabele e Giosuè (i *due consacrati*, v. 14). Subito dopo l'angelo parla di Zorobabele e dice che supererà tutti gli ostacoli, non con mezzi umani, ma con l'aiuto di Dio.
[6a.] I vv. 6b-10 sono spostati dopo il v. 14 per una migliore comprensione.
[10b.] *Quelle sette* sono le lampade del candelabro.
6. - [1ss.] L'ultima visione si riferisce agli Israeliti non ritornati subito dopo l'esilio: anch'essi, dovunque si trovino (i *quattro carri* indicano le quattro direzioni del mondo), ritorneranno in patria e si adempirà così la promessa della restaurazione annunciata dai profeti. Al v. 8 fa seguito il v. 15 che si riferisce ancora alla visione.

carro aveva cavalli bai, il secondo carro cavalli neri, [3]il terzo carro cavalli bianchi e il quarto carro cavalli brizzolati. [4]Domandai all'angelo che mi parlava: «Questi che sono, mio signore?». [5]L'angelo mi rispose: «Questi sono i quattro venti del cielo che avanzano dopo essere stati alla presenza del Signore di tutta la terra!». [6]I cavalli bai avanzano verso il paese dell'oriente; i cavalli neri verso il paese del nord; i bianchi verso l'occidente e i brizzolati verso la terra del sud. [7]Avanzano gagliardi e chiedono di andare a percorrere la terra. Quand'egli ordinò: «Andate, percorrete la terra!», quelli si misero a percorrere la terra. [8]Poi mi chiamò e mi disse: «Vedi! Quelli che avanzano verso il paese del nord fanno scendere lo spirito del Signore nel paese del nord. [15]Da lontano verranno per aiutare a ricostruire il santuario del Signore. E voi conoscerete che il Signore degli eserciti mi ha mandato a voi. Ciò avverrà se sarete docili alla parola del Signore, Dio vostro!».

Il principe e il sacerdote. - [9]La parola del Signore mi fu rivolta in questi termini: [10]«Raccogli le offerte degli esuli, di Cheldài, di Tobia, di Iedaià e va' alla casa di Giosia, figlio di Sofonia, che sono arrivati da Babilonia. [11]Tu prenderai l'argento e l'oro e ne farai una corona che porrai sopra la testa di Zorobabele, figlio di Sealtièl, il governatore. [12]Quindi gli dirai: Così parla il Signore degli eserciti: Ecco l'uomo; il suo nome è Germoglio; sotto di lui qualcosa germoglierà. [13]Egli edificherà il santuario del Signore, si ammanterà della dignità regale sul suo trono. Alla sua destra ci sarà un sacerdote e tra i due ci sarà perfetto accordo. [14]La corona poi rimarrà nel santuario del Signore, come memoria di benemerenza per Cheldài, per Tobia, per Iedaià e per il figlio di Sofonia».

7 **La questione del digiuno.** - [1]Il quarto anno del re Dario, il quattro del nono mese, cioè di Casleu, [2]Betel-Sarèzer, grande ufficiale del re, e i suoi uomini inviarono a supplicare e a placare il Signore, [3]e a domandare ai sacerdoti addetti al santuario del Signore degli eserciti e ai profeti: «Debbo io continuare a far lutto al quinto mese, osservando l'astinenza come faccio da tanti anni?».

La vera religione. - [4]Allora mi fu rivolta la parola del Signore degli eserciti in questi termini: [5]«Parla a tutto il popolo del paese e ai sacerdoti così: il digiuno e il lutto da voi praticato nel quinto e nel settimo mese durante questi settant'anni l'avete forse fatto per me? [6]Quando mangiavate e bevevate, non lo facevate forse per voi? [7]Non sono forse queste le parole che il Signore ha proclamato per mezzo dei profeti passati, quando Gerusalemme era ancora abitata in pace ed erano pure abitate le sue città d'intorno, il Negheb e la Sefela?».

[8]La parola del Signore fu indirizzata a Zaccaria così: [9]«Così parla il Signore degli eserciti: "Amministrate fedelmente la giustizia e siate benevoli e pietosi l'uno verso l'altro! [10]Non defraudate la vedova e l'orfano, lo straniero e il povero e nessuno ordisca nel suo cuore trame contro il prossimo". [11]Ma essi non fecero attenzione, voltarono ostinatamente le spalle e si tapparono le orecchie per non sentire. [12]Indurirono il loro cuore come diamante, per non intendere l'istruzione e le parole che il Signore degli eserciti aveva indirizzato loro, mediante il suo spirito per mezzo dei profeti passati. Allora vi fu un grande sdegno da parte del Signore degli eserciti: [13]come essi non mi hanno ascoltato quando io li chiamavo, così, quando essi mi chiamano, io non rispondo, dice il Signore degli eserciti. [14]Anzi li ho dispersi in mezzo a tutte le nazioni che essi nemmeno conoscevano! Così il paese restò deserto e dietro di loro non c'è più nessuno che vi passi o vi abiti. Hanno cambiato una terra di delizie in un deserto!».

8 **Condizioni dell'era messianica.** - [1]La parola del Signore degli eserciti si fece udire in questi termini: [2]«Così parla il Signore degli eserciti:

Brucio per Sion di ardente amore,
un grande ardore
m'infiamma per essa!».

---

12. *Germoglio*: è Zorobabele, dalla cui stirpe sorgerà il Messia, che porterà a termine l'edificio della nuova casa di Dio e riunirà in se stesso i due poteri regale e sacerdotale, in perfetta armonia.

8. - 2. Il tempo della punizione ormai è passato e Dio, per l'amore che porta al suo popolo, rappresentato dalla città, ritornerà ad abitare in mezzo ad esso e a benedirlo.

³Così parla il Signore degli eserciti: «Sono tornato di nuovo a Sion e dimoro in Gerusalemme. Gerusalemme sarà chiamata Città fedele e il monte del Signore degli eserciti Monte santo».

⁴Così dice il Signore degli eserciti: «Vecchi e vecchie siederanno ancora nelle piazze di Gerusalemme; ciascuno col suo bastone in mano per molti suoi giorni. ⁵Le piazze della città saranno affollate di fanciulli e fanciulle che si divertiranno nelle sue piazze».

⁶Così parla il Signore degli eserciti: «Se ciò sembra un prodigio agli occhi del resto di questo popolo, lo sarà forse anche per me?». Parola del Signore degli eserciti! ⁷Questo dice il Signore degli eserciti:

«Eccomi a salvare il mio popolo
  dalla terra d'oriente
  e dalla terra d'occidente.
⁸ Io li farò ritornare
  ed essi abiteranno in Gerusalemme;
  essi saranno il mio popolo
  e io sarò il loro Dio
  nella fedeltà e nella giustizia!».

⁹Così parla il Signore degli eserciti: «Le vostre mani s'irrobustiscano, voi che ascoltate in questi giorni queste parole dalla bocca dei profeti, dal giorno in cui fu fondata la casa del Signore degli eserciti per ricostruire il santuario.

¹⁰ Perché prima di quei giorni
  salario per l'uomo non c'è stato,
  salario per gli animali non c'è stato;
  per chi usciva e per chi entrava
  nessuna sicurezza
  a causa del nemico
  e io avevo messo gli uomini
  gli uni contro gli altri.
¹¹ Ora non sono come nei giorni passati
  con il resto di questo popolo.
  Oracolo del Signore degli eserciti.
¹² Perché io seminerò la pace
  e la vigna darà il suo frutto;
  la terra darà i suoi prodotti
  e il cielo manderà la sua rugiada;

tutto questo lo darò in eredità al resto di questo popolo.
¹³ E come voi foste in maledizione
  in mezzo alle genti,
  o casa di Giuda e casa d'Israele,
  così quando vi avrò salvato
  sarete in benedizione!
  Non abbiate timore!
  Le vostre mani siano vigorose!».

¹⁴Perché così parla il Signore degli eserciti: «Come io decisi di farvi del male, quando i vostri padri mi mossero a sdegno, dice il Signore degli eserciti, e non mi lasciai commuovere, ¹⁵così ora io sono cambiato e ho proposto di fare del bene a Gerusalemme e alla casa di Giuda. Non abbiate timore! ¹⁶Ecco ciò che dovete fare: siate leali l'uno con l'altro, pronunziate giudizi di pace alle porte; ¹⁷nessuno ordisca nel suo cuore trame contro il fratello; non vi compiacete di giuramenti falsi. Sì, tutte queste cose io le odio! Oracolo del Signore».

Dal lutto alla letizia. - ¹⁸La parola del Signore degli eserciti mi fu rivolta in questi termini: ¹⁹«Così parla il Signore degli eserciti: Il digiuno del quarto, del quinto, del settimo e del decimo mese si cambierà per la casa di Giuda in letizia e in gioia di festose adunanze. Però amate la verità e la pace!».

Popoli in marcia verso Gerusalemme. - ²⁰Così dice il Signore degli eserciti: «Ancora verranno popoli e abitanti di molte città. ²¹Gli abitanti dell'una andranno da quelli dell'altra e diranno: "Su! Andiamo a supplicare il Signore, a cercare il Signore degli eserciti! Per parte mia ci vado!". ²²E verranno grandi nazioni e popoli grandi a cercare il Signore degli eserciti e a supplicare il Signore!».

²³Così parla il Signore degli eserciti: «In quei giorni dieci uomini di tutte le lingue delle nazioni afferreranno un giudeo per un lembo del suo mantello e gli diranno: "Vogliamo venire con voi, perché abbiamo conosciuto che il Signore è con voi!"».

ORACOLI MESSIANICI

9 La nuova terra promessa. - ¹Messaggio.

La parola del Signore è nel paese
  di Cadràch,
e Damasco è la sua dimora.

9ss. Il profeta proclama ai compatrioti che le promesse di salvezza hanno già cominciato a compiersi. Il fatto che si sia iniziato a ricostruire il tempio ne è una prova. Per questo li loda, invitandoli a continuare nel cammino intrapreso, sicuri della benedizione di Dio.

Sì, del Signore è la pupilla d'Aram
come tutte le tribù d'Israele;
2 pure Camat sua confinànte,
insieme a Tiro e Sidone, così saggia.
3 Tiro s'è costruita una fortezza,
ha ammassato l'argento come la polvere
e l'oro come il fango delle piazze.
4 Ecco, il Signore se ne impadronirà,
sprofonderà nel mare il suo bastione
ed essa sarà divorata dal fuoco.
5 Ascalòna vedrà e ne avrà paura,
Gaza si contorcerà dal gran dolore;
Accaron pure, ché la sua speranza
svanisce.
Scomparirà il re da Gaza,
Ascalòna non sarà più abitata,
6 una razza bastarda abiterà in Asdòd;
distruggerò l'orgoglio del Filisteo,
7 gli toglierò il sangue dalla bocca
e le sue abominazioni dai suoi denti.
Sarà egli pure un resto per il nostro Dio
e come una famiglia in Giuda;
Accaron sarà simile al Gebuseo.
8 Mi accamperò come una sentinella
per la mia casa
contro chi va e chi viene:
non vi passerà più l'oppressore,
perché ora ho visto la sua miseria!

Il Messia, re giusto e vittorioso

9 Rallégrati molto, figlia di Sion,
giubila, figlia di Gerusalemme!
Ecco il tuo re a te viene:
egli è giusto e vittorioso,
è mite e cavalca sopra un asino,
sopra il puledro, figlio di un'asina.
10 Spazzerà via i carri da Efraim
e i cavalli da Gerusalemme.
Verrà infranto l'arco di guerra
e annunzierà la pace alle genti.
Il suo dominio sarà da mare a mare,
dal fiume ai confini della terra.

Liberazione e trionfo

11 E tu, per il sangue dell'alleanza con te,
io estrarrò i tuoi prigionieri dalla fossa.
12 A te ritorneranno, figlia di Sion,
i prigionieri aperti alla speranza.
Oggi stesso lo proclamo:
ti ricompenserò il doppio!
13 Sì, impugno come mio arco Giuda
e come freccia mi servo di Efraim;
sollevo i tuoi figli, Sion, contro i tuoi
figli, Grecia!

Farò di te una spada da eroi!
14 Il Signore apparirà sopra di loro,
e la sua freccia giungerà come lampo.
Il Signore darà fiato alla tromba,
avanzerà sulle tempeste del sud.
15 Il Signore farà loro da scudo,
divoreranno e calpesteranno le pietre
della fionda;
berranno il loro sangue come vino,
ne saranno ripieni come i corni
dell'altare.
16 Il Signore, loro Dio, in quel giorno
salverà come gregge il suo popolo;
come i brillanti di una corona
risplenderanno sulla sua terra.
17 Che benessere è il suo e che bellezza!
Il frumento darà vigore ai giovani
e il vino dolce alle ragazze.

10 Solo da Dio la salvezza

1 Chiedete al Signore la pioggia,
al tempo delle acque tardive.
È il Signore che forma le folgori,
manda la pioggia a dirotto,
dà il pane all'uomo, l'erba alle bestie.
2 Perché gli strumenti divinatori
hanno detto il falso
e gl'indovini hanno visto fantasmi,
raccontano sogni bugiardi,
dànno loro un vano conforto;
per questo vanno errando come
un gregge,
sono infelici, perché senza pastore.

Israele risorge glorioso

3 Contro i pastori divampa la mia ira,
contro i montoni volgo lo sguardo.
Sì, il Signore visiterà il suo gregge,
ne farà il destriero del suo trionfo.
4 Da lui uscirà la pietra angolare,
da lui il piolo e l'arco di guerra,
da lui ogni condottiero.
5 Uniti, saranno come eroi che calpestano
il fango delle strade in battaglia;
combatteranno, perché il Signore
è con loro,
saranno confusi quelli che montano
i cavalli.
6 Renderò salda la casa di Giuda,
alla casa di Giuseppe darò salvezza;
li farò risorgere perché li amo,
saranno come non li avessi mai respinti!

Sì, io sono il Signore loro Dio;
    io li esaudirò!
7 Efraim sarà come un eroe,
    il loro cuore si allieterà come con
        il vino;
    i loro figli vedranno e si rallegreranno,
    il loro cuore esulterà nel Signore!
8 Fischierò loro per riunirli,
    saranno numerosi come prima.
9 Li ho disseminati in mezzo alle nazioni,
    ma da lontano si ricorderanno di me;
    cresceranno i loro figli e torneranno.
10 Li ricondurrò dalla terra d'Egitto,
    e dall'Assiria li radunerò;
    li farò tornare nella terra di Gàlaad,
    ma lo spazio non basterà per loro.
11 Attraverseranno il mare d'Egitto,
    le profondità del fiume si asciugheranno.
    L'orgoglio di Assur sarà abbattuto,
    e lo scettro d'Egitto sarà rimosso.
12 La loro forza sarà nel Signore,
    e nel suo nome si glorieranno.
    Oracolo del Signore.

11 Desolazione

1 Spalanca, Libano, le tue porte
    e il fuoco divori i tuoi cedri!
2 Gemi, cipresso, perché il cedro
        è caduto,
    perché i colossi sono atterrati!
    Gemete, o querce di Basàn,
    perché l'impenetrabile foresta
        è abbattuta!
3 Si ode il lamento dei pastori,
    perché il loro vanto è abbattuto;
    si ode il ruggito dei leoni,
    perché l'orgoglio del Giordano
        è abbattuto!

Il buon pastore. - 4Così mi disse il Signore:
«Pasci il gregge destinato all'uccisione! 5I

suoi compratori lo uccidono impunemente
e i suoi venditori dicono: Sia benedetto il
Signore, eccomi ricco! E i suoi pastori non
ne hanno pietà alcuna!
6Io infatti non avrò più compassione alcuna degli abitanti della terra. Oracolo del Signore. Ecco, io li abbandonerò uno in mano
del suo pastore e uno in mano del suo re;
essi distruggeranno la terra, né io li libererò
dalle loro mani!».
7Allora presi a pascolare il gregge destinato all'uccisione da parte dei mercanti di
pecore. Mi presi due bastoni: uno lo chiamai Benevolenza e l'altro lo chiamai Unione e pascolai le pecore. 8Rimossi in un
mese tre pastori. Ma mi spazientii delle
pecore, poiché anch'esse mi avevano respinto. 9Allora dissi: «Non voglio più pa-
scervi. Chi muore, muoia, e chi si perde,
si perda, e quelle che sopravvivono si
sbranino a vicenda!». 10Presi quindi il mio
bastone Benevolenza e lo spezzai per annullare l'alleanza che il Signore aveva stipulato con tutti i popoli. 11Fu spezzato in
quello stesso giorno. I mercanti di pecore
che mi osservavano compresero che quella
era una parola del Signore. 12Io dissi loro:
«Se vi par giusto, datemi il mio salario; se
no, lasciate stare!». Essi mi pesarono il
mio salario: trenta sicli d'argento. 13Il Signore mi disse: «Getta al fonditore il prezzo magnifico con cui sono stato stimato da
loro!». Allora presi i trenta pezzi d'argento
e li gettai nella casa del Signore, al fonditore. 14Quindi spezzai l'altro mio bastone
Unione, per spezzare la fratellanza fra Giuda e Israele.

Il pastore malvagio. - 15Il Signore mi disse:
«Prenditi gli utensili di un pastore malvagio. 16Perché, ecco, io susciterò un pastore
nel paese; della sbandata egli non si prenderà cura, della smarrita non andrà in cerca, non medicherà la ferita e non nutrirà
quella che sta in piedi. Ma delle pecore
grasse egli mangerà la carne e strapperà loro le unghie!».

17 Guai al pastore malvagio,
    che trascura il suo gregge!
    Una spada sia sopra il suo braccio
    e sopra il suo occhio destro!
    Il suo braccio si paralizzi interamente
    e il suo occhio si spenga del tutto!

---

11. - 1-3. In questo breve oracolo è simboleggiata la
rovina dei nemici d'Israele. Il Libano è simbolo delle
grandi potenze (Is 10,33ss; Ez 31) nemiche d'Israele.
4. *Il gregge destinato all'uccisione*: è la nazione
d'Israele condotta dai suoi capi alla rovina. Dio, vedendo il suo gregge rovinato dai cattivi pastori, lo affida al profeta, figura del Messia, il quale parla nei
versetti seguenti.
8. *Tre pastori*: probabilmente indegni capi del popolo.

13 Purificazione e salvezza

7 Svégliati, spada, contro il mio pastore,
 contro l'uomo che è a me congiunto.
 Oracolo del Signore degli eserciti.
 Io colpirò il pastore
 perché siano disperse le pecore
 e io stenda la mia mano contro i piccoli!
8 In tutto il paese, oracolo del Signore,
 due parti vi saranno sterminate
 e solo un terzo vi sarà lasciato!
9 Introdurrò il terzo nel fuoco,
 li affinerò come si affina l'argento,
 li proverò come si prova l'oro.
 Egli invocherà il mio nome
 e io gli risponderò.
 Io dirò: «Questo è il mio popolo!»,
 ed egli dirà: «Il Signore è il mio Dio!».

12 Liberazione e restaurazione di Gerusalemme e di Giuda. - ¹Messaggio. Parola del Signore sopra Israele! Dice il Signore che ha steso i cieli, fondato la terra, formato lo spirito nell'intimo dell'uomo: ²«Ecco, io farò di Gerusalemme come una coppa inebriante per tutti i popoli vicini. ³In quel giorno io farò di Gerusalemme come un grosso macigno per tutti i popoli: tutti coloro che si proveranno a sollevarlo, ne resteranno scarnificati. Tutte le nazioni della terra si raduneranno contro di lei.

⁴In quel giorno, oracolo del Signore, io colpirò di spavento tutti i cavalli e di stordimento i loro cavalieri, ma sulla casa di Giuda terrò aperti gli occhi. Colpirò di cecità tutti i cavalli delle nazioni. ⁵Allora le famiglie di Giuda ripeteranno in cuor loro: "La forza per gli abitanti di Gerusalemme è nel Signore degli eserciti, loro Dio!".

⁶In quel giorno farò dei capi di Giuda come una fornace di fuoco sopra la legna, come una fiaccola accesa sopra mannelli di paglia; divoreranno a destra e a sinistra tutti i popoli vicini. Ma Gerusalemme rimarrà sempre al suo posto. ⁷Prima il Signore salverà le tende di Giuda, perché la gloria della casa di Davide e la gloria dell'abitante di Gerusalemme non prevalgano sopra Giuda.

⁸In quel giorno il Signore proteggerà gli abitanti di Gerusalemme; il più debole tra di loro sarà come Davide medesimo e la casa di Davide come Dio, come l'angelo del Signore davanti a loro.

⁹In quel giorno mi adoprerò per distruggere tutti i popoli che verranno contro Gerusalemme. ¹⁰Effonderò sulla casa di Davide e sugli abitanti di Gerusalemme uno spirito di pietà e d'implorazione; essi si volgeranno a me che hanno trafitto e piangeranno su di lui come si piange sopra un figlio unico; faranno per lui amaro cordoglio quale si fa per un primogenito.

¹¹In quel giorno si leverà un gran pianto in Gerusalemme, come quello di Adad-Rimmòn nella pianura di Meghiddo. ¹²Il paese sarà in pianto, clan per clan: il clan della casa di Davide da sé e le loro mogli da sé; il clan della casa di Natan da sé e le loro mogli da sé; ¹³il clan della casa di Levi da sé e le loro mogli da sé; il clan della casa di Simeì da sé e le loro mogli da sé. ¹⁴Così tutti gli altri clan: ogni clan da sé e le loro mogli da sé».

13 Gerusalemme purificata e mondata. - ¹In quel giorno vi sarà una fontana zampillante, per la casa di Davide e per gli abitanti di Gerusalemme per il peccato e per l'impurità.

²In quel giorno, oracolo del Signore degli eserciti, sterminerò dal paese i nomi degli idoli, che non saranno più ricordati; farò scomparire dal paese anche i profeti e lo spirito di impurità. ³Se qualcuno vorrà ancora profetare, sua madre e suo padre che l'hanno generato diranno: «Non devi vivere! Perché tu dici il falso nel nome del Signore!». E suo padre e sua madre che l'hanno generato lo trafiggeranno mentre egli profetizza.

⁴In quel giorno i profeti proveranno vergogna delle proprie visioni che avevano annunziate, né indosseranno più il mantello di peli con lo scopo d'ingannare. ⁵Ma ognuno dirà: «Non sono profeta io! Sono agricoltore io, la terra è il mio bene fin dalla mia giovinezza!». ⁶E se qualcuno gli domanderà: «Che sono quelle cicatrici sopra le tue mani?», egli risponderà: «Quelle che ho ricevuto in casa dei miei amici!».

---

13. - ⁷⁻⁹. Questo brano viene inserito qui perché continua il discorso allegorico sul pastore.

12. - ¹⁰. *A me che hanno trafitto*: Dio è stato trafitto dalle ripetute infedeltà del popolo. Gv 19,37 ha interpretato questa frase in riferimento a Gesù Cristo crocifisso.

11. - *Adad-Rimmòn* è una località della pianura di Meghiddo dove avvenne lo scontro tra l'esercito egiziano e quello di Giuda, con ferimento e morte del pio re Giosia (cfr. 2Cr 35,22-25).

14 Combattimento supremo: la nuova Gerusalemme.

- [1]Ecco, un giorno viene per il Signore e le tue spoglie saranno divise in te. [2]Radunerò tutte le genti a Gerusalemme per la battaglia. La città sarà presa, gli edifici saranno saccheggiati, le donne violentate. La metà dei cittadini andrà in esilio, ma il resto del mio popolo non sarà cacciato di città. [3]Il Signore uscirà a combattere contro quelle genti, come quando combatté nel giorno dello scontro.

[4]I suoi piedi staranno in quel giorno sopra il monte degli Ulivi, che è di fronte a Gerusalemme, a oriente. Il monte degli Ulivi si spaccherà in mezzo da oriente a occidente, formando un'immensa voragine: una parte del monte si ritirerà verso settentrione e l'altra verso mezzogiorno. [5]La valle di Innom sarà ricolma — la valle di Innom si estende fino ad Asal — sarà ricolma come fu ricolma in seguito al terremoto al tempo di Ozia, re di Giuda. Il Signore, mio Dio, verrà, e tutti i suoi santi con lui.

[6]In quel giorno s'estinguerà la luce, non vi sarà più né freddo né gelo. [7]Sarà un giorno straordinario, noto solo al Signore; non vi sarà né giorno né notte e anche alla sera vi sarà luce. [8]In quel giorno usciranno acque vive da Gerusalemme: metà verso il mare d'oriente e metà verso il mare d'occidente; ci saranno d'estate e d'inverno. [9]Il Signore sarà re sopra tutta la terra. In quel giorno il Signore sarà unico e unico sarà il suo nome.

[10]Tutto il paese sarà cambiato in pianura da Gàbaa fino a Rimmòn Negheb. Gerusalemme sarà sopraelevata, pur rimanendo nello stesso posto, dalla porta di Beniamino fino al posto della prima porta, fino alla porta dell'Angolo e dalla torre di Cananeèl fino ai torchi reali. [11]Vi si abiterà. L'anatema non vi sarà più e Gerusalemme dimorerà in pace.

[12]Questa sarà la piaga con cui il Signore colpirà i popoli che avranno mosso guerra contro Gerusalemme: farà marcire le carni di ciascuno, mentre si terrà ritto sui suoi piedi; i suoi occhi marciranno nelle loro orbite e la sua lingua marcirà nella sua bocca. [13]In quel giorno ci sarà per opera del Signore gran panico in mezzo a loro: uno afferrerà l'altro per la mano e la sua mano s'alzerà contro la mano dell'altro. [14]Anche Giuda combatterà in Gerusalemme, e là sarà raccolta la ricchezza di tutti i popoli intorno: oro, argento e vesti in grande quantità.

[15]Ci sarà pure una piaga, simile alla prima, per i cavalli, i muli, i cammelli, gli asini e tutti gli animali che si troveranno in quegli accampamenti. [16]Allora ogni sopravvissuto di tutte le genti venute contro Gerusalemme salirà di anno in anno per adorare il re, il Signore degli eserciti, e per celebrare la festa delle Capanne.

[17]Se una delle famiglie della terra non salirà a Gerusalemme per adorare il re, il Signore degli eserciti, sopra di essa non ci sarà la pioggia. [18]Se la famiglia d'Egitto non salirà e non verrà, sopra di essa ci sarà la piaga con cui il Signore colpirà le genti che non salgono per celebrare la solennità delle Capanne. [19]Tale sarà il castigo per l'Egitto e per tutte le genti che non salgono per celebrare la solennità delle Capanne.

[20]In quel giorno su tutte le sonagliere dei cavalli vi sarà «Sacro al Signore» e nella casa del Signore le caldaie saranno come i bacili davanti all'altare. [21]Ogni caldaia in Gerusalemme e in Giuda sarà consacrata al Signore degli eserciti. Quanti vorranno fare sacrifici verranno a prenderle per cuocervi le carni. In quel giorno non vi sarà più alcun cananeo nella casa del Signore degli eserciti.

---

14. - [4-5]. Descrizione apocalittica che presenta analogie con il racconto della battaglia contro Gog di Magog (cfr. Ez 38).

MALACHIA

Di questo profeta nulla sappiamo. Il nome Malachia (che significa «messaggero del Signore») sembra desunto da una profezia contenuta nel libro (3,1) di cui lo si ritiene autore.

L'autore scrisse nella seconda metà del V secolo a.C., quindi nel periodo della ricostruzione dopo l'esilio. Il profeta sembra interessato particolarmente alle colpe dei sacerdoti e alle colpe che compromettono la purità rituale. Infatti gran parte del suo messaggio è costituita dalla condanna dei sacerdoti allorché culto e vita diventano due sfere separate e indipendenti anziché compenetrarsi. Di questo profeta è l'annuncio di un «messaggero del Signore» che sarà identificato in Giovanni Battista (3,1) e l'annuncio di un'offerta pura che si eleverà a Dio da ogni parte della terra (1,11).

1 **Israele è il popolo eletto.** - ¹Messaggio. Parola del Signore a Israele per mezzo di Malachia.

²«Io vi ho amati», dice il Signore. Voi dite: «Come ci hai amati?». «Esaù non era forse il fratello di Giacobbe? Oracolo del Signore. Io ho amato Giacobbe ³e odiato Esaù! Ho reso le sue montagne una landa, del suo territorio ho fatto un deserto!». ⁴Se Edom dice: «Siamo stati distrutti, ma noi ricostruiremo le rovine!», così dice il Signore degli eserciti: «Essi ricostruiranno e io demolirò! E si chiameranno Paese dell'empietà e Popolo avversato dal Signore per sempre!». ⁵I vostri occhi vedranno e voi direte: «Grande è il Signore oltre i confini d'Israele!».

Colpe dei sacerdoti. - ⁶Un figlio onora il padre e un servo il suo signore. Se io sono padre, il mio onore dov'è? Se io sono Signore, dov'è il timore di me? Il Signore degli eserciti parla a voi, sacerdoti che oltraggiate il mio nome! Voi domandate: «In che modo oltraggiamo il tuo nome?». ⁷Voi offrite sul mio altare cibo contaminato e dite: «Come lo contaminiamo?». Quando dite: «La tavola del Signore è spregevole» ⁸e offrite un animale cieco sull'altare, non è male? Se l'offrite zoppo o malandato, non è male? Su, presentalo al tuo governatore! Lo gradirà e

ti sarà propizio? Oracolo del Signore degli eserciti.

⁹Ora placate dunque il volto del Signore e vi sarà propizio! Ma se fate tali cose, vi sarà forse propizio?, dice il Signore degli eserciti. ¹⁰Oh! Chi fra voi chiuderà le porte, perché non arda più invano il mio altare? Non mi compiaccio di voi, né gradisco l'offerta dalle vostre mani.

Culto nuovo del futuro. - ¹¹Sì, dall'oriente all'occidente grande è il mio nome fra le genti. In ogni luogo incenso viene offerto al mio nome con un'oblazione pura. Perché grande è il mio nome fra le genti, dice il Signore degli eserciti.

Colpe dei sacerdoti. - ¹²Voi invece lo profanate quando dite: «La tavola del Signore è impura e l'alimento che v'è sopra è spregevole!». ¹³Voi dite: «Oh, che pena!», ma mi disprezzate, dice il Signore degli eserciti, e portate un animale rubato, zoppo e malandato per offrirlo in oblazione. Posso io gradirlo dalle vostre mani?, dice il Signore degli eserciti. ¹⁴Maledetto il fraudolento! Egli ha nel suo gregge un maschio e ne fa voto, ma al Signore lo offre difettoso! Sì, un Re grande sono io, dice il Signore degli eserciti, e il mio nome è terribile tra le genti!

2 Castigo per i sacerdoti infedeli. - ¹E ora a voi, o sacerdoti, questo avvertimento!

²Se non date ascolto e non vi date premura di dar gloria al mio nome, dice il Signore degli eserciti, scaglierò contro di voi la maledizione, muterò in maledizione la vostra benedizione! Anzi l'ho già mutata in maledizione, perché nessuno di voi si prende premura.

³ Ecco, io vi spezzo il braccio
e spargo il letame sopra le vostre facce,
il letame delle vostre solennità,
e vi spazzo via con quello!

⁴ E conoscerete che io vi invio questo
avvertimento
perché non resti l'alleanza mia con Levi,
dice il Signore degli eserciti.

⁵ La mia alleanza era con lui:
vita e prosperità, che io gli concessi;
timore, ed egli mi riverì
e davanti al mio nome ebbe rispetto!

⁶ Un insegnamento fedele era nella sua
bocca
e falsità non si trovò sulle sue labbra.
Nell'integrità e rettitudine camminò
con me
e molti ritrasse dal male!

⁷ Sì, le labbra del sacerdote custodiscono
la scienza
e l'insegnamento si ricerca dalla sua
bocca.
Sì, egli è il messaggero del Signore
degli eserciti.

⁸ Voi invece deviate dal mio cammino
e molti fate inciampare
con l'insegnamento;
avete infranto l'alleanza di Levi,
dice il Signore degli eserciti.

⁹ Io pure vi rendo spregevoli
e ignobili davanti a tutto il popolo,
perché non custodite le mie vie
e non v'interessate dell'insegnamento.

Matrimoni misti e divorzi. - ¹⁰Non è uno il padre di tutti noi? Non ci ha creato un unico Dio? Perché dunque ci tradiamo l'un l'altro, profanando l'alleanza dei nostri padri? ¹¹Giuda ha compiuto un tradimento, un'abominazione s'è fatta in Israele e in Gerusalemme. Giuda ha profanato il santuario pre-

diletto dal Signore, ha sposato la figlia di un dio straniero. ¹²Il Signore distrugga l'uomo che fa questo, chiunque egli sia, dalle tende di Giacobbe e da chi presenta l'offerta al Signore degli eserciti.

¹³Anche quest'altra cosa fate: ricoprite di lacrime, di pianti e di lamenti l'altare del Signore, perché non si volge più alla vostra offerta né più la gradisce dalle vostre mani! ¹⁴E vi domandate: «Perché?». Perché il Signore è testimone tra te e la donna della tua giovinezza che tu perfidamente tradisci, benché ella sia tua consorte e la donna del tuo patto!

¹⁵E non ha egli fatto un essere solo, di carne in cui è spirito? E che cosa cerca quest'essere unico? Una posterità donata da Dio. Vegliate dunque sul vostro spirito e non tradire la donna della tua giovinezza. ¹⁶Io infatti odio il ripudio, dice il Signore, Dio d'Israele, e chi copre d'ingiustizia la sua veste, dice il Signore degli eserciti. Vegliate dunque sul vostro spirito e non tradite!

Il giorno del Signore. - ¹⁷Voi stancate il Signore con i vostri discorsi. Voi chiedete: «Perché lo stanchiamo?». Perché dite: «Chiunque fa il male è buono agli occhi del Signore; in essi si compiace!», oppure: «Dov'è Dio giudice?».

3 ¹Ecco, invio il mio messaggero; egli preparerà la via davanti a me. Subito entrerà nel suo santuario il Signore che voi cercate; l'angelo dell'alleanza che voi desiderate, eccolo venire, dice il Signore degli eserciti. ²Chi sosterrà il giorno della sua venuta? Chi resisterà al suo apparire? Egli è come il fuoco del fonditore e come la soda dei lavandai. ³Egli siederà a mondare e a purificare. Purificherà i figli di Levi; li colerà come l'oro e come l'argento, cosicché saranno per il Signore coloro che offrono un'oblazione secondo giustizia. ⁴Allora piacerà al Signore l'offerta di Giuda e di Gerusalemme come nei tempi remoti, come negli anni lontani! ⁵Vi verrò incontro per il giudizio, e sarò un testimone pronto contro gli indovini, contro gli adùlteri, contro quelli che giurano il falso, contro chi trattiene la mercede all'operaio, contro chi opprime vedova, orfano, forestiero, perché essi non mi temono, dice il Signore degli eserciti.

---

3. - ¹. ¹ *Il mio messaggero*: gli evangelisti e Gesù stesso applicano queste parole a Giovanni Battista, precursore del Messia (Mt 11,10 par.).

Le decime al tempio

⁶ Sì, io sono il Signore e non muto,
 e voi siete figli di Giacobbe
 e non cambiate.
⁷ Dai giorni dei vostri padri vi allontanate
 dai miei precetti e non li osservate!
 Ritornate a me e ritornerò a voi,
 dice il Signore degli eserciti.
⁸ Può l'uomo ingannare Dio?
 Sì, voi m'ingannate!
 E domandate: «In che t'inganniamo?».
 Nella decima e nell'offerta!
⁹ Voi siete sotto la maledizione
 e m'ingannate, popolo tutto!
¹⁰ Portate la decima intera nella stanza
 del tesoro,
 perché ci sia cibo nella mia casa,
 e così mettetemi alla prova,
 dice il Signore degli eserciti,
 se io non vi aprirò le cateratte del cielo
 e non spanderò su voi la benedizione
 sopra ogni misura.
¹¹ Ordinerò per voi al roditore
 di non distruggervi il frutto del suolo,
 e non sia sterile la vostra vigna
 nei campi,
 dice il Signore degli eserciti!
¹² Vi proclameranno beati tutte le nazioni
 perché sarete una terra di delizie,
 dice il Signore degli eserciti.

Trionfo dei giusti nel giorno del Signore. -

¹³Sono duri i vostri discorsi contro di me,
dice il Signore degli eserciti. E voi domandate: «Che abbiamo detto contro di te?».
¹⁴Voi dite: «È vano servire Dio: che profitto
c'è nell'osservare i suoi precetti, marciare
in lutto davanti al Signore degli eserciti?
¹⁵Dobbiamo piuttosto proclamare beati gli
arroganti: prosperano coloro che fanno il

male, tentano Dio, eppure la scampano!».
¹⁶Così dicevano quelli che temono il Signore, ciascuno al suo vicino. Ma il Signore
ha inteso e ascoltato; fu scritto un memoriale al suo cospetto per coloro che lo temono
e onorano il suo nome. ¹⁷Saranno per me,
dice il Signore degli eserciti, speciale proprietà per il giorno che preparo. Avrò compassione di loro come il padre ha compassione del figlio che lo serve. ¹⁸Distinguerete
allora tra il giusto e l'empio, tra chi serve
Dio e chi non lo serve. ¹⁹Sì, ecco il giorno
arriva, incandescente come una fornace.
Tutti gli arroganti e tutti i malvagi saranno
stoppia. Li incendierà il giorno che arriva,
dice il Signore degli eserciti, cosicché non
resti loro radice e germoglio. ²⁰Per voi che
temete il mio nome spunterà il sole di giustizia, con raggi radiosi. Allora voi uscirete
saltellando, come giovenchi dalla stalla!
²¹Calpesterete gli empi; saranno cenere sotto la pianta dei vostri piedi, nel giorno che
io preparo, dice il Signore degli eserciti.

Ritorno di Elia. -

²²Ricordatevi della legge
di Mosè, mio servo, che io gli consegnai
sull'Oreb per tutto Israele: leggi e precetti.
²³Ecco, io vi invio Elia il profeta, prima che
venga il giorno del Signore, grande e spaventoso! ²⁴Egli ricondurrà il cuore dei padri
ai figli e il cuore dei figli ai padri, affinché
io non venga a colpire il paese con lo sterminio!

---

20. *Il sole di giustizia*: la salvezza, il Salvatore, Gesù Cristo.
23. *Elia*: Gesù riconobbe in Giovanni Battista l'Elia
che doveva venire (Mt 11,10.14; Mc 9,11). Nella
promessa di un figlio a Zaccaria, padre di Giovanni
Battista, si hanno precisamente, applicate a Giovanni, le parole del profeta (cfr. Lc 1,17).

NUOVO TESTAMENTO

Il *Nuovo Testamento* è la raccolta ufficiale degli scritti che stanno alla base della fede cristiana. Sono 27 libretti: i quattro vangeli (Matteo, Marco, Luca, Giovanni), Atti degli Apostoli, ventuno lettere (13 di Paolo, 1 agli Ebrei, 1 di Giacomo, 2 di Pietro, 1 di Giuda, 3 di Giovanni), di cui alcune molto brevi, e l'Apocalisse.

Questi scritti sono stati ritenuti «sacri e canonici» (cioè divinamente ispirati e normativi per la fede e l'agire dei cristiani) fin dal II secolo d.C., cioè a cominciare dalla morte dell'ultimo apostolo. I primi cristiani, fin dal giorno della risurrezione di Gesù e, con più lucida consapevolezza, dal giorno della Pentecoste, considerarono la sua vicenda terrena come l'intervento definitivo di Dio nella storia, come il compimento messianico delle promesse fatte da Dio ad Abramo (cfr. Gn 12,3; 22,16-18) e dell'alleanza sancita tramite Mosè con il popolo ebraico ai piedi del Sinai (cfr. Es 19,5-8; 24,1-8). Facendo appello a grandi testi profetici, in particolare di Ezechiele (36,25-28), di Geremia (31,31) e di Isaia (55,3; 59,21), i cristiani ritenevano che l'alleanza mosaica era adesso realizzata e superata da una *nuova alleanza* che veniva identificata e puntualizzata nei racconti dell'ultima cena di Gesù (cfr. 1Cor 11,25; Lc 22,20; Mc 14,24; Mt 26,28). Secondo le testimonianze letterarie a noi giunte, Paolo è stato il primo a denominare *alleanza antica* i libri della legge mosaica (2Cor 3,14), dando in tal modo il via all'applicazione di *alleanza nuova* agli scritti che riferivano l'opera di Gesù.

Contenuto e forme letterarie

Il contenuto e il messaggio centrale del Nuovo Testamento consistono in un avvenimento storico, e più precisamente in un personaggio, Gesù di Nazaret, che dopo la morte e la risurrezione ricevette dai suoi discepoli il titolo di *Mashiah*, cioè *unto*, consacrato, in greco *Christós*, un appellativo che era applicato nella tradizione ebraica anzitutto al re, poi ai sacerdoti consacrati con l'unzione, e infine, in maniera eminente, al liberatore promesso della discendenza di Davide. Di qui la denominazione di *Gesù Cristo*, che invalse presto come nome proprio, ma che originariamente era una vera professione di fede: «Gesù è il Cristo», cioè il Messia promesso nelle Scritture sacre.

Questa proclamazione fondamentale di fede viene detta in linguaggio tecnico *chèrigma*, cioè annuncio e proclamazione che Dio ha dato agli uomini la salvezza in Gesù Cristo. Il cherigma rappresenta perciò il nucleo osseo, la struttura portante di tutto il Nuovo Testamento. Nelle linee essenziali lo si può riassumere così: il tempo della promessa è arrivato; Dio ha inviato agli uomini il Messia e Salvatore, Gesù di Nazaret; le autorità degli Ebrei e dei Romani lo hanno crocifisso ed egli morì per i peccati degli uomini e fu sepolto, ma il terzo giorno si è manifestato risorto e vivente con Dio. Ora se ne attende la venuta e l'apparizione gloriosa (*parusìa*) alla fine della storia. Quelli che credono in lui ne ricevono lo Spirito e formano la chiesa che lo attesta e ne dà l'annuncio a tutti i popoli, i quali sono invitati a convertirsi, credere nella buona novella e portare frutti di vita nuova nel segno della giustizia e dell'amore.

In tal modo il cherigma si prolunga spontaneamente nella *parènesi*, cioè in una serie di indicazioni morali per i discepoli di Gesù, affinché la loro condotta sia conforme alla nuova stagione della storia in cui sono entrati. In tutto il Nuovo Testamento il cherigma è il fondamento della parenesi e questa ne scruta i significati per trarne lezioni morali. Nelle lettere di san Paolo le pagine dedicate al richiamo degli elementi fondamentali della predicazione sono seguite da interi capitoli di direttive e di annotazioni sul comportamento nella vita.

Schematizzando un poco, si possono ridurre cherigma e parenesi al grande binomio fede e carità: la fede accoglie l'annuncio di ciò che Dio ha effettuato in Gesù Cristo, la carità lo traduce in pratica, facendo di lui il modello e il principio ispiratore dell'esistenza cristiana.

Ma fin dai primordi della vita cristiana al binomio fede-carità si trova associata la speranza, che è il terzo capitolo del vivere cristiano, cioè l'attesa dello svelamento di ciò che si possiede nel chiaroscuro della fede e si esprime nell'«impegno della carità» (1Ts 1,3). La speranza trova così il suo appoggio documentario in una terza componente del Nuovo Testamento, l'escatologìa. Ordinariamente, quando si dice escatologico o profetico si è tentati subito di guardare al futuro o addirittura alla fine. Ciò è esatto soltanto in parte. La dimensione escatologica si rapporta alla totalità, allo svelamento di tutto il mistero cristiano, il che avverrà sì alla fine dei tempi, ma già possiede la sua attualità, perché in Gesù Cristo sono già presenti e offerti agli uomini i doni messianici; soltanto se ne attende il compimento e la manifestazione (cfr. 1Cor 13,12-13; 1Gv 3,2-3).

Al pari della parenesi morale, l'annuncio e l'attesa escatologica permeano tutti gli scritti del Nuovo Testamento. E il linguaggio escatologico possiede un suo repertorio linguistico convenzionale. Lo sguardo sull'aldilà, oltre il velo sensibile degli avvenimenti, viene effettuato per mezzo di una simbologia maturata in esperienze e tradizioni diverse. Sono perciò quelle escatologiche le parti più oscure del Nuovo Testamento, dove il lettore non specializzato dovrà affidarsi alla guida degli esperti e dei commentatori.

Cherigma, parenesi ed escatologia sono le forme elementari in cui si presenta tutto il contenuto del Nuovo Testamento.

Perché accettiamo il Nuovo Testamento

Da una lettura onesta dei testi emerge la convinzione che essi intendono riferire parole e fatti realmente accaduti nella storia, sui quali un'intera comunità impegna la propria testimonianza. Questa certezza del valore storico del Nuovo Testamento ha resistito a tutte le verifiche che l'indagine scientifica, giustamente, ha voluto avanzare. Si può quindi ritenere con sicurezza che il Nuovo Testamento riferisce con fedeltà e sincerità di Gesù e del suo operato.

Tuttavia accanto a questa ragione storica e deduttiva che fa accettare Gesù e il Nuovo Testamento come dall'esterno, per motivi che rimangono fondamentalmente razionali, è sempre esistita una ragione del cuore che fa guardare a Gesù come al compimento e alla soluzione delle istanze più segrete e profonde che palpitano nell'ambito dell'uomo. Lo si può esprimere con le parole di Pietro a Gesù: «Signore, da chi andremo? Tu solo hai parole di vita eterna» (Gv 6,68).

IL VANGELO DI GESÙ CRISTO

La parola *vangelo* significa «buona notizia», «lieto annunzio», e deriva dal greco *euangélion*. Il termine ebraico corrispondente è *besorah* e significa soprattutto annuncio di vittoria; i profeti l'adoperarono per indicare il compimento delle promesse messianiche (Is 40,9; 52,7).

Gesù si appropriò del termine per dichiarare l'avverarsi in lui delle profezie e del regno di Dio. Nota l'evangelista Marco: «Dopo che Giovanni fu arrestato, Gesù venne in Galilea, predicando il vangelo di Dio. Diceva: "Il tempo è compiuto e il regno di Dio è giunto. Convertitevi e credete al vangelo"» (1,14-15).

«Evangelizzare» significa quindi, già durante la vita di Gesù, dare la lieta notizia che la salvezza è giunta, che Dio ha realizzato le sue promesse. A Nazaret, all'inizio dell'attività pubblica, Gesù, riferendo a sé profezie di Isaia e Sofonia, proclamò nella sinagoga davanti ai suoi compaesani: «Lo Spirito del Signore è sopra di me, per questo mi ha consacrato e mi ha inviato a portare ai poveri il *lieto annunzio* (Lc 4,18).

Il vangelo e i vangeli - Secondo quanto si legge alla fine del vangelo di Marco, Gesù prima di accomiatarsi dai suoi ordinò loro: «Andate per tutto il mondo e predicate il vangelo [letteralmente: "portate la lieta notizia"] a ogni creatura» (16,15). Il vangelo deve dunque essere annunciato, per ordine di Gesù, su tutta la terra. A designare quelli che lo propagano venne subito coniato il termine «evangelisti», e la loro azione sarà detta «evangelizzazione». L'annuncio riguarda l'avvento del regno nella persona storica di Gesù di Nazaret e soprattutto la sua vittoria pasquale sopra il peccato e la morte.

Per questo dall'età apostolica fino a oggi i vocaboli «vangelo» ed «evangelizzare» hanno sempre conservato un'evocazione missionaria, significando a un tempo notizia di qualcosa di nuovo, di inaudito, di gratuito che viene offerto agli uomini, e insieme invito pressante a riceverlo, convertendosi, uscendo cioè fuori dall'ignavia e dal torpore dell'esistenza.

Dopo che si erano diffuse nella chiesa le «memorie degli apostoli» su Gesù, messe per iscritto da Matteo, Marco, Luca e Giovanni, la parola «vangelo» passò a significare anche i libretti stessi che questi autori avevano composto.

A partire da sant'Ireneo, cioè dalla seconda metà del secolo II, si parla correntemente nella chiesa di *vangelo* e di *vangeli* per indicare sia l'annuncio orale, sia il messaggio scritto, sia i quattro testi evangelici.

L'origine dei quattro vangeli. - Secondo quanto ci dice la chiesa, nel Concilio Vaticano II e in altri documenti, l'insegnamento e la vita di Gesù giunsero a noi passando per tre stadi.

Il primo stadio è quello della vita stessa di Gesù, svoltasi sotto gli occhi dei discepoli, i quali furono ascoltatori attenti delle sue parole e testimoni diretti delle sue opere. Il Signore nell'esporre a voce il suo insegnamento seguiva le forme di pensiero e d'espressione allora in uso, adattandosi alla mentalità degli uditori e facendo sì che quanto insegnava s'imprimesse fermamente nella mente dei discepoli e venisse da loro ritenuto con facilità. In effetti, analisi linguistiche e letterarie, metodi di indagine molto perfezionati permettono ora di additare con sicurezza in molte espressioni e parabole dei vangeli il suono stesso della parola di Gesù. Ugualmente gli episodi della sua vita, i racconti e i miracoli risultano essere riferiti con tale semplicità, sobrietà e aderenza storico-geografica da non permettere dubbi sulla loro sostanziale veridicità.

Il secondo stadio della genesi dei vangeli è dato dalla predicazione degli apostoli. Dopo la morte e la risurrezione del Signore essi cominciarono a rendere testimonianza a Gesù, annunciando e riferendo con fedeltà episodi biografici, insegnamenti e detti di lui, tenendo presenti, nella predicazione, le esigenze dei vari uditori.

Due brani di san Paolo, nella prima lettera ai Corinzi, ci permettono di cogliere al vivo la testimonianza orale che veniva trasmessa, basandosi sull'autorità dei Dodici e in comunione con loro: si tratta degli avvenimenti dell'ultima cena (1Cor 11,23-25) e delle apparizioni di Gesù risorto, sui quali Paolo conclude: «Sia io sia essi (gli apostoli) così predichiamo e così avete creduto» (15,1-11). Indubbiamente gli apostoli hanno presentato ai loro uditori quanto Gesù aveva realmente detto e operato con quella più piena intelligenza da essi goduta in seguito all'evento della risurrezione di Cristo e all'illuminazione dello Spirito nella Pentecoste.

Inoltre nella predicazione di Cristo essi usarono vari modi d'espressione: si tratta di catechesi, narrazioni, testimonianze, inni, dossologie, preghiere e altre simili forme letterarie in uso fra gli uomini di quel tempo. Esigenze catechetiche e opportunità di vario genere portarono ben presto alla concentrazione dei detti e dei fatti di Gesù in alcune raccolte, la cui identificazione è tuttora possibile nella trama generale dei vangeli, come, per esempio, il discorso della montagna, i racconti della passione e delle apparizioni, alcune serie di parabole.

Vi furono vari tentativi di raccogliere questa documentazione su Gesù, come riferisce Luca: «Molti hanno già cercato di mettere insieme un racconto degli avvenimenti verificatisi tra noi, così come ce li hanno trasmessi coloro che fin dall'inizio furono testimoni oculari e ministri della parola» (1,1-2).

Nella seconda metà del I secolo, cioè tra gli anni 50 e 80 d.C., alcune grandi personalità, di cui la tradizione ha conservato il nome, compirono l'opera: si tratta di Matteo, Marco, Luca, ai quali si aggiunse, verso la fine del secolo, l'apostolo Giovanni.

È questa la terza e ultima fase della composizione dei vangeli, nella quale gli autori sacri consegnarono l'istruzione, fatta prima oralmente e poi messa per iscritto, nei quattro vangeli per il bene della chiesa, con un metodo corrispondente al fine che ognuno si proponeva. Fra le molte cose tramandate ne scelsero alcune, talvolta compirono una sintesi, talaltra, badando alla situazione delle singole chiese, svilupparono certi elementi, cercando con ogni mezzo che i lettori conoscessero la fondatezza di quanto veniva loro insegnato. E non va contro la verità della narrazione il fatto che gli evangelisti riferiscano i detti e i fatti del Signore in ordine diverso, e ne esprimano le parole non alla lettera ma con qualche diversità e conservando il loro senso.

Si devono dunque considerare tre stadi nella redazione letteraria delle parole e dei fatti di Gesù, ossia nella genesi dei vangeli, per rendersi conto delle loro somiglianze e diversità e anche degli aspetti particolari che ciascuno ha messo in rilievo della personalità di Gesù Cristo.

VANGELO SECONDO MATTEO

Matteo, o Levi (cfr. Mc 2,14; Lc 5,27), era esattore d'imposte a Cafarnao; fu chiamato da Gesù (9,9) ed egli, lasciato tutto, lo seguì. Diede poi un pranzo di addio ai suoi collaboratori, cui prese parte Gesù con i discepoli (9,10-13). Dopo ciò non conosciamo altro della vita di Matteo.

Un vangelo secondo Matteo, scritto in aramaico, andò presto perduto; il Mt greco giunto sino a noi, che non pare una traduzione, probabilmente non risale all'apostolo, pur utilizzando il materiale dell'opera originale. Dev'essere stato scritto negli anni 70-80 in Palestina o in Siria, soprattutto per gli Ebrei, come si deduce da frasi e termini ebraici non spiegati, perché supposti noti (4,5; 5,22; 16,17.19; 18,18; 23,33; 24,3; 27,4), e da altri indizi.

A parte il racconto dell'infanzia (cc. 1-2), e quello della passione-morte-risurrezione di Gesù (cc. 26-28), che fanno parte a sé, il resto del materiale è distribuito in cinque blocchi ben visibili, formati ciascuno da una sezione narrativa e una didattica, concluse con la formula caratteristica: «Quando Gesù ebbe finito questi discorsi...» (7,28; 11,1; 13,53; 19,1; 26,1).

Tenendo conto dell'ambiente e dei lettori ebrei ai quali si rivolgeva, Matteo sottolinea: a) che in Gesù si sono compiuti i vaticini dell'Antico Testamento riguardanti il Messia, quindi egli è il Messia atteso (1,23; 2,5s; 2,13-15.23; 3,3; 4,14; 8,16s; 12,15-21; 27,7.10.34s); b) che Gesù annuncia e inaugura sulla terra il regno dei cieli la cui magna charta *è delineata nel discorso sulla montagna (cc. 5-7).*

Matteo presenta Gesù soprattutto come Maestro: perciò a tutti gli uomini di tutti i tempi il Padre celeste continua a rivolgere il comando: «Ascoltatelo!» (17,2).

VANGELO DELL'INFANZIA

1 **Genealogia.** - ¹Genealogia di Gesù Cristo, figlio di Davide, figlio di Abramo.
²Abramo generò Isacco; Isacco generò Giacobbe; Giacobbe generò Giuda e i suoi fratelli; ³Giuda generò Fares e Zara, da Tamar; Fares generò Esròm; Esròm generò Aram; ⁴Aram generò Aminadàb; Aminadàb generò Naassòn; Naassòn generò Salmòn; ⁵Salmòn generò Booz, da Racab; Booz generò Obed, da Rut;

Obed generò Iesse; ⁶Iesse generò il re Davide.
Davide generò Salomone, da quella che era stata la moglie di Urìa. ⁷Salomone generò Roboamo; Roboamo generò Abìa; Abìa generò Asàf; ⁸Asàf generò Giosafat; Giosafat generò Ioram; Ioram generò Ozia; ⁹Ozia generò Ioatàm; Ioatàm generò Acaz; Acaz generò Ezechìa; ¹⁰Ezechìa generò Manasse; Manasse generò Amos; Amos generò Giosìa; ¹¹Giosìa generò Ieconìa e i suoi fratelli al tempo della deportazione in Babilonia.
¹²Dopo la deportazione in Babilonia: Ieconìa generò Salatièl; Salatièl generò Zorobàbele; ¹³Zorobàbele generò Abiùd; Abiùd generò Elìacim; Elìacim generò Azor; ¹⁴Azor generò Sadoc; Sadoc generò Achim; Achim generò Eliùd; ¹⁵Eliùd generò Eleàzar; Eleàzar generò Mattàn; Mattàn generò Giacobbe; ¹⁶Giacobbe generò Giuseppe, lo

---

1. - ¹· *Gesù*: significa «Dio salva»; *Cristo* (greco) o *Messia* (ebraico) vuol dire «consacrato» ed era il titolo dato al futuro liberatore. È detto figlio di Davide e di Abramo nelle profezie e nelle promesse.
¹⁶· Matteo, facendo la genealogia di Giuseppe, dimostra che Gesù Cristo è figlio di Davide, cioè appartenente in modo legittimo alla sua discendenza.

sposo di Maria, dalla quale nacque Gesù, che è chiamato Cristo.

[17]Il numero complessivo delle generazioni da Abramo a Davide è di quattordici generazioni; da Davide alla deportazione in Babilonia di quattordici generazioni; dalla deportazione in Babilonia fino al Cristo ancora di quattordici generazioni.

Nascita di Gesù. - [18]La nascita di Gesù avvenne in questo modo: sua madre Maria si era fidanzata con Giuseppe; ma prima che essi iniziassero a vivere insieme, si trovò che lei aveva concepito per opera dello Spirito Santo.

[19]Il suo sposo Giuseppe, che era giusto e non voleva esporla al pubblico ludibrio, decise di rimandarla in segreto. [20]Ora, quando aveva già preso una tale risoluzione, ecco che un angelo del Signore gli apparve in sogno per dirgli: «Giuseppe, figlio di Davide, non temere di prendere con te Maria, tua sposa: ciò che in lei è stato concepito è opera dello Spirito Santo. [21]Darà alla luce un figlio, e tu lo chiamerai Gesù; egli infatti salverà il suo popolo dai suoi peccati».

[22]Tutto ciò è accaduto affinché si adempisse quanto fu annunciato dal Signore per mezzo del profeta che dice:

[23] *Ecco: la vergine concepirà*
    e darà alla luce un figlio
    che sarà chiamato Emmanuele,

che significa: *con-noi-è-Dio.* [24]Destatosi dal sonno, Giuseppe fece come gli aveva ordinato l'angelo del Signore e prese con sé la sua sposa; [25]ma non si accostò a lei, fino alla nascita del figlio; e gli pose nome Gesù.

2 Venuta dei Magi. - [1]Dopo che Gesù nacque a Betlemme in Giudea, al tempo del re Erode, ecco giungere a Gerusalemme dall'oriente dei Magi, [2]i quali domandavano: «Dov'è il neonato re dei Giudei? Poiché abbiamo visto la sua stella in oriente e siamo venuti ad adorarlo».

[3]All'udir ciò il re Erode fu preso da spavento e con lui tutta Gerusalemme. [4]Convocò allora tutti i capi dei sacerdoti e gli scribi del popolo e domandò loro: «Dove dovrà nascere il Messia?».

[5]Essi gli dissero: «A Betlemme di Giudea. Infatti così è stato scritto per mezzo del profeta:

[6] *E tu Betlemme, terra di Giuda,*
    non sei la più piccola
    fra i capoluoghi di Giuda.
    Da te uscirà un capo
    che pascerà il mio popolo, Israele».

[7]Allora Erode chiamò segretamente i Magi e chiese ad essi informazioni sul tempo esatto dell'apparizione della stella; [8]quindi li inviò a Betlemme, dicendo: «Andate e fate accurate ricerche del bambino; qualora lo troviate, fatemelo sapere, in modo che anch'io possa andare ad adorarlo».

[9]Essi, udite le raccomandazioni del re, si misero in cammino. Ed ecco: la stella che avevano visto in oriente li precedeva, finché non andò a fermarsi sopra il luogo dove si trovava il bambino. [10]Al vedere la stella furono ripieni di straordinaria allegrezza; [11]ed entrati nella casa videro il bambino con Maria sua madre e si prostrarono davanti a lui in adorazione. Poi aprirono i loro scrigni e gli offrirono in dono oro, incenso e mirra. [12]Quindi, avvertiti in sogno di non passare da Erode, per un'altra via fecero ritorno al proprio paese.

Fuga in Egitto. - [13]Dopo la loro partenza, ecco che un angelo del Signore apparve in sogno a Giuseppe e gli disse: «Su, àlzati, prendi con te il bambino e sua madre e fuggi in Egitto e rimani lì fino a mio nuovo avviso. Erode infatti è in cerca del bambino per ucciderlo».

[14]Egli si alzò, prese con sé il bambino e sua madre, nella notte, e partì per l'Egitto. [15]Lì rimase fino alla morte di Erode. Questo affinché si adempisse quanto fu annunciato dal Signore per mezzo del profeta che dice: *Dall'Egitto ho richiamato mio figlio.*

Strage degli innocenti. - [16]Allora Erode, vistosi ingannato dai Magi, si adirò fortemente e mandò ad uccidere tutti i bambini di Betlemme e dei dintorni, dai due anni in giù, in considerazione del tempo preciso indicatogli dai Magi. [17]Allora si adempì quanto fu detto dal profeta Geremia:

[18] *Una voce s'è udita in Rama,*
    pianto e lamento copioso;
    Rachele piange i suoi figli

---

2. - [4.] *I capi dei sacerdoti* erano i capi delle 24 famiglie sacerdotali. Gli *scribi* godevano di molta riputazione come dottori della legge: ne curavano la trascrizione per le sinagoghe e la spiegavano al popolo.

e non si vuole consolare,
perché non sono più.

Ritorno a Nazaret. - [19]Dopo la morte di
Erode, ecco che un angelo del Signore apparve in sogno a Giuseppe in Egitto [20]e gli
disse: «Àlzati, prendi con te il bambino e
sua madre e va' nella terra d'Israele; sono
morti infatti quelli che insidiavano la vita
del bambino».
[21]Egli si alzò, prese con sé il bambino e
sua madre e s'incamminò verso la terra d'I-
sraele. [22]Ma quando seppe che in Giudea
regnava Archelao, successo ad Erode suo
padre, ebbe paura di recarsi là. Avvertito
però in sogno, se ne andò nella regione della Galilea, [23]e giunto là, si stabilì nella città
chiamata Nazaret. Ciò affinché si adempisse il detto dei profeti: *Sarà chiamato Nazo-*
reo.

LA LEGGE FONDAMENTALE DEL REGNO

3 Missione del Battista. - [1]In quei giorni
comparve Giovanni il Battista a predicare nel deserto della Giudea [2]dicendo: «Convertitevi, poiché vicino è il regno dei cieli!». [3]Di lui parla il profeta Isaia che dice:

Voce di uno che grida nel deserto:
preparate la via del Signore,
raddrizzate i suoi sentieri.

[4]Giovanni indossava una veste di peli di
cammello, stretta ai fianchi con una cintura
di pelle; il suo cibo erano locuste e miele
selvatico. [5]A lui accorrevano da Gerusalemme, da tutta la Giudea e da tutta la zona
adiacente al Giordano, [6]e si facevano battezzare da lui nel fiume Giordano, confessando i loro peccati.

---

3. - 2. *Convertitevi*: la parola indica prima di tutto
una trasformazione interiore di mente e di volontà,
che dovrà poi manifestarsi all'esterno col cambiamento di condotta. *Regno dei cieli*: espressione semitica propria di Matteo; equivale a regno di Dio.
7. *Farisei*: significa «separati». Essi formavano una
setta spiritualista, nazionalista e rigorista, la cui peculiarità era lo zelo per l'osservanza della legge e l'attaccamento perfino esagerato alle loro tradizioni orali, considerate al punto da superiori alla legge stessa. I
sadducei, il cui nome deriva probabilmente da
Zadòk, sommo sacerdote sotto Davide, erano oppor-
tunisti e lassisti, negavano l'immortalità dell'anima e
simpatizzavano per la cultura ellenistica.

[7]Vedendo un giorno venire al battesimo
molti tra farisei e sadducei, li apostrofò dicendo: «Razza di vipere! Chi vi ha insegnato a
cercare scampo dall'ira ventura? [8]Fate dunque veri frutti di conversione [9]e non vi illude-
te dicendo: "Abbiamo Abramo per padre".
Poiché vi dico che Dio è capace di suscitare
figli ad Abramo da queste pietre. [10]La scure
sta già sulla radice degli alberi; perciò ogni albero che non porta buon frutto viene tagliato
e gettato nel fuoco. [11]Io, sì, vi battezzo in acqua perché vi convertiate; ma colui che viene
dopo di me è più forte di me, e io non sono
degno di portarne i calzari; è lui che vi battezzerà in Spirito Santo e fuoco; [12]ha nella mano
il ventilabro per mondare la sua aia; raccco-
glierà il suo frumento nel granaio e brucerà la
pula con fuoco inestinguibile».

Battesimo di Gesù. - [13]Allora Gesù dalla
Galilea si recò al Giordano per essere da lui
battezzato. [14]Ma Giovanni voleva impedir-
glielo dicendo: «Sono io che ho bisogno di
essere battezzato da te; tu invece vieni a
me?». [15]Ma Gesù gli disse: «Lascia, per ora;
per noi infatti è doveroso adempiere ogni
giustizia». Allora acconsentì.
[16]Non appena s'immerse, Gesù risalì subito dall'acqua. Ed ecco: si aprirono a lui i
cieli e vide lo Spirito di Dio discendere in
forma di colomba e venire su di lui. [17]Ed
ecco: una voce venne dai cieli che diceva:
«Questi è il mio Figlio diletto nel quale ho
posto la mia compiacenza».

4 Le tentazioni. - [1]Allora Gesù fu condotto dallo Spirito nel deserto per essere
tentato dal diavolo. [2]E dopo aver digiunato
quaranta giorni e quaranta notti, ebbe fame. [3]Gli si avvicinò il tentatore e gli disse:
«Se sei Figlio di Dio, di' che queste pietre
diventino pane».
[4]Ma egli rispose: «Sta scritto:

Non di solo pane vivrà l'uomo,
ma di ogni parola
che esce dalla bocca di Dio».

[5]Allora il diavolo lo condusse con sé nella
città santa, e postolo sul pinnacolo del tempio, [6]gli disse: «Se sei Figlio di Dio, gèttati
giù. Infatti sta scritto:

Darà ordini per te ai suoi angeli
che ti sorreggano sulle braccia,

*perché non urti in qualche sasso il tuo
piede».*

[7]Gli rispose Gesù: «Sta anche scritto:

Non tenterai il Signore Dio tuo».

[8]Di nuovo il diavolo lo condusse con sé
sopra un monte altissimo e gli mostrò tutti i
regni del mondo con la loro magnificenza.
[9]E gli disse: «Tutte queste cose io te le
darò, se prostrato a terra mi adorerai».
[10]Allora gli disse Gesù: «Vattene, Satana!
Sta scritto:

*Adorerai il Signore Dio tuo
e a lui solo presterai culto».*

[11]Il diavolo allora lo lasciò. Ed ecco che
gli angeli si avvicinarono a lui per servirlo.

Inizio della predicazione in Galilea. -
[12]Quando poi seppe che Giovanni era stato
imprigionato, Gesù si ritirò in Galilea; [13]e
lasciata Nazaret, andò ad abitare a Cafarnao,
che si trova in riva del mare, nel territorio
di Zabulon e di Nèftali; [14]perché si adempisse quanto fu annunciato dal profeta Isaia:

[15] *Terra di Zabulon e terra di Nèftali,
sulla via del mare,
al di là del Giordano,
Galilea delle genti!*
[16] *Il popolo che giace nelle tenebre
ha visto una gran luce,
per quanti dimorano
nella tenebrosa regione della morte
una luce s'è levata.*

[17]Da allora Gesù cominciò a predicare e a
dire: «Convertitevi, poiché è vicino il regno
dei cieli».

I primi discepoli. - [18]Camminando lungo il
mare di Galilea, Gesù vide due fratelli, Simone detto Pietro e Andrea suo fratello:
stavano gettando in mare le reti, poiché
erano pescatori. [19]Disse loro: «Seguitemi e
vi farò pescatori di uomini». [20]Essi all'istante, abbandonate le reti, lo seguirono.
[21]Movendosi di là, vide altri due fratelli,
Giacomo di Zebedeo e Giovanni suo fratello: stavano rassettando le reti sulla barca insieme al loro padre Zebedeo. Li chiamò
[22]ed essi all'istante, abbandonata la barca
con il padre, lo seguirono.

Le prime opere. - [23]Percorrendo tutta la
Galilea, Gesù insegnava nelle loro sinagoghe, annunciando il vangelo del regno e
guarendo fra il popolo ogni malattia e infermità. [24]Si sparse la sua fama per tutta la
Siria, e così condussero a lui malati di
ogni genere: sofferenti di infermità e dolori vari, indemoniati e paralitici, ed egli
li guarì.
[25]Lo seguirono perciò folle numerose provenienti dalla Galilea, dalla Decapoli, da
Gerusalemme, dalla Giudea e dalla Transgiordania.

5 **Le beatitudini.** - [1]Alla vista delle folle
Gesù salì sul monte e, come si fu sedu-
to, si accostarono a lui i suoi discepoli. [2]Al-
lora aprì la sua bocca per ammaestrarli dicendo:

[3] «Beati i poveri di spirito,
perché di essi è il regno dei cieli.
[4] Beati quelli che piangono,
perché saranno consolati.
[5] Beati i miti,
perché erediteranno la terra.
[6] Beati quelli che hanno fame e sete
della giustizia,
perché saranno saziati.
[7] Beati i misericordiosi,
perché troveranno misericordia.
[8] Beati i puri di cuore,
perché vedranno Dio.
[9] Beati gli operatori di pace,
perché saranno chiamati figli di Dio.
[10] Beati i perseguitati a causa
della giustizia,
poiché di essi è il regno dei cieli.

[11]Beati voi quando vi insulteranno e vi
perseguiteranno e, mentendo, diranno contro di voi ogni sorta di male a causa mia,
[12]rallegratevi ed esultate, poiché grande è
la vostra ricompensa nei cieli. Così, del resto, perseguitarono i profeti che furono prima di voi».

---

5. - [1.] Il discorso della montagna è il compendio
dell'annuncio cristiano e le otto beatitudini indicano
le condizioni indispensabili per entrare nel regno di
Cristo.
[3.] *Poveri in spirito* sono i poveri volontari, quelli
che sono interiormente distaccati dalle ricchezze e,
secondo il senso dell'AT, gli umili, quelli che confidano soltanto in Dio.

La luce delle buone opere. - [13]«Voi siete il sale della terra; ma se il sale diventa insipido, con che cosa si dovrà dare sapore ai cibi? A null'altro sarà più buono, se non ad essere gettato via e calpestato dalla gente.

[14]Voi siete la luce del mondo; una città posta su un monte non può restare nascosta.

[15]Nemmeno si accende una lucerna per metterla sotto il moggio; la si pone invece sul candelabro affinché faccia luce a tutti quelli che sono nella casa.

[16]Risplenda così la vostra luce davanti agli uomini, affinché, vedendo le vostre buone opere, glorifichino il Padre vostro che è nei cieli».

Il compimento della legge. - [17]«Non crediate che io sia venuto ad abrogare la legge o i profeti; non sono venuto ad abrogare, ma a compiere. [18]In verità vi dico: finché non passino il cielo e la terra, non uno iota, non un apice cadrà dalla legge, prima che tutto accada.

[19]Chi dunque scioglierà uno di questi precetti, anche minimi, e insegnerà agli uomini a fare altrettanto, sarà considerato minimo nel regno dei cieli; chi invece li metterà in pratica e insegnerà a fare lo stesso, questi sarà considerato grande nel regno dei cieli.

[20]Vi dico infatti che, se la vostra giustizia non sorpasserà quella degli scribi e farisei, non entrerete nel regno dei cieli».

L'ira. - [21]«Avete inteso che fu detto agli antichi: *Non ucciderai*; infatti chi uccide è sottoposto al giudizio. [22]Io, invece, vi dico: chiunque s'adira con il suo fratello sarà sottoposto al giudizio. Chi dice al suo fratello: *stupido*, sarà sottoposto al sinedrio. Chi dice: *pazzo*, sarà sottoposto al fuoco della Geenna.

[23]Se dunque tu sei per deporre sull'altare la tua offerta e là ti ricordi che tuo fratello ha qualcosa a tuo carico, [24]lascia la tua offerta davanti all'altare e va' prima a riconciliarti con tuo fratello; dopo verrai ad offrire il tuo dono.

[25]Mettiti d'accordo con il tuo avversario subito, mentre sei per via con lui, affinché l'avversario non ti consegni al giudice, il giudice al carceriere e tu sia gettato in prigione. [26]In verità ti dico: non ne uscirai, finché non avrai pagato fino all'ultimo quadrante».

Il desiderio malvagio. - [27]«Avete inteso che fu detto: *Non farai adulterio*. [28]Io invece vi dico che chiunque guarda una donna per desiderarla, già ha commesso adulterio con essa nel suo cuore.

[29]Se il tuo occhio destro ti è motivo di inciampo, càvalo e gèttalo via da te; infatti è meglio per te che un tuo membro perisca, anziché tutto il tuo corpo venga gettato nella Geenna. [30]E se la tua mano destra ti è motivo d'inciampo, troncala e gettala via da te; infatti è meglio per te che un tuo membro perisca, anziché tutto il tuo corpo vada a finire nella Geenna».

Il divorzio. - [31]«Fu detto inoltre: *Chi lascia sua moglie, le dia il libello del ripudio*. [32]Io invece vi dico: chiunque ripudia sua moglie, all'infuori del caso di impudicizia, la espone all'adulterio; e se uno sposa una donna ripudiata, commette adulterio».

Il giuramento. - [33]«Avete ancora inteso che fu detto agli antichi: *Non spergiurerai, ma manterrai al Signore i tuoi giuramenti*. [34]Io invece vi dico di non giurare affatto: né per il cielo, che è il trono di Dio; [35]né per la terra, che è lo sgabello dei suoi piedi; né per Gerusalemme, che è la città del gran Re. [36]Neppure per la tua testa giurerai, poiché non hai il potere di far bianco o nero un solo capello. [37]Sia il vostro linguaggio: sì, sì; no, no; il superfluo procede dal maligno».

La vendetta. - [38]«Avete inteso che fu detto: *Occhio per occhio e dente per dente*. [39]Io invece vi dico di non resistere al malvagio; anzi, se uno ti colpisce alla guancia destra, volgigli anche la sinistra. [40]A uno che vuol trascinarti in giudizio per prenderti la tunica, dàgli anche il mantello; [41]se uno ti vuol costringere per un miglio, va' con lui per due. [42]A chi ti chiede, da'; se uno ti chiede un prestito, non volgergli le spalle».

L'odio dei nemici. - [43]«Avete inteso che fu detto: *Amerai il prossimo tuo* e odierai il tuo nemico. [44]Io invece vi dico: amate i vostri nemici e pregate per quelli che vi per-

---

22. Gesù parla qui come supremo legislatore. Egli non proibisce solamente l'atto estremo, *uccidere*, ma anche tutto quanto può portare ad esso: l'ira, l'insulto, la parola gravemente ingiuriosa.

seguitano, [45]affinché siate figli del Padre vostro che è nei cieli, il quale fa sorgere il suo sole sui cattivi come sui buoni e fa piovere sui giusti come sugli empi. [46]Qualora infatti amaste solo quelli che vi amano, che ricompensa avreste? Non fanno lo stesso anche i pubblicani? [47]E se salutate soltanto i vostri fratelli, che cosa fate di speciale? Non fanno lo stesso anche i gentili? [48]Voi dunque sarete perfetti, come perfetto è il Padre vostro che è nei cieli».

6 L'elemosina. - [1]«Badate di non praticare la vostra giustizia davanti agli uomini per essere da loro ammirati; altrimenti non avrete ricompensa presso il Padre vostro che è nei cieli.

[2]Quando dunque tu fai l'elemosina, non metterti a suonare la tromba davanti a te, come fanno gl'ipocriti nelle sinagoghe e nelle strade, per averne gloria presso gli uomini. In verità vi dico: hanno già ricevuto la loro ricompensa. [3]Ma mentre fai l'elemosina, non sappia la tua sinistra quello che fa la tua destra, [4]in modo che la tua elemosina rimanga nel segreto; e il Padre tuo che vede nel segreto te ne darà la ricompensa».

La preghiera. - [5]«E quando pregate, non siate come gli ipocriti che amano pregare stando ritti nelle sinagoghe e negli angoli delle piazze, per farsi notare dagli uomini. In verità vi dico: hanno già ricevuto la loro ricompensa. [6]Ma tu, quando vuoi pregare, entra nella tua camera e, serratone l'uscio, prega il Padre tuo che sta nel segreto, e il Padre tuo che vede nel segreto te ne darà la ricompensa.

[7]Pregando, poi, non sprecate parole come i gentili, i quali credono di essere esauditi per la loro verbosità. [8]Non vi fate simili a loro, poiché il Padre vostro conosce le vostre necessità ancor prima che gliene facciate richiesta».

Il «Padre nostro». - [9]«Voi dunque pregate così:

Padre nostro che sei nei cieli,
    sia santificato il tuo nome,
[10] venga il tuo regno,
    sia fatta la tua volontà
    come in cielo, così in terra.
[11] Dacci oggi il nostro pane quotidiano,
[12] rimetti a noi i nostri debiti,

come noi li rimettiamo ai nostri debitori;
[13] e non c'indurre in tentazione,
    ma liberaci dal male.

[14]Infatti, se avrete rimesso agli uomini le loro mancanze, rimetterà anche a voi il Padre vostro che è nei cieli. [15]Qualora invece non rimetterete agli uomini, neppure il Padre vostro rimetterà le vostre mancanze».

Il digiuno. - [16]«Quando digiunate, non prendete un aspetto triste, come gli ipocriti, i quali si sfigurano la faccia per farsi vedere dagli uomini che digiunano. In verità vi dico: hanno già ricevuto la loro ricompensa.

[17]Ma tu, quando digiuni, ùngiti la testa e làvati il viso, [18]per non far vedere agli uomini che digiuni, ma solo al Padre tuo che è nel segreto; e il Padre tuo che vede nel segreto te ne darà la ricompensa».

I veri tesori. - [19]«Non vi affannate ad accumulare tesori sulla terra, dove tignola e ruggine consumano, dove ladri scassìnano e portano via. [20]Accumulàtevi tesori in cielo, dove tignola e ruggine non consumano né ladri scassìnano e portano via. [21]Infatti, dov'è il tuo tesoro, lì sarà pure il tuo cuore».

L'occhio, lucerna del corpo. - [22]«La lucerna del corpo è l'occhio. Se dunque il tuo occhio è terso, tutto il tuo corpo sarà illuminato. [23]Ma se per caso il tuo occhio è malato, tutto il tuo corpo sarà nelle tenebre. Se dunque la luce che è in te è tenebra, quanta sarà l'oscurità?».

O Dio o mammona. - [24]«Nessuno può servire a due padroni; poiché o odierà l'uno e amerà l'altro, oppure si affezionerà all'uno e trascurerà l'altro. Non potete servire a Dio e a mammona».

Non preoccuparsi. - [25]«Per questo vi dico: per la vostra vita non affannatevi di quello che mangerete o berrete, né per il vostro corpo di come vestirvi. Non vale forse la vita più del cibo e il corpo più del vestito? [26]Guardate gli uccelli del cielo: non seminano, non mietono né raccolgono in granai; eppure il Padre vostro celeste li nutre; e voi non valete più di loro? [27]Chi di voi, per quanto si dia da fare, è capace di aggiungere un solo cùbito alla propria statura? 28E quanto al vestito, perché vi angustiate? Osservate i gigli del campo, come crescono: non lavorano, non tessono. 29Eppure vi dico che neanche Salomone in tutta la sua magnificenza vestiva come uno di essi. 30Se Dio veste così l'erba del campo che oggi è e domani viene gettata nel fuoco, quanto più vestirà voi, gente di poca fede? 31Non vi angustiate, dunque, dicendo: "Che mangeremo? Che berremo?" oppure: "Di che ci vestiremo?". 32Tutte queste cose le ricercano i gentili. Ora sa il Padre vostro celeste che avete bisogno di tutte queste cose.

33Cercate prima il regno di Dio e la sua giustizia, e tutte queste altre cose vi saranno date in sovrappiù.

34Non vi angustiate dunque per il domani, poiché il domani avrà già le sue inquietudini. Basta a ciascun giorno la sua pena».

7 Non giudicare. - 1«Non giudicate, così non sarete giudicati. 2Infatti con il giudizio con cui giudicate sarete giudicati; e con la misura con cui misurate vi sarà misurato. 3Perché osservi la pagliuzza che sta nell'occhio del tuo fratello e non ti accorgi della trave che sta nel tuo? 4Oppure: come puoi dire al tuo fratello: "Lascia che tolga dal tuo occhio la pagliuzza", mentre la trave è là nel tuo occhio? 5Ipocrita! Togli prima la trave dal tuo occhio e allora ci vedrai bene per togliere la pagliuzza dall'occhio del tuo fratello».

Non dare le perle ai porci. - 6«Non date ai cani le cose sacre, né gettate davanti ai porci le vostre perle, perché non le calpestino con le loro zampe e si rivoltino a sbranarvi».

Pregare con fede. - 7«Chiedete e vi sarà dato; cercate e troverete; bussate e vi sarà aperto. 8Infatti chi chiede riceve; chi cerca trova; a chi bussa sarà aperto.

9C'è forse un uomo fra voi che, se suo figlio gli chiede un pane, gli darà un sasso? 10Oppure: se gli chiede un pesce, gli darà un serpente? 11Se dunque voi, anche se cattivi, sapete dare doni buoni ai vostri figli, quanto più il Padre vostro che è nei cieli darà cose buone a quanti gliene fanno richiesta?».

La regola d'oro. - 12«Quanto dunque desiderate che gli uomini vi facciano, fatelo anche voi ad essi. Questa è infatti la legge e i profeti».

La porta stretta. - 13«Entrate per la porta stretta; poiché spaziosa è la porta e larga la via che conduce alla perdizione; e molti sono quelli che vi si incamminano. 14Quanto stretta è la porta e angusta è la via che conduce alla vita! E pochi sono quelli che la trovano!».

Come l'albero, così i frutti. - 15«Guardatevi dai falsi profeti: essi vengono a voi in veste di pecore, dentro invece sono lupi rapaci. 16Dai loro frutti li riconoscerete. Si raccolgono forse uva dalle spine o fichi dai rovi? 17Così ogni albero buono dà frutti buoni; ogni albero cattivo dà frutti cattivi. 18Non può un albero buono dar frutti cattivi, né un albero cattivo dar frutti buoni. 19Ogni albero che non dà frutti buoni viene tagliato e gettato nel fuoco. 20Perciò dai loro frutti li riconoscerete».

Non farsi illusioni. - 21«Non chiunque mi dice: "Signore, Signore", entrerà nel regno dei cieli, ma chi fa la volontà del Padre mio che è nei cieli. 22Molti mi diranno in quel giorno: "Signore, Signore, non abbiamo forse profetato nel tuo nome? Nel tuo nome non abbiamo cacciato demòni e non abbiamo fatto nel tuo nome molti prodigi?". 23Allora dichiarerò loro: "Non vi ho mai conosciuti! *Andate via da me, operatori d'iniquità*"».

Edificare sulla roccia. - 24«Chi perciò ascolta queste mie parole e le mette in pratica, può essere paragonato a un uomo saggio che costruì la sua casa sulla roccia. 25Cadde la pioggia, inondarono i fiumi e soffiarono i venti: si abbatterono su quella casa; ma non cadde. Era fondata infatti sulla roccia. 26E chi ascolta queste mie parole, ma non le mette in pratica, può essere paragonato a un uomo stolto che costruì la sua casa sull'arena. 27Cadde la pioggia, inondarono i fiumi e soffiarono i venti: si abbatterono su quella casa; e cadde, e la sua rovina fu grande!».

Ammirazione delle folle. - 28Quando Gesù ebbe finito questi discorsi, le folle rimasero stupite della sua dottrina; 29insegnava infatti come uno che ha autorità, non come i loro scribi.

MEMBRI E ARALDI DEL REGNO

8 Il lebbroso guarito. - ¹Quando egli discese dal monte, molta folla si mise a seguirlo. ²Ed ecco che un lebbroso, avvicinatosi, si prostrò davanti a lui dicendo: «Signore, basta che tu lo voglia, puoi mondarmi».

³Gesù stese la mano e lo toccò dicendo: «Lo voglio, sii mondato». All'istante la lebbra scomparve. ⁴Gli disse allora Gesù: «Guàrdati dal dirlo a qualcuno. Ma va', mostrati al sacerdote e porta l'offerta prescritta da Mosè a loro testimonianza».

Fede del centurione. - ⁵Entrato poi a Cafarnao, gli si avvicinò un centurione che lo supplicava ⁶dicendo: «Signore, il mio servo giace in casa paralizzato e soffre terribilmente». ⁷E Gesù a lui: «Io verrò e lo guarirò».

⁸Il centurione replicò: «Signore, io non sono degno che tu venga sotto il mio tetto; ma soltanto di' una parola e il mio servo sarà guarito. ⁹Infatti anch'io, benché subalterno, ho sotto di me dei soldati; se dico a uno: "Va'!", questo va; a un altro: "Vieni", egli viene; o al mio servo: "Fa' questo", egli lo fa».

¹⁰All'udire ciò Gesù ne fu ammirato e disse a quelli che lo seguivano: «In verità vi dico: presso nessuno in Israele ho trovato tanta fede. ¹¹Vi dico inoltre che molti verranno dall'oriente e dall'occidente e sederanno a mensa con Abramo, Isacco e Giacobbe nel regno dei cieli, ¹²mentre i figli del regno saranno cacciati fuori nelle tenebre esteriori; là sarà pianto e stridore di denti».

¹³Gesù disse poi al centurione: «Va', sia fatto come tu hai creduto!». E in quell'istante il servo guarì.

In casa di Pietro. - ¹⁴Una volta, entrato Gesù nella casa di Pietro, vide che la suocera di lui era a letto con la febbre. ¹⁵Allora la prese per mano e la febbre la lasciò; ed essa, levatasi, si mise a servirlo.

¹⁶Verso sera gli presentarono molti ossessi ed egli scacciò gli spiriti con la sola parola e guarì tutti gli infermi. ¹⁷Così si adempì quanto fu annunziato dal profeta Isaia che dice:

Egli ha preso le nostre infermità
e si è caricato delle nostre malattie.

Esigenze della vocazione. - ¹⁸Gesù, visto che la folla si accalcava intorno a lui, chiese di passare all'altra riva. ¹⁹Allora uno scriba gli si accostò dicendo: «Maestro, vorrei seguirti dovunque tu vada». ²⁰Gli dice Gesù: «Le volpi hanno tane e gli uccelli del cielo nidi, ma il Figlio dell'uomo non ha dove reclinare il capo».

²¹Un altro dei discepoli gli disse: «Permettimi, Signore, di andare prima a seppellire mio padre». ²²Gesù gli dice: «Séguimi; e lascia che i morti seppelliscano i loro morti».

La tempesta sedata. - ²³Salito sulla barca, lo seguirono i suoi discepoli. ²⁴Ed ecco che si levò sul mare una gran tempesta, tanto che la barca stava per essere sommersa dalle onde; ed egli dormiva. ²⁵Si avvicinarono a lui e lo svegliarono dicendo: «Signore, sàlvaci: siamo in pericolo!». ²⁶Disse loro Gesù: «Perché temete, uomini di poca fede?». E, alzatosi, sgridò i venti e il mare e si fece una grande bonaccia. ²⁷Gli uomini rimasero stupiti e dicevano: «Chi è costui al quale i venti e il mare ubbidiscono?».

Gli indemoniati di Gadara. - ²⁸Giunto Gesù al di là della riva, nella regione dei Gadareni, due ossessi, uscendo dalle tombe, gli andarono incontro; erano uomini pericolosi, tanto che nessuno osava passare per quella strada. ²⁹Quelli si misero a gridare: «Che c'è fra noi e te, Figlio di Dio? Sei venuto qui per tormentarci prima del tempo?».

³⁰Non lontano da loro c'era una numerosa mandria di porci che pascolava. ³¹I demòni lo supplicavano dicendo: «Se ci scacci, mandaci nella mandria di porci». ³²Egli disse loro: «Andate». Essi, usciti, entrarono nei porci. Allora tutta la mandria dall'alto del dirupo precipitò nel mare e perì nei flutti. ³³I guardiani fuggirono e, giunti nella città, riferirono ogni cosa, cioè il fatto degli ossessi. ³⁴Tutta la città si mos-

---

8. - ²⁰. *Il Figlio dell'uomo* è il Messia (Dn 7,13). Non volendo essere un Messia politico e dominatore con la forza, preferì essere chiamato Figlio dell'uomo che viene «per servire e dare la propria vita in riscatto per molti» (Mc 10,45).

se per andare incontro a Gesù. Vedutolo, lo supplicarono di allontanarsi dai loro territori.

9 Il paralitico guarito. - [1]Salito sulla barca, si avviò verso l'altra riva e, quando giunse nella sua città, [2]gli fu presentato un paralitico adagiato su un letto. Vedendo la loro fede, Gesù disse al paralitico: «Coraggio, figliolo, sono rimessi i tuoi peccati!». [3]Ma alcuni scribi dissero fra sé: «Costui bestemmia!». [4]Gesù, conosciuti i loro pensieri, disse: «Perché pensate cose malvagie nei vostri cuori? [5]Che cosa infatti è più facile dire: "Sono rimessi i tuoi peccati", o dire: "Àlzati e cammina"? [6]Ebbene: affinché conosciate che il Figlio dell'uomo ha il potere sulla terra di rimettere i peccati: Àlzati! – disse al paralitico – prendi il tuo letto e va' a casa tua».

[7]Quello si levò e se ne andò a casa sua.

[8]A tal vista le folle furono prese da stupore e glorificarono Dio per aver dato un tale potere agli uomini.

Vocazione di Matteo. - [9]Partito di là, Gesù vide seduto al banco delle imposte un uomo chiamato Matteo. Gli dice: «Séguimi!». E quello, alzatosi, si mise a seguirlo.

[10]Or mentre era a mensa nella casa, molti pubblicani e peccatori vennero a mangiare con Gesù e con i suoi discepoli. [11]Vedendo ciò, i farisei dissero ai discepoli: «Perché il vostro maestro mangia con i pubblicani e i peccatori?». [12]Egli, saputolo, disse: «Non hanno bisogno del medico i sani, ma i malati. [13]Andate e imparate che cosa vuol dire: *Misericordia cerco e non sacrificio*. Non sono venuto infatti a chiamare i giusti, ma i peccatori».

Il vecchio e il nuovo. - [14]Allora gli si avvicinarono i discepoli di Giovanni e gli dissero: «Perché, mentre noi e i farisei facciamo molti digiuni, i tuoi discepoli invece non digiunano?». [15]Rispose loro Gesù: «Gli invitati a nozze possono essere in lutto, mentre lo sposo è con loro? Verranno però giorni in cui sarà tolto loro lo sposo e allora digiuneranno. [16]Nessuno mette una pezza di panno nuovo su un vestito vecchio: ciò infatti porta via il rattoppo dal vestito e lo strappo diventa peggiore. [17]Neppure si mette vino nuovo in otri vecchi; altrimenti gli otri scoppiano e

così si versa il vino e si perdono gli otri. Ma il vino nuovo si mette in otri nuovi, così si conserva entrambi».

L'emorroissa guarita e la fanciulla risuscitata. - [18]Mentre egli diceva loro queste cose, un notabile si avvicina e si prostra davanti a lui dicendo: «Mia figlia è morta or ora; ma vieni, poni la tua mano su di essa e vivrà». [19]Gesù, alzatosi, si mise a seguirlo insieme con i suoi discepoli. [20]Ed ecco una donna, che da dodici anni soffriva perdite di sangue, si avvicinò e da dietro gli toccò il lembo del mantello. [21]Si era detta fra sé: «Se riuscirò almeno a toccare il suo mantello, sarò guarita». [22]Gesù si voltò, la guardò e disse: «Coraggio, figliola: la tua fede ti ha salvata». Da quel momento la donna fu guarita.

[23]Giunto poi nella casa del notabile e visti i sonatori di flauto e la folla strepitante, [24]disse: «Allontanatevi, poiché la fanciulla non è morta, ma dorme». [25]Ma quelli lo deridevano.

Quando la folla fu fuori, entrò, prese la fanciulla per mano ed essa si levò. [26]Tale notizia si divulgò per tutta quella regione.

Altre guarigioni. - [27]Mentre Gesù si allontanava di là, due ciechi si misero a seguirlo gridando: «Abbi pietà di noi, Figlio di Davide!». [28]Giunto a casa, i ciechi lo raggiunsero. Disse loro Gesù: «Credete che io possa fare ciò?». Gli risposero: «Sì, Signore». [29]Allora toccò loro gli occhi e disse: «Avvenga a voi secondo la vostra fede». [30]E si aprirono i loro occhi. Gesù poi li ammonì dicendo: «Badate: nessuno lo sappia». [31]Ma essi, appena usciti, si misero a divulgare la fama di lui in tutta quella regione.

[32]Mentre essi se ne andavano, gli fu presentato un muto posseduto dal demonio. [33]Scacciato il demonio, il muto riacquistò la favella.

Le folle, stupite, dicevano: «Non s'è mai visto nulla di simile in Israele». [34]Ma i farisei dicevano: «Per mezzo del principe dei demòni egli scaccia i demòni!».

La messe è molta. - [35]Gesù, percorrendo tutte le città e i villaggi, insegnava nelle loro sinagoghe, annunciava il vangelo del regno e curava ogni malattia e infermità.

[36]Al vedere le folle affrante e abbandona-

te a sé *come pecore senza pastore,* fu preso da pietà. [37]Allora disse ai suoi discepoli: «La messe è molta, ma gli operai sono pochi. [38]Pregate perciò il padrone della messe che mandi operai alla sua messe».

10 I dodici apostoli. - [1]Chiamati a sé i dodici suoi discepoli, diede loro il potere di scacciare gli spiriti immondi e di guarire ogni sorta di malattia e di infermità.

[2]I nomi dei dodici apostoli sono: primo Simone, detto Pietro e Andrea suo fratello, Giacomo, figlio di Zebedeo, e Giovanni suo fratello; [3]Filippo e Bartolomeo; Tommaso e Matteo il pubblicano; Giacomo di Alfeo e Taddeo; [4]Simone il Cananeo e Giuda Iscariota, quello che poi lo tradì.

Invio alla casa d'Israele. - [5]Questi sono i Dodici che Gesù inviò, dopo aver dato loro i seguenti avvertimenti:
«Non andate dai pagani, né entrate in una città di Samaritani. [6]Rivolgetevi piuttosto alle pecore disperse della casa d'Israele. [7]Durante il cammino predicate dicendo: "È vicino il regno dei cieli". [8]Guarite gli infermi, risuscitate i morti, mondate i lebbrosi, scacciate i demòni. Gratuitamente avete ricevuto, gratuitamente date.
[9]Non vi procurate oro o argento o denaro per le vostre tasche, [10]non una borsa per il viaggio, né due tuniche, né calzature e neppure un bastone; poiché l'operaio ha diritto al suo sostentamento».

Annunziare la pace. - [11]«Entrando in una città o in un villaggio, informatevi se c'è una persona proba e là restate fino alla vostra partenza.
[12]Entrando nella casa, datele il vostro saluto, [13]e se la casa ne è degna, scenda su di essa la vostra pace; se invece non ne è degna, la vostra pace ritorni a voi. [14]Se uno non vi riceve né vuol ascoltare le vostre parole, uscendo da quella casa o da quella città, scuotete la polvere dai vostri piedi. [15]In verità vi dico: nel giorno del giudizio alla terra di Sodoma e Gomorra sarà riservata una sorte più tollerabile che non a quella città».

La sorte dei messaggeri del vangelo. - [16]«Ecco: io vi mando come pecore in mezzo ai lupi; siate dunque prudenti come i serpenti e semplici come le colombe.

[17]Guardatevi dagli uomini: vi consegneranno ai sinedri e vi flagelleranno nelle loro sinagoghe; [18]sarete trascinati davanti a governatori e re a causa mia, perché rendiate testimonianza ad essi e alle genti. [19]Qualora vi consegnino (nelle loro mani), non vi preoccupate di come o di che cosa dovrete dire. Vi sarà suggerito in quel momento che cosa dovrete dire; [20]poiché non siete voi a parlare, ma lo Spirito del vostro Padre parlerà in voi.
[21]Il fratello consegnerà a morte il fratello, il padre il proprio figlio; i figli sorgeranno contro i genitori e li faranno morire. [22]Sarete odiati da tutti a causa del mio nome. Chi avrà perseverato sino alla fine, questi si salverà.
[23]Se vi perseguiteranno in questa città, fuggite nell'altra; poiché in verità vi dico: non terminerete le città d'Israele prima che venga il Figlio dell'uomo.
[24]Il discepolo non è da più del maestro, né il servo da più del suo padrone. [25]È sufficiente per il discepolo diventare come il suo maestro, e per il servo diventare come il suo padrone. Se il padrone di casa l'hanno chiamato Beelzebùl, quanto più i suoi familiari!».

Via ogni timore! - [26]«Perciò non abbiate paura di loro.
Nulla v'è di coperto che non debba essere svelato e di nascosto che non debba essere conosciuto. [27]Ciò che dico a voi nelle tenebre, proclamatelo nella luce; ciò che udite nell'orecchio, annunciatelo sui tetti.
[28]Non vi spaventate inoltre per quelli che possono uccidere il corpo, ma non possono uccidere l'anima. Temete piuttosto Colui che ha il potere di far perire nella Geenna e l'anima e il corpo.
[29]Non si vendono forse due passeri per un asse? Ebbene, uno solo di essi non cadrà senza il volere del Padre vostro. [30]Perfino i capelli del vostro capo sono tutti numerati. [31]Non temete, dunque: voi valete ben più di molti passeri.
[32]Perciò, se uno mi riconoscerà davanti agli uomini, anch'io lo riconoscerò davanti al Padre mio che è nei cieli. [33]Se invece mi rinne-

---

10. - [1.] *Pietro,* in tutti gli elenchi, è sempre nominato per primo. Perché Gesù ha scelto proprio *dodici* apostoli? Si può rispondere con Paolo che, essendo l'AT figura del NT, come il popolo eletto ebbe origine da dodici patriarchi, così il nuovo popolo di Dio da dodici apostoli.

gherà davanti agli uomini, anch'io lo rinnegherò davanti al Padre mio che è nei cieli».

Dedizione incondizionata al Cristo. - [34]«Non crediate che io sia venuto a portare la pace sulla terra; non sono venuto a portare la pace, ma la spada. [35]Sono venuto a separare l'uomo *da suo padre, la figlia da sua madre, la nuora da sua suocera*; [36]*sì, nemici dell'uomo saranno quelli di casa sua.*

[37]Chi ama il padre o la madre più di me, non è degno di me; chi ama il figlio o la figlia più di me, non è degno di me. [38]Chi non prende la sua croce dietro a me, non è degno di me.

[39]Chi avrà trovato la sua vita, la perderà; e chi avrà perduto la sua vita a causa mia, la ritroverà».

Ricompensa per chi accoglie il messo evangelico. - [40]«Chi accoglie voi accoglie me e chi accoglie me accoglie Colui che mi ha mandato.

[41]Chi accoglie un profeta in quanto profeta, riceverà la ricompensa di un profeta. Chi accoglie un giusto in quanto giusto, riceverà la ricompensa di un giusto.

[42]Chi avrà dissetato anche con un solo bicchiere d'acqua fresca uno di questi piccoli, in quanto discepolo, in verità vi dico: non perderà la sua ricompensa».

11 **Conclusione.** - [1]Quando Gesù ebbe finito di dare i suoi avvertimenti ai suoi dodici discepoli, si mosse di là per insegnare e predicare nelle loro città.

I MISTERI DEL REGNO

Ambasciata di Giovanni. - [2]Or Giovanni, quando venne a sapere, in prigione, le opere del Cristo, per mezzo dei suoi discepoli [3]mandò a dirgli: «Sei tu colui che deve venire o dobbiamo aspettare un altro?».

[4]Gesù rispose loro: «Andate e annunziate a Giovanni ciò che udite e vedete: [5]*i ciechi vedono*, gli zoppi camminano, i lebbrosi sono mondati, i sordi odono, i morti risorgono e *ai poveri viene annunziata la buona novella.* [6]Beato è colui che non si scandalizza di me!».

Elogio di Giovanni Battista. - [7]Mentre quelli se ne andavano, Gesù si mise a parlare di Giovanni alle folle: «Che cosa siete andati a vedere nel deserto? Una canna sbattuta dal vento? [8]Ma che cosa siete andati a vedere? Un uomo avvolto in morbide vesti? Ecco: coloro che indossano morbide vesti dimorano nei palazzi dei re. [9]Ma perché siete andati? A vedere un profeta? Sì, vi dico, e più che un profeta. [10]Di lui sta scritto:

Ecco io mando avanti a te il mio messaggero,
egli preparerà dinanzi a te la tua via.

[11]In verità vi dico: fra i nati di donna non è mai sorto uno più grande di Giovanni il Battista. Ma il più piccolo nel regno dei cieli è più grande di lui.

[12]Dal tempo di Giovanni il Battista fino ad ora il regno dei cieli è oggetto di violenza, e i violenti vogliono impadronirsene. [13]Infatti tutti i profeti e la legge fino a Giovanni l'hanno annunziato. [14]E se volete capirlo, egli è l'Elia che deve venire. [15]Chi ha orecchi, intenda!».

La Sapienza si giustifica dalle opere. - [16]«A chi paragonerò questa generazione? È simile a ragazzi che stanno nelle piazze e rivolti ai compagni [17]dicono: "Abbiamo per voi suonato e non avete danzato; abbiamo intonato lamenti e non avete pianto".

[18]È venuto Giovanni che non mangiava né beveva, e si diceva: "È indemoniato!". [19]È venuto il Figlio dell'uomo che mangia e beve, e si dice: "È un mangione e un beone, amico di pubblicani e peccatori!".

Ma alla Sapienza è stata resa giustizia dalle sue opere».

Guai alle città incredule! - [20]Allora cominciò a inveire contro le città in cui aveva compiuto la maggior parte dei miracoli, perché non si erano convertite: [21]«Guai a te, Corazìn! Guai a te, Betsàida! Poiché, se i prodigi che sono stati compiuti in mezzo a voi fossero stati fatti a Tiro e Sidone, da tempo in cilicio e cenere avrebbero fatto penitenza. [22]Ebbene, vi dico che nel giorno del giudizio la sorte che toccherà a Tiro e Sidone sarà più mite della vostra.

[23]E tu, Cafarnao,

sarai forse innalzata fino al cielo?
Sino agli inferi sarai precipitata.

Poiché, se a Sodoma fossero stati compiuti i prodigi che si sono compiuti in te, sarebbe rimasta fino ad oggi. ²⁴Ebbene, vi dico che nel giorno del giudizio la sorte che toccherà alla terra di Sodoma sarà più mite della tua».

Il vangelo riservato ai semplici. - ²⁵In quell'occasione Gesù prese a dire: «Mi compiaccio con te, o Padre, Signore del cielo e della terra, che hai tenuto nascoste queste cose ai sapienti e ai saggi e le hai rivelate ai semplici. ²⁶Sì, Padre, poiché tale è stato il tuo beneplacito.

²⁷Tutto mi è stato dato dal Padre mio: nessuno conosce il Figlio se non il Padre e nessuno conosce il Padre se non il Figlio e colui al quale il Figlio voglia rivelarlo.

²⁸Venite a me, voi tutti che siete affaticati e stanchi, e io vi darò sollievo. ²⁹Portate su di voi il mio giogo e imparate da me che sono mite e umile di cuore; e *troverete ristoro per le vostre anime.* ³⁰Poiché il mio giogo è soave e leggero è il mio peso!».

12 **Le spighe e il riposo sabatico.** - ¹In quel tempo, passando Gesù tra le messi in giorno di sabato, i suoi discepoli presi dalla fame, si misero a strappare delle spighe e a mangiarne. ²I farisei, vedendo ciò, dissero: «Ecco, i tuoi discepoli fanno quello che non è lecito fare in giorno di sabato».

³Egli rispose loro: «Non avete mai letto ciò che fece Davide, quando ebbe fame lui e i suoi compagni? ⁴Come entrò nella casa di Dio e mangiò *i pani dell'offerta,* che non era lecito mangiare né a lui né ai suoi compagni, ma solo ai sacerdoti? ⁵O non avete letto nella legge che in giorno di sabato i sacerdoti nel tempio violano il riposo sabatico e tuttavia sono senza colpa? ⁶Io vi dico che qui c'è qualcosa di più grande del tempio! ⁷Se aveste capito che cosa significa: *Misericordia voglio e non sacrificio,* non avreste condannato degli innocenti. ⁸Sì, il Figlio dell'uomo è padrone del sabato».

L'uomo dalla mano arida. - ⁹Andato via di là, si recò nella loro sinagoga. ¹⁰C'era là un uomo che aveva una mano rattrappita. Domandarono a Gesù: «È lecito guarire in giorno di sabato?». Dicevano ciò per accusarlo.

¹¹Egli disse loro: «Qual è fra voi quell'uomo che, avendo una sola pecora, se questa cade in un burrone di sabato, non l'afferra e

la tira su? ¹²Ora, quanto è più prezioso un uomo di una pecora! Perciò è lecito fare del bene in giorno di sabato». ¹³Allora disse all'uomo: «Stendi la tua mano». Egli la stese, e tornò sana come l'altra. ¹⁴Usciti, i farisei tennero consiglio contro di lui per toglierlo di mezzo.

Il «Servo di Dio» mansueto. - ¹⁵Gesù, quando venne a sapere la cosa, si allontanò di là. Molti gli andarono dietro ed egli li guarì tutti; ¹⁶ma comandò loro di non diffondere la sua fama. ¹⁷Ciò affinché si adempisse quanto fu annunciato dal profeta Isaia che dice:

¹⁸ *Ecco il mio servo che io ho scelto,*
   il mio diletto,
   nel quale si compiace l'anima mia.
   Porrò il mio spirito su di lui
   e il diritto annunzierà alle genti.
¹⁹ *Non altercherà, né griderà;*
   né udrà alcuno la sua voce nelle piazze.
²⁰ *Una canna spezzata non la frantumerà;*
   e un lucignolo fumigante
      non lo spegnerà,
   finché non porti il diritto a vittoria;
²¹ *e nel suo nome le genti spereranno.*

Regno di Dio e regno di Satana. - ²²Allora gli fu presentato un indemoniato che era cieco e muto ed egli lo guarì, sicché il muto parlava e vedeva. ²³Tutta la folla, presa d'ammirazione, diceva: «Che non sia questi il Figlio di Davide?». ²⁴Ma i farisei, saputolo, dissero: «Egli non scaccia i demòni se non in virtù di Beelzebùl, capo dei demòni».

²⁵Conoscendo i loro pensieri Gesù disse loro: «Ogni regno in sé diviso va in rovina. Ogni città o casa in sé divisa non potrà reggere. ²⁶E se Satana scaccia Satana, vuol dire che è diviso in se stesso; come dunque potrà stare in piedi il suo regno? ²⁷E se io scaccio i demòni in virtù di Beelzebùl, in

---

12. - ⁴. *I pani dell'offerta* erano i dodici pani che ogni sabato erano posti sulla tavola d'oro nella tenda; di questi pani potevano cibarsi soltanto i sacerdoti. Davide non fu esente dalla legge per la sua virtù o per l'ispirazione profetica, ma per la necessità, come gli apostoli nel caso delle spighe raccolte in giorno di sabato.

⁶. *Qui c'è qualcosa più grande del tempio*: la persona di Gesù. L'affermazione di Gesù equivale a rivendicare per sé e per la propria missione autorità e dignità divine (cfr. vv. 41-42).

virtù di chi li scacciano i vostri figli? Per questo essi saranno vostri giudici. [28]Ma se io scaccio i demòni in virtù dello Spirito di Dio, vuol dire che realmente è giunto a voi il regno di Dio.

[29]E come può uno entrare nella casa di colui che è forte e portar via i suoi beni, se prima non l'avrà legato? Allora soltanto potrà saccheggiarne la casa.

[30]Chi non è con me è contro di me, e chi non raccoglie con me disperde».

La bestemmia contro lo Spirito. - [31]«Per questo vi dico: ogni peccato e bestemmia sarà rimessa agli uomini, ma la bestemmia contro lo Spirito non sarà rimessa. [32]Se uno dice una parola contro il Figlio dell'uomo, gli sarà perdonata. Ma se la dice contro lo Spirito Santo, non vi sarà perdono per lui né in questo secolo né in quello futuro».

Come l'albero, così i frutti. - [33]«O ammettete che l'albero sia buono e allora il frutto sarà buono, oppure ammettete che l'albero sia cattivo e allora il frutto sarà cattivo. Dal frutto infatti si conosce l'albero.

[34]Razza di vipere! Come potete dire cose buone voi che siete cattivi? Dalla pienezza del cuore parla la bocca. [35]L'uomo buono da uno scrigno buono trae fuori cose buone, e così l'uomo cattivo da uno scrigno cattivo trae fuori cose cattive.

[36]Io vi dico che di ogni parola detta fuori posto dovranno render conto gli uomini nel giorno del giudizio. [37]Poiché in base alle tue parole sarai giustificato e in base alle tue parole sarai condannato».

Il segno di Giona. - [38]Allora si rivolsero a lui alcuni scribi e farisei dicendo: «Maestro, vorremmo vedere da te un segno». [39]Egli rispose loro: «Generazione cattiva e spergiura! Va in cerca di un segno! Ma non le sarà dato altro segno che quello di Giona profeta. [40]Infatti, come *Giona rimase nel ventre del pesce per tre giorni e tre notti*, così il Figlio dell'uomo rimarrà nel cuore della terra per tre giorni e tre notti.

[41]Gli uomini di Ninive insorgeranno nel giudizio con questa generazione e la condanneranno; poiché si convertirono alla predicazione di Giona; eppure c'è qui qualcosa di più di Giona.

[42]La regina del sud sorgerà nel giudizio con questa generazione e la condannerà; poiché venne dall'estremità della terra ad ascoltare la sapienza di Salomone; eppure c'è qui qualcosa di più di Salomone».

La ricaduta. - [43]«Quando uno spirito immondo esce dall'uomo, erra per luoghi deserti in cerca di riposo e non ne trova. [44]Allora dice: "Ritornerò nella mia dimora, da dove sono uscito". Va e la trova vuota, spazzata e ben pulita. [45]Allora corre a prendere sette spiriti peggiori di sé e vanno a stabilirsi lì. Così quest'ultima situazione di quell'uomo diventa peggiore della prima. Proprio così avverrà a questa generazione cattiva».

La famiglia di Gesù. - [46]Mentre ancora parlava alle folle, sua madre e i suoi fratelli stavano fuori e chiedevano di parlargli. [47]Qualcuno gli disse: «Tua madre e i tuoi fratelli stanno fuori e chiedono di parlarti». [48]Ma egli rispose: «Chi è mia madre e chi sono i miei fratelli?». [49]Quindi stese la mano verso i suoi discepoli e disse: «Ecco mia madre e i miei fratelli; [50]chiunque fa la volontà del Padre mio che è nei cieli, questi mi è fratello, sorella e madre».

13 **Le parabole del regno.** - [1]In quel giorno Gesù, uscito di casa, se ne stava seduto sulla riva del mare. [2]Poiché era accorsa a lui una gran folla, salì sopra una barca e là rimase seduto, mentre tutta la folla stava sulla riva. [3]Allora parlò loro a lungo in parabole.

Il seminatore. - Disse: «Uscì un seminatore per seminare; [4]nel gettare il seme, parte di esso cadde lungo la via; vennero gli uccelli e se lo mangiarono. [5]Parte cadde in un suolo roccioso, dove non c'era molta terra; e

---

[32]. Il peccato contro lo Spirito Santo, che consiste nel negare la verità conosciuta, sarà difficilmente perdonato a causa dell'ostinata volontà e della mancanza di tutte le disposizioni necessarie al perdono.

[46-49]. *Fratelli*, secondo l'uso orientale, si chiamano anche i cugini e i parenti in genere. Veri fratelli di Gesù sono coloro che compiono la volontà di Dio e sono uniti a lui mediante i vincoli dell'amore e della grazia e perciò sono figli di Dio.

13. - [3]. *Parabola* è un racconto fittizio, ma verosimile, che serve a illustrare insegnamenti di realtà superiori. La parabola del seminatore significa che il messaggio evangelico, nonostante insuccessi e ostacoli, porterà frutti abbondanti e che la sorte e i frutti del vangelo dipendono dalle disposizioni personali degli uditori.

così per mancanza di terreno profondo nacque subito; [6]ma al sorgere del sole rimase bruciato e, non avendo radici, seccò. [7]Parte cadde fra le spine; ma queste, crescendo, lo soffocarono. [8]Infine, una parte cadde su terreno buono, tanto da dar frutto dove il cento, dove il sessanta, dove il trenta. [9]Chi ha orecchi, intenda!».

Il perché delle parabole. - [10]Gli si accostarono i discepoli e gli dissero: «Perché parli ad essi in parabole?». [11]Egli rispose loro: «Perché, mentre a voi è dato di comprendere i misteri del regno dei cieli, a loro invece no. [12]Infatti a chi ha verrà dato e sarà nell'abbondanza; ma a chi non ha verrà tolto anche quello che ha.

[13]Per questo parlo loro in parabole, perché vedendo non vedono; udendo non odono né comprendono. [14]Così si avvera per loro la profezia di Isaia che dice:

Ascolterete, ma non comprenderete;
guarderete, ma non vedrete.
[15] *S'è indurito infatti il cuore di questo*
popolo:
sono diventati duri di orecchi;
e hanno serrato gli occhi
in modo da non vedere con gli occhi,
non sentire con le orecchie,
non comprendere con il cuore
e convertirsi,
e allora li avrei guariti.

[16]Beati invece i vostri occhi che vedono, le vostre orecchie che odono. [17]Poiché in verità vi dico: molti profeti e giusti desiderarono vedere ciò che voi vedete e non videro, udire ciò che voi udite e non udirono!».

Il seme è la parola del regno. - [18]«Voi dunque intendete la parabola del seminatore. [19]Se uno ascolta la parola del regno e non la comprende, viene il maligno e porta via ciò che è stato seminato nel suo cuore: questo vuol dire il seme caduto lungo la via.

[20]Quello caduto sul terreno roccioso è chi ascolta la parola e subito l'accoglie con gioia; [21]ma non ha in sé radici, è incostante; al sopraggiungere di una tribolazione o di una persecuzione a causa della parola, subito soccombe.

[22]Quello caduto fra le spine è colui che ascolta la parola, ma, poiché le preoccupazioni di questo mondo e l'attaccamento alle ricchezze soffocano la parola, rimane senza frutto.

[23]Quello invece che è caduto sul terreno buono è colui che ascolta la parola e la comprende; costui porta frutto e rende dove il cento, dove il sessanta, dove il trenta».

La zizzania. - [24]Un'altra parabola propose loro: «Il regno dei cieli è paragonato a un uomo che seminò buon seme nel suo campo. [25]Mentre gli uomini dormivano, venne il suo nemico, seminò fra il grano la zizzania e se ne andò. [26]Quando poi crebbe il frumento e portò frutto, allora apparve anche la zizzania.

[27]I servi andarono dal padrone e gli dissero: "Signore, non hai forse seminato buon seme nel tuo campo? Come mai c'è della zizzania?". [28]Egli rispose: "Il nemico ha fatto questo".

I servi gli dicono: "Vuoi che andiamo ad estirparla?". [29]Ed egli: "No, perché c'è pericolo che estirpando la zizzania sradichiate insieme ad essa anche il grano. [30]Lasciate che crescano entrambi fino al raccolto; al tempo del raccolto dirò ai mietitori: Radunate prima la zizzania e legatela in fasci perché sia bruciata; poi raccogliete il grano per il mio granaio"».

Il chicco di senapa. - [31]Un'altra parabola propose loro dicendo: «Il regno dei cieli è simile a un chicco di senapa che un uomo prese e seminò nel suo campo. [32]Esso è il più piccolo di tutti i semi, ma una volta cresciuto è il più grande degli ortaggi; può diventare anche un albero e così gli uccelli dell'aria possono venire a nidificare fra i suoi rami».

Il lievito. - [33]Un'altra parabola disse loro: «È simile il regno dei cieli a un po' di lievito che una donna prende e mescola in tre misure di farina, finché tutta la massa sia fermentata».

[34]Tutte queste cose disse Gesù alle folle in parabole e parlava loro solo in parabole, [35]affinché si adempisse quanto fu annunciato dal profeta che dice:

Aprirò in parabole la mia bocca;
svelerò cose nascoste
fin dall'origine del mondo.

Il senso della parabola della zizzania. - [36]Allora, lasciata la folla, entrò in casa e i suoi discepoli gli si accostarono dicendo: «Spiegaci la parabola della zizzania del campo».

[37]Egli rispose: «Colui che semina il buon seme è il Figlio dell'uomo; [38]il campo è il mondo; il buon seme sono i figli del regno; la zizzania invece i figli del male; [39]il nemico che la seminò è il diavolo; la mietitura è la fine del mondo; i mietitori infine sono gli angeli. [40]Come dunque si raccoglie la zizzania e la si brucia nel fuoco, così avverrà alla fine del mondo: [41]il Figlio dell'uomo manderà i suoi angeli a radunare dal suo regno tutti gli scandali e tutti gli operatori d'iniquità, [42]perché li gettino nella fornace ardente. Là sarà pianto e stridore di denti. [43]Allora i giusti risplenderanno come il sole nel regno del Padre loro. Chi ha orecchi, intenda!».

Il tesoro nascosto, la perla preziosa e la rete. - [44]«Il regno dei cieli è simile a un tesoro nascosto nel campo: un uomo lo trova e lo nasconde di nuovo; poi, pieno di gioia, va, vende tutto quello che ha e compra quel campo.

[45]Ancora: il regno dei cieli è simile a un mercante che va in cerca di belle perle. [46]Trovata una perla di gran valore, va, vende tutto quello che ha e la compra.

[47]Ancora: il regno dei cieli è simile a una rete gettata in mare, la quale ha raccolto ogni genere di pesci. [48]Una volta piena, i pescatori la traggono a riva e, sedutisi, raccolgono i pesci buoni nelle sporte e buttano via quelli cattivi. [49]Così avverrà alla fine del mondo: verranno gli angeli e separeranno i malvagi dai giusti [50]e li getteranno nella fornace ardente. Là sarà pianto e stridore di denti».

Cose nuove e antiche. - [51]«Avete capito tutto questo?». Rispondono: «Sì». [52]Egli disse loro: «Per questo ogni scriba istruito nel regno dei cieli è simile a un padre di famiglia che trae fuori dal suo scrigno cose nuove e antiche». [53]Quando Gesù ebbe terminato queste parabole, se ne andò di là.

ORGANIZZAZIONE DEL REGNO

Incredulità dei concittadini. - [54]Venuto nella sua patria, insegnava nella loro sinagoga, in maniera che essi rimanevano stupiti e dicevano: «Donde viene a costui questa sapienza e questi prodigi? [55]Non è forse il figlio del fabbro? Sua madre non si chiama Maria e i suoi fratelli Giacomo, Giuseppe, Simone e Giuda? [56]E le sue sorelle non sono tutte fra noi? Da dove vengono dunque a costui tutte queste cose?». [57]E si scandalizzavano di lui. Ma Gesù disse loro: «Nessun profeta è senza onore, se non nella sua patria e nella sua casa».

[58]Così non poté compiere là molti prodigi a causa della loro incredulità.

14 **Martirio di Giovanni Battista.** - [1]In quel tempo giunse la fama di Gesù alle orecchie del tetrarca Erode, [2]il quale disse ai suoi cortigiani: «Questi è Giovanni il Battista che è risorto da morte; infatti i suoi poteri taumaturgici operano in lui».

[3]Ora Erode, dopo aver preso e messo in catene Giovanni, l'aveva gettato in carcere a causa di Erodiade, la moglie di suo fratello Filippo. [4]Diceva infatti Giovanni: «Non ti è lecito tenerla!». [5]Pur volendo metterlo a morte, era trattenuto dal timore del popolo che lo teneva per profeta.

[6]Una volta, in occasione del compleanno di Erode, la figlia di Erodiade danzò in pubblico e piacque tanto ad Erode, [7]che con giuramento promise di darle qualunque cosa gli avesse chiesto. [8]Ella perciò, istigata da sua madre, chiese: «Dammi qui, su un vassoio, la testa di Giovanni il Battista». [9]Il re ne fu contristato; ma a causa del giuramento e per riguardo ai commensali ordinò che fosse accolta la sua richiesta [10]e mandò ad uccidere Giovanni nel carcere. [11]La sua testa fu portata su un vassoio e consegnata alla fanciulla e questa la porse a sua madre.

[12]I discepoli di lui vennero a prendere il corpo e gli diedero sepoltura; poi andarono a riferire la cosa a Gesù.

Moltiplicazione dei pani. - [13]Quando Gesù venne a saperlo, partì di là in barca per appartarsi in un luogo deserto. Saputolo, le folle dalle città si misero a seguirlo a piedi, [14]sicché, quando egli giunse, trovò molta gente; allora fu preso da compassione verso di loro e guarì i loro infermi.

[15]Fattasi sera, i discepoli si fecero avanti a dirgli: «Il luogo è deserto e l'ora è già passata. Rimanda le folle affinché vadano nei villaggi a comprarsi da mangiare». [16]Ma Gesù rispose: «Non è necessario che se ne vada-

no; date voi a loro da mangiare». ¹⁷Essi risposero: «Non abbiamo qui se non cinque pani e due pesci». ¹⁸Ed egli disse: «Portateli qui a me».

¹⁹Egli ordinò alla folla di adagiarsi sull'erba. Poi prese i cinque pani e i due pesci e, levati gli occhi al cielo, recitò la preghiera di benedizione, spezzò i pani e li diede ai discepoli e questi alla folla. ²⁰Tutti mangiarono a sazietà; degli avanzi portarono via dodici sporte piene. ²¹Or quelli che mangiarono erano circa cinquemila uomini, senza contare donne e bambini.

Gesù cammina sulle acque. - ²²Subito dopo ordinò ai discepoli di salire in fretta sulla barca e precederlo sull'altra riva, mentre egli avrebbe congedato le folle. ²³Quando ebbe congedato le folle, salì sul monte, in disparte, per pregare. Fattasi notte, era là solo, ²⁴mentre la barca si trovava lontano da terra molti stadi, sbattuta dai flutti; c'era infatti vento contrario.

²⁵Alla quarta vigilia della notte venne Gesù verso di loro camminando sul mare. ²⁶I discepoli, vedendolo camminare sul mare, furono presi da spavento, pensando che si trattasse di un fantasma, e per paura si misero a gridare.

²⁷Ma subito Gesù parlò loro dicendo: «Fatevi animo, sono io; non temete!». ²⁸Allora Pietro lo pregò dicendo: «Signore, se sei tu, comanda che anch'io venga da te sull'acqua». ²⁹Ed egli: «Vieni!».

Allora Pietro scese dalla barca e si mise a camminare sull'acqua andando verso Gesù. ³⁰Ma vedendo che il vento soffiava forte, fu preso dalla paura e, poiché cominciava ad andar giù, gridò dicendo: ³¹«Signore, salvami!». Subito Gesù stese la mano, lo afferrò e gli disse: «Uomo di poca fede, perché hai dubitato?».

³²Saliti in barca, il vento cessò. ³³Quelli che erano sulla barca gli si prostrarono davanti esclamando: «Veramente sei Figlio di Dio!».

Nella regione di Genèsaret. - ³⁴Compiuta la traversata, approdarono a Genèsaret. ³⁵Gli abitanti del luogo, riconosciutolo, diffusero la notizia per tutta quella regione; e così portarono ogni sorta di infermi ³⁶e lo pregavano di poter toccare almeno il lembo della sua veste; e quanti riuscirono a toccarlo, furono guariti.

15 **La tradizione degli anziani.** - ¹Allora si rivolsero a Gesù alcuni farisei e scribi venuti da Gerusalemme e gli domandarono: ²«Perché i tuoi discepoli trasgrediscono la tradizione degli anziani? Infatti non si lavano le mani quando prendono il cibo».

³Egli rispose loro: «E voi, perché trasgredite il precetto divino in nome della vostra tradizione? ⁴Dio infatti ha detto: *Onora il padre e la madre*; e inoltre: *Chi disprezza il padre o la madre sia messo a morte.* ⁵Voi invece dite: Se uno dice al padre o alla madre: "Ciò con cui ti avrei dovuto aiutare è offerto a Dio!", ⁶non è tenuto ad onorare suo padre o sua madre. Così avete annullato la parola di Dio in nome della vostra tradizione. ⁷Ipocriti, bene profetò di voi Isaia, quando dice:

⁸ *Questo popolo mi onora con le labbra*
   ma il suo cuore è lontano da me;
⁹ *è vano il culto che essi mi rendono,*
   impartendo insegnamenti
   che sono precetti di uomini».

Purità legale e purità morale. - ¹⁰Poi, chiamata a sé la folla, disse: «Ascoltate e intendete. ¹¹Non ciò che entra nella bocca contamina l'uomo, ma quello che ne esce, questo contamina l'uomo».

¹²Allora si avvicinano i discepoli e gli dicono: «Sai che i farisei, a sentire il tuo discorso, si sono scandalizzati?». ¹³Ed egli: «Tutto ciò che non piantò il Padre mio celeste, sarà sradicato. ¹⁴Lasciateli andare: sono ciechi, guide di ciechi. Se un cieco fa da guida a un cieco, tutti e due cadranno nella fossa».

¹⁵Allora Pietro prese la parola e disse: «Spiegaci questa parabola». ¹⁶Ed egli: «Allora anche voi siete senza intelligenza? ¹⁷Non capite che tutto quello che entra nella bocca va nel ventre e poi viene espulso nella fogna? ¹⁸Le cose invece che escono dalla bocca provengono dal cuore e sono esse che contaminano l'uomo. ¹⁹Dal cuore infat-

ti provengono pensieri malvagi, omicidi, adultèri, fornicazioni, furti, false testimonianze, bestemmie. [20]Queste sono le cose che contaminano l'uomo. Mangiare senza essersi lavate le mani non contamina l'uomo».

La Cananea. - [21]Partito di là, Gesù si ritirò nelle regioni di Tiro e Sidone. [22]Ed ecco: una donna cananea, originaria di quei paesi, gridava: «Abbi pietà di me, Signore, Figlio di Davide; mia figlia è duramente vessata dal demonio!». [23]Ma egli non le rispose neppure una parola. Avvicinatisi i discepoli, lo pregavano: «Esaudiscila, perché sta gridando dietro a noi». [24]Egli rispose: «Non sono stato mandato se non alle pecore disperse della casa d'Israele». [25]Ma essa venne a prostrarsi davanti a lui e disse: «Signore, soccorrimi!». [26]Ed egli: «Non è bene prendere il pane dei figli e gettarlo ai cagnolini». [27]Ma ella disse: «Sì, Signore; ma anche i cagnolini si nutrono delle briciole che cadono dalla mensa dei padroni». [28]Allora Gesù rispose: «O donna, grande è la tua fede! Ti sia fatto come tu vuoi». Da quel momento sua figlia fu guarita.

Seconda moltiplicazione dei pani. - [29]Poi, partito di là, Gesù venne presso il mare di Galilea e, salito sul monte, si fermò lì. [30]Gli si avvicinarono molte folle che avevano con sé zoppi, storpi, ciechi, muti e molti altri infermi e li deposero ai suoi piedi. Egli li guarì, [31]tanto che le folle, al vedere muti che parlavano, storpi guariti, zoppi che camminavano e ciechi che vedevano, rimasero stupite e glorificarono il Dio d'Israele. [32]Poi Gesù, chiamati a sé i suoi discepoli, disse loro: «Ho pietà della folla, perché sono tre giorni che stanno con me e non hanno di che rifocillarsi. Non voglio rimandarli digiuni, perché potrebbero venir meno per la via». [33]Gli dicono i discepoli: «Dove potremo procurarci in un deserto tanto pane da sfamare una folla così grande?». [34]Gesù a loro: «Quanti pani avete?». Risposero: «Sette, con pochi pesciolini». [35]Allora ordinò alla folla di adagiarsi per terra; [36]prese quindi i sette pani con i pesci e, dopo aver reso grazie, li spezzò e li diede ai discepoli e questi alla folla. [37]Mangiarono tutti a sazietà. Degli avanzi portarono via sette sporte piene. [38]Quelli che mangiarono erano quattromila uomini, senza contare

donne e bambini. [39]Dopo, congedata la folla, salì in barca e si recò nella regione di Magadàn.

16

I segni dei tempi. - [1]Gli si avvicinarono i farisei e i sadducei per metterlo alla prova, e chiesero che mostrasse loro un segno dal cielo. [2]Egli rispose: «Quando viene la sera dite: "Sarà bel tempo, poiché il cielo rosseggia"; [3]e la mattina: "Oggi ci sarà burrasca, poiché il cielo è rosso cupo". Sapete, sì, giudicare l'aspetto del cielo, ma non sapete discernere i segni dei tempi. [4]Generazione malvagia e spergiura! Chiede un segno; ebbene, le sarà dato, ma solo quello di Giona». E, lasciatili, se ne andò.

Incomprensione dei discepoli. - [5]I discepoli, giunti all'altra riva, si accorsero di non aver preso il pane. [6]Gesù disse loro: «Badate di tenervi lontano dal lievito dei farisei e dei sadducei». [7]Essi discutevano fra loro dicendo: «Già, non abbiamo preso il pane». [8]Saputolo, Gesù disse: «Perché discutete fra voi, uomini di poca fede, per non aver preso il pane? [9]Non capite ancora? Vi siete dimenticati dei cinque pani che bastarono per i cinquemila uomini e delle sporte che raccoglieste? [10]E dei sette pani con cui si sfamarono i quattromila e degli avanzi che raccoglieste? [11]Come non capite che non per i pani vi ho detto: tenetevi lontano dal lievito dei farisei e dei sadducei?». [12]Allora capirono che non intendeva parlare del lievito con cui si fa il pane, ma della dottrina dei farisei e dei sadducei.

La confessione di Pietro. - [13]Giunto poi Gesù nella regione di Cesarea di Filippo, si mise ad interrogare i suoi discepoli: «Chi dice la gente che sia il Figlio dell'uomo?». [14]Essi risposero: «Chi dice che sia Giovanni il Battista, chi Elia, chi Geremia o uno dei profeti». [15]Dice loro: «Ma voi chi dite che io sia?». [16]Prese la parola Simon Pietro e disse: «Tu sei il Cristo, il Figlio del Dio vivente».

Il primato. - [17]Rispose Gesù: «Beato sei tu, Simone figlio di Giona, poiché né la carne né il sangue te l'hanno rivelato, ma il Padre mio che è nei cieli. [18]Io ti dico: tu sei Pietro e su questa pietra edificherò la mia chiesa e le porte degli inferi non prevarranno contro di essa. [19]Ti darò le chiavi del regno dei cieli; tutto ciò che avrai legato sulla terra resterà legato nei cieli e tutto ciò che avrai sciolto sulla terra resterà sciolto nei cieli».

Scandalo di Pietro. - 20Poi comandò ai discepoli di non dire a nessuno che egli era il Cristo.

21Da allora Gesù cominciò a dire chiaramente ai suoi discepoli che egli doveva andare a Gerusalemme e soffrire molto da parte degli anziani, sommi sacerdoti e scribi; inoltre che doveva essere messo a morte, ma che al terzo giorno sarebbe risorto. 22Allora Pietro lo prese in disparte e cercava di dissuaderlo dicendo: «Dio te ne guardi, Signore! Questo non ti accadrà mai». 23Ma egli, rivoltosi a Pietro, disse: «Va' via da me, satana! Tu mi sei di inciampo, poiché i tuoi sentimenti non sono quelli di Dio, ma quelli degli uomini».

Dalla croce alla gloria. - 24Allora Gesù disse ai suoi discepoli: «Se uno vuol venire dietro a me, rinneghi se stesso, prenda la sua croce e mi segua. 25Poiché chi vuol salvare la propria vita la perderà; chi invece perderà la propria vita a causa mia, la troverà. 26Infatti, che giovamento avrà l'uomo se, avendo conquistato tutto il mondo, è danneggiato poi nella sua vita? Oppure, che cosa potrà dare l'uomo quale prezzo della sua vita? 27Infatti il Figlio dell'uomo verrà nella gloria del Padre suo insieme con i suoi angeli e allora darà a ciascuno secondo la sua condotta. 28In verità vi dico: fra voi qui presenti ci sono alcuni che non gusteranno la morte finché non avranno visto il Figlio dell'uomo venire con il suo regno».

17 **La trasfigurazione.** - 1Sei giorni dopo Gesù prese con sé Pietro, Giacomo e Giovanni suo fratello, e li condusse in disparte, su un alto monte.
2E apparve trasfigurato davanti a loro: la sua faccia diventò splendida come il sole e le vesti candide come la luce. 3Ed ecco, apparvero loro Mosè ed Elia in atto di conversare con lui. 4Allora Pietro prese la parola e disse: «Signore, è bello per noi stare qui; se vuoi, farò qui tre tende, una per te, una per Mosè e un'altra per Elia».
5Mentre egli stava ancora parlando, una nube splendente li avvolse. E dalla nube si

udì una voce che diceva: «Questi è il mio Figlio diletto nel quale ho posto la mia compiacenza: ascoltatelo».
6All'udir ciò, i discepoli caddero faccia a terra, presi da grande spavento. 7Ma Gesù si avvicinò, li toccò e disse: «Alzatevi; non temete!». 8Essi, alzati gli occhi, non videro nessun altro all'infuori di Gesù. 9Ora, mentre discendevano dal monte, Gesù ordinò loro: «Non fate parola con nessuno della visione, finché il Figlio dell'uomo non sarà risorto da morte».

Il precursore. - 10Allora i suoi discepoli lo interrogarono dicendo: «Perché dunque gli scribi dicono che prima deve venire Elia?». 11Egli rispose: «Elia, sì, deve venire e restaurerà ogni cosa. 12Ma io vi dico che Elia è già venuto e non l'hanno riconosciuto; anzi l'hanno trattato come hanno voluto. Così anche il Figlio dell'uomo dovrà soffrire per opera loro». 13Allora i discepoli capirono che egli intendeva parlare di Giovanni il Battista.

Il fanciullo ossesso. - 14Quando furono tornati presso la folla, si avvicinò a lui un uomo che, gettatosi in ginocchio davanti a lui, 15disse: «Signore, abbi pietà di mio figlio che è epilettico e soffre; molte volte infatti cade nel fuoco, altre volte anche nell'acqua. 16L'ho portato ai tuoi discepoli, ma essi non sono stati capaci di guarirlo». 17Rispose Gesù: «Generazione incredula e perversa, fino a quando dovrò restare con voi? Fino a quando dovrò sopportarvi? Portatemi qui il fanciullo». 18Allora Gesù con parole minacciose comandò al demonio di uscire da lui; da quell'istante il fanciullo fu guarito.
19Allora i discepoli si avvicinarono a Gesù in disparte e gli domandarono: «Perché noi non siamo stati capaci di scacciarlo?». 20Egli rispose: «A causa della vostra poca fede, poiché in verità vi dico: se avrete fede anche quanto un chicco di senapa e direte a questo monte: "Spòstati da qui a lì", esso si sposterà; nulla sarà a voi impossibile. [21Ma questa genìa non si scaccia se non con la preghiera e il digiuno]».

Seconda predizione della passione. - 22Mentre si aggiravano per la Galilea, Gesù disse loro: «Il Figlio dell'uomo sta per essere consegnato nelle mani degli uomini 23che lo metteranno a morte; ma il terzo giorno risorgerà». Essi furono presi da grande afflizione.

Il didramma per il tempio. - [24]Venuti a Cafarnao, quelli che riscuotevano il didramma si rivolsero a Pietro e gli dissero: «Il vostro maestro non paga il didramma?». [25]Ed egli: «Sì».

Quando tornò, Gesù lo prevenne dicendo: «Che te ne pare, Simone? I re della terra da chi riscuotono tasse e tributi, dai loro figli oppure dagli estranei?». [26]Ed egli: «Dagli estranei». Allora Gesù disse: «Perciò i figli ne sono esenti. [27]Ma per non scandalizzarli, va' al mare, getta l'amo e prendi il pesce che per primo abboccherà; aprigli la bocca e vi troverai uno statere. Lo prenderai e lo darai loro per me e per te».

18

Il più grande nel regno dei cieli. - [1]In quel tempo si avvicinarono a Gesù i discepoli per dirgli: «Chi è dunque il più grande nel regno dei cieli?». [2]Egli, chiamato a sé un fanciullo, lo pose in mezzo a loro [3]e disse: «In verità vi dico: se non vi convertirete e non diventerete come i fanciulli, non entrerete nel regno dei cieli. [4]Chi dunque si farà piccolo come questo fanciullo, questi sarà il più grande nel regno dei cieli. [5]Se uno accoglie un solo fanciullo come questo nel mio nome, accoglie me».

Lo scandalo dei piccoli. - [6]«Ma se uno sarà di scandalo a uno di questi piccoli che credono in me, è meglio per lui che gli sia legata al collo una mola asinaria e sia precipitato nel fondo del mare.

[7]Guai al mondo per gli scandali! Infatti, se è inevitabile che avvengano scandali, guai però a quell'uomo per mezzo del quale avviene lo scandalo.

[8]Se la tua mano o il tuo piede ti è di scandalo, taglialo e gettalo via da te. È meglio per te entrare nella vita monco o zoppo, che con due mani o due piedi essere gettato

---

18. - [22]. Il *sette* nella Bibbia indica un numero grande, e se moltiplicato indica numero indefinito: qui vuol dire *sempre*.

[24]. *Diecimila talenti*: cioè una somma favolosa. Ciò che Gesù vuole porre in risalto è l'enorme differenza tra questo debito verso il padrone, che rappresenta Dio, e l'esiguità del debito del compagno. Se Dio è così propenso a perdonare, allora anche noi dobbiamo fare altrettanto.

---

nel fuoco eterno. [9]E se il tuo occhio ti è di scandalo, càvalo e gèttalo via da te; è meglio per te entrare nella vita con un solo occhio, che essere gettato con due occhi nella Geenna del fuoco.

[10]Guardatevi dal disprezzare uno di questi piccoli, poiché vi dico che i loro angeli nei cieli contemplano continuamente il volto del Padre mio che è nei cieli».

La pecorella smarrita. - [[11]«Infatti, il Figlio dell'uomo è venuto a trarre in salvo ciò che era perito.]

[12]Che ve ne pare? Se un uomo ha cento pecore e una di esse si smarrisce, non lascia le novantanove sui monti e va in cerca di quella smarrita? [13]E se gli capita di trovarla, in verità vi dico: si rallegrerà per essa più che delle altre novantanove che non si erano smarrite.

[14]Proprio questo è il volere del Padre vostro che è nei cieli: che neanche uno di questi piccoli si perda».

La correzione fraterna. - [15]«Se il tuo fratello pecca, va', riprendilo fra te e lui solo; se ti ascolterà, avrai riacquistato il tuo fratello. [16]Se invece non ti ascolterà, prendi con te una o due persone, affinché *sulla bocca di due o tre testimoni si stabilisca ogni cosa*. [17]Se non ascolterà neppure loro, deferiscilo alla chiesa e se neppure alla chiesa darà ascolto, sia egli per te come il pagano e il pubblicano.

[18]In verità vi dico: tutto ciò che avrete legato sulla terra resterà legato nel cielo; e tutto ciò che avrete sciolto sulla terra resterà sciolto nel cielo».

La preghiera in comune. - [19]«Ancora: in verità vi dico che, se due di voi sulla terra saranno d'accordo su qualche cosa da chiedere, qualunque essa sia, sarà loro concessa dal Padre mio che è nei cieli. [20]Infatti, dove sono riuniti due o tre nel mio nome, ivi sono io, in mezzo a loro».

Il perdono illimitato. - [21]Allora Pietro si fece avanti e gli domandò: «Signore, quante volte, se il mio fratello peccherà contro di me, dovrò perdonargli? Fino a sette volte?». [22]Gesù gli rispose: «Non ti dico fino a sette volte, ma fino a settanta volte sette».

Il debitore disumano. - [23]«Per questo il regno dei cieli è paragonato a un re che volle fare i conti con i suoi servi. [24]Iniziando dunque a chiedere i conti, gli fu presentato uno che era debitore di diecimila talenti. ²⁵Poiché costui non poteva pagare, il padrone comandò che fossero venduti lui, la moglie, i figli e quanto possedeva e saldasse così il conto. ²⁶Allora quel servo, con la faccia per terra, lo supplicava dicendo: "Signore, sii benevolo con me e ti soddisferò in tutto". ²⁷Il padrone fu mosso a pietà di quel servo, lo lasciò libero e gli condonò il debito.

²⁸Ora, appena uscito, lo stesso servo s'imbatté in uno dei suoi compagni il quale gli doveva cento denari. Lo afferrò e, quasi strozzandolo, diceva: "Rendimi quanto mi devi". ²⁹Bocconi a terra, questi lo implorava dicendo: "Sii benevolo con me e ti soddisferò". ³⁰Egli non acconsentì, ma andò a farlo gettare in prigione finché non gli avesse pagato il debito.

³¹Venuti a conoscenza dell'accaduto, gli altri servi se ne rattristarono grandemente e andarono a riferire ogni cosa al loro padrone. ³²Allora il padrone, chiamatolo a sé, gli dice: "Servo malvagio, ti ho condonato tutto quel debito perché mi avevi supplicato; ³³non dovevi anche tu aver pietà del tuo compagno, come io ho avuto pietà di te?". ³⁴Preso perciò dall'ira, il padrone lo consegnò agli sbirri, finché non gli avesse restituito tutto ciò che gli doveva.

³⁵Proprio così il Padre mio celeste tratterà voi, qualora non rimettiate di cuore ciascuno al proprio fratello».

CONSUMAZIONE DEL REGNO

19 **Verso Gerusalemme.** - ¹Quando Gesù terminò questi discorsi, partì dalla Galilea e si incamminò verso il territorio della Giudea al di là del Giordano; ²lo seguirono folle numerose e lì operò guarigioni.

Indissolubilità del matrimonio. - ³Si avvicinarono a lui alcuni farisei per metterlo alla prova e gli domandarono: «È lecito ripudiare la propria moglie per qualsiasi motivo?».

⁴Egli rispose: «Non avete letto che il Creatore fin da principio *maschio e femmina li fece*, ⁵e disse: "Per questo *l'uomo lascerà il padre e la madre e si unirà alla propria moglie e così i due diventeranno una sola carne*"? ⁶In modo che non sono più due, ma una sola carne. Perciò, quello che Dio ha congiunto *l'uomo non separi*».

⁷Gli dissero: «Perché dunque Mosè co-

mandò *di dare il libello del ripudio e così rimandarla?*».

⁸Rispose loro: «Mosè per la vostra durezza di cuore concesse a voi di ripudiare le vostre mogli; ma all'inizio non è stato così. ⁹Ora io vi dico: chi ripudia la propria moglie, se non per impudicizia, e sposa un'altra, commette adulterio».

Celibato per il regno dei cieli. - ¹⁰Gli dicono i discepoli: «Se tale è la condizione dell'uomo rispetto alla moglie, non conviene sposarsi».

¹¹Egli disse loro: «Non tutti comprendono questo discorso, ma soltanto coloro ai quali è dato. ¹²Vi sono infatti eunuchi che nacquero così dal seno della madre, e vi sono eunuchi i quali furono resi tali dagli uomini, e vi sono eunuchi che si resero tali da sé per il regno dei cieli. Chi può comprendere, comprenda».

Gesù e i bambini. - ¹³Allora furono presentati a lui dei bambini affinché pregasse imponendo su di loro le mani; i discepoli però li sgridavano; ma Gesù disse: ¹⁴«Lasciate stare, non impedite che i bambini vengano a me; di tali, infatti, è il regno dei cieli». ¹⁵E, imposte le mani su di loro, partì di là.

Il giovane ricco. - ¹⁶Ed ecco, un tale gli si avvicinò e disse: «Maestro, che cosa debbo fare di bene per acquistare la vita eterna?». ¹⁷Egli a lui: «Perché mi interroghi sul buono? Uno solo è il buono. Se però vuoi entrare nella vita, osserva i comandamenti».

¹⁸Gli dice: «Quali?». Gesù rispose: «Sono: *Non ucciderai, non commetterai adulterio, non ruberai, non dirai falsa testimonianza*; ¹⁹*onora il padre e la madre e amerai il prossimo tuo come te stesso*».

²⁰Gli dice il giovane: «Tutte queste cose le ho osservate: che cosa ancora mi manca?». ²¹Gesù a lui: «Se vuoi essere perfetto,

---

19. - ⁶. *L'uomo non separi*: contro tutte le passioni umane e i tentativi di snaturare il matrimonio, sta, ferma e chiara, la legge divina: *quello che Dio ha congiunto l'uomo non separi!* L'indissolubilità del sacramento del matrimonio non potrà mai essere abrogata da nessuna autorità umana.

²¹. La povertà volontaria, con il celibato cui ha accennato Gesù poco prima, formano i cosiddetti «consigli evangelici», cui si unisce la donazione totale a Dio per mezzo dell'obbedienza in un superiore legittimamente stabilito. Ciò costituisce nella chiesa un particolare stato di vita, chiamato «stato religioso», che intende seguire più da vicino la vita di Gesù e continuare la sua missione.

va', vendi quello che hai e dàllo ai poveri, e avrai un tesoro in cielo: poi vieni e seguimi». [22]All'udir ciò, il giovane se ne andò afflitto, poiché aveva molte ricchezze.

[23]Gesù disse ai suoi discepoli: «In verità vi dico: difficilmente un ricco entrerà nel regno dei cieli; [24]ancora vi dico: è più facile che un cammello entri per la cruna di un ago, che un ricco nel regno di Dio». [25]All'udir ciò, i discepoli rimasero sbigottiti e domandarono: «Chi dunque riuscirà a salvarsi?». [26]Fissando su di loro lo sguardo, Gesù rispose: «Presso gli uomini ciò non è possibile, ma tutto è possibile presso Dio».

Ricompensa dei discepoli. - [27]Allora Pietro prese la parola e gli disse: «Ecco, noi abbiamo lasciato ogni cosa e ti abbiamo seguito: che cosa dunque avremo?». [28]Gesù rispose loro: «In verità vi dico: voi che mi avete seguito, nella rigenerazione, quando il Figlio dell'uomo sederà sul suo trono di gloria, sederete anche voi su dodici troni a giudicare le dodici tribù d'Israele. [29]E chiunque ha lasciato case o fratelli o sorelle o padre o madre o moglie o figli o campi per il mio nome, riceverà il centuplo ed erediterà la vita eterna».

Gli operai della vigna. - [30]«Molti primi saranno ultimi e molti ultimi saranno primi.

20 [1]Infatti, il regno dei cieli è simile a un padrone di casa, il quale uscì di buon mattino ad ingaggiare operai per la sua vigna. [2]Essendosi accordato con gli operai per un denaro al giorno, li mandò nella sua vigna. [3]Uscito verso l'ora terza, trovò altri che stavano nella piazza inoperosi; [4]disse loro: "Andate anche voi nella mia vigna e vi darò la giusta ricompensa". Essi andarono. [5]Di nuovo uscì verso l'ora sesta e l'ora nona e fece altrettanto. [6]Uscì anche verso l'ora undecima e trovò altri che stavano là; dice loro: "Perché state qui tutto il giorno inoperosi?". [7]Gli rispondono: "Perché nessuno ci ha ingaggiati". Dice loro: "Andate anche voi nella vigna".

[8]Venuta la sera, il padrone della vigna dice al suo fattore: "Chiama gli operai e da'

loro la mercede cominciando dagli ultimi fino ai primi".

[9]Vennero quelli dell'undecima ora e ricevettero un denaro ciascuno. [10]Quando giunsero i primi, pensavano che avrebbero ricevuto di più, ma ricevettero anch'essi un denaro ciascuno. [11]Nel prenderlo mormoravano contro il padre di famiglia [12]dicendo: "Questi ultimi hanno lavorato per un'ora sola e tu li hai equiparati a noi che abbiamo sopportato il peso e il caldo della giornata".

[13]Egli rispose a uno di loro: "Amico, non sono ingiusto con te: non hai fatto il patto con me per un denaro? [14]Prendi ciò che è tuo e vattene. Voglio dare a quest'ultimo proprio quanto ho dato a te; [15]che forse non mi è lecito disporre dei miei beni come voglio? O non sarà il tuo occhio che si fa cattivo dal momento che io sono buono?".

[16]In questa maniera gli ultimi saranno primi e i primi saranno ultimi».

Terza predizione della passione. - [17]Mentre saliva a Gerusalemme, Gesù prese i Dodici in disparte e, cammin facendo, disse loro: [18]«Ecco, saliamo a Gerusalemme e il Figlio dell'uomo sarà consegnato ai sommi sacerdoti e agli scribi che lo condanneranno a morte [19]e lo consegneranno ai gentili, perché sia schernito, flagellato e crocifisso; ma il terzo giorno risorgerà».

I figli di Zebedeo. - [20]Si avvicinò a lui la madre dei figli di Zebedeo insieme con i suoi figli e si prostrò per chiedergli qualcosa; [21]egli le domandò: «Che cosa vuoi?». Ed ella a lui: «Ordina che questi due miei figli siedano uno alla destra e l'altro alla tua sinistra nel tuo regno».

[22]Gesù rispose: «Non sapete quello che chiedete; potete bere il calice che io sto per bere?». Gli rispondono: «Lo possiamo». [23]Dice loro: «Il mio calice, sì, lo berrete; ma sedere alla mia destra o alla mia sinistra non sta a me concederlo, ma è riservato a coloro ai quali è stato assegnato dal Padre mio».

[24]All'udir ciò gli altri dieci s'indignarono contro i due fratelli; [25]Gesù, chiamatili a sé, disse: «Voi sapete che i capi delle nazioni esercitano la loro signoria su di esse, e i grandi sono quelli che fanno sentire su di esse la loro potenza. [26]Non sarà così fra voi; ma chi fra voi vuol diventare grande sarà vostro servo, [27]e chi fra voi vorrà essere al primo posto si farà vostro schiavo, [28]come il

---

20. - [3-16]. La parabola mette in rilievo la libertà di Dio nel ricompensare e la gratuità dei suoi doni.

Figlio dell'uomo che non è venuto ad essere servito, ma a servire e dare la propria vita in riscatto di molti».

I ciechi di Gerico. - [29]Mentre essi uscivano da Gerico, gli andò dietro molta gente. [30]Ed ecco, due ciechi stavano seduti lungo la via; saputo che passava Gesù, si misero a gridare: «Signore, abbi pietà di noi, Figlio di Davide!». [31]La folla cominciò a sgridarli perché tacessero; ma essi gridavano ancora più forte: «Signore, abbi pietà di noi, Figlio di Davide!». [32]Gesù, fermatosi, li chiamò e disse: «Cosa volete che io vi faccia?». [33]Gli risposero: «Signore, che si aprano i nostri occhi!». [34]Mosso a pietà, Gesù toccò i loro occhi e subito ricuperarono la vista e si misero a seguirlo.

21 **Ingresso trionfale a Gerusalemme.** - [1]Quando, arrivati nelle vicinanze di Gerusalemme, giunsero in vista di Bètfage, alle falde del monte Oliveto, Gesù mandò due discepoli [2]dicendo loro: «Andate nel villaggio che si trova davanti a voi, e subito troverete un'asina legata, con il suo puledro. Scioglietela e portatela a me. [3]Se qualcuno vi dice qualcosa, rispondete: "Il Signore ne ha bisogno, ma subito li rimanderà"».

[4]Questo è accaduto affinché si adempisse quanto fu annunciato dal profeta che dice:

[5] *Dite alla figlia di Sion:*
Ecco, il tuo re viene a te
mite, seduto su un'asina
e su un puledro, figlio di bestia da soma.

[6]I discepoli andarono e fecero come aveva ordinato loro Gesù. [7]Condussero quindi l'asina con il puledro, su cui posero le vesti ed egli vi si pose a sedere.

[8]Ora, la folla, numerosissima, stese le proprie vesti sulla strada; altri tagliavano rami dagli alberi e li spargevano lungo la via. [9]La folla che andava innanzi e quella che veniva dietro gridavano:

«*Osanna* al Figlio di Davide!
Benedetto colui che viene
nel nome del Signore!
Osanna nel più alto dei cieli!».

[10]Quando egli entrò in Gerusalemme, si sconvolse tutta la città e ci si chiedeva:

«Chi è costui?». [11]Le folle rispondevano: «È il profeta Gesù, da Nazaret di Galilea».

Purificazione del tempio. - [12]Entrato nel tempio, egli si mise a scacciare quanti in esso vendevano e compravano, rovesciando i banchi dei cambiavalute e le sedie dei venditori di colombe [13]e disse loro: «Sta scritto:

La mia casa sarà chiamata
casa di preghiera;
voi, invece, ne fate
una spelonca di ladroni».

[14]Vennero a lui nel tempio ciechi e storpi, ed egli li guarì tutti.

[15]Quando i sommi sacerdoti e gli scribi videro i prodigi ch'egli aveva compiuto e i fanciulli che gridavano nel tempio: «Osanna al Figlio di Davide!», furono presi dall'ira [16]e dissero a Gesù: «Senti quello che dicono costoro?». E Gesù a loro: «Sì; non avete mai letto:

Dalla bocca di bimbi e di lattanti
ti sei procurata una lode?».

[17]E lasciatili, se ne andò fuori della città, a Betania, e là trascorse la notte.

Il fico infruttuoso. - [18]Recandosi la mattina in città, ebbe fame. [19]Vista sulla via una pianta di fico, si avvicinò ad essa; ma non vi trovò che foglie; allora, rivolto ad essa, disse: «Non avvenga più che tu porti frutto, in eterno!». E all'istante il fico seccò. [20]A tal vista i discepoli furono presi da meraviglia ed esclamarono: «Come mai il fico si è seccato all'istante?».

[21]Gesù rispose: «In verità vi dico: se avrete fede senza esitare, non soltanto potrete fare quello che è accaduto al fico, ma se direte a questo monte: "Lèvati e gèttati nel mare", questo accadrà; [22]e tutto quello che chiederete con fede nella preghiera l'otterrete».

Autorità di Gesù. - [23]Entrato nel tempio, mentre insegnava, gli si avvicinarono i sommi sacerdoti e gli anziani del popolo e gli domandarono: «In virtù di quale potestà fai tu queste cose? Chi ti ha dato questo potere?».

[24]Gesù rispose loro: «Voglio farvi anch'io una domanda; se voi risponderete ad essa,

anch'io vi dirò in virtù di quale potestà faccio queste cose. [25]Il battesimo di Giovanni da dove veniva? Dal cielo o dagli uomini?». Essi riflettevano dicendo fra sé: «Se diciamo: "Dal cielo", ci dirà: "Perché dunque, non gli avete creduto?"; [26]se diciamo: "Dagli uomini", c'è d'aver paura della folla, perché tutti ritengono Giovanni un profeta». [27]Allora risposero a Gesù: «Non lo sappiamo». Anch'egli disse loro: «Neppure io vi dico in virtù di quale potestà faccio queste cose».

I due figli. - [28]«Che ve ne pare? Un uomo aveva due figli; rivoltosi al primo gli disse: "Figlio, va' oggi a lavorare nella vigna". [29]Questi rispose: "Vado, signore!". Ma non andò. [30]Si rivolse quindi al secondo e gli disse la stessa cosa. Questi rispose: "Non ci vado!". Ma poi, pentitosi, andò. [31]Chi dei due fece la volontà del padre?». Rispondono: «L'ultimo».

E Gesù a loro: «In verità vi dico: i pubblicani e le meretrici vi passano avanti nel regno di Dio. [32]Infatti è venuto a voi Giovanni nella via della giustizia e non gli avete creduto; i pubblicani invece e le meretrici gli hanno creduto. Voi, pur vedendo, neppure dopo vi siete piegati a credere in lui».

I cattivi vignaioli. - [33]«Ascoltate un'altra parabola. C'era una volta un padrone di casa che *piantò una vigna, la circondò d'una siepe, vi scavò un pressoio, vi costruì una torre* e, affidatala ai coloni, partì. [34]Quando fu vicino il tempo dei frutti, inviò i suoi servi dai coloni per prendere la sua parte di proventi. [35]Ma i coloni presero i servi e alcuni ne percossero, altri ne uccisero, altri ne lapidarono. [36]Il padrone mandò ancora altri servi più numerosi dei primi; ma quelli li trattarono allo stesso modo. [37]Alla fine mandò il proprio figlio, pensando che avrebbero avuto riguardo di suo figlio. [38]Ma i coloni, vedendolo, dissero fra sé: "È l'erede. Orsù, uccidiamolo; così avremo la sua eredità". [39]Lo presero dunque e, portatolo fuori della vigna, lo uccisero.

[40]Quando verrà il padrone della vigna, che cosa farà a quei coloni?». [41]Gli dicono: «Farà morire senza pietà quei malvagi e darà la vigna ad altri coloni, i quali gli renderanno i frutti a suo tempo».

La pietra angolare. - [42]Dice loro Gesù: «Non avete mai letto nelle Scritture:

*La pietra che rigettarono i costruttori
è diventata pietra d'angolo;
è una cosa fatta dal Signore
ed è mirabile ai nostri occhi?*

[43]Perciò vi dico: sarà tolto a voi il regno di Dio e sarà dato a un popolo che lo farà fruttificare; [[44]Se uno cadrà su questa pietra, perirà; se essa cadrà su qualcuno, lo stritolerà]».

[45]I sommi sacerdoti e i farisei, udendo le sue parabole, capirono che parlava di loro. [46]Cercavano perciò di impadronirsi di lui; ma avevano paura della folla, che lo riteneva un profeta.

22 **Il convito nuziale.** - [1]Gesù riprese a parlar loro in parabole e disse: [2]«È simile il regno dei cieli a un re il quale fece un banchetto di nozze per suo figlio. [3]Egli mandò i suoi servi a chiamare coloro che erano stati invitati alle nozze; ma questi non vollero venire. [4]Di nuovo mandò altri servi dicendo: "Dite agli invitati: ecco, ho preparato il mio pranzo: i miei buoi e gli animali ingrassati sono già stati macellati e tutto è pronto; venite alle nozze". [5]Ma essi, noncuranti, andarono chi ai propri campi, chi ai propri affari. [6]Altri poi, presi i servi, li maltrattarono e li uccisero. [7]Il re, adiratosi, inviò i suoi eserciti ad annientare quegli omicidi e a incendiarne la città.

[8]Dice quindi ai servi: "Il banchetto nuziale è pronto, ma gli invitati non ne erano degni. [9]Andate dunque ai crocicchi delle vie e chiamate alle nozze tutti quelli che troverete". [10]Andarono quei servi per le vie e radunarono tutti quelli che trovarono, buoni e cattivi; e così la sala si riempì di commensali.

[11]Entrato il re a vedere i commensali, trovò là un uomo che non indossava la veste nuziale. [12]Gli dice: "Amico, come mai sei entrato qui senza la veste nuziale?". Egli ammutolì. [13]Allora il re disse ai suoi servitori: "Legatelo mani e piedi e gettatelo nel-

---

22. - [11-14.] L'abito da nozze è un'evidente allegoria: solo il re si accorge di questa mancanza. Esso indica, infatti, la mancanza delle disposizioni interiori per partecipare al regno di Dio. Concretamente, si accenna alla mancanza dell'amore verso Dio e della grazia santificante.

le tenebre esteriori: là sarà pianto e stridore di denti".
[14]Infatti molti sono chiamati, ma pochi eletti».

Il tributo a Cesare. - [15]Allora i farisei, ritiratisi, tennero consiglio per vedere come coglierlo in fallo nei suoi discorsi. [16]Mandarono dunque a lui i propri discepoli, insieme agli erodiani, per dirgli: «Maestro, sappiamo che sei veritiero e che insegni la via di Dio con verità e che non hai soggezione di nessuno; infatti non guardi in faccia ad alcuno. [17]Dicci dunque il tuo parere: è lecito o no pagare il tributo a Cesare?».
[18]Gesù, conoscendo la loro malizia, disse: «Perché volete tentarmi, ipocriti? [19]Mostratemi la moneta del tributo». Essi gli presentarono un denaro. [20]Dice loro: «Di chi è l'effigie con l'iscrizione?». [21]Rispondono: «Di Cesare». Ed egli disse loro: «Date dunque a Cesare quello che è di Cesare e a Dio quello che è di Dio».
[22]All'udir ciò rimasero stupiti e, lasciatolo, se ne andarono.

La risurrezione. - [23]In quel giorno si avvicinarono a lui dei sadducei, quelli che affermano non esserci risurrezione, e lo interrogarono [24]dicendo: «Maestro, Mosè ha ordinato: *Se uno muore senza figli, suo fratello ne sposerà la vedova e così darà a suo fratello una discendenza.* [25]Ora c'erano fra noi sette fratelli. Il primo appena sposato, morì e, non avendo discendenza, lasciò la moglie a suo fratello. [26]La stessa cosa accadde al secondo e al terzo, fino al settimo. [27]Dopo di tutti, morì anche la donna. [28]Ora, nella risurrezione, di chi fra i sette sarà moglie? Infatti appartenne a tutti».
[29]Gesù rispose: «Siete in errore, poiché non conoscete le Scritture né la potenza di Dio. [30]Infatti nella risurrezione non si prende né moglie né marito, ma si è come angeli di Dio in cielo. [31]Quanto poi alla risurrezione dei morti, non avete letto ciò che a voi disse Dio: [32]*Io sono il Dio di Abramo, il Dio di Isacco, il Dio di Giacobbe?* Dio non è un Dio di morti, ma di viventi». [33]All'udir ciò, le folle rimanevano stupite per la sua dottrina.

Il precetto più grande. - [34]I farisei, saputo che Gesù aveva messo a tacere i sadducei, si radunarono insieme, [35]e uno di loro, dottore della legge, lo interrogò per metterlo

alla prova: [36]«Maestro, qual è il precetto più grande della legge?».
[37]Egli rispose: «*Amerai il Signore Dio tuo con tutto il tuo cuore, con tutta la tua anima, con tutta la tua mente.* [38]Questo è il più grande e il primo dei precetti. [39]Ma il secondo è simile ad esso: *Amerai il prossimo tuo come te stesso.* [40]Da questi due precetti dipende tutta la legge e i profeti».

Il Cristo, Figlio e Signore di Davide. - [41]Radunatisi i farisei, Gesù li interrogò [42]dicendo: «Che cosa pensate del Cristo? Di chi è figlio?». Gli rispondono: «Di Davide».
[43]Dice loro: «Come dunque Davide, sotto l'influsso dello Spirito, lo chiama Signore quando dice:

[44] *Ha detto il Signore al mio Signore:*
   Siedi alla mia destra
   finché ponga i tuoi nemici
   come sgabello dei tuoi piedi?

[45]Se, dunque, Davide lo chiama Signore, come può essere suo figlio?».
[46]Nessuno seppe rispondergli una parola; e da quel giorno nessuno osò più fargli delle domande.

23 **Incongruenza e vanità.** - [1]Allora Gesù si rivolse alle folle e ai suoi discepoli [2]dicendo: «Sulla cattedra di Mosè si sono assisi gli scribi e i farisei. [3]Fate e osservate ciò che vi dicono, ma non quello che fanno. Poiché dicono, ma non fanno. [4]Legano infatti pesi opprimenti, difficili a portarsi, e li impongono sulle spalle degli uomini; ma essi non li vogliono rimuovere neppure con un dito. [5]Fanno tutto per essere visti dagli uomini. Infatti fanno sempre più larghe le loro filatterie e più lunghe le frange; [6]amano i primi posti nei conviti e le prime file nelle sinagoghe; [7]amano essere salutati nelle piazze ed essere chiamati dalla gente rabbì».

Fraternità cristiana. - [8]«Ma voi non vi fate chiamare rabbì, poiché uno solo è fra voi il Maestro e tutti voi siete fratelli. [9]Nessuno chiamerete sulla terra vostro padre, poiché uno solo è il vostro Padre, quello celeste. [10]Non vi farete chiamare precettori, poiché uno solo è il vostro precettore, il Cristo.
[11]Chi è il maggiore fra voi sarà vostro servitore. [12]Chi si esalterà sarà umiliato, e chi si umilierà sarà esaltato».

Contro i farisei ipocriti. - ¹³«Guai a voi, scribi e farisei ipocriti, che chiudete il regno dei cieli davanti agli uomini; infatti, voi non entrate e trattenete coloro che vorrebbero entrarci [¹⁴].

¹⁵Guai a voi, scribi e farisei ipocriti, poiché siete capaci di attraversare il mare e un intero continente per fare un solo proselito, e quando ci siete riusciti lo rendete figlio della Geenna il doppio di voi.

¹⁶Guai a voi, guide cieche che dite: "Se uno giura per il tempio, è niente; se invece giura per l'oro del tempio, rimane obbligato". ¹⁷Stolti e ciechi! Che cosa vale di più: l'oro o il tempio che rende sacro l'oro?

¹⁸E dite ancora: "Se uno giura per l'altare, è niente; se invece giura per l'offerta che sta su di esso, rimane obbligato". ¹⁹Ciechi, ma che cosa vale di più: l'offerta o l'altare che rende sacra l'offerta?

²⁰Chi dunque ha giurato per l'altare, fa giuramento per esso e per tutto ciò che si trova su di esso. ²¹E chi ha giurato per il tempio, emette giuramento per esso e per Chi vi abita. ²²E chi ha giurato per il cielo, fa giuramento per il trono di Dio e per Colui che vi è assiso.

²³Guai a voi, scribi e farisei ipocriti, poiché pagate la decima sulla menta, sull'aneto e sul cumino e poi trascurate i precetti più gravi della legge, come la giustizia, la pietà, la fede. Queste cose bisognava osservare, pur senza trascurare quelle altre. ²⁴Guide cieche, che filtrate il moscerino, e ingoiate il cammello!

²⁵Guai a voi, scribi e farisei ipocriti, che pulite l'esterno della coppa e del piatto, e dentro rimangono pieni di rapina e d'immondizia. ²⁶Cieco fariseo, pulisci prima l'interno della coppa e poi anche l'esterno di essa sarà pulito.

²⁷Guai a voi, scribi e farisei ipocriti, poiché siete come sepolcri imbiancati che all'esterno appaiono belli a vedersi, dentro invece sono pieni di ossa di morti e di ogni putredine. ²⁸Così anche voi all'esterno ap-

parite giusti davanti agli uomini, ma nell'interno siete pieni d'ipocrisia e d'iniquità.

²⁹Guai a voi, scribi e farisei ipocriti, poiché innalzate i sepolcri dei profeti e ornate i monumenti dei giusti ³⁰dicendo: "Se fossimo stati ai tempi dei nostri padri, non ci saremmo associati a loro nel versare il sangue dei profeti". ³¹Così testimoniate, contro voi stessi, di essere figli di quelli che uccisero i profeti ³²e colmate la misura dei vostri padri!».

Il giudizio di Dio è prossimo. - ³³«Serpenti, razza di vipere, come sfuggirete al castigo della Geenna? ³⁴Per questo, ecco che io mando a voi profeti, sapienti e scribi. Ebbene, di essi, parte ne ucciderete mettendoli in croce, parte ne flagellerete nelle vostre sinagoghe e li perseguiterete di città in città. ³⁵Verrà così su di voi tutto il sangue innocente sparso sulla terra, dal sangue del giusto Abele fino a quello di Zaccaria figlio di Barachia, che uccideste fra il santuario e l'altare. ³⁶In verità vi dico: tutto ciò verrà su questa generazione.

³⁷Gerusalemme, Gerusalemme, che uccidi i profeti e lapidi quelli che ti sono mandati, quante volte ho tentato di raccogliere i tuoi figli, come la gallina raduna i suoi pulcini sotto le ali e voi non avete voluto! ³⁸Ecco: la vostra casa vi sarà lasciata deserta. ³⁹Vi dico infatti: da ora in poi non mi vedrete, fino a quando non direte: *"Benedetto colui che viene nel nome del Signore!"*».

24 La domanda dei discepoli. - ¹Mentre Gesù, uscito dal tempio, se ne andava, gli si avvicinarono i suoi discepoli per mostrargli le costruzioni del tempio. ²Ma egli disse loro: «Vedete tutte queste cose? In verità vi dico: non rimarrà qui pietra su pietra, che non sarà diroccata».

³Quando giunse sul monte degli Ulivi, si sedette; allora gli si avvicinarono i suoi discepoli e in disparte gli dissero: «Dicci: quando avverranno queste cose e quale sarà il segno della tua venuta e della fine del mondo?».

Inizio delle sofferenze. - ⁴Gesù rispose loro: «Badate che nessuno vi inganni! ⁵Poiché molti verranno nel mio nome dicendo: "Io sono il Cristo", e molta gente sarà tratta in inganno. ⁶Quando sentirete esservi guerre o voci di guerre, non vi turbate; è neces-

---

23. - ¹⁴· Omesso da molti mss. Proviene da Mc 12,40 e Lc 20,47.
24. - ³· Il discorso parla della distruzione di Gerusalemme e della fine del mondo, di cui la fine di Gerusalemme è figura. Ma è molto difficile determinare quali frasi devono intendersi riferite alla fine del mondo e quali alla distruzione di Gerusalemme. In ogni caso questa «fine» è in funzione di una nuova esistenza per tutti i figli di Dio.

sario che tutte queste cose avvengano; ma non è la fine.

⁷Insorgerà infatti popolo contro popolo e regno contro regno: e vi saranno carestie, pestilenze e terremoti in vari luoghi; ⁸ma tutto ciò non è che l'inizio delle sofferenze.

⁹Allora vi consegneranno ai supplizi e vi uccideranno; sarete odiati da tutte le genti a causa del mio nome. ¹⁰Allora molti soccomberanno; si tradiranno l'un l'altro odiandosi a vicenda. ¹¹Sorgeranno molti falsi profeti, i quali trarranno molti in inganno. ¹²Per il dilagare dell'iniquità, l'amore dei più si raffredderà. ¹³Ma chi avrà perseverato sino alla fine, questi si salverà.

¹⁴Quando questo vangelo del regno sarà predicato in tutta la terra abitata, quale testimonianza a tutte le genti, allora verrà la fine».

Il segno decisivo. - ¹⁵«Quando dunque vedrete stare *in luogo santo l'abominio della desolazione*, di cui parla il profeta Daniele – chi legge intenda! – ¹⁶allora quelli che stanno in Giudea fuggano sui monti, ¹⁷chi è sulla terrazza non scenda a prendere la roba di casa, ¹⁸chi si trova in campagna non torni indietro a prendersi il mantello. ¹⁹Guai alle gestanti e a quelle che allattano in quei giorni. ²⁰Pregate che la vostra fuga non avvenga d'inverno né di sabato.

²¹Infatti, vi sarà allora *una tribolazione grande, quale mai c'è stata dall'origine del mondo fino ad ora, né mai vi sarà*. ²²Se non fossero stati abbreviati quei giorni, nessun uomo si salverebbe. Tuttavia, a causa degli eletti saranno abbreviati quei giorni».

I falsi messia. - ²³«Allora se uno vi dirà: "Ecco, il Cristo è qui!", oppure: "È là", non ci credete. ²⁴Sorgeranno infatti falsi messia e falsi profeti, che faranno grandi miracoli e prodigi, tanto da indurre in errore, se possibile, anche gli eletti. ²⁵Ecco ve l'ho predetto.

²⁶Se vi diranno: "Ecco, è nel deserto!", non ci andate; oppure: "Ecco, è nell'interno della casa!", non ci credete; ²⁷poiché come la folgore esce dall'oriente e brilla in occidente, così sarà la venuta del Figlio dell'uomo. ²⁸Dove sta il cadavere là si raccolgono gli avvoltoi».

La parusia. - ²⁹«Subito, dopo la tribolazione di quei giorni,

il sole si oscurerà,
la luna non più darà la sua luce,
le stelle cadranno dal cielo
e le potenze celesti saranno sconvolte.

³⁰Allora apparirà nel cielo il segno del Figlio dell'uomo e allora *si batteranno il petto tutte le tribù della terra e vedranno il Figlio dell'uomo venire sulle nubi del cielo* con grande potenza e splendore. ³¹Egli manderà i suoi angeli, i quali con lo squillo della grande tromba raduneranno i suoi eletti dai quattro venti, da un estremo all'altro dei cieli».

Imminenza del tempo e incertezza dell'ora. - ³²«Dal fico comprendete la parabola: quando il suo ramo diventa tenero e produce le foglie, sapete che l'estate è prossima. ³³Così anche voi, quando vedrete tutte queste cose, sappiate che egli è vicino, è alle porte. ³⁴In verità vi dico: non passerà questa generazione prima che tutte queste cose accadano. ³⁵Il cielo e la terra passeranno, ma le mie parole non passeranno.

³⁶Quanto al giorno e all'ora nessuno lo sa, neppure gli angeli del cielo, ma solo il Padre».

Come il diluvio. - ³⁷«Come fu ai giorni di Noè, così sarà la venuta del Figlio dell'uomo. ³⁸Infatti, come nei giorni che precedettero il diluvio la gente mangiava, beveva, si sposava e si maritava, fino al giorno in cui Noè entrò nell'arca, ³⁹e non vollero credere finché si abbatté il diluvio e spazzò via tutti, proprio così sarà alla venuta del Figlio dell'uomo. ⁴⁰Allora, se vi saranno due in campagna, uno sarà preso e l'altro lasciato; ⁴¹se due donne staranno a macinare con la mola, una sarà presa e l'altra lasciata».

Come il ladro. - ⁴²«Vigilate, dunque, poiché non sapete in che giorno viene il vostro Signore.

⁴³Questo considerate: se il padrone di casa sapesse in quale vigilia della notte viene il ladro, veglierebbe e non si lascerebbe scassinare la casa. ⁴⁴Per questo anche voi tenetevi pronti, poiché nell'ora che non credete il Figlio dell'uomo viene».

Il servo fedele. - ⁴⁵«Qual è quel servo fedele e saggio che il padrone ha posto a capo della servitù, affinché dia loro il cibo nel tempo dovuto?

⁴⁶Beato quel servo, se il padrone al suo ritorno lo troverà ad agire così. ⁴⁷In verità vi dico: gli affiderà tutti i suoi beni. ⁴⁸Se, invece, il servo è cattivo e, dicendo: "Il mio padrone ritarda", ⁴⁹incomincia a picchiare i suoi compagni, a mangiare e bere con gli ubriaconi, ⁵⁰verrà il padrone nel giorno che egli non si aspetta, all'ora che non sa, ⁵¹e lo farà a pezzi, facendogli toccare la stessa sorte che meritano gli ipocriti: là sarà pianto e stridore di denti».

25 Le dieci vergini. - ¹«Allora il regno dei cieli sarà simile a dieci vergini che presero le loro lampade e uscirono incontro allo sposo. ²Ora, cinque di esse erano stolte e cinque prudenti. ³Infatti le stolte, quando presero le lampade, non pensarono di prendere con sé l'olio; ⁴mentre le prudenti, insieme alle lampade, presero anche dell'olio nei vasi.

⁵Poiché lo sposo tardava a venire, tutte, vinte dal sonno, si addormentarono. ⁶Ma a mezzanotte si levò un grido: "Ecco lo sposo, andategli incontro!". ⁷Allora tutte quelle vergini si destarono e misero in ordine le loro lampade. ⁸E le stolte dissero alle prudenti: "Dateci del vostro olio, poiché le nostre lampade si spengono". ⁹Le prudenti risposero: "No, che non abbia a mancare per noi e per voi; andate piuttosto a comprarvelo dai venditori". ¹⁰Ora mentre quelle andavano a comprare l'olio, giunse lo sposo e le vergini che erano pronte entrarono con lui nella sala del banchetto, e la porta si chiuse.

¹¹Più tardi arrivarono anche le altre vergini, le quali dicevano: "Signore, Signore, aprici!". ¹²Ma egli rispose: "In verità vi dico: non vi conosco!".

¹³Vigilate, dunque, poiché non sapete né il giorno né l'ora».

I talenti. - ¹⁴«Allo stesso modo, infatti, un uomo in procinto di partire chiamò i propri servi e affidò loro i suoi beni: ¹⁵a uno diede cinque talenti, a un altro due e a un altro uno: a ciascuno secondo le proprie capacità; poi partì.

Senza perdere tempo, ¹⁶quello che aveva ricevuto cinque talenti andò a trafficarli e ne guadagnò altri cinque. ¹⁷Allo stesso modo quello che aveva ricevuto due talenti ne guadagnò anch'egli altri due. ¹⁸Ma quello che ne aveva ricevuto uno solo andò a scavare nella terra una fossa e vi nascose il denaro del suo padrone.

¹⁹Dopo molto tempo viene il padrone di quei servi e li chiama al rendiconto. ²⁰Si presentò quello che aveva ricevuto cinque talenti e ne portò altri cinque dicendo: "Signore, mi desti cinque talenti. Ecco, ne ho guadagnati altri cinque". ²¹Gli disse il padrone: "Bene, servo buono e fedele; sei stato fedele nel poco, ti darò potere su molto: entra nel gaudio del tuo signore". ²²Si presentò poi quello dei due talenti e disse: "Signore, mi desti due talenti. Ecco, ne ho guadagnati altri due". ²³Gli disse il padrone: "Bene, servo buono e fedele; sei stato fedele nel poco, ti darò potere su molto: entra nel gaudio del tuo signore".

²⁴Infine si presentò anche quello che aveva ricevuto un solo talento e disse: "Signore, sapevo che tu sei un uomo severo, che mieti dove non hai seminato e raccogli dove non hai sparso; ²⁵per questo ho avuto paura e sono andato a nascondere il tuo talento sotto terra. Ecco, prendi ciò che è tuo". ²⁶Il padrone gli rispose: "Servo malvagio e infingardo, sapevi che io mieto dove non ho seminato e raccolgo dove non ho sparso; ²⁷per questo avresti dovuto affidare il mio denaro ai banchieri, in modo che, al mio ritorno, avrei potuto ritirare il mio con l'interesse. ²⁸Perciò toglietegli il talento e datelo a quello che ne ha dieci. ²⁹Infatti a chi ha sarà dato e sarà nell'abbondanza. a chi non ha sarà tolto anche quello che ha. ³⁰E il servo infingardo, gettatelo nelle tenebre esteriori; là sarà pianto e stridore di denti"».

Il giudizio finale. - ³¹«Quando il Figlio dell'uomo verrà nella sua maestà, accompagnato da tutti i suoi angeli, allora si siederà sul suo trono di gloria ³²e davanti a lui saranno condotte tutte le genti; egli separerà gli uni dagli altri, come il pastore separa le pecore dai capri, ³³e metterà le pecore alla sua destra, i capri invece alla sua sinistra. ³⁴Allora il Re dirà a quelli che stanno alla sua destra: "Venite, benedetti dal Padre mio, prendete possesso del regno preparato per voi sin dall'origine del mondo. ³⁵Poiché: ebbi fame e mi deste da mangiare, ebbi sete e mi deste da bere, ero pellegrino e mi ospitaste, ³⁶nudo e mi copriste, infermo e mi visitaste, ero in carcere e veniste a trovarmi". ³⁷Allora i giusti diranno: "Signore, quando ti vedemmo affamato e ti demmo da mangiare, assetato e ti demmo da bere? [38]Quando ti vedemmo pellegrino e ti ospitammo, nudo e ti coprimmo? [39]Quando ti vedemmo infermo o in carcere e venimmo a trovarti?". [40]E il Re risponderà loro: "In verità vi dico: tutto quello che avete fatto a uno dei più piccoli di questi miei fratelli, l'avete fatto a me".

[41]Quindi dirà a quelli che stanno alla sinistra: "Andate via da me, o maledetti, nel fuoco eterno, preparato per il diavolo e i suoi seguaci. [42]Poiché: ebbi fame e non mi deste da mangiare, ebbi sete e non mi deste da bere, [43]ero pellegrino e non mi ospitaste, nudo e non mi copriste, infermo e in carcere e non veniste a trovarmi". [44]Allora risponderanno anche loro dicendo: "Signore, quando ti vedemmo aver fame o sete, essere pellegrino o nudo, infermo o in carcere, e non ti abbiamo servito?". [45]Allora risponderà loro dicendo: "In verità vi dico: ciò che non avete fatto a uno di questi più piccoli, non l'avete fatto a me".

[46]E questi se ne andranno al castigo eterno, i giusti invece alla vita eterna».

GLI EVENTI PASQUALI

26 **Nell'imminenza della Pasqua.** - [1]Quando Gesù ebbe terminato tutti questi discorsi, disse ai suoi discepoli: [2]«Voi sapete che fra due giorni si celebra la Pasqua e il Figlio dell'uomo sarà consegnato per essere crocifisso».

[3]Allora i sommi sacerdoti e gli anziani del popolo si riunirono nel palazzo del sommo sacerdote che si chiamava Caifa [4]e tennero consiglio per arrestare Gesù con inganno e farlo morire. [5]Dicevano però: «Non durante la festa perché non nascano tumulti fra il popolo».

Un gesto significativo. - [6]Recatosi Gesù a Betania nella casa di Simone il lebbroso, [7]mentre egli era a mensa, si avvicinò a lui una donna con in mano un vaso d'alabastro contenente un unguento prezioso che versò sulla testa di lui. [8]A quella vista i discepoli si indignarono e dissero: «Perché questo sciupìo? [9]Lo si poteva vendere a caro prezzo e darne il ricavato ai poveri».

[10]Venuto a conoscenza della cosa, Gesù disse loro: «Perché infastidite questa donna? Ella ha compiuto una buona azione verso di me; [11]poiché, mentre i poveri li avete

sempre con voi, me invece non mi avrete sempre. [12]Se costei ha versato sul mio corpo questo unguento, l'ha fatto in vista della mia sepoltura. [13]In verità vi dico: dove sarà predicato questo vangelo, in tutto il mondo, si parlerà anche di ciò che essa ha fatto, a sua lode».

L'offerta di Giuda. - [14]Allora uno dei Dodici, quello chiamato Giuda Iscariota, andò dai sommi sacerdoti [15]e disse: «Quanto volete darmi perché io ve lo consegni?». Essi gli stabilirono trenta monete d'argento. [16]Da quel momento cercava l'occasione propizia per consegnarlo.

I preparativi per la cena pasquale. - [17]Nel primo giorno degli Azzimi i discepoli si avvicinarono a Gesù per dirgli: «Dove vuoi che prepariamo per mangiare la Pasqua?». [18]Ed egli: «Andate nella città da un tale e diteglì: "Il Maestro dice: Il mio tempo è vicino: vorrei celebrare la Pasqua insieme ai miei discepoli presso di te"». [19]I discepoli fecero come aveva ordinato loro Gesù e prepararono la Pasqua.

Annuncio del tradimento. - [20]Venuta la sera, era a mensa con i Dodici. [21]E mentre mangiavano disse: «In verità vi dico: uno di voi mi tradirà». [22]Ed essi, profondamente addolorati, cominciarono a dirgli l'uno dopo l'altro: «Sono forse io, Signore?». [23]Ed egli: «Colui che ha messo la mano con me nel piatto, questi mi tradirà. [24]Sì, il Figlio dell'uomo se ne va, come sta scritto di lui; ma guai a quell'uomo dal quale il Figlio dell'uomo è tradito! Sarebbe stato meglio per quell'uomo se non fosse mai nato».

[25]Giuda il traditore domandò: «Sono forse io, Rabbì?». Gli dice: «Tu l'hai detto!».

Istituzione dell'eucaristia. - [26]Mentre mangiavano, Gesù prese il pane, pronunziò la preghiera di benedizione, lo spezzò, lo diede ai suoi discepoli e disse: «Prendete e mangiate: questo è il mio corpo». [27]Quindi prese il calice, rese grazie e lo passò a loro dicendo: «Bevétene tutti: [28]questo infatti è il mio sangue dell'alleanza, che sarà versato per molti in remissione dei peccati. [29]Io vi dico: non berrò d'ora innanzi di questo frutto della vite, fino a quel giorno quando lo berrò con voi nuovo nel regno del Padre mio».

Annuncio del rinnegamento di Pietro. -
[30]Poi, recitato l'inno, uscirono verso il
monte degli Ulivi. [31]Quindi dice loro Gesù:
«Tutti voi patirete scandalo a causa mia in
questa notte; sta scritto, infatti:

Percuoterò il pastore
e si disperderanno le pecore del gregge.

[32]Ma dopo che sarò risorto, vi precederò
in Galilea».
[33]Pietro prende la parola e gli dice: «Anche se tutti patiranno scandalo a causa tua,
io no, giammai!». [34]E Gesù a lui: «In verità
ti dico: in questa notte, prima che il gallo
canti, mi rinnegherai tre volte». [35]E Pietro
replicò: «Anche se dovessi morire con te,
non ti rinnegherò». La stessa cosa dissero
tutti gli altri discepoli.

La passione interiore. - [36]Giunto Gesù con
loro nel campo chiamato Getsèmani, dice ai
discepoli: «Fermatevi qui, mentre io vado
là a pregare». [37]Preso con sé Pietro con i due figli di Ze-
bedèo, cominciò a provare tristezza e ango-
scia. [38]Quindi dice loro: «Triste è l'anima mia
fino alla morte: rimanete qui e vegliate con
me». [39]E, scostatosi un poco, cadde con la
faccia a terra e pregava dicendo: «Padre mio,
se è possibile, passi da me questo calice. Però
non come voglio io, ma come vuoi tu».
[40]Quindi ritorna dai discepoli e, trovatili
addormentati, dice a Pietro: «Così non siete
stati capaci di vegliare per una sola ora con
me? [41]Vegliate e pregate affinché non entriate in tentazione. Sì, lo spirito è pronto,
ma la carne è debole». [42]Ancora per una seconda volta, allontanatosi, pregò dicendo: «Padre mio, se esso
non può passare senza che lo beva, si com-
pia la tua volontà!». [43]Ritornato di nuovo, li trovò addormentati: i loro occhi, infatti, erano affaticati.
[44]Lasciatili, se ne andò di nuovo e per la
terza volta pregò ripetendo le stesse parole.

Il tradimento. - [45]Quindi viene dai discepoli e dice loro: «Dormite ormai e riposate.
Ecco, è vicina l'ora in cui il Figlio dell'uomo
sarà consegnato nelle mani degli empi.
[46]Alzatevi, andiamo! Ecco, colui che mi tradisce è vicino».
[47]Stava ancora parlando, quando Giuda,
uno dei Dodici, sopraggiunse; insieme a lui
v'era molta folla che, munita di spade e di

bastoni, era stata inviata dai sommi sacerdoti e dagli anziani del popolo. [48]Il traditore
aveva dato loro questo segno dicendo:
«Quello che io bacerò è lui: prendetelo».
[49]Subito si diresse verso Gesù e gli disse:
«Salve, Rabbì!». E lo baciò. [50]E Gesù a lui:
«Amico, perché sei qui?». Allora gli altri,
avvicinatisi a Gesù, gli misero le mani addosso e si impadronirono di lui.

Compimento delle Scritture. - [51]Ed ecco,
uno di quelli che erano con Gesù, messa
mano alla spada, la sfoderò e colpì un servo
del sommo sacerdote, amputandogli l'orecchio. [52]Allora dice a lui Gesù: «Rimetti la
tua spada al suo posto, poiché tutti quelli
che mettono mano alla spada, di spada periranno. [53]O credi che io non possa pregare il
Padre mio che mandi subito in mia difesa
più di dodici legioni di angeli? [54]Come dunque si adempirebbero le Scritture, le quali
dicono che così deve accadere?».
[55]Poi, rivolto alla folla, disse: «Siete venuti a prendermi con spade e bastoni come si
fa per un brigante. Ogni giorno ero nel tempio a insegnare e non mi avete preso. [56]Tut-
to ciò è accaduto affinché si adempissero le
Scritture dei profeti».
Allora tutti i discepoli, abbandonatolo, si
diedero alla fuga.

Processo religioso. - [57]Quelli che avevano
catturato Gesù lo condussero dal sommo sacerdote Caifa, presso il quale erano convenuti gli scribi e gli anziani.
[58]Pietro lo aveva seguito da lontano fino
al palazzo del sommo sacerdote e, entrato
dentro, se ne stava seduto tra i servi, desideroso di vedere come andasse a finire.
[59]I sommi sacerdoti e tutto il sinedrio cercavano qualche falsa testimonianza contro
Gesù per condannarlo a morte; [60]ma non la
trovarono, sebbene si fossero presentati
molti falsi testimoni. Finalmente si fecero
avanti due [61]che affermarono: «Costui ha
detto: "Posso distruggere il tempio di Dio e
riedificarlo in tre giorni"». [62]E il sommo sacerdote, alzatosi, gli domandò: «Nulla rispondi a quanto costoro attestano contro di
te?». [63]Ma Gesù taceva. Allora il sommo sacerdote replicò: «Ti scongiuro per il Dio vivente: dicci se tu sei il Cristo, il Figlio di
Dio». [64]Gesù rispose: «Tu l'hai detto. Anzi
io dico a voi: fin da ora vedrete *il Figlio del-*
l'uomo sedere alla destra della Potenza e
venire sulle nubi del cielo».

65Allora il sommo sacerdote si stracciò le vesti ed esclamò: «Ha bestemmiato! Che bisogno abbiamo ancora di testimoni? Ecco: proprio ora avete udito la sua bestemmia. 66Che ve ne pare?». Essi risposero: «È reo di morte!».

67Poi gli sputarono in faccia e lo schiaffeggiarono; altri poi lo percossero con pugni 68dicendo: «Profetizzaci, o Cristo: chi ti ha percosso?».

Rinnegamento di Pietro. - 69Pietro se ne stava seduto fuori, nel cortile, quando gli si avvicinò una serva che gli disse: «Anche tu eri con Gesù il Galileo». 70Ma egli negò davanti a tutti dicendo: «Non so che cosa tu voglia dire».

71Andato verso l'atrio, lo vide un'altra serva, la quale disse a quelli che si trovavano lì: «Costui era con Gesù il Nazareno!». 72E di nuovo negò sotto giuramento: «Non conosco quell'uomo».

73Dopo un poco si avvicinarono i presenti e dissero a Pietro: «È vero, anche tu sei dei loro; infatti il tuo dialetto ti tradisce». 74Allora cominciò a imprecare giurando: «Non conosco quell'uomo».

In quell'istante il gallo cantò. 75Allora Pietro si ricordò delle parole che gli aveva detto Gesù: «Prima che il gallo canti, mi rinnegherai tre volte». Uscì fuori e pianse amaramente.

27 **Consegna all'autorità civile.** - 1Quando si fece giorno, tutti i sommi sacerdoti e anziani del popolo tennero consiglio contro Gesù per farlo morire. 2Quindi lo legarono e, condottolo dal governatore Pilato, glielo consegnarono.

La fine del traditore. - 3Quando Giuda il traditore seppe che egli era stato condannato, preso da rimorso, riportò ai sommi sacerdoti e agli anziani le trenta monete d'argento 4e disse: «Ho peccato tradendo il sangue innocente!». Essi risposero: «Che c'importa? Te la vedrai tu!». 5Egli, gettate le monete d'argento nel tempio, si allontanò e andò a impiccarsi.

6I capi dei sacerdoti, prese le monete d'argento, dissero: «Non si possono mettere nella cassa delle offerte, poiché è prezzo di sangue». 7Quindi decisero in consiglio di comprare, con quel denaro, il campo del vasaio, destinandolo alla sepoltura degli stra-

nieri. 8Per questo quel campo si chiama fino ad oggi Campo del sangue. 9Allora si adempì quanto fu annunciato dal profeta Geremia che dice: *Presero i trenta pezzi d'argento, il prezzo di colui che è stato venduto secondo il valore stabilito dai figli d'Israele,* 10*e li versarono per il campo del vasaio, come mi ordinò il Signore.*

Processo civile. - 11Gesù fu condotto alla presenza del governatore il quale lo interrogò: «Sei tu il re dei Giudei?». E Gesù: «Tu lo dici!».

12E mentre i sommi sacerdoti e gli anziani lo accusavano, egli non rispondeva nulla. 13Allora dice a lui Pilato: «Non senti quante cose attestano contro di te?». 14Ma non gli rispose neppure una parola, con grande meraviglia del governatore.

Gesù o Barabba. - 15In occasione della festa, il governatore era solito rilasciare al popolo un detenuto a loro scelta. 16In quel tempo c'era un prigioniero distinto, di nome Barabba. 17Mentre essi erano radunati, Pilato domandò: «Chi volete che vi rilasci, Barabba o Gesù, quello che è chiamato Cristo?». 18Sapeva, infatti, che per odio l'avevano consegnato.

19Mentre egli sedeva in tribunale, sua moglie mandò a dirgli: «Nulla vi sia fra te e questo giusto, poiché oggi ho molto sofferto in sogno a causa sua».

20Ma i sommi sacerdoti e gli anziani convinsero la folla a chiedere la liberazione di Barabba e la morte di Gesù. 21Il governatore prese dunque la parola e domandò: «Chi dei due volete che vi rilasci?». Essi risposero: «Barabba!». 22E Pilato a loro: «Che farò, dunque, di Gesù che è chiamato Cristo?». Tutti rispondono: «Sia crocifisso!». 23Ed egli: «Ma che male ha fatto?». Ed essi gridavano più forte: «Sia crocifisso!».

24Pilato, visto che non otteneva nulla e che, anzi, stava sorgendo un tumulto, prese dell'acqua e si lavò le mani davanti alla folla dicendo: «Sono innocente del sangue di questo giusto: voi ne risponderete». 25E tutto il popolo rispose: «Il suo sangue è su noi e sui nostri figli!».

26Così rilasciò loro Barabba, mentre Gesù, dopo averlo flagellato, lo consegnò perché fosse crocifisso.

Dileggio dei soldati. - 27Quindi i soldati del governatore condussero Gesù nel pretorio e convocarono intorno a lui tutta la coorte. [28]Toltegli le vesti, gli gettarono addosso un manto scarlatto [29]e, intrecciata una corona di spine, la posero sulla sua testa con una canna nella destra. Inginocchiandosi davanti a lui, lo schernivano dicendo: «Salve, re dei Giudei!». [30]E sputando su di lui, prendevano la canna e lo colpivano sulla testa.

La «via crucis». - [31]Quando ebbero finito di beffeggiarlo, gli tolsero il manto e lo rivestirono delle sue vesti; quindi lo portarono via per crocifiggerlo.

[32]Mentre uscivano, s'imbatterono in un uomo di Cirene, di nome Simone, e lo costrinsero a portare la croce di lui.

Sul Golgota. - [33]Giunti al luogo chiamato Golgota, che vuol dire luogo del cranio, [34]*gli diedero da bere vino misto a fiele.* Gustatolo, non volle bere.

[35]Quando l'ebbero crocifisso, *si spartirono* le sue *vesti tirandole a sorte* [36]e, seduti là, gli facevano la guardia.

[37]Al di sopra della sua testa avevano apposto la scritta della sua condanna: «*Costui è Gesù, il re dei Giudei*». [38]Poi crocifissero insieme a lui due ladroni, uno a destra, l'altro a sinistra.

Scherno dei Giudei. - [39]I passanti inveivano contro di lui scuotendo il capo [40]e dicendo: «O tu che puoi distruggere il tempio e riedificarlo in tre giorni, salva te stesso. Se sei Figlio di Dio, scendi giù dalla croce!».

[41]Nello stesso modo i sommi sacerdoti, insieme agli scribi e agli anziani, beffeggiandolo, [42]dicevano: «Ha salvato gli altri, non può salvare se stesso. Se è il re d'Israele, scenda ora dalla croce e crederemo in lui. [43]*Ha confidato in Dio, lo liberi ora, se lo ama.* Ha detto infatti: "Sono Figlio di Dio"».

[44]Nello stesso modo lo beffeggiavano i ladroni che erano stati crocifissi con lui.

Morte. - [45]Dall'ora sesta fino all'ora nona si fece buio su tutta la terra.

[46]Verso l'ora nona Gesù a gran voce gridò: «*Elì, Elì, lemà sabachthanì?*». Cioè: «*Dio mio, Dio mio, perché mi hai abbandonato?*». [47]Alcuni dei presenti, uditolo, dicevano: «Egli chiama Elia». [48]E subito uno di loro corse a prendere una spugna, la imbevve di aceto e l'avvolse intorno a una canna per dargli da bere. [49]Ma gli altri dicevano: «Aspetta. Vediamo se viene Elia a salvarlo». [50]Ma Gesù emise di nuovo un forte grido ed esalò lo spirito.

«Veramente costui era Figlio di Dio!». - [51]Ed ecco, il velo del tempio si squarciò in due da cima a fondo, la terra tremò e le rocce si spaccarono; [52]le tombe si aprirono e molti corpi dei santi che vi giacevano risuscitarono. [53]Infatti dopo la risurrezione di lui uscirono dalle tombe, entrarono nella città santa e apparvero a molti.

[54]Il centurione e quelli che con lui facevano la guardia a Gesù, alla vista del terremoto e di quanto accadeva, furono presi da grande spavento e dicevano: «Davvero costui era Figlio di Dio!».

[55]C'erano là molte donne che stavano a guardare da lontano; avevano accompagnato Gesù dalla Galilea per servirlo; [56]fra esse c'era Maria Maddalena, Maria madre di Giacomo e di Giuseppe e la madre dei figli di Zebedeo.

Sepoltura. - [57]Quando fu sera, venne un uomo ricco di Arimatea, di nome Giuseppe, il quale era anch'egli discepolo di Gesù; [58]egli andò da Pilato e gli chiese il corpo di Gesù. Pilato ordinò che gli fosse consegnato. [59]Giuseppe quindi, preso il corpo, l'avvolse in una sindone pulita [60]e lo depose nel proprio sepolcro, che da poco aveva scavato nella roccia. Rotolò una grossa pietra all'entrata del sepolcro e se ne andò. [61]C'erano là Maria Maddalena e l'altra Maria, sedute di fronte al sepolcro.

Il sepolcro vigilato. - [62]Il giorno seguente, cioè dopo la Parasceve, i sommi sacerdoti e i farisei si recarono insieme da Pilato [63]per dirgli: «Signore, ci siamo ricordati che quel seduttore, quando ancora era in vita, affermò: "Dopo tre giorni risorgerò". [64]Ordina perciò che la tomba sia custodita fino al terzo giorno, poiché c'è pericolo che vengano i suoi discepoli, lo portino via

---

27. - [45.] *Ora sesta*: le 12; *ora nona*: le 15; *su tutta la terra*, cioè su Gerusalemme e dintorni, dove avvenivano le cose narrate.

[46.] L'esclamazione di Gesù ci lascia capire quanto profonda fosse l'amarezza della sua agonia. Tuttavia essa va intesa nel senso del Sal 22 da cui è presa, salmo di preghiera e di fiducia. L'abbandono da parte del Padre consiste nel lasciare il Figlio in balìa assoluta dei suoi mortali nemici, senza un intervento apparente in suo favore, e soprattutto, forse, in uno stato di «derelizione» interiore. La risposta vera del Padre sarà la risurrezione di Gesù.

e poi dicano al popolo: "È risorto dai morti". Allora quest'ultima impostura sarà peggiore della prima». ⁶⁵Rispose Pilato: «Voi avete un corpo di guardia: andate e prendete le precauzioni che credete». ⁶⁶Essi andarono e assicurarono il sepolcro sigillando la pietra e mettendovi un corpo di guardia.

28 Il sepolcro vuoto. - ¹Passato il sabato, al sorgere del primo giorno della settimana, venne Maria Maddalena con l'altra Maria a far visita al sepolcro.

²Ed ecco, vi fu un gran terremoto: un angelo del Signore, infatti, sceso dal cielo, si avvicinò, rotolò la pietra e si mise a sedere su di essa. ³Il suo aspetto era come la folgore e le sue vesti bianche come la neve. ⁴Alla sua vista le guardie rimasero sconvolte e diventarono come morte.

⁵L'angelo disse alle donne: «Non temete, voi! So che cercate Gesù crocifisso; ⁶non è qui: è risorto, come aveva detto. Orsù, osservate il luogo dove giaceva. ⁷E ora andate e dite ai suoi discepoli che egli è risorto dai morti e vi precede in Galilea; là lo vedrete. Ecco, ve l'ho detto».

Apparizione alle donne. - ⁸Esse subito lasciarono il sepolcro e, piene di gran timore e di grande gioia insieme, corsero a portare l'annuncio ai suoi discepoli.

⁹Ed ecco: Gesù andò loro incontro dicendo: «Rallegratevi!». Esse, avvicinatesi, abbracciarono i suoi piedi e l'adorarono.

¹⁰Allora disse loro Gesù: «Non temete; andate e annunziate ai miei fratelli che vadano in Galilea; là mi vedranno».

La corruzione dei soldati. - ¹¹Mentre esse erano per via, alcune delle guardie, recatisi in città, riferirono ai capi dei sacerdoti tutto l'accaduto. ¹²Essi, radunatisi insieme agli anziani, dopo essersi consultati, diedero ai soldati una cospicua somma di denaro ¹³dicendo: «Dite che di notte sono venuti i discepoli di lui e l'hanno portato via, mentre noi dormivamo. ¹⁴Se la cosa dovesse giungere per caso alle orecchie del governatore, lo convinceremo noi a non darvi noia alcuna». ¹⁵Essi, preso il denaro, fecero secondo le istruzioni che avevano ricevuto. Così questa dicerìa si è diffusa presso i Giudei fino ad oggi.

Apparizione in Galilea. - ¹⁶Gli undici discepoli se ne andarono in Galilea, sul monte, nel luogo indicato loro da Gesù. ¹⁷Al vederlo lo adorarono; alcuni invece dubitarono.

¹⁸Allora Gesù disse loro: «Ogni potere mi è stato dato in cielo e in terra. ¹⁹Andate dunque, ammaestrate tutte le genti, battezzandole nel nome del Padre e del Figlio e dello Spirito Santo, ²⁰insegnando loro ad osservare tutto ciò che vi ho ordinato. Ed ecco: io sono con voi tutti i giorni, sino alla fine del mondo».

---

28. - ¹⁷. Dopo la risurrezione, secondo i racconti evangelici, Gesù apparve dieci volte: alle donne al sepolcro e mentre tornavano; a Pietro; ai due di Emmaus; a parecchi in Gerusalemme, assente Tommaso, poi lui presente; presso il lago di Tiberiade; sul monte di Galilea; a mensa per l'ultima volta; all'ascensione. Ma non tutto, come dice Giovanni, è stato scritto. E Paolo nota altre apparizioni taciute dai vangeli (1Cor 15,5-8).

¹⁹. La missione qui affidata agli apostoli passò ai loro successori, i vescovi: ad essi è trasmessa ogni potestà in cielo e in terra, la missione d'insegnare a tutte le genti e di predicare il vangelo a ogni creatura, affinché tutti gli uomini, per mezzo della fede, del battesimo e dell'osservanza dei comandamenti, ottengano la salvezza.

VANGELO SECONDO MARCO

Il secondo vangelo è attribuito a Marco, detto anche Giovanni Marco, figlio di una Maria che aveva una casa a Gerusalemme in cui si radunavano i primi cristiani (At 12,12-17). Egli non fu discepolo di Gesù; lo fu di Barnaba, di Paolo e poi di Pietro. La tradizione lo dice infatti «interprete di Pietro», di cui avrebbe messo in scritto la predicazione verosimilmente a Roma verso il 65-70 d.C. Una tradizione lo dice martire in Egitto sotto Traiano (98-117).

Il vangelo di Marco presenta due parti. Nella prima (1,14 - 8,26) Gesù, che pure insegna e compie miracoli, ha cura di mantenere e richiedere il segreto sull'essere suo: è il cosiddetto «segreto messianico». Si direbbe che Gesù vuole che siano i fatti stessi a parlare. Nella seconda parte, invece (8,27 - 16,20), dopo il riconoscimento della messianità di Gesù da parte di Pietro, Gesù stesso manifesta gradatamente l'essere suo con il richiamo alla figura del Servo di Jhwh (8,31.38; 9,31; 10,45), venuto per portare la salvezza al mondo con il sacrificio della propria vita. Ora Gesù si dedica più assiduamente alla formazione dei discepoli: sacrificio di sé, distacco dai legami familiari, dalle ricchezze, dalla vita stessa caratterizzano il vero discepolo imitatore di Gesù.

A Gerusalemme si scontra sempre più apertamente con i nemici finché è condannato e muore. Ma proprio con la morte compie la redenzione, è riconosciuto Figlio di Dio e glorificato dal Padre mediante la risurrezione.

Scarsamente usato nella catechesi, perché quasi tutto ripreso da Matteo e Luca, soltanto in quest'ultimo secolo fu posta in luce l'originalità e arcaicità di Marco, assieme alla sua importanza come fonte degli altri due sinottici.

INIZI DEL VANGELO

1 ¹Inizio del vangelo di Gesù Cristo, Figlio di Dio.

Giovanni il precursore. - ²Conforme a quanto sta scritto in Isaia profeta:

Ecco, io mando il mio messaggero
  davanti a te,
il quale preparerà la tua via.
³ *Voce di uno che grida nel deserto:*
Appianate la via del Signore,
rendete dritti i suoi sentieri,

⁴apparve Giovanni il battezzatore nel deserto, predicando un battesimo di penitenza per la remissione dei peccati. ⁵Andavano a lui tutti gli abitanti della regione della Giudea e di Gerusalemme e si facevano battezzare da lui nel fiume Giordano, mentre confessavano i loro peccati.

⁶Giovanni aveva un vestito di peli di cammello, una cintura di cuoio intorno ai fianchi e si nutriva di locuste e miele selvatico. ⁷Predicava dicendo: «Dopo di me viene uno che è più forte di me, a cui io non sono degno di piegarmi a sciogliere i legacci dei suoi calzari. ⁸Io vi ho battezzato con acqua; ma egli vi battezzerà con Spirito Santo».

Battesimo di Gesù. - ⁹Ora, in quei giorni, Gesù giunse da Nazaret di Galilea e fu battezzato da Giovanni nel Giordano. ¹⁰Quindi, mentre risaliva dall'acqua, vide i cieli che si squarciavano e lo Spirito che discendeva su di lui come colomba. ¹¹E una voce venne dai cieli: «Tu sei il Figlio mio diletto; in te mi sono compiaciuto».

La tentazione. - ¹²Successivamente lo Spirito lo spinse nel deserto. ¹³Egli rimase nel deserto quaranta giorni, tentato da Satana. Era con le fiere e gli angeli lo servivano.

MINISTERO IN GALILEA

[14]Dopo che Giovanni fu arrestato, Gesù venne in Galilea, predicando il vangelo di Dio. [15]Diceva: «Il tempo è compiuto e il regno di Dio è giunto: convertitevi e credete al vangelo».

I primi discepoli. - [16]Passando lungo il mare di Galilea, vide Simone e Andrea, fratello di Simone, che gettavano le reti in mare. Infatti, erano pescatori. [17]Disse loro Gesù: «Seguitemi e vi farò diventare pescatori di uomini». [18]Prontamente, essi, lasciate le reti, lo seguirono.

[19]Procedendo poco più oltre, vide Giacomo di Zebedeo e Giovanni suo fratello, che stavano anch'essi sulla barca, rassettando le reti, [20]e subito li chiamò. Essi, lasciato il loro padre Zebedeo con gli operai sulla barca, gli andarono appresso.

Nella sinagoga di Cafarnao. - [21]Vanno a Cafarnao. Quindi egli, entrato di sabato nella sinagoga, si mise a insegnare. [22]E si stupivano del suo insegnamento, giacché li ammaestrava come uno che ha autorità e non come gli scribi.

Guarigione di un indemoniato. - [23]Vi era nella loro sinagoga un uomo posseduto da uno spirito immondo, il quale si mise a gridare: [24]«Che c'è fra noi e te, Gesù Nazareno? Sei venuto a rovinarci? Io so chi tu sei: il Santo di Dio!». [25]Ma Gesù lo sgridò dicendogli: «Taci ed esci da lui!». [26]Allora lo spirito impuro lo scosse violentemente, poi mandò un grande grido e uscì da lui. [27]Tutti furono presi da spavento, tanto che si chiedevano tra loro: «Che è mai questo? Una dottrina nuova, data con autorità. Comanda perfino agli spiriti impuri e questi gli ubbidiscono». [28]Quindi la sua fama si sparse ovunque, per tutta la regione della Galilea.

Nella casa di Pietro. - [29]Usciti dalla sinagoga, vennero nella casa di Simone e Andrea, insieme con Giacomo e Giovanni. [30]Or la suocera di Simone giaceva a letto con la febbre e subito gli parlarono di lei. [31]Avvicinatosi, le prese la mano e la fece alzare. La febbre la lasciò ed ella si mise a servirli.

[32]Venuta la sera, quando il sole fu tramontato, gli conducevano ogni sorta di malati e di indemoniati. [33]Tutta la città si era raccolta davanti alla porta! [34]Egli guarì molti malati di varie malattie e scacciò molti demòni, ma non permetteva che i demòni parlassero, perché lo conoscevano bene.

Peregrinazioni apostoliche. - [35]La mattina dopo, molto presto, alzatosi uscì e si ritirò in un luogo solitario, ove rimase a pregare. [36]Allora Simone con i suoi compagni si mise a cercarlo; [37]e, avendolo trovato, gli dicono: «Tutti ti cercano!». [38]Dice loro: «Andiamo altrove, nei villaggi vicini, per predicare anche là. Per questo, infatti, sono uscito». [39]E se ne andò predicando nelle loro sinagoghe per tutta la Galilea e scacciando i demòni.

Guarigione di un lebbroso. - [40]Gli si avvicina un lebbroso e lo supplica in ginocchio dicendogli: «Se vuoi, puoi mondarmi». [41]Mossosi a compassione, Gesù stese la mano, lo toccò e gli disse: «Sì, lo voglio; sii mondato!». [42]Subito la lebbra si allontanò da lui e fu mondato. [43]Quindi con tono severo lo mandò via [44]dicendogli: «Bada di non dir niente a nessuno; piuttosto va' a mostrarti al sacerdote e offri, in testimonianza per essi, quanto prescritto da Mosè per la tua purificazione». [45]Quegli, però, allontanatosi di lì, incominciò a proclamare insistentemente e a divulgare il fatto, sicché Gesù non poteva più entrare apertamente in una città, ma se ne restava fuori, in luoghi solitari. Tuttavia la gente accorreva a lui da ogni parte.

2 **Guarigione di un paralitico.** - [1]Rientrato dopo alcuni giorni a Cafarnao, si venne a sapere che era in casa [2]e vi accorsero in così grande numero che non vi era più spazio, nemmeno davanti alla porta, mentre egli annunciava la parola. [3]Giunsero pure alcuni che accompagnavano un paraliti-

---

1. - [21]. L'evangelista inizia qui la narrazione di una serie di miracoli, poiché essi sono la dimostrazione più facile e chiara del potere divino di chi li compie in proprio nome.
[35]. Gesù non operava e non predicava soltanto: la sua vita era intessuta di preghiera con cui s'intratteneva con il Padre.

co, sostenuto da quattro uomini. [4]Ma non potendo avvicinarsi a lui a causa della folla, scoperchiarono il tetto sul punto ove egli si trovava e, praticato un foro, calarono giù il lettuccio su cui giaceva il paralitico. [5]Gesù, allora, vedendo la loro fede, disse al paralitico: «Figliolo, ti sono rimessi i tuoi peccati!».

[6]Or vi erano là alcuni scribi che, stando seduti, pensavano nei loro cuori: [7]«Perché costui parla in tal modo? Egli bestemmia! Chi può rimettere i peccati, se non Dio solo?». [8]Ma Gesù, avendo conosciuto subito nel suo spirito che così pensavano, dice loro: «Perché pensate tali cose nei vostri cuori? [9]Che è più facile dire al paralitico: "Ti sono rimessi i tuoi peccati", oppure dire: "Sorgi, prendi il tuo lettuccio e cammina"? [10]Ora, affinché sappiate che il Figlio dell'uomo ha potestà di rimettere i peccati sulla terra – dice al paralitico: – [11]Dico a te: sorgi, prendi il tuo lettuccio e vattene a casa». [12]Allora quello si alzò, prese subito il lettuccio e se ne uscì alla presenza di tutti; sicché tutti ne restarono stupefatti e lodavano Dio dicendo: «Non abbiamo mai visto nulla di simile!».

Vocazione di Levi. - [13]Uscito di nuovo lungo la riva del mare, tutta la gente andava da lui ed egli la istruiva. [14]Andando più avanti, vide Levi, figlio di Alfeo, che stava seduto al banco dei gabellieri e gli disse: «Séguimi!». E quello, alzatosi, lo seguì.

[15]Or avvenne che mentre egli stava a tavola in casa di lui, molti pubblicani e peccatori si erano seduti insieme a Gesù e ai suoi discepoli, giacché erano molti quelli che lo seguivano. [16]Gli scribi dei farisei, vedendo che egli mangiava assieme ai peccatori e ai pubblicani, dicevano ai suoi discepoli: «Perché mangia assieme ai pubblicani e ai peccatori?». [17]Ma egli, udito ciò, rispose loro: «Non sono i sani che hanno bisogno del medico, ma gli ammalati. Non sono venuto a chiamare i giusti, ma i peccatori».

Questione sul digiuno. - [18]In quel tempo i discepoli di Giovanni e i farisei stavano facendo un digiuno. Allora vengono alcuni e gli dicono: «Perché i discepoli di Giovanni e i discepoli dei farisei digiunano, mentre i tuoi discepoli non digiunano?». [19]Rispose loro Gesù: «Possono forse gli invitati a nozze digiunare mentre lo sposo è ancora con loro? Per tutto il tempo che hanno lo sposo con loro, non possono digiunare. [20]Verrà il tempo, tuttavia, in cui lo sposo sarà loro tolto via, e allora, in quel giorno, digiuneranno.

[21]Nessuno cuce una toppa di panno grezzo su un vestito vecchio; altrimenti il panno nuovo, che è stato aggiunto, rompe quello vecchio e lo strappo diventa peggiore. [22]Similmente nessuno mette vino nuovo in otri vecchi, ma vino nuovo in otri nuovi; altrimenti il vino fa scoppiare gli otri e così si perdono e vino e otri».

Le spighe raccolte di sabato. - [23]Or mentre egli, di sabato, passava attraverso i campi seminati, i suoi discepoli durante il cammino si misero a raccogliere le spighe. [24]I farisei, perciò, gli dissero: «Guarda! Perché fanno ciò che di sabato non è lecito?». [25]Rispose loro: «Non avete mai letto ciò che fece Davide, quando si trovò nel bisogno e tanto lui quanto i suoi compagni avevano fame? [26]Come, cioè, al tempo del sommo sacerdote Abiatàr entrò nella casa di Dio e mangiò i pani sacri, che non possono mangiare se non i sacerdoti, e ne diede pure ai suoi compagni?». [27]E diceva loro: «Il sabato è fatto per l'uomo e non l'uomo per il sabato. [28]Pertanto il Figlio dell'uomo è padrone anche del sabato».

3 **L'uomo dalla mano paralizzata.** - [1]Entrò di nuovo nella sinagoga, nella quale vi era un uomo che aveva una mano paralizzata, [2]ed essi stavano ad osservarlo per vedere se lo avrebbe guarito di sabato, per poterlo accusare.

[3]Dice all'uomo che aveva la mano paralizzata: «Lèvati su, in mezzo!». [4]Quindi domanda loro: «È lecito di sabato far del bene o far del male? Salvare una vita o sopprimerla?». Ma essi tacevano. [5]Allora, volgendo su di loro lo sguardo con sdegno e rattristato per la durezza del loro cuore, disse all'uomo: «Stendi la mano!». Quello la stese e la sua mano fu risanata. [6]I farisei, usciti di lì, tennero subito consiglio con gli erodiani contro di lui, per vedere come farlo perire.

---

2. - [4] *Scoperchiarono il tetto*: le case palestinesi erano per lo più coperte da una leggera terrazza fatta di canne e terriccio; era perciò facile praticarvi un'apertura. Alla terrazza si accedeva per una scala esterna.

In riva al lago. - [7]Allora Gesù si ritirò con i suoi discepoli presso il lago e dalla Galilea una grande moltitudine lo seguì. Anche dalla Giudea, [8]da Gerusalemme, dall'Idumea, dalla regione oltre il Giordano e da quella intorno a Tiro e Sidone, una grande moltitudine, avendo saputo quanto egli faceva, venne a lui. [9]Perciò disse ai suoi discepoli di tenergli pronta una barca, a motivo della folla, per non restarne schiacciato. [10]Difatti ne guariva molti, per cui tutti quelli che erano afflitti da malanni si pigiavano intorno a lui per toccarlo. [11]Gli spiriti immondi, poi, quando lo vedevano, gli cadevano ai piedi e gridavano dicendo: «Tu sei il Figlio di Dio». [12]Ma egli insistentemente li rimproverava, affinché non lo facessero conoscere.

Scelta dei Dodici. - [13]Poi salì sulla montagna e chiamò a sé quelli che volle; ed essi gli andarono vicino. [14]Quindi ne stabilì dodici, che chiamò apostoli, perché stessero con lui e potesse inviarli a predicare [15]col potere di scacciare i demòni.

[16]Così, dunque, egli costituì i Dodici: Simone, a cui pose il nome di Pietro, [17]Giacomo di Zebedeo e Giovanni, fratello di Giacomo, ai quali impose il nome di Boanèrghes, cioè «Figli del tuono»; [18]Andrea, Filippo, Bartolomeo, Matteo, Tommaso, Giacomo di Alfeo, Taddeo, Simone il Cananeo [19]e Giuda Iscariota, che poi lo tradì.

Gesù e Beelzebùl. - [20]Viene a casa e si raduna di nuovo tanta folla che non potevano neppure prendere cibo. [21]Udito ciò, i suoi vennero per impadronirsi di lui, poiché dicevano: «È fuori di sé!».

[22]Gli scribi scesi da Gerusalemme a loro volta dicevano: «È posseduto da Beelzebùl»; e ancora: «Scaccia i demòni nel nome del principe dei demòni». [23]Allora egli, chiamatili presso di sé, disse loro in parabole: «Come può Satana scacciare Satana? [24]Se un regno è diviso in se stesso, quel regno non può sussistere. [25]Come pure se una casa è divisa in se stessa, quella casa non potrà sussistere. [26]Ora se Satana è insorto contro se stesso e si è diviso, non può resistere, anzi è giunto alla fine. [27]Piuttosto, nessuno che sia penetrato nella casa di un uomo forte può depredare i suoi beni, se prima non abbia legato quel forte. Soltanto allora potrà saccheggiare la sua casa. [28]In verità vi dico che ai figli degli uomini saranno rimessi tutti i peccati, anche le bestemmie, per quanto abbiano potuto bestemmiare. [29]Ma colui che avrà bestemmiato contro lo Spirito Santo non avrà remissione in eterno, ma sarà reo di peccato in eterno». [30]Quelli, infatti, dicevano: «È posseduto da uno spirito immondo».

I veri parenti di Gesù. - [31]Giungono poi sua madre e i suoi fratelli, che, fermatisi di fuori, lo mandano a chiamare. [32]La folla intanto gli stava seduta intorno. Gli dicono: «Ecco, tua madre e i tuoi fratelli, fuori, ti cercano». [33]Risponde loro: «Chi è mia madre e chi sono i miei fratelli?». [34]Poi, guardando in giro quelli che gli sedevano intorno, dice: «Ecco mia madre e i miei fratelli! [35]Chi fa la volontà di Dio, questi è mio fratello, mia sorella e mia madre».

4 **Parabola del seminatore.** - [1]Poi di nuovo incominciò a insegnare in riva al mare, e fu tanta la folla che si radunò intorno a lui, che dovette salire e sedersi su una barca, stando in mare, mentre tutta la folla rimase sulla terra, lungo la riva. [2]Insegnava loro molte cose per mezzo di parabole e durante il suo insegnamento diceva loro:

[3]«Ascoltate! Ecco, il seminatore uscì a seminare. [4]Or avvenne che, mentre egli seminava, parte del seme cadde lungo il sentiero, vennero gli uccelli e lo beccarono. [5]Altra parte cadde su suolo roccioso, in cui non v'era molta terra e subito germogliò, poiché il terreno non era profondo; [6]ma quando si levò il sole, fu arso dal calore e si seccò poiché non aveva radici. [7]Altra parte cadde fra le spine e quando le spine crebbero lo soffocarono e non portò frutto. [8]Altre parti, però, caddero in terra buona e diedero frutto, che crebbe e si sviluppò, rendendo quale il trenta, quale il sessanta e quale il cento». [9]Poi aggiunse: «Chi ha orecchi da intendere, intenda!».

Il perché delle parabole. - [10]Quando fu solo, i discepoli con i Dodici lo interrogarono sulle parabole [11]ed egli rispose loro: «A voi è stato dato il mistero del regno di Dio, ma per quelli che sono fuori tutto avviene in parabole, [12]affinché

vedendo vedano, ma non intendano,
e ascoltando ascoltino, ma non comprendano,

perché non avvenga che si convertano e sia loro perdonato».

Spiegazione della parabola del seminatore. - [13]Dice loro: «Non capite questa parabola? E come comprenderete tutte le parabole? [14]Il seminatore semina la parola. [15]Quelli lungo il sentiero sono coloro nei quali la parola è seminata; quando la odono, subito viene Satana e porta via la parola in essi seminata. [16]Parimenti ci sono di quelli che ricevono il seme come su un suolo roccioso; questi, quando odono la parola, subito l'accolgono con gioia; [17]ma siccome non hanno radici in se stessi perché sono instabili, quando sorge una tribolazione o una persecuzione a causa della parola, subito si scandalizzano. [18]Ce ne sono altri che ricevono il seme come fra le spine: sono coloro che hanno ascoltato la parola, [19]ma sopraggiungono le cure del mondo, la seduzione delle ricchezze, le cupidigie di ogni altro genere e soffocano la parola, che diventa infruttuosa. [20]Finalmente ci sono quelli che ricevono il seme come su terra buona: sono coloro che ascoltano la parola, l'accolgono e portano frutto, chi il trenta, chi il sessanta e chi il cento».

Raccolta di parabole e sentenze. - [21]Diceva loro: «Si porta forse la lampada per metterla sotto il moggio o sotto il letto? O non piuttosto per metterla sopra il candeliere? [22]Infatti, non c'è cosa nascosta se non perché sia manifestata, né cosa segreta che non venga alla luce. [23]Chi ha orecchi da intendere, intenda!». [24]Diceva loro: «Fate attenzione a ciò che ascoltate! Con la misura con cui misurate, sarà misurato anche a voi e vi sarà aggiunto ancora di più. [25]Poiché a chi ha, sarà dato; ma a chi non ha, gli sarà tolto anche ciò che ha».

Parabola del seme. - [26]Diceva: «Così è il regno di Dio: come un uomo che abbia gettato il seme in terra, [27]e poi dorme e veglia, di notte e di giorno, mentre il seme germina e si sviluppa, senza che egli sappia come. [28]La terra da sé produce prima l'erba, poi la spiga e poi nella spiga il grano pieno. [29]Quando, infine, il frutto lo permette, subito si mette mano alla falce, poiché è giunta la mietitura».

Il granello di senapa. - [30]Diceva ancora: «A che cosa possiamo paragonare il regno di Dio? Ovvero: con quale parabola lo rappresenteremo? [31]È come un granello di senapa che, quando viene seminato sulla terra, è il più piccolo dei semi che sono sulla terra; [32]ma una volta che è stato seminato, cresce e diventa più grande di tutti gli erbaggi e produce rami tanto grandi che gli uccelli del cielo possono rifugiarsi sotto la sua ombra».

Conclusione del discorso delle parabole. - [33]Con molte parabole di questo genere annunciava loro la parola, secondo che erano capaci di intenderla, [34]e senza parabole non parlava loro; ma ai suoi discepoli in privato spiegava poi ogni cosa.

La tempesta sedata. - [35]In quello stesso giorno, fattasi sera, dice loro: «Passiamo all'altra riva». [36]E quelli, licenziata la folla, lo prendono nella barca così come si trovava, mentre altre barche lo seguivano. [37]Si scatena una grande bufera di vento e le onde si abbattevano sulla barca, al punto che la barca già si riempiva. [38]Egli intanto stava a poppa e dormiva su un cuscino. Perciò lo svegliano e gli dicono: «Maestro, non t'importa nulla che periamo?». [39]Egli allora, svegliatosi, sgridò il vento e disse al mare: «Taci! Càlmati!». Il vento cessò e si fece gran bonaccia. [40]Quindi disse loro: «Perché siete paurosi? Non avete ancora fede?». [41]Essi allora furono presi da gran timore e si dicevano l'un l'altro: «Chi è dunque costui, che anche il vento e il mare gli ubbidiscono?».

5 L'indemoniato di Gerasa. - [1]Giunsero all'altra parte del mare, nella regione dei Gerasèni; [2]appena Gesù fu smontato dalla barca, subito gli si fece incontro, di tra le tombe, un uomo posseduto da uno spirito immondo, [3]che aveva la sua dimora nelle tombe e nessuno riusciva più a legarlo nemmeno con catene, [4]poiché più volte, legato con ceppi e catene, aveva spezzato le catene e rotto i ceppi e nessuno era riuscito a domarlo. [5]Se ne stava sempre tra i sepolcri e sui monti, notte e giorno, urlando e percuotendosi con pietre. [6]Or avendo visto Gesù da lontano, di corsa andò a prostrarglisi davanti. [7]Quindi, gridando a gran voce, gli dice: «Che c'è fra me e te, Gesù, Figlio del Dio Altissimo? Ti scongiuro, per Iddio: non mi tormentare!». [8]Gesù, infatti, gli diceva: «Esci da quest'uomo, spirito immondo!». [9]Gli domandò: «Qual è il tuo nome?». Gli rispose: «Legione è il mio nome, poiché siamo molti». [10]E lo supplicava vivamente di non scacciarli fuori dalla regione.

[11]Ora v'era lì, sulla montagna, una grossa mandria di porci che pascolava. [12]Allora lo supplicarono dicendogli: «Mandaci in quei porci, perché possiamo entrare in essi»; [13]egli lo permise loro. Allora gli spiriti immondi, usciti dall'uomo, entrarono nei porci; la mandria si precipitò giù per un dirupo nel mare e in circa duemila affogarono nel mare. [14]I loro guardiani fuggirono per recare la notizia in città e nelle campagne e la gente venne a vedere ciò che era accaduto.

[15]Giunti presso Gesù, videro l'indemoniato, seduto, vestito e sano di mente, lui che prima aveva avuto la Legione, ed ebbero paura. [16]Poi, avendo i presenti raccontato loro ciò che era accaduto all'indemoniato e ai porci, [17]incominciarono a supplicarlo di allontanarsi dal loro territorio.

[18]Mentre Gesù saliva sulla barca, l'uomo che era stato posseduto dal demonio lo supplicava di poter stare con lui; [19]ma egli non gliel permise. Gli disse invece: «Va' a casa tua dai tuoi e annuncia loro quanto il Signore ti ha fatto e come ha avuto pietà di te». [20]Quello se ne andò e incominciò a proclamare nella Decapoli quanto Gesù gli aveva fatto, e tutti ne restavano meravigliati.

La figlia di Giàiro e l'emorroissa. - [21]Passato Gesù di nuovo all'altra riva, una grande folla si radunò intorno a lui, che se ne stava sulla spiaggia del mare. [22]Ora giunse uno dei capi della sinagoga, di nome Giàiro, che, appena lo ebbe visto, gli si gettò ai piedi [23]e lo pregava con insistenza: «La mia figlioletta è agli estremi. Vieni e imponile le mani, affinché sia salva e viva». [24]Gesù andò con lui e una grande folla lo seguiva e gli si stringeva attorno.

[25]Ora una donna, che da dodici anni era affetta da un flusso di sangue [26]e aveva sofferto molto sotto molti medici spendendo tutto il suo patrimonio senza averne alcun giovamento, anzi piuttosto peggiorando, [27]avendo inteso parlare di Gesù, si ficcò in mezzo alla folla e da dietro gli toccò la veste. [28]Infatti si era detta: «Se riuscirò a toccargli anche solo le vesti, sarò salva». [29]Im-

mediatamente la sorgente del suo sangue si seccò ed ella sentì nel suo corpo che era stata guarita dal male. [30]Anche Gesù, avendo avvertito subito in se medesimo che una forza era uscita da lui, rivoltosi verso la folla domandò: «Chi mi ha toccato le vesti?». [31]Gli risposero i suoi discepoli: «Vedi bene la folla che ti stringe attorno e domandi: "Chi mi ha toccato?"». [32]Ma egli si guardava attorno per vedere la donna che aveva fatto ciò. [33]Allora la donna, timorosa e tremante, ben sapendo ciò che le era accaduto, si avvicinò, gli si gettò ai piedi e gli disse tutta la verità. [34]Quindi egli le disse: «Figlia, la tua fede ti ha salvata. Va' in pace e sii sanata dal tuo male».

[35]Gesù stava ancora parlando, quando dalla casa del capo della sinagoga giunsero alcuni che dissero a quest'ultimo: «Tua figlia è morta! Perché importuni ancora il Maestro?». [36]Ma Gesù, avendo inteso per caso il discorso che facevano, disse al capo della sinagoga: «Non temere, ma solamente abbi fede!». [37]E non permise che alcuno lo seguisse, all'infuori di Pietro, Giacomo e Giovanni, fratello di Giacomo. [38]Giunti alla casa del capo della sinagoga, egli avvertì il fracasso di quelli che piangevano e si lamentavano fortemente. [39]Perciò, entrato, disse loro: «Perché fate chiasso e piangete? La fanciulla non è morta, ma dorme». [40]Quelli incominciarono a deriderlo. Ma egli, messi tutti fuori tutti, prese con sé il padre della fanciulla con la madre e i discepoli ed entrò dove si trovava la fanciulla. [41]Quindi, presa la mano della fanciulla, le disse: «*Talithà kum!*», che tradotto significa: «Fanciulla, ti dico, sorgi!». [42]Subito la fanciulla si alzò e si mise a camminare. Aveva, infatti, dodici anni. Essi furono presi da grande stupore. [43]Ma Gesù comandò loro insistentemente che nessuno lo venisse a sapere e ordinò che le si desse da mangiare.

6 **Gesù a Nazaret.** - [1]Uscito di lì, Gesù venne nella sua patria, accompagnato dai suoi discepoli. [2]Venuto il sabato, si mise a insegnare nella sinagoga e i molti ascoltatori, stupiti, dicevano: «Donde ha costui tali cose? Che sapienza è quella che gli è stata data? E che miracoli avvengono per le sue mani? [3]Non è egli il falegname, il figlio di Maria e fratello di Giacomo, di Giuseppe, di Giuda e di Simone? E le sue sorelle non sono qui tra noi?». E si scandalizzavano di lui. [4]Gesù, però, diceva loro: «Non c'è profeta che sia disprezzato se non nella sua patria, tra i suoi parenti e nella sua casa». [5]Non poté farvi alcun miracolo, ma soltanto guarire pochi infermi, imponendo loro le mani, [6]ed era meravigliato della loro incredulità.

Missione dei Dodici. - Egli percorreva i villaggi all'intorno e insegnava. [7]Chiamati a sé i Dodici, incominciò a inviarli a due a due, dando loro il potere sopra gli spiriti immondi. [8]Comandò loro che, ad eccezione di un bastone, non prendessero nulla per il viaggio: né pane né bisaccia né denaro nella cintura; [9]che calzassero i sandali, ma non indossassero due tuniche. [10]Diceva loro: «Dovunque entriate in una casa, rimanetevi finché non partiate di là. [11]Ma se in un luogo non vi si ricevesse né vi si desse ascolto, andate via di là e scuotete la polvere da sotto i vostri piedi in testimonianza contro di essi».

[12]Essi partirono, predicando che si convertissero; [13]scacciavano molti demòni, ungevano con olio molti malati e li guarivano.

Il giudizio di Erode. - [14]Il re Erode udì parlare di Gesù, giacché il suo nome era diventato famoso e alcuni dicevano: «Giovanni il Battista è risorto dai morti e perciò il potere dei miracoli opera in lui». [15]Altri invece dicevano: «È Elia»; altri ancora: «È un profeta: uno come gli altri». [16]Erode invece, udendo queste cose, diceva: «Quel Giovanni che io feci decapitare è risorto».

Morte di Giovanni Battista. - [17]Erode, infatti, aveva mandato ad arrestare Giovanni e lo aveva fatto incatenare in una prigione a motivo di Erodiade, moglie di suo fratello Filippo, che egli aveva sposato. [18]Giovanni, infatti, diceva ad Erode: «Non ti è lecito avere la moglie di tuo fratello». [19]Per questo Erodiade lo odiava e voleva farlo uccidere; ma non poteva, [20]perché Erode temeva Giovanni e, sapendolo uomo giusto e santo, lo difendeva, faceva molte cose dopo averlo udito e lo ascoltava volentieri. [21]Giunse però il giorno propizio, allorché Erode per il suo genetliaco offrì un banchetto ai prìncipi, agli ufficiali e ai notabili della Galilea. [22]Presentàtasi la figlia della medesima Erodiade, ballò e piacque ad Erode e ai commensali. Erode disse perciò alla fanciulla: «Chiedimi ciò che vuoi e io te lo darò».

[23]Quindi le giurò: «Qualunque cosa mi chiederai, te la darò, fosse pure la metà del mio regno». [24]Allora ella, uscita, disse a sua madre: «Cosa devo chiedere?». Quella rispose: «La testa di Giovanni il Battista».

[25]Rientrata subito in fretta dal re, gli disse: «Voglio che tu mi dia subito su un bacile la testa di Giovanni il Battista». [26]Allora il re, pur essendosi fatto molto triste, a causa del giuramento e dei commensali non volle farle un rifiuto. [27]Pertanto mandò subito un carnefice e gli ordinò di portare la testa di Giovanni. Questi andò, lo decapitò dentro la stessa prigione [28]e portò la testa di lui su un bacile, la diede alla fanciulla e la fanciulla la diede a sua madre. [29]I discepoli di lui, saputa la cosa, vennero, presero il suo cadavere e lo deposero in un sepolcro.

Ritorno degli apostoli. - [30]Gli apostoli si radunarono presso Gesù e gli riferirono tutto ciò che avevano fatto e ciò che avevano insegnato. [31]Egli disse loro: «Venite in disparte, in un luogo solitario, e riposatevi un poco». Infatti quelli che venivano e andavano erano così numerosi che non avevano neppure il tempo di mangiare. [32]Perciò in barca si diressero verso un luogo solitario e appartato; [33]ma molti, avendoli visti partire, compresero e a piedi, da tutte le città, accorsero in quel luogo e giunsero prima di essi.

Prima moltiplicazione dei pani. - [34]Sbarcando, egli vide una grande folla e ne ebbe pietà, poiché erano come pecore che non hanno pastore. Allora incominciò ad insegnare loro molte cose; [35]ma, essendosi fatto molto tardi, i suoi discepoli gli si avvicinarono e gli dissero: «Il luogo è solitario ed è già molto tardi. [36]Congèdali, affinché vadano nelle campagne e nei villaggi all'intorno e si comprino qualcosa da mangiare». [37]Rispose loro: «Date voi a loro da mangiare!». Gli dicono: «Dobbiamo noi andare a comprare duecento denari di pane per dar loro da mangiare?». [38]Dice loro: «Quanti pani avete? Andate a vedere!». Quelli, informatisi, gli dicono: «Cinque, e due pesci».

[39]Allora ordinò loro di farli accomodare tutti, a gruppi, sull'erba verde. [40]Si adagiarono a gruppi regolari di cento e di cinquanta [41]ed egli, presi i cinque pani e i due pesci, alzando gli occhi al cielo, li benedì, spezzò i pani e li diede ai discepoli, perché

li distribuissero; quindi fece dividere anche i due pesci fra tutti.

⁴²Mangiarono tutti a sazietà ⁴³e si raccolsero dodici ceste piene di frammenti, e anche dei pesci. ⁴⁴Quelli che avevano mangiato i pani erano cinquemila uomini.

Gesù cammina sulle acque. - ⁴⁵Subito dopo egli costrinse i suoi discepoli a montare in barca e a precederlo sull'altra riva, verso Betsàida, mentre egli avrebbe congedato la folla. ⁴⁶Quindi, accomiatatosi da loro, se ne andò sul monte a pregare.

⁴⁷Giunta la notte, mentre la barca era in mezzo al mare, egli era solo a terra. ⁴⁸Ma poi, avendo visto che essi erano stanchi di remare poiché il vento era loro contrario, verso la quarta vigilia venne verso di loro camminando sul mare. Avrebbe voluto sorpassarli; ⁴⁹ma quelli, avendolo scorto camminare sul mare, credettero che fosse un fantasma e si misero a gridare. ⁵⁰Lo avevano visto tutti, infatti, e si erano spaventati. Ma egli rivolse ad essi subito la parola e disse loro: «Coraggio! Sono io; non abbiate paura!». ⁵¹Quindi salì con essi nella barca e il vento cessò, mentre essi internamente erano pieni di stupore. ⁵²Infatti non avevano capito il fatto dei pani, essendo il loro cuore insensibile.

Guarigioni a Genèsaret. - ⁵³Compiuta la traversata, giunsero a Genèsaret e vi approdarono. ⁵⁴Appena furono scesi dalla barca, però, subito alcuni lo riconobbero ⁵⁵e, percorrendo tutta quella regione, si misero a portargli su barelle i malati, ovunque sentivano che egli si trovava. ⁵⁶Dovunque entrava, nei villaggi o nelle città o nelle campagne, collocavano gli infermi sulle piazze e lo pregavano di poter toccare anche solo il lembo del suo mantello; e quanti lo toccavano erano risanati.

7 La tradizione degli antichi. - ¹Si radunarono intorno a Gesù i farisei e alcuni scribi, venuti da Gerusalemme, ²i quali notarono che alcuni dei suoi discepoli prendevano i pasti con mani impure, ossia non lavate. ³I farisei, infatti, come tutti i Giudei, non mangiano se prima non si sono lavati accuratamente le mani, secondo la tradizione ricevuta dagli antichi; ⁴e anche tornando dal mercato, non mangiano senza prima essersi purificati. Vi sono, inoltre, molte altre

cose che essi hanno ricevuto e che devono rispettare, come lavature di coppe, di orciuoli e di vasi di rame.

⁵I farisei e gli scribi, dunque, gli domandarono: «Perché i tuoi discepoli non si comportano secondo la tradizione degli antichi, ma mangiano il pane con mani impure?». ⁶Rispose loro: «Bene di voi, ipocriti, ha profetato Isaia, secondo quanto sta scritto:

Questo popolo mi onora con le labbra,
ma il loro cuore è lontano da me.
⁷*Invano, però, mi prestano culto,*
mentre insegnano dottrine
che sono precetti di uomini.

⁸Infatti, lasciando da parte i comandamenti di Dio, voi vi attaccate alla tradizione degli antichi».

⁹Diceva ancora loro: «Con disinvoltura voi abrogate il comandamento di Dio per stabilire la vostra tradizione. ¹⁰Mosè, infatti, ha detto: *Onora tuo padre e tua madre*; e: *Chi oltraggia il padre e la madre sia punito con la morte*. ¹¹Voi, invece, dite che se uno dice al padre o alla madre: *Corbàn*, cioè: sia offerta sacra ciò che da parte mia dovresti ricevere, ¹²non gli lasciate fare più nulla per il padre o per la madre. ¹³Così annullate la parola di Dio per la tradizione che voi stessi vi siete tramandata. E di cose simili a questa ne fate ancora molte».

¹⁴Quindi, chiamata a sé di nuovo la folla, diceva loro: «Ascoltatemi tutti e intendete! ¹⁵Non c'è nulla di esterno all'uomo che, entrando in lui, possa contaminarlo. Piuttosto sono le cose che escono dall'uomo quelle che contaminano l'uomo. ¹⁶Chi ha orecchi da intendere, intenda!».

¹⁷Quando poi fu entrato in casa, lontano dalla folla, i suoi discepoli lo interrogarono intorno a tale parabola. ¹⁸Egli disse loro: «Anche voi siete ancora privi di intelligenza? Non capite che tutto ciò che di esterno entra nell'uomo non può contaminarlo, ¹⁹giacché non entra nel suo cuore, bensì

---

7. - ³·⁴. L'evangelista accenna, per i lettori provenienti dal paganesimo, ad alcune prescrizioni ebraiche, affinché possano meglio comprendere i rimproveri che Gesù rivolge agli scribi e ai farisei.

¹¹. *Corbàn* significa «dono» o «offerta sacra». Secondo i farisei, qualunque cosa fosse stata dichiarata offerta sacra diveniva proprietà del tempio, consacrata a Dio.

nel ventre per finire poi nella fogna?». Così dichiarava puri tutti gli alimenti. [20]E diceva: «Ciò che esce dall'uomo, questo, sì, contamina l'uomo. [21]Dall'interno, cioè dal cuore degli uomini, procedono i cattivi pensieri, le fornicazioni, i furti, le uccisioni, [22]gli adultèri, le cupidigie, le malvagità, l'inganno, la lascivia, l'invidia, la bestemmia, la superbia e la stoltezza. [23]Tutte queste cose malvagie procedono dall'interno e contaminano l'uomo».

La donna sirofenicia. - [24]Partito di là, andò nel territorio di Tiro e di Sidone, ed essendo entrato in una casa voleva che nessuno lo sapesse, ma non poté restare nascosto. [25]Anzi, ben presto una donna, la cui figliola era posseduta da uno spirito immondo, avendo sentito parlare di lui, venne e gli si gettò ai piedi. [26]La donna era pagana e sirofenicia di origine. Lo pregò di scacciare il demonio da sua figlia, [27]ma egli le disse: «Lascia che prima siano saziati i figli, perché non sta bene prendere il pane dei figli e gettarlo ai cagnolini». [28]Quella, allora, replicò: «Sì, Signore, ma anche i cagnolini sotto la tavola mangiano le briciole dei figli!». [29]Egli, perciò, le disse: «A motivo di questa tua parola, va' pure! Il demonio è già uscito da tua figlia». [30]Quella, tornata a casa, trovò la figlioletta stesa sul letto, mentre il demonio ne era già uscito.

Guarigione di un sordomuto. - [31]Di nuovo, partito dal territorio di Tiro e passando per Sidone, venne al mare di Galilea, in mezzo al territorio della Decapoli. [32]Gli portarono un uomo sordo e muto e lo pregarono di imporgli le mani. [33]Allora egli, presolo in disparte, lontano dalla folla, gli mise le dita nelle orecchie e con la saliva gli toccò la lingua; [34]quindi, alzati gli occhi al cielo, sospirò e disse: *«Effathà!»*, che significa: «Àpriti!». [35]E subito le sue orecchie si aprirono e il nodo della sua lingua si sciolse, sicché parlava correttamente. [36]Egli comandò loro di non dirlo a nessuno; ma quanto più lo comandava, tanto più quelli lo divulgavano; [37]e al colmo dello stupore dicevano: «Ha fatto bene ogni cosa! Fa udire i sordi e parlare i muti!».

8 Seconda moltiplicazione dei pani. - [1]In quei giorni, essendosi di nuovo radunata una grande folla e non avendo di che man-

giare, Gesù chiamò a sé i discepoli e disse loro: [2]«Ho pietà di questa folla, perché sono già tre giorni che stanno con me e non hanno di che mangiare. [3]Se li rimando digiuni a casa loro, verranno meno per strada. Alcuni di loro, infatti, sono venuti da lontano». [4]Gli risposero i discepoli: «Come si potrebbe saziare di pane costoro, qui nel deserto?». [5]Domandò loro: «Quanti pani avete?». Risposero: «Sette».

[6]Allora egli comandò alla folla di sedersi per terra. Quindi, presi i sette pani, rese grazie, li spezzò e li diede ai suoi discepoli, affinché li distribuissero; ed essi li distribuirono alla folla. [7]Avevano anche alcuni pesciolini; ed egli, avendoli benedetti, comandò che pure questi fossero distribuiti. [8]Mangiarono a sazietà e si raccolsero sette sporte di frammenti avanzati. [9]Erano circa quattromila. Egli li congedò [10]e subito, montato in barca con i suoi discepoli, se ne andò nelle parti di Dalmanùta.

Richiesta di un segno dal cielo. - [11]Allora si fecero avanti i farisei e incominciarono a discutere con lui, chiedendogli un segno dal cielo per metterlo alla prova. [12]Egli, però, emettendo un profondo sospiro, disse: «Perché questa generazione chiede un segno? In verità vi dico che mai sarà concesso un segno a questa generazione». [13]Quindi, lasciatili, montò di nuovo in barca e se ne andò verso l'altra riva.

Il lievito dei farisei. - [14]Dimenticatisi di prendere dei pani, i discepoli non avevano con sé nella barca che un solo pane. [15]Ora egli stava dando loro questo precetto: «Fate attenzione! Guardatevi dal lievito dei farisei e dal lievito di Erode!». [16]Ma essi dicevano tra loro: «Non abbiamo pani». [17]Ma Gesù, accortosene, dice loro: «Perché discutete per il fatto che non avete pani? Ancora non capite e non comprendete? Avete il cuore indurito? [18]Avete occhi e non vedete, avete orecchi e non udite? Non ricordate? [19]Quando spezzai cinque pani per i cinquemila, quante ceste piene di frammenti portaste via?». Gli dicono: «Dodici». [20]«E quando ne spezzai sette per i quattromila, quante sporte piene di frammenti portaste via?». Gli dicono: «Sette». [21]Diceva loro: «Ancora non comprendete?».

Il cieco di Betsàida. - [22]Giungono a Betsàida e gli portano un cieco, supplicandolo di toccarlo. ²³Egli, allora, preso il cieco per la mano, lo condusse fuori del villaggio, gli mise della saliva sugli occhi e, impostegli le mani, gli domandò: «Vedi qualcosa?». ²⁴E quello, alzati gli occhi, rispose: «Vedo degli uomini e li scorgo camminare come alberi». ²⁵Allora gli pose nuovamente le mani sugli occhi e quello ci vide perfettamente e fu risanato, sicché vedeva ogni cosa nettamente anche da lontano. ²⁶Quindi lo rimandò a casa sua dicendogli: «Non entrare nel villaggio».

GESÙ FIGLIO DELL'UOMO

Confessione di Pietro. - ²⁷Con i suoi discepoli Gesù se ne andò verso i villaggi di Cesarea di Filippo e durante il viaggio incominciò a interrogare i discepoli dicendo: «Chi dice la gente che io sia?». ²⁸Gli risposero: «Alcuni dicono Giovanni il Battista, altri Elia e altri ancora uno dei profeti». ²⁹Allora domandò loro: «Voi, invece, chi dite che io sia?». Rispose Pietro: «Tu sei il Cristo!». ³⁰Ma egli intimò loro di non parlare di lui a nessuno.

Prima predizione della passione. - ³¹Quindi egli incominciò ad ammaestrarli: «È necessario che il Figlio dell'uomo soffra molto, che sia riprovato dagli anziani, dai capi dei sacerdoti e dagli scribi, sia ucciso e dopo tre giorni risorga». ³²Faceva questo discorso apertamente e perciò Pietro, presolo in disparte, si mise a rimproverarlo. ³³Egli, però, voltatosi e guardando i suoi discepoli, rimproverò Pietro dicendogli: «Vattene lontano da me, satana, poiché tu non hai sentimenti secondo Dio, ma secondo gli uomini».

Per seguire Gesù. - ³⁴Poi, chiamata a sé la folla insieme ai suoi discepoli, disse loro: «Se qualcuno vuol venire dietro di me, rinneghi se stesso, prenda la sua croce e mi segua. ³⁵Chi, infatti, vorrà salvare la sua vita, la perderà; chi, invece, perderà la sua vita per causa mia e del vangelo, la salverà. ³⁶Infatti, che cosa giova all'uomo guadagnare il mondo intero, se perde la propria vita? ³⁷Poiché, cosa potrebbe dare l'uomo in cambio della propria vita? ³⁸Chi si sarà vergognato di me e delle mie parole in mezzo a questa generazione adultera e peccatrice, anche il Figlio dell'uomo si vergognerà di lui, quando verrà nella gloria del Padre suo insieme agli angeli santi».

9 ¹Diceva ancora loro: «In verità vi dico che vi sono qui alcuni dei presenti, i quali non subiranno la morte finché non avranno veduto il regno di Dio venuto con potenza».

La trasfigurazione. - ²Sei giorni dopo Gesù prese con sé Pietro, Giacomo e Giovanni e li condusse in disparte, essi soli, su un alto monte, dove si trasfigurò davanti a loro. ³Le sue vesti divennero splendenti e talmente candide, che nessun lavandaio sulla terra potrebbe renderle così candide. ⁴E apparve loro Elia con Mosè, i quali conversavano con Gesù.

⁵Allora Pietro, prendendo la parola, disse a Gesù: «Maestro, è bello per noi stare qui! Facciamo tre tende: una per te, una per Mosè e una per Elia». ⁶In realtà egli non sapeva quel che diceva, poiché erano stati presi dal timore. ⁷Allora comparve una nuvola che li avvolse nella sua ombra e dalla nuvola si sentì una voce: «Questi è il mio Figlio diletto: ascoltatelo!». ⁸Ed essi, tutto a un tratto, guardandosi attorno, non videro più alcuno, se non il solo Gesù, che era con loro.

⁹Quando poi discesero dal monte, Gesù comandò loro di non raccontare a nessuno ciò che avevano visto, fino a quando il Figlio dell'uomo non fosse risuscitato dai morti. ¹⁰Essi osservarono l'ordine, ma intanto si chiedevano tra loro che cosa significasse quel risorgere dai morti.

¹¹Quindi lo interrogarono: «Perché gli scribi dicono che prima deve venire Elia?». ¹²Rispose loro: «Certo, verrà prima Elia e rimetterà a posto ogni cosa. Ma come sta scritto del Figlio dell'uomo, egli dovrà soffrire molto ed essere disprezzato. ¹³Io, però, vi dico che Elia è già venuto e gli hanno fatto tutto ciò che hanno voluto, secondo quanto di lui sta scritto».

Guarigione di un ragazzo indemoniato. - ¹⁴Raggiunti gli altri discepoli, videro intorno ad essi una grande folla e gli scribi che discutevano con loro. ¹⁵Non appena lo scorsero, quelli della folla restarono tutti meravigliati e corsero a salutarlo. ¹⁶Allora egli domandò loro: «Di che state discutendo con loro?». [17]Gli rispose uno della folla: «Maestro, ti ho portato mio figlio, che è posseduto da uno spirito muto, [18]il quale, quando lo afferra, lo sbatte di là e di qua ed egli emette schiuma, digrigna i denti e poi diventa rigido. Ho chiesto ai tuoi discepoli di scacciarlo, ma non ci sono riusciti». [19]Allora egli disse loro: «Generazione incredula! Fino a quando dovrò restare tra voi? Fino a quando dovrò sopportarvi? Portatelo qui da me!».

[20]Glielo portarono; ma lo spirito, non appena lo vide, subito agitò il ragazzo, il quale cadde a terra e vi si rotolava con la bava alla bocca. [21]Allora egli domandò al padre di lui: «Da quanto tempo gli succede questo?». Rispose: «Fin dall'infanzia. [22]Molte volte lo ha gettato anche sul fuoco e nell'acqua per farlo morire. Ma ora, se tu puoi fare qualche cosa, abbi pietà di noi e aiutaci!». [23]Gli disse Gesù: «Se puoi...? Tutto è possibile a chi crede!». [24]Subito il padre del ragazzo ad alta voce disse: «Io credo, ma tu aiuta la mia incredulità».

[25]Gesù, allora, vedendo che la folla accorreva, con tono minaccioso disse allo spirito immondo: «Spirito muto e sordo, io te lo ordino: esci da costui e non rientrarci più!». [26]Quello, urlando e scuotendolo con violenza, ne uscì, lasciandolo come morto, sicché molti dicevano: «È morto!». [27]Gesù, però, prendendolo per mano, lo sollevò ed egli stette in piedi.

[28]Quando in seguito fu rientrato in casa, i suoi discepoli gli domandarono in disparte: «Perché noi non siamo riusciti a scacciarlo?». [29]Rispose loro: «Questo genere di demòni non può essere scacciato con nessun altro mezzo, se non con la preghiera».

Secondo annuncio della passione. - [30]Partiti di là, andavano attraverso la Galilea, ma egli non voleva che alcuno lo sapesse. [31]Infatti, stava ammaestrando i suoi discepoli e diceva loro: «Il Figlio dell'uomo sarà consegnato nelle mani degli uomini, che lo uccideranno; ma, ucciso, dopo tre giorni risorgerà». [32]Essi, però, non compresero tali parole e avevano paura di interrogarlo.

Il più grande. - [33]Giunsero a Cafarnao e quando fu in casa domandò loro: «Di che cosa discutevate per via?». [34]Essi, però, tacquero, perché per via avevano discusso tra loro su chi fosse il più grande. [35]Allora, postosi a sedere, chiamò i Dodici e disse loro: «Se uno vuole essere primo, sia ultimo di tutti e servo di tutti». [36]Quindi, preso un bambino, lo pose in mezzo a loro e stringendolo fra le braccia disse loro: [37]«Chi accoglie uno di questi bambini in nome mio, accoglie me e chi accoglie me non accoglie me, ma colui che mi ha mandato».

L'esorcista straniero. - [38]Gli disse Giovanni: «Maestro, abbiamo visto un tale scacciare i demòni nel tuo nome e glielo abbiamo proibito, perché egli non viene insieme a noi». [39]Gli rispose Gesù: «Non glielo proibite, poiché non c'è nessuno che operi un miracolo in mio nome, il quale possa subito dopo parlare male di me. [40]Infatti chi non è contro di noi, è per noi. [41]Poiché chi vi darà da bere un bicchiere d'acqua nel mio nome perché siete di Cristo, in verità vi dico che non perderà la sua ricompensa».

Lo scandalo. - [42]«Chi poi avrà scandalizzato uno di questi piccoli che credono, sarebbe meglio per lui che gli si appendesse al collo una pietra da mulino e fosse gettato in mare. [43]Ché, se la tua mano ti è di scandalo, tàgliala! È meglio per te entrare monco nella vita, che andare con tutte e due le mani nella Geenna, nel fuoco inestinguibile. [[44]] [45]Parimenti, se il tuo piede ti è di scandalo, tàglialo! È meglio per te entrare zoppo nella vita, che essere gettato con tutti e due i piedi nella Geenna. [[46]] [47]Ancora: se il tuo occhio ti è di scandalo, càvalo! È meglio per te entrare con un occhio solo nel regno di Dio, che essere gettato con tutti e due gli occhi nella Geenna, [48]*dove il loro verme non muore e il fuoco non si estingue.* [49]Poiché si dovrà essere tutti salati con il fuoco. [50]Il sale è cosa buona, ma se il sale diventa insipido, con che cosa gli ridarete sapore? Abbiate sale in voi stessi e state in pace gli uni con gli altri».

---

9. - [32.] Gli apostoli non riuscivano a capire come potessero stare assieme le sofferenze del Messia con la magnificenza del regno messianico. I concetti limitati e unilaterali che essi avevano circa un Messia glorioso furono dissipati solo dallo Spirito Santo, il quale fece pure loro comprendere il valore redentivo della sofferenza. Il Messia sarà glorioso quando tornerà alla fine dei tempi.

[45-48.] I vv. 44 e 46 mancano nel testo greco, e non sono che ripetizione del v. 48, perciò sono stati omessi.

10 Il divorzio.

- ¹Partito di lì, si avviò verso le zone della Giudea e oltre il Giordano, mentre di nuovo le folle accorrevano a lui ed egli di nuovo, secondo il suo solito, le istruiva. ²E avvicinatisi alcuni farisei, per metterlo alla prova gli domandarono se fosse lecito a un uomo ripudiare la propria moglie. ³Egli domandò loro: «Che cosa vi ha comandato Mosè?». ⁴Risposero: «Mosè permise di *scrivere il libello di ripudio e di mandarla via*». ⁵Ma Gesù disse loro: «A causa della vostra durezza di cuore egli scrisse questo precetto; ⁶ma al principio della creazione Dio *li fece maschio e femmina*. ⁷*Per questo l'uomo lascerà suo padre e sua madre e si unirà a sua moglie*, ⁸*e i due saranno una carne sola*. Sicché non sono più due, ma una sola carne. ⁹Dunque: ciò che Dio ha unito, l'uomo non separi».

¹⁰Quando fu di nuovo in casa, i discepoli lo interrogarono intorno a ciò ¹¹ed egli disse loro: «Chi ripudia la propria moglie e ne sposa un'altra, commette adulterio verso di lei. ¹²Così pure la donna che ripudia suo marito e ne sposa un altro commette adulterio».

Gesù e i bambini. - ¹³Or alcuni gli conducevano dei bambini affinché li toccasse; ma i discepoli li sgridavano. ¹⁴Visto ciò, Gesù si sdegnò e disse loro: «Lasciate che i bambini vengano a me e non li ostacolate, perché di quelli come loro è il regno di Dio. ¹⁵In verità vi dico che chi non accoglierà il regno di Dio come un fanciullo, certamente non vi entrerà». ¹⁶Quindi, prendendoli tra le braccia, li benediceva e imponeva loro le mani.

Il giovane ricco. - ¹⁷Uscito sulla strada, un tale gli corse incontro e gettatosi ai suoi piedi gli domandò: «Maestro buono, che cosa devo fare per avere la vita eterna?». ¹⁸Gli disse Gesù: «Perché mi chiami buono? Nessuno è buono, all'infuori di uno solo: Dio. ¹⁹Conosci i comandamenti: *Non uccidere. Non commettere adulterio. Non rubare. Non testimoniare il falso.* Non frodare. *Onora tuo padre e tua madre*». ²⁰Quello gli rispose: «Maestro, tutte queste cose le ho osservate sin dalla mia fanciullezza». ²¹Allora Gesù, guardandolo, lo amò e gli disse: «Ti manca ancora una cosa. Va', vendi tutto ciò che hai, dàllo ai poveri e avrai un tesoro nel cielo; poi, vieni e seguimi!». ²²A queste parole, però, quello corrugò la fronte e se ne andò rattristato, perché aveva molte ricchezze.

²³Allora Gesù, volgendo lo sguardo attorno, disse ai suoi discepoli: «Quanto difficilmente coloro che hanno ricchezze entreranno nel regno di Dio!». ²⁴I discepoli si stupirono per queste sue parole; ma Gesù, prendendo di nuovo la parola, disse loro: «Figlioli, quanto è difficile entrare nel regno di Dio! ²⁵È più facile che un cammello passi per la cruna di un ago, piuttosto che un ricco entri nel regno di Dio». ²⁶Quelli, stupiti ancora di più, si dicevano tra loro: «E chi potrà salvarsi?». ²⁷Ma Gesù, guardandoli, disse loro: «È impossibile agli uomini, ma non a Dio. A Dio, infatti, tutto è possibile».

²⁸Allora Pietro prese a dirgli: «Ecco: noi abbiamo lasciato ogni cosa e ti abbiamo seguito!». ²⁹Rispose Gesù: «In verità vi dico: non c'è nessuno, che abbia lasciato casa o fratelli o sorelle o madre o padre o figli o campi a causa mia e del vangelo, ³⁰il quale non riceva ora, nel tempo presente, il centuplo in case, fratelli, sorelle, madri, figli e campi insieme alle persecuzioni, e la vita eterna nel secolo futuro. ³¹Intanto molti dei primi saranno ultimi e gli ultimi saranno primi».

Terza predizione della passione. - ³²Mentr'erano in cammino per salire a Gerusalemme, Gesù li precedeva ed essi erano stupiti, mentre quelli che venivano dietro avevano paura. Presi di nuovo in disparte i Dodici, incominciò a dir loro ciò che stava per accadergli: ³³«Ecco: noi saliamo a Gerusalemme e il Figlio dell'uomo sarà dato in mano ai prìncipi dei sacerdoti e agli scribi; lo condanneranno a morte e lo consegneranno in mano ai gentili; ³⁴lo scherniranno, gli sputeranno addosso, lo flagelleranno e lo uccideranno; ma egli dopo tre giorni risorgerà».

La richiesta di Giacomo e Giovanni. - ³⁵Avvicinatisi Giacomo e Giovanni, figli di Zebedeo, gli dicono: «Maestro, vogliamo

---

10. - ²⁴⁻²⁶ *I discepoli si stupirono* perché, secondo la mentalità corrente, ritenevano le ricchezze segno della particolare benedizione di Dio.

³⁰ Assieme al *centuplo, nel tempo presente*, Gesù nomina anche le *persecuzioni*, le quali accompagneranno sempre gli eletti, sino alla soglia dell'eternità. Ma la persecuzione assimila al Maestro.

che tu ci faccia quello che ti chiederemo». ³⁶Domandò loro: «Cosa volete che vi faccia?». ³⁷Gli risposero: «Concedici di sedere uno alla tua destra e uno alla tua sinistra nella tua gloria». ³⁸Gesù disse loro: «Non sapete ciò che chiedete! Potete voi bere il calice che io bevo o essere battezzati con il battesimo con il quale io sono battezzato?». ³⁹Gli risposero: «Lo possiamo». Gesù disse loro: «Il calice che io bevo lo berrete e anche con il battesimo con cui io sono battezzato sarete battezzati; ⁴⁰ma sedere alla mia destra o alla mia sinistra non sta a me concederlo, ma è per quelli per i quali è stato preparato».

⁴¹Udito ciò, gli altri dieci incominciarono a indignarsi contro Giacomo e Giovanni. ⁴²Ma Gesù, chiamatili a sé, disse loro: «Voi sapete come coloro i quali sono ritenuti capi delle nazioni le tiranneggiano, e come i loro prìncipi le opprimono. ⁴³Non così dev'essere tra voi; ma piuttosto, se uno tra voi vuole essere grande, sia vostro servo, ⁴⁴e chi tra voi vuole essere primo, sia schiavo di tutti. ⁴⁵Infatti il Figlio dell'uomo non è venuto per essere servito, ma per servire e per dare la propria vita in riscatto per molti».

Bartimèo risanato. - ⁴⁶Giungono così a Gerico. Mentre egli con i discepoli e una grande folla stava uscendo da Gerico, il figlio di Timèo, Bartimèo, che era cieco, se ne stava seduto lungo la strada a mendicare. ⁴⁷Avendo inteso che c'era Gesù Nazareno, incominciò a gridare dicendo: «Gesù, Figlio di Davide, abbi pietà di me!». ⁴⁸Molti presero a sgridarlo affinché tacesse; ma egli gridava ancora più forte: «Figlio di Davide, abbi pietà di me!». ⁴⁹Allora Gesù, fermatosi, disse: «Chiamatelo!». Chiamano il cieco e gli dicono: «Coraggio, àlzati! Ti chiama». ⁵⁰Egli, gettato via il mantello, balzò in piedi e raggiunse Gesù. ⁵¹Rivolgendogli la parola, Gesù gli domandò: «Che cosa vuoi che ti faccia?». Gli rispose il cieco: «Signore, che io veda!». ⁵²Allora Gesù gli disse: «Va'! La tua fede ti ha salvato». E subito egli ci vide e si mise a seguirlo per la via.

11 **Ingresso in Gerusalemme.** - ¹Quando furono nelle vicinanze di Gerusalemme, verso Bètfage e Betània, nei pressi del monte degli Ulivi, egli inviò due dei suoi discepoli ²dicendo loro: «Andate nella borgata che vi sta di fronte e appena entrati in essa troverete un puledro legato, sul quale nessuno si è mai seduto; scioglietelo e menatelo qui. ³Se qualcuno vi dirà: "Perché fate questo?", rispondete: "Il Signore ne ha bisogno; ma lo rimanderà subito qui"».

⁴Quelli andarono, trovarono il puledro, legato presso una porta, fuori sulla strada. Lo sciolsero; ⁵ma alcuni che stavano lì dissero loro: «Che fate voi, che sciogliete il puledro?». ⁶Essi risposero come Gesù aveva detto e quelli li lasciarono fare. ⁷Quindi portarono il puledro a Gesù, vi misero sopra i loro mantelli e Gesù vi si sedette sopra.

⁸Allora molti stesero i loro mantelli sulla strada e altri fronde verdi, tagliate nei campi. ⁹Tanto quelli che andavano avanti quanto quelli che seguivano, gridavano: «*Osanna! Benedetto colui che viene nel nome del Signore!* ¹⁰Benedetto il regno del padre nostro Davide, che viene! Osanna nel più alto dei cieli!».

¹¹Così entrò a Gerusalemme, nel tempio, e quando ebbe osservato ogni cosa, poiché l'ora era già tarda, uscì verso Betània insieme ai Dodici.

Maledizione del fico. - ¹²Il giorno dopo, uscendo da Betània, ebbe fame; ¹³e avendo visto da lontano un albero di fico in foglie, andò a osservare se per caso vi trovasse qualche cosa; ma, appressatovisi, non vi trovò che foglie, poiché non era stagione di fichi. ¹⁴Allora, rivolto al fico, disse: «Mai più in eterno qualcuno mangi frutti da te». E i suoi discepoli sentirono.

Purificazione del tempio. - ¹⁵Giunsero a Gerusalemme. Entrato nel tempio, incominciò a scacciare coloro che vendevano e compravano nel tempio; rovesciò i tavoli dei cambiavalute e le sedie dei venditori di colombi, ¹⁶e non permetteva che alcuno trasportasse oggetti attraverso il tempio. ¹⁷Poi incominciò ad istruirli dicendo loro: «Non sta scritto: *La mia casa sarà chiamata casa di preghiera per tutte le nazioni?* Voi, invece, ne avete fatto una *spelonca di briganti*».

¹⁸Udito ciò, i capi dei sacerdoti e gli scribi cercavano come farlo perire. Infatti ne avevano paura, perché tutto il popolo era stupito per il suo insegnamento. ¹⁹Quando si fece sera, essi uscirono fuori della città.

Il fico dissecato. - [20]Ripassando, al mattino presto, videro il fico che si era seccato fin dalle radici. [21]Allora Pietro, ricordandosene, gli disse: «Maestro, guarda! Il fico che tu hai maledetto si è seccato». [22]Gesù, rispondendo, disse loro: «Abbiate fede in Dio! [23]In verità vi dico che se uno dicesse a questo monte: "Lévati e gèttati nel mare!", e non esitasse nel suo cuore, ma credesse che avverrebbe ciò che dice, gli sarà concesso. [24]Perciò vi dico: tutto quello che chiedete nella preghiera, credete di averlo già ottenuto e vi sarà concesso. [25]Quando poi state pregando, se avete qualcosa contro qualcuno, perdonate, affinché anche il Padre vostro che è nei cieli perdoni a voi i vostri peccati» [[26]].

Autorità di Gesù. - [27]Giunti di nuovo a Gerusalemme, mentre egli passeggiava nel tempio, gli si avvicinarono i capi dei sacerdoti, gli scribi e gli anziani [28]e gli domandarono: «Con quale autorità fai queste cose? O chi ti ha dato tale autorità per farle?». [29]Rispose loro Gesù: «Vi voglio domandare una cosa sola. Rispondetemi e poi anch'io vi dirò con quale autorità faccio queste cose. [30]Il battesimo di Giovanni era dal cielo o dagli uomini? Rispondetemi!». [31]Quelli, allora, ragionavano tra loro dicendosi: «Se diciamo "dal cielo", dirà: "Perché, dunque, non gli avete creduto?": [32]E se dicessimo "dagli uomini"?». Ma temevano la folla, perché tutti ritenevano che Giovanni fosse stato davvero un profeta. [33]Perciò risposero a Gesù: «Non lo sappiamo!». E Gesù disse loro: «Neppure io vi dico con quale autorità faccio queste cose».

12 **Parabola dei cattivi vignaioli.** - [1]Poi incominciò a dir loro in parabola: «Un uomo piantò una vigna, la cinse con una siepe, vi scavò un frantoio, vi costruì una torre, l'affittò a coloni e partì per un viaggio. [2]A suo tempo mandò dai coloni un suo servo per avere da essi la sua parte di frutti della vigna. [3]Ma quelli, presolo, lo percossero e lo rimandarono a mani vuote. [4]Allora egli mandò di nuovo un altro servo; ma gli ruppero la testa e insultarono anche lui. [5]Ne mandò un altro e l'uccisero. Così fu pure per molti altri, che percossero o uccisero. [6]Gli restava ancora uno: il suo figlio diletto. Inviò anche lui per ultimo, dicendosi: Rispetteranno mio figlio! [7]Quei coloni, invece, si dissero l'un l'altro: "Costui è l'erede! Venite, uccidiamolo e l'eredità sarà nostra!". [8]E presolo, lo uccisero e lo gettarono fuori della vigna. [9]Che cosa farà il padrone della vigna? Verrà, sterminerà i coloni e affiderà la vigna ad altri. [10]Non avete letto questo passo della Scrittura:

La pietra che i costruttori hanno scartata
è diventata pietra angolare:
[11] *dal Signore è stato fatto ciò*
ed è cosa meravigliosa ai nostri occhi?».

[12]Allora essi cercavano di impadronirsi di lui; ma ebbero paura della folla. Avevano compreso, infatti, che egli aveva detto questa parabola per loro. Perciò, lasciatolo, se ne andarono via.

Il tributo a Cesare. - [13]Gli mandarono alcuni farisei ed erodiani per coglierlo in fallo in qualche parola. [14]Raggiuntolo, costoro gli dicono: «Maestro, sappiamo che sei sincero e non ti preoccupi di nessuno, poiché non guardi in faccia alle persone, ma insegni la via di Dio secondo verità. È lecito o no pagare il tributo a Cesare? Dobbiamo pagarlo o no?». [15]Ma egli, avendo conosciuta la loro falsità, disse loro: «Perché mi tentate? Portatemi un denaro, perché lo veda». [16]Glielo portarono ed egli domandò loro: «Di chi è questa immagine e l'iscrizione?». Risposero: «Di Cesare». [17]Allora Gesù disse loro: «Rendete a Cesare quel che è di Cesare e a Dio quel che è di Dio». Ed essi ne rimasero stupiti.

La risurrezione dei morti. - [18]Vennero pure dei sadducei, i quali dicono che non c'è risurrezione. Gli domandarono: [19]«Maestro, Mosè ha scritto per noi: *Se il fratello di uno muore e lascia la moglie e non lascia un figlio, il di lui fratello prenda la donna e susciti prole al proprio fratello.* [20]Or c'erano sette fratelli. Il primo prese moglie, ma morì e non lasciò prole. [21]La prese il secondo, ma anch'egli morì senza lasciar prole. Allo stesso modo fece il terzo... [22]Tutti e sette non lasciarono prole e alla fine morì anche la donna. [23]Alla risurrezione, quando essi risorgeranno, di chi ella sarà moglie, giacché tutti e sette l'ebbero per moglie?».

---

11. - [26]. Omesso dai migliori codici greci, riportato invece dalla Volgata che lo prende da Mt 6,15.

²⁴Rispose loro Gesù: «Non è proprio per questo che voi siete in errore: perché, cioè, non conoscete né le Scritture né la potenza di Dio? ²⁵Infatti, quando risorgeranno dai morti, non si ammoglieranno né si mariteranno, ma saranno come angeli in cielo. ²⁶Riguardo, poi, ai morti che vengono risuscitati, non avete letto nel libro di Mosè, nel passo del roveto, come Dio gli disse: *Io sono il Dio di Abramo, il Dio di Isacco e il Dio di Giacobbe?* ²⁷Egli, dunque, non è Dio dei morti, ma dei vivi. Per questo voi siete gravemente in errore».

Il grande comandamento. - ²⁸Allora gli si avvicinò uno scriba che li aveva sentiti discutere e, avendo visto che Gesù aveva risposto bene, gli domandò: «Qual è il primo di tutti i comandamenti?». ²⁹Gli rispose Gesù: «Il primo è: *Ascolta, Israele. Il Signore nostro Dio è l'unico Signore* ³⁰*e tu amerai il Signore tuo Dio con tutto il tuo cuore, con tutta la tua anima, con tutta la tua mente e con tutta la tua forza.* ³¹Il secondo è questo: *Amerai il prossimo tuo come te stesso.* Non c'è altro comandamento maggiore di questi».

³²Gli disse lo scriba: «Bene, Maestro. Hai detto giustamente che Egli è unico e che non c'è altri all'infuori di lui; ³³che amare lui con tutto il cuore, con tutta l'intelligenza, con tutta la forza e amare il prossimo come se stessi vale più di tutti gli olocausti e i sacrifici». ³⁴Vedendo che aveva risposto saggiamente, allora Gesù gli disse: «Non sei lontano dal regno di Dio». E nessuno osava fargli più domande.

Il Messia figlio di Davide. - ³⁵Prendendo la parola, mentre stava insegnando nel tempio, Gesù domandò: «Come mai gli scribi dicono che il Messia è figlio di Davide? ³⁶Davide stesso, infatti, mosso dallo Spirito Santo, ha detto:

Il Signore ha detto al mio Signore:
Siedi alla mia destra,
finché io ponga i tuoi nemici
sgabello ai tuoi piedi.

³⁷Se, dunque, Davide stesso lo chiama "Signore", come può essere suo figlio?». E la folla, numerosa, lo ascoltava con piacere.

Contro gli scribi. - ³⁸Diceva ancora, durante il suo insegnamento: «Guardatevi dagli scribi, i quali amano passeggiare in lunghe vesti ed essere salutati nelle piazze, occupare i primi seggi nelle sinagoghe ³⁹e sedere ai primi posti nei banchetti; ⁴⁰divorano le case delle vedove e fanno finta di pregare a lungo. Riceveranno una più dura condanna».

L'obolo della vedova. - ⁴¹Seduto davanti al tesoro, Gesù stava osservando come la gente gettava il denaro nel tesoro. C'erano molte persone ricche, che ne gettavano molto. ⁴²Giunta, però, una povera vedova, vi gettò due spiccioli, che sono l'equivalente di un quadrante. ⁴³Allora egli, chiamati a sé i suoi discepoli, disse loro: «In verità vi dico: questa povera vedova ha gettato più di tutti quelli che hanno gettato denaro nel tesoro. ⁴⁴Tutti, infatti, hanno dato del loro superfluo; ma essa, nella sua indigenza, ha gettato tutto ciò che aveva, tutto il suo sostentamento».

13 **Distruzione del tempio.** - ¹Mentre egli lasciava il tempio, uno dei suoi discepoli gli disse: «Maestro, guarda che pietre e che costruzioni!». ²Gesù gli rispose: «Vedi queste grosse costruzioni? Non resterà qui pietra su pietra, che non sia diroccata».

Inizio dei dolori. - ³E mentre egli era seduto sul monte degli Ulivi, di fronte al tempio, privatamente Pietro e Giacomo, Giovanni e Andrea gli domandarono: ⁴«Dicci: quando avverrà ciò e quale sarà il segno di quando tutto questo starà per compiersi?».

⁵Allora Gesù incominciò a dir loro: «Badate che nessuno v'inganni. ⁶Molti verranno in mio nome, dicendo: "Sono io", e ingannaranno molti. ⁷Quando, poi, sentirete parlare di guerre e di rumori di guerre, non spaventatevi! È necessario che ciò avvenga, ma non sarà ancora la fine. ⁸Infatti, insorgerà nazione contro nazione e regno contro regno; ci saranno terremoti in diversi luoghi e carestie. Ciò sarà il principio dei dolori.

⁹Quanto a voi, badate a voi stessi! Vi consegneranno ai sinedri, vi percuoteranno nelle sinagoghe e a causa mia dovrete stare davanti a governatori e re per rendere testimonianza davanti ad essi. ¹⁰Prima, però, bi-

sogna che il vangelo sia predicato tra tutte le genti. [11]Quando, dunque, vi trascineranno per consegnarvi ad essi, non preoccupatevi in anticipo di che cosa dovrete dire; ma ciò che in quel momento vi sarà ispirato, questo soltanto dite. Poiché non sarete voi a parlare, ma lo Spirito Santo.

[12]Un fratello consegnerà a morte un altro fratello, e il padre il figlio. I figli, poi, insorgeranno contro i genitori e li faranno morire. [13]Anche voi sarete odiati da tutti a causa del mio nome. Ma chi starà saldo fino alla fine, costui sarà salvato.

La grande tribolazione. - [14]Quando vedrete *l'abominazione della desolazione* posta là dove non dovrebbe, il lettore faccia bene attenzione, allora quelli che sono in Giudea fuggano sui monti; [15]chi è sulla terrazza non scenda per entrare a prendere qualcosa nella sua casa; [16]e chi è andato in campagna non torni indietro a prendersi il mantello. [17]Guai a quelle che in quei giorni saranno incinte o allatteranno! [18]Pregate affinché ciò non avvenga d'inverno, [19]poiché quei giorni saranno *una tale tribolazione, quale non vi fu mai dal principio della creazione*, fatta da Dio, *sino ad ora*, né vi sarà giammai. [20]E se il Signore non avesse accorciato tali giorni, nessuna persona potrebbe salvarsi. A causa degli eletti che si è scelto, egli però ha accorciato tali giorni.

[21]Allora se qualcuno vi dirà: "Ecco qui il Cristo! Eccolo là!", non credetegli. [22]Infatti, sorgeranno falsi cristi e falsi profeti, i quali vi daranno a vedere segni e prodigi per sedurre, se possibile, gli stessi eletti. [23]Voi, perciò, state in guardia! Vi ho detto tutto in anticipo.

Venuta del Figlio dell'Uomo. - [24]Ma in quei giorni, dopo quella tribolazione,

il sole si oscurerà
e la luna non darà più la sua luce;
[25] *gli astri cadranno dal cielo*
e le potenze dei cieli saranno sconvolte.

[26]Allora si vedrà *il Figlio dell'uomo giungere tra le nuvole* con grande potenza e gloria. [27]Manderà gli angeli e radunerà i suoi eletti *dai quattro venti, dall'estremità della terra all'estremità del cielo.*

Parabola del fico. - [28]Imparate dal fico questa parabola. Quando i suoi rami divengono teneri e spuntano le foglie, voi conoscete

che l'estate è vicina. [29]Così anche voi, quando vedrete accadere queste cose, sappiate che è vicino, alle porte. [30]In verità vi dico: non passerà questa generazione, prima che tutto ciò sia accaduto. [31]Il cielo e la terra passeranno, ma le mie parole non passeranno.

Vigilanza. - [32]Quanto a quel giorno o all'ora, però, nessuno ne sa niente, neppure gli angeli del cielo e neppure il Figlio, se non il Padre. [33]State attenti, vegliate! Poiché non sapete quando sarà il tempo. [34]Sarà come di un uomo che, partendo per un viaggio, ha lasciato la sua casa dando ogni potere ai suoi servi, a ciascuno il suo compito, e al portinaio ha comandato di vigilare. [35]Vegliate, dunque, giacché non sapete quando il padrone della casa giungerà, se la sera o a mezzanotte, al canto del gallo o al mattino. [36]Che egli, giungendo all'improvviso, non vi trovi addormentati. [37]Ciò che dico a voi, lo dico a tutti: vegliate!».

PASSIONE, MORTE E RISURREZIONE

14 **Complotto del sinedrio.** - [1]Due giorni dopo doveva celebrarsi la festa di Pasqua e degli Azzimi, e i capi dei sacerdoti e gli scribi cercavano come impadronirsi di lui con inganno e farlo morire. [2]Dicevano infatti: «Non durante la festività, affinché non si verifichi una sommossa del popolo».

Unzione a Betània. - [3]Intanto, trovandosi egli a Betània in casa di Simone il lebbroso, mentre sedeva a mensa, giunse una donna recando un vaso di alabastro pieno di unguento di nardo genuino, molto costoso. Ora ella, infranto il vaso, lo versò sul capo di lui. [4]C'erano alcuni che indignati si dicevano tra loro: «A che scopo è stato fatto questo spreco di unguento? [5]Infatti si poteva vendere questo unguento a oltre trecento denari e darli ai poveri». E si misero a rimproverarla.

[6]Gesù, allora, disse: «Lasciatela stare! Perché le date fastidio? Ha compiuto un'opera buona verso di me. [7]Difatti, i poveri li avete sempre con voi e potete far loro del bene quando volete; ma non sempre avrete me. [8]Ciò che poteva fare, ella l'ha fatto un-

---

13. - [32]. Cristo *non sa* quel giorno in modo da poterlo comunicare: la sua rivelazione è riservata al Padre. L'importante non è sapere, ma essere pronti.

gendo il mio corpo in anticipo per la sepoltura. [9]In verità vi dico: dovunque sarà predicato il vangelo per tutto il mondo, si narrerà, a sua memoria, anche ciò che ella ha fatto».

Il patto di Giuda. - [10]Ora Giuda Iscariota, che era uno dei Dodici, si recò dai capi dei sacerdoti per consegnarlo nelle loro mani. [11]Essi, all'udir ciò, si rallegrarono e promisero di dargli del denaro. Perciò egli cercava il modo di consegnarglielo al momento più opportuno.

La Pasqua con i discepoli. - [12]Nel primo giorno degli Azzimi, all'ora in cui s'immolava l'agnello pasquale, i suoi discepoli gli dicono: «Dove vuoi che andiamo a preparare perché tu possa mangiare la Pasqua?». [13]Egli manda due dei suoi discepoli dicendo loro: «Andate in città. Vi si farà avanti un uomo che trasporta un'anfora d'acqua. Seguitelo [14]e, dovunque entri, dite al padrone di casa: "Il Maestro manda a dire: Dov'è la mia sala, in cui possa mangiare la Pasqua insieme ai miei discepoli?". [15]Egli vi mostrerà una grande stanza al piano superiore, già arredata e pronta. Là preparate per noi». [16]I discepoli andarono e, giunti in città, trovarono com'egli aveva loro detto e prepararono la Pasqua.

[17]Fattasi sera, venne anch'egli con i Dodici. [18]Mentre erano a tavola e mangiavano, Gesù disse: «In verità vi dico che uno di voi, *che mangia con me,* mi tradirà». [19]Allora quelli incominciarono a rattristarsi e a domandargli, uno per uno: «Sono forse io?». [20]Ma egli rispose loro: «È uno dei Dodici, che intinge con me nel piatto. [21]Sì, il Figlio dell'uomo se ne va, in conformità a quanto sta scritto di lui. Guai, però, a quell'uomo dal quale il Figlio dell'uomo è tradito! Sarebbe meglio per lui che quell'uomo non fosse mai nato!».

Il convito del Signore. - [22]Mentre ancora mangiavano, egli prese il pane, lo benedì, lo spezzò e lo diede loro dicendo: «Prendete! Questo è il mio corpo». [23]Poi prese un calice, lo benedì, lo diede loro e ne bevvero tutti. [24]Egli disse loro: «Questo è il mio sangue dell'alleanza, versato per molti. [25]In verità vi dico che non berrò più del succo della vite fino al giorno in cui lo berrò nuovo nel regno di Dio». [26]Quindi, detto l'inno di lode, uscirono verso il monte degli Ulivi.

Predizione del rinnegamento di Pietro. - [27]Allora Gesù disse loro: «Voi tutti vi scandalizzerete, poiché sta scritto: *Percuoterò il pastore e le pecore si disperderanno.* [28]Ma dopo che sarò risorto, vi precederò in Galilea».

[29]Pietro, però, gli disse: «Anche se tutti si scandalizzeranno, io no!». [30]Gli dice Gesù: «In verità ti dico che oggi, questa notte stessa, prima che il gallo canti due volte, mi rinnegherai tre volte». [31]Ma egli continuava a dire con maggior forza: «Anche se dovessi morire con te, non ti rinnegherò». Lo stesso dicevano anche tutti gli altri.

Al Getsèmani. - [32]Frattanto giungono in un podere chiamato Getsèmani. Dice ai suoi discepoli: «Sedetevi qui, intanto che io prego». [33]Quindi, presi con sé Pietro, Giacomo e Giovanni, incominciò ad essere preso da terrore e da spavento. [34]Perciò disse loro: «L'*anima mia è triste fino alla morte.* Rimanete qui e vegliate!».

[35]Quindi, portatosi un po' più avanti, si gettò a terra e pregava che, se fosse possibile, passasse da lui quell'ora. [36]Diceva: «Abbà, Padre! Tutto è possibile a te. Allontana da me questo calice! Tuttavia, non ciò che io voglio, ma quello che tu vuoi».

[37]Tornato indietro, li trova addormentati. Perciò dice a Pietro: «Simone, dormi? Non hai avuto la forza di vegliare una sola ora?» [38]Vegliate e pregate, affinché non entriate in tentazione. Certo, lo spirito è pronto; la carne, però, è debole».

[39]Allontanatosi di nuovo, pregò ripetendo le stesse parole. [40]Poi di nuovo tornò e li trovò addormentati. I loro occhi, infatti, erano appesantiti e non sapevano che cosa rispondergli. [41]Torna ancora una terza volta e dice loro: «Continuate a dormire e vi riposate? Basta! È giunta l'ora: ecco che il Figlio dell'uomo è consegnato nelle mani dei peccatori. [42]Alzatevi, andiamo! Ecco: chi mi tradisce è vicino».

Tradimento e arresto. - [43]Nello stesso momento, mentre ancora parlava, giunge Giuda, uno dei Dodici, e con lui una grande turba con spade e bastoni, mandata dai capi dei sacerdoti, dagli scribi e dagli anziani. [44]Il traditore aveva loro dato un segno: «Colui che bacerò, è lui. Afferratelo e portatelo via con attenzione». [45]Appena giunto, subito gli si avvicinò dicendogli: «Maestro!», e lo baciava ripetutamente. ⁴⁶Quelli, allora, gli misero le mani addosso e lo arrestarono. ⁴⁷Uno dei presenti, sguainata la spada, colpì il servo del sommo sacerdote e gli staccò l'orecchio.

⁴⁸Allora Gesù, prendendo la parola, disse loro: «Come contro un brigante siete venuti ad arrestarmi, con spade e bastoni! ⁴⁹Ogni giorno ero tra voi, mentre insegnavo nel tempio, e non mi avete preso. Ma si adempiano le Scritture!». ⁵⁰Allora i discepoli, abbandonatolo, fuggirono tutti.

⁵¹Un ragazzo, però, lo seguiva, avvolto solo di un panno di lino sul corpo nudo. Tentarono di afferrarlo; ⁵²ma egli, lasciato cadere il panno di lino, se ne fuggì via nudo.

Davanti al sinedrio. - ⁵³Condotto Gesù dal sommo sacerdote, si radunarono tutti i capi dei sacerdoti, gli anziani e gli scribi. ⁵⁴Pietro, intanto, avendolo seguito da lontano fin dentro al cortile del sommo sacerdote, se ne stava seduto con i servi di lui e si scaldava vicino al fuoco.

⁵⁵Or i capi dei sacerdoti e tutto il sinedrio cercavano qualche testimonianza contro Gesù per farlo morire, ma non ne trovavano. ⁵⁶Infatti, molti attestavano il falso contro di lui, ma le loro testimonianze non erano concordi. ⁵⁷Allora si alzarono alcuni che, attestando il falso contro di lui, dicevano: ⁵⁸«L'abbiamo sentito noi mentre diceva: Io distruggerò questo tempio, fatto da mani d'uomo, e in tre giorni ne ricostruirò un altro, non fatto da mani d'uomo». ⁵⁹Ma anche su questo non si ebbe una testimonianza concorde.

⁶⁰Allora il sommo sacerdote, alzatosi in piedi in mezzo al sinedrio, interrogò Gesù dicendogli: «Non rispondi nulla? Che cosa testificano costoro contro di te?». ⁶¹Egli, però, taceva e non rispondeva nulla. Perciò il sommo sacerdote lo interrogò di nuovo dicendogli: «Sei tu il Cristo, il Figlio del Benedetto?». ⁶²Rispose Gesù: «Sì, sono io! E

vedrete il Figlio dell'uomo,
seduto alla destra della Potenza,
venire con le nubi del cielo».

⁶³Allora il sommo sacerdote, stracciandosi le vesti, disse: «Di quale testimonianza abbiamo ancora bisogno? ⁶⁴Avete sentito la bestemmia. Che ve ne pare?». Tutti lo giudicarono reo di morte. ⁶⁵Alcuni, poi, si misero a sputargli addosso, a coprirgli il volto

e a percuoterlo dicendogli: «Indovina!». E i servi lo presero a schiaffi.

Rinnegamento di Pietro. - ⁶⁶Or mentre Pietro se ne stava giù nel cortile, giunse una delle serve del sommo sacerdote ⁶⁷e, avendo visto Pietro che si scaldava, fissandolo gli disse: «Anche tu eri col Nazareno, Gesù». ⁶⁸Ma egli negò: «Non so e non capisco cosa tu dici». Quindi uscì fuori nel vestibolo e un gallo cantò. ⁶⁹Vedutolo ancora, la serva incominciò a dire di nuovo ai presenti: «Costui è uno di loro». ⁷⁰Ma egli negò nuovamente. Poco dopo i presenti dissero di nuovo a Pietro: «Sei davvero uno di loro. Infatti sei galileo». ⁷¹Ma egli incominciò a imprecare e a giurare: «Non conosco quest'uomo di cui parlate». ⁷²E subito, per la seconda volta, un gallo cantò. Allora Pietro si ricordò delle parole che Gesù gli aveva detto: «Prima che il gallo canti due volte, mi rinnegherai tre volte»; e proruppe in pianto.

15 **Gesù davanti a Pilato.** - ¹Al mattino i capi dei sacerdoti con gli anziani, gli scribi e tutto il sinedrio tennero consiglio e, fatto legare Gesù, lo condussero e lo consegnarono a Pilato. ²Pilato lo interrogò: «Sei tu il re dei Giudei?». Gli rispose: «Tu lo dici». ³I capi dei sacerdoti lo accusavano di molte cose. ⁴Perciò Pilato lo interrogò di nuovo: «Non rispondi nulla? Vedi di quante cose ti accusano!». ⁵Ma Gesù non rispose più nulla, sicché Pilato ne restò meravigliato.

Condanna a morte. - ⁶Questi soleva, in ogni festività, rilasciare un prigioniero: quello che gli avessero chiesto. ⁷Intanto ve n'era uno chiamato Barabba, il quale era stato imprigionato insieme ai sediziosi che, durante una sommossa, avevano commesso un omicidio. ⁸Salì, perciò, la folla e incominciò a reclamare ciò che le si soleva concedere. ⁹Pilato, allora, rispose loro: «Volete che vi liberi il re dei Giudei?». ¹⁰Egli, infatti, sapeva che per invidia i capi dei sacerdoti glielo avevano consegnato. ¹¹Ma i capi dei sacerdoti aizzarono la folla, affinché rilasciasse loro piuttosto Barabba. ¹²Pilato, allora, prendendo di nuovo la parola, domandò loro: «Che cosa, dunque, volete che faccia di colui che voi chiamate il re dei Giudei?». ¹³Quelli gridarono di nuovo: «Crocifiggilo!». ¹⁴Ma Pilato disse loro: «Che male ha fatto?». Quelli, allora, gridarono più forte: «Crocifiggilo!». ¹⁵Pilato, perciò, volendo dare soddisfazione alla folla, rilasciò loro Barabba e consegnò Gesù perché, dopo averlo flagellato, fosse crocifisso.

Gli scherni dei soldati. - ¹⁶Allora i soldati lo condussero dentro il cortile, cioè nel pretorio e, convocata l'intera coorte, ¹⁷lo rivestirono di porpora e gli cinsero il capo intrecciandogli una corona di spine. ¹⁸Quindi incominciarono a salutarlo: «Salve, re dei Giudei!», ¹⁹mentre con una canna gli battevano il capo, gli sputavano addosso e, piegando le ginocchia, gli facevano riverenza. ²⁰Dopo averlo schernito, lo spogliarono della porpora e lo rivestirono delle sue vesti.

Crocifissione. - Mentre lo conducevano fuori per crocifiggerlo, ²¹costrinsero un passante che tornava dai campi, Simone di Cirene, padre di Alessandro e Rufo, a portare la croce di lui. ²²Lo condussero, così, al luogo detto Gòlgota, che significa luogo del Cranio. ²³Volevano anche dargli del vino aromatizzato con mirra, ma egli non lo prese. ²⁴Perciò lo crocifissero e si divisero le sue vesti, gettando sopra di esse la sorte per quel che ciascuno dovesse prendersi. ²⁵Era l'ora terza quando lo crocifissero, ²⁶e l'iscrizione con la causa della condanna recava scritto: «Il re dei Giudei».

²⁷Insieme a lui crocifissero pure due ladroni, uno alla sua destra e l'altro alla sua sinistra [²⁸e si adempì la Scrittura che dice: «*Fu computato con gli iniqui*»]. ²⁹Quelli che passavano lo insultavano, scuotendo il capo e dicendo: «Eh! tu che distruggi il tempio e in tre giorni lo riedifichi, ³⁰salva te stesso, scendendo dalla croce». ³¹Similmente anche i capi dei sacerdoti con gli scribi si facevano beffe di lui dicendo tra loro: «Ha salvato gli altri, non può salvare se stesso. ³²Il Cristo, il re d'Israele, scenda ora dalla croce, affinché vediamo e crediamo». Perfino quelli che erano stati crocifissi con lui lo insultavano.

Morte sulla croce. - ³³Giunta l'ora sesta, si fece buio su tutta la terra fino all'ora nona. ³⁴All'ora nona, Gesù esclamò a gran voce: «*Eloì, Eloì, lamà sabactanì*», che si traduce: «*Dio mio, Dio mio, perché mi hai abbandonato?*». ³⁵Allora alcuni dei presenti, uditolo, dicevano: «Ecco, invoca Elia». ³⁶Un tale corse ad inzuppare una spugna di aceto, la pose su una canna e gli dava da bere, dicendo: «Lasciate, vediamo se viene Elia a tirarlo giù». ³⁷Ma Gesù, emesso un grande grido, spirò.

³⁸Allora il velo del tempio si squarciò in due, dall'alto fino al basso. ³⁹E il centurione che gli stava di fronte, vistolo spirare gridando a quel modo, esclamò: «Davvero quest'uomo era Figlio di Dio!».

⁴⁰Vi erano pure alcune donne che stavano osservando da lontano. Tra esse: Maria Maddalena, Maria madre di Giacomo il Minore e di Giuseppe, e Salome, ⁴¹le quali lo avevano seguito e servito quando era in Galilea, e molte altre che erano salite con lui a Gerusalemme.

Sepoltura. - ⁴²Fattasi ormai sera, poiché era la Parasceve, vale a dire il giorno prima del sabato, ⁴³Giuseppe d'Arimatea, distinto membro del consiglio, il quale aspettava anch'egli il regno di Dio, venne, si fece coraggio, entrò da Pilato e gli chiese il corpo di Gesù.

⁴⁴Pilato si meravigliò che fosse già morto. Perciò, chiamato il centurione, gli domandò se fosse morto da tempo. ⁴⁵Informato dal centurione, concesse il cadavere a Giuseppe, ⁴⁶il quale, comprato un panno di lino, fece deporre Gesù, lo avvolse col panno di lino e lo pose in un sepolcro che era stato tagliato nella roccia. Quindi sulla porta del sepolcro fece rotolare una pietra, ⁴⁷mentre Maria Maddalena e Maria di Giuseppe stavano ad osservare dove veniva deposto.

16 **Risurrezione.** - ¹Trascorso il sabato, Maria Maddalena, Maria madre di Giacomo e Salome comprarono gli aromi per andare ad imbalsamare Gesù. ²Assai presto, nel primo giorno della settimana vennero al sepolcro, appena spuntò il sole. ³Intanto si andavano dicendo tra loro: «Chi ci farà rotolare la pietra dall'ingresso del sepolcro?». ⁴Alzato lo sguardo, però, osservarono che la pietra era stata rotolata, benché fosse molto grande!

⁵Entrate allora nel sepolcro, videro un giovane che se ne stava seduto a destra, rivestito di una veste bianca, e si spaventarono. ⁶Ma egli disse loro: «Non vi spaventate! Voi cercate Gesù, il Nazareno, che è stato crocifisso. È risorto. Non è qui. Ecco il luogo ove lo avevano posto. ⁷Ma andate, dite ai suoi discepoli, specialmente a Pietro:

Vi precede in Galilea. Là lo vedrete, come vi ha detto». ⁸Quelle, però, uscite dal sepolcro fuggirono, prese da tremore e da stupore, e non dissero nulla a nessuno, perché avevano paura.

EPILOGO

Apparizione a Maria Maddalena. - ⁹Risorto al mattino del primo giorno della settimana, apparve dapprima a Maria Maddalena, dalla quale aveva scacciato sette demòni. ¹⁰Ella, a sua volta, andò ad annunciarlo a coloro che erano stati con lui, ed erano afflitti e piangevano. ¹¹Ma essi, udito che era vivo ed era stato visto da lei, non le credettero.

Apparizione a due discepoli. - ¹²Dopo ciò apparve sotto altra forma a due di loro, mentre erano in cammino per andare in campagna. ¹³Anche questi tornarono indietro per annunciarlo agli altri; ma non credettero neppure ad essi.

Apparizione agli Undici. - ¹⁴Finalmente apparve agli Undici stessi mentre erano a tavola e li rimproverò della loro incredulità e durezza di cuore, poiché non avevano creduto a coloro che lo avevano visto risuscitato.

¹⁵Poi disse loro: «Andate per tutto il mondo e predicate il vangelo a ogni creatura. ¹⁶Chi crederà e si farà battezzare sarà salvato, ma chi non crederà sarà condannato. ¹⁷Questi poi sono i segni che accompagneranno i credenti: nel mio nome scacceranno i demòni, parleranno lingue nuove, ¹⁸prenderanno in mano serpenti e, se avranno bevuto qualcosa di mortifero, non nuocerà loro, imporranno le mani agli infermi e questi saranno risanati».

Ascensione. - ¹⁹Il Signore Gesù, dopo aver loro parlato, fu assunto in cielo e si assise alla destra di Dio. ²⁰Essi, poi, se ne andarono a predicare dappertutto, mentre il Signore operava con loro e confermava la parola con i segni che li accompagnavano.

VANGELO SECONDO LUCA

Il terzo vangelo è attribuito dalla tradizione a Luca, abbreviazione di Lucano, «medico» (Col 4,14), probabilmente originario di Antiochia di Siria. Fu discepolo e compagno affezionato di Paolo, cui fu vicino nella prigionia (Col 4,14; Fm 24; 2Tm 4,11) e anche nei viaggi apostolici, se si attribuiscono a lui le cosiddette «sezioni noi» del libro degli Atti, in cui l'autore narra in prima persona.

Il vangelo di Luca si apre con una preziosa narrazione dell'infanzia del Salvatore (cc. 1-2) proposta in coppia con quella del Battista, precursore di Gesù anche nella concezione e nella nascita.

Il racconto prosegue con l'inizio della vita pubblica, preparata dall'opera del Battista, e col ministero di Gesù in Galilea (3,1 - 9,50). Una seconda parte della vita di Gesù racconta il suo lungo viaggio verso Gerusalemme (9,51 - 19,28), in cui Luca riporta gran parte del materiale che ha raccolto in proprio sulla vita e attività di Gesù, e che non si trova quindi negli altri vangeli. Segue il racconto degli ultimi giorni in Gerusalemme (19,29 - 21,38), dove si compie la missione di Gesù con la passione, morte, risurrezione e apparizioni (cc. 22-24). Da Gerusalemme partirà la diffusione del vangelo (24,48; At 1,4) per estendersi in Giudea, Samaria e fino agli estremi confini della terra (At 1,8).

Buon conoscitore della lingua greca e delle usanze letterarie ellenistiche, Luca ha premesso alla sua opera un elegante prologo nel quale indica le sue fonti, il metodo di lavoro e lo scopo per cui ha scritto: documentare la solidità e la sicurezza delle cose apprese nella catechesi cristiana.

VANGELO DELL'INFANZIA

1 Proemio. - [1]Molti hanno già cercato di mettere insieme un racconto degli avvenimenti verificatisi tra noi, [2]così come ce li hanno trasmessi coloro che fin dall'inizio furono testimoni oculari e ministri della parola. [3]Tuttavia, anch'io, dopo aver indagato accurata- mente ogni cosa fin dall'origine, mi sono deciso a scrivertene con ordine, egregio Teofilo, [4]affinché tu abbia esatta conoscenza di quelle cose intorno alle quali sei stato catechizzato.

Annunzio della nascita di Giovanni Battista. - [5]Al tempo di Erode, re della Giudea, c'era un sacerdote di nome Zaccaria, della classe di Abia, che aveva per moglie una donna discendente da Aronne, chiamata Elisabetta. [6]Ambedue erano giusti agli occhi di Dio, osservando in modo irreprensibile tutti i comandamenti e i precetti del Signore, [7]ma non avevano figli: Elisabetta infatti era sterile e tutti e due erano di età avanzata.

[8]Avvenne però che, mentre egli esercitava le sue funzioni sacerdotali davanti a Dio nel turno della sua classe, [9]gli toccò in sorte, secondo l'usanza del servizio sacerdotale, di entrare nel santuario per offrire l'incenso. [10]Intanto tutto il popolo stava fuori

---

1. - [1-4.] Seguendo il metodo dei buoni storici greci, Luca premette un prologo al suo vangelo, in cui accenna, tra il resto, alle ricerche fatte per stabilire la verità di quanto intendeva scrivere. *Teofilo* è persona a noi sconosciuta, ma il nome, nel suo significato etimologico di «amico di Dio», può riferirsi a tutti i cristiani.

[8-10.] I diversi atti di culto da compiersi nel tempio di Gerusalemme venivano quotidianamente assegnati tirando a sorte tra i sacerdoti di turno. A Zaccaria, quel giorno, toccò l'ufficio di offrire l'incenso sull'altare dei profumi. La folla assisteva dall'esterno, aspettando la benedizione che il sacerdote impartiva, con la formula prescritta (Nm 6,24-26), alla fine della cerimonia.

in preghiera, nell'ora dell'offerta dell'incenso. [11]Gli apparve allora un angelo del Signore, stando alla destra dell'altare dell'incenso. [12]Al vederlo Zaccaria fu sconvolto e preso da timore. [13]Ma l'angelo gli disse: «Non temere, Zaccaria, la tua preghiera è stata accolta: infatti tua moglie Elisabetta darà alla luce un figlio e tu lo chiamerai Giovanni. [14]Sarà per te motivo di gioia e di esultanza, anzi saranno in molti a rallegrarsi per la sua nascita. [15]Egli infatti sarà grande agli occhi del Signore; *non berrà né vino né bevande inebrianti*, ma fin dal seno di sua madre sarà riempito di Spirito Santo. [16]Ricondurrà molti figli di Israele al Signore, loro Dio. [17]Egli stesso andrà innanzi a Lui con lo spirito e la forza di Elia, per riportare i cuori dei padri verso i figli e i ribelli alla sapienza dei giusti, per preparare al Signore un popolo ben disposto». [18]Ma Zaccaria disse all'angelo: «In che modo potrò conoscere questo? Io infatti sono vecchio e mia moglie è avanti negli anni». [19]Gli rispose l'angelo: «Io sono Gabriele e sto davanti a Dio. Sono stato mandato a parlarti e portarti questa gioiosa notizia. [20]Ecco, tu diventerai muto e non potrai più parlare fino al giorno in cui avverranno queste cose, perché non hai creduto a ciò che ti ho detto; ma a suo tempo tutto si realizzerà».

[21]Intanto il popolo attendeva Zaccaria e si meravigliava per il fatto che egli indugiava troppo nel santuario. [22]Quando uscì non poteva parlare con loro; compresero allora che nel santuario egli aveva avuto una visione. Faceva loro dei cenni, ma non poteva parlare.

[23]Trascorso il periodo del suo servizio, se ne tornò a casa sua.

[24]Dopo quei giorni sua moglie Elisabetta concepì, ma si tenne nascosta per cinque mesi, dicendo: [25]«Ecco ciò che ha fatto per me il Signore in questi giorni nei quali ha volto su di me lo sguardo, *per togliere la mia vergogna* tra gli uomini».

Annunzio della nascita di Gesù. - [26]Al sesto mese Dio mandò l'angelo Gabriele in una città della Galilea chiamata Nàzaret, [27]a una vergine sposa di un uomo di nome Giuseppe della casa di Davide: il nome della vergine era Maria. [28]Entrò da lei e le disse: «Salve, piena di grazia, il Signore è con te». [29]Per tali parole ella rimase turbata e si domandava che cosa significasse un tale saluto. [30]Ma l'angelo le disse: «Non temere, Maria, perché hai trovato grazia presso Dio. [31]Ecco, tu concepirai nel grembo e darai alla luce un figlio. Lo chiamerai Gesù. [32]Egli sarà grande e sarà chiamato Figlio dell'Altissimo; il Signore Dio gli darà *il trono di Davide*, suo padre, [33]*e regnerà* sulla casa di Giacobbe *in eterno* e il suo regno non avrà mai fine». [34]Allora Maria disse all'angelo: «Come avverrà questo, poiché io non conosco uomo?». [35]L'angelo le rispose: «Lo Spirito Santo scenderà sopra di te e la potenza dell'Altissimo ti coprirà con la sua ombra; perciò quello che nascerà sarà chiamato santo, Figlio di Dio. [36]Ed ecco, Elisabetta, tua parente, ha concepito anche lei un figlio nella sua vecchiaia, e lei che era ritenuta sterile è già al sesto mese; [37]*nessuna cosa infatti è impossibile a Dio*». [38]Disse allora Maria: «Ecco la serva del Signore; si faccia di me come hai detto tu». E l'angelo si allontanò da lei.

Visita di Maria ad Elisabetta. - [39]In quei giorni Maria, messasi in viaggio, si recò in fretta verso la regione montagnosa, in una città di Giuda. [40]Entrò nella casa di Zaccaria e salutò Elisabetta. [41]Ed ecco che, appena Elisabetta ebbe udito il saluto di Maria, le balzò in seno il bambino. Elisabetta fu ricolma di Spirito Santo [42]ed esclamò a gran voce: «Benedetta tu fra le donne e benedetto il frutto del tuo seno! [43]Ma perché mi accade questo, che venga da me la madre del mio Signore? [44]Ecco, infatti, che appena il suono del tuo saluto è giunto alle mie orecchie, il bambino m'è balzato in seno per la gioia. [45]E benedetta colei che ha creduto al compimento di ciò che le è stato detto dal Signore».

[46]E Maria disse:

«L'anima mia magnifica il Signore
[47] e il mio spirito esulta in Dio, mio
        Salvatore
[48] perché ha considerato l'umiltà della sua
        serva.
  D'ora in poi tutte le generazioni
        mi chiameranno beata.
[49] Perché grandi cose m'ha fatto il Potente,
  Santo è il suo nome,

---

27. Non solo Giuseppe *era della casa di Davide*, ma probabilmente anche Maria: cfr. 1,32.

28-29. Il saluto dell'angelo, pieno di rispetto e di ammirazione, contiene quanto di più bello, nobile e alto si possa dire di una creatura umana. Tale saluto fu completato da Elisabetta (v. 42).

⁵⁰ e la sua misericordia di generazione
in generazione
va a quelli che lo temono.
⁵¹ Ha messo in opera la potenza del suo
braccio,
ha disperso i superbi con i disegni
da loro concepiti.
⁵² Ha rovesciato i potenti dai troni
e innalzato gli umili.
⁵³ Ha ricolmato di beni gli affamati
e rimandato i ricchi a mani vuote.
⁵⁴ Ha soccorso Israele, suo servo,
ricordandosi della sua misericordia,
⁵⁵ come aveva promesso ai nostri padri,
a favore di Abramo e della sua
discendenza, per sempre».

⁵⁶Maria rimase con lei circa tre mesi, poi
ritornò a casa sua.

Nascita di Giovanni Battista. - ⁵⁷Giunse intanto per Elisabetta il tempo di partorire e
diede alla luce un figlio. ⁵⁸I vicini e i parenti udirono che il Signore era stato grande
nella sua misericordia con lei, e si congratulavano con lei.

⁵⁹All'ottavo giorno vennero a circoncidere
il bambino. Lo volevano chiamare Zaccaria,
il nome di suo padre. ⁶⁰Ma sua madre intervenne dicendo: «No, ma si chiamerà Giovanni». ⁶¹Le risposero: «Non c'è nessuno
della tua parentela che si chiami con questo
nome». ⁶²Allora domandavano con cenni a
suo padre come voleva che si chiamasse.
⁶³Egli chiese una tavoletta e vi scrisse: «Il
suo nome è Giovanni», e tutti ne furono
meravigliati. ⁶⁴In quel medesimo istante gli
si aprì la bocca e gli si sciolse la lingua: parlava benedicendo Dio. ⁶⁵Tutti i loro vicini
furono presi da timore e in tutta la regione
montagnosa della Giudea si discorreva di
tutte queste cose. ⁶⁶Coloro che le sentivano
le tenevano in cuor loro e si domandavano:
«Che sarà mai di questo bambino?». La mano del Signore infatti era con lui.

⁶⁷Zaccaria, suo padre, fu ricolmo di Spirito Santo e si mise a profetare:

⁶⁸ «Benedetto il Signore, Dio di Israele,
perché ha visitato e redento il suo
popolo,
⁶⁹ per noi ha suscitato una potente salvezza
nella casa di Davide, suo servo,
⁷⁰ come aveva promesso
per bocca dei suoi santi profeti
d'un tempo:

⁷¹ salvezza dai nostri nemici
e dalle mani di tutti quelli che ci odiano.
⁷² Così egli ha concesso misericordia
ai nostri padri
e s'è ricordato della sua santa alleanza,
⁷³ del giuramento fatto ad Abramo,
nostro padre,
di concedere a noi, ⁷⁴liberati dalle mani
dei nemici,
di servirlo senza timore, ⁷⁵in santità
e giustizia
dinanzi a lui per tutti i nostri giorni.
⁷⁶ E tu, bambino, sarai chiamato profeta
dell'Altissimo
perché andrai innanzi al Signore
a preparargli la via,
⁷⁷ per dare al suo popolo la conoscenza
della salvezza
per la remissione dei loro peccati,
⁷⁸ grazie alla bontà misericordiosa
del nostro Dio
per cui verrà a visitarci un sole dall'alto,
⁷⁹ per illuminare quelli che stanno
nelle tenebre e nell'ombra di morte,
per guidare i nostri passi sulla via
della pace».

⁸⁰Il fanciullo intanto cresceva e si fortificava nello spirito. Visse in regioni deserte,
fino al giorno in cui doveva manifestarsi ad
Israele.

2 **Nascita di Gesù.** - ¹In quei giorni uscì
un editto di Cesare Augusto che ordinava il censimento di tutta la terra. ²Questo
primo censimento fu fatto quando Quirino
era governatore della Siria. ³Tutti andavano
a dare il loro nome, ciascuno nella propria
città. ⁴Anche Giuseppe dalla Galilea, dalla
città di Nàzaret, salì nella Giudea, alla città
di Davide, che si chiamava Betlemme, perché egli era della casa e della famiglia di Davide, ⁵per dare il suo nome con Maria, sua
sposa, che era incinta. ⁶Mentre si trovavano là, giunse per lei il tempo di partorire e
⁷diede alla luce il suo figlio primogenito. Lo
avvolse in fasce e lo depose in una mangiatoia, perché per loro non c'era posto all'albergo.

Visita dei pastori. - ⁸In quella stessa regione si trovavano dei pastori: vegliavano all'aperto e di notte facevano la guardia al loro
gregge. ⁹L'angelo del Signore si presentò a
loro e la gloria del Signore li avvolse di luce:

essi furono presi da grande spavento. [10]Ma l'angelo disse loro: «Non temete, perché, ecco, io vi annunzio una grande gioia per tutto il popolo: [11]oggi, nella città di Davide, è nato per voi un salvatore, che è il Messia Signore. [12]E questo vi servirà da segno: troverete un bambino avvolto in fasce che giace in una mangiatoia». [13]Subito si unì all'angelo una moltitudine dell'esercito celeste che lodava Dio così:

[14] «Gloria a Dio nel più alto dei cieli
 e pace in terra agli uomini
  che egli ama».

[15]Appena gli angeli si furono allontanati da loro per andare verso il cielo, i pastori dicevano fra loro: «Andiamo fino a Betlemme a vedere quello che è accaduto e che il Signore ci ha fatto sapere». [16]Andarono dunque in fretta e trovarono Maria, Giuseppe e il bambino che giaceva nella mangiatoia. [17]Dopo aver veduto, riferirono quello che del bambino era stato detto loro. [18]Tutti quelli che udivano si meravigliavano delle cose che i pastori dicevano loro. [19]Maria, da parte sua, conserva tutte queste cose meditandole in cuor suo.
[20]I pastori poi se ne tornarono glorificando e lodando Dio per tutto quello che avevano udito e visto, come era stato detto loro.

Osservanza delle prescrizioni legali. - [21]Quando furono passati gli otto giorni per circonciderlo, gli fu dato il nome Gesù, come era stato chiamato dall'angelo prima di essere concepito in grembo. [22]Venuto poi il tempo della loro purificazione, secondo la legge di Mosè, lo portarono a Gerusalemme per offrirlo al Signore, [23]come sta scritto nella legge di Mosè: *Ogni maschio primogenito sarà considerato sacro al Signore*; [24]e per offrire in sacrificio, come dice la legge del Signore, un paio di tortore o due giovani colombi.

Simeone e Anna. - [25]Ora, c'era in Gerusalemme un uomo chiamato Simeone: era un uomo giusto e pio e aspettava la consolazione di Israele e lo Spirito Santo era su di lui. [26]Anzi, dallo Spirito Santo gli era stato rivelato che non sarebbe morto prima di aver visto il Cristo del Signore. [27]Andò dunque al tempio, mosso dallo Spirito; e mentre i genitori portavano il bambino Gesù per fare a suo riguardo quanto ordinava la legge, [28]egli lo prese tra le braccia e benedì Dio, dicendo:

[29] «Ora, o Signore, lascia che il tuo servo
 se ne vada in pace secondo la tua parola,
[30] perché i miei occhi hanno visto la tua
  salvezza
[31] che tu hai preparato davanti a tutti
  i popoli;
[32] luce che illumina le genti
 e gloria del tuo popolo, Israele».

[33]Ora, suo padre e sua madre rimasero meravigliati di quanto era stato loro detto di lui. [34]Simeone li benedì e a Maria, sua madre, disse: «Ecco, egli è posto per la caduta e per la risurrezione di molti in Israele e come segno di contraddizione, [35]sicché una spada trapasserà la tua anima, affinché vengano svelati i pensieri di molti cuori».
[36]Vi era anche una profetessa, Anna, figlia di Fanuèle, della tribù di Aser, molto avanzata in età, che era vissuta con suo marito sette anni dopo la sua verginità. [37]Rimasta vedova e giunta all'età di ottantaquattro anni, non lasciava mai il tempio e serviva Dio giorno e notte, con digiuni e preghiere. [38]Arrivò essa pure in quella stessa ora e rendeva grazie a Dio e parlava del bambino a tutti quelli che aspettavano la liberazione di Gerusalemme.

Vita nascosta a Nàzaret. - [39]Quando ebbero compiuto tutto quello che riguardava la legge del Signore, ritornarono in Galilea, nella loro città di Nàzaret. [40]Intanto il bambino cresceva e si fortificava, pieno di sapienza, e la grazia di Dio era su di lui.

Ritrovamento di Gesù tra i dottori. - [41]I suoi genitori erano soliti andare a Gerusalemme ogni anno, per la festa di Pasqua. [42]Ora, quando egli ebbe dodici anni, i suoi salirono a Gerusalemme, secondo il rito della festa. [43]Trascorsi quei giorni, mentre essi se ne tornavano, il fanciullo rimase in Gerusalemme, senza che i suoi genitori se ne accorgessero. [44]Credendo che egli si tro-

---

2. - [27.] *I genitori*: Giuseppe, padre putativo e legale, e Maria, madre vera e naturale. L'evangelista si serve dei termini usuali presso gli ebrei per designare Maria e Giuseppe, e ciò fa con naturalezza, avendo già fatto risaltare molto chiaramente la concezione verginale di Gesù (1,34-35).

vasse nella comitiva, fecero una giornata di cammino, poi lo cercarono fra i parenti e conoscenti. [45]Ma, non avendolo trovato, tornarono a Gerusalemme per farne ricerca. [46]Lo trovarono tre giorni dopo, nel tempio, seduto in mezzo ai dottori, intento ad ascoltarli e a interrogarli. [47]Tutti quelli che lo udivano restavano meravigliati della sua intelligenza e delle sue risposte. [48]Nel vederlo, essi furono stupiti e sua madre gli disse: «Figlio, perché hai fatto questo? Ecco, tuo padre e io, addolorati, ti cercavamo!». [49]Ma egli rispose loro: «Perché mi cercavate? Non sapevate che io mi devo occupare di quanto riguarda il Padre mio?». [50]Essi però non compresero ciò che aveva detto loro.

[51]Egli scese con loro e tornò a Nàzaret, ed era loro sottomesso. Sua madre conservava tutte queste cose in cuor suo. [52]E Gesù cresceva in sapienza, in età e in grazia, davanti a Dio e davanti agli uomini.

MINISTERO PUBBLICO IN GALILEA

3 Predicazione di Giovanni Battista. - [1]Era l'anno quindicesimo del regno di Tiberio Cesare: Ponzio Pilato governava la Giudea, Erode era tetrarca della Galilea e suo fratello Filippo dell'Iturea e della Traconitide; Lisania governava la provincia dell'Abilene, [2]mentre Anna e Caifa erano i sommi sacerdoti. In quel tempo la parola di Dio fu rivolta a Giovanni, figlio di Zaccaria, nel deserto. [3]Egli allora percorse tutta la regione del Giordano, predicando un battesimo di penitenza per il perdono dei peccati. [4]Si realizzava così ciò che è scritto nel libro degli oracoli del profeta Isaia:

Ecco, una voce risuona nel deserto:
Preparate la strada per il Signore,
spianate i suoi sentieri!
[5] *Le valli siano riempite,*
le montagne e le colline siano
abbassate;
le vie tortuose siano raddrizzate,
i luoghi impervi appianati.
[6] *Ogni uomo vedrà la salvezza di Dio.*

[7]Alle folle che accorrevano da lui per farsi battezzare, egli diceva: «Razza di vipere, chi vi ha insegnato a sfuggire all'ira ormai vicina? [8]Dimostrate piuttosto con i fatti che vi siete veramente convertiti e non cominciate a dire tra di voi: "Noi come padre abbiamo Abramo". Io vi dico che Dio è capace di suscitare veri figli ad Abramo anche da queste pietre. [9]La scure è già posta alla radice degli alberi: ogni albero che non fa frutti buoni, sarà tagliato e gettato nel fuoco». [10]La folla così lo interrogava: «Che cosa dobbiamo fare?». [11]Egli rispondeva: «Chi ha due tuniche ne dia una a chi non ne ha; e chi ha del cibo faccia lo stesso». [12]Vennero anche alcuni pubblicani per farsi battezzare. Gli domandarono: «Maestro, che cosa dobbiamo fare?». [13]Giovanni rispose: «Non esigete niente di più di quanto vi è stato fissato». [14]Anche alcuni soldati lo interrogavano: «E noi, che cosa dobbiamo fare?». Rispose: «Non fate violenza a nessuno, non denunciate il falso, accontentatevi della vostra paga».

[15]L'attesa del popolo intanto cresceva e tutti si domandavano in cuor loro se Giovanni fosse il Messia. [16]Giovanni rispose: «Io vi battezzo con acqua, ma viene uno che è più forte di me, al quale non sono degno neppure di sciogliere i lacci dei sandali. Egli vi battezzerà in Spirito Santo e fuoco. [17]Egli tiene in mano il ventilabro per separare il frumento dalla pula; raccoglierà il grano nel granaio, ma la paglia la brucerà con un fuoco inestinguibile».

[18]Con queste e altre esortazioni annunziava al popolo la salvezza.

[19]Ma il tetrarca Erode, che Giovanni aveva biasimato perché aveva preso Erodiade, moglie di suo fratello, e per altre scelleratezze, [20]aggiunse un altro crimine a quelli già commessi: fece imprigionare Giovanni.

Battesimo di Gesù. - [21]Tutto il popolo si faceva battezzare, e fu battezzato anche Gesù. E mentre stava in preghiera, il cielo si aprì [22]e lo Spirito Santo discese su di lui, in forma corporea, come colomba. E vi fu una voce che venne dal cielo: «Tu sei il Figlio mio amatissimo, in te io mi compiaccio».

Genealogia di Gesù. - [23]Gesù aveva circa trent'anni, quando incominciò il suo ministero e da tutti si pensava che fosse figlio di Giuseppe, il quale era figlio di Eli, [24]figlio di Mattàt, figlio di Levi, figlio di Melchi, figlio di Iannài, figlio di Giuseppe, [25]figlio di Mattatìa, figlio di Amos, figlio di Naum, figlio di Esli, figlio di Naggài, [26]figlio di Maat, figlio di Mattatìa, figlio di Semèin, figlio di Iosek, figlio di Ioda, [27]figlio di Ioanan, figlio di Resa, figlio di Zorobabèle, figlio di Salatiel, figlio di Neri, [28]figlio di Melchi, figlio di Addi, figlio di Cosam, figlio di Elmadàm, figlio di Er, [29]figlio di Gesù, figlio di Elièzer, figlio di Iorim, figlio di Mattàt, figlio di Levi, [30]figlio di Simeone, figlio di Giuda, figlio di Giuseppe, figlio di Ionam, figlio di Eliachìm, [31]figlio di Melèa, figlio di Menna, figlio di Mattatà, figlio di Natàm, figlio di Davide, [32]figlio di Iesse, figlio di Obed, figlio di Booz, figlio di Sala, figlio di Naassòn, [33]figlio di Aminadàb, figlio di Admin, figlio di Arni, figlio di Esrom, figlio di Fares, figlio di Giuda, [34]figlio di Giacobbe, figlio di Isacco, figlio di Abramo, figlio di Tare, figlio di Nacor, [35]figlio di Seruk, figlio di Ragau, figlio di Falek, figlio di Eber, figlio di Sala, [36]figlio di Cainam, figlio di Arfàcsad, figlio di Sem, figlio di Noè, figlio di Lamech, [37]figlio di Matusalemme, figlio di Enoch, figlio di Iaret, figlio di Maleleèl, figlio di Cainam, [38]figlio di Enos, figlio di Set, figlio di Adamo, figlio di Dio.

4 Le tentazioni di Gesù. - [1]Gesù, pieno di Spirito Santo, ritornò dal Giordano e, sotto l'azione dello Spirito Santo, andò nel deserto, [2]dove rimase per quaranta giorni tentato dal diavolo. Per tutti quei giorni non mangiò nulla: alla fine ebbe fame. [3]Allora il diavolo gli disse: «Se tu sei Figlio di Dio, comanda a questa pietra di diventare pane». [4]Gesù gli rispose: «È scritto: *Non di solo pane vive l'uomo*». [5]Il diavolo allora condusse Gesù più in alto, gli fece vedere in un solo istante tutti i regni della terra, [6]e gli disse: «Ti darò tutta questa potenza e le ricchezze di questi regni, perché a me sono stati dati e io li do a chi voglio. [7]Se tu ti inginocchierai davanti a me, tutto sarà tuo». [8]Gesù gli rispose: «È scritto: *Adorerai il Signore, Dio tuo, a lui solo rivolgerai la tua preghiera*». [9]Lo condusse allora a Gerusalemme, lo pose sulla parte più alta del tempio. E gli disse: «Se tu sei Figlio di Dio, gèttati giù di qui, [10]poiché sta scritto:

Dio comanderà ai suoi angeli per te,
perché ti proteggano.

[11]E ancora:

Ti sosterranno con le mani
perché il tuo piede non abbia
ad inciampare in una pietra».

[12]Gesù gli rispose: «È stato anche detto: *Non metterai alla prova il Signore, tuo Dio*». [13]Alla fine, avendo esaurito ogni genere di tentazione, il diavolo si allontanò da lui per un certo tempo.

Gesù a Nàzaret. - [14]Gesù ritornò nella Galilea con la potenza dello Spirito. La sua fama si diffuse in tutta la regione. [15]Insegnava nelle loro sinagoghe e tutti lo lodavano.

[16]Si recò a Nàzaret, dove era stato allevato. Era sabato e, come al solito, entrò nella sinagoga e si alzò a leggere. [17]Gli fu presentato il libro del profeta Isaia ed egli, apertolo, s'imbatté nel passo in cui c'era scritto:

[18] *Lo Spirito del Signore è sopra di me,*
per questo mi ha consacrato
e mi ha inviato a portare ai poveri
il lieto annunzio,
ad annunziare ai prigionieri la liberazione
e il dono della vista ai ciechi;
per liberare coloro che sono oppressi,
[19] *e inaugurare l'anno di grazia*
del Signore.

[20]Poi, arrotolato il volume, lo restituì al servitore e si sedette. Tutti coloro che erano presenti nella sinagoga tenevano gli occhi fissi su di lui. [21]Allora cominciò a dire: «Oggi si è adempiuta questa scrittura per voi che mi ascoltate». [22]Tutti gli rendevano testimonianza ed erano stupiti per le parole piene di grazia che pronunciava. E si chiedevano: «Ma costui non è il figlio di Giuseppe?». [23]Ed egli rispose: «Sono sicuro che mi citerete il proverbio: "Medico, cura te stesso". Tutto ciò che abbiamo udito che è avvenuto a Cafarnao, fallo anche qui, nella tua patria». E aggiunse: [24]«In verità vi dico: nessun profeta è bene accetto nella sua patria. [25]Vi dico inoltre: c'erano molte vedove in Israele al tempo del profeta Elia, quando per tre anni e sei mesi non cadde alcuna goccia di pioggia e una grande carestia dilagò per tutto il paese; [26]a nessuna di loro però fu mandato il profeta Elia, ma solo a una vedova di Sarepta, nella regione di Sidone. [27]E c'erano molti lebbrosi in Israele ai tempi del profeta Eliseo; eppure a nessuno di loro fu dato il dono della guarigione, ma solo a Naaman il siro». [28]Sentendo queste cose, coloro che erano presenti nella sinagoga furono presi dall'ira [29]e, alzatisi, lo cacciarono fuori della città e lo condussero fino in cima al monte sul

quale era situata la loro città per farlo precipitare giù. ³⁰Egli però, passando in mezzo a loro, se ne andò.

Un sabato a Cafarnao. - ³¹Allora discese a Cafarnao, una città della Galilea, e insegnava alla gente nei giorni di sabato. ³²Coloro che l'ascoltavano si meravigliavano del suo insegnamento, perché parlava con autorità. ³³In quella sinagoga c'era un uomo posseduto da uno spirito cattivo e si mise a gridare: ³⁴«Perché ti interessi di me, Gesù di Nàzaret? Sei venuto a mandarci in rovina? Io so chi tu sei: il Santo di Dio!». ³⁵Ma Gesù lo sgridò severamente e gli ordinò: «Sta' zitto ed esci subito da quest'uomo!». Allora il demonio, gettato a terra quell'uomo davanti a tutti, uscì da lui senza fargli alcun male. ³⁶Tutti i presenti furono presi da paura e si scambiavano le loro impressioni dicendo: «Che parola è mai questa? Con autorità e con potenza egli comanda agli spiriti cattivi, ed essi si vedono costretti ad andarsene». ³⁷E di lui si parlava ormai in tutta quella regione.

Guarigioni di altri ammalati. - ³⁸Uscito dalla sinagoga andò nella casa di Simone. La suocera di Simone era afflitta da una grande febbre e lo pregarono perché la guarisse. ³⁹Allora, chinatosi su di lei, minacciò la febbre, e la febbre la lasciò. Alzatasi all'istante, la donna prese a servirli. ⁴⁰Dopo il tramonto del sole, tutti quelli che avevano malati li portarono da lui. Egli li guariva imponendo le mani sopra ciascuno di loro. ⁴¹Da molti uscivano in quel momento dei demòni che gridavano: «Tu sei il Figlio di Dio». Ma Gesù li sgridava severamente e impediva loro di parlare, perché sapevano che era il Messia.

Gesù lascia Cafarnao. - ⁴²Fattosi giorno, uscì e si ritirò in un luogo solitario, ma una gran folla lo cercava. Lo trovarono e volevano tenerlo sempre con loro, senza mai lasciarlo partire. ⁴³Ma egli disse loro: «Bisogna che io annunzi la bella notizia del regno di Dio anche alle altre città: per questo sono stato mandato». ⁴⁴E andava predicando da una sinagoga all'altra della Giudea.

5 **Chiamata dei primi discepoli.** - ¹Un giorno, mentre si trovava sulla riva del lago di Genèsaret e la folla gli faceva ressa

intorno e ascoltava la parola di Dio, ²egli vide due barche vuote sulla riva. I pescatori erano scesi e stavano lavando le loro reti. ³Salì su una di quelle barche, quella che apparteneva a Simone, e pregò questi di allontanarsi un po' dalla riva. Sedutosi, si mise a insegnare alla folla dalla barca. ⁴Quando ebbe finito di parlare, disse a Simone: «Prendi il largo e insieme ai tuoi compagni getta le reti per la pesca». ⁵Simone gli rispose: «Maestro, abbiamo faticato tutta la notte senza prendere neppure un pesce; però, sulla tua parola, getterò le reti». ⁶Gettatele, presero subito una tale quantità di pesci che le loro reti si rompevano. ⁷Allora chiamarono i compagni dell'altra barca perché venissero ad aiutarli. Essi vennero e riempirono le due barche a tal punto che quasi affondavano.

⁸Vedendo questo, Pietro si gettò ai piedi di Gesù dicendo: «Allontànati da me, Signore, perché io sono un peccatore». ⁹Infatti Pietro e tutti quelli che erano con lui furono presi da grande stupore per la gran quantità di pesci che avevano pescato. ¹⁰Lo stesso capitò a Giacomo e Giovanni, figli di Zebedeo, che erano compagni di Simone. E Gesù disse a Simone: «Non temere: da questo momento sarai pescatore di uomini». ¹¹Allora essi, riportate le barche a terra, abbandonando tutto lo seguirono.

Gesù guarisce un lebbroso. - ¹²Un giorno, mentre si trovava in una città, un lebbroso gli si fece incontro e, appena lo vide, gli si gettò ai piedi e lo supplicò dicendo: «Signore, se vuoi, puoi guarirmi». ¹³Gesù lo toccò con la mano e gli disse: «Lo voglio, sii guarito». Subito la lebbra sparì. ¹⁴Gli ordinò di non dirlo a nessuno: «Rècati, invece, dal sacerdote e mostrati a lui. Poi fa' l'offerta del sacrificio, come Mosè ha stabilito, perché diventi per loro un segno». ¹⁵La sua fama si diffondeva sempre di più; molta gente si radunava per ascoltarlo e farsi guarire dalle malattie. ¹⁶Ma Gesù si ritirava in luoghi deserti e pregava.

Gesù guarisce un uomo paralitico. - ¹⁷Un giorno sedeva insegnando. Stavano seduti anche farisei e dottori della legge, che erano venuti da molti villaggi della Galilea, della Giudea e da Gerusalemme. E la potenza del Signore gli faceva operare guarigioni. ¹⁸Alcune persone intanto, portando su di un letto un uomo che era paralitico, cerca-

vano di farlo passare e di metterlo davanti a lui. ¹⁹Ma non riuscendo a introdurlo a causa della folla, salirono sul tetto e attraverso le tegole lo calarono giù con il lettuccio, proprio in mezzo dove si trovava Gesù. ²⁰Vedendo la loro fede, Gesù disse: «Uomo, ti sono rimessi i tuoi peccati». ²¹I dottori della legge e i farisei cominciarono a discutere dicendo: «Chi è costui che osa parlare così contro Dio? Chi può rimettere i peccati se non Dio soltanto?». ²²Gesù, conosciuti i loro ragionamenti, rispose: «Perché ragionate così dentro di voi? ²³È più facile dire: "Ti sono rimessi i tuoi peccati", oppure: "Àlzati e cammina"? ²⁴Ebbene, perché sappiate che il Figlio dell'uomo ha il potere sulla terra di rimettere i peccati», si rivolse al paralitico, dicendo: «Ti dico: àlzati, prendi il tuo lettuccio e va' a casa tua». ²⁵All'istante quell'uomo si alzò davanti a loro, prese il lettuccio su cui giaceva e andò a casa sua, rendendo grazie a Dio.
²⁶Tutti furono pieni di stupore e innalzavano lode a Dio. Presi da timore, dicevano: «Oggi abbiamo visto cose meravigliose».

Vocazione di Levi e cena con i peccatori. - ²⁷Dopo questo Gesù uscì e vide un pubblicano di nome Levi seduto al banco delle imposte, e gli disse: «Séguimi». ²⁸Allora, lasciando ogni cosa, si alzò e lo seguì. ²⁹Poi Levi gli preparò un grande banchetto in casa sua. C'era un gran numero di pubblicani e di altra gente seduta a tavola con loro. ³⁰I farisei e i dottori della legge mormoravano e dicevano ai discepoli di Gesù: «Perché mangiate e bevete con i pubblicani e i peccatori?». ³¹Rispose Gesù: «Le persone sane non hanno bisogno del medico; sono i malati invece ad averne bisogno. ³²Io non sono venuto a chiamare i giusti, ma i peccatori affinché si convertano».

La questione del digiuno. - ³³Gli dissero allora alcuni: «I discepoli di Giovanni digiunano spesso e vi aggiungono orazioni; così pure fanno i discepoli dei farisei. Invece i tuoi mangiano e bevono». ³⁴Rispose Gesù: «Vi pare possibile far digiunare gl'invitati a nozze, mentre lo sposo è con loro? ³⁵Più tardi verrà il tempo in cui lo sposo sarà portato via da loro; allora faranno digiuno». ³⁶Diceva loro anche una parabola: «Nessuno strappa un pezzo di un vestito nuovo per attaccarlo a un vestito vecchio; altrimenti si trova con il vestito nuovo strappato e al

vestito vecchio non si adatta il pezzo preso da quello nuovo. ³⁷E nessuno mette del vino nuovo in otri vecchi; altrimenti il vino nuovo fa scoppiare gli otri, si versa fuori e vanno perduti gli otri. ³⁸Invece il vino nuovo si mette in otri nuovi. ³⁹E nessuno chiede vino nuovo dopo aver bevuto quello vecchio, perché dice: "Il vecchio è migliore"».

6 **Le spighe raccolte in giorno di sabato.** - ¹Un giorno di sabato passava attraverso campi di grano e i suoi discepoli coglievano delle spighe e, dopo averle stritolate con le mani, le mangiavano. ²Alcuni farisei dissero: «Perché fate ciò che non è lecito di sabato?». ³Gesù rispose: «Non avete mai letto quel che fece Davide, quando egli e i suoi compagni ebbero fame? ⁴Come entrò nella casa di Dio e prese i pani dell'offerta per il Signore e ne mangiò e ne diede a quelli che erano con lui, anche se era lecito ai soli sacerdoti di mangiarne?». ⁵E disse loro ancora: «Il Figlio dell'uomo è padrone del sabato».

Gesù guarisce un malato di sabato. - ⁶Un altro sabato Gesù entrò nella sinagoga e si mise a insegnare. E c'era là un uomo che aveva la mano destra paralizzata. ⁷I dottori della legge e i farisei stavano ad osservarlo per vedere se lo guariva in giorno di sabato, allo scopo di trovare un capo d'accusa contro di lui. ⁸Ma Gesù conosceva i loro pensieri e disse all'uomo che aveva la mano paralizzata: «Àlzati e mettiti qui in mezzo». L'uomo, alzatosi, si mise là. ⁹Poi Gesù disse loro: «Vi domando: è permesso in giorno di sabato fare del bene o fare del male, salvare una vita o perderla?». ¹⁰E volgendo lo sguardo tutt'intorno, disse al paralitico: «Stendi la mano!». Egli lo fece e la mano guarì. ¹¹Ma essi furono pieni di rabbia e discutevano fra loro su ciò che avrebbero potuto fare a Gesù.

Scelta degli apostoli. - ¹²In quei giorni Gesù se ne andò sul monte a pregare e trascorse la notte intera pregando Dio. ¹³Fattosi

---

5. - ²¹. Gesù mostra di essere Dio, esercitando un potere che, anche secondo i suoi avversari, aveva Dio soltanto: quello di perdonare i peccati.
³¹⁻³². C'è dell'ironia nelle parole di Gesù, specie nella seconda frase rivolta ai farisei che si credevano giusti.

giorno, chiamò a sé i suoi discepoli, ne scelse dodici e diede loro il nome di apostoli: [14]Simone, che chiamò anche Pietro, e Andrea suo fratello, Giacomo e Giovanni, Filippo e Bartolomeo, [15]Matteo e Tommaso, Giacomo figlio di Alfeo e Simone soprannominato Zelota, [16]Giuda figlio di Giacomo e Giuda Iscariota, che fu poi il traditore.

[17]E, disceso con loro, si fermò su un ripiano. C'era una grande schiera di discepoli e grande folla di gente venuta da tutta la Giudea, da Gerusalemme e dal litorale di Tiro e di Sidone; [18]erano venuti per ascoltarlo e per essere guariti dalle loro malattie. Anche quelli che erano tormentati da spiriti cattivi venivano guariti. [19]Tutti cercavano di toccarlo, perché da lui usciva una potenza che guariva tutti.

Il discorso della montagna. - [20]Gesù, alzati gli occhi verso i suoi discepoli, diceva:

«Beati voi poveri,
    perché vostro è il regno di Dio.
[21] Beati voi che adesso avete fame,
    perché sarete saziati.
Beati voi che ora piangete,
    perché riderete.

[22]Beati voi quando gli altri vi odieranno e vi rifiuteranno, quando vi insulteranno e disprezzeranno il vostro nome come scellerato, a causa del Figlio dell'uomo. [23]Rallegratevi in quel giorno ed esultate, perché la vostra ricompensa è di certo grande nei cieli. Allo stesso modo, infatti, si comportavano i loro padri con i profeti.

[24] Ma guai a voi che siete ricchi,
    perché avete già la vostra consolazione.
[25] Guai a voi che adesso siete sazi,
    perché avrete fame.
Guai a voi che ora ridete,
    perché sarete tristi e piangerete.

[26]Guai a voi, quando tutti gli uomini diranno bene di voi; allo stesso modo, infatti, facevano i loro padri con i falsi profeti.

[27]Ma a voi che mi ascoltate io dico: amate i vostri nemici, fate del bene a quelli che vi odiano. [28]Benedite coloro che vi maledicono, pregate per coloro che vi fanno del male. [29]Se qualcuno ti percuote su una guancia, pòrgigli anche l'altra; se qualcuno ti leva il mantello, lasciagli prendere anche la tunica. [30]Da' a chiunque ti chiede; e se qualcuno ti ruba ciò che ti appartiene, tu non richiederlo. [31]Come volete che gli altri facciano a voi, così fate loro. [32]Se amate quelli che vi amano, che merito ne avrete? Anche i peccatori fanno lo stesso.

[33]Se fate del bene a coloro che vi fanno del bene, che merito ne avrete? Anche i peccatori fanno lo stesso. [34]Se fate dei prestiti a coloro da cui sperate di ricevere, che merito ne avrete? Anche i peccatori concedono prestiti ai peccatori per riceverne altrettanto.

[35]Amate invece i vostri nemici, fate del bene e prestate senza sperare alcunché e la vostra ricompensa sarà grande e sarete figli dell'Altissimo. Egli infatti è buono anche verso gl'ingrati e i cattivi.

[36]Siate misericordiosi come Dio, vostro Padre, è misericordioso.

[37]Non giudicate e non sarete giudicati. Non condannate e non sarete condannati. Perdonate e vi sarà perdonato. [38]Date e vi sarà dato: ne riceverete in misura buona, pigiata, scossa e traboccante, perché con la stessa misura con cui misurate, sarà misurato anche a voi».

[39]Disse loro anche questa parabola: «Può forse un cieco fare da guida a un altro cieco? Non cadrebbero tutti e due in una buca? [40]Il discepolo non è più grande del suo maestro; tutt'al più, se si lascerà ben formare, sarà come il maestro. [41]Perché guardi la pagliuzza che è nell'occhio di tuo fratello e non ti accorgi della trave che è nel tuo? [42]Come puoi dire al tuo fratello: "Lascia che tolga la pagliuzza che è nel tuo occhio", mentre non vedi la trave che è nel tuo? Ipocrita, togli prima la trave che è nel tuo occhio e allora ci vedrai bene per togliere la pagliuzza dall'occhio del tuo fratello.

[43]L'albero buono non produce frutti cattivi, né l'albero cattivo produce frutti buoni. [44]Il pregio di un albero lo si riconosce dai suoi frutti: non si raccolgono infatti fichi dalle spine e non si vendemmia uva da un rovo. [45]L'uomo buono trae fuori il bene dal prezioso tesoro del suo cuore; l'uomo cattivo, invece, dal suo cattivo tesoro trae fuori il male. Con la bocca infatti si esprime tutto ciò che si ha nel cuore.

[46]Perché mi chiamate: "Signore, Signore" e non fate poi quello che vi dico? [47]Chiunque viene a me, ascolta le mie parole e le mette in pratica, vi mostrerò a chi assomiglia. [48]È simile a un uomo che si è messo a costruire una casa: ha scavato molto a fon-

do e ha posto le fondamenta sopra la roccia. Venuta la piena, il fiume irruppe con violenza contro quella casa, ma non riuscì a scuoterla perché era ben costruita. ⁴⁹Chi invece ascolta le mie parole e non le mette in pratica assomiglia a un uomo che ha costruito una casa direttamente sulla terra, senza fondamenta. Quando il fiume la investì, essa crollò subito, e il disastro di quella casa fu grande».

7 Il servo del centurione. - ¹Quando ebbe terminato di parlare al popolo che stava in ascolto, entrò in Cafarnao. ²Un servo di un centurione era ammalato e si trovava in pericolo di morte. Il centurione gli voleva molto bene. Perciò, ³quando sentì parlare di Gesù, gli mandò degli anziani dei giudei a pregarlo di venire e di salvare il suo servo. ⁴Costoro, giunti da Gesù, lo pregavano con insistenza: «Colui che ci manda, merita il tuo aiuto. ⁵Egli ama la nostra nazione ed è stato lui a costruirci la sinagoga». ⁶Allora Gesù s'incamminò con loro. Non era molto distante dalla casa quando il centurione gli mandò incontro alcuni amici a dirgli: «Signore, non ti disturbare. Io non sono degno che tu entri nella mia casa; ⁷per questo neppure mi sono ritenuto degno di venire da te; ma di' una parola e il mio servo sarà guarito. ⁸Anch'io sono un subalterno e, a mia volta, ho sotto di me alcuni soldati. E dico a uno: "Va'", ed egli va; e a un altro: "Vieni", ed egli viene; e dico al mio servo: "Fa' la tal cosa", ed egli la fa». ⁹Quando Gesù udì queste parole, rimase meravigliato. Si rivolse allora alla folla che lo seguiva e disse: «Vi assicuro che neppure in Israele ho trovato una fede così grande». ¹⁰E gli inviati, tornati a casa, trovarono il servo guarito.

Il figlio della vedova di Naim. - ¹¹In seguito andò in una città chiamata Naim. Lo accompagnavano i suoi discepoli insieme a una grande folla. ¹²Quando fu vicino alla porta della città, s'imbatté in un morto che veniva portato al sepolcro: era l'unico figlio di una madre vedova. Molti abitanti della città erano con lei. ¹³Il Signore, appena la vide, ne ebbe compassione e le disse: «Non piangere». ¹⁴Poi, accostatosi alla bara, la toccò, mentre i portatori si fermarono. Allora disse: «Giovinetto, te lo dico io, àlzati!». ¹⁵Il morto si levò a sedere e si mise a parla-

re. Ed egli lo restituì alla madre. ¹⁶Tutti furono presi da timore e glorificavano Dio dicendo: «Un grande profeta è apparso tra noi: Dio ha visitato il suo popolo». ¹⁷La fama di questi fatti si diffuse in tutta la Giudea e per tutta la regione.

Gesù e Giovanni Battista. - ¹⁸A Giovanni i suoi discepoli riferirono tutte queste cose. Giovanni chiamò due di loro ¹⁹e li mandò a dire al Signore: «Sei tu colui che deve venire o dobbiamo aspettare un altro?». ²⁰Quando arrivarono da Gesù, quegli uomini dissero: «Giovanni il Battista ci ha mandati da te per domandarti: "Sei tu colui che deve venire o dobbiamo aspettare un altro?"». ²¹In quello stesso momento Gesù guarì molta gente da malattie, da infermità, da spiriti cattivi; e a molti ciechi ridonò la vista. ²²Poi diede loro questa risposta: «Andate e riferite a Giovanni quello che avete visto e ascoltato: *i ciechi vedono*, gli zoppi camminano, i lebbrosi vengono mondati, i sordi odono, i morti risorgono, *ai poveri viene annunziata la buona novella*. ²³E beato colui che non si scandalizza di me».

²⁴Quando gl'inviati di Giovanni furono partiti, Gesù cominciò a dire alla folla riguardo a Giovanni: «Che cosa siete andati a vedere nel deserto? Una canna agitata dal vento? ²⁵E allora, che cosa siete andati a vedere? Un uomo vestito con morbide vesti? Ma quelli che portano ricchi abiti e vivono nel lusso stanno nei palazzi dei re. ²⁶Allora, che cosa siete andati a vedere? Un profeta? Sì, vi dico, e anzi uno che è più grande di un profeta. ²⁷È lui quello del quale è scritto:

Ecco il mio messaggero;
io lo mando davanti a te,
egli preparerà la strada davanti a te.

²⁸Io vi dico: Giovanni è il più grande tra i nati di donna; però il più piccolo, nel regno di Dio, è più grande di lui. ²⁹Tutto il popolo lo ha ascoltato, anche i pubblicani, e hanno reso giustizia a Dio ricevendo il battesimo

---

7. ¹⁸⁻²³. Giovanni in carcere venne a conoscere le opere di Gesù da quegli stessi discepoli che gli si conservavano tenacemente fedeli. Egli, forse perplesso per il modo con cui Gesù conduceva la sua missione, prese occasione da quanto riferito per inviare alcuni di essi a compiere l'ambasciata di cui si parla qui, dando loro l'opportunità di ricevere una risposta direttamente da lui.

di Giovanni. ³⁰Ma i farisei e i dottori della legge, rifiutandosi di farsi battezzare da lui, hanno reso vano il disegno di Dio verso di loro.

³¹A che cosa paragonerò dunque gli uomini di questa generazione? A chi sono simili? ³²Somigliano a quei fanciulli che giocando sulla piazza gridano gli uni agli altri: "Vi abbiamo suonato il flauto e non avete ballato; vi abbiamo cantato un canto di dolore e non avete pianto!". ³³È venuto Giovanni il Battista, che non mangia pane e non beve vino, e voi dite: "Ha un demonio". ³⁴È venuto il Figlio dell'uomo, che mangia e beve, e voi dite: "Ecco un mangione e un beone, amico dei pubblicani e dei peccatori". ³⁵Ma la Sapienza è stata giustificata da tutti i suoi figli».

Gesù incontra la peccatrice. - ³⁶Un fariseo lo invitò a mangiare con lui. Egli entrò in casa sua e si mise a tavola. ³⁷Ed ecco una donna, una peccatrice di quella città, saputo che si trovava nella casa del fariseo, venne con un vasetto di olio profumato; ³⁸fermatasi dietro a lui, ai suoi piedi, rigando ai suoi piedi e cominciò a bagnarli di lacrime; poi li asciugava con i suoi capelli, li baciava e li cospargeva di olio profumato. ³⁹Vedendo questo, il fariseo che lo aveva invitato disse tra sé: «Se costui fosse un profeta, saprebbe chi è questa donna che lo tocca: è una peccatrice». ⁴⁰Gesù allora gli disse: «Simone, ho una cosa da dirti». Egli rispose: «Maestro, di' pure». ⁴¹«Un creditore aveva due debitori: uno gli doveva cinquecento denari, l'altro cinquanta. ⁴²Non avendo essi la possibilità di restituire, condonò il debito a tutti e due. Chi di loro gli sarà più riconoscente?». ⁴³Simone rispose: «Suppongo quello a cui ha condonato di più». E Gesù gli disse: «Hai giudicato bene». ⁴⁴Poi, volgendosi verso la donna, disse a Simone: «Vedi questa donna? Sono venuto in casa tua e tu non mi hai dato l'acqua per lavare i piedi; lei invece mi ha bagnato i piedi con le lacrime e con i capelli li ha asciugati. ⁴⁵Tu non mi hai dato il bacio; lei invece da quando sono qui non ha ancora smesso di baciarmi i piedi. ⁴⁶Tu non mi hai cosparso il capo di olio profumato, lei invece mi ha cosparso di profumo i piedi. ⁴⁷Perciò ti dico: i suoi molti peccati le sono perdonati, perché ha molto amato. Colui invece al quale si perdona poco, ama poco». ⁴⁸Poi disse a lei: «Ti sono perdonati i tuoi pecca-

ti». ⁴⁹Allora quelli che stavano a tavola con lui cominciarono a bisbigliare: «Chi è quest'uomo che osa anche rimettere i peccati?». ⁵⁰E Gesù disse alla donna: «La tua fede ti ha salvata; va' in pace!».

8 Le donne che seguivano Gesù. - ¹Un po' di tempo dopo egli se ne andava per le città e i villaggi predicando e annunziando la buona novella del regno di Dio. Vi erano con lui i Dodici ²e anche alcune donne che erano state guarite da spiriti cattivi e da infermità: Maria di Màgdala, dalla quale erano usciti sette demòni, ³Giovanna moglie di Cusa, amministratore di Erode, Susanna e molte altre. Esse li servivano con i loro beni.

Parabola del seminatore. - ⁴Un giorno si radunò una gran folla intorno a lui e a quelli che accorrevano a lui da ogni città; egli disse questa parabola: ⁵«Il seminatore uscì a seminare la sua semente. Mentre seminava, una parte cadde sulla strada, fu calpestata e gli uccelli del cielo la mangiarono. ⁶Un'altra parte andò a finire sulla pietra e, appena germogliata, inaridì per mancanza di umidità. ⁷Un'altra parte cadde in mezzo alle spine e le spine, cresciute insieme con essa, la soffocarono. ⁸Una parte invece cadde sulla terra buona; i semi germogliarono e produssero cento volte tanto». Detto questo, esclamò: «Chi ha orecchi per intendere, intenda!».

⁹I suoi discepoli gli domandarono che parabola fosse questa. ¹⁰Egli rispose: «A voi è dato conoscere i misteri del regno di Dio, agli altri invece solo in parabole, perché

guardando non vedano
e ascoltando non intendano.

¹¹Il significato della parabola è questo: il seme è la parola di Dio. ¹²I semi caduti sulla strada indicano coloro che l'hanno ascoltata, ma poi viene il diavolo e porta via la parola dai loro cuori, perché non credano e si salvino. ¹³Quelli caduti sulla pietra indicano coloro che, quando ascoltano la parola, l'accolgono con gioia, ma non hanno radici; credono per un certo tempo, ma nel tempo della prova defezionano. ¹⁴I semi caduti fra le spine indicano coloro che, dopo aver ascoltato, cammin facendo si lasciano prendere dalle preoccupazioni, dalla ric-

chezza e dai piaceri della vita e rimangono senza frutto. [15]I semi caduti sulla terra buona indicano coloro che, dopo aver ascoltato la parola con cuore nobile e buono, la trattengono e producono frutto con la loro perseveranza».

Due contrappunti alla parabola del seminatore.

- [16]«Nessuno accende una lucerna e la copre con un vaso o la pone sotto il letto, ma la mette su un lampadario, perché chi entra veda la luce. [17]Non c'è niente di occulto che non sarà manifestato, nulla di segreto che non sarà portato alla luce. [18]Fate attenzione, dunque, a come ascoltate: perché a chi ha sarà dato, a chi invece non ha sarà tolto anche quello che crede di avere».

La madre e i fratelli di Gesù.

- [19]La madre e i fratelli andarono un giorno a trovarlo, ma non potevano avvicinarlo per causa della folla. [20]Gli fecero sapere: «Tua madre e i tuoi fratelli sono qui fuori e desiderano vederti». [21]Ma egli disse loro: «Mia madre e miei fratelli sono coloro che ascoltano la parola di Dio e la mettono in pratica».

La tempesta sedata.

- [22]Un giorno salì su una barca con i suoi discepoli e disse loro: «Andiamo all'altra riva del lago». Presero il largo. [23]Mentre navigavano, egli si addormentò. Sul lago il vento si mise a soffiare molto forte, la barca si riempiva d'acqua ed erano in pericolo. [24]Accostatisi a lui, lo svegliarono dicendo: «Maestro, Maestro, siamo in pericolo di vita!». Egli, destatosi, sgridò il vento e i flutti minacciosi; essi cessarono e ci fu una gran calma. [25]Allora disse loro: «Dov'è la vostra fede?». Ed essi, presi da timore e da meraviglia, si dicevano l'un l'altro: «Chi è dunque costui che comanda ai venti e all'acqua e gli obbediscono?».

L'indemoniato di Gerasa.

- [26]Poi approdarono nella regione dei Geraseni che sta di fronte alla Galilea. [27]Era appena sceso a terra, quando dalla città gli venne incontro un uomo posseduto dai demòni. Da molto tempo non portava vestiti e non abitava in una casa, ma tra i sepolcri. [28]Quando vide Gesù, gli si gettò ai piedi urlando; poi disse a gran voce: «Che vi è tra me e te, Gesù, Figlio del Dio Altissimo? Ti prego, non tormentarmi!».

[29]Gesù stava appunto ordinando allo spirito cattivo di uscire da quell'uomo. Molte volte infatti quello spirito si era impossessato di lui; allora lo legavano con catene e lo custodivano in ceppi, ma egli riusciva a spezzare i legami e dal demonio veniva spinto in luoghi deserti. [30]Gesù gli domandò: «Che nome hai?». Gli rispose: «Legione è il mio nome». Infatti molti demòni erano entrati in lui [31]e lo supplicavano che non comandasse loro di andare nell'abisso. [32]In quel luogo c'era una grande mandria di porci che pascolava sul monte. Gli chiesero che permettesse loro di entrare nei porci, ed egli lo permise loro. [33]I demòni allora uscirono da quell'uomo ed entrarono nei porci e tutti quegli animali presero a correre a precipizio dalla rupe, andarono a finire nel lago e annegarono. [34]I mandriani, quando videro quel che era accaduto, fuggirono e andarono a portare la notizia nella città e nei villaggi.

[35]La gente uscì per vedere ciò che era accaduto e, quando arrivarono da Gesù, trovarono l'uomo dal quale erano usciti i demòni che stava ai piedi di Gesù, vestito e sano di mente. Allora furono presi da spavento. [36]Quelli che avevano visto tutto, riferirono come l'indemoniato era stato guarito. [37]Allora tutta la popolazione del territorio dei Geraseni pregò Gesù di andarsene da loro, perché avevano molta paura. Gesù, salito su una barca, tornò indietro. [38]Intanto l'uomo dal quale erano usciti i demòni gli chiese di restare con lui, ma egli lo congedò dicendogli: [39]«Torna a casa tua e racconta quello che Dio ti ha fatto». L'uomo se ne andò e proclamò per tutta la città quello che Gesù aveva fatto per lui.

Le guarigioni della figlia di Giàiro e dell'emorroissa.

- [40]Quando fece ritorno, Gesù fu accolto dalla folla: infatti erano tutti in attesa di lui. [41]Venne allora un uomo, di nome Giàiro, che era capo della sinagoga. Gettatosi ai piedi di Gesù, lo supplicava di andare a casa sua, [42]perché aveva un'unica figlia di circa dodici anni che stava per morire. Mentre vi si dirigeva, la folla lo premeva da ogni parte. [43]E una donna che da dodici anni soffriva di continue perdite di sangue e che nessuno era riuscito a guarire, [44]gli si avvicinò e toccò la frangia del suo mantello, e subito il flusso di sangue si arrestò. [45]Gesù disse: «Chi mi ha toccato?». Tutti lo negavano. Perciò Pietro disse: «Maestro, la folla ti stringe da ogni parte e ti schiaccia». [46]Ma Gesù disse: «Qualcuno mi ha toccato. Ho sentito che una potenza è uscita da me». [47]La donna, allora, rendendosi conto che non poteva rimanere nascosta, si fece avanti tremante, si gettò ai suoi piedi e dichiarò davanti a tutto il popolo per qual motivo l'aveva toccato e come era stata guarita. [48]Egli le disse: «Figlia, la tua fede ti ha salvata. Va' in pace!».

[49]Mentre parlava, arrivò uno dalla casa del capo della sinagoga e gli disse: «Tua figlia è morta, non importunare il maestro». [50]Ma Gesù, che aveva udito, disse: «Non temere; soltanto abbi fede ed ella sarà salvata». [51]Quando giunse alla casa non permise a nessuno di entrare con sé, eccetto Pietro, Giovanni e Giacomo, e il padre e la madre della fanciulla. [52]Tutti piangevano e facevano lamenti per la fanciulla. Gesù disse: «Non piangete: ella non è morta, ma dorme». [53]Quelli lo deridevano, sapendo bene che era morta; [54]ma egli, prendendole la mano, disse ad alta voce: «Fanciulla, àlzati!». [55]La fanciulla ritornò in vita e all'istante si alzò. Egli ordinò di darle da mangiare. [56]I genitori rimasero sbalorditi, ma egli raccomandò loro di non far sapere a nessuno quello che era accaduto.

9 **Prima missione dei Dodici.** - [1]Gesù chiamò a sé i Dodici e diede loro potere e autorità di scacciare tutti i demòni e di guarire le malattie; [2]poi li mandò a predicare il regno di Dio e a guarire i malati. [3]Disse loro: «Non prendete nulla per il viaggio, né bastone né borsa né pane né soldi né due tuniche per ciascuno. [4]Quando entrate in una casa, restate là fino a che riprenderete il cammino. [5]Se gli abitanti di una città non vi accolgono, nell'andarvene scuotete la polvere dai vostri piedi, in testimonianza contro di loro». [6]Allora essi partirono e passavano di villaggio in villaggio, annunziando ovunque la buona novella e guarendo i malati.

Erode e Gesù. - [7]Intanto il tetrarca Erode venne a sapere di tutti questi fatti e non sapeva che cosa pensare, perché alcuni dicevano: «Giovanni è risuscitato dai morti». [8]Altri invece: «È riapparso Elia». Altri ancora: «È risorto uno degli antichi profeti».

[9]Ma Erode disse: «Giovanni l'ho fatto decapitare io. Chi è dunque costui, del quale vengo a sapere tali cose?». E cercava di vederlo.

Ritorno degli apostoli e moltiplicazione dei pani. - [10]Al loro ritorno gli apostoli raccontarono a Gesù tutto quello che avevano fatto. Allora egli li prese con sé e si ritirò in una città chiamata Betsàida. [11]Ma le folle lo seppero e lo seguirono. Egli le accolse e si mise a parlare loro del regno di Dio e a guarire quelli che avevano bisogno di cure. [12]Ora, il giorno cominciava a declinare e i Dodici gli si avvicinarono dicendo: «Lascia andare la folla, così che possa procurarsi cibo e alloggio nei villaggi e nelle campagne qui attorno, poiché siamo in un luogo deserto». [13]Gesù disse loro: «Date loro voi stessi da mangiare». Ma essi risposero: «Noi non abbiamo che cinque pani e due pesci. Vuoi che andiamo a far provviste per tutta questa gente?». [14]Erano infatti circa cinquemila gli uomini presenti. Egli disse ai discepoli: «Fateli sdraiare a gruppi di cinquanta». [15]Così fecero e invitarono tutti a sdraiarsi. [16]Allora Gesù, presi i cinque pani e i due pesci e levati gli occhi al cielo, li benedisse, li spezzò e li diede ai discepoli perché li distribuissero alla folla. [17]Tutti mangiarono a sazietà, e dei pezzi avanzati ne portarono via dodici ceste.

Confessione di Pietro e primo annunzio della passione di Gesù. - [18]Un giorno Gesù si trovava in un luogo isolato a pregare. I discepoli erano con lui ed egli fece loro questa domanda: «Chi sono io secondo la gente?». [19]Essi risposero: «Per alcuni Giovanni il Battista, per altri Elia, per altri uno degli antichi profeti che è risorto». [20]Allora domandò: «Ma voi chi dite che io sia?». Pietro, prendendo la parola, rispose: «Il Cristo di Dio». [21]Allora ordinò loro di non dire niente a nessuno, [22]e aggiunse: «È necessario che il Figlio dell'uomo soffra molto, sia condannato dagli anziani, dai sommi sacerdoti e dagli scribi, sia messo a morte e risorga il terzo giorno».

Le condizioni per seguire Gesù. - [23]Poi disse a tutti: «Se qualcuno vuol venire dietro a me, rinneghi se stesso, prenda la propria croce ogni giorno e mi segua. [24]Poiché chi vorrà salvare la propria vita la perderà, ma chi perderà la propria vita per causa mia la salverà. 25Che vantaggio può avere un uomo a guadagnare il mondo intero, se poi si perde o rovina se stesso? 26Se qualcuno si vergognerà di me e delle mie parole, il Figlio dell'uomo si vergognerà di lui quando ritornerà nella gloria sua e del Padre e degli angeli santi. 27In verità vi dico: vi sono alcuni qui presenti che non moriranno prima di aver visto il regno di Dio».

Trasfigurazione di Gesù. - 28Circa otto giorni dopo questi discorsi, prese con sé Pietro, Giovanni e Giacomo e salì sul monte per pregare. 29Mentre pregava, il suo volto cambiò di aspetto e la sua veste divenne candida e sfolgorante. 30Ed ecco due uomini venire a parlare con lui: erano Mosè ed Elia, 31apparsi nella loro gloria, e parlavano del suo esodo che stava per compiersi a Gerusalemme. 32Pietro e i suoi compagni erano oppressi dal sonno, ma restarono svegli e videro la sua gloria e i due uomini che stavano con lui. 33Mentre questi si separavano da lui, Pietro disse a Gesù: «Maestro, è bello per noi stare qui. Faremo tre tende, una per te, una per Mosè e una per Elia». Ma non sapeva quello che diceva. 34E mentre diceva queste cose, venne una nube e li coprì. Ebbero paura, quando entrarono nella nube. 35Allora dalla nube uscì una voce che diceva: «Questi è il mio Figlio, l'eletto, ascoltatelo!». 36Appena la voce cessò, Gesù restò solo. Essi tacquero e in quei giorni non raccontarono niente a nessuno di quello che avevano visto.

Guarigione del ragazzo epilettico. - 37Il giorno seguente, quando furono discesi dal monte, una gran folla si fece incontro a Gesù. 38All'improvviso in mezzo alla folla un uomo si mise a gridare: «Maestro, ti prego di volgere lo sguardo all'unico figlio che ho. 39Ecco, uno spirito lo prende e subito egli si mette a gridare; lo scuote ed egli emette schiuma; solo a stento lo lascia, dopo averlo straziato. 40Ho pregato i tuoi discepoli di scacciarlo, ma non ci sono riusciti». 41Gesù rispose: «O generazione incredula e perversa, fino a quando dovrò stare con voi e vi sopporterò? Portami qui tuo figlio!». 42Mentre questi si avvicinava, lo spirito cattivo lo sbatté per terra, contorcendolo con convulsioni. Gesù minacciò lo spirito immondo, guarì il ragazzo e lo consegnò a suo padre. 43Tutti furono stupiti nel vedere la grandezza di Dio.

Secondo annunzio della passione. - Mentre tutti erano sbalorditi per tutte le cose che aveva fatto, egli disse ai suoi discepoli: 44«Fate molta attenzione a queste parole: il Figlio dell'uomo sta per essere consegnato in mano degli uomini». 45Ma essi non compresero il senso di queste parole; erano per loro così misteriose che non le comprendevano affatto e avevano paura di interrogarlo su questo argomento.

46Intanto sorse tra loro una disputa: chi di loro fosse il più importante. 47Allora Gesù, conoscendo il pensiero del loro cuore, prese un fanciullo, se lo pose accanto e disse: 48«Chi accoglie questo fanciullo nel mio nome, accoglie me; e chi accoglie me, accoglie colui che mi ha mandato. Poiché colui che è il più piccolo tra voi, questi è il più grande».

49Giovanni allora disse: «Maestro, abbiamo visto uno che scacciava i demòni in nome tuo e noi glielo abbiamo impedito, perché non è con noi che ti abbiamo seguito». 50Ma Gesù gli disse: «Non glielo proibite, perché chi non è contro di voi, è per voi».

VIAGGIO VERSO GERUSALEMME

Rifiuto dei Samaritani. - 51Mentre stava per compiersi il tempo della sua assunzione dal mondo, Gesù decise fermamente di andare verso Gerusalemme 52e mandò messaggeri innanzi a sé. Questi partirono ed entrarono in un villaggio di Samaritani per preparare quello che era necessario per lui. 53Ma essi non lo ricevettero perché stava andando verso Gerusalemme. 54Accortisi di ciò, i discepoli Giacomo e Giovanni dissero a Gesù: «Signore, vuoi che diciamo che *scenda il fuoco dal cielo e li distrugga?*». 55Ma Gesù si voltò verso di loro e li rimproverò. 56Poi si avviarono verso un altro villaggio.

Tre uomini s'incontrano con Gesù. - 57Mentre camminavano, un tale disse a Ge-

9. - 25. Certo, niente giova all'uomo se guadagna il mondo intero ma perde se stesso. Tuttavia l'attesa di una terra nuova non deve indebolire, bensì piuttosto stimolare la sollecitudine nel lavoro relativo alla terra presente. Pertanto, benché si debba accuratamente distinguere il progresso terreno dallo sviluppo del regno di Dio, tuttavia, nella misura in cui può contribuire a meglio ordinare l'umana società, tale progresso è di grande importanza per il regno di Dio.

sù: «Ti seguirò dovunque tu andrai». [58]Ma Gesù gli rispose: «Le volpi hanno una tana e gli uccelli hanno un nido, ma il Figlio dell'uomo non ha dove posare il capo».

[59]Poi disse a un altro: «Séguimi!». Ma costui rispose: «Signore, prima permettimi di andare a seppellire mio padre». [60]Gesù rispose: «Lascia che i morti seppelliscano i loro morti; tu va' a predicare il regno di Dio».

[61]Un altro disse: «Signore, io ti seguirò; prima però lasciami andare a salutare i miei parenti». [62]Gli rispose Gesù: «Chiunque mette mano all'aratro e poi si volta indietro, non è adatto per il regno di Dio».

10 Missione dei discepoli. - [1]Dopo questi fatti il Signore designò ancora altri settantadue discepoli e li inviò a due a due innanzi a sé, in ogni città e luogo che egli stava per visitare. [2]Diceva loro: «La messe è molta, ma gli operai sono pochi. Pregate perciò il padrone del campo perché mandi operai nella sua messe. [3]Andate! Ecco, io vi mando come agnelli in mezzo ai lupi. [4]Non portate né borsa né sacco né sandali. Lungo il cammino non salutate nessuno. [5]Quando entrerete in una casa, dite per prima cosa: "Pace a questa casa". [6]Se vi è qualcuno che ama la pace, riceverà la pace che gli avete augurato, altrimenti il vostro augurio resterà inefficace. [7]Restate in quella casa, mangiate e bevete quello che vi daranno, perché l'operaio ha diritto alla sua ricompensa. Non passate di casa in casa. [8]Quando andrete in una città, se qualcuno vi accoglierà, mangiate quello che vi offre. [9]Guarite i malati che troverete e dite loro: "Il regno di Dio è vicino". [10]Se invece entrerete in una città e nessuno vi accoglierà, uscite sulle piazze e dite: [11]"Noi scuotiamo contro di voi anche la polvere della vostra città che si è attaccata ai nostri piedi. Sappiate però che il regno di Dio è vicino". [12]Io vi assicuro che nel giorno del giudizio gli abitanti di Sodoma saranno trattati meno duramente degli abitanti di quella città.

[13]Guai a te, Corazin! Guai a te, Betsàida! Perché se i miracoli compiuti tra voi fossero stati fatti a Tiro e a Sidone, già da tempo i loro abitanti si sarebbero convertiti vestendo il sacco e coprendosi di cenere. [14]Perciò nel giorno del giudizio gli abitanti di Tiro e di Sidone saranno trattati meno duramente di voi. [15]E tu, Cafarnao,

sarai forse innalzata fino al cielo?
No, tu precipiterai nell'abisso!

[16]Chi ascolta voi ascolta me. Chi disprezza voi disprezza me. E chi disprezza me disprezza colui che mi ha mandato».

Ritorno dei settantadue discepoli. - [17]I settantadue discepoli tornarono pieni di gioia, dicendo: «Signore, anche i demòni ci obbediscono, quando invochiamo il tuo nome». [18]Egli disse loro: «Io vedevo Satana precipitare dal cielo come un fulmine. [19]Io vi ho dato il potere di calpestare serpenti e scorpioni e di annientare ogni potenza del nemico. Nulla vi potrà fare del male. [20]Non rallegratevi però perché i demòni si sottomettono a voi, ma piuttosto perché i vostri nomi sono scritti nei cieli».

Inno di lode al Padre. - [21]In quella stessa ora Gesù trasalì di gioia nello Spirito Santo e disse: «Ti ringrazio, o Padre, Signore del cielo e della terra, perché hai nascosto queste cose ai sapienti e agl'intelligenti e le hai rivelate ai piccoli. Sì, Padre, perché così è piaciuto a te. [22]Tutto mi è stato donato dal Padre mio e nessuno conosce chi è il Figlio se non il Padre, né chi è il Padre se non il Figlio e colui al quale il Figlio lo voglia rivelare».

[23]Poi si voltò verso i discepoli, li prese a parte e disse: «Beati gli occhi che vedono tutte queste cose. [24]Vi dico infatti che molti profeti e re hanno desiderato vedere quello che voi vedete, ma non l'hanno visto, udire quello che voi udite, ma non l'hanno udito».

Parabola del buon samaritano. - [25]Un dottore della legge, volendo metterlo alla prova, si alzò e disse: «Maestro, che cosa devo fare per avere la vita eterna?». [26]Gesù rispose: «Che cosa sta scritto nella legge? Che cosa vi leggi?». [27]Quell'uomo disse: *Ama il Signore, Dio tuo, con tutto il tuo cuore, con tutta la tua anima, con tutte le tue forze* e con tutta la tua mente, e *ama il prossimo come te stesso*». [28]Gesù gli disse: «Hai risposto bene; fa' questo e vivrai». [29]Ma il dottore della legge, volendo giustificarsi, disse ancora a Gesù: «Ma chi è il mio prossimo?».

[30]Gesù rispose: «Un uomo scendeva da Gerusalemme verso Gerico, quando incappò nei briganti. Questi gli portarono via tutto, lo percossero e poi se ne andarono la-

sciandolo mezzo morto. ³¹Per caso passò di là un sacerdote, vide l'uomo ferito e passò oltre, dall'altra parte della strada. ³²Anche un levita passò per quel luogo; anch'egli lo vide e, scansandolo, proseguì. ³³Invece un samaritano che era in viaggio gli passò accanto, lo vide e ne ebbe compassione. ³⁴Gli si accostò, versò olio e vino sulle sue ferite e gliele fasciò. Poi lo caricò sul suo asino, lo portò a una locanda e fece tutto il possibile per aiutarlo. ³⁵Il giorno seguente, tirò fuori due monete, le diede all'albergatore e gli disse: "Abbi cura di lui e ciò che spenderai in più lo pagherò al mio ritorno". ³⁶Quale di questi tre ti sembra sia stato il prossimo di colui che aveva incontrato i briganti?». ³⁷Il dottore della legge rispose: «Quello che ebbe compassione di lui». Gesù allora gli disse: «Va' e anche tu fa' lo stesso».

Marta e Maria. - ³⁸Mentr'essi erano in cammino, Gesù entrò in un villaggio, e una donna, che si chiama Marta, lo accolse in casa sua. ³⁹Sua sorella, di nome Maria, si sedette ai piedi del Signore e stava ad ascoltare la sua parola. ⁴⁰Marta invece era assorbita per il grande servizio. Perciò si fece avanti e disse: «Signore, non vedi che mia sorella mi ha lasciata sola a servire? Dille dunque di aiutarmi». ⁴¹Ma Gesù le rispose: «Marta, Marta, tu ti affanni e ti preoccupi di troppe cose. ⁴²Invece una sola è la cosa necessaria. Maria ha scelto la parte migliore, che nessuno le toglierà».

11 **Insegnamenti sulla preghiera.** - ¹Un giorno Gesù andò in un luogo a pregare. Quando ebbe finito, uno dei discepoli gli disse: «Signore, insegnaci a pregare, come anche Giovanni ha insegnato ai suoi discepoli». ²Allora Gesù disse: «Quando pregate, dite così:

Padre, sia santificato il tuo nome,
   venga il tuo regno.
³ Dacci ogni giorno il nostro pane
   quotidiano;
⁴ perdona a noi i nostri peccati,
   perché anche noi perdoniamo ad ogni
   nostro debitore,
   e non farci entrare nella tentazione».

Parabola dell'amico importuno. - ⁵Poi disse loro: «Chi di voi se ha un amico e va da lui a mezzanotte a dirgli: "Amico, prestami

tre pani, ⁶perché è arrivato da me un amico di passaggio e non ho nulla in casa da dargli", ⁷se quello dall'interno gli risponde: "Non mi dare noia, la porta è già chiusa e i miei bambini sono già a letto con me, non posso alzarmi per darti ciò che chiedi"; ⁸vi dico che se non si alzerà a darglieli perché gli è amico, si alzerà e gli darà quanto ha bisogno perché l'altro insiste.

⁹Perciò vi dico: chiedete e vi sarà dato; cercate e troverete; bussate e vi sarà aperto. ¹⁰Perché chiunque chiede ottiene, chi cerca trova, a chi bussa viene aperto. ¹¹Tra di voi, quale padre darà, a suo figlio che lo richiede, un serpente invece che un pesce? ¹²Oppure se gli chiede un uovo, gli darà uno scorpione? ¹³Dunque, se voi, cattivi come siete, sapete dare cose buone ai vostri figli, quanto più il Padre vostro celeste darà lo Spirito Santo a quelli che glielo chiedono».

Gesù e Beelzebùl. - ¹⁴Gesù stava scacciando un demonio che aveva reso muto un uomo. Questi, appena fu guarito, si mise a parlare e la folla rimase meravigliata. ¹⁵Ma alcuni dissero: «È per mezzo di Beelzebùl, il capo dei demòni, che egli scaccia gli spiriti maligni». ¹⁶Altri invece, per tendergli un tranello, gli domandavano un miracolo dal cielo. ¹⁷Ma Gesù, conoscendo le loro intenzioni, disse loro: «Ogni regno diviso contro se stesso va in rovina e una casa crolla sull'altra. ¹⁸Se dunque Satana è in lotta contro se stesso, come potrà durare il suo regno? Voi dite che io scaccio i demòni con l'aiuto di Beelzebùl. ¹⁹Ma se io scaccio gli spiriti maligni per mezzo di Beelzebùl, i vostri figli per mezzo di chi li scacciano? Perciò saranno proprio essi a giudicarvi. ²⁰Se, al contrario, io scaccio i demòni con il dito di Dio, è dunque arrivato per voi il regno di Dio.

²¹Quando un uomo forte e ben armato fa la guardia alla sua casa, tutti i suoi beni stanno al sicuro. ²²Ma se arriva uno più forte di lui e lo vince, gli strappa via le armi nelle quali confidava e ne distribuisce il bottino. ²³Chi non è con me è contro di me, e chi non raccoglie con me disperde».

Condizione del recidivo. - ²⁴«Quando uno spirito maligno è uscito da un uomo, si ag-

---

11. - ¹². Spesso Gesù si serve di frasi proverbiali o di paradossi per colpire di più gli uditori e facilitare il ricordo del suo insegnamento.

gira per luoghi deserti in cerca di riposo. Se però non ne trova, allora dice: "Ritornerò nella mia casa, donde sono uscito". ²⁵Arrivato, la trova pulita e ordinata. ²⁶Allora va, chiama con sé altri sette spiriti più maligni di lui e tutti insieme entrano e vi prendono dimora. Così alla fine quell'uomo si trova peggio di prima».

La vera beatitudine. - ²⁷Mentre parlava così, una donna, dalla folla, alzò la voce e disse: «Beato il ventre che ti ha portato e il seno che ti ha allattato!». ²⁸Ma Gesù disse: «Beati piuttosto quelli che ascoltano la parola di Dio e la mettono in pratica».

Il segno di Giona. - ²⁹Mentre la gente si affollava intorno a Gesù, egli cominciò a dire: «Questa generazione è davvero una generazione malvagia: pretende un segno miracoloso, ma l'unico segno che le verrà dato sarà come quello di Giona. ³⁰Infatti, come Giona fu un segno per gli abitanti di Ninive, così anche il Figlio dell'uomo sarà un segno per gli uomini di oggi. ³¹La regina del Mezzogiorno si alzerà, nel giorno del giudizio, a condannare questa gente: essa infatti venne dalle più lontane regioni della terra per ascoltare la sapienza di Salomone. Eppure, di fronte a voi sta uno che è più grande di Salomone. ³²Gli uomini di Ninive si alzeranno nel giorno del giudizio a condannare questa gente: essi infatti si convertirono alla predicazione di Giona. Eppure, di fronte a voi sta uno che è più grande di Giona».

Parabola della lampada. - ³³«Non si accende una lampada per poi metterla sotto un secchio o nasconderla, ma per deporla sopra il lucerniere, perché faccia luce a quelli che entrano nella casa. ³⁴La lucerna del corpo è il tuo occhio. Se il tuo occhio è buono, anche il tuo corpo è nella luce; se invece è malato, anche il tuo corpo è nelle tenebre. ³⁵Perciò, bada che la luce che è in te non sia tenebra. ³⁶Se dunque il tuo corpo è tutto nella luce, senza alcuna parte nelle tenebre, sarà tutto splendente, come quando una lampada ti illumina con il suo splendore».

---

²⁸· Maria va glorificata per l'altissima dignità, ma ancor più per la sua virtù inarrivabile e per i suoi splendidi esempi di generosa accoglienza del progetto di Dio su di lei.

Discorso di Gesù contro i farisei e gli scribi. - ³⁷Quando ebbe finito di parlare, un fariseo lo invitò a pranzo. Egli andò e si mise a tavola. ³⁸Quel fariseo si meravigliò che non avesse fatto le abluzioni prima del pranzo. ³⁹Ma il Signore gli disse: «Voi farisei vi preoccupate di pulire l'esterno della coppa e del piatto, ma all'interno siete pieni di furti e di cattiverie. ⁴⁰Stolti! Dio non ha forse creato l'esterno e l'interno dell'uomo? ⁴¹Date piuttosto in elemosina quello che c'è dentro, e allora tutto sarà puro per voi.

⁴²Guai a voi, farisei, perché pagate la decima della menta, della ruta e di tutte le erbe, ma poi trascurate la giustizia e l'amore di Dio. Queste cose sono da fare, senza trascurare le altre.

⁴³Guai a voi, farisei, perché amate il primo posto nelle sinagoghe e i saluti sulle piazze. ⁴⁴Guai a voi, perché siete come i sepolcri che non si vedono e la gente vi passa sopra senza accorgersene».

⁴⁵Allora un dottore della legge disse a Gesù: «Maestro, parlando così tu offendi anche noi». ⁴⁶Gesù rispose: «Guai anche a voi, dottori della legge, perché caricate gli uomini di pesi difficili a portare, ma voi non li toccate neppure con un dito.

⁴⁷Guai a voi, perché edificate i sepolcri dei profeti che i vostri padri hanno ucciso. ⁴⁸Così facendo, voi dimostrate di approvare ciò che i vostri padri hanno fatto: essi li uccisero e voi costruite loro le tombe. ⁴⁹Per questo la Sapienza di Dio ha detto: "Manderò loro profeti e apostoli, ma essi li uccideranno e perseguiteranno". ⁵⁰Perciò a questa gente sarà chiesto conto del sangue di tutti i profeti, dalle origini del mondo in poi: ⁵¹dall'uccisione di Abele fino a quella di Zaccaria, che fu assassinato tra l'altare e il santuario. Sì, ve lo ripeto: di tutti questi misfatti verrà chiesto conto a questa gente.

⁵²Guai a voi, dottori della legge, perché avete tolto la chiave della scienza; voi non ci siete entrati e ne avete impedito l'accesso a quelli che volevano entrare».

⁵³Quando fu uscito da quella casa, i dottori della legge e i farisei cominciarono a trattarlo con ostilità e a farlo parlare su argomenti di ogni genere; ⁵⁴così gli tendevano tranelli per coglierlo in fallo in qualche suo discorso.

12 **Il vero discepolo di Gesù.** - ¹Nel frattempo, radunatesi alcune migliaia di persone che si accalcavano l'una contro l'altra, Gesù cominciò a dire ai suoi discepoli: «Per prima cosa, guardatevi dal lievito dei farisei, che è l'ipocrisia. [2]Non vi è nulla di coperto che non sarà svelato, nulla di nascosto che non sarà conosciuto. [3]Perciò, quello che avete detto in segreto sarà udito alla luce del giorno, e ciò che avete sussurrato all'orecchio nell'interno della casa, sarà proclamato sulle terrazze».

Invito al coraggio. - [4]«A voi, amici miei, dico: non temete coloro che possono togliervi la vita, ma non possono fare niente di più. [5]Vi dirò invece chi dovete temere: temete colui che, dopo la morte, vi può gettare nella Geenna. Sì, ve lo ripeto, è costui che dovete temere. [6]Cinque passeri non si vendono forse per due soldi? Eppure, neanche uno di essi è dimenticato da Dio. [7]Anche i capelli del vostro capo sono tutti contati. Dunque, non abbiate paura, voi valete più di molti passeri. [8]Inoltre vi dico: chiunque mi riconoscerà davanti agli uomini, anche il Figlio dell'uomo lo riconoscerà davanti agli angeli di Dio. [9]Ma chi mi rinnegherà davanti agli uomini, anch'io lo rinnegherò davanti agli angeli di Dio.

[10]Chiunque parlerà contro il Figlio dell'uomo, potrà essere perdonato; ma chi avrà bestemmiato contro lo Spirito Santo non otterrà il perdono. [11]Quando vi porteranno nelle sinagoghe, davanti ai magistrati e alle autorità, non preoccupatevi di quello che dovrete dire per difendervi. [12]Lo Spirito Santo vi insegnerà quello che dovrete dire in quel momento».

Contro il pericolo della cupidigia. - [13]Un tale, tra la folla, gli disse: «Maestro, di' a mio fratello di spartire con me l'eredità». [14]Ma egli rispose: «Amico, chi mi ha costituito come giudice o come mediatore sui vostri beni?». [15]E disse loro: «Badate di tenervi lontano da ogni cupidigia, perché anche se uno è molto ricco, la sua vita non dipende dai suoi beni».

[16]Poi raccontò loro una parabola: «Le terre di un uomo ricco avevano dato un buon raccolto. [17]Egli ragionava tra sé così: "Ora non ho più dove mettere i miei raccolti: che cosa farò?". [18]E disse: "Farò così: demolirò i miei magazzini e ne costruirò altri più grandi, così che vi raccoglierò tutto il grano e i miei beni. [19]Poi dirò a me stesso: Bene! Ora hai fatto molte provviste per

molti anni. Ripòsati, mangia, bevi e divèrtiti". [20]Ma Dio gli disse: "Stolto, questa stessa notte dovrai morire, e a chi andranno le ricchezze che hai accumulato?". [21]Così accade a chi accumula ricchezze solo per sé e non si arricchisce davanti a Dio».

Applicazione ai discepoli. - [22]Poi disse ai discepoli: «Per questo vi dico: Non preoccupatevi troppo del cibo di cui avete bisogno per vivere, né del vestito di cui avete bisogno per coprirvi. [23]La vita vale più del cibo e il corpo più del vestito. [24]Guardate i corvi: non seminano e non mietono, non hanno ripostiglio né granaio; eppure Dio li nutre. Ebbene, voi valete più degli uccelli! [25]Chi di voi, per quanto si dia da fare, può aggiungere un'ora in più alla sua vita? [26]Se dunque non potete fare neppure così poco, perché vi preoccupate per il resto? [27]Guardate i gigli del campo: non lavorano e non si fanno vestiti. Eppure io vi dico che neanche Salomone, con tutta la sua ricchezza, ha mai avuto un vestito così bello. [28]Se dunque Dio veste così bene i fiori del campo, che oggi ci sono e il giorno dopo vengono bruciati, a maggior ragione darà un vestito a voi, gente di poca fede! [29]Perciò non state sempre in ansia nel cercare che cosa mangerete o che cosa berrete: [30]di tutte queste cose si preoccupano gli altri, quelli che non conoscono Dio. Ma voi avete un Padre che sa ciò di cui avete bisogno. [31]Cercate piuttosto il regno di Dio, e tutto il resto vi sarà dato in aggiunta.

[32]Non temere, piccolo gregge, perché al Padre vostro è piaciuto di darvi il suo regno. [33]Vendete quello che possedete e datelo in elemosina. Fatevi borse che non si consumano, procuratevi un tesoro sicuro in cielo, dove i ladri non possono arrivare e le tarme distruggere. [34]Perché dove è il vostro tesoro là sarà anche il vostro cuore».

Vigilanza nell'attesa. - [35]«Siate sempre pronti, con i fianchi cinti e le lucerne accese. [36]Siate anche voi come quei servi che aspettano il padrone quando torna dalle nozze, per essere pronti ad aprirgli appena arriva e bussa. [37]Beati quei servi che il padrone al suo ritorno troverà ancora svegli. Vi assicuro che egli prenderà un grembiule, li farà sedere a tavola e si metterà a servirli. [38]E se, arrivando nel mezzo della notte o prima dell'alba, troverà i suoi servi ancora svegli, beati loro. [39]Cercate di capire: se il padrone di casa conoscesse a che ora viene il ladro, non si lascerebbe scassinare la casa. ⁴⁰Anche voi tenetevi pronti, perché il Figlio dell'uomo verrà quando voi non ve l'aspettate».

Fedeltà nell'attesa. - ⁴¹Allora Pietro disse: «Signore, questa parabola la dici solo per noi o per tutti?». ⁴²Il Signore rispose: «Chi è dunque l'amministratore fedele e saggio? Il padrone lo porrà a capo dei suoi servi perché, a tempo debito, dia a ciascuno la sua razione di cibo. ⁴³Beato quel servo se il padrone, arrivando, lo troverà al suo lavoro. ⁴⁴Vi assicuro che gli affiderà l'amministrazione di tutti i suoi averi. ⁴⁵Ma se quel servo pensasse tra sé: "Il padrone tarda a venire", e cominciasse a maltrattare i servi e le serve, a mangiare e bere e a ubriacarsi, ⁴⁶il suo padrone arriverà nel giorno in cui meno se l'aspetta e in un'ora che non sa, lo punirà severamente e lo porrà nel numero dei servi infedeli.

⁴⁷Il servo che conosce la volontà del padrone, ma non la esegue con prontezza, sarà severamente punito. ⁴⁸Quel servo invece che, non conoscendo quel che vuole il padrone, si comporterà in modo da meritare una punizione, sarà punito meno severamente. Infatti, chi ha ricevuto molto dovrà render conto di molto, perché quanto più uno ha ricevuto, tanto più gli sarà chiesto».

Tragicità dell'attesa. - ⁴⁹«Sono venuto a gettare fuoco sulla terra, e vorrei davvero che fosse già acceso! ⁵⁰Ho un battesimo da ricevere e grande è la mia angoscia finché non l'avrò ricevuto. ⁵¹Pensate che io sia venuto per portare la pace tra gli uomini? No, ve lo assicuro, ma la divisione.

⁵²D'ora in poi, se in una famiglia vi sono cinque persone, si divideranno tre contro due e due contro tre. ⁵³Si divideranno

il padre contro il figlio
e *il figlio contro il padre*,
la madre contro la figlia
e *la figlia contro la madre*,
la suocera contro la nuora
e *la nuora contro la suocera*».

Lettura dei segni dei tempi. - ⁵⁴Diceva anche alle folle: «Quando vedete una nube che sale da ponente, voi dite subito: "Presto pioverà", e così accade. ⁵⁵Quando invece soffia lo scirocco, dite: "Farà caldo", e

così accade. ⁵⁶Ipocriti! Siete capaci di prevedere il tempo che farà, e come mai non sapete capire questo tempo? ⁵⁷Perché non giudicate da voi stessi ciò che è giusto? ⁵⁸Quando vai con il tuo avversario dal giudice, lungo la strada cerca di trovare un accordo con lui, perché non ti trascini davanti al giudice e il giudice ti consegni alla guardia e la guardia ti getti in prigione! ⁵⁹Ti assicuro che non ne uscirai finché non avrai pagato fino all'ultimo spicciolo».

13 Urge convertirsi. - ¹In quel momento arrivarono alcuni a riferirgli il fatto di quei galilei che Pilato aveva fatto uccidere mentre stavano offrendo i loro sacrifici. ²Gesù disse: «Credete che quei galilei abbiano subìto tale sorte perché erano più peccatori di tutti gli altri galilei? ³Vi dico che non è così; anzi, se non vi convertirete, perirete tutti allo stesso modo. ⁴E quei diciotto che morirono schiacciati sotto la torre di Siloe, credete voi che fossero più debitori di tutti gli altri abitanti di Gerusalemme? ⁵Io vi dico che non è vero; anzi, se non vi convertirete, perirete tutti allo stesso modo».

Parabola del fico sterile. - ⁶Disse poi questa parabola: «Un uomo aveva un fico piantato nella sua vigna e venne a cogliervi i frutti, ma non ne trovò. ⁷Allora disse al contadino: "Ecco, sono tre anni che vengo a cercare frutti su questo fico, ma non ne trovo. Taglialo. Perché deve occupare inutilmente il terreno?". ⁸Il contadino rispose: "Signore, lascialo ancora per quest'anno. Voglio zappare bene attorno a questa pianta e metterci del concime. ⁹Può darsi che il prossimo anno produca dei frutti; se no, lo farai tagliare"».

Gesù guarisce una donna di sabato. - ¹⁰Una volta stava insegnando in una sinagoga, ed era di sabato. ¹¹Vi era una donna che da diciotto anni uno spirito maligno teneva inferma. Era curva e non poteva in nessun modo stare diritta. ¹²Quando Gesù la vide, la chiamò e le disse: «Donna, sei guarita dalla tua malattia». ¹³Impose le sue mani su di lei e subito ella si raddrizzò e si mise a glorificare Dio. ¹⁴Ma il capo della sinagoga, indignato perché Gesù aveva fatto quella guarigione di sabato, si rivolse alla folla e disse: «Sono sei i giorni in cui si deve lavorare: venite dunque a farvi guarire in quelli e non di sabato». ¹⁵Ma il Signore rispose: «Ipocriti! Ognuno di voi non slega forse di sabato il bue o l'asino dalla mangiatoia per portarli ad abbeverarsi? ¹⁶E costei, discendente di Abramo, che Satana teneva legata da diciotto anni, non doveva essere sciolta da questo legame, anche se era di sabato?». ¹⁷Mentre egli diceva queste cose, tutti i suoi avversari erano pieni di vergogna. Tutta la folla invece si rallegrava per tutte le azioni meravigliose da lui compiute.

Parabola del grano di senapa e del lievito. - ¹⁸Diceva dunque: «A che cosa è simile il regno di Dio? A che cosa lo paragonerò? ¹⁹È simile a un granello di senapa, che un uomo ha preso e seminato nel suo orto. Quel granello è cresciuto ed è poi diventato un albero, e gli uccelli del cielo son venuti a posarsi tra i suoi rami». ²⁰Disse ancora: «A che cosa paragonerò il regno di Dio? ²¹È simile al lievito che una donna ha preso e impastato con tre grosse misure di farina. Allora il lievito fa fermentare tutta la pasta».

Chi entrerà nel regno? - ²²Insegnando, Gesù attraversava città e villaggi e intanto andava verso Gerusalemme. ²³Un tale gli domandò: «Signore, sono pochi quelli che si salvano?». Rispose: ²⁴«Sforzatevi di entrare per la porta stretta, perché vi assicuro che molti cercheranno di entrare, ma non vi riusciranno. ²⁵Dopo che il padrone di casa si sarà alzato e avrà chiuso la porta, voi comincerete a star fuori e a bussare alla porta dicendo: "Signore, aprici". Ma egli vi risponderà: "Non vi conosco, non so da dove venite". ²⁶Allora comincerete a dire: "Noi abbiamo mangiato e bevuto dinanzi a te, e tu sei passato, insegnando, nei nostri villaggi". ²⁷Alla fine egli vi dirà: "Io non so donde siete. Allontanatevi da me, voi tutti operatori di ingiustizia!". ²⁸Là voi piangerete e soffrirete molto, quando vedrete Abramo, Isacco e Giacobbe e tutti i profeti nel regno di Dio, e voi fuori. ²⁹Verranno da oriente e da occidente, da settentrione e da mezzogiorno e parteciperanno tutti al banchetto nel regno di Dio. ³⁰Ed ecco: alcuni di quelli che ora sono tra gli ultimi saranno i primi, mentre altri che ora sono i primi saranno gli ultimi».

Lamento su Gerusalemme. - ³¹In quel momento si avvicinarono alcuni farisei e gli dissero: «Esci e parti da qui, perché Erode vuol farti uccidere». ³²Egli rispose: «Andate a dire a quella volpe: Ecco, io scaccio gli spiriti maligni e compio guarigioni oggi e domani, e il terzo giorno raggiungerò la mia mèta. ³³Però oggi, domani e il giorno seguente è necessario che io continui per la mia strada, perché nessun profeta può morire fuori di Gerusalemme.

³⁴Gerusalemme, Gerusalemme, che uccidi i profeti e lapidi i messaggeri che ti sono inviati! Quante volte ho voluto raccogliere i tuoi figli, come la chioccia raccoglie i suoi pulcini sotto le ali. Ma voi non avete voluto! ³⁵Ebbene, *la vostra casa sarà abbandonata!* Vi dico che non mi vedrete più fino a quando esclamerete: *Benedetto colui che viene nel nome del Signore».*

14 Gesù invitato a pranzo. - ¹Un sabato era entrato in casa di uno dei capi dei farisei per mangiare pane e lo stavano ad osservare. ²Di fronte a lui c'era un idropico. ³Rivolgendosi ai dottori della legge e ai farisei, Gesù disse: «È lecito di sabato guarire o no?». ⁴Ma essi restarono in silenzio. Allora egli prese per mano il malato, lo guarì e lo congedò. ⁵Poi domandò agli altri: «Chi di voi, se gli cade nel pozzo un figlio o un bue, non lo tirerà subito fuori, anche se è di sabato?». ⁶Ma essi non sapevano rispondere.

Parabola dei primi posti. - ⁷Osservando poi come alcuni invitati sceglievano i primi posti, disse loro una parabola: ⁸«Quando sei invitato a nozze da qualcuno, non adagiarti al primo posto, perché potrebbe esserci un invitato più importante di te; ⁹in tal caso colui che ti ha invitato sarà costretto a venirti a dire: "Cedigli il posto!". Allora tu, pieno di vergogna, dovrai prendere l'ultimo posto. ¹⁰Invece, quando sei invitato a nozze, va' a metterti all'ultimo posto. Quando arriverà colui che ti ha invitato, ti dirà: "Amico, vieni, prendi un posto migliore". Allora ciò sarà per te motivo di onore davanti a tutti gli invitati. ¹¹Infatti, chiunque si innalza sarà abbassato, chi invece si abbassa sarà innalzato».

---

14. - ⁸· Il posto d'onore era quello di mezzo ed era riservato al padrone di casa; i posti erano più onorifici quanto più vicini al padrone. La parabola inculca l'umiltà: non dice di mettersi all'ultimo posto per essere poi onorati, ma di non cercare l'onore umano.

Parabola della scelta degli invitati. - [12]Disse poi a colui che lo aveva invitato: «Quando offri un pranzo o una cena, non invitare i tuoi amici o fratelli, né i tuoi parenti, né i ricchi che abitano vicino a te: costoro infatti possono a loro volta invitarti e così tu puoi avere il contraccambio. [13]Invece, quando offri un banchetto, invita poveri, storpi, zoppi, ciechi: [14]e sarai beato, perché essi non hanno la possibilità di ricambiarti. Infatti sarai contraccambiato nella risurrezione dei giusti».

Parabola del grande banchetto. - [15]Uno degli invitati, udite queste parole, esclamò: «Beato chi mangia il pane nel regno di Dio!». [16]Gesù rispose: «Un uomo fece un grande banchetto e invitò molta gente. [17]All'ora del pranzo, mandò un suo servo a dire agl'invitati: "Venite, tutto è pronto". [18]Ma tutti, uno dopo l'altro, cominciarono a scusarsi. Uno disse: "Ho comprato un campo e devo andare a vederlo. Ti prego di scusarmi". [19]Un altro disse: "Ho comprato cinque paia di buoi e sto andando a provarli. Ti prego di scusarmi". [20]Un altro ancora disse: "Ho preso moglie e perciò non posso venire". [21]Ritornato dal suo padrone, il servo gli riferì tutto questo. Allora il padrone di casa, pieno di sdegno, disse al servo: "Esci presto per le piazze e per le vie della città e conduci qui poveri, storpi, ciechi e zoppi". [22]Il servo poi disse al padrone: "Signore, il tuo ordine è stato eseguito, ma c'è ancora posto". [23]Allora il padrone disse al servo: "Esci per le strade e lungo le siepi e forzali a venire, perché la mia casa sia piena di gente". [24]Vi dico infatti: nessuno di quegli uomini che erano stati invitati gusterà la mia cena».

L'immagine del vero discepolo. - [25]Grandi folle andavano con lui. Egli si rivolse a loro e disse: [26]«Se uno viene a me e non odia suo padre, sua madre, la moglie, i figli, i fratelli, le sorelle e anche la propria vita, non può essere mio discepolo. [27]Chi non porta la propria croce e non viene dietro di me, non può essere mio discepolo.

[28]Chi di voi, volendo costruire una torre, non siede prima a calcolare la spesa, per vedere se possiede abbastanza denaro per portarla a termine? [29]Perché non càpiti che, se getta le fondamenta e non è in grado di finire i lavori, la gente che vede cominci a schernirlo e a dire: [30]"Costui ha cominciato a costruire e non è stato capace di portare a termine i lavori".

[31]Oppure, quale re, andando in guerra contro un altro re, non siede prima a calcolare se con diecimila soldati può affrontare il nemico che avanza con ventimila? [32]Se vede che non è possibile, mentre il nemico è ancora lontano, gli manda messaggeri a chiedere quali sono le condizioni per la pace. [33]Così; dunque, chiunque di voi non rinuncia a tutti i propri beni, non può essere mio discepolo».

Parabola del sale. - [34]«Il sale è buono, ma se perde il suo sapore, con che cosa gli si renderà il sapore? [35]Non serve né per la terra, né per il concime; perciò lo si butta via. Chi ha orecchi, cerchi di capire!».

15 **Parabola della pecorella smarrita.** - [1]Gli esattori delle tasse e i peccatori si avvicinavano a lui per ascoltarlo. [2]I farisei e i dottori della legge mormoravano dicendo: «Costui accoglie i peccatori e mangia con essi». [3]Allora Gesù disse loro questa parabola: [4]«Chi di voi, se possiede cento pecore e ne perde una, non lascia le novantanove nel deserto per andare a cercare quella che si è smarrita, finché non la ritrova? [5]Quando la trova, se la mette sulle spalle contento, [6]ritorna a casa, convoca gli amici e i vicini e dice loro: "Fate festa con me, perché ho trovato la mia pecora che era perduta". [7]Così, vi dico, ci sarà gioia nel cielo più per un peccatore che si converte, che non per novantanove giusti che non hanno bisogno di conversione».

Parabola della dramma perduta. - [8]«O quale donna, se possiede dieci dramme e ne perde una, non accende la lucerna e spazza bene la casa e si mette a cercare attentamente, finché non la trova? [9]Quando l'ha trovata, chiama le amiche e le vicine di casa e dice loro: "Fate festa con me, perché ho ritrovato la dramma che avevo perduta". [10]Così, vi dico, gli angeli di Dio fanno grande festa per un solo peccatore che si converte».

28-32. Con le due parabolette della torre e del re, Gesù vuole insegnare che quanti desiderano mettersi alla sua sequela devono assicurarsi d'essere disposti ad abbandonare realmente tutto il resto: con Gesù non sono possibili mezze misure.

Parabola del padre misericordioso. - [11]E diceva: «Un uomo aveva due figli. [12]Il più giovane disse al padre: "Padre, dammi subito la parte di eredità che mi spetta". Allora il padre divise le sostanze tra i due figli. [13]Pochi giorni dopo, il figlio più giovane, raccolti tutti i suoi beni, emigrò in una regione lontana e là spese tutti i suoi averi, vivendo in modo dissoluto. [14]Quando ebbe dato fondo a tutte le sue sostanze, in quel paese si diffuse una grande carestia ed egli cominciò a trovarsi nel bisogno. [15]Andò allora da uno degli abitanti di quel paese e si mise alle sue dipendenze. Quello lo mandò nei campi a pascolare i porci. [16]Per la fame avrebbe voluto saziarsi con le carrube che mangiavano i porci; ma nessuno gliene dava. [17]Allora, rientrando in se stesso, disse: "Tutti i dipendenti in casa di mio padre hanno cibo in abbondanza, io invece qui muoio di fame! [18]Ritornerò da mio padre e gli dirò: Padre, ho peccato contro il cielo e dinanzi a te; [19]non sono più degno di essere chiamato tuo figlio. Trattami come uno dei tuoi mercenari". [20]Si mise in cammino e ritornò da suo padre. Mentre era ancora lontano, suo padre lo vide e ne ebbe compassione. Gli corse incontro, gli si gettò al collo e lo baciò. [21]Il figlio gli disse: "Padre, ho peccato contro il cielo e dinanzi a te. Non sono più degno di essere considerato tuo figlio". [22]Ma il padre ordinò ai servi: "Presto, portate qui la veste migliore e fateglela indossare; mettetegli l'anello al dito e i sandali ai piedi. [23]Prendete il vitello grasso e ammazzatelo. Facciamo festa con un banchetto, [24]perché questo mio figlio era morto ed è ritornato in vita, era perduto ed è stato ritrovato". E cominciarono a far festa.

[25]Ora, il figlio maggiore si trovava nei campi. Al suo ritorno, quando fu vicino a casa, udì musica e danze. [26]Chiamò uno dei servi e gli domandò che cosa fosse successo. [27]Il servo gli rispose: "È ritornato tuo fratello e tuo padre ha fatto ammazzare il vitello grasso, perché ha riavuto suo figlio sano e salvo". [28]Egli si adirò e non voleva entrare in casa. Allora suo padre uscì per cercare di convincerlo. [29]Ma egli rispose a suo padre: "Da tanti anni io ti servo e non ho mai disubbidito a un tuo comando. Eppure tu non mi hai mai dato un capretto per far festa con i miei amici. [30]Ora invece che torna a casa questo tuo figlio che ha dilapidato i tuoi beni con le meretrici, per lui tu hai fatto ammazzare

il vitello grasso". [31]Gli rispose il padre: "Figlio mio, tu sei sempre con me e tutto ciò che è mio è anche tuo; [32]ma si doveva far festa e rallegrarsi, perché questo tuo fratello era morto ed è tornato in vita, era perduto ed è stato ritrovato"».

16 **Parabola del fattore infedele.** - [1]Diceva anche ai discepoli: «Un uomo ricco aveva un amministratore, e questi fu accusato dinanzi a lui di aver dissipato i suoi beni. [2]Il padrone lo chiamò e gli disse: "È vero quello che sento dire di te? Rendi conto della tua amministrazione, perché da questo momento non potrai più amministrare". [3]L'amministratore disse fra sé: "Che cosa farò ora che il mio padrone mi ha tolto l'amministrazione? Non ho forza per zappare e a chiedere l'elemosina mi vergogno. [4]So io che farò, perché quando mi sarà tolta l'amministrazione mi accolgano nelle loro case". [5]Chiamò ad uno ad uno quelli che avevano debiti con il suo padrone e disse al primo: [6]"Tu quanto devi al mio padrone?". Quello rispose: "Cento barili di olio". Gli disse: "Prendi il tuo foglio, siediti e scrivi cinquanta". [7]Poi disse a un altro: "E tu quanto devi?". Quello rispose: "Cento misure di grano". Gli disse: "Prendi il tuo foglio e scrivi ottanta". [8]Il padrone lodò quell'amministratore disonesto, perché aveva agito con scaltrezza. Infatti i figli di questo mondo, nei loro rapporti con gli altri, sono più astuti dei figli della luce».

Sulla ricchezza e sulla fedeltà. - [9]«E io vi dico: fatevi degli amici con la ricchezza ingiusta, perché quando essa verrà a mancare vi accolgano nelle tende eterne.

[10]Chi è fedele in cosa di poco conto, è fedele anche in cosa importante; e chi è disonesto nelle piccole cose, è disonesto anche in quelle importanti. [11]Perciò, se non siete stati fedeli nella ricchezza ingiusta, chi vi affiderà quella vera? [12]E se non siete stati fedeli nella ricchezza altrui, chi vi darà la vostra?

---

16. - [8]. Il padrone loda l'astuzia, non l'inganno fraudolento.

[9]. Le ricchezze sono chiamate *ingiuste* perché spesso rendono l'anima schiava dell'avarizia e della cupidigia e possono essere causa d'ingiustizie. La conclusione della parabola è indicata qui: servirsi delle ricchezze per procurarsi beni utili per l'eternità, perché solo allora sono veramente utili.

¹³Nessun servo può servire due padroni: o odierà l'uno e amerà l'altro, oppure preferirà l'uno e disprezzerà l'altro. Non potete servire Dio e mammona».

¹⁴Ora i farisei, che erano amanti del denaro, stavano ad ascoltare tutte queste cose e lo deridevano. ¹⁵Ed egli disse loro: «Voi siete coloro che si mostrano giusti davanti agli uomini, ma Dio conosce i vostri cuori. Infatti ciò che gli uomini apprezzano molto, Dio lo considera senza valore».

La legge e i profeti. - ¹⁶«La legge e i profeti arrivano fino a Giovanni; da allora in poi il regno di Dio viene annunziato e ognuno fa di tutto per entrarci.

¹⁷È più facile che finiscano il cielo e la terra piuttosto che cada una sola parola della legge, anche la più piccola.

¹⁸Chiunque ripudia la propria moglie e ne sposa un'altra, commette adulterio; e chi sposa una donna ripudiata dal marito, commette adulterio».

Parabola del ricco epulone. - ¹⁹«C'era un uomo ricco, che portava vesti di porpora e di bisso e faceva festa ogni giorno con grandi banchetti. ²⁰Un povero, di nome Lazzaro, sedeva alla sua porta a mendicare, tutto coperto di piaghe, ²¹bramoso di sfamarsi con gli avanzi che cadevano dalla mensa del ricco. Perfino i cani venivano a leccare le sue piaghe. ²²Un giorno il povero morì e fu portato dagli angeli nel seno di Abramo. Poi morì anche il ricco e fu sepolto. ²³Finito negli inferi tra i tormenti, alzando lo sguardo verso l'alto, vide da lontano Abramo e Lazzaro che era con lui. ²⁴Allora gridò: "Padre Abramo, abbi pietà di me e manda Lazzaro a intingere nell'acqua la punta del dito e a bagnarmi la lingua, perché soffro terribilmente in questa fiamma". ²⁵Ma Abramo rispose: "Figlio, ricòrdati che hai ricevuto la tua parte di beni durante la tua vita, e Lazzaro parimenti le sofferenze. Ma adesso lui è consolato, tu invece sei tormentato. ²⁶Per di più, tra noi e voi c'è un grande abisso; se qualcuno di noi vuol passare da voi, non lo può fare; così pure nessuno di voi può venire da noi". ²⁷E quello disse: "Allora, padre, ti supplico di mandarlo a casa di mio padre. ²⁸Ho cinque fratelli e vorrei che li ammonisca a non venire anch'essi in questo luogo di tormento". ²⁹Abramo rispose: "Hanno Mosè e i profeti: li ascoltino!". ³⁰Quello replicò: "No,

padre Abramo; ma se qualcuno dai morti andrà da loro, cambieranno modo di vivere". ³¹Abramo disse: "Se non ascoltano Mosè e i profeti, non si lasceranno convincere neppure se qualcuno risorge dai morti"».

17 **Alcuni insegnamenti di Gesù.** - ¹Un giorno disse ai suoi discepoli: «È inevitabile che succedano scandali; però guai a colui che li provoca. ²È meglio per lui che gli sia appesa al collo una grossa pietra e sia gettato in mare, piuttosto che scandalizzare uno di questi piccoli. ³Guardatevene bene! Se un tuo fratello ti offende, tu rimproveralo; ma se poi si pente, perdonagli. ⁴E se anche ti offende sette volte al giorno e sette volte al giorno torna da te a chiederti perdono, tu perdonalo».

⁵Gli apostoli dissero al Signore: «Aumenta la nostra fede!». ⁶Il Signore rispose: «Se aveste fede come un granello di senapa, potreste dire a questo gelso: "Togli le radici da questo terreno e vai a piantarti nel mare", ed esso vi ascolterebbe.

⁷Chi di voi, se ha un servo che si trova ad arare o a pascolare il gregge, gli dirà, quando sarà ritornato dal campo: "Vieni subito e mettiti a tavola"? ⁸Non gli dirà piuttosto: "Preparami la cena: rimboccati la veste e servi in tavola, finché io mangi e beva, e dopo mangerai e berrai anche tu"? ⁹Avrà forse degli obblighi verso il suo servo, perché questi ha compiuto ciò che gli è stato comandato? ¹⁰Così fate anche voi. Quando avrete fatto tutto quello che vi è stato ordinato, dite: "Siamo servi inutili. Abbiamo fatto quello che dovevamo fare!"».

Gesù guarisce i dieci lebbrosi. - ¹¹Mentre andava verso Gerusalemme, Gesù attraversò la Samaria e la Galilea. ¹²Entrando in un villaggio, gli vennero incontro dieci lebbrosi. Questi si fermarono a una certa distanza ¹³ed ad alta voce dissero a Gesù: «Gesù, maestro, abbi pietà di noi!». ¹⁴Appena li vide Gesù disse: «Andate dai sacerdoti e presentatevi loro». E mentre quelli andavano, furono guariti. ¹⁵Uno di loro, appena vide di essere guarito, tornò indietro glorificando Dio a gran voce ¹⁶e si gettò bocconi per terra ai piedi di Gesù per ringraziarlo. Era un samaritano. ¹⁷Gesù allora disse: «Non sono stati guariti tutti e dieci? Dove sono gli altri nove? ¹⁸Non è ritornato nessun altro a ringraziare Dio all'infuori di questo straniero?». ¹⁹E gli disse: «Àlzati e va': la tua fede ti ha salvato».

Gesù ritornerà glorioso nel suo regno. -

²⁰I farisei gli domandarono: «Quando viene il regno di Dio?». Egli rispose: «Il regno di Dio non viene in modo che si possa osservare. ²¹Nessuno potrà dire: "Eccolo qui", o: "Eccolo là", perché il regno di Dio è già in mezzo a voi».

²²Poi disse ai discepoli: «Verranno tempi nei quali desidererete vedere uno solo dei giorni del Figlio dell'uomo, ma non lo vedrete. ²³Vi diranno: "Eccolo qui", oppure: "Eccolo là"; ma voi non vi muovete, non seguiteli.

²⁴Come infatti il lampo guizza da un estremo all'altro del cielo e illumina ogni cosa, così sarà il Figlio dell'uomo nel suo giorno.

²⁵Ma prima egli deve patire molto ed essere rifiutato dagli uomini di questo tempo. ²⁶E come avvenne ai tempi di Noè, così sarà nei giorni del Figlio dell'uomo: ²⁷si mangiava, si beveva, si prendeva moglie e si prendeva marito, fino al giorno in cui Noè entrò nell'arca. Poi venne il diluvio e li spazzò via tutti. ²⁸Lo stesso avvenne ai tempi di Lot: la gente mangiava e beveva, comprava e vendeva, piantava e costruiva. ²⁹Ma nel giorno in cui Lot uscì da Sodoma, venne dal cielo fuoco e zolfo e li distrusse tutti. ³⁰Così succederà nel giorno in cui il Figlio dell'uomo si manifesterà. ³¹In quel giorno, se qualcuno si troverà sulla terrazza, non scenda in casa a prendere le sue cose. Se uno si troverà nei campi, non torni indietro. ³²Ricordatevi della moglie di Lot. ³³Chi cercherà di preservare la sua vita la perderà, chi invece darà la propria vita la conserverà.

³⁴Vi dico: in quella notte due saranno in un letto: uno verrà preso e l'altro lasciato. ³⁵Due donne si troveranno a macinare insieme il grano: una sarà presa e l'altra lasciata. ³⁶Due uomini si troveranno nei campi: uno sarà preso e l'altro lasciato».

³⁷I discepoli allora gli dicono: «Dove, Signore?». Egli disse loro: «Dove sarà il cadavere, là si raduneranno anche gli avvoltoi».

18 Parabola del giudice e della vedova. - ¹Raccontò loro una parabola per mostrare che dovevano pregare sempre, senza stancarsi mai. ²«In una città viveva

un giudice che non temeva Dio e non si curava di nessuno. ³Nella stessa città viveva una vedova, che andava da lui e gli chiedeva: "Fammi giustizia contro il mio avversario". ⁴Per un po' di tempo il giudice non volle, ma alla fine disse tra sé: "Anche se non temo Dio e non mi prendo cura degli uomini, ⁵tuttavia le farò giustizia e così non verrà continuamente a seccarmi"». ⁶E il Signore soggiunse: «Avete udito ciò che dice il giudice ingiusto? ⁷E Dio non farà giustizia ai suoi eletti che lo invocano giorno e notte? Tarderà ad aiutarli? ⁸Vi dico che farà loro giustizia prontamente. Ma il Figlio dell'uomo, quando verrà, troverà la fede sulla terra?».

Parabola del fariseo e del pubblicano. -

⁹Disse poi un'altra parabola per alcuni che erano persuasi di essere giusti e disprezzavano gli altri: ¹⁰«Due uomini salirono al tempio per pregare: uno era fariseo e l'altro pubblicano. ¹¹Il fariseo se ne stava in piedi e pregava così tra sé: "O Dio, ti ringrazio perché non sono come gli altri uomini, rapaci, ingiusti, adùlteri, e neppure come questo pubblicano. ¹²Io digiuno due volte alla settimana e offro la decima parte di quello che possiedo". ¹³Il pubblicano invece si fermò a distanza e non osava neppure alzare lo sguardo al cielo, ma si batteva il petto dicendo: "O Dio, sii benigno con me, peccatore". ¹⁴Vi dico che questi tornò a casa giustificato, l'altro invece no, perché chi si esalta sarà umiliato e chi si umilia sarà esaltato».

Gesù e i fanciulli. - ¹⁵Gli presentavano anche dei bimbi perché li toccasse, ma i discepoli, vedendo questo, li sgridavano. ¹⁶Allora Gesù li chiamò vicino a sé e disse: «Lasciate che i fanciulli vengano a me e non glielo impedite, perché il regno di Dio è di quelli che sono simili a loro. ¹⁷In verità vi dico: chi non accoglie il regno di Dio come un fanciullo, non vi entrerà».

Il giovane ricco. - ¹⁸E un capo lo interrogò: «Maestro buono, che cosa devo fare per ot-

---

17. - ²¹ I Giudei credevano che il regno di Dio dovesse essere preceduto e accompagnato da segni spettacolari e prodigiosi. Gesù combatte tale opinione e dice che il regno di Dio è già in terra, già in atto, poiché già allora la predicazione evangelica stava trasformando le anime.

tenere la vita eterna?». ¹⁹Gesù gli rispose: «Perché mi dici buono? Nessuno è buono, tranne Dio. ²⁰Conosci i comandamenti: *Non commettere adulterio, non uccidere, non rubare, non dire il falso, ama tuo padre e tua madre*». ²¹Quell'uomo disse: «Tutto questo l'ho osservato fin dalla mia giovinezza». ²²Udito ciò, Gesù gli disse: «Ti manca ancora una cosa: vendi tutto quello che hai e dàllo ai poveri, così avrai un tesoro nei cieli; poi vieni e seguimi». ²³Ma quello, udite queste parole, diventò molto triste. Era infatti molto ricco. ²⁴Gesù, notando la sua tristezza, disse: «Come è difficile per coloro che sono ricchi entrare nel regno di Dio. ²⁵È più facile che un cammello passi attraverso la cruna di un ago, piuttosto che un ricco entri nel regno di Dio». ²⁶Quelli che ascoltavano domandarono: «Ma allora chi può salvarsi?». ²⁷Egli rispose: «Ciò che è impossibile agli uomini, è possibile a Dio». ²⁸Pietro allora disse: «Vedi, noi abbiamo lasciato le nostre cose e ti abbiamo seguito». ²⁹Gesù rispose loro: «In verità vi dico: non c'è nessuno che abbia lasciato casa, moglie, fratelli, genitori e figli per il regno di Dio, ³⁰che non riceva molto di più in questo tempo e nel secolo avvenire la vita eterna».

Terza profezia della passione. - ³¹Poi prese con sé i Dodici e disse loro: «Ecco che saliamo a Gerusalemme e si compirà tutto quello che è stato scritto dai profeti circa il Figlio dell'uomo. ³²Sarà consegnato ai pagani, sarà insultato, coperto di offese e di sputi; ³³e, dopo averlo flagellato, lo uccideranno. Ma il terzo giorno risusciterà». ³⁴Ma essi non capirono nulla di tutto questo: il significato di quel discorso rimase per loro oscuro e non riuscivano affatto a capire.

Guarigione del cieco di Gerico. - ³⁵Mentre si stava avvicinando a Gerico, un cieco era seduto sul bordo della strada e chiedeva l'elemosina. ³⁶Sentendo passare la folla, domandò che cosa accadesse. ³⁷Gli risposero: «È Gesù di Nazaret che passa!». ³⁸Allora si mise a gridare: «Gesù, figlio di Davide, abbi pietà di me!». ³⁹Quelli che camminavano davanti lo sgridavano per farlo tacere.

Ma il cieco gridava ancor più forte: «Figlio di Davide, abbi pietà di me!». ⁴⁰Gesù allora si fermò e ordinò che gli portassero il cieco. Quando fu vicino, gli domandò: ⁴¹«Che cosa vuoi che faccia per te?». Egli rispose: «Signore, che io ci veda». ⁴²E Gesù gli disse: «Vedi! La tua fede ti ha salvato». ⁴³Subito ci vide di nuovo e si mise a seguirlo, ringraziando Dio. Anche la gente che era presente, alla vista del fatto, si mise a lodare Dio.

19 **Incontro di Gesù con Zaccheo.** - ¹Entrato nella città di Gerico, la stava attraversando. ²Or un uomo di nome Zaccheo, che era capo dei pubblicani e ricco, ³cercava di vedere chi fosse Gesù, ma non ci riusciva; c'era infatti molta gente ed egli era troppo piccolo di statura. ⁴Allora corse avanti e, per poterlo vedere, si arrampicò sopra un sicomoro, perché Gesù doveva passare di là. ⁵Gesù, quando arrivò in quel punto, alzò gli occhi e gli disse: «Zaccheo, scendi in fretta, perché oggi devo fermarmi a casa tua». ⁶Scese subito e lo accolse con gioia. ⁷Vedendo ciò, tutti mormoravano: «È andato ad alloggiare in casa di un peccatore!». ⁸Ma Zaccheo, alzatosi, disse al Signore: «Signore, io do ai poveri la metà dei miei beni e se ho rubato a qualcuno gli restituisco il quadruplo». ⁹Gesù gli rispose: «Oggi la salvezza è entrata in questa casa, perché anch'egli è figlio di Abramo. ¹⁰Infatti il Figlio dell'uomo è venuto a cercare e a salvare ciò che era perduto».

Parabola delle mine. - ¹¹Mentre essi stavano ad ascoltare queste cose, Gesù raccontò quest'altra parabola, perché era vicino a Gerusalemme ed essi credevano che la manifestazione del regno di Dio fosse imminente. ¹²Disse dunque: «Un uomo di nobile famiglia se ne andò in un paese lontano per ricevere il titolo di re, e poi ritornare. ¹³Chiamati dieci dei suoi servi, diede loro dieci mine, dicendo: "Fatele fruttificare fino a quando tornerò". ¹⁴Ma i suoi concittadini lo odiavano e gli mandarono dietro alcuni rappresentanti a dire: "Non vogliamo che costui regni su di noi". ¹⁵Ma quell'uomo divenne re e ritornò al suo paese e fece chiamare i servi ai quali aveva consegnato il denaro, per vedere quanto ciascuno ne avesse ricavato. ¹⁶Si fece avanti il primo e disse: "Signore, la tua mina ne ha fruttato dieci". ¹⁷Gli rispose:

---

19. - ¹²·¹³ La parabola esorta i discepoli di Cristo, durante la sua assenza, cioè nel corso della vita presente, a far fruttificare i doni ricevuti da Dio. A seconda dei frutti essi saranno premiati.

"Bene, servo buono; poiché sei stato fedele nel poco, ricevi il governo sopra dieci città". ¹⁸Poi venne il secondo e disse: "Signore, la tua mina ne ha fruttato cinque". ¹⁹Anche a questo disse: "Anche tu avrai l'amministrazione di cinque città". ²⁰Infine si fece avanti l'altro servo e disse: "Signore, ecco la tua mina che ho nascosto in un fazzoletto. ²¹Ho avuto paura di te, perché sei un uomo severo: pretendi quello che non hai depositato e raccogli quello che non hai seminato". ²²Gli rispose: "Dalle tue parole ti giudico, servo malvagio! Sapevi che sono un uomo severo, che pretendo quello che non ho depositato e raccolgo quello che non ho seminato. ²³Perché allora non hai depositato il mio denaro alla banca? Al mio ritorno l'avrei ritirato con l'interesse". ²⁴Disse poi ai presenti: "Toglietegli la mina e datela a colui che ne ha dieci". ²⁵Gli risposero: "Signore, ne ha già dieci!". ²⁶"Vi dico: chi ha riceverà ancora di più; invece a chi ha poco sarà tolto anche quello che ha. ²⁷Intanto, conducete qui i miei nemici, quelli che non mi volevano come loro re. Conduceteli qui e uccideteli alla mia presenza"». ²⁸Dopo questi discorsi, Gesù camminava in testa agli altri, salendo a Gerusalemme.

MINISTERO IN GERUSALEMME

Ingresso trionfale di Gesù in Gerusalemme. - ²⁹Quando fu vicino a Bètfage e a Betània, presso il monte detto degli Ulivi, mandò avanti due discepoli dicendo: ³⁰«Andate nel villaggio che sta qui di fronte; entrando, troverete un asinello legato sul quale non è mai salito nessuno; slegatelo e portatelo qui. ³¹Se qualcuno vi chiederà: "Perché lo slegate?", voi risponderete così: "Il Signore ne ha bisogno"». ³²I due discepoli andarono e trovarono le cose come egli aveva detto. ³³Mentre slegavano il puledro, i proprietari domandarono loro: «Perché slegate il puledro?». ³⁴Essi risposero: «Il Signore ne ha bisogno». ³⁵Allora lo condussero a Gesù e, dopo aver coperto il puledro con i loro mantelli, vi fecero montare Gesù. ³⁶Via via che Gesù avanzava, la gente stendeva i mantelli sulla strada. ³⁷Quando fu vicino alla discesa del monte degli Ulivi, tutta la folla dei discepoli, esultando, cominciò a lodare a gran voce Dio per tutti i miracoli che aveva visto. ³⁸Gridavano:

«Benedetto colui che viene
nel nome del Signore: egli è il re!

In cielo pace
e gloria nel più alto dei cieli».

³⁹Allora alcuni farisei che si trovavano tra la folla gli dissero: «Maestro, fa' tacere i tuoi discepoli!». ⁴⁰Ma egli rispose: «Vi dico che se taceranno costoro, si metteranno a gridare le pietre».

Lamento di Gesù sopra Gerusalemme. - ⁴¹Quando fu vicino, alla vista della città, pianse su di essa, ⁴²dicendo: «Oh, se tu pure conoscessi, in questo giorno, quello che occorre alla tua pace! Ma ora ciò è stato nascosto ai tuoi occhi. ⁴³Verranno sopra di te giorni nei quali i tuoi nemici ti circonderanno di trincee. Ti assedieranno e ti stringeranno da ogni parte. ⁴⁴Distruggeranno te e i tuoi abitanti, e non lasceranno in te pietra su pietra, perché tu non hai conosciuto il tempo nel quale sei stata visitata».

Gesù caccia dal tempio i profanatori. - ⁴⁵Entrato poi nel tempio, si mise a cacciare quelli che facevano commercio, ⁴⁶dicendo loro: «Sta scritto:

La mia casa sarà casa di preghiera.
Voi, invece, ne avete fatto una caverna
di ladri!».

⁴⁷E insegnava ogni giorno nel tempio. I capi dei sacerdoti e i dottori della legge cercavano di farlo perire, e così anche i capi del popolo. ⁴⁸Ma non sapevano come fare, perché tutto il popolo pendeva dalle sue labbra nell'ascoltarlo.

20 **Una questione di fondo.** - ¹Un giorno, mentre istruiva il popolo nel tempio e annunziava il suo messaggio, andarono da lui i capi dei sacerdoti, i dottori della legge, con i capi del popolo, e gli dissero: ²«Dicci con quale autorità tu fai queste cose. Chi ti ha dato questo potere?». ³Gesù rispose loro: «Io pure vi farò una domanda. Ditemi: ⁴il battesimo di Giovanni era dal cielo o dagli uomini?». ⁵Essi allora fecero tra loro questo ragionamento: «Se diciamo "dal cielo", risponderà: "Perché non gli avete creduto?". ⁶Se invece diciamo "dagli uomini", allora il popolo ci lapiderà, perché tutti sono convinti che Giovanni era un profeta». ⁷Perciò risposero di non saperlo. ⁸E Gesù disse loro: «Neppure io vi dirò con quale autorità faccio queste cose».

Parabola dei vignaioli omicidi. - [9]Poi cominciò a raccontare al popolo questa parabola: «Un uomo *piantò una vigna*, l'affidò a dei contadini e se ne andò lontano per molto tempo. [10]Al momento opportuno, mandò un servo da quei contadini per ritirare la sua parte del raccolto della vigna. Ma i contadini lo bastonarono e lo mandarono via a mani vuote. [11]Il padrone mandò un altro servo, ma essi percossero anche questo, lo insultarono e lo rimandarono a mani vuote. [12]Ne mandò ancora un terzo, ma quei contadini percossero gravemente anche lui e lo cacciarono. [13]Allora il padrone della vigna disse: "Che cosa posso fare? Manderò il mio figlio, l'amato. Forse di lui avranno rispetto". [14]Ma i contadini, appena lo videro, dissero tra loro: "Costui è l'erede! Ammazziamolo, perché l'eredità sia nostra!". [15]E, gettatolo fuori dalla vigna, lo uccisero. Che cosa farà dunque il padrone della vigna a costoro? [16]Verrà, disperderà quei contadini e darà la vigna ad altri».

Ma essi, udite queste parole, dissero: «Non sia mai!». [17]Allora Gesù fissò lo sguardo su di loro e disse: «Che cos'è dunque ciò che sta scritto:

*La pietra che i costruttori hanno scartata
è diventata pietra di base?*

[18]Chiunque cadrà su quella pietra si sfracellerà; e colui sul quale essa cadrà, lo stritolerà».

[19]I dottori della legge e i capi dei sacerdoti cercarono di impadronirsi di lui in quello stesso momento, ma ebbero paura del popolo. Avevano ben capito che egli aveva detto per loro quella parabola.

Il tributo a Cesare. - [20]Si misero a osservarlo e mandarono delle spie, che dovevano fingersi persone oneste, per coglierlo in fallo in un suo discorso e poterlo consegnare al potere e all'autorità del governatore. [21]Essi lo interrogarono: «Maestro, sappiamo che tu parli e insegni con rettitudine. Tu non guardi in faccia a nessuno, ma insegni veramente la via di Dio. [22]Ci è lecito o no pagare il tributo a Cesare?». [23]Rendendosi conto della loro malizia, disse: [24]«Mostratemi un denaro: di chi è l'immagine e l'iscrizione?». [25]Risposero: «Di Cesare». Ed egli disse: «Date a Cesare quel che è di Cesare e a Dio quel che è di Dio». [26]Così non poterono coglierlo in fallo per quello che diceva al popolo e, meravigliatisi della sua risposta, non seppero più che cosa dire.

I sadducei e la risurrezione. - [27]Si avvicinarono alcuni sadducei, i quali dicono che non vi è risurrezione, e gli domandarono: [28]«Maestro, Mosè ci ha prescritto: se uno muore e lascia la moglie senza figli, suo fratello deve sposare la vedova e dare una discendenza al proprio fratello. [29]C'erano dunque sette fratelli: il primo, dopo aver preso moglie, morì senza lasciare figli. [30]Allora la prese il secondo [31]e poi il terzo e così tutti e sette, e morirono senza lasciare figli. [32]Poi morì anche la donna. [33]Questa donna, quando i morti risorgeranno, di chi sarà moglie? Poiché tutti e sette i fratelli l'hanno avuta come moglie».

[34]Gesù rispose loro: «I figli di questo mondo prendono moglie e prendono marito; [35]ma quelli che sono giudicati degni del mondo futuro e della risurrezione dai morti, non prendono né moglie né marito. [36]Essi non possono più morire, perché sono uguali agli angeli, e sono figli di Dio fatti degni della risurrezione. [37]E che i morti risorgono, lo ha affermato anche Mosè a proposito del roveto, quando dice che il *Signore è Dio di Abramo, Dio di Isacco e Dio di Giacobbe*. [38]Quindi Dio non è il Dio dei morti, ma dei viventi, perché tutti vivono per lui».

[39]Intervennero allora alcuni dottori della legge e dissero: «Maestro, hai parlato bene». [40]Da quel momento non avevano più il coraggio di fargli domande.

Il Messia come figlio di Davide. - [41]Un giorno egli disse loro: «Come mai si dice che il Messia è figlio di Davide? [42]Nel libro dei Salmi lo stesso Davide dice:

*Il Signore ha detto al mio Signore:
Siedi alla mia destra,
[43]finché io ponga i tuoi nemici
come sgabello sotto i tuoi piedi.*

[44]Davide dunque lo chiama Signore. Perciò, come può essere suo figlio?».

---

20. - [9-18.] In questa parabola Gesù manifesta la riprovazione d'Israele: i Giudei non hanno soltanto respinto, perseguitato e ucciso gl'inviati di Dio, ma si sono persino opposti a suo Figlio e lo hanno crocifisso. Per questo sono esclusi dal regno di Dio. Tuttavia, secondo quanto ci dice san Paolo, la loro riprovazione non durerà per sempre e il giorno della salvezza arriverà anche per loro (cfr. Rm 11,25-32).

Ipocrisia dei farisei. - ⁴⁵Mentre tutto il popolo stava ad ascoltare, disse ai suoi discepoli: ⁴⁶«Guardatevi dai dottori della legge. Essi amano passeggiare in lunghe vesti, desiderano essere salutati nelle piazze e occupare i posti d'onore nelle sinagoghe e i primi posti nei banchetti. ⁴⁷Fanno lunghe preghiere per farsi vedere, ma nello stesso tempo strappano alle vedove quello che ancora possiedono. Costoro saranno giudicati ben più severamente».

21
L'offerta della vedova. - ¹Guardandosi attorno, vide alcuni ricchi che gettavano le loro offerte nelle cassette del tempio. ²Vide anche una vedova povera che vi gettava due monetine. ³Allora disse: «In verità vi dico: questa vedova, povera com'è, ha offerto più di tutti gli altri. ⁴Tutti costoro infatti hanno dato come offerta parte del loro superfluo, questa donna invece ha dato, nella sua miseria, tutto il necessario per vivere».

Discorso escatologico. - ⁵Siccome alcuni parlavano del tempio e dicevano che era molto bello per le pietre e per i doni votivi che lo adornavano, egli disse: ⁶«Verranno giorni in cui tutto quello che ammirate sarà distrutto e non rimarrà pietra su pietra». ⁷Ora, lo interrogavano: «Maestro, quando accadrà questo e quale sarà il segno che ciò sta per compiersi?».

⁸Gesù rispose: «Fate attenzione a non essere ingannati. Perché molti verranno e si presenteranno con il mio nome dicendo: "Sono io", e: "Il tempo è vicino". Voi però non seguiteli. ⁹Quando sentirete parlare di guerre e di rivoluzioni, non abbiate paura. Devono infatti succedere prima queste cose, ma non significa che subito dopo ci sarà la fine».

¹⁰Allora diceva loro: «Un popolo si solleverà contro un altro popolo e un regno contro un altro regno. ¹¹Ci saranno dappertutto terremoti, carestie e pestilenze: vi saranno anche fenomeni spaventosi e segni grandiosi dal cielo. ¹²Ma prima di tutto ciò vi prenderanno con violenza e vi perseguiteranno, consegnandovi alle sinagoghe e alle prigioni, trascinandovi davanti ai loro re e ai loro governatori, a causa del mio nome. ¹³Allora avrete occasione di dare testimonianza. ¹⁴Ritenete per sicuro che non vi dovete preoccupare di quello che direte per difen-

dervi; ¹⁵io stesso vi darò linguaggio e sapienza, così che i vostri avversari non potranno resistere né controbattere. ¹⁶Sarete consegnati persino dai genitori e dai fratelli, dai parenti e dagli amici, e molti di voi saranno uccisi; ¹⁷sarete odiati da tutti per causa del mio nome. ¹⁸Eppure, nemmeno un capello del vostro capo andrà perduto. ¹⁹Con la vostra perseveranza salverete le vostre anime.

²⁰Ora, quando vedrete Gerusalemme circondata da eserciti, ricordate allora che la sua desolazione è vicina. ²¹Allora quelli che sono nella Giudea fuggano sui monti, quelli che si trovano in città se ne allontanino e quelli che sono in campagna non tornino in città; ²²poiché questi sono giorni di vendetta, affinché si compia tutto ciò che è stato scritto. ²³Guai alle donne incinte e a quelle che allattano in quei giorni; vi sarà infatti grande tribolazione nel paese e ira contro questo popolo. ²⁴E cadranno a fil di spada e saranno portati via come schiavi tra tutti i popoli; Gerusalemme sarà calpestata dai pagani, finché saranno compiuti i tempi dei pagani.

²⁵Ci saranno segni nel sole, nella luna e nelle stelle; e sulla terra angoscia di popoli in preda allo smarrimento per il fragore del mare e dei flutti. ²⁶Gli uomini verranno meno per il timore e per l'attesa di ciò che dovrà accadere sulla terra. Infatti le *forze dei cieli* saranno sconvolte. ²⁷Allora vedranno il *Figlio dell'uomo venire sopra una nube* con grande potenza e splendore. ²⁸Quando queste cose cominceranno ad accadere, drizzatevi e alzate la testa, perché la vostra liberazione è vicina».

²⁹Poi disse loro una parabola: «Guardate l'albero del fico e tutti gli altri alberi. ³⁰Quando vedete che cominciano a germogliare, voi capite che l'estate è ormai vicina. ³¹Così pure, quando vedrete compiersi queste cose, sappiate che il regno di Dio è vicino. ³²In verità vi dico: non passerà questa generazione prima che tutto questo avvenga. ³³Il cielo e la terra passeranno, ma le mie parole non passeranno.

³⁴State bene attenti che i vostri cuori non si intontiscano in dissipazioni, ubriachezze e preoccupazioni materiali, e che quel giorno non vi piombi addosso all'improvviso; ³⁵come un laccio esso si abbatterà sopra tutti coloro che popolano la faccia della terra. ³⁶Vegliate e pregate in ogni momento, per avere la forza di sfuggire a tutti questi mali

che stanno per accadere e per comparire davanti al Figlio dell'uomo».

[37]Durante il giorno insegnava nel tempio, di notte usciva e se ne stava all'aperto sul monte degli Ulivi. [38]Ma già di buon mattino tutto il popolo andava nel tempio per ascoltarlo.

PASSIONE, MORTE E RISURREZIONE

22 **La decisione del sinedrio e il tradimento di Giuda.** - [1]Si avvicinava la festa degli Azzimi, detta anche Pasqua, [2]e i capi dei sacerdoti e i dottori della legge cercavano come sopprimerlo. Però temevano il popolo. [3]Satana allora entrò in Giuda, chiamato Iscariota, che era nel numero dei Dodici. [4]Ed egli andò a mettersi d'accordo con i capi dei sacerdoti e i capi della guardia sul modo di consegnare Gesù nelle loro mani. [5]Essi ne furono contenti e convennero di dargli del denaro. [6]Egli fu d'accordo e da quel momento cercava l'occasione propizia per consegnarlo loro senza che il popolo se ne accorgesse.

Ultima cena e discorso di addio. - [7]Venne poi il giorno degli Azzimi, nel quale si doveva immolare la Pasqua. [8]Gesù mandò Pietro e Giovanni, dicendo: «Andate a preparare per noi la Pasqua, perché possiamo mangiare». [9]Gli domandarono: «Dove vuoi che prepariamo?». [10]Egli rispose: «Quando entrerete in città, vi verrà incontro un uomo che porta una brocca d'acqua. Seguitelo nella casa dove entrerà. [11]Poi direte al padrone di casa: "Il Maestro ti dice: Dov'è la sala in cui posso mangiare la Pasqua con i miei discepoli?". [12]Egli vi mostrerà una grande sala, al piano superiore, arredata con divani: là preparate». [13]Essi andarono e trovarono tutto come aveva detto loro e prepararono la Pasqua. [14]E quando venne l'ora, prese posto a tavola e con lui anche gli apostoli.

[15]E disse: «Ho desiderato grandemente mangiare questa Pasqua con voi, prima di patire, [16]perché vi dico che non la mangerò più finché non sia compiuta nel regno di Dio». [17]E preso un calice, rese grazie e disse: «Prendetelo e fatelo passare tra voi, [18]poiché vi dico che da questo momento non berrò più del frutto della vite finché non sia venuto il regno di Dio».

Racconto dell'istituzione dell'eucaristia. - [19]Poi, preso un pane, rese grazie, lo spezzò e lo diede loro dicendo: «Questo è il mio corpo che è dato per voi. Fate questo in memoria di me».

[20]Allo stesso modo, alla fine della cena, prese il calice dicendo: «Questo calice è la nuova alleanza nel mio sangue che è sparso per voi.

[21]Ma, ecco, la mano di colui che mi tradisce è con me, sulla mensa. [22]Poiché il Figlio dell'uomo parte, come è stato decretato; ma guai a quell'uomo per mezzo del quale egli è tradito». [23]Allora essi cominciarono a chiedersi chi di essi avrebbe fatto una cosa simile.

Rimprovero e promessa della ricompensa. - [24]E tra loro sorse anche una discussione: chi di essi doveva essere considerato il più grande. [25]Egli disse loro: «I re governano sui loro popoli e quelli che hanno il potere su di essi si fanno chiamare benefattori. [26]Voi però non agite così; ma chi tra voi è il più grande diventi come il più piccolo e chi governa diventi come quello che serve. [27]Chi è infatti più grande: chi siede a tavola o chi sta a servire? Non è forse chi siede a tavola? Eppure io sono in mezzo a voi come uno che serve.

[28]Voi siete quelli che sono rimasti con me nelle mie prove. [29]Ora, io preparo per voi un regno come il Padre l'ha preparato per me, [30]affinché mangiate e beviate alla mia tavola nel mio regno. E siederete sui troni per giudicare le dodici tribù d'Israele».

Predizione del rinnegamento di Pietro. - [31]«Simone, Simone, ascolta! Satana ha ottenuto il permesso di passarvi al vaglio come il grano. [32]Ma io ho pregato per te, perché non venga meno la tua fede. E tu, quando sarai tornato, conferma i tuoi fratelli».

[33]Pietro allora gli disse: «Signore, con te sono pronto ad andare in prigione e anche alla morte». [34]Gesù gli rispose: «Pietro, io ti dico: oggi non canterà il gallo prima che tu

---

22. - 19-20. Con l'istituzione dell'eucaristia Gesù ha lasciato alla chiesa il sacramento della sua presenza perenne e del suo sacrificio nei segni del pane e del vino da condividere.

32. La fede di Pietro non verrà meno; anzi, la sua fede sarà regola per tutta la chiesa; ed egli, pentito delle sue negazioni, ha il dovere di confermare gli altri nella fede.

per tre volte abbia dichiarato di non conoscermi».

³⁵Poi disse loro: «Quando vi mandai senza borsa, senza bisaccia e senza sandali, vi è mancato qualcosa?». Essi risposero: «Nulla». ³⁶Allora egli disse: «Ora, però, chi ha una borsa la prenda, e così anche la bisaccia; e chi non ha una spada, venda il mantello e se ne compri una. ³⁷Vi dico infatti che deve compiersi in me ciò che è scritto: *È stato messo nel numero dei malfattori.* Infatti ciò che mi riguarda volge al suo compimento». ³⁸Allora essi dissero: «Signore, ecco qui due spade». Ma egli rispose: «Basta!».

Gesù nel Getsèmani. - ³⁹Uscito se ne andò, secondo il suo solito, al monte degli Ulivi; lo seguirono anche i discepoli. ⁴⁰Quando giunse sul luogo, disse loro: «Pregate per non cadere in tentazione». ⁴¹Poi si allontanò da loro alcuni passi e, inginocchiatosi, pregava: ⁴²«Padre, se vuoi, allontana da me questo calice. Però non sia fatta la mia, ma la tua volontà».

⁴³Gli apparve allora un angelo dal cielo per confortarlo. ⁴⁴E, entrato in agonia, pregava più intensamente. E il suo sudore divenne come gocce di sangue che cadevano a terra. ⁴⁵Poi, alzatosi dalla preghiera, andò dai discepoli e li trovò addormentati, a motivo della tristezza. ⁴⁶Disse loro: «Perché dormite? Alzatevi e pregate per non cadere in tentazione».

Arresto di Gesù. - ⁴⁷Mentre egli ancora parlava, ecco giunse una folla di gente; li precedeva colui che si chiamava Giuda, uno dei Dodici. Si avvicinò a Gesù per baciarlo. ⁴⁸Gesù gli disse: «Giuda, con un bacio tradisci il Figlio dell'uomo?». ⁴⁹Quelli che erano con lui, appena si accorsero di quello che stava per accadere, dissero: «Signore, dobbiamo usare la spada?». ⁵⁰E uno di loro colpì il servo del sommo sacerdote e gli staccò l'orecchio destro. ⁵¹Ma Gesù intervenne e disse: «Smettete, basta così!». E toccandogli l'orecchio, lo guarì. ⁵²Disse poi Gesù ai gran sacerdoti, agli ufficiali del tempio e agli anziani che erano venuti contro di lui: «Siete usciti con spade e bastoni come contro un delinquente. ⁵³Eppure ogni giorno io stavo con voi nel tempio e non mi avete mai arrestato. Ma questa è l'ora vostra e la potenza delle tenebre».

Rinnegamento di Pietro e suo pentimento. - ⁵⁴Dopo averlo catturato, lo condussero via e lo introdussero nella casa del sommo sacerdote. Pietro intanto lo seguiva da lontano. ⁵⁵In mezzo al cortile era acceso un fuoco, molti vi stavano seduti attorno e Pietro si sedette in mezzo a loro. ⁵⁶Una serva lo vide seduto vicino al fuoco e fissandolo disse: «Anche quest'uomo stava con lui». ⁵⁷Ma egli negò dicendo: «Donna, non lo conosco!». ⁵⁸Poco dopo un altro, vedendolo, disse: «Anche tu sei uno di loro». Ma Pietro rispose: «No, non lo sono». ⁵⁹Dopo circa un'ora, un altro insisté dicendo: «È vero, anche questi era con lui; infatti è un galileo». ⁶⁰Ma Pietro disse: «O uomo, non so quello che dici». In quell'istante, mentre Pietro parlava ancora, un gallo cantò. ⁶¹Allora il Signore, voltatosi, guardò Pietro, e Pietro si ricordò della parola del Signore, il quale gli aveva detto: «Oggi, prima che il gallo canti, mi rinnegherai tre volte». ⁶²E uscito fuori, pianse amaramente.

Gli oltraggi a Gesù e l'interrogatorio del mattino. - ⁶³Intanto gli uomini che avevano in custodia Gesù lo deridevano e lo percuotevano. ⁶⁴Gli bendavano gli occhi e gli domandavano: «Indovina: chi ti ha colpito?». ⁶⁵E dicevano contro di lui molte altre cose, bestemmiando.

⁶⁶Appena fu giorno, si riunirono i capi del popolo insieme ai sommi sacerdoti e ai dottori della legge. Lo condussero davanti al sinedrio ⁶⁷e gli dissero: «Se tu sei il Cristo, dillo a noi!». Gesù rispose: «Anche se ve lo dico, voi non mi crederete; ⁶⁸se invece vi interrogo, voi non mi risponderete. ⁶⁹Ma d'ora in poi il *Figlio dell'uomo siederà alla destra della potenza di Dio*». ⁷⁰Allora tutti domandarono: «Tu dunque sei il Figlio di Dio?». Egli rispose loro: «Voi dite che io lo sono». ⁷¹Essi conclusero: «Che bisogno abbiamo ancora di testimonianza? Noi stessi l'abbiamo udito dalla sua bocca».

23 **Gesù da Pilato.** - ¹Tutta quell'assemblea si alzò e lo condussero davanti a Pilato. ²Là cominciarono ad accusarlo: «Quest'uomo l'abbiamo trovato mentre so-

---

⁴⁴. *Il sudore di sangue*, detto dai medici diapedèsi, è causato da violenta angoscia; certamente interessava Luca che era medico.

billava la nostra gente, proibiva di pagare i tributi a Cesare e affermava di essere il Cristo re». ³Allora Pilato lo interrogò: «Sei tu il re dei Giudei?». Egli rispose: «Tu lo dici».

⁴Pilato si rivolse ai sommi sacerdoti e alla folla e disse: «Non trovo nessun motivo di condanna in quest'uomo». ⁵Ma quelli insistevano: «Costui solleva il popolo, insegnando per tutta la Giudea, dopo aver cominciato dalla Galilea fino a qui». ⁶Quando Pilato udì ciò, domandò se quell'uomo fosse galileo, ⁷e venuto a sapere che apparteneva alla giurisdizione di Erode, lo fece condurre da Erode, che proprio in quei giorni si trovava a Gerusalemme.

Gesù davanti a Erode. - ⁸Quando vide Gesù, Erode se ne rallegrò molto. Da molto tempo infatti desiderava vederlo per averne sentito parlare e sperava di vederlo compiere qualche miracolo. ⁹Lo interrogò con insistenza, ma Gesù non rispose nulla. ¹⁰Intanto i sommi sacerdoti e i dottori della legge, che erano presenti, insistevano nell'accusarlo. ¹¹Erode, insieme ai suoi soldati, lo schernì; gli mise addosso una veste bianca e lo rimandò a Pilato. ¹²Erode e Pilato, che prima erano nemici, da quel giorno diventarono amici.

Pilato cede di fronte ai Giudei. - ¹³Pilato, riuniti i sommi sacerdoti, le autorità e il popolo, disse loro: ¹⁴«Mi avete presentato quest'uomo come sobillatore del popolo. Ebbene, l'ho esaminato alla vostra presenza, ma non ho trovato in lui nessuna delle colpe di cui l'accusate; ¹⁵e neppure Erode, perché ce l'ha rimandato. Dunque egli non ha fatto nulla che meriti la morte. ¹⁶Perciò, dopo averlo fatto frustare, lo lascerò libero».

¹⁷Per la festa di Pasqua era necessario che egli mettesse loro in libertà qualcuno. ¹⁸Tutti insieme si misero a gridare: «A morte costui! Vogliamo libero Barabba!». ¹⁹Questi era stato messo in prigione per una sommossa scoppiata in città e per omicidio. ²⁰Pilato si rivolse di nuovo a loro, con il proposito di liberare Gesù. ²¹Ma essi gridavano: «Crocifiggilo, crocifiggilo!». ²²Egli, per la terza volta, disse loro: «Ma che male ha fatto costui? Non ho trovato in lui nessuna colpa che meriti la morte. Perciò lo farò frustare e poi lo lascerò libero». ²³Ma essi insistevano a gran voce, chiedendo che fosse crocifisso. E le loro grida si fa-

cevano sempre più forti. ²⁴Pilato allora decretò che fosse eseguita la loro richiesta. ²⁵Rilasciò quello che era stato messo in prigione per sommossa e omicidio, e che quelli richiedevano, ma consegnò Gesù alla loro volontà.

La via dolorosa. - ²⁶Mentre lo conducevano via, fermarono un certo Simone di Cirene, che tornava dai campi, gli misero addosso la croce da portare dietro a Gesù. ²⁷Lo seguiva una gran moltitudine di popolo e di donne che si battevano il petto e piangevano per lui. ²⁸Gesù allora si voltò verso di loro e disse: «Figlie di Gerusalemme, non piangete per me; piangete piuttosto per voi stesse e per i vostri figli. ²⁹Ecco, verranno giorni nei quali si dirà: Beate le sterili e quelle che non hanno mai generato e le mammelle che non hanno allattato. ³⁰Allora la gente comincerà a *dire ai monti: "Cadete su di noi!" e alle colline: "Ricopriteci!"*. ³¹Perché, se si tratta così il legno verde, che ne sarà del legno secco?». ³²Insieme a lui venivano condotti a morte anche due delinquenti.

Crocifissione. - ³³Quando giunsero sul posto, detto luogo del Cranio, là crocifissero lui e i due malfattori, uno a destra e l'altro a sinistra. ³⁴Gesù diceva: «Padre, perdona loro, perché non sanno quello che fanno».

Intanto, *spartendo le sue vesti, le tirarono a sorte.*

³⁵Il popolo stava a guardare. I capi del popolo invece lo *schernivano* dicendo: «Ha salvato gli altri, salvi se stesso se è il Cristo di Dio, l'Eletto». ³⁶Anche i soldati lo schernivano; si accostavano a lui per dargli dell'*aceto* ³⁷e gli dicevano: «Se tu sei il re dei Giudei, salva te stesso». ³⁸Sopra il suo capo c'era anche una scritta: «Questi è il re dei Giudei».

Il buon ladrone. - ³⁹Uno dei malfattori che erano stati crocifissi, lo insultava: «Non sei tu il Cristo? Salva te stesso e noi!». ⁴⁰Ma l'altro lo rimproverava: «Non hai proprio nessun timore di Dio, tu che stai subendo la stessa condanna? ⁴¹Noi giustamente, perché riceviamo la giusta pena per le nostre azioni, lui invece non ha fatto nulla di male». ⁴²Poi aggiunse: «Gesù, ricòrdati di me, quando andrai nel tuo regno». ⁴³Gesù gli rispose: «In verità ti dico: oggi, sarai con me in paradiso».

Morte di Gesù. - ⁴⁴Era quasi l'ora sesta, quando si fece buio su tutta la terra fino all'ora nona, ⁴⁵essendosi eclissato il sole. Il velo del tempio si squarciò a metà. ⁴⁶E Gesù, gridando a gran voce, disse: «Padre, *nelle tue mani raccomando il mio spirito*». Detto questo, spirò.

⁴⁷Il centurione, vedendo l'accaduto, glorificava Dio: «Certamente quest'uomo era giusto». ⁴⁸Anche tutti quelli che erano convenuti per questo spettacolo, davanti a questi fatti se ne tornarono a casa battendosi il petto. ⁴⁹Tutti i suoi amici e le donne che lo avevano seguito fin dalla Galilea se ne stavano lontano, osservando tutto ciò che accadeva.

Sepoltura. - ⁵⁰C'era un uomo di nome Giuseppe, membro del sinedrio, uomo giusto e buono, ⁵¹che non si era associato alla loro deliberazione e alla loro azione. Era nativo di Arimatea, una città dei Giudei, e aspettava il regno di Dio. ⁵²Egli si presentò a Pilato e chiese il corpo di Gesù. ⁵³Lo depose dalla croce, lo avvolse in un lenzuolo e lo mise in un sepolcro, scavato nella roccia, dove non era stato posto ancora nessuno. ⁵⁴Era la vigilia di Pasqua, e già cominciava a sorgere il sabato. ⁵⁵Le donne che erano venute con Gesù dalla Galilea seguirono Giuseppe e videro il sepolcro e come vi era stato deposto il corpo di Gesù.

⁵⁶Poi se ne tornarono a casa per preparare aromi e unguenti. Il giorno di sabato osservarono il riposo, come prescrive la legge.

24 **Esperienze al sepolcro.** - ¹Il primo giorno della settimana, di buon mattino, si recarono al sepolcro, portando gli aromi che avevano preparato. ²Trovarono che la pietra che chiudeva il sepolcro era stata rimossa, ³ma, entrate, non trovarono il corpo del Signore Gesù. ⁴Se ne stavano lì senza sapere che cosa fare, quando apparvero loro due uomini, con vesti splendenti. ⁵Le donne, impaurite, tenevano il volto chinato a terra. Ma i due uomini dissero loro: «Perché cercate tra i morti il vivente? ⁶Non è qui, ma è risuscitato. Ricordatevi come vi ha parlato quando era ancora in Galilea, ⁷quando diceva che era necessario che il Figlio dell'uomo fosse consegnato in mano ai peccatori, che fosse crocifisso e il terzo giorno risuscitasse». ⁸E si ricordarono delle sue parole. ⁹Tornate

dal sepolcro, raccontarono tutto questo agli Undici e a tutti gli altri. ¹⁰Erano Maria di Màgdala, Giovanna e Maria di Giacomo. Anche le altre donne che erano insieme lo raccontarono agli apostoli. ¹¹Ma queste parole parvero ad essi come un'allucinazione e non credettero alle donne. ¹²Pietro, però, alzatosi, corse al sepolcro. Guardò dentro e vide solo le bende. E se ne tornò indietro meravigliato di quanto era avvenuto.

Apparizione ai discepoli di Emmaus. - ¹³In quel medesimo giorno, due dei discepoli si trovavano in cammino verso un villaggio, detto Emmaus, distante circa sette miglia da Gerusalemme, ¹⁴e discorrevano fra loro di tutto quello che era accaduto. ¹⁵Mentre discorrevano e discutevano, Gesù si avvicinò e si mise a camminare con loro. ¹⁶Ma i loro occhi erano impediti dal riconoscerlo. ¹⁷Ed egli disse loro: «Che discorsi sono questi che vi scambiate l'un l'altro, cammin facendo?». Si fermarono, tristi. ¹⁸Uno di loro, di nome Cleopa, gli disse: «Tu solo sei così straniero in Gerusalemme da non sapere ciò che vi è accaduto in questi giorni?». ¹⁹Domandò: «Che cosa?». Gli risposero: «Il caso di Gesù, il Nazareno, che era un profeta potente in opere e in parole, davanti a Dio e a tutto il popolo; ²⁰come i gran sacerdoti e i nostri capi lo hanno consegnato perché fosse condannato a morte, e lo hanno crocifisso. ²¹Noi speravamo che fosse lui quello che avrebbe liberato Israele. Ma siamo già al terzo giorno da quando sono accaduti questi fatti. ²²Tuttavia alcune donne tra noi ci hanno sconvolti. Esse si sono recate di buon mattino al sepolcro, ²³ma non hanno trovato il suo corpo. Sono tornate a dirci di aver avuto una visione di angeli, i quali affermano che egli è vivo. ²⁴Alcuni dei nostri sono andati al sepolcro e hanno trovato tutto come avevano detto le donne, ma lui non l'hanno visto».

²⁵Allora egli disse loro: «O stolti e tardi di cuore a credere a quello che hanno detto i profeti! ²⁶Non doveva forse il Cristo patire tutto questo ed entrare nella sua gloria?». ²⁷E cominciando da Mosè e da tutti i profeti, spiegò loro quanto lo riguardava in tutte le Scritture. ²⁸Quando furono vicini al villaggio dove erano diretti, egli fece finta di proseguire. ²⁹Ma essi lo costrinsero a fermarsi, dicendo: «Resta con

noi, perché si fa sera e il sole ormai tramonta». Egli entrò per rimanere con loro.
[30]Or avvenne che mentre si trovava a tavola con loro prese il pane, pronunciò la benedizione, lo spezzò e lo distribuì loro.
[31]Allora si aprirono i loro occhi e lo riconobbero. Ma egli disparve ai loro sguardi.
[32]Si dissero allora l'un l'altro: «Non ardeva forse il nostro cuore quando egli, lungo la via, ci parlava e ci spiegava le Scritture?».
[33]Quindi si alzarono e ritornarono subito a Gerusalemme, dove trovarono gli Undici riuniti e quelli che erano con loro. [34]Costoro dicevano: «Il Signore è veramente risorto ed è apparso a Simone». [35]Ed essi raccontarono ciò che era accaduto lungo il cammino e come l'avevano riconosciuto allo spezzare del pane.

Apparizione agli apostoli. - [36]Mentre parlavano di queste cose, Gesù stette in mezzo a loro e disse: «Pace a voi!». [37]Sconvolti e pieni di paura, credevano di vedere un fantasma. [38]Ma egli disse loro: «Perché siete turbati? E perché sorgono dubbi nei vostri cuori? [39]Guardate le mie mani e i miei piedi: sono proprio io! Toccatemi e osservate:

un fantasma non ha carne e ossa come vedete che io ho». [40]E mentre diceva queste cose, mostrava loro le mani e i piedi. [41]Ma poiché per la gioia non riuscivano a crederci ed erano pieni di stupore, egli disse loro: «Avete qualcosa da mangiare?». [42]Gli diedero un po' di pesce arrostito. [43]Egli lo prese e lo mangiò davanti a loro.

[44]Poi disse: «Era proprio questo che vi dicevo quando ero ancora con voi: bisogna che si adempia tutto ciò che di me sta scritto nella legge di Mosè, nei Profeti e nei Salmi». [45]Allora aprì loro la mente all'intelligenza delle Scritture. [46]E aggiunse: «Così sta scritto: il Cristo doveva patire e il terzo giorno risuscitare dai morti; [47]nel suo nome saranno predicati a tutte le genti la conversione e il perdono dei peccati. [48]Voi sarete testimoni di tutto questo, cominciando da Gerusalemme. [49]Ed ecco che io manderò su di voi quello che il Padre mio ha promesso. Voi però restate in città, fino a quando non sarete rivestiti di potenza dall'alto».

Ascensione di Gesù. - [50]Poi li condusse fuori, verso Betània e, alzate le mani, li benedì. [51]Mentre li benediceva, si separò da loro e veniva portato nel cielo. [52]Essi, dopo averlo adorato, se ne tornarono a Gerusalemme con grande gioia. [53]E stavano sempre nel tempio lodando e ringraziando Dio.

---

24. - [49.] *Quello che il Padre mio ha promesso*: è lo Spirito Santo (cfr. Gv 15,26), della cui discesa sugli apostoli Luca parlerà negli Atti degli Apostoli (c. 2).

VANGELO SECONDO GIOVANNI

L'ultimo vangelo in ordine di tempo è quello che la tradizione attribuisce a Giovanni apostolo, il «discepolo che Gesù amava». Era pescatore, forse uno dei primi due discepoli di Gesù (1,35-40), amico di Pietro e uno dei tre discepoli prediletti, testimoni della trasfigurazione, della risurrezione della figlia di Giàiro e dell'agonia nel Getsemani. Ebbe pure il privilegio di ricevere da Gesù la sua stessa madre ai piedi della croce (19,26s). Dopo la Pentecoste troviamo Giovanni con Pietro (At 3,1; 4,3; 8,14), presente nel concilio di Gerusalemme (15,1-29), in cui era una delle «colonne» (Gal 2,9). Forse si fermò a lungo in Palestina, poi passò a Efeso, dove morì in età avanzata.

Scritto con un fine specifico — «Affinché crediate che Gesù è il Cristo, il Figlio di Dio, e, credendo, abbiate la vita nel suo nome» (20,31) — il quarto vangelo si presenta molto diverso dagli altri tre, sia per il contenuto che per il modo di esposizione: narra pochi miracoli, che chiama segni, *accompagnati da discorsi in cui Gesù rivela se stesso e il senso dei segni, compiuti spesso in connessione con le feste giudaiche che ne sottolineano il significato.*

Dopo un prologo-inno (1,1-18), in cui Gesù è presentato uguale a Dio, mediatore della creazione e della rivelazione salvifica, il vangelo si articola in due parti: il libro dei «segni» con i discorsi che li accompagnano (1,19 - 12,50), e il libro della «gloria» con l'arrivo dell'ora di Gesù (13,1 - 20,31), ora di dolore e di glorificazione, in cui il Maestro, dopo i densi discorsi di addio ai suoi, va incontro alla passione-glorificazione. Il vangelo termina con un epilogo, aggiunto in seguito (c. 21).

PROLOGO

1 Inno al Verbo

¹ In principio era il Verbo
e il Verbo era presso Dio
e Dio era il Verbo.
² Questi era in principio presso Dio.
³ Tutto per mezzo di lui fu fatto
e senza di lui non fu fatto
nulla di ciò che è stato fatto.
⁴ In lui era la vita
e la vita era la luce degli uomini;
⁵ e la luce nelle tenebre brilla
e le tenebre non la compresero.

⁶Ci fu un uomo mandato da Dio; il suo nome era Giovanni. ⁷Questi venne come testimone per rendere testimonianza alla luce, affinché tutti credessero per mezzo di

lui. ⁸Non era lui la luce, ma per rendere testimonianza alla luce.

⁹ Era la luce vera,
che illumina ogni uomo,
quella che veniva nel mondo.
¹⁰ Era nel mondo
e il mondo fu fatto
per mezzo di lui
e il mondo non lo riconobbe.
¹¹ Venne nella sua proprietà
e i suoi non lo accolsero.

---

1. ¹⁻¹⁴· *In principio,* cioè prima di tutte le cose; *Verbo,* in greco *Lógos,* significa «parola». Il Verbo è detto eterno, Persona distinta da Dio Padre, fonte di vita. La divinità e l'umanità di Gesù Cristo sono proclamate chiaramente nelle parole: *Il Verbo si fece carne* (v. 14), in cui si afferma l'unione della natura divina con l'umana nell'unica Persona divina del Verbo.

12 A quanti però lo accolsero
diede il potere di divenire figli di Dio,
a coloro che credono nel suo nome,
13 i quali non da sangue
né da volontà di carne
né da volontà di uomo
ma da Dio furono generati.
14 E il Verbo si fece carne
e dimorò fra noi
e abbiamo visto la sua gloria,
gloria come di Unigenito dal Padre,
pieno di grazia e di verità.

15Giovanni rende testimonianza a lui e
proclama: «Questi era colui di cui dissi: "Colui che viene dopo di me ebbe la precedenza
davanti a me, perché era prima di me"».

16 Della sua pienezza infatti
noi tutti ricevemmo
e grazia su grazia;
17 poiché la legge fu data
per mezzo di Mosè,
la grazia e la verità divennero realtà
per mezzo di Gesù Cristo.
18 Dio nessuno l'ha visto mai.
L'Unigenito Dio,
che è nel seno del Padre,
egli lo ha rivelato.

LA RIVELAZIONE DI GESÙ

La rivelazione. - 19Ora, questa è la testimonianza di Giovanni, quando i Giudei gli
mandarono da Gerusalemme sacerdoti e leviti per domandargli: «Tu, chi sei?». 20E
professò, e non negò, e professò: «Io non
sono il Cristo». 21Gli domandarono: «Chi
sei tu allora? Sei Elia?». Egli dice: «Non lo
sono». «Sei il profeta?». Rispose: «No!».
22Gli dissero allora: «Chi sei? Ché possiamo
dare una risposta a chi ci ha inviati! Cosa
dici di te stesso?». 23Affermò:

«Io sono *voce di uno che grida nel deserto:
raddrizzate la via del Signore,*

come disse il profeta Isaia». 24Essi erano
stati mandati dai farisei. 25Costoro gli domandarono ancora: «Perché dunque battez-
zi se non sei il Cristo né Elia né il profeta?». 26Rispose loro Giovanni: «Io battezzo
con acqua; in mezzo a voi sta colui che voi
non conoscete, 27colui che viene dopo di
me, di cui non sono degno di sciogliere il
legaccio del sandalo». 28Questi fatti avven-
nero a Betània al di là del Giordano, dove
c'era Giovanni che battezzava.

29L'indomani vede Gesù venirgli incontro e
dice: «Ecco l'agnello di Dio che toglie il peccato del mondo. 30Questi è colui di cui ho
detto: "Colui che viene dopo di me ebbe la
precedenza davanti a me, perché era prima
di me". 31Io non lo conoscevo, ma proprio
perché fosse rivelato a Israele sono venuto
a battezzare con acqua». 32Poi Giovanni testimoniò: «Ho visto lo Spirito scendere dal
cielo come una colomba, e si fermò sopra di
lui. 33Io non lo conoscevo, ma colui che mi
mandò a battezzare con acqua mi disse:
"Colui sul quale vedrai scendere lo Spirito
e fermarsi su di lui, è lui che battezza con
lo Spirito Santo". 34E io l'ho visto e ho testimoniato che lui è il Figlio di Dio».

I primi discepoli vanno a Gesù. - 35L'indomani, Giovanni si trovava ancora là con due
dei suoi discepoli. 36Fissando lo sguardo su
Gesù che passava, egli dice: «Ecco l'agnello
di Dio». 37I due discepoli lo sentirono parlare così e seguirono Gesù. 38Gesù, voltosi e
visti i due discepoli che lo stavano seguendo, dice loro: «Che cercate?». Gli dissero:
«Rabbì (che, tradotto, significa "maestro"),
dove stai?». 39«Venite e vedrete», dice loro.
Andarono e videro dove stava e quel giorno
stettero presso di lui. Era circa l'ora decima.

40Andrea, fratello di Simone Pietro, era
uno di quei due che avevano ascoltato Giovanni e avevano seguito Gesù. 41Egli trova
anzitutto suo fratello Simone e gli dice:
«Abbiamo trovato il Messia» (che, tradotto,
significa «Cristo»). 42Lo condusse a Gesù.
Fissando lo sguardo su di lui, Gesù disse:
«Tu sei Simone, figlio di Giovanni. Ti chiamerai Cefa» (che si traduce «Pietro»).
43L'indomani decise di partire per la Galilea e trova Filippo. Gesù gli dice: «Séguimi!». 44Filippo era di Betsàida, la città di

---

14. *Carne*: il Verbo non si è mutato in carne, ma, rimanendo quello che era, assunse la natura umana.
Come l'umana parola, manifestandosi, non perde la
sua natura spirituale, così il Verbo, incarnandosi, non
perde la sua natura divina.
19. *I Giudei*: Giovanni indica ordinariamente con
questa parola i capi del popolo ebraico che diventano il
«tipo» degli avversari di Gesù di ogni popolo e cultura.
20-23. Giovanni Battista dichiara con molta umiltà
la sua missione: egli non è il Messia, non è Elia né
il profeta per eccellenza preannunziato da Mosè
(Dt 18,15): è semplicemente la voce del precursore,
inviato a preparare la via all'Atteso.

Andrea e di Pietro. ⁴⁵Filippo trova Natanaele e gli dice: «Quello di cui hanno scritto Mosè nella legge e i profeti, noi l'abbiamo trovato: Gesù, figlio di Giuseppe, da Nazaret». ⁴⁶«Da Nazaret — gli disse Natanaele — può venire qualcosa di buono?». Gli dice Filippo: «Vieni e vedi!». ⁴⁷Gesù vide Natanaele venirgli incontro e dice di lui: «Ecco un autentico israelita, in cui non c'è falsità». ⁴⁸Gli dice Natanaele: «Donde mi conosci?». Gli rispose Gesù: «Prima che Filippo ti chiamasse, ti ho visto sotto il fico». ⁴⁹Gli rispose Natanaele: «Rabbì, tu sei il Figlio di Dio, tu sei il re d'Israele». ⁵⁰Gli rispose Gesù: «Perché ti ho detto che ti ho visto sotto il fico credi? Vedrai cose ben più grandi!». ⁵¹Poi soggiunse: «In verità, in verità vi dico: vedrete il cielo aperto e gli angeli di Dio salire e discendere sul Figlio dell'uomo».

2 Inizio dei segni a Cana. - ¹Tre giorni dopo ci fu una festa di nozze in Cana di Galilea e c'era là la madre di Gesù. ²Fu invitato alle nozze anche Gesù con i suoi discepoli. ³Ed essendo venuto a mancare il vino, la madre di Gesù gli dice: «Non hanno più vino». ⁴Le dice Gesù: «Che vuoi da me, o donna? Non è ancora venuta la mia ora». ⁵Sua madre dice ai servi: «Fate quello che vi dirà». ⁶C'erano là sei giare di pietra per le abluzioni dei Giudei, capaci da due a tre metrète ciascuna. ⁷Dice loro Gesù: «Riempite le giare di acqua». Le riempirono fino all'orlo. ⁸Dice loro: «Ora attingete e portatene al direttore di mensa». Essi ne portarono. ⁹Come il direttore di mensa ebbe gustata l'acqua divenuta vino (egli non sapeva donde veniva, mentre lo sapevano i servi che avevano attinto l'acqua), chiama lo sposo ¹⁰e gli dice: «Tutti presentano dapprima il vino buono e poi, quando si è brilli, quello scadente. Tu hai conservato il vino buono fino ad ora».

¹¹Questo inizio dei segni fece Gesù in Cana di Galilea e rivelò la sua gloria e i suoi discepoli credettero in lui.

¹²Dopo questo fatto, discese a Cafarnao: lui, sua madre, i fratelli e i suoi discepoli, e rimasero là non molti giorni.

Il tempio e il corpo di Gesù. - ¹³Era prossima la Pasqua dei Giudei e Gesù salì a Gerusalemme. ¹⁴Trovò nel tempio i venditori di buoi, di pecore e di colombe e i cambiavalute seduti, ¹⁵e fattasi una frusta di funicelle scacciò tutti dal tempio, anche le pecore e i buoi, disseminò il denaro dei cambiavalute, rovesciò i banchi ¹⁶e disse ai venditori di colombe: «Portate via questa roba di qui e non fate della casa del Padre mio una casa di mercato». ¹⁷Si ricordarono i suoi discepoli che sta scritto: *Lo zelo della tua casa mi divorerà*. ¹⁸Gli risposero allora i Giudei e gli domandarono: «Quale segno ci mostri per agire così?». ¹⁹Gesù replicò loro: «Distruggete questo santuario e in tre giorni lo farò risorgere». ²⁰Dissero allora i Giudei: «In quarantasei anni fu costruito questo santuario, e tu in tre giorni lo farai risorgere?». ²¹Egli però parlava del santuario del suo corpo. ²²Perciò, quando risuscitò dai morti, i suoi discepoli si ricordarono che egli aveva detto questo e credettero alla Scrittura e alle parole che aveva pronunciato Gesù.

Sommario storico. - ²³Mentre egli si trovava a Gerusalemme durante la festività della Pasqua, molti credettero nel suo nome, vedendo i segni che egli faceva. ²⁴Gesù però diffidava di loro perché conosceva tutti ²⁵e non aveva bisogno che altri testimoniasse sull'uomo; egli infatti sapeva ciò che vi era nell'uomo.

3 Dialogo con Nicodemo. - ¹C'era tra i farisei un uomo di nome Nicodemo, un capo dei Giudei. ²Questi venne da lui di notte e gli disse: «Rabbì, noi sappiamo che sei venuto da Dio come maestro. Nessuno infatti può fare questi segni che tu fai se Dio non è con lui».

³Rispose Gesù: «In verità, in verità ti dico: Se uno non è nato dall'alto, non può vedere il regno di Dio».

⁴Gli dice Nicodemo: «Come può un uomo nascere se è vecchio? Può forse entrare una seconda volta nel grembo di sua madre e nascere?».

⁵Gesù rispose: «In verità, in verità ti dico: se uno non è nato dall'acqua e dallo Spirito, non può entrare nel regno di Dio. ⁶Il nato

---

2. - ¹⁸⁻¹⁹. I Giudei vogliono sapere da chi Gesù ha ricevuto l'autorità d'imporsi nella «casa» di Dio; egli risponde che darà loro un segno con la propria risurrezione, dopo che essi avranno disfatto il tempio del suo corpo con la condanna alla morte di croce.

3. - ¹. *Nicodemo* era uno dei membri del sinedrio, assemblea dei capi dei Giudei.

dalla carne è carne e il nato dallo Spirito è spirito. [7]Non meravigliarti che ti abbia detto: voi dovete nascere dall'alto. [8]Il vento soffia dove vuole, senti il suo sibilo, ma non sai donde viene né dove va. Così è chiunque è nato dallo Spirito».

[9]«Come possono avvenire questi fatti?», riprese Nicodemo.

[10]Rispose Gesù: «Tu sei maestro in Israele e non conosci queste cose? [11]In verità, in verità ti dico: noi parliamo di ciò che sappiamo e testimoniamo ciò che abbiamo visto, ma voi non accogliete la nostra testimonianza. [12]Se non credete quando vi ho detto cose terrene, come crederete qualora vi dica cose celesti? [13]Nessuno è salito al cielo se non colui che è disceso dal cielo, il Figlio dell'uomo, che è in cielo. [14]E come Mosè innalzò il serpente nel deserto, così deve essere innalzato il Figlio dell'uomo, [15]affinché chiunque crede in lui abbia la vita eterna. [16]Dio infatti ha tanto amato il mondo, che ha dato il Figlio suo Unigenito affinché chiunque crede in lui non perisca, ma abbia la vita eterna. [17]Dio infatti non mandò il Figlio nel mondo per condannare il mondo, ma perché il mondo sia salvato per mezzo di lui. [18]Chi crede in lui non viene condannato; chi non crede in lui è già condannato, perché non ha creduto nel nome del Figlio Unigenito di Dio. [19]Ora il giudizio è questo: la luce venne nel mondo, ma gli uomini hanno amato più le tenebre che la luce, perché le loro opere erano malvagie. [20]Poiché: chiunque fa il male odia la luce e non viene alla luce, perché le sue opere non siano smascherate. [21]Colui invece che fa la verità viene alla luce, perché si riveli che le sue opere sono operate in Dio».

Ultima testimonianza del Battista. - [22]In seguito Gesù e i suoi discepoli vennero nel territorio della Giudea e lì si trattenne con loro e battezzava. [23]Anche Giovanni stava battezzando a Ennon vicino a Salim, perché là le acque erano abbondanti, e la gente accorreva e si faceva battezzare. [24]Giovanni infatti non era ancora stato messo in prigione. [25]Sorse allora una disputa fra i discepoli di Giovanni e un giudeo a proposito della purificazione. [26]Andarono da Giovanni e gli

dissero: «Rabbì, colui che era con te al di là del Giordano, cui tu hai reso testimonianza, ecco che battezza e tutti vanno da lui».

[27]Rispose Giovanni: «Non può un uomo prendere nulla se non gli è dato dal cielo. [28]Voi stessi mi siete testimoni che ho detto: "Non sono io il Cristo, ma sono colui che è stato mandato davanti a lui". [29]Colui che ha la sposa è lo sposo; ma l'amico dello sposo, che gli sta vicino e l'ascolta, è ripieno di gioia per la voce dello sposo. Questa gioia, che è la mia, ora è perfetta. [30]Egli deve crescere, io invece diminuire».

Testimonianza di colui che viene dal cielo. - [31]Colui che viene dall'alto è sopra di tutti. Colui che è dalla terra appartiene alla terra e parla da uomo della terra. Colui che viene dal cielo è sopra di tutti. [32]Egli testimonia ciò che ha visto e udito, ma nessuno accoglie la sua testimonianza. [33]Colui che accoglie la sua testimonianza, ratifica che Dio è verace. [34]Infatti colui che Dio ha mandato, dice le parole di Dio, poiché dà lo Spirito senza misura. [35]Il Padre ama il Figlio e ha tutto rimesso nella sua mano. [36]Chi crede nel Figlio ha la vita eterna; chi invece disobbedisce al Figlio non vedrà la vita, ma l'ira di Dio è sopra di lui.

4 **Sommario storico.** - [1]Quando Gesù seppe che i farisei avevano sentito che egli faceva più discepoli e battezzava più di Giovanni, [2]per quanto non fosse Gesù stesso che battezzava, ma i suoi discepoli, [3]lasciò la Giudea e ritornò verso la Galilea.

Colloquio con la Samaritana. - [4]Egli doveva passare per la Samaria. [5]Ora, arriva a una città della Samaria chiamata Sichar, vicino al podere che Giacobbe aveva dato al figlio suo Giuseppe. [6]C'era là il pozzo di Giacobbe. Gesù, affaticato com'era dal viaggio, si era seduto sul pozzo; era circa l'ora sesta.

[7]Viene una donna della Samaria ad attingere acqua. Le dice Gesù: «Dammi da bere». [8]I discepoli infatti se n'erano andati in città a comperare da mangiare. [9]Gli dice la donna samaritana: «Come mai tu che sei giudeo chiedi da bere a me che sono una donna samaritana?». I Giudei infatti non hanno rapporti con i Samaritani.

[10]Le rispose Gesù: «Se tu conoscessi il dono di Dio e chi è colui che ti dice: "Dam-

---

4. - [10.] L'*acqua viva* di cui parla il Salvatore non è l'acqua naturale, ma la verità e la grazia: acqua che disseta per l'eternità (v. 14).

mi da bere", tu gli avresti chiesto ed egli ti avrebbe dato acqua viva».

[11]Gli dice la donna: «Signore, non hai neppure un secchio e il pozzo è profondo. Da dove prendi dunque l'acqua viva? [12]Forse tu sei più grande del nostro padre Giacobbe, che ci diede il pozzo e ne bevve lui e i suoi figli e il suo bestiame?».

[13]Le rispose Gesù: «Colui che beve di quest'acqua, avrà ancora sete. [14]Colui invece che beve dell'acqua che gli darò io, non avrà mai più sete; ma l'acqua che gli darò diverrà in lui una sorgente di acqua che zampilla verso la vita eterna».

[15]«Signore, — gli dice la donna — dammi quest'acqua, affinché io non abbia più sete e non debba più venire qui ad attingere».

[16]Le dice: «Va', chiama tuo marito e ritorna qui».

[17]«Non ho marito», gli rispose la donna.

Le dice Gesù: «Hai detto bene: "Non ho marito", [18]perché hai avuto cinque mariti e ora quello che hai non è tuo marito. Quanto a questo hai detto il vero».

[19]«Signore, — dice la donna — vedo che tu sei un profeta. [20]I nostri padri adorarono su questo monte e voi dite che è a Gerusalemme il luogo dove si deve adorare».

[21]Le dice Gesù: «Credimi, donna, che viene un'ora in cui su questo monte né a Gerusalemme adorerete il Padre. [22]Voi adorate ciò che non conoscete; noi adoriamo ciò che conosciamo, perché la salvezza viene dai Giudei. [23]Ma viene un'ora, ed è adesso, in cui i veri adoratori adoreranno il Padre in Spirito e verità; infatti il Padre cerca tali persone che l'adorino. [24]Dio è Spirito, e coloro che lo adorano, in Spirito e verità devono adorarlo».

[25]Gli dice la donna: «So che deve venire un Messia (che significa "Cristo"). Quando quegli verrà, ci annuncerà ogni cosa».

[26]Le dice Gesù: «Lo sono io, che ti parlo».

[27]A questo punto arrivarono i suoi discepoli e rimasero meravigliati che parlasse con una donna. Nessuno però disse: «Che vuoi tu da lei?», oppure: «Perché parli con lei?». [28]La donna intanto abbandonò la sua giara, andò in città e disse alla gente: [29]«Venite a vedere un uomo che mi ha detto tutto ciò che ho fatto. Non sarà forse lui il Cristo?». [30]Uscirono dalla città e andavano verso di lui.

[31]Nel frattempo i discepoli lo pregavano dicendo: «Rabbì, mangia!». [32]Ma egli disse loro: «Io ho un cibo da mangiare che voi non conoscete». [33]I discepoli dicevano fra loro: «Che qualcuno gli abbia portato da mangiare?».

[34]Dice loro Gesù: «Mio cibo è fare la volontà di Colui che mi ha mandato e portare a compimento la sua opera. [35]Non dite voi: "Ancora quattro mesi e viene la mietitura"? Ecco, vi dico, alzate i vostri occhi e osservate i campi: sono bianchi per la mietitura. Già [36]il mietitore riceve il salario e raccoglie frutto per la vita eterna, affinché il seminatore goda insieme al mietitore. [37]In questo caso infatti è vero il proverbio: "Diverso è chi semina da chi miete". [38]Io vi ho mandati a mietere ciò per cui voi non avete faticato; altri hanno faticato e voi siete subentrati nella loro fatica».

[39]Molti Samaritani di quella città credettero in lui per la parola della donna che aveva attestato: «Mi ha detto tutto ciò che ho fatto». [40]Quando i Samaritani arrivarono da lui, lo pregavano di rimanere presso di loro; e vi rimase due giorni. [41]Furono ancora più numerosi coloro che credettero per la sua parola. [42]Alla donna dicevano: «Non crediamo più per il tuo discorso. Noi stessi infatti abbiamo udito e sappiamo che è veramente lui il salvatore del mondo».

Sommario storico. - [43]Dopo questi due giorni ripartì di là per la Galilea. [44]Gesù stesso infatti aveva testimoniato: «Un profeta non gode alcun credito nella propria patria». [45]Ora, quando Gesù arrivò in Galilea, i Galilei lo accolsero bene, avendo visto tutte le cose che aveva fatto a Gerusalemme durante la festa, poiché anch'essi erano andati alla festa.

Il funzionario regio e il figlio guarito. - [46]Gesù tornò dunque a Cana di Galilea, dove aveva cambiato l'acqua in vino. C'era un funzionario regio, il cui figlio era ammalato, a Cafarnao. [47]Avendo egli saputo che Gesù era venuto dalla Giudea alla Galilea, si recò da lui e lo pregava di scendere e guarire il figlio suo, perché stava per morire. [48]Gesù gli disse: «Se non vedete segni e prodigi, voi non credete». [49]Gli dice il funzionario regio: «Scendi prima che il mio ragazzo

---

[19]. Toccata nel vivo della sua vita, la Samaritana cerca di deviare il discorso proponendo una questione religiosa.

muoia». ⁵⁰Gli dice Gesù: «Va»! Tuo figlio vive». Quell'uomo credette alla parola che Gesù gli aveva detto e partì. ⁵¹Mentre egli già scendeva, i suoi servi gli andarono incontro dicendogli che suo figlio viveva. ⁵²Allora chiese informazioni sull'ora in cui aveva cominciato a stare meglio. Gli risposero: «La febbre lo lasciò ieri all'ora settima». ⁵³Il padre riconobbe che quella era l'ora in cui Gesù gli aveva detto: «Tuo figlio vive» e credette lui e la sua famiglia al completo. ⁵⁴Gesù compì questo secondo segno ritornando dalla Giudea alla Galilea.

5 Guarigione alla piscina di Betesda. - ¹Dopo questi avvenimenti, c'era una festa dei Giudei e Gesù salì a Gerusalemme. ²A Gerusalemme, presso la porta delle pecore, c'è una piscina, chiamata in ebraico Betesda, con cinque portici. ³Sotto questi portici giaceva una moltitudine di infermi, ciechi, zoppi, invalidi [, che aspettavano il movimento dell'acqua. ⁴Un angelo infatti ad intervalli scendeva nella piscina e agitava l'acqua: il primo ad entrarvi dopo l'agitazione dell'acqua guariva da qualsiasi malattia]. ⁵C'era là un uomo infermo da trentotto anni. ⁶Gesù, vistolo disteso e saputo che si trovava già da molto tempo in quello stato, gli dice: «Vuoi guarire?». ⁷Gli rispose l'infermo: «Signore, non ho un uomo che mi getti nella piscina quando l'acqua viene agitata; e, mentre io mi avvio per andare, un altro vi scende prima di me». ⁸Gli dice Gesù: «Àlzati, prendi il tuo giaciglio e cammina». ⁹L'uomo fu guarito all'istante, prese il suo giaciglio e camminava.

La disputa. - Ma quel giorno era sabato. ¹⁰Dicevano dunque i Giudei al guarito: «È sabato e non ti è lecito portare il tuo giaciglio». ¹¹Egli rispose loro: «Colui che mi ha guarito, mi ha detto: "Prendi il tuo giaciglio e cammina"». ¹²Gli domandarono: «Chi è l'uomo che ti ha detto: "Prendi e cammina"?». ¹³Ma colui che era stato guarito non sapeva chi era, perché Gesù si era eclissato grazie alla folla che c'era in quel luogo. ¹⁴Più tardi Gesù lo trovò nel tempio e gli disse: «Ecco che sei guarito. Non peccare più, perché non ti avvenga di peggio». ¹⁵L'uomo se ne andò e riferì ai Giudei che era Gesù colui che l'aveva guarito. ¹⁶Per questo i Giudei perseguitavano Gesù, perché faceva queste cose di sabato. ¹⁷Ma Gesù rispose loro: «Mio Padre è all'opera fino ad ora e anch'io sono all'opera».

¹⁸Per questo i Giudei cercavano ancor più di ucciderlo, perché non solo violava il sabato, ma diceva che Dio era suo Padre, facendo se stesso uguale a Dio.

Le opere e il potere del Figlio. - ¹⁹Gesù rispose e diceva loro: «In verità, in verità vi dico: il Figlio non può fare nulla da se stesso se non ciò che vede il Padre fare. Ciò infatti che fa lui, lo fa ugualmente il Figlio. ²⁰Il Padre infatti ama il Figlio e gli mostra tutto ciò che egli fa, e opere più grandi di queste gli mostrerà, in modo che voi ne rimaniate stupiti. ²¹Come infatti il Padre risuscita i morti e dà la vita, così anche il Figlio dà la vita a coloro che vuole. ²²Il Padre infatti non giudica nessuno, ma ha dato tutto il giudizio al Figlio, ²³affinché tutti onorino il Figlio come onorano il Padre. Colui che non onora il Figlio, non onora il Padre che l'ha mandato. ²⁴In verità, in verità vi dico: chi ascolta la mia parola e crede a Colui che mi ha mandato, ha la vita eterna e non incorre nel giudizio, ma è passato dalla morte alla vita.

²⁵In verità, in verità vi dico: viene un'ora, ed è adesso, in cui i morti udranno la voce del Figlio di Dio e coloro che l'avranno ascoltata vivranno. ²⁶Come infatti il Padre ha la vita in se stesso, così ha dato anche al Figlio di avere la vita in se stesso; ²⁷e gli ha dato il potere di fare il giudizio, perché è Figlio dell'uomo. ²⁸Non stupitevi di ciò: viene un'ora in cui tutti coloro che sono nei sepolcri ascolteranno la sua voce ²⁹e coloro che hanno fatto il bene ne usciranno per la risurrezione della vita, coloro che hanno praticato il male per la risurrezione del giudizio. ³⁰Io non posso fare nulla da me stesso. Come ascolto giudico e il mio giudizio è giusto, perché non cerco la mia volontà, ma la volontà di Colui che mi ha mandato».

Testimonianza a favore del Figlio. - ³¹«Se io rendo testimonianza a me stesso, la mia testimonianza non è valida. ³²C'è un altro che mi rende testimonianza e so che è vera la testimonianza che mi rende. ³³Voi avete

5. - ¹⁷. Gesù, chiamando Dio *mio Padre* e dichiarando di operare con lui e come lui, confessa pubblicamente la propria divinità e uguaglianza con lui nella natura: cosa che capiscono molto bene i Giudei, i quali, appunto per questo, lo vogliono lapidare come bestemmiatore.

inviato una delegazione a Giovanni ed egli ha reso testimonianza alla verità. ³⁴Io però non accetto la testimonianza di un uomo, ma dico questo perché voi siate salvati. ³⁵Egli era la lampada ardente e splendente e vi siete voluti rallegrare per poco alla sua luce. ³⁶Ma io ho l'altra testimonianza, più grande di quella di Giovanni, cioè le opere che il Padre mi ha dato da portare a compimento, queste stesse opere, che io faccio, mi rendono testimonianza che il Padre mi ha mandato. ³⁷E anche il Padre che mi ha mandato mi ha reso testimonianza.

Voi non avete mai ascoltato la sua voce né avete mai visto la sua figura ³⁸e non avete la sua parola che rimane in voi, perché voi non credete a colui che egli ha mandato. ³⁹Voi scrutate le Scritture, perché per mezzo di esse pensate di avere la vita eterna: sono proprio esse che mi rendono testimonianza. ⁴⁰Ma voi non volete venire a me per avere la vita. ⁴¹Io non accetto la gloria dagli uomini, ⁴²ma io vi ho conosciuto: non avete in voi l'amore di Dio.

⁴³Io sono venuto nel nome del Padre mio e voi non mi accogliete. Se venisse un altro nel suo proprio nome, lo accogliereste. ⁴⁴Come potete credere voi, che vi glorificate gli uni gli altri e non cercate la gloria che viene dal solo Dio? ⁴⁵Non pensate che io vi accuserò davanti al Padre: il vostro accusatore è Mosè, nel quale voi avete riposto la vostra speranza. ⁴⁶Se infatti credeste a Mosè, anche a me credereste, perché di me egli ha scritto. ⁴⁷Se non credete alle Scritture di lui, come crederete alle mie parole?».

6 **Moltiplicazione dei pani. Gesù cammina sulle acque.** - ¹Poi Gesù se ne andò dall'altra parte del mare di Galilea, di Tiberiade. ²Lo seguiva molta gente, perché vedevano i segni che faceva sui malati. ³Allora Gesù salì sul monte e lì si sedette con i suoi discepoli. ⁴Era prossima la Pasqua, la festa dei Giudei. ⁵Gesù, alzati gli occhi e vista molta gente venire a sé, dice a Filippo: «Da dove potremo comperare pane per sfamare costoro?». ⁶Questo lo diceva per metterlo alla prova; egli infatti ben sapeva quello che stava per fare. ⁷Gli rispose Filippo: «Duecento denari di pane non bastano per darne un pezzetto a ciascuno». ⁸Gli dice uno dei suoi discepoli, Andrea, fratello di Simone Pietro: ⁹«C'è qui un ragazzetto che ha cinque pani d'orzo e due pesci. Ma che cos'è

questo per così tanta gente?». ¹⁰Disse Gesù: «Fateli sedere!». L'erba in quel luogo era abbondante. Si sedettero dunque gli uomini, all'incirca cinquemila. ¹¹Gesù prese allora i pani e, rese grazie, li distribuì a coloro che erano seduti, ugualmente fece dei pesci, quanti ne vollero. ¹²Quando poi furono sazi, dice ai suoi discepoli: «Raccogliete i pezzi avanzati perché niente vada perduto». ¹³Fecero dunque la raccolta e riempirono dodici ceste di pezzi dei cinque pani d'orzo che erano rimasti a coloro che avevano mangiato. ¹⁴Visto il segno che aveva fatto, quegli uomini dicevano: «Questi è veramente il profeta che deve venire nel mondo». ¹⁵Ma Gesù, saputo che stavano per venire a rapirlo per farlo re, si ritirò nuovamente sul monte, egli solo.

¹⁶Quando fu sera, i suoi discepoli discesero al mare ¹⁷e, saliti su una barca, salparono verso Cafarnao, dall'altra parte del mare. Erano già calate le tenebre e Gesù non li aveva ancora raggiunti. ¹⁸Spirando un gran vento, il mare era agitato. ¹⁹Dopo aver remato per circa venticinque-trenta stadi, videro Gesù camminare sul mare e avvicinarsi alla barca ed ebbero paura. ²⁰Ma egli dice loro: «Sono io, non temete!». ²¹Vollero allora prenderlo nella barca, e la barca subito giunse al luogo cui erano diretti.

²²Il giorno dopo la gente che stava al di là del mare vide che là non c'era che una sola barca e che Gesù non era salito con i suoi discepoli sulla barca, ma che i suoi discepoli erano partiti da soli... ²³Altre barche vennero da Tiberiade vicino al luogo dove avevano mangiato dopo che il Signore aveva reso grazie. ²⁴Quando dunque la gente vide che là non c'era né Gesù né i suoi discepoli, salì sulle barche e andarono a Cafarnao in cerca di Gesù. ²⁵Trovatolo dall'altra parte del mare, gli dissero: «Rabbì, quando sei arrivato qui?».

Gesù, pane di vita. - ²⁶Rispose loro Gesù: «In verità, in verità vi dico: mi cercate non

---

31-39. Gesù risponde alla tacita obiezione dei Giudei i quali applicavano a lui la regola che nessuno può essere, nello stesso tempo, testimone, giudice e parte in causa; poi prova che la sua testimonianza è validissima, perché confermata da altre quattro: Giovanni Battista, le opere che egli compie, il Padre, le Scritture. Nonostante ciò, i Giudei non volevano credere in lui, perché troppo irretiti nei loro preconcetti e nelle loro sicurezze religiose (vv. 40-47).

perché avete visto dei segni, ma perché avete mangiato pani a sazietà. ²⁷Operate non per il cibo che perisce, ma per il cibo che rimane per la vita eterna, che il Figlio dell'uomo vi darà, perché su di lui Dio Padre pose il suo sigillo». ²⁸Allora gli dissero: «Che cosa dobbiamo fare per operare le opere di Dio?». ²⁹Rispose loro Gesù: «Questa è l'opera di Dio: che crediate in colui che egli ha mandato».

³⁰Gli dissero: «Quale segno fai tu perché vediamo e crediamo in te? Che cosa operi? ³¹I nostri padri hanno mangiato la manna nel deserto come sta scritto: *Ha dato loro da mangiare un pane dal cielo*».

³²Disse loro Gesù: «In verità, in verità vi dico: non Mosè vi ha dato il pane dal cielo, ma il Padre mio vi dà il pane dal cielo, quello vero. ³³Il pane dal cielo infatti è colui che dal cielo discende e dà la vita al mondo».

³⁴Gli dissero allora: «Signore, dacci sempre questo pane».

Gesù disse loro: ³⁵«Io sono il pane di vita. Chi viene a me non avrà più fame e chi crede in me non avrà più sete. ³⁶Ma io ve l'ho già detto: mi avete visto e ancora non credete. ³⁷Tutto ciò che mi dà il Padre verrà a me e chi viene a me non lo caccerò fuori, ³⁸perché sono disceso dal cielo non per fare la mia volontà, ma la volontà di Colui che mi ha mandato. ³⁹Ora, questa è la volontà di Colui che mi ha mandato: che nulla vada perduto di ciò che mi ha dato, ma io lo risusciti nell'ultimo giorno. ⁴⁰Questa è infatti la volontà del Padre mio: che chiunque vede il Figlio e crede in lui abbia la vita eterna e io lo risusciti nell'ultimo giorno».

⁴¹Ma i Giudei mormoravano di lui perché aveva detto: «Io sono il pane disceso dal cielo» ⁴²e dicevano: «Non è costui Gesù il figlio di Giuseppe, di cui conosciamo il padre e la madre? Come può ora dire: "Sono disceso dal cielo"?».

⁴³Gesù rispose loro: «Non mormorate fra di voi. ⁴⁴Nessuno può venire a me se il Padre che mi ha mandato non lo attira, e io lo risusciterò nell'ultimo giorno. ⁴⁵È scritto nei profeti: *Saranno tutti istruiti da Dio*. Chiunque ha ascoltato il Padre e ha accolto il suo insegnamento viene a me. ⁴⁶Non che alcuno abbia visto il Padre se non colui che è da Dio, lui ha visto il Padre. ⁴⁷In verità, in verità vi dico: chi crede ha la vita eterna. ⁴⁸Io sono il pane della vita. ⁴⁹I vostri padri hanno mangiato nel deserto la manna e sono morti. ⁵⁰Questo è il pane che discende dal cielo, perché lo si mangi e non si muoia. ⁵¹Io sono il pane vivente, disceso dal cielo. Se qualcuno mangia di questo pane, vivrà in eterno. E il pane che io darò è la mia carne per la vita del mondo».

⁵²I Giudei allora discutevano fra di loro dicendo: «Come può costui darci da mangiare la sua carne?». ⁵³Disse loro Gesù: «In verità, in verità vi dico: se non mangiate la carne del Figlio dell'uomo e non bevete il suo sangue, non avete la vita in voi. ⁵⁴Chi si ciba della mia carne e beve il mio sangue, ha la vita eterna, e io lo risusciterò nell'ultimo giorno. ⁵⁵La mia carne infatti è vero cibo e il mio sangue è vera bevanda. ⁵⁶Chi si ciba della mia carne e beve il mio sangue rimane in me e io in lui. ⁵⁷Come mi ha mandato il Padre, che è il vivente e io vivo grazie al Padre, così colui che si ciba di me, anch'egli vivrà grazie a me. ⁵⁸Questo è il pane disceso dal cielo; non come quello che mangiarono i padri e sono morti. Chi si ciba di questo pane, vivrà per sempre».

⁵⁹Questi insegnamenti impartì nella sinagoga a Cafarnao.

Reazione al discorso. - ⁶⁰Dopo aver udito, molti dei suoi discepoli dissero: «Questo discorso è duro. Chi lo può ascoltare?».

⁶¹Gesù, sapendo in se stesso che i suoi discepoli mormoravano a proposito di questo, disse loro: «Questo vi scandalizza? ⁶²E quando vedrete il Figlio dell'uomo ascendere là dove era prima?... ⁶³Lo Spirito è quello che vivifica, la carne non giova a nulla. Le parole che vi ho detto sono spirito e sono vita. ⁶⁴Ma ci sono alcuni di voi che non credono». Gesù infatti sapeva fin dall'inizio chi erano coloro che non credevano e chi era colui che l'avrebbe tradito. ⁶⁵E diceva: «Per questo vi ho detto: "Nessuno può venire a me se non gli è dato dal Padre"».

---

6. - *26-37*. Promessa dell'eucaristia. Gesù si richiama appositamente al miracolo del giorno precedente per invitare gli uditori a ricercare un altro pane: dal pane materiale passa al pane spirituale, che identifica con se stesso: nel suo corpo e nel suo sangue (vv. 51-58). *La manna* che Dio aveva provveduto al popolo nel deserto non era il vero *pane dal cielo*, perché questo egli lo riservava al nuovo popolo eletto.

32. Il pane dato dal Padre agli uomini è Gesù stesso. Però Gesù lo dice a poco a poco. Prima si identifica con il pane, v. 35, poi identifica il pane con la sua carne, v. 51; infine con carne e sangue, v. 53.

⁶⁶Da quel momento molti dei suoi discepoli si tirarono indietro e non andavano più con lui. ⁶⁷Gesù allora disse ai Dodici: «Volete forse andarvene anche voi?». ⁶⁸Gli rispose Simon Pietro: «Signore, da chi andremo? Tu hai parole di vita eterna, ⁶⁹e noi abbiamo creduto e abbiamo riconosciuto che tu sei il santo di Dio». ⁷⁰Rispose loro Gesù: «Non vi ho scelto io, voi Dodici? Eppure uno di voi è un diavolo». ⁷¹Parlava di Giuda, figlio di Simone Iscariota. Infatti stava per tradirlo proprio lui, uno dei Dodici.

7 **Gesù e i parenti.** - ¹In seguito Gesù girava per la Galilea. Non voleva infatti girare per la Giudea, perché i Giudei cercavano di ucciderlo. ²Era prossima la festa dei Giudei, quella delle Capanne. ³Gli dissero i suoi fratelli: «Parti di qui e va' nella Giudea, affinché anche i tuoi discepoli vedano le opere che tu fai. ⁴Nessuno infatti agisce in segreto, quando cerca di mettersi in mostra. Se tu fai queste cose, manifestati al mondo». ⁵Infatti nemmeno i suoi fratelli credevano in lui. ⁶Gesù disse loro: «Non è ancora il mio tempo, il vostro tempo è sempre disponibile. ⁷Non può il mondo odiare voi, invece odia me, perché io attesto contro di lui che le sue opere sono malvagie. ⁸Salite voi alla festa. Io non salgo a questa festa, perché il mio tempo non è ancora compiuto». ⁹Detto ciò, rimase in Galilea. ¹⁰Quando i suoi fratelli furono saliti alla festa, allora anche egli vi salì, non pubblicamente, ma quasi in segreto. ¹¹I Giudei lo cercavano durante la festa e dicevano: «Lui, dov'è?». ¹²E circolavano molte voci a suo riguardo in mezzo alle folle. Alcuni dicevano: «È buono». Altri dicevano: «No, anzi inganna la gente». ¹³Nessuno però parlava pubblicamente di lui per paura dei Giudei.

Il discorso nel mezzo della festa. - ¹⁴Quando la festa fu a metà Gesù salì al tempio e insegnava. ¹⁵I Giudei erano stupiti e dicevano: «Come mai costui sa di lettere senza essere stato a scuola?». ¹⁶Gesù rispose loro: «La mia dottrina non è mia, ma di Colui che mi ha mandato. ¹⁷Se uno vuol fare la sua volontà, conoscerà riguardo alla dottrina se è da Dio o se parlo da me stesso. ¹⁸Colui che parla da se stesso cerca la propria gloria, chi invece cerca la gloria di Colui che l'ha mandato, questi è veritiero e in lui non c'è impostura. ¹⁹Mosè

non vi ha dato la legge? Ma nessuno di voi mette in pratica la legge. Perché cercate di uccidermi?».

²⁰Rispose la folla: «Tu hai un demonio; chi cerca di ucciderti?».

²¹Rispose loro Gesù: «Ho fatto una sola opera e tutti rimanete stupiti per questo. ²²Poiché Mosè ha dato la circoncisione — non che sia da Mosè, ma dai patriarchi —, circoncidete una persona anche di sabato. ²³Se una persona riceve la circoncisione di sabato perché non sia violata la legge di Mosè, vi sdegnate contro di me perché ho risanato di sabato una persona intera? ²⁴Non giudicate secondo l'apparenza, ma giudicate secondo giustizia».

²⁵Dicevano allora alcuni gerosolimitani: «Non è questi colui che cercano di uccidere? ²⁶Ecco che parla pubblicamente e non gli dicono nulla. Non avranno forse riconosciuto veramente i capi che questi è il Cristo? ²⁷Ma costui sappiamo donde è, mentre il Cristo, quando viene, nessuno sa di dove è».

²⁸Gesù, che insegnava nel tempio, proclamò: «Voi mi conoscete e sapete donde sono. Eppure non sono venuto da me stesso, ma è veritiero Colui che mi ha mandato, che voi non conoscete. ²⁹Io lo conosco perché sono da lui ed è lui che mi ha mandato».

³⁰Cercavano allora di prenderlo, ma nessuno gli mise le mani addosso, perché non era ancora giunta la sua ora. ³¹Molti della folla però credettero in lui e dicevano: «Il Cristo, quando verrà, farà più segni di quelli che ha fatto costui?».

³²I farisei sentirono che circolavano fra il popolo queste voci su di lui, e i sacerdoti capi e i farisei mandarono delle guardie per arrestarlo. ³³Disse allora Gesù: «Ancora un po' di tempo sono con voi; poi me ne vado a Colui che mi ha mandato. ³⁴Mi cercherete e non mi troverete e dove sono io voi non potete venire».

³⁵Dissero dunque i Giudei fra loro: «Dove sta per andarsene costui che noi non potremo trovarlo? Sta forse per andarsene nella diaspora dei Greci e istruire i Greci? ³⁶Cos'ha voluto dire con questo discorso: "Mi cercherete e non mi troverete e dove sono io voi non potete venire"?».

Il discorso, l'ultimo giorno della festa. - ³⁷L'ultimo giorno, quello solenne della festa, Gesù stava in piedi e proclamò a gran voce: «Se qualcuno ha sete, venga a me e beva. ³⁸Colui che crede in me, come disse la Scrittura: *Dal suo ventre sgorgheranno fiumi di acqua viva».*

³⁹Questo lo disse riferendosi allo Spirito che stavano per ricevere coloro che credevano in lui. Infatti non c'era ancora lo Spirito, perché Gesù non era stato ancora glorificato. ⁴⁰Tra la folla, coloro che avevano udito queste parole dicevano: «Questi è veramente il profeta». ⁴¹Altri dicevano: «Questi è il Cristo». Ma altri osservavano: «Forse che il Cristo viene dalla Galilea? ⁴²Non dice la Scrittura che *il Cristo viene dalla stirpe di Davide e dal villaggio di Betlemme dove viveva Davide?».* ⁴³Si creò allora una divisione fra la gente a causa di lui. ⁴⁴Alcuni avrebbero voluto arrestarlo, ma nessuno gli mise le mani addosso. ⁴⁵Le guardie ritornarono dai sacerdoti-capi e dai farisei e quelli dissero loro: «Perché non l'avete condotto?». ⁴⁶Risposero le guardie: «Nessun uomo ha mai parlato così». ⁴⁷Allora ribatterono loro i farisei: «Anche voi vi siete lasciati ingannare? ⁴⁸C'è uno solo dei capi o dei farisei che abbia creduto a lui? ⁴⁹Ma questa gentaglia che non conosce la legge è maledetta». ⁵⁰Uno di loro, Nicodemo, quello che era andato precedentemente da lui, dice loro: ⁵¹«Giudica forse la nostra legge qualcuno senza che prima lo si ascolti, in modo che si sappia che cosa fa?». ⁵²Gli risposero: «Sei forse anche tu della Galilea? Studia a fondo e vedrai che non sorge profeta dalla Galilea».
⁵³E se ne andarono ciascuno a casa sua.

8 La donna adultera. - ¹Gesù invece andò sul monte degli Ulivi. ²Di buon mattino si presentò di nuovo al tempio e tutto il popolo accorreva a lui e, sedutosi, li istruiva. ³Ora gli scribi e i farisei conducono una donna sorpresa in adulterio e, postala in mezzo, ⁴gli dicono: «Maestro, questa donna è stata sorpresa in flagrante adulterio. ⁵Ora, nella legge Mosè ci ha comandato di lapidare tali donne. Tu, che ne dici?». ⁶Questo lo dicevano per tendergli un tranello, per ave-

re di che accusarlo. Gesù, però, chinatosi, tracciava dei segni per terra con il dito. ⁷Siccome insistevano nell'interrogarlo, si drizzò e disse loro: «Quello di voi che è senza peccato scagli per primo una pietra contro di lei». ⁸E chinatosi di nuovo scriveva per terra. ⁹Quelli, udito ciò, presero a ritirarsi uno dopo l'altro, a cominciare dai più anziani, e fu lasciato solo con la donna che stava nel mezzo. ¹⁰Rizzatosi allora, Gesù le disse: «Donna, dove sono? Nessuno ti ha condannata?». ¹¹Rispose: «Nessuno, Signore». «Neppure io ti condanno — disse Gesù. — Va', e d'ora in poi non peccare più».

Gesù, luce del mondo. - ¹²Gesù parlò di nuovo, dicendo: «Io sono la luce del mondo. Chi mi segue non cammina nelle tenebre, ma avrà la luce della vita».

¹³Gli dissero allora i farisei: «Tu rendi testimonianza a te stesso; la tua testimonianza non è valida».

¹⁴Rispose loro Gesù: «Anche se io rendo testimonianza a me stesso, la mia testimonianza è valida, perché so donde sono venuto o dove vado; voi invece non sapete donde vengo e dove vado. ¹⁵Voi giudicate secondo la carne, io non giudico nessuno. ¹⁶Ma anche se io giudico, il mio giudizio è valido, perché non sono solo, ma io e il Padre che mi ha mandato. ¹⁷E nella vostra legge è scritto che la testimonianza di due persone è valida. ¹⁸Sono io che rendo testimonianza a me stesso e mi rende testimonianza anche il Padre che mi ha mandato».

¹⁹Gli dissero allora: «Dov'è il Padre tuo?».

Rispose Gesù: «Non conoscete né me né il Padre mio; se mi conosceste, conoscereste anche il Padre mio». ²⁰Pronunciò queste parole nel luogo del tesoro, insegnando nel tempio. E nessuno lo arrestò, perché non era ancora giunta la sua ora.

La morte di Gesù e la morte dei Giudei nei loro peccati. - ²¹Disse loro di nuovo: «Io vado e voi mi cercherete, ma morirete nel vostro peccato. Dove io vado, voi non potete venire».

²²Dissero allora i Giudei: «Vuol forse suicidarsi che dice: "Dove io vado voi non potete venire"?».

²³Diceva loro: «Voi siete dal basso, io sono dall'alto. Voi siete di questo mondo, io non sono di questo mondo. ²⁴Per questo vi

---

8. - 7. La risposta è propria di Gesù: lasciato da parte il lato giuridico, va alla realtà.
24. *Io sono:* è un'espressione che Gesù ripete più volte: 8,28.58; 13,19, ed è un'affermazione della sua divinità. È infatti questa l'espressione con cui Dio ha rivelato se stesso, la sua vera natura e la sua onnipotenza (Es 3,14; Dt 32,39).

ho detto: "Morirete nei vostri peccati". Se infatti non crederete che io sono, morirete nei vostri peccati».

²⁵Gli dicevano allora: «Chi sei tu?».

Gesù rispose loro: «Anzitutto, ciò che vi continuo a dire. ²⁶Molte cose ho da dire di voi e da giudicare. Ma Colui che mi ha mandato è verace e io dico al mondo quelle cose che ho udito da lui».

²⁷Non compresero che parlava loro del Padre.

²⁸Disse dunque Gesù: «Quando innalzerete il Figlio dell'uomo, allora conoscerete che io sono e che non faccio nulla da me stesso, ma come mi ha insegnato il Padre, queste cose dico. ²⁹Colui che mi ha mandato è con me; non mi ha lasciato solo, perché faccio sempre ciò che gli piace».

³⁰A queste sue parole, molti credettero in lui.

Gesù e Abramo. - ³¹Diceva dunque Gesù ai Giudei che avevano creduto a lui: «Se rimanete nella mia parola, siete veramente miei discepoli ³²e conoscerete la verità e la verità vi farà liberi».

³³Gli risposero: «Noi siamo stirpe di Abramo e non siamo mai stati schiavi di nessuno. Come mai tu dici: "Diventerete liberi"?».

³⁴Rispose loro Gesù: «In verità, in verità vi dico: chi fa il peccato è schiavo del peccato. ³⁵Lo schiavo non rimane in casa per sempre; il figlio rimane per sempre. ³⁶Se il Figlio vi libererà, sarete veramente liberi. ³⁷So che siete stirpe di Abramo, ma cercate di uccidermi perché la mia parola non trova posto in voi. ³⁸Io vi dico quello che ho visto presso il Padre: fate dunque anche voi quello che avete udito dal padre».

³⁹Gli risposero: «Il nostro padre è Abramo».

Dice loro Gesù: «Se foste figli di Abramo, fareste le opere di Abramo. ⁴⁰Ora invece cercate di uccidere me, uno che vi ha detto la verità che ha udito da Dio. Questo Abramo non lo fece. ⁴¹Voi fate le opere del padre vostro».

Gli dissero: «Noi non siamo nati da prostituzione. Non abbiamo che un padre: Dio».

⁴²Disse loro Gesù: «Se il vostro padre fosse Dio, mi amereste, perché io sono uscito e vengo da Dio. Non sono venuto infatti da me stesso, ma lui mi ha mandato. ⁴³Perché non comprendete il mio linguaggio? Perché

non siete capaci di ascoltare la mia parola. ⁴⁴Il diavolo è il padre da cui voi siete e volete compiere i desideri del vostro padre. Quello è stato omicida fin dal principio, e non si mantenne nella verità, perché la verità non è in lui. Quando dice la menzogna, dice proprio ciò che è suo, perché è menzognero e padre della menzogna. ⁴⁵A me, invece, perché dico la verità, non credete. ⁴⁶Chi di voi può dimostrare che io abbia peccato? Se dico la verità, perché non mi credete? ⁴⁷Chi è da Dio ascolta le parole di Dio. Per questo voi non ascoltate, perché non siete di Dio».

⁴⁸Gli risposero i Giudei: «Non diciamo noi giustamente che sei un samaritano e che hai un demonio?».

⁴⁹Rispose Gesù: «Io non ho un demonio, ma onoro il Padre mio e voi mi disonorate. ⁵⁰Io non cerco la mia gloria. C'è chi la cerca e giudica. ⁵¹In verità, in verità vi dico: se uno osserva la mia parola, non vedrà la morte in eterno».

⁵²Gli dissero i Giudei: «Adesso siamo sicuri che tu hai un demonio. Abramo è morto, anche i profeti sono morti e tu dici: "Se uno osserva la mia parola, non gusterà la morte in eterno". ⁵³Sei tu forse più grande del nostro padre Abramo, che è morto? Anche i profeti sono morti. Chi pretendi di essere?».

⁵⁴Rispose Gesù: «Se io glorificassi me stesso, la mia gloria sarebbe nulla. È il Padre mio che mi glorifica, quello di cui voi dite: "È il nostro Dio". ⁵⁵Eppure non l'avete conosciuto, mentre io lo conosco. Se io dicessi: "Non lo conosco", sarei un bugiardo come voi. Ma io lo conosco e osservo la sua parola. ⁵⁶Abramo vostro padre esultò al vedere il mio giorno, e lo vide e si rallegrò».

⁵⁷Gli dissero allora i Giudei: «Non hai ancora cinquant'anni e hai visto Abramo?».

⁵⁸Disse loro Gesù: «In verità, in verità vi dico: prima che Abramo fosse, io sono».

⁵⁹Presero allora delle pietre per scagliargliele addosso. Gesù però si nascose e uscì dal tempio.

9 **Il cieco nato e Gesù luce.** - ¹Ora, mentre passava, vide un uomo cieco dalla nascita. ²I suoi discepoli gli domandarono:

---

⁵⁶. *Il mio giorno*: una tradizione giudaica affermava che Dio aveva rivelato ad Abramo la storia futura dei suoi discendenti (cfr. Gn 15,18; 17,17).

«Rabbì, chi ha peccato, lui o i suoi genitori, perché egli nascesse cieco?». ³Rispose Gesù: «Né lui ha peccato né i suoi genitori, ma (è nato cieco) perché si manifestassero in lui le opere di Dio. ⁴Dobbiamo operare le opere di Colui che mi ha mandato finché è giorno. Viene la notte, quando nessuno può più operare. ⁵Finché sono nel mondo, sono luce del mondo».

⁶Detto questo, sputò per terra, fece del fango con la saliva e spalmò il fango sugli occhi di lui. ⁷Poi gli disse: «Va' e làvati alla piscina di Siloe» (che significa «inviato»). Egli andò, si lavò e ritornò che vedeva. ⁸Ora, i vicini e quelli che l'avevano visto prima da mendicante dicevano: «Non è lui quello che stava seduto a mendicare?». ⁹Altri dicevano: «Ma no. È un altro che gli somiglia». Egli però diceva: «Sono proprio io». ¹⁰Gli dicevano dunque: «Come mai ti sono stati aperti gli occhi?». ¹¹Egli rispose: «Un uomo che si chiama Gesù ha fatto del fango, mi ha spalmato gli occhi e mi ha detto: "Va' a Siloe e làvati". Andato e lavatomi, ho cominciato a vedere». ¹²Gli dissero: «Dov'è lui?». Dice: «Non lo so».

¹³Conducono dai farisei quello che prima era cieco. ¹⁴Era sabato il giorno in cui Gesù fece il fango e gli aprì gli occhi. ¹⁵A loro volta anche i farisei lo interrogavano come aveva riacquistato la vista. Disse loro: «Mi ha messo del fango sugli occhi, mi sono lavato, e vedo». ¹⁶Dicevano allora alcuni dei farisei: «Quest'uomo non è da Dio, perché non osserva il sabato». Altri però dicevano: «Come può uno, che è peccatore, compiere tali segni?». E c'era divisione fra di loro. ¹⁷Dicono perciò di nuovo al cieco: «Tu che dici di lui per il fatto che ti ha aperto gli occhi?». «È un profeta», rispose.

¹⁸Non credettero però i Giudei che egli fosse stato cieco e che avesse riacquistato la vista, finché non chiamarono i genitori di colui che aveva riacquistato la vista ¹⁹e li interrogarono: «Costui è proprio vostro figlio, quello che voi dite essere nato cieco? Come mai ora vede?». ²⁰Risposero i suoi genitori: «Noi sappiamo che questo è nostro figlio e che è nato cieco. ²¹Come poi ora veda non lo sappiamo né sappiamo chi gli ha aperto gli occhi. Interrogate lui! Ha la sua età; egli stesso parlerà di sé». ²²I suoi genitori parlarono così perché temevano i Giudei. I Giudei infatti si erano già accordati che se qualcuno lo avesse riconosciuto come Cristo, sarebbe stato escluso dalla sinagoga. ²³Per

questo i suoi genitori dissero: «Ha la sua età. Chiedetelo a lui».

²⁴Chiamarono dunque, di nuovo, l'uomo che era stato cieco e gli dissero: «Da' gloria a Dio. Noi sappiamo che quest'uomo è un peccatore». ²⁵Egli rispose: «Se sia un peccatore non lo so. Io so soltanto una cosa: ero cieco e ora vedo». ²⁶Gli dissero: «Che cosa ti ha fatto? Come ti ha aperto gli occhi?». ²⁷Rispose loro: «Ve l'ho già detto e non mi avete dato ascolto. Perché volete sentirlo ancora? Volete forse anche voi diventare suoi discepoli?». ²⁸Lo coprirono allora di ingiurie e gli dissero: «Tu sei discepolo di quello là, ma noi siamo discepoli di Mosè. ²⁹Noi sappiamo che a Mosè Dio ha parlato. Ma costui... non sappiamo donde sia». ³⁰L'uomo obiettò loro: «Lo strano è proprio questo: che voi non sappiate donde sia; eppure mi ha aperto gli occhi. ³¹Noi sappiamo che Dio non ascolta i peccatori, ma se uno è pio e fa la sua volontà, questo lo ascolta. ³²Da che mondo è mondo non si è mai sentito dire che uno abbia aperto gli occhi di un cieco nato. ³³Se quell'uomo non fosse da Dio, non avrebbe potuto fare nulla». ³⁴Gli risposero: «Sei nato immerso nei peccati e pretendi di insegnarci?». E lo cacciarono fuori.

³⁵Gesù sentì che l'avevano cacciato fuori e, trovatolo, gli disse: «Credi tu nel Figlio dell'uomo?». ³⁶Rispose: «Ma chi è, Signore, perché io creda in lui?». ³⁷Gli disse Gesù: «Lo hai già visto: è colui che parla con te». ³⁸«Credo, Signore», disse; e si prosternò davanti a lui.

³⁹Disse allora Gesù: «Per una discriminazione sono venuto in questo mondo: perché coloro che non vedono vedano e coloro che vedono diventino ciechi». ⁴⁰Alcuni farisei che erano con lui udirono queste parole e gli dissero: «Siamo forse ciechi anche noi?». ⁴¹Gesù disse loro: «Se foste ciechi, non avreste peccato. Ora invece dite: "Noi vediamo". Il vostro peccato rimane».

10 Gesù pastore e porta del gregge. - ¹«In verità, in verità vi dico: chi non entra per la porta nell'ovile delle pecore, ma s'arrampica da un'altra parte, è un ladro e un bandito. ²Chi invece entra per la porta è pastore delle pecore. ³Il guardiano gli apre, le pecore ascoltano la sua voce e chiama le proprie pecore per nome e le fa uscire. [4]Quando ha spinto fuori tutte le proprie, cammina davanti a loro e le pecore lo seguono, perché conoscono la sua voce. [5]Non seguiranno affatto un estraneo, ma fuggiranno lontano da lui, perché non conoscono la voce degli estranei».

[6]Gesù disse loro questa parabola. Ma quelli non compresero di che cosa volesse parlare loro. [7]Gesù allora continuò: «In verità, in verità vi dico: io sono la porta delle pecore. [8]Tutti coloro che vennero prima di me sono ladri e briganti. Ma le pecore non li ascoltarono. [9]Io sono la porta. Chi entrerà attraverso di me sarà salvo; entrerà e uscirà e troverà pascolo. [10]Il ladro non entra che per rubare, sgozzare e distruggere. Io sono venuto perché abbiano la vita e l'abbiano in sovrabbondanza.

[11]Io sono il buon pastore. Il buon pastore dà la sua vita per le pecore. [12]Il mercenario invece che non è pastore, cui non appartengono le pecore, vede venire il lupo, abbandona le pecore e fugge, e il lupo le rapisce e le disperde, [13]perché è mercenario e non gli importa delle pecore.

[14]Io sono il buon pastore e conosco le mie e le mie conoscono me, [15]come il Padre conosce me e io conosco il Padre. Io do la mia vita per le pecore. [16]E ho altre pecore che non sono di questo ovile. Anch'esse io devo guidare, ascolteranno la mia voce e saranno un solo gregge, un solo pastore. [17]Per questo il Padre mi ama, perché io do la mia vita per riprenderla di nuovo. [18]Nessuno me la toglie, ma io la do da me stesso. Ho il potere di darla e ho il potere di riprenderla. Questo è il comando che ho ricevuto dal Padre mio».

[19]Ci fu nuova divisione fra i Giudei a causa di queste parole. [20]Molti di essi dicevano: «Ha un demonio e delira. Perché lo ascoltate?». [21]Altri dicevano: «Queste parole non sono di un indemoniato. Un demonio può forse aprire gli occhi ai ciechi?».

Gesù Messia-pastore e le sue pecore. - [22]A Gerusalemme ricorreva allora la festa della Dedicazione. Era inverno [23]e Gesù passeggiava nel tempio, sotto il portico di Salomone. [24]Lo circondarono i Giudei e gli dicevano: «Fino a quando ci tieni con l'animo sospeso? Se sei il Cristo, diccelo apertamente». [25]Rispose loro Gesù: «Ve l'ho detto e non credete. Le opere che faccio in nome del Padre mio, esse mi rendono testimonianza.

[26]Ma voi non credete, perché non siete delle mie pecore. [27]Le mie pecore ascoltano la mia voce e io le conosco e mi seguono. [28]Io do loro la vita eterna e non periranno mai; e nessuno le strapperà dalla mia mano. [29]Il Padre mio che me le ha date è più grande di tutti e nessuno le può strappare dalla mano del Padre. [30]Io e il Padre siamo uno». [31]I Giudei raccolsero di nuovo delle pietre per lapidarlo.

Controversia su Gesù, Figlio di Dio. - [32]Gesù rispose loro: «Vi ho mostrato molte opere buone da parte del Padre. Per quale di queste opere mi lapidate?».

[33]Gli risposero i Giudei: «Non ti lapidiamo per un'opera buona, ma per una bestemmia: perché tu che sei uomo, ti fai Dio».

[34]Rispose loro Gesù: «Non è scritto nella vostra legge: *Io ho detto: siete dèi?* [35]Se ha detto dèi coloro cui fu rivolta la parola di Dio, e la Scrittura non si può abolire, [36]a colui che il Padre ha santificato e ha mandato nel mondo voi dite: "Tu bestemmi", perché ho detto: "Io sono Figlio di Dio"? [37]Se non faccio le opere del Padre mio, non credetemi. [38]Ma se le faccio, anche se non credete a me, credete alle opere, così che conosciate e cominciate a comprendere che il Padre è in me e io nel Padre». [39]Tentarono nuovamente di arrestarlo, ma egli sfuggì dalle loro mani.

Sommario storico. - [40]Poi andò di nuovo di là del Giordano, nel luogo in cui dapprima Giovanni aveva battezzato, e vi rimase. [41]Molti vennero a lui e dicevano: «Giovanni non ha fatto nessun segno; ma tutto ciò che egli disse di costui era vero». [42]E là molti credettero in lui.

11 **Risurrezione di Lazzaro.** - [1]C'era un malato, Lazzaro da Betània, il paese di Maria e di sua sorella Marta. [2]Maria era quella che aveva unto il Signore con profumo e gli aveva asciugato i piedi con i capelli; Lazzaro, che era ammalato, era suo fratello.

[3]Le due sorelle mandarono a dirgli: «Vedi, Signore, colui che tu ami è ammalato». [4]Sentito che l'ebbe, Gesù disse: «Questa malattia non è per la morte, ma per la gloria di Dio, affinché per mezzo di essa sia glorificato il Figlio di Dio».

[5]Gesù amava Marta e sua sorella e Lazzaro. [6]Quando sentì che era ammalato, rimase ancora due giorni nel luogo in cui si trovava. [7]Solo dopo dice ai discepoli: «Andiamo di nuovo in Giudea». [8]Gli dicono i discepoli: «Rabbì, poco fa i Giudei cercavano di lapidarti e tu ritorni là?». [9]Rispose Gesù: «Non sono dodici le ore del giorno? Se uno cammina di giorno, non inciampa, perché vede la luce di questo mondo. [10]Ma se cammina di notte, inciampa, perché la luce non è in lui». [11]Detto questo, soggiunse: «Il nostro amico Lazzaro si è addormentato, ma vado a risvegliarlo». [12]Gli dissero allora i discepoli: «Signore, se è addormentato, si salverà». [13]Gesù però parlava della morte di lui. Essi invece avevano supposto che parlasse del riposo del sonno. [14]Allora Gesù disse loro apertamente: «Lazzaro è morto [15]e godo per voi di non essere stato là, affinché crediate. Ma andiamo da lui!». [16]Disse allora Tommaso, chiamato Didimo, ai condiscepoli: «Andiamo anche noi a morire con lui».

[17]Quando Gesù arrivò, trovò che Lazzaro stava nella tomba già da quattro giorni. [18]Betània non è lontana da Gerusalemme se non circa quindici stadi. [19]Ora, molti Giudei si erano recati da Marta e Maria per consolarle del fratello. [20]Marta, quando sentì che Gesù veniva, gli andò incontro. Maria invece stava seduta in casa. [21]Marta disse allora a Gesù: «Signore, se tu fossi stato qui, mio fratello non sarebbe morto. [22]Ma anche ora so che qualsiasi cosa tu chieda a Dio, egli te la darà». [23]Le dice Gesù: «Tuo fratello risorgerà». [24]Gli risponde Marta: «So che risorgerà nella risurrezione all'ultimo giorno». [25]Le disse Gesù: «Io sono la risurrezione e la vita. Chi crede in me, anche se morisse, vivrà; [26]e chiunque vive e crede in me, non morirà mai. Credi tu a ciò?». [27]Gli dice: «Sì, Signore. Io ho creduto che tu sei il Cristo, il Figlio di Dio, quello che deve venire nel mondo».

[28]Detto questo, andò e chiamò sua sorella Maria, dicendole sottovoce: «Il Maestro è qui e ti chiama». [29]Quella, appena udito ciò, si alzò in fretta e andò da lui. [30]Gesù non era arrivato al paese, ma si trovava ancora nel luogo in cui gli era andata incontro Marta. [31]Quando i Giudei, che erano con lei nella casa e la consolavano, videro Maria alzarsi in fretta e uscire, la seguirono, supponendo che andasse alla tomba per piangervi. [32]Maria, giunta al luogo in cui si trovava Gesù, lo vide e si gettò ai suoi piedi dicendogli: «Signore, se tu fossi stato qui, mio fratello non sarebbe morto». [33]Gesù allora, come la vide piangere e piangere anche i Giudei venuti con lei, fremette interiormente e si turbò; [34]poi disse: «Dove l'avete posto?». Gli dicono: «Signore, vieni e vedi». [35]Gesù pianse. [36]Dicevano allora i Giudei: «Vedi come l'amava!». [37]Ma alcuni di essi dissero: «Non poteva costui, che ha aperto gli occhi del cieco, fare che questi non morisse?». [38]Scosso nuovamente da un fremito in se stesso, Gesù viene al sepolcro. Era una grotta e vi era stata posta una pietra. [39]Dice Gesù: «Levate la pietra». Gli dice Marta, la sorella del morto: «Signore, già puzza... è di quattro giorni...». [40]Le dice Gesù: «Non ti ho detto che, se credi, vedrai la gloria di Dio?». [41]Levarono dunque la pietra.

Gesù alzò gli occhi e disse: «Padre, ti ringrazio di avermi ascoltato. [42]Sapevo bene che tu sempre mi ascolti. Ma l'ho detto per la gente che sta attorno, affinché credano che tu mi hai mandato». [43]Detto questo, gridò a gran voce: «Lazzaro, vieni fuori!». [44]Uscì fuori il morto, legato piedi e mani con bende e la sua faccia era avvolta con un sudario. Gesù dice loro: «Scioglietelo e lasciatelo andare».

Condanna a morte di Gesù e ritiro a Èfraim. -
[45]Molti dei Giudei, che erano andati da Maria e avevano visto ciò che aveva fatto, credettero in lui. [46]Alcuni di essi, invece, andarono dai farisei e raccontarono loro ciò che aveva fatto Gesù. [47]Allora i sacerdoti-capi e i farisei convocarono il sinedrio e dicevano: «Che cosa facciamo? Quest'uomo compie molti segni! [48]Se lo lasciamo continuare così, tutti crederanno in lui, verranno i Romani e distruggeranno il luogo e la nazione». [49]Ma uno di loro, Caifa, che era sommo sacerdote in quell'anno, disse loro: «Voi non capite niente, [50]né vi

---

11. - [9-10]. Gesù vuol dire che, finché per lui è giorno, cioè tempo di vita stabilito dal Padre, nessuno può fargli del male. Solo quando sarà arrivato il tempo della sua passione, ed egli ne darà il permesso, i suoi nemici potranno agire contro di lui. Egli sapeva che, per allora, non aveva nulla da temere.
[49-51]. Le parole di *Caifa* si adempiranno, ma in un senso ben più profondo rispetto a quello da lui inteso.

rendete conto che è più vantaggioso per voi che muoia un solo uomo per il popolo e non perisca tutta intera la nazione». [51]Questo però non lo disse da se stesso, ma, essendo sommo sacerdote in quell'anno, profetizzò che Gesù stava per morire per la nazione, [52]e non per la nazione soltanto, ma anche per radunare insieme nell'unità i figli dispersi di Dio. [53]Da quel giorno dunque decisero di farlo morire. [54]Per questo Gesù non si mostrava più in pubblico fra i Giudei, ma se ne andò da lì, in una regione vicina al deserto, in una città chiamata Èfraim, e lì rimase con i suoi discepoli.

Prossimità della Pasqua. - [55]Era prossima la Pasqua dei Giudei e salirono molti a Gerusalemme dal paese prima della Pasqua per purificarsi. [56]Cercavano Gesù e dicevano fra loro, stando nel tempio: «Che ne dite? Non verrà alla festa?». [57]Ma i sacerdoti-capi e i farisei avevano impartito l'ordine che se qualcuno sapeva dove si trovava, lo denunciasse, così che lo potessero arrestare.

12 **Unzione di Betània.** - [1]Gesù, sei giorni prima della Pasqua, andò a Betània, dov'era Lazzaro, che egli aveva risuscitato dai morti. [2]Ora là gli prepararono un pranzo e Marta serviva, mentre Lazzaro era uno di quelli che sedevano a mensa con lui. [3]Maria, presa una libbra di profumo di nardo autentico, molto prezioso, unse i piedi di Gesù e glieli asciugò con i suoi capelli. La casa fu ripiena della fragranza di quel profumo. [4]Dice Giuda Iscariota, uno dei suoi discepoli, che stava per tradirlo: [5]«Perché non si è venduto il profumo per trecento danari e non si è dato il ricavato ai poveri?». [6]Lo disse, però, non perché gli stavano a cuore i poveri, ma perché era ladro e, avendo la borsa, sottraeva ciò che vi veniva messo dentro. [7]Disse allora Gesù: «Lasciala, ché lo doveva conservare per il giorno della mia sepoltura. [8]I poveri infatti li avete sempre con voi, me invece non avete sempre».

[9]Una folla numerosa di Giudei venne a sapere che si trovava lì e vennero non solo per Gesù, ma anche per vedere Lazzaro che aveva risuscitato dai morti. [10]I sacerdoti-capi decisero allora di uccidere anche Lazzaro, [11]perché a causa sua molti Giudei andavano e credevano in Gesù.

Entrata trionfale in Gerusalemme. - [12]Il giorno dopo la grande folla giunta per la festa, sentito che Gesù veniva a Gerusalemme, [13]prese rami di palma e gli andò incontro gridando:

Osanna!
Benedetto colui che viene
nel nome del Signore,
il re d'Israele!

[14]Gesù, trovato un asinello, gli sedette in groppa come sta scritto:

[15] *Non temere, figlia di Sion!*
Ecco, il tuo re viene,
seduto sopra un puledro d'asina.

[16]In un primo tempo i suoi discepoli non compresero questo fatto, ma quando Gesù fu glorificato, allora si ricordarono che questo era stato scritto di lui e che era proprio quello che gli avevano fatto. [17]La gente, che era stata con lui quando aveva chiamato Lazzaro dal sepolcro e lo aveva risuscitato dai morti, gli rendeva testimonianza. [18]Per questo gli andò incontro la folla, perché avevano sentito che aveva fatto questo segno. [19]I farisei allora si dissero fra loro: «Vedete che non combinate nulla: ecco che il mondo gli è andato dietro!».

Discorso di Gesù alla venuta dei Greci. - [20]Tra quelli che erano saliti per adorare durante la festa c'erano alcuni Greci. [21]Essi abbordarono Filippo, quello di Betsàida di Galilea, e gli chiesero: «Signore, vorremmo vedere Gesù». [22]Filippo va a dirlo ad Andrea. Andrea e Filippo vanno a dirlo a Gesù.

[23]Gesù risponde loro: «È venuta l'ora che il Figlio dell'uomo sia glorificato. [24]In verità, in verità vi dico: se il grano di frumento, caduto per terra, non muore, resta esso solo. Ma se muore, porta molto frutto. [25]Chi ama la propria vita, la perde, e chi odia la propria vita in questo mondo, la conserverà per la vita eterna. [26]Se qualcuno mi serve, mi segua e là dove sono io sarà

---

12. - [24.] *Il grano di frumento* è Gesù, il quale dovrà morire ed essere innalzato da terra mediante la crocifissione (v. 32), prima di poter attirare a sé anche i pagani, bisognosi di redenzione. Era, infatti, volontà del Padre che Gesù ottenesse la salvezza all'umanità mediante la morte in croce.

anche il mio servo. Se uno mi serve, il Padre lo onorerà. ²⁷Ora la mia anima è turbata, e che devo dire?... Padre, sàlvami da quest'ora? Ma proprio per questo sono venuto a quest'ora. ²⁸Padre, glorifica il tuo nome!».
Venne allora una voce dal cielo: «L'ho glorificato e lo glorificherò ancora». ²⁹La gente che stava lì e aveva sentito, diceva che era stato un tuono. Altri dicevano: «Un angelo gli ha parlato». ³⁰Rispose Gesù: «Non è per me che s'è fatta sentire questa voce, ma per voi. ³¹Ora c'è il giudizio di questo mondo, ora il principe di questo mondo sarà cacciato fuori. ³²E quando io sarò innalzato da terra, attrarrò tutti a me». ³³Questo lo diceva per indicare di quale morte stava per morire.
³⁴Gli rispose la gente: «Noi abbiamo sentito dalla legge che il Cristo rimane per sempre: e come dici tu che il Figlio dell'uomo deve essere innalzato? Chi è questo Figlio dell'uomo?».
³⁵Disse loro Gesù: «Solo ancora un po' di tempo la luce è in mezzo a voi. Camminate finché avete la luce, affinché non vi sorprendano le tenebre. Chi cammina nelle tenebre non sa dove va. ³⁶Finché avete la luce, credete alla luce, affinché diventiate figli della luce».
Questo disse Gesù e, andatosene, si nascose da loro.

Incredulità dei Giudei. - ³⁷Per quanto Gesù avesse compiuto così grandi segni davanti a loro, non credevano in lui, ³⁸perché si adempisse la parola che aveva detto il profeta Isaia:

Signore, chi credette alla nostra parola?
Il braccio del Signore a chi fu rivelato?

³⁹Per questo non potevano credere, perché Isaia disse anche:

⁴⁰ *Ha accecato i loro occhi*
 e incallito il loro cuore,
 affinché con gli occhi non vedano
 e col cuore non comprendano

39-40. Cfr. Is 6,9-10 e relativa nota. I Giudei *non potevano credere* per l'accecamento della loro intelligenza, essendosi ripetutamente opposti alla grazia di Dio e avendo stravolto le prove che Gesù adduceva a conferma del suo insegnamento. La loro incredulità, perciò, era colpevole.

e così non si convertano
e io non li guarisca.

⁴¹Questo Isaia lo disse, perché vide la sua gloria e parlò di lui. ⁴²Pur tuttavia anche fra i capi molti credettero in lui, ma non lo professavano pubblicamente a causa dei farisei, per non venire espulsi dalla sinagoga. ⁴³Preferirono infatti la gloria degli uomini alla gloria di Dio.
⁴⁴Gesù proclamò ad alta voce: «Chi crede in me, non crede in me, ma in Colui che mi ha mandato, ⁴⁵e colui che vede me, vede Colui che mi ha mandato. ⁴⁶Io, luce, sono venuto nel mondo affinché chi crede in me non rimanga nelle tenebre. ⁴⁷Se uno ascolta le mie parole e non le osserva, io non lo condanno. Non sono venuto infatti per condannare il mondo, ma per salvare il mondo. ⁴⁸Colui che mi rifiuta e non accoglie le mie parole, ha chi lo giudica. La parola che ho pronunciato, quella lo giudicherà nell'ultimo giorno; ⁴⁹perché io non ho parlato da me stesso, ma il Padre stesso che mi ha mandato mi ha comandato ciò che dovevo dire e pronunciare. ⁵⁰E so che il suo comandamento è vita eterna. Ciò che dico, lo dico come il Padre me l'ha detto».

L'ORA DI GESÙ

13 **Lavanda dei piedi.** - ¹Prima della festa di Pasqua, sapendo Gesù che era venuta la sua ora per passare da questo mondo al Padre, avendo amato i suoi che erano nel mondo, li amò fino alla fine. ²Durante la cena, quando il diavolo aveva già posto in animo a Giuda di Simone Iscariota di tradirlo, ³sapendo che il Padre aveva messo tutto nelle sue mani e che da Dio era uscito e a Dio ritornava, ⁴si alzò da tavola, depose il mantello e, preso un panno, se ne cinse. ⁵Versò quindi dell'acqua nel catino e incominciò a lavare i piedi dei discepoli e ad asciugarli con il panno del quale si era cinto. ⁶Arriva dunque a Simone Pietro. Gli disse: «Signore, tu mi lavi i piedi?». ⁷Gli rispose Gesù: «Ciò che io ti faccio, tu ora non lo sai; lo comprenderai in seguito». ⁸Gli disse Pietro: «Non mi laverai i piedi. No, mai!». Gli rispose Gesù: «Se io non ti lavo, non avrai parte con me». ⁹Gli disse Simone Pietro: «Signore, non solo i miei piedi, ma anche le mani e il capo». ¹⁰Gesù soggiunse: «Chi ha fatto il bagno, non ha bisogno di lavarsi se non i piedi, ed è integralmente puro; e voi siete puri, ma non tutti». ¹¹Sapeva infatti chi stava per tradirlo; per questo disse: «Non tutti siete puri».

¹²Or quando ebbe lavato loro i piedi, riprese il suo mantello, si rimise a sedere e disse loro: «Capite che cosa vi ho fatto? ¹³Voi mi chiamate Maestro e Signore e dite bene, perché lo sono. ¹⁴Se dunque io, il Signore e il Maestro, vi ho lavato i piedi, anche voi dovete lavarvi i piedi gli uni gli altri. ¹⁵Infatti vi ho dato un esempio, affinché anche voi facciate come io ho fatto a voi. ¹⁶In verità, in verità vi dico: il servo non è più grande del suo padrone né l'apostolo è più grande di colui che l'ha mandato. ¹⁷Se capite queste cose, siete beati se le mettete in pratica. ¹⁸Non parlo per tutti voi: io conosco chi ho scelto; ma deve compiersi la Scrittura:

Colui che mangia il mio pane,
ha levato contro di me il suo calcagno.

¹⁹Fin d'ora ve lo dico prima che accada, affinché, quando accadrà, crediate che io sono. ²⁰In verità, in verità vi dico: chi accoglie colui che avrò mandato, accoglie me, e chi accoglie me, accoglie Colui che mi ha mandato».

Predizione del tradimento. - ²¹Detto questo, Gesù fu turbato interiormente e attestò: «In verità, in verità vi dico: uno di voi mi tradirà». ²²I discepoli si guardavano gli uni gli altri, non riuscendo a capire di chi egli parlava. ²³Uno dei suoi discepoli, quello che Gesù amava, stava adagiato proprio accanto a Gesù. ²⁴Allora Simon Pietro gli fa cenno di chiedergli chi fosse quello di cui parlava. ²⁵Egli, chinatosi sul petto di Gesù, gli dice: «Signore, chi è?». ²⁶Gesù risponde: «È quello a cui porgerò il boccone che sto per intingere». Intinto dunque il boccone, lo prese e lo porse a Giuda, figlio di Simone Iscariota. ²⁷Allora, dopo il boccone, entrò in lui Satana. Gli dice Gesù: «Quello che devi fare, fallo subito». ²⁸Ma nessuno dei commensali comprese perché gli avesse detto questo. ²⁹Siccome Giuda teneva la borsa, alcuni supponevano che Gesù gli avesse detto: «Compera quanto ci occorre per la festa», oppure che gli avesse ordinato di dare qualcosa ai poveri. ³⁰Così, preso il boccone, quello uscì subito. Era notte.

³¹Quando fu uscito, Gesù dice: «Ora il Figlio dell'uomo è stato glorificato e Dio è stato glorificato in lui. ³²Se Dio è stato glorificato in lui, anche Dio per parte sua lo glorificherà e subito lo glorificherà. ³³Figlioletti, ancora un poco sarò con voi. Mi cercherete, e come ho detto ai Giudei: "Dove io vado voi non potete venire", così lo dico ora anche a voi. ³⁴Un comandamento nuovo vi do: che vi amiate gli uni gli altri; come io ho amato voi, anche voi amatevi gli uni gli altri. ³⁵Da questo riconosceranno tutti che siete miei discepoli, se avete amore gli uni per gli altri».

Predizione delle negazioni. - ³⁶Gli disse Simon Pietro: «Signore, dove vai?». Gli rispose Gesù: «Dove io vado, tu non mi puoi seguire ora; mi seguirai più tardi». ³⁷Gli disse Pietro: «Signore, perché non posso seguirti fin d'ora? Darei la mia vita per te». ³⁸Rispose Gesù: «Darai la tua vita per me? In verità, in verità ti dico: il gallo non canterà prima che tu mi abbia rinnegato tre volte».

14 **La fede in Gesù e i suoi effetti.** - ¹«Non si turbi il vostro cuore. Credete in Dio, e credete anche in me. ²Nella casa del Padre mio ci sono molte dimore; se no, vi avrei forse detto che vado a prepararvi un posto? ³E quando sarò andato e vi avrò preparato un posto, ritornerò e vi prenderò presso di me, affinché dove sono io siate anche voi. ⁴E dove io vado voi conoscete la via».

⁵Gli dice Tommaso: «Signore, non sappiamo dove vai, come possiamo conoscerne la via?».

⁶Gli dice Gesù: «Io sono la via e la verità e la vita. Nessuno va al Padre se non attraverso di me. ⁷Se voi mi aveste conosciuto, anche il mio Padre conoscereste, e fin d'ora voi lo conoscete e l'avete visto».

---

13. - ¹⁴⁻¹⁵· L'esempio a cui vuole richiamare Gesù non è tanto quello di aver *lavato* i piedi agli apostoli, quanto piuttosto quello dell'umiltà e della carità con cui, senza curarsi affatto della sua dignità, si pose a servire chi era da meno di lui. Si noti l'importanza che dà all'offerta del suo esempio, richiamandosi ripetutamente alla propria dignità e autorità di *Maestro e Signore*. È l'unica volta che egli ha parlato così.
³¹⁻³²· Gesù vede ormai vicina la croce con la quale glorificherà il Padre, riconducendo a lui l'umanità mediante la redenzione; il Padre, a sua volta, glorificherà il Figlio anche come uomo, risuscitandolo dai morti e facendolo salire alla sua destra.

[8]Gli dice Filippo: «Mostraci il Padre e ci basta».

[9]Gli dice Gesù: «Da tanto tempo sono con voi, e non mi hai conosciuto, Filippo? Chi ha visto me, ha visto il Padre. Come puoi tu dire: "Mostraci il Padre"? [10]Non credi che io sono nel Padre e il Padre è in me? Le parole che io vi dico, non le dico da me stesso; il Padre che dimora in me fa le sue opere. [11]Credetemi: io sono nel Padre e il Padre è in me. Almeno credete a causa delle opere stesse. [12]In verità, in verità vi dico: chi crede in me, anch'egli farà le opere che io faccio e ne farà anche di più grandi, perché io vado al Padre. [13]E quanto chiederete nel mio nome lo farò, affinché il Padre sia glorificato nel Figlio. [14]Se mi chiederete qualcosa nel mio nome, io lo farò».

L'amore a Gesù e i suoi effetti. - [15]«Se mi amate, osservate i miei comandamenti. [16]Io pregherò il Padre ed egli vi darà un altro Paraclito, affinché sia per sempre con voi, [17]lo Spirito di verità, che il mondo non può accogliere, perché non lo vede né lo conosce. Voi lo conoscete, perché dimora presso di voi e sarà in voi. [18]Non vi lascerò orfani, ritornerò da voi. [19]Ancora un po' e il mondo non mi vedrà più, ma voi mi vedrete, perché io vivo e voi vivrete. [20]In quel giorno voi riconoscerete che io sono nel Padre, voi in me e io in voi. [21]Chi ha i miei comandamenti e li osserva, è lui che mi ama. Colui che mi ama sarà amato dal Padre mio e io lo amerò e manifesterò a lui me stesso».

[22]Gli dice Giuda, non l'Iscariota: «Signore, che è mai successo che tu stai per manifestare te stesso a noi e non al mondo?».

[23]Gli rispose Gesù: «Se qualcuno mi ama, osserverà la mia parola e il Padre mio lo amerà e verremo a lui e faremo dimora presso di lui. [24]Colui che non mi ama, non osserva le mie parole. E la parola che voi ascoltate non è mia, ma del Padre che mi ha mandato».

Ultimi pensieri prima della dipartita. [25]«Vi ho detto queste cose mentre rimango presso di voi. [26]Ma il Paraclito, lo Spirito Santo che il Padre manderà nel mio nome, egli vi insegnerà tutto e vi farà ricordare tutto ciò che vi ho detto. [27]La pace vi lascio, la mia pace vi do. Non come la dà il mondo io ve la do. Non si turbi il vostro cuore e non si abbatta. [28]Avete udito che vi ho detto: "Me ne vado e ritornerò da voi". Se mi amaste,

godreste che io vado al Padre, perché il Padre è più grande di me. [29]Ve l'ho detto ora, prima che accada, affinché, quando accadrà, crediate. [30]Io non m'intratterrò più a lungo con voi, perché viene il principe del mondo; egli però non ha alcuna presa su di me. [31]Ma perché il mondo sappia che io amo il Padre e agisco come il Padre mi ha comandato, levatevi, partiamo di qui!».

15 **La vite e i tralci.** - [1]«Io sono la vera vite e il Padre mio è l'agricoltore. [2]Ogni tralcio che in me non porta frutto, lo recide, e ogni tralcio che porta frutto lo monda, perché porti maggior frutto. [3]Voi siete già mondi per la parola che vi ho annunciata. [4]Rimanete in me come io in voi. Come il tralcio non può portare frutto da se stesso, se non rimane nella vite, così nemmeno voi, se non rimanete in me. [5]Io sono la vite, voi i tralci. Chi rimane in me e io in lui, questi porta molto frutto, perché senza di me non potete far nulla. [6]Se qualcuno non rimane in me, è gettato fuori come il tralcio e si dissecca; poi li si raccoglie e li si getta nel fuoco e bruciano. [7]Se rimanete in me e le mie parole rimangono in voi, chiedete pure quello che volete e vi sarà fatto. [8]In questo è stato glorificato il Padre mio, che voi portiate molto frutto e diventiate miei discepoli».

Rimanere nell'amore di Gesù. - [9]«Come il Padre ha amato me, così io ho amato voi. Rimanete nel mio amore! [10]Se osserverete i miei comandamenti, rimarrete nel mio amore, come io ho osservato i comandamenti del Padre mio e rimango nel suo amore. [11]Questo vi ho detto affinché la mia gioia sia in voi e la vostra gioia giunga alla pienezza. [12]Questo è il mio comandamento: che vi amiate gli uni gli altri come io ho amato voi. [13]Nessuno ha un amore più grande di questo: dare la vita per i propri amici. [14]Voi siete miei amici se fate ciò che io vi comando. [15]Non vi chiamo più servi, perché il servo non sa ciò che fa il padrone. Vi ho chiamati amici, perché tutto quello che ho udito dal Padre mio ve l'ho fatto conoscere. [16]Non voi avete eletto me, ma io ho eletto voi e vi ho costituiti perché andiate e portiate frutto e il vostro frutto rimanga, affinché qualsiasi cosa chiediate al Padre nel mio nome ve la dia. [17]Questo vi comando: che vi amiate gli uni gli altri».

L'odio del mondo. - [18]«Se il mondo vi odia, sappiate che ha odiato me prima di voi. [19]Se foste del mondo, il mondo amerebbe ciò che gli appartiene. Poiché invece non siete del mondo, ma io vi ho eletti dal mondo, per questo il mondo vi odia. [20]Ricordate la parola che io vi dissi: "Non c'è servo più grande del suo padrone". Se hanno perseguitato me, perseguiteranno anche voi. Se hanno osservato la mia parola, anche la vostra osserveranno. [21]Ma tutte queste cose faranno a voi a causa del mio nome, perché non conoscono Colui che mi ha mandato. [22]Se non fossi venuto e non avessi parlato loro, non avrebbero peccato. Ora invece non hanno scusa per il loro peccato. [23]Chi mi odia, odia anche il Padre mio. [24]Se in mezzo a loro non avessi fatto le opere, che nessun altro ha fatto, non avrebbero peccato. Ora invece hanno visto e hanno odiato me e il Padre mio. [25]Ma è perché si compisse la parola scritta nella loro legge: *Mi hanno odiato senza ragione*».

La testimonianza. - [26]«Quando verrà il Paraclito che vi manderò dal Padre, lo Spirito di verità che procede dal Padre, egli mi darà testimonianza; [27]e anche voi mi renderete testimonianza, perché siete con me fin dall'inizio.

16 [1]Questo vi ho detto, perché non rimaniate scandalizzati. [2]Vi caccceranno fuori dalle sinagoghe; viene anzi l'ora in cui chi vi ucciderà penserà di rendere un culto a Dio. [3]Questo faranno perché non hanno conosciuto né il Padre né me. [4]Ma questo vi ho detto affinché, quando verrà la loro ora, ricordiate che io ve l'avevo detto».

Venuta e missione del Paraclito. - «Non vi ho detto questo fin dall'inizio, perché ero con voi. [5]Ora invece vado a Colui che mi ha mandato e nessuno di voi mi domanda: "Dove vai?". [6]Anzi, poiché vi ho detto questo, la tristezza ha riempito il vostro cuore. [7]Ma io vi dico la verità: è meglio per voi che io parta; perché, se non parto, il Paraclito non verrà a voi. Se invece me ne vado, lo manderò a voi. [8]E quando egli verrà, confuterà il mondo in fatto di peccato, di giustizia e di giudizio. [9]In fatto di peccato: perché non credono in me; [10]in fatto di giustizia: perché me ne vado al Padre e voi non mi vedrete più; [11]in fatto di giudizio: perché il

principe di questo mondo è già giudicato. [12]Ancora molte cose ho da dirvi, ma non le potete portare per ora. [13]Quando verrà lo Spirito di verità, egli vi guiderà in tutta la verità. Non parlerà infatti da se stesso, ma quanto sentirà dirà e vi annuncerà le cose venture. [14]Egli mi glorificherà, perché prenderà da me e ve lo annuncerà. [15]Tutto quanto ha il Padre è mio. Per questo vi ho detto che prenderà da me e lo annuncerà a voi».

Ritorno di Gesù. - [16]«Un poco e non mi vedrete più; e poi un poco ancora, e mi vedrete».

[17]Allora alcuni dei suoi discepoli dissero fra loro: «Che è mai questo che ci dice: "Un poco e non mi vedrete e poi un poco ancora e mi vedrete"? e: "Io me ne vado al Padre"?». [18]Dicevano dunque: «Che è mai questo "un poco" di cui parla? Non comprendiamo che cosa voglia dire». [19]Gesù conobbe che volevano interrogarlo e disse loro: «V'interrogate fra di voi riguardo a ciò che vi ho detto: "Un poco e non mi vedrete e poi ancora un poco e mi vedrete"? [20]In verità, in verità vi dico: voi piangerete e gemerete, mentre il mondo si rallegrerà. Voi vi rattristerete, ma la vostra tristezza si cambierà in gioia. [21]La donna, quando partorisce, ha tristezza, perché è venuta la sua ora. Ma quando ha partorito il bambino non si ricorda più della sofferenza per la gioia che è nato un uomo al mondo. [22]Anche voi ora avete tristezza, ma vi vedrò di nuovo, il vostro cuore si rallegrerà e la vostra gioia nessuno ve la potrà rapire. [23]In quel giorno non mi farete più alcuna domanda. In verità, in verità vi dico: qualsiasi cosa chiediate al Padre nel nome mio, nel mio nome ve la darà. [24]Finora non avete chiesto nulla nel mio nome. Chiedete e riceverete, in modo che la vostra gioia sia completa».

Ultimi ammonimenti. - [25]«Questo vi ho detto in similitudini. Viene l'ora in cui non vi parlerò più in similitudini, ma vi annun-

---

16. - [8-11]. Lo Spirito Santo, con la predicazione degli apostoli, convincerà il mondo in fatto di *peccato*, mostrandogli il delitto che ha commesso rigettando il Messia; in fatto di *giustizia*, mostrando, con la risurrezione, l'ascensione, la gloria e le opere di Gesù, la santità di lui; in fatto *di giudizio*, mostrando come il principe del mondo, il demonio, è stato sconfitto e cacciato con la morte di Cristo; così mostrerà che il mondo è senza scusa.

cerò apertamente quanto riguarda il Padre mio. [26]In quel giorno chiederete nel mio nome e non vi dico che io pregherò il Padre per voi: [27]il Padre stesso infatti vi ama, poiché voi mi avete amato e avete creduto che sono uscito da Dio. [28]Sono uscito dal Padre e sono venuto nel mondo. Ora lascio il mondo e vado al Padre». [29]Dicono i suoi discepoli: «Ecco che ora parli apertamente e non usi nessuna figura. [30]Ora sappiamo che conosci tutto e non hai bisogno che ti si interroghi. Per questo crediamo che sei uscito da Dio». [31]Rispose loro Gesù: «Voi adesso credete? [32]Ecco che viene l'ora, ed è venuta, che sarete dispersi ciascuno per conto suo e mi lascerete solo. Ma io sono solo, perché il Padre è con me. [33]Questo vi ho detto perché abbiate pace in me. In questo mondo avete da soffrire; ma abbiate coraggio: io ho vinto il mondo».

17 Preghiera per la sua glorificazione. - [1]Così parlò Gesù e, levati gli occhi al cielo, disse: «Padre, l'ora è venuta. Glorifica il Figlio tuo affinché il Figlio glorifichi te. [2]Come gli hai dato potere su ogni carne, dia egli la vita eterna a tutti coloro che tu gli hai dato. [3]Questa è la vita eterna: che conoscano te, il solo vero Dio, e colui che tu hai mandato, Gesù Cristo. [4]Io ti ho glorificato sulla terra, avendo compiuta l'opera che tu mi hai dato da fare. [5]Ora glorificami tu, Padre, davanti a te, con la gloria che io avevo presso di te prima che il mondo fosse. [6]Ho manifestato il tuo nome agli uomini che mi hai dato dal mondo. Erano tuoi e li hai dati a me, e hanno osservato la tua parola. [7]Ora essi sanno che tutto quanto mi hai dato viene da te, [8]perché le parole che tu mi hai date io le ho date a loro ed essi le hanno accolte e sanno veramente che sono uscito da te e hanno creduto che tu mi hai mandato».

Preghiera per i discepoli. - [9]«Io prego per loro; non prego per il mondo, ma per coloro che tu mi hai dato, perché sono tuoi. [10]Tutto ciò che è mio è tuo e quello che è tuo è mio, e io sono stato glorificato in loro. [11]Io non sono più nel mondo, ma essi sono nel mondo, mentre io vengo a te. Padre santo, conservali nel tuo nome che mi hai dato, affinché siano uno come noi. [12]Quando ero con loro, io li ho conservati nel tuo nome che mi hai dato e li ho custoditi e nessuno di loro si è perduto, eccetto il figlio della perdizione, affinché si adempisse la Scrittura. [13]Ora vengo a te e queste cose dico mentre sono nel mondo, affinché abbiano in loro la mia gioia in pienezza. [14]Io ho dato loro la tua parola e il mondo li ha odiati, perché non sono del mondo come io non sono del mondo. [15]Non ti chiedo che li tolga dal mondo, ma che li preservi dal maligno. [16]Essi non sono del mondo, come io non sono del mondo. [17]Consacrali nella verità. La tua parola è verità. [18]Come tu mi hai mandato nel mondo, così anch'io li ho mandati nel mondo. [19]E per loro consacro me stesso, affinché siano anch'essi consacrati nella verità».

Preghiera per la chiesa. - [20]«Non prego solo per costoro, ma anche per coloro che crederanno in me mediante la loro parola: [21]che tutti siano uno come tu, Padre, in me e io in te, affinché siano anch'essi in noi, così che il mondo creda che tu mi hai mandato. [22]Io ho dato loro la gloria che tu mi hai data, perché siano uno come noi siamo uno: [23]io in loro e tu in me, perché siano perfetti nell'unità, e il mondo riconosca che tu mi hai mandato e li hai amati come hai amato me. [24]Padre, voglio che anche quelli che tu mi hai dato siano con me, dove sono io, affinché contemplino la mia gloria, quella che tu mi hai dato, poiché mi hai amato prima della creazione del mondo. [25]Padre giusto, il mondo non ti ha conosciuto, io invece ti ho conosciuto e costoro hanno riconosciuto che tu mi hai mandato. [26]Io ho fatto loro conoscere il tuo nome e continuerò a farlo conoscere, affinché l'amore con cui tu mi hai amato sia in essi, e io in loro».

---

17. - [1.] La preghiera che qui comincia è chiamata «preghiera sacerdotale» poiché con essa il Salvatore dà inizio al sacrificio che poche ore dopo avrebbe compiuto sulla croce.

[9.] *Mondo*: qui si deve intendere coloro che vivono scientemente e volutamente in opposizione a Gesù (cfr. Mt 12,32 e nota).

18 Arresto di Gesù. - [1]Detto questo, Gesù uscì con i suoi discepoli al di là del torrente Cedron dove c'era un orto, in cui entrò con i suoi discepoli. [2]Anche Giuda, che lo stava tradendo, conosceva bene il posto, perché Gesù molte volte si era riunito là con i suoi discepoli. ³Giuda dunque, presa la coorte e le guardie dei sacerdoti-capi e dei farisei, vi si recò con lanterne, fiaccole e armi. ⁴Gesù, sapendo tutto ciò che stava per accadergli, si fece avanti e disse loro: «Chi cercate?». ⁵Gli risposero: «Gesù il Nazareno». Dice loro: «Io sono». Stava con loro anche Giuda che lo tradiva. ⁶Quando ebbe detto loro: «Io sono», indietreggiarono e caddero a terra. ⁷Domandò allora di nuovo: «Chi cercate?». Ed essi dissero: «Gesù il Nazareno». ⁸Gesù rispose: «Ve l'ho detto che sono io. Se dunque cercate me, lasciate andare via costoro». ⁹Così si adempì la parola che aveva detto: «Di quelli che mi hai dato non ne ho perduto nessuno». ¹⁰Allora Simon Pietro, che aveva una spada, la sfoderò e colpì il servo del sommo sacerdote e gli mozzò l'orecchio destro; quel servo si chiamava Malco. ¹¹Ma Gesù disse a Pietro: «Metti la spada nel fodero. Non dovrò forse bere il calice che il Padre mi ha dato?».

Gesù da Anna e rinnegamento di Pietro. - ¹²Allora la coorte, il comandante e le guardie dei Giudei presero Gesù, lo legarono ¹³e lo portarono dapprima da Anna. Egli era infatti suocero di Caifa, sommo sacerdote in quell'anno. ¹⁴Caifa era quello che aveva consigliato ai Giudei: «Conviene che muoia un solo uomo per il popolo».

¹⁵Or seguivano Gesù Simon Pietro e un altro discepolo. Quel discepolo era noto al sommo sacerdote ed entrò con Gesù nel cortile del sommo sacerdote. ¹⁶Pietro invece stava fuori, davanti alla porta. Uscì dunque l'altro discepolo noto al sommo sacerdote, parlò alla portinaia e fece entrare Pietro. ¹⁷Questa ragazza addetta alla porta disse a Pietro: «Non sei forse anche tu dei discepoli di quest'uomo?». Egli rispose: «Non lo sono». ¹⁸Poiché faceva freddo, i servi e le guardie avevano acceso un braciere e stavano là a scaldarsi. Pure Pietro stava con loro e si riscaldava.

¹⁹Il sommo sacerdote interrogò Gesù riguardo ai suoi discepoli e alla sua dottrina. ²⁰Gli rispose Gesù: «Io ho parlato apertamente al mondo. Io ho sempre insegnato nella sinagoga e nel tempio, dove si radunano tutti i Giudei, e di nascosto non ho mai detto nulla. ²¹Perché mi interroghi? Interroga coloro che mi hanno ascoltato, che cosa ho detto loro. Ecco, essi sanno ciò che io ho detto». ²²Non appena Gesù ebbe detto ciò, una delle guardie, che stava là, diede uno schiaffo a Gesù, dicendogli: «Così ri-

spondi al sommo sacerdote?». ²³Gli rispose Gesù: «Se ho parlato male, dimostra dov'è il male. Ma se ho parlato bene, perché mi percuoti?». ²⁴Anna allora lo mandò, legato, dal sommo sacerdote Caifa.

²⁵Simon Pietro, nel frattempo, stava là a scaldarsi. Gli dissero: «Non sei forse anche tu dei suoi discepoli?». Egli negò e disse: «Non lo sono». ²⁶Dice uno dei servi del sommo sacerdote, parente di quello a cui Pietro aveva mozzato l'orecchio: «Non ti ho visto io nell'orto con lui?». ²⁷Pietro allora negò di nuovo e subito un gallo cantò.

Processo davanti a Pilato. - ²⁸Allora condussero Gesù da Caifa al pretorio. Era di buon mattino. Essi non entrarono nel pretorio per non contaminarsi e poter così mangiare la Pasqua. ²⁹Uscì dunque Pilato fuori, da loro, e disse: «Quale accusa portate contro quest'uomo?». ³⁰Gli risposero: «Se costui non fosse un malfattore, non te l'avremmo consegnato». ³¹Disse loro Pilato: «Prendetelo voi e giudicatelo secondo la vostra legge». Gli dissero i Giudei: «A noi non è permesso di mettere a morte nessuno». ³²Doveva così adempiersi la parola che Gesù aveva pronunciato, indicando di quale morte doveva morire.

³³Allora Pilato entrò di nuovo nel pretorio, chiamò Gesù e gli disse: «Tu sei il re dei Giudei?». ³⁴Gesù rispose: «Dici questo da te stesso o altri te l'hanno detto di me?». ³⁵Rispose Pilato: «Sono io forse un giudeo? La tua nazione e i sacerdoti-capi ti hanno consegnato a me. Che cosa hai fatto?».

³⁶Rispose Gesù: «Il mio regno non è di questo mondo. Se di questo mondo fosse il mio regno, le mie guardie avrebbero combattuto perché non fossi consegnato ai Giudei. Ora, il mio regno non è di qui».

³⁷Gli disse allora Pilato: «Dunque sei tu re?».

Rispose Gesù: «Tu dici che io sono re. Io sono nato per questo e per questo sono venuto al mondo: per rendere testimonianza alla verità. Chiunque è dalla verità, ascolta la mia voce».

---

18. - ²⁹. Pilato voleva giudicare Gesù con un vero processo, ma non riuscì: il tumulto e le grida, orchestrate dai capi dei Giudei sparsi tra il popolo, lo impedirono. E Pilato, infine, impaurito dalle parole: *Se tu liberi costui, non sei amico di Cesare* (19,12), cedette all'ingiustizia e condannò l'innocente, che per lui non era che un innocuo sognatore.

³⁶. *Non è di questo mondo*: non è un regno temporale e materiale come quello dei prìncipi della terra.

38Gli dice Pilato: «Che cos'è la verità?».

Detto questo, uscì di nuovo dai Giudei e disse loro: «Io non trovo in lui alcun capo di accusa. **39**Ma voi avete l'usanza che io vi liberi qualcuno a Pasqua. Volete dunque che vi liberi il re dei Giudei?». **40**Si misero allora a gridare: «Non lui, ma Barabba!». Barabba era un bandito.

19 **Flagellazione e condanna.** - **1**Allora Pilato prese Gesù e lo fece flagellare. **2**Poi i soldati intrecciarono una corona di spine, gliela posero sul capo e lo rivestirono di un manto di porpora; **3**e si avvicinavano a lui e dicevano: «Salve, o re dei Giudei!». E lo prendevano a schiaffi.

4Intanto Pilato uscì di nuovo fuori e disse loro: «Ecco che ve lo conduco fuori, affinché sappiate che non trovo in lui nessun capo di accusa». **5**Uscì dunque Gesù fuori, portando la corona di spine e il manto di porpora. E disse loro: «Ecco l'uomo!». **6**Quando però lo videro, i sacerdoti-capi e le guardie si misero a gridare: «Crocifiggi! Crocifiggi!». Dice loro Pilato: «Prendetelo voi e crocifiggetelo, poiché io non trovo in lui alcun capo di accusa». **7**Gli risposero i Giudei: «Noi abbiamo una legge e secondo la legge deve morire, perché si è fatto Figlio di Dio». **8**Quando sentì questo discorso, Pilato fu preso ancor più dalla paura.

9Rientrò nel pretorio e dice a Gesù: «Di dove sei tu?». Gesù non gli diede risposta. **10**Gli dice allora Pilato: «Non vuoi parlarmi? Non sai che ho il potere di liberarti e ho il potere di crocifiggerti?». **11**Gli rispose Gesù: «Tu non avresti alcun potere su di me se non ti fosse dato dall'alto. Perciò colui che mi ha consegnato a te ha un peccato più grande».

12Da quel momento Pilato cercava di liberarlo. Ma i Giudei continuavano a gridare: «Se tu liberi costui, non sei amico di Cesare. Chiunque si fa re, si oppone a Cesare».

13Sentite queste parole, Pilato condusse fuori Gesù e sedette su una tribuna nel luogo chiamato Pavimento di pietra, in ebraico Gabbatà. **14**Era la preparazione della Pasqua, intorno all'ora sesta. Pilato disse ai Giudei: «Ecco il vostro re!». **15**Ma quelli gridarono: «Via, via! Crocifiggilo!». Disse loro Pilato: «Crocifiggerò il vostro re?». Risposero i sacerdoti-capi: «Non abbiamo altro re che Cesare». **16**Allora lo consegnò loro perché fosse crocifisso.

Crocifissione. - Presero dunque in consegna Gesù. **17**Egli, portando la croce da sé, uscì verso il luogo detto del Cranio, in ebraico Gòlgota, **18**dove lo crocifissero e con lui altri due: uno da una parte e uno dall'altra, e nel mezzo Gesù. **19**Pilato aveva scritto anche un cartello e l'aveva posto sopra la croce. Vi era scritto: «Gesù il Nazareno, il re dei Giudei». **20**Molti Giudei lessero questo cartello, perché il luogo dove fu crocifisso Gesù era vicino alla città, ed era scritto in ebraico, in latino, in greco. **21**I sacerdoti-capi dei Giudei dissero allora a Pilato: «Non lasciare scritto: "Il re dei Giudei", ma scrivi: "Costui disse: sono il re dei Giudei"». **22**Rispose Pilato: «Ciò che ho scritto, ho scritto».

23I soldati, quand'ebbero crocifisso Gesù, presero le sue vesti e ne fecero quattro parti, una per ciascun soldato, e anche la tunica. Ma la tunica era senza cucitura, tessuta dalla parte superiore tutta di un pezzo. **24**Dissero dunque fra di loro: «Non dividiamola, ma tiriamo a sorte di chi sarà». È così che si compì la Scrittura che aveva detto:

Si sono spartite fra loro le mie vesti
e per il mio vestito hanno tirato la sorte.

Queste cose fecero i soldati.

25Vicino alla croce di Gesù stavano sua madre e la sorella di sua madre, Maria di Clèofa e Maria Maddalena. **26**Gesù, dunque, vista la madre e presso di lei il discepolo che amava, disse alla madre: «Donna, ecco tuo figlio!». **27**Quindi disse al discepolo: «Ecco tua madre!». E da quell'ora il discepolo la prese in casa sua.

28Dopo ciò, sapendo Gesù che già tutto era compiuto, affinché si adempisse la Scrittura, disse: «Ho sete». **29**C'era là un vaso pieno di aceto. Fissata dunque una spugna imbevuta di aceto a un ramo di issopo, glielo accostarono alla bocca. **30**Quando ebbe preso l'aceto, Gesù disse: «Tutto è compiuto»; e, chinato il capo, rese lo spirito.

Il colpo di lancia e la sepoltura. - ³¹I Giudei, siccome era giorno di Preparazione, perché i corpi non rimanessero sulla croce di sabato – quel giorno di sabato era infatti solenne – chiesero a Pilato che spezzassero loro le gambe e venissero rimossi. ³²Vennero dunque i soldati e spezzarono le gambe del primo e dell'altro che erano stati crocifissi con lui. ³³Venuti da Gesù, siccome lo videro già morto, non gli spezzarono le gambe, ³⁴ma uno dei soldati con un colpo di lancia gli trafisse il fianco e ne uscì subito sangue e acqua. ³⁵Colui che ha visto ha testimoniato e la sua testimonianza è verace ed egli sa che dice il vero, affinché anche voi crediate. ³⁶Questo avvenne infatti affinché si adempisse la Scrittura: *Non gli sarà spezzato alcun osso*; ³⁷e ancora un'altra Scrittura dice: *Guarderanno a colui che hanno trafitto.*

³⁸Dopo questo, Giuseppe di Arimatea, che era discepolo di Gesù, ma segreto per paura dei Giudei, chiese a Pilato di togliere il corpo di Gesù. Pilato lo concesse. Venne dunque e tolse il suo corpo. ³⁹Venne anche Nicodemo, il quale già prima era andato da lui di notte, portando una mistura di mirra e di aloe di circa cento libbre. ⁴⁰Presero dunque il corpo di Gesù e lo avvolsero con bende assieme agli aromi, secondo l'usanza di seppellire dei Giudei. ⁴¹Nel luogo in cui fu crocifisso c'era un orto e nell'orto un sepolcro nuovo, in cui non era ancora stato posto nessuno. ⁴²Là, a causa della Preparazione dei Giudei, dato che il sepolcro era vicino, deposero Gesù.

20 **I fatti avvenuti al sepolcro.** - ¹Il primo giorno della settimana Maria Maddalena si recò di buon mattino al sepolcro, mentre era ancora buio, e vide la pietra rimossa dal sepolcro. ²Corse allora e andò da Simon Pietro e dall'altro discepolo che Gesù amava e disse loro: «Hanno portato via il Signore e non sappiamo dove l'abbiano posto». ³Partì dunque Pietro e anche l'altro discepolo e si avviarono verso il sepolcro. ⁴Correvano ambedue insieme, ma l'altro discepolo precedette Pietro nella corsa e arrivò primo al sepolcro. ⁵Chinatosi, vide le bende che giacevano distese; tuttavia non entrò. ⁶Arrivò poi anche Simon Pietro che lo seguiva ed entrò nel sepolcro; vide le bende che giacevano distese ⁷e il sudario che era sopra il capo; esso non stava assieme alle bende, ma a parte, ripiegato in un angolo. ⁸Allora entrò anche l'altro discepolo ch'era arrivato per primo al sepolcro, e vide e credette. ⁹Non avevano infatti ancora capito la Scrittura: che egli doveva risuscitare dai morti. ¹⁰I discepoli poi ritornarono a casa.

¹¹Maria invece era rimasta presso il sepolcro, fuori, in pianto. Mentre piangeva, si chinò verso il sepolcro ¹²e vide due angeli biancovestiti, seduti: uno in corrispondenza del capo e l'altro dei piedi, dove era stato posto il corpo di Gesù. ¹³Essi le dissero: «Donna, perché piangi?». Rispose loro: «Hanno portato via il mio Signore e non so dove l'abbiano posto». ¹⁴Detto ciò, si voltò indietro, e vide Gesù che stava lì, ma non sapeva che era Gesù. ¹⁵Egli le disse: «Donna, perché piangi? Chi cerchi?». Quella, pensando che fosse l'ortolano, rispose: «Signore, se lo hai portato via tu, dimmi dove lo hai posto e io andrò a prenderlo». ¹⁶Le disse Gesù: «Maria!». Quella, voltatasi, gli disse in ebraico: «Rabbunì!» (che significa «maestro»). ¹⁷Gesù le disse: «Non mi trattenere, perché non sono ancora salito al Padre. Va' piuttosto dai miei fratelli e di' loro: "Salgo al Padre mio e Padre vostro, al Dio mio e Dio vostro"». ¹⁸Maria Maddalena andò ad annunciare ai discepoli: «Ho visto il Signore», e quanto le aveva detto.

Apparizioni ai discepoli. - ¹⁹La sera di quello stesso giorno, il primo della settimana, mentre le porte del luogo dove si trovavano i discepoli per paura dei Giudei erano chiuse, venne Gesù, stette in mezzo a loro e disse: «Pace a voi!». ²⁰E, detto questo, mostrò loro le mani e il fianco. Si rallegrarono i discepoli, vedendo il Signore. ²¹Poi disse di nuovo: «Pace a voi! Come il Padre ha mandato me, così io mando voi». ²²Detto ciò, soffiò su di loro e disse loro: «Ricevete lo Spirito Santo: ²³a chi rimettete i peccati, sono loro rimessi; a chi li ritenete, sono ritenuti».

²⁴Tommaso, uno dei Dodici, chiamato Didimo, non era con loro quando venne Gesù. ²⁵Gli dissero gli altri discepoli: «Abbiamo visto il Signore!». Ma egli rispose loro: «Se non vedo nelle sue mani il segno dei chiodi e non metto il mio dito nel segno dei chiodi, e non metto la mia mano nel suo

---

20. - ⁹. La Scrittura e Gesù avevano predetto la risurrezione, ma gli apostoli non erano ancora stati illuminati sull'intelligenza delle Scritture e dei misteri.
²²·²³. Gesù dà ai discepoli la potestà di conferire il dono della redenzione, cioè lo Spirito Santo e la remissione dei peccati.

fianco, non crederò». [26]Otto giorni dopo i suoi discepoli erano di nuovo in casa e Tommaso stava con loro. Viene Gesù a porte chiuse, stette in mezzo a loro e disse: «Pace a voi!». [27]Poi disse a Tommaso: «Metti il tuo dito qui e guarda le mie mani, porgi la tua mano e mettila nel mio fianco, e non essere più incredulo, ma credente». [28]Rispose Tommaso e gli disse: «Signore mio e Dio mio!». [29]Gli disse Gesù: «Perché mi hai visto hai creduto? Beati coloro che hanno creduto senza vedere!».

Conclusione generale. - [30]Gesù in presenza dei discepoli fece ancora molti altri segni, che non sono scritti in questo libro. [31]Questi sono stati scritti affinché crediate che Gesù è il Cristo, il Figlio di Dio, e, credendo, abbiate la vita nel suo nome.

EPILOGO

21 **Terza apparizione di Gesù ai discepoli.** - [1]In seguito Gesù si manifestò di nuovo ai discepoli sul mare di Tiberiade. Si manifestò nel modo seguente. [2]Si trovavano insieme Simon Pietro, Tommaso detto Didimo, Natanaele da Cana di Galilea, i figli di Zebedeo e due altri discepoli. [3]Simon Pietro disse loro: «Vado a pescare». Gli dissero: «Veniamo anche noi con te». Uscirono, salirono sulla barca e in quella notte non presero nulla. [4]Sul far del giorno Gesù stette sulla riva, ma i discepoli non sapevano che era Gesù. [5]Disse loro Gesù: «Ragazzi, non avete qualcosa da mangiare?». Gli risposero: «No». [6]Egli disse loro: «Gettate la rete dalla parte destra della barca e ne troverete». La gettarono e non erano più capaci di tirarla su, tanti erano i pesci. [7]Allora quel discepolo che Gesù amava disse a Pietro: «È il Signore». Simon Pietro, udito che era il Signore, indossò la veste, poiché era nudo, e si gettò nel mare. [8]Gli altri discepoli andarono con la barca, poiché non erano lontani da terra se non circa duecento cubiti, trascinando la rete dei pesci. [9]Appena scesi a terra, videro della brace con sopra pesce e pane. [10]Disse loro Gesù: «Portate dei pesci che avete preso ora». [11]Salì Simon Pietro e trasse la rete a riva, piena di centocinquantatré grossi pesci. E sebbene fossero tanti, la rete non si ruppe. [12]Disse loro Gesù: «Venite a fare colazione!». Nessuno però dei discepoli osava domandargli: «Tu, chi sei?», sapendo che era il Signore. [13]Gesù si avvicinò, prese il pane, lo diede a loro e ugualmente il pesce. [14]Questa fu la terza volta che Gesù si manifestò ai discepoli, risuscitato dai morti.

Due dialoghi con Pietro. - [15]Quando ebbero finito la colazione, Gesù disse a Simon Pietro: «Simone di Giovanni, mi ami tu più di costoro?». Gli risponde: «Sì, Signore, tu sai che ti amo». Gli disse: «Pasci i miei agnelli». [16]Gli ripeté una seconda volta: «Simone di Giovanni, mi ami tu?». Gli rispose: «Sì, Signore, tu sai che ti amo». Gli disse: «Pasci le mie pecore». [17]Gli domandò una terza volta: «Simone di Giovanni, mi ami?». Si rattristò Pietro perché gli aveva detto per la terza volta: «Mi ami tu?», e gli rispose: «Signore, tu sai tutto, tu conosci che ti amo». Gli disse: «Pasci le mie pecore. [18]In verità, in verità ti dico: quand'eri giovane, ti annodavi da te la cintura e andavi dove volevi. Ma quando sarai vecchio, stenderai le tue mani e un altro ti annoderà la cintura e ti condurrà dove tu non vuoi». [19]Questo disse per indicare con quale morte avrebbe glorificato Dio. Dopo queste parole, gli disse: «Séguimi!». [20]Pietro, voltatosi, vide che li seguiva il discepolo che Gesù amava, quello che era adagiato durante la cena vicino a lui e aveva detto: «Signore, chi è colui che ti tradisce?». [21]Vistolo, dunque, Pietro disse a Gesù: «Signore, e lui?». [22]Gesù gli rispose: «Se voglio che lui rimanga finché io venga, che te ne importa? Tu séguimi!». [23]Si sparse perciò tra i fratelli la voce che quel discepolo non sarebbe morto. Gesù però non gli aveva detto che non sarebbe morto, ma: «Se voglio che lui rimanga finché io venga, che te ne importa?».

Conclusione finale del redattore. - [24]Questo è il discepolo che rende testimonianza di queste cose e che le ha scritte, e sappiamo che la sua testimonianza è veridica.

[25]Ci sono anche molte altre cose che Gesù fece: se si scrivessero a una a una, penso che non basterebbe il mondo intero a contenere i libri che si dovrebbero scrivere.

---

21. - [15-17]. Con le parole: *Pasci i miei agnelli... le mie pecore*, Gesù conferisce a Pietro il «primato», cioè un incarico speciale in rapporto non soltanto ai fedeli, ma anche ai pastori: lo fa pastore dei pastori. Dopo che Pietro ha affermato il suo affetto, Gesù gli affida il ministero di pastore, che è ministero di amore.

ATTI DEGLI APOSTOLI

Il libro degli Atti degli Apostoli è dello stesso autore che ha scritto il vangelo di Luca. Si presenta infatti come la seconda parte di un'unica opera dedicata alla stessa persona, «l'egregio Teofilo», la cui identità rimane per noi sconosciuta. La prima parte, il vangelo, narrava la storia di Gesù e la sua attività fino all'ascesa al cielo in Gerusalemme; la seconda, gli Atti degli Apostoli, presenta l'origine e la traiettoria della chiesa da Gerusalemme fino all'arrivo dell'apostolo Paolo a Roma, svelando così un disegno non soltanto geografico ma storico e teologico, che presenta il cammino della fede dal popolo d'Israele a tutte le genti. Il compito di estendere così la fede è affidato nei primi 12 capitoli del libro principalmente a Pietro, che appare come il capo e il portavoce degli altri apostoli; dal c. 13 fino alla fine domina invece la figura di Paolo, il quale continua l'opera avviata da Pietro e dai Dodici, in comunione con loro e per loro mandato. Il racconto si estende dal 30 d.C., anno in cui si colloca verosimilmente l'ascensione, fin verso il 60 d.C., probabile data dell'arrivo di Paolo a Roma. L'opinione più seguita colloca la composizione degli Atti intorno all'anno 80.

Narrando le origini della chiesa Luca mette in rilievo anche le strutture portanti che reggono la comunità cristiana (2,42-47): la celebrazione dell'eucaristia e la preghiera comunitaria, l'insegnamento degli apostoli e la comunione e carità fraterna. Quale fu la chiesa delle origini tale ha da essere la chiesa per sempre, se vuole essere fedele alla «testimonianza» affidatale dal Signore (At 1,8).

LA CHIESA DI GERUSALEMME

1 **Da Gesù agli apostoli.** - [1]Il libro precedente l'ho dedicato, o Teofilo, ad esporre tutto ciò che Gesù ha operato e insegnato dall'inizio [2]fino al giorno in cui, dopo aver dato disposizioni agli apostoli che si era scelti nello Spirito Santo, fu assunto in cielo.

[3]È a questi stessi apostoli che si era mostrato vivo dopo la sua passione, con molte prove convincenti: durante quaranta giorni era apparso loro e aveva parlato delle cose del regno di Dio.

[4]Stando con essi a tavola, diede loro ordine di non allontanarsi da Gerusalemme, ma di aspettare la promessa del Padre, «che — disse — avete udito da me: [5]Giovanni battezzò con acqua, ma voi sarete battezzati in Spirito Santo di qui a non molti giorni».

[6]I convenuti lo interrogavano dicendo: «Signore, è questo il tempo in cui tu intendi restituire la potenza regale ad Israele?».

[7]Egli rispose loro: «Non sta a voi il conoscere i tempi e le circostanze che il Padre ha determinato di propria autorità. [8]Ma lo Spirito Santo verrà su di voi e riceverete da lui la forza per essermi testimoni in Gerusalemme e in tutta la Giudea, e la Samaria e fino all'estremità della terra».

[9]Dette queste cose, mentre essi lo stavano guardando, fu levato in alto e una nube lo sottrasse ai loro occhi. [10]Stavano con lo sguardo fisso verso il cielo, mentre egli se ne andava: ed ecco che due uomini in vesti bianche si presentarono loro [11]dicendo: «Uomini di Galilea, perché ve ne state guardando verso il cielo? Questo Gesù che è stato assunto di mezzo a voi verso il cielo, verrà così, in quel modo come lo avete visto andarsene in cielo».

[12]Allora ritornarono a Gerusalemme dal monte chiamato Oliveto, che si trova vicino a Gerusalemme quanto il cammino di un sabato.

[13]Entrati in città, salirono nel locale del piano superiore dove abitavano. Vi erano: Pietro, Giovanni, Giacomo e Andrea, Filippo e Tommaso, Bartolomeo e Matteo, Giacomo figlio di Alfeo e Simone lo Zelota e Giuda, figlio di Giacomo. [14]Tutti costoro attendevano costantemente con un cuor solo alla preghiera con le donne e Maria, la madre di Gesù, e con i fratelli di lui.

Sostituzione di Giuda. - [15]In quei giorni Pietro, levatosi in mezzo ai fratelli, riunite insieme circa centoventi persone, disse: [16]«Fratelli, era necessario che si adempisse la parola della Scrittura, predetta dallo Spirito Santo per bocca di Davide, riguardo a Giuda, il quale si fece guida di coloro che catturarono Gesù, [17]dal momento che egli era stato annoverato tra noi e ricevette la sorte di questo ministero. [18]Costui dunque si comprò un campo con il prezzo dell'ingiustizia, e precipitando si spaccò in mezzo e si sparsero tutte le sue viscere. [19]Ciò fu noto a tutti gli abitanti di Gerusalemme, cosicché quel campo fu chiamato nel dialetto loro Akeldamà, ossia Campo del sangue.
[20]È infatti scritto nel libro dei Salmi:

Divenga la dimora di lui deserta,
e non vi sia chi abiti in essa;

e:

L'ufficio di lui lo prenda un altro.

[21]Occorre dunque che uno tra coloro che sono stati con noi per tutto il tempo in cui dimorò tra noi il Signore Gesù, [22]cominciando dal battesimo di Giovanni fino al giorno in cui fu di tra noi assunto al cielo, divenga testimonio con noi della sua risurrezione».

[23]Ne furono proposti due, Giuseppe chiamato Barsabba, che era soprannominato Giusto, e Mattia. [24]E pregarono dicendo: «Tu, Signore, che conosci i cuori di tutti, mostra quello che hai scelto tra questi due [25]per prendere il posto di questo ministero e apostolato, da cui prevaricò Giuda per andare nel luogo suo».
[26]E gettarono le sorti per essi, e la sorte cadde su Mattia, che fu aggregato agli undici apostoli.

2 **I segni della pienezza dello Spirito.** - [1]Il giorno della Pentecoste volgeva al suo termine, ed essi stavano riuniti nello stesso luogo. [2]D'improvviso vi fu dal cielo un rumore, come all'irrompere di un vento impetuoso, che riempì tutta la casa in cui si trovavano. [3]Apparvero ad essi delle lingue come di fuoco che si dividevano e che andarono a posarsi su ciascuno di essi. [4]Tutti furono riempiti di Spirito Santo e cominciarono a parlare in altre lingue, secondo che lo Spirito dava ad essi il potere di esprimersi.
[5]Si trovavano allora in Gerusalemme Giudei devoti, provenienti da tutte le nazioni del mondo. [6]Al prodursi di questo rumore incominciò a radunarsi una gran folla, eccitata e confusa, perché ciascuno li udiva parlare nella propria lingua.
[7]Fuori di sé per la meraviglia dicevano: «Tutti costoro che parlano non sono forse Galilei? [8]Come mai ciascuno di noi li ode parlare nella propria lingua nativa? [9]Parti, Medi, Elamiti, abitanti della Mesopotamia, della Giudea e della Cappadocia, del Ponto e dell'Asia, [10]della Frigia e della Panfilia, dell'Egitto e delle regioni della Libia presso Cirene, Romani qui residenti, [11]sia Giudei che proseliti, Cretesi e Arabi, tutti quanti li sentiamo esprimere nelle nostre lingue le grandi opere di Dio!». [12]Tutti erano sbalorditi e non sapevano che pensare e andavano domandandosi gli uni agli altri: «Che cosa vuol dire tutto ciò?». [13]Altri poi beffandoli dicevano: «Sono ubriachi di mosto dolce!».

Discorso di Pietro. - [14]Allora Pietro, in piedi con gli Undici, levò alta la voce e parlò loro così: «Voi, Giudei, e abitanti tutti di Gerusalemme, fate attenzione a ciò

---

1. - [13.] Le case ebraiche terminavano a terrazza con parapetto; spesso la terrazza era ridotta a grande sala coperta, detta sala superiore, camera alta, cenacolo, che non era altro che il piano superiore della casa. Ivi gli Ebrei si radunavano per la preghiera e per i conviti. Data la presenza dell'articolo nel testo greco, si tratta certamente di un luogo ben conosciuto, e potrebbe addirittura essere il luogo dell'ultima cena.
[15.] *Pietro* comincia a esercitare il primato (cfr. Gv 21,15-17 e nota), prendendo la parola per una deliberazione comune.
2. - [1.] La *Pentecoste* era la seconda solennità ebraica; la parola significa *cinquantesimo* giorno, perché si celebrava cinquanta giorni dopo la Pasqua, per ringraziare Dio del raccolto del grano. In esso si celebrava il dono della legge sul Sinai (cfr. Es 19).

che sto per dire e porgete l'orecchio alle mie parole. [15]Costoro non sono ubriachi, come voi pensate, poiché sono soltanto le nove del mattino; [16]si sta invece verificando ciò che fu detto per mezzo del profeta Gioele:

[17] Negli ultimi giorni, dice il Signore,
effonderò il mio spirito su ogni essere
  umano
e profeteranno i vostri figli e le vostre
  figlie,
i vostri giovani vedranno visioni
e i vostri anziani sogneranno sogni;
[18] *certo, sui servi miei e sulle mie ancelle*
effonderò in quei giorni il mio spirito
e profeteranno.
[19] *Farò prodigi in alto nel cielo*
e segni prodigiosi giù sulla terra,
sangue e fuoco e vapori di fumo.
[20] *Il sole si trasformerà in tenebre*
e la luna in sangue,
prima che venga il giorno del Signore,
il gran giorno sfolgorante.
[21] *Allora chiunque invocherà*
il nome del Signore sarà salvo.

[22]Uomini d'Israele, udite queste parole: Gesù il Nazareno fu un uomo accreditato da Dio presso di voi con prodigi, portenti e miracoli, che per mezzo di lui il Signore operò in mezzo a voi, come voi ben sapete; [23]Dio, nel suo volere e nella sua provvidenza, ha permesso che egli vi fosse consegnato: e voi, per mano di empi senza legge, lo avete ucciso inchiodandolo al patibolo. [24]Ma Dio lo ha risuscitato, liberandolo dalle doglie della morte; poiché non era possibile che la morte lo possedesse. [25]Dice infatti Davide a suo riguardo:

Vedevo il Signore davanti a me
  continuamente,
perché egli è alla mia destra,
affinché non vacilli.
[26] *Perciò si rallegra il mio cuore*
e le mie parole sono piene di letizia:
io, benché essere mortale,
riposerò nella speranza,
[27] *perché non abbandonerai*
l'anima mia negl'inferi
né permetterai che il tuo fedele
veda la corruzione.
[28] *Mi hai fatto conoscere i sentieri*
  della vita,
mi colmerai di gioia con la tua presenza.

[29]Fratelli, parliamoci francamente. Il nostro patriarca Davide morì e fu sepolto e il suo sepolcro si trova in mezzo a voi fino a questo giorno. [30]Ma egli era profeta e sapeva che Dio *gli aveva giurato solennemente di far sedere sul suo trono uno della sua discendenza.* [31]Perciò, prevedendo il futuro, parlò della risurrezione del Cristo, quando disse che *non sarebbe stato abbandonato allo sceòl,* né la sua carne *avrebbe visto la corruzione.* [32]Questo è quel Gesù che Dio ha risuscitato, e noi tutti ne siamo i testimoni. [33]Egli è stato dunque esaltato dalla destra di Dio, ha ricevuto dal Padre il dono dello Spirito Santo secondo la promessa e ha effuso questo stesso Spirito, come voi ora vedete e ascoltate. [34]Infatti Davide non ascese al cielo; tuttavia egli dice:

Disse il Signore al mio Signore:
siedi alla mia destra,
[35] *finché ponga i tuoi nemici*
sgabello dei tuoi piedi.

[36]Sappia dunque con certezza tutta la casa d'Israele che Dio ha costituito Signore e Cristo questo Gesù che voi avete crocifisso».

[37]A queste parole furono profondamente turbati e dissero a Pietro e agli altri apostoli: «Che cosa dobbiamo fare, fratelli?».

[38]Pietro rispose loro: «Pentitevi e ciascuno di voi si faccia battezzare nel nome di Gesù Cristo per ottenere il perdono dei vostri peccati: e riceverete il dono del Santo Spirito. [39]Per voi infatti è la promessa e per i figli vostri e per tutti *coloro che sono lontani, che il Signore Dio nostro chiamerà».*

[40]E con molte altre parole li scongiurava e li esortava: «Salvatevi da questa generazione perversa». [41]Essi allora accolsero la sua parola e furono battezzati, e in quel giorno si aggiunsero a loro quasi tremila persone.

Vita della prima comunità. - [42]Essi partecipavano assiduamente alle istruzioni degli apostoli, alla vita comune, allo spezzare del pane e alle preghiere. [43]In tutti si diffondeva un senso di religioso timore: infatti per mano degli apostoli si verificavano molti fatti prodigiosi e miracoli. [44]Tutti i credenti, poi, stavano riuniti insieme e avevano tutto in comune; [45]le loro proprietà e i loro beni li vendevano e ne facevano parte a tutti, secondo il bisogno di ciascuno. [46]Ogni giorno erano assidui nel frequentare insieme il tempio, e nelle case spezzavano il pane, prendevano il cibo con gioia e semplicità di cuore, [47]lodando Dio e godendo il favore di tutto il popolo. Il Signore aggiungeva ogni giorno al gruppo coloro che accettavano la salvezza.

3 **Pietro guarisce uno storpio nel nome di Gesù.** - [1]Pietro e Giovanni solevano salire al tempio per la preghiera dell'ora nona. [2]Ora, c'era un uomo zoppo fin dalla nascita che solevano portare e deporre ogni giorno presso la porta del tempio detta Bella, per chiedere l'elemosina a quelli che entravano nel tempio. [3]Vedendo Pietro e Giovanni che stavano per entrare nel tempio, incominciò a chiedere loro l'elemosina. [4]Allora Pietro, fissandolo negli occhi con Giovanni, disse: «Guarda verso di noi». [5]Quello li guardò attentamente, attendendosi di ricevere da loro qualcosa. [6]Ma Pietro gli disse: «Argento e oro io non ho, ma quel che possiedo te lo do: nel nome di Gesù Cristo, il Nazareno, cammina!». [7]E presolo per la mano destra lo sollevò: all'istante gli si rinvigorirono i piedi e le caviglie, [8]con un balzo saltò in piedi e si mise a camminare ed entrò con essi nel tempio camminando, saltando e lodando Dio. [9]E tutto il popolo lo vide che camminava e lodava Dio: [10]e conoscevano che era proprio quello che stava seduto abitualmente presso la porta Bella del tempio a chiedere l'elemosina. Erano pieni di stupore e di meraviglia per ciò che gli era accaduto.

La potenza del nome di Gesù. - [11]Poiché quegli si teneva stretto a Pietro e a Giovanni, tutto il popolo corse verso di loro sotto il portico detto di Salomone, con grande stupore. [12]Pietro, vedendo ciò, prese a parlare al popolo: «Uomini d'Israele, perché vi meravigliate di questo fatto? Perché guardate verso di noi, come se per nostra forza o per nostra bontà avessimo fatto camminare quest'uomo? [13]*Il Dio di Abramo, d'Isacco e di Giacobbe, il Dio dei nostri padri* ha glorificato il suo servo Gesù, che voi avete consegnato e rinnegato davanti a Pilato, mentre egli aveva deciso di liberarlo. [14]Voi avete rinnegato il santo e il giusto, avete chiesto che vi fosse fatta grazia di un assassino [15]e avete ucciso l'autore della vita. Ma Dio lo ha risuscitato dai morti e noi ne siamo testimoni. [16]È per aver avuto fede in lui che

quest'uomo, che voi vedete e conoscete, è stato risanato in virtù del suo nome. Sì, la fede, che è già suo dono, ha dato a costui la piena guarigione di fronte a tutti voi. [17]Pertanto, fratelli, io so che lo avete fatto per ignoranza, come anche i vostri capi. [18]Ma Dio ha così adempiuto ciò che egli aveva preannunciato per bocca di tutti i profeti, ossia che il suo Cristo avrebbe sofferto. [19]Pentitevi dunque e convertitevi, perché siano cancellati i vostri peccati, [20]cosicché venga il tempo del refrigerio da parte del Signore ed egli mandi quel Gesù che è stato costituito vostro Messia. [21]È necessario che egli stia in cielo fino al momento della restaurazione di tutte le cose di cui Dio ha parlato fin dai tempi antichi per bocca dei suoi santi profeti. [22]Mosè disse: *Il Signore Dio vostro vi susciterà di tra i vostri fratelli un profeta come me: lo ascolterete in tutto ciò che* vi dirà. [23]*E chiunque non avrà ascoltato quel profeta, sarà sterminato di mezzo al popolo.* [24]E tutti i profeti, da Samuele in poi, tutti quanti hanno parlato, hanno anche preannunciato questi giorni. [25]Voi siete i figli dei profeti e del patto che Dio ha concluso con i vostri padri, quando disse ad Abramo: Nella tua discendenza saranno benedette tutte le nazioni della terra. [26]A voi per primi Dio, risuscitando il suo servo, lo ha inviato a benedirvi, per distogliere ciascuno dalle vostre malvagità».

4 **L'arresto. Frutti del discorso di Pietro.** - [1]Mentre essi parlavano al popolo, sopravvennero i sacerdoti, il comandante del tempio e i sadducei, [2]non potendo tollerare che essi insegnassero al popolo e annunciassero in Gesù la risurrezione dai morti. [3]Misero loro le mani addosso e li posero in prigione fino al giorno seguente, perché era già sera. [4]Ma molti di coloro che avevano ascoltato la parola credettero e il numero dei fedeli, contando solo gli uomini, divenne di circa cinquemila.

Pietro e Giovanni di fronte al sinedrio. - [5]Il giorno seguente i capi dei Giudei, gli anziani e gli scribi si riunirono in Gerusalemme, [6]con il sommo sacerdote Anna, con Caifa, Giovanni, Alessandro e quanti appartenevano alle famiglie dei sommi sacerdoti. [7]Fecero comparire gli apostoli e si misero a interrogarli: «In virtù di quale forza e in nome di chi voi avete fatto ciò?».

[8]Allora Pietro, pieno di Spirito Santo, disse loro: «Capi del popolo e anziani, [9]noi oggi siamo interrogati in giudizio per aver fatto del bene a un povero malato! Ci si chiede in virtù di chi costui è stato risanato. [10]Sappiatelo tutti voi e tutto il popolo d'Israele: è nel nome di Gesù Cristo, il Nazareno, che voi avete crocifisso, ma che Dio ha risuscitato dai morti! È in virtù di questo nome che costui se ne sta davanti a voi, perfettamente sano: [11]*Egli è la pietra respinta da voi costruttori, che è divenuta la testata d'angolo.* [12]E non c'è in alcun altro la salvezza. Nessun altro nome infatti sotto il cielo è stato concesso agli uomini, per il quale siamo destinati a salvarci».

[13]Vedendo il coraggio di Pietro e di Giovanni e comprendendo d'altra parte che si trattava di uomini illetterati e semplici, erano sbalorditi e si rendevano conto che essi erano coloro che erano stati con Gesù. [14]Vedendo poi accanto a loro l'uomo che era stato guarito, non avevano nulla da replicare. [15]Ordinarono dunque che li conducessero fuori del sinedrio e si misero a consultarsi tra loro [16]dicendo: «Che cosa dobbiamo fare a questi uomini? Infatti è chiaro a tutti gli abitanti di Gerusalemme che per mezzo loro è avvenuto un evidente miracolo e non possiamo negarlo. [17]Ma perché non si divulghi ancora più tra il popolo, li minacceremo perché non parlino più a nessuno in quel nome». [18]E richiamatili, intimarono loro di non pronunciare più alcuna parola, né di insegnare nel nome di Gesù. [19]Ma Pietro e Giovanni replicarono loro: «Vi pare giusto davanti a Dio ascoltare voi piuttosto che Dio? Giudicatene voi! [20]Noi infatti non possiamo non parlare di ciò che abbiamo visto e sentito».

[21]Ma essi, replicate le minacce, li lasciarono andare, non trovando modo di punirli, per paura del popolo, poiché tutti glorificavano Dio per quanto era avvenuto. [22]Infatti l'uomo in cui si era verificato questo miracolo di guarigione aveva più di quarant'anni.

Preghiera per il coraggio nell'annunciare la parola.

[23]Quando furono rilasciati si recarono dai loro fratelli e riferirono quanto avevano loro detto i sommi sacerdoti e gli anziani. [24]Essi, udito ciò, unanimemente alzarono la voce a Dio e dissero: «Signore, tu che *hai fatto il cielo, la terra, il mare e tutto ciò che è in essi,* [25]tu che per mezzo dello Spirito Santo, per bocca del nostro padre Davide tuo servo, hai detto:

Perché tumultuano le genti
e i popoli tramano vani progetti?
[26] *Sono insorti i re della terra*
e i capi hanno fatto congiura
contro il Signore e contro il suo Cristo!

[27]Davvero in questa città *hanno fatto congiura* contro il tuo santo servo Gesù, *da te consacrato,* Erode e Ponzio Pilato con i *pagani e i popoli* d'Israele, [28]per compiere quanto la tua mano e la tua volontà avevano stabilito che avvenisse. [29]Ed ora, Signore, guarda dall'alto le loro minacce e da' ai tuoi servi di proclamare con pieno coraggio la tua parola, [30]stendendo la tua mano perché si compiano guarigioni, miracoli e prodigi nel nome del tuo santo servo Gesù».

[31]Mentre pregavano, il luogo in cui erano radunati fu scosse, furono riempiti tutti di Spirito Santo e proclamavano la parola di Dio con pieno coraggio.

Comunione di cuori e di beni.

[32]La moltitudine di coloro che avevano abbracciato la fede aveva un cuore e un'anima sola. Non v'era nessuno che ritenesse cosa propria alcunché di ciò che possedeva, ma tutto era fra loro comune. [33]Con grandi segni di potenza gli apostoli rendevano testimonianza alla risurrezione del Signore Gesù. Erano tutti circondati da grande benevolenza. [34]Non c'era infatti tra loro alcun bisognoso: poiché quanti possedevano campi o case, li vendevano e portavano il ricavato delle vendite [35]mettendolo ai piedi degli apostoli. Veniva poi distribuito a ciascuno secondo che ne aveva bisogno.

Generosità di Bàrnaba.

[36]Anche Giuseppe, chiamato dagli apostoli Bàrnaba, che vuol dire «figlio di consolazione», levita, nativo di Cipro, [37]essendo in possesso di un campo, lo vendette, e andò a deporre il prezzo ai piedi degli apostoli.

5 Avarizia di Anania e Saffira.

[1]Invece un uomo di nome Anania, con sua moglie Saffira, vendette un suo podere [2]e, d'accordo con la moglie, trattenne per sé una parte del prezzo e andò a deporre l'al-

tra parte ai piedi degli apostoli. [3]Pietro disse: «Anania, come mai Satana ti ha riempito il cuore fino a cercare d'ingannare lo Spirito Santo e trattenerti parte del prezzo del campo? [4]Non era forse tuo prima di venderlo e il ricavato della vendita non era forse a tua disposizione? Come mai hai potuto pensare in cuor tuo a un'azione simile? Non hai mentito a uomini, ma a Dio!». [5]All'udire queste parole Anania cadde a terra morto. E un grande spavento s'impadronì di tutti quelli che stavano ascoltando. [6]Subito alcuni giovani si mossero per avvolgerlo e portarlo a seppellire. [7]Or circa tre ore dopo si presentò anche sua moglie, senza sapere ciò che era avvenuto. [8]Pietro le domandò: «Dimmi, è per tanto che avete venduto il campo?». Ella rispose: «Sì, per questo prezzo». [9]Pietro le disse: «Perché vi siete accordati per tentare lo Spirito del Signore? Ecco alla porta i passi di coloro che hanno sepolto tuo marito: porteranno via anche te». [10]Ella gli cadde improvvisamente ai piedi, morta. Quei giovani, entrati, la trovarono morta e la portarono a seppellire vicino a suo marito. [11]Un grande spavento si diffuse per tutta la chiesa e in tutti coloro che ascoltavano queste cose.

Miracoli degli apostoli. - [12]Per mano degli apostoli avvenivano molti miracoli e prodigi in mezzo al popolo. Tutti stavano insieme uniti e concordi nel portico di Salomone. [13]Nessuno degli altri osava unirsi ad essi, ma il popolo ne faceva grandi lodi. [14]Sempre più andava aumentando il numero dei credenti nel Signore, una moltitudine di uomini e di donne, [15]tanto che i malati venivano portati nelle piazze e posti su lettini e barelle perché, quando Pietro passava, almeno la sua ombra ricoprisse qualcuno di loro. [16]La folla confluiva anche dalle città attorno a Gerusalemme, portando malati e persone tormentate da spiriti immondi, i quali tutti venivano guariti.

Gli apostoli di fronte al sinedrio. - [17]Allora si mossero il sommo sacerdote e tutti i suoi aderenti, cioè la setta dei sadducei. Pieni di

gelosia [18]misero le mani sugli apostoli e li chiusero nel carcere pubblico. [19]Ma un angelo del Signore di notte aprì le porte della prigione, li condusse fuori e disse: [20]«Andate e mettetevi nel tempio a predicare al popolo tutta questa dottrina di vita». [21]Udito ciò, entrarono di buon mattino nel tempio e insegnavano.

Intanto sopraggiunsero il sommo sacerdote e i suoi aderenti e convocarono il sinedrio e tutto il senato dei figli d'Israele. Quindi mandarono (dei messi) alla prigione a prelevarli. [22]Ma questi, giunti colà, non li trovarono nella prigione. Tornati indietro, riferirono ciò dicendo: [23]«Abbiamo trovato la prigione chiusa con ogni cautela e le guardie in piedi davanti alle porte. Ma quando le abbiamo aperte, non abbiamo trovato dentro nessuno». [24]Udite queste parole, il comandante del tempio e i sommi sacerdoti si domandavano turbati come ciò sarebbe andato a finire. [25]Ma qualcuno, sopraggiunto in quel momento, annunciò loro: «Ecco, gli uomini che avete messo in prigione stanno nel tempio e istruiscono il popolo». [26]Allora il comandante del tempio uscì con le guardie e li ricondusse, non però con la forza, poiché avevano paura di essere lapidati dal popolo.

[27]Condottili nel sinedrio, li posero in mezzo e il sommo sacerdote li interrogò: [28]«Non vi abbiamo forse formalmente ordinato di non insegnare più in questo nome? Ed ecco, avete riempito Gerusalemme del vostro insegnamento e volete far ricadere su di noi il sangue di quest'uomo». [29]Ma Pietro e gli apostoli risposero: «Bisogna ubbidire a Dio piuttosto che agli uomini. [30]Il Dio dei nostri padri ha risuscitato Gesù che voi avete ucciso sospendendolo a un legno. [31]Dio lo ha innalzato con la sua destra come capo supremo e salvatore per concedere a Israele la conversione e la remissione dei peccati. [32]Di queste cose siamo testimoni noi e lo Spirito Santo che Dio ha dato a coloro che gli obbediscono».

[33]Ma quelli, udendo queste cose, si esasperarono e volevano ucciderli. [34]Allora si alzò nel sinedrio un fariseo di nome Gamaliele, dottore della legge, onorato da tutto il popolo, e richiese che quegli uomini fossero condotti fuori un momento. [35]Poi disse loro: «Israeliti, riflettete bene su ciò che state per fare di questi uomini. [36]Infatti tempo fa venne fuori Teuda, che si spacciava per un personaggio straordinario, e gli

---

5. - [3-4.] Mentire agli apostoli era mentire allo Spirito Santo che per essi parlava e operava; Anania mentiva fingendo di dare tutto, riservandosi invece, ipocritamente, parte della vendita. Il rimprovero mostra che la rinunzia ai beni non era obbligatoria, ma spontaneo atto di carità.

andò dietro un gran numero di uomini, quasi quattrocento. Ma quando fu ucciso, tutti i suoi aderenti furono dispersi e si ridussero a nulla. [37]Dopo di lui saltò fuori Giuda il Galileo, nei giorni del censimento, e trascinò il popolo dietro di sé. Ma anch'egli finì male e tutti i suoi aderenti furono dispersi. [38]Or dunque io vi dico: non impicciatevi di questi uomini e lasciateli fare. Perché se questo è un progetto o un'impresa messa su dagli uomini, sarà distrutta; [39]ma se viene da Dio, non potrete annientarli: guardatevi dal farvi trovare in lotta con Dio!». Si attennero al consiglio [40]e, fatti chiamare gli apostoli, li fecero percuotere e comandarono loro di non parlare più nel nome di Gesù. Quindi li rilasciarono. [41]Essi se ne andavano via dal sinedrio lieti perché erano stati fatti degni di subire oltraggi per il nome. [42]E ogni giorno, nel tempio e per le case, non cessavano di insegnare e di annunciare la buona novella del Cristo Gesù.

6 I Dodici e i Sette. - [1]In quei giorni, moltiplicandosi il numero dei discepoli, gli ellenisti incominciarono a mormorare contro gli Ebrei perché nella distribuzione quotidiana le loro vedove venivano trascurate. [2]Allora i Dodici, radunata l'assemblea dei discepoli, dissero: «Non sta bene che noi trascuriamo la parola di Dio per servire alle mense. [3]Cercate piuttosto in mezzo a voi, o fratelli, sette uomini di buona fama, pieni di spirito e di sapienza, che noi preporremo a questo servizio. [4]Così noi ci dedicheremo pienamente alla preghiera e al ministero della parola». [5]Questa proposta piacque a tutta l'assemblea, e scelsero Stefano, uomo pieno di fede e di Spirito Santo, Filippo, Pròcoro, Nicànore, Timòne, Parmenàs e Nicola, proselito di Antiochia. [6]Li presentarono agli apostoli e, dopo aver pregato, imposero loro le mani.

[7]Intanto la parola di Dio si diffondeva e si moltiplicava grandemente il numero dei discepoli in Gerusalemme; anche gran folla di sacerdoti aderiva alla fede.

Accuse contro Stefano. - [8]Stefano, pieno di grazia e di potenza, faceva grandi prodigi e miracoli in mezzo al popolo. [9]Si levarono alcuni della sinagoga detta dei liberti, dei Cirenei, degli Alessandrini, di quelli di Cilicia e d'Asia e si misero a disputare con Stefano. [10]Ma non potevano tener testa alla sapienza e allo spirito con cui egli parlava. [11]Allora misero su degli individui che dissero: «Abbiamo udito costui mentre pronunciava parole blasfeme contro Mosè e contro Dio», [12]ed eccitarono il popolo, gli anziani e gli scribi. Gli si fecero addosso, lo presero con violenza e lo condussero al sinedrio. [13]Poi produssero falsi testimoni che dicevano: «Quest'uomo non la smette di dire parole offensive contro questo luogo santo e contro la legge. [14]Lo abbiamo infatti udito dire che quel Gesù Nazareno distruggerà questo luogo e cambierà le leggi che ci ha tramandato Mosè». [15]E guardando fisso verso lui, tutti quelli che erano seduti nel sinedrio videro il suo viso come il viso d'un angelo.

7 Discorso di Stefano. - [1]Allora il sommo sacerdote domandò: «Le cose stanno davvero così?». [2]Ma egli rispose: «Fratelli e padri, ascoltate. Il *Dio della gloria* apparve al nostro padre Abramo, mentre era in Mesopotamia, prima che abitasse in Carran, [3]e gli disse: *"Esci dalla tua terra, lascia la tua parentela e va' nella regione che io ti mostrerò"*. [4]Allora uscì dalla terra dei Caldei e pose dimora in Carran. Di là, dopo la morte di suo padre, Dio lo trasferì in questa regione nella quale ora voi abitate. [5]E qui non gli diede in eredità *neppure lo spazio da posarvi un piede*, ma promise *di darla in possesso a lui, alla sua discendenza dopo di lui*, benché non avesse figli. [6]Parlò dunque Dio così: *"La sua discendenza dovrà soggiornare in terra straniera e la ridurranno in servitù e la maltratteranno per quattrocento anni. [7]Ma il popolo di cui essi saranno schiavi io lo giudicherò*, disse il Signore, *e dopo queste vicende usciranno e mi daranno culto* in questo luogo". [8]Poi gli diede il *patto della circoncisione*, e così egli generò Isacco, e *lo circoncise l'ottavo giorno*, e Isacco generò Giacobbe, e Giacobbe i dodici patriarchi.

[9]I patriarchi *per invidia vendettero Giuseppe*, che fu condotto *in Egitto. Ma Dio*

---

6. - [3.] *Cercate*: gli apostoli vogliono anzitutto che i fedeli stessi facciano la scelta, e ne indicano le condizioni; essi, poi, comunicheranno incarico e autorità (v. 6).

[6.] È la prima volta che viene notata *l'imposizione delle mani* come rito d'ordinazione. Con l'imposizione delle mani e con la preghiera, gli apostoli conferiscono l'autorità e la grazia del ministero agli eletti della comunità.

era con lui [10]e lo trasse fuori da tutte le sue tribolazioni *e gli diede grazia* e sapienza *di fronte al faraone, re di Egitto, che lo costituì governatore dell'Egitto e di tutta la sua casa.* [11]*Sopraggiunse poi una carestia su tutto l'Egitto e su Canaan.* La penuria era grande e i nostri padri non trovavano nutrimento. [12]*Allora Giacobbe, avendo saputo che in Egitto c'era del grano,* vi mandò una prima volta i nostri padri. [13]E la seconda volta Giuseppe *si fece riconoscere dai suoi fratelli* e il faraone conobbe di che stirpe era Giuseppe. [14]Allora Giuseppe mandò a chiamare suo padre Giacobbe e tutta la famiglia, *in tutto settantacinque persone.* [15]E Giacobbe *discese in Egitto,* dove morì lui e i nostri padri. [16]*Essi furono trasferiti a Sichem* e deposti nel sepolcro che Abramo aveva comprato a prezzo d'argento dai figli di Emor, in Sichem. [17]Avvicinandosi il tempo della promessa che Dio aveva fatto solennemente ad Abramo, il popolo *si accrebbe e si moltiplicò* in Egitto, [18]finché *sorse in Egitto un altro re che non conosceva Giuseppe.* [19]*Costui, usando astuzia e malizia verso la nostra stirpe, oppresse* i padri e li costrinse a esporre i loro bambini, perché non *sopravvivessero.* [20]In quel tempo nacque Mosè, e fu gradito a Dio. *Egli fu nutrito per tre mesi* nella casa di suo padre [21]e, quando fu esposto, *la figlia del faraone lo raccolse* e lo nutrì *come suo figlio.* [22]Mosè fu educato secondo la sapienza degli Egiziani ed era potente in parole e in opere. [23]Quando giunse all'età di quarant'anni, sentì il desiderio di visitare i *suoi fratelli, i figli di Israele.* [24]E vedendo un tale che veniva maltrattato, lo difese e fece vendetta dell'oppresso *uccidendo l'egiziano.* [25]Egli pensava che i suoi fratelli avrebbero capito che Dio per suo mezzo intendeva dare ad essi salvezza. Ma essi non compresero. [26]Il giorno seguente comparve in mezzo a loro mentre litigavano e cercava di riconciliarli e di rappacificarli dicendo: "Uomini, siete fratelli: perché vi fate torto l'un l'altro?". [27]*Ma colui che stava facendo torto al suo prossimo* lo respinse dicendo: "*Chi ti ha posto capo e giudice su di noi?* [28]*Vuoi forse uccidermi, come hai ucciso ieri l'egiziano?".* [29]*A* queste parole Mosè *fuggì* e andò ad abitare in Madian, dove ebbe due figli.

[30]Quarant'anni dopo *gli apparve nel deserto del monte Sinai* un angelo tra le fiamme d'un roveto ardente. [31]A quella visione Mosè rimase stupito, e mentre si avvicinava per vedere meglio, si udì una voce del Signore: [32]*"Io sono il Dio dei tuoi padri, il Dio di Abramo, di Isacco e di Giacobbe".* Tutto tremante Mosè non osava alzare lo sguardo. [33]*Ma il Signore gli disse: "Lèvati i calzari dai piedi, perché il luogo in cui stai è terra santa.* [34]*Ho visto i maltrattamenti subiti dal mio popolo in Egitto, ho udito i loro gemiti e sono disceso per liberarli; e ora vieni, ché io voglio mandarti in Egitto".*

[35]Proprio quel Mosè, che essi avevano rinnegato dicendo: "Chi ti ha costituito capo e giudice?", proprio lui Dio lo mandò come capo e salvatore, per mezzo dell'angelo che gli era apparso nel roveto. [36]Egli li fece uscire, operando *prodigi e miracoli nella terra d'Egitto,* nel Mar Rosso e *nel deserto, per quarant'anni.* [37]Egli è quel Mosè che disse ai figli d'Israele: "Un profeta vi susciterà il Signore di tra i vostri figli, come me". [38]Egli è colui che nell'assemblea del deserto fu intermediario fra l'angelo che gli parlava sul monte Sinai e i nostri padri. Egli ricevette le parole di vita per darle a noi. [39]Ma a lui non vollero ubbidire i nostri padri, anzi lo respinsero *e rivolsero* i loro cuori *verso l'Egitto,* [40]dicendo ad Aronne: "Facci degli dèi che camminino davanti a noi: infatti a quel Mosè che ci ha condotto fuori della terra di Egitto non sappiamo che cosa sia accaduto". [41]E si fecero *un vitello* in quei giorni, e *offrirono un sacrificio* a quest'idolo e si rallegravano per l'opera delle loro mani. [42]Allora Dio li abbandonò e lasciò che si dedicassero ai *culti astrali,* come è scritto nel libro dei profeti:

Mi avete forse offerto vittime e sacrifici per quarant'anni nel deserto, casa d'Israele?

[43]*Avete piuttosto portato a spalle la tenda di Moloch e la stella del dio Refàn, simulacri che vi siete fatti per adorarli. Perciò io vi deporterò al di là di Babilonia.*

[44]I nostri padri nel deserto avevano *la tenda della testimonianza,* come aveva disposto colui che *aveva detto a Mosè di farla secondo il modello che aveva visto.* [45]Questa tenda così ricevuta i nostri padri la introdussero con Giosuè *nel territorio occupato* dai pagani che Dio cacciò davanti ai nostri padri: così rimase fino ai giorni di

Davide. ⁴⁶Egli trovò grazia presso Dio e chiese di *poter trovare un'abitazione per il Dio di Giacobbe*. ⁴⁷*Ma fu Salomone che gli costruì una casa*. ⁴⁸Ma l'Altissimo non abita in edifici eretti da mano d'uomo, come dice il profeta:

⁴⁹ *Il cielo è il mio trono*
e la terra sgabello dei miei piedi.
Quale casa potrete mai edificarmi,
dice il Signore,
o quale sarà il luogo del mio riposo?
⁵⁰ *Non fu forse la mia mano*
che ha fatto tutte queste cose?

⁵¹*Testardi e incirconcisi di cuore e d'orecchi*, voi sempre *resistete allo Spirito Santo*: come i vostri padri così anche voi. ⁵²Qual è quel profeta che i vostri padri non hanno perseguitato? Hanno ucciso quelli che annunciavano la venuta del Giusto, di cui ora voi siete stati traditori e assassini, ⁵³voi che avete ricevuto la legge per ministero di angeli e non l'avete osservata!».

⁵⁴Ascoltando queste cose si rodevano il fegato dalla rabbia e digrignavano i denti contro di lui.

Visione di Stefano e sua lapidazione. - ⁵⁵Ma egli, pieno di Spirito Santo, guardando fisso verso il cielo vide la gloria di Dio e Gesù che stava in piedi alla destra di Dio, ⁵⁶e disse: «Ecco, vedo i cieli aperti e il Figlio dell'uomo che sta in piedi alla destra di Dio».

⁵⁷Allora gridando a gran voce si turarono le orecchie e si scagliarono tutti insieme contro di lui, ⁵⁸e trattolo fuori della città lo lapidavano. I testimoni deposero le loro vesti ai piedi di un giovane chiamato Saulo. ⁵⁹E lapidavano Stefano che pregava e diceva: «Signore Gesù, accogli il mio spirito». ⁶⁰Messosi in ginocchio, gridò a gran voce: «Signore, non imputare loro questo peccato». E detto questo si addormentò.

8¹E Saulo approvava l'uccisione di Stefano.

Persecuzione della chiesa. - In quel giorno si scatenò una grande persecuzione contro la chiesa che era in Gerusalemme. Tutti si dispersero nelle campagne della Giudea e della Samaria, ad eccezione degli apostoli.

²Alcune pie persone seppellirono Stefano e fecero per lui un grande lutto. ³Saulo intanto devastava la chiesa: entrava nelle case, trascinava fuori uomini e donne e li faceva mettere in prigione.

LA CHIESA FUORI DI GERUSALEMME

Il vangelo in Samaria. - ⁴Ma quelli che si erano dispersi se ne andarono in giro predicando la parola del vangelo. ⁵Così Filippo, giunto in una città della Samaria, annunciò ad essi il Cristo. ⁶Le folle seguivano attentamente ciò che diceva Filippo ed erano unanimi nell'ascoltarlo, vedendo i miracoli che faceva. ⁷Infatti molti di quelli che avevano spiriti immondi gridavano a gran voce e gli spiriti se ne uscivano; molti paralitici e zoppi furono curati. ⁸Grande fu quindi la gioia in quella città.

⁹Or già da tempo c'era nella città un uomo di nome Simone che praticava l'arte magica e faceva strabiliare il popolo di Samaria spacciandosi per un personaggio straordinario. ¹⁰Tutti, dai più piccoli ai più grandi, gli davano retta, dicendo: «Questa è la potenza di Dio che è chiamata grande». ¹¹Gli davano ascolto perché già da molto tempo li aveva fatti strabiliare con le sue arti magiche. ¹²Quando però credettero a Filippo che annunciava loro la buona novella del regno di Dio e del nome di Gesù Cristo, uomini e donne si facevano battezzare. ¹³Anche Simone credette e fu battezzato e si teneva sempre vicino a Filippo: vedendo i grandi miracoli e i prodigi che avvenivano, ne rimaneva incantato.

Gli apostoli e Simone mago. - ¹⁴Gli apostoli che erano rimasti in Gerusalemme, quando seppero che la Samaria aveva accolto la parola di Dio, mandarono ad essi Pietro e Giovanni. ¹⁵Giunti colà, essi pregarono per loro, affinché ricevessero lo Spirito Santo. ¹⁶Infatti non era ancora disceso su alcuno di essi, ma soltanto avevano ricevuto il battesimo nel nome del Signore Gesù. ¹⁷Allora imposero loro le mani e ricevevano lo Spirito Santo. ¹⁸Simone, vedendo che per l'imposizione delle mani degli apostoli veniva dato lo Spirito, offrì loro del denaro ¹⁹dicendo: «Date an-

---

8. - ³. *Saulo*, il futuro san Paolo, zelante fariseo, s'era messo a disposizione del sinedrio, da cui ebbe l'autorizzazione d'incarcerare i cristiani.

che a me questo potere, cosicché colui a cui io imporrò le mani possa ricevere lo Spirito Santo». [20]Ma Pietro gli rispose: «Alla malora tu e il tuo denaro, poiché hai creduto che si potesse comperare col denaro il dono di Dio. [21]Non vi è parte alcuna per te in tutto ciò, perché *il tuo cuore non è retto davanti a Dio*. [22]Pèntiti dunque di questa tua malvagità e prega il Signore che ti voglia perdonare questa intenzione del tuo cuore. [23]Infatti vedo che tu ti trovi immerso in *fiele amaro* e avvolto *in legami di iniquità*».

[24]Allora Simone rispose: «Pregate voi per me il Signore, perché non mi capiti nulla di ciò che avete detto». [25]Essi poi, dopo aver reso testimonianza e aver predicato la parola del Signore, ritornarono a Gerusalemme, evangelizzando molti villaggi dei Samaritani.

Filippo e l'etiope. - [26]Un angelo del Signore così parlò a Filippo: «Àlzati e cammina verso mezzogiorno, lungo la strada che scende da Gerusalemme a Gaza; essa è deserta». [27]E alzatosi si pose in cammino. Ed ecco che un etiope, eunuco e alto ufficiale di corte della regina degli Etiopi Candace, sovrintendente di tutti i suoi tesori, che era venuto a Gerusalemme per fare adorazione, [28]se ne stava ritornando e, seduto sul suo carro, leggeva il profeta Isaia. [29]Lo Spirito disse a Filippo: «Avvicinati e accompagnati a quel carro». [30]Filippo si mise a correre e, sentendo che quello leggeva il profeta Isaia, disse: «Capisci quello che leggi?». [31]E quegli rispose: «Come potrei, se nessuno mi fa

da guida?». E pregò Filippo di salire e di sedersi accanto a lui. [32]Il passo della Scrittura che stava leggendo era il seguente:

*Come una pecora fu condotto al macello
e come un agnello,
muto, di fronte a chi lo tosa,
così non apre la sua bocca.*
[33] *Nella sua umiliazione
il giudizio gli è stato negato.
Chi narrerà la sua generazione?
Perché la sua vita
è eliminata dalla terra.*

[34]Rivoltosi a Filippo l'eunuco disse: «Ti prego, di chi dice il profeta queste cose? Di se stesso oppure di un altro?». [35]Allora Filippo, prendendo la parola e cominciando da questo passo della Scrittura, gli annunciò la buona novella di Gesù. [36]Strada facendo vennero dove c'era dell'acqua, e l'eunuco disse: «Ecco dell'acqua, che cosa impedisce che io sia battezzato?». [[37]]. [38]E comandò al carro di fermarsi. Entrambi scesero nell'acqua, Filippo e l'eunuco, e lo battezzò. [39]Quando risalirono dall'acqua, lo Spirito del Signore rapì Filippo e l'eunuco non lo vide più. E proseguiva per la sua strada, pieno di gioia. [40]Quanto a Filippo, si trovò che era in Azoto e percorreva evangelizzando tutte le città, finché giunse in Cesarea.

9 **Conversione e battesimo di Saulo.** - [1]Saulo intanto, che ancora spirava minacce e strage contro i discepoli del Signore, si presentò al sommo sacerdote [2]e chiese lettere per le sinagoghe di Damasco, per essere autorizzato, se avesse trovato dei seguaci della Via, uomini e donne, a condurli legati a Gerusalemme. [3]Strada facendo, mentre stava avvicinandosi a Damasco, d'improvviso una luce dal cielo gli sfolgorò d'intorno: [4]caduto a terra, udì una voce che gli diceva: «Saulo, Saulo, perché mi perseguiti?». [5]Egli rispose: «Chi sei, o Signore?». E quegli: «Io sono Gesù che tu perseguiti; [6]ma àlzati in piedi, entra nella città e ti sarà detto ciò che devi fare». [7]Gli uomini che viaggiavano con lui stavano senza parola, poiché udivano il suono della voce ma non vedevano nessuno. [8]Saulo si alzò da terra e, aperti gli occhi, non poteva vedere nulla. Allora, prendendolo per mano, lo condussero a Damasco. [9]Stette ivi tre giorni senza vedere: non mangiò né bevve.

[32.] Is 53,7-8 paragona il Servo di Jhwh a un agnello condotto al macello, muto davanti a chi lo priva della vita. Questo atteggiamento tenne anche Gesù nel momento della sua condanna a morte per la redenzione dell'umanità.

[37.] Il v. manca nel testo greco: probabilmente è un'aggiunta contenente un'antica formula di fede battesimale. Si trova, invece, nel testo latino che dice così: «Filippo rispose: "Se credi di tutto cuore, si può". L'eunuco disse: "Io credo che Gesù Cristo è Figlio di Dio"».

[9.] - [2.] *Damasco*: antichissima città, già famosa ai tempi di Abramo (Gn 14,15), a circa 200 km da Gerusalemme, aveva una numerosa colonia ebraica con quartiere a parte, leggi e magistrati propri. Quindi il sommo sacerdote di Gerusalemme esercitava a Damasco la sua autorità sia in materia civile che religiosa. Ecco perché Saulo va a Damasco con autorità contro i Giudei convertiti. Le altre narrazioni della conversione di Paolo sono nei cc. 22 e 26.

[5.] Gesù prende come fatto a sé ciò che è fatto ai suoi fedeli. È il primo barlume di rivelazione ricevuto da Paolo sul corpo mistico di Cristo.

[10]Ora c'era a Damasco un discepolo di nome Anania e il Signore gli disse in visione: «Anania!». Egli rispose: «Eccomi, Signore!». [11]E il Signore a lui: «Àlzati e va' nel vicolo chiamato Diritto e cerca, nella casa di Giuda, un uomo di Tarso di nome Saulo: eccolo infatti che sta pregando [12]e ha visto in visione un uomo di nome Anania entrare e imporgli le mani perché riacquisti la vista». [13]Anania rispose: «Signore, ho udito molti parlare di quest'uomo e di quanto male ha fatto ai tuoi santi in Gerusalemme. [14]E qui ha l'autorizzazione dai sommi sacerdoti di mettere in catene quelli che invocano il tuo nome». [15]Il Signore gli disse: «Va', poiché egli è uno strumento che io mi sono scelto per portare il mio nome davanti ai pagani, ai re e ai figli d'Israele. [16]Io poi gli mostrerò quanto dovrà patire a causa del mio nome». [17]Anania partì, entrò nella casa e imponendogli le mani disse: «Saulo, fratello! È il Signore che mi ha mandato: quel Gesù che ti è apparso sulla strada per cui tu venivi. Mi ha mandato perché tu ricuperi la vista e sia riempito di Spirito Santo». [18]E subito gli caddero dagli occhi come delle scaglie e riprese a vedere. Allora si alzò, fu battezzato, [19]prese cibo e ricuperò le forze.

Predicazione di Saulo a Damasco. - Si trattenne con i discepoli che erano a Damasco per alcuni giorni [20]e subito si mise a predicare Gesù nelle sinagoghe proclamando: «Questi è il Figlio di Dio!». [21]E tutti coloro che lo udivano restavano sbalorditi e dicevano: «Non è forse lui quello che si è accanito in Gerusalemme contro coloro che invocano questo nome, ed è venuto qui proprio per condurli incatenati ai sommi sacerdoti?». [22]Ma Saulo si animava sempre più e confondeva i Giudei che abitavano in Damasco, sostenendo che costui è il Cristo. [23]Passati parecchi giorni, i Giudei si accordarono per ucciderlo. [24]Ma la loro trama fu resa nota a Saulo. Essi sorvegliavano anche le porte della città giorno e notte per ucciderlo. [25]Allora i suoi discepoli lo presero di notte e lo calarono lungo il muro in una sporta.

Saulo a Gerusalemme. - [26]Giunto a Gerusalemme, cercava di associarsi ai discepoli; ma tutti lo temevano, non credendo che fosse un discepolo. [27]Allora Bàrnaba lo prese con sé, lo condusse dagli apostoli e raccontò loro come per strada aveva visto il Signore, il quale gli aveva parlato, e come a Damasco aveva predicato apertamente nel nome di Gesù. [28]Da allora restò con loro in Gerusalemme in piena familiarità e prese coraggio per parlare apertamente nel nome del Signore. [29]Parlava e disputava con gli ellenisti; ma quelli tramavano per ucciderlo. [30]I fratelli, venuti a conoscenza della cosa, lo condussero a Cesarea e lo fecero partire per Tarso. [31]La chiesa, intanto, in tutta la Giudea, la Galilea e la Samaria era in pace e si edificava e progrediva nel timore del Signore, piena della consolazione dello Spirito Santo.

Pietro guarisce un paralitico. - [32]Or avvenne che Pietro, percorrendo tutte queste regioni, discese anche presso i santi che abitavano in Lidda. [33]Trovò qui un uomo di nome Enea, che da otto anni giaceva su un letto, perché era paralitico. [34]E Pietro gli disse: «Enea, Gesù Cristo ti guarisce: sorgi e rifatti da solo il tuo letto». E subito si alzò. [35]Lo videro tutti quelli che abitavano Lidda e la pianura di Saron, e si convertirono al Signore.

Pietro risuscita una vedova. - [36]A Giaffa c'era una discepola di nome Tabità, che significa Gazzella. Essa faceva molte opere buone e molte elemosine. [37]Proprio in quei giorni si ammalò e morì. Lavarono il cadavere e lo esposero al piano superiore. [38]Essendo Lidda vicino a Giaffa, i discepoli, saputo che Pietro si trovava colà, mandarono da lui due uomini pregandolo: «Non tardare a venire fino a noi!».

[39]Pietro si alzò e partì con loro. Quando giunse, lo condussero al piano superiore e si presentarono a lui tutte le vedove che piangevano e gli mostravano le tuniche e le vesti che Gazzella faceva quando era ancora con loro. [40]Pietro allora fece uscire tutti e postosi in ginocchio pregò. Rivolto al cadavere disse: «Tabità, àlzati!». Ella aprì gli occhi e, veduto Pietro, si pose a sedere. [41]Egli, dandole la mano, la fece alzare. Poi chiamò i santi e le vedove e la presentò loro viva. [42]Questo fatto fu risaputo in tutta Giaffa e molti credettero nel Signore. [43]Egli rimase in Giaffa parecchi giorni, in casa di un certo Simone conciatore di pelli.

10 **Visione di Cornelio.** - [1]A Cesarea c'era un uomo chiamato Cornelio, centurione della coorte detta Italica, [2]pio e timorato di Dio, come tutti quelli della sua casa; faceva molte elemosine al popolo e pregava Dio continuamente. ³Egli vide chiaramente in visione, verso l'ora nona del giorno, un angelo del Signore entrare nella sua stanza e dirgli: «Cornelio!». ⁴Egli lo guardò e preso da timore disse: «Che c'è, Signore?». Quello gli rispose: «Le tue preghiere e le tue elemosine sono salite al cospetto di Dio e sono ricordate. ⁵Ora manda alcuni uomini a Giaffa e fa' venire un certo Simone, soprannominato Pietro. ⁶Costui è ospite presso un certo Simone conciatore, che ha una casa presso il mare». ⁷Quando l'angelo che gli aveva parlato se ne fu andato, chiamati due dei suoi servi di casa e un soldato pio, tra i più fedeli, ⁸raccontò loro ogni cosa e li mandò a Giaffa.

Visione di Pietro. - ⁹Il giorno dopo, mentre essi erano in cammino e si avvicinavano alla città, Pietro si recò sul terrazzo verso l'ora sesta per pregare. ¹⁰A un certo momento sentì fame e desiderava prendere cibo. Mentre gliene preparavano, andò in estasi. ¹¹Vide il cielo aperto e un oggetto strano che ne discendeva, come una grande tovaglia che per i quattro capi veniva calata verso terra. ¹²In essa si trovavano ogni sorta di quadrupedi, di rettili della terra e di volatili del cielo. ¹³E risuonò una voce che gli diceva: «Orsù, Pietro, uccidi e mangia!». ¹⁴Ma Pietro disse: «Giammai, o Signore, poiché non ho mai mangiato nulla di profano e di immondo». ¹⁵La voce si fece sentire una seconda volta per dirgli: «Ciò che Dio ha purificato, tu non chiamarlo immondo». ¹⁶Questo avvenne per tre volte, poi d'un tratto l'oggetto fu portato su verso il cielo.

Pietro si reca da Cornelio. - ¹⁷Mentre Pietro se ne stava perplesso sul significato della visione avuta, ecco che gli uomini mandati da Cornelio, informatisi sulla casa di Simone, si presentarono al portone. ¹⁸Chiamarono e domandarono se fosse alloggiato là Simone soprannominato Pietro. ¹⁹Mentre Pietro rifletteva sulla visione, lo Spirito gli disse: «Ecco, tre uomini ti cercano: ²⁰Àlzati, discendi e va' con loro senza esitare, poiché sono io che li ho mandati».

²¹Pietro discese incontro a quegli uomini e disse: «Ecco, sono io colui che cercate. Qual è il motivo per cui siete qui?». ²²Quelli risposero: «Il centurione Cornelio, uomo retto e timorato di Dio, che gode di ottima fama presso tutto il popolo dei Giudei, ha ricevuto per mezzo di un angelo santo l'ordine di farti venire nella sua casa e di ascoltare ciò che tu gli dirai». ²³Allora Pietro li fece entrare e diede loro ospitalità.

Il giorno seguente si levò e partì con essi, e alcuni dei fratelli di Giaffa lo accompagnarono. ²⁴Il giorno dopo entrò in Cesarea. Cornelio li stava aspettando e aveva convocato i suoi parenti e gli amici intimi. ²⁵Quando Pietro stava per entrare, Cornelio gli andò incontro, cadde ai suoi piedi e si prostrò davanti a lui. ²⁶Ma Pietro lo rialzò dicendo: «Àlzati! Anch'io sono un uomo come te». ²⁷E parlando familiarmente entrò in casa con lui e trovò molta gente radunata. ²⁸Egli disse loro: «Voi sapete che non è lecito per un giudeo legarsi a uno straniero o aver contatto con lui. Ma a me Dio ha insegnato a non chiamare nessun uomo profano o immondo. ²⁹Perciò, quando sono stato chiamato, sono venuto senza replicare. Ora io vi domando: per quale ragione mi avete fatto chiamare?». ³⁰Cornelio rispose: «Tre giorni fa, verso quest'ora, me ne stavo facendo la preghiera dell'ora nona nella mia casa, quand'ecco comparirmi davanti un uomo in fulgida veste ³¹che mi dice: "Cornelio, la tua preghiera è stata esaudita e Dio si è ricordato delle tue elemosine. ³²Manda dunque dei messi a Giaffa e fa' chiamare Simone, soprannominato Pietro, che è ospite in casa di Simone il conciatore, presso il mare". ³³Subito, dunque, ho mandato a chiamarti e tu hai fatto bene a venire. Ora noi siamo tutti qui di fronte a Dio, per ascoltare tutte le cose che il Signore ti ha ordinato di dirci».

Discorso di Pietro. - ³⁴Allora Pietro prese la parola e disse: «In verità mi rendo conto che *Dio non fa differenza di persone,* ³⁵ma in ogni nazione colui che lo teme e pratica la giustizia è accetto a lui, ³⁶che *ha mandato la parola* ai figli d'Israele, *evangelizzando la pace* per mezzo di Gesù Cristo: poiché egli è il Signore di tutti. ³⁷Voi sapete quanto è avvenuto in tutta la Giudea, incominciando dalla Galilea, dopo il battesimo predicato da Giovanni. ³⁸*Dio ha consacrato in Spirito Santo* e potenza Gesù di Nàzaret,

---

10. - ³⁴⁻³⁶. *Dio non fa differenza di persone:* Pietro comprende e fa notare che Dio chiama nella chiesa Ebrei e pagani, senza fare distinzioni.

che passò facendo del bene e sanando tutti quelli che erano sotto il potere del diavolo, perché Dio era con lui. [39]Noi siamo testimoni di tutto ciò che egli ha fatto nel paese dei Giudei e in Gerusalemme. Questi è colui che hanno ucciso appendendolo a un legno. [40]Ma Dio lo ha risuscitato il terzo giorno, ha voluto che si manifestasse, [41]non a tutto il popolo, ma a testimoni da Dio prescelti, a noi, che abbiamo mangiato e bevuto con lui dopo la sua risurrezione dai morti. [42]Egli ci ha ordinato di predicare al popolo e di testimoniare che egli è stato costituito da Dio giudice dei vivi e dei morti. [43]A lui tutti i profeti rendono questa testimonianza, che coloro che credono in lui ricevano nel suo nome la remissione dei peccati».

Lo Spirito Santo sui pagani. - [44]Pietro non aveva ancora finito di dire queste parole che lo Spirito Santo discese su tutti quelli che ascoltavano la parola. [45]I fedeli circoncisi che erano venuti con Pietro si meravigliavano che anche sui pagani si fosse avuta l'effusione del dono dello Spirito Santo. [46]Infatti li udivano parlare in lingue e magnificare Dio. Allora Pietro disse: [47]«Chi può impedire di battezzare con l'acqua costoro che hanno ricevuto lo Spirito Santo al pari di noi?». [48]E ordinò che fossero battezzati nel nome di Gesù Cristo. Allora lo pregarono di fermarsi ancora alcuni giorni.

11 **Pietro giustifica la sua condotta.** - [1]Gli apostoli e i fratelli che abitavano in Giudea udirono che anche i pagani avevano accolto la parola di Dio. [2]Perciò, quando Pietro salì a Gerusalemme, i fedeli circoncisi gli fecero dei rimproveri. [3]Gli dicevano: «Sei entrato in casa di uomini incirconcisi e hai mangiato con loro!».

[4]Pietro allora cominciò a raccontare le cose ad essi, punto per punto, dicendo: [5]«Io me ne stavo pregando nella città di Giaffa quando, rapito in estasi, vidi una visione: qualcosa che scendeva dal cielo come una grande tovaglia calata per i quattro capi, che giunse fino a me. [6]La guardai, la esaminai e dentro vidi quadrupedi della terra, fiere, rettili e volatili del cielo. [7]Udii anche una voce che mi diceva: "Orsù, Pietro, uccidi e mangia". [8]Ma io dissi: "Giammai, o Signore, poiché mai nulla di profano o di immondo è entrato nella mia bocca". [9]Ma

la voce mi disse una seconda volta dal cielo: "Ciò che Dio ha purificato tu non chiamarlo impuro!". [10]Ciò si ripeté per tre volte, poi tutto fu ritirato di nuovo in cielo. [11]Ed ecco che subito tre uomini si presentarono alla casa in cui ci trovavamo, venuti con un messaggio per me da Cesarea. [12]Lo Spirito mi disse di andare con loro senza esitazione. Vennero con me anche questi sei fratelli ed entrammo nella casa di quell'uomo. [13]Egli ci narrò come aveva visto un angelo comparire nella sua casa e dirgli: "Manda dei messi a Giaffa e fa' chiamare Simone, soprannominato Pietro. [14]Egli ti dirà delle parole in cui troverai salvezza tu e tutta la tua casa". [15]Mentre io cominciavo a parlare, lo Spirito Santo scese su di loro, come era sceso su di noi all'inizio. [16]Mi ricordai allora della parola del Signore quando disse: "Giovanni ha battezzato con acqua, ma voi sarete battezzati in Spirito Santo". [17]Se dunque Dio ha dato ad essi lo stesso dono che ha dato anche a noi, che abbiamo creduto nel Signore Gesù Cristo, chi ero io da potermi opporre a Dio?». [18]Udito questo racconto, si acquietarono e glorificarono Dio dicendo: «Dunque, anche ai pagani Dio ha concesso che si convertano per avere la vita!».

Antiochia. - [19]Frattanto quelli che erano stati dispersi per la persecuzione sopraggiunta al tempo di Stefano, arrivarono sino in Fenicia, a Cipro e ad Antiochia, ma non predicando la parola se non a Giudei. [20]V'erano alcuni di loro, originari di Cipro e di Cirene, i quali, giunti ad Antiochia, predicarono anche ai Greci, annunziando loro la buona novella del Signore Gesù. [21]La mano del Signore era con essi e un gran numero credette e si convertì al Signore. [22]La notizia riguardante costoro arrivò agli orecchi dei membri della chiesa di Gerusalemme e mandarono Bàrnaba ad Antiochia. [23]Quando giunse e vide l'effetto della grazia di Dio, si rallegrò, ed esortava tutti a rimanere con animo fermo fedeli al Signore. [24]Egli era infatti un uomo buono, pieno di Spirito Santo

---

45. I Giudei pensavano che i pagani potessero entrare nella chiesa solo attraverso la legge mosaica, cioè facendosi prima «ebrei»; restarono perciò meravigliati nel vedere che i doni dello Spirito Santo erano dati anche a loro.

11. - [2.] Non gli apostoli rimproverano Pietro, ma i *fedeli circoncisi* (cfr. nota a 10,45).

e di fede. Così una folla numerosa aderì al Signore. [25]Egli poi partì per Tarso a cercare Saulo [26]e, trovatolo, lo condusse ad Antiochia. Per un anno intero essi lavorarono insieme in quella chiesa, istruendo una gran folla. Ad Antiochia per la prima volta i discepoli furono nominati «cristiani».

Soccorsi per la fame a Gerusalemme. - [27]In quei giorni alcuni profeti discesero da Gerusalemme ad Antiochia. [28]Uno di essi, di nome Agabo, si alzò per annunciare, per impulso dello Spirito, che vi sarebbe stata una grande carestia su tutta la terra, quella che poi avvenne sotto Claudio. [29]Allora i discepoli, ciascuno secondo le sue possibilità, decisero di inviare aiuti per i fratelli che abitavano in Giudea. [30]Così fecero, mandando i soccorsi agli anziani per mezzo di Bàrnaba e di Saulo.

12 **Persecuzione di Erode.** - [1]Verso quel tempo il re Erode prese a maltrattare alcuni membri della chiesa. [2]Fece morire di spada Giacomo, fratello di Giovanni. [3]Vedendo che ciò era gradito ai Giudei, mandò ad arrestare anche Pietro. Si era nei giorni degli Azzimi. [4]Catturato, lo pose in carcere, dandolo a sorvegliare a quattro picchetti di quattro soldati ciascuno, con l'intenzione di farlo comparire davanti al popolo dopo la Pasqua. [5]Mentre Pietro era tenuto in prigione, la chiesa rivolgeva senza sosta preghiere a Dio per lui. [6]La notte precedente il giorno fissato da Erode per farlo comparire davanti al popolo, Pietro dormiva in mezzo a due soldati, legato con due catene, mentre le sentinelle davanti alla porta facevano la guardia alla prigione. [7]Ed ecco un angelo del Signore gli si avvicinò e una luce risplendette nella cella. L'angelo scosse Pietro a un fianco e lo svegliò dicendogli: «Àlzati, presto!». Le catene gli caddero dalle mani. [8]L'angelo gli disse: «Mettiti la cintura e légati i sandali». Così fece. Poi gli disse: «Avvolgiti nel mantello e seguimi». [9]E uscito lo seguiva, ma non si rendeva conto che era vero ciò che gli stava accadendo per mezzo dell'angelo: gli sembrava piuttosto di vedere una visione. [10]Oltrepassato il primo posto di guardia e il secondo, vennero alla porta di ferro che metteva in città. Essa si aprì da sola davanti a loro. Uscirono e si avviarono per una strada e improvvisamente l'angelo si dileguò da lui.

[11]Allora Pietro, rientrato in sé, disse: «Ora capisco davvero che il Signore ha mandato il suo angelo e mi ha liberato dalla mano di Erode e ha reso vana l'attesa del popolo dei Giudei». [12]Dopo aver riflettuto, si diresse verso la casa di Maria, madre di Giovanni soprannominato Marco, dove vi erano molti radunati e in preghiera. [13]Picchiò ai battenti del portone e una serva di nome Rode s'accostò per sentire. [14]Riconobbe la voce di Pietro, ma per la gioia non aprì il portone e corse dentro per annunciare che Pietro stava davanti al portone. [15]Quelli le dissero: «Sei impazzita». Ma lei continuava a sostenere che era così. E quelli dicevano: «È il suo angelo». [16]Intanto Pietro continuava a bussare. Aperto, videro che era lui e rimasero sbalorditi. [17]Fatto loro segno con la mano di tacere, raccontò loro come il Signore lo aveva fatto uscire dalla prigione. Poi disse: «Comunicate questa notizia a Giacomo e ai fratelli». Poi uscì e andò in un altro luogo.

[18]Fattosi giorno, vi fu un gran subbuglio tra i soldati: che ne era di Pietro? [19]Erode lo fece cercare e non avendolo trovato interrogò le guardie e ordinò che fossero portate al supplizio. Poi dalla Giudea discese a Cesarea, dove si trattenne.

Morte di Erode. - [20]Erode aveva un grave dissidio con quelli di Tiro e di Sidone. Ma essi d'accordo si presentarono a lui e, avendo guadagnato alla loro causa Blasto, ciambellano del re, sollecitavano la pace, poiché il loro paese era rifornito di viveri dal paese del re. [21]Nel giorno stabilito Erode, rivestito degli abiti regali e seduto in trono, tenne loro un'allocuzione. [22]Il popolo gridava: «Voce di Dio e non di un uomo!». [23]Ma all'istante un angelo del Signore lo percosse, perché non aveva dato gloria a Dio, e, divorato dai vermi, spirò. [24]Intanto la parola di Dio cresceva e si moltiplicava. [25]Bàrnaba e Saulo ritornarono da Gerusalemme, avendo compiuto la loro missione, e portarono con sé Giovanni, soprannominato Marco.

LA CHIESA TRA I PAGANI

13 **Missione di Bàrnaba e Saulo.** - [1]C'erano nella chiesa stabilita ad Antiochia profeti e dottori: Bàrnaba, Simeone detto il Nero, Lucio di Cirene, Manaèn, educato insieme a Erode il tetrarca, e Saulo. [2]Mentre essi prestavano servizio cultuale al Signore e facevano digiuni, lo Spirito Santo disse: «Mettetemi da parte Bàrnaba e Saulo per l'opera a cui li ho destinati». [3]Allora, dopo aver digiunato e pregato, imposero loro le mani e li lasciarono partire.

Primo viaggio missionario. Evangelizzazione di Cipro. - [4]Essi, mandati in missione dallo Spirito Santo, scesero a Seleucia e di là si imbarcarono per Cipro. [5]Giunti a Salamina, vi annunciavano la parola di Dio nelle sinagoghe dei Giudei. Avevano anche Giovanni come aiutante. [6]Attraversata tutta l'isola fino a Pafo, trovarono un mago, uno pseudoprofeta giudeo, di nome Bar-Iesus, [7]che stava col proconsole Sergio Paolo, uomo intelligente. Costui fece chiamare Bàrnaba e Saulo, perché desiderava ascoltare la parola di Dio. [8]Ma Elimas, il mago (questo infatti è il significato del suo nome), si opponeva loro cercando di distogliere il proconsole dalla fede. [9]Allora Saulo, detto anche Paolo, pieno di Spirito Santo, fissandolo in volto disse: [10]«Uomo ricolmo di ogni inganno e di ogni malizia, figlio del diavolo, nemico di ogni giustizia, non la finirai di distorcere *le vie rette del Signore?* [11]Ed ora, ecco, la mano del Signore è su di te: resterai cieco e per un certo tempo non potrai vedere la luce del sole». In quell'istante buio e oscurità lo avvolsero ed egli andava intorno cercando chi lo conducesse per mano. [12]Allora il proconsole, vedendo ciò che era accaduto, abbracciò la fede, colpito dalla dottrina del Signore.

Discorso ad Antiochia di Pisidia. - [13]Paolo e i suoi compagni s'imbarcarono da Pafo e giunsero a Perge di Panfilia. Giovanni si separò da loro e ritornò a Gerusalemme. [14]Essi, partendo da Perge, con una traversata giunsero ad Antiochia di Pisidia. Il giorno di sabato entrarono nella sinagoga e si posero a sedere. [15]Dopo la lettura della legge e dei profeti, i capi della sinagoga mandarono a dir loro: «Fratelli, se avete qualche parola d'esortazione per il popolo, ditela». [16]Allora Paolo, alzatosi e fatto segno con la mano, disse: «Uomini d'Israele e voi che temete Dio, ascoltate. [17]Il Dio di questo popolo d'Israele scelse i padri nostri ed esaltò il popolo durante la sua dimora in Egitto, *e con opere prodigiose li condusse fuori da quella terra.* [18]Per circa quarant'anni *li assisté nel deserto.* [19]Poi distrusse sette popoli *nella terra di Canaan e diede ad essi in eredità la loro terra*: [20]tutto ciò nello spazio di circa quattrocentocinquant'anni. Dopo diede loro dei giudici fino al profeta Samuele. [21]Poi chiesero un re e Dio diede loro Saul figlio di Cis, della tribù di Beniamino, per quarant'anni. [22]Dopo averlo deposto, suscitò loro un altro re, Davide, e gli rese questa testimonianza: *Ho trovato Davide*, figlio di Iesse, *secondo il mio cuore*, che eseguirà tutti i miei voleri.

[23]Dalla sua discendenza Dio, secondo la promessa, trasse un salvatore per Israele, Gesù. [24]Giovanni preparò la sua venuta predicando un battesimo di penitenza a tutto il popolo d'Israele. [25]E quando Giovanni stava per compiere la sua missione, diceva: "Io non sono ciò che voi pensate che io sia; ma ecco, viene dopo di me uno a cui io non sono degno di slegare i sandali".

[26]Fratelli, figli della stirpe di Abramo, e voi che temete Dio, è a noi che è stato mandato questo messaggio di salvezza. [27]Infatti gli abitanti di Gerusalemme e i loro capi, rifiutando di riconoscere lui e non comprendendo gli oracoli dei profeti che si leggono ogni sabato, li hanno adempiuti, pronunciando la sua condanna. [28]E pur non avendo trovato nessun motivo di condanna a morte, chiesero a Pilato che fosse ucciso. [29]Quando ebbero compiuto tutto ciò che era stato scritto intorno a lui, lo deposero dal patibolo e lo misero in un sepolcro. [30]Ma Dio l'ha risuscitato dai morti [31]ed è apparso durante molti giorni a quelli che erano saliti con lui dalla Galilea a Gerusalemme, i quali ora sono suoi testimoni davanti al popolo.

[32]E noi vi proclamiamo la buona novella: la promessa fatta ai padri [33]Dio l'ha adempiuta per noi, loro figli, facendo risorgere Gesù, come è scritto nel salmo secondo: *Tu sei mio figlio, io oggi ti ho generato.* [34]Che poi lo abbia fatto risuscitare dai morti così che non ritorni alla corruzione, lo ha detto affermando: *Darò a voi le cose sante di Davide, quelle permanenti.* [35]Perciò dice ancora in un altro luogo: *Non permetterai che il tuo santo veda la corruzione.* [36]Davide infatti, dopo aver adempiuto nella sua generazione la volontà di Dio, si addormentò, fu sepolto con i suoi padri e vide la corruzione. [37]Ma colui che Dio ha risuscitato non ha visto la corruzione.

[38]Vi sia dunque noto, o fratelli, che per mezzo suo a voi è annunciato il perdono

dei peccati. E l'intera giustificazione, che non avete potuto ottenere mediante la legge di Mosè, [39]per mezzo suo la ottiene chiunque crede. [40]Guardate perciò che non si avveri per voi la parola dei profeti:

[41] *Guardate, o spergiuri, stupitevi*
e allibite,
perché io farò un'opera nei vostri giorni,
un'opera che non la credereste
se ve la raccontassero».

[42]All'uscita li pregavano di parlare loro di queste cose anche nel sabato seguente. [43]Scioltasi l'adunanza, molti Giudei e proseliti adoratori di Dio accompagnarono Paolo e Bàrnaba, i quali, continuando a parlare loro, li persuasero a perseverare nella grazia di Dio.
[44]Il sabato seguente quasi tutta la città si radunò per ascoltare la parola di Dio. [45]I Giudei, vedendo quella folla, furono presi da gelosia e contraddicevano alle cose dette da Paolo, bestemmiando. [46]Allora Paolo e Bàrnaba, pieni di ardire, dissero: «Era necessario annunciare a voi prima di tutti la parola di Dio. Ma poiché la respingete e non vi ritenete degni della vita eterna, ecco, ci rivolgiamo ai pagani! [47]Così infatti ci ha ordinato il Signore: *Ti ho posto a luce delle genti perché tu porti la salvezza fino all'estremità della terra».*
[48]I pagani che ascoltavano ciò si rallegravano e glorificavano la parola di Dio, e quanti erano preordinati alla vita eterna abbracciarono la fede. [49]La parola del Signore si diffondeva per tutta la regione. [50]Ma i Giudei istigarono le donne devote della nobiltà e gli uomini di primo piano della città, suscitarono una persecuzione contro Paolo e Barnaba e li cacciarono dai loro confini. [51]Essi allora, scuotendo la polvere dai loro piedi contro di essi, se ne vennero a Iconio, [52]mentre i discepoli erano pieni di letizia e di Spirito Santo.

14 Predicazione a Iconio e fuga. - [1]Anche a Iconio entrarono nella sinagoga dei Giudei e parlarono con tanta efficacia che un gran numero di Giudei e di Greci abbracciarono la fede. [2]Ma i Giudei increduli eccitarono i pagani ed esasperarono i loro animi contro i fratelli. [3]Ciò nonostante si trattennero colà per molto tempo, parlando con coraggio nel Signore, che dava testimonianza alla predicazione della sua grazia e concedeva che si compissero segni e prodigi per mano loro. [4]La popolazione della città si divise: alcuni stavano con i Giudei, altri con gli apostoli. [5]Ma quando pagani e Giudei si mossero con i loro capi per maltrattarli e lapidarli, [6]saputolo, si rifugiarono nelle città della Licaonia, a Listra, a Derbe e nei dintorni. [7]E colà predicavano il vangelo.

Il paralitico di Listra. - [8]Vi era un uomo in Listra incapace di reggersi in piedi, essendo zoppo fin dalla nascita. Stava sempre seduto e non aveva mai fatto un passo. [9]Costui sentì Paolo mentre parlava. Paolo, guardandolo fisso e vedendo che aveva fede per essere guarito, [10]disse a gran voce: «Àlzati diritto *sui tuoi piedi».* Egli balzò su e cominciò a camminare. [11]Le turbe, vedendo ciò che Paolo aveva fatto, si misero a gridare in licaonico: «Gli dèi in forma umana sono discesi tra noi». [12]E chiamavano Bàrnaba Zeus e Paolo Ermes, poiché era il più eloquente.
[13]Intanto il sacerdote di Zeus, il cui tempio si trovava alle porte della città, condusse dei tori inghirlandati presso le porte e voleva offrire un sacrificio insieme con la folla. [14]Quando gli apostoli Bàrnaba e Paolo vennero a sapere di ciò, stracciando le loro vesti si precipitarono in mezzo alla folla gridando: [15]«Uomini, perché fate queste cose? Anche noi siamo esseri umani come voi, con le vostre debolezze, e vi predichiamo di convertirvi da queste cose vane al Dio vivente, che ha fatto il cielo e la terra, il mare e tutto ciò che in essi si trova. [16]Egli nelle generazioni passate ha tollerato che tutte le genti andassero per le loro strade. [17]Ma non ha lasciato se stesso privo di testimonianza, operando benefici, dandovi dal cielo le piogge e le stagioni fruttifere, saziandovi di cibo e riempiendo di letizia i vostri cuori». [18]Dicendo ciò, a mala pena riuscirono a trattenere le folle dall'offrir loro un sacrificio.
[19]Ma giunsero dei Giudei da Antiochia e da Iconio, i quali si guadagnarono le folle e lapidarono Paolo e lo trascinarono fuori della città, pensandolo morto. [20]Ma quando i discepoli gli fecero cerchio intorno, egli si alzò ed entrò in città. Il giorno dopo partì con Bàrnaba per Derbe.

Conclusione del primo viaggio. - [21]Dopo aver evangelizzato quella città e fatto molti discepoli, tornarono a Listra, a Iconio e ad Antiochia, ²²fortificando gli animi dei discepoli ed esortandoli a perseverare nella fede, dicendo che è attraverso molte tribolazioni che dobbiamo entrare nel regno di Dio. ²³Per loro costituirono nelle singole chiese degli anziani e, dopo aver pregato e digiunato, li raccomandarono al Signore nel quale avevano creduto. ²⁴Attraversata la Pisidia, giunsero nella Panfilia ²⁵e, dopo aver predicato la parola a Perge, discesero ad Attalia ²⁶e di lì fecero vela per Antiochia, da dove erano stati raccomandati alla grazia di Dio per l'opera che avevano compiuto. ²⁷Giunti colà e radunata la chiesa, annunciarono tutto ciò che Dio aveva compiuto per mezzo loro e come aveva aperto ai pagani la porta della fede. ²⁸Ivi rimasero non poco tempo con i discepoli.

15 Il problema della circoncisione. -
¹Or alcuni, discesi dalla Giudea, insegnavano ai fratelli: «Se non vi fate circoncidere secondo la legge di Mosè, non potete essere salvi». ²Paolo e Bàrnaba insorsero contro e ne nacque una controversia assai animata con costoro. Perciò stabilirono che Paolo e Bàrnaba con alcuni altri di loro salissero a Gerusalemme dagli apostoli e dagli anziani per dirimere questa controversia. ³Essi dunque, mandati dalla chiesa, attraversarono la Fenicia e la Samaria, raccontando la conversione dei pagani e suscitando grande gioia in tutti i fratelli. ⁴Giunti a Gerusalemme furono accolti dalla chiesa, dagli apostoli e dagli anziani e narrarono quanto Dio aveva fatto per mezzo loro. ⁵Allora si alzarono alcuni della setta dei farisei che avevano aderito alla fede dicendo: «Bisogna circonciderli e imporre loro di osservare la legge di Mosè».

Discorso di Pietro. - ⁶Si radunarono allora gli apostoli e gli anziani per esaminare la questione. ⁷Dopo una vivace discussione, Pietro si alzò e disse loro: «Fratelli, voi sapete che già da molto tempo Dio mi ha scelto tra voi perché per bocca mia i pagani ascoltassero la parola del vangelo e venissero alla fede. ⁸Dio che scruta i cuori ha reso loro testimonianza, dando loro lo Spirito Santo proprio come a noi; ⁹non ha fatto alcuna distinzione tra noi e loro, purificando con la fede i loro cuori. ¹⁰Or dunque, perché tentate Dio imponendo sul collo dei di-

scepoli un giogo che né i padri nostri né noi abbiamo potuto portare? ¹¹È per la grazia del Signore Gesù che noi crediamo di avere la salvezza, allo stesso modo di loro». ¹²Tacque tutta la moltitudine e ascoltavano Bàrnaba e Paolo che raccontavano quali miracoli e prodigi aveva fatto il Signore tra i pagani per mezzo loro.

Discorso di Giacomo. - ¹³Quando essi tacquero, Giacomo prese la parola e disse: «Fratelli, ascoltatemi. ¹⁴Simone ha narrato come dall'inizio Dio ha avuto cura di sceglliersi di tra le genti un popolo consacrato al suo nome. ¹⁵Con ciò concordano le parole dei profeti, come sta scritto:

¹⁶ *Dopo di ciò ritornerò*
   e ricostruirò la tenda di Davide
   che era caduta,
   ricostruirò i suoi sfasciumi
   e la rimetterò in piedi,
¹⁷ *affinché gli altri uomini cerchino*
   il Signore,
   e tutte le genti sulle quali
   è stato invocato il nome mio.
   Così dice il Signore che fa queste cose,
¹⁸ *note fin dall'antichità.*

¹⁹Perciò io ritengo che non bisogna inquietare coloro che dal paganesimo si sono convertiti a Dio. ²⁰Si prescriva loro di astenersi dalle contaminazioni degli idoli e dalla fornicazione, dalla carne di animali soffocati e dal sangue. ²¹Perché Mosè fin dalle antiche generazioni ha in ogni città coloro che lo predicano nelle sinagoghe, dove viene letto ogni sabato».

La lettera apostolica. - ²²Allora parve bene agli apostoli e agli anziani, con tutta la chiesa, di scegliere alcuni di loro e di mandarli

---

15. - ^{1.} Alcuni Giudei divenuti cristiani andarono ad Antiochia a rivendicare i pretesi diritti del giudaismo sul paganesimo. Questi «giudaizzanti», affermando necessaria per la salvezza l'osservanza della legge mosaica, annullavano praticamente la redenzione operata da Cristo e riducevano la chiesa a una setta giudaica, minacciandone la stessa esistenza. Queste dottrine erronee furono occasione del concilio di Gerusalemme (circa l'anno 49-50), in cui la chiesa si staccò decisamente dalla sinagoga, dichiarando che per la salvezza eterna è necessaria e sufficiente la redenzione operata da Cristo. L'errore, però, non finì lì, e Paolo ebbe a soffrire durante tutto il suo apostolato a causa dei giudaizzanti.

ad Antiochia con Paolo e Bàrnaba, cioè: Giuda, chiamato Barsàbba, e Sila, uomini di primo piano tra i fratelli. [23]Inviarono per mezzo loro questa lettera: «Gli apostoli e gli anziani ai fratelli di Antiochia, di Siria e di Cilicia che provengono dal paganesimo, salute. [24]Poiché abbiamo sentito che alcuni di noi sono venuti a turbarvi con discorsi che hanno sconvolto i vostri animi, senza che noi avessimo dato loro alcun incarico, [25]abbiamo ritenuto concordemente di scegliere alcuni uomini e di mandarli a voi con i nostri carissimi Bàrnaba e Paolo, [26]che hanno esposto la loro vita per il nome del Signore nostro Gesù Cristo. [27]Abbiamo mandato pertanto Giuda e Sila, ed essi a voce vi riferiranno le stesse cose. [28]Infatti lo Spirito Santo e noi abbiamo deciso di non imporvi altro peso eccetto queste cose necessarie, [29]cioè di astenervi dalle vivande sacrificate agli idoli, dal sangue, dalla carne di animali soffocati e dalla fornicazione. Farete bene a guardarvi da queste cose. State bene».

[30]Questi, preso congedo, scesero ad Antiochia e, radunata la comunità, trasmisero la lettera. [31]Dopo averla letta, si rallegrarono del contenuto confortante. [32]Giuda e Sila, essendo anch'essi profeti, con parecchi discorsi incoraggiarono i fratelli e li confermarono. [33]Dopo essersi trattenuti un certo tempo con i fratelli, furono lasciati ritornare col saluto di pace da coloro che li avevano inviati. [[34]] [35]Paolo e Bàrnaba si trattennero ad Antiochia insegnando e annunziando con molti altri la parola del Signore.

Secondo viaggio missionario. - [36]Dopo alcuni giorni Paolo disse a Bàrnaba: «Torniamo a visitare i fratelli in ogni città in cui abbiamo annunziato la parola del Signore, per vedere come stanno». [37]Bàrnaba voleva prendere con sé anche Giovanni, chiamato Marco. [38]Ma Paolo giudicava che non fosse opportuno portarselo dietro, perché li aveva abbandonati in Panfilia e non aveva partecipato all'opera di evangelizzazione. [39]Vi fu un grosso litigio, così che si separarono. Bàrnaba prese con sé Marco e salpò alla volta di Cipro; [40]Paolo invece scelse

per compagno Sila e partì, raccomandato alla grazia del Signore dai fratelli. [41]E attraversava la Siria e la Cilicia confermando le chiese.

16 Timoteo nuovo compagno di Paolo. - [1]Arrivò anche a Derbe e a Listra. C'era là un discepolo di nome Timoteo, figlio di una donna giudea, credente, ma di padre greco, [2]che era assai stimato dai fratelli in Listra e Iconio. [3]Paolo voleva condurlo con sé nei suoi viaggi e, presolo con sé, lo circoncise, a causa dei Giudei che si trovavano in quelle regioni. Tutti infatti sapevano che suo padre era greco. [4]Mentre viaggiavano di città in città, trasmettevano loro i decreti sanciti dagli apostoli e dagli anziani in Gerusalemme, perché li osservassero. [5]Le chiese si fortificavano nella fede e crescevano di numero ogni giorno.

Chiamata dalla Macedonia. - [6]Passarono poi per la Frigia e la regione della Galazia, impediti dallo Spirito Santo ad annunciare la parola nell'Asia. [7]Giunti ai confini della Misia tentavano di recarsi in Bitinia, ma lo Spirito di Gesù non lo permise loro. [8]Allora, oltrepassata la Misia, discesero a Troade. [9]Durante la notte Paolo ebbe una visione: un macedone in piedi lo supplicava dicendo: «Passa in Macedonia e aiutaci». [10]Subito dopo la visione, cercammo di partire per la Macedonia, certi che Dio ci aveva chiamati per annunciare loro il vangelo.

I primi convertiti a Filippi. - [11]Salpàti da Tròade ci dirigemmo verso Samotràcia e il giorno seguente a Neàpoli. [12]Di là ci recammo a Filippi, che è la prima città del distretto di Macedonia, ed è colonia. In questa città facemmo una sosta di parecchi giorni. [13]Il sabato uscimmo fuori della porta, presso un fiume dove pensavamo che si facesse la preghiera. Ci mettemmo a sedere e parlammo alle donne che vi erano radunate. [14]Una donna, di nome Lidia, venditrice di porpora, della città di Tiatira, che onorava Dio, stava in ascolto: il Signore le aprì il cuore perché potesse comprendere le cose dette da Paolo. [15]Dopo essere stata battezzata con tutta la famiglia, ci invitò con queste parole: «Se mi giudicate fedele al Signore, venite a stare nella mia casa». E ci costrinse ad accettare.

---

16 - [10]. Questo brusco passaggio dalla terza alla prima persona indica che da questo momento Luca, autore degli Atti, diventa compagno di Paolo. Luca forse si è fermato a Filippi, dato che in 16,18 ritorna il racconto in terza persona e riprende alla prima in 20,5 quando Paolo ripassa a Filippi.

La schiava indovina. - [16]Or mentre ci recavamo alla preghiera, ci venne incontro una schiava che aveva uno spirito divinatorio, la quale procurava un forte guadagno ai suoi padroni pronunciando oracoli. [17]Costei si mise a seguire Paolo e noi e ci gridava dietro: «Questi uomini sono i servi del Dio Altissimo, che vi annunciano la via della salvezza». [18]La cosa si ripeté per molti giorni. Paolo infine, seccato, rivoltosi allo spirito disse: «Ti comando, in nome di Gesù Cristo, di uscire da lei». In quello stesso momento lo spirito se ne uscì.

Imprigionamento e liberazione di Paolo e Sila. - [19]I padroni, vedendo che la speranza del loro guadagno era svanita, presero Paolo e Sila e li trascinarono nella piazza del mercato, davanti alle autorità. [20]Li presentarono ai magistrati e dissero: «Questi uomini mettono a soqquadro la nostra città: sono Giudei [21]e predicano usanze che non possiamo accogliere né praticare, poiché siamo Romani». [22]Allora la folla insorse contro di loro e i magistrati, fatti strappare loro di dosso i vestiti, comandarono che fossero bastonati. [23]Dopo averli caricati di percosse li gettarono nella prigione, ordinando al custode di custodirli con grande cautela. [24]Egli, a seguito di tale ordine, li gettò nella parte più interna della prigione e assicurò i piedi loro ai ceppi.

[25]Verso la mezzanotte Paolo e Sila stavano pregando e cantando inni a Dio, e gli altri prigionieri li ascoltavano. [26]Ed ecco che improvvisamente vi fu un terremoto così violento da scuotere le fondamenta del carcere. Si apersero di colpo tutte le porte e si sciolsero le catene di tutti i carcerati. [27]Il custode della prigione, svegliatosi e viste aperte le porte della prigione, tratta fuori la spada stava per uccidersi, pensando che i prigionieri fossero fuggiti. [28]Ma Paolo gridò a gran voce: «Non farti del male, poiché siamo tutti qui». [29]Allora chiese un lume, balzò dentro e tutto tremante cadde ai piedi di Paolo e di Sila. [30]Poi li condusse fuori e disse: «Signore, che cosa debbo fare per salvarmi?». [31]Essi risposero: «Credi nel Signore Gesù e sarai salvo tu e la tua famiglia». [32]E annunciarono la parola del Signore a lui e a tutti quelli della sua casa. [33]Egli, a quell'ora della notte, li prese con sé, lavò loro le piaghe e subito fu battezzato, lui e tutti i suoi. [34]Poi li condusse a casa sua, apparecchiò loro la tavola e si rallegrò con tutta la

sua famiglia perché aveva creduto in Dio.

[35]Fattosi giorno, i magistrati mandarono i littori a dire: «Lascia andare liberi quegli uomini». [36]Il custode della prigione riferì queste parole a Paolo: «I magistrati hanno mandato a dire di rilasciarvi. Ora dunque uscite e andate in pace». [37]Ma Paolo disse alle guardie: «Ci hanno bastonati pubblicamente e senza processo, noi che siamo cittadini romani, e ci hanno gettato in prigione; e ora di nascosto ci cacciano via? Così no! Vengano essi stessi a metterci in libertà!». [38]I littori riferirono queste parole ai magistrati ed essi si spaventarono, udendo che si trattava di cittadini romani, [39]e vennero a fare le loro scuse. Poi li accompagnarono fuori e li pregarono di allontanarsi dalla città. [40]Usciti dalla prigione entrarono in casa di Lidia e, veduti i discepoli, li consolarono. Poi partirono.

17 Paolo a Tessalònica: contrasti con i Giudei.

- [1]Percorrendo la strada che passa per Anfìpoli e Apollònia, giunsero a Tessalònica, dove i Giudei avevano una sinagoga. [2]Secondo il suo solito, Paolo si recò presso di loro e per tre sabati discusse con loro a partire dalle Scritture, [3]mostrando e sostenendo che il Cristo doveva patire e risorgere da morte e che «quel Gesù che io vi annuncio, questo è il Cristo». [4]Alcuni di loro si lasciarono convincere e aderirono a Paolo e a Sila, come pure un buon numero di Greci timorati di Dio e non poche donne tra le più in vista. [5]Ma i Giudei, mossi da invidia, fecero leva su alcuni facinorosi di piazza e provocarono un tumulto nella città. Si presentarono alla casa di Giasone e li cercavano per tradurli davanti all'assemblea popolare. [6]Non trovandoli, trascinarono Giasone e alcuni fratelli davanti ai politarchi gridando: «Quelli che hanno messo a soqquadro tutta la terra, eccoli ora anche qua, [7]e Giasone li accoglie a casa sua! Tutti costoro agiscono contro le leggi di Cesare, dicendo che c'è un altro re, Gesù!». [8]Con tali clamori eccitarono la folla e i politarchi. [9]Essi si fecero dare la cauzione da Giasone e dagli altri e li rilasciarono.

Predicazione a Berèa e nuove difficoltà. - [10]In gran fretta la notte stessa i fratelli fecero partire Paolo e Sila per Berèa. Costoro, appena vi giunsero, si recarono nella sinagoga dei Giudei. [11]Questi erano più aperti di quelli di Tessalònica e accolsero la parola con ottime disposizioni. Ogni giorno interrogavano le Scritture, per vedere se le cose stessero veramente così. [12]Molti di loro credettero e non pochi anche tra i Greci, donne di elevata condizione e un certo numero di uomini. [13]Ma quando i Giudei di Tessalònica vennero a sapere che anche in Berèa era stata annunciata da Paolo la parola di Dio, vennero anche là per eccitare e sommuovere le folle. [14]Subito allora i fratelli fecero partire Paolo in direzione del mare. Sila e Timoteo invece rimasero. [15]Quelli che conducevano Paolo lo portarono fino ad Atene. Poi se ne ritornarono con l'ordine per Sila e Timoteo di raggiungerlo al più presto.

Paolo ad Atene. - [16]Mentre Paolo li aspettava in Atene, il suo animo si infiammava di sdegno vedendo come la città era piena di idoli. [17]Intanto discuteva nella sinagoga con i Giudei e con i timorati di Dio e anche nel mercato a ogni ora del giorno con quelli che vi capitavano. [18]Anche alcuni dei filosofi epicurei e stoici si misero a parlare con lui e alcuni dicevano: «Che cosa intende dire questo seminatore di chiacchiere?». Altri poi, sentendo che predicava Gesù e la risurrezione, dicevano: «Sembra essere un predicatore di divinità straniere». [19]Così lo presero e lo portarono all'Areopago dicendo: «Possiamo sapere qual è questa nuova dottrina che tu insegni? [20]Infatti le cose che tu dici ci suonano strane. Vogliamo dunque sapere di che si tratta». [21]Tutti gli Ateniesi, infatti, e gli stranieri residenti ad Atene non trovavano miglior passatempo che quello di riferire o di ascoltare le ultime novità.

Discorso di Paolo nell'Areopago. - [22]Allora Paolo, ritto in mezzo all'Areopago, disse: «Ateniesi, sotto ogni punto di vista io vi trovo sommamente religiosi. [23]Infatti, passando e osservando i vostri monumenti sacri, ho trovato anche un altare su cui stava

scritto "Al Dio ignoto!". Orbene, quello che voi venerate senza conoscerlo, io vengo ad annunciarlo a voi: [24]*il Dio che ha fatto il mondo* e tutto *ciò che in esso* si trova. Egli è signore del cielo e della terra e non abita in templi fabbricati dagli uomini, [25]né riceve servizi dalle mani di un uomo, come se avesse bisogno di qualcuno, essendo lui che dà a tutti vita, respiro e ogni cosa. [26]Egli da un solo ceppo ha fatto discendere tutte le stirpi degli uomini e le ha fatte abitare su tutta la faccia della terra, fissando a ciascuno i tempi stabiliti e i confini della loro dimora, [27]perché cercassero Dio e come a tastoni si sforzassero di trovarlo, benché non sia lontano da ciascuno di noi. [28]In lui infatti viviamo, ci muoviamo e siamo, come hanno detto anche alcuni dei vostri poeti: "Di lui, infatti, noi siamo anche stirpe". [29]Essendo dunque noi della stirpe di Dio, non dobbiamo pensare che la divinità sia simile a oro o ad argento o a pietra, che porti l'impronta dell'arte o dell'immaginazione dell'uomo. [30]Ma ora, passando sopra ai tempi dell'ignoranza, Dio fa sapere agli uomini che tutti, e dappertutto, si convertano, [31]poiché egli ha stabilito un giorno nel quale sta per giudicare il mondo con giustizia, per mezzo di un uomo che egli ha designato, accreditandolo di fronte a tutti, col risuscitarlo da morte».

[32]Quando sentirono parlare di risurrezione dei morti, alcuni lo canzonarono, altri dicevano: «Su questo argomento ti sentiremo ancora un'altra volta». [33]Così Paolo se ne uscì di mezzo a loro. [34]Ma alcuni uomini aderirono a lui e abbracciarono la fede. Tra essi c'era anche Dionigi l'areopagita, una donna di nome Damaris e altri con loro.

18

A Corinto: fondazione della chiesa. - [1]Dopo di ciò Paolo partì da Atene e venne a Corinto, [2]dove trovò un giudeo di nome Aquila, nativo del Ponto, appena giunto dall'Italia con sua moglie Priscilla, perché Claudio aveva ordinato che tutti i Giudei se ne andassero da Roma. Paolo si recò da essi [3]e, poiché era dello stesso mestiere, rimase ad alloggiare presso di loro e lavorava: infatti erano fabbricanti di tende. [4]Ogni sabato poi parlava nella sinagoga e cercava di persuadere i Giudei e i Greci. [5]Quando poi Sila e Timoteo giunsero dalla Macedonia, Paolo si diede tutto alla predicazione, attestando ai Giudei che Gesù era

---

18. - ³· Le *tende* erano fatte di peli di capra o di cammello da cui risultava un tessuto ruvido detto *cilicio*, perché veniva dalla Cilicia. Paolo conosceva bene il mestiere, perché era comune a Tarso di Cilicia, dov'egli era nato e dove certamente l'imparò fin da piccolo, secondo l'uso farisaico d'insegnare sempre ai figli un mestiere manuale per potersi comunque guadagnare da vivere.

il Cristo. ⁶Ma resistendo essi e lanciando bestemmie, egli scosse la polvere dalle vesti dicendo loro: «Il vostro sangue cadrà sul vostro capo: io non ne ho colpa. Da questo momento andrò dai pagani». ⁷E di là si trasferì presso un certo Tizio Giusto, che onorava Dio, la cui casa era contigua alla sinagoga. ⁸Crispo, capo della sinagoga, credette al Signore con tutta la sua casa, e molti dei Corinzi che avevano ascoltato Paolo credevano e si facevano battezzare. ⁹Il Signore una notte disse in visione a Paolo: «Non temere, ma continua a parlare e non tacere, ¹⁰*perché io sono con te* e nessuno metterà le mani su di te per farti del male; poiché c'è per me un popolo numeroso in questa città». ¹¹Così Paolo rimase per un anno e sei mesi insegnando in mezzo ad essi la parola di Dio.

Paolo di fronte al proconsole Gallione. - ¹²Mentre Gallione era proconsole dell'Acaia, i Giudei si mossero unanimi contro Paolo e lo condussero davanti al tribunale ¹³dicendo: «Costui induce la gente a onorare Dio in modo contrario alla legge». ¹⁴Paolo stava per aprire la bocca, ma Gallione disse ai Giudei: «Se si trattasse di un delitto o di un'azione malvagia, o Giudei, vi ascolterei pazientemente, come è giusto. ¹⁵Ma se si tratta di questioni di dottrina e di nomi e della vostra legge, vedetevela voi: io non voglio essere giudice di queste cose». ¹⁶E li mandò via dal tribunale. ¹⁷Allora tutti afferrarono Sòstene, capo della sinagoga, e lo percossero davanti al tribunale: ma Gallione non se ne preoccupava affatto.

Paolo ad Antiochia. Terzo viaggio missionario. - ¹⁸Paolo, dopo essersi fermato ancora molti giorni, prese congedo dai fratelli e salpò per la Siria, avendo con sé Priscilla e Aquila. A Cencre si era fatto tagliare i capelli, poiché aveva fatto un voto. ¹⁹Giunsero a Efeso e quivi li lasciò. Paolo, entrato nella sinagoga, incominciò a discutere con i Giudei. ²⁰Essi gli chiesero di prolungare il suo soggiorno, ma egli non acconsentì. ²¹Tuttavia prendendo congedo disse: «Ritornerò di nuovo tra voi, se Dio lo vorrà». E partì da Efeso. ²²Sbarcato a Cesarea, salì a salutare la chiesa, quindi discese ad Antiochia. ²³Vi rimase un certo tempo, poi partì, percorrendo successivamente le regioni della Galazia e della Frigia e confermando nella fede tutti i discepoli.

Il predicatore Apollo. - ²⁴Frattanto capitò a Efeso un giudeo di nome Apollo, nativo di Alessandria, che era un uomo eloquente e ben ferrato nelle Scritture. ²⁵Egli era stato istruito nella via del Signore e, pieno di fervore, predicava e insegnava con esattezza le cose riguardanti Gesù, ma conosceva soltanto il battesimo di Giovanni. ²⁶Egli cominciò a predicare con franchezza nella sinagoga. Priscilla e Aquila, dopo averlo ascoltato, lo presero con loro e gli esposero con maggior esattezza la via di Dio.

²⁷E poiché egli desiderava passare in Acaia, i fratelli lo incoraggiarono e scrissero ai discepoli di fargli buona accoglienza. Il suo arrivo e la sua presenza furono di grande giovamento a coloro che avevano creduto per opera della grazia. ²⁸Infatti egli confutava vigorosamente i Giudei in pubblico, dimostrando attraverso le Scritture che Gesù era il Cristo.

19 **Paolo a Efeso.** - ¹Mentre Apollo si trovava a Corinto, Paolo, dopo aver attraversato le regioni dell'altipiano, arrivò a Efeso, dove trovò alcuni discepoli ²ai quali domandò: «Avete ricevuto lo Spirito Santo, quando avete abbracciato la fede?». Essi gli risposero: «Non abbiamo neppure sentito dire che vi sia uno Spirito Santo». ³Egli allora chiese: «Con che battesimo, dunque, siete stati battezzati?». Quelli risposero: «Col battesimo di Giovanni». ⁴Paolo disse allora: «Giovanni battezzò con un battesimo di penitenza, dicendo al popolo che occorreva credere a colui che sarebbe venuto dopo di lui, cioè in Gesù». ⁵Udite queste parole, furono battezzati nel nome del Signore Gesù. ⁶Poi Paolo impose loro le mani, lo Spirito Santo venne su di essi e cominciarono a parlare le lingue e a profetare. ⁷Erano in tutto circa dodici persone. ⁸Paolo entrò nella sinagoga e vi parlava con franchezza per tre mesi, tenendovi discussioni e cercando di persuadere su quello che riguarda il regno di Dio. ⁹Ma, poiché alcuni

---

18. Paolo, forse per mostrare ai Giudei che rispettava le usanze ebraiche, aveva fatto il voto temporaneo di nazireato, per cui doveva astenersi dal vino, non tagliarsi i capelli finché non avesse offerto il sacrificio a Gerusalemme. *Cencre*: porto di Corinto sul Mare Egeo.

22. Da Cesarea fece una visita sino a Gerusalemme, poi tornò ad Antiochia, da dove era partito.

si indurivano nell'incredulità e sparlavano contro la Via di fronte all'assemblea, si staccò da loro, separò i discepoli e continuò a tenere le sue discussioni ogni giorno nella scuola di Tiranno. [10]Così durarono le cose per due anni, di modo che tutti gli abitanti dell'Asia, sia Giudei che Greci, ascoltarono la parola del Signore.

Miracoli di Paolo. Esorcisti giudei. - [11]E Dio operava prodigi davvero straordinari per le mani di Paolo, [12]fino al punto che si applicavano su malati fazzoletti o grembiuli che erano stati a contatto con lui, e le malattie si allontanavano da loro e gli spiriti maligni fuggivano.

[13]Anche alcuni esorcisti ambulanti giudei si provarono a invocare su coloro che avevano spiriti maligni il nome del Signore Gesù, dicendo: «Vi scongiuro per quel Gesù che Paolo va predicando!». [14]Tra quelli che facevano così vi erano i sette figli di un certo Sceva, sommo sacerdote giudeo. [15]Ma in risposta lo spirito malvagio disse loro: «Gesù lo conosco e Paolo so bene chi è: ma voi chi siete?». [16]E scagliatosi contro di essi, quell'uomo in cui vi era lo spirito malvagio li sopraffece e li malmenò talmente che, nudi e feriti, se ne dovettero fuggire da quella casa. [17]Ciò fu risaputo da tutti i Giudei e i Greci che abitavano Efeso: essi furono presi da timore e il nome del Signore Gesù veniva magnificato. [18]Molti di quelli che avevano abbracciato la fede venivano riconoscendo e manifestando pubblicamente le loro pratiche malvagie. [19]Non pochi di coloro che avevano esercitato le arti magiche ammucchiavano i loro libri e li bruciavano in presenza di tutti: l'ammontare del loro prezzo fu calcolato cinquantamila pezzi d'argento. [20]Così la parola del Signore cresceva e si affermava potentemente.

Progetti di Paolo. - [21]Dopo questi fatti, Paolo si pose in animo di andare a Gerusalemme, passando per la Macedonia e per l'Acaia, e diceva: «Dopo essere stato là, devo vedere anche Roma». [22]Così inviò in Macedonia due dei suoi collaboratori, Timoteo ed Erasto. Egli rimase ancora un po' di tempo in Asia.

Tumulto di Efeso. - [23]Fu verso quel tempo che successe un tumulto assai grave a proposito della Via. [24]C'era infatti un argentiere di nome Demetrio, che faceva dei tempietti di Diana in argento e procurava agli artigiani non piccoli guadagni. [25]Egli radunò costoro insieme con quanti lavoravano intorno a oggetti del genere e disse: «Amici, voi sapete che il nostro benessere dipende da questa industria. [26]Ora voi vedete e sentite che non soltanto in Efeso, ma in quasi tutta l'Asia questo Paolo con i suoi ragionamenti ha traviato moltissima gente, dicendo che non sono dèi quelli che escono dalla mano dell'uomo. [27]E non soltanto la nostra attività minaccia di cadere in discredito, ma anche il tempio della grande dea Artèmide rischia di perdere ogni prestigio, e colei che è onorata da tutta l'Asia e il mondo intero finirà per essere spogliata di tutta la sua grandezza». [28]Udite queste parole si riempirono di sdegno e gridavano: «Grande è l'Artèmide degli Efesini». [29]La città fu tutta in subbuglio. Si precipitarono in massa verso il teatro trascinando con sé Gaio e Aristarco, macedoni, compagni di viaggio di Paolo. [30]Paolo voleva introdursi anch'egli in mezzo all'assemblea popolare, ma i discepoli non glielo permisero: [31]anche alcuni degli «asiarchi», che erano suoi amici, mandarono a pregarlo di non esporsi nel teatro. [32]Intanto chi gridava una cosa, chi un'altra, e l'assemblea era tanto confusa che i più non sapevano per che cosa si erano radunati. [33]Alcuni della folla indussero a intervenire Alessandro, che i Giudei avevano spinto avanti: egli, fatto cenno con la mano, voleva pronunciare una difesa davanti al popolo. [34]Ma avendo riconosciuto che era un giudeo, tutti si misero a gridare a una sola voce per quasi due ore: «Grande è l'Artèmide degli Efesini».

[35]Riuscito a calmare la folla, il cancelliere disse: «Cittadini di Efeso, chi è mai quell'uomo che non sappia che la città degli Efesini è la custode della grande Artèmide e del suo simulacro caduto dal cielo? [36]Poiché dunque queste cose sono inconfutabili, bisogna che voi stiate calmi e non facciate nulla di sconsiderato. [37]Ora, voi avete condotto qui questi uomini che non sono né sacrileghi né bestemmiatori della nostra dea. [38]Se dunque Demetrio e gli artigiani che sono con lui hanno accuse a carico di qualcuno, per questo si fanno le udienze nel foro e ci stanno i proconsoli: presenti dunque ciascuno le sue accuse. [39]Se poi avete qualche altra richiesta, vi si darà soddisfazione in un'assemblea regolare. [40]Infatti noi corriamo il rischio di essere accusati di sedizio-

ne per ciò che oggi è avvenuto, non essendovi alcun motivo con cui possiamo dar ragione di questo comizio». E con queste parole sciolse l'assemblea.

20 Paolo in Macedonia, in Grecia e infine a Troade.

- [1]Dopo che fu cessato il tumulto, Paolo fece chiamare i discepoli, rivolse loro una esortazione, poi li salutò e partì per andare in Macedonia. [2]Percorse quella regione, facendo molti discorsi di esortazione, e giunse in Grecia. [3]Passati tre mesi, ci fu un complotto da parte dei Giudei, mentre stava per imbarcarsi per la Siria, che lo decise a ritornare passando per la Macedonia. [4]Lo accompagnarono fino in Asia Sòpatro, figlio di Pirro, di Berèa, Aristarco e Secondo di Tessalònica, Gaio di Derbe e Timoteo, Tìchico e Tròfimo, oriundi dell'Asia. [5]Costoro ci precedettero e ci aspettarono a Troade. [6]Noi invece facemmo vela da Filippi dopo i giorni degli Azzimi e arrivammo presso di loro a Troade in cinque giorni, e là rimanemmo sette giorni.

A Troade: risurrezione di Eutico.

- [7]Il primo giorno della settimana eravamo radunati per spezzare il pane. Paolo, che doveva partire il giorno dopo, discorreva con essi e prolungò il discorso fino a mezzanotte. [8]Vi erano molte lampade al piano superiore, dove eravamo radunati. [9]Ora, un ragazzo di nome Eutico, che se ne stava seduto sulla finestra, mentre Paolo continuava a parlare senza sosta, venne preso da una profonda sonnolenza e alla fine, vinto dal sonno, cadde dal terzo piano in terra e fu raccolto morto. [10]Allora Paolo scese, si buttò su di lui e abbracciandolo disse: «Non turbatevi, perché la sua anima è in lui». [11]Poi risalì, spezzò il pane e ne mangiò e, dopo aver parlato ancora a lungo fino all'alba, partì. [12]Intanto ricondussero il ragazzo vivo e ne provarono una indicibile consolazione.

Da Troade a Milèto.

- [13]Noi intanto, che già ci eravamo imbarcati, facemmo vela alla volta di Asso, dove avremmo dovuto riprendere Paolo: così infatti ci aveva ordinato, volendo egli fare il viaggio a piedi. [14]Quando ci raggiunse ad Asso, lo prendemmo a bordo con noi e arrivammo a Mitilène. [15]Di là salpammo e l'indomani giungemmo di fronte a Chio; il giorno dopo costeggiammo Samo e il seguente fummo a Milèto. [16]Paolo infatti aveva ritenuto opportuno navigare al largo di Efeso, perché non gli capitasse di doversi attardare in Asia. Voleva affrettarsi per trovarsi, se possibile, nel giorno di Pentecoste a Gerusalemme.

A Milèto: discorso di addio.

- [17]Da Milèto mandò dei messi a Efeso a chiamare gli anziani della chiesa. [18]Quando giunsero presso di lui, disse loro: «Voi sapete come fin dal primo giorno in cui io arrivai nella provincia di Asia mi sono sempre comportato con voi, [19]servendo il Signore in ogni genere di umiliazione, nelle lacrime e tra le prove che ho subìto per le insidie dei Giudei mi hanno procurato. [20]Non v'è nulla che vi potesse giovare che io abbia trascurato di predicare e insegnarvi in pubblico e nelle case. [21]Ho scongiurato Giudei e Greci di convertirsi a Dio e di credere nel Signore nostro Gesù.

[22]Ora ecco che, avvinto dallo Spirito, sto andando a Gerusalemme, non sapendo ciò che colà mi potrà succedere. [23]Soltanto so che lo Spirito Santo di città in città mi avverte che mi attendono catene e tribolazioni. [24]Ma non do alcun valore alla mia vita, purché io termini la mia corsa e il ministero che ho ricevuto dal Signore Gesù, di rendere testimonianza al vangelo della grazia di Dio. [25]Ora ecco, io so che voi non vedrete più il mio volto, voi tutti tra i quali io sono passato annunciando il regno. [26]Perciò io vi attesto oggi che, se qualcuno si perdesse, la responsabilità non cadrà su di me. [27]Mai infatti io mi sono sottratto dall'annunciarvi tutta intera la volontà di Dio. [28]Vegliate quindi su di voi stessi e su tutto il gregge in mezzo al quale lo Spirito Santo vi ha stabiliti come sorveglianti, per pascere la chiesa di Dio, che si è acquistata con il sangue del suo proprio Figlio. [29]Io so che dopo la mia partenza si introdurranno in mezzo a voi lupi rapaci, che non risparmieranno il gregge. [30]Tra voi stessi sorgeranno individui che terranno discorsi perversi, per trascinare i discepoli dietro a loro. [31]Perciò vegliate, ricordandovi che per tre anni notte e giorno non ho cessato di ammonire, piangendo, ciascuno di voi.

[32]Ora io vi affido a Dio e alla parola della sua grazia, che può edificare e dare l'eredità con tutti i santificati. [33]Io non ho mai desiderato argento, oro o vesti di nessuno. [34]Voi sapete che alle mie necessità e a quelle di coloro che erano con me hanno provveduto queste mie mani. [35]In ogni occasio-

ne io vi ho dimostrato che è così, lavorando, che occorre prendersi cura dei deboli, ricordandosi della parola del Signore Gesù che disse: "C'è più felicità a dare che a ricevere"».

³⁶Dette queste cose, inginocchiatosi con tutti loro, pregò. ³⁷Tutti allora scoppiarono in pianto, e gettandosi al collo di Paolo lo coprivano di baci, ³⁸afflitti soprattutto per la parola che aveva detto, che non avrebbero più riveduto il suo volto. Poi lo accompagnarono fino alla nave.

21 **Da Milèto a Cesarea.** - ¹Quando ci fummo separati da essi, prendemmo il largo e per la via più diretta giungemmo a Cos, il giorno dopo a Rodi e di là a Pàtara. ²Avendo trovato una nave che stava per passare in Fenicia, vi salimmo sopra e salpammo. ³Avvistammo Cipro e la lasciammo alla sinistra, navigando verso la Siria. Così giungemmo a Tiro, dove la nave doveva deporre il suo carico. ⁴Avendo trovato i discepoli, ci trattenemmo colà sette giorni. Essi nello Spirito dicevano a Paolo di non salire a Gerusalemme. ⁵Ma quando fu spirato il tempo del nostro soggiorno, ci mettemmo in cammino per partire, mentre essi ci accompagnavano tutti, con le mogli e i figli, sin fuori della città. Inginocchiatici sulla spiaggia, pregammo ⁶e ci salutammo a vicenda. Quindi salimmo sulla nave, mentre quelli se ne ritornarono alle proprie case.

⁷Compimmo la nostra navigazione giungendo da Tiro a Tolemaide. Qui, salutati i fratelli, rimanemmo un giorno presso di loro. ⁸Il giorno dopo partimmo e giungemmo a Cesarea. Entrati nella casa di Filippo, l'evangelista, uno dei sette, ci fermammo presso di lui. ⁹Egli aveva quattro figlie vergini, che avevano il dono di profezia. ¹⁰Eravamo là da più giorni, quando discese dalla Giudea un profeta di nome Agabo, ¹¹che, entrato presso di noi, prese la cintura di Paolo, si legò i piedi e le mani e disse: «Questo dice lo Spirito Santo: l'uomo a cui appartiene questa cintura, a questo modo sarà legato dai Giudei in Gerusalemme e consegnato nelle mani dei pagani». ¹²All'udire queste cose, noi e la gente del luogo lo scongiuravamo di non salire a Gerusalemme. ¹³Allora Paolo rispose: «Perché piangete così e mi spezzate il cuore? Io sono pronto non solo a essere legato, ma anche a morire in Gerusalemme per il nome del Signore Gesù». ¹⁴E poiché non c'era verso di persuaderlo, ci acquietammo dicendo: «Sia fatta la volontà del Signore».

Paolo a Gerusalemme. Il nazireato. - ¹⁵Alcuni giorni dopo, fatti i preparativi, salimmo a Gerusalemme. ¹⁶Vennero con noi anche alcuni dei discepoli di Cesarea e ci condussero ad alloggiare presso un certo Mnasòne di Cipro, un antico discepolo.

¹⁷Al nostro arrivo a Gerusalemme, i fratelli ci accolsero con gioia. ¹⁸Il giorno dopo Paolo venne con noi da Giacomo, e vi convennero pure tutti gli anziani. ¹⁹Dopo averli salutati, incominciava a raccontare per filo e per segno ciò che Dio aveva operato tra i pagani per mezzo del suo ministero. ²⁰Essi, sentendolo, glorificavano Dio. Poi gli dissero: «Vedi, o fratello, quante migliaia di Giudei hanno abbracciato la fede, e tutti sono zelanti osservatori della legge. ²¹Ora essi hanno ripetutamente sentito dire a tuo riguardo che tu insegni a tutti i Giudei che sono tra i pagani a distaccarsi da Mosè, dicendo loro di non circoncidere più i loro figli e di non comportarsi secondo gli usi tradizionali. ²²Che fare, dunque? Senza dubbio verranno a sapere che tu sei arrivato. ²³Fa' dunque ciò che noi ti diciamo: abbiamo qui quattro uomini che hanno un voto da sciogliere. ²⁴Tu prendili con te, fa' le purificazioni insieme ad essi e paga le spese per loro, affinché possano radersi il capo. Tutti sapranno così che le voci che hanno udito a tuo riguardo non sono vere, ma che anche tu cammini nell'osservanza della legge. ²⁵Quanto poi ai pagani che hanno abbracciato la fede, noi abbiamo inviato lettere con la decisione che si dovessero astenere dalle carni immolate agli idoli, dal sangue, dalla carne di animali soffocati e dalla

---

21. - ²¹. Questa era una calunnia, perché Paolo, sebbene sapesse che la salvezza non si ottiene per la legge mosaica, ma per la grazia di Cristo, pure non aveva mai obbligato i Giudei ad abbandonare la loro legge. Pare che neppure Giacomo credesse alle calunnie che circolavano contro la predicazione di Paolo, e la sua proposta mirava solamente a facilitare un'intesa e forse una riconciliazione.

²³· Si tratta del *voto* di nazireato (Nm 6,1-21). Il nazireo, dopo essersi astenuto dal vino e dalle contaminazioni, con i capelli lunghi andava al tempio ad offrire sacrifici. Se era povero cercava dei ricchi che gli facessero da padrini, pagando le spese. Paolo, esortato a far da padrino a tali nazirei, per mostrare il suo rispetto alla legge mosaica accetta il consiglio.

fornicazione». [26]Allora Paolo prese con sé quegli uomini, il giorno seguente si purificò insieme con essi ed entrò nel tempio, per notificare il termine dei giorni della purificazione, quando sarebbe stato offerto il sacrificio per ciascuno di essi.

Sommossa nel tempio. Arresto di Paolo. - [27]I sette giorni stavano per compiersi, quando i Giudei dell'Asia, avendolo visto nel tempio, misero in subbuglio tutta la folla e posero le mani su di lui, [28]gridando: «Israeliti, aiuto! Questo è l'uomo che predica a tutti e dappertutto contro il popolo, contro la legge e contro questo santo luogo; ora ha introdotto persino dei Greci nel tempio e ha profanato questo luogo santo!». [29]Infatti avevano visto in precedenza nella città Tròfimo di Efeso insieme con lui e pensavano che Paolo l'avesse introdotto nel tempio. [30]Tutta la città ne fu scossa e vi fu un accorrere di popolo. Impadronitisi di Paolo, lo trascinarono fuori del recinto del tempio e subito furono chiuse le porte. [31]Mentre essi cercavano di ucciderlo, giunse la notizia al tribuno della coorte che tutta Gerusalemme era in subbuglio. [32]Egli immediatamente prese dei soldati e dei centurioni e scese di corsa verso di loro: questi, visto il tribuno e i soldati, cessarono di percuotere Paolo. [33]Allora il tribuno, avvicinatosi, lo arrestò e comandò che fosse legato con due catene, poi domandò chi fosse e che cosa aveva fatto. [34]Ma tra la folla chi gridava una cosa, chi un'altra; e non riuscendo egli per il tumulto a capire con certezza di che si trattava, comandò che fosse condotto nella caserma. [35]Quando fu sui gradini, dovette essere portato di peso dai soldati per la violenza della folla. [36]Infatti la moltitudine del popolo gli andava dietro gridando: «Ammazzalo!».

[37]Mentre stava per essere condotto dentro alla caserma, Paolo disse al tribuno: «Mi è lecito dirti una cosa?». Quegli rispose: «Sai il greco? [38]Non sei dunque tu l'egiziano che giorni fa ha provocato una sommossa e ha condotto nel deserto quattromila sicari?». [39]Paolo disse: «Io sono un giudeo, cittadino di Tarso in Cilicia, città non senza importanza. Ora ti prego, permettimi di parlare al popolo». [40]Ottenuto il permesso, Paolo, stando sui gradini, fece cenno con la mano al popolo e, fattosi un gran silenzio, parlò in lingua ebraica dicendo:

22 Discorso di Paolo in sua difesa. -

[1]«Fratelli e padri, ascoltate quanto ora io vi espongo in mia difesa». [2]Udendo che parlava loro in ebraico, il silenzio si fece ancora più grande. Ed egli continuò: [3]«Io sono un giudeo, nato a Tarso, in Cilicia, ma educato in questa città, istruito ai piedi di Gamaliele, nella rigorosa osservanza della legge dei padri, pieno di zelo per Dio, come lo siete voi tutti oggi. [4]Io ho perseguitato a morte questa Via, mettendo in catene e gettando in prigione uomini e donne, [5]come me ne fa testimonianza anche il sommo sacerdote e tutto il consiglio degli anziani. Da essi avevo anzi ricevuto lettere per i fratelli di Damasco e stavo andandovi per condurre incatenati a Gerusalemme anche quelli che si trovavano là, perché vi fossero puniti.

[6]Or mentre io ero in viaggio e mi stavo avvicinando a Damasco, verso mezzogiorno, all'improvviso una gran luce venuta dal cielo mi sfolgorò tutt'intorno. [7]Io caddi a terra e udii una voce che mi diceva: "Saulo, Saulo, perché mi perseguiti?". [8]Io risposi: "Chi sei, o Signore?". E mi disse: "Io sono Gesù il Nazareno, che tu perseguiti". [9]Quelli che mi accompagnavano videro la luce, ma non udirono la voce di colui che mi parlava. [10]Io ripresi: "Che debbo fare, Signore?". E il Signore mi disse: "Àlzati, va' a Damasco e là ti sarà detto tutto ciò che è stabilito che tu faccia". [11]Ma poiché non potevo più vedere per lo splendore di quella luce, fui condotto per mano dai miei compagni di viaggio e giunsi a Damasco.

[12]Un certo Anania, uomo devoto e osservante della legge, stimato da tutti i Giudei che abitavano colà, [13]venne a trovarmi e, standomi accanto, mi disse: "Saulo, fratello, torna a vedere!". E io nella stessa ora riuscii a vederlo. [14]Egli disse: "Il Dio dei nostri padri ti ha predestinato a conoscere la sua volontà, a vedere il Giusto e a udire una parola dalla sua bocca, [15]poiché tu renderai testimonianza a suo favore presso tutti gli uomini di ciò che hai visto e udito. [16]E ora

---

22. - [6.] La narrazione fatta in c. 9 è in generale più completa, ma qui Paolo fa notare alcuni particolari là non accennati e che servono a convincere gli uditori. Dice che il fatto avvenne verso mezzogiorno; riporta più parole d'Anania (vv. 14-16) e aggiunge l'apparizione di Cristo (v. 18). Le piccole differenze dei due racconti servono a chiarire il fatto.

che cosa aspetti? Àlzati, ricevi il battesimo e purìficati dai tuoi peccati, invocando il suo nome".

[17]Tornato a Gerusalemme, mentre stavo pregando nel tempio, fui rapito in estasi [18]e vidi lui che mi diceva: "Presto, affrèttati ad uscire da Gerusalemme, perché non accetteranno la tua testimonianza riguardo a me". [19]Io replicai: "Signore, costoro sanno che io mettevo in prigione e percuotevo, di sinagoga in sinagoga, quelli che credevano in te: [20]e quando si versava il sangue di Stefano, il tuo testimonio, anch'io ero là presente ed ero d'accordo con coloro che lo uccidevano e ne custodivo le vesti". [21]Ma egli mi disse: "Va', perché io ti manderò lontano, tra i pagani!"».

Paolo si dichiara cittadino romano. - [22]Fino a queste parole lo avevano ascoltato, ma qui cominciarono a gridare: «Via dal mondo costui: non ha il diritto di vivere!». [23]E gridavano, si strappavano le vesti e gettavano polvere in aria. [24]Allora il tribuno fece condurre Paolo nella caserma, ordinando di interrogarlo ricorrendo alla flagellazione, per sapere per quale motivo gli gridassero contro a quel modo. [25]Ma quando l'ebbero legato con le cinghie, Paolo disse al centurione presente: «Vi è lecito flagellare un cittadino romano, e per di più non ancora giudicato?». [26]Udito ciò, il centurione si avvicinò al tribuno per avvertirlo dicendo: «Che cosa stai per fare? Quest'uomo è romano!». [27]Allora, avvicinatosi, il tribuno gli disse: «Dimmi, tu sei romano?». Ed egli rispose: «Sì!». [28]«Io — riprese il tribuno — ho acquistato questa cittadinanza a caro prezzo». E Paolo: «Io invece vi sono nato». [29]E subito si allontanarono da lui quelli che stavano per interrogarlo. Anche il tribuno si intimorì, avendo saputo che era romano, poiché lo aveva fatto legare.

Paolo di fronte al sinedrio. - [30]Il giorno dopo, volendo sapere con certezza di che cosa i Giudei lo accusavano, gli tolse le catene e ordinò che si radunassero i sommi sacerdoti e tutto il sinedrio. Poi fece condurre Paolo e lo presentò a loro.

23 [1]Con lo sguardo fisso al sinedrio, Paolo disse: «Fratelli, io mi sono comportato davanti a Dio in perfetta buona coscienza fino a questo giorno». [2]Ma il sommo sacerdote Anania diede ordine agli assistenti di percuoterlo sulla bocca. [3]Allora Paolo gli disse: «Dio sta per percuotere te, muro imbiancato! Tu sei assiso per giudicarmi secondo la legge e violi la legge ordinando di percuotermi?». [4]Ma gli assistenti dissero: «Tu insulti il sommo sacerdote di Dio?». [5]Paolo rispose: «Non sapevo, fratelli, che è sommo sacerdote. È scritto infatti: *Non parlerai male di un capo del tuo popolo*».

[6]Paolo sapeva che una parte dell'assemblea era composta di sadducei e un'altra di farisei, e gridò nel sinedrio: «Fratelli, io sono fariseo, figlio di farisei: io sono sotto giudizio a motivo della speranza nella risurrezione dei morti». [7]Appena dette queste parole scoppiò un tafferuglio tra farisei e sadducei, e l'assemblea si divise. [8]I sadducei infatti dicono che non c'è risurrezione né angelo né spirito, mentre i farisei ammettono tutte queste cose.

[9]Vi fu un gran gridare. Alcuni scribi del partito dei farisei si alzarono a battagliare dicendo: «Non troviamo alcun male in quest'uomo: e se uno spirito gli avesse parlato, oppure un angelo?». [10]Aggravandosi il tumulto, il tribuno, temendo che Paolo fosse da quelli fatto a pezzi, comandò alla truppa di scendere e portarlo via di mezzo a loro e ricondurlo in caserma.

[11]La notte seguente il Signore gli si avvicinò e gli disse: «Coraggio! Come hai reso testimonianza alla mia causa in Gerusalemme, così devi testimoniare anche a Roma».

Congiura contro Paolo. - [12]Fattosi giorno, i Giudei fecero una congiura e si obbligarono con giuramento a non mangiare né bere fino a che non avessero ucciso Paolo. [13]Erano più di quaranta quelli che avevano fatto questa congiura. [14]Essi si presentarono ai sommi sacerdoti e agli anziani e dissero: «Con giuramento ci siamo obbligati a non prendere più alcun cibo, finché non abbiamo ucciso Paolo. [15]Or dunque, voi comparite di fronte al tribuno col sinedrio, affinché lo conduca da voi, come per voler esaminare più accuratamente il suo caso. E noi, prima che si avvicini, ci teniamo pronti a ucciderlo».

[16]Ma il figlio della sorella di Paolo venne a sapere dell'insidia e, andato alla caserma,

---

23. - [6.] Paolo, non potendo difendersi per gli animi eccitati, con abile mossa porta la discordia tra gli avversari, dichiarando d'essere accusato per ciò che credono i farisei: la *risurrezione*.

vi entrò e ne diede notizia a Paolo. [17]Paolo, fatto chiamare uno dei centurioni, disse: «Conduci questo giovane dal tribuno, perché ha qualcosa da comunicargli». [18]Quegli lo prese e lo condusse dal tribuno e disse: «Il prigioniero Paolo mi ha fatto chiamare e ha pregato che questo giovane ti fosse condotto, perché ha qualcosa da dirti». [19]Presolo per la mano, il tribuno lo condusse in disparte e lo interrogò: «Che cos'hai da comunicarmi?». [20]Egli disse che i Giudei si erano accordati per domandargli che il giorno appresso conducesse Paolo nel sinedrio, col pretesto di una interrogazione più accurata sul suo caso. [21]«Tu dunque non fidarti di essi: infatti più di quaranta uomini dei loro gli tendono insidie e si sono obbligati con giuramento a non mangiare né bere, finché non l'abbiano ucciso. Ora si tengono pronti, in attesa che tu dica di sì». [22]Il tribuno congedò il giovane ordinandogli: «Non dire a nessuno che mi hai rivelato queste cose».

Trasferimento a Cesarea. - [23]Chiamati poi due dei centurioni, disse: «Preparatemi duecento soldati perché vadano fino a Cesarea, e settanta cavalieri e duecento lancieri pronti a partire tre ore dopo il tramonto. [24]Preparate anche delle cavalcature per farvi salire Paolo e condurlo in salvo presso il governatore Felice». [25]Scrisse anche una lettera di questo tenore: [26]«Claudio Lisia a sua eccellenza il governatore Felice, salute. [27]Quest'uomo era stato preso dai Giudei. Stavano per ucciderlo quando sopraggiunsi con la truppa e lo liberai, avendo saputo che era cittadino romano. [28]Volendo poi sapere la ragione per cui lo accusavano, lo condussi nel loro sinedrio, [29]e vidi che lo accusavano per questioni controverse della loro legge, ma che non c'era alcuna imputazione a suo carico che comportasse la morte o le catene. [30]Essendo poi stato avvertito che si stava tramando una congiura contro quest'uomo, subito te l'ho mandato, facendo insieme sapere agli accusatori di deporre contro di lui davanti a te. Sta' bene!».

[31]I soldati, secondo l'ordine ricevuto, presero in consegna Paolo e lo condussero di notte ad Antipàtride. [32]Il giorno dopo se ne ritornarono alla caserma, lasciando che i cavalieri proseguissero con lui. [33]Entrati a Cesarea consegnarono la lettera al governatore e gli presentarono Paolo. [34]Avendola let-

ta, lo interrogò di quale provincia fosse. Saputo che era della Cilicia, [35]gli disse: «Ti ascolterò quando saranno giunti anche i tuoi accusatori». E ordinò che fosse custodito nel pretorio di Erode.

24 **Processo di fronte a Felice: le accuse contro Paolo.** - [1]Cinque giorni dopo arrivò il sommo sacerdote Anania con alcuni anziani e un avvocato, un certo Tertullo, i quali si costituirono davanti al governatore come accusatori di Paolo. [2]Paolo fu chiamato e Tertullo cominciò la sua accusa dicendo: «Avendo la fortuna, per merito tuo, di godere di grande pace e fruendo questo popolo di vantaggiose riforme grazie alla tua preveggenza, [3]in tutto e per tutto, noi te ne rendiamo lode, o eccellentissimo Felice, con ogni gratitudine. [4]Ma per non importunarti più a lungo, ti prego di volerci ascoltare brevemente con quella benevolenza che ti distingue. [5]Abbiamo trovato questa peste d'uomo, che provoca sedizioni fra tutti i Giudei del mondo intero ed è un capo della setta dei Nazorei, [6]il quale ha perfino tentato di profanare il tempio e l'abbiamo arrestato. [7] [8]Tu stesso, interrogandolo su tutte queste cose, potrai venire a sapere da lui la verità su ciò di cui lo accusiamo». [9]Anche i Giudei si univano a lui nell'accusa sostenendo che le cose stavano proprio così.

Difesa di Paolo. - [10]Paolo, dopo che il governatore gli fece cenno di parlare, rispose: «Sapendo che da molti anni tu sei giudice di questo popolo, di buon animo io mi accingo a difendere la mia causa. [11]Tu ti puoi assicurare che non è più di dodici giorni che io sono salito a Gerusalemme per fare adorazione. [12]Non mi hanno trovato né nel tempio in disputa con alcuno o a provocare subbuglio tra la folla, né dentro le sinagoghe né per la città. [13]Non ti possono portare le prove di ciò di cui ora

---

24. 6-7. Parte del v. 6, tutto il v. 7 e la prima parte del v. 8 della Volgata sono omessi, perché si ritengono un'aggiunta. Eccoli dal latino: «Volevamo giudicarlo secondo la nostra legge, ma sopraggiunse il tribuno Lisia e ce lo strappò di mano con la violenza, ordinando ai suoi accusatori di presentarsi a te».

10. Avutone l'ordine, Paolo si giustifica dalle accuse di essere turbolento (vv. 11-15), fondatore di una nuova setta (vv. 14-16), profanatore del tempio (vv. 17-19).

mi accusano. [14]Anzi ti confesso che io servo al Dio dei miei padri, secondo la Via che essi chiamano setta, credendo a tutto ciò che è conforme alla legge e che è scritto nei profeti. [15]Ho in Dio speranza, che anch'essi condividono, che vi sarà una risurrezione dei giusti e degli iniqui. [16]Perciò anch'io procuro di mantenere una coscienza irreprensibile davanti a Dio e davanti agli uomini, in ogni occasione. [17]Dopo molti anni, io ora me ne sono venuto allo scopo di portare delle elemosine al mio popolo e di offrire dei sacrifici. [18]Così mi hanno trovato nel tempio, purificato, al di fuori di ogni assembramento o tumulto. [19]Furono alcuni Giudei dell'Asia a trovarmi, quelli che avrebbero dovuto ora presentarsi qui ad accusare, se avessero qualcosa contro di me. [20]O questi stessi dicano se hanno trovato qualche cosa di riprovevole quando stavo davanti al sinedrio, [21]se non questa sola parola che io ho gridato stando in mezzo a loro: "È a motivo della risurrezione dei morti che io sono oggi in giudizio di fronte a voi"».

Prigionia di Paolo a Cesarea. - [22]Allora Felice, che era perfettamente informato sulle cose riguardanti la Via, li rinviò dicendo: «Quando verrà giù il tribuno Lisia esaminerò il vostro caso». [23]E comandò al centurione di tenere Paolo prigioniero, ma di lasciargli una certa libertà e di non impedire ad alcuno dei suoi di rendergli servizio. [24]Alcuni giorni dopo Felice venne con Drusilla sua moglie, che era giudea, fece chiamare Paolo e lo ascoltò parlare della fede nel Cristo Gesù. [25]Ma quando si mise a parlare di giustizia, di continenza e del giudizio futuro, Felice, spaventato, disse: «Per ora puoi andare, quando avrò un'occasione ti richiamerò». [26]Sperava persino che avrebbe potuto avere del denaro da Paolo. Perciò spesso lo faceva chiamare per intrattenersi con lui. [27]Ma, trascorsi due anni, Felice ebbe come successore Porcio Festo; e volendo far cosa gradita ai Giudei, Felice lasciò Paolo in prigione.

25 **Paolo si appella a Cesare.** - [1]Festo dunque, giunto nella provincia, tre giorni dopo salì da Cesarea a Gerusalemme, [2]e comparvero davanti a lui i sommi sacerdoti e i principali dei Giudei, portando accuse contro Paolo. Lo pregavano [3]chiedendogli il favore, in odio a Paolo, che lo facesse trasportare a Gerusalemme, per tendergli un agguato e ucciderlo durante il percorso. [4]Festo rispose che Paolo era in prigione a Cesarea e che egli stesso sarebbe partito tra poco: [5]«Quelli dunque tra voi — disse — che hanno autorità, scendano con me, e se c'è in quell'uomo qualche colpa depongano contro di lui».

[6]Dopo essersi fermato tra loro non più di otto o dieci giorni, scese a Cesarea e il giorno dopo sedette in tribunale e comandò che gli fosse portato Paolo. [7]Quando arrivò, i Giudei che erano discesi da Gerusalemme gli si fecero intorno, producendo molte e gravi accuse, che non potevano dimostrare. [8]Paolo si difendeva affermando: «Non ho peccato né contro la legge dei Giudei né contro il tempio né contro Cesare». [9]Allora Festo, volendo far cosa gradita ai Giudei, rivoltosi a Paolo gli domandò: «Vuoi salire in Gerusalemme e là essere giudicato di fronte a me riguardo a queste cose?». [10]Ma Paolo replicò: «Sto dinanzi al tribunale di Cesare e qui mi si deve giudicare. Non ho fatto alcun torto ai Giudei, come anche tu sai molto bene. [11]Se dunque ho commesso qualche ingiustizia o qualche delitto che merita la morte, non ricuso di morire; ma se non vi è nulla di ciò di cui essi mi accusano, nessuno può consegnarmi ad essi. Mi appello a Cesare». [12]Allora Festo, dopo aver conferito con il suo consiglio, disse: «Hai appellato a Cesare, a Cesare andrai».

Festo e Agrippa. - [13]Passati alcuni giorni, il re Agrippa e Berenice discesero a Cesarea e vennero a salutare Festo. [14]E poiché vi si trattenevano alcuni giorni, Festo espose al re il caso di Paolo, dicendo: «C'è un uomo che è stato lasciato in prigione da Felice. [15]Quando sono stato a Gerusalemme, sono comparsi i sommi sacerdoti e gli anziani dei Giudei portando accuse contro di lui e chiedendo la sua condanna. [16]Io risposi loro che non è costume dei Romani consegnare un uomo prima che l'accusato sia stato messo a confronto con gli accusatori e abbia avuto la possibilità di difendersi dalle accuse. [17]Allora essi si radunarono qui e, senza por

---

25. - [10.] Paolo, come cittadino romano, aveva diritto d'appellarsi a Cesare, che allora (anno 60) era Nerone. Per non essere ucciso a tradimento fa uso del suo diritto, sottraendosi ai tribunali locali, e va a Roma per esservi giudicato dal tribunale dell'imperatore.

tempo in mezzo, l'indomani mi sedetti in tribunale e feci condurre quest'uomo. [18]Messi alla sua presenza, gli accusatori non portarono nessuna accusa di alcuno di quei delitti che io potessi sospettare. [19]Avevano con lui soltanto delle contestazioni su punti della loro religione, e riguardo a un certo Gesù, morto, che Paolo asseriva essere vivo. [20]Trovandomi imbarazzato davanti a una controversia come questa, gli chiesi se voleva andare a Gerusalemme e là essere giudicato riguardo a queste cose. [21]Ma avendo Paolo interposto appello per essere riservato al giudizio di Augusto, comandai che fosse custodito in prigione, finché non possa inviarlo a Cesare». [22]Agrippa disse a Festo: «Vorrei anch'io ascoltare quest'uomo». «Domani — disse — lo ascolterai».

Paolo di fronte ad Agrippa. - [23]Il giorno dopo Agrippa e Berenice vennero con grande pompa e, quando furono entrati nella sala delle udienze con i tribuni e i personaggi eminenti della città, Festo comandò di condurre Paolo. [24]Allora Festo disse: «Re Agrippa e voi tutti che siete qui presenti, voi vedete colui per il quale tutta la moltitudine dei Giudei si è rivolta a me, tanto a Gerusalemme come qui, gridando che costui non deve più vivere. [25]Ma io ho accertato che egli non ha fatto nulla che meriti la morte. Ma poiché egli stesso si è appellato ad Augusto, ho deciso di inviarglielo. [26]Sul suo conto non ho nulla di preciso da scrivere all'imperatore. Perciò l'ho condotto di fronte a voi, e soprattutto di fronte a te, o re Agrippa, perché da questa interrogazione io abbia qualcosa da scrivere. [27]Mi sembra infatti assurdo mandare un prigioniero senza indicare anche le accuse fatte a suo carico».

26 **Discorso di Paolo.** - [1]Agrippa disse a Paolo: «Ti è accordata la parola per difenderti!». Allora Paolo, stesa la mano, incominciò a parlare in sua difesa: [2]«Da tutte le accuse che mi sono rivolte dai Giudei, io mi stimo fortunato, o re Agrippa, di potermi oggi difendere davanti a te; [3]tanto più che tu conosci assai bene i costumi e le controversie proprie dei Giudei. Perciò ti prego di ascoltarmi con longanimità. [4]Quale sia stato il mio tenore di vita fin dalla mia giovinezza, trascorsa tutt'intera in mezzo al mio popolo e nella stessa Gerusalemme, lo

sanno bene tutti i Giudei. [5]Essi mi conoscono da lunga data e, se vogliono, possono testimoniare che sono vissuto come fariseo, secondo la setta più osservante della nostra religione. [6]Ora mi trovo sotto processo per la mia speranza nella promessa fatta da Dio ai nostri padri, [7]quella promessa di cui le nostre dodici tribù, servendo incessantemente Dio notte e giorno, attendono il compimento. È per questa speranza che io sono accusato dai Giudei, o re. [8]Come mai vi può sembrare incredibile che Dio risusciti i morti?

[9]Quanto a me, io ritenni di dover fare molte cose contro il nome di Gesù di Nazaret. [10]Ed è ciò che ho fatto in Gerusalemme: molti dei santi li ho chiusi in carcere con l'autorizzazione avuta dai sommi sacerdoti, e quando si trattava di ucciderli io votavo contro di loro. [11]E in tutte le sinagoghe molto sovente li sforzavo con supplizi a bestemmiare e nell'eccesso del mio furore li perseguitavo anche nelle città straniere.

[12]Con questo scopo me ne stavo andando a Damasco, munito dell'autorizzazione e del permesso dei sommi sacerdoti, [13]quando, verso mezzogiorno, ho visto, o re, sul mio cammino, una luce del cielo più risplendente del sole, sfolgorare intorno a me e ai miei compagni di viaggio. [14]Tutti cademmo per terra e io udii una voce che mi diceva in lingua ebraica: "Saulo, Saulo, perché mi perseguiti? Ti è duro recalcitrare contro i pungoli". [15]Io dissi: "Chi sei, o Signore?". Il Signore rispose: "Io sono Gesù che tu perseguiti. [16]Ma ora àlzati e sta' *dritto in piedi*, poiché ecco il motivo per cui ti sono apparso: per costituirti ministro e testimonio delle cose che tu hai veduto di me e di quelle che io ancora ti mostrerò. [17]Per questo ti *libererò* dal popolo e *dai pagani, ai quali io ti mando*, [18]*per aprire* loro *gli occhi* perché si convertano *dalle tenebre alla luce* e dal potere di Satana a Dio, perché ottengano per la fede in me la remissione dei peccati e partecipino all'*eredità dei santi*".

---

26. - [11.] Con questi particolari Paolo dimostra ad Agrippa d'essersi arreso ai miracoli e all'evidenza della verità, nel diventare, da persecutore, apostolo.

[12.] Per il racconto della conversione vedi Atti 9,3-19; 22,5-16. Delle tre narrazioni la prima è la più completa, ma le altre due allegano dei particolari che servono allo scopo che Paolo voleva raggiungere nel raccontarli. Egli adatta la narrazione all'uditorio del momento.

¹⁹Pertanto, o re Agrippa, io non volli resistere alla visione celeste; ²⁰anzi, prima a quelli di Damasco, poi a quelli di Gerusalemme e per tutto il paese della Giudea, infine ai pagani ho predicato che dovevano pentirsi e convertirsi a Dio, facendo opere di vera penitenza. ²¹Per questi motivi i Giudei si impadronirono di me nel tempio e hanno cercato di uccidermi. ²²Ma con l'aiuto di Dio fino a questo giorno io ho continuato a rendere testimonianza agli umili e ai potenti, non dicendo nient'altro se non ciò che i profeti e Mosè dissero che doveva avvenire, ²³che il Cristo doveva soffrire e che, risuscitato per primo da morte, avrebbe annunciato la luce al popolo e ai pagani».

Reazioni di Festo e Agrippa. - ²⁴Mentre egli diceva queste cose in sua difesa, Festo alza la voce e gli grida: «Tu stai delirando, Paolo: il tuo gran sapere ti ha dato alla testa». ²⁵E Paolo: «Non sto sragionando, eccellentissimo Festo, ma dico parole veritiere e sensate. ²⁶Infatti il re è bene informato di queste cose, e così parlo davanti a lui con piena fiducia, perché non penso che alcuna di queste cose possa essergli ignota. In realtà non si tratta di fatti avvenuti in qualche angolo remoto. ²⁷Credi tu, o re Agrippa, ai profeti? Lo so che ci credi». ²⁸E Agrippa a Paolo: «Ancora un poco e mi persuadi a farmi cristiano». ²⁹E Paolo: «O poco o molto, Dio volesse che non solo tu ma anche tutti quelli che oggi mi ascoltano diveniste come io sono, all'infuori di queste catene». ³⁰Allora il re, il governatore, Berenice e quanti erano seduti con loro si alzarono. ³¹Allontanandosi parlavano tra loro e dicevano: «Un uomo come questo non può far nulla che meriti la morte o le catene». ³²Anzi Agrippa soggiunse a Festo: «Quest'uomo avrebbe potuto essere rilasciato, se non avesse fatto appello a Cesare».

27 **Viaggio verso Roma.** - ¹Quando fu deciso di iniziare la nostra navigazione verso l'Italia, diedero in consegna Paolo e alcuni altri prigionieri a un centurione di nome Giulio, della coorte Augusta. ²Saliti su una nave di Adramitto, che stava per far vela verso i porti dell'Asia, prendemmo il mare avendo con noi Aristarco, un macedone di Tessalònica. ³Il giorno seguente approdammo a Sidone e Giulio, che trattava Paolo con benevolenza, permise che si recasse dagli amici per riceverne i buoni uffici. ⁴Salpati di là facemmo vela sotto Cipro, poiché i venti erano contrari, ⁵e attraversato il mare di Cilicia e di Panfilia giungemmo a Mira della Licia. ⁶Quivi il centurione trovò una nave alessandrina in rotta verso l'Italia e ci fece salire su di essa. ⁷Per lunghi giorni navigammo lentamente e a stento giungemmo di fronte a Cnido. Poi il vento non ci permise di approdare, navigammo sotto Creta di fronte a Salmòne ⁸e, costeggiandola a stento, arrivammo a una località chiamata Buoni Porti, presso la quale c'era la città di Lasèa.

Tempesta e naufragio. - ⁹Essendo passato molto tempo ed essendo ormai malsicura la navigazione, poiché era già trascorso anche il giorno del digiuno, Paolo li ammoniva dicendo: ¹⁰«Amici, vedo che il continuare la navigazione sarebbe temerario e potrebbe portare molto danno non solo per il carico e per la nave, ma anche per le nostre vite». ¹¹Ma il centurione si fidava di più del capitano e dell'armatore che delle parole di Paolo. ¹²E poiché il porto non era adatto per svernare, i più presero la decisione di salpare di là, nella speranza di poter giungere a svernare a Fenice, un porto di Creta che guarda a libeccio e a maestrale. ¹³Levatosi un vento leggero dal sud, ritennero di poter attuare il loro progetto e, levata l'àncora, si misero a costeggiare Creta.

¹⁴Ma dopo non molto si scatenò sull'isola un vento d'uragano, chiamato euroaquilone. ¹⁵La nave fu trascinata via, non potendo resistere al vento, e ci lasciavamo portare alla deriva. ¹⁶Filando sotto un'isoletta chiamata Càudas, a stento riuscimmo a restare padroni della scialuppa. ¹⁷L'alzarono su e usarono i mezzi di soccorso per cingere di gomene la nave. Temendo poi di incorrere nella Sirte, calarono l'attrezzo, lasciandolo così portare alla deriva. ¹⁸Poiché erano violentemente battuti dalla tempesta, il giorno seguente fecero gettito del carico, ¹⁹e nel terzo giorno con le loro mani buttarono via l'attrezzatura della nave. ²⁰Per più giorni non si videro né sole né stelle: la tempesta si manteneva violenta e si andava ormai perdendo ogni speranza di salvarci.

²¹Da molto tempo non si mangiava più. Allora Paolo, ritto in piedi in mezzo a loro, disse: «Amici, si sarebbe dovuto ascoltarmi e non far vela da Creta. Ci saremmo risparmiati questo rischio mortale e questa iattu-

ra. ²²Ma ora vi esorto a stare di buon animo: infatti non vi sarà alcuna perdita di vite umane, ma solo della nave. ²³Infatti in questa notte mi si è presentato un angelo di Dio, di quel Dio a cui appartengo e a cui io servo, ²⁴dicendomi: "Non temere, Paolo; tu devi comparire di fronte a Cesare, ed ecco, Dio ti ha fatto grazia di tutti coloro che navigano con te". ²⁵Perciò state di buon animo, amici: perché ho fede in Dio che le cose andranno così come mi è stato detto. ²⁶Ci dovremo imbattere in un'isola».

²⁷Essendo ormai la quattordicesima notte che eravamo sbattuti nell'Adriatico, verso la metà della notte i marinai ebbero l'impressione che si stesse avvicinando terra. ²⁸Calato lo scandaglio, trovarono venti braccia di profondità; poco dopo, gettando di nuovo lo scandaglio, travarono quindici braccia. ²⁹Temendo che andassimo a cadere contro delle scogliere, dalla prua calarono le quattro ancore e aspettavano ansiosi che si facesse presto giorno. ³⁰Ma poiché i marinai cercavano di fuggire dalla nave, e avevano calato la scialuppa in mare col pretesto di volere tendere delle ancore da prua, ³¹Paolo disse al centurione e ai soldati: «Se costoro non rimangono sulla nave, voi non potete essere salvi». ³²Allora i soldati tagliarono le funi della scialuppa e la lasciarono cadere.

³³Mentre si aspettava che cominciasse a farsi giorno, Paolo esortava tutti a prender cibo dicendo: «Oggi sono quattordici giorni che state in attesa digiuni, senza aver preso nulla. ³⁴Perciò io vi esorto a prendere cibo: ciò infatti è necessario per la vostra salute. Infatti non si perderà alcun capello del vostro capo». ³⁵Dette queste cose, prese del pane, rese grazie a Dio in presenza di tutti e, spezzatolo, cominciò a mangiare. ³⁶Allora tutti, fattisi coraggio, presero anch'essi del cibo. ³⁷Eravamo in tutto nella nave duecentosettantasei persone. ³⁸Dopo aver mangiato a sazietà, alleggerirono la nave gettando il frumento nel mare.

³⁹Quando si fece giorno, non riuscivano a riconoscere la terra, ma scorgevano un'insenatura con una spiaggia e là volevano, se fosse stato possibile, spingere la nave. ⁴⁰Staccarono le ancore tutt'intorno e le lasciarono andare a mare, allentando nello stesso tempo gli ormeggi dei timoni, e alzato l'artimone al vento tentavano d'approdare alla spiaggia. ⁴¹Ma si imbatterono in un altifondo tra due correnti e fecero incagliare la nave: la prua, piantata nel fondo, rimaneva immobile, e la poppa veniva sfasciata dalla violenza delle onde. ⁴²I soldati presero la decisione di uccidere i prigionieri, perché qualcuno non sfuggisse a nuoto. ⁴³Ma il centurione, volendo salvare Paolo, li impedì dall'attuare il loro proposito e comandò a quelli che erano in grado di nuotare di gettarsi per primi in mare e di raggiungere terra; ⁴⁴poi gli altri, chi su tavole, chi su qualche relitto della nave. E così tutti giunsero a terra incolumi.

28 Paolo a Malta. - ¹Scampati finalmente dal pericolo, venimmo a sapere che l'isola si chiamava Malta. ²Gli indigeni ci mostrarono una benevolenza non comune. Accesero un falò e ci raccolsero tutti intorno, poiché era sopraggiunta la pioggia e faceva freddo. ³Paolo aveva raccolto una bracciata di legna e la stava buttando nel fuoco, quando una vipera, uscita fuori per il calore, gli si attaccò alla mano. ⁴Gli indigeni, come videro l'animale pendere dalla sua mano, si misero a dirsi l'un l'altro: «Certamente è un assassino quest'uomo, poiché, essendosi salvato dal mare, la vendetta divina non gli ha permesso di sopravvivere». ⁵Ma egli scosse la bestia sul fuoco e non ne risentì alcun male. ⁶Quelli si aspettavano di vederlo gonfiare o cadere morto all'improvviso. Ma dopo aver atteso a lungo e aver visto che non gli accadeva niente di straordinario, cambiato parere, cominciavano a dire che egli era un dio. ⁷In quei dintorni aveva i suoi poderi il «primo» dell'isola, di nome Publio. Egli ci accolse e ci ospitò cordialmente per tre giorni. ⁸Ora il padre di Publio giaceva a letto con accessi di febbre e dissenteria. Paolo andò a visitarlo e, dopo aver pregato, gli impose le mani e lo guarì. ⁹In seguito a questo fatto anche gli altri dell'isola che avevano delle malattie incominciarono a venire da lui e venivano guariti. ¹⁰Essi ci colmarono di onori e quando salpammo ci provvidero del necessario.

Da Malta a Roma. - ¹¹Dopo tre mesi salpammo con una nave di Alessandria, che aveva svernato nell'isola, e portava per insegna i Dioscuri. ¹²Approdati a Siracusa, vi rimanemmo tre giorni. ¹³Di là, costeggiando, giungemmo a Reggio. Dopo un giorno si levò il vento del sud e così in due giorni giungemmo a Pozzuoli. ¹⁴Ivi trovammo dei fratelli e avemmo la consolazione di rimanere con loro sette giorni. E così arrivammo a Roma. [15]Di là i fratelli, che avevano sentito delle nostre peripezie, ci vennero incontro fino al Foro Appio e alle Tre Taverne. Quando li vide, Paolo ringraziò Dio e prese coraggio. [16]Entrati poi in Roma fu permesso a Paolo di dimorare per conto suo, con un soldato a guardia.

Paolo e i Giudei di Roma. - [17]Tre giorni dopo egli convocò i principali fra i Giudei. Quando si furono radunati disse loro: «Io, o fratelli, pur non avendo fatto nulla contro il mio popolo o contro gli usi dei nostri padri, sono stato messo in catene a Gerusalemme e consegnato nelle mani dei Romani. [18]Essi, dopo aver fatto un'inchiesta, volevano rilasciarmi, perché non c'era in me nulla che meritasse la morte. [19]Ma poiché i Giudei si opponevano, fui costretto ad appellarmi a Cesare, non però come se avessi qualcosa

da rimproverare al mio popolo. [20]Per questo motivo io vi ho fatti chiamare per vedervi e parlarvi: poiché è a motivo della speranza d'Israele che io porto questa catena». [21]Ma essi gli dissero: «Noi non abbiamo ricevuto alcuna lettera dalla Giudea riguardo a te, né alcuno dei fratelli è venuto a raccontarci o a dirci qualcosa di male sul tuo conto. [22]Ma riteniamo opportuno sentire da te ciò che pensi: infatti riguardo a questa setta ci è noto che in ogni luogo trova opposizione».

Dai Giudei ai pagani. - [23]In un giorno prefissato molti si recarono presso di lui nel suo alloggio. Nella sua esposizione egli rendeva testimonianza del regno di Dio e cercava di convincerli riguardo a Gesù, partendo dalla legge di Mosè e dai profeti, dal mattino fino alla sera. [24]Alcuni si lasciarono convincere dalle cose dette, altri restavano increduli. [25]Non riuscendo a mettersi d'accordo tra loro, si separarono, mentre Paolo diceva una sola parola: «Bene a ragione lo Spirito Santo ha parlato ai vostri padri per mezzo del profeta Isaia, dicendo:

[26]*Va' da questo popolo e di':*
Udrete con gli orecchi e non capirete,
guarderete con gli occhi e non vedrete:
[27]*si è indurito infatti il cuore di questo*
 popolo,
e con gli orecchi hanno udito male,
e hanno chiuso i loro occhi;
per non vedere con gli occhi
né udire con gli orecchi
e non comprendere con il cuore
 e convertirsi,
e io non li guarisca!

[28]Sia noto dunque a voi che *ai pagani* è stata inviata questa *salvezza di Dio*: ed essi ascolteranno!». [[29]]

[30]Rimase due anni interi in un ambiente preso a pigione e riceveva tutti quelli che andavano a visitarlo, [31]annunciando il vangelo del regno e insegnando le cose riguardanti il Signore Gesù Cristo con piena libertà e senza ostacoli.

---

28. - [16.] I prigionieri non rei di cose gravi avevano la cosiddetta custodia libera, cioè erano legati con una catena al braccio sinistro d'un soldato di guardia e vivevano in casa propria o d'amici.
[27.] Il passo qui citato è Is 6,9s: esso viene più volte richiamato nel NT, a prova della durezza degli Ebrei ad ammettere la verità rivelata da Gesù (cfr. Mt 13,14 par.; Rm 11,8).
[28.] La conclusione dell'esortazione, desunta dalla citazione isaiana, chiude bene i discorsi di Paolo riportati dagli Atti, miranti a dimostrare la sua missione di annunziatore della buona novella ai pagani. Con queste parole conclusive Paolo scopre anche il piano di salvezza di Dio, quello che altrove chiama il «mistero di Dio», cioè la sua volontà salvifica universale, non ristretta al popolo giudaico.
[29.] Il v. 29 della Volgata manca nel greco. Dice: «Detto questo, i Giudei si allontanarono da lui, discutendo animatamente tra loro».
[31.] Paolo approfitta sino all'ultimo della possibilità di predicare *il regno* di Dio, assicurando che esso si è realizzato con la venuta, la predicazione e la passione, morte e risurrezione di Gesù. Non occorre più aspettare altra manifestazione salvifica sopra la terra, ma soltanto accettare la salvezza portata da Gesù Cristo. Durante questa prima prigionia san Paolo scrisse probabilmente le lettere agli Efesini, ai Filippesi, ai Colossesi, a Filemone. Passati due anni, fu liberato e intraprese altri viaggi apostolici, forse nella Spagna, certo a Creta, in Oriente, nella Macedonia e nell'Epiro. Incarcerato di nuovo (seconda prigionia romana), morì martire, secondo la tradizione, il 29 giugno del 67.

LETTERE DI SAN PAOLO

Profilo biografico di Paolo. - Paolo nacque a Tarso nella Cilicia (Turchia meridionale) tra il 5 e il 10 d.C. All'atto della circoncisione i genitori gli posero il nome ebraico di Sha'ùl, Saulo, e probabilmente anche il nome latino Paulus, poiché la famiglia godeva del diritto di cittadinanza romana (At 22,28). Come apostolo egli userà esclusivamente il nome Paolo.

A Tarso il giovane Saulo ricevette la prima educazione religiosa ebraica e vi respirò il clima cosmopolita della città. Dopo la fanciullezza fu inviato a Gerusalemme a completare la sua formazione biblico-giudaica alla scuola di Gamaliele, maestro di grande prestigio.

Nulla si sa della formazione greca di Saulo; ma se ne troveranno tracce evidenti nelle sue lettere. Segno indubbio della duplice cultura acquisita è la perfetta padronanza della lingua greca e di quella ebraico-aramaica (At 21,37.40).

Non si ha nessuna sicurezza che Saulo-Paolo abbia avuto rapporti diretti con Gesù. Certo è che compare subito come un temibile avversario della chiesa nascente (cfr. At 7,58; 9,1s, ecc.). Dopo l'uccisione di Stefano, a cui prese parte (At 8,1), Saulo si recò a Damasco per dare la caccia ai cristiani; ma mentre stava raggiungendo la città, fu atterrato da un'apparizione folgorante di Cristo, che gli si rivelò pienamente. Il fatto, avvenuto verso l'anno 35, mutò radicalmente il corso della sua vita (cfr. Gal 1,11-16; Fil 3,7ss).

Dopo il battesimo (At 9,19) Paolo si ritirò per qualche tempo nella solitudine dell'Arabia (Gal 1,17), e quindi ritornò a Damasco. Si recò poi a Gerusalemme (At 9,23ss) a «prendere contatti con Cefa» (Gal 1,18). Ma per sottrarsi all'ostilità giudaica contro di lui, accettò il consiglio di tornare a Tarso (At 9,29).

Dopo qualche anno Bàrnaba, un cristiano grandemente stimato dagli apostoli, venne a cercarlo per condurlo con sé ad Antiochia di Siria. Per un anno intero essi lavorarono insieme in quella chiesa fiorente, istruendo una grande folla. Da Antiochia partiranno le grandi spedizioni missionarie di Paolo.

Un *primo* viaggio missionario in compagnia di Bàrnaba lo condusse da Antiochia a Cipro e di lì nelle regioni meridionali dell'attuale Turchia (At 13,4 - 14,26), dove si formarono delle comunità locali cui furono preposti dei capi chiamati «anziani» o «presbiteri» (At 14,23).

In una *seconda* spedizione missionaria, in compagnia di Sila e Timoteo, Paolo attraversò l'attuale Turchia da Tarso a Troade, donde si spinse verso l'Europa. Annunciò il vangelo a Filippi, Tessalonica, Atene, Corinto, dove sostò per quasi un biennio. Siamo negli anni 51-52. Da Corinto Paolo inviò le lettere ai Tessalonicesi, che sono probabilmente il più antico scritto del Nuovo Testamento. Da Corinto fece ritorno ad Antiochia.

Dopo non molto tempo una *terza* spedizione missionaria ebbe il suo centro nella grande città di Efeso, dove Paolo dimorò oltre due anni (At 19,9). Intanto si teneva in contatto con le comunità fondate in precedenza: da Efeso scrisse la prima lettera ai Corinzi e la lettera ai Galati. Costretto a fuggire da Efeso, si recò in Macedonia, dove scrisse la seconda lettera ai Corinzi, e poi a Corinto, dove trascorse l'inverno del 57-58 scrivendo la grande lettera ai Romani. Da Corinto Paolo si recò a Gerusalemme per consegnare le offerte raccolte a favore dei cristiani di quella comunità.

A Gerusalemme viene notato da giudei ostili che sollevano la folla contro di lui. Dopo un arresto drammatico da parte del tribuno romano, Paolo sperimenta le lungaggini di un processo a Gerusalemme, a Cesarea e poi a Roma, essendosi appellato al tribunale imperiale.

A Roma Paolo arrivò nella primavera dell'anno 60-61 e vi rimase, in domicilio coatto, fino all'anno 63, in attesa di un processo che, a quanto pare, non ebbe luogo. Secondo l'opinione più tradizionale, scrisse da Roma le lettere ai Filippesi, agli Efesini, ai Colossesi e il biglietto a Filemone, dette appunto «della prigionia».

Dopo il 63 non abbiamo più notizie sicure. Alcuni ipotizzano già verso il 64 l'anno del martirio. Altri collocano qui il viaggio in Spagna (Rm 15,24-28). Si hanno anche notizie di un ulteriore viaggio nell'Asia Minore, dove lasciò Timoteo a capo della chiesa di Efeso e affidò a Tito la comunità di Creta (cfr. 1Tm 1,3; Tt 1,5). Troviamo poi nuovamente Paolo a Roma, in una prigionia severa (2Tm 4,6s), durante la quale avrebbe scritto le lettere a Timoteo e a Tito. Il processo questa volta si concluse con la condanna alla decapitazione che avvenne, secondo la tradizione, alle Acque Salvie, lungo la via Ostiense, a cinque chilometri dalle mura di Roma. Poteva essere l'anno 67 d.C.

Le lettere. - Le lettere giunte a noi con il nome di Paolo basterebbero da sole a collocarlo tra i grandi scrittori dell'antichità. Più che la quantità colpisce l'acutezza del pensiero e l'immediatezza esistenziale. Esse sono nate a servizio della missione e come sua integrazione.

Tredici lettere hanno come mittente il nome di Paolo. Esse sono indirizzate ai Romani, ai Corinzi (2), ai Galati, agli Efesini, ai Filippesi, ai Colossesi, ai Tessalonicesi (2), a Timoteo (2), a Tito, a Filemone. Una quattordicesima, la lettera agli Ebrei, gli è stata attribuita fin dal II secolo, ma non è scritta da lui (cfr. Eb 13,23-25). Sette sono ritenute da tutti autentiche: 1 Tessalonicesi, 1-2 Corinzi, Galati, Romani, Filippesi, Filemone. Apparse tra gli anni 50 e 60, esse sono gli scritti più antichi del cristianesimo. Nelle altre lettere la maggioranza dei critici è incline a ravvisare la mano di qualche discepolo, e per qualcuna anche la pseudoepigrafia, secondo un'usanza in voga in quei secoli.

Si tratta di lettere vere e proprie; ma anche quando tratta problemi immediati per i suoi destinatari, Paolo li accosta con argomentazioni teologiche. Vi sono perciò sezioni dottrinali che vanno al di là delle questioni contingenti: così in 1Ts 4,13ss dal caso concreto dei Tessalonicesi passa a trattare l'escatologia cristiana; in 1Cor 10,13-15 la situazione della comunità dà spunto a considerazioni teologico-pastorali sulla situazione «esodica» della vita cristiana, sul primato della carità (*agápē*) e sulla speranza della risurrezione. Le lettere ai Galati e ai Romani sono trattazioni teologiche, ma conservano il carattere di vere lettere alle rispettive comunità.

Lettere occasionali dunque, nate dalle esigenze della missione, ma nel contempo lettere pastorali e apostoliche destinate a costruire le comunità cristiane di ogni tempo.

LETTERA AI ROMANI

La lettera ai Romani tiene il primo posto nell'epistolario di san Paolo per l'ampiezza, l'importanza e le implicazioni del tema che tratta. Fu scritta nell'inverno tra il 57 e il 58 d.C. da Corinto, dove Paolo si trovava in attesa di portare ai cristiani di Gerusalemme gli aiuti delle chiese della Macedonia e dell'Acaia (Rm 15,25-26).

Nella lettera si distinguono chiaramente un preambolo (1,1-15), una parte dottrinale (1,16 - 11,36), una parte morale (12,1 - 15,13) e un epilogo con saluti e dossologia (15,14 - 16,26).

Nella parte dottrinale (1,16 - 11,36) viene illustrata la verità che solo la fede rende giusti dinanzi a Dio. La salvezza è grazia e non vi sono opere che la possano meritare, tanto più che la vita dell'uomo, sia ebreo che pagano, è sempre macchiata da colpe e peccati, da riconoscere dinanzi a Dio affidandosi con fede alla salvezza che lui offre in Cristo (3,21 - 4,25). Questa grazia dona pace con Dio e speranza certa di redenzione (5,1-11), perché libera da tutto ciò che separa l'uomo da Dio (5,12 - 7,25) e realizza la filiazione divina grazie al dono dello Spirito (c. 8). Segue la riflessione sul mistero dell'elezione e dell'incredulità d'Israele la cui salvezza rimane comunque negli imperscrutabili disegni di Dio (cc. 9-11).

La parte morale (12,1 - 15,13) contiene norme per la vita cristiana: unità e comunione, ossequio alle autorità civili, carità nel dirimere contrasti fra cristiani sull'esempio di Cristo che non cercò di piacere a se stesso, ma si sacrificò per amore degli uomini.

Nessuno scritto, al di fuori dei vangeli, ebbe tanta influenza nella storia della chiesa, dal Concilio di Nicea al Vaticano II, quanto questo grandioso scritto di Paolo.

PROLOGO

1 **Saluto e presentazione del vangelo.** - [1]Paolo, servo di Gesù Cristo, chiamato apostolo, consacrato al vangelo di Dio — [2]vangelo che egli aveva preannunciato per mezzo dei suoi profeti negli scritti sacri [3]riguardo al Figlio suo, nato dalla stirpe di Davide secondo la natura umana, [4]costituito Figlio di Dio con potenza secondo lo Spirito di santificazione mediante la risurrezione dai morti: Gesù Cristo Signore nostro; [5]per mezzo di lui abbiamo ricevuto la grazia e la missione apostolica per portare all'obbedienza della fede tutti i gentili a gloria del suo nome, [6]tra i quali siete anche voi, chiamati di Gesù Cristo — [7]a tutti coloro che si trovano in Roma, amati da Dio, chiamati santi: grazia a voi e pace da parte di Dio, Padre nostro, e da parte del Signore Gesù Cristo.

Ringraziamento a Dio. - [8]Prima di tutto ringrazio il mio Dio per mezzo di Gesù Cristo riguardo a tutti voi, perché la vostra fede è magnificata in tutto il mondo. [9]Mi è infatti testimone Dio, al quale presto culto nel mio spirito mediante l'annuncio del vangelo del Figlio suo, con quale costanza ininterrotta io vi ricordo [10]ovunque nelle mie preghiere, chiedendo che finalmente mi si offra secondo il volere di Dio una bella occasione di venire da voi. [11]Desidero infatti ar-

1. - [1.] *Servo di Gesù Cristo*, cioè schiavo suo e interamente dedito al suo servizio. *Chiamato*: qui si riferisce specificamente alla chiamata all'apostolato; nei vv. 6.7 e altrove (8,28; 1Cor 1,24), indica la vocazione alla fede.

[4.] *Costituito Figlio di Dio... mediante la risurrezione*: ha ricevuto, anche come uomo, il potere di santificare, proprio del Figlio di Dio.

dentemente vedervi, allo scopo di comunicarvi qualche dono spirituale per il vostro consolidamento [12]o, meglio, per provare in mezzo a voi la gioia e l'impulso derivanti dalla fede comune, vostra e mia. [13]Non voglio nascondervi, fratelli, che spesso mi proposi di venire da voi — e fino ad ora ne sono stato impedito — per raccogliere anche tra voi qualche frutto, come tra gli altri gentili. [14]Sono in debito verso Greci e barbari, sapienti e ignoranti: [15]cosicché, per parte mia, sono desideroso di annunciare il vangelo anche a voi che vi trovate in Roma.

PARTE DOTTRINALE

Giustificazione per mezzo della fede in Gesù Cristo. - [16]Infatti non mi vergogno del vangelo poiché esso è un'energia operante di Dio per apportare la salvezza a chiunque crede, giudeo anzitutto e greco. [17]Infatti la giustizia di Dio si rivela in esso da fede a fede, secondo quanto è stato scritto: *Il giusto vivrà in forza della fede.*

Tutti gli uomini hanno peccato. - [18]Difatti l'ira di Dio si manifesta dal cielo sopra ogni empietà e malvagità di quegli uomini che soffocano la verità nell'ingiustizia. [19]Poiché ciò che è noto di Dio è manifesto in loro; [20]infatti, dopo la creazione del mondo Dio manifestò ad essi le sue proprietà invisibili, come la sua eterna potenza e la sua divinità, che si rendono visibili all'intelligenza mediante le opere da lui fatte. E così essi sono inescusabili, [21]poiché, avendo conosciuto Dio, non lo glorificarono come Dio né gli resero grazie, ma i loro ragionamenti divennero vuoti e la loro coscienza stolta si ottenebrò. [22]Ritenendosi sapienti, divennero sciocchi, [23]e *scambiarono la gloria* di Dio incorruttibile *con le sembianze* di uomo corruttibile, di volatili, di quadrupedi, di serpenti.

Dio li ha abbandonati. - [24]Perciò Dio li ha lasciati in balìa dei desideri sfrenati dei loro cuori, fino all'immondezza che è consistita nel disonorare il loro corpo tra di loro; [25]essi che scambiarono la verità di Dio con la menzogna e adorarono e prestarono un culto alle creature invece che al Creatore, che è benedetto nei secoli: amen!

I peccati dei pagani. - [26]Per questo Dio li ha dati in balìa di passioni ignominiose: le loro donne scambiarono il rapporto sessuale naturale con quello contro natura; [27]ugualmente gli uomini, lasciato il rapporto naturale con la donna, bruciarono di desiderio gli uni verso gli altri, compiendo turpitudini uomini con uomini, ricevendo in se stessi la ricompensa debita della loro aberrazione. [28]E siccome non stimarono saggio possedere la vera conoscenza di Dio, Dio li abbandonò in balìa di una mente insipiente, in modo da compiere ciò che non conviene, [29]ripieni di ogni genere di malvagità, cattiveria, cupidigia, malizia, invidia, omicidio, lite, frode, malignità, maldicenti in segreto, [30]calunniatori, odiatori di Dio, insolenti, superbi, orgogliosi, ideatori di male, ribelli ai genitori, [31]senza intelligenza, senza lealtà, senza amore, senza misericordia; [32]essi, conoscendo bene il decreto di Dio, per cui coloro che compiono tali azioni sono degni di morte, non solo le fanno, ma danno il loro consenso, approvando chi le compie.

2 **I peccati dei Giudei.** - [1]Perciò sei inescusabile, proprio tu che giudichi, chiunque tu sia: con lo stesso atto con cui giudichi gli altri, condanni te stesso: infatti tu che giudichi compi le stesse cose che condanni. [2]Ma sappiamo che il giudizio di Dio si applica secondo verità a coloro che compiono tali cose. [3]O pensi questo, o uomo che giudichi coloro che compiono tali azioni e intanto le compi tu stesso, che sfuggirai al giudizio di Dio? [4]Oppure disprezzi il tesoro della sua bontà, della sua pazienza, della sua longanimità, senza riconoscere che la benignità di Dio ti spinge alla conversione? [5]Ma per mezzo della tua durezza e della tua coscienza inaccessibile al pentimento, tu ammassi per te un tesoro di collera per il giorno dell'ira e della rivelazione della giustizia giudicatrice di Dio, [6]che compenserà ciascuno secondo le sue

---

[14.] *Barbari,* secondo il linguaggio comune nel mondo greco-romano, erano tutti quelli che non appartenevano alla cultura greca, e quindi anche gli Ebrei.

[17.] *Da fede a fede:* l'interpretazione di questa frase pregnante pare la seguente: «Tutta l'azione della giustificazione è come immersa nella fede, avviene nell'ambito della fede in senso esclusivo» (U. Vanni).

[2.] - [1.] *Tu che giudichi:* indica il giudeo. Paolo sottolinea la maggiore colpevolezza dei Giudei, avendo essi la legge naturale e quella mosaica, data da Dio.

opere: [7]la vita eterna a quelli che nella perseveranza di un agire onesto cercano gloria,
onore, immortalità; [8]ira e sdegno per coloro
che appartengono alla categoria dei ribelli,
disobbediscono alla verità, ma obbediscono
alla malvagità. [9]Tribolazioni e angustie cadranno su ciascun essere umano che attua
il male, giudeo in primo luogo e greco;
[10]gloria, onore e pace a chiunque opera il
bene, giudeo in primo luogo e greco, [11]poi-
ché Dio non fa distinzioni di persona.

**Il giudizio secondo la legge positiva o na-
turale.** - [12]Quanti infatti peccarono senza
la legge, periranno senza la legge; parimenti quanti peccarono con la legge, saranno
giudicati secondo la legge. [13]Infatti non coloro che ascoltano la legge sono giusti davanti a Dio, ma coloro che la mettono in
pratica saranno dichiarati giusti. [14]Infatti
tutte le volte che i pagani, che non hanno
la legge, praticano le azioni prescritte dalla
legge, seguendo il dettame della natura, essi, pur non avendo la legge, sono legge per
se stessi. [15]Essi mostrano che l'opera voluta dalla legge è scritta nei loro cuori, dato
che la loro coscienza rende loro testimonianza e i loro ragionamenti si accusano o
difendono tra di loro, [16]nel giorno in cui
Dio giudicherà i segreti degli uomini secondo il mio vangelo, per mezzo di Gesù
Cristo.

[17]Se poi tu ti vanti di essere giudeo, ti appoggi alla legge e ti glori in Dio; [18]conosci
ciò che Dio vuole e istruito dalla legge di-
stingui le cose migliori, [19]e hai la persuasione di essere guidatore di ciechi, luce di
quelli che sono nelle tenebre, [20]dottore di
ignoranti, maestro di fanciulli, possedendo
nella legge il paradigma della scienza e della verità... [21]Tu che istruisci gli altri, non
istruisci te stesso? Tu che proclami che non
si deve rubare, rubi? [22]Tu che dici che non
si deve compiere adulterio, lo compi? Tu
che hai in orrore gli idoli, spogli i templi?
[23]Tu, vantandoti della legge, mediante la
trasgressione della legge disonori Dio. [24]*Il
nome di Dio per causa vostra* infatti *viene
bestemmiato in mezzo ai pagani*, come è
stato scritto.

[25]La circoncisione infatti ha un'utilità se
tu metti in pratica la legge; ma se tu sei pre-
varicatore della legge, la tua circoncisione
diventa incirconcisione. [26]E allora se un incirconciso mette in pratica le opere della
legge, la sua incirconcisione non gli varrà

forse come circoncisione? [27]E il fisicamente
incirconciso, che osserva la legge, condannerà te che con i precetti e la circoncisione
trasgredisci la legge. [28]Infatti il vero giudeo
non sta nell'apparenza esterna, né la vera
circoncisione è quella che appare nella carne; [29]ma il vero giudeo lo è al di dentro, e
la vera circoncisione è quella del cuore, secondo lo Spirito, non secondo la lettera:
questi ha la lode non dagli uomini, ma da
Dio.

3 Prerogative dei Giudei. - [1]Qual è dunque la superiorità del giudeo e quale l'u-
tilità della circoncisione? [2]Grande sotto
ogni riguardo. Anzitutto perché ad essi furono affidate le promesse divine. [3]Che dunque? Se alcuni furono infedeli, la loro infedeltà annullerà forse la fedeltà di Dio? [4]Non
sia mai detto. Ma è necessario che Dio si
manifesti verace, *ogni uomo*, invece, *menzognero*, secondo che sta scritto:

*affinché tu sia dichiarato giusto
nella tua parola
e vinca quando vieni chiamato
in giudizio.*

[5]Se poi la nostra malvagità mette in risalto la giustizia di Dio, che diremo? Dio sarebbe ingiusto, quando scatena su noi la
sua collera? Uso un linguaggio antropomorfico. [6]Non sia mai detto. Se così fosse, come
potrebbe Dio giudicare l'umanità? [7]Se infatti la veracità di Dio sovrabbonda a sua gloria in contrasto con la mia infedeltà, perché
anch'io sono giudicato come peccatore?
[8]Forse, come siamo calunniati e come alcuni affermano che diciamo, dovremmo fare il
male perché ne derivi il bene? Su costoro
cade una giusta condanna.

---

12. *Senza la legge* mosaica: sono i pagani; *con la
legge*: sono gli Ebrei. Il giudizio di Dio non si farà sulla conoscenza, ma sulle opere, fatte secondo coscienza, basata sulla conoscenza della legge che deve guidare la vita: legge positiva per gli Ebrei, legge naturale per i pagani.
26-29. La circoncisione era stata data ad Abramo e ai
suoi discendenti come un segno di appartenenza al
popolo eletto. Non è però un segno esterno che basta
a costituire membro del popolo di Dio, bensì è l'osservanza della sua volontà.
3. - 2. *Le promesse divine*: il complesso della Scrittura, contenente la storia della salvezza: dalla promessa della Genesi a quelle dei profeti.

Tutti gli uomini sono peccatori. - [9]E allora? Abbiamo dei vantaggi? Niente affatto! Affermammo prima, infatti, accusando, che Giudei e Greci sono tutti sotto il dominio del peccato, [10]come sta scritto:

> Non esiste giusto, neppure uno,
> [11] non c'è chi comprende,
>   non c'è chi cerca Dio;
> [12] tutti furono fuorviati, tutti
>   si sono corrotti;
>   non c'è chi fa il bene, nemmeno
>   una persona;
> [13] sepolcro spalancato è la loro gola,
>   tramano inganni con la loro lingua,
>   veleno di aspidi sta sotto le loro labbra;
> [14] la loro bocca rigurgita
>   di maledizioni e di acidità maligna;
> [15] i loro piedi corrono veloci a versare
>   il sangue,
> [16] strage e lamento sono sul loro cammino
> [17] e non conobbero la via del bene.
> [18] Non c'è timore di Dio davanti ai loro
>   occhi.

[19]Ora noi sappiamo che quanto dice la legge lo afferma per coloro che sono sotto la legge, cosicché ogni bocca ammutolisca e tutto il mondo divenga reo davanti a Dio; [20]poiché dalle opere della legge nessuna carne verrà giustificata dinanzi a lui. Per mezzo della legge, infatti, si ha la conoscenza del peccato.

La salvezza viene da Dio mediante la fede in Cristo. - [21]Ma ora, a prescindere dalla legge, la giustizia di Dio si è rivelata, testimoniata dalla legge e dai profeti; [22]la giustizia di Dio, per mezzo della fede in Gesù Cristo, per tutti coloro che credono, poiché

---

31. *Diamo una base alla legge*: la legge, anche se praticata, di per sé non poteva giustificare l'uomo, perché la giustificazione viene da Dio; ma se la legge era praticata nell'ordine in cui era stata data, cioè come obbedienza al Dio della promessa, allora aveva valore, perché Dio, pur non dando la giustificazione in forza delle opere fatte secondo la legge, la dava per la fede con cui essa veniva praticata, in virtù di Colui che era l'oggetto della promessa.
4. - [1-5.] *Abramo*: per dimostrare che anche l'AT insegnò che l'uomo viene giustificato per mezzo della fede e non dalle opere, Paolo fa vedere che Abramo non ottenne la giustificazione come premio delle sue opere, ma come dono gratuito per la fede mostrata alla parola di Dio che prometteva. Il ragionamento paolino è assai stringato e alla moda rabbinica. Più facile a comprendersi così com'è che in lunghe esposizioni.

---

non c'è distinzione. [23]Tutti infatti peccarono e sono privi della gloria di Dio, [24]e vengono giustificati gratuitamente per suo favore, mediante la redenzione che si trova per mezzo di Gesù Cristo. [25]Dio lo ha esposto pubblicamente come propiziatorio, per mezzo della fede nel suo sangue, per mostrare la sua giustizia nella remissione dei peccati passati, [26]collegata con l'attesa paziente di Dio, per mostrare la sua giustizia nel momento presente, allo scopo di essere giusto e di giustificare chi si basa sulla fede in Gesù.

[27]Dov'è dunque il vanto? Fu eliminato. Attraverso quale legge? Delle opere? Niente affatto, ma per la legge della fede. [28]Pensiamo dunque che l'uomo viene giustificato per mezzo della fede senza le opere della legge. [29]O forse Dio è Dio solo dei Giudei? Non lo è forse anche dei pagani? Sì, certamente, anche dei pagani, [30]poiché vi è un solo Dio, che giustificherà i circoncisi in base alla fede, gli incirconcisi per mezzo della fede. [31]Aboliamo dunque la legge per mezzo della fede? Non sia mai detto! Al contrario diamo una base alla legge.

4 **Abramo è padre di tutti i credenti per la sua fede.** - [1]Che diremo dunque? Che abbiamo trovato in Abramo il nostro primo padre secondo la carne? [2]Se infatti Abramo fu giustificato in base alle opere, ha un titolo di vanto; ma non davanti a Dio. [3]Che dice, in realtà, la Scrittura? *Credette Abramo a Dio e ciò gli fu computato a giustificazione.* [4]Ora a chi lavora il salario non viene computato a titolo di favore, bensì a titolo di cosa dovuta, [5]mentre a chi non lavora, ma crede in chi giustifica l'empio, il suo credere viene computato a giustificazione, [6]come anche Davide proclama beato l'uomo a cui Dio imputa la giustificazione, a prescindere dalle opere:

> [7] Beati coloro le cui iniquità
>   furono rimesse
>   e i cui peccati furono ricoperti;
> [8] beato l'uomo del cui peccato Dio
>   non tiene conto.

[9]Questo dichiarare beato riguarda dunque la circoncisione o anche l'incirconcisione? Diciamo infatti: *Ad Abramo la fede fu computata a giustificazione.* [10]Come gli fu dunque computata? Quando era circonciso

o incirconciso? Non quando era circonciso, ma quando era incirconciso. [11]E ricevette *il segno della circoncisione* come sigillo della giustificazione ottenuta attraverso la fede quando egli era incirconciso, per essere padre di tutti coloro che credono senza essere circoncisi, affinché anche ad essi venga computata la giustizia, [12]e padre dei circoncisi, i quali non solo provengono dalla circoncisione, ma seguono le orme della fede praticata dal nostro padre Abramo incirconciso. [13]Infatti la promessa che egli sarebbe stato erede del mondo non fu fatta ad Abramo e alla sua discendenza in forza della legge, ma in forza della giustificazione dipendente dalla fede. [14]Se infatti gli eredi fossero computati in base alla legge, la fede sarebbe inutile e la promessa resa vana. [15]La legge infatti provoca l'ira, mentre invece dove non c'è legge, neppure c'è trasgressione. [16]Quindi, la promessa dipende dalla fede. In tal modo essa è dono gratuito, assicurato a tutta la discendenza, non solo a quella che si fonda sulla legge, ma anche a quella che si fonda sulla fede di Abramo, che è padre di noi tutti. [17]Infatti sta scritto: *Ti ho costituito padre di molte nazioni*, davanti a Dio, cui egli credette come a colui che dà vita ai morti e chiama all'essere le cose che non sono. [18]Egli credette, al di là di ogni speranza, di divenire *padre di molte nazioni*, secondo quanto gli era stato detto: *Così sarà la tua discendenza*; [19]e senza vacillare nella fede, considerò il suo corpo già privo di vitalità, avendo circa cento anni, e la devitalizzazione del seno materno di Sara. [20]Fondato sulla promessa di Dio, non esitò nella incredulità, ma si rafforzò nella fede e diede gloria a Dio, [21]fermamente persuaso che egli è anche potente per realizzare quanto ha promesso. [22]Proprio per questo *la fede* gli fu *computata a giustificazione*. [23]Ma non fu scritto solo per lui che *gli fu computata*, [24]bensì anche per noi, ai quali pure doveva essere computata, che crediamo in Colui che risuscitò da morte Gesù nostro Signore, [25]il quale fu dato per causa dei nostri peccati e fu risuscitato per compiere la nostra giustificazione.

5 **La giustificazione vissuta.** - [1]Avendo dunque ricevuto la giustificazione per mezzo della fede, abbiamo pace con Dio per mezzo del Signore nostro Gesù Cristo; [2]per mezzo di lui abbiamo anche l'accesso, mediante la fede, a questa grazia nella quale siamo stati stabiliti e ci gloriamo nella speranza della gloria di Dio. [3]Non solo, ma ci gloriamo perfino nelle tribolazioni, ben sapendo che la tribolazione produce la costanza, [4]la costanza una virtù collaudata, la virtù collaudata la speranza. [5]La speranza, poi, non delude, poiché l'amore di Dio è stato riversato nei nostri cuori per mezzo dello Spirito Santo datoci in dono. [6]Infatti, quando eravamo ancora senza forze, Cristo, al tempo stabilito, morì per gli empi. [7]In realtà, a fatica, uno è disposto a morire per un giusto, e per una persona dabbene uno oserebbe forse morire. [8]Ma Dio ci dà prova del suo amore per noi nel fatto che, mentre ancora eravamo peccatori, Cristo morì per noi. [9]A maggior ragione, dunque, giustificati come ora siamo per mezzo del suo sangue, saremo da lui salvati dall'ira. [10]Se infatti, quando eravamo nemici, noi fummo riconciliati con Dio in virtù della morte del Figlio suo, quanto più, una volta riconciliati, saremo salvati per mezzo della sua vita. [11]E non solo questo, ma ci gloriamo pure in Dio per mezzo del Signore nostro Gesù Cristo, per mezzo del quale adesso abbiamo ricevuto la riconciliazione.

Adamo e Cristo nella storia umana. - [12]Perciò, come a causa di un solo uomo il peccato entrò nel mondo e attraverso il peccato la morte, e così la morte dilagò su tutti gli uomini per il fatto che tutti peccarono... — [13]Fino alla legge infatti c'era il peccato nel mondo, ma un peccato non viene imputato non essendoci legge; [14]ma la morte esercitò il suo dominio da Adamo fino a Mosè, anche su coloro che non peccarono, a causa di quella loro affinità con la trasgressione di Adamo, il quale è figura del futuro (Adamo). [15]Ma il dono di grazia non è come la caduta: se infatti per la caduta di

---

5. - [1.] Paolo considera l'uomo nella sua condizione attuale, di giustificato per l'opera redentrice di Gesù. Il primo frutto della giustificazione è la pace con Dio.

[12.] *Tutti peccarono*: qui è chiaramente enunziato il dogma del peccato originale. Però qui Paolo non parla solo del peccato originale, ma anche dei peccati personali in cui cadono tutti gli uomini. Il peccato, di cui si fa menzione qui, è da intendersi come una potenza malefica personificata entrata nel mondo con il peccato di Adamo, che allontana l'uomo da Dio, lo oppone a lui e produce *la morte*, che non è solo quella corporale, ma anche quella spirituale e specialmente quella eterna.

uno i molti morirono, molto più sovrabbondò la benevolenza di Dio e il dono nella benevolenza di un solo uomo, Gesù Cristo, verso i molti. [16]E non è del dono come per il peccato di uno solo: infatti il giudizio proveniente da uno solo sfocia in condanna, invece il dono di grazia partendo dai molti peccati sfocia in giustificazione. [17]Se dunque per la trasgressione di uno solo la morte regnò a causa di quello solo, quanto più coloro che ricevono l'abbondanza della benevolenza e il dono della giustizia regneranno nella vita a causa del solo Gesù Cristo! [18]Dunque, come a causa della colpa di uno solo si ebbe in tutti gli uomini una condanna, così anche attraverso l'atto di giustizia di uno solo si avrà in tutti gli uomini la giustificazione di vita. [19]Come infatti a causa della disobbedienza di un solo uomo, i molti furono costituiti peccatori, così anche per l'obbedienza di uno solo i molti saranno costituiti giusti. [20]La legge subentrò affinché si moltiplicasse la trasgressione; ma dove si moltiplicò il peccato, sovrabbondò la grazia, [21]affinché, come regnò il peccato nella morte, così anche la grazia regni mediante la giustificazione per la vita eterna in grazia di Cristo nostro Signore.

6 La giustificazione esclude il peccato. - [1]Che diremo dunque? Dobbiamo rimanere aderenti al peccato, perché abbondi la grazia? [2]Non sia mai detto! Noi che morimmo al peccato, come vivremo ormai in esso? [3]O ignorate forse che tutti quelli che fummo battezzati per unirci a Cristo Gesù, fummo battezzati per unirci alla sua morte? [4]Fummo dunque sepolti con lui per il battesimo per unirci alla sua morte, in modo che, come Cristo è risorto dai morti per la gloria del Padre, così anche noi abbiamo un comportamento di vita del tutto nuovo. [5]Se infatti siamo diventati un medesimo essere insieme con lui per l'affinità con la sua morte, lo saremo pure per l'affinità con la sua risurrezione, [6]ben sapendo questo: il nostro uomo vecchio fu crocifisso insieme con Cristo affinché fosse annullato il corpo del peccato, così da non essere più noi schiavi del peccato, [7]poiché chi è morto è stato giustificato dal peccato. [8]Se poi morimmo con Cristo, crediamo che anche vivremo con lui, [9]ben sapendo che Cristo, risorto dai morti, non muore più, la morte non eserciterà più alcun dominio su di lui. [10]Egli infatti morì e morì al peccato una volta per sempre; ora invece egli vive, e vive per Dio. [11]Così anche voi, reputate voi stessi come morti al peccato e viventi per Dio in Cristo Gesù. [12]Non regni dunque il peccato nel vostro corpo mortale, portandovi ad obbedire ai suoi impulsi sfrenati, [13]e non presentate le vostre membra come armi di iniquità per il peccato, ma offrite voi stessi a Dio come viventi dopo essere stati morti e le vostre membra come armi di giustizia per Dio; [14]il peccato infatti non avrà dominio su di voi; infatti non siete sotto l'influsso della legge ma della grazia.

La giustificazione esclude il disimpegno morale. - [15]E allora? Dovremmo peccare, per il fatto che non siamo sotto la legge ma sotto la grazia? Non sia mai detto! [16]Non sapete che se vi fate schiavi, obbedendo, di qualcuno, siete schiavi di quello a cui obbedite, sia del peccato per la morte, sia dell'obbedienza per la giustificazione? [17]Siano rese grazie a Dio perché, già schiavi del peccato, obbediste di cuore a quella forma di dottrina che vi fu tramandata; [18]liberati dal peccato, foste asserviti alla giustificazione. [19]Parlo in termini umani a causa della debolezza della vostra carne. Come infatti offriste le vostre membra in servizio alla immondezza e all'iniquità per l'iniquità, così ora offrite le vostre membra in servizio della giustizia per la santificazione. [20]Quando eravate schiavi del peccato, eravate liberi in rapporto alla giustificazione. [21]Quale frutto raccoglieste allora in quelle cose di cui ora arrossite? Il termine a cui esse conducono è la morte. [22]Ora invece, liberati dal peccato, resi invece schiavi a Dio, raccogliete i vostri frutti per la giustificazione e il termine è la vita eterna. [23]La ricompensa del peccato è la morte, il dono di grazia di Dio è la vita eterna in Cristo Gesù nostro Signore.

7 L'uomo è liberato dalla schiavitù della legge. - [1]O ignorate, fratelli, — parlo a gente che conosce la legge — che la legge ha potere sull'uomo per tutto il tempo che egli vive? [2]Infatti la donna sposata, per leg-

---

7. - [1]. Ognuno è soggetto alla legge soltanto finché vive; ora i Giudei col battesimo morivano alla legge di Mosè, quindi non vi erano più soggetti.

ge, è legata all'uomo finché questi vive; ma se l'uomo viene a morire, essa rimane sciolta dalla legge che la lega all'uomo. [3]Perciò, se, essendo vivo l'uomo, si dà a un altro uomo, viene dichiarata adultera. Se invece viene a morire l'uomo, è libera dalla legge, in modo da non essere adultera se si dà a un altro uomo. [4]Così, fratelli miei, anche voi siete stati fatti morire alla legge mediante il corpo di Cristo per essere dati a un altro, a Colui che è risorto da morte perché portiamo frutti degni di Dio. [5]Quando infatti eravamo in balìa della carne, le passioni che inducono al peccato, attivate dalla legge, agivano nelle nostre membra facendoci portare frutti degni di morte. [6]Adesso, invece, siamo stati sottratti all'effetto della legge, morti a quell'elemento di cui eravamo prigionieri, affinché serviamo a Dio nell'ordine nuovo dello Spirito e non in quello vecchio della lettera.

La legge non è di per sé causa di peccato. - [7]Che diremo allora? La legge è peccato? Non sia mai detto! Ma io non conobbi peccato se non attraverso la legge: non avrei infatti conosciuto il desiderio passionale se la legge non dicesse: *Non desiderare*. [8]E il peccato, trovato un punto di appoggio, mediante il comando ha suscitato in me tutti i desideri passionali; il peccato infatti senza la legge è morto. [9]Ma io un tempo senza la legge vivevo; ma venuto il comando, il peccato si destò a vita, [10]ma io morii; e il precetto che doveva darmi la vita, divenne per me causa di morte. [11]Il peccato, infatti, trovato un punto di appoggio, per mezzo del comandamento mi sedusse e per suo mezzo mi uccise. [12]Quindi la legge è santa, il comandamento è santo, giusto e buono.

La legge non è di per sé causa di morte. - [13]Ciò che è buono divenne morte per me? Non sia mai detto: ma il peccato, per manifestarsi peccato, per mezzo di ciò che è buono opera in me la morte, per diventare peccaminoso al massimo per mezzo del comandamento. [14]Sappiamo infatti che la legge è spirituale, io invece sono di carne, venduto schiavo del peccato. [15]Non capisco infatti quello che faccio: non eseguo ciò che voglio, ma faccio quello che odio. [16]E se faccio ciò che non voglio, riconosco la bontà della legge. [17]Ora non sono già io a farlo, ma il peccato inabitante in me. [18]So infatti che non abita in me, e cioè nella mia carne,

il bene: poiché volere è a mia portata, ma compiere il bene, no. [19]Infatti non faccio il bene che voglio, bensì il male che non voglio, questo compio. [20]Ora, se faccio ciò che non voglio, non sono già io a farlo, ma il peccato che abita in me. [21]Trovo infatti questa legge: che quando voglio compiere il bene, è il male che incombe su di me. [22]Mi compiaccio della legge di Dio secondo l'uomo interiore, [23]ma una legge diversa nelle mie membra che osteggia la legge della mia mente e mi rende schiavo alla legge del peccato che sta nelle mie membra. [24]Uomo infelice che sono! Chi mi libererà dal corpo che porta questa morte?

Soluzione finale. - [25]Grazie a Dio per mezzo di Cristo nostro Signore! Dunque allora io stesso, da una parte con la mente servo alla legge di Dio, dall'altra con la carne servo alla legge del peccato.

8 Carne e Spirito con le rispettive leggi. - [1]Ma ora non c'è nessun elemento di condanna per coloro che sono in Cristo Gesù.
[2]Infatti la legge dello Spirito della vita in Cristo Gesù ti liberò dalla legge del peccato e della morte. [3]Ciò che infatti era impossibile per la legge, ciò in cui essa era debole a cau-

---

[5-6.] Il cristiano, animato dallo Spirito, si trova liberato, in Cristo, non solo dalla legge mosaica in quanto mosaica, ma anche dalla legge in quanto tale: non è più lo schiavo, ma il figlio che vive con libertà nell'amore di Dio Padre.

[7.] *Non desiderare*: l'espressione indicava, per gli Ebrei, il fondamentale dei peccati e il loro complesso, tanto che i pagani erano chiamati «coloro che desideravano».

[9.] *Io...*: questo può intendersi di Adamo prima che ricevesse il precetto nel paradiso terrestre. Egli era felice allora, ma poi, venuto il precetto, il demonio prese occasione per suscitare in lui il desiderio e spingerlo alla trasgressione. Ma può intendersi anche dell'uomo senza la grazia, in balìa di se stesso e del peccato, e dell'uomo liberato da Gesù Cristo (v. 25).

[8.] - [2.] *Legge dello Spirito della vita*: per la mentalità ebraica la legge, in quanto espressione della volontà divina, era il mezzo di ogni giustificazione, cosicché gli Ebrei non potevano concepire una liberazione del peccato senza una legge da osservare. E questa legge, data da Gesù, è la legge della carità.

[3.] Il Figlio di Dio è venuto e si è rivestito della nostra carne. Però egli non può aver peccato e quindi la sua non è *carne del peccato*; tuttavia, unendosi a noi, contrae un rapporto, un'affinità con quella carne. Quindi potrà, morendo in sacrificio per i peccati nostri, liberarci da essi, in quanto Dio distruggerà il nostro male morale condannandolo *nella carne* di Cristo.

sa della carne, è stato reso possibile: Dio, avendo inviato il proprio Figlio in uno stato di affinità con la carne del peccato e per il peccato, condannò il peccato nella carne, [4]affinché ciò che è giusto nella legge trovasse il suo compimento in noi, che non ci regoliamo secondo la carne ma secondo lo Spirito.

[5]Coloro infatti che sono secondo la carne, pensano e aspirano alle cose della carne, quelli invece che sono secondo lo Spirito, pensano e aspirano alle cose dello Spirito. [6]Le aspirazioni della carne conducono alla morte, mentre le aspirazioni dello Spirito sono vita e pace. [7]Poiché i desideri della carne sono in ostilità verso Dio: non si sottomettono alla legge di Dio, né lo possono fare. [8]Pertanto coloro che sono nella carne non possono piacere a Dio. [9]Ma voi non siete in relazione con la carne ma con lo Spirito, dal momento che lo Spirito di Dio abita in voi. Se qualcuno non ha lo Spirito di Cristo, non gli appartiene. [10]Se poi Cristo è in voi, il corpo è morto a causa del peccato, ma lo Spirito è vita in vista della giustificazione. [11]Or se lo Spirito di Colui che risuscitò Gesù da morte abita in voi, Colui che risuscitò da morte Cristo Gesù darà la vita anche ai vostri corpi mortali, in forza dello Spirito che abita in voi.

[12]Perciò, fratelli, non siamo debitori verso la carne, così da vivere secondo la carne: [13]poiché se vivrete secondo la carne, morrete; se invece con lo Spirito ucciderete le azioni del corpo, vivrete.

[14]Infatti tutti coloro che si lasciano guidare dallo Spirito di Dio sono figli di Dio. [15]Non riceveste infatti uno spirito di schiavitù così da essere di nuovo in stato di timore, ma riceveste lo Spirito di adozione a figli, in unione con il quale gridiamo: Abbà, Padre! [16]Lo Spirito stesso attesta al nostro spirito che siamo figli di Dio. [17]Se figli, anche eredi, eredi di Dio, coeredi di Cristo, purché soffriamo insieme a lui, per poter essere con lui glorificati.

[19-21]. La creazione, avendo ricevuto l'uomo come suo re, rimase umiliata per la condanna di Adamo, che colpì anche tutta la natura. Fu sottoposta alla caducità, cioè alla forza di distruzione, alla legge di morte e a continui mutamenti. Ora attende ansiosa la manifestazione dei figli di Dio, il che avverrà alla fine del mondo.
[22-24]. L'adozione a figli, il riscatto del nostro corpo, cioè la glorificazione dell'anima e del corpo che soddisferà i sospiri di tutta la creazione, ora esiste solo nella speranza ed è attesa nella pazienza.

Stato presente e gloria futura. - [18]Penso infatti che le sofferenze del tempo presente non hanno un valore proporzionato alla gloria che si manifesterà in noi. [19]L'attesa spasmodica delle cose create sta infatti in aspettativa della manifestazione dei figli di Dio. [20]Le cose create infatti furono sottoposte alla caducità non di loro volontà, ma a causa di colui che ve le sottopose, nella speranza [21]che la stessa creazione sarà liberata dalla schiavitù della corruzione per ottenere la libertà della gloria dei figli di Dio. [22]Sappiamo infatti che tutta la creazione geme e soffre unitamente le doglie del parto fino al momento presente. [23]Non solo essa, ma anche noi, che abbiamo il primo dono dello Spirito, a nostra volta gemiamo in noi stessi, in attesa dell'adozione a figli, del riscatto del nostro corpo. [24]Fummo infatti salvati nella speranza; ma una speranza che si vede non è più speranza: chi infatti spera ciò che vede? [25]Ma se noi speriamo ciò che non vediamo, stiamo in attesa mediante la costanza. [26]Nello stesso modo anche lo Spirito, coadiuvandoci, viene in aiuto alla nostra debolezza; infatti noi non sappiamo che cosa dobbiamo chiedere convenientemente, ma è lo Spirito stesso che prega per noi con gemiti inespressi. [27]Ma Colui che scruta i cuori, sa quali sono i pensieri e le aspirazioni dello Spirito, poiché intercede per i santi secondo Dio. [28]Sappiamo poi che per coloro che amano Dio tutto confluisce in bene, per coloro che secondo il piano di Dio si trovano ad essere chiamati. [29]Poiché coloro che da sempre egli ha fatto oggetto delle sue premure, li ha anche predeterminati ad essere conformi all'immagine del Figlio suo, affinché egli sia il primogenito tra molti fratelli. [30]Coloro che predeterminò, anche chiamò; quelli che chiamò, questi anche giustificò; quelli poi che giustificò, anche glorificò.

Certezza, fiducia, speranza, basate sull'amore di Dio. - [31]Che diremo riguardo a queste cose? Se Dio è per noi, chi potrebbe essere contro di noi? [32]Lui, che non ha risparmiato il proprio Figlio, ma lo ha dato in sacrificio per noi tutti, come non ci darà in dono insieme a lui tutte le cose? [33]Chi si farà accusatore contro gli eletti di Dio? Dio *che li dichiara giusti?* [34]*Chi li condannerà?* Gesù Cristo che è morto, anzi che è risuscitato, lui che siede alla destra di

Dio, lui che intercede in nostro favore? [35]Chi ci separerà dall'amore di Cristo? La tribolazione, l'angoscia, la persecuzione, la fame, la nudità, i pericoli, la spada? [36]Secondo quanto sta scritto: *per causa tua siamo messi a morte tutto il giorno, fummo reputati come pecore da macello.*

[37]Ma in tutte queste cose noi stravinciamo in grazia di colui che ci amò. [38]Sono infatti persuaso che né morte né vita, né angeli né potestà, né presente né futuro, [39]né altezze né profondità, né qualunque altra cosa creata potrà separarci dall'amore che Dio ha per noi in Cristo Gesù nostro Signore.

9 Il problema dell'incredulità dei Giudei. - [1]Dico la verità in Cristo, non mentisco, e la mia coscienza me lo attesta in unione con lo Spirito Santo: [2]ho un grande dolore, un travaglio continuo nel mio cuore. [3]Desidererei infatti essere votato alla maledizione divina ed essere, io personalmente, separato da Cristo in favore dei miei fratelli, che sono della mia stessa stirpe secondo la carne. [4]Essi sono Israeliti, loro è l'adozione a figli, la gloria, le alleanze, a loro è stata data la legge, il culto, le promesse, [5]i patriarchi, da loro proviene Cristo secondo la sua natura umana, egli che domina tutto, è Dio, benedetto nei secoli, amen! [6]Non che sia caduta invano la parola di Dio. Infatti non tutti quelli che discendono da Israele sono Israele. [7]Né per il fatto che discendono da Abramo sono tutti figli suoi, ma: *In Isacco sarà la tua discendenza.* [8]Cioè: non i figli della carne sono figli di Dio; ma i figli della promessa saranno computati come discendenza.

[9]E la promessa suona così: *In questo tempo ritornerò e Sara avrà un figlio.* [10]Ma non solo: anche Rebecca ebbe prole da uno solo, Isacco padre nostro. [11]Quando ancora non erano nati e non avevano compiuto niente di bene o di male — in modo che la predeterminazione di Dio rimanesse secondo la sua scelta [12]e non dipendesse dalle opere ma dall'iniziativa di colui che chiama — fu detto a lei: *Il maggiore servirà al minore.* [13]Come è stato scritto: *Amai Giacobbe, odiai Esaù.*

Dio non è ingiusto col popolo giudaico. - [14]Che diremo dunque? C'è forse ingiustizia

davanti a Dio? Non sia mai detto! [15]Dice infatti a Mosè: *Farò misericordia a chi voglio fare misericordia, avrò pietà di chi voglio avere pietà.* [16]Cosicché l'iniziativa non è dell'uomo che vuole o che corre, ma di Dio che usa misericordia. [17]Dice infatti la Scrittura al faraone: *Proprio per questo ti ho innalzato, per manifestare in te la mia potenza e affinché il mio nome sia annunziato in tutta la terra.* [18]Dunque usa misericordia con chi vuole e indura chi vuole.

[19]Mi dirai allora: «Perché ancora biasima? Chi mai, infatti, si può opporre alla sua volontà?». [20]Ma piuttosto: chi sei mai tu, o uomo, che ti metti in contraddittorio con Dio? *Dirà forse l'oggetto plasmato a colui che lo plasmò*: perché mi facesti così? [21]O non ha forse il vasaio piena disponibilità sull'argilla, così da fare della stessa massa argillosa un vaso destinato a un uso onorifico e un vaso destinato a un uso banale? [22]Se Dio, volendo mostrare la sua collera e far conoscere ciò di cui è capace, *sopportò* con molta longanimità *vasi d'ira* approntati per la *perdizione,* [23]allo scopo di far conoscere la ricchezza della sua gloria in vasi di misericordia che preparò per la gloria, [24]tra cui ha chiamato anche noi, non solo dal popolo giudaico ma anche dai pagani... [non lo poteva forse fare?]. [25]Come dice anche in Osea:

Chiamerò quello che non è popolo,
popolo mio,
e quella che non è amata, amata,
[26]*e avverrà che nel luogo stesso*
dove fu detto loro:
voi non siete mio popolo,
là saranno chiamati figli del Dio vivente.

---

9. - [3]. *Essere separato*: Paolo sa che questo è irrealizzabile, poiché Dio non può accettare il sacrificio della salvezza personale. L'espressione, assai forte, sta a indicare il grandissimo amore che egli ha per i suoi connazionali.

[13]. Paolo vuol dire agli Israeliti che le promesse, come da Esaù passarono a Giacobbe, così da loro sono passate ai gentili, cioè ai pagani divenuti cristiani. *Odiai*: espressione per dire semplicemente: ho amato meno, ho preferito l'uno all'altro.

[19]. L'obiezione pare sorgere spontanea, ma contiene più insolenza che angustia. Paolo avverte la difficoltà di una risposta diretta e perciò, restando implicitamente afferma che l'uomo è libero e responsabile, e quindi riprensibile da parte di Dio, dà pure l'unica risposta diretta che si possa dare: richiama all'ordine, situando il problema nella posizione giusta: quella della trascendenza divina, cui non possiamo arrivare.

²⁷E Isaia proclama a proposito di Israele:

Anche se fosse il numero dei figli
d'Israele
come la sabbia del mare,
solo un resto sarà salvato.
²⁸ *Il Signore infatti realizzerà*
la sua parola sulla terra,
facendo giungere il compimento
e abbreviando il tempo.

²⁹E come ha predetto Isaia:

Se il Dio degli eserciti
non ci avesse lasciato un germe,
saremmo divenuti come Sodoma,
saremmo stati simili a Gomorra.

³⁰Che diremo dunque? Che i pagani che
non perseguivano la giustificazione si sono impadroniti della giustificazione, della
giustificazione che deriva dalla fede.
³¹Israele, invece, che ha perseguito una
legge di giustificazione, non è arrivato alla
legge. ³²Perché mai? Perché non l'hanno
cercata dalla fede, ma dalle opere. Inciamparono *nella pietra di scandalo,* ³³come
sta scritto:

Ecco, pongo in Sion
una pietra d'inciampo
e di scandalo,
e chi crederà in essa
non rimarrà svergognato.

10 **Israele non ha raggiunto la giustifi-**
cazione di Cristo. - ¹Fratelli, il desiderio del mio cuore e la preghiera a Dio per
essi tendono alla loro salvezza. ²Do infatti
loro atto che hanno zelo per Dio, ma non
secondo una retta conoscenza. ³Non volendo infatti riconoscere la giustizia di Dio e
cercando di far sussistere la propria, non si
sono sottomessi alla giustizia di Dio.

Giustificazione e salvezza. - ⁴Infatti il culmine della legge è Cristo, per portare la giustificazione a ognuno che crede. ⁵Mosè infatti scrive riguardo alla giustizia quale pro-

viene dalla legge: *L'uomo che la metterà in*
pratica vivrà in essa. ⁶La giustizia invece
che viene dalla fede dice così:

Non dire in cuor tuo: Chi salirà al cielo?

nel senso di farne scendere Cristo. ⁷Op-
pure:

Chi scenderà nell'abisso?

nel senso di far risalire Cristo dai morti.
⁸Ma che dice? *La parola è vicino a te, nella*
tua bocca e nel tuo cuore. E questa è la parola della fede che noi proclamiamo: ⁹se tu
professerai *con la tua bocca* Gesù come Signore, e crederai *nel tuo cuore* che Dio lo
ha risuscitato da morte, sarai salvato. ¹⁰Col
cuore infatti si crede per ottenere la giustificazione, con la bocca si fa la professione
per ottenere la salvezza. ¹¹Dice infatti la
Scrittura: *Chiunque crederà in lui non ri-*
marrà confuso. ¹²Infatti non c'è distinzione
tra Giudei e Greci: poiché lo stesso è il Signore di tutti e spande le sue ricchezze su
tutti coloro che lo invocano, ¹³*e chiunque*
avrà invocato il nome del Signore sarà sal-
vato.

¹⁴Ma come avrebbero potuto invocare
uno nel quale non credettero? Come avrebbero potuto credere in uno che non udirono? Come potrebbero aver udito senza uno
che annuncia? ¹⁵Come avrebbero potuto
annunciare se non fossero stati inviati? Come sta scritto: *Quanto belli sono i piedi di*
coloro che portano il buon annuncio del
bene! Ma non tutti obbedirono al buon annuncio. ¹⁶Isaia infatti dice: *Signore, chi mai*
credette alla nostra predicazione? ¹⁷Ora la
fede dipende dalla predicazione, la predicazione si realizza per mezzo della parola di
Cristo. ¹⁸Ma io dico: non hanno forse udito? Tutt'altro:

La loro voce ha risuonato su tutta
la terra,
le loro parole sono giunte
fino ai confini della terra abitata.

¹⁹Però domando: Israele non ha forse
compreso? Mosè per primo dice:

Io provocherò la vostra gelosia
nei riguardi di una non-nazione,
ecciterò il vostro dispetto
nei riguardi di una nazione insensata.

---

10. - ⁴⁻¹³· Cristo è il punto cui tende tutto l'AT. È
lui che offre la salvezza a chi lo accoglie con fede.
Perciò l'uomo, se vuole salvarsi, deve dargli il suo assenso sincero, vivendo poi secondo il suo insegnamento.

²⁰Isaia, poi, osa aggiungere:

Sono stato trovato da quelli
che non mi cercavano,
sono divenuto manifesto
a quelli che non mi interrogavano.

²¹Invece riguardo a Israele dice:

Per tutto il giorno stesi le mie mani
a un popolo che disubbidiva
e si ribellava.

11 Dio non ha respinto il suo popolo. -

¹Mi dico allora: *Dio ripudiò forse il suo popolo?* Non sia mai detto! Infatti io stesso sono un israelita, della discendenza di Abramo, della tribù di Beniamino. ²*Dio non ripudiò il suo popolo,* da lui eletto nella sua prescienza. O non sapete che cosa dice la Scrittura a proposito di Elia, quando questi interpella Dio contro Israele? ³*Signore, uccisero i tuoi profeti, demolirono i tuoi altari fin dalle fondamenta; unico superstite sono rimasto io, ed essi cercano di togliermi la vita.* ⁴Ma che cosa dice la risposta divina? *Riservai per me settemila uomini, i quali non piegarono i ginocchi davanti a Baal.* ⁵Ugualmente, anche al presente vi è un residuo, scelto per grazia. ⁶Ma se c'è per grazia, non è in forza delle opere, altrimenti la grazia non sarebbe più grazia. ⁷Che dunque? Quello che Israele cerca non l'ha ottenuto; l'hanno ottenuto invece gli eletti. Gli altri furono induriti, ⁸secondo quanto sta scritto:

Dio diede loro uno spirito di torpore,
occhi tali da non vedere
e orecchi da non udire,
fino al giorno d'oggi.

⁹E Davide dice:

La loro mensa divenga un laccio,
un trabocchetto,
una pietra d'inciampo,
e sia la loro retribuzione.
¹⁰ *I loro occhi siano ottenebrati*
così da non vedere
e fa' curvare loro costantemente la schiena.

La riprovazione d'Israele utile ai pagani. -
¹¹Mi dico allora: inciamparono in modo da cadere definitivamente? Non sia mai detto! Ma a motivo della loro caduta la salvezza pervenne ai gentili, in modo da eccitare la loro emulazione. ¹²Ma se la loro caduta è una ricchezza per il mondo e la loro perdita una ricchezza per i gentili, quanto più lo sarà la loro totalità!

¹³A voi, gentili, poi dico: in qualità di apostolo dei gentili onoro il mio ministero, ¹⁴nella speranza di poter provocare a emulazione coloro che sono del mio sangue e salvare alcuni di essi. ¹⁵Se infatti la loro ripulsa è riconciliazione per il mondo, che cosa sarà mai la loro riammissione, se non una risurrezione? ¹⁶Se infatti sono sante le primizie, lo è anche la massa della pasta; e se la radice è santa, lo sono anche i rami. ¹⁷Se ora alcuni rami sono stati tagliati via e tu, essendo un olivastro selvatico, sei stato innestato al posto loro, venendo così a partecipare della linfa che proviene dalla radice dell'olivo, ¹⁸non ti gloriare a discredito dei rami! Poiché, se tu ti glori, non sei tu a sostenere la radice, ma è la radice che sostiene te. ¹⁹Dirai comunque: i rami furono tagliati via perché io fossi innestato. ²⁰Bene: essi furono tagliati via a causa della loro mancanza di fede, mentre tu stai in piedi in forza della fede. Non ti abbandonare all'orgoglio, ma temi. ²¹Se Dio infatti non risparmiò i rami naturali, non risparmierà neppure te. ²²Vedi dunque la bontà e la severità di Dio: la severità nei riguardi di coloro che sono caduti, la bontà di Dio nei riguardi tuoi, se tu rimani aderente a questa bontà; altrimenti tu pure sarai tagliato via. ²³Anch'essi, se non rimarranno nella loro incredulità, saranno innestati: Dio infatti ha la potenza di innestarli di nuovo. ²⁴Se tu, in effetti, sei stato tagliato via da un olivastro che era secondo la tua natura, e contro la tua natura sei stato innestato in una magnifica pianta di olivo, quanto a maggior ragione saranno innestati nel proprio olivo coloro che sono della sua stessa natura!

Alla fine anche Israele sarà salvo. - ²⁵Non voglio infatti che ignoriate, fratelli, il piano

---

²¹· *Tutto il giorno:* cioè specialmente da quando il Signore trasse gli Ebrei dall'Egitto fino a Cristo, essi si sono dimostrati increduli, testardi e ribelli fino a crocifiggere l'inviato di Dio (Is 65,2).

11. - ³· Dio non venne meno alle sue promesse: se il popolo eletto nel suo complesso non volle accettare la salvezza, egli si riservò un «resto» di cui parlarono ripetutamente gli antichi profeti.

²⁵· Una parte eletta d'Israele è salva e quando sarà compiuto il numero dei gentili, *tutto Israele sarà salvato.* È una rivelazione speciale che Paolo ha ricevuto e ora manifesta.

misterioso di Dio, in modo che non v'insuperbiate in voi stessi. L'indurimento parziale d'Israele è in atto fino a che la totalità dei gentili sia entrata (nel regno), [26]e così tutto Israele sarà salvato, come sta scritto:

Da Sion uscirà il Salvatore.
Egli allontanerà le empietà da Giacobbe;
[27] *e questo è il patto mio con loro,*
quando toglierò i loro peccati.

[28]Per quanto riguarda il vangelo, sono nemici a vostro vantaggio; ma per quanto riguarda l'elezione, sono amati a causa dei padri, [29]poiché i doni e la chiamata di Dio sono irrevocabili. [30]Come, infatti, voi una volta disobbediste a Dio e ora siete stati fatti oggetto di misericordia per la loro disobbedienza, [31]così anch'essi sono ora divenuti disobbedienti in vista della misericordia da usarsi verso di voi, affinché anch'essi ottengano misericordia. [32]Dio infatti ha rinchiuso tutti nella disobbedienza, per usare misericordia a tutti.

[33]O profondità della ricchezza, sapienza e conoscenza di Dio! Quanto insindacabili sono i suoi giudizi e incomprensibili le sue vie! [34]*Chi conobbe infatti la mente del Signore? O chi fu suo consigliere?* [35]*O chi gli dette per primo perché ne possa avere il contraccambio?* [36]Poiché tutte le cose provengono da lui, esistono in grazia di lui, tendono a lui. A lui gloria per i secoli. Amen.

PRECETTI DI VITA CRISTIANA

12 **Fondamento della moralità cristiana.** - [1]Vi esorto dunque, fratelli, per la misericordia di Dio, a offrire i vostri corpi come un sacrificio vivente, santo, gradito a Dio, come vostro culto spirituale. [2]Non uniformatevi al mondo presente, ma trasformatevi continuamente nel rinnovamento della vostra coscienza, in modo che possiate discernere cosa Dio vuole da voi, cos'è buono, a lui gradito e perfetto.

Precetti generali. - [3]Dico infatti, per la grazia a me concessa, a ciascuno che si trova tra voi, di non sovraestimarsi più del giusto, ma di nutrire una stima saggia di sé, secondo la misura di fede che Dio ha assegnato a ciascuno. [4]Come infatti in un solo corpo troviamo molte membra e le varie membra non hanno tutte le stesse funzioni, [5]così noi, pur essendo molti, formiamo in Cristo un unico corpo, ciascun membro degli altri. [6]Siamo in possesso di doni differenti secondo la benevolenza riversata su di noi, sia che si tratti di profezia, secondo la proporzione della fede; [7]sia che si tratti del ministero, per servire; o di chi insegna, per l'insegnamento; [8]o di chi esorta, per l'esortazione. Chi distribuisce elargizioni, lo faccia con semplicità; chi dirige, lo faccia con sollecitudine; chi esercita la misericordia, lo faccia con gioia.

[9]L'amore è incompatibile con l'ipocrisia. Aborrite il male, aderite con tutte le forze al bene. [10]Amatevi cordialmente con l'amore di fratelli, prevenitevi vicendevolmente nella stima; [11]siate solleciti e non pigri, ferventi nello spirito, servite il Signore; [12]abbiate gioia nella speranza, siate costanti nelle avversità, assidui nella preghiera; [13]prendete parte alle necessità dei santi, praticate a gara l'ospitalità. [14]Invocate benedizioni su chi vi perseguita, benedizioni e non maledizioni; [15]prendete parte alla gioia di chi gioisce, al pianto di chi piange, [16]abbiate, gli uni per gli altri, gli stessi pensieri e sollecitudini; non aspirate a cose eccelse, ma lasciatevi attrarre dalle cose umili. *Non siate saggi presso voi stessi,* [17]non restituite a nessuno male per male. *Studiatevi di compiere il bene davanti a tutti gli uomini.* [18]Se è possibile, per quanto dipende da voi, siate in pace con tutti gli uomini. [19]Non vi vendicate, carissimi, ma cedete il posto all'ira divina; sta scritto infatti: *A me la vendetta, io darò ciò che spetta,* dice il Signore. [20]*Se il tuo nemico ha fame, dàgli del cibo; se ha sete, dàgli da bere: facendo così, accumulerai carboni accesi sul suo capo.* [21]Non lasciarti vincere dal male, ma vinci il male col bene.

---

[32] L'espressione è forte (cfr. Gal 3,22). Dio vuole che tutti gli uomini sperimentino la loro incapacità a liberarsi dal peccato e dalle sue conseguenze, per intervenire poi lui con la sua misericordia. Allora l'uomo comprenderà da chi gli viene la salvezza e loderà e ringrazierà Dio. *Ha rinchiuso:* ha lasciato che diventassero schiavi del peccato.

12. - [1.] *Come vostro culto spirituale:* cioè un culto quale esige la nostra natura di esseri ragionevoli, che tutto hanno ricevuto dal Creatore, e quindi gli devono un culto che abbracci tutto l'uomo: l'interno, l'esterno e tutta la sua vita.

[20.] *Il tuo nemico dovrà diventar rosso come carbone acceso* per la vergogna e, vinto dalla tua carità, sarà indotto a pentimento per i mali che ti ha fatto. Tale è il senso della frase semitica.

13 Rapporti dei cristiani con le autorità civili.

- [1]Ogni persona si sottometta alle autorità che le sono superiori. Non esiste infatti autorità se non proviene da Dio; ora le autorità attuali sono state stabilite e ordinate da Dio. [2]Di modo che, chi si ribella all'autorità, si contrappone a un ordine stabilito da Dio. Coloro poi che si contrappongono, si attireranno da se stessi la condanna che avranno. [3]I magistrati, infatti, non fanno paura a chi opera il bene, ma a chi opera il male. Vuoi allora non avere timore dell'autorità? Fa' il bene e riceverai lode da essa. [4]È infatti a servizio di Dio in tuo favore, perché tu compia il bene. Ma se fai il male, temi, poiché essa non porta invano la spada: infatti è a servizio di Dio, vindice dell'ira divina verso colui che compie il male. [5]Per tutto questo è necessario sottomettersi, non solo a motivo dell'ira, ma anche a motivo della coscienza. [6]Per questo dovete anche pagare i contributi: sono infatti servitori pubblici di Dio e si applicano costantemente a questo compito. [7]Date a tutti ciò che è loro dovuto: il contributo a chi è dovuto il contributo, l'imposta a chi è dovuta l'imposta, il rispetto a chi è dovuto il rispetto, l'onore a chi è dovuto l'onore.

La carità pienezza di tutti i comandamenti. - [8]Non abbiate debiti con nessuno, se non quello di amarvi gli uni gli altri. Chi infatti ama l'altro, compie la legge. [9]Infatti: *Non commettere adulterio, non uccidere, non rubare, non desiderare* e qualunque altro comandamento trova il suo culmine in questa espressione: *Amerai il tuo prossimo come te stesso.* [10]L'amore, infatti, non procura del male al prossimo: quindi la pienezza della legge è l'amore.

L'attesa cristiana. - [11]E fate questo, rendendovi conto del tempo nel quale viviamo: è tempo ormai per voi di svegliarvi dal sonno; adesso infatti la nostra salvezza è più vicina che non quando demmo l'assenso della fede. [12]La notte è avanzata nel suo corso, il giorno è imminente. Perciò mettiamo da parte le opere proprie delle tenebre e rivestiamoci delle armi della luce. [13]Comportiamoci con la dignità che conviene a chi agisce di giorno: non gozzoviglie od orge, non lussurie o impudicizie, non litigi o gelosie. [14]Ma rivestitevi del Signore Gesù Cristo e non indulgete alla carne, seguendo i suoi impulsi sfrenati.

14 Il caso di coscienza dei deboli e dei forti.

- [1]Accogliete amichevolmente chi è debole nella fede, senza mettervi a discutere i suoi pensieri. [2]Chi crede pienamente, pensa di poter mangiare di tutto; colui invece che è debole nella fede mangia solo legumi. [3]Chi mangia non disprezzi chi non mangia, chi non mangia non condanni chi mangia: Dio infatti lo ha accolto amichevolmente. [4]E chi sei tu che giudichi un domestico altrui? Che stia in piedi o cada, riguarda il suo padrone: e starà in piedi, poiché il Signore ha la forza di sostenerlo. [5]C'è chi ritiene un giorno differente dall'altro, c'è chi ritiene uguale ogni giorno: ciascuno approfondisca le proprie convinzioni. [6]Chi si dà pensiero del giorno, si dà pensiero per il Signore; chi mangia, lo fa per il Signore, poiché rende grazie a Dio; e anche chi non mangia, non mangia per il Signore e rende grazie a Dio. [7]In effetti nessuno di noi vive per se stesso, né muore per se stesso. [8]Se viviamo, viviamo per il Signore; se moriamo, moriamo per il Signore: quindi sia che viviamo, sia che moriamo, siamo sempre del Signore; [9]per questo, infatti, Cristo morì e visse, per esercitare il suo dominio sui morti e sui vivi; [10]ma tu, perché giudichi il tuo fratello? O perché disprezzi il tuo fratello? Tutti infatti saremo presentati al tribunale di Dio. [11]Sta scritto infatti:

Io vivo, dice il Signore:
davanti a me si piegherà ogni ginocchio,
e ogni lingua riconoscerà Dio.

[12]E allora ciascuno di noi renderà conto a Dio per se stesso.

[13]Non giudichiamoci gli uni gli altri; piuttosto datevi pensiero di una cosa: di non

---

13. - [1-7]. Paolo basa su Dio l'obbligo di obbedire all'autorità civile, senza tuttavia voler risolvere tutte le questioni che riguardano i rapporti fra autorità e sudditi. Sottostare a un uomo può apparire cosa assurda, perché in quanto uomini siamo tutti uguali; invece è altissima nobiltà e grande sicurezza obbedire a Dio, che manifesta i suoi voleri anche per mezzo della legittima autorità.

14. - [1-12]. I forti nella fede sono coloro che hanno una fede matura, che distingue con sicurezza ciò che le è conforme e ciò che non lo è; i deboli, forse convertiti da poco, non hanno tale sicurezza e possono facilmente scandalizzarsi. Paolo invita a non giudicarsi né disprezzarsi a vicenda, perché solo Cristo (vv. 6-8) ha il diritto di giudicare tutti.

porre al fratello inciampo o scandalo. ¹⁴So con certezza, e ne sono persuaso nel Signore Gesù, che niente è impuro di per se stesso; se non che, per chi giudica che una cosa è impura, per lui lo è. ¹⁵Perciò se tuo fratello è addolorato a causa del cibo, tu non ti comporti più secondo l'amore. Non mandare in rovina per il tuo cibo colui per il quale Cristo è morto. ¹⁶Non sia dunque denigrato ciò che per voi è bene: ¹⁷il regno di Dio, infatti, non è cibo o bevanda, ma giustificazione e pace e gioia nello Spirito Santo.

¹⁸Chi serve a Cristo in queste cose, è gradito a Dio e accetto agli uomini. ¹⁹Perciò diamoci da fare per le cose riguardanti la pace e l'edificazione reciproca.

²⁰Non distruggere, a causa di un cibo, l'opera di Dio! Tutto è puro, ma è male per chi mangia dando scandalo. ²¹Perciò è bene non mangiare carne né bere vino né fare alcunché per cui il tuo fratello possa prendere occasione d'inciampo.

²²Hai la fede: conservala in te stesso davanti a Dio. Beato chi non condanna se stesso in ciò che ha deciso di fare. ²³Chi invece dubita, se mangia è già condannato, poiché fa ciò non guidato dalla fede: ora tutto ciò che non viene dalla fede è peccato.

15 Seguire l'esempio di Cristo. - ¹Noi che siamo i forti dobbiamo portare le fragilità dei deboli e non piacere a noi stessi. ²Ciascuno di noi piaccia al prossimo per il suo bene, in vista dell'edificazione. ³Anche Cristo, infatti, non piacque a se stesso, ma, come sta scritto, *gli oltraggi di quelli che ti oltraggiano sono caduti su di me.* ⁴tutto quanto è stato scritto prima, è stato scritto per nostro ammaestramento, in modo che per mezzo della costanza e della consolazione che ci vengono dalla Scrittura, noi abbiamo la speranza. ⁵Il Dio della costanza e della consolazione vi conceda di avere nelle vostre relazioni reciproche le stesse aspirazioni secondo Gesù Cristo, ⁶in modo che con un solo cuore e un'unica bocca glorifichiate Dio e Padre del nostro Signore Gesù Cristo. ⁷Per questo accoglietevi a vicenda, come anche Cristo accolse noi a gloria di Dio. ⁸Dichiaro infatti che Cristo è divenuto

servitore dei circoncisi per la veracità di Dio, compiendo le promesse fatte ai padri; ⁹i pagani invece glorificano Dio per la misericordia, secondo quanto sta scritto:

Per questo ti loderò in mezzo ai pagani e canterò la gloria del tuo nome.

¹⁰E di nuovo dice:

Gioite, nazioni, insieme al suo popolo.

¹¹E inoltre:

Lodate il Signore, o genti tutte, lo celebrino tutti i popoli.

¹²E ancora Isaia dice:

Verrà il germoglio della radice di Iesse e colui che sorge a dominare le nazioni: le genti spereranno in lui.

¹³Il Dio poi della speranza vi ricolmi di ogni gioia e pace nel credere, in modo che voi abbondiate nella speranza in forza dello Spirito Santo.

EPILOGO

Paolo espone ai Romani i suoi progetti. - ¹⁴Io sono persuaso, fratelli miei, a vostro riguardo, che anche voi siete ricolmi di bontà, ripieni di ogni scienza, in grado anche di ammonirvi reciprocamente. ¹⁵Nonostante ciò vi ho scritto con una certa audacia, in parte per richiamarvi alla mente ciò che già sapete: l'ho fatto in forza della benevolenza riversata su di me da Dio, ¹⁶perché io fossi ministro culturale di Gesù Cristo nei riguardi dei pagani e prestassi il mio culto per quanto riguarda il vangelo di Dio, affinché l'offerta sacrificale rappresentata dai pagani divenga accetta, santificata com'è per mezzo dello Spirito Santo. ¹⁷Ho questo titolo di vanto in Gesù Cristo per le cose che riguardano Dio; ¹⁸non oserò infatti dire alcunché di queste cose se non le ha compiute Cristo per mezzo mio, affinché i pagani si sottomettano all'obbedienza in parole e in azioni, ¹⁹con la forza dei segni miracolosi e dei prodigi, con la potenza dello Spirito. E così, partendo da Gerusalemme e movendomi a largo raggio fino all'Illirico, ho già condotto a termine l'annuncio del vangelo di Cristo, ²⁰facendomi però un punto d'onore di

---

¹⁴. La coscienza è la regola pratica e decisiva dei nostri atti: se comanda o proibisce, bisogna sempre seguirla, altrimenti si commette peccato; se invece permette o consiglia, si può seguire, ma non si è obbligati.

annunciare il vangelo dove ancora non era giunto il nome di Cristo, in modo da non costruire sul fondamento già posto da un altro, [21]ma come sta scritto:

Lo vedranno quelli ai quali
non era stato annunciato,
e quelli che non ne avevano udito parlare
comprenderanno.

[22]Per questo appunto sono stato impedito molte volte di venire da voi; [23]ora però, non avendo più opportunità di lavoro in questa zona, e avendo da molti anni un desiderio ardente di venire da voi, [24]quando mi recherò in Spagna...; spero infatti di vedervi passando da voi e di essere da voi indirizzato colà, non prima, però, di aver assaporato un po' la vostra presenza.

[25]Per ora mi metto in viaggio verso Gerusalemme per rendere un servizio ai santi. [26]È parso bene, infatti, alla Macedonia e all'Acaia, di fare una colletta per i poveri che si trovano tra i santi in Gerusalemme. [27]È parso loro bene, poiché sono anche debitori verso di essi. Se infatti i gentili sono venuti a far parte dei beni spirituali, devono rendere loro un servizio sacro nelle loro necessità materiali. [28]Quando avrò condotto a termine tutto questo e presentato loro ufficialmente questo frutto, mi recherò in Spagna, passando da voi. [29]So che, venendo tra voi, verrò con la pienezza della benedizione di Cristo.

[30]Vi esorto poi, fratelli, per Gesù Cristo nostro Signore e per l'amore dello Spirito Santo, a lottare insieme a me, nelle preghiere che per me rivolgete a Dio, [31]affinché io sia liberato dagli increduli della Giudea, e affinché il servizio che io presto a Gerusalemme risulti gradito ai santi; [32]in modo che venendo a voi nella gioia, Dio voglia che possa riposarmi e rinfrancare il mio spirito con voi. [33]Che il Dio della pace sia con tutti voi. Amen.

16 Saluti e ultime raccomandazioni. - [1]Vi raccomando Febe, la nostra sorella, che è diaconessa nella chiesa di Cencre: [2]accoglietela nel nome del Signore, in maniera degna dei santi, e assistetela in qualunque cosa abbia bisogno di voi, poiché anch'essa è stata di aiuto per molti e anche per me stesso.

[3]Salutate Prisca e Aquila, collaboratori miei in Cristo Gesù: [4]essi, per salvare la mia vita, hanno rischiato la testa; non li ringrazio io soltanto, ma tutte le chiese dei gentili. [5]Sa-

lutate anche la comunità che si raduna in casa loro. Salutate Epeneto, a me particolarmente caro, che rappresenta le primizie dell'Asia offerte a Cristo. [6]Salutate Maria, che ha molto lavorato per voi. [7]Salutate Andronico e Giunia, della mia stessa stirpe e miei compagni di prigionia; essi si sono segnalati tra gli apostoli e si sono uniti a Cristo prima di me. [8]Salutate Ampliato, a me carissimo nel Signore. [9]Salutate Urbano, nostro collaboratore in Cristo, e il nostro amato Stachi. [10]Salutate Apelle, provetto in Cristo. [11]Salutate quelli della casa di Aristobulo. Salutate Erodione, della mia stessa stirpe; salutate quelli della casa di Narcisso che sono nel Signore. [12]Salutate Trifena e Trifosa, che si danno da fare per il Signore; salutate la carissima Pèrside, che faticò molto per il Signore. [13]Salutate Rufo, l'eletto del Signore, e la madre sua e mia. [14]Salutate Asìncrito, Flegonte, Erme, Pàtroba, Erma e i fratelli che sono con loro. [15]Salutate Filòlogo e Giulia, Nèreo e sua sorella, Olimpia e tutti i santi che sono con loro. [16]Salutatevi reciprocamente col bacio santo. Vi salutano tutte le chiese di Cristo.

[17]Vi esorto poi, fratelli, a guardarvi dai fautori di discordia e intralci contro la dottrina che voi avete imparato: evitateli! [18]Gente come loro, infatti, non servono a Cristo nostro Signore, ma alla loro cupidigia, e con parole carezzevoli e promesse di benedizioni ingannano l'animo dei semplici.

[19]La fama della vostra obbedienza è giunta a tutti. Gioisco quindi per causa vostra, ma voglio che voi siate saggi per il bene e immuni dal male. [20]Il Dio della pace schiaccerà Satana sotto i vostri piedi, presto! La benevolenza del Signore nostro Gesù sia con voi.

[21]Vi saluta Timoteo, il mio collaboratore; Lucio, Giasone e Sosìpatro, della mia stessa stirpe. [22]Vi saluto nel Signore, io, Terzo, che ho scritto la lettera. [23]Vi saluta Caio, ospite mio e di tutta la comunità. [24]Vi saluta Erasto, tesoriere della città, e il fratello Quarto.

Dossologia finale. - [25]A Colui che può darvi stabilità nella condotta di vita conforme al mio vangelo e all'annuncio di Gesù Cristo — secondo la rivelazione del mistero taciuto per una durata indeterminata, [26]ma reso noto adesso, per mezzo delle Scritture profetiche, secondo l'ordinamento stabilito da Dio eterno, per portare l'obbedienza della fede a tutte le nazioni — [27]a Dio unico e sapiente, per mezzo di Gesù Cristo, a lui la gloria per tutti i secoli! Amen.

PRIMA LETTERA AI CORINZI

L'evangelizzazione e la fondazione della Chiesa di Corinto erano avvenute ad opera di Paolo nel corso della seconda spedizione missionaria (anni 50-52), con l'aiuto di Silvano e Timoteo.
Tra la fondazione della comunità e la presente lettera sono trascorsi circa cinque anni. Durante tale periodo nella comunità erano sorte serie difficoltà di varia natura. L'Apostolo, che al momento in cui scrive si trova a Efeso, nel corso della terza spedizione missionaria (tra il 55 e il 57 d.C.), ne è stato informato da alcuni inviati della stessa comunità di Corinto che l'hanno messo al corrente di disordini e gli hanno esposto alcuni quesiti per iscritto (7,1). La lettera intende quindi frenare gli abusi segnalati e risolvere le questioni presentate.
Il piano della lettera è quindi semplice. Se si toglie il prologo (1,1-9) e la conclusione (c. 16), il discorso segue in maniera piana il filo delle difficoltà e delle domande che sono state poste. Si parla dunque: delle divisioni tra i fedeli (1,10 - 4,21), dell'inspiegabile condiscendenza verso un cristiano che vive in stato di incesto (5,1-13), del deferimento presso tribunali pagani di liti sorte tra cristiani (6,1-11), di una persistente corrività alla fornicazione (6,12-20). Si passa poi a trattare dei quesiti posti dai Corinzi: scelta tra matrimonio e verginità (7,1-40), le carni immolate agli idoli (8,1 - 11,1), l'ordine nelle assemblee religiose (11,2-34), i carismi e il loro uso (12,1 - 14,40), la risurrezione dei morti (15,1-58).
Vertice dottrinale e poetico della lettera è il celebre inno all'agàpe-carità (c. 13), tanto più significativo a Corinto, che era celebrata come la capitale dell'eros e dell'egoismo.

PROLOGO

1 ¹Paolo, chiamato per volontà di Dio apostolo di Cristo Gesù, e il fratello Sostene, ²alla chiesa di Dio che è a Corinto, ai santificati in Cristo Gesù, chiamati ad essere santi con tutti quelli che in ogni luogo invocano il nome del Signore nostro Gesù Cristo, nostro e loro: ³grazia a voi e pace da Dio nostro Padre e dal Signore Gesù Cristo.

Rendimento di grazie. - ⁴Ringrazio il mio Dio continuamente per voi, per la grazia di Dio che vi è stata data in Cristo Gesù, ⁵perché siete stati arricchiti in lui di ogni cosa, di ogni parola e scienza. ⁶La testimonianza di Cristo si è infatti stabilita fra voi con tale solidità, ⁷che nessun dono più vi manca, mentre aspettate la manifestazione del Signore nostro Gesù Cristo. ⁸Egli vi renderà saldi sino alla fine, irreprensibili nel giorno del Si-gnore nostro Gesù Cristo: ⁹è fedele Dio, dal quale siete stati chiamati alla comunione con il Figlio suo Gesù Cristo Signore nostro!

DIVISIONI E SCANDALI

Divisioni tra i fedeli. - ¹⁰Ora vi esorto, o fratelli, per il nome del Signore nostro Gesù Cristo, ad essere tutti unanimi nel parlare, che non vi siano divisioni tra voi, ma siate in perfetto accordo nella mente e nel pensiero. ¹¹Mi fu segnalato infatti sul conto vostro, o fratelli, dalla gente di Cloe, che vi sono contese tra voi. ¹²Mi riferisco al fatto che ciascuno di voi dice: «Io sono di Paolo», «Io invece sono di Apollo», «E io di Cefa», «E io di Cristo»! ¹³Ma Cristo è diviso? Forse Paolo è stato crocifisso per voi, o è nel nome di Paolo che siete stati battezzati? ¹⁴Ringrazio Dio di non aver battezzato nessuno di voi, se non Crispo e Gaio, [15]affinché nessuno possa dire che siete stati battezzati nel mio nome. [16]Ho battezzato, è vero, anche la famiglia di Stefana, ma degli altri non so se abbia battezzato alcuno. [17]Cristo non mi ha mandato a battezzare, ma a predicare il vangelo, e non in sapienza di parola, perché non venga resa vana la croce di Cristo.

Sapienza umana e vangelo. - [18]La parola della croce è infatti stoltezza per quelli che vanno in perdizione, ma per quelli che si salvano, per noi, è potenza di Dio. [19]Sta scritto infatti:

> *Distruggerò la sapienza dei sapienti,*
> *e l'intelligenza degli intelligenti*
> *   riproverò.*
> [20] *Dov'è il sapiente? Dov'è lo scriba?*

Dove l'intellettuale di questo mondo? Non ha forse Dio dimostrato stolta la sapienza di questo mondo? [21]Poiché, infatti, nel disegno sapiente di Dio, il mondo non conobbe Dio con la sapienza, piacque a Dio di salvare quelli che credono con la stoltezza della predicazione. [22]E mentre i Giudei chiedono dei miracoli e i Greci cercano la sapienza, [23]noi predichiamo Cristo crocifisso, scandalo per i Giudei, stoltezza per i pagani; [24]ma per i chiamati, sia Giudei sia Greci, è Cristo, potenza di Dio e sapienza di Dio. [25]Poiché la stoltezza di Dio è più sapiente degli uomini, e la debolezza di Dio è più forte degli uomini.

[26]Considerate la vostra chiamata, o fratelli: non sono molti tra voi i sapienti secondo la carne, non molti i potenti, non molti i nobili. [27]Ma Dio ha scelto ciò che è stoltezza del mondo per confondere i sapienti, Dio ha scelto ciò che è debolezza del mondo per confondere i forti, [28]Dio ha scelto ciò che è ignobile nel mondo e ciò che è disprezzato e ciò che è nulla per annientare le cose che sono, [29]affinché nessuno possa gloriarsi davanti a Dio. [30]Ed è per lui che voi siete in Cristo Gesù, il quale è diventato per noi, per opera di Dio, sapienza, giustizia, santificazione e redenzione, [31]affinché, come sta scritto:

> *Chi si gloria, si glori nel Signore!*

2 **Predicazione di Paolo.** - [1]Anch'io, o fratelli, quando sono venuto tra voi, non mi sono presentato ad annunziarvi la testimonianza di Dio con sublimità di parola o di sapienza. [2]Mi ero proposto di non sapere altro in mezzo a voi che Gesù Cristo, e lui crocifisso. [3]E fui in mezzo a voi nella debolezza e con molto timore e tremore; [4]e la mia parola e il mio messaggio non ebbero discorsi persuasivi di sapienza, ma conferma di Spirito e di potenza, [5]affinché la vostra fede non si basi su una sapienza umana, ma sulla potenza di Dio.

Vangelo e sapienza divina. - [6]Annunziamo, sì, una sapienza a quelli che sono perfetti, ma una sapienza non di questo mondo, né dei prìncipi di questo mondo che vengono annientati; [7]annunziamo una sapienza divina, avvolta nel mistero, che fu a lungo nascosta, e che Dio ha preordinato prima dei tempi per la nostra gloria. [8]Nessuno dei prìncipi di questo mondo l'ha conosciuta; se l'avessero conosciuta, non avrebbero crocifisso il Signore della gloria. [9]Sta scritto infatti:

> *Cosa che occhio non vide, né orecchio*
> *   udì,*
> *né mai entrò in cuore di uomo,*
> *ciò che Dio ha preparato*
> *per quelli che lo amano.*

[10]Ma a noi l'ha rivelato mediante lo Spirito; lo Spirito infatti scruta ogni cosa, anche le profondità di Dio. [11]Chi mai conobbe i segreti dell'uomo se non lo spirito dell'uomo che è in lui? Così pure i segreti di Dio nessuno li ha mai conosciuti se non lo Spirito di Dio. [12]E noi abbiamo ricevuto non lo spirito del mondo, ma lo Spirito che viene da Dio, per conoscere i doni che egli ci ha elargito. [13]E questi noi li annunziamo, non con insegnamenti di sapienza umana, ma

---

1. - [17]. La funzione principale di tutti gli apostoli, non solo di Paolo, era di pregare e *predicare* (At 6,2b.4). Dio non ha bisogno d'artifici umani per convertire il mondo: la croce e il vangelo hanno in se stessi la forza di mutare i cuori.

[26]. Tra i primi fedeli il numero dei sapienti e dei nobili secondo il mondo era ben scarso. Dio, chiamando al vangelo i poveri di sostanze e di scienza, volle dimostrare che la fede è un dono gratuito e nessuno può gloriarsene davanti a lui.

[30]. Cristo è la *sapienza* che introduce nei segreti di Dio; egli diventa per gli uomini che credono in lui *giustizia* e *santificazione*, liberandoli dal peccato e conferendo loro i doni dello Spirito Santo; e con il suo sangue applica loro piena e duratura *redenzione*.

con insegnamenti dello Spirito, esponendo cose spirituali a persone spirituali. [14]L'uomo naturale non comprende le cose dello Spirito di Dio; sono follìa per lui, e non è capace di intenderle, perché se ne giudica solo per mezzo dello Spirito. [15]L'uomo spirituale invece giudica ogni cosa, senza poter essere giudicato da nessuno. [16]*Chi, infatti, conobbe la mente del Signore da poterlo dirigere?* Ora noi abbiamo la mente di Cristo.

3 **Natura del servizio apostolico.** - [1]E io, o fratelli, non ho potuto parlare a voi come a degli uomini spirituali, ma come a esseri di carne, come a infanti in Cristo. [2]Vi ho dato da bere latte, non cibo, perché non ne eravate capaci. E neanche adesso lo siete; perché siete ancora carnali. [3]Quando, infatti, c'è tra voi invidia e discordia, non siete forse carnali e non vi comportate in maniera tutta umana? [4]Quando uno dice: «Io sono di Paolo», e l'altro: «Io di Apollo», non vi dimostrate semplici uomini? [5]Ma chi è Apollo, chi è Paolo? Ministri attraverso i quali siete venuti alla fede, ciascuno secondo che il Signore gli ha dato. [6]Io ho piantato, Apollo ha irrigato, ma è Dio che ha fatto crescere! [7]Ora, né chi pianta né chi irriga è qualche cosa, ma chi fa crescere: Dio. [8]Chi pianta e chi irriga sono una sola cosa, ma ciascuno riceverà la sua mercede secondo il proprio lavoro. [9]Siamo infatti collaboratori di Dio e voi siete il campo di Dio, l'edificio di Dio. [10]Secondo la grazia di Dio che mi è stata data, come un sapiente architetto io ho gettato il fondamento; un altro poi vi costruisce

sopra. Ma ciascuno stia attento a come costruisce: [11]infatti nessuno può gettare un fondamento diverso da quello già posto, che è Gesù Cristo. [12]E se, sopra questo fondamento, si costruisce con oro, argento, pietre preziose, legno, fieno, paglia, [13]l'opera di ciascuno sarà resa palese; la svelerà quel giorno che si manifesterà col fuoco, e il fuoco saggerà quale sia l'opera di ciascuno. [14]Se l'opera costruita resisterà, si riceverà la mercede; [15]ma se l'opera finirà bruciata, si avrà danno: ci si potrà salvare, ma come attraverso il fuoco.

[16]Non sapete che siete tempio di Dio e che lo Spirito di Dio abita in voi? [17]Se uno distrugge il tempio di Dio, Dio distruggerà lui. Perché è santo il tempio di Dio, che siete voi.

[18]Nessuno si illuda! Se uno pensa di essere sapiente tra di voi in questo mondo, si faccia stolto per diventare sapiente; [19]perché la sapienza di questo mondo è follia davanti a Dio. Sta scritto infatti: *Colui che coglie i sapienti nella loro astuzia.* [20]E ancora: *Il Signore sa che i disegni dei sapienti sono vani.* [21]Quindi nessuno ponga la sua gloria negli uomini; [22]perché tutto è vostro, e Paolo, e Apollo, e Cefa, e il mondo, e la vita, e la morte, e il presente, e il futuro: tutto è vostro! [23]Ma voi siete di Cristo e Cristo è di Dio.

4 **L'Apostolo e i Corinzi.** - [1]Ognuno ci consideri come ministri di Cristo e amministratori dei misteri di Dio. [2]Ora, ciò che si richiede negli amministratori è di essere trovati fedeli. [3]Quanto a me, poco m'importa di venire giudicato da voi o da un tribunale umano; anzi, neppur io mi giudico, [4]perché, anche se non ho consapevolezza di nulla, non per questo sono giustificato. Il mio giudice è il Signore! [5]Non vogliate perciò giudicare di nulla prima del tempo, fino a quando venga il Signore. Egli metterà in luce i segreti delle tenebre e manifesterà le intenzioni del cuore; e allora ciascuno avrà la sua lode da Dio.

[6]Queste cose, o fratelli, le ho applicate a me e ad Apollo per vostro profitto, affinché in noi apprendiate a «non andare oltre quello che sta scritto» e non continuiate a gonfiarvi in favore dell'uno contro l'altro. [7]Infatti, chi ti distingue? Che cosa possiedi, che non l'abbia ricevuto? E se l'hai ricevuto, perché te ne vanti come se non l'avessi

---

2. - [14-15.] *L'uomo naturale*, cioè vivo di sola vita naturale, senza l'aiuto della grazia, non può comprendere la sapienza soprannaturale di Dio. *L'uomo spirituale*, invece, è colui che vive in grazia di Dio e si lascia guidare dallo Spirito Santo nei pensieri e nelle opere.
3. - [1.] *Come a esseri di carne*: i Corinzi, avendo ascolto la predicazione di Paolo, avrebbero dovuto progredire nella conoscenza e nell'imitazione di Cristo; invece si sono lasciati condurre dalle loro passioni ed egoismi, gelosie e contese, sino a dividersi tra loro. Segno evidente della loro povertà spirituale e di una fede ancora immatura.
8. Gli operai evangelici sono una cosa sola perché collaboratori dell'unico grande Artefice dell'edificio di Dio che è la chiesa. Perciò nessuna distinzione si deve fare tra loro, nessuna adesione alla persona di qualcuno di loro, ma solo alla dottrina da essi insegnata.

ricevuto? [8]Già siete sazi, già siete diventati ricchi; senza di noi siete entrati nel regno! Oh, foste davvero entrati, perché anche noi potessimo regnare con voi! [9]Mi sembra in realtà che Dio abbia messo noi, apostoli, all'ultimo posto, come dei condannati a morte, poiché siamo stati resi spettacolo al mondo, agli angeli e agli uomini. [10]Noi stolti a motivo di Cristo, voi sapienti in Cristo; noi deboli, voi forti; noi disprezzati, voi onorati. [11]Fino a questo momento sembriamo la fame, la sete, la nudità, veniamo schiaffeggiati, andiamo erranti [12]e fatichiamo lavorando con le nostre mani. Insultati, benediciamo; perseguitati, sopportiamo; [13]calunniati, confortiamo; fino al presente siamo divenuti come la spazzatura del mondo, il rifiuto di tutti! [14]Non per farvi arrossire vi scrivo questo, ma per ammonirvi, come miei figli carissimi. [15]Potreste infatti avere anche diecimila pedagoghi in Cristo, ma non certo molti padri; io invece vi ho generato in Cristo Gesù, mediante il vangelo. [16]Vi esorto, dunque, fatevi miei imitatori! [17]Per questo appunto ho mandato da voi Timoteo, mio figlio diletto e fedele nel Signore, a ricordarvi le vie che vi ho indicato in Cristo, come insegno dappertutto in ogni chiesa. [18]Come se io non dovessi più venire da voi, alcuni si sono insuperbiti. [19]Ma verrò presto, se piacerà al Signore, e vorrò vedere allora non le parole di quelli che si sono gonfiati, ma ciò che sanno fare. [20]Perché il regno di Dio non consiste in parole, ma in opere. [21]Che volete? Che venga a voi con la verga, o nella carità e con spirito di dolcezza?

5 Scandalo di un incestuoso. - [1]Si sente parlare niente di meno che di un'impudicizia tra voi, e di una impudicizia tale, che non capita neanche tra i pagani, al punto che uno conviva con la moglie di suo padre. [2]E voi siete ricolmi di orgoglio e non vi siete rammaricati, affinché si togliesse da voi chi ha compiuto una tale azione? [3]Orbene, io, assente nel corpo ma presente nello spirito, ho già giudicato, come se fossi presente, l'autore di tale misfatto: [4]nel nome del Signore nostro Gesù, convocati insieme voi, il mio spirito e la potenza del Signore nostro Gesù, [5]questo individuo sia abbandonato a Satana, per la rovina della sua carne, affinché lo spirito possa ottenere la salvezza nel giorno del Signore. [6]Non è bello il

vostro vanto. Non sapete che un po' di lievito fermenta tutta la pasta? [7]Togliete via il lievito vecchio, per essere pasta nuova, poiché siete azzimi. È stata immolata la nostra Pasqua, Cristo! [8]Celebriamo dunque la festa non tra lievito vecchio, né in lievito di malizia e perversità, ma con azzimi di purezza e di verità. [9]Vi ho scritto nella lettera di non immischiarvi con gli impudichi. [10]Non mi riferivo agli impudichi di questo mondo o ai cupidi, ai rapaci o agli idolatri; altrimenti dovreste uscire dal mondo. [11]Ma ora vi scrivo di non immischiarvi con chi si dice fratello, ed è impudico, o cupido, o idolatra, o blasfemo, o ubriacone, o ladro: con questi tali non dovete neanche mettervi a mensa. [12]Tocca forse a me giudicare quelli di fuori? Non sono quelli di dentro che voi giudicate? [13]Quelli di fuori li giudicherà Dio. *Togliete quel perverso di mezzo a voi!*

6 I processi davanti ai pagani. - [1]V'è tra di voi chi, avendo una questione con un altro, ha l'ardire di farsi giudicare dagli ingiusti anziché dai santi? [2]O non sapete che i santi giudicheranno il mondo? E se da voi viene giudicato il mondo, sareste dunque incapaci di giudizi da nulla? [3]Non sapete che giudicheremo gli angeli? Quanto più dunque le cose di questa vita! [4]Quando perciò doveste giudicare di affari quotidiani, designate a giudici i più umili della chiesa. [5]Lo dico per farvi arrossire! Cosicché non vi sarebbe nessuno tra di voi saggio da poter fare da intermediario tra i suoi fratelli? [6]Ma un fratello viene chiamato in giudizio dal fratello, e per di più davanti a infedeli! [7]Senza dire che è già una colpa per voi avere liti vicendevoli! Perché non subire piuttosto l'ingiustizia? Perché non lasciarvi piuttosto far torto? [8]Ma voi commettete ingiustizia e recate danno, e ciò ai fratelli! [9]O non sapete che gli ingiusti non erediteranno il regno di Dio? Non illudetevi: né gli impuri, né gli idolatri, né gli adùlteri, [10]né gli effeminati, né i depravati, né i ladri, né i cupidi, né gli ubriaconi, né i maldicenti, né i rapaci erediteranno il regno di Dio. [11]E tali eravate alcuni di voi; ma siete sta-

---

6. - [4.] *I più umili della chiesa*: è ironico, ma vuol dire che anche questi sarebbero adatti a giudicare le cose di questa vita, tanto esse valgono poco in confronto con la grandezza del cristiano.

ti lavati, siete stati santificati, siete stati giustificati nel nome del Signore Gesù Cristo e nello Spirito del nostro Dio!

La tentazione dell'impudicizia. - [12]«Tutto mi è lecito»; ma non tutto giova. «Tutto mi è lecito»; ma io non mi lascerò dominare da nulla! [13]«I cibi sono per il ventre e il ventre per i cibi», ma Dio distruggerà questo e quelli! Il corpo non è per l'impudicizia, bensì per il Signore, e il Signore è per il corpo; [14]e Dio, che ha risuscitato il Signore, risusciterà anche noi con la sua potenza! [15]Non sapete che i vostri corpi sono membra di Cristo? Prenderò dunque le membra di Cristo e ne farò membra di meretrice? Non sia mai! [16]O non sapete che chi si unisce a una meretrice forma un corpo solo? *I due formeranno*, dice, *una sola carne*. [17]Ma chi si unisce al Signore forma con lui un solo spirito. [18]Fuggite l'impudicizia! Qualsiasi peccato l'uomo commetta, sta fuori del corpo; ma chi commette impudicizia pecca contro il proprio corpo. [19]O non sapete che il vostro corpo è santuario dello Spirito Santo che è in voi, che avete da Dio e che non appartenete a voi stessi? [20]Siete stati comprati a prezzo! Glorificate dunque Dio nel vostro corpo!

RISPOSTA AI QUESITI

7 Matrimonio e verginità. - [1]Riguardo poi alle cose di cui mi avete scritto: è cosa buona per l'uomo non avere contatti con donna; [2]tuttavia, a motivo delle impudici-

---

[13-15.] Questi tre motivi: il nostro *corpo* appartiene a Dio creatore, si prepara alla gloria della risurrezione, è membro di Cristo, devono tenere il cristiano lontano dall'impurità.

[7.] - [1.] Evidentemente i Corinzi avevano proposto dei problemi all'apostolo, forse indicando già anche la soluzione pratica da essi adottata. Paolo risponde ora dettagliatamente a ciascuno di tali quesiti: matrimonio, 7,1; verginità, 7,25; carni immolate agli idoli, 8,1; doni dello Spirito Santo, 12,1. La risposta è pratica, vivace, definitiva.

[12-16.] Si ha qui espresso ciò che la tradizione cristiana chiama «privilegio paolino»: se, in un matrimonio misto, il coniuge pagano non accetta di coabitare, quello cristiano resta libero: può anche passare a seconde nozze. Se, invece, il coniuge pagano accetta di coabitare, il legame matrimoniale continua a sussistere.

[21.] Paolo non approva la schiavitù, ma dice che non è un ostacolo alla vita eterna. *Profittane!*: approfitta della tua condizione per dare testimonianza a Cristo.

---

zie, ciascuno abbia la sua moglie, e ogni donna il suo marito. [3]Il marito renda alla moglie ciò che le è dovuto; egualmente anche la moglie al marito. [4]La moglie non è padrona del proprio corpo, ma lo è il marito; allo stesso modo il marito non è padrone del proprio corpo, ma lo è la moglie. [5]Non privatevi l'un l'altro, se non di comune accordo, temporaneamente, per attendere alla preghiera, e poi ritornate a stare insieme, perché Satana non vi tenti per la vostra incontinenza. [6]Questo vi dico in spirito di condiscendenza, non di comando. [7]Vorrei che tutti fossero come me; ma ciascuno ha il proprio dono da Dio, chi in un modo, chi in un altro.

[8]Ai celibi e alle vedove dico che è cosa buona per loro rimanere come sono io; [9]ma se non sanno contenersi, si sposino; è meglio sposarsi che ardere! [10]Agli sposati ordino, non io ma il Signore, che la moglie non si separi dal marito — [11]e qualora si separi, rimanga senza sposarsi o si riconcili con il marito — e che il marito non ripudi la moglie. [12]Agli altri dico io, non il Signore: se un fratello ha la moglie pagana, e questa consente a coabitare con lui, non la ripudi; [13]e la donna che abbia il marito pagano, se questi consente ad abitare con lei, non lo ripudi: [14]perché il marito pagano viene reso santo dalla moglie e la moglie pagana viene resa santa dal fratello; altrimenti i figli sarebbero impuri, mentre invece sono santi. [15]Ma se il pagano vuole separarsi, si separi; in questi casi il fratello o la sorella non sono vincolati; Dio vi ha chiamati alla pace! [16]E che sai tu, moglie, se salverai il marito? O che sai tu, marito, se salverai la moglie?

[17]Fuori di questi casi, ciascuno si comporti come gli ha dato il Signore, come era quando fu chiamato da Dio; così ordino in tutte le chiese. [18]È stato chiamato uno circonciso? Non lo nasconda! È stato chiamato uno non circonciso? Non si faccia circoncidere! [19]La circoncisione non conta nulla, e l'incirconcisione non conta nulla; conta l'osservanza dei comandamenti di Dio. [20]Ciascuno rimanga nella condizione in cui era quando fu chiamato. [21]Sei stato chiamato da schiavo? Non ti preoccupare, ma anche se hai la possibilità di renderti libero, profittane! [22]Perché lo schiavo che è stato chiamato nel Signore è liberto del Signore! Similmente il libero che è stato chiamato, è schiavo di Cristo. [23]Siete stati comprati a

prezzo; non diventate schiavi di uomini! [24]Ciascuno, o fratelli, rimanga davanti a Dio in quella condizione in cui era quando è stato chiamato.

[25]Riguardo alla verginità, non ho precetti dal Signore, ma do un consiglio, come uno che merita fiducia per la misericordia del Signore. [26]Penso, dunque, che sia bene per l'uomo, a motivo della necessità presente, regolarsi così: [27]ti trovi legato a una donna? Non cercare di scioglierti; non ti trovi legato a una donna? Non andare a cercarla. [28]Però se ti sposi non fai male; né fa male la vergine che si sposa. Ma costoro avranno tribolazioni nella carne, e io vorrei risparmiarvele. [29]Questo vi dico, o fratelli: il tempo ha avuto una svolta; d'ora innanzi quelli che hanno moglie siano come non l'avessero; [30]quelli che piangono, come non piangessero; quelli che si rallegrano, come non si rallegrassero; quelli che comprano come non possedessero; [31]quelli che usano del mondo, come non ne usassero a fondo: perché passa la figura di questo mondo! [32]E io vorrei vedervi senza preoccupazioni: chi non è sposato si preoccupa delle cose del Signore, come piacere al Signore; [33]lo sposato invece si preoccupa delle cose del mondo, come piacere alla moglie, [34]e si trova diviso! Così anche la donna non sposata e la vergine si preoccupano delle cose del Signore, per essere sante nel corpo e nello spirito; la sposata invece si preoccupa delle cose del mondo, come piacere al marito. [35]Questo dico a vostro vantaggio, non per gettarvi un laccio, ma per indirizzarvi a ciò che è degno e conduce al Signore senza distrazioni.

[36]Se però qualcuno teme di non comportarsi bene con la sua vergine, quando sia in piena età, e conviene che così avvenga, faccia quello che desidera; non pecca, si sposino. [37]Chi invece ha deciso fermamente nel suo cuore, senza esservi costretto, ma è padrone della sua volontà, e ha deliberato in cuor suo di conservare la sua vergine, fa bene. [38]In conclusione, colui che sposa la sua vergine fa bene, e chi non la sposa fa meglio.

[39]La moglie è vincolata per tutto il tempo in cui vive il marito; ma se il marito muore, è libera di sposare chi vuole, purché ciò avvenga nel Signore. [40]Ma se rimane così è meglio, a mio avviso; e credo di avere anch'io lo Spirito di Dio.

8 Carni immolate agli idoli. - [1]Riguardo alle carni immolate agli idoli: noi sappiamo, perché abbiamo tutti la scienza. Ma la scienza gonfia, mentre la carità edifica. [2]Se alcuno crede di sapere qualche cosa, non ha ancora appreso come bisogna sapere. [3]Chi invece ama Dio, è conosciuto da lui. [4]Riguardo dunque al mangiare le carni immolate agli idoli, noi sappiamo che un idolo è nulla al mondo, e che non esiste che un Dio solo. [5]Anche se infatti vi sono delle pretese divinità nel cielo e sulla terra, come di fatto vi sono molti dèi e molti signori, [6]per noi c'è un solo Dio, il Padre, dal quale tutto proviene, e noi siamo per lui; e un solo Signore, Gesù Cristo, per mezzo del quale sono tutte le cose e noi siamo per mezzo di lui.

[7]Ma non tutti hanno la scienza; anzi alcuni, per la consuetudine avuta fino al presente con gli idoli, mangiano le carni come carni sacre agli idoli, e la loro coscienza, debole com'è, si macchia. [8]Non sarà certo un alimento a raccomandarci a Dio; né, privandocene, veniamo a mancare di qualche cosa, né mangiandone ne abbiamo di più; [9]badate però che questa vostra libertà non divenga un inciampo per i deboli. [10]Se uno infatti vedesse te, che hai la scienza, a convito in un tempio di idoli, non ne resterebbe forse la sua coscienza debole spinta a mangiare le carni immolate agli idoli? [11]E così per la tua scienza va in rovina il debole, il fratello per il quale Cristo è morto! [12]E peccando così contro i fratelli, e ferendo la loro coscienza debole, voi peccate contro Cristo. [13]Per questo, se un cibo scandalizza il mio fratello, non mangerò più carne giammai, per non dare scandalo al mio fratello!

9 Esempio di Paolo. - [1]Non sono io forse libero? Non sono io apostolo? Non ho veduto Gesù, nostro Signore? Non siete voi

---

36-38. Il passo è particolarmente oscuro. È possibile vedervi gli interrogativi di un padre il quale, secondo le usanze del mondo antico, decideva circa il matrimonio della figlia. Altri suppongono che si alluda qui a una prassi di matrimoni apparenti o di protezione, miranti a tutelare, in un contesto pagano, chi per motivi religiosi non intendeva contrarre matrimonio. L'importante, comunque, è notare come Paolo ritenga buoni ambedue gli stati di vita, il matrimonio e la verginità, con una superiorità di questa su quello in ordine a una migliore e più completa disponibilità per il Signore.

opera mia nel Signore? [2]Se per altri non sono apostolo, per voi almeno lo sono; voi siete il sigillo del mio apostolato nel Signore. [3]Questa è la mia difesa contro quelli che mi giudicano. [4]Non abbiamo il diritto di mangiare e di bere? [5]Non abbiamo il diritto di condurre con noi una sorella, come fanno gli altri apostoli, e i fratelli del Signore, e Cefa? [6]O solo io e Bàrnaba non abbiamo il diritto di non lavorare? [7]Chi mai milita a proprie spese? Chi pianta una vigna e non ne mangia il frutto? O chi pascola un gregge senza cibarsi del latte del medesimo? [8]Dico forse questo da un punto di vista umano o non dice così anche la legge? [9]Sta scritto infatti nella legge di Mosè: *Non metterai la museruola al bue che trebbia.* Forse Dio si dà pensiero dei buoi? [10]O non parla evidentemente per noi? Certamente fu scritto per noi! Poiché è naturale per l'aratore arare nella speranza, come per il trebbiatore trebbiare nella speranza di avere la sua parte. [11]Se noi abbiamo seminato in voi le cose spirituali, è gran cosa se mietiamo beni materiali? [12]Se gli altri hanno tale diritto su di voi, non l'avremmo noi di più? Ma non abbiamo voluto servirci di questo diritto, bensì sopportiamo ogni cosa per non recare intralcio al vangelo di Cristo. [13]Non sapete che quelli che celebrano il culto traggono il vitto dal tempio, e quelli che attendono all'altare hanno parte dell'altare? [14]Così anche il Signore ha disposto che quelli che annunziano il vangelo vivano del vangelo.

[15]Ma io non mi sono avvalso di nessuno di questi diritti, né ve ne scrivo perché ci si regoli in tal modo con me. Preferirei piuttosto morire che... Nessuno mi toglierà questo vanto! [16]Non è infatti per me un vanto predicare il vangelo; necessità mi spinge, e guai a me se non predico il vangelo! [17]Se lo facessi di mia iniziativa, ne avrei ricompensa, ma facendolo senza di essa, sono depositario di un mandato. [18]Quale sarà dunque il mio merito? Che, predicando, io offra il vangelo gratuitamente, senza fare uso del diritto che il vangelo mi conferisce. [19]Libero com'ero da tutti, mi sono fatto servo di tutti per guadagnare il maggior numero:

[20]mi sono fatto giudeo con i Giudei per guadagnare i Giudei; sottomesso alla legge, pur non essendo sotto di essa, con quelli soggetti alla legge, per guadagnare quelli che sono soggetti alla legge; [21]senza legge, pur non essendo senza legge di Dio, ma nella legge di Cristo, con quelli senza legge, per guadagnare coloro che sono senza legge. [22]Mi sono fatto debole con i deboli, per guadagnare i deboli; mi sono fatto tutto a tutti, per salvare in ogni modo qualcuno. [23]E tutto faccio per il vangelo, per diventarne partecipe con loro.

[24]Non sapete che i corridori nello stadio corrono tutti, ma uno solo ottiene il premio? Voi dovete correre in modo da guadagnarlo! [25]E ogni atleta si astiene da tutto; essi lo fanno per ottenere una corona che appassisce, noi invece una indistruttibile. [26]E io corro, ma non come chi è senza meta; faccio il pugilato, ma non come chi batte l'aria, [27]bensì tratto duramente il mio corpo e lo metto in schiavitù, perché non succeda che mentre predico agli altri, venga riprovato io stesso.

10 Esempio degli Israeliti. - [1]Non voglio infatti che ignoriate, o fratelli, che i nostri padri sono stati tutti sotto la nube, tutti hanno attraversato il mare, [2]tutti sono stati battezzati in Mosè nella nube e nel mare, [3]tutti hanno mangiato lo stesso cibo spirituale, [4]tutti hanno bevuto la stessa bevanda spirituale (bevevano infatti da una roccia spirituale che li accompagnava: quella roccia era Cristo): [5]ma Dio non si compiacque della maggior parte di loro, e *furono atterrati nel deserto.* [6]Queste cose accaddero come esempi per noi, perché non desiderassimo cose cattive, come essi le desiderarono. [7]Non divenite idolatri come alcuni di loro, come sta scritto: *Il popolo si sedette a mangiare e a bere, e poi si alzò a divertirsi.* [8]Né abbandoniamoci alla fornicazione, come si abbandonarono alcuni di essi, e ne caddero in un solo giorno ventitremila. [9]Né mettiamo alla prova il Signore, come alcuni di essi lo misero, e caddero vittime dei serpenti. [10]Né mormorate, come mormorarono alcuni di essi, e caddero vittime dello sterminatore. [11]Ora tutte queste cose accaddero a loro in figura e sono state scritte per ammonimento nostro, di noi per i quali è giunta la fine dei tempi. [12]Quindi, chi crede di star dritto, guardi di non cade-

---

9. - [12]. Paolo viveva con il lavoro delle sue mani (At 18,3), e ciò faceva sia per non essere di peso alle giovani comunità cristiane sia per dare loro esempio di laboriosità, cosa allora assai necessaria, dato il disprezzo con cui veniva considerato generalmente il lavoro manuale.

re. ¹³Nessuna tentazione vi ha mai colti se non umana, e Dio è fedele e non permetterà che siate tentati oltre le forze, ma con la tentazione darà anche il mezzo di sopportarla.

Fuggire l'idolatria. - ¹⁴Perciò, o miei cari, fuggite l'idolatria. ¹⁵Parlo come a persone intelligenti; giudicate voi stessi quello che dico: ¹⁶il calice della benedizione che noi benediciamo, non è comunione con il sangue di Cristo? Il pane che spezziamo, non è comunione con il corpo di Cristo? ¹⁷Essendo uno solo il pane, noi siamo un corpo solo sebbene in molti, poiché partecipiamo tutti dello stesso pane. ¹⁸Guardate l'Israele secondo la carne: quelli che mangiano del sacrificio non sono forse in comunione con l'altare? ¹⁹Che dico dunque? Che la carne immolata agli idoli è qualche cosa? O che un idolo è qualche cosa? ²⁰No, anzi, quello che sacrificano, *ai demòni lo sacrificano e non a Dio*. Ora io non voglio che voi entriate in comunione con i demòni; ²¹non potete bere il calice del Signore e il calice dei demòni; non potete partecipare alla *tavola del Signore* e alla tavola dei demòni. ²²*O vogliamo provocare la gelosia del Signore?* Siamo forse più forti di lui?

²³«Tutto è lecito», ma non tutto giova! «Tutto è lecito», ma non tutto edifica! ²⁴Non si cerchi l'utile proprio, ma quello altrui. ²⁵Tutto ciò che è in vendita sul mercato, mangiatelo senza indagare per motivo di coscienza, ²⁶perché *del Signore è la terra e tutto ciò che contiene.* ²⁷Se qualche pagano vi invita e vi piace andare, mangiate tutto quello che vi si presenta, senza indagare per motivi di coscienza. ²⁸Ma se qualcuno vi dicesse: «È carne immolata agli idoli», astenetevi dal mangiare, per riguardo a colui che vi ha avvertito e della coscienza; ²⁹della coscienza, dico, non tua, ma dell'altro. Per qual motivo infatti la mia libertà dovrebbe venir giudicata da un'altra coscienza? ³⁰Se io me ne cibo con rendimento di grazie, perché dovrei essere biasimato di quello per cui rendo grazie?

³¹Sia dunque che mangiate, sia che beviate o qualsiasi cosa facciate, fate tutto per la gloria di Dio. ³²Non date motivo di inciampo né ai Giudei né ai Greci né alla Chiesa di Dio; ³³così come io cerco di piacere a tutti in tutto, senza cercare l'utile mio ma quello dei molti, perché giungano alla salvezza.

11 ¹Fatevi miei imitatori come io lo sono di Cristo.

Il velo delle donne nelle assemblee. - ²Vi lodo poi perché vi ricordate molto di me, e conservate le tradizioni come ve le ho trasmesse. ³Voglio però che sappiate che capo di ogni uomo è Cristo, e capo della donna è l'uomo, e capo di Cristo è Dio. ⁴Ogni uomo che prega o profetizza con il capo coperto, manca di riguardo al suo capo. ⁵Così ogni donna che prega o profetizza senza velo sul capo, manca di riguardo al suo capo, come se fosse rasa; ⁶che se una donna non si copre, si tagli pure i capelli; ma se è vergogna per una donna tagliarsi i capelli o essere rasa, allora si copra. ⁷L'uomo non deve coprirsi il capo, essendo immagine e gloria di Dio, mentre la donna è gloria dell'uomo. ⁸Poiché non l'uomo deriva dalla donna, ma la donna dall'uomo; ⁹né l'uomo fu creato per la donna, ma la donna per l'uomo. ¹⁰Per questo la donna deve portare un segno di dipendenza sul capo, a motivo degli angeli.

¹¹Tuttavia, nel Signore, né la donna è senza l'uomo, né l'uomo è senza la donna; ¹²se infatti la donna deriva dall'uomo, anche l'uomo ha vita dalla donna, e tutto proviene da Dio. ¹³Giudicatene voi stessi: è conveniente che una donna faccia preghiera a Dio col capo scoperto? ¹⁴E non ci insegna la natura stessa che è indecoroso per un uomo lasciarsi crescere i capelli, ¹⁵mentre è onorifico per una donna lasciarseli crescere? La chioma è data a lei a guisa di velo. ¹⁶Che se alcuno vuole contestare, noi non abbiamo questa consuetudine e neanche le chiese di Dio.

Celebrazione eucaristica. - ¹⁷E mentre vi do questi ordini, non posso lodarvi, perché le vostre riunioni non sono per vostro vantaggio, ma per vostro danno. ¹⁸Sento innanzi tutto che, quando vi radunate in assemblea, vi sono divisioni tra voi; e in parte lo credo. ¹⁹È necessario infatti che avvengano anche divisioni tra di voi, affinché si manifestino quelli che sono di virtù provata in mezzo a voi. ²⁰Quando dunque vi radunate insieme, il vostro non è un mangiare la cena del Signore. ²¹Infatti ciascuno, partecipando alla cena, mangia prima il proprio pasto, e così l'uno ha fame e l'altro è ubriaco. ²²Non avete forse le vostre case per mangiare e bere? O volete gettare il disprezzo sulla chiesa di Dio e fare arrossire chi non ha niente? Che debbo dirvi? Devo lodarvi? In questo non vi lodo! [23]Io ho ricevuto dal Signore quello che vi ho trasmesso: che il Signore Gesù, nella notte in cui fu tradito, prese del pane [24]e, reso grazie, lo spezzò e disse: «Questo è il mio corpo, che è per voi; fate questo in memoria di me». [25]Allo stesso modo, dopo avere cenato, prese anche il calice dicendo: «Questo calice è la nuova alleanza nel mio sangue; fate questo, tutte le volte che ne berrete, in memoria di me». [26]Quindi tutte le volte che voi mangiate questo pane e bevete a questo calice, annunziate la morte del Signore, finché egli venga. [27]Perciò chiunque mangia il pane o beve al calice del Signore indegnamente, è reo del corpo e del sangue del Signore. [28]Ciascuno esamini se stesso e poi mangi il pane e beva il calice; [29]perché chi mangia e beve senza discernere il corpo, mangia e beve la sua condanna. [30]È per questo che tra voi vi sono molti malati e infermi e un buon numero sono morti. [31]Che se ci esaminassimo noi stessi, non verremmo giudicati; [32]ma, messi sull'avviso dal Signore, veniamo corretti, per non essere poi condannati insieme al mondo. [33]Quindi, o miei fratelli, quando vi radunate per la cena, aspettatevi gli uni gli altri. [34]E se qualcuno ha fame, mangi a casa, onde non vi raduniate per vostra condanna. Quanto al resto darò disposizioni quando verrò.

12 Uso dei carismi. - [1]Riguardo ai doni dello Spirito, o fratelli, non voglio che restiate nell'ignoranza. [2]Sapete che quando eravate pagani vi lasciavate trasportare verso gli idoli muti secondo l'ispirazione del momento. [3]Perciò vi dichiaro che nessuno, mosso dallo Spirito di Dio, può dire: «Maledizione a Gesù», e nessuno può dire: «Gesù Signore», se non in virtù dello Spirito Santo.

[4]C'è poi varietà di doni, ma un solo Spirito; [5]c'è varietà di ministeri, ma un solo Signore; [6]c'è varietà di operazioni, ma un solo Dio, che opera tutto in tutti. [7]E a ciascuno è data la manifestazione dello Spirito per l'utilità comune: [8]a uno viene data, dallo Spirito, parola di sapienza; a un altro, invece, mediante lo stesso Spirito, parola di scienza; [9]a uno la fede, per lo stesso Spirito; a un altro il dono delle guarigioni nell'iden-

tico Spirito; [10]a uno il potere dei prodigi; a un altro il dono della profezia; a un altro il discernimento degli spiriti; a un altro la varietà delle lingue; a un altro l'interpretazione delle lingue. [11]Ma tutte queste cose le opera il medesimo e identico Spirito, distribuendole a ciascuno come vuole.

[12]Come il corpo, pur essendo uno, ha molte membra, e tutte le membra, pur essendo molte, sono un corpo solo, così anche il Cristo. [13]Siamo stati infatti battezzati tutti in un solo Spirito per formare un corpo solo, sia Giudei sia Greci, sia schiavi sia liberi; e tutti siamo stati abbeverati nel medesimo Spirito. [14]Ora, il corpo non risulta di un membro solo, ma di molte membra. [15]Se il piede dicesse: «Siccome io non sono mano, non appartengo al corpo», non per questo non farebbe parte del corpo. [16]E se l'orecchio dicesse: «Siccome io non sono occhio, non appartengo al corpo», non per questo non farebbe parte del corpo. [17]Se il corpo fosse tutto occhio, dove sarebbe l'udito? Se fosse tutto udito, dove l'odorato? [18]Ma Dio ha disposto le membra in modo distinto nel corpo, come ha voluto. [19]Che se tutto fosse un membro solo, dove sarebbe il corpo? [20]Invece molte sono le membra, ma uno solo è il corpo. [21]E l'occhio non può dire alla mano: «Non ho bisogno di te»; né la testa ai piedi: «Non ho bisogno di voi». [22]Ché, anzi, quelle membra del corpo che sembrano più deboli sono più necessarie; [23]e quelle che riteniamo più ignobili le circondiamo di maggior rispetto, e quelle indecorose ricevono più riguardo, [24]mentre quelle decorose non ne hanno bisogno. Ma Dio ha contemperato il corpo, conferendo maggiore onore a chi ne mancava, [25]perché non vi fosse disunione nel corpo, ma le membra cooperassero al bene vicendevole. [26]Quindi se un membro soffre, tutte le membra ne soffrono; se un membro è onorato, tutte le membra gioiscono con lui. [27]Ora voi siete corpo di Cristo e sue membra, ciascuno in particolare. [28]Alcuni sono stati posti da Dio nella Chiesa al primo grado come apostoli, al secondo come profeti, al terzo come dottori; poi vengono i prodigi, poi i doni di guarigione, quelli che hanno il dono dell'assistenza, del governo, delle lingue. [29]Sono forse tutti apostoli? Tutti profeti? Tutti dottori? Tutti operatori di prodigi? [30]Tutti possiedono doni di guarigione? Tutti parlano in lingue? Tutti fanno da interpreti? [31]Voi, però, aspirate ai doni mag-

giori. Ora io vi addito una via ancora più eccellente.

13 Inno alla carità.
[1]Se anche parlo le lingue degli uomini e degli angeli, ma non ho la carità, sono un bronzo sonante o un cembalo squillante. [2]E se anche ho il dono della profezia e conosco tutti i misteri e tutta la scienza; e se anche possiedo tutta la fede, sì da trasportare le montagne, ma non ho la carità, non sono niente. [3]E se anche distribuisco tutte le mie sostanze, e se anche do il mio corpo per essere bruciato, ma non ho la carità, non mi giova nulla. [4]La carità è magnanima, è benigna la carità, non è invidiosa, la carità non si vanta, non si gonfia, [5]non manca di rispetto, non cerca il suo interesse, non si adira, non tiene conto del male ricevuto, [6]non gode dell'ingiustizia, ma si compiace della verità; [7]tutto scusa, tutto crede, tutto spera, tutto sopporta. [8]La carità non avrà mai fine; le profezie scompariranno; il dono delle lingue cesserà; la scienza svanirà; [9]conosciamo infatti imperfettamente, e imperfettamente profetizziamo. [10]Ma quando verrà la perfezione, sarà abolito ciò che è imperfetto. [11]Quand'ero bambino, parlavo da bambino, pensavo da bambino, ragionavo da bambino. Ma quando mi sono fatto adulto, ho smesso ciò che era da bambino. [12]Adesso vediamo come in uno specchio, in immagine; ma allora vedremo faccia a faccia. Adesso conosco in parte, ma allora conoscerò perfettamente, come perfettamente sono conosciuto. [13]Ora esistono queste tre cose: la fede, la speranza e la carità; ma la più grande di esse è la carità.

14 I carismi e l'edificazione della comunità.
[1]Ricercate la carità. Aspirate però anche ai doni dello Spirito, soprattutto alla profezia. [2]Chi parla in lingue non parla agli uomini, ma a Dio; infatti nessuno capisce, perché dice cose misteriose nello Spirito. [3]Invece chi profetizza parla agli uomini a edificazione, a esortazione e conforto. [4]Chi parla in lingue edifica se stesso, chi profetizza edifica la chiesa. [5]Vorrei che tutti parlaste in lingue, ma preferisco che abbiate il dono della profezia; poiché è più grande profetare che parlare in lingue, a meno che ci sia l'interpretazione, affinché l'assemblea possa venire edificata. [6]Io, per

esempio, come vi potrei giovare, o fratelli, se venissi a voi parlando in lingue, ma senza la rivelazione o la scienza, o la profezia o la dottrina? [7]Come negli strumenti da suono, sia flauto sia cetra: se non do una distinzione ai suoni, come si può discernere ciò che si suona col flauto o con la cetra? [8]E se la tromba emette un suono confuso, chi si preparerà al combattimento? [9]Così anche voi, se non articolate parole chiare con la lingua, come si potrà comprendere ciò che viene detto? Parlerete al vento! [10]Nel mondo vi sono tante varietà di suoni, e nessuno è senza significato; [11]ma se io non conosco il valore del suono, sono come un barbaro per colui che mi parla, e anche per me il parlante è come un barbaro. [12]Quindi anche voi, poiché desiderate i doni dello Spirito, cercate di averne in abbondanza, ma per l'edificazione della comunità. [13]Chi parla in lingue, preghi di poterle interpretare. [14]Quando infatti prego in lingue, il mio spirito prega, ma la mia intelligenza rimane senza frutto. [15]Che fare dunque? Pregherò con lo spirito, ma pregherò anche con l'intelligenza; canterò con lo spirito, ma canterò anche con l'intelligenza. [16]Che se tu benedici soltanto con lo spirito, colui che assiste come semplice uditore come potrebbe dire l'«amen» al tuo ringraziamento, dal momento che non capisce quello che dici? [17]Tu puoi fare un bel ringraziamento, ma l'altro non viene edificato. [18]Grazie a Dio, io parlo in lingue molto più di tutti voi; [19]ma in assemblea preferisco dire cinque parole con la mia intelligenza per istruire anche gli altri, che non diecimila parole in lingue. [20]Fratelli, non comportatevi da bambini nel giudicare, siate fanciulli quanto a malizia ma adulti nei giudizi. [21]Sta scritto nella legge:

Parlerò a questo popolo
con gente di altra lingua
e con labbra di stranieri,
ma neanche così mi ascolteranno,

dice il Signore. [22]Quindi le lingue non sono un segno per quelli che credono, ma per gli infedeli, mentre la profezia non è per gli infedeli, ma per i credenti. [23]Quando, per esempio, si radunasse tutta la comunità e tutti parlassero in lingue, e sopraggiungessero dei semplici uditori o degli infedeli, non direbbero che siete impazziti? [24]Quando invece tutti profetassero, e sopraggiungesse qualche infedele o semplice uditore, verrebbe convinto da tutti, giudicato da tutti; [25]sarebbero manifestati i segreti del suo cuore, e prostrandosi a terra adorerebbe Dio, proclamando che *veramente Dio è in voi.*

Norme pratiche sull'uso dei carismi. -
[26]Che fare dunque, o fratelli? Quando vi radunate e ciascuno ha un salmo, una dottrina, una rivelazione, e l'uno ha il dono delle lingue, l'altro il dono di interpretarle, si faccia tutto per l'edificazione. [27]Quando si parla in lingue, siano in due o al massimo in tre a parlare, e per ordine, e uno faccia da interprete. [28]Che se non vi è chi interpreta, questi tali tacciano nell'assemblea, e parlino a se stessi e a Dio. [29]I profeti parlino in due o tre, e gli altri giudichino; [30]ma se uno di quelli che sono seduti riceve una rivelazione, il primo taccia. [31]Tutti potete profetare, uno per volta, affinché tutti possano apprendere ed essere esortati. [32]Ma le ispirazioni dei profeti devono essere sottomesse ai profeti; [33]perché Dio non è Dio del disordine, ma della pace. [34]Come in tutte le chiese dei santi, le donne nelle assemblee tacciano; non si permetta loro di parlare, ma stiano sottomesse, come dice anche la legge. [35]Ché se vogliono apprendere qualche cosa, interroghino a casa i loro mariti. È disdicevole per una donna parlare in assemblea. [36]O che forse la parola di Dio è partita da voi? O a voi soltanto è giunta? [37]Chi ritiene di essere profeta o dotato di doni dello Spirito, deve riconoscere che quello che scrivo è precetto del Signore. [38]Se non lo riconosce, neppure lui è riconosciuto. [39]Dunque, o miei fratelli, aspirate alla profezia e, quanto al parlare in lingue, non impeditelo. [40]Ma tutto avvenga nel decoro e nell'ordine.

---

15. - [12.] Gesù è il capo del corpo mistico, e quindi è impossibile credere alla sua risurrezione senza ammettere la risurrezione nostra; è impossibile concepire un capo vivo in eterno con le membra tutte morte e per sempre.
[14.] Negata la risurrezione di Cristo, la fede rimane senza fondamento perché sia Cristo (Mt 12,39-40; Gv 2,19-22) che gli apostoli (At 1,22; 2,32; 4,10) si appellarono alla risurrezione come prova suprema; e quindi sarebbe vana anche la redenzione, con tutti i beni che ci ha portato.
[20.] *Cristo è risuscitato*: questa realtà è per Paolo il fondamento di tutta la visione cristiana della vita, presente e futura.

15 **Risurrezione dei morti.** - [1]Vi richiamo poi, o fratelli, il vangelo che vi ho annunziato e che avete ricevuto, nel quale perseverate, [2]e dal quale ricevete la salvezza, se lo ritenete nei termini con cui ve l'ho annunziato; altrimenti avreste creduto invano. [3]Vi ho dunque trasmesso, anzitutto, quello che ho ricevuto, che Cristo morì per i nostri peccati, secondo le Scritture, [4]e che fu sepolto, e che fu risuscitato il terzo giorno, secondo le Scritture, [5]e che apparve a Cefa, e poi ai Dodici. [6]In seguito apparve a più di cinquecento fratelli in una volta, la maggior parte dei quali vive ancora, mentre alcuni sono morti. [7]Poi apparve a Giacomo, e quindi a tutti gli apostoli. [8]Infine apparve anche a me, ultimo di tutti, come a un aborto. [9]Io infatti sono l'ultimo tra gli apostoli, neanche degno di venire chiamato apostolo, perché ho perseguitato la chiesa di Dio. [10]Per grazia di Dio sono quello che sono, e la sua grazia in me non fu vana; anzi, ho faticato più di tutti loro, non io invero, ma la grazia di Dio con me. [11]Sia dunque io sia loro così predichiamo e così avete creduto.

[12]Ora, se si predica che Cristo fu risuscitato dai morti, come possono dire alcuni tra voi che non si dà risurrezione dai morti? [13]Ché se non si dà risurrezione dai morti, neanche Cristo fu risuscitato! [14]Ma se Cristo non fu risuscitato, è vana la nostra predicazione, vana la vostra fede. [15]E ci troveremmo ad essere falsi testimoni di Dio, perché abbiamo testimoniato di Dio che ha risuscitato il Messia, mentre non l'avrebbe risuscitato, se fosse vero che i morti non risorgono. [16]Se infatti non si dà risurrezione di morti, neanche Cristo è risorto; [17]e se Cristo non è risorto, è inutile la vostra fede e voi siete ancora nei vostri peccati. [18]E anche quelli che si sono addormentati in Cristo sono perduti. [19]Se avessimo speranza in Cristo soltanto in questa vita, saremmo i più miserabili di tutti gli uomini.

[20]Ma invece Cristo è stato risuscitato dai morti, primizia di quelli che dormono. [21]Poiché, se per un uomo venne la morte, per un uomo c'è anche la risurrezione dei morti; [22]e come tutti muoiono in Adamo, così tutti saranno vivificati in Cristo. [23]Ma ciascuno al suo posto. Prima Cristo, che è la primizia; poi, alla sua venuta, quelli di Cristo; [24]quindi la fine, quando consegnerà il regno a Dio Padre, dopo aver annientato ogni principato, potestà e potenza. [25]Deve infatti regnare *finché non abbia posto tutti i nemici sotto i*

suoi piedi. [26]L'ultimo nemico ad essere annientato sarà la morte, perché *ogni cosa ha sottoposto ai suoi piedi.* [27]Ma quando dice: «ogni cosa è sottoposta», è chiaro che si eccettua Colui che ha sottomesso a lui ogni cosa. [28]E quando tutto gli sarà stato sottomesso, anch'egli, il Figlio, farà atto di sottomissione a Colui che gli ha sottomesso ogni cosa, affinché Dio sia tutto in tutti.

[29]Se così non fosse, che cosa farebbero quelli che si battezzano per i morti? Se assolutamente i morti non risorgono, perché si fanno battezzare per loro? [30]E perché ci esponiamo al pericolo continuamente? [31]Ogni giorno io affronto la morte, com'è vero che voi siete il mio vanto, o fratelli, in Cristo Gesù Signore nostro! [32]Se soltanto per ragioni umane io avessi combattuto a Efeso contro le fiere, a che mi gioverebbe? Se i morti non risorgono, *mangiamo e beviamo, perché domani morremo.* [33]Non lasciatevi ingannare: *Corrompono i buoni costumi i discorsi cattivi.* [34]Ritornate in voi, secondo giustizia, e non peccate. Taluni dimostrano di non conoscere Dio; lo dico a vostra vergogna!

Il modo della risurrezione. - [35]Ma qualcuno dirà: «Come risorgono i morti? Con quale corpo verranno?». [36]Stolto, ciò che tu semini non prende vita se prima non muore; [37]e quello che semini non è il corpo che nascerà, ma un semplice chicco di grano o di altro genere; [38]Dio gli darà un corpo come vuole, a ciascun seme il proprio corpo. [39]Non ogni carne è la medesima carne; altra è la carne di un uomo e altra quella di un animale; altra quella di un uccello e altra quella di un pesce. [40]Vi sono corpi celesti e corpi terrestri; altro è lo splendore dei corpi celesti, e altro quello dei corpi terrestri. [41]Altro è lo splendore del sole, altro quello della luna, altro quello delle stelle: ogni astro differisce dall'altro nello splendore.

[42]Così anche la risurrezione dei morti: si semina nella corruzione, si risorge nell'incorruttibilità; [43]si semina nello squallore, si risorge nello splendore; si semina nell'infermità, si risorge nella potenza; [44]si semina un corpo naturale, risorge un corpo spirituale.

Se infatti c'è un corpo naturale, vi è pure un corpo spirituale. [45]Sta scritto: il primo *uomo, Adamo,* divenne anima vivente, ma l'ultimo Adamo divenne spirito vivificante. [46]Non vi fu prima il corpo spirituale, ma il naturale, poi lo spirituale. [47]Il primo uomo tratto dalla terra è di polvere, ma il secondo uomo viene dal cielo. [48]Qual è l'uomo di polvere, così sono quelli di polvere, ma qual è il celeste, così saranno i celesti. [49]E come abbiamo portato l'immagine dell'uomo di polvere, così porteremo l'immagine dell'uomo celeste. [50]Vi dico, o fratelli, che la carne e il sangue non possono ereditare il regno di Dio, né ciò che è corruttibile eredita l'incorruttibilità.

La gloria finale. - [51]Ecco, vi dico un mistero: non tutti morremo, ma tutti saremo trasformati: [52]in un istante, in un batter d'occhio, all'ultima tromba; suonerà infatti la tromba, i morti risorgeranno incorrotti e noi saremo trasformati. [53]Questo corpo corruttibile deve rivestire l'incorruttibilità e questo corpo mortale rivestire l'immortalità. [54]Quando questo corpo corruttibile sarà rivestito d'incorruttibilità e questo corpo mortale d'immortalità, si realizzerà la parola che sta scritta: *La morte è stata ingoiata nella vittoria.* [55]*Dov'è, o morte, la tua vittoria? Dov'è, o morte, il tuo pungiglione?* [56]Il pungiglione della morte è il peccato e la potenza del peccato è la legge. [57]Ma siano rese grazie a Dio che ci concede la vittoria per mezzo del Signore nostro Gesù Cristo! [58]Perciò, o fratelli miei carissimi, rimanete saldi, irremovibili, prodigandovi senza sosta nell'opera del Signore, sapendo che la vostra fatica non è vana nel Signore.

EPILOGO

16 **Raccomandazioni, saluti e auguri.** - [1]Riguardo poi alla colletta in corso a favore dei santi, fate anche voi come ho ordinato alle chiese della Galazia. [2]Ogni primo

---

[29.] Non sappiamo che cosa fosse questo battesimo per i morti, ma lo sapevano i Corinzi (forse una pratica o preghiera di suffragio?). Paolo, senza biasimarlo né approvarlo, prende occasione per far vedere che è assurdo negare la risurrezione e intanto farsi battezzare per i morti.

[35.] Le meraviglie operate quotidianamente da Dio nella riproduzione dei viventi mostrano visibilmente che la risurrezione dei corpi non supera la potenza divina. Chi ha saputo crearli dal nulla, sa pure rimetterli assieme, se disfatti, e trasformarli come ha trasformato il corpo di Cristo.

[51ss.] Il *mistero* consiste in questo: anche quelli che saranno ancora in vita alla venuta gloriosa di Cristo saranno trasformati, e dovranno esserlo, per entrare con lui nella gloria.

giorno della settimana ciascuno metta in disparte, per conservarlo, quel tanto che gli viene bene, onde non si debbano fare collette quando io venga. ³Quando verrò, manderò con una mia lettera quelli che voi avrete scelto per portare il dono della vostra benevolenza a Gerusalemme. ⁴E se sembrerà bene che vada anch'io, partiranno con me. ⁵Verrò da voi dopo aver attraversato la Macedonia; ho infatti intenzione di attraversare la Macedonia, ⁶e giunto da voi, mi fermerò, o anche passerò l'inverno, per essere poi congedato da voi, dovunque debba andare. ⁷Non voglio assolutamente vedervi solo di passaggio, ma spero di trascorrere un po' di tempo con voi, se il Signore lo permetterà. ⁸Mi fermerò tuttavia a Efeso fino a Pentecoste, ⁹perché mi si è aperta una porta grande e favorevole, anche se gli avversari sono molti. ¹⁰Se viene Timoteo, fate che non si trovi in soggezione presso di voi: lavora per l'opera del Signore al pari di me. ¹¹Perciò nessuno gli manchi di riguardo. Accomiatatelo in pace, perché venga da me, che lo aspetto con i fratelli. ¹²Quanto al fratello Apollo, io l'ho pregato vivamente di venire da voi con i fratelli, ma non ha voluto saperne di partire adesso; verrà tuttavia quando gli si presenterà l'occasione.

¹³Vigilate, state saldi nella fede, siate uomini, siate forti. ¹⁴Tutto si faccia tra voi nella carità. ¹⁵Una raccomandazione ancora, o fratelli: conoscete la famiglia di Stefana, che è primizia dell'Acaia e hanno votato se stessi a servizio dei santi; ¹⁶siate anche voi obbedienti verso di loro e verso quanti collaborano e si affaticano. ¹⁷Godo della presenza di Stefana, di Fortunato e di Acaico, i quali hanno supplito alla vostra mancanza; ¹⁸hanno allietato il mio spirito e allieteranno il vostro. Sappiate riconoscere queste persone.

¹⁹Le chiese dell'Asia vi salutano. Vi salutano molto nel Signore Aquila e Prisca con la comunità che si raduna nella loro casa. ²⁰Vi salutano i fratelli tutti. Salutatevi a vicenda con il bacio santo. ²¹Il saluto è di mia mano, di Paolo. ²²Se qualcuno non ama il Signore, sia anàtema. *Maràna tha.* ²³La grazia del Signore Gesù sia con voi. ²⁴Il mio affetto con tutti voi in Cristo Gesù!

SECONDA LETTERA AI CORINZI

La seconda lettera ai Corinzi è la più spontanea e personale di Paolo. Fu scritta dalla Macedonia verso l'autunno del 57 d.C., a meno di un anno dalla prima ai Corinzi. Ma nel frattempo cose incresciose erano accadute a Corinto.

Una grave offesa lanciata contro l'autorità apostolica di Paolo deve aver causato il subbuglio nella comunità, per cui egli decise di aggiornare una visita promessa (cfr. 1,23; 2,2); mandò invece Tito, il quale calmò gli animi, ristabilì l'autorità di Paolo e, incontratolo in Macedonia, gli riferì che le cose si erano messe per il meglio (7,4-16). A questo punto Paolo decise di scrivere per risolvere definitivamente ogni malinteso.

Dopo il prologo di ringraziamento a Dio per i pericoli superati (1,1-11), Paolo illustra la correttezza e la coerenza nel suo comportamento verso i Corinzi, (1,12 - 2,13). A questo punto inizia la grande sezione dedicata al ministero apostolico, di cui descrive il paradosso, la grandezza, l'incomparabilità rispetto al ministero dell'Antico Testamento, il servizio per la riconciliazione e lo sforzo suo personale per non mancare né alla fiducia di Dio né alle aspettative dei fedeli (2,14 - 7,3).

A un intermezzo dedicato alla colletta in favore della comunità di Gerusalemme (cc. 8-9), segue una seconda parte fortemente polemica contro i suoi avversari. Li definisce pseudo-apostoli, camuffati da persone zelanti, mentre in realtà cercano se stessi, e presenta eloquentemente i titoli del suo apostolato (10,1 - 12,10). Dopo l'annuncio della sua prossima venuta a Corinto, la lettera si conclude con la radiosa formula liturgica: «La grazia del Signore Gesù Cristo, l'amore di Dio e la comunione dello Spirito Santo siano con tutti voi».

PROLOGO

1 Saluto iniziale. - [1]Paolo, apostolo di Gesù Cristo per volontà di Dio, e il fratello Timoteo, alla chiesa di Dio che è a Corinto, e a tutti i santi dell'intera Acaia: [2]grazia a voi e pace da Dio nostro Padre e dal Signore Gesù Cristo.

Le tribolazioni di Paolo. - [3]Sia benedetto Dio, Padre del Signore nostro Gesù Cristo, Padre delle misericordie e Dio di ogni conforto, [4]il quale ci consola in ogni nostra tribolazione, affinché possiamo consolare quelli che si trovano in qualunque tribolazione con quel conforto con cui siamo confortati noi stessi da Dio. [5]Infatti, come abbondano le sofferenze di Cristo in noi, così, in virtù di Cristo, abbonda pure il nostro conforto. [6]E quando siamo tribolati, è per la vostra consolazione e salvezza: quando siamo confortati, è per il vostro conforto, il quale si manifesta nel sopportare con forza le medesime sofferenze che anche noi sopportiamo. [7]La nostra speranza è ferma a vostro riguardo, convinti che come siete partecipi delle sofferenze lo sarete anche della consolazione.

[8]Non vogliamo infatti che ignoriate, o fratelli, la tribolazione che ci è sopravvenuta nell'Asia: siamo stati gravati oltre misura, al di là delle forze, sì da dubitare anche della vita; [9]ma abbiamo ricevuto su di noi la sentenza di morte affinché non confidassimo in noi, bensì in Dio che risuscita i morti. [10]Da tanta morte egli ci ha liberato e ci libererà, e abbiamo speranza in lui che ci libererà ancora, [11]grazie all'aiuto della vostra preghiera per noi, affinché per il favore ottenutoci da molte persone, da parte di molti siano rese grazie per noi.

APOLOGIA VELATA

Paolo non ha mancato di lealtà. - [12]Poiché noi abbiamo un vanto, ed è la testimonianza della coscienza di esserci comportati nel mondo, e particolarmente con voi, con la semplicità e limpidezza di Dio, non con la sapienza della carne, ma con la benevolenza di Dio. [13]Né vi scriviamo in maniera diversa da quello che potete leggere e comprendere; e spero che comprenderete fino in fondo, [14]come ci avete già compreso in parte, che noi siamo il vostro vanto, come voi il nostro, nel giorno del Signore nostro Gesù.

[15]E in questa fiducia avevo deciso in un primo tempo di venire, perché riceveste una seconda grazia, [16]e di lì recarmi in Macedonia, per ritornare nuovamente tra voi dalla Macedonia, per essere fatto proseguire da voi verso la Giudea. [17]Forse in questo progetto ci siamo comportati con leggerezza? O quello che decido lo decido secondo la carne, così che si trova in me il «sì, sì» e il «no, no»? [18]Come è vero che Dio è fedele, la nostra parola verso di voi non è «sì» e «no»! [19]Poiché il Figlio di Dio, Gesù Cristo che è stato predicato tra voi da me, da Silvano e Timoteo, non fu «sì» e «no», ma in lui c'è stato il «sì». [20]Tutte le promesse di Dio in lui sono diventate «sì». Per questo, attraverso lui, sale a Dio anche il nostro «amen» per la sua gloria. [21]E Dio stesso ci conferma, insieme a voi, in Cristo, e ci ha conferito l'unzione [22]e ci ha dato il sigillo e la caparra dello Spirito nei nostri cuori.

I motivi del cambiato progetto. - [23]Io però chiamo Dio a testimonio sulla mia vita, che non sono venuto a Corinto per risparmiarvi. [24]No, non comandiamo sulla vostra fede, ma siamo i collaboratori della vostra gioia; ché, quanto alla fede, voi state saldi.

2 [1]Ritenni opportuno di non venire di nuovo tra voi nell'afflizione. [2]Perché se io affliggo voi, chi potrà rallegrarmi, tolto colui che viene da me afflitto? [3]Perciò vi ho scritto in quei termini, per non dover poi essere rattristato alla mia venuta da quelli che dovrebbero rendermi lieto, persuaso come sono, riguardo a tutti voi, che la mia gioia è la vostra. [4]Vi ho scritto invero in grande afflizione e col cuore angosciato, tra molte lacrime, non per rattristarvi, ma per farvi conoscere l'affetto immenso che vi porto. [5]Ché se qualcuno mi ha rattristato, non ha rattristato me, ma in parte almeno, per non dir di più, tutti voi; [6]è sufficiente per quel tale il castigo che gli è venuto dalla maggioranza, [7]onde adesso voi dovreste piuttosto usargli benevolenza e confortarlo, perché non soccomba sotto un dolore troppo forte. [8]Vi esorto quindi a prendere una decisione di carità nei suoi riguardi. [9]Anche per questo vi ho scritto, per vedere alla prova la vostra virtù, se siete ubbidienti in tutto. [10]A chi voi perdonate, perdono anch'io; poiché quello che io ho perdonato, se pure ebbi qualcosa da perdonare, l'ho fatto per voi, davanti a Cristo, [11]per non cadere in balìa di Satana, le cui intenzioni sono ben note.

[12]Giunto che fui a Troade per annunciare il vangelo di Cristo, sebbene mi fosse aperta una grande porta nel Signore, [13]non ebbi pace nello spirito perché non vi trovai il mio fratello Tito; perciò, congedatomi da loro, partii per la Macedonia.

Apologia del ministero apostolico. - [14]Ma siano rese grazie a Dio, il quale ci fa partecipare in ogni tempo al suo trionfo in Cristo, e diffonde per mezzo di noi il profumo della sua conoscenza nel mondo intero! [15]Noi siamo infatti per Dio il profumo di Cristo tra quelli che si salvano e quelli che vanno in rovina; [16]per gli uni odore di morte per la morte, e per gli altri odore di vita per la vita. E chi è all'altezza di questo compito? [17]Perché noi non siamo come i molti che trafficano la parola di Dio, ma parliamo in Cristo, davanti a Dio, con limpidezza, come inviati di Dio.

3 [1]Cominciamo di nuovo a raccomandare noi stessi? O forse abbiamo bisogno, come altri, di lettere commendatizie per voi o da parte vostra? [2]La nostra lettera siete voi, lettera scritta nei nostri cuori, conosciuta e letta da tutti gli uomini; [3]poiché è noto che voi siete una lettera di Cristo redatta da noi, vergata non con inchiostro, ma con lo Spirito del Dio vivo, non su tavole di pietra, ma su tavole che sono cuori di carne. [4]Questa è la fiducia che abbiamo in Cri-

---

2. - [1ss.] È difficile comprendere quanto qui dice Paolo, perché non siamo al corrente di tutti gli avvenimenti. Dopo la prima permanenza in Corinto, Paolo vi ritornò forse una seconda volta, brevemente. Ci fu chi l'insultò, non sappiamo chi né come, e in seguito a ciò l'apostolo inviò una lettera severa: la comunità lo ascoltò, l'offensore fu castigato. Queste le notizie che Tito portò a Paolo, a Troade, e che hanno dato occasione alla presente lettera.

[5.] *Se qualcuno*: è l'offensore di Paolo, a noi sconosciuto, che offendendo lui offese anche i Corinzi. Costui dev'essersi scagliato direttamente contro Paolo e la sua autorità, perciò non può trattarsi dell'incestuoso di cui si parla in 1Cor 5.

sto, davanti a Dio. [5]Non che ci crediamo capaci di pensare qualcosa da noi stessi, [6]ma la nostra capacità viene da Dio che ci ha resi ministri idonei della nuova alleanza, non della lettera ma dello Spirito; la lettera uccide, lo Spirito vivifica. [7]E se il ministero della morte, inciso in lettere su pietre, era così glorioso al punto che i figli di Israele non potevano fissare il volto di Mosè a motivo della gloria, che pure svaniva, del suo volto, [8]quanto più non sarà glorioso il ministero dello Spirito? [9]Se già il ministero della condanna fu glorioso, molto di più il ministero della giustizia rifulgerà nella gloria. [10]Ché, anzi, sotto quest'aspetto, quello che era glorioso perde il suo splendore a confronto della sovreminenza della gloria attuale. [11]Se dunque ciò che era passeggero era glorioso, molto di più è circonfuso di gloria ciò che è duraturo.

[12]Forti di tale speranza, ci comportiamo con molta franchezza [13]e non facciamo come *Mosè che poneva un velo sul suo volto*, perché i figli d'Israele non vedessero la fine di quello che svaniva. [14]Ma le loro menti si sono accecate; infatti fino ad oggi quel medesimo velo rimane quando si legge l'antica alleanza e non si rende manifesto che Cristo lo ha abolito. [15]Fino ad oggi, quando si legge Mosè, un velo pesa sul loro cuore; [16]ma *quando ci sarà la conversione al Signore*, quel velo sarà tolto. [17]Il Signore è lo Spirito, e dove c'è lo Spirito del Signore c'è libertà! [18]Noi, dunque, riflettendo senza velo sul volto la gloria del Signore, veniamo trasformati in quella medesima immagine di gloria in gloria, conforme all'azione del Signore che è Spirito.

4 Oggetto del ministero apostolico. -

[1]Perciò, investiti di questo ministero per la misericordia che ci è stata usata, non ci perdiamo d'animo; [2]ma, rifiutando le dissimulazioni vergognose, senza comportarci con astuzia né falsificando la parola di Dio, ci presentiamo davanti alla coscienza di ogni uomo, al cospetto di Dio, con la manifestazione della verità. [3]E se anche il nostro vangelo è velato, lo è per quelli che si perdono, [4]ai quali il dio di questo secolo ha accecato la mente incredula, perché non vedano il fulgore del vangelo della gloria di Cristo, immagine di Dio. [5]Perché noi non predichiamo noi stessi, ma Gesù Messia Signore; quanto a noi, siamo i vostri servi in Cristo. [6]E Dio che disse: *Brilli la luce dalle tenebre*, è brillato nei nostri cuori, per far risplendere la conoscenza della gloria divina che rifulge sul volto di Cristo.

Le tribolazioni e le speranze degli apostoli. -

[7]Ma questo tesoro lo abbiamo in vasi di creta, affinché appaia che questa potenza straordinaria proviene da Dio e non da noi. [8]Siamo tribolati da ogni parte, ma non schiacciati; incerti, ma non disperati; [9]cacciati, ma non abbandonati; atterrati ma non uccisi; [10]portando sempre e dovunque la morte di Gesù nel nostro corpo, perché anche la vita di Gesù sia manifestata nel nostro corpo. [11]Sempre infatti, pur essendo vivi, noi veniamo esposti alla morte a motivo di Gesù, affinché anche la vita di Gesù sia manifestata nella nostra carne mortale. [12]E così è la morte ad operare in noi, e la vita in voi.

[13]Animati tuttavia da quello spirito di fede di cui sta scritto: *Ho creduto, perciò ho parlato*, anche noi crediamo e perciò parliamo, [14]convinti che Colui il quale ha risuscitato il Signore Gesù risusciterà anche noi con Gesù e ci metterà accanto a lui insieme con voi. [15]Ché tutto si compie per voi, affinché la grazia, abbondando, moltiplichi in molti l'inno di lode alla gloria di Dio. [16]Per questo non ci perdiamo d'animo, ma se anche il nostro uomo esteriore cade in sfacelo, il nostro uomo interiore si rinnovella di giorno in giorno. [17]Poiché il minimo di sofferenza attuale ci procura una quantità smisurata ed eterna di gloria, [18]giacché noi non fissiamo lo sguardo sulle cose visibili, ma su quelle invisibili. Le cose visibili sono d'un momento, quelle invisibili eterne.

5 Speranza della gloria futura. -

[1]Sappiamo infatti che quando si smonterà la tenda di questa abitazione terrena, riceveremo una dimora da Dio, abitazione eterna nei cieli, non costruita da mani d'uomo. [2]Perciò sospiriamo in questa tenda, desiderosi di rivestire la nostra dimora celeste, [3]se però saremo trovati spogli, non nudi. [4]E quanti siamo nella tenda sospiriamo come sotto un peso, non volendo venire spogliati ma sopravvestiti, affinché ciò che è mortale venga assunto dalla vita. [5]È Dio che ci ha fatti per questo e ci ha dato la caparra dello Spirito! [6]Perciò ripieni sempre di coraggio,

---

4. - 5. Parole scultoree che definiscono in maniera splendida il contenuto e l'oggetto del ministero apostolico e l'attività della chiesa nel mondo.

10-11. La debolezza degli apostoli in confronto con la grandezza del ministero che debbono compiere fa risaltare la potenza di Gesù, morto e risorto, e che ora continua ad agire nei suoi messaggeri, comunicando loro virtù e potere.

e sapendo che finché abitiamo nel corpo siamo esuli dal Signore, [7]poiché camminiamo nella fede e non ancora nella visione, [8]pieni di fiducia preferiamo esulare dal corpo e abitare presso il Signore. [9]Perciò, sia che abitiamo nel corpo sia che ne usciamo, ci studiamo di essere graditi a lui. [10]Poiché tutti dobbiamo comparire davanti al tribunale di Cristo, per ricevere ciascuno la retribuzione delle opere compiute col corpo, premio o castigo.

I princìpi ispiratori del ministero apostolico. - [11]Avendo dunque il timore del Signore, cerchiamo di persuadere gli uomini, e siamo chiari davanti a Dio; e spero di esserlo anche davanti alle vostre coscienze. [12]Non che incominciamo di nuovo a raccomandarci a voi, ma è per darvi motivo di vanto per noi, da opporre a quelli il cui vanto è esteriore e non nel cuore. [13]Se infatti siamo stati fuori di senno, lo fu per Dio, e se siamo ragionevoli, è per voi. [14]L'amore di Cristo ci spinge, al pensiero che uno morì per tutti e quindi tutti morirono; [15]e morì per tutti affinché quelli che vivono non vivano più per se stessi, ma per Colui che è morto e risuscitato per loro. [16]Quindi ormai non conosciamo più nessuno secondo la carne; e anche se abbiamo conosciuto Cristo secondo la carne, ora non lo conosciamo più così. [17]Quindi se uno è in Cristo, è creatura nuova; le vecchie cose sono passate, ne sono nate di nuove!

[18]E tutto è da Dio, il quale ci ha riconciliati con sé mediante Cristo, e ha affidato a noi il ministero della riconciliazione; [19]è stato Dio, infatti, a riconciliare con sé il mondo in Cristo, non imputando agli uomini le loro colpe e affidando a noi la parola della riconciliazione. [20]Noi fungiamo quindi da ambasciatori per Cristo, ed è come se Dio esortasse per mezzo nostro. Vi supplichiamo in nome di Cristo: riconciliatevi con Dio. [21]Colui che non conobbe peccato, egli lo fece peccato per noi, affinché noi potessimo diventare giustizia di Dio in lui.

6 La forza di Dio è sostegno dell'Apostolo. - [1]E poiché siamo suoi collaboratori, vi esortiamo a non accogliere invano la grazia di Dio. [2]Egli dice infatti:

Al momento favorevole ti ho esaudito
e nel giorno della salvezza ti ho aiutato.

Ecco adesso il momento favorevole, ecco ora il giorno della salvezza! [3]Noi non diamo motivo di scandalo a nessuno, perché non venga biasimato il nostro ministero; [4]ma in ogni cosa ci presentiamo come ministri di Dio, con molta fortezza, nelle tribolazioni, nelle angustie, nelle ansie, [5]nelle percosse, nelle carceri, nelle sommosse, nelle fatiche, nelle veglie, nei digiuni; [6]con purezza, sapienza, longanimità, benevolenza, spirito di santità, amore sincero; [7]con parole di verità, con la potenza di Dio; con le armi della giustizia nella destra e nella sinistra; [8]nella gloria e nel disprezzo, nella cattiva fama e nella buona; ritenuti mendaci e invece veritieri; [9]come ignoti, eppure conosciuti; moribondi, eppure viviamo; castigati, ma non messi a morte; [10]afflitti, eppure sempre lieti; poveri, mentre arricchiamo molti; gente che non ha nulla, mentre possediamo tutto!

Confidenze e ammonimenti. - [11]La nostra bocca vi ha parlato apertamente e il nostro cuore si è dilatato per voi, o Corinzi. [12]Non siete davvero allo stretto in noi; è nei vostri cuori che state allo stretto. [13]Rendeteci il contraccambio! Parlo come a figli, dilatate il cuore anche voi! [14]Non lasciatevi legare al giogo estraneo degli infedeli. Quale rapporto ci può essere tra la giustizia e l'empietà, o quale comunione tra la luce e le tenebre? [15]Quale armonia tra Cristo e Beliar, quale società tra un fedele e un infedele, [16]quale accordo tra il tempio di Dio e gli idoli? Perché noi siamo il tempio del Dio vivente, come egli ha detto:

Abiterò e camminerò in mezzo a loro,
e sarò il loro Dio ed essi il mio popolo.
[17] *Perciò uscite di mezzo a loro*
e mettetevi in disparte, dice il Signore,
non toccate nulla d'impuro.
E io vi accoglierò
[18] *e sarò per voi un padre,*
e voi sarete per me figli e figlie,
dice il Signore onnipotente.

7 Il bene della riconciliazione. - [1]Con tali promesse, o carissimi, purifichiamoci da ogni macchia della carne e dello spirito, portando a compimento la santità, nel timore di Dio.

---

5. - [21.] Il culmine dell'amore Dio lo raggiunse sostituendo all'uomo peccatore il suo stesso Unigenito, caricandolo dei peccati dell'uomo affinché soddisfacesse per loro, rendendo possibile, così, non solo la rinnovazione dell'uomo, ma l'amicizia e la figliolanza con Dio.

7. - Questo capitolo, che chiude la prima parte della lettera, invita i Corinzi a mettere una pietra sul passato e a non pensarci più. Ormai il male è passato, l'offesa è stata cancellata con il pentimento, la serenità è ritornata. Avanti, dunque: c'è ancora del bene da compiere, della carità da praticare!

²Dateci accoglienza nei vostri cuori! Non abbiamo leso nessuno, non abbiamo danneggiato nessuno, non abbiamo sfruttato nessuno. ³Non lo dico per condannare; ho detto sopra che siete nel nostro cuore, per la vita e per la morte. ⁴Sono molto franco con voi e ho molto da vantarmi di voi. Sono ricolmo di consolazione, pervaso di gioia, nonostante ogni nostra tribolazione. ⁵Infatti, da quando siamo giunti in Macedonia, il nostro corpo non ha avuto requie, da ogni parte siamo tribolati, battaglie all'esterno, timori all'interno. ⁶Ma Dio, che consola gli afflitti, ci ha consolati con la venuta di Tito. ⁷E non solo con la sua venuta, ma con la consolazione che ha ricevuto da voi. Egli ci ha riferito il vostro desiderio, il vostro rammarico, il vostro affetto per noi; onde la mia gioia si è ancora accresciuta. ⁸Ché se vi ho rattristato con quella lettera, non me ne rincresce. E se me ne è dispiaciuto — vedo infatti che quella lettera, anche se per breve tempo soltanto, vi ha contristati — ⁹ora ne godo; non per la vostra tristezza, ma perché vi siete rattristati per convertirvi; vi siete infatti rattristati secondo Dio, per non venire puniti da noi. ¹⁰La tristezza secondo Dio genera ravvedimento che porta a salvezza e di cui non ci si pente; ma la tristezza del mondo genera la morte. ¹¹Vedete, invece, quella tristezza secondo Dio quanta sollecitudine ha destato in voi; di più, quali scuse, quanta indignazione, quale timore, quale desiderio, quale affetto, quale punizione! Vi siete dimostrati sotto ogni aspetto innocenti in quell'affare. ¹²Ché se vi ho scritto non fu tanto a motivo dell'offensore e dell'offeso, ma affinché divenisse manifesta tra voi, dinanzi a Dio, la vostra sollecitudine verso di noi. ¹³Ecco quello che ci ha consolati. A questa nostra consolazione si è aggiunta la gioia per la letizia di Tito, per essere stato il suo spirito rinfrancato da tutti voi. ¹⁴Onde se in qualche cosa mi ero gloriato di voi con lui, non ho dovuto arrossirne, ma come abbiamo detto a voi ogni cosa secondo verità, così anche il nostro vanto con Tito si è dimostrato vero. ¹⁵E il suo affetto per voi è cresciuto, ricordando come tutti avete ubbidito e lo avete accolto con timore e trepidazione. ¹⁶Godo di poter contare totalmente su di voi.

COLLETTA PER I POVERI

8 Colletta per la chiesa di Gerusalemme. - ¹Vogliamo poi manifestarvi, o fratelli, la grazia di Dio accordata alle chiese della Macedonia: ²nonostante la lunga prova della tri-

bolazione, la loro gioia è grande e la profonda povertà in cui si trovano ha traboccato della ricchezza della loro generosità. ³Posso testimoniare che hanno dato secondo le loro forze e anche più delle loro forze, spontaneamente, ⁴chiedendoci con insistenza la grazia di prendere parte a questo servizio a favore dei santi, ⁵più di quanto non avremmo osato sperare, offrendosi prima al Signore e poi a noi, conforme alla volontà di Dio. ⁶Onde abbiamo pregato Tito di portare a compimento fra voi quest'opera di benevolenza, lui che l'aveva incominciata. ⁷Su, dunque: come vi segnalate in ogni cosa, nella fede e nella parola, nella dottrina e in ogni zelo e nella carità che vi abbiamo insegnato, così distinguetevi anche in quest'opera di benevolenza. ⁸Non ve ne faccio un obbligo, ma vorrei provare alla stregua dello zelo degli altri la sincerità della vostra carità. ⁹Conoscete la benevolenza del Signore nostro Gesù Cristo: da ricco che era, si è fatto povero per voi, perché voi diventaste ricchi dalla sua povertà. ¹⁰È un consiglio che vi do: si tratta di cosa vantaggiosa per voi, che fin dall'anno passato siete stati i primi non solo a intraprenderla, ma a desiderarla. ¹¹Ora dunque realizzatela, perché come vi fu la prontezza del volere, così anche vi sia il compimento, secondo i vostri mezzi; ¹²se infatti c'è la prontezza del volere, essa riesce gradita secondo quello che si possiede, non secondo quello che non si possiede. ¹³Non si tratta invero di disagiare voi per sollevare gli altri, ma perché vi sia eguaglianza; ¹⁴nel momento attuale la vostra abbondanza scenda sulla loro indigenza, affinché anche la loro abbondanza torni a vantaggio della vostra indigenza, onde vi sia eguaglianza, come sta scritto: ¹⁵*Chi aveva molto non ne soverchiò e chi aveva poco non sentì la mancanza.*

Presentazione dei delegati. - ¹⁶Siano rese grazie a Dio che infonde la medesima sollecitudine per voi nel cuore di Tito! ¹⁷Egli ha accolto l'invito e, pieno di zelo, è partito spontaneamente per venire a voi. ¹⁸Abbiamo mandato con lui il fratello che ha lode in tutte le chiese a motivo del vangelo; ¹⁹egli è stato designato dalle chiese come nostro compagno in quest'opera di benevolenza che stiamo realizzando per la gloria del Signore, e per l'impulso del nostro cuore. ²⁰Vogliamo

---

8-9. - Paolo tratta della grande colletta a favore dei poveri di Gerusalemme. L'apostolo la designa con i termini di *grazia, servizio, opera di benevolenza, vostra abbondanza, offerta, largizione, prestazione sacra*: segno anche questo della sublimità dell'opera di carità.

evitare che qualcuno possa biasimarci per queste somme che vengono amministrate da noi. ²¹*Ci preoccupiamo* infatti di comportarci bene non soltanto *davanti al Signore*, ma *anche* davanti agli *uomini*. ²²Con loro abbiamo inviato anche il nostro fratello di cui abbiamo più volte sperimentato lo zelo in molte circostanze, ed è ora più zelante che mai per la grande fiducia che ha in voi. ²³Tito è dunque mio compagno e collaboratore presso di voi; i nostri fratelli sono delegati delle chiese, gloria di Cristo. ²⁴Date dunque a loro la prova del vostro affetto e della legittimità del nostro vanto per voi davanti a tutte le chiese.

9 **Motivi della colletta.** - ¹Riguardo poi a questo servizio in favore dei santi, è superfluo che ve ne scriva. ²Conosco bene la vostra disposizione e ne faccio vanto con i Macedoni, dicendo che l'Acaia è pronta fin dallo scorso anno, e già molti sono stati stimolati dal vostro zelo. ³Ho mandato i fratelli perché il nostro vanto per voi su questo punto non abbia a dimostrarsi vano, ma siate realmente pronti, come io andavo dicendo; ⁴e non avvenga che, venendo con me dei Macedoni, vi trovino impreparati, e noi dobbiamo arrossire, per non dire voi, di questa fiducia. ⁵Abbiamo quindi ritenuto necessario invitare i fratelli a precederci presso di voi, per organizzare la vostra offerta già menzionata, affinché sia pronta come una vera largizione e non come un'estorsione.

Vantaggi spirituali della colletta. - ⁶Ricordate: chi semina scarsamente, scarsamente raccoglierà; e chi semina con larghezza, con larghezza raccoglierà. ⁷Ciascuno dia secondo che ha deciso nel suo cuore, non con tristezza né per forza; *Dio ama il donatore gioioso.* ⁸E Dio può riversare su di voi ogni sorta di grazie, così che, avendo ogni autosufficienza in tutto e sempre, possiate compiere generosamente tutte le opere di bene, ⁹come sta scritto:

largheggiò, donò ai poveri;
la sua giustizia dura nei secoli.

¹⁰E colui che somministra *la semente al seminatore e il pane per il nutrimento*,

somministrerà e moltiplicherà a voi la semente e farà crescere *i frutti della vostra giustizia.* ¹¹Allora sarete ricchi per ogni largizione, e questa farà salire a Dio l'inno del ringraziamento per merito vostro. ¹²Giacché il servizio di questa prestazione sacra non solo sovviene alla necessità dei santi, ma sarà fecondo di molti ringraziamenti a Dio. ¹³Per la bella prova di questo servizio essi ringrazieranno Dio per la vostra ubbidienza e accettazione del vangelo di Cristo, e per la generosità della vostra comunione con loro e con tutti; ¹⁴e pregando in vostro favore proveranno affetto per voi, a motivo della straordinaria grazia di Dio effusa su di voi. ¹⁵Grazie a Dio per questo suo ineffabile dono!

APOLOGIA MANIFESTA

10 **Contro l'accusa di debolezza.** - ¹Sono io, Paolo, che vi esorto con la dolcezza e la mansuetudine di Cristo, io che in presenza sarei umile, ma di lontano prepotente con voi. ²Vi prego che non avvenga di dovervi mostrare di presenza quella forza che ritengo di dover adoperare contro alcuni che ci giudicano come se ci comportassimo secondo la carne. ³Giacché se viviamo nella carne, non combattiamo secondo la carne. ⁴Non sono carnali le armi della nostra battaglia, ma hanno da Dio la potenza di debellare le fortezze, distruggendo i ragionamenti ⁵e ogni altezza orgogliosa che si leva contro la conoscenza di Dio, e rendendo ogni intelligenza prigioniera nell'obbedienza a Cristo. ⁶Siamo pronti a punire qualsiasi disobbedienza, non appena la vostra obbedienza sia perfetta. ⁷Guardate le cose in faccia: se alcuno ha la persuasione di appartenere a Cristo, si ricordi che se lui è di Cristo lo siamo anche noi; ⁸ché se anche mi vantassi di più del nostro potere, che il Signore ci ha dato per vostra edificazione e non per vostra rovina, non avrei proprio da arrossirne. ⁹Dico questo per non sembrare di volervi spaventare con le lettere! ¹⁰Perché «le lettere — si dice — sono dure e forti, ma la sua presenza fisica è debole e la parola dimessa». ¹¹Sappia costui che quali siamo a parole per lettera, assenti, tali anche saremo a fatti, di presenza.

Contro l'accusa di ambizione. - ¹²Certo noi non abbiamo l'audacia di eguagliarci o paragonarci a nessuno di quelli che si raccomandano da sé; ma mentre si misurano da sé e si paragonano con se stessi, vanno fuori di senno. ¹³Noi invece non ci gloria-

---

10. - ¹· Ripete in modo ironico le accuse che gli facevano i suoi avversari. Dopo le cordiali parole dei capitoli precedenti, Paolo comincia qui una polemica autodifesa, con una rovente confutazione dei suoi implacabili avversari giudaizzanti, che non può non stupire. Prima di chiudere la lettera, egli vuole anche chiudere la bocca ai suoi denigratori.

mo oltre misura, ma secondo la norma della misura che Dio ci ha assegnato, facendoci arrivare fino a voi; [14]né ci innalziamo in maniera indebita, come sarebbe se non fossimo arrivati fino a voi, mentre fino a voi siamo giunti col vangelo di Cristo. [15]Né ci vantiamo indebitamente di fatiche altrui, ma nutriamo la speranza, col crescere della fede in voi, di venire ingranditi ulteriormente nella nostra misura, [16]e di poter annunziare il vangelo a quelli che stanno al di là di voi, senza vantarci, di cose già fatte in campo altrui. [17]*Chi si gloria, si glori nel Signore*; [18]perché non colui che si raccomanda da sé viene approvato, ma colui che il Signore raccomanda.

11 I suoi titoli di apostolato. - [1]Oh, se voleste sopportare un po' di stoltezza da parte mia! Ma sì, sopportatemi! [2]Io sento per voi una specie di gelosia divina, avendovi fidanzato a uno sposo, per presentarvi qual vergine pura a Cristo. [3]E temo che, come il serpente nella sua malizia ha ingannato Eva, così i vostri pensieri vengano traviati dalla semplicità e dalla purezza che c'è in Cristo. [4]Se infatti il primo venuto vi predica un Gesù diverso da quello che vi abbiamo predicato noi, o si tratta di ricevere uno Spirito diverso da quello che avete ricevuto, o un altro vangelo che non avete ancora sentito, voi sareste capaci di accettarlo.

[5]Ora io ritengo di non essere per nulla inferiore a questi «arciapostoli»: [6]se sono un profano nell'eloquenza, non lo sono però nella scienza; e ve l'abbiamo dimostrato dovunque e in ogni modo. [7]Avrei forse commesso una colpa abbassando me stesso per esaltare voi, quando vi ho annunziato gratuitamente il vangelo di Dio? [8]Ho spogliato altre chiese per il mio sostentamento, al fine di servire voi; [9]e quando giunsi da voi, pur trovandomi nel bisogno, non sono stato di aggravio a nessuno. Alle mie necessità vennero incontro i fratelli venuti dalla Macedonia; mi sono guardato in ogni modo dall'esservi a carico, e me ne guarderò. [10]Com'è vero che c'è la verità di Cristo in me, nessuno mi toglierà questo vanto in terra di Acaia! [11]Perché? Perché non vi amo? Lo sa Dio! [12]Ma lo faccio e lo farò ancora per togliere ogni pretesto a quelli che ne cercano uno per essere come noi in quello di cui si vantano. [13]Questi tali sono falsi apostoli, maneggiatori fraudolenti, che si mascherano da apostoli di Cristo. [14]Né fa meraviglia, perché anche Satana si maschera da angelo di luce; [15]è naturale che anche i suoi ministri si màscherino da ministri di giustizia. Ma la loro fine sarà secondo le loro opere.

[16]Nessuno, lo ripeto, mi consideri come insensato; o se no, ritenetemi pure come insensato, affinché possa anch'io vantarmi un poco. [17]Quello che sto per dire, non lo dico secondo il Signore, ma come da stolto, in questa esibizione di vanto. [18]Poiché molti si vantano secondo la carne, anch'io mi vanterò. [19]E voi, sapienti come siete, sopportate facilmente gli insensati; [20]sopportate infatti chi vi asservisce, chi vi divora, chi vi sfrutta, chi è arrogante, chi vi colpisce in volto. [21]Lo dico con vergogna: siamo stati deboli noi! Però in quello di cui altri ardisce vantarsi, lo dico da stolto, ardisco vantarmi anch'io.

[22]Sono Ebrei? Anch'io! Sono Israeliti? Anch'io! Sono stirpe di Abramo? Anch'io! [23]Sono ministri di Cristo? Lo dico da stolto, io più di loro! Molto di più per le fatiche, molto di più per la prigionia, infinitamente di più per le percosse. Ho rasentato spesso la morte. [24]Cinque volte dai Giudei ho ricevuto quaranta colpi meno uno; [25]tre volte passato alle verghe, una volta lapidato, tre volte naufragato, ho trascorso un giorno e una notte sull'abisso. [26]Viaggi innumerevoli, pericoli di fiumi, pericoli di ladri, pericoli dai connazionali, pericoli dai pagani, pericoli nella città, pericoli nel deserto, pericoli sul mare, pericoli dai falsi fratelli; [27]fatica e travaglio, veglie senza numero, fame e sete, digiuno frequente, freddo e nudità.

[28]E oltre tutto, il mio peso quotidiano, la preoccupazione di tutte le chiese. [29]Chi è debole, che non lo sia anch'io? Chi riceve scandalo, senza che io ne frema? [30]Se ancora è necessario vantarsi, mi vanterò delle mie infermità. [31]E Dio, Padre del Signore Gesù — sia benedetto nei secoli — sa che non mentisco. [32]A Damasco, l'etnarca del re Areta montava la guardia alla città di Damasco per catturarmi; [33]ma da una finestra fui calato per il muro in una cesta e così sfuggii dalle sue mani.

12 Le visioni e le rivelazioni del Signore. - [1]Bisogna vantarsi? Non giova nulla, però. Verrò alle visioni e alle rivela-

---

12. - [2.] *Un uomo*: è Paolo. *Quattordici anni fa*: Paolo scrive sul finire dell'a. 57 o nei primi mesi del 58, quindi parla dell'a. 44, alla fine del suo lungo ritiro in Cilicia, quando Barnaba andò a prenderlo a Tarso per farlo suo collaboratore (At 11,22-26). *Terzo cielo*: il paradiso.

zioni del Signore. [2]Conosco un uomo in Cristo che, quattordici anni fa — non so se col corpo o se fuori del corpo, lo sa Dio — fu rapito fino al terzo cielo. [3]E so che quest'uomo — non so se col corpo o senza corpo, lo sa Dio — [4]fu rapito in paradiso e udì parole ineffabili che non è possibile a un uomo proferire. [5]Di lui mi vanterò, di me invece non mi darò vanto, se non delle mie debolezze.

[6]Certo, se volessi vantarmi, non sarei insensato, perché direi solo la verità; ma evito di farlo, affinché nessuno mi giudichi di più di quello che vede o sente da me. [7]E perché non insuperbissi per la grandezza delle rivelazioni, mi è stato messo un pungiglione nella carne, un emissario di Satana che mi schiaffeggi, perché non insuperbisca. [8]Tre volte ho pregato il Signore che lo allontanasse da me. [9]Mi rispose: «Ti basta la mia grazia; la mia potenza si esprime nella debolezza». Mi vanterò quindi volentieri delle mie debolezze, perché si stenda su di me la potenza di Cristo. [10]Mi compiaccio quindi delle infermità, degli oltraggi, delle necessità, delle persecuzioni, delle angustie, a motivo di Cristo; perché quando sono debole, allora sono forte.

[11]Mi sono mostrato insensato, mi ci avete costretto. Avrei dovuto ricevere l'elogio da voi, perché non sono per nulla inferiore a quegli arciapostoli, anche se sono niente. [12]I segni dell'apostolo li avete veduti in opera in mezzo a voi, in una pazienza a tutta prova, con miracoli, prodigi e portenti. [13]In che cosa siete stati inferiori alle altre chiese, se non che io non ho pesato su di voi? Perdonatemi questa ingiustizia!

Annuncio di una prossima visita. - [14]Questa è la terza volta che sto per venire da voi, e non vi sarò di peso; perché non cerco le cose vostre, ma voi. Non spetta ai figli mettere da parte per i genitori, ma ai genitori per i figli. [15]E io prodigherò volentieri e consumerò me stesso per le vostre anime. E se io vi amo tanto, dovrei essere riamato di meno? [16]Ma sia pure, io non ho gravato su di voi; però, furbo qual sono, vi avrei preso con l'inganno. [17]Vi avrei forse sfruttato per mezzo di qualcuno di quelli che ho inviato tra voi? [18]Ho pregato Tito di venire da voi e gli ho mandato assieme quell'altro

fratello. Forse Tito vi ha sfruttato in qualche cosa? Non abbiamo camminato nello stesso spirito, sulle medesime tracce? [19]Certo potete aver pensato che stiamo facendo la nostra apologia davanti a voi. Parliamo davanti a Dio, in Cristo, e tutto, o carissimi, per la vostra edificazione. [20]Temo infatti che, venendo, non vi trovi come desidero, e che a mia volta venga trovato da voi come non mi desiderate; temo che vi siano contese, invidie, animosità, dissensi, maldicenze, insinuazioni, superbie, insubordinazioni; [21]e che, ritornando, il mio Dio mi umili davanti a voi e abbia a dolermi di molti che hanno peccato per l'addietro e non si sono convertiti dall'impudicizia, fornicazione e dissolutezza da loro commesse.

13 **La prossima venuta.** - [1]Questa è la terza volta che vengo da voi: *Ogni questione sarà decisa sulla dichiarazione di due o tre testimoni.* [2]L'ho detto, quand'ero presente la seconda volta, a quelli che hanno peccato, e lo ripeto ora, assente, a tutti gli altri: quando verrò questa volta, non sarò indulgente, [3]dal momento che cercate una prova che Cristo parla in me, lui che non è debole, ma potente in mezzo a voi. [4]Egli fu crocifisso per la sua debolezza, ma vive per la potenza di Dio. E noi che siamo deboli in lui, saremo vivi con lui per la potenza di Dio verso di voi. [5]Esaminate voi stessi se siete nella fede, mettetevi alla prova. O non riconoscete che Cristo abita in voi? A meno che siate dei riprovati! [6]E spero che riconoscerete che noi non siamo riprovati. [7]Preghiamo Dio che non facciate alcun male; non per essere noi approvati, ma perché voi facciate il bene, anche se dovessimo apparire noi come riprovati! [8]Non abbiamo alcun potere contro la verità, ma per la verità; [9]e siamo lieti quando noi siamo deboli e voi forti. Preghiamo anche per la vostra perfezione. [10]E vi scrivo queste cose da lontano per non dovere poi, di presenza, agire severamente con il potere che il Signore mi ha dato per edificare, non per distruggere.

Conclusione. - [11]Per il resto, o fratelli, state lieti, mirate alla perfezione, incoraggiatevi, state uniti, vivete in pace, e il Dio dell'amore e della pace sarà con voi. [12]Salutatevi a vicenda con un bacio santo. Tutti i santi vi salutano. [13]La grazia del Signore Gesù Cristo, l'amore di Dio e la comunione dello Spirito Santo siano con tutti voi.

---

[14]. *La terza volta*: dopo la permanenza di un anno e mezzo per la loro evangelizzazione (At 18) e la visita breve menzionata in questa lettera (2,1).

LETTERA AI GALATI

La lettera è indirizzata alle comunità cristiane della Galazia — regione al centro dell'attuale Turchia — evangelizzate da Paolo durante la seconda e la terza spedizione missionaria (At 16,6 e 18,23), ottenendo un grande numero di adesioni alla fede.

Ma dopo la partenza di Paolo si intromisero nella comunità avversari «giudaizzanti», i quali attaccarono l'Apostolo dicendo che egli non era un vero apostolo come i Dodici, e sostenevano che la fede in Cristo da sola non basta per ricevere lo Spirito e ottenere la salvezza, ma erano necessarie la circoncisione e l'osservanza della legge e pratiche giudaiche.

L'Apostolo reagì con la presente lettera che si può dividere chiaramente in tre parti. Dopo un esordio dal tono severo e perfino amaro (1,1-10), l'Apostolo passa a difendere l'origine, la natura e le qualifiche del suo apostolato e della sua dottrina in armonia con l'insegnamento dei Dodici e di Cefa-Pietro (1,11 - 2,21). Una seconda parte espone che la giustificazione, cioè la grazia che salva, si ottiene mediante la fede e non con l'osservanza della legge; solo in Cristo si ottiene la liberazione da ogni servitù (3,1 - 4,31). La terza parte della lettera esorta a interpretare bene e conservare il dono della libertà cristiana e a non trasformarla in incentivo di disordine e di egoismo: la libertà è per la carità (5,1 - 6,10). Conclude con una specie di autentificazione autografa dettata da affetto e fede vigilante (6,11-18).

La lettera, scritta con tutta probabilità negli anni 56-57, si può considerare il preannuncio e l'anticipo di quella ai Romani.

AUTODIFESA DI PAOLO

1 Indirizzo. - [1]Paolo, apostolo non da uomini né in virtù di un uomo, ma in virtù di Gesù Cristo e di Dio Padre che lo risuscitò da morte, [2]e i fratelli tutti che sono con me, alle chiese della Galazia: [3]grazia a voi e pace da Dio Padre nostro e dal Signore Gesù Cristo, [4]che diede se stesso per i nostri peccati, allo scopo di sottrarci al mondo presente malvagio, secondo il disegno voluto dal nostro Dio e Padre, [5]al quale sia gloria per i secoli dei secoli: amen!

Esiste un solo vangelo, quello annunciato da Paolo. - [6]Mi sorprende che così presto vi siate distaccati da Cristo, che vi aveva chiamati per la sua grazia, aderendo a un altro vangelo: [7]non ne esiste un altro! Ma ci sono alcuni che mettono lo scompiglio fra di voi e vogliono stravolgere il vangelo di Cristo.

[8]Ma se noi o un angelo disceso dal cielo annunciasse a voi un vangelo diverso da quello che vi abbiamo annunciato, sia votato alla maledizione divina! [9]Come ho detto prima, anche in questo momento ripeto: se qualcuno vi annuncia un vangelo diverso da quello che voi riceveste, sia votato alla maledizione divina! [10]Adesso infatti cerco di ingannare gli uomini o Dio? Oppure cerco di piacere agli uomini? Se ancora cercassi di piacere agli uomini, non sarei servo di Cristo.

---

1. - [1.] Paolo, sapendo che la sua autorità e missione di *apostolo* è minacciata, ne pone subito in risalto il fondamento: poiché essa viene da *Dio Padre* ed è conferita da *Gesù Cristo*, egli è vero apostolo, come gli altri dodici.
[4.] Nei saluti è molto spiccio in questa lettera. Paolo affronta subito il pericolo, in cui si trovavano i suoi fedeli, di deviare dalla retta fede. Mette perciò in risalto il fondamento della nostra salvezza: *Gesù Cristo, che diede se stesso per i nostri peccati.*

Paolo ha appreso il suo vangelo direttamente da Cristo. - [11]Vi rendo noto infatti, fratelli, che il vangelo annunziato da me non è a misura di uomo: [12]infatti né io l'ho ricevuto da un uomo né da un uomo sono stato ammaestrato, ma da parte di Gesù Cristo, attraverso una rivelazione. [13]Udiste infatti il mio modo di comportarmi un tempo nel giudaismo: perseguitavo oltre ogni limite la chiesa di Dio e cercavo di rovesciarla, [14]e mi ero spinto, nel giudaismo, oltre tutti i miei coetanei appartenenti al mio popolo, difensore fanatico com'ero, in misura maggiore di loro, delle tradizioni dei miei padri. [15]Quando poi piacque a Colui, che mi aveva separato *fin dal seno di mia madre* e mi aveva chiamato in forza della sua grazia, [16]di rivelare il Figlio suo in me, affinché io lo annunziassi ai pagani, subito fin da allora non consultai alcun uomo [17]né partii per Gerusalemme dagli apostoli miei predecessori, ma mi allontanai verso l'Arabia, e di nuovo tornai a Damasco.

Contatti di Paolo con Pietro e dirigenti di Gerusalemme. - [18]In seguito, dopo tre anni, salii a Gerusalemme per prendere contatti con Cefa e mi trattenni presso di lui quindici giorni. [19]Degli apostoli non vidi altri, ma soltanto Giacomo, il fratello del Signore. [20]Queste cose scrivo a voi: ecco, davanti a Dio attesto che non mentisco. [21]In seguito mi recai nelle regioni della Siria e della Cilicia. [22]Personalmente ero sconosciuto alle chiese della Giudea che sono in Cristo; [23]avevano solo sentito dire che «colui che un tempo ci perseguitava adesso annuncia quella fede che allora cercava di sovvertire», [24]e glorificavano Dio in rapporto a me.

2 [1]Quindi, dopo quattordici anni, salii di nuovo a Gerusalemme con Barnaba, dopo aver preso con me anche Tito. [2]Vi salii in seguito a una rivelazione, ed esposi in privato ai notabili il vangelo che proclamo ai pagani, per evitare il rischio di correre o di aver corso invano. [3]Ma neppure Tito che

era con me, pur essendo greco, fu obbligato a farsi circoncidere. [4]Ma a causa dei falsi fratelli intrusi, i quali si intrufolarono per spiare la nostra libertà che abbiamo in Gesù Cristo allo scopo di renderci schiavi... [5]Ad essi non cedemmo neppure momentaneamente sottomettendoci, affinché la verità del vangelo rimanga salda in mezzo a voi. [6]Da parte di coloro che sembravano essere qualcosa — quali fossero un tempo non ha per me nessun interesse: Dio infatti non guarda alla persona dell'uomo —...a me infatti i notabili niente aggiunsero, [7]ma anzi, al contrario, vedendo che a me è stato affidato il vangelo dei non Giudei come a Pietro quello dei Giudei — [8]colui, infatti, che assisté con la sua forza Pietro nell'apostolato tra i circoncisi assisté anche me tra i pagani — [9]e conosciuta la grazia data a me, Giacomo e Cefa e Giovanni, che erano stimati le colonne, diedero la destra a me e a Bàrnaba in segno di unione: noi dovevamo annunciare il vangelo presso i pagani, essi invece presso i circoncisi. [10]Solo avremmo dovuto ricordarci dei poveri, ed è ciò che mi diedi premura di fare.

Paolo difende il suo vangelo. - [11]Quando però venne Cefa ad Antiochia, mi opposi a lui affrontandolo direttamente a viso aperto, perché si era messo dalla parte del torto. [12]Infatti prima che sopraggiungessero alcuni da parte di Giacomo, egli prendeva i pasti insieme ai convertiti dal paganesimo; ma quando venne quello, cercava di tirarsi indietro e di appartarsi, timoroso dei Giudei convertiti. [13]Presero il suo atteggiamento falso anche gli altri Giudei, cosicché perfino Bàrnaba si lasciò indurre alla loro simulazione. [14]Or quando mi accorsi che non camminavano rettamente secondo la verità del vangelo, dissi a Cefa davanti a tutti: Se tu, essendo giudeo, vivi da pagano e non da giudeo, come puoi costringere i gentili a vivere secondo la legge mosaica? [15]Noi, Giudei di nascita e non peccatori di origine pagana, [16]sapendo che non è giustificato alcun uomo per le opere della legge, ma solo in forza della fede in Gesù Cristo, credemmo anche noi in Gesù Cristo, appunto per essere giustificati per la fede di Cristo e non per le opere della legge, poiché per le opere della legge *non sarà giustificato nessun* mortale. [17]Se poi, cercando di essere giustificati in Cristo, ci troviamo ad essere peccatori anche noi, Cristo è allora fautore di

2. - [17]. Se la legge mosaica valesse ancora qualcosa, abbandonarla significherebbe rendersi peccatori e, per conseguenza, l'adesione a Cristo porterebbe al peccato. L'assurdità di questa conclusione fa risaltare l'assurdità della premessa.

peccato? Non sia mai detto! [18]Se infatti io costruisco di nuovo ciò che distrussi, mi dimostro colpevole di trasgressione. [19]Io, infatti, attraverso la legge morii alla legge per vivere a Dio. Sono stato crocifisso insieme a Cristo; [20]vivo, però non più io, ma vive in me Cristo. La vita che ora io vivo nella carne, la vivo nella fede, quella nel Figlio di Dio che mi amò e diede se stesso per me. [21]Non rendo vana la grazia di Dio; se infatti la giustizia proviene dalla legge, allora Cristo è morto per nulla.

LA FEDE CHE SALVA

3 La giustificazione viene dalla fede. - [1]O Galati sciocchi, chi mai vi ha incantato, voi dinanzi ai cui occhi Gesù Cristo fu presentato crocifisso? [2]Questo solo desidero sapere da voi: avete ricevuto lo Spirito dalle opere della legge o prestando ascolto al messaggio della fede? [3]Così sciocchi siete? Avendo prima iniziato con lo Spirito, ora finite con la carne? [4]Tante e così grandi cose avete sperimentato invano? Seppure poi invano! [5]Colui dunque che vi dona con abbondanza lo Spirito e opera miracoli in mezzo a voi, fa tutto questo perché osservate la legge o perché credete alla predicazione? [6]Così come Abramo *credette a Dio e questo fu per lui un titolo di giustificazione.* [7]Sappiate allora che quelli che sono dalla fede, costoro sono figli di Abramo. [8]E la Scrittura, prevedendo che Dio avrebbe giustificato i gentili per mezzo della fede, annunciò in anticipo ad Abramo: *Saranno benedette in te tutte le nazioni.* [9]Cosicché quelli che si basano sulla fede sono benedetti con Abramo credente. [10]Infatti quanti si basano sulle opere della legge, sono soggetti a una maledizione, poiché è scritto: *Maledetto chiunque non persevera nel fare tutte le cose scritte nel libro della legge.* [11]Che poi nessuno, rimanendo nell'ambito della legge, venga giustificato, è manifesto, poiché *il giusto vivrà per la fede.* [12]La legge però non proviene dalla fede, *ma chi farà queste cose vivrà per esse.* [13]Cristo ci ha riscattati liberandoci dalla maledizione della legge, divenuto per noi maledizione, poiché sta scritto: *Maledetto chiunque è appeso a un legno,* [14]e ciò affinché la benedizione di Abramo arrivasse ai gentili in Cristo, in modo che ricevessimo lo Spirito, oggetto di promessa, per mezzo della fede.

La benedizione data ad Abramo. - [15]Fratelli, parlo secondo un punto di vista umano. Nessuno invalida o muta con aggiunte un testamento ratificato, anche se è di un uomo. [16]Or ad Abramo *e alla* sua *discendenza* furono fatte le promesse. Non dice: e alle sue discendenze, come se si fosse voluto riferire a molte, ma a una sola: e alla tua discendenza, che è Cristo. [17]Voglio perciò dire questo: la legge, venuta 430 anni dopo, non annulla il testamento ratificato in precedenza da Dio, rendendo così inoperante la promessa. [18]Ma se l'eredità è legata alla legge, non è più legata a una promessa; or Dio fece il suo dono di grazia ad Abramo mediante una promessa.

Funzione provvisoria della legge. - [19]E allora, perché la legge? Essa fu aggiunta a motivo delle trasgressioni, finché non giungesse il seme oggetto della promessa, promulgata per mezzo di angeli, tramite un mediatore. [20]Ma un mediatore non esiste quando si tratta di una persona sola; e Dio è uno solo. [21]La legge allora va contro le promesse di Dio? Non sia mai detto! Se infatti fosse stata data una legge capace di dare la vita, la giustificazione si avrebbe realmente dalla leg-

---

[18]. *Colpevole di trasgressione*: perché se ricostruisco ciò che ho distrutto, ossia se ritorno alla legge che annunziai abolita, riconosco che avevo sbagliato. Era ciò che sembrava fare Pietro, indotto da una falsa prudenza.

3. - [1-5]. Paolo fa appello alla stessa esperienza dei Galati: quando hanno beneficiato dei doni dello Spirito Santo? Abbracciando la fede o praticando la legge mosaica? La risposta non è data, poiché i Galati lo sapevano bene: lo Spirito Santo si era manifestato e aveva operato in loro e in mezzo a loro quando si erano fatti battezzare.

[10]. Dt 27,26. Per comprendere bene il ragionamento di Paolo bisogna ricordare quanto egli lascia sospeso, come comunemente accertato: non si possono osservare le prescrizioni della legge senza una grazia che essa non dà. Più diffusamente troviamo la medesima argomentazione in Rm 3,1 - 7,25, a cui rimandiamo per comprendere il presente brano.

[19]. Paolo fa risaltare il carattere subordinato della legge. Nelle promesse e minacce del Sinai ci fu tra Dio e il popolo un vero contratto, con due mediatori, gli angeli da parte di Dio (secondo una tradizione giudaica), Mosè da parte del popolo, e con impegni bilaterali: le promesse furono condizionate. Ma la promessa fatta da Dio solo ad Abramo è senza mediatori e senza condizioni, quindi essa non dipende dalla fedeltà o meno del popolo, ma solo da quella di Dio, che è assoluta. Quindi la promessa fatta ad Abramo è assai superiore e più ferma della legge, con tutto ciò che essa contiene.

ge. [22]Ma la Scrittura ha chiuso tutte le cose sotto il peccato, affinché la promessa fosse data ai credenti per la fede in Gesù Cristo.

[23]Prima che venisse la fede, noi eravamo custoditi come prigionieri sotto il dominio della legge, in attesa della fede che sarebbe stata rivelata. [24]Cosicché la legge è divenuta per noi come un pedagogo che ci ha condotti a Cristo, perché fossimo giustificati dalla fede. [25]Sopraggiunta poi la fede, non siamo più sotto il dominio del pedagogo. [26]Tutti infatti siete figli di Dio in Cristo Gesù mediante la fede; [27]infatti, quanti siete stati battezzati in Cristo, vi siete rivestiti di Cristo. [28]Non esiste più giudeo né greco, non esiste schiavo né libero, non esiste uomo o donna: tutti voi siete una sola persona in Cristo Gesù. [29]Se poi siete di Cristo, allora siete discendenza di Abramo, eredi secondo la promessa.

4 **La filiazione divina realizzata da Dio nello Spirito.** - [1]Ora io dico: per tutto il tempo in cui l'erede è un minorenne, in niente differisce da uno schiavo, pur essendo padrone di tutto, [2]ma è sottoposto a tutori e ad amministratori, fino al giorno stabilito dal padre. [3]Così anche noi, quando eravamo minorenni, stavamo sottoposti agli elementi del mondo in uno stato permanente di schiavitù. [4]Ma quando giunse la pienezza del tempo, Dio inviò il Figlio suo, nato da una donna, sottomesso alla legge, [5]affinché riscattasse coloro che erano sottoposti alla legge, affinché ricevessimo l'adozione a figli. [6]Poiché siete figli, Dio inviò lo Spirito del Figlio suo nei nostri cuori, il quale grida: «Abbà, Padre!» [7]E così non sei più schiavo ma figlio; se figlio, sei anche erede in forza di Dio.

Situazione dei Galati. - [8]Un tempo, non avendo conosciuto Dio, serviste come schiavi a dèi che in realtà non lo sono. [9]Ora invece, avendo conosciuto Dio, o piuttosto essendo stati conosciuti da Dio, come potete rivolgervi di nuovo verso gli elementi senza forza e meschini ai quali volete di nuovo tornare a sottomettervi come schiavi? [10]Osservate le prescrizioni riguardanti i giorni, i mesi, le stagioni e gli anni. [11]Mi fate temere di essermi affaticato invano in mezzo a voi. [12]Diventate come me, poiché anch'io sono come voi, fratelli, ve ne supplico. Non mi faceste alcun torto. [13]Sapete poi che a causa di un'infermità fisica an-

nunciammo il vangelo a voi per la prima volta; [14]e per quello che costituiva per voi una prova nel mio fisico non dimostraste disprezzo né nausea, ma accoglieste me come un inviato di Dio, come Gesù Cristo stesso. [15]Dov'è dunque adesso il vostro entusiasmo di allora? Vi do atto che, se fosse stato possibile, vi sareste strappati gli occhi e me li avreste dati. [16]Vi sono forse diventato nemico dicendovi la verità? [17]Mostrano un interesse acceso per voi, però non rettamente, ma vi vogliono isolare da noi, affinché abbiate interesse per loro. [18]È bello avere un interesse vivo per il bene, sempre, e non solo quando io sono presente tra voi, [19]figli miei, per i quali soffro di nuovo le doglie del parto, fino a che Cristo non sia formato in voi. [20]Vorrei proprio essere presso di voi ora, e parlarvi a tu per tu, poiché sono ansioso nei vostri riguardi.

Vita di figli di Dio. - [21]Ditemi, voi che volete stare sotto la legge: non ascoltate ciò che dice la legge? [22]È stato scritto infatti che Abramo ebbe due figli, uno dalla schiava e uno dalla donna libera. [23]Ma quello avuto dalla schiava è nato secondo la carne, mentre quello avuto dalla donna libera è nato in virtù della promessa. [24]Tali cose sono dette in termini simbolici: le due donne sono le due alleanze, una proviene dal monte Sinai, genera i figli per la schiavitù ed è Agar. [25]Ma Agar significa il monte Sinai; questo sta in Arabia e corrisponde alla Gerusalemme di adesso, che difatti si trova in stato di schiavitù con i figli suoi. [26]La Gerusalemme celeste, invece, è libera: essa è la nostra madre. [27]Sta scritto infatti:

Rallégrati, sterile che non partorisci,
prorompi in grida di gioia
tu che non soffri i dolori del parto,
poiché molti sono i figli
della donna che è sola,
più di colei che ha marito.

[28]Ma voi, fratelli, siete figli della promessa secondo Isacco. [29]Ma come allora quello che era nato secondo la carne perseguitava quello nato secondo lo spirito, così accade anche adesso. [30]Ma che dice la Scrittura? *Caccia via la schiava e il figlio di lei; infatti il figlio della schiava non avrà parte all'eredità col figlio della donna libera.* [31]Perciò, fratelli, non siamo figli della schiava ma della donna libera.

LIBERTÀ CRISTIANA

La libertà deve plasmare la vita dei figli di Dio.

5 - [1]Per la libertà Cristo ci liberò: state dunque saldi e non lasciatevi sottomettere di nuovo al giogo della schiavitù.

[2]Ecco sono io, Paolo, che ve lo dico: se vi lasciate circoncidere, Cristo non vi sarà di utilità alcuna. [3]Attesto di nuovo ad ogni uomo che viene circonciso: egli è obbligato a mettere in pratica tutta la legge. [4]Non avete più niente a che fare con Cristo, voi che cercate di essere giustificati con la legge, siete decaduti dal favore divino. [5]Infatti noi, sotto l'influsso dello Spirito, aspettiamo la speranza della giustificazione per mezzo della fede. [6]In Cristo Gesù, infatti, né la circoncisione né l'incirconcisione hanno alcun effetto, ma la fede che si attua mediante la carità. [7]Correvate bene: chi vi ha ostacolato impedendovi di obbedire alla verità? [8]Questa persuasione non proviene da colui che vi chiamò. [9]Una piccola quantità di lievito fermenta tutta la massa della pasta. [10]Quanto a voi, io sono persuaso nel Signore, che voi non penserete affatto diversamente da me; chi poi mette lo scompiglio tra di voi, subirà la condanna, chiunque egli sia. [11]E quanto a me, se io predicassi ancora la circoncisione, perché sono ancora perseguitato? Allora lo scandalo della croce sarebbe eliminato! [12]Si mutilino pure del tutto coloro che mettono scompiglio fra di voi!

La libertà del cristiano lo spinge alla carità.

- [13]Infatti voi, fratelli, siete stati chiamati alla libertà; soltanto non dovete poi servirvi della libertà come un pretesto per la carne, ma per mezzo della carità siate gli uni schiavi degli altri. [14]Poiché la legge trova la sua pienezza in una sola parola e cioè: *Amerai il tuo prossimo come te stesso*. [15]Se poi vi mordete e divorate a vicenda, vedete di non distruggervi gli uni gli altri!

Lo Spirito e la carne.

- [16]Ora vi dico: camminate sotto l'influsso dello Spirito e allora non eseguirete le bramosie della carne. [17]La carne infatti ha desideri contro lo Spirito, lo Spirito a sua volta contro la carne, poiché questi due elementi sono contrapposti vicendevolmente, cosicché voi non fate ciò che vorreste. [18]Ma se siete animati dallo Spirito, non siete più sotto la legge.

[19]Ora le opere proprie della carne sono manifeste: sono fornicazione, impurità, dissolutezza, [20]idolatria, magia, inimicizie, lite, gelosia, ire, ambizioni, discordie, divisioni, [21]invidie, ubriachezze, orge e opere simili a queste; riguardo ad esse vi metto in guardia in anticipo, come già vi misi in guardia: coloro che compiono tali opere non avranno in eredità il regno di Dio. [22]Invece il frutto dello Spirito è amore, gioia, pace, longanimità, bontà, benevolenza, fiducia, [23]mitezza, padronanza di sé; [24]la legge non ha a che fare con cose del genere. Coloro che appartengono al Cristo Gesù crocifissero la carne con le sue passioni e i suoi desideri.

Comportamento pratico secondo lo Spirito.

- [25]Se viviamo in forza dello Spirito, camminiamo seguendo lo Spirito. [26]Non diventiamo avidi di una gloria vuota, sfidandoci a vicenda, invidiandoci gli uni gli altri.

6 [1]Fratelli, anche quando uno sia sorpreso a commettere una colpa, voi, che siete guidati dallo Spirito, correggete costui con spirito di mitezza; e tu abbi cura di te stesso, perché non abbia a soccombere tu pure nella tentazione. [2]Portate vicendevolmente i vostri pesi, così compirete la legge di Cristo. [3]Infatti se uno pensa di essere qualcosa mentre non è nulla, inganna se stesso. [4]Ciascuno esamini invece il suo operato, e allora troverà in se stesso motivo di vanto e non nell'altro. [5]Ciascuno infatti dovrà portare il proprio fardello. [6]Colui che viene istruito nella parola partecipi i suoi beni a quello che lo istruisce. [7]Non v'ingannate: Dio non permette che ci si prenda gioco di lui; l'uomo mieterà ciò che avrà seminato: [8]chi semina seguendo la carne, dalla carne mieterà rovina; chi invece semina seguendo lo Spirito, dallo Spirito mieterà la vita eterna. [9]Facendo il bene non lasciamoci prendere da noia o stanchezza: a tempo debito mieteremo, se non allenteremo il nostro impegno. [10]Perciò, finché ne abbiamo l'occasione propizia, pratichiamo il bene verso tutti, ma soprattutto verso coloro che appartengono alla nostra stessa famiglia della fede.

Epilogo.

- [11]Notate con che grossi caratteri vi scrivo di mia mano. [12]Quanti vogliono far bella figura seguendo la carne cercano di costringervi a farvi circoncidere, solo per non essere perseguitati a causa della croce di Cristo. ¹³Infatti nemmeno coloro che si fanno circoncidere osservano personalmente la legge, ma vogliono che voi vi circoncidiate al solo scopo di avere un vanto sulla vostra debolezza. ¹⁴A me non avvenga mai di menar vanto se non nella croce del nostro Signore Gesù Cristo, per mezzo del quale il mondo è stato crocifisso per me e io per il mondo. ¹⁵Infatti né la circoncisione né la mancanza di essa sono alcunché, ma la nuova creazione. ¹⁶E quanti seguiranno questa regola, pace e misericordia su di loro e sull'Israele di Dio. ¹⁷Del resto nessuno mi infastidisca: io infatti porto nel mio corpo i contrassegni di Cristo. ¹⁸La grazia del nostro Signore Gesù Cristo sia col vostro spirito, fratelli! Amen.

LETTERA AGLI EFESINI

Le lettere agli Efesini, ai Filippesi, ai Colossesi e a Filemone vengono dette lettere della prigionia perché in esse Paolo parla delle catene che deve portare e si dichiara «prigioniero di Cristo» (cfr. Ef 3,1; 4,1; Fil 1,19). L'opinione comune le ascrive al periodo della prima prigionia romana (anni 61-63). Nei manoscritti più antichi e autorevoli all'inizio manca l'indicazione «Efeso», per cui si pensa che potrebbe trattarsi di una lettera circolare, destinata a più comunità dell'Asia Minore (Efeso, Laodicea, Colosse).

Non appare un'occasione precisa che abbia indotto Paolo a stilare questa lettera che espone il grande tema della sovranità universale di Cristo. Certo è che essa contiene la più vasta sintesi e il vertice del suo pensiero.

La lettera si divide in due parti. La prima contempla con stile pacato e solenne il grande disegno divino della salvezza, la rivelazione del mistero di Dio per cui tutti, Ebrei e pagani, sono salvati in Cristo mediante l'inserimento nel suo corpo che è la chiesa, in modo da formare ormai un solo uomo nuovo in lui. Di tale mistero Paolo è l'apostolo e il banditore (1,3 - 3,21). La seconda parte esorta a una pratica di vita che sia degna della nuova vocazione in Cristo Gesù (4,1 - 6,20). Conclude un epilogo con brevi auguri e l'annuncio che Tichico, «fratello diletto e servo fedele nel Signore», porterà maggiori notizie (6,21-24).

Vi sono dubbi sull'autenticità paolina di questa lettera. Ma la costante tradizione della chiesa l'attribuisce a Paolo: è probabile che abbia affidato la redazione della lettera a un discepolo, il quale vi ha impresso anche il suo carisma.

IL MISTERO DELLA CHIESA

1 Indirizzo. - [1]Paolo, apostolo di Cristo Gesù per volontà di Dio, ai santi e fedeli in Cristo Gesù. [2]Grazia e pace a voi da Dio, nostro Padre, e dal Signore Gesù Cristo.

L'ammirabile piano salvifico di Dio. - [3]Benedetto Dio e Padre del Signore nostro Gesù Cristo, il quale nei cieli ci ha colmati di ogni sorta di benedizione spirituale in Cristo. [4]Egli ci elesse in lui prima della creazione del mondo, perché fossimo santi e irreprensibili davanti a lui nell'amore, [5]predestinandoci ad essere suoi figli adottivi, tramite Gesù Cristo, secondo il benevolo disegno della sua volontà, [6]a lode dello splendore della sua grazia, con la quale ci ha gratificati nel Diletto. [7]In lui, mediante il suo sangue, otteniamo la redenzione, il perdono dei peccati, secondo la ricchezza della sua grazia, [8]che si è generosamente riversata in

noi con ogni sorta di sapienza e intelligenza. [9]Egli ci ha manifestato il mistero della sua volontà secondo il suo benevolo disegno che aveva in lui formato, [10]per realizzarlo nella pienezza dei tempi: accentrare nel Cristo tutti gli esseri, quelli celesti e quelli terrestri. [11]In lui poi siamo stati scelti, essendo stati predestinati secondo il disegno di colui che tutto compie in conformità del suo volere, [12]per essere noi, i primi che hanno sperato in Cristo, a lode della sua gloria. [13]In lui anche voi, dopo avere udita la parola della verità, il vangelo della vostra salvezza, e aver anche creduto, siete

---

1. - [10.] Nella *pienezza dei tempi*: quando furono trascorsi i tempi stabiliti da Dio. *Accentrare nel Cristo*: lett. ricapitolare, riunire sotto un unico capo; verbo assai raro nella lingua greca. Tutta la lettera svilupperà quest'idea di Cristo che rigenera e raggruppa sotto la propria autorità il mondo intero, Giudei e gentili, per ricondurre tutti a Dio.

stati segnati con lo Spirito Santo che fu promesso; [14]questi è l'anticipo della nostra eredità, per il riscatto della sua proprietà, a lode della sua gloria.

Per una più vasta conoscenza del mistero. - [15]Per questo anch'io, avendo udito parlare della vostra fede nel Signore Gesù e del vostro amore per tutti i santi, [16]non cesso di ringraziare per voi ricordandovi nelle mie preghiere, [17]affinché il Dio del Signore nostro Gesù Cristo, il Padre della gloria, vi doni uno spirito di sapienza e di rivelazione per meglio conoscerlo; [18]illumini gli occhi della mente, perché possiate comprendere quale è la speranza della sua chiamata, quale la ricchezza della sua gloriosa eredità tra i santi, [19]e quale la straordinaria grandezza della potenza verso di noi che crediamo, come attesta l'efficacia della sua forza irresistibile, [20]che dispiegò nel Cristo risuscitandolo dai morti e insediandolo alla sua destra nella sommità dei cieli, [21]al di sopra di ogni principio, autorità, potenza, signoria e di ogni altro nome che viene nominato non solo in questo secolo, ma anche in quello avvenire. [22]Ha *posto tutto sotto i suoi piedi* e lo ha costituito, al di sopra di tutto, capo della chiesa, [23]che è il corpo, la pienezza di lui che tutto, sotto ogni aspetto, riempie.

2 **Salvezza per grazia.** - [1]E voi che eravate morti in seguito ai vostri traviamenti e ai vostri peccati, [2]nei quali una volta vivevate secondo lo spirito di questo mondo, secondo il principe del regno dell'aria, quello spirito che tuttora è all'opera tra gli uomini ribelli... [3]Tra loro vivemmo noi tutti un tempo, presi dai desideri carnali, assecondando gli stimoli della carne e i suoi istinti ed eravamo, per naturale disposizione, oggetto d'ira come tutti gli altri. [4]Ma Dio, che è ricco di misericordia, per l'immenso amo-

re col quale ci ha amati, [5]per quanto morti in seguito ai traviamenti, ci ha fatto rivivere col Cristo — foste salvati gratuitamente! [6]e ci ha risuscitati e insediati nella sommità dei cieli in Cristo Gesù, [7]per dimostrare nei secoli futuri, con la sua bontà in Cristo Gesù verso di noi, la traboccante ricchezza della sua grazia. [8]Infatti siete salvi per la grazia, tramite la fede: ciò non proviene da voi, ma è dono di Dio; [9]non dalle opere, perché nessuno se ne vanti. [10]In realtà noi siamo sua opera, creati in Cristo Gesù, per le opere buone che Dio ha predisposto che noi compiamo.

Unità nel Cristo. - [11]Pertanto ricordate che un tempo voi, i gentili nella carne, chiamati incirconcisi da coloro che si dicono circoncisi per un'operazione subita nella carne, [12]eravate in quel tempo senza Cristo, esclusi dal diritto di cittadinanza d'Israele, stranieri all'alleanza promessa, senza speranza e senza Dio in questo mondo. [13]Ora però in Cristo Gesù, voi, un tempo i lontani, siete divenuti vicini grazie al sangue del Cristo.

[14]Egli infatti è la nostra pace, che ha fatto di due popoli una sola unità abbattendo il muro divisorio, annullando nella sua carne l'inimicizia, [15]questa legge dei comandamenti con le sue prescrizioni, per formare in se stesso, pacificandoli, dei due popoli un solo uomo nuovo, [16]e per riconciliare entrambi con Dio in un solo corpo mediante la croce, dopo avere ucciso in se stesso l'inimicizia. [17]E venne *per annunciare pace a voi, i lontani, e pace ai vicini,* [18]perché, per suo mezzo, entrambi abbiamo libero accesso al Padre in un solo spirito. [19]Così dunque non siete più stranieri né pellegrini, ma concittadini dei santi e familiari di Dio. [20]Il vostro edificio ha per fondamento gli apostoli e i profeti, mentre Cristo Gesù stesso è la pietra angolare, [21]sulla quale tutto l'edificio in armoniosa disposizione cresce come tempio santo nel Signore, [22]in cui anche voi siete incorporati nella costruzione come dimora di Dio nello Spirito.

3 **Paolo missionario del mistero di Dio.** - [1]Per questo motivo io, Paolo, il prigioniero di Cristo Gesù a vostro favore, o gentili... [2]Avete certamente sentito parlare del ministero di grazia che Dio mi ha affidato per il vostro bene, [3]cioè per rivelazione mi è stato fatto conoscere il mistero — come ho brevemente già esposto [4]e quindi, leg-

---

[22-23]. È la dottrina del «corpo mistico» di Cristo: *Pienezza di lui...*: la chiesa può essere detta la pienezza di Cristo, in quanto abbraccia tutto il mondo rinnovato dalla sua azione redentrice. L'espressione *tutto sotto ogni aspetto* vuole indicare una pienezza senza limiti.

2. - [5-6]. La vita della grazia ci viene dall'unione con Gesù, con il quale formiamo un solo corpo e per mezzo del quale abbiamo già preso preventivamente possesso del cielo, perché dov'è il capo hanno diritto di essere le membra. Il v. 5 riprende il pensiero rimasto sospeso nei vv. 1-2, mostrando il rovescio della medaglia: prima morti, ora vivificati.

gendo, potete capire quale conoscenza io abbia del mistero di Cristo — ⁵che nelle generazioni passate non fu svelato agli uomini come ora è stato rivelato per mezzo dello Spirito ai suoi santi apostoli e profeti: ⁶che i gentili sono ammessi alla stessa eredità, sono membri dello stesso corpo e partecipi della stessa promessa in Cristo Gesù mediante il vangelo, ⁷del quale sono divenuto ministro, secondo il dono della grazia che Dio mi ha dato in virtù della sua forza operante. ⁸A me, il più piccolo di tutti i santi, è stata concessa questa grazia di evangelizzare ai gentili l'inscrutabile ricchezza del Cristo ⁹e di illustrare il piano salvifico, il mistero che Dio, creatore dell'universo, ha tenuto in sé nascosto nei secoli passati ¹⁰per svelare ora ai prìncipi e alle autorità celesti, mediante la chiesa, la multiforme sapienza divina, ¹¹secondo il disegno eterno che ha formulato nel Cristo Gesù, nostro Signore, ¹²nel quale, mediante la fede in lui, abbiamo libertà di parola e fiducioso accesso. ¹³Vi prego, perciò, di non scoraggiarvi per le mie afflizioni a vostro favore, perché sono la vostra gloria.

Preghiera per conoscere l'amore di Cristo. - ¹⁴Per questa ragione, piego le mie ginocchia davanti al Padre, ¹⁵dal quale ogni famiglia in cielo e sulla terra si denomina, ¹⁶perché vi conceda, secondo i tesori della sua gloria, di irrobustirvi grandemente nell'uomo interiore grazie al suo spirito, ¹⁷di ospitare il Cristo nei vostri cuori per mezzo della fede, affinché, radicati e fondati nell'amore, ¹⁸riusciate ad afferrare, insieme a tutti i santi, la larghezza, la lunghezza, l'altezza e la profondità, ¹⁹cioè a conoscere l'amore del Cristo che trascende ogni conoscenza, e così vi riempiate della totale pienezza di Dio.

²⁰A colui che, per la forza che opera in noi, ha potere di fare molto di più di quanto chiediamo o immaginiamo, ²¹a lui la gloria nella chiesa in Cristo Gesù per tutte le generazioni e per sempre. Amen.

VITA NUOVA IN CRISTO

4 **Unità della fede.** - ¹Perciò io, il prigioniero per il Signore, vi invito a condurre una vita degna della vocazione alla quale siete stati chiamati, ²con tutta umiltà, dolcezza e longanimità, sopportandovi a vicenda con amore, ³preoccupati di conservare l'unità dello spirito col vincolo della pace:

⁴un solo corpo e un solo spirito, così come siete stati chiamati a una sola speranza, quella della vostra vocazione; ⁵un solo Signore, una sola fede, un solo battesimo; ⁶un solo Dio e Padre di tutti, che è sopra tutti, agisce per mezzo di tutti e dimora in tutti.

I molteplici doni di Cristo. - ⁷A ciascuno di noi è stata concessa la grazia secondo la misura del dono del Cristo. ⁸Per questo dice:

Salendo verso l'alto,
condusse con sé torme di prigionieri,
distribuì doni agli uomini.

⁹*È salito* che altro significa se non che era disceso nelle regioni più basse, cioè la terra? ¹⁰Colui che discese è il medesimo che anche salì al di sopra di tutti i cieli per riempire l'universo. ¹¹È lui che ha donato alcuni come apostoli, altri come profeti, altri come evangelisti, altri come pastori e dottori, ¹²per preparare i santi al ministero, per la costruzione del corpo di Cristo, ¹³fino a che arriviamo tutti all'unità della fede e della conoscenza del Figlio di Dio, all'uomo perfetto, a quello sviluppo che realizza la pienezza del Cristo, ¹⁴affinché non siamo più dei bambini sballottati e portati qua e là da ogni soffiar di dottrine, succubi dell'impostura di uomini esperti nel trarre nell'errore. ¹⁵Vivendo invece la verità nell'amore, cresciamo sotto ogni aspetto in colui che è il capo, Cristo, ¹⁶dal quale tutto il corpo, reso compatto e unito da tutte le articolazioni che alimentano ciascun membro secondo la propria funzione, riceve incremento, edificandosi nell'amore.

Vita nuova in Cristo. - ¹⁷Ora dunque vi dico e vi scongiuro nel Signore: non comportatevi più come si comportano i gentili con i loro folli pensieri, ¹⁸ottenebrati come sono nell'intelletto, estranei alla vita di Dio, a causa della loro ignoranza e dell'indurimento del loro cuore. ¹⁹Divenuti insensibili, si sono ab-

---

3. - ⁶. Ecco il *mistero* (v. 3) di Dio manifestato apertamente: distrutte tutte le barriere e i particolarismi con cui Dio aveva circondato il popolo ebreo per mantenerlo nella purezza della rivelazione, adesso tutti i popoli sono chiamati con esso a beneficiare dell'unica redenzione portata da Cristo all'umanità.

¹⁸⁻¹⁹. *La larghezza...*: i quattro termini indicano la misura completa di un oggetto, che qui probabilmente è la carità di Cristo di cui parla il v. 19.

bandonati agli stravizi, fino a commettere con insaziabile frenesia ogni genere d'immondezza. [20]Voi però non avete imparato così il Cristo, [21]se realmente lo avete ascoltato e in lui siete stati istruiti com'è verità in Gesù. [22]Spogliatevi dell'uomo vecchio, quello del precedente comportamento che si corrompe inseguendo seducenti brame, [23]rinnovatevi nello spirito della vostra mente [24]e rivestitevi dell'uomo nuovo, creato secondo Dio nella giustizia e nella santità della verità.

Regole per la nuova vita. - [25]Per questa ragione, rinunciando alla menzogna, *ciascuno dica la verità al suo prossimo*, perché siamo membra gli uni degli altri. [26]*Se vi adirate, non peccate*; il sole non tramonti sulla vostra collera; [27]Non fate posto al diavolo. [28]Chi era solito rubare, non rubi più; piuttosto si preoccupi di produrre con le sue mani ciò che è buono e così soccorrere chi si trova in necessità. [29]Dalla vostra bocca non escano parole scorrette, ma piuttosto parole buone, di edificazione, secondo la necessità, per fare del bene a chi ascolta. [30]Non contristate lo Spirito Santo di Dio, che vi ha segnato per il giorno della redenzione. [31]Estirpate di mezzo a voi ogni asprezza, animosità, collera, clamore, maldicenza, ogni cattiveria. [32]Siate invece benevoli gli uni verso gli altri, misericordiosi, perdonandovi reciprocamente, come anche Dio vi ha perdonato in Cristo.

5 [1]Imitate Dio, come figli diletti, [2]e camminate nell'amore sull'esempio del Cristo che vi ha amato e ha offerto se stesso per noi, *oblazione e sacrificio di soave odore a Dio*.

La vita cristiana. - [3]Come si conviene tra santi, non si sentano nominare tra voi fornicazione e qualsiasi impurità o cupidigia, [4]né oscenità, discorsi frivoli o facezie grasse, tutte cose indecenti, ma piuttosto parole di ringraziamento. [5]Infatti voi lo sapete: nessun fornicatore o depravato o avaro, cioè idolatra, ha parte nel regno del Cristo e di Dio. [6]Nessuno

vi inganni con discorsi insipienti: proprio a causa di questi disordini piomba l'ira di Dio sugli uomini ribelli. [7]Quindi non associatevi a loro. [8]Eravate infatti tenebre, ma ora siete luce nel Signore: comportatevi da figli della luce — [9]il frutto della luce è ogni sorta di bontà, di giustizia e di sincerità — [10]scegliendo ciò che Dio gradisce. [11]Non prendete parte alle attività infruttuose delle tenebre, ma piuttosto riprovatele, [12]perché quanto essi fanno in segreto è vergognoso persino a parlarne; [13]ma tutto ciò che è riprovato, viene manifestato dalla luce; [14]infatti quanto è manifestato è luce. Per questo si dice:

Svégliati, tu che dormi,
risorgi dai morti
e Cristo su te risplenderà.

[15]Considerate dunque attentamente il vostro modo di comportarvi, non da stolti, ma da uomini saggi, [16]che colgono le occasioni opportune, perché i giorni sono malvagi. [17]Non siate quindi sconsiderati, ma cercate di capire quale sia la volontà del Signore; [18]*non ubriacatevi di vino*, che è occasione di sregolatezze; lasciatevi invece riempire di Spirito, [19]intrattenendovi tra voi con salmi, inni e canti ispirati, cantando e salmeggiando nel vostro cuore al Signore, [20]ringraziando sempre per tutti il Dio e Padre nel nome del Signore nostro Gesù Cristo.

Mogli e mariti. - [21]Siate soggetti gli uni agli altri nel timore di Cristo. [22]Le donne siano soggette ai loro mariti come al Signore, [23]poiché l'uomo è capo della donna come anche il Cristo è capo della chiesa, lui, il salvatore del corpo. [24]Ora come la chiesa è soggetta al Cristo, così anche le donne ai loro mariti in tutto.

[25]Mariti, amate le (vostre) mogli come il Cristo ha amato la chiesa e si è offerto per lei, [26]per santificarla, purificandola col lavacro dell'acqua unito alla parola, [27]e avere accanto a sé questa chiesa gloriosa, senza macchia o ruga o alcunché di simile, ma santa e irreprensibile. [28]Allo stesso modo i mariti devono amare le loro mogli, come i loro propri corpi. Chi ama la propria moglie, ama se stesso: [29]infatti nessuno mai ha odiato la propria carne; al contrario la nutre e la tratta con cura, come anche il Cristo la sua chiesa, [30]poiché siamo membra del suo corpo. [31]*Per questo l'uomo lascerà il padre e la madre e si unirà alla sua donna e i due formeranno una sola carne.* [32]Questo mi-

---

5. - 23-32. Questi versetti stabiliscono tra il matrimonio e l'unione di Cristo con la chiesa un parallelo in cui i due termini di paragone s'illuminano a vicenda: Cristo può chiamarsi sposo della chiesa perché è il suo capo e l'ama come suo proprio corpo, così come avviene tra marito e moglie; ammesso questo paragone, esso fornisce a sua volta un modello ideale al matrimonio umano.

stero è grande: io lo dico riferendomi al Cristo e alla chiesa. [33]In ogni caso, anche ciascuno di voi ami la propria moglie come se stesso, e la moglie rispetti il marito.

6 **Padri e figli.** - [1]Figli, obbedite ai vostri genitori nel Signore, perché ciò è giusto. [2]*Onora tuo padre e tua madre* — è il primo comandamento con promessa — [3]*affinché te ne venga del bene e viva a lungo sulla terra.* [4]E voi, padri, non esasperate i vostri figli, ma educateli, correggendoli ed esortandoli nel Signore.

Schiavi e padroni. - [5]Schiavi, obbedite ai vostri padroni terreni con timore e rispetto, con cuore sincero, come al Signore; [6]non siate solleciti soltanto sotto gli occhi del padrone, come chi intende piacere agli uomini, ma come degli schiavi del Cristo, che fanno con cuore la volontà di Dio; [7]serviteli con premura, come fossero il Signore e non uomini, [8]convinti che ciascuno, schiavo o libero, riavrà dal Signore il bene che avrà fatto. [9]E voi, padroni, comportatevi allo stesso modo verso di loro, smettendo di minacciare, consapevoli che nei cieli c'è il loro e il vostro Signore, che non ha preferenze personali.

Lotta contro il male. - [10]In definitiva, rafforzatevi nel Signore e con la sua potenza. [11]Vestite l'intera armatura di Dio per contrastare le ingegnose macchinazioni del diavolo; [12]infatti non lottiamo contro una natura umana mortale, ma contro i prìncipi, contro le potenze, contro dominatori di questo mondo oscuro, contro gli spiriti maligni delle regioni celesti. [13]Per questo motivo indossate l'armatura di Dio per resistere nel giorno malvagio e, dopo aver tutto predisposto, tenere saldamente il campo. [14]State saldi, dunque, avendo già ai fianchi la cintura della verità, indosso la corazza della giustizia [15]e calzati i piedi con la prontezza che dà il vangelo della pace; [16]in ogni occasione imbracciando lo scudo della fede, col quale potrete spegnere tutti i dardi infuocati del maligno; [17]prendete l'elmo della salvezza e la spada dello Spirito, cioè la parola di Dio. [18]Mossi dallo Spirito pregate incessantemente con ogni sorta di preghiera e di supplica; vegliate e siate assidui nell'orazione per tutti i santi [19]e anche per me, affinché mi sia concessa libertà di parola per annunciare coraggiosamente il mistero del vangelo, [20]per il quale sono un ambasciatore in catene, e per osare di parlarne con franchezza, come è mio dovere.

Epilogo. - [21]Affinché anche voi conosciate quanto mi riguarda e ciò che intendo fare, Tichico, fratello diletto e fedele servo nel Signore, vi informerà su tutto. [22]Ve lo mando proprio perché vi informi sulla nostra situazione e consoli i vostri cuori. [23]Dio Padre e il Signore Gesù Cristo accordino ai fratelli pace e amore con fede. [24]La grazia sia con tutti coloro che amano il Signore nostro Gesù Cristo con sincero amore.

LETTERA AI FILIPPESI

La lettera ai cristiani di Filippi appartiene al gruppo delle lettere dette *della prigionia, identificata comunemente con quella romana dell'Apostolo (anni 61-63). Gli studiosi moderni pensano piuttosto alla prigionia di Cesarea (58-60) o a una possibile prigionia avvenuta nel lungo e burrascoso soggiorno di Paolo a Efeso (54-57). Ciò spiegherebbe meglio sia i frequenti scambi e rapporti menzionati nella lettera tra Paolo e i destinatari, sia la polemica contro i «giudaizzanti», che avvicina questa lettera a quella indirizzata ai Galati.*

Paolo aveva fondato la chiesa di Filippi nella seconda spedizione missionaria, nell'anno 50 (At 16,11s), e i Filippesi gli dimostrarono sempre un affettuoso attaccamento inviandogli aiuti e soccorsi a Tessalonica e a Corinto (4,16; 2Cor 11,9). Ora, venuti a conoscenza della sua prigionia, gli hanno mandato offerte in denaro a mezzo di Epafrodito (2,25; 4,10). Questi, tornando a Filippi guarito da una malattia, porta una lettera di Paolo nella quale, dopo i saluti e le notizie personali (1,12ss), egli esorta i fedeli alla vita cristiana sull'esempio di Gesù Cristo (1,27 - 2,18); dà ragione dell'improvviso ritorno di Epafrodito e annuncia la prossima visita di Timoteo (2,19-29); mette in guardia contro le mene dei «giudaizzanti» che vorrebbero imporre l'osservanza della legge mosaica (3,1 - 4,1) e conclude ringraziando per le offerte ricevute.

La lettera ha carattere familiare, colloquiale. Sono tuttavia da ricordare il celebre inno sulla passione e glorificazione di Cristo (2,6-11) e la bella esortazione all'apertura culturale e all'umanesimo cristiano che accoglie «quanto c'è di vero, nobile, giusto, puro, amabile, lodevole...» (4,8).

1 Indirizzo. - [1]Paolo e Timoteo, servi di Cristo Gesù, a tutti i santi in Cristo Gesù che sono a Filippi, con gli episcopi e i diaconi. [2]Grazia a voi e pace da parte di Dio, nostro Padre, e dal Signore Gesù Cristo.

Ringraziamento a Dio e preghiere. - [3]Ringrazio il mio Dio ogni volta che vi ricordo; [4]in ogni mia supplica prego sempre con gioia per tutti voi, [5]perché avete collaborato al vangelo dal primo giorno fino al presente; [6]ho la ferma convinzione che Colui che ha iniziato tra voi quest'opera eccellente la porterà a termine fino al giorno di Cristo Gesù. [7]È giusto che pensi così di tutti voi, perché vi porto nel cuore, essendo voi tutti, e nelle mie catene e nella difesa e consolidamento del vangelo, partecipi con me della grazia. [8]Sì, mi è testimone Iddio quanto ardentemente ricerchi tutti voi col cuore di Cristo Gesù. [9]Questo io chiedo: che il vostro amore cresca sempre più in conoscenza e ogni delicato sentimento, [10]affinché apprezziate le cose migliori e così siate puri e senza macchia per il giorno di Cristo, [11]ricolmi del frutto di giustizia, che si ottiene per mezzo di Gesù Cristo, a gloria e lode di Dio.

Notizie personali. - [12]Ora, fratelli, desidero informarvi che le mie vicende sono risultate di vantaggio al vangelo [13]a tal punto che le mie catene per Cristo sono famose in tutto il pretorio e altrove, [14]e molti fratelli, fiduciosi nel Signore a motivo della mia prigionia, con più fierezza annunciano, senza timore, la parola di Dio.

[15]Alcuni certo predicano il Cristo mossi da invidia e da spirito di parte, altri invece con buona disposizione; [16]gli uni annunciano il Cristo per amore, ben sapendo che io

sono posto a difesa del vangelo, [17]gli altri invece per ambizione, con slealtà, immaginando di aumentare il peso delle mie catene. [18]Che me ne importa? Dopo tutto, o per pretesto o sinceramente, Cristo in ogni modo è annunciato. E di questo godo. Anzi continuerò a godere: [19]so infatti che, grazie alla vostra preghiera e all'aiuto che mi darà lo Spirito di Gesù Cristo, *questo gioverà alla mia salvezza.* [20]Questo ardentemente attendo e spero: nulla mi farà arrossire, ma con tutta franchezza, anche al presente, come sempre, Cristo sarà glorificato nel mio corpo, sia ch'io viva, sia ch'io muoia. [21]Per me infatti vivere è Cristo e il morire un guadagno. [22]Perché, se continuare a vivere nella carne mi frutta lavoro, non so cosa scegliere. [23]Sono preso da due sentimenti: desidero andarmene ed essere col Cristo, e sarebbe preferibile; [24]ma continuare a vivere nella carne è più necessario per il vostro bene. [25]Persuaso di ciò, so che rimarrò e sarò accanto a tutti voi per il vostro progresso e la vostra gioia nella fede, [26]affinché il vostro vanto per me s'accresca in Cristo Gesù, col mio nuovo ritorno tra voi. [27]Soltanto, comportatevi in maniera degna del vangelo di Cristo; e sia che venga a vedervi, sia che resti lontano, oda dire di voi che persistete in un solo spirito, lottando unanimi per la fede del vangelo, [28]e che gli avversari non vi atterriscono per nulla: questo è un indizio sicuro, per loro di perdizione e per voi di salvezza, e ciò da parte di Dio, [29]poiché per riguardo al Cristo, a voi è stata concessa la grazia non solo di credere, ma anche di soffrire per lui, [30]affrontando la medesima lotta che vedeste da me sostenuta e che, come sapete, è tuttora in corso.

2 Umiltà del cristiano e umiltà di Cristo. - [1]Se dunque c'è un appello pressante in Cristo, un incoraggiamento ispirato dall'amore, una comunione di spirito, un cuore compassionevole, [2]ricolmatemi di gioia andando d'accordo, praticando la stessa carità con unanimità d'intenti, nutrendo i medesimi sentimenti. [3]Non fate niente per ambizione né per vanagloria, ma con umiltà ritenete gli altri migliori di voi; [4]non mirando ciascuno ai propri interessi, ma anche a quelli degli altri. [5]Coltivate in voi questi sentimenti che furono anche in Cristo Gesù:

[6] il quale, essendo per natura Dio,
non stimò un bene irrinunciabile
l'essere uguale a Dio,
[7] ma annichilì se stesso
prendendo natura di servo,
diventando simile agli uomini;
e apparso in forma umana
[8] si umiliò facendosi obbediente
fino alla morte
e alla morte in croce.
[9] Per questo Dio lo ha sopraesaltato
e insignito di quel nome
che è superiore a ogni nome,
[10] affinché, nel nome di Gesù,
si pieghi ogni ginocchio,
degli esseri celesti,
dei terrestri e dei sotterranei
[11] *e ogni lingua proclami,*
che Gesù Cristo è Signore,
a gloria di *Dio* Padre.

Splendere come luci nel mondo. - [12]Così, o miei diletti, essendo stati sempre docili non solo quando ero presente, ma molto più ora che sono lontano da voi, con timore e tremore lavorate alla vostra salvezza. [13]È Dio infatti colui che suscita tra voi il volere e l'agire in vista dei suoi amabili disegni. [14]Fate tutto senza mormorazioni e contestazioni, [15]affinché siate irreprensibili e illibati, *figli di Dio immacolati in mezzo a una generazione tortuosa e sviata*, in seno alla quale voi brillate come astri nell'universo, [16]tenendo alta la parola di vita. Così potrò vantarmi per il giorno di Cristo perché non ho corso né faticato invano. [17]Ma anche se il mio sangue venisse versato sul sacrificio e l'offerta della vostra fede, io gioisco e godo con tutti voi; [18]allo stesso modo gioite anche voi e godete insieme a me.

---

1. - [20.] Il cristiano, unito a Cristo con il battesimo e l'eucaristia, gli appartiene in anima e corpo. Ecco perché tutto ciò che riguarda il corpo, come sofferenza, prigionia o malattia, misticamente appartiene a Cristo stesso ed è a sua gloria.
2. - [5.] Il più grande esempio lasciatoci da Gesù fu quello di una sublime carità, che lo portò a rinunciare a tutto, pur di poterci salvare.
[6-11.] Cristo era Dio prima ancora di essere uomo e, pur restando Dio, prese con l'incarnazione l'umile forma di mortale; della maestà di Dio, che gli era comune con il Padre, non se ne valse, come sarebbe stato nei suoi diritti, ma preferì annientarsi fino all'obbedienza della croce, per insegnarci l'umiltà e l'obbedienza.

Missione di Timoteo e di Epafrodito. - [19]Spero intanto nel Signore Gesù di inviarvi ben presto Timoteo, affinché anch'io, informato sulla vostra situazione, possa essere di buon animo. [20]Non ho nessuno che abbia gli stessi suoi sentimenti, che realmente si preoccupi della vostra situazione. [21]Tutti infatti badano ai loro interessi e non a quelli di Cristo Gesù. [22]Voi conoscete la sua sperimentata virtù: come un figlio verso il padre, si è dedicato insieme a me al servizio del vangelo. [23]Spero d'inviare lui appena avrò visto la piega che prenderà la mia causa. [24]Ho fiducia nel Signore di venire presto io stesso.

[25]Ho ritenuto necessario per ora mandare da voi Epafrodito, mio fratello, collaboratore e compagno d'armi, vostro inviato e assistente nelle mie necessità, [26]perché aveva un gran desiderio di tutti voi ed era afflitto perché avevate saputo della sua infermità. [27]Si ammalò infatti e poco mancò che morisse; ma Dio ebbe pietà di lui, e non solo di lui, ma anche di me; così non si accumularono le mie afflizioni. [28]Perciò ne ho anticipata la partenza, affinché, vedendolo, vi rallegriate di nuovo e io sia meno triste. [29]Accoglietelo dunque nel Signore con grande festa; onorate le persone come lui, [30]perché per l'opera di Cristo rischiò la morte, mettendo a repentaglio la sua vita per supplire al servizio che non potevate prestarmi voi.

3 **La vera via della giustizia.** - [1]Infine, fratelli miei, rallegratevi nel Signore. Scrivervi gli stessi avvertimenti a me non dà fastidio, mentre a voi dà sicurezza. [2]Guardatevi dai cani; guardatevi dai cattivi operai; guardatevi dai falsi circoncisi. [3]I veri circoncisi siamo noi, che prestiamo culto secondo lo spirito e, glorificandoci in Cristo Gesù, non riponiamo la nostra fiducia nella carne, [4]quantunque io personalmente abbia di che confidare anche nella carne. Se qualcuno ritiene di riporre la sua fiducia nella carne, io a maggior ragione: [5]circonciso all'ottavo

giorno, della stirpe d'Israele, della tribù di Beniamino, ebreo figlio di Ebrei; quanto alla legge, fariseo, [6]quanto a zelo, persecutore della chiesa, quanto alla giustizia legale, irreprensibile. [7]Ma per il Cristo ho giudicato una perdita tutti questi miei vantaggi. [8]Anzi, li giudico tuttora una perdita a paragone della sublime conoscenza di Cristo Gesù, mio Signore, per il cui amore ho accettato di perderli tutti, valutandoli rifiuti, per guadagnare Cristo [9]ed essere in lui — non con una mia giustizia che viene dalla legge, ma con quella che si ha dalla fede di Cristo, quella giustizia cioè che viene da Dio e si fonda sulla fede — [10]e per conoscere lui con la potenza della sua risurrezione e la partecipazione alle sue sofferenze, trasformandomi in un'immagine della sua morte, [11]per giungere, in qualche modo, a risorgere dai morti.

Esortazione alla perfezione. - [12]Non che io sia già arrivato alla mèta o sia già in uno stato di perfezione, ma mi sforzo nel tentativo di afferrarla, perché anch'io sono stato afferrato da Cristo Gesù. [13]Fratelli, io non pretendo di averla già afferrata; questo dico: dimenticando il passato e protendendomi verso l'avvenire, [14]mi lancio verso la mèta, al premio della celeste chiamata di Dio in Cristo Gesù. [15]Quanti dunque siamo perfetti, coltiviamo questi pensieri; se poi in qualche cosa pensate diversamente, Dio vi rivelerà anche questo. [16]Se non che al punto in cui siamo giunti, continuiamo sulla stessa linea.

Sulla scia dell'Apostolo. - [17]Imitate me, fratelli, e fissate la vostra attenzione su coloro che si comportano secondo il modello che avete in noi. [18]Perché molti, dei quali spesso vi ho parlato e ora ve ne riparlo piangendo, si comportano da nemici della croce di Cristo; [19]la loro fine è la perdizione, il loro dio è il ventre, il loro vanto è il disonore; essi hanno in mente i beni della terra. [20]Noi però siamo cittadini del cielo, da dove attendiamo anche, come salvatore, il Signore Gesù Cristo, [21]che trasformerà il nostro misero corpo per uniformarlo al suo corpo glorioso, in virtù del potere che ha di sottomettere a sé tutto l'universo.

---

3. - [11.] Risorgere dai morti: parla non della risurrezione universale, ma di quella dei giusti, che separerà dai cattivi, i veri morti, e li introdurrà alla vera vita, quella eterna, con Cristo Gesù.

[13.] Dice di non aver toccato la mèta, cioè di non essere arrivato ancora alla perfezione cristiana, ma di sforzarsi continuamente di raggiungere Cristo.

4 [1]Pertanto, miei fratelli diletti e desiderati, mio gaudio e mia corona, perseverate così nel Signore, o diletti.

Ultimi consigli. - [2]Raccomando a Evodia ed esorto Sintiche a vivere in buona armonia nel Signore. [3]Prego caldamente anche te, o sincero Sizigo, di aiutarle, perché hanno strenuamente lottato con me, per il vangelo, insieme a Clemente e ai restanti miei collaboratori, i cui nomi sono scritti nel libro della vita. [4]Siate sempre allegri nel Signore. Ve lo ripeto: siate allegri. [5]La vostra amabilità sia conosciuta da tutti gli uomini. Il Signore è vicino. [6]Non angustiatevi in nulla, ma in ogni necessità, con la supplica e con la preghiera di ringraziamento, manifestate le vostre richieste a Dio. [7]Allora la pace di Dio, che sorpassa ogni preoccupazione umana, veglierà, in Cristo Gesù, sui vostri cuori e sui vostri pensieri.

[8]Per il resto, fratelli, quanto c'è di vero, nobile, giusto, puro, amabile, lodevole; quanto c'è di virtuoso e merita plauso, questo attiri la vostra attenzione. [9]Mettete in pratica quello che avete imparato, ricevuto, udito e visto in me. E il Dio della pace sarà con voi.

Ringraziamento per gli aiuti ricevuti. - [10]Mi sono molto rallegrato nel Signore a vedere finalmente rifiorire i vostri sentimenti per me; certamente li coltivavate anche prima, ma vi mancava l'occasione. [11]Io non

parlo spinto dal bisogno: ho imparato infatti a bastare a me stesso in qualunque condizione mi trovi. [12]So privarmi ed essere nell'abbondanza. In ogni tempo e in tutti i modi, sono stato iniziato ad essere sazio e a soffrire la fame, a vivere nell'agiatezza e nelle privazioni. [13]Tutto posso in Colui che mi dà forza. [14]Ciò nonostante avete fatto bene a condividere le mie tribolazioni. [15]Proprio voi, Filippesi, sapete che all'inizio dell'evangelizzazione, quando lasciai la Macedonia, nessuna chiesa aprì un conto con me di dare e di ricevere, eccetto voi soli, [16]e che una o due volte, mentre ero a Tessalonica, avete provveduto alle mie necessità. [17]Io non cerco il dono; cerco piuttosto il frutto che si accresce sul vostro conto. [18]Ricevo tutto e sto nell'abbondanza: sono ricolmo avendo avuto da Epafrodito i vostri doni, *profumo soave*, sacrificio gradito, che piace a Dio. [19]Il mio Dio soddisferà ogni vostro bisogno in proporzione della sua ricchezza, in Cristo Gesù. [20]A Dio e Padre nostro gloria nei secoli dei secoli. Amen.

Saluti finali ed epilogo. - [21]Salutate ciascun santo in Cristo Gesù; vi salutano i fratelli che sono con me. [22]Vi salutano tutti i santi, in modo particolare quelli della casa di Cesare. [23]La grazia del Signore Gesù Cristo sia col vostro spirito.

LETTERA AI COLOSSESI

Probabilmente san Paolo non è mai stato di persona a Colosse, una cittadina non molto distante da Efeso. Il vangelo vi era stato portato da Epafra (Col 1,7; 4,12-13), un collaboratore di Paolo e forse abitante di quella città.

A Colosse falsi maestri andavano diffondendo dottrine singolari e misteriose. Dai pochi accenni che ne fa la lettera sembra trattarsi dei soliti «giudaizzanti» che propagavano teorie riguardanti potenze celesti, esseri angelici e non meglio definiti elementi del cosmo, inducendo i fedeli a non meglio precisati culti di angeli e a pratiche di tipo giudaico.

L'Apostolo nella sua lettera non discute tali speculazioni. Per il cristiano non hanno senso; ora al vertice di tutto sta Cristo: la sua supremazia sull'universo e sulla storia non conosce concorrenti. Egli è l'unico mediatore di salvezza per l'uomo, che non ha bisogno di altre potenze per raggiungerla, ed è il capo della chiesa che coordina e guida come suo corpo.

La lettera non sembra di pugno di Paolo, ma appartiene alla cerchia dei suoi discepoli; si può facilmente ipotizzare la presenza di un discepolo che ne sia stato il redattore.

Il contenuto e la struttura si dispongono i due parti. A un esordio (1,1-14), segue una parte dottrinale (1,15 - 2,23), in cui si enuncia il primato universale di Cristo e si mette in guardia dai falsi maestri. Viene poi una parte esortativa e morale con l'invito a vivere la vita nuova di Cristo, a rivestire l'uomo nuovo, con l'aggiunta di raccomandazioni di vita domestica e altre di carattere generale (3,1 - 4,6); seguono come conclusione notizie personali e alcune raccomandazioni (4,7-18).

CRISTO MEDIATORE UNICO DI SALVEZZA

1 **Indirizzo.** - [1]Paolo, apostolo di Cristo Gesù per volere di Dio, e il fratello Timoteo, [2]ai santi di Colosse, fedeli fratelli in Cristo. Grazia e pace a voi da Dio, Padre nostro.

Ringraziamento a Dio. - [3]Noi ringraziamo costantemente Dio, Padre del Signore nostro Gesù Cristo, pregando per voi, [4]perché siamo stati informati della vostra fede in Cristo Gesù e dell'amore che praticate verso tutti i santi [5]a motivo della speranza che vi è riservata in cielo. Di questa avete udito l'annuncio mediante la parola di verità, il vangelo, [6]a voi giunto, e come in tutto il mondo sta dando frutti e sviluppandosi, così anche tra voi fin dal giorno nel quale udiste e conosceste la grazia di Dio nella verità. [7]Questo apprendeste da Epafra, nostro diletto compagno di servizio e fedele ministro di Cristo in vece nostra; [8]egli ci ha informati del vostro amore nello Spirito.

Preghiera. - [9]Perciò anche noi, dal giorno in cui ne fummo informati, non tralasciamo di pregare per voi e di chiedere che vi sia concesso di conoscere perfettamente la sua volontà con ogni speranza e intelligenza spirituale, [10]per comportarvi in maniera degna del Signore e piacergli in tutto, dando frutti in ogni genere di opera buona e crescendo nella piena conoscenza di Dio, [11]irrobustiti con ogni vigore, secondo la potenza della sua gloria, per tutto sopportare con perseveranza e magnanimità, [12]ringraziando con gioia il Padre, che ci ha fatti capaci di partecipare alla sorte dei santi nella luce. [13]Egli ci ha strappati dal dominio delle tenebre e ci ha trasferiti nel regno del suo amato Figlio, [14]nel quale abbiamo la redenzione, il perdono dei peccati.

Persona e opera del Cristo

[15] Egli è l'immagine del Dio invisibile,
Primogenito di tutta la creazione;
[16] poiché in lui sono stati creati
tutti gli esseri
nei cieli e sulla terra,
i visibili e gli invisibili:
Troni, Signorie, Prìncipi, Potenze.
Tutte le cose sono state create
per mezzo di lui e in vista di lui;
[17] egli esiste prima di tutti loro
e tutti in lui hanno consistenza.
[18] È anche il capo del corpo,
cioè della chiesa;
egli è principio,
primogenito dei risuscitati,
così da primeggiare in tutto,
[19] poiché piacque a tutta la pienezza
di risiedere in lui
[20] e di riconciliarsi, per suo mezzo,
tutti gli esseri
della terra e del cielo,
facendo la pace
mediante il sangue della sua croce.

[21] E voi, che un tempo con le opere malvagie eravate stranieri e ostili per il modo di pensare, [22] ora, mediante la sua morte, siete stati riconciliati nel suo corpo mortale per presentarvi santi, integri e irreprensibili davanti a lui, [23] purché perseveriate saldamente fondati sulla fede e irremovibili nella speranza del vangelo che avete udito, il quale è predicato a ogni creatura che è sotto il cielo e del quale io, Paolo, sono divenuto ministro.

Ministero di Paolo. - [24] Ora io gioisco nelle sofferenze che sopporto per voi, e completo nel mio corpo ciò che manca dei patimenti del Cristo per il suo corpo, che è la chiesa, [25] della quale sono divenuto ministro, in conformità al compito che Dio mi ha affidato a vostro riguardo, per realizzare la parola di Dio, [26] il mistero che, nascosto ai secoli eterni e alle generazioni passate, ora è svelato ai suoi santi. [27] A questi Dio volle far conoscere quale fosse la splendida ricchezza di questo mistero tra i gentili: Cristo in noi, la speranza della gloria. [28] Lui noi annunciamo, ammonendo ogni uomo e istruendo ognuno in ogni saggezza, per rendere ciascun uomo perfetto in Cristo. [29] A questo scopo mi affatico, battendomi con quella energia che egli sviluppa con potenza in me.

2 [1] Voglio infatti informarvi quale dura lotta affronto per voi e per quelli di Laodicea e per quanti non mi hanno visto di persona, [2] affinché i loro cuori siano confortati, uniti strettamente nell'amore e protesi verso una ricca e perfetta intelligenza, verso una profonda conoscenza del mistero di Dio, Cristo, [3] nel quale sono nascosti tutti i tesori della sapienza e conoscenza. [4] Dico questo, affinché nessuno vi seduca con argomenti speciosi. [5] Se infatti con il corpo sono lontano, con lo spirito sono con voi e vedo con gioia la vostra disciplina e la vostra saldezza nella fede per Cristo.

Pienezza di vita in Cristo. - [6] Come dunque avete ricevuto il Cristo Gesù, il Signore, in lui continuate a vivere, [7] radicati e sopraelevati su di lui e consolidati nella fede come siete stati istruiti, abbondando in ringraziamenti. [8] Badate che nessuno vi faccia sua preda con la «filosofia», questo fatuo inganno che si ispira alle tradizioni umane, agli elementi del mondo e non a Cristo, [9] poiché è in lui che dimora corporalmente tutta la pienezza della divinità, [10] e voi siete stati riempiti in lui, che è il capo di ogni principio e potenza; [11] in lui inoltre siete stati circoncisi di una circoncisione non operata dall'uomo, ma nella spoliazione del corpo carnale, nella circoncisione del Cristo. [12] Sepolti con lui nel battesimo, in lui siete stati anche risuscitati in virtù della fede nella potenza di Dio che lo ha ridestato da morte. [13] Proprio voi, che eravate morti per le trasgressioni e l'incirconcisione della vostra carne, Dio ha richiamato in vita con lui condonandoci tutti i falli; e, [14] annullando le nostre obbligazioni dalle clausole a noi svantaggiose, le ha soppresse inchiodandole alla croce. [15] Egli, spogliati i Prìncipi e le Po-

---

1. - [19-20]. In Gesù, per l'unione della natura umana con quella divina nell'unica persona del Verbo, abita la *pienezza* dell'essenza divina e di tutti i doni soprannaturali.

2. - [2]. *Il mistero di Dio* è il progetto di chiamare tutti gli uomini alla salvezza e alla gloria celeste mediante l'incorporazione a Cristo. Paolo esulta per essere stato chiamato ad annunziare il misericordioso piano di Dio.

[14]. *Obbligazioni dalle clausole a noi svantaggiose:* era il debito contratto con la giustizia divina, a causa delle prescrizioni (legali o naturali) della legge di Dio non osservate. Dio distrusse questa obbligazione, che equivaleva a un decreto di condanna, inchiodandola alla croce su cui morì per noi il Redentore.

tenze, ne fece pubblico spettacolo, dopo aver trionfato su di loro per suo tramite.

Falsa ascesi. - [16]Pertanto, nessuno vi recrimini per cibi, bevande o in materia di festa annuale o di novilunio o di settimane, [17]che sono ombra delle cose avvenire, mentre la realtà è il corpo del Cristo. [18]Nessuno arbitrariamente vi defraudi, compiacendosi in pratiche di poco conto e nel culto degli angeli, indagando su ciò che ha visto, scioccamente inorgoglito dalla sua mentalità carnale [19]e staccato dal capo, dal quale tutto il corpo, ricevendo nutrimento e coesione attraverso le giunture e i legamenti, realizza la crescita di Dio.

[20]Se siete morti con Cristo agli elementi del mondo, perché, come se viveste nel mondo, vi sottomettete a prescrizioni quali: [21]«Non prendere! Non gustare! Non toccare!»? [22]Sono tutte cose destinate a logorarsi con l'uso, essendo precetti e insegnamenti umani. [23]Hanno reputazione di saggezza a motivo della loro affettata religiosità, umiltà e austerità verso il corpo, ma sono prive di ogni valore, perché saziano la carne.

ORIENTAMENTI DI VITA CRISTIANA

3 **La nuova vita in Cristo.** - [1]Se dunque siete risorti col Cristo, cercate le cose di lassù dove è il Cristo, assiso alla destra di Dio; [2]pensate alle cose di lassù, non a quelle della terra: [3]voi infatti siete morti e la vostra vita è nascosta con Cristo in Dio. [4]Quando il Cristo, nostra vita, apparirà, allora anche voi apparirete con lui rivestiti di gloria.

[5]Fate dunque morire le membra terrene: fornicazione, impurità, libidine, desideri sfrenati e l'avidità di guadagno, che è poi idolatria; [6]per questi vizi piomba l'ira di Dio. [7]Anche voi un tempo li praticaste, quando di loro vivevate. [8]Ora però banditeli tutti anche voi: collera, escandescenze, cattiveria, maldicenza, ingiurie che escono dalla vostra bocca. [9]Non mentitevi a vicenda, poiché vi siete spogliati dell'uomo vecchio e del suo modo di agire [10]e vi siete rivestiti del nuovo, che si rinnova per una più piena conoscenza, a immagine di colui che lo ha creato: [11]in questa condizione non c'è più greco o giudeo, circonciso o incirconciso, barbaro o scita, schiavo o libero, ma Cristo, tutto e in tutti.

[12]Voi dunque, come eletti di Dio, santi e amati, vestitevi di tenera compassione, di bontà, di umiltà, di mitezza, di longanimità, [13]sopportandovi a vicenda e perdonandovi se avviene che uno si lamenti di un altro: come il Signore vi ha perdonato, così fate anche voi; [14]sopra tutto ciò, rivestitevi di carità, che è il vincolo della perfezione. [15]E la pace del Cristo, alla quale siete stati chiamati in un solo corpo, regni sovrana nei vostri cuori; e siate riconoscenti. [16]La parola del Cristo abiti in voi con tutta la sua ricchezza; istruitevi e consigliatevi reciprocamente con ogni sapienza; con salmi, inni e cantici ispirati cantate a Dio nei vostri cuori con gratitudine; [17]e qualunque cosa possiate dire o fare, agite sempre nel nome del Signore Gesù, ringraziando Dio Padre per mezzo di lui.

Doveri sociali della nuova vita. - [18]Donne, siate sottomesse ai vostri mariti, come conviene nel Signore. [19]Mariti, amate le vostre donne e non siate indisponenti verso di loro. [20]Figli, obbedite ai vostri genitori tutto, perché è gradito nel Signore. [21]Padri, non provocate i vostri figli, perché non si perdano di coraggio.

[22]Schiavi, obbedite ai vostri padroni terreni in tutto, non solo sotto i loro sguardi, perché volete piacere a uomini, ma con cuore semplice, perché temete il Signore. [23]Qualunque cosa facciate, agite con cuore come per il Signore e non per gli uomini, [24]sapendo che riceverete dal Signore come ricompensa l'eredità. Servite al Signore Cristo! [25]Certo chi commetterà ingiustizie, riceverà la ricompensa della sua ingiustizia, e non c'è riguardo alla persona.

4 [1]Padroni, date ai servi il giusto e l'onesto, sapendo che anche voi avete un padrone in cielo.

Ultime raccomandazioni. - [2]Perseverate nella preghiera e vegliate in essa con riconoscenza; [3]pregate anche per noi, affinché Dio ci apra una porta alla parola, per predicare il mistero del Cristo, a causa del quale sono prigioniero, [4]in modo che lo manifesti predicando come si conviene. [5]Comportatevi saggiamente con gli estranei cogliendo le occasioni opportune. [6]Il vostro discorso sia sempre pieno di grazia, condito con sale, in modo da saper come rispondere a ciascuno.

Notizie e saluti. - [7]Su quanto mi riguarda vi informerà Tichico, diletto fratello, fedele ministro e mio compagno nel Signore. [8]Ve lo mando perché vi metta al corrente della nostra situazione e consoli i vostri cuori, [9]insieme con Onesimo, fedele e diletto fratello, che è dei vostri: vi informeranno di tutte le cose di qua.

[10]Vi salutano Aristarco, mio compagno di prigionia, e Marco, cugino di Bàrnaba — nei cui riguardi avete ricevuto istruzioni; se venisse da voi, accoglietelo bene —, [11]e Gesù detto Giusto. Di quelli che vengono dalla circoncisione, questi sono gli unici che collaborano con me al regno di Dio: furono loro il mio unico conforto. [12]Vi saluta Epafra, vostro concittadino, servo di Cristo

Gesù; egli lotta continuamente per voi nelle sue preghiere affinché stiate saldi, perfetti e sinceramente dediti a compiere la volontà di Dio. [13]Infatti attesto che si preoccupa molto di voi, di quelli di Laodicea e di Gerapoli. [14]Vi salutano Luca, il caro medico, e Dema. [15]Salutate i fratelli di Laodicea, Ninfa con la chiesa che si raduna in casa sua. [16]Quando avrete letto questa lettera, fatela leggere anche nella chiesa di Laodicea; anche voi leggete quella che riceverete da Laodicea. [17]Dite ad Archippo: bada di compiere bene il ministero che hai ricevuto nel Signore.

[18]Il saluto è di mia propria mano, di me, Paolo. Ricordatevi delle mie catene. La grazia sia con voi.

PRIMA LETTERA AI TESSALONICESI

La prima lettera ai Tessalonicesi è quasi certamente lo scritto più antico del Nuovo Testamento, potendosi datare nell'anno 50, pochi mesi dopo che Paolo, Sila e Timoteo avevano portato il vangelo a Tessalonica, durante la seconda spedizione missionaria. La lettura del c. 2 di questa lettera rivela quale tensione spirituale, quanto ardore, delicatezza d'animo e interiore trasporto animassero i primi evangelizzatori. Uno dei pregi maggiori di questa lettera sta proprio nell'essere un documento diretto e immediato, redatto da un protagonista, della prima missione cristiana nel mondo greco-romano.

Paolo ha dovuto interrompere l'evangelizzazione di Tessalonica perché gli Ebrei gli hanno messo contro i politarchi della città (cfr. At 17,5-10). Timoteo, inviato da Paolo a visitare la comunità di Tessalonica, raggiunse l'Apostolo a Corinto recando buone notizie: la comunità aveva retto bene alla prova, la sua fede, carità e speranza — trinomio emblematico dell'essere cristiano, che compare qui per la prima volta e già come dato ovvio e qualificante — si mantengono ben salde. La lettera presenta quindi il carattere di una gioiosa ripresa di contatto, condita da qualche ammonimento. Paolo si congratula per la buona prova di vita cristiana (1,1-10), rievoca il tempo fervido dell'evangelizzazione e delle prove trascorse (2,1-17) e la sua preoccupazione per i suoi figli spirituali (2,17 - 3,13).

A questo punto vengono richiamati alcuni punti di catechesi: la necessaria santificazione della vita (4,1-8), l'amore fraterno (4,9-12), la sorte di quelli che sono morti prima del ritorno di Cristo (14,13 - 5,10) e una sintesi di condotta cristiana (5,11-28).

1 **Indirizzo.** - [1]Paolo, Silvano e Timoteo alla chiesa dei Tessalonicesi, in Dio Padre e nel Signore Gesù Cristo, grazia a voi e pace.

Elezione e vocazione dei Tessalonicesi. - [2]Rendiamo grazie a Dio sempre per tutti voi, ricordandovi nelle nostre orazioni, [3]avendo incessantemente presente, davanti a Dio e nostro Padre, l'opera della vostra fede, lo sforzo della vostra carità, la fermezza della vostra speranza, nel Signore nostro Gesù Cristo. [4]Conosciamo, o fratelli amati da Dio, la vostra elezione, [5]poiché il nostro vangelo non è giunto a voi soltanto a parole ma anche con potenza, con effusione dello Spirito Santo e con piena convinzione. Sapete infatti come ci siamo comportati in mezzo a voi per il vostro bene. [6]E voi siete diventati imitatori nostri e del Signore, accogliendo la parola in mezzo a molta tribolazione con gioia di Spirito Santo, [7]sì da divenire voi esempio a tutti i credenti in Macedonia e in Acaia. [8]Da voi, infatti, la parola del Signore è risuonata non solo in Macedonia e in Acaia, ma in ogni luogo si è diffusa la fama della vostra fede in Dio, tanto da non avere noi bisogno di parlare. [9]Gli stessi abitanti, infatti, raccontano di noi, quale accoglienza abbiamo avuto da voi e come vi siete convertiti a Dio dagli idoli, per servire il Dio vivo e vero, [10]e per aspettare dai cieli il suo Figlio, che egli risuscitò dai morti, Gesù, che ci libera dall'ira che viene.

2 **Comportamento dei missionari.** - [1]Voi stessi sapete, fratelli, che la nostra venuta tra voi non fu vana, [2]ma, dopo aver prima sofferto ed essere stati insultati a Filippi, come siete a conoscenza, abbiamo preso l'ardire in Dio nostro di annunziare a voi il vangelo di Dio in mezzo a molti ostacoli. [3]La nostra esortazione non è dettata da errore né da malafede né da inganno, [4]ma, come siamo stati fatti degni da Dio di essere incaricati del vangelo, così parliamo, non per piacere agli uomini, ma a Dio che scruta i nostri cuori. [5]Giammai, infatti, siamo ricorsi a parole di adulazione, come sapete; né a pretesti ispirati da interesse: Dio è testimone; [6]neppure abbiamo cercato dagli uomini la gloria, né da voi né da altri; [7]pur potendo essere di peso, come apostoli di Cristo, siamo stati al contrario affabili con voi: come una madre che cura premurosamente i suoi figli, [8]così noi, desiderandovi ardentemente, eravamo disposti a comunicarvi non solo il vangelo di Dio ma la nostra stessa vita, tanto ci eravate diventati cari. [9]Voi ricordate, infatti, o fratelli, le nostre fatiche e i nostri stenti: lavorando giorno e notte per non essere di peso a nessuno di voi, vi abbiamo predicato il vangelo di Dio. [10]Voi siete testimoni, e lo è Dio stesso, come in maniera pura, giusta e irreprensibile siamo stati con voi che avevate creduto, [11]così anche sapete che, come un padre fa con ciascuno dei suoi figli, [12]vi abbiamo esortato, incoraggiato e scongiurato a camminare in maniera degna di Dio, che vi chiama al suo regno e alla sua gloria.

Accoglienza del messaggio evangelico. - [13]Perciò noi non cessiamo di ringraziare Dio perché, ricevendo dalla nostra voce la parola di Dio, l'avete accolta non come parola di uomini ma, come è realmente, parola di Dio, la quale è potenza in voi che credete. [14]Infatti voi, o fratelli, siete diventati imitatori delle chiese di Dio che sono nella Giudea, in Cristo Gesù; poiché voi pure avete sofferto le stesse persecuzioni da parte dei vostri compatrioti, come quelle da parte dei Giudei, [15]i quali uccisero il Signore Gesù e i profeti e perseguitarono noi: essi non piacciono a Dio e sono nemici a tutti gli uomini; [16]e ci impediscono di predicare alle genti affinché si salvino, per riempire sempre più la *misura dei loro peccati*. Ma l'ira è giunta su di essi per la fine.

Nostalgia di Paolo per i Tessalonicesi. - [17]Ma noi, o fratelli, orfani di voi per breve tempo, con la presenza non con il cuore, ci siamo con estrema premura preoccupati di rivedere il vostro volto. [18]Proprio per questo avevamo deciso di venire da voi, io Paolo una prima e una seconda volta, ma Satana ce lo ha impedito. [19]Chi, infatti, è la nostra speranza, la nostra gioia e la nostra corona di gloria davanti al Signore nostro Gesù Cristo alla sua parusia, se non proprio voi? [20]Voi, certo, siete la gloria e la gioia nostra.

3 Missione di Timoteo. - [1]Perciò, non potendo più resistere, abbiamo preferito rimanere in Atene soli [2]e inviare Timoteo, fratello nostro e collaboratore di Dio nel vangelo di Cristo, per confermarvi ed esortarvi nella vostra fede, [3]affinché nessuno sia sconvolto in queste tribolazioni. Voi stessi ben sapete che a questo siamo destinati. [4]Quando, infatti, eravamo fra voi, vi predicevamo che avremmo dovuto subire tribolazioni, come è accaduto e voi sapete. [5]Perciò, non potendo più resistere, mandai a prendere notizie della vostra fede, nel dubbio che il seduttore vi avesse tentato e che vana fosse stata la nostra fatica. [6]Proprio ora Timoteo da voi è tornato a noi e ci ha portato buone notizie sulla vostra fede, sulla vostra carità, sul buon ricordo che sempre conservate di noi, desiderando ardentemente di rivederci, come noi desideriamo rivedere voi. [7]Così, fratelli, abbiamo trovato in voi conforto in ogni avversità e tribolazione, a motivo della vostra fede. [8]Ora sì che noi viviamo, poiché voi state saldi nel Signore. [9]Quale azione di grazie, dunque, possiamo rendere a Dio per voi, a motivo di tutta la gioia che godiamo a causa vostra innanzi al nostro Dio? [10]Notte e giorno insistentemente preghiamo di rivedere la vostra faccia e colmare ciò che manca alla vostra fede. [11]Che lo stesso Dio e Padre nostro, e il Signore nostro Gesù, ci spianino la via verso di voi. [12]Il Signore poi vi faccia crescere e sovrabbondare nell'amore scambievole e verso tutti, come anche noi sentiamo verso voi, [13]affinché confermi i vostri cuori irreprensibili nella santità davanti a Dio nostro Padre, nella venuta del Signore nostro Gesù *con tutti i suoi santi.*

4 Santità e purezza cristiana. - [1]Per il resto, fratelli, vi preghiamo e supplichiamo nel Signore Gesù Cristo: come avete appreso da noi il modo di vivere e di piacere a Dio e come già vivete, così progredite sempre più. [2]Voi sapete quali prescrizioni vi abbiamo dato nel Signore Gesù.

---

2. - [16.] Anche il popolo dell'alleanza con Dio, impedendo e ostacolando l'opera di evangelizzazione, si pone contro i disegni di Dio e si incammina verso la distruzione che si compirà nel 70 d.C.

[17.] *Orfani*: è una parola che dice tutto l'affetto di Paolo per i suoi figli: come un padre o una madre privati della loro prole, così egli si trova in uno stato di smarrimento e sospira ardentemente di riabbracciare i *fratelli* nella fede.

[3]Questa infatti è la volontà di Dio: la vostra santificazione; che vi asteniate dall'impudicizia, [4]che ciascuno di voi sappia tenere il proprio corpo in santità e onore, [5]non abbandonandosi alle passioni come fanno i pagani *che non conoscono Dio*. [6]Nessuno fuorvii e defraudi, in questa materia, il proprio fratello, poiché il Signore è *vindice* di ciò, come già vi abbiamo detto e testimoniato. [7]Dio infatti non ci ha chiamati all'impurità ma alla santità. [8]Pertanto chi disprezza questi precetti non disprezza un uomo, ma Dio, che *dona a voi il suo Santo Spirito*.

Carità fraterna e laboriosità. - [9]Quanto all'amore fraterno non avete bisogno che ve ne scriviamo, perché voi stessi avete imparato da Dio ad amarvi scambievolmente, [10]e lo fate verso tutti i fratelli dell'intera Macedonia. Vi esortiamo, fratelli, a progredire maggiormente, [11]a studiarvi di vivere tranquilli, ad attendere ai propri negozi, lavorare con le vostre mani, come vi abbiamo raccomandato, [12]in modo che vi comportiate con onore di fronte a quelli di fuori e non abbiate bisogno di alcuno.

La sorte dei defunti. - [13]Non vogliamo lasciarvi nell'ignoranza, o fratelli, riguardo a quelli che dormono, affinché voi non siate afflitti come gli altri che non hanno speranza. [14]Se infatti crediamo che Gesù è morto ed è risuscitato, così Dio riunirà con lui anche quanti si sono addormentati in Gesù. [15]Questo infatti vi diciamo sulla parola del Signore: che noi, i viventi, i superstiti, non precederemo nella venuta del Signore quelli che si sono addormentati. [16]Poiché il Signore stesso, al segnale dato dalla voce dell'arcangelo, dalla tromba di Dio, discenderà dal cielo e i morti che sono in Cristo risorgeranno per primi. [17]Quindi noi, i viventi, i superstiti, insieme con essi saremo rapiti sulle nubi per incontrare il Signore nell'aria. E così saremo sempre col Signore. [18]Pertanto consolatevi gli uni gli altri con queste parole.

5 **Il tempo della parusia.** - [1]Circa il tempo e l'ora, o fratelli, non avete bisogno che ve ne scriviamo. [2]Voi stessi infatti sapete perfet-

tamente che il giorno del Signore arriva come un ladro di notte. [3]Quando diranno: *Pace e sicurezza*, allora improvvisamente precipiterà su di essi la rovina, come i dolori del parto sulla donna incinta; e non sfuggiranno.

Attesa dell'ora. - [4]Ma voi, fratelli, non siete nelle tenebre, così che quel giorno vi sorprenda come un ladro; [5]infatti voi siete tutti figli della luce e figli del giorno: non siamo né della notte né delle tenebre. [6]Pertanto non dormiamo come gli altri, ma vegliamo e siamo temperanti. [7]Quelli che dormono, dormono di notte e quelli che si inebriano, si inebriano di notte. [8]Noi, invece, che siamo del giorno, siamo sobri, *rivestiti con la corazza* della fede e della carità, avendo per *elmo* la speranza *della salvezza*. [9]Dio non ci ha destinati all'ira, ma all'acquisto della salute per mezzo del Signore nostro Gesù Cristo, [10]il quale è morto per noi, affinché, sia che vegliamo sia che ci addormentiamo, con lui viviamo. [11]Perciò consolatevi gli uni gli altri, edificandovi scambievolmente, come già fate.

Esigenze comunitarie. - [12]Vi preghiamo, fratelli, di apprezzare quelli che faticano in mezzo a voi e vi presiedono nel Signore e vi ammoniscono: [13]stimateli sommamente nella carità, a causa della loro opera. Vivete in pace tra voi stessi. [14]Vi esortiamo, fratelli, correggete gli indisciplinati, incoraggiate i pusillanimi, sostenete i deboli, usate pazienza con tutti. [15]Guardate che nessuno renda a un altro male per male, piuttosto studiate sempre di fare il bene gli uni agli altri e a tutti. [16]Siate sempre lieti. [17]Pregate senza interruzione. [18]Rendete grazie in ogni cosa: questa è la volontà di Dio a vostro riguardo, in Gesù Cristo. [19]Non spegnete lo Spirito. [20]Non disprezzate le profezie. [21]Esaminate ogni cosa: ritenete ciò che è buono. [22]Tenetevi lontano da ogni sorta di male.

Conclusione. - [23]Egli stesso, il Dio della pace, vi santifichi totalmente e tutto il vostro essere, spirito, anima e corpo, siano custoditi irreprensibili per la parusia del Signore nostro Gesù Cristo. [24]Fedele è colui che vi chiama; egli porterà tutto a compimento. [25]Fratelli, pregate anche per noi. [26]Salutate tutti i fratelli con un bacio santo. [27]Vi scongiuro nel Signore che questa lettera sia letta a tutti i fratelli. [28]La grazia del Signore nostro Gesù Cristo sia con voi.

---

4. - [4.] Corpo: proprio o della moglie, secondo il duplice significato che può avere la parola greca qui tradotta con corpo e che di per sé significa «vaso».

SECONDA LETTERA AI TESSALONICESI

La seconda lettera ai Tessalonicesi dev'essere stata scritta non molto tempo dopo la prima, con ogni probabilità da Corinto, nell'anno 51. Paolo è stato informato che i cristiani di Tessalonica sono sempre in stato di persecuzione e inoltre ha due motivi di preoccupazione: v'è chi, appellandosi a qualche espressione dell'Apostolo, forse della lettera precedente, ha cominciato a insegnare che la fine della storia è ormai giunta e che la parusìa, o venuta di Gesù nella gloria, è imminente; altri, invece di lavorare, secondo l'insegnamento e l'esempio di Paolo, continuano lo stile di vita oziosa e indisciplinata che tenevano prima della conversione, campando di espedienti, sfruttando la carità e la beneficenza dei fratelli di fede. Da qui l'intervento dell'Apostolo, breve ma autorevole e alquanto risentito.

Affinità e diversità di tono e di stile tra le due lettere ai Tessalonicesi hanno indotto alcuni studiosi a sollevare obiezioni circa l'autenticità paolina di questa lettera, ma sembrano più forti le ragioni a favore: anche in questo caso la stesura della lettera dev'essere opera d'un discepolo-redattore, ma resta significativo l'intervento autografo che si legge alla fine: «Il saluto è di mia mano, di Paolo... Così io scrivo» (3,17).

Il contenuto della lettera si può ripartire nel modo seguente: inizia con un'esortazione a perseverare nella persecuzione (1,3-12); segue un'istruzione, per noi oscura, su ciò che vieta di ritenere che la parusia sia imminente (2,1-12); segue un'esortazione a perseverare (2,13 - 3,5); e infine la nota di biasimo per gli oziosi e gli sregolati (3,6-15).

1 Indirizzo. - ¹Paolo, Silvano e Timoteo alla chiesa dei Tessalonicesi, in Dio nostro Padre e nel Signore Gesù Cristo: ²sia a voi grazia e pace da parte di Dio Padre e del Signore Gesù Cristo.

Il giudizio di Dio conforto nella persecuzione. - ³Dobbiamo rendere grazie a Dio in ogni momento per voi, fratelli, come è giusto, poiché la vostra fede cresce oltremodo e la carità di ciascuno di voi verso gli altri sovrabbonda, ⁴tanto da gloriarci noi stessi di voi davanti alle chiese di Dio, per la vostra perseveranza e la vostra fede in tutte le persecuzioni e tribolazioni che sopportate: ⁵indice del giusto giudizio di Dio in cui siete stimati degni del regno di Dio, per il quale anche soffrite. ⁶È infatti giusto da parte di Dio contraccambiare tribolazioni a quelli che vi affliggono ⁷e sollievo a voi, tribolati insieme a noi, quando verrà la manifestazione del Signore Gesù dal cielo insieme con gli angeli della sua potenza, ⁸*nel fuoco*

ardente, *che farà vendetta su quanti non vogliono riconoscere Dio né ubbidire al vangelo del Signore nostro Gesù.* ⁹Costoro saranno puniti con una pena eterna, lontani *dalla faccia del Signore e dallo splendore della sua potenza,* ¹⁰quando, in quel giorno, verrà per *essere glorificato nei suoi santi* e per essere ammirato in tutti quelli che hanno creduto, poiché la nostra testimonianza tra voi fu accolta.

¹¹A tal fine noi preghiamo sempre per voi, perché il nostro Dio vi faccia degni della vocazione e con la sua potenza dia buon esito a tutta la vostra volontà di bene e a tutta l'opera della vostra fede, ¹²affinché *sia glorificato* in voi *il nome* del *Signore* nostro Gesù e voi in lui, per la grazia del nostro Dio e Signore Gesù Cristo.

2 Parusia del Signore e dell'iniquo. - ¹Vi preghiamo, fratelli, quanto alla venuta del Signore nostro Gesù e la nostra riunione con lui, [2]a non lasciarvi agitare così facilmente nel vostro animo né spaventare da oracoli dello Spirito, da parola o da lettera come spedita da noi, quasi che il giorno del Signore sia imminente. [3]Nessuno vi inganni in alcun modo. Infatti, se prima non viene l'apostasia e non si rivela l'uomo dell'iniquità, il figlio della perdizione, [4]colui che si oppone e si innalza su tutto ciò che è chiamato Dio o che è oggetto di culto, fino a sedersi egli stesso nel tempio di Dio, dichiarando se stesso Dio... [5]Non vi ricordate che, essendo ancora in mezzo a voi, vi dicevo queste cose? [6]E ora sapete ciò che lo trattiene, in modo che si manifesti nell'ora sua. [7]Infatti il mistero dell'iniquità è già in atto: c'è solo da attendere che chi lo trattiene sia tolto di mezzo. [8]Allora si manifesterà l'iniquo, che il Signore Gesù distruggerà con il soffio della sua bocca e annienterà con la manifestazione della sua parusia. [9]La parusia dell'iniquo avviene per opera di Satana, con ogni genere di potenza, con miracoli e prodigi di menzogna, [10]con tutte le seduzioni dell'iniquità per quelli che si perdono, perché non hanno accolto l'amore della verità per essere salvi. [11]Ecco perché Dio manda ad essi una forza di errore, perché credano alla menzogna, [12]affinché siano condannati tutti quelli che non hanno creduto alla verità ma si sono compiaciuti dell'ingiustizia.

Perseveranza. - [13]Ma noi dobbiamo rendere grazie a Dio sempre per voi, fratelli amati dal Signore, perché Dio vi ha scelti fin da principio per la salvezza nella santificazione dello Spirito e nella fede della verità. [14]Proprio a questo ha chiamato voi per mezzo del nostro vangelo, per il possesso della gloria del Signore nostro Gesù Cristo. [15]Pertanto, fratelli, sta-

te forti e conservate le tradizioni nelle quali siete stati istruiti, sia per mezzo della nostra viva voce, sia per mezzo della nostra lettera. [16]Lo stesso Gesù Cristo, Signore nostro, e Dio nostro Padre che ci ha amati e ci ha dato, per sua grazia, una consolazione eterna e una buona speranza, [17]consoli e confermi i vostri cuori in ogni opera e parola buona.

3 **Esortazione finale.** - [1]Per il resto, fratelli, pregate per noi, affinché la parola del Signore continui la sua corsa e sia glorificata come lo è presso di voi, [2]e noi siamo liberati da uomini perversi e malvagi. La fede infatti non è di tutti. [3]Ma il Signore è fedele: egli vi confermerà e vi custodirà dal maligno. [4]Riguardo a voi abbiamo fiducia nel Signore, che quanto vi comandiamo già lo facciate e lo farete. [5]Il Signore diriga i vostri cuori verso l'amore di Dio e la pazienza di Cristo.

Ammonimento agli oziosi. - [6]Vi ordiniamo, però, fratelli, nel nome del Signore nostro Gesù Cristo, di stare lontani da tutti quei fratelli che vivono indisciplinatamente e non secondo l'insegnamento che ricevettero da noi. [7]Infatti voi stessi sapete in che modo dovete imitarci, poiché non fummo degli oziosi in mezzo a voi, [8]né abbiamo mangiato il pane gratuitamente da alcuno, ma lavorando notte e giorno con fatica e stenti, per non essere di peso a nessuno di voi. [9]Non perché non ne avessimo il diritto, ma per offrirci a voi come modello da imitare. [10]Inoltre, quando eravamo con voi, vi raccomandavamo questo: se uno non vuole lavorare, neanche mangi. [11]Ora siamo venuti a sapere che alcuni vivono in mezzo a voi disordinatamente, non lavorando affatto, ma impicciandosi di tutto. [12]A questi tali comandiamo, e li ammoniamo nel Signore Gesù Cristo, che mangino il proprio pane, lavorando senza chiasso. [13]Voi, però, fratelli, non cessate di fare il bene. [14]Se qualcuno non ubbidisce a quanto diciamo in questa nostra lettera, notatelo e non conversate più con lui, affinché si vergogni. [15]Tuttavia non ritenetelo come un nemico, ma avvertitelo come un fratello.

Saluto. - [16]Lo stesso Signore della pace vi dia la pace sempre e in ogni maniera. Il Signore sia con tutti voi. [17]Il saluto è di mia mano, di Paolo; questo è il sigillo di tutte le lettere. Così io scrivo. [18]La grazia del Signore nostro Gesù Cristo sia con tutti voi.

---

2. - 2-12. *Il giorno del Signore*: significa la fine del mondo e il giudizio universale. Paolo invita i Tessalonicesi a non turbarsi, perché questi fatti non sono *imminenti*. Paolo afferma che la fine del mondo deve essere preceduta da due grandi avvenimenti: una grande *apostasia* della fede e l'apparire del *figlio della perdizione*, l'anticristo, che non riconoscerà alcun Dio e pretenderà onori divini. I vv. 3-7 sono oscuri per noi, perché si rifanno a un insegnamento orale che non ci è giunto, sono figure e termini del genere apocalittico, e infine perché si tratta di profezia. Ad ogni modo Paolo vuole insegnare che la «parusia» non è vicina, perché non ne sono i segni.

3. - 6-13. Indisciplinatamente: cioè oziosamente. Paolo chiarisce il suo pensiero richiamandosi al suo stesso comportamento: egli non si sottrasse alla regola del lavoro che incombe a tutti e non mangiò gratuitamente il pane di nessuno.

PRIMA LETTERA A TIMOTEO

Timoteo, nativo di Listra in Licaonia, figlio di padre greco e di madre ebrea, si unì a Paolo all'inizio del secondo viaggio missionario (At 16,2-3); rimasto tra i suoi discepoli più fedeli, fu per l'Apostolo come un figlio carissimo e collaboratore impareggiabile (cfr. Fil 2,19-20). La lettera lo presenta come responsabile della chiesa di Efeso dove Paolo lo ha preposto temporaneamente come vescovo-missionario, con lo scopo di «richiamare alcuni affinché non insegnino cose diverse» e aberranti dalle linee della vera fede. Precisamente per incoraggiare il diletto discepolo, ancor giovane e piuttosto timido di temperamento, nelle difficoltà che gli si presentavano agli inizi di un apostolato autonomo e autorevole, Paolo gli indirizzò dalla Macedonia, verso il 65-66, la presente lettera.

Non è facile riassumere il contenuto della lettera, perché l'interesse dell'Apostolo passa tranquillamente da un argomento all'altro. Si possono tuttavia delineare alcuni temi: dopo l'indirizzo e il saluto (1,1-2), Timoteo viene esortato a comportarsi come difensore della verità (1,3-20); successivamente gli si indicano i compiti di organizzatore del culto (2,1-15) e di pastore del gregge (3,1 - 6,2): come tale deve avere idee precise circa le cariche ecclesiastiche, episcopi e diaconi (3,1-13), la chiesa e il mistero della pietà (3,14-16), i falsi dottori (4,1-16), i fedeli in generale (5,1-12), le vedove (5,3-16), i presbiteri (5,17-25), gli schiavi (6,1-2). Come conclusione: la contrapposizione tra falsi maestri e Timoteo che deve mostrarsi maestro di verità (6,3-16), un mònito ai ricchi (6,17-19), esortazione finale e saluti (6,20-21).

1 Indirizzo. - ¹Paolo, apostolo di Cristo Gesù per comando di Dio, nostro Salvatore, e di Gesù Cristo, nostra speranza, a Timoteo, figliolo verace nella fede: ²grazia, misericordia e pace da parte di Dio Padre e di Gesù Cristo, nostro Signore.

Difesa della dottrina dai falsi dottori. - ³Come ti raccomandai di rimanere in Efeso, alla mia partenza per la Macedonia, perché tu richiamassi alcuni dall'insegnare cose diverse ⁴e dall'attendere a favole e a genealogie interminabili, le quali servono piuttosto a far nascere discussioni che a favorire l'economia divina della salvezza basata sulla fede, (così te lo ripeto ora).

⁵Lo scopo del richiamo però è la carità, la quale procede da un cuore puro, da una buona coscienza e da una fede senza simulazioni. ⁶Proprio per aver deviato da queste cose, alcuni si sono perduti in fatue verbosità, ⁷volendo essere dottori della legge

mentre non capiscono né quello che dicono né quello che portano a conferma (del loro insegnamento).

La legge non è per i giusti, ma per gl'iniqui. - ⁸Certo, noi sappiamo che la legge è buona; a condizione però che se ne faccia un uso legittimo, ⁹ben sapendo che la legge non è istituita per chi è giusto, ma per gli iniqui e i ribelli, per gli empi e i peccatori, per i sacrileghi e i profanatori, per i parricidi e i matricidi, per gli omicidi, ¹⁰i fornicatori, gli omosessuali, i mercanti di uomini, i mentitori, gli spergiuri e qualsiasi altro vizio che si opponga alla sana dottrina, ¹¹secondo il vangelo della gloria del beato Dio, che è stato a me affidato.

---

1. - 5. La missione di Timoteo non consisteva solo nel resistere ai falsi maestri, ma specialmente nel far regnare la *carità*, in opposizione a tutte le vane discussioni.

La misericordia di Dio nella conversione di Paolo. - [12]Pertanto io rendo grazie a Cristo Gesù, Signore nostro, che mi ha fortificato, perché mi stimò degno di fiducia ponendomi nel ministero; [13]proprio me che prima ero stato bestemmiatore, persecutore e violento. Però ottenni misericordia avendo fatto ciò nell'ignoranza, quando mi trovavo ancora nell'incredulità: [14]che anzi, la grazia del Signore nostro sovrabbondò con la fede e la carità che è in Cristo Gesù.

[15]È questa infatti una parola degna di fede e di ogni accoglienza: Cristo Gesù è venuto nel mondo per salvare i peccatori, dei quali io sono il primo. [16]Ma appunto per questo ho ottenuto misericordia: perché Gesù Cristo mostrasse in me, per primo, tutta la sua longanimità, ad esempio di quelli che avrebbero creduto in lui per la vita eterna. [17]Al Re dei secoli, l'incorruttibile, invisibile e unico Dio, gloria e onore per i secoli dei secoli! Amen.

«Combatti la buona battaglia» della fede. - [18]Questo incarico di richiamare io te lo affido, o Timoteo, figlio mio, in accordo alle profezie che già si sono manifestate riguardo a te, affinché da quelle sostenuto tu combatta la buona battaglia, [19]conservando la fede e la buona coscienza, poiché per averla ripudiata, alcuni hanno fatto naufragio nella fede: [20]fra questi sono Imeneo e Alessandro, che ho consegnato a Satana perché imparino a non bestemmiare.

2 **Preghiera liturgica.** - [1]Raccomando, dunque, prima di tutto, che si facciano suppliche, preghiere, intercessioni e rendimenti di grazie in favore di tutti gli uomini, [2]per i re e per tutti coloro che sono in autorità, affinché possiamo trascorrere una vita tranquilla e serena, con ogni pietà e decoro. [3]Questa infatti è una cosa bella e gradita al cospetto del Salvatore, nostro Dio, [4]il

quale vuole che tutti gli uomini si salvino e arrivino alla conoscenza della verità. [5]Unico infatti è Dio, unico anche il mediatore fra Dio e gli uomini, l'uomo Cristo Gesù, [6]che ha dato se stesso in riscatto per tutti, quale testimonianza per i tempi stabiliti, [7]in favore della quale io sono stato costituito araldo e apostolo — dico il vero, non mentisco — maestro delle genti nella fede e nella verità.

Atteggiamento nelle assemblee liturgiche. - [8]Voglio, pertanto, che gli uomini preghino in ogni luogo, innalzando verso il cielo mani pure, senza collera e spirito di contesa. [9]Alla stessa maniera facciano le donne, vestendosi con abbigliamento decoroso: si adornino secondo verecondia e moderatezza, non con trecce e ornamenti d'oro, oppure con perle o vesti sontuose, [10]ma con opere buone, come conviene a donne che fanno professione di pietà. [11]La donna impari in silenzio, con perfetta sottomissione. [12]Non permetto alla donna d'insegnare, né di dominare sull'uomo, ma che stia in silenzio. [13]Per primo infatti è stato formato Adamo e quindi Eva. [14]Inoltre, non fu Adamo ad essere sedotto; la donna, invece, fu sedotta e cadde nel peccato. [15]Tuttavia essa si salverà mediante la generazione dei figli, a condizione però di perseverare nella fede, nella carità e nella santità, con saggezza.

3 **I ministri della chiesa: l'episcopo.** - [1]È degno di fede quanto vi dichiaro: se qualcuno aspira all'episcopato, desidera un nobile lavoro. [2]Bisogna infatti che l'episcopo sia irreprensibile, marito di una sola moglie, sobrio, prudente, dignitoso, ospitale, adatto all'insegnamento, [3]non dedito al vino, non violento ma indulgente, non litigioso, non attaccato al denaro; [4]che sappia ben governare la propria famiglia e tenere con grande dignità i figli in sudditanza. [5]Poiché se uno non sa governare la propria famiglia, come potrà aver cura della chiesa di Dio? [6]Non sia però un neofita, per timore che, gonfiato dall'orgoglio, non incorra nella medesima condanna toccata al diavolo. [7]Bisogna inoltre che abbia una buona testimonianza da quelli di fuori, perché non cada in discredito e nei lacci del diavolo.

[8]I diaconi ugualmente siano dignitosi, non doppi nel parlare, non dediti al molto

---

2. - [15.] La più autentica missione della donna, secondo il disegno creatore di Dio, è quello della maternità, che si attua nella generazione ed educazione dei figli. Può darsi che in questa affermazione Paolo abbia presenti i falsi maestri che condannavano il matrimonio (cfr. 4,3).

3. - [1.] L'*episcopato* non è da prendersi qui nel preciso significato odierno; era una carica di servizio nel culto e nell'amministrazione della chiesa. Appunto perché era una carica, era meno stimato dei doni carismatici, come quelli di profetare, insegnare, parlare lingue sconosciute. Per questo Paolo loda chi vi aspira.

vino, né avidi di turpe guadagno; [9]essi inoltre devono conservare il mistero della fede in una coscienza pura. [10]Anch'essi vengano prima sperimentati e quindi, se sono irreprensibili, esercitino il loro ministero.

[11]Alla stessa maniera le donne siano dignitose, non calunniatrici, sobrie, fedeli in ogni cosa.

[12]I diaconi siano mariti di una sola moglie, sappiano governare bene i loro figli e le loro case. [13]Infatti, quelli che avranno ben servito si acquisteranno un grado onorifico e molta sicurezza nella fede che è in Gesù Cristo.

La chiesa e il mistero della pietà. - [14]Pur sperando di venire da te quanto prima, ti scrivo queste cose [15]perché, se per caso io ritardassi, tu sappia come ti devi comportare nella casa di Dio, che è la chiesa del Dio vivente, colonna e sostegno della verità.

[16]Senza alcun dubbio, infatti, è grande il mistero della pietà:

Colui che fu manifestato nella carne,
fu giustificato nello Spirito,
apparve agli angeli,
fu predicato alle nazioni,
fu creduto nel mondo,
fu assunto nella gloria.

Contro i falsi dottori. - 4[1]Lo Spirito però dice espressamente che negli ultimi tempi certuni apostateranno dalla fede, dando credito a spiriti fraudolenti e ad insegnamenti di demòni, [2]sedotti dall'ipocrisia di gente che sparge menzogna, che ha la propria coscienza come bollata da un ferro rovente, [3]proibisce di sposare e (ordina) di astenersi da certi cibi, che invece Dio creò perché fossero presi con animo grato dai fedeli e da quelli che hanno conosciuto la verità. [4]Infatti, ogni cosa creata da Dio è buona, e niente è da spregiare, qualora venga preso con animo grato, [5]giacché viene santificato per mezzo della parola di Dio e della preghiera.

[6]Proponendo queste cose ai fratelli, sarai davvero un buon ministro di Cristo Gesù, nutrito come sei delle parole della fede e della buona dottrina che hai diligentemente appreso. [7]Rigetta però le favole profane, cose da vecchierelle. Allénati piuttosto alla pietà, [8]poiché la ginnastica del corpo è utile a poco, mentre la pietà è utile a tutto, aven-

do la promessa della vita presente e di quella futura. [9]Quanto ho detto è degno di fede e di ogni accoglienza.

[10]Per questo noi ci affatichiamo e combattiamo, perché abbiamo riposto la speranza nel Dio vivente, che è il Salvatore di tutti gli uomini, soprattutto dei fedeli. [11]Questo proclama e insegna.

Esempio personale. - [12]Nessuno disprezzi la tua giovinezza! Al contrario, mostrati modello ai fedeli nella parola, nella condotta, nella carità, nella fede, nella castità. [13]Fino alla mia venuta applicati alla lettura, all'esortazione e all'insegnamento. [14]Non trascurare il carisma che è in te e che ti fu dato per mezzo della profezia insieme all'imposizione delle mani dei presbiteri. [15]Abbi premura di queste cose, dedicati ad esse, affinché a tutti sia noto il tuo progresso. [16]Attendi a te stesso e all'insegnamento: persevera in queste cose poiché, così facendo, salverai te stesso e quelli che ti ascoltano.

Comportamento con le diverse categorie di persone. - 5[1]Un uomo anziano non lo riprendere duramente, ma esortalo come fosse tuo padre; i giovani, poi, come fossero tuoi fratelli, [2]le donne anziane come madri, le giovani come sorelle, in tutta castità.

Le vedove. - [3]Onora le vedove che sono veramente vedove. [4]Se però qualche vedova ha dei figli o nipoti, costoro imparino prima ad esercitare la pietà verso la propria famiglia e a rendere il contraccambio ai loro genitori, poiché questo è gradito davanti a Dio. [5]Quella, però, che è veramente vedova ed è rimasta sola, dimostra di aver riposto in Dio la sua speranza e attende con perseveranza alle suppliche e alle orazioni, notte e giorno. [6]Al contrario, la vedova che si abbandona ai piaceri, anche se viva è già morta. [7]Questo pure tu richiamerai loro: che siano irreprensibili. [8]Se poi qualcuno non ha cura dei suoi, soprattutto di quelli di casa, ha rinnegato la fede ed è peggiore di un infedele.

[9]Una vedova sia scritta nel catalogo (delle vedove), a condizione che non sia inferiore ai sessant'anni, sia stata moglie di un solo marito, [10]abbia in suo favore la testimonianza delle buone opere: se educò i figli, se praticò l'ospitalità, se lavò i piedi dei santi, se venne in soccorso ai tribolati, se si dedicò ad ogni opera buona.

[11]Non accettare invece le vedove più giovani, poiché, non appena vengono prese da brame indegne di Cristo, esse vogliono risposarsi, [12]attirandosi addosso un giudizio di condanna per aver rinnegato il loro impegno iniziale. [13]Oltre a ciò, essendo anche oziose, imparano ad andare in giro per le case; e non soltanto sono oziose, ma anche ciarliere e curiose, parlando di ciò che non conviene. [14]Perciò voglio che le più giovani si sposino, abbiano figli, governino la loro casa e non diano all'avversario nessuna occasione di biasimo. [15]Alcune infatti si sono già fuorviate dietro a Satana.

[16]Se qualche donna fedele ha con sé delle vedove, provveda al loro sostentamento e non si aggravi la chiesa, affinché essa possa provvedere a quelle che sono veramente vedove.

I presbiteri. - [17]I presbiteri che presiedono bene siano stimati degni di doppio onore, soprattutto quelli che si affaticano nella parola e nell'insegnamento. [18]Dice infatti la Scrittura: *Non metterai la museruola al bue che trebbia.* E ancora: *È degno l'operaio della sua mercede.*

[19]Non ricevere accuse contro un presbitero, eccetto che *su deposizione di due o tre testimoni.* [20]Quelli poi che avessero peccato, riprendili davanti a tutti, affinché anche i rimanenti ne abbiano timore.

[21]Ti scongiuro davanti a Dio e a Cristo Gesù e davanti agli angeli eletti di osservare queste cose senza prevenzione, nulla facendo per favoritismo.

[22]Non imporre a nessuno le mani troppo affrettatamente, per non renderti partecipe degli altrui peccati. Consèrvati puro.

[23]Non continuare a bere acqua soltanto, ma fa' moderato uso di vino a causa dello stomaco e delle tue frequenti malattie.

[24]I peccati di alcuni uomini sono manifesti e li precedono in giudizio; ad altri invece vengono dietro. [25]Alla stessa maniera, anche le opere buone sono manifeste, e quelle che non lo sono non possono rimanere nascoste.

6 **Gli schiavi.** - [1]Quanti stanno sotto il giogo come schiavi, stimino degni di ogni onore i loro padroni, affinché non vengano

bestemmiati il nome di Dio e la dottrina (evangelica). [2]Quelli poi che hanno padroni credenti, non manchino loro di riguardo per il fatto che sono fratelli, ma li servano meglio proprio perché coloro che ricevono il beneficio dei loro servizi sono credenti e amati (da Dio).

Di nuovo i falsi dottori. - Queste cose inségnale e incùlcale. [3]Se poi qualcuno insegna cose diverse e non aderisce alle sane parole, che sono quelle del Signore nostro Gesù Cristo, e alla dottrina secondo pietà, [4]è accecato dall'orgoglio e non sa nulla, pur essendo preso dalla febbre dei cavilli e dei litigi di parole: da tali cose hanno origine le invidie, le contese, le maldicenze, i sospetti maligni, [5]le lotte di uomini guasti nelle loro menti e che si sono privati della verità appunto perché stimano che la pietà sia una fonte di guadagno.

[6]Certo, la pietà è un grande guadagno: congiunta però al sapersi contentare! [7]Niente infatti abbiamo portato in questo mondo, ed è appunto per questo che niente potremo neppure portare via. [8]Avendo però di che nutrirci e il necessario per coprirci, accontentiamoci di queste cose. [9]Coloro, infatti, che vogliono diventar ricchi, incappano nella tentazione, nel laccio (di Satana) e in molteplici desideri insensati e nocivi, i quali sommergono gli uomini nella rovina e nella perdizione. [10]Poiché radice di tutti i mali è l'amore al denaro, per il cui sfrenato desiderio alcuni si sono sviati dalla fede e da se stessi si sono martoriati con molti dolori.

«Combatti il buon combattimento». - [11]Ma tu, o uomo di Dio, fuggi queste cose; ricerca invece la giustizia, la pietà, la fede, la carità, la pazienza, la mansuetudine. [12]Combatti il buon combattimento della fede, cerca di conquistare la vita eterna, alla quale sei stato chiamato e per la quale hai confessato la bella confessione davanti a molti testimoni.

[13]Ti scongiuro, davanti a Dio che vivifica tutte le cose, e davanti a Cristo Gesù che testimoniò la bella confessione sotto Ponzio Pilato, [14]di conservare immacolato e irreprensibile il comandamento fino alla manifestazione del Signore nostro Gesù Cristo: [15]manifestazione che, nei tempi stabiliti, opererà

il beato e unico Sovrano,
il Re dei regnanti
e Signore dei signori,
[16] il solo che possiede l'immortalità
e abita una luce inaccessibile,
che nessun uomo mai vide
né potrà vedere.
A lui onore e potenza eterna.
Amen!

Uso delle ricchezze.

[17]Ai ricchi di questo mondo raccomanda di non essere orgogliosi, né di riporre le loro speranze nell'instabilità della ricchezza, ma in Dio che ci provvide abbondantemente di tutto perché ne possiamo godere. [18](Raccomanda) loro anche di far del bene, di arricchirsi di opere buone, di essere generosi nel dare, disposti a partecipare agli altri (i loro beni), [19]mettendosi da parte un bel capitale per il futuro, onde acquistare la vera vita.

Epilogo.

[20]O Timoteo, custodisci il deposito, schivando le profane vacuità di parole e le opposizioni di una scienza di falso nome, [21]professando la quale taluni si sviarono dalla fede.
La grazia sia con voi!

SECONDA LETTERA A TIMOTEO

La lettera sembra scritta da Roma durante la seconda prigionia, quando Paolo sente ormai vicino il termine della sua esistenza terrena. È considerata unanimemente il testamento spirituale dell'Apostolo e un tono patetico e commosso la pervade da un capo all'altro.

S'intrecciano ricordi, rievocazioni, ammonimenti, lucide affermazioni dottrinali, tra cui fondamentale quella sull'ispirazione divina della sacra Scrittura (3,16-17), e notizie di carattere personale. Particolarmente toccante l'invito a Timoteo di venire a Roma «quanto prima» (4,9), possibilmente «prima dell'inverno» (4,21), portandogli il mantello e le pergamene che erano rimaste a Troade (4,13), forse nei momenti concitati dell'arresto.

Non risulta da alcun documento che Timoteo sia giunto a Roma prima della morte dell'Apostolo (67 d.C.), ma sembra assai probabile che gli sia stato vicino nei giorni del martirio. Dopo di che egli dev'essere tornato a Efeso dove, secondo una tardiva tradizione, sarebbe morto martire nel 97 d.C.

Il contenuto della lettera si può delineare schematicamente così: dopo il saluto, al quale fa seguito un commosso ringraziamento a Dio (1,1-5), viene un'esortazione alla fortezza nella predicazione del vangelo (1,6 - 2,2); rievocate poi le sofferenze e le ricompense dell'apostolato (2,3-13), compare un'esortazione a stare in guardia contro i falsi maestri ai quali Timoteo deve contrapporre con forza e pazienza la sana dottrina (2,14 - 4,5); come epilogo, il testamento spirituale dell'Apostolo: «Ho combattuto la buona battaglia» (4,7), e l'esortazione a raggiungerlo presto a Roma (4,21).

1 Indirizzo e ringraziamento. - ¹Paolo, apostolo di Cristo Gesù per volontà di Dio, secondo la promessa di vita che è in Cristo Gesù, ²a Timoteo, figlio carissimo: grazia, misericordia e pace da parte di Dio Padre e di Cristo Gesù, Signore nostro.

³Ringrazio Dio, a cui servo con pura coscienza fin dal tempo dei miei antenati, tutte le volte che faccio memoria di te nelle mie preghiere, senza interruzione né di notte né di giorno. ⁴Ricordandomi delle tue lacrime, desidero anche di rivederti, per essere riempito di gioia, ⁵memore di quella fede senza ipocrisia che è in te e che, prima ancora, albergò nel cuore della tua nonna Loide e di tua madre Eunice e, ne sono sicuro, alberga anche in te.

Esortazione alla fortezza nella predicazione del vangelo. - ⁶Per questo motivo, ti esorto a ravvivare il carisma di Dio, che è in te per l'imposizione delle mie mani. ⁷Dio, infatti, non ci ha dato uno spirito di timidezza, ma di forza, di amore e di saggezza. ⁸Non arrossire dunque della testimonianza del Signore nostro, né di me suo prigioniero, ma soffri piuttosto con me per il vangelo, confidando nella forza di Dio. ⁹È lui, infatti, che ci ha salvati e ci ha chiamati con una vocazione santa, non in virtù delle nostre opere, ma secondo il suo disegno e la sua grazia, che ci fu data in Cristo prima dei tempi eterni, ¹⁰ma che è stata manifestata ora mediante l'apparizione del Salvatore nostro Gesù Cristo, che ha distrutto la morte e ha fatto risplendere la vita e l'immortalità per mezzo del vangelo, ¹¹del quale io sono stato stabilito araldo, apostolo e maestro.

---

1. - 6-10. L'esortazione si fa calda e preoccupata. Alla grazia di Dio è necessario unire la corrispondenza umana e Paolo sa non solo che Timoteo è ancor giovane, ma che si troverà, durante il suo ministero, di fronte a numerose e gravi difficoltà.

¹²Anzi, è proprio per questo motivo che sopporto tali cose; ma io non ne arrossisco, perché so a chi ho creduto e sono pienamente convinto che egli ha potere di custodire il mio deposito fino a quel giorno. ¹³Prendi per modello le sane parole che hai da me udito, nella fede e nell'amore che è in Cristo Gesù. ¹⁴Custodisci il buon deposito per mezzo dello Spirito Santo che abita in noi.

Notizie personali. - ¹⁵Tu lo sai che tutti quelli dell'Asia, fra i quali Figelo ed Ermogene, mi hanno abbandonato. ¹⁶Il Signore usi misericordia alla casa di Onesiforo, perché spesso egli mi ha rianimato e non ha arrossito delle mie catene: ¹⁷anzi, essendo venuto a Roma, mi cercò premurosamente finché non mi ebbe trovato. ¹⁸Il Signore conceda anche a lui di trovare misericordia presso di lui in quel giorno: tutti i servizi che ha reso in Efeso, li conosci meglio di qualsiasi altro.

2 **L'apostolo deve tutto soffrire per Cristo.** - ¹Tu, dunque, figlio mio, rafforzati nella grazia che è in Cristo Gesù, ²e quelle cose che udisti da me davanti a molti testimoni, affidale a uomini sicuri, i quali siano capaci di ammaestrare anche altri.

³Soffri insieme con me da buon soldato di Cristo Gesù. ⁴Infatti nessuno che si dà a fare il soldato, si impiccia più degli affari della vita civile, per piacere a colui che lo ha arruolato. ⁵Alla stessa maniera, se uno fa l'atleta, non viene coronato se non a condizione che abbia combattuto secondo le regole. ⁶L'agricoltore, poi, che lavora duramente, bisogna che per primo riceva i frutti. ⁷Poni mente a quanto ti dico; il Signore, infatti, ti darà intelligenza per ogni cosa.

⁸Ricordati che Gesù Cristo, della stirpe di Davide, è risuscitato da morte secondo il mio vangelo. ⁹Per esso io soffro travagli fino alle catene, come se fossi un malfattore: però la parola di Dio non è incatenata! ¹⁰Perciò io soffro tutte queste cose per gli eletti, affinché anch'essi ottengano la salvezza che è in Cristo Gesù, insieme alla gloria eterna. ¹¹È degno di fede il detto:

Se siamo morti insieme con lui,
con lui anche vivremo.
¹² Se avremo pazienza,

con lui anche regneremo;
se poi lo rinnegheremo,
anch'egli ci rinnegherà.
¹³ Se gli saremo infedeli,
egli però rimane fedele,
poiché non può rinnegare se stesso.

Lotta contro gli errori del suo tempo. - ¹⁴Richiama alla mente queste cose, scongiurando la gente davanti a Dio perché non faccia schermaglie di parole: cose di nessuna utilità, ma piuttosto di rovina per gli ascoltatori! ¹⁵Poni ogni diligenza nel presentarti davanti a Dio come un uomo ben provato, un operaio che non ha da arrossire e che dispensa rettamente la parola della verità. ¹⁶Evita le profane vacuità di parole, giacché i loro autori fanno sempre maggiori progressi verso l'empietà, ¹⁷e la loro parola, come una cancrena, estenderà il raggio della sua devastazione. Di questi tali sono Imeneo e Fileto, ¹⁸i quali hanno deviato dalla verità dicendo che la risurrezione è già avvenuta e sconvolgono in tal modo la fede di certuni.

¹⁹Tuttavia il solido fondamento di Dio resiste saldamente, avendo questo sigillo: *Dio conosce quelli che sono suoi*, e ancora: *Si allontani dall'iniquità chiunque invoca il nome del Signore*.

²⁰In una grande casa, però, non ci sono soltanto vasi d'oro e d'argento, ma anche vasi di legno e di coccio; alcuni poi sono destinati a usi nobili, altri a usi ignobili. ²¹Perciò se qualcuno si manterrà puro da costoro, sarà un vaso destinato a usi nobili, santificato, utile al padrone, adatto per ogni opera buona.

²²Cerca di fuggire le voglie giovanili; persegui la giustizia, la fede, l'amore, la pace con quelli che invocano il Signore di cuore puro. ²³Evita, inoltre, le questioni sciocche e non educative, sapendo che generano contese, ²⁴mentre un servo del Signore non deve contendere, ma essere mansueto con tutti, capace di insegnare e tollerante. ²⁵Egli deve anche riprendere con dolcezza gli avversari, nella speranza che Dio conceda loro il pentimento per la perfetta conoscenza della verità ²⁶e si pos-

---

2. - ¹⁰. Cristo ha espiato per tutti, ma nell'economia della salvezza vuole la cooperazione dei suoi ministri non solo per la predicazione, ma anche nell'offerta dei loro patimenti. Vi è qui un'allusione alla comunione dei santi.

sano così ravvedere dal laccio di Satana, essendo stati da lui accalappiati per fare la sua volontà.

3 Contro i futuri pericoli d'errore. - [1]Sappi poi che negli ultimi giorni sopravverranno tempi difficili. [2]Gli uomini, infatti, saranno egoisti, amanti del denaro, vanagloriosi, arroganti, bestemmiatori, disobbedienti ai genitori, ingrati, empi, [3]senz'amore, sleali, calunniatori, intemperanti, spietati, nemici del bene, [4]traditori, protervi, accecati dall'orgoglio, amanti del piacere più che di Dio; [5]gente che ha l'apparenza della pietà, ma ne rinnega la forza. Questi pure cerca di evitare.

[6]Di costoro, infatti, fanno parte certuni che s'introducono nelle case e accalappiano donnicciole, cariche di peccati, sballottate da voglie di ogni sorta, [7]le quali stanno sempre lì ad imparare, senza mai poter arrivare alla conoscenza perfetta della verità. [8]Allo stesso modo che Iannes e Iambres si opposero a Mosè, anche questi si oppongono alla verità, da uomini corrotti di mente quali sono, riprovati circa la fede. [9]Costoro però non andranno molto avanti, dato che la loro stoltezza si farà palese a tutti, come lo fu anche la stoltezza di quelli.

[10]Tu però hai seguito da vicino il mio insegnamento, la mia condotta, i miei disegni, la mia fede, la longanimità, la carità, la pazienza, [11]le persecuzioni e i patimenti, come quelli che mi capitarono ad Antiochia, a Iconio e a Listra. Quali persecuzioni non ho sofferto! Eppure da tutte mi ha liberato il Signore. [12]Anche tutti coloro che vogliono vivere pienamente in Cristo Gesù, saranno perseguitati. [13]I malvagi invece e gl'impostori faranno sempre maggiori progressi nel male, ingannando gli altri e venendo ingannati a loro volta.

[14]Tu però rimani fedele alle cose che hai imparato e delle quali hai acquistato la certezza, ben sapendo da quali persone le hai imparate [15]e che fin da bambino conosci le sacre Lettere: esse possono procurarti la sa-

pienza che conduce alla salvezza per mezzo della fede in Cristo Gesù. [16]Ogni Scrittura, infatti, è ispirata da Dio e utile a insegnare, a riprendere, a correggere, a educare nella giustizia, [17]affinché l'uomo di Dio sia ben formato, perfettamente attrezzato per ogni opera buona.

4 «Annuncia la parola... adempi il tuo ministero». - [1]Ti scongiuro davanti a Dio e a Cristo Gesù, che verrà a giudicare i vivi e i morti, per la sua apparizione e il suo regno: [2]annuncia la parola, insisti a tempo opportuno e importuno, cerca di convincere, rimprovera, esorta con ogni longanimità e dottrina. [3]Verrà un tempo, infatti, in cui gli uomini non sopporteranno più la sana dottrina, ma, secondo le proprie voglie, si circonderanno di una folla di maestri, facendosi solleticare le orecchie, [4]e storneranno l'udito dalla verità per volgersi alle favole. [5]Tu, però, sii prudente in tutto, sopporta i travagli, fa' opera di evangelista, adempi il tuo ministero.

«Ho combattuto il buon combattimento». - [6]Quanto a me, io sono già versato in libagione ed è giunto il momento di sciogliere le vele. [7]Ho combattuto la buona battaglia, ho terminato la corsa, ho mantenuto la fede. [8]Per il resto, è già in serbo per me la corona della giustizia, che mi consegnerà in quel giorno il Signore, lui, il giusto giudice; e non soltanto a me, ma anche a tutti quelli che hanno amato la sua apparizione.

Ultime notizie e raccomandazioni. - [9]Abbi premura di venire da me quanto prima, [10]perché Dema mi ha abbandonato, avendo preferito il secolo presente, e se ne è andato a Tessalonica; Crescente pure se n'è andato in Galazia e Tito in Dalmazia. [11]Luca soltanto è con me. Prendi anche Marco e conducilo con te, perché mi è utile per il ministero. [12]Tichico, poi, l'ho mandato a Efeso.

[13]Quando verrai, portami il mantello che lasciai a Troade presso Carpo, come pure i libri, specialmente le pergamene. [14]Alessandro, il ramaio, mi ha arrecato molto male: Il Signore gli renderà secondo le sue opere. [15]Anche tu guardati da

---

3. - [8]. *Iannes e Iambres* si chiamavano, secondo la tradizione giudaica, due maghi d'Egitto.

[15]. *Le sacre Lettere* sono i libri dell'AT. Affinché *possano procurare la sapienza che conduce alla salvezza*, devono essere lette con la fede in Cristo, essendo tutto ordinato a lui, il Salvatore.

costui, poiché ha molto avversato le nostre parole.

[16]Nella mia prima difesa nessuno mi fu al fianco. Tutti mi abbandonarono. Che non sia loro imputato a colpa! [17]Il Signore, però, mi venne in aiuto e mi diede forza, affinché per mio mezzo la predicazione fosse portata a termine e tutte le nazioni l'ascoltassero: e così *fui liberato dalla bocca del leone.* [18]Il Signore mi libererà ancora da ogni opera cattiva e mi salverà per il suo regno celeste. A lui la gloria per i secoli dei secoli. Amen!

Saluti e auguri. - [19]Saluta Prisca e Aquila e la famiglia di Onesiforo. [20]Erasto rimase a Corinto; Trofimo invece lo lasciai infermo a Mileto. [21]Affrettati a venire prima dell'inverno.

Ti salutano Eubulo, Pudente, Lino, Claudia e i fratelli tutti. [22]Il Signore Gesù sia col tuo spirito. La grazia sia con voi.

LETTERA A TITO

Le notizie che abbiamo di Tito ci vengono dalle lettere di san Paolo. Di origine pagana, probabilmente fu battezzato da Paolo, che perciò lo chiama «figliolo verace secondo la fede comune» (1,4). Fu con l'Apostolo al concilio di Gerusalemme (Gal 2,1-3) e svolse compiti fiduciari importanti a Corinto (2Cor 2,13; 7,6.13; 8,6-17). In questa lettera Tito appare ancora come fiduciario di Paolo a Creta per completarvi l'evangelizzazione e l'organizzazione della chiesa (Tt 1,5). Incontrò ancora Paolo (2Tm 4,10) e, secondo una tradizione, morì vescovo di Creta.

Il contenuto della lettera è una serie di consigli e prescrizioni che l'Apostolo dà al suo fedele discepolo, continuatore responsabile della sua opera. Dopo l'indirizzo (1,1-4), che descrive brevemente le finalità della missione apostolica, il corpo della lettera indica le qualità richieste nei ministri del vangelo in ordine all'insegnamento (1,5-16), richiama i doveri particolari di diverse categorie di persone (2,1-15) e i doveri generali di tutti i cristiani (3,1-7). A conclusione, alcuni consigli per individuare e allontanare chi tenta di inquinare la verità cristiana con elementi estranei (3,8-11), e brevi notizie personali (3,12-15).

Momenti contemplativi di questa lettera evocano la «grazia (la "filantropia") e la benignità del Salvatore nostro Dio» (3,4) apparse sulla terra per mostrare tutto il suo amore per l'uomo. Tale venuta è l'anticipazione della venuta finale, più luminosa «manifestazione della gloria» (2,13). Il cristiano vive con gratitudine e alacrità la sua giornata terrena nell'intervallo di queste due grandi luci.

1 **Indirizzo.** - ¹Paolo, servo di Dio, apostolo di Gesù Cristo in favore della fede degli eletti di Dio e della conoscenza della verità conforme alla pietà, ²in vista della speranza della vita eterna, che Dio, il quale non mentisce, ha promesso fin dai tempi eterni ³e ha manifestato nei tempi stabiliti mediante la sua parola, cioè mediante la predicazione, della quale sono stato incaricato per comando del Salvatore, nostro Dio, ⁴a Tito, figliolo verace secondo la fede comune: grazia e pace da Dio Padre e da Cristo Gesù, nostro Salvatore.

Le qualità richieste ai sacri ministri. - ⁵Per questo ti ho lasciato a Creta, allo scopo cioè

di mettere in ordine quanto rimaneva da completare e per stabilire presbiteri in ogni città secondo le istruzioni da me ricevute. ⁶Ognuno di loro sia irreprensibile, sia marito di una sola moglie, abbia figli credenti che non siano accusati di vita dissoluta né siano insubordinati.

⁷Bisogna infatti che l'episcopo, in quanto amministratore di Dio, sia irreprensibile, non arrogante, non collerico, non dedito al vino, non violento, non avido di vile guadagno; ⁸al contrario, sia ospitale, amante del bene, saggio, giusto, pio, padrone di sé, ⁹attaccato alla parola sicura secondo la dottrina trasmessa, per essere capace sia di esortare nella sana dottrina, sia di confutare quelli che vi si oppongono.

Falsi dottori. - ¹⁰Vi sono infatti molti insubordinati, parolai e ingannatori, soprattutto quelli che provengono dalla circonciso-

---

1. - ⁴· Tito era stato convertito da Paolo.
⁵· *Presbiteri*, qui sono vescovi e sacerdoti, perché il nome non è segno di ordine, ma d'età, volendo dire «anziano», e non ancora indicare il grado.

ne: [11]a costoro bisogna tappare la bocca, perché mettono in scompiglio intere famiglie, insegnando quanto non si deve, per amore di sordido guadagno. [12]Del resto, uno di loro, proprio un loro profeta, ha detto: «I Cretesi sono sempre bugiardi, male bestie, ventri pigri». [13]E tale testimonianza è verace. Perciò riprendili severamente, perché siano sani nella fede [14]e non si volgano a favole giudaiche e a precetti di uomini che voltano le spalle alla verità.

[15]Tutto è puro per i puri; per quelli, invece, che sono contaminati e infedeli, niente è puro: ché, anzi, la loro stessa mente e la loro coscienza sono contaminate. [16]Essi professano bensì di conoscere Dio, ma con le loro opere lo negano, essendo abominevoli, ribelli e inadatti per ogni opera buona.

2 **Doveri delle diverse categorie di persone.** - [1]Tu, però, insegna ciò che è conforme alla sana dottrina. [2]Che i vecchi siano sobri, dignitosi, prudenti, sani nella fede, nella carità e nella pazienza. [3]Anche le donne anziane abbiano un comportamento quale si addice ai santi; non siano maledìche né schiave del molto vino, ma piuttosto maestre di bontà, [4]per insegnare alle giovani ad essere sagge, ad amare i loro mariti e i loro figli, [5]ad essere prudenti, caste, attaccate ai loro doveri domestici, buone, sottomesse ai loro mariti, perché non sia vituperata la parola del Signore.

[6]Esorta anche i più giovani ad essere prudenti in tutto, [7]offrendo te stesso come modello di buone opere: purità nella dottrina, gravità, [8]parola sana e incensurabile, affinché l'avversario sia confuso non trovando niente di male da dire nei nostri riguardi.

[9]Gli schiavi siano sottomessi ai loro padroni in ogni cosa, cercando di piacere a loro, senza contraddirli; [10]non li frodino, ma dimostrino loro la più sincera fedeltà, allo scopo di rendere onore in tutto alla dottrina del Salvatore nostro Dio.

La «scuola» dell'incarnazione. - [11]È apparsa infatti la grazia di Dio, apportatrice di salvezza per tutti gli uomini, [12]insegnandoci a vivere nel secolo presente con saggezza, con giustizia e pietà, rinunciando all'empietà e ai desideri mondani, [13]in attesa della beata speranza e della manifestazione della gloria del grande Dio e Salvatore nostro Gesù Cristo, [14]il quale ha dato se stesso per noi allo scopo di riscattarci da ogni iniquità e purifi-

care per sé un popolo che gli appartenga, zelante nel compiere opere buone.

[15]Queste cose prèdicale e incùlcale, riprendendo con ogni autorità. Nessuno ti disprezzi.

3 **Doveri generali dei cristiani.** - [1]Ricorda loro di essere sottomessi ai magistrati e alle autorità, di obbedire, di essere pronti per ogni opera buona, [2]di non sparlare di nessuno, di non essere litigiosi ma arrendevoli, dimostrando piena comprensione verso tutti gli uomini.

[3]Anche noi, infatti, siamo stati un tempo insensati, ribelli, fuorviati, asserviti a concupiscenze e voluttà d'ogni genere, vivendo immersi nella malizia e nell'invidia, abominevoli, odiandoci a vicenda. [4]Quando però apparve la benignità del Salvatore nostro Dio e il suo amore per gli uomini, [5]egli ci salvò non in virtù di opere che avessimo fatto nella giustizia, ma secondo la sua misericordia, mediante un lavacro di rigenerazione e di rinnovamento nello Spirito Santo, [6]che egli effuse sopra di noi in abbondanza per mezzo di Gesù Cristo, nostro Salvatore, [7]affinché, giustificati per mezzo della sua grazia, diventassimo eredi della vita eterna secondo la speranza.

Ultimi consigli a Tito. - [8]Queste parole sono degne di fede, e io voglio che tu sia ben fermo riguardo a tali cose, affinché quelli che hanno creduto in Dio si diano premura di eccellere nelle opere buone. Tali cose, infatti, sono buone e utili agli uomini.

[9]Procura, invece, di evitare sciocche investigazioni, genealogie, risse e polemiche riguardo alla legge, perché sono cose inutili e vane.

[10]Dopo un primo e un secondo ammonimento evita l'uomo eretico, [11]sapendo che un tale individuo è ormai pervertito e continuerà a peccare condannandosi da se medesimo.

Conclusione. - [12]Quando ti avrò mandato Artema o Tichico, affrettati a raggiungermi a Nicopoli, perché lì ho deciso di passare l'inverno. [13]Provvedi diligentemente di tutto l'occorrente per il viaggio Zena, il giureconsulto, e Apollo, affinché non manchi loro nulla. [14]Anche i nostri devono imparare a eccellere nelle opere buone, per essere di aiuto nelle necessità, affinché non rimangano infruttuosi.

[15]Ti salutano tutti coloro che sono con me. Saluta quelli che ci amano nella fede. La grazia sia con tutti voi.

LETTERA A FILEMONE

Questa breve lettera è giustamente ammirata come un gioiello dell'epistolario paolino. È forse l'unica lettera scritta tutta dall'Apostolo di sua mano ed è quella in cui traspaiono più al naturale il cuore e lo spirito dell'autore. Il destinatario è Filemone, ricco cittadino di Colosse già convertito da Paolo alla fede. Ora l'Apostolo gli scrive per annunciargli che gl'invia il suo schiavo Onesimo che era fuggito, forse dopo un furto. Per singolare coincidenza l'Apostolo lo ha incontrato a Roma e lo ha convertito alla fede. Ora Filemone può riceverlo non soltanto senza punizioni, ma come un fratello, anzi come Paolo stesso.

L'importanza storica di questo biglietto, inviato da Roma, verso la fine della prigionia di Paolo (anno 62-63), deriva dall'essere un documento di prima mano sull'atteggiamento cristiano verso il fenomeno della schiavitù. San Paolo non aggredisce frontalmente le condizioni sociali e giuridiche dell'epoca, ma vi immette il nuovo spirito della fraternità in Cristo e dell'eguaglianza di fronte a Dio creatore e Padre. In termini moderni si direbbe che l'attenzione è rivolta non alle strutture ma alle persone e alla loro trasformazione interiore.

La diffusione del messaggio di Cristo farà comprendere l'iniquità dell'istituzione della schiavitù e ne provocherà l'abrogazione che nessuna rivolta di schiavi riuscì a ottenere.

Indirizzo. - [1]Paolo, prigioniero di Cristo Gesù, e il fratello Timoteo, al diletto Filemone e nostro collaboratore, [2]alla sorella Appia, ad Archippo, nostro compagno d'armi, e alla chiesa che si raduna in casa tua; [3]grazia a voi e pace da Dio Padre nostro e da Gesù Cristo Signore.

Ringraziamento a Dio per l'amore e la fede di Filemone. - [4]Ogni volta che mi ricordo di te, nelle mie preghiere ringrazio il mio Dio, [5]sentendo parlare del tuo amore e della fede che hai verso il Signore Gesù e verso tutti i santi, [6]affinché la solidarietà della tua fede sia operante in forza di una più piena conoscenza di tutto il bene che si compie tra noi e per il Cristo. [7]Ho provato infatti una gioia profonda e consolazione per il tuo amore, poiché il cuore dei santi è stato ricreato per merito tuo, fratello.

Un favore per Onesimo. - [8]Pertanto, benché possa liberamente comandarti in Cristo ciò che devi fare, [9]ti supplico piuttosto in nome dell'amore, io Paolo, vecchio e per di più, ora, prigioniero di Cristo Gesù, [10]ti supplico per il mio figlio, che ho generato nelle catene, Onesimo, [11]quegli che una volta non ti fu utile, ora invece è utile a te e a me. [12]Te lo rimando, proprio lui, cioè il mio cuore. [13]Desideravo tenerlo con me, perché in tua vece servisse a me incatenato per il vangelo, [14]ma non ho voluto decidere a tua insaputa, affinché la tua opera buona non sia imposta, ma spontanea. [15]Probabilmente ti è stato sottratto per un breve periodo di tempo, affinché poi tu lo potessi riavere per sempre, [16]non già come schiavo, ma più che schiavo, fratello a me carissimo e, a maggior ragione, a te secondo il mondo e secondo il Signore. [17]Se dunque mi ritieni tuo amico, accoglilo come fossi io stesso! [18]Se poi ti avesse danneggiato o ti deve qualche cosa, mettilo sul mio conto. [19]Io, Paolo, scrivo ciò di mio proprio pugno: pa-

---

[1]. *Filemone è un ricco cristiano di Colosse, amico di Paolo e padrone di Onesimo, schiavo fuggito da lui, dopo averlo derubato.*

gherò io personalmente. Ma non ti dico che devi a me anche te stesso. [20]Sì, fratello! Che io possa servirmi di te nel Signore. Ricrea il mio cuore in Cristo. [21]Ti scrivo perché ho fiducia nella tua docilità, sapendo che farai più di quanto chiedo. [22]Preparami inoltre un alloggio, perché spero, grazie alle vostre preghiere, di esservi restituito.

Saluti finali. - [23]Ti salutano Epafra, mio compagno di prigione in Cristo Gesù, [24]Marco, Aristarco, Dema, Luca, miei collaboratori. [25]La grazia del Signore Gesù Cristo sia col vostro spirito.

LETTERA AGLI EBREI

Questa grande lettera, posta sempre in fondo all'elenco delle lettere paoline, non è di Paolo ma di un ignoto autore, probabilmente della cerchia dei discepoli di Paolo, di notevole personalità e cultura. Gli «Ebrei» destinatari sono cristiani provenienti dal giudaismo, probabilmente viventi a Gerusalemme, a contatto del culto e del tempio, cui si fa costante riferimento nella lettera, e tentati di ritornare alla loro fede ebraica. Gerusalemme e il tempio furono distrutti nel 70: la lettera perciò si ritiene scritta verso il 65, non è detto da dove, ma una nota finale dice: «Vi salutano quelli dall'Italia» (13,24).

Il contenuto della lettera verte sul rapporto tra Cristo e l'ordinamento religioso ebraico, tra il suo sacerdozio e quello di Aronne, tra il suo sacrificio redentore e i sacrifici del tempio, tra l'antica e la nuova alleanza. È chiaro dunque che la dottrina cristologica costituisce l'aspetto più rilevante di questa grande lettera. La conseguenza da trarre è che davanti a un «sommo sacerdote» come Cristo, «santo, innocente, immacolato», mediatore di un'«alleanza migliore», è impensabile tornare alle «ombre» dell'Antico Testamento.

La lettera si articola perciò spontaneamente in una parte dottrinale-dogmatica (1,1 - 10,18), alla quale fa seguito una parte parenetica, con l'invito a perseverare nella fede abbracciata e a praticare le virtù cristiane (10,19 - 13,16). Seguono, come conclusione, alcuni ammonimenti, notizie e auguri (13,17-25).

PREMINENZA DI CRISTO

1 Prologo. - ¹Dio, che nel tempo antico aveva parlato ai padri nei profeti, in una successione e varietà di modi, ²in questa fine dei tempi ha parlato a noi nel Figlio, che egli costituì sovrano padrone di tutte le cose e per mezzo del quale creò l'universo. ³Questi, essendo l'irraggiamento della gloria e l'impronta della sua sostanza, e portando tutte le cose con la parola della sua potenza, dopo aver compiuto la purificazione dei peccati si è assiso alla destra della maestà nei luoghi eccelsi, ⁴divenuto tanto superiore agli angeli, quanto più eccellente del loro è il nome che egli ha ricevuto in eredità.

Superiorità di Gesù sugli angeli. - ⁵A quale angelo infatti disse mai Dio:

Figlio mio sei tu, io oggi ti ho generato?

E di nuovo:

*Io sarò per lui padre
ed egli sarà per me figlio?*

⁶Di nuovo, quando introduce il Primogenito nell'universo, dice:

E lo adorino tutti gli angeli di Dio.

⁷E mentre degli angeli dice:

*Fa i suoi angeli come venti
e i suoi servi come fiamma di fuoco,*

⁸del Figlio invece:

*Il tuo trono, o Dio, è per i secoli
dei secoli
e lo scettro dell'equità è scettro del tuo
regno.*

⁹ *Hai amato la giustizia
e hai odiato l'iniquità,*

---

1. - ¹⁻³. Gesù Cristo è il culmine della rivelazione di Dio. Essendo suo *Figlio*, ne è pure *l'irraggiamento della gloria e l'impronta della sua sostanza.*

perciò, o Dio, il tuo Dio
ti ha unto con olio di esultanza
a preferenza dei tuoi compagni.

[10]E ancora:

Tu, o Signore,
alle origini hai fondato la terra
e i cieli sono opere delle tue mani.
[11] *Essi periranno, tu invece rimani,*
e tutti invecchieranno come un vestito,
[12] *come mantello li arrotolerai,*
come una veste,
e saranno messi da parte.
Tu, invece, sei lo stesso
e i tuoi anni non finiranno.

[13]E di quale angelo disse mai:

Siedi alla mia destra,
fino a che non ponga i tuoi nemici
come sgabello dei tuoi piedi?

[14]Non sono tutti spiriti servitori, mandati al servizio di quelli che erediteranno la salvezza?

2 Esortazione a non trascurare la salvezza offerta. - [1]Perciò bisogna rimanere attaccati con grande diligenza alle cose udite, per timore di non decadere. [2]Se infatti la parola pronunciata mediante gli angeli fu garantita, e ogni trasgressione e disobbedienza ricevette una giusta retribuzione, [3]come sfuggiremo noi, se trascureremo così grande salvezza? La quale incominciò ad essere annunziata mediante il Signore e fu garantita a noi da quelli che l'ascoltarono, [4]avendo Dio concorso alla loro testimonianza con la sua, mediante segni e prodigi e vari atti di potenza e con distribuzioni di Spirito Santo secondo la sua volontà.

Gesù è Salvatore. - [5]Infatti non agli angeli ha sottomesso il mondo futuro, del quale discorriamo. [6]Ma qualcuno ha dichiarato in qualche luogo:

Che è l'uomo, perché tu ti ricordi di lui,
o il figlio dell'uomo, perché tu lo visiti?
[7] *Tu l'hai per poco abbassato*
al di sotto degli angeli,
lo hai coronato di gloria e d'onore,
[8] *hai messo sotto i suoi piedi tutte le cose.*

Infatti nell'aver sottomesso tutto a lui, non ha lasciato nulla che non gli fosse soggetto. Nel tempo presente, però, non vediamo ancora tutte le cose a lui sottomesse. [9]Contempliamo invece Gesù, per poco abbassato al di sotto degli angeli, coronato di gloria e onore attraverso la passione della morte, affinché per la bontà di Dio gustasse la morte per ogni uomo.

Convenienza della passione. - [10]Infatti a colui, per il quale e per mezzo del quale sono tutte le cose, che conduce alla gloria dei numerosi figli, conveniva perfezionare, per mezzo della passione, il capo della loro salvezza. [11]Infatti colui che santifica e quelli che sono santificati sono tutti da uno; per la qual cosa non ha vergogna di chiamarli fratelli, [12]dicendo:

Annunzierò il tuo nome ai miei fratelli,
inneggerò a te in mezzo all'assemblea.

[13]E di nuovo:

Io confiderò in lui.

E ancora:

Ecco me e i figlioli che Dio mi ha dato.

[14]Poiché dunque i figlioli avevano in comune sangue e carne, anch'egli nella stessa maniera partecipò di quelle cose, per distruggere con la morte colui che ha il potere sulla morte, cioè il diavolo, [15]e per liberare quelli che erano asserviti per tutta la vita al timore della morte. [16]Infatti non si è congiunto con angeli, ma schiatta di Abramo prese. [17]Perciò dovette essere assimilato in tutto ai fratelli, per diventare pontefice misericordioso e fedele nelle cose che riguardano Dio, per espiare i peccati del popolo. [18]Infatti per quanto egli ha sofferto, essendo egli stesso stato provato, è capace di soccorrere quelli che sono tentati.

---

2. - [10]. *Conveniva*: entriamo nel mistero della sofferenza cosiddetta vicaria: la sostituzione di Gesù Cristo al nostro posto, nella riparazione dei peccati. Dio Padre scelse questa via per la redenzione dell'uomo, perché maggiormente conforme alla sua misericordia e nel medesimo tempo capace di soddisfare pienamente alle esigenze della sua giustizia.

CARATTERI DI CRISTO SACERDOTE

3 **Fedeltà di Gesù e sua preminenza su Mosè.** - [1]Perciò, fratelli santi, partecipi di una vocazione celeste, fissate lo sguardo su Gesù, l'apostolo e pontefice della nostra confessione di fede, [2]il quale fu fedele a colui che lo fece, come anche Mosè lo fu in tutta la casa di lui. [3]Infatti [Gesù] è stato fatto degno di una gloria tanto maggiore di quella di Mosè, quanto l'onore di chi fabbrica la casa è maggiore di quello della casa. [4]Ogni casa infatti è costruita da qualcuno; ora chi ha fabbricato tutte le cose è Dio. [5]Mosè, sì, fu fedele in tutta la casa di lui, come ministro, a testimonio delle cose che dovevano essere dette; [6]Cristo invece come Figlio nella casa di lui; la cui casa siamo noi, se però conserviamo la sicurezza e il vanto della speranza.

Esortazione alla fedeltà a Cristo. - [7]Perciò, come dice lo Spirito Santo:

> *Oggi, se udirete la sua voce,*
> [8] *non indurite i vostri cuori,*
> *come nell'esasperazione,*
> *nel giorno della tentazione nel deserto,*
> [9] *dove i vostri padri mi tentarono*
> *mettendomi alla prova,*
> *benché avessero visto le mie opere*
> [10] *per quarant'anni.*
> *Perciò mi irritai contro questa*
> *generazione*
> *e dissi: sempre si sviano nel cuore,*
> *essi non hanno conosciuto le mie vie,*
> [11] *cosicché ho giurato nella mia collera:*
> *non entreranno nel mio riposo.*

[12]Badate, fratelli, che in nessuno di voi vi sia un cuore cattivo di incredulità nell'allontanarvi dal Dio vivente, [13]ma esortatevi l'un l'altro ogni giorno, finché si può dire «oggi», affinché nessuno di voi sia indurito dalla seduzione del peccato. [14]Siamo infatti divenuti partecipi di Cristo, purché conserviamo solida, sino alla fine, la sicurezza iniziale.

---

3. - [1.] *Apostolo:* Gesù è l'«inviato» da Dio per annunziare agli uomini la salvezza. *Pontefice,* o sommo sacerdote, della nostra religione da lui istituita.
[2.] Nella casa di Dio, che è la chiesa, Gesù è *Figlio* (v. 6), mentre Mosè, nel popolo di Dio, era solo *ministro* (v. 5), per quanto fosse *fedele;* perciò Gesù è superiore a Mosè, come l'architetto è superiore alla casa che ha costruito.

[15]Quando si dice:

> *Oggi, se udirete la sua voce,*
> *non indurite i vostri cuori*
> *come nell'esasperazione...,*

[16]chi furono, infatti, quelli che, avendo udito, esasperarono? Non furono proprio tutti quelli che uscirono dall'Egitto sotto la guida di Mosè? [17]E contro chi Dio fu irritato per quarant'anni? Non forse contro quelli che avevano peccato, i cui cadaveri caddero nel deserto? [18]E a chi giurò che non sarebbero entrati nel suo riposo, se non a quelli che si erano ribellati? [19]E noi vediamo che essi non poterono entrare a causa dell'incredulità.

4 [1]Temiamo dunque che, mentre rimane in vigore la promessa di entrare nel suo riposo, qualcuno di voi risulti mancante. [2]Infatti, anche noi abbiamo udito il lieto annunzio come costoro. Ma non giovò loro il messaggio annunziato, non essendo essi uniti mediante la fede a quelli che ascoltarono. [3]Entriamo nel riposo, infatti, noi che abbiamo creduto, secondo ciò che disse:

> *Cosicché ho giurato nella mia collera:*
> *non entreranno nel mio riposo,*

benché le opere di Dio siano terminate fin dalla creazione del mondo. [4]Ha detto infatti così in qualche luogo, intorno al settimo giorno:

> *E si riposò Dio nel settimo giorno*
> *da tutte le sue opere.*

[5]E in questo salmo di nuovo:

> *Non entreranno nel mio riposo.*

[6]Poiché dunque rimane stabilito che alcuni vi entreranno, e i primi a riceverne il lieto annunzio non entrarono per la loro disobbedienza, [7]Dio fissa nuovamente un giorno, un «oggi», dicendo per bocca di Davide, dopo tanto tempo, come è stato detto prima:

> *Oggi, se udirete la sua voce,*
> *non indurite i vostri cuori.*

[8]Ora, se Giosuè li avesse introdotti nel riposo, Dio non parlerebbe dopo queste cose di un altro giorno. [9]È dunque riservato un riposo sabatico per il popolo di Dio. [10]Chi

infatti entra nel riposo di lui, anch'egli si riposa dalle sue opere, come Dio dalle proprie. [11]Applichiamoci dunque con premura a entrare in quel riposo, affinché nessuno cada nello stesso esempio di disobbedienza.

La parola di Dio. - [12]La parola di Dio, infatti, è viva ed energica e più tagliente di ogni spada a doppio taglio; essa penetra fino all'intimo dell'anima e dello spirito, delle giunture e delle midolla, e discerne i sentimenti e i pensieri del cuore. [13]Davanti a lui non vi è creatura che resti invisibile; tutte le cose sono nude e scoperte agli occhi di colui al quale noi renderemo conto.

Esortazione alla fedeltà e alla fiducia. - [14]Avendo dunque un pontefice grande, che ha attraversato i cieli, Gesù Figlio di Dio, teniamoci saldi nella professione della fede. [15]Non abbiamo infatti un pontefice che non possa compatire alle nostre infermità, essendo stato tentato in tutto a nostra somiglianza, eccetto il peccato. [16]Avviciniamoci dunque con sicurezza al trono della grazia, per ottenere misericordia e trovare grazia per il momento opportuno.

CRISTO SACERDOTE E VITTIMA

5 Gesù Salvatore. - [1]Infatti ogni pontefice, preso di tra gli uomini, è costituito in favore degli uomini nelle cose che riguardano Dio, perché offra doni e vittime per i peccati, [2]essendo capace di usare indulgenza per gli ignoranti e gli sviati, dal momento che anch'egli è avvolto di debolezza, [3]e a motivo di questa deve offrire sacrifici per i peccati, come per il popolo, così anche per se stesso. [4]E nessuno si prende l'onore da se stesso, ma quando è chiamato da Dio, così come anche Aronne. [5]Così anche Cristo non glorificò se stesso nel divenire gran sacerdote, ma lo fece sacerdote colui che gli disse:

Mio figlio sei tu, io oggi ti ho generato.

[6]Come anche in altro luogo dice:

Tu sei sacerdote per l'eternità
secondo l'ordine di Melchìsedek.

[7]Il quale, nei giorni della sua carne, implorò e supplicò con grida veementi e lacrime colui che poteva salvarlo da morte, e fu

esaudito per la sua riverenza. [8]E imparò da ciò che soffrì l'obbedienza, pur essendo Figlio. [9]E perfezionato, diventò per tutti quelli che gli prestano obbedienza autore di eterna salvezza, [10]proclamato da Dio sommo sacerdote secondo l'ordine di Melchìsedek.

Digressione parenetica. - [11]Intorno a ciò il discorso per noi si fa abbondante e difficile da esporre, perché siete divenuti pigri nell'ascoltare. [12]Infatti, mentre nel tempo dovreste essere maestri, invece avete nuovamente bisogno che uno vi insegni i rudimenti degli oracoli di Dio, e siete diventati bisognosi di latte, non di cibo solido. [13]Infatti, chi prende il latte non ha l'esperienza della dottrina della giustizia, perché è un bambino. [14]Invece il cibo solido è dei perfetti, i quali per la consuetudine hanno i sensi allenati al discernimento del bene e del male.

6 [1]Perciò, lasciando l'insegnamento iniziale su Cristo, eleviamoci alla perfezione, non gettando di nuovo un fondamento di penitenza da opere morte e di fede in Dio, [2]di istruzione sui battesimi e sull'imposizione delle mani, sulla risurrezione dei morti e sul giudizio eterno. [3]Questo faremo se Dio permetterà.

[4]Infatti quelli che sono stati una volta illuminati e hanno gustato il dono celeste e sono divenuti partecipi dello Spirito Santo, [5]e hanno gustato la parola bella di Dio e le energie del mondo futuro, [6]e caddero, è impossibile rinnovarli a pentimento, perché per loro costui di nuovo crocifiggono il Figlio di Dio e lo espongono all'ignominia. [7]Infatti la terra che beve la pioggia che frequente cade su di essa e genera erba utile per quelli da cui anche è lavorata, partecipa della benedizione da Dio. [8]Al contrario quella che produce spine e triboli è riprovata e vicina alla maledizione, e la sua fine è bruciare.

---

5. - [10]. Del personaggio di *Melchìsedek* in quanto figura anticipatrice di Cristo si parlerà diffusamente nel c. 7.

6. - [4-6]. Quanti hanno ricevuto il battesimo (*illuminati*) e l'eucaristia (*dono celeste*), hanno beneficiato di tutti i mezzi di salvezza offerti da Cristo; ma se poi li hanno disprezzati lasciandosi andare all'apostasia, non possono più trovarne altri per essere nuovamente redenti.

9Benché parliamo così, carissimi, nutriamo tuttavia fiducia in condizioni migliori per la salvezza per voi. 10Dio infatti non è ingiusto da dimenticare la vostra opera, la carità che voi avete mostrato verso il nome di lui: avete servito e servite i santi. 11Desideriamo pertanto che ciascuno di voi mostri la stessa premura per la pienezza della speranza sino alla fine, 12perché non diventiate fiacchi, al contrario siate imitatori di quelli che ereditano le promesse mediante la fede e la longanimità.

13Dio, infatti, nel fare una promessa ad Abramo, poiché non aveva nessuno più grande per cui giurare, giurò per se stesso, 14dicendo:

Certamente ti colmerò di benedizioni
e ti moltiplicherò in modo straordinario.

15E così Abramo, dopo avere atteso a lungo con pazienza, conseguì la promessa. 16Gli uomini infatti giurano per uno più grande, e il giuramento per essi è una garanzia che pone fine ad ogni controversia. 17Perciò Dio si fece garante con giuramento, volendo fornire agli eredi della promessa una prova più convincente dell'immutabilità della sua decisione, 18affinché mediante due cose immutabili, nelle quali è impossibile che Dio mentisca, noi, i rifugiati in lui, avessimo un forte incoraggiamento a impadronirci della speranza messa davanti. 19La quale abbiamo come àncora sicura e solida per l'anima, e penetrante nella parte oltre il velo, 20dove è già entrato per noi, precursore, Gesù, divenuto sommo sacerdote in eterno, secondo l'ordine di Melchìsedek.

7 Gesù superiore ai sacerdoti levitici. - 1Infatti questo Melchìsedek, re di Salem, sacerdote del Dio Altissimo, venne incontro ad Abramo che ritornava dalla scon-

fitta dei re e lo benedisse. 2A lui Abramo assegnò come sua parte la decima di tutto. Egli viene interpretato anzitutto re di giustizia, poi re di Salem, cioè re di pace. 3Presentato senza padre e senza madre, senza genealogia, non avente né principio di giorni né fine di vita, assimilato al Figlio di Dio, rimane sacerdote in eterno.

4Considerate quanto grande deve essere colui al quale Abramo diede la decima della parte più eccellente, lui il patriarca. 5E quelli tra i figli di Levi che ricevono il sacerdozio hanno ordine, secondo la legge, di prelevare le decime dal popolo, cioè dai loro fratelli, usciti come sono dai lombi di Abramo. 6Costui invece, che pure non è iscritto nelle loro genealogie, ha prelevato la decima su Abramo e ha benedetto colui che aveva le promesse. 7Ora è fuori di ogni discussione che viene benedetto il più piccolo dal più grande. 8E qui sono uomini mortali quelli che ricevono le decime, là invece è uno di cui è testificato che vive. 9E, per modo di dire, in Abramo anche Levi, che pure ora preleva le decime, le ha pagate, 10perché quando Melchìsedek si fece incontro ad Abramo, Levi era ancora nei lombi del padre.

11Se, dunque, mediante il sacerdozio levitico si fosse raggiunta la perfezione — infatti sotto di esso il popolo fu sottoposto a una legge —, che bisogno c'era ancora che sorgesse un sacerdote differente, secondo l'ordine di Melchìsedek, e non fosse denominato secondo l'ordine di Aronne? 12Infatti se viene cambiato il sacerdozio, necessariamente avviene anche un cambiamento di legge. 13Colui infatti del quale queste cose sono dette è partecipe di un'altra tribù, della quale nessuno si è consacrato all'altare. 14È notorio infatti che il Signore nostro è germinato da Giuda, della quale tribù Mosè non ha detto nulla trattando dei sacerdoti.

15E tutto ciò è ancora più evidente, se sorge un sacerdote differente, secondo la somiglianza di Melchìsedek, 16il quale è stato costituito non secondo la legge di prescrizioni carnali, ma secondo una forza di vita indistruttibile. 17Riceve infatti la testimonianza:

Tu sei sacerdote per l'eternità
secondo l'ordine di Melchìsedek.

18Infatti il precedente ordinamento è stato abrogato a ragione della sua debolezza e

---

7. Il c. 7 è centrale nella lettera: presentato Melchìsedek, fa il confronto del suo sacerdozio con quello di Levi, poi dimostra che corre un parallelo tra il sacerdozio di Melchìsedek e quello di Gesù.

1-2. Melchisedek, nella Bibbia (Gn 14), è personaggio misterioso come un'apparizione. Per il suo nome, «re di giustizia», «re di pace», per le relazioni che ebbe con Abramo è visto dall'autore ispirato come figura di Cristo, re di giustizia e di pace, senza padre come uomo, senza madre come Dio, senza antenati (*genealogia*) nel suo sacerdozio eterno.

inutilità. [19]La legge infatti non condusse nulla a perfezione. Invece è stata fatta entrare nel mondo una speranza superiore, per la quale ci avviciniamo a Dio.

[20a]E in quanto ha ricevuto il sacerdozio non senza giuramento, [22]in tanto Gesù è divenuto garante di una migliore alleanza. [20b]Gli altri sono divenuti sacerdoti senza giuramento, [21]questi invece col giuramento di colui che gli dice:

Il Signore ha giurato e non se ne pentirà:
Tu sei sacerdote per l'eternità.

[23]E quelli sono divenuti sacerdoti in molti, perché la morte impediva loro di rimanere. [24]Questi invece, per il fatto che rimane in eterno, ha un sacerdozio non trasmissibile. [25]Onde può anche salvare per sempre quelli che, mediante lui, si avvicinano a Dio, essendo sempre vivente per intercedere in loro favore.

[26]A noi occorreva infatti un tale sacerdote: santo, innocente, senza macchia, separato dai peccatori, innalzato più in alto dei cieli. [27]Il quale non ha bisogno, tutti i giorni, di offrire vittime prima per i propri peccati, poi per quelli del popolo, come i sommi sacerdoti, perché questo egli ha fatto una volta per tutte offrendo se stesso. [28]Infatti la legge costituisce sommi sacerdoti uomini soggetti a debolezza, la parola invece del giuramento, posteriore alla legge, costituisce il Figlio, reso perfetto per l'eternità.

8 Perfezione del ministero sacerdotale di Cristo. -
[1]Il punto centrale delle cose che stiamo dicendo è questo: noi abbiamo un tale sommo sacerdote che si è assiso alla destra del trono della maestà nei cieli, [2]ministro del santuario e del tabernacolo vero, che ha fatto il Signore, non un uomo. [3]Ogni sommo sacerdote, infatti viene stabilito per offrire doni e sacrifici; perciò è necessario che anche questi abbia qualche cosa da offrire. [4]Se dunque fosse sulla terra, non sarebbe neppure sacerdote, essendovi quelli che offrono i doni secondo la legge. [5]I quali servono, in immagine e ombra delle cose celesti, conforme all'oracolo di cui è stato beneficato Mosè, quando stava per compiere il tabernacolo: *Guarda*, dice infatti, *di fare tutto secondo*

il modello che ti è stato mostrato sul monte.

[6]Ma ora Cristo ha ricevuto un ministero tanto più eccellente, quanto più eccellente è l'alleanza di cui egli è mediatore, la quale appunto è stata fondata su migliori promesse. [7]Se infatti quella antica fosse stata irreprensibile, non si sarebbe cercato il posto per una seconda. [8]Rimproverandoli infatti dice:

Ecco, vengono i giorni, dice il Signore,
e io concluderò con la casa d'Israele
e con la casa di Giuda
una nuova alleanza.
[9] *Non sarà come l'alleanza*
che ho fatto con i loro antenati,
nel giorno in cui li ho presi per mano,
per trarli fuori dall'Egitto;
poiché essi non rimasero
nella mia alleanza,
anch'io, dice il Signore, li ho trascurati.
[10] *Perché questa è l'alleanza*
che contrarrò con la casa d'Israele:
dopo quei giorni, dice il Signore,
io darò le mie leggi nella loro mente
e le scriverò nei loro cuori
e io sarò il loro Dio
ed essi saranno il mio popolo.
[11] *Essi non avranno più da istruire*
ciascuno il suo concittadino
e ciascuno il proprio fratello,
dicendo: conosci il Signore!
Perché tutti mi conosceranno,
dal più piccolo al più grande.
[12] *Perché io sarò misericordioso*
verso le loro iniquità
e dei loro peccati
non mi ricorderò mai più.

[13]Nel parlare di un'alleanza nuova, Dio ha reso antiquata la precedente. Ora, ogni cosa che viene resa antiquata e che invecchia è vicina a scomparire.

9 Il sacrificio di Cristo e il sacrificio dell'espiazione. -
[1]Certo, anche la prima alleanza aveva ordinamenti cultuali, come

---

27. *Una volta per tutte*: il sacrificio di Cristo è posto al centro della storia della salvezza: prima predetto, ora compiuto e fonte di speranza. Esso è valido per sempre e per tutti. Non sarà mai più ripetuto. Se ne fa memoria quotidiana nella messa per applicarne i frutti alle anime che ne hanno sempre bisogno, e rimane l'unica speranza e àncora di salvezza per tutti gli uomini che si succedono nel corso dei secoli.

pure un santuario, ma terrestre. [2]Infatti fu preparata una tenda, la prima, nella quale vi erano il candelabro e la tavola e i pani esposti, la quale è detta il «santo». [3]Poi, dietro il secondo velo, vi era una tenda chiamata «santo dei santi», [4]contenente l'altare d'oro dell'incenso e l'arca dell'alleanza, d'ogni parte ricoperta d'oro, nella quale vi erano un'urna d'oro, che conteneva manna, e la verga di Aronne, che era fiorita, e le tavole dell'alleanza. [5]Sopra di quella vi erano i cherubini di gloria che facevano ombra sul propiziatorio. Delle quali cose non è ora da discorrere in particolare.

[6]Essendo le cose così disposte, nella prima parte del tabernacolo entrano sempre i sacerdoti, quando hanno da compiere i servizi del culto. [7]Invece nella seconda parte entra solo il sommo sacerdote, una volta l'anno, e non senza sangue, che egli offre per i peccati di ignoranza suoi e del popolo. [8]Così lo Spirito Santo ha voluto mostrare che non era ancora aperta la via al santuario, finché rimaneva in piedi la prima tenda del tabernacolo, [9]la quale è parabola del tempo presente. Secondo essa si offrono doni e sacrifici che non possono rendere perfetto secondo coscienza l'adoratore, [10]consistendo solo in cibi, bevande e molteplici abluzioni: ordinamenti carnali, imposti fino al tempo in cui sarebbero stati riformati.

[11]Cristo invece, apparso come sommo sacerdote dei beni futuri, per una tenda più grande e più perfetta, non manufatta, cioè non di questa creazione, [12]né mediante sangue di capri e di vitelli, ma in virtù del proprio sangue è entrato nel santuario una volta per tutte, perché ha trovato un riscatto eterno. [13]Infatti se il sangue dei capri e dei tori e la cenere di vacca aspersa sui contaminati li santificano, purificandoli nella carne, [14]quanto più il sangue di Cristo, il quale mediante uno spirito eterno ha offerto se stesso senza macchia a Dio, purificherà la vostra coscienza dalle opere morte per servire al Dio vivo!

[15]Perciò egli è il mediatore dell'alleanza nuova, affinché, essendo intervenuta una morte in redenzione delle trasgressioni commesse sotto la prima alleanza, i chiamati ricevessero la promessa dell'eredità eterna. [16]Ove infatti vi è un testamento, è necessario che venga denunziata la morte del testatore, [17]perché il testamento è valido solo in caso di morte, dal momento che non ha nessuna forza finché è in vita il testatore. [18]Di qui deriva che neppure la prima alleanza è stata sancita senza sangue. [19]Infatti, dopo che da Mosè fu proclamato a tutto il popolo ogni comandamento, secondo la legge, egli, preso il sangue dei vitelli e dei capri, con acqua e con lana scarlatta e con issopo asperse il libro stesso e tutto il popolo [20]dicendo: *Questo è il sangue dell'alleanza che Dio ha prescritto per voi.* [21]Nella stessa maniera asperse di sangue anche il tabernacolo e tutti gli utensili del culto. [22]E, secondo la legge, quasi tutte le cose vengono purificate col sangue, e senza effusione di sangue non vi è remissione.

[23]È necessario dunque che le figure delle cose che sono nei cieli siano purificate con queste aspersioni; le cose celesti stesse con sacrifici più perfetti di quelli. [24]Cristo infatti non è entrato in un santuario fatto da mano d'uomo, antitipo del vero, ma nel cielo stesso, allo scopo di presentarsi ora davanti alla faccia di Dio per noi, [25]non per offrire se stesso parecchie volte, come il sommo sacerdote entra nel santuario ogni anno col sangue di un altro, [26]altrimenti egli avrebbe dovuto patire parecchie volte fin dalla creazione del mondo. Ora invece egli una volta sola, nella pienezza dei tempi, si è manifestato col sacrificio di se stesso per l'annullamento del peccato. [27]E come è stabilito per gli uomini di morire una volta sola, dopo di che viene il giudizio, [28]così anche Cristo una volta sola è stato offerto per levar via i peccati di molti, e apparirà una seconda volta, senza peccato, per quelli che lo attendono, per la salvezza.

10 Impotenza dei sacrifici dell'Antico Testamento. - [1]Infatti la legge, che ha un'ombra dei beni futuri, non l'immagine stessa delle cose, non può con gli stessi sacrifici, che si offrono ogni anno indefinitamente, rendere perfetti quelli che si accostano a Dio. [2]Altrimenti non avrebbero cessato di esser offerti, per la ragione che gli

offerenti, purificati una volta, non avrebbero più nessuna coscienza di peccato? ³Al contrario, in essi, ogni anno si rinnova il ricordo dei peccati. ⁴È impossibile infatti che il sangue dei tori e dei capri tolga i peccati. ⁵Perciò, entrando nel mondo dice:

> *Non hai voluto sacrificio, né oblazione,*
> *ma tu mi hai preparato un corpo.*
> ⁶ *Non hai gradito olocausti,*
> *né sacrifici per i peccati.*
> ⁷ *Allora io dissi: ecco vengo,*
> *nel rotolo del libro è stato scritto di me,*
> *o Dio, per fare la tua volontà.*

⁸Anzitutto dice: *Non hai voluto né gradito sacrifici né oblazioni né olocausti né sacrifici per il peccato,* che vengono offerti secondo la legge. ⁹Poi dice: *Ecco vengo per fare la tua volontà:* toglie via la prima cosa, per stabilire la seconda. ¹⁰Nella quale volontà siamo stati santificati mediante l'offerta del corpo di Gesù Cristo una volta per sempre.

Efficacia del sacrificio di Cristo. - ¹¹E ogni sacerdote sta in piedi ogni giorno, officiando e offrendo ripetutamente le stesse vittime, appunto perché non possono in nessun modo far sparire i peccati. ¹²Al contrario egli, per avere offerto un unico sacrificio per i peccati, si è assiso per sempre alla destra di Dio, ¹³aspettando che i suoi nemici siano posti a sgabello ai suoi piedi. ¹⁴Infatti con unica oblazione ha reso per sempre perfetti quelli che vengono santificati.

¹⁵Anche lo Spirito Santo lo ha a noi attestato. Infatti, dopo aver detto:

> ¹⁶ *Questa è l'alleanza*
> *che io stipulerò con essi*
> *dopo quei giorni, dice il Signore:*
> *darò le mie leggi nel loro cuore*
> *e le scriverò sopra la loro mente,*

¹⁷(soggiunge:)

> *e dei loro peccati e delle loro iniquità*
> *non mi ricorderò mai più.*

¹⁸Ora, dove c'è remissione di questi, non vi è più oblazione per il peccato.

PERSEVERANZA NELLA FEDE

Esortazione alla fedeltà verso Cristo. ¹⁹Avendo dunque, o fratelli, la confidenza di entrare nel santuario, nel sangue di Gesù, ²⁰via che egli ha inaugurata per noi nuova e vivente attraverso il velo, cioè la sua carne, ²¹e avendo un gran sacerdote sulla casa di Dio, ²²avviciniamoci di vero cuore, in pienezza di fede, purificati nel cuore da cattiva coscienza, lavati nel corpo con l'acqua pura. ²³Manteniamo senza vacillare la professione della speranza, infatti colui che ha promesso è fedele, ²⁴e facciamo attenzione gli uni agli altri per accenderci a carità e ad opere buone, ²⁵non disertiamo delle nostre riunioni come è costume di alcuni, ma incoraggiamoci, tanto più quanto vedete che il giorno sta avvicinandosi.

²⁶Infatti se noi volontariamente pecchiamo dopo aver ricevuto la cognizione della verità, non viene più lasciato un sacrificio per i peccati, ²⁷ma solo un'attesa terribile del giudizio e il furore del fuoco pronto a consumare i ribelli. ²⁸Se uno rigetta la legge di Mosè, viene messo a morte senza misericordia, sulla parola di due o tre testi. ²⁹Di quanto peggior castigo pensate che sarà giudicato degno chi avrà calpestato il Figlio di Dio e avrà stimato cosa volgare il sangue dell'alleanza nel quale egli è stato santificato, e avrà oltraggiato lo Spirito della grazia? ³⁰Noi conosciamo infatti colui che ha detto:

> *A me la vendetta, io retribuirò!*

E ancora:

> *Il Signore giudicherà il suo popolo.*

³¹È spaventoso cadere nelle mani del Dio vivente!

³²Richiamate alla memoria i giorni passati nei quali, dopo essere stati illuminati, avete sostenuto una grande e dolorosa lotta, ³³da una parte fatti spettacolo con ignominie e tribolazioni, dall'altra divenuti solidali di quelli che vivevano così. ³⁴Infatti voi avete sofferto con i prigionieri e avete accettato la

---

10. - ¹⁹⁻²⁰. Come per entrare nel santo dei santi si doveva attraversare il velo, così per entrare in cielo fu necessario che fosse squarciata e trafitta sulla croce la carne del Redentore. Così l'umanità di Cristo è divenuta la *via nuova e vivente* attraverso la quale noi possiamo entrare in relazione con Dio. Questa via non è solo di accesso, ma è lo strumento di cui Cristo si è servito, offrendola in sacrificio, e di cui dobbiamo servirci noi, unendoci a lui con la fede e fidando solo nei suoi meriti, non nelle nostre opere.

spoliazione delle vostre sostanze con gioia, conoscendo di avere una sostanza migliore e stabile. ³⁵Non fate dunque gettito della vostra sicurezza, la quale ha una grande retribuzione. ³⁶Avete infatti bisogno di pazienza, affinché, avendo fatta la volontà di Dio, raccogliate la promessa.

³⁷ *Perché, ancora un poco, appena
    un poco,
    colui che viene giungerà e non tarderà;*
³⁸ *il mio giusto vive di fede,
    se invece si sottrae,
    non si compiace in lui l'anima mia.*

³⁹Noi però non siamo di quelli che si sottraggono, per la rovina, ma di quelli che credono, per la salvezza dell'anima.

11 **L'esempio dei patriarchi.** - ¹La fede è garanzia delle cose sperate, prova per le realtà che non si vedono. ²In questa infatti gli antichi hanno ricevuto una testimonianza. ³Per la fede, noi comprendiamo che i mondi furono formati per una parola di Dio, di modo che da cose non visibili è derivato ciò che si vede.

⁴Per la fede Abele offrì a Dio un sacrificio più prezioso di quello di Caino, e per essa ricevette la testimonianza di essere giusto, perché Dio rendeva testimonianza ai doni di lui, e per essa dopo la morte continua a parlare. ⁵Per la fede Enoch fu trasportato in modo da non vedere la morte, e non lo si trovò, perché Dio lo aveva trasportato. Prima infatti del trasferimento ricevette testimonianza che era piaciuto a Dio.

⁶Senza fede è impossibile piacere a Dio. Chi si avvicina a Dio deve credere che egli esiste ed è rimuneratore per quelli che lo cercano. ⁷Per la fede Noè, avvisato di cose che non si vedevano ancora, preso da timore, preparò un'arca per la salvezza della sua famiglia, e per questa fede condannò il mondo e

divenne erede della giustizia secondo la fede.

⁸Per la fede Abramo, chiamato, obbedì, per andare verso un paese che egli stava per ricevere in proprietà, e uscì senza sapere dove andava. ⁹Per la fede trasmigrò verso la terra della promessa, come verso una terra d'altri, e abitò in tende, insieme con Isacco e Giacobbe, eredi insieme con lui della medesima promessa. ¹⁰Aspettava infatti la città ben fondata, della quale è stato architetto e costruttore Dio stesso.

¹¹Per la fede anche la stessa Sara ricevette forza per generare, e ciò anche dopo oltrepassato il limite dell'età, perché stimò fedele colui che aveva promesso. ¹²Per questo, da quest'unica coppia, e per di più già morta, nacquero figli numerosi come le stelle del cielo e come l'arena che è sulla riva del mare, che è impossibile numerare.

¹³Secondo la fede tutti questi morirono, pur non avendo ricevuto le promesse, ma avendole viste e salutate da lontano, e riconoscendosi stranieri e pellegrini sulla terra. ¹⁴Quelli infatti che dicono tali cose mostrano chiaramente che cercano una patria. ¹⁵E se avessero avuto nella memoria quella patria da cui erano usciti, avrebbero avuto occasione di ritornarvi. ¹⁶Ora invece essi aspirano a una patria migliore, e cioè alla celeste. Perciò Dio non ha vergogna di essere chiamato il loro Dio. Infatti egli ha preparato loro una città.

¹⁷Per la fede Abramo ha offerto Isacco, quando fu provato. E stava per offrire l'unico figlio, quello che aveva ricevuto le promesse, ¹⁸del quale era stato detto: *In Isacco tu avrai una discendenza*, ¹⁹perché aveva ritenuto che Dio è potente anche per risuscitare da morte. Onde lo ricevette, e come in figura.

²⁰Pure per la fede Isacco benedisse Giacobbe ed Esaù, riguardo alle cose future. ²¹Per la fede Giacobbe morente benedisse ciascuno dei figli di Giuseppe e si prostrò sull'estremità del suo bastone. ²²Per la fede Giuseppe, in fin di vita, si ricordò dell'esodo dei figli d'Israele e diede ordini riguardo alle sue ossa.

²³Per la fede Mosè alla sua nascita fu dai suoi parenti nascosto per tre mesi, perché vedevano il bambino grazioso e non ebbero paura dell'ordine del re. ²⁴Per la fede Mosè, fatto adulto, ricusò di essere chiamato figlio della figlia del faraone, ²⁵preferendo essere maltrattato col popolo di Dio, piuttosto che avere un godimento passeggero di peccato, ²⁶stimando ricchezza maggiore dei tesori

---

11. - ¹. La *fede* è detta *garanzia*, sia perché su di essa poggia la speranza, sia perché ci rende come presenti le cose future, verso cui essa è completamente orientata; è detta *prova* in quanto è assoluta certezza delle verità, basata su questo argomento che rende razionale la fede: Dio non può dire il vero; questo l'ha detto Dio, dunque è vero.

²⁶· *Unto* (greco: Cristo): si tratta del popolo ebreo, alla cui sorte volle partecipare Mosè, invece di godere delle delizie della corte reale egiziana.

d'Egitto l'obbrobrio dell'Unto, perché aveva lo sguardo fisso sulla ricompensa. ²⁷Per la fede lasciò l'Egitto, non temendo il furore del re; infatti fu costante, perché vedeva l'invisibile. ²⁸Per la fede fece la Pasqua e l'aspersione del sangue, perché lo sterminatore non toccasse i loro primogeniti. ²⁹Per la fede essi passarono attraverso il Mar Rosso, come per una terra asciutta, mentre gli Egiziani, avendone tentato il passaggio, vi furono sommersi.

³⁰Per la fede le mura di Gerico, circondate per sette giorni, caddero. ³¹Per la fede Raab, la meretrice, non perì insieme con quelli che furono disobbedienti, avendo accolto con pace gli esploratori.

³²E che dirò ancora? Mi mancherà infatti il tempo, se vorrò discorrere di Gedeone, Barac, Sansone, Iefte, di Davide, di Samuele e dei profeti. ³³I quali mediante la fede vinsero i regni, esercitarono la giustizia, conseguirono le promesse, chiusero la bocca dei leoni, ³⁴estinsero la violenza del fuoco, sfuggirono al filo della spada, furono rinvigoriti dalle infermità, divennero forti in battaglia, misero in fuga eserciti di stranieri. ³⁵Alcune donne ricevettero i loro morti, per la risurrezione. Altri furono torturati col timpano, non accettando la liberazione, per avere in sorte una risurrezione migliore. ³⁶Altri sperimentarono trattamenti ignominiosi e frustate e ancora catene e carcere. ³⁷Furono lapidati, segati, messi alla prova, morirono uccisi da spada. Andarono in giro vestiti di pelli di montone o di capra, bisognosi, oppressi, maltrattati, ³⁸dei quali il mondo era indegno; andavano errando per i deserti, per i monti e per le spelonche e caverne della terra.

³⁹E tutti questi pur avendo ricevuto, a causa della fede, una testimonianza, non raggiunsero la promessa, ⁴⁰avendo Dio predisposto per noi qualcosa di meglio, perché non arrivassero alla perfezione senza di noi.

12 Imitazione dell'esempio di Cristo. - ¹Dunque anche noi, dal momento che abbiamo una tale nube di testimoni che ci circonda, con pazienza corriamo la gara che ci viene messa innanzi, dopo aver deposto tutto ciò che appesantisce e il peccato che ci irretisce, ²avendo lo sguardo fisso su Gesù, autore e consumatore della fede, il quale, in luogo della gioia che gli si proponeva davanti, si sottopose alla croce, sprez-

zando l'ignominia, e ora siede alla destra del trono di Dio. ³Infatti ripensate a colui che ha sofferto in se stesso siffatta contraddizione, da parte dei peccatori, per non stancarvi, lasciandovi intorpidire nelle anime vostre. ⁴Finora non avete, nella lotta contro il peccato, resistito fino al sangue, ⁵e vi siete dimenticati dell'esortazione che si rivolge a voi, come a figli:

Figlio mio,
non disprezzare la correzione
* del Signore*
e non ti scoraggiare
quando sei da lui ripreso.
⁶ *Il Signore infatti corregge colui che ama*
e frusta ogni figlio che egli accoglie.

⁷Per correzione voi soffrite. Dio si presenta a voi come a figli: qual è il figlio che il padre non corregge? ⁸Se invece siete senza correzione, della quale tutti sono diventati partecipi, allora siete dei bastardi e non figli. ⁹Noi avevamo come correttori i padri della nostra carne e li veneravamo. Non saremo molto di più sottomessi a Dio, padre degli spiriti, per avere la vita? ¹⁰Infatti quelli ci correggevano per pochi giorni, secondo ciò che loro sembrava bene; egli invece per il nostro vantaggio, per farci partecipare alla sua santità. ¹¹Ogni correzione sul momento, è vero, non appare causa di gioia, ma più tardi porta in cambio un frutto pacifico di giustizia a quelli che sono esercitati da essa. ¹²Perciò *raddrizzate le mani inerti e le ginocchia paralizzate*, ¹³*e fate dritti i sentieri per i vostri piedi*, perché ciò che è zoppo non abbia a deviare, ma piuttosto sia guarito.

Il frutto pacifico della giustizia. - ¹⁴Perseguite la pace con tutti e la santificazione, senza la quale nessuno potrà vedere il Signore, ¹⁵vigilando perché nessuno sia mancante alla grazia di Dio, perché non nasca alcuna radice amara e diventi causa di torbidi, e per mezzo di questa non siano infettati molti. ¹⁶Nessuno sia fornicatore né profanatore, come Esaù, che per una vivanda rinunziò ai suoi diritti di primogenitura. ¹⁷Sapete infatti che in seguito, volendo egli ereditare la benedizione, fu rigetta-

33-38. Accenna ad opere compiute e specialmente ai patimenti sopportati da alcuni campioni della fede nel corso della storia ebraica.

to; infatti non trovò luogo a pentimento, nonostante che con lacrime cercasse di ottenerlo.

[18]Voi infatti non vi siete avvicinati a qualcosa di palpabile e a un fuoco ardente né a oscurità, tenebra e procella, [19]né a squillo di tromba e a suono di parole, tale che quelli che l'udirono supplicarono che non si rivolgesse più loro parola. [20]Essi infatti non riuscivano a sopportare l'ordine: *Anche se un animale tocca la montagna, sia lapidato.* [21]E Mosè, tanto era terribile lo spettacolo, disse: *Io sono spaventato e tremante.* [22]Al contrario vi siete avvicinati al monte Sion, alla città del Dio vivente, alla Gerusalemme celeste e alle miriadi di angeli, ceto trionfante [23]e assemblea dei primogeniti iscritti nei cieli, a Dio giudice di tutti e agli spiriti dei giusti, giunti al perfezionamento, [24]a Gesù, mediatore di una alleanza nuova, e al sangue di aspersione che parla meglio di quello di Abele.

[25]Fate attenzione a non rifiutare colui che parla. Se infatti costoro non sfuggirono per avere rifiutato colui che promulgava oracoli sulla terra, molto meno noi, se ci ritiriamo da colui che ci parla dal cielo, [26]la cui voce allora scosse la terra. Ora invece ha fatto questa promessa: *Ancora una volta io farò tremare non solo la terra, ma anche il cielo.* [27]Quell'*ancora una volta* mostra il cambiamento delle cose che vengono scosse, in quanto create, affinché rimangano quelle che non vengono scosse. [28]Perciò noi, che riceviamo il regno che non può venire scosso, riteniamo la grazia, per mezzo della quale prestiamo a Dio il culto, in modo che piaccia a lui, con rispetto e timore. [29]Infatti il nostro Dio è un fuoco che consuma.

13 Ultime raccomandazioni. - [1]L'amore fraterno sia perseverante. [2]Non dimenticate l'ospitalità: per mezzo di questa infatti alcuni, senza saperlo, ospitarono an-

geli. [3]Ricordatevi dei prigionieri, come se anche voi foste prigionieri con loro, e di quelli che sono maltrattati, perché anche voi siete ancora nel corpo. [4]Il matrimonio sia tenuto in onore, in tutte le cose. E il talamo sia incontaminato. Dio infatti punirà sia i fornicatori sia gli adùlteri. [5]La condotta sia lontana dall'avarizia, contenti delle cose che abbiamo al presente. Infatti egli ha detto:

Io non ti lascerò mai né ti abbandonerò.

[6]Cosicché possiamo dire con fiducia:

Il Signore è mio aiuto, non temerò.
Che cosa mi potrà fare l'uomo?

[7]Ricordatevi dei vostri capi, i quali vi hanno predicato la parola di Dio e, contemplando l'esito della loro maniera di vivere, imitatene la fede. [8]Gesù Cristo è lo stesso ieri e oggi e nei secoli. [9]Non lasciatevi trasportare da dottrine varie e peregrine. È infatti cosa buona rafforzare il cuore per mezzo della grazia, non nei cibi, che non giovarono mai a quelli che se ne sono serviti. [10]Noi abbiamo un altare, del quale non hanno potere di mangiare quelli che prestano il loro culto al tabernacolo. [11]Infatti i cadaveri degli animali, il cui sangue per il peccato viene portato nel santuario dal sommo sacerdote, vengono bruciati fuori dell'accampamento. [12]Perciò anche Gesù, per santificare il popolo mediante il proprio sangue, ha sofferto fuori della porta. [13]Usciamo dunque verso di lui fuori degli accampamenti, portando il suo obbrobrio. [14]Non abbiamo infatti qui una città permanente, ma tendiamo alla città che deve venire. [15]Dunque offriamo a Dio per mezzo di lui un sacrificio di lode continuamente, cioè un frutto delle labbra che lodano il suo nome. [16]Non dimenticatevi della beneficenza e di mettere in comune i beni: di tali sacrifici infatti Dio si diletta. [17]Lasciatevi persuadere dai vostri capi e siate sottomessi: essi infatti vegliano per le anime vostre, dovendone rendere conto. Possano fare ciò con gioia e non gemendo; questo infatti sarebbe per voi svantaggioso.

Epilogo. - [18]Pregate per noi. Infatti siamo persuasi di avere una buona coscienza, volendo in tutte le cose comportarci bene. [19]Vi esorto con più insistenza a far questo, affinché possa essere reso a voi presto. [20]Il

---

13. - [11-12.] Nel Giorno dell'espiazione (Lv 16,27) il sangue degli animali espiatori era portato dal sommo sacerdote nel santo dei santi; i cadaveri venivano poi bruciati fuori dell'accampamento quando il popolo peregrinava nel deserto, fuori delle mura di Gerusalemme dopo la costruzione del tempio e la centralizzazione del culto. Tutto ciò, con i riti annessi, era figura dell'immolazione di Cristo crocifisso sul monte Calvario, *fuori della porta* e delle mura di Gerusalemme.

Dio della pace che ha fatto risalire dai morti il grande Pastore delle pecore nel sangue dell'alleanza eterna, il Signore nostro Gesù Cristo, ²¹vi renda pronti a ogni opera buona, per fare la volontà sua, operando in noi ciò che piace ai suoi sguardi, per Gesù Cristo, a cui la gloria per tutti i secoli. Amen.

²²Vi prego, fratelli: sopportate il sermone di esortazione; vi ho scritto infatti brevemente. ²³Sappiate che il nostro fratello Timoteo è stato liberato. Con lui, se verrà presto, vi vedrò. ²⁴Salutate i vostri capi e tutti i santi. Vi salutano quelli dall'Italia. ²⁵La grazia sia con tutti voi. Così sia.

LETTERE CATTOLICHE

Si chiamano «cattoliche» sette lettere del Nuovo Testamento che non sono indirizzate a nessuna comunità particolare e sono attribuite due a san Pietro, una a san Giacomo, una a san Giuda e tre a san Giovanni. Forse è stata proprio l'assenza di destinatari particolari a suggerire l'appellativo «cattolico», cioè universale, documentato già nell'antichità. Questa piccola raccolta è attestata nel secolo IV, ma la sua collocazione nella lista degli scritti neotestamentari non appare fissa e si trovano differenze anche nell'ordine delle lettere in seno alla stessa raccolta. La Volgata ha imposto la prassi di collocarle tra le lettere di san Paolo e l'Apocalisse; alla Volgata si deve anche l'ordine poi comunemente accettato: lettere di Giacomo, di Pietro, di Giovanni, di Giuda, probabilmente sotto l'influsso di Gal 2,9 che fa menzione delle «colonne» della chiesa, nominando nell'ordine Giacomo, Cefa o Pietro e Giovanni. Nelle moderne edizioni della Bibbia si preferisce porre la lettera di Giuda prima delle tre lettere di Giovanni per unire queste ultime all'Apocalisse, anch'essa di Giovanni.

Le più brevi di queste lettere e precisamente la seconda di Pietro, la seconda e terza di Giovanni e quella di Giuda, incontrarono qualche incertezza per entrare nel canone ufficiale della chiesa e ancora Eusebio (prima metà del secolo IV) le collocava tra gli scritti sulla cui autenticità si solleva-vano dubbi ai suoi tempi; ma successivamente cessò ogni contestazione.

Ciascuna lettera possiede un suo carattere proprio e una propria finalità; anche la forma e lo stile sono diversi, data la pluralità degli autori e delle cause che ne provocarono la redazione. L'esposizione serena della vita divina donata al mondo dal Redentore che si legge nella prima lettera di Pietro è molto distante dal tono della diatriba che si riscontra nella lettera di Giuda e nella seconda di Pietro; è pure rilevante la diversità di tono tra quest'ultima e la prima lettera di Pietro. Nonostante queste marcate differenze, tutte queste lettere sono come omelie pastorali redatte in forma di lettera per favorirne la diffusione. I temi di catechesi cristiana che vi svolgono vanno oltre l'interesse di un gruppo particolare di lettori e riguardano tutta la comunità cristiana; rappresentano perciò un modello tipico degli insegnamenti cristiani dati alle prime comunità. Di qui la differenza dalle lettere di san Paolo. Anche la forma è molto impersonale e non si diversifica molto da quella ben nota dei rabbini e dei filosofi stoici itineranti. Nel quadro della dottrina neotestamentaria queste lettere rappresentano come il tratto d'unione tra la semplice predicazione evangelica e le ampie esposizioni dottrinali e morali di grande valore che impressionano profondamente il lettore.

LETTERA DI GIACOMO

L'autore di questa lettera si presenta come «Giacomo servo di Dio e del Signore Gesù Cristo» (1,1). Non si tratta dell'apostolo, ma di Giacomo, stimato una delle colonne della chiesa (Gal 2,9), capo della comunità di Gerusalemme per una trentina d'anni, molto attaccato al giudaismo e assai aderente alle usanze giudaiche, ucciso verso il 62 sotto il sommo sacerdote Anania. A lui la tradizione cristiana attribuisce la lettera; ma vi sono motivi di ritenere che sia opera di qualche discepolo, che può averla scritta prima della fine del secolo.

Quando, dove e a chi sia stata scritta questa lettera rimane storicamente un enigma. La menzione delle «dodici tribù disseminate nel mondo» (letteralmente: «nella diaspora») si riferisce probabilmente a tutta la chiesa, ma ha certamente presenti Ebrei convertiti al cristianesimo invitati a una più radicale ed effettiva pratica delle virtù cristiane e specialmente della fede, che dev'essere vitale (2,1.5.14-17; 5,15), la carità senza preferenze (2,2-4.13; 5,7), la povertà e la considerazione per i poveri (2,2-13), la fortezza nelle tentazioni (1,12-15; 4,7), la prudenza nel parlare (3,2-11) e la pazienza (5,7-11). Lo scritto raccomanda assai la preghiera individuale e comunitaria (1,5-8; 4,2s; 5,13-15).

Importante per la teologia è l'accenno alla preghiera e all'unzione con olio dell'ammalato, ad opera degli anziani della comunità (5,14s), su cui il Concilio di Trento ha basato la prova scritturistica per il sacramento dell'unzione degl'infermi.

1 [1]Giacomo, servo di Dio e del Signore Gesù Cristo, alle dodici tribù che si trovano disseminate nel mondo: salute!

Tentazione, sapienza e vita cristiana. - [2]Ritenete tutto una gioia, fratelli miei, quando vi imbattete in tentazioni svariate, [3]sapendo che la genuinità provata della vostra fede produce la perseveranza, [4]la perseveranza poi è quella che deve portare a perfezione l'opera, in modo che siate perfetti, completi, senza che vi manchi niente. [5]Se a qualcuno di voi manca la sapienza, la chieda a Dio che dona a tutti abbondantemente e non fa rimproveri, e gli sarà data. [6]Chieda però con fede, senza alcuna esitazione: infatti chi sta esitando assomiglia a un'onda del mare spinta e sbattuta dal vento. [7]Un uomo del genere non pensi di ricevere alcunché da Dio, [8]essendo come sdoppiato interiormente, instabile in tutte le sue vie.

[9]Il fratello che è povero si glori nella sua grandezza, [10]il ricco invece nella sua povertà, poiché passerà come un fiore d'erba. [11]Sorge infatti il sole con tutto il suo ardore e fa inaridire l'erba, il suo fiore reclina e la bellezza del suo aspetto perisce: così anche il ricco nei suoi affari appassirà.

[12]Beato l'uomo che sostiene la tentazione, poiché, una volta collaudato, riceverà la corona della vita, che Dio promise a quanti lo amano. [13]Nessuno mentre è tentato dica: «Vengo tentato da Dio!». Dio è infatti immune dal male ed egli non tenta nessuno. [14]Ciascuno invece è tentato, adescato e sedotto dalla sua concupiscenza. [15]E allora la concupiscenza concepisce e dà alla luce il peccato e il peccato, giunto alla sua pienezza, genera la morte.

---

1. - [2.] Appena dato il saluto, Giacomo passa alle raccomandazioni pratiche: le prove, le difficoltà della vita presente devono essere considerate dai cristiani come fonte di gaudio, perché esse sono occasione di manifestare a Dio la propria fedeltà e il proprio amore.

La parola di Dio nella vita del cristiano. - [16]Non lasciatevi ingannare, fratelli miei carissimi. Ogni donazione buona e ogni dono perfetto viene dall'alto, [17]discendendo dal Padre delle luci, presso il quale non esiste mutazione né ombra di rivolgimento. [18]Per un atto della sua volontà ci generò mediante la parola della verità, perché fossimo come una primizia delle sue opere: [19]voi lo sapete, fratelli miei amati. E ciascuno sia pronto all'ascolto, lento a parlare, lento all'ira. [20]L'ira dell'uomo infatti non produce la giustificazione di Dio. [21]Perciò deponendo ogni immondezza e l'abbondanza della vostra cattiveria, accogliete con mansuetudine la parola seminata in voi, che ha la forza di salvare le anime vostre.

[22]Siate esecutori della parola e non ascoltatori soltanto, ingannando così voi stessi. [23]Poiché chi è ascoltatore della parola e non esecutore, assomiglia a un uomo che considera le fattezze del suo volto in uno specchio. [24]Considera se stesso e se ne va via, dimenticando subito com'era. [25]Colui invece che considera attentamente la legge perfetta della libertà e vi persevera, divenendo così non un ascoltatore distratto, ma un esecutore concreto, costui sarà beato per il suo agire.

[26]Se qualcuno pensa di essere religioso, ma non tiene a freno la sua lingua ingannando il suo cuore, la religiosità di costui è vuota. [27]Questa è la religiosità pura e senza macchia davanti a Dio Padre: visitare gli orfani e le vedove nella loro afflizione, custodire se stesso immune dal contagio del mondo.

2 La fede e le sue esigenze concrete. - [1]Fratelli miei, non potrete mantenere la fede nel nostro Signore glorioso Gesù Cristo, praticando favoritismi di persona. [2]Infatti se nella vostra assemblea entra un uomo con anelli d'oro e un vestito di lusso ed entra anche un povero con un vestito logoro, [3]e voi vi rivolgete a colui che porta il vestito di lusso e gli dite: «Prego, siediti comodamente qui», e dite al povero: «Tu stai in piedi» oppure: «Siediti là ai miei piedi», [4]non avete forse fatto preferenza in voi stessi e non siete divenuti giudici con pensieri perversi?

[5]Ascoltate, fratelli carissimi: Dio non ha forse scelto i poveri agli occhi del mondo perché fossero ricchi nella fede ed eredi del regno che egli promise a quelli che lo amano? [6]Ma voi avete offeso il povero! Ma non sono forse i ricchi a trattarvi dispoticamente e a trascinarvi dinanzi ai tribunali? [7]Non sono essi a bestemmiare il bel Nome che fu invocato su di voi? [8]Certamente: se voi adempite la legge regale secondo la Scrittura: *Amerai il tuo prossimo come te stesso*, fate bene. [9]Se invece avete riguardo alle persone, commettete peccato e siete accusati dalla legge come trasgressori. [10]Se uno infatti osserva tutta la legge, ma inciampa in un solo punto, diventa colpevole di tutto. [11]Chi infatti ha detto: *Non commetterai adulterio*, ha anche detto: *Non ucciderai*; e se tu non commetti adulterio, ma uccidi, diventi trasgressore della legge. [12]Parlate e agite come persone che saranno giudicate in base alla legge della libertà. [13]Il giudizio senza misericordia è per chi non usa misericordia; la misericordia trionfa sul giudizio.

La fede e le opere. - [14]Fratelli miei, se uno dice di avere fede, ma non ha opere, che utilità ne ricava? Potrà forse la fede salvarlo? [15]Se un fratello o una sorella si trovano senza vestito e mancanti del cibo quotidiano [16]e qualcuno di voi dicesse loro: «Arrivederci: andate in pace, scaldatevi e saziatevi da voi», e non deste loro ciò che è necessario per il corpo, che utilità ne avreste? [17]Così anche la fede, se non ha le opere, di per se stessa è senza vita.

[18]Ma qualcuno potrà dire: «Hai la fede e io ho le opere». Mostrami la tua fede senza le opere e io ti mostrerò la fede partendo dalle mie opere. [19]Tu credi che esista un solo Dio? Fai bene: anche i demòni credono e rabbrividiscono.

[20]Ma vuoi conoscere, sciocco che non sei altro, che la fede senza le opere è inerte? [21]Abramo, nostro padre, non fu forse giusti-

---

2. - [14.] Giacomo non è contro Paolo (cfr. Rm 1,17; 3,20): questi, infatti, parla della fiducia riposta nelle opere della legge mosaica, come se esse di per sé potessero meritare la salvezza che, al contrario, ci è meritata e applicata soltanto da Cristo, a cui noi ci uniamo mediante la fede. Anche Paolo dice, non una sola volta, che la fede per salvare dev'essere vivificata dalla carità (1Cor 13,2; Ef 2,10): tutte le raccomandazioni riguardanti la vita e le virtù cristiane, sparse nelle sue lettere, testimoniano quanto egli mirasse alla pratica.

[20.] Giacomo completa e spiega la dottrina di Paolo: questi parla della fede come radice delle opere buone che suppone, quegli parla delle opere come frutto della fede.

ficato in base alle opere, avendo offerto il proprio figlio Isacco sull'altare? [22]Vedi che la fede agiva insieme alle sue opere e che fu perfezionata in forza delle opere. [23]Si compì così il brano di Scrittura che dice: *Credette Abramo a Dio, e ciò gli fu computato per la giustificazione* e fu chiamato amico di Dio. [24]Vedete che l'uomo viene giustificato in base alle opere e non soltanto in base alla fede. [25]Similmente anche Raab, la prostituta, non fu forse giustificata in base alle opere, per aver ospitato gli inviati e averli rimandati indietro per un'altra strada? [26]Infatti, come il corpo senza lo spirito è morto, così è morta anche la fede senza le opere.

3 Grandezza e limiti della parola umana.
- [1]Non siate in molti a farvi maestri, fratelli miei; sappiate che così riceveremo una sentenza più severa. [2]Tutti quanti infatti manchiamo in tante cose e se qualcuno non manca nel parlare è un uomo perfetto, in grado di dominare tutto se stesso. [3]Se riusciamo a mettere il freno in bocca ai cavalli e ci obbediscono, noi li guidiamo interamente. [4]Ecco che anche le navi, pur essendo così grandi e spinte da venti impetuosi, sono guidate da un timone minuscolo, a pieno arbitrio del nocchiero. [5]Così anche la lingua è un membro minuscolo, ma può vantare imprese straordinarie. Ecco quanto piccolo è il fuoco e quanto grande è la foresta che esso incendia! [6]E il fuoco è la lingua! Questo mondo di malizia, la lingua, è posta tra le nostre membra: essa che contamina tutta la nostra persona, brucia la ruota della nostra vita ed è poi bruciata essa stessa nell'inferno. [7]Gli animali terrestri, i volatili, i serpenti, gli animali marini, sono stati e vengono domati dall'uomo. [8]Ma nessun uomo può domare la lingua: essa è un male che non dà tregua, è piena di veleno mortale. [9]Con essa noi lodiamo Dio, Signore e Padre, e, sempre con essa, malediciamo gli uomini, che sono stati fatti a somiglianza di Dio. [10]Dalla medesima bocca viene fuori benedizione e maledizione. No, fratelli miei, le cose non devono andare così. [11]Può forse la stessa sorgente far zampillare dalla stessa apertura il dolce e l'amaro?

La vita cristiana si riconosce dai frutti. -
[12]Può forse, fratelli miei, un fico produrre delle olive o una vite fichi? Né una sorgente

salata può dare acqua dolce. [13]Chi è sapiente e maestro tra di voi? Mostri le sue opere, fatte nella mansuetudine propria della sapienza e frutto di una condotta genuina. [14]Se invece avete un'invidia amara e un'ambizione egoistica nei vostri cuori, non vi gloriate: mentirete contro la verità! [15]Una sapienza di questo genere non è quella che viene dall'alto, ma è terrestre, animalesca, demoniaca: [16]dove infatti c'è invidia e ambizione egoistica, là c'è disordine e ogni azione cattiva. [17]Mentre la sapienza che viene dall'alto anzitutto è incontaminata, poi è pacifica, benevola, docile, ricolma di misericordia e di buoni frutti, priva di esitazioni, priva di ipocrisia: [18]il frutto della giustificazione viene seminato nella pace da coloro che operano nella pace.

4 Contro le discordie. -
[1]Donde provengono le guerre e le battaglie tra di voi? Non provengono forse dalle vostre bramosie di piacere, che si combattono tra loro nelle vostre membra? [2]Bramate e non avete; uccidete e siete invidiosi, eppure non potete ottenere; battagliate e guerreggiate. Non avete perché non chiedete; [3]chiedete ma non ricevete, perché chiedete male, con l'intento di dilapidare, seguendo le vostre bramosie. [4]Adùlteri, non sapete che l'amore del mondo è inimicizia con Dio? Chi dunque vuole essere amico del mondo si fa nemico Dio. [5]Oppure pensate che la Scrittura parli a vuoto? Lo Spirito che abita in voi vi ama fino alla gelosia. [6]Ma dà una grazia maggiore; per questo dice: *Dio resiste ai superbi e dà la grazia agli umili.* [7]Sottomettetevi dunque a Dio; opponetevi al diavolo ed egli fuggirà da voi. [8]Avvicinatevi a Dio ed egli si avvicinerà a voi. Voi, peccatori, purificatevi le mani; voi, anime indecise, mondate il vostro cuore. [9]Lamentate la vostra miseria, affliggetevi, piangete: il vostro riso si trasformi in pianto, la vostra esultanza diventi tristezza. [10]Umiliatevi davanti al Signore ed egli vi innalzerà. [11]Non dite male gli uni degli altri, fratelli: chi dice male del fratello o giudica il fratello, dice male della legge e giudica la legge; e se tu giudichi la legge, non sei un esecutore della legge, ma ne sei giudice. [12]Uno solo è legislatore e giudice, colui che ha la possibilità di salvare e di mandare in rovina; ma chi sei tu che giudichi il prossimo?

Dipendenza da Dio. - [13]Orsù, dunque, voi che dite: «Domani o dopodomani andremo nella tale città, vi passeremo l'anno, faremo affari, guadagneremo». [14]Voi, che non sapete quale sarà la vostra vita domani! Siete infatti un filo di vapore che appare per un po' di tempo e poi si dissolve. [15]Dovreste invece dire: «Se il Signore vorrà, vivremo e faremo questo e quello». [16]Voi invece vi vantate lo stesso dei vostri progetti ambiziosi: un vanto del genere è perverso. [17]Chi sa compiere, dunque, il bene e non lo compie, costui è in peccato.

5 **Vanità e immoralità della ricchezza.** - [1]Orsù dunque, voi ricchi, piangete e lamentatevi per le sciagure che si abbatteranno su di voi. [2]La vostra ricchezza è putrida e i vostri indumenti sono divenuti preda delle tarme, [3]il vostro oro e il vostro argento si sono arrugginiti: la loro ruggine sarà testimonianza contro di voi e divorerà le vostre carni come fuoco. Avete accumulato tesori per gli ultimi giorni! [4]Ecco che il salario da voi trattenuto dei lavoratori che hanno mietuto i vostri campi, grida, e le urla dei mietitori sono giunte all'orecchio del Signore degli eserciti. [5]Siete vissuti nel lusso sulla terra, vi siete dati ai piaceri: vi siete ingrassati per il giorno del macello! [6]Solete condannare e uccidere il giusto che non può resistervi.

Vita cristiana pratica. - [7]Siate dunque pazienti, fratelli, fino alla venuta del Signore.

---

5. - [14-15]. Il brano, secondo il Concilio di Trento, parla dell'unzione degl'infermi: indica la materia del sacramento (l'unzione con l'olio), la forma (orazione della fede unita all'unzione), il sacerdote come ministro, l'infermo come soggetto, gli effetti nel sollievo e nella remissione dei peccati.

Ecco che l'agricoltore aspetta il frutto prezioso della terra, attendendo con pazienza che essa riceva le *prime e le ultime piogge*. [8]Siate longanimi anche voi, consolidate il vostro cuore, poiché la venuta del Signore incalza. [9]Non vi lagnate, fratelli, gli uni contro gli altri, perché non siate giudicati: ecco che il giudice è alle porte. [10]Prendete come esempio di pazienza e sopportazione, fratelli, i profeti, che parlarono nel nome del Signore. [11]Ed ecco: proclamiamo beati quelli che hanno perseverato: avete udito parlare della perseveranza di Giobbe e conoscete l'esito finale, opera del Signore, poiché *il Signore è ricco in bontà e misericordioso*.

[12]Ma soprattutto, fratelli miei, non giurate: né per il cielo né per la terra né con qualunque altra forma di giuramento, ma il vostro sì sia sì, il vostro no sia no, in modo da non cadere nel giudizio.

[13]C'è tra voi qualcuno che sta in difficoltà? Preghi! C'è qualcuno che si sente bene? Canti un inno di lode! [14]C'è qualcuno ammalato? Chiami gli anziani della comunità ed essi preghino su di lui, dopo averlo unto con olio nel nome del Signore. [15]La preghiera della fede lo salverà nella sua difficoltà; il Signore lo solleverà; e se avrà commesso dei peccati, gli saranno rimessi. [16]Confessate dunque i peccati a vicenda e pregate gli uni per gli altri, perché possiate essere guariti: la preghiera del giusto è molto potente nella sua azione. [17]Elia, un uomo che soffriva come noi, pregò insistentemente che non piovesse e non piovve in terra per tre anni e sei mesi. [18]Pregò di nuovo e il cielo mandò la pioggia e la terra germogliò, producendo il suo frutto. [19]Fratelli miei, se uno tra voi traligna dalla verità e qualcuno lo riconduce indietro, [20]sappiate che uno che ha fatto ritornare indietro un peccatore dalla via dell'errore salverà la sua vita dalla morte e coprirà una moltitudine di peccati.

PRIMA LETTERA DI PIETRO

La prima lettera di «Pietro apostolo di Gesù Cristo» è stata scritta da Roma, qualificata come «Babilonia» perché pagana e persecutrice (5,12), verso l'anno 64. Vi è però chi pensa che la lettera sia stata scritta verso gli anni 80, presumibilmente nell'Asia Minore da un anonimo discepolo di Pietro. I destinatari sono cristiani sparsi in varie province dell'Asia Minore, provenienti dal paganesimo, ma anche dal giudaismo, circondati da difficoltà e sofferenze, provenienti dall'ambiente ostile circostante.

Il contenuto della lettera è pratico e tocca gli argomenti principali della catechesi primitiva: Dio Padre, misericordioso e giusto (1,3.17; 2,23; 4,5.17); Gesù Cristo preesistente (1,20), Signore (1,3; 2,3; 3,15), salvatore degli uomini mediante il proprio sangue (5,1-4), risuscitato e glorificato (3,21s; 4,11; 5,20), che verrà a giudicare i vivi e i morti (4,5s.17s); l'uomo peccatore, salvato mediante il battesimo, che lo impegna a una vita nuova (1,13; 2,1-11; 3,13; 4,1.15), in unione a Gesù Cristo, con cui forma il nuovo popolo santo, tempio spirituale (2,4-9). *Una caratteristica dei cristiani su cui più volte ritorna la lettera è la partecipazione alle sofferenze di Cristo (1,6s; 2,19-21; 3,14; 4,13s; 5,10), attraverso le quali si diventa collaboratori suoi, tesi verso la felicità e la dimora futura ed eterna. Inoltre, solo in questa lettera troviamo espressa la discesa di Cristo agl'inferi (3,19; 4,6), segno dell'ampiezza della sovranità di Cristo e dell'efficacia universale della redenzione da lui operata.*

1 **Saluto e indirizzo.** - [1]Pietro, apostolo di Gesù Cristo, ai pellegrini della dispersione residenti nel Ponto, Galazia, Cappadocia, Asia e Bitinia, eletti [2]secondo la prescienza di Dio Padre alla santificazione dello Spirito all'obbedienza e alla purificazione del sangue di Gesù Cristo: grazia e pace abbondino per voi!

Elementi fondamentali della vita cristiana. - [3]Benedetto sia Dio e Padre del Signore nostro Gesù Cristo il quale, secondo l'abbondanza della sua benevolenza, ci generò di nuovo per una speranza vivente in forza della risurrezione dai morti di Gesù Cristo, [4]per un'eredità incorruttibile, senza macchia e che non appassisce, conservata nei cieli per voi, [5]che siete conservati dalla potenza di Dio mediante la fede, in vista della salvezza che è pronta a manifestarsi nell'ultimo tempo. [6]In prospettiva di questo gioite, pur soffrendo un poco ora, se è necessario, sotto il peso di prove svariate, [7]affinché la genuinità della vostra fede, molto più preziosa dell'oro che perisce e che pure viene purificato col fuoco, sia verificata come un titolo di lode, di gloria e di onore nella manifestazione di Gesù Cristo. [8]Pur non vedendolo, lo amate; pur non guardandolo ora, ma tuttavia credendo in lui, esultate di una gioia inesprimibile e già pervasa di gloria, [9]mentre state raggiungendo il traguardo della vostra fede, la salvezza delle anime vostre.

[10]Su questa salvezza hanno indagato accuratamente i profeti, che profetarono intorno alla grazia diretta a voi, [11]indagando quale e di quanto valore fosse il tempo che lo Spirito di Cristo in anticipo testimoniava loro, tempo a cui erano riferite le sofferen-

---

1. - 2. Il Padre elegge, il Figlio redime, lo Spirito Santo santifica: tre atti attribuiti a ciascuna delle Persone della ss.ma Trinità, ma propri di tutte, eccettuata l'incarnazione, morte e risurrezione proprie del Figlio di Dio fatto uomo.

ze per Cristo e l'abbondanza di gloria che sarebbe seguita. ¹²Fu loro rivelato che non rendevano un servizio a se stessi, bensì a voi in tutto questo che ora vi è annunciato da coloro che vi hanno evangelizzato in forza dello Spirito Santo inviato dal cielo: gli angeli bramano vedere tutto questo.

Redenzione e santità. - ¹³Perciò, con i fianchi della vostra mente succinti, in uno stato di sobrietà, sperate completamente nella grazia che vi viene portata nella manifestazione di Gesù Cristo. ¹⁴Animati come siete dallo spirito di obbedienza, non uniformatevi più alle passioni sregolate che prima, nella vostra ignoranza, vi dominavano, ¹⁵ma, in conformità col Santo che vi chiamò, diventate santi anche voi in tutto il vostro comportamento, ¹⁶poiché sta scritto: *Siate santi, poiché io sono santo.*

¹⁷E se invocate come Padre colui che giudica senza favoritismi personali secondo l'operato di ciascuno, comportatevi nel tempo del vostro passaggio sulla terra con un senso di timore religioso, ¹⁸consapevoli che non siete stati riscattati dalla vostra vita insulsa, ereditata dai vostri padri, a prezzo di oro e di argento, elementi corruttibili, ¹⁹ma per mezzo del sangue prezioso di Cristo, che ha svolto la funzione di agnello puro e senza macchia, ²⁰conosciuto prima della fondazione del mondo, ma rivelatosi alla fine dei tempi per voi ²¹che, in forza di lui, siete fedeli a Dio che lo risuscitò dai morti e lo glorificò, così che la vostra fede e la vostra speranza possano essere indirizzate a Dio.

²²Poiché avete purificato la vostra anima obbedendo alla verità che vi porta a un amore fraterno senza ipocrisia, amatevi costantemente gli uni gli altri con cuore puro, ²³dato che siete stati rigenerati, non in forza di un seme mortale, ma in forza di Dio immortale, che vive e rimane in voi in virtù della parola. ²⁴Poiché *ogni mortale è come l'erba e tutta la sua gloria come fiore di erba; l'erba si inaridisce e il fiore reclina; ma la parola di Dio rimane per sempre.* ²⁵E questa è la parola che vi è stata annunciata col vangelo.

2 **I cristiani tempio spirituale.** - ¹Deponendo dunque ogni cattiveria, ogni inganno, le ipocrisie, le invidie e ogni forma di maldicenza, ²come bambini neonati ane-

late al latte spirituale e genuino, affinché per mezzo di esso cresciate in vista della salvezza: ³*dato che avete gustato quanto è amabile il Signore.* ⁴Avvicinandovi a lui, la pietra vivente scartata dagli uomini ma scelta da Dio e di valore, ⁵siete costruiti anche voi come pietre viventi in edificio spirituale per formare un organismo sacerdotale santo, che offra sacrifici spirituali bene accetti a Dio per mezzo di Gesù Cristo. ⁶Per questo si trova nella Scrittura: *Ecco, pongo in Sion una pietra scelta, angolare, di valore, e chi crede in essa non rimarrà confuso.* ⁷Il valore quindi è per voi che credete; per coloro che non credono, *la pietra scartata dai costruttori è diventata la pietra angolare,* ⁸*sasso d'inciampo e pietra di scandalo.* Essi inciampano disobbedendo alla parola e a questo inciampo sono destinati. ⁹Ma voi siete una *stirpe scelta, un sacerdozio regale, un popolo santo, un popolo destinato a essere posseduto da Dio, così da annunziare pubblicamente le opere degne* di colui che dalle tenebre vi chiamò alla sua luce meravigliosa, ¹⁰voi che un tempo eravate *non-popolo,* ora invece siete *popolo di Dio,* eravate non beneficati dalla bontà divina, ora invece siete *beneficati.*

Rapporti con i non cristiani. - ¹¹Carissimi, vi esorto affinché, in qualità di pellegrini e ospiti sulla terra, vi asteniate dagli impulsi passionali della carne, che combattono contro l'anima. ¹²La vostra condotta in mezzo ai pagani sia buona, in modo che, mentre essi sparlano di voi come malfattori, osservando attentamente glorifichino Dio in forza delle vostre opere buone, nel giorno della sua visita.

¹³Sottomettetevi a ogni istituzione umana in grazia del Signore, sia all'imperatore, per la sua autorità suprema, ¹⁴sia ai governatori, perché sono inviati da lui per punire i malfattori e a lode di chi opera il bene. ¹⁵Poiché questo è ciò che Dio vuole: compiendo il bene, voi dovete chiudere la bocca all'ignoranza degli uomini stolti. ¹⁶Perché, sì, siete liberi, ma non servitevi della vostra libertà come di un paravento per il male; al contrario, agite come schiavi di Dio. ¹⁷Rispettate tutti, amate i fratelli, abbiate il senso di Dio, rispettate l'imperatore.

Schiavi e padroni. - ¹⁸Voi, schiavi domestici, siate sottomessi, con tutto il senso di

Dio, ai padroni, non solo a quelli onesti e comprensivi, ma anche a quelli che sono perversi. [19]Questo infatti è un titolo di benevolenza divina: sopportare dolori in base alla consapevolezza che uno ha di Dio, soffrendo ingiustamente. [20]Che gloria infatti, se voi, comportandovi male e maltrattati per questo, resistete con costanza? Ma se, facendo il bene e soffrendo per questo, resistete con costanza, questo è un titolo di benemerenza presso Dio. [21]A questo infatti siete stati chiamati, poiché Cristo soffrì per voi, lasciando a voi un modello, così che voi seguiate le sue orme: [22]egli *non commise peccato né fu trovato inganno sulla sua bocca*; [23]insultato, non restituiva l'insulto; soffrendo, non minacciava, ma si affida a Colui che giudica rettamente. [24]Egli *prese su di sé* i nostri *peccati* e li portò nel suo corpo sulla croce, affinché, venendo meno ai peccati, viviamo per la rettitudine morale; *per le percosse da lui ricevute foste guariti*. [25]Eravate infatti sbandati come pecore, ma ora siete ritornati al pastore che vigila sulle anime vostre.

3 Mariti e mogli. - [1]Ugualmente le mogli siano sottomesse ai mariti in modo che, se alcuni di essi non obbediscono alla parola, siano guadagnati per mezzo della condotta delle donne anche senza la parola, [2]considerando con attenzione la vostra condotta pura, ispirata al senso di Dio. [3]Il loro ornamento non sia quello esteriore, consistente nell'intreccio dei capelli, nel portare oggetti d'oro o nel rivestirsi di abiti preziosi, [4]ma nella loro personalità interiore, basata sull'elemento incorruttibile di uno spirito dolce e tranquillo, che è prezioso al cospetto di Dio. [5]Così, infatti, un tempo le donne sante che speravano in Dio si adornavano e vivevano sottomesse ai propri mariti, [6]come Sara che obbedì ad Abramo *chiamandolo signore*: di essa siete divenute figlie, facendo del bene, libere da ogni timore.

[7]Ugualmente voi, uomini, abitando insieme alla donna con intelligenza, rendete il debito onore alla persona più debole della donna, ad essa che partecipa alla vostra stessa eredità di grazia, in modo che le vostre preghiere non vengano respinte.

[8]Infine, siate tutti unanimi, comprensivi, amanti dei fratelli, ben disposti, umili, [9]senza rendere male per male e offesa per offesa, anzi, al contrario benedicendo, proprio perché a questo foste chiamati, a ereditare la benedizione divina. [10]Chi infatti *vuole amare la vita e vedere giorni lieti, trattenga la sua lingua dal male e le sue labbra dal pronunciare inganno, [11]si allontani dal male e faccia il bene, cerchi la pace con costanza e forza, [12]poiché gli occhi del Signore si posano sopra i giusti e i suoi orecchi sono protesi all'ascolto delle loro preghiere, mentre la faccia del Signore è rivolta a chi compie il male*.

Il cristiano in un mondo ostile. - [13]E chi potrà nuocervi se sarete ferventi nel bene? [14]Ma se anche dovete soffrire a causa della giustizia, beati voi! *Non vi fate prendere dal timore che vogliono incutere costoro; non vi turbate*, [15]ma santificate Cristo Signore nei vostri cuori, pronti sempre a dare una risposta a chi vi chiede il motivo della vostra speranza, [16]con mitezza e rispetto, con una coscienza retta, in modo che coloro che vi calunniano abbiano a vergognarsi di ciò che dicono sparlando di voi, a causa della vostra condotta intemerata in unione con Cristo. [17]È meglio, infatti, se così esige la volontà di Dio, che voi soffriate facendo il bene che facendo il male. [18]Poiché anche Cristo morì una volta per i peccati, egli che era giusto, a favore di non giusti, affinché, messo a morte nella carne, ma vivificato nello Spirito, vi potesse condurre a Dio.

[19]In esso andò a portare l'annuncio anche agli spiriti nella prigione, [20]a coloro che erano stati un tempo disobbedienti, quando Dio nella sua longanimità attese, nei giorni di Noè, che fosse costruita l'arca, nella quale otto persone, in tutto, trovarono scampo dall'acqua, [21]figura, questa, del battesimo, che ora salva voi: esso non è un deporre la sordidezza materiale, ma l'impegno preso con Dio di una coscienza retta, in forza della risurrezione di Gesù Cristo, [22]che sta alla destra di Dio, che è salito in cielo sottomettendo a sé gli angeli, le virtù e le potenze celesti.

4 La sofferenza cristiana. - [1]Avendo dunque Cristo sofferto nella carne, armatevi anche voi della stessa mentalità, perché chi soffre nella carne ha rotto col peccato, [2]per vivere il tempo che gli rimane non secondo gl'impulsi passionali umani, ma secondo la volontà di Dio. ³Basta col tempo trascorso, in cui vi siete abbandonati a soddisfare le passioni dei pagani, vivendo in dissolutezze, desideri sfrenati, orge di vino, banchetti, eccessi nel bere e nel culto illegittimo degli idoli. ⁴Per il fatto che essi sono sorpresi che voi non corriate più con loro agli stessi eccessi licenziosi, sparlano di voi; ⁵essi ne renderanno conto a colui che è pronto a giudicare i vivi e i morti. ⁶Infatti anche i morti sono stati evangelizzati, così che, anche se giudicati come gli uomini nella carne, vivano secondo Dio nello spirito.

⁷Si è approssimata la fine di tutto; siate dunque saggi e sobri per poter pregare. ⁸Ma prima di tutto abbiate un amore costante tra di voi, poiché l'amore ricopre la moltitudine dei peccati: ⁹siate ospitali reciprocamente senza lamentele; ¹⁰secondo il dono ricevuto da ciascuno, siate gli uni a servizio degli altri, come buoni amministratori della multiforme grazia divina. ¹¹Chi parla, parli parole di Dio; chi serve, lo faccia in base a quell'energia che elargisce Dio, in modo che in tutto Dio sia glorificato per mezzo di Gesù Cristo, al quale appartiene la gloria e la potenza per i secoli dei secoli. Amen.

Gioiosi nella prova. - ¹²Carissimi: non vi sconcertate per il fuoco che è venuto sopra di voi per mettervi alla prova, come se vi capitasse qualcosa di strano. ¹³Ma poiché prendete parte alle sofferenze di Cristo, rallegratevi, in modo che esultiate di gioia anche al momento della sua manifestazione. ¹⁴Se siete scherniti per il nome di Cristo, beati voi, poiché dimora su di voi lo Spirito della gloria di Dio. ¹⁵Nessuno di voi abbia a soffrire come omicida o ladro o malfattore o come spione degli altri. ¹⁶Ma se soffre come cristiano, non se ne vergogni: glorifichi anzi Dio con questo nome.

¹⁷Poiché è venuto il tempo dell'inizio del giudizio della casa di Dio: se inizia prima da voi, quale sarà l'esito finale di coloro che disobbediscono al vangelo di Dio? ¹⁸E se il *giusto a fatica si salva, dove apparirà l'em-*

pio e il peccatore? ¹⁹Così anche coloro che soffrono secondo la volontà di Dio, presentino le loro vite a Dio creatore fedele, in un contesto di opere buone.

5 **Raccomandazioni al popolo di Dio.** - ¹Esorto dunque i vostri presbiteri, io con-presbitero, testimone delle sofferenze di Cristo e partecipe della gloria che si manifesterà: ²pascete il gregge di Dio che vi è stato affidato, sorvegliandolo non per costrizione, ma di cuore secondo Dio, non alla ricerca turpe di denaro, ma con dedizione interiore, ³e non come se foste voi i padroni nella porzione degli eletti, ma facendovi modello del gregge. ⁴E quando il pastore per eccellenza si manifesterà otterrete la corona incorruttibile di gloria. ⁵Parimenti voi, giovani, sottomettetevi ai presbiteri. Tutti rivestitevi di umiltà, poiché *Dio si oppone ai superbi ed elargisce la sua benevolenza agli umili.* ⁶Siate umili sotto la mano potente di Dio, affinché egli vi esalti a suo tempo, ⁷scaricando su di lui tutte le vostre preoccupazioni, poiché gli state a cuore. ⁸Siate sobri, vigilanti. Il vostro nemico, il diavolo, va in giro come un leone ruggente, cercando qualcuno da divorare: ⁹resistetegli stando saldi nella fede, sapendo che le stesse sofferenze sono inflitte nel mondo anche ai vostri fratelli. ¹⁰Il Dio di ogni grazia, che vi ha chiamati alla sua gloria eterna in unione con Cristo, perfezionerà voi che per un breve periodo dovrete soffrire, vi consoliderà, vi irrobustirà, vi darà un fondamento. ¹¹A lui la potenza per tutti i secoli dei secoli. Amen.

Saluto finale. - ¹²Per mezzo di Silvano, che ci è fratello fedele, vi ho scritto brevemente, come credo, esortando e testimoniando che questa è vera grazia di Dio: state saldi in essa. ¹³Vi abbraccia la comunità radunata in Babilonia e Marco, figlio mio. ¹⁴Salutatevi reciprocamente col bacio di amore. Pace a voi tutti che aderite a Cristo!

SECONDA LETTERA DI PIETRO

Questa lettera si presenta scritta da «Simeone Pietro, servo e apostolo di Gesù Cristo» (1,1; cfr. 3,1); ma, mentre la prima fu assai presto conosciuta e riconosciuta come scritta dal principe degli apostoli, questa si fece strada assai lentamente e non senza difficoltà. Del resto nella lettera ci sono elementi che fanno dubitare della sua autenticità.

Tuttavia, pur non essendo riconosciuta come di Pietro, questa lettera dovette essere scritta da un suo discepolo che ne interpretò fedelmente il pensiero. Lo scritto, per la ricchezza del suo contenuto e l'opportunità delle sue esortazione morali, fu assai usato nelle comunità cristiane e considerato Scrittura sacra. Probabilmente fu composto verso il 90, nella seconda generazione cristiana (3,4), quando alcuni battezzati defezionavano (2,20-22; 3,17), gli erranti crescevano e s'infiltravano nella comunità, lasciandosi portare dal più lascivo libertinismo (2,2.10.12s.18), dal disprezzo per ogni autorità (2,10), e negavano la divinità di Cristo (2,1). Si desiderava già un'esegesi ufficiale della sacra Scrittura, ispirata da Dio e quindi non soggetta a interpretazioni private (1,20), e già mal interpretata da alcuni (3,16).

L'utilità pratica della lettera è notevole. Essa potrebbe intitolarsi: fede e vita cristiana. A Dio, che chiama e dona abbondantemente (1,3s), il cristiano deve rispondere con la pratica della virtù (1,5-10), l'accettazione dell'insegnamento vero (1,16.19s), non prestando ascolto a falsi profeti e maestri (2,1-3), ma credendo a Dio e vivendo nella speranza (3,5-18).

1 Saluto e indirizzo. - [1]Simeone Pietro, servo e apostolo di Gesù Cristo, a coloro che hanno ricevuto la fede, ugualmente preziosa, che abbiamo ricevuto noi nella giustizia del nostro Dio e salvatore Gesù Cristo. [2]Grazia e pace abbondino per voi, in una conoscenza approfondita di Dio e di Gesù Cristo Signore nostro.

Vocazione ed elezione del cristiano. - [3]È la sua potenza divina che ci ha fatto dono di tutto quello che ci serve per la vita e la pietà, in una conoscenza approfondita di colui che ci ha chiamati in virtù della propria gloria e della propria forza, [4]poiché ci è stato fatto il dono di promesse valide ed eccezionali, in modo che diventaste per mezzo di esse partecipi della natura divina, fuggendo la corruzione che si trova nelle passioni sfrenate del mondo. [5]E proprio per questo, mettendo in atto tutta la vostra diligenza, aggiungete la virtù alla fede, la conoscenza alla virtù, [6]l'autodominio alla conoscenza, la costanza all'autodominio, la pietà alla costanza, [7]la carità fraterna alla pietà, l'amore alla carità fraterna. [8]Tutte queste qualità, se saranno presenti e abbonderanno in voi, vi permetteranno di non essere inerti e infruttuosi nella conoscenza approfondita del Signore nostro Gesù Cristo. [9]Chi invece è privo di queste qualità è un cieco che sbatte le palpebre, dimentico della purificazione avvenuta dei suoi peccati di un tempo. [10]Perciò ancora di più, fratelli, studiatevi di rendere salda la vocazione e la scelta di cui siete stati fatti oggetto: facendo questo mai subirete un danno. [11]Così infatti vi sarà elargito doviziosamente l'ingresso nel regno eterno del Signore nostro e salvatore Gesù Cristo.

Esperienza diretta di Cristo e la Scrittura. - [12]Perciò non cesserò mai dal richiamarvi alla mente queste cose, anche se voi le sapete e nella verità posseduta vi siete già consolidati tra di voi. [13]Ritengo opportuno fin quando mi trovo ad abitare in questa tenda, continuare a stimolarvi con la mia esortazione, [14]sapendo che il tempo di levare la mia tenda è vicino, come anche il Signore nostro Gesù Cristo mi manifestò. [15]Mi darò premura che voi possiate in qualunque tempo, dopo la mia partenza, rievocare queste cose. [16]Poiché non abbiamo seguito dei miti sofisticati per manifestarvi la forza e il ritorno del Signore nostro Gesù Cristo: siamo stati invece spettatori oculari della sua grandezza. [17]Poiché egli ricevette onore e gloria da Dio Padre quando, da parte di quella stessa gloria sublime, gli fu rivolta una voce che diceva: «Il Figlio mio, l'amato, è costui e io in lui mi sono compiaciuto». [18]Questa voce noi l'udimmo rivolta dal cielo, quando stavamo con lui sul monte santo. [19]E abbiamo resa così più solida la parola dei profeti cui fate bene ad attenervi: è come una lucerna che brilla in un luogo tenebroso, fino a quando non cominci a splendere il giorno e la stella del mattino spunti nei vostri cuori. [20]Sappiate anzitutto questo: a nessuna profezia della Scrittura compete un'interpretazione soggettiva. [21]La profezia infatti non ci fu portata per iniziativa umana, ma degli uomini parlarono da parte di Dio, sospinti dallo Spirito Santo.

2 Presa di posizione contro i falsi maestri.

- [1]Ci furono dei falsi profeti nel popolo: ugualmente anche tra voi ci saranno falsi maestri, i quali introdurranno divisioni perniciose e, rinnegando il loro padrone che li riscattò, attireranno su se stessi una rovina veloce. [2]Molti seguiranno le loro lascivie e per causa loro la via della verità sarà denigrata. [3]Nella loro cupidigia cercheranno di comprarvi con discorsi artefatti: ma il loro giudizio di condanna già da tempo è in azione e la loro perdizione non ritarda. [4]Dio infatti non perdonò agli angeli che avevano peccato, ma, condannandoli al tartaro, li confinò nelle fosse tenebrose perché vi fossero trattenuti fino al giudizio. [5]Non perdonò al mondo antico, ma quando scatenò il diluvio sul mondo degli empi, custodì Noè come ottavo in quanto annunciatore di giustizia; [6]condannò le città di Sodoma e Gomorra, incenerendole, dando un

esempio agli empi di quanto accadrà nei tempi futuri; [7]salvò il giusto Lot, tormentato dalla condotta sfrenata di gente senza legge. [8]Infatti abitando, lui giusto, in mezzo a loro, sentiva la sua anima retta tormentata giorno per giorno da ciò che vedeva e udiva in opere inique: [9]il Signore seppe salvare i buoni dalla prova e conservare i cattivi fino al giorno del giudizio per punirli, [10]specialmente coloro che seguivano la carne nella bramosia di turpitudini e disprezzavano la dignità del Signore.

Incoscienti ed egoisti, non tremano davanti alle manifestazioni della gloria, bestemmiando, [11]mentre gli angeli, pur essendo in potenza e forza superiori, non reggono al giudizio di condanna pronunciato presso il Signore su di loro. [12]Questi invece, come bestie irragionevoli, nate proprio per essere catturate e per morire, bestemmiano ciò che non conoscono e periranno della morte loro, [13]subendo a loro danno il contraccambio della malvagità; ritengono delizia il piacere di un giorno; macchiati e luridi, si immergono nel piacere, facendo a voi buon viso con seduzioni ingannevoli. [14]Hanno gli occhi pieni di passione per l'adultera, non cessano di saziarsi di peccato, adescano le persone deboli, hanno il cuore assuefatto alla cupidigia, sono figli di maledizione; [15]abbandonando la via retta si sono smarriti, hanno seguito la via di Balaam, di Bosor, che amò la ricompensa di ingiustizia [16]ed ebbe una lezione per la sua iniquità: un giumento muto, esprimendosi in voce umana, frenò l'idiozia del profeta. [17]Costoro sono sorgenti senz'acqua, nubi in preda al vento della tempesta: è riservato loro il buio delle tenebre. [18]Mediante parole tronfie e vanitose adescano, sollecitando gl'istinti lascivi della carne, coloro che non si distaccano del tutto da quanti stanno vivendo nell'errore. [19]Promettono loro la libertà, mentre sono, essi stessi, schiavi della corruzione: ciascuno infatti rimane schiavo di ciò che lo vince. [20]Se infatti dopo aver fuggito le brutture del mondo mediante la conoscenza approfondita del Signore nostro e salvatore Gesù Cristo, impigliandovisi di nuovo, sono vinti, la loro situazione ultima diventa peggiore di quella iniziale. [21]Sarebbe stato infatti meglio per loro non aver conosciuto la via della giustizia, che, dopo averla conosciuta, tornare indietro dai comandamenti santi loro dati. [22]A loro è accaduto quanto dice un proverbio vero: *Il cane si rivolge verso ciò che ha vomitato* e «la scrofa, lavata, ritorna a sguazzare nel fango».

3 Parusia e comportamento cristiano. -

[1]Questa, carissimi, è già la seconda lettera che vi scrivo: in entrambe cerco di tener desta la vostra coscienza retta mediante il ricordo: [2]dovete tenere a mente le parole che vi furono rivolte prima dai profeti santi, e il comandamento del Signore e salvatore trasmessovi dai vostri apostoli. [3]Anzitutto dovete sapere questo: negli ultimi giorni verranno schernitori sarcastici, i quali si comporteranno seguendo i propri impulsi peccaminosi [4]e diranno: «Dov'è andata a finire la promessa del suo ritorno? Da quando i padri si addormentarono, tutto rimane così, come all'inizio della creazione».

[5]A coloro che fanno tali affermazioni arbitrarie sfugge che i cieli, in antico, esistevano e che la terra prese consistenza dall'acqua e per mezzo dell'acqua, in forza della parola di Dio; [6]è perciò che il mondo di allora andò in rovina sommerso dall'acqua; [7]mentre i cieli di adesso e la terra sono tenuti in serbo per il fuoco, secondo la sua stessa parola, mantenuti per il giorno del giudizio e della condanna degli uomini empi.

[8]Tenete presente solo una cosa, carissimi: un giorno solo davanti al Signore è come mille anni e mille anni come un giorno solo. [9]Il Signore, nel mantenere la sua promessa, non ha quella lentezza che alcuni gli attribuiscono, ma è longanime a vostro favore, non volendo che alcuno perisca, ma che tutti giungano al pentimento. [10]Il giorno del Signore, infatti, sopraggiungerà come un ladro: allora i cieli scompariranno in un sibilo e gli elementi si scioglieranno nel fuoco, assieme alla terra e a tutte le opere che in essa saranno trovate.

[11]Così, dato che tutto questo dovrà dissolversi, come dovete voi vivere una condotta di santità e di pietà, [12]mentre aspettate e affrettate la venuta del giorno di Dio, quando i cieli, incendiandosi, si scioglieranno e gli elementi si fonderanno nel calore! [13]Secondo la sua promessa, aspettiamo *cieli nuovi e una terra nuova*, nei quali soggiorni la giustizia.

Conclusione. - [14]Perciò, carissimi, nell'attesa di tutto questo, datevi premura di essere trovati da lui senza macchia, senza difetto, in pace. [15]Reputate un'occasione di salvezza la longanimità del Signore nostro, come anche vi scrisse il nostro amato fratello Paolo, secondo la sapienza che gli era stata data: [16]come in tutte quelle lettere in cui parla di questi argomenti, ci sono dei punti difficili a capire, che persone incompetenti e leggère stravolgono, al pari delle altre parti della Scrittura, a propria rovina personale. [17]Voi, quindi, carissimi, avvisati prima, state in guardia perché, trascinati dall'errore di questi uomini iniqui, non decadiate dal vostro livello di solidità. [18]Crescete nella grazia e nella conoscenza del Signore nostro e salvatore Gesù Cristo. A lui la gloria ora e fino al giorno dell'eternità. Amen.

---

3. - [4.] *I padri*: sono fedeli della prima generazione cristiana. Gli eretici, basandosi sul fatto che la seconda venuta di Gesù non si è ancora realizzata, tentano di gettare il discredito su tutta la dottrina cristiana, cui tolgono il fondamento di ogni speranza nella retribuzione.

[7·13.] Tutto il brano ha un forte sapore escatologico, a cui l'autore si richiama per combattere coloro che si lasciano sedurre dai beni terreni. Per i cristiani, che desiderano il ritorno glorioso di Cristo e il momento felice di potersi riunire a lui, la fine di questo mondo e l'avvento di quello futuro e definitivo è motivo di consolazione e di gioia.

LETTERA DI GIUDA

L'autore si dichiara «fratello di Giacomo», comunemente indicato come «fratello di Gesù»; era quindi parente di Gesù e come tale dovette godere di grande stima nella chiesa primitiva, per cui poté rivolgere autorevolmente questo breve scritto ai fedeli che certo lo conoscevano e che erano con ogni probabilità palestinesi. Essi erano in pericolo per la loro fede, per l'insorgere di movimenti eretici che negavano la divinità di Cristo e si mostravano piuttosto licenziosi nei costumi (vv. 4.7). La lettera, che considera ormai passata l'epoca degli apostoli e conosce le lettere di san Paolo (17-19), fu scritta verso gli anni 80, prima della seconda lettera di Pietro, che pare dipendere da questa.

La lettera trovò qualche difficoltà a essere accolta come canonica anche per le allusioni a libri apocrifi (7.14s), molto diffusi ai tempi dell'autore. Egli vi ricorre senza attribuire loro particolare autorità, come ricorre all'Antico Testamento, perché utili per l'insegnamento. Lo scritto, composto in buona lingua greca, ha fatto pensare che non sia opera letteraria di un palestinese, quale era Giuda, ma di qualche collaboratore cristiano d'origine ellenistica.

L'autore mira soprattutto a confermare la fede, da conservare come la si è ricevuta dagli apostoli (vv. 3.5.17), da vivere nello Spirito Santo ed esercitare nella carità (20.22s). È pure particolarmente sviluppato l'insegnamento circa gli angeli, chiamati «Glorie», distinti in buoni e cattivi.

Indirizzo e saluto. - [1]Giuda, servo di Gesù Cristo, fratello di Giacomo, ai chiamati, amati in Dio Padre e custoditi per Gesù Cristo: [2]abbondi per voi la misericordia, la pace, l'amore.

I falsi maestri. - [3]Carissimi, usando ogni sollecitudine nello scrivervi sulla nostra salvezza comune, non posso fare a meno di scrivervi per esortarvi a combattere per quella fede che fu consegnata ai santi una volta per tutte. [4]Si sono infatti infiltrati tra voi alcuni individui, i quali già da tempo si sono prenotati per questa condanna, empi, che stravolgono la grazia del nostro Dio in dissolutezza e rinnegano il nostro unico padrone e Signore Gesù Cristo.

[5]A voi che una volta per tutte avete imparato tutto voglio ricordare che il Signore, avendo liberato il popolo dalla terra d'Egitto, sterminò in un secondo tempo coloro che non credettero, [6]e mise sotto custodia con catene eterne nel buio dell'inferno quegli angeli che non seppero conservare la loro dignità primigenia e abbandonarono la propria dimora, riservandoli per il giudizio del grande giorno. [7]Così come Sodoma e Gomorra e le città circonvicine che, avendo prevaricato nello stesso modo e avendo seguito passionalmente una sessualità diversa da quella naturale, costituiscono un esempio ammonitore, soffrendo la pena del fuoco eterno. [8]Così sono costoro che, in uno stato di delirio, contaminano il corpo, mettono da parte la Sovranità, bestemmiando le Glorie. [9]L'arcangelo Michele, quando, disputando col diavolo, discuteva sul corpo di Mosè, non osò proferire contro di lui un giudizio di bestemmia, ma gli disse: «Il Signore ti punirà!». [10]Costoro invece bestemmiano

---

[1.] Giuda (Mt 13,55; Mc 6,3) è fratello vero di Giacomo il Minore, vescovo di Gerusalemme.

[10.] Non possedendo il dono dello Spirito Santo, i falsi maestri ignorano le verità soprannaturali e posseggono solo una conoscenza *istintiva*, di livello naturale, che non può elevarli alla cognizione di fede.

ciò che non conoscono. Quello che invece apprendono istintivamente come gli animali bruti, diventa per loro rovina. [11]Guai a loro, perché si sono messi sulla via di Caino, si sono dati al traviamento di Balaam per guadagno, sono periti nella ribellione di Core. [12]Costoro si intrufolarono nelle vostre àgapi senza ritegno come macchie di vergogna, pascendo se stessi, nubi senz'acqua portate qua e là dai venti, alberi autunnali senza frutti, morti due volte e sradicati, [13]onde selvagge del mare che spruzzano la schiuma della loro vergogna, stelle erranti alle quali è riservato il buio delle tenebre eterne!

[14]Enoch, il settimo discendente di Adamo, profetizzò su di loro dicendo: Ecco, viene il Signore con le sue sante miriadi [15]per effettuare il giudizio contro tutti e condannare tutti gli empi a causa di tutte le opere che commisero nella loro empietà e di tutte le parole offensive che essi, empi peccatori, proferirono contro di lui. [16]Costoro sono mormoratori, accaniti contro la loro sorte; si comportano secondo le loro passioni, la loro bocca proferisce parole inflazionate, mostrando rispettosa ammirazione per le persone a scopo di interesse.

Esortazione alla comunità. - [17]Ma voi, carissimi, ricordatevi delle parole dette già dagli apostoli del Signore nostro Gesù Cristo. [18]Essi vi dicevano: «Negli ultimi tempi vi saranno schernitori che si comporteranno secondo i loro impulsi sfrenati di empietà». [19]Costoro sono i seminatori di dissidi, istintivi, privi dello Spirito.

[20]Ma voi, carissimi, costruendo voi stessi sulla vostra fede santissima, pregando nello Spirito Santo, [21]mantenetevi nell'amore di Dio, aspettando la benevolenza del Signore nostro Gesù Cristo in vista della vita eterna. [22]Alcuni che sono esitanti, stimolateli; [23]altri salvateli, strappandoli dal fuoco; di altri abbiate pietà, ma con timore, odiando perfino la veste contaminata dal loro corpo.

Dossologia conclusiva. - [24]A colui che ha il potere di conservarvi immuni da cadute e di porvi davanti alla sua gloria senza macchia nella gioia, [25]al Dio unico, nostro salvatore per mezzo di Gesù Cristo Signore nostro, gloria, grandezza, potenza prima di ogni tempo, ora e per tutti i tempi avvenire. Amen.

PRIMA LETTERA DI GIOVANNI

Oltre al quarto vangelo, tre lettere ci sono state tramandate con il nome di Giovanni. La prima è particolarmente importante e si avvicina al vangelo per somiglianza di stile, vocabolario e concetti sviluppati. L'autore non si nomina, né indica a chi scrive, ma l'insistenza nel rivolgersi ai lettori chiamandoli figlioli lascia intravedere non solo la loro reciproca conoscenza e legame affettivo, ma anche l'autorità del mittente presso i destinatari. La lettera vuole ribadire verità già conosciute (2,21), ma ora messe in pericolo da falsi maestri sorti nella stessa comunità (2,19), chiamati anticristi. *Costoro negavano principalmente la realtà dell'incarnazione del Figlio di Dio, scalzando così il fondamento stesso della fede in Cristo.*

Contro tali errori si scaglia Giovanni, con uno scritto appassionato in cui argomenti, ragioni, richiami e inviti s'intersecano, si accavallano, si ripetono, senza un piano logicamente concepito.

La divinità di Gesù, Figlio di Dio incarnatosi per la salvezza degli uomini (2,1s), è ripetutamente richiamata come base della vera fede (4,2) che unisce con Dio-amore (1,3.6s), e l'unione con Dio-amore si verifica nel mantenere la vera fede e l'amore fattivo ai fratelli.

Probabilmente la lettera, come il vangelo, è stata scritta ad Efeso, centro dell'attività apostolica di Giovanni, e, data la loro affinità, si può supporre che i due scritti abbiano visto la luce a poca distanza l'uno dall'altro verso la fine del I secolo.

1 Prologo. - [1]Colui che era fin dal principio, colui che noi abbiamo sentito, colui che abbiamo veduto con i nostri occhi, colui che abbiamo contemplato e che le nostre mani hanno toccato, cioè il Verbo della vita — [2]poiché la vita si è manifestata e noi l'abbiamo veduta e ne diamo testimonianza e vi annunziamo questa vita eterna che era presso il Padre e che si è manifestata a noi —, [3]colui che abbiamo veduto e sentito lo annunziamo a voi, affinché anche voi abbiate comunione con noi. La nostra comunione è con il Padre e con il suo Figlio Gesù Cristo. [4]E noi scriviamo queste cose affinché la nostra gioia sia piena.

La comunione con Dio consiste nel camminare nella luce. - [5]Questo è il messaggio che abbiamo sentito da lui e che vi annunziamo: Dio è luce e in lui non vi sono affatto tenebre. [6]Se diciamo di essere in comunione con lui e camminiamo nelle tenebre, noi mentiamo e non operiamo la verità. [7]Se invece camminiamo nella luce, come lui è nella luce, noi siamo in comunione gli uni con gli altri e il sangue di Gesù, suo Figlio, ci purifica da ogni peccato.

Confessione dei peccati e intercessione di Cristo. - [8]Se diciamo di non aver peccato, inganniamo noi stessi e la verità non è in noi. [9]Se confessiamo i nostri peccati, egli è fedele e giusto e così rimette i nostri peccati e ci purifica da ogni ingiustizia. [10]Se noi diciamo di non aver commesso peccato, lo facciamo un mentitore e la sua parola non è in noi.

---

1. - 3. Qui è compendiata tutta la dottrina della lettera: il cristiano è chiamato a vivere della vita di Dio, comunicata da Cristo (cfr. Gv 17,21).

6. Dio è in noi come principio di vita, e poiché egli è luce, giustizia, amore, colui che gli è unito deve vivere e comunicare luce, giustizia e amore, osservando i comandamenti di Dio, specialmente la carità fraterna.

2 ¹Figli miei, io vi scrivo queste cose affinché voi non pecchiate. Ma se qualcuno pecca, noi abbiamo come intercessore presso il Padre Gesù Cristo, che è giusto. ²Egli è la propiziazione per i nostri peccati e non solo per i nostri, ma anche per quelli di tutto il mondo.

Conoscenza di Dio e osservanza dei comandamenti.

- ³Da questo noi sappiamo di conoscerlo: se osserviamo i suoi comandamenti. ⁴Chi dice: «Lo conosco», ma non osserva i suoi comandamenti, è un mentitore e la verità non è in lui. ⁵Invece se osserva la sua parola, veramente l'amore di Dio in lui è perfetto. Da ciò noi conosciamo di essere in lui. ⁶Chi dice di dimorare in lui deve comportarsi come egli si è comportato.

Il comandamento antico e nuovo: amare i fratelli.

- ⁷Carissimi, scrivendo non vi propongo un comandamento nuovo, ma un comandamento antico, che voi avevate fin dal principio. Il comandamento antico è la parola che voi avete ascoltata. ⁸Tuttavia è anche un comandamento nuovo che vi propongo scrivendovi. Ciò è vero in lui e in voi, poiché le tenebre ormai passano e già risplende la vera luce. ⁹Chi afferma di essere nella luce e odia suo fratello è ancora nelle tenebre. ¹⁰Chi ama il suo fratello dimora nella luce e in lui non vi è pericolo d'inciampo. ¹¹Ma chi odia suo fratello è nelle tenebre e cammina nelle tenebre e non sa dove va, perché le tenebre hanno accecato i suoi occhi.

Assicurazioni e monito a non amare il mondo.

- ¹²Scrivo a voi, o figli, che vi sono rimessi i peccati nel suo nome. ¹³Scrivo a voi, o padri, che avete conosciuto colui che è dal principio. Scrivo a voi, o giovani, che avete vinto il maligno. ¹⁴Scrivo a voi, o figlioli, che avete conosciuto il Padre. Scrivo a voi, o padri, che avete conosciuto colui che è dal principio. Scrivo a voi, o giovani, che siete forti e la parola di Dio dimora in voi e avete vinto il maligno.

¹⁵Non amate il mondo né ciò che vi è nel mondo. Se uno ama il mondo, in lui non c'è l'amore del Padre. ¹⁶Poiché tutto ciò che vi è nel mondo, la concupiscenza della carne, la concupiscenza degli occhi, lo sfarzo della ricchezza, non è dal Padre ma dal mondo. ¹⁷Il mondo passa e così la sua concupiscenza; ma chi fa la volontà di Dio rimane in eterno.

È l'ultima ora: operano gli anticristi.

- ¹⁸Figlioli, è l'ultima ora. Avete udito che l'anticristo deve venire, e ora molti anticristi sono già sopraggiunti; da ciò sappiamo che è l'ultima ora. ¹⁹Essi sono usciti da noi, ma non erano dei nostri; se infatti fossero stati dei nostri, sarebbero rimasti con noi; ma doveva essere manifestato che tutti essi non sono dei nostri. ²⁰Ma voi avete l'unzione che viene dal Santo e avete tutti la scienza. ²¹Non vi scrivo perché non conoscete la verità, ma perché avete conoscenza di essa e perché nessuna menzogna è dalla verità. ²²E chi è il mentitore se non colui che nega che Gesù è il Cristo? Questi è l'anticristo, colui che nega il Padre e il Figlio. ²³Chiunque nega il Figlio non ha il Padre; chi confessa il Figlio ha il Padre. ²⁴Quanto a voi, rimanga in voi ciò che avete udito fin dal principio. Se in voi rimane quello che avete udito fin dal principio, anche voi rimarrete nel Figlio e nel Padre. ²⁵È questa la promessa che egli ha fatto a noi: la vita eterna.

Esortazione a rimanere saldi nella vera fede.

- ²⁶Vi scrivo queste cose riguardo a coloro che tentano di ingannarvi. ²⁷Quanto a voi, l'unzione che da lui avete ricevuto rimane in voi e non avete bisogno che qualcuno vi istruisca. Anzi la sua unzione vi istruisce su tutto ed essa è vera e non è menzogna; perciò, siccome egli vi ha istruito, rimanete in lui.

²⁸E ora, figli, rimanete in lui affinché noi, quando egli si manifesterà, abbiamo piena sicurezza, e alla sua venuta non siamo da lui coperti di vergogna. ²⁹Se voi conoscete che egli è giusto, sapete anche che chi opera la giustizia è da lui generato.

3 Santità dei figli di Dio. - ¹Guardate quale grande amore ha dato a noi il Padre: siamo chiamati figli di Dio, e lo siamo! Per questo il mondo non ci conosce, poiché es-

---

2. - ¹³· *Il maligno* è il demonio, l'eterno tentatore. Ma ora è venuto Gesù, che lo ha vinto e ha comunicato a noi la grazia di vincerlo. Se Gesù dimora in noi, ci comunica la sua luce, con cui possiamo conoscere le insidie del demonio; ci partecipa la sua forza, con cui lo possiamo superare.

so non ha conosciuto lui. [2]Carissimi, fin d'ora siamo figli di Dio e non si è ancora manifestato quel che saremo. Sappiamo che quando ciò si sarà manifestato saremo simili a lui, poiché lo vedremo com'egli è. [3]Chiunque ha questa speranza in lui, diventa puro com'egli è puro. [4]Chiunque commette il peccato commette anche l'iniquità, poiché il peccato è l'iniquità. [5]Voi sapete che egli si è manifestato per togliere i peccati, e in lui non vi è peccato. [6]Chiunque rimane in lui non pecca; chiunque pecca non lo ha veduto né lo ha conosciuto. [7]Figli, nessuno vi inganni: chi compie la giustizia è giusto come egli è giusto. [8]Chi commette il peccato è dal diavolo, poiché il diavolo fin dal principio perpetra il peccato. Per questo il Figlio di Dio si è manifestato, per distruggere le opere del diavolo. [9]Chiunque è generato da Dio non commette peccato, poiché il seme di Dio rimane in lui; egli non può peccare poiché è generato da Dio.

Il messaggio cristiano dell'amore fraterno. - [10]In questo si rendono manifesti i figli di Dio e i figli del diavolo: chiunque non compie la giustizia non è da Dio, come pure chi non ama il proprio fratello. [11]Poiché questo è l'annuncio che avete ascoltato fin dal principio: dobbiamo amarci gli uni gli altri. [12]Non come Caino, il quale era dal maligno e ha ucciso il suo fratello. E per quale motivo lo ha ucciso? Perché le sue opere erano malvagie, mentre quelle del suo fratello erano giuste. [13]Non vi meravigliate, fratelli, se il mondo vi odia. [14]Noi sappiamo di essere passati dalla morte alla vita perché amiamo i fratelli. Chi non ama rimane nella morte. [15]Chiunque odia il proprio fratello è omicida e voi sapete che chi è omicida non ha la vita eterna che rimane in lui. [16]Da ciò noi abbiamo conosciuto l'amore: egli ha dato la sua vita per noi. Quindi anche noi dobbiamo dare la nostra vita per i fratelli. [17]Se uno possiede le ricchezze del mondo e, vedendo il proprio fratello che si trova nel bisogno, gli chiude il cuore, come l'amore di Dio può essere in lui? [18]Figli, non amiamo con le

parole e con la lingua, ma con le opere e nella verità.

Fiducia di chi osserva i comandamenti. - [19]Da ciò noi conosceremo che siamo dalla verità e dinanzi a lui rassicureremo il nostro cuore, [20]qualunque cosa il cuore nostro possa rimproverarci, poiché Dio è più grande del nostro cuore e conosce tutto. [21]Carissimi, se il cuore non ci rimprovera, abbiamo piena sicurezza presso Dio, [22]e qualunque cosa gli chiediamo, la riceviamo da lui, poiché noi osserviamo i suoi comandamenti e facciamo ciò che è gradito davanti a lui. [23]Questo è il suo comandamento: dobbiamo credere nel nome del suo Figlio Gesù Cristo e dobbiamo amarci gli uni gli altri, secondo il comandamento che egli ci ha dato. [24]Chi osserva i suoi comandamenti rimane in Dio e Dio in lui. Da questo noi conosciamo che egli rimane in noi: dallo Spirito che egli ci ha dato.

4 **Discernimento degli spiriti.** - [1]Carissimi, non vogliate credere a ogni spirito, ma esaminate gli spiriti per conoscere se sono da Dio, poiché molti falsi profeti sono venuti nel mondo. [2]Da questo voi conoscete lo spirito di Dio: ogni spirito che confessa Gesù Cristo venuto nella carne è da Dio; [3]e ogni spirito che non confessa Gesù non è da Dio. Ma questo è lo spirito dell'anticristo, del quale avete sentito che deve venire, anzi è già nel mondo. [4]Voi, figli, siete da Dio e li avete vinti, poiché chi è in voi è più grande di colui che è nel mondo. [5]Essi sono dal mondo; perciò parlano del mondo e il mondo li ascolta. [6]Noi siamo da Dio. Chi conosce Dio ascolta noi; chi non è da Dio non ascolta noi. Da ciò conosciamo lo spirito della verità e lo spirito dell'errore.

L'amore fraterno viene da Dio e fa rimanere in Dio. - [7]Carissimi, amiamoci gli uni gli altri, poiché l'amore è da Dio e chi ama è generato da Dio e conosce Dio. [8]Chi non ama non ha conosciuto Dio, poiché Dio è amore. [9]L'amore di Dio si è manifestato tra noi in questo: Dio ha inviato il suo Figlio unigenito nel mondo, affinché noi avessimo la vita per mezzo di lui. [10]In questo si è manifestato l'amore: noi non abbiamo amato Dio, ma egli ha amato noi e ha inviato il Figlio suo come propiziazione per i nostri peccati. [11]Carissimi, se così Dio ha

---

3. - [6.] *Chiunque dimora* in Dio mediante l'amore, *non pecca*, perché chi ama non offende l'amato. Giovanni non considera qui i peccati di fragilità.
[9.] La grazia santificante è detta seme, perché da essa sbocciano la fede, la speranza e la carità, e il suo frutto eterno è la gloria del cielo.

amato noi, anche noi dobbiamo amarci gli uni gli altri. [12]Nessuno ha mai visto Dio; se ci amiamo gli uni gli altri Dio rimane in noi e il suo amore in noi è perfetto. [13]Da questo conosciamo che noi rimaniamo in lui ed egli in noi: che egli ci ha dato del suo Spirito.

[14]E noi abbiamo visto e attestiamo che il Padre ha inviato il Figlio come salvatore del mondo. [15]Chi confessa che Gesù è il Figlio di Dio, Dio in lui rimane ed egli in Dio. [16]E noi abbiamo conosciuto e abbiamo creduto all'amore che Dio ha per noi. Dio è amore e chi rimane nell'amore rimane in Dio e Dio rimane in lui.

L'amore non fa temere il giudizio. - [17]In questo l'amore che è in noi è perfetto: noi abbiamo piena sicurezza per il giorno del giudizio, poiché com'egli è, siamo anche noi in questo mondo. Nell'amore non vi è timore; [18]anzi il perfetto amore scaccia il timore, perché il timore suppone il castigo e chi teme non è perfetto nell'amore.

[19]Noi dobbiamo amare, perché lui per primo ci ha amati.

Chi ama Dio ama il fratello. - [20]Se uno dice: «Io amo Dio» e poi odia il proprio fratello, è mentitore: chi infatti non ama il proprio fratello che vede, non può amare Dio che non vede. [21]E noi abbiamo da lui questo comandamento: chi ama Dio ami anche il proprio fratello.

5 **Il comandamento dell'amore di Dio.** - [1]Chi crede che Gesù è il Cristo è nato da Dio; e chi ama colui che ha generato ama anche chi è stato generato da lui. [2]Da questo noi conosciamo che amiamo i figli di Dio: se amiamo Dio e compiamo i suoi comandamenti.

[3]Questo è l'amore di Dio: osservare i suoi comandamenti; i suoi comandamenti non sono pesanti, [4]poiché chi è nato da Dio vince il mondo e questa è la vittoria che ha vinto il mondo: la nostra fede.

La fede in Cristo datore di vita. - [5]Ma chi è colui che vince il mondo se non chi crede che Gesù è il Figlio di Dio? [6]Questi è colui che è venuto con acqua e con sangue: Gesù Cristo; non soltanto con l'acqua, ma con l'acqua e con il sangue. Ed è

lo Spirito che ne dà testimonianza, poiché lo Spirito è la verità. [7]Poiché sono tre quelli che danno testimonianza: [8]lo Spirito, l'acqua e il sangue, e questi tre sono concordi. [9]Se noi riceviamo la testimonianza degli uomini, la testimonianza di Dio è più grande. Questa infatti è la testimonianza di Dio: egli ha reso testimonianza a suo Figlio. [10]Chi crede nel Figlio di Dio, ha questa testimonianza in sé. Chi non crede in Dio, fa di lui un mentitore, perché non crede alla testimonianza che Dio ha dato al Figlio suo. [11]E questa è la testimonianza: Dio ci ha dato la vita eterna e questa vita è nel Figlio suo. [12]Chi ha il Figlio, ha la vita; chi non ha il Figlio di Dio, non ha la vita.

Conclusione. - [13]Io vi ho scritto queste cose affinché sappiate che voi avete la vita eterna, voi che credete nel nome del Figlio di Dio. [14]Questa è la sicurezza che noi abbiamo in lui: se noi chiediamo qualcosa secondo la sua volontà, egli ci ascolta. [15]E se noi sappiamo che egli ci ascolta qualora gli chiediamo qualcosa, sappiamo già di avere da lui tutto ciò che gli abbiamo chiesto.

[16]Se uno vede il suo fratello commettere un peccato che non conduce alla morte, preghi e Dio gli darà la vita (come) a coloro che commettono un peccato che non conduce alla morte. Ma vi sono peccati che conducono alla morte; per questi dico di non pregare. [17]Ogni iniquità è peccato; ma vi è peccato che non conduce alla morte.

[18]Noi sappiamo che chiunque è generato da Dio non pecca; ma il generato da Dio lo custodisce, così che il maligno non lo tocca. [19]Sappiamo che noi siamo da Dio mentre il mondo giace tutto in potere del maligno. [20]Sappiamo anche che il Figlio di Dio è venuto e ci ha dato l'intelligenza per conoscere Colui che è il Vero. E noi siamo in Colui che è il Vero, nel Figlio suo Gesù Cristo. Questi è il vero Dio e la vita eterna.

[21]Figli, guardatevi dagli idoli.

---

5. - [16.] Il *peccato che conduce alla morte*, in questo caso, è l'apostasia. Giovanni non proibisce di pregare per gli apostati, ma fa capire che tali preghiere saranno difficilmente esaudite a causa dell'indurimento del cuore: ci vorrebbe un intervento straordinario di Dio, e Giovanni non lo garantisce.

SECONDA LETTERA DI GIOVANNI

È un brevissimo scritto anonimo che un autorevole presbitero *indirizza alla «eletta Signora e ai suoi figli», chiaro riferimento a una chiesa locale di cui ignoriamo l'identità. La lettera ricalca nelle preoccupazioni e nello stile la prima di Giovanni: è un appassionato invito ad amarsi a vicenda e a guardarsi da falsi maestri.*

Trattandosi d'un testo tanto breve e poco originale nel contenuto, ebbe qualche difficoltà a inserirsi nel canone dei libri ispirati. Ne danno però autorevole testimonianza Ireneo, il Canone muratoriano, *Agostino e altri. È ignota la località di provenienza. La data di composizione dovrebbe oscillare intorno alla fine del I secolo.*

Saluto iniziale. - [1]Il presbitero all'eletta Signora e ai suoi figli, che io amo nella verità, e non io soltanto, ma anche tutti coloro che hanno conosciuto la verità, [2]per quella verità che dimora in noi e che sarà con noi eternamente. [3]Con noi siano grazia, misericordia e pace da parte di Dio Padre e da parte di Gesù Cristo, il Figlio del Padre, in verità e amore.

Esortazione all'amore fraterno. - [4]Ho provato grande gioia nel vedere dei tuoi figli che camminano nella verità, come ne abbiamo ricevuto comandamento dal Padre.

[5]E ora, Signora, scrivendoti non già per darti un comandamento nuovo, poiché lo possedevamo già fin dall'inizio, io ti chiedo di amarci gli uni gli altri. [6]E questo è l'amore: che noi camminiamo secondo i suoi comandamenti. Questo è il comandamento, come l'avete sentito fin dall'inizio, che voi camminiate nell'amore.

Guardarsi dai seduttori. - [7]Poiché molti seduttori si sono introdotti nel mondo, i quali non confessano che Gesù Cristo è venuto nella carne; questi tali sono il seduttore e l'anticristo.

[8]State bene attenti a voi stessi, perché non abbiate a perdere quello che avete operato, ma al contrario ne riceviate la piena ricompensa. [9]Chiunque va al di là e non dimora nella dottrina di Cristo, non ha Dio. Chi dimora in questa dottrina ha il Padre e il Figlio. [10]Se qualcuno viene da voi e non porta questa dottrina, non ospitatelo in casa, né dategli il saluto; [11]poiché chi gli rivolge il saluto, partecipa alle sue opere malvagie.

Parole di congedo. - [12]Molte cose avrei da scrivervi, ma non voglio farlo per mezzo di carta e inchiostro; spero invece di venire da voi e di parlarvi a faccia a faccia, affinché la nostra gioia sia piena.

[13]Ti salutano i figli dell'eletta tua sorella.

TERZA LETTERA DI GIOVANNI

Come la seconda di Giovanni, anche questa lettera è indirizzata dall'anonimo presbitero a un non meglio noto Gaio, di cui viene lodata la fede, la carità e la fedeltà, e al quale vengono raccomandati i cosiddetti apostoli itineranti, «in cammino per il nome di Gesù», e bisognosi di aiuti e d'assistenza da parte dei fedeli. Per contro si biasima un certo Diotrefe che, geloso del suo potere, vuol fare da padrone nella chiesa.

Identica nella conclusione alla seconda lettera, questo biglietto ne condivise probabilmente la datazione (fine I secolo), come ne condivise le difficoltà a inserirsi nel canone biblico.

Saluto iniziale. - ¹Il presbitero al caro Gaio, che io amo nella verità.

L'autore elogia Gaio. - ²Carissimo, ti auguro che tutto vada bene e che tu goda buona salute, come va bene la tua anima. ³Ho provato infatti gran gioia quando sono venuti alcuni fratelli e hanno reso testimonianza alla tua verità, come tu cammini nella verità. ⁴Non ho gioia maggiore di questa: sentire che i miei figli camminano nella verità. ⁵Carissimo, tu ti comporti fedelmente in ciò che fai verso i fratelli pur essendo forestieri. ⁶Essi hanno reso testimonianza alla tua carità davanti alla chiesa. Tu farai bene se li provvederai del necessario per il viaggio, in modo degno di Dio. ⁷Infatti si sono messi in cammino per il nome di Gesù, senza ricevere nulla dai pagani. ⁸Noi quindi dobbiamo sostenere tali uomini per mostrarci collaboratori della verità.

Condotta di Diotrefe e raccomandazione di Demetrio. - ⁹Ho scritto qualcosa alla chiesa; ma Diotrefe, che ambisce il primo posto tra loro, non ci riconosce. ¹⁰Per questo, quando verrò, gli rimprovererò le azioni che compie accusandoci ingiustamente con parole malvagie e, non contento di ciò, non vuole accogliere i fratelli e impedisce di farlo a quelli che vogliono accoglierli e li espelle dalla chiesa.

¹¹Carissimo, non imitare il male, ma il bene. Chi fa il bene è da Dio, chi fa il male non ha veduto Dio. ¹²A Demetrio è data testimonianza da tutti, anche dalla stessa verità. Noi pure gli diamo testimonianza e tu sai che la nostra testimonianza è vera.

Parole di congedo. - ¹³Avrei molte cose da scriverti, ma non voglio farlo per mezzo d'inchiostro e di penna. ¹⁴Spero invece di vederti presto e ci parleremo a faccia a faccia.

¹⁵La pace sia con te. Ti salutano gli amici. Saluta gli amici singolarmente.

APOCALISSE

«Apocalisse» significa rivelazione e designa un genere letterario che presenta la storia passata, come predizione del futuro, sotto forma di visioni, simboli, immagini mitiche e numeri. Il Nuovo Testamento ha accolto nel canone un'Apocalisse, il cui autore dichiara d'essere Giovanni, in esilio nell'isola di Patmos a motivo della fede cristiana (1,9). Una tradizione attestata già nel II secolo lo identifica con l'apostolo Giovanni. Quanto alla data si pensa comunemente all'epoca di Domiziano, verso il 95 d.C.

La divisione del libro è chiara nelle grandi linee. Un'introduzione (c. 1), comprende l'intestazione, i destinatari e la grande visione inaugurale. Il corpo del libro si compone di due parti: una sezione pastorale (cc. 2-3) con le lettere alle sette chiese, cioè «le cose riguardanti il presente», e la sezione propriamente apocalittica (4,1 - 22,5), cioè «le cose che accadranno dopo», nelle quali non si devono necessariamente cercare avvenimenti futuri, ma vedere la condizione della chiesa in ogni tempo. L'epilogo (22,6-21) è dominato dall'invocazione: «Vieni, Signore Gesù» con la risposta: «Sì, vengo presto!».

L'autore ama presentare le sue visioni in serie di settenari (7 sigilli, 7 trombe, 7 coppe) in cui descrive la situazione della chiesa perseguitata e i giudizi di Dio sui persecutori, fino al giudizio finale che annienterà ogni forza ostile ai suoi fedeli e donerà loro la felicità definitiva. L'Apocalisse appare come la grande epopea della speranza cristiana che anima la chiesa, sempre perseguitata nel mondo, ma sostenuta dal suo Signore: «Abbiate fiducia, io ho vinto il mondo» (Gv 16,33).

PROLOGO

1 Intestazione. - [1]Rivelazione di Gesù Cristo, che gli fu data da Dio affinché mostrasse ai suoi servi *le cose che debbono accadere fra breve,* e che egli comunicò, con l'invio del suo angelo, al suo servo Giovanni, [2]il quale attesta la parola di Dio e la testimonianza di Gesù Cristo, secondo quanto vide. [3]Beato colui che leggerà e quelli che ascolteranno le parole di questa profezia e metteranno in pratica ciò che in essa è scritto! Sì, il tempo è vicino!

Destinazione, saluto e dossologia. - [4]Giovanni alle sette chiese dell'Asia. Grazia a voi e pace da parte di Colui *che è,* che era, che viene, e da parte dei sette Spiriti che stanno davanti al trono di lui [5]e da parte di Gesù Cristo, colui che è il *Testimone fedele,* il *Primo-nato* fra i morti, il *Principe dei re della terra.* A lui che ci ama e ci ha prosciolti dai nostri peccati nel suo sangue [6]e ha formato di noi un *regno di sacerdoti per il suo Dio* e Padre, a lui gloria e impero nei secoli dei secoli. Amen!

[7]Ecco: *viene tra le nubi;* tutti gli uomini lo contempleranno, anche *quelli che l'hanno trafitto;* e *si batteranno per lui il petto tutte le tribù della terra.* Sì, amen!

[8]Io sono l'Alfa e l'Omega, dice il Signore Dio, Colui *che è,* che era, che viene, l'Onnipotente.

Visione introduttiva. - [9]Io Giovanni, vostro fratello e a voi associato nella tribolazione, nel regno e nella costanza in Gesù, mi trovavo nell'isola chiamata Patmos, a causa della

---

1. - [4] Le sette chiese, nominate al v. 11, sono nell'Asia, provincia romana, che aveva Efeso per capitale. I sette Spiriti, rammentati già in Tb 12,15, sono raffigurati nelle sette lampade di 4,5 e ricevono le sette trombe in 8,2.

parola di Dio e della testimonianza di Gesù.
[10]Rapito in estasi nel giorno del Signore, udii
dietro a me una voce possente, come di una
tromba, che diceva: [11]«Ciò che vedrai scrivilo in un libro e inviato alle sette chiese: a
Efeso, a Smirne, a Pergamo, a Tiatira, a Sardi, a Filadelfia e a Laodicea». [12]Mi voltai per
vedere chi fosse quello che mi parlava; vol-
tandomi, vidi sette candelabri d'oro [13]e in
mezzo ad essi *uno simile a figlio di uomo.*
Indossava una tunica lunga ed era cinto al-
l'altezza del petto con una *fascia dorata.* [14]I
capelli della sua testa *erano bianchi, simili a
lana candida,* come neve. *I suoi occhi erano
come fiamma ardente.* [15]*I suoi piedi avevano l'aspetto del bronzo splendente,* quando
è stato purificato nel crogiolo. *La sua voce
era come lo scroscio di acque abbondanti.*
[16]Nella sua mano destra teneva sette stelle,
mentre dalla bocca usciva una spada affilata,
a doppio taglio. Il suo aspetto uguagliava il
fulgore del sole in pieno meriggio.
[17]A vederlo caddi ai suoi piedi come morto. Ma egli, posando la sua destra sopra di
me, mi rassicurò: «Non temere! Io sono *il
Primo e l'Ultimo,* il Vivente; [18]giacqui morto, infatti; ma ora eccomi vivo per i secoli
dei secoli; nelle mie mani sono le chiavi
della Morte e dell'Ade. [19]Metti in iscritto le
cose che vedrai, sia quelle riguardanti il
presente, sia *quelle che accadranno dopo
di esse.* [20]Quanto al significato delle sette
stelle che vedi nella mia mano destra e dei
sette candelabri d'oro: le sette stelle simboleggiano gli angeli delle sette chiese e i sette candelabri le sette chiese».

LETTERE ALLE SETTE CHIESE

2 **Alla chiesa di Efeso.** - [1]All'angelo della
chiesa di Efeso scrivi: Così parla colui
che tiene nella sua destra le sette stelle e
cammina in mezzo ai sette candelabri d'oro.
[2]Mi è nota la tua condotta: la tua fatica, la
tua costanza; so che non puoi soffrire i malvagi; infatti hai messo alla prova quelli che
si spacciavano per apostoli, e non lo sono, e
li hai trovati bugiardi. [3]Hai costanza, avendo
sofferto per il mio nome senza venir meno.
[4]Ma debbo rimproverarti che non hai più
l'amore di un tempo. [5]Considera da quale
altezza sei caduto e ritorna alla condotta di
prima. Altrimenti io verrò a te e, se non ti
sarai convertito, rimuoverò il tuo candelabro dal suo posto.

[6]Tuttavia hai questo di buono, che detesti
la condotta dei nicolaiti, che anch'io detesto.
[7]Chi ha orecchi ascolti ciò che lo Spirito dice alle chiese: al vittorioso farò mangiare *dal-
l'albero della vita che è nel paradiso* di Dio.

Alla chiesa di Smirne. - [8]All'angelo della
chiesa di Smirne scrivi: Così parla *il Primo
e l'Ultimo,* colui che giacque morto e poi
risuscitò. [9]Conosco la tua tribolazione e la
tua indigenza — sei però ricco! — e la bestemmia di certuni fra quelli che si professano Giudei e non lo sono, sono invece
una sinagoga di Satana! [10]Non aver paura
delle sofferenze che ti attendono. Ecco: il
diavolo sta per gettare in carcere alcuni di
voi, affinché *siate messi alla prova*; avrete
una tribolazione di *dieci giorni.* Rimani fedele sino alla morte e ti darò la corona della vita.
[11]Chi ha orecchi ascolti ciò che lo Spirito
dice alle chiese: il vittorioso non sarà colpito dalla morte seconda.

Alla chiesa di Pergamo. - [12]All'angelo della
chiesa di Pergamo scrivi: Così parla colui
che tiene la spada affilata a doppio taglio.
[13]So dove abiti, cioè dove Satana ha il suo
trono; eppure tieni saldo il mio nome; infatti non rinnegasti la tua fede in me neppure
al tempo di Antipa, il mio testimone fedele,
che fu messo a morte fra voi, là dove Satana
ha la sua dimora.
[14]Ma debbo rimproverarti per alcune cose, cioè permetti che taluni costì profes-
sino la dottrina di Balaam, quello che
suggeriva a Balak di porre un inciampo davanti ai *figli d'Israele, inducendoli a mangiare carne immolata agli idoli e a fornica-
re.* [15]Così anche tu hai chi professa alla
stessa maniera la dottrina dei nicolaiti.
[16]Ravvediti, perciò; altrimenti non tarderò
a venire e a combattere contro di loro
con la spada della mia bocca.
[17]Chi ha orecchi ascolti quello che dice lo
Spirito alle chiese: al vittorioso farò mangia-

---

2. - [1]. *L'angelo* è il vescovo rappresentante la chiesa e responsabile del suo buon andamento.
[17]. *La manna nascosta* è il cibo dell'eterna felicità.
Un sassolino bianco: era una pietruzza data al vincitore nei giochi, e serviva ad assolvere nei tribunali,
mentre il sassolino nero diceva condanna: quindi
vuol dire che Gesù darà il segno della vittoria e sentenza favorevole a chi vince, cioè il biglietto d'entrata al banchetto celeste.

re la manna nascosta e gli darò un sassolino bianco, sul quale c'è scritto un nome nuovo, che nessuno conosce se non chi lo riceve.

Alla chiesa di Tiatira. - ¹⁸All'angelo della chiesa di Tiatira scrivi: Così parla il Figlio di Dio, i cui *occhi sono come fiamma ardente, i cui piedi sono simili al bronzo splendente.* ¹⁹Mi è nota la tua condotta: l'amore, la fede, il servizio, la costanza e le tue opere più recenti che sono più numerose delle prime.
²⁰Ma debbo rimproverarti che permetti alla donna Gezabele, che si vanta d'essere profetessa, di istigare i miei servi, con i suoi insegnamenti, *a prostituirsi mangiando carne immolata agl'idoli.* ²¹Le ho dato tempo per ravvedersi, ma ella si rifiuta di convertirsi dalla sua prostituzione. ²²Ecco: getterò lei su un letto di dolore e quelli che con essa fanno adulterio in una terribile prova, se non cesseranno di seguire la sua condotta. ²³Colpirò con la morte i suoi figli e così tutte le chiese riconosceranno che io sono *colui che scruta i reni e i cuori* e che *a ciascuno* di voi *retribuirà secondo le vostre opere.*
²⁴Ma a tutti gli altri che, fra voi di Tiatira, non seguono la sua dottrina, che non conoscono la «profondità» di Satana, come essi dicono, dichiaro di non voler imporre su di voi altro peso; ²⁵ma quello che avete tenetelo saldamente fino a che io venga.
²⁶Al vittorioso, quello che osserverà sino alla fine i miei precetti, darò potestà *sulle nazioni* ²⁷*e le governerà con verga di ferro, come i vasi d'argilla le frantumerà,* ²⁸proprio come io ho ricevuto dal Padre mio. Gli darò, inoltre, la stella del mattino.
²⁹Chi ha orecchi ascolti quello che lo Spirito dice alle chiese.

3 Alla chiesa di Sardi. - ¹All'angelo della chiesa di Sardi scrivi: Così parla colui che possiede i sette Spiriti di Dio e le sette stelle. Mi è nota la tua condotta: porti il nome di vivente e invece sei morto. ²Sii vigilante e da' vigore a quanto resta, che altrimenti finirebbe per morire; infatti non trovo perfetta la tua condotta al cospetto del mio Dio. ³Tieni, dunque, in mente come hai ricevuto e udito; conserva e convertiti. Se tu però non sarai vigilante, verrò come un ladro, cioè senza che tu sappia l'ora della mia venuta.
⁴Tuttavia hai alcune persone in Sardi che non hanno macchiato le loro vesti; perciò cammineranno con me in vesti bianche; sì, ne sono degne.
⁵Il vittorioso parimenti sarà avvolto in vesti bianche; io non ne cancellerò il nome dal libro della vita; anzi proclamerò il suo nome al cospetto del Padre mio e dei suoi angeli.
⁶Chi ha orecchi ascolti quello che lo Spirito dice alle chiese.

Alla chiesa di Filadelfia. - ⁷All'angelo della chiesa di Filadelfia scrivi: Così parla il Santo, il Verace, colui che possiede la chiave di Davide, *colui che apre e nessuno chiude, che chiude e nessuno apre.* ⁸Mi è nota la tua condotta; ecco: metto davanti a te una porta aperta, che nessuno può chiudere. Per quanto sia poca la forza che hai, pure hai conservato la mia parola e non hai rinnegato il mio nome. ⁹Ecco, ti dono alcuni della sinagoga di Satana, di quelli che dicono di essere Giudei e non lo sono, ma mentiscono. Ecco: farò che essi *vengano e si prostrino ai tuoi piedi;* e riconosceranno che *io ti amo.* ¹⁰Poiché hai conservato la mia parola di costanza, anch'io ti preserverò dall'ora della prova che sta per abbattersi su tutto il mondo abitato e affliggerà gli abitanti della terra. ¹¹Vengo presto: tieni stretto ciò che hai, affinché nessuno prenda la tua corona.
¹²Il vittorioso, lo porrò come colonna nel tempio del mio Dio e giammai ne uscirà; vi scriverò il nome del mio Dio e *il nome della città* del mio Dio, la nuova Gerusalemme che discende dal cielo di presso il mio Dio, e inoltre *il mio nome nuovo.*
¹³Chi ha orecchi ascolti quello che lo Spirito dice alle chiese.

Alla chiesa di Laodicea. - ¹⁴All'angelo della chiesa di Laodicea scrivi: Così parla l'*Amen,*

---

²⁴. *«Profondità» di Satana:* Gezabele (v. 20) e i suoi pretendevano di manifestare segreti particolari e di emancipare dalla morale. Chiamavano il complesso del loro insegnamento profondità di Dio, o misteri di Dio. Giovanni li bolla dicendo che il loro insegnamento e la loro condotta non erano secondo Dio, ma suggeriti da Satana.
3. - ⁸. *Porta aperta:* indica occasione e facilità per diffondere il vangelo. La chiesa di Filadelfia, che non fu mai molto importante, per la sua fedeltà ebbe il privilegio di propagare la parola di Cristo verso l'altipiano frigio, di cui era come la porta.

il Testimone fedele e verace, *il Principio della creazione* di Dio. [15]Mi è nota la tua condotta: che cioè non sei né freddo né caldo; oh, se tu fossi freddo o caldo! [16]Ma così, poiché tu sei tiepido, cioè né caldo né freddo, io sono sul punto di vomitarti dalla mia bocca. [17]Tu dici: «Sono ricco; sono diventato ricco, non ho bisogno di nulla»; e non ti accorgi che proprio tu sei il più infelice: miserabile, povero, cieco e nudo.

[18]Ti esorto ad acquistare da me oro raffinato nel fuoco, con cui arricchirti davvero; di comprarti delle vesti bianche, con cui coprirti e nascondere la tua nudità, e collirio con cui ungerti gli occhi, affinché possa vederci. [19]*Quelli che amo, li rimprovero e li castigo.* Affréttati perciò a convertirti. [20]Ecco: io sto alla porta e busso. Se uno, udendo la mia voce, mi aprirà la porta, io entrerò da lui e cenerò con lui ed egli con me.

[21]Il vittorioso, lo farò sedere con me sul mio trono, proprio come io ho vinto e perciò mi sono assiso insieme al Padre mio sul suo trono.

[22]Chi ha orecchi ascolti quello che lo Spirito dice alle chiese.

LE VISIONI PROFETICHE

4 **La corte celeste.** - [1]Poi ebbi una visione. Ecco: una porta si aprì nel cielo e la voce che prima avevo udita parlarmi a somiglianza di tromba, disse: «Sali quassù, affinché ti mostri *ciò che dovrà accadere* dopo questo». [2]Improvvisamente mi trovai in estasi; ed ecco: un trono stava eretto nel cielo e *sul trono Uno stava seduto;* [3]ora Colui che sedeva era simile nell'aspetto a diaspro e cornalina, mentre l'arcobaleno, che era intorno al trono, era simile a una visione di smeraldo.

[4]Disposti intorno al trono v'erano ventiquattro seggi e sui seggi vidi seduti ventiquattro Seniori: indossavano vesti bianche e sulle loro teste avevano corone d'oro. [5]Dal trono *uscivano lampi, voci e tuoni.* Sette lampade ardenti bruciavano davanti al trono: sono i sette Spiriti di Dio. [6]Si stendeva davanti al trono un mare vitreo dall'apparenza di cristallo. In mezzo al trono e intorno al trono v'erano quattro Viventi, *pieni di occhi* davanti e dietro. [7]Ora il *primo vivente* era simile a *leone,* il *secondo vivente* era simile a *vitello,* il *terzo vivente* aveva *aspetto d'uomo* e il *quarto vivente* somigliava a *un'aquila* in volo. [8]E i quattro Viventi, muniti di sei ali ciascuno,

avevano occhi tutt'intorno e al di dentro. Senza sosta ripetevano notte e giorno:

> «*Santo, santo, santo*
> *è il Signore Dio, l'Onnipotente,*
> Colui che era, che è, che viene!*».

[9]E quando i Viventi daranno gloria, onore e grazia *a Colui che siede sul trono e che vive per i secoli* dei secoli, [10]i ventiquattro Seniori si prostreranno davanti a Colui che siede sul trono e adoreranno Colui che vive per i secoli dei secoli e getteranno le loro corone davanti al trono dicendo:

[11] «Degno sei, nostro Signore e Dio,
> di ricevere gloria, onore e potenza,
> tu che hai creato tutte le cose,
> le quali non esistevano
> e per tuo volere furono create!».

5 **Il libro dai sette sigilli.** - [1]E vidi nella destra *di Colui che siede sul trono un libro scritto dentro e sul retro, sigillato* con sette sigilli. [2]Vidi poi un angelo possente che proclamava a gran voce: «Chi è degno di aprire il libro rompendone i sette sigilli?». [3]E nessuno, né in cielo né in terra né sotto terra, era capace di aprire il libro e leggervi. [4]Io allora cominciai a piangere forte, perché nessuno era stato trovato degno di aprire il libro e leggervi. [5]Ma uno dei Seniori mi disse: «Non piangere; ecco: ha vinto *il Leone della tribù di Giuda, il Rampollo* di Davide, per cui può aprire il libro e i suoi sette sigilli».

L'agnello come immolato. - [6]Vidi infatti in mezzo al trono, con i quattro Viventi e i Se-

---

4. - [1.] Dopo la parte pastorale inizia qui la parte profetica dell'Apocalisse con la visione preparatoria (cc. 4-5); la voce di Cristo, che già aveva parlato a Giovanni, lo chiama in estasi a contemplarla. In questa visione Dio trasmette all'Agnello il potere di eseguire i suoi decreti contro i persecutori di tutti i tempi del suo popolo: è il gran giorno della collera di Dio che si attua parzialmente lungo la storia e definitivamente alla fine dei tempi.
[3.] La descrizione di Dio è tutta luce: nessun antropomorfismo. Dante s'ispirerà a queste espressioni quando vorrà descrivere la ss.ma Trinità, che canterà come una sorgente di pura luce.

5. - [6.] L'*Agnello* è Gesù: le corna significano l'onnipotenza, gli occhi indicano l'onniscienza, gli Spiriti sono gli esecutori dei suoi ordini. Egli porta ancora i segni del suo supplizio, come immolato, ma è ritto, vivente dopo la risurrezione.

niori, un Agnello ritto, ma come immolato, con sette corna e sette occhi, che sono i sette Spiriti di Dio inviati per tutta la terra. [7]S'appressò e prese il libro dalla destra di Colui che siede sul trono. [8]Quando l'ebbe ricevuto, i quattro Viventi e i ventiquattro Seniori si prostrarono davanti all'Agnello, tenendo ciascuno un'arpa e coppe d'oro piene di profumi, che sono le preghiere dei santi, [9]e cantavano un canto nuovo, dicendo:

«Degno sei tu di prendere il libro
e di aprire i suoi sigilli,
poiché fosti immolato
e acquistasti per Dio con il tuo sangue
uomini di ogni tribù e lingua
e popolo e nazione,
[10] ne facesti per il nostro Dio
un regno di sacerdoti
e regneranno sulla terra!».

[11]Quindi nella visione udii il clamore di una moltitudine di angeli che circondavano il trono con i Viventi e i Seniori, in numero di *miriadi di miriadi e di migliaia di migliaia*, i quali dicevano a gran voce:

[12] «Degno è l'Agnello immolato
di ricevere potenza e ricchezza,
sapienza e forza,
onore, gloria e lode!».

[13]E ogni creatura, in cielo, in terra, sotto terra e nel mare, e tutte le cose in essi contenute, udii esclamare:

«A Colui che siede sul trono
e all'Agnello
lode e onore, gloria e impero
nei secoli dei secoli!».

[14]I quattro Viventi dissero: «Amen!». E i ventiquattro Seniori si prostrarono in adorazione.

6 I sette sigilli. - [1]Quando l'Agnello aprì il primo dei sette sigilli, udii in visione il primo dei quattro Viventi dire come con voce di tuono: «Vieni!». [2]E vidi apparire un *cavallo bianco*, su cui sedeva un cavaliere con un arco; fu data a lui una corona; ed egli venne fuori da vittorioso per vincere ancora.

[3]All'apertura del secondo sigillo, udii il secondo Vivente esclamare: «Vieni!». [4]Allo-

ra uscì un altro *cavallo, rosso-vivo*; a colui che lo montava era stata data la potestà di toglier via dalla terra la pace, in modo che gli uomini si sgozzassero l'un l'altro; per questo gli fu data una grande spada.

[5]All'apertura del terzo sigillo udii il terzo Vivente dire: «Vieni!». Apparve allora un *cavallo nero*: colui che lo montava aveva in mano una bilancia. [6]Udii fra i quattro Viventi come una voce dire: «Una misura di frumento per un denaro e tre misure di orzo per un denaro! Ma all'olio e al vino non recar danno!».

[7]All'apertura del quarto sigillo udii il quarto Vivente dire: «Vieni!». [8]Ed ecco, apparve un *cavallo verdastro*; colui che lo montava aveva nome Morte, e l'Ade lo seguiva; fu data loro potestà di portare lo sterminio sulla quarta parte della terra con la spada, la fame, la peste e con le fiere della terra.

[9]All'apertura del quinto sigillo, sotto l'altare apparvero le anime di coloro che sono stati uccisi a causa della parola di Dio e della testimonianza da loro data. [10]Essi si misero a gridare a gran voce dicendo:

«Fino a quando, o Signore,
tu che sei santo e verace,
non farai giustizia
vendicando il nostro sangue
sugli abitanti della terra?».

[11]Ma a ciascuno di essi fu data una veste bianca e fu detto loro di pazientare ancora un poco, finché non si completi il numero dei loro compagni e fratelli che dovranno essere uccisi come loro. [12]All'apertura del sesto sigillo apparve ai miei occhi questa visione: si udì un gran terremoto; il sole si offuscò, da apparire nero come un sacco di crine; la luna tutta prese il colore del sangue; [13]*le stelle dal cielo precipitarono* sulla terra come i frutti acerbi di un fico, che è scosso da un vento gagliardo; [14]il cielo si accartocciò come un *rotolo che si ravvolge*; monti e isole, tutte, scomparvero dai loro posti. [15]*Allora i re della terra, i maggiorenti,* i capitani, i ricchi e i potenti, tutti, schiavi e liberi, *si rifugiarono nelle caverne e fra le rupi* delle montagne, [16]e dicevano alle montagne e alle rupi: *«Cadete sopra di noi e nascondeteci* dalla presenza di Colui che siede sul trono e dall'ira dell'Agnello, [17]poiché è giunto il *gran giorno* della loro *ira*, e chi potrà resistere?».

7 I 144.000 segnati. - [1]Dopo ciò vidi quattro angeli che stavano ritti *sui quattro angoli della terra* a trattenere i quattro venti della terra, affinché non soffiasse vento sulla terra né sul mare né su albero alcuno. [2]Poi vidi un altro angelo salire dall'oriente, con il sigillo del Dio vivente. Questi gridò a gran voce ai quattro angeli incaricati di recar danno alla terra e al mare: [3]«Non recate danno alla terra né al mare né agli alberi, finché non abbiamo segnato sulla fronte i servi del nostro Dio». [4]Quindi udii il numero dei segnati: centoquarantaquattromila furono segnati da ogni tribù dei figli d'Israele:

[5]   Dalla tribù di Giuda,
      dodicimila segnati,
      dalla tribù di Ruben, dodicimila,
      dalla tribù di Gad, dodicimila,
[6]   dalla tribù di Aser, dodicimila,
      dalla tribù di Neftali, dodicimila,
      dalla tribù di Manasse, dodicimila,
[7]   dalla tribù di Simeone, dodicimila,
      dalla tribù di Levi, dodicimila,
      dalla tribù di Issacar, dodicimila,
[8]   dalla tribù di Zabulon, dodicimila,
      dalla tribù di Giuseppe, dodicimila,
      dalla tribù di Beniamino, dodicimila.

La schiera sterminata degli eletti. - [9]Dopo ciò apparve una gran folla, che nessuno poteva contare, di ogni nazione, tribù, popolo e lingua; stava ritta davanti al trono e davanti all'Agnello; indossavano vesti bianche e avevano palme nelle loro mani. [10]Tutti gridavano a gran voce:

«La salvezza appartiene al nostro Dio
che siede sul trono e all'Agnello!».

[11]E tutti gli angeli che circondavano il trono con i Seniori e i quattro Viventi si prostrarono davanti al trono per adorare Dio dicendo:

[12]   «Amen! Lode e gloria,
      sapienza e grazie,
      onore, potenza e forza al nostro Dio,
      per i secoli dei secoli. Amen!».

[13]Quindi uno dei Seniori prese la parola e mi disse: «Costoro che sono avvolti in vesti candide, sai tu chi sono e da dove sono venuti?». [14]Io gli risposi: «Signore mio, tu lo sai». Ed egli a me: «Essi sono quelli che vengono dalla grande tribolazione: *hanno lavato le loro vesti* rendendole candide nel sangue dell'Agnello. [15]Per questo si trovano davanti al trono di Dio e lo servono notte e giorno nel suo tempio. Colui che siede sul trono distenderà la sua tenda sopra di loro:

[16]   *non avranno più né fame né sete*;
      non *li colpirà più il sole né calore*
         alcuno,
[17]   poiché l'Agnello
      che sta in mezzo al trono,
      li pascerà e condurrà
      alle sorgenti d'acqua viva;
      e Dio tergerà ogni lacrima dai loro
         occhi».

8 Le preghiere dei santi. - [1]All'apertura del settimo sigillo si fece silenzio in cielo per circa mezz'ora.
[2]Quindi vidi che ai sette angeli ritti davanti a Dio furono date sette trombe.
[3]Poi un altro angelo s'appressò con in mano un braciere d'oro e si pose al lato dell'altare. Gli fu dato una gran quantità d'incenso, affinché l'offrisse, quale simbolo delle preghiere dei santi, sull'altare d'oro antistante al trono. [4]Salì verso Dio il fumo dell'incenso, simbolo delle preghiere dei santi, dalla mano dell'angelo. [5]Poi l'angelo prese il braciere, lo riempì con il fuoco dell'altare e lo gettò sulla terra; ne seguirono tuoni, clamori, lampi e scosse di terremoto.
[6]E i sette angeli con le sette trombe si disposero a dar fiato alle trombe.

I flagelli delle prime quattro trombe. - [7]Il primo suonò la sua tromba: vi fu grandine con fuoco mescolato a sangue che cadde sulla terra; la terza parte della terra rimase bruciata, la terza parte degli alberi rimase bruciata e ogni specie di piante rimase bruciata.
[8]Il secondo angelo suonò la sua tromba: come una enorme massa incandescente cadde nel mare; la terza parte del mare diventò sangue, [9]per cui la terza parte degli esseri marini dotati di vita morì e la terza parte delle navi perì.
[10]Il terzo angelo suonò la sua tromba: cadde dal cielo una stella enorme, che bruciava come una fiaccola, e cadde la terza parte dei fiumi e sulle sorgenti d'acqua.

[11]Il nome della stella è Assenzio; difatti la terza parte delle acque si mutò in assenzio e molti uomini morirono per l'acqua diventata amara.

[12]Il quarto angelo suonò la sua tromba: fu colpita la terza parte del sole, la terza parte della luna e la terza parte delle stelle, in modo che s'offuscò la terza parte di loro e così il giorno non brillava per una sua terza parte e lo stesso la notte.

[13]Udii poi in visione un'aquila, che volava allo zenit, dire a gran voce: «Guai, guai, guai agli abitanti della terra per i rimanenti squilli di tromba dei tre angeli che s'appressano a suonare!».

9 **La quinta tromba.** - [1]Il quinto angelo suonò la sua tromba: vidi un astro caduto dal cielo sulla terra; gli fu consegnata la chiave della voragine dell'Abisso. [2]Egli aprì la voragine dell'Abisso e da essa *salì un fumo come il fumo di una* grande *fornace*; il sole e l'aria si offuscarono per il fumo della voragine. [3]Dal fumo vennero sulla terra delle cavallette; fu dato loro un potere simile a quello degli scorpioni terrestri. [4]Ma fu loro ingiunto di non recar danno né a erba della terra né a pianta né ad albero alcuno; ma solo agli uomini che non avessero sulla fronte il sigillo di Dio. [5]Però fu loro concesso di non farli morire, ma di tormentarli per cinque mesi con un tormento simile a quello dello scorpione quando punge un uomo. [6]In quei giorni gli uomini cercheranno la morte e non la troveranno; brameranno morire, ma la morte fuggirà da loro.

[7]Ora, al vederle, le cavallette somigliavano a cavalli pronti all'assalto: sulle loro teste portavano una specie di corone all'apparenza d'oro; le loro facce erano come facce di uomini. [8]I loro capelli sembravano capelli di donne; *i loro denti somigliavano a quelli dei leoni*. [9]Avevano corazze come corazze di ferro e il frastuono delle loro ali era *come il fragore di carri* con molti cavalli

lanciati all'assalto. [10]Avevano code simili a quelle degli scorpioni, con pungiglioni: nelle loro code risiedeva il potere di tormentare gli uomini per cinque mesi. [11]Avevano come re l'angelo dell'Abisso, il cui nome in ebraico si chiama Distruzione e in greco Sterminatore.

[12]Il primo «guai» è passato; ma ecco: vengono subito gli altri due.

La sesta tromba. - [13]Il sesto angelo suonò la sua tromba: dai quattro angoli dell'altare d'oro, che sta davanti a Dio, udii uscire una voce, [14]la quale al sesto angelo che teneva la tromba diceva: «Sciogli i quattro angeli che sono legati sul grande fiume Eufrate». [15]Allora furono sciolti i quattro angeli che erano in attesa dell'ora, giorno, mese e anno, pronti a sterminare la terza parte degli uomini. [16]Il numero delle truppe di cavalleria era di duecento milioni; udii il loro numero.

[17]Così apparvero nella visione i cavalli e i loro cavalieri: indossavano corazze dall'aspetto di fuoco, giacinto e zolfo, mentre le teste dei cavalli somigliavano a quelle dei leoni; dalle loro bocche uscivano fuoco, fumo e zolfo. [18]Da questi tre flagelli, cioè dal fuoco, fumo e zolfo che uscivano dalle loro bocche, fu sterminata la terza parte degli uomini. [19]Infatti il potere dei cavalli sta nelle loro bocche e nelle code; le loro code infatti, alla maniera dei serpenti, sono munite di teste di cui si servono per nuocere.

[20]Gli uomini restanti, sfuggiti allo sterminio di tali flagelli, non rinunziarono ad adorare le *opere delle loro mani*, cioè *demòni e idoli d'oro, d'argento, di bronzo, di pietra, di legno, incapaci di vedere, udire e camminare,* [21]e non si ravvidero dal commettere omicidi, magìe, dissolutezze e furti.

10 **Il castigo finale è imminente.** - [1]Vidi poi un altro angelo, possente, discendere dal cielo: era avvolto in una nube e l'arcobaleno cingeva il suo capo; la sua faccia brillava come il sole; le sue gambe sembravano due colonne di fuoco. [2]Aveva in mano un libriccino aperto. Posto il piede destro sul mare e il sinistro sulla terra, [3]emise un grido fortissimo, simile al ruggito del leone. Al suo grido risposero con le loro voci i sette tuoni. [4]Quando questi ebbero parlato, mi accingevo a scrivere. Ma si fece

---

8. - [11.] *Assenzio*, per indicare l'estrema amarezza del castigo divino. La pianta d'assenzio era celebre nell'antichità per il suo sapore, considerato il più amaro di quanti se ne conoscessero. Essa era pure considerata velenosa: nella mentalità antica l'amarezza coincideva con il veleno, ecco perché *molti uomini morirono.*

9. - [1.] *Un astro*: un angelo infedele. *L'abisso* indica il luogo in cui sono detenuti gli angeli ribelli.

udire dal cielo una voce che mi disse: «Suggella quanto hanno detto i sette tuoni e non metterlo in iscritto».

⁵Quindi l'angelo che prima avevo visto posarsi sul mare e sulla terra *levò la mano destra verso il cielo* ⁶*e giurò nel nome di Colui che vive nei secoli* dei secoli, *Colui che ha creato il cielo e ciò che esso contiene, la terra e quanto essa contiene, il mare* e ciò che esso contiene: «Non vi sarà più alcun indugio; ⁷ma quando il settimo angelo farà udire il suono della sua tromba, allora sarà consumato il mistero di Dio, secondo quanto ha annunciato ai *profeti, suoi servi*».

Il libriccino dolce e amaro. - ⁸Poi la stessa voce che avevo udita dal cielo di nuovo mi parlò e disse: «Va', prendi il libriccino aperto dalla mano dell'angelo che sta posato sul mare e sulla terra». ⁹Io allora m'appressai all'angelo pregandolo di darmi il libriccino. Egli mi disse: «Prendilo e inghiottilo: esso sarà amaro al tuo stomaco, nella bocca sarà dolce come il miele». ¹⁰Presi il libriccino dalla mano dell'angelo e *lo inghiottii*: nella bocca era dolce come il miele; ma dopo che l'ebbi inghiottito, le mie viscere si riempirono d'amarezza. ¹¹Quindi mi fu detto: «È necessario che tu *faccia ancora profezie su popoli, nazioni e re senza numero*».

11 **I due Testimoni.** - ¹Mi fu data una canna, simile a verga, con questo comando: «Orsù, prendi le misure del tempio di Dio e dell'altare con quanti ivi fanno adorazione. ²Ma l'atrio esterno del tempio lascialo fuori, non lo misurare. Infatti è stato concesso ai gentili di calpestare la Città santa per quarantadue mesi. ³Ma io invierò i due Testimoni a esercitare il loro ministero profetico, rivestiti di sacco, per milleduecentosessanta giorni».

⁴Sono essi i *due ulivi* e i due *candelabri che stanno davanti al Signore della terra*. ⁵Se per caso qualcuno vorrà far loro del male, uscirà dalla loro bocca un fuoco che divorerà i loro nemici; perciò se qualcuno volesse far loro del male, in quella maniera dovrà morire. ⁶Essi avranno potere di chiudere il cielo, in modo che non scenda la pioggia per tutto il tempo del loro ministero profetico. Inoltre avranno facoltà di cambiare l'acqua in sangue e di colpire la terra con ogni specie di flagelli, ogni volta che lo vorranno.

⁷Una volta terminato il tempo della loro testimonianza, *la bestia che sale dall'Abisso* combatterà contro di loro, li vincerà e li ucciderà. ⁸Quindi i loro cadaveri rimarranno esposti nella piazza della grande città, che si chiama allegoricamente Sodoma o Egitto, proprio dove il loro Signore fu crocifisso. ⁹Contempleranno i loro cadaveri per tre giorni e mezzo uomini di ogni razza, popolo, lingua e nazione, impedendo che essi siano messi nella tomba. ¹⁰Gli abitanti della terra faranno festa su di loro, manifesteranno la loro gioia scambiandosi doni; perché questi due profeti hanno tormentato gli abitanti della terra.

¹¹Ma dopo tre giorni e mezzo *un soffio vitale*, proveniente da Dio, *entrò in loro e si rizzarono sui loro piedi*, mentre tutti quelli che li guardavano furono presi da grande spavento. ¹²Udirono quindi una gran voce dal cielo che disse loro: «Salite quassù!». Essi salirono nel cielo su una nuvola e i loro nemici rimasero a guardarli. ¹³In quel momento avvenne un gran terremoto, per cui crollò la decima parte della città. E morirono nel terremoto settemila persone. I superstiti, presi dallo spavento, diedero gloria al Dio del cielo.

¹⁴Il secondo «guai» è passato; ma ecco: il terzo «guai» viene presto.

La settima tromba. - ¹⁵Finalmente il settimo angelo suonò la sua tromba: si levarono nel cielo grandi clamori:

«È passata la regalità del mondo
al nostro Signore e al suo Cristo,
che *regnerà nei secoli dei secoli*!».

¹⁶Allora i ventiquattro Seniori, che sedevano davanti a Dio sui loro seggi, si prostra-

---

10. - ⁷· *Il mistero di Dio*: riguardante la glorificazione della chiesa, dopo la distruzione dei suoi nemici.
⁹⁻¹⁰· *Inghiottilo* (cfr. Ger 15,16; Ez 3,13): indica che il profeta deve conservare e meditare le rivelazioni, dolci o amare, secondo che dicono premio ai buoni o castigo agli empi. Il libretto risultò *dolce*, perché conteneva profezie riguardanti i trionfi della chiesa; *amaro*, perché ne prediceva pure le persecuzioni e le sofferenze.
11. - ⁸· *La grande città* era Roma, chiamata *Sodoma* per l'immoralità ed *Egitto* perché persecutrice del popolo di Dio. Le parole: *dove il loro Signore fu crocifisso*, che inclinerebbero a indicare Gerusalemme, possono essere considerate un'aggiunta al testo.

rono davanti a Dio in atto di adorazione dicendo:

17 «Rendiamo grazie a te,
Signore Dio, Onnipotente,
che sei e che eri,
poiché hai posto mano
alla tua infinita potenza
e hai instaurato il tuo regno.
18 Sì, le nazioni si sono adirate,
ma è giunta la tua ira,
è giunto il tempo di giudicare i morti,
di dare il premio ai tuoi servi,
profeti e santi,
e a quanti temono il tuo nome
piccoli e grandi,
e di far perire per sempre
quelli che sconvolgono la terra».

19Allora il tempio celeste di Dio s'aprì e in esso apparve l'arca della sua alleanza; vi furono lampi, grida e tuoni insieme a scosse di terremoto e grandine abbondante.

12 La donna e il dragone. - 1E un segno grandioso apparve nel cielo: una donna vestita di sole, con la luna sotto i suoi piedi e una corona di dodici stelle sul suo capo: 2era incinta e gridava in preda alle doglie e al travaglio del parto.
3E un altro segno apparve nel cielo; ecco: un grosso dragone, rosso-vivo, con sette teste e dieci corna. Sulle teste vi erano sette diademi; 4la sua coda si trascinava dietro la terza parte degli astri del cielo e li precipitava sulla terra. Il dragone si pose di fronte alla donna che era sul punto di partorire, per divorare il bimbo non appena fosse nato.
5Essa quindi diede alla luce un figlio, un

---

12. - 1. Questa donna indica l'immacolata madre di Cristo e degli uomini e la chiesa, madre dei credenti. Perciò molti tratti di questa descrizione sono applicati a Maria e alla chiesa di Cristo. Il sole che la riveste è Cristo. Le stelle per la Vergine sono le virtù, per la chiesa sono gli apostoli; la luna sotto i piedi indica che Maria e la chiesa stanno sopra ogni cosa mutabile. La chiesa, sposa di Cristo, genera alla grazia e alla gloria fra molte persecuzioni milioni di figli per il regno di Dio; Maria generò il capo e coopera a generare le membra: la chiesa genera le membra mediante i sacramenti, con l'aiuto di Maria, proclamata da Paolo VI «madre della Chiesa».
5. Il figlio maschio è Gesù, considerato sia nella sua persona fisica sia come capo del nuovo popolo di Dio. Rapito verso Dio: asceso al cielo, completa la redenzione e segna la fine del regno del demonio.

maschio, quello che era destinato a governare tutte le nazioni con verga di ferro. Subito fu rapito il figlio di lei verso Dio, verso il trono di lui; 6mentre la donna riparò nel deserto, dove ha un luogo preparato da Dio per esservi nutrita per lo spazio di milleduecentosessanta giorni.

Guerra in cielo. - 7E vi fu guerra in cielo: Michele con i suoi angeli ingaggiò battaglia con il dragone; e questo combatté insieme ai suoi angeli; 8ma non prevalsero: il loro posto non si trovò più nel cielo. 9Fu infatti scacciato il grande dragone, il serpente antico, quello che è chiamato diavolo e Satana; colui che inganna tutta la terra fu precipitato sulla terra e con lui furono precipitati anche i suoi angeli.
10Udii allora nel cielo una gran voce che diceva:

«Ora si è attuata la salvezza,
la potenza e la regalità del nostro Dio
e il potere del suo Cristo,
poiché è stato scacciato
l'accusatore dei nostri fratelli,
colui che giorno e notte
li accusava davanti al nostro Dio.
11 Ma essi lo hanno vinto
mediante il sangue dell'Agnello
e per la parola da loro testimoniata;
non amando la loro vita
fino alla morte!
12 Per questo rallegratevi, o cieli,
e voi che in essi dimorate.
Guai alla terra e al mare,
ché il diavolo a voi è disceso:
un'ira veemente ha nel cuore,
perché sa che breve è il suo tempo».

Guerra sulla terra. - 13Il dragone, vistosi scaraventato sulla terra, si accinse a perseguitare la donna, quella che aveva dato alla luce il figlio maschio. 14Ma furono date alla donna le due ali della grande aquila con cui poter volare nel deserto, nel suo luogo, dove è nutrita per un tempo, [due] tempi e la metà d'un tempo, al riparo dagli attacchi del serpente. 15Allora questo vomitò dalla sua bocca un fiume di acqua gettandola contro la donna per sommergerla; 16ma ad essa venne in soccorso la terra che aprì la sua bocca e assorbì il fiume che il dragone aveva emesso dalla sua bocca. 17Allora questo s'adirò maggiormente contro la donna e si mise a far guerra contro i rimanenti della discendenza di lei, quelli che osservano i comandamenti di Dio e posseggono la testimonianza di Gesù. [18]Si pose quindi sulla spiaggia del mare.

13 La bestia che sale dal mare. - [1]Vidi poi *una bestia che saliva dal mare*; aveva *dieci corna* e sette teste; sulle corna v'erano dieci diademi e le teste portavano nomi blasfemi. [2]La bestia che vidi *somigliava a una pantera*, mentre le zampe sembravano di *orso* e la bocca di *leone*. Il dragone comunicò ad essa la propria potenza e il suo trono con potestà grande.

[3]Ora una delle teste appariva come colpita a morte, ma la sua ferita mortale fu guarita. Per questo tutta la terra fu presa d'ammirazione per la bestia [4]e si mise ad adorare il dragone, che aveva dato un tale potere alla bestia; e adorarono la bestia dicendo:

«Chi è simile alla bestia?
E chi può combattere con essa?».

[5]Alla bestia fu data una *bocca che proferiva parole orgogliose e blasfeme* e le fu concesso di operare per lo spazio di quarantadue mesi. [6]Così aprì la sua bocca blasfema contro Dio, lanciando bestemmie contro il nome e la dimora di lui, contro tutti gli abitanti del cielo. [7]Le fu dato potere di *far guerra ai santi e vincerli*; e le fu data potestà su ogni tribù, popolo, lingua e nazione. [8]L'adoreranno tutti gli abitanti della terra, il cui nome non sta scritto nel libro della vita dell'Agnello che è immolato fin dalla creazione del mondo.

[9]Chi ha orecchi, ascolti!

[10]*Se uno è destinato alla prigione, vada in prigione. Se uno con la spada uccide, con la spada dev'essere ucciso.* In ciò sta la pazienza e la fede dei santi.

La bestia che sale dalla terra. - [11]Poi vidi un'altra bestia salire dalla terra; aveva due corna come un agnello, ma parlava come un dragone. [12]Esercitava tutta l'autorità della prima bestia per conto di essa; si adoperava, infatti, che la terra e tutti i suoi abitanti si prostrassero davanti alla prima bestia, la cui ferita mortale era stata guarita. [13]Faceva prodigi strabilianti, al punto da far discendere dal cielo sulla terra il fuoco, e ciò sotto gli occhi degli uomini. [14]Così traeva in inganno gli abitanti della terra con i portenti che aveva il potere di fare a servizio della bestia; spingeva infatti gli abitanti della terra a erigere un'immagine alla bestia che aveva ricevuto la ferita della spada e poi aveva ripreso vita. [15]Quindi fu dato ad essa di infondere lo spirito al simulacro della bestia in modo che questa potesse parlare. *Quanti non avessero voluto adorare l'immagine* della bestia ordinava che fossero uccisi. [16]Si adoperava, inoltre, che a tutti, piccoli e grandi, ricchi e poveri, liberi e schiavi, fosse impresso sulla loro mano destra o sulla fronte un marchio, [17]in modo che nessuno potesse comprare o vendere all'infuori di coloro che portavano il marchio, cioè il nome della bestia o il numero del suo nome.

[18]Qui sta la sapienza. Chi ha mente computi il numero della bestia; è un numero d'uomo. Il suo numero è seicentosessantasei.

14 L'Agnello sul monte Sion. - [1]Poi guardai ed ecco l'Agnello stava sul monte Sion circondato da centoquarantaquattromila che portavano scritto sulla loro fronte il nome di lui e il nome del Padre suo. [2]Udii una voce dal cielo, simile al fragore di acque copiose e al rimbombo di un tuono possente; mi pareva di udire come il suono di arpisti che arpeggiavano sulle loro arpe. [3]*Cantavano*, davanti al trono e ai quattro Viventi e ai Seniori, *come un cantico nuovo*, che nessuno poteva comprendere se non i centoquarantaquattromila, quelli cioè che sono stati riscattati dalla terra. [4]Questi sono coloro che non si sono contaminati con donne; sono, infatti, vergini. Costoro sono quelli che seguono l'Agnello

---

13. - [11.] La prima *bestia* (v. 1: la potenza politica) esce dal mare, che significa caos, agitazione e sollevamento di popoli; la seconda esce dalla terra, cioè dalla calma, si camufferà da agnello e userà la seduzione; ma sarà a servizio dell'anticristo e del dragone. È probabile che si tratti della falsa scienza, di chi l'insegna e dell'organizzazione da essa richiesta per imporsi al mondo. Si può anche trattare di tutto il progresso umano, che può indurre a dimenticare Dio.

14. - [3-4.] Questi *centoquarantaquattromila riscattati* rappresentano il nuovo Israele di Dio strutturato, come l'antico Israele, sul numero 12, il numero degli apostoli (cfr. 21,14). Secondo la frequente immagine biblica, sono detti vergini perché conservarono pura la loro fede e non si lasciarono andare all'idolatria. Qui tutto il contesto parla di idolatria e di fedeltà al vero Dio.

dovunque egli va. Essi sono stati riscattati dagli uomini quali primizia per Dio e per l'Agnello. [5]Nella loro bocca non s'è trovata menzogna: sono integri.

L'annuncio universale. - [6]Poi vidi un altro angelo che, volando nel mezzo del cielo, recava un vangelo eterno per annunciarlo agli abitanti della terra: ad ogni nazione, tribù, lingua e popolo. [7]Diceva a gran voce:

«Temete Dio e dategli gloria,
poiché giunta è l'ora del suo giudizio.
Adorate Colui che ha fatto
il cielo e la terra,
il mare e le sorgenti d'acqua».

[8]Quindi un altro angelo seguì dicendo:

«*È caduta, è caduta
Babilonia, la grande*,
quella che con il vino dell'ardore
della sua prostituzione
ha abbeverato tutte le genti».

[9]Ancora un altro angelo, un terzo, seguì a loro, dicendo a gran voce:

«Se qualcuno adora la bestia
e la sua immagine
e accetta il marchio
sulla sua fronte o sulla mano,
[10] berrà egli *il vino* del furore di Dio,
*che puro sta versato nel calice
della sua ira*
e fuoco e zolfo saranno il suo tormento
davanti ai santi angeli
e davanti all'Agnello.
Il fumo del loro tormento
salirà per i secoli dei secoli.
[11] Giorno e notte non avranno riposo
quanti adorano la bestia
e la sua immagine
e chiunque riceve
il marchio del suo nome».

[12]Sta qui la pazienza dei santi, che conservano i divini precetti e la fede di Gesù. [13]Quindi udii una voce dal cielo che diceva: «Scrivi: Beati i morti che muoiono nel Signore, sin da ora. Sì, dice lo Spirito, poi-

ché si riposeranno dalle loro fatiche; li accompagnano, infatti, le opere loro».

Mietitura e vendemmia. - [14]Poi guardai ed ecco una nuvola bianca, e sopra la nuvola uno stava seduto, simile a *figlio d'uomo*, con in capo una corona d'oro e una spada affilata nella mano. [15]Dal tempio uscì un altro angelo che gridò a gran voce a colui che stava sulla nuvola:

«Getta la tua falce e mieti,
ché giunto è il tempo di mietere;
disseccata è la messe della terra».

[16]Allora colui che stava sulla nuvola gettò la falce sulla terra e fu mietuta la terra. [17]Un altro angelo uscì dal tempio celeste; anch'egli aveva nella mano una falce affilata. [18]E un altro angelo, quello che ha potere sul fuoco, uscì dalla parte dell'altare e gridò a gran voce a colui che aveva la falce affilata:

«Getta la tua falce affilata
e taglia i grappoli
della vigna della terra,
giacché mature sono ormai
le sue uve».

[19]Allora l'angelo gettò la sua falce sulla terra e vendemmiò la vigna della terra, gettandone l'uva nel grande tino del furore di Dio. [20]Il tino fu pigiato fuori della città e ne uscì sangue che salì fino al morso dei cavalli, per una distanza di milleseicento stadi.

15 **Il canto di vittoria.** - [1]Poi vidi un altro segno grande e mirabile nel cielo: sette angeli con sette flagelli, gli ultimi, perché con essi sarà compiuta l'ira di Dio. [2]Vidi, inoltre, come un mare di cristallo, mescolato a fuoco, su cui stavano, con arpe divine, quelli che avevano riportato vittoria sulla bestia e la sua immagine e il numero del suo nome. [3]*Cantavano il cantico* di Mosè, il servo di Dio, e il cantico dell'Agnello, dicendo:

«*Grandi e mirabili sono le tue opere,
o Signore Dio*, Onnipotente.
Giuste e veraci sono le tue *vie,
o Re delle nazioni!*
[4] Chi, preso da salutare timore,
non glorificherà il tuo nome,
o Signore?

---

15. - [1.] Nell'ultimo dei sette segni vi sono i *sette flagelli*. Il settimo sigillo, la settima tromba, come il settimo segno, non servono che di transizione.

Poiché tu solo sei santo.
Sì, tutte le nazioni verranno
e davanti a te si prostreranno
quando avrai manifestato
i tuoi giudizi!».

La Tenda della Testimonianza. - [5]Dopo questo, vidi aprirsi nel cielo il santuario della *Tenda della Testimonianza*. [6]Dal tempio uscirono i sette angeli con i sette flagelli; splendevano nelle loro vesti di candido lino, cinti al petto con fasce dorate. [7]Uno dei quattro Viventi consegnò ai sette angeli sette coppe d'oro, piene del furore di Dio, di colui che vive nei secoli dei secoli.

[8]*E il tempio si riempì di fumo a causa della gloria* di Dio e della sua potenza, in modo che *nessuno vi poteva entrare*, finché non fossero consumati i sette flagelli dei sette angeli.

16 **Le sette coppe.** - [1]Udii poi dal tempio una gran voce dire ai sette angeli: «Andate e versate sulla terra le sette coppe del furore di Dio».

[2]Il primo andò e versò la sua coppa sulla terra; una *piaga* maligna e *perniciosa si produsse sugli uomini* che portavano il marchio della bestia e ne adoravano l'immagine.

[3]Il secondo versò la sua coppa sul mare; esso *diventò sangue* come di un morto, per cui tutti gli esseri viventi che si trovavano nel mare morirono.

[4]Il terzo versò la sua coppa sui fiumi e sulle sorgenti di acqua: *diventarono sangue.* [5]Allora udii l'angelo delle acque che diceva:

«Giusto sei, tu che sei e che eri,
o Santo,
se hai inflitto tali castighi!
[6] Poiché versarono il sangue
di santi e profeti,
sangue anche tu desti loro da bere.
Ne sono ben meritevoli!».

[7]Udii quindi una voce dall'altare che diceva:

«Sì, o Signore, Dio Onnipotente,
giusti e veraci sono i tuoi giudizi».

[8]Il quarto versò la sua coppa sul sole, affinché avvampasse gli uomini col fuoco; [9]e questi, tormentati da un calore insopportabile, si misero a lanciare bestemmie contro il nome di Dio, dal quale provenivano questi flagelli; ma non si piegarono a rendergli gloria.

[10]Il quinto versò la sua coppa sul trono della bestia; il suo regno s'offuscò, gli uomini si mordevano la lingua dal dolore; [11]bestemmiavano contro il Dio del cielo a causa dei dolori provocati dalle loro ulcere; ma non si ravvidero dalla loro condotta.

[12]Il sesto versò la sua coppa sul *grande fiume Eufrate.* La sua acqua s'essiccò, in modo da lasciar via libera ai *re dell'Oriente.* [13]Quindi vidi uscire dalla bocca del dragone, della bestia e del falso profeta tre spiriti impuri, che somigliavano a rane. [14]Sono, infatti, spiriti demoniaci che, muniti di poteri taumaturgici, hanno il compito di chiamare a raccolta i re di tutta la terra per la guerra del gran giorno di Dio, l'Onnipotente.

[15]Ecco: io verrò come un ladro; beato colui che è vigilante e conserva le sue vesti; così non camminerà ignudo e non lascerà scorgere la sua vergogna!

[16]E radunarono i re nel luogo chiamato in ebraico Armaghedòn.

[17]Infine, il settimo versò la sua coppa nell'aria; dal tempio, dalla parte del trono, uscì una voce che disse: «È compiuto». [18]Vi furono allora *lampi, voci e tuoni* e un terremoto talmente grande, che mai è avvenuto un terremoto così veemente da quando l'umanità è apparsa sulla terra, [19]per cui la grande città si scisse in tre parti e le città delle nazioni crollarono. E fu fatta menzione davanti a Dio della *grande Babilonia*, affinché le fosse dato da bere il calice del vino della sua ira furente.

[20]Tutte le isole fuggirono e i monti scomparvero; [21]e dal cielo cadde sugli uomini una grandine così grossa da apparire una pioggia di talenti; e gli uomini bestemmiarono Dio a causa del flagello della grandine, perché oltremodo grande era un tale flagello.

17 **La grande meretrice.** - [1]Poi uno dei sette angeli dalle sette coppe s'avvicinò a me e mi disse: «Orsù, voglio mo-

---

16. - [1.] *Le sette coppe*, divise in due gruppi di tre e di quattro per accentuare il simbolismo (4 numero del mondo, 3 numero di Dio), simboleggiano gli ultimi mali del mondo, che assomigliano alle piaghe d'Egitto. Con esse si raggiunge la realizzazione piena e finale dei castighi di Dio.

strarti il castigo della grande meretrice, che *sta assisa su acque copiose;* [2]con essa i re della terra hanno fornicato e col vino della sua prostituzione *si sono inebriati* gli abitanti della terra».

[3]Mi trasportò quindi in spirito nel deserto, dove vidi una donna seduta sopra una bestia scarlatta, piena di nomi blasfemi, con sette teste e dieci corna. [4]La donna era vestita di porpora e di scarlatto, tutta adorna di gioielli d'oro, pietre preziose e perle; teneva in mano una coppa d'oro, ricolma di abominazioni e impurità della sua prostituzione. [5]Sulla fronte portava scritto un nome simbolico: «*La grande Babilonia, la madre delle meretrici* e delle *abominazioni della terra».* [6]E potei scorgere come la donna fosse ebbra del sangue dei santi e del sangue dei martiri di Gesù. Al vederla io fui preso da grande meraviglia. [7]Ma l'angelo mi disse: «Perché ti meravigli? Ora ti spiego il mistero della donna e della bestia dalle sette teste e dieci corna, sulla quale ella siede. [8]La bestia, che hai vista, era e non è più; *sta per risalire dall'Abisso,* per poi andarsene in perdizione. Al vedere la bestia che era e non è più e che riapparirà, rimarranno stupiti gli abitanti della terra, il cui nome non si trova scritto, sin dall'origine del mondo, sul libro della vita.

[9]Qui occorre la mente che ha sapienza: le sette teste sono sette colli su cui è adagiata la donna; [10]sono anche sette re, dei quali i primi cinque sono passati, uno c'è e l'altro non è venuto ancora; ma quando apparirà, rimarrà per poco tempo. [11]La bestia che era e non è più è l'ottavo; anch'essa è del numero dei sette, ed è destinata alla perdizione.

[12]Le corna che hai viste sono dieci re, i quali non hanno ricevuto ancora un regno; riceveranno la regalità insieme alla bestia per una sola ora. [13]Di comune accordo trasmetteranno la loro potenza e autorità alla bestia. [14]Faranno guerra all'Agnello, ma l'Agnello li sconfiggerà, poiché egli è il *Signore dei signori e Re dei re,* e quelli con lui

---

sono i chiamati, gli eletti e i fedeli».

[15]E aggiunse: «Le acque su cui hai visto assisa la meretrice sono popoli, folle, nazioni e lingue. [16]Le dieci corna che hai visto e la bestia prenderanno in odio la meretrice, la renderanno desolata e nuda, ne divoreranno le carni e la daranno alle fiamme. [17]Dio infatti guiderà le loro menti a portare a compimento il suo piano col far trasmettere di comune accordo alla bestia la loro potestà regale, in modo che si compiano le parole di Dio. [18]La donna che hai vista è la grande città che esercita il suo potere regale sui re della terra».

18 La rovina di Babilonia. - [1]Dopo ciò vidi un altro angelo scendere dal cielo con grande potestà; la terra fu illuminata al suo splendore. [2]Gridò con voce possente:

«È caduta, è caduta
Babilonia, la grande!
È diventata rifugio di demòni,
carcere di ogni spirito immondo,
carcere di ogni uccello impuro,
carcere di ogni animale
immondo e detestabile.
[3] Ché dal vino provocante
della sua fornicazione
bevvero tutte le genti;
con essa i re della terra fornicarono,
con il lusso sfarzoso di lei
arricchirono i mercanti della terra».

[4]Udii ancora un'altra voce dal cielo che disse:

«Uscite da essa, o popolo mio,
affinché non vi associate
ai suoi stessi peccati
e non siate colpiti
dai suoi stessi flagelli.
[5] Ché sono giunti fino al cielo
i peccati di lei;
si è ricordato Dio delle sue iniquità.
[6] Come essa v'ha dato, così ripagatela;
rendetele il doppio
in proporzione delle sue opere;
nella coppa in cui lei ha versato
mescete doppia misura per lei.
[7] Per quanto di gloria
e di sfarzo s'è data,
altrettanto a lei date
di lutto e tormento.
Poiché *dice in cuor suo:*

---

17. - [3.] Questa *donna* non è propriamente né Roma né Babilonia, ma il simbolo di ogni società anticristiana. Forse anche qui, come nel vangelo (rovina di Gerusalemme e fine del mondo), ci sono due profezie: quella che riguarda Roma e l'Impero romano e quella che riguarda la fine del mondo. Ma Roma con i suoi imperatori e con la sua rovina, causata dai barbari, con la sua corruzione, diventa il simbolo e il preannuncio di quanto accadrà al mondo intero, quando verrà la fine.

"Io siedo regina e vedova non sono
e lutto non vedrò giammai",
8 per questo in un sol giorno
    verranno i suoi flagelli:
    morte, lutto e fame;
    dalle fiamme sarà divorata.
    Sì, forte è il Signore Dio,
    è lui che l'ha giudicata».

Lamenti su Babilonia. - *9Allora i re della*
terra che, abbandonandosi ai piaceri, *avran-*
no fornicato con essa, piangeranno e faran-
no lamento per lei, al contemplare il fumo
del suo incendio; 10e da lontano, perché
presi dal terrore del suo supplizio, diranno:

«Guai, guai, o città grande,
o Babilonia, città potente,
ché in un momento
è giunto il tuo castigo!».

11E i mercanti della terra piangono e fanno lamento su di lei, perché nessuno compra più la loro merce: 12merce d'oro e d'argento, di pietre preziose e perle, di bisso e
di porpora, di seta e di scarlatto; ogni specie
di legno odorifero, ogni specie di oggetti
d'avorio, di oggetti di legno prezioso, di
bronzo, ferro e marmo; 13cinnamomo e
spezie; profumi, mirra e incenso; vino e
olio; semola e frumento; bestiame e pecore,
cavalli e cocchi; schiavi e vite umane.

14 «I frutti, anelito della tua anima,
    sono fuggiti lontano da te;
    e ogni segno di opulenza e fasto
    è scomparso lontano da te;
    queste cose nessuno più troverà».

15I mercanti, dunque, che essa aveva arricchito in tale commercio, da lontano, perché presi dal terrore del suo supplizio, piangeranno e faranno lamento dicendo:

16 «Guai, guai, o città grande,
    tu che vestivi di bisso,
    di porpora e di scarlatto,
    tu che ti ornavi di gioielli d'oro,
    di pietre preziose e perle;
17 ecco: in un sol momento
    è andata in fumo tanta ricchezza!».

18E ogni nocchiero e tutti quelli che viag-
giano in mare, *i marinai e quanti trafficano*
nel mare, lontano si fermarono e al vedere
il fumo del suo incendio gridano: «Chi

uguagliava la grande città?». *19E gettandosi*
polvere sulle loro teste gridano piangendo
e facendo lamenti:

«Guai, guai, o città grande!
Della sua opulenza si arricchirono
quanti in mare possedevano navi.
Sì, in un sol momento
s'è compiuta la sua rovina!».
20 «Rallegrati per essa, o cielo,
e voi, santi, apostoli e profeti,
perché Dio ha preso
la vostra vendetta su lei!».

21Poi un angelo possente sollevò una pietra grande come una mola e la gettò nel mare dicendo:

«Con tale impeto sarà sommersa
Babilonia, la grande città,
e più non apparirà.
22 Armonia di arpisti e musici,
di flautisti e trombettieri
in te più non s'udrà.
Artista in ogni arte esperto
in te più non vi sarà.
Cigolìo di mola
in te più non s'udrà;
23 luce di lampada
in te più non brillerà;
voce di sposo e sposa
in te più non s'udrà.
Sì, erano i tuoi mercanti
i grandi della terra;
sì, dalle tue malìe
tutte le genti furono sedotte.
24 In essa s'è trovato
il sangue di profeti e di santi
e di tutti quelli che sulla terra
sono stati immolati».

19 **Gioia in cielo.** - 1Dopo questo udii in
cielo come il clamore di una folla
sterminata che diceva:

«Alleluia!
Salvezza, gloria e forza
sono del nostro Dio!
2 Sì, veraci e giusti sono i suoi giudizi!
Sì, egli ha castigato
la grande meretrice
che corrompeva la terra
con la sua prostituzione,
vendicando su di lei
il sangue dei suoi *servi*!».

³E per la seconda volta dissero:

«Alleluia!
Sale il fumo di lei nei secoli dei secoli!».

⁴Allora i ventiquattro Seniori insieme ai quattro Viventi si prostrarono per adorare Dio che sedeva sul trono, dicendo:

«Amen. Alleluia!».

⁵Uscì quindi dal trono una voce che disse:

«*Innalzate lodi al* nostro *Dio,
voi tutti,* suoi *servi,*
e voi che lo temete,
piccoli e grandi!*».

⁶Poi udii come il vocìo di una folla immensa, simile al fragore di acque copiose, come il rimbombo di tuoni possenti; dicevano:

«Alleluia! Sì, *ha inaugurato il suo regno il Signore Dio* nostro, *l'Onnipotente!*
⁷ Rallegriamoci ed esultiamo,
rendiamo a lui gloria,
ché giunte son le nozze dell'Agnello
e pronta è la sua sposa;
⁸ ecco: le hanno dato una veste
di bisso puro, splendente»».

Il bisso rappresenta le opere buone dei santi.
⁹Poi l'angelo mi dice: «Scrivi: Beati coloro che sono stati invitati alla cena nuziale dell'Agnello!». E soggiunse: «Queste parole sono veraci, provengono da Dio».
¹⁰Allora caddi ai suoi piedi in segno di adorazione; ma egli mi disse: «Guàrdati dal farlo! Io sono servo come te e come i tuoi fratelli, che posseggono la testimonianza di Gesù. È Dio che devi adorare».
Ora la testimonianza di Gesù è lo spirito profetico.

Il Verbo di Dio. - ¹¹Vidi poi aprirsi il cielo; ed ecco un cavallo bianco; colui che lo ca-

valcava è chiamato Fedele e Verace; con giustizia giudica e combatte. ¹²I suoi occhi sono come fiamma ardente; sul capo numerosi diademi e porta scritto un nome che nessuno, all'infuori di lui, comprende. ¹³*Il mantello* che indossa è *intriso di sangue*; il suo nome è: il Verbo di Dio. ¹⁴Lo seguono gli eserciti celesti, montando anch'essi cavalli bianchi, vestiti di puro candido bisso. ¹⁵Dalla sua bocca esce una spada affilata per colpire con essa le genti. È lui che *governerà con verga di ferro*; è lui che *pigerà il tino* dell'ira furente di Dio, l'Onnipotente. ¹⁶Sul mantello e sul femore porta scritto un nome: «Re dei re e Signore dei signori».
¹⁷Poi vidi un angelo che stava sul sole, il quale gridò a gran voce agli uccelli volanti nel mezzo del cielo:

«Orsù, radunatevi
per il gran pasto di Dio,
¹⁸ dove carne di re mangerete,
carne di capitani e d'eroi,
carne di cavalli e dei loro cavalieri,
carne di uomini d'ogni condizione:
liberi o schiavi, piccoli o grandi!».

¹⁹E vidi la bestia insieme ai re della terra e i loro eserciti radunati per combattere contro il Cavaliere e il suo esercito. ²⁰Ma la bestia venne presa insieme allo pseudoprofeta, quello che per conto di essa aveva fatto prodigi, con i quali aveva sedotto gli uomini, inducendoli a ricevere il marchio della bestia e adorarne l'immagine. Vivi furono gettati i due nello stagno di fuoco che brucia con zolfo. ²¹Tutti gli altri furono sterminati dalla spada che usciva dalla bocca del Cavaliere; e *tutti gli uccelli si saziarono delle loro carni.*

20 **Il regno millenario.** - ¹Quindi vidi discendere dal cielo un angelo con in mano la chiave dell'Abisso e una grossa catena. ²Afferrò il dragone, il serpente antico, quello che è chiamato il diavolo o Satana, e l'incatenò per mille anni; ³quindi, gettatolo nell'Abisso, chiuse e vi pose il sigillo, affinché non potesse più sedurre le genti sino al compimento dei mille anni, quando dovrà essere sciolto, ma per breve tempo.
⁴Apparvero poi dei seggi; a quelli che vi si assisero *fu data potestà di giudicare*; vidi, inoltre, le anime di coloro che sono stati decapitati a causa della testimonianza di Gesù

---

20. - ¹·². Giovanni riprende la storia anteriore del *dragone*, interrotta al c. 12. Il potere di Satana è limitato da forza superiore per *mille anni* (cifra tonda che indica il tempo che deve correre da Gesù Cristo agli ultimi tempi), poi sarà sciolto per poco tempo e di nuovo rinchiuso eternamente.

e la parola di Dio, come anche le anime di quelli che non hanno adorato la bestia e la sua immagine, né hanno ricevuto il marchio sulla fronte o sulla mano: risuscitati, entrarono con Cristo nel regno millenario. [5]Ma gli altri morti non risuscitarono prima del compimento dei mille anni.

Questa è la prima risurrezione. [6]Beati e santi coloro che hanno parte alla prima risurrezione: su di loro la seconda morte non ha potere; saranno sacerdoti di Dio e del Cristo e regneranno con lui per mille anni.

L'estremo combattimento. - [7]Una volta compiuti i mille anni, Satana sarà lasciato libero dal carcere [8]e uscirà ad ingannare le genti *dei quattro angoli della terra, cioè Gog e Magog,* convocandoli per la guerra; il loro numero uguaglia l'arena del mare. [9]Saliti *sull'altipiano della terra,* presero d'assalto l'accampamento dei santi e la città *diletta. Ma scese dal cielo da parte di Dio un fuoco* che li *divorò.* [10]Il diavolo, loro seduttore, fu gettato nello stagno di fuoco e zolfo, proprio dove si trovano la bestia e lo pseudoprofeta. E saranno tormentati giorno e notte, nei secoli dei secoli.

La risurrezione finale. - [11]Vidi poi un trono bianco, molto grande: *davanti a Colui* che sedeva su di esso, *fuggirono* il cielo e *la terra* e il loro posto non si trovò più. [12]I morti, grandi e piccoli, stavano davanti al trono, mentre *venivano aperti dei libri;* e un altro libro fu aperto, quello della vita. I morti venivano giudicati in base a quanto stava scritto nei libri, *secondo le loro opere.* [13]Infatti, dopo che il mare ebbe dato i suoi morti e la Morte e l'Ade ebbero dato i loro morti, *furono giudicati* singolarmente *secondo le loro opere.*

[14]La Morte e l'Ade furono gettati nello stagno del fuoco. Questa è la seconda morte, lo stagno del fuoco. [15]Quindi, chi non *si trovò scritto nel libro della vita* fu gettato nello stagno di fuoco.

21 **La nuova creazione.** - [1]Poi *vidi un cielo nuovo e una terra nuova.* Infatti, il cielo e la terra di prima erano scomparsi; neppure il mare c'era più.

[2]E vidi la *Città santa,* la nuova *Gerusalemme,* discendere dal cielo da presso Dio, *preparata come una sposa adorna per il suo sposo.* [3]E udii dal trono una voce possente che disse:

«*Ecco la dimora* di Dio con gli uomini
e dimorerà con loro
ed essi saranno suo popolo
ed egli sarà il "Dio-con-loro".
[4] *E asciugherà ogni lacrima dai* loro *occhi;*
non vi sarà più morte
né lutto e grida e dolore.
Sì, le cose di prima sono passate».

[5]E Colui che sedeva sul trono disse: «Ecco: faccio nuove tutte le cose». E aggiunse: «Scrivi: fedeli e veraci sono queste parole». [6]E ancora:

«È compiuto!
Io sono l'Alfa e l'Omega,
il Principio e la Fine.
A colui che ha sete darò da bere
dalla sorgente *dell'acqua viva,*
gratuitamente.
[7] Solo chi sarà vittorioso
avrà in retaggio queste cose.
Io sarò per lui Dio
ed egli sarà per me figlio.

[8]Ma quanto ai codardi, infedeli, depravati e omicidi, impudichi, venefici e idolatri, a quanti son pieni d'ogni sorta di menzogna, la loro sorte è nello stagno, quello *che brucia con fuoco e con zolfo.* È questa la morte seconda».

La Gerusalemme celeste. - [9]Poi uno dei sette angeli dalle sette coppe piene dei sette estremi flagelli si avvicinò a me e mi disse: «Orsù, voglio mostrarti la fidanzata, la sposa dell'Agnello». [10]E mi trasportò su un monte altissimo, dove mi mostrò *la Città santa, Gerusalemme,* discesa dal cielo da presso Dio, [11]circonfusa della *gloria di Dio.*

---

6. Tra le due venute di Cristo, i santi, che non adorarono la bestia, avranno *la prima risurrezione* con la gloria dell'anima in cielo, mentre i dannati avranno la morte temporale ed eterna. Dopo i detti mille anni, avverrà la seconda risurrezione, che per i santi sarà gloria del corpo e dell'anima, per i dannati vera morte del corpo e dell'anima nelle eterne sofferenze dell'inferno.

8. *Gog* e *Magog* (Ez 38-39) rappresentano tutte le nazioni empie, collegate contro la chiesa, che daranno battaglia finale nella simbolica località detta Armaghedòn (16,16).

21. - [1]. La perversione dell'uomo nel peccato umiliò la natura visibile, l'assoggettò alla maledizione (Gn 3,17); la glorificazione dell'uomo la rinnoverà e la farà partecipe dell'incorruttibilità degli eletti.

Il suo splendore è simile a quello di pietre preziosissime, come di diaspro cristallino. [12]Ha un muro di cinta grande e alto, con dodici porte sormontate da dodici angeli e recanti i nomi scritti delle dodici tribù dei figli d'Israele: [13]a oriente tre porte, a settentrione tre porte, a mezzogiorno tre porte, a occidente tre porte. [14]Le mura della città poggiano su dodici basamenti, su cui sono scritti i dodici nomi dei dodici apostoli dell'Agnello.

[15]Ora colui che parlava con me aveva una canna graduata, d'oro, per misurare la città, le porte e le mura. [16]La città è quadrangolare: la sua lunghezza è quanto la larghezza. Misurò con la canna la città: dodicimila stadi. La lunghezza, la larghezza e l'altezza sono uguali. [17]Misurò le mura: centoquarantaquattro cubiti; misura d'uomo, cioè di angelo. [18]Le mura sono costruite di diaspro e la città è d'oro finissimo, simile a vetro limpido. [19]I basamenti delle mura della città sono ornati d'ogni specie di pietre preziose: il primo basamento, diaspro; il secondo, zaffiro; il terzo, calcedonio; il quarto, smeraldo; [20]il quinto, sardonico; il sesto, corniola; il settimo, crisolito; l'ottavo, berillo; il nono, topazio; il decimo, crisopazio; l'undecimo, giacinto; il dodicesimo, ametista. [21]Le dodici porte sono dodici perle: per ciascuna delle porte v'era una perla. Infine, la

piazza della città è d'oro finissimo, come vetro trasparente.

[22]Ma tempio non vidi in essa: il Signore Dio, l'Onnipotente, insieme all'Agnello, è il suo tempio. [23]E la città non ha bisogno della luce del sole o della luna: la gloria di Dio, infatti, la illumina, e l'Agnello ne è la lampada.

[24] *E cammineranno le genti* alla sua *luce*
e i re della terra a lei porteranno
la loro gloria.
[25] *Le sue porte non si chiuderanno*
di giorno
poiché non vi sarà più notte,
[26] *e porteranno* a lei *la gloria*
e il fasto delle genti.
[27] *Ma nulla d'impuro in essa entrerà*;
né chiunque commette
empietà e menzogna.
Entrerà soltanto chi sta scritto
nel libro della vita dell'Agnello.

22 **Il fiume d'acqua viva.** - [1]Mi mostrò poi un fiume d'acqua viva, limpido come cristallo, che scaturiva dal trono di Dio e dell'Agnello. [2]Fra la piazza e il fiume, di qua e di là, *vi sono alberi di vita, che portano frutto* dodici volte, una ogni mese, *con foglie che hanno virtù medicinale per la guarigione delle genti.*

[3] *E ogni maledizione non vi sarà più*;
ma il trono di Dio e dell'Agnello
sarà in mezzo a lei,
i suoi servi a lui presteranno culto;
[4] *contempleranno la sua faccia*
e porteranno sulla fronte il suo nome.
[5] E poiché notte più non vi sarà
non avrà bisogno di luce di lampada
né di luce di sole;
poiché il Signore Dio
spanderà su loro la sua luce,
e regneranno nei secoli dei secoli.

EPILOGO

«Ecco, vengo presto!». - [6]E mi disse: «Queste parole sono fedeli e veraci, poiché il Signore Dio, che ispira i profeti, mediante il suo angelo ha voluto indicare ai suoi servi *ciò che dovrà accadere* fra breve. [7]Ecco: vengo presto! Beato chi osserverà le parole profetiche di questo libro!».

[18-21.] Siccome è impossibile descrivere con espressioni umane la bellezza della città celeste, Giovanni usa i nomi delle più preziose conosciute ai suoi tempi per dare una pallida idea di bellezze completamente sconosciute all'uomo. I nomi delle pietre preziose qui nominate corrispondono più o meno a quelle conosciute da noi.

[22-23.] Nella nuova Gerusalemme non vi sarà un tempio né vi sarà bisogno di luci, perché Dio stesso e l'Agnello saranno *tempio* e *luce*. Nel significato simbolico, queste espressioni vogliono indicare che gli eletti godranno sempre della presenza beatificante di Dio, che si mostrerà loro così com'è e li renderà felici della propria felicità senza bisogno di mediazioni.

[22.] - [1-2.] Per questi due vv. cfr. Ez 47,1-12, che ha quasi la medesima descrizione. Il *fiume d'acqua viva* è simbolo della vita eterna, data da Dio ai suoi eletti nel grado di felicità perfetta. Gli *alberi di vita* che fruttificano dodici volte all'anno e dei cui frutti tutti possono cibarsi, significano il dono dell'immortalità conservata appunto dai frutti che sempre si rinnovano.

[3-5.] *E ogni maledizione non vi sarà più*: nel paradiso terrestre tutto fu maledetto a causa del primo peccato; all'entrata nella terra promessa gl'Israeliti votarono alla distruzione gli abitanti e le loro città a motivo dei loro peccati; nella Gerusalemme celeste, invece, tutto sarà puro e santo, felice e beato.

⁸Io, Giovanni, ho udito e veduto queste cose.

Ora, quando le audizioni e le visioni ebbero termine, caddi ai piedi dell'angelo in segno di adorazione. ⁹Ma egli mi disse: «Guàrdati dal farlo! Anch'io sono servo come te e come i profeti tuoi fratelli e come quelli che osserveranno le parole di questo libro. Dio solo adorerai!».

¹⁰E aggiunse: «Non tenere nascoste le parole profetiche di questo libro; il tempo, infatti, è vicino! ¹¹L'ingiusto commetta pure ingiustizie, l'immondo si faccia sempre più immondo, e il giusto séguiti ad agire secondo giustizia e il santo si santifichi ancor più!

¹²Ecco: vengo presto; con me ho la mercede che darò a ciascuno secondo le sue opere.

¹³Io sono l'Alfa e l'Omega, *il Primo e l'Ultimo*, il Principio e la Fine. ¹⁴Beati coloro che *lavano le loro vesti*, così da poter mangiare dall'*albero della vita* ed entrare attraverso le porte nella città. ¹⁵Fuori i cani, venefici, impudichi, omicidi, idolatri e chiunque ama e pratica la menzogna!».

«Vieni, o Signore Gesù». - ¹⁶«Io, Gesù, ho inviato il mio angelo che attestasse a voi quanto concerne le chiese. Io sono la radice, la stirpe di Davide, la stella lucente del mattino».

¹⁷Lo Spirito e la Sposa dicono: «Vieni!»; così chi ascolta dica: «Vieni!». Colui che ha sete venga e chi ne ha desiderio attinga *gratuitamente l'acqua della vita*.

¹⁸A chi ascolta le parole profetiche di questo libro dichiaro: se qualcuno *farà delle aggiunte ad esse*, Dio farà giungere su di lui i flagelli *descritti in questo libro*. ¹⁹E se uno sottrarrà qualcosa dalle parole di questo libro profetico, Dio sottrarrà la sua sorte dall'*albero della vita* e dalla Città santa, descritte in questo libro.

²⁰Colui che attesta queste cose dice: «Sì, vengo presto!». Amen. Vieni, o Signore Gesù!

Augurio conclusivo. - ²¹La grazia del Signore Gesù sia con tutti i santi. Amen.

---

¹¹· Se nonostante i castighi e i premi uno vuol continuare nel male, continui pure, Dio lo lascerà fare, ma il castigo sarà inesorabile e tremendo. Il piano di Dio non si arresterà davanti alla condotta dell'uomo, qualunque essa sia. Questo v. vuole correggere la possibile interpretazione delle parole precedenti, dalle quali potrebbe dedursi che la venuta di Cristo è ormai imminente, e quindi ridursi a un'attesa inerte e forse viziosa. No, dice l'angelo a Giovanni, c'è ancora tempo, e il cattivo che non vuole convertirsi ha ancora spazio per nuovi peccati, e il giusto può ancora aumentare la corona dei suoi meriti, che accresceranno pure la sua gloria nella celeste Gerusalemme.

¹²· *Vengo presto*: da intendersi in due modi: nel senso della venuta di Gesù Cristo per il giudizio individuale dopo la morte di ciascuno, e nel senso della venuta finale, della quale può dirsi che sarà presto, poiché di fronte all'eternità gli anni contano poco. Chi parla qui è Gesù Cristo, il quale afferma che avrà con sé la *mercede* per *ciascuno*, poiché alla fine ognuno sarà ricompensato secondo le sue opere.

SUSSIDI

MISURE, PESI E MONETE

MISURE DI PESO

Nell'AT la più piccola unità di peso era la *ghera*, ca. 0,55 g;
10 ghere formavano *una beqa*, ca. 6 g;
due beqe costituivano *un siclo*, ca. 11,5 g; vi era però anche il *siclo reale pesante*, di 12 g;
50 sicli equivalevano a *una mina*, ca. 575 g;
60 mine costituivano *un talento*, ca. 34 kg; vi era anche il *talento doppio pesante*, di ca. 60 kg.

Nel NT sono conosciuti soltanto due pesi:
la *libbra*, di ca. 327 g;
il *talento*, il cui peso variava da 20 a 40 kg.

MISURE DI LUNGHEZZA

Nell'AT troviamo usate:
il *dito*, equivalente a un quarto di palmo, ca. 18,75 mm;
il *palmo*, o mano, corrispondente a ca. 75 mm;
la *spanna*, uguale a tre palmi, ca. 25 cm;
il *cubito*, dal gomito all'estremità del dito medio, ca. 45 cm; il *cubito antico* era di ca. 52,5 cm;
la *canna*, formata da sei cubiti, ca. 270 cm.

Nel NT troviamo:
il *cubito*, di ca. 55 cm;
il *braccio*, di ca. 185 cm;
lo *stadio*, di ca. 185 m;
il *miglio*, corrispondente a mille passi, ca. 1478 m. Il cammino di un sabato corrispondeva a 2000 cubiti.

MISURE DI CAPACITÀ

Nell'AT, per liquidi:
il *log*, corrispondente a ca. un terzo di litro;
il *kab* (*qab*), equivalente a ca. 1,2 litri;
l'*hin*, equivalente a ca. 3,6 litri;
il *bat*, equivalente a ca. 22 litri;
il *comer* e il *kor*, equivalenti a ca. 220 litri

Nell'AT, per solidi:
log, kab, kor, comer: vedi sopra;
l'*omer*, corrispondente a ca. 2,2 litri;
il *seah* (*sea*), contenente ca. 7,3 litri;
l'*efa*, contenente ca. 22 litri;
il *letek*, corrispondente a cinque efa, ca. 110 litri;

Nel NT, per liquidi:
lo *xestes*, contenente ca. 0,3 litri;
il *batos*, o metreta, corrispondente a 39,5 litri.

Nel NT, per solidi:
il *chenice*, contenente ca. 1,2 litri;
il *modius*, o moggio, corrispondente a ca. 8,7 litri;
il *saton*, o misura, corrispondente a ca. 13 litri;
il *koros*, equivalente a 40,5 saton, ca. 525 litri

MONETE

Le monete coniate incominciarono ad apparire nel sec. VII a.C., prima in Anatolia, poi in Grecia. Prima d'allora si scambiavano metalli e materiali vari, come lana, cereali, frutti, legname, bestiame. I metalli pregiati, come oro e argento, venivano pesati e se ne valutava la qualità. Alcune misure di peso divennero nomi di monete.

Per dare un valore odierno alle monete antiche è quindi necessario, più che fissare cifre, sempre imprecise e sempre variabili, indicare il peso delle diverse monete, per tradurlo poi nel valore del giorno. I valori, però, sono sempre approssimativi.

Le monete più note di cui abbiamo notizia sono le seguenti:

Il *talento*, che poteva essere di oro o di argento, di circa kg 34,272, equivalente a 60 mine.

La *mina*, ordinariamente d'argento, di g 570, equivalente a 50 sicli (in Ez 45,12 equivale a 60 sicli, g 685).

Il *siclo*, di oro o di argento, di g 11,4.

La *ghera*, circa un ventesimo di siclo, di g 0,60.

Lo *statere attico*, ordinariamente di oro, di g 8,60.

La *dramma*, ordinariamente di rame, di g 4,36.

Il *didramma*, il doppio della precedente, g 8,60; durante il regno seleucida, rispettivamente 3,50 e 7.

Il *tetradramma*, ordinariamente d'argento, pari a g 17,40. Quella di Tiro, chiamata a volte anche *statere*, equivaleva a g 14,40.

Il *calco*, di g 8,60; sotto Antioco IV circa g 6.

Il *lepton*, o spicciolo, era un settimo del calco, g 1,228.

L'*obolo*, di g 0,72. A volte è confuso con il lepton.

L'*aureus romano*, di circa g 7,80.

Il *denaro*, ordinariamente d'argento, fino al sec. III a.C. equivaleva a g 4,55; dal 216 a.C. sino a Nerone, g 3,85; dopo, g 3,41.

L'*asse* di rame, di circa g 10.

Il *quadrante*, di rame, di circa g 3,10.

Il *sesterzio*, di rame, corrispondeva a g 25,40.

INDICE TEMATICO

Bestemmia

Lv 18,21; 24,16, 2Sam 12,14; Tb 13,14; Sal 92,7; 37,22; 78,17; Is 37,23; 52,5; Mt 12,31ss; Mc 3,28ss; Lc 12,10; 1Cor 12,3; 1Tm 1,20; Gd 9; Ap 13,5; 16,9.11.21; 17,3.

Bontà

– di Dio verso i suoi, Gn 18,26.30; Es 6,1; 9,26; 11,7; 20,6; 34,6; Nm 20,8; Dt 4,29; 5,10; 7,9; 10,18; 28,1; 30,3; 32,10; 2Sam 7,12; 12,13; 24,14, 1Re 8,23, 2Re 20,5; Ne 9,8; Sal 32,5; 145,8; Sap 11,24; Sir 2,11; 18,1 Is 30,18; 54,5.7; 55,7; Ger 12,15; 18,8; Ez 18,27; 37,17, Os 2,21, Gl 2,13, Gio 4,2; Mt 11,28; 18,19; Lc 1,30; 6,36; 15,20.27; 23,43; Rm 11,14.31; 2Cor 1,3; Ef 2,4; 1Tm 1,13.16.

Carità

– virtù più eccellente della fede, Pro 10,12; Mt 22,36ss; Mc 12,33; 1Cor 13,1ss; Col 3,14; 1Tm 1,5; 1Pt 4,8; 1Gv 4,16.

– fraterna, Gn 13,8; Lv 19,18; Dt 22,1; 1Sam 18,1; Sal 112,5; 133,1; Pro 10,1.12; 14,21; Qo 4,12; Ct 2,4; Sir 17,12; 25,2.12; 41,25; Mt 5,19; 7,3ss; 19,19; 22,39.40; Gv 13,14; 34ss; 15,12ss; Rm 9,3; 12,10; 13,9; 1Cor 12,26.27; 13,1ss 8; Gal 5,14; 6,2; Ef 4,3.4.15.25.32; 5,2; Fil 1,27; 2,2.4; Col 3,13ss; 1Ts 2,8; 4,9ss; 1Tm 1,5; Eb 13,1; 1Pt 4,8ss; 1Gv 2,10; 3,23; 4,7.12.

– verso i nemici, Es 23,4; 1Sam 24,5.7; 26,5; 30,11; 2Sam 19,19; 2Re 6,21; Gb 31,29; Pro 25,21; Mt 5,44; Lc 6,27.35; 23,34; At 7,60; Rm 12,20.

– dei primi cristiani, At 2,44ss; 4,32; 11,28ss.

Castità

– sua eccellenza, Sal 45,15; Sap 6,20; Mt 5,8; 19,12; 22,30; 25,1ss; Mc 12,25; Lc 1,27; 20,34.35; At 24,15; 1Cor 7,25ss; 2Cor 11,2; 1Tm 4,12; 5,2; Ap 14,4.

– consigliata come perfezione evangelica, Mt 19,21; 1Cor 7,25; 2Cor 11,2; Tt 2,5.

– lodi alla castità, 1Sam 21,5; Tb 6,16ss; Sal 44,15; Pro 22,11; Sap 3,13ss; 4,1ss; 6,20; Sir 26,20; Is 7,14; 56,3ss; Zc 9,17; 2Mac 14,38; Mt 5,8.28; 19,12; 22,30ss; 25,1; Lc 1,27; 20,34; At 24,25; Rm 2,7; 1Cor 7,25ss; 2Cor 6,6; 11,2; 1Tm 2,2; 3,2; 4,12; 5,2; Tt 1,8; 2,5; Ap 14,4.

Chiesa

– è una, visibile, raffigurata dall'unica e visibile arca, Gn 6,14; 1Pt 3,20; dalla santa città Gerusalemme, Ap 21,2; dall'orto chiuso e dal fonte sigillato, Ct 4,12; dalla vigna, Sal 80.9; Ct 2,15; Is 5,1ss; Ger 2,21; 12,10; Mt 20,1ss; Mc 12,1ss; Lc 20,9ss; dalla nave, Lc 5,3; dalla rete che raccoglie i pesci buoni e i cattivi, Mt 13,47; dal campo, Mt 13,24.

– non può sbagliare, Is 29,21; Mt 16,18; 28,20; Lc 22,32; Gv 14,16; 16,13; 17,11.20; 1Tm 3,15ss; 1Gv 2,27.

– è la sposa di Cristo, Sal 45,11; Ez 16,9; 2Cor 11,2; Ef 5,25; Ap 21,9.

– capo della Chiesa è Cristo, Os 2,2; 1Cor 12,27; Ef 1,22; 4,15; 5,23; Col 1,18; 2,10.

– sono promesse le chiavi e la potestà alla Chiesa, Mt 16,19; – sono consegnate, Gv 20,23; – sono esercitate, Mt 18,17.

– Cristo acquistò la Chiesa col suo sangue, At 20,28; 1Cor 6,20; 7,23; Ef 2,13; Col 1,14; Eb 9,12; 1Pt 1,19; 1Gv 1,7; Ap 1,5; 5,9; 14,4.

– Dio protegge e custodisce la sua Chiesa, Es 13,21; 29,45; Lv 26,12; Dt 7,21; 23,14; 31,3; 1Re 6,13; Sal 91,1.11; 132,13; Is 43,2; Ger 96,28; Mt 18,20; 28,20; Gv 14,23; 2Cor 6,16.

– la Chiesa dei fedeli nasce e si propaga con la sana dottrina, Gv 1,12; 3,3; Rm 8,13; 9,8; 1Cor 4,15; Gal 3,20; 4,19; Ef 1,5; Tt 1,1; Fm 10; Gc 1,18; 1Pt 1,23; 1Gv 3,9; 5,1.18.

Comandamenti

Gn 17,1; 26,4.5; Es 16,28; Lv 26,3; Dt 4,40; 5,32; 6,7; 26,17; 28,2.15.16; 30,11; 1Re 14,8; 2Re 23,3; Sal 1,1.2; 19,9; 40,9; 94,20; 112,1; 119,1.2.4.6.9.11.21. 32.34.55.57.69.77.86. 94.97.99.102. 105.112.125.136.143.155.159.

163.165. 168; Pro 6,23; 7,1ss; Sap
2,11; Sir 2,12.16; 15,14ss; 32,24;
35,1; 41,8; Ger 31,33; Bar 4,1; Mt
5,17.19; 7,12; 11,30; 15,6;
19,16ss; 22,36ss; 28,19.20; Mc
7,9; 10,19ss; 12,28; Lc 18,20; Gv
1,17; 13,34.35; 11,21; 15,10ss;
Rm 2,13; 6,14; 13,10; 1Cor 15,1.2;
Gal 6,2; 1Tm 1,5; 6,13.14; Gc
2,10; 1 Gv 3,24; 5,2ss.

Confessione
– dei peccati, Gn 41,9; Lv 16,21.30;
26,40; Nm 5,7; Gs 7,19; 2Sam
24,17; Esd 9,6; Ne 9,2; Sal 32,5;
38,19; Pro 28,13; Dn 9,5; Mt 3,6;
16,19; Mc 1,5; Lc 18,13; Gv 20,23;
At 19,18; Gc 5,16; 1Gv 1,9.

Conversione del peccatore
Dt 4,29; 13,4; 30,1ss; Gdc 11,7; 1Sam
7,3; Tb 13,8; Gb 22,23; 33,27; Sal
6,7; 7,10; 38,4; 51,5.6; 77,3; 80,4;
102,3; 119,135; 147a,3; Sir 2,18;
5,4.5.6.7; 17,21.24; Is 19,22; 30,15;
38,20; 44,22; 55,7; Ger 3,1.10; 4,1;
15,19; 18,8; 31,18.19; Ez 14,6;
18,21.22.30.31; 33,11.12; Os 6,1.2;
12,6; 14,2; Zc 10,6; Ml 3,7; Mt
18,3; Lc 13,3; 15,17.18; 22,62; Gv
6,37.44; At 3,19; 2Cor 7,10; Eb
4,16; 10,22; Gc 4,8; 5,20; 1Pt 2,25;
2Pt 3,9.

Coscienza
– buona, Gb 27,6; Sal 112,1; Pro
15,16; 16,6; 28,1; Sir 13,25.26;
30,16; 32,23; 1Cor 4; 2Cor 1,12;
1Tm 1,19; 1Gv 3,21.

Cristiani
– sono chiamati i fedeli, At 11,26;
12,13; 15,26; 16,2.15; 1Cor 1,2;
6,1; 14,33; 2Cor 1,1; 9,11.26;
26,28; 2Cor 10,7.
– sono chiamati santi, perché fanno
professione di santità, At 9,41; Rm
1,1.12; 13,12; Ef 1,1.15; 3,8.18;
4,12; 6,18; Fil 1,1; 4,21; Col 1,2ss;
1Ts 5,27; 1Tm 5,10; Eb 6,10;
13,24.
– devono vivere come visse Gesù, Gal
2,19; 1Gv 1,7; 2,6; 3,3.
– saranno con Cristo, Gv 12,26; 14,3;
17,24.

Cristo
– vero Dio e vero uomo è promesso,
Gn 3,15; 12,3; 17,19.21; 22,18;
26,4; 28,14; 49,10; Nm 24,17; Dt
18,15.18; 1Sam 2,10.35; 2Sam 7,13;
Sal 2,1ss; 22,1ss; 110,1; Is 7,14;
8,3; 9,5; 11,1.10; 28,16; 40,9; 42,1;
45,8; 46,13; 49,1.6.10.20; 50,5;
52,10; 53,1ss; 59,20; 60,1; 62,11;
Ger 23,5; 30,9; 33,15; Ez 17,22;
34,11.15.23; 37,24; Dn 7,13; 9,24;
Mic 5,1; Ag 2,8; Zc 2,10; 3,8; 9,9,
Ml 3,1.
– è vero Figlio di Dio, Mt 3,17; 14,33;
17,5; Mc 1,11; 5,7; 9,6; 15,39; Lc
1,31; 3,22; 9,20; Gv 1,34.49; 6,70;
9,35; 11,27; 19,7; Rm 1,4; 8,3; Eb
1,2; 5,8; 6,6; 7,3; 10,29; 2Pt 1,17;
1Gv 3,8; 4,9; 5,20.
– concepito di Spirito Santo, Mt 1,20;
Lc 1,35.
– nato da Maria Vergine, Mt 1,16.25;
Lc 1,31; 2,6.11; Gal 4,4.
– nato in Betleem, Mt 2,1; Lc 2,6.11,
Gv 7,42.
– senza peccato, Gv 8,46; 2Cor 5,21;
Eb 4,15; 7,26, 1Pt 2,22; 1Gv 3,5.
– viene circonciso, Lc 2,21.
– è battezzato nel Giordano, Mt 3,16;
Mc 1,9; Lc 3,21.
– è manifestato e dimostrato da testimonianze certe, Mt 1,16.23; 3,11;
8,29; 11,5; 16,16; 17,5; 22,44;
26,64; 27,54; Mc 9,6; 15,39; Lc
1.31.41; 2,10.16ss; 9,29; 22,69; Gv
1,14.29.32.49; 2,11; 3,2.13.16.35;
5,39; 6,69; 7,40; 9,35; 10,7.24.36;
11,27.41; 12,17; 14,1ss; 15,25;
17,1; 20,28; Rm 1,2; 8,3; 9,5; 2Cor
5,19; Gal 4,4; Fil 2,6; Col 2,9; 1Tm
3,13; Tt 2,11; Eb 1,1ss; 5,1ss; 1Gv
5,20.
– è l'agnello di Dio, Gv 1,29; At 8,32;
1Cor 5,7; Ap 5,6.12; 7,9.17; 13,8;
14,1; 17,14.
– l'immagine di Dio, 2Cor 1,4; Eb
1,3.
– luce delle genti e di tutto il mondo,
Mt 4,16; Lc 2,32; Gv 1,4; 3,19;
8,12; 9,5; 12,35.46; At 13,47; 1Gv
1,5; 2,8; Ap 21,23.
– vero pastore, Mt 26,31; Mc 14,27;
Gv 10,11; Eb 13,20; 1Pt 2,25; 5,4.
– insegnò e predicò, Mt 4,17; 5,1ss;
6,1ss; 7,1ss; Mc 1,14; Lc 4,15;
6,20ss.

- guarì tutte le malattie, Mt 4,23; 8,1ss; 9,2.20.28; Mc 8,23; Lc 17,12.
- sua regalità, Mt 21,4.5; 28,18; Lc 1,31ss; Gv 18,33ss; 19,19.
- si è trasfigurato, Mt 17,2; Mc 9,2; Lc 9,29.
- ha patito, Mt 16,21; 17,12.22; 20,18.22; 26,37ss; 27,1ss; Mc 8,31; 9,30; 14,1ss; 15,1ss; Lc 17,25; 18,31; 22,39ss; Gv 18,1ss; 19,1ss; At 3,18; 8,32; 17,3; Rm 8,32; Eb 2,18; 13,12; 1Pt 2,21; 4,1.
- è crocifisso, Mt 27,35; Mc 15,24; Lc 23,33; Gv 19,18; At 2,23; 4,10; 1Cor 2,2; 2Cor 13,4.
- sua passione, Sal 22,7.18ss; 69,22; 88,8; Is 1,6; 53,2.8.12; Ger 9,1; Mt 26,36-75; 27,1-66 - predetta, Mt 20,22; Gv 3,14.16; 8,28; 12,34.
- morto e sepolto per i nostri peccati, Mt 27,50.58; Mc 15,37.45; Lc 23,46.53; Gv 19,30.40; At 13,29; Rm 5,6; 6,10; 8,34; 14,9; 1Cor 15,3; 2Cor 5,15; 1Ts 5,10.
- al terzo giorno risorge da morte, Sal 16.10; Is 11,10; Os 13,14; Mt 28,6; Mc 16,6; Lc 24,5; Gv 20,9; At 2,24.31; 10,40; 13,30; 17,31; Rm 4,25; 8,34; 14,9; 1Cor 15,4.12; 2Tm 2,8; e ciò era stato predetto, Mt 12,40; 16,21; 17,22; 20,22; Mc 8,31; 9,30; 10,34; Lc 11,30; 18,33; Gv 2,19.
- ascende al cielo, Sal 47,6; 68,5; Mc 16,19; Lc 24,51; Gv 3,13; 6,62.63; 14,3; 20,17; At 1,9; Ef 1,20; 4,8; Eb 2,9; 4,14; 6,20; 7,26; 9,24; 1Pt 3,22.
- siede alla destra di Dio Padre, Mt 22,44; Mc 16,19; Lc 22,69; At 7,56; Rm 8,34; Ef 1,20; Col 3,1; Eb 1,13; 10,12; 12,2; 1Pt 3,22.
- verrà a giudicare i vivi e i morti, Mt 16,27; 24,30; 25,31; Lc 17,24.30; 21,27; Gv 5,22; At 1,11; 10,42; 17,31; Rm 2,16; 2Cor 5,10; 1Ts 4,16; 2Ts 1,7; 2Tm 4,1; Eb 9,28; 1Pt 4,5; Gd 15; Ap 1,7; 20,11.
- ritiene fatto a sé tutto ciò che è fatto agli altri, Mt 10,42; 18,5; 25,40; Mc 9,40; Lc 10,16; 1Ts 4,8.
- promessa - incarnazione, Gv 1,14; 1Tm 3,16; 1Gv 4,2 - il nome, Mt 1,21; Fil 2,10.11 - natale di Gesù,

Lc 2,7.8.10ss - vita privata e obbedienza, Lc 2,51 - vita pubblica, Mt 8,20; Mc 7,37 - la mansuetudine, Mt 12,18ss - la misericordia, Mt 9,12.13; 19,14; Mc 8,2.3; Lc 23,43; At 10,38; Eb 2,14.18; 14,15.16 - la carità, Gv 13,1; 15,9.13.15 - l'umiltà, Fil 2,6ss – la santità, Gv 8,46 - la dottrina, Mc 1,22; Gv 7,46; 12,50; 13,13; 14,24; Col 2,3 - il sangue, Rm 3,24; Eb 9,13.14; 1Pt 1,18.19 - il Redentore, Gv 1,12.13.16; 8,12; 10,9; 11,50; 14,6; 2Cor 5,9; Ef 1,7; 1Tm 4,10 - la divinità, Mt 9,2.4ss; 11,4.5; 27,54; Gv 10,30.38; Col 2,9; Eb 1,3ss; 13,8 - il potere, Mt 11,27; 28,18; Gv 3,35; 5,17; 16,15; 17,10; Ef 1,22; Col 1,16 - il regno, 1Cor 15,25 - l'amore a Cristo, Lc 24,29; Gv 11,16; Rm 8,35.38.39; 1Cor 16,22; 2Cor 5,14.15 - l'imitazione di Gesù, Gv 13,15; 1Cor 15,49; Ef 4,24; 5,17.

Croce

- strumento della morte di Gesù, Mt 27,32; Mc 15,21; Lc 23,26; Gv 19,17.
- simbolo delle tribolazioni, Mt 10,38; 16,24; Mc 8,34; Lc 9,23; 14,27.
- e tribolazione ai buoni, Gn 4,8; 27,41; 37,18; 2Sam 16,5.13; Sal 34,20; Pro 24,16; Sir 2,1; Mt 10,16ss; 16,24; 24,9; Mc 13,9; Lc 14,27; Gv 15,20; 16,1ss; At 9,23; Gal 4,29; 1Ts 3,3; Tm 3,12; 1Pt 4,1.12; 5,10.
- è data da Dio per la nostra utilità, 2Sam 7,14; Tb 2,14; 12,13; Gdt 8,22; Eb 12,5ss; 1Pt 4,17ss; Ap 3,19.
- attraverso la croce e le avversità giungiamo alla cognizione di Dio e alla gloria eterna, Es 1,12; 2Cr 33,12; Gdt 8,15.21; Pro 6,23; Mt 7, 24; Lc 21,26.46; Gv 12,25; At 14,21; Rm 8,17; 2Cor 4,8.17; 5,2; Fil 2,8; 2Ts 1,1ss; Eb 2,9; 12,2.
- la croce si deve sopportare pazientemente e con animo lieto, Mt 5,10; 10,38; Gv 15,20; 16,33; At 5,41; 16,25; 2Cor 8,2; Col 1,24; Eb 10,34; Gc 1,2.12; 1Pt 4,12.16.
- nella croce e nell'afflizione vi è con-

solazione, Gb 5,17ss; Mt 5,10; Gv 15,20; 16,20.33; Rm 8,18; 1Cor 10,13; 2Cor 1,4.8.
- con la croce il Signore ci prova, Gdt 8,20; Pro 17,3; Sap 3,5.6; Sir 2,1; 2Ts 1,4; 1Pt 1,7.

Culto
- non solo esterno, ma interno, Dt 5,29; 6,5; 10,12; 11,13; 26,16; 28,47; 30,2; Gs 22,5; 1Sam 12,20; Sir 7,31; Is 29,13; 64,10; Mt 15,8; 22,17; Gv 4,23.

Diavolo
- intento a trascinare al male gli uomini, Gn 3,1ss; 1Cr 21,1; Gb 1,1ss; 2,1ss; Zc 3,1; Mt 4,3ss; 8,28; 13,19.39; Mc 4,15; Lc 8,12.13,16; 22,31; Gv 8,44; 13,2; At 5,3; 13,8ss; 2Cor 4,4; 11,14; Ef 6,11; 1Ts 2,18; 1Pt 5,8; Ap 2,10; 12,9; 20,7.
- non può fare di più di quanto gli permette Iddio, 1Re 22,22; 2Cr 18,20; Gb 1,12; 2,6; Mt 8,31; Mc 5,12.13; Ef 2,2; 2Tm 2,26; Ap 20,7.
- padre e principe del mondo e di tutti gli empi, Gb 41,25; Mt 4,9; Lc 4,6; Gv 8,44; 12,31; 14,30; 16,11; 2Cor 4,4; Ef 2,2; 6,12; Col 2,15.
- il regno del diavolo è distrutto per opera di Cristo, Gn 3,15; 1Sam 17,1ss; Gb 26,13; Is 9,5; 14,8.15; 27,1; 52,3; Zc 3,2; Mt 12,22ss; Lc 10,18; 11,22; Gv 12,31; Col 1,13; 2,15; 2Tm 1,10; Eb 2,14; 1Gv 3,8; Ap 12,9; 20,2.
- tenta Gesù, Mt 4,1ss; Mc 1,13; Lc 4,2ss.

Digiuno
- bisogna digiunare, Tb 12,8; Gl 2,12; Mt 6,16ss; Mc 2,20; Lc 2,37; 5,35; At 13,2.3; 14,22; Rm 13,13; 1Cor 7,5; 2Cor 6,5; 11,27; Ef 5,18; 1Ts 5,6; Tt 2,2; 1Pt 1,13; 5,8.
- merito del digiuno, Gdt 8,6; Ger 35,14; Gio 3,7.9.10; Mt 6,17; 17,20; Lc 2,37.
- digiuno per i morti, 1Sam 31,13; 2Sam 1,12; 3,35; 1Cr 10,12.
- esempi di digiuno, Es 24,18; 34,28; Dt 9,9.18; Gdc 20,26; 1Sam 7,6; 31,13; 2Sam 3,35; 12,16; 2Cr

20,3; Esd 8,21; Ne 1,4; Gdt 8,6; Est 4,3; Sal 35,13; Ger 36,9; Dn 10,3; Gio 3,5; Mt 4,2; 9,14; Lc 2,37; 5,33; At 13,3; 11,22.
- indetto dal re Saul, 1Sam 14,24 - da Josafat, 2Cr 20,3 - dai niniviti e dal loro re, Gio 3,5ss - da Esdra, Esd 8,21 - da Ester e Mardocheo, Est 4,16.

Dio
- è onnipotente, Gn 17,1; 18,14; 35,11; 43,14; 48,3; Nm 11,23; 1Sam 14,6; 2Cr 14,11; Gb 42,2; Sap 11,22; Is 40,10ss; 46,9; 50,2; 59,1; Ger 32,17.27; Zc 8,6; Mt 3,9; 19,26; 26,53; Mc 9,23; 10,27; 14,36; Lc 1,37; 3,8; 18,27; Ef 3,20; Ap 16,7.14; 19,6.
- creatore e conservatore, Gn 45,5; 50,19; Dt 8,18; 1Sam 9,1ss; Tb 7,12; Gb 9,5; 12,13; Sal 114,3; 127,1; Pro 10,22; 16,4.9; 19,21; 20,24; 21,1.30; Qo 3,15; Sap 12,13; Is 26,15; 45,7; Ger 10,23; 27,5; Dn 2,21; 5,18; Mt 6,33; 11,26; 19,4; 20,14; Mc 10,6; Lc 3,38; 12,31; Gv 1,3.9; 5,17; At 4,24; 14,14; 17,24.25.28; Rm 1,20.21; 9,17; 2Cor 3,5; Fil 2,13; Eb 3,4; 13,21; Ap 4,11.
- padre di tutti gli uomini, Dt 32,6; Sal 103,13.17; Pro 1,7; Ger 3,4.19; Ml 1,6; Mt 6,9; 18,14; 23,9; Lc 11,2; Gv 20,17; Rm 8,15; 1Cor 8,6; 2Cor 1,3; 6,18; Ef 3,14; 4,6; 1Ts 1,3; 2Ts 1,2; 2,15.
- verace e fedele, Es 34,6; Nm 23,19; Dt 7,9; 32,4; 1Cor 1,9; 10,13; 1Ts 5,24; 2Ts 3,3; 2Tm 2,13; Tt 1,2; Eb 10,23; 1Gv 1,9; 5,20; Ap 3,7.14.
- uno nell'essenza, oltre il quale non ve n'è un altro, Es 3,14; Dt 4,35; 6,4; 7,9; 10,17; 32,39; 2Sam 7,22; 1Re 8,60; 18,36; 1Cr 29,20; Tb 13,4; Sap 12,13; Sir 36,4; Is 37,16; 43,10; 44,6.24; 45,1ss; 46,9; Os 13,4; Mc 12,29.32; Gv 5,17; 10,30; 14,9ss; 17,21ss; 1Cor 8,6; 12,6; Gal 3,20; Ef 4,6; 1Tm 2,5.
- trino nelle persone (vedi Trinità).
- eterno, Gn 21,33; Es 15,18; Gb 36,26; Is 41,4; 43,10; 44,6; 48,12; 57,15; Dn 7,9; Rm 16,26; Eb 1,8; Ap 1,8.17; 21,6; 22,13.
- conosce e vede ogni cosa, Es 3,19;

Nm 12,2; Dt 31,21; 1Sam 2,3; 16,7; 2Cr 16,9; Gb 14,5; 22,12; 28,24; 31,4; 12,2; Sal 7,10; 33,13; 38,10; 90,8; 121,7; Pro 5,21; 15,3.11; 24,12; Sap 1,10; Sir 16, 13.16; Is 29,15; 40,27; 48,3; Ger 1,5; 7,11; 17,10; 23,24; 32,19; Ez 11,5; 17,13; 23,27; 39,24ss; 40,9; 2Mac 9,5; 12,22; Mt 6,4; 21,2; Mc 2,8; 14,13; Lc 22,10; Gv 1,47; 13,21; 16,30; 21,17; At 15,8; Rm 8,27; 1Ts 2,4; Eb 4,13; 1 Gv 3,20; Ap 2,23.

– non può essere veduto, Es 33,20; Dt 4,12; Gv 1,18; 6,46; 1Tm 6,16; 1Gv 4,12.

– non può essere compreso dall'uomo, Es 33,20; Gb 32,8; Sal 94,10; 119,1ss; 143,8; Is 12,2; 54,13; Mt 11,25; 13,11; 16,17; Lc 8,10; 10,21; 24,45; Gv 1,10; 3,3; 6,44.65; 14,8.17; 17,6; At 16,14; Rm 1,19; 11,33; 1Cor 2,1ss; Gal 1,11; 1Tm 6,16; Ap 3,7.

– immenso, 1Re 8,27; 2Cr 2,5; 6,18; Gb 11,7; Sal 139,7.11; Sap 1,7; Is 6,3; 66,1; Ger 23,24; Am 9,2; Mt 5,35; At 7,48; 17,24.

– salvatore e consolatore di Israele e di quanti lo onorano e lo invocano, Gn 17,17; Es 6,2; 20,2; 29,45; Lv 26,12; Sal 18,3; 50,7; Is 30,18; Ger 31,33; 32,38; Ez 37,23; Gv 10,17.

– giudice di tutto il mondo, Gn 18,25; Dt 10,17; Gb 34,11; Sal 7,9; 62,13; 94,2; 96,13; Sir 35,22.23; Is 11,3; Ger 17,10; 25,14; Mt 16,27; 25,31; At 17,31; Rm 2,6; 2Tm 4,8; Eb 12,23.

– conosce gli intimi pensieri, 1Re 8,39; 2Cr 6,23.

– solo a Dio onore e gloria; Sal 115,1; Is 42,8; 1Tm 1,17.

– solo Dio si deve adorare, Es 20,5; Lv 26,1; Dt 5,9; Mt 4,10.

– solo Dio si deve servire, Mt 4,10; Lc 4,8.

– servizio di Dio, Dt 6,13; 10.12.20; Gs 24,14.15; 1Sam 7,13; 12,20.24; 2Sam 7,5; 1Re 18,21; 1Cr 28,9; Gb 1,8; Sal 2,11; 73,28; 97,10; 102,29; 103,21; 116b,8.10; 119,65.125; 123,2; 143,10; Sir 2,1; Is 41,9; 52,13; Ger 20,9; 30,21; 48,10; Ez 1,14; Dn 7,10; Ml 1,14; Mt 5,6.48; 6,24; 24,12.45; 25,18.23.30; Lc

1,79; 9,23; 12,37.47; 16,13; 17,7ss; 20,25; At 20, 18.19; Rm 1,1; 6.18.19.22; 7,6; 12,11; 13,11; 16,18; 1Cor 4,1; 6,19.20; 7,23; 9,19.24.25; 2Cor 5,14; 6,4; Gal 1,10; 6,9; Ef 5,6; Fil 1,26; 3,13.14; 1Ts 1,9; 2Tm 2,4; Eb 12,28; Gc 1,1; 1Pt 1,1; 2,19; Gd 1; Ap 2,4; 3,15.16.

– conformità alla sua volontà, Gn 20,6; 22,12; 50,19; 1Sam 3,18; 2Sam 12,9; 15,26; Est 13,9; Gb 1,21; Sal 40,8.9; 57,8; 62,2; 143,10; Sir 11,14; Is 46,10; Am 3,6; 1Mac 3,60; Mt 6,10; 7,21; 12,50; 26,42; Mc 3,35; 14,36; Lc 12,47; 22,42; 23,46; Gv 4,34; 5,30; 6,38.39; 7,17; 8,29; At 9,6; 13,22; 21,14; Rm 9,19; 12,2; Ef 5,17; 1Tm 2,3.4; Eb 6,3; Gc 4,15; 2Pt 3,9.

– confidenza e fiducia, Dt 32,37.38; 1Sam 17,37.45; 2Sam 22,3; 2Re 6,16; 18,20; 2Cr 32,7.8; Gb 13,3; Sal 1,2.4.8.9; 5,12; 7,2; 9-10,11; 11,2; 16,1; 17,7; 18,3.31; 22,5; 25,1.2.20; 27,3; 31,2; 33,22; 37,5; 40,5; 41,13; 52,8.10; 56,11; 73,28; 78,4.7; 91,9; 94,22; 118,8; 125,1; Pro 3,5.26; 14,26; Sap 3,9; Sir 2,11.12; 51,10; Is 31,1.3; 40,31; 49,15; 59,1ss; Ger 17,5.7; Dn 3,17; 1Mac 2,61; 3,18.19; Gv 16,33; Rm 8,31; 1Tm 6,17; Eb 6,19; 10,35; 1 Gv 3,21.

– (provvidenza di), 2Sam 22,19; Gb 5,6ss; 22,13; 38,41; Sal 23,1; 31,15; 37,25; 55,23; 75,8; 91,11; 104,28; 147,4; Pro 16,4.33; 20,24; Qo 8,17; Sap 6,7; 8,1; 11,21; 12,15; Sir 3,21.23; Is 10,15; 45,6.7; 49,8; Ger 10,23; Ez 9,9; Os 13,5; Mt 6,25.26.30.33; 10,29.30.31; Lc 12,24; 1Cor 15,38; Ef 1,11; Fil 2,13; 1Pt 5,7.

Esistenza
– di Dio, Es 3,14; Dt 32,39; Gb 9,13; Sal 19,2; 33,9; 90,2; Sap 12,13; 13,5; 16,13; Is 6,3; 43,10; Ger 23,24.

Eucaristia
– promessa da Gesù, Gv 6,27ss.
– figurata nelle parabole, Mt 22,1ss; Lc 14,16.

– sacramento istituito da Gesù, Mt
26,26ss; Mc 14,12ss; Lc 22,19ss;
1Cor 10,16ss; 11,23.
– amministrata da Gesù ai discepoli di
Emmaus, Lc 24,30.
– presso i primi cristiani, At 2,42ss;
20,7ss.
– suoi frutti, Gv 6,35ss.
– prefigurata, Es 16,15ss.
– profetizzata, Nm 21,5; 1Re 19,8;
Sal 22,27ss; 23,5; 102,5; 104,15;
116b,4; Pro 9,5; Sap 16,20; Mt
28,20; Gv 6,51ss. 58.59.

Evangelo
– di Cristo e sua predicazione, Gn
3,15; Is 53,1; 55,5; 61,1; Mt 1,21;
11,28; 28,19; Mc 16,15; Lc 2,10;
24,47; Gv 3,16; 6,35; 8,12; 10,9;
12,46; Rm 1,16; 3, 21.24; 8,3;
1Cor 1,15; 15,1; 2Cor 5,18; Gal
1,6.11; Ef 1,13; 1Tm 1,15; 2Tm
1,8; 2,8; Pt 4,17.
– apporta fiducia e timore, consolazione e terrore, Mt 3,7ss; 5,20.23;
7,13.19.23; 8,12; 9,15; 10,23;
11,12; 12,37.41; 13,29.40.50;
15,13; 16,27; 18,6.7; 20,16;
22,13.14; 24,1ss; 25,12.
13.30.41ss; Mc 10,25.31; 13,1ss;
Lc 3,17; 6,4.25; 9,62; 12,20.40.48;
13,5.26.30; 16,22; 17,30.34;
19,22ss; 20,47; 21,1ss; Gv 5,28;
15,16; At 5,5; 6,1ss; Rm 1,18;
2,5ss; 6,23; 9,18; 11,20.22;
13,2ss; 14,21; 1Cor 3,13.17; 5,5;
10,8; 11,29ss; 15,51; 16,22; 2Cor
7,1; 8,10; 13,5; Gal 5,21.24; Ef
5,5; Fil 2,12; 1Tm 5,24; Eb 9,27;
10,16ss; Gc 4,9; 5,1; 1Pt 4,18; 5,8;
2Pt 1,10; 2,4ss; 3,10ss; Gd 15.

Fede
– è presa in senso diverso nella sacra
Scrittura.
– fedeltà del Signore nel mantenere le
promesse, Sal 33,4; Is 11,5; Lam
3,23; Os 2,20; 5,9; Rm 3,3.
– virtù teologica, Sap 1,2; 3,14; Ab
2,4; Mt 8,13; 9,22; 17,19; Mc
5,34; Lc 5,20; Rm 3,22; 4,3; 5,1.
– viva e informata dalla carità, Ab 2,4;
Mt 9,22; 15,28; Mc 5,34; 10,52; Lc
7,50; Rm 3,22; Gal 5,6ss; Eb
11,1ss.

– morta senza carità, Mt 7,21.22;
1Cor 13,2; 15,2; Gc 2,26.
– Dio guarda anche alla fede dei gentili, Ger 39,18; Mt 8,5.13; 15,28; Lc
7,9; 10,33; 17,16; Gv 4,47; At
10,4; 18,26.
– l'infedeltà o incredulità è punita, Gn
19,11.17.26; Nm 11,20; 14,2.11;
20,12; Dt 9,20; 2Re 7,2.17; Sal
78,32; Sir 2,13; Mt 8,28; 14,30;
17,16; Mc 16,16; Lc 1,20; 24,25;
Gv 3,18.36; 6,7; 8,24; 12,48;
20,27; Rm 11,20; Eb 3,18; 4,2;
11,6; Ap 21,8.
– la fede viva che opera mediante la
carità è una grande virtù, Mt
9,2.22.29; 21,22; Mc 16,16; Lc 18,
42; Gv 1,12; 3.15.16.36; 6,35;
7,38; 11,25; 14,12; 20,29; At 3,16;
10,43; 15,9; 16,31; Rm 1,16; 3,22;
Gal 3,8; Ef 2,8; Eb 11,6ss.
– la fede senza le opere non giustifica,
1Cor 13,2; Gal 5,6; Gc 2,24.

Figli
– loro doveri verso i genitori, Gn
9,23; 22,2.7; 27,1.14ss; 28,7; Es
20,12; 21,17; Lv 19,3.32; 20,9;
21,9; Dt 5,16; 21,18; 27,16; Gdc
14,9; 1Sam 2,11.18.22; 8,1; 18,5;
1Re 2,19; Tb 4,1; Gb 1,4; 8,4; Pro
1,8; 4,1; 6,20; 10,1; 13,1; 15,20;
19,26; 20,20; 23,19.25; 28,24;
30,17; Sir 3,1.8; 6,18; 7,27; 8,6.9;
22,3; 23,14; 25,7; Ger 35,16; Ez
22,7; Mt 4,22; 10,35; 15,4ss;
19,19; Mc 7,10; 10,19; Lc 2,48;
18,20; Ef 6,1ss; Col 3,20.

Genitori
– loro doveri, Gn 18,19; 21,19;
24,2; 25,6; 34,4.29ss; Es 10,2;
12,26; 13,13.14; 21,19.20; Lv
19,29; Nm 30,6; Dt 4,9; 6,7.20;
11,19; 21,16.19; 32,46; Gs 4,21;
1Sam 2,23; 3,13; 1Re 2,1; Tb
1,10ss; 4,1ss; 10,13; 14,8ss; Gb
1,5; Sal 78,3; Pro 1,8; 4,1; 5,7;
13,24; 19,18; 20,7; 22,6.15;
23,13; 29,17; Sir 4,17; 7,23ss;
17,9; 25,5; 30,1ss; 33,20ss;
42,9ss; Dn 13,3; 1Mac 2,49.64;
2Mac 6,24.28; 7,20.21.27; Mt
10,37; Ef 6,4; Col 3,21; 2Tm
3,15ss; Tt 2,4.

Sap 14,9; Sir 15,20; Os 13,9; Rm 9,14; 2Cor 6,15; Gc 1,13.

Maria Vergine
– preannunziata, Gn 3,15; Nm 24,17; Gdt 13,20; Sal 19,6; 45,10; 46,5; 85,2; 87,3; 132,8; Pro 9,1; 31,10.29; Ct 1,1ss; 3,1ss; 4,1ss, 5,1ss; 6,1ss; Sir 24,1ss; Is 7,14; 11,1; 45,8; Ger 31,22.
– concezione immacolata, Gn 3,15; Gdt 13,20; Est 15,13; Gb 14,4; Sal 9-10,15; 41,12; 46,5; 121,8; Ct 2,2; 4,7.9.12; 5,2; Sir 1,4; 24,8.
– presentazione al tempio, Sal 52,10; 66,13; 119,148; Ct 7,1; Sap 4,1.
– purificazione, Es 13,2.12; Lv 12,2. 4.6.7.
– la sua perpetua verginità è simboleggiata, Es 3,2; Gdc 6,37ss; Sal 19,6; Gn 2,2ss; 4,7; 6,9; Is 7,14; 11,1; 35,1.2; 66,7; Ez 44,2; Dn 2,34; Mt 1,23; Lc 1,34ss.
– sposata a Giuseppe, Mt 1,18, Lc 1,27 – annunziata dall'arcangelo Gabriele, Lc 1,26ss – visita Elisabetta Lc 1,39ss – sua concezione immacolata, Lc 1,49 – va a Betleemme e dà alla luce Gesù, Lc 2,4ss – sua purificazione, Lc 2,22ss – va in Egitto, Mt 2,13ss – smarrisce Gesù, Lc 2,42ss – alle nozze di Cana, Gv 2,1ss – segue Gesù nell'apostolato, Mt 12,46, Mc 3,31, Lc 8,19; Gv 2,12 – al Calvario, Gv 19,25ss – nel cenacolo con gli apostoli, At 1,14 – assunta in cielo, Ap 12,1.
– è chiamata ed è madre di Dio, Mt 1,16; 2,13; Lc 1,43; 2,34; Gv 2,1.
– dotata di molte virtù: ricca di fede, Pro 31,29; Lc 1,38.45; Gv 2,5 – piena di speranza, Sir 24,23; Gv 2,5 – perfetta nella carità, Sir 24,24; Lc 1,56; 2,7; Gv 2,3; 19,25 – umile, Lc 1,38.48 – misericordiosa, Gv 2,3 – prudente, Lc 2,19 – modesta, Lc 2,48 – pia, Lc 1,46.47 – benigna, Lc 1,40; Gv 19,25 – sapiente, Pro 31,26; Gv 2,5 – paziente, Mt 2,13; Lc 2,35 – povera, Mt 2,13; Lc 2,35 – povera, Mt 2,11; Lc 2,7.24 – supera tutti nella virtù, Pro 31,29; Sir 24,24; Lc 1,23.33 – piena di grazia, Lc 1,28ss
– assunzione, 1Re 2,19; Gdt 12,18; Sal 16,10; 116,8; 132,8; Ct 1,3; 6,10; 8,5; Is 11,10.

Matrimonio
Gn 1,27.28; 2,21ss; 3,6.12.17; 4,1.17; 9,1; 19,26; 24,3; 29,21; Es 2,1; 20,17; Lv 18,1ss; 20,10; Dt 5,21; 7,3; 22,23.29; 24,1; Gs 23,12; Gdc 3,6; 14,2.7.15; Esd 9,2; Ne 13,23; Tb 4,13; 6,17; 7,14; 8,6; Est 2,17; Pro 18,22; 19,14; Sir 25,23; Ger 3,1; Mt 5,32; 19,3ss; 22,24ss; Mc 6,18; 10,2.6ss; 12,20ss; Lc 2,5; 3,19; 16,18; 20,34; Gv 2,1ss; Rm 7,2.3, 1Cor 7,1ss; Ef 5,31.32; 1Tm 3,2; 5,9; Eb 13,4; 1Pt 3,1.
– indissolubile, Mt 5,32; 19,9; Mc 10,11; Lc 16,18; 1Cor 7,10.

Messa
– sacrificio già preannunziato, Lv 6,9ss; Sal 23,5; 110,4; Is 2,2.3; 19,19.20; 56,7; 61,6; 66,19ss; Ger 31,31; 33,14ss; Dn 12,11; Am 9,11; Ml 1,10.11.
– prefigurato, Gn 14,18; 22,13; Es 12,5.23.24; 25,30; 29,2.15; Lv 2,1.13; 3,12; 4,23; 5,7.11; 6,15; 9,8; 14,4; 16,3; 19,21; Nm 15,24; 18,17; 1Sam 21,4; 1Re 19,6; 2Re 4,41; Dn 8,12.
– istituito da Cristo, Lc 22,19
– è celebrato dagli apostoli, At 13,2.
– chiamato sacrificio, Dn 11,31; 12,11.
– ne fa menzione Paolo, 1Cor 10,16; 11,23ss

Miracoli di nostro Signore
converte l'acqua in vino, Gv 2,1ss – sfugge a chi lo voleva precipitare dalla rupe di Nazaret, Lc 4,29.30 – guarisce il figlio del regolo in Cana, Gv 4,46ss – pesca miracolosa nel lago di Tiberiade, Lc 5,4ss – guarisce un indemoniato a Cafarnao, Mc 1,23ss; Lc 4,31ss – guarisce la suocera di Pietro in Cafarnao, Mt 8,14.15; Mc 1,29ss; Lc 4,38.39 – guarisce diversi infermi in Galilea, Mt 8,16; Mc 1,32.33; Lc 4,40 – guarisce un lebbroso, Mt 8,1ss; Mc 1,40ss, Lc 5,12ss – un paralitico a Cafarnao, Mt 9,1ss; Mc 2,1ss; Lc 5,17ss – il paralitico della piscina di Betesdà, Gv 5,1ss – l'uomo dalla mano arida a Cafarnao, Mt 12,9ss; Mc 3,1ss; Lc 6,6ss – il servo del centurione a Cafarnao, Mt 8,5ss; Lc 7,1ss – ridona la

vita al figlio della vedova di Naim, Lc 7,11ss – guarisce un indemoniato a Cafarnao, Mt 12,22ss; Lc 11,14.15 – la tempesta sedata, Mt 8,23ss; Mc 4,35ss; Lc 8,22ss – gli indemoniati di Gerasa, Mt 8,28ss; Mc 5,1ss; Lc 8,26ss – guarigione dell'emorroissa e risurrezione della figlia di Giairo, Mt 9,18ss; Mc 5,21ss; Lc 8,40 – guarisce due ciechi a Cafarnao, Mt 9,27ss – un muto indemoniato a Cafarnao, Mt 9,32ss – prima moltiplicazione dei pani al di là del lago di Tiberiade, Mt 14,13ss; Mc 6,33ss; Lc 9,12ss: Gv 6,1ss – Gesù cammina sulle onde del lago di Tiberiade, Mt 14,22ss; Mc 6,45ss; Gv 6,16ss – guarisce la figlia della Cananea a Tiro, Mt 15,21ss; Mc 7,24ss – il sordomuto della Decapoli, Mc 7,31ss – diversi infermi, Mt 15,30.31 – seconda moltiplicazione dei pani, Mt 15,32ss, Mc 8,1ss – guarisce il cieco di Betsaida, Mc 8,22ss – trasfigurazione sul Tabor, Mt 17,1ss; Mc 9,1ss; Lc 9,28ss – guarisce il lunatico, Mt 17,14ss; Mc 9,13ss; Lc 9,37ss – moneta in bocca al pesce a Cafarnao, Mt 17,23ss – guarisce il cieco nato a Gerusalemme, Gv 9,1ss – la donna inferma da diciotto anni in Gerusalemme, Lc 13,10ss – l'idropico in Gerusalemme, Lc 14,1ss – i dieci lebbrosi a Genin, Lc 17,11ss – risurrezione di Lazzaro a Betania, Gv 11,2ss – guarisce i ciechi di Gerico, Mt 20,29; Mc 10,46; Lc 18,35ss – disseccamento dell'albero di fico al monte degli Ulivi, Mt 21,18ss, Mc 11,12ss – guarisce l'orecchio di Malco al Getsemani, Lc 22,51 – risurrezione di nostro Signore, Mt 28-1ss; Mc 16,1ss; Lc 24,1ss; Gv 20,1ss – pesca miracolosa a Betsaida, Gv 21,4ss – compie molti altri miracoli non registrati, Gv 20,30; 21,25.

Misericordia di Dio
– Gn 7,11; 42,2; Sal 38,5; 51,1.4; 85,9; 95,8; 101,1; Sir 17,20; Is 10,27; 12,20; 52,2; 55,1; Zc 8,20.21; Mt 9,13; 12,7; Lc 6,36; 1Tm 1,12ss.
– interviene sempre, Mt 9,13; 12,7; Lc 6,35; 15,20.22; 23,43.

– opere di misericordia verso il prossimo, 1Sam 15,6; 2Cr 28,9.15; Sal 112,5.9; Pro 25,21; Sir 4,2; 35,14, Is 58,7; Os 6,11; Mic 6,8; Zc 7,9; Mt 5,7; 9,13; 10,42; 18,33; 25,34ss; Mc 9,40; Lc 6,35; Rm 12,13; Col 3,12; 1Tm 5,10.

Morte
– è la pena del peccato, Gn 2,17; 3,19; Rm 5,12.17; 6,23; 1Cor 15,21; Ef 2,1; Col 2,13; 1Tm 5,6; Gc 1,15.
– è certa, Dt 31,14; Gs 23,14; 1Sam 26,10; Gb 14,5; Sal 89,49; Qo 3,2; 8,8; 9,5; Sir 17,3; 41,1; Gv 7,30; 8,20; Rm 5,12; 6,23; Eb 9,27.
– incerta è la sua ora, Qo 9,12; Mt 24,44; Mc 13,33; Lc 12,40; 21,34ss; 1Ts 5,2; 2Ts 2,2; Gc 4,14.
– la morte del corpo è come un sonno, Dt 31,16; 2Sam 7,12; 1Re 2,10; 11,21.43; 14,20; Sap 3,1.3; Mt 9,24; Gv 11,11; At 7,60; 13,36; 1Ts 4,12.
– Cristo con la sua morte ha vinto la nostra, Is 25,8; Os 13,14; Rm 6,9; 1Cor 15,54; 2Tm 1,10; Eb 2,14; Ap 1,18.
– suicidi, Gdc 9,54; 16,29; 1Sam 31,4; 2Sam 17,23; 1Re 16,18; 2Mac 10,13; 14,41; Mt 27,5; At 1,18.
– è permesso piangere i morti, Lv 19,28; Dt 14,1; 34,8; 2Sam 1,11; 3,32; 10,2; 11,26; 14,2; 19,1; 21,10.13; Sir 22,10; 38,16; 1Mac 9,20, 12,52; 13,26; Mt 9,23; Lc 7,13; Gv 11,33; At 8,2; 9,39; 1Ts 4,12.
– morti risuscitati, 1Re 17,17ss; 2Re 4,33; 13,21, Mt 9,25; 27,52; Mc 5,41; Lc 7,14; 8,54; Gv 11,43; At 9,40; 20,10.

Obbedienza
– a Dio e ai suoi comandi – sua ricompensa, Gn 12,4; 17,9.23; 22,1ss, 26,5; Es 1,17; 15,26; 19,5; 20,6; 23,22.25; Lv 20,22; 26,3.14; Dt 4,40; 7,1ss; 11,1ss; 13,4; 17,16; 18,15; 24,8; 27,10; 28,1.12.13; Gs 22,2; 1Sam 12,14; 15,22; 2Re 10,30; 1Cr 7,17; Pro 1,8.33; 15,31; Sir 35,7; Is 1,19; 48,18; 55,2; Ger 7,23; 11,3; 17,24;

35,1ss; Dn 3,16; 2Mac 7,30; Mt
4,19; 7,24; 8,22; 15,3; 17,5;
25,40; Lc 5,4; 10,16; Gv 2,7; At
4,19; 5,32; Rm 16,19; Fil 2,8.11;
1Ts 4,3; 5,18; Gc 1,22; 1Pt 1,22.

Opere
– meriti e ricompensa delle buone
  opere, Sal 119,112; Pro 11,18; Sir
  36,15; Is 3,10; Mt 5,12; 10,42;
  16,27; 25,34; Rm 2,6; 1Cor 15,32;
  2Cor 5,10; 2Tm 4,8; Eb 6,10;
  10,35; 11,2; Gc 2,24; Ap 20,7.8;
  22,12.
– le cattive spiacciono a Dio e meritano castigo, Gn 3,11, 4,7; 6,3.5ss;
  7,4; 9,6; 11,4ss; 17,11; 18,20;
  19,11; 20,3; 34,2.16; 42,21;
  44,16; Es 3,9; 7,1ss; 8,1ss; 9,1ss;
  10,1ss; 11,1ss; 12,1ss; 14,1ss;
  20,1ss; 21,1ss; 22,1ss; 31,13;
  32,9.27.28.33; Lv 20,12; ecc., ecc.
– le buone sono gradite al Signore e
  meritano premio, Gn 4,4.7; 5,24;
  6,8.9; 8,20.21; 20,7; 22,16ss;
  26,4.5; 29,32; Es 1,20; 20,1ss;
  23,22.25; Lv 11,43ss; ecc., ecc.
– è lecito compiere buone opere in vista del premio, Sal 119,112; Mt
  5,12; 2Tm 4,8; Eb 11,26.
– ricordo delle buone opere, 2Re
  20,3; Gb 4,3.4; Sal 18,21.23.25;
  132,1; Is 38,3.
– quelle fatte al prossimo, Iddio le considera come fatte a sé, Is 37,23.24;
  Ger 1,19; Zc 2,8; Mt 25.40; At 9,5;
  1Cor 8,12.

Ospitalità
– lodata e premiata, Is 58,7; Mt
  10,12ss; 25,35; Lc 10,5ss; 14,13ss;
  Rm 12,13; Eb 13,2; 1Pt 4,9.
– esempi di ospitalità, Gn 18,3; 19,2;
  24,31; Gs 2,1ss; Gdc 13,15;
  19,4.9; 1Re 17,10.17; 2Re 4,8; Tb
  2,1ss; Gb 1,4; 31,17; Lc 10,38;
  19,6; At 16,15; 28,2.7.

Parabola
– genere di predicazione preferito da
  Gesù, Mt 13,3.10.34; Mc 4,11.34;
  Lc 8,10.
– dell'amico importuno, Lc 11,5ss.
– del buon grano e della zizzania, Mt
  13,24ss.
– del buon Samaritano, Lc 10,30ss.

– del cattivo ricco, Lc 12,16ss.
– del convito, Lc 14,16ss.
– della dramma perduta, Lc 15,8ss.
– dei due debitori, Lc 7,41ss.
– dei due figli, Mt 21,28ss.
– del fariseo e del pubblicano, Lc
  18,10ss.
– del fattore infedele, Lc 16,1ss.
– del fico fiorito, Lc 21,29ss.
– del fico sterile, Lc 13,6ss.
– del figliuol prodigo, Lc 15,11ss.
– del giudice iniquo, Lc 18,2ss.
– del granello di senapa, Mt 13,31ss;
  Mc 4,30ss; Lc 13,19.
– del lievito, Mt 13,33; Lc 13,21.
– del mercante di perle, Mt 13,15ss.
– delle mine, Lc 19,12ss.
– delle nozze del figlio del re, Mt
  22,1ss.
– del buon Pastore, Gv 10,1ss.
– della pecorella smarrita, Mt 18,12ss;
  Lc 15,4ss.
– del pezzo di stoffa nuova, Mt 9,16;
  Mc 2,21; Lc 5,36.
– del re che vuol far la guerra, Lc
  14,31ss.
– della rete gettata in mare, Mt
  13,47ss.
– del ricco epulone, Lc 16,19ss.
– della semina e della mietitura, Mc
  4,26ss.
– del seminatore, Mt 13,3ss; Mc
  4,3ss; Lc 8,5ss.
– del servo che torna dai campi, Lc
  17,7ss.
– del servo fedele e del servo cattivo,
  Mt 24,45ss; Lc 12,42ss.
– dei servi custodi della casa, Mc
  13,34ss.
– dei servi vigilanti, Lc 12,36ss.
– dei debitori, Mt 18,23ss.
– degli spiriti maligni, Mt 12,43ss; Lc
  11,24ss.
– dei talenti, Mt 25,14ss.
– del tesoro nascosto, Mt 13,44.
– dell'uomo che fabbrica sulla pietra o
  sulla sabbia, Mt 7,24ss; Lc 6,48.
– dell'uomo che fabbrica una torre, Lc
  14,28ss.
– della vera vite, Gv 15,1ss.
– delle vergini stolte e delle prudenti,
  Mt 25,1ss.
– dei vignaioli, Mt 20,1ss.
– dei vignaioli ribelli, Mt 21,33ss.
– del vino nuovo in otri vecchi, Mt
  9,17; Mc 2,22; Lc 5,37ss.

15,18; 18,13ss; 24,47; At 3,19; 8,22; 26,18.20.
- e soddisfazione per i peccati, Sal 6,7; Mt 3,8; Lc 3,8; At 2,38; 8,12; 2Cor 7,10.
- viene predicata, Ger 7,3; Mt 3,2; 4,17; Lc 3,3.8; 13,3; 24,47; At 2,38; 3,19; 8,22; 17,30; 20,21; 26,20.
- alla penitenza è promesso il perdono, Dt 4,29; 30,2; 1Sam 7,3; 2Cr 7,14; 20,6; 34,26; Gb 22,23; Sal 32,5; Pro 28,13; Sir 17,23; Is 1,16; 30,18; 45,22; 55,7; 59,20; Ger 3,10.17; 18,8; 29.12; 31,18.20; Ez 18,21.27; 33,14; Os 14,2; Gl 2,12; Gio 3,8; Zc 1,4; Ml 3,7; Lc 15,18; At 3,19; 26,18.20.
- esempi di vera penitenza, Gdc 10,15; 2Sam 12,13; 24,10.17; 2Cr 12,6; 33,12; Gdt 4,8; Gio 3,1ss; Mt 26,75; Lc 7,37ss; 15,18ss; 18,13ss; 19,8ss; 22,62; 23,43; At 2,37ss.
- esempi di falsa penitenza, Gn 4,13; 27,38; Es 8,8; 9,27; 10,16; Gs 7,20; Gdc 1,7; 1Sam 15,24.30; 24,19; 1Re 13,6; 21,27; Sap 5,3; 1Mac 6,12; 2Mac 9,12; Mt 27,4; At 8,13.23; Eb 12,17.

Perdonare
al prossimo che ci ha offesi, Es 23,4; Lv 19,17.18; 2Sam 18,5; 2Re 6,21.22; Gb 31,29; Sal 7,4.5; Pro 12,16; 20,22; 24,29; 25,21; Sir 10,6; 28,1ss; Mt 5,23.24.44ss; 6,12.14.15.18; 18,21.33.35; Mc 11,25; Lc 6,32.33.35ss; 17,3; 23,34; At 7,60; Rm 5,8.9; 12,14.17.19.20; Ef 4,32; Col 3,13; 1Ts 5,15; Gc 2,13; Gv 2,9; 3,14.15.

Preghiera
- sue circostanze, Nm 11,16.24; Dt 4,7; Gdc 10,10.15; 1Sam 1,11; 2Sam 22,2.7; 1Re 3,7; Tb 3,11, Gd 4,12, Sir 36,1ss; Is 65,24; Am 7,2; Mt 6,5.9; 7,7; 18,19; 20,20; 21,22; 26,39; Mc 11,24; 13,33; Lc 11,2.9; 18,1; 22,40; Gv 4,23; 9,31; 14,13; 15,7; 16,23; At 1,14.24; 2,42; 4,24.31; 10,2; Rm 8,26; 12,12; 1Cor 14,14; Ef 6,18; Col 4,2; 1Ts 5,17; 1Tm 2,1; Eb 13,18; Gc 1,6; 4,3; 5,13; 1Pt 3,12; 1Gv 5,14, Ap 19,10; 22,9.

- Dio esaudisce le preghiere ben fatte, Gn 16,11; 21,17; Es 2,24; 3,7; 6,5; 22,23.27; Dt 4,7; 15,9; 1Sam 7,9.10; 9,16; 12,18; 2Sam 22,4.7; 1Re 13,6; 17,22; 18,36.38; 2Re 13,4.5; 20,5; 2Cr 33,22; 33,13; Tb 3,16; Gdt 4,9ss; Sal 3,5; 4,4; 9,10.13; 18,7; 22,25; 34,7; 50,15; 55,17.18; 120,1; 145,19; Pro 15,29; Sir 21,5; Is 30,19; 37,15.21; 55,7; Ger 29,12; Lam 3,56; Dn 13,44; Gio 2,3; Zc 13,9; 2Mac 3,22; Gv 9,31; At 10,4.
- perché talvolta Dio non esaudisce le preghiere, Dt 1,45; 31,18; Gdc 10,13; 1Sam 8,18; Sal 18,42; Pro 1,24ss; 15,29; 21,13; 28,9; Sir 34,26; 35,3; Is 1,15; Ger 7,16; 11,11.14; 14,12; 15,1; Ez 8,18; 14,16.20; Mic 3,4; Zc 7,3; 2Mac 9,13; Gv 9,31; Eb 12,17; Gc 4,3.
- esempi di preghiere di santi, Gn 32,9; Es 32,11.13; Nm 14,13.19; Dt 9,26; 1Re 8,15ss; 2Re 20,3; 2Cr 6,16ss; 14,11; 20,6.12; Esd 9,6ss; Ne 1,1ss, Tb 3,1.12; 8,7; 13,1; Gdt 9,2; 16,1ss; Est 14,3; Sap 9,1ss; Sir 23,1ss; 51,1ss; Is 33,2; 37,16; 64,1ss; Ger 10,24; 17,13.14; 18,19; 32,16; Lam 5,1ss; Bar 1,10ss; 2,6ss; Dn 9,4; 13,42; Gio 2,1ss; Abd 3,1ss; 1Mac 7,37; 2Mac 6,30; At 4,24.

Rattristarsi
esageratamente per le cose temporali non è buona cosa, Pro 12,23; 15,13; 17,22; Sir 30,23; 38,19; 1Mac 9,8; 1Cor 7,10.

Regno di Dio
- da domandare nella preghiera, Mt 6,10; Lc 11,2; 12,31.
- è spirituale, interno ed esterno, Gn 49,10; Nm 24,17; 1Sam 2,10; 7,9.10; 1Cr 18,11; 29,2.4; Sal 2,2.6; 9-10,8; 22,28; 45,7; 72,1; 110,1ss; 145,11; Is 9,6; 11,1ss; 32,16; 40,9; 42,1; Ger 23,6; 33,1ss; Ez 31,23ss; 37,24; Dn 2,44; 4,33; 7,14.27; 9,24.25; Os 3,5; Mic 4,1.4; 5,2; Zc 9,9; Mt 13,1ss; Lc 1,33; 12,31.32; 17,21; 22,29; 23,2; Gv 6,15; 12,15.34; 18,33.36; 1Tm 1,17; Eb 1,8; 1,9.

Ricchezze
– loro vanità – devono essere disprezzate e non bisogna sperare in esse, Sal 39,7; 49,1ss, 52,9; Pro 10,2; 11,4.28; 15,16; 18,11; 22,16; 23,4; 28,11; 30,8, Qo 5,9.12; 6,2; Sir 5,1.8; 10,8; 11,18; 14,3; 31,3; Is 2,7; Ger 17,3.11; 22,13; Ez 7,19; Sof 1,18; Mt 13,22; 19,21; Lc 8,14; 12,15; 1Tm 6,9; Gc 1,11.

Ricchi
– come devono comportarsi coi poveri, Lv 25,35; Dt 15,7.10; Gb 31,16; Sal 62,11; Pro 14,31; 17,5; 19,17; 21,13; 22,7; 28,27; 30,8; Sir 4,4; 7,32.33; 11,8; 29,12; 31,8; Is 23,18; Mt 6,19; 19,21; Lc 14,13; 16,1ss; 18,22; At 2,45; 4,31; 1Tm 6,18.19 (vedi Elemosina).
– contro i cattivi ricchi, 1Sam 25,2; Gb 20,19; 27,8; Pro 23,4.5; 28,8.20.27; Qo 6,1; Is 5,8; 32,6.7; Ger 15,13; Am 6,1; 8,4; Ab 2,5; Lc 6,24; 16,19.25; Gc 5,2 (vedi Avarizia).

Ringraziamento
– preghiera di ringraziamento prima e dopo il cibo, Dt 8,10; 1Sam 9,13; Is 62,9; Mt 14,19; 15,36; 26,26; Mc 6,41; 8,6; 14,22; Lc 9,16; Gv 6,11.23; At 27,35; Rm 14,6; 1Cor 10,30; 1Tm 4,3.

Risurrezione
– del figlio della vedova di Naim, Lc 7,12ss.
– della figlia di Giairo, Mt 9,18ss; Mc 5,22ss; Lc 8,41 ss.
– di Lazzaro, Gv 11,1ss.
– dei giusti alla morte di Gesù, Mt 27,52.
– di Gesù attestata dagli apostoli, At 2,24; 3,15; 4,10.33, 5,30; 10,40; 13,30; 17,18.31; Rm 4,25; 8,34; 14,9; 1Cor 15,4.12; 2Tm 2,8.
– di Tabita, At 9,36ss.
– di Eutico, At 20,9ss.
– futura di tutti gli uomini, Es 3,6; Gb 19,26; 21,30; Is 26,19; 66,14; Ez 37,1.9; Dn 12,12; Gio 2,11; Sof 3,8; 2Mac 7,9.14.23; Mt 22,30ss; 25,46; Mc 12,25ss; Lc 14,14; 20,35ss; Gv 5,19; 6,39ss; 11,24; At 24,15; 1Cor 15,1ss; 2Cor 4,14;

5,1ss; Fil 3,21; 4,3; Col 3,4; 1Ts 4,13.16; 2Tm 2,11; Ap 20,12.

Santità
Gn 17,1; Es 22,31; Lv 19,2; 20,26; 21,6; Nm 15,40; Dt 18,13; 26,18.19; Gs 24,14; Sal 68,36; Pro 2,4.5; 4,18; 16,17; Mt 3,15; 5,6.48; Lc 1,75; 2,52; Rm 6,4; 12,1; Gal 5,7; Ef 1,4; 5,1.2.25ss; Fil 1,9; 3,12ss; 4,8; Col 1,21.22.28; 1Ts 4,3; 5,23; 2Tm 1,9; 3,16.17; Eb 13,12; 1Pt 1,13.16; 3,13; 1Gv 2,5; 3,3; 4,18; Ap 7,9.14; 21,6.

Sapienza
divina, origine, proprietà, lodi e utilità, Dt 4,6; 29,9; Gb 28,20; 32,7; Qo 7,12; Sap 6,13.16; 7,7ss; 8,1ss; 9,1ss; 10,1ss; Sir 1,1ss; 4,12; 24,1ss; Lc 21,11; Rm 11,33; 1Cor 1,17; 2,6.10; 3,19; Col 2,3; Gc 1,5; 3,15.

Scandalo
– da evitarsi, Lv 4,3; Nm 31,16; 2Sam 12,14; Esd 8,22; Pro 28,10; 2Mac 6,24; Mt 17,26; 18,6ss; Mc 9,41; Lc 17,1; Rm 14,1.15; 1Cor 8,1ss; 10,32; 2Cor 6,3; 1Ts 5,22.
– bisogna star lontani da chiunque ci è occasione di scandalo, Es 34,12; Dt 7,2.16; 13,1ss; Mt 5,29; 16,23; Mc 9,42; Rm 16,17.
– dei piccoli, Mt 18,6ss; At 16,3; 21,20ss

Scrittura sacra
– donde sia e quale il suo uso, Es 17,14; 34,27; Dt 4,1; 17,18; 31,9; Gs 1,8; Ne 8,2; Is 8,1; 30,8; 34,16; Ger 30,2; 36,2.10; 45,1; Bar 1,3.14; 4,1; Dn 10,21; Mt 4,4; 22,29; Lc 4,4; 16,29; Gv 5,39; 10,35; 20,30; At 15,21; 17,11; Rm 1,2; 4,28; 15,4; 1Cor 9,9; 10,11; 15,3; 2Tm 3,15.16; 2Pt 1,20.21; 3,1; Ap 1,19.
– difficile a comprendersi, 2Pt 3,16.
– gli apostoli non scrissero tutto, Gv 20,30; 21,25; 1Cor 11,34; 2Ts 3,14; 2Gv 12; 3Gv 13.

Seppellire
i morti è un'opera di misericordia, Gn 23,19; 25,9; 35,19.29; 50,5.13.25; Nm 20,1; Dt 10,6; 21,23; Gs

Temperanza
- nel cibo e nella bevanda, Tb 6,15.17; Qo 3,1ss; Sir 31,12ss; 32,7; Dn 1,8; Rm 13,13; 14,17; Gal 5,23; 1Tm 3,2; Tt 1,8; 2,12; 1Pt 1,13; 5,8; 2Pt 1,6.

Tempo
Gb 7,1ss; 9,25.26; 14,1.5; Sal 55,24; 90,4.5.9.10; 144,5; Pro 27,1; Qo 3,1ss; 8,6; Sap 2,5; 4,8.9.13; Sir 14,12.13; Is 38,15; Lc 5,5; Gv 12,35; At 1,7; Rm 13,11; 1Cor 7,29.31; 2Cor 6,2; Gal 6,10; Ef 5,16; 1Pt 1,17; 4,13; Ap 10,6.

Testimonianza
- vera o falsa, Es 20,16; 23,1; Nm 35,30; Dt 5,20; 19,15.18; 1Re 21,10; Sal 27,12; 35,11; Pro 6,19; 14,5; 19,5.9; 21,28; 24,28; 25,18; Dn 13,4ss; Mt 18,16; 19,18; 26,59; 28,13; Mc 10,19; Lc 3,14; Gv 8,17; At 6,11; Rm 13,9; 2Cor 3,1; 1Tm 5,19; Eb 10,28.

Timore di Dio
Gn 22,12; 31,49; Es 1,17; 20,20; Dt 4,9; 6,2.13.24; 10,12.20; 13,4; Gs 24,14; Gdc 6,10; 2Re 17,36; 2Cr 20,15; Gb 1,8; 28,28; Sal 33,8; 31,10; 111,5; 112,1; 128,1; Pro 1,7; 3,7; 9,10; 14,2.27; 15,16; 16,6; 22,4; 24,21; Qo 12,1; Sir 1,11ss; 2,7; 7,31; 15,1; 34,13.14.15; Is 41,10; 43,1; 51,12; Ger 10,7; 32,39; Bar 3,7; Mt 10,28; Lc 12,5; At 9,31; 10,2.35; Rm 11,20; Fil 2,12; Eb 4,1; 1Pt 2,17; 3,15; Ap 14,7.
- frutto, utilità e lode, Gn 20,9; Sal 103,17; 128,1ss; Pro 10,27; 14,27; 19,23; 22,4.
- Dio punisce col timore e col terrore, Gn 35,5; Es 23,27; Lv 26,36; Dt 2,25; 11,25; 28,10.65; Gs 2,9; 10,10; Gdc 4,15; 7,21; 1Sam 7,10; 2Re 7,6; 1Cr 15,17; 2Cr 14,14; 17,10; 20,29; Ger 49,37; 2Mac 3,24.
- esempi di timor di Dio, Es 1,17; 14,31; 1Re 18,3; 2Cr 19,7; Tb 1,1ss; 2,11ss; 4,5; Gdt 8,8; Pro 31,30; Gio 1,16; 2Mac 6,30; Lc 2,25; At 8,2; 9,31; 10,2.35.

Trinità
- figurata e dichiarata, Gn 1,26; 18,2; Es 3,6.15.16; 4,5; Is 61,1; Mt 3,16.17; 10,20; 11,27; 28,19; Lc 4,18; Gv 3,35; 14,16.26; 15,26; 17,3.11; 1Cor 13,12; Ef 4,5; 1Gv 5,7.

Ubbidienza
- dovuta a Dio, Gn 12,4; 17,9.23; 22,1ss; 26,5; Es 1,17; 15,26; 19,5; 20,6; 23,22.25; Lv 20,22; 26,3.14; Dt 4,40; 7,1ss; 10,12ss; 11,1ss; 13,4; 18,15; 24,8; 27,10; 28,1ss; Gs 22,2; 1Sam 12,14; 15,22; 2Re 10,30; 2Cr 7,17; Pro 1,33; 15,31; Sir 35,9; Is 1,19; 48,18; 55,2ss; Ger 7,23; 11,4; 17,24; 35,1ss; 2Mac 7,30; Mt 15,3; 1Ts 4,3; 5,18; At 4,19; 5,32.
- dovuta agli insegnamenti di Cristo, Mt 7,24ss; 8,21ss; 13,19ss; 17,5; 28,20; Mc 9,6; Lc 6,47ss; 9,35; 10,16; Gv 14,15ss; 15,14; Rm 16,19; Fil 2,12; Gc 1,22; 1Pt 1,22.
- dovuta alla Chiesa, Mt 18,17; Lc 10,16; At 15,28ss.
- dovuta alle autorità civili, Mt 17,23ss; 22,16; Mc 12,13ss; Lc 20,20ss.
- vera, Mt 21,28ss.
- suoi frutti, Mt 12,50; 13,23; Mc 3,35; 4,20; Lc 5,4ss; 8,15.21; 11,28; Gv 2,7ss; 5,24; 8,51; 14,15ss; 15,10; At 5,22.
- esempio di ubbidienza dato da Gesù, Fil 2,8.

Umiltà
- gradita al Signore, Gn 18,27; 29,31; 41,40; Gdc 6,15; 1Sam 1,1ss; 2,1.8; 7,9.10; 2Sam 6,16.21; 2Cr 12,7.8; 32,26; 33,12; 34,27; Gdt 1,8.12; 9,14; Sal 34,19; Pro 11,2; 18,12; 29,23; Sir 3,20; 7,17; Is 37,1ss; 57,15; 66,2; Ger 1,6, Gio 3,5; Mt 3,11; 5,3; 8,8; 11,20; 15,27; 18,4; 20,26; 21,5; 23,8.11; Mc 9,34; 10,43; Lc 1,8; 9,48; 14,7.11; 15,19; 18,13; 22,26; Gv 13,4; At 10,26; Rm 11,20; 12,16; 1Cor 4,6; 15,8; Fil 2,3; Col 3,12; Eb 11,24; Gc 1,9; 4,10; 1Pt 5,5; Ap 19,10.
- insegnata e praticata da Gesù, Mt 5,3; 9,30; 12,16; 17,9; 18,4;

TAVOLA CRONOLOGICA

STORIA DEL MEDIO ORIENTE	ANNO	STORIA BIBLICA
	ca. 1850	Migrazione di Abramo dalla Mesopotamia in Canaan Isacco Giacobbe
Gli Hyksos in Egitto	ca. 1720	Giuseppe Gli Ebrei in Egitto
Espulsione degli Hyksos	ca. 1560	Oppressione degli Ebrei
Amenofis IV	1370-1352	
Horemheb e Seti I		
Ramses II	1301-1235	
Merneptah	ca. 1270-1220	Esodo e vita nel deserto sotto la guida
(1235-1224)		di Mosè
Ramses III ricaccia	ca. 1220-1200	Invasione di Canaan. Giosuè
i Popoli del mare		
	ca. 1200	Epoca dei giudici I Filistei occupano la costa palestinese
	ca. 1075	Dominazione filistea su Israele
	ca. 1040	Saul consacrato re
	ca. 1012	Morte di Saul Davide re di Giuda
	1005	Davide re di tutto Israele
	ca. 1000	Occupazione di Gerusalemme
	972	Morte di Davide. Salomone re
	931	Morte di Salomone e divisione del regno

STORIA DEL MEDIO ORIENTE	ANNO	Regno di Giuda	Regno d'Israele
	931	Roboamo (931-914)	Geroboamo I (931-910)
		Abia (914-912)	Nadab (910-909)
	900	Asa (911-871)	Baasa (909-886) Ela (886-885) Zimri (885-884) Tibni (885-881) Omri (881-874)
Prima espansione assira Salmanassar III (859-824)	870	Giosafat (871-848)	Acab (874-853) Acazia (853-852)
		Ioram (848-841) Acazia (841) Atalia (841-835)	Ioram (852-841) Ieu (841-813)

	800	Ioas (835-796)	Ioacaz (813-797)
		Amazia (796-781)	Ioas (797-782)
		Azaria (Ozia) (781-740)	Geroboamo II (782-754)
			Zaccaria (753)
			Sallum (753)
	750		Menachem (753-742)
Seconda espansione assira			Pekachia (742-740)
Tiglat-Pileser (745-727)	740	Iotam (740-736)	Pekach (740-731)
		Acaz (736-716)	Osea (731-722)
Salmanassar V (726-722)	722/1		*Distruzione di Samaria*
			Deportazione in Assiria
Sargon II (721-705)	716	Ezechia (716-687)	
Sennacherib (705-681)	687	Manasse (687-642)	
Assurbanipal (668-627)	642	Amon (642-640)	
	640	Giosia (640-609)	
Decadenza assira	622	Riforma di Giosia	
Caduta di Ninive	612		
Ascesa di Babilonia	609	Morte di Giosia	
		Ioacaz (609)	
Battaglia di Carchemis	605	Ioiakim (609-598)	
Nabucodonosor (604-562)	598	Ioiachin (598)	
	597	Prima deportazione in Babilonia	
		Sedecia (597-586)	
	586	*Distruzione di Gerusalemme*	
Nabonide (555-538)		Esilio babilonese	
Ciro (549-529)			
Decadenza di Babilonia			
Vittoria di Ciro in Lidia	546		
Ciro occupa Babilonia	539		
	538	Editto di Ciro che consente agli Ebrei	
Cambise (529-522)		il ritorno in patria: ritorno dei primi esuli con Sesbassar	
Dario I (522-486)	520	Ritorno di altri esuli con Zorobabele	
	515	Dedicazione del tempio ricostruito	
Serse (486-465)			
Distruzione di Babilonia	485		
Artaserse I (465-423)	458	Missione di Esdra (?)	
	445	Prima missione di Neemia	
	427	Missione di Esdra (?)	
Dario II (423-404)	425	Seconda missione di Neemia	
Indipendenza dell'Egitto (ca. 400)	398	Missione di Esdra (data più probabile)	
Artaserse III (358-338)			
Dario III (336-330)			
Conquiste di Alessandro nel Medio Oriente (333-331); in Persia e in India (330-326)	336-323		
	330	Costruzione del tempio samaritano	
Morte di Alessandro a Babilonia	323		
Lotte fra i Diadochi			
Battaglia di Isso	301	La Giudea sotto la sfera d'influenza dell'Egitto	

Battaglia di Panion	198	La Giudea passa sotto il potere dei Seleucidi di Siria
Antioco IV Epifane re di Siria	175	Giasone usurpa la carica di sommo sacerdote, destituendo Onia III
	167	Persecuzioni di Antioco contro i Giudei
	166	Rivolta di Mattatia; Giuda Maccabeo
Morte di Antioco IV	164	Purificazione del tempio di Gerusalemme
Lotte per la successione in Siria	163 162	Editto di tolleranza religiosa per i Giudei
	160	Morte di Giuda Maccabeo; gli succede il fratello Gionata nel comando militare
	152	Gionata diviene sommo sacerdote
Periodo di guerra civile in Siria	143 140	Morte di Gionata Simone diviene sommo sacerdote, etnarca e stratega
	134	Morte di Simone; sale al trono Giovanni Ircano
	104	Alessandro Ianneo, re dei Giudei
Occupazione armena della Siria	83	
	76	Sale al trono la regina Alessandra
Intervento di Roma in Siria	69	
	67	Guerra civile
La Siria diviene provincia romana	65	
	63	Pompeo occupa Gerusalemme
Invasione dei Parti	40	Antigono, re di Giudea
	39	Erode il Grande
L'Egitto diviene provincia romana	30	
	19	Ricostruzione del tempio
	7/6 a.C.	Nascita di Gesù*
	4 a.C.	Morte di Erode
	6 d.C.	La Giudea amministrata direttamente da un procuratore romano
Morte di Augusto	14	
Tiberio imperatore	14-37	
Ponzio Pilato procuratore della Giudea	26-36	
	ca. 27-28	Ministero di Giovanni Battista Inizio della vita pubblica di Gesù
	30	Morte e risurrezione di Gesù Pentecoste
	ca. 36	Martirio di Stefano Conversione di Paolo
Caligola imperatore	37-41	
Claudio imperatore	41-54	
Erode Agrippa I re di Palestina	41-44	Persecuzione. Morte di Giacomo il maggiore
	45-48	1° viaggio missionario di Paolo con Barnaba
Editto di espulsione degli Ebrei da Roma	49	Concilio di Gerusalemme

* È noto che la datazione della nascita di Gesù è andata soggetta all'errore di alcuni anni nella cronologia di Dionigi il Piccolo (sec. VI), per cui deve essere collocata più verosimilmente nell'anno 747/748 di Roma e non nell'anno 754. Di qui l'apparente incongruenza di tale datazione.

	50-52	2° viaggio missionario di Paolo
Antonio Felice	52-60	
procuratore della Giudea		
Nerone imperatore	54-68	
	53-58	3° viaggio missionario di Paolo
	58-60	Paolo prigioniero a Cesarea
Porcio Festo	60-62	
procuratore della Giudea	60-63	Viaggio di Paolo verso Roma e prima prigionia romana
	61-62	Martirio di Giacomo il minore
		Pietro a Roma dopo l'anno 60
	64	Persecuzione di Nerone
	64-66	Ultime missioni di Paolo e ultima prigionia
	ca. 67	Martirio di Pietro e di Paolo a Roma
Vespasiano imperatore	66-70	Guerra giudaica
(69-79)		Distruzione di Gerusalemme e del tempio
Tito imperatore	79-81	
Domiziano imperatore	81-97	
Persecuzione di Domiziano	96-97	
	ca. 100	Morte di Giovanni

1299

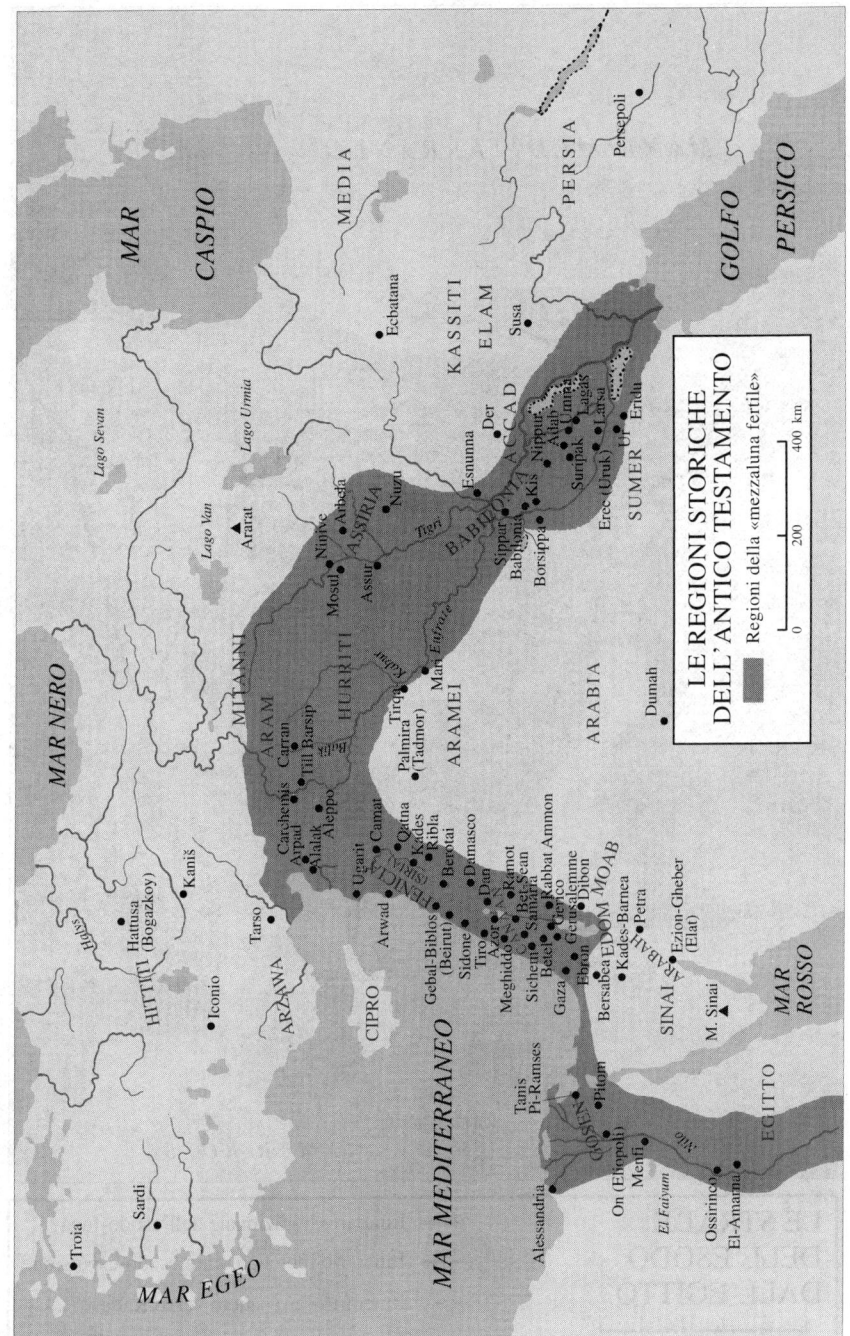

LE REGIONI STORICHE DELL'ANTICO TESTAMENTO

Regioni della «mezzaluna fertile»

0   200   400 km

MAR NERO

MAR EGEO

MAR MEDITERRANEO

MAR CASPIO

Lago Sevan

Lago Van

Lago Urmia

Ararat

MEDIA

PERSIA

Persepoli

GOLFO PERSICO

Ecbatana

Susa

ELAM

KASSITI

SUMER

Eridu

Ur

Erec (Uruk)

Larsa

Umma

Lagas

Adab

Nippur

Kis

Surippak

Babilonia

Sippar

Borsippa

BABILONIA

ACCAD

Der

Esnunna

Nuzu

Arbela

ASSIRIA

Ninive

Mosul

Assur

Tigri

HURRITI

MITANNI

Eufrate

Mari

Tirqa

Palmira (Tadmor)

ARAMEI

ARABIA

Dumah

ARAM

Carran

Tili Barsip

Carchemis

Arpad

Balih

Malak

Aleppo

Qatna

Camat

Kades

Ribla

Ugarit

Beretai

Damasco

FENICIA

Arwad

Gebal-Biblos (Beirut)

Sidone

Tiro

Azor

Dan

Ramot

Bet-Sean

Rabbat Ammon

Meghiddo

Samaria

Sichem

Beter

Gerusalemme

Gaza

Ebron

Dibon

Bersabea

Kades-Barnea

Petra

EDOM

MOAB

ARABAH

Ezion-Gheber (Elat)

SINAI

M. Sinai

MAR ROSSO

GOSEN

Pi-Ramses

Tanis

Pitom

On (Eliopoli)

Menfi

Alessandria

El Faiyum

Nilo

Ossirinco

El-Amarna

EGITTO

CIPRO

ARZAWA

Tarso

Iconio

Kaniš

Hattusa (Bogazköy)

HITTITI

Halys

Sardi

Troia

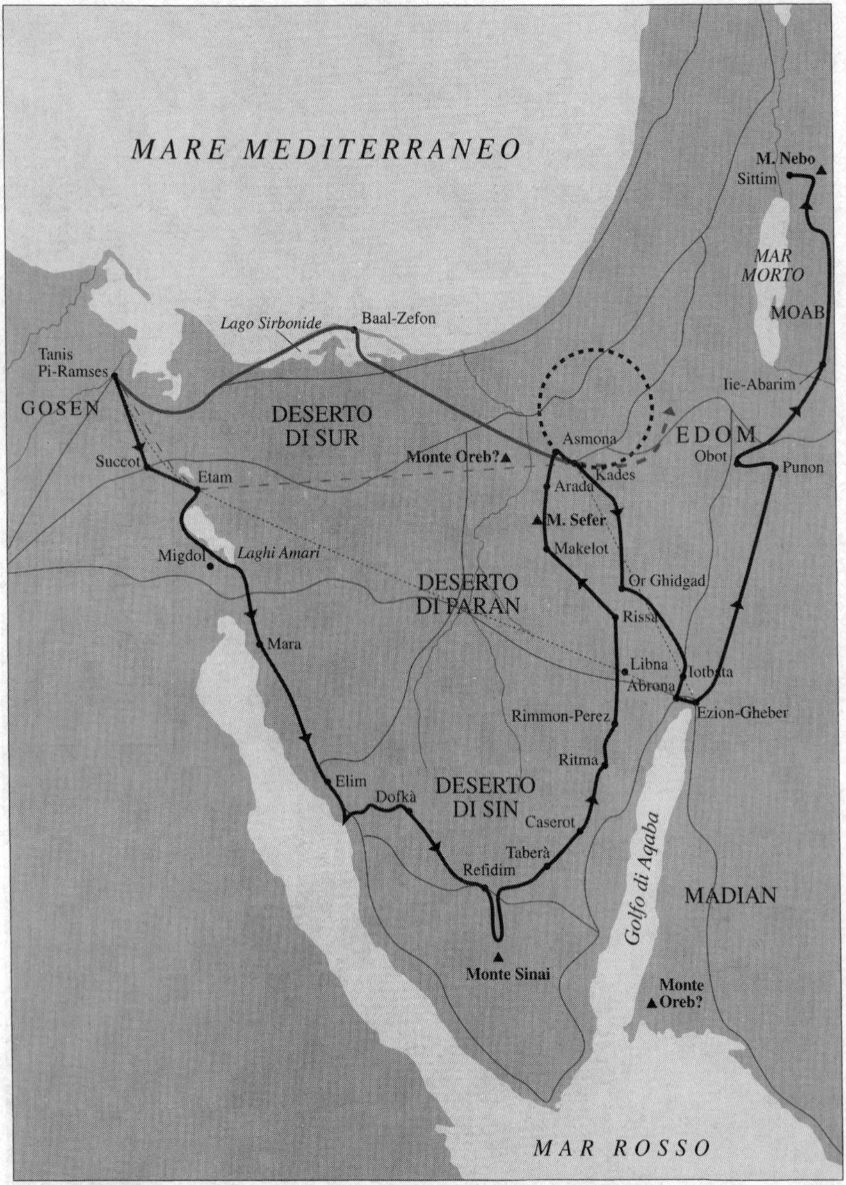

MARE MEDITERRANEO

Lago Sirbonide

Baal-Zefon

Tanis
Pi-Ramses

GOSEN

DESERTO
DI SUR

Succot

Etam

Migdol

Laghi Amari

Mara

DESERTO
DI PARAN

Monte Oreb?▲

Asmona

Kades

Arada

▲ M. Sefer

Makelot

Or Ghidgad

Rissa

Libna
Abrona

Iotbata

Ezion-Gheber

EDOM

Obot

Punon

Iie-Abarim

MAR
MORTO

MOAB

M. Nebo ▲
Sittim

DESERTO
DI SIN

Rimmon-Perez

Ritma

Caserot

Taberà

Refidim

Elim

Dofkà

Monte Sinai ▲

Golfo di Aqaba

MADIAN

Monte
▲ Oreb?

MAR ROSSO

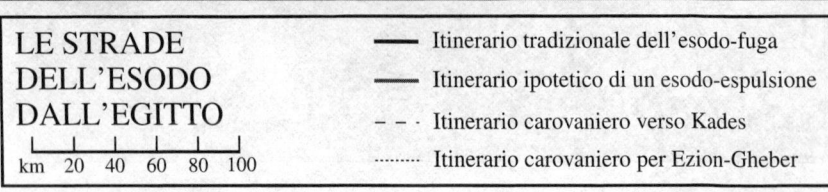

LE STRADE
DELL'ESODO
DALL'EGITTO

km 20 40 60 80 100

—— Itinerario tradizionale dell'esodo-fuga

—— Itinerario ipotetico di un esodo-espulsione

– - - Itinerario carovaniero verso Kades

········ Itinerario carovaniero per Ezion-Gheber

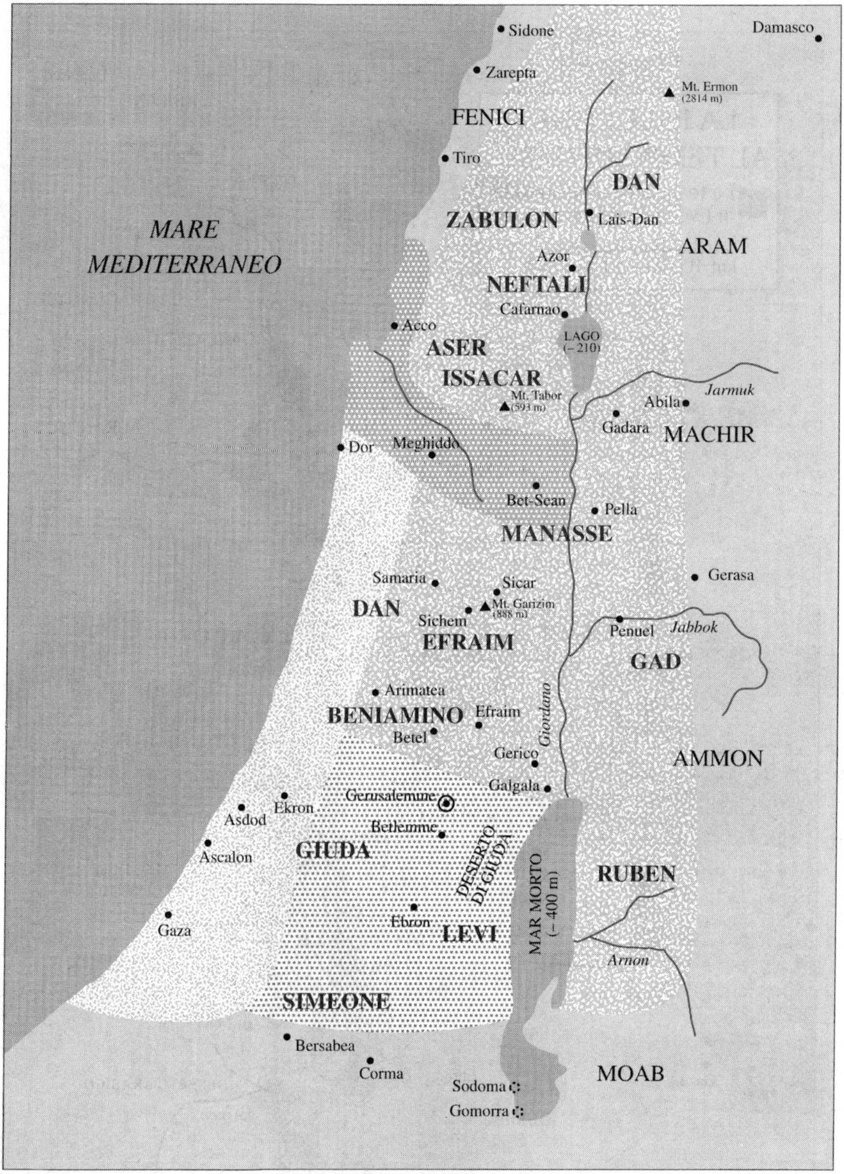

1301

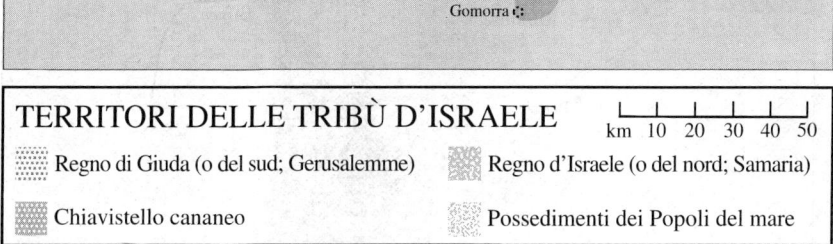

Sidone
Damasco
Zarepta
FENICI
Mt. Ermon (2814 m)
Tiro
DAN
ZABULON
Lais-Dan
ARAM
Azot
NEFTALI
MARE
MEDITERRANEO
Cafarnao
Acco
ASER
LAGO (−210)
ISSACAR
Mt. Tabor (593 m)
Abila
Jarmuk
Dor
Meghiddo
Gadara
MACHIR
Bet-Sean
Pella
MANASSE
Samaria
Sicar
Gerasa
DAN
Mt. Garizim (888 m)
Sichem
Penuel
Jabbok
EFRAIM
GAD
Arimatea
Efraim
BENIAMINO
Betel
Gerico
AMMON
Galgala
Gerusalemme
Ekron
Asdod
Betlemme
GIUDA
DESERTO DI GIUDA
MAR MORTO (−400 m)
RUBEN
Ascalon
Ekron
LEVI
Gaza
Arnon
SIMEONE
Bersabea
Corma
MOAB
Sodoma
Gomorra

TERRITORI DELLE TRIBÙ D'ISRAELE
km 10 20 30 40 50

Regno di Giuda (o del sud; Gerusalemme) — Regno d'Israele (o del nord; Samaria)

Chiavistello cananeo — Possedimenti dei Popoli del mare

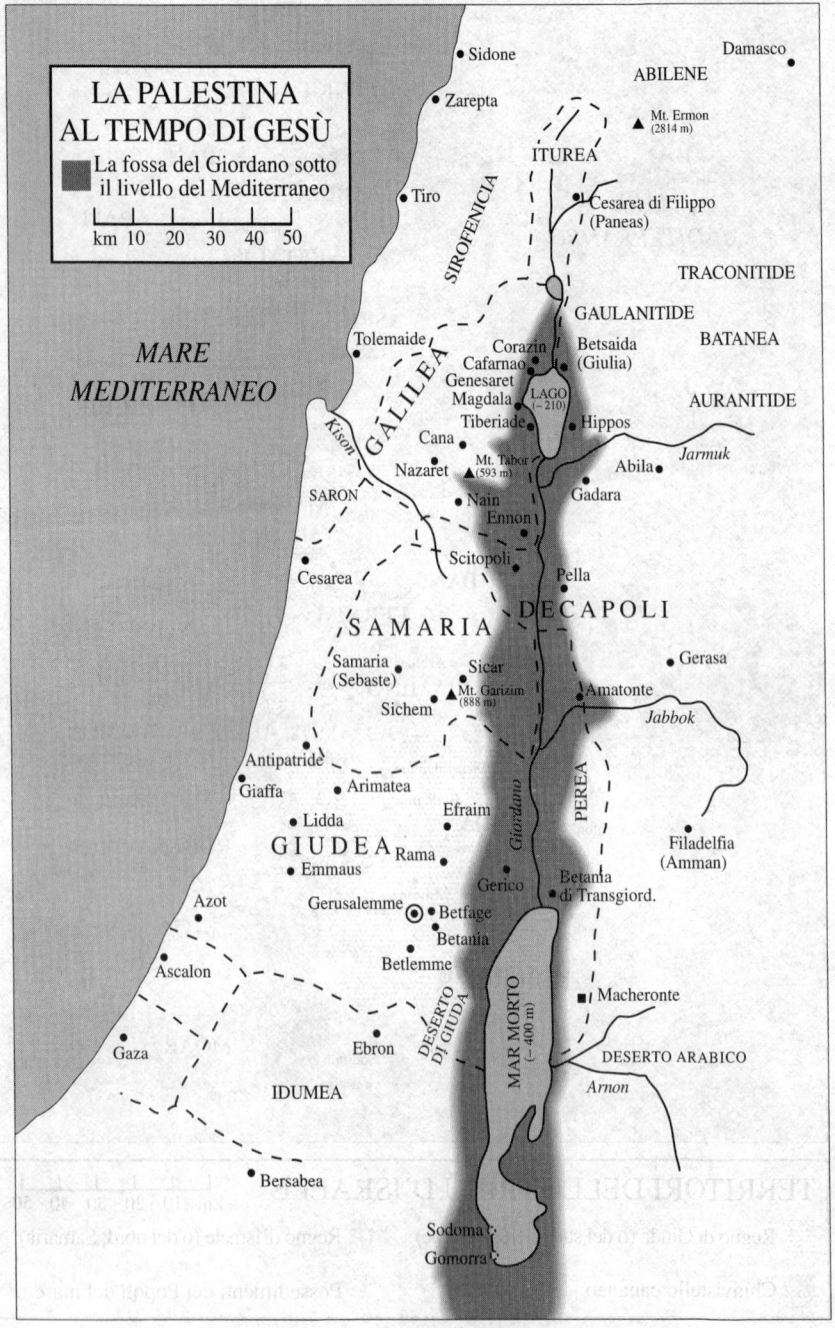

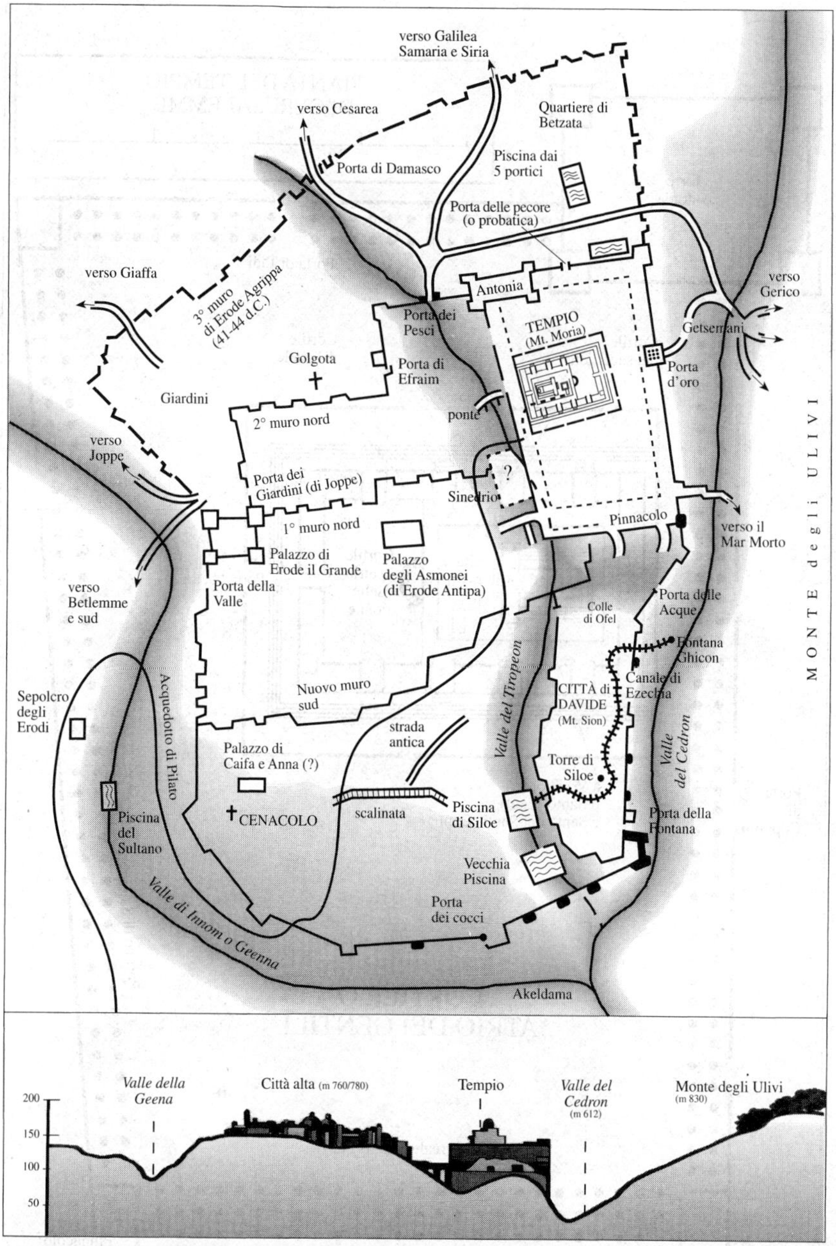

verso Galilea
Samaria e Siria

verso Cesarea

Quartiere di
Betzata

Porta di Damasco

Piscina dai
5 portici

Porta delle pecore
(o probatica)

verso Giaffa

3° muro di Erode Agrippa
(41-44 d.C.)

verso
Gerico

Antonia

Porta dei
Pesci

Getsemani

TEMPIO
(Mt. Moria)

Golgota

Porta
d'oro

verso
Joppe

Giardini

Porta di
Efraim

2° muro nord

ponte

verso
Joppe

Porta dei
Giardini (di Joppe)

Sinedrio

?

Pinnacolo

verso il
Mar Morto

1° muro nord

Palazzo di
Erode il Grande

Palazzo
degli Asmonei
(di Erode Antipa)

Porta delle
Acque

Porta della
Valle

Colle
di Ofel

Fontana
Ghicon

verso
Betlemme
e sud

Nuovo muro
sud

Canale di
Ezechia

CITTÀ di
DAVIDE
(Mt. Sion)

Sepolcro
degli
Erodi

Acquedotto di Pilato

strada
antica

Torre di
Siloe

Valle
del Cedron

Palazzo di
Caifa e Anna (?)

Piscina
del
Sultano

scalinata

CENACOLO

Piscina
di Siloe

Porta della
Fontana

Vecchia
Piscina

Valle di Innom o Geenna

Porta
dei cocci

Akeldama

MONTE degli ULIVI

Valle del Tiropeon

Valle della
Geena

Città alta (m 760/780)

Tempio

Valle del
Cedron
(m 612)

Monte degli Ulivi
(m 830)

200
150
100
50

GERUSALEMME AL TEMPO DI GESÙ
Altitudine   + 760/780 m sul Mediterraneo
+ 1160 m sul Mar Morto

m   100   200   300

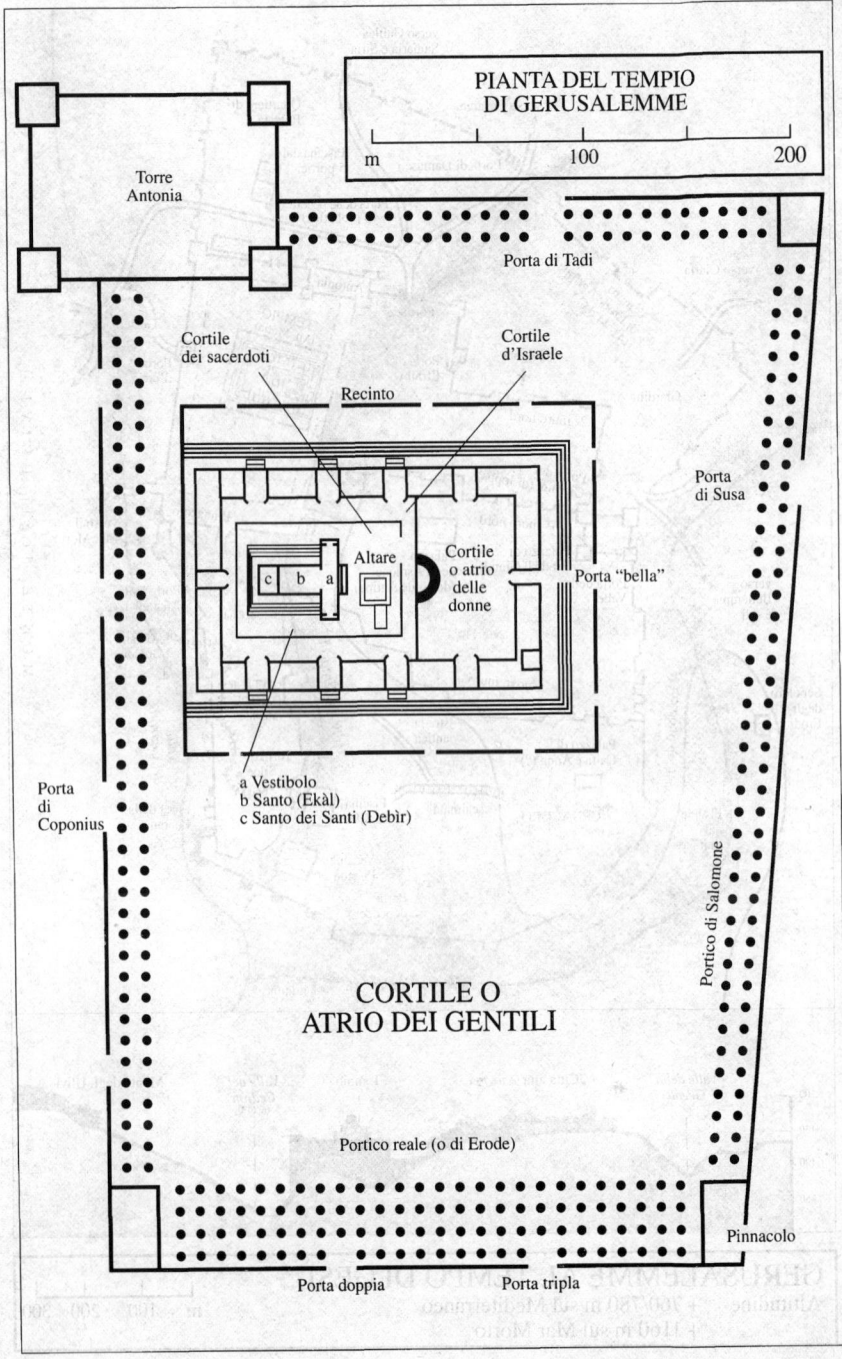

PIANTA DEL TEMPIO
DI GERUSALEMME

m   100   200

Torre
Antonia

Porta di Tadi

Cortile
dei sacerdoti

Cortile
d'Israele

Recinto

Porta
di Susa

Altare

Cortile
o atrio
delle
donne

Porta "bella"

c   b   a

a Vestibolo
b Santo (Ekàl)
c Santo dei Santi (Debìr)

Porta
di
Coponius

Portico di Salomone

CORTILE O
ATRIO DEI GENTILI

Portico reale (o di Erode)

Pinnacolo

Porta doppia   Porta tripla

1305

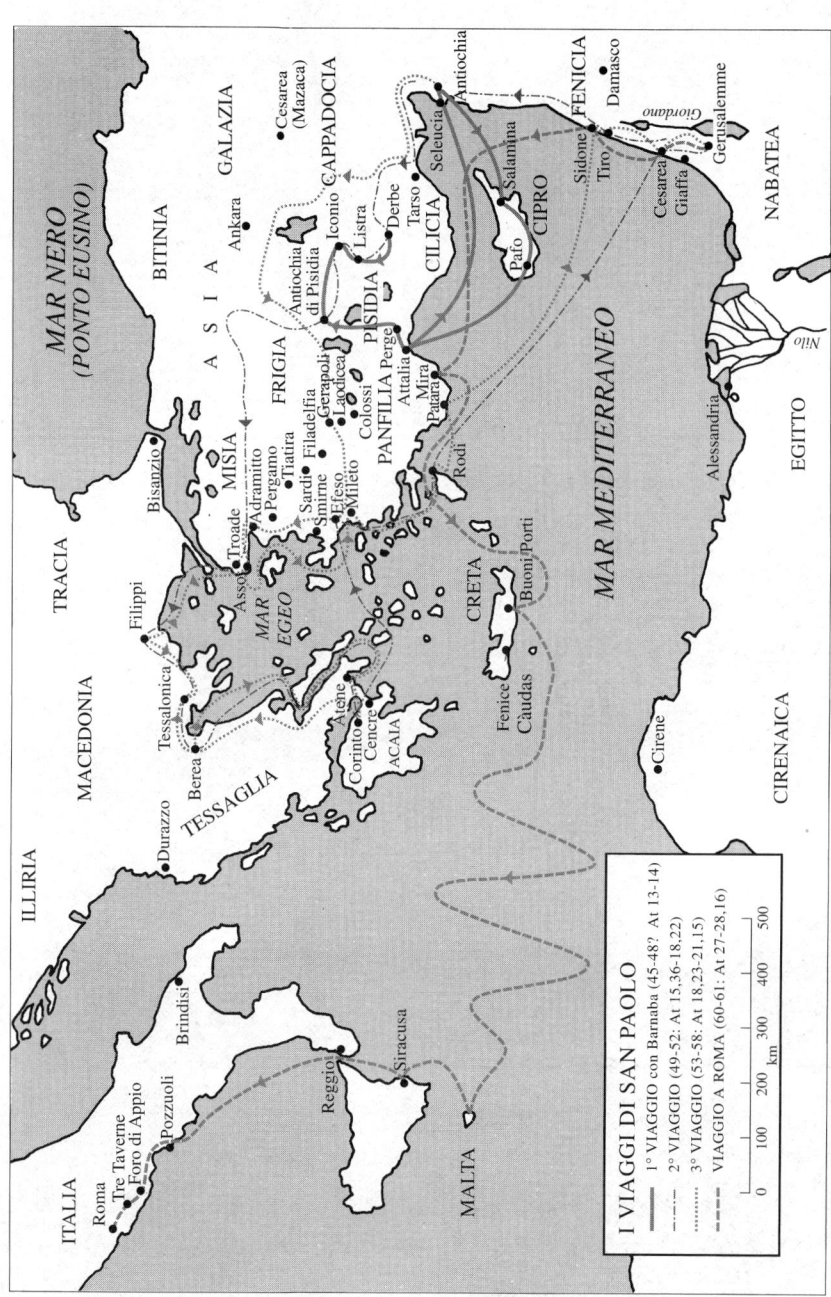

I VIAGGI DI SAN PAOLO

1° VIAGGIO con Barnaba (45-48: At 13-14)
2° VIAGGIO (49-52: At 15,36-18,22)
3° VIAGGIO (53-58: At 18,23-21,15)
VIAGGIO A ROMA (60-61: At 27-28,16)

INDICE

Stampa: 2005
Legoprint S.p.A. - Lavis (Trento)
Printed in Italy